德川家康

9

〔日〕山冈庄八 著

王维幸 译

南海出版公司

新经典文化股份有限公司
www.readinglife.com
出　品

目录

一　天下归心

庆长四年夏秋之际，骄阳似火，本阿弥光悦行色匆匆，只顾赶路，他要乘坐淀屋的船从大坂回伏见。经过自家门口，他却连进都不进，便径直向茶屋四郎次郎位于通出水下町的宅子而去。

石田三成不再主事已有五月。京城的大街上凉风阵阵，但光悦额头却汗珠涔涔，即使碰到熟人，他也装作未见，只顾急匆匆赶路。他遇事一向冲动，而今日更似异乎寻常，显然已急红了眼。

一抵茶屋宅，光悦便直奔了进去，上气不接下气地对门人道："赶紧去通告你家主人，说光悦有要事请教，需要面谈，闲杂人一概屏退。"

门人深知光悦脾性，立刻心领神会把他领到门里道："请。掌柜的在房里。"说完便去了。

光悦尽管心急如焚，还是按礼脱了鞋。作为日莲宗信徒，光悦做事向来循规蹈矩。今日事情紧急，一切讲究都来不及了，唯有此礼还不曾忘记。

"哦，本阿弥先生，好久不见。"茶屋迎出。

"是啊。您一向可好……事情紧急，来不及寒暄了。我今日来此是有秘事相商。"

茶屋不禁一愣，看光悦之态，的确出了大事，便道："你从何处来？"

"从大坂城前田府出来，顺道去了趟淀屋。在那里听到一件大事。"

"何事？"

“说是不日内府就要搬进大坂城……当然，此前我也有所耳闻。”

“哦？”

“内府搬到大坂是正理。不为别的，正是凭内府实力，天下才勉强太平，故，内府迁居理所当然。在前田府上，我还与肥前守利长谈及此事。但在淀屋处听到的那个传言，实在奇怪。”

“光悦先生能不能说清楚些。你在淀屋家到底听到什么传言？”

“若内府搬到大坂，实太危险了！在下的意思是，有人想趁内府进城时下手……一切都谋划好了。”

“此事当真？”

“怎么，难道先生信不过在下？在下为何要向您撒谎？更令人吃惊的是，据说主谋者居然就是前田肥前守。”光悦兀自心惊不已，擦擦额头的汗水。

茶屋脸色大变。他依然在为德川氏效劳，光悦也是心向家康，对家康的景仰不亚于茶屋。茶屋四郎次郎原本就是家康家臣，但光悦景仰家康的原因却大不相同。

光悦坚决拥护立正安国一说，他的性情和丰臣秀吉的大胆豪放格格不入。秀吉尚在世时，光悦就曾明目张胆、毫无忌惮地议论：“他行事乖张，完全凭兴趣喜好治理天下，必会导致‘道’的紊乱。故，一旦他故去，天下必立刻发生骚乱。祖师无一句妄言。”而如今，事实正在一步步印证他的预言。因此可以说，光悦对家康的仰慕，完全是出于他的信念和对秀吉的反感。同时，光悦也是前田利家、利长父子的忠实拥趸。“虽说信奉不同，可是，大纳言的大公子内心却如同涓涓清泉一般纯洁无私，对世上美好的东西孜孜以求，我从心底里敬重他。”

但今日，光悦同利长会面，共同称扬了家康一番，一转身，却在淀屋家听到截然相反的传言。

“妄图谋害内府性命的主使人，就是前田……淀屋是这样说的？”

“是啊，光悦才大吃一惊。光悦还在想，茶屋先生恐也听到了类似传言，才一路胡思乱想着赶了过来。”

“光悦，对于这些传言，你到底有何看法？”茶屋探身问道。

光悦蹙眉嘟囔道："茶屋先生，怎会有这种事发生？别人不敢说，但我敢相保，肥前守绝不会干出那等事来……挑起事端，故意破坏太平，肥前守断不会如此卑鄙！"

"既如此，定是有人故意制造谣言，企图离间内府和肥前守。你认为呢？"

"是。这可不是一件小事。依先生之见该如何？"

"确非小事。"

"有人想让天下大乱啊。"光悦愈说愈气愤，两眼灼灼生光。茶屋四郎次郎则垂首陷入了沉思——在此情形下，一定要保持冷静，洞察真相，万不可像光悦一样失去方寸。

半晌，茶屋方才平静地笑了，"哈哈，我看用不着那般担心。"他故意平静地拿起烟袋。

"不必担心？怎能不担心？"光悦大惑不解。

"既然你认为前田并无不妥，那还担心什么？不过，我自会把此事暗中转达内府。"

"茶屋先生，光悦并非在说笑。先生想过没有，这种无凭无据的谣言能流传起来，就说明有人正企图利用它来离间内府和前田，我说得可对？"

茶屋四郎次郎不动声色："光悦，你连散布这些流言的主谋都清楚了？"

"当然知道。"光悦重重点点头，"这些流言并非出自他人之口，而是长束正家、增田长盛等奉行在造谣。淀屋早已跟我挑明，这些话便是从他们二人口中听来。"

"哦，奉行居然会说出这等话？"

"确实出人意料。流言还说，主谋者是前田，帮凶有浅野弹正少弼长政……"

"看来确非一般流言。"

"二人素来和内府关系融洽，不只我光悦，茶屋先生也甚是清楚。土方河内、大野修理等人向来与内府为敌，这或许是事实。可前田和浅野等人怎会企图不利于内府？这绝不可能。由此看来，定是有人存心制造疑云，不仅想使离间之计，还想以此引起骚乱……这绝非光悦凭空想象。若非如此，这些流言就绝不会传到光悦耳内，故才赶紧前来，求茶屋先生帮忙。”

“听你这么一说，仿佛真有这么回事。你说来求我，却又为何？”

“请茶屋先生赶紧将此事禀告内府，倘或内府真对前田肥前守心存疑念，就请内府立刻把我派往肥前守处，以便见机行事。我便为此事来求茶屋先生。”

至此，茶屋四郎次郎松了一口气——光悦竟是在担心前田会因流言招致家康的猜疑。他遂道：“好了，我明白。此事还真得仔细向内府报告……光悦，我觉得你的话句句属实。只是我还想问你，企图离间内府和前田、浅野关系的幕后元凶究竟是谁？”

“那还用说，当然是石田治部少辅！”光悦不假思索答道，“有证据在此：石田从博多柳町带回来的那个女人，最近竟离奇失踪了。”

光悦的毛病在于妄下结论，正因为深知此，比他年长些的茶屋四郎次郎不得不加倍小心。“那个女人？”

“正是。那个女人原本受岛屋和神屋之托随石田来京。其实也不难想象，他把那个女人带走，完全是不得已而为之。可无论如何，那女人起码当把石田的目的通知光悦才是。既然那女人如今不见踪影，就说明，她要么已被人杀了，要么遭了监禁，二者必居其一。”光悦愈说愈激切，“茶屋先生，他连一个女子都不放过，还有什么事做不出来？必发生了大事。另，今春石田到内府处避难一事，我也甚是纳闷，总觉得那是一个十足的阴谋。”

“阴谋？”

“难道不是？他被那些自幼追随太阁的武将们逼得走投无路，在大坂无处安身了，不得已才投奔内府，借内府之力安然返回领内。此后他干了些什么？他的所作所为，光悦再清楚不过。第一，大修城池；第二，召集浪人；第三，笼络大名；第四，频使离间计，于内府不利。若我是治部，也会这般做。”

茶屋四郎次郎使劲点点头，笑道：“这么说来，内府被石田给耍了？”

光悦摇头不迭："这算什么话！内府怎会轻易上石田的当。内府定是在洞察了石田的诡计后，故意给其一条生路。"

"哦！这话我倒是生平头一回听到。你是说，内府明知他迟早要谋反，却还特意安排堀尾大人和结城秀康公子一起将其护送回近江？"

"哈哈哈，"光悦毫无顾忌地笑了，"这便是庸人和贤达的差别啊。光悦的判断都是依《法华经》的明示得来，绝不会有错。光悦认为，尽管内府已洞悉了治部的谋反之心，还是想竭尽全力地保全他。那是为何？因为内府深知，时机远未成熟。"

"高见啊，光悦，今日我长了见识。"

"若三成知些反省倒还罢了，但他回到领内，却是大肆笼络那些与内府有隙诸人，妄图谋事。到时，内府自会把那些愚人一网打尽……内府这样做，绝非一时的权宜之计，而是为了向天下昭示天地正法。尽管如此，可我也不能眼睁睁看着内府与其盟友被离间、被耍弄，故才急急赶来请求先生……"

光悦朗朗说到此处，茶屋四郎次郎突然举手打断了他。茶屋并非认为光悦判断有误，而是担心光悦如此直率，恐会对他自己不利。常言道：病从嘴入，祸从口出，光悦如此口无遮拦，恐有大忧。茶屋很是欣赏光悦，因光悦身上拥有他不具备的果敢犀利，行事雷厉风行。但正因如此，光悦才更需要多些含蓄内敛，变得稳重老练才是。茶屋轻声道："我明白，不必再说了。"

"先生明白？"

"石田尚敌视内府，正在有条不紊地实施阴谋。此次趁内府搬到大坂之机，企图生不利之心。至于主谋究竟是前田肥前守还是浅野弹正，完全是凭空捏造，其目的就是通过这些流言，在内府周遭制造疑云……我说得可对？"

"丝毫不错！"光悦激动地点点头，"治部的心思是：内府身边自是戒备森严，他们无得手之机，但在前田、浅野和内府之间泼一盆冷水也不错。"

"我也赞同你的看法，绝不能让他得手。前田也绝无背叛内府之意——以天下为重的本阿弥光悦都这么担保了。哈哈哈，我明白，明白。我立刻赶往伏见，把这些转告内府。”

“哈哈，先生见笑。我之所以这么做，只是不想右府和太阁呕心沥血开创的太平之世，再次陷入混乱。但凡有心之人，心里都有一面明镜，都认为下一个天下人非德川内府莫属。此亦是顺应天意……总之，还请茶屋先生定要把光悦的意思转达内府，拜托了。”

光悦与茶屋又闲聊了片刻，谈了最近令他痴迷不已的长次郎陶器之类，方才告辞而去。光悦一走，茶屋四郎次郎立刻令人备轿，直奔伏见城。

关于从伏见搬至大坂一事，世上传闻甚多，究竟孰真孰假，甚至连茶屋四郎次郎也是丈二和尚摸不着头脑。

此事的起因，还是今春石田三成逃到德川府一事。世人听说三成逃到德川府，都认为他是自投罗网。可令人诧异的是，三成竟在家康的护佑下平安回到了居城——近江佐和山城。人们听到这个消息，不禁垂头丧气、面面相觑，觉得不可思议。这是谁都没料到的结局。

当时，就连茶屋四郎次郎也不知所措。家康不仅帮了三成，还为此与一路追到伏见的七将发生了激烈争吵，招致七将与他反目。家康还担心三成在归途中发生意外，特意派中老堀尾吉晴和三河守秀康率领重兵，亲自把三成护送至大津。秀康为秀忠兄长，曾为秀吉养子，现已继承结城家。

世人的诧异毫不奇怪。对于家康的热心相助，三成满含热泪，千恩万谢，还特意把家传宝物——正宗名刀赠与结城秀康，以表谢意。“当时情形乃小人亲眼所见。看来，内府与治部真乃惺惺相惜……”结城家的一个家臣特意把当时情形详细禀告了茶屋。

家康离开向岛府邸搬回伏见城时，正好是三成平安回到佐和山城之后的第六日，即庆长四年闰三月十三。

“真令人难以置信。内府帮助治部，难道是出于这个目的？”有人议论道，三成不反对家康入住伏见城，乃是对家康救自己一命的补偿。

留守伏见城的乃前田玄以和长束正家二奉行，他们轮流负责守城。当日，与前田玄以有亲戚关系的堀尾吉晴称进城有事，欲借钥匙一用。前田玄以便毫无戒备将钥匙交与了他。结果吉晴迅速开了城门，让家康及其家臣悉数入城，并把所有仓库的钥匙都交与了家康。

这样一来，人们又有了新的推测。京城与伏见的百姓亦议论纷纷。

“原来内府早就安排好一切，先把令人头疼的治部赶回领内，再进入伏见城。”

“不可能！要进伏见城，根本用不着帮助治部，更不用说派兵把治部送回领内。”

“可先卖一个人情，事后，治部不就不好反对了吗？”

家康进入伏见城，立刻和毛利辉元交换了誓书，紧接着与岛津义弘、岛津忠恒等人也互交永好誓书。四月下旬，家康让六子忠辉与伊达政宗之女五郎八姬订下婚约，接着，又允许在京大名回乡整顿政务。无论是入驻伏见城，还是与岛津等大名亲近、准许各大名回乡，在世人眼中，无疑都是一系列目中无人、强硬十足的举措。

但茶屋深知家康这些举动的苦心：都是为了避免骚乱发生，维持太平局势。家康不啻是把棋子毫不犹豫地下在了该下的位置……就在这时，光悦来造访了。

家康果真要在今秋进驻大坂？茶屋难以推测。表面上，茶屋四郎次郎是专门为达官贵人供应绸料的“御用商人”，但德川府上上下下没有一人把他当普通商家对待。

平日里，茶屋只须让管家通报一声，就立刻被请进去，已然成为惯例。可这日，管家却说有客来访，让他等了小半个时辰。茶屋深以为奇，便向一直与他相交颇深的板仓胜重打听消息。板仓胜重微微摇头道：“不清楚。大人正与大和柳生村的一位长者说话，据说此人精通兵法。”

“柳生村的长者？”

“是。此人自称石舟斋，看上去性情怪异。其号意为石头所造之船，故无法漂浮于世。本名似乎叫作……对了，似叫柳生宗严。大宗之宗，严厉之严。”

“柳生宗严……他和大人怎生相识的？”

“大人特意请他来，请教剑术，还跟以前对待天海一样，郑重行了师礼。大人真像孩子。”

“既是老师，大人是否时常遭他训斥？”

“是。可大人一旦向人求教，就立刻变成了纯真的孩童、乖巧温顺的猫。想想平日里让我们心惊胆战的大人，如今居然这个样子，真不可思议。”

听到这里，茶屋四郎次郎已对家康的心思明白几分了：他定在为什么而苦恼。与之谈话者既是“剑术高手”，那他定是在为与战事有关之事而困惑。事情或许真如光悦所言，家康恐已觉察到了石田的歹意。

许久，本多正信才来请茶屋。以前茶屋并不甚喜正信。他觉得，正信虽满腹才华，却阴沉有余、仁爱不足。但最近，茶屋却发现正信给他的阴森感逐渐消失，不禁内省：这不仅仅是因为正信随着年龄增长而成熟老练，更是其不断受到家康仁心感化的缘故。

“茶屋先生，快随我来。大人要特意为您引见一位贤达。”

“贤达？就是那位剑术高人？”

“是。正信甚为大人折服啊。大人年近花甲，身份高贵，但只要是有一技之长者，他都能诚心求教，连续七日毫不懈怠。”

“连续七日？”

“那还有假？大人还曾说，聆听了天海大师的教诲后，才对人生终有领悟。”

“那么，对那位自称石舟斋的高人，是不是也……”正说话间，已到了家康房前，茶屋四郎次郎猛地闭上嘴，在本多正信的引领下，走进家康房间。他吃了一惊。听正信和胜重描述，他本以为主客二人定是在无拘无束地谈笑风生，可眼前情形却截然相反。

家康肥胖的身体倚在扶几上，跟平时一样傲然，而那位让家康行了七日师礼的柳生宗严则畏畏缩缩坐于下首，一动不动。这哪里是师徒，分明是小卒参见大将。

“大人依然威仪不减。”远远地，茶屋慌忙倒地施礼。

"哈哈哈。"家康豪爽地笑了，"你今日是怎的了，跟平常不一般啊，快些近前来。"

"是。可是，大人的贵客都这个样子，小人……"

"哈哈。果然不同寻常啊，这恐是剑术流派新阴流的威力吧。"

"大人说什么？"

"连你都不敢靠前了。你可明白是为何？"

茶屋四郎次郎看了柳生宗严一眼。那宗严瘦小干枯，毫无风姿可言，端端正正坐在那里，看上去有些古怪，对茶屋也不大理会。

"小人明白，有这样一位贵客在此，小人不能坐到大人身边。"

"哦，你倒会说话。罢了。茶屋、宗严，你们都随便些，近前来坐。"

宗严只是微微点头，还是一动不动。据胜重说，他时常斥责家康，可那只是他作为老师的行为。现在他一定意识到了，作为剑师，他必须与内府保持距离。此时看来，宗严身上的确透露出一种石舟般的沉重。

"咦，宗严，你怎不动？那好，茶屋，你坐到前边来。"

"是。"

"你恐在市井中听到不少耸人听闻的传言吧？"

"是，可那……"

"自从太阁故去之后，谣言一直不曾间断。"

"大人明鉴。"

"你也堪称见多识广、成熟老练。依你之见，那些谣言绵延不绝的主因究竟为何？"

"小人以为，还是石田治部……"

家康猛摇头，斥责道："你错了。原因就在家康身上。家康本应把这天下治理好，却未能如愿。无人能意识到自己手中之物的重要。我到如今，才终深刻地意识到，家康实乃废物……"

"废物？"茶屋不觉嘟囔道。但他立刻发觉不妥，慌忙伏在地上，"小人罪该万死。大人的意思……小人丝毫也不明白。"尽管嘴上这么说，茶屋一颗心却放了下来。看来，家康已下定决心。

家康似未注意茶屋的反应，盯着本多正信，笑道："人一生懵懂不明，琢磨不透，但又该被认清。你说呢，佐渡？人人都以为在为自己活着，其实不然。人为自己，亦是为他人，这便是佛祖要普渡众生的原因。”

“是，在下也听人说，净土真宗信奉他力本愿。”佐渡道。

“若能悟到这些，人就当意识到，无论是地位、身份、财富，还是天下，一切都是身外之物，可我却未悟透这些。你明白吗，茶屋？”

“这……小人似乎有些明白了。”

“你积攒的财物，几已富可敌国吧？”

“这都是托大人之福。”

“你看，哪怕只是一句谦语，听来也甚是奇妙。但你要明白，财富在你手上，却亦不在你手。”

“哦？”

“无论多么执著，也无论你答不答应，当离开这个尘世时，都要将身外之物抛下。若那时你方才明白此理，恐悔之晚矣。”

“大人明鉴。”

“故，定要清醒地认识到，财富只是寄存于尔手，要用之有道，才是有诚意。”

“是。”

“我也明白了财富并非一人所有的道理。但财富到底有何用？其一，它可保证天下太平；其二，它可救助黎民苍生……如此想来，诸事都要尽量节俭。不仅是自己，就连家臣们也不该给予过多的俸禄……看来我似已尽了心力，但实际上，多时以来，我已把天下当成了自家的东西。”

“天下？”

“为此，我还被宗严训斥了一顿。”

宗严恭恭敬敬伏在地上答道：“不，鄙人只是与大人论剑术而已。”

“嘿，剑术？剑术的极致不也和天地万物的本源相通吗？”

“大人见一叶而知天下秋，实在高明。”

家康微微颔首道：“茶屋，我要去大坂了。”话锋突然一转，茶屋吃了一惊，只听家康续道：“快来大坂吧，再迟一步，大坂内庭就要大乱了……这是增田长盛和长束正家悄悄告诉我的。可直到今日，我才有了想去大坂的心思。”

茶屋不禁紧张起来，“大人！其实小人今日来，也是想跟大人报告此事……”

话犹未完，家康就轻轻打断了他：“你是来告诉我，大坂城内有人图谋不轨，欲劝我别去，对吧？”

“是……不……大人怎生知道？”

“我当然知道。土方、大野等人正在笼络秀赖身边的人，想趁我进城时下手。主谋就是浅野和前田……你听到的，是不是这些？”

茶屋四郎次郎伸长了脖子，用力拍拍膝盖，“正是如此，大人是从何人口中听到的？”

“我是从增田、长束处听来。那么你呢？”

“增田、长束？这么说来，在下和大人的消息都来自他们二人。长束等人把消息泄露给了淀屋，淀屋又透露给了光悦，光悦才匆匆忙忙跑到寒舍。”

“哦，光悦……”家康低下头，微笑道，“前田肥前守怎会有此叛心？定是有人在故意诽谤。你想说的就是这些吧？”

茶屋惊慌失措。“正是……正是。”他不由自主向前挪了挪，“大人刚才说，增田和长束二人希望大人入住大坂城？”

“是。前田大纳言故去之后，城里净是年轻人，故风纪败坏。长此下去，不知内庭会出何事，增田和长束便希望我进城看看。”

“大人进城之后安身何处？”

“是啊，正因为尚无处安身，便一直下不了决断。三成府邸肯定不妥，又无其他容身之所。若非去不可，就只有住进三成之兄木工头正澄府中了。正澄乃堺港奉行，但亦只好让他搬出去……为此我也甚感迷茫，不知如何是好啊。”

茶屋四郎次郎长叹一声，仰视着家康：“大人真要住进木工头狭窄的府邸？”

“是啊，既然要对天下负责，我别无选择了。”

“那么……大人的意思是，关于前田与浅野的传闻就这样不了了之？”茶屋急了。

“四郎次郎，”家康低声唤道，“纵然只是些凭空捏造的谣言，但若置之不理，我行我素，便是莽撞的匹夫之勇……若不多加小心，怎对得起天下，怎对得起我自己？对于此事，我自有分寸。”言罢，他脸上露出轻松的笑容。

进入大坂城一事，家康似乎已下了决心。他一旦进城，定会引起轩然大波。最近，京城和大坂的市井之中，也生出两个派别，一支持三成，一拥戴家康。支持三成之人，准确地说，当称作怀念太阁盛世的怀旧一派。尽管这些人认同家康的实力，却反对家康：“他早就等着太阁故去，好把天下据为己有……”当这些老百姓得知家康迅速迁向岛，驱三成，进伏见，如今得陇望蜀，又要进入大坂城时，他们再也忍耐不住了。

家康对这一切了如指掌。尽管如此，他还是必须搬进大坂城。个中缘由，茶屋略知一二。

关于大坂城内庭糜烂的传言，早已甚嚣尘上。有人说三十出头的淀夫人现正宠爱身边某近臣，闹得满城风雨。无论如何，若传闻属实，得宠之人一旦插手政务，便会酿成难以收拾的混乱局面。由此才奉劝家康进城的增田长盛和长束正家，行为似乎并无不妥。不过如此一来，势力的争夺和较量势必席卷淀夫人和众奉行……

比起茶屋四郎次郎，家康对现状清楚得多。

茶屋心悦诚服低下了头，“大人，小人愚钝。今日本有事禀报大人，希望对大人有所助益，但没想到竟在此大开眼界。”

家康却道：“日后还会有许多事，需要你与这位宗严师父交涉。宗严，你也多多与茶屋亲近。”说完，他用粗糙的手指指着自己胸口道：“天下骚动的原因全在于我自己，全在我这里，明白这些，我便再不犹豫了，也不会再有所顾忌，我当尽我所能。”

茶屋忍不住看了柳生宗严一眼。宗严依然如石雕般岿然，不只是身体，就连眼睛、眉毛都纹丝不动，仿佛一尊坐像。此人能给家康带来如此巨大的影响，其修为实在不可低估。

“佐渡，饿了吧？我也觉腹中饥饿。给宗严和茶屋上饭。”

“遵命！”佐渡恭恭敬敬施了一礼，刚要起身。宗严忽开口道：“九月初七最好。”

这大概是说进驻大坂的日子，茶屋竖起耳朵想听他还会说些什么，可宗严又沉默不语了。

二　入大坂

时值深秋，微风徐来，淀川边的芦苇荡里雪浪翻滚。河道里，扯着德川家康旗帜的船只绵延不断从伏见方向疾驶而来。不只水路，陆路也传来大军急行的消息。

听说家康要在九月初七进驻大坂并拜谒秀赖，最为狼狈的当数增田长盛。长盛一听到消息，立刻把长束正家请到城内奉行官邸，问道："长束大人，内府对你说了些什么？"

"增田大人何出此言？内府到我处并无甚事。我正想请问增田大人有何想法呢。"

"我有何想法？"

"当然，增田大人不是早就答应过内府进城了吗？"

长盛表情愈阴沉了，"难道你就不知内府要进城？"

长束声音低沉，"为阻止内府进大坂，我曾向他暗示过。此事大人不会不知吧？"

"就是上次说前田和浅野二人有异动一事？"

"不错。大人想，内府生性多疑，一旦听到城内有异动，必不会前来。本以为是条妙计，不想他竟破釜沉舟。"说话之间，长盛锐利的目光一刻也不曾离开正家的眼睛。

长盛和正家都私下与隐退到佐和山的石田三成保持着秘密联络，正因如此，一旦让家康进了大坂城，不知会让三成对二人产生多大的怀疑。

于是，二人秘密散布了“城内有异动”的谣言，为了保全自身，表明自己并非阴谋主事者，他们还放言说内庭糜烂，务必请家康进城云云。可没想到，家康不但没被“异动”吓住，反而对“内庭糜烂”之事信以为真，真进城来了，二人一时狼狈不堪。

城内并非没有反对家康的异动。前田、浅野二人为主谋的传闻之真假暂且不论，若家康真来了，那些对他抱有反感，为了秀赖而不惜对他痛下毒手的人就不在少数。土方河内守、大野修理亮，以及速水甲斐、真野赖包等秀赖身边的丰臣七手组成员，无不在秘密策划暗杀事宜。原以为家康定会在重阳节拜谒秀赖，令人意外的是，日期居然提前至九月初七。这顿时让众人狼狈不堪。

“既定在九月初七，说明他已准备周全了，并且，他绝不会给城内武士半点机会，真是失策！”说罢，长盛死死盯住正家。

无论何时，那些没有实力却又奸猾的官吏，为了保全自身，总是费尽心机，然而往往破绽百出。尽管长盛和正家在一起商议对策，二人却互不信任。他们想的是：家康和三成都甚是可怕，谁都惹不起。三成依然把二人当作同党，二人根本没有勇气和他一刀两断，但又不敢惹怒家康。为了隐瞒与三成的交情，二人不得不编造谣言，结果弄巧成拙，反而把家康引进了大坂。

“今日便是初七，内府既定于今日拜谒幼主，想必他早有应对之策。但，内府果真与你没有联系吗？”长盛还是不放心，又问了一遍。正家愠怒地摇摇头，心想：看来，长盛仍然不信任我，也许在怀疑我谎报时日，如此，事情就更复杂了。

长盛将白扇竖于膝上，打开合上，合上又打开，半晌方道：“长束大人，无论如何，内府已然来了。我们无力赶他出去。”

“是。”

“可是，若内府进城途中遇见暴徒，我们当如何是好？”

“我正想问你呢。既然内府已决意进城，他必有备而来。故，在拜谒结束之前，当不会出乱子。”

“那么，你认为内府出城时才有危险？”

“不，我觉得城内长廊下更危险，今夜的下处也欠安稳。”

“你知内府下榻于何处？”

“我从何得知？正想问大人呢。”

话音刚落，门口人影一晃，二人连忙噤口。

“谁？何事？”长盛仔细一瞧，不禁愣了。随他一起来此的河村长门守一脸惊慌走了进来，伏在地上。

“长门，我们正谈要事。”

“恕小人打搅了。然而有件十万火急之事，不得不禀报大人。”

“哦？长束大人，恕我失礼。”长盛向正家施了一礼，忙朝廊下走去，“什么事，长门？”

“城内气氛尤是异常。”

“看来要出事？”

“土方河内守等人义愤填膺，声称断不会放内府进本城，并命令守城士众每人备刀两把。”

“我早料到了。”

“不仅如此。内府已派使者井伊直政去了府里，说是要拜访大人，称今夜就住在咱们府上。”

增田长盛顿时目瞪口呆。今晚让家康住进自己府里，世人究竟会如何议论？当初家康进伏见城，世间都传言乃是堀尾吉晴引进去的，从那以后，人都说堀尾乃家康的怀剑。而此次内府则是进丰臣氏的大本营大坂，伏见城根本无法与之相提并论。若天下都说带路人便是增田长盛，三成等人会怎么看他？可如今已顾不得这么多了，最重要的是赶紧找借口拒绝家康——但这样的借口哪里去找！

长盛被打了个措手不及，无路可逃。大坂城内庭已乱了套，切切请内府进城，若如此，将是万民幸事……这些言不由衷的恭维话不是出自别人之口，正是长盛亲言。而家康竟信以为真，声称要来与他商议对策，这怎能拒绝？

“大人，大冈作右卫门正在大门外等着大人回复。”

小舟一旦被卷进激流，就再也停不下来了。此时留守的家老们一定在竭力与使者周旋。

此时的增田长盛，哪里还能思考，他仿佛已掉进了巨浪旋涡，只有听天由命了。“你们去回复说，不期内府大驾光临，直令蓬荜生辉，能够接待内府，增田一门荣幸之至。”

“明白！”

“一定要加强戒备，情形甚是险恶。”

“明白。”

“好了，不能让使者久等，赶紧回去吧。”说罢，长盛好不容易才平静下来。事已至此，再无力回天了。如今办法只有一个：在城内把家康杀掉！

“对不住，刚才失礼了。”再次回到房内，增田长盛故意长叹道，“长束大人，看来我们又慢了一步。麻烦大了。”

“你是何意？”

“内府已派人来，说要住在舍下……这当然不会是你的主意。”他明知这不是正家的主意，却偏要提及，实是怕正家怀疑他在偷偷接近家康。

“我的主意？哼！你竟还怀疑我……”情急之下，正家一时哽住了。

长盛忙道：“不不，我不是这个意思，我也觉得不会是你的主意。见谅！你说内府葫芦里究竟卖的什么药？”

“那还用说，他是想说：若不方便，便立刻在城内给我准备住处。”

听正家这么一说，长盛不禁吐了口气，抱着胳膊沉思起来。

这次谈话，终于使长盛和正家不再相互猜疑。他们都知对方一筹莫展，成了拴在一条绳上的蚂蚱。

“大人所言极是，他定想让我给他在城内准备一处住所。可眼下城里哪有空着的府邸？”长盛嘟囔道。

正家叹道：“若非要让他腾出来……”

“大人说谁？”

“石田木工头，可就怕内府不答应。”

“但除了本城少君居所和高台院所居西苑，城内再无可供内府下榻之所了。”

“增田大人，看来得先和木工头打个招呼。”

“是啊。”

“眼下先让内府住在贵府，其间让木工头搬出去。木工头乃治部兄长，让他从大坂搬到堺港去，内府不就有地方了吗？这样一来，我们也保住了面子。”

长盛阴沉着脸点了点头。事已至此，顾不上许多了——特意把家康请来大坂，却连容身之所都不备，不就表明自己乃是在不负责任地恭维吗？

“不管怎样，有住处就好。”

“言之有理。那我赶紧派人到木工头府里，让他赶快搬家吧。”

长盛话音刚落，只见一个人匆匆跑来，还没进门就扑倒在地。“启禀增田大人，贵府来了一位重臣，说有急事要禀告大人。”

“谁？”

“桥与兵卫。”

长盛脸色刷地变了。桥与兵卫乃增田家老之首，既然他都如此慌乱，定是发生了天大的事。

“说是内府大人又不想住在贵府了。”那人继续道。

“内府不去了？”

“是，忽然决定要住在石田大人宅中，现已率领众家臣进入治部旧宅。”

增田长盛暗暗叫苦，抬眼看了看正家。两个人都束手无策。

“看来，内府定是发现无处下榻。”

“可为何去贵府拜访的事都取消了呢？”正家小声道。

长盛紧咬双唇，呻吟道：“恼了……他定是恼了！”

未几，桥与兵卫忙忙赶来。

正家刚要起身回避，却被长盛拦住：“你也听一听吧。”他遂问与兵卫道：“内府为何又不住我家了？”

“启禀大人，具体情形尚不清楚。内府大人只说担心给大人添麻烦，便去了石田府。在下去问过土方河内守大人，说是内府今日进城拜谒少君一事也取消了。”

“哦？”

“已令人报知少君，还是定在重阳节。”

增田长盛不禁恨得咬牙切齿。家康原本定在九月初九重阳节进城，忽又改到七日，众人正为此忙得焦头烂额，他又突然变了回去，真是可恶至极！不仅如此，明明称要住在长盛家中，却又出人意料去了石田府。若此时有人看到长盛和正家的狼狈相，不笑得前仰后合才怪。

“此事我们绝不能大意。”久经沙场的与兵卫道，“内府此次的做法，与小牧之战时戏弄太阁大人的把戏如出一辙啊。”

“与兵卫，内府如此戏弄我们，对他有何好处？”

“依小人愚见，许是欲暗杀内府的传闻已传到他耳内去了。”

与兵卫此言一出，长盛和正家不禁面面相觑。散布这谣言的不正是他们二人吗？

“内府一定正在调查大人与长束大人究竟跟那些人有无联络。当然，这只是小人的推测。”说完，与兵卫像是忽然想起什么，“对了对了，今日在下带的人已足够护卫石田府了，请大人放心。另，使者井伊传口信说，内府明日再拜访大人……”

“明日？”

“是。在下想，他定想在今晚寻些证据，明日再诘问大人。故，我们一定要小心，内府非寻常之人。”

桥与兵卫的一番话让长盛和正家更加慌乱。连下榻之处都不准备，就把人请进大坂城，他们已给家康留下了把柄——“特意叫我进城，却连住的地方都没有。你们二位是不是早就算计好了？反正我的人头就要搬家了，还用操心住在哪里，对不对啊？”万一他如此刻薄地挖苦一番，二人的前程恐就断送了。

桥与兵卫去后不久，二人匆匆忙忙一同出了城——不先到石田府打探打探，无论如何安心不下。

倘若家康没说要在增田府住一宿，长盛和正家许还不至于如此狼狈。可家康却偏偏故意要弄他们，这难以让人释怀。既然内府几次三番改变主意，必有不为人知的秘密……

若此时有人清楚家康所习新阴流剑法之高深莫测，深知家康雄才大略，就当察觉到，这其实是家康认识到只有抢占先机，才能避免天下大乱，从而作出的果断举措。然而，长盛和正家对石舟斋与家康的事一无所知。年逾古稀的柳生但马守宗严当日出了大和柳生谷，飘然前去拜访佐和山城旧友岛左近胜猛。岛左近胜猛乃石田三成家老之首，每年从三成处领取禄米两万石，曾和柳生宗严共同侍奉过筒井氏，如今乃三成左膀右臂。柳生宗严造访岛左近时，究竟发生了什么，无人知晓。只是，宗严在归途中又顺道去了趟伏见，结果在家康的挽留下待了七日。正是在此期间，家康决定拜谒大坂。

其实，要想试探敌人并不难，即使不懂新阴流剑法，只略施小计，对方必会在慌乱之中露出本来面目。因此，正家和长盛哪怕只得知一些关于柳生宗严之事，就不至于落到如此田地。但如今，本已接受了家康请求，对方又莫名其妙改变主意，即使获知了真正原因，二人也如履薄冰，轻松不起来。

“无论如何，我们必须要让内府相信，我们站在他一边。”因为一直刻意暗中与三成保持联系，二人才下了决心。

增田长盛在大和郡有二十万石，长束正家在近江水口有六万石，这便是他们全部的实力。他们的本意，也不是非要和三成站在一起，只是担心，若与三成疏远了，一旦其得势，必于他们不利。二人身为奉行，与三成到底有几分交情，必须与之亲近，但势力薄弱的他们，又害怕稍不留神得罪了远比三成可怕的德川，故不得不骑墙观望，以求明哲保身。

二人一起出了城，赶往石田府。一路上他们反复商议，无论付出多大代价，也要打消家康疑虑。当他们进了三成府邸，这种想法更加坚定，因为石田府早已被卫兵围得水泄不通。这些严阵以待的士兵当中，不仅有井伊直政、本多佐渡手下，也有号称德川氏最强悍的本多忠胜和神原康政等所率的精兵良将。

无论是事事精打细算的增田长盛，还是擅长节流开源的长束正家，在管理钱财方面的确有着杰出的才能，可一旦打起仗来，却毫无手段。而上杉景胜、毛利辉元、宇喜多秀家和前田利长等人，则把一切政务都交给了家康，回到了领内。此时一旦有事，既哭告无门，也无人出来周旋。就连加藤清正、细川忠兴、黑田长政和堀尾吉晴等人也都在自己领内缩头不出。

“听说内府大人到了，立刻前来拜访，烦请通禀一声。”二人的声音都已发颤了。

守门的乃本多佐渡守之子本多正纯。但见他面带微笑向二人道：“是要鄙人把二位的意思转告我家大人呢，还是二位亲自和大人说？”

二人不禁一怔，交换了个眼色。若连家康的面都见不上便回去，心里只能愈发不安。“我们有机密大事要禀告内府，故……”说着，二人又发起呆来，能向内府密告什么呢？连他们自己都吃了一惊。

“那么我立即前去禀告大人，请二位稍候。”

原本无事，他们却偏偏送上门来。二人本想打探家康虚实，哪有什么机密之事相告！

正纯回来，也不知为何，竟出人意料地恭恭敬敬把二人引到厅上。这正是从前三成在阿袖的启示下，发誓要与家康斗到底的那间大厅。只是在长盛与正家眼中，厅中屏风上所绘猛虎，在家康面前也变得畏畏缩缩。

“请二位大人解下佩刀。”二人正要步进去，门口的鸟居新太郎伸手过来道。二人一愣，但也只好把长短刀皆解下交与他，方才走进厅里。

“哦，二位来了。快请。”家康泰然自若。然而在二位访客听来，话中却暗藏杀机。

“内府能够平安抵达，幸甚。”

“呵呵，我怎会有事？听说二位找我有机密事要谈，可需屏退左右？”

二人一时瞠目结舌。既然家康单刀直入，他们也只好硬着头皮说两句了。想到此，增田长盛强作镇静向前凑了凑。“实际上，此前就已向内府提过……”其实长盛心中迷茫得很。若非要说点什么，话题只有两个，一为内庭糜乱之事，一是浅野、前田意图不轨。可他转念一想，又觉甚是不妥。一旦谈及内庭，话题必会集中到淀夫人身上。淀夫人宠爱大野修理亮一事，早已传得沸沸扬扬。甚至那些年轻的侍卫和侍女也竞相效仿……这些早就传到家康耳中。身为掌管天下诸事的二奉行，今日携手前来竟专为此事，似有不妥。那么，所能讲的就只剩一事了。长盛脑中一时转过千百个念头，道："无他，便是关于此前所提阴谋一事。"

"是前田肥前守和浅野弹正之事？"

"正是。后来我们又陆续得到些消息，觉得事关重大，必须向内府禀报，方才匆匆赶来。对吧，长束大人？"

"是。"正家也松了口气，点头不迭。

"事到如今，肥前守和弹正还没清醒？"家康声音平静，未现出一丝惊愕。长盛放胆道："想必内府也知，前田大人现已回到金泽。听说他返回之前，曾把浅野弹正、大野修理、土方勘兵卫等人召集起来密谋。当然，这不过是些传言。"

"此事当真？"

"虽是传闻，正所谓无风不起浪啊。浅野弹正嫡长子幸长与已故大纳言幼女早有婚约，另，土方勘兵卫乃是肥前守生母芳春院之侄，浅野弹正与土方勘兵卫又是至交……一切均不能有丝毫大意。"

长盛终于自作聪明，犯下了精明人最易犯的错误——他已完全堕落成一个进谗言者。

"他们商议的结果是什么呢？"

被家康一催促，长盛益发激昂起来，"为了告知内府，我二人特意携手前来。"

"前田肥前守并不像是玩弄这种小伎俩的人……你先说来听听。"

二人开始时惶恐不安，稍后稳住阵脚，再到慷慨激昂，家康一一看在眼里。他亦方领略到，需重新品评增田长盛和长束正家。

"他们商议的结果是，浅野、土方、大野三人先埋伏起来，静候内府，一旦内府进城，就起而动兵，同时，肥前守率兵从金泽入大坂城，以里应外合。"

“哈哈哈哈……”家康大笑。

“在下并非说笑。修理和勘兵卫早就把大人此次进城看作刺杀良机，一切都合计好了——内府进城时，浅野弹正先将您迎进大门，以力大无穷闻名于世的土方勘兵卫从背后抱住您。至于由谁下手，恐怕不是浅野便是大野……”增田长盛滔滔不绝，仿佛亲眼看到了事情经过，脸涨得通红，“如今满城风雨，切切请内府多加小心。”

家康忍笑点头：“让你们费心了。看来，我真得小心些。”

“是啊，万万不能大意。”

“我的预感应验了。”

“预感？”

“我若是今日进城，二位的忠告自然就听不到了，恐怕此时我已横尸大坂城了。”家康讽道。可二人却毫无察觉。家康看了一眼本多正纯，继续讥讽道：“正纯，你们听着。这些其实都是石田治部的阴谋。”

“治部的阴谋？”

“正是。前田肥前守已把兵力集结起来。听二位这么一说，我倒真想出兵金泽去会会他了。”

“内府明鉴。”

“我一出发，治部就会趁虚而入，迅速占领大坂和伏见。到时前有前田，后有石田，我自会遭到前后夹击。届时，我德川这条‘川’就只好乖乖流回江户了。二位大人，对不对啊？”

二人竟然还没意识到这是家康的揶揄和讽刺。

“多谢二位前来传信，明日再登门道谢。家康进城时，还要请二位大人多多关照啊。”

二人悄悄交换着眼色，放下心来，结果连家康为何更换下处都忘了问。他们在家康面前，真如孩童一般。长盛和正家去后，家康立刻恢复了严肃，陷入深思。

“蠢货。”家康不屑地骂道，“正纯，你好生记着，这便是诽谤者的嘴脸。”

“大人的意思是，他们刚才所说全是子虚乌有？”

家康沉重地点点头，“无论是前田还是浅野，都不糊涂。这只是长盛和正家的妄想臆测。前田等人没有这般鼠目寸光、心胸狭窄。”

正纯紧盯着家康笑了。其父正信被世人赞为家康智囊，正纯之智不输于其父。

“正纯，看来你也明白了。”

“是。为了保全自己，无所顾忌地诽谤他人。这种人怎生靠得住？”

“正纯，莫要自作聪明。”

“是。”

“世上会有凡事不为自己打算的人吗？”

“这……没有，或许没有吧。”

“这就对了。无人会那般无私。而且，我也不信有这样的人存在。我担负着上苍交与我的责任，故，珍惜我自己，保全我自己，也是上天交给我的使命，何耻之有？你也一样，最重要的是珍惜自己，否则，便是虚伪，便是自欺欺人。”

正纯一脸疑惑，目光闪烁，不敢回话。多年来，他言必称为主君舍生忘死，不料这种说法竟大错特错。

“哈哈哈，看来你还未领会我的意思。你记着，在这个世上，最为宝贵、最可珍爱的就是自己，故，千万不要小肚鸡肠辱没自己的珍贵。虽如此，浅野与前田也并非毫无过错。”

“难道刚才那二人所说属实？”

“你又性急了。听着，切莫轻易作出判断。前田和浅野并无叛心，但长盛和正家却振振有词。人一旦遭到诽谤，就说明自己确有疏漏，才让人有机可乘。此种疏漏便是不够坦荡。若他们更坚决些，正家和长盛之流便无机可寻。”

“是。”

“正纯，你又贸然下论断了……罢了。随后你把众人都叫来。后日进城。”

正纯若有所思地站起身。家康刚才的话，他似乎明白了一些，可依然无法全然悟透——即使前田和浅野没有叛心，那也不能因此就断定土方河内守和大野修理亮没有逆意。家康究竟在想什么？他又为何要进城？

本多正纯叫来父亲佐渡守以及井伊直政、本多忠胜、神原康政等重臣，家康与众人又密谈了大约一个半时辰。正纯被家康支走，所以，他们究竟作出了何种决定，无从知及。

摆上晚膳时，屋内已十分昏暗。除了诸重臣，正纯、伊奈图书、鸟居新太郎三人也被允同席用饭。当然没有酒，只有五菜二汤，比起各人在家中的饭食，简单多了。

次日，家康如约拜访了增田长盛，郑重地对其昨日的拜访表达谢忱。正纯和新太郎二人随行，自始至终强行忍笑。尽管家康早已把长盛和正家看得通透，可他仍然装作煞有介事、一本正经。“昨日二位向鄙人据实以告，鄙人由衷感激。请二位放心，即使前田、浅野之徒图谋不轨，对我而言，也只是小菜一碟。”

当家康刻意提起前田和浅野，增田长盛脸上不禁流露出一丝得意。看来内府还是乖乖中计了！长盛一定在这么想。家康看在眼里，再次确认了长盛企图把前田利长和浅野长政从他身边拉走的险恶用心。

正纯为家康的智慧感慨不已，而更令他吃惊的则是第二天，即九月初九家康进城的情形。

庆长四年九月初九，天空响晴，明媚的阳光倾泻在那座九层天守阁上。随行有井伊和本多父子，以及神原康政。他们各自率领精挑细选过的十名家臣，再加上伊奈图书和新太郎，一行已近六十人。人们正猜测家康究竟会带多少人进本城，家康却十分痛快地让所有人都进去了。带了如此多的陪臣，人们不由担心守城士兵难以全部放行。果然，刚到樱御门门口，就被一群士兵挡住去路：“只能请内府与近臣通行，闲杂人等概不能入内。”

家康沉下脸道：“这些都是我的近臣。我与他们讲好，要让大家亲眼见见大坂本城的大行灯。你们不用担心。”说毕，便催众人径直走了进去。

大坂城内大行灯乃是丰臣秀吉引以为荣的名物，享誉天下。因此家康说要领家臣进城参观，守卫们也犹豫起来，就在踌躇之间，一行人已迅速通过了城门。这显然是有违律令，也太胆大包天了，守城士兵立刻报至秀赖身边重臣。本城内一时杀气腾腾。

进城的早有准备，守城的措手不及。家康带着近六十个强悍的随从进城，城内人自然会产生疑问，可谁也不知家康心思。不仅是守卫，就连增田长盛和长束正家也慌乱起来，而更狼狈的要数土方河内、大野修理、片桐且元、真野赖包、速水甲斐等秀赖近臣。

“到底怎么回事？”

“他们不会是前来加害少君的吧？”

“怎么可能？内府定是担心有人偷袭，才加强戒备。”

“不少人嫉恨内府，说不定有人乘机加害于他，不可不防啊。”

人心惶惶，城内气氛紧张。

“你看，人人都带着刀。”

“他们带了兵器，我们也须带。”

本以为家康至多会领四五个人进城，没想到竟来了五六十人，人们慌作一团，有的跑去走廊，有的去取刀，还有的跑到门口打探情况……可德川诸人早已尽散入城，不知去向了。

“奇怪，内府去了何处？”

“混账！统统给我去搜！那么多人，怎会突然消失？”

此时的家康一行，早已到了地上铺着木板、约二百叠大小的宴厅，正在悠然欣赏大坂名物大行灯呢。

“怎样，颇壮观吧？”

“不愧是太阁大人心爱之物。可这么大的灯，不知要耗费多少灯油啊！”

“真是劳民伤财，哈哈。”

正当众人感慨万千时，浅野长政、增田长盛、长束正家、片桐且元四人匆匆赶来。“原来内府在此处。方才一通好找。”一直以家康盟友自居的浅野长政脸上现出放心的神情。

“弹正，你失望了？”家康厉声讽道，“听说你要抓住我，把我带到一个好地方啊。”一听这话，长盛和正家大吃一惊，立刻埋下脸，身子缩了一半。家康瞥了二人一眼，继续道：“至于我为何会来此地，你自去问增田、长束。片桐，就劳你带我们去见少君吧。”

家康沉着脸走开，随行之人忙跟上去。

随员当然不会进入秀赖房间。在本多正信的指示下，众人都在外间守候，只有井伊直政、本多忠胜、神原康政、本多正信父子五人，有资格与家康一起拜谒秀赖。如此一来，即使有人想动手，恐也难有机会。

家康带着鸟居新太郎一直走到上位，在秀赖身边坐下。在向秀赖问安之前，他先是悠然巡视了一圈此时汇聚到大书院的人。

为了重阳之庆，所有年俸万石以上的大名都要聚集到此，已成惯例。可现在，众大名几乎都不在大坂。除了上席的浅野长政和增田长盛，余者都是秀赖的近臣。

家康如一尊石像般，脸上无一丝表情，他先把众人扫了一眼，方才转向秀赖。“江户的爷爷来看你了，莫要怕。”他面带微笑，竟以这样一句话取代了中秋贺辞，接着便望着在一边正襟危坐的淀夫人，“少君能够平安迎来重阳，可喜可贺。”

淀夫人似乎也松了一口气，家康进城以及城内慌乱情形，她恐怕早有耳闻。“内府特意前来祝贺，深感荣幸。大人也看到了，少君好得很……”说着，她搂了搂秀赖，道，“说话啊。”

秀赖羞怯地瞥了一眼母亲，才开口道：“爷爷，您能来太好了。”说完，他垂下头，又抬首察看母亲脸色。很明显，有人教过他。

家康忽然怒声对淀夫人道：“有一事我想告诉夫人：增田和长束两位大人告诉家康，说最近城内风气着实令人放心不下，希望我能进城来。”家康这句话，不仅让增田长盛和长束正家如雷轰顶，淀夫人、大野修理亮、浅野长政、土方河内守等人也大吃一惊，瞠目结舌，面面相觑。

长盛和正家万万没想到家康会在这种场合说出此事。淀夫人与大野修理则是因为“风气”二字惊心不已。浅野长政一听增田和长束竟然不跟他商量，就把事情告诉家康，不禁大感诧异。

“为了确认事情真假，家康今日不得不违背常规。如今看来，城里士气不振，确让人不忍目睹，若不是有家康在，此城恐怕早落到敌人手里了。”

“我不赞同内府的说法。”土方河内守涨红着脸，向前探身道，“内府是否在责备我等不尽职？”

“勘兵卫，这个问题你不该问我。说士气不振、风纪糜烂的，是增田与长束二位大人。这种事怎能在少君和夫人面前争论？休要再提！”家康轻描淡写、含沙射影斥责了几句，又转向淀夫人，“听说城内有人害怕家康来大坂，欲图谋不轨……当然，此事最好还是请夫人事后和增田、长束二位大人仔细确认。传言说，要在家康进城时伏击，浅野长政会拉住我，然后由土方勘兵卫动手……”家康停了一停，缓和了语调，继续道，“夫人，家康此来并非想确认传言真伪，单是想把传入我耳内的话原封不动向诸位披露。听说，把家康除掉之后，前田肥前守会立即在金泽起兵。”

“内府大人！”脸色苍白的浅野长政忍无可忍，大喊一声，打断了家康，“内府把事情说得太可怕了，我等怎会参与那种阴谋，我们还没愚蠢到如此地步！”

“莫要激切。我方才也已说过，我也不知事情真相。”家康淡然打断浅野，“既然有人特意把这些传闻告诉我，我也不得不防。万一所传属实，又该如何？我不得不准备对策，因此增加了随从。身为武士，这样做也在情理之中。可是……说句不中听的，家康若心怀不轨，对传言信以为真，断然采取行动，此城大概早就落到我手中了。城池防卫如此薄弱，完全不堪一击。号称戒备森严、易守难攻的一座名城，居然让近六十人以佯称参观大行灯为名，就轻而易举混进来。在去往大宴厅路上，竟无一人出来阻止或是盘问，城内守卫完全形同虚设。”家康愤怒的目光死死盯住增田长盛和长束正家，二人羞愧难当。他们做梦也没想到，自己的丑态竟会以这种形式露于众人面前。

这样一来，所有人都知道了告密者就是他们二人。若在从前，家康不会如此不留情面，把这些事全抖搂出来，可这次一反常态。他明白，三成的叛心路人皆知，天下千疮百孔，乱世当用重典，他必须果断行事。

“这种情形被太阁看到，他会多么痛心。我决不允许事态再继续下去。家康已痛下决心，接受增田和长束的请求，亲自到少君身边处理政务。”这哪里是商谈，分明是知会。

增田长盛和长束正家被赶进了死胡同，他们的如意算盘彻底落空。本想把浅野和前田两股势力从家康身边拉走，结果竟陷入憎恶与怀疑的泥潭，三成定在咒骂他们为何无缘无故把家康引进大坂城。更为严重的是，秀赖身边的人必已把他们二人视为叛徒。

“见谅，恕在下多嘴……”说话的是片桐且元，“内府在城中邸于何处啊？”且元看到家康今日来势汹汹，担心他还会说出更惊人的话，故岔开话题。

家康轻轻摇摇头，“这不用你担心。既然要来，这些琐碎事情我早考虑过了。石田正澄府小是小些，眼前也只好将就了。”一句话让淀夫人和她身后的大藏局、飨庭局都松了一口气。这些女人刚才正担心家康会让秀赖把本城让出来。

“这个大好的日子，家康说了这么多。可这也是为了维护太阁呕心沥血、苦心经营起来的太平。请少君放心，有爷爷在，日后决不允许人碰你一个指头。”家康缓和语气，脸上堆笑。全身是汗的淀夫人这才轻轻对秀赖说了些什么。于是，秀赖天真地点头道：“为永保太平，干杯！”

浅野长政低头沉思起来。长政两鬓又添了不少白发。他已隐约察觉到家康究竟在想什么了。家康似已下了决心，决不把秀赖交到三成手中。三成口口声声说为了少君，可眼前的少君只是一个被一群女人包围的孩子，没有任何主张和想法。三成的说辞无非是借口和盾牌。家康连这样一个懵懂孩童都不交给三成，并为此大费周章，将来的风浪可想而知。

浅野长政睁开眼睛，秀赖已让家康端起酒杯，自己则不知所措地察看着母亲的脸色。孩子膝边摆放着的分明是纸玩偶。他定是想问母亲，究竟是该拿起玩偶，还是继续正襟危坐。淀夫人拍了拍打磨得甚是光滑的螺钿扶几，分明是要秀赖坐直身子以显示威严。于是，这个玩偶一样、全身着金丝织花锦缎，却独独被摘去了王冠的孩子，只好不情愿地挺起胸脯。

浅野长政将泪水强咽到肚子里——家康终于要行动了……

三　退避三舍

在西苑独自度日的高台院，即昔日的北政所宁宁，也已获知德川家康来大坂的消息。秀赖若是她亲生儿子，家康自会先到这里来问安。可是，丰臣秀吉曾明确让朝日姬收家康之子秀忠为养子，却未让秀赖给宁宁做养子。始时，宁宁还心怀怨恨，如今，这种怨念已离她远去，她已成为大彻大悟的高台院。

露落露消我太阁，
浪花之梦梦还多。

太阁在临终诗中对于梦幻人生的感叹，她如今有了更深的体会。每每回味起这两句诗，她就觉得巨大的大坂城是那么不真实。淀夫人、秀赖，以及家臣与武士……所有人都在无尽的梦幻中纠缠，不久却将化为露水消逝，这还不足以令人警醒吗?

偶尔，她也会从京城邀请些得道高僧前来讲经。在曹洞宗弓箴禅师的启示下，高台院终于明白了佛祖出家修行的意义。

人一旦执著于贪欲，无尽的痛苦必会终生相伴。无论执著之象是城池、金银、领地，还是亲情，均毫无二致。

“世上无难事。生与死，有形与无形，无不是一体。一旦领悟了这些，便足够了。太阁归天前已顿悟，故有此临终诗。”弓箴禅师与临济宗僧人不一样，对高台院的疑惑从来都是不厌其烦，耐心给予讲解。前一刻是此我，后一刻便成了彼我；今朝转瞬即逝，明日眨眼间又成今日，世事每时每刻都在变化，只有铭记世事常变，善恶有报，方能超然于世。因此，人对某一事物执著，便是执著于无物。

“譬如大坂城，看是城池，一旦烧掉便成灰烬。它无非是石头、木材、泥土、金银。对它过分执著，便会让它化为灰烬，涂炭几多生灵，让血流成河……实乃愚不可及。”禅师禅语之中已有几分醒世之味。

庆长四年九月初九黄昏时分，脸色苍白的浅野长政造访西苑。

浅野长政乃高台院之妹屋屋夫婿。看到长政脸色非同寻常，高台院心中甚是诧异，但她依然保持镇静。对石田三成的想法与举动，高台院略知一二，家康搬进大坂城之事也在她意料之中——毕竟在伏见城理政并不方便。

若是秀吉，无论身在何处，处理政务都如行云流水，可同样的事对于家康却比登天还难。只要大坂城内的人心不服，天下便时时有卷入派阀争斗之虞。

换作谁都无法治理好天下，不知从何时起，高台院竟生出这种想法。可这次，家康不仅要进驻大坂，还把浅野长政和前田利长看成想谋害他性命的元凶。从长政口中听到这些传言，她简直难以呼吸。

“这当然是有人谗言诽谤。事到如今，我不必再遮遮掩掩，定是增田长盛和长束正家二人。他们一面同治部秘密保持联络，但又不忘暗中向内府献媚。”长政眼圈发红，哽咽难言，“高台院曾给予我不少忠告，我也一直尊崇太阁遗志，辅佐内府，不想竟有今日。照此下去，一切努力都将成泡影。”长政拜访的目的是想让高台院向家康解释：浅野父子不可能参与阴谋。

高台院闭上眼，默默沉思半晌。除了老尼孝藏主静静守候一旁，再无他人。安静的屋子里，屏风上的花鸟图很是华丽，与室内陈设不大协调。

“我父子二人的心志，想必您知根知底，均向来厌恶三成……不意如今竟遭到内府怀疑。长政开始时还满不在乎，可后来发现内府看我的眼神竟充满憎怨。您知我的领地在甲斐，距江户不远。一旦招致内府误解，岂不是引火烧身？”

高台院依然不作声。

“甲斐尚有年轻的长重，若失去我心，即使得到增田和长束，哼，对于内府又能有多大好处？能把这话告诉内府的，只有您了。”长政渐渐伤心起来——这天下事啊！

“长政，你错了。”良久，高台院方道。

长政一愣，忙向前探身道：“我错了？”

“是啊。事情并非如你想象，内府终于下了决断。”

“高台院，内府的决断难道不是视长政及前田肥前守为敌吗？”

高台院眯起眼凝神片刻，轻轻摇了摇头：“长政，太阁当年决意取代信长公执掌天下而召开清洲会议时的情形，你还记得吗？”

“当然记得，我怎会忘记？”

“当时，有人提出异议，他顿时拂袖离席，去睡午觉了。”

“是，是……当时太阁一反常态，毫不留情把人训斥了一顿。”

高台院脸上露出一丝苍白的微笑，“长政，当年太阁是想永远把三法师公子握在手中。如今的内府也一样，怀抱秀赖君临天下。连最亲近的你和前田肥前守也……”

“啊！”长政惊叫一声，哑口无言。寒意袭遍全身，他战栗起来，“内府已作好了决战的准备？”

“山崎决战尚未结束，太阁就已决定进攻柴田。同太阁相比，内府忍耐的时间够长了。”

“即使您前去斡旋，也无济于事了吗？”

高台院叹道：“大江大河，岂是人力可以阻挡？”她双手并拢，念念有词：“长政，我也是近日才悟出：无论如何，要让太平持续下去。这是太阁唯一的愿望，我也不曾舍弃。可如今看来，这恐怕只能是一个梦了。”

“高台院……”

“此次决战，将决定天下大势。想起来真是可悲，谁又愿意发起战事呢？可人们总是顽固而执著，无法舍弃贪欲。战争固无法避免，我亦终于下了决心。”

“决心？”

“太阁的时代已结束了，我也该舍弃这座城池了。”尽管高台院语气十分平静，长政还是惊呼了一声。老尼点上了昏暗的油灯，高台院手腕上的念珠冷冷地泛着青光。

“这座城池？太阁大人费尽心血建造起来的大坂城，您就这样舍弃？”长政与高台院的心境有着天壤之别，执著道，“此天下第一名城，将与太阁的英名一起流芳百世！”

面对长政的执著之言，高台院沉下脸来，责备道：“请大人冷静，你难道没发现，这座城早已大变了？”

“变了？不，再过一百年、两百年，此城也不会改变。此乃太阁平生的夙愿。”

“太阁在，此城才是天下太平的象征。可现在，情况完全不一样了……”

“有何不一样？”

“长政，你难道没有看出，今日大坂城已不再是太平的象征，反倒是那些觊觎天下之人的目标了？”

听到此话，长政猛地哽住，忙躲开高台院的目光。高台院既这样说，他再也无法争辩下去了。不错，如今的大坂城的确变了。家康已奔这座城而来，不久三成也定会重返大坂，企图号令天下。

“长政，我不想卷入这样的争斗中去。一旦加入，就违背了太阁遗志，所以，我要断然放弃这座城池。因此，你最好也把一切事务都交给幸长，自己回甲斐去。只有这样，浅野氏才会安泰，你以为如何？”

长政狐疑地看着高台院，“您以为这样，内府就会与浅野冰释前嫌吗？”

高台院故意冷冷把脸扭到一旁，“我也很疼幸长……我若把西苑让给家康，然后出家，看在我的面上，家康断不会为难你们父子。内府原本就无与你和前田肥前守为敌之念。无论是五奉行之首的你，还是五大老之一的前田之后，一直都对内府言听计从。但如今连你和前田肥前守都遇到难题，由此看来，内府分明已痛下决心了。想必你也明白，一旦战火燃起，我也最好离开这里。与其被卷进野心的旋涡，背叛太阁遗志，还不如趁早远避，诵念佛经。这就是我的希望。罢了吧，长政。”

至此，浅野长政终于明白了高台院之意：她并不认为家康视长政和前田利长为大敌。他遂道：“内府已痛下决心要与三成一战，其证据便是，为了准备开战，首先给我们出几道难题……您是这个意思吗？”

高台院轻轻点头，“内府正在巧妙利用增田和长束的谗言，故意对他们的话信以为真，要求你和前田作出解释。既然决意开战，这不就是最为重要的一步吗？”

“那么，我们若既不解释，也不屈服，结果将会如何？”

“那还用说，立即灭了你们。江户的实力对付区区甲府二十一万石大名，岂在话下？”

长政眉头紧皱，暗暗惊心。高台院说得丝毫不假，他心知肚明。“若前田和我联手抗之，内府又将会如何？”

“前田不会起兵。”高台院不假思索，冷冷答道，“金泽有芳春院在，她断不会让前田兄弟去打一场毫无胜算的仗。”

长政抬眼看了看高台院，沉默了。已无须再追问了，家康早已看透前田和长政无力反抗，才大胆以增田和长束的谗言为盾牌来向二人问罪。长政只能退回自己领内。

“无论是这座城，还是秀赖、太阁，最好还是干干净净从你心底抹去。”高台院凝眸望着远处，道，“一旦放弃一切，眼里就只剩下无尽的虚空。不，那不是虚空，而是心灵的明镜……这面明镜里，自会出现新的景象。”

长政呆呆望着屏风，不言。高台院的意思已很是明朗，随着秀吉的逝去，太阁的时代也随之消逝在了遥远的虚空，必当重新审视一切。可对于丰臣氏和其遗臣，这些话却未免残酷。

世人一定以为，因秀赖非高台院亲子，高台院与淀夫人不和，才倾向家康，毅然舍弃大坂。长政心中大恸，他愈想愈愤愤不平，道："高台院，您的意思我已明白。您对我家及犬子的恩情，我也心领了。但如此一来，您必招致世人的误解。"

高台院闭上眼睛，微笑着数起念珠来，"你是说我让西苑一事？"

"正是。这样一来，世人会说您是出于对淀夫人的憎恨……招致这样的流言，绝非我之希望。"

"长政，看来你也在乎流言啊。"

"我……"

"那不是误解，而是事实。"

"您说什么？"

"设若对方不是家康，我决不会让出西苑。"

长政屏息凝神，看着高台院。

"呵呵，我当然也不会让给治部之流。长政，我不喜淀夫人是真。不，也许是羡慕，抑或嫉妒……总之，我心胸狭窄。正因如此，我才向神佛忏悔。但即使招致这样的流言，我亦丝毫不觉意外。"

"可若有人说是您故意引狼入室，灭了丰臣氏……"

"唉，那是多余的担心，长政。"高台院大笑道，"若患得患失，如何掌管天下？倘若有人对那谣言信以为真，以此责怪我，他根本就是不值一提的小人。我根本想都不想这个问题。"高台院说得斩钉截铁。

长政依然无法释怀。一旦得知高台院要把西苑让给家康，淀夫人及其身边诸人能对此听之任之吗？长政和前田肥前守谋叛之事，完全是无中生有的诽谤，可不愿家康来大坂城的人绝非仅有大野修理亮和土方河内守。增田长盛、长束正家、前田玄以等人也定反对家康入城。在这种情况下，高台院若真要出城，不知会遭到多大阻力呢。

"高台院，我还有一事不得不说。把西苑让给内府一事，若有人以少君名义加以阻止，您将如何应对？"

高台院似乎早就等待着他这个问题。"呵呵，长政，若以少君名义就能够阻止我，我为何还要出城？你的心蒙上了尘垢啊！"

"您这话比骂我还难受，可长政就是不明您的心思。为何以少君的名义，仍不能阻止您？”

高台院道：“长政，明日一早你把幸长带来。”

“犬子？”

“正是。到时一切都明朗了。”

“长政还是不明。”

“我想让幸长去内府处。就说，听说内府要住在石田木工头府里，我深感不安。内府肩负太阁嘱托，手握天下权柄。让一位天下人住在木工头邸内，我怎对得起太阁？故，我即刻腾出地方，让内府早早搬过来，这样也对得住太阁。如此一来，所有事情不都解决了吗？”

“可是，若是被淀夫人知道……”

“淀夫人知道又怎样？淀夫人及少君身边人若敢前来阻止，我刚才已说过了，我虽不想出城，可也没有办法。内府弹指一动，可地动山摇，即使不愿，却也不敢不让。你可明白，长政？”

长政一怔。

高台院一直面含微笑，可眨眼间，眼泪已快喷涌而出。“让你见笑了，长政。我狼狈如此……”

“不，长政彻底放心了。是啊，目前已无人能阻挡得了内府。”

“这些话我本不想说，只想一心向佛，可终还是不行，看来我修为还是太浅薄啊。”高台院拭了拭泪，强作笑颜，“我不想瞒你，长政，我想出城，实有我的打算。”

“哦？”

“其一，与其等家康赶我出去，不如我主动送个人情，请内府搬进来，实现先太阁遗愿。这样一说，家康也不好为难秀赖。你说是不是这个理，长政？”

“的确如此！”

“其次，我这么做，人们会说，高台院不愧是太阁夫人，万事以天下为重。”

听到这里，长政热血沸腾。高台院的内心，实深深眷念着太阁。

“第三，我希望内府进城，能够使治部放弃反抗。治部的心思我明白。可是，只要其仍旧执著，太阁旧臣就会分裂成两派，互相残杀。这才是我最担心的。”

长政不觉掉下泪来。他只觉沐浴在朗朗光辉与沁人心脾的气息中，陶醉着，徜徉着，仿佛进入了极乐世界，耳边传来美妙的乐声，轻盈的花瓣在身边飞舞……

长政出生于江州小谷一个小山村里，父亲安井弥兵卫重继乃一介贫穷武士。后来，他入赘浅野家，二十七年前便与高台院相识。高台院生性要强，常在大名面前与秀吉争论长短。每当此时，长政都不禁轻哂："爱出风头的泼辣女人。"私下里，他常想此女虽有些见识，甚至有超越男人之处，但也不能插手政事。若说有人误导秀吉，那便是这个女人。可这个背地里被人戏称为"女关白"的北政所，从秀吉出兵朝鲜时起，却忽然变了一个人：先前的犀利泼辣不见了踪影，她变得平和安宁，有时甚至让人觉得愚钝。因此，长政以为，太阁故去之后，高台院很快就会衰老，可没想到她早已步入长政不解的世界。如今的高台院，早已超然尘外，巨城大坂、五奉行等早不在她眼中。

丰臣氏诸人中，能够与家康抗衡的大概只有这个女人。此次前来，长政本想让她帮着斡旋，不想竟有意外收获。"弃城"背后隐藏之义，大大出乎长政预料。他身为五奉行之首，此前竟连丰臣氏如今所处位置都未认清，只会因家康日益增长的实力坐立不安，却看不到大坂城已根本无力抵御家康。即便在这种情形下，高台院仍能从容地把西苑让与家康，这是多么缜密、谦逊又勇敢的行止！如此一来，家康会反省，治部也会有所警醒。

为了让治部觉醒，长政也该果断采取行动了。既无法与家康抗衡，就该断然隐退，还要巧妙地把高台院之意转告前田利长。一旦让治部挑起事端，局势就会如高台院所言，太阁旧臣将四分五裂、互相杀戮，结果进一步削弱丰臣氏的实力……

长政喃喃道："天终于亮了！"话音刚落，连他本人都愣了：太阳不是刚刚落山吗？

四　箭在弦上

近江犬上郡境内正法寺本堂，其北便是佐和山城。寺内的银杏树叶已开始发黄。这日，寺内迎来了两位骑着高头大马的不速之客，他们乃石田三成及其家老岛左近胜猛。二人把出来迎接的住持和忙着上前献茶的小和尚支开，专心欣赏秋色。

“你们不用操心，今日天气甚好，我们骑马去远行，路过贵寺，只想稍事歇息。”三成说完，便把住持打发了下去。

“偌大个寺院，最好没人来打扰，你们都退下吧。”岛左近亦对随从道。

随行仅七骑，都把马拴到山门西侧开阔的杉树林中，歇息去了，主从二人身边再无旁人。

“大人，这一带布下三千人马，就足够应付他们了。”只剩下二人时，岛左近一面呷着小和尚献上的茶水，一面淡淡说道，“此处和佐和山下的清凉、龙潭二寺，以及爱宕洞一带，最好都选作排兵布阵之所。”

三成似听非听。

“佐和山城最大的缺憾便是水源不足。故，任何情况下都不适合死守城池，城池四周须有坚固的防御工事。因此，城楼、城墙都需修补，大人要痛下决心啊。”

三成依然不睬他，却道：“听说浅野长政隐退到甲府了。”

“是。据说是奉内府之命退到甲府思过，他的儿子长重也已送到江户为质。”

“而且，大野修理和土方河内也被流放到常陆。如此一来，内府就可在大坂为所欲为了。”三成一脸冰冷，自言自语道。

“大人不也一样下定决心了吗？”岛左近胜猛讽道，“当初柳生石舟斋来访时，在下就已说过，内府的行动就要开始了。今日看来，果然如此。”

三成仍不理会，道：“最令人琢磨不透的，便是高台院的心思。”

“在下明白高台院之意。”

“哦，你如何理解？”

“她绝非仅仅是出于对淀夫人的反感。”

“主动让出西苑，无论如何都是惊人之举啊。”

“在下认为，这是赌。她早已看出，毛利、上杉、前田等人不会支持大人，便把一切都赌到了内府身上。这样理解不会有错吧？”

三成的表情放松下来，“她真把石田三成看成无足轻重之人了？哈哈哈哈。”

正在这时，疾驰而来的马蹄声打破了佛寺的静寂。“来了。”岛左近挺身向来路望去，三成默不作声。

来者不是别人，乃是三成近臣安宅作左卫门。作左卫门与杂贺兵部负责打探京城到加贺一带的消息，今晨才进入近江地面，然后直奔这里。

三成此行正是知作左卫门要来，只是他已大致知道了一切。他最担心的便是前田利长兄弟。土方、大野二人被流放到了远离大坂的常陆，浅野长政也奉命回领内思过。因此，可说三成已被断去了手指，但这却是他希望的结果。

岛左近特意走到正殿下迎接作左卫门，“大人已等不及了，赶快进去吧。”

作左卫门已换了装束，穿着打扮与其他侍卫一样，也是一副骑马远游的模样，只是由于长途劳顿，皮肤被太阳晒成了小麦的颜色，却也并不那么惹眼。

“大人！”作左卫门在台阶下深施一礼。三成道：“繁文缛节就免了。

快到这边来坐。”

“是。”

“加贺怎样了？”

“一切顺利。”作左卫门道，“只是，增田、长束二位大人的算盘落空了。”

“哦。”三成应了一声，沉默了。

岛左近有些纳闷，问道：“两位大人的算盘落空了？”尽管担心会惹三成不快，他还是禁不住想问。

“是！内府召见了两位大人，诘责了前田两兄弟的不检点。”

“他怎说？”

“内府说，如今，土方和大野二人已被流放，浅野弹正也回领内了，因此，企图对他不利的就只剩下利长一人了。利长也的确托了不少人去说情、道歉。由此看来，谋反一事绝非空穴来风啊。”

岛左近抬头扫了一眼三成。三成依然漫不经心，悠然欣赏着院内景色。

“大人，您知增田是如何回话的吗？”

“当然知道。”三成的回答如水一般平静，“这一切都是我的吩咐。”

左近苦笑道：“大人，增田这么做，是否自作聪明？”

三成不动声色答道：“不，还远不够。”

“面对内府的诘责，增田大人和长束大人自然无言以对。这一切，都是他们自作自受。”

“哼。”三成露出嘲讽的微笑，“这就足够了。正如你所说，增田和长束无言以对，因此他们就弄假成真了。”

“内府真怒了，就要出兵讨伐加贺？”岛左近道。

三成道：“不，内府恐怕早就看出增田和长束二人是莫须有的诽谤，他只是在揶揄二人。”

“若是这样，我们该如何应对？”作左卫门道。

三成又不屑地哼了一声：“内府才不会刻意进攻加贺。但既然遭到怀疑，就面临着被讨伐的危险，这样一来，前田兄弟还坐得住吗？作左！”

“大人。”

“你刚也说加贺已有动静。详细说说。”

“是。在京城和大坂一带，内府要讨伐加贺的流言已漫天飞舞。故领有加贺小松的丹羽加贺守长重已特意赶赴内府处，请求做征讨前田的先锋。”

“好。如此一来，这把火或许就点上了。那么，前田府上有何反应？”

“细川等人对这些流言甚是痛心，立即派使赶赴金泽。当然，其意也是让前田一门赶快向内府低头认罪。”

“这早在三成意料之中。前田派到内府处的使者是谁？是肥前守自己吗？哼，肯定不会是利政。”

“是家老横山山城守。”安宅作左卫门道。

“你可明白了？”三成使劲点点头，瞥了岛左近一眼，岛左近依然在凝神沉思。在他看来，此次战事的胜败完全取决于能否把前田拉拢过来。前田家一旦起兵，毛利和上杉就会安心加盟。但如今看来，事情远没有这么简单。若家康的野心已让其不能容忍昔日旧友和五大老的存在，为了自卫，前田家就只有起兵反抗。但一旦前田家的使者成功说服家康，两家和解，局面就难以收拾了。

“没那么容易！”左近忽然道，“大人究竟凭何断定，无意进攻加贺的内府和前去谢罪的前田之间，就不能达成和解？”

三成自信地笑道：“左近，你忘了人的本性。”他收起笑容，目光像刀子一样射向左近，“战之双方不可能都获胜。”

“当然！因此，为了取胜，不能有任何疏忽大意。”

“不，准备得再充分，也不能保证取胜。我的意思是，既然要出兵，就不应是势均力敌的决战，而是以石击卵。”

“在下不明。”

“哼！”三成轻哼了一声，“我与家康不共戴天，你明白吗？你的想法和我不大一样啊。我决不会打无把握之战。但若不打，就非石田三成。”

“大人的意思是，即使战败，也要打这仗？”

“哈哈哈。即使拼个鱼死网破，我也绝不后悔！为了一场无悔的战事，为了胜利，须作充分的准备。你说呢？”

“是。”

“仅凭前田家怎能决定这场战事？我焉能如此浅薄？”三成的话让岛左近一阵战栗。他不禁抬起头。三成又恢复了先前的平静柔和，道：“身为武士，三成必须反抗到底，即使战死沙场也无怨无悔。左近，我的决心已无法撼动。你若不能理解，咱们只好分道扬镳。我不想借助前田兄弟的力量来战，要凭自身的实力。”

“在下明白。”

“前田兄弟若被人笼络，我就孤身奋战；前田兄弟若加盟，我们就合力而战。战事中，我从不畏惧以少打多。”

“在下还有一个疑问。”

“你只管问。”

“家康果真出兵讨伐前田，大人怎么办？”

“那才是天赐良机！我会立即挥军直袭大坂，拥戴少君，号令那些受恩于丰臣氏的将士起兵。”

“若家康按兵不动呢？”

“天下大名，能够引诱家康出兵的，并非只有前田一家。”

“还有佐竹、上杉等。可是，若家康仍在大坂按兵不动呢？”

“他不会按兵不动，只要不断给他制造麻烦。人与人之间只要有利害关系，有情感龃龉，祸事就会接连不断。”

安宅作左卫门在一旁，大气也不敢喘。此时三成已完全无心倾听岛左近胜猛的谏言和规劝。他只想告诉左近自己的决心，说话亦掷地有声。尽管如此，对于前田兄弟的动向，他竟狂妄地放言无所谓，这让安宅深感意外。

岛左近胜猛眉头紧皱，闭口不言，明显心有不服。

“左近，看来你不服？”

“在下愚钝，不明大人的心思。”

“你是不是想告诉我，不要重蹈明智和松永之覆辙？”

“大人的意思是……”

“明智光秀明知毫无胜机，却决然起兵，结果曝尸荒野。”

“是。”

“而松永久秀发誓谋取天下，于是死守信贵山城，结果被信长公一举击溃。可是，你明白那二人心境的差异吗？”

“胜猛愚昧，不甚了了。”

“哦？”三成猛盯住作左卫门，笑道，“明智的事我就不说了。但松永久秀若苟延残喘，侍奉信长公乃至太阁大人，你知世人会如何评价他吗？”

“难道大人也欲谋取天下？”岛左近故意把脸扭到一边，叹了口气。将胜负置之度外……敢于发动这种战事之人，世人都会将其称作痴迷于天下的病患。难道三成果真是这样的病人？左近心中疑虑。

三成轻轻笑了：“我不希望你这么看我，才举松永为例。松永久秀一生三次背叛信长公，每一次却都得到了信长公的谅解。这才是最重要之处。信长公之后，他若继续侍奉太阁大人甚至德川家康，后世将会如何评价他？人们定会说，他为了家族，成了投机钻营的势利小人，仅此而已。他若不自量力，妄想取代信长公，人们定会当作笑话流传后世。”

岛左近诧异地看着三成。他现在才明白其心思——宁为玉碎，不为瓦全。这才是三成的性子。

“但松永久秀最终为了夺取天下的大志而死，免得后人耻笑。他也是个顶天立地的男儿，用悲壮的事实证明了他和信长公同为盖世英雄。”三成重重说完，用犀利的目光打量着左近和作左。

岛左近轻轻闭上眼。在战场上他也是条好汉，不仅如此，他还与柳生石舟斋等人结成知交，常在一起切磋兵法，因此小有自信。正因如此，三成的话虽然句句在理，可却疏漏了几个重点，左近相信自己看得一清二楚。

所谓战事，必须“师出有名”。正因如此，战争的参与者，正如“武”字所显示的本义“止戈”那样，必须是为正义而战的武士。若仅仅是为了张扬个人性情或为个人好恶而进行的私斗，便是匹夫之勇。但三成“与家康不共戴天”，以松永弹正久秀败亡为例，陈述自己难以改变初衷的理由，已偏离了武道，沦为因果报应。家康与三成二人，天生不能共处，神佛却让他们生于同时，这又是为何？

“话已至此，你若还不能明白，我亦无能为力。”三成仍很平静。

“且慢。”岛左近忙举手止道，他额上已渗出密密的汗珠，“在下还有一个问题想请教大人，只此一问。”

“好，你只管问。”

“设若内府容许大人做了这一切，大人还能容得内府？”

“哈哈哈，此话怎会出自胜猛之口？”

“已不必再问是非曲直了？”

“是。箭在弦上，不得不发。家康也是一样。”

岛左近重重吐了一口气，道：“木已成舟，士为知己者死……从今日起，岛左近胜猛会竭力为大人出谋划策。”

四周是一片静寂的阳光，没有一只鸟飞来。阳光穿透树冠，在地上投下点点光斑，山林显得更加幽静。

“哈哈哈。”忽然，左近大声笑道，“果真是奇妙至极啊。一旦明白过来，心里便安闲多了。我有一事想告诉大人。”

“你说。”

“托给淀屋的那个女子……”

“阿袖？”

“正是，那可是一个大有用场的女子啊。能否让她到京城三本木高台院的隐居之所去？”

三成一时目瞪口呆，“把阿袖送到高台院处？”

左近道：“既然明白了大人的决心，左近的想法也得有所转变。在下认为，大人当加强同上杉和毛利的联络。为了胜利，我全力以赴，顾不上所谓大义名分了。那个女子的事，请大人交给在下处理吧。”

三成一时竟没能反应过来。从大坂出逃时，他把阿袖悄悄托付给了淀屋。虽然不清楚淀屋究竟如何处置了她，但他已严厉叮嘱，天下未定之前，定要严密监视，决不可将其放走。照阿袖的性情，她说不定正被关在淀屋的私牢中。

三成一直不想杀阿袖，只想努力忘怀。若直接放了她，家中人自会暗施杀手，最后只好把她寄放在淀屋常安处。太阁生前，淀屋常安一直大有得力处。故三成觉得，把阿袖寄放在他处，实为最好的选择。左近此时忽然提起阿袖，让三成甚是心疼。

“你让她接近高台院，究竟想怎样？”

岛左近微笑着摇摇头：“最好不让大人知道。”

“但你也知，常人很难说动她。”

“在下明白。”

“她愿意倒好，万一她不愿，怎么劝说恐也是徒劳。她连生死都已置之度外。”

“这正是她可堪大用之处。总之，以奉公的名义把她送到高台院身边，详情委与安宅作左卫门代为转达，故，还请大人写封书函。”

三成沉思片刻，从腰间取下随身携带的纸笔。其实，他也已猜到了大致情形。高台院把西苑让给家康，自己搬到了京城三本木的别苑。若在高台院身边安插一个自己人，对掌握太阁旧将的动向实有必要。这个重任自非寻常人可以担当。表面上，阿袖被石田休掉，被监禁，对三成自当充满怨恨，她当是最合适的人选。至于门路，有淀屋等富商，丝毫不必担心。只是，阿袖究竟会不会痛快应承？

在左近的要求下，三成提笔飞快写了起来，他心中疼痛，愈是与他亲近之人，愈命运多舛，但事到如今，他也无可奈何了。很快，信函便写好了。

“一切都交给安宅吧，大人也该回城了。”在左近的催促下，三成从怀中掏出一个早已备好的小绸布包，交给安宅。“下次联络地点在爱宕洞。路上万万小心。”

小绸布包里是沉沉的书函，有写给宇喜多秀家的、增田长盛的……还有写给毛利、小西两家留守之人的。三成之所以特意在城外与家臣联络，是怕自己的行踪被潜入城内的德川细作发现。据他的经验，防守再严密，也无法完全避免奸细的潜入。就连阿袖那样的女子，开始时不也是奸细吗？

安宅作左卫门收好书函，骑马飞奔而去。

三成拍拍手叫来寺院住持，道："若寺院凋敝，城下的领主也不会太平。有什么要求，只管与老臣们说，不必客气。"言罢，他向寺院献了些金银，便起身离去。一出山门，左近立刻与三成保持距离，俨然主从。

"大人，您还累吗？"

"刚才歇息了片刻，胸闷好了些。"

"最近难得如此清闲，大人务必保重。"

"是啊，确是难得清闲。"三成神情严肃地点点头。恍惚中，他仿佛听到了战阵厮杀。战事就要开始了，丹羽长重已主动要求担任讨伐前田的先锋，利长兄弟也已派遣重臣横山山城守到家康处致歉。他们派遣使者，是认为家康会原谅他们，还是为了争取时间？

但无论利长弟兄出于何种考虑，三成要做的事只有一件：无论如何也要逼迫他们开战！哪怕是暗地里鼓动丹羽，私下里向德川属下那些脾气急躁的井伊、本多、神原之流煽风点火……若借他人之手除去高台院，事态会如何演变呢？

总之，要让他们意识到，与家康之间的战事已在所难免，这才是三成最大的收获。若一径沉默，佐和山就会逐渐被家康断手斩足，最后败亡……如今箭已上弦，一战定乾坤，还犹豫个甚！一看到眼前与大坂城无法比拟的贫弱小城，三成就觉热血沸腾——石田三成，乃唯一敢挡在野心勃勃的德川家康面前的人，唯一敢向德川氏放箭的人！

正想到这里，佐和山城的大门已近在眼前……

五　女子天心

出了正法寺山门，安宅作左卫门驱马径赶往濑田。半道上太阳就已落山，等他好不容易赶到大桥上游一头的船夫凑屋五兵卫家，已是掌灯时分。凑屋五兵卫和作左卫门一样，都是加贺安宅的码头出身，后来在作左卫门的推举下为石田家做事。表面上，凑屋在运送米粮之类，但自从三成隐退到佐和山之后，他这里就成了专门负责接待往返于佐和山、京城与大坂之间的三成的密探的秘密处所了。

在五兵卫的引领下，作左卫门走进位于濑田河畔的民房。“赶快准备到伏见的船只。”匆匆扔下这句话后，他便急急更换装束。此前他一直是骑马远游的武士打扮，脱掉身上大明国所产的绸缎武士服，换上合身的浅黄色紧身裤和绑腿后，作左卫门摇身变成一个商家。

既然扮成商家，作左卫门就不再是石田重臣，他的一应日常用品，从怀中的钱袋到手提的灯笼，都印有“淀”字，这一切无不表明，他现已是淀屋常安的大总管治助了。

“大总管，晚饭是在这里吃呢，还是先放到船上去？”五兵卫之女阿菊笑对作左卫门道。

“糟！”作左卫门忽然怪叫，急用手挠鬓角，“我怎的连家老带给阿袖的口信都没问就走了。”

“您……您说什么？”

“这事与你无关。瞧我这记性。晚饭就在这里吃，赶快端上来吧。”

身为三成近臣与密使，这是多么大的疏漏！三成写给阿袖的书函，内容他记得很是清楚。可是岛左近究竟是出于何种考虑，要把阿袖送到高台院身边去，他忘了问便匆匆走了。

当然，大致情况并不难想象。定是要阿袖到高台院身边去打探太阁旧将今后的动向。这个意图太明显了，作左卫门一猜便中。一直以来，他所有的注意力都集中到了前田兄弟的动向上，对其他事情自然就疏忽了。

尽管三成曾一再强调前田兄弟无足轻重，但作左卫门并不这般看。作左卫门曾借与宇喜多秀家的关系，与杂贺兵部一起频频出入毛利氏和上杉氏。凭他的感觉，明确反对德川的只有宇喜多和小西，其他人都在观望。正因如此，一旦前田兄弟向家康屈服，三成一方自将遭受沉重打击。但他竟忘了询问家老意图。

正在作左后悔不迭时，阿菊端着饭食走了进来，随后五兵卫也表情紧张地跟了进来，道："安宅……不，大总管，有麻烦了。"作左卫门换作商家打扮时，五兵卫还严厉要求女儿不许直呼其名，可此时竟连他都说漏了嘴。

"麻烦事多着呢。到底是何事？"

"着您吩咐，我正要去准备船只，不料竟有人要坐同一条船。"

"谁？"作左卫门睁大眼睛。莫不是有人嗅到了自己的行踪，已尾随而来了？

"完全没想到……且实难拒绝。"

"到底是谁？"

"自称高台院的使者，刚从加贺芳春院处回来。"

一听这话，安宅作左卫门目瞪口呆："高台院的使者？究竟是谁，是男是女？"

"是一个年轻的尼姑和三个随从。"

"年轻的尼姑？"

"叫……法号庆顺尼。她从长滨坐船来到濑田，曾住在伊势屋伊兵卫府上，说芳春院有礼物着急送给高台院，无论如何要与您同船。"

听五兵卫如此一说，作左卫门只觉全身都麻了。当前最重要的，并不是弄清使者身份，而是要搞清高台院派人去芳春院处的真正目的。世人都知，高台院与芳春院乃是多年故交。若高台院出面，对三成就甚为不利了。

“既是高台院夫人的使者，我也不好拒绝，还应尤为客气地请人乘坐才是，你说呢？”

“这对您没有妨碍吧？”

“哪里话，我高兴还来不及呢！你告诉她，说我乃淀屋总管治助，刚买大米归来，眼下要返回大坂。既然是对淀屋家有大恩大德的高台院的使者，我定要亲自送她到伏见。你再告诉她，虽然路上同行的时间不长，可是有个说话的伴儿总是方便些，请她放心便是。她的随从，也麻烦你安排一下。”

五兵卫终于放下心来，“既如此，我立即去转达您的意思。”

“有劳了。时间不多了，我赶紧用完饭就去赶船。”说完，作左卫门便狼吞虎咽起来。

高台院派人出使，与已故太阁派人出使前田利家府上并无两样。虽说太阁和大纳言均已作古，可二人的影响依然无处不在。

不管高台院意欲何为，其多半对三成不利，正因如此，作左卫门不得不认真对待。若能从使者口中探到些风声，定会成为三成决策的重要依据。他急急用完饭，令五兵卫提着灯笼，把自己送到了码头。

赶到码头，作左见高台院的使者早已坐在船篷下，三名随从则坐在船尾处护着一只小箱子。见此情形，他既感安心，又有些激切。三个随从都是清一色商家打扮，看上去慈眉善目，使者本人则是一个年轻女尼。

“啊呀，师父屈尊与小人同船，小人深感荣幸。小人在淀屋手下效劳。”治助向对方轻轻点头，“月亮就要出来了，但为了明亮些，还请挂盏灯笼。”

“给您添麻烦了。”那女尼两眼如星辰般熠熠生辉，启开如含苞待放的花瓣一般的嘴唇，低头轻声道。或许是隔着头巾的缘故，作左卫门觉得对方给人的感觉极其美妙，就连声音都充满少女气息。

“师父这么年轻就出远门到加贺，路上一定甚是劳累。”

“是啊。可是，因是第一次出游，感觉一切都颇为新鲜，故并不觉劳累。”

“既到了这里，就跟回伏见差不多了。高台院夫人乃我家主人淀屋的大恩人，能够与师父同行，真是三生有幸。听说师父法讳庆顺。”

“正是。贫尼正是在高台院身边侍奉的庆顺。”

“我是淀屋的伙计，叫治助。这时出发，到达伏见时恐在半夜，也不知师父事先是否安排好。身为淀屋家的下人，若不亲自把您送回府上，事后让主人知道了，定会训斥小人。”

庆顺尼低下头，微微一笑，“伏见有家父的宅院。”

“那太好了。那么令尊是……”

“家父田中兵部大辅。”

作左卫门不禁一惊：田中吉政乃领越前东乡十一万石的大名，尽管因为秀次事件曾一度受到秀吉斥责，可他依然是深得太阁信任的、铁骨铮铮的武士。

“原来是田中大人千金，失敬失敬。”作左卫门忙不迭致意，却不由想起越前与加贺距离之近。尚未出船，他就已成功打消对方疑虑。加贺到越前一带，他都颇为熟悉。从途中的风景到风土人情，他无不了若指掌，绝不担心会缺少与对方攀谈的话题。他遂道：“师父为何这般着急往回赶？”如今治安尚好，不用担心。若在从前，山路上常有山贼出没，琵琶湖里又有水贼游荡，一个年轻女子只身夜游简直不敢想象……以这样的话题开始，既自然，又能巧妙地引出后话。

“是啊，随从们也这么劝我，可是，芳春院夫人有重要的礼物要回赠高台院，故……”

“是不是些生鲜食物？”

“不，是一种蘑菇，叫松露。”

此时，月亮已升了起来，一切沐浴在宁静的夜色之中。

“啊，原是松露香……怪不得如此着急。”

“治助大人，若非听说您乃是淀屋家的人，贫尼也不敢请求与您一道同行。”

“小师父这么说，真让小人受宠若惊。这可是事关淀屋声誉啊。”

“是啊。所谓莫逆之交，自古至今都有许多动人的故事。”

“小师父言外之意，当是高台院与芳春院了？”

“是。高台院特意把京城的香物松菇赐给芳春院。作为回赠，芳春院也同样送给高台院松露。互赠的礼物太相似了，开始时贫尼还怎么也弄不明白呢。”

“小师父是出家人，对这些素物自然比较在意。”

“不，贫尼非此意。听说芳春院夫人名讳阿松。”

“那又怎样？”

“既然名阿松，就当送松香……尽管连贫尼都觉得，松菇如露水一样微贱，可高台院说，这是送给一直希望天下太平的阿松夫人一些心意时，贫尼也脸红了。”

“希望天下太平？”

安宅作左卫门只觉如忽然被人抽了一鞭，低下头去。松，本是永世长存、繁荣兴旺之象征，高台院把阿松与松菇联系起来，并以此激励对方，实为巾帼不让须眉啊！想到这里，作左卫门已完全明白了二人的心思。切切莫要跟着三成起事，高台院定是把表明这个意思的书函交给了芳春院。作为回复，芳春院就回赠了象征永世长存的礼物。那之后的事便用不着再问了。看来，高台院已行动起来了，这位太阁遗孀真是不可小视。

“高台院夫人和芳春院夫人一直都厌恶战争。当然，想必你们也一样。尽管如此，两位夫人都不得不听任夫君征战不休，因而，她们一生都在担惊受怕。”庆顺尼叹道。

“是啊。”安宅作左卫门不失时机附和，“起码眼下不会再发生让二位夫人都痛心的战乱了。就连我们都颇为放心，可以全身心投入生意中了。”作左卫门喃喃数语，一边集中注意力，仔细观察庆顺尼表情的变化。庆顺尼不屑地瞥了他一眼，闭了嘴。她必了解内情，只是这内情不便说出，才强忍不言……

作左卫门正想到这里，庆顺尼似乎又克制不住了，主动问道："大人未听到世间有些流言蜚语吗？"

"小师父说的，是战火要再次燃起的传言吗？"

"这些贫尼倒不清楚。但我听说，世间正流传着内府大人要征讨加贺的传闻。这些，大人难道没有听说？"

"啊，您一说我倒想起来了。我走陆路抵达近江时，在途中的大津曾有耳闻。可那只是些谣言。"作左卫门故意轻描淡写，暗地里却在不动声色切入正题，"哈哈，关于这些，您亲自到加贺去了，当比我等更清楚才是。加贺那边都作好打仗的准备了？"

尼姑直摇头，"您只管放心。仗一时打不起来。"

"当然不会。一旦和内府打，前田大人定会被诬为谋反。怎么说，内府也在大坂城内和少君待在一起啊。"作左卫门果断地大胆试探。若对方机敏过人，定会发现这非一介普通商家能问的。果然，庆顺尼警惕地闭了嘴。只是，她想说的话实在太多了，有些犹豫。

"对于我们这些商家，无论是内府、前田大人，还是石田大人掌权，最好是太太平平。可太阁大人归天之后，情形就不一样了……回想起来，太阁可真是治乱英豪啊。"

"治助大人，您不必担心。即使太阁故去了，天下也不会大乱。"

"那……那是为何？"

"高台院夫人私下里为此事操碎了心。您若是在高台院夫人身边服侍，就会发现，她思虑有多么深远……贫尼相信，夫人一定不会让战乱再起。"

安宅作左卫门顿住了。这已足够了。让高台院操心的便是前田家，庆顺尼已不言自明。既然这样，他怎能袖手旁观？他不禁想起要往高台院身边安插密探的岛左近。

庆顺尼毫无戒备之心，又道："高台院夫人坚信，天下能够真正明白太阁遗志的，只有她一人。因此，只要高台院夫人在一日，大战就绝不会发生。百姓尽可安居乐业。"眼前的庆顺尼不过二十上下，从她的口吻不难听出，她对自己的主子是何等崇拜，何等敬重。

“那是当然，当然。”作左卫门眼前闪过阿袖与左近的影子，他不动声色敷衍庆顺尼，一时只觉口干舌燥，“这么说，太阁大人昔日的心腹，现在都到高台院处去问安了？”

“当然。”庆顺尼终于放下心来，“就连内府在大坂的那些家臣们都去请安。远在西边的岛津、加藤、黑田，以及毛利氏的金吾大人，也都十分诚恳地送了礼物。”

作左卫门两眼放光。因为庇护石田三成并助他回到佐和山，家康曾一度与七将产生龃龉，如今看来，在高台院的调解下，他们的关系正在逐渐恢复。比起这些，更令人担心的则是金吾中纳言小早川秀秋亦在接近高台院。小早川乃毛利一族的名门，现在的金吾中纳言秀秋本非隆景的亲生儿子，而是高台院亲手抚养大的亲侄。若因他与高台院的关系而影响毛利一族的去向，麻烦就大了。

“真不愧是太阁夫人。既然他们都听从高台院夫人意旨，仗自然打不起来。这真是天下幸事。”

“是啊，所谓巾帼英雄，便是如夫人者。”

“能够守在夫人身边，师父真是幸运啊。在下多一句嘴，像师父这般在高台院身边侍奉的人有多少？”

“只有四五个人。走出深宅大院的奢华，开始远离尘世的清冷独居，这可非寻常人能做得到啊。”

“那是当然。夫人府邸周围一定有不少壮丁严密把守吧？”

“是啊。可是，那非高台院夫人的本意。即使高台院想过清静的日子，其他人也不允许。”

说话间，船已离伏见很近了。在朦胧的月光下，巨椋池的水面映出了山的影子。

安宅作左卫门忽然吃了一惊。他望了望四周。家老的意见已用不着再问了。高台院才是比内府更为可怕的大敌！对于三成的决心，他已心中有数。“与德川家康不共戴天！”只要这种决心不动摇，三成就刻不容缓，竭力促进开战。稍有迟疑，家康会一步步蚕食石田一方力量，不利自与日俱增。尽管作左卫门明白这些，可他从未想到，在三成面前居然站着一个比家康更为可怕的敌人！

正因如此，当船只抵达伏见，作左卫门扶着庆顺尼冰冷而白皙的手，送她上岸时，他在心里暗暗下了决断：高台院便是肉中之刺……

敌对的火焰不知不觉间便燃烧起来，真令人不可思议。安宅作左卫门与高台院没有丝毫恩怨，骨子里也没有甘愿为石田三成献出性命的义理。他只是作为三成的一个家臣活着，作为一个不背叛主子的男儿被驱使。但只因为这些，他坚定了杀意。他估计，岛左近的心志也如此。即使这种推测有误，他也不认为自己有错——高台院若让前田和毛利都背离了三成，他作左卫门一生还有何意义？

庆顺尼下船后，作左卫门抱着胳膊沉默不语。

船如离弦的箭顺流而下。船夫们拼命摇桨，他们必是想将去伏见浪费掉的时间给抢回来。虽然是夜间，但是下行的船只仍有很多，为了赶过前面的船只，好几次差点与人相撞。

本来，淀屋常安就深得高台院信任。每年，他总是早早把刚出产的新茶送到高台院处，堺港的生鱼、越前的干鱼等，还没到季节，他就已送去了。高台院尚未离开大坂城时，他就时常受其宴请，也一直以此为豪。正因如此，说服常安把阿袖送到高台院身边，估计不难。当然，杀人的事不可告诉常安，让阿袖弄清楚究竟有哪些人常去联络高台院，就足够了。

船只抵达与淀屋的中之岛遥遥相对的码头时，天已大亮，繁华的大坂街市上空升起一道道浓浓的炊烟。

此时，喜早起的常安已起床了，正在院中转来转去，一边检查仓廒，一边散步。

下船走上石阶，眼前的路一直通向店铺。此外，还有一条小路直接通向后院的小门。作左卫门与正在小门前打水的用人招呼："掌柜醒了吗？"

"作左，我在这儿，在这儿。"作左卫门回头一看，常安正笑眯眯登上石阶朝自己走来。每次船来，常安都要认真地到河岸去看看，这已成为他的习惯。

“啊，掌柜早。”为避免用人怀疑，作左卫门以一个下人的口吻道。两鬓银发的常安也心中明白。

“我觉得你也该回来了。定有许多事要跟我说。快往里边请。”

粗壮的脖子、沧桑的黄皮肤，这便是常安，一看就让人觉得非普通商家。他是“商家中的太阁”，浑身上下都流露出驰骋疆场的武士气度，粗壮的手脚上也生满粗毛。当年，年轻的常安勤勤恳恳致力于开垦中之岛时，人们曾一度怀疑他经商的能力。不为别的，只因他想独自一人在这片大淀川冲积成的沃土上播种、收获。可是，他以垦荒的名义打理这座岛屿后，就立刻扎下了建造城池的根基。这与已故太阁当年在信长公的暗示下，把大坂变成天下名城的想法完全一样。他甚至想把此城变成近畿地区的心脏。开垦时，诸大名就陆续提出要在此处买地建造府邸。他当然唯命是从，并与那些大名达成协议：他们领地上所收获的谷物全由他来收购。

“这都是托太阁千秋伟业的福。我只不过是赌了一把，刚好便赢了。”淀屋常安曾对作左卫门这样说，还透露给他一件事，“即使有人篡夺了太阁天下，大坂城也会平安保留下来。作为大坂城的丹田和枢纽，中之岛永远不会败落。这是武人的算盘与我的差别。”

作左卫门认为他的话丝毫没错。现今，没有向他借过钱的天下大名可谓凤毛麟角，可以说，天下大名都在为淀屋增加财富。作左卫门深信，淀屋对三成一定抱有极深的感情。因为正是三成的支持，才让其有了今日的成就。

淀屋常安把伙计装束的安宅作左卫门请进书房里。这间书房面对着一汪泉水，其水来自淀川。

“治部大人放跑了一条大鲤鱼。”一进屋，淀屋便开口道，“我说的是前田……一旦让这条鲤鱼跑掉，日后它就愈长愈大了。”

作左卫门忙道：“您、您指的是……”

淀屋常安慢悠悠道：“听说前田家老横山山城守长和前天来城，见了内府。是井伊直政撮合的。”他对安宅点点头，继续道，“这也难怪。治部大人似忽略了女人的力量。在这个世上，女人主导七分，男人却只有三分啊。”

作左卫门十分不解地眨着眼睛，这话他似懂非懂。但淀屋只顾说下去：“女人有三种天生的神力。第一，以女色俘虏男人；第二，主导内庭；第三，稳坐母亲的位置。聪明的女人会把这三种力量合而为一，把男人从头到脚束缚住。你明白我的意思吗？”

作左卫门忙摆了摆手：“您……您说的，是不是芳春院说服前田兄弟一事？”

“正是。除了芳春院，高台院和浅野夫人也起了作用。这三个女人自幼亲密无间，一旦下定决心与治部大人作对，就大事不妙了。”

“可前田家仍频频派使者前去致歉。”

“芳春院一向固执。”淀屋颔首道，又津津有味地谈论女人的力量。

武士们爱面子。可照淀屋的看法，事实完全相反。无论哪位大名，都被女人的喜好左右，正是为了女人，他们才不断讲说悲喜故事。

“纵然是太阁大人，不也照样受制于女人吗？治部大人过于相信男人的力量了，所以，他有必要反省。”

作左卫门方才明白，淀屋乃是在向三成建议，一定要在女人身上下足功夫，不仅是高台院和芳春院，在以淀夫人为首的其他女人身上，也要做足文章。

“我要说的也正是此事。虽然似乎有些迟了，但我家大人还是意识到了这些……”作左卫门忙把阿袖一事告诉了淀屋。当然，尽管有让阿袖刺杀高台院的想法，却不能轻易出口。一旦被高台院察觉，恐怕淀屋难逃干系。说毕，作左卫门悄悄擦了擦额上的汗。淀屋看似迟钝，实则很是敏锐。可他今日竟爽快地点头答应：“没问题，阿袖还为此求过我呢。”

“阿袖求过掌柜？”作左卫门吃了一惊，忙道，“此事当真？”

“常安何必骗你？阿袖甚是担心，说治部大人有疏忽之处。”

“这也难怪。”

“她说，尽管治部大人遇事异常敏锐，却完全忽略了世故人情。他把女人看成感情的羁绊，从来不考虑利用女人的力量。”

“阿袖如此评说大人？”

淀屋笑着点点头，“愚蠢的女人且不论，哪怕是寻常的女子，也能一眼看穿男子。而在聪明女人眼里，男子就完全如懵懂无知的婴儿。”

“阿袖这般说？”

“哈哈……这并非出自阿袖之口，而是常安的看法。总之，阿袖认为，治部大人完全忽视了高台院，她很是着急，又担心当面提醒，大人一定听不进去，于是求我把她送到高台院身边去。”

“真不敢相信。”

“当时我也大吃一惊。看来，在治部大人身边这些日子，阿袖产生了母亲般的关爱之心。”

“哦？”

“开始时她只是把大人看成一个孩子，后来发现这个孩子身上存在不足，便再也坐不住了。其实，女人对男人的情意，很大一部分源自母亲般的关爱。愈发现男人的不足，爱得愈深，这便是女人。”淀屋犹如一个喜欢说教的老者，对自己的话感到陶醉，“于是，我便把此事告诉了岛左近胜猛。石田大人若无异议，我也好作些安排。”

作左卫门简直不敢相信，若如此，他心中的疑虑不就迎刃而解了？“那么，我把这封书函交给阿袖后，其余的事就全交给您了……您是此意？”

“正是。阿袖亦早有准备。”

“好。那就先让我见一见阿袖。”作左卫门高兴地对淀屋道，“这一切都是天意……阿袖在哪里？”

“就在舍下。我带你去。尽管家人都劝我把她关到私牢，可我认为毫无必要。你看，她不是很自在吗？”淀屋指着对面的一间小茶庵道。

对于眼前发生的一切，作左卫门恍如梦中。三成把写给阿袖的书函交给他，他忘了问口信；庆顺尼主动与他同船，不费吹灰之力就从尼姑口中套出种种秘密，猛然发现高台院乃比家康更为可怕的敌人……这一切让人觉得是那般真切，但这不正说明高台院气数已尽吗？她没能生下丰臣氏嗣子，而淀夫人生下了秀赖，她最终搬出大坂城，都是由无形的力量在主导。照庆顺尼的说法，高台院身边只有四五个侍女，因此只要接近她便可。恰巧在此时，阿袖又愿意主动到她身边——一切都是水到渠成！

作左卫门趿着木屐跟在淀屋身后，踏在铺满漂亮的那智黑玉石的庭院小径上，心潮澎湃。庭院甬道入口处设有一道小小的木栅栏，大概是不许人随意进出。淀屋把栅栏移开，朝里边喊道："阿袖夫人。安宅给你带来石田大人的书函。"

只听里边应了一声，靠走廊的一扇小窗便打开，阿袖白皙的脸露了出来。"客人远道而来，快请进。"

"你既没让我进去，我就不便进去了。你们二位慢谈。"

"呵呵，掌柜还这么小心眼。好，恭敬不如从命。"

安宅作左卫门目送着淀屋离去，方才走进甬道。阿袖打开简朴的茶室门，道："请往这边来。"

进到门内，作左卫门方清楚阿袖当前的生活，不禁一阵心疼。四叠半大的茶室中央放着茶釜。旁边乃一个八叠大的房间，想是待客用。与壁龛相连的睡榻边放一张涂漆案几，阿袖就在这张案上抄写经书。

深得三成宠爱的女人出身于烟花巷，后来又被寄放在淀屋家，这一切，作左卫门颇为清楚。杀之可惜，又不敢放了她，本以为她心中定充满怨恨，实则不然，她非但没怨恨三成，反而一边悄悄抄写经书，一边为他谋划……

作左卫门坐下，恭恭敬敬把书函递到阿袖面前。"这是大人亲笔所书，请过目。"然后，他开始猜测阿袖读完书函后会提出什么问题。她虽曾主动提出要到高台院身边，但还不至于产生行刺之念，因此，如何开口，就变得很是重要。假如一开始便被拒绝，之后再想说服她，就困难了。

阿袖打开书信，读了一遍，方道："信上说，详细情况由您转达。"

她不过一个妓女！安宅作左卫门心中这么想，阿袖的郑重其事却让他的舌头变得僵硬："关于此事，我还想先听听夫人的意见。"

“我的意见？”

“是。我从淀屋掌柜口中听到您的想法。听说到高台院身边，也是您的心愿。”

“不错，我是有那样的想法。可是大人也该有他的考虑。所以，我想先听听。”阿袖柔声细语，作左卫门着急起来。对方通情达理，反而让他不知所措。

“夫人，您究竟如何看待高台院？您觉得她是大人的朋友还是敌人？”作左卫门忙岔开话题。可这却引起阿袖的怀疑：此人为何不转达三成的口信，而是一味问自己呢？阿袖不解地睁大眼睛，道：“迄今为止，我还不认为高台院是大人的朋友。”

“那便是敌人？”

“不，”阿袖轻轻摇摇头，微笑了笑，似在试探作左卫门，“我认为，人开始时并无敌我之分。”

“夫人高见。”

“是敌是友，完全取决于自己如何应对。但是，大人便把她看作敌人，对吗？”

作左卫门一惊：“夫人，在转达大人想法之前，我想先说说拙见。不知夫人意下如何？”

“请讲。”

“依作左看，高台院已变成大人的敌人了。”

“何出此言？”

“她正在想方设法阻止前田兄弟与大人结盟，甚至因此去游说芳春院。此心不已昭然？”

阿袖并不反驳，单是静静点点头，等待他说下去。作左卫门腋下冷汗涔涔。他本以为说出高台院是敌人，阿袖会接过话茬，可没想到对方什么也没说，只是静待下文，不由一时语塞，不知说什么好，“夫人……认为……那……那高台院不是敌人？”

“安宅大人，您似有顾虑啊。”

“这……”

“想说的不说，不想说的却说了。您累了？”

“是。”

“不必多虑，您怎么想便怎么说。这样，我也觉轻松。”

看来自己已被看穿了——作左卫门端正坐好，道：“夫人多虑了，我不过想问夫人，到底把高台院看作敌人还是朋友？”

“我并不了解高台院，但大人的事我倒知一些。为了帮大人，我才提出要到高台院身边。”

“夫人到高台院身边，是为大人打听消息？”

“呵呵，这是其一。”

“难道还有比这更重要的目的？”

“不错。”

作左卫门向前探出身子。这大概就是人之历练的差异，作左卫门想方设法要套出阿袖的真正想法，可不知不觉被这个女人牵住了鼻子。“这么说，为了大人，您愿意冒更大的险？”

“对，我心甘情愿。”

“那我就放心了。”作左卫门道，“既如此，我就可安心转达大人与家老的话了。高台院不仅把前田兄弟从大人身边拉走，还要把小早川秀秋也笼络过去，她甚至要把太阁旧将一一变成内府同党。”

“哦。”

“这样一来，大人岂有立足之地？浅野大人已隐退到甲府，余者难以指望。故高台院心向内府，就定会对大人大大不利。夫人是否也这么看？”

“哦，是……”

“事已至此，只有一个方法。”

“什么？”

“到高台院身边去，刻不容缓！”作左卫门最终没能说出“行刺”二字，只是比画了个刺杀的手势。

阿袖轻轻点了点头：“这就是大人没写在信函上的命令？”

“正是此意。”安宅作左卫门重重说完，脸却红了。

阿袖有些吃惊。她到高台院身边去，还有比打探消息更重要的目的……她知道，只有这么说，才能让作左卫门信以为真，放下心来。但若一听行刺便脸露惊慌，安宅定会生起怀疑来。

但作左卫门只是如释重负般舒了口气，并未注意阿袖表情的细微变化。“您当然会这么做，对吗，夫人？”他似不甚放心。

阿袖不禁皱起眉头，“既是大人的吩咐，阿袖除了听命，别无选择。”

“那我就放心了。”作左卫门尚未听出阿袖的弦外之音，“那么，我马上去求淀屋帮忙。为了大人，哪怕赴汤蹈火……”

“阿袖明白。”

“毫无疑问，高台院已是内府的同党，对于丰臣氏，她分明吃里扒外……”

阿袖脸上有些悔意，似还要说些什么，可最终还是沉默了。

之后，作左卫门又聊到庆顺尼和小早川秀秋。可无论谈论什么，他的见地都与阿袖相去甚远。此时的阿袖，已不在意作左说些什么，她一心为三成赴死。

作左卫门再三叮咛后，方才出了茶庵，阿袖把他送到甬道口便返回。她方知，事态不但没有好转，反而愈来愈糟，并且正朝与她的意愿截然相反的方向进展。阿袖早就看出，三成的性情与家康格格不入，更不顺应天下大势，因此，她想尽量避免悲剧的发生，但滔滔逆流淹没了她的意愿。尽管如此，阿袖仍未放弃。经过认真思量，她决定去高台院身边，尽自己最后的努力。令她意外的是，此人竟令她施杀手。

阿袖无力地坐在案前，闭上眼睛，双手合十。“南无大慈大悲观世音菩萨……”这绝非仅仅是悲痛的哀鸣，而是她真诚的祈祷，她希望远方的三成能知她的心声。

“现在可让我进来了吧？”门外，响起淀屋的声音。

“请进。”阿袖松了一口气，站起身。对于人生的认识，常安的见解远高于作左卫门。阿袖与常安交谈起来甚是轻松，丝毫不觉拘束。

淀屋常安绷着脸，阿袖忙把他让进屋。一定发生了什么事，但她努力装出平静的样子，招待着常安。

“阿袖……请允许我这样称呼你。这样更亲切。”常安一坐下来，便道，“刚才听作左说，你和他已然约定，要结果那人的性命，对吗？”

阿袖默默望着常安，不言。常安似乎因此事情绪激切，他究竟是赞成，还是愤怒，在弄清之前，阿袖不想轻易开口。

“我与作左不投缘。他一向飞扬跋扈，我的意见不堪用。因此，我只答应为你寻门路，但关键还是在于你的想法，所以……”常安的意思不言自明，他想说，若是前去服侍倒还好说，若是行刺，自是逆天行事。“我想问你，你究竟是出于何种心思，才提出要到高台院身边去的？”

“我只是想让治部大人看看一个女人的真心，仅此而已。”

“治部大人命令你行刺，你就乖乖听命？”

阿袖微笑着摇了摇头：“恰恰相反。”

“那你的意思……”

“治部大人也是高台院一手培养，故，我想代治部大人向高台院尽孝，侍奉她安度余生。”

“哦，原来如此。好，甚好。我放心了。我自会去安排。”常安如释重负地点头道，“可你这样做，岂不是背叛了治部大人？”

“这……”阿袖语塞。倒不是不信常安，而是问得太突然，她不知如何应对，有些羞涩。“让掌柜见笑了。”

“不。得遇你这样的女子，也是治部大人三生有幸。你莫要拘束，只管说。”

阿袖应了一声，低下头，出神地凝视着膝上的手指甲，“我须让治部大人早一日失败。”

“什么？”

“可大人若真的被斩草除根，那也太悲惨了。到时候，能够祈求内府给石田一门一条生路的，恐怕只有高台院夫人。我便是带着这样的愿望去的。这算不算尽孝呢？”

淀屋常安一动不动盯着阿袖，难以呼吸。

六　讨伐上杉

德川家康进城不久，就在大坂城西苑筑起一座庄严的天守阁。虽与本城天守阁无法相比，但作为少君摄政大臣的府邸，还是略有些豪华了。

在已故太阁的认可下，实力天下第一的家康成了托孤重臣。不可否认，一座城内两座天守阁遥遥相对，家康也是为了向天下大名显示威严。他像是在说，若有谁不服，德川家康愿与其一决雌雄……事实上，自从家康住进西苑，就毫无顾忌，俨然以天下人身份自居。他先是把土方河内守雄久和大野修理亮流放到常陆，后又让浅野长政回甲斐思过，这次，他又刻意制造要讨伐前田家的假象，以逼利长兄弟屈服。

浅野长政不必说，世人曾一度议论说，利长兄弟绝不会向家康摇尾乞怜，可自从前田家老横山山城守长和向家康谢罪之后，局势就大变了。家康居然命令横山长和把利长兄弟之母芳春院送到江户为质。这个要求让增田和长束等奉行震惊不已。此前尽管也有已故太阁把人质扣在大坂的先例，但把身份如此之高的大名的人质扣留在自己领地上，还从未有过。如此一来，不就等于利长兄弟向家康屈服了吗？家康恐早已看透前田不会答应，才故意挑衅。

就在流言四起时，前田却答应交出人质，世人又一次目瞪口呆。

芳春院的解释是："此事亦有先例。浅野大人已把儿子交到江户。小牧长久手之战以后，大政所也到冈崎为质。只要是为了天下太平，我宁愿赴汤蹈火。"

对于这种近乎刁难的要求，整个前田家都为之骚动不安。为平息家中不满，前田利长完全秘密行事，先由村井丰后和山崎安房把芳春院送到大坂，再从大坂到江户。利政比利长还痛心，声泪俱下道："把母亲送到江户为质，无异于家败……"

其实，芳春院的深明大义背后，有着高台院的巨大努力。高台院一心继承秀吉遗志，以"永保天下太平"为己任。但幸运的是，此事并未激起惊涛骇浪。

明知前田家并无叛心，家康还是刻意为难前田兄弟。但人质之事后，家康立刻把秀忠次女许给了要继承前田家业的利长之弟利常。此女便是已与秀赖有婚约的千姬之妹。因此，若天下安定，秀赖与利常便成了连襟，丰臣、德川和前田姻亲相连，难分难解。尽管这只是策略婚姻，此中却不无家康的感激之情。德川与前田的纠葛已尘埃落定。

接下来便是毛利氏与上杉氏。一旦毛利与上杉成了家康盟友，三成便只得乖乖听命。对这些，家康心知肚明。但毛利辉元自从去年返回领国之后，就对家康和三成置之不顾，而是与会津的上杉景胜频频联系，或询问奥羽情形，或向上杉通报朝廷动态……

上杉景胜治城原本在越后的春日山城，后来被转封会津，那是丰臣秀吉故去那年正月之事。秀吉究竟是出于何种考虑，把景胜转封到了一百二十一万九千石的会津，无须赘述。眼看江户蒸蒸日上，他想从北面压制，但氏乡死后，蒲生氏已无能为力。因此，秀吉才把自谦信以来，素以武功闻名天下的上杉氏迁到会津，让其监视江户动向。景胜、家康与三成无法忘却此事。

庆长三年八月，景胜接到秀吉病危之信，便进了京城，一直待到次年八月，整整一年没回新领。因此回去之后，他立刻埋头于修缮城郭、整备道路等繁琐的事务。家康对这一切颇为清楚。但对于景胜对天下大势有何看法，并会作出何种举动，家康尚未完全掌握。

已故太阁虽已铺好基石，但只要无法维持太平局面，众人就只会盯住维持现状或是承继家业，如此心胸狭隘，怎能齐心协力，开创千秋万代的太平盛世？

家康不断与景胜保持联络，实际上是在试探。从这层意义上说，在母亲芳春院的劝说下向家康示弱的前田利长，好歹通过了家康的试探。

在频频接触中，家康终于迎来了考验景胜的良机。

庆长五年正月，鸟居元忠之婿——出羽角馆城主户泽四郎政盛派人来向家康报告："上杉中纳言与家老直江山城守兼续，不仅密谋大修领内众多城池，还以芦名氏数代以来的居城会津地处洼地、易攻难守为名，在离城六十四里的神刺原修筑新城。"

几乎在同时，转封到上杉旧领越后的堀左卫门督秀治也来报告，说景胜有反心。原来，转封会津前，景胜在越后提前征了半年赋税，结果让堀秀治陷入困顿。怨气满怀的堀秀治向家康密告：景胜似把征缴的税金全用于筑新城、整治越后官道与修复河道码头等项。

听到户泽政盛和堀秀治密报，家康既不惊讶，也不恼怒。众所周知，整顿军备乃是武将上任之后第一要务，而提前收取年赋，也是因从会津被转封到宇都宫的蒲生氏提前征收了赋税，景胜乃是不得已而为之。家康担心的，并非这些琐碎小事。

庆长五年三月初，北国积雪融化、樱花含苞待放。

"一百二十万石，拥有如此庞大领地的上杉景胜，真会与我齐心协力打造太平盛世吗？他真有这种远见卓识吗？"家康常常自问。一个心胸狭隘、醉心于炫耀高官厚禄和雄厚武力的人，将成为骚乱的根源。

在庆长四年完成了对前田利长的考验之后，家康开始试探上杉景胜。

"上杉中纳言回领内之后，说他有叛心的传闻不绝于耳，想必诸位大人也有所耳闻。看来，不出兵讨征是不行了。"在增田、长束以及刚刚任命的新奉行大谷吉继面前，家康如此说道。但无论增田长盛还是长束正家，都没有看出这是家康在试探上杉景胜。二人听了这番话，悄悄互递了个眼色，把求助的目光投向了大谷吉继。石田三成频频向上杉家老直江山城守派遣密使一事，二人当然不会不知。

大谷吉继老谋深算，眼光自比增田长盛和长束正家长远得多，他道："话虽如此，但中纳言大人还不至于堕落到忘却太阁大恩、背叛少君的地步。世间流言究竟是真是假，以在下之见，立派使者前去访查为宜。”

“言之有理，理当如此。”家康颇为干脆地同意了大谷的建议。其实，他原本就不认为景胜存有叛心。“就让伊奈图书和长盛家臣去访查，众位意下如何？”

增田长盛松了口气，向前挪挪身子。虽说伊奈图书是家康心腹，可如果再让自己家臣也跟去，就再好不过了，遂道：“要携带内府与我等署名的诘责信函前去吗？”

“不，既已派了人，就不必前去训斥诘问了，那样未免不近人情。传我口谕，就说如今流言四起，故请景胜前来解释。诸位有何异议？增田派谁去为宜？”

“这……河村长门守与中纳言及直江山城守都有一面之交，不妨……”

“那就让他去看看。此外，丰光寺承兑与山城守乃莫逆之交，让他给山城守去封书函如何？这样，真相就可大白于天下。”家康心平气和道。

众所周知，在京城时，相国寺属下小寺丰光寺承兑长老与上杉家老直江山城守相交甚深，故无人有异议。

“那就让伊奈图书和河村长门带着承兑长老书函前去……就这么定了。”增田长盛道。

“就看他如何回复了。”大谷吉继亦道。

家康不动声色点点头。实际上，他心中并不平静。比起上杉景胜，家康更关注直江兼续。直江兼续尽管乃景胜家臣，但由于才华横溢、性情豪爽，太阁在世，他便可与诸大名一样面见。他曾用名通口兴六，在谦信身边做过侍童。谦信在世时，由于宠臣直江与兵卫信纲英年早逝，兼续入赘直江家，娶了与兵卫美貌的妻子，得以继承直江家业，并得到重用，不仅位列上杉家老，主君景胜转封会津之后，他又被赐予三十万石厚禄，成了米泽城主。三十万石的家臣，全天下独一无二，可见上杉景胜对其之器重。

由于直江兼续在上杉氏举足轻重，石田三成才频频派出密使与之联络。而最近，上杉氏也频频向佐和山城派出长尾清七郎、色部主殿等辩才出众之人。对这一切，家康了如指掌。因此，让承兑给兼续修函，乃是了解上杉氏日后走向的最好办法。

承兑从京城被召进大坂。家康把所有的人都打发了下去，单独与他密谈了两个多时辰，然后把他关在一间书房内，让他给直江兼续写一封长函。

……此次传书，实有不情之请。中纳言进京贻误至今，内府疑虑匪浅，又有朝野间种种流言，方有此遣使一事。详情自有使者口谕，此处无须赘言。然贫僧与施主多年至交，挂怀之事不敢稍有隐瞒。若中纳言百密一疏，思虑欠周，施主亦应勇陈己见，以释内府之疑……

信中既无胁迫之意，又不忘顾全大局，字里行间情深义重，劝慰谏辞诚恳直白，实在难为了承兑。当然，一旦让人觉察此函乃是与家康商量后所修，效果自然会大打折扣。因此，承兑涂改了数遍。

“颇有谦信入道豪爽遗风，真不愧铮铮男儿……”当年深得太阁赞誉的直江山城守兼续，身上自有与石田三成相似的固执根性。年轻时，他就与信长的兰丸、氏乡的名古屋山三并称三大俊男。今日，他已是年逾不惑、阅尽沧桑之人。

承兑煞费苦心写完，把书函呈给家康。他认为，这恐怕是家康向上杉家表示的最后一丝温情，若不让家康过目，他无法安心。

书函主要内容如下：

一、在神刺原修筑新城一事，若非应对不测，是否有此必要？

二、景胜若无异心，可携誓书前来解释。对此事，贵方有何考虑？

三、景胜为人忠厚正直，太阁生前盛赞不已，内府甚是清楚，只要解释清楚，可冰释前嫌。

四、若堀秀治说法有误，就当主动前来辩明是非。

五、加贺前田氏，内府并未深究。不知能否以此为鉴？此事可与增田、大谷、神原等商议。

六、请家老奉劝景胜速速进京。

七、朝野上下盛传会津武备不同寻常。据传朝鲜也在加强战备，内府已向朝鲜派出使节。若朝鲜不肯妥协，将在来年或后年向朝鲜派遣军队。内府想与景胜商议此事，故请尽快进京。

八、上杉氏兴亡在此一举，还请三思……

家康默默读完，卷起书函。

“如此可否？”

家康点点头：“行文颠三倒四，不过反而表明了你的心志，真是奇妙。大师是不是已看透了家康的心思？”

“是……啊，不敢，不敢。”

“不错，这是家康给中纳言最后的机会。大师的信已写得颇为明白。享受着一百二十万石的厚禄，看到海外即将发生战事，还不立刻赶来，那他连二三十万石都不配！倘若所享俸禄与器量不符，便会祸害于世。”

“是。他若还不快快进京，就真该出兵了。”

家康一笑：“当机立断，是掌管天下者不可或缺的法宝。由此，中纳言和兼续的器量就一目了然。”

当伊奈图书昭纲和增田长盛家臣河村长门守携承兑书函从大坂出发时，已是四月初一。表面看，河村长门守在上杉氏有亲戚，更方便打听真相，这是他被选为使者的理由。但事实上，远没这么简单。石田三成与直江山城守之间有密使来往，家康十分清楚，但增田长盛是否也参与了此事？让伊奈图书不动声色地监视河村长门守，自然就可真相大白。

增田长盛让家康及其心腹耿耿于怀。在家康面前，长盛充满凛然正气，而他又暗中与三成、宇喜多秀家、小西行长等人秘密接触。若问他这样做的理由，他总会回答：“为了内府，为了少君，我必须了解他们的动向。”

但很明显，这是他明哲保身的做法，一旦发生大事，他究竟会站在哪边，实令人难以判断。

“或许他本性优柔寡断，就连自己也无法确定。真正无可救药。”伊奈图书出发时，家康只说了这么一句。但只凭这一句，图书就知该如何做了，他是个聪明人。

二人离开大坂，昼夜兼行，于四月十三抵达会津。见上杉景胜之前，二人受到直江山城守兼续接见，乘机把书信交给了兼续。由于抵达会津时已是傍晚时分，伊奈图书道：“明日再向中纳言转达内府口谕，请大人事先向中纳言禀明。”然后，便与河村长门守离开了山城守府邸。河村长门守到亲戚家中歇息，伊奈图书则到城内馆驿住了一夜。

面对二位使者，直江兼续不动声色，只是淡淡道：“上杉氏有千坂景亲留在大坂，二位本不必千里迢迢赶来。”承兑的书函他亦未当场拆开。可二人离去不久，他便带着书函出现在了景胜面前。

“听说内府派的使者已到了，他们说什么？”景胜主动问道。

兼续豪爽笑答：“主公不是明知故问吗？不过您不必着急。”

“这么说，明日我还得见他们？”

“是，希望主公接见他们时，定要严厉拒绝他们的要求……请主公先看看承兑这秃驴写给在下的信函。”兼续把书信在景胜面前展开，放声笑了。

上杉景胜没有父亲谦信那般敏锐的洞察力，但长期受到家风熏陶，举手投足间也充满森森杀气。他与其说是豪爽，毋宁说过于自负。“好长的信。好个承兑。”景胜漠然地读着信，读罢，又掂了掂信纸重量，“不费脑子，还真写不出此信来。”

“不知有否不合主公胃口之处？”

“这与石田治部和增田右卫门大夫送来的消息无甚不同。”

“主公，不见他们？”

“使者口谕估计与书函内容没有两样。我便可让他们滚回去，只是……”

“主公担心什么？”兼续微笑着。

“像内府这等精明人物，却还要玩这种唬人的愚蠢把戏，真是老糊涂了。”

“哈哈，听说，他还与阿龟夫人生了一个儿子。”

“怪了。从先父以来，我们上杉氏从未在胁迫面前屈服过。他连这都忘记了，可叹。”

“哈哈，”兼续又不屑地笑了，“主公刚才的话，与治部大人煽动您的话如出一辙啊。”

“什么？”

“治部乃是在蛊惑我们啊。但那也无妨。只是，这样一封书函，内府竟让承兑来写，他到底是何意？”

“那你是否已心中有数？说来听听。”

“原因很简单，前田利长已被内府吓破了胆。因此，内府想对我上杉氏故伎重演，他是带着侥幸之心让承兑写的。”

“你能断定？”景胜有些疑惑。直江山城守两眼放光、自信满满道：“断不会有错！”

“连你都这么看，自不会有错。”

“请大人明日狠狠斥责使者，将其赶将出去。大人无论怎样过分，家康也绝不敢发兵。”

“你凭何断定？”

“家康不会如此愚蠢！一旦讨伐会津，京城自然空虚，治部大人怎会错过这样的机会？这一点，家康不会想不到。”

“主公，做任何事，都要当机立断。”直江山城守又笑了，“倘若主公明日不能断然呵斥家康使者，我们不仅颜面扫地，其他烦恼也会接踵而至。我们世代统领关东，谦信公勇武闻名天下，这样的名门望族，也对家康摇尾乞怜，岂不让天下人耻笑？而明日正是向天下展示上杉威严的绝好机会。”

“家康会不会因此发怒？”

“若发怒能带来好处，谁都会大发雷霆。但发怒却只会给他带去不利，故，我们要趁此机会，好好呵斥他们一顿，莫要受辱于人。”烛台里的灯火黯淡下去，兼续边伸手拨灯芯，边继续对景胜大吹大擂。大言不惭之人往往愚蠢，但这些话从兼续口中喷涌出来时，却带上了庄严的味道，真不可思议。正因如此辩才，他不仅得到秀吉褒奖，还获取了厚禄。

“大人，您不必担心。我要修一封长书，戏弄承兑，戏弄家康那个老狐狸，省得他继续派些无礼之人来……”

“我明白了。就照你说的去做。”

“如此最好不过。我们刚刚迁到新领，能做的亦只是呵斥来使一顿，真是遗憾！”

“我们的领地尚未整备完啊。”

“若是有多年旧领，说不定我们还可利用治部夺取天下。”

“你的意思……”

“随便说说而已。治部若更聪明或更愚钝，事情就更有趣了……此是别论，主公眼下需要做的事只有一件。”兼续边说边玩弄手中书函。在他眼中，家康并不那么可怕，只要有三成和长盛等人为他传递消息，家康就是一个不值一提的软柿子。

当夜，二人谈笑许久，兼续才告辞而去。景胜接见使者，乃是次日巳时。

伊奈图书携河村长门守到本城大厅与景胜会面，他高高在上地宣讲家康口谕：“闻得上杉氏已作好决一死战之备，导致世间议论纷纷，究竟是何道理？尔背叛太阁，真令人扼腕痛惜。尔怎敢无视太阁遗训？望尔改变初衷，早入大坂。”

景胜眯起眼睛，乐滋滋听着。

其实，上杉氏并非都如直江兼续那般强硬。留在大坂的千坂景亲就曾向景胜进言：刻意惹怒家康，恐给上杉氏惹来灭顶之灾，故无论是筑新城还是雇佣流浪武士，都不要太过张扬……为向丰臣秀赖贺新年去了大坂城的老臣藤田能登守信吉等人也进谏道：对家康强硬，迟早会断送上杉氏气数。他一气之下不再返回会津。但由于景胜对兼续宠信有加，对他言听计从，别人的意见便充耳不闻。

使者宣完口谕，景胜笑嘻嘻问道："就这些吗？"

"内府要大人尽快去大坂，我等亦等着大人回话！"伊奈图书自然不肯示弱。

"我不用给内府写信。你听着。"

"我等洗耳恭听。"

"我心中并无丝毫叛逆之意！"景胜昂起头，加重语气，"上杉景胜蒙丰臣厚恩，怎会有背叛之心？阁下此次所言，我无一能接受。我所做的一切，都甚是必要，闲人凭何无端指责？这纯粹是误解，是诽谤！希望内府先查明诽谤之人。在未明真相之前，我无论如何也不会去大坂！"言毕，景胜顿了顿，想看看使者反应。

人在慷慨激昂时往往会自我陶醉，愈陶醉就愈不想迎合对方，几句话下来，景胜更严厉地收尾道："即使去了大坂，上杉景胜也不会对内府俯首帖耳。阁下回去这般转达吾意即可。"

这简直是无可通融的最后通牒。不知情者听了，还以为他已忘乎所以，完全陶醉于自己的气势，或许是想主动放弃大老地位。不会对家康俯首帖耳，这意味着只要家康在，他连秀赖都不顾，完全没有任何妥协余地。

伊奈图书飞快瞥了一眼河村长门守。他估计，景胜的答复，在亲戚家住过一宿的河村长门守应早有预料。果然，长门垂下头，慌忙躲开了图书的视线。看来，景胜不向家康妥协一事，在上杉氏已是尽人皆知。图书遂道："中纳言的意思，鄙人已十分清楚了。回去之后，在下会把大人的意思如实转达内府。"

"好，除此之外，我无话可说。远道而来，辛苦了。山城，好生款待，然后打发他们回去。"兼续表情僵硬，不情愿地施了一礼，"山城有一封回函，希望二位能代我转交给丰光寺住持。有劳二位。"山城守话犹未完，景胜已拂袖而去。

内府是否看错了上杉景胜？伊奈图书甚是疑惑。听了景胜的一番话，直江兼续书函的内容不难想象。即使兼续在给承兑的回函中为主人的无礼致歉，也不能说上杉氏并无敌意。

“大人万万不可掉以轻心。上杉氏始终在越后拥兵自重，甚至不把天下放在眼里。”若不这么汇报，家康恐会失算。家康虽早已洞悉三成的叛心，但绝未料到上杉景胜居然也敢如此无礼。正是为了试探景胜的器量，家康先前才未大张旗鼓行事。

二人怀揣兼续写给承兑的回函，昼夜兼程赶回大坂。当回信被打开时，在场的除了承兑，还有家康、本多正信。

最先入眼的竟是这么一句：“上杉氏兴亡在此一举，还请三思……”这不是承兑绞尽脑汁写的那句话吗？

众人都盯住承兑，伊奈图书自然也不例外。刚读了几行，承兑就脸色发红，手不停发抖，脸与嘴唇痉挛不止，其状令人不忍目睹。承兑很少如此狼狈，当年在秀吉面前宣读明使册封书，当读到“封尔为日本国王”一句时，他的反应就如今日。

意外的是，家康和本多正信并不甚惊讶，承兑花了一刻钟才好不容易读完书函，随后把它默默交给家康。承兑读信时，家康既不发笑，也不问什么。

“口气似不轻。”家康戴上眼镜——这是今年正月茶屋四郎次郎送给他的——靠在扶几上展开书函。也难怪承兑会脸色大变，直江山城守兼续的这封书函，一开始便甚是无礼，几乎全是揶揄之辞，完全把承兑当成一个无知幼童。

“关于吾领，世上确有不少流言，以致引起内府猜疑，实不足奇。太阁生前，京城和伏见之间就流言不断。更何况会津地处偏僻，我家主公又是小辈。大师实是过虑了……”

既然把比自己年长六岁的主君都说成是小辈，又会把承兑当作什么？出于多年交情，承兑才费尽心机给他写了那封书函，可他却讥讽承兑是狗咬耗子，真是狂傲至极！

家康微笑道：“住持大师，这并不是写给您的书函。他知道我也会读到这封信，方故意这么写。大师不必着恼。”说罢，他乐滋滋读下去。

伊奈图书不时偷偷瞟一眼家康，对于家康的平静，他颇为不解。他本以为家康一看到此信，定会勃然大怒。可家康非但不恼，还不时露出微笑，甚至摇头晃脑，读得津津有味。

读罢，家康把信函放在扶几上，对本多正信道：“佐渡守，看来直江山城非寻常人，思虑敏捷，条理清楚。”

“啊？”没等本多佐渡回应，脸色苍白、浑身发抖的承兑伸长了脖子，“如此无礼之言，内府……还称扬？”

家康缓缓点头：“确甚是无礼。家康有生以来，还从未读过如此无礼的书函。”

“是啊。贫僧读到一半，便想撕个粉碎。”

家康并不理会承兑，单是对正信继续道：“信里说了这么几点：其一，让丰光寺莫要担心。其二，景胜前年刚换了领地，就立刻进了京，好不容易回去，又要他进京，怕耽误本领政事。连处理本领政务都被认为是存异心，真正不可理喻。”

“说得有理。”本多正信表情古怪地附和道，“这么说，他认为大人在故意刁难于他？”

“正是。”家康轻轻点点头，“其三，函上说，景胜写誓书写腻了，无论写多少也无人会信，他不想写了。另，自太阁以来，景胜就以忠厚正直闻名，迄今没有任何变化。这些与一般男儿有别。”

“哈哈，一般男儿，他指的是大人您？”

“或许是。他还说，景胜心存异志云云，纯属故意诽谤，我只是一味听信谗言，却不去查明真相，实在有失公允。更精彩的还在后头呢，佐渡。他咬牙切齿讽刺我道，加贺肥前守一事能够顺利解决，我真是威风八面。还说，增田和大谷等人，他有事会与他们联络。至于神原和本多佐渡，就不必了。”

“他连在下都信不过？”

“当然。他说，你们只会相信掘秀治一面之词，完全是误导我德川家康。你们究竟是德川的忠臣还是佞臣？让我好生思量。佐渡，你到底是德川佞臣还是忠臣？”家康说笑道。本多佐渡挠挠鬓角，苦笑起来：“既然我等侍奉的是器量如此的大人您，自是黯然失色了。”

家康笑着把书函丢给正信，“你最好也读读，想必对你会有所助益。”

正信拾起来，毕恭毕敬地读完之后，又传到伊奈图书手上。

展开书信一看，图书不禁全身僵硬。如此大胆、如此不加掩饰的书信，他是第一次看到。把自己的主君称为“小辈”的兼续，完全不把家康放在眼里。函中称，延缓进京完全是因为武备。京城武士如今都被瓷器等名物迷住，乡下武士则在准备枪炮弓箭之类。这定是民情不同，风俗各异。他还问，照上杉氏的实力，景胜当具备什么样的军备？若连上杉氏置备与身份相配的军备都惧怕，实乃小肚鸡肠。无论是修路还是架桥，都只不过是武备之步骤，至于来年或后年出兵朝鲜一事，谁会相信？真是可笑至极。

让图书更为惊诧的，则是此信末尾言道：“无须多辩，我家主公断无叛心。不进京，完全是有人从中作梗。只有内府彻底明查，方可成行。纵然是背叛太阁遗言，撕毁誓书，抛弃少君，甚至与内府翻脸，夺取天下，那又能怎样，亦是难以摆脱骂名。身为谦信公之后，焉能忍受此辱？上杉氏深知反叛之耻，绝不会如此愚蠢，请不必担心。只是，若内府听信谗言，意图不轨，撕毁誓书又有何妨……”

图书感觉自己快要窒息了。家康曾说过，要估量直江山城器量，可这封书函却像是直江山城在试探家康器量。此函逐一驳斥了承兑。承兑的信函拖沓冗长，兼续却痛快淋漓，只要他们认为有理，甚至不惜与家康为敌，二者根本无沟通之路。图书卷起信函，不禁想问问家康之意。

家康表情却依然十分平静，或许他早已料到对方会如此答复。接过书函，他对本多正信道：“佐渡，直江山城是否已看穿了我的心思？”

图书大吃一惊，承兑更是惊骇不已，他“啊”了一声，伸长脖子，俨然一个不知所措的孩子。家康听到承兑的惊呼，把目光移到他脸上。“我是说，山城究竟是看穿了我的心思，还是在一无所知的情况下才这般写的？”

承兑更疑惑了，“参透了内府的心思，又能如何？”

“那就说明，他实乃令人钦佩的大器之人！只是对于上杉氏，他就变成不忠之臣了。他的器量大过景胜。”

不等承兑回答，图书先问道：“大人，您这是何意？”

家康咂咂舌，看了正信一眼，“正信，你给图书说说。”正信笑容满面，看来，只有他明白了家康的意思。

“是。只是，在下的理解未必正确……”

“图书比你年轻。你怎么想便怎么说。”

“遵命！”正信向图书侧侧身子，“大人早已痛下决心了。”

“什么决心？”

“讨伐上杉。”正信压低声音，飞快地扫了家康一眼。他若说错，家康定会开口，可家康只是默默欣赏院中风景。正信继续道：“对方若看出大人决心已定，会明白所有理由和解释都已无用。他们只有两条路，要么致歉，然后乖乖屈服；要么奋起抵挡，刀兵相向。”说到此，正信垂下头，分明在考虑更慎重的言辞。“在这种情况下，他们显出一副与我们为敌的样子，说明其有两种考虑：其一，名正言顺与治部等人联手，向我们发起挑战；其二，故意装作与我们为敌，暗地里助大人下决心……”

“请恕贫僧失礼，”承兑突然插道，“直江兼续如此无礼，竟想暗中帮助内府大人？怎生可能？”

正信又飞快扫了家康一眼。他定是想让家康回答。事情重大，他不过是臆测。可家康一言不发，依然眯着眼，悠闲地凝望着院外晚春的阳光。

“大师，这完全是老夫胡乱猜测，若说错了，怕要受大人斥责……大人已决心不再原谅上杉氏，并会以讨伐上杉为名出兵，故意出大坂城，以引诱治部……这只是老夫的推测。设若直江兼续看透了，自会装作与大人为敌，激怒内府，让大人出兵。如此一来，治部必然中计。”正信心平气和说完，图书和承兑都舒了口气。“有理，如此，直江山城守就成了大人的助手。”

“休要高兴得太早，图书。”家康忽然斥责道，却依然望着外边，“未听完佐渡的后言，先莫要开口。”

正信为难地低下头。他也和光秀一样，曾游历天下，深知口无遮拦随时可能给自己带来危险，因此，他不愿在这种场合谈论大事。一旦说中家康的心思，便有可能招致猜忌；但若看不出家康心思，会谈自无法进行。这并非没有先例，信长公口口声声称扬竹中半兵卫乃战略之才，可最终也没把他拔为大名……

"大人也疑心景胜有无大器量。"

"是。"承兑道。

"假若直江山城守读懂了大人的心，为了天下，他想不动声色帮助大人，反复思量后，为了给大人制造讨伐上杉的借口，他便写了这样一封傲慢无礼的书函，若果是如此，他真是少有的大器之人……但这亦有可能只是我们一厢情愿。说不定他正怒气满怀，表面上与我们为友，等到把我们诱到奥州之后，再死命阻击。"

"有理。"

"故，大人才怀疑山城是否真读懂了他的心思。"

"精辟！"

"在下不明真相，不敢妄断。只能说到此处。"

"大人意思是……"

"无论上杉是想助大人一臂之力，还是只想与我们决一死战，会津绝不会平安无事。只要景胜拒绝来大坂，就是违抗摄政重臣的命令，这个罪行，他无论如何逃脱不了。"

"不错……"

"因此，大师书函所写'上杉家兴亡在此一举'一句不无道理。即使不决战，少君命令一下，大人出兵，最起码也会消耗他一百万石。他付出一百万石的代价，只为逞口舌之强。如此，直江山城守便不能称为忠臣……大人，在下已言尽。"正信向家康点头道。

家康笑中带怒："佐渡，你好生无耻。"

本多正信的话无一不说中家康心思。家康甚至有些后悔——不该让正信开口，倒不用担心伊奈图书，可丰光寺承兑却不能令人放心，虽说他如今也心向德川，可他却与三成众知己多有往来。此事一旦被他泄露，自有无尽麻烦。

家康只好矢口否认："佐渡，你还是纸上谈兵。战事，诡道也。以少胜多，不胜枚举。即使我奉少君之令出兵，也未必就能取胜。"

"是。"

"你知我是如何小心翼翼才走到今日吗？其中苦难，你绝想不到。你的话真令我汗毛倒竖。"

"抱歉。"

"用不着愧疚，但大事当前，当慎之又慎啊。"家康这话是想说给承兑听，"接到如此无礼的书函，却对其坐视不理，天下规矩就乱了。因此，必须讨伐上杉家！山城那厮早就看出来，若景胜不来大坂，我必然出兵讨伐。他深知这些，却胆敢向我挑衅。"

"大人明鉴。"

"话虽如此，但战事却不能随意发动。既要进攻上杉，又要避免与治部冲突，这便是我希望丰光寺大师和佐渡仔细思量之事。你们不会看不出来，我若攻到会津，正与上杉决战时，而治部挥兵大坂城，结局将会如何？那时我欲进不能，欲退不行，一生不就完了？"

正信明白了家康说这些的意图。

"正信的一番话完全是痴人说梦，事情哪有这么简单？当前最重要的，应是不惜手段，避免激怒治部。"

"是。当前最重要的，乃是集中力量，全力讨伐上杉。看来，此次我不亲自临阵指挥是不行了。"家康扭着脸道，"我一生还从未看到过如此无礼的书函……真是愈想愈怒。这是兼续的小伎俩，我决不会放过他！"

出兵讨伐一事已成定局。当然，真正的敌人究竟是名门上杉氏，还是新近崛起的石田三成，尚未分明……

七　茶碗天地

庆长五年五月下旬，令人烦恼的梅雨终于停了，天空湛蓝，不知从何处传来阵阵蝉鸣。隐居三本木的高台院派人到本阿弥光悦家中，请光悦为长次郎新烧制的茶碗命名。光悦看到被派来的侍女，不禁一愣，尽管觉得面熟，却想不起来是谁。

“久违了。”侍女恭恭敬敬把茶碗放在光悦面前，微微一笑。

光悦这才意识到自己还在盯着侍女出神，甚至连茶碗都不看一眼，遂讪讪笑道：“总觉得在什么地方见过你。”

由于是高台院的使者，光悦特意把她请进了内客厅。客厅走廊前的竹叶像是被精心洗过，透着一股鲜亮。

“呵呵！您还没想起来？其实难怪。奴家这样的人居然能侍奉高台院夫人，真是不可思议。”

“想起来了，想起来了。你是博多……”

“正是。奴家就是被石田治部大人带走的阿袖。”女子脸上露出一丝微笑，像在回忆什么，“以前给您添了不少麻烦。”

“你果真是阿袖夫人……只是，如今怎么……”话犹未完，光悦忙打住，仔细端详茶碗和阿袖。眼前的茶碗明显具有长次郎的风格，不难认出是真品，却非极品。“我会让这个女子把茶碗给你送去，”光悦耳边似响起一个声音，“好让你仔细看看这女子。”

“太荣幸了！”光悦伸手捧过茶碗，视线却一直没离开阿袖。

世上正盛传，内府将要讨伐上杉氏。上杉景胜不仅违抗命令，拒绝来大坂解释，还不断加强军备，大量招募浪人，家康于是决意出兵征讨。增田长盛、长束正家、中村一氏、堀尾吉晴、生驹亲正等人以时机未熟为由，联名上书，欲阻止家康出兵，家康却是无论如何听不进去。就在这时，一个曾经服侍过三成的女子，出现在了世人都认为与家康站在一起的高台院身边，于是乎，世间舆论一片哗然。

此事绝不寻常！光悦正满腹狐疑，阿袖却若无其事道："先生，比起这个茶碗，高台院夫人恐更想让您鉴定鉴定奴家的心。"

光悦轻轻把茶碗放在膝边。阿袖似已察觉到他内心的波动。想到这里，光悦好斗的本性被激发起来。"你似已清楚。对，比起茶碗，夫人更希望我猜猜你的想法。"

"奴家也这么想。先生鉴别刀剑天下第一，对于人心的鉴别力亦无人能出其右，这似是内府原话，对吗？"

"不敢当。即使内府那么说，想必你也不会认同。"

"先生过谦了。"阿袖娇声笑了。一笑起来，她便媚态毕露，"痴女子时常不由自主迷失本性，阿袖今日就是想请先生指点迷津。"

"不愧是阿袖！"光悦回击道，"无论什么场合，你永远不会迷失自己。是谁把你荐到高台院身边去的？"

"是先生熟识的淀屋掌柜。"

"常安？"光悦纳闷不已，"但应不只是他，还有其他人帮你。让你下决心去侍奉高台院的人是……"

"到底瞒不过您的眼睛，是石田治部少辅大人。"阿袖毫不慌乱，从容道。

"果然如此。我无须再问你的目的了。"

"先生是否有些草率了？"

"由于讨伐上杉的传闻，加藤清正、福岛正则、黑田长政、加藤嘉明等人专门向高台院派了使者，你不会不知此事。"

"奴家当然十分清楚。"

"这些人是否在求高台院阻止内府讨伐上杉？"

“不错。四位遗臣还说，若内府执意讨伐，他们情愿代内府前去。”

“这些事你都报告给石田治部了？”光悦压低声音问道。谁知阿袖竟不假思索回答：“是。这是奴家服侍高台院的目的之一。”

“目的之一？”

“是。但这绝非全部。除此之外，奴家还有隐情。”

“你是不是想对高台院夫人……”

“没错。我确是接受了刺杀密令。”阿袖面不改色，眯起眼睛。

光悦被此女的气势震慑，一时喘不过气，浑身战栗起来——这个女子竟是潜入高台院身边的刺客！他原本半信半疑，只是带着戏谑之情试探，没想到她竟坦然承认了。光悦早就看出她绝非寻常女子，她对一切都无所畏惧，也不为一切所迷。过去的悲惨生活让她尝尽艰辛，早就从对人生的恐惧中解脱出来。正因如此，她才被博多的神屋和岛屋选中。可自从跟着三成进京，这个女人的消息就断绝了。

“看来她终究是个女人，被治部大人迷住了。”神屋宗湛曾苦笑着叹道。这话乃光悦从弟子山阳口中听来。这女子原本不应刺杀高台院，而应刺杀三成……

“你果然接受了这样的命令？”

“先生，您是不是认为阿袖是个古怪女人？”

“唉，一言难尽。”

“阿袖也厌恶战争，还一直想刺杀治部。”

“那为何被他……”

“我未被他迷住。”

“哦。”光悦心中生起感动，忙改变话题，“人心可真是奇妙，时时都会因人发生改变。”

“这么说，是治部大人让奴家变了？”

“这不是说笑。凶猛的野兽会变成温顺的小猫，坚硬的铁也会变成柔软的糖块。”

“阿袖已变成猛兽了。”

“哦？”

“可这只猛兽一到先生面前，就会变回原来那只小猫。”

“嗯？”

“阿袖若迷恋男人，也该迷恋先生这样的男儿啊。”

“夫人！你是故意拿这话来讥讽我？”

“不敢，奴家乃是奉高台院夫人命令前来。”

光悦一怔，忙正了正身子——这话不一般，这个女人想要拼命抓住些什么……他轻轻摇摇头，“好了。你究竟想怎样？直接些。”

阿袖低头沉思了起来，许久，方道：“先生，正如您刚才所说，阿袖的确有事。”

“因此我才让你痛痛快快说出来。”光悦直盯着她，“你到底想说什么？”

阿袖振奋起来，“心里明明清楚得很，却怎么也说不出口……我真想做个孩童。既无憎恨，也无悲哀，分不清愿望与诅咒。”

“夫人的心情我明白。想恨就恨，想悲便悲，这种人也有无数。”

“先生，奴家不能刺杀高台院。”

光悦眯着眼，微微点头：“当然。”

“可奴家却接受了密令，才到得夫人身边。”

光悦叹道：“这么说，你又要背叛了。以前你背叛了岛屋和神屋，这次又要背叛治部。”

“不，在此之前，奴家早已背叛过无数男子。”

“那是为了谋生，迫不得已。”

“但奴家也遭到无情的背叛。遭到背叛的人，最终只能复仇。”

光悦又动摇起来，但这次他没逃避。“这么说，你既不想背叛治部大人，也不想刺杀高台院夫人，因此陷入苦恼，对吗？”

“不，奴家一开始就没有刺杀高台院夫人的意思。”阿袖哀戚地低下头，“想请教先生，奴家这样的女人，只要活在这尘世，就一定要背叛、诅咒，让人悲伤，使人不幸吗？难道我真是这样的女人？”

“夫人多虑了！照你这般说，光悦也一样。但夫人必须与所有罪孽一刀两断，否则，只能发疯死去。”

“先生，奴家真希望发疯死去呢。”阿袖斩钉截铁说道，光悦一阵战栗。她续道：“奴家不想隐瞒。劝说治部大人与内府决战的就是奴家。但奴家根本不相信治部会有胜机！”

光悦默默凝视着阿袖，不言。

“治部大人只能战死……除此之外，别无选择，是奴家让他下了战死的决心。若不战，他会屈辱地活在内府羽翼下。与其屈辱地活着，不如轰轰烈烈战死……这就是阿袖的情义。”言毕，阿袖掩面而泣。

光悦逐渐明白了阿袖的意思，这个女人一定劝说过三成决战，但之后，她发现局势的发展更加可怕，已意识到将有一场超出她想象的大战。现在她内心一定痛苦至极，否则，她这样的女人绝不会在自己面前落泪。

“先生，”阿袖抽泣了片刻，羞涩地擦了擦泪，“内府真要讨伐上杉氏？”

“夫人为何想知？”

“曾经劝说治部决战的阿袖，如今却服侍着无论如何也要阻止战事的高台院夫人，真是有趣啊。”

“夫人也知，再也没有比战事危害更大的了，对吗？”光悦逼问道。

“内府大人一出征，治部便会趁虚而入，发兵起事。”

“高台院夫人、加藤大人、黑田大人等也颇为担心。”

“奴家怕的是之后的事。”

“之后的事？”

“治部当然会把留在大坂的内府家人都……”

光悦只觉似被从头到脚泼了一身冷水，阿袖担心的竟是：三成在起兵同时，定会把与家康同盟的武将家人全扣为人质……

“奴家目光短浅，近几日才识得。”阿袖发现光悦已明白她在说些什么，猛地加快了语速，“无论哪一方获胜，人质恐都不会平安脱险。战事把无辜的女人和孩子全投进了地狱，阿袖不能对此熟视无睹，可战车已然驶出……”

光悦调整了一下坐姿。身为男子，他竟连这些都未想到。但阿袖这么一提醒，他方意识到事情的严重。

“先生，多谢您能听奴家说这些，阿袖已找回自己了。”

“哦？”

“奴家明白！此前奴家一直迷惘，心中所虑就是此事……”阿袖眼里闪出一丝亮光。光悦也放下心来，大大舒了口气。人极度困惑时，自己很难逃出思绪的牢笼，可眼前若能有一人听你说话，困惑的内心就会打开一扇敞亮的窗户。阿袖与光悦的对话，似乎起到了这种作用。

“先生，您已看透了阿袖的心思。向高台院报告时，请一定告诉她，阿袖是一个有用的茶碗。”

光悦用力点点头。在他眼里，阿袖的确称得上名器。

“阿袖不知天高地厚，再求先生答应我一个请求。请让阿袖继续待在高台院夫人身边，好实现两个愿望。”

“哪两个愿望？”

“方才奴家心乱如麻，甚至觉得只有死路一条。”

“我也看出来了。不过，如今已雨过天晴。”

“阿袖会去请求高台院夫人，为了避免战事扩大，要竭力阻止人质事件。”

“这是第一个愿望？”

“是。第二个愿望是……”阿袖抬起头，看了一眼光悦如利剑般的眼神，“希望第二个愿望不会引起先生的误解。”

光悦点点头，“夫人品格连男儿都自愧不如。本阿弥光悦洗耳恭听。”

“多谢。此事，阿袖绝不会说第二次……这是阿袖接近高台院夫人的真正目的。”

“哦。”

“治部大人绝不会平安度过一生。无论战争胜负，也无论他与内府之交是好是坏……”

“他乃不愿寿终正寝之人？”

“对。奴家以为，他会纵火焚身而死。”

“好眼力。”

“因此，为了治部大人，奴家想做一件事。”

“你的第二个愿望？”

“是。无论治部走到何种穷途末路，奴家也不希望石田一门血脉断绝……不求高台院夫人，这个愿望无论如何不能实现，故，阿袖才出来侍奉夫人。”

光悦松了一口气，微笑起来，不再看她，“石田大人知道此事吗？”

阿袖轻轻摇了摇头，眼神恢复了先前的哀怨。

光悦锐利的眼神盯住茶碗，沉思起来。他尚未完全放心。他已完全弄清阿袖的想法，但她背后的石田却不容忽视。一旦有误，就会危及高台院。阿袖对自己的信赖，光悦真想用一句话来回答，那就是明辨是非，为了正义，即使受尽苦难也毫不畏惧。作为日莲宗信徒的他，自从利休逝后，信心愈发坚定。虽说如此，为了阿袖而背叛高台院，何颜面对佛祖？

“这可真是一道难题！”光悦不禁端起茶碗，托在掌心，“毫无瑕疵，外形也不错。火候和做工很好。因为这枯淡的釉，茶碗上的景色让人明显感受到烧制之人的恬然心境……饶是如此，在下却不能向每个人都推荐说，此乃一件天下名器。”

听他这么说，阿袖低下头。“先生的意思是说，它从前的主子不好？”

“是，它与从前的主子分不开……若让别人把它作为一件名器买下，那就是鉴定者的失误了。”

“但茶碗自身与持有者并无关系。它没有心。”

“光悦若对高台院夫人说，这个茶碗最好不要买，夫人心里会怎么想，会回到淀屋府上吗？”

阿袖一阵哆嗦，沉默了。

“光悦知夫人来此，势必要说服我。但我也颇为顽固。人为何要把危险之物放在身边？若我不赞成买下，你又有何种打算？像你这等聪慧之人，不会没考虑过。”

“先生，到那时，奴家自会坦言真相，请求高台院夫人谅解。”

光悦大吃一惊，“那么，若被高台院夫人赶走呢？”

“尚未想到那一步。”阿袖忽然显出蔑视神色，语气铿锵道，“奴家从来都不知什么生死，只是想做必须做的事。”

光悦放下心来。忽然，他把手中茶碗当啷一声扔在榻榻米上。茶碗跌成两半。他又把残片慢慢收拾起来，装进盒子。光悦脸上并无怒色。他定是出于某种考虑，才把茶碗摔破……尽管这么想，可茶碗被打破那一瞬间，阿袖还是震住了。

光悦十分清楚阿袖的疑问，但他并不作声，单是默默把破茶碗放进盒子，用高台院喜欢的西洋印花布轻轻包了起来。再次看向阿袖时，他已然一脸平静，道：“我不明高台院夫人是怎么想的。”

像有一阵冷风吹过，阿袖不禁伸长脖子，“何出此言？”

“居然拿一个破茶碗让我取名字，这玩笑开得也太大了。”

“啊？”

“即使问夫人这个使者，恐怕也难以解开这个谜。看来，光悦只好跟夫人去一趟，亲自问问高台院了。”光悦严肃道，“我些许准备一下，请稍候。”他把包裹放下，出了客厅。

阿袖两眼湿润了。无须再问，光悦决定亲自赶赴三本木。照他的气性，定会把真相与高台院夫人和盘托出，再让夫人定夺。一向令人觉得认真、甚至有些呆板的光悦身上，居然有着如此果断的一面，这让阿袖不无惊心。

未久，光悦穿上了出门的衣服走来，看都不看阿袖一眼，恭恭敬敬拎起包裹。他恢复了常态，变得轻松了，“走吧。”

阿袖默默跟在光悦身后走了出去。门前已为她备好了轿子，却没有光悦的。看来他还在严格遵守太阁生前的命令，不敢坐轿。

京城炎热如蒸笼。不久后，避暑之人就会挤满贺茂川河滩。

阿袖坐在轿内，忽而叹气，忽而闭目养神，忽而又扫几眼两边的街道。高台院对她产生怀疑，让她到光悦处出使，却因此了却她一桩心事，真是一件幸事。但同时，她竟产生了生之将尽的感觉。至于打破的茶碗，光悦究竟会如何向高台院解释，也让她期待。

到了三本木，阿袖与光悦一起来到高台院面前时，光悦的话让她大出意外："夫人，这女子说的事支离破碎，乱七八糟，光悦一句也未听明白。"光悦边说边解开包裹。阿袖气得发昏，听他说话的口气，她如个白痴。

自从光悦向高台院建议，平时要把房间窗户尽数打开，并用冰凉的井水来和炒面之后，高台院的笑声出奇地多了起来。她将头发剪短了，面颊亦显圆润，比在大坂时看来更加年轻。再加上没有孩子，她完全像四十刚出头。

"给先生添麻烦了。我还以为阿袖做事利索。"

"在博多时，光悦曾见过这个女子，真是比男儿还要强，结果被治部大人带到京城……光悦对她还颇为钦佩，可没想到，她今日所说的事，小人却丝毫也不明白……"光悦一开始就把阿袖与三成的关系抖了出来，接着打开放茶碗的盒子。

高台院吃了一惊。阿袖与三成的事，她恐是第一次听说。"孝藏主、庆顺尼，你们都退到外间去乘凉。"高台院把二人支走后，光悦故意小心翼翼把裂成两半的茶碗放到盒盖上，道："究竟是侍女不小心打破的，还是想在修补之后，再让小人命名？"

高台院飞快地扫了茶碗一眼，立刻把视线转移到阿袖身上。此时阿袖已缩成一团，俯在榻榻米上，头也不敢抬。高台院道："光悦，这最好问问茶碗。茶碗都跟你说了些什么？"

阿袖吓得屏住了呼吸。光悦说话单刀直入，太过离奇，而高台院的回答更令人意外。

"启禀夫人，这茶碗跟小人说了些不吉利的事情。"

"什么？"

"她说她乃是奉谋刺夫人的密令，来到夫人身边的。"

"这些我早有察觉。但既然已裂成了两半，她的想法恐怕也会有所改变。太阁生前喜爱的井户茶碗不就是先例吗？修补后还能用吗？"

光悦用犀利的目光扫了阿袖一眼，装模作样地把打破的茶碗拿了起来，"这不像是夫人修补好后，带给小人的东西。"

“有理。”

“可是，就这样扔掉亦不免可惜，光悦想再修补修补。”

“修好之后，如何命名？”

“它大概是碰到了谁的袖子才打破的，尽管是一件瓷器，也大不幸……故，小人想给它取名谁袖。”

“谁袖？好名字啊，阿袖。”

“是。”

“名字是好，我也有好奇心，想让光悦拿另一个，这个我要了。阿袖，你问问这茶碗：它到底是想留下，还是跟光悦走？”

阿袖慌得直眨眼睛，高台院越来越让她摸不着头脑。高台院眯眼凝视着阿袖。与在大坂时相比，她确像是变了个人。她原本就非平凡女人，在大名面前都能毫不在乎与丈夫争辩。但自从秀吉故后，她受到了沉重打击，变得拘泥起来。可她出让西苑来到三本木后，竟又变得开朗了许多。若太阁还在世上，定会说笑：“这个女人，简直就是一休再世。”

“阿袖，那个茶碗是不是不想保全，才故意把自己打破的？你听一听它们有什么看法。”

“是。”阿袖咬咬牙把茶碗拿到自己膝边，煞有介事把两块碎片放在耳边。

“听到了吧？茶碗这个东西啊，懂得尘世疾苦的少，我行我素的多。它们口无遮拦，你要好生听着。你听听，把它们粘好，再取名谁袖之后，它们是愿意让我使用，还是愿意让光悦使用，或者，它们宁愿破碎，不想被粘好……若它们不愿在一块，就已非茶碗，只是毫无意义的瓷片。到底是何意啊，说来听听。”

“是。奴婢已听见了。”说着，阿袖把茶碗从耳边拿开，此时，她嘴唇煞白。尽管如此，她依然保持镇定。

“它们怎么说？”

“它们说想留在夫人身边。”

“这么说，还是想让光悦粘起来？”

“是。它们还说，想借被分成两半的经历，重新体味人生，发挥茶碗的本来作用。”

“哦，它们是这么说的？真是心志可嘉啊。”

“是。”阿袖又轻轻把茶碗放回原处。“奴婢有一个请求。”她看看高台院和光悦，低下头。

“何必这么郑重其事，我刚才已说了，我不会赶你走。”

“奴婢想说的是，茶碗粘好后，夫人能否赐给阿袖？”

“你想要这个茶碗？你如此喜欢它？”

“不，奴婢想把它送给一个人。”阿袖轻松地笑了，“奴婢想把它送给我曾相好过，后来又分散的人。奴婢想亲手把这个修好的茶碗送给他。”

高台院和光悦不禁面面相觑。刚才表情尴尬的阿袖，忽然间似乎下了决心，坐得笔直。

“一个旧相好，他是……”

“请夫人莫要问，就算是体恤奴婢。”

“可方才你说，你们曾相好过……不相告，仿佛是不给情面。”

光悦转向阿袖，“阿袖，夫人所说也在理。你若实在觉得不便，那就……”

“不，奴婢愿意说。”

“他是……”

“金吾中纳言大人。”

“小早川秀秋大人？”光悦一头雾水，而高台院似乎更为吃惊。金吾中纳言秀秋乃毛利一族的小早川隆景之养子，亦为高台院亲侄。

“连金吾大人都成了你的客人？”

“是。中纳言大人出征高丽时，在博多的柳町……”阿袖脸红了，举袖遮住脸，但话却未停顿，“中纳言说受太阁的申斥，一连几日与阿袖在一起。”

“中纳言也是年轻体壮的男子。”

“阿袖也年轻。出于对太阁的敬畏，二人后来遗憾地分开了。”

“你想把修好的茶碗赠给他？”光悦明白了阿袖的心思，急得声音发抖。

“是。凭先前的旧交情，奴家想去拜访他，叙叙旧。”

“这亦不失为风流之举。”光悦大声感叹，飞快扫了高台院一眼。高台院能够察觉阿袖之隐情吗？

阿袖已预见战争在所难免，为了不让战局扩大，她能做的，只有尽力把毛利一族排除在战争之外。因此，她想借赠茶碗之机，向秀秋倾诉自己的愿望和苦心……光悦正想到这里，只听见高台院爽快道：“你去见金吾大人，是不是想让他莫与治部为伍？但此事你做不来。就连我都不敢轻易开口。毛利氏有辉元在，不是你一言两语就能扭转乾坤的。这实在难以想象。”

光悦屏息凝神，注视着二人。阿袖的嘴唇逐渐恢复了血色。在光悦看来，阿袖并非一定要拜访秀秋，她只是想用行动打动高台院，让高台院知道，她并非心胸狭窄的石田三成的玩偶。

高台院似也意识到了这些，虽然嘴上严厉，眼里却充满戏谑：“想去游说金吾中纳言？真是可笑。即使这个茶碗修补好，我也不会送与你。算了吧，阿袖。”

“是。”

“茶碗先放在我这里。”高台院笑道，“光悦，这个破茶碗先不要补了。”

光悦不解地低下头，“这样合适吗？”

“谁说不合适！谁袖……自从你取了这个名字，我忽然觉得，眼前的这个茶碗与阿袖甚是相似，恐是名字相近的缘故。”

“茶碗其实就是阿袖。”

“阿袖的心中现在颇为迷茫，支离破碎。就暂时把它放在我这里吧。”

“好。我想茶碗必十分高兴。”

“若它性情顽劣，恐你也未必会为了这么一个破茶碗，特意来一趟。”

“夫人明鉴。”

“它定有可取之处，你才为它命名，并想修补如初。”高台院眯缝着眼，饶有兴致地道，“因此，阿袖让我担心时，我就再请光悦来，你说呢，阿袖？”

“是。多谢夫人。”

“你不要觉得过意不去，我喜欢你。作为女人，你我都是茶碗。年纪轻轻就要在这尘世摸爬滚打，被人揉捏，最后慢慢成形……正因如此，我们的位置，我们的心，都如土如泥。”

“多谢夫人指点。”

“茶碗盛茶……茶心乃自然之心，是太平时能真正宽慰人心的东西。这是利休居士原话。你愿不愿意永远怀着这样的茶心，来伺候老身？”

“愿意。”

“无论发生什么事，都休要擅自做主，只管放心。”高台院大笑道，“那么，茶碗的事就这样罢了。你先退下吧，我还有事要责备光悦。”

光悦终于放下心来，他故意不解地大声道：“光悦究竟犯了何等过错，非要挨夫人斥责不可？”

等阿袖离去之后，高台院牢牢盯住了光悦。光悦不禁正襟危坐，集中精神。每当高台院用这种眼神看着他时，定是有要事吩咐。只听她道：“你辛苦了，光悦。”

光悦默默施了一礼。

“能不能再麻烦你走两个地方。两处就足够了。”

“遵命！只要能够办到，小人愿意赴汤蹈火。”

“先到福岛家走一趟，再去金吾家看看。”

“哦……”

“你到福岛家，只需告诉正则，说我非常担心少君未来。”

“担心少君未来？”

“是。一旦天下大乱，这个无助的孩子就无立足之地了。为了不让少君沦为乱世饵食，切切不要错失可以依托的大树。”

光悦又恭敬地施一礼，他已完全明白高台院的意思了。高台院已断定家康会出兵讨伐上杉。而一旦家康出兵，地处江户与大坂之间的清洲城主福岛正则的向背，就变得异常重要，它将关系整个丰臣氏的前途。故，高台院才秘密派他前去，叮嘱福岛不可轻举妄动。

“其次，阿袖今日所言，以及方才老身教训她的话，你要把它们当作笑话原封不动讲给金吾听。要仔细，不要有遗漏。”

“是。”光悦不禁连连点头。看来，刚才高台院训斥阿袖，定是因为阿袖完全说中了她的心思。高台院也不望金吾中纳言站到三成一边。

“你明白了，光悦？”

“是。小人完全明白了。”

“呵呵，那就好。有劳你了。”高台院朗声道，“阿袖很有意思。”

“的确是个奇女子。”

“看来她把一切都看透了，心中怜悯着治部。”

“夫人慧眼，小人以为，她服侍夫人，是想为治部一族求情。”

“不错。光悦不愧是鉴宝名家。”说着，高台院把眼前的碎片合到一起，道，“女人真是悲哀。光悦，这个茶碗是你故意摔破的吧？你故意把它摔破，才有阿袖与茶碗一样的说法。光悦，这个尘世，也已被摔成了两半，我们必须把它修补起来才是啊。”

高台院感慨万千，将破成两半的茶碗放回盒子。

八　出门诱敌

庆长五年，世上的传言漫天飞舞时，德川家康则在有条不紊地准备讨伐上杉。家康的一系列举动，颇有些蛮横无理。增田、长束、中村、生驹、堀尾五人联名进谏，他却置之不理，连加藤、细川、福岛、黑田等派来的使者也被挡了回去。

加藤等太阁旧将道：“内府无须亲自出马，若是要征讨上杉，命令我等前去即可。这定是治部及其同伙故意以景胜为诱饵，把内府钓出去，再趁虚而入，施展阴谋。还请内府三思。”

可家康空前执著：“多谢诸位忠告。各位的好意我领了。但此次请诸位一定成全家康。照此下去，朝廷权威会遭严重漠视。况且，当年岛津和北条拒绝进京，太阁也曾讨伐。不能因少君年幼就可动辄藐视，这次我非给他们些颜色瞧瞧，治他们不敬之罪！”

世人都认为，家康此次如此执著，完全是因为上杉氏直江山城守兼续那封傲慢无礼的回函。家康也时常愤懑不已：“我活了近六十年，还从未看到过如此傲慢无礼的书函！”

家康把进攻会津的日子定于七月中旬，六月初二便在大坂城内首次召诸将议事。当然，在此期间，他并未忘记派人仔细调查诸大名动静。哪些是盟友，哪些必须争取，哪些允许其作壁上观……因此，六月初二的会议，也是想把大坂诸将都召集到一起，以确认他们的心志。

列席者除了秀赖的十多名亲信，前田、增田、长束、大谷等奉行外，还有浅野幸长、蜂须贺丰雄、黑田长政、堀尾吉晴之子忠氏、池田辉政、细川忠兴、有马则赖、山内一丰、织田有乐、堀直政，另外还有家康诸亲信，挤满了西苑大厅。

厅内人员混杂，与会者定是各怀心思。但一开始，家康就宣布道："关于此次讨伐上杉，进攻会津的各路部署都已决定下来，我先宣布。"他神情严肃。这已称不上是议事了。满座立刻安静下来，天气十分炎热，竟无人敢摇扇。

"白川口由家康与犬子秀忠负责，仙道口由佐竹义宣负责，信夫口由伊达政宗负责，米泽口由最上义光负责，津川口由前田利长与堀秀治……"

言毕，众人不禁面面相觑。这也难怪，人人都认为乃三成同盟的佐竹和最上，却被委以重任。

各位大名都将被分别派到讨伐会津的五个重要据点，可若家康出兵，三成自会与上杉联手起兵，这种情况不难想象。然而在这种情况下，家康却把佐竹义宣和最上义光任为大将，这究竟是何心思？

家康对众人的疑惑毫不理会，径直说了下去："此次从大坂出发之日，定于本月中旬。途经江户，到进攻会津时，应已是七月下旬。故，诸位要早早返回本领，准备出征。"家康的语气斩钉截铁，没有丝毫犹豫，"当然，少君近臣必须留在大坂，以保政务通达。另，为了辅佐少君，还要留下两三名奉行处理公务，诸位认为谁留下为宜？"

这才像在议事。开战已成定局，让谁留下来辅政，就等于把决定此次战事的钥匙交给了谁。无论在会津取得多大胜利，留守之人若把这座城拱手送给三成，家康便再也无法返回大坂。这样一来，胜就是败。

众人的视线刷地投到奉行们身上，几位奉行额上一时冷汗涔涔。增田、长束、前田、大谷等奉行与三成的关系都较与家康亲密，众人皆知此事实。四位奉行亦颇为紧张。增田长盛和长束正家目前都与三成保持着密切联系。而前田玄以及大谷吉继，虽难以确定其对三成有无异心，但也绝非家康心腹。这几人当中，无论谁被留下来，都会埋下隐患。众人都以为，家康口是心非，实际上想留别人，只是他碍于情面不便提出来，希望别人替他说。

众人在紧张而沉闷的炎热中静默着，这时，家康又开口了："诸位没有意见，我就只好点将了。"他若无其事扫视了一圈。

"两个人好像不够，留下三位。"

增田长盛使劲咽了一口唾沫，悄悄扫了周围一眼。只见长束正家全身僵硬，几乎不敢正视家康。

"首先请前田法印留下来。你担任文职更合适。"

"是。"

"最好还有熟悉政务之人，增田右卫门、长束大藏，就你们三人。大谷刑部与我一起出征。"

听了家康的决定，众人不禁目瞪口呆。座中开始骚动，家康的每一句话都令他们无比意外。把明显是三成一伙的三奉行留在大坂，难道家康完全解除了对三成的戒心，还是故意给他们制造机会，引蛇出洞？若说原因是前者，倒非完全没有依据。无论如何，七将追杀三成时，家康曾救了他一命，把他平安护送回佐和山城。因此，与七将关系亲密之人无不怀疑：那时家康与三成是否已有秘密约定？

或是正好相反，家康故意把三奉行留在大坂，给三成起兵之机？那些内心摇摆不定、企图见风使舵的诸将，无不充满疑惑。这说明，家康从一开始就自信满满，压根儿没把三成放在眼里。他先是不慌不忙灭掉上杉，然后在江户稍加整顿，再回师大坂……真如此，丰臣氏恐就成了风前灯、瓦上霜。三成进了大坂城，必会与三奉行一起挟秀赖以令诸侯，宣布家康为逆贼。而如此一来，家康就可无所顾忌地讨伐丰臣秀赖了。天下可真要大乱了……尽管许多人都在这么想，但无人敢当场提出来。

"关西诸将随我与秀忠的主力，奥羽诸将随米泽口的最上义光，至于负责津川口的前田利长和堀秀治处，让村上义明和沟口秀胜同去。"家康的口吻又从淡然转为不容置疑，"此次战事，目的是继承太阁遗志，统一天下，征伐那些居心叵测之人。这一仗将决定天下大势。家康已向朝廷详细汇报过了。照朝廷密令，本月初八将派权大纳言劝修寺晴丰卿为钦差莅临大坂，犒慰出征将士。我想在迎接完钦差之后与少君告别，然后立即出征。到时，少君会正式下令要前田、增田、长束三位奉行留下来辅政。辅佐少君的重任就交给三位奉行了，想必诸位没有异议吧。”

众人一愣，无人立即回答。

“既然诸位没有异议，那就先定下来。至于详情，家康会再次与各位商议。好，今日就到此……”

家康话犹未完，座上响起一个声音，乃是为这次战事引路的堀监物直政。

看来直政真把这次会议当成是在议事了，他向前挪了挪，道：“大人，在下有话想说。”

家康沉下脸，道：“直政，你还有何不放心之处？”

被家康一激，堀直政越发慷慨激昂起来：“既然决定出兵，战前议事就绝不允许有丝毫疏漏。”

“你说说，到底哪里让你不放心？”

“不用说大人也知，奥羽地区地势险峻。”

“故才让你负责引路。”

“不错，正因为在下负责引路，才想多说几句。白川与会津之间有一地被称为‘马背岭’，其地势险要，天下无匹。彼处山路如同马背般狭隘，只能容一人通过。故，务请大人三思，以避免前锋出现差池。”堀直政昂首挺胸，滔滔不绝，愚直的性情显露无遗。

“住口！”家康大喝一声，震得屋顶嗡嗡作响，“出差池？究竟是何大事？地势凶险算什么，敌人刺我一枪，我还他一枪，战事胜负取决于兵马强弱，而不在地势如何。既然你说凶险，德川家康便亲自打前锋给你看。自任冈崎城主以来，德川家康身经百战，以少打多或聚众合战不说，夜袭、伏击、偷袭、前锋、断后，我哪一样没经历过？从来不曾失手。正因如此，我才掌握了关八州。这足以证明我谋略超群、武艺高强、用兵有术。”

“是。”遭到家康突如其来的一顿怒喝，直政忙伏在地上。

“景胜那厮只会龟缩在小小城池，断不敢前来迎击我大军。我军天下第一，粮秣保障毫无阻碍。本来讨伐景胜，只需我一人足矣，但为了彰显大义，我才派遣大军前去。你休要耍小聪明，说些无用的话！”

看到直政规规矩矩伏在地上不敢出声，家康又满脸怒气向其他人道：“你们还有无不放心之处？”

看到家康如此震怒，众人自不敢再说什么。所有事，家康都已一人决定了，他决不允许别人再有异议。

“看来，诸位都领会了。”片桐且元忙打圆场道，“大内和少君都派人前来慰问，使者说，既然连内府都亲征，无论是出征者还是留守者，都当好生效忠朝廷。”

家康瞥了一眼片桐且元，再次瞪着眼睛，扫了在座之人一圈。

家康又发话，出征人数等事，各人回去之后再作商议，在场众人只得一致点头同意，无一人再轻率开口，以免招致不必要的怀疑。只有一个人呆然端坐，脸上裹满白布，家康无法看出他的喜怒。他便是大谷刑部少辅吉继。他患了麻风，把脸包了个严严实实。

家康拿眼瞥了他一下，起身离席而去。

从前秀吉召集诸将，会后定会大摆宴席。那些在会议上遭他严厉斥责的人，到了酒宴上，他会拍肩带笑安慰，这是秀吉之习性。但家康却与秀吉大大不同，他既不会轻易斥责人，也不会在斥责之后再去安慰。

“真是小器，连杯水酒都不舍得。”尽管秀赖身边的七人窃窃私语，对于有心人，家康的怒喝已深深印到他们脑海中。

秀吉临终前，家康就曾在伏见城怒喝过众人一次：“你们要想吵架，就只管吵。但所有吵架之人，今晚一个也别想从这座城出去。谁也逃不掉严厉的惩处。”那次，家康让人紧闭城门，一顿怒喝，让所有在场之人都吓破了胆。今日这顿怒喝也绝不亚于那次。

景胜自诩身价一百二十万石，拥有谦信以来天下第一的强兵。连如此兵强马壮的上杉景胜，家康都不屑地骂其为“景胜那厮”，无怪乎其他武将都被吓得胆战心惊。对于众人的反应，家康似早就预料到了。

家康起身离席，众将也随之起身，各怀心思战战兢兢出门而去。可以想见这之后，各个府邸之间，使者们是如何往来穿梭。

远州挂川城主山内一丰也持观望态度。他一到西苑大门，就向其后的大谷吉继道："刑部少辅大人，内府决定讨伐上杉，其中定有缘由吧？"

在四奉行当中，唯有病在身的大谷吉继被命令出征。对于此事，吉继有何种感想，无疑对一丰有重要意义。

"内府似有深远的考虑。"吉继包在绷带中的脸微微笑了，道。

"到底是怎样的考虑？"

"或许，内府想杀一儆百。一旦出现叛逆，就迅速出兵剿灭。"

"可也完全没必要怒斥监物大人啊。鄙人总觉得此事不同寻常。"

"还不是因为他发怒了。一旦他发起怒来，就变得可惧……有些人便是这样，平常很少发火，可一旦动怒，便是雷霆万钧。"

"刑部大人要随内府出征吗？"

"当然。内府不辞辛劳亲征会津，连宫内和少君都已遣使慰问，我若不跟去，岂不是也成了叛逆？我看内府的决心是雷打不动了。"

听罢，山内一丰郑重向吉继施了一礼，转身离去。

时机已成熟。家康的一声怒喝对众将产生了千钧压力。在这种情势下，还有谁敢说半个不字？

大坂、伏见、京城，全都笼罩在浓浓的战争阴云之中。

过了几日，权大纳言劝修寺晴丰卿作为敕使来到大坂，慰问了家康，赐漂白布一百匹。送走敕使之后，家康立即召集人马，至六月十五日，一切已准备完毕，随后他便去谒见秀赖，与之告别。

"听说爷爷要到奥州远征？"

听秀赖这么问，家康道："不错。已故太阁的遗志便是实现天下一统，有人胆敢违背太阁遗愿，无论他在哪里，我都决不饶恕。"

"奥州很远。爷爷辛苦了，辛苦了。"

在片桐且元的暗示下，秀赖的赏赐堆到了家康面前。礼单上写得清清楚楚：正宗短刀一柄、茶器若干、黄金两万两，另有大米两万石。

淀夫人表情僵硬地立于秀赖身边。当时，大坂城内外盛传淀夫人与家康私通。说从前家康向淀夫人示好时，淀夫人正怀着大野修理亮的骨肉，只好不动声色地拒绝。后来淀夫人才又转向家康，但此时家康已有了年轻的侧室阿龟夫人，于是，争强好胜的淀夫人对家康疏远起来……

“净胡说！怎会有这等事？再散布些子虚乌有的流言，我决不轻饶！”片桐且元一听传言，大发雷霆。这又成了市井的新谈资。

“爷爷攻无不克，战无不胜，此次也定会胜利而归。你好生与母亲待在家中，安心等待。”家康道。

秀赖名义上是少君，实际上只是且元和淀夫人训练出来的一只鹦鹉。在与秀赖轻松饯别之后，家康就从本城退出，回到西苑，把前田玄以、增田长盛、长束正家和佐野纲正都请来，传达了秀赖之令。家康走后，由三奉行代理政务，佐野纲正则率领一支不属秀赖手下七将节制的五百人队伍，负责守卫西苑。

安排完一切，庆长五年六月十六，家康率领三千士众从大坂城向伏见出发。随从都是曾与他同生死共患难的德川精锐，有井伊直政、本多忠胜、神原康政、大久保忠邻、本多正信、平岩亲吉、酒井家次、酒井忠世、大须贺忠政、奥平信昌、本多康重、石川康通、小笠原秀政、高力忠房、菅沼政定、内藤信成、松平家乘、松平家清、阿部政次、青山忠成、本多康俊、天野康景等人。此外，家康也令浅野、福岛、黑田、蜂须贺、池田、细川等四十五位大名，各自率兵向江户集中，其人马合有五万六千之多。再也没有比这更大胆的决断了——把友军全都集中到一起，浩浩荡荡出发，把大坂变成一座空城……

甚至连石田三成也派隅东权六为使者，向家康道：“在下原本也想与内府同行，无奈正在思过当中，故请允许让犬子隼人正重家率领人马，与大谷吉继同行。”

家康笑着应了。

当家康率领大队人马抵达伏见城时，负责留守伏见的鸟居彦右卫门元忠早就让人做好了如小山般的牡丹饼，切成大块堆在当地，还备好了煎茶，以犒劳三军。

见此情景，那些嗜酒如命的人都皱起了眉头：“彦右卫门，怎生只做了些牡丹饼？”

鸟居元忠似乎也生起气来，回道：“我是专为爱吃之人准备的。”说着，便向那些吃得津津有味的人深施一礼，还不忘让人再包上些带走。

“家中还剩下好多，诸位觉得好，只管多带上些，留着路上吃。诸位吃好，喝好。”鸟居元忠从十三岁起便跟随家康，今年已六十有二，比家康还长三岁，但并立一处，看来比家康足足老十多岁。

尽管他的跛足近来时常疼痛，可还是拄着拐杖在城内指挥。除了元忠，内藤弥次右卫门家长、松平主殿助家忠、松平五左卫门近正三人也留在了伏见城，负责守备。

本城由彦右卫门元忠把守，西苑由内藤家长负责，正门由松平家忠与近正守卫，名护屋苑为岩间兵库，治部少辅府由驹井伊之助负责，松苑有深尾清十郎和甲贺众，右卫门的府邸则由下级士兵守护……

家康麻利地安置完毕，令所有人都退了下去，本城大厅里只剩下家康和元忠二人。家康心疼地问道：“彦右卫门，你的脚还疼吗？”

他们的心贴近了。家康幼时被送到骏府为质时，二人就形影不离，至今五十年过去，二人甚至比兄弟还亲。“随着年龄的增长，你越来越像老作左了。”

元忠并不回话，却道：“大人，您终于下了决断。”半白的睫毛下，他一双眼睛如针一般直刺家康。良久，他又叹道：“箭在弦上，不得不发……可这次箭若射偏了，半生辛劳就白费了。”

“你是说我有些勉强，彦右卫门？”

元忠呵呵笑了：“在下是说，这样的决断对于大人来说，实在少见。小牧长久手之战时，尽管取得大胜，可大人还是避开了同太阁的决战。可如今，您居然主动发起决定天下大势的战事。”

家康想笑，没能笑出来。不愧是元忠，一眼看穿了他的苦心。他遂道：“那是因为那时进行决战，无论胜负，天下都只能陷入混乱。”

“可这一次也不例外，一旦战败，局面将无法收拾。日本国一旦发生内乱，大明国和朝鲜未必会漠然视之……”元忠喃喃自语着，突然挺起上身，“大人！留守此城我一人足矣。您把弥次右卫门和主殿助也带上吧。”他表情严肃，两眼放光。

家康不由自主打了一个寒战。元忠分明在担心这是二人最后一次见面。尽管心明如镜，他还是装糊涂，反问道：“凭你一人之力，怎能守住这座城池？”

“大人！”

“怎么，你有心事？”

“想必此非您的本意？”

“不是我的本意，那是什么？”

或许是意识到自己语气过激了，元忠轻笑一声，“大人一生当中，这是第二次大赌博。第一次是三方原会战。那时，大人年轻冲动，而这一次则把天下作为赌资……在下不会阻拦大人。”

“你把这次出征看成是赌博？”

“上天也在注视着您。大人若不行动，天下又将沦为乱世。”

“你说得没错，彦右卫门。我若坐以待毙，不出半年，天下自会四分五裂。但我却不把这看作是一次赌博。”

“大人有胜算？”

“当然。”

“既如此，此城我一人足矣。请大人把内藤弥次右卫门和主殿助也带去。若在这里，只能和我一起死去。值此非常时日，就这样死去未免太可惜了。”

这完全是元忠发自肺腑之言，家康不禁为之震动。“彦右卫门！你认为在我出发之后，这座城早晚会遭大军包围？”

“大人您不是也早就看透了吗？您脸上写得清清楚楚呢。”

“既然你已看出来了，我也就不再隐瞒了。是啊，此城将最先被包围。”

“请您不必说了。彦右卫门死也要让他们看看三河武士到底是怎样的男儿！总之，我先去了。我的死必会让天下一分为二，之后再由大人痛痛快快一统江山。哈哈哈。为了不留下遗憾，您看，我把所有的米都做成了牡丹饼，还为那些食用之人做了法事。”说着，元忠一把抓起一个牡丹饼，当着家康的面大嚼起来。

家康也笑了。他边笑边伸出手，拿起一个牡丹饼，可就在这一瞬间，他的眼睛模糊了，连手中之饼都看不清了。“彦右卫门，我看你越来越像作左了。那时候，作左总是斥责我，总是爱教训我。家康终于听到了神佛的声音，终于变成了你口中所谓能进行大赌博的人。你把弥次右卫门和主殿助都带去吧，这是我送给你的殉葬之人，你把他们带到阴间，好给你做个说话的伴儿。”

“那太浪费了。”元忠继续坚持道，“只要松平五左卫门近正一人就够了，我负责本城，五左卫门负责守护外城。而您带走弥次右卫门和主殿助二人，定会有更大的用处！”说毕，他无限感慨，笑了起来。“大人远赴会津，若局势无变动，我和五左卫门二人留守即可。若您东去之后，发生变故，此城池迟早会被敌人包围，而附近也无救援之人。所以，即使您留下五倍十倍的人马，结果也无两样，反倒酿成无谓的牺牲。”

“绝非无谓的牺牲！”家康终于流下泪来，“是，附近的确没有后备队，也没有能前来救援的人马。但若伏见城防守坚固，就足以牵制那些见风使舵之辈。最为重要的是，即使我只留下你一人，把剩余二人都带走，他们也绝不会答应。没有人会去打一场必死的仗。哪怕是为了绝无仅有的生存希望，家康也总是尽力去安排好一切，否则，后人便会骂德川家康不义。此事你莫要再勉强了！”

元忠背着脸，静静听着家康说话，他不再勉强，痛快地点头答应，“大人这么想也不无道理。”

“你明白我的意思了？”

“不，在下的理解或许与大人不同。大人要取胜，天下要一统。为了这个目的，大人从一开始就把元忠置于死地，您实在冷酷……倘若让天下人产生这种误解，就非元忠初衷了。既然如此，在下便服从大人安排。”

“彦右卫门，记得幼时，我曾养了一只伯劳鸟，让它模仿老鹰，竟被你教训了一顿。”

“哈哈哈哈。那时元忠的确很生气。当时还被大人踢下走廊，吓得不轻。”

“多亏了你，家康才成了一只雄鹰。”

“在下也深有体会。但仅仅做一只小地方的鹰还不够，大人，请您定要通过此次战事，变成天下的雄鹰。”

“元忠，今晚你我二人一醉方休！”

“大人能够赏脸，元忠荣幸之至。”

当晚，二人一直喝到深夜。他们频频举杯，沉醉在对陈年往事的追忆之中。

鸟居元忠在严肃地审视自己的死。家康也一样，只是未说出来。他们已超越了生死，赌上了一切。丰臣秀吉故去才半载，天下就陷入混乱。这样一个天下，究竟能否再次让它统一起来？难道家康历尽千辛万苦，隐忍了五十余年，也会像松永久秀和明智光秀那样徒劳一生？

二人不时携手相视，或泣或笑。破晓时分，鸟居元忠被家康拉回卧房。

“此生了无遗憾。”元忠不经意地道，又慌忙遮掩，“在下坚信大人定能够重振天下。”他感慨万千，只因领悟到治理天下是何等困难时，他已过了花甲之年。

“就连太阁那样的盖世英雄，都束手无策，他是心有余而力不足啊……此事您万万不能忘记……”元忠絮絮叨叨翻来覆去说着。无论个人器量怎么超群，人的寿命终究有限。意识不到这些，一切努力都会在瞬间化为乌有。最近，元忠让人为他解读家康命元佶刊行的《贞观政要》。从前，他愚顽不化的程度绝不亚于本多作左卫门，可现在，他张口就是：“学问才最是重要。”“最终决定大业能否长存的还是德才。太阁是器量有余而德才不足啊。”“纵然有几十万大军逼过来，元忠从不知害怕为何物，大不了与城池同归于尽。”

这一夜，每一句话都深深烙在了家康脑中。

次日，家康令人马在伏见城休养了一日。十八日拂晓时分，家康乘轿出发。元忠、家长、家忠、近正四人并立在大门外恭送，大家都一脸严肃，不显出丝毫感伤和留恋。

离开伏见，便已进入战场。接下来必须通过的近江，已接近石田三成的势力范围了。

中午时分，家康抵达大津，受到参议京极高次的盛情款待。高次之妻乃秀赖生母淀夫人的妹妹、秀忠之妻阿江与的姐姐。家康一直把高次看作盟友，但目前却还不便向他挑明。家康表面上仍将上杉景胜当作敌人，全力以赴征讨会津。

离开大津，当日，家康带了少许近臣赶赴石部。令人意外的是，素来与三成关系密切的长束正家居然抢先一步赶来，要求拜谒。他定是受三成指使，前来探察家康动静。

长束正家六万石的居城就在近江水口。水口在石部前，距离石部有八十余里路程，故，正家定是先进入自己居城，再返回石部来迎接家康的。在不明内情之人看来，正家还真是忠诚。

在家老松川金七陪同下，正家来到家康面前。“在下想于明晨在居城内款待内府，请内府无论如何赏脸。”

家康忽然怜悯起正家来。眼前这人，在管理钱粮方面确是好手，却总是小心翼翼，摇摆不定，毫无主见。

“我一定会去，至于宴请，莫要太铺张了。”

“只是略表心意。”

“恭敬不如从命。大人究竟拿什么款待我呢？”话声未落，家康就为自己的逗笑后悔了。眼前这人，向来只会嘴上功夫，难道他真为自己准备了“一点心意”？家康忽然间产生这样的念头，于是不经意问了一句。果不出所料，正家十分狼狈。

家康心下可怜，于是取出来国光短刀和行平长刀，道：“我记得从这里到水口一带，有许多小河，泥鳅该算是这一带名产吧。”说着，他把短刀赐予了正家，长刀赐予正家之子。

正家诚惶诚恐退了下去。时值黄昏，正家虽然骑着马，但回家恐已是夜里了。家康想到此，忽然一惊：为了明晨的宴请，正家特意赶来，可究竟拿什么来招待他，竟说不出口，这到底意味着什么？

家康向鸟居新太郎招了招手，小声命令道：“你去打探一下正家究竟带了多少随从。”

鸟居新太郎心领神会，立刻追了出去。追到驿站外白知川河滩上，新太郎看见正家与七八十名家臣合到一处，立刻回来报告。

“他让随从们在河滩那边等着他？”

“是。可他为何要把随从带到驿站外面呢？真是个怪人。”

“正家走了多远？”

“八里开外。”

“还有时间……”

家康凝神思虑起来，到了戌时，他忽然起身，命令部队连夜从石部出发。他必是担心在石部，夜间毫无准备，一旦大军遭袭，后果将不堪设想。可他究竟根据什么推断出将遭袭呢？新太郎百思不得其解。

“快，月亮将出来。慢一步便要出大事。”家康对新太郎道。新太郎立刻命人去叫轿夫。

“别人就不能抬轿吗？”家康心急火燎钻进轿子。既如此紧急，也等不及轿夫们赶来了。随行的渡边忠右卫门换上草鞋，绑好绑腿，喊了一声：“大人，请忍耐些。”便立刻抬起轿子后辕，前边则是由火枪队的足轻武士抬。随从的只有二十余名贴身护卫，稍迟些赶来的女眷及水野正重、酒井重胜、成濑正一、本多忠胜等便被抛在了后头。

“新太郎，你悄悄去告诉大家，说我先行一步，要他们万万不要大意。”

轿子过了砂川桥，家康才终于露出脸，望了望天空，对轿子后边道：“后面抬轿的是谁？”

“启禀大人，在下渡边忠右卫门。”

“做得很好。”

“谢大人夸奖。”

“忠右卫门，你可知我为何匆匆离开石部？”

“大人，您这问题难死小人了。您是不是认为长束正家乃是受治部少辅指使而来，所以……”

“正家受治部之命前来问候，我就一定要急急离开石部？”

“是。石田手下有一擅长夜袭的名将岛左近胜猛，对此人万万不可麻痹大意。而长束正家这次前来，必定是奉了治部少辅的命令，来打探大人是否要夜宿石部。这样一来，石部就一刻也不能待了。大人您才……”

“哈哈哈，忠右卫门，你真以为你抬轿子让我感到很舒坦吗？”

“不敢。还请大人继续忍耐。”

“无须担心。即使他们发动偷袭，起码也得在深夜或黎明时分，而在此之前，我们已过了水口。正家是无论如何也想不到，家康只领这么几个人就敢过他城下。你看，月亮出来了，莫要紧张，放松些。”

家康从田川赶到泉中，本多忠胜才率部离开石部，追赶前来。大部队在黎明时分赶到水口河滩时，家康的轿子已离开水口八里外了。

“好你个长束正家，你以为我会悄悄过去。先吓他一吓，再冲过去。”

本多忠胜令水野、酒井、成濑等部点上引信，其他兵士到月光下的河滩上摆开阵势，高声呐喊。突如其来的枪炮声打破了黎明的寂静。

“好！都给我冲过去！”本多忠胜一马当先，率部如疾风暴雨般冲过城下。

一旦打起仗来，就如鱼得水般返老还童，这便是本多忠胜。不仅本多忠胜，家康也一样，一旦打起仗来，他顿时变得敏锐而灵活。身经百战积累起来的经验，已成为不可思议的习性，潜藏于体内。但他毕竟已是五十九岁高龄了，岁月不饶人，疲劳在所难免。轿子从水口又向东走了十六七里，到达土山时，家康骨节已酸痛不已。从此处到江户还有八百多里，看来，这次旅途乃是对身体的磨炼。

秀吉在这个年龄，已征过朝鲜了。而秀吉在为琐事厌倦时，家康却才开始为统一而战。说不定这次比秀吉的远征花费的时间都多。家康不由得感慨起来，人一生操劳不尽，真是不可思议啊！这样的重负，一辈子也别想从肩上卸下来……

土山一带并无城池，家康命人在一户叫土山平次郎的人家房前临时搭了帐。刚用过午饭，一匹马便疾驰过来，来者正是长束正家。

在石部，家康就已知他乃三成派出的探子，此次他定是觉得诡计被家康看破，于是坐立不安，想主动前来解释。“大人没能到小城一歇，实在遗憾……”正家本该这么说才是，不料他竟然脸色苍白道：“太舍不得大人您了，总想来问安，于是前来。”

家康自责起来，自己若能做坚实的靠山，他们就不会如此迷茫了。正家说的是心里话，他一定在想，一旦家康东下，怕再也不能重逢了。

“远道前来，真令家康惶恐。这个就送给你吧。”家康取出一把来国光刀，放在正家面前，这刀与在石部赠与正家的短刀是一对。正家不禁一怔，来国光乃家康秘藏的爱刀，如今居然把它悉数送给自己。看来，家康已不欲返回大坂了。

“在下实受之有愧。”

“你把自己当成是我来珍爱此刀即可。”

“正家岂敢？”

“我从大坂出发之后才终于想清。太阁当年向名护屋进发时也是我这般年纪。尽管我身先士卒讨伐上杉，却非那般容易的事。哈哈哈。”家康尽管想安慰正家，可已完全是斗士的口吻。

正家终于放下心来，再三向家康致谢，返回了水口。这些事定会传到三成耳中。

六月十九，家康宿于关地藏，二十日抵达四日市，桑名城主氏家内膳正行广恭恭敬敬出来迎接，要款待家康，家康却不敢轻易相信他。

倘若在这里遭到三成一众的袭击，即使能平安突围，恐怕也会落下笑柄。更重要的是，若有人乘机诘责，极有可能损害自己的武功和声誉。“多谢多谢。家康明晨将前去拜访。”家康先是爽快地答应下来，然后趁夜备好船只，径直赶赴三河的佐久岛，再由此进入冈崎城。

冈崎城乃是家康出生之地，亦是祖居之城，家康的奋斗与此城息息相关。现负责守卫的乃田中兵部大辅吉政。

吉政曾被任命为秀次督官，秀次事件之后，他遭到秀吉严厉斥责，后在家康的说和下才幸免于难，因此，他对家康感恩戴德。

“此处是内府出生地，还请好生歇息。”

“实乃怪事，一来此城，我就感到安心。尽管太阁故意刁难，改封了我，还把城主也换了……”

吉政挠了挠秃头，笑了："此处领民都对内府感服得很。在下进城之后，发现处处皆渗透着内府厚德啊，真是令人敬佩……"他话题突然一转，道："有人正等着见您，还请内府允准。"

话未毕，一人随即走进书院，竟是一个年纪轻轻的尼姑。

家康不禁一愣，直直盯着那尼姑，总觉她与吉政很是相似，遂道："你是否兵部大辅爱女？"

"是。贫尼乃高台院身边的庆顺尼。"

"哦，你侍奉高台院？"

"正是。"

"你是好久没来看望令尊了，才特意赶来的？"

"不，贫尼奉高台院之命，专程来恭送内府大人。"

"不敢当，不敢当。"

"高台院本想亲自前来为大人送行，可竟未能成行，因此打发贫尼来冈崎，代为问安。"

家康点着头，眼角湿润了。芸芸众生之中，唯有高台院一人明白他的心志，这也形同自己得到了秀吉的理解。

"当今天下，能够真正继承太阁遗志的，只有内府一人，还请内府珍重——这是夫人原话。"

"家康实在惶恐，惶恐！你回京城之后，一定要告诉高台院，家康感动至极。"

尽管时机已然成熟，但对于家康来说，这次出征仍是前途未卜。一旦稍有差错，就极有可能像今川义元和武田信玄一样一败身灭。五十九岁的身体已不再适合戎马倥偬的生活，就连平素爱游山玩水的秀吉，在从肥前赶往名护屋期间，都明显衰老了，此为家康亲眼所见。此外，世人都在用奇怪的眼光看着家康："都这把年纪了还发动战争？"这令他更加痛苦。

关八州已然握在手中，万无灭国之虞。知足者就该悄然隐退，安享晚年，才是最聪明的活法，可家康却孤注一掷，再次发动一场决定天下大势之战。世人十之八九都认为家康此是贪心不足。就这种困境中，比任何人更理解秀吉心思的高台院竟悄悄来声援他，这无异于黑暗中的光芒。

不久，就谈到高台院枯淡的日常生活，以及拜访她的那些太阁旧将。

“谁真正拥护少君，经常成为武将们谈论的话题。”庆顺尼道。

“我想也是。每当那时，高台院如何回答？”家康问道。

“夫人总是毫不掩饰地回答是她自己。其他人只是徒有一片忠心，并无应对突发事件的准备。高台院还说，为了少君，不定什么时候还得由她来求内府呢。若是不用求就好了……”庆顺尼太直率了，就连吉政都有些尴尬地责备起她来：“这些事谁不知道，用得着你说！”

冈崎以东的行军，变成令人舒心的游玩之旅。

二十三日晚，家康在滨松城受到堀尾带刀吉晴父子的迎接；二十四日晚宿于佐夜的中山，同日，路过挂川，山内对马守一丰还特意前来献了午餐。家康清楚，一丰也已然铁心跟随他了。二十五日，家康派使者到他无比怀念的骏府去探望城主中村一氏的病情，本人则住在二道城，受到了款待。

当晚，病中的一氏乘轿来到二道城，为了家族未来，他流着眼泪向家康祈求道：“想必大人您也看到了，在下如今病魔缠身，无法与大人同行，真是无比遗憾。孩儿们又年幼，就请让愚弟彦右卫门一荣加入大军，为大人效犬马之劳吧。”

以清洲的福岛为首的诸将，原本都是秀吉为压制家康而特意安插的，可他们现在全都变成了家康的盟友。他们乃是在接管了家康旧领之后，才深刻地感受到家康不为人知的仁德一面，渐渐心服口服。

二十七日，家康抵达小田原，二十八日到藤泽，二十九日参观了江之岛镰仓……当家康进入诸将陆续集中而来的江户时，已然是七月初二了。

九　佛心入尘

在德川家康的命令下，大谷刑部少辅吉继率一千多名士兵从越前敦贺出发，时为庆长五年六月二十九。一路晓行夜宿，于七月初二抵达美浓垂井，在此等候石田三成之子隼人正重家。

三成正在思过当中，无法东行。但他刻意向家康提出请求，让儿子隼人正代自己前去，并要跟着大谷刑部少辅吉继出征。因此，大谷吉继以为隼人正会率人马提前赶到垂井，可等他赶到垂井，隼人正竟还未到。吉继顿觉不安，立刻叫来传令使汤浅五助，让他给三成修书一封。

领有越前敦贺五万石，现也升为奉行的大谷刑部少辅吉继，对三成有着深深的感激之情，这种感激甚至远远超越友情。十六岁时，他就被秀吉召用，推举人便是三成。当时，秀吉出征中国地区，正停留姬路城，大谷从丰后赶去，才华横溢的他备受青睐，立时变成秀吉身边年俸一百五十石的侍童。从那以后，吉继就一心帮助三成，这次出征也不例外，若有可能，他真不希望让三成和家康发生冲突。

“你好生听着，我怎么说你怎么记。治部若现在和内府冲突，无异自取灭亡。”由于麻风病，吉继双目已盲，尽管如此，他的识人之能和干练果断依然不减当年。

汤浅五助磨好墨，吉继用沙哑的声音口述道：“听闻此次大人不能亲赴会津，不得已派令郎替父出征。尽管如此，鄙人仍以为，大人与令郎携手随行方为上策。若有幸能与大人同行，自当在内府面前为您美言，确保万无一失。若大人未向会津发兵，必引起内府怀疑，于将来不利。当前东国之夏风光宜人，余将于垂井恭候二位大驾。望大人三思。”

吉继边口述，边悄悄祈祷三成能理解自己一片苦心。在他看来，三成与家康之器量简直有天壤之别。吉继认为，但凡有实力者，掌握天下自是极其自然之事，因此，身负拥护丰臣氏之重任，眼下要拥立家康，以保天下太平，同时对家康晓之以理、动之以情，让丰臣家风风光光存续下去。正是出于这样的考虑，目盲的吉继才特意乘轿率部来到此处。他的目的并不只是请求隼人正与自己同行，而是催促三成出征。这样一来，即使三成不亲自出征，起码也会让隼人正出头。

可使者与三成家臣樫原彦右卫门一起返回时，并不见石田人马。使者道：“大人，您的书函已交给了治部大人，可大人并未回信，而是让樫原大人来了。”

吉继暗暗叫苦：看来三成根本没有出征之意，既如此，就只能说明事情正如世上传闻，三成想趁家康不在大坂时，策划阴谋。

“吊起蚊帐。请彦右卫门进来。”虽然此时世人还未把麻风病看作恶疾，但大谷吉继并不想让人看到自己已然溃烂的四肢和缠满绷带的脸。吉继藏进蚊帐之后，樫原彦右卫门就被请了进来。

“获知大人心绪甚好，不胜欣慰。”彦右卫门在帐外恭恭敬敬问候道，吉继不禁苦笑：“我并不是把你当成蚊子，只是有病在身，只能如此。见谅。”

“大人见外了。我家大人要小的好好向您请安。”

“彦右卫门，口信你不必说了。我想知道，治部大人是要与我一同赶赴会津，还是要我先独自前去？”

彦右卫门似乎一愣，道：“我家大人说有紧急事情要与刑部大人商量，故请大人您务必去一趟佐和山，并由小的为大人带路。”

“要我去佐和山？”

“正是。说有十万火急之事要与刑部大人商议，请无论如何也要去一趟……”

“彦右卫门！你知现在是何时吗？如今乃是内府受朝廷和少君之命

亲征会津，远征上杉氏的关键时刻。此时还有何事比赶赴会津更重要的？到底怎么回事？”

彦右卫门一惊，低吟了一声：“小人不知。小人什么也不知。”

“难道商谈内容一丝都不能透露，只是让我无论如何去一趟？”说罢，蚊帐内陷入了死一般的沉寂，石田三成重臣彦右卫门的话令吉继悲伤不已。许久，他叹一声，道：“你果真什么也不知？”

“是。我家大人什么也未告诉小人。”

“既如此，你回去告诉大人，说吉继这就去拜见。”

“您答应了？”

“我是去向治部大人进谏，彦右卫门！”

“是。”

“你也当劝劝才是。现在可是十万火急啊。”

但彦右卫门没有回答——大谷吉继虽答应去佐和山，却不是前去商谈，而是要力谏石田，如此一来，定会给彦右卫门带来麻烦。

“你且先回去。我这就去见大人。”

大谷吉继把彦右卫门打发回去，立令人加强垂井一带的戒备。既然已明确表示反对三成，就难免受到对方攻击。三成本人倒不至于与他翻脸，但最近被三成聚到佐和山的浪人当中，有相当多的人生性好斗，残忍异常。

一切准备妥当，又过了两日，吉继才动身赶往佐和山。他想给三成两天的时日充分思量。因为一旦与家康为敌，三成毫无胜算，可说这两日将决定三成的前途。

随行人员除了少量士兵，还有三位吉继失明之后的左右手，他们分别是此次随吉继出征的年俸一万石的越前大名平冢因幡守为广、汤浅五助、贴身侍卫三浦喜太夫三人。

听说吉继前来，三成不禁喜出望外，连忙出迎。

此时城池守卫森严，看来已进入临战状态。城墙和堡垒的修缮也已完成。吉继时不时向三浦喜太夫小声询问有何可疑之处。此时他明白，三成之反心已如铁石。

“刑部少辅大驾光临，欢迎欢迎。我来给你带路。”三成似乎早已等不及，恨不得立刻拉住吉继的手，亲自把他引领到大厅去。大厅四壁刚刚修缮过，散发着清新的香味。但现在的吉继连嗅觉都失去了。他清楚的唯有一事，那就是眼前这位密友心里只有无数的机关和算计。

三成已然把增田和长束看作自己人，再得到大谷刑部少辅吉继的支持，他就有足够的力量鼓动三大老，然后向天下宣称：唯有自己才是拥戴丰臣的义军，他的大义名分自然也就站住了脚。为了实现这个目的，他已铁了心，无论如何也要说服吉继。

若领地位于西面的吉继成了自己人，宇喜多秀家自然不会为难三成，而毛利辉元也将不得不加入此阵营，另一位大老上杉景胜正和家康对阵，真是天赐良机！故，大谷吉继的向背将会决定此次起事的成败。若吉继答应支持三成，三大老和三奉行就可以秀赖名义发布檄文，号召天下曾经受恩于丰臣氏的诸大名，联合起来反对德川家康……吉继对三成的如意算盘一清二楚，所以他一直慎之又慎。

今日的大谷吉继脸上裹着浅黄色绸布，身披盔甲，盔甲内则是庄重的武服，白底绘黑蝴蝶。他坐下之后，三成立刻把岛左近、蒲生备中守等猛将叫出来，让他们一一向吉继问安。对他们的问候，吉继只是轻轻点头，绝不轻易开口。

三成的决心已无法改变，而吉继进谏之心也无丝毫动摇，气氛紧张得简直令人窒息。秀吉生前，他们都曾是风光无限的宠将，现在却各怀异志。

问安结束，三成把人全打发了下去，厅内只剩三成、吉继和汤浅五助三人。汤浅五助原本是关东北条氏浪人，被吉继收留之后，先做了一段时日马夫，后来又做了马厩小吏，再被提拔为贴身侍卫，现在则是吉继的“眼睛”。此人温厚正直，忠心护主。

人们退出去之后，大厅里冷飕飕的，无一丝夏日的感觉。

“治部大人，出征准备已然作好了吧。您何时出发？”吉继先开口。

三成微微笑了：“我知刑部少辅乃是出于善意才劝我，但三成完全没有出征的意思。此事不必再提了。”

吉继心内一凛，似乎连呼吸都停止了，“这么说，您决心与内府一战了？”

“正是。”

“治部大人，太阁大人生前的话，想必大人还未忘记吧？”

“三成不像家康那般健忘，太阁生前的话，字字句句都在心里。”

“太阁曾经不止一次对我们说，切莫把家康看作等闲之辈。他智勇双全，万万不要疏远了他。”

“不错。太阁的确说过这样的话。”

“治部大人，如此不同寻常的家康，大人居然要与之为敌，不是太愚蠢了吗？就连太阁大人都不得不与之亲近，您却要与其刀兵相向，您觉得有取胜之机吗？您莫不是疯了？”

三成盯着脸色发黄、目已失明的吉继，沉默良久，才小声道：“胜算无几。”

“既知胜算无几，还是决意挑战，对吗？”

“正是。”

“您这样做，对得起您的那些盟友吗？”

“恐怕对不住。”

吉继轻哼一声：“即使对不住盟友，您也要一战？”

“正是。”

“但您的盟友却太少了。无论是门第还是官位，您都无法与家康相比。他拥有关八州三百万石，手下精兵强将无数，这还不算，他为人一向谦恭，对大名们不必说，就连那些身份卑微的小藩之主，他也从不失礼。大人您却历来傲慢无礼，言行举止锋芒毕露，甚至会让自己的盟友顷刻间化为敌人……一旦您的盟友知道这是一场必败的战争，后果将不堪设想。到头来，大人您的头颅甚至会被您的盟友割下来，成为后世笑柄……这些，不知大人想到没有？”

说话者毫不掩饰，而听话人也异常平静。“这些我早就想到了。”三成的一句话把大谷吉继堵得哑口无言。无论是战败还是被盟友背叛，所有可能遭受的耻辱，三成都想到了，吉继还有什么可说的？

三成的傲慢已然清楚地表明，事已至此，说什么也不管用了。此时他已失去了理智，完全成了情感的奴隶。恐怕就是因为怪异的性情，他才树敌无数。

在吉继看来，三成与家康的不和，完全是三成的性情所致，与家康无关。三成当年被七将追杀，家康不是曾大度地在伏见庇护了他，平安把他送回佐和山城？说不定，三成却把这一切都理解成家康为了把他从奉行之位上赶下来，故意设下的圈套，这种曲解实在不可思议。家康再怎么阴险狡诈，也不致让自己救过的人憎恨至此……

“原来大人竟然如此憎恨内府。”吉继轻轻叹了口气，“既然您如此憎恨内府，我何必苦口婆心奉劝大人父子赶赴会津？这样反而会让内府狼狈不堪。大人已然决意要起事了？”

三成没有回答。他恐正瞪着自己吧，吉继刚想到这里，忽然，一阵啜泣声传入耳内。开始时，吉继还以为是汤浅看到自己的苦心被三成嗤之以鼻，深感悲伤，禁不住哭了起来，可仔细一听，他发现这哭声根本不是五助的声音，而是发自三成。傲慢无比的治部少辅居然会哭泣？

“刑部大人，请把你的性命交给三成……请与三成同生共死！”

“您说什么？”

“你我若不能共同举事，请在这里把三成刺死。能够死在你手里，三成绝不后悔。三成对什么都怀疑，唯独对你的情谊毫不疑心。在此之前我故意没把事情真相告诉你，我想你大概也明白。三成此次是孤注一掷。不用你说，这次我是凶多吉少。你就亲手把我刺死吧……”三成声泪俱下。就连五助都禁不住热泪盈眶。在三成的苦苦哀求面前，吉继的心不禁有些动摇了。

“刑部大人，三成在你面前一片赤诚。我不会假惺惺地说，这是为了丰臣氏，也未说家康乃是丰臣氏最大的敌人……相反，我早就看透了家康的成功，看到了丰臣氏的穷途末路。丰臣之盛已然一去不返，正如太阁大人最终取代信长公遗孤来掌管天下，家康也必将取代少君掌天下之柄。在此点上，你和三成的看法丝毫不差。”

吉继倾听着，不住点头。

“因此，他才刻意讨伐上杉，以杀一儆百。虽然这并非出自他本心，但他这种做法却绝非毫无意义。”

“您到底想说些什么？”

“其实家康早已下定决心。此次出兵会津，他故意想把我留下……这样一来，那些对家康心存不满的人，那些将来会引发天下骚乱的祸根，都会加入石田三成阵营。家康早就看清了这一切，才想一举将他们歼灭。我早已洞若观火，既然家康这么想，那我就成全他！虽说没有丝毫胜算，但战败我亦绝不后悔！无论如何，天下都会走向一统。若拱手把天下交与家康，少君就太可怜了，家康的天下也未免根基不稳……虽然这只是三成出于激愤发动的战争，但并非毫无意义。或许有人会认为，这是太阁离世后必然之势。”

三成看了一眼岿然坐在眼前的吉继，继续泣道：“其实，我不必非在你面前谈论这些……反正你早就看透三成，你怎么看待我都可以。但，想做此事，无你绝对不行。只有三成一人，天下大名不会信任我。正如你所言，三成向来桀骜不驯，没有声望。但我身上欠缺的，你却一应俱全……”

又呜咽了片刻，三成道：“因此，你若不想与三成联手，就在这里，亲手把我刺死。我求你，杀了我！”

“不！这怎么能行？”吉继凛然打断三成，呼地站起身，“五助！返回垂井！治部少辅今日有些失常。走，离开这里！”

汤浅五助一惊，立刻站起身，抓住大谷吉继的手。

“刑部大人！”三成也慌忙站了起来，声嘶力竭在他身后喊了一声。这声音充满杀气，连汤浅五助都不禁吸了一口凉气。吉继却连头都不回，比五助还要快，走向廊下。三浦喜太夫和平冢因幡守也随后追了出来。

“五助，有无追兵？”走到门口，钻进轿子，吉继悄悄在五助耳边道。

“没有。治部大人也跟了出来，还郑重地施礼送行。”

“哦，这么说，他不想对我下手？”

为人正直的汤浅五助并不解得吉继这话的含义。吉继恐是有意拒绝三成，想以此激怒他，把自己杀死。

轿子被抬了起来，吉继一行沿着来时的路向垂井赶去。照五助的想法，吉继撤回去之后，当然只能下令东进。三成的话中已然没有任何商量余地。他和隼人正都毫无出兵的念头。可令五助意外的是，回到垂井之后，吉继又钻进了帐中，接连两天没有任何动静。到了七月初七，他叫来平冢因幡守，淡淡道："因幡，你去一趟佐和山。"

"遵命。"因幡守并未听到三成与吉继的对话，毫不犹豫点头答应。

"我等到今日，可隼人正的人马还是没来。耽误了讨伐会津，那可不得了，故，希望他们赶紧出发。"

因幡守有些纳闷，他也察觉到三成的异心。

"此前的两日，是您特意留给治部大人的？"

不等因幡守说完，吉继便道："人各有志。你告诉治部，我这么做，完全是出于情谊。"

"遵命！"平冢因幡守飞马直奔佐和山城。九日，因幡守返回垂井，脸上充满困惑。"治部大人的答复真是古怪……他自始至终要我传言给大人，请大人入城去杀死他。"

"唉！"

"并且，隼人正也不急着出兵。这跟上次的答复有何两样？"

吉继有些落寞地点点头，"看来还是不出兵……"

五助发现吉继似在抽泣，他怔住了。

大谷吉继又在垂井静静等了两天，此前一直按时服用的汤药，如今经常忘了喝，冷在一边。尽管五助知道吉继定在为什么苦闷，但内情他却不得而知。难道吉继想再次劝阻三成，还是在等待三成回心转意？

其实此时吉继正在思考着另一件事。在这世上，有些事并非人力所能阻止，正如滔滔的江水。当年，太阁出兵朝鲜也是如此。人人都知是一个错误，却无法可施，最终令太阁进退维谷，被战场上的不得志夺走了性命……

三成曾毫不掩饰地说过，他憎恨家康。这种情形正如一座大坝，原本已然千疮百孔，再怎么修补也无济于事。大坝里也有一股浊水想冲出来，所以，不如索性先把它放出来，再整修大坝，控制水流……这个时机，或许已然到了。

三成曾在不经意间透露过这个意思：让各种派阀之间的矛盾更加尖锐，平定天下反而顺理成章。

明知吉继不会动手杀人，三成还是不断重复这一句："你把我杀了吧。"这声音在正直的吉继耳畔挥之不去。每当回想起这些话，他包扎在绷带中的双目就泪水涟涟……

十一日晨。

"五助，我要去佐和山。你快准备一下。"说完，吉继把汤药一口气喝了个干干净净，召来吉胜和赖继二子以及重臣们，命令所有人马撤回敦贺。撤兵的理由无须解释，原本他就是带病之身，即使勉强出阵也无甚用处，并且担心北边诸地有异动，必须严加防范。而他自己则到佐和山城拜访三成，向其打听一些关于西边的消息，之后再回去……这么说便已足够。

大谷吉继的轿子再次穿过佐和山城城门。三成仿佛早就料到吉继会前来，亲自把他请进本城大厅，立刻把家臣们都支了下去。

"刑部大人，难为你了。"

"难道治部大人又让我来杀掉您？"吉继声音微颤。

"我真是对不住你。"

"知道治部大人心思后，无论如何，我也不能一人东下。吉继再次把这条命交给您了。"

"三成感激不尽。你的加盟，不啻于让三成获得千军万马。"

听着三成夹杂着抽泣声的感谢，大谷吉继失明的眼前浮现出了一股肆虐的浊流，那浊流在无情地吞噬农田、村庄……

一旦下决心进入佐和山城，大谷吉继立刻成为三成最得力之人。"既要举事，关键是要有统帅，可遗憾的是，大人没有这种器量。"吉继毫不掩饰地向三成挑明，要起事，无论如何也得请毛利辉元来担当主帅。

与藤原惺窝、吉田意安、赤松广通等学者交情甚笃的朝鲜人姜沆，日后在对比德川氏和毛利氏的富有时，曾如此描述："家康的土地上所获的米谷，对外声称二百五十万石，实际收入数倍于此。辉元的金银亦毫不逊色。家康坐拥关东，辉元握有山阴山阳两道。世人评价这二人的富有时曾说，家康的米谷多得可以用来铺一条从关东到京都的大道，辉元的金银多得可以把从山阴山阳到京都之间的桥梁全部换成金桥银桥。他们可谓富可敌国……"

倘若不把毛利辉元拉拢进来，这场战争从一开始就注定失败，这些谁都明白。

"如何打动毛利？"

三成对此早就胸有成竹，他会借奉行之名逼迫毛利起事。尽管如此，他还是没急着披露自己的意见，而是先询问吉继有何看法。

"可以请安国寺惠琼助一臂之力。"吉继淡然道，"当今天下，能够说动毛利氏的，除了吉川广家和安国寺惠琼，再无他人。但吉川亲近德川，当务之急便是立刻与惠琼会面。"

"难道这比借用奉行之口传达少君之令，还要可行？"

"虚名不如实利。安国寺……"吉继忽然压低声音，"惠琼历来怀有野心，他一度想扶持毛利入主天下，把我加盟的消息告诉他，他自会动心。"

"果然是妙计。可他老奸巨猾，恐怕难以对付……"

"到时候就以死相迫。他若不答应，当场格杀勿论。"吉继这句话听来不禁令人心寒，这比三成早就盘算好的主意不知要毒辣多少倍。

"治部大人，您手心里无论如何也要掌握两个人：一为左右毛利氏取向的惠琼，一为决定上杉氏生死存亡的直江山城守。若不用铁锁把这二人牢牢锁住，他们就会不知不觉惹出祸端。"

三成低吟一声："多谢你的忠告。把这二人锁起来之后呢？"

"拉拢宇喜多秀家，组建义军，向天下发出征讨家康的檄文。"

"有理，这些想法真是与三成不谋而合！那么，总帅便是毛利辉元？"

“宇喜多的分量太轻。故，大人当务之急，便是先入大坂城，立刻把毛利请到西苑。”吉继已然成竹在胸。

对于大谷吉继的所有意见，石田三成几乎都很满意，他却不想把毛利辉元推为主帅。照他的想法，主帅应是年幼的秀赖，然后大老奉行各司其职，齐心协力辅佐秀赖。不用说，真正的主帅还是他石田三成，所有的命令都出自他一人之口，从而统率诸将。但吉继一开始就毫不留情否定了他的想法。

朝鲜之役时，吉继曾作为监军赶赴朝鲜战场，为诸将间的不睦伤透脑筋，他今日刻意说出这些，定是担心此次战乱最终累及秀赖。

“这场战事原本就非出自少君意志，全是石田三成一人的企图，故我并非为了丰臣氏而献出性命，而是与石田三成一起死。”恐怕大谷吉继心里在反复对自己说这话。正因为清楚这些，三成才没有刻意说出对主帅人选的不满。他知一旦说出口，吉继定会再次严厉反对，此人似从未想到自己有成功的可能，所以无论将来是家康的天下，还是辉元的天下，都要设法谋求秀赖安泰。其实吉继这么想也无可厚非。

“我完全明白你的意思！”三成仔细品味吉继的心思之后，方才拉住他的手，道，“实际上，我已暗中把安国寺惠琼从大坂接到佐和山城来了。”

“他已然来了？”

“正是。我不这么做，毛利的人马就会在家康的命令下东下。而他们一旦东下，我们恐就无能为力了，故，须先把惠琼留下……”

“请先等等，治部大人，这么说，毛利辉元已在考虑让人马随内府东征了？”

“辉元向来天真。”三成微微笑道，“为了响应内府，他早就任命吉川广家为大将，惠琼为副将。据说，七月初四，他的人马就从出云富田出发了。正因如此，我才赶紧把尚在大坂的惠琼请到这里。”

“大人想如何说服惠琼？”吉继舒了口气，问道。三成轻轻放下他的手。“我早想好了，他若不答应，我就当场杀掉他。他到底是想挨我的刀子，还是乖乖听我支使，稍后便知。”

吉继听罢，又轻轻叹了口气。

三成把吉继留在大厅，只身去了后边。后边屋中，安国寺惠琼煞有介事地穿着一身讲究的僧衣，膝前还焚着香。

“让你久等了。”一来到惠琼面前，三成顿时傲慢起来，“怎样，你下决断了吗？”

惠琼拿眼瞥了瞥三成，道：“方才老衲已然反复申明。此事一旦失败，就会成为大逆不道之徒，万万不可草率从事……”

三成粗暴地打断他：“胜者王侯败者寇，又不是只有我们这样！”

惠琼喜玩弄阴谋的嘴脸顿时暴露无遗，无耻地笑道：“听说此次来客乃是大谷刑部少辅，这位大谷大人好像是您的同道吧？”

“我问的并非此事。”

“话虽如此，但贫僧认为此乃关键。”

“不妨跟你明说：刑部大人说了，既已把事情跟你挑明，就由不得你了。若你不答应，我只好除掉你。到时休怪我不讲情面。虽说吉川广家不答应，但大师却能说动毛利大人。内府欺少君年幼无知，横行霸道，若我等坐视不理，不日他就会踏毁丰臣氏，自己坐掌天下。我们举事，乃是大义讨伐奸佞之举，还惧怕违背天道？你究竟要怎的？”

惠琼张开已掉了几颗牙的嘴，笑了，“治部大人，您要说的只有这些？”

“你是何意？”

“老衲的意思，是说此次若无身为大老的毛利大人相助，大人恐怕师出无名。”

“因此，我才来问你。”

“说来真是奇缘，太阁大人进攻中国地区时，老衲就担起调解毛利氏与丰臣氏的重任。”

“这些事我知道，用不着重复！”

“为了两家，惠琼在所不辞。只是一旦加盟治部大人一方，恐有把毛利氏拖入险境之虞，遗臭万年，老衲的意思，想必大人明白了。既然是为‘义’起兵，盟主就不当是治部大人。”

三成甚是不快："好，我拥戴辉元为主帅，这样，你便答应了？"

"其实老衲不想逼迫治部大人。但若谁为主帅都不清楚，这样的军队，人马再多也是乌合之众。无论是宇喜多秀家，还是岛津一族、长曾我部、小西、石田和大谷等，都要服从毛利……否则就称不上是义举，也就不能一呼百应。"说毕，惠琼眯起眼，悠然摇起扇来。

三成忽然感到不可思议。虽然众人口口声声"为了丰臣氏，为了少君"，可实际上没有一人真心实意。家康当然不会，可毛利和大谷，以及三成本人，不也各怀鬼胎吗?

"明白。"三成想及此，脸上堆笑。

"为了少君，为了大义，为了师出有名，看来我不得不答应你。"惠琼道。

三成讽道："若对毛利氏没有好处，你断不会加盟。"

谁知惠琼竟毫不在乎，立刻尖锐地反击道："什么为了丰臣氏，为了大义，全是粉饰之辞，当然，这些粉饰并非全无用处。为了赢得世人支持，其非常必要，也是有力武器。但仅有这个却无法打仗。这话虽难听，可剥掉虚伪的外衣，全盘考虑，方是成就大业前极为重要的一步。"

"我明白你的意思。你是不是想说，除掉虚伪的外衣，剩下的就只有三成的野心了？"

"老衲并不这么认为。治部大人是想在冠冕堂皇的借口下，解决与内府的个人恩怨，大谷刑部则是想报答治部大人的恩情。内府早就料到您要举事了，他认为这并无不利，因为他可以借此掌握天下。在此形势下，毛利氏绝不会相信徒有虚名的东西，让己方陷进泥潭。除非在胜利之后让其执掌天下，就像当年镰仓幕府的北条氏那样。没有这般打算，毛利绝不会蹚这摊浑水。这是老衲不加粉饰之言。"

惠琼之奸猾在三成之上。三成皮笑肉不笑，勉强把涌上心头的火气压了下去，"真不愧是高人，此话实在无懈可击。你已答应与三成联手了？"

"老衲还没听到治部大人的答复。"

"既然要请毛利大人出山，那点事自不在话下。"

“从一开始，主帅便是中纳言……”

“你认为在太阁去世之后，这世上还有谁能使唤中纳言？”

“哈哈哈。老衲失礼了。但治部大人，若说这世上无人能将中纳言当作属将，未免太武断了。”

“大师的意思是……”

“唯有一个人，便是内府。故，没有非同寻常的决心，毛利绝不会轻易起事。”

“果真如此，我便当场杀掉你，刚才我已说了。”

“究竟是被你斩杀了好，还是在无益的战事中死掉好呢？”惠琼脸上露出暧昧的笑容。若是以前，三成早就怒而杀人了。惠琼乃是他最讨厌的一类人：老奸巨猾，从不动怒，不动声色玩弄他人于股掌之间。但除他之外，世上再也无人能够说服毛利辉元。三成真拿他毫无办法。

“大师认为，这场战争必败无疑？”

“不，胜负完全取决于大人心态，”惠琼放声笑道，“大人不干预军政，伤害众人感情，获胜也并非完全不可能。只是万一失败，老衲就不得不承担罪责，才故意与大人说了这么多，以试探大人的忍耐之力。”

“试探我？”

“哈哈哈，大人不也在考验老衲吗？”

“你难道把我刚才的话理解为考验？”

“好了，言归正传。治部大人，老衲要答复您，就必须重新披上虚伪的外衣……老衲已仔细考虑过了，大人的想法很是有些道理。”

三成呆住。

“太阁故去，内府专横跋扈，确让人难以容忍。照此下去，少君形同虚设，不日之后天下自会被他夺取。但这次讨伐会津，他乃是受幼主之命出征，并已得到天子敕使慰问，故擅自发动偷袭，无异于谋反，必会陷我等于不义，因此，老衲才再三奉劝治部大人放弃此念。可是治部大人根本听不进劝告，还要逼迫老衲。不过听了治部大人方才一番言语，亦完全在理。义理完全在为丰臣氏舍弃一切的治部大人一边。于是惠琼不得不答应大人，请治部大人放心便是。”

三成苦笑着叹了口气——答应与否，根本用不着拐弯抹角，一句话就解决了！

“大人，您明白老衲的意思了？”

“大师答应说服中纳言，不是吗？”

“老衲是迫不得已……真是有趣。”说着，惠琼拍拍脑袋，起身道，“那么赶紧与刑部大人一起商议吧。请治部大人前头带路。”

至此，三成方才明白惠琼说的“忍耐”二字，对于他是何等重要！

一〇　东行西探

庆长五年七月初二，德川家康抵江户城。七月初七，家康把集中在江户的诸将召集到大厅，赏赐酒宴，并对全军进行部署。

“我二十一日从江户出发。在此之前，希望各位分别抵达预定地点，完成布阵。”

众人不禁面面相觑，满腹疑惑。

从大坂出发时，家康匆匆忙忙，甚至不想给上杉景胜备战时间。可接近江户，他却变得悠闲自在起来，仿佛在游山玩水。

到达镰仓之前，家康说要游览江之岛，不但悠然参拜了弁财天，参观了岩穴，还饶有兴趣欣赏了渔女们潜水采贝，并特意赏赐她们白银。到了片濑、腰越、稻村崎，家康又连令停轿，参观了镰仓山、星月夜的水井、鹤冈八幡宫。

众人猜测，家康长时间在此停留，恐是他热衷于考察赖朝公事迹，并喜读《吾妻鉴》的缘故，抑或是觉得镰仓毕竟开了幕府之先。不想欣赏了风光之后，他又说要去田猎……

难道家康对讨伐上杉竟如此自信，谈笑间便可令其灰飞烟灭？一路上，众人都这般想，以为到达江户后，家康会立刻激励诸将，顶多在两三日之内便向会津进发，可他好不容易作了部署后，却又说他本人要在二十一日才从江户出发，真令人摸不着头脑。

其实，家康正在静候三成的动静。那些头脑敏捷之人或许已隐约觉察出他的心思。尽管如此，他们还是万般狐疑：若真担心京坂形势，家康就当迅速出兵，尽早结束会津战事才是，他却在此按兵不动！

家康气定神闲，部署完毕，又颁布了军令。

他将所有将士分为先锋、主力和江户留守部队。先头部队总大将由秀忠担任。旗下将领分别是：结城秀康、松平忠吉、蒲生秀行、神原康政、本多忠胜、石川康长、皆川广照、真田昌幸、成田康长、菅沼忠政、松平忠明等人，约三万七千五百人。

主力由家康亲自率领，旗下有福岛正则、池田辉政、浅野幸长、黑田长政、细川忠兴、山内一丰、藤堂高虎、田中吉政等外样大名二十九名，约三万一千八百余人。

江户城留守部队分别是：本城由松平康元和青山忠成负责；西苑由内藤清成和石川康通负责；町奉行为板仓胜重；粮草由加藤正次负责。

除此之外，奥羽和越路也分别派出别队。从部署来看，家康确要全力讨伐上杉。但他仍然十分悠闲，与众将觥筹交错，怡然自得，仿佛战争完全与他无关。

赐宴前，军令就已传到诸将领手中，与太阁出兵朝鲜相比，其庄重程度绝不逊色。

一旦将士喧哗吵闹，无论是非，均按军法处置，这已是定例；若抢劫、放火、凌辱妇女，亦按军法处置；严格服从军令，严禁争抢战功，严禁押送粮草、武器的武将为了显示威风而携带华而不实的长枪；严禁骚扰商家，严禁未经许可擅自换岗，严禁私回领内……从这些安排，可以看出家康的决心。

宴会一直到申时才结束，诸将纷纷退出，为第二日的出发作准备。

而此时，大谷刑部第二次向三成呈递了意见，正在垂井等待回音。

看到众人都退了出去，永井右近大夫直胜又返回。这次军旅之中，永井直胜不仅是谋士，也兼任佑笔。对家康近来的举动，他深感不解。

此时，家康正笑着与本多佐渡和板仓胜重说话。

“这么说，西边还没准备好，我们要在这里作好准备？”说话的是板仓胜重。看来，胜重也和直胜抱着一样的疑问。

“是。”家康点点头，看了本多佐渡一眼，“佐渡，我想还得等十天，你以为呢？”

本多佐渡一本正经道：“大人的意思，在下不甚明白。”

原来连这一位也在装糊涂，直胜想。

佐渡怎会不明家康心思？他之所以装聋作哑，定是害怕一不小心说过头，事后会挨家康责骂。

“我是说，西面的军队是否被阻，目前尚不清楚。”家康正色道。

“西边的军队？”

“岛津、锅岛、吉川、胁坂等人应已出发，正在东下途中。”

“越前的大谷刑部也该动身了。”胜重忙道。

“这些人马都将被阻在大坂。如此一来，西边的准备就完成了。”

直胜一惊。胜重也满脸愕然地闭上嘴。原来家康所说的西边，指的并非友军，而是三成。

明明看透了这些，却偏偏还要出征会津，家康究竟在想什么？难道，他从一开始就没有攻打会津的意思？永井直胜疑虑满腹。家康却依然挂着若有若无的微笑，不断打量直胜和胜重。

直胜也已察觉到，家康是故意把大坂空出来，好给三成及其同伙以起事的机会。而且，这已然被他刚才那句话清清楚楚证实了。由于三成尚未准备好，家康才声称不能从江户出发。照这样，一旦三成把从西面出发、讨伐会津的人马都阻在大坂，明目张胆举起叛旗，方正中家康下怀，他便会立刻命令人马向西折回。这样一来，攻打会津的重任将由秀忠承担，家康则亲自攻打三成……想到这里，直胜暗暗看了家康一眼。

不可能！部队并未一分为二，最重要的是，太阁旧将会轻易听从秀忠指挥吗？

“右近、胜重，你们好生思量。”家康笑道，“我为何要这般做？你们和我虽在年龄和经验上有些差异，但也绝非愚人。对我的想法，你们起码能猜透六七分。”家康眯起眼，望着泥墙对面的道灌堀一带飞起来的鹰群，道：“有疑问，问也无妨。”

板仓胜重正色道:“大人的想法，在下似乎有些领悟，却不能明白通透。大人屡屡教诲我等要以仁为本。无论太阁生前还是逝后，您一直忍辱负重，尽力避开战乱，可这次却主动发起战事……”

“胜重，你是想问战事与为政之仁有何不同？”

“是。在下不明白的，还不止这些。”

“你把上杉家家老藤田能登守带来，或许能解得二位的一些疑问。”

听家康这么一说，板仓胜重愈发狐疑。“遵命！”他瞥了永井直胜一眼，走了出去。

此时直胜已是满头大汗，他本以为藤田早被杀了。看到上杉景胜决意要与家康决战，藤田能登守对其心灰意冷，便没有返回会津，直接从京城来到江户。当藤田能登守落到板仓胜重手里时，家康命令道:“这个背弃主君的叛徒，你随意处置吧。”

永井直胜甚是清楚家康这道命令的意思。正因如此，他才认为能登守早就被杀了。没想到，一心要施行“仁政”的板仓胜重，竟把他保护了起来。

未久，板仓胜重带着藤田能登守进来。藤田本不可能留在城里，定是胜重有意想让他跟在身边。

令人意外的是，看到能登守，家康居然出奇地平静，道:“藤田大人，靠前坐。”

能登也全然不惧，宽大的圆脸上溢满明快的笑容。“大人的前锋终于要开赴会津了。”说罢，悠然坐在家康所指的位上。

“能登，你还信任德川家康吗？”

“在下本是自幼生长在越后的一介武夫，一旦心中生念，就坚信不移，绝不更改，否则心中不快。”

“你曾说过，误了上杉氏的人是直江山城守，对吧？”

“正是，对上杉氏来说，山城守器量太过。照上杉氏现在的情形，即使说山城为主君、上杉大人为家老，也不为过。”

“你果然心直口快。可是你为何不惜背叛景胜，愿意侍奉家康？”

直胜和胜重全身都紧张起来。

“这可是个难题！打个比方，大人要去买刀，店主给您看了名刀和劣刀，大人会买哪一把呢？在下想谁都会买名刀。”

“你把我比作名刀？”

能登的圆脸猛涨红了，似有些羞怯。他嗫嚅着：“在下还从未见过如内府这般豪赌之人。”

“哦，你竟认为我在赌？这很是让人意外。若说是赌，比我深通赌性的大有人在，三成、山城等人，都可称得上是赌王啊。”

“不。”能登守使劲摇着头，“赌博有大小之分。山城充其量只是在赌上杉大人的心志，三成赌的则是丰臣氏与他自己的野心。但内府赌的却是天意。若输了，自会受到惩罚。三者岂能比拟？”

“这么说，我真是在进行一场豪赌？你明知我将会受上杉和石田两面夹攻，却还是要把赌注押在我身上？”

“内府，此事您用不着担心。景胜和石田不会对内府两面攻击。故，我当然要赌内府赢。”

家康飞快地瞟了直胜和胜重一眼。双方在互递眼神，点头微笑。只有本多佐渡眯缝着眼，半睡半醒。大概他已隐约察觉到藤田能登的意思。

家康忽然纵声笑了：“直胜，听见了吗，我不会受到两面夹击。你牢牢记在心里。”

“是。”

“作为赌王，到底是我更明白些。”

“这是赌野心与赌神佛的差距。”

“有意思，能登守，为何我不会受双方夹击？直江山城守与石田治部必商议过多次了。”

“内府大人，这些您当明白。”

“明白什么？”

“治部与山城为人有别。”

“哦，我倒从未刻意比较过这二人。”

“山城守城府甚深。治部饶是手段百般，山城守却不会轻易上当。”

“那能不能举一两个例子。”

“好。山城一直在煽动治部，想让治部起事，好把内府钉在大坂。”

“哦？”板仓胜重不禁惊呼一声。永井直胜的惊诧也绝不亚于胜重，只是到底长几岁，好歹控制住，没叫出声来。

“若治部到处策动，内府便无法离开大坂半步，正是出于这种算计，山城才给丰光寺承兑写无礼的书信。那封书信当然也会传到治部耳内。如此一来，治部就自会把上杉看成自己人，更加急于求成……一旦治部着急起来，内府自离不开大坂了。于是，上杉氏则可乘机整顿武备，再向内府请罪。万一举事的治部战胜了内府，他就会凭借一封书信与治部结成同盟，然后逐步削弱治部，天下迟早归于上杉氏，这便是他的如意算盘。但这却被内府看破。即使不被看破，拿野心与神佛之心来下赌注，差别也太大了……实际上，在下被赶出上杉氏，也是因为早就看透了直江山城守的心思。因此，现在内府征讨上杉，最为狼狈的必是直江山城。”

听了藤田的一番言辞，最为惊讶的莫过于家康本人。但他和本多佐渡都没显出格外吃惊之态，唯永井直胜和板仓胜重惊愕万分。

家康道：“能登守，你认为我不主动出击，上杉便不会出手？”

能登冷笑道：“这些，内府大人该比在下更清楚。”

家康故作糊涂，道：“你想多了。我并无山城守那样杰出的才智。”

“不，这种判断无需才智。上杉氏战，必败；败，必亡。如此明晰的战局，纵然非直江山城，也不想打。”藤田能登向前靠了靠，“内府的眼力可穿铁石，在下还是坦诚为好。他们把在下赶出来，恐就是直江山城害怕内府的证据之一。”

“你是被赶出来的？”

“这像是谎言，”藤田能登垂首认真思量片刻，“可说是被赶了出来，也可说这是一个谜。”

“赶你出来的是景胜还是山城？”

“当然是山城。把我赶出来时，山城还说过：汝泄了上杉氏的底，形同与内府私通，所犯下的罪过不可饶恕……”

“你怕回去有性命之忧，才不回会津了，对吧？”

“这……请内府听下去。他还在写给我的书信末尾说：若汝不是叛逆，就用实际行动来证实。”

“难怪。”

“这便是他抛给在下的谜。”

“谜？”板仓胜重冷不丁插进一句。他大概已忘记了身份，竟然禁不住刨根问底。

“休要插嘴，胜重！”家康轻轻责备了一句，“若是谜，你打算怎么办呢，能登？”

“无论这是不是谜，在下须做的只有一事。若因为山城把戏演砸，就让名门上杉氏毁于一旦，在下不忍。故，无论如何，请内府对上杉氏手下留情。能登求内府了。”

“哈哈哈。”家康放声笑了，“这恐也是山城和你商量好的吧？”

“这怎么可能？即使上杉氏平安无事，能登也绝不再回会津！”藤田能登的表情甚是认真。

家康脸色也严肃起来。

对于能登从上杉家脱逃，他总怀有疑念。因为当年石川数正虽投靠秀吉，却在暗中不动声色调解两家关系。能登是否也和数正一样？他的话若真，直江兼续与石田三成这两个奸雄之间的合作就不可能实现。

本想利用藤田能登虚张声势，家康才特意把他叫到直胜与胜重面前，结果却出乎他预料。

家康道：“你是出于这样的想法才离开上杉氏？看来家康要重新思量景胜了。”

“内府以为，直江山城都是在景胜指使下行动？”

“倒不尽然。但我没想到直江山城能操纵景胜。”家康顿了顿，看着永井直胜与板仓胜重，“当然，我若受到东西夹攻，会把主要力量用来对付景胜，余则委与伊达和蒲生，让他们西上，这便是我最初的打算……可能登刚才求情，哼，让我对上杉手下留情，上杉根本不堪一击……既然能登这么说，自有他的道理。二位以为如何？”

藤田能登不禁一怔，他觉得这怕是家康的真实心态。最近家康的自信坚如磐石。人一旦这般自信，恐惧自会消失得无影无踪，但不是谁都能拥有这种自信。

代秀吉打理天下，这种洞彻一切的使命，乃神佛下达的至高无上的命令。因此，家康已然不再拘泥于小事，不为探听到些许秘密而窃喜……能登想到这里，不由全身僵硬。

直胜飞快地瞥了本多佐渡一眼，可佐渡依然半睡半醒，毫无反应。

“胜重，你有何意见？”家康问板仓胜重道。

正在这时，能登忽然两手触地，忙不迭道：“内府，万万不要让上杉氏毁于景胜手中。只要内府不主动进攻，在下就定能设法说服景胜。一定！一定……只要事先约好。”

能登的眼圈红了，这当然瞒不过家康。看来此人并未撒谎，他还与景胜保持联络，正因如此，自不可盲目信任他。但此人一片赤诚，自己过于冷淡，也实在太残酷了。家康遂平静道：“我姑且听你一回。当然，战事瞬息万变，我亦无法预测结果能否如你所愿。”

“内府，”藤田能登守又往前挪了挪，“这是山城抛给在下的一个谜……山城与景胜不翻脸，上杉氏便难逃败亡。山城也深知这些，他定会对三成说，主君不信任他，双方无法遥相呼应、夹击内府……”

“等等，能登，你的话好生古怪。即使我未与上杉激战，也未必会于西边战胜三成。直江兼续怎会如此妄下结论？”

“不！”能登拼命摇头，“兼续绝不会真心与三成结盟。他怎会把三成当成自己人？这场战事，如果不打上杉，三成自败！请相信在下！”

家康表情严厉。“直胜、胜重，你们休要相信他刚才胡言。这是毒药。即使是一头狮子捕捉一只兔子，也要倾尽全力……能登时常说些带毒的话，大家万万要小心。”

可能登依然十分固执，“无论如何，在下也要想方设法让山城和景胜不睦。只要对景胜说，谦信公的骨气都去了哪里……”

“好了。胜重，把能登带下去——能登，你的话我都记在心里了，过后再与你合计。”

能登猛噤了口。他不再固执倔强，反倒羞愧难当。“恕在下失礼。”

他紧盯着家康，施了一礼。家康也向他微微致意。

人各有志，悻悻离去的能登绝非想出人头地之辈，只是对于自己的心念，对于自己心爱的东西，会坚持到底，甚至不惜抛洒热血，这种执著简直让人感到悲哀。

尽管藤田能登已然离去，可是永井直胜还望着他消失的方向出神。突然，本多佐渡抬脸对直胜道："你明白大人不急于进攻会津的原因了？"

家康忽然嘟囔起来："这家伙担心的与我一样……"

看到直胜没有立刻回答的意思，本多佐渡苦笑着转向家康："大人……"

家康醒过神来，问道："你刚才说什么？"

"在下以为，藤田能登似能分裂直江山城与上杉景胜。"

家康沉思片刻，道："若山城与上杉不和，或许，上杉就军心涣散了。并且，山城与治部不过是在相互利用……一旦明白这些，上杉氏就会丧失斗志，而这亦会令三成丧失斗志……"

本多佐渡守正信似希望家康相助能登——若成功地离间了上杉氏主从，战局将会朝极为有利的方向发展……

"哼！"忽然，家康打断了佐渡的思绪，"佐渡，你知你有多大年纪吗？你比我岁数都大，居然会听信那样的话，难道你忘了最根本的事？我故意把大坂城空出来，为的是什么？我把会津的上杉氏和佐和山城的治部作为敌手，并非为了我个人！"

看到家康语气如此激烈，佐渡暗暗叫苦，连连施礼赔罪。

"这是在神佛的授意下，通过家康的手来实行统一大业，否则，此战与私斗有何区别？"

"在下愚钝。"

"直胜，你最好也把这些牢记在心。所谓谋略战术，不足为重。过分拘泥于此，就会忘记大义，战事就会沦为毫无意义的杀戮，令士兵变得疯狂，军队变得凶暴……你们定要铭记在心。"

永井直胜诧异地仰望着家康。他没弄明白佐渡为何忽然受到申斥。

家康继续道："藤田的事到此为止。我明白他的心思。他一心在为主君着想。尽管如此，我们不应指望对他再加利用。”

“大人明鉴。”

“我们绝不可妄想打一场仅仅利用二三竖子，就能决定胜败的战争。这次战事，是德川家康深思熟虑的结果，是为了建立一个富强的国家。我的行为符合神佛意志，发起的战事是决定天下大势之战。”

此时，佐渡依然不明白家康在想什么。

家康进入江户城第十七日，即七月十九傍晚，来自大坂的增田长盛的信使给永井直胜送来一封信函。发信日期是七月十二。这是送到家康手中的第一封来自西边的书函。

直胜立刻将书函带到了本多佐渡处，二人一起来到家康面前。

此时，西边该到江户集中的军队几乎全来了，已向会津进发，没来的看来已被阻在大坂。

“大人，增田右卫门大夫的书函到了。”直胜把书函交给家康。家康令人取来眼镜，慢慢读了起来。信很短，不到五行，却简明扼要点明了西面局势：趁家康出征会津，不管愿意与否，西边的人都被迫作出选择，产生了种种动摇。

“大谷刑部少辅吉继在垂井发病，延缓了出征。石田治部少辅三成已有率兵向大坂进发迹象……之后情形，会随时告知。”

最为奇怪的是，本应是三成最忠实盟友的增田长盛却最先送来了这封信函。

“不怕大人责备，这封书函会不会是治部授意？他想借此来打探大人动静，并想动摇出征诸将。”本多佐渡悄悄说道，家康未回答他，另道：“直胜，把佑笔们召集起来，把这封书函一一抄给诸将。”

“遵命！”

本多佐渡急了：“大人难道想分发给所有丰臣旧将？”

“不错。你认为此举不合时宜？”

“大人，您这样做，无异于自取灭亡。诸将妻小都在大坂城。这时把书函给他们……”

“你是说会影响士气？”

“请大人三思！”

“佐渡，诸将看到这封书信后慌乱起来，纷纷撇下家康返回大坂，岂非更妙？”

“大人说什么？”

“那样的话，就说明天下人心不在德川家康这边，这是神佛的裁决，若这样，我或许会向三成低头。”

“大人，您是在说笑？”

“好了，不要啰唆。什么也休要隐瞒，把一切都告诉他们，看看到底有多少人留下来。”说着，家康摘下眼镜，看向直胜，“直胜，从今往后，西面的消息会陆续传来。从这里到宇都宫，你每隔八里设置一个驿站，把京城一带的形势逐一传达诸将，莫要忘了。”

看来，这才是家康一直留在江户城的最大原因。

本多佐渡守正信茫然望着家康。把来自西面的消息一字不漏告诉每位将领，主公何等大胆与自信啊！三成到大坂之后会做出什么事，佐渡早已清楚：上杉景胜另当别论，毛利、宇喜多二大老与增田、前田、长束、大谷等奉行，定会被三成拉拢过去，然后向诸将发表讨伐德川的檄文。还远不止这些，东来诸将的妻小几乎都留在大坂，一旦他们被扣为人质，诸将还能否留在家康身边？

佐渡依然认为，当彻底查明上杉氏的意向，严密封锁来自西面的消息。永井直胜出去之后，佐渡盯住家康道：“恕在下多言，如此做实过于冒险，大人心中虽光明磊落，可并非人人都是神佛，诸将的动摇万一被泄露给上杉……”

家康的神情变得严肃起来，“你是说，到时上杉会主动挑战？”

“大人明鉴。若藤田能登的游说无济于事……”

“够了，不要说了。我知道。”家康打断佐渡，“德川家康在意的既非谋略，也非眼前胜败。”

“哦？”

“一个人的一生，并非时时处处都要考虑眼前成败。”

“大人，您究竟为何刻意走这么一步险棋？”

“正信，现在家康最在意的，是一种巨大的使命。”

“使命？”

“正是！家康命中注定要在太阁归天之后平定天下，此使命重于磐石。有人愿意离去，就让他们离去好了，真正明白家康使命的人便可留下来，全力战斗。”

“一旦因此给我们带来大厄……”

“我决不后悔。若外样大名全数离去，因此导致上杉袭击我们，我自会倾尽全力击溃他。好了，你不必再说。”

一席话说得本多佐渡瞠目结舌，他大张着嘴，牙洞历历可见。慎重与隐忍，是圆滑老练的家康最大长处，可没想到，今日家康口中居然说出如此意气之言。

“佐渡，但凡有志安定天下，须要有此器宇。这是德川家康发动此次战事的动力。”

佐渡嘴唇哆嗦着，仰视着家康。世上都以为，本多佐渡守乃家康智囊，其实正好相反，他只是在忠实地照家康意志行事。不过家康每次作决定前，总会向家臣征求意见，在外人看来，倒像是在依家臣意见行事。

家康向左右征求意见有两种情况：一是试探对方见识，二是增长对方见识。佐渡深有体会，并常常无比敬慕地感慨：只有家康才能如此。但他从未想到，家康会在他面前如此直言不讳，简直如胡言乱语。

正想到此，只听家康又平静道：“不必担心，德川家康乃是在尽人事与神佛对抗。这次我偏偏不祈求神佛庇佑。”

事实上，家康的安排天衣无缝。

二十日，三成与大谷吉继携手进入大坂城的消息传来。

据茶屋四郎次郎和丰光寺承兑的书函看来，毛利已被安国寺惠琼说服，拒绝了吉川广家的劝说，亲自到了大坂城，进入西苑。

所有这些书函，家康全部让佑笔给每位将领抄了一遍，一一分发到他们手中。诸将虽已料到会发生这种事，但还是异常担心，不免骚动起来。令人意外的是，家康的这些做法竟避免了他们争抢战功。

究竟是要打东边，还是要打西边？这个疑问解不开，就无法开战。

同日，大军照原定计划浩浩荡荡从江户城出发。

“看样子是真想攻打上杉。”

“大人如此悠然，定是早有妙计。”

同行的旗本大将不用说，就连先发诸将也都纳闷。家康却不慌不忙，花了三日才到下野小山。在下野，他又接到西面飞报。这次是来自伏见城的鸟居元忠来函，说是毛利辉元已进入大坂城，恐怕不日伏见城就要陷落云云。

家康未向诸将隐瞒，不但不隐瞒，还附了一句：“心忧之人，随时请便，家康概不阻拦……”

一一　石田起事

庆长五年七月十四，毛利辉元在广岛收到一封邀请书函，信函由石田三成、大谷吉继、安国寺惠琼等人秘密商议后书写，有三位奉行的联合署名。

“大坂一事，现已得到上意，请及早进城。本想派惠琼大师前去迎接并细说原委，但事出突然，终未成行。还请火速起程……”

发信人是长束正家、增田长盛、前田玄以三奉行。单看内容，仿佛是发生了十万火急之事。当然，书中刻意略去了三成和吉继，但由于惠琼早就另外修书给毛利辉元，他一看便知其意。

十五日一早，辉元带着年仅六岁的儿子秀就从广岛出发，十六日晚抵达大坂。

辉元一到，三成与吉继、惠琼立刻照计行事。首先，逼迫西苑守将佐野肥后守纲正交出西苑。纲正表面犹豫不决，暗地里却悄悄带着家康妻小出了城。他知，如在此抵抗，定会给阿茶局、阿胜夫人、阿龟夫人等带来性命之忧，思前想后，他主动弃了西苑。

毛利辉元取代家康驻入西苑，令儿子秀就去秀赖身边侍奉，并于十七日召众议事，决定发表讨伐德川家康的檄文。三成等人早就准备好，所谓商议只是走走过场。

檄文共列举德川家康罪状十三条。

一、独断专行，逼迫二奉行隐退。

二、为攻打五大老之一上杉景胜，逼迫前田利长写下誓书，索取人质。

三、景胜并未触犯太阁法令。不听诸位奉行谏言，强行出兵征讨。

四、恃权任意加封土地（指赐细川忠兴杵筑之六万石领地一事）。

五、逐太阁伏见城留守诸将，私自驻兵。

六、占高台院西苑为居所。

此外，在西苑筑天守阁，随意让诸将妻小回归本领，由于阿亀夫人的缘故，擅自将八幡土地赏赐给石清水神官等。檄文声称，这些都是家康企图盗取丰臣氏天下的有力证据。

十三条罪状之后，方是正文："此次德川家康弃少君于不顾，讨伐景胜之举，有违自家誓言、太阁法度，众议之后，决定举义兵伐之。凡领太阁之恩者，自当奋起，为少君尽忠。"

署名为长束正家、增田长盛和前田玄以三人，大老毛利辉元和宇喜多秀家联署檄文另附，内容如次："自去岁始，家康屡屡违背法度，背叛誓言。如此，奉行及众长老危矣，届时少君将如何处之？鉴于此，此次经各方协商，最终决定举兵伐之。吾等深赞众奉行忠心。值此危亡之际，是否拥戴少君，望天下人思之。"

弃秀赖于不顾，东去讨伐上杉景胜，乃家康企图逐一消灭受丰臣重恩诸将的阴谋云云，是三成苦心寻找的借口，也是说服毛利辉元起兵的理由。

与其坐以待毙，不如先发制人——惠琼就这样不断游说辉元，若上杉景胜拼命抵挡家康，这场战事有胜无败。

檄文于庆长五年七月十五公布天下，西边如临大敌。

在石田三成之子正隆的阻拦下，本欲在家康手下效力的锅岛胜茂、胁坂安元、前田玄以之子茂胜等人，尽管已开赴近江爱知川一带，最终还是率领各部返回了大坂。

随家康东去的诸将家眷自然严禁归领，在增田长盛的命令下，使者为人质之事飞驰向四面八方：大津京极高次处、朽木谷朽木元纲处、藤堂高虎处、伊达政宗处……

尽管京极高次乃秀吉侧室松丸夫人之弟，但家康东去之际，他特意盛情款待过，故拒绝了送交人质的要求。但朽木元纲却把长子熊若送到大坂，伊达政宗也把长子秀宗送到宇喜多秀家处。本要求以高虎之弟高清为人质，却被高虎家臣严厉拒绝。

在此同时，也有使者飞马驰向伏见城，要求元忠即刻献出城池……

增田长盛的使者最初造访伏见城乃是十八日晨。此时鸟居元忠刚见毕佐野肥后守纲正，把他严厉斥责了一顿："时局如此动荡不安，你怎能丢下西苑逃命？"在元忠的严厉诘责下，纲正低头不语。

"有人逼你吗？"元忠以为纲正是担心家康家小的安危，才特意把他们带走。"内府让你好生守卫西苑，你偷奸耍滑，全无骨气。骨气关系重大，绝非可有可无……"

"鸟居大人，在下已然平安把内府家小安置于大和了。"

"我不想听。"元忠推测，纲正已把妇孺安排到男山八幡熟人家中，也松了一口气，"身为武人，就当令行禁止。这与保护女人孩子的安危是两码事。难道就没有两全其美的办法？"

"在下也认为不妥，故想请大人宽谅。"

"你以为把西苑交了出去，致个歉就没事了？"

"在下明白。大人当然是决心死守城池，在下想在此尽绵薄之力。"

"不行！"鸟居元忠一口拒绝，"大人亲口令我守住伏见，但未说让你帮我。我一定要给治部那帮乌合之众狠狠一击，让他们尝尝三河武士的厉害。哼，你不能留在城内。"

正说到这里，增田长盛的使者伊藤长季来访。元忠中断了与佐野的谈话，拄杖去见使者。

伊藤长季盛气凌人："少君有令，要征用伏见城。你的人马即刻撤出，此乃上意。"

"恕老夫难以从命。"元忠当场便道，长季不禁愣住。元忠又厉声道："恕老夫难以从命。我本内府家臣，并非丰臣属下。对老夫而言，所谓上意，只能是内府命令，其他一概与本人无关。辛苦贵使了。请回吧。"

伊藤长季一时竟没反应过来，他盯了元忠许久，方道：“鸟居大人，你敢不遵上谕？”

“恕我冒犯。”

“即使是少君之令，你也不听？”

“这真是少君之令吗？此事我早有预料。快快回去告诉你家主子，鸟居元忠绝不会交出城池。”

“鸟居大人，你想清楚后果了？”

“三河武士绝不会屈服于威逼利诱。”

“据我所知，东西联络已被完全切断。与其在此死守，不如率领人马紧急东去与内府会合。大人以为如何？”

“多谢关心。但我家大人早就料到西边会发生骚乱，不会长期驻留东面。我家大人会立即返回，剿灭叛军。老夫的任务就是留在城中，静待内府归来。”

“你是宁为玉碎？”伊藤依然不肯放弃，“大人气节诚是可贵，却有勇无谋。”

“对贵使的关心，老夫感激不尽。”元忠十分干脆地摆了摆手，“即使被百万大军包围，老夫也不改初衷。请回吧！”

见对方完全不把自己放在眼里，使者终于面露愠色，站起身，“那么，咱们只好兵戎相见了。”

“请便。到时让你们尝尝三河武士的厉害。”

使者回去后，元忠立刻把诸将召集到本城大厅。虽然他并不认为毛利的人马会立刻前来攻打，但他明白，围城只在早晚。

被召集到大厅的有内藤弥次右卫门家长、家长之子小市郎、松平主殿助家忠、松平五左卫门近正诸将，还有驹井伊之助、深尾清十郎、岩间兵库头、甲贺左卫门等人，聚齐之后，元忠将家臣滨岛无手右卫门唤到众人面前。之前元忠已再三嘱咐他，让他去向家康报信。

“无手右卫门，定要拿出当年长筱城鸟居强右卫门那样的气魄，无论如何也要逃出城去……”元忠用他苍老的声音说着，环视了众人一圈。遇事愈是平静，反而愈显悲壮，元忠一切如常，反而给在场之人的心笼罩了一层阴影。

“我们当以怎样的决心来守卫此城，此前已告诉各位。绝不能简单地以死来报答主公的知遇之恩，那只能令三河武士蒙羞。我们当置之死地而后生。”

“是。”内藤家长附和道，“我们死守伏见，乃是为了拖住更多的敌人，拖住的敌人愈多，内府的压力就愈小。”

元忠笑着点点头：“弥次右卫门说得丝毫不错。”言毕，他转向滨岛无手右卫门，道：“你仔细把这边情形报告内府。待太阳落山，我们就掩护你出城。我们已在敌人监视之下，晚上也不例外。到了宇治山，莫要忘了放狼烟，给我们信号。”

“遵命！”滨岛无手右卫门施了一礼，放于膝上的拳头不住打颤。

“见狼烟一起，大家立刻各就各位。为掩护无手右卫门，本城由我亲自把守，正门为松平主殿助与五左卫门，西苑由弥次右卫门与令郎小市郎负责，松苑为深尾清十郎和甲贺众，名护屋由岩间兵库头与甲贺左卫门把守，治部少辅府邸交与驹井伊之助……我们要誓与伏见共存亡。”

元忠话音刚落，不知何时悄悄来到厅内的佐野肥后守纲正开了口：“我有一事请求！”

“佐野还没走？”

“无论如何，请大人一定让卑职参加此次战事。这是在下作为一名武士的请求。”

元忠瞥了他一眼，并不斥责，转道：“弥次右卫门，你意下如何？”

“既然佐野大人如此诚恳……”

“那就原谅你一次。”

“多谢！”听到元忠应承，佐野慷慨激昂起来，“既然大人答应了卑职的请求，请允许在下把西军动态告诉前往关东的密使……”

“我看算了。”元忠皱皱眉，阻止了他，“你本该固守西苑，现在却阴差阳错来守伏见城，真正岂有此理！”说到这里，他又像是忽然想起什么，笑道：“无手右卫门，你到关东，见了本多佐渡之后，不要把我们守城详情告诉他。哈哈哈哈。”

滨岛无手右卫门悄悄潜出伏见城的同时，佐野纲正也率五百人进入城中。原本在城中的若狭小滨城城主木下胜俊却出了城，直奔京城。

木下胜俊领有八万一千五百石，乃小早川秀秋亲兄。虽然此前胜俊在伏见城内，但他和家康委派的城主鸟居元忠却几乎未说过话。他出城的原因并不在于二人不和，而是因为意见相左。他曾亲口向家臣透露："元忠冥顽不化，坚持守城，我难以苟同，故必须出城。"但胜俊并未说要让元忠交出城池。

先前，三成的第二位使者再次前来逼迫元忠交城，传达的乃是毛利辉元之令。这次当然同样被严词拒绝。使者出城之后，胜俊径直来见元忠，要求屏退他人。在场人以为胜俊是来逼迫献城，纷纷退了出去。

大厅里只剩下元忠与胜俊二人后，胜俊点上一袋烟，慢悠悠抽了起来。

"大人，您不来一口？"胜俊之举与城内的紧张气氛极不协调。

"恭敬不如从命。"元忠没有拒绝。于是，胜俊缓缓用袖口擦擦烟嘴，把烟袋递给他。

"鸟居大人，若我也要与您共守此城，您会答应吗？"

元忠悠悠吐着烟圈，"果然有眼光。但我想，除此之外，少将一定另有出路。"此际，胜俊为从四品右近卫少将。

"看来因为我是高台院侄子，大人信我不过？"

"不，正因为少将乃高台院至亲，才不想让你战死沙场。"

"即使太阁大人重生，鸟居大人也不改初衷？"

"不错。老夫跟定了我家大人。"

"大人。"

"你再让我抽一口。"

"请便。若我去高台院身边守护，而金吾中纳言却说要与您一起守城，您又当如何？"

元忠干枯的肩膀不禁一颤，"金吾中纳言便是令弟吧？今年贵庚？"

"不才痴长三十一年，舍弟今年二十四。"

"我也会拒绝。"元忠斩钉截铁回答，然后恭恭敬敬把烟斗还给胜俊。

胜俊眼中微微放光，嘴唇颤动，欲言又止，最终暧昧地笑了，“大人认为我和中纳言都对您毫无用处？”

“不，无论是谁，我都会断然拒绝。”

“岛津义弘呢？听说内府再三恳求义弘，万一遇到不测，要请他相助啊。”

“我照样拒绝。”元忠冷笑道。

“果然老辣。”

“此次战事的重要，老夫刻骨铭心。”说罢，元忠忽然压低声音，“少将刚才说要去保护高台院？”

“是。我有我的忠心，高台院令人敬佩。”

“少将真的认为金吾中纳言会和内府合作？”元忠高声道。

胜俊忙避开他的视线，“这……这，大人自己当甚清楚。”

“说得是。”

“舍弟对治部少辅……”

元忠眼睛一亮，目光几乎要燃烧起来。他甚是清楚小早川秀秋为何怨恨三成。第二次出兵朝鲜时，秀秋手下有四十二员将领、十六万三千大军。他还曾冲锋陷阵，在蔚山斩杀敌军将领十三人，击退了大明军。对此壮举，三成却不屑一顾，甚至还向秀吉进谗言道：“秀秋身为大将，居然轻举妄动，只身深入敌阵，真是鲁莽不堪轻率至极！”

由于三成谗言，秀秋被没收了五十余万石的领地，且险些转封至越前十五万石的地方，只因秀吉故去和家康的百般维护，最终方未转封。想及此，元忠点头道：“少将，元忠拒绝中纳言大人，并非信与不信。”

“难道不是因为您信不过舍弟？”胜俊紧张起来。双方仿佛在进行一场战事。

“不错，正是出于对中纳言的信任，我才不想让他白白送命。”

胜俊拍拍膝盖站了起来，无须再往下听了——见元忠早已把生死置之度外，他不免叹道：“道不同不相为谋，在下只好出城去了。”

“请便。”元忠对着胜俊远去的背影施了一礼。

木下胜俊的离去，表明东西双方彻底决裂。在此之前还有传言称，胜俊继续待在伏见城，高台院则有可能进大坂城，以促进和谈，自此之后，这传言也销声匿迹了。

据说木下胜俊尚未离开伏见城时，其弟小早川秀秋还造访了高台院，讨论过胜俊的问题。高台院的回答是："真有这等事，我会亲自赶赴大坂，从中调解。"胜俊既已出城，也就无此必要了。

西军陆续向伏见逼来，鸟居元忠亲自巡视了城防，把附近妨碍作战的建筑烧个精光。不明真相之人还以为这是三成主动发起攻击，实际上却是德川西部势力向三成决然发起挑战。

对此，西军诸将并不认为这是鸟居元忠顽固不化，单是家康意志使然。一旦产生这种想法，自然就会出现动摇者。

正如胜俊暗示，岛津义弘果然悄悄派人到元忠处，要求一起守城。元忠自然一口回绝。但义弘并不甘心，他或是认为元忠心存疑念，又派来新纳旅庵，把伊集院谋反之事时，他如何得家康大力相助一事讲来。但元忠不屑一顾。

"定是敌人奸细。给我打！"元忠嘶哑地叫喊着，之后又添上一句，"记住，切不可击中。"

连使者都受到枪击，不得已，岛津义弘只好加入西军。小早川秀秋也向城内遣来使者，将自己对家康的感激之情告诉元忠，但同样被回绝："恕老夫不能答应。我军不像治部，净是乌合之众。即使无人相助，也能战胜叛军，不信你们等着瞧。"

这番话会对小早川秀秋产生多大影响，家康和元忠早就心中有数。

包围伏见城的人马还在持续增加，从十九日傍晚时分起，枪声就不断响起。

城内只有一千八百人，而城外除了毛利、吉川、锅岛、长曾我部、小西各部，还有岛津、小早川、宇喜多等，再加上大坂城七手组与增田、长束、石田等部的增援，人马总数不下四万。

对于鸟居元忠来说，这一切早在他计算之中，他已然把眼前的敌人看成是为他送行的华丽队列，心中欣喜不已……

一二　烈女投火

当鸟居元忠为把大批敌人吸引到伏见城而欣喜不已时，石田三成也在为不断得到盟友而暗自惊心。依惠琼之计，把毛利辉元拢入阵营，将其迎进大坂城那一刻起，三成就极其不安。他一手策划的人质事件一败涂地，若是阵前指挥如此，不定有多难堪。由于他已从奉行的位子隐退，只能让增田长盛和长束正家代他出面。结果，此心思被他最为重视的人质之一——细川忠兴正室明智氏察觉，最终让他的计划泡了汤。一想起此事，三成就恨得咬牙切齿。

他早就算计好，要想方设法让人们相信“一切为了丰臣氏”，把诸将家小扣在大坂城，一切都将轻而易举。结果，由于细川夫人的反抗，抵制情绪像烈火一样燃烧起来，不仅没能把人质集中到城内，反而还要在每座府邸周围结起竹篱笆，并分出大量兵力监视他们。三成碰了一鼻子灰。诸将在大坂的府邸与关东的往来更加频繁，留守武士反意愈浓。

若不是如愿拉拢这么多人，三成肯定分不出兵力围攻伏见。细川夫人的激烈反抗改变了战局。

“报！安宅作左卫门大人有事禀报。”

大坂城西苑内，对伏见城完成包围之后，三成终于松了口气，他刚与诸将议完事，便听到侍卫报告。

三成令高野越中和大山伯耆二人代他进攻伏见，自己则与增田、长束一起留在大坂辅佐毛利。

"作左卫门回来了？"

"是。他说要向大人报告细川府之事。"

"快请进来。"三成脸色大变，细川夫人刚烈反抗的种种情形又浮现在眼前。

一看见三成，安宅作左卫门便道："听说伏见城已被包围，恭喜大人。"他恭敬施了一礼，往前靠了靠，正襟危坐，"事情真是意外。"

"意外？你是说细川府之事？"

"正是。照大人吩咐，在下仔细检查了烧毁的细川府，认真询问了那些幸存者。"

"你是说，人质一事，事先已被泄露？"

"是。泄露者之一是增田长盛大人，另一个恐是高台院。总之，十三日晨，一个名为查空的洋教女信徒与阿袖一起从高台院府里出来，到细川夫人处去问安。"

"阿袖也去了？"

"是。但她们或许是去劝说细川夫人交出人质。"

"结果还不是一样！"三成大声斥责起来，"说！快给我仔细说！"他骂骂咧咧，激切不已。他深知增田长盛态度暧昧、善于见风使舵。正因如此，他才没给细川忠兴、加藤清正等人的家眷考虑的时间。一旦她们生疑，就立刻以淀夫人请她们喝茶为由，将其骗来直接监禁。

"今后愈加重要。盟友的一切，我们都要事先摸清。你先说说你查到的事情。"

"遵命！"安宅作左卫门眯眼沉思了片刻，仿佛在思量该从何说起，良久，他才慎重地开口道："这得从细川府唯一的幸存者说起，此人乃细川夫人身边侍女，名霜女……"

七月十三晨，细川忠兴夫人阿珠做完礼拜，在房里悄悄打开师父富莱尔·瓦桑送的《圣经》。曾经被织田信长赞为桔梗花的要强女子，现已三十八岁。自从本能寺兵变后，她便脱离了凡尘。大概是一心侍奉天主的缘故，她的容貌平添了几分清纯，看起来顶多三十岁。

案上熏着香，细川夫人手执鹅毛笔书写着洋文，不时低头沉思。其纯真的眼神使她看起来不像尘世之人。

“夫人，高台院派查空前来探望。”侍女霜女忽来禀道。

阿珠夫人纳闷起来。她并未生病，可对方居然声称前来探望。“她真说是来探望我？”

“是。”

“或许是来慰我寂寞吧。快快有请。”

细川忠兴和长子忠隆、次子兴秋都随家康出征，三子忠利被送往江户为质。另外二位侧室也生下几个女儿，都已出嫁了。阿珠夫人不免寂寞。她轻轻把《圣经》装进匣中，等着客人进来。

查空本与阿珠夫人有相同信奉，不时悄悄拜访。

“一大早就来打扰夫人，抱歉。”一个女人跟在霜女身后走了进来，一脸严肃。一进门，查空就把同伴引见给夫人：“这位是与我同船来的高台院夫人侍女，名阿袖。”

夫人第一次见到阿袖，但查空没让阿袖说话。

“治部少辅大人已进入大坂城，不日，毛利大人也要进来了。”

阿珠夫人默默点点头。三成素来与细川不和，听说三成进城，她就大概猜到将会发生什么事。

“高台院夫人身在京城，怎会知道这些？”

“是金吾中纳言与高台院夫人商量过此事。对吧，阿袖？”

“是。”阿袖只是轻轻点点头，“想必夫人也知，金吾大人兄长木下大人身在伏见。一旦开战，兄弟二人就会反目成仇，或许是担心这些，金吾大人才去与高台院夫人商议。”

高台院对养子秀秋有养育之恩。秀吉最初并不欲让秀秋做毛利分支小早川家的养子，而想让他做毛利本家的养子，可小早川隆景不想他人继承家业，迫于无奈才成其好事。

“高台院夫人有何赐教？”

“只让我来将此事通知夫人。高台院夫人还说，夫人思虑深远，必有应对之方。”

阿珠夫人双手触地，优雅地施了一礼，“多谢相告。”

霜女只听到这些，因为不久，留守武将小笠原少斋就来叫她。霜女急急忙忙到了厨下。在那里，她从少斋和河北石见二人口中听到三成要扣人质一事。细川府邸位于玉造。霜女出现在庖屋时，室内除了小笠原少斋和河北石见，火枪教头稻富伊贺守也在，三人正在谈论人质之事。

少斋等人把霜女叫来，并不仅仅因为来了客人。细川忠兴妒忌心甚重，非常讨厌他不在时，有男人出入夫人房间。老臣们一向十分小心，有事通过侍女转达，已成府中惯例。

霜女进来后，稻富伊贺守便出去了。年俸千石的稻富伊贺守精通火枪，闻名天下，其门下弟子既有石田三成家臣，也有增田长盛属下。

“阿霜，增田府中传来一条消息，我们立刻请了伊贺守大人帮忙调查。你知，伊贺弟子当中也有石田家臣……”

霜女打断他道：“您是指主君的事吗？”

“不。”少斋道，“石田治部要让夫人为质。”

“让夫人为质？”

“对。你也知道大人性情，即使太阁有令，他也绝不会交出夫人。就连当年本能寺兵乱之后，大人也只是把夫人幽禁在三户野山中。”

“这些事，奴婢清楚。”

“受邀参加醍醐赏花会时也一样。大人说夫人乃明智氏之后，不能出门一步。如今三成居然要让她去做人质。”

“若是拒绝……”

“他们当然会强行来抓人。待客人去后，你能否把此事禀告夫人，问问夫人的意思？”

霜女这才明白查空今日来的目的——看来要出大事了，遂道：“当然要看夫人的意思。诸位可有好主意？”说完，她立刻后悔了。她知，无论老臣们说什么，夫人也不会为之所动。尽管夫人平日里慈眉善目，可一旦认起真来，忠兴的话她都不听。她会毫不在乎与丈夫顶撞，寸步不让。争强好胜的阿珠夫人与高台院堪称当世双璧。

夫人究竟是否幸福，就连霜女都不清楚。尽管她知忠兴深爱着妻子。但这种爱与其说是发自内心的真情，不如说是对美人的独占。或许夫人是在抗争中坚强地活着，她会如何应对这次事件呢？

霜女赶回夫人房间，客人正要离去。她们的话题和平素一样，均与信奉有关，一切毫无异常。

“欢迎再来。”夫人边画十字边把客人送出大门。此时霜女只觉脸上僵硬，道：“夫人，小笠原和河北担心石田治部不久就要派人来，让您进城为质。”

夫人瞥了霜女一眼，又坐在案前翻起书来。

“这当然不是夫人一人的事。他会扣押所有东下大名的人质。究竟该怎办才好？”

“治部与我家大人素来不和，必会首先来这里。”

“是。”

“若是先去别人家还好说，先来这里，我们倒要做个榜样，你去这样告诉少斋和石见即可。”夫人的语气平静而坚定。

“是。”霜女急匆匆去向少斋和石见传达夫人的意思。其实，他们早已有了腹稿：“治部派人来索要人质时，我们就说无人可交。大公子和二公子都已东征，三公子已到江户为质。他们若强人所难，那么就请到丹后去，让老太爷去做人质。另，也需要等主公吩咐，借此拖延。这么答复，不知夫人以为如何？”

霜女回去禀告夫人，不想夫人不假思索道：“就这样。”

此后，三成处便接二连三派来使者，甚至道：“没有人质？不是还有夫人吗？”并且，他们竟然委托查空来责令夫人立刻进城。到最后，他们威吓要派人把夫人抓走。

霜女数十次往返于夫人与老臣之间，每次夫人都手画十字，平静地拒绝：“我决不去。”

听到夫人的回答，霜女并不甚吃惊。她明白，夫人已心如磐石。为了避免被人责为轻率武断，避免丈夫斥责，夫人已与对方耐心周旋，并让家中所有人都充分认识到三成的蛮横无理，才将其断然拒绝。

此时已是剑拔弩张，若夫人不愿为质，三成便可能破门而入，夫人也早有预料。到时家中人会将夫人杀死，还是为保护夫人，坚决抵抗？霜女几欲委地。夫人却寂然笑了："光靠你跑腿是不行了，把少斋叫来吧。"

"您已决定要怎么做了？"

夫人又笑了："把少夫人也叫来。我有些话要对她说。"

"难道二位夫人想与府邸同归于尽？"

"少夫人乃前田家的小姐，我则是明智家人。虽说都是女人，但出身及命运却各不相同。我有幸得大人恩宠，担起这重负。重负绝非都是不幸。快，先把少斋叫来吧。"

霜女的眼睛湿润了——夫人有了赴死之心。

"快，快去！"

"遵命。"

小笠原少斋被叫到外间，夫人以比男人更斩钉截铁的口气道："我要成为诸大名之留守人的榜样，告诉使者，我决不进城。"

小笠原少斋似早已明白了她的决心，道："遵命。刚才在下已托稻富伊贺守打探了，说治部少辅已派人向这边赶来。"

"哦？为了让我家大人明白真相，赶紧让人写封书函，让霜女带出去，她毕竟只是婢女。"

"这……"少斋期期艾艾道，"夫人自尽后再……是不是更妥当？"

霜女全身僵硬，听着二人对话。夫人语气甚是坚定，态度异常严肃。这话让一个不知内情之人听了，还以为少斋早就在寻机逼迫夫人自尽。

"小笠原大人，我不会自尽。"夫人冷静回道，"我的信奉不允许我自尽。这些，想必你很清楚。"

少斋点点头，表情颇为复杂。夫人是否不想死？这种疑念在他心中挥之不去。

夫人笑道："我必须借你的手一死。"

"啊？"少斋顿时慌乱起来，"这绝对不可。手刃主母，做出这等事，那我……我小笠原少斋就违背了家臣道义。"

霜女简直要背过气去。少斋的话当然有道理，而在这种情况下，夫人自可能一笑了之。

但夫人脸上现出困惑之色，“我最为担心的，便是此事。”

“请理解在下的苦衷。眼下情况殊异，治部无端叛乱，夫人的行为将直接关系细川一门荣辱。这次就请夫人自尽吧，当然，我会亲自为夫人介错。”

夫人沮丧地盯住双手，陷入深深的悲哀。这种情形，霜女还是第一次看见。夫人为何显得如此悲伤？无论是自杀还是他杀,都是一个“死”。夫人只需拿起短刀，在自己咽喉或是胸部刺一刀就行，可是……

未久，夫人又转向少斋，“我不能违背信仰，我还是逃生吧。”

“夫人、夫人说什么？”

“我不想死，我要逃生，如此，你就不能不杀了我。你的道义也因此保全了。”夫人又笑了，“明智的女儿死得轰轰烈烈，这种想法本是有误。父亲是那样人，女儿也死得同样卑怯。即使后人这样写我，我内心也很坦荡。我主禁止自尽，我只好逃生，不得已之下，你只好斩杀我，这样，你的道义不就保住了？”

霜女这才知道夫人为何悲叹。原来，少斋的武士道与夫人的信仰发生了激烈的冲突。

屏风外，少斋抓住衣服，浑身颤抖。危机已一步步逼近，三成等人派来的军队即刻就会包围府邸，不由分说把夫人抓走。在敌人赶来之前，夫人要死去，少斋自己也要死去，二人因死法冲突……

霜女终于忍受不住这令人窒息的气氛，想悄悄站起身。就在这时，夫人笑了：“无论鲜花还是红叶，总是留恋离开枝头之前那一瞬间的风情，可是落地之后，还不都是一样都要化为尘泥？我明明知道这些，却还在刁难你，请原谅我的任性。我只是为了保住我家大人的名声。想必你也理解。我一生都不能敞开心扉面对我家大人。我孤独、冷酷，总是与夫君保持距离，后来终于忍耐不住寂寞，投进了天主的怀抱。啊，有时我甚至扪心自问，我究竟是天主的人，还是夫君的人？”

霜女身体麻木，无法站立。夫人把深藏的不幸全都倾诉出来，比起投身天主的怀抱，她必更想投进丈夫的怀抱。但忠兴意识不到夫人的希望，他一向公务繁忙。他声称自己最爱妻子，却又将爱变成妒忌与监视。

“大人连我为何加入天主教都毫不明白。我不想违反教规。你明白吧，少斋？无论怎样，我决不自杀，所以，只好由你杀了我。”说毕，她又笑了。少斋猛往前一步，“明白。看来是少斋太固执了。”

“固执？”

“武士道并无如此小器。出于信奉，夫人不能自杀，尽管大逆不道，少斋只好接受夫人的要求。”

“你答应了？”

“是。请莫要担心。少斋绝不会让敌人看到夫人的遗骨，会焚烧干净。”

正在此时，河北石见慌慌张张来到房内，说是少夫人不见了。

“不见了？”夫人惊呼一声。之后，她立刻又改了口，道：“太好了。这太好了！”

紧急时刻，少夫人居然还能脱身而去！敌人似对前田利长之妹有所顾忌，而明智光秀的女儿却无处可逃。这真是浩浩天地的嘲讽！

“看来，治部的意图已然十分清楚。他们决心抓走夫人，快准备吧！”

二人退出去之后，夫人对霜女道：“你听，那是什么声音？是人马？”

“好像是。看来他们真的把府邸包围了。”

“府里已然部署完毕。正门由稻富伊贺把守，不会轻易被攻破。我现在就写遗书，你悄悄到丹后走一趟，让他们转交给大人和与一郎。等外边一交手，便请石见悄悄来通知我。”

“是。”

“休要哭！这样的决断你早就该想到。你要睁大眼睛，好生看一看这场浩劫。”

“是……请夫人快写吧。”霜女早已泣不成声。

四面暗下来，霜女看不清夫人了。

夫人坐在案前，霜女为她拿来了烛台。上灯之后，霜女更觉压抑。

夫人娴静的侧脸让她回忆起许多事。夫人开始对洋教产生兴趣，完全是受丈夫密友高山右近的影响。本能寺兵变之后，右近经常拜访忠兴夫妇，给他们讲说洋教教义。开始时，夫妻二人都不甚在意，不久，忠兴还表现出反感，而夫人的兴趣却在不断加深，甚至曾让霜女提心吊胆。高山右近相貌俊美，风流倜傥绝不亚于画中美男。恐是出于对右近的妒忌，忠兴才越发厌恶洋教。结果，夫人却对洋教教义不断深究，定是出于反抗。这便是细川夫妇，一个心急火燎，坐立不安；另一个却漫不经心，故意一本正经。而如今，再过几个时辰，夫人就要离开这个人世了……

“你把它好好藏在发髻中。”夫人把遗书交给霜女，努力倾听外边的动静。府邸正门似已被攻破。

一阵急促的脚步声从走廊传来，不是小笠原少斋，而是河北石见，“夫人，稻富伊贺叛变投敌了。”

“伊贺叛变了？”

“是。不知使者对他灌了什么迷药，他已把门打开，说是让夫人直接与使者会谈。请夫人赶快决断。”

“我早就有了决断。究竟是什么原因让伊贺做出这等事来？”

“对方煽动说，伊贺守精通火枪，不当只效忠细川家，而当有益于天下。伊贺似乎动心了。”

“天下的伊贺不能为细川一门去死，对吧？”

“这……他把进攻之敌放进来后，就离开了府邸。没想到，他珍惜技艺，却不珍惜德行，真是见风使舵、吃里扒外的小人！”

“好了。那么少斋呢？”

“他正指挥家人在前边御敌。”

“那就赶紧行动吧。你先设法把霜女送出去，再让少斋回这里，见证我的离去。”

“遵命！”

进攻的敌人已拥进门内，正在大门一带与家臣厮杀。怒吼之中，不时传来刀刃相撞的声音。夫人立起身，静静走到窗边，坐了下来，把长发盘到头上。“圣母玛利亚，克蕾西娜要欣然到您身边去了。”一瞬间，丈夫忠兴的面容竟然浮现在眼前。

“即使是神仙，三斋也会毫不犹豫与他争夺……”正当夫人手画十字自言自语时，霜女急匆匆跑来，猛地扑倒在她膝上，号啕痛哭：“大人，请您再考虑考虑。听人说了，您若厌恶大坂城，到宇喜多大人的府邸也行。宇喜多大人是您的亲戚……”

不等霜女说完，夫人就打断了她：“不可！虽说宇喜多的八郎与我同宗，但他不照样和治部一伙吗？去了那里又能怎样，还不照样为质？我乃细川三斋的正室夫人！”

这时，又传来一阵急匆匆的脚步声，拉门旋被推开，一个人进了外间。此人手提大薙刀，正是刚才在抵挡敌人进攻的小笠原少斋。

“是少斋，有劳你了。”夫人道。少斋把刀扔在一边，冲进内室，两手触地。“实令人痛心，没想到，稻富伊贺居然把大门打开了……”

夫人清脆的声音打断了他：“不要说了！伊贺自有打算，你就原谅他吧。我更想知道少夫人是否真的不在府里了。”

“是，这些也出乎我预料。”

“不，我没有责备你的意思。我只是想问问而已，尽管她曾想留下来，但若让她也真的死去，就太可悲了。动手吧。”

在夫人的催促下，少斋提起刀。河北石见的影子已然不见，无论如何，此时绝不容许旁人来打扰。

“请恕少斋失礼。”少斋猛地抽出刀，一瞬间，他忽然怔住了。他这时才意识到，已不知不觉进了主公严禁进入的夫人内室。少斋退一步道：“这不行。无论什么时候，在下也不能违背主公命令。请夫人出来些。”

夫人顿时领会了少斋的意思。想起来也真可悲，将死之人，却还囿于妒忌和戒律，不能自己选择死地……可她毕竟是幸福的，得到天主的呵护，又为狂热的丈夫珍爱……

“好了吗？”

“好了。”少斋应了一声，抡起刀，走近门槛，又默默无语。门边空间狭小，根本无法挥刀。敌人越逼越近，把夫人请到外间来，就意味着已与夫人共处一室。少斋心一横，道：“请恕在下失礼。能否请夫人敞开胸部衣衫。”

“哦？”

“因为空间狭小，抡不开刀。只好把夫人刺死。”

“好吧。这样好了吗？”

夫人美丽的肌肤让人眩晕，少斋忙移开视线。恐怕除了丈夫，夫人绝不会让别人看见她的身体。

“少斋绝不让人看到您的遗骸。请夫人放心去吧。”

“多谢。这样我便不会违背天主的教诲。”

“失礼了。”小笠原少斋声音颤抖，把刀刺进夫人心房。

“夫人！”霜女大叫一声，不顾一切冲上来，扑到夫人身上。可此时，夫人娴静的脸上已没有任何反应，静静倒向一边。

河北石见狂奔而来，溅了一路的血。“小笠原大人，已顶不住了。哦，夫人……”

小笠原道：“快把准备的火药拿来，再把霜女送出重围。”

“明白！”

霜女听到了他们的对话，但这些话意味着什么，她已无暇思量了。石见举起一只手，大叫一声，两个光着膀子的武士跑了过来，在夫人周围撒了一圈黄褐色粉末，又将粉末一道道撒到院内。

河北石见一把抱起霜女，箭一般穿过对面的走廊，向厨下跑去。那一瞬间，映入霜女眼帘的，是外间入口处小笠原少斋的身姿。他端坐在夫人对面，一脸淡然，正把短刀刺入左下腹。

“请让我与夫人同行。”霜女觉得少斋似正在向夫人说着这样的话，那声音甚至已传入了耳内。

“我现在就去放火，你赶紧趁乱从后院逃走……”石见大喊一声。不等霜女反应过来，一支火箭飞到了刚刚撒好的火药上。尽管没听到巨大的爆炸声，但疾走的火舌霎时化为烈焰，脚下火红一片。

“啊……”忽然传来一声悲鸣。是冲进来的敌兵遭到火舌吞噬，仓皇退出时发出的惨叫。

夫人和少斋的遗骸顿时被火海吞没。霜女像是失去了神志，拼命拍打着身上的火苗，向烈焰中的后门奔去……

安宅作左卫门脸上毫无表情道："在下仔细检查废墟，又发现一具遗骨，恐是河北石见回来投入了火海，此外还有两三具尸骸……唯霜女逃脱了。"

三成一言不发，只觉得细川夫人正在某个地方冷冷嘲笑他。她作出如此激烈的反抗，定会对其他人产生影响。恐怕其他人也会不甘示弱，奋起反抗。稍有不慎，他们也会纷纷自尽，气氛便更加恐怖了。况且，加藤清正的女眷、黑田长政父子的家眷也都逃回了领内，三成的人质计划严重受挫……

一三　血战伏见

对于石田三成来说，要想挽回颓势，只能进攻伏见。但若是攻城，最好的办法便是让守城方主动放弃，不战而胜。因为一旦攻起城来，无论多小的城池，也极有可能付出相当的伤亡，伤亡大了，就极可能让好不容易召集起来的西军崩溃。

怎么说，伏见也是已故太阁生前倾注心血建造的稀世城池。即使守城人数不多，但他们若誓与城池共存亡，也非那般容易就能拿下。

正因如此，一开始时，三成把所有诱饵都抛了出去，力图说服鸟居元忠投降。为达到目的，他真是想尽办法。若让上杉与东征的家康尽快发生一场激战，这样一来，消息闭塞的元忠就会着急起来。

“赶快带领人马出城，我们绝不会在背后追击，赶紧东去与内府会师。”

如此一煽动，有勇无谋、一直惦念主君的鸟居元忠就会应道：“多谢！大人的恩情，元忠不会忘记。”自会向东面疾驰而去。

这原本是三成的如意算盘，可是，会津方面的形势没有任何进展。德川家康不急于进攻，上杉方面也不主动出手。这样一来，为了鼓舞士气，三成就不得不包围伏见城。而一旦围城，元忠等人的斗志自会高涨。围城真是迫不得已！

在使者受拒，兵围伏见之后，三成依然没有放弃。一旦双方交战，智慧有余、作战经验不足的治部少辅却也无计可施。而一旦各类风言风语传扬开来，他恐要乖乖交出指挥大权。

为了达到不战而胜的目的，三成当然不会忘了城里的木下胜俊。

他并非想让胜俊说服元忠。只要胜俊在城里，高台院就不会坐视不管。胜俊亲弟小早川秀秋已加入攻城部队。秀秋当然不忍进攻亲兄，他定会去请教高台院，随后便可借高台院之口劝元忠出城。可十九日，木下胜俊居然出了城，这更让三成急火攻心。既然已把城围了，即使没有了胜俊，也总不至于就撤兵——石田三成只好攻城。

既然必须要发起进攻，一旦耽误了时日，形势恐大为不妙。鸟居元忠定会一边死守城池，一边等待家康援军。

其实，元忠只是遵家康命令，想通过抵抗挫败西军士气。他认为，一旦三成心生畏惧，自会阵脚大乱。西军若在伏见得手之前就得知家康回师，士众必夜不能寐。

“我们对鸟居已仁至义尽。并且，若让大坂附近留有敌军，有损少君威严。长此以往，也会妨碍东西交通，不如一鼓作气拿下伏见，随后向美浓、尾张挺进。”三成被迫下令。

于是，庆长五年七月十九，攻城战开打。炮火不断倾向伏见城，城内也不时予以回击。

到二十五日，伏见城内静悄悄一片，城池的陷落只是迟早问题了，西军却越发焦急起来。除了南大门，所有地方都加以重重包围。在二十四日，宇喜多秀家亲自指挥攻城。

东边是秀家，东北为小早川秀秋，西北面岛津义弘，西面毛利秀元，吉川广家、锅岛胜茂、长曾我部盛亲、小西行长、毛利秀包、安国寺惠琼等人也陆续就位，缩紧包围圈。围城部众总数已达四万。

此时，交战双方早已忘记当初已故太阁在建此城时花费了多少人力，凝聚了多少人的心血智慧，耗费了多少财富！这座象征盖世英雄丰臣秀吉伟业的伏见城，如今却成了杀戮的修罗场！双方无冤无仇，但此时全然成了只知破坏和屠杀的疯子。

二十五日，总攻命令下达，呐喊声中，这座丰臣秀吉曾苦心经营的城池陷入了火箭、火枪和长矛的攻击之中，那声音惊天动地，时刻不休。

守城官兵躲在堡垒、炮楼、城墙等地，以弓箭、枪炮奋勇回击，敌进则退，敌退则休，丝毫不敢懈怠。

二十九日下午，在此之前，一直派阵代监督攻城的石田三成终于忍耐不住，在从佐和山回大坂途中来到了伏见。

他立刻骑马巡视了一圈。攻城部队全力以赴，但因守城士众已誓与城池同归于尽，他亦无力改变惨烈的现状。当初做监军攻打朝鲜时，三成曾军法严厉，因此令众将士大为反感，现在他却根本不敢如当初般斥责众人。

三成停在松苑的护城河外沉思起来：既不能截断对方粮道，也无法实施水攻。长此下去，即使进攻一月，伏见城也照样纹丝不动。

世上还有比不怕死的人更难对付的吗？而且，守城的几乎都是自幼追随家康之人，他们的妻小也不在这里。众人只要协心死守，岂非固若金汤？

究竟重点攻击何处为好呢？城内早就有防备，无论从何处进攻，都会被当场击退。

若不计伤亡，采用人海战术，守城方或许会放弃。但是，这种伤亡有谁愿意接受？况且，大军压境，城内众人却毫不畏惧。

尽管大坂城内有毛利辉元坐镇，可无一人认为辉元愿作这种牺牲，而秀赖不过一介傀儡。三成紧盯着松苑的箭楼，冥思苦想良久，将信使叫到跟前吩咐道：“赶紧到长束正家阵中去一趟，甲贺众中有一个叫鹈饲藤助的人当在阵代伴五兵卫处，让他赶紧来。”

“是。”

“鹈饲不在的话，让别人来也行。你再问问，有无与城中的甲贺众交好的人，有的话一并带来。”

“遵命！”使者答应一声，飞驰而去。三成仍紧盯着伏见城，眼前的这座城里还留有他的府邸。此时，驹井伊之助正住在那里。

“伴五兵卫大人把人带来了。”

“来得好！”三成翻身下马，把伴五兵卫和鹈饲藤助让进代他攻城的高野越中帐中，急道：“大致情况，想来你已知道了。”

“是。大人是否想劝城内的甲贺众里应外合？”伴五兵卫已看透了三成的心思。

“呵呵，你认为听了鹈饲的奉劝，城中甲贺众会动心吗？”

“这……”

“没那么简单吧？他们已然发誓与城池共存亡了。”

“那……”伴五兵卫慌乱起来。

三成断然道：“我知城中有些人出身甲贺，我已让人把他们的妻小与父母兄弟都抓了来。明日就把他们带到护城河外去，让他们亲眼看着自己的亲人被钉死在十字架上。之前最好让鹈饲往城里射一封箭书。”

“啊！”鹈饲藤助禁不住惊呼一声。三成紧紧盯着藤助的眼睛，表情冷峻。

“山口宗助、堀十内等人的家人也落到大人手中了？”伴五兵卫道。

“不错。山口宗助和堀十内的家人已全数落入我手。”

伴五兵卫已然猜到了事情大概。三成并未抓住山口等人的家人，他定是谎称已然抓住，以此胁迫城内的甲贺众。伴五兵卫飞快瞥了三成一眼，把目光投向藤助。“有了内应，事情当然大有转机。我看你就把大人的意思用箭书射进去试试。守城人冥顽不化，恐怕就会失去妻儿老小了。”

“好吧。不管他们是否相信，既然事关家人生死，小人就事先通知他们，这也算是尽了同乡之谊。”

三成一脸严肃，“你告诉他们，同意的话，就在松苑放火为号，然后在城墙上给我开个口子。如此，非但不死，还要重赏。若继续负隅顽抗，我也不强求，反正城池陷落事在迟早。”

“小人立刻去写书函。”

“只有你一个人的书函，对方还会犹豫不决。伴五兵卫，你也以长束大人阵代的名义，在信函上添上一笔。”

“遵命！”伴五兵卫应了一声，领鹈饲藤助向护城河边长束部弓箭手的驻地急急赶去。

太阳已落山，篝火把天空映得通红。城内依然静悄悄一片。毕竟是一千八百人对四万大军，他们必须尽量减少体力的消耗。

松苑箭楼一带几乎看不见一个人影。鹈饲藤助把一个擅长远射的年轻弓箭手带到距离城楼最近的地方，让他把书函射进了松苑与城墙之间。那一带乃是甲贺众巡视之地。

过了将近半个时辰，里面没有任何反应。难道他们已决心一死，对箭书根本不屑一顾？正当鹈饲想到这里，城墙上出现了几个黑点，压低声音道："我们带着弓，这是回函。"

看到他们异常小心，鹈饲知道事成——鸟居元忠终于百密一疏！

箭声划过夜空，书函落在长束阵中。鹈饲藤助捡起回函，急急向伴五兵卫奔去。伴五兵卫嘻嘻一笑，立即去见石田三成。

果如所料，松苑的甲贺众答应做内应，要求放过家人。

三成严肃地读完书信，方道："此事定要保密，城内一起火，便是长束的人马立功之时。"

向伴五兵卫叮嘱完毕，三成立刻驱马到各阵巡视。一旦打开缺口，他又可严厉督战了。

他最先造访的，是小早川秀秋阵营。

"像金吾大人这般大将，怎能如此拖拖拉拉，必会被敌人笑话。"三成巧妙地煽动道。他知，一旦秀秋较起真来，便会变成一只猛虎。尽管三成曾经怂恿秀吉，斥责秀秋无大将器量，可现在竟若无其事地抽起了自己的嘴巴。

到了锅岛胜茂阵营，三成也是嘴说同话："难道众位都忘记了在高丽战场上获得的美名吗？区区鸟居元忠，竟花费如此多时日，真是让人难以想象。"

年轻的胜茂便立时咬着牙根发起狠来。

到了岛津义弘那里，三成却未像对年轻人那般煽动。"三成认为，战场上无人能与大人并驾齐驱。故，此次进攻正门的重任，就落在了大人肩上。希望大人能为年轻人立个好榜样。"

对于长曾我部盛亲和小西行长，三成则敞开心扉加以鼓励。尤其是小西行长，一开始就与三成志同道合，共同举事，他自然以诚相待。与行长领地同在肥后的加藤清正的夫人，早就巧妙地逃回了本领。

“自从出兵高丽以来，清正就一直与大人不和，并且，清正此次也未东征，而是在他的领内觊觎你的土地。在这里耗费时日，你领内恐有骚乱之忧啊。”三成这话就像一根利针扎进了行长脏腑，让他更是不安。

是夜，三成还接连走访了毛利秀元和吉川广家，建议他们向濑田进发。显然，三成并不想在进攻伏见上花费更多时日，这已然显示出他对全局的把握。

就这样，在三成的督促下，到了半夜，围城部众再次向伏见城发起了猛烈的攻击。将士在三成的煽动下，又重燃怒火。

二十六日起，尽管接连四日发起强攻，但攻城之众各自为战，战事迟迟没有进展也就不足为奇。

从三十日拂晓发起的总攻，战况极其惨烈。到黄昏时，双方已然交战四次。每当攻城一方逼近，守城士卒就如飞蝗般疾驰过来，拼尽死力把敌人击退。激战一直持续到深夜。

八月初一凌晨，松苑箭楼上，烈焰照亮了长空。

若把战事看作那些失去理性之人的杀戮竞赛，无论什么样的胁迫、阴谋、奸计都不足为奇。什么仁义，什么正道，什么良知……一旦发生战争，这些东西就完全化为乌有。交战双方不顾一切，互相比拼，俨然恶魔，这才是战事的真相！

城内的部分甲贺众败给了三成的胁迫。他们愿意守城池，是因为希望子孙过上更好的生活。若有人告诉他们，他们的死将会直接导致子孙的灭绝，除了背叛，他们别无选择。三十日子时，攻城的炮火越来越猛烈，他们终于背叛了战友，先是在松苑燃起大火，把内应一事通知敌人，之后立刻破坏城墙。

一看到信号，长束的部队最先发动了猛攻，小早川和锅岛的人马也不失时机向城墙逼近。

城内已陷入混乱。即使不乱，由于守城人数不足，他们也会因对方的全面攻击而疲于应付。

“松苑着火了！”开始时，人们还以为是敌人的火箭引起。可等他们发现旁边的城门已然出现了一条巨大的口子，敌人已从那里入侵时，才明白事情有变。

“叛贼！出现了叛贼！”

松苑燃起的火焰仿佛在嘲笑守城之众，火舌猛窜，愈烧愈猛。当大家因此陷入混乱时，丰臣秀吉曾引以为豪的正门也燃烧起来。锅岛胜茂的手下成田十右卫门和川浪作右卫门正在强力进攻此处，这火就是川浪作右卫门亲手所放。

大门烧毁之前，小早川、锅岛、相良等人的人马争先恐后冲进来，其中，小早川与相良的人马甚至为争功自相残杀。

守城一方已无力再阻止敌人进攻了。

一直在松苑抵抗、还不知甲贺众已叛变的深尾清十郎被生擒。此前抵抗攻打名护屋苑的入侵之敌，从一开始就负责守卫正门的松平近正急忙赶来救援，以长枪与敌人厮杀，以身殉城。

敌人的进攻越来越势不可挡，甲贺众在里边打开的突破口，决定了伏见城的命运。

名护屋苑陷落，坚守正门的近正属下八十五名士众全部战死，西苑和太鼓苑也已陷入敌人包围……

夜色逐渐退去，在晨风的吹拂下，松苑的大火不断蔓延，名护屋苑和太鼓苑亦成了一片火海。

此时，小早川秀秋暂时休战，命人与依然在本城奋战的鸟居元忠谈判，被元忠断然拒绝：“我不止说过一次，一定要坚守到底！休要以为鸟居元忠也如甲贺众那般没有骨气。”

和谈从一开始就没有商量的余地，只是让进攻一方暂时喘了一口气。不久，双方又进入了激烈的巷战。岛津的部队亦发起了进攻，逼近正门左侧的治部少辅府邸。

天色大亮，这座曾经编织了已故太阁豪华之梦的城池在熊熊燃烧，在赤铜色的阳光下大声呜咽……

巳时，赶赴治部少辅府邸阻击的松平家忠，给鸟居元忠送来一条消息："府邸陷落……"

没等对方把话说完，元忠便打断了报信人："主殿助呢？"

"与岛津的部将别所下野遭遇，奋力与其厮杀，可是敌人成群结队拥上来，把大人重重包围……"

"休要啰唆！到底怎样了？"

"大人吩咐说，把敌人击退，然后切腹而死！"

"哦，宁死也不落入敌手。"

"是。从者八百人，全部……战死！"

"知道了。"

"大人请您也自尽……"

"哼，他让我也自尽？主殿助临终是这般说的？"

"是。"

"现在还早。还没到时候，元忠的手脚还很利索！"元忠厉声道，"你先去歇息片刻。"

西苑的佐野纲正已然战死的消息早就传来。他原本奉命守卫大坂城西苑，毫不抵抗就把其拱手交给了三成，为此后悔万分，后来硬是加入了伏见的守城战，中弹身亡。此时，城内剩下的只有未受伤的元忠和二百部下。

正在这时，松苑和名护屋苑幸存下来的二十多名甲贺众赶了来。"报！"

"何事？"

"叛徒一事，我等十分愧歉。"

"哼！"

"叛变者约有四十余人，都已然逃散。但是此事我等并不知情，我等绝不会背叛大人，誓与敌人战斗到底。"

"哦。"

"请让我等与大人共同战死。"

元忠笑道："好。世上总会有小人。元忠不怪你们。但你们却不能与我一起战死。"

“难道大人信不过我等？”

“不。都战死，谁把背叛者的卑劣行径告诉世人？你们都是忍术高手，此城完全陷落之前，须想法各自逃生，然后将叛变者报告给德川大人。我未看走眼，大人必胜。”

“我等怎可独活？”

“哼！那些叛徒，一定要严厉惩处，你们便是证人。大人会赏赐你们。”言毕，元忠把甲贺众打发下去，再次清点了人数，已不足二百人，多半已挂彩。“就义的时刻就要来了。诸位辛苦了！就连我都以杖代刀，为城池而战，想必诸位也绝不会退却。跟我来！”

敌人从护城河向辕门发起猛烈攻击，攻击者为代三成指挥的高野越中部。

“诸位听着，冲出门去，痛击敌人！”一旦扔掉拐杖，站起身来，元忠也像换了个人似的敏捷顽强。他身先士卒冲出辕门，把敌人驱至西苑一角。

“撤，撤回去歇息！”他又立刻命令属下士兵撤回本城，躲藏起来。

久经沙场、身经百战的他，对进退之机已掌握得炉火纯青，甚至已变成本能。喘息一阵，他率众再杀出城门。一旦冲出去，敌人必然会纠集起来，越过护城河扑来。

“大人的后脑勺都好像生了眼睛。”一人说笑道。

“胡说！在战场上，必须全身都长满眼睛。”

攻击了四次，每一次人数都会减少。元忠必须死心了，他身上也受伤五处。他朗声道：“我们的面子已保住了，这是最后一次！”

第五次冲出去时，高野越中的军队像潮水般向门口涌过来。

元忠打击敌人时，只觉后背一阵阵寒意袭来。中计了！直觉像闪电一样掠过他脑海。

他的预感果然应验了，高野越中早就料到元忠还会立刻撤回本城正门内，于是悄悄在栅门内侧的护城河内埋伏下五百多人。但元忠并不后悔，他已毫无遗憾，身体也已疲惫到极点。

此时，元忠身后响起伏兵的呐喊声。听到呐喊声，一度撤向西苑的石田的人马回头向鸟居等人猛扑过来。疲惫至极的守城人马，在本城栅门边遭到了前后夹击。

“哼，已然五次了，现在才明白过来？哈哈哈哈。让你们议论去吧。但老子绝不会战死在路边。”元忠好不容易退到门前，对身后已然不屑一顾。他挥动长刀，在敌群中左砍右杀，勇猛无比。光线有些昏暗，元忠抬头看看天，天空湛蓝，清澈无比。

“点一点，还剩下多少人？”他最终返回本城大厅。

“是！”应声而答的实野小次郎，立刻清点了人数，“十六人。”

“诸位辛苦了。五进五出，这已足够了。”元忠顿觉震惊不已。他疲惫至极，一坐到榻榻米上就再也起不来了。此刻，他想起了两个人，一是本多作左卫门，一为石川数正。自己战死后，即使到了那个世界，也绝不逊色于他们，亦不会觉得寂寞。想到此，他方觉得自己一生刚正不阿，仿佛一个固执的孩子。

“哈哈……太好了！”正当他自言自语时，一阵阵喊杀声像洪流一样涌来。他知道敌人又向本城发起了进攻，遂呵呵一笑，“哦，连耳朵都鸣起来了，我真成了个聋老头了。”

四散于地上歇息的十几个人立刻向入口处奔去。忽然，后边入口处有人大喝一声，持枪对准了元忠。“您便是鸟居彦右卫门元忠大人？”

“你乃何人？”元忠身子一闪，大喝一声，“不用慌张，先通报姓名，再交手。”

“在下杂贺孙一郎重朝。”

“谁的家臣？”

在元忠威严气势的震慑下，对方退了一步。“野村肥后守手下。”

“不错，我正是本城大将鸟居彦右卫门元忠。”元忠想拄着长刀站起身来，但竟已站不起来了，“你第一个冲进来，好样的。我就把首级与你。把我杀掉，拿我的首级前去请赏。”这绝非嘴硬，也不是在演戏。注定要死时，从容地献出首级，让对手去邀功，这是武将的涵养，也合礼法。

孙一郎又向后退了一步。元忠太沉着了，他越发畏缩起来。

“为何不过来杀我？我已说了，首级送与你，你耳朵聋了？”元忠又怒喝了一声，既觉可恨，又觉可怜，“最先冲进来的确是你。不赶紧下手，功劳就会被别人抢去！”

听到这话，孙一郎猛扑到元忠脚下，两手触地。“大人不要这么说。”

“你说什么？”

“杂贺孙一郎从来……从来没遇到大人这般勇猛、这般血性的大将。”

“嘿，我方才要你赶快杀掉我去请功。休要畏怯。起来，起来杀掉我！我已把这颗白发苍苍的脑袋伸向你了。”元忠匆匆脱掉盔甲。

“唉！”孙一郎依然伏在地上，激切不已，“公乃本城大将，死在我这无名小卒的手里，实太可惜。还请大人切腹吧。这样，小人就谨受您的赏赐。”

“你让我切腹？”

“正是。”

“嘿，这可是老夫万万没想到的事，我有那般高贵？在你眼里，元忠真的是一位血性大将？”

“无论是大人勇猛的进攻，还是大人刚才的话语，都堪称天下武将的楷模。”

“哈哈哈哈。这可是我一生听到的最好听的话。你的话真是胜过百万遍诵经啊。”

有几个人发现了入侵的敌人，正想靠过来救助，却被元忠呵斥住了：“你们休要过来。我现在要切腹了，休要让别人过来打搅。”言罢，他拔出怀剑，猛地捅进腹部，喘息道：“孙一郎，快！否则就来不及了。”

实际上，他连横切一刀的力气都没有了。

“是，小人失礼了。”自称是杂贺孙一郎重朝的武士一跃而起，一刀砍下鸟居元忠的脑袋。他看透眼前的这员老将已疲惫至极。接着，他对着砍下的脑袋，恭敬地拜了一拜，捡起首级，扛起枪，像脱兔一般向前院冲去。

“大人自尽了！”

“城代大人切腹了！”

此时，剩余的人亦知他们的抵抗已无意义了。十六个人此时只剩下五六人。他们奔到元忠的遗骸旁边，不约而同把利刃对准了脖子。恰在此时，进攻的军队猛地拥了进来。

元忠自尽，享年六十二岁。

与元忠共同战死的鸟居家臣三百五十四人。从重臣到下级武士无一生者，或战死，或自尽。正如元忠所期，在让进攻的大军胆战心寒之后，伏见城陷落。

一四　声东击西

德川家康到达小山之后，永井直胜突然繁忙起来。不只是因为阵中事务繁杂，由于不能从根本上明白家康心思，他与本多佐渡守正信，及正信之子正纯一起处理事务，其心中之累非同寻常。

“若担心西面的情况，随时可以回去，我一概不加阻拦。”家康直率地对待深受丰臣恩典的诸将，这让谱代重臣颇有看法。

“即使大人那般说，下边人也该斟酌处理才是，对吗？”

本多忠胜等人明显对直胜不满。但由于一切命令都出自家康之口，故每当这时，直胜就只好应道：“这事还请直接去问大人。”

书函都在家康的指示下传达诸将，而大家都认为最应通知诸将的书函，家康却未让诸将知道。这封信函不是别的，乃是以三成为首的诸人拥立的西军盟主毛利氏送来的。收信人乃神原康政、本多佐渡与永井直胜三人。发信人为大坂的毛利重臣益田玄蕃头元祥、熊谷丰前守元直、宍户备前守元次三人。

“我等得上意，此次随安国寺惠琼出征，抵近江，被治部少辅、刑部少辅拦住去路，邀我等同赴大坂……”

书函是想解释，安国寺惠琼折回大坂一事，毛利辉元完全不知情。辉元若知此事，定会大吃一惊。作为留守之人，不报告这些，极有可能造成极大误解，遂写信前来。

信上所署日期是七月十三。传阅之后，大家都认为，毛利氏内部也有家康的友人，对鼓舞士气甚是有用，可家康却未让人把此函公开。

接着，毛利一族的吉川广家又发来了一封十四日所写书函。

“七月初五，我等从云州出发，抵播州明石，与安国寺惠琼、近江石田、大谷相遇，说是让我等缓行，有事请到大坂商议。在获悉三人企图之后，我等大吃一惊……”

吉川广家的意思，是此事完全乃安国寺惠琼的主意，与毛利辉元无关。尽管不久之后就会水落石出，但为了避免误解，还是修书来解释一遍。收信人为神原康政。

这也是一封明显说明毛利氏有内讧的书函，可家康也不让公开。他把于自己不利的东西统统公开，对自己有利的书函却全部隐匿，让直胜苦思不解。

就在众人纳闷不已时，二十五日晨，家康在小山召开重大会议，商议究竟是东进还是西返。这正是伏见激战的第二日。

“直胜，把本多忠胜和井伊直政叫来。”家康平静地吩咐永井直胜给列席诸将传阅文书，旋又道，“对于此次西部骚乱，诸位莫要忧心。这非毛利所部，也非少君的人马。这是石田与大谷的叛逆。”

直胜忙道：“石田与大谷？”

“是。我们要明白这个事实。这样一来，诸位就会对此次战事有个清醒的判断了。”

“可是……不知众人能否明白此事……”直胜话犹未完，家康轻轻摇摇头，“今日的会议，我不会列席。”

直胜简直怀疑起自己的耳朵来。不辞辛苦巴巴从江户赶到小山来，却不出席会议，家康究竟在考虑什么？

“我说了，我不参加今日的议事。”

“那……那是为何？大家都想听一听大人的豪言壮语。”

“我知道。我会让忠胜和直政代我出席。这便足够。”

“可那样的话，岂不有些太轻视……”话还没说完，直胜忙闭上了嘴。他发现家康的眼中多了一丝嘲笑。“直胜，你能不能动动脑子，考虑得深一些？”

“恕在下愚钝。”

“要不，我就照你的意思出席会议，板着面孔坐在那里，你看如何？”

“这样的话，大家就心里有底了，也都放心了。”

“胡说八道！这样一来，大家都吓坏了，反而不敢说真心话了。”

“哦。”

“你难道没有发现，战争一开始，最重要的是鼓舞士气。既然揭开了战事的盖子，就必须身先士卒。开战之前不必吆喝，不必虚张声势，最重要的是弄清敌我力量。”

“恕在下愚钝。”

“以没有实力的人为目标，天下再也没有如此愚蠢的做法了。这种错误的计算，必然会导致失败。因此，今日我才不出席，让直政与忠胜来估算大家的力量。”

“在下真是愚钝。”

“为了了解事实，我才特意从江户来到小山。”家康云山雾罩一番，笑了，“你把二人叫来，自己最好也在旁边听听。”

永井直胜立刻去叫本多忠胜和井伊直政，心中仍疑惑不已。毛利氏的吉川广家不动声色表明愿做内应，却又说不能把秀赖作为敌人。那些跟随家康东征、曾受丰臣恩典的诸位大名当中，想借助家康力量来谋求秀赖安泰的，亦并不在少数。尽管如此，“石田与大谷谋反”这种说法仍有些陌生，但却容易让人印象深刻。其中含有几分诙谐，几分侮辱，既准确地挑明了此次战事的性质，又完全表明了家康的心态。

为此，西军小题大作所谓“内府罪状”、“为了少君”云云，都显得甚是滑稽，异常可笑。在檄文上署名的人，如长束正家和增田长盛，竟与家康暗通款曲。事情本无如此严重，敌人却颇为夸张地摆出一副威胁的样子，俨然一个哇哇大叫的毛孩子。

而且，无论毛利还是宇喜多，都不过是傀儡，是无足挂齿的小人物，这个说法真是妙不可言。当然，秀赖年幼，断不可能与此事有关。这也是尽人皆知的事实。这样一来，这场战事就只能是“石田与大谷的叛逆”，除此之外没有任何意义，加盟他们的人无非是些不辨是非的浮萍。更重要的是，家康早就洞彻了这一切，只要他们改悔，不但既往不咎，还会包容他们。从这层意义上说，这句话隐藏着劝降之意。

听家康口吻，这次到小山来的目的，也并非单为了与上杉开战。那么，家康的心里究竟在想什么，永井直胜依然没弄明白。

本多忠胜和井伊直政来了，直胜带着二人来到家康面前。此时家康正和本多佐渡父子及神原康政热烈谈论。

小山主阵坐落在小山驿站西北的小山秀纲城址上。秀纲于天正十八年同北条氏一起败亡，城池遂变成了废墟。为了应急，家康让人把废城简单地修理了一下，进入背对本城的一隅。为了召开会议，他还让神原康政搭建了一座二十四尺见方的大厅。随着秀忠、秀康等人的到来，诸将也陆陆续续骑马赶到大厅。

看到忠胜和直政，家康停止说话，转向二人：“听说真田安房守父子来到犬伏之后，又折返回去了。”这句话与其是说给直政听的，毋宁是故意在向本多忠胜发问。

忠胜神情严肃道：“其中必有缘由……”他试图辩解。到目前为止，听到西面的骚乱传闻之后，慌忙撤回去的只有真田父子。并且，真田安房守昌幸嫡子信幸乃本多忠胜女婿，故忠胜心中定也苦闷不已。

家康轻轻打断忠胜：“我并无责备你的意思。真田父子撤了回去，这只能说明石田如何煞费苦心拉拢同伙。另，这说明真田父子所得的俸禄甚少。”

“在下日后一定会……”

“你莫要太自责。这也是事实。今日我不打算列席了。”

井伊直政颇为诧异：“大人不列席，会议还有何意义，大人究竟是出于何种考虑？”

“直政、忠胜，我要你们二人仔细听好众人的意见。”家康一脸严肃，“今日我想请二位做我耳目。大家若有什么意见，你们就好生听着。若没有意见，过两三日再商议。”

“话虽如此，可是，上杉已完成布阵。直江兼续率领一万兵力从南山口进到下野，集结到了高原，本庄繁长与其子义胜率领八千人马进入鹤生、鹰助。安田能元、岛津昔忠进入白川，市川房纲、山浦景国进入关山……景胜自己也率领麾下的八千亲兵与六千后备出了若松城，向长沼进发。大敌当前，我们不可把布阵于喜连川到白泽之间的众将领一次次召集起来开会议事。”一旦话题离开了真田父子，忠胜立刻变得雄辩起来。

家康点头称是：“你说得丝毫不错。而且，敌人并不是只在我们眼前。种种迹象显示，最上义光极有可能也加入景胜一伙，西面的骚动也有逐步蔓延的趋势。所以啊，我们务必保持镇定。”

“大人想对诸将交代的话是……”为防止话题转移，井伊直政插上一句。

“我正要说。最为重要的战事就要开打了。请二位告诉大家——京坂一带的骚动，正如事前我所料，乃石田和大谷二人谋反，目前他们还声称是为了少君。况且，诸将妻小若在大坂，担心烦闷是人之常情，既如此，不如请他们暂时回去。”

在座之人都像冻僵般陷入沉默：此次的家康，怎么与从前截然不同？在腹背受敌的严峻局势下，他居然说出这等话来？明知于自己不利，还是一一把来自西面的消息通报诸将，这样做已然让人大出意料，现在更变本加厉，让大家都回去。这究竟是不是家康的真心？若非真心，家康连对亲信都丝毫不透露心思，也未免多虑。

正在大家提心吊胆、大气也不敢出时，家康又若无其事说了起来：“即使是谎言，他们也是为了丰臣氏。这样一来，诸将也难以违背命令。如我对他们说，即使要眼看着妻儿老小被杀，也要为家康效命，我心里会颇为不安。乱世之中，今日是朋友，明天为敌人，这样的例子数不胜数。故，若诸将挂怀家人，就请赶紧拔营起寨，返回大坂，即使与石田结成盟友，家康也丝毫不会怀恨。”

“大人！”直政忍无可忍，大声嚷了起来，情急之下几欲跳起。难道家康是年老昏聩，发疯了？

“你等莫要着急。这次，家康绝不想打一场只有躯体没有灵魂的仗。

你们听着，谁想撤兵，悉听尊便，我决不阻拦。而且，我早已让人在领内准备好了住宿、粮秣，请他们放心使用，尽快西返。我出席这次会议，诸将会拘泥于人情，甚至会感到苦闷。因此我故意躲开。希望二位恳切地告诉他们，请他们不要误解，想回去的立刻可以返回……”

这既非家康的策略，也非狂妄之言。这是家康历经六十年岁月、尝尽人间疾苦后的一片赤诚之心……

“大人，”忠胜眼神中流露出一丝担忧，问道，“这是您的真心？”

“你是这么想的？”

“这若是大人的真心，众人一旦四散，大人将如何应对？”

“忠胜，我若只靠阴谋诡计，焉能活到今日！”

“不，在下不是这个意思。但一个连自救都不会的人，神佛会帮助他吗？”

“你说得没错。我所做的便是自救。德川家康已然尽了人事。我方才所言也是我必须尽的人事。对于一个根本无心打仗之人，你硬是让他上战场，结果又会如何？想去的尽管让他去好了。德川家康顺应天意。昨日的德川家康已然亡了，今日乃是新的德川家康。”

本多佐渡守颤抖着哭泣起来。

最近，本多佐渡守正信才真正明白家康。先前的正信并非这样，他总是恃才傲物，这既如明智光秀，又似松永久秀。恃才之人本免不了生出叛心，但正信的桀骜之心逐渐消失，却完全是受家康感化的结果。当一个人觉得自己没有得到该得的报偿时，就会生起不平和反抗。明以为自己强人一头，却久居人下，还有比这更不幸的人生吗？三成便是因此而心生扭曲，但此只能归结于他的心虚及自卑……这是正信最近以来的心得。

正信却未从家康身上发现此忧。太阁在世时，家康认真辅佐，现在他是顺应天意以尽人事。换言之，家康不是以人为敌，而是以天为敌，以神佛之心照拂天下。

“请恕在下浅薄愚钝。在下终于想开了，确应请两位大人直接转达于诸将。”

正信擦了一把眼泪，有些羞色。井伊直政也点头称是。

“看来，这是大人迫不得已的决定。”

“是啊。”神原康政回头看了一眼本多忠胜，道，“若诸将都因此而西上，那不就只剩下我们这些人了吗？”

“不，不会。听了大人方才之言，诸将必都振奋不已，甚至激动得长泪直流。这样的话，胜负已决出。”

佐渡守正信又谨慎地嘟囔起来：“石田和大谷之辈硬是把那些有意跟随大人出征的人给拉了过去。而大人却宽宏大量，让跟随至此的诸将照心意决定去留。你想想，世上难道还有如此不明贤愚、连其间的差别都看不出之人？没有！”

“有理，这么一说，他们想不同意也难。”就连冥顽不化的本多忠胜也似领悟了。

“这样一来，大家就都不会回去了，东军与西军的斗志，也就截然不同了。西军是强拉硬拽的乌合之众，我们则是志同道合的百万雄师。”

“是啊，大人遵循的是神佛的意志。”佐渡守正信飞快地看了家康一眼，家康依然沉默无语。

“对。就这么决定了！”井伊直政大声道，合上扇子，“今日议事就以大人的意见结束。愿意留的就留下来，改日再举行会议，讨论究竟是先讨上杉，还是先伐石田……”

在井伊直政的带领下，重臣们向依然飘溢着松木清香的大厅走去，房里只留下了家康和鸟居新太郎二人。

“新太郎，此时，你父亲一定正在伏见城那边浴血奋战。我都听到杀声阵阵了。”

“大人！”新太郎忍耐不住，向前探出身子，“父亲早就作好最坏的打算了。无手右卫门已将事情经过都详细告诉了在下。但是，在跟随大人前来的诸将之中，究竟有无人会拔营西返，投奔石田？新太郎最担心的还是此事。”

家康闭着眼睛微微摇头：“家康也不清楚这些。但是，莫要担心，新太郎，直胜很快就会来报告。”

二人的话就此中断，房内陷入静默，新太郎惴惴不安。跟在众人身后进入大厅的井伊直政更是忧心不已，十分迷惘：家康宽宏大量，诸将果真能明白吗？议事会不会陷入混乱？

果然如事前所担心的那样，当井伊直政说到大家可以自由拔营起寨时，诸将明显有些动摇。浅野幸长、福岛正则、正则之弟正赖、正则之子正之、黑田长政、蜂须贺家政之子丰雄、池田辉政、辉政之弟长吉、细川忠兴、忠兴之子忠隆与兴秋、生驹一正、中村一忠、中村一荣、堀尾忠氏、加藤嘉明、山内一丰……仔细一看，全都是丰臣旧臣，他们非德川家嫡系，心中当然会生起波澜。就连那些德川氏的谱代大名，也深感意外，无人应声。

“若是为了少君，诸将也难以违背命令……”听到这里，诸将无不愕然，谱代大名们更睁大了惊奇的眼睛，不久之后就深深垂下头。但是，当从家康不列席的理由，说到家康保证大家安全撤退时，众人的态度发生了转变，还有人甚至听得眼眶发红。

“想必大家都明白了。此次骚乱元凶，不消说便是石田与大谷二人。尽管如此，他们的火烧得也太大了。若让在座各位产生背叛丰臣家的感觉，我家大人亦于心不忍。正因为担心这些，我家大人才以大义为重，让诸位自由决定去留。希望诸位能够体谅我家大人的一片苦心。”

井伊直胜话犹未落，一个人大喊了一声：“先等一下！”是藤堂高虎，他向前探出身子，“方才有幸听闻内府的肺腑之言，事已至此，离内府而投靠石田，为何还要来这里？一言蔽之，藤堂高虎绝无二心！”

听他这么一说，福岛正则使劲用军扇敲打着地板，接过话茬，道：“藤堂大人说得好！此次事件，完全出自石田的卑鄙野心。别人如何我不管，到了这个时候，福岛正则绝不会因担心妻小而践踏武士道义。只要内府大人尊奉太阁遗命，拥立少君，我便甘愿为内府肝脑涂地！”

福岛正则的一番话，铿锵有力，掷地有声。众人纷纷开口：“我也与左卫门一样，坚决拥护内府。”“我岂能落于人后？”“事已至此，还有何二心？”

众人平静下来之后，黑田长政才开口说话。其实，他早就造访了福岛正则，二人已约好，无论家康说什么，也要坚决拥护。“各位的意愿现已甚是清楚了。正如福岛大人所言，时至今日，我们为何要甘拜石田下风？我们若还有武人骨气，就当与内府共存亡。”其实，长政算计的是家康取胜还是三成取胜，家康若无信心，断不会说出这等话来，况且家康并未说要与秀赖为敌。

山内一丰也很是郑重地表示忠诚：“井伊大人，在征讨京坂时，我要把挂川的全部人马一个不剩全都带上。故，我想在腾空居城之后，请内府从贵家臣当中挑一个，入住我的小城为我看家，无论是谁都可。总之，今后我完全听从内府调遣！”

看到众人一一表明了决心，此前默默观望的细川忠兴最后神情庄重地作结：“没有一个人愿意退出。永井大人，把这个结果转达内府吧。”

永井直胜立刻站起身，出厅去。

大厅里闷热不堪，外面的阳光却更是灼人。永井直胜顶着炎炎烈日，急匆匆往家康住所赶去。

居然无一人要回去！永井直胜激切不已。家康从一开始就看透了，而自己此前的担心，只说明了自己的不成熟。

家康自始至终都是一片真心，正是这种真心，才终于让众人都拜倒在他膝下。尽管如此，得知结果之后的家康，究竟会是什么表情？

“大人。”直胜进去，见家康还倚在扶几上沉思。

“怎样了？”家康抬起脸，隐隐带着一丝担心。

“无一人说要拔营回去。最先开口的是藤堂高虎，接下来是福岛、黑田、山内等人，大家都表明了决心，要坚决拥戴大人。”

“哦。”

“最后，细川忠兴又确认过，在下便赶紧过来禀报。”

“不过，现在还不能高兴得太早。”家康忽然压低了嗓门，站起身。这句话既不像是说给直胜，也不像是说给他自己听。“具体情形，路上我再问你。既然决定下来了，我也不能不去道声谢。”他脸上显出一副悠然的表情，一切尽在他掌握之中。“藤堂第一个，福岛第二个？”

“正是。福岛大人说，只要大人不见弃少君……”

“我明白。那么，挂川的山内一丰如何说的？远州可是压制东海道的关键啊。”

“山内说，若大人西上，他将率领全军一同前往。就请大人随意选一个人帮着看管居城，并希望一直到战争结束。”

“一丰是这么说的？”家康打开扇子遮住阳光，旋又压低声音，“好，我待会儿要和新太郎一起去。你先走一步，告诉直政，我要露一下面。”

“遵命！”永井直胜弯着腰跑了出去。

家康回头看了一眼手捧大刀的鸟居新太郎，道：“大家都辛苦了，天也挺热。”鸟居新太郎神情庄重地施了一礼，微微歪了歪头。对他来说，最近的家康愈来愈难以看透了。

大厅里的诸将一听说家康要来，都不约而同正襟危坐。家康的身影出现在直政旁边，众人忙空出一块地方以为上座。

家康挨着直政坐下。“方才听说了诸将意愿，家康不胜感激。”他郑重地躬下身子，施了一礼，“本打算不露面了，可不来向大家表示谢意，实在过意不去。既然诸位都愿意与德川氏一途，战事就一刻也不能耽误了。故，我想立刻与诸位商议：究竟是直接攻入会津，再向京坂进发呢，还是先放弃会津，立刻西进？”

永井直胜忽然笑了，旋又慌忙板起脸。家康说过：现在高兴还为时尚早。

“末将想谈谈看法。”福岛正则第一个开了口，“这次事件，上杉不足为道，石田、大谷、宇喜多的叛乱才是根本，应先舍弃会津，迅速西返方为上策。不知内府大人意下如何？”

家康使劲点点头，看向细川忠兴。细川忠兴忙道：“在下也赞成福岛大人的意见。当下不西进，被迫加盟西军的人就会不断增加。”此时的忠兴不但已得知了失去夫人的消息，还知父亲正在丹后苦战。

“赞成先讨伐上方的人请举手。”直政道。

除了谱代大名，诸将一致赞成，并且，福岛正则还补充道：“实际上，刚才挂川山内大人也已明言，他愿意率领全部人马出征，居城就先交与内府家臣打理。这种做法使双方都放心。对于这种提议，正则完全赞成。清洲乃必经之处，请内府尽管使用，早早西上。”

正则发言活跃了气氛。先西征，就要确保主干道上的城池安全。

“多谢！”家康又躬身施了一礼。此时他已然不用多说一言了。尽管那些曾受丰臣恩典的大名们都已表明了对德川的忠心，但仅凭一句话，还不足以安心，这是战事常识。但目前又不能提出交人质，否则，此前的一片真心就成了谎言。正因为意识到这些，山内一丰才首先提议，福岛正则也提出让家康随意使用居城。把自己的居城交给别人打理，这显示出的是无比的信赖，岂是交出人质可比拟的？

继正则之后，骏府城代中村一荣、滨松城堀尾忠氏、吉田城池田辉政、冈崎城田中吉政等人也都竞相效仿：“我的居城也请内府使用。”“我的城池内府随意使用，我还备足了粮食。”“我的城也请内府自便。”

不战而止兵戈，方为绝妙谋略。骏、远、三，尾张的清洲，一时间被家康尽握手中，家康已被诸将视为完全值得托付的巨峰。

“那么，家康便听从大家的意见，首先西征。”家康泰然道。就这样，会议决定了天下大势，剩下的便是如何让上杉罢兵。

家康令人端出酒馔，再次把事情交给井伊直政和本多忠胜打理，自己出了大厅。永井直胜、本多正信、鸟居新太郎跟在身后，个个脸色泛红。在他们看来，一切都如主公预计，真似有不可思议的力量在支配。

“佐渡。”到下处入口，家康回过头。正信慌忙站住，只听家康道：“你看留下谁来监视上杉好呢？”

问题太突然了，正信没反应过来。

家康又问：“我问把谁留下来看着上杉为好。”

“这……在下以为，再也无人比结城秀康大人更合适了。”

“哦。那么，趁他还未回去，赶紧把他叫过来吧。”

这一日，结城秀康也从宇都宫城赶来，列席了会议。

“遵命！”本多佐渡折回去叫秀康，心中却有些怨气。家康的回复这么快，说明心中早就决定好人选了，饶是如此，却还故意问他。

永井直胜则认为这简直就是“行云流水般的决断”，越发感叹不已：“大人，我们要胜利了。”进入房中，他仍兴奋不已，忍不住道：“看来，神佛都在帮我们。真是不同寻常的运气啊！”

家康冷冷道：“现在高兴还为时尚早！”

“啊？”

“我们才到清洲，到大坂还需过美浓、近江。再往前便是战场了，山城、大和、和泉、河内诸地，可都是敌人的地盘啊。”

直胜不禁呆住了，挠了挠鬓角。家康脸上淡然，没有一丝兴奋，他恐觉得自己只是得到了应得的东西。

未久，结城秀康与本多正信结伴而来。秀康没有鼻子。有人说，从作为秀吉养子继承了结城家业那时起，他就频频出入妓院，不意染上了花柳病，连鼻子都掉了。也有人说，是因为他对自己的放荡很是不满，遂割掉了鼻子。总之，与弟弟秀忠不同，秀康貌丑性烈，堪称一员猛将。当初石田三成被七将追杀，最后不得不逃到伏见城求救时，秀康就曾奉家康之命把三成护送回领国。当时，秀康甚是不满，道：“救了他，便是养虎遗患，纵虎归山。”当他得知三成趁着父亲不在起事谋反时，又道：“若不立刻西上剿灭乱军，必落为笑柄。”总之，他极力主张西征。

“父亲大人！”秀康来到父亲面前，慷慨激昂道，“大致情形，佐渡守已跟孩儿说了。秀康从来未想到会留在此地。孩儿只想做讨伐三成的前锋，请父亲改变主意，成全孩儿。”

直胜不禁一怔。一切本来都那般圆满，可眼前的父子二人眼看就要争吵起来。

“秀康，你不厌上杉？”

“西征为先，孩儿必须做父亲先锋。”

“那么，你推举谁？”

“推举？”

“代替为父，代替你，打败景胜。你觉得谁最是适合呢？”家康心平气和反问了一句，一脸严肃靠到扶几上，“征西大帅是为父。但当景胜发现我西上之后，定会动兵。即使景胜不动，一直与三成暗通款曲的直江兼续也不会坐视不理。这样一来，佐竹义宣也会闻风动起来。那么，你觉得能够完全压制这些对手的还有谁，秀康？”

秀康不禁狼狈起来。留下来压制上杉，一般人还真的无法胜任。若是用一将来统率全军，此人不是自己就该是秀忠，此外再无别人……秀康正想到此，又听家康平静道：“我不能留下来。你别怪我发牢骚，我又想起你的长兄信康。若是信康还活着，此种时候，他自会为我牢牢压住阵脚，让我毫无后顾之忧。秀忠和我一起西上，人们自会说，家康父子来了，这会大大鼓舞士气。但秀忠现在力量不足，实战经验亦不足，景胜和直江山城断不会把他放在眼里。”

“父亲大人！”

“你先莫要急，你必须考虑清楚。此人须要有足够的威严，无论什么时候都可以与敌人一决雌雄。有这样的一个人驻在此处，景胜的斗志便会大打折扣。景胜原本就无多大野心，不会像石田那样觊觎天下，他亦不会主动前来挑衅。”

“但是……”

“怀有野心的不是景胜，而是直江山城。但这种野心也是鼠目寸光，只是为了个人的盘算。家中有人反对，他就不能强行起兵。因此，问题的关键在于我方留守主帅人选。主帅是一员猛将，上杉便绝不敢在我西返时打江户的主意。在此期间，我便会完成征西大业，再挥师东下。”

秀康正要插话，家康又轻轻止住他：“因此，你最好给景胜修书一封。就说，尽管秀康年轻，但也是太阁与家康之子，决心代替父亲随时恭候大驾云云。在敌人渡过鬼怒川之前，要按兵不动，严密监视敌军动静。敌人自夸武力天下第一，不敢丢失颜面，所以他们十有八九不会轻动。但一旦我军主帅被他们看扁，情况就截然不同。石田必然努力煽动他们起兵，他们起兵，西军也会振奋起来。如此一来，局势就大变了。如此重要的职责，究竟让谁来担当为好？”

秀康死死盯着父亲，敬服不已——父亲早已下决心让他留守江户了。他大声道：“父亲大人，秀康愿意留在这里。秀康在，便定会挡住景胜！”

“这方是孝顺儿子。”家康发红的眼里噙满泪水。

虽然嘴上说满不在乎，真正要阻挡上杉氏的进攻，却是命悬一线，家康对此再清楚不过。战争千变万化，就连家康自己，生死都难以预料。“流眼泪会影响士气。”尽管也在自责，他心中的担忧却怎么也控制不住。战争的罪孽总是不能消除，给众生带来无穷的灾难，自己和儿子也要涉险，他只盼有一天能苦尽甘来……

“看来还是你明白为父。”尽管嘴上鼓动着秀康，可家康心里却很是悲凉。他一生经历过无数悲欢离合，但仍不由自主落下泪来。战事与死亡总是拴在一起。即使秀康能够活下来，家康也未必就能保证一切安泰。年轻的秀康无法理解的恐怖与感慨在家康心里翻涌，本多正信也在一旁簌簌落泪。

“这才像我儿。这是一场关乎天下能否太平的战事！你是统帅，好样的！”

“明白。能得父亲另眼相看，孩儿很是高兴。”年轻气盛的秀康现在还体会不到生命的残酷。

“佐渡，把那套盔甲给秀康。”

正信忙催促板坂卜斋把装盔甲的箱子从库中搬了来。

“秀康，这身盔甲就给你了。这是为父从年轻时就一直穿用的盔甲，迄今为止还没有穿着它吃过一次败仗，它是幸运之甲。你穿上它指挥三军吧。记住，万不可轻举妄动。但敌人若渡过了鬼怒川，就绝不要轻饶了他们！好生把我的嘱托记在心上。”

秀康呵呵笑了。对他来说，比起肩上的重担，他对父亲的盔甲更在意。父亲连盔甲都准备好了，嘴上却还说着“究竟留下谁好”，真是可笑。秀康笑道：“多谢父亲大人，孩儿收下了。”

退回到走廊，正信还在劝说秀康：西军乃乌合之众，上杉才是强敌……

“我知道。我怎么会让景胜那厮看扁？景胜胆敢越过鬼怒川，我便让他片甲无归！有此气概，景胜敢不撤兵？他一旦撤兵，我就一举歼击他们。”秀康昂然道。

宇都宫本城由秀康和蒲生秀行守卫，二道城由老练的小笠原秀政负责，三道城由里见义康把守，兵力约合两万。

东面的防守就此决定下来。剩下的就只是丰臣旧将何时拔营了。家康把时间定于七月二十八午时。在此之前，只让将领们在小山最后一次碰头，之后直接西上。

庆长五年七月二十八，从早晨起就下起了大雨。大雨之中，人们再次聚集到小山。由于各部已先行出发，冒雨集中到此处的人只有那些马前护卫。以福岛正则为首，池田辉政、浅野幸长等人只持长枪一柄，随身印笼一两个，外加步卒十余人，均是轻装上阵。显然，这次的会也无甚大事可议。众人只是互相打个照面，照先前誓言，回到自己居城，为迎接家康作准备即可。

家康当然沿着东海道前行，秀忠则顺着东山道前进，至于正准备东进的前田利长，家康则令其停止向会津进发，只是边打击沿途西军，边到美浓、尾张会合。另，家康命水野胜重先返回刈谷城继承家业，之后，再在西三河至东尾张、伊势一带巡视，密切监视伊势、伊贺诸城主动向，一旦发现形势不对，就立刻密令柳生宗严之子宗矩返回乡里，相机行事。

西征的准备已一切完毕，可家康却迟迟不从小山出发。大雨一直从二十八日下到二十九日，诸将只好各自踩着泥泞回去。

平静地送诸将回去之后，家康又认真地关注起景胜，不，更确切地说，是观察起直江兼续和佐竹义宣的动静来。尽管早已布置好对付二人的一切，但他们是否会提早让此次的骚动扩大，关系甚大。

到八月初四晨，家康方从小山出发，乘小船逆古河而上，让人把栗桥切断之后，直奔江户，随行只五六艘小船。

一五　大军无魂

德川家康悠然赶往江户的同时，在大坂城西苑，石田三成正死死盯着眼前展开的地图，仿佛要把面前的地图吃下肚去。他心上有如压了一块巨石。

战线被不必要地拉长了。三河以西本来可以完全掌握在手中，却有很多地方星星点点留下了残敌。距离京城不甚远的近江大津，京极高次竟始终不肯屈服。丹后田边，细川忠兴之父幽斋亦顽固地死守城池。驻守尾张清洲的福岛正则，看来已完全倒向了家康。本应与三成同途的前田利长已调转兵锋，眼看就要攻到大谷刑部领地。

成功并非没有，便是将岐阜的织田秀信拉拢了来。若福岛正则迎家康入清洲，再对秀信发起进攻，则又不能令人安心。秀信乃信长嫡孙，即是曾被秀吉指定继承织田氏家业的三法师。三成派家臣河濑左马助到秀信处，费尽口舌，使尽手段，方将其钓到手中。

“你支持内府，会有何好处？尾张原本就是织田发祥地，你若加盟西军，石田大人保证，定会把美浓、尾张二地交还与你。”三成让河濑左马助带话。

秀信勉强答应，但老臣中却有大半反对。木造具正、百百纲家等人一见事已如此，立刻投前田玄以而去。前田玄以曾受信长嫡子信忠之托，答应终生辅佐秀信。前田玄以料定三成必败，已谎称有病，撤离大坂，隐居到了京都。

在京都见到织田老臣们，玄以劝道："此事差矣。照此下去，织田氏危。务请织田大人断绝与西军的关系，归附内府。"

织田老臣顿时不知所措。

而在之前，三成早就特意把秀信邀请到佐和山城，赠送了大量的黄金和名刀，赢得秀信欢心，然后让其写下誓书。但依靠此种手段拉来的盟友又怎能让人安心？

更让三成不安的，还是已被推为西军主帅的毛利辉元。三成总觉得，只靠安国寺惠琼的一句空话，并不能完全放心。首先值得怀疑的，就是其同族吉川广家。广家素有毛利元就再世的美名，在毛利氏也是足智多谋、极富声望的将才。最近他频频到辉元处，暗暗向辉元进谏。

家康西上时，不用说，三成必然要在浓尾平原上迎敌。为此，无论如何也当把清洲的福岛正则拉入自己阵营，但是，从七将事件时起，正则就急速远离三成，向家康靠近，现已成为一个劲敌。这样一来，在巩固岐阜的同时，还必须向伊势派出军队，切断清洲与家康之间的联系。只有成功切断了二者联系，让西军主力进入岐阜城，对家康的多处骚扰才会起作用。

然而，在指挥作战的人选上，却又面临诸多困难。宇喜多秀家尽管身为大老，但缺乏威严。小西行长亦非将才，岛津义弘最近更让三成放心不下。故只能请毛利辉元出山。但辉元在这个问题上表现得甚是暧昧，其原因乃是毛利一族重臣的牵制，三成对此心知肚明。

三成想让深得辉元信任的安国寺惠琼为说客，千方百计说服辉元，若有可能，让辉元把毛利一族的其他势力派往伊势，剩余的人马则兵分两路，从岐阜和伊势两个方向向尾张进发，与家康对峙，以寻胜机。为了毛利氏的存亡，辉元必与家康决一死战。

正在此时，一名手下来报："大人，增田大人前来造访。"

三成松了口气，把视线从地图上移开。"我已恭候他多时了。快快请进。"

"是。"手下刚退下去，增田长盛便急匆匆走了进来。

"结果怎样？"三成问道。长盛摇了摇头，"有些麻烦。"

增田长盛在与三成商量之后，现正频频派使者前往织田常真处，希望能拉拢常真。织田常真入道即信长次子信雄，乃岐阜秀信叔父。三成之所以邀其入伙，除了他乃信长之子以外，还有两层意图：一是利用他在岐阜的影响，二是利用他对伊势诸大名的号召力。三成让使者假称是秀赖命令："紧急召集旧部，讨伐内府。现谨赠黄金一千锭以为军费之用，战事结束之后，便赐尾张全境。"

尾张只有一个，三成早就与秀信约好，要把尾张赠与秀信，现在对常真入道也作了相同的承诺，其心机由此可见一斑。先时，入道欣然承诺，难道现在又出了什么岔子？三成额上青筋暴起。"什么麻烦？常真入道老实巴交，他不早就欣喜若狂了吗？"

在三成严厉的质问下，长盛悄悄用手擦了擦汗。"或许是我疏忽大意。"

"你的疏漏？到底怎的了？"

"大人让我为他筹集一千锭黄金。结果，入道就像猫见了腥物，立刻派人前来取金子，我便先交给了他们一千锭银子。"

"一千锭银子？"

"是啊，不打开金库，黄金到不了手啊……"

"住口！"三成大喝一声，悔恨交加。在这个节骨眼上让盟友不快，必会让联盟产生裂痕。分明说好黄金一千锭，却交给对方白银一千锭，这不是要弄人吗？真是糊涂至极！

"我们所做的一切，绝非是为了私心，全都是为了丰臣氏。"

若是别人，三成定会将其骂个狗血喷头，但长盛这么一说，三成再也骂不出口了，只是喃喃道："你给了他……一千锭白银？"

"是。结果，入道与越前大野城主织田秀雄商量了一下，回话说还得再合计合计……"

三成叹息着打断了长盛。事已至此，再怎么责骂也无济于事了。"不过，那些白银也并非全然无用。他既然接受了我的银子，即使不与我结盟，起码也不会与我为敌。常真入道之流不必挂怀。但有一人，我们无论如何也不能置之不理。"

“大人指的是……”

“毛利辉元。毛利能否率先出征，将是决定这次战事成败的关键。”

“那倒是。”长盛弯下腰悄悄看了三成一眼，擦了擦冷汗。

“话虽如此，可我们也不能硬逼着他出征。你赶紧把惠琼叫来，让他好生去说说，需要的话，我得亲自出马。”

长盛怯生生问道：“有无秘计之类要授给惠琼？”

最近，三成觉得自己越来越胆小了。同说服大谷刑部少辅时相比，他的胆魄已大不如前。那时的他激情满怀，仿佛中了魔。他一直觉得，自己完全可以把天下一分为二，与家康对抗。进展顺利的话，不定还能战胜家康。有一段时日，他甚至觉得，胜利已在向他招手。一切都照算计好的那样，毛利辉元被成功诱出，上杉氏的直江山城守那边也把火点燃了。只是，那把火却没有像他预计的那般，蔓延成熊熊烈焰。

毛利辉元态度暧昧，宇喜多秀家又不顶事，总让人不放心。并且，上杉那边也不像要进一步采取行动的样子，小西行长亦逐渐被领内的事搅得焦躁不安。因为与小西的领地接壤的加藤清正、黑田如水，都在自己的领内虎视眈眈，盯着小西这块肥肉。

三成觉得，从心底里可以信任的，除去大谷刑部和安国寺惠琼，再无别人。前田玄以已完全离他而去。浅野长政本当对家康抱有怨恨才是，却让儿子幸长随军东征，已彻底变成了敌人。眼前的增田长盛和长束正家，虽然文才出众，但若带兵打仗，却连凡人都不如。而他们似乎也意识到了这些，不时暗中向家康献媚。

若说起善战之人，当数岛津、长曾我部、小早川之辈，但他们之中哪一个会把身家性命都赌进去，誓死与家康一战？其实也难怪，这次的主谋者乃石田三成，其他人无非都是他掌中的玩偶。问题在于，虽为主谋，三成却无法直接作为主帅推进战事。德川家康则完全是大军脊梁，是指挥者，手握权柄……

尽管三成已感到长盛话中有些怨怒，但现在他连这些都懒得说了——一旦得罪长盛，那还得了？

三成故意使劲点头，让长盛去请惠琼。事到如今，就是逼迫惠琼，也要让毛利把身家命运都给赌上，除此之外别无他法。

辉元绝无其祖父元就、叔父小早川隆景那般万人景仰的贤德，但能与家康比肩的，普天之下再无别人，而能够说服辉元的，唯安国寺惠琼。

长盛把安国寺惠琼请来之后，三成便把长盛打发了下去。

“今日三成要与大师进行一场赌上性命的较量。”三成笑道。惠琼看了三成一眼，也笑道：“大致情况，老衲已猜到了。老衲早有准备。有话请直说吧。”他神态自若。

“既然大师心中有数，三成就不拐弯抹角了。”三成的目光立刻变成了利刃，向惠琼靠近一大步。安国寺惠琼依然面带微笑。

传说很久以前，安国寺惠琼便是一个怪僧，已故太阁还是羽柴筑前守时，他就曾大胆预言，秀吉乃是“掌管天下的贵人”。如今，这个传说又变了样，说已故太阁是藤吉郎时，他就在三条大桥桥畔遇见了秀吉，说“此人有夺取天下之相”。也即是说，太阁还在凄惨落魄四处流浪时，他就已预料到太阁的前程了。他比已故太阁尚小三岁，早年所云纯是信口开河。事实上，他并不是一个一心向佛的僧人。他野心勃勃，宛如穿上了法衣的黑田如水。

“信长的时代顶多坚持三五年。天下大权明年就回归朝廷了。其后，国家又将破散，重整河山的大业，非藤吉郎莫属……”

这是信长流放足利义昭时，进京的惠琼家书的一节。从那个时候起，惠琼就密切关注着普天之下，谁将执牛耳。后来，信长在本能寺遇难，惠琼帮助秀吉实现了与毛利的议和。他一面巩固在毛利氏内部的地位，一边向秀吉大肆献媚。如今，他已领有安艺六万石的安国寺，同时，又身兼京都东福寺住持，口中颂着佛经，打着慈悲为怀的幌子，不断干预军政，且自诩为明世事者。

面对三成咄咄逼人的锋芒，安国寺惠琼道：“老衲猜到，大人是想让毛利大人出阵吧。”他来了个先发制人，轻笑不止。

三成继续道：“大师可是中国地区武田一族宗主啊。”

“不错，老僧虽为武田后裔，但已身归佛门，老衲如今乃安国寺、东福寺住持。”

"哈哈，这些三成已知。天文十年三月，武田兵部大辅光广公遭武将陶晴贤和毛利元就进攻，在金山城自尽而亡。大师乃光广公之遗孤啊。"

"治部大人怎的提起了这些世俗之事？"

"不知为何，便想起这些。甲斐源氏的武田信光在承久之乱时立下军功，被任命为安艺之守。既出身正统，也无怪乎有那般传言了。"

"传言？"

"安艺原本就是武田氏领地。但辉元祖父元就公，即是大师的杀父仇人……"

"不提也罢不提也罢。"惠琼打断了三成，"那都是些前尘往事了，连老衲都快忘记了，大人还提这些做甚？人无论心胸有多宽广，却还有解不开的结。"

"大师可知最近的传言？"三成目光如剑，"传言道，大师为了报仇，特意把辉元拉到我这一边，便是想让毛利一族自取灭亡。"他压低声音，观察着惠琼的反应。

一瞬间，安国寺的表情变得像铅块一样僵硬。三成所言太令他意外了，疑念猛烈撞击着他的胸口。良久，他才压低声音问道："这是真的，治部大人？真没想到。不过，老衲乃武田光广公遗孤，亦是不争之事。"

"这……"三成压低声音，看了看四周，"尽管知此乃别有用心之徒的造谣中伤，但当这些传言传入耳内时，三成还是禁不住大吃一惊。"

"大人究竟从何人口中听到这些谣言？"

"大师自可不必问了。这定是毛利氏人编造的，辉元亦才对出征之事犹豫不决，只是也不能断定。不过，事情若真如此，大师和三成的处境就有些不妙了。"

"难道真会有这般谣言？"

"肯定有！大师您想，都传到三成耳内了，必是无疑。"三成不动声色，又念叨了一遍，向前靠了靠，"这些传言的可怕之处，大师想必也很清楚。"

"老衲怎会不清？真是无比恶毒的中伤！"

“是啊。并且，若辉元继续犹豫不决，局势必然会对我们愈发不利。另，若我们因此败北，说不定还会传出更加离谱的谣言：你看，安国寺早就想和毛利氏同归于尽了。”

安国寺闭上眼睛。他并未发现此乃三成的“秘计”。事情太意外了，他毫无防备地中了三成圈套。

看到安国寺已然中计，三成压低嗓门：“一旦这传言流传开去，世人自会嘲笑大师乃挟国事报私仇之徒。这些传言不但会毁大师一生清誉，三成必也会被卷进滔滔巨浪，世人定会骂三成乃满足自己野心的无耻小人。”

“那么，大人的意思是……”

“要想消灭这些传言，还真相于天下，只有一个办法，便是让毛利出征，把先机掌握在我们手里……”

此时的安国寺连眼睛都不想睁开了。其实，不用三成说，他已早就计算好了。只是，他万万没有料到，一旦战败，自己竟然会被评论成这般人！他禁不住愤然道：“居然有人向中纳言进这等谗言。”

“当然，我想辉元也不会相信那些事。但一旦败北，却由不得人不信。怎样，大师，为了辟谣，有无促使辉元痛下决心的办法？只要让辉元率领全部人马出兵岐阜，我方胜利指日可待。”

安国寺惠琼还在屏息思量。

三成也在极力控制自己，尽力不发话。若反复催促，敏感的惠琼恐怕就会发现，这原本乃圈套。三成把手放在膝上，假意陷入沉思。

沉默在持续。

走廊那边的奉行官邸传来增田长盛发怒训斥下人的声音。三成忽然想笑，他勉强闭了口，咬牙故作严肃。

“治部大人好像对此次战事的前途深感不安。”

三成吓得一哆嗦，难道被这秃驴看穿了？

“大人不必担心。”安国寺睁开眼睛，笑了，脸上依然一副高深莫测的样子，“老衲已看到了未来。”

“世人说这个阴谋乃是三成、大师和大谷刑部一手策划的。”

安国寺道："大人曾经说过，若老衲不合作，就要杀掉老衲，老衲才决心合作。其实，事情不仅如此。"

"我明白。"

"老衲从年轻时起就喜好问卜。因此，若卜签上毛利氏的前途为凶，老衲便绝不会与大人携手。"

"哦。"

"但卜签上却是吉，即使主动出击，也不会落败。既然毛利氏前途大吉，老衲的吉凶就不用问了。于是，老衲才决定支持大人。"

三成一直凝视着惠琼，不住点头。

"由于大人行事向来谨慎小心，也说明这一卦足实可信。故老衲才请大人莫要担心。无论如何，大人乃是顶梁柱啊。"惠琼又恢复了先前说教的样子，"请大人放心。中纳言就交给老衲了。但恳请大人，莫要让他人发现您内中的不安。"

三成心头忽然涌起奇怪的感觉。他知道，每当对方采取这种态度时，就说明其心中已有打算，遂悻悻道："辉元的事，大师有把握吗？"

惠琼用中启扇轻轻拍了拍胸脯，道："方才治部大人所道传言，实在令老衲意外至极。老衲保证，一定能够立刻辟谣，让毛利答应出征。"

"那么，大师的办法是……"三成追问道。惠琼将中启扇立于掌心，作出一副恭恭敬敬问卜的样子。三成顿时明白，和尚是想利用辉元深信命理鬼神的心思。

但三成依然一脸忧色。当然，他绝非信不过安国寺的手腕。他承认，惠琼乃是一个有才略有野心的非凡和尚，身上有一种丰光寺承兑与木食上人没有的武人魄力。正因如此，三成也一再向他施压，让他充分意识到自己毫无退路的处境。

"请不用担心。"惠琼又说了一遍，他见三成还在注视着自己，一脸不放心，又道，"把毛利引诱出来的人原本就是老衲。事到如今，不管那些家臣们如何，作为在'内府罪状'上署名之人，老衲不改初衷。"

三成这才微微点了点头，重重应道："多谢大师。"

"正如大人所言，毛利也已无退路。无论是大人、毛利，还是老衲，都已拴在同一根绳子上。既然大人都说得那般清楚了，老衲能悟不出这个理吗？让您听到那些莫须有的传言，真是抱歉……”安国寺一字一句，放声大笑起来，“大人能相信老衲，多谢多谢，大人亦不必太在意这些，日后还有您费心之处。老衲这就去见中纳言……”

“多谢了。”三成特意把安国寺送到走廊，随后松了口气，返回室内，重新细看展开的地图。伏见陷落的消息定已传到家康耳内……想到这里，图上所绘的东海道似传来阵阵马蹄声。

三成把扇子点住岐阜与清洲，然后又指向大坂。往岐阜的乃美浓大将宇喜多秀家，这是主力，三成自己也必须同行。另有一支，那便是开往伊势的大将毛利秀元。秀元乃辉元堂弟，是辉元在亲子秀就出生之前即已议定的嗣位之人。作为毛利氏之后，在第二次进攻朝鲜时，秀元尽管年轻，但身为大将，有丰富的经验。除了毛利秀元，吉川广家、安国寺惠琼、长束正家、毛利胜永、山崎定胜、中江直澄、松浦久信等人也一同前往伊势。宇喜多主力进入岐阜城时，便让秀元进攻尾张……

决战之地就在美浓与清洲之间，三成心道。

地点依然是秀吉与家康曾经争雄的小牧山附近，但这一次却是决定天下大势的决战。想到这里，三成胸口隐隐作痛。此次大会战西军主帅乃毛利辉元，但幕后人却是我石田三成……

再次轻轻把扇子停在清洲城的地方，三成闭上眼睛，静静吁了一口气。

一六　愚钝使者

庆长五年八月初四，德川家康从小山出发前往江户，然后在江户城休整。

临出发前，家康将鸟居新太郎忠政留在了结城秀康身边。众人都以为，家康把蒲生秀行和小笠原秀政留下还不放心，才把新太郎留下，可到达江户第三日，众人才明白过来。

这日傍晚，家康一边亲自在厨下煮鹤，一边与本多正信、板坂卜斋、全阿弥等近臣闲谈。正在这时，恶讯传来：伏见城于八月初一陷落，鸟居元忠壮烈殉城。消息是茶屋四郎次郎和本阿弥光悦通过书函传来，叙得甚是详细。家康读了书函，颔首道："我必保住新太郎性命，你们放心。"

"发生了何事？"本多正信并不知书函内容，问道。

"八月初一，伏见城陷落。"家康满眼噙泪，撂下这么一句，匆匆离去。众人顿时明白，定是鸟居元忠身有不测，家康方才说，必保住新太郎性命。

"这么说，大人已预料到会津不会发生大战，才……"卜斋道。

"或许是吧。大人确有此意。"正信也一脸黯然，"大人真是宅心仁厚。此行胜过任何佛事。"正信深知，元忠与家康自幼亲密无间，二人与其说为主从，毋宁说乃亲兄弟。

"大人终要西进了。"

“那还用说！伏见陷落，防线被撕开这么大一条口子，大人岂能坐视不理？”

不仅卜斋和全阿弥这么想，本多正信也这样认为。大家都认为，家康沉静的心底，已燃起熊熊怒火。

此时，从小山先行出发的丰臣旧臣已穿越骏河，正从远江向东三河进发。

伏见陷落，形势危急，刻不容缓，很明显，石田三成必然会乘胜而进，从近江进入美浓。德川家的大队人马也已弓满弦张，本多忠胜和井伊直政正在西进——两军大战一触即发！近臣们都这么想。

出人意料，家康未几便擦干眼泪回到了厨下，片言不提西进之事。不仅如此，后来得知丰臣旧将已抵清洲福岛正则的城池、岐阜的织田信雄已投靠敌人时，家康亦丝毫不动声色。

清洲数次派人催促家康西上，但家康岿然不动。身边人皆纷纷猜测家康心事，虽都坚信主公定有锦囊妙计，但眼看敌人步步逼近，不禁焦虑不已。

“看来，比起石田，大人更重视上杉。”

“到小山时，大人竟连令旗都忘了带，只得在经过一处竹林时，令人砍了一株细竹重做一面。”

“这与眼前之事有何干系？”

“还没说完呢。在小山期间，大人一直带着那面用细竹做的令旗。可返回江户，再次经过那片竹林时，大人想起了此事，便把那面令旗扔弃了。大人道，与石田之辈交战，根本用不着令旗。”

“看来，大人还是重视上杉。”

“鄙人不这么认为。上杉已被秀康公子死死盯住，怎敢轻举妄动？公子勇武不亚内府当年，听说他不卑不亢给上杉景胜写了一封信函，说上杉氏自谦信公以来，尽管威名远扬，可德川小辈亦绝非凡夫俗子，随时恭候大驾云云。上杉回书称，景胜绝非卑怯小人，不会趁内府大人忙乱时趁火打劫……这些情况表明，大人根本不担心上杉氏，他是在冷静观察从北国至九州的动静，好把心存不轨之人一网打尽。”

“不不，你只知其一，不知其二。大人非等闲人物，其谋略非凡俗之人能够参透。若是寻常人，一听伏见陷落，必会勃然大怒，盛怒之下立刻西进，但这样反而会让敌军联盟更加巩固。石田诸人乃乌合之众，大人遂反其道而行之，强压怒火，让敌人疑神疑鬼，不知所措——大人乃是在等待敌人士气涣散的时机。”

“但若为此让清洲盟军心生疑惑，怎生是好？他们均为粮秣所困，听说性急的福岛已大发雷霆，责怪大人为何还不快快出马。所谓机不可失啊。”

不可否认，尽管众人都深信家康有非凡妙计，但都急于西进。时日终于到了八月中旬，但家康依然不急不躁，反而称染上了风寒，眼下不能西进。

其实，这一切，家康都经过了深思熟虑。开始时，他只想在江户停留一两个晚上，然后立刻西进，一切都已安排妥当。可就在从小山返回江户的路上，家康忽然改变了主意。

据云家康赶赴小山时，发现忘了带令旗，因担心影响士气，行到栗桥附近，特意亲手做了那面令旗。返回时，他见到手中的令旗，心中似有所思。

并非令旗有何不妥，而是家康开始反省：此次骚乱，自己究竟有无私情私愤？是否出于龌龊野心？若如此，此次出征就变得牵强，即使能够换来一时安定，不定何时天下又会陷入动乱。尚未完成统一大业便先逝的信长公，妄图远征大明而积劳成疾的秀吉公……自己与他们又有何异？想及此，家康立刻把那面亲手做的令旗扔在了竹林里。

为避免有人生疑，家康才说“对付石田治部少辅之辈，根本用不着令旗”云云。家康本意是，只靠刀枪绝不能得天下太平，只有让世人心服口服的“德”和顺应天意的“真”，才能带来真正的太平。

从扔弃令旗的那一刻起，家康的心境就愈发开阔起来。在小山时，无论对自己是否有利，他都毫无隐瞒把来自西面的消息通报给诸将，甚至还诚心诚意劝告丰臣旧将莫要有任何顾虑，去留随意……但诸将依然惧怕德川，惧怕他强大的实力，惧怕他昔日的辉煌战绩。因此，家康完全可以将他们逼上战场。众人被迫出战，最终会带来什么后果，第二次出兵朝鲜时，家康就已领教过了。

甚至可以说，此次骚动其实也是由第二次出兵朝鲜引起。不但战士之间不和，文派与武派之间也势同水火。何况还有瞒报战功、赏罚不明诸事，这一切，终于把已故太阁毕生之功拖入了派阀争斗的泥潭……

此时“令旗之主”非家康个人，必须是希求太平的天下苍生的意愿，必须是推动时代前进的滚滚洪流。即使家康在中途意外倒下，这种意愿也应不受任何影响，继续引导大势洪流的前进方向，继续挥舞着看不见的令旗……

悟到这个道理，家康才不急于出征，而是于八月十四向清洲派出使者村越茂助直吉。

见家康此举，本多正信与其子正纯甚是惊愕。他们已得到内报，福岛正则等人何止是频频催促，甚至已经极为愤怒了：“时至今日，内府是否还对我们存有戒心？真是令人心寒！”

其实难怪。现在诸将都已集中到清洲附近，除了先锋福岛正则和池田辉政，黑田长政、细川忠兴、中村一荣、浅野幸长、堀尾忠氏、京极高知、加藤嘉明、田中吉政、筒井定次、藤堂高虎、山内一丰、金森长近、一柳直盛、德永寿昌、九鬼守隆、有马则赖、有马丰氏、水野胜成、生驹一正、寺泽广高、西尾光教等人俱已集结，德川氏的本多忠胜和井伊直政以监军身份随军……众人无不翘首以待。

这种时候，竟派村越茂助直吉孤身前去，是何道理？本多父子岂能不大为惊诧？对于家康迟迟不出阵，正信思量之后，亦自有其理解。他以为，家康行事历来谨慎，之所以迟迟不肯西上，乃是在仔细观察前田利长、毛利氏吉川广家、肥后加藤清正的一举一动。事实上，家康抵达江户之后，就已分别给这些人去书，与众人保持着密切联系。但选派村越茂助出使，却着实令正信意外。村越不仅胸无点墨、愚钝顽固，还不善辞令，实在不适担此重任，非要从他身上寻找一丝优点，恐怕只剩下他的忠厚正直。让他去杀人，他定会真的咬住对方死死不放。这样说或许有些过分，但他的确如此。

在目前这种形势下，派往清洲的使节，最好是本多正信父子，连永井直胜都觉勉强。

“大人欲派村越茂助到清洲？”正信满心疑惑道。

“是。他最合适不过。快把他叫来。”说着，家康向板坂卜斋招招手，让他先写书函。

本多正信只得去传村越。正纯则松了一口气：原来大人早就想好了，一切都写在信函中，根本用不着多费口舌。

选一个不善言辞之人，沉默寡言的村越自再合适不过了，即使他想多管闲事也是不能。可让正纯意外的是，卜斋备好纸笔之后，家康竟只有廖廖几言：“今派村越前去。有事与其详谈。西进之事需从长计议。少安毋躁，委细自有口谕传达。”

“就这些？”正纯睁大眼，惊奇不已。

“这么多足矣。”

收信人为福岛正则和池田辉政，家康署名毕，将书函封起来，交还卜斋。此时，本多正信领村越茂助来了。

家康道：“村越。”

“是……在……在。”村越紧张得有些结巴。本多正信恐早就私下对他说过，若觉为难，就干脆拒绝。

“尽管辛苦，还是要请你赶赴清洲一趟。此次出使非你村越莫属。”

“非在下莫属？”

“正是，只因你从不多话。”

“是。”

“但你要记住，我让你说的话，万不可忘记。”

村越茂助怯生生看了本多正信一眼，大声答道：“是。”

家康笑着点点头，正信、正纯和卜斋都呆若木鸡，屏息凝神。

“你要铭记在心，万不可忘了。把这封书函带去，兵部少辅直政和中务少辅忠胜很是担心，他们会先让你传达口谕，或者向你打探书函内容，斯时你照我的话回答便是。”

“是。”

“你便说，书函内容你并不知，故无可奉告。至于口谕，必须见到福岛和池田二将方能传达。对其他人断不可吐露半句。”

“遵命！”

“好，我告诉你口谕，记住了：诸位连日备战，实在辛苦。”

“诸位连日备战，实在辛苦。”

“家康偶染风寒，迟迟不能出征。”

“大人真的染了风寒？”

“是。”家康绷着脸，一本正经点头道，“诸位既已调集重兵，本当迅速西上，却在此空等，虚度时日，真令人万分诧异。”

村越茂助反复体味家康的话，心中赞叹不已。在朝鲜，诸将骁勇善战，甚是勇猛。若说少了家康，他们就无法开战，无论如何讲不通。

“值此生死关头，诸位要拖延至何时？我早有准备，请诸位火速渡过木曾川，向前进发。如此，大人亦不能不出马。这便是我的口谕，你要好生传达给诸将。”家康牢牢盯住茂助。

“大人英明！”本该回答“遵命”，茂助却由衷地赞叹起来。

“你明白了？”

“小人怎会不明白？事情的确如此。”

本多正信长叹一声。既然要向清洲派遣使者，定是向诸将解释家康为何迟迟不出马，不仅正信这么想，正纯也这般认为。可家康的话，却与他们的猜测截然相反。家康派去的不仅不是慰问使，反而要去责问他们为何不尽早渡过木曾川，将岐阜的织田秀信一举击败……听了这些话，性急的福岛正则不怒发冲冠才怪。但再仔细一想，这确是“合情合理”。

此次战事，并非为家康一人而战。战事能够避免，自是最好不过。无论怎么说，照家康现有的实力，不用和任何人争斗，便已是天下第一。

正信不断打量家康，心悦诚服。既是为正义而战，家康就不必站在最前线了，应站在更高处，冷静地观察三成与武将之间的争斗，再由此辨别正邪，确定赏罚……这才是秀吉公托付大业之人应有的智慧。因此，使者不必是恃才傲物的善辩之人。村越茂助刚正不阿、愚钝木讷，自是无可挑剔的人选。无论别人说什么，他都会一字不误传达主命。

“村越，赶紧准备出发吧。”

“遵命！”茂助又念叨道，“大敌当前，居然袖手旁观，按兵不动，真是岂有此理！”

家康忍住笑意，目送茂助出去。茂助的身影从走廊消失之后，他不知又想起什么，掐起指头来。

村越茂助直吉从江户出发第二日，即八月十五，西军宇喜多秀家率一万士众从大坂出发，小早川秀秋也于十七日从大坂出兵，抵达近江石部。

十九日晨，村越茂助在三河池鲤鲋遇见柳生又右卫门宗矩，又右卫门受本多忠胜和井伊直政密令，从清洲疾驰而来，与茂助迎面撞上。

“请稍等，我有话对你说！”宗矩一见茂助，便道。柳生宗矩乃村越茂助的剑道师父。一看到宗矩，茂助便拍拍衣服下摆，笑道：“哟，难缠的主儿来了。”

“胡说什么！我有要紧事跟你说，你且住。”

“是。但若是问我出使的口谕，我早就忘了。”

于是，二人返回客栈，回到茂助住过的房间。

“你不知清洲形势有多么紧张。井伊大人和本多大人都很是担心，才特意派我赶来。”柳生宗矩奉家康密令，先行一步到了伊贺、甲贺一带。他的任务是在两军冲突时动员其父石舟斋四下骚扰，威胁西军背后。现在他已完成任务，才来到清洲城。此时宗矩年二十九，石舟斋宗严七十有二。父子二人对家康心服口服，伊贺、甲贺众人对柳生父子二人则甚是信赖。

宗矩眯起眼向茂助娓娓讲述清洲情形，村越茂助则板起面孔，将头扭向一边。他担心一旦为对方的话打动，泄露机密，事情就麻烦了。

“村越大人，诸将都在等着内府大人即刻西上，唯大人马首是瞻。可都十九日了，大家等到了什么？等到的却是你一个村越，大人犹自岿然不动。大人究竟在想什么？福岛等人都已怒不可遏，以为大人弃他们于不顾了。池田说绝不会有那种事，双方差点因此大动干戈。井伊和本多两位大人好歹安抚住众人。二位大人担心你传达了内府口谕之后会出事，便派我悄悄前来打探。看在我的面子上，能否告知一二？”

村越凝神沉吟，并不答言。

“我知你身为使者，不便泄露机密，可我也是万不得已才来求你，一切都是为了德川大人啊。”

“柳生先生。”

“你愿意透露一二？”

“我倒想说，却根本没有口谕。”

“没有口谕？”

“先生恐怕不信，我这里只有这封书函。”

“唔。”宗矩轻吟一声。既然村越这么说，还能有假？人人皆知村越不善谈吐，从未担任过使者，一切都在书函中，自不足为怪。

“先生不是外人，我也想拆开书函让你看看，可私拆书信是死罪。你看这……”

“确实难办。”

“真是遗憾。我看这样吧，书函也不用拆了，先生把我直接领去清洲如何？”

柳生宗矩信以为真，径自与村越结伴，向清洲城赶去。

二人抵达清洲城时，诸将早就齐聚于城内大厅，等得不耐烦了。柳生宗矩担心厅里气氛太紧张，先安排村越与井伊直政和本多忠胜见了面。

“看来，确实只有书函，没有口谕。”

之后，三人才把村越领到诸将面前。收信人是福岛、池田二将。二将身后站着细川忠兴、黑田长政、浅野幸长等人，众人俱瞪大期盼之目，等得急不可耐。村越茂助站在井伊和本多之间，有些吃惊地扫了众人一眼。

“使者辛苦了。内府大人究竟何时从江户出发？”福岛正则等不及茂助开口，向前膝行几步，道。

“快了。”茂助答道。说罢，他挺起胸脯，不想令自己露出怯色。尔后，他像一个甚是拘谨的年轻人那般，缓缓从怀中掏出书函，放到福岛的扇子上，道："这是内府的书函。请仔细看。"

"是给在下和池田二人的，恕我失礼。"正则向池田辉政看一眼，满脸狐疑。书函的分量太轻了。井伊和本多也都一怔。其实，坐于末席的柳生更为惊讶，他的脸立时苍白僵硬起来。

正则打开书函，廖廖几言立刻映入眼帘。他读罢，交与池田辉政，犹自呻吟起来。

"今派村越前去。有事与其详谈。西进之事需从长计议。少安毋躁，委细自有口谕传达。"池田辉政大声读了一遍，交给身后的细川忠兴。

最后一句说得清清楚楚：委细自有口谕。

"茂助！"本多忠胜忙戳了戳村越膝盖，"大人口谕乃是风寒甚重？"

茂助瞥了忠胜一眼，忽然坐正身子。

"风寒甚重……因此，痊愈之后，大人自会立刻出马，对吧？"本多忠胜问道。

所有人的目光都集中到村越茂助身上，像是要把他吃掉。茂助轻轻摇头道："不是风寒。"他声音出奇地大，众人吓了一跳。正则如同被火烫一般猛探出头，道："不是风寒。又迟迟不肯出马，真是古怪。难道内府想弃我们于不顾？快宣口谕！"

"现……现在，现在就传达内府口谕。"村越茂助结巴起来，随后方挺起胸脯，正襟危坐。躲在众人后边的柳生宗矩则沮丧地耷拉下肩膀。

对于村越茂助直吉，这恐怕是他一生中最紧张的时刻，也是最需要勇气和力量的一刻。而且，今日能否跨过这道槛，不仅能体现他是否有才干，甚至还会影响他此后的自信。

"内府的口谕是什么？"正则又大声问了一遍，把竖于膝上的白扇放下。

"诸位连日备战，实在辛苦。"

正则目瞪口呆，颜色转缓。

茂助万没想到众人会作出如此反应。这口谕，他已在心里默念了不下几十遍，生怕出差池。

"内府大人迟迟不出征，并非因风寒严重？"井伊直政忙把脸扭向一边。为了安抚诸将，他曾再三以家康病重为由。

“内府风寒不甚重，但也绝非毫无病痛。”茂助略想了想，又大声道，“因此，短期内恐难出马。”

“嗯？风寒不重，却不能出征？”

“正是。”茂助紧紧盯住正则，“诸位既已调集重兵，本当迅速西上，却在此空等，虚度时日，真令人万分诧异！”

“你说什么！”正则大吃一惊，看了看辉政。辉政似乎还没回过神来，眼神呆滞。

“若诸位是内府大人的家臣，大人自会一一吩咐，但诸位并非大人家臣，单是盟友。既是盟友，为何在此按兵不动？希望众人速速动起来，渡过木曾川向前进发。如此，大人也就不再犹豫。故，让内府迟迟不肯出马的，既非风寒，亦非时机，而是诸位狐疑不进。”村越茂助抖擞精神、铿锵有力说道。他把扇子立于膝上，汗如雨下，肩膀微颤。茂助大声斥责诸将，其严厉甚至超过了家康的要求。

一瞬间，满座鸦雀无声。事情太出乎意料，就连井伊直政和本多忠胜都惊惶失措，不知如何是好。福岛正则忽然甩开扇子，赞道：“说得好！真令人刮目相看。您说得果然入情入理。”

茂助有些茫然若失。他一直坚信家康的正义与强大，但托他传的这口谕实在太苛严，然而没想到福岛正则非但不动怒，反倒褒扬有加。茂助提醒自己，不可轻信，不可得意忘形。正则性急，他一发怒，最后自会对家康言听计从。这样，也对得起家康一片苦心了。可令人意外的是，正则却比三河武士还要单纯，竟被茂助三言两语打动。

“阁下方才的一席话，确是入情入理。”正则由衷地赞叹道，“我等立即发起攻击，内府大人不日即可收到捷报。你也在此逗留两三日，且看我等如何攻陷犬山、扫平岐阜！”

茂助直吉这才醒悟过来，忙伏下身：“多谢大人美意，但在下只是传令使。观看攻城略地，并非在下职责，就免了吧。”茂助的措辞与动作本就甚是生硬，又透着不谙世事的少年般的风发意气，其势凛然不可侵犯，其辞庄重得体，其味妙不可言。

加藤嘉明拊掌道："妙，正如福岛大人所言，我等做法确有不妥。我等并非内府家臣，内府出马之前，理当根据自己的判断采取行动。在此空自等待，的确有些不明所以。"

"说得是。"

"村越方才一番言论，的确深中肯綮。"

"事情已明了。我等出征，内府自会随后出马。我等并非为了内府而战。哈哈哈。"

一旦明白了这个道理，黑田、浅野和堀尾诸人也一脸释然。只有细川忠兴面带微笑，却并不附和。他本性多疑，说不定正自盘算家康。在他看来，家康深不可测，其城府之深，在座众人根本无法及其万一。

村越茂助直吉忽然拜倒在地，向众人表示歉意："实际上，鄙人也迷茫得很。鄙人知诸位都在翘首以待。但没想到，诸位于传阅书函时便痛下决心。鄙人大受鼓舞。若此次出使需要才智，内府大人为何还要选鄙人前来？鄙人只是口授了大人的真心，这也是大人选鄙人前来的真正原因。方才多有冒犯，还请诸位见谅。"这一番告白，为众人心中吹进一股清凉之风。

村越茂助的到来，使清洲城的空气为之一变。此前一直为家康迟迟不发兵而深感焦虑的诸将，完全恢复了活力。他们立刻谋划起如何袭击西军，众人立时成了真正的先锋。这一切，令以监军身份先行出发，却又被夹在诸将和家康之间，陷入两难境地的井伊直政和本多忠胜大大松了一口气。

"真是寸有所长啊。"从大厅退下，把村越茂助安排到别室歇息之后，井伊直政不由感叹起来，"村越若是照我们的意思，说大人患了风寒，还不定会闹出多大乱子。"

本多忠胜不禁呵呵笑了。

"本多大人为何发笑？"

"无他。我在比较大人与已故太阁。太阁性急，本能寺之变后，断然与毛利议和，决然回师，在山崎一举剿灭光秀。可内府大人始终稳如泰山，他的慢性子，真可谓天下无双。”

对忠胜的这种说法，井伊直政并不赞成。其实，二人的差别并不在于性情缓急。在村越的提醒下，直政才意识到，家康完全没有理由必须站到阵前。虽然三成把家康视为劲敌，但家康却只是将他视为胡闹的孩子，冷静在一旁观察，并不急于灭之。家康早就看出，三成之辈不能长久，他故意给其他人充足的时间计算得失，到时，必然会有人加盟德川氏一方。

“井伊大人，究竟谁会打头阵？”忠胜终究好战，再次提起打仗一事。直政微笑了笑，并不回话。谁先渡木曾川，定会成为诸将相争的焦点。说来真是神奇，几句话就改变了一切。

“大人很冷静。”直政道，“当年武田信玄旗上有风林火山，大人正可谓‘徐如林’。”

“大人天生不急不躁。”忠胜道，“你认为大人究竟会何时从江户启程？”

井伊直政微微摇头道：“我怎能读透大人的心思？大人深谋远虑，我等凡夫俗子岂能懂得？”

正说到此，正则的侍卫前来请二人前去议事。

一七　战端开启

石田三成按计率六千七百士众出佐和山城进入大垣城，时为庆长五年八月初十。他已与岛津义弘、岛津丰久、小西行长商议好，要把主帅毛利辉元从大坂城诱出来，让其进入岐阜。他把一切都投入到此次战事，如今，检验成果的时刻眼看就要到来。

三成最为不安的，乃是德川家康与毛利辉元何时出发。冷静地观察，便不难发现，西军各路人马对于家康的恐惧超乎想象。进驻伊势的各部和阿浓津城主富田信高、上野城主分部光嘉等人，一见从江户方向驶来的船只，就大喊“家康来了”，一溃而至铃鹿岭和龟山。倘若家康在毛利辉元从大坂启程之前就已扑来，真不知他们还会有何丑态。

惠琼真的已经说服辉元赶往伊势了？

东军诸将之所以急等家康命令一下，即刻西上，恰恰是因为看穿了三成的不安。换言之，德川实力震慑天下。

当然，三成会隐藏不安，为延缓家康西进，四处宣扬军威，激励将士。他告诉佐竹义宣：“真田父子、堀秀治及前田利长俱已加盟，天下武将的妻小悉数质于大坂。奥州的伊达、最上、相马等人，也与三成心心相通，你只管放心进攻江户。”

从伊势到美浓、北关一线，再加上势田桥东的人马、大坂留守部队，西军总数已达十八万四千九百七十。三成还添油加醋：最多只能动员起四五万人的德川家康，如何是盟军对手？如今家康定在战栗不止，若他鬼迷心窍，胆敢西上，那就在尾张与三河边境将其一举歼灭。盟军已万事齐备……

三成的话当然不可全信。岛津本只一千五百人，三成却吹嘘为五千兵马。信州与甲州都在真田控制下。更有甚者，他还假称毛利辉元已明确答应出征。面对家康西进的传言，他豪气冲天，完全不屑一顾："石田三成早就盼着那个可怜的家伙来了。"

人与能吠之犬有相同的弱点。愈是困难重重，愈是喜好虚张声势，就连太阁也不例外。朝鲜战争陷入困境时，他穷奢极侈，大修城池，举行醍醐赏花大会。为掩饰内外交困，他时时叫嚣，处处声张，但在这一切的背后，只有可悲与没落。

自从进入大垣城，三成愈发不安。若辉元不出头，家康明白过来，定会令大军从江户开拔。

三成亲临战场之后，方觉出战事的可怖。他曾作为已故太阁的监军和谋士，严酷地向征朝将士传达命令。正是由于对他的狐假虎威异常反感，众武将今日才集结到清洲城，阻挡他的去路。但他已不再是丰臣秀吉的监军，也非真正的指挥者，他只能在幕后。

三成逐渐发现，家康如一块根本无法撼动的巨石。原来，战场上的进退与为人处世，完全是两码事。

结果，不安愈发让他虚张声势。最可怕的是，他对于辉元的担心渐渐变为现实。尽管竭力催促辉元出征，但辉元竟逐渐打消此念。最初他曾向惠琼作出甚是肯定的答复，但很快遭到了养子秀元的强烈反对："父亲若定要支持石田，切切与少君同行。秀元愿任先锋，内府不出来，我们就一直打到关东。若少君出马，那些反感治部的将领也绝不敢轻举妄动，由此，敌我才得势均力敌。否则，我们绝无胜算。"

对于辉元，这无疑是最有力的反对。秀赖虚岁有八，如此年幼的孩子，怎能带上战场？但若不把秀赖带去，诸将对三成的怨恨自会转移到辉元身上，其后果不堪设想。为此，秀元奔赴伊势战场，辉元则借此拖延时日。

对局势尚不明朗的三成，被不安这双无形的大手卡住喉咙。

就在三成焦躁不安时，八月二十一正午时分，织田秀信向他求救：“东军已渡过木曾川，眼看就要进攻岐阜城。请速发援兵。”

当时，岐阜城内有织田秀信的六千五百兵马，距岐阜四十八里远的犬山城内，由石田三成之婿石川备前守贞清驻守，八幡城主稻叶右京亮贞通、多良城主关长门守一政、黑野城主加藤左近大夫贞泰、岩手城主竹中丹后守重门等的一千七百多援军，也正在赶赴犬山城途中。距岐阜三十余里的竹鼻城中，也有杉浦五左卫门盛兼和毛利扫部，随时准备援助岐阜。因此，织田人马总数在九千上下。

但清洲诸将兵力加起来已超过三万。这么多人马，在村越茂助直吉到来之前却从未想过主动出击，确是怪事一件。或许，他们也对号称十八万人马的西军有些忌惮。

村越的到来为他们解开了束缚，让他们知道，家康决不会弃他们于不顾。

诸将决定发动进攻，是在村越向他们传达了家康口谕的第二日，即八月二十。一旦决定出击，全军士气顿时高涨，福岛正则和池田辉政甚至还为争夺先锋激烈争吵。

“即使拿下犬山、竹鼻，岐阜城也不会陷落。故应迅速向岐阜发起攻击。”正则提出这个意见，众人一致赞成。

岐阜乃一座名城，当年为信长公居城。城池以金华山主峰为脊，西南有瑞龙寺山，北面正对长良川断崖，东南临一深谷，谷内是淤泥沉积的水田——易守难攻，固若金汤。城门有二，各与险峻山路相连。正门所通山路称为七曲；后门所通山路有两条，一称百曲，一称水手口。

“看来，我们当兵分两路渡河。”

“那是当然。我从上游的河田强渡，然后直奔城池正门。”

正则提出意见时，池田辉政却沉下脸道：“我不同意。我要与福岛大人一起打前锋。可照福岛大人所言，我就只能绕道从下游的尾越渡河去进攻后门，我岂能答应？”

向来以顽固闻名的正则也变了脸，寸步不让：“你这算什么话？我乃清洲之主，统领尾张全境，怎能让我去进攻后门？池田大人自当让我进攻正门。”

“此言差矣。大人领地与敌方接壤，对地形自是甚为熟悉，进攻也较易，而我对地形一无所知，你却逼我绕道去攻后门，你还守武士之道吗？”

“哼！你胆敢说我不配做武士？”

看到二人面红耳赤僵持不下，本多忠胜终于忍耐不住，插言道：“二位大人先莫要争吵。二位大人奋勇争先，这种令人热血沸腾的场面，老夫久不曾见到了，实在令人感佩。但为我家大人，诸位已经白白浪费了那么多时日，好不容易可以进攻了，却又争起来，不值，不值啊。依老夫看，此事交给老夫裁断好了，二位意下如何？”

“不行，此非小事。我决不放弃打前锋。”辉政红着脸，挺身道。

忠胜道：“老夫并未说让阁下放弃。你们都听老夫一言，此处乃福岛大人地盘，船和筏子也易准备，故，先把上游的河田口让与德川女婿池田大人吧。”

“你是在压制正则，帮着三左卫门说话？”福岛正则道。

“老夫不是这个意思。但你们争来争去，也没个结果。福岛大人，您便从下游的尾越渡河，然后直奔后门，渡河之后，就点燃烽火，向池田大人报信，然后，你们二人同时向岐阜发起进攻，可否？”

“也罢。”

“无所谓谁拔头筹，而是要同心协力攻陷岐阜。”

一旦心头郁结被解开，人就立刻精神抖擞。在忠胜的调解下，福岛与池田二人和好如初。二人约定，未点燃烽火之前，谁也不能贸然发动进攻。

下游渡河部队以福岛正则为先锋，此外有细川忠兴、加藤嘉明、田中吉政、藤堂高虎、中村一荣、蜂须贺丰雄、京极高知、生驹一正，加上井伊和本多的人马，总兵力达到一万六千人。从上游的河田一线向岐阜城正门发动进攻的部队，则以池田辉政为先锋，另有浅野幸长、山内一丰、有马丰氏、一柳直盛、户川达安等，约一万八千人。

八月二十一，拂晓，东军行动起来，很快前进至木曾川左岸。只有田中吉政和中村一荣进到羽黑附近，以阻拦犬山城的石川贞清。

东军各部已准备强渡木曾川，三成方才闻讯。

岐阜城内，众人亦正紧急商议对策。家臣木造具正主张守城：“敌人兵多，我们只能据城死守，以待治部少辅率部前来援救。”

但秀信置若罔闻。尽管他乃信长嫡孙，但在谋略方面几一无是处。“死守城池传到世上多难听！主动出击，与敌人展开决战，乃总见公以来织田家风。”他把大本营设在阎魔堂前的川手村，把三成派来援助的河濑左马助交与佐藤方秀、木造具正、百百纲家诸人，又把半数兵力约三千二百余人部署到新加纳与米野之间。

夜幕降临，岐阜为黑云笼罩，天亮之后便是八月二十二了。秋风阵阵，木曾川上游的渡河口和河田附近均无一丝雾气，正方便两军排兵布阵。天刚蒙蒙亮，隔河相望的两军，艳丽的旗幡格外耀眼。

最先放枪的乃西军织田部。攻方与守方的心思差别巨大。此时，东军先锋池田部根本还无开战的想法。他还在等待从下游尾越渡河的福岛的信号。照计，福岛等人点燃烽火后，两路人马一齐发起攻击。

可织田人马不但从拂晓时分就开始放枪，而且，看样子若不应战，他们还似要涉河攻过来。

“看来敌人士气高涨。这样等下去，恐怕于战不利。”家臣伊木忠正疾驰而来，向池田辉政求战时，辉政并不答应：“若先行渡河，福岛定会不容。我看还是再等等。”

但一旦敌方率先发起攻击，一切便难以控制。

东军处境并不危险，西军的枪弹隔着河在天空中徒然暴响，但潜伏在河岸、死死盯着敌人的东军将士，怒火却越烧越旺。

“再这样等下去，恐怕会有人违抗命令擅自渡河。而对方若先行渡河，我们怎生忍得下去？”在伊木忠正的再三催促下，池田辉政终于松口：“好，立刻向福岛部派出快马，说敌人主动前来挑衅，我们已无退路。”

在辉政的命令下，东军应战，一个个如猛虎下山。伊木忠正所部立刻直奔河川上游，一柳直盛也开始渡河，目标直指河对岸的光明寺。当堀尾忠氏亦随之渡河时，对岸零星的射击变成了拼命抵抗。

开始时，为了避免中弹，禁止士兵直起身子，将士把身体紧贴在马身一侧前进，不知不觉间，渡河部队全都昂首挺胸，成了怒号的雄狮。

池田辉政挥舞着令旗跃进激流，浅野幸长也血红着眼睛跳进水中。河岸附近，枪弹声与人马的怒号交织在一起，负伤倒下的人愈来愈多。一柳直盛的老臣大冢权太夫倒在了水边，为阻击东军渡河，织田一方的武市善兵卫、饭沼小勘平也纷纷倒下。

人们早把与福岛正则的约定抛到脑后。有马、山内、松下、户川等人的属下竞相渡河，向织田部侧翼发起猛攻。

构筑太平需要不断付出努力，而一旦发起战争，战场就在转瞬间变成了人间地狱。

近午时分，西侧防线被攻陷，织田的人马开始撤退。

从下游渡河的福岛正则等部，则于二十二日傍晚拿下了西军杉浦五左卫门与毛利扫部把守的竹鼻城，然后进至太郎堤一带，准备夜营。他们还不知上游的池田等部业已渡河，并突破了防线。

攻打竹鼻城时，正则先是劝降了故知毛利扫部和梶川三十郎，只剩下杉浦五左卫门在顽固抵抗。正则与其展开一场激战，从巳时到申时，最后将其全歼，然后意气扬扬把人马开到太郎堤。

“今晚权在此住一夜，明日一早再向岐阜进发。井伊、本多二位大人吩咐过，要立刻把竹鼻城的胜利向内府报告。”下完命令，正则又命人到附近村落去放火，“我们必须向上游部队通报我们所在位置。明日，便可向岐阜城发起进攻了。”

本当点燃狼烟，正则却命人纵火，对战事一无所知的民家遂遭了殃。不祥的烈焰照亮傍晚的天空时，一名士卒风风火火穿过浓烟，来向正则报信：“池田三左卫门辉政大人派来使者。”

正则有些纳闷：“究竟有何事？快让他进来。”万一辉政在途中有什么差池，渡河失利，自己就必须分出兵力前去救援。正则咕哝着，从床几上站起来。

使者禀报，上游部队已于今晨渡过木曾川，与敌军在米野展开激战，现已接近岐阜。

“你说什么，他竟坏了与我的约定，率先渡河了？”

“不，乃是敌人主动挑衅，我军迫不得已。”

“好你个三左卫门，背信弃义，竟敢要我！”

武将如同斗犬一般单纯。不可否认，这固是性情使然，但被别人抢了功，自有损英名，却也直接与俸禄相关；既关名望，对部下和领民也有重大影响，无怪乎正则大动肝火。“你既不仁，就休怪我不义！召集诸将，即刻发起进攻！回去告诉你家主子：明日一早，福岛正则要与他决斗！”

“决斗？”

“福岛正则遭到了羞辱。告诉他，等着瞧！”

使者吓呆了，慌忙退了下去，正则余怒未消。“为了少君，特意请缨来打前锋，竟被人抢了先，正则日后怎生面对诸将？若因此遭内府轻视，还不如让我去死！”

此时，得到命令之后，向下游进发的将士陆续集中起来。战场上的人多少有些疯狂，虽然池田辉政打破约定提前渡了河，但从下游渡河的部队并未因此遭遇不利。因为上游的牵制，战局反而对下游大为有利。但赶到正则大帐来的武将，无不怒气冲天。

“既然对方主动寻衅，我就不能不打。我断不会给诸位添麻烦。福岛正则定要与三左卫门决斗。”

“不，且先等等。”挥舞着拳头的加藤嘉明，满脸已涨得通红，道，“既然上游诸将欺人太甚，先行进攻岐阜，我们自当更进一步，立刻兵发大垣城，不知诸位意下如何？”

在战场上，战功的争夺从来激烈。要想让这些猛兽服从指挥，实需极大威望。若众将都赞成加藤嘉明之见，岐阜城还能按计拿下吗？当初在朝鲜战场，此种弊病已多次危害全军。

“这倒不失为一计。”已经决意要与池田辉政决斗的正则，立刻对加藤的建议表现出极大兴致。

“请等等。”眼看众人都同加藤嘉明一般鲁莽，细川忠兴忙劝阻道，

“加藤大人的建议虽是有理，却极有可能使我军陷入苦战。我倒是有个主意。”

“快说来听听。”

“鄙人以为，当前最重要的，乃是团结一心，无论如何也莫要自乱阵脚。”

“你把区区岐阜当成了大敌？”

“不，忠兴并没把岐阜看在眼里。内府的心思才不容忽视。鄙人以为，内府大人之所以迟迟不肯出马，原因恐就在他暗自担心我等不和。我等不如暂且信三左卫门一次，向岐阜急行。”

众人都沉默下来，这番话震撼着所有人的心。

“言之有理。”

“对。只有干脆利落拿下岐阜城，此战才有意义，难道不是？”

不愧是细川忠兴，思虑果然深远。

“好，就这么定了。我们马上行动，一定要给三左卫门送上一份厚礼。”在正则命令下，各部整装待发。

福岛等人连夜向岐阜进兵时，暂时撤回岐阜城内的织田秀信已获悉盟军战败的消息，正急急与木造具正、百百纲家等老臣反复商议对策。

织田秀信坚信，家康出马之前，聚集于清洲城内的诸将绝不敢主动渡过木曾川，大举进攻岐阜城。在此期间，大垣城的三成会迎来毛利辉元，并与他一起兵至岐阜。这样，岐阜城就会成为西军大本营，重兵集结，猛将如云。不料，东军却忽然渡河发起进攻，着实让秀信狼狈不堪。

“竹鼻城居然落入敌手，他们真是太大意了。明日我定要报仇雪恨，彰显总见公以来的英名！”秀信大言道。他以为，明晨敌人定会从正门和后门同时发起总攻，届时，无论如何也要把敌人击退。

此时，一直保持沉默的木造具正道：“在下不同意主动出城迎击敌人。”

“难道你要死守城池？”

“正是。不仅是我们的所有人马，瑞龙寺山的石田援兵也要合在一处。我们当下最好避免与前来挑衅的敌人激战，原因有二。”

“我们龟缩于城内有何好处？”

“其一，只要岐阜城不陷落，内府就不会从江户出发。”

“我不明白你的意思！为何此城不破，家康就不会出马？”

一旦开口，木造具正就不再畏畏缩缩。事实上，他内心深处，一直在为织田氏加盟西军而大憾，他认为，这样做必会毁掉织田氏，由此叹息连连。他已看透家康迟迟不肯西进的原因。“在下认为，内府最为担心的，便是过早出兵，结果却和诸将一起被钉在岐阜城，动弹不得。因此，他在等待，诸将大破岐阜城，并向大垣城挺进之时，他便可以从东海、东山两线向西进发。故，只要主公在此岿然不动，内府便不敢从江户出兵。只要内府不来，东军何惧之有？”

“那么，第二点好处呢？”

“内府不出江户，在石田大人的策动下，毛利与宇喜多等部就会甚是痛快地向我们发出援兵。因此，当下固守城池，方是上策……”

秀信怒声道：“住口！你这懦弱之人，厚着脸皮告诉我两个好处，却忘记了根本之事。照你说的行事，织田氏名声将会怎样？没有毛利和宇喜多的援助，难道织田氏就一无是处？没有他们，就得不到美浓和尾张二地？”

看来，秀信依然坚信西军势大，具正则确信东军势优。总之，二人意见完全相左，根本无共同点可言。

“秀信定要做给你看看！我要把所有人马都遣到外城，非把敌人打个丢盔弃甲不可！”

对秀信的刚愎自用，木造具正和百百纲家无可奈何。

二十三日卯时，夜间就已摸到商町外的桑田，并在那里稍事休息之后，福岛的人马径直向岐阜城下拥来。南边，池田辉政的人马也斗志昂扬地向正门发起攻击。

正则一边进攻，一边向池田派去使者，谴责他失了信义。池田辉政早就料到此事，三言两语便把使者打发了：“我从未想过与福岛大人决斗。我乃是在敌人的百般挑衅下，迫不得已才渡河还击。这样吧，今日就由福岛大人攻正门，我则去攻后门，这样他该满意了吧？”

这一番话消解了福岛的满腹怨气。

一方为了拼命争功，一方只是为了守城——从一开战，两军士气就大有差别。

福岛、加藤、细川等部从革屋町向七曲口突进，浅野幸长负责阻击石田的援军，同时攻击樫原彦右卫门、樫原内膳、河濑左马助、松田重太夫等所率约两千人把守的瑞龙寺山据点。

东军人马原本已进至会津附近，竟无功而返，自然窝着一肚子火。如今他们终于找到了发泄的地方，多日以来郁结于心的不满和愤怒倾泻而出。东军攻势愈盛，瑞龙寺山据点最先得手，紧接着，稻叶山城据点也已被攻破。

当木户口被细川的人马攻陷时，木造具正遭遇福岛家臣松田下总攻击，身负重伤。福岛和细川两路人马越过城墙攻入二道城，城门霎时大开，东军如潮水般涌了进去，此时刚过正午，大军陆续逼近本城。当年，为了实现“天下布武”的大志，信长公选了这块福地筑起的名城，今日却沦为千军万马争夺的猎物。

当福岛、细川、加藤等部向本城逼近时，从后门赶来的池田辉政忽然在城门放起大火，将自己的旗帜扔进本城，让手下士兵高声呐喊：“池田攻陷了城池！”

城门打破，各路人马一拥而入。守军乱作一团，投降的、被杀的、自尽的、逃亡的……城内成了人间地狱。

“织田秀信在哪里？”

“岐阜中纳言在哪里？”

“是不是害怕，藏起来了？给我出来！”

不知何时竟下起了雨，越下越大。在腥风血雨之中，处处是高举白刃的兵士，织田的人马倏忽间似不见了影子。

忽然，一个身穿甲胄的武士高举着斗笠，从后院的树荫里跑了出来，竟是秀信走投无路，不得不出来投降了。

战争之胜败，除了谋略的作用，亦是细节累积的结果。家康的算计与织田秀信的算计自有天壤之别。秀信只看到眼前的敌人，却怎么也看不透这些人是在何种动力的鼓舞下而战。

一方不战则已，战则必胜，不打败秀信，家康便不会发兵；一方则单幻想着石田三成的支援。若秀信略知算计，就会采纳老臣意见，舍名求实，固守城池。可是，年仅二十一岁的秀信，却一味追求虚名，不到一日就让天下名城易主，还在雨中乖乖缚手，狼狈地跪到敌人面前。“岐阜中纳言秀信愿将本城交出。”由于秀信的容貌酷似信长公，故池田辉政和福岛正则拦住了正要扑上去的人。

“本城我们当然是要接收，但中纳言日后有何打算？”池田辉政想起信长公，声音都有些颤抖。福岛正则的感情比辉政还要强烈，他已控制不住，嘴唇一个劲地打哆嗦，连话都说不出来了。

“请内府随意处置。”

“你想说的只有这些？”

“看在秀信也是一名武士的分上……”秀信声音沙哑，连话都说不出来了。

“你想切腹？”

“正是。”

此时，从四处赶来的负伤者陆续跪在秀信周围，幸存者廖廖无几，总人数竟不到三十。

“停止战斗。打扫战场。”正则这才大步走到辉政面前，大声道，又回首盯住秀信，语气如父亲训斥儿子，“现在说自尽还为时尚早。此次战事，全起于石田和大谷的野心，中纳言还年轻，才糊里糊涂中了计，若能幡然悔悟，尚不至于……”

“话虽如此，苟且偷生岂非武士耻辱？”

正则并不再理会，转而对池田道：“雨下大了，把床几挪到屋檐下吧。”这时，本多忠胜和井伊直政也匆匆赶来。

大概是这位年轻城主的样子太易让人想到信长公的缘故，方才还浑身杀气的诸将，心中突然充满怜悯和对于世事无常的感慨。

“给中纳言拿个杌子。”池田辉政命令士卒道。

坐下之后，秀信还是哆哆嗦嗦颤抖不已。虽然他相貌与祖父甚近，器量与经验却不可同日而语。目下即是如此，他只是计较眼前的耻辱，已完全不虑织田氏的存续诸大事了。

“胜败乃兵家之常事。”正则实在看不下去了，道，“希望你还是放弃自尽的念头，让我们进城，随后自省一些时日。”

事实上，此时的秀信早已连自尽的勇气也没有了，正则却还苦口婆心劝他，想起来真是好笑。尽管如此，却无一人发笑。

“尊祖与内府，从小便亲如兄弟，你又是信长公嫡孙，正则发誓，定要在内府面前为你求情。赶快悬崖勒马，休要再伤害织田氏的声名了。”说到这里，正则又急于表现好意，“我看这样，你若觉得不堪，暂且到高野山避一避。如此，内府亦不便责罚你了。骚乱平定之后，我再从中斡旋。对，这样最好不过。”看着眼前与自己儿子同龄的秀信那般茫然无助，正则有些不忍。

听到“高野山”三字，秀信才抬起头来，打量一圈池田、井伊和本多等人。当他发现众人脸上并无明显的憎恶之情时，遂默默把手伸向腰间的短刀。

“你不可轻生。”

“秀信明白。”秀信嘟囔了一句，猛拔出短刀，割掉了顶髻，“秀信去高野山了，城池交给你们随意处理。”

正则松了口气，接过秀信递过来的发髻。“这样最好。”说着，他把发髻向众人展示了一下。

处置完秀信之后，剩下的问题就是究竟谁先攻陷了城池。在本多忠胜的调解下，池田与福岛最终妥协。本多道：“我看这样，就算是你们二人同时攻陷了城池。”

于是，两家又各自让士兵插上旗帜，取代织田氏守备城池。

岐阜之战最终以东军大胜而告终。夜幕降临，在霏霏细雨中，意气风发的东军将士又把目光望向了大垣城。

稳坐江户的家康挥舞着无形的令旗，仅仅在村越茂助直吉抵达清洲的第四日，便成功地把西军最重要的据点之一岐阜城收入囊中。

一八　无形令旗

岐阜城的陷落令身在大垣城的石田三成无比震惊。他挑了精锐去驻守瑞龙寺山，在他看来，局势无论多么不利，三五日内当不会有太大变化。可令他诧异的是，敌人进至木曾川东岸、渡河和岐阜失守三个消息接踵而至，变化之快让他措手不及。他非缺乏志气的男儿，并不会因惊愕而茫然束手，初战的失利反而让他更固执，更是坚定了最初的决心：即使天下无一人施援手，石田三成也与德川家康势不两立！

毛利氏依然没有要出征的样子，西军当中，见风使舵之人愈来愈多。三成必须撕掉温和的面具，亲自到台前。失利让三成痛定思痛，决然明白：从一开始，这场战事便是德川家康与石田三成的激烈厮杀。

三成不再犹豫，命人立刻把垂井的岛津义弘请来，道："大人立刻出兵去墨俣，此城距大垣十一里，可扼住美浓咽喉。"

义弘远比石田三成年长，在朝鲜战争时，他已是赫赫有名的猛将，正因如此，义弘以身经百战者的口吻问道："那么大人您呢？"

"我和小西一起从大垣出兵，然后在泽渡布阵，自会另派人马驻守合渡川，扼守中山道。大人则要严密监视东岸动向。"三成语气强硬。

岛津义弘早就对三成甚为不满。当三成俨然以命令的口吻对他发话时，其不满之情加剧，怒道："大人认为，单凭你我和小西三人，就能守住东海道和中山道？"

"你不必担心。伊势宇喜多的一万多人马即将抵达大垣城。"

岛津义弘这才微微点了点头，赶赴墨俣去了。

此时，德川家康还在江户按兵不动，但他的令旗却在指挥千军万马。黑田长政、藤堂高虎、田中吉政各部已悄然发起行动。原来，二十二日夜，与福岛部同向岐阜急进的黑田、藤堂、田中等部，于拂晓时分抵达目的地时，发现满地都是福岛和池田二部的粮草兵器以及杂兵，哪还有仗可打？但他们也不甘落于人后，商量道："我们直奔河道，把从大垣赶来的敌人一举击溃。"于是，他们直接折向岐阜左路，进至合渡附近，遂在长良川与三成的人马撞个正着。

在合渡川（长良川）对岸，石田三成的部将舞兵库、森九兵卫、杉江勘兵卫等人正匆忙赶来。他们的兵力顶多只有一千多，将士们对岐阜战况不利已有所耳闻。合渡川这边，黑田、藤堂、田中等人，却因把进攻岐阜的功劳拱手让给了池田、福岛、细川等人，心中大有不甘。家康自背后紧盯着他们，比起进攻岐阜、战功在手的诸将，他们的脸面往哪里搁？

"来得正好！蹚过河去，将石田一举击垮！"田中吉政令毕，翻身上马，直奔上游而去，可猛回头一看，身后竟只有十八骑。河面上浓雾弥漫，河流深浅莫测。对岸的敌人无法看清这边，这边也看不清敌方布阵。吉政的战马刚踏进合渡川，一人忽然上来一把揪住他的马辔。"这样做太冒险。请先停下！"此人乃宫川土佐。土佐阻道："大人，我们只跟过十八骑。区区十几个人，渡了河也无法战斗。还是等等后边的人马。"

"休要阻止我！反正敌人也看不清我们的人数。此时来个出其不意，最好不过。"

"不，太危险！河水深浅尚且一无所知！"

田中吉政急得直咬牙，他对牵马的三郎右卫门努了努嘴，"三郎右，你到河里去试试深浅。"

三郎右卫门轻轻摇了摇头，"若是平常的小河，涉水即过，可这样的大河，恐怕……"

“哼！你也生惧？探路乃你职责，快去！”吉政似是着了魔。三郎右卫门露出苦笑，“小人只是觉得，我们并不熟悉这河，一旦贸然涉水，招致渡河失败，岂不被人笑话？并且，战事吃紧，一旦挫了我军锐气可不好，才犹豫不决。既然大人一再坚持，小人赴汤蹈火在所不辞！”言毕，纵身跳入水中。

“说得好！身为下人，竟有如此眼力，好！吉政也跟着你下水。”

这时，重臣坂本和泉与六骑一起赶来，阻止宫川土佐道：“宫川，莫急。此时万万不可挫伤进攻锐气。若不立即渡河，头功就被黑田抢去了。”

坂本劝阻了土佐，长刀一挥：“踏平敌营！”

二十余骑一齐跃入河雾中。山间飘荡着一条清晰的蓝色雾带，召唤着黎明……

得知吉政已马踏合渡川，黑田长政岂能甘拜下风，遂率部直奔临近敌营的凑村上游。“强渡此河头阵者，非黑田长政莫属！”在河道的中流，年轻的长政大吼一声。在上游渡河的武士们也不甘示弱地呐喊起来：“今日头功归黑田家臣后藤又兵卫基次！”

一方草木皆兵，一方如猛虎下山。河对岸，石田部舞兵库的阵营突然乱作一团。

田中吉政部迅速渡河，抵达茱萸的木原。吉政大声道：“瞧瞧，还是我们先渡河。三郎右，干得不错。今后，你就叫合渡三郎右卫门。”

“多谢大人赐名，小人荣幸之至。”三郎右卫门兴奋地抓住吉政的马辔，正欲进发，黑田部和从下游骑马而来的藤堂高虎也拍马直奔敌营。

这样一来，石田各部已痛失先机，尽管他们都骁勇善战，但依然厄运难逃。舞兵库不用说，就连稻叶一铁旧臣、在姊川合战中一战成名的杉江勘兵卫也是顾此失彼。

东军的三队人马齐头并进，一举突破防线。

石田部顶多不到一千人，东军人数尚在源源不断增加。为了进攻岐阜，谁知他们出动了多少人马？守方的不安与攻方的锐气，立时形成了鲜明的对比。石田各部节节后退，愈战愈无信心。东军人数不断增加，西军则越来越少。

最负盛名的杉江勘兵卫已战死沙场。而只要杉江勘兵卫的九尺朱枪屹立不倒，军心自会稳固许多。此前，勘兵卫的枪柄被血染红时，竟被田中一名属下喝住："你也是鼎鼎大名的汉子，快快逃命去吧！"

在战场上，厮杀双方岂可容忍被人怜悯？而在敌方恫吓下败退，更是堂堂武将断无法忍受的耻辱。勘兵卫大喝一声："我乃杉江勘兵卫。你乃何人？"

"田中吉政家臣西村五右卫门。"

"看枪！"若是在平常，勘兵卫早就杀出去了。因他知自己已体力不支，才趁其不备，把引以为豪的朱枪朝五右卫门投去。

"呔！"随着一声大喊，五右卫门低头闪过。这一闪真是生死攸关。呼啸而至的朱枪挑飞了五右卫门的头盔，刺破他的头皮后飞开。同时，五右卫门手中长枪也深深刺穿了勘兵卫的侧腹。

杉江勘兵卫竟把自己的性命全赌在了这杆枪上，西村五右卫门若真的中枪，恐怕连喊都来不及，就会当场毙命。只因他那生死一闪，双方情势立时变化。

两手空空的勘兵卫被五右卫门使枪一挑，身子猛飞了出去。

"勘兵卫被杀了。"

"连勘兵卫那样的名将也被杀了？"

勘兵卫的死，加速了石田各部的溃败，却大大激发了田中、黑田等部的斗志，也促使在合渡川下游渡河的藤堂高虎一举进攻到了赤坂。赤坂与大垣近在咫尺，一旦东军进攻到此，无论是从大垣城赶赴墨俣布阵的岛津义弘，还是出兵泽渡的石田三成的主力，都必须紧急撤回大垣城。一旦被人断了退路，大队人马被斩为两段，局势就严重了。石田部很是不安，而藤堂高虎早就料到敌人要撤退。

"合渡那边让田中、黑田抢了先机。这赤坂该落到我手中了吧。"藤堂果断切断了意欲逃走的石田各部的退路，急向赤坂进发。此时，泽渡的三成和墨俣的义弘深知在此决战无益，都打算退却。

西军退却的消息愈发加速了东军进击的步伐。战事总是与个人命运交织在一起，并在不断变化，其势如狂风洪水般不可阻挡。但无论退者还是进者，都无暇思量这些。形势巨变，双方对峙起来。

“藤堂已向赤坂进发了。”

“我们决不能落后。今日的宿营地就是赤坂！”

当田中、黑田二部逼近吕久川，然后改道向赤坂进击时，他们前边的石田一部正如潮水般退去。这样一来，攻陷岐阜城的福岛、浅野、池田、细川各部，便可甚是轻松地随后赶来了。

二十四日，东军集结到大垣右前的赤坂，把胜利的消息报告给江户。

一旦行动起来，丰臣旧将便具有强大的攻击力。而就在五日前，他们却还陷在若家康不开动，便无法开战的迷茫之中，还在为家康是否出征而争吵不休。其实，他们是在一面无形令旗的指挥下发起行动的。一路打到这里，他们已怀有了坚定不移的信心：只有我们这些人，不照样也能战无不胜吗？这面无形令旗的神奇之处到底在哪里？若把这看作是家康的计算，那家康的借力之术简直出神入化了——未损失一兵一卒，只是巧妙地利用丰臣旧臣，德川氏便轻而易举进逼至大垣城。尾张与美浓的大半都落入家康之手。

石田再也无法悠然谈论“伊势之战”了。对三成恨之入骨的丰臣旧将，全都龇牙咧嘴逼到了眼前。纵然三成极不情愿，他也必须把所有兵力集结到大垣。但是，集结兵力需要时日。怎样才能把大坂的毛利辉元引出来？越前的大谷吉继的兵马又何时才能赶来？更重要的是，即使把以毛利秀元为总大将的吉川广家、安国寺惠琼、长束正家、长曾我部盛亲等人的三万大军，全部从伊势撤回来，粮秣怎么解决？在赤坂与东军对峙下去，却不能及时调兵遣将，决战必是一败涂地。

照此下去，决定两军命运的决战，必在九月中旬开打。家康仿佛早就把这些都算计透了，遂于九月初一从江户出发。这世上再也没有比家康更精明之人了。他把德川重臣全都安排到了秀忠帐下，让他们沿中山道前进，他自己则从东海道进发。他是想利用丰臣旧臣把三成除去。

仗正是这般筹划的。

中山道路途险恶，行军耗费时日，家康自然很是清楚。因此，他虽抵达赤坂，却无法知秀忠能否及时赶到。故，他先让丰臣旧将去苦战，待他们初战告捷、士气高涨之后再亲自出马，借力以掌握天下。家康并不觉愧疚。他原本就受秀吉之托代管天下。在亲兵到达之前就决出雌雄，当然更好，万一不能彻底解决，那就等待秀忠到达，双方展开决战，进而实现天下太平。如此方万无一失。对手并非人，而是天，是神佛。正因为家康有这种自信，故，准备于九月初旬，才在赤坂的南五町、冈山山顶安营扎寨。

东军士气日益高涨。

听说家康欲在九月初一出发，石川日向守急忙捧着黄历来到家康面前。“请大人打消今日的出兵计划。”

“那是为何？”

“在下看过黄历，要去之处乃是西塞。此次西征之战，出门便遇上西塞，恐怕不吉啊。请大人三思。”

家康笑道：“好兆头。那我把阻塞的西方打通。”

一切都已安排好了。对于伊达政宗，家康严厉告诫其不可轻举妄动；对毛利一族，家康通过黑田长政，继续与其暗中进行谈判。九州的加藤清正也不断联络，加贺的前田利长已起兵攻占了大圣寺城。并且，关东诸大名还驻于江户，上杉景胜若真出战，自己就亲自出击，一举将其剿灭。家康一切准备周全，甚至连前田利家遗孀芳春院都被作为人质送交江户。家康给芳春院的贴身侍从村井丰后守写了一封亲笔书函。

欣闻此次肥前守出兵攻克大圣寺城，功勋卓著，尽彰忠节，家康欣慰之至。北国之乱，吾亦将派其前往平定。恳请芳春院放心。家康深知夫人之痛，不日上方即被平定，届时即刻迎请归国。

另，许久不曾提笔，今感念之至，方亲笔书此。

德川家康敬上

庆长五年八月二十六

这封书函是为了安抚芳春院，利用利长，但也可看作是家康对芳春院情谊的自然流露。

对于攻陷岐阜城并进一步逼近大垣城、现正向他寻求指示的池田辉政，家康则写了如下书函。

> 岐阜城破，汝功劳之高，寸管难以言表。吾已命中纳言（秀忠）进中山道。吾则沿东海道进击。凡事切忌大意，务必待吾前去。
>
> 庆长五年八月二十七

家康把自己将于九月初一从江户出发的消息，先后以书函通知了藤堂、黑田、田中、一柳四人，同时要求他们在自己未到之前定要控制情绪，按兵不动。若在从前，家康早就命令他们进攻了。可愈是到了决战时刻，他反而愈冷静。他心里清楚，只靠他们，不能灭了全部西军。

庆长五年九月初一，家康率领三万二千七百余人从江户出发。是日晚，宿于神奈川，家康分别向藤堂、黑田、田中、一柳诸将发出书函。

二日，宿于藤泽。

三日，宿于小田原。是日，小早川秀秋派来的使者造访永井直胜。

小早川秀秋对家康仰慕已久，他与其说是出于自身的意愿，不如说是受到了其姑母高台院的指点。这一点家康亦甚清楚，但他并未接待秀秋的使者。

“我能信得过他？不便见此人。”家康显出颇为冷淡的样子。事实上，一旦亲自接见，消息就极有可能泄露到西军那边，秀秋恐将被三成暗施毒手。

接着，加藤嘉明也派来了使者。这次家康亲自接见了。嘉明正把守着犬山城，他是来向家康请示，是守城，还是继续前进。

“待我到达之后，再采取行动。”家康作出这样的指示后，便把使者打发了回去。

四日，抵达三岛，命人先将马印带去热田待命。他并未将马印交与马印奉行，而是让一年轻兵士携马印赴热田。

五日，宿于清见寺。

六日，宿于岛田。

七日，宿于中泉。

八日，宿于白须贺。是日，藤堂高虎特意赶来，与家康密谈到半夜，天亮前方回营。同一日，小早川秀秋又派来使者，但家康却让永井直胜打发了回去，仍未接见。

九日，宿于冈崎。

十日，宿于热田。此日，西面的海边燃起四五处火焰，据说乃西军水军九鬼大隅守放的火。距离热田海滨有五六町远的近海一带，泊着一艘大船，船上张着幔帐，幔帐上印紫白梧桐叶。恰逢家康西上，九鬼大隅守便想乘机改旗易帜。但家康只是与携马印前来的兵士会了面，便从大船旁径直过去，一言不发。

十一日，抵达清洲。

十二日，仍停留清洲。傍晚时分，藤堂高虎再次飞马从前线赶来。

家康与高虎初次会面，乃是在当年家康应秀吉之邀进京时。当时，藤堂高虎奉秀吉之命，于内野的聚乐第为家康筑建府邸。从那时起，二人的关系便日渐亲密，甚至超越了尊卑。对于丰臣旧将的动静，高虎恐怕比监军本多忠胜和井伊直政更清楚。

是日，高虎同样待到半夜才回去，之后，本多和井伊才被叫来。由于家康与高虎密谈时间太长，井伊直政和本多忠胜有些不满。二人被叫到家康面前时，夜深人静，连城郭都似睡熟了。

“夜长了。”

“是啊。马不停蹄一路赶来，却不得不驱赶睡意，真是不堪啊。”本多忠胜毫无顾忌地于家康面前盘腿而坐，“藤堂佐渡守是否想西军诸将倒戈？”

家康苦笑着吩咐同席的永井直胜：“休要让任何人靠近。”说着，他挑亮旁边的烛台，“最好是全天下人都倒向我们。只是，我德才不够，还做不到啊。”

“大人！”忠胜似乎把家康的话理解为反唇相讥了，道，“中纳言何时到达？”

“大概还要花费些时日。”家康微微侧着头，曼声问井伊直政，“直政，你怎么想？”

未等直政开口，忠胜分明已忍不住了，不由分说地插话道：“大人，中纳言赶来之前，您就想向敌人出击？中纳言一旦到达，我方大军会让敌人斗志减弱大半。但在此之前就发起进攻，敌人见有机可乘，怕会士气大涨。”

“忠胜，我在问直政呢。直政，你看要等待秀忠吗？”

“启禀大人，”井伊直政有些为难地探身道，“属下不同意本多大人的意见。终于盼来了您，却不能立刻发起进攻，这样的话，会扰乱军心。故，在下认为，应立即行动。”

“可是，那岂不等于长敌人威风……”忠胜又插了一句。

“直政以为，士气熊熊燃烧的不是敌人，而是我军。正因如此，我们不如趁热打铁，趁大人刚刚到来，士气如虹时，速战速决。”

家康默默点了点头。看来，无人能看穿他的真心。虽然单靠德川氏力量也可取胜，但以武力征服天下，不过是莽夫之举，不能服人，天下亦难太平。

“好，那就速战速决。”家康轻声道。没有秀忠的支援也能取胜，为何还要等？神佛已把天下交给了自己……

“这若是大人的决定，在下无话可说。但若是在藤堂高虎的建议下作出的决断，还请大人三思。”忠胜还是不能接受。

藤堂高虎正与黑田长政合军一处，不动声色地与西军保持联络。此时稍有大意，恐要出大事。忠胜担心的便是这一点。家康也深知这个道理。“莫要担心，忠胜。我并不寄希望于敌人倒戈。”

“既如此，待中纳言到达、一切准备妥当之后再发起总攻，岂不更好？”

听到忠胜依然顽固地坚持己见，家康觉得必须开导开导了。他们太缺乏眼光了，若连他们都不能说服，还谈什么一心对敌？

“忠胜，你觉得我和中纳言，谁更重要？”

“那还用说，没有大人就没有德川氏，大人怎么会问起如此奇怪的问题？”

“唉。我已年过花甲，中纳言则正当壮年。所以，即使我战死，也必须保证中纳言平安，以构筑日后的太平盛世。我先出战，乃是秉承天意啊。”

“但是……”

“你先听着。你明白吗，只有我出战，即使不利，也不至于毁了德川氏。”

“可是，若大人……”

“一旦不利，我们还有回旋余地。并且，若此举可取胜，德川主力就可毫发无损。这些好处，你思量过没有？世人都说我奸猾，说我有意保存实力，只让丰臣旧将去卖命。对于这些议论，我不屑一顾。”说着，家康把视线移向井伊直政，“你方才的想法，也和家康的心思有些出入。此次战事，并非单靠武力取胜即可。”

“取胜还不行？”

“是。”家康重重点头，“胜利之后，还要看我们有无足以震慑乱事者的能力。倘能有此能力，无论是家康，还是中纳言，都要牢牢掌控局势，否则，此战之后的形势，甚至会比朝鲜战争之后更加严峻。”

“哦……”忠胜这才长叹一声。

“朝鲜大战之后，已故太阁旧将四分五裂，幸亏还有我。但尽管如此，天下还是一片混乱。贸然发动战事，若让天下重新陷入混乱，罪莫大焉！已故右府的苦心、已故太阁的辛劳，还有我一生的夙愿，全会泡汤。家康乃真正祈求天下太平，才要给中纳言留下足够的力量，自己来拼死一搏！否则，上苍亦不会原谅我。总之，一切都是为了天下太平。”

忠胜和直政一句话也说不出来。不错，此战绝非一场普通的战事。朝鲜战争时，国内留下了家康，而这一次则是决定天下大势的总决战。若两败俱伤，各路诸侯分别撤回领国，割据一方，天下岂不又回到乱世？值此关键时刻，家康才亲临前线，想保全秀忠。

“在下愚钝，大人见谅。既如此，忠胜肝脑涂地，在所不辞。这便立刻出发！”

话音未落，井伊直政也站了起来，“在下先把这个意思传达三军。”

“好。别忘了也告诉藤堂佐渡守。你通知众人，就说今日我抱恙，索性让人马歇息一日，十三日入驻岐阜，十四日抵赤坂。”

照计，第二日从清洲抵岐阜。到达岐阜之后，家康住入已归降的织田家老百百纲家府邸。然后，他给北陆的丹羽长重和土方雄久写了书函，令长重、青木一矩二人与前田利长议和。土方雄久曾在早些时候被流放到常陆的太田，这次在家康的秘密授意下出使北国。

第二日，家康绕路避开了离大垣城较近的渡口，越过长良渡，抵达赤坂驿南的冈山。由此望去，五十余町外，大垣城近在眼前。

“宇喜多中纳言秀家、小西摄津守行长、石田治部少辅都在大垣城中。福原右马助同在。”

家康一边认真倾听直政的报告，一边频频点头，然后命人朝大垣城方向插上金扇马印和七面印有家纹的大旗，另有二十面小旗。

半夜就已出发的火枪营、传令使等，则比家康提前一步赶到这里，在阵营周围严加戒备。

家康的到来，究竟给西军带来了多大影响？从大垣城那边应也可以望见冈山的动静。不消说，在家康到来之前，他们早就把周边东军的情况打探得一清二楚了。

北面山头上依次为加藤嘉明、金森长近、黑田长政、藤堂高虎、筒井定次驻扎，昼井村里驻扎着细川忠兴，昼井村东面的大墓则为福岛正则驻扎，胜山北面有井伊直政、本多忠胜、京极高知，西牧方是堀尾忠氏、山内一丰、浅野幸长，荒尾村里有池田辉政、池田长吉，长松村为一柳直盛，东牧野为中村一忠、中村一荣、有马则赖，矶部宫里乃田中吉政……就在这一望无际的阵营当中，东军的指挥者赫然现身，它带来的动静自如地动山摇。

从大坂出发时，石田三成就曾放出豪言壮语：“即使来十个家康，我也毫不畏惧！”内中当然含有鞭策自己的意思，但他也绝非完全在耍嘴皮子。

三成为阻止家康现身，可谓费尽心机。只要上杉景胜、佐竹义宣、真田昌幸等人在东面发动攻势，家康就绝不敢西进。在此期间，只要把毛利辉元引出来，两面夹击，东军自会陷入混乱。这是他的希望，也是他的谋略。因此，当东军发起局部攻击，攻占岐阜并紧逼赤坂时，尽管他内心甚是慌乱，但并未想到这竟是家康躲在幕后挥舞令旗的结果。

进至赤坂及周边一带，东军竟停止了步伐。

从八月二十四至九月十四，这二十天里竟无战事，双方和平相处。这无疑让三成相信，家康不会西进。东军众将已知，同上杉、佐竹、真田等人的战事已经开打，家康无法离开江户，为了掩人耳目，他才故意一副高深莫测的样子。家康挥舞的“无形的令旗”，让三成乖乖地上了当。可今日，本应身在江户的家康的马印，竟忽然出现在冈山上，大垣城内自然乱了。

“那定是故弄玄虚。”

“如此说来，金森法印的白旗好像与家康的很相似啊。”

“且先派探马前去打听虚实。”

东军明明已进发到赤坂一带，又中道而止。原因绝不简单。而西军军心涣散，又让敏感的三成犹疑起来。

“是家康本人。”当探子把这个消息报告给三成时，脸色大变的众将陆续集中起来。无论愿意与否，决战已迫在眉睫，是固守、夜袭，还是主动出击，与敌人一决雌雄？大垣城主伊藤盛正不用说，连岛津义弘也在宇喜多秀家、小西行长身后，嘴巴紧闭，一言不发。

家康的到来，登时令西军方寸大乱。

一九　踯躅松尾山

松尾山在关原西南，高近百丈，从松尾村向南走过八里坡路就到了。山上还残留着织田信长与浅井长政激战时，让不破河内守光治构筑的工事的遗迹。

山顶平地东西长十间，南北十二间，甚是狭小。山腰尚有几处地势平坦之处。

登上山顶，展望四面，关原与周边一览无余。东为桃配山，北为天满山。若想俯瞰从垂井向西面的关原大道，以及从大道两侧延伸开去的平原，这里便是最好的所在。

小早川秀秋于九月十四抵大垣城，与三成等人议完事，完成军事部署之后，率领八千士众迅速上山安营扎寨。

小早川秀秋乃高台院一手带大的亲侄子，血战伏见城前，其兄木下胜俊亦在城内。胜俊向鸟居元忠提出共守城池，但被元忠断然拒绝。秀秋今年才二十四，却已位居中纳言，比同为中纳言的宇喜多秀家——只要毛利辉元不出马，宇喜多秀家便是西军主帅——还要年轻五岁。虽说年轻，但秀秋天生心高气盛，绝不甘心宇喜多秀家在他面前颐指气使。不消说，他对三成当然甚是憎恶。在朝鲜之战时，他英勇善战，却由于三成的一句谗言，而被没收了领地。

“无大将之器！”二十出头的秀秋遭到秀吉如此痛斥，这种屈辱刻骨铭心，令他永远也无法忘记。而让他转危为安的，则是家康的斡旋与秀吉的故去。此前，他曾数次向家康派遣密使，再三表明心意。但家康均毫无反应。

家康的冷淡让这位莽直的年轻武将既不满，又无奈，“内府定是对我心存疑虑。”

高台院不支持家康，天下太平便无从谈起，丰臣氏的存续也断不可能。每次见到秀秋，高台院总是提醒他，为了继承太阁遗志，切切莫要中断同家康的联络。但年轻的秀秋哪能领会其中真意？

对秀秋来说，高台院简直就如亲生母亲。他认为，给了高台院莫大耻辱的乃淀夫人，而三成则与淀夫人沆瀣一气。出于这种理解，他对三成的憎恶愈深。如今，他认为家康对自己不信任，不满和无奈也在日渐加深。

宇喜多秀家出征伊势时曾邀他同往，但他却未听从奉劝，而于八月十七进兵近江，驻扎于石部。随着疑虑的加深，他甚至变得有些自暴自弃，想尽量不加入任何一方，在一旁坐山观虎斗。

正在他彷徨不已之时，八月二十八，他的密友、德川一方的浅野幸长和黑田长政联名给他写来书函。

浅野幸长与黑田长政联署的这封书函，最终让秀秋内心彻底动摇。书函写道：“……此前曾去书表明心意，今再次致书。如今正是大人表明忠节之关键时刻。内府将于二三日内抵阵，大人之去留，务痛下决断。吾二人如此行事，只为慰高台院夫人。恳请早日回复。务令使者口传详情……”

这封书函乃是浅野、黑田二人从赤坂阵地写给小早川秀秋的。秀秋谎称有恙，需要疗养，以游猎为名经石部、铃鹿、近江，最后停留于爱知川高宫。书函于是被送到此处。

字里行间不仅有浅野、黑田对秀秋的信任，还称乃是为了高台院。这让秀秋大为动摇。书函其实想说：他二人这样做，乃是为了让高台院安心，家康不日就会抵达前线，所以，在此之前，请秀秋一定明确心志。

故，一切的前提是：家康乃是奉高台院之命征讨三成。高台院既与家康同途，已无异议，秀秋亦当向高台院尽忠才是。事情非秀秋是否支持家康，而是家康要为高台院而战。

因被家康轻视而产生的不满，顿时烟消云散，年轻的秀秋精神大振。虽如此，他此前一直装作唯三成和宇喜多秀家马首是瞻，当然不可堂而皇之投了东军。一旦事情败露，西军定会倾尽全力，先灭了他。

眼看两军决战临近，经过前思后想，秀秋把自己的阵地选在了松尾山，欲借此见机行事，通过浅野、黑田与东军会师。万一东军失利败退，他只作壁上观即可。

见秀秋在松尾山上安营，流言蜚语顿时在西军中散播开来。

“金吾中纳言果然不想参战。”

“不，说不定他已私通家康了。”

于是，大垣城方面立刻向秀秋派去了使者，请他立即进城议事云云。但秀秋根本不吃这一套，推道：“我病尚未痊愈，才来此静养。世上流言甚多，我洗刷不清，故要先与东军一战，以消除猜忌。”

秀秋要先与东军一战，然后再去大垣城议事，这个回复让城里之人心乱如麻，他们已不知当守城还是野战。

小早川秀秋率八千人，其战斗力绝不可小视。他若未开赴战场、赶不上决战，倒还罢了，但既已到了战场，却连他心思尚不知，就太可惧了。万一在战斗最吃紧时，他临阵倒戈，该如何是好？

大谷吉继对此忧心忡忡，自不敢对秀秋坐视不理。若家康抵阵的消息为虚，吉继也不会下这样的决断。但家康已来到眼前，毛利辉元却迟迟不出。不弄清小早川秀秋的真意，怎能轻言决战？于是，他亲自赶赴秀秋阵营，抵达松尾山时，已是十四日夜。

沉默寡言的吉继在三成面前从不多说话，但他的决心已如磐石。尽管眼睛已看不见，他还是不断鞭策自己，让人把自己抬到松尾山。他已痛下决心，万一察觉到秀秋真有反心，就血溅当场。幸亏由于生病，他脸上缠满绷带，无须担心心思被人窥了去。

吉继已让三成写了一份誓书，并让诸将署名，把它带给了秀秋。誓书上列了如下四条：

一、此次战事如能尽忠，少君十五岁之前，关白一职由秀秋担任。

二、加封播州全境，并保筑前、筑后二地。

三、赐近江十万石，并赐家老稻叶内匠、平冈牛右卫门各十万石。

四、赐金三百锭，赐稻叶、平冈亦各三百锭。

在誓书上署名的有宇喜多秀家、小西行长、长束正家、石田三成、安国寺惠琼，以及大谷吉继。这些条件怎么看都是诱饵，仿佛在戏耍一介孩童。

吉继穿过新修的栅门，平安抵达秀秋大帐。但出来迎接的并非秀秋本人，而是稻叶、平冈二位重臣。

“我要见金吾大人，当面将誓书交与他。”

稻叶内匠头正成与平冈牛右卫门赖胜对视一眼，道：“这……我家大人方才狠狠斥责了我等一顿，现刚刚睡着。”

稻叶言罢，平冈赖胜也添油加醋道：“近日，不知是否身体欠安的缘故，大人常常酗酒、脾气暴躁，连话都不愿多说。”

大谷吉继觉察到，他们根本不想让自己见秀秋，可就此无功而返，他们的心就会离西军越来越远，遂忍道：“大人风寒尚未痊愈？”

“是。大人对世间种种流言甚是在意，热稍稍退了些，便去狩猎，结果病又复发了。反反复复，总不见好。”

“这么说，令旗由你们掌管了？”

“不敢。这样会影响士气，总之，我等只劝大人静养。”

“既如此，不用特意叫起他。议事结果想必已传达了，可后来，增田大人又从大坂传书。”

“增田大人？”

“说明日，毛利大人终要携少君从大坂出发了。”这完全是大谷吉继随口撒的弥天大谎。他身在北国，怎知大坂详情？

不知是谁散布的谣言，如今大坂城内，正流传说增田长盛已与家康私通。这并非完全不可能，大谷吉继想，因为增田长盛并不像三成那般，对家康抱有刻骨敌意，只是在三成的逼迫下，他才不知不觉卷入其中。但这种事在大坂城内流传，对西军来说无异釜底抽薪。因为要毛利辉元无视传言，毅然从大坂出发，简直不可想象。在安国寺惠琼的游说下，好不容易才半推半就成了西军总帅的毛利，如今又陷入进退两难的境地。

若毛利携秀赖前脚出了大坂城，增田长盛后脚就举起叛旗，秀赖该怎生是好？待在大坂城，他尚是已故太阁遗孤，可一旦出了大坂，就成了一个手无缚鸡之力的小儿。而且，一旦大坂城和佐和山城被攻陷，秀赖立刻就会沦为一个没有居城的流浪儿。由此可以说，在把毛利辉元钉在大坂这一点上，增田长盛与家康私通的传言起到了决定性作用。

辉元已不可能出来，大谷吉继明明清楚这一点，可他还是撒了谎。他是想借此试探小早川的老臣们是否真与辉元保持着联络。

此时，吉继紧张地等待着对方的反应。

“哦，毛利中纳言出师了？”二人甚是惊讶。

“所以我才让他们写了这份誓书，金吾大人若不过目，成何体统？我看这样吧，二位先阅，待金吾大人醒来之后再转达他如何？”吉继轻轻把绸布包放在稻叶正成面前。对于稻叶、平冈二人，书中也曾许诺给他们十万石，对于这个诱人的条件，他们究竟会表示出多大的兴趣？

“那么，我们先拜读了。”

“请。”

稻叶看后，似乎颇为惊愕。阅毕，他把誓书默默交到平冈赖胜手中，道：“说是要在少君十五岁之前，把关白一职让与我家大人。”

吉继故意轻描淡写道：“金吾大人乃少君兄弟，天下何人能对此怀有异议？”

平冈赖胜脸上却掠过一丝微笑，“这都是战后之事。我们定会详细禀告主公。”

一听这话，吉继只觉得胸口如被刺进一把尖刀。“这都是战后之事”，看来，小早川的重臣们早对西军的胜利不抱什么希望，才在不知不觉间流露出不安。如此看来，只要战局没有根本性的扭转，小早川秀秋就会继续待在此处，隔岸观火。

“鄙人先告辞。金吾大人到底年轻，希望二位提醒他，切不可轻举妄动。”

“我们心中有数。”

“设若你们这些老臣误导了大人，让少君有忧，让丰臣有难，金吾大人可就成了众矢之的。总之，希望大人明日务必下山，参加决战。”

“是。明日乃我家主公雪耻的绝好机会，我家主公早就按捺不住，一战定会让公等刮目相看。”

“如此我就放心了。告辞。”吉继在下人的搀扶下，站了起来。尽管嘴上说着放心，他的心情却正好相反：看来，关原乃埋骨之所了，三成哪里有指挥大军实战的威望？

吉继上轿之后，两位家老送客回来，同时大笑出声：“把关白之位让与大人，那毛利和石田怎么办？”

二人一起到了秀秋面前。

秀秋还在吃酒。对他来说，今宵乃是难眠之夜。伏见未陷落时，鸟居元忠就让他生了一肚子气，于是，他咬牙加入了西军，心中无比苦闷。高台院曾屡屡嘱咐他，切切不要中断与家康的联络。太阁夙愿就是统一日本，实现太平，而继承太阁遗志的就是家康，只有家康才是太阁托付大业之人。

起初，秀秋对此深信不疑。但由于家康对他敬而远之，他亦渐被三成、秀家等人迷惑，不知不觉陷入迷惘，一步步跌入深渊。

高台院所言均出自真心？有时，秀秋甚至对太阁产生了深深的疑问：难道他的心愿真像高台院所言，是为了天下太平？他果真那般伟大？不，未必，他或许只是为了自己的荣耀和飞黄腾达。高台院只是出于美化夫君的目的，把家康说成一个盖世英雄。

秀秋思量，德川家康和已故太阁有多大差别？表面上，家康比已故太阁更谦虚，更能忍耐，更能吃苦，开口天下，闭口苍生，可他除了想把天下大权揽入自己怀中，还有何心？而与此相比，自己一直襟怀坦荡，但帮了家康又当如何？果真如高台院所言，人乃是为了追求高远的大志而生？

有时，秀秋甚至对家康与高台院之间的情谊亦产生怀疑：正如淀夫人与大野修理亮私通那般，姑母高台院与家康之间，是不是也有龌龊丑事？但很快，他又责备自己纯属胡思乱想。

秀秋正在甚是郁闷时，平冈赖胜和稻叶正成带着誓书来到他面前。秀秋道："刑部回去了？"

"是。"

接过誓书，脸色苍白的秀秋笑了，"这才是人的真面目呢。如此诱人的'画饼'，你们见过吗？"

"是啊。看来，他们越来越离谱了。"

秀秋冷笑一声，把誓书扔落在地。"三成粮秣吃紧，钱袋已底朝天，听说他正逼增田长盛交钱呢。"

"是啊，才产生了长盛与内府相通的谣言。"

"这绝非只是谣言。人一旦自己走投无路，就想把别人也逼入绝境。高台院也有这个毛病……"秀秋出了一会儿神，继续道，"高台院不也是一无所有地出了大坂城吗？她所说的话，全都空洞无物……"

近日秀秋经常流露出对高台院的不满，这已非什么稀罕事了。稻叶正成和平冈赖胜都不安起来，事到如今，一旦秀秋的心志出了问题，事情就难以收拾了。不管怎么说，他们已向浅野、黑田二人回了函，以示好意。

"不知刑部看破我的心思没有？"

二人舒了一口气，同声道："这些我们早有准备。"

"一旦被刑部看破，不定什么时候他们就会向我们发难。大忧不在东军，而在身后啊。"

"大人！"稻叶正成警惕地扫了一圈周围，方道，"大人说话之前可要三思！"

"哈哈，你怕我说漏嘴？好好，我明白。这世间的确险恶：一边向你抛出诱饵，逼你就范；一边又磨刀霍霍，大显威风。"

"大人！"

“呵呵……世事不过如此，无论谁得天下，无论谁坐天下，都一样，世上依然肮脏如故，永远不会变得清纯如露。”

“是不是可把酒撤下？”

“撤酒？这酒难道就这般惹人生厌？唯有金樽知我怀，一醉同消万古愁！”

“大人请振奋起来，定会时来运转……”

“哈哈……让我再喝一杯。小早川秀秋站的地方更高。”

“大人说的是阵地？”

“不只是阵地。这反正是盗贼与土匪的争斗，谁胜我就跟谁。世人一定又要嘲笑我了，可是，我也要嘲笑一回世人。”说着，秀秋把酒杯塞给正成，亲自斟满，“你喝后，再给牛右卫门一杯。我说得不对吗？既然谁坐天下都一样，我为何要加入战败的一伙？在铃鹿岭狩猎时，我便已看穿了。”

“大人高见。”

几杯之后，秀秋似乎更醉了，酒意让他益发狂放。

尽管这年轻主君对人生充满憧憬，但在目睹了人间的种种肮脏和丑陋之后，终于失去了信心，眼前这个世界变成了令人怀疑的荒野。就是在这片荒野中，他疑虑重重地登上了松尾山。他不信家康，也不信三成，甚至对自己都不屑一顾。他一边自嘲，一边静观这场决定天下归属的大战。见双方厮杀正酣，他会仰天大笑：“真是人间的群魔乱舞！”他欲待到双方两败俱伤、精疲力竭时，方才下山……

“大人，酒就喝到这里吧。说不定大垣城还会派人来。”说着，平冈赖胜将酒杯倒置于案上。秀秋听话地点头道：“好好，不喝了。那么，我想问问二位：誓书上说，少君要在近江赐你们每人十万石，你们难道就真的不动心？”

“大人莫要说笑了。别说给我们每人十万石，治部大人自己的领地都要保不住了。”

“唉，莫要生气，内匠，人的算盘真是可笑。近江哪有这么多的余地？把子虚乌有的俸禄送给我，他们与信口开河何异？哈哈哈……小人伎俩，居然也想拿来耍我？还在太阁面前搬弄是非，说我非大将之器！”秀秋把酒壶置于高座漆盘中，站起身，“再去巡视一遍阵地方可歇息。你们且跟我来。”说着，他摇摇晃晃走出去。

他非要带着两位老臣巡营，恐怕只是为了表明自己的存在——秀秋内心深处潜藏着自卑。

“巡营之事，我们二人足矣。”

“不。要看那些贤明大将的笑话，愚蠢的大将就必须作好充足准备。”

走出辕门，他又大声斥责护卫：“这点篝火怎么够？使劲烧！要足以表明金吾中纳言的斗志……今夜，我要让火焰彻夜照亮长空！”他以手中的鞭子敲打着栅门，转到东面的山头。

“那是什么？那边有人在动！”一到东面山头，一片正沿着大道向北移动的火光赫然映入眼帘。“怎生有人正向那边去？是敌是友？立刻派探马前去。”刚刚吩咐，他又自嘲地笑了，道，“是敌是友？这话听起来好生别扭。我何处有敌人，何处有友人？哈哈哈哈。”

“大人，您小心些。”

“好好好，只确认是谁的人马。那一带也放不下多少人。”

稻叶正成立刻派人前去察看。原来，下山而去的大谷吉继一直在担心秀秋，便让他的部将胁坂、朽木、小川、赤座等人沿山麓安营扎寨，严密监视秀秋的动向。秀秋竟然对此一无所知。

驻扎于松尾山的小早川秀秋的进退，竟成决战的重要棋子，他却坐山观虎斗。

“算了，不去也罢。无论是谁，无论战局如何，我这个蠢人只默默看着就是，哈哈……回营吧。”

方才还云开雾散、漫天星光的天空，又阴暗了下来，不大工夫，细雨迷蒙，关原一带又被沉沉雾霭笼罩……

二〇　石田督战

在大谷吉继悄悄赶赴松尾山，游说小早川秀秋的同时，薄暮中，一支去打探敌情的小分队狼狈逃回了大垣城。大垣城内顿时乱作一团。

大垣城城主乃伊藤盛正。从东军诸将在赤坂一带安营扎寨时起，他因担心有人与敌人私通作乱，遂把城外大商家都扣到城里做了人质。在得知家康抵达的消息之后，这些人质比武士还要慌张。有人甚至提议，横竖是一死，干脆在城里放一把火……

“要一边勘察敌情一边研究对策，可能的话，吓一吓敌人，以鼓舞我军士气。”三成鼓气道。局势严峻，他不得不命令善战的老臣岛左近去打前哨战。岛左近乃三成许以两万石厚禄才笼络住的筒井氏浪人，盛传他尤擅野战，与当时号称天下兵法第一的柳生石舟斋有着深厚的交情。

岛左近与同为石田家老的蒲生备中守，合兵引着东军的中村打了一仗，却只得平手，城内人遂更是惶惶不安。

“临行前还吹嘘，说不全歼敌人誓不回师，还不照样伤亡惨重，灰溜溜逃了回来？”

“看样子只能固守城池了。”

“一旦城池被毁，我们不就白白死在这里了？岛左近和蒲生备中守堪称石田左膀右臂，连那样的大将都不过尔尔。”

“看来，他们上了内府的当。”

“我也觉得很是可疑。石田信誓旦旦说，内府正在奥州同上杉苦战。

并且，佐竹、真田等人也已举兵前去攻打，内府赶不到这里。如今看来，内府定坐镇赤坂。”

“真是岂有此理！”

众人闹闹哄哄，宇喜多秀家和小西行长则红着眼睛进进出出，商家的不安和慌乱又传给了众下级将士。

“事情议了半天，竟是屁结果也没有！究竟是据城一战，还是出城迎敌？”

“莫要急。反正我军人数远远占优势。”

“说不定明日不会发起决战。江户中纳言的旗幡还未立起来呢。”

在这样的混乱气氛中，经过反复磋商，西军最后决定进行野战。

其实，即使西军想据城一战，也是胜途遥远，因为从一开始便退守城中，即如虎入樊笼。况且，驻扎于松尾山的小早川秀秋根本无下山入城的迹象，而长束正家和安国寺惠琼也都扎阵在南宫山南，二人明显是见风使舵。

岛津义弘侄子岛津丰久飞马赶来时，已是夜里。

“岛津丰久前来向治部少辅请命。”丰久大声叫喊，表情如赤鬼般吓人。

岛津部与大谷、宇喜多、小西等部并排于天满山北侧扎阵。听说丰久从前线匆匆赶来，三成立刻把他请进大厅。

大厅里，众人正围着刚刚打前哨战回来的岛左近和蒲生备中守唇枪舌剑，商量开战事宜。既然不能固守城池，石田各部必须在今夜出城扎营，地点应在从关原沿北陆官道向西、偏向小池和小关的地方，还要在岛津部之北。

“岛津大人，快快请坐。”

看到众人议得热火朝天，丰久觉得可笑。他坐到三成面前，护甲哗啦作响，道：“听说明日将发起野战，一决胜负，这决定已雷打不动了？”

“正是。”三成还没弄明白丰久此行的目的，应了一句，飞快看了岛左近一眼，“今夜完成布阵，命运如何，就看明日一战了。比起敌人来，我们对关原一带地形更为熟悉，故，在敌人进攻大垣城之前，我们定能抓住机会，一举将其歼灭。”

“敌人不动，我们就这样干等？”

“这话是什么意思？”旁边的岛左近紧言插上一句，“仗是活的，敌人按兵不动，我们既可前去引诱，也可直接骚扰。怎样，难道岛津大人另有妙计？”

岛津丰久狠狠瞪了岛左近一眼，并未回答他，“鄙人认为，我方迄今为止获得的消息真是荒谬无比。”

“什么意思？”三成冷冷问。

“我们自当想到内府会前来督战。可直到昨日，我军还坚信内府正在与上杉和佐竹等人苦战。我们的疏漏实在太多了，否则怎会被内府打个措手不及？”

面对丰久的质问，三成无言以对。事实上，从东军进发到赤坂，然后停止进攻、静静观望时起，他就觉大事不妙。他还没迟钝到对此毫无察觉的地步，只是有苦说不出。

“家康已到。”若这么一说，西军自会更加涣散。即使家康不来，众人就已各怀鬼胎，何况家康真来了！

“我等皆知，战事关键在于掌握制胜先机。但如今，这种先机已被内府抢去。我们已失先机，势必影响全军士气，到时事情就更严重了。大人以为呢？”丰久朗朗问道。

“那么，你以为如何是好？”

“夜袭！趁今夜发起突袭，把内府撵走。除此之外，我们别无他法。”丰久盯住三成，大似胸有成竹。

三成并未立刻回答。若有可能，他也不反对夜袭。但对岛津丰久这个提议，西军诸将能赞成吗？他们有如此强烈的战斗意愿吗？

最让三成意外的，乃是曾信誓旦旦表示，无论如何也要把毛利辉元请到此处的安国寺惠琼。然，这秃驴非但未把毛利辉元引出来，反而和长束正家一起躲到南宫山扎阵，骑墙观望。连惠琼都只求明哲保身，吉川广家和代替辉元出征的毛利秀元，其心思还用多说？不仅如此，三成甚至觉得，长束正家与惠琼的接近，似乎与大坂城内盛传与家康私通的增田长盛不无关系。

小早川秀秋从一开始就不可倚重，如今能为石田三成赴汤蹈火的，除了大谷吉继，恐怕就只剩下宇喜多秀家和小西行长二人了。在这种形势下，手无强兵，凭何夜袭？对于岛津丰久的提议，三成感动得几欲泪下，但他却是无言可回……

“诸位意下如何？内府刚刚抵达，立足未稳，今夜便是我等出击的绝好机会。”丰久无所忌惮道。

“恐怕只是岛津大人的一厢情愿。”岛左近讽道。

“此话怎讲？”

“所谓奇袭，原本是以少打多时迫不得已，方才运用的非常手段。现今我军人数远远超过东军，为何故意去冒这个大险？”

“这算什么话！”丰久额上绽起条条青筋，“鄙人并非不懂战阵之人。来此之前，我也充分了解敌情。今日傍晚与我方小战一场之后，敌人松了一口气，全都解甲歇息了，因此，我们若发动夜袭，位于冈山的内府主阵必会乱成一团。还请明思。”丰久无视岛左近的反对，直直盯住三成。

三成轻点头，道：“你的心情，三成甚是明白。只是……只是……”话犹未完，眼泪差点流了下来。他曾经痛下决心，哪怕无一人相助，也要和德川家康斗到底，如今也不由得被丰久的铮铮情义感动了。三成哽咽道：“合议已作出一致决定，各部正在部署。一旦命令改变，恐会招致不满，故……”他背过脸去。

丰久一怔，把后边的话生生咽到了肚子里。

三成在担心夜袭能否成功。丰久本想坚持，可理智阻止了他。三成必也在担心无人听他指挥。事情若真如此，只有岛津一部，自无济于事。纵然夜袭把敌人搅得大乱，没有增援，也只是打雷不见雨。

“那么，便把一切都赌在明日的决战上了？”

“既已决定了，各部已都准备好，也只得如此。但不管怎么说，岛津大人的情义，令三成备受感动……”

丰久已经不再听他后面说些什么了，径直道：“恕我告辞！”说完，瞪了岛左近一眼，愤愤不平地去了。

“大人，”左近低声笑道，“您认为我们错过了好时机？”

“你的意思是……”

“不愧是岛津。我们若有一万这样的人马该多好啊，可是……”

三成抬手阻止了左近：“你也一直想夜袭？”

“全听大人吩咐。”

“明日，明日……会是晴天吗？”

“必须晴。我们定要在青天白日下取得大捷。大人莫要焦虑，只管等着好消息。”

“不，我不担心。我心中有数。”

岛左近轻轻笑了，给灯火添了些油，叹息道：“人天生胆怯。”

“是啊。”

“因而才充满欲望，有欲望，才会变得强大。”

“是啊，可是众人如今少了欲望。”

“保全性命要紧啊。其实，这也是一种欲望。柳生石舟斋曾给在下写了一封有趣的书函。”

“听说柳生但马守在为家康出力？”

“此人并无常人眼中的敌我之念。他在函中说，决战临近，东军若吃了败仗，还请多多照顾。”

“东军战败？”

“是。反之，他也会照顾我。此人向来轻欲重义。大人也……”

“轻欲重义？”

“是。或许，义也算是一种欲念。”

此时，老臣舞兵库来了，道：“准备完毕。请大人启程。”

“好，作兵卫先出发。”与三成装束相同的氏家作兵卫躬身施一礼，出了大厅。不用说，他就是三成的替身……未几，整个城内人喊马嘶。

从大坂城到大垣城一路，三成的心境不断变化。

开始之时，无法完全读懂的各人的心思，现已清清楚楚。

他曾以为，只要掌握了上杉氏的直江山城守，以及与毛利家渊源甚深的安国寺惠琼，就足以让家康狼狈不堪。为了掌握此二人，最重要的便是把大谷吉继拉入自己阵营，他既是这么想，也是这么做。但现在看来，唯有大谷吉继一心为他三成，其余诸人无不心怀鬼胎。先前他曾向大名们夸下海口："即使来十个家康，我也将其一举击溃！"

三成这么说，绝非只是夸夸其谈。在欲望面前，人就像婴儿一般软弱无力。他的诱饵自比家康更具有吸引力。对于上杉氏，他承诺给其关八州；对毛利，让其执掌天下。他还让大谷吉继监视各位奉行，以美浓、尾张二地引诱织田秀信……小西行长有加藤清正这个宿敌，宇喜多秀家又怀着占领近畿的企图——只要自己不露骨地表现出野心，就足以操纵尔等。

可一旦战端开启，三成的如意算盘便一个个落空。并非因为众人没有欲望，而是他们的胃口远未达到他想象的程度。他们并不想为了欲望甘愿冒生命危险。虽然对诱饵垂涎三尺，但在危险面前，他们均胆小如鼠。

对于自己的失误，三成近几日才觉察到。尽管敌军已进攻到赤坂，令人不解的是，他们却按兵不动。三成误以为他们并不会进攻大垣城，单是想一鼓作气拿下自己的大本营佐和山城，便急匆匆撤退，但敌人却依然没有动静，他在佐和山时感受到的战栗和恐怖，至今还在他脑海里翻腾。

让家康给算计了！他们必在等待家康的到来！

三成恍然大悟后，全身汗毛倒竖。家康的到来，说明上杉景胜并没如预期那样，扑向他下好的鱼饵。但在恐惧之后，他终于明白一切，但这并未把他拉上光明大道。他陷入绝望，一错到底。

三成把替身先派了出去，又梳理了一遍思路：上杉景胜未上钩，毛利辉元也躲在大坂不出，这究竟是为何？难道是诱饵并不足以令他们冒险？难道他们不再有武士的热血？

三成若是个寻常之人，恐怕在意识到与家康的巨大差距后，自会立刻偃旗息鼓。但他非寻常之人，岂能轻易罢手？一开始，他就很是清楚家康的实力远胜于自己，但还是企图与之对抗到底。

固执令三成陷入了绝望的深渊。

难道是我器宇不够？三成常常自问。事实上，他从来都是在用利益诱惑人，从未真心敬人服人容人让人。即便是秀赖，那么惹人怜爱，让人怜悯，令人同情，三成也从未把其当作真正的主君。在三成眼中，淀夫人也无非一个争强好胜、喜耍小聪明的女人。三成不由疑虑：我石田三成难道和大野修理亮一样，只是一介寻常男儿？上杉景胜、毛利辉元、宇喜多秀家以及小西行长，又怎样呢？

在所有人当中，三成只对有情重义的大谷吉继甚是尊重，对岛津义弘的勇猛感到敬畏。仔细想来，也只有这为数不多的几人在矢志不渝地支持他。他信任的人都在援之以手，他鄙视的人则一个个落井下石，但他所指望的人，却多指望不上。

人各有所长。看不到这一点，以己之长比人之短，只会让自己对人鄙薄、轻视。

三成眼前竟浮现出自己遭到七将追杀、逃到伏见城时的情形。那时的家康，或许乃是真心庇护他，而受家康斥责的七将，今日却愿为家康粉身碎骨。唉！罢罢！想到此，三成愕然，不禁为自己感到羞耻。

无论是毛利辉元还是上杉景胜，都只是三成的工具，他从未考量过他们的真心，亦未向他们吐露过真情。自己为何不能像对待大谷吉继那般，以真心去尊之敬之，用真情去容之服之？莫非这便是导致他们今日对三成产生怀疑，并最终骑墙而观的最大原因？三成思虑着，只觉全身发冷。

如今的三成，终于开始否定浅见、超越鄙习。他曾经自夸才华过人、睿智无匹，自负地以为他的计谋周密细致、天衣无缝。但是，他几十年生涯却似只在颠来倒去地反复。要掌管天下，便当有容天下之量。江海湖泊，有容乃大，本应让天下大名各显其长，他却鄙视其智、轻薄其力，终使自己陷入孤家寡人的境地。

三成悟到这些，已是太晚，他虽于九月十二给增田长盛写了一封吐露真情的长函。但此函并未被送到长盛手中，却是落入了东军之手。在这封函中，他毫不掩饰写道："大垣城已陷入混乱，长束正家与安国寺惠琼在南宫山扎阵，均作壁上观……"

三成抛弃了先前的强横，告诉长盛，如今盟军都心生恐惧，不去乡下筹集粮草，反从近江运粮。现已到了长盛把自己的金银米粮贡献出来的时候了……至于人质，些须处决三五人，便不必担心士气跌落，也不必担心有人做敌人内应。大津的京极高次，其弟在东军阵营，若不严惩，恐怕难以维护军法。小早川秀秋的立场亦颇令人担心。可以信赖的人唯有宇喜多秀家、岛津义弘、小西摄津守，照此下去，盟军内部必会出现异心……如此毫不隐瞒地倾诉苦恼，这在三成来说绝无仅有。

尽管明白过来，但事到如今，已无退路。三成走入了死胡同，心中不免悲苦。字里行间，处处渗透出烦心愁肠。这种苦恼，自比那些对此毫无察觉的武将之苦多出许多。

在信的末尾，三成还是忍不住催促毛利辉元出征。但这既非说明他对毛利还心存希望，亦非希望长盛在读了他的长函之后，生出与他生死与共的念头，他只是禁不住想写些什么。这之后两天，家康便来了。

三成盘腿坐在那里凝思着，一动也不动，连灯花都忘了剔去。如今他已不去思量战事胜负了，他只在想临终的一刻会是何样的情形。

何人会去战斗，怎生战斗？此时，三成甚至有如一介旁观者。他想看看家康究竟会如何进攻，丰臣旧将又会如何行动。谁会与敌人私通，谁会犹豫不决，谁会勇敢地参加决战？所有这些念头，与他当初誓要拼死一战的执著有了莫大的差距——他正在解脱。只有一点，三成觉得甚是惭愧，亦颇为后悔：这场战事乃是一场志向的较量，是鄙视别人的石田三成与知人善任的德川家康之间的较量……

大垣城内逐渐沉寂下来，秋雨敲打着栏杆。

人马几乎全部出城了。因为是秘密行动，既不能点火把，亦不能让马嘶鸣，再加上霏霏秋雨，行军愈发困难。即使关原附近的大道干爽平坦，新建的大营恐怕也要变成泥田了。

倾听着栏外的雨声，三成自嘲起来。不知从何时起，恐惧和急躁已全然消失，令他难以置信的是，连悲壮的感觉都似消失殆尽了。傍晚时合议作的决定，仿佛完全变成了别家的事情。

家康并未刻意隐藏自己的进军路线。无论三成如何腾挪，家康都将踏过关原，向西进发。

对于家康的步步为营，西军的对策乃是切断其归路，先从南北、次从东西对其各个击破。这种布阵看不出丝毫疏漏。但问题是，尽管布阵毫无疏漏，谁敢保证能毫无纰漏地执行？

众人齐心协力，不出差池的话，明日双方情势自会逆转。家康的先头部队将在大关到山中之间被歼。小早川部与大谷吉继部从南侧掐断东军前进之路，大谷、宇喜多、小西、岛津、石田各部则轮番向其发起猛攻。这样一来，被截断去路的东军进无路可进，退亦无道可退。再把敌人诱入关原，以毛利秀元为首，吉川、安国寺、长曾我部等大军从南宫山往垂井、府中一带全线压上，这样，家康便成了瓮中之鳖。然后，战事就转化为从东西两侧往中间挤压的总攻。士气高涨的话，说不定明日家康就成阶下之囚。

东军据说合有七万五千人，而已出动的西军就超过十万八千人。因此，只要保持士气，高奏凯歌的理所当然便是石田三成。

想到这里，三成忽然笑了。后世人会如何评价此关原一战？他们定会把此战视作决定天下大势的决战。若只计量双方的人马，自己空前绝后了，但是……三成摇了摇头，现在并非考虑结果的时候。他令人把留守大垣城的福原长尧叫来。

未几，长尧赶来。

“雨似越下越大，诸将都出发了吗？”三成问着话，心中逐渐开朗起来。

人之将死，总似变得明智。但讽刺的是，在最需要明智的时候，人却未必明智。如今三成的心境，与当初处处与家康作对时的心境完全不同了，他俨然成了局外之人。先前，他坚信人力与谋略便是“力量”，现在看来，那真是幼稚，他甚至可怜自己。

虽说西军合有十万八千人，但一旦士气低落，其力不及其半。不仅如此，那些极易引发的骚乱和不满情绪，却可能还会高涨，在消耗掉十万人的粮草的同时，也消耗了十万人马的斗志……若更严重些，其力便会十不存一。

以前三成从没计算过这些。他从来就不重人心，不尊人德，只是凭借计谋拼凑人数。在这一点上，他成功了——德川家康仅有七万五千士众，他石田三成却拥有十万八千大军。然而，在这十万大军当中，真正可以信赖的又有几个？

事已至此，再怎么算计也无用了。

看到福原长尧脸上的不安，三成强装笑颜道："这场雨黎明前会停。"

"不然，必给大军带来……"

"会晴。雨下不止，尽管会使我方困难不断增加，但也会延误敌人进军。大家都出城了吧？"

"是。首为大人所部，次为岛津部，接下来乃小西大人，第四为宇喜多大人。他们出城时，雨倒没这般大。"

"我放心了。我也要出发了。"

"可雨这么大……"长尧以为三成想避雨，待黎明时再动身，便小声道，"已经为大人铺好被褥了。"

"福原大人，"三成依然面带微笑，"三成是不是一个不可靠之人？"

"大人何出此言？"

"你不这么认为就好。但今日，我必须拜望众人，向他们致歉。"

"致歉？"

"对，其实乃是督战。家康已经直扑关原，我必须去巡视一番，一旦战起，好让诸将奋勇杀敌，这是我的职责。"

长尧很是纳闷，他并不明白三成的意思。

三成已与长束正家和安国寺惠琼会过面了，因此，他将要走访的乃是小早川秀秋与大谷吉继。

长尧大为不解时，三成已起身离席，出门，上马，默默地消失在潇潇秋雨之中……

二一　东军进发

石田三成走访了小早川秀秋，又见了秀秋的老臣平冈赖胜，面授机宜，并约好明日以烽火为信，两面夹击东军。之后，他又向山中村大谷吉继阵地赶去。此时，雨终于变细了。

子时，从大垣出发的各部还在行军途中。

为扼守住大道，最先出发赶往小关村的石田部下，于丑时通过关原驿，最终抵达目的地，已是寅时。三成自己则在小关村以北的笹尾扎营。他右侧乃织田信高、伊藤盛正、岸田忠氏，以及秀赖麾下的黄衣军。岛左近与蒲生备中守则担任前卫，在阵前与弓箭手一起潜伏。右边一町半远的地方为岛津阵地，他们在小池村面南驻阵完毕，亦已过寅时。小西行长则紧挨岛津，在其右布阵，前瞰寺谷川，背倚天满山北。其右的宇喜多部与大谷部肩负扼守中山道的重任，故，在天亮之前一直都在忙碌。胁坂安治、朽木元纲、小川佑忠、赤座直保等人，则在隔中山道与大谷相望的平原上驻阵，以防备小早川秀秋倒戈。

大垣城到最远的阵地，足有三十余里。从出城时就开始飘落的秋雨，一直到布阵完毕还无休止。是夜行军，既遭天雨，又要防止被人发现，行军之难可想而知。

冰冷的秋雨浇透了每一个人，黎明时分寒气刺骨，但官兵士气却很旺盛。全军急匆匆从大垣城出来，是否因为城内有人要叛变了？持这种怀疑心思的人并非没有，但是大多数人还是坚信能取得胜利。趁着夜色排兵布阵，撒下天罗地网，以逸待劳，并且人数比东军要多出三万余，这让士众勇气倍增。

但秋雨实在恼人。石田三成各部好不容易抵达阵地，欲喘一口气时，雨才停了，而这却帮了东军大忙。

雨一停，冈山阵中的家康就醒了过来。或许是雨停后的静寂让这位很久没打仗的老将变得敏感了。他一边拿起枕边的地图，一边侧耳静听。

根据前日夜里的决定，全军已开始行动。家康站起身，快步走到瞭望台，只见火把处处，战马的嘶鸣穿透了黎明前的黑暗。

一听到这声音，五十九岁的家康顿时血液沸腾。随即，他却苦笑一下，回到帐内。或许是一生经历了数不清的战事之故，尽管心里清楚应诅咒战争，应尽力避免，但一旦站在战场上，他还是禁不住热血沸腾，慷慨激昂。这究竟是为何？

刚刚抵达清洲时，家康还对自己的身体有些担忧。恐是一路颠簸的缘故，他总觉得自己有中风的迹象，身体麻痹，很是倦怠，就连舌头也时常不听使唤，因与诸将议事到破晓，他入睡时一阵阵发晕。

当时，家康打了一个寒战，那紧张的感觉记忆犹新。若是中风，怕会半身不遂，连舌头都不能动，那还不废人一个？若是十年前的家康，定会惊惶失措，扯起嗓门唤人，但如今，他竟丝毫不惊，这让他自己都感到惊讶。

一切全交给上天了！自己已尽了人事，一切自由天定。武田信玄在三方原会战时取得大捷，但他为何在野田城外意外身亡？这样的事情会发生在信玄身上，说不定也会降临到自己头上。

家康静静坐着，一动不动。秀忠正在赶来，忠吉也在身边。若真半身不遂，也算后继有人。

家康心里算计着，谁也没告诉，只是把板坂卜斋叫来，服了一剂自己开的万灵丹，便歇息了。如果兀自慌乱起来，说不定会酿成大祸。

尽管如此冷静，可一旦亲临战场，家康自会如变了个人，亢奋不已。昨日傍晚，他还一边与诸将举杯畅饮，一边观看中村与岛左近激战。他在激烈的战斗中感受胜败、士气高低以及用兵巧拙。

一到战场，家康的思绪就活跃了许多。中村一荣把部队的指挥权交与中村一氏。当看到一氏中了敌人之计，孤军深入时，家康急得大喊："危险！快把他拉回来！绝不能让他孤军深入！"他特意让本多忠胜出马把一氏拉了回来。没有家康观战，中村所部的伤亡恐怕会多三五倍。

此时，家康一边察看地图，一边用阿胜、阿良两名侍女端来的早饭。饭毕，他立刻穿上盔甲，径出了兵营。营前插着一排旗子。旗下，一群传令使列队待命。这些传令使在战场上意义重大，无不是百里挑一。家康的命令由他们飞马传送给各部，他们有时又是谋士，还担负着打探军情的职责。

他们分别是安藤直次、成濑正成、城织部、初鹿野传右卫门、米泽清右卫门、小栗忠政、牧野助右卫门、服部权太夫、阿部八郎右卫门、大冢平右卫门、大久保助左卫门、山本新五左卫门、横田甚右卫门、小笠原治右卫门、山上乡右卫门、加藤喜左卫门、岛田治兵卫、西尾藤兵卫、中泽主税、保坂金右卫门、真田隐岐守、间宫左卫门、小栗忠左卫门等二十三骑，他们相当于家康的手足，日后也全都成了德川不可或缺之人。

家康健步走到众人面前，冲安藤直次和成濑正成招招手，轻声询问道："你们过来看看，敌军的部署与这张图上有何出入？"

三人在篝火旁展开地图。尽管下着大雨，家康还是派人去详细打探过，但一旦消息有误，后果便不堪设想。

"并无出入。"

"好。那么，我军已跟着敌人前进至青野原了？"

如何迎敌，昨夜的合议早就决定了。大本营周围的山内、有马、藤堂、京极、福岛、田中等先行出发，其他部队随后陆续行动。天亮时，各部必各就各位，随时准备投入战斗。

对话只寥寥数语。还没出现侍童的影子，他们恐正在匆匆忙忙穿戴盔甲。

"牵马来！"家康大喝一声。

马牵来，家康飞身跨上去。他虽身体肥胖，但动作甚是敏捷。成濑和安藤看到，不禁一惊。家康只着一件胸甲，外套黑羽织，头戴斗笠。这种打扮，比轻装还要简单。上马之后，家康不作一声，驱马直向西奔去。

“大人，您去哪里？”成濑正成急叫。

“敌营。”家康丢下这么一句，绝尘而去。不知是谁大喊起来：“大人出阵了！旗幡！长矛！火枪！”

家康仿佛回到了三十岁。从中山道到垂井，他一路奔驰，一刻不停。后边的人马紧紧追赶，最先上来的乃是旗手，紧接着是为他拿枪的武士。

近寅时，家康再次让传令使们驰向四方，严令各部到达指定位置之后，就地待命，严禁争功。

家康刚下完命令，右翼的黑田长政就派毛屋武久前来报告，说他们已进至在北陆官道右侧布阵的石田部阵前。

“敌人有多少？”家康在马上问道。

“这……”毛屋武久略一思索，躬身道，“两万左右。”

“只有两万？可都说是十四五万啊。”

毛屋武久笑道：“如今乃是平原作战，山上之敌若看到局势不利，必然不敢轻易下山。因此，在天亮时加入决战的敌人，在小人看来，充其量只有两万。”

家康拍拍马鞍，笑道：“哈哈！有理。七万对两万，我们必赢。出发！”

虽然从未对谁提起过，但家康早就看透，在垂井左侧和南宫山上扎营的吉川广家和毛利秀元二部，绝不会轻举妄动。黑田长政之父如水曾不止一次告诫吉川广家：“若加入三成一伙，毛利氏的香火就要断绝了。”故广家和秀元都暗中倾向家康。但也绝不能就对其放松警惕。因此，家康令池田辉政、浅野幸长及骏河、远江、三河等部，严密监视他们的一举一动。池田辉政和浅野幸长已到达垂井，完成了布阵，其他各部则正沿着官道，源源不断向西进发。

家康西进到桃配山时，天已破晓。雨虽停了，但空中又漫起了浓雾。

雾气如毛毛雨一般，打湿了额头和脸颊。

到了桃配山，家康立刻向各部派出使者。在他眼中，小早川秀秋已是自己人了，他便向其派去了奥平贞治。对于这些，三成恐怕做梦都想不到。福岛正则等部，家康则分别派去伊丹兵库、村越直吉、河村助左卫门；细川等处，派了小坂助六、尼子十郎、稻熊重左卫门、兼松又四郎；井伊直政等处，家康遣去了佐久间安政、佐久间孙六、舟越五郎卫门等人。众人的职责，主要是监督各部。

桃配山上，德川氏的金扇马印迎风飘舞，马印顶端的扇子有七根金色扇骨，面上绘一轮红日，扇下则是由皮革制成、上涂银漆的银色风幡，大马印前，并排插着十二面源氏白旗。家康床几旁，则立有一面白色大旗，上书“厌离秽土，欣求净土”八个大字。

家康最初立下这面旗帜时只有十九岁。当年，今川义元高举大旗进入大高城，后在田乐洼身死。义元去世后，家康方才结束十三年人质生涯，踏上冈崎的故土。他回到大树寺时，登誉上人安慰他道：“老衲知道城主此时极伤心，但城主绝不能倒下。为了未来的人间净土，您定要拿出勇气。”说毕，登誉上人送给家康这面绣有八个大字的旗帜。家康一直以此为座右铭。

这果真是一场欣求净土的战事吗？每当出战，家康总是扪心自问，这已成了他勇气的源泉。

十九岁时就已立起的旗帜，他花甲之年依然不倒。不同的是，当初立下这面旗帜时，身边只有十几个人，而今他拥有万千威武之师。

奥平信昌、牧野康成、大久保忠佐、高力清长、丹羽氏次、内藤信成等精锐之后，乃三队亲兵护卫，中间一队为松平重胜、松平亲正、水野忠高；右翼为酒井重忠、永井直胜、青山忠成；左翼乃西尾吉次、阿部政次、酒井忠利。三队护卫共九员大将。其后为本多康俊和本多重政，并配有众多机动部队，包括酒井家次、本多忠政、安藤长松、松平忠明、高木正次、神谷忠缘、山本赖重、稻垣长重等，以及金森法印长近、远藤庆隆等少数大名。

家康马前乃西乡家贞，暂时兼任武者奉行，阵代则选定本多正信之子正纯。

若是从前，旗幡立好之后，众人总要大喊三声：“功勋卓著！”

家康再次打开地图，让本多正纯在上一一标出各部位置。

第一队，福岛正则家老福岛丹波在西大关一线，背靠明神林，与西军宇喜多秀家对峙；加藤嘉明、筒井定次、田中吉政、藤堂高虎、京极高知等人，则横跨中山道完成布阵。

第二队，细川忠兴、稻叶贞通、寺泽广高、一柳直盛、户川达安、宇喜多直盛等人，在中山道以北布防；黑田长政、加藤贞泰、竹中重门等与石田部的笹尾、小池等部相对。

第三队则为秀忠之弟松平忠吉率领的旗本部队，在主阵正前布阵，本多忠胜、井伊直政则一左一右与之呼应，成犄角之势。

这种阵形，清清楚楚表明了家康的决心：突破关原，拿下三成的大本营佐和山城，然后长驱直入大坂城。当然，家康也不忘令西尾光教、水野胜成、津轻为信、松平康长等人防范大垣城；堀尾忠氏留守赤坂、冈山。

最让家康费心的，便是对付南宫山之敌的人选。毕竟吉川、安国寺等人不可轻视。

家康用令旗指着垂井西南的池田辉政部和驿站西侧一里冢浅野幸长部，问正纯道：“可还有疏漏？”

“万事俱备。从此处到与浅野阵相连的野上村一带，分别为中村一荣、小出吉长、生驹一正、蜂须贺丰雄、山内一丰、有马丰氏、水野清忠、铃木重爱。在下已经令他们严阵以待。”

家康默默点头，命人把地图卷了起来。

东军故意钻进敌人的口袋，敌人必作收紧袋口之势。一旦口袋收紧，东军将陷入被全歼的险境；但一旦西军被正面突破，佐和山城自会被一举拿下。但无论如何，这终究还是纸上谈兵。

“对敌包围完成！”恐怕此时的三成也在两眼放光盯着地图，得意地微笑。双方斗智斗勇，战阵局势也会千变万化。

雾气愈来愈浓。时值深秋，随着夜色淡去，饱吸了雨露的秋草在人马的践踏下愈发枯黄，给萧条的大地铺上一层悲凉。

“报！”一位肩膀湿透的武士单膝跪到家康面前。家康仔细打量了那人一眼，道：“是伊奈图书，说！”

“一只蓝色鹭鸶从我军旗上静静向敌方飞去，乃吉兆！胜利必属于我们。”

“好。快把这个喜讯告诉旗下所有官兵。”家康吩咐毕，不禁感慨万千。战事实在不可思议，人人都有估算胜负的能力，但均痴迷胜利，为此白白地抛洒鲜血。男儿为了一只鹭鸶竟也喜上眉梢，丝毫不觉其行为之浅薄。尽管家康深知这一切，还是不想说破。

从桃配山本阵到石田三成所在的笹尾，约有二十八町远，到小早川秀秋营盘四十余町，到井伊直政的茨原十五町，到本多忠胜的十九女池十六町，到藤堂、丹羽的藤川二十九町，到身后的垂井三十二町，到毛利、吉川的南宫山三十六町，到堀尾忠氏的赤坂四十八町……

身为统帅，要想准确把握战况，及时应对变化，必须纵观全局。只有这样，方能指挥进退，妄下指令，只会令士卒白白伤亡。

看到鹭鸶飞过竟会欣喜，真是愚蠢！家康一边嘲笑自己，一边反复计算。浓雾对双方都甚是不利，但也不得不摸索着发起攻势。

已近辰时。若是晴天，战场上早已旗幡飘扬，刀枪林立，可现在却几乎什么也看不到。向南宫山上的毛利部放眼望去，他们的旗幡被浓雾打湿，耷拉着脑袋。

家康从床几上站起身。“传三名传令使来！再要几名侍童。牵马！”

家康下了桃配山，径直驰到了十九女池旁本多忠胜的营地。忠胜吃了一惊，忙迎出来。

“忠胜，南宫山情形，你可察看过？”

“察看过。无动静。”

“你也这么看？”

“南宫山的人马未动，石田的先锋倒是先动起来了。”

“那也无用，只要南宫山按兵不动，他们就无法对我们形成合围之势。你认为毛利和吉川会下山吗？”

本多忠胜最恼的就是家康这一点：明明已很是清楚，却偏偏要来询问。可他转念一想，或许家康是特意来鼓励他的，遂大声道："无论他们下不下山，都已赶不上午前的战事。池田和浅野早就等得不耐烦了。"

"哦，那我就让本阵再推前一些。"说着，家康回头看了一眼传令使小栗忠政，道，"吩咐下去，十二杆白旗进到关原东。"他又低头思忖片刻，方道："到此处为十六町，告诉正纯，人马向前推进十二町。然后，开战！"

"遵命！"本多忠胜呵呵笑了。

本阵在桃配山原本最佳，它位于两军之间，既可指挥东军，又能察看敌军动向。在此扎营，家康亦不会有任何危险。而且，从此处既可监视背后的毛利部，又可窥探左前方松尾山的小早川秀秋。立足未稳，家康却又要从桃配山移到关原东。或许有人会以为，这种做法未免太轻率，抑或是意气用事。但在与家康一起出生入死无数次的本多忠胜眼中，家康已是痛下了决心。位至内府之前，家康一直这般果敢。

家康终生隐忍，绝不冒进，始终稳坐钓鱼台，静观天下势。但不动则已，动必中的。战场上的家康，即如一只名副其实的下山猛虎。深思熟虑乃是在备战之时，一旦身临战场，他自会有出人意料之举。

今日完全是他主动前去挑衅。家康在桃配山上布阵一事，敌人无不知晓。而家康一旦让本阵前移，待雾气散去，冲锋开始，对方怎会不瞠目结舌？踏着泥泞的道路，好不容易摸索到阵地，却又在浓雾之中继续前移，天下排兵布阵之人，唯有家康敢行此事。

忠胜的微笑，既是对此种决断的赞赏，又是为决断背后隐藏的深思熟虑而感慨。"大人，今日决战，谁最关键？"

家康扫了忠胜一眼，鼻内轻哼一声，不言。

"在下认为，最难对付的，乃是岛津义弘。"忠胜道。

家康不答，还是轻轻笑了一声，似赞许，又似嘲笑。"午前胜负就决出了。"良久，家康方道，"从昨夜就开始行动，到今日下午，疲累自会加剧。谁感觉疲惫，谁就会失败。"

忠胜笑着施了一礼，返回营中。本阵的先头部队已接连不断向前推进，再过一刻左右，就部署完毕，而那时，便是决定天下归属的时刻。

家康依然坐在床几上，抬眼凝神而思。战事开打在即，在猎物面前，他有如一只跃跃欲试的猛虎……

二二　关原血战

战事之匙当为先机，把握先机极为重要。

刚刚整顿好本阵，家康就命传令使小栗忠政向井伊直政阵营奔去。井伊直政和本多忠胜并排向中山道右侧进发。与井伊并驾齐驱的为井伊之婿、家康四子松平下野守忠吉。忠吉为武州忍城十万石的城主，今日乃初次上阵。因此，岳父直政陪在左右照应。

直政刚到，家康便急急道："兵部大辅，现在什么时辰？"

"雾气已些须散去。估计已到辰时。"

"好！打！"

家康只这两个字，直政立刻就明白了他的意思，大声道："遵命！"

直政刚去，福岛正则阵中就传来零星的枪声，如爆豆一般。这是双方试探性的交手，是目前已推进至藤川河岸一线的正则，向其右前方天满山的宇喜多秀家发起的攻击。

这却有如信号，在于通报对方："我要大举进攻了。尔等快快受死！"

随后，双方士兵立刻呐喊阵阵，号角声声。

天虽已放晴，但雾气依然浓重，双方都不敢冒进，都还有些犹豫。正在这时，一队骑兵疾风般冲出浓雾，至多有二三十人。这队人马从井伊和松平阵中冲了出来，闪电般穿过京极和藤堂的阵地，向最前方的福岛正则右侧奔来。

"来者何人！报上名来！"一个人影从福岛部中一跃而出，挡在了这队骑兵前。此人正是福岛部中大名鼎鼎的刚勇之士可儿才藏。“今日头阵非我家大人福岛左卫门大夫莫属！岂许尔等来抢功。”

“我们并非来抢功。”

“你究竟是何人？”

“我乃井伊兵部直政，陪松平下野守忠吉公子从此经过。”

“不管你们是何人，战阵之间岂可随意通行，必得待我们发起进攻之后。”争打头阵事关武士颜面。可儿才藏大声呼喊，刷地抽出刀，挡在井伊前边。福岛正则性急，进攻岐阜时，他就因池田辉政不守约定、率先向织田秀信发起进攻而大动肝火，还声称要与辉政决斗。有其主必有其仆，可儿才藏才会跳出来拦住井伊直政和松平忠吉。

“这就怪了。你以为我们这几个人就抢得了头功？忠吉公子今日初战，他还年轻，不谙战事，直政才亲自带他前去勘察阵地。你居然连我们都要阻拦，耽误了大事，谁敢负责？不得胡闹，赶快让我们过去，你也好快快去立功。”直政的一番话起了作用。

“你们真的不是抢功？”

“你看看，我就这么几个人，还要保护公子，怎可能去攻击敌人？”

“我就信你们一次。过去吧。”

“多谢。”话音刚落，直政和忠吉一行就飞一般穿过了福岛阵地，在藤川附近停了一下，然后折马向右驰去。福岛正则及其老臣福岛丹波尚未察觉直政和忠吉的意图，直政一行人便转向右边，迅速穿过与宇喜多对峙的加藤嘉明和筒井定次阵地，从田中吉政阵前驰过，径直向岛津阵地疾驰而去。

此时，福岛众人方才恍然大悟，遂急向宇喜多部发起了攻击。

“跟上大人！”

“保护大人！”

看到此情形，井伊和松平的主力如潮水般向前冲去。

一路驰到岛津阵前，井伊直政这才勒住缰绳，对忠吉道：“下野守，内府大人武略天下无匹，就连已故太阁都有些不如啊。嘿，你我可不能让丰臣旧将抢了功劳。前方敌人便是勇冠海道的强将。只有击溃他们，我们才能扬名天下。”

“我明白！我定要让天下人瞧瞧！”

二人此次出击，具有三层意味：其一，没有他们在东军各阵营间迂回穿梭，开战恐怕还会被无谓拖延。其二，一旦雾气散开，西军必会惊讶万分——东军阵形竟然发生了巨大改变，家康已不在桃配山，德川最精锐的部队竟在眨眼间挡在了岛津阵前，真可谓机动灵活，用兵神速。这自会给敌人带来不可估量的震慑力。其三，爱子第一次出战，家康就让他站在了最强的敌人面前，这无异于向天下宣布其坚定决心。

由于井伊和松平的断然行动，战场顷刻之间变成了汹涌的火山。

岛津先锋乃兵库头义弘侄子岛津丰久。此时大将义弘已六十六岁，比家康还长七岁，若是常人，早已经不起野战劳苦了。

“井伊和松平忠吉率人向我们逼来。”

听到手下的报告，义弘很是淡然，不动声色。

岛津的阵营在寺谷川与官道之间。义弘令人在一座高些的山丘上铺上席子，又在席上铺了毛毡，在上面半闭着眼坐起禅来。

前方数町远的地方，丰久已擂响了战鼓，派出士兵应战。敌人进攻上来，他不得不应对。但义弘却如根本未闻战鼓声，寂然打坐。今日，义弘一身轻装，身穿印有“十”字家纹的阵羽织，腰挂二尺二寸武刀，还让人在床几旁立了一杆白旗，仅此而已。他的安然让人百思不得其解，就连近臣都不知他究竟在想什么。

雾已散去。之前，义弘反复询问：“南宫山上动静如何？”当得知尚无动静，他又坐起禅来。当然，身为一员骁将，义弘并非无所作为。昨夜，他曾令侄子丰久趁夜从大垣城向家康本阵发起夜袭，但丰久不听。今日天还未亮，他又把长寿院盛淳和毛利觉右卫门派到三成处献计，三成却未采纳。

义弘建议，率先向松尾山小早川秀秋发起攻击。在他看来，小早川秀秋的叛心已经昭然若揭。因此，双方决战时，一旦其在松尾山于背后偷袭，胜负立判。“不能完全剿灭小早川部，也可以想法先派人杀了秀秋，控制其部，方可放心与家康一搏。”

但三成不答应，说事到如今还怀疑自己人，不合他本意，况且，若西军占优势，小早川秀秋自会下山参战。

但凭借多年战场经验，义弘觉得三成之言断无可能。尽管西军已对东军形成包围之势，但负责东面南宫山的毛利和西部松尾山的小早川早不可信任，这包围圈就形同一个既无底也无盖的水桶，四处漏风。岛津义弘甚至有些后悔加入西军。而此时，家康旗下最精锐的部队却突然冲破迷雾，前来挑战。

义弘对家康心思很是清楚。最初，岛津阵前的敌人乃冈崎城主田中兵部大辅吉政。看吉政的阵势，分明打算既与岛津部对峙，又防备小西部。其后的加藤贞泰、细川忠兴、稻叶贞通、寺泽广高、一柳直盛、户川达安、宇喜多直盛等人一字排开，与其说他们是田中吉政后盾，不如说是在防备其左方的石田所部。另，他们东面，黑田长政和竹中重门已进至相川，其架势摆明要与石田决战。这分明是明修栈道，暗度陈仓。战事一开始，敌人阵形必会发生巨大变化。

义弘的推测完全无误。德川氏谱代大名中，井伊和本多二部乃精锐之师。而井伊果然最先向岛津发起进攻。但令他意外的是，井伊直政竟然带着初征的松平忠吉前来，这更让他瞠目结舌。

不愧是家康！在为其决绝感慨的同时，义弘心里也有莫名的恐惧。初征者不谙战事，往往是初生牛犊不怕虎，不会瞻前顾后，只会发疯般往前冲，其势自如虎狼。

当然，岛津丰久刚至而立之年，也正年轻气盛，在战场上决不甘落人后。虽然战鼓已擂响，却未立刻放枪，他定是想把敌人引过来，待其进入射程之后再开火。

一直静静打坐的岛津义弘，纹丝不动之时，腹中已历万千战阵。

“报！细川、加藤、稻叶三队人马开始进攻，从井伊、松平背后向我们逼近。”

“田中兵部呢？”

“越过了我们，径向石田所部而去。”

义弘轻轻点了点头，家康果擅用兵。最初的阵势，只是做做样子。

本以为必然会攻打石田部的细川、加藤、稻叶等，竟然调头扑向自己，而原本防备自己的田中吉政，却迅速向石田冲去。如此一来，与细川和加藤并排的一柳、户川、宇喜多直盛等人，必然会向小西行长奔去。

现在还不该动。一度坚持据守大垣城的小西行长今日会如何行动，也让义弘甚为关注。小西的建议被三成一口拒绝。因此，一旦看清西军毫无胜算，心怀不满的小西定会弃阵而去。对于这一点，亲眼目睹了朝鲜战事的义弘，早已洞若观火。

开战已半个时辰，岛津义弘还是岿然不动。而与义弘性情截然相反的福岛正则，几已与宇喜多开始肉搏战。福岛正则已然铁了心，无论如何也要争个头功，这直接关系到丰臣氏的未来和命运。若落在了德川氏谱代大名之后，他必将颜面扫地，威严大减。

同时，正则还让祖父江法斋在敌人阵间来去，收集消息。人传，江法斋甚至连往返于阵营之间的使者的粪便都一一用手捏碎，根据冷热确定他们往返的时刻，以使消息更加准确。

福岛正则首先开打，正在寻求战机时，却不料被井伊直政和松平忠吉抢了先。当然，直政和忠吉冲出去意味着什么，他不是不知。

“那怎会是打探敌情！”当他听到可儿才藏报说直政带着忠吉出来探查，当场就把凳子一脚踢飞，蓦地站了起来，“这哪里是在向敌人挑战，这分明是在责备我为何不早些开战！”本来，他已进到大关一带，背倚大关的明神社和树林扎营，可是，当他怒吼着奔出阵营之后，就再也不回头，怒道：“牵马！吹响号角！火速赶到丹波阵中！”

他让连甲胄都来不及穿的团九郎兵卫牵过马来，径直向担任前卫的家老福岛丹波阵中奔去。

大大刺激了福岛正则的井伊直政和松平忠吉，出现在岛津阵前，高声呐喊时，福岛已亡命地扑向了天满山宇喜多秀家前锋。福岛正则一马当先，其后紧跟着福岛丹波、福岛伯耆守正之、长尾隼人，另外，被托付给正则、随军而来的淀夫人宠臣大野修理亮治长也跟了来。

冲在最前面为正则牵马的团九郎兵卫，乃是第一次露脸，其激切不难想象。大野治长挥舞着长枪，与宇喜多家的河内七右卫门厮杀到一处，几个回合便一枪将其挑落马下。

福岛部进攻虽然异常凶猛，但宇喜多的部队也非一触即溃的孬种。宇喜多部有两万余人，整个天满山旗幡招展。

面对福岛部突如其来的袭击，宇喜多的人马刚开始还有些胆怯，二十九岁的秀家遂亲临前线指挥作战，以鼓舞士气。

战阵上的士气往往难以揣测，尽管如此，不周密考虑，断无法胸有成竹用兵。家康利用井伊直政使激将计，大获成功。

家康认为，决战考验人的体力，而从昨夜到今日，全体将士几乎没合过眼。况且，东西两军之间还存在着不小的体力差距。东军长驱直入到赤坂周边一带，之后作了短暂停留，等待战机；西军则是在看到家康临阵之后，才慌忙改变作战计划，为避开据城死战，匆匆忙忙向关原转移。西军远比东军疲劳，处于更加不利的境地。趁着敌人体力尚未恢复发起决战，对东军更加有利，这便是家康的如意算盘。

更重要的是，关原战况会直接影响南宫山和松尾山二将的去向。尽管小早川和长束正家显出一副要做家康内应的模样，但东军若稍显败相，他们必会下山予以痛击。这两个旁观者扼守着关原战场的东西二口。因此，仅仅把这次战争看作是东西两军的战事，不尽准确，换言之，一方若显败相，必会成为天下之敌，从而难逃败亡命运。

对在战场上横冲直撞的福岛正则，松尾山上的旁观者又怎样看呢？

遭到福岛闪电般的攻击之后，宇喜多秀家也激励部将本多正重、明石全登、长船治兵卫、宇喜多太郎左卫门、延原土佐等人，务猛烈回击。未久，宇喜多的大鼓丸旗与福岛的山道旗就混到了一起，双方陷入混战，宇喜多稍稍占据优势。

福岛的人马尽管拼命厮杀，还是被对方从天满山麓压向寺谷川。眼见福岛不利，东军加藤嘉明和筒井定次立时动了起来。

福岛进攻的若是宇喜多阵旁的小西部，恐怕败象更甚。

看到己方节节败退，福岛正则跳到阵前，厉声怒吼："身为先锋，竟节节败退，无用至极！给我杀回去！再有后退者，就地处决！"

经过短暂的停滞，福岛部又奋力杀了回去。

开战已近一个时辰，虽还是阴天，但雾气均已散尽。

距离中山道最近的福岛和宇喜多持续混战时，在最北面的笹尾扎阵的石田所部又如何了？

笹尾位于官道以北，最初与其对垒的，乃是黑田长政与竹中重门。随后，田中吉政亦迅速穿过岛津阵前，向石田奔去。

石田三成在笹尾本阵和前锋岛左近胜猛、蒲生备中守乡舍之间，筑了两道栅栏，并把岛、蒲生二将调到栅栏前。设此栅栏并非只是为了防备敌人来袭，更要在这里安置枪炮。

岛津开战之后，东军的生驹一正和金森长近紧跟田中吉政，向石田发起了进攻。岛、蒲生二将与东军的竹中、田中、生驹、金森四将展开了激战。

当时，唯有黑田长政一人按兵不动。黑田对三成颇为憎恨。长政幼时就追随秀吉，深得宁宁欢心。他与三成从小就事事不和，积怨至今。

尽管二人都是秀吉旧将，但长政眼中的三成阴险狡诈、心胸狭窄。朝鲜战争时，二人的矛盾爆发，回来之后便反目成仇，今日终于在战场上兵戎相见。

黑田长政在相川北端扎营，是出于深层的考虑：若被石田的炮弹击中，会伤亡大增。但他在心中嘲讽三成："无论能力经验，你不过小儿！"昨夜，他从火枪营中精挑细选了十五人，向他们下达密令："无论发生什么事，你们也不能离我半步。时刻在我身边，听从指挥。"此后，他便密切关注着石田的一举一动，直到今日拂晓开战。

石田阵前不仅设了两重栅栏，官道右手还有吉继之子大谷大学和秀赖的弓箭、火枪营和黄衣军，北面则为相川山，自谓固若金汤。

三成竟把秀赖精锐放在自己身边，这种僭上行为，不禁让长政觉得可笑至极——万一失败，三成定会从官道逃跑。怎会让尔逃掉？定要亲手取尔首级！出于种种考虑，混战伊始，一直静静观望的长政，悄悄从相川北绕到了石田侧后。

岛左近胜猛和蒲生乡舍二人，都是三成为了今日决战，不惜高官厚禄收买的猛将。岛胜猛两万石，蒲生乡舍一万石。岛胜猛与柳生石舟斋乃多年挚友。蒲生乡舍辅佐蒲生氏乡时，亦勇冠一时，此人刚正不阿，被赐姓蒲生。二人皆有万夫莫当之勇，岂会将进攻者放在眼里？无论是田中吉政父子，还是生驹、金森，二将只需简单应付，再把他们引到栅栏附近，用猛烈的炮火攻之，自可轻松全歼。

黑田长政早就洞悉了他们的如意算盘。正因如此，他才迂回包抄，突然间向青冢一带的岛左近部侧翼发起袭击。

“先莫要发枪。跟着我。若是离了我，即使提来敌将的首级，也片功无存！”靠近岛左近部之后，长政才把火枪营头目白石庄兵卫和菅六之助叫来，吩咐道。片刻，他又问：“现在有多少火枪？”

“一百五十。”

“好，挑出五十支来，瞄准敌方主将，给我狠狠打！”

此时，从前面的沟堑中向岛左近胜猛发起进攻的田中吉政人马，且战且退，且退且战。面对田中部的死缠烂打，岛胜猛始终面带微笑，从容应对。

青冢左边是相川，河对岸就是林木茂密的伊吹山，岛胜猛做梦也想不到，敌人竟会迅速靠近。

砰砰砰！震天的枪声响了起来。

“啊！”一声惨叫，岛胜猛身体高高弹起，落在地上，当场昏倒。菅六之助放出的这一枪，命中了岛胜猛。

胜猛的人马顿时哇哇大叫，狼奔豕突。几个人背着负伤的胜猛躲避着枪弹，退到了栅栏内。

“机会来了！杀进去！”黑田士众高声呐喊着冲了上来。不仅如此，田中、竹中、生驹、金森各部，也趁乱越过壕沟。

与岛左近并肩作战的蒲生部亦无法在栅栏外立足，节节后退。此时，三成主力和舞兵库部忙来接应，已是后事，毋庸赘述。

关原一带，一片腥风血雨。

二三　骑墙而战

庆长五年九月十五，除了南宫山和松尾山，关原处处皆人喊马嘶，杀声四起。

岛左近胜猛负伤，给了石田三成沉重一击。三成对岛左近信赖无比，有时甚至以师礼待之。可刚刚开战，他便倒在了黑田的枪弹之下。

岛左近胜猛骤然从战场上消失，亦永远消失在了历史中。对于他的消失，世间众说纷纭。有人说他后来一直在帮助三成；也有人说，他中弹当时还活着，不久之后便气绝身亡了；还有人说，他一直活了下来，到一个不为人知的地方隐居去了……

胜猛的女儿后来成为柳生石舟斋嫡孙之妻，生下了剑圣连也斋和如流斋利方兄弟，他的血脉长流于世。此为后话，不表。

三成正为岛左近胜猛的负伤而愕然，又传来一个不祥的消息，说是小西行长似毫无战意，导致相邻的岛津义弘和岛津丰久亦只采取守势。

小西摄津守行长兵力合计近七千人，与石田属下和宇喜多所部，乃三成寄予重望的三大主力。

当东军的寺泽、一柳、户川、宇喜多直盛四队人马发起进攻时，行长的先头部队始时还顽强抵抗，行长巡视过后，士众竟松懈下来。其实，行长并非怯懦之将。朝鲜之战时，他曾与清正争当先锋，骁勇无比。或许自从他主张据守大垣城，等待毛利辉元前来救援的提议被三成拒绝之后，他就愤愤不满，亦开始生出懈怠之心。

三成亲自骑马向东军突击队方向奔去，并向岛津丰久、小西行长、大谷吉继、小早川秀秋等处派去使者，催他们出战。

此时驻于柴井的藤堂、京极等部，也向大谷吉继和木下赖继等发起了攻击。但藤堂高虎并不像福岛正则那般一开始就进行肉搏，他一边令人用弓箭枪炮射击敌人，一边不断向驻扎在松尾山下和中山道左的胁坂、朽木、小川、赤座各部派去密使，不消说，是去劝说他们倒戈。

正如小早川秀秋所料，他驻扎的这座松尾山，果然是观看决战的绝佳位置。从雾气散开的那一瞬起，山下两军的一切动静均在眼前。谁士气旺盛，谁彷徨退却，都一清二楚。小早川秀秋似可为自己的先见之明而飘飘然，而大笑拊掌，嘲笑山下之人的愚蠢，但现实却未必如此——双方势均力敌，从早至今，即使过了巳时，他恐也无法预见何方会胜。

尽管是坐山观虎斗，但他脸色苍白，额冒冷汗，比战阵上的人还紧张。眼皮底下，西军的胁坂、朽木、小川、赤座等人皆无动弹的迹象。他们定是受大谷吉继指使，在这里监视他。这些，小早川早已想到，但他万万没想到的是，除了这些人，还有两人竟高举利刃，对他虎视眈眈。其中一人，便是家康家臣奥平藤兵卫贞治，另一人则是黑田长政家臣大久保猪之助。

由于小早川秀秋是在黑田长政的劝告下，表示永不背叛高台院，故，让他与东军保持联系的自然就是黑田长政。为了防止小早川爽约，长政早已暗中向他阵中派来了杀手。不仅如此，家康也以联络为名，派来奥平藤兵卫，在一旁虎视耽耽。想起来真是可怜，坐山观虎斗、以求见机行事的小早川秀秋，得到的竟是所有人的不信任。

秀秋把自己装扮成一个智者的同时，内心却甚是痛苦。虽然重臣平冈牛右卫门赖胜和稻叶内匠头正成并未把那二人安排在秀秋身边，但与他仅隔了一重帐幕。

二人也和秀秋一样在观望山下局势。大久保猪之助面无人色、心急火燎地闯到秀秋身边时，已是巳时四刻。家康选人从来都是慎之又慎，他选派的奥平藤兵卫则一副让人琢磨不透的表情，似坚信，小早川秀秋必会随了东军。或许，他是先稳住秀秋，一旦事情有变，自会血溅五步，一刀结果秀秋性命。

大久保猪之助与秀秋早就相熟，他是在秀秋的推举下才为黑田长政所用。正因如此，他左右为难：秀秋若不投东军，不仅会直接关系决战的胜负，还有损黑田长政颜面；到那时，黑田长政即使战胜，在家康面前也抬不起头。

“你想干什么？”一人忙拽住了猪之助的衣袖，此人乃小早川家臣平冈赖胜。

“闪开！在下有话要对金吾大人说。”

“有话由我禀报即可。你神色可疑，究竟要干什么？”

“你再阻拦，休怪我翻脸！”秀秋近在咫尺，大久保才故意大吵大嚷，“照此下去，午后也决不出胜负。金吾大人为何还不出手？现在下山，一举击溃大谷所部，胜负立判。再推三阻四，便是欺诳我家大人。”

“冷静些。这可是在阵中！”

“你休要拦我！原来金吾大人的一切约定都是谎言，真不知羞！你闪开，我有话与他讲！”

“不得吵闹！谁爽了约？至于出兵之令，到时我平冈牛右卫门会代主公下达。”当初三成以十万石引诱平冈赖胜，他不为所动，如今他又死死拦住了猪之助。

“阁下言之有理，可就此干等下去……”

“闭嘴！”赖胜拍胸道，“该出手时自然会出手。这事只管交与我赖胜便是。”

此时，奥平贞治插言道：“大久保大人，一切都交与金吾大人家老吧。中纳言有如此出众的家老，怎会欺骗内府和黑田大人？”

究竟谁的话更有理，一时尚难判定，但有一点可以确定，便是正听着他们对话的小早川秀秋，面上甚为尴尬。他正浑身战栗，紧张地盯着山下。

“既然奥平大人这么说，且交给你。”猪之助并没立刻闭上嘴，“鄙人乃黑田大人精心挑选，我家大人亦对鄙人寄予厚望，说万一有变，绝不能袖手旁观。”

他在胁迫秀秋。

“哈哈。”奥平贞治笑了，“是啊，鄙人也一样。若在山下，此时在下早已拿下许多敌人首级，如今却在这里无聊观战。唉，万一有个风云突变，在下岂可两手空空下山？”

东军派人监视秀秋一事，大谷吉继和三成毫无觉察。假如西军先派人监视秀秋，结果又将会如何？吉继和三成确是疏忽大意了。自以为聪明绝顶、妄图见风使舵的秀秋，此时不得不品尝苦果。

松尾山上的小早川秀秋还在犹豫不决时，南宫山情形又如何呢？

南宫山山顶，吉川广家、毛利秀元、宍户就宗、福原弘俊等人面向北边垂井，一字排开阵势。东山麓，长束正家、安国寺惠琼、长曾我部盛亲等人则纵向排阵。

山上的吉川、毛利等当然岿然不动。但山麓情形就截然不同，因池田辉政和浅野幸长等部在向他们逼压过来。最为慌乱的当数安国寺惠琼。三成已数次派人到他阵中催战，同时责问吉川和毛利为何按兵不动。也难怪惠琼会受到责难，当初三成决定发动此战时，他曾信誓旦旦表示，定会把毛利诱出来。当时惠琼满怀自信，他认为战场上的人与平时不一样。只要开战，年轻的秀元定按捺不住。而只要秀元应战，一切就好说了。

可秀元一见惠琼，却没精打采道：“小将尚年轻，不能指挥毛利全军，因此只好委托与吉川广家大人。”

惠琼陷入了苦闷。一个饿极了的人，面前摆满山珍海味，却不允许吃上一口，心中之焦急不难想象。今晨惠琼正有这种心绪。

事实上，让毛利驻扎南宫山的正是惠琼。他坚信，即使毛利辉元不亲自出马，决定这场战争胜负的照样是毛利氏。只是，他没料到家康会西进，且即使家康来了，他也从未想到自己会一败涂地。

一旦开战，就非让毛利参战不可。只要拥有这种自信，尽可先让三成着急一阵子。因此，为了不让这些珍馐贬值，惠琼力阻毛利进入狭小的大垣城，也未让他们匆匆去进攻赤坂，而是把他们留在了南宫山山顶，想于恰当时机，卖个好价钱。惠琼的算计自是无错，因为三成急得直跳，西军诸将也全把期盼的目光投向了山顶。事到如今，各方均意识到了毛利军队的价值。战后的毛利辉元自将手握重柄，惠琼等着沾辉元的光。到时候，安国寺的地位自然水涨船高，他惠琼既是将才，亦是圣僧。

吉川广家却一直让安国寺深感头疼，虽然他乃毛利氏人，却显然心向家康。此际一听秀元要将责任推给吉川广家，惠琼大急："这算什么话？今日阵中，大人代表中纳言，又是已故太阁养子，还代表少君，乃西军总帅，嗯？值此决战之际，您却要把指挥大权交与吉川大人，如何使得！万一失利，您就甘愿自戕？到时，世人定会说，大人胆小懦弱，把指挥权柄让与他人，最终落入敌手，被人耻笑。难道大人甘愿忍受此奇耻大辱？"

能言善辩乃是惠琼最拿手的本事。在惠琼的再三责问下，秀元理屈词穷，只好答应出兵："是我不对。我立刻出兵，从背后袭击敌人。"

"理当如此。家康都已把手伸到了关原。您从背后发起攻击，金吾中纳言则从松尾山袭其侧翼，如此一来，我方自可大获全胜。"惠琼的话的确入情入理，毫不夸张，却只是纸上谈兵。不但松尾山上的小早川秀秋怎么也不下山，南宫山上的秀元亦按兵不动，结果惠琼自己成了池田辉政和浅野幸长攻击的靶子。

说惠琼喜逞口舌之利毫不过分。他的见地和算计、对毛利氏的诚意、对丰臣氏的好意，实无可挑剔。但，在池田和浅野的猛烈攻击下，他的不懈努力全部化为泡影。

听到枪声，惠琼面无血色地从床几上站起身，他唯一能做的，便是慌慌张张奔向长束正家阵地。

他原本对长束正家并不怎么看得上眼。尽管正家把古已有之的面积计量单位"反"，由三百六十坪一反改为三百坪一反，结果让日本国领土数目增大不少，但这无非些许小聪明。在武将中，他充其量只是二三流角色。

惠琼奔到长束正家处，恳求正家去劝说秀元下山。惠琼之急，便是正家之危，故正家一口答应，立刻派家臣小西治左卫门上山。

此时秀元依旧不动。他并未欺骗惠琼，事实上，答应惠琼之后，他当场就向吉川表明了下山之意，却被吉川断然拒绝。

吉川的理由无懈可击："我们早就和三成约好，负责在大垣城附近抵御东军。三成却擅自爽约，为保住他的老窝佐和山城，竟让全军出兵关原。这是他自作自受，与我们何干？我们凭何要让将士白白送命？"吉川的话不无道理，决定出兵关原时，毛利氏无一人在场——"用得着毛利氏时，让我们做总大将，作决定时却尽施阴损之招，我断不会让士众前去送命！"

秀元无言以对。

被吉川拒绝，秀元又受到长束正家使者的严厉诘责："我们对您如此信任，难道您就忍心坐视不理？我们眼看就要与池田、浅野展开白刃战了。"

听着使者的哭诉，秀元渐渐烦躁起来，他气呼呼地在大帐里来回踱步，后来愤然走到外边。小西治左卫门刚想追出去，又停下。再苦苦相逼，秀元定会勃然大怒。

走出大帐，秀元在濡湿的草地上转悠起来，眼睛径直盯住脚尖。未久，他愤愤返回大帐，对小西治左卫门道："有主意了。你回去复命，说我马上让士兵们用饭，然后立即下山。"

"用饭？"

"是。吃完之后立刻下山。"

由于秀元这句费尽心思的回话，日后便生出一句谚语，流传后世：参议大人的餐饭——莫须有。

但凡人，心思总是变化万千，私心与情绪的激流常常会冲垮誓约的堤岸。毛利秀元原本对三成就无好感，但他有甘愿为丰臣氏卖命的心意。因此，当惠琼劝说他时，他已有了下山的打算。但长束正家的使者来了之后，这种想法却又消失了。他明白，无论如何，以吉川广家为首的重臣们绝不会有所行动。

事实上，他们断无行动的可能。吉川广家早就背着秀元，与福原弘俊、宍户就宗等毛利氏重臣商议过，并于昨夜向井伊直政、本多忠胜、福岛正则、黑田长政四将去书求和，连誓书都送去了。

此刻，这封誓书恐怕就在井伊直政手上。直政究竟如何与家康商议，后果难料，但只要毛利氏不主动下山，东军主力池田辉政和浅野幸长就不会进攻南宫山。

誓书的内容与吉川广家说给秀元的话几无差别："三成爽约，从大垣城向关原出兵，为一己私利，竟要祸及他人。毛利氏既无出战之意，也不为此负责。"

这恐就是一开始就对家康怀有好感的吉川广家，为了毛利氏而苦思冥想出来的秘策。秀元也似觉察到了这些，才有"士兵要用饭"一说。

长束正家的使者无言以对，失望而去。正家的使者刚回去，在吉川广家授意下，秀元的使者就立刻驰向惠琼与长束阵营，表示："秀元早想下山，也一再下令，但吉川、福原、宍户等人皆无意出兵。其中缘由，秀元也不甚明了。还请贵方相机行事，莫要对我部抱太大希望。"

世上难道还有比这更冷酷的言辞？秀元难道就不是毛利氏的指挥者？惠琼的勃勃野心，就这样被吉川广家的鞭子击碎。

敌人步步逼近，自己的阵地被枪林弹雨横扫。不只惠琼，长束正家和长曾我部盛亲也面临同样的困境。开始时，进攻者还有所顾忌，一边进攻一边观察山上动静，而现在，他们已全然不顾，使出浑身力气猛烈进攻。

两军相遇强者胜，但强者不参战，胜负自明。时已近午，关原一带陷入混战之中，谁还有闲暇来考虑这些？

鲜血染红了枯草，疯狂的杀戮充斥战场，这些寻常生活中懂得自我克制之人，除了毛利和小早川秀秋，还有心存理智之人否？当然有。其中一人乃是正在阵中默然打坐的岛津义弘，另一人则是小西行长。

此时的岛津义弘，究竟在思量什么？

三成接连派人催促，但义弘却连面都不见，即使侄子丰久或重臣来了，他也不发一言。或许他心中早就另有打算，只要南宫山上的吉川和毛利不动，他便按兵不发。但他与吉川、毛利却大有不同。

吉川和毛利乃旁观者，只要他们不下山，就不会损失一兵一卒，但岛津义弘却非如此。他已深陷战火的旋涡，不管他动与不动，他的士兵都会伤亡不断，他的人马只会不断减少。他坐在这里按兵不动，就形同束手就死，只会毫无意义被杀。尽管如此，他仍是默默端坐。

即使他束手息兵，岛津氏也不会因此安泰，士众也不会因此获救。他的属下正在浴血奋战。而他静坐于此，漠视忠烈的部下一个个战死沙场。

小西行长却是出战不力。他的背后与右边皆靠山，左边则是岛津阵地，唯前边是如蚂蚁般的敌人，他却七分佯战三分真战。他究竟是出于何种考虑而出此下策？眼下他毫无退路，只能眼睁睁被敌人逼上山头，损兵折将。纵然固守大垣城的意见被三成拒绝，心存不满，他也不该坐以待毙。究竟是什么压制了一员骁勇虎将的烈性？

午时，双方将士的体力已达极限，泥泞的地上，陆续有人倒下……

二四　小早川倒戈

德川家康把战阵向前推进了两次。

为了观察松尾山上小早川的动静，家康命人把主帅的床几从关原东端移到了中央。“小早川还无动静？”他厉声喝问本多正纯。

“是。在下又让黑田甲斐守大人手下大音六左卫门前去催了……”

“大音乃何人？”

“以前曾侍奉过金吾大人，我们命他严密监视金吾中纳言，直到其举兵为止。”

“唔。什么时辰了？”

“午时。”

“秀秋这个混账东西！”家康忽从床几上站起来，使劲咬右手指甲。

“若看见大人咬指甲，你们就赶紧躲开。说不定大人什么时候就会抽出刀来。”本多忠胜经常半说笑地对人讲。家康说过，要在正午时分决出胜负。至午时，士众体力都已达到极限，小早川秀秋却依然无下山之意。

石田的军队节节败退，宇喜多的人马也狼狈逃窜。此时小早川的人若从天而降，直取大谷侧翼，西军必立刻崩溃。正因为清楚这一点，家康才万分焦虑。

奥平贞治和大久保猪之助二人定在频频向秀秋施压。并且，黑田长政又派去了大音六左卫门，故，家康料定小早川迟早会下山。但他没想到，小早川竟如此犹豫不决。这样下去，只会增加双方伤亡，家康实在忍无可忍。

“这个混账东西！优柔寡断，实乃废物！”家康怒气冲冲，边啃指甲，边围着床几转个不停。

为了些须转移家康注意力，本多正纯轻声问旁边人：“去南宫山上的人还没回来？”

“刚回来。”答话的乃久保岛孙兵卫。

“毛利那边有何动静？”

“有些可疑之人频频往返于惠琼和长束等人的阵地。”

本多正纯一惊，忙朝家康看了看。南宫山若有异常，家康必愈发烦恼。果然，听到孙兵卫的回答，家康猛地站住了，“毛利那边动静可疑？”

“是。他正频频往山下派使者。”

“这全都因那个混账按兵不动！”家康骂了一句，忽又冷静下来，坐回床几上。他恐是猛然意识到眼下乃关键时刻，作为一方主帅，必须镇定如常。正纯亦松了口气。

“孙兵卫，你等等。”家康抬眼，把起身欲去的久保岛孙兵卫叫住。

本多正纯倒吸了一口凉气，盯着家康。家康的担心焦虑，他甚是明白。小早川秀秋迟迟不肯下山，虽然全都是其优柔寡断的性子造成，但他的举动却让南宫山的毛利部产生了错觉，这一点毋庸置疑。

“金吾不动，可见东军战局不利。”一旦生出这种判断，在惠琼和三成的诘责下，毛利秀元未尝不会下山。

小早川秀秋下山，乃是来为家康助阵；而毛利秀元下山，则是答应三成而袭击家康背后。若毛利秀元先行下山，小早川秀秋恐怕就会无视与黑田长政的约定，斩杀使者，转而与家康为敌。如此一来，局势就对东军极为不利。家康分明已敏锐地计算出这一切。他心中不停地骂道：混账！

“毛利真向山下派遣了使者？”家康强忍怒气道。

“是。”

“孙兵卫，你赶紧去布施孙兵卫处，告诉他，德川家康已忍无可忍，让他对准山上，放几枪。”

布施孙兵卫和久保岛孙兵卫同名，是家康旗下得意的火枪营头目。

“对准金吾打吗？”

“混账！不是打死他，是吓唬他。把马打死了，还能骑？”

“是！”

“等等，孙兵卫……只有我方枪炮还不足以唬人。快到福岛处，让他也给我打。”

“遵命！”

“他胆敢回击，就绝不饶他！告诉福岛，秀秋敢轻举妄动，便攻上去！”

“明白！”

“正纯！”

“在。”

“把小林源左卫门送我的那匹菊花青马赏给孙兵卫。布施放完枪后，仔细察看那厮动静，然后立刻回来向我报告。我再据此决断。”

本多正纯心领神会，与孙兵卫匆匆赶往马场，把那匹菊花青马交给孙兵卫，目送着他飞驰而去，之后，方才返回家康身边，禀道：“久保岛孙兵卫已出发了。”

家康只是微微点头，依然愤怒地咬着指甲。为了赢这一仗，他费尽心思。尽管年已花甲，但他依然斗志昂扬、杀气腾腾。

战阵上的算计和平日的思虑完全不同。把平时的想法带到战场上，就会变得优柔寡断、胆小懦弱；反之，用战场上的决断处理日常事务，就会成为让万人噤口侧目的暴戾之人。信长公便是极好的例子。在战场上，家康也是一员猛将，他的决断力绝不逊于信长公。他已下了决心，一旦向松尾山放枪后，小早川秀秋若还纹丝不动，就让本多忠胜和福岛正则强攻，其他谱代大名为后援，一举拿下那座山头。预感决断时刻即将来临，家康自会本能地算计起来，紧接着迅速发出命令，这便是他在战阵中的作风。就连久保岛孙兵卫此时到了何处、情形如何，也都在他算计之中。

久保岛孙兵卫骑马一路飞奔，刚到火枪营，便大叫起来："孙兵卫！"

"何事？"

"要打松尾山。快带二十支火枪到福岛大人处。"

"明白！"

"十万火急！"言毕，久保岛孙兵卫又如旋风般向福岛正则阵地驰去。寥寥数语便足以振奋士气，这即家康亲信的强势所在。

但到了福岛处，事情就没那么简单了。拜见正则，传达家康命令，正则点头答应则罢，一旦言语不合，他便极有可能翻脸。福岛正则极重面子，甚至到了冥顽不化的地步。

可今日的正则却令人意外，他竟痛痛快快应了下来，大声命令道："把堀田勘左卫门叫来！"

当火枪营头领堀田勘左卫门赶来时，布施孙兵卫也带着气味刺鼻的火枪赶来了。

"瞄准松尾山的主阵，给我打！快去！"

此际，火枪手所穿铠甲由数层牛皮制成，涂漆，前有五寸见方铁护胸，头上也戴着涂满黑漆的西洋铁宽檐帽，完全不用担心会中敌人弹丸，也不必害怕大刀长枪。

四十人的火枪队一字排开，小心翼翼瞄准山上。

"每次十发，给我放！"布施孙兵卫和堀田勘左卫门傲然下令。

砰砰砰……砰砰砰……八百发枪弹过后，周遭众人的注意力顿时全被吸引过来。当人们弄明白，枪弹乃是朝着松尾山上的小早川射击时，福岛、藤堂，以及西军的大谷、户田、赤座、朽木、小川、胁坂等部，无不震惊当场。

不久，枪声停止。

家康依然在大本营愤怒地啃着指甲，静静计算着时辰。这是打破均势的界点，亦是显示家康决心的攻击。

此时，两眼失明、正在轿中的大谷吉继，定正紧张地等待局势的变化。当然，最震惊的还是松尾山上众人。听到枪声，小早川秀秋猛地从床几上跃起，连话都说不出来了。他究竟有多惊慌，看看身边三个对他怒目而视的使者就全知道了。

“我家大人终于要出马了。”平冈赖胜声音颤抖。奥平贞治则大笑起来：“哈哈哈！看来，我家大人也要动用他的亲兵了。大人的三万亲兵，还一个未用呢。”

黑田氏派来的大音六左卫门和大久保猪之助却并未发笑，在旁煽风道：“瞧瞧，终于把内府惹怒了。”

“事已至此，大人究竟是何打算？”平冈赖胜颤声道。

沉吟良久，小早川秀秋终结结巴巴回道：“传……传令使，快派传令使……快派！”

“大人决心和内府并肩作战了？”不等平冈赖胜应答，奥平贞治抢先问道。对于这样的讽刺，赖胜竟无言以对。

松尾山上的观战者，不得不蹚进混战的泥潭。

稻叶正成匆匆赶来，与平冈赖胜二人麻利地向传令使们下达了命令：“一齐下山，一举击溃大谷部。”

小早川秀秋站在当地，冷汗满额，一言不发。他是在后悔自己决断迟了，还是依然对未来感到迷惘？

秀秋先锋松野主马面无血色，赶奔过来，道：“大人，您下令说要我们向大谷大人发动进攻，这是大人的真心吗？道义何在啊？”

“道义？哼！”平冈赖胜急忙阻拦。松野主马却毫不退缩。“昨晚大谷大人特意赶到这里来时，我们是怎么说的？烽火一起，我们便立刻下山，突击内府阵营。可是现在，我们非但不去进攻内府，反而要去进攻大谷……大人如此口是心非，就不怕被后人耻笑？大人，请您三思！三思！”主马忽然扑倒在秀秋脚下。

“你冷静一些，松野，我们并非叛变。从一开始就……”平冈刚一开口，就被松野喝断：“你住口！我在跟大人说话——大人！”他抓住秀秋的腿甲，使劲摇晃。“大人，您受已故太阁大恩，乃享誉武家的小早川家督啊。小早川怎能叛变？若叛变，就太欠思量了。您一直待在这山头上也好啊……”

秀秋大吼一声“混账”，发疯般向松野主马胸口踢去。主马往后急退，秀秋又骂道：“你知道个屁！什么小早川家，什么太阁，全都是为了私利勾心斗角的好战之徒！今日，秀秋定要让世人瞧瞧。你若敢违抗我的命令，格杀勿论！”这怒吼，乃是秀秋在为自己寻找勇气。“松野，此乃阵中，令行禁止，难道你不知？你破坏军纪，意欲何为？”

倘若松野主马不如此反对，小早川秀秋恐怕还无处发泄自己的愤懑。尽管他知自己必须下山参战，却始终缺乏斗志，亦为此苦恼至极。正是由于松野抗命，才点燃了他心头怒火。

“右兵卫，把主马给我绑了，居然敢触犯军令。”顿了片刻，秀秋又大声道。

村上右兵卫忙把松野主马带了下去。再纠缠下去，秀秋极有可能拔刀。

主马被拉了出去，秀秋跺着脚，大声命令道：“吹响号角！牵马！我决不回松尾山！一举击溃大谷所部，从背后袭击宇喜多！”到此时，他才彻底抛弃杂念，斗志昂扬。

未久，火枪营把枪口对准山下的大谷军，猛烈扫射。松尾山上响起令两军都惊愕不已的呐喊声……

松野主马在村上右兵卫的劝说下，回了自己阵营，后来悄然下了山，却未向大谷放枪。战后，他立刻撤到京城的黑谷，然后学着熊谷直实隐居了。但他的行为对关原合战无任何影响。

小早川秀秋拥有六百支火枪，而且，与西军其他部队不一样，他未在雨中行军，弹药均未被雨淋湿。

突然之间遭到攻击的大谷军，其混乱可想而知——自己人阵前反戈，最精良的火枪齐齐对准他们……

此时的大谷吉继正率领六百人马，携四百支火枪，守在中山道北侧。他得知家康向松尾山进攻时，就预感大事不妙，秀秋定要叛变。秀秋可悲，三成亦实在可悲，吉继一直这般想，但他自己又能好到哪里？尽管身患麻风病，却还不得不站在战阵中厮杀。而秀秋身在秀赖与家康之间、淀夫人与高台院之间、三成与毛利之间，早被挤压得变了形！

当可怜的秀秋悍然向大谷阵营发起攻击之后，大谷震惊之余，勃然大怒。在此次决战中，他完全被小早川秀秋拖垮，小早川的举棋不定让他进退两难，动弹不得。他对秀秋将信将疑，始终犹豫不决，到头来，还是遭到了背后一击。

思来想去，西军无论如何也无胜机。尽管如此，大谷却毫不后悔。他早就痛下决心，只要秀秋不叛，他就定要拖着病体坚持到最后，杀进家康大本营，血染沙场。他心甘情愿为三成的友情殉死。他知，若主动发起进攻，自会加速秀秋的叛变，为此他始终按兵不动。但一切都并不如他所料，姑息让他成了秀秋的盘中美餐。

吉继大怒之下，迅速套上一件小袖绢衣，披上绘黑色群蝶的直垂，戴朱红护膝和面甲，用浅黄绸布包住脸，坐进轿中。

"金吾的旗印在何处？"吉继声音阴森。

"径直下山，正向我部进攻。"回答他的是自从吉继失明以来，一直寸步不离、充当他耳目的汤浅五助。

"终于来了。"吉继咬牙切齿，"传令所有将士，不砍下无耻叛贼小早川秀秋的脑袋，大谷吉继死不瞑目！集中所有兵力，直指秀秋！"吉继发疯般用手猛拍着轿子下令。事到如今，他才猛然省悟，他真正憎恨的，既非家康，也非东军诸将，而是充斥于世间的无知愚昧和不讲信义的卑劣行径。因此，昨夜他才特意上山。他对秀秋已仁至义尽，可秀秋的重臣们却厚颜无耻，一再欺诳于他。

"遵命！"五助急匆匆离去。

尽管敌人的攻击异常猛烈，但己方始终没有大力予以回击。大谷的部队，除了吉继的本阵，还有平冢因幡守为广、户田武藏守重政父子、吉继之子大谷大学与木下赖继，共分为五队。火枪接近四百支，但因被分配到了各队，所以，在对方优势火力的扫射下，即使回击，亦无大用，因此干脆不寄重望。

吉继紧张地等待着汤浅五助回来。

"五助回来了。"

“命令传达了？”

“是。平冢因幡守和户田武藏守已从左右两翼向小早川发起攻势。”

“好。你不要离开我左右。”

“明白！”

“你胆敢离开我半步，就地正法！敌人逼近，立刻给我信号。”

“是！”

“休要犹豫，以免错过时机。在我切腹时给我介错，绝不可让我的首级落入敌手！”

五助只觉杀气像利锥般刺入胸膛。他抬眼望去，还击开始了。

“怎样？”

“因幡守已经杀了出去……”五助话音未落，忽然响起震耳欲聋的呐喊声。大谷吉继部下在高声呐喊，关原的其他部队也一齐呐喊着，发起了新的攻势。

“是不是其他人也杀过来了？”

“是。藤堂和京极最先杀了过来。”

“还有呢？”

“蜂须贺、山内、有马也跟了来。”

“我军动静如何？我儿子呢？”

“正拼命杀入小早川阵中。”

“哦。”

“小早川的人马开始撤退，我军取得优势。”

“好，把我的轿子向前推进，快！”

随后开始了惨烈的白刃战。大谷吉继若能看得见，一定会微笑着拍鞍喝彩。平冢为广挥舞着十文字枪，在敌阵中左突右刺，奋力拼杀。户田重政身先士卒，誓死抡着他那把引以为豪的大刀。大谷大学和木下赖继早就明白吉继的心思，从一开战便无生还的打算。面对大谷部的猛烈反击，小早川的人马节节后退，藤堂的人马也停止了进击。

“五町……小早川部后退了五町！”

“好，继续进攻，把我的轿子再前进一町！”吉继从呐喊声中嗅出了战势，又下了命令，“有敌人逼近，全都给我冲上去，只留下五助。这样的话，秀秋必会第一个上来。”

“大人，金吾阻止了队伍撤退。”

“我说得没错。他该亲自上阵了……怎样，有动静吗？”

“不再后退。金吾正挥舞令旗激励护卫。”

“哼！把我的轿子再前进一些……”

“敌人又杀回来了，正在玩命地往回杀！”汤浅五助使劲把手一挥，暗示手下把轿子退后一些。

“休要退！”吉继察觉到不对，愤怒地拍打着轿子，“敌人已后撤五町多，即使往回杀，顶多再前进一町，之后必然会再次撤退。呐喊助威！擂起战鼓！给我杀！杀！”令毕，又一阵震天的呐喊声冲向吉继耳畔，他怒问：“那是谁？”

五助未立刻回话。他看得真真切切，一度停止进攻的藤堂主力中，高虎的马印狂舞了四五次。这定是某种暗号，但究竟是何意，五助不得而知。藤堂部左前方乃大谷指挥下的胁坂安治、小川佑忠、赤座直保、朽木元纲四队人马，他们一直在防御着小早川，按兵不动。

“刚才的呐喊声是怎么回事，五助？”

“是……是胁坂和朽木等人……”

“他们要怎的？”

“看样子要……倒戈。”

“什么？你给我说明白！”

“是！他们正在向自己人……发动袭击。”

一瞬间，大谷吉继僵住——连他安排监视小早川的人马也背叛了？

随后，是一阵呐喊声，惊天动地……

大谷吉继再也不想问了。胁坂、朽木、小川、赤座的兵力，加起来有五千余众。他们一旦与藤堂高虎遥相呼应，转而进攻自己的六百亲兵，结局将如何？如此一来，攻取家康大本营的计划落空，砍下小早川脑袋的誓言，亦自然成了可笑的梦呓。汤浅五助也明白了一切，陷入沉默。

“五助……五助，你还在吗？”大谷吉继摸索着喊起来。

“在……五助在大人身边。”好大工夫，五助才答道，声音中充满绝望，“大人，胜负已然决出……”

吉继意外地平静，“把你看到的情况告诉我。武藏和因幡怎样了？”

“是……已经看不见身影了。”

“怎么，陷入了混战？”

“是……”

“好，让轿子撤回。根据你自己的判断，适当回撤。”

“遵命！后撤一两町……”就在这时，只听“啊”的一声，五助发出一声悲鸣。

“怎样了？”

“户田武藏战死……”

“看得确切？”

“是。”五助看到的不是户田重政的尸体，而是一队趾高气扬地高举着户田首级疾驰而至的人马。他究竟是被谁斩杀的，五助无从得知。事实上，户田乃是先被织田河内守信成的家臣山崎源太郎扎了一枪，又与信成厮杀到了一起，后被源太郎摘去了首级。

双方陷入混战。“五助，还要后退？已经败了？”

“还没有。”

“看得见平冢因幡守否？”

“不，什么也看不见。”五助一边回答，一边拼命拭泪。战前，五助和为广就约好，一旦战局不利，就由平冢因幡守为广先通知五助，再为主人吉继介错，可现在连为广的影子都看不见了。

原来，为广已被小早川秀秋近侍横田小半助一枪挑落马下。只是，小半助也已负伤甚重，倒在了地上，于是将为广的首级和他引以为荣的十文字枪交给了小川佑忠家臣坚井庄兵卫，然后离世。

“怎么静了下来？我儿子怎样了？”

“大学和山城两位大人正在集结幸存的士众，在河畔。”

吉继小声道：“把轿子停下。”他已然明白，一切到此为止，他的一生到此为止。周围突然静了下来，要么是自己的人马已全部被歼，敌人又把矛头转向宇喜多部，要么就是自己已失去了听觉。

为了弄清楚究竟是怎么回事，吉继屏息凝神，静听周围的动静，旋又松弛下来，他只觉得仿佛置身于淡淡的阳光之中。

大谷吉继曾被称为太阁旗下的麒麟儿，仿佛连太阳都是为他而升起。可是，自从染上麻风，他的人生就如落日般急转直下。他虽决心在黑暗之中坚持信义，可幸运的阳光始终未再眷顾过他。现在想来，就连追随三成，也全是因为内心的绝望。一开始他便被邀请到了一个豪华的盛宴，随后又从这盛宴被推向永无天日的深渊。

究竟是谁把他推向了如此不幸的深渊？难道是他在前世作了孽，注定要在此得报应？

三成曾坐在身旁，毫不在意地品尝他这个麻风病人用过的浓茶。那时，谁都不愿与他共处一席。或许，就是当时那股感动，把他拖到了今日的战场之上。

但今日的吉继在感叹一切行将结束的时候，生命却似不可思议地超越了一切，连他自己都难以置信——他终于感觉到一缕阳光淡淡地照到自己身上。“五助，太阳出来了？”

“是……是。不过小雨又下起来了。”

“好，那就对着太阳了结吧。介错就交给你了。”

“遵……遵命！”

“你定要遵照我的嘱托，把我的首级深埋到泥土里，休要落入敌手。”

“是。”

“我不想让世人看到我的丑陋。这不只是为了我的自尊。我是担心，丑陋会令人不快。”

“是。”

“动手吧。”大谷吉继摸索着抽出怀剑，“四野安静。战事已经结束了。”

震耳欲聋的枪声之中，小雨再次淅淅沥沥下了起来，大谷吉继从容地把怀剑捅进了自己的腹部……

二五　岛津溃败

当大谷吉继的首级被汤浅五助一刀砍落时，关原合战的胜负已完全决出。在场的三浦喜太夫急忙把五助砍下的首级包在衣服里，匆匆离去。但三浦喜太夫和汤浅五助随后也都战死，因此，吉继的首级究竟落于何处，无人知晓。

此时战局已完全变了。从松尾山上杀下来的小早川的人马，与投靠了东军的胁坂安治、朽木元纲、小川佑忠、赤座直保等部，直接向天满山下的宇喜多部杀去，然后又向北面小西行长的残兵败将发动了袭击。

此时，最北面的石田三成也遭到了东军的最后一轮攻击，其中以长驱直入的藤堂、京极部为首，织田有乐、竹中重门、吉田重胜、佐久间安政、金森长近、生驹一正等也都争先恐后加入进攻，石田的部队一触即溃，从相川山向伊吹山方向逃去。

按兵不动的岛津阵地前面，东西两军陷入混战。此时动与不动完全没有分别。现在的问题是，究竟谁会最先拿到岛津义弘的首级。

虽说年已六十六，岛津义弘豪气依然不逊壮年。他一直按兵不动，恐是为了不浪费一丝力气，为最后的决战作准备。

"报！石田部正向伊吹山方向溃败，我军阵前全是溃逃的士兵。"

听了川上左京亮的报告，义弘问道："现在什么时辰？"

"未时左右。"

"好，牵马。"义弘这才站了起来。他早就预料到这种结局。自己的人马不过两千，绝无胜机。

“还是让治部骗了。”义弘飞身上马，登上右边一个小山丘。果如报告所称，西军正如潮水般向伊吹山方向溃败，无一人向敌人还击。义弘摇首道：“把中书和盛淳叫来。”中书即义弘之侄中务大辅丰久，盛淳则为长寿院。

二人赶来之前，义弘一直死死盯着五六町之外的家康大本营。若是晴天，家康的金扇马印一定熠熠生辉。天空飘落着小雨，地上无一丝尘土，阴翳的天空令人感到难言的落寞。义弘恨声道：“哼！我还从未输于人。”

丰久和长寿院飞马赶来，一身泥水。

“中书，敌人中最勇猛的是谁？”

丰久一愣，没能立刻明白义弘此话的意思，“您指的是战功第一？”

“不。我问现在看上去最凶猛的家伙是谁？”

“当然是内府的主力……除了井伊和本多，其他的几乎还没参战呢。”

“哦。”义弘点头，手指北面，“先祖义朝公败北，赖朝公亦落败，都乃战败，并非天意。但今日之战，却会让我遗恨终生。我自幼出身名门，了无败绩，甚至连渡海到朝鲜参战都未失手一次。不想到今日晚节不保，留下终生大恨。希望你们体谅。我现在就杀入内府大本营，即使战死沙场，也要死在最勇猛的敌将手中。”

言罢，义弘看了一眼丰久，丰久似要解开甲胄。义弘道：“中书！你干什么？”

“大人决意要赴死，侄儿便要作些准备。”

“混账！我刚才说的是要杀进内府营中战死，不是要在此切腹。我看你是耳朵听差了。”

“侄儿未听错。大人终于要杀出去了，侄儿想与大人交换甲胄。”

“为何？”

丰久解了甲胄，道：“快，请赶紧与侄儿交换甲胄。大人抱着赴死之心杀进敌营，而侄儿明知大人会战死，却坐视不管，传到后世，岂不被人笑话？”

“丰久，你是在嘲笑我？”

“侄儿绝无嘲笑大人的意思！”丰久脸上现出一丝苦笑，把解下的盔甲放在草地上，“大人杀进去，万一敌人吓破了胆，主动给大人让路，大人便用不着血战了。到时，丰久就披上叔父的甲胄做您后卫。否则，岛津氏自会被人笑话为从一开始就心怀怯意。”

“哈哈哈，中书倒能言会道。”

“请快换甲。”

“哈哈！”义弘忽然仰天大笑，“哈哈哈。听你这么一说，确是耻辱。好，我就带着必胜之心杀进敌营。岛津义弘既不会逃，也不会躲。无论何等大敌，我都会毫不畏惧。哈哈哈，中书小子。好，我去。但，我不与你交换甲胄。”

丰久抬头瞥一眼义弘，重又穿回盔甲，他知叔父刚烈性情。穿好盔甲，他把手伸到义弘面前。“那么，请叔父如约把阵羽织交与侄儿。”

“什么约定？”

“请您把阵羽织给侄儿。您刚才只说，要侄儿穿好铠甲。”

“都什么时候了，你还耍小聪明！”

“大人何出此言？丰久若是耍小聪明，就情愿被您手刃，也不会让叔父白白送死。正是丰久愚鲁，才让大人您中了石田的圈套。为了给侄儿些豪气，请大人无论如何把阵羽织给我。大人刚才说了，您决意去死。但侄儿却不这样想。”

“你怎样想？”

“无论大人决心如何，丰久和盛淳誓死助大人突出重围。我们不这样做，让大人您白白战死，内府就成了少主忠恒不共戴天的仇人。这样一来，日后必难以议和，到时谁能保全岛津氏？眼下，大人的意向将直接关系岛津氏生死存亡。不把大人阵羽织要过来，丰久无颜面对忠恒公子。”

岛津义弘死死盯着丰久，眼睛如要爆裂一般。“你连这一步都考虑到了？”

小雨打湿了丰久的头发，可他仍然坚定地盯着义弘。僵持了多时，义弘才把阵羽织脱下，扔到丰久面前。

“多谢大人赏赐。”

见丰久得到阵羽织，一旁的长寿院盛淳也凑了过来。“请大人把马印赏与在下。”

“你连我的马印都要？”

“是。大人能把军扇也赏给在下，更好。”

义弘那军扇乃是三成在大垣城内分发给诸将的。义弘默然把背上的马印和军扇拔下，交给盛淳，道：“给你，去吧。”随后，他摘下挂在腰间的刀，高高举过头顶。

众人也纷纷抽刀出鞘。风雨愈来愈大，吹打着高高举过头顶的白刃。呐喊声起，岛津的人马在义弘的率领下，以迅雷不及掩耳之势杀到家康阵前。

本以为西军几乎都被追赶到伊吹山方向去了，面对这股突如其来的洪流，东军前锋顿时一分为二，让出一条道。

酒井和筒井各部竟也一时未弄清来人究竟是敌是友。但凡被打个措手不及，就会陷入混乱。面对着似恶魔般由北向南突袭而来的人马，东军许久未反应过来。当他们终于弄明白乃是岛津之军，已过去多时了。东军先锋已经进发到官道以西的寺谷川一线，岛津的突袭正是时候。

“是岛津的部队！不是自己人，是岛津！”

“岛津正杀向主营。”

东军一旦省悟过来，岛津这点人马怎能与之相抗？事实上，迄今为止，家康的损失微乎其微。

东军呐喊着向岛津部包抄过来，岛津军队只好用火枪以作掩护。关原町近在眼前，殊不知，正在此时，一队强敌早就悄悄掐断了岛津退路—— 一度进攻到石田所部前、现又退回的井伊直政。直政哈哈大笑。“我早就知道岛津这老东西会来这一手。”

“好，那我去干掉他。”他身边一个人若无其事道。此人正是家康四子松平忠吉。忠吉已在直政的带领下，在战场上杀了一个来回，这似乎让这个不知恐惧为何物的年轻人更加胆大。

“不取下义弘首级，事后一定会挨老爷子责骂。”

“莫要急。岛津的长刀队可都是百里挑一的硬汉子。”

“哼，我早就知道。”

“先赶到关原南面再说，莫要惊扰了主阵。”

“然后再发动攻击？”

“莫要多话。”

关原南有寺谷川与藤川交汇的牧田川，牧田川畔的道路叫牧田道。追赶到牧田道时，无论如何都要对岛津下手，井伊直政便是这般设想。

直政寸步不离，松平忠吉只好极不情愿地追击敌人。若是直政不在身边，只有他一人，他定不会追击，而是直接挡住敌人去路，与对方展开血战。

呐喊声又响了起来，乃是奉家康之命、正从左翼杀向岛津后尾的本多忠胜。

“是忠胜。我们的功劳被忠胜抢去了！”

不只是因为年轻气盛，这个与秀忠一母同胞的弟弟，与兄长认真稳重的性情截然相反，他一旦发起怒来，跟家康年轻时一模一样，这一点与结城秀康倒极为相似。

听到本多部众的呐喊，忠吉忽然狠狠抽了坐骑一鞭，眨眼间就杀入了岛津阵中。

“嗐！下野守，下野守！”直政与护卫们慌忙追了上去。

看到岛津所部直奔家康，被打得措手不及的酒井家次稍稍后退，立去保护家康；西贝墓一带，筒井定次家老中坊飞驒守父子三人则率领兵众，挡住了岛津去路。

全部东军几乎都向伊吹山追去时，福岛正则部也被敌人突破了，中坊飞驒守父子则尤为瞩目。飞驒守三子三四郎英勇战死，飞驒守本人也差点命丧黄泉，所幸被及时赶来的井伊、本多两队人马相救。

松平忠吉离开了直政，一意孤行向敌阵杀去。他的目标不是别人，正是老将岛津义弘。若杀得义弘这般的猛将，不用说诸将，家康也定会对他刮目相看。为了给那些平素里总爱取笑他的德川嫡系看看，忠吉誓要取下义弘首级。

忠吉追击的目标乃是一个背后插着岛津旗帜的老将。事实上，此人并非义弘，而是长寿院盛淳。忠吉一看到盛淳，就紧追不舍。

“站住！松平下野守忠吉在此！”因不谙战事，忠吉显得有些粗野。

“哦，松平下野守？内府的公子？”

若他默不作声，那些岛津的士兵还只顾着撤退，但一听到他便是家康之子，那些垂涎的猎手们岂肯再逃，瞬间便把他包围了起来。

忠吉二话不说，抬手就斩杀了两名小兵，他很不愿意在他们身上浪费时间。“退下！与尔等何关？岛津义弘，哪里逃！”忠吉刚刚催马追上去，一个骑马武士挺枪向他刺来，枪尖从护臂上擦过。

“呔！”忠吉大喝一声。然而，这不是平时用的竹刀，而是真刀实枪。忠吉觉得右臂有一股被热铁灼伤般的疼痛袭来，刀顿时脱手而出。

“松井三郎兵卫继愿与松平下野大人过招！”话音刚落，第二枪又刺了过来。对于这头刀已脱手的年幼豹子，这完全是致命的一击。

“你来吧。”忠吉张开大手，欲把对方长枪握住。枪尖擦过忠吉左肋，松井三郎兵卫整个被忠吉抱在了怀中。二人一起滚落下马，如同野兽般怒吼着，在湿漉漉的草地上厮打翻滚起来。未久，这头无比凶狠的豹子被松井三郎兵卫死死压在了身下，三郎兵卫手中的短刀发出黝黑的寒光，向忠吉逼来。

眼看着短刀逼近自己的咽喉，忠吉拼命想把它挡住，但受伤的手臂怎么也不听使唤。他抵住敌人胳膊，好让刀尖离开自己。可是，他越挣扎，身体便越往泥地里陷，甚至连动弹都很难，内心大忧：我岂能战死在这种地方？

尽管松井三郎兵卫已完全压住了忠吉，但他愈着急，手就愈滑，短刀怎么也对不准忠吉的脖子，附近也无人来助。

突然，被压在身下的忠吉大喊了一声：“甚右卫门，快干掉这个家伙！”

正当忠吉绝望至极时，眼前忽然出现了自己人。来人正是传令使横田甚右卫门。看到忠吉命危，甚右卫门急忙扑了过来。他刚要去揪松井三郎兵卫的头发，一个声音却阻止了他："甚右卫门，压在下面的可是下野大人。休要出手！"甚右卫门忙缩回手。

忠吉大怒，抬眼一看，同为传令使的小栗大六忠政正若无其事站在甚右卫门旁边。忠吉大喊："大六，快除掉这厮！"

不料，忠政却又对甚右卫门道："休要出手！"

一直娇生惯养的忠吉，还从未如此怒过。眼看着自己危在旦夕，父亲的家臣却不肯出手相助，难道他们平时就憎恨自己？

"不求你们了！谁……谁也不求！"忠吉使出全身力气，使劲一推，松井歪倒一边。此时，忠吉已无暇顾及小栗、横田等人。他弹起身，向刚爬起来的松井拼命扑去。

忠吉再次跌到泥泞中时，只听一声惨叫，松井三郎兵卫的身子忽然向后便倒。一看，松井已是身首异处了。

"大人，您没事吧？"是好不容易才追上来的家臣龟井九兵卫。

"九兵卫，休要让他们逃了，小栗大六和甚右卫门……"忠吉抬眼一看，早就不见了二人身影。一队岛津的士众又把他包围起来。这些人并不知眼前这位浑身是泥的武士便是松平忠吉，尽管围拢过来，也没全力而战，他们只是牵挂前面的义弘。

忠吉一边拼命与敌兵厮杀，一边不住发泄心中的愤怒："这些浑蛋，居然见死不救……"本以为会命丧黄泉，竟能拾得一条命，绝处逢生的忠吉疯狂起来。

当井伊直政赶到，忠吉还在泥泞中与敌人拼命。右手已无法握刀，他就用左手拼命挥舞着爱刀左文字，但有时他砍向敌人的竟是刀背。他已经近乎疯狂，连怎样出刀都已糊涂了。

直政在马上喊道："弥五右卫门，把你的战马给下野守大人。"

"是。"

"六太夫，你和弥五右卫门一起把下野守大人拖回来。"

近卫隈部弥五右卫门答应一声，翻身下马，把缰绳塞到忠吉手中。武藤六太夫则二话不说，把忠吉抱到马上。

"放我回去！我还没干掉义弘！我要去追义弘！"

“这是主命。公子受伤了，必须治疗。”

“住口！我要追。给我追！”

但二人并不理会他，单是立刻调转马头往回牵。

眼看着忠吉回头，井伊直政方松了一口气，继续追击义弘。此时，他周围已全是同在追击岛津各部的本多忠胜的先锋。

直政从中间穿过。其间，他两次听到“义弘被杀”的呐喊。但第一次，被杀的人比义弘年轻得多，第二次砍下的首级也非义弘。略显年轻的那颗头颅，似乎是岛津丰久，年老的则是长寿院盛淳。

岛津的人马眼看着在剧减，至多剩下八十余骑。久经沙场的直政心里甚是清楚，义弘必在这些人当中。此时，那些为岛津断后的人，恐怕早已被英勇善战的本多全歼了。

直政的计算丝毫未错。有可能的话，他要亲手割下义弘的首级，然后宣称此乃女婿松平忠吉初战告捷的战利品。

前方已是牧田川渡口。一旦让义弘越过渡口逃往伊势，即使有天大的本事，也莫之奈何了。直政确认了一下跟随自己而来的引以自豪的红衣军，便驱马到了河滩上。周围净是成片的芒草，岛津义弘的身影赫然就在前方二三十间远的地方。直政正要奔上去，只听砰的一声，一发枪弹从左侧芒草丛中射了过来。

“啊！”直政顿觉左大腿被灼热的疼痛袭击，他的战马也长啸一声，腾起前腿。原来，穿透了直政大腿的枪弹又钻进了马背。直政顿时被摔了下来，不省人事。

偷袭者乃岛津属下川上四郎兵卫的家臣柏木源藏。

看到主将落马，后面的数骑红衣武士急忙追了上来，在直政四周护卫，然后迅速把直政救起，送到附近民家。人事不省的直政不仅大腿上受了伤，左肘也流血不止。对岛津的追击中道而止。

天地间暗了下来，岛津残部正沿着牧田川向多罗山方向逃去，像一条细线，越来越远，越来越模糊。

“还是让他跑了。”但这不是后悔或遗憾，直政反觉心中爽快。追击者追得痛快，撤退者反击得也很是漂亮。

井伊直政省过神来，神情严肃地吩咐道：“受伤不重。但是，休要再追了。”由于要治伤，又担心忠吉的伤势，众人撤了回去。

就这样，老将岛津义弘方成功逃脱。

驻扎在南宫山下栗原村的长曾我部盛亲得知岛津战况，遂命令部队向伊势撤退，这竟成了关原合战结束的信号。

在池田和浅野二部的压制下，盛亲一直不敢轻举妄动，而且，一直到最后，毛利部的去向似乎仍难以确定。事先安插到关原的家臣吉田孙右卫门又回来报说，由于岛津部大溃，关原一带已不见一个西军。

几乎就在同时，长束正家阵营也传来了惨败的消息。而当正家派人徒步赶到三成阵营，石田的主力早就踪影全无。

长曾我部率先撤退，长束的人马也竞相后撤。他们刚一撤退，山上的毛利部便齐齐呐喊起来。这呐喊声究竟意味着什么，无人知晓。毛利军中，希望东军获胜之人要远远多于心向西军之人，故，这或许是在欢呼胜利。不过，山上只是在呐喊，并无举动。

在此之前，惠琼的人马早就开始逃跑，在通往伊势的山路上，处处都是丢弃的武器和盔甲。不知是出于何种算计，惠琼一人后来又返回了南宫山上秀元本阵，或许是为了承担战败的责任，要与秀元一起切腹。但由于毛利氏早就和东军达成了协议，自然不去理会他。于是，惠琼脱下盔甲，扮成一个小沙门悄悄遁去了。

夜幕即将降临，清冷的战场把无尽的热血和悲喜包藏在了冷漠之中。薄暮之时，德川家康那濡湿的金扇马印肃然渡过藤川，向西面高地挺进……

二六　恕人本心

庆长五年九月十五，从黎明时分发起行动的东军总帅德川家康，比预定计划晚两个半时辰，于申时四刻获得了关原合战的胜利。

移阵藤川台之后的家康，已不再啃咬指甲了。藤川台的这座大营，中午之前还是大谷吉继的阵地。吉继人已不在。不仅吉继，勇冠天下的岛津丰久也不在了，被称为石田三成左膀右臂的岛左近胜猛，亦不知所终。

虽无准确消息传来，但无论是石田三成、小西行长、宇喜多秀家，还是长束正家，此刻定都心灰意冷走在山路上，任风吹雨打。

“燃起篝火，为检验首级作好准备。”此时的家康，心里自然高兴。虽从未想过会战败，但对于眼前的大胜，他竟一时没能适应过来。不久，派到各处的传令使陆续回来，分别向他禀告战况。

三成的家老蒲生备中守与其子大膳、大炊助一同战死。被派到小早川阵地的使者奥平贞治，在与大谷部的混战中殉身。藤堂高虎的堂弟玄蕃战死。织田有乐斋负伤。井伊直政负伤。松平下野守负伤……

家康面无表情听完这些报告，点了点头。作为统帅，大局稳定即可。

从战场上最先赶回的前锋大将乃黑田长政。长政左手一指骨折，用一块布胡乱缠了几下，布上渗满血。他把头盔摘下来挂在肩上，杂乱的头发上沾满泥巴。家康盛赞了长政一番，取来短刀吉光赏给他。

直到此时，家康方大大松了口气。

“诸将们陆续前来祝贺胜利，我们不如一起庆祝。诸位以为如何？”本多正纯提议过后，福岛正则、织田有乐、织田河内守信成、本多忠胜、忠胜次子内记忠朝等人，陆续朝大帐拥来。

“欢呼胜利！”

“好。南宫山下敌人已溃，战场上再无一个敌人影子。我们已歼敌近三万，获战马一千五六百匹……此为一场空前的大胜仗。”

家康则默默摘下头上的茶色绉绸头巾。“拿我头盔来。那个白色里子的。”看到家康再次戴上头盔，人们不禁面面相觑。

“真正的仗现在才刚刚开始。要欢呼胜利，我看还是等到了大坂之后再说吧。等我们把被扣的人质全部平安解救出来，再庆祝胜利不迟。把头盔带子给我系好！”

一句话打动了在场的每一个人，有人竟簌簌落下泪来。众人在战场上英勇奋战，皆如铁人，家康的话有如一阵温暖的春风，拂过这些铁骨铮铮的汉子心头。

“请恕在下愚鲁。”

“是啊，战事还远未结束。”

“是，诸将人质都还关押在大坂。明日我们便立刻向佐和山进发。”

尽管胜利了，但依然要系紧头盔带子。一句鼓舞人心的话，既是警告，又是抚慰人心的良药。在如此微妙的时刻，家康的话里蕴含了安抚天下的秘诀和苦心。

本多忠胜悄悄擦了把泪，高声道：“福岛正则大人到。”

忠胜可谓德川氏最通晓人情世故的老者。只要被忠胜叫到名字，被家康奖赏之后，诸将就会立刻忘却于战场上九死一生的劳苦。

“正则啊。你们今日表现神勇，尤其是你，简直让家康瞠目结舌啊。”家康叹道。

“不敢不敢，本多中务大人应变之才，真是令人佩服，令鄙人大开眼界。”正则也努力地夸赞忠胜。忠胜不好意思地挠挠鬓角，“福岛大人过誉了，我的敌人太弱，简直不堪一击。”

说毕，忠胜又大喊起来：“织田有乐斋大人到。”

织田有乐斋让随从带着石田三成家老蒲生备中守的首级走了进来。河内守信成随同。

“啊呀，这下你可名震天下了。”家康甩开扇子，对有乐道。

“杀生过多，实在是罪孽啊。”

“家康自幼闻蒲生备中守大名，真是可怜。首级就由你酌情葬了吧。”

“多谢大人！”

“听说令郎河内守杀了大谷猛将户田武藏守？”

“是。当时，刺中武藏守的枪从头盔左侧进去，右边出来，枪头竟毫发未损。”

“哦，让我看看那枪。”家康从信成手中接过长枪，“是千子村正制作的名枪。”感叹一番，家康将长枪还给信成。他用不同的说法，恰如其分地夸赞着每一个人，让他们都感到莫大的欣喜。而家康自己，更是欣慰异常。

此时，本多忠胜次子内记忠朝走了进来。战斗时杀敌太多，他的刀刃都砍得卷了，插不回刀鞘，只好提在手中。

家康亦褒奖了他。他褒奖着忠朝，眼前浮现出三成的面容，暗中寻思：若是今日输了，不知此时是何等景象……正在此时，松平忠吉和井伊直政浑身缠满绷带，拄枪走了进来。

忠吉还一脸忿忿不平。“父亲大人，小栗大六这家伙真是岂有此理！”家康听得直皱眉。

“父亲大人……”忠吉再次开口时，家康已舒展眉毛，从床几上站起来，走近井伊直政，道：“兵部，听说你受伤了，伤得如何？”

“只是些皮外伤。”

“那就好。正纯，拿药来。”家康睬都不睬忠吉，只令本多正纯把他亲自研磨的膏药拿来，道：“这药管用，你好生养伤。”

“在下感激不尽。”

“等等。我给你的胳膊肘再抹些药，其他地方你自己抹。”说着，家康解开直政的绷带，亲自为他抹药，还问：“疼吗？”

“不，一点也不疼。”

“那就好。大腿上的伤你要好生疗养。”

此时，不知是谁，竟抽泣起来。事实上，家康担心的，不只是井伊直政的伤情。他也在心里念叨，希望初上战场的忠吉不要坏了眼前这喜庆的气氛。

“下野守，你也受伤了？”一番忙乱后，家康才走到儿子面前说起话来。他神情凝重。

“无妨。只是一点皮肉伤。”忠吉也模仿着直政毫不在乎的语气。

“哦。那就好。”说着，家康径直坐回床几。

“小栗忠政。”家康对侍立在自己身后的传令使努了努嘴。忠吉心里咯噔一下，瞪着小栗。

“大人？”小栗大六忠政单腿跪在家康面前，脸上有些不自在。

“听横田甚右卫门报告，说你看到下野守被敌人压在身下，竟不让他出手相救？”

“是，小人是这般。”

“对大家说说，你究竟是怎生想的？”

“遵命！”小栗忠政施了一礼，道，“下野守乃初上战场，初次上阵就一马当先，竟与岛津猛将松井三郎兵卫战在一处，刚开始是在马上厮杀，后来二人就扭成一团，落在了地上。”

“哦，是单骑闯敌营。”

“真是神勇无比。松井三郎兵卫到底还是占了上风，二人厮打到最激烈的时候，下野守被压到了身下，盔甲陷在泥地里，他只拼命想把三郎兵卫掀翻……”

“哦，你倒是看得很仔细。”

“不错，一旁的横田甚右卫门实在看不下去了，想出手施救。可由于压在下面的乃是下野守，即使出手也无大用，我便阻止了他。”

“为何阻止？”

“下野守乃堂堂大将。大将只身闯敌营，定已有了杀身成仁的准备，小人才加以阻止。”

家康迅速扫了一眼忠吉，忠吉则幸灾乐祸地盯着忠政。

“你真这么想？”

“小人不敢虚言。”

“若是一个无名小卒，你又会如何去做？”

“甚右卫门出手之前，我早就出刀了。”

“你听到了吗，下野守？小栗大六说，正因为他知是你，才未出手相救。”

“这算是什么话？”

“住口！你以为大六恨你，才未援手？你这么想，就不配带兵打仗！想你不会是那等人。你只是觉得跑了岛津义弘，颇为窝囊，才找大六发泄怨气。”言毕，家康再次转向小栗忠政，“在战乱之中，你竟然还有这等深虑，真是了不起啊。”

“啊？”忠政惊愕不已。

“大六啊，你若救了他，他日后必无所作为。今日初次上阵，便被你们救了，下野守还能体会到战阵的残酷？”

“是……”

“如此一来，过失巨矣。不明真正的战事，下次带兵打仗，必会失误，在天下丢丑。不只如此，牵一发而动全身，一处小败恐会招致全军溃败。总之，你乃是在为下野守着想，很好，实在是了不起！”说着，家康又飞快扫了忠吉一眼。此时忠吉早已深深垂下头，眼泪汪汪。

家康松了口气。诸将也恍然大悟。更让家康高兴的，是忠吉明白他的苦心。家康一直在后悔，二十年前的此际失去了长子信康，乃是因为没能像今天这般，向他表明一个父亲的眷眷真情。

家康一脸轻松转向井伊直政，“兵部，除此之外，下野守表现如何？”

“不愧为大将之子。”直政笑了。

“哦，你也这么看？忠吉，来。”家康把忠吉招到面前，“父亲要亲自为你疗伤。解开绷带。”

忠吉表情僵硬，但那已不再是对父亲和小栗大六忠政的怨气，而是深刻的反省与深深的感动。家康把包在儿子右指上的布条扯下，看到干黑的血块之间又冒出鲜血，竟毫不迟疑用嘴吸净污血，立刻涂上膏药，回首道：“兵部，雄鹰之子并非都是雄鹰，全都是你驯养得好。”

不仅是直政，在场所有人都感慨不已。胜利之前凶神恶煞般斥责众将的家康，现在竟变得如此善解人意。

雨依旧下个不休。仗已结束，那些饥肠辘辘的杂兵一定在为生不起火而发愁。

松平忠吉和井伊直政一起出了大帐。家康向本多正纯招手道：“雨还未停，但传令下去，切切莫要吃生米。”

“遵命！”

“实在不行，先把米泡一个时辰再吃。到时雨或许就停了。”

正纯领命而去。家康又朝村越茂助招招手，“怎的还不见小早川中纳言秀秋的影子？是吓得不敢来了？你去把他请来。”

“是！”

黑田长政舒了一口气。跟秀秋谈判、让其做家康内应的，便是他。

小早川秀秋见家康命村越茂助前去请他，定会感动得热泪盈眶。今日一战，他切身体味到了摇摆不定之苦。小早川秀秋高兴之余，当场送给茂助黄金百锭……当然，这都是后话。不久，秀秋在黑田长政引领下，带着二十多名近臣来到家康面前。

此时雨脚开始变细。这座大谷吉继留下的营房并不宽敞，诸将济济一堂，秀秋只好站在雨地里参见。

“金吾中纳言大人前来祝贺。”黑田长政通报完毕，家康解开头盔带子，从床几上站起身。对方到底是中纳言，又在众目睽睽之下，家康若戴头盔接见，定会有损秀秋颜面。

二人视线交汇的一瞬间，秀秋瘫软在地，跪伏下去。

“中纳言，身在战场，请恕我戴头盔见你。”家康甚是温和。然而，秀秋激切得根本听不见家康说话。

“秀秋……秀秋……实在不肖，与大人为敌……还参与了先前的伏见之战，罪不可赦……一切都是秀秋的罪过……请……请……”秀秋惶恐不安地说完，又加了一句，“这次的胜利，秀秋衷心祝贺。”

家康不但不觉可笑，心头反而涌起一股悲哀。此时若有人发笑，他定会狠狠斥责。他叹道：“言重了。中纳言今日已立下大功。请莫要多虑，宽心就是。”

“多谢大人不计前嫌。因此……”

“但讲无妨。”

“明日讨伐佐和山城，请让秀秋担任先锋。”秀秋似已下了决心。

“勇气可嘉。但此事尚需与诸将合议。到时自然会有传令使去通知。你先好生歇息。”

“多谢！”秀秋欣喜而惶恐。

秀秋离去后，福岛正则看了黑田长政一眼，哂道：“金吾大人好歹位居中纳言，居然忘记了自己的尊贵身份，跪伏在草地上，真是可笑。”

长政笑道：“简直就是小鸡见了雄鹰。”

对于这样的窃窃私语，家康置若罔闻，他缓缓回到床几上，这才放下令旗，道：“雨似乎要停了。诸位也该用些饭了。”说着，自去了膳间。

在离膳间稍远些的地方，下人早已用细竹搭了个架子，在上蒙一层油纸，权作简易厨房。里边仅有两口锅、三只水桶、一个药罐。早在一个时辰之前，两名厨子和五名杂役就从一町远的山谷里陆续往这里抬水。即使一个只有三千石的小官的露营之地，庖厨也比家康的豪奢得多。食盒也很小，最多装得下三人份的饭。但能安然用饭，亦全是因为胜利的缘故。

家康双手合十，祈祷了一番，方令人打开食盒盖子。

家康用着饭，眼前又情不自禁地浮现出石田三成的身影。三成究竟有没有料到今日会是这般结局？此时，他必正磕磕绊绊走在山路上，身上伤痕累累，以草叶充饥，心中绝望至极……想到此处，家康不禁感慨万千。他此时，与其说是憎恨，不如说是惋惜。

家康曾给过三成好几次机会。朝鲜撤兵时，家康就特意让他到博多去迎接回归众将；在与前田利家艰苦的交涉中，他也有数次可以反省的机会。然而他却根本不珍惜，直到最后在七将的追逼下，不得不逃离大坂。尽管如此，即使七将追赶到伏见，家康也还是忍着世人的诟病，佑护了这只投自己而来的穷鸟。饶是如此，三成依然不知悔改……他毅然抱着他所有的亲朋好友，跳进悲剧的深渊。

既已获胜，诸将尽可以嘲笑小早川秀秋。可若众人当初也像秀秋一样，今日又有谁能昂首挺胸站在家康面前？三成被生擒，他会是怎样的情形？家康正想着，墙那边传来细川忠兴斥责之声："大人正用晚膳。你就等不及了？"

"不，只是，不早一刻向内府谢罪，在下心里就不安。无论如何，请您通融……"声音渐渐听不清了。但可以推测，定是有人正在请求细川忠兴斡旋。

"一大早就打仗，中间根本无暇用饭。待大人一吃完，我就去通报，你且稍候。"

"拜托。有大人的斡旋，内府定会饶恕小人。虽然小人为大谷刑部效力，但还是与胁坂中务一起杀向了宇喜多，好歹表明了心迹。拜托您了，请消消气……"

家康终于听出来了，那人是朽木元纲。朽木、胁坂、小川、赤座诸人，都是藤堂高虎联络的内应。

"知道了。总之，大人一用完膳，我就去通报。"细川忠兴极不情愿地答应了他。

"越中大人，是谁？"家康觉得心中生悲，禁不住高声道。

忠兴走进来，单膝跪地禀道："朽木河内守说，他对与大人为敌深感后悔，托我来向大人谢罪。"

"哦，朽木河内？"家康刚苦笑着应了一句。朽木元纲忽然跑进来，跪伏在面前。败者就当如此狼狈吗？

"无论如何，请内府饶恕小人……小人也是迫不得已。虽然听信了大谷刑部的花言巧语，但是，小人内心从来没想过与大人为敌，请大人宽恕……小人给您跪下了。"

家康不忍再看下去。气愤、可笑、难以忍耐，所有的情感交织在一起。一个武士，再狼狈，也不至于如此荒唐地跪地求饶。朽木元纲的做法，让家康大感意外。

“河内守大人！”细川忠兴实在看不下去，阻止道。

“算了算了。”家康制止了忠兴，道，“你们听命于人，原是墙头草，也常身不由己啊。即使你与家康敌对，家康也不会憎恨。”

“是。”

“你原有的领地不变。快回去告诉你的家人，让他们安心。”

“多谢大人。大人的恩德……元纲……元纲……永生难忘。”

“退下吧。越中大人也辛苦了。”

若是个有气节的人，一听“墙头草”云云，恐怕立刻会羞得面红耳赤，怒发冲冠，绝不会平静地接受这般侮辱，但朽木元纲却没有这种气概。他若有气节，早就为大谷吉继殉死了。

元纲离去，家康放下筷子，回了大帐。

诸将已各自回营，只有近侍还留在帐内。家康只觉全身像是散了架般疲惫不堪。他看了本多正纯一眼，问道：“还有人要来吗？”

正纯并未明白他的意思，小声答道：“竹中重门快要来了。”其实，他说的是家康今夜宿处。家康今夜看似要宿在藤川台，而实际上，却应住在关原北的宝有山瑞龙禅寺。瑞龙禅寺现在竹中重门掌握之下，除了那里，这一带无处可避雨。当然，藤川台这边还是要放一个替身。侍医板坂卜斋担心家康安危，才特意作此安排。

此时，又一个人急匆匆赶来求饶，是一柳监物直盛带来的小川佑忠。小川佑忠与朽木元纲一样，也是在最后关头才背叛大谷吉继的主要将领之一。

“在下与小川佑忠乃亲戚，不顾夜深，前来叨扰大人。”一柳监物话音刚落，小川佑忠猛地跪到地上，絮絮叨叨谢起罪来。此时的家康已无心听他说话了，究竟是恕他，还是怒他？

小川佑忠与朽木元纲有些不同。元纲弃暗投明，饶恕他情有可原，可小川佑忠却与石田三成有亲戚关系。大谷吉继被逼到今日这般地步，与小川大有关系。若是一个有担当之人，就该默默听候处置才是。

“你见过朽木元纲了？”家康语气冷漠。

“是。听说朽木得到大人宽恕，佑忠也决心痛改前非，全力效忠大人，所以……”

“大谷刑部虽曾是我的敌人，其行止却令人肃然起敬。”

“是。”

“为了恪守信义，他虽病重，却始终坚持指挥战事。真令人惋惜啊……你说呢？”

“是。”

家康顿了顿，仔细打量着佑忠与监物直盛。一柳直盛比佑忠脸更红，头垂得更低。知廉耻者与不知廉耻者迥然有别，一目了然。家康见一柳直盛实在可怜，终于心软。

“佑忠，你和三成乃是亲戚，冲这一点，你实在罪责难逃。但看在监物分上，我且饶你一命。”

“多谢大人……”

“先不要谢。饶是饶过了，但我把你交给监物看管。你好生反省。”

“是……多谢大人，多谢大人开恩。”听家康饶他一命，佑忠顿时不住点头称谢，在直盛的催促下才退了出去。

雨还在淅淅沥沥，时停时下，看来今夜是不会止了。

竹中重门派来了迎接的人。只是这些人万万想不到，迎接的竟是家康本人。他们一直都以为，伤病者较多，不便露营，才让他们住到瑞龙禅寺。

“请大人准备准备。”在正纯的催促下，家康走进里间，为了不让人发现，他蒙了一块大头巾，方又出现在众人面前。

竹中重门乃丰臣秀吉军师竹中半兵卫重治之子。天正七年，竹中重治在播州三木阵中故去。其时重门只七岁。他也深受丰臣氏恩典。此次决战，他站在了家康一边，出力甚多。为了奖赏他的功绩，家康后来允许他常住江户，并可如其他谱代大名一样，每年定期到将军身边服侍。当然，若非如此，家康也不会住到瑞龙禅寺。

重门本人身披蓑衣混在前来迎接的人当中。只有他一人知道将要迎到瑞龙禅寺的人是谁。装扮成伤号的家康，在鸟居新太郎忠政之弟久五郎成次等十余名年轻侍卫的陪同下，率领着六名乔装打扮的传令使，冒雨离开了藤川台大营。

牵马人自然是竹中重门。虽说仗已取胜，但众人依然小心翼翼。战场上尸横遍野，失去主人的马匹不时从人前疾驰来去，令人心惊。或许，在某处树丛的背后，就藏匿着一个武士。尽管路途不甚遥远，但高举火把在前引路的竹中家臣，还是一边故意高声说笑，一边小心观察四周。

但此时的家康已经在马背上瞌睡起来。时值晚秋，深夜的寒冷让人只能感觉出身体的温暖，这种感觉加剧了疲劳。

回想今日战况，家康庆幸不已。十三日之前，他就一直担心会中风倒下，会失败。可这两日的紧张让他忘掉了一切，除了残存于体内的兴奋和疲劳，没有任何不适。

神佛在护佑着我！在睡魔的搅扰中，家康认定自己身边有神灵庇佑。“厌离秽土，欣求净土。”只要永远怀有这种仁心，神佛就永远不会离去……

家康迷迷糊糊中做了一个梦，梦见祖母和姑祖母绯纱夫人同在虔诚地念佛……

忽然，马开始爬坡，平稳的马鞍颠簸起来。家康猛睁开眼，原来已到了山门前。这里与藤川台相比，真是两重天，在篝火的映照下，古朴的寺院有如琼楼玉宇。

“到了。”重门对鸟居久五郎小声说着，把家康轻轻地从马上搀下来，连桐油雨衣一起抱进了房中。被褥早就铺好，火盆里也燃起了红红的炭火。重门道：“外面警备已安排妥当，不知大人是否中意？”

“给大家添麻烦了。不用再张罗了，你也退下歇息吧。”把侍卫们都打发下去，家康依然没有解甲歇息的意思。鸟居久五郎成次觉得奇怪，遂劝说家康。

“还有两个人要来。”家康笑道。未几，果然有人来了，其中一个便是传令使安藤直次。“辛苦了。我一直等着你。”家康道。

直次走到他身边，小声禀道：“全都出发了。”

“监军是……”

“本多和井伊二位大人商量了一下，决定让井伊大人前去，现在也已出发了。”

鸟居久五郎没听明白。实际上，这是明日进攻佐和山城的安排。

三成依然去向不明。此时，他一定正在设法回城。为了阻止其进城，就必须尽快将佐和山城包围起来。故，家康把安藤直次派到小早川秀秋阵中，命令小早川、胁坂、朽木等部连夜出发，明日包围佐和山城。作为监军，井伊直政尽管负了伤，还是坚持跟了去。

“好，你退下歇息吧。”

安藤直次刚退下，黑田长政便进来了。他与家康之间的问答就更加离奇，让久五郎完全摸不着头脑。

“秀元该亲自前来道贺才是……”

长政刚一开口，就被家康打断了：“他父亲在大坂。因此，他先告诉其父议和一事，再来道贺才是正理。不必说了。”长政只得去了。看来，他似在毛利秀元与家康之间斡旋。

“久五郎，再无人来。”黑田长政回去之后，家康这才让鸟居成次把自己的盔甲解下，一边道，“此战获敌人首级合三万两千多。我军伤亡亦近四千啊。”

久五郎成次并不明白家康的意思，只是随口应着，不敢说什么。在他听来，这既像在夸耀，又像在感慨战争的无情。

“天亮后，立刻叫醒我。”

“是。”

“谁家没有妻子儿女？真是于心何忍！明日一早，必须把战场上的尸身全部收集起来，造一座坟冢，再请这寺里的僧人为他们念经，以超度亡魂。阿弥陀佛。”

久五郎不禁舒了口气，暗自庆幸没颂扬胜利。

“南无阿弥陀佛……南无……”钻进被中，家康还在小声念叨。疲劳渐渐袭来，他不知不觉进入了梦乡。

雨还在敲打着房檐，停了又下，下了又停……

二七　败走末路

庆长五年九月十六，晨，雨还没停。

德川家康在瑞龙寺一觉醒来，立刻返回藤川台，命人清扫战场，并为死者筑坟，将近午时才开赴佐和山城。

佐和山城位于彦根东，在琵琶湖畔的一座山上。先行到达的小早川、胁坂、朽木和田中吉政诸将，早就将其团团围住。

家康把本阵一直迁到佐和山南面的野波村，才驻扎下来。说是本阵，实际上只是一处简陋的小屋，宽两间，长四间，屋顶苫草，入口处亦无门板，门口两边开格子窗。小屋内一半铺榻榻米，一半铺乱草。小屋外，草地上则铺了三十叠的榻榻米，前来谒见的人就在此进进出出。

这里既无弓箭、枪炮，也无手持兵器和旗幡的士卒。众人都住到离此八里之遥的百姓家中。只有家康和他那“厌离秽土，欣求净土”的旗帜留于此。出战之前，家康并未让人带露营器具。为防万一，侍臣全阿弥还令人暗中用马驮了些东西跟着，结果至今也没用上。对已取得关原大捷的胜者来说，佐和山城这点留守人马虽是螳臂挡车，但家康仍不敢大意。

如今，龟缩在佐和山城中的，有石田三成之父隐岐守正继、兄木工头正澄、正澄子右近朝成、三成之子隼人正重家、三成岳父宇喜多下野守赖忠诸人。他们大难临头了。

一赶到佐和山，家康就派人前去劝降。由于大坂城派来支援佐和山的长谷川郡兵卫守知，在小早川秀秋家老平冈赖胜的策反下弃暗投明，攻城异常顺利。

首先是正门失陷，接着小早川的人马突入城内。井伊直政只得自作主张，派使者进城劝降。城内的正澄立刻答复道：“我和父亲、宇喜多下野守三人到城外切腹。望留得他人性命。”

直政立刻禀告了家康。家康从一开始就未真心攻城，遂痛快答应：“好。就让村越茂助去接收城池。”

此时已是十八日晨。

但还没等家康的命令传达全军，田中吉政的一彪人马已攻入了后门。见此情景，木工头正澄不禁恨得咬牙切齿。他深信自己被家康骗了。村越茂助赶到时，城内已是一片火海。原来，正澄在城内遍洒火药，大放其火，然后带领合族人登上了天守阁。

烈焰中的天守阁上，石田一族开始自相残杀，刺死妻子，杀掉孩子。四处乱窜的妇女齐齐奔向南面山崖，纵身跳了下去……城内活生生一幅惨绝人寰的人间修罗场。女人们跳下的那面山崖，后世人名曰“女郎堕”。

这座人们曾在《佐和山城歌》中吟唱过的石田三成的居城，顷刻间化为灰烬。这座居城未焚前，有人歌之曰：

客自京都来，顿辔佐和山。
飞甍夺余霞，外绕八重练。
引领高阁上，绮疏遥相瞻。
回望琵琶湖，澄澄静如鉴。
殚功骇心目，形巧难尽言。
楼观穷精妙，长叹终百年。
……

同时，大垣城也在水野胜成的猛攻下风雨飘摇。至此，石田三成精心描绘的美好图景，除了无情地带走无数人的性命，只留下一串串阴谋的丑陋爪痕，就在虚空中消失无踪……

导致这场大悲剧的石田三成，究竟逃到了何处？他又在想什么？

十五日夜，当三成逃到伊吹山时，从者只二十余人。

冰冷的秋雨不断打击着这群落魄之人。雨水无情地灌进盔甲中，寒冷吞噬着众人。一个侍卫不知从何处弄来一件蓑衣给三成披上，即便如此，亦无法抵御寒雨的侵袭。

十六日东方泛白时，一行人还在冰冷的雨中蹒跚而行。他们满怀恐惧，慌不择路。征朝战争时，身为监军的三成下令，严惩逃兵，甚至连脱逃者的亲人都要严惩不贷，而如今，他竟也沦落到如此地步……

寒冷、饥饿、疲劳、困倦……一夜之间，他尝尽了人间苦难。当夜色渐渐褪去，狼狈的三成再也顾不上什么义理人情、虚荣体面了。

“我们要到哪里去？”当一直跟在身后的小幡助六郎迷茫地问起时，三成答道：“那还用问？大坂！”

尽管嘴上这么回答，可他内心却大为别扭。佐和山城定已被围得水泄不通，一族男女老少皆无法解救。三成深知会出现这种局面，故未说要去佐和山。只是，他也从未想过能平安赶到大坂。

“先歇一歇。”三成已累得走不动了。他找到一株古松，一屁股坐在树根上，然后拿出些在路上掐来的稻穗，默默搓起来。家康严禁食用生米，但这竟成了三成唯一的果腹之物。

三成默默咀嚼着生米。随从们也学着他的样子，认真剥起谷穗来。

不可思议的是，二十余人竟无一人把自己剥出来的米粒献给三成。在濒临死亡之时，人便是如此真实！开始时，理智告诉他们，必须守护好主子，但他们首先要保住的，乃是自己的性命……

三成嚼了些生米，渐觉小腹发凉时，方陆续有人向他献米。

“请大人用些生米。”

“这里也有，请大人用。”

三成顿觉奇怪，从人搓米的手法比他熟练得多，大家纵未吃饱，但显然已不再那么饥饿了。一旦性命有了保障，人方又恢复了善良，仓廪实而知礼节，感慨终于让三成恢复了理智——今后，我究竟该何去何从？他忽然又想，在此之前，应该先自问究竟能做些什么，若是与敌人决一死战，人自然是多多益善；但要逃遁求生，最好还是各寻生路。

“我们就此别过吧。”三成说这句话时，下腹的冰冷和恼人的困顿正在拼命折磨着他。雨脚细了，可山间又飘起浓雾，天地都被浓雾遮蔽了。正因如此，乔装成农夫或樵夫，倒容易脱身。

“我会向大坂去。大坂城有毛利辉元大人在辅佐少君。为诸位找出路是三成义不容辞的责任，但这么多人很容易引人注意。我们就此作别，有志者可悄悄赶赴大坂会合，不去，三成亦不会怪罪。”三成认为，自己必须赶赴大坂。

“大人既如此说，大家便散了吧。”说话的是渡边勘平。听他的口气，他仿佛不打算离开三成。

“勘平，你也去吧。我一人就行了。我必须独行，否则易招人怀疑。”

“不行。”

“对。我们怎能撇下大人逃生？挑两三人陪同大人，其余的分散行动。”野平三郎慨然道。

“不！”三成厉声斥责道，“你们不能跟着我！”他语气斩钉截铁，斗志又涌上心头。

三成并非小人，他也不愿独自逃生。事实上，自从出战关原以来，他早已把生死置之度外，并不因失败而后悔。他的敌人既非家康，也非丰臣七将，更非小早川秀秋和毛利秀元，他只是要反抗。

大谷吉继重气节，选择了在战场上死去。但三成却不想死在战场上，那不过是一名普通武士的死法。他要亲眼看看世上那些凡夫俗子的真实一面，看看这个赤裸裸的世界。他要高高在上，俯瞰世间。战事远未结束。赶赴大坂是一种战斗，即使在那里被捉、被斩首，也全都是战事的继续。石田三成决不会向任何对手屈服，一定要冷峻地看下去！这既是三成的希望，也是他的心志。

“你们定有人不解，我且把其中道理讲讲。”食过生米的石田三成变得斗志昂扬，语气严肃，一时间竟无人开口。

“不错，我是在逃难。但这并不意味着我就屈服了。石田三成发过誓，只要活着，就定要血战到底。敌人绝不会轻易放过我们。最熟悉这一带地形的田中吉政一定已下令掘地三尺，也要把我找出来。他该到处贴下布告了。”三成呵呵笑了，“那布告上定写着悬赏百锭黄金，捉拿石田三成。你们明白吗？战场上倒也罢了，可这不是战场，若我和大家在一起，你们必须要杀掉那些为了取我首级而来的农夫。但这样做又有何益？而只我一人，他们便不会轻易发现，这便大大减少了赴大坂的障碍。你们明白了吗？就此别过，大坂再见！”

众人不禁面面相觑。他们深知，三成一言既出，驷马难追。

“那么，就此别过……”最初开口的乃小幡助六郎信世，他说完，便站起身，脸上的雨水和泪水混在一起。

小幡助六郎离去，众人陆续站了起来。每个人都留下一句饱含深情的惜别之语，然后一个个消失在濡湿的山路上。

三成面带微笑，一一向他们点头致意。唯有此时，他的坚强才化为温情。

“若幸存于世，我们再相会……”

“切要多加小心。”

“我们必会在大坂相见。”

惜别的话语各不相同，但每一言都饱含悲哀与绝望。

待众人散尽，三成望了望四野，不禁想到，自己一人，会不会寂寞？但他脸上立时浮出微笑，他不但不寂寞，反而松了一口气。

三成从一开始就在引诱、逼迫他人，对于这一点，他比任何人都清楚，可他还是去拉拢他人，把他们拖入派阀之间的争斗。回想起来，真是可笑。

雨停了。天空仍然阴沉。杉叶尖上的水滴闪着晶莹的绿光，浓雾正在渐渐褪去。

三成走了几步，肚子咕噜咕噜响了起来，由于受冻和吃生米，他坏了肚子。

三成不由笑了。他想自己曾身为西军统帅，向强大的德川家康发起了这场要改变天下归属的大战，如今却成了孤家寡人，而且坏了肚子。在这片幼年时代养育了他的伊吹山中，堂堂西军统帅竟然因为拉肚子，要露出屁股，把粪便撒遍山间。想到这里，他忍不住放声大笑。

“大人。”忽然有人拦住了三成。

“啊？”

“我们几个无论如何也不忍离去。只有我们三人……请大人收回成命，准许我们跟着您。”

三成定神一看，乃是渡边勘平、野平三郎、盐野清介三人。三人向西而去，恐是后来又商议过，才返回。他们才是效忠主公、重情重义、值得赞赏之人。可三成不但没笑脸相迎，反而猛把脸沉下，狠狠瞪着他们，“不是说好在大坂相见吗？”

“话虽如此，可把大人独自丢弃在这深山中，我们何颜见人？”

“怎么，你们还想杀了三成不成？”

“这……大人想到哪里去了？”

“不想杀我。哼，看到三成拉肚子，你们是不是觉得可乐？混账！”三成怒声斥责。

这让三人深感意外。在战场上拉肚子本是常事，不足为奇，三成却以之为耻辱。难道是他身份贵重，不谙野战，抑或是争强好胜，死要面子？三人面面相觑，呆若木鸡。

“我已经告诉过你们。我想一个人待着。”

盐野清介轻轻吁了一口气，道：“无论怎么相求，大人也不改变初衷吗？”

“在大坂见！”

“既如此……大人保重。”

渡边勘平似还不死心，道：“我等岂敢有嘲笑大人的意思？”

“我已说过，在大坂会面。”

“那……就此告辞吧。”野平三郎阻止了勘平。

三成只觉腹部绞痛，急离开三人。他也想回头看看，挥手告别，也算是对他们忠贞之为的回应，但还没等回过头，腹部的绞痛已让他无暇多顾了。“没想到肚子里也藏有伏兵啊。”三成一边笑，一边快步钻进茂密的竹林。当他再回头望去时，三人的身影已从视野中消失了。

“哈哈……请三位见谅。人真是麻烦。”三成急忙解衣。他一边蹲下来，一边自言自语:“哈哈！看来，人一生净是些不明不白之事啊。有趣。你就尽情折腾三成吧。”此时能够听他此言的，恐怕只有山中那些精灵和飘逸的雾气了。

他又算计起来。为了活着，不能不逃出去。这里连稻谷都没有了。要想出去，除了向近江方向逃，别无他路，而近江乃是田中吉政熟悉之地。

走出茂密的竹林，三成已作了决定：先到近江的伊香郡，然后从高野进入古桥。古桥法华寺三珠院住着三成幼时的师父善说，善说究竟会站到田中吉政一边，还是会庇护自己，全由天定。想到这里，三成加快了脚步。可他刚开步，又有了便意……

三成在山中足足流浪了三日。他先到了浅井郡草野谷，藏身到大谷山中。

果然如他所料，这一带村子里到处插满了田中吉政的布告牌。若是还和随从们在一起，三成无论如何也不会摸到伊香郡来。布告牌上写着：

> 一、若有抓获石田三成、宇喜多秀家、岛津义弘者，永远免除徭役赋税。
>
> 二、若有杀得以上三人者，可获赏黄金百锭。
>
> 三、若发现其行踪，速速上报。故意藏匿者，当事人问斩，家人亲族，一并问罪。
>
> 田中兵部大辅吉政（印）
>
> 庆长五年九月十七

从告示牌上看，尚未被捕的只有岛津义弘、秀家和三成三人了，小西行长和安国寺惠琼似已落入敌手。

三成只身进入伊香郡，摸黑赶到古桥法华寺时，已是十八日夜了。就是这一日，其父隐岐守等人切腹自尽，佐和山城化为灰烬。只是，眼下三成还不知这些。

许久没有如此晴好的天气了，夜空中繁星点点。一进入山门，成群的野鸡就扑棱着飞了起来。

正如三成所料，一听见野鸡飞动，善说就从方丈室露出头来。三成扑了过去。他本想轻轻走过去，但就在看到善说的一瞬间，他脚下忽然被绊，几欲摔倒。

善说脸上浮现出难以言表的苦涩，喃喃道："啊呀，阿弥陀佛，果然是……"

"是三成。师父……三成想您了……"

善说忙把三成扶住，然后二话不说把他扶进方丈室，道："难道大人还不知，兵部大辅已到了井口，近在眼前了。"

"井口？"

"是啊。木本到长滨之间已经严密封锁，飞鸟难过。不只如此，听说从木本一直到六十多里之外的敦贺，过往行人都要一一盘查。"说着，善说随手把门带上，但他未说要三成怎样。

难道连这座寺院也无法藏身了？困惑顿时向三成袭来。"师父，您能不能先给三成弄点热粥。三成正闹肚子……大为不便。"三成强作笑脸，可善说似乎在思量什么，良久方道："大人尚不知，便是今日，令尊、尊夫人，还有令郎，全都……自杀身故了。"说完，才把三成架到地炉旁。

"哦，城池陷落了……"地炉旁，三成强忍住腹痛，自言自语道，"是啊，或许是未亲眼看到的缘故，总觉得这不像是自家之事。"

三成总觉得善说之言半真半假。在七将的追逼下跑到家康处避难，家康不也宽恕了他吗？纵然让木工头正澄和其子右近太夫切腹，可那些妇孺，家康难道也不能饶他们性命？他心中还残存着这种希望。

"都被杀了？"

"不是被杀，是他们自己齐齐聚集到天守阁，放了一把火，轰轰烈烈自尽了。”

“自尽了？”三成心中不禁咯噔一下。善说定在嘲讽他。父亲、兄长、妻儿都自尽了，他却还头戴破笠狼狈逃窜。三成低声笑了，“这才是三成的亲人，死得好……但三成却还不想死，师父！”

善说不答，把粥锅挂在挂钩上，默默往里添水。

“师父有无止腹痛的方子？三成不能长时叨扰，还要赶往大坂。”

善说笑着点点头，起身去拿药。药是高野山的“陀罗尼”。善说默默把药递到三成面前，重重叹了口气，之后就一言不发。

很快，粥熬好了，炒面也盛了出来，三成肚子早已咕咕叫了。他仍觉得善说似有责怪之意。自己藏在这里，被村民发现了可怎么办？告示上说了，藏匿者一同问罪，或许，善说正在犹疑。

三成看着缩身凝神、听着外面动静的善说，道：“好像无人看见我。寺里的男仆和小和尚都不在吗？”

“早就把他们打发出去了。”

“看来，师父早就预感到三成要来。”

“是……若让别人看见，唉！”善说忽然两手合十，恳求起三成来，“大人别怪老衲不通人情。这是寺院，什么人都可能来。”

“师父是要我吃完就走？”

“不，老衲已经把村里的与次郎太夫叫来了，大人可以到他家去躲一躲。”

“到百姓家中？”

“是。别人不敢说，只有与次郎平日里总是惦记着大人。他还说，大人若有难，他定会出手相助。”

“他果真这般说过？”

“是。在这一带，除了他，恐无人会施援手了。”

三成轻轻放下筷子，“好，请把与次郎叫来吧。”

善说掩好门出去了。三成闭上眼睛，仔细听着掠过屋顶的风声，风似是从贱岳方向吹来的。好不容易弄到粥喝，肚子还在咕咕叫，他一再告诫自己，进食不能超过两碗。

这片北近江的土地，既成就了三成一辈子的梦想，也带给他一生的苦难。三成出生于此，被秀吉公发现于此，平步青云的时光亦在此。当年贱岳一战，秀吉公有了掌握天下的机会，同时也为三成铺开一条连他自己都觉眼花缭乱的坦途……但近二十年后，又是这片土地在召唤着他，萧瑟的秋风让他回忆起当年贱岳的血雨腥风。秀吉公留下了“浪花之梦梦还多”这句遗诗后，与世长辞。对于耳边的秋风，三成究竟该如何去听，如何去看？他独自笑了起来。

父亲没有了，妻儿也不在了。寥落此生，亲近之人都去了，只有他还在苟延残喘……若跟善说借一把刀，善说必很欣慰。他定会大肆宣扬，说石田三成乃是个顶天立地的男儿，果毅地切腹。说不定，他还会悄悄为三成修建一座坟茔。可三成不会那般做，如此虚伪之行，他怎生做得出来？他是武士。只要他生命未息，就要和这俗世对决……

“大人……您还好吧？”外边响起敲门声，必是善说带着与次郎回来了。三成爬过去，打开门。

“啊，大人……”与次郎手里拿着一领棉袄，呆呆站在那里。他定是从善说口中听说了三成的狼狈，才特意准备了衣物。

“快进来，与次郎。”

“是。”与次郎应一声，一进门，连忙把三成搀扶起来，然后仔细把门掩好。

“大人，这些年来小人想死您了。”与次郎太夫在当地百姓中颇有威望，为防万一，善说还特意带上了弓箭。

“与次郎，你是不是认为我施予了恩惠，就希望人报答？”

“大人言重了。大人有难，小人怎么能袖手旁观？我家后面就是山，山里有个谁也不知的石屋，是遇到盗贼或打仗时用来藏匿粮食的地方。请大人赶紧转移吧。”单纯的与次郎太夫眼里噙满泪水。善说默默看着与次郎太夫，眼中充满不安和恐惧。一旦从与次郎口中走漏了风声，莫说是善说本人，整个村子的人都脱不了干系。

三成接过与次郎手中的棉袄，默默换上。他想道谢，眼泪也快流出来了，但还是刻意忍住。他想专心观察善说和与次郎的心境。善说到底有多少深情厚谊？与次郎又有多伤感？以冷峻的眼光来观察世人的真面目，这便是三成的习惯。这是个凡俗之人无法参透的世界，即使他落在敌人手里，眼看就要砍脑袋了，也要亲身体会杀人者与被杀者的微妙心情。

“好了。走吧。”三成道。

“是。请方丈悄悄打开后门……”与次郎道。

“你说的那个石屋，离你家远吗？”

“有三四町远，在我家山地里，人迹罕至。”

“这么说，你要亲自给我送饭？”

“是……小人连家人也不想告知。万一有不测，我一人……”

“你不害怕？”三成飞快扫了一眼早已吓坏的善说，故意添上一句，“万一出现不测，可千万不要说出与方丈有关。你就说，我正要到寺院里来时，被你发现了，你便自作主张把我带到了洞里。你也可以说，是在我胁迫下，不得不把我领到那里。”

“大人哪里话？小人不会说出寺院，更不会说是大人逼迫。请大师带路。”

一番话终于让善说松了口气。他忙又带了些止泻的药，走在前头。“您把这些药带上吧。还请多多保重。”

“师父，我若是能够平安返回大坂，斯时一定为此寺捐赠七座伽蓝。”

“多谢大人。”

寺院后门便是山。一打开门，风声忽然大了起来，连天上的星星也似在瑟瑟发抖。在贱岳附近，风中多了些冬天的气息。

“请多保重。”

“师父保重。”嘴上这么说，可三成连头都没回。他紧跟在与次郎后边，在黑暗中摸索前行。

赶到石屋之前，三成又蹲在路边拉了两次。尽管腹痛减轻了，但疲劳不断袭来，他只好走走歇歇。每当他坐下来歇息时，与次郎总会稍稍拉开一段距离，一边认真观察周围动静，一边喃喃念叨：“要是来只野狗，汪汪吠起，可就麻烦了。”

“与次郎太夫，你难道就不后悔？这会给你带来危险啊。”

“小人不后悔。小人受大人重恩……”

“你真认为受了我的大恩？”

“是。”

“我何时给过你恩惠？”

“当小人和临村太十郎因为柴山分界闹得不可开交，去官府打官司时，是大人惩戒了太十郎。”

“这也算是大恩？”

“是。那时若无大人的公正，我家就会失去所有的山林，沦得一贫如洗。”

“哦，公正也算大恩？”

二人一边轻声说话，一边绕过山脚。他们摸到石屋前时，不知与次郎太夫看见了什么，“嘘”了一声，立刻让三成蹲下，自己则急跑了几十步，进了梧桐林。

“怎么了，有人？”

“没有，我刚才听见咯吱一响，但什么也未看见。”

“你不是说无人会来这里吗？”

“是。”

“你家中有何人？”

“除了女儿女婿，还有两个外孙，六口人。”说着，与次郎又猫腰仔细察看了一番，才走到石屋入口，轻轻掀起垂在门口的席子。

“露出灯光的话，可不得了，请大人先委屈一下。这里早就铺好了厚厚的稻草。今后，小人一定会亲自送饭来，请大人莫要叫别人。”

“我知道。褥子不错。多谢了，正所谓雪中送炭啊。我累了，你也赶紧回去吧，以免家中人怀疑。”

“大人……”

“给你添麻烦了。日后我……”

石屋很宽敞，约八叠大，左侧铺满稻草。与次郎出去后，三成低声笑了。此时，仿佛他已不再是戏中人，完全成了旁观者。

“三成，这样不是很有趣吗？”正当三成自问自答时，门口有了响动。“谁？与次郎太夫吗？”

但无人应声。

三成正要起身，一阵冷风嗖地吹进，接着便有人掀席走进来。

“谁？”三成轻轻问了一声，镇静得连他自己都大觉意外。

“是我……与次郎太夫的家人。”

“你是他的女婿？”

“是。”

“你看到我进了这里？”

“实际上……小人从寺院一直跟到了这里。”

“你有何事？”

“小人有事来求大人。请大人先收下这些东西。”说着，那人摸索着向三成靠近。三成并未感觉到一丝杀气，他在稻草上直起身，道：“这里。我在这里。”

“啊，这是大人的手……好冷。请大人快收下这些吧。”递到三成手里的，是一团软软的东西，还热乎乎的，一摸就知是饭团。来人道：“这是小人让做的，还特意让掺了黄豆面。大人先尝一个，剩下的好生放着。”

“多谢。你有两个孩子吧？”

“是的……另，请大人把这个也收下。”

“是什么？”

“一点心意。万一大人有急，这些钱或许能有点用。请大人收下吧。”

“恭敬不如从命。你是想让我收下这些东西就走人？”

“是。拜托了。我岳父确是世上难寻的好人。”

“我知……”

“像小人这般的，岳父还视为珍宝，说是上天赐给他的好女婿。小人不敢让岳父成为大逆不道的罪人。”

三成沉默。那人泣不成声，看来他未说谎，心中一定颇为苦闷。

“大人，岳父大人定想让您藏在这里。他坚信无人知道这个石屋，但小人知道，里正也知，不，其实大家都知道。需贮藏粮食的人家，都会有这样一个石屋。并且，今夜里正已下命令了，明日要带官差到各户巡查。若有人真藏匿了，最好趁今夜赶紧转移，或让其逃跑，否则，整个村子都会受到株连。唉，里正想得如此周到。”说着，那人坐到三成面前，呜咽起来。

三成一言不发。眼前这人究竟在想什么，究竟要做什么，不正是他一生都想弄明白的吗？

“我的岳父、我的妻儿、整个村子的人都会受牵连。大人您躲过一劫还好，一旦不幸被……整个村子就会陷入灾难。大人，我求您了！趁天色未亮，我们赶紧逃离这里吧。我给您跪下了。”

“和你一起？你想把我带到哪里？”

“送您去湖上。”

“用船？”

“是。现在是晚上，无人看见，待平安到了湖边，您就藏在小舟里，小人把您渡过去。”

“不会有人发现吗？”

“不会。”

“被人发现了怎么办？”

“即使被发现，也不会牵连村里人、善说大师或小人家小。请大人赶紧离开这里吧。”

三成思索片刻，问道：“你想救你岳父？”

“是。岳父、妻子和孩子，我都想救。”

“这并非你一个人的主意吧？”话刚出口，三成便后悔了。对方也似大吃一惊。

“你一定事先跟人商量过，也知你岳父会把我带到这里。”

“是。实际上，小人是与人商议过。”

“谁？”

“里正。”

“唔。这么说，是里正要你把我送到湖边？”

“除此之外，再也无其他办法了。”

“但即使开了船，恐也不会平安到达。”

“大人说什么？”

“也许船到了湖上，会受到敌人攻击。结果是我被抓，你被当场斩首。这样一来，与这个村子自是毫无关系了。这一点你想到了吗？里正必早就想到了。”

那人急了，跺脚道：“不会，里正绝非这般人。他对大人的感激之情，甚至超过小人岳父，为了让大人逃出去，他也煞费苦心。他绝非这般阴险之人，绝不会把大人送到敌人手中。”

“里正也感激我？”

“是……整个村子，无人不对大人感恩戴德。”

“那是为何？”

“在这个世上，恐再也不会有人比大人更加仁义了。”

三成顿觉压抑。那人口口声声，大颂赞词，难道事情真是这样？他逐渐看清了对方，不仅是身形，连其内的善良心肠都看到了。他虽从未想过要欺压百姓，却亦从未奢望得到百姓如此爱戴。三成轻轻摇摇头，叹了口气，心中迷惘而愧疚：百姓实在可怜！

“大人，求求您了。无论如何，请相信小人和里正。到了湖边，小人立刻就把大人藏在船中。只要还有一口气，小人就拼命划船。请相信小人，这一带无人划得比小人更快。”

三成一怔，不知何时，眼泪零落。

“为了整个村子、为了你的岳父、为了你的妻儿，你甘愿舍弃自己的性命？”

“大人，可不能说这么不吉利的话。小人定会平安划到对岸的。”

“哦。”

“然后，小人就把木柴卸下，再返回来。无人知道此事，所有人都会平安无事。”

“有理。”三成伸出手，去摸索对方的手掌。或许是有些亢奋的缘故，那人宽大坚硬的手掌热乎乎的。三成叹道：“你是个大好人啊。”

“多谢大人夸奖。”

“三成同你相比，深以为耻。我虽拥有你不具备的才智，却不如你平直忠厚。多谢了，你让我终于拥有了从前一直欠缺的东西。”

“大人答应离开了？”

“我不离开，还能怎样？”

“多谢大人。多谢……小人给您磕头了。”

“我们不去湖边。”

“啊？那是山脚……”

三成抓着对方的手，爽朗地笑了：“你把我带去见里正。”

“这……这……小人没听错吧？”

“没错。你把我抓起来，交给里正……里正再把我扭送到井口的田中吉政处。明白了？”

那人像是疯了一般，拼命拽住三成，“不成！绝对不成！”他声嘶力竭地叫着，身子痛苦地扭动起来，“小人……小人绝做不到！”

“你听我说，”三成声音温和，语调却严厉，“这是三成的好意，三成唯一能够回报你们的好意。”

“无论大人怎么说，小人也绝不能把您交出去，小人绝不做那样的事。”

“你再固执，我就不走了。”

“唉！这……”

“所以，最好的办法，便是把我交出去。你把我交出去，自会得到官府的奖赏，而你把我丢在这里，不要说你们全家人，就连整个村子都会被连累。”

“所以小人才说，要用小舟把大人送到对岸去！”

“不。”三成低声斥责道，“你不懂得战事。田中兵部大辅既然来到了井口，湖边早就撒下了天罗地网。即使逃过他们的眼睛上船，还不到竹生岛，就会被他们的兵船包围，到时候我还是被抓。我倒无妨，尚要连累你。”

“那……那也无妨，小人豁出去了！”

“但你的岳父、里正，还有善说大师，被发现了怎生是好？你莫要多虑，接受三成的一片真心吧。没想到他们的手伸得这么快，连这里都封锁了，来到这里，是三成的错啊……”

“不管您如何劝，小人也绝不会……”

“去领赏吧。莫要连累整个村子。三成会高高兴兴……把自己送往极乐世界。”

那人在黑暗之中僵住了。他似明白了三成的苦心，正兀自矛盾：是去领赏呢，还是把整个村子推向深渊？

三成忽然觉得全身轻松。他的目标是大坂，而现在，大坂路断，他注定要被五花大绑，但那又怎样？临死之前，还能冷静地观察这个人世，这便已足够。

“最后竟和你相遇。三成的一生也算圆满了。”

对于三成的抒怀，那人一头雾水，忽然又掩面而泣。

“唉，竟让你为三成流泪。终于要雾散云开了。你把里正叫到这里吧，把我交出去。我想见一见田中，你恐不知他是谁。他乃田中兵部大辅，我的旧友，可他现在变成了我的敌人，四处搜捕我，欲置我于死地。我若主动去见他，他会怎样？哈哈，真是让人期待……”

二八　仁帅仁兵

石田三成就擒的消息传来，德川家康已到了大津。

“二十一日，兵部属下田中传左卫门长吉，在近江伊香郡古桥将逃亡中的石田三成一举抓获，并将其带至该郡井口阵中。由于石田在逃亡中吞食了大量生米，腹泻严重，举步维艰，故一两日之后方可押送到大人处。时间约为二十五日前后。”

当本多上野介正纯把田中兵部大辅吉政的报告转达给家康时，家康嘱咐道：“押到之后，一切照规矩处理。”随后就命池田长吉和龟井兹矩共同处置从南宫山逃到居城水口城的长束正家父子。

此时小西行长和惠琼也分别被捕，幽禁于箭楼之中。小西行长也和三成一样，尽管逃到了伊吹山，但深知自己插翅难飞，便主动向伊吹山东麓的糟贺部村里正自首。得到里正的报告，竹中丹后守重门的家老收押了行长，把他带到草津，随后又移交与村越茂助。

惠琼扮成小沙门跟在毛利秀元散部之后溜走，到近江时，从那须一个村落逃向了朽木谷。他知毛利秀元私通东军，那样做乃是为了躲避危险。之后他越过山城坂，穿过八濑和小原，潜入鞍马山的月照院。可那里也不能令人安心，于是，他又悄悄逃离鞍马山，打算藏身于六条一带，却被与他素有私怨的乐镇发现。由于乐镇告密，惠琼最终落于身在京城的家康女婿所司代奥平信昌手中。

如今，小西行长戴着枷锁，被关押于大津箭楼。一墙之隔的房中，惠琼被五花大绑囚禁于此。待主谋三成押到，家康究竟会如何处置他们，已成了东军将士的谈资。惠琼乃僧人，无甚好说的，对于小西行长的议论，就五花八门了。

“他被戴了枷，连躺下都不能，不定怎样牢骚满腹呢。”

“懦夫！为何不在糟贺部村就切腹自尽呢？”

“他要肯切腹，就不会从战场上逃跑了。听说洋教的信徒不许自尽，他才没有切腹，只想逃得性命。”

“真是可笑，洋教并未禁止信徒在战场上战死啊？”

“本性如此，有何办法。听说他还祈求关押他的村越大人把枷锁松一松，好睡个觉，当然被拒绝了。”

“村越怎生拒绝他的？”

“村越说，这一带连个铁匠铺都没有，只好将就到京城吧。哈哈哈，真是狼狈。”

在这样的议论声中，庆长五年九月二十五巳时，在田中兵部大辅的押解下，三成的囚笼被押送至大津。一听三成押到，大营前挤满了前来看热闹的将士。这也难怪，家康麾下无不对三成恨之入骨。

是日，天气响晴，阳光和煦，仿佛春天一般。湖面平静如镜。并排在家康本阵前的诸将旗幡，在阳光下熠熠生辉，显示着胜者的豪气。

田中吉政骑马率众人穿过人群，来到家康帐前，翻身下马，把囚笼交给出迎的阵代本多上野介正纯，道：“石田治部少辅三成带到！”

“辛苦了。正纯正是前来接收罪人。”

田中将囚笼交与本多正纯，便和随从一起站到主营入口旁。入口前有一株松树，树前十二叠新榻榻米铺地，三面围着幕帐。

本多正纯快步走近囚笼，单腿点地，恭敬地说道：“石田大人，鄙人马上向我家大人禀报，请先到帐内稍稍歇息。”

见此情景，围观武将不禁面面相觑，失望叹气——他们期待着严厉的斥责和痛快的处置。

三成出来，默默穿上草鞋。他形容憔悴，衣衫褴褛，身上五花大绑。本多正纯愈是客气，他就愈心痛。他腿脚似乎不听使唤，在杂役们的搀扶下，好不容易才坐到榻榻米上。

“如此礼遇，石田三成不胜感激。这恐是你们阵中的规矩吧？”三成坐下来之后，直盯着正纯道。他神色平静，言语却甚是不屑。但本多正纯并不理会他，单是说道：“在下现在就去通禀，请稍候。”言毕，消失在了大帐之外。

三成环顾左右，不但毫无俘虏的狼狈相，反倒显得目空一切。

这时，看热闹的人分开了一条道，一名武将驱马来到三成面前，方才停下。此人正是到帅营来请安的福岛正则，他与三成可谓水火不容。

“治部！”二人的视线刚一碰触，正则便狠狠斥道，“瞧你，不知天高地厚，无端挑起祸乱。”

围观的武士轰然大笑。

“哈哈哈，本想将你生擒活捉，游街示众，不想出了差池。哼！”三成耐心待众人笑完，反唇相讥道。

正则素知三成擅长嘴上功夫，头可杀，嘴不可示弱，遂嘿嘿一笑，径直去了。

三成究竟会怎样面对失败，无疑乃诸将最关心的。毕竟先前他那般盛气凌人，气焰甚至盖过已故太阁。他是会痛哭流涕、黯然神伤，还是把他的傲慢无礼坚持到底？

福岛正则深知三成天性倔强，不便多说。他知自己再说，定会遭到激烈反诘。可小早川秀秋就没这般厚道了。在小早川眼中，三成无非一个狐假虎威的奸佞小人。他来到三成面前，下了马，故意道：“治部来了？治部别来无恙？”又一脸不屑来到三成面前，上上下下仔细打量，突然道：“你完了！”

“哼！”

“难道你还有话要说？”

“今日，我方亲眼看到了天下第一卑怯小人。”

“嗯？”

“你这个忘恩负义的叛徒，你忘记了太阁恩典，背叛了少君！今日，我必细细看看你的嘴脸，到了阴曹地府好禀告太阁大人。”三成一顿臭骂，秀秋落荒而逃。

三成望着松树，树上四五只鸟雀正嬉戏啁啾。他向来不会向人低头，怎肯甘心败给年仅二十四岁的秀秋？

秀秋白让三成奚落了一顿。看到他离去，围观的人不禁窃笑起来。

“内府大人还会见石田吗？”

“见了大人，他也定会恶骂一阵。大人不会见他。”

“有理。或许，大人是为了看他的反应，才特意让他在此歇息。”

众人正窃窃私语，细川忠兴、加藤嘉明、黑田长政等人亦骑马赶到。人们顿时停止了议论，聚精会神地观察着眼前三人会对三成说些什么。细川忠兴妻小在大坂遇害，他会不会举起鞭子狠狠抽打三成？令人意外的是，忠兴和嘉明只是淡淡瞥了他一眼，马不停蹄过去了。只有黑田长政拉住了缰绳。

三成抬脸盯着长政。长政与其父如水都投了家康，如水大闹九州，长政则在关原合战中第一个杀向三成。

围观众人静静注视着二人，鸦雀无声。身材健硕的黑田长政翻身下马，把缰绳交与随从，大步走近榻榻米。他眉毛颤动，额上青筋若隐若现。

“治部。”

“有何话可说？”

“你不幸，竟落到今日这般田地。你需好生反省。”长政声音古怪，有些颤抖。不难看出，他正在努力压制对三成的怨恶。尽管如此，他还是快步走上前，脱下阵羽织，披在被五花大绑的三成身上，这样起码可以遮掩三成身上的绳子，不至于显得那般落魄。

三成不屑地看看阵羽织，长政已大步走进了大营。三成闭上了眼，他脸色苍白僵硬，呼吸急促，双肩颤抖不已。

“人人都不好惹啊。”

“看看黑田大人，虽然强压怒火，却比动怒时还要可怕。”

“是啊，这恐是所谓的武士气魄。”

“天生毒舌的治部都未张口，看来真的被震慑住了。”

正在此时，本多正纯出来了，“兵部大辅，大人有令，让你把治部带进去。”

“遵命！”田中吉政答应一声，站起身，“治部，大人要见你。”

“吉政……”三成两眼血红，“内府何时成了我的大人？我的主公只有一个，那便是丰臣秀赖。”

“请跟在下到内府面前去吧。”

“你以为我不敢？”

众人又开始议论。

“都已成了俘虏，还嘴硬……”

“看人家本多大人，似乎对侮辱和谩骂不屑一顾。”

“不愧是大人的阵代。有胆有魄，睿智冷静。”

一片议论声中，三成在田中吉政引领下走进幕帐。本多正纯随之进去。

围观众人当然不愿散去。尽管无法窥见里面情形，他们还是饶有兴味等在外边，对如何处置三成表现出莫大的兴趣。

家康身着轻铠，悠然坐于床几上。瞥见三成进来，他小声吩咐鸟居久五郎成次赐座，然后方盯住三成。

家康身边全是前来拜谒的诸将，他们的目光如针一般落到三成身上。三成死死盯着家康，施了一礼，方才坐下。此时他脸上的表情，与方才见黑田长政时如出一辙。

“治部大人。”家康既没发笑，也未动怒，“听说你坏了肚子，吃了不少苦头。这是打仗时常有的事，必须时刻留神才是。生米应先在水里泡两个时辰才能用，未泡水就吃，怎能不吃苦？”

三成只是两眼血红，瞪着家康，一言不发：这些话不着边际，根本用不着回答！这只老狐狸，还把老子当成毛头小子？事到如今，三成方才发现家康始终把他当作愣头青。

“现在可好些了？要是还不适，我身边倒是带了些上好的药。”

“不必。田中已给了我一些。”

“那就好。兵部大辅与你乃是至交，又讲义气，料必不会无礼怠慢。有何不便之处，但请直言。”

“哼！”三成冷笑一声。明知迟早要将自己枭首示众，还假惺惺问长问短。

“你统兵十万，亦是堂堂正正，身为武士，足矣。治部乃明理之人，这些话无须家康啰唆，我想以合你身份的方式处置你。”

“悉听尊便。”三成不屑地答道，“武运不济，非战之罪，天亡我也！事已至此，要杀要剐，石田三成全不放在心上。”

“哦，可任意处置？”

三成猛然后悔。

“我尊重治部的意思。久五郎。”

“在。”

“家康有件心事一直放不下，便是令尊的心愿。当初伏见城被治部包围，令尊殉难时有个执著的愿望。治部也深知令尊，才会如此说。既这样，治部就交给你了。”

一听此话，三成只觉眼前发黑，天旋地转。他原以为，自己会被送到大坂。并且，前去搜捕他的乃是旧友田中吉政，这无形中也给了他一丝安慰。

尽管三成对田中吉政很是无礼，但田中对三成还是不薄。奉吉政之命前去古桥抓人的田中传左卫门长吉，原本乃关白秀次手下，三成还一度担心他会公报私仇，可没想到长吉绑都没绑他，单是颇为小心地把他关入囚笼，一路护送到井口的田中阵营。在井口，三成也得到善待，不但有医士为他治疗，还特意为他做了喜欢的韭菜粥，不像是对待罪人，倒像是接待亲友。

三成已经习惯了吉政的礼遇，才在家康面前一不留神说错了话。若是从前，无论在谁面前，他也直言不讳，毫不客气，可今日，只要别人不冷嘲热讽，他也没打算主动惹恼对方，可一不留神，竟然说了句毫无意义的气话。

其实，这是天大的谎话。若是对处置心存不满，三成必会大声辩驳，这是他的决心。可他偏偏说了“悉听尊便”。就这一句话，让家康顺水推舟，毫不迟疑把三成的身家性命交给了鸟居元忠的遗孤。

“想必您也很是疲劳，快到鸟居久五郎营中去歇息吧。”

在本多正纯的催促下，三成站了起来，事情的结果让他大感意外。与家康争夺天下的石田三成，本打算堂堂正正死去，没想到因为一句气话，竟沦落为鸟居久五郎俎上鱼肉。

横竖都是死，但怎样死，意味却大不一样。一是作为西军总大将，为了丰臣氏英勇就死，流芳百世；一是为鸟居成次报父仇所杀，如一只狗。对三成来说，两种死法有如天壤之别。

三成，这其实是你一生的真实写照啊。仅仅由于一句气话，就让一生英名毁于一旦，这是你终生摆脱不掉的劫数！三成终于醒悟过来，但为时已晚。鸟居久五郎成次年纪尚轻，面对杀父仇人，他定会百般嘲弄之后，再千刀万剐。

本多正纯把三成带出去，久五郎默默向家康施一礼，方才走了出去。

此时的三成什么也不想了。事已至此，就只能成为鸟居成次阶下之囚。分明有许多话要对家康说，可是……家康当然不知三成会说些什么，但他顺水推舟、不假思索作了决定。决断之快，让人不禁想到那些刀法高手。他们在决斗时，出刀神速，不会给对手任何喘息的机会。

家康为绝世高手。

出了家康大营，三成被交给了鸟居的家臣。

“我营房很近，还请步行前去。”久五郎声音生硬，令人压抑。他的家臣眼中也燃烧着火一般的怨气，恨不能把三成一口吞掉。围观之人依然未散去，走在人群中，三成感到痛苦不堪，如同滚烫的热水浇在心头。他想狠狠自嘲，可反而更是苦痛。

鸟居成次的营帐果然并不甚远，与本多忠胜毗邻，乃是征用了一个大商家的宅子，背湖而建。

三成到达之后，成次严令手下加强戒备，然后把三成带到里边一间屋子。这间屋子在成次房间隔壁，似乎是作客厅用。

“把绳子解开。”把三成带进去之后，成次语气生硬地命令近侍，随后道："家兄新太郎忠政和结城中将在宇都宫。我家大人方把您交给了在下。我想请您知道，我的处置将会和家兄一样。"

三成笑着点点头，活动活动胳膊，道："你们兄弟二人辛苦了。"说这话时，他有些迟疑。对方年纪尚轻，若让他误以为自己在谄媚，反而不好。停顿了片刻，三成又道："乱世之中，生死无常，但杀令尊者，毕竟是石田三成。替父报仇天经地义，你不必手下留情。"

鸟居成次冷冷瞥了他一眼，闭紧嘴巴。或许他是害怕自己说错什么，或许是他生来口拙，不擅言谈，抑或是他心中余怒未消？三成正胡思乱想，只听成次道："那么，请好生歇息。"

"歇息？"

三成脸上不禁现出笑容。为给鸟居兄弟报杀父之仇，家康才把他交到鸟居成次手中，可成次竟让他好好歇息，实在古怪。家康近臣中竟有如此怪异之人。

但是眼前这个不通世故、木讷寡言之人，一到了战场上，就会摇身一变，成为力敌千军万马的雄狮。把三河武士尽收囊中的德川家康，其过人之处恐就在于此。鸟居成次言谈举止既如此古怪，其复仇的手段必也甚是怪异。

三成正想着，忽然听到湖边传来异样的声音，便悄悄将窗户打开一条缝儿向外窥。只见一群人正在忙活。他们面色沉重，正列队把竹捆和木料抬到松林。显然，他们正在筑一道藩篱，说不定乃是在布置刑场。想起成次的怒目，三成料定绝不会让他从从容容切腹自杀。

三成正迷惘不已，不可思议之事接踵而来。

"热水已备好了。请您沐浴。"说话的不是家臣，而是成次自己。

"洗澡？"

"是，洗洗之后，身上会爽快许多。"

"多谢。我得好好清洗这一身污垢。"

三成沐浴完出来，发现竟已备好了干净整洁的衣物，连束带都已备好。三河武士居然如此知礼？难道他们要把人装扮一新再杀掉？

三成在井口已换过衣服了，但沐浴却连在田中吉政处都没享受过。

他的心情不禁舒畅起来。一些年轻仆从又来为他梳理鬓发，修整胡须。哪怕他们的初衷只是为了避免斩首时太难看，也丝毫不会影响三成的好心情。其间，鸟居久五郎还郑重其事在一旁监督。

三成梳洗完毕，回到客厅，晚饭早已摆好。一阵阵沁人心脾的香气扑鼻而来，竟是他最喜欢的韭菜粥。连这些都备好了，真是无比周到，三成心情越发畅快起来。

“鸟居大人怎知道我喜欢韭菜粥？”三成取过碗筷，向成次道。洗浴之后的清爽感觉，不仅让他的心远离了血腥，甚至还让他对成次产生了莫名的亲近之感。

“我家大人吩咐的。”

“内府？”

“正是。大人恐也是从田中兵部大辅口中听说的。”

“这么说，是内府让你好生犒劳我？”

“不，是在下的意思。”

“多谢了。强将手下无弱兵啊。”

“过奖。”

“在战场上你争我夺，兵戎相见，但三成对令尊却从不怀私怨。这一点，我想你也知道一些。我并无让你对我手下留情之意。你只需照你的意思处置。只是，我要说明，杀令尊绝非为了个人恩怨。”

“我明白。”成次冷冷地喘了口气，又道，“我本想让人把这顿晚饭弄得更丰盛些，又担心鸡鸭之类的会坏您的心情，方才作罢。请慢用。”言毕，成次留下一个侍童伺候，自己出去了。

成次的直率寡言让三成感慨不已，这个年轻男儿本如猛兽般可怕，此刻竟如此爽快豁达。

院外的声音消失了，大概已用竹篱切断营房与湖边的通道。一边防止三成逃走，一边却又给他准备最喜的韭菜粥。一定是有心之人提醒了成次，粥的味道上下了不少功夫，很合三成口味。

三成悠然喝完两碗菜粥，放下碗筷，心中忽然忐忑起来。他悟出了成次那句“鸡鸭之类会坏您心情”的意思。他本以为，成次的意思，是他肚子坏了，不能用鸡鸭肉食，可现在想来，绝非此种意味。三成的家人尽数死去，鸡鸭鱼肉只怕会刺他心神……三成顿觉狼狈不堪。如此一来，自己岂非只贪口腹之欲，连死去亲人都不供养之徒？

“我想见见鸟居大人，能不能代为通禀？”三成禁不住对那侍童道。

临死时，三成还想亲眼看看自己和他人的内心，不论美丑。若是看错了这个年轻武士，他死难瞑目。

侍童出去之后，三成思考着如何巧妙地撬开成次的嘴巴。他只觉心中暖融融的，但只怕不能如愿，成次只不过是要帮他斋戒。

未几，成次捧着茶进来。茶器并不名贵，却是利休喜欢的那种由长次郎烧制的黑色新茶碗。待成次把茶碗放下，三成道：“鸟居大人，你的话对三成而言太深奥了。我想问你几个问题，你能否真心回我？”

成次紧绷着脸，把手放到膝上，仿佛在说“你问吧”。那姿势、那眼神，流露出一个年轻气盛之人的无所畏惧。

“你方才说不给我上鸡鸭。你的意思是……”

“今日是您的族人在佐和山受难的头七，才……”

“唉。多谢了，三成还以为大人是为我病痛着想。”面对眼前这个年轻男儿，三成心底油然而生亲切之感，“鸟居大人，你的好意我领了。恕我冒昧，你必对我恨之入骨。”

“当然。”

“那么，怎样处置，都决定下来了？嘿，一切悉听尊便。无论如何，三成都为遇见你而欣慰。沐浴梳洗过，还换了衣裳，连亲人的头七都为我想到了。我不怨恨你。我只想问，你究竟愿不愿意让三成切腹？”

成次端然而坐，“不许。”

“你是想把我斩首，还是……”三成言外之意是：“还是在考虑更加残酷的方式？”可他没有说出来，只是微微一笑。

“若我对您不敬，会被我家大人斥责。”

“你说什么？”

“通过我的手来处决您，自是万万不能。”

“可是，我的性命不是已经交到你手上了吗？”

“只是暂时寄放于此。”

“寄放？”

“诸将对您怨恨至极。照此下去，怕会遭遇不测。为防万一，大人只好把您暂时交到与您私怨最深的人手中。正因此，我才特意筑了篱笆，加强戒备。”

三成怀疑起自己的耳朵来，喃喃道：“这么说……这么说，内府把我交给你，并不是让你随意处置我？”

“是。”鸟居久五郎成次依然端坐如松，郑重其事。

“这一切，都是内府给你出的一个谜语？”

“正是。”

“那你……你是怎生知道的？”

“这有什么？从祖父时起，鸟居一门就效忠德川。”

“未必，三成觉得，此乃大事。你能不能派家人前去，确认你的理解有无偏差？”

成次微笑摇头，“不必。连大人的心思都看不懂，还谈效忠？纵然我理解有差，那也无妨。”

“你是说……”

“武士有武士的颜面。”

“我更愈糊涂了。你所谓颜面，乃是指何？”

成次一脸不屑，“治部大人并不单是鸟居一族仇敌，也是东军所有将士之敌。”

“哦。”

“因此，即使大人把您交给了我，我也不会随意处置。即使您本人这样请求，我也不会答应。您一旦死在我手中，父亲的死就变得卑微。先父并非因石田治部少辅而死，他乃是为了整个天下才困守孤城，英勇殉城。因此，把您给我处置的想法，乃是大错特错。”说到这里，成次似乎意识到态度有些不恭，于是正了正脸色，继续道，“我家大人并非不明白这个道理。因此，才把大人这般重要的人交给在下看管。此举只是为了避免那些目光短浅之人前来寻衅滋事。”

三成的嘴唇渐渐苍白起来，他心中暗暗悔恨：又输了！“无论沐浴还是韭菜粥，都是内府的命令？”

“当然。虽说对阵为敌，但同为武将，一旦有失，不但有损我家大人威严，在下也无以自处，恐遭后人耻笑。”

“遭后人耻笑？”三成口中默念了一遍，不禁问道，“那么，你认为我将被交到谁手中？”

“恐会提交京城所司代奥平信昌处。在此之前，您只管好生待着。”

三成再也笑不出来，他从心底里羡慕德川家康有这么好的家臣。

二九　全新版图

石田三成即将从大津押赴京城，笼罩天地的战争阴云正在逐渐散去，晴空重又显现。

历史复杂而又简单。从某种意义上讲，关原合战可谓自天正十二年小牧合战始，德川家康与羽柴秀吉之争斗的终结。当年刚过不惑的家康，而今已逾花甲。在这十数年之中，家康与秀吉看似相互谦让，携手与共，暗地里却在比智略耐性，争实力人心。最后，两厢终在关原对决。秀吉已然归天，但秀吉对家康根深蒂固的“不信任”，却被三成原封不动继承了下来，通过他灌输给西军。

秀吉绝非容不下家康。天下群雄并起，唯有家康一人不能征服。当秀吉发现自己终无法令强大的对手臣服时，便把亲妹妹许配与家康，还把生母送去为质，以换取家康进京。后来把家康从骏、远、三转封关东，秀吉看似取胜了，但内心并未因此而得丝毫安宁。其证据便是，把家康迁移至关东，他立刻把天下最擅防御的中村式部少辅封于骏河，以阻断家康西进，又在挂川、滨松、吉田、冈崎、清洲、岐阜等地遍插亲信。

不只东海道一线，在中山道，秀吉又把仙石权兵卫转封到信州的小诸，让他镇守碓冰之险。他还把真田安房守父子拉拢过来，在川中岛、木曾等重要关隘设重兵防卫，以阻家康西进。防御之牢固，可谓万无一失。

后来，秀吉又把蒲生氏乡转封会津。不久，由于氏乡之子秀行成了家康女婿，秀吉又不得不把上杉景胜封至会津，并把堀久太郎调到上杉旧领越后。所有的一切，都是因为他对家康惧三分。

秀吉对家康的畏惧成为顽疾，但一切又无不是为了实现他“天下太平”的平生夙愿。故，秀吉对家康的恐惧和不信任，被他最亲近的宠臣石田三成原封不动继承下来，实在不足为奇。

在秀吉身边多年，三成不知不觉察知了藏在秀吉心中的怨恨和恐惧，但他并未把这一切理解为秀吉的影响，而是当成自己的远见卓识。他的双眼因此被蒙蔽，把家康的一切举动都看成不利丰臣氏的阴谋祸心。

三成继承了秀吉之短，家康则汲取秀吉之长。此中隐藏着的教训，实当令人深思。三成绝非平庸之辈，但他只对丰臣氏忠心耿耿。比较一下他和家康从秀吉处汲取来的东西，自会发现其天壤之别。关原合战便是他们之间的对决。

天下之势，分久必合，人与人的互不信任与憎恶，不过是历史长河中的细碎浪花。即使三成的才智谋略远胜家康，他恐也不能阻止历史大河之势。秀吉为了牵制家康而布下的棋子，几乎全都投了家康。所有的棋子，眨眼间便与家康汇成滔滔之势。长河冲垮了岐阜、大垣、佐和山和敦贺，现正从大津向京坂滚滚而去。如此一来，天下之势此消彼长，旧势与新势必颠倒位置。

中山道的德川秀忠，在途中遇到的像样抵抗，只来自上田的真田昌幸，但庆长五年九月二十，秀忠仍顺利抵达近江草津，与家康大军会师。

世间盛传，由于秀忠未能赶上关原合战，以致家康大动肝火。秀忠手下除了神原康政等精锐，老练的本多正信也随军而行。尽管正信煞有介事谢罪，说由于途中多次遇到洪水，以致贻误战机云云，但实际上，此事从一开始便与家康合计好了。家康不动声色地保存了实力，借丰臣遗臣改变了天下大势。

同日，家康把归附了东军的大野治长派往大坂，向淀夫人和秀赖汇报战果。

“已经看见山顶了。”家康自言自语，确信自己已渡过了难关。他给淀夫人写了一封书信，又谆谆口授治长：“你告诉淀夫人：此次事变，纯属三成、惠琼之徒假托少君之令发起，少君与此无关，淀夫人深居内庭，更不可能知情。家康对丰臣氏决无二心，请淀夫人放心。”

一席话说得大野治长眼圈发红，这口信真挚诚恳，无一丝虚情假意。

九月二十五，大野治长带着淀夫人和秀赖的使者，急急返回大津。不难想象，听了家康口信，淀夫人母子必甚是高兴。家康还不想动身，他要专心致志构思全新版图。

大津，家康帅营，来自各地的急报和使者络绎不绝。由于上杉景胜后来受伊达氏和最上氏的挑战，为了应战，他只能与结城秀康对峙，而不与之交火。而如今，丰光寺承兑又频频向他进言，奉劝他向结城秀康求和。

九州，黑田长政之父如水看到这一绝好机会，立刻倾尽平生积蓄，大肆招揽浪人，甚至把手伸向丰后、筑前、筑后。为此，他还给深得家康信任的藤堂高虎写了一封书函：

> 此次所取土地，想置为家业，还请多多宽谅。犬子在上方有封地，鄙人虽已隐退，却不得不为衣食计，故望多加关照。鄙人多年来与大人深交，不过为了今日……

连如水都如此露骨，与小西行长封地接壤的加藤清正更是不会闲着，他也在大肆吞噬小西的领地。

在北国，前田利长向西军残部步步紧逼。细川忠兴之父幽斋，尽管已是六十七岁高龄，还是孤军奋战，方保住了细川氏在丹后的领地。

从南宫山逃回水口城的长束正家与其弟伊贺守，走投无路，正家终于九月三十自杀。作为三成盟军，从九州柳川赶来的立花宗茂，看到毛利辉元和增田长盛并无守大津之意，二话不说便撤了回去。

只有从关原杀出一条血路前往伊势的岛津义弘，后来好不容易独自逃回大坂，然后乘船撤回领地萨摩。虽然宇喜多秀家尚无踪迹，但一切已成定局。

眼看大势已定，京城、大坂的公卿巨贾们纷纷派人来大津“祝贺大捷”。

家康一直留在大津专心研究这些消息，他在思量最佳善后方式。可能的话，他不想在大坂流一滴血。

九月二十，家康命人把伏见城西军诸将的府邸悉数拆去。

二十二日，家康命福岛正则、池田辉政、浅野幸长、藤堂高虎、有马丰氏等人开赴葛叶，以牵制大坂。目的只有一个，便是冷观身在大坂西苑、态度还不明朗的毛利辉元。

得知东军诸将兵临葛叶，辉元急给井伊直政、本多忠胜、福岛正则、黑田长政等人送去誓书：“吾将退出西苑，以表绝无二心之意。”

得知辉元提交了誓书，家康这才令福岛、池田、浅野、黑田、藤堂诸将严守西苑。

毛利辉元撤出大坂城西苑、退回木津的消息传到大津，为二十五日傍晚时分。家康仔细思索了一番，脸上表情松弛下来，命侍女为自己揉腰。他身边除了本多正纯、冈江雪、板坂卜斋等人，还有远山民部、永井右近大夫、城织部正等人，众人均带着难以抑制的喜悦之情侍立一旁。就在方才，他们还为毛利辉元究竟交不交大坂城进行激烈争吵。

虽说挑起关原合战主谋乃三成，但三成并无实力。让西军得以集结的核心人物还是毛利辉元。正是辉元愚昧，认不清大势，才引发了这次事端，这是不争的事实。辉元若仍然愚钝不化，绝不会主动退出西苑。毛利辉元拥有可以与德川匹敌的财力、武力。其家臣中虽也有如吉川广家、福原弘俊那般心向东军之人，但很多还是与三成沆瀣一气。因此，家康绝不会轻易放过他。明白了这些，他当然会龟缩在大坂城，挟秀赖以令诸侯。战与不战且不论，若龟缩在城内，不出来谈判，还有什么好说的！

但另一种意见截然相反。因毛利正通过吉川、福原等人，与井伊直政、本多忠胜、黑田长政和福岛正则联络。

吉川广家和福原弘俊的说法是：“此次事件，毛利大人全然不知情，都是受惠琼那秃驴蒙骗，只要内府答应保全毛利氏领地，我等定会说服我家大人，决不让他与内府为敌。”关原决战，吉川、福原均刀枪不举，他们定会想方设法让辉元平静撤离大坂城。

家康不置可否。但无论辉元去向如何，他毫不忧心。在他麾下，除了连战连捷、士气大振的丰臣旧将，还有毫发无损的秀忠所部。单靠丰臣旧将便取得关原大捷，饶是毛利氏有三头六臂，还敢与家康为敌？

“辉元像吉川那般才好啊。”家康脱掉外衣，只着一件小袖，一边让两名侍女揉腰，一边看着本多正纯道，“正纯，你认为惠琼和辉元谁更有器量？”

外边，秋雨在静静地下，屋内静极。众人的视线不约而同落到了正纯身上。本多正纯扫一眼满座诸人，回道：“这……孰上孰下，还真是难以区分。”

“还是辉元更混账。”

看到家康如此不屑，正纯纳闷地问道：“他们之间真有如此大的差别？”

“不错。一个是身家只七八万石的小丑，还是个和尚，另一方却是拥有一百二十万石俸禄的大名，你想想，这样一个大名竟被一个和尚愚弄了，世上还有如此混账之人吗？”

“大人英明，他们确有差别。”

“差别巨矣。如此昏庸之人，就连我也信不过。他稍有不慎，不定又会被什么人欺骗。”

正纯慌忙扫了一圈在座众人。看来不会饶过辉元了——正纯看到了家康坚定的决心。无论对毛利辉元还是吉川广家，家康都没有因为他们从西苑退去而给誓书，一切都是由黑田长政、福岛正则、井伊直政和本多忠胜从中疏通。辉元从西苑退去，定是以为家康不会惩罚于他，真是可笑至极！

“正纯，小牧之战时，我的处境与此次辉元的处境何其相似啊。”

“啊？”

“那时，我不也是帮助信长公遗孤信雄，与已故太阁大战一场吗？”

“可辉元拥立的却是年幼无知的秀赖公子。”

“因此，他更要战胜我不可。即使不能取胜，与我打个平手也好，否则，他必会颜面扫地。”

“大人英明。”

“可事情远无这般简单。你明白吗？我一获胜，当年太阁遇到的种种难题就会全向我逼来。我拥有能够与太阁为敌的力量，因此太阁的新版图永远无法确立。于是，连他的老母亲都交给我做了人质。”家康把后背转向侍女，继续道，“若辉元真想让自己强大起来，得动动脑子。人再勇猛，不用脑子，终是一介莽夫。景胜也好不到哪里，仗着手底下有个自以为是之人，就敢玩火。”

听了家康这番话，座中诸人都会心点头。家康的心思已再明白不过了。

“明日一早出发，在淀城住一晚，二十七日入住西苑。其他事情以后再说……”吩咐完不久，家康便酣然入睡。兵不血刃就可进入大坂城，他终于可以安心地睡上一觉了。

次日清晨，家康乘辇从大津出发。石田三成、小西行长、惠琼等人亦随队被押赴大坂。这些人犯本应由京城所司代奥平信昌押赴进京，但由于信昌有事脱不开身，家康就令柴田左近和松平淡路守二奉行前来接应。人犯戴枷锁，装在囚车中，先在大坂和堺港游街示众，再交奥平信昌。

出了大津，家康忽如换了个人。从前，不管身边是何人，他总是颇为随和地与其说笑，可今日他却下令，从今往后不许属下直接与他说话，要设立奏事奉行，专门传话；并令远山民部少辅、城织部正、山口勘兵卫尉、永井右近大夫、西尾隐岐守五人为奏事奉行。以后，不经这五人传话，家康一概不予接见。

大人究竟在想什么？只有本多正纯隐隐约约察觉到了些什么，其余诸人都是一头雾水。

“早该如此。大人以前是太阁大人的大老，现在则不一样了。”

“是啊，这次可是以天下人的身份进城了。”

“难道大人要把秀赖公子迁到二道城，自己入住本城？”

人们议论纷纷，但终究不知家康真意。

九月二十六，家康宿于淀城。二十七，家康带着随从昂然进入大坂城，进城之后，先拜谒了秀赖母子，然后进驻西苑。家康入住西苑的同时，秀忠住入了二道城。

听说家康入城，人们争先恐后前来道贺。家康在西苑最先迎来的是敕使。敕使贺道："天下太平，万民无不安泰……"

家康的进城给天下苍生带来多大的安慰啊，从敕使的话中，人们不难想象到世人的欣慰。关于是日情形，时人太田牛一《庆长记》载：

> 圣上遣敕使，称感慨良深，即刻便欲委公为征夷大将军。摄政、公卿、诸寺、城、都、奈良、堺等地贵者皆驰至，贺以金银珍宝，不可胜数。奏事奉行……将其呈上一一过目，然后仔细包装。笔者身份卑贱，其时盛况难以悉睹……

家康正式被任命为征夷大将军，乃是庆长八年二月，而如今，他已得天皇盛赞。

在家康眼中，战事取胜尚远远不够，更重要的是经营天下。赏功罚罪以及领地划分，各种问题都会接踵而来，稍有不慎，便极有可能又起纷争。在关原合战中指挥一方大军的统帅，此时必须变成令行禁止的执权柄者，不能让任何人对全新版图有丝毫异议……

在世人眼里，这一切或许称得上是一段传奇。从江户出发乃在九月初一，那时，家康东西两面受敌，就连麾下诸将都有很多通过掷骰子来预测前程。可是，仅仅过了不到一月，家康再次进入大坂城时，天下大局已定。这是奇迹，还是幸运？

对于家康，这一切无非水到渠成，是周密算计的结果，因此，日后也还要照神佛所托，继续按计前行。目标只有一个，便是"杜绝战乱"。德川氏的荣华、诸将的归附，都只不过是达到目标所带来的必然结果。

为什么元寇之役的胜利最终导致了镰仓幕府瓦解，家康曾经深深思索过这一问题。

彼时，日本一致对外。人尽其力，物尽其用，全力抗击忽必烈入侵。所有寺院一齐为胜利祈祷，连北条时宗都亲临战场，龟山上皇也把御笔亲书的字幅献到八陵祈祷胜利。朝野齐心抗战，最终取得了胜利。可不久之后，这胜利却导致幕府瓦解，这却是为何？因为北条时宗故去后，幕府失去了威信。为了抗战，苍生已陷入了极度贫困。但大敌当前，世人自能协心一致，节衣缩食，以供战阵之需。然而取得胜利之后，生活的贫穷就会直接孳生不满，人情汹汹，怨怒不断。

“我等那般浴血奋战，可如今竟依然受苦！”

“若是没有我们，何来胜利？”

寺院、武士、大名、庶民，全都心怀不满。而幕府缺少对于这种严峻形势的应对之术，未能有效地安抚贫困，扶救百姓。战胜后的贫穷，与战时及战败后的贫穷都不一样。世人怨怒难耐，天下岂能太平无事？对于此事，家康刻骨铭心，故此刻他正殚精竭虑，只欲妥善安排战后事宜。

家康一一接见了集结到大坂的诸将，九月三十，他把井伊直政、本多忠胜、神原康政叫来，让他们下达第一道命令：“你等三人在上面署名，后交与福岛和黑田。”

三人扫了一眼内容，顿时脸色大变、面面相觑、瞠目结舌，说不出话来。命令为佑笔所书，三人署名后，即可直接交与福岛正则和黑田长政，连落款日子“九月三十”都写好了。

一、因欲处置萨摩诸事，望迎接中纳言（秀忠）进入广岛城，此乃太阁生前吩咐之事，沿路诸城，务必派人严加把守。

二、众位家老务必送人质。

三、毛利辉元妻室迁至本宅。

四、辉元本人应赶赴萨摩阵中。

五、立即归还此次西进诸将人质。

以上命令执行后，方可与毛利藤七郎秀就会面。

庆长五年九月三十

这便是家康下达给此前一直在毛利秀元和东军之间斡旋的福岛正则和黑田长政的命令，由三位德川重臣井伊直政、本多忠胜和神原康政联合署名。但无论对于井伊还是本多，这都是令人意外的难题。福岛正则和黑田长政看到这份命令，会有何反应？

“怎么会有如此混账之事？内府这岂非在耍弄我等？”他们定会大怒。长政和正则定是与毛利氏约好，不动毛利氏领地，不处罚毛利氏，才让辉元乖乖把大坂城交了出来。

但家康的确不曾对此事表态，他并未提交任何誓书，都是井伊和本多忠胜在交涉。但井伊和本多通过黑田、福岛二将，与毛利氏的吉川、福原等人交涉的经过，家康无不一清二楚。然而看眼前这道命令，家康似乎对事件一无所知。

“不管大人出于何种考虑，这份命令绝不能交到福岛和黑田手上，否则必会让他们颜面扫地。”迟疑良久，年长的忠胜终于开口。他刚说完，家康立即反问道：“你以为此次战事只要为福岛和黑田赚足面子？”

“不，在下并非此意……”

“那就把命令发下去。辉元可是召集西军、向天下发布檄文的大老，乃主谋。”

忠胜顿时无言以对，望向井伊直政。家康之理由冠冕堂皇，但毛利实际上并未参与关原合战，这次亦乖乖撤离了西苑。

见忠胜无言，井伊直政不得不站出来说几句：“辉元确有不当之处，可竭力劝说不让他参战，并让他撤离西苑的却是福岛、黑田二人。还请大人三思，照顾二人颜面。”

家康沉吟。井伊的话不无道理，井伊亦承认辉元有错，但由于福岛正则和黑田长政的确是在坚信家康不会对毛利不利的前提下，才与之进行交涉，故无论如何也当给二人面子。他遂道：“直政，你以为我未考虑过这二人之事？”

“这……”

“这样处理，亦是我费尽心思、反复思量的结果。从大坂出发征讨上杉时，家康就曾给辉元递交过一份誓书，向他表示，无论发生何事，都要如兄弟般相处。此事你不会不知。”

“是，但大人当前更要表现出兄弟之谊……”

“住口！我像兄弟一样待他，可我前脚刚走，他就立刻来个讨我的檄文！时至今日，他的檄文我仍记得一清二楚。如此热心地鼓动天下支持西军，若无私心，他能如此轻易被惠琼和治部蒙骗？他处心积虑，堂而皇之与秀家联合署名，布令天下。若不承担这个责任，他便不配为武将。这难道是兄弟之谊，直政？”

在家康的厉声追问下，直政闭上了嘴，但他仍不服气。誓书之类，当今世人早就视若过场。关键在于，毛利并未参与关原合战，更准确地说，是在黑田和福岛的大力斡旋下，他才未出兵。故，无论如何，亦当承认黑田与福岛的功劳。这方是直政真意。

“直政，你似仍然不服？”

“是。辉元之事，在下无话可说，但……”

“不必说了。你们就对二人说，辉元向天下发布檄文，无端挑起战乱，实乃逆贼之行。故，我要把他的领地全部收回，然后分封吉川、黑田和福岛三人。他们若认为不保留辉元旧领便丢了面子，那就不必加封，共去庇护辉元。你就这么说。”

井伊直政额上眼看着蹦起条条青筋，“大人，如此强词夺理，怎能安抚天下？”

家康笑道：“你说得没错。但是兵部，若辉元领地原封不动，天下人心怎能安稳？”

井伊直政顿时哑口无言。

“就此饶过辉元，景胜亦当宽谅。既然连辉元和景胜都宽谅了，秀家、行长、义弘等人，怎不法外开恩？否则便是不公。能够惩治的人，难道只剩下三成和惠琼二人？”

“这，这……”

“仅凭这二人的领地，我们如何犒赏有功将士？天下大势已发生了剧变。要他们返回旧领，不论功行赏，你认为我们劳苦功高的诸将会明白，会答应？他们非但不会答应，恐还会因此再陷天下于纷争旋涡，私斗无休。”家康又看了本多忠胜一眼，“我想重新衡量，按照各自的才干功劳，重新分配领地。到底谁始终为实现天下太平而奋斗不已，德川家康一人说了不算，世人目明，天日可鉴。”

忠胜点头不已，看了看直政。神原康政始终不动声色，他未参加关原合战，一直和秀忠沿中山道西上，便不似直政和忠胜那般与毛利多有接触。

“你明白了，兵部大人？”家康语气凝重，教道，“先前，我不得不致力巩固脚下的地盘。脚跟不稳，谈什么天下大志？如今不同了，我必须转变念想，以天下太平为重。然后再集中精力，‘欣求净土’。我实无意灭了毛利。事实上，吉川广家的功劳也不小。因此，若黑田和福岛动怒，你们就说，家康打算给吉川留下周防和长门二地的三十六万石领地。你们先要耐心劝说，他们还不听，那便再无商量余地，我便立刻灭了毛利氏！”

先前垂头丧气的直政抬起头，注视着家康。家康此次的决心和在小山时一样，当时他不顾众人反对，把不利的消息毫不掩饰地一一通报了丰臣旧将，此需要极大的勇气。直政明白了一理：只有三成和惠琼的领地，断无法对东军将士论功行赏。

“看来你也明白了。既如此，今日就去吧。”家康放缓了语气。

事已至此，井伊直政和本多忠胜只好硬着头皮执行命令。他们立刻在文书上署了名，然后，由井伊直政手捧命令，首先传达给福岛正则，次通报给黑田长政。不用说，二人甚是不服：“这不是借着进攻岛津之名，征讨毛利吗？真没想到会下这种命令！”

但福岛正则和黑田长政毕竟属于自己人，还较易说服，可这样一来，二人处境就很是尴尬。家康明知事情经过，却将事推了个干干净净，结果就成了福岛诸人和井伊、本多等合伙欺诳毛利辉元。可辉元与家康仍未议和，命令不得不传达。

“此事还是交给黑田甲斐守去办吧。”福岛正则硬是把传达命令的差事推给了黑田长政。长政只好打发使者把命令送到了吉川广家处，自己则躲在府里，苦苦思索如何应付广家的诘责。

果然，广家立刻就派了回使。黑田只好令人推说自己不在，未几，使者第二次求见，黑田又让人回说自己未归。但广家的使者第三次求见时，长政终于忍不住提笔给广家写了一封书函。

天下之事真是残酷。本来，长政乃是怀着友善之意斡旋，可如今，他才发现“天下”二字竟丝毫容不下一丝私情，他只好无情地“公正”行事了。

吉川大人：

关于毛利大人事，吾与福岛大人全力斡旋，无奈毛利仍与石田勾结，进驻西苑，檄文上也确实加盖毛利大人印章，还出兵至四国。事已至此，无可挽回。

大人正直之举有目共睹，井伊兵部亦始终不遗余力从中调和，内府透露，会将中国地区一二领地送与您。兵部保证，不日之后内府会亲自下书。

若接到兵部邀请，请立即动身，带三四名贴身护卫即可。鄙人绝无欺诈之意，还请明察。

以上内容如有虚假，愿受神灵责罚。

长政即日

长政把书函交给使者后，暗自祈祷，希望广家能明白家康苦心。

阅过黑田长政书函，吉川广家并不那般惊讶。见到家康的命令，他已读懂其心思。更准确地说，是长政的态度使他不得不冷静思量。

对此结局，广家当然深感遗憾。但辉元行止也都是不争事实，不说家康，天下皆知。但在此前来往信函中都没对协议作具体细叙，原因之一，乃认为辉元的不智，无法细说；另一方面，亦乃太过大意，一厢情愿地以为家康业已答应。但任谁处于家康位置，恐怕也只能如此。

辉元确实轻率，轻易进驻西苑，还把秀就放到秀赖身边，自己立时成了西军总帅，发号施令。广家如今想来，当初在关原时，毛利氏还不如下南宫山，助东军一臂之力，此前的纠葛或许已经化为烟尘；就算在关原无法动弹，在大津与东军会师也好啊，可是，事到如今，后悔又有何用？想毕，广家立刻坐在案前，写下一封书函。

前日无路可走，无奈之下向二位求救，得二位倾力相助，使内府对鄙人另眼相看。二位恩德，永世不忘。

此次事件，并非出自毛利大人本意，实是安国寺多多挑拨，石田屡屡迷惑。自以为向少君尽忠，因而进驻西苑，纯属思虑不周，又乃情非得已。此后定会对内府忠心不贰。还望二位多多费心，以保全毛利氏。

若只有鄙人受恩典，实在过意不去，抛弃本家，有辱道义，也非吾本意。不必说在世人心中作何评价，他人眼里，广家亦成卑鄙小人，还请同样处罚广家。

内府对毛利氏的恩典，合家绝不敢忘，若还有居心不良者，即便是本家中人，也将尽力平乱，以表忠义之心。

广家一边择词拣句，一边悔恨交加。这一封书函将决定毛利氏的命运啊，想到这里，他的眼泪再也控制不住，夺眶而出。

吉川广家赶在井伊直政来传唤他之前，将书函送到了黑田长政和福岛正则手中。他还在署名之后，毫不犹豫按上了血手印。

黑田长政和福岛正则立刻把书函拿给井伊直政，直政又叫上了本多忠胜，四人一起来到家康面前。此时，家康正展开卜斋绘好的一幅日本国地图，戴着玳瑁框眼镜专心研究。地图上标满各领和主要城池，但领主的名字却未填上去。

黑田长政简短说明之后，把按有吉川广家血手印的书函交给家康。家康摘下眼镜，默默读起来。四人紧盯着家康，大气也不敢喘。渐渐地，家康眼眶变红了，“辉元也算元就之孙。毛利本家居然出了这么一个无能之辈。乃是一个教训啊。卜斋，笔墨伺候。”然后，家康用朱笔在地图上的周防和长门二地上填上“毛利”二字，然后口述：“一、奉上周防、长门二领。二、饶毛利父子性命。三、虚妄之说，应予查明。”

“收信人是谁？”卜斋问道。

“安艺中纳言辉元大人，毛利藤七郎秀就大人。日期权先写初十。”

是日才十月初三。黑田长政深感纳闷，问道：“初十？”

家康微微笑了，“这七日，是家康送给广家的礼物。现在就送给他，辉元定会怒气冲冲。说不定，他还会愤愤抱怨，迫广家切腹自尽！可七日之后，他就会流着热泪感谢广家了。我要让他知道，拯救毛利氏的非为别人，正是吉川广家。这需要七日之思。”说完，他像是又想起什么，道：“广家真是考虑周全。他想要的或许不只是我这几句，秀忠的书函他也想要。但秀忠不会给他书函，你好生安慰广家即可。”家康对黑田长政说完，在誓书上署了名，盖了花押。

“便这样吧。”这既像是自言自语，又像是说给四人听，说毕，家康用他粗大的手指擦了擦眼镜，又戴上，旋在周防东的安艺广岛附近用朱笔填上“福岛”二字，又在隔海的筑前填上“黑田”二字。

三〇　六条授首

自从关原合战以来，到京都三本木高台院处拜谒的客人就络绎不绝。小早川秀秋、浅野幸长、福岛正则和黑田长政等人，都接连不断来通报战况。不仅这些丰臣旧将，京都所司代奥平信昌也多次说要前来探望，以茶屋四郎次郎为首，淀屋、本阿弥、纳屋、今井等，京城、大坂、堺港的商家和茶人，也无不寻找借口前来拜谒。

尽管大家都以“探望”为名为高台院带来了大量信息，但高台院依然尽量不见他们。较看重的就让孝藏主去应付，其余让庆顺尼打发。

因此，对于九月十五决战以来诸事，高台院了如指掌。而对时局愈是明白，她就愈不愿见那些访客。

不明白高台院的人，总以为她乃是因为怨恨三成和淀夫人母子，才转而支持德川家康。故许多人还甚是露骨地向她道贺。

大约便是从此时起，一度销声匿迹的恶意传闻又甚嚣尘上：“秀赖公子生父到底是谁？”

唯有淀夫人两次怀孕，秀吉的其他女人均无所出。世上怎会有这等怪事？鹤松丸与秀赖的父亲是同一人吗？若是，那此人定是大野治长，也许是石田三成……这样的传言充斥府内，仿佛在挑拨，给心高气盛的佛门之人高台院带来了无法忍受的不快。

接踵而来的访客，目的也显而易见。他们无非想让高台院美言几句，好继续留在家康手下做官——都是些自私自利、见风使舵之辈！照此下去，出卖丰臣氏的便是高台院，恐怕有人连这样的话都会说出来。

一日，下人又来禀报，一位自称是安国寺知己的东福寺僧侣前来拜访。

“让庆顺尼去见他吧。”高台院向前来通禀的阿袖道。

高台院对这位访客的来意很是清楚。九月二十六从大津出发的惠琼、小西行长和石田三成三人，被带到大坂和堺港游街示众之后，又被带至所司代处等待处罚。能够救三人性命的，除了高台院，世上再无他人。但是，事到如今，即使高台院想救他们，也已无能为力了。

要救三成，秀赖的罪就会加重；给安国寺求情，毛利就更难原谅。

“他们处刑之前，我什么人也不见。”高台院刚说完，忽然发现阿袖的眼睛已哭得红肿异常。高台院觉得自己实在无法再沉默了，道：“回来时，我有话要对你说。”

阿袖伤心而去。

这次战事，战败诸将有何感慨，姑且不论，最心苦的或许就是阿袖。阿袖之聪颖与情义，尽管不输于天下任何女人，可是，她的一生却完全不由自主。

倘若我也像阿袖那般被逼无奈多好，高台院曾如此胡思乱想，连她自己都觉得惊讶。有时，她似从阿袖的性情和天分中看到了自己的影子：要强、倔强、孤僻、单纯……还有一点也极为相似，那便是无论如何不憎恨人，而是予人真心。

阿袖在青楼时，对客强装笑颜。当然，她的付出并未得到丝毫回报，因此常常陷入深深的悲伤和孤独之中。相恋遭到背叛，遭人抛弃之后再次相恋……最终，她以眼线的身份，被神屋和岛屋送到三成身边，后来，又被三成安排到高台院身边。尽管苦海无边，她从不怨天尤人。

对于阿袖，高台院已经了如指掌。阿袖希望拯救三成家人。她一定以为，纵然男子罪不可恕，但只要高台院肯求情，女眷起码可以保全性命。况且，高台院早在谋划此事。家康并非心胸狭窄之人，有高台院求情，他不好不给面子。

可令人意外的是，事态发展急转直下，关原合战迅速结束，战火顷刻间把佐和山城烧了个精光。高台院等人根本无暇插嘴。性急之人一把火将整个家族都葬送在了火海之中，甚至连家康都没反应过来。

阿袖岂能不绝望至极？

未久，阿袖回来了，“奴婢已尊夫人吩咐，告诉庆顺尼了。”

“辛苦了。近前来吧。”高台院道，“先往香炉里添些香。我想和你单独说说话。”她故作轻松地笑了。阿袖依言捧过香盆，往雕满牡丹的香炉里撒了些麝香。

“我似乎年轻了……”高台院笑了，“你这么坚强的女子，怎么哭红了眼睛？”

“一切都了结了……一想到这些，就禁不住泪下。让您见笑了。”

“阿袖，你我有许多相似之处。”

“奴婢不敢当。奴婢身份卑微，怎敢与夫人相提并论。”

“你我都是要强的弱者。”

“夫人过奖了。”

“但我们却只有一处值得自豪。不知你是否意识到？”

“奴婢怎么会有……”

“作为女人，你我都一样。我们的共同之处便是，总是努力去做无愧于心的事，甚至愿意为之付出性命。”

阿袖忽然伏在地上，瘦削的肩膀瑟瑟发抖。

“我说得没错吧，阿袖？只要觉得对，我们都会排除重重障碍去实现它。甘愿为此去争，不怕冷嘲热讽；即使遭到背叛，却也不恨别人；哪怕面对刀枪，也毫不退缩。”

“夫人……”

“想哭就哭吧。我早就想到，为了你，我要努力去解救他们。唉！都太快了，我没做到……”

“夫人！”阿袖声嘶力竭喊了起来，“求求您，让奴婢……让阿袖走吧。”

高台院一怔，她万万没想到阿袖会说出这等话，道：“不行，还不到时候。”

“不，到时候了。一切都结束了。”

“阿袖，”高台院声音都变了，“你是不是听说了治部上路的日子？”

“是。就在明日……是方才东福寺的长老亲口告诉奴婢的。”

“难道为了这个，你就要离去？治部落得这样的下场，你早就该知道了。”

“是……”

“从前你是怎么说的？一旦治部离开太阁大人，争强好胜的秉性就会把他拖入深渊，因此，为了成全他的气节，让他早一日到太阁身边去吧。为了捍卫自己的气节，治部身在囹圄。我想他也不会后悔，会笑着赴死。到时你赴刑场殉死，会伤他的心。女人应该强忍痛苦，好生供奉逝者，这比死远要难。没想到，你却选择了更容易的那条路。”

阿袖忍住呜咽，一动不动僵在那里—— 一切全被高台院看透了。一想到对三成的恩情无以回报，阿袖哪还有活下去的勇气？哪怕是救出一个年幼的孩子也好啊，但一切都化为了灰烬，支撑着她的希望破灭了。方才高台院说，她们都是坚强的弱者。如今，她不再坚强，成了真正的“弱者”。难道真要如高台院所言，继续鞭策着懦弱的灵魂，忍耐下去？

“听话，阿袖……”高台院喃喃细语道，语气中充满关切，又似乎带着一丝诙谐，“我们对男人要求太严了。凡事都与其抗争，总想压过他们的风头。你想想，是不是这个理？”

“是。”

“可一旦离开了他，又会追悔莫及。其实，我们不是在憎恨他，也不是在反抗他，我们只是在关爱他，不想让他输给任何人。”

“是……似乎是这样。”

“可我们的意思，别人真的明白吗？若适得其反，结果将会如何？男人一定会以为，我们是心存芥蒂，才不断与其抗争。于是，他们常常以死来显示真心。”说到这里，高台院抿嘴笑了，“唉！太阁故去那一阵子，我也如同跌进了地狱。但仔细回想，不过是在与自己争斗。我一直在想，能不能寻死，早些到太阁身边陪伴。可是，真那样，我必会大为后悔。太阁有错，都是我三缄其口，未对他提出忠告所致。这种切肤之痛，才真正令人痛苦。”

“……”

“唉，人都有自己的秉性，只能照秉性苟活。你现在也和当初的我一般，站在地狱的边缘。”

听了高台院一番话，阿袖不能不点头称是。

初时，阿袖还未意识到自己对三成的情意。因此，她还曾一本正经对本阿弥光悦道：“小女子喜欢如您这般男儿。”可是，从得知三成出兵大垣那一刻起，阿袖的心就全被三成勾去了，她的担心逐渐应验。现在，石田三成便要踏上去往地狱之路了……

导致三成悲剧的原因无数，非阿袖一人之责。但阿袖在三成身边时，煽动他下了决断，这也是无可否认的事实。恐怕三成并不会认为自己是被女人鼓动，他说不定还趾高气扬，对女人不屑一顾。正因如此，阿袖愈发伤心。她早就把三成看透了，他是比寻常之人更敏感的男子，是自己让他踏上了黄泉之路。一想到这些，阿袖就心如刀绞。

“阿袖，”高台院又道，“你还只是站在地狱边缘，只要把目光转向别处即可。”

“是。”

“你对治部固然有情，那是因为你有一颗慈悲之心。但纵然同样是慈悲之心，也有上品、下品之别。你要把自己的心放在上品的位置，好生祭奠治部。”

“是。”

“真是明日处斩，你就去亲眼看看吧。如此，你也当明白治部乃是带着何种希望、何种心思踏上黄泉之路的。你最好再为治部筑一座坟。治部与东福寺僧人颇有交情，你就把坟墓筑到那里，时时为他焚香祷祝吧。”

“多谢夫人指点。”阿袖伏在地上，强忍住眼泪。她知高台院在担心什么。但愈是明白，她的心愈不安，因为她并不能接受高台院的建议。

“你恐还未真正明白我的意思，不要太为难自己，先退下去歇息吧。

明日去为治部送行，再回这里。这是我的命令。至于我让不让你走，是今后的事。”

“是。”阿袖默默低下头，出了房间。回到自己房里，她便发起呆来。秋日渐尽，天气明显转凉，可阿袖感受不到秋凉。她的心比天气还凉，身体里的意志和气力已经燃尽，只剩下一堆灰烬。

此夜究竟有未入睡，她自己都不知道，只是睁开眼睛，已是清晨，几只小鸟在院中啁啾。

阿袖起床，对庆顺尼说了一声，便如同掉了魂似的，向六条河滩方向而去。

一上街道，一股腾腾的杀气扑面而来。街上行人比平素要多。官府已经通告了押三成等人赴刑场的路线：从堀川出水的所司代府邸出来，穿过十字路口，再走室町进入寺町，然后穿过洛中到达六条河滩。虽然亦无异常，阿袖却总觉得遇到的人面上都充满杀气。

阿袖尽量拣人少处走，径直赶往寺町。本想从那里跟在三成后边一直赶到六条河滩，可她赶到一看，四下依然静悄悄一片。

太早了，阿袖嘟囔着。这一带并无一处可供人久坐的地方，她遂沿着山路慢慢走到四条，然后再折回，如此反复。

今日要处斩的并非只有三成一人，惠琼和小西行长也要一并问斩。三人都应在囚车内，在城里游示一圈后，一并处死。

他究竟会以何面目面对世人？阿袖真想知，可又害怕看。她不当畏惧才是，她品尝过世间疾苦，经受过无尽的磨难，这些已远胜过三成带给她的苦痛，又怎还有恐惧？

在寺町，阿袖终于碰上了人潮。

“啊，来了来了，终于来了。”

“真的，那么多尘土。跟在车后面的都是人啊。”

“看样子，全都是跟到六条河滩看热闹的。”

阿袖实在听不下去，独自向河滩走去。

天空响晴。若是平常，会是个适于散步的无可挑剔的好日子，可不知为何，阿袖总觉嗓子发干，身子发冷。

这么多人，凑到近前也看不清什么，还是先赶到六条河滩，再寻个看得清的地方为他祈祷吧。若三成看到她，一定会报以微笑——斯时他还有勇气微笑吗？

车队似乎已抵达寺町。那里早就挤满了人，尘土飞扬。

阿袖决定，在赶到刑场之前绝不回头，遂加快了脚步。正在此时，身后跟来四五个人，只听其中一人喊道："前边那人，是阿袖夫人吗？"

听见有人招呼，阿袖猛地收住脚步。

"哦，果然没错。"只见一人快步赶上来，上下打量着阿袖，正是本阿弥光悦，"我知道你一定会前来送行，是啊，我也忍不住。"

"这……"

"阿袖夫人，咱们边走边谈。此前，我一直在内心鄙视治部大人。可现在，我的看法变了。我错了。治部大人实在是这个乱世的可悲男儿啊。"本阿弥光悦很是激切。

没想到从前彻头彻尾厌恶三成的光悦，口中居然说出这种话，阿袖不觉放慢脚步。

光悦使劲点头，与阿袖并行，"治部大人是乱世的可悲男儿。若这么说还不合适，那他就是为太阁大人而死。总之，治部大人并非凡夫俗子。"

"您为何改变了对治部的看法？"

"在寺町歇息的时候，治部大人对卫兵说，他喉咙发干，想喝水。"

阿袖咽了口唾沫。她的喉咙也干得冒烟。

"可附近没有水，卫兵就从自己腰间取出些柿饼递给治部大人。"

"柿饼？"

"是。柔软可口的柿饼。那武士还说，以柿子代水，喉咙亦可滋润些。"

"唉。"

"不料，治部却说柿子生痰，断然拒绝了。"

"哦？"

“那武士猛沉下脸来，嘲弄说，马上就要赶赴刑场了，还有闲工夫论养生之道。”光悦边察看阿袖反应，边继续道，“结果治部大人厉声斥责起来，道：所谓大丈夫，即使到了断气的那一刻，也要珍重身体。”

“哦。”阿袖失望了。看来，三成已放弃了无谓的抗争，悠然旁观自己最后的一程生命旅途了。

“这不是寻常败者的心境。若是凡俗之人，此时早已向命运低头，只剩一片茫然。可治部却还带着自信斥责别人。若非他天生才智出众，也不能发起这样大的战事啊。”

听到这话，阿袖目不转睛盯着光悦。光悦和阿袖截然相反，他似对三成的傲慢甚是钦佩。他意犹未尽，继续慷慨激昂道：“这终究是太阁大人不对。治部如此聪明，怎会做出这等傻事？定是太阁对治部说了什么。久而久之，治部这样绝顶聪明之人也产生了错觉，误以为太阁亦憎恨内府。所以，此次骚乱纯属误会。”

阿袖不答，单是悄悄离光悦远了些。光悦的感慨，乃是阿袖从未想过的，她颇为意外。

“阿袖，其实，这样的例子，世间比比皆是。比如，别人眼中的一对恩爱夫妻，孩子的母亲却是牢骚满腹，在丈夫面前不敢发怒，只好在孩子面前抱怨。长此以往，孩子就会把父亲视为仇敌，遂和父亲争吵，结果母亲反倒颇为为难。这种事常有发生。”

“先生言之有理。”

“误引了孩子的，正是母亲的牢骚。我认为，已故太阁、内府、治部，便是这种关系。太阁与内府并非不合，但是，他却像那个爱发牢骚的母亲，因内府的存在而觉备受压迫。这便是太阁的不足之处。他必频频在治部面前发泄自己的不满和牢骚。说不定，他现在正在地下着急：治部，万万不要胡来，会毁了丰臣氏……而治部亦产生了错觉，以为太阁与内府一团和气只是假相。造成这种结局的，乃是太阁。对自身如此严格要求的一个人，在临终之前，还对别人所犯的错误大发脾气。至今，我仍然对太阁大为不满。”说着，光悦把嘴贴到阿袖耳边，“如此一来，万事皆休。光悦也只好在心里为他祈祷了。”

阿袖对光悦的意思依然似懂非懂。当她真正明白此意，觉得异常狼狈时，二人已到了刑场，看到三成。

三成着一件水色小袖，双手反剪，却昂首挺胸，傲然走进刑场。他目不斜视，若无其事望着前方，径直登上了刑台。他尽管脸颊瘦削不少，但面色红润，嘴唇也异样地发红。显然，他还在竭力展示自己的傲气。

紧接着被拉来的乃是小西行长，他双眼微闭，表情异常平静。小西乃洋教徒，看起来甚是平和，或许此时他正在描绘着天堂景象。

第三个自是惠琼，他东张西望走进刑场，脸色同样平静，仿佛终已顿悟了。

阿袖耳边又传来光悦的私语声："全都是假的。小西想紧紧抓住天主不放，安国寺则故作深沉，妄想从苦海逃脱。他们难道全然不知生命之贵？只有治部丝毫无矫揉造作，只有他死得可惜。"

此时，七条道场的上人、时宗金光寺的游行上人也来了，他们是来为三人念经超度的。

阿袖无心再附和光悦。在她看来，小西行长和惠琼都已悟透了，只有三成还在执著的业火中徘徊。但阿袖无暇再思量谁对谁错。

几块石头从栅栏外投了进去。其中一块落到惠琼肩上，又滚到三成脚上。惠琼回头微笑，三成依然目不斜视。

士卒装未见，并不斥责。

当地铺了三张草席，每张席旁各放一只白色水桶。刽子手单腿跪在水桶旁，个个神情严肃。

待三人走上各自的刑台，七条道场的上人躬身施了一礼，与两名弟子开始诵经。

突然，一直两眼望天的三成一脸冷峻地开口道："虽然我不知你乃何处僧人，但诵经就不必了。"

三成语出，一时间，栅栏内外鸦雀无声。

"施主不必操心，贫僧乃是自愿而来。"上人温和地说道。

"不！"上人话音未落，三成就怒吼道，"我不喜接受别人施舍。我信奉的乃是法华宗，你不必多此一举。"

阿袖全身发抖：三成已经彻底沦落为一个魔鬼了，究竟是谁让他变成了这样？

就在阿袖胡思乱想时，三成也影响了另外两个受刑者。此前一直颇为平静的小西行长和惠琼皆颇吃惊。

恐怕在被拖到这里之前，三人已因彼此憎恶而决裂，并为此痛苦不堪。在惠琼看来，三成乃是令人痛恨的主谋。而在三成眼中，惠琼不过毫不负责的夸夸其谈之徒，他让毛利背叛了西军。而对于小西行长，关键时刻拒绝了他的建议，导致坐失战机的三成，令人怨恨。但此刻，这三人已为一体。

"对。"行长道，"我也免了。我要去见天主，你不必在此啰唆。"

"贫僧也不需要，贫僧乃是禅宗信徒。"

若三成的一声怒喝在战场上如此见效，结果又当如何？

七条道场的上人悲哀地望了望三人，匆忙离去。上人离去之后，三人分别坐在了草席上。

艳阳高照，河水的潺潺声清澈入耳，围观人群鸦雀无声。渐渐地，阿袖觉得自己像在做梦。莫非人生真的就如一场梦？这些人被杀之后，才会有真正的人生？真是这样的话，眼前的六条河滩，不正是一个大娩室吗？

奥平信昌正在对手下吩咐什么，然而，对于阿袖，他们远在天边。他们只是待在这个娩室近旁，与人的生死了无关系。至于那些刽子手，就更加渺小，他们只是在此徘徊，连自己在做什么都不知。

刀闪烁着夺目的光芒。三成、行长、惠琼三人顿时身首异处，尸身无力地倒向前方。在这一瞬间，阿袖似乎听到另一个世间婴儿的啼哭。

人群开始骚动。首级和尸身都不见了，下人们正在冲刷洒溅于地的血迹。

阿袖摇摇晃晃站起身。她耳畔还萦绕着婴儿的啼哭。在之后的一段时间，她怎么走，又走向了哪里，她都不知。

在人群的推挤下，阿袖来到三条大桥，看到了挂在那里的三颗头颅。但它们此时已和刚才被拉到刑场的三人毫无关系了。在阿袖眼里，他们俨然只是三条大桥的摆设，让人感觉不到一丝悲哀。

阿袖像是走到了一幢空房子门前，然后又返回了六条河滩。为何返回，她亦茫然不知。难道是三条大桥桥头的人头，令她返回河滩来寻找旧迹？

刑场的篱笆已被拆掉，连血迹都没有了。只有些人站在那里，指指点点，窃窃私语。这一切均如幻影。

太阳西斜，未几，四面暗了下来。河水在夕阳的映照下成了一条火红的带子。阿袖早已不知晨昏——我是因为找三成才来这里的吗？真是这样，见到三成之后，又当说些什么才是？要向他道歉，说自己什么忙也没帮上；还是去问他，为何临死时还那般愤怒？不，最关心的当是三成究竟是死了，还是业已重生？真能重生的话，他究竟去了哪里？

阿袖呆呆坐在河滩上，泪如雨下。

夜幕降临，阿袖还不想离去。脚下的石头在渐渐变凉，暮霭也从东山向这边飘来。阿袖回忆着过往的一幕一幕。

暗示三成破釜沉舟的，不正是阿袖自己吗？她今日果然看到了这样一个石田三成。

纵然真如本阿弥光悦所言，三成大义凛然，气势远胜行长和惠琼，阿袖也丝毫不为之心安。拜三成“意志坚强”所赐，他的父亲、兄弟、妻儿都离开了这个人世。

不只是他的亲人，这次战事，不知导致了多少人哭泣、诅咒，而又无奈地从这个世上消失。

阿袖怎能无视这些血淋淋的事实，心平气和地活下去？她的眼睛捂不住，她的耳朵塞不住。她要为所有亡人祷告。

阿袖站起身来。风吹走了流云，星空甚是美丽。阿袖想不起已是什么时辰，也已浑然忘记高台院。此际她脑海里，只有三成的面容、三成昂首挺胸走上刑台的身姿，以及三成曾颇为虔诚地聆听其教诲的大德寺三玄院宗园大师的面目。

为何和尚的面容会浮现在脑海中？阿袖吃了一惊。她不得不接受事实，否则，她绝不会原谅自己。

到三玄院去找宗园和尚，求他为三成修一座塔，就在寺院一隅，自己也追随三成而去。到时三成定会斥责她。或许，他对她根本就不屑一顾。哪怕是这样，她也要追随他而去。要信心十足，默默地跟着他，否则，她内心永远无法安宁。

他到了哪里，是如何去的？三成的影子再也不能从阿袖眼前消失。无论他走到哪里，阿袖都要跟着。

当阿袖磕磕绊绊来到位于大宫村的大德寺时，路边草上早已落满露珠。山门紧闭，鳞次栉比的殿堂、塔、墓，以及草木，全都沉浸在熟睡之中。阿袖看到，三成像一阵烟尘一般，倏地钻进了紧闭的大门。

就在这一瞬，阿袖忽然改变了主意。已无必要去见三玄院长老。比起这些琐碎小事，还有更重要的事去做，便是去追赶三成。

想到这里，她忙在寺门前坐下，解下护身怀剑，猛地刺入胸膛……

三一　太阁黄金

淀夫人从大藏局口中听到石田三成等人被处斩的消息，神情黯然。

“听说挂在治部大人和摄津大人首级旁的，乃是长束正家大人及惠琼大师的首级，四颗头颅同时挂在三条桥上。”

听大藏局语气，淀夫人仿佛应该感慨自己的幸运，或者，不要忘记大野修理亮治长的功劳。当大野治长派人来告诉淀夫人，内府大人已经表示，秀赖母子与此次战事毫无瓜葛，请不必担心……淀夫人欢喜得几乎发疯。这也难怪，此时大坂城内紧张得有如九月中旬的关原，人人自危。

关原战败的士卒一队接一队狼狈撤回，从大津回来的立花宗茂逼着毛利辉元死守城池。丰臣七手组驻留在城内的人马，也几乎都主战，就连淀夫人当时也已作了最坏的打算。

淀夫人对这种情形并不陌生。舅父信长公、祖父、父亲、母亲，以及继父柴田胜家，无一不是死在战火之中。而今，轮到他们母子了。

对于淀夫人的心思，大藏局一清二楚。大野治长若稍迟些赶来，淀夫人或许已把秀赖刺死，亲自去本城准备刀剑了。但治长及时赶来，送来祥讯。当时淀夫人简直不敢相信自己的耳朵。有生以来，她还从未听说过如此宽谅的处置。治长诚恳劝道：“请莫要担心。在下也在与内府并肩而战。我早就看清，内府对夫人和少君绝无异心。”

听到治长之言，淀夫人伏案大哭。然后，她把片桐且元叫来，让他赶紧选派使者，与治长一起向家康致谢。在家康进城之前，淀夫人处处插手政务，还把那些主战武将叫来狠狠责骂。可家康一旦入主西苑，秀忠进入二道城后，她便立即偃旗息鼓。

淀夫人明白，大藏局跟她讲三成被处决一事，恐怕也是暗示她，事情所以平安化解，完全是治长在背后出力。可淀夫人懒得开口，她盯着独自玩耍的秀赖，心思却根本不在他身上。

“夫人，您怎么了？”大藏局问道。

“啊，你刚才说什么？”淀夫人问道，眼神恍惚。

“治部大人倾其所有去打这一仗，家中最后徒有四壁。可长束正家府里，金银珠宝堆积如山。”

淀夫人默默点头，“生不带来，死不带走，要那么多金银做甚？”

“是啊。听说不久就要处分参战众人，到时必会有更令人惊心的消息。”

“希望再也不要听到这样的消息。”说着，淀夫人像是记起什么，问道，“十五日之前还一直躲在大津、为内府出力的京极参议怎样了？”

大藏局脸上现出失望之色。她本想和淀夫人谈论自己的儿子大野治长，但淀夫人更关心京极高次。也难怪，高次本是淀夫人妹婿。

在关原合战前一日，高次还在为家康固守大津城，可终未能顶住，在胜利即将到来之时，打开城门，落荒而逃至高野山。

“请夫人莫要担心。”大藏局道，“听片桐且元大人说，京极大人弟高知始终在为内府尽忠。参议大人想来不会受到追究，相反，或许还会得到加封呢。”

淀夫人茫然若失，她关心的并不是这个。

“夫人真是幸运。这次夫人姊妹三人都未受到牵连，定是夫人祖上在天之灵的庇佑。夫人平安，夫人幼妹又嫁到江户，京极大人也将加封，这在乱世实属罕见。”

“大藏局，你能不能让我一人静一静！”

大藏局不满地看了淀夫人一眼，道：“那夫人有事，只管叫奴婢。”言毕，低头退了出去。

淀夫人默默坐在那里，看着一旁的秀赖。秀赖早不再玩双六，单是坐在案前，拿笔写什么，却又不似在练字。

此城只剩下两个人了。淀夫人感慨良深，随着战乱平定，众人都不到这里露面了。淀夫人乃太阁遗孀，秀赖又是丰臣家主，怎会与眼下的时局无关？难道孤儿寡母已沦落到这般地步？

淀夫人正怅惘不已，秀赖忽然道："母亲大人，藤七郎怎生不来了？"秀赖说的，是年龄与他相仿、最近一直和他玩耍的毛利辉元之子藤七郎秀就。

"他没法来。他跟着他父亲出城去了。"

"我们战败了吗，藤七郎也败了吗？"

"不，即使藤七郎败了，少君也不会败。江户的爷爷不是早就这样说过吗？"

"唔，孩儿明白了。可是……"秀赖忽然闭了口，他看到母亲神情有些异常。

淀夫人长叹一声。

争强好胜的淀夫人突然委顿下来，并非从听到三成和行长诸人被处斩时始，而是因为听说加藤、福岛、黑田等与高台院一条心的人要被大大加封的传闻。

这些事，片桐且元都一一向淀夫人作了汇报。且元说，在朝鲜之战中与淀夫人推举的小西行长争功，结果遭到已故太阁申斥的加藤清正，加封肥后熊本二十四万石，摇身一变为一位身价五十四万石的大名。福岛正则从清洲转封到安艺广岛，亦拥有四十九万八千二百石的身家。世上还盛传，黑田长政的俸禄也从十八万石暴涨至五十余万石；细川忠兴则一夜暴富，从十七万石长到近四十万石。

这些传言带给淀夫人沉重的打击。太阁生前，她地位比北政所优越，表面为侧室，实际上，她说话的力度远远胜过北政所。

淀夫人无论是偏袒小西行长，还是与三成过于接近，都非为了扩张自己的势力，也非把希望全寄托在了小西和三成身上，而完全是出于鄙视和揶揄北政所的心思，想以此试探太阁究竟偏向哪边。可世间却将此视为北政所与淀夫人的明争暗斗，并愈演愈烈。那么，结果究竟如何呢？但凡被认为是淀夫人一派的，都因支持三成而被处罚。与此相对，被称作北政所一派的，个个变成了封国大名。

如此一对比，愚蠢与贤明、亡国与兴家的差距自然凸显。淀夫人意识到这些时，惊恐得无以复加——全是先前太大意了，若仔细考虑，还不至于酿成此恶果。可她还未来得及考虑，三成等人就已亲手把“愚妇”二字烙在她脸上了。连家康都不禁怜悯道：“淀夫人乃女流之辈，与此次阴谋毫无瓜葛……”

淀夫人比别人要强，正因如此，也比常人更觉屈辱，无法对人倾诉的苦闷在她心中燃烧起来。她若甘心慢慢被世人遗忘，便不会有任何苦痛，但她却住在大坂城里，被世人嘲为“愚妇”，把自己人全推进火坑。一想到这些，她更是痛苦不堪。

惊愕与狼狈自然会驱使人思量对策。淀夫人近日来总是心不在焉，不时凝神不语，望着秀赖发呆，就是因为这些。

怎样才能洗刷污名？

把她逼到如此境地的石田三成已经不在了，其他奉行也从她身边消失了。就连最可靠的毛利辉元——这个身价一百二十万五千石的大藩之主，也被减封到了三十六万九千石，方得苟延残喘。恐怕，他的家臣们也因辉元不再继续接近淀夫人，松了一口气，否则他连三十六万石也剩不下。

淀夫人剩下的只有丰臣秀赖，以及不久之后自会枯萎的身体。意识到这些时，她心中更是无比慌乱。家康肥胖的身体，以及某人面带淡然的表情、说要把她改嫁家康的话，齐齐向她的脑海涌来。淀夫人心里忽然涌上一个疑问：家康现在还希望得到她吗？若自己现在已变成家康的女人……家康现在还无正室。只要他有这个心思，还不是一句话的事？这样的话，她既可保护秀赖，又能操纵天下人，最起码，她可洗刷掉“愚妇”的污名。

人的想象从来都奔放不羁，有时连自己也会感到惊讶。现在的淀夫人便是如此。家康不是有这种意思吗？故他才会说“淀夫人乃女流”云云，才会不追究她的罪责。

淀夫人究竟该何去何从？此次乱事，许多人都是真心“为了少君”才血洒疆场。众人对秀赖一腔热忱，而秀赖生母却对他如此冷淡，这样做合适否？

正当淀夫人心烦意乱时，片桐且元来了。

“哦，少君在习字啊。”片桐且元每次来，总是先问候秀赖。今日也一样，他恭恭敬敬向秀赖施了一礼，才转身对淀夫人道：“西苑已定下如何处置京极大人了。”

自从人们忽然从这里绝迹之后，且元就成了重要的消息来源。现在秀赖身边，深受家康信赖、又与家康保持着适当距离的，除了且元之外再无他人。淀夫人常常想，家康会不会时常与且元谈起私事。

“参议弃城之罪，不过问了？”

“是。当然，内府一定考虑到了参议大人与夫人您，以及江户中纳言夫人。听说，此次要把京极大人从大津转封至若狭小滨，从先前的六万石增加到九万二千石。”

“倒增加了三万二千石？”

“是，参议之弟和藤堂大人必也美言甚多。高知也由信州饭田的八万石转封丹后宫津的十二万石。他发达了。”

淀夫人皱起眉头，“片桐大人定在怨恨我。”

“在卜怎么会怨恨夫人？”

“你若不是在我身边，恐已成身家三五十万石的大名了。”

且元苦笑着摇摇头，“但且元拥有功名利禄无可比拟的少君。”

“人们全都绝迹了，如今只剩我们孤儿寡母了。”

“夫人万万不可多虑，哪怕是说笑也不可。无论是加藤大人，还是福岛、黑田大人，都是为了少君日后的出路，才投了内府。此次乱事，皆由石田一人的妄念起。少君仍然受天下人拥戴。”

“好了。你不用安慰我了。”

“哈哈，好，不说这些了。噩梦已然过去，只管把它们忘掉。今日在下和内府偶然谈起一个话题。”

“什么话题？”淀夫人忙探出身子。且元眯起眼睛看着秀赖，缓缓道：“乃是少君和千姬小姐的婚约。”

“婚约？”

“正是。当时，在下不动声色，问内府对婚约有何看法。内府竟说千姬小姐已经长大，甚是可爱，这桩婚事也可正式向世间公布了。这对稳定世道人心大有好处啊，还说，此事要拜托在下。”

“哦。”

“内府把少君视为己出。德川一族也是少君家人。夫人万不可向坏处想。”

淀夫人轻轻叹了口气，问道：“还谈了些什么？”尽管装得若无其事，她眼神还是充满期盼。

“还谈了些什么？”且元有些疑惑，随后一拍大腿，“夫人这么一问，在下倒想起来了。昨日，内府的女眷都返回了西苑。”

“女眷？”

“对。您一直甚为在意的阿龟夫人怀孕了。内府连这些都未弄清楚，便把她打发到关东去了。说起这些，内府还颇内疚呢。”

淀夫人一下慌乱起来。她只觉一阵心痛，眼睛不知往哪里看才好。她真想把自己的心思全都告诉且元，但又强忍道：“呵呵，那真是一件喜事。内府和太阁真是相似。内府今年多大年纪？”

“内府自己也谈到这个，五十九岁又要喜得贵子了，孩子怀在腹左，看来是个男孩啊。”

“呵呵，什么时候生？”

“说是十一月。”

“哦。干脆过了年，六十得子更好。”

“是啊。内府尽管嘴上不说，内心自无比欣慰。待到孩子生下来，夫人也该衷心祝贺才是啊。”说着，且元再次眯起眼看了看秀赖，才又看看淀夫人。显然，且元的意思是，哪怕是为了秀赖，淀夫人也当向家康道贺。

淀夫人向且元点头不已。看来，他一门心思为了秀赖，甚至把此次丰臣旧臣的发迹也与秀赖的命运联系到了一起。由于一直守在秀赖和淀夫人身边，同僚全都升迁了，唯他地位依旧。故，他才把全部心思都放在了秀赖身上，以此为心志之基。

淀夫人心里焦急起来，必须转换话题，但刻意为之，却很可能适得其反，说不定还会让且元误解，以为是他忽视了淀夫人的存在而招致怨恨。“我还没有问你，浅野幸长怎么样了？他也得到加封了吗？”

“是。听说，浅野之子封于纪州和歌山，三十九万石。”

“加贺的前田大人呢？”

“前田之弟利政在能登的领地被没收，转封利长，如今，利长的领地已达一百一十九万五千石。”

淀夫人忙道：“领地没收？治部和奉行们的领地当然要被没收，其他人怎样？”她对前田似乎毫无兴趣。芳春院被送到江户为质，却赢得家康欢心。一想到这些，她就觉胸闷不已。

且元这才注意到淀夫人不同寻常，女人的心真是难以琢磨。尽管注意到了淀夫人的异常，他却没意识到这是淀夫人对芳春院的嫉妒在作怪。芳春院生下的女儿被已故太阁抱来做养女，长大之后嫁给宇喜多秀家做了正室。加贺夫人也曾是太阁最年轻的侧室，如今，已改嫁给权大纳言万里小路充房。总之，两家关系亲如一门。且元以为，前田氏现今的家督利长追随家康，成了身家百万石的大名，自然引起了淀夫人不满。

“在下多嘴了。在下就此告辞……”

“你等等，我还有话想问你呢。除了治部、长束、大谷等人，家破人亡的还有哪些？”

“想必夫人都知道了。”

“不知。我想让你当着少君的面再说一遍，好让他铭记在心。”说完这话，淀夫人吃了一惊。她又失去了控制。

“尽管对上杉氏的处置还不清楚，但因其最近才降服，故，估计和毛利无二，是有名无实……”

“我不是问你这个。我问的是家破人亡的，我想确认。”

片桐且元有些纳闷，又拿眼瞥了秀赖一眼。秀赖依然在纸上胡乱写着什么。

“首先是备前的宇喜多秀家，然后有岐阜的织田秀信、宇土的小西行长、土佐的长曾我部盛亲、筑后柳川的立花宗茂、加贺小松的丹羽长重、若州小滨的木下胜俊……”且元掐指一一道来，“夫人，您询问这些，究竟有何用？”

不料淀夫人怒道：“我为何要问？这些人不都是为了少君才如此吗？我怎能忘记他们？”

“可他们只是受到治部等人的蛊惑……”

“不，他们不是因治部而起兵，乃是为了少君，才……”

且元忙抬手制止了淀夫人，“这话可不能随便出口。内府好不容易放过夫人和少君。”

“片桐大人，我且问你，从伏见运到本城的黄金有多少？”淀夫人忽道。

且元纳起闷来，问道：“三百六十驮，约一万八千贯。夫人怎的问起了这个？”

“权当没有这一万八千贯，怎样？”

且元哑然，他注意到淀夫人似已失去了理智。

“本来，为了天下之用，已在大坂设了金库，从伏见运来的三百六十驮便是多余。我们就以少君的名义，把这些钱分给此次的受难者，那些可怜的浪人。不知你有无异议？”

“夫人……”且元慌乱不堪，“此言差矣。”

“差在何处？”

“设若内府说这些钱乃是为了补偿诸人，他倒必须答应夫人。”

“哼！片桐大人，你的意思，是说内府并未这般说过，对吧？我是说真的，而你却在假设，有什么用，不必再说！”

“在下不敢。”且元几欲泪下。好不容易平静下来，怎能因这黄金又横生波澜？家康处分那些人，秀赖却送给他们黄金，这不是明摆着故意挑起事端吗？

“黄金的事，先不要说了！”

且元一本正经低下头，忽然，他笑了。他已摸清了淀夫人的性情，他愈是一本正经，夫人愈是恼怒，遂道："呵呵，夫人您啊，明知此事不可为，却故意戏耍在下。这些话若是被那些浪人听了去，不知会对夫人多么感激。"

淀夫人闭了口。事实上，她的心思确如且元所言，无非是说些气话。聪明如她者，难道不明？淀夫人轻笑道："呵呵，还是让你看破了。我真是可怜啊。"

且元默默低下头。

"不只是我，少君也一样。片桐大人，你能不能好生对内府说说，让少君身边那些旧人早日来侍奉少君？少君身边没有一个人，如同弃石烂瓦，很容易让人产生非分之想。"

"明白。此事就交给在下吧。"且元终于松了口气，点头。

院子里，伯劳鸟叫个不休。又闲聊了一会儿，且元方告辞而去。

此前人们的心思似乎都被乱事吸引。可只要局势稍微安定些，就有许多人忍不住想见秀赖了。

"我又担心的是，将来大家都来向少君请安，却无一人到内府处。"淀夫人这般道。

且元安慰道，事已至此，就不应再讲什么少君与内府之别，双方应该和睦相处，这样最终也是为了丰臣氏。

淀夫人对此没有异议。她甚至想，若是为了秀赖，她甚至可以嫁给家康。但且元始终未提及这个话题。且元之所以未提，乃是因为家康未提。家康不提，自有隐情，因为阿龟夫人怀孕了。

淀夫人对阿龟从来没有好感。虽然她并不知阿龟究竟是个什么样的女人，但一想到那个出身卑微的女人竟对家康心存感激、高高兴兴去服侍的样子，她就不禁酸溜溜的。

并非淀夫人对家康格外有好感。恰恰相反，她对家康的厌恨更多些。但一想到家康喜欢别的女人，她就极为不快。或许女人天性便是欲让天下男儿都拜倒在自己裙下。

不，淀夫人自言自语道，这一切不过是因为母爱。淀夫人生下秀赖，是丰臣氏，也是浅井氏，甚至织田氏的荣耀，要让秀赖继承家业，代代相传。征服家康只是为了实现这个愿望。且元却没意识到这些。而这样的事情，自己是无论如何也说不出口，淀夫人的忧虑可想而知。

且元退下，淀夫人又发起呆来。照这样下去，所有人都忘了他们母子，当如何是好？

三成性急，过早把天下交给了家康。待到秀赖年至十六，在太阁枕边见证那份约定、在誓书上署名的人，恐全都入土了。

即使毛利和上杉还在苟延残喘，但他们早已处于黑田和福岛下风，胳膊焉能拧过大腿？到时五大老均已不在，五奉行也人去室空，世人都成了家康的家臣，哪还有丰臣氏的立锥之地？在这变化当中，若说有什么能够征服家康，恐怕只有淀夫人的年轻和母爱。想到这里，淀夫人一怔：还有……还有已故太阁留下来的黄金！

忽然意识到这一点，她不禁呆了。这念想与刚才那随口一言完全不同。此前只是心血来潮，现在却是格外认真。

家康当然不会忘了这些。但究竟该如何去发挥黄金的作用呢？现在方是拿主意的时刻了。万一家康要把这些钱拿出来打理天下，她该如何回话？且元不主动提起，家康会否弃之不顾？

淀夫人忽觉浑身燥热。此前从未考虑过的黄金，忽然生出一对巨大的翅膀，在她身边飞翔……那么多的黄金，多少浪人也养得起，什么样的城塞寺院也买得下，使用得当，富可敌国，甚至可能改变天下人心！即使在此次战事中得到封赏的大名，也定有不少人为了军饷伤透脑筋。暗中把这笔钱借给他们，他们必会对淀夫人母子感激涕零。淀夫人又想起了高台院。高台院没有的东西，却在自己背后散发金光。就以秀赖的名义，把这些钱使出去……

想到这里，淀夫人再也坐不住了。她拍拍手，刚想把大藏局叫来，又舒了口气，重新思量。她感觉到巨额黄金的无穷威力。若一不小心让此事泄露，定会适得其反，引火烧身。

淀夫人出了房间，叫来大藏局。

“片桐大人退去了？”大藏局道。

“我有事问你。”

“是。”

“大藏局，你知城中少君能支配的钱有多少？”

“这……到底有多少，奴婢也不知。总之，钱都是少君的。”

“若有人让你交给内府，怎生是好？”

大藏局惊诧地睁大眼睛，“奴婢会断然拒绝。少君未成人之前，任何人不得动用这笔钱。这是丰臣氏的私产，岂能上交？”

淀夫人心中的烈火再次熊熊燃烧起来。这个理完全讲得通。她遂道：“我刚才在想，要避免把这些钱交给内府，办法只有一个……”

“办法？”

“对。我带着这些黄金嫁给内府，结果会如何？”淀夫人轻佻而若无其事地笑了。

大藏局愣住了，紧紧盯着淀夫人。这究竟是戏言还是真心？她欲仔细地从淀夫人眸中搜寻答案。

“你怎的了，眼睛瞪得那般大？”

大藏局不答，而是表情僵硬地问道：“果真要让夫人交出黄金？”

淀夫人暧昧地笑了笑，“我是假设。”

“事实上，修理也在担心此事。内府向来吝啬，定会紧盯着黄金不放……”

“修理也在担心此事？既然你都知道了，为何不早些告诉我？”

“现在还不到挑明的时候。”

“哦，有理。”淀夫人故作轻松地笑着，内心却慌乱至极。若是连大野治长都在担心，此事迟早会被家康摆上台面。

“既然这样，奴婢就放心了。”大藏局夸张地叹口气，继续道，“刚才奴婢还吓了一跳，以为内府真的提起黄金和夫人再嫁的话……”

“说放心还为时尚早。”淀夫人道，“虽说现在还不能出口，但我们必须作好准备，无论他何时提出，我们都要有应对之法。”

“是。夫人说得有理。”

“因此，我才想问问你的想法。难道仅仅说不交，就能了事？”

大藏局不安地闭了嘴，打量着淀夫人。在她看来，淀夫人必是厌恨家康，才向自己问计，遂道："夫人，依奴婢看，此事不易应付。"

"不易应付？"

"是。为了阻止内府提出，我们只好先出手。"

淀夫人不觉有些失望。看来，大藏局毕竟未能窥透一个寡妇的心思。"你有何见解？"

"首先是请夫人落发。"大藏局凝望着天空，一脸认真。

"落发？你让我皈依佛门？"

"是。然后用太阁留下的黄金建造大佛，为死者祈福。我们这般说，内府还有何话可说？到时夫人已落发，他也不再有非分之想……"大藏局话犹未完，淀夫人早已捧腹大笑，一边笑，一边泪下如倾……

三二　代掌天下

德川家康把近侍都打发下去，独自坐在食案前，忽然莫名地感到孤独。他吃了一惊。食案上的五菜二汤已司空见惯，身边的下人和阿龟夫人也如常静坐。可为何会如此寂寞？尽管他反复询问自己，但始终得不出确切的答案。

在世人看来，家康此次进入大坂城，当是何其幸运，但事情远无那般简单。对手们不成熟，破绽百出，在经历了一番浮沉之后，方才纷纷败落。

最可笑的乃是增田长盛。他虽也加入西军，实际上几乎未为三成出过一指之力。但“长盛内通内府”的谣言却甚嚣尘上，甚至绑住了毛利的手脚，让他这个西军主帅成为形同虚设的木偶。因此，家康未伤一卒，未发一弹，便轻轻松松重入大坂城。新的天下大势已尘埃落定。他赏罚分明，无人对他的处理有非议，赠礼在他身边堆成了山。

尽管如此，家康还是莫名地寂寞。得知阿龟夫人即将临盆，他本以为会高兴片刻，可旋即便陷入苦闷。

再生一个男儿，自又增加了负担。看看秀吉就知道了。健康的儿子未必贤明，孱弱的儿子不一定愚钝。生为人父，一切希望皆寄于儿女，一生为之劳力劳心。

家康苦笑着嗅了嗅饭菜。米饭今夜也莫名地少了味道。难道人就是为了这一日三餐？

无论是当初做人质时，还是如今掌管了天下，家康饭食始终这般简朴。无人命令他非这么做不可，这无非是他自己的活法。想到此，他忽觉胸口发胀，胡乱扒了两碗，就没了食欲。

家康令人在碗里加了些热水，慢慢喝下去，然后恭恭敬敬念了一句“南无阿弥陀佛”。就在这时，他心里忽然咯噔一下。这究竟是为何？难道是他忽然感受到了人之力量的卑小？我已经累了……但作为天下人，怎可疲劳？

家康哐啷放下碗，喊道：“来人，把片桐市正叫来。他应还在本城。”吩咐完，他又在心里念了一句佛，轻轻地提了一口气。人生得意，莫忘警惕，疲劳时也要力戒消沉。

在念佛中，家康发现了自己的疲劳。他一如既往地反省和自戒。纵然整个天下都对自己唯唯诺诺，也不可掉以轻心。信长公在本能寺的麻痹、秀吉公在文禄之役中的大意，无一不令人警醒。他们都被神佛选中，幸运操取天下权柄。但当神佛从他们身上发现了哪怕是一丁点的瑕疵，便立刻毫不留情地收回了一切。他们都是英豪，终未能成为太平盛世的缔造人。自己绝不可重蹈覆辙。否则，便是对二公友情的背叛，也是不尊他们的遗志。这是一个天下人的责任。

负担愈重，愈苦痛，有时甚至要忍常人所不能忍。家康自以为已经清醒地认识到了这些，不料竟由于疲劳而万念俱灰，这究竟是为何？

晚膳撤去不久，住于本城的片桐且元被传了来，城织部正、永井直胜和本多正纯亦陪同前来。

看到家康的脸色，且元顿时脸色苍白。深夜相传，究竟有何急事？比起这些疑问，他更担心的是，自己也参与了此次乱事，有待处置的问题堆积如山。他能不畏惧？

“今夜我只想和市正谈谈关于辅佐少君之人的事，你们退下吧。”家康把其他人打发了下去，方对且元笑道：“怎样，喝点酒？”

“不了，在下住在城中，故……”

“你太刚直了。唉，我也累了，本想歇息，可又一想，现在怎能歇息？天下刀兵未息啊。”

“大人所言极是。”

“今夜就你我二人，咱们不妨畅所欲言。”

“遵命！”

“加贺大纳言已经不在了，我又太忙，毛利和上杉指望不上，小早川又太年轻，因此，辅佐少君之人……”家康忽然压低声音，“依你看，少君器宇如何？”

“器宇？”

“是鸢、鹰、鹤、伯劳鸟，抑或麻雀？”

且元猛挺起身子，一时答不上来。良久，方道：“必选其一否？”看来，此问令他颇为难。

“片桐，家康明白你的心思。既是主君，自当不问其贤愚。即使有些欠缺，亦当豁出性命去尽力辅佐，才是大丈夫所为。但家康明知这些，却还是要点破。因为，我必须根据少君秉性德才，来为他选择辅佐之人。这不仅仅是为了眼前之需。”

“大人真是深思熟虑。”

“让他继承十五万或二十万石领地倒也罢了，可毕竟是太阁遗孤，大坂城之主，不为他思量，罪莫大焉。信长公把天下交给了太阁，太阁又将其权柄交与了家康，我们三人好不容易让天下平定，我不想让它在一朝之内化为乌有。”

“恕在下多言……”且元小心翼翼道，“若少君非鹰，大人就要取消他与千姬小姐的婚约吗？”

“你似乎误会了家康的意思。”

“在下只是担心两家不和。”

“阿千与秀赖的婚约，非由你我二人决定，此乃太阁遗命。无论少君是麻雀还是伯劳鸟，二人的婚约都不会因此改变。少君即使无德无才，依然是太阁之子。况且，我也不信太阁之后会是麻雀。人要信守约定，这约定背后有着美好的祝福。难道不是？”

且元长长舒了一口气，他往常的每一言都局限于丰臣氏的命运，回想起来，不禁羞愧难当，遂道：“内府大人，恕在下冒昧，能不能听且元说两句？”

“刚才我已说了，但言无妨。”

“少君年十六岁交还天下的约定，内府大人究竟如何思量？”

家康长叹一声：“我当然不能忘记。正因为不能忘记，才问你秀赖的前途和器量。”

“大人的意思是，只要他有器量，就把天下交还与他？”

“片桐，他若器量超群，即使有人不想交，他也必然会取得天下大权。相反，若他器量不够，家康刚把权柄交给他，恐怕立刻便会天下大乱。倘若明知会招致天下大乱，还把天下交与他，自是违背了与太阁的约定。”家康叹一口气，续道，“太阁临终时，有正念，亦有妄念。当太阁头脑清醒、心存正念时，就把家康叫到枕边，泪流满面让家康好生守护秀赖，依秀赖器量采取应对之法……”

片桐且元如被鞭笞一般。是啊，太阁临终之言，其实并非都是他真正的想法。且元自己也一样，昨日与今天的话，竟有天壤之别，自己甚至都为之震惊。内府从一开始便是这般考虑的……理智地看待眼下的时势，或许应这般去想，但感情上却不容许。

“片桐。”家康又道，“这个尘世，究竟能否遂人愿，你我都很是清楚。现在，我们就坦诚地聊聊。”

“是。”

“当初犬子信康切腹时，我也不堪忍受，几次想拼一场，但我还是忍了。为何？我明白，若不支持信长公，相同的悲剧就会在天下反复。应仁以来的战乱，带给天下苍生几多灾难！这种灾难就连少君都无法幸免。对这些情形，太阁清醒时，比家康还清楚。故，遵照太阁正念，才是家康的职责。”

“那么在下有话直说。”片桐且元认为，除了向家康吐露真情，以把秀赖置于家康保护之下，已别无选择，“在不才眼中，少君既非鹰，亦非鹤，他充其量，只是一只……麻雀。”

“哦，那么，能不能把他培育成一只雄鹰？”

“这……”且元忽然伏下身子。

“你怎的了？”

“即使内府为少君选择了辅佐之人，可淀夫人……淀夫人却不一定会答应。”

听了这话，家康把剩下的话咽到肚里，许久沉默不语。他早有预料。信康被信长赐了切腹，大半原因乃是来自其母筑山夫人的罪过。无论平岩亲吉多么严格地培养他，也还是功亏一篑。

“淀夫人会多言？”

“多言倒无妨，凡事恐怕都会横加干涉。”

“这也不足为怪。谁让他们孤儿寡母相依为命呢？”

“是啊。由于鹤松丸公子夭折，夫人心中悲苦难对人言。”片桐且元发现自己脸颊已被泪水濡湿。他时时担心的正是这些。虽说秀赖并非天生雄鹰，但也绝非愚钝蠢材。但他的成长之途却大为不利。身处老父的溺爱、母亲的心疼中，即使他天资聪颖，也很难长成一只雄鹰。

幸与不幸常常集于人一身。就如淀夫人，在且元眼里，她争强好胜，美貌绝伦，才气焕发，可说乃少见的才女。她若不生妄念，只知专心侍奉夫君，即使不能胜过高台院，起码也是不次于高台院的贤内助。可她太清楚自己的才智，太明白自己的美貌了，不仅如此，她对浅井氏的高贵和太阁权力的威严，也都念念不忘。因此，她全然感觉不到自己身上燃起的对男人的思慕，她认为世上的男儿都是为倾慕她而生。人之福，不仅在被人关爱，也在关爱于人。淀夫人恐怕终体味不出此种真意。

淀夫人便是这样一人，她怎会把秀赖交到别人手里？即使交与人，她也会对所有事情横加干涉，把心中的不满变成怒气滔滔倾泻。秀赖天资聪颖，但身负大坂城城主之重责，却在如此一位母亲羽翼下成长，如此下去，他怎会冲天而飞？

“这么说，是家康多事？”

“大人的意思……”

“今晚开诚布公与你言谈，本想举荐你为秀赖的辅佐之人。”

“这……”

“这样的话，起码可以秉承太阁遗志，顺其自然好生培养。人一到了十六岁，就会逐渐认识到自己的力量。到时他有多大器量，我就会给他多大权力。你以为如何？”

且元忙道：“在下绝非不想接受。只是……”

“只是淀夫人不会全由着你？”

“这……此事请容且元好生考虑。”现在且元已完全明白家康的心思了。确如家康所言，天下乃苍生之天下，绝非一家一姓之天下。所谓“天下人”，今日是我，明夕是他，如此而已。无论服与不服，无能者必然下场凄凉，史上如是，现今如是，未来亦如是。但话虽如此，若当场拒绝做秀赖辅佐之人，秀赖将如何自处？淀夫人又会说些什么？

“也好，此事先放一放。”家康改变了话题，“另有一事，便是城中的黄金……”

一听“黄金”二字，且元忙低下头。终于还是谈到了这个话题，只是他万万没想到来得这么快。只听得家康道：“毕竟是丰臣私产，我并不欲知具体数目。”

“内府承认是丰臣私产？”

“是。而且，我也说过，此次战事与少君和淀夫人无关，我亦不会追究黄金之事，但我清楚，那绝非小数目。”

“大人所言极是。”

“黄金为贵物，一旦使用不当，便极有可能变成天下纷乱的根源，不知你可思量过？”

“是。在下也……”

“至于使用不当会有何后果，我就不言了。我想知的是，淀夫人究竟有未意识到这些？”

“这……”

“她早晚会想到。聪颖如她，怎会想不到？但作为淀夫人身边的人，若不良言规劝，必出大事。”

“大事？”且元明知故问。正因为他已与淀夫人探讨过这个问题，便不得不装聋作哑。

“此次战事后，天下不知又多了几多浪人。”

“大人明鉴。”

“那些有器量之人，自然会被诸位大名收容，但仍有许多人会四处流浪。”家康声音越来越温和，“这些人大体可分三类。其一，有大才，却心胸狭窄。其二，无能之辈。其三，才能平平，心性正直，然不善处世。”

且元目不转睛盯着家康。虽然他从未考虑过这些事情，但一旦浪人增多，就极有可能出乱子。

“他们一向凭手中刀剑说话，一如在乱世。但如今不一样了，天下已大定。”

“大人明鉴。”

“若用金钱收买他们，后果将会如何？他们心存不满，除了打仗之外一无是处。片桐大人，我担心的是这个，你明白我的意思吗？”

且元只能默默点头。

“纵然……”家康继续道，“纵然淀夫人乃女流之辈，但聪明女人很容易固执己念。一旦有误会，与我产生摩擦，她便可能拿黄金去招募浪人。我当然不能坐视不理，才想与你商议，看看你有何良策。”家康语气平静柔和，却让且元感到了万千压迫，仿佛有磨得锋利无比的刀，轻轻压在了他喉咙上。且元道：“在下明白。”

“为了避免这些事，你有无良策？”

“在下当然要把内府忧虑告诉夫人……”

“对，此乃第一步。但仅仅这样就足够了？”

且元汗流浃背。家康究竟想让他做什么？家康眯眼注视着且元，目光像针一样刺得且元肌肤发痛。

“片桐大人，我想你也有此体会吧。强自生乱，自古皆然。”

“在下深有体会。”

“黄金如利器。善用者带来太平盛世，不善用者给天下苍生带来无穷祸患。”

“是。”

“黄金在手，淀夫人也当善用。建议夫人把那些太阁所建神社佛阁之类，多加修缮，你以为如何？”

且元禁不住拍拍大腿，“对啊，这个主意……”但后边的话，他咽到了肚子里。

“既然我现在代管天下，有几事不敢怠慢。一是兴教倡学。今日我特意从京城请来藤原惺窝，其对朱子理学颇有研究。自南北朝以来，天下之所以无一日安宁，便是因为足利幕府不重学术，不辨黑白。关于此事，圆光寺元佶再三论及。在普及学问同时，我还要推动尊崇神佛之风，端正礼仪。如此，既可告慰太阁在天之灵，也能教化世人，祈祷丰臣氏安泰。你意下如何？”

片桐且元只觉自己仿佛眼睁睁被一张大蛛网粘住，被牢牢束缚。此乃圣人之心啊！无论如何，也不能让淀夫人拿了那黄金招募浪人。对于这些，且元心里也颇明白，才战战兢兢倾听家康究竟有何打算。让淀夫人用黄金修缮神社佛阁，既是行善积德的善举，还避免了玩火自焚，真是良苦用心！家康究竟是如何想到这一步的？惊叹之余，且元又有一种莫名的恐惧：说不定，眼前的家康便是一个古往今来绝无仅有的奸猾枭雄。

如今，天下大名未必都是丰臣盟友。丰臣真正的盟友，恐怕只有这笔数额不菲的黄金了。若家康让丰臣氏把这笔黄金全部花掉，紧接着便声称秀赖器量差于常人，那应当如何是好？想到这个，且元勉强道：“大人深思熟虑，在下实心悦诚服。”

“哦。”

“内府大人，千姬小姐的婚事，不知大人……”

这是且元对德川的唯一念想。千姬乃德川嗣子之女，乃家康掌上明珠。事到如今，家康愿不愿意把千姬交给秀赖母子，他只能试探。若家康含糊其词，且元便也打算，暂不将刚才的话题对淀夫人提起。家康却微微笑了，他是察觉了且元的心思，还是不由想起了千姬可爱的模样？

“好，好。”家康很是痛快地一口答应，“我想请淀夫人把太阁遗产拿出来，为兴教倡学助一臂之力，这可是事关国家前途命运的大事。我不想让淀夫人产生不必要的怀疑，自会尽快把阿千送到少君身边。”

“这么说，在此之前，先不要告诉夫人。”

“对。此事先莫要声张，好让一切顺利进行。关于少君辅佐之人一事，我就不多嘴了。有劳你与淀夫人好生商议。”

“是。”

“另，请你顺便告诉淀夫人，大藏局之子大野修理亮，我会马上送到她身边，令其与大藏局一起好生侍奉丰臣氏。”

且元顿时张口结舌，呆住。面前之人，究竟是恶魔，还是神佛？

三三　慧直兄弟

“兄长答应了此事？”

大坂二道城，一人正咬牙切齿坐在德川秀忠面前诘责。此人便是在关原合战中负伤，右臂依旧吊在颈上的秀忠之弟松平下野守忠吉。

尽管二人都是西乡局所生，年龄相差不大，外貌也极相似，但性情气质却有天壤之别。秀忠看上去一如温厚持重的长者，忠吉却如结城秀康一般冲动。

“这是父亲大人命令，我有何理由反抗？”秀忠不慌不忙，端然而坐，眉毛都不动一动。

“实在令人无法接受。”忠吉向前挪了挪身子，哂道。

坐在忠吉旁边的乃本多佐渡守正信，他面带难色，沉默不语。本多正信先前乃是家康身边寸步不离的执事，可自从关原战事开始，从江户出发时，家康身边一应事务都由正信之子正纯打理，老练的正信则被安排在了秀忠身边。

“兄长总是对父亲大人的安排没有任何意见。难道连是非曲直也不问，就乖乖盲从？”

“难道下野守认为此举不妥？”

“未必。”

“既如此，最好还是服从。”

“可小弟并不这般认为。父亲大人已经宽谅了秀赖母子，对太阁已经仁至义尽了，却还要把千姬交给秀赖为质，有此必要吗？”

“不是为质，此乃太阁生前就定下的婚约。”

“就是人质！”忠吉反驳道，“把一个不懂事的孩子扣为人质，对这种蛮横的挑衅，你居然一声不吭，分明乃见死不救！难道你就不后悔？我们若处于劣势，这样做我无话可说。可现在不同了，我们有必要去低三下四讨好秀赖母子吗？当前乃是我们义正词严向他们抗颜，向天下大名显示我们德川氏威仪的时候了，嗯？”

“忠吉，”秀忠并未生气，但也不笑，“你是否对父亲让你去清洲的命令不服？”

“现在讲的，不是此事。”

“我知你早就想进大坂城。我在江户，你在大坂，你我弟兄二人各镇一方，再反对阿千婚约。你真这么想，就当好生反省。”

“兄长说忠吉不谨？”

“到底是父亲深谋远虑啊。”

“怎生个深谋远虑法？”

“眼下的日本国，已到了乱世结束的时候。要让天下人明白乱世已然结束，我们该怎么做？我们若继续争来斗去，如何让天下人安心？我们需要做的，首先是隐忍，然后是和为贵。你我兄弟，思虑都还不及父亲大人万一。要想让江户和大坂长期和睦，清洲就变得甚是重要。父亲把尾张一领都给了你，你还不满足？”

忠吉答不上话，只急得连连拍膝。尾张的位置究竟有多重要，其实不用秀忠说，他也明白。正因如此，已故太阁才把自幼追随的猛将福岛正则安插于彼，让其严加防范。后来，家康把正则转封到了四十九万八千二百石的安艺广岛，把忠吉置于尾张，说要给他五十二万石。对于这些，忠吉还能有何不满？他不满的只是秀赖与千姬的婚约。可秀忠刚才这么一点拨，他才意识到父亲的真意，不禁大为悔恨。

面对这个一本正经的哥哥，忠吉真想说一句：“难道你就不疼自己的女儿？”但即使这般说，也毫无意义。秀忠已经被父亲驯养得服服帖帖，有如另一个父亲。

"兄长是不是对忠吉怀有戒心？"

"休得胡言乱语。"

"既然不是，那就不应对我妄加揣测，说我想成为大坂主人。"

"哦，这么说，乃是秀忠在妄想了？真是这样，兄长便放心了。"

忠吉直言道："兄长，你是不是认为，德川与丰臣真能够永世和睦相处？"

"下野守！"

"可我并不这般认为。我们愈是义气，愈是谦恭，他们就愈趾高气扬。三成不就是很好的例子吗？父亲在伏见帮了他，还特意让结城兄长把他送到大津。可结果如何？反倒助长了他的嚣张气焰，哼！"

"你到底还年轻。三成等人都是例外，凡事都应尽人事而听天命，这才最为重要。问题非德川与丰臣能否长期和睦，而是如何和睦相处。我们要先尽人事，否则，便是逆天而行。"秀忠连语调都颇像家康，他行事老成持重，思虑周全，说话如行云流水。

本多正信终于忍不住，插进一句："下野守，照你的意思，毁掉婚约之后，又当如何？"

"老爷子难道不知？"

"是。毫无理由向人提出解约，结果将会如何？"

"对方当然被吓破了胆。问题是之后的事。"

"哦？"

"一旦得知德川对丰臣有敌意，那些不满之徒就会躁动不安。待狐狸都露出尾巴，将其一网打尽，当然，必要时，我们也可以直接拿下城池。"

正信依然不动声色，"下野大人，这种话可不能胡说。否则，内府大人会羞得无地自容！"

"什么？"忠吉满脸通红，转向正信。

正信淡然道："下野大人说的话，充其量只是拥有两三千石的武士的器宇。"

愤怒的忠吉被当头泼了一盆冰水。若是结城秀康，定会当场把手中茶碗向对方摔过去，拔刀相向。可尽管忠吉和秀康一样暴躁，表现却不尽相同。

“唔，哦？”声音尽管听上去甚是平静，可忠吉心底的怒火已经在熊熊燃烧，“那么，父亲让我做一个大名，还把清洲交给了我，这作何解释？”

“这一点，方才中纳言已说过了。有可能的话，尽早把千姬小姐交给秀赖，好让天下大名知道，现在已是太平年代了。就是说，秀赖和千姬小姐乃是向世人证明太平盛世已然来临的鲜花。”正信眯缝着眼，仿佛在教育自己的儿孙，“如今杀伐之气尚未散尽。尽管已经无人能与德川氏为敌，但日后究竟还会有何事发生，无人知晓。因此，大人才把千姬小姐和秀赖二人放到一起给世人看。这两个孩子，还都未受到世俗污秽的沾染，他们乃是美丽的偶人。你把二人摆在一起看看，难道不正是两朵鲜花？”

“唔。”

“看到这摆设，诸大名的心才会安定下来。他们才会认为，既然两家都合二为一，纷争的根源自就断了，他们方会重新审视这个世道。哈哈哈，那时，他们自会对德川的实力有更加清醒的认识。所谓太平盛世，是这样来的，并非靠流血换来。这便是内府大人在深思熟虑后所作的决断。你说呢，中纳言大人？”

秀忠一本正经坐在那里，既没点头，也无异议。但在忠吉看来，这乃是令他无法接受的伪装。秀忠说不能忤逆父亲，是因为他担心兄弟忤逆会导致自己的地位动摇，这分明是明哲保身。

忠吉强忍不满道：“忠吉大致明白了，但也有些拙见。”

“难道你真有异议？”

“为何就没有？昔日平清盛公答应了母亲的请求，看在赖朝公与亡弟长相相似的分上，饶恕了赖朝公，最后却招致了平氏的败亡。这个故事，想必老爷子更清楚。”

“当然。”

“世人如何看待这个故事，忠吉不必再说。忠吉以为，那时的清盛公，太骄傲自满了。他已经胜了，已无人能够阻挡平氏了，正是持有这种自高自大之心，才饶了赖朝公一命……”

忠吉话犹未完，秀忠忽然厉声插言：“下野大人，休要说了！你太欠考虑。”

“清盛公与赖朝公的例子都欠考虑？”忠吉脸色苍白，声音却愈发冷酷，阴冷逼人，“兄长认为清盛公不自高自大？”

秀忠依旧稳如泰山，连眉毛都不动一下，道：“是自大。”

“既如此，就当小心谨慎，不重蹈其覆辙才是。”

“我们早就准备好了。”

看秀忠的长相，丝毫感觉不到他头脑冷静，但见他大声续道：“下野大人，你已经在责难父亲了，你难道还未意识到？”

“责难父亲？”

“是。由于清盛公自高自大，才饶恕了赖朝公，并把他流放到伊豆。说到底，这只是怜悯。你却拿他来与父亲作比，此是何意？父亲是想拥立秀赖公子，而且正在努力创建太平盛世。阿千便是盛世使者。你难道不这般认为？”

“哼，我并不这般认为。怎么说这都是谋略，是软弱，是完全不必要的低三下四的手段。”

“你真这样看，下野大人？”

“是，我是这般看！父亲一定是想，丰臣旧臣骚动起来就不妙了，还是先安抚众人为上，才把千姬作为人质。”

秀忠长叹一口气，道：“我不想和你争。好，那我就一字不差把你的意见告诉父亲。”

“有劳了。忠吉绝非想要大坂城，也非多么可怜阿千，只是觉得，认为如此轻而易举就能建立起太平盛世，未免太一厢情愿了。把阿千送过去，人家会更加趾高气扬。阿千不过是可悲的牺牲之供。我只是出于这般想，才这般说。”

兄弟二人的争论，看似忠吉胜了。但秀忠只是不喜争论，干脆三缄其口。

看到秀忠沉默，忠吉一时不安起来，“兄长，虽然小弟方才讲到平源旧事，但并没有拿它与父亲相比的意思，请莫要误会。”

“我明白。我不会把你的话全都报给父亲。”

忠吉终于觉得保住了面子。但他万万没想到，秀忠真的会向家康进言，要废除婚约。

“若是阿千已长大成人，听到今夜的话，她定会深受感动。她有这么好的父亲和叔父。”本多正信像是说着别人家的事似的，把红酒递到兄弟二人面前。

兄弟二人再未提起千姬，而是开始讨论江户与大坂之间主要城池的人员安插。

在箱根以西，家康把骏府的中村一忠转封到了十七万五千石的伯耆米子；接着又把伊豆韭山的内藤三左卫门信成放到了中村一忠旧领，这块领地只有三万石收成；接着又在附近的沼津安插了大久保治右卫门忠佐，将天野三郎兵卫康景派往兴国寺，在田中又小心地安插了酒井与七郎忠利及其近臣。

远州滨松的堀尾忠氏被转封到云州松江，领二十三万五千石；挂川的山内一丰则被转往土佐的高知，身家变为二十万石；而松平左马允忠赖和松平三郎四郎定胜则进入山内一丰旧领；原本在三河吉田城的池田三左卫门辉政入主播州姬路城，摇身一变成为五十二万石俸禄的大名；池田旧领则被封给了德川本族松平与次郎家清，领三万石；三州冈崎的田中兵部大辅吉政被转封至筑后久留米，三十二万五千石，旧领则被封给本多丰后守康重，五万石……

被转封到异地的丰臣旧臣全都得到数额巨大的加封，而德川氏人，加封几乎全都不上三万石。

“唯有下野守得到了清洲的五十二万石。真令人羡慕啊！”本多正信忽然笑道。忠吉已不那么愤怒，但对正信的话也不怎么在意。忠吉的岳父、身兼家老的井伊直政，只得到了石田三成的居城佐和山，年俸十八万石。

本多正信并非讽刺忠吉。他是想试探忠吉究竟有未意识到，德才绝不逊于福岛、池田等人的德川嫡系，为何甘愿接受五万石以下的较低俸禄？忠吉似从未想到这些。

其实本多正信也不例外，为德川父子尽心尽力，所得只有上州八幡的两万二千石。家康为何给忠臣这般少的酬劳？为何正信等人都心安理得接受，并甘愿为家康赴汤蹈火？能够考虑到这些，下野守也就长大成人了。正信正打算加以说明，却有下人前来禀报："淀夫人身边的大藏局前来求见。"

听到侍童禀报，秀忠和忠吉对视一眼，放下酒杯。本多正信道："我去看看吧。"

"深更半夜，究竟有何事呢？"秀忠沉思一下，方道，"还是我亲自见她。把她好生引到客厅。"言毕，又对忠吉小声道："恐怕是为阿千的事情而来。"他把土井利胜叫来陪忠吉闲聊，方才起身出去。

秀忠换好衣服来到客厅，见大藏局正拥着一个有趣的宫廷玩偶，坐在本多佐渡守正信面前谈笑风生。

"啊呀，还劳中纳言大人亲自接见，奴婢真是受宠若惊。"大藏局颇为谦恭，脸上表情轻松明快。

"您乃淀夫人派来，不见上一面，实在失礼。少君和夫人可好？"

正信插言道："在下方才已问候过，说是听到内府的话后，心情格外好呢。"

"那太好了，还请夫人宽心才是。"

"多谢。小野的阿通在京城寻到一个擅做玩偶的匠人，让他特意做了这个偶人献给少君。"

"哦，难怪这般漂亮，真是栩栩如生，惹人喜爱。"

"是啊。少君也甚是满意，常常拿出来细细把玩。他说要把这个玩偶送给阿千小姐。"

"哦，少君这般说？"

"是啊。他们本是表兄妹，一定很是想念对方。听说有使者去江户，夫人认为，难得少君有心，便赶紧打发奴婢，好带给千姬小姐。"

"多谢夫人美意。想必阿千一定喜欢得很。"秀忠看着那玩偶。这对偶人六寸大小，乃二稚子，一男一女，共戏一只流萤。看到这玩偶，秀忠忽觉怅惘。他也很是疼爱长女。可还没看到她长大成人，他就要赶赴江户，女儿却要来到大坂。其实不用忠吉提醒，秀忠也知，仅凭这桩婚事就想解决所有事情，未免太天真了。二人果真能像这玩偶一样自由自在吗？

“中纳言大人，您看，这人的面容与少君真是一模一样啊。”

“哦，照这般说，这女童倒是跟阿千也颇相似。”

“所以，少君才令奴婢连夜把它送来。”

秀忠笑着点头，再次端详起两个偶人来。怕是小野的阿通故意让匠人做得这么相似。

“那么，老身先告辞。少君和夫人还再三嘱咐，向江户中纳言夫人问安。”

“佐渡，把这个偶人拿给下野守看看。”说完，秀忠返回房内。土井利胜和忠吉仍在谈论封赏一事。二人都甚年轻，嗓门也不小，不知内情的还以为他们在争吵。

“你不认为，对丰臣旧臣的厚赏是在讨好他们吗？”忠吉看到兄长身边的人也一样责备自己，便想通过利胜打探秀忠的想法，以及对父亲的看法。

“当然不是。内府大人为何要惧怕丰臣旧臣？当今世上，让内府感到惧怕的人，恐怕还没出世呢。”

“这么说，父亲是赏罚分明了？”

“不错，基本如此。”

“你是话中有话？”

“是。”

“唔。那究竟是何意？”

“愚以为，无论地位还是财力，全靠上天所赐。当然，这也是内府的想法，故，先依战功把这些上天赐与的东西暂时委与他们。若那些功臣不能让领民满意，再重新分配。依不才之见，内府定是这般想的。”

忠吉不禁重新打量起利胜来，眼前的利胜浑身都透出勃勃生机。忠吉道："若是无能治理，领地就极有可能被没收，对吧？"

"若是给无能之辈委以重任，必遭天谴。此为掌管天下者必备常识。"

"你真是能言善辩。我还有一个问题：谱代大名所得格外少，又是为何？难道他们就不及那些丰臣旧将？"

"此言差矣。"土井利胜笑了，"土地财物，不过是上天所与，故内府先替众人掌管。给多了，人们就会忘记它们是上天寄存的东西，把它据为己有，于是铺张浪费、麻痹大意。因此，大半由内府代管，只给他们生存之需。这样，众人就会更加团结，更加忠心。这便是内府的策略……"

正说到这里，秀忠回来了，二人忙端坐迎接。

"在谈些什么，这般热闹？"说着，秀忠回头看了一眼手捧玩偶、跟在自己身后的本多正信，"佐渡大人，把东西给下野大人看看。"

"哦……好可爱的偶人啊。怎回事？"

"这是少君送给阿千的礼物。下野守，你不觉得这女童与阿千很相似吗？"

忠吉故意把头扭到一边。明白兄长为何要把这偶人带到自己面前时，他顿时心生厌恶。

"怎样？少君也甚是高兴呢。这样，两家还不能和睦相处吗？"秀忠定是这个意思。这玩偶带给忠吉一丝不安。天真无邪的孩子变成了大人明争暗斗之物，这完全是大人的"黑心"，是大人们的"罪孽"，原本无法让人原谅，可大人为何就不反省呢？因为他们害怕反省，于是故意犯下重重罪孽，反而把空洞的希望寄托于此种罪孽。这种悲哀，兄长为何就不能解得？

"看来你还是不服气啊，下野守。"

"我无话可说。这玩偶让愚弟感到可悲。"

"那是为何？"

"看到这玩偶，我忽然想到，若是两个孩子能如这眼前的玩偶一般，自由自在该有多好。"

秀忠愣了一下，但他立刻恢复了平静，藏起自己的感情，道："看样子，下野守并不喜欢。好，好生收起来，让明日的使者带上路。”他命令土井利胜道：“让他们告诉夫人，一定要好生抚养阿千，切勿让她任性。世道还不太平，孩子不能那般自由自在。”最后一句，显然是对忠吉的讽刺。

“遵命！在下现在就去办。”土井利胜手捧偶人退出去，室内陷入了短暂的沉默。

下野守忠吉认为兄长乃是个冷酷的父亲，秀忠则认为忠吉是个残酷的兄弟。

诚然，无人认为，千姬和秀赖将来必定幸福。其实，此时的秀忠也在强作笑颜，他想安慰自己、说服自己勉强接受这桩婚约。对于秀忠的苦衷，忠吉难道真的不明白？

“下野大人，刚才与利胜谈了些什么？”为了打破僵局，本多正信向忠吉举起酒杯。但忠吉睬都不睬，愤然道：“已经喝好了。利胜可真是兄长的好家臣啊，与兄长那般相似。相形之下，忠吉根本就是一介武夫。一看到与阿千相似的偶人，我就恨不得哇哇大叫，杀向本城。”

“哈哈，您的话未免过了。”正信笑了，秀忠却笑不出来。

正在这时，走廊里传来一阵匆忙的脚步声，三人不约而同竖起了耳朵。夜已很深了，难道是忠吉家中发生了急事，他的下人急匆匆前来迎他回去？想到这里，本多正信不觉站起身，听脚步声，不止一人。

“谁？”正信跑到走廊，喝道。

“哦，是父亲啊，不知中纳言大人就寝了没有？”是本多正纯。紧接着，另一个男子的声音传来：“听说下野守大人也在这边，便急忙赶来禀报。”似是永井直胜。

秀忠和忠吉对视一眼：莫非发生了什么变故？不安同时掠过二人的心头。走廊里，正信的声音不甚清楚，这更加深了二人的疑惑。

忽然，一个声音爽朗地笑起来，是正信。“哦，哦。那太好了。我赶紧去报给二位大人。不，还是你亲自去吧。”

话音刚落，正信带着正纯和直胜进来。

“启禀大人。”正信嘻嘻笑道。

“何事，佐渡守？”看到佐渡的笑脸，秀忠放下心来，问道，“上野介和右近卫大夫怎么满头大汗？”

正信故意顿了顿，“西苑那边传来喜讯，说生了一个男孩。”

“我又添了一个弟弟？”忠吉惊喜不已。

“正是。大人又多了一个弟弟啊。听说皮肤像白玉一般。只是，正纯并未亲眼看到。”正纯兴奋地说完，永井直胜也忙附和：“尽管大人很是难堪，还是让我等前来报喜。大人心内一定比吃了蜜还甜呢。”

“哈哈……好。我似看见父亲的笑容了。”忠吉咧开嘴笑了，可秀忠却未笑，淡然道：“哦，幼弟出生了，实在是可喜可贺。你们也喝一杯以示祝贺吧。”

“这是红酒，先喝一杯祝贺祝贺。”正信取过酒杯，递给正纯与直胜，二人方才坐下。

“恭喜恭喜。”二人恭恭敬敬接过酒杯，把酒送到唇边。

“哈哈……母子都还平安吧？”忠吉还没收住笑容，他拿起酒杯，“好，我也祝贺一下。真是太令人高兴了。长得什么样？”

此时的忠吉大概怎么也想不到，这个孩子长大成人之后，继承了他的家业，还巩固了尾张。此时他只是眯起眼，嘻嘻笑个不休。

无论在什么情况下，孩子出生总会伴随着快乐。可对于五十九岁又做了父亲的家康来说，或许又增加了一个累赘。已故太阁晚年得子，却在病床上受尽折磨，最后痛苦逝去。但是今夜却似无一人想到这些。秀忠也许想到了，但他却不会出口。

“德川越来越兴旺了。”正信扳着指头数着，“秀康公子、秀忠公子、信吉公子、忠吉公子、忠辉公子……加上此次的公子，六个男丁了。说不定日后还会增加。”正信并非在逢迎，他乃是从心底里感到高兴。实际上，在乱世，男儿的出生会直接给家族注入“力量”，只有力量才能换来安定，这便是乱世的生存之道。

“大人一定有返老还童之感。中纳言大人也要早早生个男儿才是啊。”

不知不觉间，一直萦绕在众人脑海中的千姬的影子，被这个还不曾谋面的婴儿取代了。

突然，忠吉像是想起什么，大笑起来。

“您怎么了？”正信吃惊地问道。忠吉看了一眼兄长，摆摆手：“该骂该骂，不提也罢。”

“您到底在笑什么？不如让大家一起乐一乐。”

“哈哈！其实无他，只是忽然想起男女之事。”

“男女相恋之事？”

“返老还童的老爷子……我说的是婚姻。”

“那有何可笑之处？”

“我说出来，怕被兄长责骂。方才小弟还一直想，在这世上，似乎只有丑陋的策略婚姻。”

“哦……”

“于是，毫无来由对阿千的事生起气来。可仔细一想，除了策略婚姻，还有另外一种形式。由于忽然间有了这个发现，才笑。”

“下野大人请明示。”

“哈哈！那就是父亲大人。父亲身边，没有一个女人是因为策略与父亲结合的。”

秀忠使劲瞪了忠吉一眼。但此时忠吉的嘴巴已经收不住了：“父亲娶自己喜欢的女人，让她们无忧无虑为他生儿育女。可以说，父亲完全打破了乱世的束缚，真是悠然自在啊！”

“下野大人！”

“哈哈哈，不说了，不说了。但有一言，小弟我还是想说，我羡慕父亲。正因为父亲如此洒脱，说不定这次生下的幼弟将来能成大器呢。我只是忽然想到了这些。哈哈哈哈。”

秀忠也笑了，或许是被忠吉单纯的笑声所感染，但更主要的，还是因为忠吉的注意力终于从千姬和秀赖的婚约转移到了别处。

忠吉现在还没有儿女。一个没有儿女的人，对孩子的关爱谈不上深沉。但这桩婚事若受到忠吉诟病，说不定信吉和忠辉也会跳出来指手画脚。况且，尽管阿江与和淀夫人乃是亲姊妹，但她似乎对姐姐并不怎么信赖。

“总觉得她不踏实。”无论是北庄陷落，还是成为秀吉侧室，淀夫人都给阿江与以轻佻不实之感。年轻时的淀夫人经常想，多生些孩子，有个疼爱自己的夫君，她的愿望竟一一落空，而且年纪轻轻就守了寡。阿江与怎能不暗自担心，如今却要阿江与把千姬送到这样一个姨母身边，她想拒绝，也是不能。

得知幼弟出生，忠吉的心情出奇地好了起来。会取什么名字，第几日可以和幼弟见面……忠吉兴奋地谈了许久才离去。

众人都退去，已近亥时，夜深人静，往来于淀川上的船橹声都听得真真切切。秀忠面朝西苑方向，恭恭敬敬端然而坐。“父亲大人，您早些歇息。”说完，忙又加上一句：“恭喜弟弟降生。”他完全是真情实意，绝无做作，此后，他才安心卧床歇息。

即使在床上，他每日也在自戒中睡去。他为自己才德远不及父亲而深怀歉意，同时也自我激励，生怕因自卑而懦弱了。他深知自己不如父亲，所以并不憧憬如忠吉那般自由自在。当忠吉提及父亲闺闹之事时，他慌乱而困惑：我断无创造大业的器量，我所能做的，只有小心谨慎地守住父业，便已足够。他每日都这般告诫自己。一旦把持不住，不但守不住父业，而且还会让世人指摘，骂德川氏后继无人。

“我必须像父亲那样……”秀忠一边念叨，一边在脑中描绘已故母亲的模样，还要拿出一些时间来回忆对他倾注了浓浓母爱的朝日姬，不知不觉间，这些人全变成了千姬，变成了秀赖……

愿这两人幸福……善良正直的秀忠依然保持着端正的姿势，进入了梦乡。

关原合战参考图

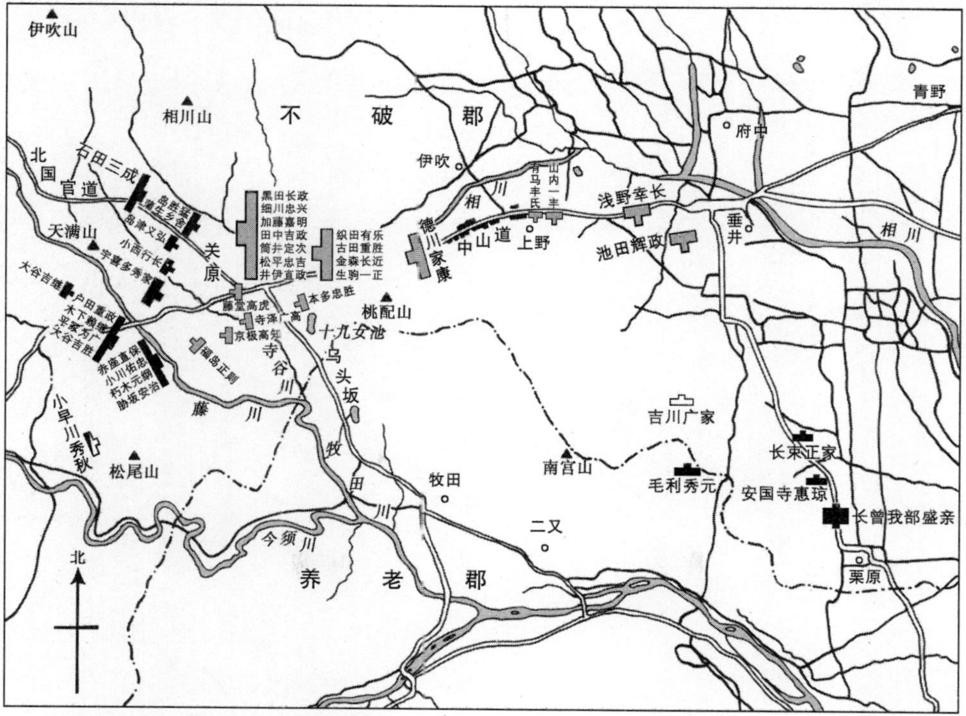

伊吹山
相川山
不
破
郡
北国官道
石田三成
天满山
关原
小西行长
宇喜多秀家
大谷吉继
户田重政
木下赖继
平冢为广
大谷吉胜
赤座直保
小川佑忠
朽木元纲
胁坂安治
黑田长政
细川忠兴
加藤嘉明
田中吉政
筒井定次
松平忠吉
井伊直政
织田有乐
古田重胜
金森长近
生驹一正
藤堂高虎
寺泽广高
京极高知
本多忠胜
福岛正则
桃配山
十九女池
寺谷川
乌头坂
藤川
小早川秀秋
松尾山
牧田川
今须川
养
老
郡
北
伊吹
相川
德川家康
中山道
上野
有马丰氏
山内一丰
浅野幸长
池田辉政
府中
垂井
相川
青野
吉川广家
南宫山
牧田
二又
毛利秀元
长束正家
安国寺惠琼
长曾我部盛亲
栗原

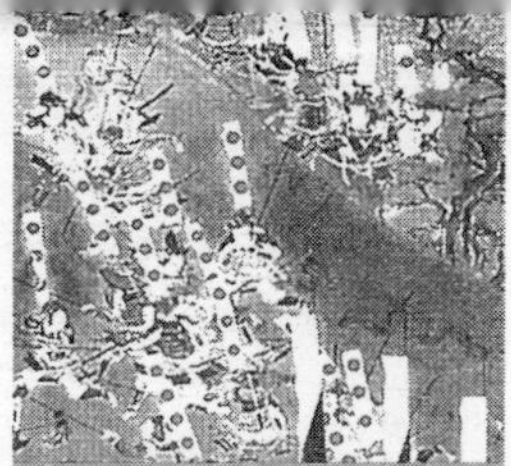

德川家康

10

〔日〕山冈庄八 著
岳远坤 译

南海出版公司

新经典文化股份有限公司
www.readinglife.com
出　品

目录

一　唯才是用

德川家康命麾下井伊直政、本多忠胜、神原康政、大久保忠邻、德永寿昌、本多正信等六人调查各大名在关原合战中的功劳大小，以便论功行赏。家康为创业的总领，他们是幕僚，更是左膀右臂。能否建成万民期待的太平盛世，功赏是否得宜将起举足轻重的作用。但幕僚们自己的封赏与俸禄，同外样大名相比，其差距何等之大，稍作比较便一目了然。

本多佐渡守正信　二万二千石　（上野八幡）
德永式部法印寿昌　五万七百石　（美浓高须）
大久保相模守忠邻　六万五千石　（相模小田原）
神原式部大辅康政　十万石　（上野馆林）
本多中务大辅忠胜　十二万石　（伊势桑名）
井伊兵部大辅直政　十八万石　（近江佐和山）

姑且不论前田利长的一百一十九万五千石，就连远州挂川的山内一丰俸禄都增加到二十万石，并被擢升为土佐守。由此可见，谱代大名的待遇何其微薄，然而谁也没有怨言。最知心最得力者——甚至可左右家康决断的本多正信，以两万两千石已过多为由拒绝加禄。不论井伊直政还是本多忠胜，其功绩均非外样大名可比，如此功赏便足以安抚众外样大名，使之不致再起异心。

庆长五年，关原合战赏罚之事基本完毕，所剩唯上杉氏奥羽一部及九州岛津氏。对两方诸侯的处置，家康早已成竹在胸。

“似乎稍稍心安矣！”家康叹道，随即叫来藤原惺窝，专心致志地听他讲授《汉书》等十七史。

时代的缔造者，绝不可因天下初定而稍有松懈，已故太阁便是极好的例子。乱世的艰险养就了世人好战的习性，人们动辄诉诸武力。毋庸置疑，这种习性依然残留于此际世人心中。但当如何清除这种习性?

若举以繁琐的法律和规章制度，势难取得成功，家康自己多有体会。因而必须普及一种学问，而且这种学问必须能得到万民的景仰和信服。为此，他决心从自身做起，开始重新学习和学、汉学、佛教、神道，专心致志，一丝不苟。

此时，阿亀夫人为家康生下了第七子。

家康把此事视为吉兆，便又迅速着手除了学问之外的另一项要务——富国之策。国不富，何以保太平？财富、学问和兵刃，构成了支撑太平盛世的三大支柱。在西苑为家康七子——五郎太丸举行的七日祝宴上，大久保忠邻带来了一个奇人，此人正是可助家康成此大业之人。

乳名五郎太丸的这个婴儿，又将会面对一种怎样的人生呢?

对于大坂城主丰臣秀赖来说，德川秀忠将成为他的岳父。而与秀赖年龄相近的德川六子辰千代（忠辉）与七子五郎太丸，则将可能与他一起成为国家日后的栋梁。

信长公离开人世时年仅四十九，此后已历十数年。家康在花甲之年竟又得一子，此时此刻，他自然感触良多。若只能活到已故太阁的年纪，五郎太丸不满五岁便会失去父亲……“我能否活到那个时候呢?”想到这里，家康竟不知是喜是悲，他又想起了早年那些悲惨的往事：年仅三岁，命运的魔掌便无情地将他与母亲分离；八岁，父亲猝然被杀。所幸母亲后来对他多方照看，目下，她也已来到了大坂城西苑。

家康在西苑大宴亲信近臣，欣赏能乐和狂言，既为庆贺五郎太丸出生，亦是为了给年逾古稀的老母亲传通院消遣解闷。但即使坐在舞台的正对面，家康却始终未能将注意力集中在台上。“人生真是变幻莫测。”看着尚在襁褓中的婴儿及一边打着瞌睡一边观看能乐和狂言的老母亲，家康不禁感慨万千。

戏结束，家康回到大厅。大久保忠邻带着一位貌似中年、生得颇为俊朗的男子，来到了他面前，“此乃适才在舞台上司小鼓之人。”

家康对此人并无特别的印象，不过他的确是个只见一面便可令人终身难忘的英俊之人。他长得有些像信长公，家康心中一动。貌如信长的男子竟是司鼓之人，未免让人觉得有些可笑。“哦，如此一说，我倒是记得小鼓的声音甚是清脆悦耳。”

忠邻将此人带来，想必并非为了博得几句褒奖之辞，家康便又顺口问了一句：“叫什么名字？”

“十兵卫长安。”忠邻代为回答。

“十兵卫？这么说岂非与……日向守光秀同名？”家康再次打量那男子。貌似信长却与光秀同名的男子，顿时让他有些忍俊不禁，只得强忍住，“你姓什么？”

“至今无姓，乃是被武田信玄公所禁。”

此人眉宇之间英气逼人，双瞳之光更是非同寻常，必如信长一般执著干练，而且，他从嘴角到鼻梁都透着一股夺人的魄力。家康道：“我却越发不明白了，他的姓为何会被信玄给禁了？”

男子在忠邻的后面正襟危坐，好似把一切都浑然交与了忠邻。忠邻回道：“是这样，他自小便侍奉在信玄公左右，才华出众，由于恃才无恐，太过多嘴而遭此祸。”

“哦，多嘴。”

“他把小鼓带至金山，声称测到了地下黄金所藏。殊不知信玄公平素最恨迷信，听此一说，自然大为气恼，对他吼道：你这个鼓捣手猿乐的东西！幸若的姓氏因此而被禁了。”

“哈，原来是幸若十兵卫沦落成了鼓捣手猿乐的十兵卫啊。”家康不由得笑出声来。这个才华横溢的才俊因多嘴而被怒骂时的情形，如在眼前。

“十兵卫，是这样吗？”大久保忠邻这才笑着对男子道。

“是。”男子不敢直视家康，严格遵照礼数，通过忠邻传话。

“准你直接回话。‘鼓捣手猿乐的东西’可不算个光彩的说法。”

“是。大概相当于‘这个乡巴佬’之类。”

“信玄公故去后，你就一直操着这手行当？”

“是。身为戏子，确实也只有这个能耐……或许也是因为信玄公眼光太高之故。”

“即便如此，年纪却不对。信玄公故去时，你多大年龄？”

“十三。”

“十三！那你今年多大？”

“小人今年四十[①]。”

“哦。这倒对了。如此说来，你做了二十七年手猿乐师？”

“是。”

“很年轻。”

“这……”

“我说你看起来还很年轻。始时我还以为你不过三十呢。”

“小人惭愧，此乃整天无所事事，不劳身心之故。”

家康转向忠邻，问道：“忠邻，此人除了手猿乐，还有何一技之长？”他现在已然明白忠邻为何要将此人带到跟前了。

忠邻严肃起来，郑重地对家康施了一礼，“实际上，此人对信玄公所说并非虚言，他确然拥有那种奇特的才能，可以探知地下埋藏的金矿。依在下愚见，此人乃是一个天生的山师。”

“山师？”家康回头看了一眼本多正信，有些失望。

家康在选用人才时，往往会让本多正信坐在近旁，帮着出谋划策。然而此刻，当家康朝本多正信看过去时，正信却迅速转开了视线。此中似乎大有玄机。

家康于是再次转向十兵卫，问话顿时变得直截了当：“你想为家康

---

①据史料，大久保长安生于1545年，时年当为56岁。此为作者之误。本书长安死时年龄为实。

效劳？”

“是。能得到大人赏识，大久保大人将允许小人姓大久保。小人愿意将毕生所学奉献于大人。”

“到底是个山师啊。”

“山师……话虽如此，可山师的职责绝非想象中那般简单。山师通过观测地形，分析山相，以发掘新的金矿。愚以为，在盛世之时，懂得珠算，精通土木，开垦荒地，植树造林，架桥修路等等，都是不可或缺的技艺。”

家康微微一笑。或许正是这般狂傲自负之辞，才激怒了信玄。想到这里，家康自然来了兴致。“你是说在舞台上你是个手猿乐师，在太平世道拿了算盘，就成了能人？”

“小人不敢。小人虽然算不上能人，但在几件事上却可为大人效劳。这第一件便是江户与京都、大坂间道路的修筑。现今人心尚不稳定，难保不会有人兴兵作乱。若道路不整，第一，用兵之时会有诸多不便；第二，陆上物资的运输也大有影响，这第三嘛……”

“好了。”家康笑着打断了他，“修路之事不必再讲。那黄金当在何处开采呢？”

“道路完工之后。小人首先要着手动工的是佐渡和石见的金银山。甲州群山多已开采完毕，而大坂附近的多田银山又为丰臣所掌。但凭小人浅见，江户附近的金山和奥州南部一带，必有大量金矿。愚以为，应立即进行开采，以求富国。”方才正襟危坐的老实男子，不曾想一旦开口，立时成了一个口若悬河的雄辩之士。这虽不为家康所喜，但此人的某些言语又实实在在打动了他。

“小人要说的是，如果一味从大明国进口钱币，日本国便不会得到发展。我们应铸造自己的钱币，使其流通，以为万民所用。只有如此，才能保证朝野稳定。上至大名贵人，下至樵夫渔民，都可找到除了战争之外的另一种生活，各自寻求致富之路。小人正是想为如此的太平盛世聊尽绵薄之力。”

家康忍不住暗暗看了本多正信一眼。

正信惊讶地睁大了眼睛，看看十兵卫长安，然后和家康交换了一个眼色。此中的意味，恐怕只有他们自己才能明白。二人都在心中暗道：绝非一介常人。

“咳，恐怕……”家康再次把视线落到十兵卫身上，“你胸怀大志，可是你对时局的判断却又大错特错。”

“啊?!”十兵卫瞪大了眼睛，顿时更像信长了，“大人是说在下不识时务？”

“不。是你误读了当今的时局。你比跟你同年的人要显得年轻许多，过二三十年再来吧。”

十兵卫长安显然甚是惊诧。或许是家康的回答实在出人意料，他一时竟不知如何回话。

家康回头对神情紧张的大久保忠邻道：“此人要为太平盛世效劳，而非为我效力。”

“可是……大人乃是太平盛世的缔造者……”

“忠邻，我所需要的，不是为太平盛世效劳的人，而是为我——痴心缔造日本的太平盛世而奋战了几十年的德川家康效力。”

此言一出，十兵卫长安表情顿时僵住，不禁沮丧地垂下了头，他幡然醒悟自己又多言了，不免甚是失望。

“我说让他二三十年以后再来，乃是想到，那时的日本或许已是天下太平。我们尚在为缔造日本的太平而征战不已，目下何有盛世？然而十兵卫却误以为太平盛世已然来临。他的想法有些远了。你说呢，忠邻？”

大保久忠邻一时语噎。诚如家康所言，为太平盛世效劳云云，实在有些狂傲过头。

笨蛋，怎不说为内府大人效劳？忠邻在心中埋怨。

“哈哈！”家康对忠邻笑道，“好了，我们不如聊些家常。既然你想把自己的姓赐给他，想必他亦非泛泛之辈。”说罢，又对十兵卫道：“你这二十多年，为何一直未择主而仕？在此期间未见过已故太阁吗？”

十兵卫伏于地上，双肩颤抖，泪水汹涌。

“以你的能言善辩，当可得到太阁大人重用。太阁大人生前，你都一直不曾得见？”

十兵卫的喉咙深处发出一阵呜咽。呜咽之后，他的声音出奇地冷静，竟如涓涓流水：“小人曾拜见过太阁大人。”

“是以山师还是艺人身份？”

“二者兼有。”

家康似对这个男子颇有兴趣，“哦。那当时为何连个姓氏也未得？”

十兵卫平静回道：“是小人自己拒绝了。”

“你拒绝了太阁大人？那是为何？”

“恕小人斗胆直言。因为有人告诉小人，作为山师，即便能为丰臣氏聚敛财富，也不能使日本变得富有，更不能缔造太平盛世。”

“这倒奇了。是何人跟你这般说的？”

“日莲大圣人。”

家康一惊，莫非此人已经理屈辞穷，发疯了不成？然而十兵卫端正了一下姿势，愈发镇定自若，道：“这么说，大人必会觉得奇怪。大人可认识一位叫本阿弥光悦的刀剑师？”

“当然。我在骏河为质，他父亲光二经常为我做些玩物。因此交情，现在我还许他出入府中。”

“日莲大圣人正是通过光悦之口，告诉了小人这些道理。外臣、家臣、黄金，若是没有立地成佛拯救众生的大志，都将背叛他们的主君。”

家康惊讶地瞪大眼睛，倒吸了一口凉气，心中想：这厮莫不是疯了，现在把真心话都吐露出来了。“真是光悦对你这般说的？”

“不，是日莲大圣人借光悦之口说的。小人因此幡然醒悟。富者因钱财而丧身，达官因位高而致祸，好茶之人为一套茶具而失德，夸武之人因武力而致身败家灭。即使为丰臣氏聚起财富，也只能用来满足太阁大人，或者仅仅成为太阁大人炫耀的资本，而这些都华而不实，终将化为乌有。黄金本乃用作赈济万民的，如此一来，岂非失去了它本来的用处？”

家康终于有些明白了。他早就知道本阿弥家世世代代都是日莲宗的忠实信徒。他也听茶屋四郎次郎说起过，光悦乃是一个虔诚刚直的信徒，对那些无心匡扶正义、拯救众生之人，他从来不屑一顾。大久保家世世代代也是日莲宗信徒。这个十兵卫和忠邻走到一起，想必也是由于信奉的缘故。

“那么，你拒绝了已故太阁大人，又为何要投奔到我帐下？”语气虽然平和，但家康显然已经动心。房内鸦雀无声，本多正信和大久保忠邻都明白这话的意味。

十兵卫长安愈发从容了，但或许是破釜沉舟。“为何拒绝太阁大人，却为大人效犬马之劳，且容小人细说其中根由。”

“如此郑重其事，”家康笑道，“真令人可恨。说吧。”

“遵命。这也是日莲大圣人的旨意。”

“哦？莫非大圣人又是借了光悦之口？”

“不，这次不仅仅是光悦先生一人。”

“还有谁？”

“还有茶屋四郎次郎先生和大久保相模守大人。”十兵卫规规矩矩回话，又垂下头，两手触地，接着道，“请大人见谅。小人刚才说，要为太平盛世效劳云云，虽然如此狂妄之辞让大人不快，可小人不这么说，便是违逆了本意。这绝非不敬大人威严，正好相反，大人才是十兵卫倾毕生之力，无怨无悔献身的……”

话音未落，家康已摆手打断了他，“好了，我知道了。你看起来虽是年轻，可毕竟也已到了不惑之年。再让你等上三十年，焉能还有出仕的机会？既然你是忠邻看好的，而且茶屋和光悦等人又特意捧出日莲圣人的话来，家康自然拒之不恭。可家康非你想象中的神佛，而是一个沾染了世俗污垢的大俗人。你若能明白我的话，不妨一用，反正你跟随忠邻，通过忠邻为我效力便是。”

听了此话，大久保忠邻终于松了一口气。他和正信都以为十兵卫定然会激动不已，连连叩谢。然而十兵卫听了家康之言，却一脸沮丧，低声哭泣起来。这并非喜极而泣，而是因为紧张的心情一下放松，像一个精疲力竭的孩子在落泪。

“十兵卫！”家康语气甚是严厉，“信玄公和已故太阁大人都是被你既投既拒，你这善变的墙头草，总有一日也会厌弃德川家康！但，你别想能活到那个时候。”

“是……小人明白。”

“既明白，就休要再哭哭啼啼。所谓正义，并非你想象中那块研磨得光滑闪光的宝石，倘若如此，便不会有人费尽周折去寻它了。正义往往深藏于污淖之中。家康会时时刻刻看着你行事。这是一场你死我活的争斗，你要以石心铁志去为我寻求那块宝石，明白吗？”

正信和忠邻均屏住了呼吸。自关原合战以来，家康从未对谁这般严厉地说过话。二人心中纳闷，是什么激怒了主公？莫非是十兵卫未因得以出仕而表示感激之情，让主公感到不悦？十兵卫的举动确实异常，甚至有些狂妄自大。他并不一一指出尚在人世之人，而是搬出日莲大圣人，实在有些脱离常规——家康年轻时，曾因领内信徒暴动而束手无策。即便如此，从主公口中吐出“你死我活”这等话，也过于出人意料。对方不过一介山师，何需出此言？

然而听到这一声断喝，十兵卫却突然来了精神，表情也生动起来。他猛地端正了姿势，双眼炯炯有神看着家康，顿首叩拜：“遵命！”

“明白了？”

“小人明白。小人时刻铭记在心。”

“刚才看你因得以出仕而面露疲惫之色，才给你些鼓舞。狮子即使在捕捉兔子时，也会全力以赴，人往往会忘记这些。”

“是！”

“若是忘记了，在主君之位上乃是一日也待不下去。即便有几万几十万的家臣，亦是和他们每一人都在进行你死我活的对决，我若有一点点疏忽，便会失人信任，被人小瞧。”家康似不仅是对十兵卫说，也说给忠邻听。忠邻忙道：“大人有理。”

“说话别这么轻率，忠邻。”

“是！”

“哈哈。我并非在责备你。通常败家之人，往往对家臣疏忽大意。

十个家臣当中，若有一二个开始蔑视主君，便可认为乃败家先兆。”

“是！”

“若是有三五个家臣如此，就非人力可以挽回了。因此，防止这种人出现乃是关键。然而这既不能通过训斥，也不能依靠威严。你死我活乃是世道本来面目，必须时时刻刻铭记于心，严格要求自己，磨炼自身，以免被人轻视。”说到这里，家康顿了顿，对跪在地上、两眼炯炯有神的十兵卫厉声道，“十兵卫！”

十兵卫大声回道：“在。”

“你可与德川家康一较胜负吗？”

“可。”

“我曾起用过一个像你这般的人。”

“哦？”

“他叫大贺弥四郎。后来，我的领民用竹锯割下了他的首级。”

正信和忠邻惊讶得双肩颤抖。既决定起用此人，为何偏偏提起弥四郎？大贺弥四郎乃是自家康回冈崎以后，唯一背叛之人。二人心中正这样想，家康又说出一句，忠邻顿时面无血色。“忠邻，那人便是令尊所荐。”

“听说是如此。”

“你有所不知。那人其实确有些过人之处，我才把他从一个杂役破格提拔。然而，他却因此骄傲自大，最后竟欲谋叛。”

本多正信暗暗看了十兵卫长安一眼。然而奇怪的是，十兵卫依然往前探出身子，眼睛炯炯有神。“恕小人冒昧，大人说的这个大贺弥四郎，小人也曾听人说过。”

“哦？”

“听说弥四郎的妻小被处死于念志原。”

“是。依例，谋反要罪诛九族。”

“小人斗胆问一句，大人至今还在痛恨弥四郎吗？”

“喂！”忠邻拿起扇子敲了一下榻榻米。但十兵卫置若罔闻，似根本未注意到忠邻的提醒，继续说道：“小人只想给自己敲响警钟。大人至今还……”

“我还在恨他！”家康道，“但我现在要说的，不是对他的憎恨，而是说你和弥四郎的秉性相近。故，若是照我以前的脾气，断不会起用你。况且又是大久保家所荐，一旦起用，万一有个闪失，可能还会连累到忠邻。”

“大人说得是。”

“但我已非以前的德川家康。我虽痛恨弥四郎，但今又时常觉他可怜。那时的家康，若是有些主君的样子，那厮或许不会做出那般无耻勾当。我那时年轻，都是因为太年轻，才未能将一匹悍马驯成良驹，这只能怨他运气不济。在主君看来，必须用心选拔家臣。然而，对家臣来说，如若不能择得明主，亦会像弥四郎那般走向穷途末路。”家康言毕，看着十兵卫笑了。

“多谢大人教诲，小人诚惶诚恐。”十兵卫甚为动容，对着家康顿首叩拜。

本多正信的心这才略为松弛，心中却道：真非凡人。

十兵卫已完全明白家康为何要对他说起大贺弥四郎，这是对轻易信人的日莲宗忠诚信徒大久保忠邻的委婉劝诫。然而，家康真正想说的乃是最后一言：像十兵卫这般绝顶聪明之人，若无一个好主君，必会不守本分，生起谋逆之念。先指出来，反倒于十兵卫有利。十兵卫从容接受，非但未露出半丝惧色，反而更是精神抖擞。要是寻常人，只要被家康那锐利的眼神一扫，自会吓得浑身僵直了。

“哈哈。”家康大笑道，“你哪是这般容易就惧怕之人！”

“不，小人确实心中害怕。小人绝不会成为下一个大贺弥四郎。正因如此，小人至今未仕。”

“弥四郎是小人得志，才自高自大。你出生于鞍马？”

“大人明鉴，既如此，小人索性直说了出来。其实，小人曾经厌倦过人世，几度想轻生。”

“哦。死比生容易得多啊。”

“非也。即使想死，也很难如己所愿。每当死来到小人身边，必会有女人出现。”

“女人？”

“正是。小人会同时被阎王和女人迷住。一想要死，便会被女人阻止，真令人头疼。若不抛弃女人便达不到目的，故，小人会残忍地将女人抛弃。”

“啊！”这回连家康也惊呆了。他还从未见过谁胆敢在初次谋面时，就与他大谈女色。况且十兵卫长安郑重其事，就跟刚才说到日莲大圣人时一样，让家康一时竟不知该说什么好。良久，他方道：“残忍是何意？你怎样把女人抛弃？”

“请大人恕罪。小人绞尽脑汁把女人抛弃，之后阎王也躲得无影无踪了。当小人又想死时，又会有一个不知从何处来的女人前来迷惑。在大人面前，小人绝不敢戏言，阎王和女人好像血亲，如影随形，分也分不开。”

正信向忠邻递了一个眼色，似在说照这样下去，真不知十兵卫会扯到哪里去。忠邻明白正信的意思，道：“长安，内府大人也累了，今日就到此为止罢，咱们告退。”

家康笑对忠邻道：“这个十兵卫颇有意思。”

“小人惶恐。”

“不，你怎会惶恐？家康才真是被你吓到了。你说呢，十兵卫？”

“不敢。”

“嘿，你开始迷恋女色之时，便是你想死的时候，嗯？”

“小人汗颜，那都是往事了。”

“虽说如此，人却本性难移。你只管效忠于我，我也不会让你轻言死难。”家康说完，看了看正信，“佐渡啊，你要好生记着。十兵卫的告白可都是认真的。”

“是。”

“十兵卫一旦迷恋女色，也就意味着他不想活了。”

“是。”

“因此，你不必手下留情，到时便快快把他砍了，也好遂了他的愿。

你以为呢，忠邻？”

忠邻还未领会家康的用意，只得连连点头：“是。”

“十兵卫要是迷恋上女色，你就慈悲为怀，把他杀掉。”

忠邻似乎明白了，这是家康先给十兵卫戴上一个紧箍咒。

十兵卫伏地道：“多谢大人教诲，小人时刻铭记在心。”

“如此甚好。”家康笑道，“你和忠邻不同，你虽才华出众，却暂不能独当一面，你要好生辅佐忠邻，嗯？绝不可反客为主，坏了规矩！”

“遵命！”十兵卫道。家康语气平静，却大有威仪，十兵卫已是满头大汗。“小人今日方才知道，这世上尚有令人如此畏惧之人，小人终生不敢忘怀。”

“哈哈，好了，我不过提个醒，你要认真对待，顺应时势。想缔造一个太平盛世，除了刀兵，还有很多……但你切不可忘记，太平盛世还未到来。你要与我们同心协力，共同构筑盛世根基。”

“是！”

“好了，你们退下吧。哦，从今日始，你就叫大久保十兵卫长安了吧？”

“是，小人终于有姓氏了。”

忠邻与长安一起毕恭毕敬向家康施了一礼，便催促着长安退下了。

家康与正信相视而笑。在当今世上，这个大久保长安，确实是个罕见的奇才。

二　秽乱内庭

今井宗薰用扇子遮住暖暖的春阳，急匆匆赶往三本木高台院住所。天下初定，伏见城的修缮也即将完工，据说大坂城内的德川家康不日便会搬到那里。于是，宗薰先一步在伏见城筑建了府邸，几乎不再回堺港。

民间盛传，宗薰和家康之谊，丝毫不亚于已故太阁丰臣秀吉与千利休，甚至有人说宗薰便是家康手眼。然而宗薰却严格告诫自己，不能因此自高自大，仗着权势飞扬跋扈。他从心底里信任家康。当今海内，谁还敢对家康说半个“不”字？即便如此，家康却几乎从未对人轻易动怒，也不曾露出一丝骄奢之气。世人皆以为家康会理所当然留在大坂城，号令天下，他却说将把秀忠遣回江户，自己亦会引退伏见，以处理政务。家康作出这个决定之前，发生的一事让宗薰佩服得五体投地。

蒙丰臣氏厚恩的大名推出浅野长政向家康提议：“少君尚年幼，不如暂且让他移居别处，内府大人则留在大坂处理政务。”

然而家康十分干脆地回绝：“无此必要。反正孙女随后就要嫁过来，家康在伏见城做他们后盾便是。”

丰臣氏的旧臣们听到这话，无不感激涕零，宗薰自然也敬服不已。当然，也有人说，这不过是家康用来笼络丰臣旧臣的伎俩。宗薰常常想：这些人的想法真是奇怪，即便家康之行是出于对丰臣旧臣的顾忌，但其谦逊不同样令人敬佩吗？

今日，宗薰接到传话，高台院紧急召见他。宗薰已经很久没见过高台院了。他连忙乘轿赶到三条大桥。刚刚下轿，就听得有人喊道："啊呀，今井先生？"

宗薰回头看去，乃是本阿弥光悦，正满头大汗一路小跑而来。宗薰道："本阿弥先生，您这是往哪里去？"

"高台院夫人召见。"

"啊，我也正为此事而来。"

二人甚是不解。"莫非是因为宇喜多大人……"宗薰悄声道。京城盛传宇喜多秀家逃到了萨摩，尚活在人世。

本阿弥光悦没有回答。在他眼里，高台院绝非对这些事轻易插嘴的不谨之人。即便现在高台院向家康为宇喜多秀家乞命，结果也只能适得其反，总会对丰臣氏不利。秀吉在世时，她可毫无顾忌地干预政事。但已故太阁和他人毕竟不同，这一点她尚有分寸。

见光悦不吭声，宗薰也便不多言，跟着他一起到了三本木，进了高台院府内。一路上，宗薰仍在思量：她是要分别召见我们，还是想我们一起进去说话？正思量间，庆顺尼出来对他们道："二位请。"

二人对视一眼，便跟着庆顺尼走了进去。

院内的其他樱花早已凋落，只有八重樱沉甸甸坠在枝头。

"久疏问候，今见夫人一切安好，小人欣慰之至。"

在宗薰问安时，光悦擦了擦眼睛，试图从高台院脸上看出些什么。与宗薰相比，光悦更加细心。

"二位康健，老身也很高兴。"高台院命庆顺尼沏茶，随即切入正题，"实际上，此次让你们来，是想让你们去打听内府大人的意思。"

"虽不知何事，但若是夫人的事，想必内府大人……"宗薰话还未完，便被光悦打断："即使结果不能如夫人所愿，鄙人也会尽力。"

高台院看着二人，道："听说内府大人要离开大坂，移居伏见。"

"正是。想必就在近日。"

"那么到底哪些人会留在少君身边？如今只有小出和片桐二人。虽说是由七手组负责护卫秀赖，可未免单薄。你们可曾听说还有什么更得力的人留下来任监护之职，照顾秀赖吗？”

“这倒未曾听说……”光悦话音未落，宗薰便道：“听说淀夫人不愿将少君交于他人之手，她要自己严格管教，把少君养育成人。”

“大藏之子修理亮也出仕了吗？”

“正是。”这次回答的是光悦，“声称是内府大人所遣，因此礼遇有加。”光悦故意把话说得很直白，并暗中观察高台院脸色。

只见高台院皱起眉头，把头扭向一边。虽说淀夫人年轻守寡，令人怜悯，但目睹母亲与近臣秽乱，在这种环境中长大的秀赖该多么悲哀。想到这里，高台院甚是不安。片刻，她若无其事转换了话题：“内府大人日理万机，想必也很辛苦，此时本不该……可是老身确已在这宅子里住腻了。”

“夫人的意思……”光悦偷偷朝宗薰看了一眼，心中大吃一惊：莫非高台院想回到大坂城和秀赖一起过活？

“住在这里一日，便有人来扰我一日。”

“事情必如夫人所言，可……”宗薰也不解高台院的意思，一脸疑惑，只得含糊其词，“那是因为众大名将夫人奉为母亲。”

“正因如此，我才不能拒绝他们来访，可我又无法一一见他们。我已累了。”

“这……”

“我这个太阁遗孀，已经到了抛却凡尘、归隐山林的时候了。”

“夫人这是……真是可惜。”

“不，唉。内府大人继承太阁遗志，江户的中纳言人品也无话可说，况且秀赖和千姬的婚约也已妥当，故，我想就此归隐。”高台院说完，双手合十，“不知二位能否问问内府大人，可否为老身建一座小小的寺院？”

“夫人您……”

“我想在一个尘世之风吹不到的地方，在寺院中安静度日，每日里仅对着太阁大人灵位，跟他说说话……”

本阿弥光悦突然感到眼眶有些湿润，把头扭向一边。他已经明白了高台院的心意。

“真没想到……”宗薰感到意外，侧首道，“想必内府大人会颇为乐意为夫人修建寺院，可如今……”

“还不是时候，是吗？”

“正是。丰臣氏的许多事，不能没有夫人的指点……”宗薰说到这里，好像想起了什么，“哦，有一封书函想让夫人过目，是陆奥的伊达大人写给小人的。”

“伊达大人？可否读给我听？”

“遵命。”宗薰从怀中掏出一个小绸布包，小心翼翼打开伊达政宗书函。伊达的字苍劲有力，甚是洒脱。

本阿弥光悦一脸认真，试图揣摩信中内容。

“伊达喜直言，若有失礼之处，还请夫人见谅。”宗薰郑重地一字一顿念了起来：“……总之，吾等希望，在江户也好，伏见也罢，内府大人能将年幼的少君带在身边，细心抚养。待其长大成人之后，依大人判断，待时机成熟之日，归政少君。虽说是太阁大人血脉，可当下少君仍非可执掌国家大事之人，不如内府大人依据自己判断，看准时机，先将一二领国与之，以作长久打算……而今少君居于大坂，每日厮混于内庭，无所事事。倘过些时日，因小人无端作怪，致无知稚子犯下大罪，岂非有负太阁重托？吾等今寄书与先生，仅为此事，此亦为少君着想。即便作戏言，亦望能将此函之大概，转达本多正信大人……”

还未听完，高台院就已面如白蜡。她清楚地知道宗薰为何要将这封信念给她听。宗薰自己也认为，将秀赖托付给家康调教，乃是为了丰臣氏千秋万代的基业。他肯定想说，高台院不下此吩咐，有谁敢提？

高台院拿念珠抵住额头，沉默不语。

“这封书函实在颇有远见。只有伊达大人才能写出此函。小人感佩之至，不知夫人作何感想？”

“是啊。”高台院闭着眼睛，叹了一口气，“实际上，老身也是因为害怕这些事，才想早日归隐。”

“夫人想差了。”光悦忽开口道。宗薰吓了一跳，慌忙阻止：“本阿弥先生……”

光悦仍是口无遮拦：“夫人错了。夫人倘若提出这事，而淀夫人不肯，无论如何要将孩子留在自己身边，到时夫人再归隐不迟。夫人无所作为，任凭少君日日在内闱厮混，才是对太阁大人不敬。”

“本阿弥先生！”

“既是夫人特意召见，若不将心头所思说出，反而是对夫人不恭……夫人，您不想想，在众女人的溺爱中长大，龙马也会变成驽马！如何培育好后人，从来就是大事。”

面对义正辞严的光悦，高台院依然不动声色。

光悦接着道：“今日夫人召见，想必也是希望我等能直言不讳，故小人多有冒犯。”宗薰素知光悦性情，不将心思全部吐露出来，他绝不会住口，因此不再加以阻拦。

“刚才伊达大人在信中所提之事，必须由少君身边的人提出来才是。人人都会认为，这是最好的建议。在下以为，内府大人也是思前想后，才有意拒绝了浅野的建议。夫人认为呢？”

“浅野的建议？”

“原来夫人还不知。浅野大人对内府大人建议说，让少君搬出大坂城，移居别处。然而内府大人却说孙女近期会嫁过去，没有必要移居，他自己移到伏见便是……可是在下认为，这其中必然大有文章。内府大人既如此说，便不如请他把少君带在身边，细心调教。但不知少君身边是否有有此见地之人，能说出这些话，非以小人之心度君子之腹，愚以为这其中莫不有些试探之意，然而谁也未提出来。在女人中长大的少君，会变成何样，可想而知。人应以学习为重，若是不经任何磨炼，整日我行我素，长大之后凭何执掌天下？现在既已将天下托付给内府大人，他若要另寻他人托付天下，那也是无可厚非……夫人以为如何？”光悦突然停了下来，他见高台院已落泪，遂道，“小人过分了，请夫人恕罪。”

高台院凄然一笑，摇了摇头，“不……这正是我想问的。”

“不敢。小人未能考虑到夫人心情……”

“二位先生请听老身一言。”

“洗耳恭听。”

“实际上，是老身让浅野那般说的。”

“啊？是夫人说让少君从大坂城移居别处？”光悦惊问。

高台院拭去眼角的泪痕，点了点头，“我真是个居心不良的老婆子。老身原本是想，这样一说，内府大人可能会如愿以偿，前来与我商议。做个有头有脸的大名，丰臣氏既得以保住颜面，也得以保住血脉。”

“的确如此，可谁能想到……”

“然而内府大人比老身要耿直得多。”说到这里，高台院夫人又忍不住落下泪来，“内府大人令浅野和老身羞愧难当，老身恨不得找个地缝钻进去。”

高台院的一番肺腑之言让光悦和宗薰眼睛湿润了。高台院并不怎么看重秀赖的脸面。她只是想尽快让秀赖离开大坂城，到一个安全的地方，她才能放心。只要秀赖身在大坂，便会为野心之刀荼毒。

“但细细想来，老身这个考虑未免过于性急。内府大人的回答似另有深意。要将秀赖培养成什么人，如何培养，目前还无人仔细想过——内府的话里含此责备之意。”

光悦和宗薰相视点头，这么说不无道理，现在就确定秀赖的斤两，未免操之过急，也不现实。同样是鹰，只有通过驯鹰人的努力调教，最后才能确定它的优劣。

“内府果非寻常之人。于是，我便让孝藏主跟着浅野大人暗中去了大坂。”

“去淀夫人处？”光悦问道。

“秀赖还是个孩子，什么事都由淀夫人做主。”

“那么……淀夫人又如何说？”

“哎！”宗薰语气里含着责备。这是告诉光悦，要注意分寸，怎可主动询问这种问题？

“对你们，我不隐瞒。我是让他们去和她商议，是将秀赖托付给内府大人，还是选一位内府大人赏识的辅佐之人……”

“淀夫人怎么说？”

“未能得见。”

“什么，未得一见？”光悦道。

高台院不答，将头扭到一边，使劲咬住嘴唇。孝藏主是如何汇报的，她并没有原原本本告诉二人。听说淀夫人当时正靠在大野治长膝头上，如痴如醉……只是，孝藏主并未亲眼看到这一切。但是在本城，有一个服侍过高台院的侍女说：“今日夫人繁忙，不能召见，请留下口讯，代为传达。”后来，她对浅野长政透露了内情。

“既然未能得见，也就无法商议。”宗薰叹了口气，小声道。

“正因如此，我才起了归隐之心。”高台院擦擦泪水，“就此放手，或许是对太阁大人不敬。但在这个世上，总有些事令人无可奈何。或许，还是因为我累了……”

本阿弥光悦真想毫无顾忌道：“真洒脱！”可他最终还是忍住了。人生的确有些事让人无可奈何，他也承认这一点。可是因此便起归隐之念，于人世有何助益？所谓有果必有因，不管什么样的困难，都有其产生的根源。将这些根源斩断的决心便称为勇气，有勇气之人才能克服困难。

“我也曾想，该不该亲自去和淀夫人谈？”

“这便最好，这才是勇气。”光悦忙道。

“事情尚未定下来，夫人却袖手旁观，这如何使得？”宗薰道。

“先生言之有理。”

“不敢。小人只是将心中所想照直说出来罢了，如若不然，才是对夫人不恭。”

“先生是否想过，我若压制住淀夫人，强行将秀赖送到内府身边，万一少君有个三长两短，该如何是好？”

“但是……”

“听我说完。现在秀赖患病还未痊愈，万一严重，因此有了不测，那又将如何？”

“是啊，可……”

“那时若是传出谣言，说是少君遭毒手，老身何以自处？”

“夫人，”宗薰似不想再让光悦说话，插嘴道，“如此一来，不仅内府大人和淀夫人，就是您和淀夫人也会……”

“不仅如此，经常与我来往之人，和淀夫人的人必生起争端……故，实不可强硬行事。”

“即便如夫人所言，但不管怎么说，淀夫人亦是信长公外甥女，若敞开心扉，心结想必可以解开。”光悦仍旧坚持己见。在他看来，人与人之间的误会乃是因胆小怯懦、互相顾忌而生。即使发生冲突，若能敞开胸怀，相互沟通，很快便能化干戈为玉帛。高台院也是因为深知光悦有此勇气，才特意把他叫来。

“先生，你先听我说！”

“是，小人说话太冒失……”

“不，我正是欣赏你这仗义执言的性情，才想请你帮忙。我累了，已经无余力再管秀赖的事，才想归隐山林，与青灯古佛为伴。我想让你把这些话告诉淀夫人。”

光悦立时摆正姿势，认为其中定有缘故，但一想及高台院不过是想让家康给她修建一座寺院，他不免又有些失望。但高台院似有更深的考虑……想到这里，光悦便道：“夫人说让小人到淀夫人处？”

“以为秀赖进献腰间所佩之物为由，想必能顺利见到她。”

“是。”

“另，你将我们今日所言，原原本本告诉淀夫人。”

“遵命！”

“我曾为了秀赖的事与内府大人商议，被内府大人责备，派浅野和孝藏主前去未能得见……”

“还有夫人因此而想遁世……”

“不错。”高台院突然压低声音道，“听好，我说要隐居，也是因为一个小小愿望。”

光悦不由往前探身道：“在下明白。如此才好。”

高台院紧紧盯住光悦：“我之所以要隐居，仅仅是想从此不见世人，以便一心供奉太阁大人亡灵。你就这般向她说。”

“供奉太阁大人亡灵？”

“是。淀夫人和秀赖只要生在这凡俗尘世，便免不了诸多杂事，哪里顾得上供奉亡灵？因此，为了不让太阁大人寂寞，我索性抛开一切世俗杂务，早晚守护太阁大人。你这般说即可。”

“这……可否合适？”

高台院认真地点点头，“你告诉她，这是我最后的心愿。”

“但这么说，岂非在责备淀夫人疏于……”光悦话说到一半，好像明白了什么，突然闭口。高台院若这般说，一向争强好胜的淀夫人将会作何感想？她肯定会想：绝不能认输！于是争着供奉亡灵。这与埋首于其他事情相比，自然要好得多，年少的秀赖也定能从中感受到责任的重大。

是啊，这才是高台院最后的心愿，倒不如说是她最后的教诲。“小人明白。”光悦急急点头，“的确如此。若想让少君认识作为丰臣氏继承人的责任，此乃最佳途径。”

光悦和宗薰从三本木的府邸走出时，已过了未时。

高台院的目的颇为明确。她想让宗薰委婉地向家康转达自己的愿望，希望家康能为她建一座小小的寺院，并不是为了给亡夫和先母祈求冥福而建，而是要清静地在寺中度过余生。

二人出来，谁也没说话，一路到了四条河岸，不约而同走进一家茶舍。坐了下来，二人才对视一眼，叹了口气。高台院托付之事看似简单，其中意义却愈想愈重大。

“淀夫人……是吧？”光悦喝了一口茶，出语颇含糊。

“好像是。”宗薰道，“值此春意勃发之时，一切生命都在生长。淀夫人毕竟年轻啊！”

“即便如此，她的身份和责任……”

“先生倒好，虽年轻，行事却中规中矩。”

“内府大人姑且不说，就是其他大名，对日后也颇担忧，可在这种时候……”

“我突然想到一件事。”

"何事？"

"年轻寡妇往往会整日胡思乱想，妒心如焰。想必她也曾想过，内府大人会不会对她……"

"你说什么呢！"

"瞧，瞧，马上就摆出这副脸孔。先生门风谨严、洁身自好，可并非所有人都如你，特别是男女之事……"

"但内府大人怎会……"

"他嘴上不说什么，却让曾和淀夫人有过瓜葛的大野修理回到她身边。这样一来，愈是好胜的女人，愈会变得固执。"

光悦惊讶地瞪大眼，不言。他感觉到高台院话里有话，责备淀夫人行为不端只是表意。可他万万没想到，家康竟会牵连其中。

"你要不信则罢。以淀夫人的性情，要做她的夫君，必得天下人。以前的内府大人虽也是出类拔萃，可到底是效劳于太阁大人之人。今日的内府大人已不一样了，他如今乃是天下人，因此对这位同住一城的天下第一美女，若不示爱，怎生也说不通，这在男女之事上便算无礼。"

"哼！"

"哈哈。若已示爱，女人待怎样，是女人的事。但若不把她当回事，无一言辞表示，于情于理都说不过去。但内府大人却硬是做了这不通情理之事。"宗薰似乎想给过于死板的光悦讲些世故人情。

"休要说笑了。见到淀夫人，我该说些什么，我一想到这个便发愁。"

光悦以为宗薰在说笑。宗薰拿起一个串丸子，道："看这丸子，并非端上来就非吃不可。但没有这道菜，便会被指责为待客不周。"

"不必说了，离题太远！"

"先生，你以为我在说笑？"

"难道不是？"

"怎会是说笑！你去见淀夫人之前，起码应知这其中玄机。这是忠告。"

"哦？"

"内府没上这道菜。因此有人便生了气，于是取出先前存在腰间的干粮吃了起来。我没有十分把握，但必有这种可能，因此给你提个醒。”

“这么说，大野修理便是那干粮？”

“可不是以前就挂在腰间的吗？”

“真令人意外。这么说，你以为淀夫人必是风流之人？”

“非风流不风流也。这世上男女，若不好色，才真不中用。我要说的便是，内府大人若真那般无礼，淀夫人的做法或许不足为怪。”

“我不懂！”光悦使劲摇头，“为何向寡妇示爱不是无礼，沉默反倒是无礼？”

“别说得这般生硬，似在讽刺挖苦。女人再怎么装腔作势，若对她说：我钟情于你。她也不会因此生气。之后的事当然另当别论。若像太阁大人那般，夸奖了别人的夫人，便急急命她侍寝，肯定会招致反感。然而这夸奖却也是一种体贴，女人谁不想为天下盛赞？因而，不这么做便是无礼。”

光悦一脸认真，陷入沉思。若宗薰的话有理，这差事更加难办了。高台院是想阻止淀夫人的不轨。她当然想让淀夫人一心向佛，最重要的，乃是想培养秀赖的心志。然而，淀夫人却因家康未对她示爱而怒火中烧，一介外人可如何是好？若此事让宗薰做，真是再合适不过了。

光悦喝了几口茶，便起身告辞。只要思绪杂乱，他便不能静下心来。“我考虑一下，回家再慢慢……这女人的心思，还得问女人。”光悦总算说出了这么一句稍稍像说笑的话，便告辞而去。

光悦把淀夫人为秀赖定做的刀鞘装了箱，朝大坂出发，是那之后第三天早晨。

在淀川坐船顺流而下，光悦盯着湍急的水流，继续思量。在家中一向一本正经的光悦，还真的试探了一番妻子和来家中学习家事的尾形宗柏之女阿菊。

“我认为，无论模样性情，在这京城之中，无人能与你相比。”他对妻子这般说道。

妻子一下子愣在当地，道：“您因何出此戏言……”言未毕，一脸绯红，有些坐立不安了，但看起来颇为高兴。

真这样，人生也太无趣了。仅因为几句甜言蜜语，一介女子便被俘虏了身心，那光悦这种人的能耐又该如何体现呢？

不见得人人如此吧。像阿袖那样的巾帼女子，不就是现成的例子吗？光悦爱寻根究底的毛病，实在非比寻常。他心中这样想着，又以同样的话试探了阿菊。

“阿菊，我觉得啊，在这广阔的世间，再也无一女子能有你这般容貌和性情。”

“哎呀！”阿菊惊呼了一声，紧紧盯住光悦，慌张的神态比他的内人更甚。只见她羞涩地低下头，似要扑到光悦怀里，“光悦哥哥，这种话，你可不要在姐姐面前说……”

贱人！光悦不由得攥紧了拳头，就要打上去。他控制住自己：分明是自己先去戏弄人家，怎怪得别人？但他仍然沮丧不已：女人这东西，表面上都一本正经，莫非暗地里却每时每刻都在等待男人求欢？这难道是天地间人的本性？虽然这般想，但他对阿菊的厌恶之情已挥之不去，决心日后再也不会给她一个笑脸了。

坐在船上，光悦想到这些，愈觉见淀夫人之事难办。按淀夫人秉性，若话不投机，她便会破口大骂，着实让他担心。罢，就当这是最后一次出入大坂内庭。不然干脆不提此事，只说高台院要出家。但这样又怎能满足光悦喜欢探根究底的心思——淀夫人到底是出于何种想法，才不愿将少君托付给家康？想弄清这个问题，就须窥到淀夫人内心。

宗薰这家伙，给我的什么暗示啊！光悦心中埋怨。

船到达大坂本城外，已是下午。

门口，盛开的八重樱沉沉欲坠。光悦在门口等着人去通报。

秀吉在世时，男子绝不可擅自踏进内庭一步。光悦曾经认为那是理所当然，不以为怪。可今日他却感到另一种意味。太阁对自己的年龄和相貌都有自知之明，他害怕让年轻的姬妾们见到年轻男子。也许，他早已深知女人天生水性杨花。

老天保佑，夫人千万莫要让我饮酒。光悦暗自祈祷。

以送刀鞘为由求见淀夫人，本是说不通的。内庭有主管此事之人，若是比这更重要之事，直接找辅佐之人商议才最为恰当。然而他偏偏要见淀夫人，未免有恃宠之嫌。但若说到送少君腰间所佩之物，淀夫人必定会插嘴。从某种意义上说，光悦被当成了闲聊解闷的人。

等了将近两刻钟，方才有人出来。“先生请进。”

听到下人这话，光悦出了一身冷汗。淀夫人不仅是少君生母，更是一个像阿菊一般在等着男子前去求欢的活生生的女人！想到这里，光悦有些不知所措：对于女人，难道我真是过于死板，我不知之事太多了。

他边想边到了厅里。厅里虽没有酒气，可满屋子一股令人窒息的脂粉味，让人难以忍受。

“光悦啊，让你久等了。近前些吧。”

淀夫人的容姿映在刀上，亦映到光悦的眼里。这是一个比阿菊和妻子还要饥渴的风骚女人。她衣着打扮甚是妖冶，让人想起熟透的果子。

“夫人命小人做的刀鞘已经做好，今日带过来，想在夫人面前把刀装进去。”

“辛苦了。先给我看看。”

这时有人端着盘子走了过来。于根来漆盘上方，光悦认出此人正是大野治长。

这干粮果然在她身边——光悦心道。

只听大野治长道：“啊，好！做得太好了！这必配得上已故太阁最钟爱的一尺八寸正宗刀。快快让他装上吧。”治长把刀鞘捧到淀夫人面前，语气甚是亲密，可以看出二人早已习以为常。

谣言果然不是空穴来风。对这把自己呕心沥血打造出来的刀鞘，及将要装进去的正宗名刀，光悦顿大生悲哀。

淀夫人将刀鞘拿了起来。秀赖抬起眼睛，好奇地看着母亲手中的东西。

“这式样算何种风格？”淀夫人问道。

“乃后藤佑乘风格。”

“这刀柄上的花纹呢？”

“是取自古和歌意境：明石海上微波生。这两只鸟乃是白颈鸻，乃白金制成。”

“看起来有些像银。”

“银过些时日便会发黑。若是想让其像黄金一般永放光芒，则非白金不可。”

“哦。好，那快快装进刀罢。”

此时下人手托装在简易刀鞘里的正宗刀走了进来。光悦取回刀鞘，走到门口，背对众人，将刀鞘中的竹刀换下，装上正宗刀。

天衣无缝，一尺八寸的正宗名刀俨然成了一位少年公子的佩刀。

光悦听说，皇宫里近来发起了要任源氏家康为征夷大将军的议论。如若成真，那么秀赖将理所当然晋为权大纳言。家康或许会以秀赖晋升为由，在此之前婉言谢绝升职之机。但无论如何，这把刀秀赖都不可或缺。

光悦装好了刀，突然听淀夫人和治长、大藏局等人说要为这刀寻个侍童，跟随秀赖左右。

“木村重成应该合适。”只听飨庭局说。

“那倒不如索性要来那位的儿子，让他来捧刀。”大藏局道。

“你说的那位是指谁？”淀夫人责问道，“是内府的阿龟夫人？”

“呵呵，奴婢说笑，夫人可别见怪。”

光悦心头一惊，难道是说，要让家康刚刚出生不久的七子五郎太丸来做带刀侍童不成？刚想到此，淀夫人又说了一句，话里依然带刺，愈让光悦觉得奇怪。“阿龟夫人的儿子倒似合适，好像比少君大三四岁吧。”

光悦完全不知道阿龟夫人还有个那么大的儿子，愈加疑惑不解。他在家康府上见到的阿龟夫人，看起来顶多不过二十二三，怎么会有比秀赖还大三四岁的儿子？真叫人难以置信。

装好刀鞘，光悦又回到淀夫人面前，终是忍不住心中的疑惑：“刚才好像说要寻一个带刀侍童？”

听光悦这么问，淀夫人尖声笑了，“原来你也在听。”

“正是。制这刀鞘的时候，小人就在想，这么气派的刀，应该选一个什么样的捧刀人呢？”光悦又转向大藏局道，“刚才您说，在内府大人庶出诸子当中，有一位年纪相当？”

大藏局笑了，语带嘲讽：“本阿弥先生，难道您不知道阿龟夫人有一个这么大的儿子？”

“哦？”

“呵呵，所以说人不可貌相。”

“那个孩子怎的了？”

“被内府大人送到江户抚养了。”

“莫不是说他的出身……”

“他怎可能是内府大人亲生？”

满屋子的女人你看看我，我看看你，哄然大笑。再不懂女人的心，光悦也能听得出这笑声不同寻常，里面含着侮蔑和敌意，让人有一种无法言说的不快。

“连光悦先生这等高雅之人也上了大当。”大藏局的亢奋非同一般，她再一次把揶揄的矛头对准了光悦，“实际上啊，有人前来跟我说，不如让夫人做了内府大人正室，这样一来，也能保得少君平安。”

“哦。”

“于是，我便打探了一下。呵呵，要是夫人被那位阿龟夫人欺负可不行。”

光悦默默点点头，心中暗想：淀夫人身边的女人真会这么想吗？

“殊不知，那位阿龟夫人原来也曾是个寡妇。她先前的丈夫叫竹腰助九郎，原来乃是美浓斋藤氏的武士。斋藤氏被灭之后，生活落魄潦倒，他便浪迹于八幡山中。阿龟夫人便是那个时候嫁给他的。”

“当真？”

“因此，我才未劝夫人再嫁。”

“哦。”

“然而，阿龟夫人怀上了竹腰助九郎的孩子，而这时竹腰助九郎在秋田城介实季手下找了份差事，可不知因什么自杀了。先生，内府不仅染指助九郎遗孀，连其前夫的遗孤也视为珍宝带回江户抚养，像这等男人，我怎会介绍给夫人做夫君？虽同为遗孀，但夫人可是堂堂太阁大人的遗孀啊。”大藏局又大笑起来，接着道，“太阁大人的遗孀被助九郎的遗孀欺负了……万一真发生了这等事，那才糟糕呢。呵呵呵呵。”

光悦倒吸了一口凉气，他原本不信宗薰的推测，可是刚才大藏局的一番话，却印证了宗薰的猜想。淀夫人虽曾有再嫁之意，可家康毫无表示。光悦虽不认为这都是因了阿龟夫人，可那些伤了自尊的女人们定在想：就是因为那个女人！遂无缘无故把罪责推到阿龟夫人头上，并对人家大肆嘲讽。但她们也万万没有料到，阿龟夫人偏偏又是穷浪人的遗孀，连她前夫的儿子也被接到江户城去抚养了。

“阿龟夫人生的那个孩子叫什么名字？”

“好像叫竹腰万丸。在被内府大人领去之前，他在八幡的西冈与祖父次郎左卫门相依为命，过着饥一餐饱一顿的日子。”大藏局刚说完，大野修理亮治长道：“这竹腰万丸可做不了少君的捧刀侍童。”

“那是为何呀，修理？”淀夫人问道。

“夫人想啊，这刀可是天下至宝正宗，可那竹腰……”

“呵呵，”大藏局和淀夫人都捧腹大笑，“对对对，竹竿竹刀之类，跟正宗名刀太不相称了。呵呵呵呵。”

全是些无聊至极的说笑。光悦虽然明白，可以他的脾气，再也无法保持沉默了。他见秀赖也被众人的笑声逗乐了，鼓着腮帮子笑了起来。在这种环境里长大的少君，究竟会变成什么样子？

“不愧是内府大人！”光悦故意认真地赞叹道。

“不愧？”大藏局责问道。

“正是。连贫穷浪人的遗孤都接过来抚养，几人有这等人情味？即便要了人家女人，也做不到。”

“恐是因为太喜欢那八幡宫神官的女儿吧。”飨庭局道。

大藏局又大笑道：“恐怕连魂儿都丢了……内府也有所长嘛，哈哈。”

“在下不这么看！”光悦终于忍不住了，“夺走别人的女人，却抛弃其与前夫之子，近来似成了一种风气。相形之下，内府大人有担当，值得尊敬。在这个世上，若要给少君选一位师父，非内府大人莫属！”

“光悦！”不出所料，淀夫人气得双眉倒竖，“我可不想把少君送到别的地方。你掂量掂量你的言辞！你的意思，是想把少君和浪人之子一样，送到江户去？”

光悦使劲摇头道：“小人绝无此意！”

“绝无此意？”

“正是。首先，内府大人不在江户，即便将搬到伏见，可现在还与少君、夫人同住一城。”

“你是说将少君送到西苑？”

“夫人又想差了。小人所言……”光悦竟无法再说下去。不如让家康入住本城，由他亲自来调教秀赖……意识到自己要说什么，光悦慌忙缄口，这话断不可出口了，况且伏见城的修缮也即将完工。

可一向敏感的淀夫人一语中的：“光悦，你是说，让内府搬到这里来，与我和少君住于一处？”

“这，这……”

“哼！你果然乃是个市井之人。我为何要跟什么阿龟阿万争宠？你休要说糊涂话。我可是太阁遗孀、少君生母！哼，我一见内府那张老脸，就会喘不过气来。更有肮脏低贱的阿龟……”

光悦内心深深叹息：原以为宗薰的话不过戏言，在这里却得到了印证。淀夫人恨的不是家康，而是现在家康身边的五郎太丸之母阿龟夫人、年轻的阿万夫人、阿八夫人等等。淀夫人认为若无她们，家康定亲近她。

女人的心思真是搞不明白。光悦心里这么想着，强压住心头之火，道：“是。这是一个在下看不懂的世间。若小人方才的话有得罪之处，还请夫人见谅。”

“呵呵。你明白就好。你许久未来了，今日又带来这般气派的刀鞘，赏你一杯酒。上酒！”

光悦不能推辞。高台院的话还一句没说，便差点被骂。“小人实不敢当。”光悦这么说道，可想到淀夫人总是这么喝酒，喝完又任性胡为，不免放肆，顿感一阵心寒。

门外，丰臣氏的樱花已经开始凋落。这要凋零的花朵，是否也像流水一般，没有任何力量可以阻挡？

酒端上来，光悦越发痛切地感受到此地不利于秀赖的成长。小出秀政和片桐且元为何未来当值？即便他们可以到议事处，淀夫人恐也不会让其自由出入内庭。

“我也吃上一盅吧。”淀夫人起初让侍女斟酒，不知何时转向了治长，举着杯子让他斟酒，“修理啊，再来一杯……咱们不如一醉方休。”

坐在治长旁边的淀夫人，那妩媚而放荡的姿态直似青楼女子。这种情形下，自不可让小出和片桐同席，他们皆有自知，并非因为听了谣言而胡乱猜疑。

宗薰说男女之欲乃是天性，光悦也并不否认。但淀夫人和治长在这里眉目传情、推杯换盏的情形，他实不忍再看下去。他见二人脉脉相视，更觉如坐针毡。

“前几日去了一趟三本木，见到了高台院夫人。”光悦咬咬牙，把此事提了出来。但淀夫人却似未听到。倒是旁边的秀赖问道：“说些什么……”他斜靠在年轻侍女膝头上，抚摸她的下巴。

“夫人说，近期将要建一座寺院，她会从那个宅子里搬出去。”当然，他不是要说给秀赖听，因此故意抬高了嗓门，然后喝了一口酒，呛得咳嗽不已。

“怎么啦，光悦？”

“无妨。刚才小人说，高台院夫人要搬出府，到寺院里去住。”

“哦，到寺院里去？这不是很好吗？”

“是。高台院说，夫人和少君在城中太忙，想必无暇供奉太阁大人亡灵，太阁大人在地下肯定感到寂寞，她才要搬进寺院，早晚供奉。”

“太阁大人会感到寂寞？”

“正是。高台院夫人是这般说的。”

“呵呵。这真是奇怪。光悦，这是不能生养的女人的偏执。”

“哦？”

“哼，太阁大人怎会寂寞？他每日都在看着少君呢。”

光悦一本正经侧了侧首，觉得有些不可思议：“太阁大人的英灵？若太阁大人果真看着，便不会有这样的酒宴。”光悦话里含着讽刺，他扭过头，一脸不信。

淀夫人竖起双眉，猛站了起来。

“本阿弥先生！”尖厉的声音从淀夫人喉咙深处迸出来，“你是说，大人的英灵不得安息，到处游荡？”

“这……这，小人怎么知道？只是……小人只是觉得，高台院夫人说得有理，既然夫人和少君都事务繁忙，每日供奉太阁大人英灵的事，就理应由高台院夫人做。”

“每日的供奉，理应由少君来做。”

“可若是在此城中，少君自有各种事务。”

“这是两回事！”

“哦。”

“高台院说要在什么地方建寺？”

“现在正在京城寻地方，近日内还会跟内府大人商议。”

“和内府商议？”

“是。若说是为了供奉太阁大人，内府大人想必不会有异议。”光悦一边说，一边反省自己的偏执：不当一味揶揄淀夫人，我可不是为这个来的。今日来的目的，是要让淀夫人一心向佛，哪怕是出于嫉妒心也好。如此一来，便能辟谣。

“呵呵，”淀夫人突然高声笑了，“若是跟内府这般说，内府肯定会认为高台院才是真正的忠贞之人，大加赞赏。”

“也许。”

“光悦，你去转告高台院，万一内府说现在不能筑建寺院，她千万莫要难过。”

“小人若无事，不便去那边。”

“呵呵，我不是让你特意去拜访，而是有闲时顺便跟她说一句。至于供奉太阁，既有方广寺的大佛殿，又有丰国神社，有我们来供奉就足够了，不用她挂怀……”

光悦松了一口气。终于达到目的了，不能再这样喝下去，他决定告退。

“夫人说得对，还有大佛殿和丰国神社。”光悦装作恍然大悟，“托夫人的福，小人有些醉了。就此告退。”

“这就要回去了？大藏局，帮我送送他。”淀夫人用眼色制止了刚要站起来的治长，而是命他的母亲相送。话音刚落，她已经软绵绵地伏在了地上。

落花的气息，弥漫于大厅……

三　江户抱负

庆长六年三月二十七，丰臣秀赖封权大纳言。次日，秀忠亦封权大纳言。四月初十，德川秀忠踏上了回江户的归途。当日从江户来大坂时，他带着全副武装的大队人马，沿中山道翻山越岭，历尽艰辛。如今回江户，却是另一番情形。

此前，德川家康让天野康景留守大坂城西苑，自己于三月二十三搬进了伏见城。次日，秀忠紧随其后到了伏见。在那里，家康第一次向儿子吐露了真心。

“从今日起，你就是江户大纳言了。大纳言大人，你来看看这个。”家康指着书中的一页，对秀忠道，表情让人难以琢磨。

秀忠心中纳闷：莫非近来又有什么地方做得不对，惹父亲生气了？他拿起书，道：“是《太平记》。”

家康不置可否，继续道：“把翻开的那一页，大声念一遍！”

“大声？”

“只有这样，才能真正领略这篇文章的深意。”

秀忠偷偷看了家康一眼，读了起来：“……臣每日于和光诵经念佛，祷告上天。自因逆缘困于佛门以来，去日已久矣。唯愿在此万里征程之末，佛眼大开，赐臣消灭朝敌之力……若有生之年不能遂愿，但祈百年之后，子孙当中有起大军者，得雪祖宗之耻。二者之中若得达成一件，臣家子孙万代愿化为本社檀度，保神明光辉。”读毕，秀忠抬首看着父亲。

“你可知这是何人的祈文？”

“此乃新田左中将义贞，因去北国参拜本宫而遭围困之时，对着日吉的大宫神的祷告。”

但家康似并不满意这个答复。他紧紧盯着秀忠，良久，方道：“身为大纳言，仅有这些体会？”

“那……这是……”

“这是我们的先祖新田左中将的祷告，不错，但同时也是为父的祷告！你体会到了吗？”

秀忠不知所措。自家乃是新田源氏后裔，这个他曾听说过。可家康要说的似不仅仅是这些……

秀忠忍受着父亲锐利的目光，缄口无语。他清楚地知道，父亲绝非几句轻薄之辞便可轻易搪塞之人。半晌，家康叹道：“为父移居伏见，与此不无关系。当然，与少君和阿千的婚约也有关。还有，我想将阿千的妹妹许配给前田家。”

秀忠屏住呼吸，摆正姿势，不敢轻言。他感到有些意外，没想到父亲连婴儿的婚事都已在考虑，难道是怕什么？

“我会尽全力赌上一把！”家康语气斩钉截铁，“赌上身家性命。我自己这条命自不必说，还有你，其他孩子，孙子，孙子的孙子……”

“都是为了缔造太平盛世？”

“正是。我们的远祖新田左中将去越前参拜本宫时的决心——即使有生之年不能如愿，子孙之中也必有起兵者，雪祖上之耻。为父便是这雪祖上之耻的子孙。我已经下定了决心。”

这是家康不可动摇的决心，其语气和气魄丝毫不容秀忠违背。

“这是我在大坂城西苑静观天下大势之后，得出的决断。所谓太平盛世常是无根之草，每当风暴来临，就会随风飘摇。”

“父亲大人所言极是。”

“如何在这风暴中稳住根基？遗憾的是，左中将壮志未酬身先死，尔后的足利幕府尚未坐稳江山，便因内讧起了应仁之乱，从此进入惨不忍睹的乱世。大纳言啊，乱世的风暴吞噬了你曾祖和祖父，他们故去时都只有二十四五岁啊。为父历尽艰辛，方活到现在。”

秀忠已十数年未听到父亲用这种沉痛的语气说话了。此时，平常总是面无表情的父亲，双颊清晰地露出血色。

“为父前半生有过几次奇遇：大败之后仍能生还；被置于死地，却柳暗花明寻得活路……这些都是天意，是为了让为父担负起重任。”

秀忠生硬地点着头，仍然不知父亲想要说什么。若说是因自己即将赴江户，须训诫一番，父亲这激扬的情绪也不同于平日。父亲到底是出于什么心思，才会说起这般言语？

正当秀忠纳闷不解时，家康说了一句出人意料的话。

“大纳言，我不做公卿。我欲请封征夷大将军，秉赖朝公遗志，以武家身份治理天下，构筑太平盛世的根基。”

这是秀忠第一次听到家康吐露心声。父亲必是最近才下的决断。在此之前，父亲受已故太阁所托，一直以丰臣氏为重。现今看来，父亲的想法发生了巨大变化。

丰臣秀吉生于平民之家，其血统和源平两氏均无干系，因此他便在官位上大做文章，请封关白，步入公卿之列，凭借实力统领天下。但今日，家康却对儿子宣示了自己的心志：作为源氏后裔，要通过创建幕府的方式继承远祖遗志。因此，今日家康情绪才如此激扬。多经历练的秀忠已经具备了窥探父亲内心的能力。

不管怎么说，当今天下还得用武力方能治理。这与源赖朝公在镰仓创建幕府时的情形并无两样。赖朝公在镰仓创建幕府的根本原因，在于当时的“院政”。当时在位的天皇和退位的上皇之间的斗争此起彼伏，各自操纵武士，乱事不断。昨日领了朝廷的命令而起兵者，今天便可能变成朝廷大敌；今天的逆贼，明日亦可能重掌大权。就这样，没有任何实力的公卿通过牺牲他人来巩固自己的地位，单纯的武士被他们操纵于股掌之中，今日投靠这个，明日又听命于那个，终日左摇右摆，使得世间的混乱无休无止。争斗之中，祖父和父亲都死于非命，赖朝公终萌生大志，一心平乱。他在深思熟虑之后，找到了一条解决之方，那就是将公卿与武士分离。于是，赖朝公成了武士的统帅。而在彼时，武者势大，权柄自然而然落到了他手里。

方今天下和当时的院政时期并无两样，牛耳为武将所执。但这些武将，同样是今日与这家联姻，明日与那家结盟，你争我斗，烽燧百年，关原一战便是这些风波中最大的一次巨浪。若家康不能挺立，立时便天下大乱。家康定是看到了古今之势，才下了决断。

想到这里，秀忠心头一惊：莫非父亲要在江户创建幕府，才爽快地离开大坂城，移居伏见？在江户开府的准备就绪之前，先暂居伏见，待被册封为征夷大将军之后，再撤回江户不迟。从此对天下武将严格监视，不给他们任何轻举妄动的机会。自此，太平盛世便不再是无根之草。

想及此，秀忠忙道："父亲大人，孩儿有些明白了。"

家康用他那双锐利的眼睛看着秀忠，语气依然甚是生硬："明白了？那你说说，我为何不愿做公卿？"家康的语气好像在审问。秀忠寻思，若自己的回答稍有疏忽，说不定便会从此被父亲抛弃。家康说要赌上一切，在秀忠听来，是暗示连儿子也或许将作为赌注。

"孩儿冒昧。孩儿以为，若作为公卿留在京城，不能有所作为，故，父亲才下定了决心。"

家康微微点头道："大纳言似明白了些。"

"孩儿愚笨，仍无法领会其中深意，但孩儿以为，要让世人明白日本已经开创了一个新的太平盛世，就必须与昨日划清界线。或许父亲正是出于这方面的考虑。"秀忠边说边想，不知这个回答是否能让父亲满意。这绝非卑躬屈膝的奉承，家康对他来说，有如神佛。

"嗯。好！"家康这才露出微笑，道，"但这是一条无法回头的路。为今日和明日划一条界线，说起来容易，个中细节却很是复杂。明日会发生什么变化，你心中是否有数？"

"这……"秀忠白皙的额头渗出了汗珠，"在此之前，天下大名一味想着战事，试图通过战争巩固地位。但明日将不再通过兵刀来建功立业。孩儿以为，只有让他们将此事铭刻于心，才是这个界线的根本所在。"

家康笑问道："要实现之，最不可缺少的又是什么？"

“正如镰仓幕府初创之时一样，确保自家拥有最强大的实力，让众大名都知，若有二心，乃如飞蛾赴火。这便是根本。”

“大纳言大人，你回答尚可。征夷大将军要以绝对优势统领天下武士，只有到了那时，天下才会太平。这并非为父突发奇想，也非自以为是。只因为父生来愚笨，才从古今成败的例子中吸取经验教训，而非自己冥思苦想。从历史成败中得到的答案，和你所言倒有几分相近，但还有一个问题。”

“孩儿愿听父亲教诲。”

“现在，我拥有天下第一的武力，其重若山，哪敢轻易予人？”

“是。”

“昨日我和天下大名还是僚友，但今日却到需改变此种关系的时候了。”不知从何时起，家康的语气已变得甚是凝重。

秀忠偷偷擦了擦额头的汗珠。父亲从不在人前卑躬屈膝，众人聚在一处谈论武家故事时，他亦总是以己为荣。父亲幼时做人质之事姑且不论，他对武田信玄从不屈服，与织田信长则始终相互提携，而对秀吉，则更是以妹婿身份鼎力相助。

秀吉生前，某次对众人称自己乃是天下最强的武将。家康当即极力反驳，使得在座诸大名都替他捏了一把汗。“大人说自己乃是天下最强的武将，这可有差了。当年小牧之战中，大人可是稍落下风呢。若是别的事，家康自不敢比，可这天下第一武将，嘿嘿……”秀吉闻听此言，悻悻地离席而去。这在后来，竟成了世人茶余饭后的谈资。

而如今，家康又道：“大纳言，我离开大坂，正是出于这种考虑。仍留在大坂，便无法让众人清楚地看到昨日和今日之别。不将事实告诉众人，便是不诚。”

“父亲大人所言极是。”

“因此，为父先移居伏见，待被封为将军后，便马上回到江户，着手政务。这样，便能让世人都知：世道变了。先前大坂为天下瞩目，日后，便是江户了。从此不再需要通过打仗建功立业，而要致力于让苍生安居乐业，生活富足。只有改变天下大名的心思，才能缔造太平盛世。

这些想法当然并非为父所创，而是世间学问人和高僧们的共同心声。”

秀忠敬服，心想，真当重新认识父亲。寻常人往往会往自己脸上贴金，即便是属下之思，也常会随意取用，视若已出。然而父亲不然，下这么大的决心，他却说乃是从有识之士处得到的启发。

“你好像已经领悟了我的决心。江户便是明日的镰仓。你将肩负起第二代将军的重任。你要把这些牢记在心，回江户去吧。”之后，家康又开始语重心长地讲起培养人才有多重要。

在家康这一代，他与大名之间是僚友关系，但到了第二代、第三代，德川一门便当是世袭的将军。

作为僚友去统领大名，与作为世袭将军统领天下，自是大有不同。那个时候，最重要之事便是培养亲近的贤臣。故，不仅要培养后人，还要为后人培养贤良，并将良臣之后也细心调教，以便将来能为幕府所用。

秀忠在家康的叮咛中，离开了伏见。

父亲和儿子之间也有一段故事。秀忠从未主动和父亲对立，但他确曾有过生疑的时候，也曾有过试图汲取父亲智慧的时候。如世间盛传，家康的确是一个勇猛刚直之人，对于骨肉至亲，他也时常缺少温情。秀忠偶尔会冒出这等想法，但又惶惶地迅速打消此念。

有时，秀忠对父亲的俭朴感到甚是不解。在他看来，父亲在日常生活上的俭朴，简直可以称得上吝啬。有时，他会因为父亲的内闱诸事感到不快。在父亲众多的侧室当中，几乎所有的女人都曾有过婚配。但是，在此次往江户的路途上，秀忠心中却有了全新的感喟：没有一人能及得上父亲的执著和坚定！

五十九岁的家康在关原合战的战场上举着“厌离秽土，欣求净土”的大旗指挥全军时，秀忠有些哭笑不得。从十九岁始，家康就把那八字大旗当成战场上的福星，认为只要举着那杆大旗，便必定能马到成功。难道父亲这等人物也会如此迷信？然而，这只能说明秀忠还稚嫩。家康一生最大的愿望，便凝聚在那八字之中。仔细想来，那是天下苍生的愿望，是对太平的渴望。将百年战乱中苦痛挣扎的百姓之愿视为己任，愿为此志赌上一切，天下几人能够？这样重新审视父亲时，秀忠所有的疑问和不满顿时烟消云散了。

生活上令人难以置信的简朴，对信长公和已故太阁的过分忍耐，迎娶带着儿女的孀妇做侧室，还将自己点点滴滴积攒下的黄金大方予人……这一切，全都可归结为“欣求净土”之愿。

身为内大臣，却置身边近侍不用，经常亲自清点年赋。有些近臣难以理解这种行为，认为他身上还遗留着三河小藩之主的习性。然而这种种猜测何以解得父亲真心？此乃父亲为百姓于每一粒米中注入的希望和辛劳而感动。父亲坦诚如冰，纯粹似水，让世人一览无余。他时刻激励自己，始终抱着一丝不苟的态度，下定决心要在江户打造太平盛世的根基。

秀忠在归途中，真正重新认识了父亲。

二十六岁的权大纳言秀忠回到江户，已是四月二十一。他骑马到了城门口，驻足远望，蜿蜒的海岸和延绵的神田山呈现眼前。

此城若是作为将军居所，未免过于狭小。将来天下大名都会在此筑府，林林总总的商家店铺，势必也会如雨后春笋般开张。那时，江户的繁荣与今日将不可同日而语。

与大坂一样，隅田川里的泥沙在此沉积，星星点点形成沙滩。若是将这一个一个沙滩连接起来，定会变成一块颇为广袤的土地。铲平神田山，再用神田山的土将沙滩与沙滩之间的沟渠填满。在秀忠眼前，似乎出现了另一个壮观气派的大坂。谁说大坂城一开始就那样气派？当年的大坂，不过是石山御堂的一个小小门前町，已故太阁却毅然决然在那里筑城。

当然，若将大坂据为己有，自然省了不少麻烦，却无法面貌一新，况且世人必会说德川盗取了太阁遗产。为了尽量靠近京城，信长公在安土筑城，秀吉公则进驻大坂。也正是因为这个，父亲才要撤到武藏一带。决心一旦下定，建造一个新的城池，便成了此后的重大事件。二十六岁的大纳言先父亲一步，看到了这个不得不解决的问题。

“有山川，有大海……”秀忠自言自语说着，表情凝重地下了马，走进城门。此门本允许骑马进入，但秀忠却不骑马直进。不久的将来，此门将不再允许人骑马而入。

进城以后，留守的武田信吉、松平康元、板仓胜重三人出迎，祝贺秀忠平安归来。

信吉虽以武田为姓，却是秀忠和忠吉之弟，家康五子。松平康元乃家康同母异父兄弟。他们兴致勃勃汇报秀忠不在江户期间发生的事情。看得出来，对于上杉及其同伙未能作乱一事，他们打心里感到高兴。上杉景胜已经向结城秀康送来降书。秀忠这段时日一直在家康身边，对此事反而要比他们清楚得多。

秀忠一本正经听完他们的报告，酉时四刻以后，才回到家中。

阿江与夫人自不必说，千姬、子姬、胜姬和初姬都翘首企盼着父亲归来。此时，家光和后来入宫成了东福门院的和子都还未降世。因阿江与夫人坚持亲自抚养孩儿，这四个孩子使得内庭甚是热闹。

"恭迎父亲大人平安归来。"两个大些的女儿规规矩矩伏在地上，向秀忠请安。两个小的则由各自的乳母抱着，由乳母代问安。

只要看到这四个孩子，阿江与便总是面露羞色，道："老天怎么净赐给我们女儿啊！"对于秀忠，这句话含有一种令人窒息的压迫。这绝非是向秀忠表明，妾身总是生女儿，您去纳一房侧室吧，而是在告诉秀忠：我还未生嫡子，您以后要更加宠我爱我才是。

阿江与夫人也是颇有见识，这话自有它的深意。她曾经认真想过，大坂的秀赖乃姐姐亲生。因此，江户的嗣子若非正妻嫡子，便会被姐姐和秀赖耻笑。"妾身绝非反对您纳妾，只是担心嗣子庶出，将有损我家威严。"她经常对秀忠这般道。就连几个乳母，她都尤为留神。但秀忠并不认为这是一种过分的嫉妒心，只是觉得，她不过想和争强好胜的姐姐比个高低。

家康的侧室中，有人说秀忠太可怜，也有人说秀忠宅中净是些丑陋的侍女，却皆不敢让秀忠听到这些。即便有人想当作玩笑话说给秀忠，但一来到秀忠面前，她们就再也不敢开口。秀忠那张总是一本正经的面孔，足以阻住别人的笑谈。

晚饭开始前，秀忠喝了一口夫人端上来的茶。浓妆艳抹的阿江与忘情地看着秀忠，她知道，秀忠不是随便在外拈花惹草之人。

乳母抱着两个小女儿先退下了。千姬和子姬坐在母亲身旁。千姬睁着一双聪慧伶俐的眼睛看着秀忠，道："父亲大人身子可好？"

"噢。好好，越来越精神了。哦，父亲又有了一个弟弟。"

阿江与听了这话，却皱起了眉头。对于五郎太丸的出生，她和秀忠的反应截然相反，这也是理所当然。她还没能生得男丁，公公却又得了一个儿子，万一家康说要把那小儿给秀忠做养子，自无法拒绝。这让她感到不安。

"阿千的夫君，又该长大了不少吧？"阿江与夫人有意改变了话题。

"可不是？丰臣大人长大了许多，都有些认不出来了呢。"

看着秀忠一本正经的样子，阿江与夫人有些忍俊不禁。她不想再提五郎太丸的事，但秀忠把年仅九岁的秀赖称为"大人"，她觉得好笑。

"怎么了，你笑什么？"

"嘿，只是，您这么一本正经地说丰臣大人……"

"丰臣大人和我一样，都是大纳言了。"秀忠完全没有领会阿江与的意思。但当阿江与听说秀忠和秀赖同为大纳言时，顿感愤愤不平。即将成为岳父的秀忠，竟然和年幼的女婿官位一样，怎能让人心服？按照她的想法，经过了关原一战，秀忠的官位理应比秀赖高出许多。

"这次奏封是父亲大人之意吗？"

"当然。没有父亲的同意，我怎敢随便接受这样的封赏！差了一日……丰臣大人比我早一日。"

"您比他还晚一日？"

"是。"秀忠故意若无其事道。他真想看看夫人有何反应。

阿江与竖起双眉，屏住了呼吸。她心道：虽说秀赖乃是已故太阁之子，可此次骚乱之后，公公对他不加追究，便已是最大的宽容和慈悲了。丈夫竟然落在了秀赖之后，难道真无一丝不满？她不由问道："大人，您不觉得顺序颠倒吗？"

"哦？"

“为何大人要迟一日加封呢？”

“因为父亲在向天皇奏封时，只提到秀赖。”

“哦？”

“父亲大人未提到我。因此，天皇首先下诏，册封秀赖为权大纳言，之后才注意到我还只是个中纳言。跟你一样，他感到很是吃惊，亦才升我为权大纳言。”

阿江与愈发不解：“父亲大人到底为何放着您不管，反而为那秀赖……”

秀忠等的就是这一问！他慢条斯理把茶碗放回妻子面前，道：“这就对了。夫人，这是父亲的决断，我们德川人不可成为公卿。我和父亲到时都会辞去公卿之位。”

“这……这又是为何？”

“身为公卿，自会有诸多束缚。因而父亲才作出了一个重大决定：以武士统领之身治理天下。这话当然先不必为外人道，不过今后，你也要如此这般教育儿女。”

阿江与还未能完全领会夫君的意思。她曾一度嫁入公卿之家，而且秀吉也是以关白身份执掌天下权柄，因此，她一直以为，德川之途亦如此。她眨眼看着丈夫，目光充满疑问。秀忠不言，他认为应让妻子多想想，最后再向她解释，方能让她真正明白此中深意。

“是要与太阁大人不一样吗？”

“对。”秀忠加强语气，“太阁乃是拥有武力的公卿。换言之，太阁乃是以文官身份执掌天下。但这不过是权宜之计。众所周知，太阁大人出身，非武士非公卿，无奈创了‘丰臣’这个姓氏。然而治理国家，根本上还得靠武力。天下离开了武力，便一日不能太平。”

阿江与瞪大眼睛，看着丈夫不停蠕动的嘴唇。她还是第一次看见秀忠这般健谈。

“然而德川从一开始便是武士之家，乃新田源氏后裔。因此，便可以武家统领身份治理国家。只要有此决心，德川家主便不允许过高枕无忧的安逸生活。因此，我们并不期待朝廷的官位。”

“那么……是另有职位吗？”

“那是当然。虽然整天诵经念佛，但足利氏代代都是征夷大将军啊。”

“这，将军家……”

“正是。只是足利将军的生活与朝廷没甚两样，从而失去了统率天下的实力，也才导致这让人棘手的乱世。若一开始足利氏就重视实力，不许任何人轻举妄动，太平自会持续至今。”

阿江与夫人的眸子渐渐恢复了光彩。她脾气比秀忠率直，目睹过种种人事沉浮，荣华败落多有所历，听了这些话，与秀忠的感悟大不一样。她喃喃道：“妾身终于明白了。”

“若真明白了，便不能允许自家女人追求奢侈。武家的生活本应始终以俭朴为第一，做到自给自足。”

阿江与道：“就是说，并无必要再将天下还给秀赖了？”将来要归政外甥一事，似乎一直是阿江与的一块心病。

然而听到这话，性情耿直的秀忠勃然变色，“你……你刚才说什么？”

“妾身是说，秀赖十六岁时归政一事。这话冒犯到大人了吗？”

“真是混账想法！”秀忠毫不掩饰地怒吼道。阿江与夫人很少看到夫君像今日这样，她忙伏在地上，良久方敢抬头。她一脸惊恐，心中却是另一番滋味。正直严谨的秀忠有时会让她心生敬畏，因而在与丈夫说话时，她常常心口不一。

“请大人见谅。妾身只是心中怎么想便怎么说。除了女儿，应该无人听到。”

“这不是有无人听到的事！”

“即使心中这么想，也不能问一问吗？”

秀忠气得浑身发抖。他看见长女千姬眨着一双聪慧的眼睛看着自己，方按下怒气，缓了缓脸色，道：“日后，这种事休要轻易出口！因为石田之乱，局势有所变化。少君是否合适做将军，得到日后方知。”

“若秀赖品性气度均适合做将军，便要将权柄交还给他？”

“休要再提此事！即便父亲将将军之位传与我，秀赖是阿千夫婿，又有什么妨碍？”

阿江与夫人微微一笑，道：“那妾身得快快生个男丁了。”

秀忠不答。

“到时，让父亲大人看看谁才适合当将军。妾身若不悉心调教，父亲大人也会失望。”

秀忠又瞪了妻子一眼，但转念一想，她说得也不无道理，遂作罢，转头看向侍女端上来的晚饭。秀忠的俭朴丝毫不亚于其父。因为他好久没回城，才上了一条鲷鱼。秀忠看着那条鲷鱼，又说起了另一桩事：“父亲大人说，近日内会把祖母接到伏见去。”

“是啊，祖母必甚是高兴。这次战事，最担惊受怕的恐是她了。”

“是，都已经七十四岁的人了。”

现赡养在城中的家康生母於大，如今法号传通院光岳蓉誉智光。天正十八年八月，家康到江户后不久去纵鹰狩猎，在归途发现了一座荒废的寺院，于是起名传通院，定为母亲的菩提寺。

“前田家的芳春院不知是否康复了？”

“是啊……近来也没去望候。”

“那前田家啊……”秀忠拿起筷子，淡淡道，“要把子姬许配给他家。”他语气里有些对妻子的顾虑。阿江与夫人猛抬起头，盯着秀忠：“刚才，大人说……说什么？”

秀忠装作没听到，把汤碗送到嘴边。

“大人，您方才说子姬？”

见夫人不肯罢休，秀忠方又郑重其事道：“我是说，把子姬许配给了前田家。此事……”

“如何？”阿江与夫人不等丈夫说完，便迫不及待道。

“关于此事，日后父亲大人自会有详细说明。前田氏和我们交往甚密。但如今的家主利长没有子嗣，因此，父亲便想在他的弟弟中选一个人，赐姓松平，并将子姬许配与他，让他成为前田嗣子。”

“这是父亲大人的决定，再无商量的余地了？”

“商量的余地？”秀忠停下手中的筷子，一脸不解地问道。阿江与缄口不言，心中无法平静。她知道，对于丈夫来说，父亲的话便是无法更改的金科玉律。

“夫人的意思，若非父亲大人的决定，你便会反对？”

阿江与夫人毫不犹豫答道：“是。”

“莫非你有别的想法？”

“当然。我是子姬的母亲，当然会有母亲的想法。”

“哦。”

“妾身可以说吗？”

“事情已定下了。”说完，秀忠又觉好奇不解，道，“子姬之下还有两个女儿。这次不妨先听听你的想法。”

“恕妾身直言。在嫁入德川家之前，我曾是九条道房之妻。”

秀忠突然感到一丝不快，但强掩住了。

“已有一个女儿嫁与丰臣大人，另一个我想嫁到别处。”

“谁家？”

“不说也罢。妾身不敢反对大人和父亲大人的决定。”

“说说无妨，又不止这两个女儿。难道说，你想把其中一个嫁给公卿？”

阿江与夫人微微摇头，表情甚至带着一丝轻蔑。秀忠愈发不解，却未继续问下去。他想，若不把女儿嫁给公卿，那还是嫁给武家，成为确保太平的一颗棋子才是正理。

然而此时，阿江与却又突然道：“妾身还是说吧。”

“好，以后也可作参考之用。”

“妾身想嫁一个到宫中。这也是为咱们家的将来着想。”

秀忠心头一惊，手中的筷子险些掉下地。

有时，女人的野心甚至比男人还大。一个接着一个出生的都是女儿，这让秀忠多少有些失望。若是男儿，他定会带在身边，严格管教，让其成为德才兼备的有用之人。但若是女儿，他无论如何也插不上嘴，顶多就是给她们选择婆家或挑挑夫婿，以便协助祖父实现宏图大志。淀夫人乃是太阁侧室。阿江与莫非是要和姐姐一比高低？他从未想到夫人会有这种想法，感到万分惊讶。

“呵呵。大人吃惊不小吧？但妾身起初也无这种想法。”

“哦。”

“自从得知关原大捷的消息以后，妾身便以为，此事也得考虑一下了。如今，德川独步天下。因此，最重要的，便是保证自身不被任何人觊觎。若送进宫中的女儿产得一子，继承大统，到那时，天子成了外孙，丰臣嗣子又是女婿。不仅天下大名会对我们另眼相看，父亲大人的宏图大志，也就是太平盛世也能得到保证。”

秀忠不能作答。他甚至感到，这真是一场可怕的阴谋。与夫人比起来，我是不是有些过于胆小了？想到这里，秀忠突然出了一身冷汗。

听了父亲的抱负以后，秀忠开始反省自己目光的短浅。而夫人的话进一步打破禁忌，把德川氏的前程真真切切摆在了他面前。在性情方面，阿江与总是占据上风，这让秀忠常常感到压抑。此时，他心中无比自卑：眼前这个女人拥有可怕的胆量，其智慧乃是与生俱来！若有一个做了天子的外孙，丰臣氏的存在何足道哉？

秀忠慌忙放下筷子，小心翼翼推开饭食，“这便是你的想法？我知道了。”他擦了一把额上的汗珠，忧惧并生……

四　於大归天

德川家康生母先时从江户来到了伏见，在此安度晚年。每天都有各种各样的人前来拜访。

老夫人以前名於大，现在被人称为传通院夫人。

时入庆长七年，传通院年已七十有五。六十年前，她生下了家康，之后不久母子分离。她做梦也没想到，有朝一日能够早晚守着家康，过上这等平静的生活。直到现在，她还常常梦见早先的事。每当午夜梦回，感激之情便会油然而生。然而，在梦中，她却哭个不休。过去的事情常在梦里再现，她一旦哭起来，泪便不止。

梦中诸人，现在几都离开了人世：家康之父广忠、母亲华阳院、父亲水野忠政，以及曾多方照顾她的酒井雅乐助……

六十年后，她再看看周围的一切，常觉不可思议，亦常暗自发笑。那时的竹千代现已位极人臣，成了掌管国家大事之人。作为母亲，她为儿子感到骄傲。这是人为，还是天定？她经常这般询问自己。

茶屋家的上代主人清延曾经对她说："夫人乃是天下第一母亲。"她听到这话，竟不感到奇怪。每当想起此事，她便浑身发热。清延也已不在人世，现在茶屋的家主乃是十九岁的清忠。

二月初一，井伊直政去世了，年仅四十一岁。据说自从关原一战负伤以来，他的身体便每况愈下，最终不治而亡。

唯独家康却愈发精神了，而且据说他的侧室阿万也已怀有身孕。他五十九岁时，阿龟夫人生下五郎太丸，家康多少感到不大自在。然而奇怪的是，六十一岁时又将得子，他却装得若无其事。

将要出生的，走向死亡的……时日在一刻一刻流逝，人也在一点一点变化。在这变化不止的人世间，能够活到七十五岁，於大对上天已抱着一份足足的感激之情，即便马上死去，也应瞑目了，还在心中苦笑什么？她自然知道，自己是出于贪念，但她仍然觉得须再为家康做些事。

这日，於大听说茶屋清延次子又四郎清次从长崎回来，便叫他过来。

“又四郎还没到吗？”於大让人把垫褥挪到卧房门口，五月的骄阳刺得她睁不开眼睛。

大约两刻钟后，又四郎才赶过来。“老夫人身体还是这般硬朗，小人欣慰之至。”又四郎今年刚十八岁，但与他体弱多病的兄长比起来，要健壮得多。茶屋家在朱印船出海时，为“九艘船”之一，之后便专注于生意，经常前往长崎。

家康去年曾回过一次江户，接了於大，便又回到了伏见。那时，又四郎匆匆拜见过於大一面，便赶往了长崎。

“你还跟以前一样精神，真是太好了。里边请。”

“打扰老夫人了。”又四郎虽然只有十八岁，但体格和言谈举止均像二十五六岁的人。

“又四郎，我有两件事想托你。”

“只要是又四郎能办得到的，请尽管吩咐。却不知是何事？”

於大微笑着点点头，令几个侍女退下，方道：“此事只有你才能办到。”

年轻的又四郎看到她屏退了侍女，表情有些僵硬。他清楚地知道，这位老夫人是个什么样的母亲。家康到江户去接她时，她嘱咐道：“路上不可张扬。”于是，家康仅带了三十几个随从便沿东海道出发了。从大津到山科迎接的公卿以及众大名，始时竟未发现那便是家康的队伍，后来才追上来，甚是狼狈。队伍过于简朴，出迎之人起初还以为顶多是个小吏。纵然是因为家康不愿违逆母亲意愿，但经此一事，家康的风评越发好了。就是这样一位老夫人，今日却屏退了在场侍女，可见所托之事甚是重要。

“又四郎，先说这第一件，我想让你到长崎之后，学习洋人的学问。”

又四郎吃了一惊，道：“这……其实小人已经开始学习他们说话。老夫人怎生会想到这事？”

“我这老太婆到多大年纪，也放心不下自己的儿子啊。”

“是。”

“大人对于我这老太婆来说，是个好得不能再好的儿子。因此，我也想为他做点什么。”

“小人明白。”

“将来，到了太平盛世，生意自变得极其重要。我担心他到时听不懂洋话。要是像你这般能干的年轻后生能精通洋人的学问，好处将不可估量。”

又四郎紧紧盯着於大，嘴唇有些发抖。老夫人仅此一句话，就足以让年轻的又四郎热血沸腾。

“人一生啊，必须做一件有益世人的事情。”於大兴致勃勃继续道，眼睛眯成了一条缝，“在冈崎生下家康之前，我出于这样的想法种下棉籽。多亏了那棉籽，松平人一直对我这个老太婆念念不忘，一看到棉花，便想起我。”

茶屋又四郎神情紧张地点点头。他没想到，从这个老迈的幸福女人嘴里，竟说出劝学之言。她的确不是普通女人。以前他就常听父亲谈起，说她年仅十七岁便被迫离开松平氏。那时她深知自己的哥哥是性急之人，怕他做出何等不测之事，半道便让送她的松平家人回去了，因此，松平氏没有一个人怨恨她。后来，家康平定了三河，她方被接回冈崎。今年已经七十五岁的她，处事时依然保持着谨慎小心的态度。

“像你这般天资聪颖的年轻后生，若是能够为了后人，学些洋人的学问，定会如虎添翼，不不，应该说定会让佛祖满意。”

“老夫人所言极是。”

“因此，我想让你努力学习他们的学问，如何，你愿意吗？”

“老夫人，您不用担心！若是那洋人的学问，又四郎定会全心全意去学习，况且这也于我们茶屋家的繁盛有益。”

“好，太好了。那么，我还有一事相求……”传通院突然警惕地压低了声音。

“请尽管吩咐。”

“令堂是生于花山院的参议大人家中吧？”

“正是。家母现在家中，身体好得很呢。”

“我想通过你母亲暗中打听一件事，不知合适不合适？”传通院脸上恢复了孩子般的热情。茶屋又四郎大感兴趣。

“不过，这只是你我之间的事，万万不要对外人说。家康觉得自己出身于武将之家，便不想要朝廷的官位，而希望天皇能下诏敕封将军。”

又四郎全身僵硬，盯着眼前这老夫人。这话令他大感意外，比起劝学之言，此事直如惊雷。宫里近来因为敕封家康为将军还是关白之事，产生了分歧。茶屋家负责宫里的衣料，又因母亲的关系，又四郎对此事也略有耳闻。

“老夫人，您是想帮大人完成他的心愿？”又四郎屏住呼吸道。传通院长舒了一口气，对着又四郎双手合十。

又四郎不语。传通院已是古稀之年，又四郎原想，即便有些什么，她也不过发些琐碎的牢骚，然而她却道出了一件连重臣也不敢轻易出口的事。她难道认为我能帮上什么忙？又四郎实在感到羞愧。他所能打听到的，无非是谁不同意敕封将军之类。即便能打听出这些，说与传通院听，又能怎样？难道她还能去说服人家？

“又四郎，”传通院双手合十，向又四郎道，“你能否转告令堂，就说，我老太婆生下了大人，却未能养育他，是佛缘浅薄。因此，我现在每日祷告佛祖，希望能收走我，并完成大人心愿。”

“老夫人……”

传通院夫人像孩子一样点了点头，“要是大人能够遂了心愿，太平盛世定能到人间。你也知道，所司代是板仓大人，佐和山那边有世世代代忠心耿耿效忠天皇的井伊大人。加强了京城的防守，然后把众大名聚集到江户，由大人好生看管，亦能保证天子和公卿安全。呵呵，你大概会笑我不服老。其实，大人想得更周密，我才想助他遂了心愿。”

“小人明白。”又四郎的声音有些嘶哑。在关原合战中，他曾协助兄长运送兵器粮饷，却不知家康有意至江户执掌权柄，甚至老母传通院亦有此念。“那么，小人将大人和老夫人的愿望转告给家母，之后呢？”又四郎想传通院夫人既经过深思熟虑，想必早有打算，于是这般问话。

传通院再次双手合十，“女人自能懂得女人的心思，你就说，我是以性命为大人祈祷。”

又四郎险些失声。传通院比年轻的自己还要冷静，这是一个隐含着深奥玄机的谜。父亲四郎次郎已经不在人世。然而皇宫与公卿之家，都与茶屋家有些关系。传通院必是看到了这些，才对又四郎提出这个念想。“女人自能明白女人的心思”，这是多么平常，然而又多么执著的慈母之心！

之后，於大未再说让又四郎为难的话。她亲手沏了一碗茶，用怀纸包些家康送来的白砂糖，眯着眼睛吃得津津有味，还苦劝又四郎也食用一些。又四郎一本正经接过来，尝了一口。他想笑，却不敢笑——那糖其实是他以兄长的名义进献给家康的。之后，传通院又说了些家常话，谈到家康应高台院之请，为高台院建了一所寺院。高台院住在寺中未免寂寞，希望又四郎能够抽空去看看她。又四郎应承下来，便告辞去了。

於大让侍女把又四郎送到门口，便开始抄写佛经，这是她每日必做的功课。

“老夫人，奴婢给您揉揉腰吧。”贴身侍女阿才道。

於大微微摇了摇头，阿才为家康同母异父弟康俊所送。见老夫人摇头，阿才便走到於大身后，为她打扇。她知於大的想法。其实，於大正在与自我争斗：她对自己晚年的幸福感到恐惧，更确切地说，是对安逸地活着的恐惧。

於大和康俊经常对阿才说起，当初她被迫离开松平家，刚刚嫁到久松家时，曾向久松家的洞云院献了一份血书《观音经》。当时於大甚是挂念年幼的家康，于是咬破手指抄写经文，虔诚地许下一个愿，愿以性命换取家康平安。

於大许的愿应验了。家康如今担负着莫大的使命——缔造万民期待的太平盛世。然而，於大却未能献出自己的性命，反而成了万人仰慕的天下最幸福的母亲。她觉得，自己不能这么心安理得地享受幸福，于是忍受着腰酸背痛抄写经文，以安抚良心。这一切，阿才都清清楚楚看在眼里。

刚到伏见时，於大因伤风而卧床，家康送来了药，她却拒而不用："若是吃了，便心中有愧。"

阿才觉得，老夫人定然是觉得愧对她许过愿的神佛，于是，今日便未强为她捶腰。

於大还在抄写经文。阿才一声不响跪在身后为她打扇。时到傍晚，天气愈发闷热，汗水浸湿了於大的衣领。阿才没敢帮她擦汗。因为在於大心里一直有一个结，她坚信，只要自己受苦，便能确保家康平安。

两名侍女拿来了烛台，於大才抬起头，似刚刚注意到天色已暗。

"阿才，我今日和茶屋那后生说话时才想到，我还得许一个愿。"

"又要许愿？"

於大放下笔，缓缓离开书桌，"那孩子，是个有出息的。"

"是。大人也曾说过，又四郎定会使得茶屋一门更加兴旺。"

"是啊，比他哥哥强。"於大不断点头，道，"这么一个伶俐的孩子，也没能听懂我的话。世上的事情就是怪，原本可以解开的结，却又纠缠在一起。"

阿才不解地歪了歪头，往前膝行一步，"茶屋公子没听懂？"

"是啊。七分懂了，三分未懂。"於大微微摇了摇头。她在犹豫。

"他哪里不明白？"阿才有些不解。

"虽说没明白我的意思，但也不是那孩子的错。就连宫里的大人们都犹豫不定呢。"

"宫里……"阿才吃了一惊。

於大也为自己的失言吓了一跳。她又微微摇了摇头。"把灯点上吧。"

她改变了话题，“大家都拥戴大人，真令人感到欣慰。”

阿才依令，起身点上了蜡烛。她知，这不是她能主动去问的话题，於大也没再提到“宫里”。

於大认为，宫里的人畏惧家康，这让她极为不安。宫里的人似认为，若不给家康高官厚禄，事情便难以收拾，然而秀赖又让他们感到为难。於大想通过又四郎的母亲让他们知道，所有的顾虑都是不必，家康乃是想做武家统领。又四郎确实没有完全理解於大的意思。

世上之事，知易行难。当事双方往往互相揣测，却都不敢妄动。目下一朝公卿，无一人敢对家康出言不恭。然而家康对自己的事亦总是缄口回避。因此，就连经常与之来往的承兑、崇传和其他五山长老，也不敢妄自推测家康会受何等官职。虽然众人都知，天下已经握在家康手中，却还有已故太阁之子秀赖在。因此，若不弄清家康对秀赖的态度，便无法轻易置喙此事。

深知家康心思的於大忧心忡忡，于是对聪明伶俐的茶屋又四郎提到这些，想让他打探一下当前宫里情形，但她又觉良心有愧：这都是我自作主张，真是过于自负了。她绝非怀疑家康是否拥有这样的实力和品德，而是怀疑自己到底有无插嘴的资格。於大曾向神佛许愿，愿为家康献上自己的性命，她的愿望圆满实现了，她自己却得以安享晚年，所以她总觉得并无资格再有奢望。

愿望都是无休止的欲念所致。因此，於大在又四郎回去之后，便开始诵经忏悔，但忏悔之后，欲念又起：身为母亲，我还没为儿子做一件大事！欲念和自责灼烧着她的心。她哪里知道，这便是母亲对儿子永无休止的关爱。

我的贪欲太深，总是期待本不该期待的东西，真是业障缠身。於大深受佛法的影响，她坚信现世的盛衰苦乐，都是过去的恶因善根积累而致。事实也是如此，据她所知，无事例外。心中有爱的人，子孙皆得到了荣华富贵，而那些整日里相互怨恨、争权夺利之人，由于恶业积累，子孙也无不走向了败亡。

整个院子都已被黑暗吞噬，外面一片寂静，屋内灯光柔和。於大忽道："阿才，我下定决心了。"

阿才把侍女端上来的膳食摆在於大面前。

"我的脸色是不是好多了？下了决心，便觉得舒坦了。"

阿才笑着点点头。食案旁的於大看起来的确很高兴。

於大与往常一样，对着饭食双手合十，却迟迟不拿筷子，"阿才，女人真是罪孽深重啊。"

阿才不答。她知道，老夫人兴致勃勃说话时，必会回忆往事。这时与其附和她，不如默默听着，更能让她高兴。

"你也是个女人，要好生记着。"

"是。"

"女人有了夫君，便会爱夫君；有了儿女，亦会爱儿女。"

阿才有些不解，莫非爱也是恶业？

"就是恶业。"於大似乎看出了阿才心中的疑问，马上道，"关爱兄弟，关爱下人，连养的猫与鸟也爱。这种对爱的执著，不知不觉间便埋下了怨恨的祸根。我曾经见过因嫉妒发狂而杀死侧室的女人，甚至还有因嫉妒而出卖夫君的女人。有人因为太关爱自己的下人，杀掉他人的下人，也有人因为狗打架，去毒杀邻家的狗……"

阿才认真地点点头。若从这个意义上讲，"爱"的确是恶业。

"阿才，因为爱自己的孩子而憎恨别人的孩子，这种关爱便不能成为善根。但女人往往会犯这种恶业。"

"是。阿才铭刻在心。"

"不，这不是对你说的。我是对我自己说。"

"老夫人怎会那样……"

於大眯着眼笑了，"看，看，你也老是这般袒护我。我要说的还在后头呢。"

"是。可是，汤要凉了。"

"哦。我都忘了，那我先喝一口。"於大托起碗，津津有味地啜了两口，放下碗，又道："然而世上寻常女子，最关爱的是什么？"

"这……应该是儿女吧。"

於大摇了摇头，“不。你不就没有儿女吗？”

“那……不是儿女，便是夫君了。”

“不不，你也没有夫君。”

“那是……”

“是自己！女人最爱的是自己。”於大重重说完，把饭食从膝上拿开，虔诚地双手合十。

阿才以为於大一时说得兴起忘了吃饭，不由微微一笑。七十五岁的老夫人，真是长寿。世上极少有能活到八十以上的女人。许多人往往一过了六十，脑子便不中用了，有的甚至变得完全像个孩子，仅仅是苟延残喘。因此，目下的老夫人实乃罕见之人，不但说话还那般有条不紊，就连自我规诫，严格程度也丝毫不逊于年轻的阿才。可她毕竟七十多岁了。

阿才本来想笑，但她抑制自己，道：“老夫人，您还没吃饭呢。”

“哎呀呀！”於大笑了起来，“原来你看到了。”

“是。您才喝了一点点汤。”

“这就已经够了。已经饱了。可能是刚才和又四郎一起喝茶时，吃多了糖。”和往常开心时一样，於大戏谑地微笑道，“我要是不吃饭，你就老是担心，我才故意用说教来引开你的注意力，没想到还是被你看见了。”

“老夫人您真……”

“把这些东西撤下去吧。”

“老夫人真的吃饱了？”

“当然，我跟你客套什么。”

“要是您觉得身体不适，得告诉大人。”

“那没用……不，我不喜那样。你告诉了大人，他定会马上派医士过来给我开药。你知道，老太婆最不喜欢吃药……”

阿才并未往深处想，依言将饭菜撤下了。

然而自第二日始，阿才感到於大与往日大大不同。用早饭时，於大说院子里那些枯萎的牵牛花看着碍眼，命阿才去把它们摘掉。阿才摘完花回来，见老夫人已经在喝汤。当时她没多想，可晚饭时，她又吩咐阿才去办事。

这次是让阿才去给在家康麾下效劳的下野守忠吉送一份抄好的经文，“在关原一战中，井伊大人救了忠吉的性命，自己却不幸负伤，终于亡故了。忠吉说，要把这个送到井伊家。人老了就是健忘，趁想起来，你快快给他送去。”

阿才慌忙去送经文，回来时，发现晚饭已被撤下。她感到不对，到厨下一看，根来漆小饭桶里的米饭，丝毫未动——传通院把阿才盛来的饭全放回了饭桶！

阿才有一种不祥的预感，这让她不寒而栗。传通院这次所许的愿，难道是绝食自尽？若这个预感不差，阿才的处境会十分艰难。

家康和其异父弟松平康俊和康元，都曾吩咐过阿才，老夫人的一日三餐必须由她阿才亲自伺候，绝不能托付他人。一方面当然是为了防备有人下毒，另外，传通院上了年纪，应该注意调理膳食。这位天下第一母亲，万一真的许下了那么一个愿，又当如何是好？

於大乃是个一旦下定决心，便不会回头之人。她若觉察到阿才已经注意到此事，定会主动对阿才说明。於大若对她说明，并且要她理解，阿才势必面临两难。

第三日晨，阿才端上早饭时，发现手有些不听使唤，一个劲儿地颤抖。她还没作出决定，害怕主动去问，更害怕传通院对她告白，并要她保守秘密。

传通院一直在佛前祷告，许久，阿才把饭端到了她面前。不知为何，阿才觉得老夫人憔悴了许多，又是迟迟不举筷。

“阿才……你是不是觉得我是个自私自利的老太婆？”

“老夫人怎生这么说？”

“我已经下了决心，心中舒坦。你心性聪明，定能猜出我的决断。”

阿才不知所措。

传通院最终还是说了出来：“我决定，把最关爱的东西，依誓言献给佛祖。如此一来，吾儿便能如愿以偿。”

“老夫人……”

“阿才，莫要哭，你一哭我便没法往下说了。”

“是……”

“我是想，这样做了，德川十五代先祖都能守护太平盛世。在吾儿的努力下，德川确认了血统，开始祭祀。若不祭祀祖先，却又希望祖先保佑，又怎能得到佛祖眷顾？我说得太多了……”於大停一停，旋又笑了，“明明是下了决心，我真是只顾着自个儿……阿才，你能不能让大人帮我叫侍医来？”

阿才一时竟没明白於大的意思，“老夫人说什么？”

“去跟大人说，让他给我叫个侍医来。”於大盯着阿才，把膝上的饭推到了一边，“并不特别难受，腰不酸背也不痛。只是不知为何，就是不想吃饭。”

“要叫侍医？”

“是。”於大使劲点头，又笑了，“真没出息。老说些大话，最后还是爱惜自己。我不能就这样舍弃性命，还让你这般担心。”

阿才有些摸不着头脑。於大依然笑着，一脸惭愧。老夫人真的因为没了食欲而担心吗，还是考虑到阿才的处境装病？看她的表情，似是前者；可从她的性情思量，则可能是后者。

“老夫人多少吃一点吧。”

“唉，那就喝几口汤吧。”於大把推到一边的早饭又拉了回来，端起汤碗，动作颇为自然，毫无可疑之迹。她道：“天一热，就不思饮食。”

“要是想吃什么……”

“不不。”於大摆了摆手，双手合十，“还是因为岁数大了。我要是太固执，以后就去不了西方净土。你不必担心。”

阿才只能半信半疑撤下饭食，叫人去回家康。

家康马上叫了曲直濑玄朔前来诊脉。玄朔诊后，道：“不必多虑，很快就能康复。”

然而於大却没如他所言很快康复。开始时她还起来抄抄阿弥陀经，七日后便卧床不起，形容也一日日消瘦下去。

医士换了好几个。虽然都知道脉搏日渐衰弱，乃是因为食欲不振所致，可除此之外，一切又都无碍。于是，医士都说："恐是阳寿已……"他们都想到了於大的岁数。

如此一来，阿才愈发坐立不安，总觉老夫人之恙有其他原因。

卧床以后，家康常来探视。有一次，他还特意带来了一种珍贵的新瓜。他亲自弄碎了瓜，喂进母亲嘴里，希望母亲能吃上一口。家康在时，於大把瓜含在嘴里，可待家康一走，她便吐了出来，道："我真高兴。可肚子里有上千尊阿弥陀佛，已经没有装这些瓜的缝儿了。"

八月二十五，天气明显转凉，於大硬要阿才扶她坐起来。阿才只好扶她起来，靠到叠起的被褥上。於大道："没事了。天凉了，我慢慢就好了。"她说着，让阿才拿来一个匣子。

"现在我只要一闭上眼睛，就会恍恍惚惚看见凤来寺的真达罗大将。他对我说：你要想治好自己的病，得给大家留个念想。你把匣子里的东西拿出来。"

阿才看那里边，有五个小包，包内有梳子、簪子、义甲、香袋等，每包里又加了几块黄金，一一写了姓名。没有家康的名字，只有阿江与夫人和於大在久松家生下的两子的正室等人。

於大拿出一个装有香包、胭脂和贝盒的袋子，上边未写名字，道："等阿千过来，把这个交给她，待她长大自然明白。"

阿才见上边写着：传通院光岳蓉誉智光敬上。她感到胸口一阵疼痛。

"阿才，这个给你。你这个夏天一直给我打扇，把大人给的这把扇子送给你。"

第五个包内是一把扇子，另有几枚小钱。阿才顿时坐立不安：若老夫人是故意拒食，那么今日做这些事，难道是预感到自己的生命之光即将熄灭？必须去告诉大人……

"阿才，看你心神不定的，怎的了？我要是想见大人，自己会说。"

"是……"

已经无可怀疑了。於大没有背叛对佛祖发下的誓言，她天生就是这样一个女人。

"你怎的哭了，阿才？"分派完物品，於大松了一口气，换了一种激昂的语调，道，"不能输给男人。坚定和誓言不仅仅属于武士。阿才，你千万不能忘了，若是你不够执著，便是自私。"

阿才像是中了咒语，僵在那里。

"阿才，武将以死在榻榻米上为耻。对武士们引以为豪的事，我曾感到厌弃，甚至想要诅咒它，认为它偏离常规，违背了神佛意愿。神佛想让每个人都寿终正寝，可他们却急于赴死。"於大倚在被子上，闭眼说着话。她侧着身子，一脸憔悴，让阿才想起院子里干瘪了的白色牵牛花。

阿才看於大似乎还要说下去，忙用温水湿了湿她的嘴唇。

"多谢。"於大微微一笑，继续道，"但是，我想差了。谁也不喜欢死，不想死，想长久活下去！可即便如此，却不得不死。我终于明白，这都是因为我们生在乱世。这些，你明白吗？"

"是……阿才明白，没有人想死。"

於大轻轻点头，干枯的脸上泛起一丝红晕，"谁也不想去死，可是不得不死。人若是没了这个烦恼，便能将乱世变成太平盛世。为此，我无数次地向神佛祈祷。"

"以前也常听老夫人说起这事。"

"我的祈祷灵验了，神佛保佑大人。可是，我这个老太婆却没有如约……若这样，便要输给男子了。"

"那又怎样呢？"

"男子坚信太平盛世能够到来，为此付出性命。我不能输给他们！真正的武将不能死在榻榻米上——他们这样严格要求自己。我也要遵守自己的诺言。"

阿才再也听不下去。於大绝非仅仅是个温柔贤惠的女人，更是世间少有的刚烈女子。或许这种刚烈坚强，已经分毫不差地遗传给了家康。

於大虽然闭着眼睛，但能准确猜测到阿才的心思，道："都是我这老太婆的梦话。你放宽心听就好。"

"是。"

“我在梦中，见到了真达罗大将，他对我说了三件大事。”

“三件？”

“第一，我这老太婆去极乐世界的日子。”

“啊……”

“已经近了。我心里明白。第二，就是对大人的一些要求。阿才，你记下来，以后当作笑话讲给大人听。”

话题并不轻松，於大已是把给家康的遗言讲给阿才。

“大人或许会笑我这个老太婆已经分不清世道和梦乡。这样也好。真达罗大将，他暗中跟我说，现在诸佛正聚集一处，商议着要嘉奖大人祭祀祖先的功劳，要让此后的十五代都是太平盛世。因此，阿才，你这般告诉大人：三五代的太平不是太平，诸佛期待的是十五代。为了能够让太平盛世持续下去，他必须作长远打算，广施仁政。”

“是。比十五代还要久远。”

於大已经没了气力，微微点头，脸上浮出一丝微笑，“代替诸佛广施仁政。如此，他便智慧无穷，老太婆也就无甚可挂念的了。”

“可是，老夫人……”

“嗯？”

“刚才您说，真达罗大将告诉了您三件事。那最后一件又是什么？”

“我这么说过吗？”

“是。刚才已经听您说了两件。”

“咦，那另外一件是什么来着？”於大开始有些昏昏欲睡。阿才忙摇了摇她的身子，用温水湿了她的嘴唇。阿才觉得自己有些过分，但又怕老夫人这一睡，再也醒不过来。她惶惶不安。

“我想起来了。”於大忽然睁开眼睛，“他说，我实现了对神佛的承诺，因此，他会把我送回江户的传通院。”

“江户……”

“他还说，我不必总想待在这里看着儿孙。他让我在传通院安顿了以后，要好生保佑领民，保佑每对夫妻和睦。他还让我莫要觉得孤寂，他和诸佛会常来和我说话。”话刚刚说完，於大便睡了过去。

阿才不知所措，扶着於大躺在褥子上，轻轻给她盖上被子后，慌慌张张站了起来，转念一想，又坐下。她想立即把情形禀报家康，可於大分明不愿意让她如此。她若告诉家康，於大是为了还愿而拒食自尽，家康会怎样反应?

於大的气息渐趋平稳，或许她正在梦里和诸佛谈话。若是凡俗之人，必会认为於大心中悲哀，但家康不会。然而其他的儿孙呢，他们能明白吗？他们甚至会责怪医士……阿才心中已是大乱。

庆长七年八月二十八，上午，於大呼吸开始紊乱。她勉强对阿才道："叫大人……大人……"

家康来到跟前时，於大已昏迷不醒，失去了知觉。家康一直守在榻前，寸步不离。申时刚过，於大咽气了，享年七十五岁。

"老夫人仙逝了！"玄朔这么说，家康缓缓地用笔尖润了润於大的嘴唇，然后轻轻闭上了眼睛。他未双手合十，也未念佛，但看得出来，他全身都沉浸在悲痛之中。

"就像睡着了一般。"

"这才是真正的往生。"

"没有一点痛苦，也没透露半丝遗憾。"

侍女们在一旁窃窃私语，阿才突然想放声大哭。谁也不知老夫人的本意。不管老夫人容颜多么安详，都丝毫不能释解阿才内心的重荷。

於大在不断的自我斗争中逝去，即便闭上了眼睛，或许仍未放弃对太平盛世的孜孜企求。想到无人知道老夫人心中这些愿望，阿才心中陡增一层悲哀，她已不想再说出真相。

不管是否出于自己的本意，人终有一死。老夫人清楚这一点，才作出这种选择。也许她现在害怕见自己的骨肉，正急着赶往江户的传通院，要在那里一心一意保护领内的百姓，保佑家家和睦户户安乐。

"阿才，"家康突然道，"把枕头换个方向。"

"是。"阿才应着，将於大的头部转向北面，安放于枕上，摆上香和花，把怀剑放在於大怀中。可阿才的心不在这里。这里躺着的是老夫人的遗体，她的亡魂却漫步在空中，朝着江户去了。阿才心里只有这些。

家康依然默默坐在那里，一动不动。重臣们已经接到知会，接踵而至。

阿才在闪烁的灯光里，看见智恩院的上人来到遗体跟前坐下，顿时吃了一惊。这就是人的一生？不知为何，在这迷惑之中，她的眼泪哗哗淌了下来。这莫名的感动，是因为她终于知道，传通院绝非不幸之人。

阿才暗中看看家康，发现他早已泪流满面……

五　国士驾鹤

庆长八年二月十二，德川家康被正式敕封为征夷大将军。其时家康生母於大去世已半年。

是岁新年，诸大名按例先去大坂向丰臣秀赖道贺新春，然后转往伏见城给家康拜年。家康虽手握天下权柄，但众人依然认为，秀赖乃是不二的“少君”。

对于此事，家康未表现出丝毫不悦。他自己亦在二月初四特意前往大坂，拜见秀赖，致以新春的祝贺。当然，通过劝修寺参议和乌丸父子，他已知敕封将军仪式近日便会举行。家康恐正是怀着某种感慨，规规矩矩依礼前去拜谒。这次拜谒，乃是对秀赖最后的礼数，只是不知秀赖的近臣是否察觉到了这些？

将军谢恩仪式于三月二十五举行。

家康正式的官名为“征夷大将军、氏长老、奖学院淳和院两院别当、牛车兵仗、从一品右大臣”，甚是冗长。家康尚未进京谢恩，宫里的女官们就欢呼雀跃，奔走相告，翘首等着新将军到来。

家康一行三月二十一从伏见出发前往二条城；二十五日，到达皇宫，时为巳时二刻。

一大早，一行便朝服束带，整顿威仪，童仆善阿弥站在前头，次为骑马的诸大夫和二十位徒步武士，之后便是家康所乘牛车。车两边有骑马侍从八名，之后，隔着十位骑马的大夫，乃是乘轿的五名扈从。这五人自然也身着朝服，依次为结城秀康、细川忠兴、池田辉政、京极高次、福岛正则。秀康虽为家康亲子，但亦为秀吉养子，故五人可说都是受丰臣厚恩。从此处亦可看出家康深意。他并非要和大坂对立，而是要以包容之心将大坂纳于掌握之中，颇为自然。

到皇宫，家康首先在长桥上歇息片刻，然后在奏事官的带领下到了御前。此时情形，后人《御汤殿上日记》中有记载曰："……新田大人（家康）赴御宴，宫中女官、出迎诸臣，均为大人斟酒……"

家康向天子献上白银千锭以为谢仪，还奉上锦缎百匹、白银百锭和名刀一把，以为新年贺礼。不仅如此，就连亲王和诸诰命，家康也一一呈送了礼品。

从宫中告退，时已午时四刻。至此，於大心愿达成，新田将军取代了同为源氏的足利将军。

茶屋又四郎清次见面圣的队伍出了皇宫，便朝堺港而去，他要去探望纳屋蕉庵。

纳屋蕉庵年迈体衰，此次卧床，恐难有康复之日，故他请又四郎进京亲眼一观家康的受封仪式。

不仅对于茶屋家，对于堺港百姓，以及博多、平户和长崎等地的大商家来说，蕉庵都是令他们终身难忘的大恩人，是他们的智囊和军师。千利休、曾吕利新左卫门、宗及和宗薰等人，都曾得到过他的悉心指点。让宗薰劝说家康鼓励商事的是他，最早提出派朱印船出海的也是他。如今，交易的重心已经渐渐从堺港转移到了长崎，那里的贸易飞速发展了起来。

文禄元年制定朱印船法令之时，全国仅有九艘朱印船。

京都茶屋、角仓、伏见屋各一艘，堺港伊予屋、长崎末次平藏、荒木宗右卫门、丝屋随右卫门各一艘，船本弥平次两艘……

十一年后的今日，朱印船数量已远非当年可比。这首先缘于家康的保护，另一方面，也是因为纳屋蕉庵老挂在嘴边的一句话：朱印船若达到三百艘，海内的暴动和骚乱便会减少一半。

为了敕封将军的诏书早日颁布，连又四郎的母亲也在暗中使力，然而不知何故，蕉庵却一脸愁容。他并非不赞成又四郎之母的举动，而是认为，时机尚未完全成熟。又四郎便也开始担心：家康一向谨慎，若是欣然接受册封，便意味着天下已经太平；可若是推谢，莫非还有何棘手之事？二月十二颁布册封诏书，三月二十五家康才进京谢恩，左右思之，这拖得太久了。

其间，纳屋蕉庵已然发病，医士判定已无康复之望。虽然他谎称忘了年龄，可粗粗计算，当过了八十。正因如此，茶屋又四郎坐上备好的船只赶往堺港时，心中焦急万分。

茶屋特意去探望老人家，可万一到时，蕉庵已失去了知觉，则未免令人失望。父亲这位老朋友若还清醒，在仙逝前定会给他指点迷津。

“快些划呀！老人家心怀万里江山，若是在他仙逝前见不着，我将遗恨终生！”又四郎一边催促，一边回忆家康面圣队伍的古雅华贵。船顺淀川飞流而下。

又四郎清次到达乳守宫蕉庵隐居之处，已是深夜。路口的栅门已关闭，但下人看清来者乃是茶屋家的人，便又打开了。到达蕉庵府前，又四郎心中一直忐忑不安。若老人家已仙去了，大门口定会高悬灯笼。虽未收到讣闻，可这一路上会不会生了变化？

“还没挂起灯笼，甚好！”到了门前，又四郎对随行的跟班道。跟班忙在门口道：“我们是茶屋家的人，从京城赶来，欲见纳屋先生！”从里边传来一位年轻女子的声音，似乎在门房等了许久，声音有些迫不及待：“二公子，请稍等！”

又四郎一惊，问道：“您怎生知道是我？”

“爷爷说，二公子急匆匆上了船。”

“纳屋先生怎会……”

“爷爷笑说，人濒临死亡，便会拥有神通；又说，人一旦有了神通，便该死了。爷爷已等候多时了。”

虽然没看到对方长相，可声音清脆入耳，又四郎顿觉有些心慌，门一开，他便道：“烦请小姐带在下去见先生。”

“爷爷今日起来，正看这些天收到的礼呢。”女子笑着在前引路。踏着大粒卵石铺成的通往内室的路，她边走边道：“小女子阿蜜，幼时曾见过公子几面。”

“阿蜜？”

“是。木实乃是我堂姐。宇喜多秀家迎娶夫人时，我跟着去了备前。”

这么一说，又四郎想起来了，“那个，那个小……”

“呵呵，那时六岁。如今也不小了。”

“哎呀呀。”又四郎轻声附和着，但没说下去。秀吉养女、前田利家之女嫁给宇喜多秀家时，阿蜜作为陪嫁跟了过去。若真的是她，算起来应比又四郎大了一两岁。

据说秀家后来逃到了萨摩，夫人则被接回了娘家，阿蜜才回了纳屋处。又四郎想，若是贸然开口，反而可能刺到对方痛处，遂选择了沉默。

“听说金吾中纳言也故去了。关原合战引人怨恨……”阿蜜好像见到了多年不见的好友，一路喋喋不休，把又四郎带到廊下。

“是啊，世人都说，是因为小早川大人的倒戈，才导致西军惨败。”又四郎接过话头，“听说金吾大人才二十六岁。因为宇喜多没有子嗣，便由他继承了冈山城，还未来得及熟悉城中事务，便已身亡……真是人生如梦啊！”

说着，已到了蕉庵房门口。阿蜜正要拉开门，从里边竟传来一个爽朗的声音：“喂，阿蜜，又四郎是我的客人，可不许你抢了去。”

“爷爷真是贪心，上路时反正都是您一人。”

“谁说的？不是还有人殉死吗？怎样，又四郎，陪老头子一起走？”

“晚生怕要让先生失望了。”又四郎的心情也变得出奇地轻松愉快，接道，“说到殉死，听说先生拥戴的征夷大将军不日就会发出禁令。”

“内府大人接受了册封？”

“不是内府大人，是从一品右府大人。”这时，又四郎才注意到室内有些异样，不禁四处打量。

蕉庵盘着双腿坐在褥子上。屋内点着许多蜡烛，大约刚才还在分拣礼品。木樽内有织田有乐送来的鲫鱼寿司，也有藤堂高虎送来的鲷鱼干。

纳屋家人送的礼亦各式各样。对面一个小台子上放着的白砂糖，乃是所司代板仓胜重托茶屋家所送。

蕉庵坐在成堆的礼品当中读一张纸。又四郎不由心道：这老头比我还贪心。

又四郎刚坐下，蕉庵便将纸扔给他。又四郎接过一看，是同样因为年迈体衰而命不长久的坂田宗拾（曾吕利新左卫门）的信函，上边写着："收礼甚多，本想分些于先生，可若如此，又恐先亡于先生。吾恐入不敷出，因此作罢。"坂田宗拾显然语带戏谑。

"说不定宗拾真要走在我前边。写得一手好字的他，笔下也没了力气。"蕉庵这么叹着，又突然想起什么，睁大眼睛继续道，"人真是脆弱啊！谁也逃不过一死。老夫经历了信长公父亲怪死、信长公烈死，再往后便是光秀、太阁和石田三成。就是淀屋、茶屋和利休各家，也已易主换代。这都是梦啊，都是梦……"向来坚强洒脱的蕉庵今日让人出乎意料。

为了不使气氛沉重，又四郎故作轻松道："在这些人当中，最硬朗又最自在的，大概就是先生您了。"

蕉庵却不睬他："又四郎，听说令兄身子不怎么好。"

"也并非卧床不起，只是易疲乏。"

"人终有一死，这是亘古不变的法则。即便是征夷大将军，也不会长生不死。"

又四郎本以为蕉庵会高兴起来，可竟说到家康也不长久。他吃了一惊。"以先生的神通，已经预知到那个时候了？"

"休把我的话当说笑，又四郎。我得快些上路，我听到有人在召唤我了。"

"召唤？"

"是啊。也许是阎王，也许是风，或者星辰。"

"请先生指教。"

"德川大人成了征夷大将军，可喜……可贺。大人活用赖朝公故事，作为武家栋梁统领天下，大人在世时，海内能安定一时。"

“安定一时？”

“是啊，我要说的，便是他逝后的事情。我不在了，大人与他的重臣都故去之后，何样的人物才能保住长久太平呢？”

“是啊。”

“别随随便便附和，又四郎，你必须……担起这个重任。所以，老夫才想在闭眼之前，见你一面。我拒绝了阎罗，骗他说想要看看德川大人能不能封了将军。”说到这里，蕉庵端起阿蜜呈上来的葛汤，喝了一口，又放到一边。宽敞空旷的屋子里，除了他们俩，只有阿蜜和一个老嬷嬷，过多的烛台使得整个屋子显得阴森可惧。

“哈哈，德川大人若是未接受将军封号，我跟你说的话……自是另一番内容。若是辞谢，我便会首先说，如何促使他接受敕封。可若是受了，便要说接受之后，如何奠定太平世界的根基……”

又四郎严肃起来，这个老人的执著，让人有些喘不过气来。

“你不是大名，可正因如此，在太平盛世反而不能安逸。德川大人……归天之后，国家面临的最大困难是什么，你想过没有？只管直言。”

“第一件，想必便是德川氏和丰臣氏的关系……”又四郎一边说，一边看着蕉庵的脸色。

蕉庵不知从哪里来的力气，大声喝道：“笨蛋！才不是此事！”

听到断喝，又四郎反而放下了堵在心头的那块石头。这才是蕉庵！这曾对着信长公狂吼之人，其烈性依然活在渐已枯萎的躯体里。当初因和秀吉身边人不睦而将宅子献给寺院，移居暹罗的吕宋助左卫门，据说也曾被蕉庵一声大喝吓破了胆。

“和丰臣的纠葛早就不是问题。以这点见识，你……你日后何以立足？”

“此话怎讲？”

“丰臣氏的地位已然明确。德川大人接受将军之位那一刻起，丰臣秀赖便成了将军位下一个……区区六十五万七千四百石俸禄的大名，和以三十万石苟延残喘的上杉景胜与毛利辉元，毫无两样。若是不明白这个道理而轻举妄动，势必自取灭亡。但海外……则大不一样，又四郎。”

“海外？”

“是。茶屋家将朱印船发往世间各地，而你却……却连这个也看不清，你还能干什么？”

又四郎不由往前探了探身子，屏住呼吸。蕉庵并未老朽，他言之有理。如今所谓丰臣和德川的对立，不过是道义和情感上的问题。两家实力悬殊有如天壤，关原一战，丰臣之势大多已经败亡。

“又四郎，你还记得助左卫门和木实吗？”

“当然记得。”

“他们现在……暹罗国，掌管往来船只。他们有消息说，葡国班国来航的船只近年来锐减，取而代之的乃是被称为红毛鬼子的尼德兰人和英吉利人，其势力大增。”

“这些事，不才在长崎也有耳闻。”

“光听到而不能作出判断，亦无用。你应知道，海外诸国也有势力消长。”

“是。”

“尼德兰人已经开始在暹罗国筑城。我们国人也一样。朱印船远至安南、大城（泰国故都）以及马来等地。”

“是。高砂（台湾）和吕宋各地，也有国人居住。”

“正是。这才是日后你所要关注的。若是堺港、博多、平户、长崎这些地方，触手可及，不成问题。但在海外诸国，居于彼的国人万一和当地人起了冲突，又将……如何？你说说。”老人目光灼灼，注视着又四郎。

又四郎被蕉庵的话吸引，渐渐流露出年轻男儿的热情。老人的话确实有理，人生在世，追利逐益，冲突自不可避免。若是生起战火，当地的国人向本国求援时，该当如何？或许蕉庵是想让又四郎委婉地提醒家康，让他作好应付这些事的准备。

“又四郎。”蕉庵又喝了一口葛汤，接着道，“那时有几种应对之法。征夷大将军为了顾全国家脸面而出兵保护，其为……第一。第二，这一切……与将军家无关，由当地国人随机应变。这第三嘛，就是对同胞不能坐视不管，因此，朱印船船主联手加以救援，但不以朝廷的名义。你……以何为上策？”

又四郎往前膝行一步，道：“应据当时情形而定。”

“你是说据当时情形，要么向将军求援，要么自卫。”

“是。还有，各船主应组织些武士，配置于船上。”

“好！不过有一事需特别注意，那就是谨防船主雇来的人夺取船只，沦为匪盗。”

又四郎微笑着点点头，“因此，船主必须练就不亚于匪盗的胆气和魄力。”

“好了，”蕉庵摆摆手，“下一件可能发生之事，便是洋人起了内讧，将我国人也卷入其中，你……是否想过？”

又四郎吃了一惊，他从未想过这事。“没想过。但这种争斗想必不久便会发生。”

“一定会发生！”老人一字一顿，道，“我们的朱印船虽已有三百余艘，洋人的船只却不可计数。如今，他们的船和我们的船不断在大洋相遇，擦身而过。他们要么是……狗咬狗，要么是联手攻打我们。那时，你该怎么办？”

又四郎汗颜：“请先生见谅，愚才见识浅薄，尚未想过此事。”

“真是糊涂透顶！”蕉庵故意生气地摇头道，“令尊和将军家是……是什么关系？将军不仅仅是照顾你家。将军当年应太阁之邀进京，曾在你家安身。令尊可说乃是将军在京坂的眼睛。”

“这些事，曾听先父提起。”

“茶屋家蒙将军恩泽，拥有朱印船。而你却……看不清世道变化，无法协助将军，远不及令尊，实为不肖。”

“愚才惭愧。”

“知道就好。我并无责备你的意思。但海外诸国的竞争，你务必放在心上，睁大眼睛，随时将消息告诉将军。”

“不才明白。”

“我现在最担心的就是……此事。若是海外诸国或拉拢丰臣氏，或支持德川大人，问题就大了。不仅如此，九州的岛津……和东北的伊达，一旦与海外势力勾结，便会给苍生带来灾难。”

又四郎屏住呼吸，重新打量着蕉庵。这个躺在病床上奄奄一息的老人已看到了这一步？想来自己真是愚笨。朝鲜战争草草收场，不正是因为没有考虑周全吗？又四郎道：“先生的良言，又四郎此生将铭刻在心。”

“你能如此……最好。一旦点燃烽火，不仅会……导致海外诸国决裂，更可怕的是……是可能引起教派纷争。战事一旦裹上信奉纷争，便会异常麻烦，信长公便是……便是极好的例证，他的后半生……几乎是在和各种骚乱与教徒暴动的斗争中度过。因此，必须注意。”

“是。不才想到一件可怕的事。”

“何事？”

“现在，有些浪人频繁出海。这些人万一和海外势力勾结……这些事情必当思量。”

蕉庵使劲拍了拍膝盖，大声说了一句什么，可那声音随即被一阵咳嗽声淹没。他紧闭双目，脸色变得甚是难看。

“爷爷！”阿蜜变了脸色，跑到蕉庵跟前，“您怎的了？快，快喝点葛汤。”阿蜜一只手扶住蕉庵，另一只手将葛汤送到他嘴边。可蕉庵依旧咳嗽不止，像是被什么噎住了，呼吸急促。

阿蜜忙拍拍他的背，“说得太多了。公子，快帮帮我。让爷爷躺下来歇息片刻。”

蕉庵使劲摇头，紧紧抓住又四郎的手。他咽喉深处还在咕噜噜响，布满血丝的眼睛里射出异光。他颤抖着嘴唇，似乎想要说些什么，又抓住阿蜜的手，轻轻碰了碰又四郎的手。

又四郎顿时惊慌失措，阿蜜的脸一下子红到了耳根。

“啊！烧起来了……着火了！”蕉庵抽搐的唇间突然吐出这么一句。

“爷爷说什么？什么烧起来了？”阿蜜惊问。

“方广寺……大佛殿烧起来了……烧起来了……”

二人惊讶地对视一眼。蕉庵的眼睛注视着上方，想必脑中出现了幻象。

“烧起来了。”蕉庵又重复了一遍，言罢，呼吸突然变得急促，喉咙中发出呜呜的声音，身体剧烈地颤抖，之后，便停止了呼吸。

“爷爷！”阿蜜大声惊叫，吓得又四郎一个踉跄。

“先生……”

阿蜜抱着蕉庵，腾出手去试他的脉搏，叹道：“已经没了脉搏。”

“快叫人，阿蜜小姐。”

“不，不用了。爷爷说了，若是在半夜离去，我一人陪着就是。天亮之前不要惊动他人。”

又四郎不再强求。他感到奇怪的是，这个当年被人称为熊若宫、作为野武士头领称霸一时、到今日仍如圣人一般的纳屋蕉庵，一旦身逝，样子也和寻常老人没有两样。在阿蜜怀中断了气的蕉庵，干枯的脸上布满皱纹，不过是一具让人心酸的尸首。

“让他躺着吧，阿蜜小姐。”又四郎茫然若失地坐了片刻，方对阿蜜道。

这时，从廊下传来一阵慌乱的脚步声，是下人。

“老爷，有人来报信，坂田先生亡故了。”下人还不知道蕉庵已经断气，在门外继续禀道，“坂田家的喜兵卫想先说说先生遗言。”

阿蜜偷偷看了又四郎一眼，没动弹，“喜兵卫是想见爷爷吗？”

“是。先生说，未履行约定便先行离去，故要致歉，说自己不值得托付……”

之后便换了一个声音，大概是报信人。“今日凌晨，老爷看起来比平常精神得多。睡了之后，大家便放心歇下了，谁知他突然起身，大声喊着‘烧起来了……’”

“烧起来了？”阿蜜惊问。

“是……好像梦到京城的方广寺起了大火。老爷望着空中高喊：‘大佛殿起火了！’这是他最后的话。”

又四郎与阿蜜面面相觑，身体开始颤抖。坂田宗拾，当年的曾吕利新左卫门，一直追随丰臣秀吉，乃是经营兵器的大商家。利休去世后，他逐渐远离秀吉，与蕉庵等人一起，成为堺港长老之一，埋首于商界事务。他虽常与蕉庵斗嘴，但双方又都彼此敬重，最近还成了围棋对手。这二人像约好了一般，在同一日咽了气，连最后的幻觉都一样，真令人害怕。

“哎呀，真不巧。”阿蜜突然回过神来，道，“爷爷好不容易睡着了，明日一早我定会转告。”

“拜托了！”

“请等等，刚才您说，他们之间有约定？”

“是……好像是纳屋先生拜托我家老爷说媒一事。老爷提京城茶屋的二公子。纳屋先生叫我家老爷说了媒再去，于是，我家老爷便应允了。老爷经常说，若还没实现承诺便死了，务必转达他的歉意。”

阿蜜已不敢抬头看又四郎，她真后悔自己开口问。

但又四郎未仔细听那人说话，只担心此事：两位老人最后喊出同样的话，是不是说明二人都在担心方广寺会被烧掉？

坂田家的报信人走了之后，屋子里陷入一片沉寂。烛芯变长了，屋子里渐渐暗下来，阿蜜和又四郎重新把遗体放好，开始整理遗物。天亮之前，要让蕉庵作为一个病人躺在那里。

放好尸身后，阿蜜站起身，将灯一一熄灭，只留下枕边一盏，脚边一盏。昏暗的灯光下，蕉庵的面容颇为安详，跟睡着了一般。

“一切后事，先生生前都有详示吧？”又四郎再也忍受不了屋内的沉闷，问道。阿蜜并不答话，只是点了点头。她虽早有预料，心中依然不能平静，有些不知所措。

又四郎又开始思索两位老人出现同一幻觉的事。本阿弥光悦曾告诉他一件忧心之事：在大坂城内，不仅没有合适的人调教秀赖，还隐藏着巨大的祸端。“不是别的，就是太阁留下的巨额财富。”他口中的财富指黄金。光悦断言，那些黄金，只要留在还未长大成人的少君身边，定会招祸。“因此，必须将黄金善加利用，方能保丰臣氏安泰。”

又四郎非常清楚其中含义。那些浪人野心勃勃，唯恐天下不乱，若是他们想到黄金可以作为军饷，定不会让秀赖安生，而会聚集起来，挑起各种事端。若有可能，将黄金捐给各寺院神社最好。可是，淀夫人却看不清这些。光悦既能把此事告诉又四郎，想必也跟坂田说过同样的话。两个老人最后的话触动着又四郎。

淀夫人也曾想过利用黄金修缮领地内寺院神社，以及与自家有渊源的殿堂佛塔，大概是一年两处。庆长五年，修缮过摄津的天王寺和山城三宝院的金堂。庆长六年，没有这项支出。庆长七年，虽修了丰国神社门楼和近江石山寺，可皆是在众人的再三催促和请愿下才进行。在丰臣氏，已无人主动行此事。若有人因此担心，把目光聚在秀吉主持兴建的方广寺大佛殿上，那会怎样？

又四郎盯着蕉庵的遗容，心内一阵战栗。万一是蕉庵和坂田派人去放的火，事情将如何？若说此事，除了蕉庵和宗拾再无人敢做。他们虽是商家，却满腔血性，这是在乱世长大之人身上固有的习气，其胆量丝毫不逊于黑田如水或福岛正则。

“公子，您在想什么？”阿蜜轻声道。

“阿蜜小姐，天一亮，我就要告辞了。”

“为何？”

“突然担心京城那边的事。”又四郎回过神来。他还在想着大佛殿，似乎熊熊燃烧的烈火已经照亮了夜空。

“京城那边？”

“啊，不……葬礼时，我在此处不适宜。我得赶快回去告诉兄长。我还是担心——坂田和先生在临终前竟然出现同样的幻觉。”

阿蜜想说什么，可话到嘴边又咽了下去。她想问又四郎对坂田家下人所说的亲事有何看法。敏感的又四郎当然不会毫无察觉，但与这事相比，他的担心重要得多。

为了丰臣氏，把大佛殿烧掉！若真是两位老人指使，那么放火的人万一被所司代逮住，将如何是好？

“阿蜜小姐，你不担心吗？我猜想，现在大佛殿可能真的着火了。”

“大佛殿？”阿蜜抬起头，一脸惊讶。她所想和又四郎的心事迥异，不由轻声道：“公子……”

“哦？”

“我知道您为何要急着回去了。”

“这……”

“无妨。爷爷都在想些什么啊。那事我不会跟人说。公子您权当没听见，把它忘了吧。”

又四郎急躁起来，一急躁便暴露了自己的幼稚：“你是说我们的亲事？若是此事，我索性跟你明说：我非好色之徒，世上女人也无两样。我答应娶你。我刚才说的不是这个，我是说大佛殿着火了，照亮了夜空。放火的人若被所司代板仓胜重大人逮住，如何是好？我想到这些，才心里着急。”

“啊？”阿蜜瞪大眼睛看着又四郎。

年轻男女都有同样的毛病。又四郎的辩白之辞过于激烈，而阿蜜同样年轻气盛。他们通常都不会体察对方心情，总被表面之辞左右。

阿蜜由羞涩转为震怒。婚姻乃是女人一辈子的大事，又四郎却如此轻描淡写，实在是屈辱！然而，若现在就发脾气，愈失了面子。况且蕉庵刚刚咽气，她也不允许自己失态，否则，丢人的还是她自己。

阿蜜强压心头怒火，低声道：“这么说，公子是担心……阿蜜明白。天明之后，就请回吧。”

“兄长会很快过来吊唁。”又四郎依然未察觉阿蜜的心情，沉浸在焦虑之中。谣言可惧，若是方广寺大佛殿被焚，肯定会有谣传，说是将军派人纵火。

因此，所司代板仓胜重定会全力搜查。若是逮住罪犯，必会施以极刑，毕竟事关主家名誉。而若有人告发乃是蕉庵或宗拾指使，必是堺港的惊天大事，会影响堺港所有商贾。

茶屋家与所司代板仓胜重交情匪浅。茶屋清延当年为家康臂膀，立下了汗马功劳。他不仅参与了江户筑城，还被推举为商界之首。就连上方的人也甚是看重他：“以后商家诸事，均由四郎次郎裁决。”他是名副其实的商界领袖。

因而，若是商人有不端行为，茶屋家也难逃其咎。因此，又四郎必须赶快去见板仓胜重。

阿蜜不再说话。她在心里暗暗想着，要寻个机会羞辱又四郎，以报今日之耻。

“天还没亮啊。”又四郎看着蕉庵遗体，不时小声嘀咕。

“是啊，应快亮了。”阿蜜一边若无其事附和，一边往枕边的香炉里添香，不再看又四郎一眼。

六　人质新娘

天明以后，茶屋又四郎赶到码头，坐上了停靠在那里的自家船只，昼夜兼程，于第三日晨到了伏见。此前他始终焦虑不安，而刚到伏见，便又被人团团围住，问这问那，甚是焦躁。

“京城发生何事？”

“无事。”

“火灾，抓人……”

“没有。”

“哦，那你有未碰到什么怪事？”

“没有。”

他担心大佛殿，便乘轿急速赶到了方广寺。当他看到佛殿高耸在清晨的蓝天下，方才觉得自己实在有些荒唐。

茶屋府在通出水下町。他令下人回家将蕉庵和宗拾的死讯禀报兄长，自己则直接去了所司代官衙。

板仓胜重正在院中练习长枪，这是他的习惯。看到又四郎，他一脸惊讶地放下枪，把客人迎到檐廊下，责备道：“怎生这个时候来了？家中怕已经忙得不可开交了吧？”

“大人何意？”

“千姬小姐马上就要来伏见，婚礼定在五月十五。所有的衣裳均由你家负责。你这几日不在家吧？”

“是。小人去了一趟堺港。”

“哦。你径直来了我这里。说不定府上有人去接你，在路上错过了。”

“小人不知。堺港的两位前辈去世，我原是去探病。”

“是坂田宗拾和……”

“纳屋蕉庵。二人像商量好了一般，在同一日离开了人世。”

板仓胜重轻轻点头道：“哦。你快回去。你要不在，事情就不好办了。”说完，又好像想起了什么，“令兄要去参加葬礼吧？实际上，我也正为一件事犯愁。”他两手置于膝上，看着又四郎。

又四郎一脸诧异：“大人是指……”

“要找几个人。将军说，千姬小姐身边只有从江户带来的那几个侍女，他不放心。”

“哦？”

“将军大人把这个孙女视为掌上明珠。他认为，若是江户跟来的侍女和淀夫人身边的人关系不洽，千姬小姐的处境必十分可怜。”言罢，板仓端起茶碗。

“那么，必须得找上方的人，也要能让淀夫人满意。”又四郎也端起茶，轻轻吹了吹，开始在脑中搜寻合适的人选。

“正是。小姐毕竟还小，太天真。所寻之人必须能妥善处理各方关系，而且要有身份，品性也要靠得住。将军说，要三个这样的人。我也正想找你和光悦商议。”

又四郎放下茶碗，“大人和织田有乐斋大人商议如何？”

“哈哈，英雄所见略同。我最先找的便是他。他心中有了一个人选。”胜重轻叹道，“要是令尊还活着多好。大坂城的女主人可不好相处。她的意思万万不能违背，而且，万一她和上方的人一起与江户来的人对抗，就更加麻烦。”

“大和柳生家的女儿怎样？”

“你是说柳生石舟斋之女、宗矩的妹妹？”

“是。听说他有好几个妹妹。”

胜重缓缓摇了摇头：“不好。柳生的女儿，可能会让淀夫人不乐。”

“哦。”

“不如回去问问令堂，看看有无合适的人选。若是茶屋家能荐一位负责千姬小姐衣物的侍女，事情就好办了。”

又四郎拍拍大腿，眼睛一亮：“有了！有了！我有合适的人选……纳屋蕉庵的孙女。”

“蕉庵……”

“很好，她幼时便陪嫁去了与丰臣氏交情笃厚的宇喜多家。”

“她现在多大？”

“确数不清楚，大概二十上下。”

“已是出嫁的年龄。纳屋家会答应吗？”

“我有主意。我亲自去说。因为……”话没说完，又四郎便停下了。他单纯地认为，阿蜜必会嫁给自己，会听话。“你去做两三年，待千姬小姐习惯了大坂的生活，自会有人接替。到时你就告假回来，我娶你为妻。”他以为只要这么一说，事情便能解决。

“还是由我出面去请为好，你只在一边说和即可。”为人慎重的板仓想亲自考验人选。

又四郎辞别了板仓胜重，回到府里，已是辰时四刻。

清忠接到下人的禀报，已作好了前往堺港的准备，正等着又四郎回来。想到如今将军更看重弟弟，清忠便觉憋屈。

“每次进城都会问到你。我体弱多病，将军更愿意把事情托付给精力旺盛之人。我去堺港，你替我好生办事即可。”

又四郎也是这个意思，便欣然应允。送走了兄长，他马上出发赶往伏见城，但他没去见家康。从江户跟过来的阿江与夫人把他带去见了千姬。出嫁的衣装悉由茶屋家负责，因此必须看看千姬，考虑适合她的款式。

“又四郎，好生看看小姐，给新娘做一身合适的嫁衣。”说完，阿江与夫人暗暗看了一眼千姬。

又四郎注意到千姬眼圈有些发红。这也难怪，虽说千姬与秀赖是姨表兄妹，可世人并不觉此次联姻表明丰臣和德川关系融洽，反而无不认为，千姬是以新娘的名义送到大坂城的人质。

“真是端庄可爱！”又四郎嘴里咕哝着，仔细打量千姬。

千姬正是长身子的年龄，肤色白皙，玲珑剔透，长着一双丹凤眼，鼻梁和嘴唇甚是精致，有着明显的织田家族的特征。若是个男孩，肯定颇任性。

“好了吗，又四郎？”

“是。小姐的衣裳该如何裁剪，小人心中有数了。”

“那就请用心做吧。要让将军大人满意。”

“遵命！我们连夜赶制，定能让夫人满意。”

“好。把小姐带下去吧。”

一个乳母模样的人把千姬领走之后，阿江与压低了声音问道：“又四郎，你最近可见过秀赖公子？”

“未见过。可听本阿弥光悦说，公子虽然年只十一，但最近身子猛长，看起来倒有十二三的样子。”

“我担心的就是这个。我听说公子已经开始接近女色。这是真的吗，又四郎？”

又四郎明白阿江与在担心什么，不由得埋下头。

“真令人担心啊！若秀赖是个孩子也就罢了，他们每日玩乐，过家家，亦能和睦相处……”阿江与夫人停了下来，后面的话很难出口。

又四郎心中着急，他觉得自己该说些话安慰她，但秀赖接近女色确有其事。光悦曾经跟他说过：“不是少君的错，是周遭人不好。正是长身子时，却把他放在女人堆里，侍女也会引诱他。这样下去，再好的孩子也学坏了。”光悦说，淀夫人的生活令侍女们妄想，自影响到秀赖，秀赖习武，体格强健，又加春情萌动，必近女色。“少君身子已基本长成，可想法和做事仍然是童稚之态。若这样放任下去，便给毁了。”

把这些话原原本本告诉阿江与，未免过于残酷。然而，这些谣传也并非空穴来风。又四郎谨慎回道：“才十一岁，如何会呢？”

“你觉得不会，又四郎？”

“是。”

“无论怎样，男人对女人来说都是一个谜。你也有过十一岁。”

“小人惭愧。那个年纪，小人想也没想过此事。”

“此事即便是亲姐妹，也很难开口去问。我是想，少君若已是成人，阿千却还是个孩子，那人不会咬咬牙就忍过去。”

“夫人指的是……”

“没有她，少君也不会变成大人。女人的心，我明白。她肯定会憎恨一无所知的阿千，不，她肯定会为了让秀赖继续宠爱她而挖空心思，说不定会变成厉鬼。”

又四郎抬起头，吃惊地看着阿江与。这也许也是家康和板仓胜重担心的问题。或许正是因为这样，才想到要从上方另找侍女。又四郎自然不明白女人的嫉妒心，但他却明白阿江与话中之意，如此，就更得让阿蜜助一臂之力了。又四郎渐渐产生了一种错觉，他认为自己和阿蜜已不是外人，且丝毫不觉这种想法有何不妥。

最终，又四郎还是委婉地否决秀赖接近女色的传言，安慰了阿江与一番，方告辞而去。然而，他知道事实正好相反。

千姬那张天真无邪的脸儿依然浮现在又四郎眼前，他觉得甚是可怜。千姬的心就像五月的天空一般无一丝云，无一丝邪念，一想到将有一个厉鬼一般的女人在背后看着她，又四郎心头便蹿起一股无名之火。女人到底长到多大，才能做一个真正的妻子？千姬才七岁，再过三年，或许就不用像现在这样担心她。这个天真无邪的小女孩若是整天被那些像恶鬼一样的女人们折磨，她会变成什么样子？阿江与虽然说她知道女人的心，可小姐终有一天也会长大，成为真正的女人。这位小姐，若是也变成了恶鬼或夜叉，那又是谁的罪过？强行把她嫁给秀赖的家康，认为是为了天下安定；秀赖之母淀夫人和千姬的父母也是考虑到两家能够和平相处，同时也是遵秀吉遗嘱……唯千姬本人对此一无所知。随随便便让一个天真的孩子担负重任，此事从一开始就隐藏着巨大的悲哀。

又四郎是个固执的人，从那以后，他脑子里几乎每日都有千姬的身影。在整理衣装时，他亦想起这衣裳主人的一生。

这日，又四郎为了衣裳的事前去伏见城商议，在那里碰到了负责此事的大久保长安，不曾想一谈便谈到很晚，出城时已近戌时。大久保长安说，衣裳的颜色和刺绣都太土气。“我以前是艺人，在衣裳的问题上，不全是外行。你也听听我的意思。”长安自信满满。可又四郎担心，要改做，十五日之前怕来不及。

长安冷冷一笑：“这个无妨。”他好像认为婚礼会延期。但其中缘由，无论又四郎怎么盘问，长安都是含糊其词。难道出了什么事？

天已黑了，没有一丝风，城里的闷热让轿中的又四郎有些喘不过气来。

轿子刚刚出伏见，就听见一阵喧闹：“起火了！起火了！”

“停轿！”又四郎喝道。

轿夫停下脚步，喧闹的人群挡住了前方的路。

“是大佛殿方向。天空都通红了。”

“大佛殿？”又四郎忙从轿中走出来，望过去，好像就是大佛殿。他猛然想起蕉庵和宗拾的临终之言。

“是大佛殿着火了？”他拨开人群，自言自语道。

“是啊。是大佛殿。可能要有不祥之事发生了。”一个手艺人模样的人抬头望着天空，搭话道。

“哦？莫非有什么谣传？”

“嗯，太阁大人归天前，大佛的脑袋就曾经被地震震落。大佛发生什么，便是丰臣氏有事的前兆。”

“这都是你胡猜乱想。”

“胡猜乱想？”手艺人看了一眼又四郎，见他不是武士，便大着胆子喋喋不休起来，“看来你是什么也不知。大家早就说，大佛殿总有一日要被烧掉。”

“怎会出现这样的谣言？”

“淀夫人不思供奉亡灵。不仅太阁，那些在高丽丢了性命的成千上万的兵士的亡灵，也都得不到安息呢。淀夫人不供养，大佛殿总有一日会被烧掉。早就有这种传言了。”

手艺人的话听起来没什么道理，仅是愤激之语，可不知为何，又四郎心头一惊，道：“竟这般怨恨？”

“是啊。前几日，有两个志摩的渔家女人在那寺里上吊死了。她们的家人都是水军，去了高丽之后就再也没有了音信。于是，这婆媳二人到京城寻找，最后无望自尽了。很多这般的亡灵，都聚集在那里呢。”

“哦。”

“因此，里边经常传出喊声：烧吧！烧吧！去年也曾起过一回小火灾。”

又四郎不再说话。蕉庵和宗拾为何会出现那样的幻觉？两位老人莫非也和这个手艺人一样，相信因果？但细细想来，这类传闻确实早就有了。

那晚，又四郎绕道回到了家中。所幸是夜无风，火仅仅烧掉了大佛殿，而没有殃及其他。

不日，大久保长安因公来到茶屋府，又四郎从长安口中得知了其中详情。

“你听到传闻了吗？”大久保长安交代公事完毕，喝了一口凉葛汤，毫不拘束地跟又四郎闲谈起来，“据说，是有人故意纵火。”

“这么说，果然是亡灵在作祟？”

“哈哈！公子这个年纪，还不是跟亡灵打交道的时候啊。”

“是啊，上了岁数，说不定还能跟亡灵成为知己呢。”

“说得是。到了我这把年纪，就能遇见各种各样的亡灵。有个亡灵说，让人放火的是本多正信大人或所司代板仓大人。”

“大人何出此言？”

“听说淀夫人把大量黄金施舍给了浪人，点燃了那些还没得到超度的亡灵的怒火。”

“哦，那么，那些亡灵应马上会劝淀夫人再建大佛殿啊。”

“哈哈。不仅如此，还有亡灵说，这是堺港人有预谋地纵火。”

“哦？”

“然而，也有完全相反的传言，说大坂城内的一个大忠臣才是这次纵火的主谋。”

“这么说，是淀夫人的亲信？”

“对。千姬小姐马上就要过门了。将军和丰臣氏不能失和。因此，那位大忠臣为了转移淀夫人注意力，才把大佛殿烧掉。因为大佛殿是太阁大人生前所造，想必淀夫人不会无动于衷。这种苦心，真是感人泪下啊。”

又四郎目不转睛看着长安。这些传言，哪一个更接近真实呢？大久保长安乃是个不同寻常的人物，在德川府中还从未有过这种人。他不仅容貌举止无可挑剔，而且言谈得体，嗓音清脆，还有奇思妙想和超群的计算能力。他对世情的洞察也不逊于任何人。他虽非博学多识，但于现世生活拥有无限智慧。

长安说，千姬小姐行婚礼之后，应该在东海道和中山道之间，每隔八里建造一座土台，此间各处设置驿站和驿马。若不如此，便不能彰显太平盛世的威仪。

又四郎不喜这种人。其为人太过圆滑，皮肤光洁，眼睛、鼻子和身材都无一点瑕疵，这样一来反而让人难以亲近。

“还有一种传闻。”长安道，“说是因为千姬小姐的嫁衣嫁妆置办不及，为了延迟婚礼日期，是我大久保长安指使人去放了火，这样一来，那些亡灵该平静了。”

又四郎若无其事笑了笑，然而他却感觉自己的脸越来越僵硬：“嫁衣嫁妆置办不及，大火便很有可能是你所为？”

“哈哈。说不定这样的传闻不久就会出现。可是公子，纵火之人是你也好，是我也罢，反正婚礼的日期已经推迟了。”

“这……”又四郎变了脸色。在大佛殿被烧之前，长安就说过婚礼将会推迟。“那么，推迟到什么时候了？”

“七月二十八。这一日乃是吉日，大坂的夫人想定于这个日子，将军大人也同意了。”长安飞快说完，又紧盯着又四郎。

又四郎差点窒息："推迟的理由呢？"

"因为大佛殿着火。淀夫人说，想在盂兰盆会后再迎千姬小姐过门。这样一来，亡灵也该安息了。"

"大久保大人！"又四郎终于颤抖着喊道，之后才回过神来：上了他的当！可年轻气盛的他无法控制住自己的情绪："之前您说过，婚礼会延迟。"

"对，我的确这般说过。"

"那时您便预感到大佛殿会着火？"

"可真意外。这么说的话，放火之人不管是不是我长安，我也脱不了干系。哈哈！公子这么一说，长安可就麻烦了。"

"不，在下绝非怀疑您。又四郎年轻无知，想知道您是怎么知道婚礼会延期的？"

"公子，将婚期定在五月十五的，是将军大人，对吧？"

"听说是这样。"

"大人乃是征夷大将军、天下武士的栋梁，他晋升以后才把孙女嫁过去，因为疼爱孙女，要她风风光光出嫁。"

"不错。"

"但在淀夫人看来，这是将军大人赐给她一个儿媳。她嘴上答应下来，过后便要提出自己的意见。总之，婚期的确定关系到两家的面子。因此，推迟婚期势所必然。"长安似乎想试探年轻的又四郎，接着道："公子，征夷大将军的孙女嫁给了内大臣做夫人。你以为这是高攀呢，还是下嫁？"

又四郎非常吃惊，生起强烈的反感。这门婚事实在勉强，高攀或下嫁，只有旁观者才会这般想。比较秀赖与家康的官衔谁高谁低，让他感到耻辱。又四郎真想狠狠教训大久保。但他太年轻，竟找不到合适的言辞："大久保大人，在下不明白，用这种尺度来衡量婚礼，有何意义？"

"没有意义。"长安的回答甚是干脆，"但这没有任何意义的事，往往会成为大乱的根源。"

"大乱？"

“在众德川家臣看来，千姬小姐是征夷大将军、右大臣之孙女。然而在丰臣家臣看来，秀赖是太阁之子，又是内大臣，这是一门再合适不过的姻缘。然而因为情感好恶，双方便难免比试，在婚期一事上便出现了这样的问题。对于这些事，不管是你是我，都该心中有数。”

“是。”

“哈哈。大久保长安虽然出仕未久，可从不敢忘记将军大人知遇之恩。我只是想让你在准备衣物时注意到这些细节。”又四郎又轻易被长安的话哄住了，只听长安又道：“比如，我认为小姐嫁衣上的纹样最好不用五七桐。淀夫人的日常用具上印的便是五三桐。不管怎生说，世间最容易散布流言，像大佛殿着火一事，便有多种传闻。我希望你莫要让天真的千姬小姐背负压力。”

“在下明白。七月二十八的话，时日倒也宽裕。”

“对，不过切不要将这些泄露给外人。”长安道，“小姐要带的那个小鼓……因为是我的老本行，便由我找人制作。我想那也不能比淀夫人的好，于是特意派人去了一趟大坂，暗中查访了淀夫人那边使用的小鼓之后才制作的。”

“哦，连小鼓也如此费心。”

“正是。人一生，往往会因一点点疏忽而导致意想不到的大祸。若偶尔用到小鼓时，婆婆发现媳妇的小鼓比她的好，到那时，千姬小姐肯定会遭非难。淀夫人召见名古屋山三时，我便让一个要好的乐师随行，调查了她的小鼓，然后做了一个比淀夫人那个稍差的。”

“哦。”

“世间的事，可没有战场上的较量那么直接。另，关于婚期推迟一事，阿江与夫人还会与你详谈，我与你谈的这些，还请不要对外人说起。”

又四郎已经没有了对长安的反感，而是一脸茫然。

大久保长安离去之后，又四郎想再去看看千姬的衣裳。千姬的母亲阿江与夫人交代他一定要尽心，免得千姬在衣饰上被人耻笑。由这里便可以看出女人的争强好胜之心。但长安的想法和这完全相反。事事争强好胜的淀夫人，会把千姬小姐所有的东西都和自己的比较，这或许不可避免。这样一来，长安那种连小鼓好坏都费心琢磨的细致，诚然让人思量。

检查了一遍，又四郎最终决定在衣裳的金箔上再盖上一层银箔，以掩盖黄金的光彩，还让漆匠把衣柜、箱子和首饰盒上的纹样涂得稍稍土气些，但里边却涂了一层厚厚的金箔，漆色脱落以后，里边的黄金便会粲然显露。

连这种事情都得小心在意，真是劳神费心。这不是新娘，而是一个可怜的人质！这人质天真无邪，若是被人视若无物，该如何是好？想到这里，又四郎愈发担心起来。跟秀赖相好的那个女人，到底是个什么样的人？必是身边的侍女，可对于秀赖，那是他的第一个女人。这个女人对将要成为秀赖正室的千姬，肯定不会有好感——这可怜的人质将要走进无边无际的黑暗之中。

又四郎回到家中，沿着走廊来到泉水旁，此处的菖蒲花竞相开放。他停住脚步，叹了一口气。这时，只听走廊那边有人喊："又四郎，板仓大人来了，你过来见个礼。"是兄长清忠。

"所司代大人来了？"又四郎疾步走向廊下，一不留神，一只脚踏到放鞋的木板上，脸刷地红了，他看见所司代板仓胜重旁边坐着纳屋的孙女阿蜜。

"有失远迎！"又四郎急向胜重施礼。

胜重手执白扇，一张一合，爽朗地笑了，"二公子，阿蜜小姐不是你未过门的媳妇吗？"

"是……这……"

"可令兄却说他并不知情。虽说你还年轻，可在这事上做得也太草率了吧？"胜重说完，看看又四郎，又看看阿蜜，好像在等待好戏开场。

又四郎暗暗看了一眼阿蜜，满脸通红。阿蜜愈发妩媚动人了，可又四郎却感到一种无言的责备。

"不，这……本来是要告诉兄长的，可整天被事情缠着脱不开身。

况且，那日兄长又很快去了堺港……”

“无妨。”清忠打断了他的话，“只要是你决定的事，我不会有异议。可你为何又将阿蜜小姐荐给板仓大人，让她去做千姬小姐的侍女？”

胜重接口道：“阿蜜小姐说，得先问问你，才能决定接受与否，这也合情合理。所以，我们今日一道来府上。因为有必要让她跟千姬小姐熟悉一下，所以还请尽快作决断。”

又四郎感到脸上热辣辣的。若是其他的事，他必能应对自如。但奇怪的是，一提到自己的亲事，又四郎便坐立不安。而且，被胜重和兄长一提醒，他才意识到自己原先的思量是多么草率。可阿蜜已经被带到眼前，他已无退路。

“是……实际上……”又四郎慌忙擦了一把额上的汗珠，“因为五月十五已经迫近，在下整天忙碌，还没来得及跟阿蜜小姐商量。”

“所以我们才一起来了。”

“那，我们就在……就在这里商量吧。”

“是，我也这样想。那我和令兄先回避。”胜重似早就预知到又四郎的狼狈，老练地给他找了个台阶。

“多谢大人。”

“清忠，咱们先去吧。”

“好。”

二人走后，又四郎松了松紧绷的肩膀，转向阿蜜，但话堵在喉咙口出不来，良久，方道：“阿蜜小姐。”

“嗯。”

“你……同意吗？暂时到千姬小姐跟前做……做侍女。”

阿蜜不言，单是哧哧笑了。又四郎愈发紧张：“有何可笑？千姬小姐说是新娘，实际上却是个人质，因此，必须找个得力可靠的人。”

“公子。您为何荐我去接这难而又难的差事？”

“当然是因为，你是我……夫人……”

又四郎话还没说完，阿蜜便打断了他：“这是从何说起？”

又四郎一下愣住了。这话仔细想来也不错。坂田虽然答应蕉庵做他们的媒人，可他话未出口便离开了人世。

“纳屋和茶屋家虽是世交，却始终是两家人。我不记得我什么时候成了茶屋家的媳妇。哼，您却说我是您的夫人。公子，您不是在做梦吧？”看到又四郎有些畏怯，阿蜜愈不肯放过他。

“事情……的确如此。”

“什么如此？”

“我是说，你的确还不是我夫人。”

“那么，就请您收回您说过的话。”

“好，我收回。”又四郎更加慌张，“虽然你还不是我夫人，可我不日就要娶你，因此，才……不小心……”

见又四郎结结巴巴，阿蜜又哧哧一笑，打断了他：“等等，我不明白您的话。”

“哦……”

“事关重大，可不能说错了。刚才您是不是说，要娶我为妻？”

“是……是啊。我是决定，不日便娶你为妻。”

“谁答应的？这事我还没听说过呢。”

又四郎跺脚：这个女人，是想捉弄我！他可不是只会老老实实忍受屈辱的人，便道：“这么说，你不愿嫁与我？”

“公子，您很想娶阿蜜为妻？”

“不，我并没有这样的想法。”

“那么，阿蜜也明确地告诉您：阿蜜也不怎么想嫁给您！”

又四郎一下子竖起双眉。他知阿蜜心中有怒，可出于年轻人的自尊，他岂能让步？“你是说，你真不想嫁与我了？因此，不能接受这差事。”

“我可没这般说过。”

“你刚才不就是这般说的吗？”

“不，我是说：若公子说非阿蜜不娶，我也可以接受这差事。”阿蜜像只得胜的母鸡，低声咯咯笑了。

又四郎恨恨地咬了咬牙：真是个张狂的女人！

“可怜的人质，可不光千姬小姐一人。”阿蜜笑道。

“你是说，你也是人质？”

“不，公子也是人质。呵呵，反正我是这般想的。”

“哦。”

“您快说：非阿蜜不娶。您这么说，我就去大坂。”

又四郎有些愤愤然。但板仓胜重既拜托他，他也只能照阿蜜说的做，遂道：“我且问你。”

“请尽管问。”

“我不这么说，你就不答应？”

“正是。”

“那就没办法了，我说……”又四郎向前挪了一步，道，“茶屋又四郎非阿蜜小姐不娶。”

阿蜜一副一本正经的样子：“因此，您当求我。”

“请、请嫁给我吧。”

“不。”

“什么！你说什么？”

“我不能嫁给您。”

“你、你捉弄我？”

“不，我虽不嫁给您，却愿接受这份差事。”

又四郎使劲眨巴着眼，一脸的不解——这个女人，到底想怎么样？“你是说，你虽然不嫁与我，但还是愿意去大坂。”

“不。”

“我说得不对？”

“是。”阿蜜嫣然一笑，“公子说：你虽然不喜欢我，可还是愿意去大坂。”

“你说不是这样？”

“不是这样。我已经喜欢上您，才愿意前往大坂。”

“什么，你喜欢上了我？”

“是。我喜欢您。”

“那你说不能嫁与我，是在说谎？”

“不，是真话。我虽不能嫁给您，却喜欢您。因此，便以与您不相干的身份去大坂做侍女。”

“哦。”

“若是以茶屋家的媳妇身份去，有个什么不测，会给您家添麻烦。爷爷地下有知，会责备我。”阿蜜说完，看着又四郎，笑了，她似在嘲笑又四郎的幼稚。就在这一瞬间，又四郎突然没了主意，他感到全身的血都在沸腾——他已完全喜欢上了阿蜜。

阿蜜的话中隐含了一份更深的情意。但“喜欢又四郎”这句告白，完全俘获了他的心。又四郎有一种冲动，想要扑到阿蜜身边，尽情抚摸她。

阿蜜似乎敏感地觉察到他的冲动，表情一下子严肃起来，端正了姿势，往后退了一步，道：“公子，爷爷去世时，我仔细想过一事。”

“想到什么？”

“人的一生。”阿蜜意味深长地小声道，“您曾说千姬小姐是个可怜的人质。”

“我是这么说的。她没有自己的主张，一切都是他人决定的。”

“我要说的就是这个。其实，所有人都是人质。”

“所有人？”

“在别人看来，爷爷自由自在活了一辈子。”

“是。”

“太阁大人，及因为和太阁大人发生争执而离开人世的利休居士，亦是这样。”

“是。”

“但是，无人能够真正自在地活一辈子。无论是谁都会被束缚，都很悲哀。在阿蜜看来，所有人都是这个世间的可怜人质。”

“这话似有些道理。你打算抱着这种想法去大坂？”

阿蜜轻轻摇了摇头。“归根结底，大家都是人质，因此，一开始便不要想着能够随心所欲，要像人质一样谨慎、小心、忍耐。我是这般想的，您说呢？”

又四郎睁大眼睛，看着阿蜜，诧异至极。这似是对他的忠告。年轻的又四郎只顾去可怜别人，却未意识到自身的可怜和人间的可悲，其实他和别人都是一样。阿蜜似乎想告诉他，只有想到这个，才是真正的同情。

“是，我明白了。”又四郎屏住呼吸，想了一会儿，得意地点点头，“大坂城的淀夫人是个寡妇，嫁过去的千姬小姐又是个尚不懂男女之事的孩子，丈夫说不定已有了别的女人。她们都很可怜，因此，你也要以没有丈夫的女人身份前去做侍女。若非如此，便不能明白她们的不幸，你出于这种考虑……”

阿蜜突然用手蒙住脸。她自己也不知为何，发出一阵剧烈的呜咽。她不是个轻易在人前落泪的女子，想哭时也往往能装出一副笑脸，动怒时也能自己化解。她拥有这种天性。蕉庵清楚她的性情，曾道：“我们家的人真是奇怪，尽出些女武士。木实是这样，阿蜜也好像投错了胎。”说笑归说笑，她确是刚强且喜愚弄人的女子。然而这样一个阿蜜，却为又四郎这一番述怀而轻易感动，或许是因为又四郎的纯真，以及对她关于人质云云的赞同。

“阿蜜小姐，你怎的了？”见阿蜜如此异常，又四郎小心翼翼问道，“是不是我说错了话，让你生气了？”

“不……”阿蜜急忙摇头，无奈地咬着嘴唇，“请……请将刚才的这些话……原原本本告诉板仓大人。”

“刚才这些话？是说淀夫人和千姬小姐都很不幸？”

“是。因此，我们并无婚约，我去做侍女。只有我自己幸福，便对不起……对不起淀夫人和千姬小姐，因此……”

“由我对板仓大人说？”

“是。这样说，对您有好处，我便也能帮上您的忙了。”

又四郎的身体有些颤抖。他在心里回味着阿蜜的话。初时她说话带着揶揄，后来话语和态度慢慢变了，变得温和可亲。最后，她说喜欢上了他，这不是说谎，她不是一个会说谎的女子。但是，为了可怜的淀夫人和千姬，她藏起自己的感情，暂时抛开欢娱，甘愿去侍奉千姬。阿蜜进了大坂城，身上的责任将异常重大。阿千和秀赖的婚姻，乃是决定丰臣和德川两方亲疏的关键。这绝非小事一桩。

阿蜜必经过了深思熟虑，才过来的。想到这里，年轻的又四郎几欲泪下。他暗暗发誓，定要对得住这非凡女子！

这时阿蜜擦了擦眼泪，脸上恢复了往常的笑容，“时辰太久了，板仓大人该担心了。请他们过来吧。”

又四郎点点头，站了起来。

七 长安戏丰臣

因为大佛殿起火，德川家康同意了大坂方面的请求，将婚礼推迟至七月二十八。为了驱除晦气，丰臣氏决定紧急修复安土城的总见寺。此寺乃信长公所建，而今已经荒废，七月底才能完工，故把婚礼推迟至那时。这自然是出于淀夫人的自尊心，她不想对家康言听计从，于是召片桐且元与其弟贞隆，以及小出秀政三人商议之后，找到了这么一个理由。

“淀夫人这般逞强，更多的是针对大纳言夫人。不管怎么说，她们乃是同胞姊妹啊。”

大坂本城的奉行官邸，曾经是浅野长政、石田三成和增田长盛等五奉行聚在一起讨论国家大事的地方，而今已物是人非。

秀吉公在世时，不管是片桐且元兄弟还是小出秀政，虽都曾作为忠义之人随行左右，但对于重大的事情，他们却插不上嘴。然而如今常在此议事的，却变成了他们三个和大野治长、治房兄弟。另有织田常真（信雄）和有乐斋，他们乃淀夫人的表兄和舅父。但这二人均已隐居遁世，只要淀夫人不召，他们便不会主动出来招惹是非。大野治长作为淀夫人宠臣，经常陪侍左右，因此，大事实际上只由他们五人处理。

片桐且元对此并不介意，他并不认为自己比别人思虑更深。贱岳会战时，他为“贱岳七条枪”之一，与其他被秀吉一手提拔上来的侍卫一样，得俸禄三千石。但从那以后，他便一直默默无闻，未得重用，跟加藤、福岛等人根本无法相提并论，跟石田三成、大谷吉继和小西行长等人也无法相比。他们个个都成了羽翼丰满的大名。或许还是秀吉公可怜于他，片桐在文禄四年八月，才在本知四千二百石的基础上增加了五千八百石，总算成了一个一万石俸禄的小藩之主。

但现在片桐却觉得，这或许反而是件好事。秀吉公在世时，政出丰臣，而现在丰臣氏却成了六十余万石的大名。“若是作为一个六十余万石的大名家老，我的封地和俸禄也不少了。”他曾对着弟弟贞隆这般自我解嘲。可现在并不是说这些话的时候，因为他们深知，办事稍有不慎，六十余万石说不定也会如烟尘飘散。

“将军大人倒无他，德川的谱代大名却都虎视眈眈盯着大坂。”经常把这些话挂在嘴边的且元，叫来众人商议秀赖的婚礼。

“在我的劝说下，淀夫人总算同意兴建寺院神社，可仍未放弃天下人的梦。今日还对我说，要尽邀天下大名，场面要丝毫不逊于太阁大人在世时。”片桐且元一脸困惑。

满头银发的小出秀政悲哀地摇摇头，道：“对鄙人也这般说过：你们说黄金太多，要用于寺院神社的修缮。然而，到了少君的婚礼上，却吝啬起来，你们是想让我在妹妹面前丢脸吗？这完全是两回事啊！若是邀请了天下所有的大名，才是对朝廷的恶意讥讽。我与她这般说，她却说这是喜事，朝廷不会有这等猜测。”

“小出大人，你就此作罢了？”片桐贞隆责备道。

“好了，”且元制止了贞隆，道，“此事以后我会耐心解释。夫人也非不明事理之人。但若是心急，即便明白其中道理，她也会故意反对。我们要作好充分的准备，不如对将军说，淀夫人最近起了礼佛之心，开支增加，希望尽量把婚礼办得简单些。”

“礼佛之心？”贞隆嘲笑道。

小出秀政制止道：“这话要是传到淀夫人耳内，可就大事不妙了。”

“不用担心。有别人在场，我自然不会说。而且，在将军那里，相信且元亦不会惹是生非。”

“此事就这么办吧。搭上一些无用的开支，还招朝廷怨恨，就越发无立足之地了。”

“那我就这样去伏见了。贞隆、小出大人，请大野兄弟等人务必劝说夫人简朴，万万不可煽动夫人。”

“明白。”

细想起来，真是可悲。如何打消德川重臣的疑虑，维护淀夫人的好胜心，成为他们几个重要的议题。由于且元总是不厌其烦地劝说，最近淀夫人也稍有松口，已预定修缮五处寺院神社：河内的誉田八幡宫、摄津的胜尾寺、安土的总见寺，以及河内的睿福寺和观心寺。

然而，淀夫人的目的却跟且元大异其趣。且元是想通过这些工程引开德川人的注意力，也让淀夫人能真正埋首于佛事。但淀夫人却有这么一句戏言：“哼，要是这些施舍能够镇服家康，就是再多些，我也不会吝惜。”

片桐且元并不认为淀夫人乃是个愚蠢女人，但她的聪明和好胜性情，正逐渐成为压在他心头的巨石。关原合战以后，家康决定不追究秀赖和淀夫人的责任，她当时感激涕零。而现在的她却与当时判若两人，不知不觉间已忘记了感激，认为家康和太阁大人之间曾有约定，这么做理所当然。虽说好了疮疤忘了疼乃人之常情，可是在这种时候只能顺着将军。现今时世，武力决定一切。因此，只要德川表示一分好意，丰臣氏便要以两分三分去回报。然而，淀夫人忘记了这些，甚至对人道：“丰臣氏为德川主子，为何要对家康卑躬屈膝？你们考虑一下我们孤儿寡母处境，不可使我们受辱。”

且元感到甚是不安。只要稍明事理的人都知，家康绝非秀吉公家臣，也不曾降伏于他。秀吉交出自己的亲生母亲作为人质，才把家康请到大坂。他们可说是亲戚，绝非主从。就是在武力上，两人也难分伯仲。而且，现在家康接受了征夷大将军的封号，将要回到江户开创幕府。这样一来，就像当年秀吉公把家康从东海道转封关东一样，家康要把秀赖转封何处，还不是一句话？然而家康却要将掌上明珠千姬嫁过来。

本来，且元觉得丰臣氏应该相应示好，可淀夫人却说出那等不谨之言！当然，这或许并非她本意。但她忘记了两厢实力的差距，妄图与家康抗衡，则是毋庸置疑的事实。已有家臣说片桐过于讨好家康，可他并不介意。淀夫人总有一日会明白。而在此之前，他定要为两家的和睦尽心竭力。

且元议事毕，便直接由陆路前往京城。因不知千姬的花轿是乘船过来还是从山崎经陆路而来，他想回来时视察水路，便仅仅带了几个随从，乘马出了城。

片桐且元从京城来到伏见，在浅野长政府上住了一夜，第二日一早便进了伏见城。家康正和大久保相模守忠邻、黑田筑前守长政、堀尾信浓守吉晴三人商议千姬出嫁事宜。

“有失远迎。少君和淀夫人都还好吧？”家康愉快地打着招呼。然而不知为何，且元却浑身颤抖。家康愈是毫不拘束，显示出胸襟宽广之态，且元心里便愈发沉重。他感到这重荷挥之不去，越来越沉。

“是。夫人和少君都很好。”

“哦，那就好。大坂派谁迎亲？”

“不知浅野纪伊守是否合适？”

“幸长答应吗？”

“昨夜我在他府上住了一夜，已经和他商议过了。”

“真是辛苦你了。我们这边由大久保相模守护送。不日之后，大坂必会增加不少生气。”

“是。上下都在翘首期盼。”这么说着，且元心头又是一阵疼痛。之前有谣言说，家康想通过把千姬嫁入丰臣氏，而把大坂纳入自己治下。而家康仍在澄清谣言，消除世人的不安。但大坂能否轻易服从家康呢?

“市正，与太阁大人的那个约定，只要不出大变故，我都会遵守。”

“多谢将军大人。”

“不管怎么说，大坂都是些女人，我知道你很是不易。你也当知太阁大人为何要让阿千嫁过去。所以，万事就多费心了。”

“这些话，在下会永远记在心上。”

“听说……这是谣传，听说秀赖已经成人了？”

且元又一次感到心头疼痛。他明白这话的意思。侍女中有不端之人教会了秀赖男女情事，但淀夫人或许耻于自己的行为，并未多加责备。正荣尼感觉事情不妙，便告诉了且元。

“成人……这……”且元浑身冒冷汗，却佯作不知。

“无妨。阿千是个品性相貌都极好的女孩儿。他们应能够很好地相处。可我听说，大坂的女人在提到已故太阁大人时，都不说大人，而称为‘天下公’？”

这话让且元始料未及。太阁在世时，淀夫人绝非温顺的妻子，可最近她却怀念起秀吉来，不仅自己把他称为“天下公”，还让侍女们也都这么叫。这是想让秀赖为自己的出身感到骄傲。可在家康面前，且元怎能说他知此事？

“这，从未听说过。”且元慌忙拭了一把汗，低眉垂首。

家康觑了一眼黑田长政，并无追究下去的意思。关于“天下公”的传闻，家康是从长政口中听来。对于这事，长政与家康的理解不同。他认为，淀夫人让人把已故太阁称为“天下公”，乃是因为她心中有误解和期待。秀赖虽年只十一，但在这一两年，他却长得像个十二三岁的人了。侍女的举手投足都影响着秀赖，让他提早成熟。淀夫人对秀赖的成长大感欣慰。

长政担心，淀夫人错以为和千姬成亲不久，秀赖便可掌管天下。秀赖成了天下人，家康成为家老的日子即将到来。若是淀夫人心中有这等期待，那才是可怕的不幸。已成征夷大将军的德川家康公岂能甘居人下？况且，现在的天下也远非秀赖可以治理。若是淀夫人让秀赖迎娶了千姬，却发现心中所想不过是错觉，她的失望和愤怒又将以何种方式发泄？她肯定会恶意虐待千姬，因此导致两家失和。

长政将此事告诉家康，正是想让家康委婉地问问片桐且元，淀夫人是不是有这种错觉，若是有，便要跟她解释其中情由。可是片桐且元却矢口否认。长政觉得，自己再沉默下去，便对不起家康，遂道：“片桐大人，您不知？”

“啊……”且元愈发装糊涂，“不知何事？”

“女人都把已故太阁大人称为‘天下公’，连我都听说了，整日在夫人身边的片桐大人却未注意到，真是荒谬至极。”

“好了，”家康责备道，“太阁大人确实曾是天下公，这无甚不对。倒是这婚事，淀夫人有无特别的吩咐？”

且元不理会长政，往家康跟前进了一步，“为了迎接千姬小姐的花轿，夫人命人将大门到居室的榻榻米更换一新，铺上了白绢。”

“哦，换了榻榻米？”

“是。夫人担心弄脏了小姐的衣服。”

“片桐大人，”遭到冷遇的长政又笑道，“不知这是为了小姐的衣服呢，还是为了显示天下公之子的威仪？”他不怀好意地看着片桐。片桐且元确实过于奸猾。家康可怜他，这便引起了年轻的长政的反感。

任这样下去，局面会变得更是尴尬。于是，年长的堀尾吉晴插嘴道：“这样奢华，说不定将军反而不快。”不知家康听到没有，但他也马上转移了话题：“市正，你说呢？”

“是。在下也觉得，这样大肆铺张，反而会让将军大人不快，于是劝阻夫人。”

“夫人怎样说？”

“夫人训斥在下总是想到将军，还挖苦了几句，但最后还是按在下说的办了。”

“哦，夫人这么说你？”家康微微点点头，“不过听取了你的意见就好。你的处境也很微妙啊。”

“这是为了两家好，为了两家，便是为了天下。”

“说得是！”长政终于点了点头，“天下太平才是最重要之事。天下太平，丰臣氏便能安泰，若是大家都认为一山不容二虎，而进行无用的对抗，才是愚蠢呢。”

“是啊，”且元也赞成长政，“我们仅仅是为了这个目的而活。要是大人见到有何不妥，请一定给予明示。”

“此次送亲是走陆路还是水路，大坂怎么准备？”

“全听将军大人吩咐。我们将根据将军之决定准备。”

“哦，那就坐船吧。”家康淡淡道。

其实在且元来之前，便已确定了这事。走水路可以从伏见直接到大坂，若走旱路，路上需要大量护卫。秀吉公在世时，让妻妾出行时极尽奢华，到处炫耀，多次令世人瞠目。

婚礼过于简朴，千姬则显得太可怜，可太过豪华又完全是浪费。但是在此事上，家康并未给大坂压力。他虽然疼爱孙女，可也得考虑片桐且元的处境。且元明白天下格局的消长，淀夫人和秀赖却浑然不清。他们要做出些不识时务的举动时，在大坂城内能耐心劝说他们的，唯有且元。想到这里，家康越发为且元的处境感到悲哀。且元也感受到了家康的体恤之心，心头更是沉甸甸的。

且元若是不识时务之人，来到伏见城，他的态度或会更加强硬。但如今，这种强硬已行不通了。石田三成兵败如山倒，在且元看来，原因并非因为家康比三成强大。

秀吉去世时，天下大势便有了巨大变化，一切全是三成咎由自取。世人都厌倦了战争，秀吉却硬要再度出兵朝鲜。从那时起，秀吉公便成了一个逆潮流而动的人。逆潮流而动，必然走向败亡，这与逆天而行乃是同理。三成绝非平庸之辈，然而他却未看清这些。他与秀吉犯了同样的错误——不管是谁，师出无名，都必败无疑。

且元既充分认识到这些，便无法与家康平等交涉。家康的举措，通常都能顺应时势。他知百姓厌倦了战事，便一忍再忍，最后，他让世人明白，他是被迫，是不得已才举兵讨伐三成。而且，胜利之后便立即进行大规模论功行赏，以防止战乱再起，这都是为了天下太平。他一边纠正太阁和三成的错误，一边代表了苍生之愿，不断寻求富国之策。

大坂让察知了这一切的且元与家康交涉，便已是巨大的失算。一个在心底已不认同主君的人，怎能作出让主君满意的交涉？然而，还有何人比且元更合适？而且元却也并不会因此而对家康唯唯诺诺、言听计从，他也想找机会试试家康。但家康始终毫无破绽，这让且元惶恐不安。

即便是今日的协商，实际上也是且元在询问家康的意思，但他却无一丝被人左右的感觉。相反，家康言行只让他敬服。但一考虑到大坂，这种敬服反而成了压在他心头的一块石头。片桐且元左右为难。

"带市正去见见阿江与和阿千吧。"家康见事毕，吩咐道。

于是，且元被带入了内庭。

在内庭，阿江与夫人正和家康侧室阿茶局一起查看茶屋家刚刚送来的嫁衣。阿茶局也称须和夫人，乃甲州武士饭田久左卫门之女，曾是今川家臣神尾孙兵卫久宗遗孀。如今，她作为家康侧室，因人品和教养出众而统管内庭事务，亦是个深得人心的女丈夫。

一旁的千姬端庄大方。在场的还有负责嫁妆的大久保长安，以及刚刚成了千姬侍女的阿蜜。阿蜜已被称作荣局，将随千姬前往大坂。

出入这样的场合，似有些不妥，且元却并不拘泥于老套，他觉得，家康让他来是对他的信任，这才是最重要的。

"片桐大人，莫站在门口，来，到小姐旁边坐。"阿茶局老练地与且元打着招呼，在上首为他铺上垫子。且元微笑着到千姬旁边坐下，"看来嫁妆都已准备好了。"

"是啊，全都准备好了。"

千姬拿起面前的荷包，抚摸着上边绯红的流苏。

且元感到有些难过。在这里，比在大坂城与淀夫人和秀赖坐在一起，让他感到舒畅百倍。而这种感觉又让他内疚。在大坂，他总是提心吊胆，淀夫人的一举一动都让他担心。可在这里，由于家教严格，气氛平和，给人安心之感。

"爷爷贵庚？"千姬突然问。

"四十有八。"

"可喜可贺！这个送给您。"

好像是茶点，用纸包着。且元道："这是什么？"

"是加贺一种叫长生殿的点心。万里小路夫人送过来的。很好吃，您尝尝。"

"万里小路夫人……"且元感到难过。万里小路的继室曾为太阁侧室，当时人称加贺夫人。秀吉公故去未久，加贺夫人就再嫁了。然而让且元感到难过的不是这个，而是千姬善良的品性。这位小姐拥有人见人爱的气质。他再次想到大坂的气息，突然万分难堪。

“阿千这孩子，见了别人总想给人家点什么。”阿江与夫人理好嫁衣，转向且元，道，“大人今日特意来访，辛苦了。”

且元还了一礼，“淀夫人让我过来看看，有什么需要，请尽管吩咐。”

“多谢夫人关心。阿千听说要到姨母处去，天天都盼着呢。您也看见了，还是个不懂事的孩子，说不定还会拉着少君与她过家家，给你们添麻烦。请片桐大人多多担待，代为周旋。”

“请莫要担心。大坂也翘首盼着小姐。小姐活泼可爱，相信会在少君和淀夫人身边吹起一阵春风。”

“但愿如此。”阿江与夫人说着，向大久保长安递了一个眼色，让他用托盘端上谢仪：一件衣服外加一把金刀。且元再次感到胸口疼痛，像被针扎一样。

“以后有劳大人费心。这是大纳言的一点心意。”

“真让在下意外。可却之不恭，我就收下了，多谢大纳言大人，多谢夫人。”

等他说完，大久保长安转向阿江与夫人，道：“还有些事想跟片桐大人请教，欲招待大人用些饭菜，乘机商谈。”

“好，万事听从片桐大人的吩咐，不可有半点疏忽。”

这二人平心静气，有条不紊，心有灵犀。

且元再次谢过阿江与夫人，长安便带他到了另一间房中，阿茶局随后端来礼品。若是在大坂，这简直难以想象。阿茶局乃家康侧室，却如个侍女一般，连送给且元的谢仪都要亲自端来。

仔细想想，方才千姬天真的话不无讽刺。那些曾是太阁侧室的女人，从来未去看过淀夫人，然而她们却来过伏见。他怀中的点心不就是加贺夫人送的吗？不仅武将，就连女人都已对大坂敬而远之，这是为何？难道是因为家康可亲可敬？然而且元的这种感慨一下子就让大久保长安打消了。这个德川氏的新宠，真是口舌歹毒之人。

阿茶局离开后，侍女端上饭菜。“这里有我就行，你下去吧。”大久保长安支开了侍女，拿起酒壶给且元斟酒，说起了且元最不愿提及的事。

“大人也很辛苦。淀夫人肯定以为，你是将军的人。”他毫不顾忌盯着且元的眼睛，说得直截了当。

且元默不作声。对于这种令人不快的无礼之言，根本没有必要回答。若是不予理睬，对方也许会不得已转换话题。但大久保长安却没像他想的那般做。

“德川氏也有很多关于大人的传言。有的重臣认为，您是一块绊脚石。”

“什么？”

“只有大人能够看清时势，因此与我家的交涉也都合乎情理。如此一来，将军只能越发信任你，而不能恨你。”

且元举杯望着长安，沉默不语。其人相貌端正，眼中清澈如水，坐在那里，若是不开口言事，说他是个俸禄五十万石的大名，也无人会感到奇怪。可是他一开口，便是些针针见血之言。

“世人议论，是丰臣氏早些败亡，还是将军早些离世。百姓往往口无遮拦。圣人孟子曰：为国者能自治而得民心，则天下皆将归往之。这话大有真意啊。”

“大久保大人，你从何处听到这些？”

“不久前发生地震。那是五月二十八，哦，就是将军在京都发布禁赌令之前。不管怎么说，大佛殿刚刚烧毁，又来了地震，因此市井百姓肯定联想到庆长元年的那次大地震。那时，大佛殿也曾出现事故。而且，在那之后仅仅过了两年，太阁大人便西去了。”大久保毫无顾忌道，“看我净说些不吉之言。可这也是因为体察到大人的苦衷，还请大人见谅。”

且元听着听着，心情沉重起来。这或许并非肆无忌惮的无礼之辞。也许，长安乃是真正知道且元处境的艰难，才给他一些提醒。

“是啊，百姓不会顾忌人情面子。”

“再没有比百姓的声音更真实的了。他们像是着迷于神女阿国的念佛舞一样关注时势。创建幕府已成定局。三月发布严禁滥杀百姓的命令，现在又发布了禁赌令。明白百姓疾苦者必能兴盛。然而，也有些关于大坂的话，说大坂缺乏一样最重要的东西，无用的东西倒不少。”

这话让且元感到好奇，他忍不住道：“大坂缺贤良之人。这一点我知，可过多的无用之物则是……”且元陷入尴尬，长安的话让他生气，可他又只能跟着说下去。家康的亲信中，本多正信、正纯父子就让他感到很难对付，可即便是他们，也无大久保长安这般直言不讳，让他这般难堪。难道是指太阁留下的黄金？他以为长安必这么想，便试探着问了一句。不意长安毫不迟疑地回答：“是好胜之心。”

“好胜之心？”

“是。百姓往往一语中的。若把德川比作一位乘骏马奔驰的勇猛武士，大坂则是一个赤足女人，她试图与武士一比高下。这女人跑得越快，倒下得越早。仔细想想，确实不无道理。大人，您想要阻止她？”长安口若悬河，而且元心中却早已没了主意，犹疑道：“您说得没错。可我即便想去阻止，她也很难停下来。若您是大坂重臣，会怎生做？”

长安毫不畏怯，微微侧头道：“要是我，我便不阻止，而去转移她的兴致。”

“哦？”

“奔跑总有个目标。德川是为了什么才奔跑？是为了天下太平。因而，莫要让她上气不接下气地跟着跑，而是在适当的时候给予褒扬。如此，便能让二者的目的达到一致，比试之心也会变成合作之心。”

“您真是个智慧之人。可鄙人愚笨，未能完全明白您的意思，烦您举个例子？”

长安似乎正等着这话，轻轻拍了拍膝盖，“我若是您，便会用太阁大人留下的巨额黄金去建造丰臣德川两家合作的商船。”

“商船？”

“对。比现有的船大两三倍。制造五十、一百、两百，甚至三百艘。在堺港、博多、平户和长崎，以及松前、琉球等地，遍建商铺而非城池，把船派往海外，聚敛世上财富。总之，让德川为了海内太平、丰臣为巩固太平根基而增加盛世财富。这样，两家的目的便达到了一致，而且不会冲突。”说罢，长安从怀中取出一张洋人制的地图，微笑着把它打开。这与秀吉公生前扬扬得意贴在扇子上的那张一模一样。

且元似乎有些不知所云，茫然坐在那里。长安为他倒上酒，兴致勃勃继续道:“那可以称为丰臣、德川商舍,现在则正是创立商舍的绝好机会。千姬小姐马上就要过门。这是日本国即将迎来盛世的证据。这样一来,就不必再担心德川和丰臣的冲突。将军代表武家统领天下,职位世袭。而秀赖和千姬小姐的儿子将会作为丰臣德川商舍的栋梁,代表日本与诸国交易。双方便不会再拘泥于谁主谁从些许俗事。”

长安看了一眼且元,发现他还在盯着自己,便用扇柄敲了敲地图,道:“实际上,这是我的梦。我早就对为官深感无趣了。堺港有人能听懂我的话,武将当中却没有。在这之前,武将们都忙于战乱纷争。在将军大人的努力下,现在终于平定下来,我也才出来奉公。现在乃是绝好的机会,一定要把握住时机,大人。现在若是有人用太阁留下的黄金为此万世之事,将军大人定会大快。然堺港却有些保守之人,认为太阁大人留下的黄金,乃是引发动乱的火种,因此只能烧毁大佛殿,以把黄金用掉。这种见解真是愚不可及。事情并非如此,应把黄金用到海外交易。有人多次阻止烧毁大佛殿,这二人都已不在人世了,我不妨说出他们:一位是纳屋蕉庵先生,一位是坂田宗拾先生。二人故去之后,大佛殿便被烧毁。但还有机会,千姬小姐的出嫁……错过了这次机会,骑马武士和赤脚女人的比试还会继续,但成败……”长安突然住了口。他注意到且元已经闭目凝神。

一开始,且元还想认真听听,可愈听愈觉荒诞不经:竟想让右大臣和将军去做商家,想想便觉可笑,淀夫人更不会同意。于是他闭上眼睛,似在打盹。

“再来一杯!”长安用力拿起酒壶,弄得丁当响。

“不了。已经喝了很多。”

“无甚招待大人。”长安微微一笑,“这世上之人,贤良者还真不常见。普天之下,唯有将军大人可称得上出类拔萃。”

且元感觉大久保像是在挖苦自己,可转念一想,又觉不太可能。大久保长安再怎么与众不同,也不会对代表大坂前来议事的他无礼挖苦。即便听起来有这个意思,那也是因为长安措辞不当。且元郑重放下杯子,附和一句:“是啊,像将军大人这般人,世所罕见。”

“是。人们往往安于现状，谁会思量五十年一百年后的事情？现在还不太平，说不定还会发生变故。”

“是。”

“片桐大人听说过‘小人闲居为不善’这话吗？”

“惭愧惭愧，实际上，我一直在思量这话。”

“这真是一句值得深思的名言。现在的各路大名，都是一夫当关万夫莫开的猛将。”

“那是当然。”

“因而在打仗时，他们都是能人，是贤良。”

“哦。”

“但是在战事以外呢？”

“战事以外？”

“是。他们既不懂学问，又不能像手艺人那般有做些物品的才能。”

“呵，大久保大人的话真有意思……”

“一旦没了仗打，武将便无事可做。因此，‘大人闲居何为’呢？”大久保长安似是个喜穷根究底之人，他接着道，“太阁大人一统天下之后，认为国内已经无战争的必要，遂想到以茶道弥补大家的空虚。当然，这并非太阁大人一人的智慧。恕我失礼，这应是利休居士的主意。然而，大多人并不热衷茶道。嘿嘿，所以，很多人都在闲居。”

“是。”

“这些战场上的‘大人’，本心一旦成了‘小人’，他们会做什么？打个比方，若是秀赖得了天下，一切事务还得片桐大人全权打理。那么到时候，片桐大人打算拿什么给各大名打发闲居时光呢？”长安终还是开始戏弄起片桐且元，话语恶毒。经这么一问，再怎么温厚的人也不可能长忍。

“若是阁下，会怎么办？”且元压抑住心中的不快，反问道。长安似乎在等着这句话，马上回答：“仍然只能照太阁大人的方法做。修建城池，雕刻大佛，挖沟造渠……适当地激怒众人，若是看到肿块，便一个一个弄破，挤出脓水……只万万不会出兵朝鲜。片桐大人恐也是如此想？”

且元一脸严肃把吃食从腿上挪开，无言。

片桐且元离开内庭时，心情异常郁闷——这到底是大久保长安自己的想法，还是本多正信或板仓胜重等智者让长安这般说的？但无论如何，把天下的大名说成除了战阵之外一无所知的小人，而且不久便会“为不善”，这样的笑谈让他心痛。当然，这些无所事事之人在为不善之前，也许会愤愤不平聚集到丰臣氏周围。而掌管着丰臣氏大小事务的片桐且元，又将如何面对？他觉得，长安乃是在旁敲侧击打探他的心思。不仅如此，长安还说，为了不使大家感到无所事事，就得修筑城池、修建大佛、挖沟造渠……

这些事，大名已开始防范，私下议论纷纷。

封了征夷大将军的家康把千姬送去大坂为质，自己不日便会回江户，紧接着便会大力改建。迄今为止，江户城都是德川的居城。但若是变成将军居城，必倾天下之力。烽燧平息，在对百姓课税收赋的同时，领主还得对保障自己领地安全的将军家负责，这样才合情合理。

但更可怕的乃是：“适当地激怒众人，若是看到肿块，便一个个弄破，挤出脓水……”不管是身为大名还是身为丰臣家臣，且元都对这话甚是担忧。

实际上，家康已拥有这个实力。他已作为征夷大将军统领天下。大久保长安所说的那些人，即便知道自己在实力上已无法与家康抗衡，可是否也知道，自己实际上已成家康的家臣？他们如今对丰臣氏只剩下义理，对将军则必须服从。

在此之前，片桐且元把问题看得太简单了。他曾自负地以为，自己作为丰臣氏的代表，可对家康采取怀柔之法。然而，他作为丰臣重臣，同时也是一介大名、一介武士，不同样是将军的家臣吗？

这样一想，千姬和秀赖的婚姻便有了完全不同的含义。至少，不可认为千姬仅仅是人质。掌握着丰臣氏生杀予夺大权的征夷大将军德川家康，乃是出于信任，才把千姬送到大坂……且元沉浸在思虑当中，甚至不知是怎么回到浅野府邸的。

八　千姬出阁

从千姬出阁的前一夜始，德川家康便感到心神不宁，坐立不安。

对儿女的关爱和对孙女的关爱无甚不同。他的孩子一个接着一个出生。庆长五年十一月，阿龟夫人产下五郎太丸。七年三月，阿万夫人生下长福丸，而现在又已有孕在身，预计在今年八月分娩，到时家康又该感到难为情了。对家族的繁荣，这是好事一件，但家康虑及自己六十多岁的年纪，则多少有些尴尬。

秀吉公六十三故去时，已明显衰老。然而，家康今年正好六十有二，却会再得一子，他自然担心自己究竟能对这个孩子的成长负多大责任。

当然，他并非因此才疼爱千姬，才关心她的出嫁。或许因为千姬是个女子，他想让她感受到不同于对孙儿的关爱。家康还有别的孙女，是在信长公令下被迫切腹的信康所出。但是，那几位小姐和家康之间似少了许多祖孙之情。她们是家康的孙女，可也是信长公的外孙女。每当看到她们，家康便会想起信康，一直有意无意疏远她们，这亦是因为他当年思虑不周，战事繁忙。可千姬的情形完全不同，他从心底里喜欢这个孙女。如何使她幸福，他时常挂在心上。他对这次婚姻抱有太多期待。

家康对现在秀赖的成长并不满意。后天的教养比先天重要得多，没有一个贤者调教，秀赖可说真的不幸。但家康并未绝望，他认为，活泼大方的千姬定能给秀赖幸福。千姬若能为大坂和江户之间带来光明，家康和秀赖即便不在一处，也能心有灵犀。

秀赖小时候常黏在家康身边，叫他“江户的爷爷”。家康觉得，若是通过千姬，双方产生祖孙的情感，也能够好好调教他。而且，他自觉履行了和秀吉的约定，良心上得到安慰。

千姬出发的前一夜，家康几次前往内庭见阿江与夫人，给大久保长安一些吩咐，又训斥大久保忠邻。他心中想的都是千姬和秀赖，总似看到他们像七夕节的偶人般并坐一处。

秀吉卧床不起时，家康和他作了一个愚蠢的约定，那其实是石田三成的主意。三成竟然认为是秀吉本意，他对天下大事的判断显然相当幼稚。这个约定便是：秀赖长到十六岁时，家康便将天下交还与他。但目下已不可能履行。这一点，不论何人都非常清楚。这若是一个什么都不懂的十六岁少年便能治理的天下，那信长为何会对那么多人大开杀戒？秀吉为何会逼迫信长之子信孝切腹自杀，将柴田胜家和阿市夫人置于死地？秀吉在信长生前全力效忠，家康协助信长、协助秀吉，不都是因为三人同有一个心愿——统一天下吗？

信长去后，拥有实力的秀吉得到了天下；而秀吉去后，家康成为继承其遗志之人，继续为“统一天下”拼斗。这些都是理所当然，也体现出其间的责任和情义。但三成不明白。连他都不能明白，这个世上还有多少人能明白？

把千姬嫁到大坂，正是要让世人明白。

家康要治理天下，是为公，兼顾人情义理，那是私，必须将二者严格区别开来。将千姬许配与秀赖，首先是人情，但其中也包含“公义”。可若世人不能明白，千姬就会遭受不幸。

各种念头交织在一起，让家康觉得千姬愈发可爱，愈发招人怜惜。

庆长八年七月二十八，晨，船只准备妥当，家康亲自来到渡口，为千姬送行。千姬带着二十个侍女，和母亲并排而坐，显得那么娇小，令人泪下。陪嫁的童女阿点比千姬还要小，她拉着千姬的手，或许是因为她，千姬更加楚楚可怜。紧随其后的为荣局，她捧着一个小匣子，匣子里装着点心和玩物，以免新娘在船上感到无聊。这也是家康吩咐的。

“爷爷，多谢您的关爱。”阿江与告诉千姬，因为是出嫁，不能说“我去去就来”，故千姬便这般跟家康告别。不知为何，听到那天真的声音，家康突然心中酸楚。因此，当他看到黑田长政带着三百多人全副武装来到这里时，突然厉声斥责：“在这大喜的日子全副武装，真不会办事！”但骂完之后，又马上后悔了。

黑田长政不知道为何挨骂，一脸不解地怏怏退下，但他并未因此改变自己的想法。这一带不知潜伏了多少关原合战时留下的浪人，若是他们看到警备不严，便不知会惹出多少乱子。

然而堀尾吉晴却没让武士佩带长矛和火枪，而是让他们扛着锄头和斧头，驾小舟紧随千姬乘坐的大船。这是为了掩人耳目，称是让三百杂役砍伐堵塞河道的芦苇，开辟航路。其实是保护大船安全，船中也藏有武器。这些看似杂役的人，个个都是勇猛武士。

“还是你聪明，姜还是老的辣啊！”家康赞许堀尾吉晴这个并不太值得称赞之举，之后或许感到话有些过，便转身去了。六十二岁的征夷大将军，为了七岁孙女的出嫁而感伤至此！他自己也感到奇怪，怕别人看见他的泪水，才慌忙离开。但是，他又感到不放心，遂吩咐婚礼总管大久保忠邻，让其将途中和婚礼上的一切详详细细报告，才回了房中。

回到房里，家康才发现今日天气格外好。从院子里林立的树木之间看到一抹蓝天，像是被水洗过一般。“今日有风，船上应颇为凉快，当不会感到寂寞。”他自言自语道。

“是啊，少夫人也跟着。”旁边的阿梅夫人道。

“我说了什么？”家康慌忙道。

“大人说，小姐在船上当不会感到寂寞。”

“哦。真是没出息。”

“大人……”

“不，我说我自己。”家康捧起阿梅端来的葛汤。

阿梅夫人乃是青木纪伊守一矩之女，因为阿万又怀上了孩子，现在由她侍奉家康。她脸上还保有孩子般的稚嫩。后来，家康把她送给了本多正纯，此为后话。当家康的视线落到阿梅身上时，他感到有些尴尬。

阿梅和他的年龄差距，像一把利剑刺向他的胸口。

“你……”家康本来想问她多大了，又慌忙住了口。千姬的影子还在他脑海里挥之不去，他害怕若是听说阿梅还不到二十，只能让自己的内心更加慌乱。

但阿梅夫人耳朵很尖，抓住了家康的那一个字。“请大人接着往下说。”她的眼睛和嘴唇都和千姬的一模一样。

家康更是狼狈，但又不能沉默下去，否则阿梅会担心自己有失误之处。对方若是个男子，他会故意不语，让其去思量，但是对这个和自己年龄相差甚大的女子，他却不能这么做。“无他，只是突然想起了阿千。”

“大人一直都在想着小姐。”

“哦，这些你都知道？”

“是。大人，可您刚才说的是妾身……”

“不用担心。我是想问你，你知小姐何时才能成为真正的新娘？”

“再过四五年……可是，这种事情，大人应……”阿梅突然满脸通红。女子变成真正女人的年龄，家康应该比她更清楚。她本来想这么说，但突然想起了自己的过去。家康的侧室大多曾嫁过人，从姑娘时便成了家康侧室的人很少。阿梅和后来成了水户赖房养母的阿八夫人，以及在家康归天后改嫁给喜连川赖氏的阿六夫人一样，乃是为数不多的姑娘身。

“阿梅有些像阿千。”

“怎会？不过荣局也这么说过。”

“你认为秀赖会喜欢阿千吗？”

“这……可是大人为何连这些事都担心呢？”看到家康心情不算太差，年轻的侧室顿时放下心来。这种时候，家康总是会马上正襟危坐，因为他想起他和筑山夫人的不幸，心口开始疼痛。女人撒娇，往往是因为征服的欲望。征服便可能吞噬男人的一生，导致终生不幸。

正巧这时，本多正纯进来禀报：“船就要出发了。”

“哦，小姐没哭吧？”

“是。小姐非常高兴，对船栏杆上的雕刻大有兴趣。”

“我记得那好像是凤凰。”

“是。小姐说：世上真有那种鸟吗？有的话真想喂一只呢。”

“真想给她一只。”说完，家康突然变得严肃，道，“过来，正纯。跟阿梅坐在一处。”

正纯惊讶地抬头看看家康，“大人说什么？”

“我说，你跟阿梅并排坐。若是你跟阿梅坐在一起，不定看起来如秀赖和阿千。来，并排坐！”

让年轻的侧室和宠臣并坐一处，家康也觉得自己有些不对劲，可明明知道，却为何还要继续下去？这毫不像平时的他。

“犹豫什么！快！”家康再次催促道。

家康心中想着，是不是被什么附身了？这好像不是我自己，是太阁。他心头感到一阵疼痛。这种感情，正如当年明白自己将不久于人世的秀吉对秀赖的疯狂关爱。

家康回过神来，阿梅和正纯已端端正正坐在了他面前，却各怀心事。阿梅很是安心，她觉得是家康的命令，而正纯则充满戒心：难道平常的行止有何不妥，让主公误会了？

家康心头突然涌起嫉妒之情。

“真相配！你们很是般配啊！”家康没想到自己会说出这等话来。他明明知道，不满二十岁的女子和六十多岁的老人，自然比不上和正纯坐在一起相配。若是因为这个玩笑，阿梅真的对正纯动了心，那该如何是好？

这或许也正是秀吉晚年的焦虑。不管家康多么喜欢阿梅，他总会先她而亡，这是天意。

“真是相配！你们互相看着对方！”

“大人！”

“那是什么表情？我是想看着你们，想象一下长大成人之后的阿千和秀赖。快！扭过脸去，看着对方！”

“可是，这……”

“你耳朵聋了，正纯？”

“不，可是……”

“再靠近一点。嘿，你们都似在戒备着对方？”家康愈发像被什么附了身，急急催促道。阿梅主动向正纯靠近了一些，看着他微笑。

“是啊，这就对了。可是还是不像和睦的夫妻。这样的话，阿千爱恋着对方，秀赖却在躲避。正纯真是个不解风情的木头蠢货！”骂到这里，家康竟突然变了脸色，胸口亦剧烈地疼痛起来。

一个人即便觉得自己已完全悟透了人生，仍然不过是在未知的丛林里行走。像家康这等人物，也是在以秀吉经常做的近于疯癫的游戏来戏弄阿梅和正纯时，才忽然发现此等残忍。他本想戏弄阿梅和正纯，真意却似在戏弄自己。一瞬间，他毛骨悚然。做出这样奇怪的举动，正是感觉到自己无力保障千姬一生的幸福，是在这种感觉驱使下，对自己的一种折磨。这次荒唐的举动，令家康感觉到无比的愧疚，也对秀赖和千姬的未来感到了巨大的不安。

“好了。看过了。”家康摆了摆手，对正纯笑道，可那笑容看起来却有些扭曲，有如哭泣。正纯松了一口气，离开阿梅一些。

“大人怎的了？”阿梅道。

“什么？”

“大人脸色不佳。”

“胡说！”家康像是在发泄，“太阁真是可怜。”

“太阁？”

“太阁是个贪心的人。他想长生不死，青春永驻。”家康顿了顿，接着道，“正纯啊，你不懂也无妨。总有一日你会明白，即使到时你不想明白。对了……这回太阁应该高兴了。太阁的一个梦终于成为现实。”

“哦。”

“我去看看五郎太丸。正纯，跟我走！”站起来时，家康心中想的已完全是另一件事：把阿梅许配给正纯吧。让她跟正纯并坐一处，知道了和她一样年轻的男子的存在，这对家康来说乃是一大过失。若是他日后还执著地宠爱阿梅，无异于在战场上拾他人矛下的头颅。不能像太阁那般看不到自己的过失。

但家康马上又想，这恐还是因对阿千的愧疚。既然这么担心，为何还要把她嫁过去？这已成了他最大的痛楚，家康无法摆脱心中的烦恼。

家康来到西苑阿龟夫人处时，五郎太丸正规规矩矩坐在那里，听母亲讲鹰的故事，从作为鸟的鹰说到了放鹰狩猎。五郎太丸问这问那：老鹰怎么才能抓到兔子？为何鹤比鹰的身体大，反而力量不如鹰？出生才两年多，他的目光却炯炯有神，神情也甚是倔强。

五郎太丸看到家康来到门口，马上瞪着一双小眼，迎接父亲。虽只言片语，却让家康想起了信康小时候的样子，他突然陷入奇怪的错觉：人死之后，还会转生吗？若是这样，不定信康投胎又做了自己的儿子。

我还是忘不了信康——家康露出一丝苦笑，走到五郎太丸面前，向他伸出手。五郎太丸咧着小嘴笑了起来。这个神情倔强的孩子很喜欢父亲抱他。然而阿龟夫人却摇摇头，阻止了五郎太丸："不可，你已长大了。"然后，她转向家康："三岁看到老。三岁之前的调教将会决定一生。"

家康回头看了看身后的正纯，微微一笑。即便这个孩子是信康转世，母亲对孩子的态度却完全不同。信康母亲筑山夫人经常抱怨家康不抱孩子，这位母亲却尽量不让他亲近儿子。阿龟心里，必如此想：花甲之年才得此子，绝不可过于溺爱。

"正纯，我决定让平岩亲吉做五郎太丸的师父。"家康道。

平岩主计头亲吉曾是信康的师父。信康因任性而切腹时，他捶胸顿首，认为是自己教导失当，甚至想切腹随信康而去。若是将这个与信康颇为相像的五郎太丸托付给他，便能把他从一生的自责中拯救出来，对五郎太丸也是一件好事。

想即此，家康突然心中一动，"五郎，我带你去放鹰吧。"

"好，孩儿想去。"

"好好，可你还不会骑马。我给你找个强壮的人，让他背着你，他比马跑得还快。"说着，家康又想到了千姬。可没少抱过她。对女孩，只有抱着她才能表达自己的关爱，这恐就是女子和男儿的不同。

家康为无法忘记千姬而备感焦虑。我这是怎么了！他责备自己，可是他也知，这世上许多事都无可奈何。

五郎太丸瞪着一双明亮的小眼，膝行到家康跟前。他从母亲那里听到鹰的故事，现在父亲又说带他去放鹰，便一门心思想着这些。

“父亲……大人，什么时候……去放……放鹰？”

“回到江户以后吧。不，在回去的途中，咱们去一趟骏府，在那里，我就带你去。”

“那是……什么时候？”

“五郎太丸！”阿亀夫人责备道，“既然都说带你去了，那之前就得乖乖地等着。”

五郎太丸咬着小嘴，瞪着父母。

是个懂事的孩子，就更得把他托付给平岩亲吉了，平岩定能让他明白母亲的心。若非如此，有一日他定会反抗母亲，这些从他的眼神里便可以看得出来。家康沉吟片刻，道：“五郎，我封你为甲府二十五万石的大名，和平岩爷爷一起，可好？”

“好。”五郎太丸并不明白这句话的意思，阿亀夫人的肩膀却在猛烈颤抖。

“这样，你就是一员大将了。”

“嗯，大将。”

“大将悲哀时不能哭，在苦累时要忍耐，有好吃的东西时要分给家臣。怎样，五郎太丸，你能成为大将吗？”

“能。大将要……放鹰。”

“对了，放鹰的时候，能打到很多猎物，家臣用个大锅把它们煮了，大口大口地吃，香喷喷的，好吃，好吃！可大将不能吃。大将只能默不作声地啃自己带来的干粮。怎样，能当大将吗？”

五郎太丸咂巴了一下小嘴，然后偷偷看了一眼母亲，口齿清楚道：“能！”他似成了一只雄鹰。

家康突然想亲亲儿子的小脸，想把他高高地举起来，叫一声“你这个信康托生的小东西”，可他不能这么做，这和刚才所言的忍耐相悖。作为统领天下武士的大将，应比五郎太丸能忍耐得多。即便是自己的儿女，也不可随心所欲地亲近。压抑自己的情感，才能通情达理，这便是作为大将应该具备的谨慎，若无这种谨慎，如何去驾驭别人？

想到这里，家康突然站了起来。“回去吧，正纯。”他心头涌上一股酸楚，在比较五郎太丸和秀赖的幸与不幸。

封五郎太丸为甲府二十五万石的大名，从现在开始就得调教他，令他生起责任心。而且，他身边有一个家教严谨的母亲，还有平岩亲吉这个能干的师父。但对秀赖，家康却不能这般做。

这并非家康内心有亲疏远近。若是有，他也不会把侧室前夫的孩子接到身边，给他们最好的教化。然而，唯独秀赖在一个家康完全无法着力的环境里，家康只得把自己疼爱的孙女嫁给他，以此来逃避心头的不安。这样就能对得起太阁？淀夫人逼人的气势，使得家康一再忍让。若是秀赖长大以后，连个二十万石、三十万石的一地之守也做不了，那么对千姬来说，家康是个多么不负责任的祖父！

家康离开五郎太丸，回到本城，一时竟不能摆脱这种迷茫。若是战场上的进退，他定能作出很好的决断，可对于孩子的人生，他却无法轻易割舍。家康一夜未眠，迎来了天亮。

带着大久保忠邻的口信，鸟居久五郎快马加鞭来到城中。家康停下手头的政务，把他叫到自己的房间：“怎样，事情可还顺利？”

“是。路上堀尾大人让人带的斧头和锄头派上了用场，疏通河道，顺利地到达了大坂城。”

“哦，堀尾的苦力果然派上了用场。阿千在路上可哭闹过？”

“一路上都很是高兴。停船后，浅野纪伊守前来迎接，您猜小姐说了什么？”

“说了什么？都是阿江与夫人教给她的吧。”

“不。对方郑重地致辞：下官浅野纪伊守……听到对方报上姓名，小姐便道：你忘记我了吗？”

“哦？”

“她说：你不说你的名字，我也记得你。辛苦了。说完，便笑着上了轿子。”

"哦？她这么说？阿千这孩子，越发让我放心了。之后呢？"

"本来淀夫人要铺上榻榻米，再铺白绫，可虑及大人会因此不快，便铺上了洁净的卵石。"

"好好，这样也好。淀夫人到本城门口迎接了吗？"

"在门口迎接的是片桐大人，朝服束带……"久五郎话说到一半，便埋下了头。

"哦，淀夫人未在大门口露面。"家康有些失望，叹了一口气。

"淀夫人说，虽说小姐是少夫人，可也是妹妹的孩子，要是出迎的话，就乱了辈分。"

"哦，我还以为，她很久没见的妹妹和外甥女来到，她会按捺不住思念之情跑出来相迎呢……"

"倒是见了面，还好……"

"和阿江与夫人拉手了吗？"

"这……没有。双方毕恭毕敬，按照礼节施礼致意，但眼圈都红红的。"

"唉！女人啊……"从久五郎的话里，家康可以想象这对争强好胜的姐妹见面时的情景。若是任何一方能够摆脱比试之心，二人定会抱头痛哭。可她们竟都没能解开心结。"两人未发生口角吧？"

"问候完毕，二位夫人便不再拘束，说笑起来。"

"淀夫人说什么？"

"淀夫人说：整日被大纳言大人宠爱着，无所用心，妹妹愈发丰润了。"

"哦，少夫人怎生说？"

"少夫人说：姐姐啊，太阁大人归天之后，您越来越年轻了。"

家康又是一脸失望，便改变了话题："阿千呢，她怎样，当时在她们二人旁边吗？"

"是。"

"淀夫人没跟阿千说话？"

"不，说了。她说：这闺女，比你母亲还有气质。"

“阿千怎么回话？”家康往前探了探身子问道。年轻的久五郎哈哈大笑：“小姐一脸认真地回道，大家都这般说。”

家康突然捧腹大笑：“哦，这么回话。说得好！女子气质方是第一。”

“之后，小姐接着道，相貌和气质都很好。”

“哈哈……连这些都说了。这个阿千！”

“是。说的时候还一脸严肃呢。说完之后，她环视四周，说大坂城比江户大。”

家康一下子绷起脸。这话自有重要的含义，大坂城诚比江户大得多。他不是担心阿千会因此而自卑。但在阿千看来，大坂城实比江户大。不管是眼见还是耳闻，在天下大名心里肯定也是这样。对于家康，这话乃是一句大大的警告。他抬头凝神道：“哦，阿千说了这些？”

淀夫人和阿江与之间的心结，似乎并未因这次婚礼而打开。家康原以为，这样一对命运多舛的姐妹，在各自最钟爱的孩子结为夫妻之时，定会抛开一切，更加亲密，可是从久五郎话中可以猜出，她们表现出的竟是比外人还要强烈的敌意。阿江与认为，淀夫人虽是秀赖生母，却也不过是秀吉公侧室。

家康希望淀夫人表现出一个姐姐应具的博大胸怀，双方不要对立，不为丰臣德川的姓氏所拘，而是敞开心扉，和睦相处。这样，他也就不会再有什么顾忌，把秀赖当成自己的孩子一样，鼓励也好，指责也罢，好好地养育成人，保证丰臣一门延续。他本想这么做！不，本来两家就应如此。秀忠乃是太阁之妹朝日姬的养子。阿江与又是淀夫人的妹妹，亦是秀忠正室。秀忠和秀赖名义上是兄弟，而千姬出嫁以后，更是翁婿。这难以切断的亲缘，世间少有。正因如此，双方更应亲密无间。况且，这也是秀吉临终前想拼命抓住的一根救命绳子。久未谋面的姐妹在见面之后，本应深深体会到这些。可家康这个期待，却落了空！

虽然母亲与姨母之间貌合神离，欲较高下，千姬却无这种思绪。稳重端庄、天真可爱的千姬，不日若是能为秀赖生下一子，这个儿子便不再仅是秀赖的儿子，也非淀夫人一个人的孙子……阿千定能给大家带来那一日。

由于家康的努力，天下初定，但人心未稳。只有天下人同心协力，日本才能真正统一。

鸟居久五郎退下之后，家康终于解脱出来。谁都知道，期望容易，实现万难。迄今为止，家康的一个期望落了空，他不得不去修补：是阿千提醒了我，江户城的改建，必快些开工……

是夜，家康酣睡，一夜无梦。

九　秀赖之城

在恩人大久保忠邻与阿江与夫人一起回了伏见之后，大久保长安仍暂时留在大坂城，负责嫁妆交接，和礼单一一对照，该放到库廒的放到库廒，珍贵物件则交与秀赖侍臣。

这是奉命行事，但长安仍大为吃惊。大坂城内的现状引起了他强烈的兴趣，他还未见过这般奇怪的城池。照说，此城的主人只能是年仅十一岁的丰臣秀赖。表情严肃的重臣应聚集在秀赖身边，以少君年幼为由，事无巨细，皆由他们议论处理，再将最后的决定告诉秀赖，让佑笔记录下来。然而，几乎所有的家臣都无视秀赖的存在，单聚集在淀夫人居处。所有事务从来未跟秀赖说过，都是淀夫人随兴决定。这样做决断倒快，但很多事都未作记录，万一淀夫人推说不记得，必生麻烦。

当然，大项金钱的支出，都由片桐且元与其弟贞隆以及大野治长、大野治房和小出秀政等人处理，也让一起议事的佑笔记账，可这和堺港那些小商家所记的流水账无甚两样，甚是简略。

若心中生恶，不出一年，便能将这城中的一切骗个精光，长安甚至起了这种念头。但城中气氛却不紧张。秀赖身边虽也有木村重成、郡主马、青木一重等侍童，但秀赖几乎不和他们一起玩耍。负责防卫此城的七手组勇士们不仅少来问候秀赖，就是对淀夫人也大都敬而远之。而且，城里还会出现奇怪的客人，他们是信长公之弟织田有乐斋和信长公之子常真。与前来拜访的大名不同，他们乃是以隐者自居，摆出一副一本正经的模样，随随便便用太阁遗下的心爱茶具，在茶室里悠闲地品茗闲谈。

在七手组的官邸，大家都在讲一些关于武士的趣闻轶事；在重臣的议事处，人们则纹秤论道；秀赖房间里，多是大群女人聚集玩纸牌或者双六，淀夫人的居处则多是酒宴。在城中，最扬扬得意、昂首阔步的便是那些茶人。大坂真可称得上是无拘无束的乐园，世上再也没有一个地方能比得上这里。千姬一行住进了内庭，占了两栋房子。

她的住处，在结城秀康作为秀吉养子住进大坂城时，和当时还是姑娘的淀夫人、京极高次夫人、阿江与夫人等一起住过的地方附近。但已不是先前的房子，虽然同在内庭，却与其他人隔着一个中庭，俨然两个完全不同的世界。

秀赖带着侍童和侍女来到这里。大久保长安对当时的情形亦饶有兴趣。

跟着千姬过来的侍女，好像是迎接自己的夫君一样，欢呼雀跃地迎接秀赖。但是，看到千姬，秀赖的眼里流露出怜悯和失望。年仅七岁、长相可人的千姬，绝不会引起他不快。若她是妹妹，秀赖或许会亲近有加。但秀赖已经是个男子，他把她当妻子来衡量。千姬在他眼里，还是个青柿子。

“怎样，寂寞吗？”秀赖问道。千姬缓缓摇了摇头。实际上虽说周围有熟悉的侍女，可既没有她最喜欢的爷爷，也没有父母在身边，自然会感到寂寞。

“大人喜欢小鸟吗？”千姬问。

“嗯。女人都养着。”

“什么鸟？”

“有白颊，也有黄雀。”

“我这里有文鸟。您要看看文鸟吗？”

“不用了，小鸟没意思。”

说完，秀赖偷偷看了一眼跟来的侍女，那眼神仿佛在说：小孩和大人的兴趣不一样。可是，当二人的视线相遇时，那侍女却满脸通红地低下了头。逛遍了京城堺港的花街柳巷的大久保长安自然知道侍女的羞涩意味着什么。然而秀赖却并不知他旁边坐着一个阅人无数的家伙，逢事便将千姬与这侍女比较一番。

“大人喜欢玩赛贝盒吗？”

“嗯，小时候和女人一起玩过。”

“现在不玩了？”

“现在？没意思。”

“那……大人练习剑术和骑术吗？”

“是啊，还有弓箭和火枪，都得练。”

“什么时候能教教我？”

“不，你不应学这些东西。”

“光是习字和练琴，会感到烦闷。”

“无聊……”秀赖又看了看侍女，似笑非笑。他似想说，无聊的时候还有别的事可干，“无聊的时候，可以到我那里去玩。哦，我想起一件事，得回去了。”他向那侍女递了个眼色，便站了起来，这似是一个暗号。

这个秀赖，看见了青柿子，便想起熟柿子的味道了。长安的心里，一个奇怪的想法油然而生。长安原本就是一个爱做梦的雄心勃勃之人。他才华出众，办事果断，却不务实。

秀赖看到千姬还不合适做妻子，遂催促侍女一起离去，长安苦笑着将他们送到廊下。再次回到千姬跟前，他便空想了一番：我若是秀赖的家老，会如何？这个妄想像是长了翅膀一般飞翔起来。无论如何，他不可能成为像秀赖一样的六十万石大名。

以武力建功立业的乱世已经结束，今后要做的，便是如何巧妙地利用在乱世得到的俸禄，在太平盛世发挥才能，做出政绩。长安虽不能成为秀赖这样的大名，却可以作为家老，随心所欲支配他的俸禄。这样的主子不会碍事，就当是建了一家赚钱的青楼，只要把三四个美丽的女子放在他身边，他便不会有怨言。

长安苦笑了。好不容易才得以出仕将军门下，已经不可能回头为大坂城的主人卖命。他已非可整日沉溺于白日梦的年纪了，必须尽快弄明白：到底为何而生？

想到这里，长安看了一眼阿千，心潮澎湃。像这样的主子，绝非只有秀赖一个，不是别人，他们就是家康的儿孙。

将军本人、结城秀康和下野守忠吉处，已经没有可以让他大久保长安插足的余地。但武田信吉这一族和他有很大关系，还有信吉之弟辰千代——辰千代大名忠辉，今年十二岁，长得人高马大，如同秀赖。若能得家康信任，也不是没有机会至那二人身边。

现在忠辉被封信州川中岛，俸禄十四万石。跟随他的人，虽然都忠心耿耿，却无一人懂得治世之道。况且，忠辉也不会一辈子都只是个十四万石的大名，不久之后，他便会得到跟越前秀康一样的俸禄。想到这里，长安似笑非笑环视了一眼周围：大坂城啊，真是个令人浮想联翩的地方。

秀赖每天用于学习兵法、练习剑术的时间，顶多不过一个时辰。据长安在德川府里的观察，信吉和忠辉的练习时辰，则是秀赖的三倍还要多。而且，忠辉和信吉都练得饶有兴致，秀赖却是索然无味。秀赖的体质本来就不适合这般剧烈动作。他最不喜欢的便数剑术，只对弓箭还有一点点兴趣。弓箭陪练为和久宗友。秀赖每次射中，他都会大加赞扬："大人真是天才。加把劲，射上三十支。"

但秀赖却理解为：天才便无如普通人那般练习的必要。在射过二十支之后，便急着开始下一门功课，并不因为宗友的褒扬而埋头练习弓箭。兵法之后便是习字。他尤喜习字，下笔稳健，如大人写的一般。高兴的时候，会超过预定的时辰。

每当大久保长安看到这些情形，秀赖和家康六子忠辉的影子就重合在一起。忠辉生母为茶阿局，他的师父为皆川山城守广照。在长安看来，广照普普通通，并无让人称道之处。此外，安排在他身边的还有花井远江守吉成，他已经被选为茶阿局和前夫所生之女的夫婿。在忠辉厌倦了武艺时，吉成便会教他小鼓或谣曲之类，只是忠辉对此不甚热衷。

也许忠辉的性情和秀赖不大一样，但两个人都有些随心所欲。秀赖借先父荣光，可在大坂城为所欲为。忠辉也一样，只要家康还在，便无人敢动他一根汗毛。长安开始妄想：若是能成为忠辉的家老，如何攻陷这座据称不会陷落的大坂城？当秀赖和忠辉兵戈相见时，又应如何挽救这座城池？

“长安拿得算盘，却无法攻城略地。”武将们肯定会这般异口同声说。要想轻而易举攻下大坂城，为自己脸上增光，就应该……但长安很快从这种妄想中解脱出来。他恐怕一生都没有这样的机会了，即便会有，也非他的才智可及。况且与大坂城相比，秀吉留下的黄金，才真正让他瞠目结舌。

据说，因为挖掘的黄金过多，秀吉中止了多田银山的发掘，命令堵塞坑道，待需要的时候再打开，然后将已经挖出的黄金铸成秤砣状藏在城中。长安对矿山开采大有兴致，想亲自挖掘佐渡、伊豆和石见矿山，这才是他所长。

照太阁的计算，国内流通的金银，应该有多少才合适？这从他故去之前秘藏的黄金量便可以推测出来。但长安这次来到大坂，似完全把这件事忘了。他知大坂有山一般的黄金，却从未想到他会看见那些传说中的金块。

一个偶然的机会，他有幸亲眼得见。

在完成德川府上派给的杂务之后，长安来到片桐且元处，向他汇报大小事宜。这时片桐贞隆走了进来。“请恕打扰。”他附在且元耳边，不知说了些什么。只见且元点点头，对长安道：“现正将金库里的金块搬些到天守阁库里，暂时失陪，请在此稍等。”

“大人说的是太阁秘藏的黄金？”

“正是。”

“片桐大人，鄙人在将军家乃是金山奉行，为了开眼，也为了给日后留下回忆，请容我看上一眼吧。”

他太过迫切，且元吃了一惊，沉吟道：“也好。那就让您看一块，其他的也都是同样形状、同样大小。”

“感激不尽。”在长安的想象中，一个金块至多不过五贯七贯，他以为且元会拿一块过来。然而且元却笑着摇摇头。

“拿不到这里来，您得跟我去看。”

“这合适吗？”

“您是亲戚家臣，无甚不合适。去看一下吧。”

于是，且元带着长安到了天守阁下的库前。仓库前边的路上，铺着破旧的粗草席，四人一组抬着用草席包着的石块样的东西，好像很沉。其长约一尺二寸，厚七八寸，宽约一尺，吊着四个角，拴在一块榉木板上。有的已搬进了库里，后边还在继续搬送。

“喂，放下一块。”且元向其中一组人夫招了招手。

大久保长安差点惊出声来。从人夫们走路的样子可看得出来，金块至少超过了四十贯。

人夫在长安面前缓缓放下金块，他这才注意到，路上无一人可以靠近。

“好了，你们去那边歇息一下吧。”且元对人夫说完，弯下腰，亲自揭开草席。

长安咽了一口唾沫。周围一下明亮起来，黄金的光芒晃得人睁不开眼。这四个人所抬的，仅是一块黄金！长安慌忙抬起头，默默看着搬运的队伍。长长的一队人，他们所搬运的，都是和眼前这个一样的金块？长安突然感到一种无法抑制的痛痒。人会因为一锭小小的黄金去杀人，这里却藏了多少黄金啊！太阁曾经用金箔装饰伏见城天守阁上的瓦片，那时还只是个手猿乐师的长安曾经大骂：“这个天杀的，真把黄金当泥使了！”市井当中，也有许多人对这种骄奢恶骂不止。然而现在看来，那不过是小家子气的见识。若是有这么多黄金，别说是一小块黄金就可摊成大片的金箔，就是用金板铺上也不足为怪。这样看来，说不定太阁也是个小器之人。

“您看过了吗？要包上了。”

“啊……是。”长安忙问道，“这，一块……有多少贯？”

“听说每块四十一贯。”

“那么，要是铸成小金币……”若是平常，这种计算乃是长安最拿手的，可今日他的脑子却有些不听使唤。

“我听说，要是铸成小金币，应是一万三千六百两左右。”

“好像……好像是。千两的箱子装十四个，稍稍有点不足。这真是巨额啊！”说到这里，长安慌忙闭上嘴，再说下去不仅失礼，还会让人生疑。

且元马上将黄金用草席包起来，叫过人夫：“好了，可以搬走了。”然后，他向站在门口的贞隆招了招手，小声跟他嘀咕了几句，便带着长安回到了方才的议事处。

长安的脑里心里装得满满的，全是那金块。

黄金本身不过一物，可当人们把它与现世联系在一起，便会生起神佛般的魔力。世间虽有许多人并不受这种魔力控制，但大久保长安无法超脱。他的前半生，看似对黄金漠不关心，其实却是因极想得到，才诅咒之，才被它迷惑，他的欲望比寻常人要大得多。

长安回到议事处和且元相对而坐时，仍然念想着刚才的黄金，呆呆傻傻。他思量，这么多黄金对那个叫秀赖的平凡少年和他的寡母，简直起不到任何作用，真是暴殄天物！

黄金若是我大久保长安的，我会拿它做什么？想入非非的长安，自然而然想到了这些：若黄金归我，我岂会放着不用？有几百万两、亿兆万两啊！要是那些黄金铸成大小金币……干吗铸成金币？不能让这些黄金在民间流通，应把它作为生意的本金。抽出些黄金买一艘洋船，让浪人乘船漫游海外。堺港豪商的梦不就马上可以实现了？

但这话对片桐且元说乃是对牛弹琴，不如直接去找淀夫人，试探一下她的心思。要是再年轻些，偷偷潜入她房中游说，亦是一种办法。长安甚至还想将此事告与蒲生家的歌舞伎艺人名古屋山三郎，让他去劝说淀夫人……

“多亏了大久保大人，各项事务进展都很顺利。真是可喜可贺！”侍者端来了茶，且元道。长安才猛回过神来。

“这里有五枚银币，乃丰臣大人所赐，是对阁下这几日辛苦的一点犒劳。”

长安看到且元毕恭毕敬递上一包银币，突然从天上掉到了地下，几枚银币，这便是我现在的斤两？他真想把那五枚银币扔出去。

大久保长安匆匆辞别了且元。刚刚走出议事处，那金块又在他脑子里闪光。金块白放着霉烂了，仅仅这么一想，便让人着急。那个孩子和寡妇真是愚蠢！但他却万万没有想到，他看到的那些金块，将在他日后的人生中掀起滔天巨浪。

长安把秀赖赐给他的银币放入怀中，沿着走廊走向千姬的住处，路上碰见了荣局。

“您在想什么？”

几乎与荣局擦肩而过的长安，根本没注意到她。听到招呼，他才回过神，站住。他看到阿蜜捧着一个朱漆盘站在那里，盘里有一个纸包，似是点心。

“去哪里，荣局？”

“事情都已经办妥了？”

“是。已经完了，今日便要告辞回去。有什么话要带给茶屋先生吗？”

“不，没有。”阿蜜笑着便要走开。

“荣局，有一事我想跟你说说。”长安道，“这点心是送给丰臣大人的吗？”

“是。是谢礼。”

“荣局，大坂是个奇怪的城池。”

“大人是说……”

“处处都有些古怪。实际上，我现在因黄金受了风寒。”

“风寒？”

“是风寒，病了。此事和你无关。我想告诉你的是，丰臣大人已经懂得女人了。”

“这有甚不对吗？”阿蜜责问道，“到了这个年纪，亦是自然的事。”

“不，我非此意。我想说，大人会因此不到小姐这边来了，渐渐就变得疏远了。”

“嘿嘿，这您不用担心。小姐长得也快。”

“我看不行。我觉得该为小姐找个替身，你说呢？”

“替身？”

“涩柿子还未成熟之前，先找个熟柿子作为替代。让大人偶尔临幸，是为上策。好了，我只跟你说这些，马上就离去。请多保重，好生照顾小姐。”说完，长安茫然地看看天空，急急去了。

荣局歪了歪脑袋，一脸不解：长安真是个怪人。给小姐找个替身，这事可行否？

长安之言让阿蜜又气又笑。与武士不同，长安精于计算，目标明确。他比女人还在意衣着款式颜色，对金钱的细致更让人吃惊。在他看来，无论如何也要把秀赖留在千姬身边，否则这便是一桩赔本的买卖。

阿蜜得知秀赖和千姬的住处相隔甚远时，倒松了一口气。她担心，他们万一住得近，天天见面，秀赖在年幼的千姬面前与其他女人厮混，甚为不雅，但相隔远些，正所谓眼不见为净，千姬正可安安静静长大。淀夫人或许便是出于这方面的考虑，也许，此恐为阿江与夫人私下所求。长安却如此恬不知耻地算计。

阿蜜好像不经意看到了什么肮脏东西，气得嘴唇直哆嗦，快步走向秀赖的住处。

大坂城远非其他城池可比。仅仅是走廊，细算也在六百丈以上。为了防止人迷路，每道走廊尽头都有一幅杉户绘。

秀赖房间中所绘，非狮子、老虎之类的猛兽，而是小狗、兔子、乌龟、鱼和小鸟之类。但这个充满童心的主子却对女人产生了兴趣。

阿蜜拉响了铃。一个侍童应声而出，他比秀赖个子小些，但长得颇为俊俏。

“昨日承蒙大人前去探望，为了表达谢意，夫人特意给大人送来些点心。”

那少年郑重其事施了一礼，欲去通报，“请稍等。”

“不必打扰大人，您把东西带过去就是。”

“请稍候。”侍童转身沿走廊一路小跑回去了。

此时传来了小鼓之声，竖耳听时，对面的房里又传来男女笑声，应是淀夫人的居处。阿蜜正想着，侍童又一路小跑了回来，“少君有事要问你，请随我来。”

午后的走廊里幽森岑寂，侍童走在前边，竟可以听到他衣衫窸窣有声。

侍童打开门，阿蜜往里边一瞧，只见秀赖正伏在桌上，听到开门，便转过身来。房约有二十叠大小，房门打开以后，可以看见宽敞的庭院，绿色的草坪一直延伸到水池边。小鼓的声音和众人的喧闹声，似乘着风从院子那边传了过来。

“写字累了，来，坐近些。”

阿蜜毕恭毕敬奉上点心。侍童端到秀赖面前后，退到门口坐下。阿蜜这才注意到气氛有些异常。房里除了秀赖，再无别人。隔壁也寂然无声，不像有人。想到平时秀赖整天被一大群女人围着，玩耍打闹，阿蜜有些不知所措。让她更加奇怪的，是秀赖的眼神。他始时有些慌乱迷离，但后来便注视着阿蜜，眼里像着了火。

“大人一直独自在习字吗？”阿蜜问。

秀赖点点头，依然目不转睛盯着阿蜜。阿蜜感到浑身不自在，身上像爬满了虫子。这不是男子的眼睛，但是与天真无邪的少年亦相差甚远。这是一双苦闷的受刑者之眼，眼里饱含情感，似乎要哭出来，眸子里隐藏着难以名状的孤独，又似拼命想赶走孤独。

“你来了。”良久，秀赖突然道，他眼里明显噙着泪水，“母亲叫我去她那里，我没去。”

“大人身体不适吗？”

“不。”秀赖摇摇头，“我不想看到母亲喝醉的样子。”

“那边有宴会？”

“是为了庆贺千姬过门而举行的宴会。还好我未去。”

阿蜜不知说什么好。这个年龄的少年极易感伤孤独。

“你见过天下公吗？”

“大人是说太阁大人吗？见过。那时还见过您几面。奴婢服侍过宇喜多夫人。”

“你见过我？”

“是，那时太阁大人经常抱着您，哄您玩。”

“哦。”秀赖脸上现出淡淡的微笑，“所以我第一眼看见你，就觉得在哪里见过你了。我喜欢你。我正想派人去问问你的名字，你就来了，这是天下公在帮助我们。”

阿蜜一时没能明白秀赖的话。莫非他刚才的眼神，是在追溯儿时的记忆？可她在伏见城见到秀赖时，秀赖还是个婴儿。那时他还不会说话，怎生会想起那时的事？阿蜜在心里一算，那时她七岁。

“你叫什么名字？”秀赖往前探了探身子，问道。

“奴婢阿荣。”

“阿荣？好名字。你觉得母亲大人是个什么样的人？”

“您是问奴婢对淀夫人的看法？”

阿蜜有些摸不着头脑。她这样的身份，绝不能对淀夫人妄加评论。

“你不觉得母亲乃是个自私的人吗？”

“不，怎会？夫人尊贵无比……”

“我和母亲吵架了。我对母亲说，想把你留在我身边。”

“这……”阿蜜顿时毛骨悚然。秀赖这话，让她想起大久保长安那荒诞之言：“这是个奇怪的城池！”可她万万没想到，秀赖会说出这等话。她终于明白了刚才那奇怪的眼神，以及莫名其妙的提问。

“阿荣，我第一眼看见你，就喜欢上了你。把喜欢的人留在身边，有何不对？我好歹是内大臣。母亲却不同意。要是父亲还在，绝不会说出这等残忍的话来。母亲真自私！”

阿蜜浑身颤抖。这就是秀赖独自留在房间的原因。可自己偏偏在这个时候来送东西，怎会这么巧合？他是城池的主人，主人提出非礼的要求，她当如何是好？

若她稍有不慎，不仅会在城里引起骚乱，还可能给千姬带来麻烦。

“呵呵，”阿蜜笑道，“大人真会说笑，说得竟像真的一般。奴婢回去晚了要挨骂，就此告辞。”她浑身颤抖，便要站起来。

“等等！”秀赖毫不犹豫喊道。

阿蜜被叫住，不敢起身。她一阵惊慌，可又不能失去大人的沉着，让他看出破绽。“大人还有什么事？”阿蜜若无其事般伏在地上，“奴婢是服侍夫人的。再不回去，夫人该骂奴婢了。”

“她敢骂你？”

“其实不过是哭闹。”

“哦，她这么任性。”

“不是……”阿蜜再次慌乱起来。这种时候，若是坏了千姬在他心目中的印象，便会造成难以挽回的损失。可她留在这里却是更加危险。不管怎么说，秀赖乃是个我行我素、不谙世事的孩子。

“是因为寂寞。在伏见城时，将军和少夫人再三交代，让我不可离开小姐半步。”她故意搬出家康，哪知仍行不通。

“阿荣，这里不是伏见城！”秀赖摇着头，断然道，“这是丰臣秀赖的城池。来到这里，就是丰臣秀赖的人！”

“是。但是……”

“你也一样。你觉得，我和千姬哪个更重要？”

此问很难回答。若仍然坚持自己是千姬的侍女，说不定会激怒这个少年，越发提出无礼的要求。阿蜜慎道：“当然，城池的主人是大人，您重要不用说，可我家小姐乃是城主夫人。”

“哦，还是我重要？”

“是。”

“听到这个，我很高兴。”

“请让奴婢回去。”阿蜜乘机提出要求，可秀赖的话却让她始料未及：“我知道了，你是怕我母亲。是我不好。刚才我说和母亲吵架，你才感到为难。”

“啊……不，不是。”

“哼！就是这样。可这样也好，那我就经常到阿千那里去，去看她，去你那里。”

阿蜜愕然无语。大久保长安说的那些怪话竟成了事实，她觉得异常难受。

“就这样好了。我以后就去你那里。”

阿蜜不知是怎样离开秀赖房间的。虽未出什么乱子，可真让人恐惧。这个孤独的少年在做梦。若她也成了他梦的一部分，他会怎样？要是身陷其中，必会像被蜘蛛网粘住，动弹不得。

“我要去你那里！”阿蜜跑到走廊，这个声音似还在背后回响。她一口气跑到刚才的入口处，这时又听到庭院对面淀夫人房中传来小鼓的声音，不知为何，她突然泪流满面。

可怜的秀赖！阿蜜并不以为他是个恶少，而是对这个幽禁在城中的囚徒生出怜意。他若非此城主人，必也朝气蓬勃。这个囚徒认为，所有的人都应服侍他，听他支使。他显然不知是不是该问问别人的意愿，实为无可救药的不幸之人！已故太阁的不幸，是因他生于贫穷的农家，可他儿子秀赖的不幸，却是因为生于先父的光荣中。秀赖能否发现自己的不幸？

阿蜜对秀赖的感觉，和第一次见到千姬时的感觉完全不同。千姬的背后有着稳若富士山的支撑，秀赖背后却空空如也。太阁留下的关爱反而成了压在他身上的千钧重负。秀赖在无限孤独里寻求关爱。这种渴求与年轻的欲望纠缠一处，唯他自己一无所知。

阿蜜一路小跑回到千姬的住处。要是一年前，她会不假思索抱住秀赖这孩子，亲吻他的小脸，然而现在……这真是一种人世的悲凉。

“荣局，怎么了？眼睛这么红。”从江户跟来的嬷嬷问她。这时阿蜜才发现自己脸上的妆已让泪水冲坏了。

“那边的人为难你了？”

“没有。我去补补妆，再去见小姐。”阿蜜忙回到自己房间，匆匆补了妆。秀赖那双孤独的眼睛不断浮现在她眼前。

一〇　德川开府

庆长八年十月十八，德川家康以征夷大将军的身份离开伏见，前往江户。

是年二月十二册封将军以来，已有八月。在此期间，家康一直思量开府一事。最伤脑筋的，不是如何让诸大名真心臣服，而是如何制定一个标准，让诸大名去治理各自的领地，有法度可循。大名们领兵打仗时，对于战阵，个个都满怀信心，可怎样治理领地，他们却心中无底。要让众人明白世事推移，理解治国之法，看似简单，实则异常艰难。仅仅是严禁滥杀百姓和禁赌，还远远不够。

故，在回到江户之前，必须把幕府制度作为雷打不动的法度确定下来。当然，家康是有了这样的自信才出发的，而且在出发前一日，还辞去了右大臣之职。他决定，令人编写《朱子新注》，明示道德，考虑不许商家插手政事。权钱相结，有百害而无一利。

这有着重大的意义。战争时期，大名的本领自不必说，可论到理财，他们远不及大商巨贾。因此，若不明确此事，领主不日便会被商家玩弄于股掌之间，在不远的将来，更会成为有名无实的大名。

掌管政务之人为武士，其后为农，商和工居于其下。爱财之人可随心所欲去聚财，但绝不能奢望以钱使人。这体现了家康对大名的保护，同时也可以看出他的一个想法：支配人的，只能是“道义”。

考虑到商事往来，在长崎设置了奉行和代官；考虑到天下初定，在伊势的山田设置了山田奉行。

昏庸的领主不会考虑这些，但必须稳住他们，不能把他们逼上绝路，以免引起骚乱。家康此时所行，大致都是将镰仓幕府草创期的制度作为框架，在此基础上查漏补缺。

若是坐镇江户，京都和江户之间的东海道的修建便是第一要务。与此同时，还要改修北陆和东山二道，一旦出现暴乱，好以武力镇压。

各种设想都将在江户逐一施行。故，家康此行也可称开府之旅。此后，他的人生便是圆满了。

千姬和秀赖的婚礼后不久，八月初十，家康的儿子鹤千代降生，这便是后来的水户赖房，不多言。

眼看着儿孙们一个个来到世间，长大成人，家康的宏图真的已实现了吗?

财力不可与政务混淆，沉溺于物欲的人，便让他享受聚财的快乐，而对于已经领悟“一切都是身外之物”而甘心清贫之人，便把“公家的财事”托付于他，让他参与政务。

正因以武力为第一,万一武力与财力勾结而招致动乱，才是大事一件。家康苦思的便是这个问题。照以前的习惯，武力所及之物，均归己门。在这种错觉的驱使下，人们常常会因为寸土之争而头破血流。土地与太阳月亮一般，并非为某人所专有。必须断绝刀兵为大的念头，否则便不能切断动乱之源。

这个道理，乃家康从佛理中悟出。不知信长公、秀吉公是否知之——天下乃天下苍生之天下，非武人刀兵之天下。

家康命令长安将每八里分为三十六町，每八里筑一土台。此次沿东海道而下，看着那些土台，他心中感慨良多。

每抵达一处，自会有人迎接。

轿子停下的地方，不仅有领主，许多领民也来看热闹。为了让世人知“天下乃天下苍生之天下”，有时，家康甚至想告诉那些暴虐的领主：德川家康不但会对尔等严格监视训诫，必要时，甚至会更换领主！如此一来，天下便太平了。百姓努力提高收成，领主也竞相实施仁政，为托付给自己的领民谋福。

“长安，你施展才能的时候到了。”队伍来到久违的冈崎，在池鲤鲋神社小憩时，家康转身看了看跟在轿旁的大久保长安，道：“多亏了你，我足不出户便知，此地到江户五百里，到京城三百里。”家康一脸高兴，似乎忘记了凛冽的寒风。

大久保长安听到家康褒奖，垂头，心中却甚为得意，“哪里，这都是将军的智慧，在下不过一介监工。”

“休要谦逊。要是无你的建议，事情进展不会这般顺利。”

“大人过奖。在下将尽快完成东山道和北陆道的工程。”

“长安，金山的发掘和忠辉新领的整建都还顺利吧？”

“是。在上总介大人的领内，川中岛乃是关键。而且，饭山、长沼、牧之岛、海津和一些重要的城池要塞，都已圈绳定界。”

“哦。你不仅为忠辉出力，还为我效力。我决定任命你为所务奉行。”

“所务奉行？”

“与战时的军事奉行相当，掌管为巩固太平的一切事务。”

“多谢将军大人。”

“你说你去大坂拜访过阿千？”

“是。婚礼时在下跟着去过，在下想去看看小姐在那边过得怎样。”

但家康似乎在想着别的事，盯着池中成群的鲤鱼和鲫鱼，“长安，你怎么想？他们能明白我吗？”

“谁？”

“大坂。秀赖可能勉为其难，小出和片桐呢？”

“这……”长安眨巴了几下眼睛，从怀中摸索着掏出一张纸，“此为洋教的传教士所写。在下抄了一份，请大人过目。”

“洋教？快拿来，拿来！”

“他们隔一段时日便会把这边的事报告本国总堂。据说这是草稿。”

家康接过去，背对初冬的寒风，读了起来：“将军一片至诚，尽心保护自己的孩子（据丰臣秀吉托孤之嘱，故这般称呼），令秀赖师父兼大坂町奉行的二位大人细心照顾，全力戒备，以防将军不在大坂时，有人行毒不轨，并为此严禁大坂的药铺买卖毒药……”叠起那纸，家康放进怀中，“他们怎的连这些都知？”

“是啊。连淀夫人都不知。果然是他们的神告诉了他们。”

长安心里想的完全不是这码事。家康对传教士的手记有何反应，他颇感兴趣。连洋人都这般认为，不久片桐且元和小出秀政等人也会明白家康所为，并传达给秀赖。长安乃是出于这个想法，才让家康看手记，但家康的理解却不同。

“你信洋教吗？”家康这个问题，让长安不知所措，“不……在下绝非洋教徒。”

“那你怎会有这种东西？”

“啊……在下想到太平之世，商事往来乃是第一要务。应该熟知他们的情况，以备不时之需，故偶尔去拜访他们，才……”长安实不敢再深说。他有求知若渴的一面，一开始乃是抱着别样的目的接近洋人，可如今他却渐渐倾向于洋教了。他并非厌弃禅佛，而是反感僧侣的生活和修行。在他看来，洋教的信奉更单纯，更能让他信服。但是他知家康的信奉，因此不能把这些说出来。他本对成为忠辉的家老颇有几分把握，若是因为信奉问题，挡住了自己好不容易才等到的前程，才是功亏一篑。他有些后悔将东西拿给家康看了。

“长安，你有先见之明啊。”

“啊？”

“依你看，德川家康的梦能成真吗？”

“当然！”一听已不再说洋教的事，长安的声音都变了样，“一定会！必会顺利地开花结果！”

家康把头扭向一边，他在长安颤抖的声音中，听出了阿谀奉承的味道，遂厉声道：“我不这般认为！”

“大人说什么？”

“这样怎能开花！开不了花，亦结不了果！”

“这……这到底……”

“大家的心都松懈了下来。努力不够，修行不够。我一样，你也一样！”

“是。”长安慌忙两手触地，但家康却不再斥责：“好了，太阳下山之前必须赶到冈崎。走吧。”

长安在寒风中站了起来，发现自己的背上已经全是汗水。伴君如伴虎，不得有丝毫疏忽。跟随家康的人中，绝不止长安一人这么想。

近来，家康对贴身侍卫的要求，比在关原合战前夕还要严格。他自己不仅一言一行没有丝毫疏忽，甚至会给人威压之感。主公整天紧绷着脸，是不是身体不适？本多正纯这么担忧，可医士佑乘却道：“据不才诊断，主公身子越发康健了。”

“这莫非就是关原合战时所说的‘打了胜仗，就更得谨慎’？”成濑正成和安藤直次等年轻人均道，“每到一处住下时，主公便说些武家逸闻趣事，比以前更为开怀。”但对于永井、本多、大久保忠邻和鸟居等亲信，家康却更加严格。

在冈崎大树寺，家康祭过祖先，从滨松到骏府，他的态度才变得温和起来。他决定在骏府歇歇脚，在此和负责筑城的藤堂佐渡守高虎密谈了几个时辰。

“佐渡大人，真是奇怪呀。”书院里只留下一起跟来的柳生宗矩时，家康意味深长对高虎道，“天下已经托付于我，可我这般想着，忧虑也深了一层。”

“将军竟也会如此？”

“这是欲望，佐渡守。活着时的事我大都已历过。赖朝公、武田、织田、太阁，都是很好的老师。可有一事，却谁也不曾教我。”

“何事？”

“死后之事。非下地狱或赴极乐，而是死后，现世的处理。”

“这才是根本。”

“君子之泽三世而斩。赖朝公的基业未过三代，武田在他儿子那一代便走向败亡。织田、太阁也不必说。想到这些，我就不自在。”

“大人真是劳心。”

“佐渡守，我想送给所有随我开辟太平盛世的人一件礼物，这礼物只有我能送。”

“只有将军才能送的礼物？”

“是啊。是不让太平盛世在几代后便如泡沫般消失的奖赏。”

藤堂高虎没有回话，不解地等着家康的下文。

“我可给众人一两处领地，但不许土地归一家一氏私有。也就是说，只是借给他们使用。若人努力，实际上也可永远拥有。”

高虎不由拍了拍膝头，“对，这才像将军的想法！”

或许是因为年龄相近，不知从何时起，藤堂高虎和本多正信一样成为最崇拜家康，也因此最受家康信赖的人。换言之，高虎已是家康最虔诚的信徒。当家康说什么话时，他都会全身心地去听，去体会。

“我的想法，你能明白吗？”

藤堂高虎使劲点了点头：“怎么会不明白？将军率直，会直截了当说出不许土地私有。若是太阁，即便他想马上收回领地，也会大方地与人，在对方最高兴的时候说：这些土地是托付给你的，要有什么差池，我会立即收回。实际上，将军这才是合情合理的做法。”

“你明白就好。不论土地还是黄金，都非某一人所有。个人拥有的只是一时的错觉。人都是赤条条来赤条条去。这个理看似简单，却很难被人真明白。因此，领主们若想将借得的土地和财物传与自己的子子孙孙，就必须明白这个道理。只要守住这个理，我的希望便定能成真。这就是我制定法度的目的。”

藤堂高虎往前探了探身子，附和道：“将军无半分私心。但不论您是以何等苦心制定法度，能够明白的人终不及半数，此乃世之常情。将军若是在深思熟虑之后作出的决断，就应果断施行。”

“佐渡守好像有些建议？”

“是。当然会有一些。”

“不妨说说。”

“这……”

“但说无妨。我就是为了听你的建议，才想私下里和你说说话。”

“那在下斗胆了。第一，务必不讲道理。”

"嗯？不讲道理？"

"就像责骂孩子。将军若对诸大名一味忍让，必给诸大名一种错觉，大政便难以施行。故，将军首先应摆出信长公一样的威严；然后，再像已故太阁那样去接近他们，在博得他们的信赖之后，马上示之以法度。这样，他们便会服从。服从的人便会子孙万代家门繁昌，他们还有何疑虑？"

"言之有理。那么我到了江户之后，首先当做些什么？"

"自然是城池的修缮。此非将军奢侈，乃是为了彰显武家威严。规模只能比京城和大坂大，万万不能比之小。故，在下……"高虎一边说，一边从怀中取出一张图纸，得意地一笑，"将军大人，这是在下亲手所绘，您恐未料到。"

"哦。"家康支吾了一句。

对于武将而言，居城不仅是一家安身之地，也是立命之所。把居城的设计图纸交与别人，无异自寻死路。

"将军，您若觉得在下做得不对，请您收好图纸，给那边的柳生宗矩递个眼色便是。"

"哦。"

"宗矩可一刀结果了高虎性命。高虎无怨无悔。"

家康不答。

"因缘巧合，高虎几次负责设计非凡之地。最先是在内野的聚乐第，奉太阁之命为将军建造居所。那时，太阁担心将军对他不利，便命我设计了秘密的通道，以便有变故时对您痛下杀手。那时，高虎便开始注意大人的一举一动，观察您的人品，渐渐因此折服。后来又参与修建伏见城，现今对这骏府城也是了若指掌。因此，江户的改建也成了高虎一梦。在下知道这很是无礼，大人请将此收好，给柳生递个眼色吧。"

"佐渡守，你是说要用这庞大的工程让诸大名受苦？"

"不。已故太阁在与朝鲜苦战之时，决定修建伏见城。与兴兵相比，这实在不值一哂。那是太阁一时兴起，而江户乃是武家一手创建的太平盛世的基石和标志。"

"要是诸大名知道这是你的主意，他们会恨你。"

"高虎早有准备。请大人也深思熟虑，务必让事事顺遂，根据俸禄多寡课以徭役。万事开头难，绝不可让他们说半个不字。"

"我明白。可这工程毕竟太庞大了。"家康低头看了看地上的图纸，对高虎的心细如发大为佩服。他当然也考虑过城池的改建。若是个人的城池，他还会凑合下去，伏见卧房门口的地板，便是用一块船板改造。可作为幕府将军府邸，便不能如此草率。他明白这个道理，可高虎的这个设计图，比他想象的规模却要大了许多。

"让他们一起负责这样大规模的工程之后，再制定法度？"

"之前可找时日召见天海大师等人，细细商谈。"高虎好像成竹在胸。

"天海大师？"

"是。实际上，高虎早就在寻思，大人平定天下之后，有谁能真正为大人出谋献策。"

家康在藤堂高虎的脸上看到莫名的喜悦。有时他也会想：此人有何目的？可今日高虎让他完全打消了疑虑。高虎跟以前的本多作左卫门以及现在的本多正信等人一样，因为家康而感到安全满足。他已成了家康的影子。若非如此，他怎敢冒着性命危险，将擅自绘出的江户改建图拿出来？

"好，那我就听你一言。改建江户，召见喜多院天海。你是想让我向天海询问各种神社佛阁的礼制和日本国现状吧，我明白，但你给我的建议就这些吗？"

"还有一事甚是重要。"

"哦，这我也得听听。你说说。"

"严禁各大名筑城。"

"我筑城池，却不让他人建？"

"当然。可以允许修缮，但定要明令禁止修筑新城。"

家康静静盯着高虎，渐渐明白高虎为何这般说。现在天下已经太平，不需要那么多城池。万一出现紧急事态，幕府就近调配兵马援助即可，故不必建城。高虎要让众人明白这个意思。

“将军若觉得这样过于无情，可以改成：不经允许，不可私自兴建，若是有人私建城池，以谋逆之罪论处，革去职位，没收领地。”

“嗯。”

“将军，您无这样的决断，那些粗鲁的大名便不会知道，在太平盛世之时不可侵犯邻国。在下以为，此乃禁止私斗的关键。”

家康不答，种种想法逐渐盘踞心头：征夷大将军禁止武备，禁止私兵……

高虎已非吴下阿蒙，说起话来条理清晰。若是战场上，家康也会用这一招。可在太平之世，这一招管用吗？家康沉吟道：“佐渡守，你这是要败坏我的名声吗？我自己在江户大兴土木，却要禁止别家修城建池，是吗？”

“正是。将军是要名声，还是要万世太平，二者只能取其一。”

“即便被人忌恨，我也要太平，是吗？”

“重症当施猛药。烽燧已历百年，此际若无晴天霹雳，他们怎知晓世道已大变？”

“哦。”

“这其实加重了将军肩头的负担啊。”

“我的负担？”

“是，日后，他们就指望不上了。一旦有不测之事，由将军派兵。修建住房自然不会干涉，但是不可擅自改变城池规模。”

“我会思量。”家康不想过多讨论这个话题。若是受热了，便跳到冷水里游泳。家康年轻时也常这般做。但用于为政，自当慎之又慎啊！

“将军，”高虎笑了笑，“将军说过，允许商家随意聚积财富？”

“是。只要不过奢就行，我会对他们加以控制，不让他们过度奢靡。”

“哈哈。连商贾都要加以控制，却认为不可压制武将的浪费。这恐怕不公。”

“又绕回方才的话题了。”

“此乃由此及彼。大人不准商贾浪费，他们便会迅速积累财富。这样一来，积累起来的财富又会变成新的财富，盛世指日可待。若商贾利用财富丰富物产，万民皆可获利，便自可保证京城和大坂的永世繁荣。”

“这一点，我已仔细想过。”

“然而武将却无这种保证。武将若竞相筑城，必致财物匮乏。那之后，便会与近邻生起是非。生事之后必遭到惩罚。武将一个个遭到惩罚而走向灭亡，商人却日趋繁荣。这实在有失公允。故，为了维持武将生存，必须釜底抽薪，这才是真正的关爱。”

高虎似比家康更像天下人。

家康已不想再论此事。不管怎么说，如今，目无法纪的强取豪夺、杀人越货，都成了世间家常便饭。此次重建法度，意义非比寻常。

家康布告天下，严禁滥杀百姓。可这布告的背后，其实隐藏着更深的含义，那便是：连百姓都不许随意杀戮，更不允许武士之间相互残杀。只是还无人意识到这些。

若是以建将军居城为由对江户大行改建，对天下大名课以重税劳役，却不允许他们修缮自己的城池，不管是否有理，必会引起众怒。强取豪夺乃是武士的习性，已深深扎根于他们的脑子数百年，因此，实施新政，如履薄冰。

“嘿嘿。”高虎笑了起来，“将军真是多烦恼。”

“当然。仁乃为政之本。”家康故意板起脸。

“将军将百姓严格区分为士、农、工、商四级，这种想法，实在耐人寻味。”

“你真这般想？”

“是。看似级别区分，实则是行业差别。”

“嗯，你明白啊。”

“不明白便无法评论。士，不仅负责保卫国土，还要从政治民，故，武道和学问，二者皆不可荒废。”

“当然。”

“绝不能被黄金蒙蔽，亦不能对法度感到厌倦。”

“哦。”

“但并非所有人都欲为士。”

家康笑道："人各有志，况且能力也各有差异。"

"故，不喜欢做武士的，可以默默耕田。默默耕田的人仅次于武士，可也并非所有人都喜欢耕种。"

"是啊，有人喜欢手艺，有人以漆染养家，有人以木工为生。"

"因此，农之下便是工……"高虎马上接过话，嘿嘿一笑，"将军真是苦心啊。"

"哦。"

"要是在下，说不定会说士、工、农、商。然而，若把农置于工之下，田里的收成便会不足。于是便把农放到工之前。这种虚有其表的赞美，乃是为了不使农田荒芜，也可说乃是为了防止饥荒。"

家康大声道："似是而非。水深千丈，你波及一尺，佐渡守。"

"哦？"

"肤浅。如此说来，怎敢妄言天下之事？"

"哦……那么，大人真正的意图是什么？高虎愿闻其详。"高虎一脸严肃，对家康施了一礼。

"要是连你都这般理解，农夫暴动定会此起彼伏。我乃是为了防止人走向堕落。"家康往前探了探身子，道，"农是士厌倦官场后的栖息之地。耕种之人，与天地为伴，晴耕雨读。有才之人，若不急于追名逐利，自可趁此修身养性。目下浪人众多，他们也可以此谋生。故，士、工、农，大大不可。"

"听大人一席话，胜读十年书啊！"

"工，可自得其乐。而农，所面对的却是变幻无常的天地。唯此方可锤炼筋骨。"

藤堂高虎拍膝点头道："惭愧。逐利之人可去经商，然，即便他们积累了大量的黄金，亦可禁止他们铺张浪费。总之，天下已然太平，今后没有归属的浪人，自会逐年增加，但如此一来，他们便可做自己想做之事，各得其所。"

但家康马上摇了摇头："所言差矣。"

"哦？"

“人可做想做之事。爱好和才能各不相同，乃是理所当然。”

“是。”

“但政务若是被个人爱好左右，必给苍生带来麻烦。比如我喜欢纵鹰狩猎，便下令全国狩猎，那会坏了多少田地？逐利之人可去逐利，手艺之人可尽享其中乐趣。但注重享乐之人，绝不可让彼辈参与政事。”

“是。”

“从政之士，必首先舍弃个人享乐，公务第一。”

“是。”

“我也不会让大藩之主参与政务。”

高虎确实是个好听众。其实他腹中分明知道家康的想法，却明知故道：“这么听来，越发觉得将军神心佛肠。”

“何出此言？”

“以士农工商相别，让百姓各尽其用，如此一来，自能发挥他们最大的能耐。高虎叹服。”

“为政只能如此！”家康不知是说笑，板着脸大声道。

高虎最受不了的就是家康板脸。在这个世上，没有比不懂说笑之人更令人难受了。起初，高虎以为，家康是故意板起脸以堵别人嘴，然而家康好像并非如此。他始终都是一本正经。即便是追孔雀或兔子，他也与猎老虎和狮子时一般认真。该赞许的他会赞许，不当理会的他自会冷淡。别人百无聊赖甚至困惑百般之事，家康却是思之乐此不疲，虑之津津有味。

二人谈话持续到深夜。从容的高虎起初侃侃而谈，可后来渐渐成了听众，对家康佩服得五体投地。对于家康，这似亦是一件无上的乐事。

高虎只是开创太平盛世之人的助手，他只能去帮助家康，不管对自己有利还是不利。不仅是他，身边的柳生宗矩也已完全为家康倾倒。宗矩和父兄一样，认为自家兵法天下第一。他却诚心诚意对高虎道，他的剑只有和家康合璧，才能成为“天下之剑”。

天将拂晓时，家康叫上柳生宗矩，一起用开水泡饭充饥。

“这开水泡饭里的每一粒米，都渗透着百姓的汗水。”家康说完，口中喃喃念了一句“南无阿弥陀佛”，方拿起筷子，好像这泡饭比在秀吉那里吃到的任何一次盛宴都美味。

用完饭，家康关于江户开府的想法，也随着饭一股脑儿进了高虎的腹中。

家康今后将号令天下，高虎的任务便是去说服诸大名，令之明白家康苦心。经高虎游说之后，大名真的明白，还是仅仅屈服于德川武力，由柳生宗矩去探察，此乃宗矩主动提出。他和他的家族以教授兵法为名出入诸大名府邸，柳生的来奔乃是家康的意外收获。

家康在骏府停留了五日，于十一月初，经由相模渐渐接近武藏。一行人到了江户附近铃铛森林八幡宫前，看到十五六位身系围裙的妙龄女子相迎，家康突然想起了什么，不由拍了拍腿。

这些女子定是家康在庆长五年出征关原时，用茶水招待他们，给将士们送行的那些女子。为了让家康想起她们，这些女子今日在一家茶舍前聚集，同样打扮。不错，是那些女子。她们的老板是一个叫庄司甚内的男子。家康令人住了轿。他愉快地穿上长靴，出轿。“喝口茶吧。”他对随行众人道。

海边虽不甚冷，但到底已是冬月。透过松林，可以看见苍茫的大海，冷冷清清。波涛和松声都在告诉人们，冬天已然来临。可庄司这厮却让她们站在寒风中等待，真是癫狂。

家康自然甚是清楚这人的目的。他是想吸引家康注意，以便能在城下分得一块地，供他开青楼。据说，他在柳巷经营着一家倾城屋。家康下轿看时，那庄司甚内正坐在松树下。

“噢，你竟在此。”

“是。孩子们都站着，小人却不能那般迎接。”

“你是看出，柳巷要拆除？”

“是。但那非主要的。小人是想让将军看看守约之人是什么样子。”

“守约？”

“是。将军说过，柳巷在您入江户之前就有，因此，虽就在城下，也会视而不见。小人既是倾城屋的老板，就要像个老板的样子，好生保护她们。”

“我这么说过？”

“是。请在避风处歇息，看几眼孩子们，小人将万分荣幸。”甚内说完，叫过一直站在那里的女子们，令她们齐刷刷跪下来给家康施礼。女子们明显经过了训练，动作甚是整齐。家康却皱起眉头，在铺了张绯色毛毡的长凳上坐下。家康坐下，贴身侍卫马上在周围望风。虽是苇棚，却可抵挡寒风，不甚冷凛。家康这样想时，才发现长凳下燃着炭火。女人们又齐刷刷站了起来，去另一个苇棚端来茶水，首先捧给众侍卫。

有些意思。家康故意环视四周，没有吭声。

先让贴身侍卫尝毒，然后端给家康，是野武士的经验。

“你以前便是武士？”

“小人未当过差，家父曾是北条氏的下级武士。”

“你叫庄司甚内？”

“是。但如今改成了甚右卫门。”

“为何？”

“在江户叫甚内的，除了小人，还有两人。一个是向崎甚内，另一乃鸢泽甚内。他们与小人一起，被称为‘江户三甚内’。但小人不愿与那二人为伍，遂改成了甚右卫门。”

“哈哈。你是说三甚内让你感到不舒服？那是为何？”

“那二人都是根本未意识到天下已经太平的暴徒。他们和小人的想法差了老远。”

“这么说，你知时局变了，并能明白这个变化。”

“对。将军说过，开妓院也无妨。但既然成了老板，就要好生保护她们。从那以后，小人便改了本性。”

“你说的约定，就是这个？”

“是。大人说日本国自天岩户以来，便是一个没有女人便无黎明的国度。无论什么时代，妓女娼妇都不会消失。若是置之不顾，暴徒定会聚集一处，残害女人。因此，便要尽心保护。”

“我说过这等话？”

“大人的确说过，小人已经铭刻于心。以为人父母之心加以保护，有时便不得不替女儿们惩戒、驱逐凶徒。因此，小人被人称为烈性男子，以致人皆言暴徒三甚内，方才改了名字。实际上，除了为孩子们出气，小人绝未和人动过粗，发生过口角……”

家康并未因为他的热心而露出笑脸。此时，正好一个女子端着茶走了过来，家康便搭话道：“你是什么时候来到庄司这里的？”

“大前年年底。”

“是父母将你卖过来的吗？”

“小女子是孤儿。父母被盗贼杀害。”

“多大年纪？”

“十七。”

家康仔细打量着那女子。十七岁的女子甚是水灵，心思也一览无余。家康道：“现在过得如何？要是不在这里了，你想过什么样的日子？”

这个问题不好回话。但通过这女子的回答，便可以辨别庄司甚右卫门言行的真伪。

那女子微微歪头道：“小女子想嫁人，做个好媳妇。”

“是甚右卫门帮你挑夫婿吗？”

“不，小女子自己选择。”

“自己选择？”

“是。小女子从客人中寻个好人，之后的事，老板会替小女子操办。女人能够照自己的意愿选择丈夫，现在还不多见。”

家康苦笑：“是甚右卫门让你这般说的？那你就选个好夫婿吧。”他摆摆手让姑娘退下了。

又有一个姑娘端着点心走了进来。这些女子似并不憎恶甚右卫门，想到这里，家康叫住那姑娘：“等等。”姑娘脸若银盘，眼放异彩，看起来甚是要强，似比刚才那姑娘小一两岁。

“你在学茶道？”

“是。还习连歌和小鼓。”她虽还年幼，说话却比方才那女子成熟老练。家康突然心中生恶，此女和谁有些相似——是年轻时的淀夫人。

“你也想不久后嫁人，做个好媳妇？”

“不，小女子想到地位高的武士或大名身边去。”

“客人当中也有武士和大名吗？”

“是。托将军大人的福，以后这样的客人会越来越多。大家都把妻儿留在家乡，独自来到江户。我们得抚慰他们……”

“是甚右卫门这般说的吧？”

“小女子自己也这般认为。”

“你叫什么？”

“阿胜。”

“哈哈。你的名字都写在脸上了。阿胜，有因为谋生辛苦而哭泣的时候吗？”

“有过。”

“那时未想过逃走？”

“不想。要是在别的地方，盗贼、痞子之类也得接待。那太可怕。”

“可是即便在这里，不也得接些可恶的客人吗？”

阿胜得意扬扬地摇摇头，眼里闪烁着光彩，“那种时候，小女子会‘甩’掉可恶的客人，自然有其他人喜欢阿胜。”

“哦？”家康不由朝庄司甚右卫门看去。

暖烘烘的长凳温暖了家康的腿脚，他甚至不舍站起来。姑娘们的回答以一种奇怪的活力，勾起了家康的兴致。“甚右卫门，什么是‘甩’？”

不等甚右卫门回答，阿胜便抢先答道：“要是不想接客，就以实相告，拒绝他。”

“拒绝？”

“是。这是对客人的尊重。这是老板允许的，连京城六条都未有的规矩，老板说是新江户的手段。”

家康不解，犀利地瞥了一眼甚右卫门。但甚右卫门仍不动声色，眼睛一眨不眨，在旁边候着。他已发现家康在通过这些女子来试探他的为人。

“可是客人长期离开妻儿，便易情绪急躁。如此一来，不会引起骚乱吗？”

“不，大家开始可能会这么想。但与一个不跟自己一心的女人逢场作戏，不如和一个将真实想法流露在外的女子玩乐更有趣。因此，小女子认为，‘甩’很是合理。”

“哈哈！说得对，不得已而为之的奉承，无趣得很。”

“大人说得是，这种真实，将让江户的姑娘们引以为豪。”

“好了，你可以退下了。”家康还想说些什么，看着天色不早了，便笑着站起来，“甚右卫门，你教得不错啊。”

“多谢大人夸奖。”庄司甚右卫门好像等的就是这话，接着道，“大人若是允许小人辟地开青楼，小人会好好教导这些姑娘，让诸大名像在家乡一样在此休养生息。”

“好，你写份文书即可。”

“多谢将军。小人会将孩子们区分优劣，勉励鼓舞……”

甚右卫门话犹未完，家康已经点着头朝轿子去了。不管是在寺庙神社的门前，还是渡口城下，只要人多的地方，妓女便无法禁绝。而且，不将她们聚集到一个地方，反而会蔓延到良家，不仅会败坏风气，还会有不良之徒如蚁见蜜般围过去，汲取那些女子的血。不妨将她们聚集到一处。家康正是出于这个想法，才与庄司说了半天的话。家康看出，甚右卫门是个可靠之人。

队伍再次启程，却不知为何，家康竟把甚右卫门和秀忠比较起来。秀忠现已出城，从增上寺到高轮一带迎接。他们肩负职责各不相同，但其认真程度却甚相像。

天下之人，上至贵人，下至黎民，人皆有梦，难在将梦成真之途，家康现在才明白这个理。

一一　大筑江户

大久保长安随德川家康到了江户，不久便被任命为所务奉行，并在常盘桥附近得封一处小小府邸。

时局的变迁给长安提供了发挥能耐的天地。他乃将军府总管，除此之外，还负责金山发掘，辅佐家康六子忠辉。佐渡的金山产金日多，或许不日之后，他还可能兼佐渡奉行。

迄今为止，家康的亲信几乎无不从小就追随他，由他一手提拔。不是因为战功成为重臣的，大概只有本多佐渡守之子正纯。大久保长安的升迁实属罕见，简直可以称得上平步青云。当然，长安并未因此而骄傲自大，他不是个不谙世故之人。在这种时候，他必让家康甚至秀忠的亲信都清楚地了解他的才能。

他每日进城，首先拜见家康，然后拜访秀忠，再向阿江与夫人问安，之后便仔细巡视城池。巡视并非奉命而为，他是想看看哪里还有谁也未注意到的疏漏。命数不会眷顾一个无所事事之人，特意为他开辟一条出人头地的道路。他完全理解家康的大志，遂全心全意为家康效力。

这日，长安看见芝地附近一个隆起的山丘上，有人在忙着搬运木材，建造府邸。“那是谁的府邸？”他轻描淡写问道。

“是内藤六右卫门高政大人受封的宅地。”

“哎呀，此处有些高，每日上下马会颇不便。”说完，他便去了。

巡视了一圈，他回到家康处，与众人闲聊时，道：“将军大人，在下记得您有一尊赖朝公的护身佛像。”

“噢，对，我好生保存着呢。那是信长公在本能寺罹难之后，我从堺港赶回三河时，路过江州的信乐，多罗尾四郎右卫门光俊尽心接待了我，说我不久便会成为号令天下之人，于是拿出秘藏的护身佛——爱宕权现本地佛、将军地藏佛像送给了我。”家康无拘无束和众人闲谈，往事一一道来。

长安马上道：“既是这样一尊有来头的佛像，就当赶快寻个合适的地方供奉起来才是。”

“是啊，要是有合适的地方……”

“有，内藤六右卫门大人在芝地拜领的宅地。若是作为旗本大将的府邸，倒有诸多不便，但那里确是个风景优美的高地。不妨把它命名为爱宕山，建成百姓引以为豪的名胜。在下以为，江户的名胜不应少于京都。”

“哦，有这么个好地方？”长安的话经常能让家康开阔眼界，这话又让他甚是快心，“那我得赶快给内藤换个地方。”

家康爽快地采纳了长安的建议。当然，长安从不会提出不着边际的建议，他不是愚笨之人。他再去走走看看，必会有新的发现。

动员了大量劳役，在新开辟的神田高地，开始了天正十八年入江户以来的首次扩建。

此次乃是德川自家的工程，并非建筑幕府。故，监工为越前参议秀康和松平下野守忠吉，加贺中纳言前田利长、上杉中纳言景胜、蒲生下野守秀行、伊达陆奥守政宗等亦主动前来帮忙。得知家康已回到江户，西国的黑田甲斐守长政、加藤主计头清正、浅野纪伊守幸长亦表示要援手筑城。

家康尚未发话。但长安知道，家康已开始思量大规模兴建将军居所。

“战后不如平等对待谱代大名和外样大名。若非如此，有太多大名都觉过意不去。”在闲谈时，长安这样暗示家康。他知道，对于此事，藤堂高虎也在暗中使劲。关于劳役，一向办事慎重、胸有成竹才会开口的家康，说不定已经心中有数。

“每千石出一人，会不会有些重？”本多正信这么说了一言，长安却认为太轻了。每千石一人，十万石不就一百人吗？因此，长安又道：“如今街市乃是填充之地，若适当挖沟造渠，则无论城池如何繁华，物货运输自会畅通无阻。况且，修城筑墙需要大量石头，如太阁建大坂城一般，在伊豆寻找石场，让诸大名负责搬运。十万石一百人，搬运大石一千二百……如此一来，肯定大有用处。”

同样的话，长安绝不会说两遍。因为他知，若人专心倾听，只要稍加提醒，便会欣然接受；若人不能接受，说上万遍也是多余，只会招人憎恶。

长安在市井中走动时，与巨商樽屋藤右卫门和奈良屋市右卫门等人逐渐亲近起来。他还暗中调查庄司甚右卫门所言的“三甚内”是何样人，而且，他发现江户城男子竟为女人的两倍。

“真令人吃惊。全天下人都说，新大桥是为了讴歌太平而建的大桥，因此被称为日本桥。”他并没有忘记说些让家康高兴的话，比如本町大道上有十三间伊势屋等。

认真完成交付之任务的人，可称为能吏。而将所有事纳入视野，并能立即把职责和世情联系起来，适度裁断者，便可为重臣。

故，很多时候，吏做不了重臣，重臣亦不一定做得了能吏。然而，大久保长安却天生拥有这两种能耐。也可说他做手猿乐师十兵卫时，那长期的放浪生活成就了他。他知，须在江户城及征夷大将军面前施出浑身解数。日后的江户城丝毫不能逊色于京都和大坂，不仅须建城池、沟渠和桥梁，还要培植一种风气，使住在此处的居民感到自豪。

“近来，在下常去看百姓吵架，为他们作仲裁时，会首先问他们的出生地。”

“那是为何？”

“要是在本地的，在下就把他叫作江户子，并告诉他，出生于江户，难怪这么性急。可既是江户子，就当明白事理，性情爽快。在下这么说了，他们便会挺起胸脯，爽快起来。”

“哦。”

“将军大人治下的江户子，有话休要藏在心里，而要直言不讳抖出来。但之后也休要后悔，若是后悔，会玷污江户子的脸面，被人笑话。”

家康听到这些，捧腹大笑，“你真是个好狗头军师。”

“要让江户人以在将军大人身边生活为傲。因而，即便是街头乞丐与低贱之人，也要让他们看起来是江户子。当前江户，还有甚多盗贼。将军是否可以盗治盗？从妓院老板中挑出个好男儿来做头目，乃是一个道理。”

“要以毒攻毒？”

“不，是把杀人的毒变为医人的药。不管怎生说，眼下江户正是百花竞放之时，三百六十行，行行入江户。而且，必须设立金座银座，铸造大小钱币。”他暗暗看一眼家康，把话题转移到矿山上了，“因此，首先要发掘金矿。天下中心乃是日本桥。在下想尽快结束里冢的修建，赶往佐渡。”

家康有时亦会突然对长安生起戒备之心，眼观八方的长安让人有些害怕。家康在伏见城经常听秀吉夸耀自己年轻诸事，长安和年轻时的秀吉极为相像。但不同的是，长安已不再是毛头小子，而是一个饱经沧桑的不惑之人。除了战阵，不管让他干什么，都从未有过疏漏，亦甚是诚实。

家康心生戒备，旋又自责不已：我怎还对大贺弥四郎之事心有余悸？长安也知道弥四郎一事，他的才能和勤奋非弥四郎可比。弥四郎仅仅为了做一区区大名，便背叛了家康，但长安无那般幼稚。只要他用心奉公，区区大名之位必不在话下。

说不定乃是佛祖派他来助我。家康想到这里，又有些自责——在这个世上，何人不是佛祖所派？

长安为家康提供了各种各样为政的建议，以盗治盗便是其中之一。世间许多人无路可走，否则，他们何苦铤而走险为匪为盗？冷静一想，他们亦是乱世受害之人。对于偷盗，若是一味防之堵之责之骂之，均无济于事。只有为他们寻到一份活计，让他们可生存下去，方能说服他们，让其知偷盗乃是一“恶”。总之，三甚内之一的鸢泽甚内成了缉盗头目，他的属下都曾做过盗贼。后来他改名古着甚内，成了包揽江户所有旧衣铺的大贾。

这些盗贼背着袋子，袋子上挂木牌，上有官印。二人一组，约十数组，整日在江户走街串巷，嘴里喊着："收旧衣，旧衣。"若是碰见可疑之人，便立即向官府报告。因是二人一组，即便有一人想放跑盗贼，也是不行。故，众寻常盗贼多被这二人说服，投奔甚内，从事正业。

甚内得到了一条街，开了旧衣铺，将收来的旧衣转卖于人。他不想失去这个权力，遂严格监视下属。

总之，给盗贼一份活计，以方便他们负责治安，也可活用旧衣，以弥补因人口增加而致的衣物不足，真可谓一举多得。他们虽为盗贼，却因背着有官府标记的袋子，不敢行窃。大久保长安能不断想出此类点子。家康亦愈发信任他，提拔他自是无可厚非。

一到天下太平，人便会各显其能，与在战场上一样，有人擅耍枪，有些擅驱马，有人则长于大刀火枪。大久保长安拥有奇异的才能，他知人各有用。

城中原有一口大钟，因为离家康居处甚近，便搬到了石町附近，在那里建了城内唯一的钟楼。推荐曾是奈良兴福寺的喝食行者、法名莲宗的撞钟人源七的亦是长安，他还让本町二丁目的泷山弥次兵卫用瓦覆盖屋顶。石町的撞钟由源七的子孙世袭，而首先用瓦盖屋顶的泷山弥次兵卫的家，也立刻成为江户一景。

庆长六年十一月初二，骏河町幸之丞家走水，大火蔓延，损失巨大，从此城中禁用茅草苫屋，改用木板，但谁也未想到瓦茸屋顶。而弥次兵卫用瓦盖屋顶，因此他家门前一时人山人海，都来看新鲜。

于是，弥次兵卫便有了一个诨名"半瓦弥次兵卫"。事情迅速传遍江户，不久便有多人效仿。

人们纷纷填充洼处，请封宅地，却无人愿意要街市拐角处。这等地方既有被盗贼光顾之险，费用也会因为外墙和望楼而增加。得知此事，长安马上向秀忠建议："大人看这样如何：愿意安家在僻角处的人特许谒见。"

“特许谒见？”

“如此，他们为提高威望，便会争相把家安于僻处。那些地方若是空地，城镇看起来便显荒芜，那断断不可。”

秀忠半信半疑答应下来，不到两月，僻角处便已是房屋满布。不仅房屋建满，而且地价暴涨。庆长八年，面向大路的宅地或是免费，或是以一二两金出让，但到了庆长十九年，却暴涨到原来的一百倍！长安的奇思妙想和适时鼓动，几已建起了半座江户城。

实际上，长安自己也从此中得到了无限乐趣。筑城建池乃我的天性，他这般想。

但他有无塑造人才的能耐呢？

在得到秀忠的信任之后，长安为忠辉在浅草河岸请封了一块大大的建府之地。在此之前，忠辉一直和母亲同住于骏府，还没去过自己的领地川中岛。

长安现在必须前往骏府，和已经年满十二岁的忠辉一起，前往海津城。忠辉重臣都陆续进驻信州。忠辉同母异父姐姐的夫婿花井远江守吉成入住忠辉的居城海津，作为城代处理政务。饭山城为皆川山城守广照驻守，长沼城驻的是山田隼人正胜重，牧之岛城驻守为松平筑后守信直。表面上，是这四人与长安一起合议处理政务，实际上，无长安的指点，诸事万难进行。

从城池格局、新田开发到道路桥梁，一切都似在传达家康的真意——长安运用他所长所能，指挥众人。

忠辉既为家康六子，不久便当被委以官职，至少当是从四品的左近卫权少将，亦会在江户城下获赐府宅之地。

长安看到变化的江户，渐渐神驰：应如何调教忠辉？他常常想起和忠辉差不多大小的秀赖，想起在大坂城看到的金块，他的心在燃烧。

秀赖乃太阁之子，而忠辉为家康之后，他大久保长安拥有探掘金矿的特殊本事。正是因为这些缘故，他才对那黄金念念不忘。

首先得好生培养忠辉，让他超过秀赖，只是长安尚未下定决心。或许，人人心中皆有一种模糊而永恒的征服之念，长安即是如此。

忠辉的婚约已定，女方为奥州伊达政宗之女五郎八姬。此事庆长四年便已确定。媒人为茶人今井宗薰。长安心中甚是清楚，这不过两方父亲为自己的未来而做的一笔交易。

必须巩固与伊达的关系。于是，长安为忠辉请封府地时，并未请求在常盘桥附近建宅，而要求建在奥州官道附近的浅草。已对长安大为信任的家康自然准了此求。于是，长安迅速筑起一座豪宅，竣工以后，亲自前往骏府迎接忠辉。

长安想让忠辉住进浅草新邸，待父子见过面后，再将他送往川中岛。

那时，大名纷纷请得自己的宅地，广为筑府。忠辉大门对面的前田府蔚为壮观，为了给芳春院居住，在庆长五年便已建成。这是在江户修建的第一座大名府邸。藤堂高虎和伊达政宗也随后提出请求，他们想通过筑府，让诸大名把目光投向江户，努力为家康造势。之后，加藤清正、黑田长政、锅岛胜重、毛利辉元、岛津义久、上杉景胜的宅地也依次确定。

家康已为征夷大将军，要是在江户没有府邸，势难保障自家安危。筑将军幕府，实乃无奈之举。向天下大名征收的江户城修缮费用，实际上用在了修建大名自家的府邸上。而且一旦开始修建，便不知不觉相互攀比，一个比一个建得豪华。就连加藤清正，得封外樱田的弁庆堀和食违门内两处地方，也在食违门内建了千叠屋，内分上中下三段。拉门上镶金，栏杆上雕着桔梗，门的拉手亦装饰七宝桔梗，横梁有三重。诸如此类，不胜枚举。仅是在诸大名府邸建成之后，江户便已成为天下第一大城。

长安带着十二岁的忠辉，穿过喧闹的街区，到了浅草门外的府邸。新府面奥州官道，背松林掩映、白沙满滩的隅田川。

忠辉生母茶阿局也跟了过来，默默地望着新建的府邸，甚是惊讶。

三人在府内转了一圈，回到忠辉房内，茶阿局首先道："横木上雕刻的似是将军大人家纹，将军大人知道吗？"

长安早有准备，马上回道："不，这是不才的主意。"

“这样不妥。”茶阿局道，“辰千代虽为将军之子，但自承袭了长泽松平姓氏，成为下总佐仓城主之后，便是松平上总介忠辉。不经许可，擅用德川家纹，若是将军大人怪罪，当如何是好？”

但长安却没回答，他看着坐在母亲上首、威风凛凛的忠辉，出了神。忠辉比上次看见时，壮实多了。秀赖是个靠不住的俊美男子，忠辉的俊美却让人放心而欣慰。将这么一个孩子托付给我，我大久保长安若是没有一番作为……他心中反复思量着这些。

“长安，你看什么？这么出神。”

听到茶阿局的询问，长安才回过神，对茶阿局点头一笑，道:“夫人，关于是问，在下想问问公子。公子，如夫人所言，府里雕刻的花纹并非松平家纹，这是为何？”

“嗯。”忠辉扬眉想了想，笑道，“此非忠辉自己建筑，乃父亲大人令人建了让我住的。故，可用父亲大人家纹，是否？”

长安使劲拍拍膝头，满脸堆笑:“说得好！夫人，您明白了吧？即便继承了长泽家，公子仍是将军之子。而且，长安虽奉命做了公子家老，但同时也是将军大人的所务奉行。所务奉行奉将军之命，筑建府邸送与公子，故在家纹一事上不会遭任何非议。公子啊，您看到这家纹，切切要记得将军大人恩情，当时时刻刻挂怀将军大人安危。”

“我明白，你是让我孝敬父亲大人。”

“对。在下还有一事，想问问公子。”

好胜的忠辉似很喜欢这样的问答，往前挪了一步，“何事？你说。”

“将军大人，哦，不，也可说乃是长安，为何将公子的府邸建在了浅草，而未选在城中？”

“嗯，景色好，有河，忠辉喜欢。仅仅是这些吗？肯定不是。”

“不是。”

“当是：诸大名一有异动，便可关起浅草门，一夫当关，万夫莫开。”

长安一脸得意转向茶阿局，“夫人，公子的气度，您都看到了吧？”

“是啊，很聪明。”

“在下想让夫人给予奖赏。”

“给你吗？”

“不，给公子。”

“拿什么给他？”

“夫人莫要和公子同住，而当回到将军大人身边，终老侍奉将军大人。”

“可将军大人明言我可与孩子住在一起。”

“不。人一生可能会犯错，也会遇谗中伤。那时，若夫人在将军大人身边，那些人便无处置喙。此事务请答应。这便是在下为公子求的奖赏。”

茶阿局皱起眉头。她明白长安的意思，但这个“奖赏”对一个女人来说，却不那么容易下决心。她已经三十五岁，家康也已说过让她和忠辉住在一处。她若提出想回到家康身边，家康和其他侧室会怎生评说？

女人过了三十三，便要主动提出不再侍寝，若还恋恋不舍缠住男人，便会被人讥为好色不检。而且，家康将她与前夫远州金谷村铁匠所生女儿视若己出，抚养成人，还嫁与了忠辉家老花井远江守吉成。吉成原是擅小鼓和谣曲的艺人。当然，家康乃是看中了他的才能，才选为茶阿局女婿。因而，家康亦想让她与儿女一处，安享晚年。

“夫人，您不同意吗？您也看到了，公子性情刚烈，极有可能招人谗间，即便是生身父亲，亦不无可能生出误会。但若有夫人在将军身边周旋，自会有惊无险。即便您什么话都不说，那些想谗言中伤公子的奸人，也不敢出来作怪。万事有备无患，小心不为过。”

“这个我明白。可是……”茶阿局大概想起了早已久违的闺中之事，脸上现出一抹绯红。不等她说完，长安又道：“夫人什么也不必说了。夫人的心事，长安这个年纪自然明白。夫人就对将军说，绝非因为私心和嫉妒，而是出于对将军大人的感恩之情。”

“感恩之情？”

“是。夫人就说，将军大人不仅对公子，对花井的夫人也体贴入微，百般关照，故于心不安，想留在大人身边，管理内庭，以报大人厚恩。”

“管理内庭？”

“是。只要夫人怀有感恩之心，将军大人必能应允。”

“是我误会了。”

“这般终老一生，反而……是忘恩负义。此中曲直，还望夫人明白。”

“或许你说得有理。”茶阿局终被长安说服。

忠辉倔强的性情，更多遗传自其母茶阿局。茶阿局前夫乃是叫八五郎的铁匠。当年死于非命，茶阿便去家康处告状，报了仇。现在她虽已成了将军侧室，天性却未改变。长安亦才巧舌如簧，终是说动了她。

“是啊，还得看我是出于何种心思。”说这话时，茶阿局眼里放出异彩。她原以为自己的一生已经终结，可现在突然又重新找到了目标。在将军大人身边，只要并非一心只想得到将军大人宠幸，自有许多效力途径。年轻的侧室虽然众多，可皆太年轻，定有诸多不周之处。

“我就当自己是个男儿，侍奉将军大人。如此甚好。”

“夫人说得是。”长安掩饰不住内心的喜悦，往前探了探身，“其他夫人肯定想不到这些。将军身边虽然仆从众多，但有些事只有女人才能做。而公子的母亲却想到了，果然与其他女子不同。将军大人定会这般感叹，这种感叹必会转化为对公子的关爱。”

“我试试，不，我去请求大人。”

“长安感激不尽。长安还想尽快把公子的婚事办了。”

“这个不用太急。”

“在下明白。花井大人派人来禀告了领内情况。有三件大事：其一，在贯通稻积、善光寺、丹波岛和屋代的各驿站设立传马之制，确保领内交通便利。其二，在裾花川筑堤，防止洪灾。其三，开渠引犀川水，将荒地变成肥田。在下想有了政绩，再提婚事。”

“对，这才是头等大事。若无非凡的功绩，即便是自己的儿女，将军大人也不会同意。”

“请夫人放心，此事自有长安安排。”长安拍了拍胸，“在下绝不会做让公子的岳父伊达大人瞧不上的事。这样一位贤明的公子，若让女方瞧不起，我们将颜面无存。”

“忠辉去见将军大人时，我便跟着一起去吧。”茶阿局道。

长安又在心中比较起秀赖和忠辉来。长安经常思量自己的“命运”。人常说世事无常，吉凶参半，可长安先前却总是错乱连连，而今一马平川。难道是前半生遇到的“凶”太多，后半生再无灾厄了？

长安陪着忠辉和茶阿局到家康面前时，秀忠等人亦在场，好像在请示什么。这样的场面只有在大年初一才能看到。

秀忠、秀康、忠吉同时回头看着忠辉，皆意味深长道：“噢，阿辰，你长大了。”

后来，长安才知，当时他们正在议论被封到水户的信吉的病情，他已病重。但当时长安和忠辉并不知晓。

忠辉来了不久，三人便先后退下。长安兴奋得已快忘乎所以了。

“我有些话与忠辉说，你先退下吧。”长安将浅草府邸和去川中岛的日程作了大致的禀报后，家康便让他退下了。

这也非坏事。长安想，父子之间肯定有些私密话，家康恐是想利用此机教导儿子。这样的话，茶阿局也好提出请求。于是，他暗暗向忠辉和茶阿局递了个眼色，便退下了。

长安退下后，家康的脸立即一沉：“茶阿，你到底是怎生想的？”

“大人的意思……”

“你不知道忠辉多大了吗？”

“啊……”

“他已非孩子了，你这个做母亲的，要跟他到何时？”

茶阿听了这话，反而松了一口气：“将军大人以为妾身把公子当孩子。呵呵，妾身来不是为这个。”

“那你是来做甚？”

“妾身是为了自己的事。”

家康道：“有事改日再说。水户的信吉病重。”

茶阿局方大吃一惊。

水户信吉生母乃是目下人称下山夫人的阿津摩夫人。因为生母流着武田氏的血，信吉故改姓武田，从小备受宠爱。茶阿局经常拿他与忠辉比较，心中甚是羡慕。

可就这么离开，便错失了良机。一旦与忠辉去了信州，再要求回来，便会让人以为，她是忍受不住乡下的冷清，或是家中不睦。

“唉！”好胜的茶阿局一旦下定决心，便不会退却，“妾身更得请求大人了。请大人务必听听。”

“好，长话短说，是对此次改封不满吗？”

“不敢。妾身日夜不敢忘将军大恩，感激都来不及呢。”

“嗯。”家康扭过头。好胜心强的女人往往感情夸张，不过是想让自己的话显得更有力一些。

“大人，妾身生来愚笨，一直都未能体会将军大人苦心。”

“那倒无妨。女人和男子不一样。”

“不，既体会到了，就不能这样下去。将军大人为茶阿安排好了一切，使妾身在这世上便能享受到净土的快乐。可妾身仔细一想，才发现，如今诸政一新，将军大人将再次踏上新的长路。”

家康瞥了一眼茶阿局，没吱声。他深知她一旦开了口，便要道尽。

“然而，妾身又在做什么？在儿女身边享受着天伦之乐。在看到浅草府邸的那一瞬，妾身想，再这样下去，必被佛祖惩罚。大人，妾身以前太粗心，请您宽谅。”

家康惊讶地张大嘴，看着茶阿局。他以为她是想让他提拔什么人，可事情好像并非如此。“哈哈，你是想回到我身边？”

“是。这样无所事事终老一生，才是对神佛的……”

“等等，你要是这样想，不如索性落发为尼，一心供奉佛祖。家康不会有任何怨言。”家康故意冷言冷语嘲弄一番后，方靠近满脸通红的茶阿局。

对于女人来说，没有比这更残忍的侮辱了。对一个想回到男子身边的侧室说：即便你落发为尼，我亦无甚怨言！茶阿局自然不会不觉这样的挖苦，她强道：“将军大人虽如此说，茶阿依然于心不安。”

“是因为神佛不会说话，不能抚慰你？”

“不，即便没有妾身这样的人供奉，佛祖身边还有诸佛菩萨。”

“你是说，家康身边的菩萨还不够？”

“大人，妾身也是个女人。”

“所以你才生了辰千代嘛。”

“对于大人身边的年轻女人，妾身不能说毫无感觉。可妾身毕竟已过了那种不知分寸的年纪了。”

“哦。”

“就依大人，让妾身落发吧！然后请立即派妾身去照顾信吉。只要将军还在劳心，茶阿就不能让自己闲着。要是闲着，就逃不过佛祖的惩罚。妾身是悟到这些，才提出请求。”

家康有些惊疑。她好像不是在说谎。原以为她不过是找些借口，以再进内闱，续床笫之欢，事情却大出意料。

家康想象着茶阿局剃光了头发的样子。一个好胜的娇小尼姑，正瞪着一双水灵灵的眼睛抬头看着他。原来这个女人还这般年轻啊！然而，她却远离内闱好些年。家康突然自省，方才之言实在残酷。“嗯。这么说，你是想落了发侍奉我？”

“妾身想去照顾信吉。”

“此事你不用管了。信吉……恐怕没救了。”

“啊！这……这是真的？”茶阿局一时忘情，惊讶地往前探探身。她虽有好胜的缺点，但若有心忧，必会忘形。可说她喜欢照拂别人，也可看作是多管闲事，但她身上确有强于常人的母性。

“信吉的事你不必管。既然你想帮我，就回来吧。”

“信吉真的……”

家康故意不答，单是对忠辉道：“忠辉，日后要承担兄长的职责了。此后，母亲就留在城里。你也长大了，去秀忠处打个招呼就回去吧。”

忠辉傲然挺胸，点头。

人情其实难料。始时家康想要斥责茶阿局，把她赶走。可他省得自己错了，遂立时心中生怜，不仅觉得可怜，而且觉得可惜——这样一朵花却被疏远，令其独守空闺，终老一生。

人前好胜的茶阿局在闺中却似另外一人，高高兴兴、服服帖帖，天真无邪地偎在他怀中，给人奇妙之感。家康最恨那种平时温顺、到了闺闹便欲征服男子的女人。在这一点上，他对茶阿局甚是满意。

家康拿出大鼓小鼓，送给了忠辉。“记住，不可沉溺于小鼓。要做个百姓真心敬慕的领主。领民能否高兴地归顺你，要看你平时对他们是否关心。要是未能得到领民的敬重，你首先要扪心自责：自己是不是对他们关心不够？”这样训诫完，家康又叫来长安，对他道：“忠辉性情容貌都和三郎（信康）一模一样，刚直而暴躁，既是长处，也会坏事。凡事绝不可由着他的性子。”之后，便让二人一起退下了。

屋里只剩下家康与茶阿局，他们长久不曾相对而坐了。他好像在箱子底发现了自己忘记已久的心爱之物，上下打量着茶阿局。茶阿局的脸一下子红到了耳根。

“茶阿。”

“嗯。”

“你方才说，你已过了那种对年轻女人抱有嫉妒之心的年纪了？”

“是。妾身已得到大人太多的宠爱，这一生无怨无悔了。”

“无怨无悔？”

“是。今后只想一心一意报答大人恩情。”

“你这个口是心非的女人！”

“啊?!”

“人怎会这般容易成为圣人？你口中说谎，身体却骗不了人。你整个身子都在悲鸣，发红，变得僵硬。”

“唉，大人您……”

“武士的一生乃是忍耐的较量。恐惧时要告诉自己不惧，疼痛时也要对人展颜欢笑。要是对人发牢骚，在人前流泪，不会招怜，只会遭恨。乱世的男儿，都是这般硬撑过来的。即便是女人，也要有一颗忍耐之心。”

“是。”

“要是像这样全身僵硬、满脸通红，不但不会忍耐，反而会去诅咒别人。你心里还是有对男女之事的欲望啊。”

茶阿局怨恨地暗暗看了看家康，身子比刚才更僵硬，低头不语。

家康有些尴尬：自己怎会说出这等无情之言？让她留在自己身边，

她便能独自承担内庭事务。既然留下她，便当让她安安心心，方是对她的体贴。可自己为何非要令她尴尬？想即此，家康愈发难堪。他明白自己为何说出这等残忍的话来。他是在故意煽动茶阿的情欲之火。满脸通红、低头不语的茶阿局，看起来愈发显得年轻而楚楚可怜。家康对自己虽恨，亦无奈。“唉，茶阿。”

“大人……”

“我不会相信你的谎言。”

“妾身必小心谨慎。”

“我非在责备你。”

“是。”

“真是个蠢笨女人啊。你亦不会招来别人的诅咒和怨恨。”

“是。”

“所以，我们和以前一样，每个月聚一两次吧。”

“呀……”

“不能太多，我无须多说了。”

“是。”茶阿局有些茫然，然后满脸通红低下头。如此倔强的女人竟哭了起来，泪水啪嗒啪嗒落到膝上。家康慌忙移开视线。

本能地厌恶女人的固执与纠缠，并非家康一人之短。信长便是因为极恶女人的此种癖性，才生起龙阳之好。直到今日，家康才觉得自己发现了一个无比洁净的女人——茶阿局不是回来寻求男欢女爱的。不然，在听到家康之言时，她不会出现这种难以置信的反应。

“哈哈！”家康大声笑道，“好，就忘了我们已经老了。江户建起新的将军府邸，你也想着自己焕发了青春。”

“是。”

“但心中定要想着忍耐第一，绝不可忘了这个。不管是男是女，都还未到可以忘掉忍耐的时候。人心尚未稳定，要用无比的忍耐，去创造盛世。”

“妾身铭刻在心。”

“好，今夜不必回去了。”言罢，家康忙拭了一把额头的汗珠。

一二　春花秋月

德川家康回到江户后，大坂城内的气息开始变得异样。先前很少露面的大名多有前来，带些时令礼品拜见近来迅速长大的丰臣秀赖。

片桐且元不无担忧，他发现这些人明显分成两类。不用说，其中一批乃太阁生前一手提拔的大名，他们想前来看看令人怜爱的秀赖。浅野幸长、加藤清正、黑田长政、福岛正则都是如此。家康在伏见时，他们还有些顾虑，家康一离开伏见，尚在往江户的路上，他们便立时在大坂露了面。

还有一些人，且元一看便知，他们乃是德川之敌。这些人一见秀赖，定会称颂太阁的功德，怀念太阁生前旧事。其中便有这样一些对话：

"长到十六岁时，便归还天下的约定……"

"想出建幕府这一招啊。"

对尚不知政事的秀赖，他们煞有介事地说些连且元都无法明白的话，喋喋不休。据这些人看，家康之所以想以征夷大将军的名义统领天下，便是不想把天下还给秀赖，是阴谋。他们说，若是天下仍由关白或摄政主持，天皇亲政，于情于理，都得把天下交与秀赖。但如今，所有的武士都是天皇子民，同时也是将军部下，有何天下可交？德川家康不过是施了一个偷天换日之计。

即便是且元，也并不认为这话全无道理。但实际上，若众人都仅仅是天子子民，争端便无休无止，百年的乱世便是明证。信长公和秀吉公都以力服天下，家康不过是将它明确为法度。若不这样做，只要不是背叛天皇的叛逆之罪，便只有依靠检非违使进行管制。但且元清楚，以现在群雄的力量，绝非检非违使可管制得了。

这两类人，前者代表高台院的意思，后者则为淀夫人鸣不平。由此看来，秀赖身后众人不日便会分裂成两派。大坂城内到时又会刮起怎样的风呢？不管怎样，作为大坂城的大管家，片桐且元不得不背负起所有是非功过。一念即此，且元便觉喘不过气。

大凡在关原合战投靠了家康、并得到重赏之人，都念着高台院，同时也把秀赖当作故主遗孤，深加敬爱。他们已明白，建幕府乃是为了天下一统而不得已之举。因此，他们能来拜谒秀赖，且元甚是高兴。但是，另外那些人却对昔日的威风怀有莫名的感伤，不仅会挑唆淀夫人和秀赖，还可能导致这母子二人对敬重高台院之人生起反感。这让且元忧心忡忡。

“请恕直言，加藤、福岛、黑田和细川等人，好像都是因为爱惜身家性命，才倒向江户。高台院夫人说不定也是出于这种考虑。”他们经常这样私语。万一江户和大坂生出嫌隙，且元还打算求高台院和诸将出面周旋，可如今看来，已是不能了。况且，最近淀夫人已深受影响。

且元绝非那种能看透女人微妙心思的男子，可那日和久宗友前来拜访，说到所司代板仓胜重常去探望高台院。宗友去后，淀夫人对且元说出让他大感意外之言。其时，淀夫人确已醉了。

“市正，你怎么想？”她特意支开别人，将酒杯递给且元，小声问道。

她只对大野修理亮才露出这样的妖冶之态。且元颇为尴尬，不知所措，嗫嚅道：“夫人指的是……”

“内府。哦，不不，现在已是将军。将军和北政所是什么关系？”

且元不知如何回话，抬头疑惑地看着淀夫人。

“高台院仅仅是为自身安危才去接近将军，还是因为二人有更深的关系？”

“夫人说……高台院夫人……”

“呵呵。无甚好惊讶的。她不也是个女人吗？而且，她可能还未完全衰老呢。”

“这种蠢事……不，怎会有这等事？”

“话虽如此，女人一旦碰到男人的引诱，自会变得脆弱不堪。我不也曾对将军……”说到这里，淀夫人忙将酒杯推给且元。

且元愣住，那些传言原来并非子虚乌有。据传，家康住在大坂城二道城的时候，和前去拜访的淀夫人曾单独待在一间屋子里……没想到，此言竟从淀夫人口中出来。

淀夫人脸上依然洋溢着笑容，或许是因为揶揄了且元，或许是为了掩饰刚才的失言，道：“近来我听到些令人担忧的传闻。”

“什么传闻？”

“听说将军曾想做秀赖的父亲，和我一起过活。”

“怎会有这等事？”

“啊呀，你只管听就是。听了之后，笑笑，然后把它忘掉。”

“是。”

“可是事情却变了。我原来以为是因为年轻的阿龟阿万等人，还笑话将军。可听说并非这样。实话告诉你吧，听说啊，实际上是北政所在从中作梗。”

“夫人到底听谁说的？”

“呵呵，别管他是谁。”

“莫非是刚才叫来的伶人，那个名古屋山三？”

“你别管。让我听听民间有这样的传言也好。反正就是因为这个，将军才改变了主意。于是，为了向我表示歉意，关原合战以后，他便立即让修理回到了我身边。呵呵，想想看，这也并非绝无可能。男女之事啊，有时实难解释。”

“夫人，那靠编故事来助酒兴的优伶，不过是说笑话罢了。”

“你相信北政所绝不会做出这等事？”

“毋庸置疑……”话犹未完，且元就忙缄口。这绝非戏言。淀夫人脸上的表情有些狰狞。连家康和高台院之间，她都怀疑有事，这么看来，刚才她那些无意间说的话，不定也非空穴来风。且元突然感到后背发冷，慌忙喝干了酒，便想离去。

“市正。”

“在。”

“要是连所司代都频繁和北政所来往，我们母子所能依靠的就只有你了。你可不要抛弃我们母子啊。”

“夫人何出此言？”且元越觉惊心，浑身发冷。

无须多问，在此话中，明显有贬抑高台院的恶意，让人心寒。

且元匆匆离去时，已近亥时，长长的走廊里只有几盏夜灯发出淡淡的光芒。在阴暗的走廊里，且元却意外地碰见一人。一个鬼鬼祟祟的女人，从秀赖房中走了出来，不是别人，正是千姬的贴身侍女荣局！这个时候，她怎会在这里出现？

“何人？”在城中碰见可疑之人，且元总要叫住问一下。从千姬的住处来这里，要经过一道门，那里有守夜的嬷嬷。酉时四刻以后出入，必须得那嬷嬷允准。

荣局听到人问，缓缓停下脚步。“奴婢乃是千姬小姐身边的阿荣。”荣局年轻的脸，在昏暗的灯光里像死人脸一样苍白。

“这个时候，你怎会在此处？”

“小姐派奴婢来的。”

“小姐派你……”且元有些不解，“好，那我得去证实一下。跟我来。”说罢，他就要朝门口方向走去。周围一片寂静，冬夜的寒风吹在脸上，生疼生疼。

“奴婢……奴婢不是千姬小姐派来的。”果不出所料，走了几步，荣局怯怯地小声否定了前论，“是少君叫奴婢来的。”

且元没说话，默默穿过走廊，来到了一扇贴着小犬画的门前，此处便是由人严把着的关口。他朝门房里喊道：“今晚是谁值夜？我是片桐市正。”

房里的今户嬷嬷显然有些惊惶失措，她快速应一声，把门打开。看到且元，她强装笑脸，低下了头。

“阿荣出去的事，你知道吗？”

“是……知道。”

“为何事出去？”

“是小姐派……”

“胡说！”

“这，据说是少君召见。”

“什么时辰？”

“似是酉时以后。”

听了此话，且元心中产生了巨大的疑问：真是秀赖派人叫她？但只要她自己想去接近秀赖，让秀赖派人去叫她也甚方便。秀赖虽然个头不小，毕竟还是孩子，不管怎说，这个女人在秀赖房里待了近两个时辰，又是为何？“好了，我有话跟阿荣说，借你的地方，你先回避。”

“是。”这嬷嬷似知些内情。且元故意不去理会，催促荣局进了门房。

“现在只有我们二人了。坐下吧。”

荣局依言坐在且元面前。

“你是堺港人？”

“是。以前奉高台院夫人之命，在宇喜多家做过侍女。”

“你做了一件很是危险的事啊。”

“……”

“好了，即便是少君召见，也要及时赶回来才是。万一被巡夜的武士抓住盘问，如何是好？”

荣局始终低着头，未敢抬起来。即便是不懂女人，且元也感到些许异常，“难道你在故意对我隐瞒什么？”

“……”

“一开始你说是千姬小姐派你来的，后来你又改口说是少君召见。为何改变说法？”

“因为一开始，奴婢想袒护少君。”

“嗯。眼看没法袒护了，便说出真相？”

“是。”荣局声音细如游丝。

且元盯着荣局，看了片刻，道："好了，我再问你。既是少君叫你去的，但你去之前知是何事？"

"是……是。"

"少君看见你，便会对你说他为何要召见？"

"……"

"是吗？"

"是。"

"到底何事！照实说来！"

荣局抬起头，怨恨地看着且元。

"你不想说？"

"……"

"你已经站到了悬崖边上。你应当明白，少君还小，你却已成年。要是被人误解为你有不良企图，又当如何？你眼里布满血丝，若让人以为，你乃是想趁夜深人静去加害大人，你还能如何辩解？"

"奴婢说。"

"这就好。这里，只有我，况且你不说也不行。"

"少君说，他不该来到这世上。"

"什么？"

"他不是有事召见奴婢，只是想对奴婢发发牢骚，说他寂寞。"

"他为何会说出这等话来？"

"他说，因为自己来到这世上，才让淀夫人变得不幸。他还担心有巨大的不幸将要降临……"

且元感到全身一紧：已故太阁唯一的儿子，竟说出这等话？且元感到彻骨的寒冷，因为他知，事情并非毫无可能。

近来淀夫人举动奇怪，让且元难以理解。她对秀赖的关爱，谁都清楚地看在眼里，大家也都认为乃是理所当然。但随着时日的流逝，这种关爱变得畸形。她在所有前来拜访的人面前，都会眼含泪水，诉一句同样的话："秀赖真令人怜爱。"但也可从中感觉到她内心紊乱。她在秀赖身边陪伴的日子已经不多，有时甚至还会有意疏远他。

照且元的理解，这是一个母亲要调教儿女学会自主。可秀赖认为正好相反，他以为母亲乃是觉得他碍事，才疏远了他。秀赖身旁无良师教导，在女人中间长大，养就了任性娇纵的性情。想到这里，且元亦不禁心生怜意。

秀赖叫来荣局倾吐烦闷，可这种没出息的唠叨，能花费多长时辰？只要说上一个时辰，便会没了话题，可荣局却待了近两个时辰。她隐瞒了什么？

且元上下打量着荣局。荣局脸色苍白，僵直了身子坐在昏暗的灯光下。

“我知道了，大人是想向你倾吐。但不应只有这些，用不了这般久。还有什么事，说！”

“奴婢不能说。”

“不能说？”

“是。”

“哼！你罪不可恕！”

“请大人依法处置便是。”

“荣局，你似在蔑视市正？”

“……”

“你要是以为你是将军大人选来侍奉千姬小姐的侍女，我便不能随意处分你，就大错特错了。若有形迹可疑之人潜入大人卧房，我一刀砍了便是。事后才发现是你，通告众人即可。如此死无对证，即便是将军，也无话可说。不过我并不想杀你。作为这个城池和少君的保护人，我只是想知道真相。大人还说了什么？我不会责怪你，也不会说出去，我可发誓……”且元一片诚意，说得荣局低下头去，泪水如滚珠般落下。

“你在袒护少君，说明你乃忠义之人，你真的担心对少君不利。市正明白你的心意。”且元低声道。

“奴婢说。”荣局无法继续沉默下去，沉声道，“大人……他说，他能看穿淀夫人的心思。”

“淀夫人有对少君不利的想法？”

"是。"

"嗯？不是你自己想出来的？"

"是少君亲口所言。夫人对大人说过，她被上了年纪的太阁大人纳为侧室，甚是不情愿，多次直欲去死，可终未死成。"

"少君将这些话告诉了你？"

"是。还有很多。比如，淀夫人说已故太阁是长得猴子一样的糟老头儿。"

"哼！"

"少君说，他天生就被诅咒，父亲虽盼望他出生，可母亲却不想生他。故母亲恨他也是理所当然。说着，他就哭了。"

且元无言以对。近日淀夫人整日酗酒，时有喝多，常会口出胡言，说这些也不无可能。但若这些话伤害了她最关爱的秀赖，却是多大的讽刺和悲哀啊！

更加让且元不安的，是淀夫人的戏言。戏言其实可能并非谎言。当年，淀夫人嫁给太阁，肯定不乐意。嫁给一个年轻英俊的男子，乃是每一个姑娘的梦想。且元开始怀疑，秀赖难道真的天生被诅咒？他先前虽从未想过此事，但或许便是事实。

"奴婢苦口婆心劝说少君，说这样想不对，可少君却不能明白。"

"唉。"且元叹道，"这是不对。你也这般认为？"

"是。"

"为何不对？你当时是怎生说的？"

且元感到狼狈，他已和秀赖一样成了一介孩童，在向荣局求教，真是痴长岁数，空居高位！

荣局惊讶地瞪大湿润的眼睛，抬头看着且元，脸一下子红到了耳根，连放在膝上的手指都变得通红。但且元未注意到这些。

且元有些粗枝大叶。若是男子间的交涉，或是战场上的进退，他有着比常人丰富的经验，可在男女之事上，他实在弄不明白。秀赖的哀叹，让他不知所措。他在想，自己的儿子是否也有同样的苦恼？

见且元并未深究，荣局松了一口气。

入夜时，她像着了魔一般，将身子给了年少的秀赖。她并未遭到秀赖的挑逗。侍女和侍童退下之后，秀赖开始向她倾诉委屈和伤怀。听着听着，她对秀赖的同情竟逐渐超越了理智。

“哪有被诅咒的事？高台院夫人听说大人降生，立即派人前往伊势去许愿了呢。”这般说着，荣局又感到甚是狼狈。因为她发现，这并不能弥补淀夫人的失言。她开始语无伦次。

少年秀赖仍在固执地妄想，他道：“现在我这般痛苦，都是父亲的过错。”

听了这话，荣局心里涌起莫名的反感。

“少君，您知尊贵的生命是如何产生的吗？不管何样的父母，他们在酝酿一个孩子的生命时，都异常神圣。”

“你指什么？”

“孕育生命的时候，天地会赐予深厚的关爱……”荣局话未说完，心下竟慌张起来。若非她有着比别人更强的好胜心，或是秀赖不比她小那么多，她恐已就此打住。可她却不肯罢休，努力解释。

荣局又说，不管是盗贼还是暴徒，男女在交媾时便会产生瞬间的恍惚，忘掉自我。在那瞬间恍惚之际，爱憎皆无。这是天意。

“人人都一样吗？”秀赖眼里放出光彩，突然伸出手，兴奋地抱住了荣局……

秀赖在这之前肯定在控制着自己，因为他尚无那心计和手腕，可乘人不备，马上得手。

荣局巧妙地给了秀赖机会和口实。她说，不管什么样的交媾，都会产生洗去污垢的恍惚。她除去了罪恶感，将他引诱入自己敞开的怀抱。

不知从何时起，荣局已暗自认定，自己的夫君乃是茶屋又四郎，于是，她心中燃起了一股从未有过的不贞之火。被秀赖抱住的一瞬间，她顿时心下一紧，喘不过气来。她在心里告诫自己不能放纵，可并未反抗，身体早已酥软了。

“不可！放手……”她嘴上虽这般说着，手已紧紧抱住了秀赖。

“我喜欢你。我要我喜欢的人。”

“不，可是……”

“你也要喜欢我。对，你喜欢我。”

荣局并非无法挣脱，然而，秀赖完全成了一个男人，他一定感受到荣局并不真想抗拒。秀赖变成了勇猛的野兽，真不知道他哪里来的那么大力气，他随心所欲将荣局按倒在地，像一只猛虎享受自己的猎物。他的经验已经很丰富了……

若是秀赖就这么放开了荣局，她在且元面前也不会如此惊慌。但秀赖怎会放开她？他使劲儿按住她的两手，要她做他侧室。他说，此前的女人均不称心如意，那不过是先前的轻浮举动，并非出于本意，他现在终于知道自己真心了。他要告诉淀夫人，把荣局放到身边。

“不行！不行……”荣局真正开始感到惊慌。可奇怪的是，她并不担心茶屋又四郎，单是想起了天真无邪的千姬，“奴婢是千姬小姐的侍女，怎么能……”

秀赖已有些疯狂，他说，千姬还是个孩子，哪能担起一个妻子的责任？因此，应该主动把荣局交出来才是。“不管谁说什么，此事我都得办成。丰臣秀赖是大坂城的主人。”

荣局依然没想把秀赖推开。反正已经把身体给了他……这种想法一步步削弱了她的抵抗。她脑子里想的，全是关于如何找合适的借口，从这个可怜的暴君怀中逃出去。

荣局或许在无意中暗暗等待着秀赖进攻。自从听到秀赖深情地说出喜欢她，她便已预感到有这一日。那是令人难为情的想象。这个毫无顾虑、无拘无束的少年，到底会有多疯狂？会不会旁若无人、让人难以反抗？荣局现在才想起来，那不是恐惧，而是兴奋。“我喜欢你”这一言，对女人有着不可思议的魔力。此言从一个还未长成的少年口中说出，感动了荣局。而且，再次回忆起秀赖那时的样子，她感到一种难以名状的暖意流遍全身。刚才和且元的对答，更多是在袒护秀赖。

我难道已喜欢上这个少年了？荣局的心已经大大向秀赖倾斜，她不得不问自己。可她却不知是否应把此事告诉且元。

“唉。”且元低声呻吟。在他看来，荣局所想已不可理喻。她说秀赖向她倾诉对母亲的不满或对父亲的怨恨，实令人恐惧，却亦并非毫无可能。而且，当问到最关键的问题——有没有说服秀赖时，她却像一块石头一样沉默。且元开始猜测，这其中恐是隐藏着什么阴谋。

“你为何不说话？你有未谆谆开导他，太阁大人曾经想用天下来换得他的出生，他竟对出世生出怨恨？”

“是。”

“那么少君明白了吗？要是这些无端之言乃是从他母亲那里听来，他断不会那么快就明白。于是，你又继续开导……”

“是……所以才花了这么长时间。”

“这么说，最后你把他说服了？”且元厉声道，“荣局！天生就被诅咒云云，其实并非淀夫人所言，而是出自你口！”

人都有不会轻易抖露的底线。且元在提防着荣局，他认为，荣局若巧妙利用秀赖的感伤，对他说些莫须有的话，必会在秀赖心中种下难以铲除的祸根。

“啊？”荣局惊讶地抬起头。这话她实在没想到。

“你若对少君说，这些话乃是从夫人那里听来，少君便会不知不觉认同。像你这个年纪，应已明白这些。”

“大人认为，奴婢想让少君痛苦？”

“哼！或许是玩弄。若是想使他痛苦，便是阴谋，我怎会坐视不管！”

荣局垂下头。她本来还想应否坦呈今夜之事，未曾想祸及己身。

“不许你走，你的话漏洞百出。少君到底有未因为你的话，消除对母亲的怨恨？”

“不知。奴婢只能对他说，是他想差了，可奴婢无力说服他。”

“哦？”

“既然大人怀疑奴婢，奴婢没有办法，只会老老实实等待大人的处罚。”

“你想要我暂时放你回去？”

“奴婢不敢多嘴。但关于此事，明日一早大人问少君便知。”

“不必你说！要是紧急，我现在就可去叫醒他。可是，荣局，我再问一遍：确是少君召见你的？”

“是，奴婢发誓。”

“是谁指使你去接近他的？要是有人指使，便告诉我。市正非浅薄之人，不会因此给你带来麻烦。”

“请大人相信。少君感到寂寞，奴婢才不知不觉久待了。”

“此事我会去问少君，事后你再辩也迟了。”

“要是有这种事……”她本想说“我便咬舌自尽”，可还是忍住了。

此时，片桐且元完全成了一个有责任感的、粗鲁却耿直的辅政之人。对秀赖之前的失误，他不想声张。实际上，荣局在秀赖房间待了那么长时间，乃是因为她试图说服秀赖，不要再提侧室之事。

片桐且元又盯了荣局一会儿，方沉声道：“好了，去吧。”

一三　风已满楼

院中的樱树挂满沉甸甸的花朵。时日如川，如今已是丰臣秀吉故去后的第六个春天了。

此日，淀夫人处来了两位稀客。一是和她一样曾为秀吉侧室的京极夫人，一是茶道名家今井宗薰。

淀夫人知，自从太阁故去，今井宗薰便与德川家康往来甚密。她便让他在另一个房中候着，先见京极夫人。京极夫人比上次见时略显老态。她已放弃了对男女情爱的执著，心一死，肌肤似乎也干枯了。可当她与淀夫人相对而坐时，好像对往事尤为怀念，从吉野野游、醍醐赏花，谈到众老相识的命运。

“对了，嫁给万里小路做继室的加贺夫人好像得了痨病，真是好梦不长啊。”淀夫人忙移开视线，但京极夫人却未发觉，犹自继续道：“加贺姿色出众，夫妇极和睦，或许是遭了天妒。”

“真是可怜。”淀夫人口里叹着，心中却在冷淡地计算着加贺夫人的年龄。比她年轻漂亮的加贺夫人的不幸，并未让她心生怜悯。要是太阁还在，不定站在自己面前的敌人便是加贺。淀夫人首先想到的便是这个。

“世事虽无常，秀赖却已长大成人了。”

于是，话题转向秀赖，后又转到信奉。此时，小出秀政已因衰老而几乎不能奉公，也有传言说，黑田如水老人也将不久于人世。

“听说如水先生信洋教，洋名好像叫西蒙。”

以这句话为契机，二人便闲话到了诸大名信洋教后的洗礼名。如水之子黑田长政叫鞑弥洋，已经去世的蒲生氏乡叫莱恩，同样已不在人世的小西行长叫奥伽斯汀。还有，京极夫人之弟京极高知叫亚哈乃，等等。接受洗礼的人还有很多，但真正的信徒又有几人呢？

在说这些话时，淀夫人突然想起尚在候着的宗薰。她正在为秀赖到处请愿，修理神社寺院。一开始是想花掉秀吉留下的黄金，可不知何时，便真的开始祈祷起来："请再次让丰臣氏得到天下。"听说德川已听说了祈祷内容的变化，她想问问宗薰，证实一下。

淀夫人一旦想到什么，便能坦然冲口而出："我都忘了。我还得见见宗薰，今日就到此为止吧。"大坂城的女主人，不知不觉间养就了颐指气使的说话方式。

京极夫人感到吃惊，差点变了脸色，旋又装着若无其事的样子，告辞去了。"只顾怀念过去，我这糟老婆子竟忘了时辰。请代向大人问好。"

淀夫人也未起身相送，她心头浮起另一片愁云，不仅是对德川那边如何理解她祈愿之事的忧虑，她还在想祈愿是否灵验。刚才说到洋教时，她突然想到这些。

"叫宗薰来。"她吩咐下人。

宗薰一如既往，带着不亢不卑的微笑，毕恭毕敬两手触地，"因上总介大人订婚，这些时日去了一趟江户。久疏拜谒，请勿见怪。"

"上总介是谁？"

"将军六子松平上总介忠辉大人。"

"哦。我实在粗心，竟不知道将军还有这么个儿子。他多大了？"

"比少君长一岁，十四了。"

"与谁订婚？"

"伊达长女五郎八姬。"

"是你为媒？"

"是。小人甚是荣幸。实际上，提出这亲事时，上总介大人才七岁。现在终于有了结果。"

"七岁？这么说距今……"淀夫人掰着指头算起来。太阁故去，家康不顾禁令，到处与人结亲。“真是可喜可贺。大礼定在何时？”

“大概明后年。伊达家是想，这是他们家长女，先把她从江户带到奥州，在仙台参拜完祖庙，依礼和家臣道别，再行大婚之礼。”

“贸然问一句，那姑娘今年几岁？”

“十一。”

“再过两年，便十三了。”

“是。这样的话，亦能成为称职的新娘。那位小姐生母出自奥州名门田村氏，乃是四道将军田村麿大人后代，颇为贤惠。小姐酷似母亲，模样儿极好，是个虔诚的洋教徒。”

“洋教徒？”淀夫人往前探探身子。

淀夫人对信奉的态度，近日出现了重大转变。起初，她虽知道神社佛阁的存在，却认为与自己了无关系，并不怎的在意。当年鹤松丸得了病，为了他，她被迫去作各种各样的祈愿和祈祷，方开始关心起来，以为信奉比医药有效。但鹤松丸还是夭折了。这对她来说乃是很大的打击，有一种上当受骗之感。

从去年到今岁，淀夫人对各神社寺院的修缮捐赠，都不过是在片桐且元和小出秀政的劝说下进行。然而，由于修缮和捐赠，她见了很多僧侣和神官。在此期间，她模模糊糊知道了“信奉”这种看不见的心灵支撑。

进行修缮的神社寺院为比睿山的横川中堂、大和吉野的金峰山的子守社、同在吉野的藏王堂、伊势的宇治桥姬祠、摄津的中山寺，有的已经竣工，有的还在进行之中。淀夫人还打算修京都东寺的南大门及相国寺的法堂。每次，她都会听到寺院神社的缘起以及各种利生功德的话题。从吉野的修行者那里，她听到了很多甚是灵验的修法镇伏故事。在这期间，她不知不觉生出了兴趣。这样做到底有无功效？她心存疑问，但又想，既然捐赠了，就许个愿吧。于是，其愿望便成了为秀赖祈求天下，对家康百般诅咒。

正是此时，洋教徒引起了淀夫人的注意。她还没听过洋教教义，可那些人为何弃无数神社佛阁于不顾，而向完全陌生的洋人之神祈祷？

本来，淀夫人是想见到宗薰之后，首先打探一下江户对于自己四处祈愿的看法，可她一听说，家康之子上总介忠辉未过门的妻子竟是洋教信徒，遂大感兴趣。

“伊达家的大小姐是洋教徒？”淀夫人问道。

“是。听说早晚都要参拜圣母玛丽亚，是个虔诚的信徒。”

“此事……此事……将军知道吗？”

“当然知道。”

“今井先生，我有事想问你。那些成了洋教徒的人，如何看待我们的神佛？他们是否觉得再怎么祈祷也无用，才放弃的？”

看着淀夫人急切的表情，佛教信徒宗薰一时语噎。

“你不觉得奇怪吗？将军信奉的好像是净土宗，可他未过门的儿媳妇却是洋教徒。”

世上最难回答的问题，便是信奉的对与错。还有什么比这个问题更令人犯难的？况且对方乃是一个偏执的女人，还是大坂城的女主人，说话有条有理。

“这……此事夫人与其问小人，还不如召见名僧智者，他们定会给夫人一些说法。”

“先生，你是觉得我乃女流，便想敷衍？”

“宗薰不敢。”

“我要问的仅仅是，为何将军自己信奉佛法，却允许媳妇信奉天主。”

“在下觉得，这是因为……将军宰相肚里能撑船。将军认为，各种信奉都是净化心灵的，故可自便。”

淀夫人轻蔑地一笑：“你始终是个不肯吐真心的人啊。”

“不敢。”

“呵呵。将军是看到，通过和伊达结亲，利益多多，才管不了信奉什么佛祖天主。”

“小人惶恐。”

“你无甚可惶恐的，其实，我也在想，我是不是也要信信洋教，才说到这些。”

“哦？夫人也要信洋教？”

“是啊。已故天下公也并非讨厌洋教，只是因为听说洋教只许娶一位夫人，才放弃了。后来之所以驱逐那些不法之徒，乃是因为那些人将贫民卖到海外为奴，惹恼了他。”

“此事小人也有耳闻。”

“你觉得如何？将军宰相肚里能撑船，即便我成了洋教徒，他也无话可说？”

宗薰一时语塞，片刻之后，方道：“小人觉得，不会强行干涉……”

“宗薰，我要是成了洋教徒，就会停止修缮所有寺庙神社。”

“啊……是啊。”

“我听说，洋教徒是这样。我正在想，索性我也这般好了。”

宗薰脸上浮现困惑之色，旋又消失。他已经敏感地察觉到，淀夫人话中有话。

“呵呵。你不用做出那副怪样子。听说有人到处散播谣言，说我为神社寺院捐赠，是为了秀赖，企图镇服江户。若一心信奉天主，便不会被人怀疑了。你老实说，我应怎生做才是？我想听听你的意见。”淀夫人最终巧妙地将两个问题变为一个问题，一脸轻松地对宗薰笑道，但话却没那么轻松。

宗薰不由心中火起，沉默不语。

宗薰今日来，本只想问候，并不打算涉及政事，可淀夫人心中却是另有想法。她横下一条心，似要与人商量她是否应信洋教，实则为了释家康疑心，终止对寺院神社的一切修缮捐赠。宗薰从中感觉不到真正的信奉之意，相反，却感到她对自己抱有反感和怀疑。想到这些，宗薰也想表明自己的看法。当然，若秀吉公在世，宗薰不会如此。那时若被误解，便会遭到如利休居士一般的厄运，但现在大坂城主已无此实力。

“夫人问得好，可夫人的话却似有误会。”

“误会？”

“夫人说……镇服江户的祈愿？”

“正是。不是说江户在流传着这等传闻吗？”

"不，小人去江户也有一些日子了，并未听人说起过这事。到底是谁对夫人说有这样的传闻，恐是故意破坏江户和大坂的关系。"

淀夫人的眼睛眨巴了好几下，"是吗？这么说，是无中生有？"

"这个……必是说此话之人的猜测。"

"好，那我就放心了。其人倒不值一提。"

"那就好。关于夫人要改信洋教，小人想这是夫人的自由。"

"自由？就是说，我可按照自己的意思行事？你断定将军不会责怪？"

"啊呀，怎么会！"宗薰马上接口道，"凡信奉者，只怕自己信错，不会在意世俗之事。"

"那么……"

"将军责备与否并不是问题。与此相比，神佛的怒火怕更让人担心。因而，夫人若改信洋教，根本无必要担心将军的想法。不管将军怎样生气，只要夫人相信，天主能救赎自己，才是真正的信奉。这些别人都无法干涉。"

淀夫人开始心不在焉。她并非想问这些，她有别的目的，"不说也罢。我并非那般热心，想去信奉天主。然而，信了天主，将军和秀赖便会永远和睦，是也不是？"淀夫人巧妙地转移了话题，笑了。

宗薰并不让步，"这二者非一码事。依小人之见，信奉不应被杂事所扰。"

"这么说，洋教并无那样的功德利益？"

"是。考虑功德和利益的信奉便不是真正信奉。只有信，才能心中澄明，任何人都无法干涉，无法过问，它只是个人私事，这种境界方堪称法悦。"

"哦。我好像不只是为信奉。"

"恕小人直言，宗薰也这么认为。"

"先生看来不是个会说谎之人。你去了江户，有何想法？在你看来，秀赖到了十六岁时，将军会如约把天下归还他吗？"

宗薰沉住气，盯着淀夫人。她果然是想问此事！对于这种无知，他感到悲哀、厌恶不已。他还清楚记得，关原合战之后，当淀夫人听到“与秀赖和淀夫人无关”之言时，是多么欣喜若狂。她并非不清楚，将他们母子赶出大坂、曝尸荒野，乃是乱世惯例。她的狂喜是在为自己庆幸，因而立即派出使者致谢。秀赖到了十六岁便将天下交还——即便这是男人与男人凭着至高的信誉作出的约定，在此时，早已成了一纸空文。不管怎么说，三成是以秀赖为名出兵。

“夫人，此事小人不知。不过，一连几夜陪将军闲聊，小人可切身感受到将军的心情。”

“什么心情？”

“其一,六十三岁后，将军便欲退隐。”

“六十三？不就是今年吗？”

“是，就是今年，也就是说，明年便要退隐。将军为何说六十三岁后便退隐，夫人，您知其中深意吗？”

“这和我有何关系？”

“这是太阁大人故去时的年龄。”

“天下公是六十三……”

“夫人都忘了？太阁是在虚岁六十三时归天的，故将军明年便要退隐。隐者无尘无欲，他说他要以隐者身份，帮助世人缔造太平。现在仍是多事之秋，故很多人都说为时尚早。将军却明确回道：不早了，要是不让后继者把自己当成已过世之人，习惯独力治理天下，天下如何大治呢？”

宗薰已不想再不切实际地阿谀奉承，让淀夫人继续做她的春秋大梦。他甚至不再害怕她发怒。

此前，他以堺港茶道名师的身份，一一拜访了各地的大名。和丰臣氏关系不大的人，都或多或少对家康的宽大感到担忧：“大坂或许有一日会成为太平的障碍。”家康在关原合战后对秀赖母子的处置，也让他们有些不满。

蒙丰臣氏厚恩的西国大名当中，并无一人认为天下还会回到秀赖手中。他们所想，只是如何使得丰臣氏存续下去。他们为了这个目的而焦思苦虑，却又不得不看家康的脸色。

肥后的加藤清正，在江户修建了气派的府邸，乘着骏马四处转悠，美髯飘逸，向江户百姓展示威仪，然而他对家康却是毕恭毕敬。这一切都是为了丰臣氏，他在示威和忠诚间做到微妙的平衡。而此时，只有淀夫人还在做白日梦。

宗薰又道："夫人知道吗，将军六十三岁之后，便会让位，此决心已不可动摇。"

"是说秀赖还不到年龄？"

"是。将军也认为，世间尚不太平，内府大人恐难胜任。"

"那么，秀忠为下一任将军？"

"是。"不知不觉，宗薰被一种同情心驱使着，些须生出欲改变这个可怜女人的想法之念，"小人说过有两件事。这还有一件，就是人不知自己会活到何时。"

"这事……我也知啊。"

"将军便是悟到了这个理，才决定在太阁大人归天的年纪退隐。这说不定便是从已故太阁大人那里学来的。人的寿数无法推测，因此在后继者的培养上，绝不可掉以轻心。"

淀夫人的脸色渐渐变得苍白，嘴角微微抽搐，她死死盯着宗薰，不语。

"故，后继者必须拥有号令天下的能力，即便一年后将军身有不测，后任将军也能治理天下。"

"……"

"但是，新的将军还无儿子。夫人也知，阿江与夫人所生都是女儿。故第三代将军是谁，皆不可知之。小人要说的另一事便是，下一代将军是谁，均还未知……"

"这么说，这么说，秀赖将会成为第三代天下公？"淀夫人颤声问道。

宗薰有些慌乱，淀夫人可悲的荒唐大梦，差点把他也卷了进去。

其实，宗薰认为，只要秀赖有能耐，作为秀忠长女夫婿，家康不定会考虑让他成为第三代将军。从江户回来的路上，他一直在琢磨此事。但不管怎么说，这些却都只是想象。宗薰想要说的是，第三代将军还没确定，因此丰臣氏应该自重，这是他的忠告。可淀夫人却拼命咬住此言不放，让他感到且羞且恨。

“夫人，关于‘天下公’这个叫法，小人有些想法。”

“这个称呼不妥吗？”

“不是妥与不妥的问题。夫人好像还不知，如今和太阁大人的时代不同了。”

“太阁和将军不同？”

“将军作为武士总领，由天子任命，手握天下之柄。这始于源平时代的赖朝公。”

淀夫人有些不解，眨巴了一下眼睛。可因关系到三代将军，她未插嘴。

“事情的起因，乃是赖朝公父亲以及祖父时代的院政之制，即退位的天子亦可处理政务。”

“那是很久以前的事了。”

“是。武将为院政之争伤透了脑筋。上皇昨日还信任某人，今日便信了另一人，而且，每次都会命令信任之人去讨伐失去信任之人。赖朝公的父亲和祖父，都因骨肉相残而丢了性命。总之，因为上皇的一道命令，今日的宠臣便会成为明日的朝敌。只要上皇对父亲稍不满意，便会命做儿子的去征伐，做儿子的却也不得不去。由此，骚乱未有休止。故，赖朝公便平定了天下。”

淀夫人目光锐利，瞪了一眼宗薰，沉默不语。

“夫人，您知赖朝公与其弟源九郎义经公为何失和吗？”

“据说因赖朝公嫉妒心太强。”

“非也。义经公带领兄长的家臣，作为代官而立下赫赫战功，赖朝公岂有理由心生嫉妒？赖朝公对义经公道，唯有一点要谨记，此事很是重要，可义经公却未做到。”

“何事？”

“即便上皇要褒奖他，赐封官职，也不得接受。天下武士都是赖朝公的家臣，故，若有功勋需要表彰，赖朝自会请求上皇，而不得直接接受赐封。这一点务必遵守，务必……”

淀夫人厉声打断宗薰：“这些和我有何关系？”

“有关系！”宗薰亦断然道，“若了无关系，小人何苦把这些陈年往事搬出来？这些事啊，便是对夫人问题的回话。”

淀夫人面皮还在抽搐，她移开视线，小声道：“那你继续说。”

“是。赖朝公严格规定，武人不许直接接受上皇任命的官职，义经公却违反了规定，接受了上皇任命，成了左卫门尉检非违使。这便是兄弟失和的开端。赖朝公的苦心都化为泡影。只要有人擅自接受恩惠，上皇便会为赖朝公树敌，命他的敌人去讨伐他。没有明白兄长大志的义经公，遭到了兄长的严厉斥责。于是，义经公怨恨兄长无情，心中苦闷，从上皇处领了一道讨伐赖朝公的圣旨，公然与赖朝公为敌。这对兄弟的悲苦，自与夫人及大人大有干系。夫人必须明白，将军便是昔日的赖朝公，而太阁大人乃是助天子处理政务，二者截然不同。”

淀夫人似乎明白了一些，“你是说，天下公的时代和当今的时代，已经不同了？”

“是。夫人也知，先前已故太阁位居公卿，乃是在天子身边处理政务的关白太政大臣。而现在将军却是作为武士总领，接受天子任命，建幕府而治天下。”

淀夫人无语，良久方道：“宗薰，你是说，这种差别对丰臣氏不利？”

“且不论利与不利。若丰臣氏家主是武将，那也在将军属下，乃是将军家臣。”宗薰轻描淡写道。

淀夫人的表情顿时僵住，“在这美好的春日，我都听到了些什么啊？宗薰，秀赖现如今乃是内大臣，亦是江户的家臣？”

“二者不可混为一谈。”

“那怎样才能不做江户的家臣？”

“离开大坂，到天子身边，放弃武将身份。”

淀夫人舌头打颤，无言以对。她也知，朝中公卿，皆是徒有虚名。

宗薰突然觉得，自己有些过分了，旋又一咬牙：她迟早会明白。于是，他脸上浮现出微笑，往前挪了一步，“但夫人，这只是理。或许明年，千姬小姐之父便成了将军，内府大人即为将军女婿。故，只要双方和睦，丰臣氏便能长盛不衰。”

淀夫人已经心不在焉，宗薰的话已然变成了遥远树梢上的风声。怎么会变成这个样子？这是何时的事？去年二月初四，家康还特意从伏见赶来向秀赖贺年，可不久他便接受了天子托付，成了武士总领，难道连秀赖也不得不服从他的命令？若是连秀赖都成了家臣，那么加藤、福岛、浅野等人，无论怎么对家康卑躬屈膝，亦合情合理。家康也就罢了，他的儿子秀忠明年便会成为将军。这样一来，淀夫人和阿江与的地位便会完全逆转。直到今日，淀夫人都觉得因千姬是妹妹之女，才娶了她做儿媳。可是这样一来，人们却可能说，因为秀赖是姐姐之子，阿江与夫人才把千姬许配与他。这岂非乾坤颠倒？宗薰说时势变了，可在神不知鬼不觉之间，便会有如此巨大的转变吗？但亦如宗薰所言，阿江与夫人还无儿子，她不能发怒，她没那般笨。但家康和秀忠又是怎生想的？

“或许，”宗薰乘势道，“将军是想在让位之后，再看看对于自己创建的太平，世人究竟怎么理解。当年赖朝公告诫众人，绝不可直接接受上皇封赐，必须通过将军才能领受，这是镰仓幕府的本钱。可义经却以为，这是说给众家臣听的，他们之间乃是兄弟，便未放在心上。这是宗薰的理解。”

“……”

“然而，这个疏忽，却十分要命。义经公未经兄长同意而接受了上皇赐封，众家臣自无法平静：九郎未服从命令！若兄长因他是胞弟便坐视不管，他们必会逼问：天下可还有公正？作为处理天下大事之人，赖朝公断不能坐视不管，于是忍痛斥责了义经公。可被斥责一方却不明白这个道理。兄弟因此失和，兵刀相向。丰臣和德川虽非骨肉兄弟，已故太阁和将军却是郎舅，大纳言大人正室和夫人又是亲姐妹，内府大人和表妹千姬小姐已喜结秦晋之好，这远比赖朝、义经二公关系更是亲密，这才是重点。”宗薰依然热心解释，不说服淀夫人似不肯罢休。

宗薰不是会将别人不幸放在心上之人。有时，他会做个冷静的旁观者，可今日他却与平常不同。为了说服淀夫人，他举出赖朝公兄弟旧事，但说着说着，才发现此与江户大坂的关系竟如此相像。他立时感到巨大的不安。为了太平，信长公、秀吉公和家康公等武将费尽心血，不论利休、蕉庵、曾吕利还是宗久，也都为了此愿奔波一生。若江户大坂之间再起战事，别说秀吉公建造的这个大坂，就是堺港和京城，也可能化为焦土。

“夫人，常人以为，时势变迁和自家并无关系。可夫人不能这样，赖朝公兄弟便是很好的例子。丰臣氏自当为众人楷模，如此，内府大人也定能得到善报。”

“我明白，我明白了！”淀夫人眼里噙着泪水，“时势变了……故，秀赖必须率先服从将军。你就这般说好了。”

“小人不敢。此乃为了天下太平，为了太阁地下的冥福，也是为了内府大人，为了黎民百姓……”

看到淀夫人流泪，宗薰一时不知所措。他这才发现自己的铁石心肠。“请夫人见谅。小人乃是因为想到了赖朝公旧事，无法平静。”

“你说得很好！”淀夫人不再掩饰挖苦之意，“时势变了，天下之事已经由宫里全权托付给了将军。”

“正如夫人所言。”

“要想改变这个事实，就必须发起战事，战而胜之？”

“通理上是如此。”

“好，我会将这个理好生向秀赖说明。不仅是秀赖，我也会拜托福岛、加藤，以及所有尚与我们有来往的人。告诉他们，时势变了，若是对丰臣氏还抱有忠义之心，就必率先服从江户。”

这样一位通情达理的夫人，为何此前无人将事实真相告诉她？宗薰突然想要指责片桐和小出的疏忽。

“我知道了。将军在天下公亡故的年纪就要退隐吗？”淀夫人喃喃道。

淀夫人绝非不明事理之人，宗薰想，问题还是她身边人缺乏见识和诚意。不管怎么说，这样罕见的重担让一介女流来背负，的确勉强。倘若身边的亲信不指点，不反复提醒，她的动摇自是必然。然而在宗薰看来，这城中如今实在缺乏这种有识之士和有诚意之人，到底谁才能真正明白太阁遗愿的深意？

在堺港，宗薰乃是可以公正评价信长公、秀吉公和家康公三代的大志和业绩之人。信长公伟略过人，秀吉公才能超群，家康公的治国方略让宗薰愿为之肝脑涂地。但这太平，便是这三位志士造就的吗？非也。信长擅识人，秀吉善用人，家康则兼二者之长。正因如此，他们各自拥有忠心能干的家臣，而且从未误断过大局。但仅有这些，便能创造一个太平盛世？

有一种东西在背后帮扶了他们的大业，万千世人往往看不到它。不用说，它便是众生的希望，是百姓的意愿。宗薰认为，这种力量单独看去，虽甚是渺小，可合为一道，便为滔滔大河，可决定天下方向。

此流默默在乱世流淌了一百余年。世人已经渐渐淡忘太平为何物，但在心底，却处处憧憬盛世，时时探索太平。故，当他们感到有太平之象，即便无人鼓动宣扬，他们也会暗中帮忙。宗薰想让淀夫人明白此理。

“夫人，宗薰还有一事……请莫怪宗薰多嘴。”

“噢，那就听听，你的话让我平静了下来。”

“不，此事或许会扰乱夫人心志。小人深切感受到夫人舅父总见公与太阁大人、将军这三公的奇缘。”

“奇缘？”

“是。若无此三公，天下依然战乱无休，黎民苍生还在遭受涂炭之苦。”

淀夫人坦率地点头，“是啊，言之有理。”

“是奇缘啊！”宗薰看到淀夫人同意自己的说法，感到是明言的时候了，“若无三公，首先便不会有大坂城。大坂现今仍只是石山本愿寺的门前小町，四周芦苇丛生。”

“说得是啊。”

“这么一想，便觉总见公实在睿智。”

淀夫人见宗薰首先赞誉的非秀吉，而是信长，眨巴着眼睛，面带不解。

“夫人您大概也知，想到在大坂筑城的乃是总见公，太阁大人乃是继承了总见公遗志。”

“不错。”

“小人有时会想，莫非三公乃是不忍看着苍生受苦，而降临到人间的神佛？”

“嗯，是蛮横粗暴、浑身血腥的神佛。”

“非也，非也。这三公之间，从未发生过真正的争斗，此便是明证。太阁大人和将军此前唯总见公马首是瞻。”

“这话不差。”

“总见公从一开始便视将军大人如亲兄弟一般。总见公总是把将军称为三河的兄弟，二人同心协力。太阁大人也迅速继承了总见公大业。”

“是啊。”

“太阁知总见公和将军之谊，故即便有小牧之役，却并不在意，甚至将亲妹妹许配与他，成秦晋之好。要是三公之间互有交恶，怎会有如今太平？这种奇缘，对于万民来说，愈想愈觉得庆幸。”

“的确如此。若是三人相争，现在肯定还是乱世。”

“是啊。”宗薰不觉身子前倾。今日的他，失去了一个老练的茶道名师应有的谨慎，“小人想说，因为此缘而聚首的三公，为了天下万民而携手，总见公和太阁大人已不在人世，但将军大人顺利继承了二公遗志。若切断此缘，而致两家兵戎相见，那才会招致神佛诅咒和万民怨恨。将军大人已充分意识到此忧，请夫人也莫要忘记。要是将此神佛奇缘变成恶缘，总见大人和太阁大人在九泉之下，亦不能瞑目。”宗薰话毕，始忧心淀夫人的反应。

淀夫人脾气倔强，要是触怒于她，她便会失去理智。宗薰手心捏了一把汗。可淀夫人却毫无动怒的迹象。她似忘记了方才的挖苦讽刺，从心底里同意了宗薰所言。宗薰觉得是告辞的时候了。他未像往常那般泛泛说些逢迎之辞。他只相信，若和家康翻脸，信长公和秀吉公也会怪罪。

“蒙夫人宽宏大量，让小人说了些不该说的话。小人就此告辞了。”

“这就要走了？你说得很好。我有一样东西送你。”淀夫人拍拍手，叫来右京局，贴在她耳边轻轻说了几言，是要赏赐衣物。

“小人不胜荣幸，多谢夫人。”宗薰拜领致谢后，告辞而去。

淀夫人一动不动呆呆注视着院中，不是心绪不佳，她是想把心中美丽的幻影，完整保存于记忆中。

“我要去秀赖那里，正荣尼一人跟着即可。现在秀赖也该习完字了。”她说着，就要站起身来，旋又改变了主意，“还是先去看看千姬吧。不用先去告诉她，她是我外甥女。”言罢，她捂着嘴爽朗地笑了。“呵呵，看我这记性，阿千现在已非外甥女了，是媳妇。呵呵。”

“是啊。”正荣尼松了一口气，低下头，“还有谁跟去？”

“用不着那些个繁文缛节，就你一人跟着就是。”

“小姐一定很高兴。”

“是。”一路上淀夫人喜不自禁，“想想，阿江与还没有儿子啊。”

“是啊，听说都是女儿。”

“阿千是长女，长女是我的媳妇。”淀夫人没好意思继续说下去。正荣尼知她为何这般高兴。她肯定是在想，家康退隐之后，下一个将军便是秀忠，秀忠之后呢，便是秀赖。千姬终是联系秀忠和秀赖的绳索啊。这种空想，让她顿时想起了早已忘记的千姬。

淀夫人一脸兴奋地穿过长长的走廊，来到千姬房门口。千姬正跟她从江户带来的童女阿点相对而坐，玩着双六。侍女们看到淀夫人到来，顿时慌作一团。来之前未通报，慌张亦是自然。一个侍女忙伏在地上施礼，另一个往屋里跑去。

“不用了。看啊……从这里就能看见阿千，清纯坦然，也不知畏惧，真是可爱啊。”

但侍女们却未从字面上理解淀夫人的话。淀夫人喜挑剔、好挖苦的毛病众人皆知。有侍女道：“奴婢马上请小姐出来迎接。”

“不用了。我只是想来看看阿千。”

这时，一个嬷嬷慌忙跑了过来，伏在地上，战战兢兢说了些欢迎之辞。淀夫人并不觉异常。是因为我的关系，才这么害怕——她这般想着，走到屋里。但走进去之后，她才发现千姬和阿点已不在原来的地方。

“咦，阿千呢？”

“在那边迎接。”

淀夫人大吃一惊。在隔扇外她刚才站过的地方，千姬和阿点并排跪在一处，双手触地。

“噢，阿千。”淀夫人皱起眉头——分明不必这样见外。即便她因挂念而来，这些下人却仍然没有放弃冰冷的戒心。想到这里，她动了感情，走过去，弯下身子，拉起千姬，“好了，阿千，现在是我的孩子，不用到这里来迎接。为何不继续玩双六？”

“我们可以继续玩吗？”

“当然。快带阿点去那边玩吧。”

两个孩子偷偷对视一眼，点头，坐到一边。可明显地看出，她们感到意外。

“你们跟小姐都说了些什么？是不是说我礼法森严？”淀夫人想到什么便会说出来，这是在太阁生前便养成的习惯。听到这话，嬷嬷愈惶恐了，“不，绝无此事。”

“那么刚才小姐怎会那般提心吊胆，刚才还在无忧无虑地玩耍着呢。”

“这……关于这事，奴婢想跟夫人解释一下，请夫人移步。”

淀夫人完全没有了心情——要离得千姬远远的，这不是担心她吓坏千姬吗？

“你说吧。”

“奴婢也是今日才知道荣局已有身孕的事。”

“你说什么？身孕？”淀夫人急道，“你说荣局？她……”

嬷嬷怨恨地看着淀夫人，并不作答——分明为此事而来，却这样明知故问，夫人到底想做甚？

“你怎不说话？荣局怎的了？”

“是……有身孕了。”

“和谁？在这屋子里做了什么见不得人的勾当?!”

嬷嬷皱眉摇头道:“不是在这里。”

“那，莫非和本城的年轻武士？”

“是在本城，可非当差的武士。”嬷嬷尽量冷静。她以为淀夫人乃是故意将责任推给年轻的武士，顿时心生反感。

“难道是出入的商家，或者是巡视的……”

嬷嬷一脸严肃，示意其他侍女退下。在众人面前，她无论如何也难对淀夫人直言。众人退下之后，她道:“奴婢想，夫人已决定如何处置了。请问夫人，当如何处置荣局？”

“你在说什么？快说出那人来？眼中竟没有我了，说不定我会将两人同时斩首！”

“同时斩首？”

“是。是谁？说！”

“夫人，您这话可重了。奴婢深知荣局的为人和性情，夫人要是随便找个人，硬说他是偷情之人，将他和荣局一起斩首，那荣局实在太可怜了。”

“我随便找个人？”

“是。夫人，不管怎么说，荣局乃是被人所强。”

“被人所强？”

“是。她时常蒙少君召见。但少君还小，谁也未想到竟会出这等事。”

淀夫人惊讶地半张着嘴，茫然若失。

嬷嬷这才明白淀夫人真不知此事。早知如此，还不如不说。可秀赖却跟荣局说，他已告诉淀夫人了。

“我又亏欠了阿江与了。”半晌，淀夫人小声道，眼圈通红。

此后，正当她一边想着如何与江户那边说，一边为了封住悠悠众口而烦躁不安时，八月初，却收到了江户来函。

庆长九年七月十七，阿江与夫人终于生下了一个众所期盼的男婴。这是一封充满喜悦的报喜函，此男便是日后的德川家光。

一四　葵纹后继

庆长九年三月二十九，德川家康再次入驻伏见城。

家康封征夷大将军，已过一年零两个月。此间天下既定，但一向谨慎的家康并未因此而松懈大意。他明白，他一手打造的天下是否得民心顺民意，江户的所见所闻难以为据，只有在江户之外才能看清楚。

是年二月，家康准许毛利辉元筑城。关原合战前，毛利氏年赋高达百万石，其实力与德川不相上下，但战后俸禄被削至三十万石，此次要筑的便是一个三十万石大名的城池。辉元提出三田尻、山口和萩三地备选，诚恳地征求家康意见。自大内氏以来，长州便是去朝鲜和大明国的必经之地，绝不可轻率行事。家康为辉元选择了萩，并注意观察世人对此事的反应。

九州乃军事要地，故必须和岛津氏齐心协力。家康到伏见之后，马上传来刚到京城的岛津忠恒，首先在京都的木下为岛津选了一处宅地。不论岛津还是毛利，关原合战时都曾与家康为敌。但他们既已宣誓忠于家康新政，家康也并不拘泥于旧仇，而是充分显示器宇，让他们放心。

家康此次进京的另一个目的，乃是想知道皇宫和众公卿对新政的看法。公卿对政务和舆论很是敏感，他们在皇族身边存活了千年，对于天下兴亡、世道治乱，拥有异常敏锐的嗅觉。对于家康这一年来所为，他们必有自己的看法。

家康遂于六月二十二进宫面圣，二十三入二条城，在此处静候前来问候的诸人。众人举动令家康有些意外。前来拜见的不仅有公卿，还有亲王和各皇家寺院住持。因是今年第一次见到家康，他们都毕恭毕敬致以贺辞。看得出来，他们比丰臣秀吉执政时显得更为安心。

家康遂于当日命伊势、美浓、尾张等七地武士协助井伊直胜，在曾为石田三成居城的佐和山新筑彦根城。井伊氏自南北朝以来便以忠于天皇而闻名于世，让井伊负责皇城守卫，使得京城坚不可摧，既是示威，也是安慰。

随后未久，家康接连收到三个喜讯。大久保长安差使来报，他在佐渡发掘出大量黄金。肥后人吉城主相良长每主动将母亲了玄院作为人质送到江户。这并非家康的要求，但其意义却非常重大，因为这表明武将也开始理解家康的新政了。

但与这两个消息比起来，第三个消息更让家康大快：阿江与夫人诞下一个男婴！

家康听到阿江与夫人终得男儿，是夜，兴奋得手足无措，马上令人掌灯。在江户时，家康下令修建镰仓八幡宫，在冈崎时亦供奉伊贺八幡，在伏见则尊崇男山八幡。或许，他一直在默默祈祷嫡孙的降生。

“大好！”掌灯之后，家康小心翼翼打开秀忠的信函，戴上眼镜，认真读了起来，“当起名为竹千代。”

在此之前，秀忠曾有过一个儿子。最先出生的是千姬，然后是子姬和胜姬，再后便生了一个男孩。秀忠据自己的乳名，为此儿取名长丸。家康对此名并不满意。既然秀忠被定为嗣子，那么长丸亦将成为德川之主，故“长丸”名略有不佳。当年为秀忠起乳名时，并未考虑过立他为嗣。家康认为，若是嫡长子，就应和德川所有嗣子一样，叫“竹千代”。这长丸亦并未如他名字那般长久，还不到一岁便夭折了。

“瞧瞧！我说过了吧？”家康当时道。但他立刻意识到，自己还从未对秀忠透露过对嫡孙取名的不满，于是感到一丝不安。

秀忠失望道：“下次让父亲大人赐名吧。”

秀忠乃是充分感受到了家康作为祖父的不满之后，方如此回答。可此后出生的又是一个女孩，取名初姬。如此一来，不管是秀忠还是阿江与夫人，甚至连家康，都有些心灰意冷，他们觉得，阿江与恐怕不会再生出男儿了，或者即使是生下男儿，恐也不会长命。如今却传来了这样一个消息，怎不大快人心？

快马加鞭前来报信的使者，乃是内藤次右卫门正次，他身子因过于兴奋而颤抖。

“主事者酒井河内守重忠啊。好好，这符合家规。”

信上写着，捧刀为酒井右兵卫大夫忠世，抱婴为腰物奉行坂部左五右卫门正重，婴儿生辰为七月十七未时，母子平安。

“正次，大纳言如何？”

“镰仓八幡宫正在修建之中，大人认为此乃神旨，欢喜非常。”

“哦。古人云：君子之泽，三世而斩。这第三代啊，当用心调教。”

“是！”

“不管怎么说，得好生庆祝。正纯，通报全城，俱皆赏酒。大名们听说此事，不定亦会前来祝贺。令厨下预备酒菜。”

众人尽皆喜气洋洋。

家康自是快慰，对接踵前来致贺的人总是笑脸相迎。听完贺辞之后，他亦总要说上一句：“我让秀忠给他起名竹千代。”

很多人即便明白此话的含义，却不知他为何对每人都要说这句话。既然叫“竹千代”，这个孩子便是德川嗣子。但为何一向寡言的家康会向众人喋喋不休？竹千代还不知能否平安长大成人，再者，其是贤是愚，都还未知。像家康这等深谋远虑之人，自然不会不知这些。此子若成个不及寻常之人的白痴，又当如何？当然，这种事不便出口，因此子既可能成白痴，却也可能成一贤德之人。

不管怎么说，孩子的父亲乃是秀忠。所有家臣都把孩子认定为德川嗣子而无异议，其母为信长公外甥女、豪杰浅井长政之女，血统无可指摘。经常将“人靠磨炼”挂在嘴边的家康，却为何忽略了这些，而对“竹千代”之名津津乐道？其中定有深意。本多正纯和板仓胜重面面相觑，大惑不解。过后，家康必会致书秀忠，就竹千代的乳母和老师等事提出自己的建议，彼时便能明白家康的用意。

对此事感到不解的似乎不止他们二人。前来致贺的侧室，便有人明确地说出了自己的疑问。那便是与前两年连续生下八子纪州赖宣、九子水户赖房的正木氏阿万夫人相处甚好的阿胜夫人。她和阿万夫人于天正十八年同日被家康纳为侧室，彼时她年方十三。阿胜初名阿八，乃是家康侧室当中为数不多以姑娘身出嫁者。她说话直爽，毫无顾忌。

“将军大人，竹千代不是您的乳名吗？”

“是，也是我祖父和父亲的乳名，是重要的名字。”

“哦。”她娇滴滴地眨巴着眼睛，不解地看着家康，“大人要为他取这么重要的名字？”

“你觉得不好吗，阿八？”家康唯独允许阿胜在他面前撒娇，不仅因为喜欢她的美貌和才气，更是出于对十三岁就开始侍奉自己的她的怜爱之情。

“妾身不知好与不好。可妾身以为，这多少和大人您平时说过的话有出入。”

“出入？”家康一脸严肃地看着二十七岁的宠妾，反问道，“你认为哪里有出入？”

“大人常说人靠磨炼。因此，五郎太丸的母亲和长福丸的母亲都对孩子甚是严格，岂非有出入？”

家康不笑，单是转头看了看坐于一旁的板仓胜重。但胜重亦低头不语，他不知家康将会作何回答。

“阿八，你说过，你想养一个孩子？”家康突然改变了话题。

“是。”

“你生的市姬不幸夭折，今颇为寂寞。你现在养着的乃是长福丸的弟弟鹤千代，你是想要鹤千代做养子？”

“是。可是……”

“我明白。信吉虽不幸于去年亡故，但竹千代还有忠吉、忠辉、五郎太丸、长福丸、鹤千代这些叔叔。这些人都会经过严格锤炼，自能成为竹千代之良辅，故，即便竹千代体弱一些，也不妨事，最重要的乃是家臣。”

听了此言，阿胜夫人仍然有些不解，但板仓胜重和本多正纯却明白了家康的意思，他们互看了一眼，默默点头。

“好了，你下去吧，还有许多大名要来。”

“是。”

“要是还有不解的，你就跟他们解释说，因为有很多好家臣，竹千代天生便是‘竹千代’。”

阿胜夫人似亦明白了家康的意思。她两眼炯炯有神，郑重地施礼告退，“遵命！”

本多正纯和板仓胜重都松了一口气。他们无须再问。家康之所以要这般做，便是想告诉世人：休要轻举妄动。

刚满三岁的长福丸接替了去年亡故的信吉，被封到常陆水户，俸禄二十五万石。他的兄长五郎太丸得封甲府二十五万石。对于家康分封其子，有人认为他有私心。可如今看来，那是在为秀忠生下男孩作准备。

前来拜贺的人仍然络绎不绝。人稍少之后，江户送来第二封书函。这次带着乳母、老师和侍童等人的备选名单，来征求家康意见。

太阳已经落山，大厅里点着蜡烛。家康早已令人带着让秀忠为孩子起名为竹千代的命令，出发去了江户。

众家臣这才明白，或许有侧室因为秀忠至今无子而生有妄念，母以子贵，儿子便是全部。若是十月怀胎生下的儿子成了秀忠养子，继承大业，成为第三代将军……她们很容易做起这样的梦。家康对此早生警惕。他力图以儒道教化世人。既把诸民分为士农工商四等，若是自己先破坏了长幼之序，又怎生令天下信服？

连阿胜夫人都想要鹤千代做养子，难说别人无这种心思。但她现在方知，这样的梦乃是不许。家康既然把一切已说明，岂容人再生非分之想？

正是出于这种想法，家康才在孩子尚在襁褓时，便确定了他们各自的领地。人须常常思虑。深思熟虑处理事务，方是为政之道。近日，板仓胜重深深体会到了这些。

“该来的都已来过了。都跟我去用饭吧。”家康起身离开，板仓胜重紧随其后，心里感到从未有过的充实和清爽，如被清水洗涤过一般。

“各位都用饭吧。内藤正次，你念念大纳言提出的人选。要是有不妥，诸位只管直言。乳母、老师、侍童……这些人选都关系到天下的长治久安。”家康说完，端起酒杯。案上有五菜一汤，特别烧了一尾小鲷鱼。在自己人的宴会上，家康很少这般奢侈。陪席的除了本多正纯、永井直胜、板仓胜重、内藤正次、成濑正成外，还有卜斋和崇传。

内藤正次道：“稻叶佐渡守正成先前之妻福子为乳母，如何？此人……”

板仓胜重正欲说话，家康却抬手止住了他，胜重微微一笑。稻叶正成前妻福子，家康和胜重都颇为了解。还不知将要出生的婴儿是男是女时，阿江与夫人便拜托板仓胜重，让他在近畿为孩子寻个乳母。她定是估计这次出生的还是个女儿，才想找个京城的女人。而那时，福子正好带着养父稻叶兵库头通重的书函从美浓到了京城。胜重在调查她的身世后才知，福子乃是山崎合战后在近江大津被捕、并在粟田口被钉死的明智光秀家臣斋藤内藏介幼女。

看到家康摆手，内藤正次担心地问：“大人觉得不妥？”

“不，很好，我的意思是很合适。”家康道，“我们熟知她的出身，若是让她抚养竹千代，她定能一生带着感激之情，尽职尽责。在孩子出生之前，考虑到有可能生个男孩，我便让胜重把她带来，与她见了一面，是个诸方面都很是妥当的女人。你说呢，胜重？”

“是。此后大人把她送到了大内的民部卿局处。”

“那么，大人没有异议？”正次道。

“很好的人选，是可靠之人。”

内藤正次突然想笑，但马上又板起脸，他想起了在江户选乳母时的情形。

为孩子选乳母是件大事，可是被处以钉刑之人的女儿……有人纳闷不解，但民部卿局和阿江与夫人却力荐。那是因为，其他两位候选人都比阿江与夫人好看些。夫人是想找个强壮但不怎么好看的京城女子。在这一点上，福子的确是个合适的人选。这就是正次想笑的原因。

“那么，老师也在此……”

“噢，读读吧，这里都是自己人，不用顾虑。”

正次从话里可以推测出，生下男儿时应该如何，家康和秀忠恐早已有过商量。若非如此，家康不会如此爽快。

“容禀：有酒井备后守忠利、青山伯耆守忠俊、内藤若狭守清次。”

“我也是这么想的，好，未有异议。”言毕，家康如刚刚想到什么，注视着正次手中的信笺，“七日宴会可能已经来不及了，上边有无写关于三七宴会之事？”

“没有，这上边未写……”

“这可不行。既取名竹千代，当照例行事。”

“是。”

“德川家里的喜事就是谱代大名的喜事，听着，记下名字。大纳言不会有疏漏，就怕万一。”

“遵命。”正次道。

卜斋马上拿了纸笔递给正次。

“三七宴应于八月初八举行，是个吉日。出席宴会者：松平右马允忠赖、松平上总介忠辉、松平甲斐守忠良、西乡新太郎康员、松平丹波守康长、松平主殿助忠利、本多伊势守康纪、牧野骏河守忠成、最上骏河守家亲、松平外记忠实、松平伊豆守信一、小笠原兵部大辅秀政、水野市正忠胤、松平周防守康重……”家康微闭双眼，掰着手指，“若是有和七日宴重复的，听凭大纳言裁断。”

对于家康来说，这个男孩的出生，即是巩固太平的绝好机会。听着听着，胜重觉得胸口开始疼痛：大人为了缔造太平盛世，已然赌上一切……

仔细想来也难怪。天下大名，何人比家康更加灾难深重？他生于乱世，灾苦连连。祖父和父亲都死于非命，三岁便被迫与母亲分离，六岁为质，十三年忍辱负重。即便挣出了牢笼，良多苦难依然接踵而至。好不容易力至远江，又在三方原遭遇灭顶之灾。那一役多么令人刻骨铭心，从家康这话中便可见出：“我带兵打仗的师父，乃是武田信玄，若无信玄公，我不定早就兵败身亡了。”

就是内庭诸事，起初也并不顺遂。信长公与家康结盟以后，家康正室筑山夫人为今川义元外甥女，始终对信长公抱有敌意，至死不变。设身处地为夫人想想，亦不难理解。信长杀了义元，家康却和他结盟，还让夫人十月怀胎生下的嫡子信康娶信长之女为妻。娘家血脉全无，仇家却蒸蒸日上，这口气，筑山夫人怎么也咽不下去。

但无奈之下杀妻的家康，亦甚是痛苦。事情还不止如此。长男信康乃是筑山夫人所生，信长公料定，这个诅咒织田氏、诅咒丈夫的女人生下的儿子，必会和武田胜赖勾结，图谋不轨，故令他切腹。板仓胜重知道，家康对此事一直耿耿于怀。

家康的祖父、父亲、母亲、妻子和儿子，全被战乱夺去。若家康非是个执著于太平之人，他定已被残酷的乱世车轮碾了个粉碎。然而，家康不会让自己犯两次同样的错误，在品尝失败的苦涩时，他会从中发现下次成功的契机。

去岁新年，胜重曾问家康，身为所司代，为政应注意什么。家康道：“人一生如负重致远，不可急躁。以不自在为寻常事，则不觉不足。心生欲望时，当思先前困窘之日。”

言毕，家康又微笑道：“忍耐乃长久根本，愤怒是人生大敌。只知胜而不知败，自害其身。常思己过，勿怪人非。凡事过犹不及。”

这是家康对自己的严格戒律。胜重将这些话珍重记下，每日晨起都要朗诵一遍。

如今，家康终于等到了嫡孙出生。这个孩儿的祖父是征夷大将军，拥有着无上的权力。然而家康再怎么得意，也不至于忘形，因今日一切都是他艰苦奋斗所得。

家康定欲在今晚忘掉一切，做出一副怡然之态。若非如此，他怎会在饭桌上说起此等大事？但即便如此，他还是心念天下。

三七宴会邀请之人名单确定以后，家康愈发高兴，开始挑选侍童。

“大纳言大人提出的人选有：永井大人三子熊之助。”正次偷偷看了父亲直胜一眼，道，“然后是水野市正义忠大人次子清吉郎，以及福子夫人的孩子，即稻叶佐渡守正成三男千熊……”

“哦，阿福的孩子也被选进来了？近来大纳言做事很周到啊。”

“真没想到。”板仓胜重似乎有些意外，插嘴道，“在下记得福子夫人说，她和佐渡守性情不合，已分开了。”

“这便是关键所在。大纳言生性严谨，此番打破常规，将与丈夫分离之妇的儿子选为侍童，诚属不易。其实，无论夫妇之情如何，女人最难舍弃的便是孩子。于是让她带一个亲生孩子在身边。这样，阿福自会心存感激，一心一意侍奉孙儿。用人时，不能让人心慰，人定不会尽全力。”家康这般说着，又道：“阿福有几个孩子？”

“好像有三个男孩。”

“三个？哈哈！她丈夫还不满意？真是个要强的女子啊。表现得好，另外两个孩子日后自会提拔。正次，你让大纳言这般对她说。”

“是。”

“其他呢？”

“目前只此三人。”

“太少了。从小一起长大的伙伴，感情非同一般。只有三个可不行。我记得大纳言的乳母大姥局的兄弟好像有个年龄合适的儿子，好像是叫什么七之助。转告大纳言，加上他。”

“遵命。”

“方才的名单里好像有直胜的三子。”

“是，熊之助。”

“有两个熊，是好搭档。这熊之助今年多大？”

“五岁。”

“这么说，七之助稍大些。他们都是竹千代的贴身侍童，年龄有大有小，人愈多愈好。对了，松平右卫门佐家里也有一个，好像叫长四郎，是养子，原为大河内金兵卫之子，因生得聪明伶俐，被右卫门佐收为养子。他也可。再，阿部左马助之子，他也能成大器。总之，要在竹千代周围调教出一大批人才。要抱着这样的心思，广泛搜罗人——你就这般告诉大纳言。”

主公仍然回到了人才调教上，板仓胜重心中不由暗笑。

归根结底，人之贤愚乃是由其心念决定。就板仓胜重所知，人各有所求。以柳生石舟斋为例，无论看什么想什么，他都会与兵法结合一处。会见禅僧，出席茶会，听讲儒学，谈论国学神道，他都会将自己的体会与兵法联系在一起。对于他，兵法即是性命。正因为这种执著，他才成了兵法大家。已经亡故的淀屋常安，在开垦中之岛时，一心一意；做大米生意时，颇为忘我。信长公与秀吉公对统一天下的执著自不必言，做陶器的长次郎，绘画的狩野永德，经商的茶屋，精于茶道的利休……无不极其纯真，满怀激情。

板仓胜重最近在家康身上，已清楚地看到了这种激情。家康自己或许还未注意到，只要一开口，他都会把事情和治国联系在一起；只要一思考，也都以太平治世为目标。在这个意义上说，他真是一位为太平而降生之人。他的举止让人不得不这样想，况且他已逐渐感化身边众人。

家康将诸子或安排到水户，或封到甲斐，或分到信浓。对于此事，胜重起初也以为：将军大人只想着自己的儿子。他自以为看到了家康作为一个寻常人的弱处。但现在，这个叫竹千代的孩子的出生，让他意识到那不过是无端妄测。家康乃是想通过确定诸子的封地，牢固地建立自家的嫡庶秩序。

家康自始至终都说，自己的意思只是作为建议。他们谈了一夜。

内藤次右卫门正次将于次日一早，带着这些吩咐离开伏见，直奔江户转达与秀忠。

此时的秀忠，已是从二品权大纳言兼右近卫大将，补授右马寮御监。但对他来说，父亲仍然至高无上，家康的这些“建议”，定能立时变成现实。

家康在心中暗暗下定决心辞去将军之职时，竹千代出生了。这是上天赐予他的大礼，亦是可喜可贺的暗示。一代一代传下去，幕府的根基便愈发牢固。

是夜，胜重留宿伏见城。

本阿弥光悦和茶屋四郎次郎一起前来祝贺，是为次日清晨。

此时内藤正次已出发去了江户，前去送行的板仓胜重已回到城中，家康还有话与他说。

第三代茶屋四郎次郎乃是第一代茶屋次子又四郎。去岁岁末，又四郎的兄长清忠去世，年仅二十，尚无妻室子嗣，便由弟弟又四郎继承了家业，成了茶屋家第三代家主。又四郎不仅得家康喜爱，所司代板仓胜重也看到了他非凡的才能，对他比对其兄更加器重。因而年纪轻轻的又四郎已开始协助板仓胜重，拥有气派的职名：上方五所商家仪礼管事、京都商事总管、总町总领，还时常出入长崎。本阿弥光悦因与其父之谊，成了四郎次郎最好的幕僚。

家康听说二人前来，马上中断了与胜重的谈话，命人把他们带来。胜重非常清楚家康的心思。虽然家康尚未明确说出自己的想法，但胜重知，家康是想让位于秀忠之后，一边协助秀忠，一边着力于海外商事。

众所周知，秀吉公起初遵信长公遗志，并不反感洋教，可后来却施以严厉镇压。而那之前，秀吉甚至打算听从高山右近建议，将洋教定为国教。他之所以突然反感洋教，是因他知悉了一个事实：洋教徒试图借传教之名，将日本置于西洋诸国治下，洋人甚至还将天草一带的大量贫民装进奴隶船卖到天竺。这一事实让秀吉怒不可遏，遂大力镇压洋教。

然而家康对洋教无甚戒心。他以为，只要海内安定，便足以镇住那些蠢蠢欲动的恶人。秀吉认为政商不可分，遂对商事进行了遏制，但家康认为，只要天下安定，就应和海外通商，并不因此有任何不安——他有这样的自负。

板仓胜重甚是清楚家康的心思，他恐是想向茶屋打听些海外诸事。想到这些，他也留在了家康身边。

光悦依礼致完贺辞，担心地看了板仓胜重一眼，道："小人有事想单独禀告将军大人。"遂又改口问："不知大坂是否已派来了贺使？"

茶屋一听此言，脸色顿时变得煞白。

自从家康被封为征夷大将军，天下尚无其他商家可进出他的房间，与他面谈。不管是茶屋四郎次郎，还是本阿弥光悦，只要是在诸大名济济一堂的大厅，他们便会主动通过下人传话，但被带到房里，则完全是另一番光景。他们可以和家康闲聊，甚至可以毫不拘束地打趣。

“大坂嘛……”家康语气不太肯定，看向胜重。

“大坂或许还不知。即便知道，今日匆忙派出使者，也得明天才能到。”胜重明白家康的意思，回道。

“不，他们知道。”光悦转向胜重。他认为胜重更好说话，因为他近来跟板仓胜重关系甚为亲密，简直成了其幕僚。

“哦，是伏见城有人去通知了他们？”

“不。应该是大纳言夫人派人去报喜，因而……”光悦顿了顿，看看胜重，又看看家康，“若未出乱子，使者想必该到了。小人是这样想，才问一问。”

“大坂出了乱子？”家康歪了歪身子，道。

“是接到消息前还是之后出的乱子，二者差别巨矣。”

“究竟是何事？”

“那个曾许配给茶屋的女子，也就是作为千姬小姐侍女而去了大坂的荣局，大人您知得，她现已告假了。”

“阿千的侍女？茶屋的……”家康惊讶地睁大眼睛，看看茶屋四郎次郎清次。

清次低头不语，脸色苍白。

“此事，是片桐贞隆大人突然对茶屋先生说起，甚是突然。”

“你是说，那女子有不端行为？和阿千有干系？”

“这……并无甚不端，只说她想告假还乡，问茶屋家能否提出请求……是吗，茶屋？”

“正是。”

“你俩真是啰唆！片桐的弟弟为何会说那些话？”

“荣局……像是有了身孕。故她希望茶屋家能为她告假。”光悦说完，拭了一把额头的汗珠。

“你不像平时的光悦！是那女子回家省亲时，清次一时鲁莽了？女人怎能自己怀孕？”说罢，家康突然心头一惊，屏住了呼吸，似想到了什么。

光悦缓了口气，低声道：“大人，绝无此事，此事对于茶屋也甚突然。茶屋亦向片桐贞隆大人辩解过。然而片桐大人却苦苦哀求茶屋将荣局肚子里的孩子当成自家孩子，接受下来……”

“哦。”家康呻吟道，“茶屋是怎样回话的？”

“说先考虑一二日，便打发他回去了。虽说如此，此事非茶屋能平息。茶屋先生思前想后，才来与小人商量。但小人也不敢擅作主张。当然，只要茶屋先生揽下责任，提出告假，此事便能暂时平息。可荣局究竟能否同意这般处理？不管怎么说，将要出生的乃是已故太阁大人的孙子。若是个女子倒罢了，要是个公子……”

“等等，光悦！淀夫人知此事否？”

“知道。据说淀夫人因此几近疯狂，和秀赖大吵了一场。总之，片桐最终说出了事情真相。淀夫人知少君瞒着她做出这等事，大发雷霆。”

“淀夫人也是才知晓？”

“是。”

“阿千还没有……是啊，还是个孩子啊！”家康长叹一声，不快地扭开头。有一件重要的事，家康故意没问，那就是，是秀赖强迫，还是荣局主动，根据这个，处置自然不同。但万一是女方主动，那就够茶屋清次受了。家康很是清楚，荣局已经深深占据了清次的心。

家康原想，待千姬怀孕之后，为荣局告假，才答应了清次。可目前这事，已将计划击得粉碎。家康叹道：“或许此乃阿千的罪过。唉，我们这些人也有罪啊……只是没想到事情变成这个样子。”

光悦和清次都沉默不言，板仓胜重觉得，自己得说些什么来打破僵局，遂道：“胜重也未想到会发生这等事。真相到底如何？”

这正是家康想问而没问的问题。

“片桐大人也曾说过，荣局并无过错。人们都说，她是受强。”本阿弥光悦似从一开始便无让茶屋清次开口的打算，“令人担心的是，生性要强的阿蜜究竟能否听片桐大人的安排，默不吭声嫁给茶屋。”

“是啊……”

只剩下光悦和胜重对话，家康和清次都成了心情沉重的听众。

“她说不定会默默离开，途中恐生不测。倘若茶屋明知她有孕在身，仍要娶其为妻也罢了，但试图通过出嫁而脱了干系，无论如何不符阿蜜的性情。茶屋担心的便是这个。”光悦道。

“确实如此。”

“阿蜜一死，便死无对证。万一有人因此放出谣言，说茶屋对丰臣大人抱有敌意，责备荣局，导致荣局自杀身亡，事情便更加棘手。鄙人也很为难，拿不定主意。”

“光悦，你就想不出个办法？”胜重道。

“这……要不，索性让淀夫人和秀赖承认事实，再让茶屋接受阿蜜及其腹中胎儿，这样，鄙人也会为他们向茶屋求情。硬说乃茶屋让阿蜜怀了孕，实在无法让人接受。”

“如先生所言，淀夫人和少君……”胜重歪歪脑袋，有些疑惑。光悦最终说出了他的想法:“总之，小人以为，只要是在大坂城中发生的事，便与淀夫人脱不了干系。”

“那又怎样？”胜重道。

“因此，要横下一条心，追究她的责任。人犯了错便该诚心改正，必须有这样的勇气。若夫人诚心致歉，这边也能接纳阿蜜。而且，这样多少也能保全茶屋先生的脸面。”

“这么说是要避开片桐，直接去与淀夫人交涉？”

“如大人所言。”

“由谁去合适？”

“当然是所司代大人您啊。”光悦道。

“休得多管闲事，光悦！”家康厉声制止。

听到家康责骂，光悦依然面不改色，似早已料到。“小人不敢。但光悦这些话并非对大人言，因所司代大人问到，若不据实回答，便是没有诚意，遂将心中所想原原本本说了出来。有逆耳之处，还望……”

家康一脸苦涩，“你知淀夫人现今忍受着怎样的苦楚吗？”

“光悦想象得到。”

“你能想到什么？”

“恕小人冒昧。小人以为，淀夫人得知阿江与夫人诞下公子，定然心急如煎。”

“这种事，你也知？”

“是。或许淀夫人正梦想有一日秀赖和千姬小姐生下一位公子，以继承将军之位。然而事与愿违，阿江与夫人生下了公子，秀赖却在她全然不知的情况下，铸下大错……”

“别说了！够了！”

“是。”

“故，才要让犯错者承认自己的过失？”

“是。责任理当由淀夫人承担。小人担心的是，若不理清这个头绪，丰臣氏还会接连犯错。”

“你可真是丰臣氏的大忠臣！可光悦，这样未免过于严苛了吧？”

“即便有些严苛……”

“所司代不会管这等事。我问你，我若让你前往大坂，就此事与淀夫人交涉，你怎么做？”

“小人不敢，亦不可能。”

“不，设若我拜托你去，你会怎样？直说便是。”

光悦用他锐利的眼神看了板仓胜重一眼，微微点头道：“恭敬不如从命。小人会先问大坂为何未派贺者，恐怕夫人有恙，才急急前去探望。”

“然后呢？”

“据她的回答酌情处理。看淀夫人是主动说出荣局一事，还是一味隐瞒。”

“若是一味隐瞒，又当如何？”

“那便明确告诉她，将军大人已知此事，责问她意欲何为？光悦以为，这种责问才真正是大慈大悲。”

家康咬咬嘴唇，却并未发怒。这是光悦所长，他不喜说谎。在别人看来，也许有些呆板，其实，他每天都在严格反省，时时省问自己是否缺乏诚意。家康从光悦身上，清晰地看到了年轻时的自己。“这便是你所谓大慈大悲？”

“莫非小人言语过分了？”

“无。你有信心让人坦然承认自己的错误？”

“并无。光悦所能做的，只是念念南无妙法莲华经……”

“倘若人家并不领受你的诚意，你怎生是好？”

“我会对她说，茶屋先生不会接受荣局，关于如何处理荣局及其腹中胎儿，请给将军大人一个答复，然后告辞。”

家康看了看胜重，道：“所司代，你有何主意？”

胜重两手触地，摇了摇头，“真是令人意想不到的难题。”

“光悦，为慎重起见，我还有一事要问你。若夫人坦诚地询问你的意见，你怎么办？在此地，你是为我出主意。但若对方也请你想个法子，你就必须站在他们立场，为他们出主意。”

“那是自然。”光悦好像对这个问题已进行了深思熟虑，没有丝毫含糊，“若是那样，小人会首先建议在生产之前，让荣局在城中静养。看生下的孩子是小姐还是公子。由此，处置方法自然也不同。若是公子，即便送与别家去做养子，也当是个地位相当的大名。若是小姐，再低头请求茶屋先生接纳母女二人。不管怎么说，在此之前，淀夫人母子千万不可因为此事发生争执。”

“那么，我也得暂时让荣局留在大坂了？”

“恕小人斗胆，将军大人刚才说过，这事您也有责任。”

“好，光悦，现在我正式把此事托付给你。可有一条你得记着，即便对方不能接受你的诚意，也不能与他们发生争执，一定要平心静气讲明道理。家康也会找茶屋商议。事情既已发生，最重要的便是让她平安产下孩子。其余诸事以后再说。你能接受这个任务吗，光悦？”

对此令，光悦似已在预料之中。他端正姿势，毕恭毕敬对家康施了一礼，“小人愿尽微薄之力。”

一五　茶屋回心

荣局被送进了大坂城前门片桐贞隆的府邸，此处紧挨武士们的住处。她被送到这里之前，曾经有人建议将她投进女牢。荣局暗下决心，万一把自己关进女牢，便马上自行了断。若是被关进女牢，她和胎儿也就会永远不为人知，消失在这个世上。这是命运的安排。然而，丰臣氏最终没这么做，或许是认为千姬或她身边众多侍女总有一天会把这事报知将军家，于是将她送到贞隆家中，搜走了怀剑，严密监视。

荣局的日常起居，由一个十四五岁的小侍女细心照顾，饮食也特别准备。这个远离大堂、位于内庭的房间，外边用青竹栅栏隔开，经常可以看见几个手持六尺棍棒的卫兵的身影。

她被关到这里之后，贞隆来过两次，一次是来告诉她，是他和兄长且元劝住了淀夫人，把她接到这里。

“我们不会对你不利，因此，请将你和少君的关系毫不隐瞒地告诉我们。”

他们是想听听荣局的辩白，再拿主意。

“奴婢想知道大人是如何对千姬小姐说的。”

“我们告诉她你突发急病，回家暂住些日子。”

于是荣局毫不隐瞒将事情原委告诉了贞隆。贞隆几次咬住嘴唇，尽量不动声色。他不是在责怪荣局，而是对淀夫人心生愤怒，是淀夫人“造就”了现在的秀赖。

贞隆第二次来时，荣局看得出来，他已经和且元及淀夫人议妥。

“为了顺利产下孩子，你愿意照我说的做吗？”贞隆这么问时，嘴角露出微笑。

“愿意，但有两种情形，奴婢不能答应。”

“哪两种情形？”

“奴婢不能留在少君身边。”

“哦，那另一种情形呢？”

“带着腹中的孩子回到茶屋家，我也不能答应。除了这两件，其他任何事，奴婢都会照大人的指示。”

贞隆脸上的微笑马上消失了。荣局这才知他们商议的结果——他们是想将她推给茶屋清次。但荣局无论如何也不会答应！在她知道怀上了秀赖的孩子的一瞬，清次的身影便在她心中渐行渐远，现在她心底的人已经变成了柔弱的秀赖。

荣局也曾如所有少女一样，希望自己的夫君乃是个刚强勇猛、可以依靠的男子。但那终究是少女的梦。在真正接触了男子之后，她才发现，男人的柔弱和对她的依赖，反而更能勾起她的情思。

秀赖十分孤独。表面看，他被淀夫人溺爱着，实际上他却被淀夫人扔在一旁。淀夫人经常把秀赖挂在嘴边，但那是为了掩盖心中的冷漠。她从未真正为秀赖想过，一切都是为了她自己。她偶尔也会发现这些，觉得有些对不住儿子，便叫一声“少君”。当然，他们是母子，她理应关爱儿子，可荣局从未在她身上看到敢于牺牲自我的母爱。

到底有无一个人真正为秀赖着想，对他备加关爱，能为了他粉身碎骨、无怨无悔？每每想到这里，荣局只能默默摇头。但每摇一次头，她对秀赖的情意便会更深。她总是想，自己到底是情人、姐姐，还是母亲？即便是集所有身份于一身的奴隶，她也无怨无悔。一开始，她的确是被强，但到了后来，她开始主动求欢。

让荣局痛苦的，不仅仅是对秀赖的情意，还有对淀夫人的同情。她还记得淀夫人责骂秀赖时的情景。在荣局面前，母子二人曾经大吵一架。“母亲大人不是也有过吗？您不是也从京城叫来优伶，对他们大加宠幸吗？为何母亲大人可以，孩儿就不可？”

当时淀夫人的愤怒和狼狈，乃是荣局在这世上所见到的最惨烈的情感。荣局后来常常想，淀夫人干涸的身体里燃烧着情欲之火，可刚刚得到雨露的滋润，便堕入守寡的地狱。欲望在她体内蠢蠢欲动，到处寻求安慰，这并非淀夫人的错，此乃命中注定，不得已也。

淀夫人为何会将她送到这里，荣局无法明白。

“启禀小姐，我家大人和本阿弥先生来了。”昏暗的门口，一个少女伏在地上，打断了荣局的思绪。

荣局听到光悦的名字，变回了以前的阿蜜，她顿感无地自容，遂忙整衣，准备起身避去，可转念间又坐了下来。她想到，愈是动弹，有身孕的身体看起来愈是丑陋。

“这边请。天已经快黑了，该掌灯了。”片桐贞隆似比上次快慰，声音明快，还带着笑。

“打扰。”光悦弯腰走了进来，“阿蜜小姐，好久不见了。”他仍然把她看作纳屋蕉庵的孙女。

“世伯别来无恙。”阿蜜突觉心中疼痛，眼泪就要掉下来了。

“本阿弥先生乃是奉将军大人之命前来，已见过我兄长、淀夫人、少君和千姬小姐。”贞隆像是变了一个人，轻松道，“本阿弥先生，你有话尽管说，不必顾虑。”

“多谢。”光悦郑重回了话，严肃地转向荣局，“我怕出差错，在拜见淀夫人和少君之前，特意去了一趟宗薰处，征求了他的意见。”

“让您费心了。”

“不必客气，事情已然发生了，问题是以后怎生是好。如何让众人接受这个事实，才是关键所在。我先说说各人的想法。”

“是。”

“首先便是淀夫人。夫人一开始很生气，因为这关系到她在千姬小姐心中的印象，又牵涉将军大人、大纳言大人，以及阿江与夫人的情面。”

“哦。”

“然而，若将军已经知道了此事，夫人自会重新考虑。希望将军大人、大纳言大人、千姬小姐和阿江与夫人都能承认和接受这个事实。”

“是……”

“夫人说，你腹中的孩子本是天下公的血脉，因此要正式把你立为侧室，留在少君身边。但片桐大人却不同意这般做。他说，将军虽已听说此事，但这样做太放肆了，还是应让你离开大坂城，将来把孩子交与别人抚养。”

“那少君什么意见？”问毕，荣局猛然省得：秀赖怎会有自己的意见？

“少君也作了让步，他说，只要淀夫人觉得合适就是。”光悦似乎早已预料到荣局会有这样的问题，“因为少君让步，淀夫人好似也开始反省。世间之事便是如此，退一步海阔天空。”

荣局默默看着光悦。凡事必要问个究竟的光悦能说出这样的话，实属罕见。她压抑着自己的情绪，寻思道，好戏还在后头呢。

不出所料，光悦喝了一口茶，接着道：“淀夫人让步，故少君也改变了主意。”

“改变了主意？”

“他说，他原本就非常喜欢你，想把你留在身边。”

“啊……”

“然后，我到新御殿拜见了千姬小姐，许久不见，小姐长大了不少。我还没开口问安，小姐便知我是为你而去，向我道辛苦。”

阿蜜全身僵硬：已有人把事情告诉了小姐。想到这里，她便觉心如刀绞。伤害无辜的千姬，是让她最痛苦的。她道：“小姐说了什么？”

“没说什么。”光悦缓缓摇摇头，“她只吩咐我，有事和江户跟来的嬷嬷们商量，她自己并无意见。这亦理所当然。即便小姐有话，那也定是别人教她。那么，我便说说嬷嬷们的意见……”光悦看了贞隆一眼，接着道，“她们只是不停地说，对不起将军大人，对不起大纳言大人和夫人。这也难怪。也有人说，事到如今，荣局应该自行了断。这话真是没分寸！了结性命，责任也未必能开脱。我遂对她们说，将军大人已有了主意，千万不可乱来，然后便离开了。我已与片桐兄弟商议过，但最终还得听听你的意见。你怎么想？”说到这里，光悦猛拍膝道，“对了，我还忘了一件顶重要的事，是茶屋。”

阿蜜真想捂住耳朵，“茶屋”二字深深地刺痛了她的心。

“茶屋说……”光悦装作若无其事道，“纳屋先生和茶屋家乃是世交，这点小风浪不值一提。阿蜜小姐若是提出退婚就罢了，不然，茶屋绝无悔婚之意。他说，小姐带着孩子也好，有孕在身也好，或是产下孩子后独自到茶屋家，都无所谓。茶屋乃铮铮男儿，自会遵守男儿的约定，请你不必担心。”

阿蜜突然掩面而泣。她还记得当年捉弄清次时的情景，当时她哪里想到会有今日。实际上，她当时并不怎么看重清次。虽然和秀赖不能比，可清次之母亦是出身于从三品花山院参议雅经家，他的举止让人想到无所事事的公卿，但没想竟能继承家业。如今有了家康为后盾，他迅速崭露头角，现已具备了相当的实力。“今后，商家礼仪诸事，全权由四郎次郎裁决。”这是将军的意思。掌控着上方全体商家的他，与那些小藩之主显然不可同日而语。他既是武士，又是商家，还是公卿，甚至还负责与皇宫有关的秘密行动。德川取得天下之前，到天正十九年止，德川氏每年秘密向皇宫进献白鹤两只，黄金十锭。据劝修寺晴丰道，此事一直由茶屋家负责。不管怎么说，这个“商家”和皇族、公卿、丰光寺及金地院交好，和诸大名及将军大人关系甚密，可以说是一棵枝通八方、叶达六合的参天大树。

现在，清次这些有胆识又有度量的话，完全可以印证这些传言。他的话，可以理解为他对阿蜜尚有情意，也可以理解为对阿蜜毫不在乎。女人有难，自会扑将过来，他便援之以手，多养一个亦无妨。他话里也许有这种意思。

“好了，我的话都说完了，该听听你的意见了。毋需顾虑，勉强自己，只会给日后带来无尽的麻烦。我想听听你的心里话。”

阿蜜开始回味茶屋、秀赖、淀夫人、且元和嬷嬷们的话。这不仅仅是她一个人的事，肚子里还有一个生命。每个人的话都有各自的理由，搅乱了她的心绪。

“事出意外，像这样的事……你一定有什么想法，不必顾虑，直说便是。”

被贞隆一催促，阿蜜突然大声道：“请让奴婢见见北政所夫人……不，高台院夫人！”言毕，阿蜜自己也吃了一惊。先前，她脑中从未出现过高台院的影子，然而在贞隆的催促下，她脑子里突然闪现出了那位名满天下的“女关白”。

“高台院夫人？”贞隆甚是意外，道，“你想找高台院夫人谈谈现在的处境？”

“是。奴婢想见一见夫人。”

本阿弥光悦微微一笑，阿蜜已经找到了解决之道。要是蕉庵还活着，想必她会投他而去，可惜蕉庵已经不在人世。这样一来，她唯一能向之倾诉，并且能让她作出决断的人，便只有对她有过养育之恩的高台院。

贞隆蹙眉道：“本阿弥先生，怎生是好？”

“片桐大人的意思呢？”

“若是此事让高台院夫人知道，淀夫人肯定会不快。”

“那是自然。但高台院夫人不知会说什么。”

“哦？”

“说不定仅仅是说几句安慰的话，而不会有什么吩咐。你真想见她吗，阿蜜？”

“是。”阿蜜微微点头，她原本就这样想。高台院夫人常说想尽早成为真正的遁世之人，与得道之人见一面，定有所助益。

贞隆又提到淀夫人：“淀夫人生性刚烈。关原合战后，已故太阁一手培养的武将都追随了将军，淀夫人坚信都是高台院夫人从中挑拨。”

“有这等事？”

“因此，在下和家兄都尽量不去拜访高台院。而这个时候，若荣局前去拜访，恐怕会前功尽弃。先生以为呢？”

“言之有理。”光悦正色附和道，“即便是安排荣局和高台院夫人见面，也要秘密进行。”

“怎生秘密进行？如今看得这么紧。”

“一切都是为了让问题得到圆满解决，故意让淀夫人不快毫无意义。此事对令兄也要保密。”

“哦？”

“一切只有我们三人知。万一有人问起，就说到京城见茶屋。只能这么做了，想来你也明白，阿蜜？”

片桐贞隆沉默片刻，咀嚼光悦话中的意思。他并不那么伶俐。“对家兄也保密……”他嘀咕着。

光悦道：“即便事情败露受责，也还是莫告诉令兄为妙。”

“被责，是说家兄？”

“不，是淀夫人。令兄不知内情，故他会责备我们几句，然后自会帮我们周旋。因此，请对他保密。”

“原来如此。”贞隆总算明白了光悦的意思。他点点头，又慎重地思索起来。贞隆负责看管阿蜜，不能轻易答应此事。要是对兄长也保密，万一出了事，责任便都落在他一人身上。“不会有问题吧？”

“我们走水路。光悦保证不会有差池。”

“可否？”贞隆又转向荣局，问道。看到荣局肯定地点点头，他这才低声咕哝了一句“好吧”。

事情出现了意想不到的转机。贞隆送出光悦后，独自去淀屋找船。

傍晚时分，光悦和荣局乘上淀屋的船沿河而上。为了掩人耳目，决定只让光悦一人跟随，荣局蒙住脸，扮成商家女模样。船上还有三名护卫，扮作同船人，看似和二人了无关系。

上船时，贞隆来到码头。他指着自己的脖子叮嘱道：“我这个就交给你们了。”

二人上了船，马上启程。

“世道太平，可以放心出行了。”光悦若无其事地对面朝船尾而坐的荣局道。但荣局一动不动盯着水面，不言。她自然听到了光悦说话，但刚挣脱牢笼的她，心中充满忧伤和感慨。夕阳西下，坐在这暮霭中，荣局开始重新审视自身的渺小。

光悦不再说话。这个女子即将变成一位母亲，她正在静静思考，只能随她去。但他还在担心，高台院是否已听到这个传闻。若是她全不知情，阿蜜突然到访，告诉她一切，饶是她历尽世事沧桑，一时间恐怕也难寻出一个合情合理的法子。光悦因而不断长叹。

次日晨，二人在伏见下了船，乘轿到了三本木高台院居处。高台院正在听弓箴禅师讲禅，令他们别室等候。高台院为供奉父母而于寺町建了康德寺，曹洞宗的弓箴禅师乃是开山之祖。

大约等了一刻钟，他们被带到了房里。趁等候之机，光悦将来意告诉了庆顺尼，让她暗中禀告，好让高台院有些准备。

"啊呀，阿蜜……"二人走进房里，高台院的视线马上落到了阿蜜身上，那眼神中不仅仅只有思念，在光悦看来，还带有一丝冷冷的责备。"过来过来，很好，你没死！"

这话让光悦十分意外，不由道："夫人说什么？"

"噢，我说她没死，很好。"

阿蜜和光悦都无机会向她问安。

"若是寻常人，肯定羞也羞死了。但你没有，很好。"

光悦忙转头看看阿蜜。此挖苦和责怪大出意外，阿蜜呆呆望着高台院。

"我曾以为，在这世上活着，就当互助、忍让，有诸多顾虑，可这却是巨大的错误，只能毁了自己。我乃太阁正室、从一品北政所夫人，现又赐号高台院。故我要求为自己建一座寺院毫不过分。因此，我才向将军大人提出请求。将军大人便命酒井忠世、土井利胜二人，将东山的大德寺开山之祖修炼的道场云居寺和供着细川满元灵牌的岩栖院移至别处，要在那里为我修建一座高台寺。"

"真是可喜可贺。"

"我又说，要把原来在寺町的康德寺搬去作为高台寺辖院。将军大人也同意了。于是我又说，好不容易建了一座高台寺，就把大坂和伏见留下我和太阁回忆的建筑，原封不动搬到寺中，作为我的住处。为了让寺院维持下去，我还要求分封寺院领地。”

“啊，这种要求……”

“你也会有想法吧？迄今为止，我都甚是小心，尽量避免被人讥为倚仗权势。但将军大人却说我的要求合理，马上令所司代板仓胜重负责此事。因此，只要有理的愿望都能实现。若非如此，便只能说明将军大人为政不仁。你也一样，只要认为正确的，就照心中所想提出要求，若一味地拘泥于义理而自行了断，则是愚蠢。很好，你未死。既然未寻死，你心中定然已有了好好生活下去的法子。不愧为我教导过。”

本阿弥光悦脑子转得飞快，使劲眨巴着眼睛，看了看坐在一旁的阿蜜。

阿蜜茫然的眼里突然有了些生气，她先于光悦领会了高台院夫人的意思。“夫人！”阿蜜突然大声道，“奴婢感到轻松多了！轻松多了……”

“理应如此，你不是个愚笨女子，应该能明白我的意思。”

“明白，明白……”这是女儿对慈母说话的语气，阿蜜“哇”的一声哭倒在地。

光悦愈是尴尬。他总是无法理解女人的感情，亦总是避而远之。这两个女人在进行了一番不知所云的问答之后，双方都心领神会了，唯光悦云里雾中。

“呵呵，”高台院笑着转向光悦，道，“看来阿蜜还会哭上片刻。我将自己的想法告诉你，到时你要助她一臂之力。”

“是。”

“呵呵，你不明白吧，光悦？”

“是，小人毫无头绪。”

“是我建寺院一事？”

“啊……是，可是……”

“老身的任性不输于太阁，老身不是个老好人。”

“哦……”

“于是，我揣测将军大人心思，出了几个难题。”

“可是，把大坂和伏见的建筑都搬来，这样的要求……”

“你先听我说。作为太阁大人遗孀，这亦是合情合理。将军大人是否有答应此事的雅量，关系到他是否有继承太阁遗志的资格。”

“啊？”

“大可不必这般惊讶。老身为太阁大人遗孀，这样试探将军大人，并无不妥。”

“那以夫人的判断，将军大人是合适的人选吗？”

高台院一本正经点了点头：“是。因此，秀赖日后提出的要求，只要不致引起天下大乱，不违背太阁志向，将军大人定会爽快答应。老身乃为了秀赖，方试探将军。即便你把这些告诉将军大人，他也只会一笑了之，不会怪罪。将军大人明年就要隐退了，江户的大纳言自然会成为下一任将军。我们必须理解并接受这个事实啊，光悦。”

不知何时，阿蜜已经拭净了脸上的泪水，在一旁静静倾听二人谈话。

光悦对高台院有了新的认识：不愧为“女关白”，她考量将军的方式是那般自然合理！若她是个男儿身，现在和家康会是一种怎样的关系呢？

“光悦。”高台院知道光悦已领会了她的意思，眯着眼道，“听说江户产下一位公子？”

“正是，真是大喜。”

“不，老身不认为有何可喜之处。”

“这……小人惶恐。”

“我原曾想，要是大纳言没有子嗣，我会出面交涉，让大纳言收秀赖为养子。”

“确是正理。”

“我本想，将军大人明年隐退之后，大纳言便理所当然进京面圣，继承将军一职。彼时，天下大名定会齐聚京城，场面蔚为壮观。那时我再让秀赖去二条城拜访，让他成为德川嗣子。秀赖将成为第三代将军，太平盛世的根基也已牢固。可就在这个时候，江户却产下公子，我的想法也随之多余了。”

光悦不答，并非因为听到这些话而惊讶，而是在有关将军继承人的问题上，一介平民实不便多嘴。

“淀夫人或许也有这种想法，她恐比我更失望。可一切不过是我们一厢情愿，因此不能生起不满，致双方失和。先生以为呢？”

“正是。”

“太阁大人继承总见公遗志开辟的太平，非由丰臣后人巩固，却要依赖别人。”

“这……或许如此。”

“因此，秀赖必须退一步，与德川氏齐心合力共创太平。”

“言之有理。”光悦浑身淌着冷汗，结结巴巴道。

“在这个时候，阿蜜怀了孕。我在这时，不能讲些外道的客套话，只要笑对将军说：秀赖已经长大成人了！将军大概也只是红了脸，毫不放在心上。你告诉片桐兄弟，完全不必把此事放在心上，该怎么处理便怎么处理，不必有顾虑。像个女人般顾虑重重，还不如腾出时日去想想天下大事，那才是大坂城大管家应尽的职责。”

光悦为高台院所言折服，忙垂首施礼。他绝非故作姿态，而是从心底里佩服高台院的胆识。若非如此，秀吉公当年也不会对她敬重有加。在此之前，光悦也认为，夫人乃是个了不起的女子，是丰臣氏的支柱，但现在他方意识到，将她看成擎天之柱亦不为过。

秀赖若是这个女人亲生，今日怎会如此被动？可以说，在关原合战中使家康获胜、拯救天下于水火，后又让家康对秀赖母子宽大处理、不追究任何责任，高台院功不可没。家康心里自然亦甚是清楚，故在修建寺院等事情上，对高台院百依百顺。

高台院值得得到世人的尊敬，她时时刻刻都在为太平着想。只是，她到底是个女人，这让光悦万分遗憾。但不管怎么说，现在的上方，再也寻不出一人有高台院这等见识。正因如此，高台院的诚意能否被人明白，却让人生疑。就连片桐且元兄弟，虽对高台院怀敬重之情，却也并不甚清楚高台院的胆识。

“容小人说一句。”光悦语气中带着万分感慨，“如夫人所言，小人亦以为，少君的未来悉掌握在片桐兄弟和淀夫人手中。”

“是啊，秀赖也是我的儿子。太阁大人生前明确立下规矩，落地时去伊势祈愿，都是以我的名义进行。现在说这些，反而可能引起风波，故我只好噤口不言。但遇到大事，我还是要插嘴！”

“那是自然。”

“呵呵，瞧我，完全把本性暴露了。阿蜜，你无须再问我了吧？”

“是。”

“总依赖于人，便永远不能坚强。老身不久也会被佛祖招去。一切全要靠自己。”

“是！”阿蜜脸上的表情轻松了许多，爽快地回答。正在这时，庆顺尼走了进来，故意抬高嗓门道：“启禀夫人，茶屋先生求见。”

定是片桐贞隆怕出事，事先知会了茶屋。

高台院和光悦对视一眼，若无其事对阿蜜道：“阿蜜，庆顺尼的话你都听见了，把茶屋带到这里，你会觉得不快吗？”

阿蜜很是尴尬。她双肩颤抖，两手放于膝上，伏身于地，极力控制着自己。

“你要是不想见，我会想办法不让你们见面。你不用顾虑，只管直言。”

光悦屏住了呼吸。他知清次此次为何前来，但面对阿蜜，清次会作何反应，光悦完全心中无底。

“请让他进来。”阿蜜突然鼓足了勇气，抬起头。

“了不起！就该这样！”高台院声音颤抖，暗暗拭了拭眼角，“若不能下决心忘记不幸，它必会成倍增长。即便今日不见，也终有一日得见。今日见面才最合适。”

“阿蜜也这样想。”

“这就对了。这里有光悦，有我，都向着你。茶屋也好，鬼怪也罢，都无甚好怕的。庆顺尼，你告诉茶屋，这里有阿蜜的朋友在等着他。”

“遵命。”庆顺尼不由得笑出声来，但她马上发觉自己的失礼，掩嘴下去了。

室内鸦雀无声，大家都揣测着清次会说些什么。

几日不见，茶屋清次更显清秀高大。他似已考虑得非常周到，笑着对众人点头致意后，便向高台院请安："看见夫人依旧康健，小人万分欣慰。"

"噢，你也愈有气派了。听说你去了长崎，这次来是要跟我说说当地的风土人情吗？"

"是。有件大好事，太阁大人生前和将军商量之后，定下了九艘朱印船，但之后因为种种原因，九艘船并未取得多大成就，但今日小人受将军大人接见，大人命小人在未来十年内将朱印船增加到一百八十艘，使海内财富增加二十倍。此乃太阁向海外发展的遗志，将军则着手实施。夫人，这是个大好的消息吧？"

茶屋清次的表情没有任何不悦。

"哦？要把朱印船增加到一百八十艘？"高台院半是惊讶半是高兴地重复了一遍，她暗自对茶屋清次赞叹不已。

"是。将军大人说，要在未来十年增加二十倍。当时，小人还提出了更大胆的计划，说只要海内没有战事，暂将朱印船增加三十倍至四十倍。"

"呵呵，不过大话。将军大人怎么说？"

"将军责小人狂妄，但又道，已无战事了，即便有，也不过是大名内讧，不必担心，尽管去大海航行，不能输给英吉利和尼德兰。"

"英吉利，那是什么？"

"是欧罗巴一个国家。先前的南蛮人乃是指班国和葡国人，不知将军听谁说，南蛮已经没落，今后必须关注红毛人。其他事情也就罢了，这些事上，小人怎能输给将军大人？"

"哎呀呀，真是不甘落后。你身上多少有些太阁大人的影子。"

"小人不敢。人总得有可取之处。"

"不错。我若是个男儿，定会让你造一艘大船，航行到比西方净土更远的地方……"高台院说着，忽觉得不妥，遂马上住了口。

茶屋清次已目光炯炯看向阿蜜，“阿蜜。”

“在。”

“你刚才也听到了，我必须离开京城一段时日，埋头于造船一事。”

“真令人羡慕。”

“你已经宽谅我了？”清次的话出乎所有人意料，“日后，日本国百姓付出便有收获，这是先父和令祖父毕生的追求。通过总见公、太阁大人和将军大人的努力，这个梦终于实现了。全心全力于事业而无性命之虞，这是千年难遇的事！”

“是啊。”

“所以，我们要报恩。不仅是我，你也要为了丰臣氏，再效力一些时日，报答丰臣氏的恩德。总有一日，我会去接你，多谢你了。”

高台院啪地放下手中的扇子，看看光悦。光悦瞪大眼睛，紧紧盯着阿蜜。阿蜜微微笑笑，点了点头。

一六 雏凤之声

人的才能究竟是谁赋予的？是血统、神佛，抑或是艰难困苦？本阿弥光悦走出三本木的高台院居处，心情颇为愉悦。他带着阿蜜走进这个府邸之前，心里惴惴不安。纳屋蕉庵孙女阿蜜作为千姬的侍女来到大坂城，不曾想却与秀赖生事，有了身孕。阿蜜想见一见高台院，然后决定自家生死。于是，光悦才决心把她带到京城与高台院一见。没想到茶屋清次轻而易举驱除了阿蜜的苦恼，甚至没让她多说一句话。

茶屋清次不过二十出头，年纪轻轻便被家康任命为上方商事总管。光悦虽知，清次亦是个有才之人，但他未想到连自己都感棘手的问题，茶屋能处理得这般利索。

“真让人高兴！太让人高兴了！”光悦一路惊叹着，坐进等在门口的轿子。

阿蜜不愧为纳屋蕉庵孙女，听到茶屋清次说要拼上性命投身于朱印船的制造，她突然发觉自己心胸狭窄，大概也是因为她看到清次对自己表现出的深深的情意，感到万分惊讶。不管怎么说，她决定和腹中的胎儿一起好好生活下去。

“世伯，小侄送阿蜜小姐回去便是，给您添麻烦了。”听清次这般说，光悦甚是放心，告辞而去。

“把我送到本阿弥路口。”光悦弯身坐进轿中，口里喃喃道，“果然是太平世道造就贤良啊。”

在乱世，人们为了生存竭尽全力；但如今已无战事，此前无法得到发挥的才能便能尽情挥洒。茶屋清次便是最好的例子。

以前，武艺最是重要。不能舞刀弄枪，便不会有出息。但不管如何锻炼，武艺如何精湛，最终不过是习得一身伤人的本领。现已到了太平世道，对人的评判亦有了很大的改变。

利休居士留下茶道，长次郎留下茶碗，我能留下什么？或许茶屋清次等人日后会被称为海外交易的先贤。光悦一路想着，不知不觉轿子已到了自家门前。“辛苦了。”他高兴地走下轿子，打开门。

母亲妙秀一见他，便道：“那人真有意思，会说话。虽不是我喜欢那类人，但娘家的阿幸似和他颇投缘，我就让她陪着说话。”她说话时声音很小，似乎怕里边人听见。说完这些话，母亲就要转身回厨下。光悦忙叫住她：“母亲，您还没说完呢。客人是谁？”

“哎呀，我忘了告诉你。我正忙着做梅干，让女孩子们帮忙。对了，是一位叫大久保长安的先生。”

“大久保大人？”

“是，和阿幸很是投缘。”

所谓阿幸，乃是光悦舅父本阿弥光刹之女，日前已与夫家断绝，回了娘家。对于光悦来说，她既是妻妹，也是表妹。

光悦之母已年近六旬，乃是不寻常之人，据说一次家中进了盗贼，她甚至为他们沏茶。直到今日，她都未穿过绫罗绸缎。人们送来各种锦缎，她都分给家中上下人等，还添上些金银。她是个虔诚的日莲宗信徒，为人正直，绝不允许丝毫浪费。光悦的弟弟宗知便因奢侈被赶出了家门，至今未归。

“母亲，您还是老样子。”光悦感叹。世间传言，光悦的脾气性情和妙秀一模一样。但光悦发现，母亲常令他无可奈何。

光悦苦笑着穿过长长的走廊，来到内厅。大久保长安和阿幸果然在有说有笑。

“哎呀呀，大人何时来的？”光悦一本正经施了一礼。长安马上接口道：“先生，你可是清闲得很。”语气甚是夸张，“太阁的忌辰没有几日了，江户又诞下公子，在这大喜的日子里，整日闲着无事可做。黄金闲置不用不过是块石头，你不能想几个用黄金的法子？”

光悦不言，长安果然非母亲喜欢的人。正想到此，阿幸大声笑了起来。

“茶屋先生虽是上方商事总管，但他太年轻。虽然有你跟着，但我终是有些不放心……”长安仍旧喋喋不休，光悦突然打断了他：“大久保大人，您此来有何指教？”

“我是说佐渡开采出太多的黄金，让我感到为难。”大久保放声大笑，“光悦，知道吗，江户诞下了一位公子。”

“此事我已听说，可喜可贺。”

“哦？”

“哦？”

“当然可喜可贺。但有人恐甚是失望。”

“是啊。”

“比如大坂的淀夫人，或许她一直在指望，秀赖会成为第三代将军。总之，你不认为在这个时候应该为太阁举行 次盛大的祭典？”

光悦没吱声，看了长安一眼。此人才干出众，头脑机敏，胜于常人，但每次见到他，看到他狐假虎威的样子，不仅母亲，就连光悦也感到很是不悦。

以前的手猿乐师十兵卫现在成了大久保石见守长安，既是家康的金山奉行和御物奉行，亦是忠辉的家老，辅佐治理忠辉领地，是俸禄四万石的大名。武州的八王子尚无居城，而他却有一座气派的宅子。光悦也在反省，不能因别人过去身份低微而心生蔑视，否则只能说是嫉妒，说不定此人才是太平世道需要的贤良。

“哈哈，先生分明什么都知道，是想试探鄙人吗？”

“岂敢岂敢。”

“不不，你肯定知道。为政依靠法度，法度就该严格。即便无少主之诞，日下也应为太阁举行一次盛大的祭典。”

“大人说得有理。”

“通过此次盛大的祭祀，首先，人心定能一新。其次，大坂城上下亦会感激不尽。第三，大坂方面心存感激，此次祭祀便可成为巩固天下的奠基之仪。还有一样好处，是通过此次祭祀，少主身上的诅咒也可解除。鄙人以为，此事应对将军大人提及，一定要办得盛大隆重。先生的意思呢？”

“且等。”光悦忙道，“大人刚才说，少主身上的诅咒？”

“先生不知？淀夫人不断到神社佛阁祈祷，希望秀赖能够成为第三代将军。因此，此时出生的少主身上，定然背负着诅咒。”

光悦未能立刻明白长安的意思。但他一明白过来，反而哑然。此人真能想到些别人想不到的……在此之前，光悦想都没想过这种事。淀夫人向神佛祈祷，诅咒江户莫要产下男儿，细细想来，这亦非全不可能。但这种凭空想象实在让人毛骨悚然。长安有未想过，此事若让阿江与夫人知悉，会变成什么样子？虽是同胞姊妹，但淀夫人和阿江与夫人必针锋相对。

若秀忠没有子嗣，秀赖作为千姬丈夫，继承将军职位自顺理成章。但阿江与夫人十分希望生一个男儿。她的第一个男孩夭折后，怀疑是因为自己的祖父和父亲死于非命，亡灵作怪，遂特意为浅井久政和长政父子举行了盛大的法事。这次她又生下一个男孩，家康特为其取名为竹千代。而在这个时候，若说阿江与夫人的姐姐在诅咒那个幼小的生命……诅咒，信则有，不信则无，它无影无形，但一旦听说，便可能在心中留下阴影，跟随一生。

长安又笑了。他敏感地想到，光悦在意他方才所言。“哈哈，是鄙人失言。鄙人并无诅咒的证据。但即便无此事，江户有公子出生，大坂的梦便破了。故，此时举行一次盛大的祭祀，供奉太阁亡灵，亦是对少主的祝愿，先生以为如何？”长安使劲往前探了探身子。喜欢热闹的阿幸马上插嘴道：“大久保大人说要在京城里举行盛大的法事。”

“你老老实实待着！”光悦喝住她，然后对长安道，“鄙人未曾想到这些。”

“主意如何？”

“说是高见，倒不如说，不得不如此。”

“哈哈，果然是光悦，这是你的性情。太阁和将军原本乃肝胆相照的兄弟。世人常说，有了太阁才有将军，有将军才有了太平。自应果断地举行盛大的祭祀，让世人明白，此世之盛已超过太阁时了。”

“大久保大人，在下明白您的意思。那您今日来找我又有何事？”

“将军大人定要怪长安多管闲事，我想让你通过茶屋先生和板仓大人说服大人。长安一直以为，先生长于此道，只不知尊意如何？哈哈哈。”

光悦一本正经端正了姿势。不能因为此人不讨人喜欢，就不听取本应听取的意见，那怎生对得起日莲大圣人？想毕，光悦郑重地对长安施了一礼，“在下明白。还是大久保大人想得周到，光悦定会尽快向所司代大人提出此事。”

“你明白了就好。”长安扬扬得意，小声道，“要是我提出此事，定会招人嫉妒，斥为逞能。但此事不能不为。”

“大人说得是。鄙人也这样认为。”

“有言叫一石二鸟，此事可谓一举多得，此乃为政之道。”

光悦压抑着对长安的反感，同时也感觉到，长安其实并非总是那么傲慢。

“将军大人到现在还坚持，节俭乃是至高美德。可是先生，世间之人都节俭，这个世上必会死气沉沉。”

“哦？”

“在战事连续不断的年月，浪费实为罪过。但时世不同了，全天下百姓都精神抖擞地劳作，创造着财富。”

“这……这是因生在太平世道。”

“去年我去大坂城，有幸看到太阁留下的黄金，当时都惊呆了。”

“以前听大人提起过。”

“可现在那点黄金却不足为奇了，我可挖掘出更多的黄金，在佐渡、生野、伊豆……不，或许天下到处都有黄金。时局变了，应该改变习性了。”

光悦看了一眼阿幸，道："到用饭的时辰了，去备饭吧。"他觉得这些话可能会给生性喜欢奢侈的阿幸带来麻烦。吩咐毕，他佯附和长安道："的确，或许是这样。"

"你嘴上虽这般说，心里不见得也这样想。比如说，你恐觉得，现在并非黄金遍地……"

"正是。市井还有很多乞丐，盗贼也屡禁不止。"

"所以才要让百姓知道，只要好生劳作，便能过上富足日子，这样才能给他们希望。"

光悦不想再说下去。有才之人，有善攻者，有善守者。大久保长安因为发现了金山，故多少有些飘飘然。但关于太阁祭祀，他愈想愈觉得长安有理，此事已然迫在眉睫。

长安拉过烟丝盘时，光悦突然想，应赶快去一趟所司代府邸。在茶屋清延过世以后，所司代板仓胜重与光悦的关系越发亲密起来。要是让长安与所司代见上一面，事情立时就可解决。

"大久保大人。"正在此时，刚刚离开的阿幸一路小跑回来，禀道，"表哥，有位稀客来访。"

光悦与大久保长安听了这话，齐声急问："是谁？"

"是……茶屋先生。"

"什么，他刚才还在……"

正说着，清次已到了。"听说大久保大人来访，小人擅自进来了。恕小人失礼。"

"茶屋，阿蜜呢？"光悦问道。

"片桐大人担心，便前来接她。我拜托给片桐大人，便到了世伯这里。"

"这也难怪。来，到这边来坐。"光悦起身拿来坐垫，"方才我听了大久保大人一席话，正要去一趟所司代府。"

"那，小侄碍事了……."

"无妨。此事还要劳你帮忙……"

未等光悦说完，长安便插嘴道："茶屋，你年纪轻轻就做了上方商事总管，一定甚是忙碌，但再忙，亦不能忘记自己的职责。”

“小人明白。小人才疏学浅，如有不周之处，请多多指教。”

“今日你来找光悦，有何急事？”

“有一事想请世伯指点，因世伯刚去过大坂。”

长安点点头，颇有些长者风范，“那你先请讲。我的话已说完了。”

“实际上，小人也想拜听大久保大人的意思。”

“噢，要是我能帮上忙，请尽管问。”

茶屋清次郑重施了一礼，转向光悦，“世伯，小侄想八月十八在京城举行盛大的祭祀。”

“你说什么，八月十八？”

光悦不由和长安对视了一眼，道：“八月十八乃已故太阁忌日，你是说要举行丰国祭？”

“正是。不用小侄多言，现今太平之世，虽为将军大人努力造就，设若无已故太阁大人，也不会有今日。故要选在是日举行盛大的祭祀，对太阁表示感谢。”

“茶屋！”光悦不由提高嗓门，道，“但我觉得，此事必首先征得将军大人同意。”

“将军已经同意了。”茶屋清次回答很是干脆，“将军大人说，他也想提出此事，正犹豫着。只有百姓真正想举办此次祭祀，才是真正的太平。他要我和板仓大人商议，小心暴徒，愈盛大愈好。”

光悦已不忍再看长安。

大久保长安想到的事情，年仅二十出头的茶屋清次同样能想到。而且，他已经得到了家康许可。光悦感到，自己应重新审视他们。

“已得到将军大人的许可？”尴尬万分的大久保长安突然使劲拍了拍膝，探身道，“好！你的眼光真不错。茶屋，为何必须举行丰国祭？长安想听听你的意思。”

茶屋清次有些惊讶，看了看长安，又瞧瞧光悦。

“哈哈。”光悦大声笑道，“其实我和大久保大人刚才所说，正是此事。”

“哎呀，这……我很贪心，想通过这次活动达到一举几得的目的，故力主举办。”

“哦？”长安惊讶地瞪大了眼睛，“我想听听，如何几得？”

“其一，能够安抚京城民心。这般说，是因为还有谣传，说关东和大坂表面和睦，暗中争斗。”

长安笑着看了看光悦，那笑容多少有些不自在，他道：“是啊，这样可以消除那些谣传，真是个好主意。那第二呢？”

“与在下的职责有关。在下想通过这次盛大的祭典，和京城、大坂，以及堺港的大商家搞好关系。”

“噢，很好。如此一来，你就能较易地让那些大商家倾力于造船之事。”

“所以在下说是贪心。”

“那第三呢？”

“太平能在日本牢固扎根。”

“你是想做给天下万民看？”

“不。”清次干脆地摇了摇头，“在下是想做给洋教徒看。”

“给洋教徒看？”

“那七十七万信徒就会口传笔录，大肆宣扬。这样一来，我们就能放心地将朱印船驶往海外，洋人的船也可来日本国。”

“啊。”长安的附和已经变成了呻吟。他还没考虑到这么深远，“向天下展示日本国的太平啊！”他感慨道，“如何，光悦，时世已变了啊！”他半是自豪，半是尴尬，耸耸肩，叹了口气。“很好，很好。那第四第五呢？茶屋，你接着说。”

长安眼睛瞪得大大的，催促着清次。清次有些不解。他不知他来此处之前，二人进行了一次什么样的谈话，便不明长安何以如此失色。“这第四，便是想安抚大坂的淀夫人。若淀夫人能宽怀，丰臣氏旧臣自不必说，少君和千姬小姐也能松一口气。”

“是啊，这是人情。那第五呢？”

光悦紧紧盯着清次，心里却在想别的事。清次之父去世时，把清次等托付给了光悦，让光悦好好照顾他们。然而，此儿已然长大成人。他的气度和才智，已远远超过了光悦。光悦在为清次高兴的同时，又感到凄凉。

“这第五嘛……”清次的声音依然颇为纯真，“在下想请人把这次祭典画成一幅画，让它记载盛况。”

“要画成一幅画？”长安立刻追问。

“是。要是能画成一幅画，既可将它展示给洋人，又可以留芳后世。实际上，在下正是因此才想和世伯商量，不，是想拜托世伯。”

光悦这才回过神来，“将祭祀的场面画到画里？”

“是。但小侄找不到合适的画师。一般人都擅长有固定题目的画。但此次非画一两人或是一二花鸟，而是把上京、中京、下京盛况以及前来观看的成千上万人众如实画出。小侄要找这样的画师。洋教徒会来观看，黑人也会来，就连这些人也要栩栩如生。但有这样的画师吗？要不……”

长安摇头，拿起一块点心，他恐在嘲笑清次的幼稚。但光悦并未这么想，此正体现了清次的年轻和执著。人都会衰老、死亡，但有的东西会永存，绘画不就是其中的一种吗？

“世伯一向见多识广，交际广泛。即便在京城找不到合适的画师，天下总有一两人能明白小侄的心意。日本国已迎来了太平，小侄想把这种喜悦描绘出来。世伯有合适的人吗？”

光悦未立即回言。他非在思量清次所言的画师，而是惊异于清次和自己这一代的巨大差异。大久保长安此来是要告诉光悦，必须举行丰国祭。但年轻的茶屋清次却早已有了计划，不仅得到了家康的许可，甚至想把这次盛况传于后世。实际上，清次真正的目的，并不仅仅是让丰国祭流传后世，而是想展现给今后接踵而至的洋商，让天下都知日本国的强盛。迄今为止，绘画只是作为一种修养和情趣，但清次却利用绘画记录和宣扬。真是大江后浪推前浪！光悦感叹不已。

光悦记得自己年轻时曾做出一件让母亲既惊讶又高兴的事。那时利休居士尚在人世，当时的光悦醉心于茶道，他花三十锭黄金买下了小袖屋宗是收藏的茶壶。当然，他那时手头并无足够的钱，于是卖掉了位于新町大道的别苑，备齐了十锭金子，又各处奔走，借了二十锭。小袖屋宗是知了此事，心生怜悯，决意便宜些卖给他，可光悦却道："本来价值三十锭黄金的茶壶，你若让我便宜买了，却不合我意。"最终，他花三十锭金子将茶壶买了下来，然后带着它到了父亲的恩人前田利长处，献上亲自沏的茶。利长甚是高兴，要送给他三百锭银子，但光悦婉拒了，他认为，要是收下谢仪，会有损茶人脸面。因为此事，光悦本以为会被两个人骂，但这两人却都称扬了他，光悦感到甚是得意。其中一人乃是以勤俭著称的家康，另一人便是从来不碰锦缎的母亲。但现在茶屋清次显然比他高明甚多。这一次祭祀，对日本未来意义重大。

"我明白了！我会去找画师，你只要专心筹划此次祭祀即可。您以为呢，大久保大人？"

长安这才醒过神，笑道："对对。告诉上方的大商家，若未忘记太阁大人的恩典，为太平感到喜悦的话，就要踊跃出资，休要吝惜金银！"

"不不，金子可不能乱花！"

大家转头看去，原来是光悦的母亲妙秀，她和阿幸一起端着酒菜，笑眯眯站在当地。

"噢，老夫人，您的耳朵可真好使。"

"呵呵，要是听到不珍惜金子的话……瞧，就像这个，我们家烤咸鱼时，用的不是鲷，而是鲹。虽如此，这在待客时也是佳肴了，请多见谅。"

阿幸满脸通红跟在姑母后面，把酒菜放到长安面前。她似为姑母的俭朴感到难为情。

酒菜上来，大家改变了话题。

"这个世上有两种人。"长安举箸道，"其中一种人，常思节俭，把身外之物看得万般重要；另一种人，则把钱财毫不吝惜地拿出来，使它能够得到更有效的利用。"

妙秀立即出口反击："不，还有一种人。"

"还有一种？"

“是。就是整日好逸恶劳之人。实际上这种人最多。呵呵。”

饭菜全部上齐之后，妙秀让阿幸留下服侍，自己回了厨下。她似也意识到自己说话太直。

“来，尝尝这个，酒乃家中自酿，只有这些……”姑母去了之后，阿幸的话马上多了起来，“大久保大人，您是刚从石见回来？”

“是，因为挖掘的金银太多，我很是为难，想去伏见禀告将军大人。”

“哎呀，因为金银多而感到为难。小女子也想去看看那金山啊。”

“你想去山上？”

“是。小女子在家里处处碍事，反正总有一日会被扔到弃老山，还不如早些去山上修行，也是为了大家好。大人能带阿幸去一次吗？”阿幸竟然认真起来。

光悦既觉可气又觉可怜，制止道：“阿幸，给茶屋先生斟酒。”

“是。”阿幸暗暗向长安抛了一个媚眼，然后转向清次。

长安也认真起来，道：“茶屋，那个叫亚当斯的，将军大人还经常把他传到伏见城吗？”

“是，威廉·亚当斯，最近得封相州三浦郡二百五十石，还取了一个日本名字，叫三浦按针，已去领地了。”

“三浦按针？他真有好运气。茶屋先生，那按针才具如何？”

“名副其实，是个非常正直之人，故能得将军大人信赖。”

“我说的不是这个，我是说能力。他是否有用之材？”

“这……关于这个，在下还不能……”

“据说他出生于红毛人之国。”

“是。他出生在英吉利国。作为领航员跟随尼德兰的探险舰队在大洋中航行，茫茫几匝，忽北忽南，船在摩鹿加岛遇海难，漂流至此。”清次一口气说完，长安不禁低声呻吟，他痛感时世的确变了。对于他来说，不管是英吉利还是摩鹿加，都是那么陌生。

“真是令人惊讶！茶屋先生脑中装着天下版图。你说的那座摩鹿加岛具体在何方？”长安有些嫉妒。

“据说，洋人相信我们所居之地如一大球，葡国向东航行的人和向西航行的人便在大洋南方的一个岛上相遇了。那岛便是摩鹿加群岛。”

“那三浦按针本想去那个岛，结果在丰后的海岸遇海难，就是说，他的航海术并不成熟。”长安道。

“可我们同样可以如此理解，现在乃是冒险时代，勇者无敌。可是大久保大人，您可知道南蛮人为何这般热衷于来我日本国？”

长安语噎。光悦为清次而折服。但长安心中还想一比高低，他好不容易才出人头地，和清次一样在家康手下当差。

“茶屋先生好像只知最近的事。以前元寇之役时，有个叫做马可·波罗的南蛮人到了元大都，回国之后他写了一本书，那书中提到日本国，说黄金遍地，屋檐甚至都用黄金制成。就是因为这个缘故，我想，既然日本国被描述成这般，想必地下必有黄金，我遂开始发掘。”

“惭愧。”清次从心底里对长安的话感到惊讶，“鄙人亦是近日才从三浦大人口中听说此事。但他还告诉在下一事，那便是葡国的东方总督在占领摩鹿加岛的报告中，详细记载了我日本人在马来半岛上进行交易的情形。”

清次倒背如流说出这些人名地名，长安愈发感到没了面子。可照他的性子，又想尽量获取对方的知识。“哦，摩鹿加岛是在暹罗以南吧。他说我们国人在那里进行着何样交易？”

“他说，容貌俊美的男子，腰佩长刀短刀，形似突厥人的弯刀，只是更细长些。他们用大量的黄金换取当地土产。其量之大，让人叹为观止。”

“用黄金？”

“在下以为，那些黄金可能是从琉球一带带去，那一带有金山。他们并不知其产地，被问及是何处人氏，他们只说是高来人，高来即是甲螺，也即大明国人所说倭寇。”

长安沉默不语。黄金岛并非马可·波罗所言的日本，而是琉球。那样一来，他颜面何存？

一七　长安遭戏

到了傍晚，大久保长安才从酩酊大醉中苏醒过来。为何会醉到这步田地？或许是因为阿幸在一旁不停为他斟酒。可是，即便如此，长安不想再喝，也是可以止杯的。但今日的长安，分明知道喝多了，却仍然杯不释手，只因他心中有一个疙瘩。

在到达久违的京城，来到光悦府之前，长安一直趾高气扬，不可一世。佐渡和石见的工程进展得甚是顺利，家康或许会因此更加赏识他，更加器重他，而这又将使他进一步高升。长安带着这样的自负和自信，时常会快意得手舞足蹈。

本多正信父子及大久保忠邻等重臣自当别论，本阿弥光悦乃是德川家康最信赖之人。和光悦深交，便能确切打探出家康在想什么、欲做什么。光悦对于长安实太重要。于是，他决定通过光悦向家康建议举办丰国祭。谁知此提议早就已被家康认可，而且，茶屋清次的言谈让长安感觉到自己已然老迈。他不仅被对方的年轻和朝气压倒，且为对方的知识和头脑震惊。

仅仅如此，也不至于在心中积成疙瘩。长安觉得，他梦中的坦途出现了一个巨大的障碍。茶屋清次和将要居于日本的三浦按针，都变成了他的挡路人。这样下去，他说不定只能一生做个山师。

在大坂城看见那些巨额黄金后，他突然有了一个想法，那便是利用黄金与海外交易。当然，首先要说服家康，此乃一项关系着日本国盛衰的大事。然而，就在他发掘到黄金、成功在即时，却发现将要协助家康进行海外交易的人并非他大久保长安。经验丰富的三浦按针和年轻睿智的茶屋清次完全挡住他的前程。这不是平常的嫉妒，他们摧毁了他赖以生存的希望。

这样想着，长安再也无法继续附和清次。一通狂饮，他喝得酩酊大醉。待他苏醒过来，已在另一个房中，面前依然放着酒杯。我怎么会来这里？暮色渐深，身边不远处有一人，却是阿幸，她一脸为难，仍欲为长安斟酒。

"阿幸，这是哪里？"

长安明知是光悦的宅子，还是问了一问。与其说是为了掩盖喝醉之后的尴尬，还不如说是因为心中有一种莫名的孤独，让他感到自己必须开口。

"大人不记得了？"阿幸一脸无奈，瞪大了眼睛，然后夸张地叹了口气，"此为本阿弥光悦府邸。"

"不是在大堂吗？对了对了，茶屋也来了。茶屋呢？"

"是大人让他快滚！"

"我对茶屋说了什么？"

"大人说：赶快滚回去准备祭祀，你这张脸，看多了只能令人生厌，我不想再见你一眼！"

"噢！看来，我真是醉得厉害。"

"是。表兄也道，他是第一次见大人醉成这个样子，他说大人怕是路上累了，遂把您送到了这屋子。"

长安心头一惊。先前为一介手猿乐师时，他四处游乐，醉酒为常事，但自从成了大久保石见守，他还从没这般失态过。一时疏忽大意，他露出了本性。

"大人在想什么呢？我来点上灯吧。"

"不用……我睡着了吗？"

"唉，大人连这个都不记得了。"阿幸的脸色突然有些不安，道，"那……您和我的约定，也忘了？您说了好几遍呢。"

“和你的约定？”

“对。大人说要带我去山上。不只是我，说山上需要大量的女子，这次来就是找些人过去。”

长安听她这么一说，突然又感到一种新的不安，忙摆摆手：“不不，这个怎会忘记，这可不能忘了。”虽这般说，可他的记忆仍有些模糊，这越发令他不安。他喝多了便会大放厥词，这是他的毛病——我说了些什么？说不定还真得把阿幸带到山里。

“我……我怎么会把你的事情给忘了！”长安含糊其词，“阿幸，我未说其他不妥之言吧？”他放低声音，小心翼翼探问道。

阿幸脸上这才露出微笑，约略松了口气：“大人说了好多。大人好像真的喝多了。”

“谁……谁……我说了人家的恶言了？”

“是。说了很多人的不是。”

“很多？都有谁？”

“我姑母和叫亚当斯的夷人，以及本多正信大人、江户的大纳言大人，还有……”阿幸像唱歌一般吐出了一连串人名。长安的脸色开始变得铁青。

“什么，连江户大纳言我都说了？”

看见长安搔着鬓角、一副不知所措的样子，阿幸马上变得柔情似水，“但是无妨。除了我、姑母和表兄之外，无外人知。”

长安再次长叹了一口气，拿起酒杯，将已然冷去的酒一饮而尽，“我说了你姑母什么？”

“老太婆，真是个让人受不了的老东西！”

“唉！那我说了大纳言大人什么坏话？”

“第二代笨蛋，同样是小里小气，和你们家的老太婆一个德性。”

“只有这些吗？”

“不，还有。您还说，要是将军大人去世了，谁也不会给那个吝啬鬼烧香。纵然他乃一尊大佛，也非一尊好佛，不会泽被众生……”

“唉，够了！”长安一脸苦相，把脸扭到一边。

阿幸恐是想安慰长安，接着道："表兄可是佩服得很呢，说大人总能一语中的。"

长安却笑不出来，他猛地耸了耸肩膀，紧紧盯着慢慢暗下来的房间的一隅。对光悦的母亲恶语相向也就罢了，之后赔个笑脸也能过去，可把秀忠说成笨蛋，真是醉后吐恶言。

家康今年已六十有三。秀吉故去时就是这个年纪。不日之后，秀忠便会袭将军之位，可他长安却在背地里骂秀忠。此事一旦泄露出去，长安纵使有几个脑袋，也保不住小命。

"我还得问你一事。"长安渐渐稳定住心绪，谋求善后之策。

"大人请讲。"

"亚当斯，就是那个把名字改成三浦按针的夷人。"

"怎的了？"

"我是怎么说那个夷人的？"

"呵呵。大人说：我辛辛苦苦挖出来的金子，怎能让亚当斯随便拿去！要是那样，不会增加日本的财富，金子只能被红毛人夺了去。只要我长安的眼睛未瞎，我就不会允许此事发生。"

"啊，太好了！"长安自我夸耀，"这些话，光悦也听到了？"

"正是。"

"好，那么，阿幸……"

"嗯？"

"你的身份今日正式确定。虽说我喝醉了，但我却对你说出了那些话，便是因我甚是信任你。在我喝醉之时，你在我眼里仍是值得信赖的女子。你明白吗，从今日始，你就是我的侧室了。"他异常亢奋，说完之后，眯着眼睛笑了。

对于阅尽世事的长安来说，那些都是可笑的狂言，可毕竟是些不该说的话，他必须封住众人的嘴。

不必担心光悦，他自己就是无论在谁面前，都毫不顾忌品头论足之人。只要长安的看法无十分不妥之处，他便只有佩服。他要是心生轻蔑，那也只能是轻蔑于长安的醉态。

光悦的母亲也绝对安全。无论在什么场合，她都不会违背自己的信念。她虽对人有好恶，却是一个富有同情心的真正勤劳之人，不会在意他的无礼。只有阿幸……长安灵机一动，想到这个最好的办法，便是把她带在身边，她的嘴也便永远堵上了。

“你必须同意。你不是也求我把你带到山上去吗？”

“唉……”阿幸吸了一口气，看着长安。

长安自以为可将她玩弄于股掌之间。他知此女心中颇不平静，遂道：“你不应留在京城。”

“为何？”

“妙秀担心，你已与男子亲近过。不仅如此，你还从心底里喜欢你表兄光悦。”

“大人……”

“不管你是不是有所察觉，起码妙秀已经看出。在家中，姊妹二人争夺一个男子，实在丢脸。所以，她才故意把你安排在我身边。”一旦决定把她带到山里，长安立即变得能言善辩，“你这样留在京城，只能使自己痛苦，因自省而苦闷，长安明白这些。你的身份就这样定了。休大惊小怪。来，我们再喝一两杯，就安歇吧。”

阿幸眼睛瞪得老大，扭开了头。然后，她又回过头，紧紧盯着长安。在她身后，被褥已铺好，旁边甚至还放了一把溺器。

“噢，原来竟已准备好了。好，那再给我倒上一杯。”

阿幸面无表情地为长安斟毕酒，然后当一声把酒壶放在地上，掩面哭了起来。

“你怎的哭了？难道你不喜长安？”长安并不心急。阿幸并非一个不谙人事的小女子。只要男子抚她肩膀一下，女人的本能自会勾起她肉体的欲望。阿幸已到了这样的年纪。或许她自己也非常清楚，于是一边用哭泣表示抗议，一边却又等着被男人征服。长安把阿幸的哭泣理解为半推半就。他这才发现，阿幸其实是个有几分姿色的猎物。

“你有话直说就好，我最见不得女人哭。你一哭，我心就软了。”

阿幸继续哭着，但愈哭，愈媚态毕露。

长安轻轻放下酒杯，探过头去，亲她耳垂一下。“好了好了，你既然这么难过，索性算了。我不想让你过得不幸。”长安已经变成了一只玩弄老鼠的猫。他变回了以前的长安，成了一个放荡之人，使尽手段，挑逗阿幸的情欲。

阿幸一听，缓缓擦了擦脸上的泪水。女人在这种情况下，通常会压抑情欲，但这最终只能使欲火更加疯狂。

长安眯着眼，又拿起了酒杯。从阿幸领口处可以看见她雪白的肌肤，在长安眼里，那是一具饥渴的身躯，不定亦是一块极好的矿石；自己数说秀忠的那些恶言，则是不错的金脉。长安正这样想着，阿幸向他的肩膀靠过来。长安想，终于来了，一切都在意料之中，只要紧紧抱住她，所有问题都迎刃而解了……

只听阿幸道：“大久保大人真是可怕。”

“我可怕？这话从何说起？我是看不得女人的眼泪……”

“不，阿幸已非小女孩儿，不会被这说辞迷惑。”

“你是说，你是个手段老练的成熟女人？”

“大久保大人想在山上将我杀了。”

“杀你？哈哈，也许吧，在那里，我是个厉害的山贼，我喜欢你，不定真会因此杀了你，阿幸。”

阿幸突然起身，一脸严肃地盯着长安，“我听了不该听的话。”

“什么？你说什么？”

“我听到您说江户大纳言的恶言，我只会在山上被您杀了。”

长安脸上顿时没了血色。

长安虽有手段，但阿幸并非他想象的那般傻。本以为她会轻易上钩，阿幸却异常清醒地看出了长安的意图。他顿有些惊惶失措。

“大久保大人真是可怕，不仅想把我骗进山里封住我的口，还看穿了我在这个家中的秘密。”

“你说什么？你的秘密？”

“是。虽羞于出口，我的确恋着表兄。”

长安啊了一声，许久不言。他说阿幸喜欢光悦，不过是说笑，最多亦只是推测。

“大久保大人，您说姑母可能会因为此事讨厌我，因为姊妹不能争一个男子。真是这样的话，那我……我应该去何处安身？”

“阿幸，那只是我的一句玩笑话。”

“不，您一定是看到了真相才这般说。我也非那种不通人情世故之人。现在姑母不就是厌弃我吗？”

大久保长安一脸苦涩，皱着眉头，端起酒杯一饮而尽，道：“来，让我为你斟一杯酒，以后休要再提此事了。”

阿幸突然往后退了一步。她并未如长安想的那般靠向他，她有她自己的想法。

一向精明的长安挠着头，拼命保持镇定，却一筹莫展。他说秀忠的恶言让这个女人听了去，这成了压在他心头的巨大负担。另，本只是想把她骗进山里，封住她的口，可她却误认为要杀人灭口，问题变得更是棘手。

“阿幸，你不喝我倒的酒？”

阿幸依然不动，单是紧紧盯着长安，眼睛里充满恐惧，半张的樱桃小嘴开始发抖，两片红唇间半露的皓齿拨动了长安的心弦。他加重语气：“阿幸！你不听我的话了？”

“请大人见谅。”阿幸突然两手触地，长安顿觉被人当胸一枪刺来。“大人要带阿幸去山里之事，恕难从命。阿幸会把大人今日的情意忘得一干二净，就当从未发生过。”

“我的情意？”

“是。虽然只同床共枕一次……但阿幸绝不会对任何人说起。”

长安再次看了一眼被褥，确有凌乱痕迹。长安的脑袋开始剧烈疼痛：这么说，我已和这个女人有了肌肤之亲？他开始努力地回忆，好似有过，又好似没有。他醉得太厉害了，记忆像一条被割断了的丝带，再无法联结起来。

阿幸见长安茫然而坐，猛站起来，擦亮火石。“咔嚓”，“咔嚓”，打火的声音像是从遥远的另一世间传来，震动着长安的耳朵。周围一下子亮了起来。阿幸点着了挂着水色薄绢的圆灯台，而非蜡烛。

灯下，阿幸很是美艳，一本正经坐在那里。生性放荡的长安明白了，是他想差了。这个原以为就要燃起欲火的女人，其实已经过了激烈的燃烧，恢复了平静。真是好笑！他本想随心所欲揶揄对方，未想反被揶揄，而且此女一开始就看穿了自己的心思！可为何会醉成那个样子，莫非被灌了迷药？长安正这样想着，阿幸扑哧笑了。

“阿幸。”

“嗯。”

“刚才你笑了。”

“不，我心中很难过。”

“哦，那是我听错了。但我还有一事不明，既然你喜欢光悦，却又为何委身于我？”说完，长安觉得自己很是可笑。这是在问什么啊，不仅荒唐，而且可怜……

阿幸小心翼翼放正了灯台，“方才，我也想过这个问题。”

“结果呢？”

“最终也未能明白。”

“你就这般不明不白，随便委身于人？”

阿幸缓缓低下头，“因此……我们作个约定吧，忘了此事，权当从未发生。”

“住口！所谓约定，双方都要同意。可我还没有同意，你已把身子给了我。女人若是把身子给了一个男人，便是说她要把自己的全部都交与他。我不会忘记，我要把你带走！”长安已经失去了理智，扔掉了手段和面子，变成了一个可怜的男子。

“大人是说，您不能就这样忘了……”阿幸的惊讶和长安的焦躁完全不是一回事。

长安使劲咬着嘴唇。发生了关系的男女之间出现此种局面，只在男人的弱点被女人识破之时。这场战事从一开始，长安就已败了，他说了不该说的话，又极怕此秘密泄露出去，二人已不再平等。阿幸已看破了这些。她不愧是光悦的表妹。不管做什么事，光悦都不会给人可乘之机，阿幸表面看似一个没有头脑的女人，心里却有不少算计。“就当没发生过。”看得出来，她是想，只要温柔地重复这样的话，长安便会愈发焦躁不安，暴露本意。

长安不甘示弱，必须扭转劣势！“你是说，无论如何，都要让我忘掉此事？”

“是，请大人务必忘记此事。我亦不会将大人的话泄出半句。”

“你是怕我把你带进山里杀了？就照你的意思办吧。”长安开始使用另一种手段。这一手段的效果如何，他心里甚是明白。“好了，帮我把那边的水筒拿过来。”他指着柱子后和大小鼓放在一起的青竹筒。

“是……是这个？”取过竹筒，阿幸脸色微变。筒中装的似非水。

“是，就把这个，留给你做个念想吧。不，不是什么念想，因什么都未发生。好了，你拿着吧，有用得着的时候。”长安打开竹筒盖子，倒放在榻榻米上，只听哗啦作响，榻榻米上立现一堆耀眼的金块，个个约三寸见方。竹筒平时应是绑在马鞍上，或拴在轿上，挂在腰间肯定行动不便。

“哎呀！这……”

“无甚大惊小怪的。出门时在水桶里放一块黄金，可以试毒，遂打造了这么些金块，把它们留给你了。”

阿幸浑身颤抖，不，是长安感觉阿幸在颤抖。他又打开了旁边的纸袋，一本正经拿出一根筷子长短的金耳勺，放到阿幸身旁，“这里还有我平日用的耳勺，你把它改成头饰吧。算长安向你赔礼道歉。”

阿幸若是个涩柿子，长安便知去涩的方法。不管什么东西，去毒和去涩最好的手段，便是黄金。“快把它们收起来吧。要是让人看见，我会觉得难为情。”

但阿幸并不伸手去碰眼前这两样东西。

长安若无其事拿起酒杯，心中盘算：该使出杀手锏了！这女人或许还会哭泣，若是哭出声来，泪水定能洗去女人的面具，让她露出真面目来。她必是个孤独的女人，肯定会跟着他去山里。一开始，阿幸肯定有此想法。只是长安说错了话，让她感到畏惧。这样一想，长安突觉阿幸颇为可怜，在他看来，她心中充满感慨，正想着如何报答他呢。

“把它们收起来吧，再给我倒一杯酒，我也该歇着了，明日还得进城面见将军。”长安说着，突然发现阿幸似乎在发笑，“阿幸，你怎的了？”

阿幸果然浑身颤抖着笑了起来，“哈哈……请大人见谅。哈哈……哈哈哈……”

长安顿时感到脊背发凉，这并非辩解，莫非是……他顿时如同遭了雷轰。

“哈哈。对不住，我和表兄打了一赌。”

“和光悦打赌？”

“是。哈哈哈！”

“住嘴！你们打了什么赌？”

“表兄说，大久保大人不会醉。”

“于是你就赌，要把我灌醉？”

“呵呵，表兄话说得太绝。”

“阿幸，你怎可如此！我好歹也是将军属下的奉行官！”

“虽说如此，大人并非一个不解风情的武士，您是才子，看得清世间甘苦。”

“混账！我真着恼了。”

“呵呵！请大人见谅。但这次打赌，我们却是平局。”

“平局？”

“我赢了，又输了。您讲大纳言大人的恶言，和我有肌肤之亲，都是我随口胡诌，都是谎言，哈哈！”

长安脑中一片混乱：这究竟是个何样的女人，就连他这样的人也轻易被她玩弄于股掌之中！看来，这个女人手段实在高明得很。

“我骂大纳言大人的话，也是你编的喽？”

“当然。”阿幸拿起水筒，捧起黄金，把它们装了进去，道，“本阿弥家的人都说我托生错了。”

“哦？”

“从小，我就喜欢作弄人，爱口出狂言。我曾经嫁到灰屋家，因取笑公公被休。因此，大人被我戏耍，也无必要放在心上。”她把青竹筒推回长安身边，“方才我说一半赢一半输，其中的意思，大人明白了？”阿幸轻轻一笑。她看起来突然变得年轻，似真变成了一个喜欢作弄人的小姑娘。所谓魔女，莫非就是指这种女人？长安不由微生惧意。

“说赢，是因我把大人灌醉了。我可未往酒里施药。表兄称大久保大人不是那种会喝到不省人事之人，他说您乃千杯不醉。我想那怎可能，只要是人，喝多了自会醉，醉了便会乱性。我在婆家时，试过公公，试过众来访客人，他们无一例外。本来，我想您喝醉之后也会乱性，未想到您却睡了过去。这点上，我输了。”

长安至今未见过这么令人不快的女人。这女人所言，要是在烟花柳巷，毫不奇怪，但她却在家风严谨的本阿弥家肆无忌惮地胡来。

“你在婆家对公公也试过？”

“呵呵，是啊，结果，公公险些把我当成了婆婆。”

“哦，怪不得你被休了。”

“是，他们说我虽无其他失德之处，就是爱打听别人私事，可说是白璧微瑕，就把我休了。”

“我明白。的确不能留你在家里。”

“那么，这个还与大人。但是像这种东西，莫要让别人知道。要是有人造谣，说大人把山上的黄金据为己有，可就大事不妙了。”

长安惊讶得合不拢嘴。

人能生于同时，便已是一种缘分。长安得遇见阿幸，更是缘分。但经她一通输赢之论，长安顿时怒上心头。这个女人随心所欲地作弄了人，竟然不觉丝毫内疚，尚微笑着若无其事坐在那里，可恶！可恨！长安险些失去理智。

“你到底多大了？”

“大人您以为呢？”

“是我在问你！给我老老实实回话！”

“二十六。那么，大人贵庚？”

“我？”

“是。表兄说大久保大人看起来很是年轻，其实老大一把年纪了。”

“胡说！我和你年纪相仿。哼！你被休，难道就无半丝留恋？”

阿幸缩了缩脖子，如个调皮的孩子，“大人怎生在意这些？”

“是我先问你！”

“呵呵！您为何问这些？”阿幸一本正经。

这越发激起了长安的兴趣和怒火，他舌头打颤，探出身子，“你说你先前的婆家乃是灰屋？”

“是。”

“我与灰屋家很是熟识。你若还有留恋之意，我自会帮你说和，让你回去。像你这种女人，放任自流，只会惹是生非。”

阿幸摆正姿势，施了一礼，道：“多谢大人好意，其实拙夫还常来找我，藕断丝连，呵呵。”

长安的脸开始抽搐，猛地伸手揪住阿幸的衣领。他方醒过神来，但已身不由己。

“你这个女人真是可恶！既然要和我比试，想来你必已作好了比试的准备。我怎会放过你？我大久保长安何等人物，竟然被你戏弄？我怎会原谅你？我要把你带到山上，大卸八块！”

阿幸不笑了。她眼睛瞪得浑圆，半是恐惧半是撒娇地倒在了长安怀中。

长安又骂：“可恶的女人！”

一八　得天下者

第二日，本阿弥光悦估摸着大久保长安已到伏见，向德川家康报告完有关金山诸事，方从家中出发。光悦知昨夜家中发生了何事，但他不欲插手。

阿幸虽是自家人，但一直在这里待下去，可怜而又麻烦，她竟想跟大久保长安去金山。矿山上历来都只有男子在拼命劳作，长安接手后，认为长此以往男人不能安定，在征得家康的许可后，在山上筑屋，男女可合居一处。

长安恐会在佐渡、石见、伊豆等地建起甚是气派的府邸，亦会在各处安排女人打理家事。阿幸必已经算计到了这些，欲操纵长安。不管怎么说，阿幸似颇合长安的胃口。两个人互相算计，却也有些惺惺相惜。

光悦猜测，长安从所司代的府邸去伏见城，然后向家康禀报金山情形，大概需要半个时辰。估摸着长安已经离去，光悦于午时方进了伏见城。他乃奉家康之命去大坂，见过淀夫人和片桐兄弟后，前来禀事。故他比长安需要更多的时辰。他心情甚为轻松，荣局一事算是办妥，想必家康亦会松一口气。若有可能，当面向将军问一问丰国祭事宜，就更好了。

到了内庭，光悦轻声询问家康的日程。今日等着见家康的人甚多。一个相识的司茶之人告诉光悦，外间还有五六位大名候着。“对不住，将军大人正在见客，请您在这边稍候。”

光悦被带到了一间屋子，以往他也常在此等着见家康。走进屋子，果然有不少人候在那里。他注意到里边有一个红发人，披黑色法衣，肩膀很宽。正诧异间，那人也转过头来看着他。

“这位是三浦按针先生，这位是本阿弥光悦先生。将军大人说，请二位先在此说说话。”司茶人甚是礼貌地对二人说完，便离去了。

这是光悦第一次见到威廉·亚当斯。他施礼道：“久闻阁下大名，今日得见，三生有幸。鄙人乃将军大人的刀剑师本阿弥光悦。”

那蓝眼睛的武士答道：“我乃三浦按针，请多关照。”日语说得很是地道，还彬彬有礼地还了一礼。

在伏见城和红发碧眼的洋人对面而坐，才是新气象，光悦心想。按针的日本话说得很好，先前光悦所见神父都无法和他相比。他的衣装也完全是和式的，虽然算不上很合身，但可以看得出，他颇为喜欢日本，这让光悦顿生亲近之感。按针腰右佩了一把武刀，前边别着一柄短刀，一切都显得很自然。

“三浦先生何时到的日本？”

“庆长五年。”

“这么说，乃是在关原合战那一年。听说您先是到了丰后的海岸。”

“正是。一直承蒙将军大人关照。”按针看了光悦一眼，接着道，“我们一开始被送到大坂城，由于葡国人的谗言，我和那些尼德兰人险些丧命，多亏了将军大人。”他语气略显生硬。

光悦也曾听说过此事。洋教也有诸多宗派，南蛮的教徒同英吉利和尼德兰的教徒不属于一个宗派，常生龃龉。英人三浦按针作为领航员上了尼德兰的轮船，漂流到丰后时，葡国的传教士上书家康，说他们是海盗，坚决要求把他们杀了。但家康救了他们。

“鄙人首次在大坂城见到将军大人，是在庆长五年三月。”按针道，他似闲得无聊，“之前我们被关进大牢，已绝望了，可将军大人却信了鄙人。鄙人对将军大人说，南蛮乃旧教之地，英吉利和尼德兰为新教之国。故他们对我们恶语中伤，但我们绝非他们所说的海盗。”

“哦。”

"在那之后，又在牢狱待了些时日。被放出来再次见到大人，已是五月中旬。那时大人已调查清楚，知我等并非恶人。大人问我们，是否想回到原来的船上。"

"这还是第一次听说。"

"我们说想，大人便立即应允，让我们去堺港。那时，我们来时乘坐的博爱号已经到了堺港。在那里，幸存之人互相拥抱，喜极而泣……"

光悦注意到按针的声音开始颤抖，忙转移了话题："您此次从江户到伏见是……"

"大人说，让我抽空来教他天文和几何。"

"天文我知一二，几何是一种什么样的学问？"

"那是一种像算术的学问。"

"哦。"光悦支吾了一声。家康竟然对这样的学问感兴趣？

家康的求知欲远远超过寻常人。他像拼命啃食桑叶的蚕，只要一有疑问，便会贪婪地把可以解决疑问的学问啃完。不管是儒学、佛教，还是洋教、国学，只要尚未理解透彻，他就会问个不休。就连常用药物，他都试图自己配制，而不依赖医士，颇让医士们为难。这回，三浦按针也成了他的老师。这让光悦既觉奇怪，又感佩服。不定日后不久，家康亦会寻一艘船，独自去大海遨游。

"将军大人乃是罕见的人物。"按针又道，"寻常君王都颇为懒惰，要是听到谗言和诽谤，便会不分青红皂白杀人。可是将军大人并不如此。"

按针似还不知家康已对他执弟子之礼，心中仍然充满不吐不快之感。道完，他又追溯到他被监禁于大坂城的事情。此时的欧罗巴，新旧势力之间已发生过好几次战事。当然，宗教问题尤为突出。正因如此，原在日本的传教士对三浦按针及尼德兰人甚是残酷。

"尼德兰人乃是强盗，他们此来便是抢掠。放过他们，自会埋下祸根，应将漂流至此的十八人就地处决。只有这样，才能警示其余诸盗，防止他们再来寻事。"传教士费尽口舌，劝家康动刀。但是家康经过慎重的调查，反驳了他们："至今为止，尼德兰人并未加害于我，也无加害天皇子民之先例。将他们杀掉，实属不义、无道。即使葡班二国与英吉利和尼德兰为敌，我亦绝对不许对来此的良善之人动刀。”

家康不仅赦免了按针，还安排他和原来船上的船员再会，赠与他们五万两黄金，以补偿他们在堺港海岸被当地百姓抢去的货物。

“现在想想，其实煽动当地百姓抢夺船上货物的也是旧教徒。将军大人明辨是非，作出了公正的裁决，救了我们。像这般明主，我还是第一次见到。”按针道，为了表示他的谢意，只要是为了家康公，他必会竭尽全力。他说话时的语气颇像旧时武士。

光悦想，家康定是想了解西洋的现状，掌握轮船、航海的知识和西洋的学问。或许，按针正是家康求知之网罩住的猎物。正这样想着，方才的司茶人走了进来。

“三浦先生虽比本阿弥先生先到，但将军大人说，想先把先生的事情解决了，然后再与三浦先生细谈。请本阿弥先生先移步。”

“您先请。”按针依然彬彬有礼。

光悦同样毕恭毕敬还了一礼，进了家康房间。

这里并非家康正式接见大名的大书院，而是长廊尽头的一间小书房。

“光悦啊，此行辛苦了。听说大坂那边的事已基本解决了。”

“大人已听说了？”

“是啊，今日一早茶屋来过。”家康似是突然想起什么，道，“方才你和三浦按针说了些什么？”

“三浦先生一直念念不忘大人恩情。”

“茶屋说，这一点正是按针的可用之处。”

“他还提到几何学，大人是要学习那种学问？”

“非也。”家康笑着摆摆手，“日后与各国进行交易，不能有所偏颇。”

“大人的意思是……”

“哈哈，想来你也不会明白。不能笼统地以为西洋人便是南蛮人。西洋欧罗巴也分为两部分。葡国、班国等旧势力才是我们先前所称的南蛮人，英吉利和尼德兰这两股新兴势力乃是红毛人。必须把二者区分开来。”

“是。”

“现在得到我赏识并起用的三浦按针，生于英吉利，乘着尼德兰的轮船来到日本。他显然是红毛人。”

“哦。”

“我若宠信红毛人按针，南蛮人便会不快。他们会认为，我们与红毛人亲近，不利于日本的船只出海。茶屋遂建议让按针去南蛮人的据点吕宋，拜访吕宋的主君。”

光悦轻轻摇了摇头，眼睛不停地眨。他对茶屋的用意不甚明白。

“哈哈！就是说，让红毛人按针去南蛮人的据点，说明我们乃是中立的，不属于任何一方。他还说，三浦按针也绝不会对南蛮人心存芥蒂。我们要与各国友好往来，和平交易，主动派出使者。如何，茶屋所想不差吧？”

“是啊。”光悦虽然口上这样说，可仍然一脸迷惑。他道：“这样一来，就可以证明，日本乃是公平之地？”

“是，所以我才叫了按针来商议此事。”家康微微一笑，喝了一口阿胜夫人端上的茶。

光悦本以为家康会问到淀夫人，可家康一直讲海外贸易，似把大坂的事忘了。只要家康不问，光悦便不想提。

按针所言家康为了补偿按针，送给他们五万两黄金之事是否属实？五万两黄金可非小数目，光悦想到这里，顿时亦把大坂的事抛在了脑后。

“三浦先生定会是个出色的使者，他心中充满对大人的感激，认为大人乃是世上最明智的主君。”

“他是个非常守信之人。”

“将军大人，听说您给了他五万两黄金，此事是否属实？”

“嗯，对，船要修理，还得装上货物，这些黄金亦是必要。”

“可那时不正是关原合战前夕吗？”

“是啊，在那之后不久，我便回到了江户。”

“那时急需军费，怎会给他那么多金子？”

家康笑着摇了摇头：“光悦，你也认为我甚吝啬？不消担心，如今，这五万两金子都在起作用。”

“为何按针拿到那么多黄金，还是留在了日本？”

“当时事情并不顺利。那之后，我一心应付关原合战，把此事搁了起来。据说他们看到五万两黄金之后，想法产生了分歧。”

“那可是巨额财富啊！”

“对，最后的结果，是大家想把黄金均分，各人去做自己喜欢的事。把黄金凑在一起，他们还可以出海，离开日本，但若分掉，就不可能了。当时，除去病亡之人，剩下的只十三四，这些人中，有的去了平户制造大炮，有的去了丰后，有的去了堺港，有的则去江户。他们或致力于造船，或用心改良枪炮，绝未浪费那些黄金。按针也能教给我很多东西。”

光悦不由拍膝道：“大人您早就预料到，若给他们五万两黄金，他们便会留在日本。”

家康微微一笑。五万两的确不是小数目，他真是下了很大的决心。

“光悦，要想导入新风，就不能吝惜金钱。德川家康与石田三成的区别就在于此。”家康突然呵呵笑了。

家康别有深意的笑刺痛了光悦。以五万两黄金买下了三浦按针以及同伴的所有知识和智慧，这是洞察人情之后的手段，这让光悦多少感到不快。给了他们黄金，便会令他们分道扬镳，这种想法和做法诚无可厚非，但现在他扬扬得意提到败军之将三成，炫耀自己的才智，这让光悦甚是不快。光悦不想沉默。“将军大人，小人听说石田三成对金钱也很淡泊，并未存下半分金银。”

“对啊，这就是我和三成的不同。”

“同样是节俭，有何不同？”

“三成把所有钱财都赌在了战事上，毫厘不剩。”

“是。”

“你觉得这种做法无妨？”

“这……但亦不能一概……”

“不！”家康轻轻摆了摆手，继续道，“仗总有结束的一日，但这个世间没有尽头。最终落得一文不名，然后以为一死便可了结，此乃不顾后世之想。”

“大人是想到了后世，才送给他们五万两黄金？”

“是啊，这是我留给后人的一件遗物，这才是我的初衷。”

“遗物？”

“是。要是战事爆发，不定我亦会战死沙场，但按针他们会留下来，他们的技术和学问会留下来。”

“是。”

“即便死去，也想为这个世间留下些什么，有无这种心思，方是决定人的才干和能耐的关键，你说呢？”

“将军大人，”光悦充满疑惑，“大人真是出于这种心思？”

“你要是不信，我也无法。但如今，造船技术不是有了很大进步吗？”

“大人早就预料到了？”

“光悦，好了，那时我还在战场上呢，就连能不能活着回来，都还不得而知。因此，我才说想给后人留下一件遗物。此非预料或算计，此乃德川家康向这个世间表达的谢意，亦是为人之道。”说到这里，家康似才想起来，道，“对对，我们是要说说淀夫人的事。在你看来，淀夫人和秀赖日后能够和睦相处吗？”

家康首先转换了话题，光悦也就不能再继续纠缠那五万两黄金了。

“大坂的事，你照直说。”家康委婉地提示光悦，休要再重复此前的话题。

光悦红着脸低下了头，“小人天性执拗，常自以为憾。”

“你是在说大坂的事？”

“将军大人恕罪。据小人在各处打听到的消息，二人的关系好像并不甚好。”

“不好？”

“是。有些有识之士认为，不如索性让夫人和少君分开，不再住在同一个城里。”

“分城而居？”

“若非如此，日后还会不断发生龃龉。在荣局一事上，淀夫人会作出让步。但此乃看在千姬小姐的面子上。小出秀政等人称病，几乎不再进城。即便进城，大小诸事也都由淀夫人亲信裁决，岂能容少君亲信说话？”

“秀赖还是个孩子，太小了。”

“这样下去，他便越发没了地位，要是不给淀夫人另寻一隐居之城，让母子分开，丰臣氏日后必会大乱。片桐兄弟也常如此叹息。”

家康又转换了话题，“你果然拘泥于常理。”

“是，这一点小人颇为自知。”

“好，那就再等等看。荣局一事解决了，也就无甚值得牵挂的了。况且，近日将会举行丰国祭，想必又会有些变化。”

光悦不言。已不必担心荣局，但大坂还有诸多难题。不管秀赖长到多大，淀夫人颐指气使的秉性无法改变。即使搬出日莲大圣人的训谕，丰臣氏内部也已分裂成两半。设若千姬及其身边诸人也卷入其中，事情便愈加复杂，倒不如下定决心将淀夫人和秀赖分开。要是秀赖身边无几个得力亲信，大坂城主便将永远活在母亲的阴影之下。只是家康似并无心思理会这些。

“三浦先生还等着见大人，小人今日就此告退了。”

家康并不留他，“日后的事，还请你多多费心。”

光悦退下之后，家康凝神看着屏风，陷入了沉思。光悦看待事物往往一针见血，这次他的想法却让家康多少有些忧心。光悦看出的问题，正是家康所忧。秀吉将秀赖托与家康，让家康根据他的能力，给他相应的位置。即便秀吉不这般说，亦是理所当然。人只能为力所能及之事，别人帮忙终是隔靴搔痒。光悦明确地指出这些，家康甚至觉得一开始这就是自己的想法。光悦越来越像利休了，二人都有可分辨人之善恶的敏锐。一旦分辨出来，便会毫不掩饰，直截了当把话抖出来。

家康无奈地笑了笑，对旁屋的本多正纯道：“正纯，你去告诉按针，可以进来了。”

“遵命。”

正纯起身出去之后，家康又叫来卜斋，让他准备纸笔。“将按针的回答记录下来。”

“是。”

“我要再年轻一回！”

卜斋不解其意，愣了一下，看了一眼旁边的阿胜夫人。家康微微一笑：“我非指女人，是指这里。”他指了指胸口，接着道：“我是说，我得改变想法，让自己变得年轻，让众人看出太平和乱世之别。”

“大人高见。”

“我若不明确区分昨日和明日，就连正纯和正成等人，也会成为古董。旧衣服怎会有买主？”

“大人圣明。”卜斋毕恭毕敬点了点头，家康已开始思量别的问题。

三浦按针究竟能否听从安排，出使吕宋？若是二人之间无真正的信任，这很可能成为一次冒险。让他造一艘船，装上货物，出航之后，那便是家康力所不能及的了。按针若想念故乡妻儿，径自回了西洋，不去吕宋也有可能。与其说这是一次巨大的赌博，不如说是家康与按针的较量。

阿胜夫人知本多正纯和司茶人会带三浦按针进来，正欲起身回避，家康制止了她：“阿胜，你留下。”

阿胜有些吃惊：“不碍事吗？”

“不碍事。我和三浦按针的较量就要开始了，你也留在此处看一看吧。待他来了，你与他烟袋。”

阿胜心领神会，可她分明有些不知所措。

阿胜本名阿八，才思敏捷，性格要强，家康因此叫她“阿胜”。她先前所生市姬不幸夭折，正想认领阿万夫人的第二个孩儿为养子。家康故意将阿胜夫人留下，一起会见三浦按针，乃是出于何种考虑？

“将军大人，三浦先生到。”

“噢，按针啊，久等了。来，坐到这边来。”

按针跪在门口，两手触地，如古时的武士，毕恭毕敬拜过家康。“将军大人依然康健如昔，小人欣慰之至。”他的声音有些奇怪，给房中增添了一丝异国情调。

“按针，最近怎样，还是难忘故国吗？”

“是，经常梦见故乡情景，恍惚就在眼前。”

“此乃人之常情。我已不记得自己的出生地冈崎了，但在梦中却常常徘徊于少时生活过的骏府。”家康边说话边向阿胜递了一个眼色，阿胜毕恭毕敬把烟袋递给了按针。“来，吸上一口吧，按针。”家康道。

“小人惶恐，多谢将军。”

“抽完之后，我们二人就敞开心扉谈谈。按针啊，倘若我说准你回国，你会沿哪条航路回去？”

问题有些突然，按针用他那双蓝色的眸子盯着家康，轻轻放下了烟管，“将军大人，您若许小人回国，小人想开辟在此之前谁也不曾走过的北冰洋航路，回归故里。”

“哦？”家康从心底里感到佩服。

南方的航路已开辟出来，对于按针来说，它安全而方便。但沿着那条路回去，有损他威廉·亚当斯的自尊。

“按针，我原是想研习几何，但在此之前，我有一事要与你商量。”

“请大人尽管吩咐。”

“你的冒险，就是要为世间开辟新航路？”

“正是。”

“为你尊敬的女王——叫什么来着——效忠，是吗？”

“是，为了伟大的伊丽莎白女王，为了大英帝国，也是为了后世的航海之人……”

“我明白。我甚是清楚你的志向。可德川家康还想开辟一条新的道路。”

“是。”

“这条路并非海上的航路，而是一条人人都可安心生活的太平之路。”

“小人感佩之至。”按针甚是感动，眼里散发着光彩，“将军大人的鸿鹄之志和主的志向乃是殊途同归。”

“人们跨越重洋交易，绝非为了战事。”

“大人明鉴！”

“战事是由那些不明战事目的的愚蠢之人发起。”

“正是。”

“聪明之人，心中有路之人，若能敞开心扉，享受互通有无之乐趣，便能得到满足。”

“是。”

“但现在这个世间，远非如此。为了争得眼前薄利而丢掉性命者，仍比比皆是。”

三浦按针不断拍膝。这个蓝眼男子的刚直，多少让人联想起加藤清正，但他比清正更喜把心思表现在脸上。

“按针啊，在你看来，南蛮人和红毛人之间的争端，难道不愚蠢吗？”

“诚然非常愚蠢。同样信奉主，却非要分成两派，相互争斗。小人以为，这其实是恐惧新事物的旧势力发起的愚蠢战争。”

“按针啊，你想不想与我协力，共同在世间开辟一条将人与人联结起来的航路？大家所寻并非战争，而是可以互通有无的喜悦。此路总有一日得有人去开辟，若非如此，你们好不容易开辟的海上航路，恐怕只能成为通向战争的道路，你说呢？”家康眯起眼，观察着按针的表情。

按针的脸孔愈红了，心中燃烧的火苗似乎蹿到了脸上。“大人圣明。”他毫不犹豫道，“本来，轮船乃是为了和平航行。但不知从何时起，它被用于战争和侵略。倘若还不纠正这个错误，便会发展到不可收拾的地步：因为有了船，便会导致流血；因为有了船，人们便可互相残杀。”

家康使劲点头，道：“这么说来，你和我的想法一致：为了太平，可以鞠躬尽瘁，是吗，按针？”

“是。违背大人，便是违背主的意志。”

家康让司茶人为按针端上一杯茶，方道：“我跟你说，将来我一定会遂你心愿。”

“将来？”

“要建造一艘可以绕道北边海上把你送回祖国的轮船，需要很长时日，故才说将来。”

按针垂下他那双蓝色的眼睛。

“你说过，北面的海上浮冰甚多，还记得吧？”

“是。”

“船必须造得足够结实，能抵抗浮冰。”

“是。”

“必须安下心来，制造这样的船。”

“按针也在思量这些。”

“按针，想必你已明白。造新船急不得，你不如安下心来，在日本娶妻生子，着手制造开辟新航路的船只。”

“娶妻生子？”

“是啊。听说洋教的旧教义规定一夫一妻，举行了婚礼，便不许离散。但红毛人在这一点上自由一些。既如此，在造出满意的船只之前，不如就把日本当成你的第二故乡吧，怎样？”

按针脸上突然罩上一层悲哀，显出犹豫之色。他恐想起了此地与故乡的遥远距离。

“你经常说要效忠女王。”

“是。”

“为了女王，在东洋诸国争取通商的权利，洗却海盗的恶名，在此基础上，再发现新的航路，荣归故里。而要做到这些，必须有相应的准备和时机。你以为呢？”家康很少用这种诱导的方式跟人谈话，“你要是有这样的决心，我会尽我所能帮助你。其实，我心里已经有了一个和你颇为相配的女子。便是阿胜的妹妹，是个很好的女子。”

阿胜夫人吃了一惊，抬头紧紧盯着家康，她哪里多出了个妹妹？

家康全然不在意阿胜夫人惊异的眼神，道：“男人要过活，必须有个女人为伴。你若有这个意思，在你的领地三浦安顿下来，着手造船，我会马上给你做媒。按针，你觉得怎样？”

按针的眼睛里再次出现了生气，半晌，他慎重地看了一眼阿胜夫人。

按针还年轻。家康在江户的日本桥赏给他一处府邸，那个府邸里也有几个女下人。但按针却一直压抑着欲望，他怕因为女人导致无谓的争端。家康乃是从土井利胜口中听来此事，他想用婚配这种方式来消除按针的乡愁。可为何偏偏说女方是阿胜的妹妹呢？

按针的视线从阿胜身上回到了家康身上，长叹了一口气。迄今为止，他像旧教徒一般压抑着欲望，认为自重与否乃是性命攸关之事。然而，今日他的心却如一团乱麻，欲望亦开始燃烧，这一看便知。

“将军大人圣明。”按针有气无力道，“小人已方寸大乱。”

“按针啊，我并非想拿女色做诱饵。我也是男子，自然明白你的苦衷。因此，要安安稳稳埋头造船，身边必得有一个像阿胜这般女子。”

“那么……那么，待船造好了之后……”

“首先要试航，先到南方的海上航行一遭，若能在那里经受住海浪，方可再去北方大海中。”

“那，试航的时候是去吕宋？”

“一次不行，我再派你去一趟暹罗。不管怎的，这也是为了谋求新的航路，你若不知去向，许久以来的苦心便会化为泡影。你明白吗，按针，我是想尽量让你安心。”

一旁的本多正纯险些笑出声来，遂急用扇子遮住了脸。在正纯看来，家康其实在施计。他认为，家康已将善良的流浪者三浦玩弄于股掌之上。

但按针却始终颇为认真。他听到家康所言，反而松了一口气，“这么说，小人前往吕宋乃是为了将军大人，从北边海上……”

“对，这对我们都有好处。”

“小人明白。小人将迅速着手造船，以便早日造出一艘可以在满是浮冰的北方大海中航行的大船。”

家康微微点了点头，转向阿胜夫人道：“阿胜，为按针上饭，我也要用些。”

饭菜端上来，家康让人为按针拿出红酒，特意让阿胜斟酒。按针颇为惶恐。家康觉他既可怜又可笑。

方才家康说让按针造一艘西洋轮船，按针其实甚是清楚，那实在难办。他虽擅长航海，但并非一个造船匠。只是，在关原合战前夕，家康就下定决心，自己若能幸运活下来，必会善加利用按针等人。

因此，家康巧妙地将按针等人乘坐的那艘博爱号的船长迈鲁希扬·凡·圣弗鲁特派到了江户。威廉·亚当斯成了三浦按针。圣弗鲁特成了八重洲（耶扬子）。家康在江户给他们分封了府邸。江户百姓把按针住的那地方叫作按针町，把耶扬子住的地方叫八重洲町，和他们相处甚好。换言之，他们二人似成了家康的俘虏。

要是本地人，定会说家康奸猾，从而怒上心头。然而他们却不同，他们只有在知道自己将有所用时，才会心安理得接受家康的好处。对那些莫名其妙的优待，他们反而觉得于心不安。

家康拿起筷子，一边咀嚼着麦饭，一边思量已故太阁和他自己的施政方略有何不同之处。秀吉公以实力平定天下之后，不知如何是好，而他又有着与生俱来的旺盛精力，便开始了征伐朝鲜的莽撞之举。秀吉公发动那场战事，自有许多理由，洋人的影响也算其中之一。

大约是庆长元年五月，在土佐附近，一艘班国商船圣菲利普号在从吕宋驶往墨国（墨西哥）途中触了礁。

当时，秀吉立刻派出五奉行之一的增田长盛，没收了其货物。因为那时他不仅取缔了洋教，还禁止与南蛮通商。但那时的船长戴蓝达曾恐吓增田长盛。他在长盛面前打开一张地图，道："我国的领土现在遍及全球，广博无边，你们要是胆敢虐待这样一个大国的国民，后果将不堪设想！"

增田长盛便道："你们的天子是如何获得这样广博的领土的？"

那船长挺直胸脯道："其手段就是：先往该地派遣传教士，扩大天主教的影响，使当地土著归顺，再派驻军队，与当地信徒里应外合，征服该地。"

当时秀吉尚未完全放弃征服大明国的念头，听了增田长盛禀报，拍了拍胸脯，哈哈大笑："要是我们不赶快下手，就无地可以征伐了。"

每当家康想到这里，都禁不住微微一笑。他经常告诫自己，绝不能重蹈秀吉覆辙。上天往往只会赋予人一种特别的才能，善于打仗者常不擅治国，可不管怎生说，太平之世又往往是擅长打仗之人拼命取得的。好不容易用战争换来了太平天下，若他们发现，除了战争，自己已一无是处，那么，不久之后便会去寻求新的战机。秀吉公便是很好的例子，只是他发动的战事，规模实在太大。

家康找到了另一个可以供人驰骋的地方，他以完全不同于秀吉的方式，打开了世间地图。世上大陆广阔，海域无边。在这广阔的世上，不仅有南蛮人和唐人，还有知礼仪讲信义的红毛人在海上冒险航行……

首先要着手的便是造船。家康已命令以茶屋清次为首的角仓、龟屋、末吉、尼崎屋、木屋、末次、荒木、高木等人开始制造。他们大都是最初的九艘朱印船的船主，各自负责，正在有条不紊地实施家康的计划。

但，在航海和造船技术上，日本落后南蛮人甚多。作为掌管天下之人，家康应做的，便是咀嚼和吸收西洋的知识。

“按针，你考虑好了吗？”看着一边吃饭一边沉思的按针，家康笑问道，“你一定想早日回到祖国吧？”

“正是。”

“在这个时候，我却让你在日本娶妻生子。不过，看似要将你留下，其实并非如此。”

“是。”

“欲速则不达。航海也和打仗一样，待到发现了自己的失误时，多已命丧黄泉。丢了性命，也便失去了一切，故，稳稳当当，不急不躁，才是实现愿望的捷径，有远虑之人定能明白这些。”

“是。”按针似有些不知所措，眨着眼睛往前探了探身子，“小人少年时，曾在故乡泰晤士河畔的雷姆造船所待过一些时日。”

“哦？”

“在那里，小人作为造船所的学徒，学习的便是航海术，但怎么造船，却也只知个大概。”

家康微笑着点头。

“将军大人，小人要在伊豆的伊东建个造船台。那里多有树木，适合造船。”

“好。”

“先造一艘百吨以下的船，当作模型。然后让它航行到浅草川边，让将军大人过目。”这个四十岁的洋人如少年般自负而气盛。

人都有软肋，判断失误，反而会触怒他人。故，洞察别人心思的人，亦最易说服别人。家康抓住了关键，几句话后，按针已准备全身投入到造船诸事中，去实现梦想。

“要在伊东造船，驶到浅草川？”

“是。这是第一艘船，成功之后迅速着手第二艘。按针能得将军大人这般赏识，做事也变得慎重了。”

“很好。在第一艘船的航行过程中，定能发现些不完备之处。”

“正是。发现弱点之后，便着手改进，再造一艘约一百二三十吨的船。”按针激动地涨红了脸，“要是在以前，小人肯定会不顾一切将它驶入冰海之中。但现在，即便是第二艘第三艘，在未确认其航行能力之前，都必须安安稳稳，不急不躁。”

“这样就好。”家康微微笑道，“按针啊，知你为何会有安定下来的心思吗？”

“明白。小人从将军大人处得封三浦的土地。但仅仅如此，还不能安心，现在突然安下心来，是因为将军大人……”

“是因为我要给你说媒，你也愿意接受？”

“是。人和飞禽走兽一样，必须有窝才能安定。小人会依照大人的意思，构筑一个自己的……这样想的一瞬，小人突然觉得不再那么性急了。”按针毫不掩饰说出了想法，脸愈红了，暗暗朝阿胜夫人看了一眼。

阿胜夫人忙扭开头，看着家康。家康脸上依然挂着暧昧的微笑，点了点头。家康心中是否真的有了合适的人？既明说是阿胜的妹妹，定然是有了合适的人选，让她作为阿胜的义妹便是。

“伊东确实有一条不甚宽、但颇为合适的河。小人想在那条河上建一个造船所，便是船坞，或者说是可航至海上的地方。”

“是啊，伊豆助川也要用上了。”

“是。今日乃大吉之日，请将军大人命令向井兵库大人迅速着手准备。”

一听要娶新娘，按针立刻年轻了十岁。阿胜夫人忙用衣袖掩住嘴。

一九　阿胜夫人

饭毕，三浦按针反复向德川家康表达了谢意，方才退下。他欲在城内住一夜，然后才启程前往江户。看他的样子，在江户也不会久留，定会飞速前往伊豆，着手造船。

本多正纯出去相送，房中只剩下阿胜夫人和卜斋，近侍都候在别室。侍女提灯走了进来。

阿胜夫人再也不能沉默了，她笑道："将军大人，您今日真是糊涂，说要将妾身的妹妹许配给按针，妾身哪有这样一个妹妹？"

家康倚着扶几，一边喝茶一边道："我还未跟你说起。"他放下茶碗，看着阿胜夫人。

"呵呵，您就是说起了，妾身也无妹妹。"

"不，你有。"

"哦？"

"大久保忠邻为你挑了一个妹妹。"

"她……她是谁家姑娘？"

"我问过忠邻，他说那姑娘和你颇像。"

"啊？就可当成我的妹妹？"

"天下人皆是一家。何况长得又很像，不妨让你父亲收为养女。是江户狱监马进勘解由之女，亦是个虔诚的洋教徒。一开始时她还不愿，但听说按针虽是个红毛人，却比武士还重信义，便同意了。"

“哦。”

“此乃天赐良缘，我便说成是你妹妹，以增体面。你说呢？”

阿胜夫人惊讶得半晌无语。她虽对家康自作主张略有怨气，但又无比佩服。

阿胜心中甚是清楚，竹千代出生以后，家康整日忙于政务。可在百忙之中，他竟能想到这些。想及此，她又感颇为自豪，只有这样，才能号令天下。

“卜斋，我和按针的谈话记下了？”

“是。应无疏漏。”

“好。待正纯回来，让他赶快着手准备按针的婚礼，另，召募熟练的船员、船工、铁匠。对了，年轻人忘性大，你写下来交与他。”

“遵命。”

阿胜夫人爽朗地笑了。家康不说老年人易忘事，却说年轻人忘性大，这让她感到甚是好笑。“呵呵，将军大人今日净说反话。呵呵。”

“不，这可并非反话。你说呢，卜斋？”自从做了将军，家康白日里总是一本正经，但一到晚上，便会轻松地和众人说些贴心话。

“大人说年轻人易忘事？”

“是啊。人在年轻时，俗事繁多，容易分心。”

“是。”卜斋附和道。

“把丰国祭一事告诉板仓胜重。”家康再次转向卜斋，对他道，“此事均按茶屋的想法办。让角仓、末吉、淀屋、尼崎屋以及堺港的纳屋和木屋等人也加入进来。所司代负责当日治安，谨防暴徒作乱。你写上，值此大典，若有人胆敢作乱，必施重典！”

“遵命。”

卜斋持笔疾书之际，阿胜夫人又接过话：“到了太平之世，反而会有武士发难。”她皱起眉头，一脸担忧。

家康盯着阿胜夫人，问道：“这些你也知道？”

“是。那些除了打仗别无生计之人，离开了饷粮，何以为生？”

“若是你，如何拯救那些浪人？”

阿胜毫不示弱地歪歪头，回道："首先，让大名们把他们收为属下。"

家康摆手道："仅此还不够。大名们虽可收留，但毕竟有限。"

"那么，多铸些钱，多增些新的谋生机会。"

"多铸钱币？"

"是。让他们建筑城池，疏通河川，整修道路桥梁。"

家康不由陷入沉思。女人的想法可能有些不当，却隐含暗示。城池作为操重柄者的居所，在树立威信上颇为必要，但又不必大兴土木。然而，阿胜的观点却不同。她认为，此举乃是为了拯救浪人。听她这样一说，家康感到事情紧迫。现今各地，浪人已不下二十万。

"好个奇女子，你说要多铸钱币。"家康对阿胜夫人有了新的评断。他装着漫不经心，其实在全神贯注等待阿胜的下文。

"是，妾身这般说了。有人甚至说，要是当日有足够的钱币，想必太阁大人也不会想到征伐大明国。"阿胜夫人毫无顾忌回道。

"太阁大人？"家康似乎对这一句格外在意，"可是，若铸造钱币，铜和黄金自会减少啊，阿胜。"

"大人您只想着自己。"

"哦？这话我不懂。那用什么铸造金币呢？"

"用将军大人金库里的黄金。"

"黄金还是会变少啊。"

"不，无人会扔掉黄金。妾身认为，人人都会珍惜，只是放置之所不同罢了。"

"你是说，黄金只是从我的库里转移到别人库里，仅仅如此？"

"是。仅仅搁置在大人的库里，黄金仅仅是大人的黄金，而铸成钱币，则能够成为世人的黄金。"

"你是说钱乃流通的宝贝？"

"正是。钱和金币会促使世人更加勤劳。与其苦口婆心劝武士们操持家业，还不如用钱币驱使他们。这种方法更有效。"阿胜夫人似乎愈发来了兴致，往前探身道，"一户存上十两金币，要多少黄金？"

"一户十两？"

“如此，家中才不致困窘。他们不会想着如何用，而会想着如何增加，因此会使用金币置办家业，植桑种粮。这才是真正为百姓着想。”

“阿胜！”家康突然大声说道，“你是听谁说的？你怎能想到这些？”

“呵呵，将军大人绝不会有任何损失，只要您将与钱币价值相当的其他东西放进金库就是。”

“阿胜……”

家康试图打断她，但阿胜夫人依然滔滔不绝：“太阁大人储备了太多黄金，却闲置起来，不能为世人所用。因为他不知为百姓着想，才想到征伐大明国。他错以为，只有武力征伐才能增加财富。呵呵，这确非妾身的看法，是有人这般告诉妾身。”

家康不由屏住了呼吸。关于钱币和财富，他并非未思量过。但一户存十两黄金这种新颖的说法，却打动了家康的心。迄今为止，他还未这样来考虑过。物物交换的习惯根深蒂固，钱币只是像永乐通宝一般持在少数人手中，钱已不再是钱。

家康原以为，若将金库里日益增多的黄金铸成钱币流入民间，黄金便会减少。然而如今想来，实在大错特错。钱币多了，物价自会上涨，钱币便会不值钱，他亦一直避免此事。但或许正是因为数量不够，百姓才把钱币当宝贝存起来。正如阿胜夫人所言，若每户有十两金子，便会促使世人辛勤劳作，积攒家业。

“阿胜，谁告诉你这些的？”家康平静地吸了一口气，顿了顿，接着道，“人人都被金钱牵着鼻子走，要是那样，所谓武士道还是存身之道吗？”

“呵呵。”阿胜夫人又笑了起来。她似已料到家康会问这样的问题。“那已是陈旧的看法了。将军大人为世人着想，特意铸币，也可显示大人的功德，凭此威信功德，就已足够……”阿胜夫人突然说出了两个人名：“这些都是后藤庄三郎和长谷川藤广所言。他们二人在等待大人时，说起这些事，正巧被妾身听到了。”

“庄三郎和藤广？”家康轻轻咂嘴，对卜斋道，“卜斋，你听到了？我就觉得这些点子有些古怪，果然不错。”

后藤庄三郎原本负责内庭衣裳用度，现在江户和伏见掌管银库，颇有声望。长谷川藤广乃家康侧室阿奈津夫人之兄，被提拔为长崎奉行。他们二人都是家康为了迎接太平而起用的新人。

“他们说钱币不够？”

“将军大人……”

“难道还有听来的点子？”

“大人不马上召见后藤，让他增铸钱币吗？”

“混账！休要再多嘴，去把炒米粉端上来！”家康故意装出盛怒的样子，心中却在回味阿胜夫人的话。为自己，为苍生……家康体味着这话，感觉其中颇具深意。

人一生不是为自己，便是为别人。但只要人活着，就免不了为自己。为别人而活并不那么简单。只要是凡人，都会在不知不觉间使人痛苦，在不经意间犯下罪孽。为别人而活，实在不易。

家康一心创建太平盛世，杀人之不敢杀，怨人之不敢怨。他时常抱有罪孽之心，不知该如何向枉死者赔罪。但他若不杀该杀之人，此生都将化为毫无意义的泡影。故，他必须始终将“为人着想”放在心头，为天下太平赌上身家性命。

仔细想来，家康的处境有着难以言说的悲哀。他未选择向众人道歉，而是念着南无阿弥陀佛，隐藏起自己的悲哀，无论面对何人都傲然挺胸，满怀自信，若非如此，必会导致骚乱。

阿胜夫人依言端上炒粉和砂糖壶时，本多正纯和成濑正成走了进来。成濑正成现被任命为堺港奉行，亦是家康的股肱之臣。

“噢，正成，你有何急事？”家康言毕，又突然道，“你是为自己着想，还是为苍生着想？”

正成惊讶地抬起头，看了看正纯，又瞧瞧阿胜夫人和卜斋。“不知将军是何意？在下此来，是想和大人商议丰国祭。”

“堺港的纳屋和木屋也应加入了吧？”

“是。在下要说的并非此事。有旗本将士怒气冲冲地质问：为何要举行丰国祭？”

“哦？”

“有人说，难道将军忘了当年被逼到关八州时的耻辱吗？有人放言要在祭礼当日杀进神舆，一举摧毁丰国神社。人情汹汹……”

家康抬手道：“正成，你是要为自己而活，还是为人而活？你还没回我的话呢。”

成濑正成顿时愣住。他有如此紧要的事禀报，家康却执拗于此问。“当然是为苍生着想。自己的事，在下完全未想过。”良久，正成才回道。他的确在任何时候都把公事放到第一。

“哦？好！”家康微微点头，道，“那么，他们就拜托给你了。”

“他们？”

“我们有此种不平，丰臣氏也不会平静。既然你一心为人而活，想必对此事已有所察觉了。”

成濑正成不解地眨巴着眼睛，一脸惊慌，“这……这，大人是说，我们这边之所以不平，乃是因为大坂？”

“正是。世间之事便是如此。我会指责并制止我们这边的鲁莽之人，不会让他们轻举妄动。你亦应想尽一切办法，不让丰臣氏发生骚乱。我们这边即使能压下去，对方不老实，骚乱也势所难免。”

正成愣在当地。

近日，家康总似故意刁难成濑正成与安藤直次等年轻后生。可今日正成乃是来禀报旗本群情激愤情形，家康却反问大坂诸事，未免令他惊讶。其实，正成并未考虑过大坂之势，也未着手调查。

在旗本将士当中，水野、兼松、户田、大久保等族人，便放言要在祭祀时生事。有人说，那时不如索性大闹一场。他们以为丰国神社如今甚是碍眼。堺港的木屋弥三左卫门听说此事后，偷偷告诉了正成。自本多作左卫门之后，对秀吉的厌恨依然根深蒂固地存在于旗本将士之中，成濑正成因此才急匆匆赶来见家康。

家康见正成缄口不言，戏道：“罢了罢了，你不必说出他们。谁是主谋并不重要，重要的是不出乱子。只要你在想办法就好。不把人名字一一道出，正可以看出你的慎重。”

正成眉毛倒竖。家康明知他一无所知，却大加赞赏，令人忍受不了。“将军大人！”

“怎的了？”

“此事在下完全不知，望大人明示！”

成濑正成很少反驳人，这次的反应让众人感到吃惊。连本多正纯也惊讶地看着正成。或许是家康令正成大动肝火。

“在下毫无觉察，更谈不上对策。他们到底是何人？”正成激动地颤抖着。家康轻轻避开他的问题，“只为自己着想。”

“大人说什么？”

“挑拨人，正是出于自私。但他们自己可能并未察觉。一些人都以为，自己乃丰臣或德川忠臣。正成啊，真正的忠臣并不如此。”

“哦？”

“真正的忠臣应忠于天道。家康正是因为忠于天道，上天才把天下托付于我。但我若走上了只为自己着想的邪路，上天便会立即从我手中收回权柄。刚才你说，无暇想自己的事，是吗？”

“是。”

“很好。如此，事情就好办了。骚乱自有其理由，若忘掉了这些，便无法做到公平。”

成濑正成一脸茫然，不知所措地扫视了一眼众人，对家康所说似懂非懂。

“恕在下多嘴。”本多正纯出言解围，“德不孤，必有邻，同样，若不分敌我，何来争执？人往往会忘记这一点，你说呢，成濑？”

成濑正成仍然未完全明白。他知此乃家康的禅语，但他仍不明家康要他做什么。以他的性情，一事不明，便无法静下心来。家康却不再说话，他是想让正成自己思量。

“将军大人。”半晌，正成一脸沮丧地低下头，“企图作乱之人，将军大人会出面说服。在下已然明白这一点，可在下不知应做什么。”

“什么都不用做。”

“啊？”

“与你性情不符之事，做亦无用。在你明白之前，什么也莫要做。”

“大人无其他吩咐？”

“吩咐？”

“是。”

“笨蛋，我早已吩咐了，只是你未明白。”家康说完，往面前的炒米粉里加了些糖，然后把糖壶推到成濑正成面前。

成濑正成的脸青一阵白一阵。在家康的亲信中，他亦是屈指可数的贤良之一。且不说他拥有这样的自负，就是世人也都这般认为。

曾经被称为四大虎将的酒井、神原、井伊、本多四人，以及许多谱代老臣都离开了家康，或成了大名，为一地领主，或辅佐秀忠。现在家康身边的老臣，只有永井直胜和板仓胜重二人，现已到本多正纯、成濑正成、安藤直次、青山成重和竹腰正信等人主事之时。而且，成濑正成和长崎奉行长谷川藤广、大津代官末吉勘兵卫、掌管银库的后藤庄三郎、上方商事总领茶屋清次、尼崎郡代建部寿德，以及平步青云的奈良代官大久保长安一样幸运，被提拔为堺港奉行，成为将军幕府的中坚。他若听不懂家康的意思，还有何面目见人？

家康将砂糖壶推至正成面前，正成颤抖着挖了一勺，然后推给本多正纯，陷入了沉思。

大坂定也有人想利用此次机会发动骚乱，将军莫非是让我去大坂？即便去了大坂，应去见谁、说什么，最有效而最得体的处理方式又是什么？不，首先应弄清楚家康让自己去见谁，及该说什么。

毋庸置疑，大坂主事者乃是片桐且元。但以且元的为人，他一发现什么苗头，自会主动解决。或者家康不是让他去见秀赖的亲信，而是让他去见淀夫人的亲信？要说淀夫人的亲信，恐指大野治长。可若稍有不慎，反而会招惹是非。因此，他得着手去调查，与那准备生事之人直接交涉……

成濑正成正想及此，家康道：“正纯，听说一个叫索德罗的神父想去江户？”

“是。他说大人若许他在江户传教，他会建施药院，为穷人看病。”

“你查过那神父的底细吗？”

“他是南蛮人，属什么弗兰西斯教派。”

“那神父是医士吗？”

“不是，他自己懂些医药，另带了医士。”

“哦，还带了医士？”

“是。叫什么布鲁基利昂，还有布力吉拉利昂，都是些拗口的名字。”

“哦，那么我要是邀请他们，他们恐会求我为他们建一座教堂？”

话题完全转移了，成濑正成愈发焦急起来。但由此也可看出家康有多忙碌。

原来，到了晚上众人聚在一起闲聊时，必会说些武家轶事，谈论兵家胜败。可如今，不是提起布鲁基利昂这样拗口的名字，就是谈论三浦按针的几何学，真正换了天地。

“那索德罗和以前的神父不大一样。”本多正纯道，“在下主动提出，要为他修建教堂，他却推辞说，不必费心。”

“他说不必？”

“不，他说若有需要，会自己动手。”

“哦？这么说施药院他也打算自己修建？”

“正是。洋教中宗派众多，各派之间的争斗也非常激烈。”

“我知道。其中数南蛮旧派与红毛新派为甚。索德罗说不定便是看到我们接近按针等人，想与之一比高下。”

“他似有此目的。”正纯说着，偷偷觑了阿胜夫人一眼，呵呵笑了。

“怎的了？你又想起什么？那索德罗做了什么可笑之事？”

“在下还从未见过这等神父，说出如此可笑之言。他乃是个不守清规的教徒。”

“他说了些什么？不妨说出来让大家听听。”

“这……”正纯犹豫了一下，笑着看了看阿胜夫人，道，“他说，不知道江户的大纳言大人对南蛮女子有无兴致。”

“嗯？南蛮女子？”

“哈哈，他一本正经说，若大人有此意，他认识甚想和日本贵人婚配的女子。他愿意将其中一人献给大纳言大人，让在下问问大纳言大人能否笑纳。”

“哈哈！”家康大笑起来，“如此重要的事，怎生到现在才与我说起？”

“不敢。要是说了这话，在下便再不敢见大纳言夫人。听说神父在大坂城也说过类似的话。到处为南蛮女人寻婚，似成了他的嗜好。”

“他向秀赖也‘寻婚’了？”

话题突然转向大坂，成濑正成不由挺身。

若说要向秀忠进献一个南蛮女子，大家尽可以把它当成笑话。忠厚老实的秀忠在阿江与夫人的管制下，至今还未纳一房侧室。但此事若换成年幼的秀赖，便无法一笑了之。小孩子往往喜欢新奇的玩物。阿蜜的事不是才刚刚完结？在秀赖身边放上一个金发碧眼的女子，万一他真的中意了，又该如何？

“真是个多事的家伙。秀赖怎么说？”

正纯又笑了。

“有何可笑之处？那女子芳龄几何？”家康道。

“哈哈！他要向大坂进献的并非美女。”

“不是美女，难道是丑女不成？”

“不，男的……是稚子。”正纯又看了看阿胜夫人，似乎有所顾忌。

“不用在意阿胜。你且把话说清楚。所谓稚子，是想献给秀赖做侍童？”

“不，大人想差了。并非献给秀赖，而是献给淀夫人。听说，当时他对淀夫人说：夫人不想品尝南蛮风味吗？”

阿胜夫人笑得前仰后合，家康的脸却猛沉下了，“并非献给秀赖？”

“是。就连淀夫人也大吃一惊，立即叫来了大野治长，说不想再见那人。”

家康低吟一声。他并非不明索德罗的心思。那索德罗是心中急躁，或是害怕红毛人抢去了风头，或是想去大坂传教。如此说来，他也不算什么真正的教徒。想当年，秀吉公在好奇心的驱使下想要加入洋教时，当时的神父这般对他道："大人接受洗礼后，便只能拥有一位夫人。"遂明确拒绝了秀吉的请求。若当时秀吉身边有一个像索德罗这样的神父，说不定他马上便能入了洋教，或许现在日本亦成了洋教的国度。

家康低笑："我倒想见见那索德罗。"

此时，阿胜夫人笑了。

"阿胜，有何可笑？"

"呵呵，大人似也欲要个金发碧眼的尤物。"

"混账！我只是想，把索德罗流放到江户为宜。"家康说完，脸竟红了，颇有些尴尬。

家康想，索德罗是只不可掉以轻心的老狐狸，明以神父自居，却尽知人之弱点，美女娈童，手段使尽。就连自己竟也因此想入非非：南蛮的美女到底是何模样？

家康一边自责，一边喝茶。那神父虽可恨，人又的的确确劣性难改。索德罗熟谙人情，也只有他能做出向淀夫人进献娈童这种事。淀夫人心中想必也有几分好奇。这样一个危险之人，怎可任其在上方胡作非为？不必担心淀夫人，但秀赖则大不同。想到这里，家康道："正纯，此事或许不可一笑了之。"

"大人是说……"

"是谁将索德罗带到大坂城见淀夫人的？"

"这……"正纯神情紧张，道，"好像是明石扫部。"

"明石扫部亦是个虔诚的洋教徒啊。"

"是。"

"正成，你对此事有何看法？"

家康突然这么一问，正成一下子竟没反应过来，良久，方回道："在下以为，对索德罗绝不可掉以轻心。"

"你会怎的处置他？"

"他希望去江户传教一事，还须慎重考虑。"

"那……应怎办？就此坐视不管吗？"

"不如趁此机会把他赶出日本。"

“以何样理由把他驱走？总不能说因他要向淀夫人进献娈童，便将他赶了去。”

“不如让其他宗派的人出面告发。”

“那该怎么说？”

“可以说：一夫一妻乃是旧教戒律，然而却有不法之徒，破坏戒律，玷污教义。”

“好，就这么定了。”家康突然拍膝道。正成以为自己的意见被采纳了。然而，家康的想法却和他完全不同：“我让他去江户。然后让大纳言注意他在江户的一举一动。要是像正成所言，让其他宗派的人出面告发，家康便会陷入宗派争斗的泥潭，也违反了自由信教的主张。”

成濑正成一脸愕然看着家康，感到甚是羞愧。

“建议不错，只是显得有些小器。”

“大人明示。”

“以违背教义为由，令传教士离开日本，看似合情合理，其实不过是幼稚的把戏。”

正成惶恐地挠了挠头，道：“在下惶恐。在下的确自作聪明。”

“正纯啊，你真正明白了？”

“是。这正如大人平常所说，以不变应万变。在下想，大人正是出于这些考虑。”

“哈哈！”家康笑看一眼正成，又看住正纯，“那就让正纯去吧，怎样？”

“大人……”

“正纯，我许索德罗去江户。因此，你得修书禀报江户大纳言关于索德罗诸事。但你会怎生跟他说？”

正纯和正成对视了一眼。若回答不当，恐下不了台。“写信给土井利胜，索德罗是要向大纳言……”

“怎样进言？”

“进献碧眼美女。请准其创设施药院，观其业绩……”

“哦，你很得要领嘛。”

“是，是！”成濑正成颇紧张，“本多大人已领会了将军的意思。”

“他却犯了一个大错。”

“啊?!”正纯疑惑不解。

“说得很好，但不当写给利胜。”

“请将军大人指教。”

“土井利胜必生误会。他还年轻，恐会认为索德罗很有些意思。”

“是啊。”

“然而，令尊却不会这般想。他已对女人全无兴趣。故，同样的话，他理解有别。他会认为，索德罗乃是个歹人，不可掉以轻心。同样的话，不同的人，不同年纪，不同境遇，会作出不同的理解，你说呢？”

本多正纯和成濑正成对视一眼，叹了口气——不论何时，家康总能令人信服。

“正纯，你为何没想到写信给父亲，而要给土井利胜？”

又来了！正纯想。他绝非反感这种教导方式，只是反复追究同一事，让他受不了：真是个执著的老头子！

“哈哈，你自己也不知。那我告诉你，你的想法有重大失误。”

“失误？”

“是。你不会想到，此为思虑深浅之关键。”

“请大人指教！”

“听好，正成也要记在心中。此事其实并非说与正信听，也非说与利胜，而是要告诉秀忠。”

“是。”

“因此，首先要考虑的，便是通过何人之口将此事告诉秀忠，才能让他想出一个较好的解决之方。”

“是。”

“你终于明白了？利胜之言，秀忠恐会当成耳旁风。但若是老臣正信说出此事，他自会重视。”

“在下明白，在下感佩之至。”正纯突然醒悟，低下头，两手触地。

家康笑道：“撒谎！正纯！”

“啊？”

“你果真信服？”

“当然！在下的确应想到这些，备觉惶恐。”

“哼！你肯定在想，这个老头子，怎的絮絮叨叨个没完，只知说教！你装作明白了，心里可不这么想。怎样，让我猜中了？”

这时，旁边的阿胜夫人道：“大人猜中了。本多大人，就这样回答吧。这种时候，将军大人就喜把人往坏处说，这是他的爱好，你就让他高兴高兴吧。”

家康板起脸道：“阿胜，你的话太多了！要是别人，我绝不轻饶。”

“大人嘴上虽这般说，心中却觉得有趣。这些事，妾身还是知道一二。”

“噢，卜斋啊，是不是应该把这女人赶出去？”

卜斋有些不知所措，结结巴巴道：“啊……这……要是这样……”

家康眯着眼睛快意地笑了起来。这是他教导人的方式，也是他一生的乐趣。

家康对年轻后辈，往往故意刁难，非要问清事情的来龙去脉不可。“事物常有表里。只看到表面便下结论，结论即便不错，也不完备。”以前他曾这样说，可近来愈爱追根究底了。

本多正纯、成濑正成，及安藤直次等人，有时甚至会心生怨气。但每当他们这般想时，家康却总能准确地察觉他们的心思。

“将军还是因为上了年纪，如此追根究底，哪里是在教导人，分明是在折磨人。以前并不如此。”正纯对所司代板仓胜重说起此事时，年长的胜重意外地否定了他的说法：“你大错了。这是因为将军大人更懂得深思熟虑。你要是这样想，对你来说乃是巨大的损失。”照胜重的说法，家康之所以变得絮絮叨叨，是因为他的视野变得更加宽广，思虑更加深邃。“大人对生死已了然于心，因此，他的每一句话都想作为遗言和礼物送给大家。你应该好生听着，记下！”

听这么一说，正纯也明白了。可心中虽明，每当被家康逼问时，他又觉喘不过气来。每当此时，阿胜夫人总是会为他打开一扇窗透透气。

要是其他侧室，往往不会发话，也不敢说话，但阿胜夫人却毫不顾忌。每当此时，家康却并不在意，往往无奈地笑笑，给阿胜夫人面子。正纯今日亦虚惊一场。

“卜斋，这可如何是好？只要看到正纯理屈词穷，阿胜总会认真起来，插上一句。”

“这个……在下实在不曾想过。”

正纯愈加不知所措。

仔细想来，阿胜夫人圆场，多半是为他。而此事若被明确指出，又不免使人狼狈。

“说不定阿胜喜欢正纯呢。卜斋，你说说。”

“不，在下不以为然。”

“嘀！还是问问阿胜。阿胜啊，你喜欢正纯吗？”

气氛顿时变得尴尬。

阿胜夫人可说乃是家康最为宠幸之人，家康竟如此嘲弄她，无论是谁听到这话，都会大吃一惊。还有什么比老人的忌妒心更加可怕的？况且家康并非绝无忌妒心之人。正因如此，全场鸦雀无声，气氛令人窒息。

阿胜夫人却满不在乎对家康道：“将军大人可不能只看这一面。”

“你说什么？这女人……那你说，我应怎么看？”

“孩子愈愚笨，父母就愈要尽心。”

家康惊讶地看着正纯。有些武士可能会以此言为终身侮辱。

“呵呵。”阿胜又是一阵爽朗的笑声，“妾身想先让大人吃惊，再说妾身的浅见。”

“哦。”

“大人说的话，本多大人即便认为不妥，也要表示佩服。他可能会因此而恼火。”

“是。”

“将军大人喜欢故意刁难人，在人伤口上撒盐。本多大人因此思绪混乱，竟不知是生自己的气，还是生将军大人的气。”

“听见了吗？正成、卜斋，要是由着这女人的性子，真不知她会说出些什么。我的思绪也被她打乱了。可不能这样。阿胜啊，我这把老骨头，在这世上的日子也不会太多了，不如把你许配给正成吧，可好？”

正成放心了些，家康的矛头似指向了阿胜夫人。

阿胜夫人再次大笑起来，“将军大人是一把老骨头？妾身实在意外。大人头脑敏捷，并不亚于二十多岁的年轻后生，可是……”

“可是什么？”

“既是将军大人的命令，妾身不敢违背。”

“你答应嫁给他了？”

“是。待将军大人三十三周年忌时，妾身马上嫁过去。”

众人哄堂大笑。

家康惊讶地瞪大眼睛，转向成濑正成，“正成啊，太阁大人在归天前四五日，也曾要把淀夫人托付于我，当时我甚是为难。淀夫人并不如阿胜聪明。所以，正成你也不用紧张，去拜访拜访她吧。我想把此次大祭办成空前盛大的祭祀。你去问问淀夫人有什么想法。如此一来，芥蒂亦自行消除了。”

正成恍然大悟，暗暗看了一眼正纯。阿胜夫人此时已是正襟危坐。

二〇 疑生大坂

第二日一大早，成濑正成悄悄上了一艘三十石的大船。其实，茶屋家和角仓家的船都将出航，可他特意选择了这艘船，船上无人识得他。只有一个年轻的随从，乘客大多是做买卖的。开船之前，众人不过说些街谈巷议。正成试图乘机了解百姓对幕府的看法。

将军总能看到他内心深处在想什么、有何不平、有何感慨。正成从心底有些畏惧。他看似可以毫不拘泥与家康谈话，其实正好相反。在家康面前，人们常束手无策，好像中了咒语般全身僵硬。

正成好歹也是堺港奉行，与所司代一样，在上方乃是重臣。在官场，正成也算个响当当的人物，可每当家康问话时，他都战战兢兢，这让他颇为难受。

我为何如此惧怕？正成扪心自问，再仔细一想，其实并非只是一味害怕，而是心中始终认为，他的一切乃家康所授。他一段时日见不着家康，便觉很是想念，这亦让他感到颇为奇怪。而且，要是有人非议家康，他会觉得其不可恕。

“这位壮士，您坐这里。”正成刚上船，便有一位坐在船尾的女子热情地为他腾开一处地方。

“多谢。”

“那是您的随从吗？”

“是。”正成向年轻的随从招招手，让他坐到女子旁边。

“您这是微服出行吗？”女人小声笑道。正成仔细看了看她，柳眉皓齿，模样甚是妩媚。

“您现在一定很忙。马上该准备丰国祭了。”

正成再次惊讶地看着那女子。他并不认识这女子，也想不起来在何处见过。“你也是为大祭进大坂吗？”正成故作若无其事问道。

“不，先去一趟大坂，然后赴堺港，顺路探亲。”

“哦，此行路途遥远啊。”

“是。说不定还会碰上鬼，因我要去流放顺德院上皇的佐渡岛。”

“佐渡岛？”

“是。那里不定会有鬼魂出没，但听说现在出了大量的黄金。”

这女人正是本阿弥光悦的妻妹阿幸。

“佐渡金山之事，鄙人略有耳闻。可你一介女流去那种地方，未免令人生奇。”正成再次打量那女子。

“我自己也觉奇怪，怎生想去那种地方呢？”

“莫非是你的家人任官于彼处？”

“呵呵。”阿幸举袖掩住嘴，脸红了。

“哈哈，你是要嫁到当地？”

“您果然是明眼人。”

“恭喜恭喜！听说那里如今甚是繁荣，应不会感到寂寞。”

此时船上几已坐满，船摇摇晃晃启程了。

天色尚早，阿幸将伞放到膝边。伞是最近才兴起的印花布所制，甚是贵重，若在堺港没有亲戚，很难得到这样贵重的东西。

“您有亲戚在堺港？”

“是。纳屋蕉庵……哦，不，现在是弥之左卫门先生。不过，我去堺港另有要事。”

“哦。”

“壮士您也熟知堺港情形？”

“正是。因有事去大坂，才坐上去八轩家的船，实际上，我便住在堺港。”

女子展颜一笑，“那您认识现任堺港奉行大人吗？”

成濑正成再次一惊。她并不像装腔作势，但好像并不识得正成。

“这，可说认识……也可说不识。”

“莫非您是奉行大人手下的官差？”

“先不必说此事，你找奉行有何贵干？”

“我拿来了外子……嗯，外子的信函。”

“尊夫是何人？”

“不知您是否认识，乃是大久保石见守。”

“大久保长安？”

“您认识？”

“哦，不，只是常听到这个名字。哈哈，您是大久保夫人？”

“哎呀，您莫要用这种眼神看我。不知那奉行大人是否和蔼之人？”

“哦，应该吧。”

“那我就放心了。我想去拜托那位大人，建议他好生准备祭祀。在此期间，我还会到京城，好生体验此次丰国祭。”

“是啊，这丰国祭……”话题巧妙地转移开了，正成松了一口气。过了片刻，正成想到有一日这女子会去拜访自己，既觉好笑，又生出戒心，同时勾起了兴趣，遂搭讪道：“听说京城为了此次丰国祭，竭尽全力呢。”

她到底是谁家女子？更重要的是，大久保长安究竟是使了什么手段，把这个女人弄到手的？正成知她并非正室。长安正室乃武田遗臣之后，现居于八王子，听说颇年轻，还刚生产。无论长安看起来如何年轻，也已年近半百了，可他却极喜女色。据说他曾亲口告诉关东代官伊奈忠次，说因年轻时太过压抑之故。

不管怎么说，尝尽了世间甘苦的长安决心带到佐渡的女人，定非寻常女子。长安开山有分成，其间利用两种人，其一乃是盗贼和赌徒等有罪之人，另外便是女人。

城下町、寺院门前町和港口町形成了城池，但若无矿山町，或矿山町里无女人，便无太平之世的繁荣。因此，大久保长安竭尽全力，大展身手，若是为佐渡选择这个女人，定有他的道理。

阿幸在正成面前摆出一副老练的媚态。“这一切都是将军大人的功劳。”她突然谈到家康，“将军大人若是个心胸狭窄之人，京都百姓必会认为，现在并非举行丰国祭之时，而会以另一种方式报答将军恩情。”

“哦。”

“世间有一种谣传。”

“谣传？”

“淀夫人正将大量黄金捐赠给各神社佛阁。”

“但还有另一种说法：将军大人担心大坂的黄金对自己不利，才让她使劲花。”

阿幸笑了起来，笑声多少带有几分嘲弄。“呵呵，若真如此，京城百姓就用不着担心了。京城人担心的是，淀夫人为了镇服将军大人，向各神佛祈愿。若真有此事，又将是一场……大难啊。”阿幸又微微一笑，“但像这等传闻和不安，应已消去了。将军大人亲自嘱咐所司代大人和商家，此次祭祀定要尽量隆重。”

听此女说话的语气，她似与家康甚是亲密，正成忍俊不禁。

起风了，船借着风力加快了速度。

这女人好像向着将军。想到这里，正成哑然失笑。她既是大久保长安选中的女人，怎会向着大坂？

阳光灼人，阿幸撑开了印花布伞。一瞬间，船中竟似明亮了许多，众人的视线都聚到阿幸身上。

正成闭口不言时，一个手艺人模样的男子对阿幸道：“那些谣言并未完全消失。”

“哦？”

“据说大坂那边有人正在发怒，将军大人此举，乃是为了讨好某人。”

“哈哈！”阿幸大笑，“这样的人始终会有。”

“鄙人也认为不会。可有人认为，若有人趁祭祀发动暴乱，将有大麻烦……”

“有人这么担心？”

“正是。”

“呵呵，你放心好了。所司代大人不会想不到这些，他肯定有所防备。”

“倒也是。”

“再大的乱子，所司代大人也有应对之策。”

成濑正成闭上了眼睛，这个女人也许认识所司代板仓胜重。这样下去，自己也许不得不道明身份。到此为止吧，反正还会在堺港见面。

一闭上眼睛，正成的思绪马上飞到了大坂城。不必通过死板的片桐兄弟，不如先拜访大野治长，然后直接去向淀夫人请安。不，这不妥。淀夫人和治长之情事早已满城风雨。即便正成无意，治长或淀夫人也会以为他是去打探传闻虚实。这样反而会授人以柄。

若通过千姬的亲信亦不妥，若说是去看望秀赖，又显得过于虚假。不如通过有乐斋。好！通过他拜见淀夫人，最合适不过。织田有乐乃淀夫人舅父，他喜风雅，常到堺港。不如托词向他征询祭祀意见，顺便探望淀夫人，请求指教，如此便顺理成章……

船上的闲谈依然在继续，甚是热闹。正成不知不觉打起盹来。

船到八轩家，成濑正成对阿幸微微一笑，便上了岸。

阿幸并未对正成表现出太大的兴趣，只是不停催促随行侍女。

正午时，正成坐进了轿中。

织田有乐斋现以茶道师身份居于西苑一角。只要淀夫人或秀赖召唤，他便会过去，只是很少主动接近他们。

大坂对德川始终提心吊胆。有乐斋业已退隐，丰富的人生经验让他最终成了一位享受闲雅、但求无事的隐士。正因如此，他看这世间之事时，便多了一份公平和冷静。

“我这一生只做过两件错事。”在堺港宗薰举行的茶会上，有乐斋像是在说别人的事情一样对正成道，“第一件便是把茶茶托付给了太阁。另一件，乃是在她成了遗孀之后，未能立即让她嫁给内府大人。”

成濑正成对他这话似懂非懂，遂故意追问。结果，有乐的回答令他很是震惊。有乐说，他喜欢外甥女淀夫人。“因她是外甥女，我正犹犹豫豫时，却被太阁抢了去。此为第一件恨事。”

这话的意思，正成至今未弄明白。但接下来的话，却险些让他背过气。

“我想依太阁遗言，把淀夫人托付给内府大人，于是，在我的劝说下，她偷偷去了一趟西苑。”

“她？”

“淀夫人嘛。”有乐毫不在乎道。当年在西苑，家康似曾和淀夫人有些暧昧。但当时家康有新宠阿龟夫人，并不甚在意淀夫人，因此，二人仅会过一次，但世上并无不透风的墙。有乐说，这一切都是他的疏忽。

“不知是将军大人品尝一次之后便觉厌倦了，还是淀夫人不喜将军，反正，不必多言，我也不知内情，只是此事竟成了麻烦之源。”有乐道，再无什么比男女之间的纠缠更让人头疼了。总之，他说，此事成了日后淀夫人淫乱内庭的引子……

轿子到了西苑门前，正成又成了大名鼎鼎的堺港奉行。

见正成来访，织田有乐斋立即把他引进了自己房里。

“出了什么大事？”坐下之后，有乐递上烟袋，盯着正成笑道，“最近净是些让大坂感到焦虑的传言。”

“鄙人却不这般认为。”

“其一，少君有了孩子。”

“啊，此事伏见并无动作。”

“但疑心。其二，江户产下公子。”

“这确是将军大人的一件大喜事。”

“此事却令大坂不安。”

“不安？”

“是啊。少君诞下那一刻起，太阁便性情大变，变成了一个残暴之人。将关白置于那等悲惨下场，归天时又嘱咐要好生照顾少君。淀夫人亦性情大变，甚至已近疯狂。唉，江户公子的诞生，会让人觉得大纳言大人和将军大人也会因此疯狂。”

“有这等事？”

“遂有了此次的丰国祭。这让南蛮传教士都生起奇怪的念头。”

“传教士？”

“是。”有乐点上烟，吸了一口，继续道，“将军大人身边有一个叫亚当斯的红毛人吧？于是南蛮人认为，这样下去，他们很可能被赶出去。他们甚至想到，只有拥立秀赖，才能和红毛人抗衡。他们想以大坂为据点对抗江户。在他们眼里，丰国祭不过是做戏愚弄天下人。这样的传闻会不知不觉地在信徒中传开。现在的大坂城内庭又全是女人，自很容易轻信这些。”

成濑正成不停眨着眼睛，深为佩服。冰冻三尺非一日之寒，谁知这些事情竟根植于红毛人和南蛮人之间的宿怨。

“传言说，将军大人万事都能想得周到，故，先用丰国祭麻醉天下，然后宣布，下任将军为秀忠，秀忠之后为新生公子竹千代。淀夫人和秀赖却蒙在鼓里，还真以为是为太阁举行祭祀，真令人痛心啊！”

“织田先生，大坂是否真的笼罩着这样的气息？”

“哈哈！”有乐笑道，“若果如此，就大事不妙了。然而，早已出现了这样的苗头。南蛮传教士的想法正如暗流，悄悄潜入大坂女人心中。”

成濑正成紧紧盯着有乐。所言若无虚，此时去见淀夫人，只会适得其反，可家康却命令他前来。

“唉，都是老夫多嘴。快说说，你今日有何要事？”

正成一言不发，往烟袋里装烟叶。

“怎的了？你若不好张口，我可能也帮不上忙。”

“那鄙人就直言了。”

“请讲。”

“请先生指教。实际上，关于此次祭祀，鄙人颇为忧心。”

“实属正常。”

“如先生所言，大坂有这样的偏见，有人若在祭祀当日企图作乱……”

“有此可能。”

“将军那边也许正有人等着机会，一举消灭暴民，旋摧毁丰国神社。”

有乐面露微笑，点头道：“那又怎样？难道将军府中就无决断之人？

就不敢在祭祀之际一举攻下大坂，灭了丰臣氏？”

“先生说什么？”

“老夫虽才具不及家兄总见公，但毕竟是其弟。想想不无道理，要是家兄，定会这般做。如此，天下便能安定，乱世的火种也将熄灭。”

“说笑了，这等残暴之举……”

“若非如此，只能遗下祸根，从而掀起更大的风浪……”

正成忙抬手打断有乐：“在下的事尚未说完。”

“抱歉。但不如此，又当如何？”

“鄙人正为此事请教先生。”

“我坐视不管。”有乐语气干脆，嘴角露出一丝冷笑，“这是将军大人的忍耐与仁义。‘仁’这种高贵之物，和我等凡夫俗子并无干系。”

正成第一次听到织田有乐斋说出这种话。此人冷淡至极，本不该和他商量，正成正这么想，只听有乐道：“索性将方才之言原原本本转达淀夫人，如何？”

正成睁大眼睛看着有乐。他乃是为淀夫人而来，正苦于走投无路，不想又柳暗花明。

“有两个人可以完全消除你的担心：一个乃淀夫人，另一个便是将军大人。”

“……”

“说谎也是权宜之计，要是我，会自称将军大人密使，请求见淀夫人。”

“说谎亦是权宜之计？”

“不会撒谎，怎能办事？”

“见到淀夫人之后呢？”

“告诉她此乃将军大人的吩咐。对了，你还可再撒一谎，一个可以让女人癫狂的谎。”

“先生何意？”

“将军大人喜欢淀夫人，给她这样的暗示。女人只要听说有人喜欢自己，便会大快。”

“哦。”

“因为将军大人喜欢她，怕万一事态严重，会危及淀夫人性命，因此，将军会压制家臣。那么大坂方面，也请淀夫人务必尽力……呵呵，天无绝人之路啊，奉行大人。”

正成惊讶而佩服地瞧着有乐。

“我不愧是总见公之弟吧？还算有些谋略。”

“虽说如此，那样的谎，鄙人却不会说。”

“你要让我帮你说？”

“先生和在下同去，当然甚好。”

“老夫成了戏子？那么，我有一个条件。”

“条件？”

“因为这随口胡言，有乐斋在你面前会自惭形秽。”

“正是。”

“有乐这老东西，一本正经，自命风流，其实满肚子坏水。这样的轻蔑，恐会一辈子长在你心中。”

“有理。”

“小辈，怎总无长进？多少也学些奉承之道。”

“但鄙人实在佩服得紧。”

“时候不早了。好了，我的条件是，你把宗薰送你的长次郎茶碗给我，我便随你去。那东西年岁越久越好。”

“好！”正成大喜。

二一　苦心谋国

成濑正成其实并不那么佩服织田有乐斋：滔滔不绝，却无一句实言。但当前，只有他能将德川家康的意思传达给淀夫人。到了万不得已时，再说实话也无不可。

“那我就不午睡了，用这个时辰来赚一个长次郎茶碗。”

有乐说话，不知哪句是真，哪句是假。他换了一件甚是华丽的肩衣，下身着青底金线织花锦袴，和近日风行于歌舞伎艺人中的服饰颇为相似。

本城内庭依然分作两处，一为淀夫人住所，一是千姬居处。千姬的住处寂然无声，淀夫人那边却有笛笙相和。

“不用人通报吗？”

“我与别人不同。”有乐斋快步穿过走廊，在淀夫人房前停下，“有人吗？向夫人通报一声，说有乐斋来拜。”

一个英俊的年轻武士出来看了一眼，折了进去。

“做寡妇还不错。”有乐斋转头对正成道，“太阁在世时，要是有男子敢在此逡巡，早没命了。如今此处已毫无忌讳。”言毕，他径直走到门前，等人过来。

“大热的天关着门，想必在午歇。但有人睡得安安稳稳，有人腹中却翻江倒海，心中有火，怎有得好梦？”最后一句语气有些悲哀，刺痛了正成的心。

门从里边打开，入口处吹来凉爽的风。

“想必夫人正在午歇，但伏见派来密使，故老夫陪他一道前来，请让闲杂人等回避。”

淀夫人的确像刚刚睡醒，白麻衣外披一件绀青罗衫，染色花纹清晰可见，甚为华贵，人亦有些睡眼惺忪。

“噢，正成啊……是你。”

“是。在下堺港奉行成濑正成。”

“将军大人密使？他派你来有何事？来，到这边来说话。”淀夫人话音未落，有乐斋早走到淀夫人跟前，毫不拘束坐下了。

“正成，到这边来坐，用不着那般拘束。”

正成正往前挪，有乐斋已奉承起淀夫人来：“听说将军大人常把夫人挂在嘴边。看来将军很关心您哪。”

“哦，他都说些什么？”

“男人的话题不过尔尔……”然后，他转向正成道，“正成，你也看到了，夫人如今愈发年轻了。请务必转告将军大人，不必担心。说说将军大人密谕吧。”

“且等，先生。”正成道。

“怎的了？”

“使者又非你，正成连说话的机会都没了。”淀夫人道。

“哈哈，老夫不敢。使者确非我。正成因不放心，才向老夫打听了些事情，老夫也因此得知了将军的心思。”

“你先别说了！”淀夫人恨道。

“是。”有乐低下头，却继续道，“那就请正成与夫人详谈吧。将军大人听说大坂有年轻武士密谋在丰国祭时作乱，备觉痛心。”

成濑正成既惊讶又无奈。正成并不知年轻时的有乐是何样，但他这目中无人的性子竟是从何处学来？是对淀夫人的蔑视，还是想尽量不让外甥女说话出现疏漏？

淀夫人眉毛倒竖。或许在她看来，方才正成的表情，表明他亦不喜有乐这般放肆。她怒道：“休得无礼，有乐！我要听正成说话。”

正成不能再等了，“正如先生所言，将军大人听说了一些谣言，甚是忧心。”

淀夫人瞪一眼有乐，然后满脸堆笑对正成道：“这个谣言，我也听说过。”

“城内也有这样的传闻？”

“当然。”她的眼神变得妩媚，“制造那传闻的主谋就在此地。”

“哦？”

“主谋便是织田有乐斋。大人却蒙在鼓里，还先去和此人商议。呵呵。”

正成大吃一惊，看了看有乐斋，有乐斋正抓耳挠腮。

“先生，这回你无话可说了？正成这般吃惊。”淀夫人笑道。

有乐嘿嘿笑了起来，“嗨，真拿夫人没办法。散布这些谣言的，不是别人，正是夫人。”他摇摇头，“因此，我才说，可以压制这次骚乱的，只有夫人。”

正成神色慌张地看着二人，二人均露出一丝奇怪的微笑。“这是真的，夫人？”正成谨慎问道。

“呵呵。”淀夫人大笑道，“先生好自私，一看情势不妙，就把责任往我身上推。”

“那主谋到底是谁？”有乐斋道。

“你就认为是我吧，只要舅父这样以为就好。”

“老夫不敢。这不过说笑，也不足以让将军大人担心。”

“正成！将军大人担心，刚才你可这般说了？”淀夫人追问道。

“可是，这只不过是……”

“我可未说笑。正是因为我担心，谣言才流传开来。将军大人要为天下公举行祭典，乃是正直忠贞、有情有义之举。大坂城内，何人不交口称赞？”

“……”

“因此，我便说，凡事不可只看一面，否则只能让世人耻笑。说不定乃是将军大人欺我们孤儿寡母，以蒙骗世人。他是想先向世人表明自己重情重义，然后再施不利。这当然只是戏言。可结果怎样？有人听了我这句戏言，便信以为真，想到要在祭礼时生乱。”

正成有些发呆。淀夫人的这些话，比有乐斋的说法更令人惊心，她分明语中带刺。

“正成啊，事情虽源于一句戏言，却已是满城风雨。我以为，此乃内府大人成长中不可避免的风波。故，两方家臣都应把此事放在心上。你说呢，舅父？”

有乐又开始抓耳挠腮，佯装未听见。

成濑正成只觉得自己被耍了。毋庸置疑，祭礼当日骚乱一事，淀夫人和有乐斋早就知道。但有乐斋竟然假装糊涂，以要长次郎茶碗为条件，把他带到了淀夫人跟前。现在看来，其实他们早已串通一气。有乐斋看似多嘴，实则不过是让淀夫人把想说的话说出来。正成怒上心头，“这可真是麻烦啊。大坂情形虽然并不严重，但德川旗本将士一听此谣言，顿时群情激愤，欲动刀动枪呢。”

正成原以为，他说出这些，有乐斋和淀夫人定会吓得面如土色。但听他说完，有乐斋却道：“正成，此处甚是麻烦。”

“何处麻烦？”

“这城中诸人，因整日无所事事，故常沉浸于妄想之中。这正如古语所言：小人闲居为不善。哈哈！你应时常把此事记在心上。”

正成有些气馁。

淀夫人又接过了话头。她的一颦一笑都有妖冶之态，“正成啊，我就不为难你了。我们知你为人诚实刚正，遂与你说笑了。请多见谅。”

“无妨。”

“你转告将军大人，请他放心。确实有年轻武士意欲不轨，但我会看好他们。你说呢，舅父？”

有乐斋嘿嘿笑了，“可不能这般轻信别人，正成。”

“此话怎讲？”淀夫人抢在正成前问道。

有乐斋一脸无奈，道：“真是遗憾，夫人不明白自己的心思？您心平气和时，确实聪明贤惠，但一旦怒火中烧，便成了可怕的夜叉。若看不到这一点，单简简单单以为您贤明聪颖，就大错特错了。人生之奥妙便在于此。哈哈，是吗，正成？”

正成完全被二人搞糊涂了。但正成知，织田有乐斋非寻常之人。唯一的不幸，乃他是织田信长公之弟，这个身份压在他身上，让他扭曲，变得玩世不恭。正成曾这样解释有乐斋的性情，但今日看来，并非如此。有乐斋对正成说出这些话，应是下了很大的决心，而且对淀夫人亦未表现出丝毫媚态。

“不管怎么说，孀妇和掌管天下之人的心思完全不同。”有乐无所顾忌，“一方希望另一方能明白太平世道来之不易，而另一方却在埋怨夫君去得太早，让自己独守空闺……”

“舅父！”

“请夫人莫要打断我，不能畅言，会憋坏了老夫。将军大人身边的亲信必须始终记住这些。若大坂出事，必与将军大人心愿及天下太平相违背。”

有乐斋正以自己的方式说服淀夫人。正成开始认真倾听有乐斋之言。

“现在，将军大人苦心积虑，要让世人知道太平来之不易。故，他首先想到尊崇儒道，想教化那些只会杀人的武士，想把战乱的火苗扑灭。唉，他真是空想。”

“哦？”

“难道所有人都会变成信奉圣贤之道的圣人？哈哈，哈哈！老夫绝非在嘲笑将军大人，人若无梦，自当一辈不如一辈。家兄总见公致力于‘天下布武’，太阁承袭其后，费尽心思统一天下。将军大人怀此心思，理所当然。然而问题是，并非世人都喜天下太平。”

“不喜天下太平？”

“正是。有人养兵多年，所领甚广，正欲实现野心，将军大人却挡在前面，封杀了他们的愿望，告诫他们到此为止。哈哈！东有伊达、上杉，西有毛利、黑田、岛津……他们虽迫于无奈俯首称臣，但心中仍欲天下大乱。故，江户和大坂的关系开始变得微妙。若是圣贤的将军大人杀掉了孤儿寡母，必会成为后世的笑柄。哈哈，是吗，正成？”

成濑正成感觉有如一把刀突然刺进胸膛。事实正如有乐斋所言，试图通过儒学教化世人的家康，若杀了淀夫人和秀赖，后世必这么评价家康：一介残暴武将。

正成的眼里有了生气。

“也即是说，在将军大人和夫人之间，有一群企望天下大乱的虎狼。但夫人若因此天真地以为将军大人不敢动手，就大事不妙了。”说到这里，有乐斋看了一眼淀夫人。他语气之强硬，就连正成也感到惊讶，但淀夫人却低首垂眉，沉默不语。她也在认真听有乐斋说话。

正成心中一热。

“正成啊，夫人已想到了这些，所以，她心中并无二意。但将军大人关心的事和夫人关心的却并不一致。将军关心盛世大业，夫人关心身边琐事。将军大人亲信若有误解，乘隙扑过来的便是刚才说的那些虎狼。故老夫想请你周旋，万一出事，让将军大人和夫人能见面详谈。你若能办成此事，当万事无虞了。”有乐说到这里，突然变了语调，“事情便是这样。虽说此次丰国祭，人各有心，但将军大人便是想通过祭祀让夫人宽心。正成今日来，便是要告诉夫人此事。德川那些旗本将士，将军大人亦必能压制住。我说得可对，正成？”

成濑正成没想到，有乐斋会这般认真地为双方说话，遂道：“正如先生所言，真的……正如先生所言。”

有乐道：“如何，一个长次郎茶碗换来的东西可值得？”

正成看了一眼淀夫人，但淀夫人已把头扭到了一边，拭着眼角的泪水。正成低下头，心中感到难以名状的悲哀：她亦是不幸之人。

“我明白，正成。你难得来一次，饮几口酒吧。舅父，去叫少君。”淀夫人长叹一声，强作笑颜。

成濑正成可以确认，这个在他面前拭泪的丰盈美丽的女人，并未憎恨或诅咒家康。可正成却轻松不起来，或许是淀夫人不经意间透露的那一句：待秀赖长大成人……淀夫人莫非还真以为，秀赖长到十六岁，天下会再次回到丰臣氏手中？

秀吉公是作为关白治理天下，家康公却建立了幕府。此事已得朝廷允准，关原合战后，丰臣氏已成寻常公卿。若非如此，便无法控制有乐斋所言的那些虎狼，同时也无法保证丰臣氏的安泰。若回到乱世，到时千夫所指的，便不再是丰臣氏，而是德川幕府。丰臣氏只要是作为公卿，便能置身事外，与皇族一样永远存续……家康正是出于这些考虑。正成相信，这是家康对与秀吉公之约表现出的诚意，两方家臣也必须用心领略这份诚意。

正想到此，有乐斋和端着酒盘的侍女一起走了进来，道："少君正在驯马。"正成没见到向来寸步不离淀夫人左右的大藏局和飨庭局，进来的侍女也都未见过。

"之后，我会把这些禀报少君。如此一来，丰国祭就可顺利进行了。真令人快心啊。"有乐说毕，毫不客气坐到淀夫人和正成之间，"夫人，请让侍女斟酒。"他把酒杯递给正成，"正成，一切就拜托了，今日你辛苦了。"

"多谢夫人。多谢先生。在下拜领此杯。"正成已解开心头疙瘩，举起杯子。正在这时，走廊里传来一阵匆忙的脚步声。

"母亲大人！"一声尖厉的叫喊穿透正成心扉，"有乐斋也在啊。既然伏见派来使者，为何不让我见见？"

肯定是秀赖！正成觉得自己应该施礼，可侍女的酒还没倒完。有乐斋用半说笑的语气责备道："听说您在驯马，便未去打扰。"

"谁说的？这样的谎言！"

"谎言？"有乐道，"这么说，乃是荣局弄错了。有乐听荣局这般说……"

听到"荣局"二字，正成不由放下手中酒杯，抬起头来。

秀赖有些意外："荣局这般说的？"

"正是。"

"哼，那就罢了。"秀赖点点头，冒冒失失闯了进来。淀夫人绷着脸在身边为他放上坐垫，拉过扶几。母子似乎还在僵持。

正成忙端正姿势，向秀赖施礼，"成濑正成前来问候，承蒙赏酒，荣幸之至。"

话音刚落，织田有乐斋便接过话头：“少君，听说此次已故太阁大人忌日，将会举行规模空前的丰国祭。”

“丰国祭？施主是谁？是母亲大人，还是我？”

“都不是。因为多亏了太阁，才有了今日太平。是天下百姓为了感谢太阁恩德，出资举办，世人便是施主。”

“哦？我还以为又像修复寺院神社一样，让秀赖做施主。若如此，可真令人为难。世间恐怕又会说我别有用心，是在诅咒关东，才到处给寺院神社捐赠……”

“哈哈哈！”有乐忍无可忍，大笑着打断了秀赖，看着淀夫人和正成，眼里露出可怕的光芒，“正成啊，即便有过那样的谣言，也会因为此次丰国祭烟消云散。此次祭祀可非一般，上方十几万百姓，不分武士公家、匠人僧侣，此乃我日本有史以来最盛大的祭祀。”

“您说得对。所司代大人等也信心百倍，说要保证此次祭祀顺遂，能够让众人——包括南蛮人和黑人都能安心前来观看。”

“如此甚好。丰臣秀赖也敬使者一杯。”秀赖说完，拿过杯台，恢复了少年应有的神情。

成濑正成松了口气。淀夫人依然不跟秀赖说话，这让正成有些担心，但实看不出母子诅咒或痛恨家康的样子。如此，丰国祭定能拉近他们的距离，此次祭祀意义重大。

“来，干了这一杯。”

“是。谢大人。”成濑正成膝行向前，接过秀赖手中的酒杯，再次瞥了一眼淀夫人。淀夫人脸上已露出温柔而慈祥的微笑。

二二　独眼伊达

江户城浅草门外隅田川边的松平忠辉府邸规模宏伟。此府邸原为大久保长安择地而建，如今比刚建成时的规模已增了三倍还多。

若是在浅草门内，可分得的宅地甚为狭小，再加上此处紧靠隅田川，乃关八州年赋输运船只聚集之处，众大名艳羡不已，对长安的眼光亦佩服有加。

三日前，忠辉家老大久保长安来到府中。

长安最近忙得不可开交。他先从石见的矿山到奈良，再至信州忠辉领内指导筑堤，之后便从自己于八王子的府邸到了江户。到了江户，他才知，家康已从伏见回来了。于是，他决定在准备好忠辉和伊达政宗长女的婚事之后，再前往佐渡。

长安来到府邸后两日，便跟来一支队伍，这是他要带到佐渡去的女人。她们穿着京风衣物，华丽异常，让江户众人惊讶不已。先前，人们还以为是忠辉新娘的侍女，后来才发现，她们来的方向与奥州相反，遂又有人说她们乃是从京城招来的歌舞伎。

长安在为忠辉建造府邸的同时，并不曾忘记建筑自己的住处，六十多人的队伍便住在他自己宅中。领头的不消说，正是阿幸，但长安并未对人说出阿幸的身份。他告诉忠辉，她们是要去矿山劳作的可怜女子。

长安要在未来两日备好聘礼，第三日送到伊达府。因此，他这日一大早便到了堆满绫罗绸缎的房中，指挥众人包装聘礼。

正在此时，从信州赶来的家老花井远江守吉成到来，贴在长安耳边说了几句。

“伊达大人来访？”长安失声惊道。

“正是，因是微服前来，故要保密。”

“伊达大人行事怎如此草率？”

“听说是要来看看索德罗神父建的施药院，顺便来此。”

“那也太草率。我得出去迎迎。”长安一脸为难，慌慌张张出了大门。

“陆奥守大人，您可是稀客啊！”走出大门，长安立时换了副笑脸，向正四处张望的伊达政宗低头致意。有三个随从远远跟在政宗后面，政宗嘘一声止住了他，往后退了几步，其意是要长安不必声张。

长安心领神会，低声道：“不管怎生说，请大人进屋内一叙。”

“多有打扰。”

“在下吃惊不小，但大人既贵足踏贱地，若过门不入，在下过失不小。”

“嘿。休要向人提起我的身份。”

“是，在下明白。”长安进了大门。政宗向随行的三个家臣递了个眼色，示意他们在外等候，便随长安进了府中。

“听远江守说，大人是来看索德罗在浅草的施药院？”

“正是。石见守，可怜天下父母心啊。”

“是啊。”

在厅上对面而坐时，伊达政宗给人居高临下之感。不仅如此，额下那只闪闪发光的独眼，甚有刺人心扉的力量。

“小女五郎八姬是个虔诚的洋教徒。”

“早听宗薰说起过此事。”

“将军大人一向崇奉信奉自由，我倒并不担心，只是我怕她会向家臣传教。”

“您因此来看看索德罗？”

“是啊。不管怎么说，女婿是将军大人之子，若是无知之辈，自不会准其出入府中。”

“依大人看，索德罗是何样人？”

“这……”政宗稍顿了顿，低笑道，“你也知，我只有一只眼睛。”

“大人真会说笑。您这一只眼睛的光芒，可以照亮大半海道。”

“不，我并非戏言。他若是天子子民，尚可量才而用，却是个金发碧眼的洋人……”

“是啊。”

“因此，我想让你见见索德罗，试探试探他的才具。”

这时司茶人端上茶来，二人的谈话中断了片刻。事情已然明了，政宗此次是来商议关于索德罗一事，想让长安打探他的为人，看他是否适宜接近五郎八姬。

然而，司茶人退下后，政宗说起了一件怪事：“他们是不是有这种习俗？索德罗说要献给我一个金发美女。”

“金发美女？”长安脸上不由浮出一丝微笑。他想，索德罗做出这等事，并不奇怪。

“正是。若是出于寻常商家之口，也不足为怪，索德罗乃是堂堂神父，却说出如此不堪之言，便不知他乃是何用意。难道政宗是那等好色之徒？”

“哈哈！”长安毫不顾忌大声笑道，“大人，您想差了。”

“我大惑不解，借要与家臣们商议，转移了话题。”

“哈哈！”长安笑道，“陆奥守大人的外号可是龙啊。”

“休要说得那般好听，不过是只独眼龙。”

“不，南蛮人认为，龙乃东洋灵兽，甚是敬畏呢。”

“哦？”

“即是说，龙可通过其神力洞察人心。”

“哦。”

“于是，索德罗首次与您见面，便脱下圣衣，让您看到本来的他。难道不可这般理解吗？”

听长安这么一说，政宗的独眼开始不停眨动。他恐是又想起了什么，突然道：“上方要举办的丰国祭，听说听取了你不少建议。”

“大人，您可不能故意转换话题啊。”

“不，并非转换话题。索德罗听说如此盛大的祭礼，感慨说天下太平了。”

“在下明白。索德罗建浅草施药院时，婉拒了将军大人捐赠。”

“哦？”

“他说，绝不能麻烦将军大人，要通过自己的力量经营，为那些将军大人无暇顾及的穷人治病，为大人的仁政出一把力，此乃神父应做之事。”

“此事政宗也有耳闻。”

“从他对将军大人所言来看，也算圣人之言。但这个索德罗，却要向陆奥守大人进献一位金发美女。哈哈，他好像也是一只灵兽啊。”

政宗眼里闪过一丝光芒，然后低声笑道:“这么说，他是想利用我？”

“是。他想得到大人大力相助。照此下去，他们必被三浦按针所败。不，应说是被红毛人击败。嘿，这只灵兽拼命想找个人，以说服将军大人。”

长安的分析不无道理，政宗反应也甚敏捷。长安话犹未完，政宗便大笑不止:“大久保，你好像也是一只了不起的灵兽啊。”

“在下不敢。”

“索德罗的敌人原来是三浦按针？”

“是。按针背后乃是英吉利和尼德兰，南蛮人和红毛人的争斗很快就要在江户开始了。”

“那么，你若是将军大人，会如何处理？”

“陆奥守大人，您折煞在下了，长安怎能与将军大人相比？”

“索德罗都脱掉了圣衣，你要是仍然穿着盔甲，可就输了他。”

“哈哈！大人说得是。那在下就说说浅见。”

“这才是。你是个有见识之人。”

“陆奥守大人，在南蛮人和红毛人眼里，日本国乃是个不可思议的地方。”

“哦？”

“听说，在镰仓末期，有个叫马可·波罗的南蛮人到了大元国，回国之后，盛赞日本。”

“马可·波罗？”

“是。在其手记中，记载着一个东方的黄金之国，叫家潘乌，指的便是我日本国。”

“家潘乌……家潘乌……怎生有些像蛤蟆叫声？”

“像什么叫声并不重要，重要的是‘黄金之国’这说法。他们坚信，日本国某一个地方有全由黄金堆成的岛屿。”

“这些你听谁说来？”

“一些洋教徒。”

“你是说佐渡便是那小岛。”

“不，哪有那样的岛？”长安似不吐不快，道，“在下想，马可·波罗恐是受某人之托说了谎。”

“你愈像只灵兽了。”

“要想向未开化之地派遣传教士，在当地传播教义，首先必须向其地输入人口。”

“不错。”

“于是，便谎称有个黄金岛。那些贪婪之人便想把黄金岛弄到手，于是接踵摩肩来到此处。”

“有理。”

“神父们取得了立足之地，国君也可以利用此机扩张领土。这谎言在世一日，日本国便永无宁日。于是，在下便想到了将计就计。”

政宗突然忍不住笑出声来。此笑原本很是无礼，但大久保长安并不在意。伊达政宗毫不顾忌笑毕，道：“我就知你会这般说。大久保长安天性叛逆，必会将计就计。”

长安反而放下心来，“陆奥守大人，这可是您自己的事……南蛮人和红毛人都奔着黄金岛而来，若我们实话实说，根本没这样的岛，就太对不起马可·波罗了。”

“正是。”

“他好不容易才放下诱饵，引来了这么一大群鱼，渔夫把这些鱼钓上来亦无不妥。”

“哦。那么你这渔夫准备了何样的鱼竿？”

“陆奥守大人，您别急，心急吃不了热豆腐。”

政宗笑得身体颤动，“是啊，你这只灵兽颇为敏感呢。好好，我不说了，只听你说。”

“大人言重了。长安只想把佐渡变成那黄金岛。”

“哦？”

“此后，在下将会往那里派两类人，并在南蛮人中广为宣扬。”

“两类人？”

“一类是无论如何也不可少了的天女，另一类则是罪犯。”长安似想到了什么，皱眉道，“大人万万勿因在下这法子，以为长安乃是个十恶不赦之徒，犯人也有不同……”

政宗摇首打断了他：“你无须辩解。要是被送到那个岛上，无论何样的恶人都会辛勤劳作。”

“人人要是这般想，恐就大错特错了。恶人绝不会因此放弃行恶，作恶乃是他们的本性。故，他们必会发动各种骚乱，设法离开佐渡。因为骚乱，此岛必名扬四海。”

“这可非寻常之人所能想到。那么，之后呢？”

“哈哈，大人还是太性急了。黄金岛上的黄金取之不竭，用取之不竭的黄金与海外交易……与其这样说，还不如说是利用黄金的威力，威慑世上的船员商家，将他们组织起来。”

“哦？”政宗声音低沉。

“陆奥守大人，红毛人有个东印度公司，已从天竺扩张到我国，我们亦应不落人后。”

伊达政宗浑身颤抖。少年时代始他便驰骋沙场，但此时的感觉与在战场上完全不同，难道是对面前看似无缚鸡之力的手猿乐师的气势，生出了惧意？

世上最能激发政宗斗志的，便是丰臣秀吉。

秀吉把政宗看成一介小儿，常盛气凌人地压服他。但即便是秀吉，也未让政宗感到如此恐惧。他常想，秀吉不过以言辞逼人。

但政宗对家康的感觉，则正好相反——家康的城府究竟有多深?

政宗正是怀着一探究竟的心思与家康接触，不知何时便生起了反感和斗志。家康或许便是个披着圣衣的伪善之人。他心中总会这般想，因而，迄今为止，对秀吉也罢，对家康也好，政宗还从未打心底里感到害怕或佩服。只因无可乘之机，他始终按兵不动。实际上，只要一得机会，他会立时举兵，杀个天昏地暗。

政宗认为，他的能耐并不比掌控天下之人差。不管是秀吉还是家康，他都与之不相上下。政宗不仅这般想，甚至对心腹近臣也这般说。但今日大久保长安的几句话，却把他完全镇住了。

开始时，政宗并不甚赏识长安。看到家康大力提拔此人，他还暗笑家康老糊涂了，武将一老，便只喜听花言巧语。然而，事实好像并非如此。大久保长安有惊人的野心。利用黄金岛的传言，控制海外交易，这样的想法，天下何人能有？不管家康还是政宗，其心思都只囿于日本。不仅如此，家康既然完全知晓此人的能力和想法，却仍能收为己用，这便说明，政宗与家康，即像小儿和成人。这才是独眼之龙战栗的真正原因。

“啊，是啊。”政宗叹道，“我知你的志向了。可是一向主张以德服人的将军大人，能否助你一臂之力呢？”他渐渐回过神来，继续打探。

长安满脸得意，那是得意忘形的天真，“陆奥守大人，用不着无聊的客套。首先，认为交易并非厚德，便是错误。若要和南蛮人红毛人打仗，将军大人定是不许。但将军大人已确定了用交易增加国家财富，在下亦正是因此如鱼得水。”

“如此说来，万事遂顺了？”

“哈哈！不错。”

“那么，犯人之事亦无异议？”

“是。将军大人和中将大人——不，大纳言大人均无异议。”

“那些天女亦送到岛上了？”

“哈哈。大人总是一语中的。那些天女现都住在此处，大人要是想见，亦无不可。”

“噢。”政宗发出一声感叹，“这么说，实现大志指日可待？”

“是。而且，着将军大人吩咐，已经开始造船。”

“是五百石还是一千石的？”

“陆奥守大人，您已落伍了。”

“哦？”

“五百石一千石的船，都仅限于日本国内。若要航行海外，就要论吨。比如说五百吨、七百吨。而且，也吸取了南蛮人和红毛人船只的优点，将帆船改为新船。若非如此，如何驰骋大海？”

“那么……现已着手造此大船？”

“是。早就开始了。”

“何处进行？”

“此为机密。造成之际，自会回航到浅草川，由将军大人亲自检阅，斯时……”说到这里，长安的脸色突然一变，“陆奥守大人。”

“何事？”

“此事万般重要。”

“你说。”

“陆奥守大人是在下主君岳父。在下不妨与大人明言，大人若也想要这么一艘大船，那就接受索德罗进献的美女吧。当然，目的并非美女，而是造船工匠。大人可着索德罗为您寻一些造船工匠，因除按针之外，能做此事的就只有索德罗了。”

“让索德罗造船？”伊达政宗表情突然变得僵硬，但很快恢复了平静。

大久保长安没注意到政宗的变化，完全陶醉在自己的得意之中，“不，并非让索德罗本人造船。他可帮大人召集一应所需：工匠、美女……”

“哦。”

“他或许背负着在日本传播教义的重责。说得更明白些，他或许拥有左右班国国君、墨国及吕宋总督，甚至罗马教皇的力量。”

“长安！”政宗尖厉地打断了长安，往长安头上泼了一盆凉水，“我未想到你竟是这种人！”

“啊！这……这从何说起？在下……”

“你还说！你正在给我设置一个圈套。伊达政宗无那野心，不会上当！”

“哎，这话从何说起？”

“你休要装糊涂！方才你都说了些什么？利用索德罗造船？我要是不小心着了你的道儿，结果会如何？到时，将军大人与新教的三浦按针同途，我却起用对按针抱有敌意的索德罗，与旧教勾结制造船只，我如何面对将军大人？”

“啊？”

“将军大人定会想，伊达政宗尚存不轨之心，如此，必累及小女。”政宗瞪大他那一只眼睛，“长安！”

“在！”

“你到底是听了何人之言，要离间我与将军大人？”

长安的脸刷地变得苍白。

“连是否该让索德罗接近小女一事，我都特意来与你商议，可你却要算计我！我也不必再问你受了何人指使，我远道而来，实在失策！可这绝非小事，万一将军大人误解，便会成为太平盛世之障碍。你今日这些话，我会一一禀报将军。打扰了，告辞！”说完，政宗立刻站起身来，向门外走去。

事情过于突然，长安未能立即反应过来，呆坐原地。政宗态度的巨变让他甚是意外。

“大久保大人，你都说了些什么？陆奥守大人怎的一脸铁青去了？”花井远江守慌慌张张跑了进来，“我还以为你们会长谈，酒菜都预备好了。”

但长安一脸茫然，不语。

"就这样让他回去，合适否？"

"……"

"他到底为何不快？"

"……"

"大人像一头受了伤的野猪一般，快步出了大门……"

突然，长安纵声大笑，"哈哈哈！原来如此，老子明白了。"

"什么？你明白了什么？"

"哈哈！他果然乃是独眼之龙，果然是差一只眼啊。"

花井远江守一脸无奈坐在当地，气得咬牙，但长安依然毫不顾忌地笑道："把长安当成小儿，真是心胸狭窄！他不管何时，都不肯脱下面具，只不过一个手猿乐艺人的器量！"

"好了，事情过去了，就莫要再提了。"

"哈哈哈！为难的乃是刚才这位大人。陆奥守若就此到将军大人面前胡说一气，只能让将军大人更加赏识我。将军大人亦只会付之一笑，哈哈哈哈。"

"哦……或许如此吧。"

"如今忙得分不开身，我还得去帮他？这个独眼龙真是麻烦！"

"到底因为何事……"

"他想来问我，是否可让传教士索德罗接近五郎八姬。我说无甚不可，遂将索德罗现况原原本本告诉了他，他颇为吃惊，竟仓皇去了。"

花井远江守大惑不解，却并未继续追问。

"不妨备些简单的礼。对，堺港送来的胰子即可，让他用那个洗洗眼，方能看得清楚些。"

"那我让人去准备。"

"拜托。"

远江守匆匆走了出去，长安再次陷入沉思。政宗态度的巨变，一开始让他很是吃惊，但仔细想来，他说话确实过分。政宗如今最怕的便是被家康忌恨，明知如此，却让他利用索德罗造大船。那独眼龙好像误认为长安居心不良。明白了这些，长安觉得还是应解开此结，他苦笑着起身。

在长安看来，到如今，那些还把战事看成出人头地之机的顽固守旧的武将，实在可笑，因此，伊达政宗之行便也不足为奇。

武将大名经常将屯粮挂在嘴边，对生意一窍不通。在丰臣秀吉全盛之时，存粮达两百万五千七百十九石。与太阁相比，家康的存粮要多出许多。根据文禄二年的记录，当时的存粮乃是两百四十万两千石。但即便在新田开垦之后，原来的两百四十万增加到后来的两百八十万石，严格根据四公六民的税赋征收，实际库入也只有一百一十二万石。将其换成黄金，不过六七万两，并不足以应付国家用度。那些俸禄十万石十五万石的大名，若只知耕田，根本无法养活领民。

因而，支撑丰臣秀吉的乃是矿山。庆长三年，秀吉公归天那年，丰臣氏在全国有二十处矿山，总入为黄金三万三千九百七十八两一钱一分六厘。银子一锭为三十九钱，一共七万九千四百十五锭。众矿山之中，石见、但马、佐渡和越后四处现已归将军所有，由长安打理。除此之外，再加上伊豆的绳地矿山，足以超过秀吉公时岁入的三倍。

长安希望能达到当时岁入的五倍十倍，若是继续探测各地地下，再加上贸易收入，库入自会迅速增长。长安已在伊豆绳地建造了一个伊达政宗等人做梦也未见过的巨大矿山町，至今还在扩建当中，当地百姓把它叫作“绳地八千轩”，对其繁华只觉惊讶。在八千轩的矿工住屋，每一间十人，彼处未几人便已超过十万。在町中心，大久保长安坐镇指挥。就连在越后上田乡原上杉氏的银山，现也已是拥有近三万人的市镇，石见和但马则均已达十万人。

此次长安又打算在佐渡的相川建一个矿山町，人约三十万。那些相信黄金岛传言的人偷偷乘船到了那里，必会感叹：“啊，这才是黄金岛啊！”

长安想筑一个气派得足以让世人震惊不已的大城池，不能让人觉得那不过是一个俸禄区区一万五千石或两万石的武士不知天高地厚的妄想，还要让陆奥守知道此举的重要。长安备齐了礼，估量着政宗已回到府中，便起身赶往日比谷御门外的伊达府。

伊达府还不怎豪华。

开幕府伊始，向家康请赐府邸地的只有藤堂高虎和伊达政宗，当时家康并不同意。“你们在大坂不是各自有府邸吗？在江户再建一个实在无益，徒增浪费。”这不过是家康的托辞，不能照表面意思理解。二人心中自然甚是明白，于是再三请求，终于得了家康允准。

各大名府邸多在外樱田到有乐町、八重洲町和永乐町一带，其中伊达府邸颇为简朴，与黑田长政等人府邸的豪华不可同日而语。

加藤清正在外樱田的弁庆堀和食违门内各建了一座府邸，食违门内的府邸大厅一千叠，分为上中下三段。拉门上镶黄金，栏杆上雕桔梗纹，隔扇拉手嵌七宝桔梗，横梁有三重……这些都让见者吃惊。当然，他是在示威：身为武将，虽在将军统领之下，仍为丰臣家臣，而非德川家臣。

于是，大久保长安也在附近为松平忠辉请封了一处宅地，目前尚未动工。长安想在所有大名的府邸都竣工之后，不惜重金筑造一座令众人刮目相看的豪邸。

战后短短几年，一座座气派的府邸拔地而起，可谓均拜太平所赐。

伊达府则有些太过寒酸了。长安看着日比谷御门外伊达府的屋檐，悠然自得走进大门。“松平上总介忠辉家老大久保长安前来拜见陆奥守大人，烦请通报。”

房里走出一位年轻武士，毕恭毕敬道：“请进。”政宗似已知道长安要来，提前吩咐过了。

长安呵呵一笑，走进大厅，他身后有一人捧着胰子。“此为南蛮来的胰子，男人们用它来代替米糠包，在洗脸和入浴时使用，谨献给陆奥守大人。”长安把装着胰子的小包放到盘中，那年轻武士再次毕恭毕敬道：“多谢！小人立即拿与主人，请。”言毕，他轻轻击了两下掌，隔扇刷地打开。

一脸严肃的政宗正在饮酒。“长安，你比我想的来得晚啊。来，我备了酒菜，来饮上一杯。”

政宗是想显示自己的手腕，长安只觉自己被当成了小儿。“在下无意前来叨扰，只是正好想起我家主君宅中有些事情，遂顺便前来拜访大人。”

“啊，也好，我们都很忙。来，一边饮酒一边说话。”

“是。恭敬不如从命。”

“刚才我说话重了些，你不必在意。”

长安笑着拿起酒杯，色迷迷看着前来斟酒的侍女，“在下知那并非大人本意，只是故作惊讶。”

“哦？对了，你原本就是个艺人嘛。”

“与大人相比，在下永远只是小角色，一切都是为了让大人更加光彩夺目。”

“我虽只有一只眼，可也算是一条龙。”

“还将是有两只眼的龙的岳父。”

“你说我女婿乃是两只眼的龙？”

“难道不是？”

“哦，对我来说，女婿是什么都无妨，他乃将军之子就非同小可了，这话你可明白？”

“在下甚是意外。在下对这些一无所知，所知仅是大人的品性。”

政宗冷冷一笑，道：“你能看穿我？”

“是。太阁都不入大人法眼，大人又怎会诚心归服将军大人？大人定在抱怨自己生不逢时啊。”

“嗯，你能明白这些，我当更谨慎些。”

“再来一杯。在下放心了。即便是演戏，要是大人说出有碍我家主君和令爱婚事的话来，在下这小角色便无法再演下去了。”

“长安，你看着武田、北条、织田、丰臣一一出人头地，又一一走向败落。你觉得，我这独眼龙的命运如何？”

“长安更想先决定，应否让索德罗接近令爱？”

“你是说此事会影响我的命运？”

“陆奥守大人，人人都有各自所需的玩物。”

“是啊。”

“大人看那些画上的龙，每一条是否都抓着一粒珠子？若不让它抓着那珠子，它便不老实。请恕在下直言，大人放开手里的珠子，只是想要抓住一颗更好的珠子，如此而已。”长安的语气变得严肃，政宗则哈哈大笑。

在政宗眼里，大久保长安也非一盏省油的灯。上天赐与他的，并非勇武，而是一种特殊的才能。他在战乱时毫无用武之地，一旦到了太平世道，必是如鱼得水。但不可掉以轻心的，是他似看穿了伊达政宗的心思。仅仅有此眼力也就罢了，他竟又断言政宗不会对家康真心归服。能够满不在乎将这些道出的，政宗所知，天下只有黑田如水，那人才真是天不怕地不怕。

想到这里，政宗感到可恨，但也心中有底了。“长安，小女的婚事由你经办，我很欣慰。”

“哈哈，大人这么说，真让在下既快意又担心。”

“你担心什么？”

“在下刚才已说过，大人这条龙很可能要夺去将军家的珠子，搅乱将军阵营。”

“长安，我不责备你。”

“在下也这般想，才会直言不讳。”

“我虽不责备你，但今日这些话绝不可轻易为外人道。”

长安伸长脖子，举手比画，做砍头状，然后道：“大人，长安并非不知轻重之人。”

“想必也是。若非如此，我亦不会让小女嫁与你的主君。但，长安，要是让你选，你会给我选一颗何样的珠子？”

长安又喝一口酒，已是第四杯了。一喝就醉，一醉便胡言，他对自己颇为清楚，故继续喝酒。长安想与政宗一比高低，这比试非用大刀，而是在喝醉之后，用自己毫无粉饰之言撞击对方。这要是在相扑台上，定能一举获胜。敞开心扉坦诚相对，乃是长安的惯用策略。

“实际上，即便大人不问，在下今日也欲和盘托出。”

“哦？你已为我备好了玩物？”

“正是。将军大人如今不偏不倚，无新教旧教之分，他欲对那些人一视同仁，与他们进行交易。”

“正是。”

“但他现在只有三浦按针一人。”长安渐渐醉了。

政宗那只独眼不由闪现出一丝怒火：这厮有些醉了。但政宗不知，故意装出一副醉态，乃是长安的绝招。

“要是将军大人身边只有三浦按针一人，不管他怎样费尽心思，旧教只会忧心。”

“是。”

“也即是说，世上虽有珠子，但将军大人只拿到了一颗。”

“哦。”

“另一颗珠子，在下想让陆奥守大人握住。”

“且等，长安，你又说出这等轻浮之语来。要是双龙夺珠，不又要天下大乱了？”

“哈哈，大人作此想，怎不脸色大变，拂袖而去？”

“混账！此乃我伊达府邸。”

“陆奥守大人，珠子有两颗，龙也有两条，您凭何就断定要二龙夺珠？”

“哼！”

“您可以这般想，我喝了神酒，心里便涌出神思。这世间要有阴阳二珠相辅相成。”

“哦。”

“日月不会打架。将军大人抓着红毛诸国，陆奥守大人您则握着南蛮各地，两条龙便友好相处，相互扶携，雄霸海上。大人就不能这般想吗？”

“长安！”政宗忙举手打断他，“我有些明白了。”

“哈哈，那就好。长安虽不懂战阵进退之策，却知如何在太平之世扬帆起航。”

“你是说，让我与将军大人好生商议之后，接近索德罗？”

“当然。两龙各自持珠，毫不懈怠增加国家财富。若两龙和睦相处，同心协力，力量定能倍增。在下以为，这才是顺应时势。”

政宗低吟一声。他并非对长安有多佩服，但确从长安的话中得到了诸多启示。目下，政宗无力与家康抗衡，但在与家康协调后，握有一珠，却不无可能。

长安又喋喋不休：“大人乃将军家六公子泰山，与将军协力，控制南蛮，如此一来，在天下人眼里，您，伊达陆奥守大人，便是天下的副将。哈哈哈！”

政宗爽快应道：“我明白了。”

“大人真明白了？”

“长安，你果非凡品。我终于知悉将军为何把你提为代官，将天下的金山托付于你。”

“不敢。大人的褒奖，让在下惭愧。”

“当今世上，恐无一人能有你这般能耐。我女婿有一个好家老啊。”政宗突然起身，亲自执壶至长安身边。

长安又呵呵笑了，他还未愚钝到不知政宗不过是露骨地奉承自己。当然，政宗也非那种看不出长安心思的蠢人，“长安，你以为我乃是露骨地奉承你？”

“大人何出此言？大人亲自斟酒，大久保长安没齿难忘。”长安举起酒杯。政宗对侍女小声道：“退下。”然后又对长安道：“长安，我可算得救了。”

“哦？”

“你所言不差，迄今为止，我都在埋怨自己为何晚生了几年。”

“哈哈！不然大人就可与太阁或者总见公一争天下了。”

“正是。然而如今却不得不听命于将军，畏畏缩缩了此一生。”政宗煞有介事，嗓音深沉，刺痛了长安的心，“可是，你却给我找到了另一颗珠子。”

“这些话……这些话，大人是真心的？”

“怎么想都随你。反正我很快意。从你的话里，我看清了我自己——一个可有所作为的伊达政宗。”

长安瞪大了眼看着政宗，他并未想到政宗这等人物能说出这种知心话。

“真令人不可思议。五郎八姬乃我掌上明珠，初时说要把她嫁与将军之子时，我只感到撕心裂肺的绝望。当时我便想：伊达政宗也要用儿女为质才能苟延残喘？我的人生已然到了这般地步？但，今日你的一席话，让我如梦初醒。如今已非通过战事争夺领地的时代了。如你所言，要放眼天下，增加财富。我可为之尽力，小女的婚事也可促成此事。”

长安突然放下酒杯，在政宗面前两手触地，泪水哗哗流了下来。一言也兴邦，一言也丧邦，他不禁感慨万千。

二三　狼子野心

阿幸在江户的大久保长安府中，兴致勃勃看着眼前的地图，指指点点。她心知，长安已然去了伊达府上，她不由想象着他在那里大放厥词的情形。

委身于长安之后，阿幸便清楚：他才是上天为她准备的男人。她并未觉出他们乃是真正的“夫妻”，也不觉得他们之间情炽似火。阿幸性情爽快。上天创造了男女，正像贝合游戏一样，必定为每一个贝壳准备与其相应的另一半。她认为，自己和长安便是贝合相配的一对。

长安和寻常人不同，他非安分之人。阿幸也一样，她曾经嫁到灰屋家，丈夫在她眼中却是个难托终身的小儿。只要给他些好脸，他便放肆起来，但若沉下脸来，他只会哭闹——他完全不合她心意。她曾把这些话直言不讳告诉公婆。她本想忍受下去，婆家却把她赶了出来。

阿幸从此解脱了。但长安不同，他行事往往细心谋划，丝毫不敢大意。她并不认为他有着超群的才智和德行，但也非笨蛋、恶人。起码，在第一次和长安同床共枕之后，阿幸才知何为真正的男女之情。完全就像贝合游戏，二人如鱼得水。名分倒无妨，既然上天让她遇见了另一半，她便想尽情享受，投入其中。

此时，长安是不是又喝醉了，对陆奥守大人喋喋不休？阿幸一边想着这些，一边在心中思量京都盛大的丰国祭，以及马上要去的佐渡岛。

长安说，黄金岛上必须拥有与黄金岛相称的女人。那岛自古以来便是贵族被流放之地，风景宜人，山脉纵横。但毕竟是个偏僻的孤岛，令人寂寞，故必须把京城美人带到岛上，让那岛变得更是宜人。阿幸并未完全听信长安的说辞，她非愚笨女人。

从一开始，阿幸便没想过要为长安做个贤妻良母。她只是想借着长安，在佐渡岛上历一番梦幻。阿幸把长安想成与己不可分离的另一半，但长安也有同样的想法吗？长安事务繁忙，行走天下，一年只到佐渡一两次。然而阿幸并不在意。

佐渡与越后隔着大海，遥遥相对，在图上，用朱笔勾画着三条航线。最北边的航线联结着信浓川出口新潟津，中间一条通出云崎，最南面则与加贺能登相连。

若图上画的航线准确无误，那么从出云崎出发最近，能登最远。“哎，能登守，从你的家乡到京城大概需要多长时日？”阿幸指着能登，问坐在远处的一名妓女，她正百无聊赖地和婢女游戏。

“具体不甚清楚，听说从加贺到越前，越过大山，穿过近江，大概需要十日。”

“十日？”

那名叫能登守的妓女乘机来到阿幸身边。“夫人为何问这个？”她伸长脖子，看着地图。

“呵呵。你要是答应保守秘密，我就告诉你。”

“奴婢不会泄露出去。”

“那我就告诉你。我到了佐渡，便让他们造一艘大船，也好偶尔回一趟京城。”

“回京城？”

“嘘！大人不会老住在佐渡，他要是出了门，我就从另一条路暗中回京。呵呵，等大人到了京城，还以为看见了一个与我一模一样的女人，有趣吧？”

能登守惊讶得说不出话来。

“斯时，我亦会带你们回去。长期在岛上过活，必甚是烦闷。”

“夫人要到京城监视大人行踪？”

“这是什么话？这可不同于毫无出息的嫉妒。我在京城让大人大吃一惊后，再装作什么也不知的样子回佐渡，候他回来。”

能登守突然缩了缩脖子，伸伸舌头，放声大笑：“就是说，夫人在京城见大人时，乃以另一人的身份。哈哈，真有趣。”

阿幸已收起了笑容，指向佐渡金山町及从相川到南端的小木津一带。正在这时，长安满脸喜色进来了。

“阿幸啊，你……在看什么？”长安醉意朦胧，一屁股坐下，隔着扶几，盯着铺在阿幸面前的地图问道。阿幸并不抬头，“好东西。”

“这不是佐渡的地图吗？”

“似乎是。”

“什么似乎，就是！”

“大人说过船从出云崎出发？”

“是。阿幸，先别说这个，我告诉你，事情越来越有趣了。”

“妾身也这般想。”

“好了，看着我：伊达陆奥守此次中了我的计。”

“正像我一样？”

“像你？他决定接受索德罗进献的……玉面金毛九尾狐。”

“玉面金毛九尾狐？”阿幸这才把手从地图上拿开，问道，“什么东西？”

“索德罗要向陆奥守进献一个金发碧眼的美人，表面上称是侍女，其实乃是侍妾。”

“哦。”阿幸似并不感兴趣，又把视线挪开了。这其实是她的一种策略，因为她知，这样一来，长安反而会更加兴奋。

“怎的，你一点都不感到惊讶？浅野和结城大人……因为频繁出入花街柳巷，竟染上一身风流病。听说就连加藤肥后守也有去寻花问柳的意思。出人头地的手段变了，这是……事实。但遗憾的是，在日本国中，还无一人拥有金发碧眼的爱妾。”

“此事当真？”

“不错。就连喜欢华服美饰的歌舞伎都会刻意模仿伊达氏。因此，这第一人……非陆奥守大人莫属。但关键还在后边……”

“后边？”

“听到这事，将军大人必会大吃一惊，说不定亦说想要一个呢。”

阿幸冷冷瞪了长安一眼，摇头。

“每日都吃一样的饭菜，必定生厌。但若换了口味，却会中毒。”

“那又怎样？”

“索德罗和陆奥守会互相欺诈。在此之前，陆奥守自会向将军大人禀明一切。有一场好戏看。”

“此话怎讲？”

“索德罗乃是南蛮旧教的传教士，而将军大人宠信的按针则出身于信奉新教之国。将军大人对其敌对甚是清楚。”

阿幸马上驳道：“这也无妨。他们不可能相互欺骗，因为二者之间的头脑差之甚多。”

“差在何处？”长安提高嗓门道，“你认为索德罗骗不了陆奥守？”

“不，妾身是说，他的诱饵不好。异国美女过于招摇，陆奥守要欺骗索德罗，也就不那般容易了。”

“哈哈！”长安满嘴酒气，道，“看来你的头脑也不过尔尔。你大错特错了。你须知，是索德罗要将南蛮的美人硬塞给陆奥守。”

“此事您已说过。”

“但那南蛮美人却有腹痛的痼疾。”

“哦？洋女人也会腹痛？”

“这种病乃是从南蛮带来，本土药物难以医治。于是，索德罗便带着南蛮医士，深夜到伊达府上。你想象一下，丑时三刻，一个腹痛的南蛮美人与围在她身边的人，有趣否？”

阿幸认真地看了看长安。她已知长安在想什么，感到长安正在滑入深渊。长安定是以家康宠信威廉·亚当斯并汲取其知识这个事实，打动了伊达政宗。但长安嘴上这般说，心中却准备独取双方之巧。正因为如此，他才不小心道出，伊达陆奥守中计云云。在说此话时，他颇有些扬扬得意。但此乃危险的玩火。本阿弥光悦常道，伊达政宗绝非寻常武将。

长安若和他来往过于密切，只能引火烧身，落进圈套。

“大人，您被人骗了，却还不自知？”

“我？哈哈。我被索德罗骗了？”

“不，是伊达大人。”

“哈哈，老东西入我彀中矣。他要把女儿嫁到将军家，事情由我负责，无论如何，我都无不利之处。”

看到长安仍然扬扬得意大放厥词，阿幸一脸忧色，欲言又止。她突然发现，周围众妓女正竖起耳朵听他们谈话。

女人的感情很是微妙。刚才阿幸还想一挫长安锐气，但看到长安不自量力，甚至把伊达政宗也当成了揶揄对象，她突然同情起长安来。要是二人比试，长安绝非伊达政宗对手。

长安在用手拨弄老虎的嘴巴。他自以为得计，却不知老虎何时会闭上嘴。到那时，长安纵使万般聪明，亦会丢掉一只手。

“好了好了，不说了，快去歇息吧。大人这么大声说话，吓着人了。”

“且等，且等，我还有……更有趣的话呢。”

“有话到房里说。”阿幸强拽着他往里走。

“哈哈哈。阿幸吃醋了。你们看啊，阿幸不想让我待在你们中间。”长安踉踉跄跄被阿幸拽到廊下。卧房与此处隔着两间屋子，房里悄然无声，院中新掘的泥土，香味扑鼻而来。

“大人。”

“你为何非要把我拉到此处不可？”

“明日大人要去拜访索德罗吗？”

“哦，这个你也看出来了，真不可小觑你……你这小狐狸。”

“大人要小心。”

“哈哈，不用担心。我并非去让索德罗抓住我的把柄。我只是要去……利用他。”

“‘利用’二字实在危险。在这世上，本想利用别人，结果反被利用的大有人在。”

走进卧房，长安便一头栽倒在地上，阿幸费劲地脱下了他的衣衫，袴上沾着酒污。

“大人醒醒！”

长安如烂泥般倒在铺里。阿幸为他盖上白绢被，心中迷惑不已。长安愈是醉得一塌糊涂，愈是天真，她心中便愈生怜意。

“听说索德罗来江户，是想单枪匹马会会三浦按针。”

“哈哈哈！你不必担心。我只是想去打探，这个带来了美人和洋医的索德罗，是不是……也带来了山师？”长安突然睁眼道。

“来，伸手，穿上睡衣。”

“你不知，你不知，听说……在墨国，有一种……叫水银冲洗的冶炼方法。我想……懂得那种方法，要是掌握了它，就能得到……比现在多出三五倍的银子。”

阿幸替长安换上睡衣，长安已鼾声大作了。

长安就如一个被扔在地上的稻草人，胡乱裹着睡衣，双腿伸直，大张着嘴，似一个玩得精疲力竭的顽童。这种睡姿很是不雅，既不像驰骋疆场的武士，也不似有教养的商家，却安心、自信。阿幸默默看了半晌，伸出手去，捏他的脸。

长安是个重仪表之人，脸上的胡须刮得干干净净。阿幸捏住他的脸颊，原本端正的嘴唇扭曲了，让人想起鳢鱼。阿幸突然想，说不定他脸皮比鳢鱼还要厚，遂用指尖比量他脸皮。

长安睡得安详，呼吸也匀了。阿幸拿开手，躺在他旁边，把脸贴上去。

此时杀他如杀一蚁。但即便那样，长安亦会安心躺在阿幸身边。阿幸也觉心疼，她想，不止我一个女人如此……无论是哪个女人，都不会背叛他——阿幸觉得长安有这样的自信。在这一点上，阿幸认为自己真是失败。两个贝壳无论多么天衣无缝，分开时仍然是两块贝壳，而非一块。阿幸想运用才智，让长安发现真正的她。

阿幸开始玩弄长安的右耳。人为何会长耳朵？恐是为了让人记住自己的话。阿幸坐起身，把嘴伸到长安耳边，用力将温暖的气息往里一吹。

“嗯，嗯，嗯。”长安扭了扭身子，挠了挠耳朵，小声咕哝道，“阿幸，我知是你。”他像是在说梦话，喃喃着，又蜷腿睡着了。

阿幸独自嘿嘿笑了起来。长安大概觉得，阿幸乃是一个适合他的玩物。然而，对于阿幸，长安亦是一具让她总也把玩不厌的肉身。阿幸抚摸着长安的身体，不久也睡去了。

长安决定把阿幸带到佐渡，此举包含着他的野心。他想把那个只有他才能发掘出金银的小岛，建成天下独一无二的极乐世界，让人为之瞠目。

此时采矿，若采掘一千两，则上交八百两或七百五十两，剩下的作为日常用度。这是根据金银含量及之前的产量为基础制定的标准，因此，若能改进技术，长安可自由支配的金银必大大增多。迄今为止，提炼银子的方法都是使用铅置换法，但长安准备吸收甲州的做法，采用汞齐代法。此法乃是将水银与矿石混合，令其变化，得到汞合金，然后加热令水银蒸发，析出银。

倘若此方能成，那么，在日本拥有金银最多的并非将军，而是大久保长安！向幕府缴纳的金银，要作国家用度，而金银产量多得难以计算时，长安可自由支配其中两成，甚至还多。

设若本来产量只有一千两的地方增加十倍，便是一万两，若稍作手脚，八百两的缴纳额增为三千两，那么，家康自己可以增收两千二百两，大久保长安的总入则可以增至七千两。长安并不想将那么些黄金据为己有，而只要他愿意，他甚至可不费吹灰之力，将佐渡岛用金银装饰一遍。

最重要的是，佐渡不与陆地相连，乃是大海中的一个荒岛。万一有人无法理解长安，要求追究他的过错，他自可迅速隐匿到这岛上，雇佣浪人自卫。

阿幸颇为清楚长安的想法。这并非她凭空猜测，而是从醉后的长安口中听及。阿幸若是个寻常女人，要么永远不会明白长安，要么会感到惊讶，惶惶离他而去。但阿幸并非寻常人，她有自己的算计。长安如一只小蜂，她则如蜂王，如君临佐渡岛的推古女帝，或如按针经常说起的伊丽莎白女王。

蜂王不可迷恋小蜂。虽不能过于迷恋，但也不可把小蜂置之不顾，她要让长安因她身心俱醉：她便是他命中的另一半贝壳……阿幸陪在长安身边，浮想联翩。

东方刚刚泛出鱼肚白时，大久保长安和阿幸纠缠到了一起。

长安声称过去曾征服过一千个女人，但他在阿幸面前，不过一只令人生怜的小蜂。

长安说，世上能出现阿幸这等女子，皆因信长公上洛之后，天下得以太平，亦多亏了已故太阁和家康等人，故必须感谢他们。但对于阿幸，这些和她全无关系。她挣脱束缚，身心舒畅地来去。

长安确实不赖，然而她不能拜倒在他脚下，全心全意侍奉他。既然身为小蜂，就得劳作。阿幸在长安眼里，必须是世间罕有的、香气扑鼻的艳丽花朵，让他留恋。

长安离开佐渡后，阿幸亦会迅速回到京城。为了回去，就必须准备一艘船。长安对洋船颇感兴趣，但阿幸想的和他不同。为何人会畏惧大海？是因海上风浪大，能将船吞噬？既然船可能会因为风浪而沉没，那么造一艘可以在水下航行的船如何？在风平浪静时，般可在海上扬帆前行，一旦遇上暴风雨，便潜到海底继续前进……自己造一艘这样的船回京城，看到长安和其他女人同床共枕时，便速速和那女人调换。长安醒来后，定以为自己乃是在梦中，于是慌忙回到佐渡岛，那里却又有一个同样妖艳的阿幸正对他微笑……若被长安发现，他定会赞赏不已，只有那样的船才不会白白糟蹋银子。阿幸总是能走在长安前面。她在长安的爱抚中想象着，再次进入了梦乡。

《神代纪》中的大八洲生成项中有关于佐渡的记载，又据《续日本纪》载，天平十五年（七四三）始有佐渡国。据天正时丈量土地的结果，佐渡为一万二千石，有羽茂、杂太和贺茂三郡，金山位于中部杂太郡，与金北山相连，和北泽川一起通向海岸。那里如今叫相川。上杉氏最先在此采金，据传当时产量并不丰。阿幸认为，必是上杉家故意隐瞒。若说宝藏无穷，必为秀吉垂涎。关原合战之后，上杉氏被削封，佐渡岛归于德川名下。

“上天感于太平，自庆长六年，始多产黄金。”世人都这般说，但最初散布这个说法的，定是长安无疑。

佐渡岛本身至今贫乏不堪。此岛乃是一个只有一万二千石的小岛，先前用作流放罪人之地，但长安如今往这里运送了大量劳役，生活之资愈是贫乏，亦是理所当然。

原来海边诸民过着半耕半渔的生活，甚是贫困，后来几度被征为矿工。此处虽然四面环海，如今却连鱼也难得吃上。于是，长安特意从石见招来渔民，让其定居于相川和北狄之间的姬津一带。

总之，长安强行唤醒了这个在海中享受着寂静与孤独的佐渡岛，在它身体上挖开洞穴，让它往外吐出黄金。

岛上突然拥入这么些人，男女比例大大不谐。江户虽也出现过此种情形，但佐渡所面临的困境远远大于江户当年。相川的劳役甚至到羽茂一带去找女人，奸杀百姓家室之事亦时有发生，各处骚乱不断。

大久保长安绝未向阿幸提起这些。他只是鼓吹，在一个女人稀缺的黄金岛上，女人将会如何受到男人们的宠爱，令她们激动不已。

“你们记着，矿工们来时，他们会脱下破草鞋。你们一定要珍惜，仔细将其冲洗，仅那鞋里冲下来的黄金，每年亦可攒一袋沙金。”要是这些话被佐渡岛岛神听到，会说些什么？

如此说来，佐渡岛和长安之间的战事已经开始。而阿幸与将要被带到那里的妓女之间的战火，似还未燃起。

阿幸还在酣睡。

成了江户新动脉的大川河中，已经有船只在晨霭中航行。

大久保长安醒来之后，便会投入忙碌之中。他或许会把女人们交给手下，让她们先去佐渡。除了为松平忠辉准备聘礼，他手头又多了一项事务。他痛感自己应去见见那个叫索德罗的洋人。索德罗来到江户后，在游民和贱民居住的地方找到一处荒废的寺院，一边给穷人看病，一边着手建施药院和教堂。

长安原本计划从佐渡回来之后，再去见索德罗。然而，索德罗却比他想象中能干得多。他甚为着急，急于扩张旧教势力。

同样是旧教，也分为葡国耶稣派和班国弗兰西斯派及多米尼加派，他们之间亦经常会有冲突，但是看到家康宠信威廉·亚当斯，他们却又马上团结起来，思量如何阻止新教传播。

在长安看来，旧教派的担心根本毫无必要。三浦按针并不怎在乎新旧教派之争，信奉新教不过是他出生地的习俗，他只是在冒险，在寻荒。但按针的后台德川家康，在旧教徒眼里却是一尊天神。这头取代丰臣秀吉的巨鲸，无论如何也不可让按针独吞。故，作为让南蛮旧教势力扎根的斗士，索德罗出马了。

长安不时寻思，索德罗到底是否真正的洋教徒？说不定乃是一个披着信徒外衣的野心勃勃之人。他要是如丰臣秀吉时，将日本和大明国的关系搞得一团糟的沈惟敬……即便如此，大久保长安也并不吃惊。他的野心也在膨胀。他认为，索德罗的野心愈大，可供他利用之处便愈多。他恨不得生了翅膀，飞到浅草的索德罗身边。

阿幸醒来，已不见了长安的踪影。

“夫人，您洗漱过了？”阿幸梳洗过，到了妓女们的屋子。这时，长安的手下本间德次郎带着一脸讨好的微笑进来，“奉行大人差小人随行，今日出发前往佐渡。大人在这边有新的事务。”

“我知道，他是去寻索德罗了。”

“噢！”德次郎惊讶地瞪大了眼睛，“大人都与夫人说了吗？”

“不说我也知道。”

“是啊，您二人心心相印，您可看透大人心中所想啊。”

“当然，因为我是蜂王。”

“啊？”

“好了。让大家快些准备吧。”

“奉行大人说，会在三四日内赶回。途中有近两百男丁护送，不必担心。”德次郎说完，便要出去。

“且等一下。”阿幸叫住他，“你出生在佐渡吗？”

“是。小人乃是古老的本间族后裔，祖先在那里生活了几百年。”

“我带去的这些女人怎样？你可满意？”

德次郎忙低下头，“这……京城水土滋养的女人，自然……”

“这当中可有你喜欢的女子？”

“这……有是有，只怕小人……”

“无妨，你告诉我她是谁。从今日晚上起，就让她陪你。但我有个条件。”

“条件？”

“不可再碰其他女人。安歇之处要和她们分开，免得途中发生争执。”

“是！那是当然！要是发生争执，奉行大人非砍了小的脑袋不可。”

“呵呵，我问你，奉行大人手下有无不错的造船匠？”

“在那样一个孤岛，离了船寸步难行，更无法补给每日所需，要找人造一艘结实的大船，毫无问题。”

“那你去办此事。”

就这样，阿幸带着女人们，先长安一步从江户出发了。

二四　大坂醉梦

是日，淀夫人依然起得很迟。年轻时，天一黑她便马上有了困意，天刚蒙蒙亮便又睁开了眼，而且整日神清气爽。但近日却反了过来。

到了晚上，她总是辗转难眠，往往是在被窝里听着第一声鸡鸣，众人陆续起床，她才朦胧睡去。她每被人的脚步声吵醒，便会大发雷霆。而每当训斥完，她又会独自苦笑。日上三竿，已到了巳时，此时却让别人蹑手蹑脚走动，未免过于为难人。

是日晨，大野治长之母大藏局在淀夫人铺旁候了好长时间。“夫人醒了吗？”看见淀夫人睁开惺忪的睡眼，大藏局低声道，“片桐市正大人从所司代府上回来了，正候着您呢，都着急了。”

但淀夫人并不回话。

一个难以启齿的噩梦让她全身汗湿。她梦到了秀赖。秀赖最近个头猛长，现已有六尺，这有些异常，在睡前她便感到忧心。众所周知，秀吉个子矮小。他的儿子却一个劲儿地长。即便不如此，也早就有了秀赖非太阁亲生的谣言。因此，淀夫人愈发忧心。

或许正因此，在梦中，秀赖才会挑逗她。若淀夫人斥退了秀赖，或许醒来亦不会如此不快。然而她并未拒绝。

她自责不已，感到莫名其妙的焦虑，如在痛苦的沼泽中挣扎。

大藏局见淀夫人又闭上眼睛，便不再作声，安安静静待在那里。她怎也想不到淀夫人梦到了什么。人说女人本是蛇身，可其梦中竟如此不堪，真是无耻。

淀夫人有时会把大藏局之子治长叫到自己房中。人皆以为，他们相亲相恋，羡慕治长能得到淀夫人宠幸，但淀夫人却无那般轻松。治长不过是献给她心中深藏的卑鄙蛇身的供品。

“夫人，片桐大人还在候着呢。”大藏局这才发现淀夫人已陷入沉思。

淀夫人似终于想起。她将胸中不快暂时压下，起来，默默梳妆打扮。

片桐且元奉淀夫人密令，去京城拜访所司代板仓胜重。因为震惊天下的丰国祭之后，一个传言在京坂一带大肆流传，说德川家康要隐退。

家康今年已六十有三，秀吉公便是在这个年纪故去的，家康也记着这个。传闻说，即便身体健康，家康也会辞去将军一职，把权力交给年轻后辈。

“我仔细回味太阁教训：人不知自己何时将会死去。在我身后，为了天下太平永固，必须让年轻一代习惯压在身上的重负。”这听起来确像家康的话。

淀夫人一开始并未把传闻当回事。太阁当年把关白一职让与秀次时，亦是出于这种想法。任性的老人往往会为了寻些新奇和变化，说出让人意想不到之言，家康恐也如此。他做将军还不到两年，怎可就此辞去职位？一开始，淀夫人是这般想的。

“将军似已下定决心。举行盛大的丰国祭，便是欲展示自己的文治武功，给世人一个念想，就像当年太阁举办醍醐赏花会……”听到身边人议论纷纷，淀夫人亦渐生忧心。若传闻属实，不正说明家康心中已确定了继承之人？于是，她把大意告诉了且元，让他到京城一探真相。在家康心腹中，所司代板仓胜重一向以谨慎稳重著称，深得家康倚重。淀夫人猜想，胜重必定明白家康心思。

梳洗毕，淀夫人到了外间，让人去传且元。

良久，一脸快意的片桐且元竟和大野治长一同进来。

“且元，情况如何？”

“经过本阿弥光悦的周旋，在茶室与板仓大人见了一面，便回来了。”

“哦。胜重是否毫不相瞒？”

“是。他说，这些事终究会公之于众，便把他所知全告诉了在下。”

“传闻属实吗？”

“将军大人说，太阁大人于六十三岁驾鹤西去，自己不能任享命运之予，故欲隐退。”

“何时隐退？”

“定于来春……”

淀夫人不由往前凑了凑。“来春？这么说来，下一任将军人选已然确定？”她故意不说出秀忠和秀赖，强装平静道。

家康若立了秀赖，让秀忠辅政，片桐且元怕早就明说了。但恐已无望，秀赖年幼，实在不堪大任。为了不让自己过于失望，淀夫人强作镇定，但且元却显得非常轻松，他和大野治长对视一眼，微笑道：“已然确定。而且，在下以为，如此便足以保得丰臣氏安泰。”

“可保丰臣氏安泰？”

“是。板仓胜重绝非为了应付在下而信口胡诌的轻薄之徒，他已一一向在下明言。”

“将军要遵循与天下公的约定，在秀赖十六岁时，将将军一职交还吗？”淀夫人嘴上这般问，但连她自己都已不信。不知从何时开始，她已明白，所谓交还权柄云云，不过一个难以成真的幻梦。为何会这样，她也无从知道。

片桐且元再次和大野治长对视一眼，又轻轻一笑。二人好像已经谈过此事，双方都甚是满意。且元道：“夫人，将军大人的想法果然高明，真出在下意料。”

“并非按照和天下公的约定……”

“是。那个约定已因治部少辅的轻率举动而成一张废纸。将军大人为了皇室和少君不辞辛劳，出兵征伐会津，石田和大谷却乘机进攻伏见……”

“好了，这些事我都知道。”淀夫人打断了且元，“那时，将军若对我们抱有敌意，怎会特意将修理从大津送回？以我和秀赖并不知情为由而宽谅我们的那一日起，事情便完全改变了。修理，你说呢？”

大野治长低声应了一声，向淀夫人施了一礼，道："请您冷静地听完片桐大人的话。"

"好，我听。看你们二人满脸笑容，定是好事。"

"夫人说得对。我们彻底放心了。将军大人为了丰臣氏能够世世代代存续下去，打算把将军之位让与秀忠的同时，举少君为右大臣。"片桐且元一字一顿道。

"将军？秀忠？举秀赖为右大臣？他到底是何意？"淀夫人真不懂。大野修理也很欣慰，看来并非坏事。她虽然心里如此想，可依然不明这对丰臣氏有何益处。

这时，片桐且元微笑着点头道："将军大人的想法实不寻常，我辈万万想不到。右大臣乃信长公最终之位。少君十三岁便被举为右大臣，不久便能任关白、太政大臣，日后定能继承太阁之位。"

"哦。"

"而且，日后不会再有战事。这么说，乃是因为丰臣氏从此和征夷大将军及其治下武将无关，而是作为朝廷栋梁。一言以蔽之，只要朝廷不灭，丰臣氏便会永存。"

淀夫人睁大眼睛，一副难以置信的样子，"只要皇族在，丰臣氏就会永存？"

"是。"

"浅井氏不存了，柴田氏也已败亡，继承了他们血统的我儿秀赖及其子孙，却可与皇族一样永远存续？"

"在下开始听到这些，也大为震怒，遂问胜重：将军大人是想让丰臣氏和徒有官位的五摄政一样，最多只领两千石俸禄？"

"是啊。"

"然而事实并非如此。胜重道：丰臣氏乃是大名，不久自会升为摄政关白，有这样一门拱卫皇宫，幕府即能安心治理天下。况且，丰臣与德川关系甚密。不仅太阁和将军大人携手筑造了太平根基，少君乃将军大人孙女婿，竹千代亦为夫人外甥，是少君内弟，亦是表弟。关白与武家栋梁好比左膀右臂，辅佐皇家，何人还能撼动日本国？这正是将军大人宏愿。听了这些，且元无地自容。”

“就是说，我的骨肉和阿江与的骨肉会使日本国江山永固？”

“板仓胜重含泪道，此乃将军大人以另一种形式，履行与已故太阁的约定。当时旁边还有本阿弥光悦。就连顽固执拗的光悦一听都放声大哭。在下不由长叹：第一次见到了活佛，将军大人乃是此世的活佛……”且元哭了起来，淀夫人和大野治长的眼圈也变得通红。

“哦，是这样……”片刻之后，淀夫人抬头，一脸认真道，“我明白了。且元，不管发生何事，日后关东的事就交给你了。你辛苦了。我也放心多了。我要去持佛堂献灯。”

片桐且元肃声道：“丰臣氏可以永续了。”

淀夫人连连点头，站起身，“把少君叫到持佛堂。此事要好生告诉他。且元，你说呢？这样重要的事，要是不让他知，日后可能引起误会。”

大野治长也跟着站起身，“夫人说得是，在下去请少君。”

片桐且元跪伏在那里，浑身剧烈颤抖。

淀夫人与且元出了房，匆匆赶往位于本城和二道城之间的小书院。那里曾是秀吉喜欢的房间，秀吉故去后，淀夫人便辟作了佛堂，其实就是她发牢骚的地方。

他们刚走进房间，侍女便马上点上长明灯。淀夫人吩咐：“好了好了，你下去吧，少君即要过来。”

侍女退下，淀夫人突然放声痛哭：“天下公啊，我们家可以永保安泰了。秀赖也……秀赖也……”

秀赖带着明石扫部进来时，淀夫人脸上泪痕未干。

“母亲大人。”秀赖站在门口，脸上流露出不快。

“秀赖，快进来。”

“母亲有何事？现在正是去马场的时候……您应知。”

“这是日课所不能比的大事，才把你叫来。来！”

“噢。”秀赖一副极不情愿的样子，“母亲大人，这就是您的坏习性，您把孩儿叫到佛堂，还会有何要紧事？孩儿全都知道。孩儿已非不谙世事的顽童了。”

“哎呀呀，这是什么话，今日可不一般。”

“母亲您真胆小，您要是想骂孩儿，就堂堂正正骂好了，何必老把父亲大人搬出来？拿父亲来压孩儿，孩儿已经受够了！”秀赖似乎误会了，前去叫他的大野治长也未现身。

“呵呵！”淀夫人笑道，“你在想什么啊，我的儿！母亲叫你，是因为市正回来了。唉，快坐下，等母亲把好消息告诉天下公。”

“不！”秀赖大叫一声，转身就欲往外走。片桐且元一把抓住他的衣袖。

“少君！”且元声音低沉，但异常严厉，“内府就当有内府的样子。身为内大臣，却和母亲顶嘴，万一传扬出去，岂不遭世人耻笑？”

“哼，你便是想说太阁大人英明睿智，我秀赖乃不孝之子吧？我知道你们想说什么。”虽然嘴硬，秀赖却不敢挣脱且元而去。他一脸不情愿地坐到淀夫人面前，道：“您说吧，我听着。”

淀夫人原本只想单独与秀赖谈谈，但如此一闹，她便不能让明石扫部和片桐且元回避了。“市正，就由你来说。我的话，他听不进去。”

“市正，你还不快说？”

被秀赖一催，且元突然呜咽起来，“我说，我说，大人可要好生听着。”

秀赖一脸不满，盯着佛坛，悻悻地“嗯”了一声。

“在下奉夫人之命，去京城拜访了板仓胜重。”且元语气甚是平静。秀赖长舒一口气，似欲听下去：“你找胜重有何事？”

“想打探近来一些传闻的真伪。说到传闻，少君知道些什么？”

“传闻？莫非又是说秀赖顽劣？”

“不，不是关于少君，而是将军大人要退隐。”

“将军大人要退隐？”

“是。下一位将军便是……”

“等等，市正！”秀赖急急往前凑了凑，“这么说，所谓好消息，便是说下一任将军是我了？”

且元不由咬了咬嘴唇。他应先说升右大臣一事，而非何人继承将军之位。“不，非也。下一位将军乃秀忠公，但大人会在将军受封之前，晋为右大臣。”

“右大臣？我就知道会是这样！这也算好消息？”

“大人何出此言？征夷大将军终是武职，朝廷有难，他就当挺身而出，领兵打仗。那样的位子，对丰臣氏的存续有何利可言？”且元其实想说“丰臣氏已无此能力”，但那样说未免过于残酷，只好巧言掩饰。

“市正，你说丰臣秀赖做不了征夷大将军？”

“少君，请您好生想一想。就连关原合战时，天下大名多已追随了将军。展眼四年已过，如今能够胜任征夷大将军一职、掌控天下的，只有德川。”

“是因为我比不上先父？”

“少君千万别这般想。德川和丰臣有着千丝万缕的联系，正因如此，他们才担起了护卫太平的责任。与此同时，丰臣氏作为摄政关白，跻身公卿之列，负责皇宫拱卫。少君明白吗，纵观历史，没有一个武家的天下能够长久。平氏繁华如梦，源氏三代而亡，北条氏狼狈败落，足利氏厄运难逃，在无休止的战乱中，将军也常弃城丧家……武家力量此消彼长，唯公家却能永世存续。只要皇族在，公卿便不会亡。总之，少君还年轻，因此，要把少君放在一个最安全的位置，确保平安无事。这便是将军大人的苦心。”

秀赖听了片桐且元一番话，毫无表情。这些话要秀赖明白，实有些勉强。不仅秀赖，就是天下众大名，能完全明白此话的人也屈指可数。通过武力而操天下权柄，又因武力而败亡，唯远离争乱的皇室及公卿能置身事外，永世存续，这是为何？此疑若能得解，世人早就从毫无意义的争斗中解脱出来了。

“将军大人曾答应过已故太阁，要好生教导、照拂于您。这是将军大人为您想的最好出路。”

在且元说话时，秀赖嘴唇不停颤动。且元话音刚落，他便转向淀夫人，道："市正的话和母亲今日要发的牢骚，是一码事吗？"

"你在说什么？市正的话，你都听明白了？"

"明白了。就是说，因为我尚无掌握天下的能耐，便让千姬的父亲继承将军之位。连江户的老爷子也和大家合起伙来，把我当成笑柄，就是这个意思吧？"

且元气得脸上变色："少君！"

"怎么？我可是老老实实听你把话说完了。"

"且元并非想让大人老老实实听在下说话。在下是担心您不明白此中深意，才欲仔细说给您听。"

"哼！你是说，秀赖并不明白那些话？"

"您都明白将军大人一番好意了？"

"我怎会不明白？我秀赖不再是不更事的三岁孩童，江户的老爷子在算计什么，明石扫部等人早就告诉我了。"

且元惊讶地看了一眼扫部，扫部忙垂下头，全身僵硬。且元道："少君知将军大人怎么煞费苦心，严格履行与令尊的约定吗？"

"我怎会不知？他只想着自己。就是世人，也都这么说。"

"少君！"且元忍无可忍，大声道，"到底将军大人何处不对？他怎生自私了？您说给在下听听。这是事关丰臣氏前程的大事。"

听且元如此大声责问，秀赖的反抗也愈强烈："市正，你乃丰臣家臣，还是江户家臣？"

"少君莫要说这些无情之言！在下乃已故太阁一手提拔，正因如此，才放弃了出人头地之念，侍奉少君左右。"

"那就休要事事都向着江户那老头子。"

"少君是把将军当成敌人？"

"不错，就是敌人！我身边的这些人，不都是我的敌人吗？"

且元几欲泪下。秀赖个子已是不小，但从这一番言语来看，他还是个孩子。且元长叹道："少君要是这般说，且元无言以对。但将军大人绝非您的敌人，而是一位可以依靠的贤明之人。"

"随你怎么说。我可以走了吗？我已经受够了这佛堂气味！"

“少君，这佛堂里安放着令尊的灵位。他对您最深的关爱化作了和将军大人的约定，而正因为将军大人严守约定，少君才可在此城中安安心心度过每一日。”

“那我就与父亲说声多谢，我可走了吗？”

“请少君用心体会已故太阁对您的关爱。这样，您自然就能明白将军大人的恩德了。”且元恢复了平静。秀赖也安静下来，一脸认真地走到佛坛前，双手合十。

且元看着双手合十的秀赖，眼泪突然哗哗流了下来。在未来三四年里，秀赖便能脱胎换骨？且元突生忧虑：若从右大臣升为关白太政大臣，秀赖能否胜任？从小长于内庭的秀赖，怎能控制住那些在乱世长大的大名？况且，他能否顺利当得上关白还是问题。不安如巨石压在且元心头。如今看来，家康公对秀赖还抱有期望。但且元能感觉到，大坂城中有人还在告诉秀赖：“家康，敌人也。”以发泄关原合战以来的不满。

“市正，父亲大人真的关爱过我吗？”突然，秀赖问道。

不等且元回答，淀夫人便颤声抢先道：“你问天下公，他关爱过你吗……”

“我不是问母亲大人，我问市正。父亲大人……”

且元止住正要说话的淀夫人：“夫人莫要为难少君了。太阁大人仙逝之时，少君只六岁，记不得这些事，不足为怪。”

“可是，他却说出这等话……”

且元不理会淀夫人的抱怨，转向秀赖：“少君，若说起已故太阁对少君的关爱，真可谓感天动地。”

“你说的话肯定不假。”

“少君刚刚降生时，太阁不允许大家尊称您，说如此方能平安长大。”

“这不是说明他厌弃我吗？”

“这话让在下意外。太阁是怕太看重您，会招来祸患。可还不到一年，他自己便忘了说过的话，一口一个‘幼主’。由此可见，太阁对少君何等珍视。”

“哦。”

“他把少君视若珍宝。不管多忙，都会抱您于膝上，始终不舍放下。恕在下失礼，此说可能有些不雅：太阁的膝头不知被大人尿湿了多少次。”

“我在父亲大人腿上方便？”

“是。可是太阁丝毫不觉得脏，用沾着您尿液的手去拿点心，给我们斟酒。那时，众人都无话可说。”

秀赖兴致勃勃听着且元说话。且元心中暗喜，道：“太阁弥留之际，把五大老招至跟前，反复拜托他们照顾少君。让千姬小姐嫁给您的是太阁，为丰臣氏的存续费尽心血的也是太阁。将军大人一一实现了对太阁的承诺。若无将军和太阁当年的约定，关原合战时，关东便要将少君和夫人赶到艺州。恕在下冒昧，那时若被赶往艺州，今日您和大坂城想必已不复存在了。这都是因为太阁大人与将军之约。但在下实未想到大人会怀疑太阁对您的关爱。”

“你是说，秀赖和父亲大人比起来，乃是个无情之人？”

“大人说什么？”这话出人意外，且元有些怀疑自己的耳朵，问道。

“我是问，我是不是生来就是个无情之人？”秀赖一脸认真。

“这是何意？”

“孩子在我怀中尿尿，我觉得很是肮脏，便把孩子扔了出去。”

“啊！”淀夫人轻叫一声。她已知道秀赖想说什么。两日前，荣局产下一个婴儿，他必是说他第一次抱那婴儿的事。且元那时去了京都，尚不知此事。

“您是说谁……脏？”且元惊问。

“我的孩子。”

“您的孩子？”

“是。是个女婴。可我还从未见过那般丑的东西。而且，她竟尿了我一身，我便把她扔了去。”

“这么说……这么说，荣局已经生产了？”

“市正，与父亲比起来，我天生就是无情之人吗？”

因为事出突然，且元愣在那里，找不出合适的言辞应对。他知道荣局迟早会生，却未想到秀赖会比较自己和父亲对孩子的关爱。

且元原本想让秀赖认真体会丰臣氏的现状，秀赖却未真正明白且元的心思。且元突然感到心头一阵难受：还是个孩子的秀赖，竟已做了父亲。

“你为何不回我，市正？父亲大人曾经那般爱我，我却觉得自己的孩子肮脏、可恨。难道那不是我的孩子？”

“少君，您万万别这么想。刚出生的婴儿都不好看，但过不了多久，您就会觉得她甚是可爱。”

“那，我并非无情之人吗？”

“是，是，正是，大人绝非无情之人。正因少君心中有情，才希望她长得好看些。是这个原因吧，夫人？”

淀夫人不言，她对荣局的怨气尚未消除。

且元的心思马上转到了孩子身上。给那孩子什么名分，在何处抚养，这一切都应马上确定。秀赖则松了口气，抚平袴上的褶皱，站起身来……

二五　知己之人

德川秀忠之子竹千代第一次参拜江户的山王社，乃是庆长九年冬月初八，此时距京城举行盛大的丰国祭，已有三月。

文明年间由太田道灌主持兴建的山王社，被定为江户城的产土神社。此社在半藏门外贝冢一带，已被称作春日局的斋藤福子抱着年幼的竹千代，在青山忠俊、内藤清次、水野重家、川村重久、大草公继、内藤正重的陪同下参拜了山王社。回来时，特意绕道去青山常陆介忠成的府邸稍作停留。此次参拜的目的，便是要告诉大名和世人，江户后续有人了。

此后便是德川家康生母传通院的三周年忌，祭礼甚是盛大。江户虽不能和京都相比，但作为征夷大将军居城，从去岁开始扩建，其规模已与大坂不相上下。城池筑建由藤堂高虎负责，确定山王社为产土神社，则是根据武州川越喜多院天海的建议。

家康作为将军应做诸事，已大致完成了。新年之后便是庆长十年，斯时，家康已年六十有四。

家康一刻也未忘记，人终有一死。他深信，不明白这个道理，不懂得善后，便会遭天谴。

再过三日就迎来新年，江户本城到处都忙着岁末扫除。故家康躲进了西苑的白书院，正和从川越赶来的天海和藤堂高虎一起喝茶。

西苑刚刚落成，还散发着木材香味，建得格外雅致。

“今年虽忙碌，但颇有收获，我亦放心许多，明年就在西苑内居住。”

家康抬头透窗看着蓝天上飞过的海鸥。此景在冬日并不常见。天海随即问："这么说，将军大人要将此处作为隐居之所吗？"

"正是。藤堂高虎为我建了这般气派的房子，要把它作为隐居之处，的确有些可惜。"

"大人还是要坚持退隐？"

"正是。太阁归天时，我便发誓，定要在太阁大人那个年纪之前打好太平的根基。我用了七年时间，直到此次丰国祭，总算略有小成。这都是神明相助。若不爽快地退隐，为身后的事作些打算……"

不等家康说完，天海便看了一眼藤堂高虎，道，"佐渡守恐也有同样的想法。老衲以为，大人这个打算早了一年。"

家康轻轻一笑，"哦，为何？我倒觉得，人若知自己将不久于世而早作打算，并无不妥。"

"是，天下已定，百姓无不安居乐业。可关原合战仅仅过了四年，战败之人心中依然存有妄想，仍蠢蠢欲动。大人敕封将军也才两年。冰冻三尺非一日之寒啊。"

"看来大师还未能明白我的意思。我正是为了让那些人打消妄想，祭奠在战事中死去的亡灵，才决定早一年退隐。"家康言毕，喝光碗中的茶，接着道，"太阁便是晚了一年。到今日，太阁大人似还在我耳边告诫：内府，莫要晚了，万万不可晚了！若太阁早一年决定从高丽撤军，在他故去那年春日举行的醍醐赏花会上犒劳将士，那么，局面就和现在完全不同了。"

"是啊。"藤堂高虎插嘴道，"太阁若早一年从高丽撤军，石田和七将之争便不会发生。"

"正是。"家康若无其事放下茶碗，接着道，"都因太阁大意，才导致了后来的关原合战。我必须吸取这个教训，到来春便进京面圣，辞去将军职务。"

天海啧啧道："老衲并非完全不明将军大人苦心。但大纳言大人和将军大人比起来，差别甚大啊。"

"我知。但我却不能无视自己的年纪啊。"

“将军大人，若有好事的大名反过来想，又该如何呢？”

“反过来？”

“他们也会想，人终有一死，将军大人并不能长生不逝。大人早晚会离开人世，且先忍一忍。之前好生巴结，博得欢心，一旦大人归天，便挑起事端。要是有人这般想，那才是祸根。”

“是啊。”藤堂高虎附和了一句。在意见出现分歧时，高虎必定会对双方都附和几句，才讲出自己的看法。因为他知，承认了前面的说法各有道理后，再提出新意见，分量自会增加不少。“是啊，那反而会助长一些人的野心。”高虎侧首看住家康。但家康并不理会高虎，仍然面带微笑，凭着扶几，道：“大师，你说要我再等上一年？”

“正是。只要一年。”

“那么，我在这一年里做些什么？”

“大人可以画龙点睛。”

“怎样才能画出这一双龙目？”

“这么做诚有些残忍，但老衲建议，大人当铲除几个不解新政的粗野大名。”天海大师面不改色道，“将军大人似还未完全明白佛法教义。务善是佛心，除恶亦是佛心啊。要想真正巩固太平，就必须将那些难以驯服、唯恐天下不乱之人一举消灭。只有拥有这般勇气和慈悲胸怀，才能真正巩固太平。将军大人还需三思。”

藤堂高虎使劲眨着眼睛，在这一点上，他的意见和天海一致。

家康长叹一声，“这么说，善政有时也需得大开杀戒？”

“正是。以恶制恶，乃是不得已而为之。”

“呵呵。”家康突然低声笑道，“这些，德川家康也想到了，而且已经深思熟虑过。”

“哦？”

家康爽快地点点头，“他们尚未浮出水面，家康亦不必出手。此乃我行事做人的第一要务。”

“哦。”

“如今，不喜太平，并因此而灰心丧气者实非少数。先前，大家可以背叛父亲，杀掉兄弟，凭手中长矛便可成为大名。但我结束了这一切。要列出那些因此而焦躁不安的人，恐怕难以尽数。对于他们，我要耐心解释，告诉他们，他们错了。这是我的责任。不管别人如何，我相信佛祖会赞同我。大师，这一点你也应明白吧。明春我便要退隐，但绝非逃避，正好相反，是以退为进。我知天命而主动退隐，不管那些人是何居心，只要他们野心还未暴露，我便不会动手。但万一有人露出野心，到时秀忠必轻易起而诛之，不必假予我手。这比一直霸着将军之位不放更有利，大师说呢？”家康笑道。

不知天海想到什么，纵声大笑起来，完全不顾出家人应有的矜持。

“大师，你笑什么？”家康并未责备天海的无礼，平静道，“难道家康的想法有不妥之处？”

“不，不，毫无不妥。”大笑过后，天海整了整袈裟，道，“老衲笑的并非将军大人，而是自笑和尚杞人忧天。大人的决定经过了这等深思熟虑，贫僧决不再加阻拦。将军大人的想法，实比贫僧所虑周全得多。”

家康转换了话题：“世间都说，我和太阁最终并非一心。不管在江户，还是在大坂城，很多人这般认为。”

“唉。燕雀安知鸿鹄之志哉。若非英雄，岂能明白英雄心事？”

“初时，我对已故太阁亦抱有警惕之心，怕他玷污了信长公遗志，于是，便暗中把石川数正送到了太阁身边，以察太阁为人节操。然而，太阁却并非如我想象那般。”

天海似乎想起什么，“那石川伯耆守数正，后来怎样了？”

藤堂高虎笑着替家康回答道：“后来死了两次。”

“哦？一个人死了两次？”

“正是。文禄末年，看到天下将入将军大人之手，他在京城死过一次。庆长八年，看到将军大人真正尽操天下权柄，又在深志城死了一次。”

天海目不转睛看着二人，似终于明白，“原来如此，原来如此，怪不得死了两次。”

却说石川数正得封信州深志城十万石，表面上是受到秀吉诱惑，背叛家康，弃冈崎城代之职，投了秀吉。但三河武士并不解其中内情，单以为他真背叛了德川，对他恨之入骨。他于文禄三年八月，让人从京城府邸抬出了自己的灵柩。那恐是和家康商议之后才作出的决定。他的职位由儿子康长继承，领地原封不动。第二次死亡，怕才是他真正寿终正寝。

家康开始回忆秀吉："太阁乃是这世上少见的豪杰。他天生才华出众，我远远不及……他性情开朗，豁达无碍，不愧被称为太阳之子。"

听见家康称赞秀吉，藤堂高虎眼露疑惑。他虽曾是秀吉家臣，但与秀吉比起来，他更佩服家康，并因此得到重用，此时他无法赞同家康之言，亦是自然，"是啊，太阁大人颇有人缘，容易亲近。但他的言行总让人感觉有些轻率和虚张声势，这是他的不足。"

"非也。虚张声势和大话的背后，其实他是如孩子般在认真反省，这便是他能发扬信长公遗志的原因。"

"将军大人总是如此谦逊。"

"不，我是实话实说。为了让我到大坂城一见，以孝心著称于世的太阁，甚至不惜以母亲为质。若非有着天地般的胸襟和大志，绝对无法做到。"

"作为回报，将军大人亦胸若海川。关原合战后，您便未追究淀夫人和秀赖的罪过。"

"高虎，他们只不过孤儿寡母，对战事一无所知。说到报答太阁恩德，还在以后。"

"有趣！"天海突然探身道，"贫僧亦想听上一听，对于丰臣遗孤，将军大人打算作何处理？"

"来春我进京面圣时，打算将一切都定下来，为他铺好一条路。"

"铺好一条路？"

"是啊。我打算在把将军之位让与秀忠前，请封秀赖为右大臣。"

"哦。秀忠公子还只是权大纳言，即便做上了将军也只是内大臣啊。"

"秀赖晋为右大臣之后，待圣上下诏册封秀忠为将军，然后请秀赖进京。"

"哦，这样，二人可一起进京面圣谢恩，是吗？"

“正是。大师果然慧眼。在此之后，耐心向秀赖说明，让他明白对于十三岁的他，右大臣之位何等尊贵。”

“老衲明白。就是说，德川乃武家统领，丰臣氏为公卿之首，将军大人是想通过两家齐心合力，以保天下太平永驻。”

家康淡然笑了笑，“大师以为，家康的想法有不妥之处吗？”

“不，如此一来，丰臣氏就和皇族一起，永远不会动摇。”天海一脸钦佩，激动地拍膝道，“但，大人怎么把秀赖叫到京城？此恐症结所在。”

“哦？”

“此非官位问题，而是天下瞩目的大事。无论怎生说，是让他向新将军见礼。这样，那些希望天下大乱的暴徒也应明白了。”

“让秀赖向秀忠见礼？”关于此点，家康实还未想过。他有两种办法可把秀赖叫到京城：其一，通过高台院，传其至京。在家谱上，秀赖乃高台院之子。淀夫人始终只是侧室，高台院的分量自比淀夫人重得多。若母亲说要见见自己好久不见的儿子，秀赖自然无拒绝进京的道理。其二，便是家康亲自叫他上京。秀赖一直把家康称为“江户的爷爷”，况且家康职位也在秀赖之上，故家康说想要见见秀赖，为尊重长者起见，秀赖亦不当拒绝。但天海说乘机命他进京、向新将军秀忠见礼云云，则令人生忧。

“有此必要吗，大师？”

“要明确向世人表明，时世已经变了。”

“好了。这些事待我进京之后再作打算。哦，对了，如此一来，太阁该瞑目了。”家康敛起笑容，道。

天海意味深长地一笑，道：“太阁定能瞑目。但那些亡命之徒却会说，将军大人巧妙地骗过了天下啊。”

“他们总是会这般想啊。”

“那些人可非将军大人。他们只会盯着大人把将军职位传给秀忠公子一事，完全不会注意秀赖何以升为右大臣。”

“真令人遗憾。我正是想到秀赖，当初接受征夷大将军一职时，才极力推辞右大臣之位。那时虽未得许可，但后来我又特意向圣上请求，请免去右大臣之职。一切都是为了秀赖啊，他们难道看不到这些？”

“恕贫僧直言，他们只会将此解为将军大人乃是想通过此事，蒙骗大坂。他们只有这样的眼光。”

“唉，右大臣乃是信长公最后的官位，也是德川家康到了六十二岁封将军时才得到的官职，即便把此尊位赐给一个十三岁的小儿，也是奸心？”

“都因乱世刚刚结束。故，该出手时便要出手，否则，他们必愈发不把新政看在眼里。佛教有严格的戒律，绝不可将戒律和冷酷无情混为一谈。”

“言之有理。”

“将军大人，既然要退隐，还有一件大事老衲必须问问您。”天海双眼炯炯有神。

“大事？”家康咳嗽一声，道，“家康以为已万无一失，竟还有大事？”

“有。假如将军大人退隐之后，一群乱事之人据守大坂城，向京城发难，该如何处置？”

“好个向京城发难！那时，我会立即派井伊前去镇压。因此，我才把井伊安排于彼，同时也令一些旗本将士一起驻守。这样还不够？”

“凡事只怕万一。”

“哦？”

“倘若那些据守大坂城的乱事者看穿了大人的防备，举兵造反的同时，把天子从皇宫接到大坂，将军又当如何？”

“挟天子以令诸侯？”

“是。若非如此，便无正当的理由和名分。挟持天子，假托圣命，如此一来，井伊和将军大人统统会背上贼名。”

家康呵呵一笑。但对天海所言，他却不能一笑了之。“以前源平相争时，赖朝公最担心的也是此。”

“正是。但赖朝公担心的只是上皇见异思迁，将军大人当警惕的，却与当时完全不同。”

“我应警惕什么？”

“经过了乱世，习惯以下犯上之人的心性已发生了巨大变化，对皇族的看法已有了莫大不同。”

“是啊。”

“故，他们一旦挟持天子举兵造反，便成了一群无法无天的恶魔，真不知会做出何等事来。万一皇统因此断绝，将军大人便会永远被世人怨恨。”

家康闭上了眼睛。能说出这种胆大包天的话来的，普天之下只有天海。家康本想责备他，堵上他的嘴，但其言又不无道理。

如今井伊家主乃直政之子直孝，勤皇之心丝毫不逊其父。但若他听到消息赶往皇宫之前，乱事者便已挟走了天子……

“若那些人认为，只要挟持了天子，不管是与大人，还是与下一代将军大人较量，他们都会处于优势，那又当如何？大人不觉得此为引发天下大乱的种子吗？”天海依然毫无顾忌，“此事与石田挟持秀赖举兵造反不可同日而语，这恐会导致日本国大乱。”

“大师说话令人不快。”家康闭着眼睛叹了口气，“大师是说，仅有井伊防备还不够，应该小心翼翼除去可能导致天下大乱的种子，是吗？”

“正是。”天海大声答道，“门尚未关好，却怨盗贼来访，才是愚蠢至极啊。”

“我就是为了把门关好，才让秀赖成为公卿。”

“大人想让他一直待在大坂城？”

“不。”

“想必也是。要是让秀赖继续留在大坂城，他定会被那些居心叵测者盯上。那些愚昧之人定会认为，丰臣秀赖挟皇上举兵是极好的靠山。”

“哦？”

“将军大人亦该注意此事。那么大人打算把秀赖安排到何处？”

“远离京城，便无法履行拱卫皇室之责。因此，安排他在大和甚好，故我未曾把奈良交与别人，而是安排大久保长安在那里做代官，亦是为秀赖准备……”

“将军大人，您要是连这些都想到了，就当作出更直接的决断。”

"哦？"

"迅速把大坂城控制在手中，然后请一位一品亲王入住江户。愚僧以为，大人把此事办妥之后，再退隐不迟。"

"请一位一品亲王？"

"是。"

"不可。绝不可做出这等事。要是有人说，德川家康以赠亲王府邸为名，挟持人质云云……"

"将军大人！"

"绝对不可！那是向朝廷索要人质！世人定会说，德川家康乃是穷凶极恶的逆贼。大师啊，一旦失了民心，会前功尽弃。此事莫要再提。"

天海大笑起来，"哈哈哈，既如此，和尚就不说了。老衲还以为，将军大人不是个寻常之人。"

"大师何意？"

"做了征夷大将军，便爱惜自己名声，在意世间评说，要是这样，大人好不容易推行的新政也就无甚意义了。这些话，老衲不会再说第二遍。"

家康瞪大眼睛，紧紧盯着天海，一动不动，他丰满的额头上青筋暴跳。藤堂高虎看不下去，忙插嘴道："好像要下雪了，外边的海鸥在不停地鸣叫……"

藤堂高虎未能阻止家康，家康怒道，"你这和尚存心要惹我动怒！"

"老衲很是意外。存心惹大人动怒，有何好处？即便大人震怒，和尚亦不惧。要是因此噤口不言，便对不起将军大人对老衲的厚爱。正因如此，老衲才要言无不尽。"

"唉。"家康低吟一声。当今之世，能够在他面前说出这等话来的，除了天海不会再有他人。他明知应虚怀若谷，可心中愈想愈气。天海甚是明白家康心思，悠然看着门外，信心十足。

"和尚，你是说，即便世人以为我挟持人质，也要如此？"

"事情并非如大人想象的那般简单。"

"但请一品亲王下关东，人言可畏啊。"

“恕老衲直言，老衲方才只是想打探将军大人是否有此用心。”

“大师，我怕留下洗不掉的污点，才那般说。”

“老衲自然想到了。将军大人想以儒道教化百姓，把世人都改造成圣人，大人此念，便是犯了佛法贪戒。”

“是啊。人人都有克服不掉的缺点。以净土为念，以圣人君子为标，哪怕十成学到一成也好啊。若不如此，世间自会堕落为修罗场。我相信，这世上的学问、佛法，都是为了使人间尽量接近佛国，除此之外，别无他用。”

“老衲也这般认为。人原本便是神佛创造，故即便一时堕落为恶鬼罗刹，仍然要尽快让他们恢复人身。为了不让人们忘记这些，上苍便把原本是神明的皇族降到人间，遂有了日本国。因此，为了保住皇族血统，这些考虑并不违背将军大人苦心。”天海看看藤堂高虎，又道，“将军大人未等我说完，便朝我发火。嗨，将军真是性急。”

家康闭眼不语，他平静了下来。

“将军大人。”天海压低声音，“将军大人深知世道人心。大人要是过于注重心志，有人便会成为难以驾驭的怪物，将军大人亦会被吃掉。将军大人被吃掉，便无法给后世构筑太平根基。因此，请将军请一位一品亲王下关东，牢筑磐石，以防皇统断绝。”

“……”

“即便有人说是人质，大人也万万不要在意。您可调查有无此成例。从箱根往东，有一处神社，请亲王驾于此地。老衲有二三计策，请务必将此事定下来。在江户建造亲王府邸，严加保护。”

“哦。”

“这只是为了以防万一。另，若知将军大人有此用心，西边那些企图谋逆之徒便会自行打消念头。于关键之处置一把锁，便是拯救盗贼之法。”

家康依然不语。但天海知，话已经打动了家康。他继续喋喋不休：“人不能不讲情义，但也不能被情义左右。同样，人不能无志，但若志向离世太远，便会一事无成。将军大人这般圣人，绝不可急于退隐。当然，将军大人并非要逃避，而是想尽早调教担此重任之人。来春进京之时，将军大人的队伍自不必说，即便是秀忠公子的队列，也要极尽豪华威武，只两三万人绝对不够。要让看到队伍的众生，都不敢生有平视之心。无此声势浩大的队伍，必会令某些人生起异心。到了京城后，权大纳言大人以见女婿为由，招秀赖进京。斯时，大人向二人细细说明，将将军一职传给秀忠公子，将右大臣一职与秀赖。然后，奏请一位一品亲王下关东。将军大人从此便可埋首于隐退之后的事务，放心向海洋而去……”

家康只是认真听着，仍一言不发。

“像将军大人这样的人也在意清议，错失良机，必会成为后世笑柄。”天海愈加慷慨激昂，“难道不是吗？大人想，太阁归天时，他把谁当成了依靠？正是大人您。他常道，除了大人您，再无人值得托付。对于此事，稍有见识之人都明白。可将军大人还顾虑什么呢？”

家康身如磐石，沉默不语。

“若大人顾虑太阁，便再无比此更侮辱他、贬损他之事了。”

“贬损太阁？”

“正是。太阁弥留之时，虽有些糊涂，但其器宇之宏大、心性之豁达，均可论为世上独一无二，太阁为古今不二的英雄豪杰。然而将军大人对太阁大人的知遇之恩无法报答，惧累及太阁名声。世人会认为，太阁不过目光短浅之人，说不定就连石田发动骚乱，也是太阁的亡灵指使……”

“等等！你这和尚，为何在此处屡屡提起太阁？”

“唉。太阁认为，将军大人乃是掌管天下的不二人选。大人只有对得起这种信任，才符合英雄识英雄的老话，这便是老衲的意思。”

“那么，太阁的遗志……太阁遗志……”

“绝非孤儿寡母可担当的卑小志向。”天海接过话头道。

“你是说，过于在意世议，反而会玷污太阁？”

“正是。”天海敲了敲榻榻米，道，“大人的这些顾虑，只会助长那些企图利用秀赖、以谋逆乱之徒的野心。大人必有一日要出兵平定。但那个时候出兵，世人却无法明白将军大人真意。”

“那是为何？”

“人们会以为，那是丰臣德川为争夺天下的较量。太阁成了只顾自家儿孙而忘记大志的卑小人物，将军大人也成了为实现野心而残忍杀戮丰臣遗孤的寻常武将。大人要是认为这也无妨，便不妨依了原计。”

家康额上再次暴出青筋，但很快就消失了，为一声叹息取代，“唉！大师，你所言句句在理。”

“虽然合理，但于情，大人无法接受。”

“正是。可是，大师方才所言，家康也并非全不采纳。我会努力报答太阁知遇之恩。唉，请大师见谅。”家康的脸色变得甚是难看，似欲泪下。

二六　将军上洛

德川家康要辞去征夷大将军一职的说法，在天下流传开去。有人说，是因为家康公对自己的身体失去了信心，有人说，是为了篡夺丰臣氏的天下。若家康推举德川秀忠为下一任将军，天下便完全为德川所有。故，秀忠进京领将军之位，大坂方面定会袭击二条城，不会让他活着回江户。

"为何要在这个时候冒险提出退隐？"

"当然是想在秀赖十六岁之前，便确定天下格局。"

"果真如此，待到秀赖十六岁时再退隐也不迟啊，刚封将军还不到两年。"

"这便是家康公的城府。人还在，便把权柄交与秀忠，以观天下局势。要是大坂胆敢有人因此举兵，再发动一次关原合战便是。"

德川家臣对此事也意见不一。

"还不到时候，应让秀赖完全明白丰臣氏已无力掌控天下时，再行隐退不迟。"

"不，将军大人乃是想尽早将政务交与大纳言大人，自己则把目光投向海外。若非如此，便会落后于人。让将军大人这般想的乃是三浦按针。"

"那三浦按针也是个棘手人物。听说大坂有很多人恨他。倘若将军大人退隐之后与按针一途，愈会刺激大坂，招来不必要的麻烦。故将军若不再坚持一些时日，事情会变得很是麻烦。"

两方有一个共同之处，就是认为这样做，会引起德川和丰臣的对立。

对于这样的误解，家康甚是意外。他原本是想如何让两家由对立转为融合，齐心合力，永保太平。

家康最终下定决心从江户出发进京面圣，乃庆长十年正月初九。此前，秀忠与其亲信已作了周密安排。可见，藤堂高虎和天海的意见并未起到多大作用。

家康进京途中，在箱根作短暂停留，洗过温泉，随后到达骏府城，准备在此休养一些时日，观察世间风评和人心动向，然后前往伏见城，时定为二月十九。彼时再知会江户的秀忠，秀忠遂率领着整装待发的队伍，从江户出发。

家康在进京途中观到的世道人心，却不容乐观。天海的见解不无道理，不知从何处冒出些传闻，让人甚为奇怪，甚至连去岁的丰国祭，都受到严重质疑。

丰国祭期间，京都大街小巷无不载歌载舞，一派升平气象，就连后阳成天皇都走出紫宸殿，和宫眷共赏百姓舞蹈，甚为欣慰，不可谓不盛大。然而本是为了显示家康和已故太阁情意的祭礼，却被人完全误解。有些人窃议：看来太阁还如以前那般受拥戴，丰臣氏再度掌握天下并非全是空想。从那以后，西国大名遂频繁出入大坂城。

家康对这些传言惊讶不已。他原本就知为政并非易事，但实未想到，因为世人的无知，他的好意竟成了煽动野心的祸根。他认为，必须重新安排秀忠的队伍，若只有三五千人，或许真会给人错觉，导致不该发生的乱事。

家康的队伍依然甚是简朴，甚至不如一个一万石的小藩之主。将要成为下一任将军的秀忠，正如天海所言，定要让人一看便心惊胆寒，打消谋逆之念。于是，家康从彦根差了急使，快马回到江户，命秀忠精心准备。

由此看来，把秀赖推举为右大臣，仍然有人闲话，倒不如干脆将秀赖与诸大名一起传到伏见城，令其向秀忠致贺。可虽如此，秀忠与秀赖也不可以尊卑之礼相见。即使秀忠接受了将军封号，他仍然只是内大臣，右大臣秀赖的官位仍在其上。故在伏见城，可令翁婿二人并排坐于上首，接受诸大名致贺。然后，让秀忠公告天下：公卿与将军齐心合力，共筑太平。这样一来，众人必能心服口服。

进京面圣时，必须有壮观的队伍，足以彰显武家统领威严。家康欲沿袭古时源赖朝公旧制，率十六万人进京。旗本将士八万骑，加上伊达、上杉、佐竹等关东以北大名组成的队伍，合计十六万。这么一支浩浩荡荡的队伍一走动，那些试图和幕府对抗的野心自随之烟消云散。

家康一生都极尽简朴，但若因此被天下人耻笑，他就不得不另作打算了。杀人如麻、强取豪夺乃是武士本性，众武将大名都在暴力的熏陶下长大。对他们来说，太平阻断了他们的梦，乃他们之大敌。只要还有发动争乱的能力，他们必会抓住机会，孤注一掷。

为了让他们舍弃这些想法，家康细心策划了丰国祭，却带来了相反的效果。太平虽是天下苍生的希望，其中仍会遗有异端，虽是少数，却绝不可忽视。在这些人眼中，家康乃是野心勃勃之人。

家康令人命秀忠率领十六万大军从江户出发后，立时命人去三本木接高台院，并特意派板仓胜重为使带信函前去。胜重自会道：“夫人欲筑建高台寺，因为权大纳言大人也要进京，故将军大人决定让土井利胜负责，筹备各项事务。请夫人移步伏见城，以商议具体事宜。”

家康要和高台院商议的却不单单是此事。秀忠接受将军册封之后，家康想把秀赖从大坂传到京城一见。关于此事，他想征求高台院的意见。板仓胜重的话中也会有这样的意思。

高台院迅速作出答复，并在板仓胜重陪同下于二月二十八到了伏见城，这一日，正是秀忠率十六万大军从江户出发的日子。

这一日，一直相交甚恶的朝鲜来了使者，希望恢复邦交。使者住进了丰光寺，负责接待的承兑刚刚交涉完毕。

“高台院到了？快快有请！”家康特意选择了书院而非大厅，以进行轻松谈话。在场的只有亲信本多正纯和侧室阿胜夫人，高台院身边亦只有庆顺尼，陪高台院前来的板仓胜重回避了。

“啊，好，夫人精神还是那般健朗。快快，到这边来坐。”

“将军气色亦越发好了，老身欣慰之至。”

二人毫无隔阂。高台院虽为女流，却能深明大义。

“听说大人就要将将军一职让与大纳言大人，退隐了？”

“正是。已经到了年纪，过六十三岁了。”

“是，太阁正月出生，将军乃是腊月生人。”

“哎呀，夫人连家康的生辰都记着呢。”家康说着，掐指一算，“我出生于腊月二十六，正值年底，到今年七月正好为太阁故去时的年纪。在此之前，我当准备身后事了。不然，太阁定会责备我目光短浅。”

“是啊，大人已六十三岁了，虽说如此，您看起来还是要比太阁当年年轻些。”

“夫人，您可还记得那次醍醐赏花会？”

“我怎会忘记？那是太阁大人最后一次游玩。”

“正是。对于家康，现在正如那次醍醐赏花。”

高台院掰着手指算了算，道：“是啊，正是那个时候。”

“夫人，到如今，我才真正明白太阁为何会举办那次盛会。我亦当学学太阁，游玩一次。”

“游玩？”

“我这次游玩无太阁那般风雅，单是从江户调出十六万大军，浩浩荡荡朝京城进发。在有心人眼里，这究竟是何意？”

高台院眼里掠过一丝不安，看了一眼家康，“莫非谁要谋反？”

“不，乃是示威，让那些企图谋逆之人打消妄念。”

高台院不言，但她知，大军所指，并非大坂。

“太阁当年举行气派的赏花会，我可能不解风雅，但我依然以为，那乃是向世人示威。”

“将军大人是这般看的？”高台院顿了一下，“老身有一事要问将军。”

“是关于大坂，关于秀赖？”

“正是。在将军大人看来，秀赖究竟能成为何样人？”

“哈哈！”家康朗声笑了，“在秀忠接受将军册封之前，我欲先举秀赖为右大臣。”

“右大臣？这么说，就是信长公当年……”

“是。家康接受将军册封时曾兼任右大臣，但我已辞去了。”

“那秀忠呢？”

“稍低一些的内大臣。我有一事相求：请秀赖进京，或是于二条城，或是于伏见城，与秀忠一起接受诸大名致贺。”

“……”

“事出突然，夫人可能一时无法理解。秀忠为武将之首征夷大将军，秀赖十三岁便成为右大臣，不久便会领关白一职。丰臣与德川同心协力，共建万世太平。夫人以为如何？”

高台院惊讶地瞪大眼睛，紧紧盯着家康。

或许还无人对高台院提起过家康的想法。家康本以为这么一说，高台院会马上大为赞同，但她的表情反而黯淡下去。家康又道，丰臣氏的领地和俸禄原封不动。万一将军施政不妥，丰臣氏家主完全可以指摘。但高台院紧锁的眉头并未展开。

“夫人还有不明之处？”家康有些急了，难道高台院心有他忧？“此乃为了不辜负太阁期待，家康经过深思熟虑，才想出的策略。夫人要是有不明之处，请直言。”

高台院犹豫了半日，方狠心道：“将军认为，秀赖才具并不比秀忠公子差？”

“夫人，家康并未比较二人才具，只是丰臣氏已无力掌控天下……”

高台院抬了抬手：“老身不得不说，依经验，做公卿实比统领诸大名更难。”

“那么，若无胜过秀忠之才具……”家康道。

“便无法胜任。”高台院斩钉截铁，言罢，摇头，“连太阁都无法胜任，老身不信秀赖有此才具。”

“太阁……”

“您难道不知？太阁做关白之时，曾与菊亭详谈，采取了诸多折中举措。您也知，以羽柴或者木下的姓氏继承公家世袭高位，史上尚无先例。于是，太阁便想改姓藤原，然而遭到公卿一致反对，说若强行改姓，便要给太阁加上叛贼之名，这才改姓了丰臣。”

“哦……”

“想必大人也有耳闻。此次亦必有人激烈反对，须强行将他们压制，让他们接受事实，若没有非凡的才具，恐难担此大任。”

“夫人担心这些？”

“这和其余诸事不同。万一卷入纷争，背上逆贼之名，才是祸根啊。”

家康突觉被人打了一巴掌，一时哑口无言。他刚刚挨过天海的一巴掌，而此次的问题比上次更是严重。他看了看高台院，她正皱着眉头，紧盯着他。

高台院认为，为皇族效力了上千年的公卿，不会那般轻易让一步登天的卑微之门跻身其列。平氏最终败落，赖朝公和之后的足利氏也潮涨潮消。家康当深深解得此兴亡沉浮之道。他之所以要在远离京城的江户开府，实便是效仿赖朝公旧事，为了避开朝廷是非。但家康为了遵太阁遗训，是否提出了一条走不通的路子？

天无绝人之路，家康亦想，问题在于幕府究竟有多大实力。只要将天下武将牢牢掌握在手中，不管公家怎样，朝廷终无法与幕府抗衡。昔日的乱世，便是因为武力分散在各人手中……

“夫人，您的话让家康如梦方醒。”

“那么，关于秀赖一事……”

“此事就请交与家康，夫人定要请秀赖进京。”

“但是，公家定会群起反之。”

“我们可试上一试，夫人。”家康恢复了笑容，又加上一句，“任何事情，不试一试，自无法知究竟能否行得通，只需谨慎小心便是。”

高台院轻叹一声。她见家康充满自信，也不好再阻挠，“将军大人既这样说，老身不便再加阻拦。”

“夫人，我是想让全天下的大名都看看秀忠同秀赖和睦坐于一处的样子。”

“是啊，这样一来，众大名的疑惑自会一扫而光了。”

“倘若大名们看到江户和大坂虽为两家，却是心念一致，公家也就无计可施了。不管公家有何反应，都由家康应付。但夫人的话倒是提醒了我。”

高台院又长叹一声：“把秀赖叫到京城，也算是我为世人做的最后一件事吧。”

“土井利胜会随秀忠来此。我命令利胜和板仓胜重建高台寺，让他们火速完工，以后夫人自可一心一意地供奉太阁大人之灵。”家康看一眼在旁边静静听他们谈话的阿胜夫人和本多正纯，道：“阿胜，预备饭菜。正纯，叫胜重来。对筑建高台寺，胜重心中大概已有打算。”

家康若无其事转移了话题。

未几，板仓胜重上来，众人都绝口不提秀赖一事，话题便转到建高台寺上。权大纳言秀忠的队伍来到之后，酒井忠世、土井利胜和板仓胜重将会负责建寺。

对高台寺寺址，胜重已作了布置：将大德寺的开山祖师大灯国师宗峰妙超的修炼之地云居寺，及供奉着细川满元灵位的岩栖院移往他处，于彼处建高台寺。

建成之后，高台院原先为生母朝日局建的寺町康德寺也会移至此处，为高台寺下属寺院。高台寺四百石，康德寺一百石，寺院所入合计五百石，可使之永不荒废。

“五百石？”因为高台院要求太少，家康有些不解，反问一句。

高台院却道：“够了。细水方能长流。”

她坚持不要更多的领地。家康却不能不说上几句：“我会依夫人要求，令人将伏见城与大坂城内一切能引起夫人回忆的建筑，全部移到寺院领内。”

胜重称已安排妥当。

随后，众人一起用了便饭。饭毕，高台院在板仓胜重陪同下回了三本木居处，家康方才令丰光寺承兑来见。

家康依然甚是在意高台院的话，“和尚，你说说，若让丰臣氏成为公卿第一，必有诸多障碍吗？”与公家交往甚密的承兑却含糊其词，并未明确表达意见。但这对家康来说，已是足够。“看来得重新考虑。”家康言罢，话题转向了朝鲜来使孙文或与僧人惟政。

朝鲜见家康新政得以实施，遂试图恢复邦交。若秀忠一行到来，让朝鲜使节亲眼见见那威风凛凛的军队盛况，他们绝不敢再生轻蔑之念。去年的丰国祭如此，今岁秀忠进京也是一样，不仅是向日本大名，也是向天下诸国示威。

“承兑，待秀忠顺利册封为将军后，我下一步便想从大名中选出些人，赐发远航西洋的朱印状，你以为如何？”

“贫僧甚是赞成。”在丰臣氏的问题上含糊其词的承兑，此时却毫不犹豫地答道，“若新将军给世人的印象，乃是只会在国内争权夺利，好不容易得以实施的新政必会化为烟尘。颁发远航西洋之朱印状，真是非凡的见识，贫僧佩服之至。”

如今的丰光寺承兑，亦成了将军府幕僚。发与巨贾的朱印状都经他手，那些想要做生意的大名无不与之结交。家康故有此一问。

“若和尚你也赞成，那么新将军上任后，我会让他马上发出朱印状。但不管怎么说，大名都拥有武力，若有人因我处理不当而出兵干涉，便要坏事。首先把朱印状发给谁合适？”

“贫僧以为，还是应先发给那些已熟知唐人与南蛮风俗的西国大名。”

“具体说说。”

“松浦、有马、锅岛和五岛等。”

家康有些奇怪，承兑列举的这些人，早已私下行商贾之事。

将军换代之时，必有权力更迭，其中隐藏种种危机，故，明确提出“向海外进发”的光明之路，让众人明白，交易乃支撑新政的台柱，若世人能齐心一致，为此共同目标奋进，太平的根基便牢不可破。如此，家康一生也算功德圆满了。防止大名纷争，解决丰臣氏归属，海外交易……家康命承兑负责朝鲜使节的接待及朱印状诸事后，便让他去了。

还有两事不能漏掉。其中一件乃是督促《吾妻鉴》的刻印。这是家康爱读的书，记录了镰仓幕府的创建过程。另一件便是见一见藤原惺窝推荐的弟子林道春。推广《吾妻鉴》乃是为了让那些粗野的武将们知道，征夷大将军为何必须凌驾诸大名之上，它可说乃是一部关于治国方略的书。要见一见林道春，则是因为林道春乃是一位可以担当推广儒学重任的人才，家康想尽快通过注《朱子》以推广儒学，以严格的伦理教化天下。没有这些，他的退隐便显得轻率。

论决断，家康不如信长；论才智，家康不如秀吉。若不汲取二人之长，加以磨炼，大业便会功败垂成。

领得家康旨意，秀忠率十六万大军，雄姿英发，于庆长十年三月二十一进驻伏见城。

这比当年的醍醐赏花会壮观得多。秀忠于三月二十九进宫面圣，家康亦于四月初七启奏圣上，将将军一职传与秀忠。

然后，从伏见城进入二条城的德川家康，于四月初十进宫面圣，十二日举丰臣秀赖为右大臣。四日之后，四月十六，德川秀忠接受将军册封……

二七　大坂绝途

德川家康辞去将军之职是为庆长十年四月十六。家康出生于天文十一年腊月二十六，算起来年已六十有二余一百日。据传秀吉出生于正月初一，若果真如此，庆长三年八月十八故去的他，在这世上历六十二年两百三十多日。两厢一算，只差一百二十余日。要赶在秀吉故去前的年纪让出将军职位，家康心里到底怎样想的？

之后，家康作为大御所，并未显示出丝毫衰老迹象。但寿辰天定，谁人也无法预计，对于家康，此后可谓“余生”。他要利用余生，开始新政下的新生活。但这样一个家康，身边吹起的风会在世间卷起怎样的旋涡呢？

人间总有胜有败，亦有幸与不幸的轮回。大河奔腾不息，细流也可能泛滥成灾。首先掀起风浪的正是大坂，却又不仅仅是大坂。号称十六万大军的德川秀忠的队伍进入尾张之后，便有百姓逃窜。对于尚未习惯太平盛世的他们来说，十六万大军必是要发起战事。

个中原因，既有失实的流言蜚语，也有足以引发事端的猜忌祸心。

源头自不必说，乃是那些流离失所的浪人。他们都欲再次通过战事找到用武之地。一旦希望破碎，他们便散布一些无中生有的谣言：“肯定是一心攻打大坂城。若非如此，怎会聚集偌多军队？”他们散布传言，说幕府已在从彦根到三井寺一带布下阵营，五月初便会杀进大坂城。

其次是西洋旧教徒。他们亦将大军和战事联系在一起，大造莫名声势："三浦按针的阴谋已浮出水面。要是我们不振作起来，天主教就会被赶出日本。"他们认为，生于英吉利的威廉·亚当斯深得家康信任，必会打击旧教诸国在日本的权益。

大坂城内外的女人也甚担心。此时，江户缺少女人，于是立时便有一个空穴来风的谣言，说军队正在疯狂掳掠女人。

淀夫人也听说了这些谣言，遂于四月十七叫来大野治长。此时丰臣秀赖已晋为右大臣，德川秀忠也已册封为征夷大将军。只是关于将军册封一事，淀夫人还不十分清楚。

"修理，那些就要发生战事的传闻，是真是假？"

因为在场的只有母亲大藏局，治长遂毫无顾忌地大声笑道："都是胡说八道！怎么可能！"

"你为何这般肯定？明石扫部来时，可是一脸忧色呢。"

"哈哈！扫部之所以忧虑，乃是因为看到将军大人宠信三浦按针，担心自己吃亏。"

"不是说民间很多人都已逃难吗？"

"片桐大人等已去安抚，过不了多久，便会安静下来。"

"那就好，不管怎么说，以目下丰臣氏的实力……"

"夫人，请您最好莫再说这种话。不管德川家康多么心肠冷酷，也不会刚刚把少君举为右大臣，便立刻攻进大坂城。这就如同拧断婴儿的胳膊，他要是做出这种残忍之事，只会遭天下人耻笑。"

"拧断婴儿的胳膊？"

"是。今日的大坂，即便动员所有将士，也不到十六万大军的十之一成。"

"修理，你太无情！"

"无情？"

"哼！德川和丰臣家臣乃是同等身份，你却说他攻打大坂，如同拧断婴儿胳膊。"

"哈哈，在下不敢。我本想说，您完全用不着担心。"

"好了，我知道，丰臣氏原来已成了婴儿的胳膊。"

正在这时，渡边内藏助之母正荣尼前来禀报说，片桐且元求见。和治长的谈话不如此沉闷，淀夫人或许会不见且元，但因为二人话不投机，她遂马上如同得救般道："要见见他，让他来。"平时，淀夫人并不喜治长和且元同处，多是因为治长常在且元面前失去分寸。

"市正，民间平静些了？"

"是。"且元颇为郑重地向淀夫人施了一礼，方道，"我耐心向他们解释，根本不可能打仗。少君蒙将军大人厚爱，晋升为右大臣。不管德川队伍有多少人，均非为战事而来。将军不会拧断婴儿的胳膊。"

淀夫人皱起眉头，把脸扭到一边，唇角剧烈颤抖。

"哈哈！"治长忙笑着解围，"您看看，市正不也和我一样？将军这次上洛，对丰臣氏绝无敌意。"

"那他是为何进京？"

"当然是为了向世人展示将军的荣耀和威风，这都是向赖朝公学的。"

"哎呀呀，秀赖可真有一群好家臣啊。"淀夫人狂笑道，"德川的荣耀和威风！修理和市正似都大为快心啊。要是天下公见了，定会夸奖你们是大忠臣啊！"

"这话从何说起？"且元笑着摆摆手，"天下公生前便巧妙地将丰臣德川合二为一了。如今还认为德川乃是外人，才可笑呢。"

"哦？你倒说给我听听。"

"哈哈！新将军秀忠乃是天下公之妹朝日夫人养子，正因如此，虽在德川家排行第三，却为嗣子。故，秀忠用了天下公名讳中的'秀'字，却未继承其父的名字。"

"那又如何？"

"夫人与将军夫人乃是同胞姊妹，双方的儿女现又结为夫妻，住于大坂城中。天下公生前常道，若秀赖和千姬生下孩子，便是他的孙子、家康的曾孙，德川丰臣便完全成为一家人了。"

"夫人，"治长亦道，"夫人您就安安心心修身养性。去岁丰国祭时，两家就已敌意全消，其乐融融……"

"修理！"治长话犹未完，淀夫人厉声呵斥道，"放肆！你方才都说了些什么！就是天下公，也未对我如此粗鲁无礼过。”

“在下不敢。在下只是想抚慰夫人，才这般说。”

淀夫人转向且元：“市正，你此来有何事？”

“实际上……”且元扫视了一眼四周，似有担心，但很快镇静下来，“实际上，京城的高台院夫人派来了使者。”

在心情不佳时，淀夫人绝不乐意听到“高台院”三字。不出所料，淀夫人把头扭向一边，“她遣使何为？”

“关于五月上旬，新将军在伏见城接受诸大名贺拜一事。”

“这与我有何干系？”

“和夫人当然无关，高台院夫人乃是要请少君进京。”片桐且元紧紧盯着淀夫人。除了高台院，板仓胜重也跟他联络过，商议过详细事宜。他也已见过秀赖，说过这事。即便淀夫人心绪不佳，此事亦不能不说清楚。

“这么说，她是想让秀赖进京，向新将军致贺？”

“不，是翁婿二人共同接受大名致贺，在下以为是这个意思。”

“是秀忠当上了将军，秀赖有何可贺？”

“少君也晋为右大臣了啊。让右大臣去接受诸大名致贺，合情合理。”

“市正，你对将军一职被秀忠夺去之事，便无丝毫不服？右大臣算什么东西！我都想把这个职位退回去！”

“此言差矣，信长公便终于右大臣一职，这亦是家康公册封将军之后兼任的职位，分量绝对不轻。少君十三岁便成右大臣，不久之后又会和太阁生前一样升为关白。在下以为，实可喜可贺。”且元边说边往前进了一步，“此事少君也已知，有乐斋亦快意道：如此一来，丰臣氏可确保无虞了。”

“秀赖已对此事作了答复？”

“是。加藤清正早就预料到会有此事，遂在家康公进京之后，于三月十九去了伏见，以为警备，但求万无一失。少君也已欣然答应，说是想去看看江户的爷爷。”

“市正，你是先和清正商量，然后告知有乐斋，又将秀赖说服，最后才跟我说此事？”

“是。进京一事，必须作好充分准备，不得有丝毫疏漏。”

“修理，你也从市正那里听说了此事？”

“是。我知高台院夫人请少君进京一事。”

“那你为何从未跟我说起过？”此前还算平心静气的淀夫人，声音突然变得颇为高亢，“不行！不管谁怎么说，我绝不会让秀赖进京！”

淀夫人这种尖厉的声音近来并不罕见，人们在背后称其为“寡妇之声”，带着轻蔑，也不无怜悯和同情。作为女人，淀夫人的确值得同情，她总是欲壑难填。

高台院和秀吉乃是结发夫妻，从年轻时起就甚和睦。淀夫人却不同，一开始她便是被征服之身，后来好不容易摆脱了桎梏，却发现：她正值盛年，秀吉却日益衰老。这对于秀吉既为一大心病，淀夫人更是感到难以忍受。在不满中，秀赖出生了。

一开始，她溺爱秀赖，试图忘却不满，秀赖却辜负了她的期待，变成一个任性的男儿。妹妹阿江与成功地驯服了秀忠，生下众多孩子，不久前又生下将会成为三代将军的竹千代。淀夫人却只有一个秀赖，且母子间的距离越来越远，现在他甚至连问都不问母亲的意思，便独自裁决大事。

片桐且元和大野治长颇为明白淀夫人心中的寂寞。淀夫人大吼之后，且元暗暗看了一眼治长，不再说话。治长心中很是明白这眼神的含义，那就是：“之后的事就拜托给你了，修理。”淀夫人的高声狂叫，只是束手无策的无理之鸣。

“夫人。”只有大野治长能让她平静。她会把头埋在他怀里哭泣，那时的淀夫人，完全变成了一个可怜、柔顺、无依无靠的女人。治长柔声道：“您要是难受，不用马上作出决定。”

“你……你是何意？”

“市正说，少君进京为五月上旬，还有很长时日呢。”

“不行！”

“但若少君有进京之意，您也无法阻拦。况且提出此事的高台院……

论到名分，高台院亦是少君母亲。”治长毫不客气，故意加重最后一句。

治长非常清楚，让淀夫人平静下来的法子有两种：要么温柔地哄，要么严厉地斥。治长看出，淀夫人今日火气非同一般，遂采用后者。

实际上，淀夫人在大坂城内，插手各项政务，对家臣指指点点，可说甚是不合情理。高台院乃是朝廷御封的从一品夫人、太阁正室，淀夫人不过是众侧室中的一个。因而，应是正室高台院住在城中，淀夫人到某个地方落发为尼，隐居过活。而且，若片桐且元或小出秀政等人更加明智些，一开始便不当让淀夫人过问政事。

治长对且元并不满意。只是他自己的处境原本就有些尴尬，他本非淀夫人家臣，只是女人的玩物。

大名命令侍女侍寝，侍女怕很难拒绝，治长也有同样无法拒绝的错觉。于是，剪不断理还乱，名义上他是丰臣氏家臣，躯体却要听从淀夫人使唤。

但此次绝不能拘泥于此，犹豫不决。家康进京之后，秀忠率领十六万大军到来，接受了将军封号。斯时，秀赖若拒绝伏见之行，说不定会燃起战端。关原合战时，家康甚至特意从大津把治长送回淀夫人身边，都是为了让她放心。但事情变成今日这样，家康当年的好意……

“夫人，事有大小。如今乃是少君的母亲——从一品北政所夫人督促少君进京。况且少君绝非去行为臣之礼，而是与新将军一起接受诸大名拜贺。要说拒绝，也轮不到夫人，需得经过诸重臣商议，请少君亲自作出裁断，再正式往高台院处派出使者。您明白吗，夫人？”治长道。

听到这样严厉的训辞，淀夫人浑身剧烈颤抖。她眼睛通红，似乎要冒出火来。

“此乃关系到丰臣氏盛衰的大事，毫无拒绝之理，否则便是背离了孝道。”治长续道。

片桐且元一脸沮丧，闭着眼睛僵直地坐在那里，大藏局与诸侍女则浑身僵硬，匍匐于地。

“夫人想想，秀忠公因何要亲率十六万之众进京？这不仅仅是依赖朝公旧例，亦是想威慑天下大名。不过，这或许是江户的疏忽，他们定然未想到丰臣氏会站在前面，横加阻挠。丰臣氏在率领十六万大军进京的新将军面前，伸开双手挡住去路，大声呼号：不去伏见，丰臣氏不受将军使唤，若有事，将军来大坂便是……若真如此，那些一度被将军的威风震慑住的人，必会因此蠢蠢欲动。大名会否动摇另当别论，家康公父子必颜面扫地。连千姬都当成人质送到了大坂，丰臣氏却在天下人面前侮辱德川！人非圣贤，孰能无过？世人都在看着。德川于江户出发时，本相信丰臣氏是自己人，事实却完全出乎预料，江户难道真不敢一举打下大坂城？夫人，到了那时，该如何是好？丰臣氏毫无应战准备，其时兵临城下，我等又该如何？”

淀夫人“哇”的一声哭倒在地。

当断不断，必生其乱，大野治长在与淀夫人进行短兵相接的较量。他决心狠心说下去：“您尽管哭。但丰臣氏绝不能因为夫人的眼泪自取败亡。您哭完了，哭够了，还得同意高台院的吩咐。高台院亦是为了丰臣氏，才提出此要求。”

淀夫人突然停了下来。

终究还是有了几分理智？治长想到此，忽感甚是心疼。他深知，淀夫人倔犟如铁，此时实在可怜。

“修理，我明白了。”淀夫人突然直起身子，满脸泪痕。

治长松了口气，且元一颗心也落地。淀夫人的眼神令人不忍直视，且元看治长一眼，垂头不语。治长心生厌恶，且元似乎还欲让他一人说话，遂道：“市正，你也说说，看来夫人已明白了。”

“市正，”淀夫人道，“把秀赖带到这里来。”

“少君？”

“当着他面说明白。”

“很好。”治长欣然接过话头，“把一切都定下来。对，最好让有乐斋也来。”

且元看了一眼淀夫人，又瞧瞧治长，治长定是不想错失良机。

“明白。”且元突然下了决断，起身。治长和且元完全没注意到，淀夫人苍白的脸色背后，隐藏着暴风雨。

未久，且元领着秀赖进来，回淀夫人道："已让人去请有乐斋了。"

秀赖看见淀夫人的样子，甚是吃惊，他大步走到她身边，道："母亲大人，您怎的哭了？"

话音未落，淀夫人从旁使劲抱住他。

"啊！"大藏局尖声喊道，"夫人手里有匕首！"

治长和且元一惊，欲立起身。

"休要动！"淀夫人高声叫喊，"你们要是乱动，我就杀了秀赖，然后自杀……休要动！"淀夫人右手紧紧搂住秀赖的肩膀，匕首对准他的侧腹。且元、治长二人皆不知所措，只好呆在原地。

"母亲大人，发生何事了？"

"哈哈！"淀夫人如疯了一般，"秀赖，你好生听着。这些人狼狈为奸，想要侮辱我们母子。"

"这种蠢话……"治长急得连连摆手。

"你闭嘴！"淀夫人厉声喝住治长，在秀赖耳边小声道，"他们这些混账东西，都想让你去向秀忠致贺。他们想说，秀赖已经是德川家臣了……"

淀夫人此举大出众人意料。他们先前都以为，夫人已控制住激切情绪，恢复了正常。但看到秀赖的那一刹那，她又突然失态。见她像是疯了一般，众人不敢莽撞，一时不知所措。

且元、治长二人你看我，我看你，均感悲心。

"夫人。"在这种情况下，还是治长说话较为合适。治长壮了壮胆子，往前进了一步，"夫人，您既这样说，我们也无话。不如，我们还是问问少君的意思吧。您先把他放开。"

"不！"淀夫人大声喊道，"秀赖，你别听修理的！他们只想羞辱我们母子。他们抛弃了我们，早已私通江户！"

"母亲大人。"秀赖的脸渐渐变得苍白异常，表情慢慢变得僵硬，"要是母亲不让秀赖去，秀赖不去就是。憋得难受，松松手……"

"不能松！要是他们不发誓拒绝高台院，我就绝不松手！"

"夫人！"

“修理你闭嘴！我在跟少君说话——儿子啊，家康本来向你父亲发誓，说要在你十六岁时，将天下交还于你。他却践踏了自己的诺言，在你十六岁之前，便把天下让给了秀忠。眼下把你推举为右大臣，不过是欺骗我们的手段。”

“啊，我难受……欺骗？”

“明摆着，就是要把你叫到伏见城，或下毒，或暗杀……可这个时候，修理和且元却要让你去，母亲绝不同意！他们要是强行让你去，我就先杀了你，然后自杀。”

“母亲大人！”秀赖浑身颤抖，他并无仔细分辨母亲之话的能力，“我终于明白了。我知母亲为何动怒了。我难受，母亲先把手放开。”

淀夫人突然大声笑了起来，她为自己的胜利欢呼。

治长和且元感到浑身无力，此况已非他们二人之力可控制。

“秀赖，你听明白了？”

“明白了。”

“他们都欺我们孤儿寡母，想把我们出卖给江户。”

“我们决不能忍受。我听母亲的。”

“你们听到了吗？修理，市正！”

“哪有此事！”这次开口的是且元，但同样遭到淀夫人厉声呵斥：“市正闭嘴！秀赖说他根本就不会听已与家康私通的高台院的话。他说，你们要是强行让他服从你们的决定，他就和我一起自杀。你们想眼睁睁看着我们母子死去？”

治长甚至没了表示惊讶的力气。本以为只要压服夫人，她便能恢复理智，却没想到她会变得如此疯狂。他只得柔声道：“您先把少君放开。”

“那么，你们听我的？”

“听，怎能不听？我们乃是丰臣家臣。”

“你们向我发誓。”

“发誓？”

“听说让秀赖进京一事，实在意外。德川原本便是丰臣家臣，他们有事，亲自来大坂就是。不，还不够，应严厉指摘他们，为何不来向秀赖问安？”

“夫人让我们这般说？”

治长看了一眼且元，向他求救，但且元只是痛苦地垂着头，泪水啪嗒啪嗒往下落。

“那么，我们发誓。”治长无奈地叹了口气，“我会回复高台院夫人，秀赖进京一事，恕难从命。”

“光这些还不行。还要让他们来问安。”

“对高台院说出这等……”

“不！高台院已不再是丰臣氏人！她是一条狗，江户的一条狗！”

“夫人竟说出这等过分之言来？”

“治长，我过分？那个弃城而逃的从一品北政所，哈哈！那个下贱的女人，因为天下公留下的天守阁过于沉重而畏缩，她逃了去。这种女人，我为何要听她支使？”

“夫人。”

“你发誓！”

“是。”

“秀赖，你也听到了？修理和且元都要听从我的吩咐，让德川父子来问安。哈哈！”淀夫人这才放开秀赖，纵声大笑。秀赖忙离开淀夫人，松了口气，转向且元：“市正，母亲的话，你都听明白了？”

市正急擦脸上的泪水，抬起头。他原本想，起码秀赖多少能明白他们的苦衷，可那竟也成了奢望。

“你们还对母亲有所不服？我也取消先前答应过的话。我不想大老远到伏见，让人取了性命。你们明白吗？”秀赖又道。

“明白。”

“明白了还哭哭啼啼？你是害怕江户爷爷的责骂？”

“大人！”且元哽咽道。

“看看，又掉泪了。”

“片桐且元并非江户家臣，乃是从小便在天下公身边长大，由天下公一手带大的丰臣家臣。”

“那么……”秀赖有些不安地看了看淀夫人，“母亲大人，这样行了吗？且元和修理都会明确回绝。”

淀夫人脸上带着满足的笑容，把匕首插进刀鞘，“这事就不劳你操心了。既然是高台院提出的，我就往高台院那边派个使者。”

“母亲大人，您替我拒绝？”

“对，让大藏局去吧。喂，大藏！”

大藏局全身僵硬地跪在那里，偷偷看了一眼儿子治长，两手触地。

“刚才的话，你都听到了？”

“是。”

“你去一趟她那里，就说她若胆敢再为秀赖进京一事插嘴，我们母子就要自行了断。”

“但是……”恐是觉得这样会让母亲为难，治长想插嘴，却被淀夫人厉声呵断：“休得多嘴！修理，大藏要是无法完成任务，我就赶走她。大藏，你去吗？”

“遵命。”大藏局不敢轻易出口反驳。恐正是周围人的顾虑和怯懦，才使淀夫人变得越来越疯狂。

“哈哈，这就好。不用通过市正和修理，也可把事情办成。大藏，你见了高台院，就对她说：她为了建寺院而讨好家康，我们管不着，但若把秀赖也卷入其中，便会给我们造成很大麻烦，秀赖乃是天下公唯一的儿子。”

大藏局低下头，不语。

治长和且元甚至已无力气互看一眼，亦垂头沉默。

二八　胸怀如海

高台院收到织田有乐斋书函，称秀赖进京一事，大坂方面严辞拒绝，故请高台院切切周旋，务得家康宽谅。有乐斋说他已想尽了一切办法，但最终未能说服秀赖母子。片桐且元及大野治长本也同意秀赖进京，但因淀夫人过于激愤，并且声称，若强令其进京，母子二人将会自行了断，因此，最后大家只能噤口。有关详情，有乐斋本想亲自前来解释，但最终无法成行。

自从淀夫人声称母子二人将自行了断，大坂城内便弥漫着一股奇怪的感伤，众人都不敢随便说话。“真是可怜。他们真有此想法，我们岂可苟活于世？”以七手组为首，从侍女到司茶人，人人都说出同样的话。

淀夫人原本想让大藏局作为使者，但大藏局知且元和治长均不赞成此事，便以身体有恙为由推辞不去。故使者可能换为正荣尼。

然而有乐斋最担心的，还是城内的感伤流到外边，一度安静的百姓恐又要骚动不安了。万一有不轨之徒生出祸心，京城所司代和堺港奉行必出兵干涉。以此为契机，或成口实，不知会生成多大的乱子。关于这些，有乐斋请高台院一定放在心上，多为秀赖操心。

令人窒息之气，笼罩大坂全城。

高台院阅毕，震惊不已。她原本是想尽自己所能，为丰臣氏做些有利之事。她与秀赖并非亲生母子，这个事实如一堵墙横在了他们之间，可叹秀赖并不能明白她的苦心。

"去请清正，就说我有要事相商。"高台院叫来庆顺尼，吩咐道。

命加藤清正在家康之后来到伏见的也是高台院。清正为了迎接秀赖进京，在旧臣之间奔走相告，秘密布置防卫。要是秀赖不来，首先要通知的便是清正。

加藤清正快马从伏见赶到三本木。

关于大坂城内气氛，清正也略有耳闻，因此告诉庆顺尼，他正打算来见高台院。

据说，清正在江户筑建了令诸大名瞠目结舌的气派府邸，在大街上，他骑一匹举世无双的宝马，持一柄长枪，捻着引以为豪的美髯，威风凛凛，震惊了江户百姓。

高台院深知，清正之所以这般虚张声势，都是为了秀赖。清正高大的身躯已经被病魔纠缠。从他咳嗽的声音，高台院便已觉察到了。威风凛凛的胡须只是为了掩饰病情，是为了向人夸示：丰臣旧臣加藤肥后守清正依然身体康健。仅此一点，就足以使德川家臣不敢蔑视秀赖。

清正到了高台院面前。

"听说秀赖拒绝上京。"他站在当地，大声嚷嚷，施礼后，咬牙坐下，"我们的诚意全都化为泡影。夫人，请容清正再去一趟大坂。"

高台院看着清正，许久不言。让庆顺尼去请清正时，她也这般想，但经过一番仔细斟酌，她还是认为不能贸然前去，遂叹道："清正，算了吧。"

"夫人的意思，是听之任之？"

"派个有身份的人前去，她依然不答应，当如何是好？"

"虽说如此，听之任之，将军父子会大失颜面。"

高台院缓缓摇了摇头，本想轻笑一声，却笑不出来，"要是连肥后守都被拒绝，家康和秀忠便愈无面子。"

"哦。"

"因此，莫要把这当回事了。"

"就这么完了？"

"先莫要管它。你也装作不知情，就说秀赖偶感风寒，无法来京。"

“那么，夫人您对将军父子……”

“到了丰臣氏存亡的关键时刻，老身也要演上一出好戏了。”

“哦？”

“我亲自去拜访家康公，就说秀赖腹痛，又不小心吃多了药，无法外出。让他一笑了之，唉！”

清正未能立刻明白高台院的意思。看到她强作欢颜，他的眼泪不由刷刷落了下来。

“你怎的了，清正？我亲自去拜访家康，他也就能够宽谅了。你不用担心。”

但清正的泪水依然止不住，恨道：“市正这厮！”

“且元什么地方做错了？”

“且元整日不离少君左右，为何允许他们作出这样的决定？如此一来，不管是清正、正则，还是浅野，又要欠德川人情，在德川面前抬不起头来。”

“是啊，你们对家康低头，都是为了不让秀赖受委屈，可是……”

“夫人啊，丰臣氏还能存续下去吗？”

“因何说出这等不吉之言？”

“家康公曾与在下说笑，让在下把胡须剃掉。”

“哦？这可是你引以为豪的美髯。”

“在下说不剃。这胡子不仅能震慑天下，亦是声名远播高丽的鬼判官加藤清正的标记。家康公听了，苦笑说，时局变了。”

“时局？”

“是，时局。家康公道：在这太平之世，你还留着这样的胡须，欲吓唬何人？”

“是啊，这……”

“家康公还道：方今天下，已无人可吓了，故，若留着胡子，只会引起误会。”

“误会？我得听听。”

“就是说，清正身染疾病，形容消瘦，已经感觉自己将不久于人世，乃是为了掩饰而蓄胡须。将军大人笑道，要是众人都这么想，我可就吃亏了。连清正的心事他都能看穿，真是可惧。”

高台院故意大声笑了，“是啊，他总是那般周到，因此，我们不必顾虑。不管怎生说，我得去向他赔个不是。你要注意，不可令双方关系坏了。”

“在下明白。”清正这才止住泪水，“那么，在下再无去大坂的必要了吗？”

“一切都交给老身好了。”

清正点点头，站起身来，“谣言还未散布开时，先与众人说明。”言罢离去。

清正离开以后，高台院马上准备外出。

在清正面前满怀自信的高台院，内心其实亦是七上八下。大坂倘若一直蛮不讲理，家康不久便会硬起心肠，石田三成即是极好的例子。三成始终敌视家康，但在被七将追杀时，他逃到家康处，家康却并未把他拿下，而是护送他回到了佐和山城。但亦就在那时，家康即决意和三成决绝。

家康看到事情于天下不利时，自会放弃无谓的忍耐，但表面上却会不动声色。正因如此，不管高台院在道歉时，家康装得多么若无其事，他也不会因此而改变主意。

与此相比，大坂则显得甚是胆小而任性。若是秀吉，必会单枪匹马迅速赶到京中，令家康等人大吃一惊。那才是男子之间气度的较量，没有这种气度，很快便会落于人后。

大坂错误地以为，让秀赖到家康父子面前，有伤体面。若他们相信高台院，让秀赖前来，高台院定会让秀赖在天下大名面前表示：“江户的爷爷和岳父大人同心协力，天下便可永保太平了。”那时，不仅丰臣旧臣，多数大名都会流着泪交口称赞秀赖的非凡器量。

但如今，此梦已破。如今，高台院至少得让家康在心中觉得：“不愧为太阁遗孀。”不然，大坂气数便尽了。

高台院更衣毕，和庆顺尼乘了轿，径往伏见城而去。她估量，秀忠此刻正在二条城等待秀赖，然后一起前往伏见，与家康并排而坐，接受诸大名拜贺。

到了伏见城，高台院在大厅稍候片刻。家康要把一个养女嫁给山内忠义，现正在商议此事。

“让您久等了。大御所吩咐，高台院不是外人，请到内室说话。”出来的为本多正信，他笑道，“哦，我还没告诉夫人呢。因为新将军已受敕封，故日后称我家大人为大御所，请务必记住。”

高台院表情有些僵硬，此番理亏的乃是丰臣氏。想到这里，她感到很是心痛。“都一大把年纪了，我这是怎么了？”她想起了秀吉，想笑一笑，却笑不出来。

“夫人染上风寒了吗？”高台院进去时，家康问道，“夫人脸色不好。切切多多保重。下个月高台寺就能完工了。”

家康话中，流露出一种非常自然的关怀，这愈发让高台院难过。高台院道：“老身这次来，是想告诉大御所，秀赖有些意外。”

“意外？”

“是。据说腹泻不止，吃多了药。”她欲笑，但不知为何，眼泪竟涌了出来。

“哦。不能进京了啊。”

“请多宽谅，大御所，我没脸再见您了。”

家康沉默。他必在思索高台院为何哭泣，高台院感到一阵战栗。

“哦，来不了了？”

“大御所，您必很是不快。”

“我不想敷衍您，说我并未不快云云。”

“都是老身平时用心不够。”

“……”

“老身原本想，过多抛头露面，必会让淀夫人烦心，才故意疏远。这都是老身的错啊。”高台院轻轻擦了擦脸上的泪水。家康依旧无言，他沉思着，眼睛一眨不眨。

“大御所，老身想找个机会去一趟大坂。我隐匿佛门，过于疏远世事了。秀赖亦是我儿子，这样下去，我怎么对得起已故太阁？”

家康突然笑了，“哈哈，夫人，还是算了吧。刚才看见您的泪水，连家康也觉伤怀。哈哈！”家康看了看一旁的正信，接着道：“世间之路有千万条。孩子不智，才会走死胡同，我们大人的智慧终是无穷的。”

“是。”

“好了好了。阿辰已到了吧。让他来这里。对了，都已十四岁了，不能再叫辰千代了，应是松平忠辉。哈哈，让忠辉过来见过高台院夫人。”

高台院还不知家康为何发笑，为何要把忠辉叫来，只是低了头，擦了擦脸上残留的泪水。

本多正信带着家康六男忠辉过来时，高台院有些怀疑自己的眼睛。只见忠辉着一身漂亮的远山霞纹样衣衫，仿佛就是当年那个威风凛凛、让年轻的高台院目眩神迷的年轻武士——信长公深为宠信的森兰丸。

“啊，这便是忠辉公子？”

“是啊，今年十四了，比秀赖早一年生，排行第六。阿辰，见过夫人。”

“是。忠辉见过夫人。”

忠辉口齿清楚，不卑不亢。他个子比秀赖略矮些，但此刻一见，高台院反而觉得忠辉要高大许多。

“现在的孩子，都比父辈高。听说秀赖也快长到六尺了。”家康叹道。

“真是威武。忠辉定能长成伟岸的大丈夫。”

“不定乃是因为到了太平世道，饮食好了的缘故。我和太阁那时，整日就食干米饭和酱汤。”

“真是太威武了！”高台院仍然不知家康为何把忠辉叫来，只是出神地看着身边的忠辉，眼里充满爱意。

“忠辉啊。”

“在。”

“为父想让你代将军去一趟大坂。”

“去大坂？”

“是。这可非寻常的差事。你必须全心全意出使。”

“孩儿明白。不知所为何事呢？”

“我想让秀赖进京，和将军一起接受诸大名拜贺，可是……”家康看了一眼高台院，苦笑。

高台院全身僵硬，几难呼吸。

“可偏偏在这个时候，秀赖却染疾卧床，上洛之事被耽搁。因此，想让你代将军去探望一下。”

“是。”

“我有口谕，你要牢牢记在心里。”

“孩儿明白。”

“闻右府大人染疾，将军甚为挂怀，本欲亲来探视，无奈公务繁忙，特派在下为使，前来望候。请安心养病，以期尽早康复。记住，说话时一定要恭敬。”

听着听着，高台院的眼睛湿润了。

一听说秀赖拒绝进京，家康甚是震怒。高台院也颇为清楚，他必心中暗恨，咬牙切齿。可他却一句责备之言也无。非但没有责备，反而让忠辉前去探望。在高台院看来，家康的这种大度，同时也是冷酷。一想即此，高台院又无法控制泪水了，但这泪水绝非出于感动。秀吉在世时，她哪里有过这般感觉？

“都明白了？”家康并不看高台院，单是再次叮嘱忠辉，“你是将军的亲兄弟。若有闪失，必给兄长脸上抹黑。”

“孩儿记住了。”

“好了，正信。”家康对面无表情坐在旁边的本多正信道，“忠辉去大坂一事，告诉二条城的将军。跟随忠辉前去的人选，由你酌情定吧。”

不等正信回话，忠辉先笑了。高台院吃了一惊，看着忠辉。

“忠辉，怎的了？”家康问道，“有可笑之言？”

“父亲大人，忠辉乃是兄长的使者，可对？”

“是。”

“哈哈！可是，一切都由父亲做主，孩儿觉得有些好笑。”

家康低吟一声，忠辉一针见血。虽把将军之位让给了秀忠，可一切命令还是由家康下。这是将秀忠置于何地？这是忠辉的抗议，也是忠告。

“正信，”家康正色道，“忠辉不服，但他说得在理。你与忠辉去一趟二条城，领过将军之令后再出发。”

“遵命！”

“好了，忠辉，你与正信去一趟二条城。”

“遵命！”

高台院羡慕地目送着忠辉。

“夫人，如此可好？”忠辉和正信离开后，家康转向高台院道，“大坂一事，是家康的疏忽，我不该让您张口，您都已归入佛门了。好了，把它忘掉吧，咱们说说筑建高台寺的事。”

“大御所，”高台院努力堆起笑容，道，“请大人说几句对秀赖不满的话，骂他……”

“这又是为何？男人和女人可不一样。”

“只是，老身觉得，秀赖甚是可怜，身边无人能把他调教成忠辉这般有男儿气概之人。”

“哈哈，夫人想差了。忠辉乃性急之人，眼见不到，他便会行危险之事。方才您也看到了，他对我还出言不逊。”

“正因如此，才让人备觉可靠。”

“夫人这想法，也跟不上时局变化了。”家康摆摆手打断高台院，“您看见忠辉那眼神了吧，那是乱世中人的眼神。一有可乘之机，便会扑上去，就如草丛中等待猎物的蛇。”

“啊，大人言重了！”

“哈哈，男儿的眼神，应如正信那般，眯成一条缝，看似睡了，其实醒着，看似什么都未看到，其实一切皆如明镜。我要是让忠辉和秀忠现在就变成正信这般，也太心急了。忠辉笑话我，秀赖拒绝进京，都是出于年轻人的激切，并无大碍。诸事得慢慢来。”

高台院脸色这才轻松了些，“秀赖的事，就拜托……”

“把眼光放远些，多照顾他，慢慢就能长大。教导虽然重要，但于人的成长，神佛起的作用更大。”

“您是说，与其把秀赖拜托给您，还不如交给神佛？”

“哈哈！是啊。夫人不也是抱着这种想法归入佛门的吗？”

二人同时放声大笑。家康的胸怀愈宽广了。要是家康真这样想，便是把秀赖当成自己的儿子看了。秀吉还未看到这样一个家康，便归天了……高台院眼前再次浮现出秀吉的身影，不禁双手合十。

“土井利胜一直亲力亲为，高台寺的进展比想象中快些。”高台院道。

“理应如此，将军也不能离开江户太久。”家康道。

“是啊。”

“我才令土井利胜抓紧些，到时候他不得不和将军一起回江户，即便他不情愿，也得在走之前把事情做完。”

高台院本欲再说什么，但话再也出不了口——为了秀赖和丰臣氏，必须让着家康……

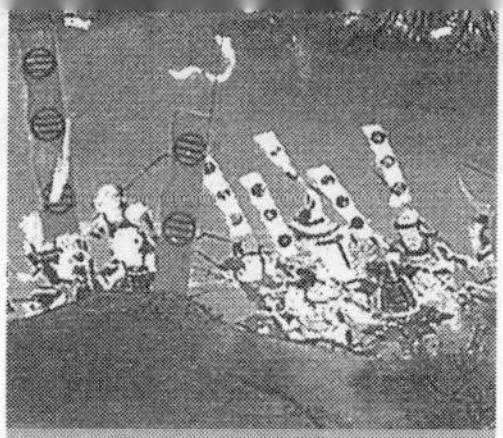

德川家康

11

〔日〕山冈庄八 著
李菁菁 译

南海出版公司

新经典文化股份有限公司
www.readinglife.com
出 品

目录

一　谋生四条河

自庆长八年（一六〇三）始，京城出现了前所未有的繁荣，百姓亦安居乐业。九年举行丰国祭时，此种繁荣已有落地生根之势。至十年夏，人间似乎已成太平盛世，战乱恍若隔世。

德川秀忠入京，曾在一片繁华中激起些许微澜，不意最后反而彻底消除了百姓的不安。最初听说秀忠携十六万大军赴京就任将军之位，京坂各地百姓纷纷作好了逃难准备。后来，经过所司代板仓胜重及茶屋四郎次郎清次、本阿弥光悦和角仓与市等人积极游说奔走，才未发生大骚乱。不久，便举行了盛大的高台寺落成礼。

丰臣秀赖入京，因遭到上方大名和淀夫人反对而未果，对此，一些有心人曾隐隐感到担忧。然而，据说德川家康事后不但对此并未深究，反命六男忠辉代秀忠前往大坂城问病。待秀忠圆满主持了高台寺落成礼后，前往江户赴任，世人方才完全放下心来，深感天下大势已定。

庆长十年六月初四，秀忠出发前往京城。

当日，本阿弥光悦家中做了红豆饭，举家同庆。光悦在丰臣秀吉时曾心存不安，当日，他却召集亲朋好友。“只要有大御所，海内便不会乱！”推杯换盏之际，他兴奋地声称：“新京城诞生了！”

秀忠赴京二十多日后，高台院正式迁往高台寺。

京城内外，民风焕然一新。民心真正稳定下来的证据之一，是北野天满宫境内、四条河岸附近搭起了杂耍戏棚，虽值盛夏，依然观者云集。

其中不仅有京城居民，还有各地前来觐见的使者，以及上京亲身体会太平盛世的外地游客。

一日，本阿弥光悦行至四条河畔的歌舞伎馆前，巧遇旧友角仓与市。

与市作为商家，已与同样年轻的茶屋齐名，他本人亦雄心万丈，一直在暗中寻找扩大交易的机会，计划再增加一艘朱印船。此日途经此地，乃是为了去游说专门负责幕府海外交易事宜的丰光寺承兑大师。

“在此处遇到先生，实乃晚生之幸。咱们到附近用些茶吧。”与市不由分说，把光悦拉到附近一家挂着苇帘的茶舍里。

“先生一直颇为关照茶屋先生，可也别忘了与市啊。晚生希望，无论如何再增加一艘朱印船。”与市道。

“明白，明白。此事我已向大御所禀报过了。”光悦道。

河面上吹来清凉的风，二人甫一落坐，光悦突然意识到，邻座那个客人，在哪里见过……此人头戴宗匠头巾，年纪五十左右，身形气派一望便知乃是武士。光悦一面听角仓与市说话，一面努力回忆。

“知道知道，你就放心吧，一定能批下来。”光悦继续敷衍着。突然，“啪”的一声，他重重拍膝道：“对，高山右近大夫！”

角仓与市吓了一跳，问道：“您说什么？”

“嘘——”光悦赶紧向与市使了个眼色，身子一转，背对苇帘。此时与市似也明白了些，小声道：“旁边那位是何人？”

“就是想把洋教立为日本国教、惹得已故太阁震怒的高山右近大夫。”

“哦？那位寄身于加贺前田门下的茶道师？”

“是啊。现已改名为等伯。在茶道方面造诣颇高，乃‘利休七哲’第一人。”

“噢，时隔多年，高山右近大夫又从加贺回到此处游玩？”

“嘘——”光悦再次止住与市，他听到，那个和高山右近坐在一处的武士提到了松平忠辉。

忠辉不久前曾代将军前往大坂城问病，京坂一时议论纷纷。然而引起光悦兴趣的倒并非此事，而是因为光悦的表妹阿幸嫁给了忠辉家老大久保长安为妾，但听说最近她已离开佐渡，到了京城。

“啊，这么说来，松平忠辉大人还真是器量非凡啊。”光悦凝神细听时，高山右近的声音如行云流水般清晰传来。唯经常练习歌谣，才会有这般好嗓子。

“我在大坂也听说了，家康公诸子中，松平大人的气度丝毫不逊于结城秀康大人。”

“正是。”

“但大人的眉眼之间隐生反骨，您不认为有些意思吗？”那武士说罢，低声笑了。高山右近好像对此也颇有兴致。

“众多兄弟之中突然生出一个逆子，但还远远不止这些吧。”

“是啊。让我们旧教的敌人、英吉利人三浦按针一直待在家康公左右，甚是危险。不知何时，我们的人可能就被他用计赶出日本了。天主教信徒的不安并非没有道理。”

“嗯，如此说来，得让忠辉出头喽。”高山右近道。

角仓与市突然凑到光悦面前，悄声道：“旁边那武士乃是明石扫部大人。”

光悦不觉胸口狂跳。明石扫部主张立洋教为日本国教，甚至强迫领内的百姓信教。现在，他居然和曾激怒太阁的高山右近相会于四条河畔，这绝非偶然。明石扫部乃虔诚的洋教徒，一直伺机让淀夫人和秀赖也信教，也许右近大夫正是扫部特意从加贺叫来。这样一想，光悦觉得，对那二人的话绝不可掉以轻心。

“是啊，忠辉……”高山右近并未察觉本阿弥光悦正全神贯注听他们谈话，又低声道，“他如今拥有信浓？”

“是。眼下在川中岛，不过大多时日都在江户，不在领内。”

“这么说来，就无能接近他的法子？”

“目前还说不好，不过应可找到门路。天下岂有绝人之路？”

“唔，和他关系最亲密的大名乃是何人？”

“他岳父伊达政宗大人。”

“哦，伊达的女儿……”

“媒人还是和您甚熟的今井宗薰先生呢。”

高山右近沉吟道：“这么说，在江户建了施药院的索德罗，终于和伊达大人牵上线了？”

“是啊。”

“好在伊达之女，亦即忠辉之妻，和我们一样都是信徒，也算我们的同道。”高山右近道。

本阿弥光悦突感嗓子发干，忙喝了口茶。“意外之风带来的凉意，很容易让人昏昏欲睡。”他暗示角仓与市应戒备。

大致了解邻座之言后，便会识到其中意义非比寻常。这二人是认为，因为忠辉之妻乃旧教信徒，便可利用她煽动忠辉，同时拥护忠辉的岳父伊达政宗，以谋求旧教——葡国的耶稣派、班国的弗兰西斯派和多米尼加派之平安。不用说，他们如此策谋，直接原因在于家康的亲信兼西洋老师三浦按针乃是英吉利人。英吉利和尼德兰作为欧罗巴新兴势力，近年来不断扩张国力，到处与葡国、班国竞争。它们的船只但凡在海上相遇，必会战火四溅，故多有军舰护航。因此，光悦看到高山右近密会明石扫部时大吃一惊，并非毫无缘由。

“听说，索德罗不但在江户建了施药院，”扫部道，“还献给政宗一个洋女。”

“那无甚大不了。”生性正直的右近对扫部的话颇不以为然。

扫部佯作未闻：“政宗勉强收下了，但那女人竟在府里生了病。”

“哦？”

“于是，半夜三更把施药院的布鲁基利昂叫去，索德罗也随之进了伊达府，见到了政宗。这便是他的手段。”

高山右近沉默着。

光悦虽和右近信奉的教派不同，然而也是日莲信徒，同样为人正直，因此他完全明白右近为何沉默。虽然事关重大，但索德罗把为救济贫民而建的施药院的女看护都献了出去，还让她装病，以和政宗建立联系，这种策谋乃是对真正信徒的侮辱。

“然后，索德罗请政宗帮忙，另寻他路。”扫部续道。

“何路？”

“看能否有人，让索德罗见到松平忠辉。”

“政宗或是忠辉家老大久保长安都行啊。”

“不过那二人都已回绝了。”

“回绝了？”

“是。大久保长安说，他自己倒可见索德罗，可忠辉年纪尚幼，不宜为其引见。伊达大人则以不能强迫女婿信教为由拒绝了。”

“唔，他们都看透了索德罗不好对付。”

“但我们若袖手旁观，按针把英吉利船队唤了来，后悔便来不及了。”

“且等，扫部大人。我不明白，那索德罗到底想干什么？他为何要面见忠辉？”

“当然是想把英吉利人的海盗本性给松平大人讲清楚。”

“但忠辉不过是信浓大名，并非手握重柄啊。”

扫部接着说出一句话，让光悦大吃一惊。

“等伯先生，我方才说过，忠辉生有反骨，有意凌驾于新将军之上。”

“您确实这般说过。”

“让他和大坂联手，万一有事，就从班国调来军舰，我们好不容易站稳脚跟，不能前功尽弃。”

“难道要让忠辉谋反？”

“嘘——有了这种准备……有了这种准备，心里就踏实了。大御所已经老朽了。”

高山右近似乎颇为吃惊，许久没有应声。

没想到事情如此可怕。本阿弥光悦忙站起身，拉拉角仓与市的衣袖。高山右近必也未想到，才疏于防范。此时他若关注周遭，定会发现光悦和与市在旁。

“对了。我们去看看歌舞伎，人都说不错。许久未去了。老板，茶钱放这儿了。”

二人慌忙走下河岸，胸口还在扑通扑通直跳。本以为天下已然太平，可以安心了，不料仍有骚乱之源。而且，这源头与最让光悦担心的“粗野大名”完全不同。

光悦急急在前面走，来到土堤旁的茶舍前，轻轻揉揉胸口，坐了下来，“角仓先生，刚才那些话你都听到了？”

然而角仓与市并不似光悦那般吃惊，“听到了。白日做梦的东西！”

“虽说是白日做梦，但可不能掉以轻心。”

“哈哈！”与市笑起来，似觉光悦的话很是奇怪，“我们势亦不弱。即便是班国葡国的大军压境，也无甚好担心的。”

“哦？”

“我们不但有船夫，还有水军。除此之外，欧罗巴正被两派势力分裂。我替日本国感到高兴呢。”

“唔？”

“只有信旧教者和信新教者联手打过来，那才堪忧。”

光悦不答。年轻人总是乐观，虽说并非毫无道理，但光悦心中仍觉恐惧。

天下初定之时，秀吉公想出兵大明国。当时，光悦只觉眼前一片黑暗，甚至僭越身份，坚决表示反对。最后的结果正如他所预料，征朝只是在秀吉公生涯留下苦闷和失败的烙印。之后，家康公率众人走向太平。然而不安于现状的人，依然潜藏各地……

“角仓先生！那些人如此猖獗，我岂能袖手旁观？”光悦的声音异常激昂。

角仓与市似不明光悦的不安，安慰他的心情更甚，“那种妄想，根本不值先生担心。万不得已时，我们还能向英吉利和尼德兰求助，反正他们总是在大洋上你争我夺。”

“那是权宜之计。没有比战事罪孽更深重者。即便是英吉利和班国打仗，我们也要劝和，此乃为人之责。”

“哈哈，先生乃是批评晚生。”与市笑着挠了挠鬓角，立刻把话题转到了朱印船上。

欧罗巴的旧教国和新教国连年交战，已经打到了南洋海上。因此，与市极力主张日本应尽量增加船只和他们抗衡，绝不能落后。光悦并非反对与市和茶屋四郎次郎等年轻后生的意见，但令他难以心安的，是倘若再发生一向宗那种暴动，新旧两教势不两立，该如何是好？若日本再次分裂，定会形成大坂和江户分庭抗礼的局面，众多浪人必定蠢蠢欲动。斯时，可就苦了天下苍生。

光悦在河边和与市道别后，一路无知无觉，回到家中。他脑中一边想着日莲上人，一边琢磨《法华经》有无与眼下心情相符的句子。

“回来啦。脸色怎的不好？”妙秀提着水桶站在家门口，担心地问道。

“母亲，这么热的天，您还要劳作？”

“正因天热，才要洒水。小心踩一脚泥。”妙秀看去心情不错，她抬起下巴指指屋内，微微笑道，“进去吧，你最讨厌的客人已等你半日了。”

光悦还没醒过来——此事绝不可置之不理，应提醒众人防患于未然。

依然无风，房里却很是凉快。光悦走到内室门口时，惊讶地站住了。房里，一个女人面朝外正宽衣带，看到光悦，她慌忙扭过身，饱满紧致的身体像卖弄似的隐约可见。

“呀，吓了我一跳。进来也不响一声！”

女人正是从佐渡来到京城的阿幸。她像刚刚冲过凉。

“你终是回来了。”光悦忙移开视线，心生恼意。他向她微侧过身子，道：“向大久保大人告假了吗？”

阿幸像小女孩一样笑了起来，“呵呵，别站在那儿，赶紧进来啊。这里可是表哥的家啊。”

“何时从佐渡出发的？”

“这是秘密，不能说。但我非告假而来，放心吧。”

“你这身打扮，简直像那些不正经的女人或歌舞伎艺人。”光悦说着，背对门口脱下鞋，走进房中。

此时阿幸也已系上衣带，斜斜坐着，膝上摊开一把折扇。“表兄，您未在京城见到大久保长安吗？”

“你是和他一起来的？”

"不。我想让他吃一惊，才偷偷来的。"

"那大久保大人来没来京城？"光悦忙问，他心中仍惦念高山右近和明石扫部的密谋，"阿幸，大久保大人上次未和松平忠辉大人一起来，是有要事耽误了？"

"那时他在伊豆的金山，四月末才离开佐渡。"

"阿幸！"

"怎的了？样子这般可怕。"

"大久保大人对你……他喜欢你吗？"

"您猜呢？"

"看你一脸喜色，和大久保大人一定合得来。"

"那就别做出那种可怕的样子。"阿幸将扇子抵在丰满的胸前，扑哧一笑。

"笑什么？对了，你从大久保大人口中，有未听过关于伊达陆奥守或索德罗之事？"

"呵呵，您这么一说，我还真听过他们二人的趣事呢。"

"听说过？都是什么事？"光悦急急追问，随后又有些尴尬，"你听到的，都只是他随口说的？"

"嘿，看来那些话已经传到了京城。"

"哪些话？"

"伊达把洋女人推给长安的事。"

"伊达？洋女人？"

"听说长安断然拒绝了。呵呵，洋女人很难对付。伊达大人也说过，索德罗献上的女人不好驾驭。没想到表兄对这种事也颇感兴趣。若想要洋女人，我可以帮您搭桥。"阿幸说得一本正经，戏弄着光悦。

生性严谨的光悦简直想给她一巴掌，忍了一忍，终没出手，眼下她终究是大久保长安侧室。

"呵呵。"阿幸又笑了。许是因为好久未回京城，她感到甚是快意。"天下大名中，只有伊达收了西洋女人为妾，故最近世人都管好色之人叫'伊达'。"

“你听到的就这些？”

“这些奇闻轶事在其他地方可听不到。那个女人未得宠，就立刻生了病，深更半夜遣了下人去浅草的施药院叫洋大夫。大概日本的药治不了西洋女人的病。”

“这些都是长安说的？”

“怎么不是？大人对我言无不尽。伊达应付不了洋女人，还想推给长安呢。”

光悦有些迷惑。通过阿幸的话，他能揣测索德罗接近政宗的意图。然而，连秀吉公都不敢掉以轻心的伊达政宗，为何会从索德罗处接受那个女人？

“人们都说，是伊达提出要求。对了，听说伊达向那个女人要面包。哦，不对，是为了面包才要那个女人。有这样的谣传。”

“面包？是什么人？”

“不是人名。是一种烤好后很久亦不会腐烂的食粮，打仗或狩猎时可用作干粮。”

“这么说，他为了面包，就收下了那女人？”

“那女人大概知道面包的制法。总之，长安说伊达乃是多欲之人。”

光悦正是对“欲”感到忧心。无论角仓与市还是茶屋四郎次郎，都年轻而多欲。年轻固然令人心如朝阳，然也容易使人落入圈套。索德罗尚可对付。但若根据对方是否容易对付便来定计，就显得有些不慎了。

“阿幸。”

“怎的了，表兄？”

“我有件秘事要拜托你。”

“哎呀，真难得啊。我还以为表兄是座金佛，不会理睬阿幸呢。”

光悦皱眉道：“你能否当作是祖师爷的命令，为我们探探内情？”

“哦？日莲圣人也派奸细？”

“都是为了日本国啊。倘若和大久保大人来往的人中，有提到江户和大坂不和诸言，一定记下来，然后告诉我，行吗？”

阿幸意外而紧张地盯着光悦，想必是因为表兄从未这般严肃地和她说过话。“表兄，请再说一遍。阿幸粗心，怕听漏了。”

“好，我说。”光悦表情更加严肃，悄悄看了一眼四周，“方才说的是，希望你……帮我好生留意长安身边之人。”

“这样做，表兄有何好处？”

“阿幸啊，此非事关光悦个人得失。我是为了让天下避免战乱，宣扬祖师正义。”

“是和立国安邦有关系？”

“对！立国安邦，立国安邦，就是这个意思。我担心啊，怕战火即将燃起。”

阿幸注视着光悦，耸了耸肩，道：“战事？我最恨打仗！”

“好了。好生听着，牢记在心。日本要是发生战事……必是因为三个隐患。”

“三个隐患？”

“其一是江户和大坂不和。并非说大御所、将军大人和秀赖不和，但是大坂城内都以秀赖为天下之主，很多人对江户心存不满。江户的情形也一样，自从八万骑旗本绝大部分被迁至关东，也都对丰臣氏起了深深的反感。”

“阿幸明白。那么其二呢？”

“乃是南蛮人和红毛人的对立。”

“呵呵，所谓红毛人，日本国也就三浦按针一人，由此联想到打仗，未免多虑……”

“不。”光悦打断阿幸，低声道，“你不知，南蛮人和红毛人在教义上有分歧。比方说，南蛮人是比睿山的天台宗，红毛人便是本愿寺的一向宗。日后双方的船只不断开到日本来，还不知会引发何样的纷争呢。”

“呵呵。好吧，就算真有其事。那第三呢？”

“第三是……”说着，光悦再次重重叮嘱道，“绝不可泄露出去，知道吗，此乃祖师爷的经文给我的暗示。第三便是，德川恐有萧墙之忧。将军和他诸弟之间……你可能又会说绝无此事。对，现在其还未出土，不过正在地下长着呢。”

阿幸这次未笑。她压低声音，道："是松平忠辉大人吗？"

"对。"光悦重重点头道，"我刚去过一个地方，听到有人说，忠辉的才具无人可及。"

"这……"阿幸看左右无人，低声道，"大久保大人和我谈心时也常说，在大御所诸子中，忠辉最有出息。"

"他也这般说？"

"是啊。说他比将军更有能耐。他若早出生，必不会让本多正信父子和土井利胜为所欲为……"

"言之有理。"光悦急急回答，突然又噤了声。他意识到了更令他不安之事，"阿幸。倘若比将军和越前结城大人更有才具的兄弟，给天下最有野心之人做了女婿，会怎样？"

"最有野心之人？"

"是，连太阁都不敢掉以轻心，特意安排人监视他。"

"您是指伊达大人？"

光悦未直接回答，"若你是那人，会怎样想？会不会认为，自己的女婿亦是大御所儿子，让这般出类拔萃的女婿做天下之主，有何不可？"

阿幸大气也不敢出，直直盯着光悦。

"若那人对我方才说的隐患已有所察觉，他会怎样想，怎样做？"

"……"

"江户和大坂不和，南蛮人和红毛人对立……他便不想加以利用？"

阿幸慌忙给光悦扇了扇风。她感到很热，光悦额头上也渗出了汗水。

"先撇下这个问题不谈。想想索德罗、伊达、大久保……你不觉揪心吗？"

"是，"阿幸这才皱着眉头，叹息道，"阿幸终于明白表兄的意思了。"

"阿幸，我认为，若不及时清理，所有的头绪会纠缠一处，到时恐难以收拾。"

此时，洒完水的妙秀提着水桶过来。

"今日这是怎的啦？也没见拌嘴，还聊得这般起劲！"妙秀很是欣慰。阿幸和光悦虽不太投机，不过毕竟是表兄妹。

“看来佐渡岛很适合阿幸。好久未见了，今日给你做些你爱吃的。”妙秀朝井边走了两三步，又折返回来，“阿幸，今晚你回家，还是住这里？”

阿幸不答，她和光悦还没说完，但说不定得回此时可能在乳守宫附近游玩的大久保长安身边。

“唉，你们还没说完吧。”妙秀苦笑着走开了。

“这么说，表兄乃是让阿幸监视大人了？”

“监视？这样说太生硬了。但倘若天下再度陷入战乱的深渊，百姓可又要受涂炭之苦了。”

“那是自然。女人比男人更恨战争。可是，大人不会被伊达利用。”

光悦对这一点亦很是清楚。大久保长安何止不会被利用，倒是经常利用别人，他绝不会输给伊达政宗。可问题就出在这里。两个个性强烈的人互相利用，会形成何种局面？

“阿幸，我担心的，是大久保和伊达相互利用，狼狈为奸……”

“可是表兄，这世上就是如此。女人靠男人，男人又为女人。无可利用之人，就一无是处。这是您教我的。”

“那是说善与善的交会。若是恶与恶结合，就……”光悦不耐烦地咂了咂嘴，“好了。假如伊达想颠覆天下……”

“啊呀，好生可怕！”

“而大久保想让自己的主君继承将军之位，那时又会怎样？他们一旦臭味相投，就极可能生成颠覆天下的阴谋。”

“哦……”

“这只是假设。若加上索德罗背后的南蛮国、洋教众信徒，以及浪人和大坂城主，会怎样？”

“请莫再说了！莫要再说……”阿幸突然捂住耳朵，闭上双眼。

二　倚红拥翠

阿幸的确被吓坏了，身上一滴汗也无，口干舌燥，她想起了关原合战前攻打伏见城那日的情形。

那日，阿幸去伏见城里一酒家访友。关西大军所到之处，包围的不只是城池。那酒家里不时有散兵游勇进进出出，调戏女人，喝酒撒疯。目力所及，下至十二三岁的女仆，上至六十多岁的嬷嬷，都遭了侮辱。阿幸和酒家女小萩一起藏身于酒窖一角。

把二人藏在那里的，乃是一个十六七岁的女佣，后来她说出去看看风声，便一去不返。阿幸和小萩不安起来，小萩便也偷偷溜出去察看情况，没想到竟成永诀。终于，不知哪里起了火，浓烟从阿幸藏身的酒窖入口钻了进来。阿幸憋住气，拼命逃离了那里……

直到如今，在疲劳时，阿幸还会梦到那时的场景。

阿幸所经历的“战事”，不是弓矢纷飞、剑拔弩张，而是满地翻滚的大圆桶中，堆弃无数女人尸首，惨状惊人。那些兵士喝足了酒，侮辱够了女人，还不满足。在肆意妄行一番之后，监军大概怕上头责骂，干脆大开杀戒，一把火将为害处烧了个精光。

阿幸逃跑时发现了小萩的尸体。小萩和在她之前跑出去的女佣依偎着倒在血泊中，下身插着一支长枪。阿幸大声尖叫着，先前喝过的甜酒全吐了出来。她穿过重重烟雾，拼命奔跑。自那以后，一提到“打仗”，阿幸脑中便是那一日小萩的惨状。

"表兄，莫再说了……"阿幸剧烈地颤抖着，"阿幸全明白。请明白告诉我，该怎么做。只要能够阻止战事，阿幸什么都愿意做！"

"呵，全明白了啊。"阿幸剧烈的反应，让光悦吃了一惊，"记住，若伊达和大久保谈到战事，要详细地告诉我。"

阿幸毫不犹豫地点头："表兄，阿幸立刻就去寻大人。其实，阿幸也想知大人现在正干些什么。"

光悦未问阿幸从佐渡出发后，走哪条路来的京城，也未问她打算如何联络长安，他甚是放心，相信她自己能处理好一切，只把所忧之事反复叮嘱。

一旦关乎日莲宗和天下，光悦就忧心如焚。若非如此，他便不是本阿弥光悦了。光悦志存高远。为一事倾尽全力的人诚是伟杰，而一个男子，不管他是为了野心、技艺，还是兵法，那种竭尽全力、专心一致、心无旁骛之态，都让阿幸深深倾倒。阿幸嘴上虽轻描淡写，心中却称扬不已。她深深感叹，若光悦并非姐夫，她必会以身相许。除了光悦，她最喜欢的人便是大久保长安。长安与她不仅有男女之情，亦把她曾脱缰的心绪拉回尘世。然而，现在她喜欢的一个男子，让她去监视她喜欢的另一个男子，这是何等新鲜有趣的事啊！

阿幸从光悦宅中出来，朝一街之隔的娘家走去。她父母开着一家店铺。

"啊，阿幸啊，家里人都回来了，正等着你呢。"嫂子看到阿幸，嚷嚷道。嫂子乃是光悦的亲妹妹，两家其实便是一家。

"哦，多谢。"阿幸脑子里一片空白。随后要突然出现在大久保长安面前，吓唬他，然后照光悦教的探探他，阿幸满脑子想的都是这些。想着想着，她已穿过长长的走廊，到了内院。

"臼井？"

"是。臼井三郎兵卫在此恭候夫人。"

臼井三郎兵卫乃是京城人，负责管理长安的年赋，也是护送阿幸从大久保长安辖地来到大坂的人之一。

"怎的了，大人又换住处了？"

“是。大人在大和的公事已毕，现住在堺港奉行成濑正成大人别苑。”

“堺港？乳守宫附近的妓女早把他围住了吧？还有何人知我来了京城？”阿幸不忘身为侧室的体面，比面对光悦时显得威风了许多。

“这……难得大人有兴致，夫人还是莫要放在心上……”

“呵呵，这样啊。那好，不过今晚就要出发了，也不知船备好了没有。”

“今晚？”臼井三郎兵卫吃了一惊，“但是，大人今晚已安排好了住处……”

“呵呵呵，”阿幸像听到了什么有趣的事，大笑起来，“难道大人喜欢上了什么人？”

“夫人……”

“到底怎回事？没有船？”

“船倒是有。但在下就这样把夫人带到堺港，大人万一怪罪下来……”

“怕什么？”

“其他从能登跟来的人，对此也甚是担心。”

“呵呵。这个我心里有数。我在佐渡时，倒是想准备船来着。”

“呃……”

“不过来不及了。不是有很多运送矿工的米船从能登开到佐渡吗？我就坐那种船去找大人。我想他会夸我，而不会责备。我想好了，不管大人是惊喜还是生气，都由我担着便是。”

“那……能行吗？”

“哼，你以为我是因嫉妒才跑去责他？怎么说，我亦是在京城长大的女人啊。好了，立刻备船。”

臼井三郎兵卫凝视着阿幸，会心一笑，“遵命。”

“唉，为何我非得做出让你们为难之事呢？”

“在下立刻去办。”三郎兵卫以前曾和大久保长安一起演过手猿乐，年逾不惑，人情世故颇为练达。他恭敬地退下，走进暮色中泥泞的街道。

阿幸拍拍手召侍女，“阿杉！阿藏！”

此时，她嫂子慌慌张张跑了进来，“你不在的时候，姑娘们都出去买扇子了。”

“两个人都……好吧？那她们就待在这儿吧，嫂子，我马上要去堺港走一趟。”阿幸乃是那种按捺不住之人。

大久保长安夹在一堆从乳守宫周围召来的妓女中间，已经醉得东倒西歪了。

位于宿屋町临海一面的堺港奉行别苑，和旁边的旭莲社一样，都用来招待高贵的客人。照例，奉行只负责警备，客人在内尽可自由自在。召妓召艺，洽谈生意，悉随尊便。长安充分利用了这种自在，每次从京城或大坂到奈良的属地时，定会来这里歇息歇息，放松筋骨。此处除了拥有四通八达的河道，海上交通亦甚便利，无论去石见还是相模，都颇为方便，甚至还能及时掌握长崎的流行风尚。

“来来，今晚大家都得喝个痛快，玩个痛快！明日我就不在堺港了。”长安靠在一位叫千岁的妓女膝头，有些昏昏欲睡。

昨日长安刚到时，成濑正成过来聊了两句，之后就再未露面。在座的有堺港奉行的同心、长安的一个幕僚和从石见带来的半兵卫几人，还有演奏大鼓、小鼓、月琴和笛子的男艺人，外加十几个妓女。

“再热闹些！怎生和深更半夜一样安静？来来，喝！”

此时入夜未久。从窗户看出去，夜色中若隐若现的渔火、泊船上的灯光，以及戎岛灯塔的光芒，随着海上夜色的加重，灯火愈发明亮起来。

女侍进来，不停地和正在同妓女喝酒的同心咬耳朵。同心点头不已，东倒西歪走到长安面前，半说笑道："在下有事要和总代官大人说。"

“总代官大人？哈哈！今晚就叫我老爷吧，老爷我被石见和佐渡的金银之气弄得虚弱了许多啊。哈哈，要是不常把身上的铜臭洗一洗啊，气都喘不上来了！”

“是，老爷。”

“到底何事？”

“来了一位明石扫部大人先前的家臣，带着长崎奉行长谷川左兵卫藤广大人的书函。该怎生处理？”

“长崎奉行介绍？”

“正是。”

“既然得太郎冠者长崎奉行的照顾，恐与大御所爱妾阿奈津夫人之兄关系匪浅。”长安离开千岁的膝头，站起身来，完全如个狂言师，手舞足蹈，狂态毕露。

长安本就贪玩。加之最近的金银开采量远远超出预期，他的收入便也翻了几番，竟常常大言不惭在妓女们面前说笑道：“方今天下最富有之人啊，除了将军大人和大坂城主，便是我！”他从白天喝到现在，马上就要醉倒，可一听说有客人来访，竟立刻兴奋起来。

“对远道而来的客人不可慢待，你且把这话给我好生传下去！”

“明白。”

看着同心摇摇晃晃走了出去，长安豪迈地大笑起来，“哈哈！一下子就清醒了！既然来人和大御所爱妾有些干系，就当再叫几个女人！咚——呛——次郎冠者听啊——令——”

“在！大人！”长安的幕僚哼着狂言唱腔走上前来。

“有劳你，去乳守宫附近，找一个漂亮些的女人来！”

“明白！”幕僚恭恭敬敬施了一礼，正了正身姿，衣襟扫过榻榻米，退了出去。

“哈哈！愈发有趣了。千岁！”

“嗳，大人？”

“我的记性一直甚好，可现在竟突然把这客人的名字给忘了。客人叫什么来着？”

“呵呵！大人还没问过客人的名字呢。”

“怪不得我想不起来！你们说，不问怎能知道别人的名字呢？”

此时，隔扇被推开，一个女人走了进来，道：“是啊，我可想不起那个名字。”

长安愣了一下，看着来人，然而烛光摇曳，他的醉眼已看不清女人的长相。“嘀，还挺水灵的。你叫什么名字？”

“小女子阿幸。”

“阿幸？好似在哪儿听过啊。”长安嘟囔着，“不对啊，客人当是个男子，要不也不会特意差人去寻漂亮女子，是吧，千岁？”

“是，老爷。”

“客人确是说从长崎来的？”

“从长崎……倒未说清楚。”

“到底是从何处来的？”

“这……怕是从天上来的吧。”

“天上？那可不行！天上的客人有时会送来红头发、蓝眼睛的女人，那可怎生使得！”长安似想起了伊达政宗身边的碧眼侍妾，突然缩了缩脑袋，一副颇为害怕的样子。

这时，同心领着客人走了进来，“客人来了。”

同心禀报的时候，长安清醒了些。他想起了伊达政宗和索德罗，人立时变得谨慎起来，严肃地上下打量了一番来客。只这一瞥，他又变回了那个吃过很多苦头才走到今日的大久保长安。

“听说乃是长谷川大人介绍你来的？”

“是，此处有一封书函。”来人年方二十五六，容貌俊美，谈吐文雅，像个生意人。

“你原来真是明石扫部手下？”

“这……是。但小人职责实际与军务无涉，小人如今专门负责从堺港到长崎的船务。”

“哈哈！这么说来，你和我一样，太平时还有些用处，打起仗来就一无是处了。”

“呃……是，是有那样的说法。”

长安从同心手中接过书函，边看边问：“你信洋教？”他看似漫不经心，实则在认真观察对方的反应。

对方吃了一惊，道：“大人知道？”

“哪能不知！每次看到胸前挂着十字架的人，我心里都会咯噔一下。”

“这么说，总代官大人您也信奉……”

“不，那倒不是。总的说来，洋教徒对自己很是严谨。”

“惭愧。小人名桑田与平，信函上也写着。”

“是写着。不过只有名字，未说何事。喝酒之前，先说说此行的目的吧。”

“多谢大人。”桑田身子有些僵硬，施了一礼道，“乃是关于生丝的生意……小人想获生丝进口之权。”

“哦？那可找错人了。我只管金矿。”

“在下对此甚为清楚。”

“那还来找我谈生丝？”

“小人看出，获生丝进口之权的人，都非洋教徒。”

“哦，这还是头一次听说。大御所和将军大人各有信奉，大家也知，这情形和太阁时可不一样。”

“非也。小人想，与其说大御所身边的人厌恨洋教，不如说乃是有人不喜欢耶稣派、弗兰西斯派和多米尼加派。”

长安摇了摇头，戒心益甚。果然，他们都对三浦按针不满。他遂道：“我可明白地说，无那等事。真不明人怎会有这种念头……”

桑田好像相信了长安真的对此一无所知。他略放松了些，轻轻吁了一口气，表情严肃地跪坐下。“其实，洋教国家也分两种。”

“这我倒是头一次听说。”

“开始时，众人都信天主教，后来出现了所谓清教徒，形成了实行新教教义的国家，信奉新旧两教的国家，不断在欧罗巴燃起战火。”

“你倒是清楚得很。”

“是。日本有人原本信奉天主教，也就是旧教。新教的船只在庆长五年时第一次进入我国。”

“船？”长安假装糊涂。

“就是三浦按针乘坐的博爱号。”

“哦，对，三浦按针，我倒是有所耳闻。他尊大御所之意，发誓绝不会把欧罗巴的战火引到日本来。他绝不会那般做。此人比我们更执著，我信他。”

“总代官大人，您真这般认为？”

“你说长谷川大人不这般以为？”

“不不，长崎的奉行大人也有同样的想法。”

“这么说来，我们二人都这般想，你们却不信？”

那人语塞。

长安端起酒杯，“哈哈！这般说来，你们认为乃是因三浦按针在大御所身边，你们才得不到生丝进口之权？”

“不，那倒不是。”桑田与平刚喝了一小口酒，听到长安的话，立刻抬起头，“一不留神，长崎港便可能萧条了。长谷川大人也希望能与总代官大人谈一谈。”

“长崎变萧条？”

“是。大海如此广阔，小人不知应否在总代官大人面前说这些，不过有些交易自是见不得天的。”

“哦？到底怎回事？”

“大名们私下交易日渐猖獗，发现了自当处罚，但随随便便监视，却也起不到什么作用。故必须思量，是否让坚决维护旧教的人管理交易，否则，不仅日本近海将不断发生战事，朱印船也可能受到牵连。”

“那你想让我做些什么？”

“希望大人能够明察，大御所是否欲与新旧两教都有往来。”

长安战栗，立时感到一股不可思议的杀气。

家康的信奉和贸易分离的想法，仿佛已卷入巨大的旋涡。而在此之前，长安从未想过这一点。“你认为日本应只和旧教国家做生意？”

桑田与平向前挪了挪，“若非如此，小人担心新旧教派之争会令日本大乱。”

“你刚才说，因为海域太广，才很难禁止私下交易，是吧？”

“正是。”

“你是想说，除了长崎和堺港，再增加贸易口岸？平户或者博多？”

“恐怕只有平户和博多还不够。若加上五岛、一岐、对马，大人意下如何？”

“嗬！明白！有那么多孤岛，到彼处去做生意，长崎奉行便管不着了！呃，你认为应该只选择旧教国贸易，是因为信奉旧教？”长安语气温和，其言却似一把利刃刺入桑田与平的胸膛。

“小人不敢说不是，但事实出乎意料。”

“怎的出乎意料？”

“我们多方访查，发现新旧两教国家的实力差异甚大，在日本国附近建立据点的都是旧教国。”

“哦？”

“葡国占领了天川（澳门），班国占领了吕宋岛，大洋那边有个墨国（墨西哥），此外还有西洋诸国，包括旧教的大本营罗马。新教国也在天竺和爪哇、暹罗一带延伸势力，但是和旧教国相比还差了许多。小人以为，和势力强大一方联手，对日本大有好处。”

“嘿。”长安点点头，举杯饮酒，“我近日将去拜见大御所，会向他一一禀报。不过，桑田与平啊……”

“在。”

“我有一事想问你：万一三浦按针欲与诸新教国联手，要把旧教势力从日本赶出去，怎生是好？”

“恐怕旧教的传教士已对此有所警惕了。”

“唔？三浦按针虽未出手，但早晚会凶相毕露，那时又当如何？”

“那时……”桑田与平大声开了个头，却微笑着停住了，许是怕他人听到。

长安点了点头，心道：看来，情形比我以前想的更复杂了。他渐对眼前这个叫桑田与平的男子重视起来。

“好吧，你的来意我大致明了。今日酒逢知己，切要喝个痛快！”长安重重点了几下头，将杯中酒一饮而尽，又将酒杯伸到右侧的女子身前。他的注意力都集中在桑田与平身上，虽然把酒杯伸到了女子下巴处，嘴里说着“满上满上”，却未看她一眼。

女子扑哧一笑，给长安斟上了酒。

长安还是没看那女子。他一门心思要弄清楚，桑田与平此行究竟想干什么？

“来，再给您满上一杯。”长安终于觉出，身右的女子不再是千岁，而换成了另外一人，她端端正正坐在那里。长安再次默默递过杯子，不解地问道：“我瞅着你眼生啊。你叫什么来着？”

“小女子阿幸。”

“阿幸，呃，好像在哪儿听过。”长安转向左边的千岁，道，“这是你家的女人？”

“是。”千岁一本正经，夹起菜往长安嘴里送。

此时，又有一些妓女喧闹着进来。长安色心大涨。“阿曾、阿封、阿实、阿遥，你们四个都来。来来，站到老爷跟前来，让老爷好生看看，看哪个最是漂亮！”

“难道老爷已对千岁厌倦了？”

“呃，酒不醉人人自醉哪。不能安静些？动来动去，我可没法品评了。”长安闭上一只眼，醉眼惺忪看了片刻，道，“客人，你从这里边挑个你喜欢的，两个也行。”他在戏耍桑田与平。

“大人好意，小人心领了。小人胸前挂着十字架呢。”

“不能碰家室以外的女人？哈哈！这点倒和我一样！看看还行，不能碰！你是想上天吧？”他已不胜酒力了，回头再次把酒杯伸到右边那女人面前。“你是新来的？叫什么名字？”

“阿幸。”

“阿幸……好像在哪儿听过啊。”

阿幸的眉毛挑了挑。

本应在佐渡的阿幸，以妓女身份出现在堺港的酒席上，对此，长安哪里会想到？但对阿幸来说，一切都在算计之中，让长安吃惊便是她的目的。然而长安居然问了三遍，却仍未想到竟是自己的侧室。这下，阿幸怎么也高兴不起来了。

“老爷，恐怕……”

“怎的，想喝酒？”

“老爷，也许您知道茶屋四郎次郎清次先生吧？”

“哦，茶屋的第三代掌柜啊。他有个兄长，乃是第二代的四郎次郎清忠，不过二十多岁就死了。于是清次，就是长谷川左兵卫藤广的养子，通过大御所，做了茶屋的第三代掌柜。此人虽然年轻，却颇有才具。”

“老爷，恐怕……”阿幸发现自己仍被忽视，强行把长安的脸扳向自己，“那个有才干的茶屋清次，现在在哪里，您知道吗？”

“不知。现在还在长崎……其实啊，他的任务比长崎奉行还重要！”

“重要的任务？”

“哈哈！看起来你和清次挺熟识。茶屋清次得到大御所举荐，将要担任长崎奉行了。虽然过去的奉行乃是他的养父，但现在清次已是大御所的亲信了。”

“老爷。”

“怎的？净问些年轻男子的事！”

“长崎奉行未把这位来和您谈朱印船生意的客人介绍给同在长崎的茶屋先生，而是介绍给您。老爷您并不负责朱印船的事务，您身为金山奉行、总代官大人，对吧？”

长安微微侧了侧头，还未明白阿幸话中之意。若他明白了，必会大吃一惊，对阿幸刮目相看。正如阿幸所言，关于朱印船，长崎奉行与其找金山奉行，不如找同在长崎、负责幕府对外交易的茶屋清次，问题自能解决得更快。

“老爷，您喝得太多了吧？”阿幸再次抱住长安的头，使他朝向自己。

长安眯起一只眼，道：“怎样？你今晚和我一起逍遥。我给你两个钱。”

还没认出她来！阿幸眉毛倒竖，感到了巨大的侮辱。

“两个钱不够？那就三个！哈哈，再多可不行了，再多……”长安眯着一只眼盯着阿幸，似觉她不值更多，微笑着摇摇头。

“总代官大人，请把这个女人让给我吧。”这时，以胸前挂着十字架等堂皇理由拒绝狎妓的桑田与平站了起来，一脸严肃。

“哦？你要破戒？”

“是。鄙人虽已成家，然而妻子已不在了。小人……小人现在乃是个鳏夫。”

“哈哈。鳏夫终于遇到喜欢的女人了？”

“是……第一次，遇到和亡妻一样的女人。”

“好！”长安粗暴地一把抓起阿幸的手，把她推到桑田与平那边，“就两个钱，你陪客人！我要那个……那个就行！过来过来！”长安像要醉倒一般，朝一个后来的妓女招了招手。

阿幸呆住。她天生任性，喜捉弄人，固执反叛，然而面对这种阵势，她却不知该如何是好了。

“呵呵。”突然，千岁一阵狂笑，站了起来，一把扯住长安招呼的那个妓女，要把她拉到自己的位置上去，“乳守宫的千岁大夫今日被老爷彻底抛弃了！漫漫长夜，空闺独守，泪雨纷纷啊。啊呀，老爷，您可要好生疼爱这个姑娘啊。”

千岁滔滔不绝，阿幸无法插话。更让她惊慌的是，她正发呆，桑田与平已紧紧搂住了她的肩膀，“你叫阿幸？”

“啊……是……”

“我要你了。对了，你刚才说什么来着？说很是了解第三代茶屋？”

阿幸吃惊起来，与平似有目的，好像害怕她再和长安多言。他到底想干什么？

阿幸亦并非寻常女子，她旋即回道：“是，小女子和第三代茶屋乃是老友。”她颤抖着，但回得清清楚楚。

“茶屋的朋友？不错。今晚我的运气真是不错。”与平把嘴凑到阿幸耳边，轻声道。

阿幸更慌了。本以为说认识茶屋清次，对方会吃一惊，松开她。

“小女子喘不上气来了，请您放开我。”阿幸推开与平的手，朝长安望去。

长安不好对付，若他已认出阿幸而故意戏弄，她又该如何是好？

“嘀，你可够狡猾。”桑田与平再次缠上阿幸，“咦，总代官大人枕在喜欢的女人膝上了。咱们也换换位置。”

“等……等一下！”阿幸真想立刻逃出去，但下不了决心。桑田与平的目的，愈来愈让人生疑。他特意接近长安，到底有何企图？为了长安，为了本阿弥光悦，阿幸想弄清楚。

“啊，对了！还未给你斟酒呢！来，倒上吧！”

阿幸端起酒杯去接酒。桑田也坐下来，捧起酒壶，“那我倒了啊！喝交杯酒吧！”

“呵呵。交杯酒还早呢。”

“咦？怎的……好容易得到总代官大人的恩准……”

阿幸将杯中酒一饮而尽，强把杯子塞给与平，唱起谣曲：

> 吾家有娇儿，
> 面目璨如画。
> 贵者长踯躅，
> 问是谁家子。

阿幸一边唱，一边不停往桑田杯中斟酒，拼命想该怎的把这厮打发掉。“哎，总代官大人已打起呼噜来了，我们也换换位子吧！”她边唱边站起身来。

> 郁郁定家葛，
> 凄凄难分离。
> 采撷入吾怀，
> 携之赴神崎。

长安真已枕在妓女膝头睡着了。阿幸却不想轻易放弃。她故意摔开与平的手，等到与平又伸手来扶时，她便佯醉，娇滴滴靠在他身上，“我还要、还要喝酒。哈哈……”

阿幸随桑田与平走到另室，再度向他要酒。与平虽然酒量不小，但一握住阿幸的手腕，就变得比长安更为纯情。“现在只剩下咱们二人了。让我说几句心里话，你为何要把我引到这里？”

“说什么呢，呵呵，起先完全不把女人放在眼里的您，一听到我说茶屋的事就立刻变了。您想问什么？”说着，阿幸硬把酒杯塞到与平手中。

“你为何从长崎到了这里？你必是明石扫部或高山右近的人……哈哈。乳守宫的妓女不是瞎子。”与平如一座大山向她压下，阿幸立刻避开，坐正身子。

与平道：“就算你注意到了，也不当说出来。我们知总代官大人是何样的人物，才希望接近他。”说罢，忙将三枚小金币塞到阿幸手里。

阿幸用对孩子说话的口吻道：“其实，小女子也信天主教……”略加引诱，对方就会热情地宣扬教义，诉说自己的不安。他们对大御所家康身边的三浦按针还是感到不放心。

“大御所是很公正。但毕竟年事已高，不知哪天就会归天。那时若按针说服将军禁了旧教，该如何是好？那样，日本恐怕又要变成乱世。”

阿幸听着听着，开始困倦。同样的话题，已不像在光悦那里听到时那般令人激切了。她现在关心的是大久保长安。长安现在恐已被抬进去睡了，喝得那般醉，必如一摊泥，然而他睁开眼之后，自己可就危险了。阿幸在与平身边，不断给他添酒，一边胡思乱想：得赶快把与平灌醉，离开这里，打听长安和堺港奉行的心思，不可令海事为按针一人掌握。

但眼前的人，却让阿幸脱身不得。醉意渐浓的与平变成了恶魔，意欲和她交好。“我啊，真的喜欢你！”与平双手抱着阿幸的头，轻声道，似乎要让她牢记此刻……

三　敢违天命

大久保长安最近老做梦，甚至连喝醉了也做。多梦常因五脏虚衰。长安平时非常注意保养，也时常提醒自己不可过分劳累。尽管如此，最近他还是多梦。那些梦或是年轻时的行径，或是沉入朦胧的幻境，皆令人不可思议。

在梦中，长安甚至拥有一座巨大的宫殿。宫殿用金银造就，巍峨的殿宇旁有一池清澈的湖水，可以坐在水边悠闲地垂钓。从未见过的东西，居然会出现在梦中？初时，长安被梦境迷住了，经常胡思乱想：那恐是信长公邀我到安土城去演猿乐？近日，他一睡着就会梦到那宫殿。

睡了后，大久保长安进入了一种和清醒时完全不同的生活。清醒时的长安固然有快乐，当然也有不快和悲伤。然而梦中的他没有任何哀伤悲叹，只有满足。故当他一睁开眼，反而感到不安：这是上天在告诫我，死期将近？在梦里，他想要的一应俱全，梦中的他并不像平日那般贪婪地沉迷于风光之美、金银财帛，甚至美酒和女色。若真有西方净土，梦中的他也许已到了那里。对长安来说，睡觉业已成为乐事，醒来的瞬间，反而会感到落寞。

今夜，长安又在梦中的宫殿里垂下渔线，然而渔线突然纠结起来。他叹道：又要醒了！一瞬间，他不得不回到现实——

哦，昨夜我干了些什么？是在堺港奉行的别苑，叫了几个乳守宫的娼女一起行乐。那时为何想要那空虚的热闹？是想把梦境和现实间的空虚填上，行为才越来越出格？

正这样想着，身旁女人压在长安脑下的胳膊轻轻动了一下。长安不想动，恰在半梦半醒之间，乃是人之极乐；重返现实后，他将感到饥渴，既有口渴，也有对女人肉体的渴望。无论如何，一个人感到口渴，就说明他还活着，同时亦会引起各种不安：难道要继续像这般在仕途和游戏之间往复，等待衰老和死亡的降临？若是如此，人生岂非一场幻梦，甚至比不上一个短暂的梦？

长安身旁的女人又动了动。她用脚钩住了长安的脚，胳膊搂住了他的后背。

长安打了个激灵。女人似想帮他驱走那梦醒后不可名状的空虚。若有人不爱女人，真是可怕。长安开始梳理自己的记忆：来了一个客人，名桑田与平，说了朱印船和生丝生意诸事。长安以招待他的名义又叫了些妓女来，其实是他自己对那个叫千岁的女子的身体已经厌倦了，想找寻新鲜刺激。然后，自己选了一个不错的女人。对了！不是选了个如经雨淋、像幽怨的花一样美丽，却固执莫名的女子吗？

想到这里，长安感到身边的女人又动了动指头。

长安对此深有体会：酒醒后再抚摸对方，不过是再次体味失望和懊悔；没有欲望的肉体接触，只会不断令人烦扰。人之欲念真不可思议。

长安遂摸索女子的身体，没甚特别的，女人都差不多。

"我以前碰触过很多这样的身体。"长安小声道，叹了口气，"都是一个样，唉。"

"您失望了？"

"嗯。"长安小声回答。

女子突然一掌朝他脸上打来。

"啊……"长安捂着脸，身子向后退了退，然而不知怎的，心里反倒踏实了。他能感到，这女人并不陌生，且无杀他的敌意，只是痴情与恼怒交杂。

"怎回事？"长安道，"趁我睡着，换了人？"

"您知我是谁？"阿幸眼睛通红，样子颇为狼狈。这种情形，和她精心描绘的幻想出入太大。

“怎生不知？我啊，早知是这么回事！”

“那您说我是谁？”

“哼！”长安捂着脸，“千岁嘛，打得真狠啊。”

一瞬间，女人沉了沉肩膀，似欲再打过来。光线昏暗，女人又背对着灯笼，看不清楚长相……她不是千岁！长安突然寒毛倒竖。

这是怎的了？恐怖顿时笼住长安，他真切地感到四周充满杀气。

女人沉默。

这女人是谁？长安要能想出来就好了，那样便能立时将女人心中的杀气驱除。然而，还是不知她到底是谁。“你是……”

良久，女人方道：“您不知我为何要追到这里？”

这对阿幸来说，乃是意料之外的让步，也许，可说乃是女人的软弱——一旦发现对方真认不出自己，就立刻变得忧虑不安。倘若在长安心中，她竟和那些几个钱便能买到的女人一样，那她该如何是好？

“大人根本就不担心我。您前面有个大陷阱，可还浑然不知，我才特意追来……”

啊？长安心中大惊。特意追来……这话终于吹散了阴霾。他笑了，“我怎会不知！我早就知是你了。”说罢，他偷偷看了看对方的反应。

“大人您什么都不知道！”阿幸的语气变得异常强硬，“您不知世人全都盯着您！您就知自己寻开心，整天吃喝玩乐！”

“……”

“您知道索德罗怀着何样的野心到江户？您知伊达大人为何把爱女嫁给上总介大人？您对伊达的野心真的毫无察觉？”

长安已经不需再琢磨了。阿幸就是阿幸！但，她为何会说出这样一番话来？

“大人，您不知，现在南蛮人和红毛人正在为了各自的利益，争得你死我活。红毛人特意把三浦按针安插在大御所身边，欲把南蛮人从日本赶将出去；南蛮人为了阻止红毛人，把日本变成自己的天下，也正在拼命想办法。您看看大坂城里，新受封的都是信奉洋教的大名。那些人一旦发现大御所站在红毛人一边，必会包围江户，不利德川。”

“……”

“不，只是这样，他们也还斗不过江户。所以，除了信奉洋教的大名，他们还拉拢伊达大人，还有您……”

长安不由屏住了呼吸。他对此一无所知，阿幸又是从何处听来这些的？

阿幸看长安不作声，说得愈起劲：“现在南蛮眼里，一是大坂城主，二是伊达大人，不，也许是加贺大人——那个一直和高山右近、内藤（小西）如安走得颇近的前田利长，怕老早以前就已支持南蛮。再就是大人您。即使大御所不站在红毛人一边，他毕竟年事已高，故拉拢当今将军的兄弟、伊达大人的女婿上总介大人，就更能保证一统天下。而那位上总介大人的家老，恰恰是手握大权的大人您。您现在不仅是影响时局的关键，甚至是影响南蛮和红毛诸国的关键。这样一个人，还什么都不知，一味在此饮酒作乐！若伊达大人宣布顶替了您的位置，那时如何是好？”

长安身子越来越僵，不只是因为清晨的寒冷，他也许已被推到了风暴的中心，而这风暴远远超出他的想象。大坂的丰臣秀赖，伊达、前田两个实力强大的大名，再加上一直对德川心怀不轨的毛利、岛津，若再加上将军的兄弟，天下会怎样？他不由紧紧闭上眼睛。

阿幸的话并不完全正确，也有臆断。比如她说英吉利和尼德兰特意把三浦按针送到家康身边，就纯属臆测。按针乘坐的船乃是无意中漂到丰后岸边的，而伊达氏与家康六男忠辉的结缘亦并非刻意。另，家康想和伊达政宗联手，政宗本也有此打算，但是他招忠辉为女婿确实在先，倒并非因为有谋叛之心。

尽管如此，阿幸话里还是包含了不可忽视的事实。索德罗想把三浦按针和家康分开，才特意到江户，乃不可反驳的事实。最明白索德罗心思的乃是伊达政宗，亦是事实。万一南蛮和家康敞开胸怀，握手言欢，日本必被卷入新旧两教争夺天下的风浪中，甚至可能一分为二。德川治下，心怀不满的外样大名远远多于阿幸所估，若他们和海外势力联手，举大坂城主秀赖为盟主，必能形成足以和幕府对抗的强大势力。如此，大久保长安作为松平忠辉的家老，负责支配天下黄金，他如何选择，必成为决定新旧两种势力胜负的关键。

长安心中僵住，身子却发起抖来。

“大人，”阿幸还要继续倾诉自己的怨怒和感慨，“大人，您正手握天下之匙，让天下大乱还是万世太平，只在一念之间。大人若是清醒，就能让天下太平；您若继续这般糊涂度日，早晚会被伊达逼得走投无路！”

“等等，阿幸！”长安终于开口，“你说的话，有一半我未听明白。陆奥守为何要把我逼得走投无路？”

“您怎能想不到？大久保长安拥戴上总介大人，站在大坂一边，若世人这般说，您如何理会？”

似有一根大钉子插入胸口，长安猛地一惊。伊达政宗真可能这么干，先制造谣言，再察世人反应。政宗对这种事一向得心应手。

“大人啊，伊达造谣的事情即使败露，他必也佯装糊涂，一推三不知。但大人的嫌疑当如何洗清？”阿幸悄悄把双手伸进了长安衣领里，为他轻轻揉捏。

似有火花在长安冰凉的身体里爆裂，是因拥抱着他的阿幸恢复了奇妙的母性，还是因他心中另一个计划逐渐明朗？他思索道，不就是演一出戏吗？自己始终鞠躬尽瘁、兢兢业业，多次在佐渡、石见、伊豆的深山里和蝮蛇搏斗，难道仅仅是为了总代官之职的四万石年俸？非也。自从第一次在大坂城见到那巨大的金块，长安就做起了前所未有的美梦。这梦便是利用日本地下的黄金，称霸世间海域，成为贸易王者。追随家康以来，他开始有了梦想成真的感觉。

然而现实和梦想之间仍不无距离。在造船和贸易往来方面，出现了比他更有能耐的茶屋清次，以及家康侧室阿奈津夫人之兄长谷川左兵卫藤广，二人在长崎都颇有影响。而就海外情形，三浦按针比长安更稔熟。如此一来，长安不过一介负责挖掘黄金之人，能够支配金子的，却是家康、藤广、茶屋和按针等人。

真令人泄气！长安紧紧抱住阿幸，一边听着她的喁喁低语，一边在心里暗道：我期望太大，才失望愈深，酒量才变得越来越大，游艺也越来越频繁。

然而如今，从天上掉下一个新的筹码给他。这筹码并非让他去搅乱世间，让天下陷入战乱，而是让茶屋四郎次郎、长谷川左兵卫、家康、按针、秀赖、忠辉等人不能再忽视他大久保长安。那便是，利用伊达政宗和索德罗，不动声色封杀他们的野心。这么一想，伊达和索德罗都成了有趣的玩物。

“对不起，阿幸。”男人和女人说话，必须掌握好分寸。此时长安若不安抚阿幸，怕会被她看透。“阿幸，我会变好。你的话让我眼界大开，我会为了世人好好生活下去。阿幸啊……”长安边说，边用劲抱住阿幸。

阿幸抽泣起来，认为长安真的收心了，亦真正用心爱抚她了。然而长安已被另一种欲望燃烧着，才狂野地挑逗阿幸。正所谓同床异梦，二人真是可悲!

“您不会再忘了妾身吧？”阿幸又道。

“怎的会忘了？我因为你而重生了啊！”长安道，脑中浮现出忠辉的面孔，然后是五郎八姬。他想道：此二人即便成为将军与将军夫人，仪容气度亦无半分不称之处。大御所终究已然老了。他又想起怪癖的伊达政宗那张生一只独眼的脸。太阁归天时六十有三，自那以后大御所一直过分操劳，即便能够长寿，也就五六年光景了。这样一想，长安突然对怀中的阿幸生起怜爱：女人真是单纯啊!

然而，若大御所仙去，二代将军能否如大御所期待的那般，压制南蛮人和红毛人的气焰，继续和海外做生意?

长安这样一想，脑中的政宗装模作样笑了：“哈哈，你知我的心思了？为了日本国，为了德川，我要调教出能真正继承大御所志向之人。此人你我皆知……”

长安浑然忘记了怀中的阿幸。男人的野心如此之大，伊达可能因此变成贪婪的魔鬼。红毛人有三浦按针在家康身侧，行事就甚是方便，故才要加强和南蛮人的来往。所幸索德罗愿辅佐伊达，为了利益，必尽力一搏。凭着伊达政宗的非凡脑筋，他定会想出法子，如刺杀二代将军，或是煽动大坂谋反……

长安正胡思乱想，阿幸冷不防在他肩头狠狠咬了一口。

“啊！疼！”长安终于梦醒。

他似完全恢复了活力。阿幸那被彻底征服了的模样，更为他的昂然生气注入了力量。

让女婿做将军，让大久保长安一般杰出能干之人辅佐，掌握天下权柄……伊达政宗一定会在长安面前露出狐狸尾巴。

长安乃是伊达政宗女婿的家老。万一事情败露，爱婿、爱女、丈人，以及长安，都将同堕深渊，故政宗不会对长安不利。但若伊达政宗不把长安放在眼里，又怎生是好？那样的话，长安既可暂缓挖掘金银，也可将金银埋藏起来。和海外做生意，没有金银如何能行？洋人不就是希望日本乃是马可·波罗笔下的黄金岛吗？只要长安处置得当，伊达政宗就绝不敢无视他的力量。

长安发现，阿幸已经美美地睡着了，微微起鼾。他突然有一跃而起、去附近转转的冲动。然而此时还是慎重为好，阿幸的脑子惊人地敏锐，计划完全成形之前，长安可不想愚蠢到被别人看穿。他想，也可对大御所使一使手段，称金银产量减少，矿脉似乎消失即可。只要能牢牢攥紧黄金这根命脉，忠辉和伊达政宗、五郎八姬一众就都在自己手心。忠辉之母茶阿局至今尚在家康身边，伊达政宗一有动静，外样大名们必会发生反应。

长安突然剧烈颤抖起来。这非谋反，也非背叛！但他已然处于风口浪尖……

四　家康问道

德川家康尚未意识到，由于众人对他的心思不明，周围正形成一股不安之气。倘若在往常，某种不安会致乱，他当有所察觉。然而他还未经历过太平天下滋生出来的不安。

德川秀忠进京时，丰臣秀赖拒绝拜访，让家康震怒；但他依然以为，假以时日，耐心教化，便可解开淀夫人心结。对于此前大坂的行为，他并非毫无察觉。幕府刚一宣布扩建江户城，大坂就迅速改建，筑起千叠殿。之前秀吉公虽亦号称“千叠”，实际也就八百叠左右。但仔细想想，此举不过是孩子气的争强好胜，可一笑置之。秀赖小时候曾说过，既然号称“千叠”，没有千叠便是说谎云云。

忠辉代秀忠去大坂，返回伏见城后，家康曾经问过他对秀赖的评价。

忠辉侧头想了想，道：“看上去稍显瘦弱。”旋又赶紧更正：“个子比孩儿高，估计能长成六尺的魁梧之躯。秀吉公也那般高吗？”

“那倒不是，你也高过我了。恐是太平时人会更健壮些。”家康笑着回答，然而他感到，忠辉对秀赖有些轻视。他随后含蓄地对忠辉解释了他们二人官位的差别。忠辉为左近卫少将，和右大臣根本无法相比，无论何时，都不能对官位高于自己的人失礼……

听说秀赖即将在醍醐三宝院仁王门举行法会。三宝院乃是已故太阁为赏花而建，极尽奢华。家康夸奖秀赖：“不忘乃父，其诚可嘉！”然而这是否也是一种攀比？家康这个念头并非无中生有。一个月前，高台寺落成之时，整个京城都在议论高台院的贤德。当然，这些事对如今的家康来说，都只不过是吹过心头的微风……

现在，家康最感兴趣的是两件事，一是和藤原惺窝荐给他的年轻儒者林道春谈天，另一是扩大交易。

林道春的确值得举荐，他的言谈充满令人愉悦的机锋，总能准确抓住家康提问的核心。承认人乃万物之灵，才能为教化提供根基。要开辟新的天地，就要先有尊重贤良的虔诚之心——二十多岁的林道春，似在手把手地辅导六十四岁的德川家康。

“这些我同意。我从年轻时，就认为人人皆有佛性。”家康表示赞同。

林道春却又说出了一句让人意想不到的话。他毫不畏惧地问家康，是否打算将那些迷失方向、提着血刃在乱世中游荡之人，改造成圣人。

家康苦笑。他知林道春想说什么，但也非常清楚，并非所有人都能成圣人。无论善恶好坏，人都得思索、存活，这是老天的眷顾，以让个人才智足以冲破混沌。固执地坚持己见，乃是对天意的违抗，由此，学问分出了不同派别。家康刚一说出这些，林道春就和他严肃地争辩起来，与其说是争辩，口气更像是在教训稚子。

“大御所下决心做些什么吧。人啊……”说到这里，林道春苦笑一下，“即使您想让天下人都成为圣人，却只些须几人能够。虽然如此，仍可从这几人开始，有所作为。在教化方面应多投入些，没有热情的教导如同腐鱼，只会带来毒害，无法滋养身子。”

家康觉得，这种充满活力的热情弥足珍贵。林道春说得确实有理。能引领时代之人，做事之前必会经过仔细选择，以免出错；然而一旦下定决心，即会全身心投入。

“好吧，那就这样办，把日本人都变成圣人！”听家康这样一说，林道春第一次备感轻松。“为了将东海之地变为圣人之国，林道春愿意将一生都奉献给大御所。恳请大御所能给世人做个表率。”这是太平时代的过活方式，对于那些只知靠刀枪讨生活的人，须先让他们知，还有其他的生存之道。

但林道春对家康的“交易第一”并不看重，“在下以为，大御所恐应好生反思，已故太阁为政，最欠缺什么？”

听他这么一问，家康顿时被勾起了兴趣，不由反问：“先生认为，他缺少些什么？愿闻其详。”

年轻的道春昂然道：“礼。”

“礼？”

“太阁和大御所同样具有热情，希冀天下统一、太平。然而‘和’与‘礼’共存，才能打造坚固的根基。在下以为，太阁并未认识到这些。”

“哦？”

“圣德太子教诲后人以和为贵，但把此言分开理解，实为大谬。太子的教诲里面已经明示，维持‘和’必不可缺少‘礼’。”

“嗯。要把在战乱中长大的粗鲁之人变成圣人，必先教会他们知礼。但是先生，我想还有一事比这更重要，古人说‘仓廪实而知礼节’。”

“在下以为，二者缺一不可。无奉礼之心，衣食丰也不知满足，因人欲无限之故。小人常戚戚，太阁栽培起来的大名与将领，在太阁故去后并未携起手来。”

家康点头不已，“先生是说，您对我的富国之策存有异议？”

“是。颇有异议。通过促进交易来兴国富民，本身虽是极好的善政，然……”

“仅仅如此还不够？”

“不够。丰衣足食后却乱了天下的例子，古往今来不胜枚举。衣食不足亦不失礼仪，教化若不能及此，百姓富足之后，反而可能欲心膨胀，最终引起天下震动。故在下以为，大御所应布告天下，端正礼道，使礼节与富国并行，方为长远之策。”

家康完全清楚道春想说什么，秀吉公确是因此而败。秀吉公的“礼贤下士”天下闻名，和谁都不分上下地称兄道弟，虽然带来了一股新风气，人却未必真心臣服。他培养了部下的霸气，也导致了部下放纵冶游和目无法度的恶习。太阁故去未久，部将便分崩离析。这正是由于他不重林道春所言的“礼”。家康已明白此理，遂道：“谨记先生教诲。富国乃有礼之富，‘无礼之富不能成富’。”

“财富未能使人安乐，反而致人放纵，扰乱世道，此必是大御所不望看到的。”年轻的林道春反复对家康强调“礼”之重要。他道，“礼”乃是秩序的基石，若要建设真正的太平盛世，首先便要筑牢道德之基，让武士能明确善恶，严格遵守礼仪。

“事情有时会出乎大御所之意料。若大御所以为善，天下皆以为恶，还望大御所屈己从善。”

“话虽如此，有时善恶实难分辨哪。”

“教化中若出现这等混乱，就无法维持秩序。故要明确是非，不论对谁，都应公正。”

“是啊，对天下人不分彼此，一视同仁，即所谓‘诚’。”

林道春似终对家康的回答满意了。他提醒家康，莫要忘了自己乃是操天下权柄之人。天下终归在家康之手，他自己不过一介引路之人。若家康不能严以正行，他只是空谈。

“深得吾心。”家康笑着频频点头，“操天下权柄者，必须有坐于漏船、卧于火屋之心，德川家康断不会辜负先生。毕竟我也活了六十多年，明白一己之道可立于天下，天下之道也尽在这一己之身中啊。”

人和天地本为一体，能够明白这个道理，则无论愚钝者还是贫贱者，都会以天下为己任。此乃家康的信条，也是他的顿悟。听及此，林道春眼中现出感动之色。

“承蒙指教。大御所真如一株大树。大树不会只朝一边生长，那样的树不会丰茂，只有让枝叶伸向四面八方，方能长成参天巨木。就让林道春在这大树之下，尽心尽力开拓‘诚’之大道！”

自那以后，家康在身边侍从的眼中，总有仰之弥高之感。林道春虽然具有无比的热情，然而在功成名就的家康眼中，终还有些未脱稚气。

庆长十年九月初三，家康将往返安南的朱印状授予角仓与市时，正色道：“记住，礼要正。不管他国人是轻视你还是尊敬你，都要以礼为本。”

家康重“礼”，诚已受了林道春的影响。在此之前，家康很是羡慕丰臣秀吉的坦诚待人，坦坦荡荡，与谁都能敞开胸襟。秀吉公能做到，家康却不行，正因如此，他才会心存羡慕。不过他也思量，这容易让人变得轻薄，脱离常轨。

故，家康和家臣们晚间的闲谈，也在一贯的说教之外，增加了一些厚重之感。说教似变成了庄严的经文，这让众人感到了些许压力。

本多正纯经常说笑道："大御所好似变成了活祖师。"年轻一些的竹腰正信等人，近来亦多被家康传召。他们说，家康公好像周身都沐浴在威严的光芒之中。不只竹腰正信，负责颁发朱印状或与海外进行文书往来的丰光寺承兑等人也觉得，每当听到家康说"就这般"的时候，舌头就会打结，想说的话便也说不出来了。众人皆以为，"大御所的想法终究有理"。

家康以为，"礼"于治国，绝对不可或缺，乃是凌越个人品格之上的法度。故，他制定了新军令十三条，同时颁布殿中法度八条，命令天下大名严格遵守。规范世人行止的同时，也让大家备感受了约束。这导致昔日与家康同列的旧大名之间，亦开始流传一些风言风语，"大御所威仪愈来愈盛"，"是啊。大御所已天下无敌，便是号令我等，亦理所当然"，诸如此类。

另一方面，家康加紧扩大海外交易。批准角仓与市和安南做生意后，又准吕宋可每年派四艘商船来日本，但须保证日本近海安全。

这些举措无疑让索德罗等洋教徒感到不安，但也说明家康打算将信奉和交易分离。最近，索德罗未经过伊达政宗引荐，直接拜见了将军秀忠。浅草的施药院已经盖好，政宗之女和忠辉的婚礼也近在眼前。

家康一方面端正国内礼仪风气，一方面愈发热衷于海外交易，天下太平之象愈盛。高棉国君派人送来文书和贡物，安南也送来国书……

家康的善政带给百姓国泰民安之感。大坂亦开始修缮筑建大小寺院，以秀赖的名义在醍醐建造了三宝院的仁王门之后，立刻为相国寺法堂造了一座钟楼；钟楼还没完工，又开始修醍醐三宝院的西大门；接着，杵筑社也开始动工……一众举措简直像着了魔。颇有讽刺意味的是，此时醍醐寺发生了火灾，如意轮堂、五大堂和御影堂均被焚毁，必须重建。

对此，世间也流传着各种各样的说法。有人说，大坂无能人，把太阁大人好不容易攒下来的金银都花在筑建寺庙上了。还有人认为，修缮寺宇乃是淀夫人想让天下所有的寺宇同时诅咒德川的败亡。

其间，家康鼓励林道春大量刻印经书，同时从安南、吕宋着手，意欲恢复与大明国的交易。但，偌多人的眼光还依然停留于乱世，一有风吹草动，遂立时认定为江户和大坂的对立。但在洋人传教士眼中，此时的日本国则另有一番风貌。

后人于《日本西教史》载："将军（家康）表现得有如一位诚实坦荡的主君。他根据太阁遗命，视秀赖如已出，命令大坂两位奉行片桐且元和小出秀政保护秀赖，明令禁止大坂的药铺出售毒药云云。"在洋人眼中，家康乃是秀赖的依傍，而日本亦尽入家康之手，朝着太平盛世的方向发展……

实际上，林道春时时催促家康实践圣人之道，家康自己也为了普及推广而不辞辛劳，印了诸多书文。故如此说来，大坂的行为也可看作秀赖母子对家康的鼎力协助。

一日，本阿弥光悦被召到伏见城。

本来，家康还敦促光悦将准备送给安南国君的配刀刀饰也一并带来，然而刀饰此时还未做好，故光悦此次到伏见城，还得对此作些解释。

竹腰正信带着光悦到院中时，家康正于小书院听林道春讲解《论语》，表情前所未有地庄重。

光悦在外间静候，直至林道春的讲解停下。他心中暗想，家康的表情固然严肃得有些可怕，却也有一种奇妙的庄严——年近七旬、手握重柄者，却能端端正正坐着，听二十多岁的年轻儒者讲课。若是先前的太阁大人，又会怎样？恐怕林道春断无胆子来传道授业。即使他无所畏惧，秀吉公也会因为面子一口回绝。

从这一点来说，家康完全将自己当作了一个愚钝之人，不过，也许他是个难测深浅的天人，一脸"朝闻道，夕死可矣"般的严肃，一个字一个字认真地听，全身心都已入了儒道。

林道春亦聪明至极，授课甫一完毕，立即退后拜倒，从老师恢复为家臣，开始闲聊："现在世间有些奇怪的传言。"

"先生指的是……"

"说藤原惺窝先生将在下荐给大御所，乃是因为先生自己拒绝了大御所。"

"哦，拒绝我，所为何故？"

"大御所心里总想要灭了大坂的丰臣秀赖，先生看清了这些，巧妙地脱了身，方将在下荐给了大御所……诸如此类。"

"唔，老套！"

"在下也这般认为。这些传言背后，却总像有些无事生非的乱世阴影。"

"好了，先生放心，我非市井之人，岂会轻信传言？"

光悦差点扑哧一声笑出来，急又换了一副严肃的表情——笑出来可是大大不敬。只听家康道："你就退下歇息去吧。我要和光悦说说话。"

道春恭敬地退下，光悦方被叫到家康面前。

"光悦，坐近些！刀饰做得怎样了？"

"希望大御所能再宽限两三日。"

"好吧。希望你能把刀饰做好，莫要给幕府抹黑。我在这世上的日子也不多了，但是你做的刀饰会作为幕府的宝贝，在安南国王室永远流传。倘若流传的净是些粗糙玩意儿，往后的日本人就可怜了！"

"谨记大御所教诲。"

"另，我最近要去骏府，着手修缮骏府城，作为我日后隐居之处。虽说是隐居，但也会有些客人。你替我想想，准备一些可以送人的刀，或是印着德川家徽的新鲜玩意儿。"

"骏府？"光悦眉头忽然笼上一丝阴影。

"怎的了？"家康立刻注意到了光悦神情的变化，微笑道，"你想说，隐居倒是无妨，隐退还嫌太早？"

光悦毕恭毕敬施了一礼，"大人明察。恕小人直言，确如大人所言，现在提隐退，有些言之过早。”

“我……”家康解释道，“打算向众大名征赋役修缮骏府城。”

光悦一下子放下心来。他明白了，即使隐居，家康也未打算就过闭门谢客、不问政事的日子。

“我打算每五百石征一人，是不是太重？”

“五百石一人，那就是五万石百人，五十万石千人……不，丝毫不重！为了筑建大人的居城，再多一倍，天下也乐意出力。”

“那么，我再问你，我想对大坂也这么个征法，你以为如何？”家康若无其事说完，等着光悦的回答，他一直把光悦的批评当作百姓的心声。

光悦的眼睛睁大了，“那，那……”

“不应向大坂征赋役？”

“不。大御所可别这般决定。那必给世间种下不安的种子！”

“那么你是赞成征收赋役？”

“大人，丰臣与德川有千丝万缕的联系，但将军大人和大坂的关系若与私事混为一谈，并不合适。若因疼爱秀赖而免其赋役，这样公私不分，只会让世人迷惘。光悦深感不安。”

家康抬眼看看光悦，沉默良久。

“大人，让大坂城主明确知道当怎么做，才是对他真正的关爱。大坂之主既是身份高贵的公卿，也是将军治下的大名。大人应同样对待天下大名，否则天下秩序就难以巩固。小人以为，对大坂征赋役实在理所当然。”

家康吁了一口气，道：“不许徇一丝私情，我的晚年也太乏味了吧。”

“赋役乃是献给神佛所派之人，故真正的赋役公平无别。”

“好！既然你这般说，我也决定这般做！还有一事，我搬到骏府之后，打算把专驻大坂的猿乐艺人们迁到骏府去，你认为如何？”

这一次，光悦慎重地想了想。猿乐艺人改驻骏府，他可从没想过……

当初秀吉公为了犒劳天下大名，让猿乐艺人专驻大坂城。本来并未规定艺人必须待在天下人身边，只是一种偶然，但世人似把它理解成了一种法度。故家康才想把猿乐艺人迁至骏府，以在有人拜访时，请其共赏。本阿弥光悦是这般想的，却不能这般简单作答。他一直以冷静自居，故在公私分明地让秀赖和其他大名一样课役之事上，他想得很是清楚。然而，和法度无任何关系的猿乐艺人，自另当别论，这归根到底，就是个人喜好问题。特意从秀赖身边迁走猿乐艺人，有甚好处？

"大人，此事不如三五年后再说吧。"光悦深思熟虑之后，道，"先对大坂课役，再把猿乐艺人迁走，如此一来，大坂城主可能会对大御所产生怨恨和误解。"

家康闻此，突然开怀大笑，"哈哈，我放心了。就按你说的，但是，光悦……"

"大人。"

"我发现，即使聪明如你，也如此容易掉入我的圈套。"

"圈套？"

"是啊。我方才是故意问你，想听听，你以为家康还能活几年？"

"呃……"

"我若单刀直入地问你，量你也不会说出一二年的话来，故我干脆用猿乐的事情试试你。你是觉得，三五年后我还能安然活着？"

"这个……"此时，连光悦也不由得哑口无言——家康居然有孩子般的心思！

"光悦啊，我若还能活上三四年，就绝不会去看什么猿乐。我要把海内各重要城池都打造得坚固无比，能够面向天下。"

"如此说来，大人还要修缮其他城池？"

"是。不过这种修缮可非大名那样装装门面，那只会导致乱事。修缮乃是为了日本，是为了提防那些觊觎天下者和他国勾结。有此准备，子孙后代都可安心从事交易了。你说呢？"

光悦无言。

"另外，有万世的太平天下，才能有万世的德川幕府。"

光悦听到家康说出这等奇怪的话，不由得屏息凝神，身子稍稍向前挪动了一下，道："诚如大人所言。"

“其实，不管是小家的昌盛，还是国家的繁荣，终归都是一理。我硬把这二者捏到一起说，是深有感慨。本来，我以为秀忠不会有儿子了，没想到生出了竹千代，接着是国松……此乃天意啊！我年事已高，却又连得五郎太丸等儿子，那时就有点大势已定之感。对于我的血脉，不可能只给两三万石俸禄就弃之不顾，但若被世人说‘那老家伙只顾自己的子孙’，也多有不妥。倘若连德川家康也只关爱自己的儿孙，忘记了天下苍生，那可就违背了林道春先生所言的圣人之道……”

“但是，那……”

“其实，这种烦恼不分年龄。但我最近才意识到，我犯了大错。不论是我的儿孙，还是别人的儿女，能够降生到这世上，都是超越了人之才智的神旨，是神的恩赐啊。”

光悦微笑着点点头。若想生孩子就能生出来，晚年的秀吉公也不会那般着急了，可能就不会出兵朝鲜，更不必说后来的乱事了。像家康这般人物居然最近才明白这些，直让人感慨万千。

“那么，大人，您现在怎生想的？”

“光悦啊，人的成长，有三个重要阶段，你知否？”

“三个……只有三个？”

“不，细说起来可能无数，但是首先，人乃是为了自己而奔波。”

“是。只是大部分人都碌碌一生。”

“然而，不能一直为私心而活，我苦恼的是该如何去掉私心。”

“是。”

“口里说为了天下，为了家臣，其实只是为了一己之欲。每当这样一想，我就觉无颜面对诸神佛。但过了那个阶段，我又悟到了另外一个理：世间和个人乃是一体！明白了此理，就能立于天地之间，将天地之道浓缩于此一身之中。也就是说，私心经过锤炼之后，能成为天地间的法度。”

光悦全神贯注，听到这里，略微松了口气，开始咀嚼起家康话中的意思来。“大人，可否再讲一遍？何为明白了此理，就能立于天地之间……”

家康严肃地盯着光悦，重复道："明白了此理，就能立于天地之间，将天地之道浓缩于此一身之中。"

"人和天地乃是一体？"

"是。人能够降生，并非仅因为父母所愿所期，而是在父母的努力之上，加诸天地之愿。故人子亦是天地之子啊！"

"大人若这般想，私心便是天地之心，公心亦是天地之心，二者就合二为一了。"

"我幼时听骏府临济寺的雪斋禅师说过些类似的话，比如一粒沙中包含日月之道……但成年以后，就忘记了许多，误以为去掉一切私心，就能成为圣人……"

这正是光悦现今的修为。推及己身，光悦脸不由得微微泛红。经常为身外之事动怒，其实便是伤害自身。家康的修炼已超乎常人了。

"光悦啊，私心经过磨炼，就能成为天地之心。明白了此理，我一直都过得很是愉悦。要严格调教儿女，请有才能的家臣辅佐指点，方能使他们成有用之材。不仅是自己的儿女，他人之子亦是如此，不分什么你我，都为上天之子。"

光悦心悦诚服，豁然开朗。"小人明白。大人您不是为了个人，而是为了天下苍生，才不断筑建坚固的城池。"言毕，他哈哈大笑，虽无礼，却也自然坦荡。

"光悦，你觉得奇怪？"

"不……是。想到大人如此关注世间……哈哈……"

"好生无礼，居然笑我！"

"大人，忠辉公子和五郎太丸公子都将入住大城。这样，大人作为父亲，既能为儿女计，亦能为天下计。私心即公心，公心即私心。荡荡之心，可昭日月！"

家康脸有些红了，笑道："看来，你是要不断锤炼我了。"

光悦胸口一紧，谨慎地收了笑。想想亦确实如此，只有自己才能和自己斗到最后。"大人，您的话让小人眼界大开。不管是自己的儿女，还是别人的孩子，都一样，都要不断磨炼，使其得以成材。小人深深领悟到了这些。”

“光悦啊，”家康的目光变得严厉，“只想到这些，还远远不够啊！”

“哦？”

“自己的孩子和别人的孩子无甚区别，能够看到这些的，乃是老天之眼。”

“是。”

“认为人皆有天眼，可就过于自大了。上天把孩子托付给人间的父母，非给父亲，亦非给母亲，而是父母，此中蕴涵着无限的意味。明白吗？父母会怎样对待孩子，上天深知这些，才把孩子托付给他们。故，人对自己的孩子常常比对别人的孩子更加疼爱。”

“唔。”光悦突然揉了揉耳朵，心中犹疑。

“光悦，你的表情好生奇怪。我的意思是，不要因为是自己的孩子，就有所顾虑，孩子都是上天托付，应毫无隔阂对待。只是，爱之不能过分。上天对所有的孩子一视同仁——这样说，你能有所领悟吧？人生来都是一样，对愚痴病弱者，皆不可侮辱轻视。”

“是。”

“大树的枝叶向四面八方伸展，不会只朝某个方向；或者可以说，只有生得不偏不倚、枝叶繁茂的树才能成为大木。再简单些说，兼爱众生，不分彼此，这才是上天定下的诚实之道。”家康说着，恢复了笑容，“我的毛病又犯了，光顾着说自己的事，还未顾得上听你说。能够让人说出自己的想法，知其好，知其恶，方是真智者所为。除此之外，实无甚智者。来，有无趣事讲给我听听？”

“是。”光悦长吁一口气，抬起头看着家康，道，“所谓智者，便是能听取人之善言并加以应用之人，小人说得可对？”

“对。故归根结底，众人及你，均是家康的智慧源头啊！”

“岂敢。听大人这样说，小人备感荣幸。其实，小人真有几句话想对大人说。”光悦脑海中浮现出阿幸，道。

“哦？那你就说吧。”家康略感意外，将扶几略略前移，身子向前靠了靠。

“其实，这是一位叫阿幸的女子所言。”光悦道。

“阿幸？”

“是。那女子甚是机敏，不似寻常女子。她乃大久保长安大人爱妾。”

“大久保长安去佐渡，还带了家眷？”

“正是。”

“好啊，并非多大恶事，少了女人易生杀伐啊。”

“阿幸给小人讲了一些事，引起了小人的警觉。”

“她从佐渡过来说的？”

“不是，是她去京城时。”

“哦。说了些什么？”

“说是大久保大人被洋教的人盯上了。”

“洋教的人？”

“正是。那些人似对三浦按针得以追随大人左右，甚觉不满。”

“那可有些时候了。从三浦按针的船漂到丰后海边时开始，神父们就说什么尼德兰人、英吉利人都是海盗，坚决要求我砍了他的头。”

“实际上，其怒火还未完全熄灭呢。”

“没那般容易熄灭。按针说过，尼德兰、英吉利、班国和葡国经常打仗。是因为教义不同？”

“正是。教义不同，积怨甚深。”

“唔。”

“日本的洋教属于南蛮所信之教。故他们甚是担心按针会仗着大人宠信而禁了旧教，就像先前太阁大人禁教一样。”

“不无可能。”

“故阿幸才说，大久保大人被盯上了。”

“她真这样说？”

“是。他们急于通过大久保来接近大御所，谋求旧教安泰。阿幸是这般说的。”光悦发现家康脸上并无一丝不安，遂加重语气，“总之，那些洋教徒万一再弄出像一向宗之乱那等……可怕的乱事来，把大久保大人卷了进去就不妙了。阿幸都明白告诉了小人。”

家康笑着点了点头，“光悦啊，我说过，大树的树枝不会都朝同一个方向生长。对我来说，并无什么南蛮红毛的分别。我只希望能和双方友好地做生意。虽然这只是一个想法，但我已作好了充分的准备。”

光悦有些为难，“大人，您的教诲让小人受益匪浅。不过，可否容小人再说两句？”

光悦心中仍有巨大的不安。家康看去对南蛮和红毛的对立已了然于胸。然而仍有两件事是他所不知的，其一乃是伊达政宗的性情，其二为大久保长安的人品。对天下之人与事都能看得一清二楚者，唯有神佛。人总有误信误见。比如信长公，性喜猎奇，少了新鲜玩意儿伺候着，很快就会被他厌弃，故荒木村重才被迫叛乱，佐久间、林佐渡守等旧臣亦遭流放，明智光秀才会兵变。秀吉公也一样。在他晚年令利休居士切腹时，他的昏昧不明已尤为显著。那时他听信谄媚，已堕入骄奢自大的深渊。光悦以为，秀吉公并非真心信服信长公，故才先追随而后代之。然而到了晚年，多疑与骄奢便毁了秀吉公倾半世之力打下的江山。家康公便比秀吉公少了许多弱处，若想寻得比他更圣贤之人，世间鲜矣。虽然如此，在光悦看来，家康身上毕竟还是有些缺失。

“无须多虑，但说无妨。”

望着家康坦荡的表情，光悦感到身体有些僵硬。但是，愈紧张愈要一吐为快，正是光悦的性格。“非他，小人担心大人您对教义的态度。”

“你不是要劝我也信教吧？”

“不，小人从未这般想过。但是……”光悦不知该怎说才是，干脆横心直言道，“大人对信奉之事过分仁慈了。换言之，亦是对神佛不够坚定。此即小人所忧之处。”

“唔……”家康表情古怪地沉默起来。

“小人以为，大人对所有教派一视同仁，太宽容了。”

“唔。”

“小人绝非想劝大人皈依日莲宗。同为洋教，南蛮和红毛斗得如此激烈。面对这一事实，大人您是否也当好生了解他们各自的教义？万一他们的争斗殃及我国，您也能够清楚判断，当支持谁，不支持谁？”光悦说着，感到身上越来越热，汗水渐渐渗了出来。

家康沉思良久，方道："光悦，我记得你常常道，人和人的脾气秉性不一样。"

"是。不过脾气秉性和教义宗旨不能一概而论。"

"那可能是和危害人间的邪教相比而言。重视人的性命，主张慈悲为怀，宣扬正义与太平……秉持这些信奉的人，比那些少了信奉的人离我们更近。"

"大人，可能小人这样说太固执了，但人性情各异，亦有令人忧惧之辈。若其变成脱缰之马、谤法之徒，或成野狐禅，如魔道一般，也许比毫无信奉还要可怕。"

"不，并非说你没有道理。是啊，许多人以为自己已然悟道，其实是魔道。强迫别人信奉，或者不许人信奉什么，都毫无道理。人之性情千差万别，长相也各不相同，无非因为人的出身心性之不同。故不论来自何宗何派，何妨顺其自然……这便是我的想法。"

"大人，就这一点，小人想说说浅见。大人您方才说到'魔道'，小人不认为大人真在讲魔道。但是世上诸多学人，信奉之忠诚完全不及大人，却对八大宗派了如指掌，无论鬼神儒佛，都能如数家珍。"

"此乃小魔道。"

"可这般说。他们知之，却并不信之。故不管遇到什么样的水流，他们都会立刻被冲走，即如随波逐流的浮木。"

"是啊。"

"天降雨，雨生洪，洪浪滔滔，此乃天道。小人我……"光悦逐渐难以抑制心中所思，眼中绽放出异样的光芒，"改变大人的信奉，并非小人本意。大人对浮木的无所顾虑，让小人折服。但若让那些浮木把辛辛苦苦筑好的大堤冲垮了，堤后的百姓可就遭殃了，故小人才提醒大人要注意'浮木'。"

家康突然使劲点了点头。"嗯，我明白你的意思了。"停了一下，他又道："光悦，你言中所指，为大久保长安？"

光悦呆住，但他并不懊悔。他在说到"浮木"时，心里想的确实是长安。长安并无严肃认真的信奉，却一肚子见识，仗着那些玩意儿傲气十足，神气活现，实不过是狐假虎威。

“光悦，你对伊达政宗亦有所忧？”家康冷不丁冒出一句说笑般的话。

面对如此直白的问话，光悦也无法立刻回答。他并非对伊达政宗有所忌惮，而是忌惮心中神圣无比的日莲大圣人。人与人之间，互生憎恨万万不可，但对于那些玩弄权术、野心万丈之人，却绝不可宽大待之。从这个意义上来说，大久保长安和伊达政宗亦有所不同。二人同样都有强烈的贪欲，但长安虽有怪癖，却无杀气。政宗则相反，貌似超然，实则周身充满乱世的凛凛杀气。家康此时特意提及二人，是否已对此有所察觉了？不过，现在光悦无确凿证据以评说是非。

“是我过分了。让你说说心中好恶，其实，说了又有何用？”

“不，大人，既然大人问起，小人焉有不说之理？小人以为，伊达大人令人恐惧，小人诚不喜他。说这些真是不该，小人心里的祖师刚才这般数落，才未立刻回您。”

“明白。完全明白。尊重心中的佛祖乃是诚心啊。”家康停了一下，又道，“但是，想想啊，我非疏忽大意之人。我对将军亦常说，真正的大将既能坐于漏船，亦能够卧于火屋。从你说的话中，我似发现船上有一两处快漏了。”

光悦再也说不出话来。一些人一旦拥有武力，便有极大威风；一些人则一旦有了权柄，就再难驾驭；但多数人因露了真面目而让人恐惧，也因露了真面目而让人亲近。光悦觉得秀吉公可怖，乃是因秀吉仗权杀了关白秀次及其妻妾。现在，光悦觉得家康可畏，乃是因为自己的真面目露在了家康面前，但这种畏惧亦伴着一丝亲近。

“嗯，看来，宗派对立比我想象的要可惧许多。”

“大人明察。”

“但我也很顽固。天下稳如泰山，德川方能安稳。故，我会为我的儿孙们计算。先前我不愿世人这般评说我，如今已不为此烦恼了。”

“若非如此，名剑恐就无用武之地了。”

“赠送给安南国君的长刀，你用心做吧。”

“事关名誉，小人定打造出能代表日本国的名刀，体现大人心意。”

“有劳你了，光悦。”

光悦恭敬地垂首起身。

五　筑城风波

大坂城的丰臣秀赖要按照五百石一人的比例，为修缮骏府城派出人夫。所司代板仓胜重把这话告诉片桐且元时，且元反倒有些惊喜。

德川秀忠入京之时，秀赖拒绝前去拜见，这让且元很是紧张，不知德川家康会何等震怒！然而家康竟未表示一丝怒意，反而让忠辉代将军来大坂城问病。这让且元忧虑非常。无论在谁看来，大坂方都是理屈：岳父出任征夷大将军，女婿却拒绝去拜见，这实是挑衅。毫无实力，却在众目睽睽之下做出这等事，真正无礼至极。然而对方无一丝怒意，实属罕见。且元认为，家康和秀忠心中定然余恨难消，他们隐忍不发，只因千姬在大坂为质，但仔细一想，这一顾虑早晚会消失。

此时，且元对于今后的课役也不放在心上了，一是想也无用，另也有些讨好之意。他遂道："明白。少君定尽力而为。"对各寺院神社的捐赠必然不断，和那些银子比起来，这点赋役又算得了什么？答应了板仓胜重，在回家的路上，且元开始琢磨给各方送礼事宜。

没想到，虽然秀赖痛快应承，淀夫人亦无异议，却另有意想不到的反对，它们来自淀夫人身边的那些女人。也不知究竟是渡边内藏助之母正荣尼，还是飨庭局有异议，反正当话传到且元耳内时，连大藏局也开始反对了。大藏局之子大野治长甚至公开责备且元："真是屋漏偏遭雨淋！"

且元立刻反问，是否有大事要发生。但治长却含糊其词，不愿解释，但言下之意乃是，对天下之主丰臣氏征和其他寻常大名一样的赋役，实乃大不敬，必须一口回绝，否则后患无穷。

“此言差矣。若觉得行赋役令人不悦，便权当是奉与大御所的贺礼吧。”且元说罢，只得再次去拜会秀赖。

秀赖近日常从市井把各种各样的艺人召至本城，有时欣赏猿乐，有时甚至从京城召来歌舞女伎。

织田常真常常忠言相劝，但秀赖却道：“母亲好吗？你向她问过安了吗？”常真尴尬不已，回头对有乐斋大吐苦水。有乐曾对且元道：“无道之人不妨随他去。”此言既可理解为有乐束手无策，也可理解为乃是对常真的嘲笑……

且元到了内庭，还好，众女人都不在，只一脸不悦的荣局立于一旁，秀赖和一帮近侍僧人、侍童正在下棋。秀赖似刚刚和荣局吵过架，大声冲她吼道：“拿茶来！茶……”

“大人，在下有些麻烦事想与您说，希望他人能稍稍回避……”

且元话犹未完，那些人就纷纷散去，只剩下荣局和速水甲斐守。且元对二人也挥挥手，他要问问秀赖那些强烈反对赋役之人的事。

“市正，有什么事，快说！”

“大人不开心？”

“是，方才荣局说了些浑话。”

“浑话？”

“她说，不许我去母亲那里，也不许把市井之徒招来，不可随随便便和侍童们玩乐……不许这不许那，到底该怎的才好？”

“哦。”

“听说江户老爷子为我考虑，禁止大坂出售毒药。但比毒药更可怕之物，却正在市面上流行呢。市正，此事当真？”

“比毒药更可怕的，是何物？”

“天花！得了天花，十之八九都死路一条。即使治好了，脸上也会留下严重的疤痕，故阿荣才说，不要随随便便去母亲大人处。”

且元苦笑着点点头，道：“所以您才呵斥荣局？”

“是啊！母亲又未患病，她说这样的话，分明是挑拨我和母亲不和。”

“大人差矣。夫人身边人口芜杂，荣局亦是为您着想，担心那些人带了恶疾来。应该称扬才是啊！”

秀赖认真地盯着且元，道：“这么说，你也带了病根来了？脸色很不好啊！”

从小看大，三岁看老，人的变化总有迹可循。但在成人之前，人常乖戾无常，过了这个时期，人便喜虚张声势——秀赖此时总使自己举止尽量和成人一样，虽还不致让人反感，但总是炫耀不已，尽嘲讽之能事。这些其实却都是皮毛，距离成人所为还差之甚远。眼下，秀赖作成人口气讥讽且元，只能说他想念且信任且元——他信任人，亦希望人信任自己。

且元最近才明白此理，明白之后，就愈加心疼秀赖。已故太阁和自己在秀赖这个年纪时，正在做什么？秀吉公彼时寄身于蜂须贺小六家，每日忙着冒险玩耍；且元则正在秀吉身边做侍童，沽名钓誉，每日所想，只是下次要打败多少人、砍下多少人头等事，骑马耍枪，浑噩度日。然而秀赖却被囿于高高的城墙之内，手脚被牢牢缚住，憋得喘不过气来。秀吉公少时虽贫，但无拘无束，能尽情享受自在；秀赖却是一出生便被财富和名誉所累，有如幽囚。

“老夫无妨，少君却不可接近患恶疾之人。”

“市正，你似并不明我乃是讥讽你。我的意思，是说你若真怕我患病，你也不能来啊！你不也经常在外面走动吗？”

“此言差矣。”且元不为所动，“老夫须不断向大人进言。”

“哼！每次你看到我都这么说。”

“少君，对于在骏府筑城准备退隐的大御所，您有何想法？”

“他老了。”

“这些戏言，当适可而止。少君觉得他是敌是友？您是喜他还是厌他？”

“哼，人哪能这么简简单单就区分？人人皆有好坏两面，你休把我当孩子看！”

“是。那少君喜他什么，又厌他哪里？”

“问这何用？我不想回答毫无意义之事。”秀赖嘴上这么说，却逐渐流露了自己的心思。

“少君此言差矣。”不知何时开始，片桐且元变得喜和秀赖对谈，“市正从来不说毫无意义之语，因为事关重大，才想听听您的意见。”

“哦？那我就直言了。江户老爷子和先父，都是世间罕有的人杰。”

“那，您喜他？”

“与其说喜他，不如说他值得敬畏。但大坂城里，不理解大御所的人实在太多了。”

片桐且元怀疑自己是不是听错了，“诚然……在下也这般认为。少君，之前老夫曾得到消息，要大坂尽快按五百石一人之例派遣人夫。”

“此事我仔细想过了，还是拒绝了好。”

“大人的想法又有了变化？”

秀赖轻轻颔首道：“城里反对之人太多。我问了问他们的意见，觉得有些道理。”

“少君不妨说明白些。”

“是七手组的意思。他们认为，丰臣氏在寺庙神社方面花销太多，应适可而止。”

“这……”

“丰臣氏非寻常大名，两方面的义务都要尽，无异于败家。”

“他们是认为……您的负担过重？”

“正是！所以我说要停止花销。为了祈祷，就浪费巨资……我打算取消施舍，但女人们都反对，害怕神佛惩罚。市正啊，女人真让人心烦！”

为了继续修缮各寺庙神社，便反对支援骏府修缮城池，这都是女人们的意思。且元不由重新打量起秀赖来。

秀赖突然说出一句且元意想不到的话来：“洋教若也像日本寺庙神社那般，有类似修验道的祈祷就好了，但似没有。”

"修验道？"

"是啊！若有，女人们会改向天主祈祷。不论如何，她们都是为我，这种迷信真让人心疼啊！可怜啊，市正！"

片桐且元忽探身向前，"少君，您是说，女眷们无法改变信奉，才反对为修缮骏府城出资？这可真是奇怪的说法。"

"大概是吧。"秀赖含含糊糊点了点头。

"若能通过不用花钱的洋教，为少君祈到平安，那会如何？"

"那样的话，对寺庙神社的投入就会减少，那时再反对修缮骏府城也就没有理由了……"秀赖掰着手指喃喃自语，似要把这话牢记于心，"我可对她们说，天主也能保护我，这样，女人们就没有反对之理了。"他非常认真地说，悄悄看了看且元的反应。

且元道："在下却糊涂了。"

"我很乐意为大御所做些事，你明白吗？他老人家辛劳一生了。"

"少君，到底是谁最先反对？"

"飨庭局。"

"那么提出停止施舍寺庙神社的，又是七手组中哪位？"

"速水甲斐守。"

"速水甲斐守信奉洋教，他和飨庭局不大和睦？"

"不，二人融洽得很。"秀赖疑惑道，"确实奇怪啊，市正。"

"正是！"

"二人相交甚好。可能他们……"

"少君，在下怕能解开这个谜了。"

"谜底如何？"

"其实，速水甲斐守是想让您信奉洋教。"

"唔——所以才说，去寺庙神社许愿祈祷是迷信？"

"而且，飨庭局可能已入教了。"

"那就怪了。飨庭局反对停止施舍寺庙神社。"

片桐且元低头沉思，半晌无言。终于解开谜底了：飨庭局已改变信奉，她欲擒故纵，只要胸前挂着十字架，就可伺机争取秀赖信洋教。这也算是善意的计策。

“好吧，在下想先见见飨庭局。”

秀赖仍然赞成，故不必再费口舌。但事情牵涉到淀夫人，秀赖便感棘手。最早反对的是飨庭局，她和淀夫人的娘家有些血缘，关系相当复杂，有时超越了利害，有时却又互相对立。

“少君，此事也许出人意料地简单。”且元言罢，告辞而去，前往淀夫人处。

飨庭局若能明白事情重大，就能劝服——长期独居之人，虽然肝火旺盛，亦有其脆弱之处。

走过长长的走廊，且元发现今日淀夫人的居处甚是安静，好像无甚客人。他颇觉宽慰。日常生活流于奢华放纵，绝非善事。他松了口气，对门口的侍女道：“庭院向阳之处这般安静，甚好甚好。”

最近不通过侍女通报，就自行出入之人明显增多，以前亦只有岸和田城主小出秀政与且元二人，现在已有十来人有此特权，但都是些淀夫人亲信，侍女们一一记在心中。

现乃是淀夫人午歇时辰，飨庭局正在自己房里歇息。她一看且元的样子，就知他为何而来。“大人如今可是朝廷重臣，不知今日来有何贵干？”

“这个时候打扰，实在惶恐。”

“呵呵！谁敢责怪片桐大人。”飨庭局让侍女整了整坐褥，有些戒备。

且元点头坐下，出其不意试探：“实际上，我听了速水大人劝说，打算改信天主。”这自然是假话。片桐且元也变得奸猾了。

“这……片桐大人要信教？”

“是。人要认真、单纯……也许是上了岁数吧。”

听了这话，飨庭局露出亲切的笑脸。她虽非美人，却也丰满清秀。

“不过，有一事我颇为不解。我是否听错了？”片桐且元故意一副甚是疑惑的样子，“真是奇怪。”

“有何奇怪的？”飨庭局放松下来，逐渐上钩。

“许是我听差了。我亲耳听少君说，要停止对寺庙神社的施舍。”

飨庭局的表情有些僵硬，“这个我也听说了。”

“但有传言说，最先反对停止施舍的就是夫人您。这可真奇怪，您是信奉天主的，应不会反对。”

飨庭局有些尴尬地移开视线，眨了眨眼。

“我考虑到夫人的种种担心，故只约略提了几句，但最近丰臣氏对寺庙神社的施舍的确过多。我担心被人指摘，言辞上很是小心，但我以为，信奉足以拯救人心。”

“大人，您是从谁口中听说，我要求继续施舍？”

“这个，有乐斋……”

“其实，我想停止供奉。”

“哦？那是何故？”

“大人，我有自己的计算。”

“呵，让人意外，愿闻其详。”

“最近骏府传来关于赋役的传言。”

“确有此事。”

“丰臣氏定反对。”

“唔，也许吧。如此，我们就是不履行对幕府应尽之责。”

“所以，我声明，不能停止对寺院神社的供奉。”

“我似懂非懂。”

“大人，我会始终反对取消供奉。您若愿意接受赋役，也请坚持己见。”

“我更是不明了。那样，我和你在少君和淀夫人面前可能会争执起来，岂不尴尬？”

且元假装糊涂，飨庭局却露出微笑，“一方认为事关丰臣氏兴衰，绝对不能拒绝赋役，一方不过是迷信，故毫无胜算。我被大人一问，势必哑口无言，但那时少君和夫人就会明白了。这绝非对天主的背叛。”

片桐且元呆住，心中感叹：“女人真是可畏！”

飨庭局考虑很周到，也是因为时日充裕。她早就打好了主意，一开始她就明白赋役无法回避，故欲在淀夫人和秀赖面前同片桐且元争论，到时故意落败，以拉近母子二人对洋教的感情。这只是她一人的智慧，还是速水甲斐守和城内其他信奉洋教之人共谋之策？

“是啊。”且元故意使劲点头不迭，“这样，淀夫人和少君也许能有合适的信奉。”

“还能节约金钱，维持和骏府的关系。”

“真让人惊讶。夫人真是才智过人，我自叹弗如。”

“呵呵，大人，您可别这般说。不论如何，您躲不了赋役，我们也躲不了施舍。”

“我不会反对赋役。”

“有些事可反对，有些事却不可。现在的丰臣与幕府相处时，若稍不慎，恐大不妙。”

“听夫人这么一说，我就放心了。之前我还以为您从心底反对，来时还心惊胆战。”

“呵呵！大人倒是不用担心。”

“那么，我就坚决和您争论了？”片桐且元巧妙地掩饰住难以排遣的沉重，起身告辞。

飨庭局送他到走廊，再次大声强调：“我反对取消供奉。”廊下一片静谧，她的声音撞击着且元的胸口。

此城，正被女人控制。

这里既没有开拓的汗水，也无对善政的批评。整个天下，只有大坂城漂浮在巨大的云层之上，变成了与世隔绝的虚幻之城。

这让且元感到不安。这到底是什么人造成的？秀赖公子乃是太阁遗孤，而对于家康，这种风气并不合他胃口。难道家康也和秀赖一样，是优柔寡断之人？

“不，不是。”且元嘴里嘟囔着，朝淀夫人房里走去，即使家康姑息一时，大坂必也在劫难逃。

且元到了淀夫人房前，道：“有人吗？”有人匆忙跑来，推开隔扇，是渡边内藏助之母正荣尼。

“夫人还未睡醒？”且元问道。

正荣尼小声道："是。最近夫人心绪欠佳，午歇时辰变长了。"

"哦。那我改日再来。"且元摇了摇头。

"不。贫尼这就去叫她，也该起来了。"正荣尼想了想，朝卧房走去。她估计夫人不会拒见片桐且元。

传来嗽声，随后是淀夫人的声音："哎呀，叫我就对了。我早醒了。"这声音和平常不太一样。先前她嗓音甚是动人，最近不知是否心事太多，听来很是疲惫，"市正，你犹豫什么？赶紧过来！"

"打扰了。"且元径直走入卧房，开门见山道，"夫人，最近有人劝您改变信奉吗？"

"信奉？"

"比如改信洋教。"

"呵呵，说什么呢，市正？"淀夫人以为且元是来进谏，神色十分不满，"我做了什么了？虽说对身边人有些宠爱，那又如何？和太阁对女人的痴迷相比，算得了什么！"

男人可以纳妾，贵妇亡夫后招纳年轻男子的旧例也不少，众人并不会对此大加指摘。且元感到很是狼狈，他不是来说这个的。

"不胜惶恐。好像有人在劝少君改信洋教，在下想来问问夫人。"

淀夫人露出奇怪的神色，不过先前那种不快立时不见。"哦，那些事啊！呵呵，我和已故天下公一样，讨厌那些无聊的戒律。何况……"说着，淀夫人双手合十，"我也有诸多担心，所以在各寺庙神社施舍颇多。这些你也知道。"

"且元因为担心才前来。夫人对修缮骏府城一事，是反对还是赞成？且元希望听到夫人的心里话。"

淀夫人"嘘"了一声，原来正荣尼正眯起眼睛听着他们说话。"正荣尼，还有堺港送来的西洋点心吗？拿来给市正尝尝。"

正荣尼退了出去。淀夫人把声音压得更低，道："不给骏府城纳此赋，便会出大事，你是想说这个？"

且元没直接回答："夫人身边一些人好像有奇怪的想法。"

"你是何意？"

“其人明知不可为而为之，其实是想劝夫人停止对各寺庙神社的施舍。”且元说完，观察着淀夫人的反应。

淀夫人望着且元，若有所思地连连眨眼，道：“究竟怎回事？”

“在下认为，有些人认为去寺宇祈愿乃是迷信。”

淀夫人似还未明，也许这种遮遮掩掩的说话方式也让人糊涂，但且元顾虑说得太直白会惹她生气，适得其反。

“市正，”淀夫人沉默半晌，方道，“赋役一事就当我不知，你照自己的意思去办。要回避正荣尼，知道吗？对大御所不可不忠不义。”

且元听到这样的话，忙进前一步，“那……那行吗？”

淀夫人似乎有所忌惮，再次看了看周围，点点头，“世上传言甚多，说我痛恨家康公……真是胡扯！我还打算骏府城修好后，去拜望大御所呢。”

且元更加意外，不由垂下眼帘。这到底是不是她的真心话？万一不明就里地随声附和，结果夫人也如飨庭局那样设了个陷阱，他该如何是好？

“市正，我仔细思虑过了。”

“哦。”

“秀忠上洛之时，我未让秀赖往贺，实是我的错，我有罪过啊！”淀夫人的倾诉仿佛并非虚言，言语表情，都是一个好胜且孤独的女人真情流露。片桐且元紧张地点点头。

“昨日宗薰来过，他说，家康公每次询问千姬的情况之前，必先问我安否。我真是器量狭小啊！”

淀夫人似真的悔恨不已，双目发红，饱含泪水，声音也颤抖起来。片桐且元胸口一热。

且元一向认为，女人之不幸，多半来自对男人的独占欲。愈是好胜之人，这种倾向愈明显。淀夫人专横霸道，难为他人，这正是女人宿命的昭显。她对已故太阁如此，对秀赖和家康公也不例外，不只是对男子，折腾侍女也是如此。所以，如今这番倾谈，才让人感到悲哀。一听说家康公对她约略示了一点点好意，她就后悔不已。不过，且元的目的算是达到了——从性情上，他终胜不了淀夫人！

“市正，寺庙神社的施舍你先别管，先照秀赖承诺的来吧。”

且元本还想再仔细说说飨庭局的事，听闻此话，也就作罢了。

“且元就放心了。我会着夫人所言行事。”

“嘘！正荣尼好像回来了。”淀夫人用眼神制止且元说下去。

且元一边笑，一边将话题引到宗薰身上，“宗薰常来夫人这里？我和他最近不曾谋面。”

“他许久未来了，是少君召他来喝一杯。宗薰也尝过了西洋点心，称赞得不得了，说入口即化，美妙无穷呢。”

淀夫人情绪甚好。且元觉得，她这种温柔会随着年纪增大而日益明显。他恭恭敬敬接过点心，尝一口，的确名不虚传。

“怎样？来喝一杯？”

此后二人从进入堺港的葡国船只，谈到红酒的种类云云。此时木村常陆介重兹之子重成匆忙赶来，禀报说秀赖突然发烧。“夫人，少君和片桐大人谈话后，感到身体不适，继而卧床，可能是天花。”

“天花？”且元手中的白扇啪地掉到地上。他与秀赖刚刚说过现在民间正流行天花……

六　借病施疑

不同的人，一生充满无数奇妙的差异。人们把自己的经验称作“人生”。人生在各个不同的时期，有着完全不同的内容，即如人的面孔。

大坂城内，丰臣秀赖有恙的消息逐渐传开，人人都甚感吃惊，作了各种各样的猜测。

“生的是何病？”

“天花。”

“天花啊，不会有性命之忧吧？”

问的人和答的人都不是希望秀赖有事的薄情之辈。然而人人皆知，一旦患了天花，十之八九乃死路一条，即使能活下来，亦面目全非。侍童和侍女害怕秀赖治愈后，脸上会留下疤痕，年长之人则担心秀赖有性命之忧。

片桐市正立刻在本城内辟一处，将秀赖移至此，用青竹围起，严格控制进出，并派人不断传召名医。淀夫人也派人到各处寺庙神社祈祷，在城内洒水清洁，举行“百度”，诵念经文等，用尽各种方法。

然而，谁都无法从对死的恐惧中摆脱出来。秀赖毕竟是丰臣秀吉公唯一的血脉。这一血脉没有了，大坂城将会变成何等样子？到时他身边的侍童和侍女必会乘机溜走……这些且是小事。若马上收领养子，幕府必会迅速出手。秀赖在，还能对家康公和将军的“温情”有所期待，若失去了他，还剩下什么？若被德川取而代之，淀夫人会如何？七手组又会如何？

各种各样的猜测引起了种种不安，亦影响了寻常百姓，全城笼罩在惊惶的气氛中。各人虽然表面看来和往常一样，私下的行动则完全不同。

首先是福岛正则，他从去江户的半途赶来探望。他未去病室，单是和淀夫人见了一面，相对流泪；恰好九州大名高桥元种也来探望，二人相携来到城内的织田常真家，密谈了几个时辰后离去。

然后，从伏见城传来消息，大久保忠邻将来探望。

让大坂城内诸重臣慌作一团的，正是大久保忠邻的到来。片桐且元考虑到病情传染的可能，已基本不让重臣接近秀赖，进入本城的医士也不许再出城。没想到和本多正信地位同等的德川重臣大久保忠邻偏偏此时来访，此人与其说是慰问病情，莫如说是打探情况。不过即便这样推测，丰臣诸人也绝不能形诸于色。

大野治长、速水甲斐守和堀对马守三人齐聚织田常真府邸，提议请织田有乐斋来。其实他们各自早有打算。

有乐斋还是那般别别扭扭。他一来，众人立刻开始商议。

“片桐大人不让我们靠近病室，会不会是准备在万一之时，封锁消息？”

大野治长刚一开口，速水甲斐守立刻回道：“确有可能。连主膳正贞隆私下问市正如何打算，都被训了一顿。现在说这些为时过早，万一传到淀夫人耳内如何是好？市正是此意吧？”速水从旁插嘴，似是为了让在座的有乐斋早些明白，让他知众人的意思。

“其实……”治长道，“福岛大人的意思是，万一少君不测，就立刻恳求大御所，将尾张清洲城主、下野守忠吉大人立为养子。但听说，这位下野守现亦卧病在床呢。”

有乐斋始终沉默，单是用阴沉的目光打量着诸人。

“我们三人商议的结果，是在大久保忠邻到来之时，采取主动，私下建议，在万一之时，收忠辉为养子。”

“为何？”有乐突然冷笑道。

“当然是为了丰臣氏的存续。”

"哼！若为了丰臣氏，曾经给太阁做过养子的结城秀康倒是有个儿子。"

"但是，他和大御所、将军的关系都不大和睦。"

"那千姬怎的是好？总不致与其叔父婚配吧！"有乐捋着新近留起的细髯，反问道。

"是啊。我们未考虑到千姬的不幸。即使淀夫人认可，千姬的问题还未解决呢。"常真这么一说，有乐立刻用严厉的眼神制止了他："我非说不赞成收忠辉为养子，但你们过于乐观了。休要遗漏了大事。"

"乐观？"治长问。

有乐盯着速水甲斐守道："你们想过吗？忠辉有可能改信洋教。他目前刚刚娶了伊达陆奥守之女。而伊达之女和细川忠兴之妻克蕾西娜一样，都是非常虔诚的洋教徒。"

速水甲斐守蓦地脸红了，当然不是因为害羞，而是突然心中激切，"因为他的夫人信洋教，您才反对？"

"言重了。万一之时，是以丰臣氏的存续为重呢，还是为了我们的信奉采取行动，这可得分清楚。另，若不对大久保大人说明对千姬的计算，会让大御所不快。忠辉是大御所之子，大御所固然疼爱，但千姬亦是大御所的孙女。既要对得起将军，我们面子上也得过去。"

"是啊。"治长打圆场道，"有乐，您不赞成收忠辉为养子？"

有乐嘲笑道："还有一事若疏漏了，日后必有麻烦。忠辉对淀夫人来说完全陌生，但千姬可是淀夫人的外甥女。这是疏远外甥女，却和外人亲近啊。"

"这……"治长有口难言。他深受淀夫人宠幸，固然有自信说服她，但若说了出来，自己又得受累，遂道："明白。我们且祈祷那种情况莫要发生，同时准备好迎接大久保大人。"

"等等，还有一事。市正啊，大久保大人要确认你是否有异心，肯定不会让我们看出什么。"

正在此时，门外有人禀说："少夫人和荣局来此处寻有乐斋大人。"

"少夫人？"常真怪叫一声，大家不由面面相觑。

“找我有什么事？快快有请。”有乐深深蹙眉，一脸疑惑。

千姬特意来访，无人可拒。她进来，到了众人面前，人又长高了许多，虽然还是处子之身，但隆起的胸脯已完全不似孩子了，整个人亦显得水灵灵的。

“少夫人有何贵干？”有乐搀起千姬，请她上坐。

千姬困惑地对有乐道：“请您给说说，市正不让我去探望少君！”

“这个嘛，天花会传染，市正才会阻拦您，我也同意。”

有乐干脆地回绝了千姬。但千姬完全听不进去，“少君乃是我的夫君！妻子因为害怕传染，就不去看望病中的夫君，这可是大大有违为人妇之道啊。”

“这……这是谁说的？”

“宗薰和教我练字的松斋都这般说。甚至连石阿弥也这般认为！”

“那是因为，他们还不知此病的可惧。假如……”有乐环顾了一番在座众人，不巧这里并无谁脸上有生过天花后留下的疤痕，“若去探望少君，少夫人却被染上病，礼数倒是尽了，少夫人这白玉似的脸儿，却会变得丑陋无比。您还去吗？”

千姬立刻摇摇头，“不必担心。阿千不会得天花！”

“咦？您怎知？”

“阿荣，我种的黑豆已和我年龄一样了吧？”

“黑豆？”

“对！煎得乌黑的豆子。”

“少夫人何意？”

“豆子不发芽，阿千就不会得天花，故不必担心。”

“荣局，”有些发呆的有乐转向荣局，“是你教少夫人这种事的？”

这出乎荣局意料之外。她确实生了秀赖的孩子，再次回到千姬身边来抚养那孩子，但从此再也未应过秀赖的召幸。她历经艰辛生下的婴儿，被当作了十岁的千姬的孩子抚养，后悔和自责始终萦绕于她心中，令她永远躲在别人不见之处默默度日。但有乐好似误会了。他认为，荣局想见到秀赖，才煽动不更事的千姬。

荣局低头不语，有乐遂又转向千姬："少夫人，您觉得这种无聊的事有用吗？被煎得乌黑的豆子当然不会发芽。但您若接近病人，脸上就会长出一颗一颗豆子，最后整张脸都会毁掉。"

有乐故意夸大其词，吓唬千姬，但千姬仍是轻摇头，"那也无妨，我要去看他！"

"和荣局一起去？"

"不，阿荣并非少君妻妾。"

"无论如何，您也要单独去见少君？"

"对。只看看他便是。然后，我会在屋檐下种上和少君年龄相同的煎豆。您告诉市正。"

千姬歪着可爱的小脸，有乐有些不知所措，"少夫人，您这么关心少君？"

千姬毫不犹豫地点头，"阿千对不起少君。"

"对不起？"

"是。阿千太小了，虽名为妻子，却还不能服侍少君。少君也深感遗憾。"

有乐愣了一下，再次看了看在座诸人，把视线移到荣局身上，"少夫人，这是谁对您这般说的？"

"是少君。"千姬说完，又想了想，道，"对，母亲也说过。她希望我快快长大，能给少君生儿育女。"

有乐赶紧摇摇头，又点头不已。千姬在世风吹不到的地方成长，还真是一件奇妙的事。她不会分辨训教的好坏，对世人通常感到害羞或应回避之事，竟全然不懂。

"那么，少君是否也曾探望少夫人？"

"少君待我很好。他希望我快些长大，成为真正的妻子。"

有乐忙转移话题，"少夫人无论如何也要探望少君？"

"是！即使染病而死，该做的事我一定要做。织田大人，您立刻陪我去看看少君吧！"千姬毫不犹豫道。她还是一个不懂生死、不懂恐惧的孩子，有如一尾在温暖阳光下的水里畅游的美丽金鱼。

“那么我带您去。我去，我去。”

“多谢了。阿荣，咱们走吧。”千姬高兴地站起身，向在座众人道别，“打扰了。各位也为少君的康复祈祷吧。”

众人异口同声回答：“是。”

有乐不得已走在前边，心中的阴影却难以驱散。人的命运孰能逆料？秀赖生病，不仅在大坂城内，于天下都意外地引起了骚动。世人并非为秀赖担心，而是担忧秀赖身后，谁来顶替此位。此事绝不单纯。而千姬的固执却是真情流露。也许她尚不知疾病的可怕，但就算死也要去探望夫君，当是何等单纯的感情啊！

“少夫人，我们去找市正之前，还应和一人商议。”

“谁啊？”

“淀夫人。我去求淀夫人，让她和我一起去斥责市正。”

“这样也好。”

有乐愈来愈郁闷。千姬越单纯，就愈是得接近病室。有乐很少屈服于人。若对方是个可恨的角色，他也会固执己见；不过面对清纯的千姬，他一句讥讽的话也说不来。

“少夫人，您忘了一件大事。”

“大事？”

“若淀夫人和市正都同意您去探望，但少君却反对，如何是好？”

“少君不会说这话。他肯定不会。”

“少夫人言之过早。少君喜欢您，才担心您染病。”

有乐的话一语中的，千姬没应声。有乐不去看千姬的反应，他用扇子遮着阳光，走过院子，朝正殿而去，一边道：“总之，我会仔细向淀夫人禀报。走吧。”

千姬还是不回话，她怕是对有乐的话甚在意。

三人默默走着。到了淀夫人房前，有乐和千姬把荣局留在外间，一起进了屋，谁知片桐且元也来了，正和飨庭局、大藏局、正荣尼说得热闹。

“呀，织田大人。”正荣尼回头朝有乐斋施礼。且元看到有乐斋身后的千姬，亦立刻俯身施礼，“少夫人也来了啊。”

“母亲大人，您身子可好？”千姬先朝淀夫人施了一礼，在她身旁坐下。

“阿千，怎的出来了？如今正流行恶疾呢。”淀夫人道，但她并无不悦之色，“你是担心少君病情而来吗？”

“是。”千姬据实相告，“媳妇一定要去看少君，但市正竟不允许，媳妇才去找有乐商议。”

有乐立刻接过话：“在下和少夫人说了，这个病，最好谁也莫要接近，市正才会阻止少夫人。但少夫人听不进去，说，不探望生病的夫君，便不是贤妻，死也要去，才让我来说说市正。”

“啊……阿千这般……”淀夫人眼眶立刻红了。

有乐垂首道：“故，我想来请示夫人，到底是市正对，还是少夫人有理？若市正不对，就请您斥责他，让少夫人去探望少君。”

有乐的话令女人们大为震动，她们开始窃窃私语。

片桐且元有些着慌，“这也不是没有道理。但我有话想对有乐说。有乐，可方便移步？”

“好！但恐你说什么均已无用。”说罢，有乐立刻转向千姬，“先请夫人裁断，再作决定吧。”说着，他起身离席，跟在且元后面来到廊下。

“有乐，其实少君的病，并非真正的天花。”

“那是什么？”

“嘘——”且元看了看周围，“这是昨日才确定的。不过，我想过了，暂且维持现状，亦想借此了解城里的人心动向。我觉得，有些人会因少君的病有所行动。这恰是老天爷给的机会，我定要看个清楚。”他表情甚是认真。

有乐哑然。秀赖得的不是天花，这就是说，全不会有性命之忧。他们先前的一番争论岂不显得可笑？

有乐还把众人狠狠骂了一顿，说市井中流行的恶疾怎会那般容易传到内庭，自然是因为内庭风纪糜烂。侍从们总是随随便便接近囚犯商家，甚至还把妓女召进本城，沉溺享乐。侍女也一样，常把能剧或歌舞艺人召来行男女之事。老天爷便把惩罚降到了少君身上。他大声数落，故意让淀夫人也能听到。但秀赖竟不是真患了天花！

"呵呵呵，"有乐忍不住笑了，"市正，你捉弄世人？"

"嘘——"

"不过，若是我，也会这般做。开始时以为少君患了天花，一时风生水起，结果又得知并非此疾……这时谁都会如你这般。不过市正，其实不必郑重其事探查人心向背，谈笑中自然明了。"

"也好。倒是让骏府课役风波烟消云散了。"

"是啊，少君也许会时来运转。"

"然而……"且元好像有些尴尬，"此事何时告知淀夫人？"

"呵呵，"有乐释然笑了，"能不能让我也加入此中？最近正好无甚趣事。"

"这……"

"之前均为你独乐，从现在起，有乐也得凑个热闹。好啦，我们马上回去。"有乐轻轻笑了，但又立刻换上一副严肃的面孔，回到淀夫人房里。

众人都非常紧张地等着他们。

"这可是大事啊！"有乐道，"少君之病十之八九……唉，不能这般说！有心的，待少夫人探望后，便可去探望了。是吧，市正？"

"是。"

"少夫人，有乐带您去。难得您一片真情！可别太亲近，其他都好说。"

"是。"千姬立刻起身，淀夫人只是瞪大了眼睛僵坐在那里。

市正无论何时都一本正经，有乐却常常逗笑。一得知秀赖已无生命之忧，有乐遂立刻开始作怪。他看也不看呆坐不动的淀夫人，跟着千姬快步出了房间。

且元坐立不安，踌躇半晌，方道："在下也得去了。失陪！"说罢，便逃也似起身离去。

屋里的气氛静得有些压抑。

“来人，把那些雀儿轰走！太吵了！”淀夫人高亢的声音把众人吓了一跳。大家抬头一看，院中果然有麻雀。一个侍女忙站起来，拍手呼喝，却并不能轰走那些不知人之可怕的鸟雀。

“去！”侍女又大呼一声。

“吵死了！拿东西砸！”淀夫人再次发作。

在座的老女人反而松了口气。夫人怨气满怀，若把一腔怒气都撒出来倒好了。众人再次感到秀赖的重要。没了秀赖，这大坂城还有何意义？太阁唯一的血脉，便是支撑城池的全部。后继无人，家族必将崩溃。但还不仅如此，没了秀赖，就没了淀夫人，众人的美梦、虚荣、争斗等等，都会消失得无影无踪。

捐了无数黄金，修建了几十座寺庙神社，到底有何用？正荣尼正想到这里，淀夫人突然号啕大哭起来。除了和众人同样的想法，她还有深切的母爱。

“夫人，还有希望。”飨庭局说着，在胸前画了个十字，虔诚地祈祷起来。

“飨庭，我再也不靠任何人！”

“但是，就这样让少君……”

“好了！神佛根本不向着我！不用他们了！谁也不用！”淀夫人大吼，旋紧紧咬住嘴唇，又哭了起来，全身亦剧烈地颤抖，“还有办法。收养阿龟的儿子，阿万的儿子也行。”她说罢，又开始发呆。

人生苦短的悲伤掠过淀夫人心头时，原本禁止闲杂人等出入的秀赖病室前，有乐下决心开个更大的玩笑。他带着千姬一进入室内，立刻把侍医轰了出去。

“来，您好生握着少君的手。这样，少君的痛苦就转移到您身上了，便会轻松许多。”有乐以此为乐。

千姬听话地握住秀赖的手。

秀赖刚退烧不久，半睁双眼，迷茫地看着千姬，样子甚是憔悴。

“少君，您好些了吗？”千姬一脸严肃，将脸凑到秀赖眼前，“您感觉好些了吗？”

有乐道：“少夫人难受吗？您有多难受，少君就能轻松多少。”

千姬听他这么一说，立刻屏住呼吸，聆听自己的心跳。她当真希望分担秀赖的痛苦，那样子无比可爱。

“怎样，感到有些痛苦了？”

千姬悲伤地摇了摇头，“唔，还没感到疼痛。许是阿千的心意还未传达过去。”

“那怎生是好？”

此时，片桐市正走了进来，有乐示意他莫要作声。

“唉！阿千变得痛苦就好了。”千姬眼中涌上泪水，倏地滴落到秀赖脸上。秀赖的眼睛闭上了。

有乐眯起眼盯着二人，看了半晌，方道：“少夫人带煎豆了吗？”

千姬好像猛然省悟过来，忙伸手向怀中摸去。

“把那些煎豆种上吧。您种的时候，心里要想，愿代少君生病……但这样，您可能真的会生病。您不怕吗？”

千姬想了想，明白过来，使劲点了点头。

“少夫人是不是说过，死且不惧？”

千姬再次紧张地点了点头，悄悄抽出手，嘴唇紧闭，从衣内掏出煎得乌黑的豆子，“在屋檐下种，可好？”

有乐心生怜悯，起身跟着千姬走到房外，“种和年龄一般多的……是吧？”

“是，已经数好了。只要不发芽，少君就有救！”

“不，不仅如此，少夫人您愿以己身替少君受苦，这片真心也大有助益啊。”有乐终于被千姬折服。

千姬拿着有乐给他的怀剑在屋外挖土，一粒一粒种下烤焦的豆子。她动几下小嘴，闭一闭眼睛，如此反复，似在不断祈祷。

“好了好了。够数了吧？来，洗洗手进屋去吧！”有乐仿佛亦变得单纯。他站在屋檐下看着千姬种下豆子，眼圈渐渐红了。

“真的好了？”

“好了。”有乐把千姬引上阶，亲自捧来盆，端了水给千姬洗手，道：“好了，这样就能继续握着少君的手了。”

千姬的纯真使有乐感动，他愈想演下去。

千姬再次握住秀赖的手。有乐凑近且元耳边道：“再叫个医士来。不过告诉他听我的。一定告诉他，什么也不可多说！”

然后，有乐使劲摇醒秀赖，“少君！哎呀，您脸色看上去好多了！真是奇迹，奇迹啊！您觉得怎样？什么？好了很多……是吗？那您起来吧！”

虽说有乐一贯性情粗放，却也有些过头了。他身上流着与信长公一样异于常人的血。信长公致力于“天下布武”，有乐则对一切都冷嘲热讽，取笑别人的天真与愚钝，并以此为乐。此时，他硬生生让莫名其妙的秀赖坐起来。

“先生，过来过来！”有乐连声道，“少君病情有变！赶紧去禀报淀夫人，有好转的迹象！看啊，这生气勃勃的脸色……”

一位医士急急进来。

“快过来，快！”有乐冲着一脸茫然的医士大喊，“真是奇迹！还说少君得了天花，情况不妙。根本不是！已经治好了，真是奇迹啊！这都多亏少夫人一片真心啊！”

千姬一直微笑着，满心欢喜地看着秀赖，却不免有些尴尬。

“了不得。不过，少夫人害羞了。”

人人都有些违背常理的举动，却不似有乐那般极端。他发现千姬颇为认真，立刻热情高涨；而当人们激切起来，他又会把人从高处拽下来。

“这可不行。少君把手伸出来让我看看。啊，没有脉搏！这可不行，少夫人，可有些麻烦了！”

清楚有乐性情的人听了这话，也就一笑而过，但千姬对他乃是深信不疑，认为自己的祈祷一定灵验。她握着秀赖的手，立刻仰头问有乐：“您说什么？”

有乐把慌慌张张想扶住秀赖的片桐且元推到一旁，又骂正给秀赖把脉的医士："笨蛋！不能那样对病人！快拿些开窍的药来！"

医士手忙脚乱，一边给秀赖把脉，一边试着唤醒他。

秀赖眼睛越睁越大，最后，视线落在了千姬和医士身上。

有乐端端正正坐着，脸上的表情变化多端，他正在等待淀夫人的脚步声，"哈，市正，我听见有人来了。"

"好像女人们都来了。"

"好啊，就让我来给她们解释吧。只要把实情给她们说清楚就是。"

片桐且元也有同感，点点头。

"先生别说话！"有乐阻住医士。

且元本想先把秀赖并未患天花一事，隐瞒一段时日，既然有乐愿意解释，可算帮了大忙。

凌乱的脚步声逐渐接近，拉门打开的一瞬间，有乐伏身行礼，"夫人，恭喜！奇迹发生了！"

淀夫人呆住，似不敢相信自己的眼睛，"少君已醒了？"之前她听说秀赖随时都可能断气，现在居然看见他好端端坐在那里，看着众人，怎不惊讶万分？

"之前，先生说少君坚持不了多久，我遂让少夫人握着少君的手。少夫人为少君祈祷，情愿代他生病。"且元道。

淀夫人立刻看了一眼被侍医搀扶着的千姬。千姬确实面色苍白，气喘吁吁。

"母亲大人，您别站着了，请到这边来坐。"

淀夫人看了看身边跪着的女人们，突然号啕大哭。

有乐静静退立一旁，轮番打量着众人，心中翻腾不已。对他来说，这是一场无比有趣的人生大戏，角色全到齐了，演的则是生死之间的大事，可谓精彩绝伦。

淀夫人哭完，快步走向秀赖，颤抖着抓住他，"果然是老天有眼啊……"她异常激切，声音含混不清，一边絮絮叨叨，一边狂乱地用脸去蹭秀赖。也许她在感慨，在寺院神社所作的祈祷终非无用之功。

飨庭局虔诚地在胸前画着十字，正荣尼则双掌合十，口中不断称颂。

有乐只心中暗笑。飨庭局也许认为，此乃天主眷顾，正荣尼则必以为，此即观世音菩萨的慈悲。只有片桐且元手足无措，如个蹩脚的角色。

秀赖惊讶地看着千姬，千姬被侍医搀扶着，已然放心了许多。

淀夫人终于意识到了千姬在身边。在此之前，她眼中只有秀赖，心中也只有秀赖。

“阿千，”她的手离开了秀赖，“阿千做了些什么？方才片桐大人说过，是吧，有乐？”

有乐想，终于又轮到自己出场了，他忙调整心绪，正色道：“是。像这般奇迹，在下以前从未见过。”

“阿千做了什么？”

“少夫人先是握住少君的手。”

“然后呢？”

“少夫人开始念叨：天上的神灵啊，就用我的性命换少君一命吧！”

“在此之前，少君重病卧床？”

“是，生命垂危。对吧，且元？”

“是。”

“少夫人祈祷的同时，天空飘来奇异的紫色祥云。对，既非绿色，亦非蓝色，而是紫色的如烟一样的轻云，从庭院飘了进来，好像被什么牵引。”

“紫云？”

“然后，那些云包裹住少君和少夫人。此时，少君口中发出呜呜声响。对吧，且元？”

且元肩头微沉，不太自然地点头。

片桐且元虽知有乐喜捉弄人，却未想他竟如此过头，倘若自己一味沉默，有乐会做出更加匪夷所思的事来。当然，有乐乃是希望能借此缓和德川和丰臣的关系，且元才未打断他，但他胡说什么紫云缭绕，实无稽得让人难以忍受。

且元的表情也许给有乐增添了更多乐趣。他夸张地睁大眼睛，似空中真有什么东西飘过来，“真是太神奇了，难以言表！少君每呻吟一声，脸上就多一分红润，少夫人的脸色却越来越苍白，二人的精气倏地转移。这种事，我和市正活了这么大年纪，都还从未见过啊。”

且元附和一声。

“然后，少夫人定是听到了仙界传来的声音，嗖地站起身，走到院中。”

“没有脚步声？”淀夫人悄悄拽了拽衣服前襟，问道。

“是，太不可思议了，我们都呆住了，许是未听见。但那边有挖过土后留下的痕迹。”

“是什么？”

“少夫人在檐下种下了和与少君年龄相合的煎豆。只要豆子不发芽，少君就不会再得天花。然后，少夫人回到少君身旁。不知何时，少君已从床上坐了起来，但少夫人当时就倒了下去。”

“啊！”

“这是神佛的旨意！少夫人的诚心感动上苍，救了少君，但我们也不能见死不救，故方才我和市正在祈祷少夫人平安。我们二人并无信奉，只得赶紧默诵般若心经，情愿缩短自己的寿辰以救少夫人。不论如何，只希望少夫人平安……”说到这里，有乐挠了挠头，可能连他自己也觉得不好意思了，“呵呵，再往下说就成自夸了。总之，这时少夫人也醒了过来，然后，你们就赶来了。丰臣氏必定千秋万载，神佛一直在看不到的地方保佑我们呢。这次，连织田有乐也不得不信了！”说着，有乐又转头问且元：“我说得可对，市正？”看着紧张得瑟瑟缩缩的且元，他心中暗暗好笑。

“哎呀，瞧我，只顾自己高兴了。这里的事就拜托夫人了，在下和市正还得让众人知道这个好消息。我立刻就和少夫人、市正回去。少夫人，请吧。”有乐催促着还在发呆的千姬和且元，三人一起来到廊外。有乐把千姬交给一直在另室等候的荣局，才擦着汗随且元出了内庭，到厅里坐下。

“啊，终于结束了。”且元呆呆坐到有乐面前。有乐使劲扇着扇子，道：“市正啊。”

“怎的了？”

“从今往后，我再也不能信你了。”有乐认真道。

且元忙道：“我已经竭尽全力了。”

有乐自顾自道：“你可真行。我那般胡诌，你竟也一本正经，还大点其头随声附和，真是狡诈。你好生厉害！我怎敢再信你？”

“这……这，大人的意思，在下应揭穿胡言？”

“不。我是说，你好会骗人。”

“编造那些的可非在下，而是您，织田大人！”

“嘿。呵呵，是谁附和我的？市正真是了不起。”有乐接过下人送来的茶水，一脸严肃一饮而尽，又道，“这样我死也放心了。”

他脸上的表情很是滑稽，继续道：“只要有如此奸猾的市正在身边，还怕有人欺骗少君？即便是关东狐、西国狸、四国河童、羽黑天狗来了，也对付不了你。今后就请多关照啦！”

且元吃惊得合不拢嘴。虽然他知有乐本为善意，但这般没完没了地冷嘲热讽，亦让他颇为生气。“这么说来，且元总让您有恨铁不成钢之感了？”

“不敢！我打心眼儿里佩服你！嘿，市正的才智将使未来一片光明啊！”

“未来？”

“是啊！仅仅是少君病危的谣言就让城内人心大乱，然后再一一鉴赏世态。片桐市正心术不正啊！有乐也能跟着沾光。哈哈！”

七　良教良子

千姬对大坂城内人心浮动有所察觉，乃是从德川家康迁居骏府始。她正值妙龄，已对夫君丰臣秀赖生起异样的情感。

不知何故，在千姬周围，江户、三河之事比大坂诸事更吸引人。比秀赖年长一岁的松平上总介忠辉迎娶了伊达政宗之女五郎八姬，小两口甚是和睦，这段姻缘时常成为话题。从江户陪嫁过来的侍女们尽情描述新婚夫妇之美，有人说他们如画中人，有人说他们像两朵竞相绽放的花。其实谁也没亲眼见过，大家都只是空想，但这一对璧人的确值得羡慕。千姬在听说此情事之后，脑中亦常出现秀赖的身影。

千姬过去常能见到六叔忠辉。她暗中将秀赖和忠辉比较，竟觉秀赖比忠辉高贵俊美甚多。不过论威仪，秀赖终逊于忠辉。千姬心中不免生出些不安和不满。让千姬尤为不安的，乃是隐居骏府的祖父如何调教五郎太丸等三个小叔父的传言。

五郎太丸生于庆长五年，排行第七。长福丸排行第八，今年只六岁。末子鹤千代年仅五岁，当年春天被阿胜夫人收为养子，已为常陆下妻年俸十万石的领主。

虽然身为领主，鹤千代仍然和养母阿胜、五郎太丸及长福丸二位兄长一起住于骏府。八岁的五郎太丸继承了亡兄下野守忠吉在清洲的旧封，就要成为尾张之主。长福丸也将继承亡于庆长八年的信吉先前的领地，成为常陆水户年俸二十五万石的领主。

千姬对于这些事无甚兴致，但对于三位叔父，却不能不关心。听说他们所受的训练甚是古怪苛刻，故引起众人的兴趣。三人都还不能骑马去鹰野，家康遂特意挑选了些健壮的侍从，扛着他们去锻炼。

鹰野虽乃习武道场，练习完毕之后的野味却让人兴味盎然。各人带了自己打到的猎物，在大锅里煮了吃。但听说，家康绝不让三个年幼的儿子分享锅中美味。

刚听说此事时，千姬想，小叔父们正是应被人全心全意宠爱的年纪。祖父莫不是疯了，不仅把尚不能骑马的幼子带到猎场，还不让他们享受最大的乐趣，实在残酷！千姬无论如何也想不通，遂问一个老嬷嬷："祖父是不是不疼爱儿子？可他对阿千这般好。"

老嬷嬷仿佛听到了什么无稽之谈，大摇其头，然后给千姬详细解释其中原委。

当时，狩猎结束后，各人要对其他人的表现发表评论。煮猎物用的大锅摆好后，所有人都围着大锅坐下，正面摆放着为三位公子准备的折机。

火红的篝火，在乌黑的野炊用大锅下熊熊燃烧。大锅里放满了兔肉、野猪肉和山鸡肉，再配上许多蔬菜，咕嘟咕嘟煮着。

奔波了半日，各人都饿坏了。从锅里溢出阵阵香气，让人不由得深深呼吸，肚子里的馋虫亦开始咕咕乱叫。三个孩子不由自主探过身子去。

食物要用野营时用的木碗盛好，分给众人，先给小孩……千姬认为本应如此，但老嬷嬷说绝对不能。千姬惊问："在野外做的饭对他们身体不适？"

"不，那都是美味。"

"为何不给他们用？"

"五郎太丸公子已经长大了。最小的鹤千代竟也闹着要吃。"

"那就给他，有何不可？"

"一旁随侍的安藤大人和成濑大人便批评鹤千代公子：大将不应有吵闹着要吃这吃那等不得体的举止，好吃的要给家臣，大将只吃干饭团。小姐明白吗，那是因为大御所的严令。"

“但是，那也太可怜了。”

“不，那才是因为大御所真心爱护他们。”

千姬想了好几日，方明白其中道理，同时，她感到异常惶恐。倘若那是真正的爱，有谁疼爱秀赖呢？

人的不安，常在无意之中悄悄降临。尽管秀赖如今亦是一位大名，年俸六十余万石，远远超过了五郎太丸、长福丸的二十五万石以及鹤千代的十万石。所以，若严格管教才是关爱，秀赖应比他们三人受到更严格的磨炼才是。然而，谁给过秀赖那样的教化呢？不只是秀赖，家康对千姬是真正的疼爱吗？

“但祖父那般严格地调教他们，万一他们生出不满，如何是好？”千姬说出自己的疑问时，有人笑了，亦有人喝止了她，解释道，三人若未教导好，做不了大名，大御所会立即把他们拉下去，若实在无用，还可能被命令切腹。只因是自己的儿子，就让其担任大名要职，大御所不会如此，而是把他们锤炼成能够胜任要职的有才之人，这才是更深沉的关爱。

“大御所给各位公子封了地，既考虑了他们的年龄，也饱含了真心的祈祷。既然已给了封地，他们就须成为能管理好封地的有才德之人！”

老嬷嬷的这番话让千姬愈发失落。不论谈到什么，她都会立刻想到秀赖。关于秀吉公如何疼爱秀赖的故事，她已从身边人口中听过无数遍了。当然，秀赖也时常听到一些诸如“您须成为天下之主”云云。然而，谁给过秀赖能成为天下之主的真正教化呢？甚至连秀吉公也未做过，他确实为秀赖操尽了心，但仅仅是操心如何让他顺利继承关白之位，如此而已。即使秀赖能够健康长大，是否能成为天下之主，谁能逆料？

“大名辖下有众多子民。公子们要牢牢记住，把好吃的让给手下，自己吃干饭团。大御所是这般说的，也这么做。”老嬷嬷尽心解说。

千姬先前亦常去秀赖的房中。饭桌上常常摆满饭菜，亦常常会剩下大半。但侍女和侍童都坚信，这才是符合“将成天下之主”的贵人身份的餐食。这样下去，他真能成为天下之主吗？

这是情愫初生，还是母性，千姬很难分清。但是有一个不容怀疑的事实，她相信自己和秀赖之间有着不可割舍的缘分，犹如一盏忧郁的灯，在她小小的心里熠熠发光。

三个月后，千姬把三个小叔父狩猎的故事讲给秀赖听。彼时正是寒意渐消、春意渐浓的时节，家康即将开始纵马放鹰。

秀赖饶有兴趣地听完，赞道："大御所真是了不起！"称赞之后，他却加了几句让千姬感到异常悲伤的评语："他虽很了不起，但最近有些古怪。世人都说，不应让林道春走得太近。"

"那是为何？"

"之前大御所和三浦按针来往密切，几乎变成了商家，现在他若与林道春往来过密，则可能变成一个学者。大御所兴趣太多，姑且不论，倒是变得特别妄自尊大了。"

"但那个林道春已从骏府到了江户，成为父亲的老师了。"

"哈哈，能把祸害赶走也不错。不过，可能是林道春的能耐让那几个小孩受罪了。"说罢，秀赖想起了什么，扑哧笑了。

"怎的了？"

"无他，以前七手组说大御所贪心，我还骂过他们，只是突然想起此事。"

"祖父贪心？"

"是，去年三四月间，大御所把在伏见城时所存金银都运到骏府了？"

"是。也把三万锭黄金和一万三千贯白银送给了父亲。"

"所以，那些人说他贪心，我才骂了他们。他们认为，大御所不愿把那些金银都留在伏见，才那么说。"

"这……"

"我自己也还有些金银。但是，有人特意数过从伏见城出去的运货马匹，然后来告诉了我，说三月二十三日是一百五十四，闰四月十九日是八十四，总共是二百三十四，准确无误。"

千姬渐渐感到不快，因为她的情感和秀赖的想法并不一致，"少君真的认为那事古怪？”

“难道不是？七手组那样说，也不无道理。大御所对我还说过，要重视金银，不可随便浪费，修缮寺庙神社要量力而为。不仅是钱上，他对我也事无巨细地操心，完全不管世人的传言，也许真是够贪心的，哈哈！”

千姬极为不快。若是以前，她但凡心有不快，只要起身走开就是。但最近，她的想法变了，不会拂袖离去，却对秀赖忧心不已。秀赖胡乱拨弄着螺钿火盆里的炭，没心没肺地笑着，似游离于世外的滑稽戏伶，让千姬感到无比心酸。

“少君心里，真认为祖父贪心？”

“不，不仅如此。但他是个任性自私的人，大概英杰本来都自私。”

“自私？”

“先前大御所曾经对我说，不可把金银藏起来，当拿出一些在世间流通。”

“我从织田有乐大人处也听到一些。”

“现在他又变得这般贪心，说花钱要适可而止。我也不知该听哪句了。”

“少君！”千姬不由得提高声音，“对于此事，织田有乐大人很是佩服。”

“哦，那个怪老头也称赞大御所？”

“是。祖父以前那样说，正是小判金币和铜钱紧缺的时期，于是他命令后藤光次等人多多铸造小额钱币，在世间流通。不那样，百姓就活不下去。但是，现在钱有富余了。钱多了出来，货物价格就会升高。故应把小判金、银子和铜钱都埋到土里。有乐道，不愧是大御所，对这些甚是明白……”

“哈哈！”秀赖抬手打断了千姬，“夫人不必动怒。我说大御所有些自私，但并未说那不好。夫人你也知，今年正月，我还特意遣人到骏府拜年呢。他是你祖父，我也当尊重。”

千姬无话可说。他这严谨的诚意，可是谁也未教过。想到这里，她心中一阵难过，眼睛便湿润了。

“怎的了？”

“没什么。”

“是生气了？”

“不，是……是高兴呢，不……是担心。”

“担心？告诉我。我可是你的伙伴啊！”

“不是伙伴……是夫君。”

“哦？”秀赖好似吃了一惊，默默打量着千姬。

从千姬口中听到“夫君”二字，秀赖几从未想过。然而此时，他吃惊地重新打量千姬时，却发现眼前的女子虽还未完全长成，却也不是个小姑娘了，她娇小的身体妩媚动人。

“我是你的夫君？”

“少君认为还不是？”

“不不，当然是！是夫君……但亦是伙伴，没错吧？”

“嗯。”千姬松了口气，脸上笑意盈盈，非娇媚，亦非羞怯。她面颊和眼泛出粉色，显出异常洁净的妩媚。

“是，我是你夫君！”

“您还说这样的话……”

“但是我还没对夫人做过夫君该做的事啊！难道夫人也想像你祖父在骏府对五郎太丸和鹤千代那样，给我筑起残酷的围栏？”

听了这话，千姬心中一沉。人心之隙，如隔大川。不过在这个场合，她还不能用适当的言辞表明自己的意思，只幽幽道：“少君……”

“怎的了？脸色这般凝重。”

“祖父常常对骏府的小叔父们说……”

“又是你祖父！”

“百姓乃是我们的衣食父母，做了领主后，切莫变得骄傲自大。”

“这些话谁都会说。市正也常常这般说！”

“倘若被百姓们怨恨，就当一死以谢天下，故祖父还教给了他们切腹之法。”

“呵，真够严厉！”

“我把这些事情和有乐说，有乐说那是‘家康公之治’。祖父的为政之道，关爱百姓甚于关爱大名和武士。在他新颁布的法度中还规定，若领主欺压百姓，百姓可以直接控诉。”

“夫人只对特别古怪的事情有兴趣啊。我可不知那些劳什子。”

“不知可不行！”千姬如成人般严肃道，“若少君对辖内的百姓征收苛税，被百姓告了官，百姓虽会受罚，但领主的领地亦会被收回。有乐大人说……”

秀赖突然搂住千姬的脖子，和千姬脸贴脸，另一只手则捂住她的嘴，道：“莫再说了。那些事和丰臣氏无关。我日后要做关白。”

听秀赖这么一说，千姬深以为然，即使她对秀赖仍不满意，却也不认为丰臣氏只是寻常大名。虽然她不明原因，但从出生始，她就觉得，这座城和城主好似拥有某种特殊的权力。也正因如此，她才嫁到这里。

“阿千，你总是为我操心，我当好生慰劳你。”

“阿千惭愧。”千姬天真地依偎着秀赖，秀赖轻柔地把手搭在千姬肩头。虽还未对她生出男女之情，但秀赖感觉，千姬真如妹妹一样可疼。

“你有未从别人嘴里听过‘人质’二字？”

“人质？”

“是。即使听到，也不用放在心上。你和秀赖乃是表兄妹，下边人喜欢在背后说些莫名其妙的话。可能因为长期没有战事，大家都有些闲闷。”

“哦。”

“七手组聚在一起，就说些打仗的事。先前不论早晚都是打仗，但从庆长五年到现在，快十年了，也未有战事。这简直让他们发狂。”

“所以，他们才会说到人质？”

“是啊。大家都喜欢活在过去，说些过去的事。”

“哦？”

“说什么战事还没结束。否则，他们就失去活着的意义了。这世上若真的没了战事，武士就无甚用了。”

“呵。”

“所以，大家都说，早晚要打仗，他们就靠这些话来安慰自己；也说，少夫人的祖父不知何时就会打到大坂来。”

“祖父？”

“是。因此才把少夫人留在大坂做人质。大御所表面上是遵太阁遗言，其实是特意把少夫人送过来，好让我们安心，然后出其不意袭击。怎样，有趣吗？”

千姬还从未听过这样的事情。

其实，这种说法不只在七手组间流传，甚至连内庭的侍女也常常这般议论，只是确实从未传到过千姬耳内。此话不无道理。过去一百四十年间，天下几无不打仗的日子。但近十年来，战事基本消失了，太平的日子似还将继续。这样的话，还能以什么理由佩带长剑、打磨刀枪？武士们将陷入无限寂寞之中。

千姬和秀赖都在“太平”中出生、成长。但对那些视战事为性命的人来说，十年岁月全无战事，实大大出乎他们意料。最初的两三年，众人面对渴求已久的太平的到来，无不欢欣鼓舞。然而过了八年九年，欣喜逐渐变淡，人们开始有意无意地希望发生些事情，在不让自身痛苦的情形下，寻些故事。然而世态越来越稳定，“太平”逐渐根深蒂固。在这种情况下，人们常常会做些怪梦。大坂城七手组亦常纸上谈兵，其实正是出于“长久太平”的安心感。

“那么，祖父何时会打过来？”千姬笑了一笑，问道。

“不，我们不能挨打。所以要多招募些响当当的英雄豪杰，此外，还得好生利用你这个人质！”

“这……”

“大御所很是疼爱你。若他打过来，少夫人必痛苦万分，只要能让他这么想，我就放心了。”

“唉！”

“你别叹。这只是一些人的意见，还有其他的说法呢。”

“什么说法？”

“那就更残忍了。大御所把千姬扔在这里为质，故有人说，绝不能手软。”

“那会怎样？”

“那就有趣了。大御所和将军总会有上京的时候，在那之前，我们装作和他们修好，只要他们进入伏见城或二条城，我就派兵把他们包围起来。”说到这里，秀赖把千姬放在自己膝头的手握住，笑了起来，“所以啊，你祖父对五郎太丸他们严格教导的事，还是不要说的好。不然，人家会说，大御所就是那种无情之人。只会让人闲话。”

“这……”

“还有，传言说，大御所对自己的孩子都那般无情，所以受了责罚，孩子都早死了。”

“都早死？”

“是啊。你长伯父信康被信长公命令切腹，你二伯父秀康今年闰四月初八也没了，你五叔信吉于庆长八年仅二十一岁时死了，四叔忠吉也于今年三月初五方二十八岁时没了。如今剩下的，只有你父亲将军大人和你六叔忠辉了。”说着，秀赖又笑道，“哦，还有还有，五郎太丸、长福丸、鹤千代，他们都是好儿子啊！”

千姬逐渐被秀赖的话吸引。身边的侍女和秀赖所言的完全不同，若秀赖只是毫不在意地将骏府小叔父之事付诸一笑，定会激起她的好胜心。然而，秀赖似有自己的打算，那打算非出于对骏府的憎恶或反感，而是出于好意。

“你祖父的严格训练，使我对如何做一个大名管理家臣和领民，有所领悟。但那些浑蛋们制造谣言，说家康公深谋远虑，要把五郎太丸、长福丸和鹤千代培养成大将，要让他们攻打大坂城。”

“哼，几个年幼的叔父能够指挥大军时，祖父多大年纪了？”

“等等，今年……六十六岁了。”

“所以，到了那时，应该是八九十岁了。”

“是啊！”秀赖好似深有感触地拍了拍膝盖，道，“跟着神功皇后、经过三韩征伐的武内宿祢，听说活了三百岁呢，你祖父比他年轻多了。”

“但是，说祖父贪心，这话是不是不合情理？”

“情理？哈哈，若说话都合情理，那多无趣！愈不合情理，才愈是有趣呢。”

说话之间，千姬不知不觉接受了秀赖的说法。

这时，荣局静悄悄端了茶点进来，似不想打扰二人。她本打算把茶点放下就退出去，没想到心情大好的千姬欢快地对她道：“阿荣，你过来。”

“是。”

“少君说了让我高兴的事。你给我做证人。”

“证人，你们有什么约定？”

“少君刚才说，他要文武兼修，胜过天下之人呢。”

“那可是好事！奴婢不会忘记。”

“你是我的心腹，还替我给少君生了孩子呢。”

尽管千姬说这话时不带任何怨恨，荣局还是慌忙伏身跪倒。秀赖一副事不关己的样子。

千姬又兴冲冲问了一个奇怪的问题：“阿荣，你觉得无趣吗？”

“无趣？”荣局不由反问。

“是，众人都觉得无趣不是好事，要尽可能让自己有趣些。”

在荣局听来，这天真的话里包含了对她的讽刺。她生了秀赖的女儿，这女儿现在已在学走路了。因是女儿，又因出生太早，给她起名的事，大家便也没放在心上，内庭的人管她叫“阿鲷”。除了荣局，另有两个乳母伺候阿鲷。

侍女们在背后议论纷纷。有人说：“阿鲷，乃是天下太平的意思。”也有人说并非如此，因为她毕竟是丰臣太阁的孙女，遂用“腐烂的鲷鱼依然美味”这个意思取名。

无论如何，这个女孩儿的出生，对千姬实在意外。即使时至今日，秀赖早已没了感觉，然而每当想到此事，荣局就如坐针毡。

千姬最近日渐成熟了，刚才又突然说出“无趣非好事”来，荣局不禁浑身不自在。她犹犹豫豫，眼角余光则瞄向秀赖，回道：“阿荣并未感到……特别无趣。”

“哦，那太好了！”千姬欢快地点头，“你若不觉特别无趣，我就要把阿鲷放到我们身边了。”

“啊？少夫人说什么？”

“你替我生了阿鲷，今日开始，我要把她放在身边自己抚养。”

荣局还没明白过来，“这，少夫人，要把阿鲷放到身边？”说着，她脸红了。

千姬肯定是想从此陪着秀赖。把阿鲷放到身边，不过是个借口，是为了把自己轰走……荣局正胡思乱想，千姬又道：“我们有时也感到很无趣呢。”然后又果断地点点头，道：“这样不好！我要自己抚养阿鲷，我也是她的母亲！”

“这……”

“少君不反对吧？”

“哦，不反对。但是，你能行吗？”秀赖一脸淡然。

“养孩子是妻子的责任，也是母亲的责任。少君立志习文练武，阿千当然不会加以阻拦。”

荣局松了口气，眼前有些模糊。

千姬没有恶意，也无不周全，然而荣局心中隐约感到不安。她已打算好了，一旦千姬成人，她自会照千姬的意思去做。

茶屋清次现多在长崎，负责贸易事宜，业已成为家康的心腹。有时从堺港来大坂城做生意的人说，他在长崎的势力，比家康侧室阿奈津之兄长崎奉行长谷川藤广还要大。

长崎模仿堺港，官职名都带些洋味儿，负责小判和判金铸造、管理的后藤庄三郎叫“财务官”，茶屋清次叫“商务官”。众男子致力于大事，经常彻夜不眠，舍弃了家庭。

当然，新贵并非只有他们。除了从事生丝生意的淀屋介庵、龟屋荣任、角仓与市等人，还有被委任为大津代官的末吉勘兵卫。他们夜以继日地辛劳，希望能让京都、大坂与堺港同海外打成一片。

与他们形成鲜明对照的，乃是那些整日无所事事、对局势毫不关心的大名，以及那些靠禄米为生的高傲武士。他们之中自然也有那么一小撮人，占据高位，不太娴熟地拨拉着算盘，但他们的算盘只能算出不足之处，却不会增加收入。仔细想想，大坂城的地位多么尴尬。

对荣局来说，这平静蕴藏着巨大的不安，却也不无解救之法。就要起风了，连千姬似也要有所行动。若如此，大坂城也许会有新的面貌。千姬心中似无一丝忌妒或敌意，若真是这样，荣局也要抛弃长期以来的沉郁，为了秀赖和千姬……及家康和秀忠心之所念的大坂而操劳。

“怎的了？你哭了？是不是舍不得阿鲷？”

“不！不是！”荣局反应甚是激烈，“阿荣很高兴！不管是少君的承诺，还是少夫人的苦心……阿荣要努力，让大坂城吹进新风！”

听了荣局铿锵有力的回话，秀赖和千姬都甚满意。但二人对荣局心中的微妙情感却毫不知晓。

这时，近侍木村重成进来，“少君，明石扫部大人求见。”

秀赖迅速看了荣局一眼，他至今还习惯依赖荣局。荣局放心地朝秀赖轻轻点点头。

“好，说不定今日给我带来什么有趣的故事呢，正好夫人也在。让他进来吧。”秀赖漫不经心道。

“遵命。”重成退下，在座众人沉默。荣局和秀赖都记得很是清楚，明石扫部现为浪人，然而他亦是颇为虔诚的洋教徒。

“明石大人到。”重成唱一声，明石扫部和速水甲斐守坐在门外，伏身施礼。

“少主，尊颜如昔啊……”

秀赖轻轻打断明石：“近前来。不过你的问候还不合时宜。”

“在下惶恐。”

“记住，我非少主。少主乃是相对父亲而言，秀赖乃是此城城主。”

“不胜惶恐。请恕罪。”

“哈哈，我未骂你。对了，你养的孔雀怎样了？”

“很好，只是尚未产卵。待产下卵来，在下立刻让它把雏鸟孵出来，献给大人。”

“好啊，我虽见过那鸟儿，夫人还未见过呢。”

“是。也请夫人过目。”

“最近听到什么风声了吗？”

“这……倒不是没有，但是对少……大人您……”

“不能让我知道？”

“不，不是……不是不能说，是怕引起大人不快。”

“无妨，说来听听。”

“是……有传言说，最近恐有可疑船只开到日本来。”

“可疑船只？”

“是，大御所身边的三浦按针到底还是把红毛国的船招来了。”

“红毛国的船？”

“是，是尼德兰的船。但按针故国英吉利在海上横行霸道，多被称作海盗。”

荣局吃了一惊，看看扫部，又看看秀赖。

明石扫部经过思量，才以刚才那段话开头，荣局似乎有所领悟，秀赖却只有如此简单的兴趣，“哦，那叫英吉利的红毛海盗很厉害吗？”

“是，很强大，似胜过南蛮。然而，不辞辛苦把这等危险的暴徒招来，实在甚是麻烦。”

“这么说来，三浦按针把那些海盗叫来，是打算把南蛮人从日本赶将出去？”

明石扫部原本肃穆的表情扭曲了，故意环视了一眼在座诸人，“当初按针刚漂到日本时，神父们再三敦促，恳请大御所严惩按针，怕早晚会出这种事。”

“哈哈。没想到。大御所是因为不怕红毛，才允许他留下。”

“尽管如此，理应有所顾忌……”这话说得重了些，扫部连忙缓和了语气，“人很难忘记故乡，三浦按针蒙大御所眷顾，受了封地，还生儿育女，但他私底下却多次给英吉利送密信。”

“按针自己不能造船出海吗？”

“恐是害怕南蛮国的船。他怕独自出海会翻船，才要把故国的海盗招来。此乃在下浅见。”

“是把自己人叫来啊。”

“是。只想回故乡倒无他，但神父们都说，红毛海盗生性凶残，绝不会仅仅把按针带回去。”

“他们好战？”

“是。海盗的女头目也喜暴力。”

“女头目？”

“是。说得好听是女王。那些海盗打着效忠女王的旗号，抢南蛮国货物，夺其船只，践踏国土，作恶无所不尽其极。那些奸诈之徒，定会对大御所百般奉承，在日本掀起滔天风波。神父们都这般说，他们对此很是警惕。”

秀赖眼睛发亮，笑道："实在有趣。我们捉几个红毛人，然后让他们在这城里和南蛮人比试比试，看他们到底谁厉害些，如何？”

“大人说笑了。他们船上载了很多大炮，其威力能摧毁一国，若让他们从淀川口侵入进来，少主……不，大人那时可就笑不出来……”

“你是在吓唬我吗，扫部？”秀赖朗声笑着，打断了明石扫部。

八　红毛“海盗”

庆长十四年。江户日本桥附近按针町。所谓按针町，毫无疑问，便是将此处宅地赏赐与英吉利人威廉·亚当斯时所取地名。旁边街道住有原博爱号船长耶扬子，名八重洲町。

此时，按针正在拆看一封耶扬子派下人送来的书函。目下的按针，除了头发和眼睛的颜色，生活与衣着已同寻常日本人无二。甚至可以说，他比普通日本人更像日本人：朴素的黑罗纱外罩、扎起的和服下摆、端正的坐姿，都让被海风吹红了头发的江户船主们叹服。

按针特意一身古风武士的打扮，一是为了让德川家康放心，二是为了让妻子放心。

家康看出按针心中隐有强烈的思乡之情，故每次见面都会问他：“怎样，想家了？”想家本是情理之中，但按针不便直言，道：“一切都是命中注定，总有一日能回归故里。”妻儿更是让他不舍。妻子本是马进勘解由之女，家康做主许配与他，已生有两个孩子，长子乔瑟夫，幼女苏珊娜——和他在故乡的孩子同名。目下，妻儿都在领地三浦半岛。他位于三浦半岛逸见十三峰的居处，比按针町的府邸更加清净宽敞，不像在按针町人多眼杂，不得安宁。

按针妻子以武士之女的身份，嫁与第一个来到日本的红毛人为妻。周围人经常“关心”他们，谈论些诸如“不知他们生的儿女会是何样”之类的话题，猜测他能否与妻子白头偕老。按针在故乡还有妻儿，他很快就要回国……此类流言甚嚣尘上。

“他总归是要造了船，开回去。”

“那两个眼睛颜色和咱们不一样的孩子，不就没爹了？”

按针为了不让流言传到妻儿耳内，尤其小心，特意照当地风格穿衣，照搬当地人的生活习惯，既是为了让他们放心，也是为了不触及自己的心头之痛。

按针日前正按家康的命令，在伊豆的伊东造第二艘船。这艘船属西洋风格，重一百二十吨，有三根船桅，很快就要试航到浅草川了。然而，耶扬子的书函中却说，他已得到许可，可驾此船回国。按针感到，心中那早已淡却的思乡之情，再次绵绵漫卷起来。

耶扬子竟能提请回国，看来，按针先前的灰心丧气诚是早了。

倘若目下航海足够安全，他们也不必在完全陌生的异国，被思乡之情啃蚀了。他们于庆长五年春，在极度虚弱的情况下登陆丰后海岸，可见当时航海之艰。海上除了有暴风雨，还有强盗和疾病。另，近来欧罗巴新旧两大势力的战争也已波及海上，呈扩大趋势。若非如此，按针恐怕早就抛下妻小，搭船回去了。

和到日本来的船主或船长结成朋友，很是容易。只要多些许诺，他们就会让他登船，但之后却并不安全。沿途各港湾都有新旧两教国家之争，只要一听他是英吉利人，敌人必会围过来打杀，甚是危险。想避开风险，就要等拥有强大武力的英吉利或尼德兰船队到日本来，但那实在有些异想天开。

按针心中埋藏着希望，已造好一艘船，第二艘也在紧锣密鼓的打造中。

当然，这船并不归按针所有，它的主人为德川家康。家康其实是想让按针乘船去吕宋或墨国。耶扬子肯定已有所察觉，才向家康提出先离开日本。耶扬子为船长、按针当导航的那艘博爱号，来到日本已九年。耶扬子的计算，许是不论家康这新船驶到哪里，都可再搭便船回国。尼德兰在爪哇岛有一个据点。若船能开到那里，耶扬子的计划就有可能实现；船若到了墨国，即便是离开了日本，却和故国离得更远了。

按针看完耶扬子的信，提笔准备回复。但当他坐在桌旁，用毛笔写下故国的文字时，心中立时涌起痛彻心肺的伤感。

先生计划，仆能明了。但吾国海军早晚来日，既已至今，何不再稍候时日，等待良机？仆虽认定爪哇无吾国人，然不断寄书，告知近况，想必有所回应……

按针刚写好回函，侍从三十郎禀告有客来访。

来者乃是大久保长安。

事实上，按针这些年来一直在写些不知该寄给谁的信函。与尼德兰人密切合作的英吉利人，早晚有一日会把航路扩至东洋。即使来者不是英吉利人，是尼德兰人也好。毕竟，尼德兰船队已绕过非洲，经过天竺，到达了爪哇的矮脚鸡村。按针在信函中详细记载，他们如何从冲上日本丰后海边之日起，就受到旧教传教士的迫害，后又如何得家康公帮助，以及其后在日本受到幕府及众多好心之人厚待云云。当然，这些信函现在依然堆放在案上，因为无论是尼德兰船还是英吉利船，都还没来到日本，来的只是葡国、班国船。只是按针并不绝望，他将以比日本人更强的耐性，等待国人的到来。

按针曾在骏府城内偶然对大久保长安透露过想法。他感觉，长安对海外抱有强烈的兴趣。此外，长安在九州信奉天主教的大名中人脉甚广，他对按针回国，也许有帮助。

“我嘱咐过，不让人知我在江户。”按针嘟囔了一句，收拾了一下书案，将坐褥整理好，等待访客。

“哎呀，我本以为三浦先生的住所定摆满了奇珍异宝，没想到却是这般朴素！”

长安大声和侍从说着话，走了进来。一见到端坐的按针，他不由低声感叹，旋又爽朗地笑了，“若非如此，三浦先生恐怕没法在日本住这么长时日啊！先生是想彻底变成日本人了？”

“大久保大人，好久不见，大人看上去气色很好啊！”

“哈哈！多谢你这般生硬的问候。你想变成日本人，是因为寂寞？你的故乡与人见面怎么寒暄，是说‘你好’？哈哈，恐怕你时不时会梦见尊夫人吧。”

“这……大久保大人怎连这些都知？”

“哈哈！我还知道更多呢，包括班国和英吉利不合的原因。”

“哦？那是为何？”

“因情事而起纷争啊。班国皇上爱慕贵国伊丽莎白女王，向她求婚。但性格倔强的年轻女王说自己必须嫁本国人，拒绝了他。怎样，长安我连这个都了解。”

长安一到，宅子里立刻热闹起来。

“大久保大人必是从唐·罗德里格处听来这些的。”按针笑道。

长安倒也不掩饰，“你知道啊。那咱们换个话题！”

唐·罗德里格乃班国人，前任吕宋总督。去年，他任期满时，从吕宋回班国的属国墨国，途中遇到暴风雨。七月二十五，他的船被暴风卷到了上总夷隅郡岩和田的岸边，触了礁，现在滞留日本，受到保护。触礁时，溺死三十六人，三百五十多名船员和罗德里格获救，被送到了浦贺，现在他们正在为了回国修造船只。住在伊豆金山的长安怎会错过这个机会？他必是想直接到他们的造船处，暗中学些新本事。

长安道：“先生，我今日来，其实是想告诉你两个重要消息。”

“好事还是坏事？”

“这就要据你的心情而定了。”

“那就请赶快告诉我。”说着，按针把侍从端来的茶放到长安面前。

“哈哈，莫要急。其一，尼德兰船要到日本来了。”

“尼德兰船？”

“是。有消息说，尼德兰依然把葡国当作眼中钉，这次是为了追捕从南边的天川到日本来的商船。所以，若日本准许葡国船入港，它必然在港内和随后追来的尼德兰船展开争斗。”

“唔，这消息，大人从何处得来？”

“有个唐人船的船长去拜见一个九州大名。”

长安好像只知道这些，他摇了摇头，就又转到下一个话题：“还有一个消息，是关于你造的船及其命运。先生，你造的那船取名字了吗？”

“名圣·博纳文图尔号。有大名说，这个名字比日本风味的名字更好。”

“哈哈，明白。”

“大人明白什么？”

“按针啊，托你的福，日本才有了这么多能造洋船的工匠啊。”

“不敢当。”

“有个日本工匠，去唐·罗德里格的造船处看过，说那样做不成船。”

“哦？”

“他说，那船只是身子大，细节则做得粗枝大叶，那样的东西漂在大海上，估计连江户都到不了。”长安压低声音，定睛望着按针。

唐·罗德里格当初是要到墨国去。船在岩和田触礁后被拽航到浦贺，本身还没破损到无法修复的地步。现在虽然是造一条新船，但用的净是原先残存下来的船具。罗德里格从吕宋带来的工匠，技术还不够熟练，即使半路上能够处理浸水等意外，但量也造不出坚固到能安然渡过大洋的船。大久保长安便是这个意思。

“大御所对罗德里格特别照顾，先生也知吧？”

“大御所一视同仁，对没有恶意之人都给予保护，和对我们一样照顾他。”

长安听了按针这严肃的回答，笑着摆了摆手，“先生真是有礼数，说的都是规规矩矩的情面话。是啊，大御所一视同仁，但其背后却有其他目的。”

“……”

“你不必那般吃惊，我乃是一片真心。我们和吕宋、墨国间的交易用船，比从天川来的船只要少很多。大御所其实是想缩短和班国皇上的距离，故此次罗德里格遇海难，正是大好时机。”

“……”

“明白了？盛情帮助三百五十余人回国，对方自然心存感激。但倘若大御所大人知他拨款造的船不好用，那会作何感想？是弃之不用，还是用你造的那个，那船叫什么来着，圣·博纳文图尔号？用它把他们送走……”

“大久保大人，您认为，大御所会令在下送唐·罗德里格回墨国？”

“不能吗？”

“那么，他们若不厌恨我……”

“不不，绝对不会！”长安使劲摆手，“先生确是英吉利人，坐尼德兰船而来。但此次情况完全不同。你是日本征夷大将军的使者，送他们回国，他们安敢怨恨你？更不敢迫害。此举其实能让你和班国达成和解。到时，你不论乘哪条船，都可在天下各地畅游。”

“唔，”按针认真地思量，正了正身子，单刀直入，“我若听大御所命令，送他们去墨国……大久保大人，您有何吩咐？”

“哈哈，先生真是目光犀利。的确如此，你若去墨国，我的确有事麻烦。”大久保长安向前探了探身子。

“呵，事情尚未决定？不过，到底何事？”

“想请你帮我雇三两个熟悉那边矿脉的人，这亦是我的职责。”

“哦。”

“另，想请你帮忙调查墨国和其他地方关于银山分成的方式。”

“那是……”

“是自古以来对矿山收入进行分配的方式，领主分几成，亲身去探矿采掘者，也就是山师能分几成。”

“哦？还有这样的法令？”

“是。即使大事开采，却也不知能否出矿，故此法令乃是领主为避风险而制定。”

“大久保大人，您让我调查那边的此类法令，是想有所为？”

“哈哈！好生直接。现今天下，能对此话题提出这个问题的，除了按针，再无第二人。那就让我与你说清楚吧！日本山师的分成若比外国的少，就请大御所有所增加。这似乎颇为贪婪，其实并非如此。我欲带着日本的采金者，到世间各地的矿山去开采。”

“唔，原来如此。”

“当今世上，葡国和班国的势力依然强大，但也绝不可轻视贵国和尼德兰。我们也应和大御所一样一视同仁。但我们要到世间各地的海域去，去找能吐出金银的矿山，毕竟，在交易中，金银最是值钱。按针，你说呢？”

“唔。”按针正了正身子，嘴里嘟囔了一句，并未立刻回答。长安所言丝毫不差，欧罗巴人冒险在海域闯荡，其实就是为了金银。为了这个，不知多少人客死他乡……

长安看到按针有所触动，说出了更是惊人之语：“告诉你一个秘密，我能嗅出地下埋着的金银味道。不论到了哪里，只要有金银，我便立刻能闻出来。哈哈，从黄金岛来的大久保长安，乃是能点石成金的魔法师啊！这不有趣吗？”

三浦按针静静注视着长安。他和世上各种各样的人打过交道，对于哪些东西能够虏获人心，他再清楚不过了。除了食欲和色心，最能使人发狂的便是黄金。但令人意外的是，许多日本人对黄金却甚是淡泊。按针至今仍然留在日本，根本原因便是家康在关原合战之关键时刻，仍爽快地给了他五万两黄金。那之后，按针默默观察家康，发现家康绝非奢靡之人，节俭得甚至有些吝啬。然而，有大事发生时，他对金钱却毫不吝啬。此次造圣·博纳文图尔号，家康几不限钱财。他对唐·罗德里格也一样，不吝黄金。这也许便是日本人的性情。

世人为了寻找传说中的宝藏，连命且不顾，但按针还没遇到过如长安这般想去世间各地开采矿山之人。想要挖出藏在地下的金银，需长期探测，人人都怕白费力气……

“怎的，你不信我？大久保长安自被大御所委派此事，已寻出十八处地下黄金，现在依然每天都能挖到金子。仅只如此，却也算不得什么。日本国一定要到海外去，在世间各地挖掘金山，扩大在各港口的交易，这才是大御所真正的用意。”

“大久保大人，”良久，按针咽了一口唾沫，道，“您希望在下去调查……不仅如此吧？”

“哈哈，不错。但你若无兴致，我与你说今后的事也无用，故我首先要弄清你是否有兴致。”

“大人到底想让我做些什么？”

“无他。不知你能否如对大御所坦诚地献计献策那般，也给我们一些建议。如此而已。”说罢，长安稍稍停了一下，冷静地观量按针。

按针感觉到，长安的奇思妙想并非只是夸夸其谈。他刚开始透露的“尼德兰船要来”之言，如在按针心中刺下了一枚针。以长安现在的地位和势力，他完全能把那艘尼德兰船赶走，也可悄悄让它停泊靠岸。他有足够的力量，可把按针的命运重新和欧罗巴联系起来。

“大久保大人，我当然相信您，因为您乃是大御所大人难得的忠臣。”

“那，你会帮我？”

“这……”按针对于立刻提出交换条件，似有些不好意思，道，“我也有事想麻烦大人。”

“我明白。既是志同道合，长安定会不遗余力。你说！”

“大人刚才说，尼德兰船最近将追逐葡国船到日本来？”

“这是从天川来的唐人言。我啊，在平户、长崎就不用说了，在丰后、博多和堺港等地，亦经常听到海外消息。”

“尼德兰船若到了日本，能否请您安排一下，莫要立刻把它轰走，而是给予保护？”

“哈哈！”长安大笑起来，“这样的事，何不恳请大御所大人给天下大名下达命令？但按针偏偏不这般做！”

按针脸涨得通红，点了点头。确如长安所言，圣·博纳文图尔号业已造好。家康始终暗暗盯着按针，看他是否要逃回欧罗巴。按针焦急地等待欧罗巴船的到来，但他不想被家康看透心思。若令家康心生忧虑，也不合礼仪。

“先生，你可放心。若被追的是葡国船，追它的船自不会去别处，怕会首先到达平户。我先和他们联系上，先生先佯装等着葡国船，随后方与尼德兰船搭线……”

“这、这对大御所大人……”

“不不，大御所大人也想和新旧教国家都交好。尼德兰船‘恰好’在你去平户的时候来了。好了，大御所只会欣慰，不会动怒。不过，你若就此登上尼德兰船，撇下日本，那又当别论了。”

三浦按针虽觉出大久保长安将索取巨大的回报，却不得不照他所言去做。长安寥寥数语，点燃了按针的思乡之情，对他是极大的诱惑。

“那么，尼德兰船到了九州时，就请大久保大人暗中叮嘱各位大名，莫要无情地赶走它。”

长安拍了拍胸脯，承诺道：“既是同道，小事一桩。”

“且容在下一问：当如何助大久保大人一臂之力？”

大久保长安笑得眯起了眼睛，“按针真是快人快语。你常说的协议，就此成立！”

“请大人明示。”

“其实无他。”长安轻描淡写地说着，从怀里掏出个小纸卷，“来，请你在这上边签个字，再照我们的规矩按个血印。”

“血印？”

“这叫联名状，我们日本人之间签订不可背叛的重要协议，都用这个。”

“哦。”按针郑重打开纸卷。开头以甚是雄浑的字写道：“吾等在此对天地神明起誓：以松平上总介忠辉为主君，同意实现大久保长安所定的千年大计。立此存志，绝无背弃。”后面有松平忠辉的手印，然后是大久保忠邻、有马修理大夫晴信、武藏鸿巢城主伊奈忠正、信州深志城主石川康长、信州筑摩藩主石川数矩、伊予宇和岛城主富田信高、日向延冈城主高桥元种等人的名字。

“如何？日本国内有大志者，亦大有人在！”长安朗朗道，“日本大名按下血印，同心协力驶向海外。这样，一定能够实现先生常说的，打通从北海到英吉利的航路。来，你在这儿按血印吧。”

“唔。”按针表示同意，“那么，我签名后，还要做些什么？”

“先签名吧。这样，这份联名状就有了信用。也就是说，在去过世间各地的三浦按针看来，大久保长安的志向并非不能实现。”

“既然如此，我就放心了。”按针提起笔来，慎重写下自己的名字。

从按针签字，到按下血印，整个过程中，长安都紧闭双唇，连大气也不敢出。按针将联名状放回他面前时，长安大喜，笑着收起。

“好！好！一些狭隘之人说我乃是妄想，如今却也不得不认可了！”

“大人，您诚让人心悦诚服。”

“哈哈，只不过是眼光长远些罢了。好了，先生，既已签了名，就休要再拘泥于新旧两教之别，加入他们双方的争吵了。”

“明白。”

“没有这种胸襟，就无法在大海中乘风破浪。长安眼中，便无伊丽莎白与菲利浦之分，都是需要互通有无、一视同仁的朋友啊。我希望你亦能以这种心思，给我们各种建议。”

“大久保大人，方才那份联名状，松平上总介大人乃是主君，对吧？”

“日本想走到海外，在世间各地拥有自己的港口，光靠将军万万不够。就让将军专心内政吧。”

“哦。”

“关于交易，以及和交易有关的与国外的交涉，我欲辅佐松平大人，由他总理调度。我想为他找个合适的位子。”

“好！须得这般做。那我就彻底放心了。”

“那么，若大御所有令，让你公平交易，你会推辞吗？”

“三浦按针非无信之人。”

“哈哈。好！对了，这是我从伊豆山上发现的一块黄金，权作礼物送给你吧。”

那是一只闪烁着夺目光芒的金鸡。

“这，如此贵重之物……”

“小小玩物不必挂怀。”长安连忙站起来，“我鼻子这般一嗅，地下就冒出了这只鸡。”

“但是，这……”

“哈哈，三浦先生，马可·波罗说日本遍地黄金，你不信吗？休要忸怩了。告辞！”言罢，长安起身朝门口而去，留下按针在原地发呆。

按针茫然看看那只黄金鸡，忙站起身送长安。长安已穿上了草履，朝来时所乘轿子走了去。

轿子刚一出三浦府大门，长安立刻吩咐至“浅草施药院”，然后又气短似的加了一句：“乞丐药院，贱民药院，索德罗开的那个！”

除了轿夫外，还有两个侍从，一个拿枪，一个提鞋。这对长安来说乃是罕见的小排场。也正因如此，他才未事先定下出行路线。

听到说去浅草施药院，前边的轿夫皱起了眉头。索德罗把浅草施药院称为博爱病院，寻常百姓都不喜欢那里。个中原因，大久保长安非常清楚。其他药院刚开业时，因众人不太知道，往往门庭冷落，但浅草施药院从刚开张就门庭若市。进出之人并非寻常百姓，而是些脏兮兮的人。他们乃是弹左卫门手下的贱民。事后证明，他们每日领二十文钱，假装病人聚于药院门口。一切还真像是索德罗所为，只是，他错把贱民当成了贫民。

索德罗以神的名义帮助贫困之人，努力传扬博爱，也是做给幕府看的。当然，贱民转天就被奉行所的衙役们打散。他们中间有些人不承认收了钱，一口咬定自己治好了病。仔细一查，不过是在红肿或溃烂的皮肤上涂溶了硫磺粉的白浊水。结果，附近浅草寺的和尚也用小纸包包些硫磺粉到这边来卖，称“观世音菩萨保佑”。

索德罗解错了“贱民”含义。幕府绝不愿看到贱民集结。百姓看到他们也会吃惊，并不会与他们凑到一起。不过，现在病院并非门可罗雀。贱民对于拿钱治病自未忘记，一旦有人生病，就会立刻前去，而真正的穷人亦遮遮掩掩溜进施药院大门。

虽然幕府并未如索德罗期待那般称扬他，但施药院的存在并非毫无意义。索德罗最近改了策略，他开始和传教士们一起治疗重病者。他们但凡得到些线索，就到一些大名、旗本甚至巨贾豪商家中，请求施以救治。即使被人轰走，他们亦会非常恭谨地告辞。有了这些故事，病人遂逐渐增加……

长安坐在轿中，想着这些，不由微微笑了。

九　南蛮野心

轿子到达浅草施药院，时已过正午。院内不见病人，柳树静静地随风摇摆。药院外观并不特别，一进门有和式门廊，檐下如悬挂家徽一般挂着一个十字架。

长安还未出轿，持枪侍从就跑到门廊，大声通报：“大久保长安大人来见院长。”

一个着白衣的矮个子男人应声出来，当然是个日本人。“大久保先生哪里不适？”

长安此时已穿上草履，来到门廊下。

“你不知大久保大人？”持枪人急躁道，“院长先生知道。你只管通报，来的乃是大久保长安大人。”

那个男人嘴里嘟囔着，转身进了屋内。

“怎生还不出来！”长安对持枪侍从道，“索德罗这家伙恐又上街去搞什么名堂了。”

持枪侍从低头道：“大人，您今日到的地方都有些古怪啊。”

“是啊！我现在就像个焊锅匠，正尝试着让裂成两半的欧罗巴合二为一呢。”

“裂成两半的锅？”

“不，不是锅，是欧罗巴。就像日莲宗和净土宗。”

“呃。”佐渡出身的侍从摇了摇头，默不作声。他懒得费神去琢磨这些无法明白的事。

“可是按针也好，索德罗也好，都非恶人，他们本性善良。对对，因为都是天父的儿子啊！”

持枪的侍从不言，他盯着空荡荡的门廊，等待返回的脚步声。

“这些善良的人，都以为唯自己才持有正道，故而时有纷争。不过只要给他们讲道理，他们自会明白过来。”

“大人，好像有人来了。”

“哦，可能是个日本医士。”

“不是一个人。啊，有一个留着河童头的人，带着几个和尚和女人出来了。”

“好。那个河童头就是索德罗。”

持枪侍从走到长安身后立住，长安呵呵笑了。索德罗一脸严肃，郑重其事走了出来。他的日本话好像念经，干巴巴的：“大久保长安大人，有失远迎。”

“请进。穿鞋进来无妨。”言罢，索德罗装模作样，迅速转过身，昂首朝里走去。众人恭敬施礼后，长安依言跟进去。

三浦按针好像本乃庶民之子，可索德罗却不如此，他夸耀父亲乃是颇有名望的市政议员。正因如此，二人在日本的生活方式亦完全不同。按针如俭朴的日本人，索德罗看来却威风凛凛。

索德罗大概不会如按针那般住在书院，享受喝茶的乐趣。长安正这么想着，他们已到了礼拜堂隔壁的索德罗卧房。房内乃是南蛮风格，摆着一张紫檀交椅。墙上挂着西洋画，一张薄纱的睡床旁挂大大的地图。书桌上的琉璃花瓶，微微散发着醺光。

索德罗到了案前，道：“这是本院医士布鲁基利昂，旁边这位是摩尼尤斯神父，那边是巴纳比神父、医士约翰尼斯，旁边是护士长玛丽亚。”

被介绍到时，那些人就装模作样低头施礼，长安故意随便点点头，也不还礼。他旁若无人盯着那护士长看，比较她与索德罗献给伊达政宗的女人，谁更好看些。长安想，还是这个好看。这绝非毫无目的的消遣，长安不信什么圣职，他只想看看，索德罗是把漂亮女人献给政宗呢，还是留在自己身边？

政宗和索德罗的交往实在有趣。政宗爱装模作样，天下无双；索德罗则更胜一筹。有时看看他们二人，令人忍俊不禁。政宗很想见索德罗，他盼望的当然是交易之利，也想知些海外的情况。因此，他让被送去的女子装病，半夜里把索德罗和布鲁基利昂叫到自家，大费周章地演了一场戏。后来，病人声称已经痊愈，政宗就送了金银、衣物和丝绸给索德罗。可索德罗未接受，“我只是做了分内之事。”他反而回赠政宗五十个面包、三十支白蜡烛、三斤丁香和三斤胡椒。

长安现在正要笼络这只狐狸。

介绍完毕，除了索德罗，那个日本医士和女看护也留了下来。他们坐在索德罗身侧，像是为了衬托他的威严的装饰之物。索德罗日语尚好，无须翻译。

“今日来访，是想请教，你认为大海是属于谁的？”长安态度傲慢。

“不敢当，在下十分荣幸。”索德罗马上回答道，“不用说，大海当属敝国与葡国所有。贵国尚有多人不知，此乃一百多年前，即日本国明应三年由罗马教皇亚历山大六世裁定。”

“哦，请告诉详情，也好让我知其一二。”

索德罗立刻转过头，用棍子指着大地图道：“地球上有一条南北贯穿大西洋的子午线，距佛得角岛西三百七十海里，此为划分两国势力的界线。葡国人由这条线往东，绕过好望角，航向天竺的果阿，然后是马六甲，再从天川来日本的平户、长崎。相对，班国人由这条界线往西，航向墨国，再经南美的麦哲伦海峡到达太平洋，航向马里亚那群岛、吕宋的马尼拉，然后来到平户、长崎，与葡国人相遇。”

大久保长安微微笑了笑，问：“这般说，海上诸权目下都属班葡两国了？”

“是。鄙人奉罗马教皇旨意从事圣职，必须尊重这个决定。同时，两国国王也遵守这个决定。”

“这么说，现在把船开进海中的英吉利和尼德兰，都是无法无天的海盗喽？”

“是。大御所也完全遵此惯例。庆长八年，尼德兰海盗袭击由天川来的葡国船，把船掠夺一空。其实，那艘被抢劫的船上载有我们传教士的俸禄。我们把此事禀报大御所后，他很快补偿了我们三百五十两银子，又额外赠送五千两白银，帮助传教士传教。这便是他认为尼德兰行事不当的例子。”

索德罗语气不够谦和，可他无比清晰的头脑以及流利的答辩，和三浦按针古时武士似的木讷迥异。

长安的斗志愈加旺盛，待他说完，微微笑了笑道：“这么说，若大御所想在海上分一杯羹——万一他有此打算，该如何是好？除了像英吉利女王伊丽莎白那般以海战取胜之外，便无他途了？总之，现在英吉利船和尼德兰船，也正堂而皇之入侵贵国海域呢。”

“这……”索德罗道，“可以请求菲利浦国王加入同盟。若只有国王同意，你们还不放心，鄙人可帮你们到罗马教皇处斡旋。”

长安扑哧一声笑了出来，摆摆手。他故意作此轻视之态，因为他知，这样最能刺伤索德罗装模作样的自尊心。

“大人笑什么？”

“哈哈，神父似考虑得不够周详啊。大御所思量得比你深入些。若请求加入贵国皇上同盟，就会和墨国、吕宋一般，把国家献给贵国皇上，对此，大御所大人甚是明白。”

索德罗立刻变了脸色，“这话让鄙人很是意外。”

“哈哈，我再说些意外的事给你听听。庆长十年，大御所特意致信吕宋总督，问他最近从班国来船较少是何原因。日本想和贵国做更多生意，大御所才颇为郑重地问，从贵国领下的墨国，到底运了些什么东西到吕宋？”

“总督是如何回答的？”

“哈哈，料你也想不到。当时总督的回答是，运去的都是士兵。哈哈，因此，属于弗兰西斯派的你，一开始就对大御所怀有警惕，提防日本运输的也都是士兵吧？万事开头难。哈哈！”

索德罗忙令左右退下，“大人难得来一趟，你们去准备些饭菜。”只剩下二人时，他微笑了，“大久保大人！”

“怎的？”

“感谢大人以朋友身份，将实情相告。”

“神父现在言谢，不嫌太早了吗？”

“不，鄙人明白大御所的心思。他只希望能做些生意。”

“哈哈，的确如此。正好，先生想成为日本的大主教。如此一来，你的权力就能超过总督了。大御所和你同样汲汲以求。”

索德罗立刻按了按桌上的铃。进来一个少年。

“送咖啡来。”索德罗吩咐。之后，他默默注视着长安。长安愈不安分，上身歪斜，还用手挖鼻孔——他想惹恼索德罗。

“大久保先生！”索德罗道。他本想称呼长安为“大人”，现在改成了先生。长安当然注意到了。“您找我，究竟想干什么？”

“你是那种人家让干什么，就老老实实做什么的人吗？”

“那么，说出您的条件！”

“嘿！你是个和葡国耶稣派大不一样的人，长安也承认这个。总之，这家药院有可取之处。”

“是啊！这是我愿为之献出生命的圣职！”

“好，我也承认。不过，我希望你休再说什么‘世间之海属于班国葡国’之类无稽之谈。”

“哦？”

“日本亦在大洋，我也知天正十六年，贵国水军被英吉利打了个落花流水。”

“这……”

“贵国舰队以一百二十九艘兵船、三千门大炮、两万水军、三万四千陆军出击，与仅有三十艘船的英吉利水军激战七日七夜，大败。随后，英吉利堂皇进入世间海域。你竟然像给小孩子讲故事似的，说世间之海归贵国和葡国所有。”

“且等，大久保先生，我还未听您的条件，且说说看。”

“好，我告诉你，最近尼德兰的船就要来日本了，英吉利的船也快来了。”

“哦……”

“大御所欲一视同仁。当然，我会尽力不让英吉利和尼德兰在日本的港湾内，对贵国船只有所侵犯。其他的，就要看你的能耐了。”

“我明白。”

“我也有一个条件。代表贵国和大御所见面的人，当被大御所问到关于矿山的分成方式时……”

“分成方式？”

“对！希望你让他们回答，最少六四分，通常都是七三分。就是说，大御所得三成，开矿者收七成。”

索德罗似未立刻明白。话题突然由海上霸权转到了矿山利益分配，也难怪他无法理解。他看住长安，良久，方突然拍拍膝盖。

“可明白了？”长安微笑道。

“是。”索德罗拍膝点头道，“您究竟是从何处知道塞巴斯蒂安·比斯卡伊诺将军要来的？知道此事的，应该只有鄙人啊！”

“这就应了那句唐人古话：唯女子与小人难养也。这是从一个女人口中泄露出来的。”长安不便说出那女人，因为她正是伊达政宗的洋妾。

“唔，居然有如此不可思议之事。”索德罗沉吟良久。这时，咖啡端来了。“我知道了。”他又恢复先前的自大，一边热情地劝长安喝咖啡，一边道，“您是说，若大御所要从敝国请技师开采矿山，到时敝国提出来的条件，就是采出来的金银七成归敝国，三成归大御所，是吧？”

长安认真地点点头，“大御所应会向即将到来的比斯卡伊诺将军问起此事，到时希望他能明确回答：是七三分成。”

该说的话都说完，房里又只有他们二人，长安把脚搭在膝盖上，姿势甚是倨慢，“索德罗先生，你有何打算？为何特意把比斯卡伊诺将军请来？休要再瞒着我了。”

“这……鄙人并无特别用意，只不过因为敝国的前吕宋总督唐·罗德里格在贵国受到了无微不至的关照。为表谢意，鄙人觉得有必要派一个有身份的人来，就向国王陛下提出了。”

“哈哈，真是奇怪！贵国陛下那么信任比斯卡伊诺将军？”

这种问法令人不快，索德罗使劲眨着他蓝色的眼睛，“这您也知，大久保先生？”

“我是顺风耳，连地狱士卒们的密谈都能听得清清楚楚。”

“那鄙人就不瞒您了！”索德罗打了个响指，“其实，比斯卡伊诺将军是看了马可·波罗的见闻录后，想来寻宝。不用此计，断无法让国王陛下的子民多多出来，因为他们懒散成性。鄙人不想输给英吉利和尼德兰，遂有此种种努力。”

索德罗终于对长安说了实话。长安亦达到了拜访索德罗的目的。那个什么比斯卡伊诺将军来东洋之谜，彻底解开。索德罗想成为日本的大主教，为了达到目的，他必须增加家康公看重的交易量，以博得日本人的欢心。

班国人过去对日本太过傲慢。因此，虽然借着唐·罗德里格手下三百五十多人获救的机会，但有相当地位的人都不愿意来，只有比斯卡伊诺将军有些兴趣。不用说，是那个马可·波罗连蒙带猜写的黄金岛云云，激起了他的冒险心。

当然，比斯卡伊诺将军并不完全相信书上记载。根据他的想象，之所以会有这么多黄金，必是地下有巨大的储量。其实，在他之前，也有抱此种梦想之人，但认为黄金岛的地图已被他秘密掌握。一言以蔽之，比斯卡伊诺乃是来寻黄金的。让人以为他是来答谢救助唐·罗德里格等人之恩的使节，这主意实在欺人。

“鄙人明白大久保先生的意思，因此，也有一个请求……”索德罗话犹未完，长安马上强硬地摆摆手道：“索德罗先生，还是莫要说出为好。”

“咦？我还什么都未说……”

“你不说我已明白。你必是希望，比斯将军来时，能以国宾身份与大御所见面。”

“如您所说，”索德罗向后靠了靠，“他乃是贵客，对大御所有利无害。”

“索德罗先生，你想得太简单了。”

“此话怎讲？”

“一旦成为大御所的上宾，就会受到郑重招待，将军日后就不方便寻宝了。你可明白？”

“是。”

“大御所和比斯卡伊诺将军正式见了面，然后乘小舟环岛……开始寻宝，这么做，不是有伤贵国体面吗？”

索德罗靠着椅背，微笑道：“大久保先生，您对山很是在行，对海恐未必深知。”

“哦？”

“其实，将军正是为了寻宝方便，才希望作为上宾。他也许会对大御所说，为了增加两国交易船只的数量，请先让他去近海探查，看看何处可为良港，这是为了两国共同的利益，因此，务必详细勘查。否则，如何寻宝？”索德罗言罢，挑战似的看着长安。

长安暗中吃惊：索德罗的脑子转得太快了，即使和自己短兵相接，也丝毫不见劣势。他道：“乃是为了两国的共同利益？”

“正是。日本国有陆地图，却无海洋图。若想统治海洋，必须拥有图纸。关于这些，还是敝国人懂得多些。这样的请求，贵国能接受吗？”

“我明白！”长安痛快地点头——短兵相接时，出刀一定要快，“可是，那位将军打算在日本国待多久？其实，日本并非没有真正的黄金岛，长安可据情告知一两处地方。”

长安意想不到的提议，令索德罗迷惑了片刻，他心头浮上阴影：长安还有何条件？

“大久保先生，难道您要带将军去佐渡岛？”

“哈哈，你觉得让贵客看到黄金岛，有些不便？”

“不，将军沉迷于寻宝，带他去，或许能比您更准确地发现地下的宝藏。”

“哦……”

“万一他说要一直待在日本，鄙人怕有麻烦。”

“嗯，你想当日本的大主教，因此，将军待在这里，会给你带来麻烦，是吧？”

“大久保先生，他不能待太久。”

“嘿，待太久会露出狐狸尾巴。”长安不介意地笑道，“那么，此事就作罢吧。可是若他到处探测，却一无所获，也太可怜了。”

“鄙人有个计划，让他在江户待一阵子，然后赶快去仙台。”

“你笼络了陆奥守？”

“不，仙台人热衷学习新东西，一定要让将军去。”索德罗说到这里，不知想到什么，目光异样。长安觉得，那种目光很像是在棒打逮到手里的狐狸……

“大久保先生！”

“你的目光真令人不快。何事？”

“您知世间流传着一个有趣的说法吗？”

“有趣的说法？”

“说佐渡的金山，最近黄金产量大大减少了。”

“你听陆奥守说的？”

“不，不只是他。可是，佐渡的黄金真的减少了吗？”

“你是何意？”

“世人说大久保大人施了手段……”

“手段？”

“是，贵国人管这叫私曲。就是说，私藏挖掘出来的黄金，或者挖掘时避开某处，都叫私曲。请您密切注意身边人……”

一瞬间，长安寒毛倒竖。这非寻常人能说得出来的，而是走遍世间的金毛九尾狐的故意恐吓。这厮真是可恶！

正在此时，布鲁基利昂来禀告，饭菜已经备好。

索德罗这人，真是可怕，恐是想用这话封住大久保长安的嘴，使他不敢任意妄言。可是，故意避开矿脉的采掘之法，内行人一说便知。家康对此完全是个外行，但若有人把这话传给他，他必会生起疑心。

长安这般想时，索德罗已悠然起身，道：“请到厅上用饭。”说罢一本正经，率先走了出去。

正当他们用饭时，来了一个令人意想不到的消息：罗德里格所造大船被大浪所袭，已彻底损坏。因此，他可能到江户去见将军秀忠，继而转向骏府恳求，希望能借三浦按针所造的一百二十吨帆船。带来这个消息的便是索德罗的同道，也是他的心腹——传教士阿伦索·姆诺兹。

姆诺兹日常在秀忠身边辅佐。此际他禀报，说亦是听老康思克所言。由于太过担忧，他甚至忘了长安在场，快速禀报着。当然，长安听不懂他的话，可他知老康思克乃指本多正信，亚当斯为按针。而且，他又听到了家康和秀忠的名讳，因此不能保持沉默。

“此乃何等大事，索德罗先生？”长安压低声音问道。索德罗见事情已然无法隐瞒，遂原原本本道了出来：“罗德里格总督擅长外交事务，在本国非常有名。大御所大人定会被他说动。”言罢，他不由叹息起来，一脸为难。

长安甚是清楚索德罗的心思。索德罗明白，大御所并不特别欢迎天主教，他的目的，无非想加强与欧罗巴诸国和吕宋之间的交易往来。故，交易对索德罗而言，乃是最重要的诱饵。可是，突然冒出来个前吕宋总督、长于外交的罗德里格，所谈均与传教无关，只交贸易，这么一来，索德罗的地位自岌岌可危。

大久保长安也甚担心，因为家康一旦见了罗德里格，必会问及矿山诸事。

“风雨比比斯卡伊诺将军来得还早啊！我告辞了，你们也还有事商议。”长安乘机起身。

长安离去后，索德罗和姆诺兹密议起来。他们从一开始就对罗德里格造船不放心，可实未料到情况这么快就恶化了。或许是那些对造船毫无自信的工匠，故意让船受风浪打击，也恐是罗德里格知三浦按针已完成了一艘一百二十吨的船，才改变了主意。无论如何，他是想横渡大洋到墨国去，故很是清楚自己不能乘坐危船。可是，他突然要拜谒将军秀忠和大御所，这对索德罗自是严重一击。由于罗德里格是去向家康借用按针所造之船，故，不管家康所提条件是否可行，他必会完全接受。

如此一来，索德罗辛辛苦苦建了施药院，想借此讨好幕府的计划，就完全被打乱了。但他断然不会将欧罗巴诸事坦白告诉幕府要人。

“不能袖手旁观。”索德罗道。

“是。”姆诺兹道。

索德罗抱臂沉思良久，道：“希望你能早他一步到骏府。我会写一封书函，你带着它，先罗德里格一步拜见小康思克。”所谓小康思克，指本多上野介正纯。

“你见了康思克，就对他说，为了让罗德里格遵守约定，请允许我们搭同一艘船去新班国的诺比斯班（墨西哥）。”

“可是，若我们二人都不在日本……”

“不能都不在。到时有一人装病。可以由我来，然后就让你一人去。”

姆诺兹睁大眼睛，思索索德罗所言。首先去见幕府重臣本多正纯，禀告他，罗德里格只想回国，因此要求同船而去，以让罗德里格切实遵守约定。如此一来，正纯和家康自会爽快放行。然后，其中一人装病留在江户，也便有了人质的意味，显得更真实了。

“好，我马上去骏府！”姆诺兹彻底为索德罗折服。

一〇　出航大洋

前吕宋总督唐·罗德里格到江户拜谒过将军德川秀忠，还欲去骏府，直接拜见大御所德川家康，故取陆路向骏府出发。此际，相关人员几已齐集骏府。

原本打算让为此事斡旋的三浦按针当通译，中途又改成了传教士阿伦索·姆诺兹。个中原因，恐全拜姆诺兹带着索德罗的密令来到骏府，面见本多上野介正纯之功。

大久保长安本欲去视察相模土井山的矿坑，但以得到家康之令的名义到了骏府；伊达政宗亦因要在松岛修建瑞严寺，以禀报进度的名义而来。家康对未获得允准便开工，表露出不快，政宗早就对此有所察觉，此行也是为了当面解释：瑞严寺大兴土木，归根结底是为了信奉，并无他意。

罗德里格来到要员云集的骏府，乃是庆长十四年九月初。骏府城的七层天守阁刚于是年八月二十建成。此于家康来说，已极尽奢华，但在罗德里格眼中又怎样？罗德里格后来的奏报写道：

> ……业已抵骏河。其城占地远较皇太子（秀忠）居所广阔。然江户有人口十五万，骏河只十万。屋宇亦是江户较为轩丽。至骏河翌日，皇帝（家康）派大臣（本多正纯）至下榻武家，赠衣十二领，剑四把，并恳请进见。

……

午后二时，又派二百余带枪护卫，轿一乘迎接。上轿启程，许久方至护城河畔。城中忙忙放下吊桥，一队护卫下桥来，乃是一军官领三十余带枪士兵出迎。行至铁门前，门应声而开，内又有二百余带枪士兵列队迎接。

军官在前，穿过军列，五百余步后至另一吊桥前。至此被移交他人，时另一扇门开。

门内枪队井然。一路有人恭敬行礼，直至宫殿走廊。走廊处仍有千余警卫。又过去八九间……

……藻井金碧辉煌，壁上有彩绘，极似国内进口屏风，然而更为精妙。与皇帝所在两间之隔房内，有二大臣出迎，请仆稍候……

此记述可见家康手握重柄盛况。

建议采取如此接见和出迎方式的，当然是三浦按针。他为了家康之威严，煞费苦心。家康在洋人眼中是何等样，与按针的命运息息相关。世之强国英吉利的高官们对日本当政者的看法，将关系他们如何看待家康亲信威廉·亚当斯。

唐·罗德里格在另室等待时，本多正纯则去向家康禀报。至于接下来的情况，罗德里格奏报称——

……大臣向内禀告，一刻后方出，告知仆将被赐予日本国内前所未有之名誉，请放心随其进见。

仆依言前行。里间阔大，中有三阶，置二座。吾皇宝座镀金，日本称是纯金！

皇帝坐于覆绿天鹅绒宝座上，衣裳宽大，似用绿绸金线织就，佩双刀，束发，约六七十年纪，体胖，乃可敬老者……仆欲吻其手，被禁，只在距座六七步处站立。

稍候，皇帝令仆坐于距宝座六步左右椅上，并允戴帽，视仆良久，拍手，唤一人来，令驱走坐于仆身旁一大臣……

家康和罗德里格之间的交流，是家康先把话告诉本多正纯，正纯将之转告于隔扇后待命的姆诺兹，姆诺兹再告诉罗德里格……如此反复。罗德里格所言，也必须通过姆诺兹和正纯之口传到家康耳内。

家康伊始就用命令的口吻道："告诉他，见到他，我甚快慰。"

正纯膝行退下，将此言转给姆诺兹。终于，"得见尊颜，深感荣幸"的回复回来了。

"武士在海上遇有不测，亦不能丧失勇气。不必担心，你有什么请求尽管说，我会斟酌行事，对贵国皇上亦是一样。"

家康对罗德里格，亦是一副说教口吻。

唐·罗德里格身材高大，衣着华丽，通身贵族气派，在南蛮人中也甚是出众。然而，矮胖的家康毫不逊色，定定坐在椅上，看去自有一股无法动摇的庄严。几句问答间，他以充分的王者风范，把世上第一大国和其引以为傲的菲利普国君当作朋友一般，毫不胆怯。他还将台阶下侍立的三浦按针夸奖了好几遍。

唐·罗德里格自惭形秽，措辞愈发恭谨，"过去苦难，确令人忧愁，然能得见尊颜，稍慰吾怀。吾等必能得恩典，蒙恩惠。"

他这几句话完全是外交口吻。家康似对他的用心颇同情，"你似还有所顾忌啊。不必担心，想要什么就说。我亦非严苛之人。"

唐·罗德里格遂提出了三个请求。

其一，不虐待日本耶稣会的教士和信徒，应如对待日本各派僧侣一样保证他们的安全，允许他们自由传教。

其二，想进入日本港口的尼德兰船只乃是班国之敌。日本不应保护强盗，希望在他们甫至港口，便立行驱逐之事。

其三，希望和班国国君继续保持和睦，善待从吕宋进入日本港口的船只。

家康听完，苦笑着对正纯道："果然，真话一句也未说出。今日就到此为止。把礼给他，带他在城里转转，就可请他回去了。这也算大典。"

这样，家康和唐·罗德里格的会面结束。这之后，就是罗德里格和本多正纯之间的交涉了。罗德里格的直接目的，是想乘着三浦按针所造之船渡大洋去墨国。但是他想在吐露真相之前，试探按针的想法，及家康对他是否怀有善意。

见面之后两日，家康通过本多正纯带来消息，答允了罗德里格提出的三个请求，同时说，若能在墨国寻到矿山技工，希望罗德里格送一百五十人来日本，最少五十人。

骏府安藤直次的府邸内，本多正纯、三浦按针、阿伦索·姆诺兹和大久保长安坐于一处。家康的意思传到了他们耳内。家康和罗德里格会面后去了江户，考察为生母修建的传通院进度。

“大人心中记挂许久了。建传通院让他大为慰心。”本多正纯对长安和姆诺兹道。

家康对罗德里格的正式回答由姆诺兹翻译，颇为简洁：对班国弗兰西斯派、葡国耶稣派传教士，都不会加以禁严，他们可居于日本。家康原本不知尼德兰人乃是海盗。能够和班国这等强国国王交好，亦是家康所期，对到达日本的班国船只，将尽可能行方便。然后，便提出了矿山技工的问题。此事本为庆长七年班国传教士罗尼摩到日本来时提出，家康只是督促。对此，唐·罗德里格又将如何回话？

因为言语不通，故罗德里格回话之义不能十分确切地为众人所知，根据姆诺兹的翻译，大意为由此出产的矿藏要分给采矿者一半，剩下的一半则由家康和班国国主均分，故班国还要派人到日本来。

听了这话，大久保长安微微笑了笑。此事当场自定不下来，本多正纯事后会禀告家康，而家康当然不会轻易同意。

一旦罗德里格和家康身边重臣熟识，就会更加得心应手。他的确擅长外交，刚开始只说希望不要禁严传教士，允许公开礼拜……然后，又提出既然和班国交好，就应该拒绝尼德兰人，把他们赶出日本等等。

家康听完正纯的汇报，只是苦笑了一下，他有些心不在焉，“船，还是借给他吧。”

家康身边的人，都未想过会将三浦按针所造一百二十吨巨船借给唐·罗德里格。在罗德里格提出借船时，本多正纯等人曾暗中向按针和姆诺兹打听欧罗巴是否有过类似情况。但家康发现罗德里格迟迟不肯提此事，遂道："正纯，罗德里格是否并未坦言要借船？"

"是。也许是欧罗巴审时度势的外交方式。班国皇上统治着世间的班国人，大人不能随意处罚他们。他从一开始就是为了谈判而被派来，这种试探真让人生厌。"

"哈哈。这倒是有趣，跟我们绕圈子，但不用费那个工夫，赶快让他说实话吧。"

"大人不用担心，在下自会阻止他那些没用的话。"

"没用的话？"

"是。我们对他和颜悦色，他倒愈得意忘形了。让他领教领教我们的厉害便是。"本多正纯道。

正纯许是担心，罗德里格迟迟不肯说借船一事，乃是为了找家康要钱买船。若不得不从日本雇用船夫和船工，条件又会让人头痛。罗德里格擅玩外交辞令，绕来绕去，只是为了找寻说真话的时机……这样看来，还不如单刀直入。

"大人，是不是让罗德里格再造一条船？"

"不，"家康苦笑，"不论是他，还是他身边之人，都无造船之能，他也明白这些。故我要派使节去菲利普皇上和他手下的墨国总督处。"

"使节？"

"是。可派索德罗和姆诺兹。让他们写下墨国和日本交易的详细条件带过去。"

"那唐·罗德里格该如何安排？"

"把他一起送去。"

"像漂流者一样……"

"他本来就是漂过来的，结果改头换面成了外交使节。他倒无特别的算计。"

"但就这样让索德罗和姆诺兹……"

"就当是命令他们坐船回国。我不喜罗德里格仇恨尼德兰人。"

正纯静静看着家康。

坦白来说，本多正纯对罗德里格十分反感。此人从吕宋返回墨国途中，漂到上总夷隅郡岩和田，受到大多喜城主本多忠朝保护，到了丰后，又以搭乘班国船的理由长途旅行一番，回来后便在伊豆造船，使尽手段。若丰臣秀吉公还在，怕不会由他随意而为。且不说这个，罗德里格那番狂妄自大之言，早就让本多正纯火冒三丈。但家康并不在意，还笑言，兵来将挡，水来土掩，没有宽广的胸怀，断无法和其他国家做生意。不过，早在罗德里格开始要弄其自以为高明的手腕时，家康已在思量如何堵住他的嘴。

“大人，索德罗和姆诺兹可来去自由？”

“是啊。但他们会回来。他们乃是作为德川家康的使者，送罗德里格等人回去。故他们应比罗德里格有面子得多。”

“是。”

“把罗德里格和姆诺兹叫到家中，当着罗德里格的面对姆诺兹说，我已经决定了，问问他和索德罗愿不愿意做德川家康的使者。”

“他们必同意。”

“若他们同意，就当场决定，然后再和按针商议出发日期。”说完，家康看了看旁边叫作地球仪的物什，眯起眼睛，“有趣。”

“呃？”

“太阁想打下全世间，最终也未能踏上大明国土地半步。德川家康却要乘坐日本人造的船，做第一个渡过大洋之人。”

“大人胸襟，令人佩服。”

“对了，给吕宋总督多备些好的土产。”

“是。”

“对我的真意，要严格保密。”

“大人何意？”

“哪样东西喜欢的人最多，它也就最值钱。像罗德里格那般孜孜以求，只会让世人厌恶。哈哈。不过，我也不能欺负罗德里格。不管怎样，他还是历尽辛苦漂过来，其他三百五十余人也一样。”

家康的话，使正纯在回家路上感到无比兴奋。

唐·罗德里格被本多正纯请到家中。

“大御所决定派阿伦索·姆诺兹和路易·索德罗二位神父为使节，乘船前往墨国。故您带着其他人也乘同一条船吧。”

罗德里格大吃一惊，“姆诺兹和索德罗为使节？那能安全航行吗？”

本多正纯故意轻描淡写，避开话题，“您若担心，就先别去。反正，很快就有军船来迎接您。”他知班国水军目前正在为船只不足而发愁，“怎样，您是接受大人的好意，还是推辞？”

罗德里格完全被家康抢尽先机。他在提出借船之前，所扮外交使节之举，有些过头了，所提期望更是异想天开！

“不！强大的皇帝断不会让毛头小子来开船，鄙人非常愿意乘那条船！”罗德里格急道。

译完此话，姆诺兹在正纯耳边悄悄道：“此计乃是三浦按针想出来的？”

正纯微笑着摇头，“你也同意大御所大人了？”

“大御所大人……”

“是。本来你是通译，不过未事先告诉你，抱歉。”

“大人何意？”

“请你和索德罗为大御所大人的使节，前往墨国。”

“这……”姆诺兹脸色通红，轻轻擦了擦额头的汗水。家康出手，快得出乎人意料。

“大御所大人真乃雄杰！”

“索德罗不会有异议吧？”

“不……不会。索德罗神父虽身体略有不适，但必欣然接受。”

“好。那就请你将此事代为转达。船员人选确定下来后，我再向江户禀报。”

至此，送返罗德里格一事已定。家康和菲利普三世所辖墨国之间，一扇崭新的交易大门正在打开。

无论对于德川家康还是日本国，庆长十四年都是具有特殊意义的年份。

从庆长十三年到十五年这三年间，家康与其属下的开拓热情熊熊燃烧，其高潮正是在庆长十四年。是年，朝鲜确定再建日本馆。岛津家久向本多正纯报告，已占了琉球，经家康许诺，将进行管辖，是为五月下旬。日本和朝鲜国主之间缔结己酉条约，是为七月初四。同年，尼德兰国主提出通商希望，决定将平户港设为贸易港；大明国的十艘商船组成的船队带着货物，亦来到萨摩交易……

俸禄较高的大名，也开始将眼光投向海外。

伊达政宗纳洋女人为妾，绝不仅仅因为好色和特殊癖好，加贺的前田秘密照顾和保护高山右近与内藤如安等人，也不仅仅因为他们忠于天主。

先前那强盗武士不分、恃武逞强的时代，早已过去了。家康的强大武力和巨大声望，成为建设太平盛世的坚实基础，其眼光自然远胜古人。家康自然乐于看到此情形，这亦可为稳固国内统一垂范。

为了让日本人亲手打造的船只首次横渡大洋，作好各种准备之后，“按针号”于庆长十五年六月十三从江户出发，顺利到达目的地，并于九月十一抵墨国马旦彻鲁。搭船前往的日本人，当然不是只有负责船务的武士和船员。京都的朱屋立清和田中胜助等商家就有二十三人。很难想象此际的世人是如何看待外面的世间。

征夷大将军德川秀忠甚至给班国国君送递了外交文书。由于家康乃是退隐之身，故信函只能以秀忠名义书写。信函中虽提到罗德里格，细节却让姆诺兹和索德罗转述，均表明了家康的谨慎。

此事却在唐·罗德里格的日记中，被大大粉饰了一番。他说，皇帝（家康）派使节时曾向他请教人选，他便提名姆诺兹神父。

姆诺兹一行正欲出发之际，索德罗却声称抱恙，不能同行——他从一开始就未打算离开日本。因为正于此时，与他有不共戴天之仇的尼德兰船队首次来到日本，获准于平户入港，英吉利船队很快也会到来，他不会蠢到在这个时节离去。

"按针号"满载着迷茫、荣光和希望，从江户出发。这次远航究竟有何作用和意义？

日后京都商家朱屋立清所著《外藩通书》中言：所乘"按针号"横渡大洋后，带回了甚多猩红毡，但彼处并无多少金银。朱屋发现墨国人对渡海而来的日本人无甚兴致。作为商家，他感到此万里交易前景未必光明。和朱屋立清、田中胜助等人一起出航的后藤庄三郎，则于庆长十六年夏回到日本，带回颇多红酒和呢绒。此为后话，不言。

但此航成果，已有人向家康详细禀报，家康对墨国和出航困难也有了新估量。之后不久，自称"答谢使节"的塞巴斯蒂安·比斯卡伊诺将军，来到了日本。

比斯卡伊诺于庆长十六年夏来到日本，六月二十日在骏府城拜见了家康。作为对送罗德里格一行回国的谢仪，他送与家康钟表、猩猩绯的斗篷、红酒，还有班国国君、王妃和太子的画像。家康欣然接受，同时批准比斯卡伊诺将军在日本沿岸探测的请求。

家康知其目的不过是要寻找黄金岛，对他希望在长崎至浦贺之间寻找良港的说法，答应得很是爽快，因家康有自己的心思。

比斯卡伊诺将军乃是和商家田中胜助一道而来。不过，他的请求如此爽快得到允准，立时导致尼德兰人和英吉利人对他生出猜测和中伤。比斯卡伊诺在奏报中写道：

> 当地一名耶稣派教徒告知仆一子虚乌有之事，曰在此之英吉利、尼德兰二国人将仆寻金银岛一事密告皇帝（家康）、皇太子（秀忠），并谗言吾国人好战，仗威势横行欧罗巴。
>
> 皇帝则曰，同意仆等探测海岸，然若有不轨企图，必倾全国之力御之……

此"耶稣派教徒"便是索德罗。索德罗从一开始就认为，即使同意比斯卡伊诺在黄金岛探险，也不能让他产生特别的野心，更别指望他说出心里话。

家康通过扩大贸易和开发矿山，努力开拓国人视野。当然，他在武功方面，亦充满自信。这些都是后话，不赘言。

却说庆长十四年初冬时节，家康决定派索德罗和姆诺兹为使节，乘“按针号”送唐·罗德里格回国后，便离开骏府前往江户。他要去为生母传通院祈求供养，督建寺院。安藤直次和竹腰正信随行。此二人乃家康亲手调教出来的年轻俊才。家康坐轿，二人骑马，其他随行人员均为步行。他们走得并不匆忙，三百多里路走了十来日，直如游学。

走了大概一半路时，一日午后，一行到达箱根权现境内，回头可遥遥望见富士山。此时，安藤直次似想起什么，突然对家康道：“大人，日后的世道必发生巨大改变。”

“改变？”

“日本国内不再只有英吉利人和尼德兰人，世间各地的人都会来。”

直次所言比较突然。竹腰正信侧首看看家康，又看看直次。

“是啊。不能说那样的日子不会到来。直次，你感到不安？”家康道。

“是。不……真是那样，天下是否会治理得更好？”

“哈哈！你最近和洋人接触得太多了。”家康一边笑，一边指着碧空之下的富士山，“看那里。”

“呃？”

“高的东西，好的东西，不论从何处看，都稳稳当当。”

直次也朝湖对面的富士山望去，不过他这个年纪，还无法完全明白家康的深意。

“直次，正信，你们都听着。你们知我为何挑选骏府隐居吗？”

“那里可直视关东和关西各要害处……”竹腰正信说了一半，便打住了。

直次小心翼翼道：“因为有富士山？”

“哦？你认为有了富士山，便会让人心绪大佳？”

“是。”

“哈哈。就是因为这个。”家康微微一笑，“到了江户，咱们再看看富士山。骏河的富士山、甲斐的富士山、箱根的富士山、江户的富士山……”

“不管站在哪里看，富士山其美如一。”竹腰正信接了这么一句，好似已领悟到什么。

“正信明白了？”家康稳坐如钟，笑着摇摇头，“从何处看都一致的富士山？不，是富士山教导我，要有征服世间所有大海的勇气！”

众人不语。

“富士山从不同处看来都不一样。来，仔细看看。近处、稍远处、再远处，早晨的、中午的、傍晚的……真是千变万化啊！”

“但……不管何时，何地，富士山都其美若是！”

“哈哈！正信似不喜得罪人啊。”

“有何不可吗？”

家康又笑了，“从哪里看皆美如是，我对此并无异议。把这留在路上想吧。到达江户之前，你们可都得好生想想。我啊，每次看到富士山，就想，它究竟想告诉我些什么？它是不是在告诉我，要走出日本？”

直次和正信对视一眼，不语。山顶的寒冷已使树木披上了一层霜，只觉四下凉飕飕的。

家康见下人正单膝跪地听他们说话，便道：“走吧。”

一一　祸端初显

从箱根到小田原的路上，竹腰正信和安藤直次一直在思量德川家康所问。家康每次提出问题，他们都会苦苦思索，直到得出定论。家康对此亦似颇有兴味，时不时想出些古怪问题扔给他们。但这一次，快到江户的门户铃铛森林之前，家康都未再提富士山。

过了铃铛森林，马上就到品川宿。先前，秀忠常到此迎接父亲，但自从把将军位让与秀忠之后，家康就把这项仪式取消了。“孝”虽为人伦第一美德，但是公和私定要严格区分。“将军必亲自来接老夫，但若有人意图不轨，父子二人都会有危险。为了避免给百姓增添麻烦，日后莫要亲自出迎了。”家康如是吩咐。因此，家康一行虽然仍如往常那般在松原略事歇息，欣赏江户湾的风景，同时调整队列，但秀忠不再来迎。

竹腰正信和安藤直次二人作为队伍先驱，要去铃铛森林的滨海憩所查视。

“竹腰，大御所再未提富士山呢。”

“是啊。不管什么时候问，我也不惧怕了。”

“哈哈，竹腰，你害怕的是在铃铛森林换马吧？”

“休要说笑！”竹腰正信笑笑，“对了，庄司甚右卫门最终还是把这片海滨起名为铃铛森林了。”

“不管怎样，开始时非得让大人在那里歇息不可，还是在天正年间吧？”

“关原合战时，还叫了妓女来。”

“你知道得还挺详细。铃铛森林的叫法由来已久了？”

“大概是。因为常有鲨鱼，故远处海滨叫鲛洲滨。但自从庄司甚右卫门在那里接待大人后，其他大名和旗本也都到那里歇脚，甚右卫门立刻盯上了彼处。”

“甚右卫门应是住在江户钱瓶桥一带吧？”

“是，但是这片海滨也成了赚钱的地方。先是开了个茶舍。不过，妓女们也开始在人迹罕至的松树林中招呼客人，客人都吓得落荒而逃，还以为是打劫。”

“不过那些妓女和强盗可不一样。”

“为此，甚右卫门命令那些女人都得在腰间挂上马铃，此人还真是有趣。”

“嘿，所以才叫铃铛森林？”

“你装甚糊涂？”

二人互相取笑。

突然，一阵铃声传来。

“咦？”直次勒住马缰，凝神细听，“这不是招呼客人的铃声吗？”

“唔？”竹腰正信也停住了马，认真辨别。

铃声清清楚楚，愈来愈近。

“来了，正信！”

“没错！就是那些女人！像是有谁在追赶她们呢。”

“两位大人！”从松树荫下慌慌张张跑出来的，是两个年轻女子，每人衣上都挂着两个马铃。

二女定是来拉客。二人紧张地面面相觑。竹腰大声道：“我们乃是为大御所检视憩所的！”

“大人误会了。”一个女子立刻答道，“小女子们知今日大御所大人要打此经过，特意在此候着呢。”

“你们得了消息？”

“是啊。队伍里是否有位安藤直次大人？”

直次吃了一惊，回头看看竹腰正信。竹腰呵呵一笑，道："你们要见他？你认识安藤？你们可是镰仓河岸汤屋的女人？"

"不，不，我们才不是那样的女人呢。"

事情有些蹊跷。若这女人识得安藤直次，断无认不出眼前人的道理。

"那你是何人？"

"小女子阿藤。"

"富士[①]？哈，好古怪的名字！"竹腰看看安藤，"我们为了这富士山啊，从箱根到此处一直发愁呢。你叫富士啊。那么，富士小姐，你找安藤直次大人有何贵干啊？"

"有一封书函要交给他。"

"哦？这么说来，你是听到关于直次的传闻，喜欢上他了？"

"这，是……"

"这可巧了。安藤直次是爽快人，但模样可不那么见得人：个子小，眼大，巧舌如簧，对女人而言却是不大可靠啊。你要把信函给这样的人？"

"是，这……"女子两手下垂，认真道。

竹腰正信已觉无甚趣味，便摇摇头，道："唉，不上我的钩啊，真是个稳重女人。哈哈！"

安藤直次脸上的红晕慢慢褪去，紧张渐消。他朝那女子走近一步，道："我便是安藤直次。"

"啊，大人就是？"女人忙从怀里掏出一封书函，又重新打量二人，"无错吧？小女子可是奉了主子之命，切要送到。"

"主子之命？"直次道，"你的主子便是庄司吗？"

"不。乃大久保石见守大人的夫人，本阿弥光悦先生表妹。"

"本阿弥光悦？啊，想起来了，想起来了，是阿幸夫人吧？"

"是，是。夫人现正在江户庄司家做客，小女子乃是夫人的侍女。"

"阿幸夫人现居何处？先前听说在佐渡。"

---

①"富士"日语发音与"藤"发音一样。

“是。现已从佐渡到了八王子宅邸。”

竹腰略有不耐，道：“安藤大人，我先行一步，去准备下处。你将事情处理妥当再来。”言罢，便自顾策马去了。

安藤直次从马上下来，接过女人递过的信函。用的乃是美浓纸，叠了四折，在封口处只画了个记号。没写收信人的姓名，亦无署名。

直次认识阿幸，是与家康在伏见之时。首次见到她，乃是在所司代板仓胜重府中的茶会上，那之后还见过三四次。那个光芒四射的女人长于应对，大方坦率，常常成为人们眼中一抹亮色。她派人候着直次，究竟有何用意？也许应该向大御所大人禀告。直次暗想。

一接过书函，直次立刻拆开。

此番唐突，大人见谅。然，方今天下，有三处堪忧，想与旧知一叙。其一佐渡，其二武州，其三陆奥。阿藤会与大人详叙……

信中同样没提收信人的名字，也未署名。直次无法判断信函究竟是否为阿幸所书。“函中说细节让我问你。你看过这封信了？”

“是。”

“好，那我听着，你讲吧。”直次把缰绳缠于松枝上，在旁边寻了个树桩坐下。和阿藤同来的女子到较远的地方望风。

“信中说到佐渡。佐渡有何事？”直次看看四周，问道。从树叶的缝隙里漏下的阳光有些刺眼，他微微眯起眼睛。

“佐渡产出的金子愈来愈少了。”

“哦。大久保石见守今春才特意过去检视。”

“但金子的产量其实不应减少，夫人就告诉小女子这些。”

“不应减少？”

“其他的事，小女子就不知了。夫人只让小女子转述这些。”

“唔。”安藤直次迷惑不解。这一两年，佐渡的金银大量减少。大久保长安调查后复命道：不能期待过高。但，阿幸的信函似在暗示另有隐情，她难道要状告长安？

“那么，武州之事指什么？”

“虽还谈不上金库……米库的地板下，都是黄金白银。”

“什么？这……这个，就这么多？”

“是。小女子只管传话，其余一概不知。”

“陆奥呢？”安藤直次异常兴奋。

这个叫阿藤的女子自然不会不知。但若她所言不虚，不就揭开了天大的秘密？佐渡黄金产量减少是假，其实在武州八王子的大久保石见守宅中，藏着数目惊人的金银。

“翁婿欲齐心合力，进入大海。”

“翁婿齐心合力？”

“进入大海。”

“唔，翁婿？”安藤玩味起女子的话来，“你怎的从八王子宅中出来了？”

“小女子给公子传书，被老嬷嬷发现了。”

“公子？石见守的儿子吗？”

“是。”

“有多大？”

“十四。”

“所以你才跑了出来，到庄司处做汤屋女人？”

“大人明鉴。”

“这都是阿幸夫人的吩咐？”

“是。不，小女子正想顺便回京都。”

“走得了吗？”

女人轻轻摇了摇头，“小女子想混到从京都来的歌舞伎中。”

远处那望风的女人看来颇为胆大，不停左顾右盼。

安藤直次心中突然涌起一阵奇妙的感觉。他想问的、想知的都堵在喉咙里，说不出来。女子想说的已再清楚不过。大久保长安乃是松平忠辉家老，忠辉和伊达政宗则是翁婿。大久保长安正是这两种关系中的关键，他身为幕府的金山奉行，却暗中捣鬼，私藏金银。只是这样，问题倒还简单。长安具有罕见的才能，仅几年已平步青云。他虽朋友众多，但也招致多人忌恨，树敌不少。此外，矿山分成，他所获不菲。关于他在武州八王子宅中米库地板下藏有巨额金银的传言，也许只是妒忌之人的中伤。但若涉及陆奥，事情可就复杂了。

伊达政宗和松平忠辉联手，进入大海；家康公和秀忠则指望扩大海外交易。若大久保长安乃是因为惊人目的，为储备交易所需金银，谎报金山产量，事态已如霹雳，可定为谋反！

松平忠辉乃是家康六男，亦是如今年纪仅次于将军秀忠的兄弟。结城秀康于前年闰四月初八死于越前，一时间各种传言甚嚣尘上。有人说，因为秀康曾做过丰臣秀吉公养子，并不心向亲兄弟将军秀忠，反而对秀赖示好，故被毒死。这当然是毫无根据的谣言。但五男信吉和四男忠吉亦相继故去，剩下的只三男秀忠和六男忠辉，再往下便是尚年幼的五郎太丸等三人。故，若关于忠辉身处阴谋之传言属实，秀忠必会先从忠辉身边人下手。而伊达政宗从秀吉公以来，就日渐坐大。

"你什么都不知？"安藤直次紧紧盯着女子，"此事不可大意。大久保长安姑且不论，上总介忠辉大人乃大御所大人六男，他的生母茶阿局如今还在大御所大人身边伺候呢。"

"但，这完全……"

"你明知事关重大，却想脱干系。直次还有话问你，你知道什么，全说出，否则，哼，看我怎么收拾你和阿幸大人！"

阿藤并不吃惊，不过她对直次的话尚未全然明白。

"阿幸夫人让你送信给我，自然是希望我禀告大御所大人了，是吗？"

"是。"

"但大人怎会轻信于人？"

"这……"

"此言如霹雳，必在大御所父子和将军兄弟之间引起滔天骇浪，大人若是轻信，便不是大御所！"

"这……"

“我若禀报本多正纯大人，本多大人定会在禀告大御所之前，先把你和阿幸夫人宰了。流言可畏，必先杀了你们，再暗中打探。”

“这……”

“我且问你，阿幸夫人最近和长安可和睦？”

阿藤愣了一下，静静地摇了摇头，垂下眼睛。

“若夫妻和睦，女人断不会中伤夫君。”

“但……这……”

“好了。你只要回答我就是。伊达大人家臣有无出入过八王子长安宅邸者？”

阿藤再次摇头。

“另，宅中米库的地板下都是金银，信函里虽这般说，但阿幸夫人怎能视及彼处？她是怎生知道的？”

“是大久保大人酒醉后说漏……”

“好。就算米库地板下皆为金银，长安又是如何把那么多金银运到八王子去的？运送如此之巨的黄金而不被人发现，难比登天。”

“正是！”阿藤突然大声道，然后警惕地看了看周围，“小女子到现在还清楚记得，夫人听说此事时十分震惊。大人也知，大久保大人出行甚是奢华……”

“唔，随身总是带着女人，很热闹。有人说，长安的随从最是气派。不过，那也多是因为带了妓女。”

“那些妓女的衣箱里，实都装满了黄金。夫人知道后，吓倒在地。”

“女人的衣箱里？”

“是。大人说，山里不能没有妓女，故队伍颇为热闹，目的却是为暗中运送金银。夫人是这般说的。”阿藤越说越激动，脸上渐渐泛起红潮。

直次依然半信半疑。大久保长安和阿幸似已交恶。全天下都知，长安性好渔色。像阿幸那种好胜女子，不会满足于在成群妻妾中默默等待宠爱。这种不平和不满若变成了怨恨和反抗，不知会导致什么后果。

阿藤的话引起了直次的重视。长安的队伍里带着妓女，却是为运送金银做样子。女人的衣服箱子，倒是不错的工具。

“阿幸夫人是何时看到那些箱子和金银的？”

“从佐渡到八王子的路上。”

“她怎生想到去查看？”

“在中仙道的山路上，脚夫跌了一跤，夫人的衣箱掉了下来。从箱中滚出好些包有黄金的小包。夫人惊呼，被大人严厉喝止了。”

“好了好了。你们不是等着大御所大人一经过就摇铃奉茶吗？现在可以去了。”

“是。”

“且等！从衣箱里滚落出黄金，此言有些道理。但黄金到底是私藏，还是通过正途而得，殊难判断。不如请本多大人和大御所大人都暂不张扬，我安藤直次也藏在心里。你切不可泄露出去，若不小心说漏了，你必有灭顶之灾。”

阿藤不语，似被震慑住了。

“好了，就这样。回去吧。”

二女四下看看，在“叮铃叮铃”的铃铛声中远去了。

安藤直次双臂抱胸，闭眼沉思：若不立刻告诉大御所……但家康公已失去了长子、二子、四子和五子，正对忠辉满怀期待……

忠辉与大久保长安同伊达政宗勾结起来，必于将军秀忠不利。念及家康公的年纪，他一旦得知此事，必起滔天骇浪。家康公年已六十有八，他若有不测，将军和忠辉之间必生纷争。唉，家康公英雄一生，最后恐将以悲凉收场。直次心念彷徨数匝，难作决断。

涉及数人，无一不引人注目。若松平上总介忠辉和当世第一能吏大久保长安落入伊达政宗掌心，必能演出一场惊天大戏。家康公若身有不测，此三人抱作一团对付将军秀忠，该如何是好？将军自然能举谱代大名和旗本八万骑之力去对抗他们。双方必是倾力一搏，斯时，恐会集结起比关原合战时更多的兵力。想到这里，安藤直次忽觉周身寒毛直竖。

还有一个大瘤子——大坂城。关原合战时，秀赖还是一介顽童，如今他已是和忠辉年纪相仿的成年人了。不仅如此，秀赖还是秀忠的女婿。

伊达政宗和大久保长安怎会忽视这些？

关原合战时，有家康公坐镇，外样大名不敢不冷静比较双方实力差异，然而，此后能期待秀忠具有乃父实力吗？若外样大名知伊达政宗、丰臣秀赖和松平忠辉结成一线，他们必会生出和关原合战时完全不同的心思。关原合战时，伊达政宗和家康公遥相呼应，上杉氏明树兵刀、暗递款曲。现在情势却不一样了，在西国众大名中，如毛利和岛津那般待机而动者不在少数。况且，稍有风声，那些在关原合战被打散的浪人必先奔赴大坂。

直次突然又想，这一切，当不是阿幸争强好胜的忌妒心所构。即使如此，此妄想还是让人烦躁，他忙站起身，从松枝上解下马缰。

天空渐渐晴朗，家康的队伍马上就要过来了。直次使劲晃了晃脑袋，“刷”地抽马一鞭。

一二　联名状

德川家康到达江户后，伊达政宗几乎每日都登门拜访，二人常单独闲谈。而且，不论是去纵鹰田猎，还是去小石川传通院的工地，二人也经常偕行，甚是亲密。

将军秀忠内心不知有何想法。政宗并不认为秀忠对他已全无戒心。故他每次出现在秀忠面前，都只说些生意话题，因交易乃是家康的富国之策，只要谈这个，就说明他是家康的拥趸。

"唐·罗德里格终还是乘坐日本造的船渡过了大洋。"一日，他问候过家康后，特意到了秀忠处，"我们造的船能够渡过太平洋，真是可喜可贺之事。"

秀忠不明他是何意。

"这说明，日本国的工匠已能造出可在大洋航行的巨船了。也许诸大名会因此竞相造船，大开生意之门。"

政宗甚是清楚，秀忠对他的话会产生怎样的不安，又将采取何种举措。政宗还说，自己和家康谈了些心里话。

"不论罗德里格还是索德罗，也不管他们可信与否，他们的见闻都已过时了，并不足深信。因此，在下希望集结能造帆船的工匠，在陆前的月浦再造一艘大船，派可靠的自己人乘船直接去欧罗巴。大御所对此亦甚认可，还请将军也多多关照。"政宗保证，若把能造帆船的工匠集中起来，自能防止其他大名任意造船，以免引起混乱。

问候完毕，政宗回到家中，在房里点上了一撮岛津氏赠送的萨摩烟丝。此时，大久保长安来访。

长安仍一边与下人打趣一边走进来，一见政宗便道：“陆奥守大人，在下给您带来一个有趣的消息。”说罢，他从紫色小方绸巾中恭恭敬敬取出一份文书，“大坂城内有偌多志同道合之人。请大人过目！”

政宗默默把烟管递给侍女，不快地将文书推还长安。“石见守，你很能干，但有些过头了。”他目光古怪，言辞异常尖锐，“联名状本为甚是重要的誓约，大家都要赌上身家性命。但你并无此意。”

“那……那大人对长安是怎么看的？”长安有些受挫，面露不快。

“你的联名状不过儿戏！如今可不似乱世，各凭实力夺天下。齐心合力，到海外去，这个主意倒不坏。”

“若是坏事，长安也不会如此热心。这也是对大御所一片忠心。”

“只是为了大御所，就不会有什么联名状了。联名状自古以来便是阴谋祸乱的开端。即使你无那种想法，眼见大久保石见守拿着联名状四处走动，别人必会立时想到谋反。”

“谋反？”大久保长安倒吸一口凉气。

“哼。我从未想过联名状，我打心眼里就不信那玩意儿。”

“唔……”长安的表情益发严肃，把文书收回怀中。

“罢了。不叫联名状，改为同道书之类……盖上印章封存起来吧。”政宗说完，拍手叫来一个侍女，“给石见守奉茶，准备晚饭。”

政宗依然将忠言和亲密明确区分开来。大久保长安微笑着，把烟丝盘拉近了些，视线转向政宗背后的墙上。那里有一幅狩野元信的画，画面上，一只鹰踞在古木枝头，目光炯炯。

“陆奥守大人。”

“何事？”

“长安出言不恭：您的人品也不过尔尔！”

“哼！我天性老实厚道，行事从不只为一己私利。”

“长安能读懂陆奥守大人心事。大人必对有多少大名在这联名状上按过血印，颇为好奇。”

“那倒是。我感兴趣的是，现在天下到底还有多少明白时势的仁人。”

“但大人今日突然这般说……必是发生了什么大事，在下不无担心。”长安轻轻拍了拍胸，“刚才这个文书……乃是立志环游世间的同道中人的盟约。索德罗给过我一些绿宝石，我打算造些镶嵌绿宝石的螺钿盒子收藏此状。但长安并不仅仅满足于此。”

“不错，绿宝石的小盒子，想法很好！”政宗又欲封住长安的嘴，“我把我手里的红宝石也给你吧，必能做出更珍贵的盒子来。”

“陆奥守大人！”

“还有其他好的想法？”

“在下不知有‘林中无鹫，鸢竟称王’这等事。”长安向前挪了一步，敲了敲烟嘴，“长安站在陆奥守大人您这巨鹫的背后，只是小小的伯劳鸟。”

“呃？”

“大人突然那般戒备，不，也许从一开始大人就那样想……唉，长安感到甚是失望啊！”

“石见守。”

“定是事出有因，在下这般说，或许有些冒失。”

“唔……”政宗沉吟了一下，用力点点头，“并非……并非毫无端倪。”

“到底发生了何事？请明示！”

“但是……说亦无用。依你的聪明，怎能不知？”

此时侍女开始端饭菜上来，二人的话中断。一个侍女给政宗和长安斟满茶，政宗对她道：“把椿夫人叫来。石见守好久不来了。椿夫人来了，你们就退下吧。”

椿夫人正是索德罗献上的西洋女子。据说伊达政宗还未教那女人说日语，以他的性子，必然担心人泄露机密。长安暗想，今日叫那女人来，定是为了掩人耳目。

侍女带来椿夫人后，便自行退下。大久保长安冷哼几声，“椿夫人穿上和服，还真是好看啊！”他本来想说，她还真像传说中的金毛九尾狐，不过忍了一忍，终未说出口。其实，裹在华丽服饰中的西洋女人奇妙的妖艳，大大刺激了他。

“这女人不懂我们的话，我们随便说。”政宗对从头到脚一身和式打扮的椿夫人做了个手势，让她把杯子端给长安。

长安恭恭敬敬接过杯子，心中仍在暗想：决不能就此撤回。一股斗志从丹田升起，他愈是精神，“陆奥守大人，我们继续刚才的话题吧。”

“石见守，大御所可对你说了什么？”

“尚未。”

“呵呵，那便是我胡乱猜测。”

“莫非有何不妥？”

“大御所曾问我，可曾见过长安往来于矿山的队伍？”

“在下的队伍？”

“是。我答道：虽未亲眼见过，但听过一些传言。”

“呃……大御所大人说了些什么？”

“大人轻描淡写，小声道，长安喜欢炫耀，真是麻烦。”

“麻烦？”

“石见守，你对大御所说，从越后到佐渡的金山产量均有所减少。”

“其实便是关于大鹫。”长安突然另有所想，指着政宗背后的画，道，“松平上总介忠辉大人很快就要兼有越后的高田，成为年俸五十万石的大名。”

“唔。”

“正如大人所知，那地方自从上杉氏移封后，土地枯竭，天灾不断，表面看来，其俸禄仅次于丰臣氏，然而除了修城之外，开销多，负担重……”

政宗抬手阻止他继续下去，“土地贫瘠，就想把山养肥？这个计划不好。”

“不好？”

“上总介乃是我女婿。我希望他能造出雄伟的城池，足以控制北方，这不就是你刚才所言的大鹫？身为大鹫，却行些小器事，说起来有损声誉啊。”

“唔。”长安突然把杯子放下，静默下来。

“说了这么多，只怕适得其反。”

“在下不欲改变初衷。从越后到佐渡的矿山逐渐远离矿脉，到那时，大人的谨慎才最是重要。天施恶手，方显大能……此乃在下浅见。”大久保长安吃准了政宗的心思。政宗对长安始终心怀戒备。因为家康说过，长安的队伍过于奢侈，故政宗一直怀疑他谋私。

在长安看来，这样想真是荒谬——家康警惕的乃是伊达政宗，而我大久保长安乃是家康心腹。家康让忠辉娶了伊达政宗之女，不就是对政宗怀有戒心？家康甚是清楚，政宗最宠的便是正室所出的长女五郎八姬，将此女嫁与忠辉，相当于从伊达政宗家获得了人质，这人质和被留在大坂城当人质的千姬具有同样的价值。出于这个原因，非得在忠辉身边安插一个智谋足可匹敌政宗、能看破政宗一切企图的人，才能安心。而被选中做家老的，正是我大久保长安。在此期间，我长安却逐渐被政宗迷惑，然而这也是因为政宗器重自己。但此际，政宗居然对我心生怀疑！

“陆奥守大人，您也知上总介大人很快就要成为年俸五十万石的非凡大名了吧？”

“是啊，大御所和将军都表示过此意。”

“那么，请大人略微收敛些吧。”

“石见守，话不能这么说。在高田建造坚固的城池，既是为了牵制我和上杉，也是对北陆有所忌惮。”

“哈哈，为了威慑岳父，让女婿……”

“正是。城池筑好之时，定会把政宗给圈起来，哪里谈得上对我毫不怀疑，其实是对我大有猜忌！”

长安依然微笑着。的确如此，对于已有怀疑的人，家康必会先委以重任，迷惑之，瞧得机会，一击必中。“陆奥守大人，即使您不说这些，也早就和我家主君结缘了。”

“所以，我才必须不辜负大御所。”

“长安也想和大人更亲近些。”

长安言有讥讽，政宗却立刻应承下来：“石见守，好！我和你近日有些疏远了，我们怎么也得照顾面子啊！”

“这……大人的话愈发让在下意外了。是不是最近在下做了让大人不快之事？大人好生想想，长安可是松平上总介忠辉大人的家臣。”长安突然提高声音，看了看周围。政宗的话实在让他太意外、太吃惊了。

政宗开始喝酒，脸上仍是毫无表情，不知在想些什么。也许他看到长安开始不安，反而要表现出平静。

“陆奥守大人，您似有事瞒着我。”长安擦了擦额头渗出的汗珠，“长安和陆奥守大人之间，最近有些疏远，不能这么说说就完了。若长安被大御所和将军疏远，那时必危及伊达氏。大人以为呢？”

“唔，是一损俱损吧。”

“这可非说笑。设若长安确实谋私，采矿时故意避开佐渡的矿脉，故意把队伍搞得热闹非凡，还把金银藏在女人的行李箱里，就算这样吧。”

“还有一桩呢，石见守，联名状呢！”

“就算还有那个。世人议论纷纷，却不知将军和大御所怎么想？”

“……”

“长安终归还是被伊达诳了。这便是大鹫和伯劳的差别——被盯住的其实是大人啊。”

伊达政宗打了个激灵，看看长安，继续默默喝酒。

“大人被叫作大鹫、独眼之龙，为世人所惧，怎会久居人下？长安乃是受了伊达的吩咐，才私吞金银，怂恿伊达女婿上总介，犯上作乱。大久保长安不过挥挥手就能赶走，大鹫可就不行了。故长安根本没妄想过凭借区区伯劳之身来胁迫大鹫。若有大事发生，大人却对长安一味隐瞒，在下安能束手就擒？”

“……”

“只要长安有一口气在，就会与人斗下去。不让自己被大风吹落的唯一办法，便是把大鹫周遭发生的事尽数抖出来……”

政宗哈哈笑了。

“抱歉，说了些让大人发笑之语。”

“不过，你的话真是有趣，我无言以对啊。政宗有让将军震惊的秘密吗？”

“发现了一些。”长安也想笑，然而两颊颇为僵硬，“大人在上总介大人内室秘密宣扬洋教信仰，就足以让将军大人吃惊了。”

政宗独眼精光闪闪，盯着长安。

“大人似忘了索德罗和长安的关系。”大久保长安决心正面迎战政宗。他眼睛泛红，嘴唇苍白，“索德罗认为，长安比陆奥守大人更加贪心。也许他的意思，乃是长安实为陆奥守大人的忠实心腹。”

“石见守，这些话到此为止。”

“好不容易说到这般有趣。这可是长安的佳肴啊！”

“唔。”

“索德罗原以为，天下心机最深之人便是大御所，后来发现自己错了。还有一人毫不逊于大御所，索德罗……”

“那厮最擅见风使舵。”

“不管大人怎生说，索德罗说这话时，在下全身冰凉。是啊，世上还有智者……”

“……”

“在日本国，想赢得天下，只有一个方法，便是利用海上吹来的风。索德罗这样说，在下还浑然不明。索德罗曾经放出话，若把弗兰西斯派的传教士全都召集过来，瞬间就能颠覆幕府。着眼于此，陆奥守大人才让女儿信了教。当然，在您的领内扩大洋教的影响，当您为了夺取天下奋战时，便能防止百姓和侍从发生暴乱。听索德罗这般说，长安想起了信长公时的一向宗暴乱，心有戚戚啊。

“索德罗的想法和那时本愿寺的光佐一样，他想用洋教这条强劲的绳索把整个日本国联结起来，雕琢大坂的秀赖和江户的松平上总介这两块宝石，然后在信奉洋教的大名领内煽动信徒起事。届时，支持他的信洋教的大名领内必上下一心，同仇敌忾。对他们来说，这场战事比起发动一向宗暴乱更神圣。还有一桩事，由于索德罗的恳求，班国国王将不断派来装备有大炮的军船，日本国将再起乱事，斯时谁为天下之主？是丰臣秀赖、松平忠辉，还是伊达政宗……”

说到这里，长安终于大笑起来，“哈哈！这正是索德罗对长安所言的大鹫之梦。但这大鹫最近似已遇到了些麻烦。大鹫当然无真正的信奉，它的野心只想扩大领地。但出人意料的是，令爱的信仰甚是执著，大鹫恐无法应付了。”

长安想，伊达政宗当然得说点什么。但政宗什么也没说，长安定睛一看，他正在打盹。

大久保长安见政宗心不在焉，便将杯子伸向椿夫人，要她斟酒。那女人也早就打起盹儿来了。听说政宗也难以应付这女人，故不得不经常从浅草施药院叫布鲁基利昂来，请他用洋教的法子。想到这里，长安一下子感到心中舒坦：人是多么奇妙，喜女人和权力，也喜美酒和黄金，还喜欢“神”！

“椿夫人，大人好似累了。最近您的痼疾好些了吗？”

二人语言完全不通。长安问完后，自己哈哈大笑起来。那女人听到了这话，优雅地侧了侧头，扑闪着水灵灵的双眼，很是可爱。

假如刚才的话，政宗全然不知情，也就罢了。但索德罗说了，那确是政宗的打算，只要这样禀告上去，家康还好，将军秀忠定会紧张异常。二代将军对大坂的动静异常敏感，也甚关心世人对忠辉的评价。看上去不动声色的政宗，绝不会不打这种算盘，也许他正在暗骂索德罗多嘴……长安懊悔得咬牙切齿，如坐针毡，想着对策。

正在此时，假寐的政宗动动身子，睁开眼睛，道：“啊，真是失礼了！”

“大人好像对长安之言都听不进去？”

“是啊。不过无妨，我什么也未听到。”

“那么，大人还有什么吩咐？”

“无他。来，再喝一杯吧！”

“哦？”

“是啊。我现在还分不清梦境和现世。不过我对你实无甚好说。”

“如此说来，大人是要放弃长安了？”

“非也。你的计划比我想的大得多，欲望也更是强烈。你才是大鹫，我是雀儿。”

“唉，大人演得真是出色。那就这样吧。”

“好。你带了绿色的小盒子来，从那小盒子中冒出五彩烟雾，咻的一声消散在虚空之中。在烟雾消失的地方，呆呆坐着一个脏兮兮的独眼老者。石见守，我现在难道不就是梦醒之后的样子吗？我心里不好受。”政宗说罢，将杯中酒一饮而尽。

长安有些得意，然而心底还有些意犹未尽。政宗心里藏着的那个野心的盒子，不知盖了多少层盖子，长安要再深入窥探，若不下定决心一试，则永远搞不清真相。只要政宗活着，那个野心的盒子就不会毁去，也不会埋葬。可以说，那是自政宗生下来，就和他如影随形的宿命。不过今夜的政宗显得过于胆小了。“咱们别说这些了。”他一直重复这话，显得暧昧，似欲放弃一搏。

“陆奥守大人，您有些过了。”

“怎的？”

“您在装疯卖傻。凭您这个态度，长安断定，您已放弃一搏，可能立需仰他人鼻息。”

“唉！分不清梦境和现实，就随它去吧。”

“如此说来，大人是打算三缄其口，就让在下一人在此大吐苦水？”

“石见守，我不妨直说。”

“在下洗耳恭听。”

“实际上，我从小女口中听来一些消息。”

“令爱口中？”

“是。有个在你矿山上的女人到她那里，说了一些事。”

“矿山上的女人？”

“正是。据那个女人说，你欲拥戴上总介大人为天下之主，故一直在为此储备军饷。其他的倒和你所言不差……女人的衣箱里，其实藏有黄金。女人特意来告诉我们，定要小心行事，切切不要让上总介大人产生怀疑。”

长安松了口气，“哦。”

“一定要小心。谣言一旦引起别人的兴趣，就会让他们的野心不断膨胀，就像刚才你说的索德罗诸人。”

长安大笑起来，“哈哈哈！那就请大人想一想吧，辟谣的方法很多。哈哈！原来大人乃是因为那谣言，才要疏远长安啊。大人就放心吧！哈哈！”

政宗仍然一脸的不得要领，只是一味劝酒，然后就送长安去了。长安照政宗的忠告，把联名状放回小盒，承诺不会再让它招致误会。

长安在回家路上和以往一样安心。从女人行李中滚落出黄金一事，他找出了好些开脱之辞：很多女人在矿山卖笑，攒了不少金银。她们故意在人多的地方，把行李翻落在地。这样，人们才会羡慕她们。

“矿山里有女妖，她们都住在山里，生活富裕。若把这些话散布开来，那些贪心之人必心动。如此，进山采矿便会风行一时。”

长安去后，政宗不由叹息起来。在他看来，长安实是个值得关注之人。性情倒和秀吉公相似。政宗觉得他十分有趣，同时亦对他充满警惕。

长安终于未能窥探到政宗的本心。政宗故意说些让长安难堪的话，原因非常简单，只是因为他不想在那份联名状上签字，但那联名状却与政宗不无关系。

政宗利用长安，同时又对他充满警惕，原因只有一个：长安的妻妾中，有一人和本阿弥光悦有血亲关系。本阿弥光悦之父光二便是德川亲信。不论光悦本人是否有所察觉，他们父子二人虽然出入天下大名府邸，但只对家康一人显示出特别的尊敬。故政宗想对阿幸探个究竟。他逐渐发现，阿幸与众不同，个性刚烈，她暗恋表哥光悦，但她的父母让光悦娶了她姐姐。然而，阿幸的姐姐及其女儿双双亡故，阿幸心中顿时掀起巨浪。难以预料的人生和执念常让阿幸苦闷：若知道姐姐会早死，还不如自己嫁给光悦！女人的执念就和男人的野心一样，并不那么容易就能熄灭。随了长安，甚至令阿幸对自己也心生厌恶。

长安性情直爽，一如既往饮酒作乐。一旦喝醉，就会吐露机密。他不用在战场上搏命，只在酒席间度日，因为酒的缘故，他养成了喜好大言之病。阿幸对长安所为很是清楚，联名状之事，必也知之甚详。

让政宗感到忧心的另一桩事，则是最近本阿弥家的事。光悦之母妙秀嫁给了光二，回身帮助娘家兄弟，以将两家紧密联系在一起。光悦之妻便是妙秀的侄女，光悦的妹妹便又嫁给了妙秀的侄子。

但光二已不在人间，现在光悦妻女又相继亡故了，连接两个家庭的纽带逐渐变弱。性好结交的光悦不愿做本行，又得到了加贺前田利长支持，目前正在积极为幕府奔走……

若真如此，长安身边的阿幸自会更加急躁。若阿幸回去，众人必会同意将阿幸许与光悦，两家又会结成一体。

想到此，政宗拍拍手，命侍女重新上酒。表面看来，他还是如岩石般面无表情，不过心里已松了一大口气：对长安、阿幸，都不能放松警惕，因一旦阿幸离开长安，回到京都，对光悦吐露秘密，势将掀起轩然大波……

一三　密盒天机

阿幸一整日都未离开火盆，只默默在小方巾上刺绣。她是向姑母学的这门手艺。本阿弥光悦之母妙秀身体康健，居于京都，今年已过六旬，至今不肯穿丝戴绸，只着棉麻。她说，过分奢侈，就是违背日莲大圣人的训诫。

光二和光悦父子经常出入各大名府邸，得赐甚多丝绸。妙秀皆将丝绸做成一块块小方巾，分给府中众人。阿幸曾问她为何如此，妙秀一边穿针引线，一边道："人不能只为自己。众人认可我本阿弥家，送了这些贵重礼品。若我都留给自家，就是冒认了下人们的辛苦努力。冒认他人功劳之人，祖师爷会施惩罚。把这些分下去吧，转达我的谢意。"众人的辛苦能得到赏识，让妙秀很欣慰，她欢喜地在方巾上绣上松、竹、梅，赠与众人。

不过，阿幸现在在方巾上所绣的并非松竹梅，而是秋草。除此之外，她还常常绣些以桔梗和芙蓉花为主，配以女郎花和萱草的图案。她在绣一个心中极度萧瑟的女人的身影，想把这块刺绣方巾当作遗物。

阿幸现在方知，自己是多么强烈地恋着表兄光悦。和光悦结缘的姐姐亡故了，讣闻和另外一个消息一起传到了佐渡——本阿弥家已一分为二。阿幸非常震惊，只觉人生无望。她始终相信，父亲和表哥光悦永远都是同心，然而事实证明，并非如此。为了让两家人团结一心，她将光悦让给了姐姐，但两家最终还是因尘世的利害分道扬镳。那么，她的牺牲到底算什么？她立时万念俱灰。

那之后，阿幸强行从佐渡撤回。大久保长安身边并无所谓“正室”，在旁人看来，阿幸也许想做正室，以求心安。但不管她最初的打算是什么，在八王子宅中见到的一切，令她绝望。

长安并非待在家中度日之人。他奔放的幽默和天马行空的想象，只有在享乐时才会放射出光芒。一旦回到府邸，变回总代官大久保石见守长安，他便是一个暴君。唯一相同的，是他处处必耍酒疯。然而，他在外边耍酒疯时，尚挥洒自如，在家里却是阴鸷乖张。长安的十二个侧室仿佛十二匹厩中之马那般受到束缚，甚至连侍女和下人们也被严格要求谨守虚礼，人人都古里古怪。也许他不过是个目光短浅、一步登天的凡夫俗子。即使阿幸不愿这般打量长安，本阿弥光悦表里如一的性情还是让她深有感触：即便光悦也有褊狭之处，他依然努力要做最正直、最纯洁之人。

长安却是虚张声势。从本心来说，他并不厚爱别人，只是带着特殊的决心，圆滑地混迹于这浊世之中。阿幸很难把大久保长安当作丈夫来尊敬和感激。

八王子所见，让阿幸感到自己和光悦、长安的距离皆更远了，而待在佐渡，也许还有机会从能登去加贺，见到同在加贺的光悦。

阿幸从两月前开始绣方巾，原因之一，自是她不喜奢侈的衣料；另一原因，则是她认为自己的生命已近终点，对姑母的纯洁念念不忘。

“阿幸，还未歇息？”长安突然来了。他似又喝醉了，若不喝醉，怎会到宅里的女人这边看一眼？

房门“刷”地被拉开，扑进一股柿子香味。“哎呀，是大人啊！快请进！”侍女忙伏下身子。

“请进。”阿幸未停下手中的活计，声音冷淡，“您有何事？”

长安咂了咂嘴，大摇大摆走了进来，“啧啧，好生冷淡！”

“大人也够冷的啊。阿幸终于清楚，大人您对妾身是什么样子。”阿幸两手没停下来，说出来的话还和往常一样尖锐。

“唔……”长安站在那里，瘪起嘴，眯起眼睛，吐出一口酒气，“你对我厌倦了？”

“不是厌倦，是我明白过来，感到失望。”

“失望？你这女人净说些难听话。我怒了！”

“知道大人会生气，我才绣了这些活计。请您把这些方巾分给侍女和亲戚吧。”

“这是遗言？”

“是。我早就准备好了，您什么时候撒气都可。”

“唔。”长安嘟囔着，坐到阿幸身旁，“阿幸不愧和乖僻的光悦是亲戚啊，说话越来越毒了。”

“不，光悦不乖僻。您过于公正了。”

“过于公正？”

“是。过于公正，并非公平。不偏不倚乃是傻瓜所为。”阿幸说出这些让人难以招架的恶毒之言，终似呼吸顺畅了，轻轻一笑。

长安又啧啧道：“世上没有比古代那些历经劫难的女子更为强硬的人了。她们除了毒言恶语，既不知眉高眼低，也不解风月之情。”

“那是因世事艰难。您有何贵干？我想继续刺绣。”

“自便。不过阿幸，今夜你失仪了。”

“哦？阿幸希望令大人动肝火，得以往生极乐……”

“阿幸，我其实有事想麻烦你。”

“可真少见。您来求我？您先说说看。”

“你还不肯消消气？真是目光短浅！”

这时，三个年轻女子端着酒食进来。阿幸无动于衷。这三个女人中有两个一直在长安身边伺候，爱多事。从这点来说，长安便不能让人放心。

“先喝一杯，今晚我要说的可非寻常事。”长安看到阿幸又要开始手中的活计，粗暴地把那方巾掀到一旁，将酒杯伸到她面前，“其他人退下。啊，对了，今晚我就在这儿睡，你们给我铺好被褥就退下。”他把酒杯伸到阿幸鼻尖下，“阿幸，我想让你做两个漂亮的盒子。你和光悦是亲戚，会画画，又能做漆器。”

“盒子？”

“是。信盒大小，不过要比信盒深。你做两个漂亮的盒子，能装些零碎的发饰。一个给你，另一个我自己好生保管，唉，就用来装你留给我的遗物吧。”

“那盒子，大人要用来做什么？”

“放重要的东西，还可装些金银。饰以螺钿、青贝、铅，还要在盒上镶上绿玉，描上星辰。”说罢，长安伸手朝怀里掏摸。但见榻榻米上光芒一闪，他甩出两颗绿玉。

长安这话来得如此突然，不知他究竟在想什么。阿幸毫无伸手的意思。“这是上好的翡翠？”

“不是翡翠。这是索德罗给我的玉，叫祖母绿。”

“索德罗给的？”

“是。听说这种玉要和自己最亲近的人分开保存。我才要做两个盒子，我俩一人一个。哈哈，怎样，心情好些了？”

阿幸严肃地摇摇头。她不再是那个凭借甜言蜜语就能哄骗住的阿幸了。把宝石镶嵌起来，做两个美丽的螺钿盒，到底是何意思？阿幸相信，这必是长安疯狂的梦想之一，有些出乎意料地离奇。

“想什么？把这美玉拿过去看看吧。这可不是随处可见的普通玉石。”

“盒子装什么？”

“装什么？当然是最重要的东西。”长安道。

“收纳的东西不同，花纹图案也要有区别，需要先定底色。您不告诉我，我便爱莫能助。阿幸做的东西，绝不能成为后世笑柄。”

听阿幸这般说，长安又低声嘟囔着，拾起榻榻米上的宝石放在手心。美丽温润的玉，仿佛闪烁在红薯叶上的一颗露珠。

“不告诉你放什么，你就不做？”长安看着左掌中的宝石，将杯中酒一饮而尽，“若你是先前的阿幸，我自会一五一十把一切都告诉你。不过最近的阿幸嘛……”

“说我不可信？”

“你对我有敌意。你把这当作遗物的方巾缝好后，就要杀了我？”

“呵呵，我有那样的勇气，就不在大人眼皮底下缝遗物了。阿幸觉得……女人的末日已经来临，遂开始为自己的枯萎作准备。”

“女人的末日……唔，有那样的准备？你总是在做梦啊。”

“还是别让多疑的女人做那般重要的盒子了，找合适的人吧。”

“阿幸！”

“怎的了？”

“我再问一遍：你不打算变回以前的阿幸了？”

“以前的阿幸？”

“很喜欢我的阿幸。”

“这可就怪了。感到厌倦了、不愿被人打扰的，不是大人您吗？”

“好吧。其实，我今日去陆奥守府上吃了顿饭。”

“这和镶宝石的盒子有何关系？”

“说有……也有，说没有……也没有。”

“您就明说吧，像以前的您那般……阿幸也许也能变回先前的阿幸。”

长安突然睁大眼睛，正视阿幸半晌，又把视线重新落到掌中的宝石上。

阿幸觉出肯定有什么事发生，长安今日太不寻常了。他身上时常流露出深深的孤独，让侧近的人也陷入寂寞的情绪。今夜，那孤独似乎正开始蔓延。

“阿幸，我其实真的喜欢你。”

“唔……”

“虽然喜欢，却也有些怕你。不是因为你可怕，而是害怕你背后的本阿弥光悦。”

“……”

“你对此心知肚明。你的眼睛已然告诉了我。在我来看，光悦狂妄，对我怀有戒心，他只信我乃轻薄之人，会给日本和德川幕府带来麻烦，故对我很是警惕。但光悦也去了加贺，他原来和板仓那般要好，近日也疏远了。”

“这和盒子有何干系？”

“听我说完：光悦不在京都！故明白告诉你，盒子里放什么东西也无妨。这就是我想说的，明白吗？”言罢，长安又陷入了沉思。

阿幸的眼睛渐渐亮起来。不仅因为长安这副不寻常之态，还因他话中出现了伊达政宗的名字，甚至还出现了阿幸最关心的光悦的去向，及和光悦交往甚密的板仓胜重等人，这愈发说明事情重大。这些人和盒子绝不会毫无关系，不能掉以轻心。

“人有好恶。”过了一会儿，长安眯着眼，望着手中的酒杯和宝石，道，“但光悦一旦厌恨什么，就只会越来越生厌，如此执拗，可见人实无完人啊。”

“……”

“光悦对我身边的人都抱持戒备，想监视我的一切活动。假如我修好了八里台，他会认为我是在为打仗筹谋；假如我扩宽道路，他就认为我是心怀二志；我从矿上运了些金银出来，他就认为我是徇私舞弊、中饱私囊；我接近其他大名，他就以为我是在图谋不轨。结果，我和你就这样在不知不觉间疏远了。”

阿幸默默听着。长安的话中有几分真实，但也有不少夸大的成分。

“听着，阿幸，我喜欢像你这种女人。男女之间也如战事。你的不恭让我心绪躁乱。你生得美，令我喜。但我惧怕光悦。光悦和所司代板仓、伏见奉行小堀以及商事总管茶屋、堺港奉行成濑都过往甚密，还牢牢抓住了大御所的心。万一光悦说几句大久保长安的不是，长安可就要掉脑袋了。”

这才是真话！阿幸突然大笑起来。她有些同情起长安来。长安和自己关系疏远，自然不只是因为这个，因自己对长安醉酒后的荒淫深感厌恶，才疏远他。阿幸的反抗有时会令长安斗志倍生，有时又让他束手无策。不过，这都和光悦有关。

“有甚奇怪的？你明白我的心吗？”

“明白。您早就当明白告诉我要做盒子的事。”

“阿幸啊。”

“嗯？”

“倘若我据实以告，你能发誓不说与别人？”

“大人您又说些莫名其妙的话。倘若您发现我泄露大事，尽可立刻杀了我。阿幸不过大人手中的一只小虫。”

“呵呵，只怕这只小虫会从笼子里逃了去。”言罢，长安将杯中酒一饮而尽，“那我就实说了。其实，我是想把这个放到盒子里。”再次把绿玉放到膝上，长安伸手入怀。拿出来的是那封联名状。他醉醺醺把联名状上的带子解开，刷地在阿幸面前展开。

阿幸故意淡淡一看，但一看之下，险些呼出声来。文书上以松平忠辉为首，下面写满了大久保忠邻及诸大名的名字。

“这是……这是什么游戏？”阿幸努力装得若无其事，声音却打着颤。在那些名字中，确实出现了光悦最为担心的高山右近和内藤如安。

“怎的了，吓了一跳？”长安已下定决心，显得异常沉着，将联名状重新卷起，“其实，我今日欲带了这个去伊达政宗府上请他签名，没想到，没想到……”

“陆奥守拒绝了？”

“正是。陆奥守甚是吃惊。”长安道，“他认为这是谋反的联名状，说要把它好生封在别人看不到的地方。不过你看啊，这哪是什么谋反的联名状，上边清清楚楚写着：有志之士发誓共同携手，齐心合力朝大海前行！”

“所以，您是为了把联名状封存起来，才让我做盒子？”

“正是。听他这么说，我多少有些担心。我明白，现在虽然还是将军秀忠公的天下，但若真心颠覆，并非无隙可乘……”

“……”

“大御所毕竟年事已高。一旦大御所不在了，将军若是不顺着我们，生意不好做了，就等着尼德兰和英吉利打过来吧。陆奥守是如此假设。不过我以为，正是因为日前有这样的见解，索德罗才会拼命。因为二代将军更信赖三浦按针，而非他索德罗。到那时，将军就得退位，让位于三代将军，亦即我的主子、将军大人的兄弟上总介大人。我虽这般想，陆奥守却不这般认为。他怕受人猜疑，不仅不愿签名，还想给我安了罪名，要去告密呢。”

阿幸叹了口气。长安这个主意，若得了大坂城秀赖的支持，局势必将向光悦所料的最严重的方向发展。

“那……那么，结果怎样？”阿幸不得不催问。

“咳，我就把梦忘掉好了。”长安轻声道，口气出人意料地平静，“我已经历过人生浮沉，算是小有所成，也许世人还羡慕我呢。我虽备感失落，却不想和陆奥守争斗，落个谋反的罪名。”

“真的？”阿幸看到长安额头上已有了很多皱纹，不由一阵哀伤。

“唉，太可惜了！”长安啜一口酒，“唐·罗德里格曾详细告诉过我南蛮诸国的金山情形。若南蛮国的人到日本来挖金山，大御所和幕府的总收入便只是产出的两成多，一半分与采金者，剩下的再分给大御所和菲利普皇上。这样，我的身家自会比肩大御所和将军，也无甚稀奇，但我不能那么做。我要把金库里面的一半都……为了将来能进入大海，特意将黄金运到这里。但若出现一些莫须有的谣言，说我为了争夺天下而徇私，我就立时放手。我把梦想封存起来，继续做我的总代官好了。心中的梦，就封存起来，留给后世当话题吧。至于那个盒子，我是想做得漂亮些。”言罢，长安眼中竟然有泪珠扑簌簌掉进酒杯。

阿幸才不会轻易被眼泪骗住。这个野心勃勃之人，不得不和梦想诀别，必会非常失意。心觉幸运之余，阿幸却也有些同情，“大人，您的意思妾身明白。妾身会竭尽全力做好盒子。”

“真的？”

“大人本来是让妾身做盒子装些首饰，不过您又要一个，只是为了封存那文书？”

“我是要把盒子送给你。”

“仅仅如此？”

“呃，我的遗物……当作是我的情意罢。”

阿幸深感失望。长安依然只会说些奇言怪语。特意一问，是因她担心长安会把联名状的副册放到盒子里，在末尾伪造政宗的签名，赠给伊达政宗。不这样做，就无法堵住政宗的嘴。阿幸相信事情必然是如此。

不过，若长安并无打算，倒也不必冒冒失失说出。

阿幸终于持起已冰冷了的酒，送到唇边。

正如长安所言，阿幸非寻常女子。她若是一男儿，早就催着光悦同去修行日莲宗了，也许还会进行那极其清苦、挑战自他魔性的修行。但阿幸终究是一介女子，有各种各样的烦恼。故，她虽甚是清楚对长安不可掉以轻心，却依然对他心生同情，这便是造化弄人。

阿幸默默从长安手中接过宝石，约略估算了联名状的尺寸，“大小比着信盒……”

“阿幸，你体谅我了？”

“是您的一番话让我决定帮您。确要留一个盒子给妾身吗？”

“休要怀疑。那盒子是和你结下姻缘的夫君——我大久保石见守长安用来封存一生美梦的盒子，给我画上最好看的图案！”

阿幸心中已开始筹划，如何使用另外一个盒子。要做一个西洋式的带钥匙的小盒子，然后把锁落下，成为她的遗物。那么，内中应放些什么呢？她在做盒子之前，常常想这些。这时，她眼前甚至出现和长安过往的纠葛，就像春霞中的一丛小花。

是夜，长安未如往常那般耍酒疯，必是有事盘踞心头。

老长时日未在阿幸这里过夜的长安，此夜却难得地安静，让人备感不可思议。凌晨时分，他把那份视若珍宝的文书放进怀里，悄然离去。

长安一出门，阿幸便掀起一扇窗户，向外张望。在她脑海深处，一个问题转个不休：我留下些什么呢？

黎明时分的天空仍然悬着一轮月亮，然而阿幸并没注意那淡淡的月光。女郎花若凋零，徒剩一杆花茎，甚至算不得花朵。行将枯萎的女人想在这世上留下曾经活过的依凭，倘若能够留下一个孩子，那将是最好的遗物，可阿幸不曾生育。想到这里，阿幸脸上浮现出一丝奇怪的微笑。

不能留下子嗣作为活过的依凭，那就做一个命运与众不同的小盒子。想毕，阿幸忙关上窗户，急急走回卧房。

她收起洁白的被子，坐到案前，点亮烛火，研好墨，蘸黑笔尖，放入口中咬了两下。突然，她心中一亮：长安和其他侧室育有儿女，把小盒子交给其中某人保管，也并非不可。

阿幸准备好笔墨，却像着了魔似的站起身，伸手往书架里翻。姐夫俵屋给的函纸还在。俵屋名宗达，擅在京城土产上作画。他表面看来成熟稳重，其实颇有些顽固。他对岳父的接济一概拒绝，靠自己辛辛苦苦给扇子作画糊口。俵屋宗达在纸屋藤兵卫所造的薄纸上画蕨草和鹿兽，制成函纸，十幅一叠出售，深受好评。他曾送与阿幸一些。“那纸不生虫，可保存几百年。”俵屋对自己制的纸和作的画甚是得意，四处宣扬。故除了扇绘，这一项生计的收入也颇丰。

取出纸来，阿幸全神贯注写字。

> 此盒乃京城女子阿幸所制。阿幸心怀对刀剑师本阿弥光悦的爱慕之情，嫁大久保石见守长安为妾。庆长十四年岁末，大久保石见守令阿幸制此小盒。此盒有两款。另一款为大久保石见守藏，内中有一封重要文书。
>
> 文书本应有伊达陆奥守签名，但被其以石见守觊觎天下为由拒绝……

写到这里，阿幸忽然搁下笔。无论如何要留下真实的记录——她这样想，也想这样写，但实在太困难了。即使这样写，也无法传达心思之万一。就给光悦写封书函吧。

阿幸悄悄把两手放在胸前，闭上眼睛。她想到了自己那可悲的少女情怀，几欲哽咽。

窗外，小鸟开始欢叫。

阿幸站起身，打开窗户。清晨的阳光扑面而入。往事如此易逝，让人甚是不安。不过，到底该怎么写，当好生推敲。没有儿女的女人，制一个小盒为遗物，这想法真是奇异。日后那小盒不知被何人打开，在明亮的阳光下，看到里面的内容。文意略有偏差，只会招人嘲笑，对盒子自身的命运也会产生巨大影响。小盒固然漂亮，若要人认可，便应该给观者一种感觉，仿佛女人一生的悲哀正穿越时日，绵展开去……

“再加上一首诗吧。”回到案前，阿幸细细赏鉴俵屋宗达绘出的纹样。

宗达喜用银箔画蕨，但时日长久银会变黑变灰。不仔细想周全，用假名书写的部分日后很难辨认。书法部分，最好找光悦借些样子来看看。光悦精通书法，在天下大名及其幕僚之中备受称赞，阿幸写的字只能让人想到干瘪僵硬的牵牛花枯藤。此事急不得，先且好生练字。

想到这里，阿幸的心情顿时轻松起来。她要倾尽全力。挑选图案，画到盒子上，再定下宝石和青贝的位置，还需要颇多时日呢。

“夫人起来了？”一个侍女端了水进来。

“是啊。我要生孩子呢，必须得把心和手都洗净了。”

“啊，夫人说什么？”

“呵呵，我说啊，从现在起要生孩子了。”

“夫人要生孩子？”

“是啊，不过我生的时候，谁也不能看，得一个人悄悄地生。”

侍女大吃一惊，慌慌张张在被褥旁铺上红毛毯，往盆里注了些水。

“好了，你给我准备些染齿用的铁浆。既然要做母亲了，自然要打扮得漂亮些。”

“做母亲？”

“是啊。我要生个让世人都目眩神迷的漂亮孩儿！”

“哦……是。”

“呵呵，你真有趣，好像真明白了。”

“是……是。但奴婢完全没想到，夫人您已有了身孕。”

看到侍女认真的样子，阿幸大声笑起来。笑着笑着，好像有什么东西击中了她胸口，泪珠顿时纷纷滚落下来。

一四　窗开三百年

大久保长安的野心由于伊达政宗的戒心而受挫。而此时，三浦按针和德川家康却是所获甚丰。

得到家康热烈欢迎的，不只是葡国和班国。家康希望，能和元龟三年便摆脱班国控制的尼德兰，及大败班国水军的英吉利也公平往来。

庆长十四年，日本正式与尼德兰互通国书，家康当然甚是兴奋。在此期间，为两国百般斡旋的自然非三浦按针莫属。此时的亚当斯，已经彻头彻尾变成了日本人三浦按针，对家康很是敬慕。

> 大御所待余极厚，赐予堪比吾国贵族之位，并赐仆八九十。外人得此位者，余第一人也。
>
> 因得大御所信赖，葡国、班国人极其震惊，纷纷示好，欲与余结交。余亦不计前嫌，为其尽力奔走……

按针在书简中百般表达了感激之情。书简寄予着按针的希望——但愿有朝一日，英吉利人能看到此书。

家康治国，秉承儒家公平，主张“天下归仁”。按针被他感化，也逐渐抛弃私怨，与葡国人、班国人往来。人与人的交往真是微妙，竟全凭人心决定，实在有趣。

这样，紧随葡国、班国人之后来到日本的，将是尼德兰人。

不过，最早踏上日本土地的尼德兰人，正是和按针一起漂来的八重洲（耶扬子）和雅克布·库夸尔奈克。库夸尔奈克于庆长十年获家康允准，与圣弗鲁特一起返回巴丹，并将家康有意通商诸事呈报上去。庆长十四年，尼德兰船到达了平户。

初次登陆平户的尼德兰船，派船员雅克·斯皮克向骏府献上礼物。本多正纯将此事告知崇传，命他拟定回复。

> 尼德兰有书上呈大人，然文字不通。吾国文述之，其希望今后船只通行，并设港口，互通往来。对方呈宝杯二只，丝绸三百五十斤，铅三千斤，象牙二十根。谨此，请复。

崇传很快便得家康旨意，拟好回复。从此开始了日本与尼德兰间长达三百年的交易，后话少提。

却说三浦按针既被家康感化而抛弃私怨，可见家康胸襟可容六合。不消说，在这背后，乃是家康对自身实力的自信。

金地院崇传拟定回复如下：

> ……国君殿下圣鉴，惠书收悉，见字如晤尊颜。殿下遗礼，不胜感激。贵国兵船远渡重洋，抵我平户，其志可嘉，虽相隔万里，望能永缔同心，互通往来。无道则正，有道则归，渡海众商尽可安居。贵国若派数人，留驻敝国，可凭贵国之意建馆立舍，开设港口。从今往后，力修其好。其他事宜，谨请贵国船主转致意。顺颂秋安。

原文为汉文，然而家康在其中所表达的意思却历三百年不灭，其志诚为后人大嘉，不累言。此为两国之间的第一封国书。

在日本国内，新风却掀起轩然大波。

三浦按针虽为了日本和尼德兰之间的公平往来努力斡旋，葡国、班国人一听，却顿时震怒，旋派二兵船大侵海上商家，商家急避，方得以平安抵长崎。洋船尾追而至，见侵夺无望，遂转至平户，于平户港停留三月，拜谒当权者，得厚遇，留人于此，亦约定，若出航，必载货而返……

由此可见南蛮人之嚣张，异邦之间仇恨的火焰已燃烧到近海。

三浦按针渐得儒学真道，他抛弃个人恩怨，在家康“天下归仁”的宗旨下，期望各国能公平交易，而非诉诸刀兵。所有大名都服从于幕府，不敢逾越儒家道义。但在欧罗巴，却是烽燧不息。班国、葡国等旧势力和英吉利、尼德兰等新势力之间彼此对垒，相互征伐，烽烟漫卷……

家康一心救天下苍生于水火，极力开创太平盛世，他曾对南蛮诸国颇为疏远，也是事实，但如今不同了，他要对天下诸国同等以待。三浦按针心胸变得开阔，许是因为长年待在家康身边之故。

此时，同索德罗和罗德里格素有往来的塞巴斯蒂安·比斯卡伊诺将军，也从墨国来到日本，不断试探，以图接近家康。如此一来，伊达政宗对大久保长安产生戒备，亦在情理之中。

伊达政宗和家康获得海外见识的途径不同。他从索德罗处得知，以罗马教皇为中心的天主教势力，和班葡两国的势力非常强大，不可小觑。邻近日本的吕宋、天川和墨国，均已在他们的势力之下。庆长十四年之前，尼德兰和英吉利甚至连名字也不为人知。

然而，家康从三浦按针那里获得的海外见识更广泛一些。他认识到，尼德兰和英吉利等新兴势力已经越过天竺，到达了爪哇，也许很快就要从琉球到日本来了。所以，应与新旧势力缔结平等外交，以求富国之策。

大久保长安的见识则源于奔放的想象，略近于胡思乱想。他以为，凭借幕府的武力，加上自己挖出的金银，睿智机敏的幕府继任者若能进入世间海域，断不必惧怕任何一方，即能成为海上霸主。

若尼德兰船来航，以原本萧条的平户港为大营设立商馆，三人的想法必将发生微妙的变化。家康自会认为，按针所料不差，英吉利定也会到平户来。不断遭索德罗诋毁为海盗的尼德兰、英吉利，必使政宗因不甘落后于长安而更加戒备，不会轻率表态；理所当然，他亦会拒绝在长安那幻梦般的文书上签字。

一日，政宗突然得到了一个消息，让他颇为纳闷。

府上来了一个叫宗兵卫的男子，乃是索德罗秘密派到平户的洋教信徒。那人虽有教名，但政宗忘了，也未想到要记住。那人出生于长门，受索德罗派遣来过府上几次，故政宗记得他的模样。

宗兵卫到了日比谷御门伊达府，称送胡椒而来。见到政宗，他一一禀告了尼德兰船如何可恶，以及他所事生意与前景。

“平户的尼德兰商馆头领，乃是一个叫雅克·斯皮克的可恶之人。”宗兵卫脸上充满憎恶，大摇其头，“长崎的主教甚是生气，因大御所贪心太炽，必无法逃避主的惩罚。”

政宗仍不动声色，但一听其口吐诋毁家康之言，立刻皱起眉头，道：“住口！那商馆有多大？”

“馆员五人和一个通译，将来必会不断扩大。但他们把偷的东西拿来买卖，真是可恶！”

“偷来的？你亲眼得见？”政宗问得尖锐，宗兵卫眼神却是一片执狂，毫无被嘲讽之感。“倒未见。他们乃是在遥远的大海上不法而得，故小人未得亲见。偷来的东西乃无本万利。此次，其货以生丝为主，货款一万五千二百三十一基尔德，另有用来造枪弹的两百根铅，重两千二十五磅；小人带来献给大人的胡椒一万两千颗，现金三百雷亚尔……”

“你说的那些南蛮数目，都是些什么狗屁东西！”

“小人也不明白。总之，不可掉以轻心。他们还给老臣松浦法印、隆信公、丰后大人，以及长崎奉行都送了礼。”

“哦，我也从你手中拿了一袋胡椒啊。”

“这……胡椒乃是小人献给大人的。他们可是给四位大人送了火枪、生丝、缎子和奇珍异宝，还瞒着人呢。不只如此，三浦按针那厮是否和大人有些不和？”

“按针做了什么恶事？”

“此人可谓坏事做绝，却很难抓住他的狐狸尾巴。设若无他，那些人怎能贿赂长崎的奉行大人？定是按针的主意。”

“长崎奉行？乃是长谷川左兵卫藤广？”

“正是。奉行之妹乃是大御所大人侧室。这简直是忤逆主的教诲，主教大人对此颇为生气。”

“连奉行都送了礼，日后葡国船主和班国船主都得送礼了。简直目无王法。”

“大人明鉴。南蛮人为了宣扬天主的慈悲历尽艰辛，红毛人却为了把人间变成地狱而大施贿赂恶习。他们当受天主之罚。”

“那些人给长崎奉行送了些什么？”

“橄榄油、白兰地，还有一尊大炮，以及十五根铅，哦，还有六丈五尺绯罗纱。都是些稀罕之物，可见他们实在用心良苦……”

政宗有些怀疑，双方怨仇已发展到如此激烈的地步了？若真如此，导致这种怨仇的原因究竟是什么？宗兵卫口中的主教，似对家康亦抱有强烈的敌意。许是因为传教士们的生计乃是来自于通商的收益，而尼德兰船的到来将妨碍这笔收入；但也许恰恰相反，尼德兰真的是海盗。不过，真这样想，那索德罗所言便是弥天大谎。索德罗说过，菲利普国君的水军世上无敌，和罗马教皇于信奉和武力上平分天下，他们会任凭尼德兰船在日本近海夺去利益而无动于衷？

“这么说，尼德兰人在日本贱卖他们偷来的货物，是吗？”

“正是。”

“那么主教震怒的是他们贱卖了货物，还是在海上为盗？”

“均有。和那些可恶的盗贼们亲近的大御所也有不是，故主教才大为震怒。”

“这么说，给他们做眼线的按针，就更可恶？”

“大人明鉴。若再把英吉利红毛招来，日本就暗无天日了。”

“宗兵卫，你去对那主教说，先把尼德兰给我灭了。他对大御所的怨恨有些言之过早。班国国王不是拥有世上最强大的水军吗？”言罢，政宗突然有些后悔：居然对这个混账东西说了这种话。

宗兵卫眼中放光，向前探了探身子，“主教大人也想过了。但必须找个点引线的人。”

“引线？”

“大人明白吧？”宗兵卫露出一丝让人生厌的笑，“小人还要从平户到长崎，顺道去一趟大坂城，给城里的信徒们好生讲讲原委。能够帮助主教大人和神父们的人，除了大人，就只有大坂城……”

政宗的独眼突然瞪得浑圆。

此事干系重大。这些人想向班国国王求援也就罢了，但把求援和大坂的丰臣氏联系在一起，甚至要拉拢他伊达，便要充分警惕。这事恰恰发生在大久保长安带了奇怪的联名状来之后。若有人把这事传到家康和秀忠耳内，政宗便会招致灭顶之灾。

在政宗看来，外样大名中备受家康父子信赖的乃是藤堂高虎。从家康公首次答应秀吉公上洛始，高虎就已效忠家康。除了高虎，最受信赖者便是政宗。

家康最恨看不清形势的愚钝之人，在这方面，他具有令人钦佩的敏锐感觉。政宗发现，就像老江湖厌弃不知江湖险恶之人一样，家康甚是瞧不上目光短浅之徒。

能洞察天下大势的政宗，虽只一眼，却自信略胜家康。无论是家康决定发起关原合战，还是放宽对大坂的制裁，抑或是决定在江户开府筑城，他都能在家康之前，率先献计献策。作为家康六男的岳丈，他希望能作为有才干、有诚意的姻亲，于两家之间维系适当的信赖。若被卷入洋教新旧两派之间的争斗，再被误以为欲与大坂结盟起事，自会成为后世的笑柄，他的自尊何处置之？

“宗兵卫，你的话好生奇怪。”

“呃，让大人不快了？”

“不。我刚才说了，尼德兰若真是十恶不赦，我就请求班国国君除了他们，不过我可未说要把大坂卷进来。”

“抱歉。但小人以为，涉及信奉大事，断不能让信徒缩手缩脚。大坂城信徒颇多，故……”

“混账！竖子不足与谋！伊达政宗粉身碎骨，也要和大御所一道将日本建成太平盛世，有不轨之人想掀起骚乱，我决不饶他！”

“小人完全明白大人的意思。不过，大人，倘若尼德兰和英吉利打着我们的旗号和国内交易，说不定真会引起大人不愿看到的骚乱。大人当知，方今主的仆人计有六七十万，若想镇住他们……”

“退下！去吧。”政宗本欲大声呵斥，末了却语气稍缓。

宗兵卫退下后，政宗对下人道：“给那人一些黄金，权为盘缠。”

他表情变得凝重，心中亦开始盘算：宗兵卫必去大坂，说些和方才类似的话，对此，不知信徒们会作何反应？得采取行动！想毕，政宗立即给所司代板仓胜重修书一封。

洋教教众不愿尼德兰船来日，气氛益发不安。有一信徒至寒舍游说，被斥回。此人许会拜谒京城或大坂教徒，虽不足为虑，然防人之心不可无……

这样说后，即使那人提到政宗，板仓定也会释然；另，须趁拜年去骏府见家康，约略提醒，大御所恐还蒙在鼓中。

政宗尤为担心家康身有不测。家康只认实力，秀忠只认乃父。秀忠知，自己才具远在父亲之下，便坚持一种奇怪的信奉——绝对服从父亲。政宗认为，由于今川氏真、武田胜赖、织田信雄等人的前车之鉴，秀忠才对父亲绝对服从。万一家康留下遗训，说要小心伊达政宗云云，局势便会对政宗大不利。秀忠定会日思夜想，寻他的破绽。反之，若家康为伊达留得些许善言，政宗及伊达氏自能稳如泰山。那些沉不住气的后辈早早讨好秀忠，政宗却能灵活应对，他知家康的分量。

政宗决定年初去拜访家康，回头将家康的意思转呈秀忠。如此，他便成为了一心为德川幕府献计献策之人。新旧教派彼此不合之事，也得以似从他口中灌到家康耳内。

想毕，政宗慢悠悠站起身。家里已开始岁末扫除，他却想躲起来……

一五　身后计

庆长十五年新年，德川家康在骏府接受完家臣拜贺之后，让安藤直次与成濑正成留下。二人有些意外。

家康称要在茶室请他们用饭。二人面面相觑，自然不能拒绝，不过他们亦觉得，大御所很少这般不近人情。通常，拜完年后，家康就催着他们早早回家，去接受家人的祝福——这是旧例。既特意让他们到茶室，定有大事。二人心下转念间，已依言到了茶室，诚惶诚恐候着。

家康很快来了。毕竟年已六十有九，人明显老了。他道："直次跟我多年了。我第一次带你上战场，是在何处？"

"姊川合战时。"

"哦。那时，你还和五郎太丸差不多大吧，如今已和正纯一样，成为幕府的栋梁了啊。"言罢，家康又看看成濑正成，"正成也在堺港辛苦了很多年。我可是一直重用你啊。"

"承蒙大人恩典。"

"先上酒。天气太冷。"

二人愈是紧张。家康平日里虽不会贬低家臣，但也很少褒扬，今日却似换了个人，一旦大意，不知他会冒出什么话来。

"放松些。到了茶室就不分上下了。我一想到马上要进入古稀之年，便无限感慨啊。我把将军位让给秀忠是在六十四岁，那时还真没想到能活到今日。"

“身体康健最是重要，大御所丝毫不比壮年人差。”

“直次在奉承我。”家康迅速把视线移到正成身上，“听胜重说，正成在堺港常常参禅？你的口头禅是……吾不知生来去往，佛祖亦不知有涯……是吗？”

“在下惶恐。”

“不用怕。说得很好。为何到这世间来，又为何离开，谁也不知，佛祖亦是一样。”

“是。”

“说知自己的死处，是自大。”

“大御所所言极是。”

“你们都还年轻。我即刻死去，也不会后悔——希望知得生死，实际却是不能，故我才坐禅念佛。”

二人悄悄交换了个眼神。大御所特意把他们叫到茶室来，就为了说这些？

成大业者，必须有坐于漏船或身处火屋之心，一生有如磐石般安稳泰然的家康，究竟为何突然发这些禅佛之语？必定有大事。

此时下人端了酒菜上来，不是正月吃的年饭，而是茶室里用的餐点。汤也不是通常兔肉做的，倒像鹤汤。

“来，动筷吧，我给你们斟酒。”

“不敢当。”

“怎的不敢当！正因为有了你们，才有我今日。感谢你们，理所应当。来，饮吧。”

“恭敬不如从命。”

“我未想到，今年还能跟你们这般说话。真让人快慰啊！”

“唔。”

“但也不会总得神佛眷顾。直次，你说说，设若我今年寿终，还有何事未了？”

直次会心一笑，其心稍安，道：“大人自己很是清楚。”

“不必顾忌，只管直言。在世人眼中，我是个任性的老头子吧？”

“不，大人有主见，亦是最虔诚的修行者。”

“不。今年，我为义利（五郎太丸，后改名义直）在名古屋筑城，想让外样大名主事。前田、池田、浅野、加藤、福岛、山内、毛利、蜂须贺、生驹、木下、竹中、金森、稻叶……”家康放下酒杯，掰着手指头数了数，“听说加藤很是恼怒啊。他道，江户城和骏府城乃天下之尊，不得不建，但怎的连稚子也极力扶植？”

“在下也约略听说过。”

“你听过？”

“是。听加藤大人道，大人您若斥责他，他就立刻举兵。”

“正是！不过，我并非只给义利一人封赏。忠辉年俸六十万石，还在越后的高田给他筑了城，那城就在伊达、上杉、佐竹和最上之东。”

“是。”

“还有长福丸赖将（后改名赖宣），去年，他仅八岁就任骏河守，年俸五十万石。在世人看来，我真是只计私利。不过，为何我这老头子竟未从身边人口中听到过哪怕一句谏言呢？来，喝酒。”

二人缩了缩肩，忙捧起杯子，马上就要知今日这顿饭的真意了。

“我们是想进谏，却怕惹恼了大人。你说呢，安藤大人？”正成道，“大人确实给至亲骨肉赐予厚禄，但和大坂的秀赖公仍有差别，他年俸六十五万七千四百石，俨然大藩。”

“在下和正成谈过此事。”安藤直次接口道，“已故太阁给织田秀信公的俸禄为十三万五千石，秀赖公比他还多五十二万两千四百石。这是大人和太阁的差别。”

“哦？你们这样计算？”家康低声说着，默默端起酒杯送到唇边。二人的回答似乎出他意料。二人又交换了一个眼神，轻轻摇了摇头——好像会错了意。

“尼德兰和班国之关系，比想象中还要恶劣啊！”正成道。

“班国传教士开口必骂尼德兰为盗，尼德兰则必骂班国人为贼。”

“唔？”

“欧罗巴正烽燧大炽啊。”

“唔。”

“真在海上相遇，亦会大打出手。”

“唔。”家康根本不接茬，正成也只能闭嘴了。

“大人，最近听说大久保长安病了，好些了吗？”安藤直次想起去年晚秋在铃铛森林遇见的那个女子。他半说笑地把那事告诉了家康，亦是为了试探，不知长安是否真做过。但家康对此却似毫无兴致。

“来，再喝些。今日不必拘束，只管畅言。”

“是，已足。”

“时候还早，一口气干了！”家康紧劝。

“遵命。”直次赶紧干了。

“你太死板了啊。”

“大人明示……”

“该放松时就得放松。我还欲待天气暖和些了，去阿倍川的花街看姑娘们跳舞呢。”

二人益发不得要领。

天色已开始暗下来，白雾晕染着院中光秃秃的树干，仿佛水墨画一般迷蒙。

家康的款待终于结束。二人退出后，成濑正成在安藤直次耳边轻声道：“也许大人在担心什么。”

“哦？”直次稳住脚步。

“我突然想到，大人是不是病了？”

“病了？”

“最近风流病肆虐。”

安藤直次吃了一惊，“您到底知些什么？”

“大人精力旺盛，还曾把阿倍川町的女人叫到本城来。”

“正成！”

“怎的了？眼神那般吓人！”

“你这人想法龌龊！因年轻武士常光顾阿倍川町，大人才故意讥讽。”

“哈哈，也可以这般想。若大人在那里有相好，我们就不能随随便便去了。”

“你不信我的话？”

“好了，不必这般针锋相对。若真如你言，大人处心积虑把我们留下，不定是患了风流病。”

“好了。年节时积些口德。若是为那个，也不致找你我商议，有那么多医士呢。”

听直次这么一说，正成搔了搔胡子。即便是家康为此而羞愧，也尽可找医士看完病后，差二人抓药啊。也许家康本有话要说，不知怎的最后又咽了回去。

二人别过，各自回家，当夜无事。

过了一日，二人居然又被叫到茶室。此次款待极其丰盛，令人眼花缭乱，除了盐烤鲷鱼、鹤，竟然还有山鸡、山芋和葛煮嫩藕。酒则是尼德兰敬献的白兰地。

“来，休要拘束。若不喜洋酒，还有清酒。”

二人不禁胡猜乱想。安藤直次想，也许有人想捣乱，大御所要命令我们去平息；正成则想，说不定会把一个年轻小妾赏赐给我呢。家康确实曾把年轻侧室赏赐给属下，也有赏赐后又收回之事。不过，当日家康并未说些什么，只不断劝二人吃喝，最终也未张口言事。

正月初五，安藤直次和成濑正成再次被召。二人不由得面面相觑。

二人惶恐进了内室，一个侍从来禀道：“大御所大人要请二位大人用餐。请到茶室。”

二人一阵心悸，带着疑问和惶恐，立刻起身到了廊下，走了四五步，又停下来。直次拉着正成的衣袖，回到内室。“正成，我心里有谱了，来！”

“唔。我也觉出些门道。”

二人感觉紧张万分。

“安藤大人，你以为怎样？”

“此事也许和义利公子、赖将公子有关。”

“你也这般想？”

“你的想法也一样？”

二人木然相对。

“如何是好，成濑？”

“计将何出，安藤？”

二人陷入沉默。

若事情果然如二人猜测，对他们来说可是惊天大事。家康说过，往生之前，有几事非办不可。过完年就实满十一岁的七男义利，以及实满九岁的八子赖将，必然让他操心。他为义利筑名古屋城，又封赖将骏府五十万石年俸。不过，只分封领地尚且不够。就像大久保长安乃是六男忠辉的家老一样，义利和赖将亦当托付给可靠之人。倘若二人被选中，对他们而言，意义何等重大！

现侍奉家康的本多正纯被提拔成大名，领下野小山三万三千石年俸，成为朝臣。即使处于幕府治下，他也算是朝廷大臣。然而，一旦做了义利和赖将的家臣，就不能做朝臣了。此事不仅事关本人，还延及后代子孙。若是现在应允了，就相当于断送了日后出人头地的机会。

“如何是好？”直次又问了一遍。

“如何是好……如何是好？”正成皱着眉头反问，起身走出房间。

“若大人要我死，我也毫无怨言。”直次边走边道，“但若子子孙孙都为陪臣，大名就不用想了，就连旗本也做不上啊。”

成濑正成扑哧笑了，“大人不会想不到这些。他心里清楚得很，才会兜这么大个圈子。”

“你已决定接受了？”

“哪能这般容易就决定。”

“如何是好？咱们商议后再去见大人吧。”

“不用，见机行事吧。说不定让我切腹呢。”

“这可非要我们的命那般简单，乃是关系到子孙命运的难题啊。”

“明白就是。我们违背大人意愿，就只能切腹了。既如此，姑且一搏吧。”

直次默然。

这样，二人第三次进到茶室。家康正微笑着等待他们。“茶屋和长谷川左兵卫送来些珍馐美味，一起尝尝吧。来，这是盐渍鲸鱼。”饭菜和前两次一样丰盛。二人餐盘旁边，一块像硬豆腐似的东西端端正正摆在白纸上。

“你们知那像膏一样的东西是什么吗？”

“不知。”

“那是左兵卫从长崎送来的。他知我正月会摆酒，故送了这个能一口吃下的东西。”

“什么味道？”

“这叫胰子。我尝了一口，吓一跳，滑溜溜的，还冒了许多泡泡。后来按针来了，赶紧让我漱口。”

“那是为何？”

“这非吃的东西，是用来洗漱的，就和我们用的米糠包一样。用它蘸水洗脸洗手，倒也干净。你们也试试。”

安藤直次轻轻拿起那东西，托在掌心仔细看；年轻气盛的正成则立刻就欲吞食。

“哎呀哎呀，正成，我说了，不能吃！”家康连忙阻止。

正成使劲耸耸肩，“要是能洗脸洗手，去掉污垢油脂，吃了应该能洗心吧，大人！就让我把心洗净吧。与其在此兜圈子请吃请喝，不如明白吩咐我们！”

家康忙移开视线。

“大人定是有事吩咐，才会屡屡款待。但大人缄口不言，却折损了这些佳肴。”

正成说完，直次立刻附和道：“大人您事事深思熟虑，我等理当耐心等着您裁断，不过实在等不下去了。”

“哦，你们也这样想？”家康轻轻叹道。他侧着身子，悄悄擦了擦眼角。

正成和直次一时愕然相顾。

“大人，您的事必与义利、赖将二公子有关。”正成捅破了窗户纸，“请大人明示。在下万死不辞！”

“那我就直言了。不过，说来话长。”家康笑道，“为政实乃罪过啊。我这行将就木之人，深有感触啊。”

“为政乃是罪过？”

“是啊。希望造福天下苍生，不过多是空想；总会有人身灭，有人遇不公。见此情形，我们也只有擦擦眼泪，继续前行，背着恶名、诅咒和仇恨……必须有此决断。”

“大人，那和您的事有何干系？您说的乃是德川家事吗？”

“正成，天下原本一家。”

“这……是，不过……”

“我应在初一就和你们明言。连太阁那般睿智之人，临终前都变得糊涂起来，为了儿子四处求人。我很快也要犯糊涂了。五郎太丸和长福丸、鹤千代，我赐予他们五十万石之巨的俸禄，已够任性了，对此，为何没有一人向我进谏？我要责备你们啊。”

直次和正成悄悄对视一眼。家康的确这般说过。但平定天下、劳苦功高的家康，有些自家打算，亦是人之常情，实无甚好苛责的。

“你们不会以为，德川家康亦和太阁一般糊涂，把天下事和家事混为一谈吧？你们定是这般想过。不过你们都三缄其口，故我才不知该如何开口。”

“大人，若我等进谏，您会怎样？”正成反问。

“我会称扬你们，因为我最是了解你们过人的才具。”

“才具？”

“不错。你们的才，绝不在土井利胜和本多正纯之下。因此，我才想把五郎太丸和长福丸托付给你们。”

二人对视一眼。

“我可能会因此被视作糊涂之人。然放眼天下，能够当此重任者屈指可数。我把五郎太丸和长福丸都安排在关隘之地，功罪由德川家康承担。我心中暗暗期待，希望有人责我枉徇私情，然终无人。故，我就得麻烦你们了。”

事情果如他们所料。

“但我怕你们为难。你们的才具，足以做一个出色的大名，若为陪臣……唉，你们也许会拒绝。而子孙们身份的差距，亦将愈来愈大。我的无理要求，让你们为难了啊！但你们既问到这个，我也就不隐瞒了。正成给五郎太丸，直次给长福丸，可好？当然，我会尽量向将军争取，厚待你们的子孙……”

二人不言。

“好，你们二人合议合议吧。你们若认此为我的私心，是犯糊涂，就一口回绝。我不再提起，也不再问你们。”言罢，家康起身就要离去。

年轻的正成忙拦道：“大人，且稍等！”

“你们不需商议？”

“既然大人这样坦诚，我等也不能背着大人商量。请大人在此处听我们说话。”

“哦，在场？”

“是。安藤大人，”正成兴奋地转向直次，“是切腹还是接受，我想听听你的意思。”他声音冷静，目光死死盯着对方。“不论是哪一位公子，大人只要吩咐即可，却迟迟未能出口，款待我等三次啊！安藤大人，还有何商议？”正成似已有决定，一脸感激之色。

直次也感到胸中发热，他正了正身子，“大人……”

“想说就说吧。”

“我们二人追随五郎太丸和长福丸……乃是为了天下？”

“老夫惭愧。”家康涨红了脸，“我若置天下于不顾，和那些糊涂老头子有何区别。你们说呢？”

“……”

“为了太平，必须把孩子们安排到要处。但坦白说来，我并不真信那几个孩子，幼子的品格和力量均不可知。照他们的性情脾气，再加上你们的能力，一切听天由命吧！”言罢，家康取过身旁的赤锦小包，放在膝上，“我早备好两把短刀，你们若接受了，就送给你们。一把正宗，一把长光。”

“不敢，只是代为保管。”

家康淡淡道：“虽然那两个孩子不会谋逆，不过终究还是太小，一切都还未知。万一他们有乱心，就请你们用这刀替我把他们宰了。怎样，老头子还算糊涂吗？”

“正成！”直次终于按捺不住，大声道，“大人已把二位公子的身家性命托付给你我。我等还犹豫个甚！”

“唔……”正成使劲咽了咽口水，“这……这……这样受大人信赖，断无再推托之理了，安藤大人。”

“无妨无妨，你们还是好生商议。”

“大人！”直次突然伏身在地，“我们甚是愿意听从您的安排，子子孙孙都……都……誓不忘却大人这片为天下苍生的苦心！”说罢，他肩膀剧烈抖动，哭了起来。

家康有些茫然地看着二人。他的确深思熟虑，故迟迟未对二人提及此事。此前，义利的老师一直是平岩亲吉，但亲吉毕竟上了年纪。家康感到自己时日无多，必须为五郎太丸重新物色合适之人。赖将的老师原为水野重仲，但他不过是个从常陆提拔上来的年俸仅五万石之人，倘若封给那两个孩子年俸五十万石的国之要地，实让人无多大信心。

若封为大名，他们为“家康之子”效劳的同时，亦是幕府官员，必须严格遵守礼法。要让成濑正成辅佐义利，安藤直次辅佐赖将。在心中挑人时，考虑到二人的才具，家康心中惭愧。因为他们二人就像家康自己的孩子一样，又都才华出众，于情于理，家康都不便张口。

“你们答应我了？”

这时，二人已恢复了平静，坐回自己的位子。

“你们说，子子孙孙……”

“是。”正成回答。

“这么说，我可得到你们子孙的帮助了。好，我会仔细斟酌，把此事写入家训。但你们将身负重要使命，非寻常大名可比！”

“明白。”

“不仅五郎太丸和长福丸，若他们的儿孙做了错事，你们的子孙也要得而诛之，你们必须这般教化子孙，知道吗？”

“为了太平，我等谨记于心！”

“唉！”家康的声音忽然哽咽了，四周布满皱纹的双眼，扑簌扑簌滚下串串泪珠，有如流水淌过岩石。“神佛都未细想，就答应了我这个任性的请求，就请你们收下短刀吧！记住，一旦发现有人谋乱，或是不服管教，立刻动手，休要犹豫！”

说罢，家康双手各握住一把短刀，递与二人，瞪大了湿润的眼睛。

后人思之，家康公的愿望以及二人的承诺，都打算太过。连子孙的生活都打算好了，这便是执拗。然而，人往往愿意为了信任而赴汤蹈火，这，也许便是另一种美好的“心志”。

二人接过短刀，表情分外坦荡。

“如此，我担心的事也就解决了。来，喝，你们都喝了！”

“大人，我们一定不负所托！”成濑正成朗声道。

“既然如此，在下也直言了。我们亦是凡夫俗子，对于前程，亦曾胡思乱想过。如今疑虑全消……在下决定了！”安藤直次伸出酒杯，接满家康倒出的酒，“在下欲明日就去拜见公子，转达大人的决定。”

“好。对你们来说，每一日都甚重要！”

“另，刚才大人说，您这桩担心的事解决了……”

“是这样说过。”

“另外还有几桩？”

“哈哈，正成真是率直。哈哈，德川家康亦是凡夫俗子，担心的事像山一样多呢。”

“只怕有负重托。”

“既然太多，干脆念念南无阿弥陀佛吧。”

“请大人莫要笑了，可否告诉我等，我等亦当为大人分忧。”

“好。另外一桩便是秀赖。”

“是。”正成点了点头，看看直次，“在从堺港来骏府之前，我等也曾私下想过，大坂诚令人生忧……”

“我最近想见见秀赖。”

“把他叫到骏府来？”

“不，那可不行。那边还有不少看不清时势之人啊。”

“大人亲自去京城？”

“是啊。要是不去，就对不起太阁。不知他怎样了。我和太阁约定，要照顾秀赖。若我背约，太阁在地下恐怕不得安宁。”家康心情大好，笑声亦分外洪亮。

直次和正成也稍微平静了些。家康似已知自己大限将至，要把未竟诸事都一一办妥，一言一行，似都是遗言。但他们二人却不甚明白这种心思。

“在下去拜见将军时，偶尔会去大坂城探访，觉得……似有人认为，秀赖很是可怜。不过，在下认为，并无人真心爱护秀赖。”正成一脸严肃。

“不。有加藤肥后守，还有浅野幸长。”家康一口否定。

“但是，那里的人并不甚欢迎他们。”

正成本欲在说出见解之前，先试探家康的意见，但家康只是笑着反问：“这种氛围的源头是什么？不必问别人，只说自己的想法即可。你说呢，直次？”

“正成偶去拜访秀赖和淀夫人，当知些那源头。”

“哦？正成一向爱寻根究底，我才把那短刀给了你啊。”

正成搔着胡子，再一次恭恭敬敬捧起刀，道：“问题在于，秀赖没有家臣能保有这把短刀。加藤和浅野二人虽然频频拜谒，淀夫人却并不在意。”

“那是为何？”

“因淀夫人身边有些所谓忠义之辈不喜欢他们。加藤和浅野都为高台院夫人一手提携……”

“真是可怕啊！关原合战前，三成和七将就互相仇视，时至今日，还阴魂不散。”直次补充道。

家康点点头，添了些酒，“希望你们明白，对那些所谓忠义之辈，我有恨有忧。我把短刀交给你们，是希望能让太平持续下去。你们若是我，会怎生对待秀赖？是维持现状，还是让天下一分为二？近臣之中重用谁，疏远谁，另，这把短刀该托付给谁？你们怎么想就怎么说。直次，你先说。”

“这……”直次好像吃了一惊，“在下浅见。首先要维持关白地位，然后和将军家结为姻亲，方能为长久安泰打下坚实的基础。故，必先把淀夫人和秀赖分开。”言罢，他静静等待着家康的反应。

“必须分开？”家康反问。

“正是。”直次断然回道，“但若向淀夫人示令，让秀赖带着身边重臣迁到其他地方，其实很难带走真正的重臣。非是怀疑淀夫人，而是这方法很难实现。”

“嗯。若淀夫人同意呢？”

“若是那样，希望秀赖能作为公卿栋梁，离开大坂，将治所迁移至古都奈良。”

“唔，去大和的奈良？”

“是。大和有甚多皇陵、寺院，与皇宫、公卿们渊源深厚。一边参与祭祀典礼，一边接触众大名，安安分分，则一切无虞。其门第官位高于将军，不管怎生说，也都给足了丰臣氏面子。那时，大御所若愿意，可以为其增加三五万石，予其旧臣修理城池。”直次意识到自己太严肃了，忙笑道，“当然了，他若不想接受，就罢了。是吧，正成？”

“是。”正成应道，好像二人经常谈论这话题，“若在下是秀赖，会从巨额的寺庙捐赠中截留部分黄金，筑一座华丽庄严的城郭，远离武力，保有一颗隐逸之心，不树敌，亦无敌忧。这样，那些唯恐天下不乱的野心勃勃之人，自不会和他亲近。在这太平世道，可安逸万年也。”正成逐渐陶醉于自己的描述，眼睛微微眯起。

“嗯。”家康也似对二人的提议动了心，“你们果然能够为日后计算。听了之后，我真想去见见秀赖。”

“太好了！”正成向前探了探身，“大人您亲自去见秀赖，单此已能让秀赖痛哭流涕。开春天暖，再去京城如何？”

家康苦笑着摇头，“真是年轻啊，正成。”

“大人不会这么随便就进京吧？”正成挠挠头，瘪了瘪嘴。

“是啊，不会这么轻易。”家康神色轻松，“我要是突然说要离开骏府去见秀赖，必会有人立时持刀跳将出来。明白吗？”

“是，确有可能。”

家康点点头，转向直次，“直次，你有什么好办法？我想见见秀赖，有什么办法把我的心意传达给大家？”

“这……”直次陷入沉思。

“你平时就思量过这个问题？”

“是。其实，在下想过，请淀夫人到江户来。毕竟，让秀赖和淀夫人分开最为要紧。”

“嗯，这个想法不错。那你想怎样？”

“想麻烦将军夫人。”

“阿江与？”

“将军夫人和淀夫人毕竟是同胞姐妹。她去转达大人的心意，最好不过。”

“唔，是个办法。”

“在下会在将军夫人将淀夫人请到江户时去拜访，并将对丰臣氏的长久打算详细相告。这是在下先前的想法。不过，如今先以大人的名义去一趟京城，说大人很想见见秀赖。有在下斡旋，当不致引起什么猜测。”

“嗯，得拜托阿江与夫人。”家康立刻朝向正成，“正成，你说过要去给将军拜年吧？阿江与夫人性情比淀夫人好，也许乃是人生际遇不同使然。夫人对竹千代也甚在意，我常把教导儿女的方法写下来给阿江与夫人。你就带着这个去，交给她吧。”

“明白。在下明日先去见五郎太丸公子，然后直接去将军处，将欲辅佐五郎太丸公子一事一并禀告。”

“好，就这样吧。”家康毕竟年纪大了，有些气短。直次的主意说到了他的心坎里。家康又道：“私下对阿江与夫人说，我想见秀赖非是为了自己，而是事关丰臣氏的未来。就这么说吧。”

主从三人，此日竟然一直谈到亥时。

二人离去后，家康由下人搀回卧房。是夜，他辗转难眠。人到了生命最后的时刻，会生出各种各样的想法，多得令人吃惊。尽人事，知天命，话是这么说，不过能不能尽人事，依然完全不可预料。

秀忠作为第二代将军，无可挑剔。但他的儿子竹千代尚年幼，未来很难预料。嗣子人选，并不能只通过能力决定。在乱世，自然是有能力者、武力强大者得天下，太平时期却并非如此。若不定立长幼之序，一旦有了出色的兄弟，祸患必先起于萧墙之内。家康正是考虑到了这些，才对竹千代尤为关注。

因为阿江与的关系，淀夫人也许会放秀赖到骏府。他若来了，该怎样接待？若他不来骏府，家康恐只得再次进京，在伏见城或二条城见他。但上次进京，家康以为秀赖会甚为爽快地出迎，却因为种种阻挠而未果。此次若仍然如故，对日后会有怎样的影响？

秀赖不见家康，是一种孩子气的怨恨，他是相信了那些风言风语。

然而家康身边的人甚是清楚，家康公乃是如何苦心孤诣，有些人对此甚至心生恼怒。家康特意进京去见秀赖，若无个说法，自得不到众人的理解，以致生出怨怼。

各种各样的想法在家康心中转来转去，眼看到了丑时，还是无法入睡。正成已有想法，阿江与心思更是缜密，不如听听他们的意见……心下粗粗有决定，家康才安稳合目。

一六　血浓血薄

庆长十五年正月十一，成濑正成至江户城拜谒将军夫人。

是日，阿江与夫人亲自到厨下，指导众人制作御具足饼（镜饼）。近日城里的女人打扮得越来越华丽，随之而来的便是将军内庭的各项费用增加，用人数量增多，故今日阿江与带头做起节俭的表率。

“听着，咱们虽在将军府内，但绝不可奢靡浪费。你们当记住！”阿江与正在做小豆饼。以前小豆饼都做成咸味，今年欲做成甜味，故骏府送了些红砂糖。为了不糟蹋红砂糖，阿江与亲自作了好几次示范。节俭乃是家康和阿江与夫人共有的美德。随着岁数的增长，阿江与夫人愈发尊重家康。

据说阿江与夫人和竹千代的乳母福子夫人略有不和，原因之一就是阿江与夫人太过节俭。她过去曾尝尽人间不幸，故虽然现在贵为将军夫人，穿着打扮依然颇为俭朴。下人们说，将军大人有些忌惮阿江与，所以未娶一个侧室。不过，成濑正成想，也许秀忠真的满足于这一个妻子。

正成被带到阿江与夫人房里，拜过年，便把家康托他带来的书函交给夫人。夫人端端正正叠好，放进壁橱。她并无年轻艳丽之感，只觉端庄贞淑，那种从容优雅的气度，让人觉得成熟稳重。

淀夫人到底又是怎样的女人？年轻时，她自然出类拔萃，但现在是否依然？女人随着丈夫地位的改变，必会生出种种变化。正成心下正在感慨，夫人道：“正成，今日请你用些甜小豆饼吧。请你记得小豆饼的滋味，代我向大御所致意。大家都很高兴啊。”

这位端坐在正成面前的贵夫人，的确高贵得令人不敢正视。

“是。”正成恭恭敬敬平伏于地，转达了家康想和秀赖见面之意，然后道，“仔细一想，大人已快七年未见过秀赖公子了。不过大人也不能随随便便就请秀赖公子来骏府啊。”

“就等他进京的时候吧。”阿江与夫人眉头微皱，侧首道。她好似已明白正成在打什么算盘。

“大御所大人道，夫人您与淀夫人乃骨肉至亲，也是知根知底之人，也许有些办法，故让在下拜完年后，私下来看看您。”

正成逐渐进入了主题，阿江与夫人则似陷入了沉思。

“她的确有些气焰太盛。”说的当然是淀夫人。然而，阿江与夫人很快就展开眉头，道：“这对丰臣氏、秀赖和阿千都甚是重要。我若不尽力，实对不住大御所大人。”

“夫人不必过于劳累。”

“不……”阿江与夫人侧首微笑，一副凝神思索之态，“大坂城里有些人说，秀赖今年已到了从本城走出来见识天下的年纪了。”

“在大坂，曾有人问过在下：大御所大人欲何时打进大坂？”

“井底之蛙！没想到姐姐居然愚蠢到这般地步。”阿江与夫人轻轻叹息了几声，突然轻轻一拍膝盖，“有了！”

“夫人有了什么好法子？”

“只有我们几个还不够，还有一人……不，两人，若找她们援手……”

“她们是谁？”

“其中一位乃是京极高次大人的遗孀，亦是我的亲姐姐常高院。”

“夫人说得是。”正成施一礼。

淀夫人、常高院和阿江与夫人从小谷城陷落后，一起历尽苦难。京极高次在关原合战时作为东军驻守大津城，兵败后将城让给了立花宗茂，但被家康宽宥，封他在若狭小滨，年俸九万二千石。高次去年五月初三病故于小滨，遗孀常高院现于京都的西洞院出家。若姐妹二人一起游说，自能打动淀夫人。

正成正想时，阿江与夫人又道：“另外一人，便是高次的姐姐松丸夫人。”

“松丸夫人……”

松丸夫人便是曾和淀夫人争宠的京极夫人。秀吉公在世时，她与淀夫人关系不睦。但秀吉亡故后，二人同病相怜，来往反倒密切了许多。

“对常高院和松丸夫人说，是我的意思，她们不会不明白。大人就以我的名义去见常高院吧。”

成濑正成心道，是好法子。即使淀夫人因为谗言对家康和江户抱有怨怒，有两个亲妹妹，以及和浅井家关系密切的太阁侧室松丸夫人的游说，自会消除许多误会。

“淀夫人啊，”阿江与夫人边笑边说，“从年轻时就是这个脾气，话一出口，必难更变。但她生性耿直，聪颖异常，不会不明大御所的苦心。”

“夫人言之有理。”正成心悦诚服道。

“我们就等你的好消息了。”

阿江与夫人除了自己的亲姐姐，还要加上松丸夫人，其用心谨慎，愈来愈像家康了。若京极氏的人能让淀夫人冷静，家康仁至义尽地照顾秀赖的苦心，必会令其明白。京极氏和六角氏虽然均为近江源氏佐佐木一族的后裔，不过在高次之父高吉时，被浅井长政夺了领地，高次幼年时流离失所，无比辛酸。自从松丸夫人成为秀吉爱妾，淀夫人的妹妹嫁与高次以后，高次始得到秀吉庇护，京极一门亦渐渐复兴。

京极一族应该对此心中有数。阿江与夫人对此亦甚是清楚，方才设此一计。

正成照例喝了冷酒、吃了具足饼后便退下了。事不宜迟，正月里可借“拜年”之名，做许多大事。

阿江与夫人立刻叫来民部卿局，命令她准备出门，“辛苦你一趟，去京城西洞院拜年。”

民部卿局一听，就知是要让她去看望京极遗孀常高院。京极家那位夫人每年年初，亦会郑重其事派人来看望妹妹阿江与夫人。

“你去常高院处。又是一年了，孝也满了，她成了寡妇，一定颇为寂寞，安慰安慰她吧。”说完这些客气话，阿江与才把真意明明白白说给民部卿局。不过民部卿局看似很是为难。她已认定，丰臣和德川根本不会消除芥蒂。

乱世仿佛就在昨日——人人用尽心计，父子兄弟无不互相提防，偌多人尚未适应太平。我若也是没落大名的遗孀，想必也会疑窦丛生。阿江与暗想，她的第二任丈夫、秀吉养子丹波少将秀胜亡故时，觉得自己一生仿佛就此完结了。人生即如炼狱，一生都将受到诅咒。第三任丈夫死后，她被强行嫁给比她年轻的秀忠——那时她几乎绝望。然而这桩姻缘，却令她枯木逢春。

刚开始时，阿江与亦一片茫然，心若死灰。但自生了儿子竹千代和国松丸以后，她的心思立时改变了。家康时常挂在嘴边的“神佛”似的确存在。她先前遭遇的种种不幸，都是人生磨炼。过了那扇门，再回头看去，发现先前所历其实皆是幸运的前兆。

那时开始，阿江与夫人开始真正亲近家康，尊敬家康。家康也是多受磨炼之人。对秀忠，她也重新认真思量。以前，她对男人的放纵甚是痛恨，恨不能把男人的手脚都捆起来。不过，现在她亦开始尊重秀忠。她意识到，秀忠不娶侧室，并非畏惧她。

家康决定以儒道教化天下，秀忠也严格实践。“父亲心愿若得以实现，日本将成为东海君子之国。让人人都成圣人，这想法即如神佛之言。我不如父亲，故我当严格遵照父亲吩咐。”秀忠的这些话，牢牢刻在她心里。自那以后，她的心思起了巨大的变化。

此时，阿江与暗下决心：定要让淀夫人明白家康的良苦用心。

“也许淀夫人会做出将军进京时那样的事。”阿江与夫人仔仔细细检查了一遍写给常高院的书函，方交给民部卿局，提醒道，“世人因此添油加醋，说江户与大坂不和，纯属子虚乌有。”

民部卿局不答。

“你想想，”阿江与夫人爽朗地笑了，“若我们两家不和，只会令世人笑话，我们姐妹也丢脸。我亦常这般对常高院与松丸夫人说。”

“是。”

“我和两个姐姐当初从越前北庄逃出时，都直叹自己命薄……”

“是，今日想来，还令人伤怀……”

“但我们姐妹生的儿子一个要做摄政关白，一个要做将军，共同负起天下重任，这又是何等幸运的事啊！”

“是。”

“你说淀夫人会不会这样想？”

“是。不……虽然认为如此，但……上次将军进京，便发生了不快。”

“呵呵，你不能总这样想。对方误会，就要把误会解开。”

“是。”

“我不能亲自去说服她。常高院和松丸夫人会带你去，你只要告诉常高院即可。我以前也不喜欢大御所大人，冷冷的…… 其实不然。人都在不断成长，大御所大人对此甚是清楚，他知我早晚会明白过来，故一直等着。如今，他连教导孩子的心得都写下来给了我。”

“大御所大人……”

“你要让常高院也明白这些。大御所大人最近老了许多，对我们的教训都将成为遗言。今年他想见见秀赖，想看看秀赖长成什么样子了。若能进京，希望能高高兴兴见面。倘若能见到淀夫人，大御所大人不知多快慰。就这样说吧。”说着说着，阿江与夫人眼中蓄满泪水。

“大御所大人若怨恨秀赖，为何特意把忠辉派去大坂？他自然希望，姐姐和她周围的人能够醒悟。我身边几曾有过如此宽大之人啊！我如今方明白过来。”

阿江与夫人一番恳切的言语，听得民部卿局也流下泪来，“明白。人不会一成不变。静静等待对方成长，这真是神佛一般的心思啊。”

“是啊。这样的人就在身边，对我们姐妹来说，乃是前所未有的幸运啊！”

“是。”

“大御所大人若不在这个世上，京极氏就会先灭亡了。”

“正是。”

“关原合战时，京极几遭灭门之难，也多亏大御所大人。而且，正是因为有这么好的公公，阿江与今日才能如此幸福。你要好生说给常高院听。我认为，浅井三姐妹真正的守护佛，乃是大御所大人，阿江与日夜都参拜呢。”

这是阿江与夫人近日的真实心境。先前，她亦认为家康乃是一口深不可测的冰冷古井，但后来才渐渐发现，家康那种喜怒不形于色的冷淡，其实来自于慎重劳苦的“忍耐”。他对媳妇阿江与都能如此忍耐，为何不会同样对待淀夫人和秀赖？

“我要是离大坂近，肯定立刻就前去，亲自说给姐姐听。你帮我转达，大御所大人对我们姐妹不分彼此。我考虑得很是清楚，他不会长生不老，故，我希望能做些让他快心的事。”

“夫人放心，奴婢会好生向常高院夫人禀告，一定让大坂明白夫人的心意。”

“好。你和她一起去大坂，阿千的人若说了什么不中听的话，也莫要放在心上。”

“是。”

“这次是为了我们姐妹。”

“谨记于心。”

“这是我们应尽的责任，既是为了我们姐妹，也是对大御所大人的报答。此事定要办妥，拜托了。”

民部卿局转天立刻离开江户，前往京城。

明白了家康要成濑正成转达的意思之后，秀忠自无任何异议。不过，土井利胜却不肯轻易点头。他打理幕府诸事，一向事必躬亲。和秀赖见面的影响和后果，家康虽已充分考虑过，然而利胜还有顾虑：丰臣旧臣多还幻想着会把天下交给秀赖。在这种时候，大御所提出想见秀赖，甚不合时宜。他会怎样向秀赖解释呢？大御所真是老糊涂了，还是看到了秀赖的才具，要把他从大坂城赶出去？

幕府不会让秀赖就这样坐在大坂城内。原因有二。虽然都是谣传，但绝不能掉以轻心。传言之一，大坂城固若金汤。不过，除了以前的火枪，幕府已有了能把大坂天守阁炸飞的威力无比的大炮。“攻不下的城池”虽已成过去，但是，那些经历过关原合战的浪人们还依然坚信不疑。另一个传言则是关于秀吉留下的黄金。那些黄金被用来修缮、建造了无数寺庙神社，基本告罄。但无论浪人还是百姓，都以为大坂城里仍有数不尽的黄金。

这两个传言让土井利胜很是担心。家康想见秀赖，风声一旦走漏，必将掀起轩然大波。无人认为天下会交给秀赖，世人定会认为，家康乃是欺负秀赖。

土井利胜想罢，悄悄叫来米泽堪兵卫。土井自是有他的考虑，令米泽先于民部卿局到达京城，和所司代板仓胜重约定，务必防止谣言。“堪兵卫，你去京都，以拜年的名义去见所司代，转告说，我想见片桐且元和织田有乐斋。”

拜年真是好借口。

阿江与夫人对骨肉至亲的想念，与土井利胜出于政略的考虑，有天壤之别。

利胜并非与家康作对，而是要维护德川的体面。他想先让秀赖出大坂，家康也当有同样的想法。但二者的区别在于，利胜乃是出于为政的需要，家康则是出于对丰臣氏的感情，希望丰臣氏能够永存。

利胜想先让板仓胜重到大坂去，给秀赖拜完年后，再和片桐且元、织田有乐斋见面，让他们同意移封秀赖。不过，且元和有乐斋也不易说动，但他们至少不会妄动。

“休要让大御所想与秀赖见面一事传扬出去，否则一旦世人议论纷纷，将对秀赖不利。”利胜毕竟老成持重，一切考虑都围绕着现实利害，“与其这样，不如让秀赖去看望大御所大人，毕竟大御所大人仍是长辈。而且，还有将军夫人和常高院，这乃是浅井三姐妹真正会面。然后在一片和气中引出移封的话题，讲明这乃是让丰臣家永续的最好方法。必须这么做！移封的费用，无人敢反对，尽可命诸大名帮衬。城池筑好以后，推举秀赖为关白，斯时千姬夫人也许已生子嗣了。总之，莫要让两家之间生起风波。关于移封后的治所，大御所大人有他的想法，将军和我亦正在考虑大和的郡山城。此事如有必要，可以透露一二。”

利胜自信这是最好的办法，米泽堪兵卫牢记在心。

谱代大名和众旗本之中，依然有人认为“先下手为强”。但如今，天下太平，丰臣氏已不是敌人。秀吉公的血和家康公的血，为了实现太平，已融合在一起。虽然利胜这样认为，但毕竟是他一厢情愿的看法，并不知阿江与夫人作何想。

一七 大坂回心

生于不同月份之人，体质亦有差别，有人耐寒，有人抗暑。淀夫人的体质亦随季节变化。天气转寒时，她就会迅速消瘦，变得颓废；到了夏日，则精力旺盛。夏时见到淀夫人，人都觉其性情暴躁，给人莫大的压迫；但冬日见她，她就如一个多愁善感之人。

想到母亲正在这初春时节，于大坂城内庭拥炉而坐，秀赖感到一阵难耐的苦楚，不过他已不再抗颜。

秀赖的侧室，在荣局之外只增加了一个，即伊藤武藏之女千种。千种被淀夫人亲自选为儿子侧室时，城里有过各种传言："主母不愿少君宠千姬夫人。"她乃是为了让秀赖的视线从千姬身上转移，方特意从自己的侍女中挑选了天真可爱的千种。秀赖自然也听过了传言，一笑置之。

"世人认为，丰臣与德川不和，希望看到两家打起来。两家若真兵戈相向，本来已无望再出人头地的浪人，必会煽风点火、火上烧油，那只会给我们带来莫大灾患。"片桐且元说得煞有介事，秀赖亦模模糊糊明白些。

去看望畏寒的母亲，说些安慰的话，乃是秀赖最近愿做的事。这种时刻，经常让他生出温暖的喜悦，心中爽快。

看到秀赖成熟了，淀夫人心里也甚是宽慰——少君长大成人了，得赶快让他和千姬圆房。淀夫人全然未听过那些不怀好意的传言。京极高次故去了，越前秀康亦亡了，曾和她争夺太阁宠爱的、美貌的加贺夫人也往生了……身边的人一个个或死或去，让她感到无比落寞，与这寒冷的季节一道，让她日渐憔悴。

人总有一日会老去，从这个世间消失，淀夫人亦不例外。她常想，身后最终能留下什么？这样一想，就觉得先前的固执真是愚蠢至极。因此，淀夫人对来拜年的人都尽可能亲切些。这天，她迎来了两位意外的客人——京极高次遗孀常高院和高次的姐姐松丸夫人。带她们来的，乃是秀赖近侍木村重成之母右京太夫局，她故意未提前向淀夫人通报。

"夫人，有稀客来了，您切切想不到。"

"稀客？你又胡闹！"

"不，夫人猜猜……是谁？"

"嗯，是谁？"

这时，常高院轻悄悄走了进来。

"啊，妹妹！"

松丸夫人也紧接着跟了进来，"听说夫人身体不太好，看来不像啊，还和过去一样精神。"

"哦，松丸夫人！"

"好久不见了。"

"是啊是啊。"女人间的问候，有着少女时的夸张。

"夫人，我常想起在伏见时的日子。"松丸夫人叹道。

"来来，你们来得正好，请坐。"

"唉，听说加贺夫人已经亡故了。"

"是啊，太阁亡故后，她立刻就改嫁给了万里小路，让我们好生羡慕。"

"昨日凋谢的花，和今日凋谢的花，虽有早晚，结局却是一样。"

"大节下，快别说这样的话！妹妹今春丧期满了吧？你可松弛一些了。"淀夫人笑道。

"我来给姐姐拜年了。夫人，恭喜您啊。"

二人忙朝淀夫人拜倒。

此时右京太夫局已不在室内，许是令侍女们给客人准备茶点去了。

刚过正午，外边日正当空，屋里却有些阴冷。

“姐姐您真是消瘦了，比上次见您时瘦多了。”

“是啊，也变得更加年轻了，是吧，常高院？”

正如松丸夫人所言，常高院也觉得淀夫人的憔悴，反而为她增添了一种不可思议的艳丽。但常高院佯作未见，不言。也许淀夫人的憔悴，乃是因为大野修理。况且还有传言说，她也颇疼爱右京太夫局之子木村重成。

“请姐姐保重身体啊。哦，江户将军夫人知我们要来，还让我们转达问候。她希望我们也能去江户，三姐妹再聚聚。”常高院一边说一边仔细观察淀夫人的反应。

“阿江与夫人可有信给我？”

“有。江户派人到所司代府上拜年了，应是先到大坂拜完年后才去的吧。”

“江户来拜年的……”淀夫人回忆着。

“听说，骏府的大御所大人今年正月好像身体不太好，总归上了年纪……”

“是啊，已经七十岁了啊。”淀夫人道。

“不，六十九岁。”松丸夫人插嘴道。

淀夫人好像小女子似的红了脸，歪着脑袋道：“好了，我们又不是他房里人。”

“嗯。”

“不过，真那样的话，又要经历一次分别啊！丈夫嫁一个就够了。总有分离的一日。”

常高院放心地抚了抚胸口，听说家康和淀夫人之间曾定下盟约。淀夫人愿意嫁给家康为妻，但家康只亲近五郎太丸的生母阿龟夫人和长福丸的生母阿万夫人，二人方才交恶。但现在听来，姐姐似不特别怨恨家康。

常高院悄悄和松丸夫人交换了个眼色，故意抛出这么个问题：“这么说来，哪个女人最喜欢大御所呢？”

“这个……常高院不知吗？”松丸夫人立刻接道，“这个，当然要问淀夫人喽。”说完，缩着肩膀笑起来。

“松丸夫人，说什么呢。”

“是真的。已故太阁最喜欢的是你们的母亲，大御所大人最喜欢您。男人啊，有时真是说不清，自己打心眼里喜欢女人，却不敢说。真是可惜，连手都不能摸……这种心情啊，只会白白错过好时机……”

“松丸夫人是从哪里听来这嚼舌头的事？”

“已故太阁大人……”松丸夫人说到这里，忙捂住嘴。

松丸夫人曾经和淀夫人在秀吉面前争宠。见松丸夫人神色慌张，淀夫人轻轻一笑。时间将她们的敌意淡化，共同的回忆变得美好。松丸夫人立刻又趁热打铁：“夫人，若大御所大人不顾自己病情，非要来看看您和少君，您会怎样？”

淀夫人好似吃了一惊，看了看松丸，又看了看常高院，道：“常高院，大御所的病情，到底严重到何种地步了？”

“总之是上了年纪……”

淀夫人明显狼狈起来，准确说乃是不安。她沉吟道：“阿江与夫人的信里也提到此事了？”

“是。据说大人甚是恳切地说，想再见见少君和夫人。”松丸夫人再次抢过话头，“也许真是上了年纪……也许大人有这样的感觉吧。不过，他已比太阁大人多活了六年。”

“呵，可别这么比。”

“为了身后的名声……若大人这般说，夫人会怎样呢？”

淀夫人眼睛睁得大大的，叹道：“若无世人的眼睛……”

“世人的眼睛？”

“不管是为了什么，我去骏府这种事必然引起流言。姑且不说少君……”

“那么，只能派少君去？”松丸夫人假作无意的试探，正中其的。

“当然……不过，不能由我说，秀赖很快就满十九了。”

“是啊，很快就要成为出色的大坂城城主了。就说是重臣们的决定吧。”松丸夫人微微眯起一只眼，向常高院使了个眼色，意下说：我就试探到这里，接下来就看你了，淀夫人似乎并未对大御所抱有特别的敌意。

“姐姐，”常高院压低声音，认真道，“必须让少君见见大御所。大御所不在了，就无法亲自问他本人了，说不定会有德川后人拿些无稽之谈假充大御所的遗言啊。”

淀夫人未立刻回答。她的不安越来越沉重，不停叹息。“嗯，已经这么严重了？”她又轻叹了一声。

“即使不严重，也到了年纪了，总得好生想一想了吧。”松丸夫人淡淡道，“是见一见大御所好呢，还是保持沉默对丰臣氏有利？若欲在大御所身后拼死一搏，倒也无一见的必要了。”

淀夫人看着常高院，“妹妹怎样想？你也觉得见一面好吗？你说那时怎生见他？”

“这……”常高院故意慎重地侧头想了想，“这样的话，我们……请江户将军夫人来帮忙张罗张罗吧。”说罢，她看了看松丸夫人，“就这些。”

松丸夫人爽快地点点头，“与其让其他人掺和进来，引起不必要的传言，还不如让你们姐妹解决。毕竟都是流着浅井血脉的亲姐妹……”

“松丸夫人。”

“怎的了？”

“我先派片桐市正去看望他吧。”

“看望？还是以拜年的名义为好。骏府也未来说病情。”

“这倒是。即使大御所病了，也许还不想张扬出去呢。”

“就去拜年吧。怎样让他去好呢，这可颇为重要。若哪天大人不在了，那可就晚了。我和市正也好久不见了。干脆趁着我们在，把市正和有乐都叫来吧。”

“是啊，也好寻些主意。”

“市正也许比我们更清楚大人的身子骨呢。他平时也会打探些骏府和江户的事，是吧，常高院？”松丸夫人在太阁宠妾中以才情闻名，在这种场合也现出不同凡响的果决和敏捷。

“是啊，好，来人！”淀夫人立刻摇铃唤人。来者乃是渡边内藏助之母正荣尼。

“去请片桐市正和有乐斋来。常高院和松丸夫人来了，想见见他们。你告诉他们，既是在内庭见面，不必太拘礼。”

“是。”

松丸夫人和常高院交换了个眼色。此事是为了丰臣家，为了淀夫人，所以她们二人打心眼里感到得意和高兴。

未几，片桐且元和织田有乐斋一前一后来到淀夫人房里，此处立时安排了春意融融的酒席。三个女人已微醺，大藏局和正荣尼侍奉左右，右京太夫局不断斟酒。另摆了两张膳桌，自然是为有乐和且元准备的。

“未料到此处樱花盛开啊，市正，你可得看好了！莫要让人摘了。”有乐尚未问候夫人，先瞪着眼开了个玩笑。

“是。常高院和松丸夫人守丧期满，先祝贺二位。”且元和有乐身份不同，有乐乃是淀夫人和常高院的舅父，且元为秀赖家老。

“市正，”淀夫人给二人递过酒杯，朝且元道，“骏府的大御所身子不适，我这边却未得到过任何消息。”

“呃，关于此事，听说所司代……从江户来的米泽堪兵卫大人进京拜年时，在少君那边待了一两日，都一一禀报过了。”

“从江户来拜年的人……市正，那不是晚了吗？”

“晚了？”

“是啊，你应在米泽到来之前，就去骏府拜年的啊。是吧，有乐？”

有乐微笑着放下酒杯，“市正，夫人终于不计前嫌。是这个意思吧？”

淀夫人却心头火起，“非是儿戏！无论如何，大御所并未自己掌管天下，而是照顾少君，是大恩人！知他有恙，也不闻不问，乃是大不义！市正，你说呢？”

有乐又抢在市正之前道：“我想这是樱花们的协议吧。不过……上次将军进京，气息可太不对了。那时，我们和高台院怎么劝都不行，结果少君还是未去伏见城。这次又说大御所是大恩人，先让我好生想想，再回答您。”

“有乐！”

“啊啊，吓我一跳。您这般呵斥舅父啊！”

“说笑也要看时候。那时我们正被小人烦扰，当然不能想怎样就怎样。这次不同！”

“哦……这次是真心，那次非本意……”

“正是。你好生想想，德川除了大御所，还有谁会为少君的前途打算？那些家臣们，一有机会，必如老鹰一般扑来。大御所对此很是担心啊！”说到这里，淀夫人暗暗擦了一下眼角。

有乐满心喜悦：丰臣氏即将走上平安大道。但他故意隐住自己的真实想法，像平时一样带着讽刺的微笑，撇嘴道：“这般说，将军大人该怎样？大御所支持少君，将军可怎生是好？”

“他不会像大御所那般为少君操心。”

“哈哈！市正，你听见了？我觉得将军可靠，你说呢？”

“且等，有乐，”淀夫人蓦地提高声音，“不管你心里怎么想，大御所和将军孰重孰轻，我心中有数。”

“哦。”

“无论将军怎样，一旦大御所仙去，大御所身边的人说些他的遗言，将军那边无人敢当儿戏。”

“这……的确如夫人所言。您都想到这一层了？”

“有乐先莫要说话，且喝些酒，我要和市正说些正事。”

“好好。我喝酒，喝酒。”有乐搔了搔胡子，端起杯斟酒。

“市正，我和秀赖都令你早些去拜年，你竟还是晚了？”

“因为在下伤了风。”

“不！是因为有其他想法。”

“其他想法？”

“喏，秀赖和阿千都已长成大人了，我吩咐过你，今春圆房。”

“啊？是。”有乐吃了一惊。

“虽说并非大婚，但一方为丰臣之主，一方乃将军千金，诸事芜杂，才耽误了。”且元拍了拍膝头。他比有乐更高兴，也放心了。淀夫人果然通情达理，只是脾气不太好……想到此，他不由得热泪盈眶。

“你无异议吧？”

“是，一切听夫人吩咐，再无比这更好的礼物送给大御所大人了。大御所大人定会快意得泪下。”

“哦？你也这样想。”淀夫人再次用袖子擦了擦眼角，“好了，你可别着凉了。再喝一杯吧。我的话可要好生记在心里。”她再次举杯。

常高院和松丸夫人对视一眼，宽下心来：淀夫人又送了个人情。秀赖和千姬已经长大，自然而然圆房了。家康定会颇为高兴，阿江与夫人自比家康更是宽慰。

有乐不时悄悄看看在座诸人，罕见地收起他的讽刺，不断喝酒。

“来，干了！”淀夫人举杯对且元道。

“是。谢夫人盛情。”

“少君幼时，我对他很是严厉，是怕他受欺负。其实，大御所一直都在身后……一想到这个，这恩情……一日也不可忘了。”

“夫人对大御所大人说过吗？”

“我的话直接……就说，我想为小两口讨些祝辞！”

“给少君和少夫人的祝辞？”

“是啊，让世人放心之言，请大御所写一些丰臣氏千秋永存之类的祝辞，再给那小夫妻些教诲。”

有乐突然哈哈大笑起来。这次的笑不是讽刺，是笑中带泪。“实在太好了！夫人不愧是信长公的外甥女，不，让我想起了浅井长政大人。向小夫妻道喜的书函，确是再好不过的贺礼了。夫人啊，您让舅父感动不已。啊，今日饭菜味道如何？酒为上品，菜亦绝佳……”然后，他又对在旁斟酒的右京太夫局道：“樱花亦是无与伦比的上品！”言罢，他举起一只胳膊，搭到她肩上，“令郎也是上品啊。就让重成和市正一起去骏府吧。在座各位中，老夫最为年长。你们也不会一直活下去，故是令重成成为少君左右手的时候了。让他多见见世面。”

有乐又哭又笑，大吃大喝。

"呵呵，织田大人总是这般宽心，才是真正的大坂名物啊！"松丸夫人大笑起来。常高院也道："何止是大坂名物，太阁还在时，他就是天下第一大名物呢。"

淀夫人扑哧笑了。她看见有乐故意逗笑般鼓起眼睛，假装被一口酒呛了。

宴毕，淀夫人先行离席。"市正，你跟我来。"织田有乐斋对片桐且元道。他醉意朦胧，脸色发红。

"但在下要赶紧去骏府拜年，还得准备准备。"

有乐打断他："就是为了准备，你去我那里，咱们再喝几杯。"

"再喝，恐怕对您身子……"

"无妨！有个东西给你看。非是别的，你一直在等江户的使者，他已早你一步，先到寒舍了。我是为了让你的官做得长久些。想想真古怪啊，哈哈哈！"有乐大声笑道，然而在暮色中，可见他眼中闪闪发光。

"板仓胜重大人也来了？"

"是。市正啊，太阁健在时，不论是你还是我，都被当成傻瓜啊。"

且元苦笑着随有乐斋去了。说来的确如此，福岛正则和加藤清正不必说，石田三成、堀尾、堀、胁坂等，都比且元更有才干，堪获重用。

"你还好，我一开始就被当成开茶舍的，一生都是饭桶！"有乐又道。

"您说笑了。"

"但如今怎样？除了我这个傻瓜，还有谁会真正为丰臣氏流泪？"

听有乐这么说，且元胸口一热，"我陪您，好！咱们两个傻瓜一起喝！听您这么说，我哪能推脱？"

"其实傻瓜也有用，淀夫人信服了。"

二人并肩走出大殿，此时天还微亮着。但出了大坂本城，已是华灯初上。

"如此，也好给板仓回话了。板仓虽不好对付，但并非固执得不近人情，还算明白事理。"

“是。”且元附和道。他擦了擦眼泪，尽量不被有乐看到，“他虽为德川忠臣，却也不想与丰臣家为敌。也许他才是最明白大御所心思的人。”

“市正，你想不想假装喝醉，咱们演一出戏试探试探他？”

“在板仓面前……”

“当然！板仓不会说把城让出来那样的话。但江户将军身边的人，已暗中决定把少君移封大和的郡山。郡山……乃是已故太阁亲兄弟秀长公的城池。那么少君这……”

二人不知不觉已到了有乐家门口，不由得压低了声音。

“演什么戏？”且元知板仓胜重正在室内等着，未立刻脱鞋。

有乐虽性情古怪，却也有些才具。且元正是深知有乐，才愿前来见板仓。

“也非什么大事。你和我就说，淀夫人低头了。”

“啊？”

“淀夫人对大御所大人低头了，其依凭就是派市正去骏府拜年。不知江户对此会怎么看？板仓必知大御所和将军的心思。”有乐快速说完，立刻进了屋。

且元有些担心：这样几句，真能说动一生谨慎的板仓胜重？但不探明江户的真意，他甚不放心，且试试吧。他相信有两件事必会让板仓高兴，一是大坂派使者到骏府去拜年，二是秀赖和千姬圆房，若二人恩爱，生下一男半女，就可希冀和江户建立牢固的关系。但若少君夫妻不和，两家关系必将恶化，板仓胜重对此当然心知肚明。

“方才中途退席，实在失礼。”有乐来到厅上，“正巧有要事，市正亦被我拉了来。他奉淀夫人命令，明日一早就要去骏府拜年。米泽去的时候，他不在城里。”

“哦？淀夫人派使者去骏府？”板仓胜重吃了一惊。席间已经备好酒馔，刚刚开始吃喝。有乐之前被淀夫人叫去，就把客人们扔在家里了。

“所司代大人，新年到了，给您拜年啦！”

“同喜同喜，今年还要请片桐大人关照啊。”

且元和胜重客套着，瞅见有乐已忍不住要发话了，知他接下来就要演他的“大戏”。

“板仓大人，时日真是良药！今岁，淀夫人终于脱下了虚荣的外衣啊！”有乐道。

“虚荣的外衣？”

“哈哈，脱下来一看，众人绝倒——夫人原来一直爱慕大御所啊。哈哈哈！”

板仓胜重吃了一惊，看着有乐，惊疑愈甚，“您说……什么？”

“夫人爱慕大御所……是吧，市正？”有乐往前挪了挪身子。

且元只好点头附和：“总之，在下也吃惊不小，但是给了夫人真正支持的，非是在下或有乐斋，而是大御所。常高院来看望夫人时，说大御所染恙，夫人就立刻令在下去看望，担心得直流泪呢。”

板仓胜重表情严肃，点了点头。织田有乐又立刻帮腔：“市正言重了。夫人的确这般说过，她说，大御所万一有事，乃天折柱石，连脸色都变了。夫人派市正悄悄去看望，市正毕竟是丰臣脊梁啊！”

“嗯。这样啊，不过胜重暗中也为两家操碎了心。”

“所司代大人，还不只如此呢。还有一份再好不过的礼物给大御所！”

“礼物？”

“让少君和千姬夫人圆房，怎样，这礼物不错吧？”

“这……也是夫人……”

“正是！我说是不是早了些。夫人却听不进去，她只一心想着让大御所宽心，就定在阳春。两家误解烟消云散了啊！”

“唔。”

“所司代大人，江户怎生也得褒扬我们几句吧？”

“哦？”

“我不望加官晋爵。城内常真入道（信雄）等人亦有此望啊。”

这么一说，板仓胜重也想起来了，他慷慨激昂：“让诸位都高兴的事……那就是可保得淀夫人和少君住于同一城里的事。胜重虽不才，也要将此事细细禀呈将军。”

“哈哈哈！”有乐突然一阵大笑，却涕泪交流，“不愧是所司代！板仓真是了不起啊！休要笑我！我乃是信长公的傻兄弟，还当向着淀夫人啊。像小谷夫人似的……和常真入道一样……尽量让他们母子和睦，哈哈。这是舅父……信长公的傻兄弟……唯一的愿望啊！”

在座众人突然静默下来。天色已暗，烛光给三人周身笼上了一层奇妙的阴影。

仔细一看，哭的不止有乐一人，且元也不断用怀纸拭杯边的水滴，再拭眼角；胜重则抓着衣服下摆，低垂着脑袋，肩膀剧烈颤抖。淀夫人令他们三人心痛。

对且元来说，毫无疑问，他时时为丰臣氏众人见解不一而苦恼。淀夫人亲近的大野治长、大藏局和正荣尼，事事与秀赖身边的人作对，愚蠢到连鸡毛蒜皮的事都得争个高低。淀夫人的任性，固然是导致这种局面的原因之一，不过深究下去，就会发现，这多是出于因自卑而产生的抵抗。她如今终于明白了过来。只为这一点，且元就当痛痛快快哭一场。

织田有乐斋在和且元相同的理由之外，还有对于亲人的感情。有乐与淀夫人母亲阿市夫人乃同胞姐弟，二人本来年纪相仿，姐弟之间难以忘怀的情感时常纠缠着他。

不过，板仓胜重就完全不同了。他只是觉得家康公心苦身苦。家康公是想继信长公、秀吉公遗志，完成统一大业。若有人妨碍大业，即使是亲生儿子，必杀无赦。长男信康就是因此被迫切腹。大坂长期以来的做法，让家康左右为难。板仓胜重对此看得一清二楚，他知，家康公苦于在秀吉公的两个遗志之间进行取舍。秀吉公将天下和秀赖同时托付与他，但天下太平的最大障碍若是秀赖，那么自可想象，他的苦痛该有多深！现在这种担忧，全成了杞人忧天，只凭这，已让他高兴得泪下了！

三人各怀感慨，只默默地喝酒。半晌，有乐方道：“问题是，淀夫人之心啊……”他语气甚是谨慎，全然不似平日模样，“那样的心也能变得风平浪静，天下恐真不会再起风波了。只怕她那脾气……她毕竟是我外甥女。”

且元和胜重也有同样的感慨，不由点头附和。

有乐续道：“二位多多支持夫人吧！以她的处境、脾气，如今……实难能可贵了。”

“事都过去了，如今好了，有乐。”且元插了一句。

有乐笑了，“市正，正因为事将过去，才能这般说啊。她那可怜的好胜心，严重影响了少君，她自己也颇清楚。然天性难改，任是高僧大德，恐也解脱不了。”

“然而如今有了变化，多多体恤夫人吧！”胜重不由道。他想安慰有乐：太阁遗愿也许可实现了。他一口喝干杯中酒，将酒杯伸到且元面前，“片桐大人，该快心时就当快心啊！您带来了这么个好消息。”

且元慌忙坐正，接过酒杯，道：“啊，多谢多谢。多谢板仓大人。是啊，就当这般，就当这般。”

席间再次热闹起来，觥筹交错。

但且元等人的期待，果能如愿以偿吗？

几于同时，大坂城一隅已是山雨欲来。

“大久保长安中风卧床！”

长安的一个亲信将这出人意料的消息带给明石扫部，又禀告于速水甲斐守。明石扫部自是在长安那联名状上签过名的旧教信徒，不过，他却是出于和长安完全不同的目的，请求包括秀赖在内的诸多大名签了名，故甫听长安中风卧病，立时被巨大的不安笼罩。

那份联名状上，也有家康公六男松平忠辉的署名。但联名状一旦离了长安之手，不知将会变成有何等威力的马蜂窝，引起何等惊涛骇浪……

一八　平地风波

松平忠辉从母亲茶阿局口中听说，和他年纪相仿的丰臣秀赖终要在今年三月与千姬成为真正的夫妻，顿时感慨万千。作为刚成人的男子，他不知是当祝福秀赖，还是当报以同情。

“您独自笑什么？”新妇五郎八姬端坐于忠辉对面一步之遥的地方，她已用一张奇妙的大网把他困住了。

“唔，无他。蛎鸟都互相偎依着飞来飞去，有些古怪。”

松平忠辉面向隅田川而坐，纸门大开，面前摆着酒盘，一派悠然自得。他身长六尺，从眉眼和身材上，皆露出堂堂之气。

忠辉当然不知，父亲身边的人和将军秀忠的家老，一看到他都会慨叹道：“简直就是信康公子再世！”茶阿局并不喜欢这种赞美。信康乃筑山夫人之子，信长公令其切腹自尽。然而忠辉却不介意，甚至还有些得意。

忠辉时常听人讲，信康虽性情暴躁，但武艺高强，才具不在父亲之下。忠辉有时甚至会模仿信康行事，道：“若兄长在世，不知会建下何等功业。”或道：“父亲可能太疼爱兄长，神佛体恤父亲心意，才让兄长托生成了我。”茶阿局看到他模仿信康，就会很是生气，“绝不可随随便便说出那种话来！传到将军耳内，如何是好？”忠辉只是付之一笑，“将军不会认为我有叛心。好了好了，我会小心。”

伊达政宗的爱女嫁进门以前，忠辉已很知女人了。家臣久世半左卫门有一女唤阿竹，忠辉与她的情事，在女人之间广为流传。伊达政宗爱女、信奉天主教的新娘带着严格的戒律嫁给了忠辉，对他而言绝非幸事。

“蛎鸟互相偎依有甚好奇怪的？”五郎八姬问。

“像是你我一般。”

“毫不奇怪。鸟儿也有伴侣，才互相偎依。”

“唔。秀赖与阿千很快也会相互依傍了。”

五郎八姬表情甚是严肃，思量着忠辉的话，道：“妾身不大同意大人的话。”

“哦？”

“秀赖必须成为阿千的依靠。”

“那又怎的？”

“不怎的。秀赖不愿让夫人依靠吗？”

“这……也许是，也许不是。”忠辉有些语塞，转而道，“嘿，你喜欢大久保长安吗？”

“对大人的家臣，妾身即使讨厌，也必须喜欢。”

“哦。秀赖也是，他即使讨厌阿千，也得喜欢。也许他就这般想。”

“大人……”

“怎的了？”

“大人对妾身也如此吗？”

“啊……我不一样，我喜欢你！”忠辉突然定定瞧住五郎八姬，“你……是不是，因为我是你夫君，才假装喜欢我？”

忠辉的不安表明他已然喜欢上了五郎八姬，然而五郎八姬比他更坦诚，“倒无厌恨，先前觉得您……有些可怕。”

“可怕？我？”

“是。每次大人用可怕的眼光看着妾身，妾身就觉得心跳好像停了一般。但是……”

“唔？”

“您并不可怕，心地善良。”

“我善良？好！”

五郎八姬身后的侍女掩着脸哧哧偷笑起来。忠辉并不责怪她们。“秀赖比我还高一头呢，再长得结实些，就有些大将风采了。”

“大人也一样。”

“哦？坦率说，阿千个子太小，我还是喜欢像你这般高挑的。”

“大人！”

“怎的了？”

“大人喜欢秀赖？”

“不讨厌。我们年龄相仿。”

“您还是莫要说喜欢。”

“那是为何？”

“越前的秀康兄长，生前常说秀赖好，结果引起家老们反感。”

“谁出此言？”

“家父。”

听到这话，忠辉双目狡黠地滴溜溜转了几圈。“陆奥守大人还真是出言不凡，所论入木三分。”他迅速探问道，“他对已故太阁丰臣大人有何评断？”

五郎八姬一脸沉静，道：“他说……很羡慕太阁的身世。”

“太阁的身世？他出生于尾张贫家，从小四处流浪，有何可羡之处？”

“虽然生活艰辛，然而一身轻松，自由自在，即如蒲公英一般，挥洒自如，才令人羡慕。”

“像蒲公英一般？”

“是。父亲说，和太阁相比，他和大御所一生下来，就身负家族命运，被重任束缚，只可心无旁骛，连气都喘不过来。”

“夫人，那你私下怎生看我？”

忠辉想问的，其实并非岳父对丰臣太阁的评价，而是其如何与女儿谈论自己的女婿。

五郎八姬怪异地笑了。

“怎的，他嘲笑我？”

“不。父亲说，要是您早生几年就好了。”

“早生几年？”

“是。设若如此，谁做将军还未可知呢。”

“唔。岳父并未说我不是？”

“不过也未夸奖。”

“此话怎讲？”

“后来父亲又道，您如今处境尴尬，纵有本领，亦无处施展。大久保长安和您就如狐狸与天马。父亲还让我定要拉住天马的缰绳。”

“我是天马？”

“是。大久保长安就是那骑上天马的狐狸。”

“夫人！你不认为岳父的评断有些差池？”

“这……”

“看来，你认为他说得不差？”

“妾身无法判断。”

“好了。但岳父大人为何会说这话？”

“您并不逊于大御所……也许他这般认为。”

“唔。不管怎么说，都不是什么好话。这话休要告诉人。”忠辉一脸苦相，捧起茶碗。

“大人！”

此时，从外边慌慌张张跑进一个人来，脸色苍白地跪倒在忠辉面前，正是花井远江守。

花井远江守娶了忠辉同母异父的姐姐，即是茶阿局之女，现任海津城城代。幕府已决定让忠辉除川中岛旧领之外，另封越后原福岛城主堀忠俊的领地，成为年俸六十万石的大藩之主。远江守此番来江户，正是为了商议此事。越后福岛城位于直江津北，距高田甚远。以前该城一直由丰臣旧臣堀秀治主事，以统辖北陆。到了忠俊一代，领内乱事不断，忠俊以年少不能管制为由，移居至磐城国，故幕府决定由忠辉前去治理。

新旧领地合并起来达六十万石。花井远江守留在信州川中岛，大久保长安事无巨细，都和伊达政宗商量，若稍有不慎，恐有大忧。

此时花井远江守脸色大变，一进门就要余人退下，必是发生了大事。女人们即速速退下。

“说吧，夫人也不能听吗？”忠辉看五郎八姬还稳稳坐着，没有要起身的意思，问道。

“夫人就罢了。”远江守话尾含糊了一下，“大久保长安大人中风，恐再也动弹不了。”

“长安中风？”

“是。恐是平日饮酒过多。现正是大人迁往越后新领的重要时刻，真让人为难。”

“唔。长安还真识时务啊！”

“人生难以预料。但说到麻烦事，大久保那边还有一个突然的消息。”

“还有其他麻烦事？”

“是。”

“说吧！休要顾虑！”

“那么……其实，还有一份联名状。”

“联名状？”

“这……长安想要进入世间海域……”

“哦，怎的了？”

“那联名状上有大久保忠邻大人、大坂城的丰臣秀赖等人署名。另，江户城里最近生出了些风言风语。”

“什么样的风言风语？”

“这……”

“我说了，休要顾虑，说吧。”

“是些居心叵测的传言，说联名状上以大人为首的人，都已厌倦了当今将军的辖治，有谋反之心……”

忠辉大笑起来，“好没意思！就为此事啊，为这个，长安的病还能好吗？好不了。”

花井远江守见忠辉对联名状一事毫不放在心上，刚欲松一口气，旋即又担心起来——恐有人借此传言生事，遂道：“大人，您最近是否听说过大久保和本多父子不合？”

“本多父子和大久保忠邻？”

“正是。世人传言，两厢针锋相对。对那二人切切需要留心，但不能偏袒任何一方，我们必须警惕。”

“这和我有何关系？我是问你长安的病情。”

“如大人所知，大久保长安乃是经大久保相模守忠邻大人推荐，才有了今日。”

“哦？”

“大人别不放在心上，且仔细听在下说。他的姓也是随了相模守大人。因这层关系，长安一旦有闪失，本多父子定会乘机攻伐大久保忠邻大人！”花井远江守夸大了自己的不安，“在下担心的正是此事。”

“唔。”忠辉淡淡点头，“这么说，长安如今病倒了，若此时联名状现于世间，谣言四起，大久保忠邻可就有些麻烦了。”

“那联名状成为罪证，有麻烦的便不只是忠邻。上边有大人您的名字，还有大坂的秀赖，以及尊兄秀康公。”

“好了好了。我会解释。”

“大人！”

“脸上怎的那般可怕？”

“恕在下直言，若有人造谣，说您想与人联手对某老臣不利，又和大坂勾结谋反，您可百口莫辩啊！”

“我和大坂勾结？”

素来胆大的忠辉不由得紧张起来。他已不记得联名状上写了些什么，唯知毫无谋反之意，故彼时他未特别在意。

“唔。这般说来，长安生病……确有可能被无端怀疑。”

“大人，希望您能微服去八王子看看长安。”远江守话中有话，直直伸出两手，伏倒在地。

“嗯。是得先去瞧瞧。”忠辉有些紧张，旋又恢复了先前那懒洋洋的样子，“你说得有理。夫人，去八王子看看吧。你也得做些什么啊！”

五郎八姬比忠辉更激切，“请大人带妾身同去。”

“嗯。如今白日长了，天气越来越好，一路风光甚佳。”说着，忠辉严肃起来，“远江守，我是去看望长安。松平上总介忠辉可是体贴家臣、宅心仁厚的男儿。我可不愿见旗本们去父亲和兄长处进谗言。”

说这话时，忠辉眼前出现的乃是家康的面孔。然而花井远江守未注意忠辉的心思，他只一心想着眼前的危机。

“请大人切切把那联名状带回来！”

“不过长安正病着，恐不便吩咐。”

“令他的家人找。”

“麻烦！好，你也一起去。长安和他家里人知道了，定然高兴！”忠辉对联名状始终不甚担忧。他心情愉快地看看五郎八姬，道：“如此一来，越后筑城一事就能遂岳父大人心愿了，长安在那事上的确固执了些。”

五郎八姬的思绪已飞得老远。她的目光静静落在河面上，丰润的脸颊上映出春水般的光泽。忠辉觉得，此时的夫人无比美丽，竟一时找不出言辞来赞美，只好默然。

突然，五郎八姬看着忠辉，痴痴道：“大人也和妾身一样皈依主吧！那样，定能得天主眷顾。”

“让我也信洋教？”

“是。妾身会永远为大人祈祷。”

“好了，此事再议，不必急。父亲信佛，听说最近他一有空就提笔抄写经文。另，兄长秀康生前曾说要葬在禅寺，但父亲不允，咱们家代代都信净土宗，故得改葬……”

“哦。”

“故你莫急，欲速则不达啊。”

对忠辉来说，如今似是人生的阳春。

五郎八姬想再说些什么，想了想，还是噤了口。她只想问，丈夫为何要如此忌惮大御所？

伊达政宗常对家康赞叹不已：“他不会把自己的信奉强加给身边人，就这一点来说，大御所实乃圣杰，不愧在逆境中锤炼过，谨慎得很啊！”

五郎八姬此时想起父亲的话，有些气馁，自己只是劝人向善，夫君为何要生出顾虑？

“大人，”五郎八姬终于忍不住，道，“大御所乃明慧之人，为何会令结城大人改葬？妾身听说，大御所断不会把自己的信奉强加于人啊。”

“哈哈！”忠辉感到有些可笑，“因为兄长乃是父亲的亲生儿子啊！”

“这么说，可以强迫自己的儿子？”

“不。曾有人劝父亲皈依洋教。”

“哦？”

“那人说，信奉其他，进不了天堂，只会堕入地狱。父亲道，那就无须改变信奉了。那人问为何，父亲道：照你的说法，我先辈都堕入地狱了？他们都已不在人世，恐怕就得去黄泉下改变信奉了！祖先都在地狱里，家康也当下地狱，方是孝道，我可不能扔下祖先不管！”忠辉朗声笑道，“故，越前的兄长也不能和祖先们分开。正因如此，父亲才会那样不近人情地下令改葬。”

五郎八姬沉默，虽然无言，但她心中的疑窦和不满并未消散。年轻的五郎八姬并不能理解这话其实是小小的揶揄，她只以为是一个老者无可救药的固执，难以苟同。不过，话中蕴涵的人情和孝道，却亦有几分道理，故她决定暂时保持沉默，待真想明白了再说。

忠辉又道：“咱们花了多长时日，才这般心心相印？”

“这……”

“难道我二人还有不谐之处？”

“这……”五郎八姬亦有同感，忙回道，“待到探视长安回来……嗯，请大人带妾身一起去吧。”

一九　微服探病

阿幸一直在写，涂涂改改。盒身上点缀着孔雀毛，大久保长安送的宝石镶嵌其中，与嵌着的青贝争奇斗妍，华美得令人目眩。两个盒子中的一个自然照约定给了长安，另外一个则留给了她自己。如今，她的盒子正摆在书院窗下的阳光里，比房中其他物什更早地享受着春日的温暖。

然而，阿幸的脸色并不像春日般明媚。她胸中难受，有时会咳出带血的痰，之后就始终有一种令人不快的微热，无法安眠，梦中老是在被什么追逐……

阿幸以为，这一切都是大久保长安的缘故。长安恐是可怕的妖怪转世。最近，阿幸在梦里看透了这妖魔的真面目。它非别物，正是一只莫大的山蛭。人在深山中行走时，那东西会如水滴一般滴落于人身上。当人发现时，那东西已喝足了人血，身子膨胀起来。长安不正是一只巨大的山蛭吗？

阿幸觉得，长安所做的每一事都让人生怨。他虽常说什么大海、交易，却总离不开山。不仅如此，不管他去哪座山，都要带上女人，似要把她们的血吸光。他带了五六十个女人去了矿山町，结果，那些女人大部分从此消失了。

这些奇怪的想法，恐只是阿幸因身子虚弱而产生的幻梦，然而她还是希望将自己的不安和恐惧记下来，留给他看。这个“他”，便是阿幸一直念念不忘的本阿弥光悦。日记就装在眼前的绿色小盒里。她希望，在闭上眼时，盒子能交到光悦手中。

阿幸润了润笔尖，再次提起笔。

今晨，我又被大山蛭紧紧抱住，喘不过气来。我恐不久于人世。山蛭出于某种原因，把这绿色小盒给了我，两日后他便中风不起。他每日都要悄悄到我处，说些可怕的话，如在诅咒……

写到此处，阿幸又把纸撕碎扔掉了。她觉得，这些字句并不足以表达对佯病在家、脸色苍白、怪里怪气的长安的怨怼……

长安以医嘱为名，拒绝一切来访。他躺在被褥中，被褥外裹着厚厚的雪白被罩。长安自己则穿着柿色法衣，着同色头巾，真如古怪的修行之人。他有时会来阿幸房间。“阿幸，我在这世间，最关爱的便是你。我虽有偌多妻妾，但知我者唯阿幸，其余诸妇，不过摆设！”不过，他没忘了再加上一句：“万万莫对外人道，我正托病四处活动……”

长安病倒的消息，已从身在骏府的大御所口中，传到了江户的将军府，以及大久保相模守府上和松平忠辉府上。来探望之人一律不许进屋，连正室池田夫人也相信他得了重病。池田夫人乃本愿寺显如上人心腹池田赖龙之女，属池田辉政一族。长安对池田夫人都要伪装，侧室和儿女应均不知实情。

说起来，长安内室的复杂还真令人吃惊。阿幸刚嫁进来时，以为儿女均为他与年纪相当的侧室所生，后来才发现，已有五男二女长大成人。

她本以为乃同族重臣的大久保藤十郎，竟是长安长子，他娶了信州深志城石川康长之女，居于八王子。次子外记之妻是备前守池田辉政三女，在家中较有权势。阿幸最近才知，长安两个女儿所嫁之人，也都是如长安一样奇怪的人家。长女嫁与伊贺统领服部半藏正成次子正重，次女嫁给甲州武士三井十右卫门吉正，此人在信长公身后不久发动暴乱，杀死了信长公攻陷甲州后任命的川尻肥前守镇台。

由此可见，除了骏府、江户和奥州，长安在本愿寺、备前、伊贺、甲州方面皆有安排。

绿色小盒刚一做好，长安便突然称病，实则暗中摩拳擦掌。

阿幸最先想到的，便是那份联名状。自从被伊达政宗拒绝，长安更加小心。然而他那一身修行之人的打扮、偷偷摸摸的行为，都让阿幸感到难以言喻的厌恶。而且，他一旦想要发泄身内膨胀的欲望时，便只到阿幸这里来……

阿幸又仔细想了想，再次提起笔。若将心中对长安的怨怒如实写下，恐怕会让人以为她有私怨；但若一板一眼地罗列事实，却也让她有些为难。

在众多侧室之中，只有阿幸知些长安的古怪行为。她感到一股恐怖之气弥漫开来，她不只觉得自己将成为长安贪婪欲望的殉葬之物，还时常想到，长安必杀她灭口。

阿幸虽想赶紧记下一切，但山蛭身上还有无数令她无法参破的谜。最大的疑问便是，长安每晚都到什么地方去了？她也曾暗中去他的卧房探访，长安均蒙混过去。偶尔，他干脆道："老子去挖金山了。"

"金山？去哪里？"

"离得太远，往来一趟太累。我闻到附近就有黄金的气味。"

"附近?！"

"就在黑川谷中。嗯，休要说与人。"

"黑川谷中？您亲自去那山里了？"

"正是。其实，这金山乃是武田信玄公生前发现的，当时特意只挖了一点点，就停了下来。"长安坦诚相告，神色看来并无一丝警惕。

黑川谷，文永年间日莲上人曾书："行甲州北原，游田波黑川。"田波便是山梨郡玉山之大菩萨峰。黑川则位于都留郡境内，乃玉川源头。《甲斐国志》中载："黑川山在其北，距山梨郡萩原村四十余里。传其中多掘金者。"

阿幸并不知这些记载，但她听说，现今还有人去黑川谷淘金。但大久保长安若欲再次挖掘那金山，为何要装病，还要独自行动呢？他难道以挖掘金山为借口，把那绿色小盒藏起来？阿幸隐晦说出了自己的疑问，长安大笑道："哈哈，和盒子毫无关系！我已经把它好生藏了起来！"

一日拂晓时分，长安突然出现在阿幸枕边。

家中有暗道数条，若不走走廊，还可从设在壁橱里的台阶进到房里。台阶通向二楼，那里原本是阿幸婢女的卧房。

如今那自然是一间空屋，听说那间房的天井与屋顶之间，有几条路可以出去，不过阿幸对此一直颇反感，从未深究过。

“阿幸，给我暖暖身子。”长安道，“我只能向你要些温热。我只信任你，也只喜你一人！”他边说边钻进阿幸被窝，浑身冰凉。

“您身子好凉！”

“哈哈！这身子正生着重病呢。”

阿幸无奈，只好双手环住长安。她的体热必能让长安感觉舒服些，未几，她自己的身体却难以遏制地打起战来。

“这座宅子里，究竟有多少人知道您的秘密？”阿幸在长安耳边轻声问道。

“十一个。”长安回答，“不过女人只你一人。我只想带你到地底下，不，到最南方的孔雀岛去。”

“孔雀岛？”

“哈哈，打个比方。没这个狗屁岛，其实就是你画在小盒子上的岛。”

“都是何人知道秘密？”

“我的手足，四大天王和六大神将。再加上我，合十一个人。”

“每晚都做些什么？下雨也不歇。”

“好吧，我不瞒你了。”长安身子似暖了些，亲一下阿幸，道，“你以为我是在运什么？”

“运什么？”阿幸第一次听到“运”这个字。

“呃，”长安也注意到了，“我还没告诉过你啊！”

“是。您说过，您在黑川谷开采新的金矿。”

“哈哈，嘿，其实不止。”

“那，究竟在运些什么？”

“嘴要紧，休要告诉他人！去的确是黑川谷，不过目的恰恰相反。”

大久保长安双目牢牢盯着阿幸，让她心中不安。

阿幸身上起了一层鸡皮疙瘩。长安终于要说真话了，阿幸却无法判断，自己能听到那些“真话”，是幸运抑或不幸。但她心中那团执著的火无法熄灭，她只想看穿山蛭的真面目。

“大人，我的命早就是您的了。”

“哈哈，所以我才只上你这儿。”长安立刻回以甜言蜜语，“其实啊，我是担心现今这世道。去岁底，九州一个大名因不满葡国船只，竟一把火将那船给烧了。”

“有这等事？”

“我未与你细说过。其实，我和那位西国大名见过面，就交易的事多有来往。”

“都谈生意了？”

“是啊。我要统驭大海，自不可瞻前顾后。但葡国船在天川附近抢我货物，杀我船员。他们自要报仇。我若事先知道，定会加以阻止，但在我得到消息前，他们业已报复了开到九州岸边的葡国船只。此事虽未传到大御所耳内，但已导致我恩公大久保忠邻大人和本多父子反目。”

“哦。”

“本来，他们二人均为德川重臣。一旦交恶，定会演化成无穷无尽的权力纷争。伊达政宗心里恐正多有算计，故他拒绝在联名状上签名。”说到这里，长安又瘪了瘪嘴，亲一下阿幸。

阿幸本要咳嗽，一见事关重大，只好屏住呼吸，点了点头。

“对伊达不可不防。如此一来，我便不能随随便便向人倾诉大志。若有人要不利大久保一族，必首先冲长安而来。所以，我并非挖黑川谷的矿山，而是要先把黄金埋到那儿。”

“那么……那么……是把府里金库的黄金……”

“正是！不过，其实和金库并排着的米库和兵器库下，都是黄金。当然不只有我的，还有上总介大人、大久保和石川的。即使为进入大海，也当备有足够的黄金。”

“哦……”

“不过，倘被本多父子发现，那可是滔天之罪。他们若闻出一丝黄金的味道，诬我长安为大逆不道之徒，想开脱必难如登天。”长安声音愈来愈低沉，最后长叹一声。

阿幸一言不发，只抱住长安的头。听上去不像是谎话。若本多父子和大久保忠邻交恶，最有危险者定是长安。长安遂才让阿幸做了绿色小盒，先把联名状藏起来。那之后，他感到危险愈发迫近，便欲再把黄金埋起来。他说打算把黄金埋于黑川谷云云，完全可信。他佯作向黑川谷运采矿工具，只要把黄金扮装一番，从地窖运到其他地方，再多找些帮手，自可将其藏得了无痕迹。

“记住，万万不可和人说！只要别人不知，早晚有一日我会再把它们起出来，好生利用。”

阿幸的身子逐渐不再发抖。真是人生如戏！眼前这个男子本是演手猿乐的十兵卫，却意外得到家康赏识，摇身一变，成为负责开采天下黄金的金山奉行。

这位金山奉行摆弄着自己挖出来的黄金，见财起意，顿时生起巨大的野心。他让人偷藏黄金，却又不得不把它们再埋回土里，否则将性命难保，真是令人慨叹。为了把那金子埋回土里，这被赞为“掘金之神”的男子竟“中风不起”。

赤条条来到世间之人，如今掌握着万千财富。如此思之，丰臣太阁和大御所又有何不同?

“呵呵。”阿幸忍不住笑出来。

“嘘——”长安表情变得甚是可怕。

“您埋好了黄金后，就暗中回到病榻？”

“当然！再过两三日……”长安悄悄抬起头，环视了一圈——自然不会再有他人，“我就庆祝自己痊愈，然后开采黑川谷。那时正是杜鹃开花时节。带上众人同去，在山谷搭台，举行盛大的祭山仪式，饮酒唱歌。其实，从那座山里还真能挖出黄金呢。”

阿幸抚摸着长安胸膛，可笑不出来。在她眼中，他既像一只巨大的山蛭，又若一出狂言里滑稽可笑的大名。

转日，阿幸依然写下既不算信，也称不上日记的文字。

想一想，说大久保长安乃是狂言中可笑的大名，阿幸也可算作一介滑稽艺人。她要从长安身边逃去，并非不能，只是不知从何时起，她便相信自己再也无法从这巨大的山蛭手中逃走，反而温驯地等待日益逼近的灭亡……也许，她乃是为了发泄对和长安肌肤相亲的愤懑，故意在心中幻化出光悦，聊以自慰。

阿幸现在有很多可写。大久保忠邻和本多父子之争所为何故？九州某地烧了一条葡国船只——光悦只要听说这么一点，定能知事情真相，若有不明，他自可前去询问茶屋。另，大久保长安私藏了无数黄金……权先记这些吧。

记下了这些，阿幸突然感到全身冰冷，有一种从未有过的恐惧。她想起长安说要举办祭山之仪云云，说不定乃是欲趁众人喜乐时猛施毒手，阿幸脑中突然闪过这可怕的预感。

然而，这种突如其来的担心，很快就被另一个消息吹散——松平上总介夫妇微服来八王子探望长安。家中上下慌作一团。

长子藤十郎前来通知阿幸："迎接时，请夫人亦出席。"

"知道了。这是大人的命令吗？"

阿幸若无其事地一问，藤十郎似乎有些着慌，"上总介大人自然不会说乃是来探望大人病情，也许会说只是狩猎归来，顺便来访。请夫人留心。"

藤十郎以"大人"称呼父亲，他似也知些黄金的事。

阿幸恭谨地应承下来，藤十郎方才离去。

藤十郎一走，阿幸立刻把刚刚写完的日记收入匣中，唤来侍女服侍自己更衣。想到长安去迎接突然到来的忠辉时，可能现出的狼狈相，她心中鼓荡着奇妙的兴奋：真是讽刺！长安虔诚地供奉于心中的忠辉，却在这节骨眼上意外出现，不知是喜是忧……

不过，长安究竟在不在这宅子里？他若去了黑川谷，又当如何迎接忠辉？忠辉还年轻，性情急躁，设若藤十郎以长安病重为由拒绝探视，他能信吗？倘若他坚持要见长安，又当如何是好？

忠辉此次特意以狩猎为名来到八王子，此中意味深长。他若真认为长安乃是良善家老，十分信赖，主从之谊必为外人所不知。然而，若忠辉对长安敬而远之，所谓探望病人，无非只是做给众人看，游山玩水亦非真正目的，那么，此中意味恐就多了。

无论如何，忠辉的突然到访，都将给长安所行诸事带来巨大阻碍。但无忠辉，长安恐不会行如此冒险之事。这样一想，阿幸心中涌起一股奇异的感觉。

她刚匆匆忙忙妆饰好，长安次子外记便走了进来，脸上不着任何表情，仅道："上总介大人很快就到厅里。请夫人出迎。"

言罢，他即刻起身欲去。阿幸忙唤住他："啊，且等！大人也同去迎接上总介大人吗？"这么一问，就能知长安是否在家了。

"不。"外记硬邦邦答道，"父亲病情严重。"

"但上总介大人非要探望不可呢？"

"那也不能阻止。"

"不能阻止？难道便带他去？"

"是，上总介大人来探望病人，岂能不容一见？那时，就请夫人带他们去吧。"说罢，外记立刻走了出去。

阿幸纳闷起来。难道外记还不知父亲的秘密？即便如此，也不得失礼。她忙带着两个侍女朝厅上赶去。

大厅房门已全部打开，上座铺了一张斑斓的虎皮。但是除了阿幸，厅里并无他人。藤十郎和外记恐是与下人们同去玄关前或大门外迎接了，但其他妻妾呢？

长安正室池田夫人，亦为天主教徒。但夫妻二人甚是冷淡，她不出来，亦可以理解。但藤十郎之妻石川夫人，以及外记之妻却应出来相迎。

难道大人担心其他人走漏风声？长安真正信赖之人，难道只有……这么一想，阿幸觉得鼻子有些发酸。她让一个侍女去厨下看看，酒食应已吩咐下去，但需以防万一。

此时，走廊里传来说话声和脚步声。阿幸忙催促侍女来到廊下，平伏于地，试图挡住客人。

“病重至此，为何不早些禀报我？”忠辉生机勃勃的声音传了过来。

“是不想让大人担心。家父吩咐，医士诊断清楚之前，不可让大人知。”

“哦？他还能言语？”

“是……不，用笔写。”

“右半身还能活动？”

“用左手。”

藤十郎和外记合力应对。

阿幸心中一跳，全身冒汗，他们似未配合好，要是自己出去，必能从容些。但那不是去兜揽责任吗？阿幸有些着慌：我究竟怎的了？本来那般恨他，现在……正想到此，头顶突然响起一个女人的声音。

“给你们添乱了。不过，长安突然发病，想必你们也都急了。”

知此人是在和自己说话，阿幸更加狼狈。

“大人与夫人特意来此，感激涕零。”说毕，阿幸抬头一看，夫人那华美的礼服尚有一半拖在厅外。夫人也来了，这可如何是好？阿幸不由眼前一片黑暗，她壮着胆子抬起头，看到了一身猎装坐于虎皮上的忠辉。

“歇一歇，就去房里探望吧！他既能笔谈，应知我说些什么。你们带路。”忠辉的话让众人吃了一惊。

外记立刻抢在藤十郎前回道：“是。请大人先在此处稍作歇息。”

阿幸心下大骇，紧盯藤十郎，恐只有他知长安到底是否在病榻上。但藤十郎一言不发，他默默看着外记走出大厅，接过侍童奉上的茶，颤巍巍捧给忠辉。

“没想到大人会来……寒舍凌乱不堪。”

“不必费心。我甚是震惊，你们自然人心惶惶。我一路上和夫人讲了长安许多功绩呢。他有什么万一，最惶恐的怕是我啊。”

“大人太客气了。”

“对了，我刚想起一事，尊夫人乃石川康长之女？”

“是。”

“外记夫人为池田辉政之女？”

“正是。”

“有缘啊。我们来时路上也聊起过这些，内子倒比我还要清楚得多。她建议我也信洋教，让我去洗礼。”

“哦？”

“无他。尊夫人与令弟媳及内子一样，都乃洋教的虔诚信徒啊。如大御所那般整日念阿弥陀佛，我肯定忍受不了，你们夫妻过的清静日子，倒真令人向往。”

阿幸紧张地看了看五郎八姬和藤十郎。藤十郎脸色平静，五郎八姬则是一副称心如意的样子，丰满娇嫩的双颊上浮现出小小的酒窝，头微微侧倾，娇媚无比。

此时，外记进来，仍是用那干巴巴的嗓音道：“家父让在下把这个交与大人。”他拿出来的是一张扇面，上面乱七八糟写了些东西。

忠辉接过，一边看一边点头，“室内脏乱，不堪接待夫人。好吧，我一人前去。阿幸夫人……是你吧？”

阿幸愈发狼狈。

“长安说，有事想和我说，让你带路，藤十郎他们就不必去了。前面带路吧。”忠辉简短地说罢，啪地合起扇子，立起身来。

阿幸几乎无暇考虑。她试图弄清楚怎么回事，但忠辉斩钉截铁的动作不容她思量。

“阿幸夫人，请吧。”

“大人请。”

“听说你乃与本愿寺颇有渊源的池田之女，是吗？”

忠辉把阿幸认作长安的正室，尤为亲切，这让阿幸心里更加忐忑，“这……不，妾身是侧……侧室。”

“哦。看来是你在服侍长安。怎样，他还能恢复过来，像先前那般为我效力吗？”

“这……”

“郎中怎样说？这附近若无名医，我立刻就回去安排。浅草施药院的布鲁基利昂亦能看病。长安喜欢洋玩意儿，说不定还希望他来呢。”

说话间，二人已走过长廊，到了长安房前。

阿幸已出了一身汗，心中愈想愈着急：既然能故意用左手写下那张扇面，长安应该已回到床上了，只是不知他会怎样装病。他既令我带路，定是要我想些法子。

然而，打开门后，阿幸暗暗朝巨大的屏风后一瞅，不由发呆，那里并无长安的影子，只有他的被褥胡乱堆在当地，甚是扎眼。

“咦？瞧我来了，竟起床了？”忠辉也有些纳闷。他看到地上铺着一张比刚才那张虎皮更为华丽的豹皮，也摆好了扶几，便径自走上前去，面冲着那堆无人的被褥坐下。

这时，突然从屏风后传来一句：“大人，多谢您来看长安。”声音清晰有力，自然是刻意为之。随后，长安出现了，身着彩染和服，威严端庄。

“啊？”阿幸吃了一惊，慌忙退后，四下张望了一番。

忠辉也吓了一跳。“这……你怎的就起来了？不用特意换衣服……”说罢，他才突然意识到，“长安，你根本就没病？”

“大人明鉴。”长安平静地整了整衣服下摆，施礼坐下。

“唔……”

事情实在出人意料。忠辉发起呆来，他的眼神似在质问：究竟有什么理由，非得装病不可？然而长安坐下之后，立刻严肃地正视忠辉，沉默着。两人互相瞪了许久，年轻的忠辉终于忍不住打破僵局，“石见守，你给我说说！”

“是。”

“你装病是为了我？”

“正是。”

“住口！我可不想让家臣为了我装病。太过分了！”

“请容在下解释。”

“讲！”

“为了大人，长安甚至愿意装死，遑论装病！”

阿幸静静退后望风。

“唔。”忠辉仍然用刚才那种可怕的眼神瞪视长安。长安沉默着。看来忠辉心里已有数，只等长安解释。

“长安，到底发生何事？”

“无甚事发生，等到发生，恐就晚了。”

“那将会发生什么？这总能说吧？”

“在下不妨直言：在下为了大人做过很多生意。”

“生意？那有何特别？大御所大人也称扬过交易生财。九州一带，不论是岛津、加藤、黑田、有马，还是松浦，都在做生意。”

“然而我做的都会引起纠葛。”

“哦？你在买卖什么？”

“我们卖黄金和刀剑，不知怎的传了开去，结果，在下委托一个大名去天川的船，半路被海盗劫了。”

“被海盗抢了？”

“是。被抢去的黄金与武器，都是那帮匪徒甚想得到的。遇到这种事，在下只得四处安抚；但与此事有关的大名甚是生气，说待到葡国船进入长崎时，他们必要报复。”

“和此事有关的大名是何人？”

“为大人计，现在不提也罢。”

“那我便不问。那些海盗是葡国人？”

“正是。”长安简单地解释道，“故，在下才不得不装病。为了防止把我们做黄金生意的事泄露出去，在下不得不把黄金从家里搬出去。请大人明察。”

忠辉再次沉默。他还不具备评断大久保长安或论其功过的能力，贸然开口，必有感情用事之嫌。他寻思，正因如此，父亲才把长安派给我做家老，因为乃是父亲托付的老臣，必当足够尊重他，自然也就顺理成章地对其十分信任。

“要烧了葡国船的，是我不认识的大名？”

“是。大人若认识，自会被人猜疑，就有些麻烦。”

和葡国船起纠葛的大名乃是有马晴信，但长安就是不肯说出他来。他怕年轻的忠辉卷进来，对自己不利。

“罢了，我也不问了，我会替你遮掩，如何？”

“请大人回去后说，因为亲来探病，在下感恩不尽，激动之下，竟能在八王子自家宅子里行走了。”

“嗯？”

“大人，您毋需担心。”

“我不会说谎。”

“大人。”

“怎的了？”

“在下方才说过，长安为了大人，甚至能装死。”

“所以，你让我也与你一样？”

“待大人成人，在下要让您凌驾全天下所有大名之上，故要储备些钱财。”

“我明白。”

“然而，储备得太多了，若数目被世人知晓，定会有人出于嫉妒而中伤在下，不利大人。”

“故，你装作生病卧床，只是为了把黄金转移到其他地方，是吗？”

“不只如此。否则那些和在下病倒之事完全无关的谣言，就不会出现了。大人您的一干重臣皆能应对，然而还不能算是‘忠’。大人若有万一，长安已打定主意，不仅愿意赌上自己的性命，还愿陪上一家老小，斯时自将罪名全都承担。这样，大人仍然不愿为在下说个谎话？”

忠辉严厉地盯着长安，“我当怎的说？你太冒失了！”

大久保长安哀怨地凝视了忠辉半晌，终于垂下眼帘，眼泪扑簌簌滚落下来，“是啊，在下确是冒失，我行我素。阿幸，伺候我歇息吧。长安口拙，行事更是糊涂，大人早就这么认为。”

“是。”

阿幸不便说话，依言站起身，除去长安的肩衣。

“失礼了。”长安就在忠辉面前胡乱除下外衣，扔到一边，径自躺倒。

“砚台、纸……”扔给阿幸这句话后，他就闭上了眼睛，亦紧紧闭上嘴巴。这绝非平时那个能言善辩、让人捉摸不透的大久保长安，他表情阴沉，给人威压之感。忠辉额上青筋暴跳，但长安一动也不动。忠辉只要叫他，便是主动示弱。

“长安！”良久，忠辉终于唤道。

长安轻轻睁开眼睛，左手拿笔，写道：“在。”话回得真令人无奈。阿幸第一次深切感受到长安决绝的斗志，心紧张得扑通直跳。

“我那一句话，就让你气成这样？”

长安又拿起笔来写：“正是。”

“喂，哼，起来，长安！”

长安慢吞吞坐起，仍用左手写字，回道：“一听到大人的声音，在下就能坐起来了。啊，有如神助，南无阿弥陀佛。”

忠辉朝铺席挪近了些，突然伸出手去，恨恨在长安肩头打了几下。长安抬起头，干笑两声。忠辉猛地退后，重重喘着气。

长安又径自平静地躺下，闭上眼睛。阿幸看得有些发呆。

忠辉忍住气，一动不动，他心中正生出些悔恨：自己动手打人确显得太性急了些，无论如何，长安亦是为了自己。然而更让忠辉困惑的，却是此时该如何收场。

想不到，长安竟发出平稳的鼾声。

忠辉吃了一惊，看向长安。他在装睡，还是真睡着了？以忠辉浅显的人生阅历，他完全无法看透长安，眉间顿时杀气流转。

阿幸赶紧对忠辉道：“大人……”她朝忠辉膝行了两三步，无声地抬起一只手，又看向房门口。阿幸自然不能出口不逊，不过，她已很清楚地表达了“请先回去”之意。她似在恳求：接下来，就让阿幸来处理吧。

忠辉浑身震颤。他当然不能把长安杀了，恐怕杀了长安，他自己也不可能平平安安离开这宅子——他此行本是微服，只带了几个随从，况且五郎八姬也跟了来。

阿幸朝着门口举起一只手，再次恭敬地施了一礼。

“好，就拜托你了！”忠辉叹道，“我去了以后，长安立刻就恢复了。

哈哈哈，如何？”

“是。”

“我来之前还说，长安定会欣喜若狂。”

忠辉稍稍思量片刻，迅速起身，厌恶地把扇子扔到地上，昂首出了房间。

阿幸目送他去了大厅。完全看不见他的身影后，她压低声音笑了出来。大久保长安这人，实在胆大妄为，竟敢拿身家性命作赌。阿幸正思及此，长安的身子动了动，慢慢睁开眼睛，道：“回去了？”

“是。”

“那就好。你去送送吧。”

阿幸“扑哧”笑了，随即走出房间，往大厅而去。

看到阿幸进到厅里，忠辉目光低垂。厅里已摆好酒席，除了阿幸，无其他女人。侍童恭恭敬敬给忠辉奉上杯盏。

“请让在下试试毒。”藤十郎示意另一个侍童奉上酒杯，一饮而尽。

阿幸忍住笑，坐到藤十郎身后……

二〇　匹夫忧国

曾有一些时日，本阿弥光悦在加贺做细瓷茶碗。

其父光二尚在世时，父子就从加贺的前田氏领二百石。光二去世后，前田利长和光悦约定，继续给他和其父同等待遇。因此，当他和本家发生不快时，就避到了金泽。虽然远离京城，光悦的心情却无法平静，许是积习，他为世间诸事担心，时时传进耳内的消息让他焦躁不已。

利长有时会传他去，在闲话时向他打听些世事，以光悦的脾气，他自无法含糊。

"听说有马晴信和长崎奉行商议过后，烧了葡国船。"

听此一问，光悦心下一惊，之前他对此事一无所知。

"葡国人常是先派传教士去驯服当地人，再以武力征服。只要我们一出海，他们就派出海盗。有马的船便可能在什么地方被葡国人抢了。"

听了这些，光悦立刻去找高山右近。右近现被称为南坊，亦居于金泽。不料南坊对此竟甚是清楚，他说，此事恐是尼德兰或英吉利通过三浦按针之手，鼓动家康打击旧教。此若确实，日本国内不久就会发生南蛮人和红毛人之争……

可南坊除了信奉"空寂茶"，决不染指其余诸事。为了坚守信奉，他才躲到茶室。他奉行"和敬清寂"的利休茶道，设置了一间四叠半大小的祈祷间，常为了一件茶器花费心力。在这种超脱的生活中，真正的茶道和信奉乃是唯一能安慰他的东西。他曾道："利休居士若再活久些，或许会与禅断缘，而将洋教和茶道结合在一起。”照他看，业已故去的蒲生氏乡，以及现居大坂城内的织田有乐斋，从内心来说都已属洋教信徒；其他如牧村政治、芝山监物、古田织部、细川忠兴、濑田扫部等自然亦不必说，甚至前田利长也不例外。他甚至说：“只有心中有信，心才能真正静寂。”似是故意要避开世事。

与高山右近的此次相会，成为促使光悦回京的原因之一。

对于高山南坊所论，光悦心中自有分寸。南坊忠于信奉，这一点或许和本阿弥光悦甚为相似。他既自称是南坊、旧教教徒，就丝毫不会动摇对洋教的信奉。有关佛教和神道，尤其是和禅宗有关的东西，他一概听不进去。或许他曾遇到过自甘堕落的和尚，使得他彻底切断了与佛法的缘分。

我对日莲大圣人，恐亦无这般忠诚啊——光悦马上开始反省，脸稍稍有些泛红。

信奉可使人安心，也会致人盲目。盲目的信奉会沦为迷信，终将给信奉者带来痛苦。一个拥有如此虔诚信奉之人，若感到宗派之危，他会怎生做？假如大御所说要消灭日莲宗，光悦能够袖手旁观吗？当然不能！南坊等众多洋教徒肯定认为，乃是三浦按针给他们招来了危机，自然不会听之任之。想清楚这些，光悦方从加贺动身。

洋教新旧两派的对立，很可能把众多日本人卷入动乱。仔细想想，和舅父光刹之争，实是一件无足挂齿的小事，人应有更高的追求。想及此，光悦立刻去拜见利长，告诉他，自己想回京城住。利长大为赞成，他助光悦生计，是想自光悦那里获得京城的消息，绝非要留他在身边服侍。

当光悦离开加贺，抵达京城时，已是庆长十六年入夏。

“好久不见了！长期住在京城的人，住不惯乡下。”光悦去拜访舅父光刹时，道。

光刹将一个精美的绿色小盒交给了光悦，称是武州八王子的阿幸托他转交，还说，他正要写信去加贺。

“阿幸给我的？”光悦有些恍惚地看着盒子。

“光悦，其实阿幸有一封书函和这盒子一起送来，那书函让人有些担心，我就翻了翻盒子，但里边什么也没有。”

光刹乃是日莲宗信徒，以世俗之人眼光看来，他绝非不洁之人。但听说翻过寄给自己的东西，光悦有些不快，他忍住，道：“信函上写了些什么？”

“说是信送到时，她或许已不在世上，故请把信送到的日子当成她的忌日。此外，绝不要到大久保府上去问，若非如此，恐给我们家带来麻烦。你也知，阿幸不争气，把她供在家里倒罢了，到了外边，真不知她还会做出何等事来。”性子刚烈的光刹抚弄着花白的鬓角，“故，请你把此事忘掉。我也未对姐姐说起过。”他口中的姐姐，便是留在京城的光悦之母妙秀。

光悦无语退下。

那小盒子端端正正收于杉木盒中，用颇旧的红锦缎包着。光悦捧着它，到了母亲曾住过的堀川出水下町茶屋别苑。当日，他只是把盒子放到架上，不想打开。

茶屋主人此时去长崎公干，不在家，光悦悻悻而归。灰屋绍益、角仓素庵和俵屋宗达等人得知光悦回京，便来拜谒。大家叙完旧散去，所司代板仓胜重又来了，和光悦聊了很久，故光悦根本无暇思量阿幸之事。不过，他还是若无其事向胜重问了问长安的情况。

胜重若无其事道：“石见守运道甚强，听说今春中风倒下，我以为他会就此隐退，不料他很快就恢复如初，又在甲州黑川谷挖金山了。”

接着，胜重降低声音，提了两句长崎港烧毁葡国船只之事，不过和光悦在加贺听到的大相径庭。加贺那边的说法是：有马晴信为了报复，才烧了葡国船只。可胜重说，放火的人并非有马晴信，而是那洋船的船长。

“其实，有马的船上载了许多兵器，那洋船在受袭击前，似已着火了。”板仓胜重顿一下，又道，“看来，这样还不能消除大久保石见守和此事有牵连的传言啊。”

“长安与此事有牵连？”光悦吃了一惊。

“长安似提议过，若将日本的兵器卖到海外，定会大受欢迎，可大赚一笔。可是，如先生所知，如今的欧罗巴分成了两半，双方战得正酣。我也相信日本的兵器一定会受一些人欢迎，然而无论兵器落入何方之手，南蛮和红毛之间都得出大事。天竺、爪哇、马来，以及吕宋和香料岛，处处都剑拔弩张。因此，班国国主密令葡国船袭击载满兵器的日本船，不只是抢夺货物，还要把船弄沉，杀死所有船员。故有马怒气冲天。然而葡国并不希望自己夺来的兵器，再通过日本人落入敌手，那样之前就是白费力气，故他们自己把船烧掉，把货物统统扔到海里。我想，这些话还是莫要传进大御所耳内为好……”

家康主张和平交易，出口兵器自会引起海外骚乱，他必不容。葡国人把船烧了，使得长崎奉行和有马晴信均狼狈不堪。

“据说，船上还有生丝。他们载了很多生丝来，其实乃是从日本船上夺来，再卖给日本。这事被我们知道，他们就忙把船烧了。”

胜重非常清楚光悦的性情，故，甚至连“莫要禀报给家康”的话也挑明说了。

“可在下还有不明之处。”

“何处不明？”

“葡国船只强夺日本兵器，这个在下明白。这对葡国人而言，亦为大事一件，若兵器落入敌手，自大不利。可他们为何把好不容易才到手的兵器又运到日本？又为何要进到危险的长崎港？这一点，在下无法理解。”

“是啊！”胜重蹙眉摇首，“我也疑惑，可世间的传言更离奇。”

“传言？”

“说是班国和葡国已无可避免地要在日本与红毛开战。大御所和将军都被三浦按针瞒骗，已大大支持新教。因此，旧教信徒要把足够的兵器运进大坂，以此为据点，拼死一战。他们运送兵器到长崎，由于有马晴信强烈反对，故又慌慌张张把船烧了。如此一来，就把大久保长安和丰臣秀赖都卷了进去。这个传言可真是来势凶猛啊！”

本阿弥光悦屏住呼吸，看着板仓胜重，其实他也这般想过。

“如此说来，葡国船乃是打算把从日本船上夺去的兵器运回日本，存放于大坂城？”半晌，光悦才道。

胜重忙摇手阻止光悦，“唉，我可未说必是如此，只是这种传言让人很是头痛。”

“唔，这么说，大坂城里有人想与葡国班国结盟，与看似更支持尼德兰和英吉利的大御所一战？”

“是啊！总会有虔诚的洋教徒，那些人被葡国传教士一鼓动，难免这般想。真是麻烦啊！”

“经常出入大坂城的传教士究竟是何人？”

“我也不瞒你了，便是保罗神父。而且，大坂城内的重臣怕都和那神父有些关系。”

“何样的关系？”

“不是信徒，就是后援！织田有乐斋、片桐市正，以及明石扫部、速水甲斐守等，无一例外。有些人想隐瞒此事，就热心建议淀夫人再建大佛殿，暗地里却想把大坂城变成洋教旧教据点……嗯，还有传闻说，有一个比斯卡伊诺将军今年要来日本，为去年送回前吕宋总督罗德里格的事道谢。人言可畏啊！若大坂城成了南蛮人的据点，班国国君必不断派出载有大炮的军船到日本来。这不只是谣言，听说此乃南蛮人的惯用伎俩。只是我不会胡乱相信谣言。”

本阿弥光悦甚是清楚板仓胜重的为人。胜重绝非轻信之人，但谣言肯定让他心惊。

“其实，你回到京城，我也松了一口气。不管是茶屋还是角仓与市，都尊你为人生之师。他们若对你说了什么，请一定告诉我。”胜重言罢，告辞去了。

光悦茫然坐了许久，才想起阿幸送来的绿色小盒子，难道里边真藏着什么？

打开来，小盒子是空的，可在耳边摇一摇，就能听到轻微的纸张窸窣声——盒子有两层！光悦小心翼翼检查时，涂满金粉的内盒悄无声息开了。

“啊，果然如此！”

盒中整齐叠放着光悦曾见过的宗达函纸。每张上都密密麻麻写着小字，落了日子。有的纸上还写着“光悦先生亲启”。

光悦静静读着。渐渐地，他脸红了，各种情绪令五内翻腾。信中，阿幸毫不掩饰地说起对光悦的情意，感伤流露无遗。她说，她对光悦一往情深，这让性情严谨的光悦几不敢相信。可是他亦感到，阿幸对他大有深意，是一种对骨肉至亲般的依恋之情。总之，正如光悦所想，阿幸并未真正倾心于大久保长安。这个女人的宿命，无比痛彻地流露于字里行间。

光悦花了一个多时辰才读完这些文字。他冷静地思虑着阿幸到底想说什么。对阿幸所言，他并不特别惊讶，先前见过板仓胜重，他心中已生出种种猜测。

阿幸在信函中说，由于与政宗发生龃龉，长安方才感到政宗的重要。过去，政宗的支持令他得意忘形；可政宗一旦弃他不顾，他便危在旦夕。

不管怎么说，大御所和将军对政宗另眼相看，何况他还是忠辉的岳父。若政宗对大御所和将军进言，说长安对忠辉毫无益处，长安便可能掉脑袋。政宗变卦之前，长安几未想过此事。

阿幸明言写道：如此一来，最麻烦的乃是联名状，第二便是那些积存的黄金。

光悦寻思，金子产量，完全由长安根据自己的目的安排，问题在于，家康和秀忠对长安究竟有多信任？即使长安乃是为国积财，若引起怀疑，必招致大祸。光凭他那奢靡的生活，就足以令那些仅靠米谷收入过活、日子节俭的大名争而毁之。

长安假装中风不起，欲在此期间把黄金埋藏于黑川谷，等日后再重新挖掘。一旦有急用，黄金随时都可起出；而万一事情败露，八王子的宅子被抄，家中并无多少金银，那便是瞒天过海之计。

阿幸说，知道内情，让她身置险境。长安真正信任的只有阿幸，若知事情败露，他想要杀人灭口，第一个目标便是阿幸。她估计，也许很快就会被带到黑川谷，秘密除掉，若光悦可怜她，希望他能到黑川谷一趟。她甚至说，自己的血可以使那一带的杜鹃开出黑色的花……

光悦颇为了解阿幸，她从不肯服输，喜戏弄人。因此，对于阿幸的伤感，他并不那般担心。不过，阿幸信中有一段说，长安让她做了另外一个盒子，里边藏有联名状，不知被藏到了什么地方。若是寻常人，恐早已把这种东西烧了个干净，可长安不会。他野心勃勃，欲留名青史，这不仅出于他的虚荣，亦出于自卑——我长安不仅能当个山师与猿乐师!

想及此，光悦愈觉不安，他想起板仓胜重所言，长安与烧葡国船只之事有关。难道长安装病，不单是为了藏匿黄金，亦是暗中把兵器藏到大坂城？如此想虽匪夷所思，然长安和寻常人不同，他要正大光明出海，因此，恐欲接近出入大坂城的神父。

此事可不能置之不理！到这时，光悦才兴起给阿幸回函的念头。他未提收到绿色小盒一事，只是把自己的意思隐于字里行间，写道："长安近日开始做生意，可能有些奇妙的故事，希望能陆陆续续说给我听。"

刚封好信函，下人禀报，又有客人来访。

"把书函交由茶屋的江户店铺，送到八王子去。"此时茶屋在江户的日本桥设有驿站，常有信使来往。光悦把信交给女佣后，就到厅里去了。

"啊，真是稀客！竟是纳屋小姐。"刚才通报说客人自堺港纳屋来，光悦还以为是下人，不料竟是在大坂城服侍千姬的阿蜜。

阿蜜的打扮又恢复了商家女儿模样，她礼貌地向光悦问安。

"听说先生回京了，遂马上赶来拜望。"此时的阿蜜，已非先前的荣局了。

"你怎的有空？似乎瘦了，身体怎样？"光悦一边拍手叫母亲，一边笑道。

"今春，千姬小姐已和少君圆房了。"阿蜜道。

"哦……"

"他们甚是和睦，大坂城内又恢复了好久不见的和睦景象。"

“好！不，辛苦了！”光悦说着，忙擦了擦眼角的泪花。茶屋清次未过门的妻子阿蜜被秀赖玷污，其中苦涩，光悦感同身受。

“淀夫人还好吗？”他问。

“她变了许多。”

“那是为何？”

“可能是上了年纪的缘故，夫人性情温和多了。”

“哦？”

“而且，千姬小姐收我生下的千代为养女，实在感激不尽，束缚我的枷锁便已打破。”

“你的辛苦终于得到了回报！千代成了千姬夫人的养女？”

“是。少夫人说，以前她年幼，让我受苦了，要我……宽谅她。”阿蜜抬袖擦了擦眼角。

光悦又拍手叫母亲：“来客了！茶点稍后准备也行，请母亲过来见见客人。”只有两人相对，必会泪下，光悦可受不了。

阿蜜本可与茶屋清次速结良缘，却被秀赖染指，进而被淀夫人疏远，被老臣排斥，又被千姬的侍从敌视。她若非心如磐石，恐早已不堪重负，香消玉殒。如今她终得离开秀赖，和过去比，她虽瘦了些，气色却颇佳。

“哦，真是太好了！”端茶进来的妙秀，瞪大眼睛，在门口站住了。

“婆婆，您一点没变，真令人高兴。”

“没变？呵呵，变了许多。看看这头发，已全白了。”

幸而母亲赶来，光悦赶紧取出怀纸，速速擦着眼角。

“以后阿蜜会常来。只不过进城那么一些时日，出来一看，却觉恍如隔世。”

妙秀佯装糊涂，摇头道：“世道如常啊，依旧有穷有富，有官有贼，只是大家都把心思用在了家业上。”

“呵呵，婆婆真会说话。”

“是真的！我自己不喜改变，却希望儿子能稍稍改变一下呢。”

“哦？”

“是啊！媳妇先他而去，至今仍然独身一人。他要是能像撮合灰屋之子和吉野太夫那般热心就好了。”

“哦。”

“姑娘，有无适合的人？我都等不及了。”妙秀打趣道。

光悦本想说说阿幸的事，却又打消了念头，他不想让母亲以为自己还在思念亡妻。

“好久不见了，你必有很多城里的故事讲。我这就去准备牡丹饼。阿蜜，你喜欢牡丹饼吧？”

“是，非常喜欢。”

“好好，我马上去做。”虽说上了年纪，妙秀依然甚是细心体贴。她定是察觉到阿蜜必是来打听茶屋清次之事的，因此借故离开了。

“阿蜜，你刚刚说淀夫人变了？”

“是，真变了。夫人最近成了一位无可挑剔的主母。”

“使淀夫人改变的原因，只是……年纪？”

阿蜜摇摇头。

“还有其他原因？”

“是，淀夫人毕竟是女人……”

“此话怎讲？”

“大御所特意派了人去，也有信函送至，她才变了心意。”

“我不明白。难道过去大御所对她不好？”

“呵呵，先生真是不解女人啊！”

“嘿。你细说说。”

“淀夫人先前认为，大御所亲近别的女人……”

“别的女人？”

“高台院。呵呵，阿蜜以为您很是清楚呢。”

“高台院？”光悦险些笑出声来。他从未听过这等事。从未生育过的高台院，看起来确显得并不甚老，可到底也是老妇了。难怪他想发笑。

阿蜜却道：“先生一定误会了。”

“哈哈！若淀夫人真这般想，只能说明她心志失常。”

“不，此乃女人真心。她认为，大御所信任高台院，不信任她，心中自有怨念。”

“这不就是嫉妒吗？”

“是比女人的嫉妒更甚的争斗和固执。如先生所知，大御所先后两次给高台院建寺宇，将军进京时，还想让秀赖以高台院之子的身份去伏见。”

“哦？”

“淀夫人此时的心情，男人不会知悉。其实，阿蜜也是生下千代后，才体会到夫人心思。”

“淀夫人那般固执，完全是因为怕儿子被抢走？”

“不只如此。有一次她喝醉酒，无意中向阿蜜透露了一事。”

“何事？”

“她似想到大御所身边去，起因为大御所还在西苑时。”

“哦？”

“可是，使她打消了这个念头的便是少君。为了少君，她必有所忍，自然也顾不上情爱了。淀夫人认为，高台院乃是太阁正室，故大御所才区别对待，她因此心怀怨恨。”

光悦轻轻合上眼，心想，阿蜜一定也曾那样困惑。他不由叹道：“人之真心，外人真正意想不到。淀夫人若是太阁正室，定是一位贤妻。”

“淀夫人还说，如今她还怨恨太阁。”阿蜜继续道，她似欲将心中的积郁吐尽。

“因为不是正室？”光悦道。

阿蜜露出神秘的微笑，摇头，“不，据说太阁在病中，曾劝她带着秀赖嫁给大御所。”

“此事我也略有耳闻。”

“淀夫人为此夜不能寐。”

“这个我也能体会。”

“到了第七日，她终于下定决心，可太阁已绝口不再提此事，似已忘了。不只如此，石田治部又说出完全不同的话来。”

“说了何言？”

“他说，太阁有遗言，要她嫁与前田大人。”

“这个我也听说了，太阁当时恐已神志不清了。”

“因此，她怨恨太阁不解女人真心，竟随随便便说出那等话，害得她在大御所面前甚是尴尬。”

“哦。”

“可一切都已过去，高台寺已建好，大御所也未令淀夫人和少君分开。况且，大御所已从伏见搬到了离高台院甚远的骏府，淀夫人心里方平静下来。阿蜜真高兴啊。”

光悦松了口气，他以前亦常担心，天下会因淀夫人再动干戈。“淀夫人真变了？”

“是，千姬小姐定会幸福。”

“姑娘，我有一事要拜托你。”

“拜托我？”

“对，我和你都须好生维护淀夫人和千姬夫人的幸福。”

“这是自然。”

“可是，我听到了令人不快的乱声！”

“乱声？”阿蜜蹙起眉头，侧耳倾听，“什么乱声？”

“你回到堺港后，便又是纳屋家的小姐了。那里一定有些从海上传来的消息。你能否仔细查查有马烧毁葡国船只一事？此事可不能大意。”

阿蜜不解地望着光悦，看来她还未听说此事。

“有马家烧葡国船？”

“对！可能会因此掀起一场风暴，我很是担心。”

“究竟怎回事？请把事情经过……简要告诉阿蜜。”

光悦点点头，不把事情告诉阿蜜，她就无从打听。光悦简言几句，道：“此中最重要的人，便是有马修理大夫晴信。他到底是因私愤而欲烧南蛮船，还是获得了大御所默许，这需弄清楚。”

“这一点至今尚未查明？”

“对，只查出长崎奉行似与此事有些关联，其余就不甚清楚了。”

“若未获大御所默许……”

“那就无甚好担心的了，事态应不会演变为日本与葡国之间的冲突。有马大人有不是，大御所自会责罚他，如此而已。”

“反之呢？”

“便是我所忧心的了。如你所知，日前大御所对海外交易寄予厚望。南蛮人和红毛人对此也颇为清楚。若是大御所默许烧毁葡国船只……”

“嗯，南蛮人确可能这般认为。”

“这正是我担心的，南蛮和红毛如今打得难分难解。”

“班国、葡国同尼德兰、英吉利相争？”

“正是。这种争执不同寻常。同为洋教，却分裂成两个教派，为了争夺海外利益打得头破血流。”

“我听说过。”

“嗯，若此时大御所下令烧毁南蛮船，南蛮定以为乃是三浦按针说动了大御所。他们必会担心被赶出日本……这种想法恐引起大乱啊，亦会使大御所的志向和天下苍生渴望永世太平之心愿成为泡影。”

“哦。”

“我们过去之所以站在大御所身边，为他尽心尽力，便是祈望太平万世，不想再有乱起。总算结束了那烽燧四起的日子，本以为终于太平了，却又要卷入洋人的纷争。这样一来，事态将如何演变？天下苍生的愿望又会如何？”光悦说到激切处，忘情地用力拍膝。

阿蜜屏息看着光悦，她已明白一切。浮现在她脑中的，是大坂城里的淀夫人，以及千姬、千代的面容。

“先生担心，若烧船确是大御所授意，日本恐有再陷乱世之忧？”

光悦严肃地点头。

阿蜜又道：“那样一来，大坂和江户可能再启战端……先生这样看？”

“正是！”光悦斩钉截铁回答，“大御所若信了红毛一方，南蛮人为了对抗，只能以大坂为据点。”

“……”

“可是，方才听你的意思，大御所的忍耐已让世人看到春景，大坂城里现已吹起了和风……可是这和风之城虽拥有无比坚固的城墙，却是一座只有女人和小儿的无防之城。”

“……”

“你应明白，不可让城里的春风休止！只要大坂城春风吹拂，畿内和近畿，甚至整个天下，人人都能沐浴其中。这个时候若再起纷争，可怎么了得？我是担心这些，才从加贺回来。从总见公、已故太阁，到大御所，天下总算太平了，怎可令南蛮人和红毛人坏了千秋盛事？”

听着听着，阿蜜身体颤抖起来。

“阿蜜明白。阿蜜一回堺港，马上派人调查从长崎来的船。我虽为一介女子，也能听得见乱声。”

光悦轻轻点头，仍然十分激切。

世人分成两派，争斗流血，大坂与江户将再起纷争之说，并非空穴来风。光悦真的很是为天下忧，阿蜜想着，内心益发感佩。

“从前太阁身边有利休居士，另有纳屋先生和曾吕利先生，我们能看得更远。可是秀赖的身边啊……”光悦使劲摇摇头，换了个话题，“唉，我只顾说自己的事了。你怎样？茶屋有信函来吗？”

“有。”

“他等了许久了。你既出来了，还是早些办了的好。”

话方出口，光悦大吃一惊，阿蜜脸上竟浮现出冷漠的苦笑。

她与茶屋之间似发生了何事，他能觉出那绝非好事，只是未立刻问出口。

“此事，阿蜜有些话对先生说。”

“你是指……”光悦压低声音，心生怜悯。

“我决心不嫁给茶屋了。”

“哦？你是要毁了婚约？”

“是。”阿蜜昂首挺胸，朗声笑了，“起初，我以为必须遵守约定，可如今才发现，约定也有许多，并非当一一遵守。”

“你并不厌恨茶屋，却不想嫁他了。你是为了茶屋，才改了主意？”

“是。”

“阿蜜！”

“嗯？”

“唉，你的想法是对是错，我没法立刻回答，也不知是否该赞成你。”

“先生难道不知，有些贵人想替茶屋说亲？”

“这是两回事！”光悦稍稍提高了声音，“所谓约定，乃是经双方商谈之后，互相承认的。”

“这……我明白。”

“既如此，就不能因你一人的想法改变，坏了约定，明白吗？你必须先明白茶屋的心意。男人的想法有时超乎常理。你的算计并不见得是为他好。”

阿蜜吃一惊，垂下头，耷拉着肩膀。她定是因生了秀赖的孩子而羞耻。这种想法虽出于女人的善良，却未必适用于男子。

茶屋清次若愿意撇开这事，接纳阿蜜，又当如何？况且，清次身边的人都已知此事，若阿蜜毁约，不只伤了清次的心，更会伤了他的体面。

“这样吧，”光悦道，“你以受我之托为名，去向茶屋询问烧船之事。唉！看他的回话，再决定是否遵守约定。说不定会有意外的收获呢。”

阿蜜不由悄悄擦了擦眼泪……

二一　忠义之臣

庆长十五年，让德川家康最感安心的，便是和大坂的关系得以缓和。

正月初，片桐且元作为丰臣秀赖的使节，或说乃是淀夫人的使节，到骏府贺年。千姬和秀赖不久圆房。二月，诸大名筑建的名古屋城告成，也让家康甚为满意。他下令修筑名古屋，完全是为让继承了兄长忠吉之位的义直（五郎太丸）搬过去。

世人传言，家康为了几个老来才得的儿子费尽了心思，对他们无比宠爱。家康虽以环绕清洲城的五条川洪水每年都会破坏城基为由，令诸大名筑建名古屋城，但此借口甚为老套，明眼人一看便知，他实际别有目的。

家康曾下令禁止大名随意修筑城池，现有城池的修理亦由幕府全权负责。在太平时期，这种限制建立于防守的最低需求之上。采取这种措施，从根本上说，乃是出于对幕府财力的全局考虑。现已非乱世，王侯将相不能再似过去那般慕虚荣，喜攀比，随意筑建城池。如今幕府鼓励开垦，兴修水利，充实国库，禁止筑城。掌权的大名也不敢如乱世时那般奉行武力至上，他们当下最看重的，乃是如何笼络民心。

然而，这并不意味着对防卫家国的放弃。和过去一样，作好各个城池的防卫，乃是最低要求。此外，居于各领地中心的要冲之地，也必筑建超过以往规模的城池，以容纳幕府军队。

名古屋位于东海腹地，倾全国之力，在此建一座威风十足的城池，自然是一系列昭示幕府权威之举措的核心，亦是国家百年大计。不论世人如何议论，义直不过是暂时居于此，此地真正的管理者，乃是已被家康认可的平岩亲吉、成濑正成和竹腰正信诸人。成濑正成乃家康最信任之人——家康甚至密令，他可在必要时取义直性命。

为了筑名古屋城，家康令前田、池田、浅野、加藤、福岛、山内、毛利、加藤（嘉明）、蜂须贺、生驹、木下、竹中、金森、稻叶等几乎所有觊觎东北的大名们参与，便是为了看看究竟有多少大名真正解得他的大志。试探虽是主要目的，工程也在有条不紊地进行。

越后城亦具有同样的意义。从地理位置来说，此处将成为直通日本各方的关隘；家康派了松平忠辉坐镇，严密防守。

二月，忠辉从信州迁至福岛城。

其实，家康欲废弃福岛城，建一座与高田规模相当的大城，但就自然条件而言，东北比不得关西，财力也还不允许，故只得延期。家康的想法，是以伊达政宗为主，让参与筑名古屋城的关东与奥羽各大名在此事上继续协助，他与将军秀忠则于一旁仔细观察。

如今家康唯一的不安，其实来自宫中。天皇和太子政仁亲王不和，几位公卿介入其中，眼看就要掀起巨浪。导致平地生起风波的原因，也许便是公卿们从乱世的穷困境地摆脱出来后，各有打算，重新做起权力美梦。

秀吉公任关白时，众公卿并未为即将安定下来的世道感到欣慰，反认为他是亵渎了国体，议论纷纷。将来万一秀赖做上关白，地位超过他们，又作为幕府亲藩，获年俸六十万石的领地，那就大大妨碍了他们。

“丰臣氏不过卑贱之人出身，靠武力夺取天下，在武家制度之下，武将成了大名也就罢了，若让他们统领五摄家，就是僭上！”这种话虽不能说出来，却终导致天皇父子不和。随后，后阳成天皇放出了希望早早禅位之言，家康上奏，请求将禅位之事延期，此事方暂时压了下来。

家康心中牵挂的大事都处理得差不多了，故欲再次进京，以觐见天皇为名，实则欲见见秀赖、千姬和淀夫人。然而此时已不能随意行事，因为家康若是此时上洛，宫里可能会认为他试图干涉公家事务，必将招致更强烈的非议，恐怕还会将秀赖卷入。家康想到秀赖和千姬圆房后，其乐融融的诸般情形，遂决定把进京之事姑且放一放。

一日，一直为筑建名古屋城奔波的加藤清正突然来到骏府。家康很是欣慰地接待了他。

家康眼中的加藤清正，不仅是出色的武将，亦是甚有能耐的父母官，他并非才华横溢，但自能比石田三成等人看得清时局。三成和清正都性情倔犟，不肯服输。然而三成崇奉权力，清正则生性诚实，对玩弄权术极度反感。清正始终对高台院敬重有加，而三成虽被看作淀夫人一派，却将淀夫人逼入困境。

"清正啊，快请坐！是不是名古屋有变故？"

家康在大厅接待客人，一般都保持距离，清正却直接到他跟前。于家康身边侍奉的仍为本多正纯，此次辅佐赖宣的安藤直次也被请了来。

此时赖宣虽已定为骏河、远江年俸五十万石之守，然仍待在父亲身边，接受父亲调教。

清正还是老样子，瘦削的双颊隐藏在一蓬引以为傲的胡须里。他不喜奉承，和人面对时总是先捋捋胡子，既傲慢又威风。他说话之前，亦总是先咳嗽一声，清清喉咙，显得颇为庄重。"大御所尊容未改……"这既如问候，又似逞威，有时甚至像说教。

"好啦。你这胡子的功德，我很是清楚。近前些。"

"哈哈！"清正径直到家康面前，坐下笑道，"大御所似已知，在下今日又要抱怨。"

"还有抱怨？你的笑声都要穿透屋顶了！"

"大人说得是。大人，清正此次要演一出好戏，比那些女歌舞伎演得还好。戏台就在名古屋。"

"哦？有趣！你想怎样演？"

"前几日，在下去大坂城拜访了少君。"

"哦，他和阿千处得可好？"

“在下和且元就此谈了许久，他对大人的苦心感激不尽，甚至泪流不止。”

“哦，你还见到市正了？其实，正月里淀夫人还特意派他来看望过我，没有哪个春日，像今年这般让人心情舒畅了。哈哈，那么市正未和你说些什么？”

家康其实想问把清正的女儿八十姬许配给赖宣的事，然而清正仍将话题岔远：“还有一桩，在下在大坂见了个南蛮人，是个叫保罗的神父。他正欲照大御所的心意做生意。您猜保罗和在下说了什么？”说到这里，他使劲挺了挺胸脯，捋捋胡须，清清嗓子，然后微微一笑。

“说了些什么？”家康身子向前探出。见清正昂首挺胸，他故意显得随意。

“大御所，您认为当今世上，最富庶之国为谁？”

“咦，世间第一……这个问题可不好回答。那神父因自己来自班国感到骄傲？”

“不不，非也。”清正使劲摇头。今日，他眼中罕见地闪动着顽童般的调皮。

“哦，那又说了什么奉承话？之前有个住在江户的洋教徒来见我，说我这骏府，乃是世上第二大城呢。”

清正愉快地微笑道：“这般说，世上第一大城在哪个国家？”

“他说乃江户。哈哈！江户第一，骏府第二，大坂便是第三喽！班国、墨国，都无日本太平盛世的繁华城池啊。当然，我只是把这当奉承话听。”

“可那非奉承。”

“咦？这也是你的看法？”

“保罗非说谎奉承之辈。他说，现今世上最了不起的国家便是日本。”

“哦，你相信？”

“他未说谎，故在下相信。其实，庆长九年八月时，他亦参加了丰国祭，当时他尚以为，那种太平气象能持续两三年就不错了。”

“哦？”

“通常，南蛮和红毛五年未有战事，就值得普天同庆了。然日本国已连续十年无兵戈之祸。因无战争之虞，百姓聚集的村落渐渐变为市镇，世人安居乐业。他这话，是发自内心。”

“你刚才说什么，一出好戏？”

“这个嘛……”清正挺了挺胸，摇摇扇子，“日本堪称世间第一，故不为此庆祝一下，可说不过去。”

“哦，有理。”

“清正非草莽之徒。名古屋城筑建得前所未有地气派。在下想把原三郎左、林又一郎等人从京城叫去，再找几百个艺伎，以及时下流行的女歌舞伎，给她们穿上一样的服饰，由在下领歌。如此庆祝，大人是否赞成？”言罢，清正用力挺了挺胸，盯着家康。

家康忙把一只手放到耳后，道：“肥后守，你说什么？你要站在艺伎前边……喊号子？”

清正故意一愣，“大人不同意？”

“不，非也。你真欲这么干？”

“在下为何巴巴跑到骏府来说谎？日本国已是世间第一。为了庆祝，在下欲混到艺伎中，和她们穿一样的衣裳，领唱，跳舞。这个庆典要热热闹闹的，让太阁在九泉之下也高兴高兴。不过……”清正又捋了一下胡须，“若大御所反对，也就罢了。”

“唔……”

“请大人仔细想想，再允准在下。正如大人所知，少君和淀夫人近日心情好了许多，正欲重修大佛殿呢。因此，在下才打算办一场举世无双的庆典。”

“哦。先用些茶，名古屋的喊号子，将是举世无双的庆典啊！”

“正是。”

“京城艺伎们的师傅——那原、林二人先前是给太阁牵马的吧？”

“是。到了太平时期，他们目光长远，获准在外城柳马场训练艺伎，真是有眼光的聪明人！只要他们招呼一声，京城艺伎们都会欢呼着赶过来。”

“哦。这么说来，这个庆典并非和太阁全无关系？”

“大御所大人！”

“嗯？”

“大人若认为，在下只是为了大坂才到此迎合，才这般游说……那在下可就百口莫辩了。”

“咦，谁说过这等话？”

“不，大人若这样认为，那可就违背在下的本意了。若大御所大人允准，在下还有一事相求。”

“说说何事？”

“大人得先批准庆典……在得到大人的允准之前，清正不能说。”

“好。那我就赞成！家康虽不喜无谓的花销，但肥后守大人不会做那毫无意义的浪费，故意让领民受罪。你就好生用那二人吧，我同意。”

“哈哈！”清正爽朗地笑了，“在下就猜大人会说节俭一事。哈哈，所以年轻人才对大人敬而远之啊。不过大人，事情还有些棘手。”

“棘手？”

“是。日本毕竟乃是世上第一。为了庆祝，希望大御所大人能真出些力。”

“你是想让我出些金银？”

“不是一些，是像山一样多。哈哈。”

家康使劲摇头。一向谨慎的清正，眼中闪烁着顽童似的光芒，真是少见。他全无恶意，带些游戏意味，定是想做一件让家康既吃惊又高兴的事。

其实，在此次筑建名古屋城一事上，清正显示出了非同寻常的诚意。诸大名都从各自领地召集大量工匠到名古屋，日夜劳作。工匠中有人调戏妇女，喝酒闹事，惹得百姓官兵颇为不满。然而只有清正带去的人与百姓相安无事。他们的任务，便是用旧城池周围丘陵上的土填埋山谷和低地。

“你们要当作是在筑建自己的城。低地不能成为海道通衢。把高地都铲了，把低地填平！”

肥后工匠很快把高山削平，把低地填高，修整得地面宽阔平坦。平岩亲吉等五位参与筑城的大名，为此感激不尽。

新名古屋城以旧城内的龟尾台为中心，选择了地下有岩石的一块地作为地基，以抗地动。负责此项的乃是牧野右卫门信次、泷川丰前守忠征、佐久间河内守政实、山城宫内少辅、村田权左卫门五人，诸人无不对清正感激不已。

就是这个清正，现在像孩子一样，眼睛闪闪发亮，请家康多出金银。家康高兴，自尽量不败他的兴。“这么说，肥后守大人打算强迫节俭的……强要铁公鸡德川家康大出黄金了？”

“非是强迫。单是祈望大人的贺仪。”

“一样啊！”家康回道，“就看怎生拿出来了。你似并不了解我啊。”

“哈哈！”清正又大笑起来，“不管怎生说，此乃为了庆祝大御所大人建了世间第一的大城啊！世上第一的天守阁，必给它寻个合适而气派的装饰，那是为后人留下的礼物。”

家康昂然挺起胸，看着清正，明白过来。说到天守阁上的装饰，谁都会想到屋顶的虎鲸——没有比它更合适的了。清正乃是想让家康送金虎鲸！

然而，家康不会立刻就拍板应承下来，他想再耍耍清正。

“咦，你说得越来越有趣了。”家康故意摇摇头，“肥后守大人强迫……不，是希望德川家康送贺仪。论交情，我也不能拒绝啊。好，你直说吧。”

“君子不食言！”

“呵呵，家康不记得自已跟谎言有缘。”

“哈哈！那就这么定了！清正说了，既是世间第一城，就不能用泥烧的瓦面，清正想在天守阁使黄金铸虎鲸。”

“黄金……黄金虎鲸？”家康故意吃惊地睁大眼睛，“这……这可不同寻常！”

“大人不同意？”

“黄金……是无谓的浪费啊。”

一旁，安藤直次和本多正纯大气也不敢出。他们尚未看出家康其实在故作姿态，但他们知，以前秀吉公曾在伏见城天守阁的瓦上镶黄金，家康对其奢靡大加批评，甚至还说，此种奢侈惹恼了上天，才以地动作为惩罚。现在清正居然对家康说出这些话，然而话已出口，不能收回。

“只有两条虎鲸以金铸，并非屋顶全都由黄金做成。金山奉行大久保长安曾言，不用顾虑金子。他还放言，黄金多的是，巴巴地想着人去用呢。大人，此城意义非凡啊！”

“我可真是应承了一件不可思议的事啊。”

“大人应承了？哈哈，那就这么定了！清正想现在就得到大人的承诺。”

“那样一座城，虎鲸小了可不行！我被肥后守大人算计了。”

清正难得地摇晃起身体来，看上去很是快心，“哈哈！清正也得到回报了。数月就成全大御所大人心意，让子孙都感骄傲啊！哈哈！”

“肥后守大人，”家康弓着背，声音温和，“不过，也不可都随你的意，我也有个不情之请。”

清正猛止住笑，有些发愣，“大人您要强迫清正了？”家康的语气让他无法拒绝，他有些惶恐。

然而家康乐于看到清正紧张，“肥后守大人难道不愿？”

“这……竟是何事？”

“你真心想听，我才说。”

“这……在下要听大人说完再寻思。”

“肥后守大人。”

“何事？”

“你经常对我提些无理要求，是吗？”

“不，绝无此事。大御所人日理万机，辛苦异常，在下绝不敢提无理之事，不过在未听完大人的话之前，清正不敢轻易答应，这是在下的性子，请体谅。”

家康甚是意外，道：“那我就说了。”

“愿闻其详。”

“肥后守大人，你有位千金吧？”

“千金？大人说八十姬？”

“对，三浦为春曾在府上见过，确是叫八十姬。”

“三浦大人看上小女了？”

“是看上了。不过你也不用那般吃惊。三浦不会娶一个还未到十岁的小丫头。”

“哦。”

“他是想让令千金给长福丸做媳妇。长福丸已是骏府、远江之守，名已改为赖宣，很快就要赴任了。如何，愿不愿把八十姬许配于他？”家康说完，故意认真地大睁着眼睛，盯着清正。

清正表情复杂，刚开始显得有些困惑，后终大笑，“这么说，大御所大人想要小女？”

“也许还不甚合适，肥后守大人。长福丸性情温和，虽一直有水野重仲和三浦为春教导，不过还不够，故我又让安藤直次做他家老。当然了，两个孩子都还小，先订个亲，若肥后守大人愿意，就择一吉日，派水野或三浦去提亲。这是强迫肥后守大人的骨血做我的儿媳妇。德川家康真够贪心的啊！”

清正使劲正了正坐姿，眼中泛起泪光。

家康是言，完全出乎清正意料。若此事成真，必然会招致各方责难，也许还有人认为清正的女儿乃是做了人质，清正本人也会被看作为了保全自家，向家康摇尾乞怜。

但清正从不管别人怎样想。他顾不得擦泪，道：“若是此事，还请大人三思。”他似又变成了往日那个异常谨慎的清正，“因为，在下认为，这桩姻缘会给大人带来些难处。”

“哦。”家康似乎知道清正会这般说，毫不吃惊，“我有何难处？”

“若有人制造谣言，说大御所大人又和过去一样施手段，先笼络住清正，再向大坂出难题……”

“肥后守大人，你判断得失的标准太过偏颇。我只想夺走你的心爱之物啊，施这种手腕的，可非寻常恶人。”

“大人又说笑了啊，在下喜长福丸公子大甚于小女。在下并非舍不得小女。”

“休要撒谎！我知你乃硬汉子。你要从我这儿拿走仅次于我性命的黄金，就算我找你要回报吧。”言罢，家康转头朝向直次，“你也来美言两句。你说说，三浦是怎生看上八十姬的。”

“是！”直次立刻看向清正。

清正突然抬手止住了直次，“安藤大人的情，清正领了，请您莫再多言。”

“这么说，你答应了？”家康终于大声笑了起来，“好，那就这么定了。上酒！没有异议吧，肥后守大人？”

“是，承大人美意，清正祖上真是积了阴德。”

“你也被我算计，我可不能让你白拿了黄金。”

清正不言，再次使劲挺了挺胸，凝视着家康。在正纯和直次看来，此种姿势有某种奇妙的挑衅之意。

此时，侍女们端上四张餐台。

酒过三巡，清正终于恢复了开朗模样。在此之前，他看上去既懊恼又自责，正纯和直次都小心翼翼。清正随后聊起了文禄之役时的种种趣事，酒后告退，返回下处誓愿寺。其时已是未时四刻。

清正去后，家康让正纯取出名古屋城的设计图，戴上老花镜，凝视良久。

“肥后守的心情看上去怎样？”家康叠起图纸，仿佛自言自语，不提名古屋。

“刚开始，好像跟平时换了个人似的，日本成为世上第一……他好像是发自心底地高兴。”

本多正纯这么一说，家康猛抬起脸，打量着正纯和直次，“直次，你也这般想？给名古屋城镶上黄金的虎鲸，是为了庆祝日本成为世间第一？”

“他只能这么说。”

“哦，那你认为真正原因何在？”

“自然是因为大坂气氛缓和而高兴。”

“唔。正纯，你说呢？”

“正如安藤大人所言，加藤大人心里有秀赖。所以，在下认为他和大人您一样喜悦。”

“可笑！”

“难道不只如此？”

“还有一桩，你们不明白啊！”

“还有一桩？”二人异口同声，面面相觑。

“唉！黄金虎鲸需要四个。两个一组，一共两组。”

“黄金虎鲸？”

家康点点头，把名古屋城的图纸收到架上，“肥后守虽有情有义，但心思也多。他看透了秀赖早晚得离开大坂城。”

“看透了？”正纯道。

“正因为看透了，才说要带京城的艺伎庆祝！”

正纯和直次不由面面相觑。

“说什么为了修建名古屋任劳任怨，还要举行一场举世无双的庆典，以及铸黄金虎鲸，都是因为他看透将来而下的棋子啊。这才是肥后守。”

“啊！”直次低唤一声，“这般说，那是他为了秀赖的新居城而布的棋子？”

此时，正纯也拍了拍膝盖。二人终于明白家康的意思了。

清正对秀赖始终念念不忘，不仅如此，家康还意识到，清正已预见到了，秀赖最终不得不离开大坂城。

秀赖迁居之地将是奈良、郡山，还是离江户极近的上总或安房？无论他去哪里，其居城必然会参照名古屋的规模。故，若名古屋的天守阁用了黄金虎鲸，秀赖的居城，其豪华程度自然不能逊于名古屋。清正果然在演一出好戏。

“原来如此，在下明白了。安藤大人，咱们还是眼拙啊！”

直次也颇有同感地点点头，“是。还说什么日本是世界第一……”

家康又摇了摇头，道：“你们又想差了。”

“又错了？”

“照你们的说法，我是中了清正的圈套？”

“他的确费尽心机。”

“我的想法可不一样，”家康似乎心情大好，一边啜茶，一边道，“我出大价钱买了清正对秀赖的忠诚，明白吗？日本要成为世上第一，日本人就当有世上第一的器量和见识！”

“是。蠢材无论如何成不了第一。”

“我愿意顺肥后守的意，是因为他具有看清时势的眼光。不过光有眼光，还不能称为第一！一个人若无赤子之心，有远见也许反而坏事。石田治部便是先例。他早就看出，太阁殁了之后，天下之主将是德川家康，才急着作乱，竟招致败亡。他为此害了所有关心他的人。与其如此，倒还不如没了那些见识。”

“是。”

“然而肥后守虽有远见，却先热情地帮我，这便是诚意。故我不能拒绝。赤子之心，可动天地！”

座下二人不约而同正了正坐姿。

“好吧，我们来作个约定！设若我离世而去，你们都必须遵守此约定！日本要做天下第一，一定要做到这一点！”言罢，家康静静闭上眼睛，低声道，“寻机会，告诉秀赖，肥后守有何等忠心……”

二二　相会二条城

庆长十五年，天下平安无事。

丰臣秀赖母子把精力放在重建京都方广寺的大佛殿上，家康虽未能进京，却也在为名古屋城忙碌。同时，海外交易船只数量不断增加，时光在家康的自信和满足中悄然而逝。

太平时代，国家须走向海外。走向海外，不仅能通过交易获利，也有其他益处，首先便是可借此转变世人观念。乱世中武士好勇斗狠、横暴掠夺的混乱情形得以改变，世人开始修身齐家。苍生眼界大开，乃是走向海外最大的效用。

其次，文禄年间始设朱印船九艘，至今已增至一百五十艘，航行海外的雄心勃勃的浪人，也益发增多。其中虽有身上仍残留粗暴根性之人，所至之处时常招来非难，然而至少给一大群好勇斗狠之人暗示了一条活路，利益不可谓不大。

其三，交易往来带来海外文化，从而影响国人心智。智慧和财富在任何时代都能吹起和合之风，此风又将让人生出新的希望和梦想。

家康授丰光寺承兑和金地院崇传重任，不断努力发展交易。同年，家康为长期以来祈望恢复贸易的大明国广东府商家签发了朱印状，允许他们来日本做生意，还给暹罗国主去书示好。是年，安南国使节来萨摩；萨摩的岛津家久带着琉球尚宁王从骏府来到江户；日本制造的船首次成功横渡大洋，到达墨国；日本亦和大明国福建总督开始协商，试图恢复由大明国颁于日本船只的正式交易书“勘合符”……

遥想信长公“天下布武”和秀吉公的时代，恍若隔世，尊奉儒教的太平国家总算建立起来。清正所言“世上第一大国”，虽多少有些夸张，但来过日本的传教士在与本国通信时，都对日本和家康大加赞誉，已是毋庸置疑。除了尼德兰国君在国书中提醒家康注意提防班国和葡国，有马晴信烧了葡国商船之外，日本完全呈现出一派顺风满帆的新貌。

名古屋城在东海道显示威容，各大名则争相把妻儿安置到江户。

筑建名古屋时，加藤清正的热心最是引人注目。对于应尽之义务，清正未流露出丝毫应付之态。他主动负责铲平城下的丘陵，开拓出城周的大片土地。面对搬运巨石的大难题，他巧用良方，一时名动天下。

清正任命先前曾给太阁做过马夫的原三郎左卫门、林又一郎二人，从六条三筋町挑选一百多名太夫过来，再加上后来临时加入的，妓女总数超过四百,一时使名古屋如同百花齐放的园林。

此时的太夫，不只是酒坊茶肆里的妓女，还有女歌舞伎中的头牌。

自从庆长八年出云的阿国跳起歌舞伎之后，这种舞蹈逐渐传入青楼。她们一改旧习，在四条河岸搭起小屋，白天跳冶艳的舞蹈，晚上接客。妓女们到了名古屋，追随她们而来的人，数目亦甚是可观。

她们穿着跳手古舞的男装行头，拉运堆放在热田的石头。领头的便是名震天下的“鬼判官”加藤清正。但见他头裹素巾，身着赤底锦袍，站在石头上喊着号子，高傲的胡须随风飘动。盛况真是前所未有。

“如此一来，必天下震动。”

“说什么江户大坂不和，都是骗人！连加藤清正都此般热心！”

聚集在名古屋的诸外样大名，因此事而震动莫名。

清正建造的天守阁上，铸了黄金虎鲸，昭示“太平”，意义尤为重大。

然而，也并非毫无异议。前来观看的真田幸村道：“加藤好生狡猾！让妓女们打扮得花枝招展，在使障眼法啊！”他的意思，是说和大坂城城墙的石头比起来，名古屋的石头嫌小，为了不让人感觉其小，遂故意用花枝招展的女人引开众人的视线。

加藤清正果真这般算计吗？

“不，从未那般想过，他全是为了始终倾心关爱秀赖的大御所啊！”虽然有些人这样理解，然而也有人吹毛求疵，“清正为了不让大御所注意，居然让六条的女人……啧啧！”

然而，这些批评之声最后皆消失无踪，日本国仍一片太平气象，百姓安居乐业。

清正确实甚是希望在渴求太平的黎民的喜悦之中，继续保持丰臣氏的声望。另，名古屋距太阁出生地颇近，令清正心有所牵。人实不可能完全脱离人情啊！名古屋城对清正来说，恐还具有另一层意味：祭奠长眠于此的丰臣先祖的灵魂……对这种微妙的心思，家康不会毫无察觉，他同意清正在名古屋天守阁饰以黄金虎鲸，乃是极妥当之举。这对黄金虎鲸分雌雄，身上有两千片金鳞，花费黄金约小判一万七千九百七十五两，震惊天下。

然而也有人对此无动于衷，其中就有那曾经中风倒地、却以不死之身再度站起、重新挖掘天下金山的大久保长安。他对此只是笑道：“太小太小！”

日本国乃新兴国家。班国、葡国、墨国和吕宋，都已开始衰落。因此，以家康和秀忠为首建立起来的日本国，正值盛世……带着豪言壮语、欲寻找黄金岛而来到日本的塞巴斯蒂安·比斯卡伊诺将军，就这样掀起了一股新浪。

比斯卡伊诺将军表面上乃是为了答谢家康把前吕宋总督唐·罗德里格及其一行三百五十余人送回墨国而来，其实只是打着这个名头，到马可·波罗描述过的黄金岛来探险。

具有称霸世间海域野心的长安，也许还想趁此机会，打造一座真正的黄金城给他们瞧瞧。“这些人见识短浅，器量狭小，大久保长安挖出来的黄金可是绵绵不尽！”长安虽口气甚大，但不可否认，关于黄金虎鲸的各种传闻却刮起一股奢华之风，甚至影响到了正在重建的丰臣氏大佛殿。眼下大坂绝无和幕府或家康为敌的意思，然而他们身上却不可避免地具有和寻常人一样的想法，即想要修建一座不让已故的天下人蒙羞的建筑。这在日后便成为悲剧的源头，故有人以为，此乃人为所致。不过这只是后人的牵强附会之辞，不多言。

总之，庆长十五年，乃是充满勃勃生机之年，太平之风吹拂到了每一个角落。然而，此中只有一个例外，发生在与百姓生活稍有些距离的地方，那便是禁宫。

遥想信长公初次上洛时，都中何等荒芜！兵火连年，京城杂草丛生，处处断壁残垣，弃尸无数，恶臭盈天。公卿纷纷弃都而去。皇宫更是一派凄凉，甚至连天子的每日餐饮，也难以保全。那情景令人不忍卒睹……当时，信长公承诺，保证每年给皇宫三千石供给。之后，秀吉公又将此数增为六千。对信长公和秀吉公的努力，皇宫及重返京师的公卿怀着怎样感激之心，不言而喻。后，家康将宫奉增至一万石。但亦从那时始，天皇对宫内风纪之乱大感不安。

常言道，饱暖思淫欲，好容易方回京城的公卿，终于能松一口气，不再为生计担忧，欲望自然随之觉醒。从这一点来说，贵人和百姓无甚差别。宫廷侍从曾经只剩寥寥数人，一旦有所增加，势必重立规矩，然而长期散居各地之人，步调自不那般容易统一。

如此种种，最终演变为庆长十二年，年轻公卿和女官之间闹出诸多丑闻。男女之欲乃人之常情，然而常情一旦变成放纵，就非世人所能容忍了。内廷风纪混乱让后阳成天皇大怒，即着家康处理。

看上去，天皇对此事的处理些须缺乏威严，这许是因为在持续的乱世之中，天皇自已亦难以理清头绪，因为公卿在混乱中早已丢失了维护皇室尊严和体面的教养。家康提议严惩淫乱公卿，以儆效尤。花山院忠长、飞鸟井雅贤、大炊御门赖国、中御门宗信等人，皆被处以流刑。

天皇通过此事，向幕府打开了干涉禁宫的大门。风纪问题自然在皇廷引起风波。庆长十五年初，后阳成天皇提出禅位。在家康奏请下虽得以延期，然而事情已无可挽回。

名古屋城基本完工的庆长十五年岁末，天皇退位成为定局。正式传位于政仁亲王，是为转年三月二十七，故家康庆长十五年计划上洛一事，终于在同十六年春得以成行。

天皇退位实令人遗憾，然新帝即位亦可喜可贺。原本应由统领天下的将军德川秀忠上洛，却由家康走了这一趟。此时家康已逾古稀之年，世间多有传言，说他身体欠佳。然而知悉四月十二将举行天子登基仪式，家康便希望能借最后的上洛之机，再次感受年长者之喜悦。此种心愿对于历尽苦难之人，甚为自然。

此时的家康，已许下每日诵经六万遍的悲愿，且已开始实行。“多活一日，便要怀一日感激之情。”这便是功成名就之人追寻的能让自身满足的“静寂”境界。由于亲自发起的文禄之役，秀吉公还未来得及体会此种境界，便撒手人寰。他许正是出于对无法估量的生之末日的焦虑，为掩盖心底的苦恼和悲愁，方去醍醐赏花。

家康公已比秀吉公多活了七年。怀着感激，他日日提笔书写“南无阿弥陀佛”六字。六字每字写六万遍，便是三十六万字，长此以往，其数难以估量。每张纸可书写二百字，便需要一千八百张。家康用细细的毛笔，虔诚地一字一字书写。

寻常人也许一开始便会被吓退，然而家康对于自己能活到七十岁大是心存感激，特意为此不可为之事。每字再添上唱名，便又是三十六万遍。写着写着，他眼前出现了二十五岁就被杀害的祖父，以及二十四岁便亡故的父亲，随之而来的便是正妻筑山夫人、长子信康、今川义元、织田信长、明智光秀、秀吉、胜赖、氏直……乱世悲哀之人一一浮现眼前。不得已杀掉的无数敌人，被无辜殃及的黎民百姓，比起为他欣然赴死的众多家臣，这些人更为悲惨。

“南无阿弥陀佛，南无阿弥陀佛……”七十高寿的家康，还在为亡灵祷告。

家康放下日课，离开骏府，最后一次上洛，是为庆长十六年三月初六。

家康中途去看了看业已筑成的名古屋城，感到无比快慰。十七，家康一行到达京城。一进入二条城，他备感须尽快见见秀赖。通过织田有乐斋，家康把自己的心思转达给了秀赖。

对此次家康和秀赖在二条城的相会，世说纷纭。听来最合乎情理的说法便是："大御所把德川和丰臣两家地位颠倒，昭示天下。"然而，这种所谓示威，完全无必要，因为筑建名古屋已证明一切。还有人说，家康定欲把秀赖传到二条城赐死，故淀夫人开始最是强烈反对，但被业已洞察天下大势的加藤清正和浅野幸长一番安慰，不得不勉强答应……诸此种种，传得有模有样。人们认为，若秀赖现在拒绝家康的要求，不肯上洛，家康便会立刻发兵攻打大坂。故在高台院、织田有乐斋、片桐且元等人的劝说下，淀夫人方无异议。

街坊巷间议论纷纷，然而实情究竟如何？

家康希望见到秀赖的心意，已由将军夫人、常高院和松丸夫人之口传到了淀夫人耳内，故淀夫人本人对此次相晤也颇为期待。让她担心的并非家康，而是德川家臣。大坂城内现还有一众顽固，坚信家康乃是篡夺天下之人，对他怨恨至极。同样，德川一方亦应有不少人视丰臣为敌。这才是淀夫人感到恐惧之处。

织田有乐斋将家康的意思转与秀赖后，又向淀夫人禀报。淀夫人只问了一句："高台院对少君此次上洛有何看法？"

"高台院毫无二言。使者乃夫人识得的板仓大人。"

"我也去，是否不甚方便？"

有乐故意严肃地摇摇头，"不管怎生说，此次上洛乃是为了新帝即位，还请夫人三思。"

"就是说，并非女人抛头露面的时候？"

"嗯，这……我以为，让加藤清正、浅野幸长、福岛正则、池田辉政等丰臣旧臣一同前往，得体地拜见将军和大御所，对少君未来大有好处。"

听有乐斋这么一说，淀夫人笑着点点头，"好，少君也长大成人了。你和市正好生商议此事。"

有乐斋看出来，淀夫人很想见见家康。但他亦明白，家康公甚是重视此次上洛，最好莫要掺入个人私情。故他又加了一句："此次非游玩。大御所且不论，德川家臣对大坂尚有戒心，最好还是仪容严整前往。"

片桐且元、加藤清正和浅野幸长则担心有意外发生。清正担心，关原合战时于伏见遭死难的德川家臣不少，若那些人依然心怀怨恨，很可能鲁莽地趁势起事，对秀赖不利。斯时他和浅野只有舍命保护。故他们决定下船后直接进城。这种想法，对此时的武将来说自然而然。

福岛正则因担心众人均随同前往，太过张扬，故决定不去，此举本属正常。世人对此却又有妙论，认为福岛正则是为了留守大坂。因为万一二条城有事，家康定会立刻发兵攻打大坂城，那时福岛便可迎战云云……

家康并非世人所想的那般。庆长十四年，他就"抱恙在身，脉象不稳，目常朦胧"，每日誊写南无阿弥陀佛，翘首期待秀赖上洛。

然而那些唯恐天下不乱的浪人，对各种传闻津津乐道，忖度清正的悲壮，却把一介莽夫福岛正则看作诸葛孔明一般的深谋远虑之士。

高台院派了庆顺尼到浅野幸长处，希望秀赖上洛之时，去供奉着秀吉公牌位的高台寺一趟，和她见上一面。

浅野幸长去与有乐商议，有乐道："高台院的要求虽不过分，我们却不得不拒绝。"

一旦提到高台院，淀夫人定会难以释怀，到时必会生事。

丰臣秀赖进京的日子定于三月二十八。这个决定有违常规，在家康来说，极其少见。新帝即位之日定于四月十二，自应等到仪式结束后，再行私事。安排在天子即位大典之前见秀赖，恐是家康自己等不及了。

家康此次带了名古屋城新城主义直与其弟赖宣。义直是年十二岁，赖宣十岁。家康印象中的秀赖与这两兄弟一般大小。秀赖实已十九岁，如今变成何样男儿了？家康有些恍惚。

浅野幸长对家康禀报了高台院欲见秀赖之意，遂建议家康，是否考虑在二条城会见秀赖时，让高台院同座，这样她亦能得偿所愿。家康立刻答允。此次他未通过高台院敦促秀赖进京，便是考虑到淀夫人的心事。

不过此时，他似已把这种顾虑全然忘记了。

庆长十六年三月二十七，秀赖乘船离开大坂。

“请代向祖父问候！”千姬不那般想念家康，许是因为幼时的记忆已淡却了。

秀赖的随从除片桐且元、大野治长、七手组等人，另有加藤清正、浅野幸长等三十余人。一行人乘船抵伏见，当夜宿于加藤清正府邸，次日晨前往二条城。

清正派五百亲兵沿途驻防。此外，板仓胜重奉家康之命，也作好了万全准备。

对此，世人又有了各种各样的说法。有人说，称病留在大坂的福岛正则已集结了一万士众，随时应变。但真在闹市集结一万人，大坂百姓肯定早吓得四处避难去了。归根结蒂，这种说法不过可笑的流言。

家康对这些流言完全不放在心上。他亲赴二条城迎接秀赖。一看到秀赖，他忙摘下眼镜，出语招呼。

秀赖身长六尺一寸，已然超过清正，充满活力的体态衬托得家康益发肥胖。

“真让人惊讶。肥后守看上去小了一圈。来，坐到这边来。”

二条城大厅上座，家康满面含笑，命人在面前为秀赖摆上褥垫。看到家康这般亲近，清正都忘了捋长须，脸上露出笑容。

秀赖心中感慨万千。以前被呼为“江户爷爷”时，家康还是黑发黑眉，如今已须发皆白，眼睛周围是一圈圈皱纹，显得慈祥而平易近人，和“大御所”这个威严的称呼不甚相称。他的下巴垂下两层，倒有些像个胖老太太。

“先前一直听说大人身体不爽，秀赖甚是担心，今见气色甚佳，亦便安心了！”秀赖忽然心生异想：不叫“爷爷”，似不足以表达思念之情。

“哦……”家康不禁叹息。秀赖说话的正经样子，使他感到时光顿如倒流。

“且来看看啊！”家康朝高台院道，声音哽咽，“你替太阁好生看看……唉，我们老啦！”

秀赖终注意到坐在家康身侧的高台院和两位少年义直和赖宣，不过秀赖完全不认识他们。

“母亲大人安好！”秀赖连忙问好，“母亲大人一切无恙，可喜可贺，秀赖给您问安了。”

高台院温柔地对秀赖点点头，哽咽得说不出话来。紫色的头巾下，她那一双眼睛饱含泪光。

大厅里，家康的近侍、义直和赖宣的家臣，以及秀赖的随从，已依序坐好，到了义直和赖宣向秀赖问好时，气氛方活络起来。

“来，拿酒杯来！现在我无甚牵挂了！我特意到京城来，就是为见见秀赖。嘿，秀赖已和我当年往大高城里运粮草时一般年纪了啊！”接下来，家康的老脾气又犯了，开始试探秀赖的才具：“平常可习兵法？”

“是。有时射箭。”

“好。每日都练？”

“每日射三十支。接着是骑马，然后去阿千处用早饭。”

“嗯。”家康使劲点点头，这个回答让人满意。

“如今读何书？”

“正读《贞观政要》。”

“哦，好！老师何人？”

“请了妙寿院的学僧。”

“好。你从小就喜习字……”家康正要问下去，又忙摇了摇头。此时下人开始端酒盘上来。

酒过三巡，家康说起假牙时，清正终忍不住拭泪。

家康让下人把盘里的蒸鲷鱼先分给自己一块，尝过之后，方让与秀赖用。他未说试毒云云，却对秀赖道：“秀赖，我还长牙了呢。”言罢，指指嘴，咀嚼起来。

“长牙了？”

家康得意地笑道：“哈哈！其实啊，是把山上长的牙装到我嘴里了！”

“山上长的牙？”

“是黄杨。用做梳子的黄杨做的牙齿。前两年琉球王拜访骏府时，长崎的茶屋四郎次郎带了个叫东作的假牙工匠去，花了三个月时间给我做了这副牙。还有，这副眼镜，乃是长崎的工匠用红毛国产的玳瑁做成。太平世道里能做出各种各样的东西来啊！”

家康特意大张嘴，以指叩了叩假牙。秀赖惊讶地往前探身，似有些惊心。此种有趣的场面，引得清正忍不住笑出声来，眼里却泪花四溅。

关原合战以来，丰臣旧臣始终心怀不安，认为家康早晚会给秀赖母子出难题。此种担心并非毫无根据，胜者为王败者寇，胜者通常会把弱者斩尽杀绝，人们无不为此机关算尽。信长公如此，秀吉公、三成也如此，九州的黑田如水至死都信这一条。而如今，时势完全不同了。

清正正想着，家康特意叫过义直，让他把眼镜递给秀赖。

“你看看这做工！道理和远视镜一样，戴上就能看见东西了。我以前想，眼睛花了，别说写字，恐怕连读书也不行了，不过一戴上这个，就能看得清楚。故才敢发愿书写南无阿弥陀佛六万遍啊！”

秀赖先是依家康所言看了看眼镜，然后试了试，赶紧摘了下来。原来甫一戴上，眼前顿时一片模糊，秀赖自是吓了一跳。

家康呵呵笑了，“秀赖这年纪，就算戴了也看不清，是给我们这个年纪用的啊！”

秀赖恭恭敬敬施了一礼，然后把眼镜放回义直手上，颇有感触地对清正道：“您还不需要眼镜吧！牙齿似也很全呢。”

清正拍拍胸口，捋了捋胡子，那仿佛是他一生最为开心的一刻。

清正觉得，今日这情形，仿佛有秀吉公在冥冥中相助。他念了一辈子《法华经》，这份功德今日终于显现在眼前了。他看作母亲一样的高台院，以及太阁遗孤秀赖，竟和家康这般融洽。

清正为了今日，不仅讨好家康，甚至还要取悦福岛正则和浅野幸长。连这把胡子，也不能不说没有向德川家示威的意味。不过，这些并非因为对德川武力有所忌惮，而是因为家康正在创建一个清正从未经历过的“太平世道”。这并非完全不可能，《法华经》中有相关佐证，史上亦曾有过太平盛世。姑且相信家康的努力，给他帮助，正是武人义务。若不尽此义务，只是祈祷丰臣氏繁荣昌盛，清正从信奉与良心上都过不去。正是出于此种考虑，他才费尽心力。今日这场面，让他感觉自己的努力并未白费。

秀赖的随从被安排去了其他房间，家康和他已喝过了五巡酒，但还不想放秀赖走。其实，清正也是一样的想法：和高台院、秀赖、家康同席畅谈的机会，此生恐怕再无第二次了。

双方武将相继离开大厅，这时又进来一些侍女，重新备膳。

义直和赖宣还是孩子，遂让他们去了另室，在此种场合通常会陪侍的本多正信和正纯父子也未同席。也许家康知清正和正信不合，方这般安排。

饭菜上毕，侍女们又端上酒。

清正让侍女斟上酒后，对家康道："今日乃是清正这一生最快慰的日子！在下多谢大人！"一开口，他立刻变得很有气势，只是泪眼朦胧。

"我也一样啊！太好了，少君！"一直沉默无语的高台院，也被清正的泪水感动。

在座众人此时并不知，日后会发生何等不幸。

在此之前，高台院有所顾虑，故始终压抑着喜悦之情，一旦开了口，声音便高昂起来："少君应知老身的心思。我原担心，世道虽越来越太平，万一少君有个闪失……不过，现在完全放心了。你已长大成人，往后切切不要忘记大御所和将军的一片苦心！"

秀赖频频点头。他并不厌恨高台院。他听人说过，自己出生时，高台院特意到伊势神宫去祈福，他患重病时，高台院也是日夜忧心。更让他不能忘怀的，是高台院亦是他的母亲。当年她为了留下丰臣血脉，在秀赖出生后就立刻将他过继。秀赖并非通常所谓的"养子"，而是严格遵循旧习，把高台院和淀夫人分别当作"母亲"和"生母"。

"孩儿绝不会忘记母亲大人吩咐。能见到母亲，孩儿也很高兴。"

"是啊，能这样见面，你就不用特意去高台寺了。我会告诉你父亲今日情形。"

“母亲大人要让孩儿到高台寺？”

听秀赖这么一问，高台院吃了一惊，浅野幸长未把她的意思传给秀赖，必是顾忌淀夫人。

“呵呵，我以为清正和幸长知道。不过无妨，我已经看到你，就放心了。”高台院突然话锋一转，“对了，阿千还未有身孕吧？要是看到长孙，就更好了。”

秀赖暗暗看了家康一眼，脸不由红了，“是，还没……还没有。”

家康心里一动，秀赖的羞涩道尽了小两口的融洽。“秀赖，告诉阿千，做个贤内助，就说是我的话。”

“是。”

“还有一件要事，容老夫放肆。”

“不敢当。请问何事？”

“人有性善性恶，是吧，肥后守大人？”

家康说教的老毛病又犯了。不过如就此别过，此次见面的意义也少了一半。清正忙坐直了，“正如大人所言，是有善恶。”

秀赖表情严肃起来，看着家康。他准备诚心诚意接受家康的教诲，一脸紧张。

“秀赖，这是我经常回顾这七十年，深思熟虑后悟出的结论。”

“哦。”

“人生并无善恶，只用眼睛去判断，必铸成大错。”家康说完，看了清正一眼。

清正挺挺胸，点头，他似明白家康要送给孙女婿何等礼物了。“说谁人为善，谁人为恶，心底必有偏见，以为令自己满意者便是善人，令自己不满者便是恶人。”

“大人说得是。”秀赖放下酒杯。

“去掉偏见，人就变成一张白纸。这张白纸被放到什么地方，自身欲望的多少，都会给它染上不同的颜色。人若贫困时自暴自弃，可能变成强梁夜盗；在女人堆里厮混，必会沉溺酒色；怀才不遇者易生谋反之心；有力量者若有可乘之机，可会引起大乱。对吗？”

“是。”

“人重在后天的培养，与先天无甚干系……”

清正端端正正坐着，心下诧异。秀赖一脸诚恳。家康却颇为得意，双眼放光，拳头紧握，或许这才是这个七旬老翁一生的真意。

“若觉得身边坏人多，就是你的错！你应认为，是白纸被玷污了才是。”

“是。”

“另，你如今高居右大臣之位，将来许坐关白之位。不过，你不只是公卿，还是有领地的大名啊！”

“是。”

“因此，有暇无妨去狩猎。不是去杀生，而是去乡间看看，你所到之处，百姓怎样迎接领主。”

“啊，是。”

“明白了？哈哈！这样我也放心了许多。看看出迎百姓的态度，就知自己为政得失。一个领主若不能让自己的百姓引以为傲，就不能算是明主，不能算善政。”

“是。”

“好了好了，我无有说的了。你要和义直、赖宣，以及忠辉等人一比高下，如何？”

话虽如此，直到宴席结束，家康一直在说教，高台院也在一旁兴致勃勃地附和。

清正不断点头，心中发热。家康所言，大都是太平之世的处世之道，全都来自自己的经验：如何正风纪，如何管理百姓，如何养生……若听者毫无兴趣，这番说教真可谓冗长乏味。然而，清正几欲泪下。自秀吉公归天，秀赖便被抛进锦绣丛中、女人堆里，何曾听过这番真言？总之，在清正看来，此次会面甚是圆满。

家康毫不掩饰情感，说明秀赖比预料中更讨家康欢心，两家之间也许就此亲近起来。

秀赖即将告辞之时，家康道：“公卿大多嫉妒你，故为答谢你今日来访，我令义直和赖宣送你回大坂，礼数要全，得让公卿们看看。”

“承大人好意。不过，二位公子年纪尚小，让他们去大坂，大人不担心吗？”清正戏言道。

“有何好担心的？”

“福岛正则在大坂拥兵一万，固守城池，防备德川入侵……”

“哈哈！”家康摘下假牙，大笑起来，“你告诉福岛正则，德川义直和赖宣乃总大将，一万两万的军队还吓不倒他们。”言罢，又低声道：“不过，左卫门大夫那厮，心里还老想着打仗，疏忽了百姓吧！”家康似真心为此感到担忧。

清正却又戏言道：“正则现享俸五十万石呢，大人可不能疏忽大意啊。”

“你又打趣。”

“正因他是个好战之徒，才不马上收拾他，而是把他扔到一边。”这句戏言让清正完全占了上风。家康似乎颇为惊讶，层层皱纹中的眼睛转了几转，沉默不语。

家康和秀赖会面甚是和睦，然而双方随行的侍从却未必那般融洽。

板仓胜重负责招待片桐市正，二人知根知底，倒无他。但浅野幸长、大野治长和负责接待他们的本多正纯之间，却阴云密布。

本多正纯尽情讽刺浅野幸长的风流病，幸长则讽刺治长和淀夫人的情事。

“听说浅野大人喜欢妓女，牡丹花下死，做鬼也风流啊，真真让人羡慕不已。”

正为疾病烦恼的幸长听正纯这般一说，瞪着眼睛反驳道：“我记得这是大御所大人重臣本多正信大人说过的话。我听说，大御所精力旺盛，有时还从外边召妓，此事是真是假？”

“这……这种话还是……”

“还瞒着啊！我等鼻子都在，四肢也还健全。大御所便是那个少了鼻子的越前大人生父啊！我们还真不敢比。”

这话说得甚为露骨，大野治长不禁失笑。在这种场合下发笑，令好胜的幸长觉得不可宽谅。他立刻讽刺道："大野大人倒不用担心染上病。"语中讽刺的自然是淀夫人。

大野治长当下也不能保持沉默了，他借了酒力，道："啊呀，大人话中有话。"

"呃，你还问我。天下谁人不知！"

吃了对方迎头一击，治长只得噤口。

气氛虽险恶，倒也不至于剑拔弩张。

一行人离开二条城时，已入黄昏，到了伏见上船时，天上已见点点星光。

"赶紧回去吧，夫人怕等不及了！"清正希望赶快向淀夫人禀告消息，遂下令立刻开船。沿着淀川顺流直下，清晨就能返回大坂。

清正催促开船后，四处检查了一番，方回到秀赖身旁。秀赖静静坐在星光、水波和橹声中，似乎还在回味。

清正不由流下泪水，"老夫……老夫……即刻死去，亦无遗憾了。"

水拍打着船板，一路前行。

二三　大坂刁妇

庆长十六年三月二十九拂晓，淀夫人才沉沉睡去。头日夜里，她唤来千姬，与几个留守女人聊到夜深。众人散去以后，淀夫人辗转难眠，直到快天亮了才合上眼。失眠并非今年才有，每年这个时节，淀夫人都会睡不着觉。

但凡有病根之人，恶疾就会在这个季节抬头，然而淀夫人无病。冬日那仿佛已然凋零的生气，到了此时，便会悄然回暖。

一旦睡着了，淀夫人便不愿醒来。她于睡梦中，大有恬美的春眠况味，但突然间，有人在耳边大声喧哗："啊，少君平安归来了！"

虽然听得真真切切，淀夫人还是不想起来，自然是因为她对秀赖此次进京并不担心。与其自己慌慌张张出去，还不如让千姬出去相迎为好，无论怎样，千姬也是至亲。千姬不似淀夫人和阿江与夫人那般好胜，那张脸看来却和外祖母阿市夫人惊人地相像。当她默默垂下眼帘，听人说话时，那神态使淀夫人觉得，那隐忍一生的母亲又重新活了过来。淀夫人曾说笑：以前盼望老死后往生极乐，现在不这般期待了。

"夫人为何这般想？"下人问。

"因为阿千啊。先前我认为，到了那个世间，就能再见到母亲。现今母亲大人已活了过来，便不必再急急赶赴那里了。"

千姬的面容、眼睛、嘴唇，都与阿市夫人一模一样，但淀夫人先前却不知疼爱这孩子。千姬总是声称要永远留在淀夫人身边，如今淀夫人每每听闻此言，心中就涌起万般爱意。

淀夫人在梦境和现实间徘徊，不知过了多久，她突然睁开眼，发现有人在门口背她而坐，定睛细看，竟是大野治长。

淀夫人又闭上眼。治长身形看起来有些恍惚，不过作为唯一能自由出入淀夫人房中的男子，他居然在等待她醒来，这可有些奇怪。再等等，看他怎的？淀夫人有些逗趣地想。

此时治长忽然低声道："夫人，您要是醒了，能听我说几句吗？"

"你知道我醒了？"

治长苦笑，他太了解淀夫人了。

"去二条城这趟……都顺利吧？"

治长转言道："约明后日，为答谢少君，大御所七男名古屋的义直和八男赖宣同来大坂。"

淀夫人终于在被窝里动了动身子，"那两个小孩……特意到大坂来？"这说明家康对秀赖的去访是何等高兴，想到这里，淀夫人躺不住了。

"是。不过有一事不好办。"

"无甚好担心的，我和阿千陪他们好生玩玩，再送他们回去即可。"

大野治长垂下眼睛，一字一句道："不能让那二人活着回去，有人这般说。"

淀夫人猛坐起身，"这……这，谁这样说？"她整理了一下衣衫，"难道少君在二条城受了委屈？"

治长缓缓摇了摇头，脸色已然暗沉下来，"七手组认为，此次会面，与其说是大御所的意思，莫如说是高台院夫人的计策。如今想来，加藤、浅野、片桐等人都是高台院的亲信。高台院从一开始就坐在大御所身边。"

"高台院？"

"少君、大御所、肥后守和高台院四人一起畅谈，我被支到另室饮酒。夫人，浅野大人在席上大大羞辱了在下。"

"你被羞辱？"

“浅野大人乃是高台院外甥，他故意在席上说夫人宠信在下，借机羞辱。在下也是男儿，照此下去，恐怕难再继续伺候夫人了。”治长说罢，唇边露出冷漠的苦笑，看着淀夫人。他想看看，自己这番话究竟会在淀夫人心中掀起怎样的波澜。

淀夫人看着治长，沉默良久。

治长低下头，继续道：“七手组一众应已看出端倪。他们说，全都是高台院夫人在搞鬼，定是打算让少君接近高台院，把夫人从大坂城赶出去。”

“……”

“七手组认为，高台院欲先让你们母子疏离，然后笼络少君，把大坂城拱手送与幕府，通过自己的手让丰臣氏存续下去。”

“……”

“当然，我也向七手组提出过忠告，说夫人断不会轻易离开少君，不过他们不这般想。”

“那……他们怎么认为？”淀夫人迫不及待道，“不管谁说什么，我自有打算。但还是要听听他们怎生说？”

“正如我刚才所言，他们坚决主张，不能让义直和赖宣轻易回去，这样，立刻就能知事情真相。”

“他们打算除了两个孩子？”

“倒不一定。把他们抓起来，真相自然水落石出：是高台院来斡旋，还是德川大队人马杀过来。”

“治长，你说呢？”

“稍后向夫人禀告。夫人先听听他们怎么说。他们认为，我们要多多防备。”

“大坂岂是江户的对手？”

“夫人说得是。”治长声音益发冷淡低沉，“他们说，一切都瞒着您和少君，先拿那两个孩子当人质，再加上少夫人，就是三个。只要小心些，大坂不会落败。”

“这……”

“他们打算让江户答应咱们的条件，再放人质，如此，于我们并无损失。”

“……”

“总之，这样一来，就能知道对方底线。七手组的意思，是早晚都有一战，正可以趁此机会探探对方底细。不用夫人和少君吩咐，一切都由他们去安排。”治长说完，抬眼瞧着淀夫人。

人总有痛处。对大野治长而言，心中痛处便是受到淀夫人宠爱。此种事例并不稀罕。有的女人在丈夫死后，虽然削了头发，还是会找年轻武士陪伴。丈夫活着时，如此行事肯定不可，但没了丈夫，贵妇这般做并不被视为不贞。不过在这种情形下，被宠幸的男子绝不会位列重臣，也不能对政事置喙。既然伺候的是寡妇，便须知道自己低人一等，见不得光；即使衣着光鲜，别人心里还是瞧他不起。然而，大野治长的情形有所不同。他本为秀赖近侍，地位与大名无二，之后才受到淀夫人宠信。故在大坂城，治长既是重臣，也是淀夫人的宠幸之人。

正因如此，治长心中备觉苦闷，一旦有人触到这痛处，他就会不依不饶。浅野幸长在二条城酒席上的那番讽刺，即如以热烙铁烫治长的伤口。治长的怒火则正好烧灼到淀夫人的伤口。在淀夫人面前，绝不可提起“高台院”三字。淀夫人乃是丰臣太阁侧室，根据世间习俗，丈夫死后，侧室即使生有孩子，也要交与正室抚养。这种习俗仍在天下大名间被严格遵循。但只有丰臣氏允许高台院出家，而让侧室抚养少君。不用人说，淀夫人也清楚这种做法乃是异数。故治长才故意提到高台院，甚至暗示，高台院恐是打算回大坂城，把淀夫人赶将出去。

淀夫人浑身颤抖不已。真相或许并非如此，这一切都是家康的希望，是阿江与夫人和常高院夫人从中斡旋的结果——她虽努力这般想，然而一听说高台院在场，便觉得心中着火。治长的煽风点火，加上嫉妒和负疚，淀夫人怒上心头。

“治长，你是否故意夸大？”

“岂敢！浅野只说了些羞辱在下的话，需要一一向夫人禀告吗？”

“这么说，加藤和浅野都是高台院的人了？”淀夫人狠狠道。

大野治长的话，并非空穴来风。返航途中，七手组的几人的确说了类似的话。他们都知淀夫人怨恨高台院。对他们来说，高台院和家康一起出现在二条城，非常出人意料。因为他们知道，将军秀忠上洛之时，高台院曾经邀过秀赖，当时闹得颇不愉快。还有一事让他们吃惊——家康居然放心让年幼的义直和赖宣到大坂回礼。有人怀疑家康是老糊涂了，还有人认为家康想掂量掂量大坂的分量。

“他定是认为丰臣氏已完全沦为寻常大名。那只老狐狸，怎会如此糊涂！”

“不过，万一二人被扣留在大坂，如何是好？”

“无一人敢出手——这便是大御所眼中的大坂。”

“就是说，片桐大人、有乐斋都完全是德川的走狗了？他们根本不把我等放在眼里？”

接下来，速水甲斐守把话题引到两个孩子身上——将那二人留下，会怎样？对于无聊的夜间行程，这样的想象真是再好不过的话题。

“把那二子扣下，再加上少夫人，便是三个人质。”

“大御所总会有所顾忌。”

“先把这三人留下，随后再交涉……”速水甲斐守道。渡边内藏助昂首挺身，在座众人不由感到一阵杀气。内藏助道：“其一，无论如何，也不能将已故太阁筑建的大坂城交出去。”

“当然！”

“其二，让少君做第三代将军。”

“这怕有些勉强，不过事在人为。”

速水甲斐守突然压低声音，道：“各位，万一他不顾三人死活，率领大军打过来，怎生是好？”

众人顿时闭上嘴，面面相觑——家康恐真能下此决断。

“那时只能奋力一搏了。”内藏助冷冷道。

“办法很多。先给全国信洋教的大名发下檄文，把信徒都召唤到大坂城。”

船上的一干人就这样在无聊中展开了各种想象：先把义直和赖宣扣下，再把洋教大名和浪人聚作一处……

“如此还无胜算，要不要向菲利普皇上求援？”渡边内藏助又提议道。这话让在座众人大惊，尔后感到莫大的振奋，甚至连堀对马守和伊藤武藏守也为之一振。

“正是。此事未必绝无可能！”速水甲斐守眼中放光，“和我们有联络的神父和信徒们还有不少。通过这些人，向菲利普国君求援，或许会来个五七艘军船……如此，亦可除去日本国内心向尼德兰、英吉利的新教教徒。”

听到这里，大野治长害怕得恨不能捂住耳朵，众人的空想和治长的不满将引燃一场大火。

众人把江户假想为丰臣之敌，为了打败“敌人”，设想了种种手段。关原合战时便走到一起的毛利和岛津，待到菲利普三世派来军船支援，就会立刻采取行动。东北要靠伊达，而非上杉。伊达政宗乃上总介松平忠辉岳父，这位女婿最近受政宗和夫人的影响，已入了天主教。故借推举松平忠辉取代兄长将军位，以争取他，德川必四分五裂，破绽百出。

“好！”众人异口同声道，“那时，大御所估计已不在人世。那将是又一次关原合战啊！”

夜深了，众人不知不觉闭上嘴，进入梦乡。

天亮后，众人一踏上大坂城的土地，就把那空想忘掉了。

大野治长很清楚这些，却决定将其汇报给淀夫人。他其实别有用心。

淀夫人听罢，突然拍手道：“来人，水！”然后，她意气风发地站在镜前，开始妆饰。

秀赖上洛，淀夫人未同行，秀赖却见到了高台院，这实在令淀夫人尤为不快、难以容忍。她想弄清其中是否有阴谋。

“治长，你可退下了。我得见见有乐斋和市正。”淀夫人面朝妆台，对治长道，突觉治长面目尤为可憎。

治长在二条城被浅野幸长侮辱，为何不当场把幸长砍了？不过，那对治长来说大不可能，在千军万马间自由来去的浅野幸长，武功远在治长之上。浅野幸长若非一心一意为秀赖，淀夫人也不会让他到大坂城来。不过，他对秀赖的好意其实也颇为古怪，说不定便是给高台院做眼线呢。

“治长，我说你可退下了。”镜中自己疲惫的面容与治长阴郁的脸色，使淀夫人忍无可忍，不由提高了声音，“答礼的使者该如何应付，这种事让秀赖去处理。少君不是孩子了。”

治长轻轻苦笑一声，去了。在淀夫人看来，那苦笑流露出他内心的轻视，这让她益发不快。

“飨庭局在吗？飨庭局！”淀夫人不耐烦地喊道。

飨庭局听出声音不同寻常，忙和右京太夫局来到房中。

“都来啦，太好了。飨庭去叫有乐斋来，右京叫市正来。”淀夫人依然对着镜子下令。二人得令，迅速离去。

已过辰时四刻，院中已听不到清晨的鸟啼。套窗的细木条层层叠叠，凝神细看，可以发现院中的土已经濡湿。

淀夫人默默妆饰完毕，一言未发。飨庭局与右京太夫局竟还未回，难道都聚到秀赖处，去商议该如何迎接义直和赖宣了？

“来人！”淀夫人大喊，起身走到外间，却见正荣尼把清正带了进来，后者显然一副好心情。

“夫人，少君此次平安归来，可喜可贺！”清正坐下来，悠然捋着胡子。

“加藤大人，辛苦了。”淀夫人迅速向清正道出疑问，“听说在二条城，你和少君受了大御所和高台院的接待？”

“是。大御所和高台院夫人都甚欣慰，看到已经长大成人的少君，都大为感慨。”

“清正，你要说的只有这些？”

清正轻轻摇头，“不，还有很多事要禀报夫人。夫人的心情……”

“清正，高台院是否拜托过你什么？”

“这……她确说过少君和丰臣氏拜托给在下云云。”

“此事不可掉以轻心！为何高台院只把你和少君留下，把其他人支走？定有机密事要说。究竟说了些什么，能否让我也听听？”

清正脸上的笑容倏地逝去。他感觉到，淀夫人对他竟产生了怀疑。“这……夫人这话问得古怪。只招呼我们，并非高台院夫人的意思，而是大御所下令，希望亲人间好生说说话。”

“嗯？为何单有高台院在呢？你怎生看此事？”

“夫人，我不太明白您的意思。高台院夫人原本希望少君去高台寺。”

“去高台寺？”

“是。她曾托浅野幸长转达过此意。不过，我未答应。”

“呵，你拒绝了，为何？”

“这……因为颇有些人认为，大坂和江户仍为宿敌，故我和京城所司代都认为此事麻烦。另外，去高台寺，就轻慢了大御所。恐怕还会有公卿评说，既然时日如此充裕，少君就当在京中一直待到新皇即位大典完毕。故我只能回绝高台院夫人，而在二条城见她。此中并无玄机。”

淀夫人一直盯着清正，此时突然垂下眼帘，血气涌上她的脸颊和额头，唇角也抽搐起来。清正这番无懈可击的回答，反而让淀夫人感到可疑，她道：“拒绝了浅野，高台院却许你同席，此行不虚啊。”

“正是。”清正是个虔诚的日莲宗信徒，故必然据实以告。但他又固执己见，这种固执和本阿弥光悦相似，有时会激怒于人。石田三成与他一生不合，怕也是因为他这个脾气。

“夫人，您是否对清正的做法不满？”

“无人说过这样的话。”

“其实，这次……”清正脸上一片潮红，从怀中掏出一把遍布五三桐金纹的短刀，“我已认定，此次和少君一起上洛，是在下今生最后一次尽忠，故把贱岳合战之时太阁所赐短刀藏在了怀中。”把短刀置于膝前，清正傲然捋起胡子来。

“为何带它去？”

“在下已打算好了，万一大御所有灭了丰臣氏的心思，我便用此刀与他拼命！”

“……”

“清正绝无半丝强表忠义的意思。连这把胡须，都是为了掩盖衰老、彰显丰臣氏威风的玩意儿。唉，我怕斗不过根深蒂固的病患了，故把此行看作是最后一次……然而，我看到的大御所，不愧是太阁托付天下的有德之人，并非那种视丰臣氏为敌的小肚鸡肠之辈。他摸透了高台院夫人的心思，为少君的未来苦心打算。夫人，清正此后便要回故乡静养。请容进言！若说有能消灭丰臣氏的，非德川，而是来自丰臣氏内部。这便是清正最后之言，希望夫人能牢牢记在心里。”

清正话已说得甚是过分了。淀夫人心情好时，必然会接纳他的诚心。然而，今日的淀夫人郁郁不乐。清正说得愈有道理，她愈觉得高台院和他有阴谋。

“清正，你要和我说的就是这些？辛苦了。”

“辛苦了？”清正呆呆看着淀夫人。

“怎的了，加藤大人？”淀夫人毫不相让，“你说把太阁遗下的短刀揣在怀中以防万一，还有什么，请尽管说。”

清正默然垂首，肩头剧烈颤抖起来，泪珠啪嗒啪嗒落到膝上。他认为，淀夫人必是对他在筑名古屋时那般出力气心怀不满，却未想到此乃淀夫人对高台院夫人的嫉妒。若意识到这一点，他就不会说什么高台院的心愿，往淀夫人伤口上撒盐了。

“夫人，在下失礼了。见谅。”

“……”

“我……其实认为，这是此生最后一次来大坂城……一时有些乱了方寸。”

“你是说，大坂城很快就要破了？”

“清正死也不敢说这样的话！”

“呵呵！好了，不论如何，这次让你受累了。你要回老家，就好生休养吧。”

“在下告退了。”

刚进房间时，清正还希望能饮一杯离别酒，谈谈今后的事，没想到竟不欢而散。

其实，淀夫人心中何尝好受。她亦清楚，清正本是个直言君子，然而她还是由着性子为难清正。

清正脸上泪痕未干，把寄托了秀吉哀思的短刀收回怀中，静静施了一礼，离去。淀夫人感到一阵奇怪的悲伤和寂寞涌上心头：难道他真的病入膏肓了？“最后一次……”清正的这句话背后，肯定蕴藏着什么……

清正离去后，带他过来的正荣尼也颇觉意外，立刻诚惶诚恐退下了。

房中只剩下淀夫人，她静静听了片刻屋檐上的雨声，心中突然生起奇异之感。

淀夫人知自己有时控制不住感情。即便如此，她偏偏喜欢游戏于狂风大浪之间。太阁生前，她便有所自知，那个时候，对于毫无刺激、乏味沉闷的生活的厌倦，已经让她隐约察觉，自己天性如此。

家康真心为她和秀赖打算，清正和高台院则合谋把她从大坂城赶出去……这些都让她兴奋不已。她自言自语着，把扶几挪到面前，静静待了片刻，心中念头千回百转：家康为何冷落有乐斋和治长，而让高台院和秀赖单独见面？当时的清正和家康，都是那二人谈话的见证人，为何清正说出“最后一次来大坂城”云云？此外，高台院外甥浅野幸长为何故意羞辱大野治长？

胡思乱想常常让人陷于不幸。淀夫人倚着扶几，双手托腮，冥思苦想，身上渐渐冒出汗来，不是因为天气热，而是血肉中的热融化了理智，黏糊糊的，仿佛要渗出皮肤。淀夫人顿感不快，全身忽地起了一层鸡皮疙瘩，她似看见一条黑蛇从院中石头下的洞穴里探出头来。

“哼！”淀夫人站起身，“我该去见见家康！”

理由甚多——送义直和赖宣回去，去查视方广寺大佛殿修缮情况，拜谒寺院、神社……“对，我要亲眼看看，谁也不用问了！”淀夫人小声嘟囔着，迅速摇了摇铃铛。

此时，奉淀夫人之召而来的织田有乐斋和片桐且元，正穿过走廊急急朝淀夫人住处赶来。

庆祝少君平安归来的酒席，让二人的脸一片潮红，一名侍女引着二人进入夫人室内。

“来了来了。”有乐的样子很滑稽，抢在侍女之前和淀夫人招呼，“市正啊，咱们在这儿还能再喝上一杯，真是高兴啊！”说着，他抬头看看淀夫人，“哦，奇怪，夫人脸色不善啊！”

淀夫人立刻回道：“您又想说我病了，是吗？”

“不不，”有乐装糊涂，“您有些发热？”

“不劳您费心。你们听着，我要进京。”

“您……进京？”片桐且元吃了一惊，“夫人要去看皇宫的盛典？”

“不。我要见大御所。”

“见大御所？那是为何？若有事，我们去就……”

不待市正说完，淀夫人大声喝住了他：“你们在二条城虽被宴请，但未和少君与高台院同席，是吗？”

“是。不过，其中有缘故。”有乐呆呆看着淀夫人。

“那么高台院和肥后守说了什么，你们就不知了？”

市正暗暗看了一眼有乐。有乐嘿嘿笑了两声，“夫人是要斥责我们？我们不在场，自然未听到。不如说些没法不听的事吧！”

“舅父大人！请您少说几句废话！您都多大年纪了？”

“失礼。不过，这和年纪有何关系？”

“假如……”话一开口，淀夫人又猛然收住。不可操之过急，否则反而坏事，虽然这般想着，她抬高的嗓门却压不住了，“假如高台院和清正先商量好了，趁你们不备胁迫了少君，那如何是好？”

有乐捧腹笑道：“市正，这话有些失礼。高台院和肥后守胁迫少君……”他神色一变，“夫人，请注意您的话。高台院乃少君母亲，肥后守乃当今对少君最忠心之人！”

片桐且元赶紧打圆场：“若是忧虑此事，夫人大可不必。方才在少君面前说起清正，众人都感动得泪下。”

“这么说，你们也看到太阁赐与他的短刀了？”淀夫人撇撇嘴，“那把短刀看来不过尔尔！”

“不，在船上时，少君就看到那把短刀了，当时他突然激切地抓住了清正的手。清正和高台院合谋胁迫少君这种事怎会发生？夫人问问少君便知。当时大御所甚是高兴，高台院和少君都好久未那般开心……”

有乐抬手打断了且元：“且等，市正，我想听听夫人为何要进京，这才是关键啊！”言罢，他又故意谦逊地朝向淀夫人，“方才您说是为了见大御所，才要进京城一趟？”

“唔，我这么说过。我得亲眼看看才能放心。”

“市正，我们说的话不可信啊。我想再仔细问问夫人：您为何觉得不安，要去京城？”

淀夫人一时语塞。她心中非常明白，撇下一干老臣，亲自进京，这种事有违先例。

“那……你们是不许？”

“不敢。只是不明您为何不安。你说呢，市正？”有乐此时似认为，必须以舅父的身份责备淀夫人的任性。

“对，请夫人明示！”且元恭谨地垂下头，尽量不激怒淀夫人。

淀夫人益发辞穷。有乐的刚，且元的柔，合二为一，给她嘴里塞了一团烂泥。

“呵呵！”有乐笑起来，乃挑衅似的冷笑，“夫人，我们喜欢万里晴空，希望能够避开风雨啊。”

“……”

“您要是觉得，那样的人生太无聊，您就随意为之吧，我不会阻止。您就去京城吧！不过，我可不认为您能平平安安回来。在大坂城，有鲁莽之人正欲把前来答礼的义直和赖宣扣下。真那样，恐怕您也会变成人质喽。”

有乐的毒舌常常能把人噎死。不过对于这位他内心疼爱非常的外甥女，这种辛辣往往有效，虽然偶尔也毫无用处——并非他的话不机敏，而是她一开始就听不进去，她太任性。

淀夫人眼里燃烧着火焰。

“哟，眼神变成这样了。看上去刚刚冬眠了一阵子的臭脾气，很快就要爬出洞穴来了。毕竟是春天了啊，也好。”

“也好？”淀夫人立刻道，“您是说我回不来了也好？”

"是啊，人一生下来就带着'业'，克服不了！"

"舅父大人！"

"何事？"

"您不问我缘故，就认为我去京城不好？"

"唔，您让我少管闲事。我不记得您问过我的意思。"

"那我现在问您：我能去京城……"

淀夫人话犹未完，有乐便大喝一声："不可！"

淀夫人肩头猛地一震，闭上了嘴。

"少君此次为何上洛？因为大御所不同寻常的苦心，将军夫人、常高院、松丸夫人，无不为此次会面操碎了心，夫人您全忘了？"

"……"

"另，肥后守等忠贞之士为防意外，作了种种安排。少君平安归来的大喜日子，为何只有您疑心重重？有乐和市正不希望如此。您若还是不能冷静，心里还有不安，自然会闹着进京。但在此之前，您至少该和一干老臣商议商议吧？少君已长大成人，日后会成为朝廷重臣，您认为不用得少君允许，就能自行决定外出？您还要我少管闲事！"

大坂城内，敢说出这种话的，除了织田有乐斋，别无他人。然而，他那严厉批评中，流露出的仍是无比的关切。淀夫人对此看得一清二楚，她突然放声大哭起来。

"唔，怎的有草笛之声？"有乐嘴上虽然取笑，心中却乱作一团。淀夫人哭声之中，似凝聚着浅井氏、织田氏历经乱世的悲愁。这不幸的女人，天生比人要强，只叹年纪轻轻便守了寡。她本性不坏，但种种宿怨和仇恨变成漆黑的鸦群，在她头上盘旋不去。

想及此，有乐坐不住了，道："行事要适可而止。我明白您的心思，但这世上自有诸多无奈之事。"

"不……不，您不明白！人人都说我的不是，恨不得我死！"淀夫人哭得愈甚。

有乐的脸一下子紧绷起来。他明知说也无用，却不能坐视不管，一连串激烈的言辞从嘴里蹦了出来："您……您是想给大御所留下话柄吗？

说什么不要把您和少君分开，都是多虑！人家本就无那个心思，却偏要自己说出来！您到底想怎样？您就没想到，这反而会让人击中您的弱点？另，安安静静好生招待完义直和赖宣之后，送他们回去，方是夫人该行之事！”有乐恨得牙痒痒。

不出所料，淀夫人抬头问道：“您这话我会记牢！那么，您和市正可带了誓书来？大御所亲手所写，保证大坂城和我安危的誓书，取出来让我看看吧。”

“誓书……”

“您不明白我的担心吗？您以为大御所还能活几年？大御所死了以后，别人还能遵守那些口头约定吗？秀赖在高台院面前发了什么誓，你们说给我听听。你们特意避开，就那么想喝酒吗？我就不能进京吗？”

有乐低头哭了出来。此时的他已不再冷静，和淀夫人一样，他不过是乱世阴影下的凡夫俗子。

“看看，您也理亏，哼！”

淀夫人的心魔已无法控制。

二四　流浪圣人

骏府街道两旁，树上缀满新绿。

富士山只剩峰顶的雪。负责开采金矿的总代官大久保长安府里，那片他引以为傲的紫藤早已铺满棚顶，俨然一间紫色房屋。这些紫藤是长安从伊豆的绳地金山移植过来。他给它们起名“小督”，搭了两间半大小的棚子，照料有加。长安好风雅，紫藤花也被他想成了平安时代的宫中女官。

此时，长安正默然坐在“小督”棚下等人。他不敢在厅上与人相对，想必是有不快之事。

长安拿着酒瓢，朝青贝酒盏里咕嘟咕嘟倒满酒，连饮了两杯。第三杯倒满后被搁在毡上，他只是发呆，仿佛浑然忘了今夕何夕。

长安留守骏府这些日子，来了不少客人。特意从江户浅草施药院赶来的索德罗告知他一件最令人不快之事——将军秀忠正在盯着他！最大的原因，便是目前在四处探测的班国人比斯卡伊诺。

对于此人的目的，长安再清楚不过，他表面是为了答谢日本去年送唐·罗德里格等三百五十余海难幸存者到墨国，其实是为了探宝。他坚信，日本近海存在着马可·波罗记载过的黄金岛。恐他在发现黄金岛、拿到巨额的财宝之前，断不会离开日本……索德罗如是说。

索德罗去岁秋到骏府见了家康，然后到江户拜访将军秀忠，现正逗留浦贺。他曾与比斯卡伊诺相见，见识过此人那可笑的野心。

“置之不理，必有大事。”索德罗道，“比斯卡伊诺威胁过我，让我从浦贺坐去墨国的船。我当然也想，因为大御所和将军都曾说过，坐那船到墨国去，打开和墨国通商之路。”

大久保长安也甚是清楚此事。因为让索德罗向家康建议开辟新交易之路的，不是别人，正是他大久保长安。然而，比斯卡伊诺将军强迫索德罗，让船在离开浦贺、到达堺港之前沉掉，这样，日本就不会再派船出海。对此，长安心中有数。

“比斯卡伊诺将军根本不欲回墨国。”索德罗道，“他才找借口拖延时日，在日本近海仔细探测，寻找黄金岛。这是主所不允许的恶行。”

长安也看透了索德罗的所思所想：他希望做东洋大主教，世上没有一个地方像日本这样，令他野心膨胀。

“唔，那么，送给伊达大人一个碧眼女子，故意让他有好几个女人，主对此就熟视无睹吗？”长安笑着讽刺道。索德罗一下子坐直了，“危险也可能降临到石见守大人身上。由于安藤直次大人和本多正纯大人的警告，将军已开始警惕您了。”

“真是让人敬畏的圣人啊！圣人对长安有何指教？”

索德罗面不改色说了两点：其一，尽快扳倒本多正纯。安藤直次作为赖宣的贴身家老，近来受到将军疏远。但本多正纯定会被秀忠亲近，他身不离重柄五寸，权力自会越来越大，索德罗和长安必须先发制人。

“第二是什么？”

“鄙人很难拒绝比斯卡伊诺将军。故万一沉船的秘密泄露出去，想请大人指点鄙人脱身之策。”

其中有威胁的意味——你若不给我生路，我也能令你走上绝途……听索德罗这样一说，长安呆住。

如今的索德罗软硬不吃。他在浅草修建的施药院，最初只为贱民看病，但随着洋医与洋药逐渐被世间认可，现在连大名也去找他们瞧病。因此，他有诸多的消息来源，不得不防备。

“好。我就告诉你该怎么办。”长安爽快地点点头。

“石见守大人果然智者，有宰相之才。”索德罗恭维道。

长安不为所动，“事情败露时，赶紧投靠伊达政宗。若我被抓住，必连累松平大人的夫人，请万万别牵连我。在此之前，通过夫人牵线，先给政宗讲讲洋教。如此一来，政宗定会向将军请求保全你的性命。”

“哦。”

“不过，那时你就不能待在江户了，说不定得暂时住到伊达府上，就暂且在仙台传教吧。其实无须这样的提醒，你是何等人物！”

索德罗似放下心来，留下带来的面包等礼品后，便回江户去了。

如何才能扳倒本多正纯？这个问题久久萦绕在长安心中。天下太平了，敌人却未全部灭绝。比起在战场上真刀真枪，不动刀枪的新敌人正越走越近。传言本多佐渡守和大久保忠邻不和，佐渡守之子正纯和受忠邻提携得以出仕的长安，自然也有了不和的传闻。如索德罗所言，必须尽快想出扳倒本多的办法。

长安也有烦心事：几处尚有斩获的矿脉，被幕府以“不产金银”之由封之，还有些矿的实际产量也未如实上报。

正纯眼下随家康进京城去了，不在骏府。

代正纯管事那人仿佛看透了长安的心思，恰于此时来访。此人名松尾松十郎。他知道正纯属下冈本大八的一些不可告人的勾当，曾欲用十锭黄金的价格把它们卖与长安。长安自是斥责了一顿，把此人轰走，他担心是对方下的圈套。然而，松十郎今日又来了。

长安专在紫藤架下等的，便是松尾松十郎。

“唔，来了啊。”长安绷着脸，举起酒杯。

庭院水池中，映出松尾松十郎形销骨立的身形。他脸色非常差——形与神关系重大，此人看上去不太康健，长安如是想。

“大久保大人，您似乎不太快心。您不想见在下？有人说，一靠近在下就浑身不自在……”松十郎坐到长凳上，把他那张长满斑痕的苍白大脸凑到长安跟前，“大人要有烦心事，还是早些解决的好，这对大家都有好处。怎样，十锭黄金，换本多大人手下冈本大八做的坏事？”

“我不需要那东西，去别处！”

“哼！”松十郎从鼻子里嘲笑道，“依我看，此事啊，是给大久保大人脖子上套绳索呢。”

“哦，那我就买那条绳索。你的长相看去让人不痛快。”说着，长安从怀中取出一只酒盏，放到松十郎面前，一言不发往杯里倒酒。

松十郎低头致谢后，执起酒杯，道：“大人，您想把大御所大人和将军大人禁止输出的货物卖到南蛮国去？”

“是啊，来，干一杯！”

“是……我干了。冈本大八知道那是些刀剑和黄金之类的东西。”

“哈哈哈，知道亦无妨，它们已经沉到海底了。大八找不到证据。”

松十郎低着头，从杯子的阴影中抬眼看着长安，微微笑了。

“就这个，你就想要十锭黄金？”

“大人，大八是不是来要挟过您？嘿嘿。那人未来府上，必是去了别处。”

“别处？”

“和大人非常熟识的有马大人。那位大人会赚钱啊。”

“哼！”长安第一次认真打量起松十郎来。有马晴信早就成功获准与海外交易。长安只是把刀剑和黄金装船，打算试试看，但那船在天川附近被葡国船只袭击，货物被抢夺一空，船也被烧毁，船员全部葬身海底。有马晴信大怒，打算等葡国船开到长崎时也袭击他们。煽动他发起报复的不是别人，正是长安，因为长安担心葡国船把夺去的货物存起来。然而，在有马晴信发动袭击之前，葡国船已着火沉海了。

“大人，冈本大八未胁迫有马大人，而是恭维了他一番，由此得了很多钱。大八真是可恶啊！”

“冈本大八恭维有马？怎回事？”

冈本大八乃本多正纯手下一个没规没矩的下人，若他知些什么秘密，以此胁迫有马晴信，倒也不稀奇。但他恭维了有马，还拿了好处，便令长安大感不解。

“那厮狡猾得很。他拍马屁说，葡国海盗早就该烧，如此日本方有威信，大御所大人定会行赏，实在可喜可贺云云。”

长安呆了一呆。

“您明白那奴才为何能得那么多银子了吧？”松十郎微笑着抬起眼皮，“他拍马屁的功夫，连小人也佩服得很呢。”

“哼。”

“有马大人一高兴，就给了大八可乘之机。他说，本多正纯大人怕是觊觎有马大人的领地呢。”

“哼。可恶！”

“有马大人听信了他的一派胡言。如今锅岛所领的藤津、彼杵、杵岛三郡，都是有马世代传承的领地，有马想请您斡旋，让上野介大人把它们还与他。大八那厮说，只要向幕府某人使使金银即可，还给了有马大人一些颇为可疑的文书，骗得六千两白银。”

“六千两？”长安怪叫起来。有马晴信虽容易轻信人，但也不当被大八之流的花言巧语蒙骗那么多银子。

松十郎依然微笑道：“的确不似真的。冈本大八的算计是，万一有马大人想向大御所或上野介禀明此事时，就威胁他。”

“怎的威胁？”

“是谁和大久保大人联手，把禁运的刀剑、黄金等偷运出去，借机牟利？不过这还算不了什么。有马大人似欲在大御所上洛之时问问行赏一事。大人觉得，这些还不值十锭黄金吗？”

大久保长安浑身寒毛竖起，这可非十枚黄金的事。若此事属实，自己项上人头就要落地……

“大人还有何不明，请尽管问，小人一定知无不言。”

长安眼前一片昏暗。有马晴信也许真会为了夺回领地，把事情抖出去，若本多正纯知道真相，将会如何？正纯肯定不会放过大八。然而有马和自己也必然会被他玩弄于股掌之上，受到难以想象的惩罚。那可非十锭黄金就能解决的问题了。

“我是为防万一才一问。”长安往松十郎杯子里倒酒，“好吧，我就出十锭黄金。然后怎样呢？点燃的火会就此熄灭吗？”

松十郎吃了一惊，眼神有些呆滞。他意识到，若有马晴信公开要求大御所行赏，自己今日的要挟便没了任何意义了。“这……既然大人已知道了，您自己有何对策？”

“哈哈！其实我心里已有了对策。要是给你黄金，反倒添麻烦。你说呢？”

“大人。”

“怎的？再干一杯！好像起风了。”

“鄙人还知您的一个痛处。”

“哼！是什么？”

“黑川谷的矿山。”

“哦？去年春天，我听信传言去试了试，发现金银都已被挖空，便打道回府了。”

“大人似有失当之处。”

“噢……我做了什么？”

“听说您在祭山时，把盛装的女子与矿工合共一百七八十人一起扔下深渊。”

“哈哈，屁话！你也认为那是我行的恶？有关此事的证人有好几位。因为藤蔓被虫子啃坏，才有此惨祸啊。”

“这种解释只有大人您自己相信。小人听说，那时掉落深渊的阿幸夫人，鬼魂至今仍夜夜徘徊。”

“松十郎，你是信了那谣言，才来要挟老子？”

“是。小人不过微末之辈，大人再震怒，也不会随便杀了小人，小人才敢前来。”

“唔。骂也不是，杀也不是。你就认准了这些？”

“是。”

“不过你漏了一桩紧要的事。”长安笑着又往松十郎杯里斟满了酒。

“忘了一事？”松尾松十郎只是喝酒，遍生黑毛的苍白脸上露出享受醇味的神情。

“是啊，你处处设陷，却忽视了关键。你太不知我长安了，我岂是那般怕事之人？”

“这么说，卖刀剑和黑川谷杀人都……”

“我做这些事面不改色。不过，那种事一个人可做不来。哈哈哈，世人怎么说来着？飞蛾扑火……但这季节早了些。”

松十郎哐当放下酒杯，捋了捋胡子，“其实小人知道，所以来之前已给同僚留了信函。若我未回去，他就会拆那信函。收信之人正是本多上野介大人。为了不让那封信函流传世间，小人只能活着从这里离去。”

“哦？”

“虫蚁尚且偷生，小人命薄，自不敢太疏忽。”

“话虽如此，那信函还有取回来的办法。我只要威胁冈本大八，他自然乐于帮忙。”

“大人，您过于气盛，其实，有时输也是一种赢。您就不欲抓住小人，为您所用？”

“我若说放了你，你欲如何？”

“我就会离开江户到京城，去求板仓大人施一碗饭。”

“看来你是急等用钱。好，我手头只有五锭金子，就借与你。记住，我可非受你要挟才与你。你拿着这些，赶紧回江户吧。”

长安从怀中取出刚刚铸成的五锭庆长大判搁在怀纸上，放到松十郎面前。松十郎脸上毫无感激之色，却也未推将回去。

“这些也许够使了。那么，小人就借下了。”他抬起脸，喝了若干杯酒之后，那脸上尚未现出红色，“好花啊！”他掐下一串耷拉到头顶上的藤花，和大判一起放入怀中。

“松十郎，心情不错啊。打算向谁去炫耀藤花主子的金子？”

“不，盗花不算贼。”

“好，来，再干了这杯，你便走。”

“大人。”

“还有何事？”

“刚才所言鬼魂之事，可是真的？”

“鬼魂？”

“阿幸夫人似是很受大人宠爱，听说大人在黑川谷祭山时，把她推下了深渊。尸身在下游被拾起，掩埋尸骨的地方开出了黑色的杜鹃花。”

言罢，松十郎飘飘然地起身离席。

长安本欲叫住松十郎，却又摇头作罢。再被他试探一番，恐要在他手里落下把柄了。不过，长安确实还想问他一事：被冈本大八骗了六千两银子的有马晴信，是否和谁说过此事？

松十郎似已嗅到了黑川谷事件的真相。长安不只是在黑川谷掘金，还把以前挖出私藏起来的金子埋在了那边。所以，若松十郎知道了真相，绝不能置之不理。

当时，长安把祭山的舞台搭建在深谷之上，再把栈道砍断，让观众都掉了下去。没想到已尽晓真相的阿幸也在人群之中，她才和其他人一起死了。

此事倒无妨，有人问起时，长安只要如实承认即可：“修建时做得很结实，但缠着藤蔓的岩石松动了。”或者，可说有人和枉死之人有仇，故意搞鬼。

打发松十郎走后，长安一门心思考虑如何解决火攻葡国商船之事。

假如有马晴信真为了此事请赏，首先会惊动谁？毫无疑问，必是本多正纯。本多正纯吃惊之余，是会保住属下，把此事按下，还是为了证明自己的清白而严惩大八？照正纯的脾气，必是后者。斯时只可利用索德罗，那个流亡的圣徒不是和有马推心置腹吗？

二五　恶人恶心

从年轻时开始，长安心中就住着两条蛇：一条精神抖擞，为他带来无比好运，让他美梦成真；另外一条蛇，贪婪执拗，发现他人弱点便紧紧咬住不松口，浑身充满剧毒。此蛇永远在用阴险的眼睛睥睨周围的一切，一旦面临危险，便会不惜一切，放毒咬人。送走了松十郎，大久保长安心中，后者又高昂起了它那尖尖的蛇头。

长安打算通过索德罗，促使有马晴信去请赏——有马自然坚信索德罗乃是少见的圣徒。让索德罗装作听说了冈本大八的事，给有马去一封书函，书函的内容应如此这般：鄙人近日于骏府见到大久保石见守大人，惊闻冈本一事。冈本先生在江户、骏府颇有人望。容鄙人多事，想问大人请赏之事究竟是否属实？若果然如此，大久保石见守大人会与本多上野介大人同向大御所进言，鄙人亦乐于促成此事……

此函经往返于骏府和长崎之间的船只，不几日便可到达。有马晴信见此信函，必会立刻给本多正纯寄函催促。那时，即使本多想帮冈本大八，也已迟了。待正纯从京城返回，长安只消问他冈本的事打算如何处理，正纯怕长安泄露出去，便会立刻禀明家康，等待吩咐……而且，冈本大八乃本多正纯手下，旁人何必多事？

事关海外交易，家康定会寻长安问话。斯时长安再请求留在骏府，好生调查，还怕找不到本多正纯破绽？长安抬头看着紫藤花，忍不住笑了起来，自言自语道："我非恶人哪！"

假如长安知那六千两白银并未全落入冈本大八囊中，本多正纯也有份，他也不会冷酷到一定要扳倒正纯。

长安会劝正纯把所有罪名都安到冈本大八一人头上。不管怎么说，冈本大八都是和松尾松十郎一般的小人。对付小人，自当用小人之法。

这帮小人在乱世之中亦是恶事做尽。战争时期他们靠去百姓家抢掠，或是把战亡者的盔甲扒下来变卖，才活到现在。如今他们失去了赖以生存的战场，便以四处坑蒙拐骗为生。对付这帮畜生，必须得驯畜之法。

问题只在于有马晴信。不论多么眷恋祖先传下来的旧领，作为天下闻名的大名，他的所为都太过轻率。他也并非少了本事，当朱印船在海上被击沉时，为了报仇，他不是袭击了航至长崎的葡国船吗？世人都说有马英勇，其实他没查明那条船上运了什么货物，便把自己的东西也沉入了海底。

家康若是知道真相，必然震怒。姑且不论这是否阴谋，大权在握的大名，居然被骗去六千两白银，其所作所为必不能为武士所容。

但那时，长安可帮有马斡旋：若家康逼他切腹，可以帮他求情；若把他关起来，可以先把他弄到八王子，再从长计议。

长安摇了摇葫芦，酒已喝得精光了，他寻思，先骑快马到江户索德罗处，让他写好信函，并赶紧送到有马手中。然后好生休养一阵子，等家康归来。我谁也不恨，就是不能容忍冈本大八，居然骗到六千两白银，可恶！

长安通过索德罗给有马晴信送了一封书简后，便立刻和江户联络，把冈本大八叫到骏府来。

此时家康正在京城，准备观新帝即位，那之后又有约莫十日滞留京城。在此期间，为了整肃皇宫风纪，家康制定了三条法令，并让近畿、中国、四国和西国各大名写下誓书，管好自己的领地，不给天子添乱。之后，他便会踏上归途，半路上自然会在业已落成的名古屋城稍作停留，将城主义直托付于成濑正成和平岩亲吉。踏上返回骏府的归途，将是五月之初。长安计划在此之前把冈本大八一事料理完。

本多正纯若知我已把冈本大八叫到骏府来调查，不知会是何等表情？长安觉得颇为有趣。

冈本大八急匆匆来到骏府。他的样子和长安想象中差不多，一见长安，便主动贩卖消息："总代官大人，小人有一些您值得一听的事。"

"哦？值得一听？你最近手头松快，交际也广了啊！听到什么了？"

"小人听说，一旦大御所大人从京城回来，这里就会有大地动，甚至波及幕府。"

"你是说本多父子和大久保要动粗？"

"不敢。总代官的消息也很灵通啊。"

此人和松尾松十郎有几分相像。他的脸单纯得像个孩子，声音也很清澈，虽然总觉得有些轻率，但也绝无阴沉之感。长安觉得对方和自己有些像，不由脱口道："看上去你来此之前什么都不知；其实今日恐怕得让你进牢房里住住，才把你叫来。"

"牢……牢房？小人我？"

"你似想说自己毫不知情？不过你有一桩洗脱不掉的嫌疑。"

"哦，真让人吃惊。请问是何事？"

"何事？你心中有好几件事？好了，不管什么情况下，大久保石见守都会与人方便。你对我就休要隐瞒。人生如战场，耍小聪明反而会带来麻烦。可置之死地而后生，我也是过来人。"

听长安这么一说，冈本大八立刻露出惶恐的表情。看上去，他是个善良、乐观的小人。他并无善恶之分，只是勇敢地畅游在人世间，像搅浊池水的锦鲤一样。

冈本大八模样出众，衣饰也甚是奢华。大小配饰以至印笼，都引人注目地镶着金箔。此人若生于市井，恐怕会打扮得和歌舞伎艺人一般华丽。不过他如今的身份，毕竟是以节俭为美德的武士，尚懂得些节制。

"大八，您怎的认识有马晴信修理大夫？"

"有马大人在长崎时对小人有知遇之恩。小人曾奉本多大人之命，特为打探火攻葡国商船一事而去。"

"就是那时，你对有马大人说了你那些值得一听的事？"

一种阴沉的神情从大八脸上一闪而过，“总代官大人。”

“怎的？可不许转移话题！”

“总代官大人是站在小人这一边的。刚才大人是这般说的？”

“是啊。我站在正义的一方。”

“小人就直说吧。有马大人称自己勇敢地烧了葡国船，那都是谎话。烧船的是葡国人自己。”

“哦。然后呢……”

“那非武士应有的德行。故，小人就试探了他一下。小人对他说，此次的事定让大御所大快于心，定会颂扬有马大人……”

长安微笑着点点头。

“然后，有马大人便刨根问底，追问所谓颂扬是何意思。小人就顺着他的心思，说到有马氏被龙造寺夺去的旧领……”

“哦。作为回报，有马给了你什么？”

大八微笑起来，“大人似都知道了。黄金三锭，锦一匹，还有珊瑚。”

“你尝到甜头了，这次便来要挟我？”

“小人不敢隐瞒。”大八看去完全不担心自己会否锒铛入狱。

“小人多自以为是。要挟恶人不算要挟。有马大人烧了葡国商船，你就乘机敲诈，此乃杀头之罪。另，你还写了些东西给有马，对此亦不能置之不理！”

“是，”大八却似松了口气，“小人给了他假借本多大人名义写的东西，说是必须得四处打点。哈哈，他遂拿出白银六千两。世上还真有些特别的生财之道呢。”

大久保长安拍手命下人上饭菜。他打算让冈本大八尽情大放厥词，再立刻按重罪将其收押，故对眼前这小人竟有些同情。一旦关进牢房，此人势再难见天日，此际当令他好生吃一顿。可大八似完全会错了意。

充满自信的长安在心底同情着大八，同时劝酒：“来，边喝边说吧。”

“这……大人亲自斟酒，小人担当不起。啧，这酒真好！”

“白银六千两，都用来喝酒的话，连舌头都要喝肿。”

“不，和住在黄金屋里的大人相比，小人不算什么。”

“你是不是也给本多大人分了点羹？”

大八听闻此言，一下子拿开酒杯，意味深长地微笑道：“总代官大人，此事小人必须和您说清楚。本多大人对此毫不知情。”

“哦？令人佩服啊。”

“大丈夫不应连累主人。”

“大八,万一有马当面与上野介大人对质，你看会怎样？”

“哈哈哈，有马大人真那般做，本多大人推不知即可。小人也会拜托本多大人，请他如此回答便是。”

“你认为有马会保持沉默？”

“正是，天下有几人会自损颜面？另，小人还掌握着有马大人一些秘密。”

“哦？”

“有马大人欲把对烧船事件来龙去脉了如指掌的长崎奉行长谷川左兵卫藤广杀了。”

“长崎奉行？”

“是。若有人妨碍了他夺回旧领，即使那人是大御所宠妾阿奈津夫人的兄长，有马大人也会把他除掉。否则万一恶行败露，该如何是好？因为吝惜六千两白银，让自己家族败亡，他不会连这都想不明白。有马大人还真是可怜。哈哈！”

“你想得很周全啊！好，再来一杯！”

冈本大八双颊泛红，毫无顾虑将杯中酒一饮而尽。

长安见他如此磊落，突觉不安。若自己趁本多正纯不在骏府期间，把他的手下监禁起来，是否会引起正纯的反击？看了索德罗的书函，有马晴信定会去寻正纯问个究竟，恐怕还会询问我长安呢。这个头阵，就让大八去打……想及此，长安心中大快，简直等不及好戏上演。

“有马修理大夫想要长崎奉行的命？”

“人要是被欲望蒙住了眼睛，会变得异常可惧。”

“你也记住这一点。不过，你知道那么多秘密，六千两白银就够了？”

“是。价钱不错吧，大人？时机也甚重要啊，大人，您知本多父子打算怎样陷害他们的对手大久保大人吗？”

“大久保大人……是指相模守忠邻大人？”

“正是。相模守可是本多大人的眼中钉。”

“我不知，他们打算怎样陷害他？”

“哈哈！大人要多加小心才是。他们正在议论您的过失，想让您吃不了兜着走呢。”

“哦？议论我的过失？”

“不是说大人有过失，大人怎会有失？不过，他们正在寻呢，看大人是不是用度太过奢侈铺张……确是在不断寻呢。”

“哈哈，难说，我到底是在黄金堆中和大山搏斗的男儿！不过和战将比起来，我不过只有两三百个女人。”

“那就是了。打扮得漂漂亮亮的女人，最是容易让男人生忌。大人不会左拥右抱，不过，那些坏东西就会产生那种错觉，他们可能兴风作浪，由羡慕而妒忌，甚至生出怨怒。请大人千万小心啊！”

长安心中暗道：必须动手了！这也许是人的防御本能，先下手为强，必先尽快把有马晴信弄到骏府来，让他把冈本大八的事说清楚。留守骏府的长安有这等权力。

“本多大人父子竟然行此奸诈之事？”长安又亲自给大八斟满酒，“设若你所言不虚，我大久保长安该怎样？又该如何应付本多父子？”

“小人不敢说。”大八快慰地笑了，那笑全无心机，“小人只能请大人慎重处理，仅此而已。不论如何，当今世上，村正的刀锋利无比，举世无双；上野介大人的头脑却比那刀还要快。”

“哈哈，若请你斡旋，估计得送给上野介大人一座金山吧！那样一来，你就不只是拿六千两白银了。这生计不错。”

“岂敢！”大八大吃一惊，“小人可没那胆子。俗语说，两虎相斗，必有一伤，若权倾天下的石见守大人和上野介大人互相争斗，将给天下带来莫大损失啊。”

“你这厮还真是个善良的恶人！”

“这……”

“我险些被你感动得涕泗横流呢。”

“那……那是为何？”

“索要六千两白银，最初恐怕是为了你的正义。”

“是。正是。”

“恶人不是你，是有马修理大夫，是吗？”

“有马大人本未攻击葡国船，却想夺回旧领三郡，这种企图实在可恶！”

“是啊，可恶！却又不敢斥责他……”

“话虽如此，若要惩罚他，除了卷走金银之外，还有其他办法。只怕小人身份卑微，大人不会采纳。”

“所以我才可怜你。得到六千两银子，你定以为自己赢了？”

“在总代官面前，小人心情一下子好了起来。”

“所以我觉得你可怜。大八！你得了六千两，便把自己的脑袋卖了！”

“啊?！”

“有马修理大夫已把你如何骗他，都和我说了！”

“那……那么蠢的事都……”

“好了好了。来，干了这杯！今日好生吃一顿，明日就在监牢里了。”

冈本大八的表情一下子僵硬了，脸一瞬间变得苍白，似笑非笑，似哭非哭，仿佛走投无路。

“总代官大人。”

“怎的了？”

“大人方才的话，不是捉弄小人？”

“哼！我为何要和正处于风暴中的本多上野介大人的手下说笑？此事我必亲自处理，才特意把你从江户传来。”

“……”

“我曾打算拜托町奉行，不过想想，你也挺可怜，又怕给上野介大人带来麻烦，还是亲自处理，然后向大御所大人禀明。这是为你好，也是为修理大夫好。”

大八默然不语。他不知不觉将事实道尽，此时即使想反悔，也来不及了。此后若不仰仗长安，他绝无生路。不知何时，四周围了些人——万一大八起了杀机，长安文弱之身，恐有性命危险……三岁孩子也知这个道理。

“大八，你好歹是个男儿，好生把这酒席吃了。”

“总代官大人……”

“另，若想给家人留个口信，或交代那六千两银子的去处，就赶紧都说清楚了。”

“总代官大人，小人有一事尚未及说。”

“何事？”

“那……那六千两银子。小人并未一人花光。”

“你把它们分给了别人？”

“是……小人，还有，这事其实……本多上野介大人也听说了。”

长安故意大笑着，训斥道：“大八，你以为我连这个都不知就来审你？上野介大人听你说时，恐怕只是冷哼几声，怎会往心里去？”

“是，是的。”

“那就好。那并不说明他已知了。事情危急时，他必推个干净。方才我说可怜你，就是为这个。本多大人本就和修理大夫不和，你竟不知？”说罢，真有热泪从大久保长安脸上滚落……

二六　大坂隐患

此日，阿蜜走出位于乳守宫附近的隐居之所纳屋邸处，朝许久不曾去过的灯明台而去。

最近到堺港来的海外船只明显减少。平户、长崎及博多的兴旺，使得堺港日渐萧条。日本船只进出虽增多，但无外国船只出入，自难维持繁华。正当世人议论纷纷时，突然有一艘洋帆船进港来了。后来大家方知，此乃从江户附近的浦贺起航去墨国的船。船在远州滩触礁，船桅折断，迫不得已驶入堺港。船上有班国国君的使节比斯卡伊诺将军，因此，负责领航的江户浅草施药院的弗兰西斯派神父索德罗甚是惶恐。不重新造船，便无法把使节送回墨国，这个责任如今便落在神父身上。

这艘船日前泊于灯明岛，船身右斜，半边没在水中。船上的比斯卡伊诺将军和索德罗决定走陆路回骏府。“既到了此处，就到大坂城去拜谒秀赖吧。”他们自堺港出发了。

船的损伤究竟有多大，竟至无法修理？阿蜜有些疑惑地走向海边。她欲去大和桥附近的茶舍。今日，她要与茶屋清次的人见面。此人受本阿弥光悦之托，访查长崎葡国沉船一事，并打探八王子长安内宅阿幸的消息。阿蜜打算听完那人的消息之后，直接坐淀屋船去京城见光悦。

她走过一排排仓廒，走下大和桥，却见那茶店里坐着一个相貌丑陋的武士，正兀自饮茶。阿蜜毫不介意地在他对面坐下。

“店家，有无茶屋的手下来找我？”阿蜜小声问店主。

“您是纳屋家的姑娘？”那武士打扮的客人盯着阿蜜问道。

“您是茶屋先生的……”阿蜜不知来人长相，可她以为对方会以商家打扮出现，所以有些吃惊。

“是，小人松尾松十郎，先前曾在长崎奉行手下。”

“哦。”

“在这里说话可方便？事情复杂……”

阿蜜抬眼对店主道：“店家，我帮你招呼客人，你去我家帮我取船上用的毛毡可好？”

“是。”店家知他们要密谈，四下望望，弯腰走了出去。

“好了，请放心说。”阿蜜神态自若，把烟丝盘移到那人面前。

“在阿蜜姑娘面前也许不当说，不过大久保石见守真是可畏！”

“他确与有马大人的事有关？”

“是。去天川的日本船上装有兵器，颇为麻烦。把这些运出去，必会在南洋一带惹起乱子。日本虽业已太平，不需要那些东西，可出口兵器乃是神佛不允。此事传进大御所耳内，便是灭门之祸。石见守对这些颇为明白。”

“兵器？”

“此事被葡国船只知道了，就在天川附近海面袭击了那船，把货物抢掠一空，又把船弄沉。”

“此事我也知一二。有马为了报复，就派人烧了葡国人的船。”

“一般人是这么认为，可真相是……葡国人知道有马大人要动手，就自行连船带货一起烧掉了。”

“这般说，长崎奉行瞒骗了将军和大御所？”

“正是。长崎奉行认为，此事与夷人有关，不想事情闹大，故他虽知真相，却依有马大人的说法上报。可后来听说，大御所认为这种行为有利于彰显幕府威风，还褒奖了有马大人。”

“怎会有这种传言？”

“这……依小人看，可能是大久保石见守的手笔，货物便是石见守的。”

阿蜜若无其事移开视线，点头。她听到一些消息，说后来有刺客要袭击长崎奉行，竟被抓住，那刺客一句话不说便咬舌自尽了。难道那刺客为有马或大久保所派？

“长崎奉行想怎样？”

“他想以生意开辟新局面，在实现大志之前，难免意外，因此他不甚在意此事。”

“哦，辛苦了。我大致明白了。另……本阿弥的内妹，她……”

“那位阿幸夫人……已不在人间了。”松尾松十郎抬头沉吟着，冷冷道。

“阿幸已不在人间了?！”阿蜜压低声音，紧盯着松十郎。本阿弥光悦的担忧成了现实！“会不会弄错了？娘家竟未收到任何消息！”

松十郎不知在想什么，仍茫然面无表情，“小人未亲眼看见，因为小人未去八王子。”

“那么……”

“如小姐所知，大久保大人的家臣多为甲州武士。若小人要请小姐留神，小姐恐怕要担忧了。他有几名家臣和名古屋新城主义直公子家老平岩亲吉有些往来。因此，我去拜访了其中一位，自称是阿幸夫人亲戚，特地从京城去见她。”

“那人告诉你，她死了？”

“不，他说他什么也不知，可有个下人在黑川谷的金山做过劳役，他叫了那个下人来。”

“黑川谷的金山？”

“是。那人说，阿幸夫人自大祭山奇祸后，下落不明。栈道绳索断了，计有两百人一齐坠落深渊，漂到下游的尸体还不到一半。”

“就这般生不见人，死不见尸？”

“是，多半已是……不，他怕说阿幸死了，我会难过，只称不见踪迹。”

阿蜜总算知道松十郎为何总仰脸说话了。他肯定听到了更多详情，他那饱含泪水的双眼便是证据。

“就是仔细去打探，也无法寻到她？”

“是，无人知道更多消息。怕大久保石见守大人自己也不知。”

“他自己？”

“姑娘，谁也不知真相，因为所有人都落入了深渊。”

“啊？”

“那些人的灵位被供奉在营地一隅，不敢让他们家人知晓。因怕有人侥幸活了下来，不敢贸然断定他们生死，徒惹家人悲伤。这真是‘慈悲’啊！总之，石见守大人仍在骏府。”

此时，店主人抱着毛毡回来了。

“多谢，请帮我铺在船上。”阿蜜别过脸，站起身。

当阿蜜带着从松十郎处得到的消息搭船前往京都之时，在本阿弥光悦府邸，来访的角仓与市正语气激昂，讲述他在大坂城内的所见所闻。“总之，就是羊与狼的感觉。”与市先前为大和代官，最近增加了朱印船数目，自然而然成了新晋巨贾。可一到光悦面前，他看起来有如小儿，或许他心里对光悦有依赖之感。“秀赖体格壮硕，可一夹在比斯卡伊诺将军和索德罗神父之间，就登时变小了。嘿，此次谒见时，那二人离他太近了。大御所绝不会让洋人离他那般近。不让他们靠近，自己又坐在上位，在别人眼中就会显得高大。太过靠近，看起来就像狼和羊。比斯卡伊诺将军盛气凌人，那个通译的脑袋也太低了。日后见洋人的机会甚多，一开始就必须注意礼法！”角仓与市为了河内丰臣氏的年赋一事去大坂，恰好看到比斯卡伊诺将军与秀赖见面情形，遂说给光悦听。

大坂方面为了显示威仪，煞费苦心。在已故太阁引以为傲的大厅，所有大名和家臣倾巢出动，排立两侧。可与比斯卡伊诺和索德罗一起前去的堺港、京坂传教士们，离秀赖太近了，故与市如此愤慨。

秀赖虽体形高大，可有乐、且元和治长都不过寻常身量。他们被比斯卡伊诺六尺六寸的巨体，及周围的洋教士的气势压倒，虽身处上位，看起来却惶恐委屈。

“人心微妙，如此一来，洋人便自以为是，高声大气，何况比斯卡伊诺一介武夫，若在日本，说不定乃是加藤肥后守似的豪杰。他拼命赞美自己的国君，然后说，若日本要弹压教会，他们随时会率大船队来相助。真是无礼至极！”

“他居然这般说？”

“是啊，似乎之前有人在他面前说过有失体面的奉承话。连索德罗都吓白了脸，忙阻止了他。”

光悦缓缓摇动茶刷子，额头突突冒出青筋。他绝对无法容忍比斯卡伊诺的无礼，及纵容他如此无礼的大坂众丰臣家臣。

光悦对自己的激切感到惭愧：这样一把年纪了，竟和角仓、茶屋一样冲动，实是不该……“嗯，我知道了。难得常庆亲手做了茶碗送给我，你润润喉咙。”放下茶刷子，他静静把茶碗推到与市面前。

“不敢。原来是常庆所制，难怪这般漂亮。”与市津津有味用完茶，把杯子放在膝前，可他的眼神并不像在欣赏茶碗，“听说自从太阁薨去，大坂一直为被江户压制而苦恼。”

“角仓先生，此为何人所言？”

“比斯卡伊诺将军。”

“他？”

“这话也使得同行的索德罗神父吓了一跳。索德罗想讨好大御所和将军，举止还算得体。他碰了碰比斯卡伊诺的膝盖，提醒他注意些。这些，我在末席都看见了。”

“唔。”

“可比斯卡伊诺粗暴地把索德罗的手推开，大声道：万一与江户有龃龉，可立刻求助班国，班国自会全力支持，希望秀赖胆子更大些。他还说，秀赖亦是主的孩子。”

“这些话是索德罗翻译的？”

“不，他未让索德罗张嘴，是保罗神父所译。”

“秀赖怎样说？”

“他只答‘知道’二字，脸色为难。”

“唔。”

“接着，神父们异口同声道，应立即攻打尼德兰和英吉利，说他们乃是神人共愤、穷凶极恶的海盗，江户的大御所竟让盗贼近身，实非天下之福，日本恐会有灭国之忧。若那帮强盗依旧留在日本，秀赖应奋起与江户一战。斯时为了保护自己的国人，班国必会派大军来助……”

光悦不知不觉握紧两只拳头，身子剧烈颤抖——这正是他担忧之处。从前的比睿山、日莲宗和一向宗，都只是国内之事。来自海外的教派之争，其规模将大不相同。

“跟随比斯卡伊诺将军去的神父，就是为进谗言才去见秀赖的？”

“正是，我才先来通报先生。”

“大坂的老臣们竟无所作为？”

光悦不仅叹息，还发自肺腑地责备。世人都在担心江户与大坂，害怕重又沦为乱世，这想法或许是多虑，然而这不安让光悦紧张，也使他内心甚为愤慨。让视尼德兰和英吉利为大敌的旧教传教士同去谒见秀赖，老臣们也太轻率了。比斯卡伊诺将军喜夸夸其谈，而日本也早就知他所来的目的了。

可比斯卡伊诺来时，适逢尼德兰商馆落成，又准许了英吉利建馆，便使得旧教传教士惊惶失色。大坂重臣们难道不知此事？他们必定认为家康最后会容新教传道，旧教势力则会被连根拔起，驱逐出境。带着这等妄想，他们竟想靠夷人，才特意让那些人与秀赖见面？如此一来，高台院夫人、将军夫人，以及常高院等女人的努力便全白费了。就连以加藤清正的苦心及光悦等人的努力汲汲营建起来的大堤，也濒临崩溃。

“关于此事，我想听听你们这些年轻后生的见解。”

“先生，晚生不认为大坂重臣会无知到毫无防备的地步。晚生认为，他们在心中算计过了。”

“哦？”

“片桐大人与织田有乐斋大人不都信洋教吗？”

“哦。”光悦口中应着，心中生出大疑惑。

“此便是大事。”

“唔。”

“如今，还有人感念丰臣恩德，希望秀赖日后能继任将军之位。可一旦此事与信奉纠缠不清，就非同小可。大御所当年年轻时，德川谱代家臣曾参与一向宗暴乱。说到洋教信徒，首当其冲便是德川脊梁大久保相模守大人，以及伊达政宗大人及其爱婿松平忠辉大人，当然还有现庇护高山右近的前田利长大人……”

本阿弥光悦再也听不下去了，摆手阻止了角仓与市：“好了，再这般下去，明日日本又变成乱世了。”稍后，他用力摇头叹道，“大御所的志向乃是千年一现啊！大御所既不偏袒班国与葡国，也不袒护尼德兰与英吉利。为政与生意截然不同，你明白吗？”

“您是说，日后日本应确定与某国合作？”

“不。我如今亦心中迷茫，便想问问你的想法。”光悦轻声道。

“我……”与市的表情突然变得严肃起来，“我赞成大御所。”

“便是维持现状吗？”

“那样当然好，可过去的一切并不顺利。”

“你到底何意？”

“为了双方能继续顺利交易，我以为，必须彻底解决一事，要下大决心。”

“彻底解决？”

“是。那就是：狠下心，把秀赖赶出大坂！”

“什么？你与丰臣氏如此亲近，竟说出这等话来？”

“先生，且先听晚生说。信奉问题不能用言语或刀兵解决。勉强弹压，便难再与海外和平相处，这是晚生的微末之见。”

“有些道理……”

“故，若希望继续与海外做生意，就应彻底消除隐患。”

“唔……”

“在这一点上，大御所稍嫌贪心了。他心疼大坂，又想要班国土产，还想赚英吉利的钱。这怎生可能？必须放弃大坂，否则，就可能引起战火。此为晚辈从大坂城回来后的感悟，因此，才尽快来见您。”

光悦直直注视着与市。他未想到会从角仓与市口中说出这等话来。

二七　一期一会

角仓与市来拜望本阿弥光悦，并非只是为了通风报信。

与市心中想的是：为了发展与海外的交易，必须维持国内太平，否则，旧教国家便会利用大坂，谋划挽回颓势。

与市甚至还说出了对策——迅速将丰臣秀赖赶出大坂，粉碎不轨之徒的妄念！

"你想让我做什么？"在与市临走之前，光悦问道。

与市高声笑了，"这才像先生！哈哈，背负家国重任的是大御所大人，非角仓与市。"

光悦终于明白与市为何而来了——他想让光悦去骏府见大御所。若非如此，他何苦在此以这等言语相激？

光悦一脸疑惑送走了与市，回到房里，默默拿起常庆茶碗。他无心欣赏茶碗，只管用手摩挲着碗底，目光定定。

先前，从京城和大坂到堺港来的大商家多为秀吉公的人，只有茶屋和光悦从一开始就追随德川家康。但他们一直坚信，保证其生意兴隆的人仍是秀吉公。后来有了朱印船，日本开始和海外各国做生意，一切都在快速变化，大商家拨拉算盘珠的方式，也在义理、喜好和利益之间产生了微妙的变化。然而，光悦万万没想到，商家口中居然会说出要把太阁遗孤从大坂城赶将出去之言！

看到如此残酷的现实，光悦不禁心生怜悯，同时生出几许厌世之感。

他站起身，从多宝格里又拿出两个茶碗，把它们和面前的常庆茶碗并排放在一起。他按照第一代长次郎，第二代常庆，以及年轻的第三代道入的顺序，把茶碗排成一行，静静地看着。

“连茶碗都能体现出时世的变化啊。”光悦叹道。

长次郎工艺淳朴厚重，胎体圆润沉稳，这种风格在第三代道入的活计中已见不到了。相反，道入的茶碗纹理清晰，造型洗练，光泽鲜艳……

正在此时，母亲妙秀进来，说阿蜜来了。

“哦，先生果然为风雅之人，是欲开茶会？”阿蜜跟在妙秀身后进来，立刻被道入的茶碗吸引住了。阿蜜为纳屋第三代，后生技术果然最易入她的眼。

光悦默默留下道入茶碗，又将其他两只收回盒中，道：“给你上杯茶吧？”

“多谢。好久未喝先生的茶了。”

“阿蜜，你多大了？”

“呵呵，阿蜜已忘记年龄了。”

“是我思虑不周。我拜托你做的事太过了。”光悦一边说话一边取下茶叶罐的盖子，“不过，若我不拜托你些事情，你和茶屋之间便会更加疏远。唉，我也就是安慰自己。”

“先生……”

“事情帮我问清楚了？”

“是。长崎火烧葡国船一事，火星子似溅到骏府去了。”

“哦？”

“茶屋雇的人已把事情都查清楚了。那人和我一路乘船到伏见。”

“哦。”

“煽风点火的似乎就是大久保石见守。”

“趁大御所不在骏府的时候？”光悦静静搅动着茶刷子，不动声色。

“是。大御所已回到骏府，有马修理大夫也坐船去了骏府，说不定已到了。”

“这般说，事情很快就要水落石出了？”

“不过，点火之人绝不会被火烧着，这也是那眼线的意思。”

“哦。”光悦将煮好的茶放到阿蜜面前，重新坐直。

“先生，有一种说法，叫一期一会？”

“乃利休居士喜欢的言辞。”

阿蜜津津有味啜着茶，赞道：“好茶！”她施了一礼，脸色却忽地变了，一字一句道：“阿幸，似已不在人世了。”

“阿幸？她……”

“只是石见守未被火燎到。这火点得真够谨慎。”

“阿蜜姑娘，此事要保密啊！”

“是。舞台搭在高高的溪谷上，绳子断了，人都掉进了万丈深渊，但奇怪的是，尸身却未寻到多少。”阿蜜尽量说得若无其事些。

“哦。这么说来，那个小盒子真是阿幸的遗物了。”光悦把茶碗推到一边，露出怃然的神色。阿蜜听着茶釜里的水声，换了个话题：“一期一会……不管时势如何变化，人生总是变幻莫测啊。”

光悦不答。

阿蜜的意思若是说不论在乱世，还是在太平时期，人终归有一死，那可不能随便点头赞同。人生确实变幻莫测，不过，死在战场和死在床铺上可不能混为一谈。

然而阿蜜似在想另外一事。“有时候，我亦觉得越来越不明白。”她平静道，“不明白人，也不明白自己。我觉得，人好像为了活下去，必须让他人受苦，必须得杀了别人……”

“那可不行！”光悦大声打断了她，“自己要活下去，也要让别人活下去，没有这样的智慧，就算不得人。”

“先生相信人真有那般智慧吗？若有，为何大久保石见守把阿幸……”阿蜜刚想说“杀”，又觉得此字不妥，遂生生把话咽回肚子里，垂下眼帘。光悦笑了，脸上却是一副哭相。阿蜜的疑惑狠狠刺痛了他。

“也许人生确如阿蜜姑娘所言，必须牺牲他人。”

“那牺牲太过巨大，我没法真正恨石见守。我虽明白，不憎恨恶人，世间便难有晴日……”

光悦又慌忙使劲摆摆手，道：“那可不行，姑娘要是这般想，人恐怕都要变成无间地狱里的鬼了。”说着，光悦又给自己取茶。他欲一边听阿蜜倾诉，一边把事情打听得更详尽些，否则很难决定日后如何行事。这些可都是和他的生活紧密相关的大事。

“阿蜜姑娘啊，现在你正站在正确信奉的大门口哪。”

“呃，我正迷惑不已……”

“即使石见守是杀了阿幸的极恶之徒，你也不当恨他，因为你具有慈悲之心，能从恶人身上反省自身的罪障。”

“是。”

“不懂反省之人，即使保得肉身，也和神佛无缘，明白吗？”光悦顿一下，道，“阿蜜姑娘方才说到一期一会，我才这般说。神佛不会施恩于无缘之人。所谓缘分，便是我们的赎罪之心啊！”他用无比锐利的目光紧盯着阿蜜，“赎罪、认错……若非如此，人便不能称之为人。若为了达到目的一味追逐……这样的人非人，乃是鬼！鬼为了达到自己的目的，可以诸种模样出现，其事只能称为‘鬼业’，必不能长久。”

阿蜜似颇为惊讶，她目不转睛看着光悦。光悦的反应比她预想的要激切很多，她大为吃惊。

“不过，只是憎恶恶鬼，还无法灭了它。若无神佛眷顾……”

“神佛眷顾？”

“你莫要用那种眼神寻找神佛。神佛并非虚幻不实，它在你内心深处，在你合十的双手紧贴着的心中。”

“合十的双手紧贴着的心中？”

“是。神佛在那颗看到自己的罪孽、为自身不洁而愧疚的慈悲之心中。人一合掌，就抓住了真正的信奉；抓住了信奉，必然会发一些誓言；完成自己的誓言，奉行神佛的教诲，这样，人才具备驱逐鬼怪的力量……”

阿蜜想，光悦亦如一个“鬼”，她还未见过其他人如他这般执著地追逐正义。

光悦似也有所察觉，道：“哈哈！我便是鬼啊——你的眼神这般告诉我。不过我非鬼。我已走过了你正在走的路，进了信奉之门。想想见到日莲上人时的情形吧！见到他，上人定会指点迷津！何为菩萨行，何为鬼业，何为可为，何为不可为……那时，你亦会充满自信，从容进入信奉之门了。你当自己走进那扇门。这样，你便可以体味一期一会的诚挚之心了。”

“……”

“罢了，再说说大久保石见守吧。你方才说，石见守在火烧葡国船一事上煽风点火？”

“是。而且，我还说，点火之人不会被火烧着。”

“这是何意？石见守大人若行了恶事，我定会让他被火烧得更惨！”

阿蜜又陷入沉思，她信光悦的执著。

“被火烧伤的，不一定就是纵火之人，这话虽有些奇怪，却是本阿弥光悦不可动摇的信念。为了自己的野心和欲望而玩火，这与为了野心和欲望而摆弄凶器之人一致，必然伤及自身。你早晚会明白因果报应的道理。接着说说石见守的事……”光悦咬牙切齿，一字一句吐出一串话后，再次转到之前的话题，“放火之人不会被火烧伤，那人是这般说的？”

“他觉得他比别人都要聪明得多。”

“哼！那聪明只是小聪明，先且不说……你以为他何处聪明？”

“火烧葡国船之事，若置之不理，那把火早晚会烧到自己身上——他意识到这些，便刻不容缓地把从有马大人处骗得银子的冈本大八关到家中审讯，事情处理得有条不紊。”

“他只是把和自己有关的事处理了，未被大御所知晓？”

“不，还不只这些，他把冈本大八扣押起来，还堵住了本多正纯的嘴。一切都在石见守掌握之中。茶屋的人是这般说的。”

“有马大人怎样了？”

“茶屋的人说，他行了巨额贿赂，恐怕会先被没收封地和官职，再被扣押起来。”

“那个叫冈本的家伙呢？”

“人说，那得看石见守的心情，冈本可能会被施以火刑，也可能是钉刑。”

“本多大人会有何麻烦？”

“他属下有如此恶徒，对其恶行又一概不知，就这些，已足够让他在人前抬不起头。”

“哼！真是想不到。”光悦摇了摇头，“我虽只是个鬼，却是个笨鬼啊！我忘记了本多上野介和大久保石见守的官位不同。”

“官位不同？”

“是啊。”光悦淡淡转移了话题，“本多上野介虽在大御所身边侍奉，大久保石见守四处走动，但大久保毕竟是大御所信任的金山奉行啊。本多大人必寻机会收拾他。这种愚蠢的行为，便是我们茶人最痛恨的小手段。”

“那么，点火之人早晚会被火烧到了？”

“此非我的预言。日莲上人明明白白教诲过了:为一己私利与人为敌，必罪己身。若施此愚行鬼业之人横行，世间将堕入无边地狱。唔，阿幸许真被杀了啊。”光悦眼中泛起泪花。

阿蜜沉默地打量着狭小的庭院。那个据说由伏见奉行小堀远州所赠的石灯笼，被斜阳余晖一分为二，各处阴阳。

“先生，我也觉得，阿幸恐是被害死了，但我说不出恨大久保石见守的话来。”

光悦没有反应，只是静静擦拭起茶碗来。

“先生，我和清次说一说吧？”

“说给茶屋？”

“大久保石见守的这些恶行……”

“给你讲这些的人，可能已跟他说过了吧。”

“不，我想……要不要把这些都禀报大御所大人……”

“不！”光悦当即打断她，“你要是把我和你所想的告诉茶屋，他可能会立即禀报大御所。但那时候，此事恐怕会把茶屋也牵连进去，乱子可就大了。”光悦微微一笑，极力不让阿蜜钻牛角尖，“阿蜜姑娘，这些事啊，请存在自己心中吧。”

“就永世不说了？”

“有一人可说。”

“何人？”

“所司代板仓大人！板仓大人和我相熟，尽快找他说说吧。你尽可装作局外人。”

“是。”

“这可非小事啊，大御所一生辛劳。德川氏恐会因为此事一分为二。大御所和将军身边的人若分成大久保相模守和本多正纯父子两派，那便是天下苍生之祸了！”

“是。”

“太阁身边的文派和武派相争，最终导致关原合战，此乃昨日之戒。我们必须谨慎定夺，再采取行动。”光悦这般说着，却终有些按捺不住：是不是最好去见见大久保石见守？还是在那之前，先去见板仓胜重？

看到光悦认真思索，阿蜜道：“先生，阿蜜还有话要和婆婆说。还未把礼物拿给她呢。”言罢，她悄悄离开了。

光悦双手抚膝，继续思量。

小盒子里阿幸的手记，并非心智不明者的妄想。大久保长安似已强烈感到正面临危险，方才着急起来。关于其原因，阿幸在手记中写了三处：第一便是那联名状，第二，对私存黄金的处理，第三乃对伊达政宗的戒备。政宗对长安产生戒备，便似是由于大久保忠邻和本多正纯父子的对立。若是如此，便又有古怪了。

光悦不知想到什么，突然站起身，在房间里转了一圈。然后，他快速走到旁边的房间，在佛像前上了一炷香。接着，他返回房中，穿上鞋，走到屋外。对于光悦，这样不告而出，实属少见。

到了路口，光悦招来一个轿夫，道：“去堀河所司代大人府上。”言罢快速钻进轿里。事情可能已经到了无法控制的地步。茶屋的人向阿蜜汇报已有数日，家康从二条城返回江户也已过了近两月。拜访大坂城的比斯卡伊诺将军之言，自然已传进板仓胜重耳内。光悦想问的事实在太多了。

到达所司代府上，光悦已大汗淋漓。板仓胜重似刚从外归来未久，他身着便装，站在檐下的廊里，给泉中的鲤鱼投食。

“吓，德有斋先生！来，廊下凉快，快过来。”板仓命带光悦进来的年轻侍从把坐褥拿到廊下，自己背靠屋柱坐下。

“小人惶恐，还是如以前一样叫小人光悦吧。”

“那可不行。你是我们的老师，我这不肖弟子，总是不知该如何运用先生的修身立世之法，大为苦恼啊。先生今日有何急事？”

板仓一副悠然之态，光悦则忙擦了擦额头的汗，“听说比斯卡伊诺将军去了大坂城。”

“哦，你听说了？”

“角仓来过了。近日骏府是否有古怪事情发生？”

听到光悦这一连串追问，板仓胜重脸色阴沉，视线落到泉中的鲤鱼上。

“其实，在下族中有个在大久保石见守大人府上伺候的姑娘，许久未来消息了，在下便派人去打听了一下。”光悦还是老脾气，直言快语，“但派去那人带回了奇怪的消息，在下才急急登门，也为最近疏于联络向大人致歉。”

“那奇怪的消息，是……什么？”胜重终于收回视线，缓缓将手中白扇置于膝上。

“大久保石见守大人最近似正为了某事，在骏府忙得不可开交。”

胜重立刻回答：“那事已有定夺。”

“定夺？”

“冈本大八的事吧？大八那无法无天的奴才，已在安倍川河岸被施以火刑了。”

“哦。裁断的，便是大久保石见守大人？”

胜重颔首，又似想到什么，微笑道：“事后想来有些不踏实，本多父子和大久保相模守别为了此事起矛盾才是。”

“石见守大人果然是那点火之人？”

“事情的起因，是有马修理大夫突然找到本多上野介大人，问了些事情，但那时石见守已将冈本大八收押起来，无法挽回了。大八虽想寻上野介手下帮忙，却也来不及了。事情已然彻底暴露，大八便被施了火刑，修理大夫亦被石见守看押起来。石见守怕很快就会被提拔。”板仓胜重似乎不想再多谈，转移了话题，“您本家的那姑娘可还在大久保府上？”

光悦黯然不答。阿幸的生死乃私事，但他来造访胜重，却是为了履行一个庶民之命。他择词道：“所司代大人，大久保石见守大人最近似有些操之过急，您说呢？”

“也许吧。”

“每当在下想到，石见守大人这般着急，与比斯卡伊诺将军在大坂城放出的话，会不会有某种联系，就坐不住了。”

“唔。”

“石见守大人并非睚眦必报之人。他不愿别人妨碍他出人头地，但他也不想妨碍别人，愿意让自己和别人都高兴，都荣耀。不过最近这些事，却都和他的本性相违，不知是何原因？”

“和本性相违？”

“石见守大人为何故意把本多父子变成敌人？那族中姑娘为何失了踪迹？他为何把联名状藏起来？”

光悦眼中射出锐利的光芒，一桩桩列数出来。

板仓胜重多行刑事，擅以理服人，然而光悦在他之上，其言如刀般锋利，能直直扎进人心中。

“所司代大人也和洋教的神父们见过一两次。他们在和本国的信函往来中，经常提到大人。请容在下失礼，他们要对大人传教并不那般容易，但将军臣下若分成两派，加入南蛮和红毛之间的争斗之中，分裂江户和大坂便颇为容易。此乃天下大事，请容在下再冒昧问一句：大御所大人准备一直让大人做所司代吗？”

“正是。”

“若大人对此心中有数，请对大久保石见守多加小心。”

“是，呵不，唉！这是骏府的事，我这京都的所司代恐怕鞭长莫及啊！”

“在下只是提醒大人，失礼了。不过，大久保石见守此次打算与本多大人父子为敌，实在……不追究原因，恐怕会惹来大祸啊。即使本多父子对此事保持沉默，但心生不快，斯时石见守必图谋……唉，将军属下若真分为两派，说句不吉利之言，一旦大御所大人仙游，谁能来弥补这裂天之隙？本多佐渡守大人乃将军良师，大久保相模守为大老，大久保石见守又乃将军胞弟家老……任其下去，何止分成两派，人间也许又会变成四分五裂的乱世！想到这些，在下便不由得全身寒毛直竖……”

光悦如此激愤，板仓胜重不由大为震动，“您既如此忧心，我若继续举棋不定，也实在有负先生苦心。其实，我并非完全未想过。”

“哦，那就好……”

“其实，我想先寻成濑、安藤谈一谈，探探底。不管怎么说，本多父子乃是谱代大名，石见守即便自称大久保，仍是后进。万一两家矛盾激起，必是石见守落下风。故此次石见守才先把有马修理大夫扣押下来。其实，此乃本多正纯建议他主动躲避争端的办法。”

“哦？”

“若任由谱代大名傲慢下去，就不好管束了。若一味由着他们，三河的荣耀将会蒙尘，这些，先生同意吗？”

这时，下人奉上来凉麦茶。二人默默用着。

“德有斋先生。”

“大人。”

“利休居士生前便常说一期一会啊。”

一再听到“一期一会”这说法，光悦睁大了眼睛，道：“您有了一期一会的体悟？”

“这句话……越想越有深意啊。”

“是啊，其实，我亦正好想到了这说法。”

“但有几人能体念到它的真意呢？”言罢，胜重便住了口，下面的话似是让光悦自己考虑，自己体会。光悦似无奈地掉进了胜重下的套。人生不过是一瞬的累积。珍惜每个瞬间的相会，为了瞬息的相会倾尽真心，这便是茶道的主张，是能丰富人生的真意。幸福、充实、太平、荣耀……茶道教诲世人，成功之途只在于此。

“世人多是口中喝茶，心中无茶，并未真正领会一期一会的真意。”光悦道。

“我……”隔了半晌，胜重道，“有时候，我会数数身边的人。当今世上，真正领会了‘一期一会’真意的人，首先是大御所大人，其次为德有斋先生。也有人拼命努力追求，想要达到此种境界，然而，对风花雪月了然于心，并以无限喜悦奉行一期一会之人，世间实寥寥无几啊！”

“我？不敢不敢。”

“其实，大御所大人每日诵佛。这种修行，说明他心中时时刻刻充满诚意。大御所大人在纸上书写佛名，德有斋先生脚踏实地。人生只有一次，在这一去不返的时日刻下真实的足印。胜重以你们二人为师尊！日后如有所悟，还请不吝训诲。”言罢，胜重脸上现出微笑，轻轻拍了拍胸口，“先生的忠告，永生不敢忘记。”

光悦突然抽泣起来，这种感伤绝非微小的感情波澜。在这无垠的空间和无尽的时间之中，自己和胜重活在同一个时日、同一片土地上，多么不可思议。这是他真切体会到的感动。“一期一会……”光悦低声念着，唇边浮起微笑。

光悦离开所司代府上，却惊奇地发现自己的双足居然未往自家去，而是朝着角仓与市宅邸而去。

角仓与市本名吉田与市，严格说来乃是光悦的书法弟子。不知从何时开始，除了书法，二人开始一起品茶，渐渐变得志趣相投，成为半师半友。在世人看来，与市许与茶屋一样，都为光悦的拥趸。

角仓与市先前说过的话，正冷冰冰敲打着光悦的心。与市道，为了天下太平，必尽早令丰臣氏离开大坂城，这番话和今日数次被提及的“一期一会”的主旨，起了小小的冲突。

“让与市说出那样的话，罪过在于我。”光悦本是善恶分明之人，他对秀吉早有不满，真心佩服的武将只家康一人。然而，今日他为此备觉苦恼：我只是个器量狭窄之人，在这广袤的世间春秋往复，日月更迭，偶然降于同一个时世、同一片土地之人竟彼此憎恨，相互嫌恶，当是何等羞耻之事！

忘记了一期一会的茶道真意的乃是自己……光悦觉得，由于受了自己的影响，角仓与市才那般轻率地说出了应将秀赖赶出大坂云云。这世间的事并非那般简单。生于同一时世之人，不论为了自己还是为了他人，都应彼此真诚相待，方为上智。

我绝不认为必须将秀赖放在大坂。但反过来，决然地把他赶出去，乃是不智之旁观者所为。与市，拜托了，你必有良方，请你以宽大之心为天下苍生念，怎样才能在不引起祸乱的情形下，让秀赖自己离开大坂城？

光悦觉得，不把这些说出来，心里无论如何也不能踏实。也许因为方才被板仓胜重大大赞美了一番，再想到家康现在也许正在骏府虔诚地誊写“南无阿弥陀佛”，光悦觉得，自己也须一步一步在大地上刻下《南无妙法莲华经》。

对，这便是一期一会，我就低头恳求与市，为了可怜的秀赖多多运用他的智慧与慈心吧，光悦寻思……

二八　命有反骨

庆长十六年冬月初，伊达政宗提出，正式将浅草施药院的索德罗神父邀请到府中布道，这并非因为女儿——松平忠辉夫人的热心推荐。起因是，他去江户城时，将军德川秀忠怃然道：“大御所寸暇不歇，每日净书佛号，据云已完成一半了。”

今岁伊始，德川家康身边不断有人故去，使得他的无常之感益发强烈。政宗也知，自正月以来，讣告接连不断。正月初三，由良国繁殁；正月二十一，岛津义久薨；二月初六，火枪名家稻富一梦身故；二月二十七，山科言经又去。家康赴京期间，亦多有讣告接踵而至。三月二十三，本多康重亡故；三月二十四，北条氏胜故。政仁亲王（后水尾天皇）即位大典之前，四月初七，浅野长政薨，享年六十有五。

大坂的力量就此大大削落，有感于此，政宗尽快促成了家康养女和儿子忠宗的婚事，于四月下旬与德川再结姻缘。

接下来，又有人不断故去。六月初四，真田昌幸故；六月十七，堀尾吉晴故；六月二十四，加藤清正故……

得知真田、堀尾和加藤相继亡故，连政宗都心有戚戚焉。他不只是对生死存灭感到忧惧，还为丰臣氏黯淡的命运幽思。就在不久之前，加藤清正还为了筑造史上最华丽的城池，搬石运木时始终打头阵，胡须拂荡于胸前……此情此景亦永远不再。

浅野、真田、堀尾和加藤，都是大坂的忠诚追随者，即使器量和心念有别，也都忠贞不贰。这群人好像被一起勾走了，离开了这个世间，这是否在暗示什么？真田昌幸年六十五，堀尾吉晴年六十九，也可谓天寿。然而，加藤清正才五十一岁啊！

接下来，德永寿昌七月初十殁，名医曲直濑正琳也于八月初九离世，他才四十七岁。随后，大久保忠邻之子忠常也离开人间，年仅三十二。为此，忠邻情绪低落，近来基本不再奉公。

然而，伊达政宗特意把索德罗请来布道，自然不仅仅因为悲叹人世无常。

政宗令家臣将索德罗的随从带到别室招待，只留索德罗一人于自己房中。“索德罗先生，初次见面。我乃伊达政宗，你可记得？”

索德罗愣了一下，看着政宗。

是日虽为二人初次正式会面，然而过去见过远不止三五回了——为了给那个洋女人看病，两人谋面有十次以上。

“想起来了。对，鄙人记得。”过了许久，索德罗方重重咽了口唾沫，点头不迭，却有些奇怪。他听说，政宗学会了面包的制法，在放鹰狩猎时派上了用场。

“索德罗先生可是躲过一次大劫啊。听说比斯卡伊诺将军的船触礁了！”

“是。这……”

“莫要找借口了。将军已然震怒，自然因为看清了你的心思，你为何不对我明言？”

索德罗的脸一下紧绷起来。他还不欲和政宗谈此事。因为被比斯卡伊诺逼迫，才让船触了礁，然若事情未泄露出去，谁也不会察知真相。

比斯卡伊诺将军是作为墨国军队头领，以班国国王和总督代表的身份到日本答谢，其实，他乃是个贪婪的冒险之人，真实目的便是到黄金岛探宝——他对这等下作之事自会尽量保密。

“那……将军对此……”

“先回答我的问题！为何不事先对我明言？”

“实在是比斯卡伊诺卑鄙，鄙人羞于启齿。”

“哼！你可知，因为我不知情，正在引起一场大乱？”

“呃?！这……这……鄙人可万万未料到。”

“若非如此，我亦不会把你叫来。”门口只有一个年轻的带刀侍卫，政宗的姿态非常随便，旁若无人地纵声大笑，“好了，索德罗先生，我已不欲认真听你传道了。不过有一大事，我不得不好生听你说说。将军身边有一人，对于我与你的往来，可是知道得清清楚楚。”

“大人说的哪一位？”

“大久保长安！”政宗急急地吐出一串话，“你不会真不知尼德兰和英吉利都在平户设了商馆吧？你也不可能不知那些商馆的人到将军和大御所处所欲何为！”

索德罗慢慢平静下来，脸上恢复了一贯的傲慢神色。他当然不会不知出入平户的尼德兰人和英吉利人的事。就像葡国和班国传教士们无所不用其极地辱骂他们一样，尼德兰和英吉利的传教士们，也公然宣称旧教的传教士都是菲利普国王的侵略前锋。

“此事鄙人甚为清楚，反倒是比斯卡伊诺将军的事很难说出口。”

“你清楚？”

“是。鄙人知道。”

“你不知道！”政宗突然拍打扶几，斥责道，“你以为比斯卡伊诺要做什么？他奏请上边，准许自己延迟回国，直至新船造好，又从按针那里借船，现已开始探测江户湾了！”

“所以，那些，都是他那卑鄙的寻宝……”

“住口！黄金岛本就子虚乌有，休要再提！不过，你可知尼德兰人一旦得知真相后，会怎生和将军交通？他们必道，在欧罗巴，绝不允许开其他国家，尤其是军队探测本国国土或海岸的先例。若连这些都纵容了，必会很快兵临城下。比斯卡伊诺已开始探测，便说明班国皇上有侵略日本的野心，此乃他事先打探停船地点，不立刻阻止此事，必生大祸。”

索德罗脸色惨白。然而即便如此狼狈，他也不会乱了阵脚。

“这可真令人意外。”他断然否定道，“对于比斯卡伊诺将军，鄙人之前已再三说过，他不会有这等的野心。若大人令鄙人拿出证据，鄙人可把测量图呈与将军，反正将军也会有用到海图的时候。这样，也许能得到将军恩赦……”

“住嘴！”政宗打断他，“这种小伎俩有何用处？索德罗，你和比斯卡伊诺密谋，故意让船触礁，帮助他寻机测量日本近海。你这等险恶居心，明眼人一看便知，世人皆言当捉拿你归案。我好不容易才把事情给压下来，你竟还若无其事！”

“这，要捉拿鄙人？”

“哼！其他神父说，对索德罗可不能大意。比斯卡伊诺乃是班国使节，故不得轻易出手；但若把索德罗捉来，让他吐出实言……你到现在还是不知？”

政宗语气凌厉地诘问，索德罗终于不再说话。他唇角剧烈地抽动着，也许他确实未想到，事情竟已如此不堪。

看到索德罗被震住了，伊达政宗亦收回了利刃，寻思道，索德罗之机敏天下无双，一旦给他机会，他必可想出绝处逢生的计策。

“唉。”索德罗那浅蓝色的眸子锐利地盯着政宗，低声道，“这么说，鄙人被卷入大久保一党和本多父子的争斗中了？”

“正是。”政宗干脆地回答，“长安对本多正纯手下一个叫冈本大八的人施了火刑，你可知道？”

“是。”

“有马修理大夫也被没收了领地，由长安看押。事情对本多父子甚是不利。你和长安走得那般近，谅你对本多父子亦无好感。”

“大人言重了。”

“你既知深浅，为何迟迟按兵不动？呵呵，与长安颇为熟稔的索德罗，和比斯卡伊诺齐心合力，帮他把本来要回国的船弄得触了礁，比斯卡伊诺回头便去测量别国的海岸，而这在欧罗巴难道可以堂而皇之？”

“这……”

“另，那条破损的船被特意弄到堺港，比斯卡伊诺方得以面见大坂城主丰臣秀赖。比斯卡伊诺竟放出话来，说有必要时，班国国君会派大兵船帮助秀赖。”

“这……这些话，难道也已传入将军耳内？”

“哼！大坂城中，丰臣德川的人各占一半呢。”

索德罗脸一沉，把头别向一旁。他感到，将军既然已经知晓，事情便不会那般容易平复。眼前姑且不论政宗有何打算，他必先为自己好生算计一下了。

“你好生想想吧。冈本大八事件会让本多父子承受世间诸多误解，极为不利。无论如何，大八诈取的银子实在太多，真是他一人得了吗？世人种种疑惑，本多父子岂能摆平？所以，把你这个长安的亲信捉拿起来，要从你嘴里吐出：把比斯卡伊诺留在日本，让他得以测量海岸，让他见秀赖，都是长安的指使。有人这样托我了，我不得不依计行事啊。”

然而索德罗却非被这三言两语迷惑之人，“陆奥守大人，听您这么一说，此事对将军来说确是大事一桩！不过，比起鄙人来，大久保长安和大人更亲近，还是贵东床的家老。若对长安道，此事亦曾和陆奥守大人及上总介大人商议过，会怎样？鄙人听大人的吩咐。”

索德罗只能紧紧咬住政宗不松口。政宗叫他来，心中自有胜算。他只有先冷静地分析政宗的意思，再寻找破绽。

索德罗又道：“贵国有句谚语：穷鸟入怀，猎人不杀。索德罗本是一只可怜的穷途之鸟。实话说，比斯卡伊诺在大坂城说那番话时，鄙人也很为难——居然和如此愚蠢的人同行，鄙人的辛苦将成为泡影啊。但那个被黄金蒙住了心灵的小丑不会明白，他就知得意扬扬地大吹大擂。的确，此事若与测量海岸之事联系在一起，追究下去，我等百口莫辩。陆奥守大人，请您救救这只可怜的穷鸟！”

政宗动了动嘴唇，沉吟片刻。他方才一开口，就严厉地表现出毫无转圜余地之意，已使索德罗瘫软如泥。政宗天生有反骨，亦有在任何情况下都可转危为安的自信。

“真是麻烦的家伙啊！”政宗吐出一声叹息，“你先写一份恳求书吧，把你如何受比斯卡伊诺逼迫，以及他的真实目的都写下来。那厮表面上为班国使节，实则居心险恶，恶事做尽，还敢招摇撞骗，四处游走。你要郑重地恳求将军，尽早将其遣返。”

“唔。”

“另，你说因为他想参观大坂城，方与他同行，却未料到他竟放出那样一番厥词。让此人长期待在日本，恐会给全体传教士带来麻烦。他测量海岸虽说是为了寻找黄金岛，但是测绘图万一落到他国手中，将不利于日本，故才会拼了性命也要把图取回来，或者令其献与将军。最后，为了报答将军大恩，你欲再造大船，为交易尽绵薄之力。”

“陆奥守大人会交与将军？”

“暂无别的法子了，同时我也会进言。索德罗乃是对日本未来发展不可或缺之人，故不能将你和比斯卡伊诺及大久保长安同等视之。”

“呃，和大久保长安？”

“是！不喜本多父子的乃是长安和相模守啊。你即使不得不偶尔与之往来，也不会真心将他们引为知己。说出了这个意思，穷鸟便能飞出来了。”言罢，政宗的表情变得深沉起来，陷入沉思。

政宗再次从头思索整件事情的经过。那条触礁的船其实并未破损到不能修理的地步，这个事实已传到将军秀忠耳中了。这让政宗心中无比焦躁。比斯卡伊诺强迫索德罗，索德罗亦担心做不上日本大主教，才答应与之联手。

秀忠却是甚为清楚，“索德罗奸诈，不可小觑。他嘴上说为了扩大和日本的交易，不只是墨国，连英吉利和罗马都会利用，实际上他只是不想离开日本。”

政宗听将军这么一说，感到背上嗖地凉了。确实如此，索德罗便是想继续留在日本，支配所有教众。

“听说那条船还未坏到无法修理的地步，似是特意沉到港口附近，乃是为了去大坂城拜访秀赖。陆奥大人也留心着些吧。”秀忠这样提醒政宗，说明他已经知道伊达和索德罗的关系。也许在秀忠看来，索德罗出入松平府上，是为忠辉夫人传说教义之故；但和大久保长安亲厚，还经常见政宗，事情便有些复杂了。政宗当时只好回答：“以传教的名义把索德罗叫到舍下，让在下试探试探他的心思。”故，今日政宗和索德罗相会，将军亦早就知道。

“索德罗先生，恳求书的事就这样办吧。另外还有一事放心不下。你要如实回答。”

“当然。鄙人怎敢欺蒙大人？”

“将军为何会知船并未破损得很严重？你估计是谁说给他的？”

索德罗缓缓摇了摇头，“也许……是在我等去大坂的时候，港口的船夫接近那条船时看到……船虽然看上去破损不堪，但开到堺港时还未沉呢。”

索德罗方才回话时口气虽然轻松，脸上却笼上了一层微妙的阴云。

“你处理事情思虑周到，未让船立刻沉没，定有什么理由，说吧。”政宗觉得，他肯定会说些实情。

索德罗垂下眼睛，沉默良久。“其实……”他看了看周围，道，“有些事，使鄙人实不忍把那船弄沉。”

“不忍弄沉？”政宗不急不慢问道。

“是。有人私底下对鄙人说，把船悄悄转移到别的地方，能派上用场。他请求鄙人。”

“噢，谁？”

“这……能不说此人吗？”

“你自便！不过，你要是连我都不说，我能帮的自然也就有限了。”

索德罗很为难地绞着手，“鄙人就说了吧！他和大人东床上总介有些关系。”

“这么说，是大久保长安？”

“是。鄙人对石见守说了被比斯卡伊诺将军胁迫一事，他便托了鄙人。”

政宗悄悄向前挪了一下，“你认为石见守有何目的？”

“他说，是为了上总介大人走向世间海域。”

“世间海域？”

“将军现在万事都听大御所吩咐。但大御所年事已高，不知哪天就不在人世了。到那时，上总介大人……”

政宗听不下去了。照这样下去，等家康一去，将军兄弟必陷入纠纷。

“你既接受如此重托，为何从大坂回来之后，却又把船烧了？”

“在大坂城，比斯卡伊诺说了一堆大话。索德罗绝无挑起大坂江户之争，让将军兄弟相残的心思。但将军要是知道鄙人把船交给石见守，鄙人乃是百口莫辩。”

政宗松了口气，重重点头。这似是索德罗的心里话。即使他希望掌握教会大权，也不希望日本再次陷入战乱。

“这么说，你在大坂城里感觉到，江户和大坂会再起纷争？”

“正是。”索德罗悄悄看了看四周，“若出现了鼓动之人……嗯，居心不良之人恐有可乘之机……鄙人当时就这般认为，故赶紧就把船弄沉了。”

政宗把视线转向院中，外面不知何时下起了冰冷的雨。

政宗心头涌上一阵奇怪的空落之感。在他看来，眼下似谁也不具“野心”。他完全了解索德罗的本事，大久保长安也有让他须多加留心的一面。长安和身后的大久保忠邻只是随随便便烧了把火，就在有马晴信和冈本大八之事上起了关键作用。若有人巧妙地煽动了大坂，天下必再起烽烟。

更值得警惕的是，连索德罗都能想到，家康身后，将军和忠辉兄弟起纷争，几是势所必然。

政宗和本阿弥光悦的思虑完全不同，他不会愚蠢到草率地露出自己的尾巴，但对别人的蠢蠢欲动饶有兴味。他相信，即使自己牵连进去，亦能毫发无损，游刃有余。其实，索德罗吐出实话之后，政宗很是失望：这小小荆棘上面虽然布满了刺，也不过尔尔，若真想维系太平，应该勇敢地去挑战更大的风浪。

酒菜摆上来后，政宗道：“来来，天气凉，喝些酒暖暖身子吧！”他把红色的大酒杯递给索德罗，自己试了试毒，心头又涌上一阵古怪的感觉：日后的世间将以和为贵，还需要这般试毒吗？太平这东西究竟有益无益？

“陆奥守大人认为大坂和江户之间不会有战事？”

“这……要是无甚大争端，当不至于。仗哪会那般容易，说打就打？”

“是，故鄙人才急急把船弄沉了。”

“哈哈，恐怕大坂城里，正有人希望来一场势均力敌的大战呢。”

“是。偌多人都这般想。故，若尼德兰人、英吉利人煽动，这……”

“好了，不会，根本不能。我亦会在将军面前斡旋，你别忘了方才说的恳求书。”政宗说罢，为了掩饰不快，举起筷子。

伊达政宗特意把浅草施药院的索德罗请到家中布道一事，很快在江户流传开来，甚至已从各大名在江户的府邸传遍天下了。

政宗从六岁始便接受远山觉范寺虎哉禅师的教导，使他成为一名豪气冲天的武将。那虎哉禅师出生于美浓方县郡马驰，乃同为美浓出身的名僧大通智胜国师快川的弟子。快川于甲州惠林寺被织田火烧之时，大喝一声“火甚凉”，之后方圆寂一事，始终流传于斯时的武将之间。虎哉禅师乃一代俊才，他跟随快川和尚研习，刚满二十岁便被称作“少年上人”。

伊达政宗之父左京大夫辉宗在政宗刚出世，便为他起名“梵天丸”，并在僧侣之中为他遍寻名师。元龟三年，政宗六岁，虎哉禅师被招到米泽近郊的资福寺，成为政宗的授业之师。政宗现四十六岁，和虎哉禅师之间已有了四十年的师徒之谊，此事世人尽知。现在政宗居然要洋教士布道，这自然会成为众人茶前饭后之议。

有人认为，政宗是受女儿影响，有人则说是大久保忠邻劝他信教，也有人认为，事情绝非简单的信奉问题。政宗这位武将比世上寻常僧侣更是虔诚，此次的目的不是为了信奉，他恐怕乃是打算利用洋教开展海外交易。议论纷纭之际，也有人站在中间立场，两面讨好，说政宗既可能受了忠辉夫人的影响，也可能因为大久保忠邻和长安的劝说。但政宗却非这般轻易就改变信奉之人，他总忘不了“利用”二字。

然而，在这个时候，又有另外一个话题流传开来。索德罗将被幕府捉拿，判处死罪。此事早就众说纷纭了。传云，索德罗自己分辩，他坐上了比斯卡伊诺将军的船，一不留神导错了航，船才触礁而沉。这番说辞激怒了将军秀忠，斥索德罗为刁猾之徒。众人虽作了诸多努力，似毫无挽回的余地。故索德罗已被捉拿归案的传言甚嚣尘上。

流言这东西，古往今来都具有神奇的力量，有时能撩拨人心，引导议论朝着良善的方向发展，有时却会引发难以挽回的暴乱。

一听浅草施药院的圣人索德罗要被抓起来，江户的贱民们立时团团围住了病院。差役要来抓索德罗，必从贱民们中间通过。

这样的骚乱绝不只发生于浅草。散布在全国各地的洋教信徒遥相呼应，最终恐变成比昔日的一向宗暴动还要严重的大骚乱。

神田的某长屋中，关原合战的残众正擦着大刀蠢蠢欲动，欲趁这恶风重出江湖。“那些浪人的事我也知道。那帮人每日对着太阳击掌祈祷：天下大乱，天下大乱……”这些传言不知有多少真实成分，然而町奉行土屋权右卫门由政已为此令暗探进入闹市，加强警备。

一日，伊达政宗来到江户，在本城的小书院和将军秀忠见面。

秀忠把胞弟上总介忠辉的岳父看作父亲的战友，对他甚是尊敬，言语措辞也甚恭谨。他甚至未让本多佐渡守和土井利胜留在身边，只有柳生宗矩面朝院中的冬日枯坐。

“陆奥守大人认为索德罗翻不起大浪？”

“就像他的恳求书中所写，索德罗是因为受到比斯卡伊诺将军的胁迫而屈从，仅此而已。”

“但我听说，他还带着比斯卡伊诺去拜见过大久保相模守。”

“我想，恐怕也是被迫。”

“唔。”秀忠在言辞之间对这位独眼武将无丝毫轻慢，却也未流露自己的感情。他神态冷静，举止得体，然而谈话绝非敞开胸襟。他把每一字每一句都在心中反复掂量咀嚼，然后继续思量。真是滴水不漏之人——政宗时常都有这种感觉。

“其实，最近大久保相模守一直没来过。”

“是不是身体不适？”政宗想起来，“还是因为爱子新故，情绪低落？”

“嗯，我也这般想。听说忠常亦是虔诚的洋教信徒。”

政宗心中一震：将军到底想说什么？“听说忠常仅三十二。”他又把话题拉回来，“正当盛年啊，白发人送黑发人，确是难以承受之痛啊。”

“故，多要留神。索德罗乃是洋教的人，把其他信奉都叫邪教。”秀忠冷静地继续道。

“哦……哦？”

“人有强有弱。相模守若把儿子的死归咎于信奉邪教，恐会扰乱心神。”

“恕在下失礼，但我觉得，索德罗不会朝着这种小小弱点下手。”

“哦……”秀忠微微侧头，“要是由着相模守性子下去，关于各地洋教蜂起的传言，便会激起大浪。若有人煽动说，连大久保相模守也支持洋教，最近才不奉公，那时当如何是好？”

伊达政宗道：“将军就严令他奉公吧。”

秀忠轻轻摇头：“如何处置索德罗？”

“想先听听将军的意思。”

“其实啊，”秀忠又转移了话题，“尾张犬山城主平岩亲吉在名古屋城辞世，大御所似有所不满。”

“平岩大人……年事已高了吧？”

“是啊，七十了。”

“即使寿辰已高，但死在前面仍是不忠，故大御所才有所不满吧。”

“正是。”

平岩亲吉亡故于刚刚建成的名古屋城二道城。从家康在骏府为质始，亲吉便与他甘苦与共。对秀忠来说，亲吉乃是德川重臣，既教导了兄长信康，又是义直老师。故秀忠才特意派阿部四郎五郎正之去名古屋探望。在此期间，亲吉亡故，亡故的地点又在新名古屋城内，便成了一个问题。

这位把一生都给了德川的老人，心里必对新名古屋城城主义直极为不舍。此时他已身居从三品右近卫权中将，仍不想离开，便死在了名古屋，未回到自己的犬山城。

然而听到这个消息时，家康甚为不快。他已料到事情可能发生，才派了成濑正成和竹腰正信二人前往名古屋城。家康觉得，亲吉不应以一介老朽之躯留在名古屋，自应回犬山城将息。

“大御所也真是强人所难啊。平岩大人可谓寿终正寝，生死有命，非人力……”政宗故意笑道。

秀忠不笑，他表情严肃道：“大御所道，不论如何老迈，临死之前失去理智，乃是修炼得不够。”

“哈哈，可真固执。师父虎哉禅师也曾教训过同样的话。”

“陆奥守大人，你觉得大御所说得过了？”

“岂敢。”

“被托付以天下之人，修炼得不够可非天下之福。故我思量，平日便当作好准备，在离开人世时才不致后悔。”

“将军胸怀让人敬佩。”

“哼，索德罗……”秀忠正了正衣襟，“此恶不除，天下难安。”

政宗吃了一惊，看起来秀忠比自己想象的更加认真。“将军这样考虑，政宗自然毫无异议。”

“轻易采取措施，会被人笑为思虑不周。如陆奥守这般老成持重之人，居然拿来了恳求书，其中必有缘故。”

政宗感觉心里一跳，浑身冒出汗来。秀忠的态度比他想象中更严厉，他只能拿出更为强悍的本事来应对了，“哈哈，这般说，将军认为在下乃是为了替他求饶？”

“不。索德罗乃南蛮之人，不过我不了解南蛮人天性如何。故，把他捉拿之后，绝不能传出些莫须有的事情扰乱视听。”

“在下听说索德罗还到松平忠辉大人府上去过，亦去大久保相模守、大久保石见守府中布过道。也许此中他无意间说了些奇谈怪论。”

“陆奥守大人！”

“在。”

“秀忠不会将世人的风言风语放在心上。”

“是。”

“秀忠想知道，陆奥守是否想救索德罗一命。”

政宗的独眼眨了眨，心里大为不快，但秀忠所言无可辩驳，故他愈加不快。

“将军，在下有些不明白。”政宗故意向前探了探身子，“您似在说反话？”

“哦？”

“在下年轻时便追随大御所，如今与大御所乃是亲上加亲，无人不知在下蒙受的恩宠。”

“这……正因为如此，秀忠才毫不隐瞒……”

“将军大人！”政宗抬高了声音，“您为何不能明明白白吩咐？索德罗被捉拿归案，是让在下救他，还是莫要管他？”

“唔。”

“政宗与将军大人一心同体，将军大人如何想，我便如何做。”

“……”

“将军莫要多虑。政宗办了恳求书之事，乃是为了让将军多知些世间之事。老话说，盗贼也有三分理，将军只听身边人的说辞，便会困囿了眼界。此乃大御所时刻不忘的训诫。在下知各人有各人的本分，决断由将军下，在下只需奉命不误。”

秀忠微微点点头，静静闭上了眼睛。政宗心里又来了气，却不敢再多说，一言不慎，恐有大忧。

“嗯……”过了片刻，秀忠睁开眼睛，“那就这样办吧。先拿住索德罗，毕竟是他把船弄沉的。非说他故意，即便是过失，也须问个清楚。”

“遵命！”

“拿人，亦当有理有据。”

“是。”

“要是让他说出些不好听的话，就无趣了，我想让陆奥守搭救他。”

“搭救？明白。”

“好，既然陆奥守要帮他，就把他交给你了。只是，他不能再住在江户。”

“是。”

“其实，最好把他遣回本国。”

这不正是沿着政宗一开始就想好的方向发展了吗？政宗平伏于地，深深施了一礼，“将军英明！在下佩服得五体投地。”

言语是个奇妙的东西。若对方是家康，政宗不会这般赤裸裸地奉承，因为言语会反映出对方在自己心中的分量。然而秀忠毕竟还嫩，不足挂怀，至少比自己还差得甚远。念及此，政宗也就能坦然地说出违心之语了，这也便是常言所谓“玩弄于股掌之间”。

秀忠轻轻叹了口气，他在终于说出“饶索德罗一命”之前，已经费了不少心思。

“那么，我命令土井大炊协助你，可好？”

“明白。在下绝不辜负将军。在下命令索德罗早早回国，造出更多的船。”

“你让他这样来赎罪？”

“是。有才不用，罪若杀人。在下会与负责船务的向井将监商议，想法为将军造出更气派的军船！”

“好！”

秀忠就这样掉进了政宗的圈套，毫无还手之力。最近，将军幕僚对大名建造“巨船”有些反应过激。而如此一来，政宗等于让将军亲口允许他建造巨船，只是秀忠似并未意识到这些。

“将军，您是否知，索德罗此举乃是因为想留在日本？”

“因为日本乃当今世上少见的太平国家？”

“不不，非也。他想做包括日本和大明国在内的大主教。”

“大主教？”

“正是。也就是洋教在东方的住持和尚吧。最大的住持在罗马。”

“哦。”

“故，若将军赞成，我欲再稍用用索德罗。”

“除了建造军船，此人还有其他用处？”

“正是！让他作为日本的使节去罗马，他必欣然接受。他与其在日本做些小差事，不如直接参见大主教，得到大主教的承认。当然，他能得到的好处和将军的好处不同。若想将日本的交易扩大到欧罗巴，便需起用合适之人。索德罗能乘风破浪，些须值得一用。”政宗若无其事说完，突又转移了话题：“啊，已申时了，就此告退，不扰将军处理政务。”他再次双手触地，恭敬地施了一礼。

二九　命如虫豸

眨眼时入庆长十八年春，大久保长安突然生出人生苦短之感。近年发生诸事，以及熟识之人接连不断亡故，让他这个甚为自负的人也有些伤怀。

冈本大八施以火刑时，长安还神采飞扬，毫无自危之感。然而，自从有马晴信切腹自杀后，他的自负开始动摇了。有马晴信年仅四十六。长安本欲先把他关起来，再寻机会放他出去。另，不管世人如何议论，大久保忠邻的地位依然稳如富士山，绝不会被本多父子的专横吓退。除此之外，家康对长安亦十分信任。然而，对大八行刑后两月，有马晴信突然被令切腹，匆匆去了。

之后不久，长安年轻放浪时便引为知己的近卫前久辞世，时年七十有七；接着，家康女婿蒲生秀行也殁世，年刚三十。近卫公在长安还是手猿乐艺人时，便不顾身份地位和长安来往，他于古稀之年辞世，长安心中并未特别伤感，但蒲生秀行年方三十，两厢比较，长安便觉心中悚然：黄泉路上无老少啊。

正当长安心生不安之时，正亲町季秀随之故去，然后是大友义乘、内藤信成，和他亲近之人接连不断从这世上消失了。

到了庆长十八年，生死亦在长安周遭逡巡。正月二十五，妻族的池田辉政亡故，时年五十。和长安在政务上关系密切的天野康景故于二月中旬。未几，原关东奉行、长安的姻亲青山忠成离世；大坂的小出吉政亦故去，时年四十九。

长安不得不开始思量自己的年纪了。他也已六十有九，虽很少有人把他看作六十多岁的人，然而岁月不饶人。

此日，长安在院中用火烧着聚集在樱花树下的毛虫。他让三个年轻侍女在竹竿前端缠上破布，浇上油，在一旁候命，自己先去寻虫子。看见一堆幼虫，便用火烧将起来。这时，他突然想起阿幸。阿幸的尸骨现沉在哪条河中？一瞬间，他感到天旋地转。

“啊！”一个侍女把着火的竹竿扔到地上，扶住长安。

“危险！你把竹竿扔到那地方，要是着火了如何是好！”长安左手撑在樱花树干上，呵斥那侍女。

侍女并未放开长安，她大声道：“快来人啊，大人他——”

长安怒目圆睁，制止道：“小声些！别人还以为我怎的了。”

侍女们急忙把火踩灭，旋又围在长安身边。长安靠在树干上，闭着眼睛——我不过一点眼花，怎的就大惊小怪？我尚如此健壮，在侍女们眼中，真已那般老迈了？

“好了。小声些！把我吓一跳。”

侍女们面面相觑，松了口气。

“我啊，还硬朗得很呢！年轻时就爬山锻炼，和你们这些人可不一样！今后不许你们随便嚷嚷唤人，需要的时候，我自会吩咐。”

侍女们却交换了几个意味深长的眼神。

“怎的了？怎的了？”

“这……”一个蹲在稍远处的侍女回道，“最近，这周围有鬼。”

“鬼？哈哈，现在可是白天啊！休说傻话！”

“是。”

“你们谁看见过？”

另外一个侍女诚惶诚恐抬起头，“奴婢看见过。”

“噢，你是池田夫人的婢女吧？真的在大白天看见过？”

“不，是在黄昏时。她站在这棵树下，朝奴婢招手。”

“哈哈，那鬼是谁？”

“是……”侍女犹豫了一下，“是阿幸夫人。”

“阿幸？”长安的嘴唇刷地失去了血色，“你们是夜里睡得太少，白天打盹儿了吧。回去！”

长安被侍女们搀扶着走了两步，突然脚步踉跄。他当然不信侍女们的鬼怪之说，不过，他刚才无意间想起来的女人，和侍女们说起的女鬼皆是阿幸，令他不快。

人若有灵，像阿幸那样的女人也许真会变成鬼呢。

长安不再烧毛毛虫，在侍女的帮助下回到房里。他道：“不过，阿幸要是来了也好。现在没个人陪我说话，真是无趣啊。”

“大人说什么？”搀扶着他的侍女问。

“哦，我，说了什么？”

“大人说要叫人来陪您说话？”

“啊，是吗？好，那就叫吧。我好生吊唁吊唁她。那女人要是无我祭着，恐怕没法成佛呢。”

“呃，大人是要唤……阿幸夫人吗？”侍女顿时全身僵硬。

“是。不是有返魂香吗？听说点上那香，鬼魂就会出来。”

“这……那香，置于……于何处？”

“哈哈，要有的话，我早就烧了！没有那种东西，故也无鬼魂。”言罢，长安又附在侍女耳旁道，“好了，别再说这种话了。”

“是。”

“关于鬼魂的话休要再说，我头晕的事也休说出去。”

侍女默默把长安扶到廊下，搀他坐下，“大人，奴婢给您铺张垫子吧？”

“为何？”

“您的身子……”

“我非病人！我在这儿看着，你们再去烧虫子。太阳已快落山了，到明日虫子就会大许多。”

“是。”

“小心火。休令人笑话咱们的宅子被毛虫的怨灵毁了。”

自己为何念念不忘虫子？长安感到有些吃惊。一旦着手做某件事，便不会后退，此乃长安的天性，倒也不是一定要对毛虫怎样。

婢女们知道长安的身体并无大碍，便着他的吩咐，回到院中，重新点上火。长安觉得，那火的颜色比刚才更是鲜艳。

“真好看啊！”

要不是担心发生火患，他也许会让侍女继续烧到夜里。在宅里自是危险，若是到城外的梅林，举着赤红的火焰，在树林之间游弋的女人，身影该是多么诡异而美丽啊……

长安正浮想联翩，一阵难闻的气味突然钻进他的鼻孔。是毛虫燃烧时发出的气味？长安突然想起与之相似的另一种气味——焚烧冈本大八时发出的气息……

长安摇了摇头，抬手想把鼻子捂住，忽又想到，冈本大八那像虫子一样的东西，把他烧了有何不好？大久保长安总是无误，总是大步流星，到了这把年纪，却为了不留遗憾而得过且过，我可非这种人！

屋里的侍女端了药汤出来，“请大人用药。”

“谁叫你端来的？”

“公子和夫人。”

“你告诉他们，我无病。”

夫人乃池田辉政同族、本愿寺显如上人心腹池田赖龙之女。不知道受了何种影响，她竟成了热心的洋教徒。她并非长子藤十郎的生母，乃是藤十郎出生后很久、长安功成名就之后迎娶的女人。她生了两个孩子，年纪尚轻，姿容端丽，但张口必及天主，更不能陪着长安喝酒欢谈。她一劝长安洗礼，长安便道：“等我死了再做吧。”最近，他觉得她太聒噪，干脆不接近她了。就是这位夫人和儿子藤十郎，真正如此关心长安。不过，藤十郎的年纪和夫人更加接近，他们之间的感情似有些超越了母子之情。藤十郎之妻乃信州深志城主石川康长之女、石川数正的孙女，亦为长安为巩固地位而请大久保忠邻游说后娶进门的。她太过柔弱，现在也被池田夫人所劝，成了热心的洋教徒。少夫人天性善良，完全相信婆婆为虔诚的信徒。

长安喝了一口药汤，眉头皱了起来，“他们定觉得我是心地恶劣之人。”只喝了一口，他便把药汤放下了，无意中朝院中看了一眼，低声喃喃道：“唔……真是阿幸啊！阿幸，你站在那里干什么？”

院子里暮色沉沉，无边无隙的黑暗正在拉开大幕。已经无人烧毛虫了，何时开始变成这样？难道是竹竿上的油已烧尽，众人都已退下了？

“阿幸，叫你过来，不明白吗？”

在一片昏暗之中，只有阿幸站立的地方微微发着光，衬托出后面矮木的一片灰暗。“唉，你真的来了啊。我始终等你来呢……好，我出来迎你吧。”长安撑着扶几想站起来，不意猛然向前仆地，只是他并未意识到自己已然倒了。

长安蜷曲着身体，腰顶在扶几上，低低呻吟着。但他脉息仍存，心中清楚。但在他的身体倒下时，他的灵魂似轻飘飘地脱离了肉身，朝院子飞了去。

“阿幸，你死在哪里了？”

阿幸没有回答。她伸出手，握住了长安的手，那只手不温不凉。

“你这女子总是不言不笑，唔，即使快心时也不笑。”

长安被阿幸拉着手，静静地在院内草地上走着。周围逐渐变成青灰色，难道月亮已经出来了？长安突然寻思，然而四周太过安静，他说不出口。

“大人烧了不少毛虫呢。”阿幸突然说。

“是啊。要是不管那些虫子，好好的树叶都被它们糟蹋了。”

“大人您喜欢那种味道吗？”

长安吸了吸鼻子，没有任何味道。

“阿幸，要去哪里？”

“去黑川谷。”

“黑川谷……你摔下去的地方？”

“不，是被推下去的地方。”

“在我，是你掉下去的地方；在你，是被推下的地方？”

“接下来的旅途很是漫长。”

“无妨，反正有你在身边。”

“但是我半路上就会离去。”

“半路……半路指何处？”

“我像毛虫一样在黑川谷被烧掉了。”

“啊，你……你也混在那些尸体里了？”

“烧了之后便被埋了。在黑色杜鹃花下……”

“然后，你就一直待在那里？”

“是，本来要长眠于彼，又被召了回来。就大人一个人……”

“阿幸，走到哪里草都这么灰，难道……这是……”

“呵呵，大人终于发现了啊。这是通往黄泉的路，甚是漫长。”

长安想使劲甩开阿幸的手，“来人！阿幸死了，变成神了！阿幸接我来了！”

长安被匆忙赶来的下人抬到洁白的被褥里，三个医士轮流给他把了脉，又检查了眼瞳。长子藤十郎木然坐在长安枕边，夫人闭着眼睛在胸前画十字。

“是中风。情况很是严重。”医士话音甫毕，藤十郎便猛地大声喊：“父亲！父亲！”

谁也无法得知，一个人在从生到死的旅途中会走过怎样的路，看到些什么。然而，有些人再也不能回首，有些人则得以在生死之间徘徊后，重返人间。这些人的回忆往往有一个共同处：行走在奇妙静谧的广阔原野上，唯原野呈现出来的色彩因人而异。有人说灰色，有人说一直是绿色，还有人说充满了薄紫色的光。他们是为了何样目的，去向何方？有过类似经验的人往往众口一词：在那时，他们刚开始想为何来此，便听到有人在背后叫唤，急回头一看，便重返人间。长安也一样。

“父亲！父亲！”长安也不知是藤十郎，还是次男外记，抑或是给青山成重当了养子的三男在呼唤，然而他终是折返了回来。

“啊，醒了。”长安听到医士道。

“我怎的了？怎的大家都来了？”长安已然忘记甩开阿幸的手后重

返人间一事。众人围坐在枕边，让他心中疑惑，想要问个清楚，却张不开嘴。几年前，大久保长安曾经假装中风，把秘密埋藏在黑川谷，这次却真的中风了！难道他冥冥中便知道自己最终会死于此病？长安发现无法说话，便动动身子，做出要说话之态。藤十郎以为长安要作什么手势，便让他伸出双手；然而长安双手只是剧烈地颤抖，丝毫动弹不得。

“大久保长安再次中风。”翌日，庆长十八年四月二十一，江户的松平府里得到消息。此时，忠辉去了越后的福岛城，人不在江户。江户立刻派人去越后。府里诸多事情除了长安，无人知道，长安自己也清楚这一点。张不开嘴、亦无法书写的长安，过了不到半日，便又陷入昏睡，鼾声如雷，如饮酒醉后或累极的模样。

“父亲……父亲……”

不只松平府上，大久保一门也有诸多事情要他一一吩咐。三个儿子不停地呼唤长安，这次却唤不回来了……

若把长安散落各处的子嗣计算在内，他应有七男两女。对此，长子藤十郎只是有所耳闻，父亲究竟有多少儿女，他也不甚清楚。长安所到之处便有女人，恐怕实际数字尚在此之上……现下，即使想问个清楚，也是不能了。

之后的四日三夜，长安仍是鼾声大作，完全看不出对“生”还有何眷恋。到了二十五日日暮时分，鼾声停止。不只鼾声停了，脉息也停了。

“大人归天了。”就算医士不说，大家也都明白：长安死了。

围在铺边的有五男一女、正室和两个侧室，以及十二个侍女，然而谁都不哭。经过了四日三夜的服侍，长安之死只是时辰问题，他们早就哭累了。藤十郎和外记都只茫然端坐。

长安身后事，万般茫然。

除了正室和两个侧室，于长安临终前赶来的十二个侍女之中，有多少人被他染指过，连藤十郎也说不清，也许无人幸免。最让人头疼的是，即使藤十郎和外记费尽心思堵上了其他私生子女的嘴，他们对于长安的交游也仍不清楚。先应将讣闻通报松平府和大久保忠邻府，然而，除此之外应该通报谁，他们皆是茫然。

女人竟开始议论长安的年龄。

“大人毕竟活到了六十九岁。”有人叹息道。

“非六十九，是六十五。”另一人更正。

“你们都错了。大人明明白白告诉过我，是五十八。”

藤十郎和外记呆住，沉默不语。岁数云云，必是父亲当日喝多了，胡乱与她们说的。

“不，是五十八，只是若太年轻就当总代官，会被大名轻视，才对外称是六十五岁，大人自己这般说。”

沉默许久，藤十郎和外记方命人把屏风倒过来，将父亲遗体挪到北面枕上。安置完毕，外记突然说：“接下来可不好办了。松平府和大久保府倒是无甚问题，然后该通禀谁家？”

藤十郎道：“必先通禀亲戚：信州的石川，备前的池田，江户的青山……当然，还当去骏府……”

外记的表情顿时僵住。

“是啊，最先必通禀骏府！”外记道。他妻子乃冈山池田辉政三女。池田辉政今年正月刚驾鹤西归，眼下府中正值孝期。方才，外记正想到要去池田府奔丧，突然便想到了骏府的大御所。辉政乃家康的女婿，自然会由骏府而想及家康。

“当先去向将军禀告，随后去大御所那里，行吧？”长子藤十郎不太确定地小声道。

“不。有了大御所才有将军。必须先禀报大御所。”

“是。让谁去？我们为丧主，不得离开。”

“这个自然。拜托服部吧。”

“唔，那就拜托服部正重吧。”

服部正重乃伊贺统领服部正成次子。长安当年果断地把长女嫁与了他，不消说，自然是出于自己的打算——若要准确掌握天下消息，采取行动，有这样的亲戚甚是必要。服部正重的妻子已于两日前从江户到了此处。由于她在长安逝前一直侍候榻前，非常疲倦，现正在内室歇息。

外记立刻去寻她，托她请正重去骏府。姐姐自然毫无异议，她派了脚力快的随侍抬轿子，连夜离开八王子，赶往江户。

对大久保兄弟来说，有了服部帮忙，方约略松了一大口气。然而即便如此，他们仍然比不上父亲那般考虑周全。此时应请松平忠辉派使者前来。松平忠辉生母茶阿局此时在家康身边伺候。先由松平府通知茶阿局，再将长安的死讯禀告家康，自会平静得多。他们却派长安的女婿充任使者。这个女婿可是服部一员，而服部一门对天下的任何风吹草动都尽在掌握中。服部虽未拒绝做使者，却也没忘记警戒，因为大久保长安的名声已天下皆知。

一旦长安身故，本多父子自然会大肆反击。那时，服部作为长安的女婿，如何是好？服部觉得，大久保忠邻和本多父子不合，必另有原因，细加思量，必是将军继位时之事引起。大久保忠邻保荐越前的秀康，本多父子则推举现任秀忠。从那时始，两家便结下宿怨，纠结至今……

三〇　长安事败

庆长十八年四月二十六，服部正重从江户出发，于二十八日夜抵骏府。在拜见德川家康之前，他先去了一趟本多正纯府上。

“在下乃服部正成次子，虽已夜深，然有要事在身，烦请通传。”服部正重请下人如此禀报。

正重旋被带进正纯的房间，似已睡下的正纯拥被而坐，身披一件羽织，旁无他人。

“你是正重？”

“是。”正重稳稳地笑笑，道，“大人可知在下为何前来？”

本多正纯皱了皱眉头，略带不快地低声道：“是令岳父亡故了？”

“正是。此事本应首先通知上野介大人。”

“石见守一生操心啊。”

“尊意是……”

“石见守和服部、池田都结了亲，却未留下一句遗言便仙去了。”

“大人也听说了石见守的一些传闻吧。”

“哦。”

“比如说，京城的所司代大人对石见守的做法颇为不安云云。”

“啊，这我知道。”正纯轻描淡写，随后微微笑了笑，“你既是女婿，自不能置之不理。”

“是。服部家一心为公，不会偏袒姻亲。”

“哦？那我问你，世间传说，石见守藏匿了巨额金银以谋私，你欲如何理会？”

“此事也已传到大御所大人耳内了吧？”

“你打算掐灭它？”

“不，在下也听说过这些传言。不过，关于藏匿地点，却无人知之。也许在宅中，也许是哪个村寨。”

“各种各样的说法都有。”

“传言便是如此。”正重立刻附和。

正纯又轻轻笑道：“正重，我在问你呢。”

“实在失礼。关于此事，所司代大人似乎掌握了一些情况，才特意把事情……”

“板仓胜重？”

“是。除了金银外，他连联名状的事也已知悉。”

“哼！”

“大人？”

“他若连这都已知，你最好还是和尊夫人分开，便无人会怀疑服部一门的忠诚。”正纯严正道。

正重突然感到一股怒火腾起。这么看来，一切都很是明白了：恐是有人先一步把岳父的死讯告诉了本多正纯。即使无人暗通，正纯也对岳父中风倒地、可能无法复苏之事甚是清楚。不只如此，正纯恐已相信了世人关于大久保长安谋私的传言，怕正暗自打算弄到那些金银。就算如此，他竟让我夫妻尽快散去，真是其毒如蛇！

其实，说正纯欲将长安的私藏据为己有，只是正重臆测。正纯实是忠告正重，事已成定局，为了不受到牵连，最好有所准备。

“唔……”正重有些发呆。

“明白吗？”正纯继续轻声道，“我不想危及服部一门，也不愿随便找个替死鬼。”

“是。”

“大御所大人年事已高，正纯不得不狠下心快刀斩乱麻——石见守做事太不规矩了！”

服部正重屏住气。本多正纯心中的怨恨，远远超出他的想象。这对正纯来说，绝非出于私怨。他有自己的志向，若大久保长安站在前面，将他阻挡，就不可容忍此人！

“这，算是对你特意来通报我的回报。其余诸事，无须多说。”

“是。”

“此事你就放在心中，然后再想应对之方。”

“在下谨记在心。”

“石见守的手已经伸到了一些不当交易之中，大御所对此也心知肚明。他曾苦笑道，长安是想与他为难。”

“这么说，有马修理大夫的事……”

“是啊！他们秘密勾结，做那些大御所大人最厌恨的买卖，牟取巨利。”

“就是那些金银、武器之类？”

正重问得着急，正纯却未直接回答：“不只如此，他还和不良教士往来，被唤作‘洋教大名’，有所图谋。不过，若是只有这些，我也许就算了；但他的手下结党集派，蠢蠢欲动，对此，我焉能置之不理？他们就像丰臣太阁后期的石田治部那般，都是狮子身上的虫子！”

正重有些怀疑，然而仍认真地点点头。只有本多正纯这样的人，才会首先联想到石田三成。

“好了，我告诉你——用心听好了！”正纯伸手擦了擦烛台上的油。

服部正重向前略探了探身。

“你尽快去八王子，待到开始查办的时候，要尽力保护女人孩子。”

正重咽了一下口水，心想，事情大概已经决定。

“他的儿子恐已搭救不了，不过还不至于连妇孺也要惩办。只是，也要看你们出力的程度。”

“是。”

“嫁出去的人，既已是别人家的人，自然可以留在夫家，孩子们也能偷偷安置在山寨或代官官邸。当然，我也会暗中帮忙，不过还是需要你出力。”

正重根本未明白正纯的意思，“在下出力？”

“今晚你就在舍下歇着。明日一早，我把你来通报的消息禀告大御所大人。这一路舟车劳顿，我让人给你烧些热水，具体办法路上再想，现在先歇息。”言罢，正纯拍拍手，唤来年轻侍从，把正重带去客房。

正重终于彻底明白本多正纯的意思，乃是他在客房用完饭后。“啊！原来如此。”他正欲钻进被褥之中时，猛地明白了正纯话中之话：原来……是让我寻找岳父谋私的证据啊！这样一来，便只能祈祷族中的女人和小孩能得些慈悲了。

作为下属，不得不忖度上司的吩咐，而不论上司的吩咐多么让人不快，也只能恭恭敬敬奉行。若不能掌握任务的实质，别说是白白辛苦，恐怕最后连脑袋也得搬家。

想明白之后，正重睡不着了。他想先回八王子把来龙去脉和妻子说清楚，她可对外称留在夫家，实际仍在大久保府内。然而，恐怕没法挽救藤十郎和外记等住在八王子的七个男丁了。长安为防万一，把正重召为女婿。但这个女婿在此时却得寻找不利于岳父的证据。战争虽然终于停止，人和人之间的争斗却仍然不休。本多正纯究竟打算给大久保长安扣上何样的罪名？他说的话颇耐人寻味，因为，若真打算查办长安，罪名和证据俯拾皆是。

天将大白时，正重方朦胧睡去。

正重刚刚醒来，正纯已进了骏府本城。虽然正重还有诸疑问，但若因此耽误了禀报，正纯恐怕也会受猜疑。他照正纯吩咐，洗漱后直奔八王子。

本多正纯一早便入了城，将大久保长安的死讯禀告家康。

家康眉间顿时阴云密布。“茶阿，把线香点上。”吩咐毕，他口中诵着佛号，停下了手中的功课，面向正纯道：“他对继承诸事，一概未说什么？”

“是。”正纯严肃答道，“请大人令旁人退下。”

“哦？就让茶阿和侍女……”但家康到底点点头，“你们都先退下吧。上野介大人和我有要事相商。”

最近，家康有意在人前给正纯名字后带上“大人”二字，或是故意如此，近臣们颇感意外。家康的表情则很是严肃。他也是要为日后打算：自己身后，还要多多倚仗正纯。他对正纯非常信任，直到现在，他也经常以“你”或“佐渡”称正纯父亲正信，对正纯却甚为有礼。就这一点来说，颇似丰臣太阁晚年对待石田三成那般。也许为了不让正纯重蹈三成的覆辙，家康甚至在措辞方面都很是注意。

“服部正重说什么？”只剩下二人时，家康说话又恢复了常态。

“大人，这和所司代板仓大人、成濑、安藤所想一样，大久保石见守的世评太差。”

“那么，”家康不动声色，“有了什么证据？”

“还无证据。不过，本阿弥光悦给所司代送了一件有趣的东西。”

“什么？”

“一个镶了绿宝石的小盒子，上面绘了秋草图，风格颇似京城的画工宗达。”

“那小盒怎的了？”

“小盒之中，放有一份石见守爱妾的书函。”

“哦。那书函和长安谋私有何关系？”

“石见守手中有一个和那小盒一样的盒子，里面应该封存着那份联名状。”

“联名状？什么联名状？”

本多正纯端言：“松平上总介大人号召以大坂城丰臣秀赖为首的洋教大名，将箭矢对准将军。长安那侧室说，联名状便是为了这个目的。”他故意用淡淡的口气，择要点把事情说了。

然而，即使正纯假装平淡，家康还是大吃一惊。家康吃惊过后，会发生什么，正纯已无法想象。

“叮——叮——”书架前红毛人赠送的钟表打起了钟点。待钟声响过后，家康道：“正纯。”

“在。”

“你再给我慢说一遍，我有些耳背。”

“是。松平上总介大人号召以大坂城丰臣秀赖为首的洋教大名，将箭矢对准将军，为此缔结的联名状应收于另外一个绿色盒子里，藏于八王子宅邸某处。那上面是这般写的。”

“忠辉？忠辉！”家康团着身子朝扶几探了探，“联名的都有哪些人？”

“还不知。那联名状还未找到。”

“哦。除此之外，那书函上无其他的了？”

“是。”

“那么，正纯……板仓、安藤和成濑也都知道了？让他们查一下书函的真伪。”

“传言让人太意外了。”

“长安煽动上总介谋反，若真如此，确不……不过，陆奥守……政宗不知此事吗？”

“这，还……”

“还只是传言吗？将军知否？土井利胜可知？”

“还未透露出去。也还非透露的时候，因为眼下这也许不过是传言。”

“哦。”

“石见守树敌甚多。若他那个侧室乃是因为私怨而胡言乱语，恐有不妥。”

“唔。”

“大久保长安作为金山奉行，使起黄金来有如流水。他甚至召妓去矿山町，荒淫无度，令世人瞠目。正因有这等传言，故人觉得他可能和女人结怨。”正纯的口气愈发淡然，“另，之前被下令切腹的有马晴信，其实还写了一份密状，说自己受石见守秘托，暗中藏匿武器和金银。”

“正纯！你怎的这般爱绕圈子？”家康的口气突然变得很是严厉，“为何不明明白白地说，想搜查八王子宅邸？你心里难道对长安就无判断？”

罕见地被家康斥责，本多正纯仍如寻常一样，面无惧色。他使劲直起身子，道：“大人让在下意外。世人一直传言，正纯本与大久保长安不甚和睦。”

“所以你就绕圈子？你认为这样便是为天下好？”

“在下未这样想，才绕了圈子。若在下之言带有私心，那便成了谗言，将引起万般恶果，只望大人明断，才不敢多言。正纯并无搜查长安宅邸的打算。大人若这样想，正纯今后对长安一事不再有任何看法。”

“混账！”家康涨红了脸，怒斥道，“别装得那般无谓！退下！退下待命！”

一瞬间，正纯的眉毛森森立了起来。然而他没出声，只回答了一声“是”，平伏施礼，脸色苍白地退出房间。

“且等！”家康浑身剧烈地颤抖着。自从关原合战以来，还未见他流露过如此强烈的感情。他斜睨着伏在地上的正纯，道：“好了，退下吧。可以退下了。”

正纯退下后，家康盯住桌子上摆着的“南无阿弥陀佛”，表情高深莫测。过了约莫一个时辰，他方道：“叫茶阿来。”在这一时辰中，他所虑的不只是正纯和长安的事情，他把上总介忠辉、右大臣秀赖、千姬、淀夫人，以及生下了忠辉的茶阿局等人都想了一遍。

“大人叫妾身？”茶阿局进了房中，看到家康弓着背，一副泫然欲泣的样子。

“找人来，叫罗山先生，还有从江户来的柳生又右卫门来！”

“罗山先生和柳生先生？”

“对。我想听听年轻后生的见解。虽说我现在无欲无求，却并非不能思虑。”

“大人心里有何事？”

“跟你说也无用。我非担心什么。”家康又突然道，“长安这厮，死得真是时候！”

家康对大久保忠邻和本多父子之间的不合已略有所闻。他还知，导致这种不合，直接原因其实不在忠邻，而在长安。长安这人，到底干了多少坏事，恐无法计算。开采金矿逐渐变成了他一人专事。家康并不怕他会隐瞒矿脉不报，才睁一只眼闭一只眼，而生性耿直的正纯却认为长安此乃不可容忍的谋私。

林道春被茶阿局带进来时，家康已恢复了冷静。去岁腊月初九，家康令林道春从江户移居骏府，这也是他为身后打算。乱世遗风逐渐得到了改变，然而伦理道德的确立仍需时日。

正世之道在于教化，家康明白这些，然而只有想法势难打破局面。所以，他把林道春叫到身边，早晚和其议事。这次长安的事，家康也想听听他的意思。然而道春来了之后，家康的想法又变了——这毕竟是为政之事。另外，他也不欲使政乱外泄。故，他只是和林道春聊了聊在各藩建立书院一事，便让其回去了。然而，他和随后到来的柳生又右卫门宗矩却密谈了约一刻钟。

“又右卫门，大久保长安死了。”

宗矩似已知此，眼神复杂地看着家康。

“上野介大人说，长安的名声很是不好，想查一查他的宅邸。”

“那……大人同意了？”

“不，我骂了他。若这般做，本多父子和大久保相模守必势同水火。”

“是。”

“日前派阀萌生啊，才当好生安排以后的事。”

“大人已不欲检视了？”

家康缓缓摇头，“到了这一步，纸终包不住火。何况，上总介和秀赖也有些牵连。真假尚未知，却也不能置之不理。故，我要麻烦你。”

“不敢。”

“我不让上野介去查，也不让町奉行去查，由我亲自查，故我想让你帮我暗中打探。”言罢，家康把正纯所言一一讲给了又右卫门。

柳生又右卫门对家康所言丝毫不惊。他现在的官位表面上是“将军府修正”，负责指正兵法，其实乃是被家康派到秀忠身边为谋，其敏锐的判断比剑还要锋利。见又右卫门毫不吃惊，家康心中充满疑问：难道这些风传已到了将军耳中？若真是这样，自己便更加为难了。忠辉和伊达政宗并非全无干系，但秀忠对此却一副淡然之态，不予挂怀。家康便不得不快刀斩乱麻。

说完正事，家康突然想试探宗矩。“将军那边，有没有听到什么风声？”他尽量问得若无其事，而这句话还是令又右卫门的面上紧绷一下。

“伊达陆奥守去为索德罗求情时……”

“他说什么？”

“大久保长安大人和索德罗先生乃是密友，不过双方似都不大信任对方，将军这般说。”

“唔，互不相信。”

“更多的，在下也不得而知了。请大人宽谅。”

“哈哈，宗矩还是这般谨慎啊。好了好了，我也不多问了。我给将军写封信函吧。你就放心调查，休要带任何成见。不过……”说着，家康又有些疑惑，“本阿弥光悦、茶屋四郎次郎，另，有必要的话，所司代、伏见奉行，以及石川丈山等人，我想也可以了解一下。记住，要暗中行事。若乱了天下，我可就保不了你。”

宗矩已充分领会了家康的意思，表情坚定地施礼领命。

“好，拿杯子来！万万不可让莫须有的传言散布世间，拜托了。”家康又强调了一次，方叫茶阿局端酒盘上来。

问题变得有些微妙。又右卫门感到家康的视线在回避着茶阿局，不由为之恻然。茶阿局所出六男松平上总介忠辉，微妙地出现在旋涡中心，家康也很无奈。这些风言风语有意无意地扰乱了家康的晚年。事实上，越前的秀康故去时，便曾有过流言。那时，世人以此作为话题，津津乐道。传言说，秀康乃是被家康秘密下令毒杀的，理由自是因为秀康违背家康意志，过于同情秀赖。传言说，秀康少年时成为秀吉公养子，然后继承了结城氏。对他来说，秀吉公遗孤秀赖便是他的兄弟，凡事都当照顾有加，家康却把他看作德川一门的异端。秀康家臣中或许也有这等喜生妄想之人。不过柳生又右卫门对于这些传言只是付诸一笑。但眼下的风言风语，比之前更为恶劣，稍不留意，恐会闹出乱子来。

又右卫门接过茶阿局递上的酒杯，莫名地感到阵阵寒意……

三一　以剑止杀

柳生又右卫门当夜便返回江户。

关原合战前后，宗矩便到了德川家康身边，故他对家康的心思了如指掌。家康信赖他，他也敬重家康。只是他的敬重和成濑正成、安藤直次等心腹对家康的敬重，有些不同。成濑和安藤毕竟是家康手下出色的家臣，宗矩却不想做家臣。从这点来说，他冷静侍于一旁，亦僚亦友，过去如此，现在依然如是。

这种心思，源于他父亲石舟斋的“无刀取之剑”的慈悲心愿。“无刀取”乃是指不杀不戮的大乘之剑，此剑与天地共存，不对一时一日的权贵献媚屈从。故又右卫门带着自尊和自律，把自己当作“师表”，而非“将军府修正”。悲哀的是，当今世间，他无法将此种心思形之于外。若他把心志讲出，则会被认为桀骜不驯、不可容忍，必会受到诸多非难。故而他安于柳生氏三千石的旧领，一直拒绝接受加封。

秀忠认为这是宗矩固执，宗矩只是笑道：“那就算在下不听大御所大人的吩咐吧。世上的财物、性命，都从神佛处借来……”他用佛家教义来回答，秀忠却完全不明。

然而当家康得知，不由拍膝道：“他乃真正的修正啊！”

家康让他去访查，自然有其深意。甲贺和伊贺自不必说，天下大名无不学习柳生兵法。柳生一门算得上是开枝散叶的宗派，柳生石舟斋则是开山祖师。

宗矩回到江户城正门前的自家宅院后，先把家人聚到一处密谈。

宗矩已和尾州兵库介利严取得了联系，又让家人与在仙台为西席的长兄严胜的三子权右卫门联络。备前的池田氏有三兄龙藏院德斋在，不必忧心；兵库介曾于肥后的加藤府中客居过一段，这方面也有所准备。

四月三十，宗矩自己则以吊唁长安的名义，骑马赶往八王子。

柳生宗矩到达八王子，最早出迎的乃是长安的女婿服部正重。

正重毫不惊讶。伊贺众的首领服部一族和柳生一门并非全无往来。服部一族对柳生石舟斋行师礼，在消息收集方面互通有无。正重对宗矩的本事和声望甚是清楚，宗矩也颇了解正重的人品。

宗矩在正重的带领下来到灵前，和跪成一排的藤十郎等人见过，才注意到服部正重低着头，身体颤抖。

长安的遗身被及时用盐镇起来，故虽天气湿热，竟未发出臭味。正重恐怕早就作好了准备，想到此，柳生不忍再看藤十郎以下那些小孩的面目。长安劳苦一生，最终竟是这般可悲的下场，难道真是由于一时疏忽？

柳生又右卫门和大久保长安所行殊途。长安忘了控制自己的野心，只是一味欲求，结果愈陷愈深；相反，又右卫门则致力于修身，严格控制欲念。

宗矩拜过之后，正重立刻起身，“请先生到别室歇息。”

正重敏感地察觉到柳生又右卫门此行的目的。二人在别室相对坐下，正重立刻道：“柳生先生，您可听说了京城风传？”

“风传？”

“石见守一故去，京城立时山雨欲来啊！”言罢，正重将送上来的茶点放到又右卫门面前，道：“京城洋教徒已蠢蠢欲动。”

“消息已传到这里了？”

“是。石见守故去，他们一得到消息，便着手准备，此次的乱事恐怕不会轻易罢息啊。”

“唔。”宗矩对正重下文隐约有些明白了，沉稳应对道，“京城又有骚乱？”

“洋教信徒们失去了依傍。他们看出，今后将是三浦按针一人的天下，很快，葡班两国传教士就会被驱出日本，他们方才闹事，欲拥进大坂城。”

“哦。”

“此事出有因。请先生看这个。”正重拿出来的，乃是又右卫门也有所耳闻的联名状，不过并非原件，单是一份抄本。又右卫门脸色变了：实物去何处了？

能够有联名状的抄本，必是正重亲自在宅邸某处找到了那个绿色的小盒子。又右卫门感到心中苦涩得简直无法吐纳。他快速扫了一眼联名状。“为了让日本国成为世间第一大国，有志者在此署名。”开头一句为石见守的笔迹，仅此而已，看不出意图颠覆幕府的阴谋。恐是大久保长安用自己如簧巧舌把众人诱上了钩，以做生意的名目骗人签了名。全然不知实情的人对此又怎样看？

松平忠辉最先署名，然后是大久保相模守忠邻。由于发起人乃是大久保长安，倒也无甚稀奇。然而不同的人署名，必会产生各种复杂的意味。署名者有越前的秀康、大坂城的丰臣秀赖，然后是池田辉政、前田利长，还有已故的小早川秀秋、浅野幸长、加藤清正和福岛正则。有马晴信也签了名，与长安有姻亲关系的石川康长也落名纸上。在大久保忠佐、里见忠赖、富田信高、高桥元种、石川数矩、佐野政纲等人的名字之中，还夹杂着织田有乐斋、大野治长、片桐且元等秀赖身边人的名字，以及寄居加贺的高山右近大夫、小西如安等。公卿、僧侣、传教士，豪商富贾的名字甚至也散见其间，让真正了解大久保长安的人看到了，恐怕要大笑出来。与其说这是阴谋，不如说是大久保长安这个喜欢热闹之人一生的“交友帖”。

然而稍微转念一想，又确实奇怪，让人困惑：这联名状之中，竟无一个世所公认的本多父子一派的人，也无对将军秀忠和大御所忠心耿耿者。柳生又右卫门清楚其中含义：因为这些人颇为保守，对“卑门富贵”的长安的夸夸其谈颇为不屑。长安也知道这些，才不和他们接近。

然而世间风评对此却巧妙地加以演绎。若本多父子看到联名状，必会道：“长安这厮定是要寻隙图谋不轨……”这样的联名状，只会让人如此联想。

“正重，这是抄本，可否看看原件？”又右卫门卷起联名状，点出了自己最关心的事。

“原件不在此地，已交与骏府的本多上野介大人。”正重若无其事回答。

“已交到骏府了？”又右卫门之前的不安变成了现实。

正重仍是淡淡回答道：“柳生先生，希望您体谅。像这等会引起骚乱的东西，在下想还是莫要留在自家手中了，尤其在下还是女婿……”

“正重，这份抄本真未给别人看过？”

服部正重仍是静静地摇头，“我等既是将军的家臣……”

“这么说，将军已知？”

“总之，原件送去了骏府，抄本送到了将军大人手中，除此之外并无外泄。”

宗矩突然重重叹息了一声：来迟了！

送去骏府的那份，想必已稳妥地交到了大御所手中。大御所定已严令正纯，在决断之前，不得对任何人泄露。然而，一旦抄本到了江户，事情便会发生重大变化。秀忠性情耿介，肯定认为要把东西交给父亲派来辅佐他的本多正信和土井利胜，一起商量……重臣们商议后，必要“听大御所的吩咐”，便会从江户派使者赶赴骏府。此后的家康公，便再也无法回护于人了。

然而此时正重想的，却是别的事情，他道：“我带先生去一处隐秘的地方。那里有会让先生吃惊的东西。”

“吃惊的东西？”

“是金库。在下吓了一跳——地板下有黄金。”

“唔。”

“在下相信先生是受大御所大人差遣而来，才会将谋私之事逐一汇报，回到江户后，在下更会小心谨慎……”

现在连正重也用了“谋私”二字，却未觉得任何不妥。这实不怨他薄情，对他而言，此事实在太重大、太复杂，他担当不起。

“不。”又右卫门严肃地打断了正重，“我本是吊唁而来，事情到了这一步，便不得不让你待在此地，直到一切水落石出。”

“先生的意思……”

“我先去江户，把你们的苦衷禀报将军，然后赶往骏府……即使如此，还是恐有大乱啊！”

正重似乎又想起什么，问了一个更是惊心的问题：“柳生先生，万一畿内近畿的洋教徒一窝蜂拥进大坂城求救，如何是好？”

柳生又右卫门不太明白服部正重为何总是想到大坂。长安的正室乃是热心的洋教信徒。也许被她所感，藤十郎之妻、外记之妻、长安长女也都成为虔诚的教徒，现今八王子竟成为散居全国的教徒的秘密圣地之一。教徒们以为，只要和八王子联络，就不会遭到像秀吉公时那样的迫害了，这自然是希望依靠长安的势力保全他们，此思几乎不切实际。男教徒们和客居前田氏的高山右近大夫及小西如安保持密切往来，女教徒们则事事依赖八王子，和此处来往频繁。

服部正重对此一清二楚。故当他得知长安身故，便意识到近畿教徒会因心生恐惧而拥入大坂城寻求庇护，可又右卫门不明内情。

“服部大人，你为何总是提起大坂？”

“南蛮人和红毛人的不合，由于石见守先前的努力，终有所缓和，然而现在这大堤轰然倒塌了。”服部正重抿嘴苦笑，“真是可叹，石见守对女人非同寻常的狂热，把大久保一族女人都变成了虔诚的教徒。这些女人的信奉，先前乃是能抑制教徒暴乱的大堤。”

“这些鄙人倒从未听说过。这般说，大久保石见守一去，大堤便倒塌了，教徒便会生乱？”

“是。”

“我更不明白了……”又右卫门有些激切，却不往下说。他想了想，觉得还是莫要在此逼问为好。但事情当然不能就此算了。大久保长安在洋教徒中有如此重要的地位，若是因为长安枉法谋私而处罚他的遗族，将会导致何样的后果？只怕洋教徒会误以为此乃三浦按针的阴谋，借此发起更大的乱事。服部正重似未考虑到这一步。

“服部大人，你已经调查过教徒们寄给这家女人的书简了？”

“是，在下把那些书函和联名状一起送到将军处了。”

正重的行事，居然一件一件都与又右卫门的意思背道而驰！

“鄙人还有一两事要问大人，然后就去江户。”又右卫门努力用若无其事的口气道，“大人这么快就把女人们的书函交给了将军，是否为了自保？”

“是……事情不是在下能掌控的。”服部正重脸色苍白。

“哦。”又右卫门之前一直相信正重未参与长安的谋私，这下得到确认，便又换了个话题，“大人不觉得伊达陆奥守能帮上忙吗？陆奥守甚至为了帮索德罗，陪石见守一起去领内呢。”

“不敢存望。”

“为何？”

“那联名状上并无伊达大人的名讳。这说明，石见守从一开始已疏远伊达大人，或者说是敬而远之。”

“因为陆奥守心思深沉？”

“恐是如此。另，伊达恐怕暂不会离开领内。”

“为何？”

“带着索德罗去领内，或是在自己的领内招待比斯卡伊诺将军，都是为了今日作准备，在下是这样看的。”

“唔。”

“眼下在伊达大人领内桃生郡的雄胜滨，将军府的海事奉行向井将监正带领木匠八百、铁匠七百、人夫三千，助伊达大人造船。这是伊达大人为了在事情解决之前，有借口不离开领内，以避风头。”

“你认为大久保石见守打算在松平上总介忠辉的帮助下谋反？”又右卫门说得若无其事，却明明白白触到了事情的核心。

服部正重断然道：“此要由将军大人亲自裁断。在下只不过是收集证据，帮助将军大人作出判断之人。”

“明白。”宗矩用力点点头，“你已经把证据交到江户去了。这回答足够了。鄙人就此告辞。”

“先生费心了。”

“唉！”叹罢，宗矩站起身，“我会尽量保护孩子们。”

正重没站起来相送，他心中矛盾重重。

宗矩到了江户，大吃一惊。大火已熊熊燃起，比他预想的还要凶猛。由于服部正重的汇报，“大久保石见守生有叛心”的风评，已在各位重臣心中成为“铁定事实”。

“既然女婿都这般说，哪还有错？”

“先把相模守请来。相模守也在联名状上签了名，必须说个清楚。”

在秀忠身边，还是反对大久保的声音居多。然而借着土井利胜的名义让大久保忠邻出席时，毫不知情的忠邻却一口回绝：“人老了，身体不好，若有必要，恳请派使者到病榻前来。”

忠邻原本就因儿子忠常亡故极度伤心，基本不再奉公，此外，本多正信在秀忠身边，任意摆布秀忠，也让他大感不快，大久保长安的死讯又让他甚是难过，卧病不起也在情理之中。

然而，将军身边人的反应则截然相反：“此人发现事情败露就不奉公了？如此看来，不能给他喘息之机，当立刻征伐小田原。”

在他们看来，服部正重呈上的联名状，以及女人们的往来书函，已是铁证如山。在联名状上签了名的越前秀康已病故了，他的亲弟弟上总介忠辉身为年轻武将，才干备受称赞。前时在二条城见过家康公的丰臣秀赖，已长成伟岸的六尺男儿，让家康盛赞不已。他们竟与幕府元老大久保相模守暗中勾结，密谋造反，没有比这更能引起骚乱的大事了。

柳生宗矩到达江户时，土井利胜正准备赶往骏府听领大御所示下，众人也正议得热闹。秀忠未令又右卫门参与，他中止了商议，把又右卫门叫到自己房中。

“听说你奉大御所之命去了八王子？”平日里的秀忠遇任何事都面无表情，但此时他脸上泛红。

“是。有传言说，石见守谋私……这传言甚嚣尘上，故大御所大人才命在下亲去访查。”

“发现什么问题了吗？”

“也非完全没有问题，毕竟他做了那么久的金山奉行。”

“你的意思是……他私藏金银？”

“是。除此之外，还有……”

“未问联名状一事？”秀忠本想假装随意地问问，却剧烈地咳嗽了两声。他怎能不激动，石见守和亲兄弟想要他的项上人头！

柳生又右卫门想到事情重大，未立刻回答。若回话不够妥当，只会让秀忠误会加深，忠辉便会受到万般猜忌。大久保长安乃是家老，岳父又是伊达政宗，而且，忠辉曾于秀赖拒绝伏见城之召时，代将军拜访了大坂城。因此，自会有传言道：忠辉与大坂城秀赖结盟，定下谋篡之计。即使这并非实情，也定会有不少对丰臣氏欲除之而后快的德川谱代大名深信不疑，一口咬定此为实情。到那时德川萧墙之内，一星之火，便可燎原。

“宗矩，你未听说过联名状？”

又右卫门故作平静，道：“在下有所耳闻，不过流言似乎有些过分了。”

“你认为东西虽不假，但不可深信？”

“正是。方今天下，有三大隐患。”

“唔……你说说。”

“第一，乃南蛮和红毛的宗派之争。”

“不过红毛人……”

“不管怎生说，他们还未打到头破血流。但南蛮人忐忑不安，担心早晚会被将军赶出日本。”

“这便是所谓的杯弓蛇影吧。”

又右卫门道：“第二，乃关原合战以来的浪人心思，他们担心，若是太平持续下去，他们恐就再无出头之机，故时时摩拳擦掌，希望再生动乱。”

“唔。我对此很是清楚。”

“第三，便是丰臣氏和德川谱代大名之间不合。此矛盾虽已逐渐淡化，但一旦因某事激化，便可掀起滔天巨浪。联名状一事被这三大隐患过分夸大了……不管联名状真伪，必须对这些情势有充分估量。”

“唔。你是说，即使联名状不假，处置此事也要格外谨慎？”

“在下……”又右卫门蹙着眉，坚决道，“在下想，联名状非为了谋反，而是大久保长安不谨而授人口实。将军您说呢？”

秀忠陷入了沉默。他也不是完全没这种感觉：大久保长安有时确实是夸夸其谈，流于轻薄。不过对那些署了名的人，怎可掉以轻心？

“那么，你认为它到底是何用意？”

“正如开头所言，长安平时也常挂在嘴边：进入世间海域，让日本更加繁荣……”

“因此，你认为签名之人不可疑？”

“正是。”

“不过，其中可无伊达政宗。”

又右卫门微微笑了，“将军认为，无陆奥守的名字，便有阴谋？”

秀忠心里仔细玩味了一下又右卫之言，道：“好，那我再问你，要是你，欲如何处置？”

“首先，以大久保长安私匿金银的罪名，予以处罚。”

“唔。”

“因世间既已对此议论纷纷，自不能置之不理。有功惜赏，有罪无罚，必生祸乱。”

“唔，私匿金银……只以这个名目施以处罚？”

“对联名状一事严格保密，在下认为，最好的办法便是——烧了它。”

“哦？”

“这样，便能让相关人等相信事情已然了结，斩断骚乱之源，树立幕府威信。”

“倘若……”秀忠一边思索一边缓缓道，“倘若事情平息了，那些野心之徒松懈下来，反而露出狐狸尾巴，也是大有可能。”

又右卫门不言。也许事情真如秀忠所言，但身为将军府修正，他不能这样想。

秀忠叹一声："唉！请先生即刻去骏府一趟吧。"

"是。"

"我先让土井大炊等一等。你就禀告大御所，说大久保长安谋私，故要立刻逮捕其遗族加以惩罚。"

"联名状一事呢？"

"先生就听大御所示下，不要说我任何意思。"

"是。"

"事情和上总介有关。若是让时日无多的父亲知道兄弟不和，有违孝道。我方才听你讲时，颇为感触。"

又右卫门无言，伏地施礼——秀忠果然严格按照义理约束自己。

"为慎重起见，请容在下重复一遍：将军大人的意思，由于大久保长安利用职务谋私，故要抓他的家人查办。那谋私是……"

又右卫门还没说完，秀忠便接下去道："作为金山奉行，瞒报采量，没其家产，流放族人，尚有余辜。联名状流入世间，即使按照先生之言烧掉，也已无任何意义了。"

宗矩再次郑重地垂下头，"说到长安的遗族，大都值成年。知道家主谋私却不加以阻止，应按同谋论罪。"

秀忠不答。又右卫门说罢，便立刻站起身来。周围十分寂静，室内一片肃杀。

走过长长的走廊，来到大门时，又右卫门已出了一身汗。

无论秀忠心中存有多少疑惑，似都打算把忠辉交给家康处置。然而已经看过联名状的家康，现在怎样想？对于家康的心思，又右卫门终是无法推测。直到关原合战之前，他对家康都是敬惧参半，唯最近却生了变化。将敌人玩弄于股掌之间，还有比这更可怕的吗？这也许只是又右卫门的想象，然确让他感到全身紧张，这种感觉，和有信奉之人在神佛之前却不能正襟危坐，从而产生的那种惧怕相同。

此事仿佛是神佛对人世的嘲笑和憎恶。家康公英杰一世，值此暮年之际，却发生了这等骇人之事。大御所一生坎坷，为了太平盛世倾尽全力，然而令人悲苦的是，他的脚下竟有人挖下了深深的陷阱——自己的儿子和大坂城携手，等父亲死后，便要灭了兄长！

但宗矩不得不去见家康。他来到大门前的拴马桩处，天空下起了细细的小雨，此时的又右卫门却无所感了。他只是苦苦寻思，家康将会如何裁决？

家康公相信自己乃是太平盛世的创建者，然而现在，这自负已在他脚下撕开裂口。他会怎样呢？宗矩很难想象失去自信、彷徨无助的家康公会如何行事。他深信，就像先父锻出一柄“无刀取之剑”、到达绝对境界一样，家康如佛如神，有如富士山，然而如今……不得不承认，家康把许多小石子一颗一颗堆积到了一起，又赫然发现其早已坍塌……

家康公通过武力平息了乱世——对朝鲜战事作了妥善处理，又在关原合战中消除了乱世隐患。然后，他费尽苦心，传播儒学，与海外交易以求强国，制定严格的等级，稳定人心，终于建起了连南蛮人和红毛人都赞叹不已的太平国家。终于到了静静念诵“南无阿弥陀佛”，每日净书佛经，等待归天的时刻，却意外发现脚下已裂开了一个大洞。

柳生宗矩回到宅邸，立刻着手安排去骏府，但他一直全身发抖。人生并无所谓永远的“安心”，在流动不息的时日中，经常萌发毒芽。只是，他并不觉得大久保长安乃是为了给家康寻麻烦。

三浦按针恐也无法想象，他的存在让旧教徒把怨恨都转移到了家康身上。大坂的秀赖、越后的忠辉，都是在太平中长成。若说有纠葛，便是本多父子与大久保忠邻之间的争斗，然而也不过是在如何为幕府效力方面，有些微差异罢了。然而，这些善意互相碰撞，瞬间便将家康抛入不幸的浊流……

又右卫门和两个持枪牵马的随从连夜离开江户，赶赴骏府。

三三　万雷惊落

德川家康戴着老花镜，正在房里心无旁骛书写佛号。本多正纯捧着那份从服部正重处得到的联名状候在一旁。

“上野介大人，这么晚了，有要事？”家康言语仍甚是尊重。他缓缓摘下眼镜，靠近灯火，“好像有些闷热，是不是要下雨的缘故？你也当保重身体啊。”

正纯只是默默颔首，他不欲主动解释联名状一事。然而就算他不说，家康也自会问。到那时，再冷静、不带私情地把自己了解的情况一一禀报，由家康去判断。他心中有一种说不清的恐惧。

“哦，戴上眼镜，这么小的字也能看得清楚啊。”家康重新戴上眼镜，突然面色一变，“上野介大人，这似是联名状啊。”

“是。”

“这是谁的？”

“存于大久保长安藏金子的地板下，上面还用金子压上了。长安的女婿服部正重寻到后交了上来。”

“服部正重乃是正成之子？”

“正成次子。”

“地板下铺满了黄金？”

“是。黄金数额之巨超乎想象，不过还未正式检视。还需要些时日才能知道究竟有多少。”

“唔。长安果然谋私了？”家康默默把联名状从头到尾看了一遍，道，“上野介大人。”

“在。”

“既把这拿给我看，你心里必已有打算了吧？”

正纯拼命摇头，“在下只是吃惊，想不出任何办法，便只有来拜见大人。”

“唔。你的意思……你无法判断？”

“是。”

“仔细看看，这些签了名的人，多是洋教徒啊。”

“是。”

“京城的所司代对洋教徒闹事怎么说？”

正纯不答，他怕不小心说错话，误导了家康。

家康又看了几遍，把联名状卷了起来，表情出人意料地平静，“上野介大人，刚才你说，只是吃惊……是吗？”

“是。想不出任何办法……”

正纯还要再重复和刚才一样的话，被家康抬手阻止了：“这世上恐怕没有想不出办法的事。事情发生了便要处理。不能妥善处理，干脆辞去官职，痛痛快快承认，事情发生乃是因为自己的疏漏。”

“这……”

“切腹便是这种时候应该做的事，是武者承担责任的方式。”

正纯想说些什么，又顿住。导致事情发生，是主事者的责任。如此说来，也许真的不得不“切腹”。

“嗯，长安谋私了啊。”

“联名状上的偌多人，均非在下能够查办的。”

“是忠辉、秀康，还是秀赖？”

“这……都有。”

“这么说来，你认为，那些人是要齐心反将军了？”

“请……请大人明鉴。”

“我看，这并非什么值得担心的东西。”

“啊？”

“值得担心的人，反而未出现在这里。”

“大人指……伊达陆奥守？”

“我不说，不过这里确实没有陆奥守的名字。”

“其实，这才是让人不能放心的地方。若这的确是上总介大人和交好之人写下的毫无恶意的联名状，他的岳父陆奥守自当出现其中，可是……故在下觉得，背后肯定还有什么，也不知是不是想多了。”

“唔。你说的不是没有道理。但你也知长安的性子吧？”

“是。甚是了解。”

“你既了解，不觉得这联名状并无恶意吗？”

“大御所大人，”正纯不得不说，“在下想，问题不在于长安是否有恶意。”

“唔。”

“问题在于，已然发生了这样的事，却不知这些签了名的人的想法。”

“嗯。”

“假如人心惶惶的洋教徒们因为有了联名状，欲拥进大坂城避难，心中不平的浪人便以为举事的时候到了，那可就是大问题了。在下担心的是这一点。”言罢，正纯小心地闭嘴。

家康并未立刻发话。正纯似已认定，背后另有隐情，设若如此，世上恐已传开忠辉和将军兄弟不合的风言风语，但谁会把这样的传言说给家康听？

“是啊。”家康叹道，“恐是我想得太简单了。我会再想想。你可退下了。”

“是。在下告退。”

家康有个习惯，经常让别人退下后，又半路把人叫回来。正纯心下想，今日会不会还这样呢？但是没有，可见家康心中难过。

正纯踽踽走在湿气浓重的夜色中，心中隐约有些歉疚。他说自己完全没有见解，那是说谎。他不只认为大久保长安为人轻率。就算长安并无恶意，在超过自己能力的位置之上掌握权柄，自然会有各种各样的野心勃勃之人聚到他身边，乘机作乱。大久保长安对这样的人，不分好坏，一概亲近，甚至写下了会引起乱事的联名状，又把它藏了起来，岂能让人放心？既将其藏起来，长安便是知这东西会带来危险。

这样一想，本多正纯更觉可怕。最开始时，长安心中可能并无如此可怕的大阴谋，然而他越来越受到家康的宠信，忠辉又成了大名，他的想法便突然发生了改变：为何不让自己的主君当将军？即便这只是一闪之念，他最后也可能涉险。忠辉乃家康六男，有伊达政宗为后盾，此外，越前秀康亦支持他，若再把秀赖笼络进来，那便有了可以撼天动地的力量。

大门已关上了，正纯通过便门，朝家中走去。他对自己道："不可这般惶惶无主。今晚当好生思量思量。"

转日，柳生宗矩被唤入家康房中。

宗矩一行从江户一路快马加鞭，于昨日半夜抵骏府。当宗矩见到家康时，发现家康的脸色甚不平静，眼角堆积了许多皱纹，脸上也有些浮肿。

"辛苦了。来，到这边来。"家康通常和人坐得甚远，连忠辉的生母茶阿局也是远远地候着。"其实，昨夜，上野介大人先你一步到了。"

这在又右卫门预料之中，他默默无语。

"真是让人头疼啊。你有什么想法？"

"将军今日恐会派人去大久保府上搜查。"

"这么说，将军着恼了？"

"是。"

"将军都知道了？"

"是。故又引起了另外一个大误会。"

"误会，从何说起？"

"将军命大久保相模守面见，被相模守推拒了。据在下看，自从儿子去世后，相模守身心俱疲，这已是事实。然而将军身边的人不这么看。"

“他们怎么看？”

“他们认为，相模守有反心。”

“反心？”家康声音尖厉，吓了又右卫门一跳。然后，家康又压低了声音，道：“又右卫门，真让人头疼啊。上野介言外之意是等我裁断。”

“言外之意？大人的意思是……”

“是在责怪我啊，我太宠信长安了。不，因为我只顾自己安稳，未作最后的努力，他的眼神在责备我。”

又右卫门沉默，此事可不能随随便便作答。

家康又道：“捕役们已经去了？”

“是。长安的女婿服部正重亲口说长安谋私。”

“那就没办法了。不过，谋私只是金银方面的事吧？”

“不，不仅如此。从长安藏匿金银的地板下，发现了一份奇怪的联名状，抄本已送到了将军手中。”

真迹便在家康手中，宗矩虽心里清楚，但家康什么也没说，他也只能这般禀报。

家康的嘴唇果然一下子失去了血色，他似还不知有抄本一事。他苍白的双唇剧烈颤抖着，脸上的表情甚是可怕。

从未见过家康这般模样，又右卫门感到全身寒毛直竖。

过了许久，家康还是脸色阴沉，一言不发。他在想些什么，又右卫门很难猜测。

“又右卫门。”家康发呆了约莫一刻钟，终于重新开口，声音颇为疲惫，“是我疏忽了，被钻了空子，我还不够老到……”

“大人……”

“对于世事，我还是太松懈了，唉！这个责任不可推卸。”

又右卫门全然不知家康究竟想说什么，这不过几句牢骚，但他到底打算怎么办，如何承担责任？

“把大久保长安的遗族抓起来，世间也会怀疑这是不是因为长安谋反？如此一来，自然激起惊涛骇浪。”

“是。在下也这般想。”

“但若说大久保相模守有反心，就会扰乱我德川氏啊。”

“是。”

“大久保一族几代人效忠德川。现追随大久保者众多，才会有他族和本多父子不和的传言。”

柳生又右卫门注意到家康眼中终于现出了一丝光芒，只听他沉声道：“还有啊，知子莫如亲，将军已经看过联名状了，这必会给他心中带去极大的震撼！”

又右卫门不言，不过他非常清楚家康这话的意思。将军秀忠无论何时都不会背叛父亲，然而又右卫门深深怀疑，秀忠的孝行是否会被世间接受？先前，秀忠完全听从父亲吩咐，坚决支持父亲，对父亲的信任和感情坚如磐石，掺不进半丝怀疑。然而，倘若他知父亲的权威竟是可以动摇的，必会大感灰心。那时，兄弟忠辉便会变成一块巨石压在他心上。家康坎坷一生，怎不知人心之苦？怎不老泪纵横？

柳生又右卫门不忍再看家康。直到两日前，家康还绝对想象不到，他到了这般年纪，一直尚称安定的家族中，竟然出现如此巨大的裂缝。

“对长安的处理就听凭将军裁定吧。你说呢？”家康怃然道。

“是。不过重臣们都已知道了，是不是还有其他办法？”

“忠辉和相模守也许真会不利于将军。唉，处置完长安的遗族后，我欲去一趟江户。你说呢，又右卫门？”

柳生又右卫门平生还是首次见到这般没了自信的家康。

又右卫门知道，最近家康特意从川越的喜多院把天海上人请来，表面说是要学习天台宗佛法，其实是为了详细询问幕府对皇宫应持怎样的态度。

此时，天海已由权僧正升为正僧正，被赐予毘沙门堂，深为皇室所重。听取了天海的意见后，家康决定除为天皇奉上一万石，还为上皇奉上两千石；他还就如何永保皇基安泰，与天海进行了密谈。

当时，家康定认为德川内部一切安稳，欲为国家尽最后一份力。然而，后院却不那般稳固。乱世的混乱无序虽然得以克服，到了太平时代，却会不断滋生出新的问题，其中偌多问题仅凭家康的经验无法处理。但若家康尚为此感到迷茫，天下走势将会如何？

想到这里，柳生又右卫门感到背上生起一阵寒意。这绝非只是家康和秀忠的问题。一直充任将军老师、担当修正之任的柳生宗矩，也遇到了莫大的难题。

“又右卫门，我好似被五柄利刃围住了。”家康突然道，“本以为已然天下太平了，可安安心心闭眼呢。”

“五柄利刃？”

“萧墙之祸、洋教，还有唯恐天下不乱的浪人、大坂城，最后，便是我的年纪。”

柳生又右卫门无法回答。他未想到，家中内乱和年龄竟让家康如此苦涩。“大人的意思，再年轻些的话……”

“是啊！我再年轻些，大久保相模守和本多父子就不敢争斗了。他们二人的对立，被认为是出于将军和忠辉不和，这种看法会不断引起骚乱。这些，都是因为家康老了。这无可奈何的事实，才是乱事之源。”家康微弱地笑笑，叹道，“人有天命，天命难违啊，又右卫门！”

面对此时心乱如麻的家康，柳生一族该如何是好？又右卫门陷入了深深的思索。

最终，如何处理大久保长安谋私一事，由江户裁断。虽事涉忠辉，作为父亲的家康却不得对秀忠的处理置喙。然而一旦决定，家康便不会让其他人看出自己心乱。他还请来负责处理外交文书以及皇宫和五山事务的金地院崇传大师。天海与崇传二人，就对最近到此地来的英吉利使节塞尔斯的招待及应对，进行了长时商议。联名状的事严守秘密，也许被暗暗埋藏了起来，或已由家康亲手烧掉了。

在此期间，柳生又右卫门一直待在骏府，一边思虑德川内部诸事，一边在家康和秀忠之间进行联络。他放出去的人不断把消息送回来。

让世人吃惊的，是对已然死去的大久保长安的处罚。表面上，罪名只是“谋私”，然而正如又右卫门所预料，世间不免生起各种流言。让秀忠身边重臣们大为震惊的，乃是长安藏匿黄金的数量。服部正重老老实实对黄金数量调查了一番，甚至嗅到了移至黑川谷的一部分。他将黄金如数没收，悉运江户金库。

“真让人吃惊啊！长安藏起来的金子比上交幕府的还多啊！”

重臣均失色。这样的传言传到骏府，随即决定了对长安遗族的处罚。

幕府的金山奉行私藏比上交幕府还多得多的黄金，这便引来许多捕风捉影的说法。

“长安那厮，真要来一场大叛乱啊！”

问题的关键联名状越是被深藏，世人的想象力发挥得愈甚。

“太可怕了。又是一个大贺弥四郎！”

“大御所被自己养的狗咬了。这就是喜新厌旧的惩罚啊！”

旗本之间的传言颇有夸大其词的成分，仿佛一切都在预料之中。谱代大名则更过分，许多议论早已逾越了本分。

“知道联名状的事吗？”

“听说了，不就是大坂的阴谋吗？”

“怎么回事？”

“别人告诉我的。大久保长安乃是大坂内奸，他拉拢忠辉公子和洋教徒，单等大御所归天，就要扳倒将军大人。要不是为了这个，怎么会藏起那么多金子？”

“啊？有这样的阴谋啊。”

宗矩独自冷静地收集着各式各样的消息。

大久保长安谋私和丰臣秀赖的大坂城，竟如此被紧紧绑到了一起。甚至还产生了一些无稽之谈，说前时相继死去的人便是家康在二条城与秀赖见面时，一个个被毒杀的。加藤清正、浅野幸长，甚至连池田辉政，都因为无法驱除剧毒而亡。如此说来，当时未一同前往的福岛正则，便真是大有远见的卓识之人了。

各种风言风语渐次漫卷开去，大有星火燎原之势。有人说，长安的死让家康更是震怒，正敦促大军制订攻打大坂城的计划。这样的传言，柳生又右卫门实无法禀报给家康。他只是觉得，散布这等传言的，定是那帮除了打仗不知该怎么讨活计的浪人。

然而各种传言此起彼伏之时，又发生了一事，搅得风浪益发高涨。那便是欧罗巴新兴国家、班国大敌英吉利的将军约翰·塞尔斯，携国君詹姆斯的国书，从平户出发，准备经由骏府往江户。

约翰·塞尔斯去年岁末从爪哇的万丹港出发抵达日本。他所乘船只为“格鲁勃”号，船上除了他，还有七十四个英吉利人，一个班国人，一个日本人，五个黑人，共计八十二人。他们到达平户，为庆长十八年五月初四，此时大久保长安的灵柩还放在八王子。

早在两年前的庆长十六年三月，英吉利东印度公司便决定把称作“黄金岛”的日本纳入其势力范围。是年九月，塞尔斯便作为英吉利全权代表，从故国出发了。

塞尔斯到达平户后，会见了平户领主松浦法印及其孙松浦一岐守隆信，拜托他们立刻帮着引见家康亲信、自己的同胞三浦按针。松浦法印遂派使者带着英船到来的消息，请三浦按针尽快至平户。使者先走陆路，到了三浦按针领地，见到按针的妻子马进氏，得知按针已去了骏府，遂又赶往骏府城，见到按针，方与按针一起前往平户。

其实，塞尔斯到骏府倒无他，英吉利船抵达日本的消息却引起了巨大反响。真是屋漏偏逢连夜雨啊，又右卫门真是毫无办法。

柳生又右卫门最初只是简单地以为，洋教徒骚乱的原因，乃是由于大久保长安之死。然而，当他得知英吉利的使节抵达日本，并引起了巨大风波时，便令人加紧打探消息，所得最新消息是，因为派到骏府去的使者回来迟了，身在平户的塞尔斯甚是不悦，与特意到江户迎候的三浦按针生了嫌隙。按针也许会因此不再踏上故土，终老日本。不过，两个在平户相会的英吉利人，终于六月二十五同从平户出发，前往骏府。

大久保长安之死令天下颇有山雨欲来之势，各种传言又让不安纵贯全国。

打探消息的人回来告诉柳生又右卫门：“塞尔斯带了十个英吉利人和一个佩枪的日本人，另有一名从爪哇带来的日语通译，以及诸随从，共二十二人，乘日本船离开平户了。”

以前虽能时常见到南蛮人，但如此多的红毛人穿行于日本国内，自能激起众好奇心旺盛之人议论纷纷。

穷两年之功、终踏上“黄金岛”的英吉利使节，却是另一番心情。

塞尔斯像其他洋人一样，详细记录日记。第二日登陆博多，等待风向，穿过海峡，登陆大坂。大坂令他很是兴奋。他惊叹于大坂城的坚固和阔大，遂问路过的一个商家：“此城的主人必活得美满吧？”从爪哇跟来的日本人帮他转成了日文。那商家却害怕地直摇头：“哪里，这世道啊！城主虽是太阁大人之后，现在却被江户压制，过得很是凄苦。”三浦按针本想对塞尔斯解释，但因过往路人甚多，遂缄口不言。

塞尔斯权重位高。他既是武将，又有贵族气派，看不起已朴素得有如传统武士般的三浦按针，训斥：“你那般模样，必被当地人看不起，让大英帝国蒙羞！”因此按针在心里亦对塞尔斯多有怨气。

英吉利的使节约翰·塞尔斯从大坂抵达伏见，适逢伏见城守军进行轮换，他亲眼目睹了队伍的威武壮观。卫兵三千，威风八面的场面，令他感慨不已。

塞尔斯真喜欢上了东方的风土人情。接下来，他继续于陆路旅行，沿途受到东海道各驿站款待。

八月初四，家康接见了塞尔斯一行。塞尔斯在日记中对接见大加记述：

> 奉礼之人行于列前，乘轿前往大御所所居骏河城。入城门后经三座吊桥，行至一队士兵把守之处。登华丽石阶，有二人威风凛凛引余至一室内。内铺精美榻榻米，吾双足交叠坐于其上。那二人，一乃大御所亲信上野介大人，另一为水军奉行兵库大人。
>
> 片刻，二人请起身，引余至大御所所坐之处，着余施礼。御座高五尺，披金丝布帛，背及两侧装饰华美。此室无藻井。其后回坐，一刻后，始知大御所将出。再起身，被引至门口，那二人虽同往，然殊无朝内窥探之意。大御所出御前，余将国王赠礼并余之礼物整然置于室内榻榻米上……

让柳生又右卫门大惊失色的消息，则来自英吉利使节一行刚刚从伏见走上近江官道的时候。传言道，洋教徒恐欲闹事，密使将从大坂赶向各地。

英吉利使节一行抵达骏府时，由于大久保长安的死可能导致家康下令禁止洋教，教徒们正在观望形势。不过仅仅这些，还不足以令人吃惊。洋教徒们似认为，幕府将大开杀戒，其可怕程度远甚丰臣太阁时的镇压，故他们惶惶得出结论，欲以不败名城——大坂城为据点，与幕府一战。方今大坂城便成了洋教的“石山本愿寺”。大坂城乃攻不破的金汤城池，若全天下的洋教徒起事，在三五年内可保无忧。况在此期间，班国援军必会赶来，一灭德川幕府，二复丰臣天下。

柳生又右卫门得知，洋教徒最先派密使去见的，正是现客居加贺的南坊高山右近大夫长房，以及隐居于高野山附近九度山的真田幸村。

英吉利使节一行大享旅途之快，却不知他们此行却成了洋教骚乱的引线。先前，传教士无所不用其极地用恶言攻击英吉利和尼德兰，说他们乃是欧罗巴的泼皮无赖，举国之人皆是海盗。人心真是微妙，他们的憎恶愈强烈，恐怖的阴影愈大。既然他们如此仇视英吉利和尼德兰，必会引起对方更加激烈的报复。而如今，英吉利和尼德兰一样，终于找到了进入日本的机会。“英吉利使节约翰·塞尔斯乘‘格鲁勃号’一进入平户港，立刻找松浦法印要了房子，以为商舍……”这样的传言似是为了反击旧教徒，制造英吉利和尼德兰欲修城筑池的错觉。

然而在塞尔斯和家康会见结束之前，柳生又右卫门却未让家康知悉这一切。在此之前，他通过本阿弥光悦，劝说客居加贺的高山右近大夫要自重，又通过兄长至真田幸村处游说。这是又右卫门的兵法，因情势已刻不容缓。

当塞尔斯在日记中颇为愉快地记下与家康的见面过程之时，天下暗流涌起，风雨将至。

余施吾国礼，至御座前呈国书。大御所亲手取之，举至齐额，命坐于略远处的通译（亚当斯）慰余旅途劳顿，着歇息一二日，再回复国书。

大御所又问余是否欲见其子（将军秀忠），余答有此计划，大御所遂命配给所需人马供给，又谓归来之时，则书简已成。

出御座所至户前，上野介大人送余至阶下，乘轿返回下处……

塞尔斯一行于八月十二正午离开骏府，途经镰仓与江之岛，于八月十四抵江户，拜见将军秀忠。滞留江户七日后，于二十一日出发前往浦贺。一行在浦贺三浦按针宅邸小歇数日，得按针夫人马进氏款待，二十九日返回骏府。塞尔斯尚不知此际他的到来正掀起一场可怕的风波。他在日记中愉快地记录，拿到家康的回书、礼物和通商状后，于十月初九离开骏府，悠然自在游历了京坂之地，十一月初六返回平户。

塞尔斯快意地在各处旅行之时，传教士对不断扩张势力的英吉利的恐惧则与日俱增。使节塞尔斯乃军人，他坐着军船，携家康回函及故人三浦按针至骏府和江户，成功缔结了条约。如此一来，骂英吉利人乃“泼皮无赖”的旧教教士自然大为狼狈。

和先前班国、葡国的外交文书比起来，英吉利国君之书函甚是郑重。国书书以蜡纸，宽二尺，长五尺，三面镶绿，饰唐草花纹；先三折，再对折，置于金箔内，封以蜡印。函面由英皇亲笔书写。三浦按针将国书译成日文呈与家康。

书简主旨乃是：天道所赐，英吉利、法兰西和尼德兰三国与日本相交十数年，深知将军大人威名，特遣约翰·塞尔斯为特使远渡重洋问候，目的便是希望多事交易，互派使节，互驻商舍会馆云云。

英吉利赠送家康猩红毡一匹、弩一柄、大炮二门，以及望远镜一支。家康回赠以押金屏风五扇。两国“通商状”的各项条款，亦允许英吉利使节在日本广为宣扬。

如此一来，旧教传教士们更是惶恐。他们这边其实也来了一个军人使节，非是别人，正是前来探宝的比斯卡伊诺将军。比斯卡伊诺在大坂城会见秀赖时口出狂言，擅自在近海探测，比起英吉利使节塞尔斯，举止名声都甚是恶劣。这种心虚使得他们更加焦急，亦导致他们妄自采取行动。

在英吉利使节一行返回平户之时，另一个让柳生宗矩大吃一惊的消息则自仙台而来。在仙台，不只柳生又右卫门，服部一族和本多正纯也安插了不少眼线。此外，又右卫门认为，因为忠辉那位如豹如虎的岳父，将军秀忠必对其大生戒备。最开始，又右卫门简单地以为，伊达政宗把索德罗从将军手里救下，带回自己领内，只是出于求知，顶多在造船时用上一用。然而，密报说，政宗一见大久保长安的死及洋教徒的骚乱，顿时心生恶念，欲利用这个时机，发起一场惊天动地的大变。

又右卫门初时并不相信，不过服部一族传来的消息也差不多，他便觉得不能再视若无睹了。服部说，在仙台会合的索德罗和比斯卡伊诺将军，制订了和英吉利使节进行正面对决的计划，并已说服政宗。

政宗常把索德罗叫到房内，以布道的名义密谈。据云，政宗称："我虽由于亲戚和朋友的关系不能接受洗礼，但绝不干涉家臣皈依。"他特准众人在城内和本城大厅自由传教，还在闹市建了两座教堂。政宗甚至下令毁掉松岛瑞严寺及另一寺宇里的众多石像，僧侣若有不从，格杀勿论。伊达家臣、洋教徒支仓常长还毁烧寺庙——若无破釜沉舟的决心与计划，怎会发生这等事？

新教国英吉利使节谒见家康，两国缔结友好条约之后，政宗便亲近旧教的比斯卡伊诺将军和索德罗，甚至在城内的本城大厅张榜宣布传教自由，甚为放肆。

正当此时，又有线人来报："政宗下令让索德罗与烧了寺庙的支仓常长等人，欲乘坐正在雄胜滨日夜赶工的大船，船成后去往欧罗巴，此事正在加紧准备中。其目的已与索德罗密议了若干次，即新教国欲占领日本，屠杀旧教教徒，不可不防……"

又右卫门震惊不已。他以为，伊达政宗必是看清了此次事件的前因后果，才决定出手，促使他下此决断的，仍然是索德罗和比斯卡伊诺将军对新教的怨恨。又右卫门并不认为政宗有多么虔诚的信奉，只能推定，促使政宗下决断的另外一个原因乃长安之死，或不如说是政宗看透了长安死后，将军秀忠和上总介忠辉兄弟之间颇耐人寻味的"不和"。派阀之争常常以“家族之乱”的形式出现，而且此时长安已然下葬，余波便涌向忠辉。若忠辉被一举击败，不管事实如何，只能以二字判定：谋反。伊达政宗一方面担心自己在无意之间，变成了千夫所指的谋反者之岳父，一方面，他似已看清局势，欲迅速上演一出大戏。若被扣上了“谋反”恶名，便极其被动。政宗深知其中玄机，干脆一不做二不休，真正谋反，主动进攻。

此时正值英吉利使节从江户去往三浦半岛，又右卫门立刻离开骏府赶往江户，秘密拜见秀忠。他发现，秀忠已然知悉一切。只是秀忠的看法与又右卫门大为不同。“陆奥守为了不让自己因长安和上总介的事受到猜忌，便不断讨好于我。”秀忠似乎真心这样想。他认为，索德罗也好，比斯卡伊诺将军也罢，对日本来说，都是惹是生非之人，不过也不能随随便便把他们撵出去，故伊达政宗便想出一个绝妙好计，让颇招人厌的南蛮传教士们立刻乘坐新船离开日本。

秀忠还大发感叹，政宗凭借非凡的谋略，在驱逐这帮传教士离开日本的同时，亦搭载了一个希望。为了不让那帮传教士们看透自己的本意，政宗故意让人毁坏了松岛瑞严寺的佛像，又修建小教堂，装成一副热心的教徒模样，甚至还委托支仓常长打探能否开辟直接和欧罗巴交易的途径。秀忠认为，政宗的想法必是：若交易不成功，就不可让那帮传教士们回来了。

柳生宗矩对秀忠的见解悉心倾听。伊达政宗行事云山雾罩，虚实交织。对认为松平忠辉为谋反者，欲对其岳父政宗加以打压的人来说，政宗让人恼火。“那么善于自保的独眼伊达，现在竟会做出让将军警惕的傻事？”产生这种看法的人会认为，包括搭救索德罗等所有事在内，都是政宗在秀忠心照不宣的暗示下大出其力。政宗在大久保长安生前便和他疏远，在联名状上也拒不签名，巧妙地把业已成为江户负担的索德罗和比斯卡伊诺将军引到仙台，假装改变信奉，借助他们的知识和帮助造好了新船，然后让这一堆麻烦坐上新船，把他们赶回欧罗巴。这一系列举措，八面玲珑，堪比家康治国大计。

政宗不接受洗礼的理由，表面上无懈可击。据说政宗曾问索德罗：

“能否在日本筑建更大的教堂？”

索德罗回答：“当听罗马教皇吩咐。”

既然索德罗这么回答，政宗便很快获得了幕府批准，派人出海。据索德罗言，那船重五百吨。过去家康让三浦按针所建的往返于大洋的船重一百二十吨，故此船之巨震惊世人。船上约有四十个南蛮人，为首者为比斯卡伊诺将军、索德罗和另外两个神父。日本方面的正使乃是故意烧毁寺院的支仓常长，常长之下有今泉令史、松本忠作、田中太右卫门、内藤半十郎等副使。另，为了学习航海技术，幕府的海事奉行向井将监手下十余人亦在船上，再加上一些商家，合计一百八十余人。

不仅将军秀忠，连家康都对此次航海大为关注。但又右卫门看出，关于此次出航，政宗定对已返回江户的松平忠辉有过暗示，遂又多派了人手加紧监视。

大船预定于九月十五出发。那之前八日，即九月初七，政宗写给女婿忠辉的书函已落入了又右卫门手中。又右卫门深深感到，天下之势，只四字可书——

万雷惊落！

三三　不败之地

伊达政宗写与女婿松平忠辉的书函虚实间杂，看上去破绽百出，实则滴水不漏，令人大为佩服。他在函中，就家康身后恐会发生的内乱进行了极为详细的剖析：巨木倒下，必生波澜。若家康公后任少了平息波澜的能耐，便会导致祖业败覆。大久保长安之死，以及之后发生诸事，只是无可避免的小纠纷。忠辉还年轻，对一切必须泰然处之。此次造船，从牡鹿郡的月浦出海，其实亦是为日后准备。天下好不容易才走到今日太平，万不可在内乱和外力的冲突下败亡。今方百废待举之时，对于有利和不利于国之繁荣诸事，要明确区分，以为盛世基石。有利于天下者，是南蛮之菲利普三世，还是红毛之詹姆斯一世？无人真正查访，故才命使节跨越重洋去欧罗巴一见，同时命索德罗与其他神父为日本开拓一条交易之路，以此试探忠心和实力。他写道：无实力者就不必再回日本，这也算为国清除尘垢。

书函之外，还有一份写与墨国总督和教派头领的书函抄本，可见政宗的复杂思虑。里边写道：日本和墨国通商，不会对吕宋的马尼拉不利。家康公只希望通商，毫无用兵意图。通商若是能给班国带去利益，旧教教派自会受到幕府厚待。唯结尾的几言，却令柳生又右卫门百思不得其解。

政宗拥戴将会成为次任皇帝的最强大实力者，并得家康公信赖，此次派遣使节，断不会引起家康公和将军不快。故请为使节行便利为望。

这种“便利”非说政宗希望班国尽快派兵船，竟似成了请班国给政宗送来一个让家康信任、将军也乐意支持的下任皇帝——含义实在复杂难辨。

毫无疑问，松平忠辉将从岳父处得到这封信。若他以为“次任皇帝”指的便是自己，又会引起何样的后果？

伊达政宗暗自疏远大久保长安，乃是为了不让自己被误为是长安同谋。如此谨慎的政宗，在信函里明确说此次派支仓常长去欧罗巴，绝不会引起大御所和将军的不快，其心意很是明白。

无二人的许可，那重达五百吨的巨船断不会造出来。索德罗自不必说，比斯卡伊诺将军无船，也无法离开日本。故政宗必是私下获得了家康和秀忠许可，把那些招人恨的神父和传教士赶出去，才能造巨船。但政宗命人破坏瑞严寺的石佛，又在本城大厅张榜宣扬洋教，还在城下建了两处小教堂，这一切又是为了什么？事情无这般简单，又右卫门只能这样想，至少，政宗早就预料到，大久保长安死后定会发生些事情，他担心自己被看作一派魁首，才疏远长安，还拒绝在联名状上署名。其实，正如政宗担心的那样，长安一死便立即出事。

同时，还应看到，政宗的心思也已发生了莫大变化。长安身死和英吉利使节的到来，都使事态发生了急剧变化。日本国内的洋教徒想到了太阁时的镇压，开始骚乱，长安的那份联名状，则被流言说成“忠辉谋反”的证据，更是扩大了不安情绪。这样一来，作为忠辉的岳父，伊达政宗也将处于极为危险的境地，他亦顺势加速派索德罗和支仓出使欧罗巴。自五月以来，工匠们没日没夜、不分黑白地赶造巨船；而在巨船造好之前，便已定下九月十五出港。

不管从哪一方面来看，都会充分感到事情的紧迫性和政宗的急不可待。难道他担心到时船不能顺利启航，才允许在大门前，甚至在本城大厅张贴通告。不只如此，此事应也已获得了忠辉的许可。毋庸置疑，“次任皇帝”这样奇妙的文字，是在暗示忠辉的存在，并以忠辉的名义拜托班国。若真是如此，伊达政宗不反大御所，但成反幕府将军的首领，几成事实。

伊达政宗看到内乱将起，即着手准备……他正按照自己一贯的缜密作风，为家康身后之事筹谋。将军秀忠欲与新教国英吉利和尼德兰联手，政宗便着手利用班国和罗马教皇。既然他能将手伸到欧罗巴，定也在国内暗中寻找可利用的势力。他的这些行为，在又右卫门眼中看来，确实乃“反秀忠”，然而稍微转变一下角度，又可以说均为“为秀忠着想之远虑”。政宗的筹谋和手段，着实可怕。

宗矩欲向家康禀报此事。家康已把“通商状”交与英吉利使节塞尔斯，稍微松了口气。他瘦了些，不过已处理好使节之事，心绪还算不错。

“又右卫门，英吉利说想在江户得到一处屋舍，正在四处找地方呢。他们留在日本期间，我会保护他们。”

又右卫门有些疑惑：家康公为何故意做可能惹旧教教徒反感之事？难道是想看看他们的反应？

其实，家康缔结的条约中，已破格给予英吉利特权：除了自由通商，还允许英吉利人住在江户，给他们治外法权。即英吉利人若有作奸犯科，其罪由英吉利判定。此前的南蛮人，哪能得到这等厚待？

“伊达领地的月浦传来消息，新造好的船将于本月十五出海。自然已得到大人批准了。”

家康微笑着点头，“陆奥守欲把招人恨的家伙都帮我清理干净。”

“这么说，大人也知他欲交给班国国君书函的内容了？”

家康转了转眼珠，抬眼盯着又右卫门，“在船出海之前，我欲不动声色。”

“不动声色？”

“是。也就几天了，还是不动声色好。又右卫门，听说大坂城的七手组去加贺办事，你可知此事？”

“哦？”

“听说是想修筑大坂城，去请高山右近大夫。”

“这……大人是从何处听说？”

“自是前田利长，利长可非知情不报之人。”

“唔。”又右卫门低应一声，忽然单膝向前一步，压低声音道，“从大坂去的使者乃是速水甲斐守？”

家康淡然道：“听说秀赖的近臣最近去过纪州的九度山了。”

“秀赖近臣？”

“是，好像叫茨木弹正。当今能够和幕府领军匹敌的，似只有真田家的后生。”

“这……大人听谁说的？”

“真是令人不明啊。”

“这么说，真是要筑建大坂城？”

“是啊，高山右近和真田之子在筑城方面，可谓天下无匹。对了对了，陆奥守的书函是怎回事？”家康果然没忘记，只是为了缓和气氛，避开了片刻。

“其中有一言，颇令人费解。”

“哦？”

“是言说，政宗拥戴将会成为次任皇帝的实力最强大者，大人您对此可有所知？”

“次任皇帝……”

“是。次任皇帝指的自然是下一代将军，陆奥守拥戴的，怕是上总介大人。”

“唔。”家康故作淡然地回答，然而他心中的波澜却无法掩饰。他忙拿过花镜，重新戴上，视线却变得模糊，表情也显得含糊起来。此情此景让又右卫门不忍正视。

“你认为，陆奥守因看到骚乱不可避免，才干脆采取主动，是吗？”

“是。他口头上命令索德罗、比斯卡伊诺将军，以及正使支仓六右卫门常长紧急借用兵船……”

“又右卫门！”

“在。”

“我欲待那船离开月浦后，立刻去江户一趟。”

“在下愿意一同前往。”

“我和将军商量之后，打算亲自处理忠辉的事，弄清他究竟是否有轻视兄长之意。然后，怕还得请你往京城一趟。”

“是。”

“忠辉和秀赖当然还什么也不知，不过这才令人为难啊！他们不知，在此时反而是障碍。其实，本是知了也不会有所行动的人，却因不知而无法判断大势。”

“大人的意思，在下明白。”

“唉！一切都是我太大意了！自己脚底下居然起了火。”说着，家康迅速摘下花镜，擦了擦眼角。

德川家康已非往日的德川家康了。他曾说过，“忍耐乃长久根本，愤怒是人生大敌。”此为天下之主者的首要修为。此言是他在关原合战时说的。当时，他在清洲城内轻度中风，却依然坚持上阵，神色自若，心如磐石。而现在，他竟在柳生又右卫门面前流泪，这令宗矩手足无措。兵家所言“不败之地”只是一种念想，在完全不知惧怕，或忘记了胜负之分时，才能到达那般境界。

“出兵必胜！”昔日的家康，心中始终有绝对的自信支撑，有立于不败之地的庄严之美。“为天下之主者，必须有坐于漏船，或是卧于火屋之心。”家康以前常这样说，他时时谨慎地作好一切准备。绝对的自信一直支撑着家康，正是这种由自信而生的庄严之美，使他打败了天下大名。然而，今日的家康是怎的了？

将军秀忠的兄弟上总介忠辉竟不满兄长，欲与伊达政宗联手大坂城丰臣秀赖，以示对抗。这当然令家康心绪大坏。

不只如此，伊达政宗还把自己的心思通告班国，欲借助洋人的势力，准备采取行动，推倒将军秀忠。家康难道从“不败之地”跌落下来了？若他的自信坍塌了，天下岂非要重回乱世？

父亲石舟斋若发现自己创的“无刀取秘技”被人所破，他的晚年将会变成何种光景？这样的想象时常在又右卫门心中掀起一阵冷风，而现在，在家康身上，仿佛出现了同样的萧瑟。

“又右卫门，”家康擦了擦花镜，又擦了擦眼角，终无力道，“我天真地以为，每日念佛诵经，早已到达净土，船已至彼岸了。”

“……”

“可是，可是，彼岸无那般近。我现在站在巨大的深渊之前，不知这点剩下的体力，够不够用……”

又右卫门无言以对。不败的信念，果然已随着肉体的衰老，慢慢从家康身上消失了。

“我先去江户见忠辉，是暗中去，然后，再决定是做恶鬼还是做菩萨。我的信奉究竟有多少效果，此次可以亲眼一看了。你也当作好准备，借给我力量啊……”

又右卫门真想说些合适的话安慰家康。有人在策划可怕的阴谋，纷争之暗云滚滚卷起，事情若只是如此，倒也简单。在关原合战时，还有解决办法，然而此次情况不同。此次无石田三成那般领头者，也无愿意为三成陪葬的大谷吉继和直江山城守。然事态之中孕育着的危险，却远甚于关原合战，并在迅速恶化。

大久保长安非恶人，也非领头之人。他死后财产被没收，儿子全被处死，相关人等悉数发配给各大名，事情在很短的时日内便料理干净。伊达政宗自也不能算是领头人，他不过是意识到大久保长安一事恐会在不知不觉间牵连了伊达氏，方小心翼翼地转守为攻而已。说到松平忠辉，他甚至不知长安的死在自己和秀忠之间造下了怎样的不快。大坂城的秀赖，究竟是否已知七手组或其他近侍去了加贺，或至九度山寻访真田幸村了？然而，据从大坂方面得到的消息，在保罗神父等人的煽动下，洋教徒纷纷乔装打扮，不断拥入城内，亦不断有人托明石扫部和织田有乐斋，以进入大坂，南坊高山右近很快也会离开加贺前往大坂。德川的旗本大将本未消除对丰臣氏的敌视，这样一来，必会更为紧张……

若只是大坂有事，倒也简单了；然而松平忠辉竟被卷了进来，事情就复杂得多了。“上总介大人怎会与将军对立？”然而伊达政宗等大名又悍然站在众人眼前。政宗从一开始就拉拢上总介，为了实现野心而大费苦心。女婿忠辉一旦被虔诚信天主教的女儿俘虏，政宗便露出了利牙。流言虽无稽，却具有扰乱世人心念之利。

想到这里，又右卫门真不忍再看家康。

“又右卫门啊，”过了片刻，家康又道，“你好似还未与我说出真心话呢。你可不只会带兵打仗。从何处下刀，你可看出点眉目了？”

宗矩还没下定决心，只是沉默无语。

倒也并非无话可说。此次事件为首者，不单只觊觎将军之位，进一步，乃是在思虑如何抓住太平时人心，其背后蕴藏着甚于夺取权力的野心。

“怎的了，又右卫门？是否采纳你的见解由我决断，你只是说一说，无妨。”

“大人！”又右卫门终于下定决心，抬起头，“若在下缄口，便是不诚。大人愿意听，在下便把心中所想一一道来。”

“哈，无妨，讲吧。”

又右卫门向前挪了挪身子，直道：“此次骚乱的根源不在某人，而在洋教。”

“唔。”

“故，若大人允许尼德兰和英吉利在平户建立商舍，第一要务，便要疏远三浦按针。”

家康没想到又右卫门居然是这样的开场白。他低头半晌，不语。

“然后，依法惩处那些滋事的洋教徒。”

“依法惩处？”

“是。信奉乃是自由，然而在世间散布流言、扰乱视听，则断不允许。”

“那些闹事的人中，也有信洋教的大名。”

“正是！百姓中的教徒只不过是听信流言，激起些小波纹。”

“你认为，处罚应从谁开始？”

“首先是陆奥守。如大人所知，陆奥守在居城大门上张榜宣扬洋教。然后是谱代长老大久保相模守。此为在下浅见。”

“忠邻……唔，忠邻也信洋教？”

“正是。因此，应从相模守嘴里说出，大人疏远了三浦按针，对新教、旧教一视同仁。不过，扰乱世间，断不允许。”

家康静静盯着又右卫门，看了片刻，点头道：“这样一来，洋教徒们就能安静下来了。将军和上总介之间的不和，又当如何？”

“在下认为，最好交与伊达陆奥守处置。”

“唔。”

“陆奥守在此事上思虑重重，亦得双方信任。说得难听些，便是左右逢源；说得好听些，乃是老成谋国。关键是，不能让他们彼此再存敌意。”

家康轻轻点头，“剩下的，就是大坂的秀赖了。听说偌多洋教信徒拥入了大坂城，那是为何？”

听家康这么一问，又右卫门又向前膝行几步，有重要见解时，他便会如此。“兵法讲究的乃是去敌，不是树敌。”宗矩激切道。

家康移开视线，脸上明显露出不快的神情。但又右卫门毫不退却，“大人一贯相信，只要心中无敌，便不会有敌，此乃大人神心佛肠。大人对秀赖，确无任何敌意。但大坂城却不同，此城从一开始，便是太阁为威慑天下之敌而筑。”

“与天下为敌？”

“是。各种建筑其实蕴含着不同的意思。京城皇宫乃是将战事置之度外的御所，故站在皇宫之前，谁也不会生起敌意。然而大坂城不同，站在大坂城上向外一看，便会产生要和新旧之敌一战的念头。只是看看那城，便能激起人强烈的战意。”

“哦？”

“因此，无论是被流放之人，怀抱深深敌意之人，愤恨世道不公之人，以及野心勃勃之人，都会大受其激。大坂城乃是一座肃杀之城，故比斯卡伊诺才发了那些狂言妄语，挑拨起洋教徒的妄想，将其与心怀怨恨的浪人野心联系到一起。”

“唔。”

“大人依然把秀赖安置于大坂。在下常思，若某日让秀赖产生了误会，以为大人要灭了他，那对大人来说，可就太委屈……”

“且等，又右卫门！”

“是。”

“你也认为，我真的厌恨秀赖？”

“大人把他置于肃杀之城，有其果，必有其因。”

“唉。”

“对上总介来说，情形亦同。上总介大人身边无名古屋的成濑或骏河的安藤那等名臣。大久保长安再怎么说，终是逊色了许多。”

“又右卫门。”

“在。”

“我明白你的意思了，和我的想法有同有异。不过，若不管我怎样大费苦心，秀赖都不离开大坂，又将如何？”

“那时，便会天下大乱了。”

“我问得多了。洋教徒和唯恐天下不乱的浪人不断拥入大坂，切不能置之不理。”

“不过，那时大人要对付的，可能不止秀赖一人……”

“哦？”

“到了那时，上总介大人和秀赖恐怕……大人啊，只怕您斯时便要伤心了。”言罢，又右卫门吃惊地捂住了嘴。

家康的身子在剧烈颤抖，柳生又右卫门的一席话恐是触到了他痛处。

“唔，秀赖并无敌意，但他既然和大坂城同在，便成了罪孽的源头。”

又右卫门不语。先前之言也许说得太重了，他有些犹豫，这些话对为人父母者，太残酷了。但他并不后悔把真实见解说了出来。

骚乱的芽已生长出来，为防患于未然，必当将忠辉和伊达政宗置于监视之下，斩断政宗的不安和妄念，将秀赖移封别处。除此之外，别无他法。

又右卫门想的是，假如从秀忠和家康口中说出：“忠辉太年轻了，才被长安利用。为了不耽误他的未来，请你予以足够的教化！”政宗精明如狐，他能看出来，如此一来伊达氏也就安全了，故会收起异心。然后，秀赖身边的重臣自可看清不能再待在大坂城，甚至主动提出移封……

然而又右卫门大觉失言。若秀赖要抗家康，家康只能连同儿子忠辉一起，以作乱的罪名加以惩罚。也就是说，家康必把太阁的儿子秀赖和自己的儿子忠辉一起杀掉，彻底斩断骚乱根源。又右卫门的建议有如寒风呼啸。

良久，家康方道："决断其实并非那么难。"

"正如大人所言，之前的准备与安排最为重要。"

"自然也不能坐失良机。你是兵家，自当觉得我的处置太过优柔寡断了吧？"

"不，在下不敢这般想。"

"但我还未放弃。我欲等到伊达的船从月浦出发之后，暗中离开骏府，路上先去大久保相模守的小田原城一看，然后到江户。在到江户之前，必须作出决断。一路上也想好生拜拜神佛，请些佛意哪。"

"是。"

"请你在此期间，莫要离我左右。另，把你从各种途径得到的消息，都说给我听听。"

"是。"

"记住，此话就止于你我之间。你不可离开我的轿子！"

"是。"又右卫门感到，家康似乎在害怕某种看不见的东西。

依计，家康于九月十七离开骏府，前往江户。

伊达政宗建造的五百吨巨船，已于二日前载着支仓常长等人，从牡鹿半岛的月浦出发。本多正纯、柳生又右卫门、服部正重和向井忠胜事先都各自派出人，一旦巨船发生故障，导致延期，骏府肯定会得到消息。然而骏府未得到这方面的消息，家康便如期出发了。

时值深秋，在世人来看，此次出行仿佛一场轻轻松松的游山玩水之旅。掌鹰人跟在轿子两侧，后面还有三乘女轿。其中之一坐着忠辉生母茶阿局。她尚不知，自己怀胎十月生下的儿子，现正处境艰难。

“到了江户，就能看到很久没见的上总介大人了呢。”听侍女们这样一说，茶阿局心满意足地点了点头。

一行人在沼津城小憩后，家康到病中的大久保忠佐榻前探望。忠佐年逾七旬，已然衰老得很难坐起，膝下亦荒凉无子。

“大人，您一定要再来啊。”听忠佐这样说，家康不禁热泪盈眶：“莫要担心，我欲让令弟彦左卫门继承你的家业。”忠佐却道：“那个不成器的家伙能胜任吗？”

然后，一行人前往三岛，在那里，接到了“小田原的大久保忠邻家中有不安之气”的密报。据云，由于大久保长安事发，家臣担心会被本多父子算计，气氛异常。

“风浪似比想象的还要大啊。”家康只是对又右卫门这般道，对同行的本多正纯则缄口不言。

在三岛停了一日，翌日，一行参谒了明神社。然后有近臣建议放鹰，家康却心不在焉，完全不似先前。

又右卫门寻思，若此事不得解决，家康公就归天，不知天下将乱至何样。

经过箱根的关所后，眼前出现了小田原，又右卫门心中突然感到一阵不安：家康身子越来越差，在人生之末，正要带着自信，满足地闭上眼睛时，却发生了这等事，打击之巨，实非常人可想象。

又右卫门始终不离家康的轿子半步。然而家康时常陷入沉思，似忘记了周遭诸事……

德川家康

12

〔日〕山冈庄八 著
王维幸 译

南海出版公司

新经典文化股份有限公司
www.readinglife.com
出　品

目录

一　逆子野心

洋教各派传教士以拜访为名，不动声色打发信徒去往越后松平忠辉处，乃是大久保长安身故后未久之事。

忠辉盛情款待信徒。对精力充沛却百无聊赖的他来说，来访者带来的掌故，给他打开了一扇宽敞明亮的窗户，吹入“西洋之风”。此外，信徒们还将从西洋带来的药物、香料，甚至与洋教有关的饰物纷纷送与忠辉，使他立时想入非非。

与此同时，忠辉岳父伊达政宗亦不断从仙台送来书函。初时，忠辉对岳父无甚兴致。此门婚事究竟有何意味，他一开始就颇为明白；只是他也太年轻，无法看透政宗。可是，自从索德罗到了仙台之后，政宗却大变其样，让人亲近，忠辉的内心亦被深深触动。

在解救索德罗之后，政宗便欲造一艘宽五间半、长十八间的巨船，以扬威欧罗巴，这样的想法不能不令人刮目相看。船的图样已送来，桅杆有两根。主桅长十六间有余，次桅亦近十间。忠辉立刻令人在福岛城做了船的模型，虽说是模型，尺寸却与实物无二。遗憾的是，他未能在领内寻到长十六间的主桅之材，无奈之下只得拼接。可就在快要完工时，一股不满却兀自涌上他心头：我造了一艘并不能在海上航行的大船，就兴奋不已，岂非小儿之举？难道骑于木马背上，便能指挥大军？唉，我究竟已长大成人，还是一介小儿？

许久以前，忠辉心生反省时，自会立时想起大坂城的丰臣秀赖，这几成了他的习惯，这次亦不例外。忠辉眼前浮现出了秀赖的身影，他落寞地下了船模。秀赖也会做这等无聊之事吗？

秀赖的身后，乃是那座高耸入云的大坂城九层天守阁……与其威容相比，忠辉所居的福岛城何其贫弱、何其寒酸！况且，秀赖只领六十余万石的俸禄，却有那般奢华的城池，我松平忠辉所领七十万石，远超秀赖！尽管不当这般计较，但一旦钻入牛角尖，便很难排遣不满了。

秀赖乃千姬夫婿，不就是我的侄女婿？想到这里，忠辉更觉不快。

接着，忠辉心中又浮现出对阿龟夫人之子义直所居名古屋城的赞言。名古屋城的规模或许比不上大坂，虽然忠辉未亲自领略过，但见过之人莫不交口称赞，说名古屋天守阁上的那一对黄金虎鲸，更是旷古未有，天下第一。义直乃忠辉之弟，所居之城竟如此豪华，自令忠辉不快。

不满之芽一旦萌生，便不易除去。忠辉自然又想起大久保长安来。大久保藏匿了大量黄金，却被将军德川秀忠悉数没收，可是，长安那般做并非为了一己私利，此中必有为忠辉的将来筹划之意，忠辉心知肚明。

我为将军的亲兄弟，如今非小儿。正因如此，父亲才不得不与我七十万石的厚禄。大久保长安为我的家老，就算发现他十恶不赦，也当先问问我忠辉的意思，凭何一声不吱便把此事办了？

想至此，忠辉愤愤走进本城房中，把刀递给出来相迎的五郎八姬，压抑着急促的气息，一进门便道："原来如此，哼！"

"什么事？大人脸色这般苍白。"

"哼！我告诉你，我一直惦记的那个谜，总算解开了。"

五郎八姬有些担心地盯着夫君的脸，可忠辉却未再说下去。他根本无法把心中所想全然吐出。

我一心一意辅佐将军兄长，兄长却对我这个弟弟怀恨在心。即使不怀恨，他也是大有戒心，否则，他怎会把长安为我隐匿的黄金无理没收了？亦因为怀有戒心，他才不由分说令人搜查长安的宅子，把本属于我的黄金作为判罪的证据。这些狠招定非兄长一人想出，必是和本多父子、土井利胜等人共同谋划。既如此，我忠辉怎能心甘情愿默默退到越后这穷乡僻壤？

忠辉端起五郎八姬递过来的茶，一饮而尽。他决定去骏府。

不满的火焰焚烧着年轻气盛的忠辉。在他看来，秀忠城府深沉，阴险如狼，表面事事顺着父亲，实际上完全是阳奉阴违，处处以自己好恶处事。一旦与其有利害冲突，他绝不会给对手生路。他总是悄悄地设下圈套，却还不忘装出有道长者的样子。对大久保长安的处分，对索德罗一事的处理，都是明证。关于索德罗一事，秀忠总算给了伊达几分面子，手下留情，但对越前的秀康，却是冷酷阴险。

秀康于庆长十二年闰四月初八故于北庄城。当时就有传闻说，秀康乃是被毒杀。这传言或许便是起于“秀忠为人阴险”之说。

由于秀康生前已皈依了禅宗，故他的遗骸始时被葬于曹洞宗的孝显寺。可未过多久，秀忠便声称父亲有令，把秀康改葬在了净土宗的运正寺，甚至连其谥号都由“孝显寺吹毛月珊”改为“净光院森严道慰”了。

“松平一族应皈净土宗。”在被告知是父亲这般吩咐时，忠辉还不以为然，可现在回想起来，他觉得秀忠恐是别有用心。“即使秀康身为兄长，也是将军家臣。”为了施加这种无形的威压，秀忠就连秀康死后诸事都要横加干涉，这难道不是对信奉的藐视？

忠辉愈想愈觉心事难平：若自己欲入洋教，届时秀忠必无理干涉，难道也默默服从？

忠辉觉得，必须去跟父亲说说个中情形！无论如何，如今已非可以任意威吓诸大名的时代了。就连父亲都鼓励交易，让将近两百艘朱印船畅游世间，从吕宋到安南、暹罗、爪哇等地，日本人聚居的城镇不断兴起。大久保长安亦是为了这个目标，作了种种准备。而眼下，岳父伊达政宗也开始了征服欧罗巴的行动。将军兄长称得上是顺应潮流之人否？思来想去，忠辉决定将自己的不满统统告诉父亲，于是先把重臣小栗忠政打发到骏府，让他先探探父亲的意思。可家康却推说眼下甚是繁忙，无空得见，又云反正早晚要去江户，且候些时日。

这又引起了忠辉莫大的不满：将军一定是先发制人，在背后捣鬼，阻止父亲与我见面，岂非令我步兄长秀康后尘？这样，忠辉的不满益发膨胀。

年轻人的不满总是轻率而猛烈，一旦被这种情绪攫住，其人必一叶障目，不见森林。

“五郎八姬，我找到与父亲过话的口实了。”沉默良久，忠辉突然开口。

五郎八姬“啊”了一声，惊讶地抬起头。

“我要去江户，在江户静候父亲。”忠辉一脸倔强，之后，又呵呵笑了起来。

“您要与父亲大人交涉什么？”

“交涉什么？这样吧，你权扮作父亲大人。”

“那，妾身就把自己当成大御所了？”

“对。一旦答不上话，便是父亲无理。那就开始吧。父亲大人，忠辉乃是将军的亲兄弟否？”

“然。”

“那么，义直又如何？将黄金虎鲸悬于名古屋城的义直，亦是忠辉的兄弟否？”

“当然。”

“兄长居将军之位，小弟已是名闻天下的名古屋城主，唯忠辉居穷乡僻壤的福岛城。父亲觉得是否公平？”

“这个嘛……”

“哈哈哈，忠辉并非无理取闹，无非想要一座符合身份的城池而已——不要别处，便是太阁所筑大坂城。”

五郎八姬睁大眼，呆呆望着夫君。

“难道这个要求过分了？父亲大人。唯大坂城才不居于名古屋之下。难道父亲认为忠辉不肖，不配那座城池？”

“这……”

“哈哈哈哈，父亲，孩儿请您莫要闪烁其词，请真心回答。”

“唉……大坂城内已有了太阁遗孤右大臣丰臣秀赖。”

“让他迁出去不就得了？大久保相模守和已故石见守也多次说过，秀赖不希望成一员武将，而是想以公卿身份生活下去。既如此，在京城为他觅一座宅邸，或把他迁到古都奈良亦可。当然，这些事，孩儿不便插嘴，在哪里建一座符合丰臣氏身份的宅邸，乃是父亲大人和兄长的事。”

“……”

“总之，忠辉就是想要大坂城，待在那座城中，可一边辅佐将军，一边考虑向海外发展。此乃忠辉的心愿，请父亲大人认真思量，给孩儿一个回复。”说到这里，忠辉再次大声笑了起来。

“怎样，我若这么一说，恐怕连父亲也无话可说了。我早就想过了，我不愿在父亲身后再去求兄长，要在江户静候父亲，像刚才这般与父亲交涉。你最好也收拾收拾。”

始时，五郎八姬还只是笑着附和忠辉，但一旦明白夫君之言并非心血来潮，她的不安遂大为加深。忠辉真的想要大坂城。那若是一座空城，另当别论，可那是太阁遗孤的居城，全天下大名无不瞩目！当然，要一座城并不意味着想夺取天下，但他要的却是曾一度位极人臣、号令天下者的居城，乃是象征着太阁雄视天下的权力的名城。“忠辉想要大坂城！”一旦世人听到此言，定会产生“忠辉欲夺取天下”的错觉。

“父亲会责备我有非分之想吗？”

“大人……”

“怎的了？难道你认为不能把秀赖迁往他处？”

忠辉似在戏言，五郎八姬却十分惶恐，“大人说话可要小心些。”

“小心？哼，这次的交涉，我就是要从此下手，不过，不是去逼父亲。”

“大人不如说，希望重建福岛城，这般说不是更合理吗？”

“重建？”

“是。家父说，此处其实不适宜筑城，不如在高田一带圈出一块地，重筑一座符合大人身份的居城。”

“哈哈，看来你终究还是女人啊，目光短浅！石见守常道，今后的日本国，要以天下为对手。一个要以天下为对手的人，蜷缩在这冰天雪地的蛮荒之地，怎能振翅高飞？心怀大志者，还是居大坂城为宜啊，可以堺港码头为大门……”

“大人，此话可不能乱说，只怕祸从口出，招人误解。”

“误解什么？我已说过了，这只是与父亲过话的借口！”

“可是，大御所若不答应呢？”

“哈哈，到时提出艺州、纪州亦可，若我与兄长商议，恐还会把九州的博多或长崎给我呢。我只是想让他们记住，忠辉乃是将军的兄弟、义直的兄长、秀赖的叔父。”忠辉狂笑起来，旋又低下头，“话虽这般说，博多或长崎终是不行。”

“啊？”

“还是大坂最好。兄长乃是将军，我则必须周游天下，与菲利普皇上和詹姆士国君一决高低。这样一来，门户就显得至关重要，居城气度尤为关键……哼，非大坂不可！”

人的野心总是在不可思议之处，沿着不可思议之路膨胀。忠辉最初所怀有的，只是对父亲和兄长的不满。他拿幼弟义直的名古屋城和地处北国的寒酸之地福岛城作比较，只因为偶尔想起了大坂城的威容，才做起了从没做过的美梦。

当然，这种性情并非一朝一夕养成，其中既有大久保长安的影响，也有索德罗和伊达政宗的引诱，更主要的，乃是因为忠辉为家康之子、秀忠之弟，身份不同寻常。

对忠辉最后的刺激，来自于支仓常长出海及岳父政宗的书函。

尽管五郎八姬一再提醒，忠辉还是想立刻赶赴江户。此时，他的野心还在不断膨胀，甚至连他自己都为之惊讶。

在前往江户的路上，忠辉亦只在考虑此事：“既如此，我忠辉须到海外风光一圈，否则岂非如凡夫俗子？”但他却忘了一件事：支仓常长一行至墨国，然后横渡大洋抵班国，进而再航至罗马，究竟会花多少时日？“他的船回来之后，下一个远航的就是我了。嘿，我既要去看看英吉利，也要去瞧瞧尼德兰。否则，就会落于人后了。”忠辉不禁把这些反复说给五郎八姬听。抵达江户之后，他亦是一刻不歇，立刻造访西苑，把这些想法告诉父亲。

许久不见的家康已明显衰老了。忠辉见到他时，家康于面前放了两个火盆，坐在厚厚的坐褥上，倚着扶几。“哦，上总介大人啊。”他的声音听起来甚是和气，简直让人有些惊讶。或许正是因此，忠辉反倒精神起来，草草寒暄几句后，忽向家康说起海外远航之重要。

“父亲大人，孩儿认为，令支仓常长等人出海实是错误，应该让您的儿子、将军的兄弟忠辉去才是。”

“哦。”此时的家康似很快慰。至少在他眼中，到昨日为止还是孩子的六子忠辉，现在竟也关心起国事来了。

“伊达家臣支仓常长和将军的兄弟松平上总介，给人感觉自是大不一样。待他的船回来，忠辉便想立刻出海。”

“看来，不站在阵前，是体会不到胜利的滋味啊。”

“是。在海外，忠辉自会代将军大展威仪。另，请父亲大人务必答应孩儿一事。”忠辉声音高昂，向前膝行几步。

家康还是笑，“答应何事？”

忠辉要代将军出海——家康似未从这话中听出别的意味，但听了下一句，便立时竖起双眉。

“父亲大人，请将大坂城赐与忠辉。”

这是家康从不曾想过之事，“大坂城？”

“是。孩儿听说义直的名古屋城雄壮气派，其黄金虎鲸更是举世无双。代将军远航海外，人家若得知孩儿只是个穷酸的福岛城主，定会耻笑孩儿，故忠辉想要大坂城。”

家康忙扫了一眼房内。忠辉生母茶阿局和本多正纯虽都不在，但正信却在一旁，他抖动雪白的眉毛，急将目光转向一旁。稍远处的外间，柳生又右卫门正背对他们守候，必也听到忠辉的话了。年轻气盛的忠辉，声音是那般有力。

“父亲大人！”忠辉未注意到父亲脸色的变化，继续道，“作为大坂城主，忠辉既要会会菲利普皇上，也想见识见识詹姆士国君。若那座居城是我的，他们的使者便也不敢小觑忠辉。”

“住嘴！”家康这才厉声喝止了他，“是谁教你这般说的？这样的事，即使是你自己的主意，也要和重臣们商议之后，先询问将军的意思，方为正道。你休要说了！”

忠辉猛地愣住，看了一眼一旁的本多正信，脸顿时涨得通红，然后长长舒了口气，似明白了，一切是碍于正信啊……

正信缓缓转向忠辉，“上总介大人，您方才的话有些轻率了。”

“轻率？”

“正是。大坂城并非无主之城。太阁遗孤右府大人正住在那里，故，刚才那话不可轻易出口。”

“那又怎样？哼！若是和他人同席，我自然会谨慎，可此处不是只有老爷子你和父亲大人吗？因此，我才请求父亲大人，这有何不是？”

“住口！”家康再次厉声斥责道，“佐渡守乃将军重臣，并非你的家臣。你怎可乱了礼数？”

年轻的忠辉额头上眼看着根根青筋暴跳。

父子虽久未谋面，但忠辉实在太天真了。他原本以为，即使家康难以接受他的请求，起码也会温和地加以解释，不想得来竟是父亲一顿呵斥。事实上，家康的内心亦已不堪重负，他甚至还需要忠辉的安慰。

“先退下去吧。以后不许你再说那种事！”家康气咻咻地训斥着忠辉，忧色满面，“我早晚要让小栗又一好生调教你。退下！”训罢，家康不再看忠辉一眼。

忠辉牙齿咬得咯咯直响。他喷火的双眸睨视着正信，道一句“孩儿错了”，便退了下去。

“又右卫门，过来些。”忠辉退下去片刻，家康把守候在外间的柳生又右卫门宗矩唤了进来，“刚才上总介大人的话，你就权当没听见。”

“遵命。”又右卫门点点头。家康叹了口气，道：“真是麻烦啊。”听上去，这叹息既非对又右卫门，亦非对正信，“盯上大坂城的，何止是洋教徒和浪人啊。”

“但大人也犯不着如此忧心。”本多正信安慰道，“上总介大人还不知高田筑城的想法，就容在下详细告诉他缘由吧。”

但家康并未顺着正信的话："盯上那大坂城的，绝不止忠辉一人。一旦我离世，垂涎大坂城的人定层出不穷。你说呢，又右卫门？"

又右卫门没作声，默默垂下头。

"长福丸和鹤千代还小，一旦长大成人，谁保他们不会眼馋？"

"可此事……"

"唉！我也有疏漏啊。当我听说比斯卡伊诺在那大坂城大放厥词时，就不能不留神了。那城啊……"说到这里，家康再次深深叹了口气，"大坂城似在大声向心动之人发出挑衅：到这里来，这里乃是攻不破的金汤之城！"

本多正信仿佛在打瞌睡，柳生又右卫门则似被家康打动了，道："大人，今夜议事，恐怕又要熬到深夜。趁着现在没事，大人何不先小憩片刻？"

但家康似听非听……

二　深夜密议

密议于西苑中书院进行。外面寒气逼人，但中书院四面的窗户却尽皆敞开，从走廊到前院都排满岗哨。

参与者除了大御所德川家康、将军德川秀忠之外，与家康同来的本多正纯、安藤直次、永井直胜、金地院崇传也被允列席。随将军秀忠来的则有本多正信、土井利胜、酒井忠世、水野忠元、井上正就等重臣。此外，柳生又右卫门和青山忠俊也列席，只是这二人还兼护卫。但本该参加这次议事的最年长的大久保忠邻，却始终未曾露面。

“都到齐了吧？”家康不快地环视了众人一圈，催促秀忠发话，“先请将军说说此次议事主旨。”

但秀忠却无要主动发话的样子，他恭谨地向家康施了一礼，道：“既如此，还请父亲大人先训示……”

话音未落，家康就一声怒喝：“岂有此理？为父已七十有二高龄，你就当我已不在这世上。”这一声喝骂让在座所有人心惊胆寒，屏气凝神。

“不敢。”秀忠小声答了一句，立刻回头望着土井利胜道，“处置大久保长安一族之后，天下似有不稳迹象。先由大炊头介绍洋教动向。”

土井利胜早有准备，向前膝行一步，道：“关于此事，由大久保相模守来说明较为妥当，但相模守未出席。最近，江户倒算稳定，这么说，是因为町奉行岛田兵四郎等人，已对屡次秘密集会的索德罗施药院有关人等提出了严正警告。不过，上方的情况还不甚明了。听说开始有信奉洋教的大名到大坂去秘密联络，而且，与加贺的高山南坊也频频往来。故，我已要求加贺大人严加监视。”

“大坂城内动静如何？有无新的消息？”家康问道。

“回大人：保罗、托雷斯等神父常出入城内，与速水甲斐守、渡边内藏助等人频频密会，并以明石扫部也参加讲经为幌子，滞留于大野治长、织田有乐斋等处，频频向加贺的南坊派出密使……”

家康拍打着扶几，打断了他：“我对大炊的话无甚意见，这些无所谓，我关心的是，大久保相模守为何不露面，他有何不平？想必你们知道些吧？”如此性急之问，完全不似家康平素的样子。

“大久保相模守的事，在下……”酒井忠世插进话来，“关于相模守，听说由于近年来旧友纷纷亡故，他心绪极其低落。正欲提出隐退时，却又失去了长子，便越发委顿，身体也大不如昔，据说最近正卧病在床。”

家康睨视着忠世道：“只是这些吗？你们有谁去探望过？”他声音甚是严厉。

一直眯着眼静静端坐的本多正信举起手，道：“今日可非寻常议事。关于大久保相模守，就由老夫来说说。事实上，相模守今日极不愿与我父子同席，现正避在家中呢。”斩钉截铁说完，正信仰视着家康。

家康微惊道：“你以为家康连这些都不知道？但忠邻为何发怒，我要你说说。”

“说来话长，从早年，相模守就与正信合不来。他性情刚直，老夫却曾在一向宗暴乱时一度逃逸，是个少见的无耻之徒。就是我这样一个无耻之徒，现竟与儿子上野介日日赖在将军与大御所身边，插手天下大政。他容不下老夫的放肆，这是他亲口所言。”

家康闭上了眼睛。二人禀性的差异，他心中甚是清楚。眼有眼的作用，鼻子有鼻子的用处，各司其职。可双方都已年过七十，却依然不能和解，真是可悲啊！

“实际上，对于此事，正信也深感耻辱，也曾努力为他解开心结，但一直未能成功，以至于发生今日之事。最近，让他最感愤怒的，便是对大久保长安遗族进行的处置。他心里一定在想，若长安徇私舞弊，当然要接受处罚，但为何未跟他商量一下就作出了决断？这种愤怒的心思，老夫并非不解。大御所大人召他前来，他恐怕也不会推三阻四。当然，他也实让人悲怀。正如酒井大人方才所言，他正下决心要隐居的节骨眼上，长子却先他而去，自弄得他身心俱疲。”

“这话……这话，你与忠邻说过吗？”

“说过了……啊，非亲自说的，此事需请他容让，故老夫就劳水野忠元大人帮着跑了一趟。但他一听是老夫的口信，便以卧病为由不予接见。是这样吧，水野大人？”

忠元点头。

“唉！既这样，忠邻啊……相模守断无不露面的道理。那么，现在家康就给大家说说，眼下局势不稳到底是何原因。若有偏颇之处，请诸位明言，休要拘束。”家康语气依然像鞭子一样威严。

满座人鸦雀无声。众人都感到，许久不见的、只有作战议事时才有的杀气，又从家康身上散发出来。

“此出不稳，最大的原因，在于某些人忘记了太平世道来之不易。”说着，家康一个一个仔细巡视在座者一遍，“大久保相模守的我行我素，与长安的轻妄，无不根源于此。其实，忘记了太平来之不易而麻痹大意的，大有人在。”

“我等实在汗颜。”正信插上了一句。

“不懂得战仗残酷之人，先且不论。我要说的，是经历了关原合战的人。我们在世期间，必须把乱世的残酷告诉世人。众位可知最易疏于此的，是谁吗？”

“啊！”秀忠最先惊讶地打了个哆嗦。接着，正信也低下了头，“惭愧！”

“莫要插嘴！”

“是！”

“错最大的，便是德川家康。家康继承了总见公和太阁遗志，终于实现了天下太平的夙愿，却安于小成，疏忽了对右府和上总介的教导……正是由于这些疏忽，才导致长安的轻妄和洋教徒的阴谋策动。”

唯有坐于末席的柳生又右卫门脸上现出了微笑。家康对自己的批评，正是石舟斋兵法的极致：若人本身无破绽，对其施何种阴谋和妖术都不能得逞，故，所谓必胜的信念全来自此种自信——“若是发现我有破绽，就只管上来试试！”看来，家康似又恢复了先前的豪气。

“我把忠辉全权托付给长安，竟是这种娇宠害了忠辉。同样，我把右府交与有乐、片桐、小出等人，也是大有疏漏。若他们能够坚定不移，都拥有‘维护世间太平，舍我其谁’的心念，洋教徒也就不可能有发起阴谋的机会。正信恐也知，当我蛰伏于三河时，能够镇压一向宗的暴乱，原因就在于此。他们和我的信奉，究竟谁为真？在这种自信的比拼中，我最终还是压倒了他们。这一次则正好反了过来，我们被打了个出其不意。忠辉跟着长安一起堕落了，右府则沦为了女人之城的装饰之物。听着，到了这种程度，天下还不乱，那才叫怪事！故，错在德川家康。”言毕，家康眼圈红了。

家康究竟要说些什么？秀忠、正信和正纯都莫名其妙地面面相觑。他们本以为家康会把所有的不满发泄到他们头上，没想到他却泣不成声，率先自责起来。

土井利胜战战兢兢道：“大人这么一说，我等都无地自容了。这哪里是大御所的疏忽，完全是我们这些属下怠慢了啊。”

家康再次缓缓注视着众人。他脸上完全是一种庄严的、无人猜得透的悲愤。无人知晓他究竟是在愤怒还是反省，抑或是为了要斥责别人，而故意先拿自己的是非开刀。

“利胜，你是这般想的？”

“是。真是汗颜之至。”

“你若这么想，那我无论唠叨多少遍都无用。火已经着了啊。你说呢，将军？”

“是。”

“那么，应怎样灭火？从何处着手？怎样做才能把损失降至最低？当然，对于这个问题，大家一定都有自己的看法。那就先从年长的佐渡守大人开始说吧。”

“恕老夫冒昧。”本多正信此时才真正洞察了家康的内心。家康强忍怒火，当着众人的面自责，完全是因为看透了在座众人。“正信以为，应从镇压狂妄的洋教徒入手。最好从三地开始：其一为奥羽之地，完全交给伊达陆奥守即可。听说陆奥守自己都要改宗了，从城内到正门前处处都竖起牌子，鼓励洋教。这当然是别有用意的一招反棋。”

“反棋？”家康闭着眼睛问道。

“是。他已经意识到自己的不利，想以此来向将军表明忠心，也就是说，他是在暗示信徒们，若意图不轨，大可放心投入到他怀中去，他会为他们撑腰。他把一切都揽下来之后，事情自然就平息了。必是如此。”

听到正信这番意外的发言，满座哗然。无论是酒井忠世，还是水野忠元、青山忠俊，对伊达都无这般乐观。不止如此，他们甚至还怀有疑念：煽动大久保长安，怂恿忠辉的，不正是伊达政宗吗？但由于家康正眯着眼睛听得入神，谁也不敢插嘴。

“奥羽之地完全交给陆奥守之后，从关东到信越、东海，江户就足以控制了，乱无由起。最重要的是上方。镇抚上方的骚乱，寻常人不能胜任，因为秀赖那边有相当多的信徒在帮着出谋划策。因此，能够一举镇压骚乱的人，若少了足够的分量和实力，自是万万不可。如此看来，平乱之人非大久保相模守莫属！”

一席话，令在座之人惊愕得喘不过气。

大久保长安事件背后，大久保忠邻与本多正信父子的争斗已然纠缠不清，正信口中却忽然蹦出忠邻的名字，众人岂能不惊？可是，此时家康竟也沉默了。这样一来，无人敢插言。

“老夫居然推举大久保相模守，或许有很多人感到不解。事实上，正信对相模守近来所为也颇有微词，但私情和公事绝不能混为一谈。赶赴上方，诘责那些意图闹事的信徒和大名，并且，让右大臣秀赖把他庇护下的神父和传教士，以及企图乘机作乱的浪人都悉数交出，斩断祸根。能够担此重任者，非相模守莫属！”

说到这里，本多正信飞快扫了一眼秀忠。但见秀忠像陶人一样凝然静坐。

“或许，世间会有一些自以为是的读书人造谣说，本多正信再次把对手赶到了陷阱里，但这样的恶言不足为惧。相模守和伊达陆奥守一样，都被世人当作洋教信徒，正因如此，他们亲自出面，才会更具说服力。而且，为了消除此前世人对他怀有的疑惑，相模守定全力以赴。故，无论于公于私，这都是好事一桩。这样，先控制住火势，再慢慢商议善后之策，诸位以为如何？”

但家康仍闭眼沉思，片刻后方道：“佐渡守大人的意思已经明了，酒井忠世有何看法？”

“在下恐难以认同。”家康忽然这么一问，忠世倒是明确地表明了态度，“照伊达的性子……先不说这些，对于把大久保相模守派往上方一事，在下无法同意。”

“哦？”

“即使不这样安排，相模守都曾愤愤说过，他完全是摆设。让这样一个自暴自弃之人去安抚上方信徒，正如佐渡大人所言，这恐被解为带有嘲讽之意的命令。如此一来，相模守的怀疑会愈发加深。把一个自己都不信任的人派去，无异于火上浇油。故在下以为，反倒是派伊达陆奥守去较好。”

“正纯你说呢？”这时，家康才睁开眼睛，用刀子般的目光盯着正信的儿子。

“恕在下直言，在下会折中处理。”

“折中？你休要拘束，只管明说。”

“误导大久保相模守的人，不用说，罪魁祸首还是大久保长安。除此之外，还有一些人与之有牵连。由于长安已去，故应在严厉处置余党之后，再把相模守派到上方去，在下认为方是上策。”

“还有一些人与大久保长安有牵连？你指的是谁？”家康有些纳闷，不解地问道。

“信浓深志城主石川康长、筑摩藩主石川康胜。”说着，正纯从怀中掏出从前那张联名状的抄本，在家康面前展了开来，“大人请看，在相模守和长安的署名之后，石川康长、石川康胜，以及宇和岛的城主富田信高、日向延冈城主高桥原种，亦赫然在目。”

家康沉着脸，把视线从联名状上移开。石川康长兄弟乃石川数正之子。数正多年身在丰臣氏，却暗中为德川效力，家康心中颇明。

“你现在还带着那样的东西？”

“是。这份联名状可让在下时时作参考。在这上边署名的，都是与长安最为亲近之人，而且，他们私下里都是热心的洋教徒。”

“所以，就要先惩罚他们？”

“正是。他们中间，有从前背弃了德川投奔丰臣氏，给三河武士丢尽了脸面的石川伯耆的儿子；还有，富田在四国，高桥在九州，也分别要加入长安的走私交易，故，首先要没收他们的封地，再把相模守派往上方。”

家康无语，盯着正纯——此子露出的机锋，令人何等惊心啊！对正纯来说，大久保长安已铁定是谋反者，大久保忠邻则是被长安利用的好人。对他来说，既然已处决了长安的遗族，为了德川的安全，对那些与长安亲近的人，也要坚决予以剪除。

“这么说……这么说，上野介大人，你的意思是，通过对忠邻周围的人进行处罚，来促使他本人反省自己的不当和过错，之后再将其派往上方？”

“正是。否则，相模守到了上方，反而会四处游走，发泄一肚子不满和牢骚。怎么说，他也一大把年纪了，若到处胡说八道，恐会扰乱天下，也会给大久保一族带来灾难。众所周知，相模守与石川一族的关系亦异常亲密。”

说到这里，正纯突然闭了口。这些事情，用不着他说，家康也清楚得很。

家康低低呻吟了一声，再次闭上了双眼。不错，大久保忠邻和石川两家，从家康祖父时起就交往甚密，形同一家。忠邻之妻乃石川家成之女，算起来便是数正的堂妹，而现在石川一族的家主石川康通的嗣子忠总，实际上乃是大久保忠邻次子。基于此，正纯才提出严惩石川数正家人，再把大久保忠邻派往上方的建议。

或许在有些人看来，本多上野介正纯既然连长安的遗族都予以处罚了，现在又提出这样的建议，其目的恐是要把政敌大久保忠邻一举除掉。为此，与其直接对付领养了忠邻次子的石川家成后人，不如除掉石川数正的儿子，因为众人都认定其背弃主家，投奔太阁，甚至那些顽固的旗本大将仍在私下里喋喋不休："三河武士的耻辱就是石川伯耆守的背叛。只要除掉了他，谱代们就全都是忠贞之士了……"每当听到这样的议论，家康都如鲠在喉。石川数正的出奔乃是家康默许过的，事到如今，他却无法将这些说出口来。而且眼下，石川康长和康胜与已故的长安关系笃厚，也是事实。正如正纯所言，在那份令人头痛的联名状上，清清楚楚署着康长与康胜的名字。

"相模守大人上了年纪，故须采取这样的措施，否则，他就极有可能在上方发泄不满和牢骚？"家康问道。

"是。但必须是在没收了石川兄弟和富田、高桥等人的封地之后，才可将相模守派往上方。只有如此，相模守才会紧张起来，认真做事。"

家康不禁打了个寒战。正纯的话说得丝毫不差，但是，那冷气逼人的锋芒后，会不会隐藏着什么呢？将军究竟如何想？家康担心的是这些。他一生所历，车载斗量，倒不是很难作出决断。但一旦秀忠无法明白他的决断，必会埋下祸乱的种子。

"好，上野介大人的意思已明了。谁还有什么想法？"

家康话音刚落，酒井忠世道："在下认为，相模守并不合适。"

"可是……"此时正纯之父正信意味深长插上了一句，"如此一来，就必须另外考虑对相模守的处分了。"

在这种场合下，此言无异于致命一击，其锋芒完全超过了其子正纯。

安藤直次愕然地叫了一声，慌忙闭上嘴。最近的忠邻，甚至对将军都有些怠慢了。因此，是否对其放任不管，实际上乃是关乎幕府威严与体面的一桩大事。

家康又问了一次："谁还说说？"

此次就无一人发言了。尽管多人内心同情大久保忠邻，但由于其我行我素，谁也不便为他说话了。

“好。关于忠邻，大家该说的也都说了。”家康看向一直在努力控制情绪的将军秀忠，“行将就木的德川家康不便再插嘴，就听听将军的裁断吧。对于将军的裁断，恐任何人都不会有异议，嗯？”

四面黑了下来。柳生又右卫门轻轻站起来，点上烛火，又静静退回末席。

此时，有人喊了一句：“恕在下冒昧，在下有话要说！”

是安藤直次。他看到家康已经在催促将军决断，终于忍不住喊了出来。他此前一直在为该不该开口而犹豫。

“直次啊，有话就赶紧说，无甚好担心的。”

“请恕在下冒昧。”直次又恭敬向家康施了一礼，道，“诸位之高见确有道理，但鄙人以为，此前的话题偏离了关键。不知众位有无察觉？”

“偏离了正题？”家康佯惊道。

“正是。”

“口气不小啊。说来听听。”

“直次对本多大人提出的把大久保相模守派往上方之议，没有异议，但并非随便派个人过去就能解决。万一把相模守派了去，骚动却毫无平息的迹象，到时局面该如何收拾？在考虑派何人去之前，必须先思量思量。”

满座人都一怔，这确是必须考虑的关键。但是，不知家康怎么想的，他忽然一拍扶几，怒喝道：“直次住口！”

“是。”

“你以为你不说这些，将军就想不到吗？”

“在下糊涂。”

“将军会反复权衡天下诸事，在确定孰轻孰重之后，自有决断。现在只谈论派谁去上方的问题。”家康先是粗暴地呵斥了一顿，然后转向秀忠：“请将军裁断。”

秀忠不再畏缩。他已与正信商议过，内心早已有了决断。当然，这里面有两种考虑：若忠邻拼命完成任务，那就可将功抵过；若他仍然到处发泄不满，就只好忍痛将其处置，以儆效尤。

“那么，派往上方的使者，就定为大久保相模守。”说完，秀忠转向家康道，“父亲对此还有什么提醒的，请训示。”

家康有些悲伤地皱起眉梢，但他仍是努力控制着感情，道：“那么，此事就这么定下来了，派往上方的人，就定为大久保相模守……相模守若无法平息骚动，究竟该如何应对？直次先说说吧。”

先给直次一个当头棒喝，让其闭嘴，现在却又来逗他，家康乐于如此。他又道：“直次，这次你就不要客气了。听你刚才的口气，已是胸有成竹啊。”

直次显然陷入了困惑。在他看来，即使把大久保忠邻派到上方，京坂骚乱也不会平息。不止他一人这般想，事实上，他心里也知，最清楚这一点的是本多正信父子。但如此一来，忠邻必然要引咎退隐了。这位家老的末路真是可悲，因此，直次才会反对。可他的发言却遭到了家康的阻止，派忠邻至上方已成定论。既已决定，他除了服从，还有何说的？

“直次，怎的不说话？你不是反对派忠邻吗？”

直次默不作声。既然他已被家康看透，就愈发无话可说。

“直次！”家康的声音益发尖锐起来，“我方才说了，不得反对将军的裁断，你也听到了吧？”

“是。”

“就连德川家康都服从了，你反对还有何用？把大久保忠邻派往上方的事已定。现在讨论的，是一旦忠邻失败，该如何处置？”

直次不禁心头火起。若事情到这种地步还不作声，那便是懦夫所为！

“既已决定，在下无话可说。但直次依然认为，以大久保相模守的能力，断无法平息事端！”

“那么，你认为怎样才能平息事端？”

“恕在下直言，只有将右大臣丰臣秀赖请出大坂城，否则，骚乱永无平息可能。可是，诸位大人却仿佛把这一点都给忘了，这实在令直次感到意外。”

听直次如此一说，满座微微有些震动。末席的柳生又右卫门舒了一口气。一定会有人在某个时候跳出来说这些，他从一开始就等待着这一时刻了——在座者中，心存这种想法的不止他一人。

若移封秀赖，正在汇集的信徒及那些意图不轨的浪人，就失去了野心的根基，只好作鸟兽散了。孕育了他们野心的并非秀赖，而是大坂城！秀赖压根儿就无一丝野心。

“哦？这么说，你的意思是要直接与秀赖谈判，让他交出大坂城？若非有如此辩才之人，派去便无意义，对吗？”

“正是。”

“那么，我倒是要问一问，你觉得有这样的人吗？若有，代忠邻去也可。你觉得，谁适合做这个使者？”

这是直次万万未料到的难题，但他已无路可退，道：“上杉氏的直江山城，或是真田昌幸……”

话音未落，家康反诘道：“混账！昌幸早就死了。”

直次一愣，自己怎会说出这二人来？他刚想到这里，家康就以责怪的语气替他解释道：“你认为直江山城和真田昌幸是能够向家康挑战之人，对吧？”

“是。”

“连你都这般想，秀赖母子当然也会这么想。把这样的人派去，明言相告，若要动兵刀，大坂只有一败，故秀赖必会乖乖把城让出来。你是不是想让使者如此去谈判？”

“是。”

“你什么时候也变得如此冒失？你不知，直江山城守便是关原合战时向我放箭的上杉家老。哼，准确说，便是他与石田治部合谋，挑起了那千古一战。”

“因此，若派他去……”

“住嘴！”家康再次斥责，“不与山城和昌幸等人商议，事情就无法解决，将军若给世人留下这样一种印象，即使秀赖乖乖出了城，日后天下的事还怎生处理？一旦招致世人轻视，日后的天下便真要乱了。这样的道理，我想你不会不明。”

直次的脸色变得异常苍白。听家康这么一说，他才明白自己究竟在想什么。正如家康所言，他一直认为，现在战场上最强大的对手，不是直江山城率领的上杉的军队，就是真田昌幸父子手下的大军。由于心中一直这么想，他方一不留神说出口来。但即使家康不提醒，他也知，此次与德川内部的派系之争纠缠在一起的问题，绝非随随便便就可泄露给外样大名。

“在下惭愧。”

“明白就好。并且，我听说昌幸早就去世了。既如此，你这个提议也就无甚意义了。好，下面听听利胜的看法。”家康径直把视线移到土井利胜身上。

利胜缓缓施了一礼，“这绝非一件寻常事。若大久保相模守解决不了……就连大久保相模守也无法弹压，各位这样一想，骚乱自会变成天下大乱。”

“这些用不着你重复，我在征求你的看法。”

“恕在下不才，利胜无任何看法。”

“没有看法？如此怎能辅佐将军？”

“无论大人怎么说，腹中无物却硬说有，那才是不忠。服从大人以及将军的决断，并为此效犬马之劳，才是一个愚臣的奉公之道。”

这个大炊头真是滑头！末席上的柳生又右卫门险些笑出声来。

家康轻轻叹了口气，闭上嘴。他很清楚，多数人都无意见，只有安藤直次这种争强好胜之人有异议，但于事无补。面对此意外事件，最好的解决之方便是快刀斩乱麻。目下能够明晰的，是对大久保忠邻的我行我素心有不满的，不只是本多父子，秀忠也颇为不快。大久保这老家伙还以为是从前，动不动就可斥责秀忠两句。看来秀忠无论如何要把弹压洋教徒的重担加在忠邻肩上，将他派往上方。

“启禀大人。”柳生又右卫门旁边的永井直胜道，“厨下来说，晚膳已备好了。”

“哦。”家康略显疲劳之态，“那么，就先歇息一下。”

“明白。让他们把晚膳送上来。”

安藤直次和柳生又右卫门起身离席，未几便让下人把晚膳端了上来。不过，在这间歇，谁都未说话。时已酉时过半，就连院子里都是漆黑一片了。

“大家好久未凑到一起吃顿饭了。”举筷的时候，家康道，可无人回话。众人都在认真琢磨派遣大久保忠邻去上方一事。

一种感慨掠过家康心头：我现在还不能死！

“哈哈哈，这简直就跟在灵前守夜似的。好吧，吃完饭之后，让柳生又右卫门把送到他手里的京城、大坂的消息说说吧，权当消遣。”

宗矩一面恭敬地施礼，一面想，家康终于恢复了本性。事实上，初时他还在想，在这次议事时，自己恐怕得讲点什么，可一开始，家康就对自己进行了深刻的反省，让大家吓破了胆，把注意力全都集中到了议事主题上；看到大家才思枯竭之后，再用新的消息来刺激众人。这便是在关原合战时，家康经常采用的启发众人才思的策略。照此看来，家康心里恐早就有了对策。

未几，饭已用完，侍童奉上茶，退了下去。

“差不多了，又右卫门，听说京城的本阿弥光悦又给你送来了消息。”家康一面剔着假牙，一面催促道。

“是。本阿弥先生似觉得，眼下的事态不宜再耽误……”为了避免给众人形势险恶的感觉，柳生又右卫门努力保持着平和的语调。

“此话怎讲？”家康应道，“他究竟是从何处看出来的？他原本就是个好操心的性急之人啊。”

“先生说，大坂城已经三次向加贺派出使者，不用说，目的就是为了邀请高山右近大夫，称是近日想修筑城池，才想请他去。”

“高山南坊怎么说？”本多正信立即问道。关于这些，正纯也知，他却装作不知情，一副漠不关心之态。

“右近大夫立刻把此事禀报了加贺大人，便被利长公阻止了。可之后大坂又连连派去使者。据说右近大夫最近颇为心乱，他既欠加贺人情，又要对大坂城尽义理，立时陷入了两难境地。于是，光悦先生认为，最终决定一切的，必然还是信奉。”

“他的意思是说，南坊要离开加贺？”

“先生也特意赶赴加贺，与加贺大人及横山大人等会了面，他的推测是在此之后作出的，故甚是可信。”

其实家康早就听到这个报告了，可他却装出一副第一次听到的表情，频频点头，“那么，大坂那边邀请高山的主谋是谁？”

“这个还不甚清楚。”又右卫门故意含糊，“只是最近，一个令人意外的传言，似乎在大坂城扎了根。”

“什么样的传言？”

“传言说，大久保长安带进城内的联名状，是为殉教而做的血盟书。他早就预料到会有今日，为了防备这一天，才特意制了那联名状。”

“为了殉教？”秀忠探出身子。

“是。这个传言究竟是进城的神父杜撰的，还是由明石扫部、速水甲斐等捏造的，尚不可知。总之，不可掉以轻心。反正传言的意思是说，长安已经看出，幕府早晚会摧毁大坂，这已是不可动摇的策略。”又右卫门注意到重臣们都惊讶得面面相觑，越发放缓了语气，“长安原本并非丰臣家臣，但他亦非一个背叛天主的信徒。他从三浦按针来到大御所身边的时候起，就已料到旧教会有今日之危，遂忙与越前的秀康公商量，投奔了忠辉公。”

由于又右卫门语气虽是淡漠，但实涉及要害，满座之人皆是目瞪口呆，僵在当地。

“散布传言的那人真是老谋深算。长安真这般想？但他本人已死，越前公亦仙去，一言以蔽之，死无对证。那人这样说，是想巧妙地发挥那份联名状的作用。结果，所有人都像中了邪。”

“那么，”家康催促道，“那个传言扎根之后又能怎样，又右卫门？”

“不用说，它会让世人陷入错觉，即大坂已被逼到了不得不反的境地。”

“大坂不得不反？”

"长安已故去了，大御所身边就成了三浦按针一人的天下。其证据是，英吉利、尼德兰的使节堂而皇之在全日本游历，甚至要在江户城拜领宅邸……只是这些，那还只算是旧教之危，而非大坂城之危。故才会在这个关键时刻再次拿出那份联名状……大久保长安早就预料到此日，遂结了血盟。并且无意之中，以秀赖公为首的大坂重臣和近臣，也都一起签了名。长安的遗族都被处决了，这份联名状必会落入将军或大御所手中，如此一来，亦便有了诸公今日的会合，而这次会合也就给大坂制造了一个借口：一次商讨如何征伐大坂的军事议事。"

"有理。"家康不动声色道，"这传言的制造者真是老到，为了给日后的骚动打下基础，一定动了不少脑子。"

又右卫门只希望大家听了之后不会大惊失色。可遗憾的是，除了家康，未有一人脸色不变。只有本多正信，虽然有些吃惊，惊愕背后却透着一股森森的冷静。

"但是，你说这传言已经扎根，还有其他依据吗？"家康道。

"有。"又右卫门脸上刻意堆起微笑，"他们还向隐居于纪州九度山的真田昌幸处派赴了使者，是在同大野修理亮商量之后派出的，使者是渡边内藏助。"

"昌幸不是已经死了吗？"

"正是。所以，使者也吃了一惊，于是慌忙返回禀报了情况。估计他们现正商量着要不要邀请昌幸之子。世传其子幸村的才能不过尔尔，但宗矩知，幸村的用兵之才，实不亚于其父……"

听到这里，酒井忠世的脸色变了，他打断又右卫门，"那么……那么……大坂那边已经开始备战了？"他的语气听上去颇为焦急。家康只轻轻责道："这些事你就不用担心了。我早就安排好了。"

"安排好了？"忠世大吃一惊。

家康若无其事轻声道："我已经交代伊豆守了。伊豆守不会让他兄弟参加谋乱，他欠着德川的人情呢。"

听家康这般一说，忠世点头不已，一座人也都点头。关原合战时，信州上田城主伊豆守信之，曾为加盟西军的父亲安房守昌幸和弟弟左卫门佐幸村乞命，得了家康的宽恕。

故，此次家康想通过伊豆守信之，劝说幸村休要轻举妄动。由于真田幸村之妻乃西军智将大谷吉继之女，其兄长上田城主伊豆守信之之妻，为德川四天王之一本多平八郎忠胜之女，大家都不便多言。

“还有什么新鲜事吗？没有的话，就重新议事了。”

前面是杂谈，接下来是议事，真是泾渭分明，众人顿时正襟危坐。

“那么，对与大久保长安和洋教徒有关联的人之处分，及派大久保相模守往上方的事，就这样定了。”

家康话音刚落，秀忠立刻道：“正如父亲大人所言，派相模守去上方的事就这般决定了。但究竟让相模守带着什么密旨去，必须慎重考虑。第一个问题便是，相模守是否要去大坂城。”秀忠飞快地看了父亲一眼，继续道：“必须先把这个定下来。”

家康使劲点点头，“那就请大家谈谈看法。既然派遣大久保到大坂去，就有要不要会见右大臣的问题。你怎想，正信？”

“在下以为，现在的时机还不适合与右大臣见面。与其与右大臣会面，不如与所司代板仓大人先谈一谈，先处置一下造成骚动的信徒。这才是重要的事。”

“处置信徒？”秀忠问道。

“恕在下直言，在下以为，首先要将投奔前田氏、在能登获得近三万石封地的高山右近大夫，和同样客居前田氏的内藤（小西）飞騨守如安流放，方是关键。”

“嗯。”

“听说内藤如安的封地有四千石，再加上高山南坊的，共有近四万石，他们的开支已足够。若他们向世间发出纠集天下信徒的文书，说不定就会发展成昔日一向宗暴动那等大乱。故，在下以为，应该赶紧从此处下手。”正信冷静地说完，飞快看了秀忠一眼。

秀忠看了看父亲，但家康却无意开口，他闭着眼睛，把两手放在膝前的扶几上，思索着什么。片刻之后，秀忠道：“佐渡守的意思，是赶紧处置高山和内藤二人？”

“正是。”

“那么雅乐头呢？”

“未有异议。”

“大炊头呢？”

土井利胜略微思考了一会儿，应道：“在下以为，还是当直接去见秀赖公，先向他提出忠告，让他避免卷入骚动；然后，不动声色推进移封一事，才是上策。否则，一旦秀赖听到高山、内藤遭到处置，就会武断以为，江户决意要对大坂动手。准确说，因为他身边皆是奸人，故一旦处理不当，反倒会酿成大祸。”

“这倒也有些道理。那么，上野介，你说呢？”

秀忠知，当家康要说些什么时，必然会正对别人，但他现在依然闭目沉默，故秀忠只得催促正纯。

“在下赞成父亲的意思。”正纯严肃地说着，向前膝行了一步，“实际上，秀赖公只是大坂城的一个装饰，事实上是女主掌权……一旦贸然对他说出移封之事，恐会造成大乱。总之，大坂城内的一场骚乱已是在所难免，既已看透这点，就应当机立断。如此一来，就算他们想乱事，也腾不出手脚。不给他们套上枷锁，移封亦不会平稳进行。况且，既然已与上杉氏之直江山城守、九度山的真田左卫门佐也都打了招呼，那就应先将洋教暴乱的核心人物除去，再处置大坂，方能将骚乱控制到最小限度。”

秀忠又飞快地看了家康一眼。但家康仿佛就要睡着了似的，静静待在那里一动不动。于是，秀忠又把视线转向在座众人，“上野介的意思也明白了。还有谁有话说？”

无人回话。看来，实无人对处理此事怀有自信。

“父亲大人。”秀忠不得不望着家康，“大家说得甚是有理，请父亲大人吩咐。”

“哦，一不小心竟打了个盹。”家康迷迷糊糊嘟囔道，“此事若不告诉秀赖一声，恐怕不妥。”

“这么说，父亲大人赞同大炊头的意思？”

“不，和利胜的意思还有些不同。我方才询问了神佛的意见。你听着，人皆是神佛之子。同为神佛之子的秀赖已二十一岁了。他早已成人。对于一个成人，我们就必须以待成人的方式待他；若去施怜悯，只能类似一个愚蠢母亲的愚蠢关爱。”

众人茫然若失，面面相觑。

“那么，先派大久保相模守往大坂吗？”秀忠深感意外，声音不禁高了起来。看来，他已与本多正信反复商议过了。

“不，”家康轻轻摇了摇头，“让相模守去说，太缺乏诚意，嘿，还是由我去说吧。”

“父亲大人要亲自去？”

“并非我特意赶到大坂去。把忠邻派往上方的同时，还要把片桐市正叫到骏府来，然后把事情恳切地告诉市正。这样，我们的真心就会传达给秀赖了。”

“那么，相模守呢？”

“要他处置京坂信徒，然后由将军亲自处置高山、内藤之事。”

秀忠终于放下心来，舒一口气。看来，父亲还是巧妙地妥协了，既采纳了土井利胜的意见，也给足了本多父子面子。

其实，家康的考虑不止如此。

“总之，不能让太平再度成为乱世。说实话，以忠邻的能力，实无法说服秀赖。既然明白这些，却还是要派他去，我一定会受到神佛的斥责，而且也对不住已故太阁大人。因此，我想向将军提出一个请求，不知能否允准我？”

秀忠大吃一惊，慌忙低头施礼，“父亲吩咐便是。”

“也无他。能否请你从河内或摄津当中挑出一块地方，再加封给秀赖一万石。”

“一万石？这已经……但是，究竟是为何？”

“实际上，当我刚隐居到骏府时，大坂那边曾为修复方广寺的事向我募过钱。巧妇难为无米之炊啊，我拒绝了。当时，觉得大坂有已故太阁留下的甚多黄金，才拒绝，可是，一直这样下去，就是我不厚道了。”

“这么说，是要修大佛殿？”

“不错。我若把片桐叫到骏府来，气氛就会益发紧张，因此，我就推说把前些日子的捐赠之事忘记了，现在又想起来，想多少捐一点。这样一来，不但大坂容易接受，一些不必要的误解也可以化解了。”说到这里，家康再次仔细环视着大家，“你们听着，我并不想为此事搅得天下大乱，这是我的夙愿，因此，我对将军也始终是一心一意。我恳请各位不要忘记了这些。否则，当欲铲除骚乱的根基时，骚乱却越弄越大。骚乱一旦大起来，惨遭涂炭的就绝非大坂和江户的百姓了。算了，我的话就说到这里。秀赖的事，就由我担下来。那么，究竟让忠邻如何做，我们再接着合计一下。”言罢，家康微微闭上了眼睛。

夜已经很深了……

三　情义两难

真田伊豆守信之的府邸新建于江户麻布台今井，依然飘溢着木材的香气。

还不到黄昏，信之就令人将门窗关闭起来，与叔父真田隐岐守密谈了近两个时辰。当然，近侍们都被支了开去。一阵阵激烈的争论声不时从室内传出，融入府邸的静寂之中。

庆长十八年，已近岁末，可由大久保长安激起的骚动仍在世间漾起恐怖的波纹，不仅给真田，也给大多数外样大名心头笼罩上一层恐惧的阴云。德川家康已经离开江户，但他并未返回骏府，而是从武藏中原转移到了小杉的茶屋，据说正逗留于此。这种意外的中途逗留，越发搅起了大名们的不安和揣测。

“你数一数。”隐岐守道，“光是面上的事情就已非寻常风浪。”

首先，大御所特意把片桐市正叫去，当面说是要加封给丰臣氏一万石，可是话音未落，就立刻又下起猛药来。十月初一，他移封上野板鼻城主里见忠赖。同月十三，没收中村忠一的遗臣旧领。同月十九，流放信浓深志城主石川康长至丰后佐伯。同月二十四，没收伊予宇和岛城主富田信高、日向延冈城主高桥元种的封地，旋又没收信浓筑摩城主石川……”

“这些早就知道了！”伊豆守信之不耐烦地打断了叔父，“将军非比寻常的决心，大御所深为苦恼，信之心里非常清楚。”

"哦？"隐岐守的话被拦腰打断，颇为不满，"莫要以为你是本多忠胜的女婿，便可万事无忧。你夫人虽是本多之女，可也是大御所大人的养女。这样一来，大御所大人便是你的岳父。难道你不愿体谅岳父大人的苦衷，不去说服九度山的源次郎？于情于理，都说不过去啊。"

"……"

"你还沉默？你能保持沉默吗？一旦置九度山的源次郎不管，他很可能就会去大坂城。这样一来，你们兄弟就要骨肉相残了啊。"

伊豆守仍是不言。他觉得，这位叔父根本不明此中曲直，这可谓真田一族的脾性。真田人的宿命，来自于贯穿了父亲一生的、非比寻常的执著和见地。关原合战以来，兄弟幸村一直在父亲身边接受教导，他心里盘踞着另外一种"志向"，像磐石一般，让他无法动摇。

叔父根本不明这些……想到这里，信之心头涌起一阵难以忍受的痛苦。

信之也知，照这样的态势发展下去，天下不可能太平。处置完与大久保事件有牵连的诸大名，放心地离开了江户的家康公，为何又待在小杉的茶屋不动，其中理由，信之当然也甚是清楚。还有，应立即赶赴上方的大久保相模守忠邻，为何迟迟未从小田原城出发？信之亦了如指掌。固执一生的忠邻，一定把自己被派往上方的命令，看作是本多正信、正纯父子的阴谋。他坚信本多父子乃是为了除掉自己而不择手段的奸人，故想趁家康返回骏府的途中，拦住家康，把他强行请进小田原城，向他直谏，把奸人从将军身边清除。事实上，当家康到达武藏中原的时候，就有人把这些事密报与家康了。信之甚至还知，密报者为马场八左卫门。这样一来，家康就会变成小田原城的人质，如此，天下才会真正陷入大乱。

土井利胜面无血色地从江户赶奔中原，在他的进言下，家康暂时转移到了小杉的茶屋。

在如此紧急的状态下，若幸村再进入大坂城，德川萧墙之内、江户和大坂之间，都将会陷入无法收拾的混乱局面。正因如此，即使没有隐岐守的劝诫，信之自己也正想飞奔到九度山去阻止幸村。但事情远非如此简单。信之十分清楚，继承了先父偏执性子的兄弟幸村，不会轻易接受兄长的劝诫。这绝非因为性格上的差异，而是见地和理解上的不同。家康与信之皆坚信，人只有靠教导，才能成为尊礼守法的“良民”；而信之先父安房守昌幸则认为“那只能是痴心妄想，人并非都喜欢体面安心的生活”，先父乃是一个彻底信奉“实力”之人。

这世间，成王败寇、弱肉强食，是永远不变的规则。因此，家康欲把战事从人世完全消除的想法，实在有些幼稚。但人间绝无常胜将军，打败别人的人，可能立刻就会被人打败。人只要存在于这个世上，战事就会永无止境。父亲就是如此嘲笑了家康一辈子，方离开尘世。

“源次郎啊，你没有像家康公那等神佛之心。”正因为清楚这些，信之才未贸然行动，否则，一旦遭到幸村的拒绝，只会令他自己进退两难。

“看来大人是要坚持己见了。”真田隐岐守无奈地叹道，“大御所一直信任我们真田一族。一旦天下大乱，信长公、秀吉公、家康公，历经了三代人的努力，就会化为泡影。老夫在这里求你了。这绝非背叛天道，是为了真田一门啊。可是，你却只写了一封信函就想把骨肉兄弟抛弃掉。他两次不听，你就写第三封，三次不听你就亲自去说，只有拿出这样的诚意，才是对先去的令尊尽孝道啊。”

“叔父，您且等一下。”伊豆守信之不迭地摇头，“我就跟您说实话吧。叔父您并不真了解自己的兄弟、我的父亲。”

“这说的是哪里话？安房守可是从小就与我一起驰骋疆场的兄长啊，你凭何说我不明他心思？”

“叔父有所不知。众所周知，父亲从小就是武田信玄公六大侍卫之首。”

“那还用说。他在信玄公身边的侍卫中乃首屈一指，连信玄公都常常惊叹他乃真正的麒麟儿呢。”

“是。父亲大人雄略伟杰。但是，英明的父亲实在好战。他自在长筱之战中失去了源太左卫门信纲和兵库丞昌辉两位伯父，以三男的身份继承了家业之后，就一次也未失手过。”

“一点不错。说来已是老话了，在川中岛决战时，你父亲就以武藤喜兵卫的名字立下功名。那是初次上阵，据说他当时才十四岁。在小田原攻城战中，他与马场美浓守监军，在韭山一战中，与曾根内匠一起被信玄公赞为‘双目’。之后，先取沼田城，又把信州上田城的三万八千石纳入囊中。天正十年，信长公攻打甲州时，为了营救胜赖公，你父亲力劝胜赖公进入自己领地上州岩柜山城。但胜赖公不听，反而去乞求小山田的岩殿城，最终化为了天目山的露珠，身死国灭……”

“叔父！”信之忍无可忍，打断了隐岐守，“诚如叔父所言，父亲战无不胜，但，我不得不说，正是这种胜利误导了父亲。说起来，上杉氏直江兼续、丰臣氏大谷刑部、石田治部少辅等，全都为父亲的兵法而心醉。但是，这些人却都因好战才深陷绝境。”

“那与此次去九度山有何关系？”

“请叔父听我一言。大御所道，父亲大人乃是用兵枭雄，同时也是一介病夫。”

“这算什么话？他怎的成了一介病夫？”

“这样的病夫天下只有三人，一为黑田如水，一为伊达政宗，再便是家父。他们都坚信，世事总是伴随着战乱，总想做天下之主。唉，他们都是患了夺取天下之病的三座大山。舍弟源次郎幸村便是父亲忠诚的儿子。您明白吗，叔父？”

“话虽如此，却也不能听之任之啊。”隐岐守回道。信之又慌忙阻住叔父：“请叔父把下面的话听完。虽说如此，我并不认为父亲只是好战。父亲大人先是让我迎娶了大御所的养女，又让源次郎娶了大谷刑部之女，然后，在关原合战时加入了西军。父亲当时所言，我至今也无法忘怀。他说：伊豆守，这样一来，无论哪一方获胜，真田一族都可以存续下去了。你可莫把父亲看作真田的罪人啊……”

“若是这些，我也经常听说。正因为他总是深谋远虑，才把你送到大御所身边，把源次郎放到太阁身边，总是防备着变故啊。”

“正是。关原合战时，父亲为何会加入西军，叔父您知他的想法吗？”

“那是因为他与直江山城守、大谷刑部、石田治部都有着深厚的情谊，加入西军乃是想尽义理。”

“不。”信之摇了摇头，摆摆手，“并非如此。人世的战乱乃是常态，太平只是零星点缀，这种观念已深深地扎根于父亲心中。他认为太平的世道绝不会持续十年以上，因此，人的一生就应该赌在战争上。基于这种想法，他就把关原合战看成了七分对三分的战争。”

“七分对三分……这么说，他认为西军有七分胜算？”

“不，只有三分。但是，若赌在七分一方，即使胜了，也顶多会在信之的十万石上再加上一两万石。但是，万一西军获胜，结果将会如何呢？这场战争的主谋石田、大谷和直江兼续，都是形同父亲大人弟子的人物，到时难说不能取得天下？即使没有这种便宜，起码也可成为一个百万石的大藩之主，父亲因此才把赌注押给了西军。尽管父亲大人当时是笑着说的，但我却浑身冷战。生存方式的差异、对尘世看法的不同——唯有这些无法撼动。”

“嗯。”

“这场豪赌以父亲的失败而告终。为了给父亲乞命，我便把自己的性命交给了大御所。”

“这些我都清楚。”

“那时，父亲也笑了，他说，这一次的太平又会持续多少年呢？或许会持续十年左右吧。但家康公乃是心慈之人，估计会给大坂留下一条活路，因此，我要在被流放到纪州后，好生休养，精炼韬略，一直等到那一天……”

“看来，兄长确非寻常之人啊！”

“是，父亲不是寻常之人。他每日都在教导源次郎——下一次的战事必发生在江户和大坂之间。源次郎就是这样长大的，您明白吗，叔父？”言毕，伊豆守信之紧紧盯住隐岐守，吐了一口气。信之已给九度山写了一封书函，深深阐明了太平的重要，信函却原封不动退了回来。这便是信之目前的处境。

若幸村真是那种生性傲慢、桀骜不驯之人，信之定会派人前去斥责：“把为兄的书函原封不动送回来，真是无礼至极！”但是，幸村却生性温驯淳厚。信之在出战时，会刻意作出刚劲威猛之态，咆哮不已，故作强悍；幸村却连重话都未对人说过。或许，幸村生性就具韬光养晦、运筹帷幄的大器。即使信之勃然大怒，幸村也总是笑眯眯的，不失宽和。若有过错，他会主动道歉，但该坚持的，却必坚持到底。因此，幸村尽管生长在纷乱年代，却几未树敌。

正如信之乃是被送到家康身边长大的一样，幸村也过了一些时日的人质生活。他将幼名弁丸改为源次郎后，不久就做了上杉氏的人质。在那里，他与直江山城守兼续相识。兼续对昌幸简直到了顶礼膜拜的地步，故与源次郎也有非同一般的交情。那时，昌幸正与德川势力抗衡，因此，无论如何也需要上杉氏的帮助。后在丰臣太阁的斡旋下，两家和议，于是，幸村又被送到了太阁身边，既称不上是人质，也称不上是侍童。他从此与石田治部相识，又遇到了大谷刑部。由石田治部保媒，幸村娶了刑部的女儿。与信之迎娶德川四天王之一本多忠胜的女儿一样，这桩婚事也是安房守一手安排。

从那时起，昌幸就已认定，不久之后，秀吉必与家康掀起一场霸业之战。虽然此战在秀吉公生前并未出现，但是在他故后的第三年，关原合战就开打了，一切在昌幸意料之中。

西军战败，由于信之的努力，昌幸免于一死，却又对下一次战事作出了预言。他一面闲居在九度山，一面把自己的想法灌输给幸村："太平只是暂时的，在这样一个弱肉强食的世间，人怎能与战争绝缘？"

若想于赋闲之余，推敲战略，九度山确是最好不过的隐栖之地。各式各样的浪人扮作朝拜高野山的样子，乔装成修验者或僧侣频频出入。伊贺和甲贺武士中，也有一些郁郁不得志者汇集昌幸手下。与幸村合计之下，昌幸把其中的志同道合者安置于附近村落，经十数年的经略，已悄悄发展成一股强大的势力。但他竟紧跟大久保长安之后故去，终未能举起丰臣与德川决战的令旗。但临终时，他将幸村叫到膝前，留下遗言，说一生心念无错。

因此，幸村才把兄长的书函原封不动打回来，其中的意味，就算隐岐守不明白，信之也能痛切地猜到：此乃一封虽可悲，却坚定如铁的绝文书。

“这么说，九度山已经铁了心？即使幸村进了大坂城，你也只能袖手旁观？”隐岐守眼看着就这样把侄子逼入死地，实在于心不忍。在他看来，家康也铁了心。在这个节骨眼上，聚集到大坂城的浪人不断增加，若真田幸村和高山右近入城，家康必毅然率兵征伐。事情发展到那一步，一切都晚了。尽管昌幸拥有从未败给德川的荣耀，但若据此认为他的儿子也会这样，恐就大错特错了。若信之能够说服幸村，使他幡然悔悟，家康或许还会给幸村保有大名的地位。隐岐守实是真心希望，信之能够亲口将这些利害关系告诉幸村。

“我认为，你还当有些兄长器度，莫为幸村的无礼动怒。”

“唉！”伊豆守信之叹息一声，“此事到此为止。叔父也是真田一族的人，看来我真田氏总有令人头痛的固执啊。”

“嗯？”隐岐守也怒了，“一旦发生决战，你认为胜算在丰臣一方？”

“叔父！”

“怎的？”

“您对此事如此执著，为何不亲自去幸村处走一趟？”

“这是什么话！就连你的书函都被原封不动退了回来。他原本就把我看作了大御所的亲信，就算是去了，也得吃闭门羹。故而我才来拜托你啊，你怎连这都看不清楚？”

“既如此，我想出一招，您就说亲笔书函被退回，我勃然大怒……”

“罢罢，去也无用。”

“谁让您亲自去了？既然他连您都不见，不如委托与幸村和父亲都甚为亲密的松仓丰后守大人去一趟。”

“让松仓大人……”

“是。松仓大人的领地在和州，距离九度山也不远。就说我十分震怒，近期就会加入征伐之军，不用假他人之手，亲自去结果了幸村。但是，兄弟相残必令先父痛心，故松仓大人特前去从中调和。”

“可是，这样能打动源次郎吗？”

信之不耐烦道：“看来连叔父也怒了。他若连这都置之不理，九度山就要受到松仓丰后大人的监视了。”

听他如此一说，隐岐守才率直地点头不已，拍膝道：“好，此计果然妥当。”

伊豆守信之也放缓了语气：“对幸村来说，比起远在信浓的兄长，还是近在眼前的人对其虎视眈眈更为可怕。故，若松仓大人造访，幸村绝不会将其拒之门外。”

“嗯。”

“并且，若再向他说明我的愤怒、叔父的心痛、大御所的决断，即使他再固执，也断不敢傲慢无礼。”

“唉！你才不愧是真田血脉，真是机智过人啊！”

信之苦笑，“叔父的心情总算好些了。叔父您想，有松仓丰后守重正在大和死死盯着幸村的一举一动，即使幸村有进入大坂的想法，他也动弹不得。能够把他牢牢地绑在那里不动，叔父所担心的不幸，也就不会降临了。并且……最好再加上一条，就说最近一段时日，大久保相模守就会赶赴京都、大坂，去弹压洋教徒。”

“相模守会去吗？大御所可还停留在小杉一带啊。”

“不用担心。凭着大御所的秉性，无论发生何事，他定会让将军的决断执行下去。另，还须让松仓说，那大久保相模守实际上还有一事，就是去加贺谈判。”

“去加贺……谈判什么？”

“不是流放高山右近，便是让他切腹。”

“这……这是真的？”

“若非如此，局面就无法平息。同时，还要暗示他，相同的危险也会降临到真田幸村身上。”

“源次郎？”

“是，到时候，被命令去验尸的将是松仓丰后守。最好把这些也告诉丰后守。这样，丰后守就会更加努力劝说。丰后认真起来，幸村恐就会被逼重新思量。信之不才，只能如此，剩下的就是听天由命了。”信之说罢，拍了拍手。

不知何时，夜色已经降临，四周漆黑一片。

“掌灯。事情已谈完了。”

在昏暗当中，真田隐岐守再次钦佩地拍着膝盖，“幸村还真不是偷袭就可以攻下的。”

“是啊，咱们正面进攻。幸村不是生来就吃软不吃硬的人，他是自信过头。这也是他最像父亲大人的地方。”

“总是一副温厚仁慈之态。”

这时，一名年轻的近侍端着灯走了进来，隐岐守忙站起来，“松仓大人也该从城里返回了。此事一刻也不能耽搁。虽已是夜间，我还是得赶紧去拜访他。”

也不知真田隐岐守是如何对松仓丰后守说的，总之，不久之后，松仓就去拜见返回了江户城西苑的家康，然后径直从江户出发，沿东海道西上，从自己的领地大和进入纪州，造访了真田幸村隐居的九度山。此时已是庆长十九年正月过半。

九度山地处高野山之北，纪川南岸。穿过大桥向南乃是一个缓坡，登上缓坡向右，便是一片沐浴在阳光里的斜坡。斜坡上有一座高大雄伟的楼阁，马厩成排，为昌幸所建，让人难以想象这里竟是流放者的居所，简直如城郭一般。在来到此地的途中，松仓重正听说了两件大事：一是关于正在京都频频捣毁洋教堂、流放传教士的大久保忠邻的移封之事，江户已有决断——侍奉了德川三代的大久保一族的栋梁，因有瑕疵，便被剥夺了小田原城主身份。

忠邻出小田原城的时候，已隐隐知道了这种处分。他想把家康强留在城里直谏，便是主因。时代变了，现在已非主从同在三河同甘共苦的时代，已不允许家臣我行我素了。恐念其祖上尽忠尽职，家康才留忠邻一条性命。但是一想起为人忠厚的忠邻从所司代那里听到处分时的义愤之情，松仓重正心头就闷得慌。

与此相比，对于另一件事，即高山右近、内藤如安等人在加贺被捕，松仓倒不是特别在意。不过，那两位估计也能保得性命。因为松仓早就听说，尽管高山右近也曾多次受到来自大坂城的邀请，但他却始终对使者说：“当前不能战。”并一直奉劝大坂应尊奉信仰，维护太平。

松仓丰后守重正心情沉重地走到大门前，使劲清了清喉咙，对着门口的一个年轻人道：“烦请通禀真田先生，说松仓丰后守在归领途中，顺道探望久未谋面的老友。”年轻人是一个俊美少年，还留着额发，估计是幸村的儿子，松仓亦未刻意问其姓氏。

“知道了。请您稍候。”

可是，那名少年进去之后，却迟迟未出来，而是幸村本人出来相迎。

“哦，真田先生，本人久未回领内，今日特到高野山来参拜，在回来的路上，忽欲一见先生。”

但幸村并没立刻把松仓让进屋内，只是平静地看着比他年长的不速之客，道：“那就请大人在此说说来意吧。”他脸上既没有笑容，也不觉有多冷漠，而是透着一股温和。

松仓重正闪着双眼，嘴角浮起了微笑，“先生真是名不虚传，果然柔中带刚。怪不得您把令兄的亲笔书函都给退了回去。一看这份固执，就明白了。”

但幸村依然面不改色，“这么说，大人此次前来，是与家兄有一样的事？”

“一样……不，准确说，是得到了伊豆守授意。不仅如此，纪州的浅野氏，以及其他人，也有此意，正好又忆起与令尊大人的交情，也想到他灵前进一炷香，故前来相扰。不知这样是否唐突？”

幸村脸上再也挂不住，一下子红了，不知是因愤怒，还是因羞愧。他道：“既是祭奠亡父，作为儿子焉有拒绝之理？快快请进。”

“哈哈！”重正豪爽地一笑，脱了鞋，“尽管安房守已经仙去，但九度山风光依旧，真是可喜可贺啊。”

“让大人见笑了。实际上，最近来自各地的访客络绎不绝，迫不得已，只好一律谢绝。”

“哦？这么说，您已决意要赶赴大坂城，遂谢绝与德川有关诸人？我想，这种传闻并非空穴来风吧？”

“是啊，嘴长在别人身上，世间的传言谁也阻止不了。尽管如此，由于兄长的不懈努力，亡父和幸村方被允许隐栖于此，成了禁闭之身。”幸村语气变得坦率，把松仓丰后守让进了厅里。

进入客厅，丰后立刻跪坐在紧挨壁龛的佛坛前，一副专为祭奠亡友的样子。奉上香，他闭上眼睛，双手合十。

“先父定也十分欣慰。”

“据传，大御所听说大坂的使者造访了九度山，脸色都变了，恐不久之后就会挥起老拳了。”

“哦？”幸村佯惊道。

“当然不是畏惧先生。恐怕他以为令尊还健在，怕那些人拉拢令尊，就有些按捺不住了。”

“哈哈！”幸村第一次笑了，“不致如此，大御所并不那般胆小。实际上，大坂的使者在得知父亲故去之后，甚是失望。”

“哦？从大坂来的都是些什么人？”

“是自称受大野修理亮密令前来的渡边内藏助。”幸村表情平和，淡淡答道。从他的语气和表情中，丝毫感觉不到一点隔阂和愠怒，而是处处显示出友好与豁达。

“左卫门佐，听说你把令爱嫁给了伊达家臣片仓小十郎的嗣子？”松仓丰后故意问道。

“是，片仓一向照顾真田一门。”幸村淡然应道，“听说本多佐渡守正信大人幼男，乃是上杉氏直江山城守大人的养子。”

“正是。大御所大人总想把此次之乱圆满平息下去，可周围人却一味散布谣言，故意为难你。也就是说，你把令爱嫁到片仓家，仅仅这一事，就掀起了轩然大波。”

“哦？这倒是头一次听到。究竟有些什么样的传言？”

“这……说是真田左卫门佐继承了父亲的遗志，决意要进大坂城，与关东相抗，依据便是结了这桩亲事。”

“真是岂有此理！片仓大人与大坂究竟有何关系？”

“问题就在这里。此次的骚动规模甚大，不只涉及洋教信徒的问题，还与德川内讧搅在一起。片仓与松平上总介忠辉之间，片仓与将军之间……”

“哈哈！”幸村大笑，“看来世人总喜无中生有，居然会有这等传言！”

“传言说，始终和上总介忠辉大人来往甚密的，有已故去的大久保长安、现正在京都的大久保相模守，以及上总介大人的岳父伊达政宗……据说那些人都会加入大坂一方呢。这样一来，大坂居中调度者左卫门佐，必须首先搞好与伊达氏的关系。”

“哈哈，这样一来，自然就有把女儿嫁给伊达氏顶梁柱片仓氏一事了？”

“是。因此，本多父子自不能袖手旁观，遂立刻把手伸向了上杉氏，把上野介最小的兄弟，送到直江山城处做了养子。”

“若再令上杉氏与大坂接近，可要出大事啊。”

“左卫门佐！”

“哦。”

“既然说到这里，我想你必已明白鄙人的意思了。请恕我直言，目下你一念之间，立时可致天下大乱，决断当须三思！”

吐出了真心话之后，松仓丰后把烟丝盘拉到身旁。幸村的脸色仍无变化，他恐是从一开始就预料到这些了。他仔细思量片刻，竟说起与此完全无关的另一件事来：“看来，幸村把兄长的亲笔信函原封不动退回，兄长似是误解了此事。”

“你说什么？”丰后不禁把烟管从嘴里拿出来，急道，“误解你了？”

幸村微微笑了，“大概幸村还不会如父亲所想那般，总希望这世上战事不止，还欲孤注一掷加入大坂一方。”

“嗯。”松仓丰后急躁地敲着烟斗，“这么说，你并无那样的考虑？”

“幸村并不认为父亲的想法有差。关原合战时，先父与幸村同在上田城阻拦了现今的将军进军。但幸村的打算，却与那时的豪赌有些不一样了。”

“这么说，你一开始就未考虑过要加入大坂一方了？若是如此，我也就安心了。事实上，我乃是受隐岐守所托，并在西苑接受了大御所嘱托后，才来贵地。大御所说，绝不能让左卫门佐进入大坂城。他已令纪州的浅野严密监视，暂时还不至于有事。他也嘱托我，面晤真田之后，务必要把一事转达于你，就说，你若不去大坂，他将会在信浓给你加赐一万石，希望真田兄弟二人能和睦相处，为太平盛世建功立业。”

松仓丰后一口气说了这么多，幸村的脸却再次涨红了，“请等一下。大人误解了幸村的意思。”

“误解了？”

“不错。幸村不会像父亲那般赌，但也未说不入大坂。”

“你……你……你说什么？你已经答应要去大坂？”

幸村轻轻摇了摇头，“当然，我亦未答应，但是，也未拒绝……”

“左卫门佐，既然如此，就给伊豆守和隐岐守个面子，也给鄙人一个面子，万不可轻视关东，请尽快决断！”

松仓丰后话犹未完，幸村就反问道：“丰后守大人，这么说，您觉得幸村不去大坂城，战事就打不起来了？您有确切依据？”

“确切依据？”

“正是。幸村现在还未决定要去大坂，却又不能不进城。幸村心里烦恼啊。”

“这就奇怪了，听你的意思，你已经明白，即使入了大坂，大坂一方也会落败。可是，虽知如此，却还要为丰臣氏殉葬，你难道欠着丰家义理吗？”

“唉！若不如此，先父那‘世上战事不绝’的想法就成了笑谈，父亲就会沦为山贼野盗之流。幸村绝不会做出这等事来。”

听幸村如此一说，松仓丰后不禁呆然若失。

幸村究竟在想些什么，想说些什么？松仓丰后糊涂起来。他喃喃道：“这么说……这么说，你明知大坂一方会落败，却还必须加入？”

幸村没点头，而是叹了口气，微笑道：“大人还不明吗？”

“不明！令兄伊豆守担心你，作为骨肉兄弟，自是理所当然，可大御所的话里，也蕴涵着非同寻常的意味啊。”

幸村不言，他知自己心中有多矛盾。他不恨家康，相反，他尊敬家康，敬其罕有的度量。即使兄长信之乃是本多忠胜的女婿，入了德川一方，但自己在关原合战时为德川强敌，能安安稳稳地活到现在，已足令世人意外……若是秀吉公或信长公，会如此对待自己否？每当想到这些，幸村就对家康充满崇敬。家康甚至还答应，此次只要幸村不与大坂同途，便要立幸村为大名。这种雅量，天下何人能及？此乃神佛心怀。但愈明白这些，幸村便愈是心苦。

“看来你还是不能明白大御所的苦心啊。”

“丰后大人。”

“若不能明白，我此次前来亦无用了……恕我告辞。”

“松仓大人，幸村只想跟您说一事。”

“还有何事？”

“烦请大人只将这一言转告大御所和兄长：无论是否有幸村，此战都无法避免。”

“哦？”

“想必大人心里也隐约感受到了。想消灭战事，把这个尘世变成一方净土，只是大御所的夙愿，但战事断不会从这个世上灭绝，父亲的断言里蕴涵着真道。”

“但这与眼前的事有何干系？”

“唉！战事必至……一想到这些，丰臣之主的悲哀就历历在目。幸村无法忍受这些。”

“这更怪了？”

“是啊。寻常世人怎想得通？幸村正因为这般想，才把兄长的亲笔信函原封不动退了回去。松仓大人，若这世上的战事无可避免，与其打赢这场战争出人头地，幸村宁可把这一杆六文钱的旗帜，赠送给可怜的遗孤，与他一起战死沙场。”

松仓丰后目瞪口呆，他终明白，此方为幸村真心！幸村将自身的荣华、子孙的富贵弃之不顾，毅然支持大坂，此实为此生为人的可悲之处。正如人生来拥有不同的面孔一样，每个人心里，都有一个不容他人进入的密室。丰后守便是无法进入幸村心中密室之人。幸村所思所感，大异于常人，丰后守只能如此解释。若不这样理解，幸村即与其父一样，是一个赌徒。

“既如此，我不得不再对你说一次。”其实，丰后的诚实，丝毫不逊于幸村。他把膝前的烟丝盘推到一边，道：“我觉得，你的想法有一个极大的疏漏，不知是否察觉？”

“疏漏？”

“是。我已明了你的决心。在你眼里，战事无可避免，并且，即使必败无疑，为了可怜的遗孀和遗孤，你也要支持大坂，对吧？”

“……”

“但你究竟如何去大坂？你可知纪州的浅野氏早已在一旁屯兵监视。”

“幸村完全清楚这些。”

“当然，若只有纪州的监视，倒还有出走的可能，浅野原本就是丰臣氏的亲戚，说不定还会睁一眼闭一眼，放你一马。但现在，你竟拒绝大御所的忠言与好意。”

“这实在对大人……”

“不，我倒无妨。只要一想起左卫门佐乃是安房守之后，我也就释然了。但，有一事却……”

“哦？”

“我现在就返回关东，无论如何，必然要把今日之事向大御所禀报。问题就在于此。正如你方才所言，大御所总想消除战事，一心想把这尘世变成净土。这样一个大御所，一旦得知你无论如何也要去大坂，他怎会坐视不管？尽管战仗在所难免，他也要尽力把祸乱控制在最小范围内。一旦他认为你进入大坂，只会引起更大的骚乱，岂能轻易放你出九度山？他定会命令鄙人或他人挥兵直进。我既已担当过一次使者，讨伐之事也难以推辞。不止如此，令兄出于义理，也不得不派出人马。在这种情况下，难道你还是要为丰臣氏遗孤殉葬？你就如此置兄弟情义不顾，真要与亲兄刀兵相向？”言及此，松仓丰后守眼里已噙满泪水。

其实，幸村也欲大哭。松仓丰后守情绪大乱，竟说错了话，他原本想说的，并非什么“殉葬”，而是——我得到真田伊豆守的支援，在大和五条对你严加监视，你还能平安进入大坂城？但他深深挂念着真田一族，担心幸村，以致语无伦次了。

幸村心中也矛盾重重，“丰后守大人，先父生前十分固执，看来幸村也不亚于父亲啊。”

“这……这就是你的答复吗？”

“虽如此，幸村也绝非完全对大御所背信弃义，唯有这一点，大人若有机会，请一定禀告大御所。”

“唉！大御所原谅了令尊的过错，大大封赏了令兄，还说连你都要立为大名，你分明对这些恩情一清二楚，却还非要进入大坂城，与大御所为敌不可？”

幸村道：“幸村无比敬慕大御所，后世恐怕也会盛赞他乃是一位旷世雄杰。尽管如此，幸村还是有一点……不能赞同大人。”

“你是不是还想说，这个世上不能没有战事，若不继承先父遗志，便无法尽孝？”

“在幸村眼里……”幸村一字一句道，“此次战事已无可避免。大御所的夙愿的确不错，即使说成神佛慈悲，亦毫不为过。”

“嗯。”

“或许，大御所才是要把众生拯救至净土的佛陀化身。但是，他的愿望里面有着幸村无法赞同的天真，无论他心底藏有何等博大的关爱，也终无法完全拯救尘世之人。当浪人的不平愈甚，新旧教的冲突加剧，憎恨、欲望和野心都纠缠到一起，必会酿出天道和神佛也无法裁断的混乱，结果，一切还是归结为战事。如果有机会，请您如此告诉大御所，就说左卫门佐是这般说的：若有幸村一人挺身而出，可以为秀赖母子带来安泰，幸村就绝不会退缩。但事实却非如此，报应正在将大坂城牢牢束缚起来，现在已经进退两难。正是因为看到了这一点，幸村才这般说。或说，真田左卫门佐幸村乃是为了减少哪怕一丝报应，才欲投丰臣氏。这种心境，即如关原合战时的大谷刑部……”

刚听到这里，松仓丰后守猛起身，“今日就到此为止，告辞！”

幸村忙拽住丰后衣袖，“大人不能就这样走了。幸村已命人备好粗茶淡饭，还请您好歹用些。”说着，他拍手把儿子大助叫来，在大助的侍奉下，为松仓敬献了一杯酒后，才让其回去。此时，松仓丰后实已无法释然。在不知情人的眼里，松仓的脸上甚至现出了惊恐之色——幸村难道想在敬完酒后，杀人灭口？

把松仓送出门后，幸村感慨地环视一眼身周群山。春日尚远，枯树、发黑的扁柏、杉树，都不由令人想到生之艰难。但意外的是，幸村不觉孤独：看来，还是父亲有远见卓识啊。若加入丰臣遗孤的阵营，进入大坂城，唯有一死。但在信浓的一角，真田的子孙不正盘根错节地成长吗？在乱世，人生原本就是建立在他人的死伤之上，不止如此，它甚至是建立在骨肉相残之上。即使在兄弟姊妹当中，究竟谁繁荣兴盛，谁会成为他人阶梯，人皆无法参透……

“丰后守大人的深情厚谊，幸村没齿难忘。”幸村忽然念叨出声，一起送客的十五岁的大助突然担忧道：“父亲，松仓大人说他绝不会就这样让您赶赴大坂，他必亲自带领人马前来阻拦。否则，他身为武士的颜面就丢尽了。”他一面笑着，语气却甚是认真。

“我也是这么看的。”

“那么，父亲是不是对他透露得过多了？”

“不用担心。很遗憾，咱们真田一族有的，只有松仓大人阻止不了的兵略智慧，它已由祖上传入我们的身体之中。”

刚说到这里，幸村忽又有些后悔：一旦动起刀兵，松仓丰后守之辈自不值一提，但这种自豪与松仓的诚意比起来，是不是显得太浅薄了？

天阴沉沉的，看来马上就要下雪了。

“走，回家。”幸村催促着大助走进家门。

“父亲，看来大御所还是想以世俗的诱饵，来钓父亲上钩啊。”

“大助，你是这么看的吗？”

“大御所想将父亲立为大名。松仓大人不是这般说的吗？”

幸村微笑了，却是苦涩的笑，看来大助偷听到了。处世理所当然要小心，这无可厚非，却总让人伤感。

若父亲还在，他会如何处理？他定会和幸村完全相反，觉得这是一个把大坂城纳入囊中的绝好机会，迅速行动。与父亲相比，自己却……幸村一面如此反省着，一面进了家门。

四　病急乱医

从早晨起，片桐且元就把自己关在大坂城内的府邸里，忙着书写什么。既非书函，亦非日记，更非近日即将完工的方广寺大佛殿的工程记录。他不时地搁下笔叹息一声，旋又重新思量，磨磨墨，舔舔笔尖，接着继续写。实际上，他是在想万一大坂和江户发生战事，能于此留下一些他和家康在骏府会面的记录。

去岁秋天，他被召到了骏府。

“我想给秀赖在河内加封一万石。”当听到家康此言，不知为何，且元禁不住打了一个冷战。“其实无他。此前修理大佛时，我未能奉上一文钱，就权当是一种补偿吧。”当家康添上这句话，且元愈觉可惧，之所以畏家康如此，是因为当时的大坂正流传着一个传闻：“大御所终要荡平大坂城。”这种传闻甚至都已流传到女人之间。如此一来，城内最先被推上风口浪尖上的，自是千姬。

千姬必还不知这股风究竟因何而起，又吹向何处。大久保长安的死和她根本无一丝关系，洋教徒的意图就更不用说了。她成了阿蜜所出幼女的母亲和姐姐，以及玩乐的伴儿。

这时，另外一个女人又给秀赖生下了一个孩子，是个男孩，取名国松。千姬甚至连国松生母的来历都未问过。秀赖染指来自伊势的侍女，还让她生下了孩子，这种事情既然已发生，也实在让千姬无奈，她似觉得，这是理所当然的，既无疑虑，也无妒忌。

反倒是秀赖不好意思起来，“这个孩子就别在这里养了，最好和常高院商量一下吧。”他遂让京极家臣田中六左卫门的妻子做了乳母，打算不久后把孩子寄养在田中家。于是，女人们都对千姬隐隐生起敌意。

就在这个时候，家康特意把片桐且元叫去骏府，说起加封一事。且元如坐针毡，实属自然。

“世上正流传着一种无由的传闻，你或许也听到了。”当话已谈得差不多，家康端着酒向片桐且元说起这些时，片桐的心已安定下来：大御所想怎么说就怎么说吧，反正为了丰臣氏，自己已下了决心，问心无愧矣。可家康并没有责问片桐，单是意外地和他商量起来，语气仿佛在对一个德川嫡系家臣说话。

“我想，现在该让秀赖离开大坂城了。你有什么想法？”家康若无其事道。

且元狼狈至极，甚至战栗起来，“大人，在下……在下……乃是从小就在丰臣氏长大的家老啊。”

“所以，我才和你商量。像这种事情，你我之间就不必无谓地隐瞒了。”

“但是……即使不这样，大坂城内就已怀疑市正与德川私通了啊。”

“市正。这不只是丰臣氏一家的问题，此事关系天下安危。”

“正因如此，在下才不敢与大人商谈。”

“这是哪里话，你好像混淆了公私。你当然是丰臣家老，但是，你亦是将军属下的大名啊。”

“这……是。”

“要不，就把你的俸禄从丰臣氏分出来，将领地奉还朝廷……嘿，这当然只是说笑。但是，一旦天下动乱，究竟会带来多大的麻烦，这些你可曾想过？”

“这个……在下亦常忧心。”

“你是丰臣家臣的同时，还是天下的大名，理应把防止天下骚乱的责任时刻记在心上……希望你把这些好生记在心里，再回我。我若坐视不管，秀赖必会被那些蚂蟥叮上，不由自主地卷入战争旋涡，你说呢？”

“但是……”

“再让秀赖待在大坂城，就防不住了。当然，我并非说秀赖怀有敌意或二心。可以说，这都是那座城带来的罪孽。”

“若是此事，还请大人只管放心。要打仗，最重要的还是军饷，尽管一些狂妄之徒都在盯着，但不久之后大坂便无钱可出了。待此次方广寺的修复、大佛寺的巨钟完成之后，大坂库中几乎就空了。”

“仅仅是这样，还不足以让人安心。这些我也已仔细思量过了。我觉得，为了天下安定和丰臣氏的存续，除了让秀赖出城之外，别无选择。当前就让他先去郡山城吧。也希望你能舍弃私情，好生考虑。如果在众人的怂恿下，乱起大坂，那我也只能不顾私情，对丰臣氏不利了。就算还没到那一步，但若情势如眼下这般，大坂仍连续不断把洋教徒和浪人招进城内，哪怕只射出一支箭，事情的性质也就陡然变了。一旦这样，移封就不仅是减掉俸禄的问题。你要想清楚，以秀赖目前所领，再加上今日加封的一万石，便是六十六万七千四百石。希望你多想想，该如何把这些家业原封不动地传给丰臣子孙后代，好生说服老臣，把事情想清楚，这样，秀赖母子亦会明白。我当恳求你了，市正啊……”

“就算大人这么说，恐怕也……”且元忙回道，“现在的形势，已非在下一人之力可以掌控。”话刚出口，他又有些后悔：或许，家康便是故意想知道这些，才来试探的。若真是这样，自己就乖乖中计了。

“哦？事态已到你无能为力的地步了？”

“这……倒是也……还未到不可救药的地步……”且元期期艾艾起来。

“所以，我们还不能弃之不管。这种事态下，需要的可非寻常忍耐之功。现在，大坂那边坚信，最大的盟友乃是高山右近和真田幸村吧？”

“是。此外……”且元断然反戈一击，道，“还有松平上总介大人。或许这只是在下的错觉。但是在下想，一旦大坂竖起大旗，松平上总介大人、伊达陆奥守自会遥相呼应。”

“嗯。”家康认真地点点头，未刻意否定，只喃喃道，“哦，嗯？有这样的传言？”

“不止如此。传言道，大家若齐心合力固守大坂城，不久之后，班国大船队就会驶抵沿海，每艘船上至少装有百门大炮，这样的船不下三艘。另，他们还会运来大量新式火枪，与相助本愿寺的毛利军队不可同日而语……”

“这样的事情，究竟是何人散布的？”

“市正也不甚清楚。或许是洋教徒，或是什么人从伊达氏传出来的。据说支仓常长已经载着索德罗和比斯卡伊诺，从月浦赶往班国求救兵去了。此事早在大久保生前就安排好了……他们似对此坚信不移。”

片桐且元之所以连这些都透露出来，是想向家康证明自己的无能为力。不止如此，他恐还想通过这些闲话，使家康打消对移封的考虑，哪知结果恰恰相反。

“嗯？事情都到这种地步了？如此一来，把众多兵力放进大坂城，不就等于为方广寺举行落成典礼了？”

听到家康如此念叨，且元心冷如冰。他本想转移家康的注意力，但一不小心把实话说了出来。大野修理等人的确有这样的打算：为大佛殿的落成举行盛大的典礼，并以参观的名义，把诸地浪人集中到上方，然后直接让他们入城。

片桐且元战栗了。家康不愧是身经百战的名将，一眼就看穿了方广寺大佛殿的落成仪式会被利用。他不由道：“大人，在下恳求大人，移封之事能否暂缓？”

“哦，不知有无其他防患于未然的手段……”

“在下有一个主意。”可把事实本身作为杀手锏——且元不知已在心里想了多少次，“在方广寺的落成典礼上，且元打算把太阁留在大坂城的资财已耗尽之事，公之于众。一万石养二百五十名士卒，六十五万石差不多能养一万六千余人，可是现在，无论如何也养不起如此多的人了。因此，希望他们能够精简人员，包括各自的家臣和杂役，人数要在一万以内。否则，丰臣氏财力将无以为继。把费用的问题一条一条讲给他们听，他们不会不明白，休要说雇佣浪人，其所有野心，都会由于军饷无着而烟消云散。”

“有理。”家康也颇为动容，“若全部人加起来还不到一万，他们怎敢举起叛旗？”

“因此，看在市正的分上，移封之事暂先缓上一缓。”

“你是让我先等等看？但市正，想必你亦十分清楚，经历了乱世的人，往往都具有一夫当关、百夫莫开的自负。事实上，我也是一直以这样的气概打天下的啊。”

“是。”

“假如一万士众全被这种妄念支配，他们就会自我陶醉，把自己当成千万大军。故，即使仅留一万人，还是太多了。我欲把那些要进入大坂城的、极度自负的浪人在城外一网打尽，除掉祸根。因此，你莫再纠缠移封一事，好生去劝秀赖母子，别让他们自寻死路。”

片桐且元战战兢兢问道：“那么，加封一万石的事情……”

“你多虑了，此事……自然会由将军裁断。人心非是铁石，总有几分感情，我从心底里为丰臣氏将来担心，希望你把这些原原本本转达给秀赖母子。”

淀夫人还算知趣，当且元把家康的意思大略告诉她时，她感慨得泪如雨下。但是，众近臣与七手组起事的火焰业已漫卷开去，已非片桐且元所能阻止的了。

平素还算明事理的大野修理亮治长，此时几已变成昔日的石田三成。

在片桐且元眼中，关原合战时的三成就是败于固执己见。秀吉公归天之后，三成顿时失魂落魄。家康逐渐以实力掌得天下权柄，众武将则齐齐把不满发泄到三成身上，甚至到了意欲除之而后快的地步。不幸的是，唯一可庇护他的前田利家又故去。这样一来，三成就陷入了两难境地：要么自行隐退，要么借维护丰臣氏，自取灭亡。三成依照自己的性子选择了后者。

与当时的三成一样，现在的治长亦充满妄念。

大坂城内诸人，将治长视为淀夫人的面首，蔑视至极，让他逐渐失去理智，他亦越发焦躁。

关原合战刚结束，治长被家康遣回大坂时，还无这种情形。“一切与淀夫人和秀赖公子无关，都是治部少辅和大谷刑部的固执造成……”他把家康的话传给了大坂，可以说，似是他给了大坂城一条活路。

且元想，这真是可悲的错觉。不用说，救赎大坂的本是家康的慈悲，但前来传达家康慈悲的治长，却在众人的千恩万谢中逐渐产生错觉，仿佛这种结果是他舍生忘死得来的。秀赖去二条城拜谒家康时，尽管治长极不情愿，但还是明白了这样一个事实：自己绝非可与加藤、福岛、浅野等人比肩的丰臣重臣，手无实权，只是主母的一介宠臣而已……这种感慨，甚至超越了三成在秀吉公归天之后的落寞。

正在这时，大久保的死刮起了一股意外之风，一股关于洋教存亡之风。而且，这股风立时从明石扫部，以及神父托雷斯、保罗等处蔓延到了速水甲斐守、渡边内藏助、茨木弹正、米田喜八郎等人身上。这股欲把大坂城作为殉教大本营的火焰，不可能烧不到极为郁闷的大野治长身上。但是，大野治长却非石田三成。三成拥有向天下发出檄文、向家康发出“借问大义究竟在孰手中”之声的器量，治长却是既无气势，亦无力量。只是，三成当时依靠的大树太阁大人已经故去，治长尚拥有自己的靠山——秀赖生母淀夫人。且元几已心灰意冷，别的事尚可，唯独闺闱之事，他这外人实无能为力……

自秀赖年满二十，大坂城的权柄就迅速从淀夫人手中转移到秀赖近旁的人手里。这自然也引起了大野治长的焦虑。但他并非自己跳出来指手画脚，而是不断谋划，让淀夫人获得说话的机会。他并不怂恿淀夫人，单是把一些淀夫人非常关心的话题吹到她耳内，哪怕使她不快，也要让她插嘴言事。比如，把渡边内藏助打发到纪州九度山之后，他便说：“听说江户那边发生了大骚动。”

“骚动？”

“德川内讧。说是大御所六男上总介忠辉，企图于大御所身故后推翻将军。”

类似的说法此前绝非没有，自然一下子吸引了淀夫人。

“真的？居然会有这等事？”

“是啊，因此，大久保长安一族已被全部处决，忠辉岳父伊达政宗见事情败露，遂迅速撤回了自己领内。不止如此，更令丰臣氏无法坐视的，是传言竟说，上总介大人正悄悄谋划着拉少君入伙，实现阴谋。”

如此一来，淀夫人自忍不住先质问了秀赖，再把且元招来询问：“传言说，江户不久之后就会以此事为借口，移封秀赖，是真的？”

且元微笑着予以否定。他说，若有那等事，关东方面早就把他叫过去了。那只不过是些传言，请莫要在意……可接下来，淀夫人听到高山南坊被赶出加贺的传闻后，又大生质问。

“有两种说法。一是利休居士的养女阿吟一直与南坊在京里幽会，事情败露，南坊遭流放。还有一种说法更为可惧，说南坊亦是上总介的同伙，他进入大坂城，是想拥戴右府大人举起反旗。此事败露了，出于和德川之谊，前田利长再不敢收留他。如果此言不虚，他当然会对丰臣氏说些什么。”且元从容应道。

从淀夫人口中听到这些，且元从心底里产生了一股厌恶。大野治长把阿吟和高山右近捕风捉影之事也搅和进来，几句甜言蜜语，就勾起了淀夫人的注意。这种只能在内庭内使用的手腕，乃是何等可恶！

且元很少责问淀夫人，唯在此时，他终于忍不住，反问道：“这样的传闻，究竟是何人告诉夫人的？”

淀夫人竟毫无羞耻，淡然答道：“修理告诉我要小心些。”

此后，上总介忠辉和将军秀忠的不和，逐渐与丰臣氏纠缠不清时，骏府来人传唤。淀夫人质问道：“何事啊，市正？是移封之事吗？”

尽管老嬷嬷们都侍奉在身边，淀夫人还是着急地探出了身子。

“非也。由于方广寺的工程终要结束了，而从江户西苑移到骏府的大御所，早些时候却一直无任何捐赠，故此次就请求将军，要来了一万石。”

幸得此时，大野治长不在淀夫人身边。

“哦？捐赠一万石？是捐给方广寺的？”

“不，乃是加赐给少君，定是体恤到少君的巨额花费。”

听他如此一说，淀夫人顿时眼角通红，“哦，是这样。”

“在下也觉得是件好事，遂奉上了承诺。”

“看来，大御所仍然未忘记大坂啊。”

可是，到了第二日，淀夫人却忽似换了个人，“关于此次加赐的事，还想问问。”

“怎的了？”

“有人说，此乃德川终要进攻大坂的依据，是在作准备，你说呢？”

“怎会有这样的想法……”

“还说，大御所分明欺负我这个女人，先灌蜜汤，让我放松警惕，然后一击致命。为谨慎起见，我们最好暗中令浪人进城，以防万一……”

“究竟是何人……是何人这般说的？”

“是修理，他甚是担心。”淀夫人答道。

当时，且元就当狠狠对治长的话驳斥一顿才是，可遗憾的是，一听到言出治长，且元竟面带苦色，与从前一样沉默了。淀夫人宠幸男子倒无妨，若将这样的闺闹痴语拿来干涉政事，真是岂有此理！且元长时装聋作哑，竟酿成了无可弥补的过失。或许，淀夫人已把他的沉默误解成了默认。

此时，高山右近和内藤如安二人，连同家眷一起被流放到吕宋岛的传闻，飞速传进了城内。大坂城里顿时人心惶惶。

之后，也不知大野治长用何等甜言蜜语打动了淀夫人，又不知如何讨好了秀赖，总之，且元竟接到了秀赖一条天真幼稚的命令：“日后就由修理指挥七手组，也是为了减轻大人的劳苦。大人就专心负责方广寺的工程吧。”

且元愕然。但是，因为事关己身，他就无法撕破脸皮进谏了。若是岸和田城主小出秀政此时还在世……且元不免凄然，罢了罢了，他只好把事情告诉了织田有乐斋，让其去劝秀赖再考虑一下。可是，有乐恐又与以前一样，嬉笑怒骂一番，回来便说，主母的想法已难以撼动了。

“算了吧，市正，与其让主母对政事妄加干涉，还不如让修理出面呢，这样你就可以正大光明反驳了。现在若再横加干涉，反而降低了身份。”

听他这么一说，且元也有同感。况且，当时且元在挑选铸造大佛殿的巨钟所必需的三十九名铸匠，事务繁忙，尽管他惦记着此事，但还是听之任之了。

其间，家康则在有条不紊地行棋布阵。被派到京都捣毁教堂、流放信徒，并向诸大名发出禁教令的大久保忠邻，于庆长十九年正月十九遭贬。命令传来之时，忠邻已处于所司代的监管之下，无能为力了。在把忠邻贬谪的同时，家康再次从江户出发，亲自进入小田原城，立刻把将军秀忠召去，命其马上捣毁小田原城，原因或许是忠邻身为谱代重臣，却不允大久保氏以外的人进入小田原城之故。同时，家康马不停蹄，下令六男忠辉把福岛城改筑到该领内的另一地高田去，不用说，这分明是对忠辉恬不知耻地提出想要大坂城的回绝。

正月二十六，遭到拘禁的高山右近和内藤如安被直接押送至长崎。接下来，家康一系列举措更是如万雷惊落：二月初二，在京都遭捕的大久保忠邻被流放至近江；同日，又令本多正纯和安藤直次捣毁大久保忠佐的居城沼津城，因为谱代之间似有一股声音：哪怕把忠邻流放到沼津城也好……二月十四，家康又令谱代老臣提交誓书，以表明对一系列处置毫无异议，并对将军忠心不贰。

不止如此，为了表示对幕府有关德川内部骚动之裁断的支持，广桥兼胜和三条西实条两位公卿作为敕使从京城出发，赶奔骏府。事实上，这一安排也是根据家康的意旨周密部署的结果。敕使的使命乃是向家康孙女、将军秀忠之女和子小姐传达进宫之令。

如此一来，秀忠与宫廷的关系得到巩固，将军的地位固若磐石。

风云变幻的形势下，片桐且元能有何等应对之策？

为了太平，家康所作准备细致周密，滴水不漏。而与此相比，大坂的片桐且元所为就是小巫见大巫了。无论如何也要保全天下太平，并让丰臣氏平安地存续下去，就此一心愿，去岁在骏府城会面时，二人已互相挑明，达成一致。为此，家康不容分说，将德川内部派阀分裂之根斩断。对于亲生儿子想要大坂的愚鲁想法，家康亦断然拒绝，并令其把福岛城改筑到高田。对于眼看就要成为洋教徒暴动中心人物的高山右近，家康并未对他施以秀吉公时的钉刑。“既然异国的神灵要比日本的好，那就满足他们的心愿，让他去异国过活吧。”于是，他便把高山右近连同家眷一起流放到了国外。应该说，此事的裁断甚是合理。它告诉世人，现在已非可任意杀伐的乱世了，它把信奉的自由和国法的冲突巧妙地避了开来。

因此，对于和且元的约定，家康已利索地予以兑现，剩下的就看且元如何行事了。

且元却在“移封”一事上未取得丝毫进展。恰在这时，秀赖称有事寻他商量，说是想把已故太阁的遗产——一千锭秤砣金，改铸成分量为四钱八分的一两小判：“现今世上风声不稳，为防万一，我想把这些金子收拾收拾，请你想想办法。”

听到秀赖如此吩咐，且元顿觉眼前发黑。大野治长等人已以修筑大坂城的名义，开始联络各地浪人进城。改铸一两小判，必是想将其用作军饷。

“还请少君三思。在如此敏感时刻，这样做恐会招致江户误解，必认为大坂乃是蓄意谋反啊。”

但淀夫人与织田有乐斋，竟都视若当然。

“军饷？你可不要蛊惑人心。即使要把已入城的洋教徒和传教士赶出去，也需要钱啊。事到如今，怎能让剩下的黄金闲置？”秀赖道。

如此一说，且元无法拒绝了。为了建造大佛殿，就连内庭的开销也都大大减少，管事甚至为此屡屡抱怨。且元决定以此为契机，商谈“移封”之事，遂答应改铸。一旦被人说成要用这些钱做军饷，事情就闹大了，故无论如何，且元都要作出将钱财用于建造大佛殿之态。

可是，片桐且元的一片苦心果真有用吗？

人愿不如天愿。家康愈是严厉地控制德川众人，大坂的反感就愈甚，妄想之火亦愈烧愈猛。

人的器量之差实如天地之别。设若片桐且元掌舵幕府，德川和幕府必已大乱。但且元还能感到大坂之危。大坂城内既无大久保忠邻和本多父子那般对立，也无秀忠与忠辉这等极易发生内部大动的隐患，其旁也无伊达政宗、前田利长这等风云人物。但尽管如此，洋教、浪人、移封，以及围绕这些问题的妄想，便已让大坂乱成了一锅粥。

而且，且元可敞开心扉，向其倾诉烦恼的人，几已绝迹。加藤清正和浅野长政父子俱已不在。幸长于去岁八月去世，仅三十八岁，听说似是由于生活放荡而染上风流病。福岛正则现在几乎足不出江户，而一旦贸然与高台院商量，定会引起淀夫人不满……

但若一直放任下去，家康迟早会派来诘问使。到时该如何回答?

只有一个人似还可倒倒苦水，此人便是所司代板仓胜重，只是如今的胜重却是在上方执行家康命令的人……且元思来想去，决定把一切全记录下来。这种心情背后，隐藏着他可悲而无奈的决心：一旦家康暴怒，欲对丰臣氏下手，自己就算一死，也要保全丰臣氏。照且元的能力，他或许无法挽救丰臣氏，但他并未完全绝望，他尚有最后一手棋，便是先建成大佛殿，让淀夫人和秀赖安心，之后，再向他们母子挑明事态。但在此之前，家康还能继续信任他吗?

且元写累了，搁下笔，茫然凝视着书院的窗棂，一动不动。他无法抹掉心头的不安，为自己的无力悲恸。

且元又思量，是否应与有乐商议一下?尽管为叔侄，但有乐和常真入道谈不来。最近，有乐已明显衰老，唯头脑还算犀利。哪怕他用讽刺的口吻给自己一点暗示也好啊。

想到这里，且元拍手把近侍叫来，令其先去向有乐通报。

“你就说我想去打搅他一下。他恐正因初春风寒而卧床呢，但我确有要事见他。”

未几，有乐给了且元一贯的回复：“诚如你所料，我确因风寒卧床。只是，你若带着好礼前来探望，我也不会不起来相见。”

于是，且元就照所说，携一壶红酒前去造访，去了一看，有乐哪有生病的样子，他正独对着棋盘，陷入沉思。

“市正，看来战事实不会从这世上消失啊。”

“净说不吉利的话。”

“但老这般无聊，只有一个人，也想让白棋和黑棋厮杀。看来人总喜欢愚蠢的争斗。”

且元笑着拿出酒壶，“且先放下，歇息片刻吧。这可是宝石酒壶啊。”

“酒我收下了。只是，要让我拿出一个办法让丰臣氏永享太平，恕难从命。”

“哦……这么说，您不指望少君？”

“哼！是恨！也许出言不当了。”说着，有乐斋收拾起棋子，“太阁算不上织田重臣……可能不当这般说。论交情，德川和丰臣与我都一样，我若偏向一方，怕招神佛耻笑。”

且元默默从怀中掏出玻璃酒杯，倒进酒去，凑在杯边嗅了嗅，自己先饮了一杯。

“嘿！我不是什么人物，犯不着投毒。我只是一介老糊涂，无论何时闭了眼睛，也无人惦念。”

“织田大人，在下只有一事，想请您公正地评断一下。”

“何事？”

“在大佛殿落成礼之前，江户会不会提出移封少君？”

有乐目光锐利，眼珠上翻，不作声，单是举起杯子。

“我如今已无法判断了。幕府若不提，我想先把这个问题放一放。可是……”

“你等着瞧吧，市正。如今谈这些，已经迟了。”

“迟了？为何？”

“据我所知，真田昌幸之子……”

“幸村？”

“正是。听说幸村固执己见，不听大御所奉劝，要到大坂城来。看看你那表情，满脸狐疑，必是想问我是怎生知道的——木村常陆介的儿子常来舍下。”

“重成吗？”

“是。此子在当今年轻后生中，可是少有的稳健之人。当然，其母右京太夫局便是个沉着老练之人。他也跟我一样，可说欠着丰臣氏的恩义……他的父亲重兹，你也知，便是已故太阁下令切腹自尽的关白秀次的家老。”说到这里，他好像想起什么，忽然冷笑起来。

有乐总是以出人意料为乐，这一点，且元十分清楚，但是，他此时的冷笑却让人甚是不快。真田幸村已决定要入城，此若不虚，那才是关系丰臣氏存续的大事啊。

“织田大人，这并不可笑。重成说，此事已成定局了？”

“据我的判断，已是无可更改。”有乐仍未停止冷笑，“市正，你我都被人甩到一旁了。在作战方面，你我都已是明日黄花，被当成局外人了。”

“竟有这等事？”

“看来你也一无所知啊。大坂城主事的，究竟是大野修理亮还是明石扫部，已搞不清了，再加上真田幸村、长曾我部盛亲、毛利丰前、后藤又兵卫……把这些人与关原合战时的人相比较，我无话可说。反正三两日，仗自是打不起来……我也只能一笑置之。”

“这话可不像织田大人所言啊。”

“照你这般说，就凭这些人也能打起仗来？”

“就算大坂无力对抗，但人家若以此为口实挑起战端，那该如何是好？”

有乐哈哈大笑，“你也太小看大御所了。你觉得，像他那等人物，会和一个孩子较真？”

“且元可不敢这般想，凡事皆有度。”

有乐摆摆手，根本不当回事，“休要担心了，市正，你要明白，现在的江户和大坂根本不会动起手来。若江户觉得大坂碍眼，呵斥一声足矣。”

“难道呵斥一声，孩子就不敢作声了？”

“那就呵斥两声。大野和真田怎会真和江户动手？顶多就是虚张声势。所以，最好再候些时日，待他们的确出格时，再从旁提醒即可。”

说着，有乐举起未喝完的酒，“酒不错，此味真有达人品性啊。”

“织田大人！”

“你还在担心，市正？”

“您能不能提醒夫人，让她有事也要与且元商议。”

“不可。你最好莫多嘴。不挨一顿呵斥，迷惘之人不会醒来。”

“可那时便事关领地和性命啊，一旦……”

“那也无妨。六十余万石太多了，已故太阁大人侍奉信长公时，顶多也就十二万石。减少俸禄，天经地义！人的器量怎能敌得过神佛的裁定？哈哈哈哈！”

片桐且元心冷若灰。织田有乐斋不再是可商议大事之人，他已成了一介过于淡泊的古怪之人，纵然其所说不无道理，他却似早已对红尘厌倦。且元心中甚至生出这等疑虑：这并不奇怪，尽管有乐生为信长公的幼弟，却最终沦为大坂城的食客，亦未得到丰臣氏厚待。他怎会为丰臣氏殚精竭虑？

但且元愈想愈觉得有乐斋不无道理。愚劣者必为优秀者吞并消灭，此几为天理。今川、武田、斋藤、朝仓之子均不及父辈，现在各家均已后继无人了。丰臣氏也一样，未生出如秀吉公那般器量的子嗣，其衰败势为必然，无论如何挣扎，亦是回天无力。有乐似已洞悉世间一切，遂听天由命了。但是，幕府真要兵临城下，又该如何？他终与有乐不同，无法置身事外，即使以命相搏，也要尽力保全丰臣氏。

“再来一杯。”片桐且元为有乐斟满酒，隔了片刻，忽又道，“织田大人，虽然人生来就有幸与不幸之分，但知其不可而为之者，亦绝非罕见——谋事在人……”

“但成事在天啊。”有乐淡淡应道，“蠢货们惶惶然四处活动，已把命运之门关上了。”

“虽然且元就是那等蠢货，但无论如何，岂能见死不救？”

“哈哈，既如此，那你就愚蠢到底，去助修理一臂之力好了。只管把秤砣金一块一块熔掉，拿着那些钱去收买更多的浪人。”

“唉！”

“那样的话，事情解决得就更快了。无论是呵斥，还是移封，大御所还是会让秀赖做一个大名，给他留下三五万石。人一生，只有所得与身份相符，才会安稳。嘿，早早死去，就更是安稳了。”

片桐且元阴沉着脸，闭口不言。有乐此时似已心冷如铁。但事到面前，自己能忍耐下去吗？

此时，且元竟想起自己的姓氏“片桐”来。丰臣氏家徽乃是三七桐，而与这个家徽大有干系的“片桐”，现在却连一个可商议之人都没有了，真的变成了“一片桐叶”！

五　蠢人蠢行

片桐且元造访织田有乐斋时，内庭淀夫人的大厅里，众人正在酒席上高声争论。

开始时本无事。大野治长只是把明石扫部带来，与淀夫人等闲谈了片刻太阁生前旧事。可不知不觉，话题竟扯到了被流放的高山右近一行身上。而一谈到右近，扫部的语气顿时尖锐起来，话题亦不由转移到了家康身上。

“大御所定是惧怕右近大夫，只是碍于前田氏的面子，既不能杀，又不能让他进入大坂城，遂想出了最恶毒的诡计，哼，在途中让人将其灭掉。可右近大夫也不好惹，一路上硬是没给人半丝机会……”

正说到这里，淀夫人眉头皱了起来，咣当一声放下杯子。

大野治长一怔，忙轻声责备扫部：“此事先莫要谈了。”

气氛好不容易缓和下来，可由于出使到纪州九度山的渡边内藏助回来，再次生起风波。内藏助好像故意说给淀夫人听：“江户决意发起战事，这次九度山之行，在下得到了确凿的依据。”实际上，他纯是妄断。

治长扫了淀夫人一眼。

“这些话以后再说吧。”淀夫人冷冷道。

内藏助置若罔闻，“这是哪里话，座上乃是几位重臣，均非外人，有甚好怕的？已是火烧眉毛，一刻都不能犹豫了。”

听他这么一说，明石扫部亦道：“既然在下在座不方便，那就回避一下……”

“不，你最好也听听。”淀夫人阻道。

事实上，不只内藏助，治长和扫部都知，最近淀夫人一听到家康或秀忠的名字，就大生反感。

“夫人，既然内藏助都那样说了，就请您也一起听他禀告吧。”治长劝道。

淀夫人明显流露出不快的神色，却也未拒绝。

“那就听在下一一道来。如今，从九度山到大坂城的大道，从纪伊见岭到大和的五条，都被松仓丰后守手下士众死死把守住了。”

“你怎的就看出这是战事准备？”淀夫人立刻尖锐地反诘道。

内藏助转向淀夫人，“在此之前发生了两事。大御所曾派松仓前去引诱幸村，说只要他拒绝进入大坂，前往江户，就赏他一万石，但竟被幸村断然拒绝了。于是，大御所又抛出第二个诱饵，说要给他信浓全境，请幸村拥戴江户。松仓之所以出兵包围五条，就是因为此次的引诱又被拒绝。夫人，即使我们按兵不动，战事也已开始了。”

“战事已开始了？”淀夫人厉声道。

内藏助似早就等着淀夫人这句话了，“确已开始！在大和的五条一带，为了阻止真田先生通行，已经处处磨刀霍霍，戒备森严。行人都要接受严厉的盘查。江户若不想动刀兵，有必要如此吗？”

“住嘴，内藏助！”淀夫人哆嗦着喝住他，“你欺我只是个女人吗？无论是大御所，还是将军，根本就无进攻大坂的想法。我自能判断，绝不许你无中生有，凭空捏造！”

“这……”内藏助有些泄气，扫了治长和扫部一眼，“小人斗胆请问，夫人的消息都来自将军夫人吧？”

“哼！这也是常高院的意思。怎的，不可信？”

内藏助轻轻摇了摇头，笑道：“在下虽然并不敢与夫人辩驳，可无论是将军夫人还是常高院，尽管都是夫人至亲，但在目前，她们却都站在了江户一边。夫人如此信任江户传来的消息，可一旦在我们毫无准备的情况下，幕府举大军来犯，真不知当如何是好啊！”

“哼！你张口江户闭口幕府，但不管是大御所心里，还是将军心中，江户和大坂并无区别。秀赖乃是将军女婿，德川和丰臣本为一家。他们怎会首先挑起战事？难道你连这些都不明？”

“在下很是意外，生事的不正是大御所吗？大御所要送给真田信浓全境，要他莫支持大坂……”

大野治长终于忍无可忍，打断了内藏助：“夫人所言句句在理，你最好检点些。”说着，治长转向淀夫人，“内藏助也是一心为丰臣氏着想。夫人还是先赐他一杯吧。”

淀夫人像是才想起来一样，嘴唇哆嗦着，拿起杯子递给旁边的侍女，“是啊。内藏助，你喝了这一杯，辛苦了。”

“不敢当。”内藏助恭敬地低下头，但仍无一丝屈服之意，“在下还有一事要禀告夫人。”

“何事？”

“究竟是夫人的消息准确，还是真田向在下透露的看法正确，在下想在此与夫人稍稍讨论一下。当然，这绝非在下个人的意见……”

淀夫人凛然抬起脸，“你就说吧，我洗耳恭听。”她有些愤怒，突然尖锐地问道：“内藏助，你刚才说，大御所要给真田信浓全境，要他不支持大坂，此事当真？”

“不错，在下是这般说的。在下认为大御所老奸巨猾，天下共知，我们不能不防……”

“我可不这般认为。若让真田进城，与你们这些冲动的人同流合污，那才会天下大乱呢。一旦乱了起来，江户怎会坐视不管？这样一来，才会危及丰臣氏！故，当前绝不能让真田来大坂。这种深谋远虑，你能领会吗？”

“哦？”内藏助大吃一惊，他绝未想到会遇到妇人如此有力的反驳，“这么说，夫人信任大御所了？”

“你有依据令我不信吗，内藏助？我出于任性，以前也怨恨过大御所，但想想，大御所过去刁难过我吗？你说呢，修理？”

忽然被唤，大野修理吓了一跳，忙答道：“是、是。”

“我永远忘不了关原合战后的事。那时，我和右府思及己过，惊恐万状，可大御所竟派修理快马加鞭从大津赶回，要我们母子只管放心，那时我的欣喜啊……修理，你一定记得很是清楚。”

“是……是。”修理愈发慌乱起来。内藏助微笑道：“夫人，那时丰臣氏有将近二百万石的领地，现已被减至六十万石。这难道不是事实？”

“哦，大御所从一开始便是敌人，你是这样看的？”

“不，有时是敌，有时是友。人的一生，利害总在变化。实际上，这亦是真田的看法。因此，根据利害，方有和与争。哪怕大御所内心非常喜欢少君，但那是另一码事。如今两家明显对立，战事一触即发。因此，我们必须作好准备，以应对随时都可能燃起的战火……夫人，在下只是这个意思。”

“那么……那么，那个叫真田的，为何连信浓都踢到一边，非要支持大坂呢？”

“因为真田与丰臣为世交，出于义理……”

“住口！你既能把义理二字搬出来，为何就不承认大御所对丰臣氏的情义？分明是在胡说八道！能够撼动这个尘世的，便是义理和人情。你所谓义理，完全脱离了人情。真正的义理，只有在人情的支撑下，才可感动别人，也感动自己。可你为何不承认大御所的情义，却独独只认真田之流的义理？”一番犀利的驳斥之后，淀夫人尖声笑道，“呵呵，修理你也听到了吧？内藏助欺我乃一介女流，想凭借连三岁孩子都骗不过的混账道理来驳倒我。那个真田必是怀有野心，哼……”

治长一听到这笑声，就知无指望了，遂再次责备起内藏助来：“内藏助大人，休要再说了。”

渡边内藏助咬着嘴唇，闭了嘴。

“夫人，这话只是说说而已。由于内藏助亲眼看到了松仓的军队，不免有些激切。”治长轻声说着，亲自执起酒壶靠近淀夫人，“夫人再来一杯，消消气。”

最近，治长不再惧怕别人的目光，他似已把自己看成可正大光明出入淀夫人内庭之人，看成秀赖的辅佐之人了。他又道：“内藏助大人也无须担心。夫人不会轻易听信将军夫人和常高院之言，也不会轻易被人操纵。夫人有自己的考虑。”

可内藏助仍然浑身战栗，沉默不语。

“你也再来一杯吧。”治长劝道。

“修理大人。”

“何事？”

“在下方才的话有些过火，为此深表歉意。”

“哈哈……不必太在意，夫人看得很清楚。”

“但若因为在下的失言，使得真田先生被误认为乃一介野心之徒，在下实难安心，故容在下再说上一句。”

“唉，下次再说又何妨？”

“真田先生实乃当世少有的高洁之士。此位志士不仅对已故太阁大人，对少君也是有情有义。”

“哦？看来真是有些误会了？”

“内藏助实在不忍令诸位误解。”

“哦，既如此，那就更……用不着担心了。我回头会向夫人好生解释。”

“修理大人，真田先生要我无论如何要转达夫人，他留有口信。”

“口信？”

“是，能否请您将口信也对夫人说说？大人能说上一句，在下感激不尽。”

如此一来，淀夫人也无法继续赌气了，她侧脸看着内藏助。渡边内藏助亦是不肯轻易放弃之人，何况他母亲正荣尼亦深得淀夫人信任和宠爱。他一边认错，一边伺机反驳。

“夫人，您愿不愿听听真田的口信？”治长道。内藏助乃是毫不动摇的主战之人，这一点，治长完全清楚。

“好吧，既然你一心想让我听，那我且听听。”

“多谢夫人。”内藏助忙施了一礼，向前膝行一步，“真田先生道：究竟会否打仗，在大佛殿落成之前，必见分晓。”

淀夫人扭开脸，不语。

“江户那边，不会不清楚：一旦让那些以瞻仰落成礼为借口、从各地纷纷拥向京城的浪人都进入大坂城，必会酿成大事，故在此之前，江户必然有所举动。因此，当前我们所当做的，便是尽早把落成礼的日子定下来，取得江户方面许可。这样一来，事态究竟如何，自会一目了然。真田先生如是说。”

“……”

“在下早就该说出这话，却把真田的意思和自己的意见混为一谈，扫了夫人的兴。还请夫人见谅。”果如内藏助所料，此言动人肺腑。

“内藏助。即使大佛殿建成，江户也不允许我们热热闹闹举行丰国祭吗？”

“恕在下冒犯，在此之前，他们必会提出移封一事。真田先生认为，既不想移封，又想让落成礼平安进行，绝无可能。因此，请一定要小心……”

“原来如此，我明白了。”明石扫部接过话茬，道，“真田的意见，是若江户有意动手，绝不会给浪人集中到京都的机会，在此之前，他们便会令我们把大坂城交出去。”

“正是。因此，我们一定要提前作好准备，否则事起仓促……”内藏助立刻应道，然后不等人反应，就端起酒杯，“在下再喝一杯就退下。一路匆忙，还未回过寒舍呢。”

“好，辛苦了。”大野治长脸色变得阴沉。渡边内藏助惹得淀夫人不快，更让治长不安：莫非真要发生战事？

大野治长心境非常复杂。他绝非单纯地主战，他骨子里完全清楚幕府的强大，以至于在关原合战中，他倒向了家康。尽管如此，他却不想让秀赖母子与江户亲近。小出秀政和片桐兄弟都为了丰臣氏与江户的亲睦，不懈努力，治长却对他们产生了强烈的妒忌和愤怒，这不仅是出于自卑，更因想显示自己的能耐。前时家康与秀赖在二条城会面，治长这种情绪就凸现出来了。以前他至少还能自我控制、反省，可到了近来，竟有些脱离常轨，总盼望能发生些大事，以显示自己的重要。

对那些前来控诉江户不义之人，无论他们是洋教神父，还是牢骚满腹的浪人，治长皆十分欢迎。并且，当他们发泄那些不合时宜的牢骚时，他就刻意装出侧耳倾听、深有同感之态。这么做，总免不了生出些波澜，让淀夫人和秀赖有所触动，这让他感到甚是快活。

“修理，该如何是好啊？”淀夫人必会苦恼至极，求助于身为男子的治长。长此以往，他的人生定会豁然开朗。但现实却恰恰相反。大久保长安死后，种种风波让淀夫人变得更如男儿，这样，治长也就益发喜欢暗中推波助澜。

尽管如此，治长绝不想以大坂现有的武力，与江户正面对抗，况且，他也不认为现在的大坂可与江户抗衡。最起码，若骚乱大起，片桐且元兄弟就不得不引咎离去，他的责任自然就比现在重得多了。

治长认为，自己既深得大御所信任，也得淀夫人喜欢，一旦发生紧急情况，还可说服双方。但渡边内藏助刚才的一番话，却让他大为恐惧：若真田幸村要来大坂，便极有可能彻底打翻他的如意算盘。在关原合战时，大坂都无能为力，十四年后的今日，又能如何？

渡边内藏助退出之后，治长慌乱起来。松仓丰后果真以重兵封锁了京坂大道？念及此，他对淀夫人道：“内藏助有的话令人难以放心，治长想前去问问他，恕先失陪。”

淀夫人竟意外地答应了治长的请求。

最近，淀夫人竟变得像孩子一般任性，即使无事，也要让治长侍寝，大大折腾他，而此次竟如此爽快地答应了治长的请求，或许是她今夜极度劳累的缘故。

“我有事与内藏助大人说说。内藏助大人还未歇下吧？”

内藏助的家在本城的瓮城外。当治长站在内藏助家门前时，发现除他之外，还有其他客人造访。

渡边内藏助有一个习惯，便是每次在淀夫人处喝完酒，回家之后必定再饮，皆因为在内庭，母亲差不多都在场，不允他喝醉。

“请大人稍候。”出迎的渡边夫人匆匆进去，未几又出来了，道，“木村长门守大人也在，请进。”

“哦，竟是重成来了。”

“是。少君也甚是担心纪州那边的事。”

治长心里一惊：重成和内藏助居然瞒着我，要煽动秀赖？他跟夫人来到厅上，出乎意料地看到一位女客，她乃是真野丰后守赖包之女阿菊，正在斟酒。嗬，是月下老人先行探路？治长松了口气。自从身为关白秀次家老的木村常陆介重兹在妙心寺切腹后，其子木村重成就在亲戚六角参议义乡的近江府里长大，现在尚未成家。给重成说门好亲，一直是七手组众人的心愿。看今日情形，内藏助似乎给他挑中了真野赖包的女儿，现正相亲呢。

“这是夫人和少君的意思，要长门守娶妻成家，可能的话，就娶赖包之女。”

“哦。”

“修理大人既有急事，那就请阿菊小姐先回避吧。”说着，内藏助让阿菊退了下去，之后，意味深长地眨眨眼道，“方才我向长门守转达了少君的意思，长门守却不答应，理由是最近大坂危急，这个时候娶妻，恐无法毅然赴死。”他微微眯起眼睛，使了个眼色。

治长一时间竟没弄明白内藏助的意思，但接下来的念头，却使他浑身寒毛竖立。内藏助是不是假托亲事，在策划什么阴谋？一想到这里，治长就再也笑不出来了。最近，秀赖对重成的信赖陡然增加。他们若想让秀赖发动战事，定先引诱重成。无论在谁看来，这都是一条最有效的捷径……

“哦，这我倒是头一次听说，少君和夫人居然都荐阿菊，便是理所当然，他们确是天造地设的一对。”

治长掩饰起自己的狼狈，坐到重成上座，内藏助立刻接话道：“谁都这么看，但长门大人居然推辞，说战事迫在眉睫……”

“战事……战事的话题，且放一放……”

“不。长门守大人乃万里挑一的忠烈之士，将来甚至可能成为少君的辅政家臣，既已为了战事，把一切置之度外，看来是铁了心。我这才劝他。”

“你如何劝说？”

“战事迫在眉睫，这不只是我一人的看法。真田、长曾我部、毛利等人也都这么看。就连日前站在敌方的松仓丰后守等人，也都觉得箭已上弦，才加强了纪伊见岭的戒备。既如此，成就这桩婚事，不亦是忠义之举吗？我方才一直在这么劝。”

“答应这门亲事，便是忠义之举？”

“哈哈！”渡边内藏助愉快地笑了，“这听来不似修理大人的话啊。既然决战迫近，就必须招兵买马。但人一旦聚集，所司代就会大生戒心，为避其视线，婚礼不就成了难得的伪装？”

“有理。”

“哈哈哈，况且，现今世上男女相恋故事多矣。阿菊对正气凛然的长门一见钟情。我自然不能看着她心生相思，郁郁而终，遂出言玉成其事，可这段故事眼见就要变成隆达节歌谣或女歌舞伎里的故事了。修理大人，你好生帮着劝一劝才是啊。”内藏助已是醉了。

木村重成端正的面孔也已通红，含着几分怒气，道：“请恕鄙人就此告辞。”

“急什么，再待片刻。”

“不了，今晚值夜，也当早早回去。失礼了。”

重成恭恭敬敬施了一礼，内藏助再次高声笑起来，却不挽留，只嘴上道：“那么，容我送上一送，怎么说，你也是少君的使者啊。”

“不用了，请留步，留步。”

一番推让后，内藏助还是送了出去。回来后，他忽然压低了声音，对治长道：“修理大人，看来少君也下了决心啊。这样，大人也可安心了。”说着得意地一笑，吐出一口酒气。

大野治长一时竟无言以对。事态的发展太快了，早已超出了他的预想。少君要决一死战，若真是这样，不用多久，淀夫人也一定会动摇。

淀夫人身边，内藏助之母正荣尼、治长之母大藏局、木村重成之母右京局，以及飨庭局、国局、寿元局，向来都胡乱掺和，对江户既羡慕又嫉妒。她们根本不会思量战争的胜负，一切都凭气性。尤其负责与江户城将军夫人联络的右京局，若是儿子主战，她也便主战，绝不会阻拦半分。

“内藏助大人，此次我来，便是为了战事。”

“请您只管安心。”内藏助一面亲自为治长斟酒，一面夸口道，“大坂方今力量强大，绝不会再出现关原合战时的局面。”他大概也知治长内心对德川惧怕有加。

“真田果真说要助我们一臂之力？”

“那还有假？”内藏助放下酒杯，拍胸道，“如此一来，就无法后退了。他还说，这也是其父的夙愿。纪伊见岭之事，则促成了这个决心。”

“哦……”

“既然松仓丰后守去把守那座山岭，说明江户早就打定主意一战，任何力量都无法阻挡。左卫门佐便是如此分析的。他还说，世间已有肉眼看不见的气息在游动，为祖辈的夙愿，便要不惜性命。至于如何进入大坂城，他似另有良谋。”

“等等，内藏助大人。刚才你可不是这么说的，你不是说，要尽早举行大佛殿落成礼吗？”

“那只不过是一种策略。眼睁睁看着对方加紧战备，我们却无所作为，到时岂非措手不及？在修理大人面前，我不说假话。片桐靠不住，那厮已成了德川的一条狗……我不能不这么说。因此，我们只能不动声色把他支开，让他远离权柄。先把兵粮和人数攒够才是。”

“话虽如此，若数十万的关东大军洪水般压上来……”

“哈哈，那就固守城池。只要固守，大坂城就会纹丝不动。不久，主就会前来帮助我们。看到班国国君率领水军浩浩荡荡前来，奥州的伊达首先会倒戈，接着是伊达的女婿上总介忠辉。如此一来，长州的毛利和萨摩的岛津也不会再观望不动。哈哈，一场规模与关原合战不可同日而语的必胜大战！否则，真田凭何倒向我们？他连信浓全境那样的肥肉都一脚踢开了……”

扬扬自得说个不停的内藏助，表情忽然僵硬了。醉意朦胧的他，猛地发现治长那样不安，毫无自信。

“修理大人。”内藏助压低声音，换成一副严肃的表情，对治长道，“真田都已痛下决断了，您总不当对此次战事无自信吧？”

“哪里，怎会啊！”

“我看也是！一开始就断言江户根本未有让丰臣氏存续下去的诚意，并让局势发展到今天这样的，可正是大人您啊。正因如此，大家才同仇敌忾，集结在大人周围。就连七手组也无大人这般了解江户的本意啊。”

“这些我自不会忘记。”

“当然，我相信大人。否则，我便是贻误大事。”

“怎可信得了江户！此等蠢事……”

“当然不能！怎会有如此蠢事！江户始终视大坂为眼中钉，一直伺机灭了我们。他们让我们重建各处寺宇，让我们耗费金钱，一有机会，就断我们的手，斩我们的足，看到我们终于站不起来，就出兵挑衅。如此信誓旦旦的，不正是大人吗？不止如此，忠告我们说织田有乐斋不可信，片桐、小出也都暗中为江户掌控的，也是大人啊。这样的一个您，今晚竟欲在夫人面前斥责我。我想，大人不至于先把火煽起来，然后在火光冲天时逃之夭夭吧，修理大人？”

或许是借着酒劲，内藏助百般挑衅。治长原本是来提醒他莫要做得太过火，此刻反受到强烈的责问和警告，遂沉下脸，摆了摆手，“你在说些什么？难道说治长行为失当？”

“并非没有。就连少君都有七八分同意了，可夫人却当众斥责我。这到底算怎回事！总不能说大人一点责任都没有吧？”

“好。这么说，真田加入我们乃是板上钉钉。我只明白这一点即可。来，干一杯！”

“哈哈，修理大人，箭在弦上，不得不发。去岁九月十五，从月浦出发的伊达氏巨船就是此弩箭，此箭现正不知在哪里叱咤风云呢。据传，高山右近已安抵吕宋了。哈哈，当这弩箭将班国万千水军带来时，昂首站在船头为他们带路的，必为高山右近大人！”

听着听着，治长逐渐畏缩了。

有的人总是采取主动，有的则时不时心血来潮，先巧妙煽动一番，等火焰燃起，即偃旗息鼓。渡边内藏助就属于前者，大野治长则属于后者。前者总是一心一意迈步向前，后者却总是犹豫不决，首鼠两端。

大野治长在渡边内藏助一顿鞭笞之后，不得不调整姿态，重新向前。事实上，内藏助所言，无非治长灌输到他脑中的东西。高山右近之所以老老实实接受流放，便是确信在不久的将来，可以搭乘班国兵船回来……听内藏助这般一说，治长似觉真有这么回事。

“内藏助大人，当前我们或许应先出一手棋。”

“此话怎讲？”

“我们主动告诉大御所，称右近大夫有此打算。”

“这么做有何好处？”

“大御所必大吃一惊，然后通过将军夫人，来游说淀夫人。”

“有理。”

“斯时，我们就事先告诉夫人，说他们必定如此来游说，夫人也就不会游移不定了。当前最重要的，便是要夫人铁下心……大人以为如何？”

不觉间，治长出起主意来。

“不错，这倒也不失为一个办法。是啊，我们若一再把伊达政宗和高山右近的心思灌给大御所，那只老狐狸定会动摇。一旦动摇，他的狐狸尾巴也就露出来了。到时我们就揪着那根尾巴，让夫人好生看看。妙啊，以其人之道还治其人之身。那么，具体怎生做？”

治长不觉又喝了一杯。此时，他已经完全把来此的目的忘却了，“总之，最能够打动大御所的，就是千姬。如果我们派人去说，千姬受尽了折磨，痛苦不堪，结果会如何？”

“妙！派谁去骏府合适？”

“当然必须是女人。对，有人了。”大野治长认真地凝神思量，“此次战事，规模不会小于上次的关原合战。”不知什么时候，他也开始做起美梦。

壁龛上，主人引以为荣的西洋钟当当响了起来，天已大亮。

六　悲音前奏

庆长十九年初夏，骏府本城院中，水池里的菖蒲开满了美丽的花朵。

德川家康站在院中，却无心欣赏这些花。年已七十有三的他，感慨万千。

家康已比秀吉多活了十年，可烦心事依然如山一般堆在眼前，亟待他裁决，最没想到的是，竟要处置大久保忠邻。

流放九州的忠邻固然颇为可怜，却也使得家康一度忧恐不堪——那时他无法回骏府，江户城也去不了，只能在中原与小杉等地作短暂停留。一想起这些，家康仍心口发冷。

家康在小杉决断了流放忠邻后，才返回江户，把洋教的事交给金地院崇传，又把喜多院天海找来，把自己身后诸事托付与他。现在想来，连他自己都觉得奇怪：难道连这些事都收拾不完，就要去了？不安越来越浓，家康竟忽地甚为想咏和歌。虽然他并未有留下“临终诗”等明确想法，但总有一种想倾诉的感觉，这恐是心中苦闷之故。

于是，家康返回骏府之后，一面聆听曹洞宗的禅语，一面特意把冷泉为满从京城招来，让他传授《古今和歌集》。他还让林道春把《论语》从头至尾再讲一遍，令五山僧人从《群书治要》、《贞观政要》、《续日本纪》、《延喜式》等典籍中，找出可为公家和武家法度的内容，以作永世之用。

但这些并未让家康就此安心。已经十四年未有战事了，大街小巷到处都是已不知乱世为何物的年轻后生，无甚人把他常说的“太平珍贵”记到心里。更让他痛苦的是，就连真田昌幸之子幸村都无法明白他的忧虑。难道大家还希望倒回烽烟四起的乱世？对于年轻人，他的大声疾呼只像一阵微风。忠辉如此，秀赖亦不例外。他们安逸地生活在太平年代，总是憧憬着波澜。可一旦波涛真的袭来，他们刹那间便会被吞噬。

家康心中思想着，站在院中对着菖蒲花，禁不住老泪欲下。七十三年铁血生涯，莫非仅是一场梦幻？

日下，家康正令崇传、天海、林道春等人广泛收集古书，让他们认真考证、缮写这些先贤的东西。尽管他对那些东西一一过目，佯作平静，内心却在考虑目前的时势。他总算以筑高田城暂时抑制了忠辉想要大坂城的荒唐欲望，但被不理智的欲望附身的绝不止忠辉一人。一旦手头的缰绳稍有松动，伊达、岛津、毛利、上杉、前田，定都会变成脱缰的野马。他们对在太平时世长大的年轻后生的弱点一清二楚，因此，在这些从乱世幸存下来的人眼里，十四年的兴盛便是一块令人垂涎的肥肉。

家康望着盛开的菖蒲花，待了足有半个时辰，任由思绪驰骋。

“大人。”一个侍童打断了家康的思绪。他叹了口气，慌忙把自己从幻想中拉回来。

“大坂使者片桐大人已抵达鞠子的德愿寺了。”

“哦？市正来了？等他多时了。好，立刻见他。”

“遵命。另，几乎在片桐大人抵达的同时，右京局也来了，她也要求见您。”

“右京局？她就用不着我见了。告诉茶阿局，好生款待。”

“遵命。”

侍童退出去之后，家康这才离开水池。且元究竟为何而来，家康已猜出一二。

除了本阿弥光悦，从心底里敬仰家康，并主动为他搜集消息的，在京坂之地有三人。一是伏见的小堀远州，一是山崎口的石川丈山，再就是堺港的宗薰。根据这些人的消息，大坂欲以大佛殿落成礼为契机举兵，这种看法越来越坚定。

诸地浪人正在源源不断汇集到京都和大坂地区。最坏的预想，便是聚集在大佛殿前的人直接拿起武器，袭击所司代官邸，然后拥向皇宫。此次片桐且元前来，恐怕与此事不无关系，秀赖果真愿意撤出大坂城吗？

家康一只手搭在额上，遮挡着阳光，慢悠悠返回厅里。隔着中庭的一栋楼上，如同往常一样，僧儒们仍排于一列长长的书案旁，拼命抄写古书。

片桐且元到来，已是半个时辰后的未时。

家康特意把正纯和直次打发下去，只留了年仅十六的侧室阿六夫人在身边侍候，方把且元请进房里。阿六夫人乃黑田五左卫门直陈之女，亦是侧室中最年轻者，于家康身后，据遗言改嫁给了喜连川赖氏，此为后话。她从十三岁起就跟在了家康身边，与其说是侧室，不如说是侍女。

当阿六被扶为侧室时，年轻武士皆羡慕地赞叹家康的健壮。侍女们则说，是阿六主动向家康示好，她与其做个侍婢，还不如登堂入室做个未亡人，到时还能够再嫁一个有身份的大名呢。由此，阿六才到家康身边。

家康恐也是带着这样的想法让阿六接近的。“你真是个伶俐的女子啊。反正我也活不长久了，必须为你的将来作打算了。”家康曾一边让她揉腿捏腰，一边当着侍女们的面如此说道。

同为家康年轻侧室的青木纪伊守一矩之女阿梅夫人，后来就在家康的命令下嫁与了本多上野介正纯。这当然是秘闻。据传，阿梅因本多正纯神魂颠倒，若放任下去，二人之间必会生出事端，家康预感到这些，遂成其好事，把二人撮合到一起。如今阿六主动投怀送抱，是不是也有这种远虑？总之，今日家康把阿六留下，恐怕还是不想让且元太拘谨。

“别人都让我支下去了。你不用担心这个女子会泄露咱们说话的内容。”家康命给自己揉肩的阿六夫人泡茶，自己则靠在扶几上，“怎样，秀赖愿意出城了？”

且元的神色眼看紧张了起来，“此事……如果大人还信任在下，万请再宽限几日。”他把额头抵在榻榻米上，极力请求道。

“市正，你是说，事情毫无进展？”

“是。正如去岁所言，在大佛殿落成时……”

“晚了！”

“啊？”

“典礼当日，万一有暴徒作乱，怎生是好？那些人若是呼喊，称他们乃是在秀赖的命令下起事，该如何是好？你现在还未老糊涂啊！”

面对家康严厉的斥责，片桐且元愈发紧张。因为在此前，他着秀赖命令，始终紧张地忙于大佛殿的巨钟和钟楼建造。钟铭由南禅寺的清韩长老撰写，书好之后，又令三条釜座的巧匠名护屋三昌召来三十九名铸匠，昼夜赶制。

金佛已于庆长十七年三月铸成，故一旦巨钟铸成，这场大工程就宣告成功了。且元想通过大佛殿、巨大的本尊，以及巨钟的声音，让天下人都知，建造这些，他们花费了巨额钱财。跟这些莫大的耗费相比，把二十八个秤砣金改铸为近四万个小判的事，就不算什么了。

只一座城池，无论如何坚固，亦无法进行决战——因无军饷。如果明白这些，那些野心之徒也就不会再拥入大坂了。且元始终坚信，家康可接受这一切。然而，家康的算计却和他截然不同。且元这次前来，主要是想向家康请示有关大佛殿和巨钟的事。由于钟楼落成的日子已有了眉目，他想把开钟仪式定于六月二十八，并欲在七月进行大佛开光供养，顺便请示由何人主持法事。这些其实都是表象，他真正的用意乃是想问问家康，究竟何时提出移封为宜。然而家康的呵斥让他惊惶失措。

“你以为我天天在睡大觉吗，市正？”

“不敢。”

“我不但知道秤砣金改铸的钱流向了何处，连谁受到了何样的邀请，我也让人彻底查过了。你啊，似已被架空了。”

“不……”

话音未落，更为严厉的呵斥落到且元头上：“休要说这些没用的，现在还不是说丧气话的时候！对你来说，目下正是你的主君或废或立的关键时刻。你听着，市正，你非不明战争之人。你以为战争总是因得失而发动？最可怕的就是人的冲动。大佛开光那日，若有人暴乱如何是好？暴乱的先兆已很明显了，你觉得征夷大将军能对这些坐视不管吗？维持天下秩序乃是江户的职责。如此一来，所司代若不作好准备，岂非要铸成大错？可所司代若真的设防，大坂之人必将其当成进攻的先兆，反而会引发大事。问题必须赶在大佛开光之前解决。在此之前，起码要让秀赖母子明确答应移封，否则，事情焉能顺利解决？”

片桐且元战栗起来，庆长九年的丰国祭，汇集到京都、大坂的人，曾达到三十万之巨，那是何等的风光，又是何等的令人胆战心惊。

“在开光之前……”且元咽下了后半句话。经家康一提醒，他也意识到事实的确如此。三十万人一旦生乱，必将造成一场莫大混乱，无法收拾。可就算想防患于未然，所司代辖下的三两千兵马也无济于事啊。

且元不禁心中狂跳，事情诚如家康所言，若再派兵前去，必被误解为出兵大坂。

“你明白了，市正？”

“是。在下明白了大人的意思，可是……”

“既然明白，那就无甚好说的了。在开光之前，就须防止生变。”

“是，是，完全如此。”且元惶恐不已，“在下糊涂，在下糊涂至极，无可申辩。”

且元如此坦率地承认错误，家康亦一脸悲哀，默不作声，因事已至此，无论如何责骂且元，也都无济于事了。

“市正，我上了年纪，竟变得性急了。”

“不，市正白活这么一大把岁数，太天真了。”

“唉，”家康凝神低语，“你我在此大发牢骚亦是无用。听说你前脚刚到，右京局后脚就赶来了。你知她所来何为？”

“这……这亦是在下疏忽。在下估量，右京局乃是代淀夫人前来问候将军夫人的。”

“哦，她可是特意在骏府停留。”

“在下以为，她是帮助两家解开一些疙瘩的使者。”

“我看未必如此啊。”

“可现在，在下也忽觉有些不安。”

“那好，你今日只问候一下，然后回德愿寺歇息。右京局就交给女人们，至于她的来意，早晚会明白，到时再议。”

“是。”

“我刚才所说的事，你应很清楚了。比起大佛开光，最重要的还是保证休要生乱，否则，家康会被后人唾骂。因此，你再仔细思量，究竟如何才能把大佛开光仪式平安办好。”说到这里，家康忽然意识到阿六夫人在场，遂严厉地叮嘱她，“刚才你什么也未听到，明白吗？”

且元退出去之后，家康把额头贴在置于扶几的双手上，似有些倦了，沉默良久。

“奴婢给大人揉揉肩吧。”阿六夫人娇声道，转到家康身后，给他揉起肩来。

家康仍不作声，他本以为能从且元口中听到一点好消息，至少，在那座天下公认固若金汤的大坂城里，无法供养太阁。“此城乃是治理天下之人才能居用的地方，若为势利小人所用，必成一座引发野心的鬼城。”正因知道这些，高台院才识趣地迅速离去，让有实力者——家康取而代之。家康始终以为，且元会把这些道理详细说给秀赖母子。但且元坚信，用不着这些大义，也能把事情解决，遂一拖再拖。难道从一开始就不应对且元抱有期待？莫非所有人都忘却了太平的珍贵？失望如潮水般涌向家康心头。

正在这时，负责接待右京局的茶阿局来了。茶阿局一直严守内庭规矩，从不进家康内室，因此，年轻的侧室们都对她敬畏三分。

“大人，右京局说，她是作为淀夫人的使者去江户拜访将军夫人，顺道来此请安。”

“哦？只是寻常的问安吗？”

“是。不过，她顺口也说了些让人担心的事。”

“嗯。她都说了些什么？”家康闭着眼，一面让阿六夫人继续揉肩，一面问道。

“说大坂城里最近充斥着流言蜚语，大坂与江户不久就要一战。”

“不用她说，我也很清楚。”

“因此，以淀夫人为首，秀赖等都对千姬刻薄起来……不知当如何应对？当然，这些都是女人间的闲言碎语。”

“嗯。”家康只是轻轻应了一声。

“她郑重其事说，最好莫把此事禀告大人。”

“还是告诉我了……居然连女人都活动起来了。”家康丢下这么一句，开始打起盹来。

清冷的沉寂持续。阿六夫人默默揉着家康肩膀，家康也一副半睡半醒之态。茶阿局紧张地盯着家康，她深知，家康尽管有时显出一副昏昏欲睡的样子，实际上却是在考虑某种决断。

果然，家康忽然抬起头，睁开眼睛，“阿六，莫要揉了。”

“这……”

“稍后再揉，稍后再揉。”家康轻声道，“茶阿，我想用些甜点。”

茶阿局膝上早已放了一个小小的陶盘，里边有一块纯白的点心。

“是，请大人用这个。”

“哦，这是从名古屋送过来的？”

“不，是从江户送来的。”

“你一定也想过右京局所来何为了？”

“是，想过。”

“说来听听，她这次来意欲何为？”

“是不是来打探风声？”

“嗯。”家康笑了起来，擦了一把粘在嘴边的点心碎屑，动作如一个孩子，让人忍俊不禁。“看来我还是太懦弱了。”

“大人说什么？”

“我说，我太懦弱了，还懒惰……”

“大人怎会懒惰！大人若是懦弱懒惰之人，天下究竟谁才是勇敢勤劳之人？”

“你和阿六就很勇敢。”家康一本正经道，“我总是怕出事，遂想用土把树根掩住。哪知以土一盖，那根竟愈发旺盛了。”

“啊？”茶阿局不明家康在说些什么。

家康忽又沉默。他眼里放射出明亮的光芒，连额头的皱纹都浮现出勃勃斗志。

“阿六，你到院子里去剪一枝你认为最美的花来，菖兰、菖蒲都行。”

“是。”阿六一愣，依言去了。

望着阿六离去的背影，家康压低了声音：“茶阿，日后我要把秀赖和忠辉都当作成年人看待了。”

“啊……大人所指何事？”

“父母不能总庇护着孩子。不久之后，我就会死去。为了在我身后，能让他们自己走路，今后我须像对待成年人一般对他们。此前，我一直害怕这样做，一直懒于这般做。其实，我想差了……”

茶阿局知道家康正在心里作着艰难的抉择，但仅仅一句“要像对待成年人一样”，她还不能明白此中究竟意味着什么，便试着问道：“大人是说，此前大人太宠爱他们了？”

“正是。我忘记了自己的寿命，以为什么都可做到，实际上，我已老了，连凉水都受不了。”然而，凉水究竟指什么，家康并未说明。

此日，家康命人给在鞠子德愿寺的片桐且元和右京局分别送去酒馔，自己则将正纯和直次等近臣叫来，一起用膳。用膳期间，家康若无其事谈论些怀旧的闲话，可当日夜里，他却几乎一夜无眠。此皆为阿六夫人告诉茶阿局。

最令茶阿局担心的，是白日家康谈到秀赖的同时，亦提起了忠辉。家康说欲把他们二人作为成年人对待，究竟是何意？

最近，忠辉似平息了情绪，一心埋首于筑建高田城。但他的名字时时出现在家康的书函上。忠辉与大坂的秀赖之间，莫非有……为了弄清这些，茶阿局更加尽心地侍奉家康，家康也把除了侍寝之外的所有事，都安心交给她打理。

当茶阿局明白个中意味时，已是片桐且元急匆匆返回大坂，然后再度来到骏府的时候了。

且元二次来访，家康并未立时见他。且元的目的，是来询问能否请仁和寺宫觉深法亲王主持大佛开光之事。

家康甚是痛快地答应了且元的请求，并且，对且元所示当日出席典礼的关白以下诸有司座次和钟铭，亦无异议，对其于八月初三举行大佛供养、八月十八进行金堂供养的请求，也一概允准。但到了七月二十一，家康忽然震怒："钟铭当中有不祥之语，上梁的日子亦非吉日，是何居心！"

家康如此一怒，茶阿局才微微察知他此前的决意为何。家康也许早已决定，在秀赖答应接受移封之前，断不让他进行大佛供养。若真是这样，那么日后把他当作成年人对待，言外之意就是：若秀赖想供养，就以男儿身份来解我的难题。但此时，茶阿局只能闭口不语。

七　不杀之剑

家康与且元之间究竟发生了什么，天下无人可知。但在不久之后，唯特意从江户赶来的柳生又右卫门一人觉出了其中秘密。

宗矩进入家康的客室之后，家康同样把身边人都支了下去。

室内已很是暑热，但家康竟连打扇的侍童和侍女都打发了下去，一开口便问起江户的气氛。

“将军不会因一点小事就变脸，可土井利胜和酒井忠世如何？”

又右卫门笑答：“在在下眼里，二位异常平静。”

“哦，好，理当如此。那么，将军夫人有什么动静？淀夫人的使者应已从大坂赶到江户了。”

又右卫门对此十分清楚。由于使者的一些牢骚，据说将军夫人正在担心：万一江户和大坂开战，最先被杀的定是千姬，即使还不到开战的地步，千姬也免不了受苦。但他不敢明提，只道：“略有耳闻，但将军夫人的事，在下不便打探。”

“哦。女人间的事，你的确无能为力。伊达有什么消息吗？”

“陆奥守大人立刻亲赴高田，似正热心于筑城呢。”

“听说真田的孙女嫁给了片仓小十郎，有未生起风波？”

“一切如常。这恐是为留后路，万一有变故，也不致血脉无存。”

“京坂情形如何？你觉得大佛开光能够顺利举行吗？”

“现在天下都在盛传，参加此次盛会能修成正果，故人们蜂拥而至，据说京都已是薪桂米珠呢。”

“怎么，你还一直与光悦保持联络？”

“是。我们时有联系。在下还通过京都的坂崎出羽求他赐刀。”

“光悦怎说？”

“他认为骚乱必发，无可避免。”

“哦。”家康并不吃惊，隔了半晌，方叹道，“如此一来，德川家康又要成为万恶之人了！”

“大人何出此言？”

“外边不是都说，战事一起，大坂就会先杀掉千姬吗？人们定说，是我这老头子先下手为强，把千姬的妹妹献进宫内……哪怕是让宫里出面，也要挽救阿千……他们一定会说，我是连这样的计策都想到了的大恶之人。”说完这些，家康才突入正题，“又右卫门，我已下了决断。你明白吗，从前，我扶持秀赖，现在要罢手了。”

听家康如此一说，又右卫门纳起闷来，“请大人明示。”

“我先前始终把他当作一介小儿，我相信人皆拥有天生的器量和运气。此前我始终有一种错觉，以为一切完全可以根据我的意志改变，现在看来，这反而是对苍天的不敬。因此，日后我要把他当作成年男儿对待。”

“哦。”

“现在江户和大坂之间暗云浮动。我若答应大佛开光，必引发一场惊天动地的大乱。因此，我要把秀赖当成成年男子，给他出道难题。”

“难题？”

“不允许大佛开光！”说到这里，家康停了下来，目光灼灼地盯着又右卫门。

又右卫门微微点点头。

家康要把秀赖看成一个武将，告诉他，要想举行大佛开光法事，须要担当起维持大坂秩序的责任。家康恐是想要他离开大坂，接受移封，退到大和郡山？秀赖能解答这个难题吗？

看到又右卫门点头，家康微微笑了，“秀赖究竟能否解答这个难题，就要看天意了，家康亦无能为力。我把这话告诉了片桐且元——”

“大佛开光法事不能举行吗？”

家康点点头，似不愿再谈此事，“秀赖若有器量，能够平安渡过这一关，就无妨了。若他还以为，大坂城仍像往昔一样固若金汤，真能为所欲为，他的迷梦就须醒了！”

“大人英明。”

“就看他的造化了。尽管日前的交涉亦是谨遵天意，但一旦发生战事，胜负不言而喻。说到底，秀赖与家康就是小儿与成人。这是一场未战而胜负已定的战事。唉，请你答应我一事。”

“请大人吩咐。”

家康轻轻点头，“我不想杀秀赖。否则，我就违背了与太阁的约定，与老朽得有如一个凡夫俗子的太阁的糊涂约定……一想起秀赖和淀夫人，我就心痛不已。又右卫门，一旦发生战事，我定要救得秀赖和淀夫人性命。你能否提前为我准备一下？柳生之剑的最高境界乃不杀之杀。”

柳生又右卫门睁大眼，张口结舌，半日未动。他咀嚼着家康的话：在家康心中，难道进攻大坂已无可避免？最起码，家康已下了决心，只要对方不接受移往大和郡山，就不答应大佛开光。

一旦秀赖解不开这个难题，战事就要开打。战事一旦爆发，胜负根本毋庸置疑，当然是江户获胜，战乱平息。可是，这些事都是征夷大将军的公务，之后才可顾及私情。家康真想私下拯救秀赖母子？

看到又右卫门还在慎重揣度，家康续道：“对你，我无甚刻意隐瞒的。”他压低声音，继续唠叨：“我想救助的，当然不只是秀赖母子，也想救阿千啊，还有阿千那视如己出的女儿。”

“此乃人之常情。”

“唉，只怕世人会在背地里骂，那老东西，为了阿千，连秀赖母子一起救了。他们怎说都无妨。此事我本想托片桐市正兄弟，但总觉得市正难以托付，他至今还与我意见相左。”

又右卫门沉默了，直直盯着家康。

“市正总想先让我答应开光一事，他以为这样一来，秀赖和淀夫人就会明白江户的好意，答应移封。他还主张，在此之前要让有野心之人都知军饷不足的事实，以不让他们进城。他简直是痴人说梦。大坝上开着大洞，怎能挡住洪水？因此，我才把你叫来。”家康且看住又右卫门，“你若对我的想法有意见，只管说，不必拘束。”

又右卫门一时无法回话。他已十分明了家康的意思：只要秀赖在开光供养之前决定退出大坂城，就万事大吉。可在又右卫门看来，这亦是不通之路。两厢不愿，战事必起。一旦开战，那些走投无路的浪人和愿以身殉教的疯狂信徒，果真能保得了秀赖母子？对于他们而言，秀赖、淀夫人，与千姬完全一样，都不过是人质……

“又右卫门，你怎的不回话，你有异议？”

“无，在下怎会有异议？大人之言句句在理，在下心服得很。”

柳生又右卫门并非刻意奉承，这是他的真心话。家康无论是思虑还是感情，条理清晰之极，简直让人恐惧。

大御所为了救千姬，连秀赖母子也不得不搭救，世人极有可能这般议论，但即使非议四起，又何妨？当听到家康这般说，又右卫门只觉得背上直冒冷气：居然有人能把人心看得如此之深！世上果真如家康所言那般动荡起来了？

“又右卫门。既然你不肯说，我再说几句。你听着，我也想救阿千啊！若有可能，就把阿千救出，在阿千的恳求下，再决定秀赖母子的命运……我想这样去做，你说呢？”

“恕不才愚鲁……”话说到这种地步，又右卫门再不明确表态，恐就是做作了，“大人句句都是至理，可一旦东西决裂，大坂城戒备森严，谁能进城去救千姬小姐？”

“是啊。此事不能靠伊贺、甲贺的忍者，我才把你请来。”

“这，不知在下能否胜任……”

“又右卫门啊，反正四处的浪人都会拥入大坂城。你想想，世上哪有不吃腥的猫？”

“大人圣明。”

“到时，你就派一批心腹早早进城，不就行了？”

又右卫门不禁打了个颤。他也并非未考虑到这些：可事先派一支可信的队伍进城，命他们暗中保护秀赖母子和千姬的安全。有人做着荣华富贵的春秋大梦进入大坂城，但为了救人这种说不清道不明的目的进城，不仅可能失掉自己的性命，许还将一族人也搭上，世上有这样的人吗？

又右卫门想到了这些，却难以开口。此时家康又说了下去："我已仔细想过了。那些谱代的旗本大名，都未明我的想法。只要与我同甘共苦，他们的子孙就可谋得富贵荣华，他们都是这般想。但，你与他们大大不同。你追求的乃是让不杀之剑扬名天下，乃是力保天下太平，柳生一门始终在为此奋斗。正因如此，我才列入石舟斋门墙，将军亦成了你的弟子，今日才与你相商。"

柳生又右卫门知，自己已被慢慢绑住了。道法如铁，情义如火！在家康极其现实的处理方式背后，难道总是潜藏着如此冷静的情义？

此前，柳生又右卫门始终拒绝接受将军和家康加封的好意，只是为了继承父亲的遗志：绝不能让自家的剑堕落成侍奉霸者的霸道之剑！但今日家康竟巧妙地点上了柳生的死穴，点中他最引以为荣之处，其说辞完全冠冕堂皇：既然柳生之剑乃天下之剑，那就理所当然要帮助一心希求天下太平的德川家康。

"又右卫门，我恳求你，你定能拿出好主意。"

此时的又右卫门似已中了家康的魔咒，走投无路，若答复说无能为力，父亲的武道、名誉便会受辱。况且，家康早已看透了这些。

这哪是给秀赖出难题，分明是先给我柳生宗矩出了一道大难题啊！

又右卫门微微一笑，心头的疙瘩也似解开了一些。"承蒙厚爱。在大人面前，柳生又右卫门甘拜下风。"

"这么说，你答应了？"

"在下不答应此事也不行啊。晚是晚了些，但在下还是意识到了。此次大坂风波，即使真打了起来，也非出于大人本意。为了将大人神心佛肠证明给后世，就须让秀赖母子和千姬小姐活下来。"

"唉！知我者柳生又右卫门也。"

"在下明白。不过，这可是一副千钧重担啊。"

"是，是千钧重担。"

"就算是巧妙地进了城，若不能近得了他们身边，事起仓促时，不能施手援助，也是毫无意义。"

"是。"

"让人担任秀赖等人护卫，城池一旦陷落，把他们救出，自己则悄然而去，或许便是这样的结局吧。"

"唉……说不定。我若有幸还活在世上，绝不会忘了此事。"

"恕在下冒犯，若是冲着大人这句话而来，怕谁也完不成此任。"

"哦，是如此……"

"因此，请给在下一些时日仔细计算，容两三日后回复大人。"

"也好。只是，又右卫门，此乃你我之间事，将军那边，亦莫透露。"

"大人只管放心。"

之后，又右卫门立刻退回了下处——本多上野介正纯的府邸。他脸色苍白，无论正纯问什么也不吱声，正纯以为他挨了家康训斥。第二日晨，他忽地从骏府消失了。

柳生的故乡大和。绿油油的田里，稻子已抽穗，夏日炎炎，两侧的山峦上，郁郁葱葱的树枝在微风的吹拂下翩翩起舞。

眼前一座小跨院，便是被乡民们谓为石舟斋府邸的五个庭院之一——隐居之后的石舟斋曾居住过的跨院，院子背后，是在早前战乱中曾多次用作要塞的工事。院前，一位白发苍苍的老妪正在挑拣红豆中的虫子，她已在此劳作多时了。

沿着下坡路再往前走一段，一条坦荡的大道延展开去，小河和道前的正木坂则掩映于绿叶之中。

"太夫人，您先把活儿停一停，到屋里歇歇吧。"一个年轻侍女道。老妪朝她瞧了一眼，并没有停手。大概是头发太白的缘故，她的肤色倒显得颇为红润。她的面目与柳生又右卫门那般相似，令人称奇。

其实她便是又右卫门生母、柳生石舟斋正室，从附近奥原嫁过来的春桃夫人。她已是年逾古稀的老妪，却仍被呼为"春桃夫人"，不免令人奇怪，但乡民们都喜欢这般称她，她亦乐于如此。

春桃夫人的父亲乃是奥原远江守助丰，亦为这一带的豪门，从南北朝时起，每逢大乱，奥原一族都与柳生一门并肩作战。至于从奥原嫁过来的姑娘因何被称作“春桃夫人”，年轻村民知道个中原委的却不多，但上了岁数的人却甚是怀念地回忆道：“那是因为她美丽温和，看去即如春桃一般。”在这一带的豪族当中，“夫人”这种称呼还颇为罕见，但她的母亲乃是来自京城的公卿小姐，因此，她自幼亦被称为小姐，于是，在出嫁之后便被尊为“夫人”了。

这位春桃夫人长得美，也生了不少儿女，育有长子严胜，次子久斋，三子德斋，四子五郎右卫门宗章，五子又右卫门宗矩，此外还育有四个女儿。不止如此，她连庶出的女儿也接到身边抚养，为她们找得门当户对的婆家。

丈夫石舟斋故去后，她便独自留在了这里，一面祭奠亡夫，一面安度晚年。

“拣完红豆里的虫子，我还要做陶呢，你能不能先帮我把陶土在水里浸泡一下？”夫人以为使唤的小姑娘还在身边，说道。

这时，一个人影落到了面前，她缓缓抬起头，“客人来了啊。不知尊驾是哪一位，丫头们也不来通报一声。”

来人把手搭在斗笠边上，十分眷恋地眺望着宅后群山，“这里依然山雀成群啊，母亲大人。”

“啊……”夫人惊呼一声，“你来自江户，又右卫门？”

“母亲，孩儿好久未看望您了。您还是这么康健，这比什么都好啊。”又右卫门这才摘下斗笠，施了一礼，再次欣赏起周围的景色来。

“真是太巧了，刚才拣红豆时，我还忽地想起了你媳妇和七郎呢。”

“哦，那真是太巧了。”

“你媳妇身子还好吧？算起来，你的嗣子七郎已八岁了，个子长高了吧？”

“是。虽然十分顽皮，可最近也知努力研习了。”

“说来，七郎下面还有两个连我都未见过的弟弟吧？”

又右卫门听出，内人已通知母亲去年生下次子和三子的事。“是，那两个，母亲一次也未见过。”他挠了挠鬓角，苦笑一下，“总之甚是繁忙。先进屋吧，母亲大人。”

“对对，进屋，进屋。哦，你是一个人来的吗，连孩子也未带？”老夫人刚问到这里，又右卫门把指头放在嘴上扮了一个怪相，“孩儿是心血来潮才来的。莫要告诉近邻。嘿，母亲，先前就是在这一带，宗矩可挨了父亲不少训斥呢。”

老夫人一面点着头，一面站起身。她才发现，自己已经不及儿子肩膀了。

“母亲，听说近来您做起了陶艺？”

“什么陶艺！只是时不时地用泥土捏个佛像烧烧，聊以解闷，虽说如此，这也不是些寻常土偶。我是带着希望一族的人都没病没灾的念头来制作这些佛像的。”

母子二人绕过向阳的前廊，进入屋内。

“来人，上茶。”老夫人探出身子喊道，这时，她脸上才泛出久未见到儿子的喜悦。

当又右卫门向母亲提起此次回家之旅的目的时，已是过了小半个时辰，母子二人围着没有火的地炉，聊了片刻各自近况。

又右卫门夫人乃是秀吉最初侍奉过的远州武士松下嘉平次之女，老夫人对媳妇颇为满意，曾让她在自己身边生活过一段日子。松下家主目下也归德川旗下，居于江户。

“七郎又有了两个弟弟……”此处指宗矩次子友矩和三男又十郎宗冬。老太太一直认为二子是双胞胎，其实并非如此，三子又十郎为嫡出，次子乃是庶出。

又右卫门有些难为情，遂未再提这些，而是若无其事谈起了回来的目的，“母亲，以您的眼光来看，在柳生一族，包括家属亲戚之中，谁最有器量？”

“你怎的忽然说起这没头没脑的事？”老夫人有些吃惊，旋又轻轻点了点头。春桃夫人可非寻常的女人，她敏锐的感觉连石舟斋都略逊一筹，并且，她的刚毅也远近闻名。她生性善良，故而善意地推测七郎的两个弟弟是双生子。她亦心思明敏，此时，她已在思量儿子为何忽然现身了。

“你就是为这个回来的？”

“孩儿还什么都没说啊，母亲。”

“不过，我想你还不至于问你的亲娘，让为娘来品说本族中最有器量的人就是你自己吧？”

“哈哈，这般说，母亲已经明白孩儿此次来是为了寻人？”

老夫人微微一笑，应道：“人各有所长。有人适合舞枪弄棒，有人适合读圣贤书，不能一概而论。”

“不错。”又右卫门深有感慨地抚摸着过去常与父亲相对而坐的地炉，仰望着又粗又黑的房梁。

“这么说，连你亲娘都不能透露？”

“是……啊，不不。”

“你父亲生前就常说，你们兄弟几个，剑术上以新次郎严胜最好，性情刚猛则数五郎右卫门宗章，而在智慧上就数你了。既然连你都支支吾吾，那定是不同寻常的大事，不妨让为娘猜上一猜。”

“母亲就不要取笑了，孩儿怎会让……要不，母亲就猜猜看？”说着，又右卫门十分警惕地环视屋子。

“无人偷听。”老夫人轻轻笑道，“你已是将军的幕宾。这么说，你此次是为名古屋的当家人寻老师？”

又右卫门认真摇头，“实际上，此事也非未谈过。若要正式举荐，孩儿想推举本家的兵助，但此次并非为此事而来。”

“哦，没猜着。”

“是。此次之事，不必仅限于我们兄弟……”

“哦，这么说，也有奥原的表兄弟们？”说到这里，老夫人脸上现出严肃的神情，闭上了嘴。

“母亲，那边谁最可靠？他们都是您从小看着长大的……”

老夫人沉默良久，道：“又右卫门。”

“母亲。”

“是不是和大坂那边要打起来了？”

又右卫门一惊。“不，这……”他慌忙予以否定，可此时老夫人已紧紧盯住了他，道：“因此，你才独自回来？”

又右卫门只觉心中重重一震。父亲令人敬畏，母亲也拥有让人惊骇的敏锐。这非直感，而是一个曾多次把丈夫和孩子送入死地的女人，多年来蓄养成的眼光。柳生宗矩这等男儿，心中所藏秘密，亦能被她轻易看穿……知子莫若母，母亲锐目之下，儿子心思总是有迹可循。

“我明了。”老夫人道，“后面的话我也不问了。我告诉你，在奥原，最有器量的还得数现在的当家人。不过，这得看他的心思了……”话没说完，老夫人就停了下来，改口道：“算了吧。这也非一个老太婆出头的时候。我早已不看不闻不说身外诸事了。可是，你总不致连你兄长都不见一面就走吧？”

“这……”

“你兄长那里正好有客人。你若不去看一下，事后让人说起柳生又右卫门到老家，竟连兄长都不见一面就离去，可不好听啊。”

“客人是谁，母亲可知？”

“好像是什么石州……对了对了，就是你兄长年轻时侍奉的浮田氏的亲戚，说是叫浮田右京亮。”

“浮田右京亮？那不是现在的坂崎出羽守成正大人吗？”

“又右卫门，你知那人？”

“当然。他现在乃是石州津和野三万石的大名。”

“既然这样，那就更不用说了。你最好还是去露一面吧。”

“但，坂崎为何要到兄长这里？”说着，又右卫门忽然使劲摇起头来，“孩儿来过的事，请母亲莫要说出去。孩儿跟兄长性情不和，见了面只会无谓地争吵，到时还得生着气离去。孩儿这么做，也是为了日后……”

老夫人点点头，道：“我明白。那么，此事就谈到这里。”说着，她把使唤的小丫头叫来，让她把刚刚挑好的红豆泡在水里，又道：“不管怎么说，今天为娘也要为你做些你最喜欢的牡丹饼吃。”

看到母亲如此兴奋，当夜，又右卫门自无法离去了。

兄长严胜先前曾侍奉浮田氏，在战场上受伤，后来在又右卫门出生的元龟二年，作为松永久秀的部将同筒井军作战，腿部再度受伤，连走路都不方便了，遂拖着残废之身隐居于此。但他儿子兵助利严却是技艺出众，石舟斋便把衣钵传给了利严，他亦大大光耀了尾张柳生一门，此为后话。现在，坂崎出羽守前来，难道要把兵助推举到什么地方？

当晚，又右卫门和母亲闲话，第二日晨，便悄悄去了。

顺着从柳生故里通向伊贺上野的官道，步行不到四里，就是奥原家族聚居之地。越过珠数口坂，便会看到一座石制道祖神像，神像已有不少年头，上面爬满了青苔。

柳生又右卫门坐在石像后的杉树墩子上，抱臂沉思良久。这个联结柳生与奥原的珠数口坂，与柳生先祖大有渊源。

据云，在南北朝的笠置进攻战时，柳生先祖播磨守永珍曾率二百七十骑前往笠置行宫谒见天皇，当赶至此处时，遭到敌人伏击。当时柳生军中就混杂着甚多奥原家的人。那场激战之中，柳生军有十三人丧命，三十余人受伤，饶是如此，他们仍击退了强敌，最后赶至笠置。

从那时起，柳生家和奥原家就非寻常亲戚了，他们还是生死与共的战友。从此，两家的姻亲关系一代一代地保持了下来，一家有女儿就嫁到另一家，一家有儿子就必做另一家女婿。

如今，又右卫门坐在这路旁的树墩子上，嗅一嗅翠绿的杉树林和山间气息，恍惚间还会生出疾驰的马蹄声奔涌而过的幻觉。

比起笠置之战，宗矩的这道题似乎更难。当时，两家同心协力，拥戴后醍醐天皇，让身为奈良春日神领武士的柳生和奥原都扬名于世。可是，又右卫门此行却与荣华无缘，与名声无关。

“为了太平，能否请您率人进入大坂城？”若这么说，不知奥原家主信十郎丰政会如何待他。

奥原一族若居于京坂，倒另当别论，但居于此处，他们自对世间的沧桑漠不关心。他们平静地生活于此，守护着神领一族。

若说太平，恐怕再也没有比这里更太平的地方了。可是，口口声声为了太平，硬是要拉奥原一族到争斗的旋涡当中，真是无道。但除他们之外，找不到可托付大事之人。

还有更令又右卫门伤神之事，一想起此事，就让他一步也挪不开脚——万一向奥原丰政挑明缘由，却被断然拒绝，该如何是好？此事不可令外人知，到时，自己恐只有取丰政性命了。尽管母亲说丰政器量超群，但自己从未与年长四五岁的他敞开胸襟畅谈过。

一度散开的山雾再次淡淡漫过来，小鸟的鸣啾声仿佛粘附在了耳上。

五个儿子，石舟斋让三人学习兵法，二人皈依佛门。习兵法者为长男新次郎严胜、四男五郎右卫门宗章，及五男又右卫门宗矩，其余二子则皈依佛门，二男为瑞云庵主，三男为龙藏院主。石舟斋非故意让儿子分别学习兵法和佛道，只是由于长子严胜二十岁身受重伤，俨然一个废人，石舟斋遂令其他儿子半数送入杀生门，半数送入慈悲界。

这个尘世远非道义清明的世间，远未到可以完全抛弃武器和兵法的程度。虽说如此，若任由武力横行，必堕入无法收拾的乱世。故，石舟斋才让四个儿子半入武道，半入佛道。儿子力道均衡，世间便有望均衡，此乃是他的苦心。他是想让佛道与兵法合而为一，以此成为太平的守护，达到以剑止杀之境。但奥原信十郎丰政能否明白此中深义？

身为男子，不仅要保证种族存续，还要保证家族光耀。故石舟斋对女儿婚事格外仔细。结果，母系亲戚在这一带甚多。

新次郎严胜的长女嫁与狭川豪门福冈孙右卫门。那孙右卫门身受先祖福泽，泽被后世，代代不衰，延二三百年。次女嫁与大平尾的大盐九左卫门，三女嫁与丹生故里的丹生平藏。三女均已育有子嗣。又右卫门的胞妹则嫁与加茂神官茂春，庶出的两个妹妹也分别嫁入邑地的吉冈仁右卫门和瓶原的安井喜右卫门。这些姻亲都是在当地世代扎根的名门，其婿亦均列入石舟斋门墙。

石舟斋始终以天下太平为己任。

又右卫门此不情之请，奥原信十郎丰政会明白其中的残酷与大义吗？

丰政率领人进入大坂城，但谁都知大坂必败无疑，况且，他们还要在大坂城陷落之时，把秀赖、千姬、淀夫人悉数救出，难比登天。即使救人成功，大坂开城投降，他们也仍然无法扬名世间，而是不得不返回故里。想到这些，又右卫门更是举步维艰。

奥原信十郎丰政的宅邸，即在背山的小丘上。

晨雾已散尽，入口处一面为竹林，一面为层层梯田。竹林中，大群鸟雀吵个不停。恐是为了驱赶鸟雀，奥原丰政正举火枪朝空中放。

轰——

正当丰政欲再扣扳机时，柳生又右卫门笑眯眯地从竹林中走出，到了信十郎面前，道："看来在这平静的乡间，也需要火枪啊。"

见到斗笠夹在腋下、旅人模样的又右卫门，信十郎愣了片刻，半晌方认出眼前之人，"哦？柳生大人？"

"嘿！弟久未来访，还望海涵。"

"真是少见啊，我寻思，你怎的连个随从都不带？"说话间，信十郎的眉梢忽地笼起一层阴云，又右卫门却未察觉。

信十郎又道："难得来一次，进门再说。我给你引路吧，地上都是麦子，你小心脚下。"言罢，便在前走了。

庭前栽满了花草树木，芍药竞相争妍。看到这些，又右卫门不住在心里感叹，一切都是这般平和。

"大人，乡里人都说我们颇为相似啊。"

"哦。这倒也不奇怪，我们本为表兄弟嘛。"

"但他们也说，你脸上总是带着笑，我却为人冷淡，看上去有些呆头呆脑。哈哈，面带笑容者是又右卫门，一脸呆傻的则是信十郎。"

二人穿过花丛向后院走去，又右卫门笑道："何人这般说？"

"近日，此处可是稀客不断啊。昨日是京都的浮田右京亮，就是现在的坂崎大人。坂崎出羽守前来住了一宿，去了。这些话乃是坂崎大人的评语。”说着，丰政绕过走廊，先踏上脱鞋处的石板，“不用洗濯，直接进来吧。”

“失礼了。不知坂崎大人来此何事？”浮田此人现正在柳生兄长处，但又右卫门还是一副不知情的样子，问道。

“你最好自己猜猜。”信十郎笑着把坐垫放到上座，“你现在乃是将军幕宾，将来还可能举为将军府西席呢。”

“嘿，表兄先等一下，这些话都是何人言语？”

“当然也是坂崎大人。就连我都觉得沾了光。在此谨表祝贺。”言罢，信十郎两手触在榻榻米上，郑重施了一礼，道，“坂崎大人磊落风趣，听说与你乃是肝胆相照的朋友。他还说，这尘世乃是个修罗场，到处血肉横飞，想久居一地亦是不能。故他不仅改换姓名，连家纹也改了，穿的是有两只斗笠纹样的二盖笠纹服，戴的是二盖笠纹样的斗笠。”寒暄完毕，信十郎先为宗矩敬上烟。

“这么说，他想一辈子做个旅人？”

“是啊。只是，这旅程并非他一人的旅程。因此，只有一顶斗笠万万不够。”

“哦，那剩下的一顶斗笠就是为旅伴准备的了？”

“说起这旅伴，可真有些滑稽。他说，此旅伴其实就是体内之热血。坂崎出羽有事相求，就在热血的陪伴下，特意过来了，请无论如何也要答应……你听听，何等滑稽的言辞！”

又右卫门打了个寒战。坂崎出羽从京都赶来求奥原家主，所来何为？

“不为其他。”信十郎丰政似看透了又右卫门的心思，继续道，“丰臣氏翘首盼望的大佛殿终要竣工了，不日就要举行开光法事，因此，想邀请我带着族人进京参观。”

“邀请你？”

“正是。听说，大批浪人都以此次开光为由，从诸地齐聚上方，意欲图谋大事。风闻已传遍洛中洛外。”

“哦。”

“对此，上皇和主上均甚是担忧，怕京都又要惨遭兵燹。坂崎出羽大人自太阁在世时就负责朝廷诸事，与众公卿交情都不错，才受天皇亲信的秘密委托，来到舍下。”

又右卫门拍膝道：“明白。”

“你终于猜到了？他并非受所司代板仓大人所托前来。他既是受天皇亲信所托，便与敕命无甚两样：要我带着族人，装着参观的样子进京，一旦生乱，便与所司代的人马一起镇压。”

“哦。然后呢？”又右卫门本想问丰政是否答应了，但还是控制住了急躁——连公卿都活动起来，事情已大不寻常。

“虽然他如此请求，我也不能立刻答应，于是推说，先考虑一下，把他打发回去了。又右卫门，我是否当答应他？”

又右卫门并不直接回答，佯作转言其他：“看来坂崎出羽只是顶着徒有热血的斗笠，并非有二盖笠的男儿啊。”

“你的意思是……”

“这次的事情并无他想的那般简单。目下的形势，若所司代镇压就能解决，我也不会有此一行了。”

“嗯？”信十郎丰政竖起愁眉，翻起眼珠，“看来你亦是为此事而来？”

又右卫门并不理会，继续道：“最好不发生战事。但是，只恐事不如人愿啊！”他断然道：“信十郎，我便是有事相求。”

“我看亦是，从你一进门，丰政的心就悬着呢。”

“我的请求实在是强人所难。故，即使被你拒绝，我亦毫无怨言。”

“嗯？”

“你也知，我立志继承先父的遗志，因此，对于江户的加封，婉言谢绝。”

“你引以自豪的，乃是柳生传人而非德川家臣，只与幕府将军亦师亦友，可对？”

“所言极是。而且，日后的子孙如何我不管了，这种荣耀，在我有生之年定要坚持。”

“在你眼里，此次的战事已无可避免。但战仗有大有小。若是大战，势必祸及天下苍生，如此便违背了令尊遗志，故欲令我入了德川一方。是不是这个意思？”信十郎丰政平静地说着，望着又右卫门。一瞬间，二人目光灼灼，定定直视。

“信十郎。”

“你终开口了？”

“又右卫门和先父一样，从心底对大御所敬畏有加。”

“大御所值得世人崇敬。”

“故，若有可能，大御所要在此战之后，保全秀赖。”

“哦？”

“若秀赖被杀，大御所的理想和一生荣耀就会受损。世人会说，大御所也不过一介司空见惯的盗贼，最终还是对无助的太阁遗孤痛下杀手。况且，会作如此风评的多为当今大名。唉，众人都在乱世长大，信奉的都是杀伐，本也无可厚非。因此，我才选中了你。请你离开奥原，率人进入大坂城，不知你是否愿意？”又右卫门淡然言罢，静待信十郎的反应。

信十郎丰政把视线转向了庭院里的芍药。不知从何处飞来两只蜜蜂，正在盛开的花间转来转去。

丰政已然惊住。他原本以为，又右卫门充其量就是让他加入德川一方，然后悄悄潜入京都和大坂。

“啊！”良久，丰政呼了一声，既非叹息，亦非呻吟，把视线收了回来，“柳生大人。”

“如何？”

“若我说难以胜任，推辞不去，你欲如何？”

“那我就再到熊野一带去看看。”

“若你还有别的中意人选，我就谢绝了。”

“我既已向你透露了如此重大的秘密……你恐怕只有交出性命。我若这般说，你又将如何？”

“哈哈！柳生石舟斋弟子奥原信十郎就此被杀死，将辱没师名。故尽管力量微薄，我怕大人出不了此地。”

“哦，要取将军幕宾的首级？奥原家必被一举荡平。这样一来，可就乱起来了。哈哈！”

“大人。”

“怎样？”

“恕难以从命。”

“早有所料。”

“奥原不似柳生，实无怨恨丰臣氏的理由。”

“哦。”宗矩死死盯住信十郎的额头。

“太阁之弟大和守秀长大人在这一带担任领主时，柳生家代代所领三千石，悉数被没收，当然心有怨恨，可奥原的领地却原封未动。因此，看在这些‘恩义’的分上，若令我加入大坂，或许还可考虑一下。但若让我冒此风险，成全江户，这样的纷乱，在下还是不加入为好。”

又右卫门大大叹了口气，“那么，你是真要推拒了？”

“正是。”

“既如此，柳生家和奥原家恐因此而为仇敌。唉，我乃是想请你在战事发生时，唯将军马首是瞻，作为内应，暗中救出千姬、秀赖和淀夫人。看来，你是万般推拒？”

“恕难从命。”奥原信十郎不假思索道，“只是，怎说你我也是表兄弟，好不容易见一次，我亦不能这样让你回去。无论如何，也要吃顿粗茶淡饭再走。请稍候。”说着，他铁青着脸出了客室。

室内静寂无声，又右卫门把视线转向院子。

厨下和客室之间隔着四个房间，大约有十二三间距离。那里确传来了准备膳食的忙碌的声音。

但是，周围似有杀气，虽然不能确定，但似有几人被叫到了屋子附近。信十郎的妻子已故去，有三个弟弟，两个儿子，差不多都长大成人了。信十郎把这些人召集起来，所欲何为？又右卫门心里扑通一跳，但强忍住，脸上浮起微笑。

又右卫门悄悄站起身，走到廊前，拿起早晨出发时穿上的新草鞋，轻轻掸掉粘在上面的泥土，然后又若无其事回到坐垫上。返回后，他凝神静听，坐着穿上草鞋，然后用衣服下摆把腿脚遮住，盘腿坐下；接着，伸手把一旁的刀轻轻握在手里，拔刀出鞘，取出怀纸细细擦拭。他脸上颇为平静，看上去像是闲得无聊，在保养爱刀。此刀乃是直刃的备中刀，由青江初代次吉打造，由同为石舟斋弟子的黑田长政所赠。

擦拭完毕，宗矩举起刀，时不时侧耳凝神，听着外面的动静。

半个时辰静静过去。

“出来吧，信十郎。”又右卫门高举长刀，以完全不同于先前的粗暴声音，对着隔扇外大喊一声，“不愧亦为父亲的弟子，竟看穿了我的心思。任你如何精心准备，还是有所疏忽。我乃将军幕宾，岂能痴坐在此处等着受死？”

话音刚落，外间隔扇“哗”地被打开。不止信十郎一人，他左右还有两人手持长枪，另有三个人在廊下，皆持刀怒视。众人围着又右卫门，一步一步逼过来。

“还是让你看穿了我的盛宴啊！”信十郎拎着尖刀，脸色铁青，“在兵法上你我乃是同门，自幼亦是要好的表兄弟，但世道艰难，我也不想以这样的盛宴来迎你。”

“嘿，我何尝不是？在未看出你心向大坂之前，我无意杀你。但是，既看出你有意扰乱天下，我就不得不除掉你了。放你逃去，便是强过真田的角色。信十郎，这亦是习兵法之人的难处。得罪了。”又右卫门再次挥舞了一下擦拭过的爱刀，缓缓举起。

但奥原信十郎纹丝不动。

“又右卫门。”

“怎的，胆怯了，信十郎？”

“非也。你难道不肯放弃取我性命的念头吗？”

“这么说，我若放你一马，你便肯放过我？”

“哈哈。”信十郎微微笑道，“在兵法上，你无疑胜我几分。否则，师父也不会把你举荐给大御所。”

“哈哈，你以为只是兵法上的缘故？不止如此，是这里的问题。”又右卫门腾出一只手，指指自己的胸膛，道，“怎的，胆怯了？若不拿出斗志来，刀便不是刀。”

信十郎脸色苍白，表情僵硬，摇了摇头，“我不会主动出手。既然是心的问题，我就更不能出手了。石舟斋之剑的极致，乃是不杀。”

“哦？”

“若主动出击，岂不成了不明道义的乱世杀人之刀？犯了这一戒条，就算到了那个世间，我也定被师父逐出门墙。且放马过来。”

“哦。”又右卫门吐了一口气，“你很聪明啊，信十郎！”

“不错，我只能采取守势，虽然还未达到‘无刀’的境界，但估计还能接住几招，这点功夫我还是有的。”

“哈哈！”又右卫门又一次大声笑道，“我已向你挑明了大事，你却二话不说就断然拒绝，我才迫不得已取你性命。哼，你们六人围住了我，却又不愿主动杀过来，究竟是何居心？”

“这全出于师父的训诫。况且，你起杀心于先，我自救于后……”

就在这一瞬，又右卫门拨开右侧年轻人的枪头，猛地跃至庭前。

“勿追！”信十郎大喝一声。

又右卫门背对芍药花，刀指着信十郎，“信十郎，你这蠢货，居然搬出先父来钝化我的斗志！”

“此言差矣，虫蚁尚且贪生，信十郎不过求得一命……”

“住嘴！你明白我的弱点，哼！还说什么不杀乃是先父境界……好，今日且放过你。你这样的把戏能骗得了世人？告辞！”

“休要追！”信十郎再次拦住了众人，“如风一般来的客人，就让他再如风一样去吧。”

从奥原的宅邸逃出之后，柳生又右卫门宗矩取道上野官道。就这样步行着去，还是从何处寻得马匹？总之，他不欲再返回了。往前走了一段，宗矩爬上一个高坡，这才回过头来。山间小路曲曲折折，掩映在层层绿叶之中，奥原的村落已看不分明了。

“唉，信十郎……”又右卫门忽念叨了一句，不知为何，平时鲜有恐惧的他，竟也小心翼翼地环视一眼四周。已没有闲暇去取斗笠了。烈日射在头顶，一只蝇虻总在鬓边嗡嗡地纠缠不休。又右卫门心不在焉将其驱走，他眼里竟忽然落下一滴泪来。

信十郎已经明确地说了，他会为师父的荣誉而死，又右卫门则将其理解为“答应进城”。

信十郎有他自己的难处，他根本无法公开答应。因为用不了数日，柳生又右卫门现身奥原村，恐怕就会传遍天下，他为何会前来拜访，原因不言自明。为了应对传言，信十郎才未为他准备酒饭，而是为他上了一桌刀枪之宴。柳生又右卫门只得把一直使用的斗笠留在那里，巧妙离去。

二人之间的默契，信十郎之兄弟和儿子皆未察觉，若非如此，他怎能进得了大坂城？即使入了城，也定会被人敬而远之，断无法接近秀赖。可是，战事之后，信十郎还能返回故里吗？

令人意想不到的，是坂崎出羽守的到来，也为此次可悲的较量增色不少。坂崎劝了，柳生也出面了，奥原丰政仍断然拒绝各方诱惑，甚至以白刃相逐将军幕宾……

“请原谅，信十郎……”又右卫门又念叨了一遍，然后朝奥原家的方向轻轻合起双掌，“太平之神还需要一些供品。我不会让你白白失了性命。”说着，不安忽然涌上又右卫门心头。坂崎出羽在事后听到这些，会不会看出破绽？但现在实无法再返回取其性命。此事就放在以后，再作打算吧。

转过头，又右卫门不再眷恋身后。在绿叶的波涛之中，他朝着上野方向疾步而去……

八　钟铭风波

庆长十九年，京都。

不知从何时起，人们把大佛殿的开光法事说成已故太阁十六周年祭。算起来，此年的八月十八确正是秀吉公第十六个忌日。世人回想起秀吉第六个忌日时的盛况，遂对此次也充满憧憬：连秀吉公第六个忌日都举行得那般盛大隆重，此次的忌日，定是前所未见的盛典……

其实，在这期待背后，亦隐藏着莫大的不安。直到大梵钟铸成之后，这种不安方稍稍缓解。一时震动天下的洋教风波，亦渐次从百姓记忆中远去。当大久保忠邻前来捣毁教堂，大肆拘捕抗令之人时，人们恐惧至极，以为天下就要陷入大乱。可事后，人们竟发现一切如常。大钟楼建起来了，那座众议纷纷的大梵钟也运到了钟楼旁边。为了守护工程，大坂派来的武士达三千之多。为了一饱眼福，看一看大钟，大批百姓聚拢而来，武士们则大声斥赶，如临大敌。

或许是因为工程某个地方存在缺陷，这尊镀金铜佛在后世的宽文二年（一六六二）因遇地动而倒塌，幕府把大佛回炉熔掉，改铸成了宽文通宝，但是梵钟却始终把威仪留存到了后世。此为后话，不言。只是据称有诅咒德川之虞的梵钟，却端端安然留到后世，这里面究竟包含着何等意味，已非凡俗之人可以参悟。总之，大梵钟高一丈四尺，口径九尺二寸，重一万四千贯，京都百姓早已等不及第十六回忌，均想前来观瞻，亦是理所当然。据云，还有些夸耀者让人夫带着香钱前来祷告。一言以蔽之，世人对巨钟的反响热烈至极。

所司代板仓胜重亦在红着眼睛赶工的片桐且元的引领下，前来观看大钟。随行的只有本阿弥光悦和茶屋之妻阿蜜，不消说，此非公开察视。

胜重一眼便明，此钟日后必带来莫大的难题。

当且元解开崭新的席子，让胜重看清韩长老撰写的铭文时，胜重慌忙把脸扭了开去，盯着本阿弥光悦道："果然不错，真是不错啊。"

在回到所司代府邸之前，胜重表情凝重，一言不发。

本阿弥光悦也已觉察到了事态的严重。上方人众与日俱增，尽管在所司代的努力下，好歹抑制住了货价暴涨，但眼下的店铺客栈已人满为患。除了游山拜佛之人，几乎所有寺院都挤满了来路不明的浪人。

回到所司代府邸，进入胜重的客室，光悦摘下最近才戴用的宗匠头巾，擦了一把额头的汗，道："估计拥入者有三十万之多。"

阿蜜默默从怀里掏出一个小本子交给光悦，怕是光悦在委托茶屋进行什么查访。板仓胜重瞥了一眼，也默默擦起汗来。

"这就是了……"光悦一面翻着小本子，一面喃喃道，"拥入上方的浪人约有十六七万……其中，七成由大坂提供用度。"

板仓胜重淡淡把烟丝盘拉到面前，"那是因有坂崎出羽那样的人。"

"万一发生战事，有三成人心向德川。"

"三成？老先生也太天真了。"胜重重重叹道，"我看不足二成。"

光悦认真地摇摇头，"人看眼前利益，大坂必败无疑，怎会受人拥戴？"

"不。"胜重打断了他，"老先生有所不知，世人总有赌博的兴致，总望有意外收获，正因这么想，才莽撞地一拥而上。"说着，他取出一张小纸片，递给光悦。

光悦当着阿蜜的面，默默展开纸片。虽然未明说让阿蜜也看一下，但胜重亦未显出责备的意思。

纸片上写着"真田左卫门佐幸村，五十万石"，接下来分别罗列长曾我部盛亲、后藤又兵卫、塙团右卫门、毛利胜永等人的名字。长曾我部后写着“土佐全境”，后藤后写有“三十万石”，塙后写有“二十万石”。

本阿弥光悦撇着嘴摇了摇头，“真田充其量也就十万石，剩下的有一万石也算多的了。”

胜重转道：“究竟是在尾张虚度终生，还是夺取天下？总见公终生呼喊着这一口号而战，此种嗜赌之性已深深扎根于其后的武将心中。可以说，这是总见公的遗物。老先生说呢？”

本阿弥光悦神情严肃地点头道：“在下也经常想这个问题。已故信长公曾逼着大御所去沙场厮杀，执枪去掠夺，用刀剑去侵占，领地、百姓、财宝、荣誉，都可凭借武力强取豪夺。给天下的武将灌输进这种嗜战之念的，正是信长公。”

“是呀。”板仓胜重用扇子指着纸条，道，“这种习性依然深深扎根于世人心中，正如这上面所书，这五十万石、三十万石、二十万石都是诱饵，如此一来，就给人一种印象，越是杀人越货、铤而走险之人，越能飞黄腾达，几无人对此提出怀疑。”

“不，不但敢于对此提出怀疑，并着力维护太平世道的人，即是大御所。故，可说，已故信长公和大御所几是死敌。”

“精辟！”胜重不断点头，“是啊，信长公时代的好战性情，到了太平时世之后，就变成了大敌。人的心志一旦养成习性，就会陷入不可自拔的境地。”

“说得好。最近以来，光悦也忽地意识到，信长公夸耀武力，实际上，受害最深者乃是已故太阁……”

“哦？已故太阁？”

“是。太阁从信长公那里只学会了武力征伐，并且成了此中高手。他虽然将信长公统一天下的心愿实现了，但之后当如何，信长公却丝毫未教给他。因此，他又欲把手从高丽伸向大明国，遭到了那样的惨败，把自己也搭了进去。但这并非全是太阁的过错，原因亦在于信长公先前所辟歧途。”

“精妙啊，老先生的思虑果然深远。”

“此前光悦没有想到这些，乃是因为愚鲁。新的东西总会沦为古旧，光悦只是忽地意识到此。”

“新的东西总会沦为古旧？”

“是啊。日新月异，时日不会停留于一处，这才是天地之道啊。”

“嗯。”胜重歪头感慨了一阵子，方道，“那么，关于此次的开光，我若现在就欲令其停止，先吹出一股何样的风好呢？”

“光悦倒也看出了些眉目。”

“哦？那你快说说，有无可避免乱事的速战速决手段？”

听胜重这么一说，光悦嘴角明显露出一丝嘲笑，他使劲摇了摇头。

“你是说，不能速决？”板仓胜重吃惊地问道。

本阿弥光悦依然摇头，嘲笑的皱纹加深了，“此乃信长公的亡灵和大御所进行的决战。若是速战速决，信长公就胜了。”

“哦，这话有趣。不错，这的确是信奉武力第一的信长公，和渴望天下太平的大御所的决战。”

“既如此，那就先下令中止开光仪式，再耐心等一段时日。”

“哦。”

“当然，寻常人会觉得这方法平庸无奇，认为这样一来，就会给大坂准备的机会，但光悦却不这般认为。”光悦恢复了他那有些认真过头的严肃神情，压低了声音，“首先，下令中止开光仪式，静观其变，那些心血来潮、立志入城之人就泄了气，自会重新盘算。一旦他们重新思量，事情就好办了。入城者不会再增长。我们给予他们充分的考虑时间，让他们想想，究竟何方会胜？这既是制胜的战略，亦是一种充满仁爱的关怀。”

板仓胜重似要停了呼吸，直盯着光悦的额头。

“我不妨把那些甘为丰臣氏殉葬之人视为沙中之金。他们怀着截然不同的打算，有欲为天主殉教者，也有欲出人头地者。因此，若过早追逼，恐令入城诸人狗急跳墙。”

“嗯。”

“并且，万一入城者锐减，大坂城内的主战之众也就没了主张，溃散而去。即使不能如此黑白分明，起码能看清浪人们的动向。我们的对手可是信长公啊，故更要沉住气，等为上策。”

板仓胜重这才轻轻拍膝道：“对，苍天怎会有绝人之路！”

“是。即使等一段时日，还是会发生战事。既如此，则不必急功近利。大人慢慢把他们圈起来，再让他们思量，究竟是战好，还是太平好……天下苍生不喜欢战仗。这样一来，大御所身后就有了无数拥戴的百姓，大坂城就在时日流逝中被孤立。他们肯思量，此战所失便小。”

“嘿！”胜重有力地应道，“先生所言极是，我亦会将先生苦心禀报大御所。不错，若是行正义之师，顺应天下大势，或许真的不必着急。说实话，此前我一直在想怎样才能将入大坂之人一举收拾掉。对，急不得，我们背后乃是天下苍生。”

此前始终默默倾听的阿蜜，这时突然插进嘴来：“在大坂，已有偌多豪商富贾察觉到战事难以避免，在暗中寻找退路了。”

“看来人们并未完全忘记战火带来的灾难啊。”胜重附和了一句，却听阿蜜又说起一件意外的事来：“可是，也有人说，此乃大坂玩弄的谋略。”

“嗯？”

“首先，大坂城附近以及各关隘，乃兵家必争之地，但仗却打不到堺港，很多人遂逃到了堺港。但也有人说，大坂乃是有意先让众人逃过去，再乘机控制堺港。”

“哦，这么做有何好处？”

“好处是……若不事先控制堺港，待班国和葡国的援军来时，登陆就难了。更主要的是，若把富贾都集中到那里，到时好让他们多出军饷……”

本阿弥光悦沉着脸应道：“这些全是别有用心的流言，休听信。”

“可是，避免战乱的手段又在哪里？阿蜜还是觉得，千姬和淀夫人实在可怜。”

阿蜜这么一说，光悦和胜重也无话可说了。她挂心的一定不止千姬和淀夫人。阿蜜到底把亲生女儿留在了城里，她现在虽是茶屋的妻子，但心底依然对大坂本城有着难以抚平的念恋。

“阿蜜从未对先生说过谎。只要能避免战事，阿蜜什么都愿意去做。但，若战事在所难免，阿蜜只好退回去默默祈祷了。”

“我明白你的心情。”光悦责道，“因此，你才来到板仓大人面前。现在，局势还未到无法控制的地步，这要看大坂的举动。若战事已无可避免，我亦不会带你来。”

“可是，”阿蜜歪头道，“开光在即，怎能阻止得了？”

“这个嘛……”光悦约略尴尬地把视线游移到胜重身上。但胜重也是不语。他虽知必须阻止开光仪式，但究竟以何种理由阻止，还毫无头绪。大御所究竟有何计算，他也一无所知。他虽相信家康，可等待还是令人痛苦不堪。阻止开光的命令并非点燃烽燧的镝箭，而是抛给秀赖母子反省的机会。

“这并非谁都要明白的事。可你竟为何如此挂念？”看到胜重保持沉默，光悦不得不开口道。

阿蜜支吾道：“这、这个……”

“我想让你知，开光定会被阻止，然后，或许便会动刀兵。只有这些。”

“是。”

“一旦打起来，茶屋夫人需有打算。至于此外的事，谁也不必知道更多。”

阿蜜欲言又止，她看来甚是担心。

“阿蜜，你心里有事？”

“是……不……”

“你就说说吧。我们就权当未听，回头把它忘掉。”

“实际上，一旦真打起来，阿蜜想救一个人。”

“是你的亲生女儿？”

“不，对她，我无能为力，是另外一人。”

“另外一人？”

“对，便是少君血脉国松公子。”

“他？”

“是。因为忌惮千姬夫人，他被寄养到一个与京极氏有些关系的人家。只不知最近会不会送回大坂。若送回了，阿蜜也就无法了。如有可能，我只想悄悄帮他，给他一条活路。”言毕，阿蜜有些畏惧地瞅着胜重。阿蜜生的是一个女儿，伊势的那个侍女生的却是个男儿。就连秀赖也对千姬心生畏惧，故在孩子落地之时，连男女都未公开，单是谎称死胎，直接给了京极家臣田中六左卫门。当然，孩子本人并不知自己便是太阁的孙子、秀赖儿子。只是最近有传言说，有人一再劝诱秀赖把孩子领回城内。

胜重仍沉默，光悦只好问道：“这么说，一旦战争不可避免，你想设法阻止那孩子回城？”

“是。”阿蜜十分小心地点了点头，“若说我能帮少君做些事，恐怕也就只有这个了。”

“茶屋夫人。”此前多时沉默不语的板仓胜重此时发话道，“有些话可以说，有些话则不可说。右大臣在城外藏匿着子嗣，这种事情就算是捕风捉影，最好也莫要随便言说。”

“是。”阿蜜慌乱起来，“或许，这确是在捕风捉影。”

“是谣传。据我所闻，那孩子生下来就死了。由于无人作清楚的禀报，右大臣恐还以为孩子仍然活着。像茶屋夫人这样的人，怎能被这等谣传迷惑？”

“是。阿蜜明白。”

正在这时，一个年轻侍卫进来禀报：“骏府安藤直次大人到。”

光悦和胜重都吓了一跳，不禁交换了一下眼神。不用说，来者定带来了家康禁止开光的命令。幸好阿蜜还沉浸在国松的事情中，未察诸人惊慌。

“安藤大人？说不定他亦是前来参观大梵钟呢。请茶屋夫人先归宅吧。光悦先生，安藤大人乃是我至交好友，能否请你为他煮杯茶？”

“深感荣幸。”光悦道。

“夫人，我派人用轿子送你，你先回吧。”

阿蜜才忽地明白过来，“是。阿蜜告辞了。”说着，她拿回小本子，恭敬地施了一礼，去了。

“先生，终于来了。”胜重似在调整吐纳，念叨了一句。

“是啊。”光悦脸色通红，表情僵硬，“箭已离弦了。”

“不，这么说还早了些。恐怕，这还只是个难题。尽管是道难题，也要看人如何应对。”

“话虽如此，可秀赖并未吃过苦头，我料他难以解开这难题。”

“不能让他等着，总之，先见见直次再说。我先一步过去，请先生准备一下茶，回头就过去吧。”

无论多重要的秘密，胜重几乎都坦诚地让光悦同席。从这等意义上说，胜重对光悦最为信任。

胜重前脚出去，本阿弥光悦便闭上眼睛，诵起佛来：“南无妙法莲华经，南无妙法……”

在所司代的客室里，安藤直次一副行者打扮，面无表情坐在那里。直次这几年威仪大增，身体也发福了。

“是安藤大人，远道而来，辛苦了。”胜重寒暄道。直次则简慢地还了一礼，“那些浪人进来了不少啊。乌合之众！看来都是些对腐臭格外敏感的东西。”

胜重温和地笑了笑，“这么说，安藤大人认为，丰臣氏内部已然……腐败？”

“不腐败还能怎样？虽说不关我事，但还是令人激愤，我甚至都欲痛哭流涕了。大御所的好意全都石沉大海，天下何处还有如此器量宏阔之人？”

胜重并未回答，单是问道：“大人这次来，是下令禁止开光？”

不知想起什么，直次竟簌簌落下泪来，“世上再无比愚蠢更深的罪过了。世人都以为，大御所忍无可忍，要严令禁止开光。”

“怎的，不是禁令？”

“不是，是延期。原定是八月初三吧……这一日肯定要延期。”

“延期？”

“并非不准。”

“哦。就是说，大坂若积极行事，在十八日的太阁忌日之前打理好一切，举行开光也无妨，对吧？”

“是。可是，大坂那边真有人能体察大御所的苦心？”

“那么，延期的理由是什么？”

“对钟铭不满。大御所震怒，说那里面有诅咒德川的字句。”

“钟铭？”

“是，钟铭文中有‘国家安康，君臣丰乐’的句子。这‘国家安康’就不用说了，分明是把‘家’与‘康’拆了开来，意在腰斩大御所，这‘君臣丰乐’，便是盼望丰臣为君，祈祷丰臣氏繁荣。汇集于骏府的读书人一看便知，报告了上去，竟使得近来身体欠安的大御所震怒，称此为大不敬。”

板仓胜重悄悄在膝上将这几个字比画了一下，不禁哑然。

直次垂下眼，怒道：“假托建造大佛，意在诅咒德川，诅咒大御所，实在天理难容！”

“嗯。这道难题……果然难解啊。”

“你的意思，是大御所多心了？”

“哪里！我非此意，国家安康……是啊，你这么一念叨，把名讳硬是分了开来，大御所自会震怒，即使勃然大怒，亦是理所当然。”胜重假意表示赞同。

见板仓胜重如此附和，安藤直次又苦着脸道：“再也无比蠢货更难处置的了。幸亏现在骏府笃学之士云集，正在整理古籍，发现这种阴险的诅咒之法乃是古已有之。这是何等……何等残忍！”

胜重并未回话，单是低声念叨起那句话来：“国家安康，君臣丰乐……”这一念叨，他心头不禁涌上一股悲伤，几欲泪下。

撰写这钟铭的乃南禅寺的清韩长老，胜重甚是熟悉。清韩虽为寻常禅僧，却亦是饱学之士，尤喜玩弄文字。因此，这次钟铭，他定是抱着逢迎取悦双方的打算，故意把家康的名字和丰臣的姓氏写了进去。可是，家康竟在钟铭上出此难题，这是何等可悲之事！况且，一旦秀赖应对不周，家康晚年的名节就极有可能会被此事玷污。

“明白。不是命令他们停止，而是延期，可对？”胜重复道。

“正是。由于其中缘由不便告人，故大御所的意思，是以所司代大人的名义，将此令告诉片桐市正。”

“片桐市正？”

“是。市正乃明白人，他应明白此中深意，之后，亦会直接……”说到这里，直次突地顿住，“真是气死我也，我连对路人说话都感到厌烦！”

但板仓胜重却认真低下头沉吟道：“安藤大人。”

“板仓大人？”

“正好本阿弥先生在此，他欲为大人献上一杯清茶，我是不是把他请来？”

“既是光悦，当然甚好。”

“好，那就先用先生的茶清理一下肺腑吧。此事确让人费心，又苦闷又气愤。可不是还有人在捺着性子忍耐吗？”言罢，胜重用力击掌。此时光悦早已准备好，只等着他招呼了。

光悦让两个小僧把风炉和茶具搬来，自己则一脸严肃进来，施礼道：“安藤大人，久未拜会，大人神清气爽，真是福气啊。”

“先生也还是这般硬朗，亦是大好。”

眼角发红的直次忙别过脸。板仓胜重用眼角的余光把这些看在眼里，他抬起头，以一贯的沉着声音对光悦道：“安藤大人希望品品先生的茶。就请煮一杯吧。”

“遵命！”

光悦专心煮起茶来。在二人用完茶之前，他什么也不想说。

直次先饮，接着为胜重。胜重细细品味，把最后一滴茶都喝下，方放下茶碗，道：“本阿弥先生，大御所已下令延期举行开光仪式。”

本阿弥光悦平静地点头，“那是为何？”

“因为钟铭当中含有诅咒德川的不敬文字。”胜重淡淡道，“有问题的字句就是‘国家安康，君臣丰乐’八字，字句故意把大御所的名讳拆解开，暗望丰臣氏重振昔日风光。”

“国家安康，君臣丰乐……”光悦在口中反复叨念，凝神思量，双眼突地放射出锐利的光芒。

“先生也品出来了？”

在板仓胜重的再三催问下，光悦竟忽然扭过脸。他的眼角也红了，“清韩长老……唉，清韩长老也和在下一样，从心底里希望太平。”还没说完，他忍不住擦起泪来。他似未把此言理解为清韩的逢迎，仅是感慨清韩不知不觉把愿望渗透到铭文中了。他的话哽在喉咙里，面容扭曲，无语良久，方道：“清韩长老……怕是这样吧。”

“是啊……清韩居然诅咒太平世道的脊梁，可憎！可憎！真是个可恨的恶僧！”直次恨道。

“说得是啊。”光悦含混应道。

“可是，大御所大人……不，不明就里的人，或许还认为清韩长老是个大忠臣呢。哼！”

“是啊。”

“幸好防患于未然啊。不过，文字的效果立刻就显现出来了。”

“是。”

“总之，长老已成为俎上鱼肉。不过……”

“怎样？”

“长老乃是侍奉佛祖的僧侣，还请莫伤及性命。”直次道。

这倒是胜重未想到的，“是，怎生说他也是一介僧侣。”

“另有一件，钟铭很有可能会成为向后世诉说此事的重要证物，故请妥善处理，休要将其损毁。”光悦忽道。

此言简直令人意外至极，胜重不禁瞪圆了眼睛，望着直次。

直次探身道：“本阿弥先生，你说把那口钟好生保存，留给后世？”

胜重也接着诘责道：“以我之见，诅咒德川的梵钟，最好立刻熔毁。”

本阿弥光悦则一面擦着茶碗，一面道：“将钟熔毁，大御所大人和清韩长老就愈是悲哀了。不，右大臣也是如此。”

“可悲？”

“是。此次的事情是由愚人引发，故，若连那钟都要毁掉，此事就只能在愚人口中流传了。”

“那倒也是。”胜重道。

“可是，若把此钟留下来，到了后世，说不定就会有人用心听出这悲哀的乱世遗物之声。”

“可是，”直次道，“它也极有可能成为误解大御所的依据……还是应……”

光悦使劲摇了摇头，“《法华经》不也在某个时日不如其他经文为人重视吗？可不知从何时起，它便大放异彩，受人瞩目。凭小聪明行事，只是对愚者的袒护。让钟和钟铭就那般留存下去，任后人撞击，任后人去聆听，昭昭之心，天日可鉴！”

直次和胜重面面相觑——光悦的看法竟与二人完全不同。

“先生的想法真是罕见。可是，一旦以钟铭为由生起烽烟，大御所的一世英名……”

“不会因此而被玷污！”光悦竟变成了斥责的语气，“此事怎能玷污大御所的一生？如此敬畏神佛、施行仁政、热爱太平的大御所，怎会因为这样一事……到时，那钟才会发出巨大的鸣声。”

“说得是。”

“此乃阻止乱世重现之钟，不，是将残留于世人心中的乱世遗风一扫而光的钟，是警世之钟！它警告世人，愚蠢的执著将带来无比悲哀的战乱！人最可悲的是何物？是愚蠢！再也无比愚蠢更可悲的东西了。”

“嗯。”

二人抱着胳膊，不约而同沉思起来。

光悦的思虑的确超凡脱俗。可是，事实果真如他所言吗？那钟何时才会真的鸣响？再过一百年、二百年，此钟将会如何？

板仓胜重把视线投到庭院中的水池。忽然，他觉立在池畔的一块石头仿佛在微笑。那块石头乃是信长公当年为足利义昭筑建二条城府邸时，从天下收集来的名石之一。当时之人已不在世，唯有那石依然以同样的姿态静静伫立……

九　祸起铭文

从庆长十九年七月二十六到八月初一，片桐且元待在大坂城内，如坐针毡。一到八月初一，他就速速出城，直奔京都而去。骏府那边依然无半点音信。因此，他以为家康已接受了他的建议，答应暂且把移封之事拖到太阁十六年忌之后。

开光的日子定于八月初三，只差两天了。京都的情形一定都由所司代一一禀告骏府，既然家康公未另向且元作任何吩咐，就说明已接受了他的建议。因此，此时乘坐茶屋船赶赴京都的片桐且元，自是松了一口气。

对于七手组以及大野治长兄弟等人，且元不动声色进行牵制，使其拒绝浪人入城。他苦劝："一旦他们有恶念，十六年忌必不能顺利举行。万万要收敛。"并且，如同他在家康面前公开宣称的那样，他还不忘在后面添上一句：太阁的巨额遗金已经见底了。劝告究竟会产生多大的影响，他现在根本无暇顾及，总之，只想稍稍喘一口气。他心里如此想着，进了京。

船一到伏见，且元就惊呆了。此前他领板仓胜重和本阿弥光悦观看新梵钟，乃是七月二十五。虽然那时东山一带人已很多，他万未料到，从伏见到京都一带，现在几已是人山人海。通往东山的大道两侧全都搭满了看台，到处撑着幔帐，铺满耀眼的绯纱和毛毡。

到了东山，更是人满为患，衣着华丽的女子尤多。

“喂喂，开光仪式还没开始呢，怎的人就这般多了？”且元向路人询问。

“照这种安排，初三还不挤死人，女人家自然就看不到了。因此，从今日起大家就都出来参拜了。”

且元这才明白，人们已预料到仪式当日定会拥挤不堪，遂提前来参观，怪不得女子这般多。

在杂乱的人群中，不断有吹吹打打的僧侣队列通过，全都是为列席三日后的典礼而汇集京都的各地僧侣。

人们把充满酒气的纸莲花抛洒在行进的队伍中，气氛顿时热烈起来。

在人群中拥挤，有好几次，片桐且元眼角都热了。这些人也知战争不会打起来，才充满喜悦之情。此时的他还不知，他的梦早已被击碎。

当夜，且元令人在方广寺大佛殿前燃起热闹的篝火，以烘托气氛。

片桐且元从所司代板仓胜重处得到“延期”之令，为第二日，即八月初二。

八月初二，气氛比前一日热闹了数倍。从清晨起，身着盛装的女子就络绎不绝，装束的华美，让人想到了极乐净土。

太阁在世时的醍醐赏花会就曾让人们瞠目结舌，但那时身着华美衣裳的，都是太阁妻妾及众大名女眷。可是在十七年后的今日，豪华的色彩已变成了从市井流淌出的光艳。太平是何等美妙啊！

且元望着眼前的热闹情景，遥想太阁旧事，不觉间出了山门。

参拜道路前，方圆十数町内，乃是数不清的货摊和店铺，从远近各地的商家到玩杂耍的艺人，全都在扯着嗓子招揽客人。眼前百姓的喜悦正是自己辛劳的成果，且元大感宽慰。

说来，大佛殿与丰臣氏的缘分真是不浅。

秀吉公最初决定筑建方广寺，是为天正十四年五月，那时的大佛还是木像。之后，大佛于庆长元年闰七月的大地动中损坏，只剩下佛殿。秀吉公决定重建大佛，可未等完成心愿就归天了。为了为秀吉公祈祷冥福，秀赖母子决定再建大佛，时为太阁故去后的第四年，即庆长七年。

那一次，大佛本尊不再是木像，决定铸为镀金的铜佛，在铸造过程中，集中了众人智慧，可铸成的大佛却因铸造师不慎引发大火，又被熔毁，就连在以前的地动中存留下来的佛殿也被烧毁。从庆长十五年六月起，再次重建大佛殿，到十七年，终于完成，大佛殿和大佛都建了起来；之后，又整修了附属的伽蓝，配备了大梵钟，终于完成了佛殿的威容。可是，为此耗费的资财之巨，甚至抵得上筑建大坂城的费用。

此乃丰臣父子两代的执著。既然佛殿已经雄伟地屹立起来，秀赖和淀夫人必都沉浸于无限感慨。

且元沿着店铺林立的大道边走边看，走了两三町，忽地被随他来京的次子为元叫住："父亲大人，所司代十万火急派人来。"

且元一惊，回过头，"必是商量明日典礼的事。来者是谁？"

"是……"为元语塞起来，"似是前来通知延期……的人。"

"延期？"且元只觉得脑内嗡一声，顿时头脑发热，眼前发黑。他拼命拨开人群往外挤，连究竟是如何脱鞋登上新佛殿旁的客殿，他都浑然不知。

"哦，是中坊左近大人。"且元连打招呼的声音都尖锐起来。

中坊左近秀政缘何作为所司代板仓胜重的使者而来，且元已来不及想了。中坊左近已晋升为奈良奉行，因此，他被派为使者，与丰臣氏的移封绝非无关。

中坊左近正了正坐姿，把白扇立在膝上，"先传达所司代的命令。由于此次所铸梵钟铭文中，明显含有诅咒德川的字句，况且有人控说梁上的铭牌'栋札'写得不妥，大御所大人极为不悦。因此，明日的供养停止，延至他日。此为大御所大人的口谕。"

"口谕？"且元当即反问，"是口谕，不是命令？"

"不。"中坊左近岔开视线，摇了摇头，"是传达命令的口谕。"

"中坊大人！"且元咄咄逼人，向前膝行一步，"这分明是刁难！典礼万事已备，远道而来的名僧名士齐聚京都，单等明日的供养大典。在这种情况下，居然要延期？岂非浪费巨大的资财，又丢尽且元的面子？请无论如何准许明日的供养大典，日后大御所大人或者将军怪罪，且元甘愿切腹谢罪。况且，就是想停，现在也无法停了。请尊驾将且元的意思回复板仓大人。”这阵慷慨激昂的回复，简直和平日的且元判若两人。

“嗯。”中坊左近秀政思忖了一下，“这么说，市正大人欲一人承担责任，以让明日的供养照常举行？”

“正是！日后如有怪罪，且元切腹谢罪。”

秀政意外地点了点头，“那么，在下就把大人的意思禀报给所司代大人。片桐大人果真豁出性命了？”

“不劳挂念！”

“既然这样，大人先在此等一下。”中坊秀政轻轻站起来，避开喧闹的参拜大道，飞马去了。

秀政去后，片桐且元的脸色逐渐苍白起来，连嘴唇都没了血色。他因方才一时激愤和慌乱，根本就未弄明延期的深意。这绝非一件简单的事情。德川说钟铭里有诅咒己方的字句，而且，对栋札的写法也不满意。如此说来，修建宫寺时，栋札上除了写施主和监督工程的奉行名字，还需写上主事工匠的名字，因此，此次应该将秀赖、且元、工匠中井正次并列写于一处，可是，且元唯独未让人记上“中井正次”。中井正次定是对此事心怀不满，暗中向所司代告发了。

钟铭中诅咒的字句到底所指何处？不把工匠的名字写于栋札上，这座佛殿就不是“宫寺”，就成了丰臣氏诅咒德川的私家戒坛了？德川是不是这样想的？可明日就要开始的大典，却在今日才禁止，真是故意刁难！他们定是早有预谋，为了出这道难题，故意沉默至今。

且元拍手唤过为元，令他把护卫青木民部少辅一重叫来。一重乃七手组之一。

不消说钟铭，即使对栋札，他们二人也似毫无意见。

“这里面必有误会。板仓大人和市正大人交情不错，他定会从中斡旋。”一重道。且元阻止了他：“总之，先派人到南禅寺请清韩长老来，说有事好让他出面解释。我还根本不知钟铭里写了什么呢。”

“遵命！”为元应一声，前去安排。

未久，中坊左近秀政骑马返了回来，他连额头上的汗都来不及擦，一看到且元，就拼命摇头，“大人严令，明日断然不可举行大典！”

“断然不可？”

“正是。大人说，片桐大人若在大御所与将军怪罪下来时切腹谢罪，这样做，片桐大人的道义是站住脚了，可板仓大人就无立足之处了。虽说本人不肖，但亦身负拱卫京都的重任，若身在京都，却让诅咒天下的不敬供养照常举行，岂不成了严重失职？到时，恐怕您切腹也无法了事。故，板仓大人就算是豁出性命，也要阻止明天的典礼。以上为大人口信。”

听秀政如此一说，且元茫然，仰天长叹：此乃为何？

“板仓大人是这般说的？”颤抖了半日，且元最终只说出一句。

“正是！”秀政探出身子，“所司代还严正道，片桐大人当明白此事。”

“我应明白？”

“是。片桐大人曾多次赶赴骏府，面见大御所，大人当比我等更清楚此中曲直。请大人赶紧早早发布禁令，并将这些意思转禀秀赖公。一旦有异常，板仓大人就会立刻出兵。大人要您好生看清形势啊。”

且元再也答不上话来，他明白家康的意思，那就是移封秀赖！

其实，且元绝未忘记这些，他早就打算，在完成此次供养之后，就向秀赖认真地提出移封一事。

“片桐大人，”看到且元哆嗦着说不出话来，中坊秀政同情道，“有一点鄙人不明，大人和大御所不是早就谈好了吗？”

“唉……也并非全未……”

“实际上，骏府最初说钟铭中含有不祥字句，是为七月二十五。”

“二十五？那板仓大人为何直到今日才……”

“是啊。最初来的乃是大御所的亲信安藤直次大人。第二日，板仓胜重大人的公子重昌来了。重昌是正使，他把五山的僧侣招来，调查清韩长老所书的钟铭是否真是诅咒，若真是诅咒，就即刻停止供养，这是密令。”

“这么说，五山长老已经被传去了？”

“不错。二十七日，东福寺的守教、南禅寺的宗最洪长、天龙寺的令彰、相国寺的瑞保、建仁寺大统庵的慈稽、胜林庵的圣证、妙心寺的海山等七位长老悉被召集，分别陈述，都认为铭文中有诅咒。”

“中坊大人！”

“怎的？”

“这、这是二十七日的事？”

“当然。”

“那、那为何直到今日才告诉片桐且元？”

“在下也不明。但是，板仓大人吩咐，关于此事，若有什么想法，先稍候，片桐大人定会亲自去说，遂拖到今日。”

“啊？”片桐且元强压着怒火。

板仓胜重恐怕一直认为，片桐且元会在供养准备妥当的时候，前去告知他“秀赖答应接受移封”。且元若有这个意思，德川就不会公开钟铭问题了，才等到今天。当然，这都是中坊秀政的猜测，他如何能知真相？

片桐且元脸色苍白，六神无主。如此一来，秀政也害怕起来：原来德川是为了故意让且元大吃一惊，才有意拖延到今日。若事先通知，让对方作好准备，事情便无味了；一直拖到最后，便可让对手措手不及。如此说来，待在这里久了，怕亦有危险。

“片桐大人，恕鄙人多嘴，大人能否立刻延期，并把这个意思通报大坂？”

“这么说，已经无法挽回？”

“看在你我的情分上，鄙人再告诉大人一事：京都的事情，所司代已安排好了。”

“哦？”

“事情早于二十七日就判明了，之后，当然有充裕的时日安排。”

“唉！”

“鄙人再说一遍：明日断然要停止供养！这是严令。”

“……”

“大人乃是右府大人家老，如此大事，自不能独断，故请即刻把这个意思通报右府，请右府大人定夺，才是正理。”

“是啊……”

“鄙人只能说这些了。恕鄙人无能。告辞。”

“且等一下！中坊大人，且等一下。”

但中坊秀政连头也不回就去了。他必也心存警惕：片桐且元如此失态，身边的武士还不定会做出什么来呢。

“父亲大人！难道就这样让人回去了？”为元匆匆忙忙赶来。

片桐且元茫然地仰头沉思，瘫软委地。

他还没有解开家康的难题，心中除了茫然，还是茫然：难道清韩长老真是在秀赖或淀夫人的授意下，诅咒德川家康？

“父亲，如何是好？就让使者这么活着回去？”

“混账！不可鲁莽！杀了使者又能怎的？”且元厉声呵斥着为元。可是，之后该怎么办，他心中仍旧一片混乱，毫无主意。思来想去，须先禀报秀赖和淀夫人。

如同中坊秀政所料，当且元清醒地想到此当务之急时，与为元一样激愤的护卫早已把他围了起来。三千人的丰臣护卫，由七手组的青木一重和野野村雅春、真野赖包等人率领。此三人都脸色铁青。

“大人答应供养延期了？”当众人面无血色逼过来时，且元已生赴死之心。但如同所司代所言，他死亦无济于事，疯狂之人会因他的血越发失去理智，而后，所司代的手下便会以骚乱为由，出兵弹压。那样，莫说是举行供养，就连东山一带都会变为人间修罗场。

“休要急！据且元思量，这既不像大御所的意思，也不似所司代的意思。”且元终意识到，若他不向众人说明，恐有大乱，“此非汇集骏府的读书人无聊的臆测，乃是阿谀逢迎的误解。”当然，他未必这样想，但若不这般说，事态就无法平息。

“他们说钟铭中含有诅咒大御所的不敬之言，因此，一旦各位在此骚乱起来，就会让人对此信以为真。故，各位绝不可慌乱。”说着说着，他逐渐恢复了冷静，“各位都知，清韩长老乃是当今天下第一的学人。

铭文既是长老所书，长老定会为我们澄清误解。一旦骚动起来，长老亦会陷于不利，故，务必冷静！”

“这么说，市正大人打算就此暂停供养大典？”

“除此之外，实无他法！总之，由于大御所震怒，所司代已经下令延期，若有不服，必刀兵相向。各位，像这等极易引发战事的大事，怎能由我等擅自做主？各位想想，是不是这个理？总之，诸位先把延期的命令传达各方，剩下的事情，且元会急奔大坂，禀报少君，请少君定夺。你们听着，在少君作出决定之前，绝不可轻举妄动！”

看到自己的劝说逐渐平息了众人的激愤，片桐且元稍稍心安。对，就当这么办。殊不知，由于这样一想，他已离“家康的难题”愈去愈远，只是他丝毫未察……

“三日供养延期。”

纵然看到此公告，参拜之人也弄不明此是为何，有人以为是大法师有恙，有人猜测是大施主丰臣右大臣出了什么乱子。尽管立刻就有浪人预感到是来自关东的阻力，并且散布言论，但几无一人会想到理由竟起于钟铭。而且，当不久后，事情在民间传扬开来时，诅咒之说法竟使得百姓心悦诚服，真是不可思议。

“国家安康……诅咒大御所？”听别人如此一点拨，百姓豁然开朗。铭文确实把“家康”二字拦腰拆开，对勉强能解文字的百姓，作为最浅显易懂的延期理由，这种说法获得了广泛接受。如此见来，百姓既是聪明的贤民，又是最易受骗的愚民。

“真是可恶！无论如何也不能为诅咒他人，重建大慈大悲的大佛啊。如此居心，圣佛怎能答应？”

当然也有反对的声音：“遭报应啊。诅咒一下亦是理所当然。原本就是太阁大人的天下，关东却横抢过去，逾期不还。”

“嘿，这十六年忌不知会怎样呢。”

“所司代似也无要出兵的样子。最终，那个梵钟恐要被扔弃了。”

“是啊。如想打仗，双方早就打起来了。争来争去，只要把那句文字磨掉，不就没事了？”

“唉，最好是不战啊。”

在诸说纷纭之中，片桐且元急匆匆让人备船赶回大坂。

在他的劝说下，尽管众人的情绪暂时平复下来，但是三千护卫，主张袭击所司代官邸的人却占了一大半，群情依然甚是激切。且元明白，能够勉强安抚住他们的，只有秀赖的命令。此时，所司代周围已聚集了超过五千人马，无不剑拔弩张。且元把安抚众人之事慎重托付给了青木一重和真野赖包。

究竟当如何向秀赖母子说明？一路上，且元始终为此苦恼不已。明日原本要开光了，说不定秀赖和淀夫人都已高高兴兴从大坂出发，准备参加明日的供养呢。

在各处张贴延期告示，或是口头传达命令之前，且元先把野野村雅春打发到了大坂，只望雅春能冷静说明事态。这从天而降的祸事，几已压塌了且元的腰。他连以前跟家康会面时的情形都无暇回顾，单是收拾眼前的局面，就已筋疲力尽。

一踏上大坂城的码头，且元就感受到城内出奇的安静，甚至让人心生恐惧。这绝非因为他来自喧闹的京都，一定已有重臣听到这措手不及的延期之令。

且元想得不差。在本城秀赖的客室，以大野兄弟为首，织田常真与有乐斋均已前来，木村重成、渡边内藏助、速水甲斐守、茨木弹正、直森与市兵卫、米田喜八郎等人也都在座。虽然看不见别的女人影子，但在正面上座，淀夫人正和秀赖并排坐在一起。众人高声争论。

一看到且元的身影，众人齐齐闭了口。一瞬，室内冷如冰库。

“市正，这、这究竟是怎回事？”淀夫人最先发问，使劲探出身子，“我们刚才还在争吵呢，都说是我妨碍了大家，错失战机。关东一开始就用毒计。我遭到了将军夫人暗算，轻易中计，被敌人打了个措手不及。否则，在所司代抛出难题之前，我们早就该掩杀上去，痛痛快快打一仗。市正，你说呢？我们到底还是被关东暗算了啊！”淀夫人长泪直流。

“先……请先冷静一下。”且元险些流下泪来，一时间竟喘不上气，

“且元也想起一些事来，请夫人先冷静，且听听经过。”

嘴上如此说着，他却根本未意识到，此话让他陷入了困境。他此时该做的，首先应是冷静地报告，然后再问秀赖该如何处理。作为一个辅臣，即使在此后再陈述意见也绝不为迟。可且元实太疼爱秀赖了，觉得自己此时已一片茫然，秀赖自然更不知所措。正是这种可怜的同情心，使他自置险地。秀赖尽管身长六尺有余，坐在正面亦是相貌堂堂正正，此时却似个眼看要哭闹起来的孩子。

“绝无……夫人受骗之事……绝对没有。无论大御所还是将军，都希望德川和丰臣同舟共济，他们别无二心。此次的事必是误会。”

且元刚说完，淀夫人便道：“我看也是。怎样，诸位，市正也这般说。”

满座陷入沉寂。但他们未必就被且元的话说动了，只是在想：且元在场，即使同淀夫人争论，怕也无济于事。

“哼！”织田有乐斋先在鼻子里哼了一声，才开口，“大坂城内起了大骚动，市正。若说国家安康是拆解了家康公名讳，是在诅咒他……那日后谁还敢轻易使用文字？”

“这个……”

“你且等一下。这未必就是谣言。在大坂城内，诅咒那老狐狸早死的人何止一二。只不过他们不是用文字来诅咒，而是在用心诅咒。”也不知他究竟在想什么，有乐边说边以锐利的目光扫了众人一圈，“这些诅咒的人，从一开始就看出关东会借供养为难。此前他们就下了决心誓死一战，想在供养当日，于现场起事，如此一来，大坂就取得了先机。可是，阻挠他们这般做的，就是片桐且元这位太过老实的忠臣，轻易入了关东的套，以为供养可平安无事举行，遂拼命压制大家，以致有乐之流玩世不恭者，都要为这位老好人撑腰。你说呢，大野修理？”

大野治长的脸顿时通红。治长之弟治房忍不下去，道：“请莫再说了，织田大人！现在说这些还有何用！”

结果，有乐气势汹汹，把话锋又指向了治房：“大野治房大人，你是未听明白我的意思，若不明白，就少插嘴。你说呢，内藏助？”他又把锋芒指向了渡边内藏助。

“说不定你也正后悔呢，要是杀掉片桐市正就好了。如是这样，此时就可把五万浪人放进城来，对方一有举动，就立刻起事，先攻下所司代官邸和伏见城，得势之后退守大坂，以图后计，守上两年三年当毫无问题。兵粮大可以让欠丰臣氏恩义的诸大名来出。就算他们不出兵，但出些兵粮，总不致拒绝，想必这点义理还在。刚议到此处，福岛等人就立时答应愿出三万石。对吧，内藏助？”

渡边内藏助若无其事耸耸肩膀，“正是。”

“我，”有乐毫不在乎道，“已经老朽，早不知如何打仗了，故不欲对此次战事多嘴。但是市正，你不在时，群情激愤，大有一触即发之势。若不明今日情势，以后断无法进行交涉。老夫虽为你泼了些冷水，但只是想告诉你真相。”说完，他便沉默了。

不愧是有乐！片桐且元为他的勇气而感动，也充分感受到了他对丰臣氏的好意。但织田有乐当着众人发表了这番高论，却未必出于对且元的好意。有乐是为所有人的愚蠢而愤怒。对不自量力、轻妄主战之人，及对附和赞同之辈，他都怀有愤怒；连关东对秀赖和淀夫人究竟有何求都搞不清的且元，更让有乐焦急，甚至轻蔑。对有乐斋来说，这个世间太无聊，总有一群令人愤怒的愚劣之人在吵吵闹闹。

一瞬间，满座陷入沉寂。

“在下有事要禀告大人。”过了片刻，坐于末席的一人向秀赖道。秀赖一愣，从扶几上直起身子，众人的视线也不约而同聚到了末席。说话者乃是木村重成。

“先前的报告说，片桐大人由于担心事态混乱，才在暂时决定供养延期之后过来。大人应先问一下，事情究竟是否如此。”重成凛然的声音撞击着每个人的心。

“哦，对。”秀赖像是抓住了救命稻草，把视线转向且元。

“且元，京中就未引起骚乱吗？决定延期一事，你究竟有何算计？不用拘束，只管说来。”

“且元惶恐之至。”且元几欲泪下。他知，秀赖和淀夫人既无大野心，对关东也不存诸多疑虑。对于他们来说，这晴天霹雳未免太残酷。

“善后事宜，我已委托真野丰后守，故暂时还不会有乱事之忧。”

“哦，很好。那么，日后你如何打算？”

“这个，恕在下斗胆……”在数十双眼睛的注视下，且元恭敬地伏下身，“请再次将市正遣往骏府。”话一出口，就连他自己都为之一惊。此前他从未这般想过——即使自己不离开大坂城，主战之人就已沸腾，如在此时离去，他们将会如何？他们必会认为，且元乃是出逃。

织田有乐大声笑了起来，“哈哈！市正啊，市正要前去申辩……仅此而已，是吗？”

“织田大人，少君正在问话呢，请你自重些。”淀夫人大声阻止了有乐，回头道，“少君，且听听市正的想法，直到明白为止。”

秀赖使劲点头，“你去骏府之后，欲对大御所说些什么？听说大御所甚是震怒，现在大家担心的就是这个。”

“震怒的说法，完全来自所司代的口信。但少君想，一个震怒如此的人，怎会说出延期之类不冷不热的话来？大御所若真正震怒，供养恐早就被断然禁止了。这暂停的说法，必是……”

“有理。”

“所谓延期，言外之意，便是若有申辩，不妨听上一听。于今看来，骏府并未把全部的路都堵死，市正乃是这般想的。”

“那么，你欲怎说？”

“由于事情起于清韩长老，故在下欲把长老一起带去，让他清楚说明字句的出典，以除误会。”说着，且元忽然产生了一种奇怪的负疚感，只觉一个声音在心中频频向他呼号：眼下，不可离开此城。

“若问题只是出在钟铭上，许还有回旋余地。”秀赖似已隐约觉得，问题不仅仅在于钟铭，这话也提醒了且元。其实，问题真不在钟铭，而在移封。倏忽之间，此念从且元心头滑过。目下气氛只令为人忠厚老实的且元责任感大增，却阻塞了他的思路。

“无须赘言，直到供养的前一日才提出这等事，自然给我们带来了极大的困扰。但，听说近日大御所身体欠安，若听到一些不吉之语，难免震怒。但仔细想来，大御所向来疼爱少君，而且事关已故太阁大人十六周年忌，故，该询问的还是要询问，争取十八日举行祭典。或许出于这样的想法，大御所才有延期的命令。”

“这么说，是疑心生了暗鬼了？那么，你便辛苦走一趟吧。”

“是。其他人去，在下不甚放心。若是顺利，许还能赶得上十八日。目下，还得在下亲自去一趟。”

“那最好。”淀夫人叹了一口气，答应了且元的请求，“就算是我，若想到遭人诅咒，也会愤怒到气出病。就请市正赶紧到骏府再走一趟。少君，赐市正一杯酒。”

秀赖大方地点头，命重成准备酒杯。

事情可真是奇妙。主战之人当然会把家康禁令视为挑衅，然秀赖和淀夫人则压根就无一战之意，甚至还急急把片桐且元使到骏府去。因此，若片桐且元把家康的意图向二人挑明，或许，二人还会意外地爽快答应移封。如此一来，此乱早已烟消云散，只叹且元无此眼光，亦无此器量。他既无令人畏惧的策略，也无甚恶意，徒令后世扼腕叹息。

且元常置太平于不顾，眼中只有丰臣氏。他亦看不见太平背后的暗流，只能感念表象的平静。他缺乏应变之能及处世之才，简言之，他并非一位良好的辅政之人。他尽管善于算计，可亦囿于执著，反倒看不见大局。他自以为明白家康的心思，却是只知其一。家康希求他的并非屡屡赶往骏府表达忠心，而是要秀赖母子接受移封。可是，且元竟被大坂城内主战之人的叫嚷迷惑，全然忘记了世事主旨。

所谓人有九分聪明，只欠一分火候，片桐且元是也！

且元始时以为，只要说出大坂无钱，主战之论就会消失。可现在，面对家康残酷的难题，他却由于区区的良心之痛，跳到了难题的圈外。即使他的“家康并无恶意”之判无误，但终是只着皮毛。如今，秀赖和淀夫人把命运完全托付给了如此一个片桐且元，真可谓问道于盲。

在淀夫人的主张下，派且元去骏府的事决定下来，一座人又陷入了不安的沉默。有乐不时冷哼，却不再发话，渡边内藏助则怒目睨视。

内藏助心中产生了除掉且元的念头，即是生于此时。他以为，且元已完全变成了忘恩负义之人，成了大坂的心腹之患，此人究竟是从一开始就与江户串通，还是在频频会晤中受了迷惑，已无查证的必要了。

大野兄弟二人则更是混乱。治房已沦为主战之人，治长则还在犹豫之中。

在惊惧忧疑中，片桐且元接受秀赖赐酒，并于次日匆匆踏上了奔赴骏府的路途。

一〇　妇人使者

只派片桐且元一人去，怕还不足。淀夫人产生这种感觉，是为且元刚从大坂出发之后未久。渡边内藏助大肆宣扬，当据城一战。供养用的六百石年糕和两千樽酒已堆积在了城内码头上，虽说已是初秋，但秋老虎依然肆虐，如此下去，年糕定会发霉，酒恐也要酸臭。

不止如此，淀夫人总觉得且元离开大坂时的背影充满凄凉。此时，恰好一位曾随木食应其上人修行的真言宗僧人来此，淀夫人遂让他卜了一卦。结果僧人回道，年糕和酒都不会浪费，但若想成就愿望，还须加倍努力。

“酒和年糕都不会浪费。这么说十六周年忌会顺利举行了？且元一人去还真有些不放心。”于是淀夫人使赶赴有乐府上，请有乐立刻出使一趟。

有乐却沉着脸一口回绝：“我时常腹痛，无法长途跋涉。夫人若真心想向大御所解释，就将此事托付与大藏局和正荣尼，让她们去一趟即可。”

“大藏和正荣尼，怎能让她们去？”

“这无甚不妥。如此一来，片桐且元为少君派出使者，二位女人则是夫人的使者。这样，就可证明你们并无不同的看法啊。如此双管齐下，可无忧矣。”

“这样可好？”

“当然！那和尚说酒和年糕都不会腐烂云云，似蕴涵着深意啊。”

“深意？”

“即使不能如愿举行十六周年忌，陆续进城的浪人也会把年糕吃了。如此解释起来，不也是未曾浪费？”

“你怎如此说话？”

“唉，我才让你派大藏局和正荣尼去往骏府。”

淀夫人还是未弄明有乐斋所欲何为，“你又在戏弄我，我是真心来和你商议。”

“绝非戏言。”有乐若无其事道，“正因为夫人来和我商议，我才会献上这一主意。您还不明？大藏局为大野修理母亲，正荣尼为渡边内藏助母亲，可对？”

“我知道！”

“既然如此，不就好懂了？就是说啊，把那二人派去，大御所究竟是放她们回来，还是将其扣为人质，事情不就一目了然了？”

“啊，扣为人质？”

“怕甚！母亲被扣了，内藏助和修理还会决意一战吗？这可是决定酒和年糕究竟是用于供养，还是被浪人们吃掉的关键啊！”

淀夫人如梦初醒，禁不住浑身哆嗦。男人之心，真是何等可怕！不过，这也确是个一石二鸟的好主意。片桐且元是秀赖的使者，大藏局和正荣尼是淀夫人的使者，若她们拼命辩解，铭文根本无诅咒德川的意思，效果必比且元一人去好得多。可是，只怕修理和内藏助都坚决反对。他们断定，家康已开始挑衅，第一步应对已经晚了，故当前的重心应立刻转移到战备方面。若此时二人都强硬地主张“不战”，城内的烈火就会熄灭。像家康那样的对手，真想动手，必不会对两名主谋的母亲现身骏府视而不见。他定会先把二女扣为人质，将其作为日后交涉的筹码，可说，这才是战之常道。

“舅父真是可怕。”

“夫人觉得可怕，可一笑了之。只是这么做，会比空自商议百遍还管用，亦能摸清大御所的心思，老夫胡言了。”

“那就派二人去。”淀夫人认真地点点头，“不过，我可不似你这般心思险恶。我只是派她们去澄清误解。”

“那也无妨。最好是让两个女人仔仔细细把夫人的心思解释清楚。这样，那两个女人或许还会放弃狭隘的偏见，阻止儿子的蠢行。否则，酒和年糕就真要成为浪人们的饵食了。”有乐还是控制住自己，未说出更多讽刺之言。

其实，淀夫人并不知道实情。实际上，城内七手组的长屋内，每时每刻都有人或十人一组，或二十人一组，悄悄住进来。他们都以用人或客人的身份住进，均未向秀赖禀报。但是，若连这些都说出，有乐怕自身的性命也难保了。钟铭只是一个借口，日后的乱子还不知有多大呢。

就连开始还清高自傲、坚决反对战事的木村重成，近日也不再把反对之言挂在嘴上了。或许他也和有乐一样，已预感到了花开花谢的凄凉。有传言说，重成最初强烈拒绝同真野丰后守的女儿阿菊成亲，最终却还是答应了那门亲事。时势真是可怕。其实，有乐提出把大藏局和正荣尼派到骏府的建议，实际上是讽刺，他是想看看内藏助和大野兄弟的狼狈相。

尽管织田有乐的方法颇为绝情，但他还是在为丰臣氏尽力。至于派遣两个老女人的建议，他也只是抱着试试看的心思，无非想忠告一下淀夫人，她接受更好，不接受也无妨。可是，淀夫人竟当场采纳。如此一来，他又心疼起外甥女来，提醒了三两次，才把淀夫人送出府。

他临别嘱道：到骏府之前，最好莫让两个老女人和片桐且元碰头。两个老女人可通过目下负责家康身边诸事的茶阿局，直接与家康见面。到了家康面前，可令她们少说家中之事，多说些“淀夫人对这次事件是何等心痛”之类。

淀夫人回到内庭，立刻把大藏局和正荣尼叫了来，谆谆下了命令。众亲信震惊不已。不出有乐所料，最为惊愕的要数大野兄弟和渡边内藏助，两位母亲亦是沮丧至极。据大坂城内的情势，不难想象骏府城内必是杀气腾腾。把两个手无缚鸡之力的老女人送到那虎狼之地，众人怕做梦也不会想到夫人会下此令。

“恕奴婢难以接受。”年长的正荣尼最先拒绝道，“夫人身边还有飨庭、右京太夫局等年轻些的人。像我这样的老女人去了，一旦出丑，那可了不得。我只能回绝夫人，你说呢，大藏局？”

但正荣尼的回绝却被淀夫人的一句话压了下去：“不行！此次的使者别人做不了。正因为大藏是修理的母亲，你是内藏助的母亲，我才令你们去。”

淀夫人如此一说，二人再无拒绝的理由。往坏处说，二人有落入险境的可能，不是被杀，就是被扣；但若往好处说，淀夫人选择的使者，正是眼下最能撼动城内情势之人的血亲。

当日夜，在两个女人的住处，分别举行了母子饯行的宴会。且不说治长兄弟如何，内藏助一定会对母亲说“请把您的性命交与儿子吧”之类的浑话。

就这样，且元出发两日之后，两个老女人也在十四名强壮的年轻武士的护卫下，出了大坂城，直奔骏府而去。为防万一，又增添了一人——渡边筑后守的母亲二位局为副使。她年轻得多，可照顾二人，也可帮着出谋划策。

且元一路策马狂奔，初五傍晚，即抵达专为大坂使者安排的下处鞠子德愿寺。

几名女人乘轿匆匆赶至同一所寺院的另几个房间，已是初十傍晚，只是且元不知内情。

且说大藏局和正荣尼惶恐赶奔骏府时，片桐且元已住进鞠子德愿寺，等待接受家康那严厉的盘诘。此次也和往常一样，一到德愿寺，且元就迫不及待提出谒见家康的请求，但直至当日深夜，他等来的只是本多正纯的独自造访，这让且元愈发惊慌。

“大御所大人吩咐，即使和市正大人会面也无济于事。大人和大御所之间究竟有何约定？”正纯也似十分困惑。

“大人的意思，是不引在下去见大御所大人？”

“大人说了，不想见您，迄今为止，市正一个约定都没履行，真是看错了人。大人只说了这些。”

且元眼前顿时一片漆黑。

“市正，今夜鄙人造访，实是考虑到大人的难处。大人究竟有未履行与大御所大人的约定？若是履行了，请把依据出示给鄙人。这样，还可帮您斡旋一下，否则，恐只能请您返回了。”

一时间，且元只是浑身哆嗦，说不出话来。正纯这么一说，且元沉睡在心底的记忆这才一一苏醒。“莫要声张，先让秀赖交出大坂城，接受移封至郡山……”

“市正，”正纯继续紧追不舍，“鄙人想，您今日恐怕无法当场回话，我也非抱着想知答案之念前来造访。但是，常在大御所身边，鄙人也大致能推测出大御所大人的想法。大御所大人似有在举行此次供养的同时，公布移封丰臣氏的意思。大坂城既是天下要害之地，就不应为一家一姓所有，当置于掌管天下的征夷大将军管理之下，以维护整个日本国的安宁。基于这样的想法，大御所希望右府大人能移至他处。有些事，即使鄙人不说，想必您也知，大御所大人六公子忠辉，由于想要大坂城，遭到大御所的严厉斥责，甚至令他把新城建在了高田。右大臣也不应例外。现在的郡山城虽小，但大御所大人迟早会为右大臣建一座符合身份的城池。把已故太阁大人居住过的大坂城交给现在的天下人，然后举行全国最大的祭典，告慰已故太阁的英灵。如此一来，就可缔造万世太平。出于这样的考虑，鄙人想，大御所必与大人达成了某种约定。现在鄙人欲问，大人究竟有无令大御所满意的回复？”

本多正纯所言，条理清晰，如一颗巨大的钉子扎入且元的胸口。且元只能答“是”。但大佛供养和十六周年忌该如何是好？难道家康公觉得东西一战已不可避免？

“市正，您若无疑问，鄙人便失礼告退了。已是深夜，大人的回复，鄙人明日再来聆听。”

“请等一下。”且元已不知当说什么，心中焦虑不已：若这样就让正纯离去，一切都完了。“大御所所言，令人心悦诚服，但……但还是令在下遗憾。对且元来说，这实在是一道冷酷的难题。”

“哦？”正纯有些吃惊，“您既然心悦诚服，却又遗憾，好生古怪的说法。”

“在下对大御所苦心甚是明白，但，大坂也有大坂的难处。因此……因此移封的事，在下一定按照大御所的意思去办，但当前，就请看在且元的薄面上，先照原计举行供养。在下已再三请求过大御所大人。”

“哦。”正纯睁大眼，“这么说，大御所大人已答应了？”

正纯平静的诘问让且元陷入无言以对的窘境。且元确是这样请求过，但家康并未明确答应。“今后，我要把右大臣当作一个成年男子对待。”家康那可怕的声音，至今回响在他耳畔。

“市正。”看到且元理屈词穷，正纯一面做出欲起身离去之态，一面压低了声音，“据鄙人所知，大御所并未答应。否则，他就不会用钟铭之类的问题，刻意给右大臣出谜题了。”

“哦？那个钟铭是抛给右大臣的谜题？”

“不错。鄙人以为，右大臣已经成为丰臣氏出色的家主，大御所把这道谜题抛给他，必是想看看他如何修身齐家，看看他有多大器量。”

“这……这……实让人意外。”

“市正，大御所等待的就是答复，您是否带来了？您若未带来，见了面亦有何用？大御所必是这般想的。故请您再仔细思量，明日再把您的意思透露给鄙人。其他诸事，待想明白了再说不迟。”言罢，正纯整了整衣衫，站了起来。

且元欲再一次拉住正纯，却被阻住。恐怕正纯也已看透，且元此次还是重复先前旧话，根本未带来什么新的决定和誓书。

且元如个呆子，直枯坐到天亮。他终明白过来家康所求为何。若不按照大御所的意思，把秀赖答应交城的誓书带来，一切都免谈。但，现已太迟了。太阁忌日是为八月十八，在剩下的十日内返回大坂并把誓书带来，绝无可能。或许真如修理和内藏助等人所言，我片桐且元乖乖钻进了大御所的圈套？

人在这种时候，总不愿责备自己。且元完全有充足的时间，把家康的意思转达给秀赖或淀夫人，可他只忙于梵钟和钟楼诸杂事，完全疏忽了主旨。当然，正因他过于相信家康，才会犯下如此大错。他以为自己不反德川，家康就会给他几分面子。真是天真！

且元逐渐后悔起来：我对大御所如此诚心诚意，到头来……想到这里，他方觉得家康城府之深，实令人畏惧。现在无论他如何挣扎，都是徒劳。他从一开始，就是一只陷入巨网的小飞蛾。从罢免大久保忠邻之时起，大御所就已决意消灭包庇洋教徒的大坂城，唯且元不明就里，稀里糊涂，与家康亲近，事无巨细和盘托出，而人家早已磨刀霍霍。但他绝非心向家康，他一心只为丰臣氏。

八月初六一整日，且元一直胡思乱想，最终还是未去拜访正纯。人家在刻意挑战，他已经陷入了恐惧之中，根本无暇顾及其他。

七日晨，他决定不与正纯招呼，直接闯进骏府本城，为了秀赖，为了丰臣氏，再一次向家康请愿。否则，就算一死，他也无颜面对太阁！

可是，正当他命令随行人员准备时，骏府反倒正式派了人来。

作为家康的正式使者前来德愿寺的，乃是前夜暗中造访且元的本多正纯，以及金地院崇传。

且元把两位使者迎进客殿，请至上座，他刚倒地施礼，眼泪不觉簌簌而下。他思量了一整日，答案只有一个：眼下若违背关东意愿，战端一启，大坂绝无胜算。此际，除了动之以情，别无选择。

“方才在下正欲亲自去见大御所大人，为过失忏悔。”且元挥泪道。两位使者今日却绷起了脸，不给他多说话的机会。“大御所有两条欲诘问于你。”煞有介事地身着僧袍的崇传话音刚落，正纯便恭恭敬敬捧出家康的书函，傲慢地展开。

且元不禁心惊——看来我要被扣留在这里，给他们祭刀了。他也身为武将，对死自是毫不畏惧，只是一想到再也见不到丰臣氏的将来，便深感痛惜。

展开书札，正纯厉声宣读道：“其一，栋札违背前例，未记载工匠姓名，究竟有何依据？其二，据传，大坂招募了大量浪人，究竟有何用意？此两条，谨请加以说明。”

且元两手触地，不禁怀疑起自己的耳朵来，诘问的事只有这些？他大觉意外。

“请恕在下冒昧，诘问只有此两条？”

“是。若有申辩，我等洗耳恭听。请讲。”

“启禀大人。鄙人欲赶奔骏府，面见大御所大人，细加说明此事，不知可否？”

“不行！”正纯卷起书函，凛然回绝，“大御所大人说了，不必见片桐市正。”过了片刻，他又压低了声音，道：“难道尊使还不明白？大御所担心片桐大人情急之下，会作出切腹之类的莽撞举动。这份诘问状就先交与您，现在不好解释的话，可以将其呈递给秀赖公，待协商之后，再派申辩使前来。”

片桐且元茫然。对于有问题的钟铭，对方毫不责难，仅仅提出栋札和招募浪人的事，这究竟是什么意思？这又是一个谜啊……

从正纯手中接过书函，片桐且元绝望地陷入了深思。见此情景，本多正纯亦心生怜意，道：“鄙人作为使者的任务也算完成了，接下来，正纯想以私人身份与您谈谈。据说市正大人酷爱年糕？”

“哎，年糕？”

“记得从前讲武家故事的时候，大人说过年轻时经常在腰间挂上些烤年糕，暗自为自己鼓劲说，在还未吃掉如此美味的年糕之前，怎可被敌人杀死！打了胜仗，再吃年糕……大人还记得吗？”

“记得……的确讲过这些。”

“今日我带来一些年糕，已交给了打杂的和尚，希望大人在品尝之后再思量。”

“不胜感激！”

“希望大人仔细思量之后，再作申辩。告辞了。”

且元慌忙站起来，眼巴巴看着二人走出大门。他最终什么也未能问到，那“国家安康”的钟铭究竟如何了？清韩长老也该来骏府解释了，可人家对此毫无提及，仅是又抛下一个谜之后，匆匆离去。究竟是要亲家翁伊奈忠正暗施援手，还是侄女婿本多正纯之弟忠乡从中说和？

这时，一个打杂的和尚端着刚烤好的、蘸了酱汤的圆年糕进来。“此乃本多正纯大人送来的礼物。”他恭恭敬敬把托盘放到且元面前，“本多大人吩咐过，大人若需要，给您包起来，以免冷了。”

“包起来？”

“是。”

“不了。你退下吧。”

事实上，“包起”云云也蕴藏着一个暗示，可惜且元已忧惧惶惶，丝毫未觉其意。烤好的年糕，若蘸上酱汤包起来，可保持柔软温热，乃是旅途中绝好的干粮。这分明是本多正纯的好意，想让他赶紧带着诘问状，飞马回去与秀赖商量。但，且元既不想让秀赖决断，也不指望让他决断，认为这全是自己一人的责任。

且元把所有注意力都集中到了两条诘问上。

栋札上未写工匠姓名，这个问题有那么重要吗？他却不会想到，这里面其实包含着分清公私、交出大坂城的谜底。招募浪人一问，他自甚是清楚，这分明是质问大坂有无叛心。但且元可以对天地发誓：大坂绝无这等心思。

初八、初九，且元接连思量了两日，他最终决定必去谒见家康。此时，几位女人已赶到了德愿寺。

当且元得知两位老女人在淀夫人的授意下，紧随自己从大坂赶来，一开始还失望至极。家康的心意已决，把大坂城交与幕府，这已是一道板上钉钉的难题。女人们罗列一堆牢骚话，实毫无用处。但是未久，他的想法竟有了些许变化——骏府城的茶阿局派出迎接的使者，来到了二女的住处。

且元深感意外，并且，也忽地改变了主意。设若两名老女人以探望茶阿局的名义顺利见到了家康，至少也可打探家康葫芦里究竟卖的什么药。

想到这里，且元一拍大腿。走投无路之时，难以启齿的话就让女人说。即使她们所想与且元不同，也不会施冷箭。两名老女人若为且元作证，说秀赖和淀夫人已在认真考虑，事情便有回旋余地。

且元决定先一步回去。两个女人也不想在见家康之前见到且元。这绝非只是出于女人的面子。且元为秀赖使者，她们则是淀夫人的使者，她们不想让人误解为两厢在德愿寺会合、暗中商量。

看来，这并非我一张嘴巴就可辩明的，应及早赶回去，与少君和夫人商量之后，再派使者……且元骑在马上，一面自言自语，一面回头望了望山门，他总觉得自己这么做，太对不住两位老女人。不告诉她们家康公有多震怒，任其去骏府城，实在不像男儿所为。

出了德愿寺，天上飘起小雨来。

女人的轿子怕已湿透，她们平日喜好打扮，不知会对这场雨生出何等抱怨……且元黯然神伤，策马疾驰而去。

大藏局和正荣尼等于日暮时分抵达了骏府城。

作为内庭的客人，两名老女人被茶阿局的侍女迎进，又请进书院风格的客室，等待主人出来。这当儿，二人脸色苍白，神情紧张，心都悬着。

无论大藏局还是正荣尼，都知儿子召集浪人的用意。正因如此，来的路上，二人都颇觉伤感。

她们谈了甚多：明智光秀之母曾被扣于叛臣家为质，后被杀；丰臣秀吉之母亦曾被送至冈崎为质，住所周围堆满柴薪……类似灾难眼见着就要落到自己身上，她们怎不胆战心惊？

“一路辛苦了。大坂的夫人身子可好？”茶阿局进来，收起所奉礼物加贺染，满脸堆笑，而二人并未从容回以微笑。

“茶阿局夫人神采如昔啊。”话音未落，大藏局已哽噎难语。

“真是可喜可贺啊。”正荣尼忙接过话。

可以看出，二人都在拼命抑制着自己的恐惧，吓成这个样子，实在可悲。

“呵呵，二位莫要拘束。”茶阿局刚强中透出自信，“我亦好久未见二位了，得知二位到来，不顾你们旅途劳顿便接来。口信的事过后再说，先歇息一下，用些粗茶淡饭。”

“万分感谢。”大藏局似比正荣尼还紧张，说了一句，意识到自己声音在打颤，遂干咳了一声，方道，“实际上，淀夫人……为此次供养延期的事颇为……颇为心痛……”

“此事稍候再说吧。”

“不，在谒见大御所大人之前，咱们女人之间……跟夫人您好生聊聊……”

正荣尼接过话茬：“茶阿夫人，淀夫人颇为……怀念大御所大人住于西苑的日子，怎么说呢，那时候的传闻……”

看着两个老女人的失态，茶阿局不禁大生怜意。她们慌乱至极，连对女人的怜悯都忘记了。茶阿是家康侧室，向她提起淀夫人与家康的风流故事，只能令她尴尬不已。

“请不必担心。我会与大御所好生说说，让他见见二位。我现在就给二位问一问吧。”

事实上，此时茶阿局已得家康允诺，令她引见两个女人。

“唉！”茶阿局出去通报之后，尚有几分镇静的正荣尼难耐沉默，道，“茶阿局都那样说了，她定知要把我们扣为人质，觉得我们可怜。”

“你有把握？”

“必是无错。你莫抱有期待了。”

“这……唉！”

话虽如此，但事情究竟如何，二人实在难以想象，徒有不安。

未几，茶阿局回来，脸上带着几分严肃，“大御所说，既然淀夫人的使者远道而来，自应会见。现正准备膳食，请稍候。”

让人给二人送来晚膳之后，茶阿局再次离席而去。同大坂的膳食相比，这绝称不上盛宴，却也并非粗茶淡饭。不知这种接待究竟意味着什么？

“奴婢来为两位引路。”约莫过了小半个时辰，一个侍女出现，领着两个老女人走过长长的走廊，把她们带到了家康居室前。

一抬头，只见茶阿局急匆匆迎了出来。两位老女人越发紧张，若人家责问诅咒一事，该如何回话？秀赖和淀夫人心里究竟在想什么，无人清楚，谁也不敢断言他们压根儿就无诅咒家康的心思。二人的良心之痛愈来愈烈，反省也越来越深。

“唉，远道而来，辛苦了。快，快进里面来。”看到无声地跪倒在面前的二人，家康也少有地生出些心酸，“从茶阿口中听到你们前来，我不禁想起了从前的冈崎城。我幼时，冈崎城里到处都是不幸的孀妇。”

“不敢。”正荣尼首先开口，“能在茶阿夫人的安排下，面见大御所大人，甚感荣幸。给大人请安。”

之后，大藏局也道：“大御所大人依然身体康健，恭喜。”

“客套话就免了。你们也还和从前一样康健，便是大好。来，坐到里边来。先喝两杯。茶阿，你已尝过毒了吧，给两位倒上。”

两个老女人如在梦中，在侍女们的催促下，战战兢兢坐到了家康面前。气氛犹如欢迎久候的贵客，对两位老女人来说，大大出乎预料，却更让她们感到恐惧。

“唉！真未想到竟引发如此大的波澜。”当家康从茶阿局那里听到两个老女人心生惶恐，怜道，“男人不争气，总是令女人痛哭，你也好生记着，女人何罪之有？”家康对茶阿局说着，一副很是生气的样子。若且元老练些，早把秀赖母子说服，女人们也就不会有今日这等惶恐了。

“她们看去都是怕事之人，还请大人莫大声呵斥。”

“胡说！家康都这把年纪了，怎会呵斥两个无辜女人？你把我想成什么了？好生款待她们，休要让她们担惊受怕！”

“多谢大人，茶阿总算有了面子……毕竟都是女人啊。”

用饭之后，家康还特意让人给两位老女人准备了杯盘。酒杯先递给了大藏局，大藏局恭恭敬敬接过来，两手触地道：“奴婢惶恐，淀夫人有口信，不敢先喝酒。”

“口信？我还没听呢。好好，快说来听听。”

“多谢大人。实际上，淀夫人对此次供养延期的事甚是痛心。”

“哦？”

“说是钟铭上有诅咒关东的不祥文字，这样的事……夫人毫不知情。不止如此，夫人还经常担忧地向我等提起，大御所大人身体是否康健……”

“哈哈！”家康不禁大笑，打断了大藏局，“我以为什么呢，竟是此事。康健之事家康已经很注意，无须夫人和你等担心。你们听着，关于钟铭一事，大坂方面有家老、长者，还有已长大成人的右府，况且，我也对片桐且元说过，已经暂时无事了。你们放心，今夜就住在城里。茶阿，她们远路而来，身心俱疲，好生招待她们。”

两个老女人面面相觑，惶恐地眨着眼，惊讶得连泪都要下来了，神情甚是可怜。二人本以为会受到呵斥，家康却说无事，仓皇之情跃然于二女脸上。

“大藏夫人，这下重担该卸下了吧。把酒干了，传给正荣尼，咱们再慢慢叙叙旧。”

一度被忘掉的笑容，再次悄悄爬上两个老女人脸庞。

对于把事情想象到最坏地步的她们来说，这是何等意外！家康似未感受到大坂城内大战将起的险恶气氛，像个功成名就的老翁似的满面笑容。茶阿局则无微不至，帮助斡旋。如此说来，大坂岂非杞人忧天？

“真是庆幸。”大藏局一面把酒杯递给正荣尼，一面情不自禁感叹道。忽然，她想到，此前是否让片桐且元的恫吓欺骗了？嫉妒和争斗总是形影不离。曾一度作为大坂城掌权人、独断专行的片桐且元，其地位日益受到大野兄弟和渡边内藏助的威胁，因此，为了保住自己的地位，且元必利用骏府来恫吓众人。否则，威严如家康者，怎会如此和善地对待两个女人？

正荣尼也跟大藏局一样感慨万千，她忘情地把酒杯端在手里，眼角红了。

“快一口干了，然后递给大藏夫人……大藏夫人，你再饮一杯吧。”

“大人。”正荣尼忍不住道，“今日受到的款待，太令我等意外了，简直都不敢相信这是真的。可是……”

“嗯？”

“在大坂城里，以淀夫人为首，众亲信无不慌作一团。城内到处有传言，说江户的大军眼看就要打过去了。”

“呵呵！”茶阿局娇媚地笑了，笑容当中透着一种侍奉强者的骄傲，

“莫担心。无论何种情况，大御所大人都不会伤害妇孺。大人乃是一位永远与佛陀同在的和善之人啊。”说着，茶阿局又笑。她真想把那个只有她知的秘密也说出来——为防万一，家康已向柳生宗矩下了密令，连解救淀夫人母子和千姬的办法都想好了。

“真没想到会受到如此款待，对吧，大藏？”正荣尼完全松弛下来，“我想，应尽快把这个好消息告诉淀夫人才是。”

“那是最好。”家康把手放在耳后应道，“女人能有什么过错？今日就在此好生歇息，明日一早启程吧。”

当晚，两个老女人在家康房里待了一个多时辰，又再次返回茶阿局的房间，谈笑到深夜。一旦得知家康毫无敌意，两个女人心情自然变得轻松，都出奇地欢愉。

第二日晨，许是由于前夜食瓜的缘故，正荣尼闹起肚子来，在接受了医士治疗之后，暂且回了德愿寺，推迟一日出发。故她们从鞠子出发，已是八月十二。

她们得知片桐且元已先行出发，离开了德愿寺，便商量道：“市正大人恐已带着好消息急急赶了回去，好赶上十八日的忌辰。”

“必是这样。我们也赶紧回去，好生参观祭典盛况。”

女人们遂匆匆赶路，当抵达距离京都一百二十余里的土山驿站时，已是十六日傍晚。从此处先回大坂，怕赶不上大法事了，秀赖和淀夫人也必到了方广寺，遂干脆直接去那里……二人一面商议，一面赶往白川桥附近的土山平次郎府中，结果大吃一惊，她们本以为早已抵达京都的片桐且元，竟还住在这里。

“市正大人究竟怎的了？”

“许是病了，先去探望一下吧。”

女人们认为，即使片桐在旅途中患了病，只要另外派人前去报信，依然不会影响大法会举行。

“市正大人定是患病了。既然同住一处，若不去探望，太说不过去。二位局且去看看吧。”

听大藏局如此一说，二位局立刻前去拜访住于另一座楼中的片桐且元。此时且元已用过晚饭，正在昏暗的灯光下，愁眉不展记着日记。

“哦，是二位局。后飞的大雁居然到前头来了啊。”且元压低声音，道，“骏府的情况如何？大御所给你们出了什么难题？”

一听问话的语气，二位局就知他有些迫不及待了。她始终以为且元在旅途中得了病，担心不已，听到这个，脸色顿时阴沉下来，“市正大人，您怎能这样？请您休要再戏弄我们女流了。”

“什么？我分明比你们先一步离开德愿寺，因担心你们，才在此地等着，想问个究竟。”

“呵呵，这算什么，原来大人并非生病。大藏局和正荣尼正要来探望大人呢。”

一听这话，片桐且元脸色大变，立时站了起来，“还是我自己去见她们吧。带路。”

片桐且元从二位局的话中，感受到了几个女人对自己强烈的反感。他初时以为，这全是受了家康之难题的影响。迄今为止，他还从未谈过移封的事，不知两个老女人对此会如何反应。家康一定把他先前的约定告诉了两个老女人。恐怕，两个老女人已经被吓破了胆。然而且元却从未在大坂提起过此约定，实在有些尴尬。

但即便不如此，七手组中也已有人在窃窃私语：市正与关东私通！

且元催促着二位局在前头带路，匆匆赶往两个老女人的住处。两个老女人见到他，大吃一惊，忙将他迎了进去。

“市正大人，您未患病？”

且元并不答，单是道：“你们不必担心。我已不能独自先回大坂了。”他幽幽叹息一声，说出了最为担心的事：“即使片桐且元粉身碎骨，也无法如期举行大家期盼已久的十六周年忌！”

“哎？”正荣尼责问起来，“您说什么，市正大人？”

“唉，无法举行。尽管不情愿，但，太阁忌辰的十八日注定赶不上了。暂不说这些，大御所究竟给你们出了怎样的难题？”

“难题？”正荣尼屏住呼吸，呆呆望着大藏局。大藏局也睁大眼，有些发蒙：市正究竟要跟我们说什么？客室一角的二位局紧盯着且元，她以为且元乃是在心怀不轨地揶揄女人们，便道："市正大人，您可知大御所大人的难题究竟是怎回事？"

"这么说，是特别的难题？"且元探出身子。

"正是。"正荣尼向大藏局使了个眼色，应道，"大御所对我们几个女人无甚说的，说事情全都吩咐片桐大人了。对吧，大藏夫人？"

"是，就是这般说的，那么，大御所究竟对市正大人说了些什么？"

且元顿时缩回了身子，脸上血色全无，像冻僵了一般。

"对，究竟说了些什么，快给我们讲讲。"看到且元的反应有些不寻常，正荣尼故意追问道。

正荣尼和大藏局也都受到了影响，对且元不再抱有好感，现在，这种反感越发明显。二人思虑，且元究竟在想什么，究竟有何企图？她们和家康、茶阿局都直接会了面，还被告知一切皆不必担心。她们坚信十八日的祭典定会如期隆重举行，方才兴奋地踏上了归途。可是，为秀赖全权代理佛事事宜的片桐且元却滞留在此处，更为奇怪的是，他竟还危言耸听！如此一来，女人们自然对他猜疑不已：说不定，佛事延期亦是片桐市正的阴谋呢。

当然，且元不会这般想。他并未从女人的话中听出弦外之音。家康对她们什么也未说，他自觉甚是意外，同时，又觉得有可能。此乃天下大事，非女人可置喙者。家康的做法实无不妥，但自己又当如何？

且元脸色大变，心内依旧茫然。

"市正大人，您究竟是怎的了？怎的不说话？说说啊，大御所究竟对您说了什么？快些告诉我们。"

对于且元的沉默，正荣尼已完全怀疑起来，语气也变成了责问。在这种情况下，她们的误解已愈来愈深。

"对，说说吧。"大藏局也帮腔道，"我们紧跟在市正大人之后赶来，是因为大御所什么也未告诉我们，只让我们问市正大人。我们的任务还没完成呢，你说呢，正荣尼？"

"是，大御所究竟出了道什么难题？"

她们的责问，与其说是出于责任，不如说出于好奇，甚至乃是发泄和作弄。片桐且元额头上渗出一层急汗，他脸色铁青，灯火将他脸上的阴影映得更深。

“家康公什么也未说？”

“因此，我们才问市正大人呢。那难题究竟是什么？”

“好吧，我就告诉你们，希望莫把你们吓坏了。”且元叮嘱了一句，之后又犹豫了：女人能明白这难题的意味吗？

“我们洗耳恭听。请讲！”两个老女人完全变成了且元的对手。她们并非想从且元那里问出事情的真相，单想取得证据，撕下他的伪装。

“此次供养延期的难题背后，有着深刻的缘由。”且元一面顾虑着女人的理解能力，一面道。两个女人互相施了个眼色，催道：“那还用说？大家如此期待的太阁十六周年忌，若连法事都没有，丰臣氏的脸面可就丢尽了。”

“若把话追溯到以前……但现在看来，只怕一切都没用了。重要的是，究竟如何才能解决这个纠纷。算了，我直接把一路上认真思量之事告诉你们。听好了，第一，须及早把淀夫人送到江户为质。”

“啊？”正荣尼发出一声怪叫，看着大藏局，喃喃道，“把淀夫人交作人质？”

看到两个老女人如此惊愕，且元也有些发慌，“若非如此，少君就只有交出大坂城，移封他处。”

两个老女人什么也没说，但眼里却充满血丝，脸上也明显浮出极度厌恶的神情。

“前面两件，恐怕都很难定下来……如此一来，少君只好亲赴江户，与将军讲和……只此三个选择，此外别无出路。”

且元本来一片赤诚，可他这么一说，更加深了女人们的误解。他应原原本本把自己与家康的交涉过程说出来。但是，他却认为那都不过是些废话，遂把自己一路上思量的解决之方悉数道出。

女人们先是惊愕不已，然后，嘲讽的怜悯之笑浮上嘴角。她们只相信亲眼所见的家康，自然把且元的话都看作借家康名义来实现狼子野心的弥天大谎。

“说不定，大御所仍对淀夫人怀有爱慕之心呢。”

“是啊，世人都说，老人的爱恋之心十分执著。”

“可是，让少君下江户，应是关东期盼已久的事。若找个人在途中伏杀少君，兵不血刃就可以把大坂城弄到手。呵呵！”

听到这话，且元脸色变得甚是难看，讪讪说了几句，便沉默无语——即使把深思熟虑的解救之方说出，女人们恐也无法理解。他端坐在那里，眼泪不觉簌簌落了下来。

人与人之间，言语本乃沟通桥梁，但万一言语不慎，便成难渡之壑。加上且元与女人身份完全不同，女人一开始就把且元视为“可疑之人”，而且元则认为她们“未见过世面”。双方只有一点相同，便是具有对丰臣氏的忠诚之心。

“总之，这三条当中，必选其一，否则，恐有灭顶之灾！”

“既然如此，那市正大人就与我们同行，把这些禀报给夫人吧。”大藏局以揶揄的口吻道。

“不，我怕还得晚一步回去。”且元诚恳答道，“此次虽说钟铭的难题解决了，可是，直接命令我暂停供养的却是板仓大人，故我还要绕回京都，把我的想法告诉板仓大人，跟他好生商量，以求对丰臣氏最为有利，然后返回大坂。”

听且元这么一说，二位局睁大眼睛，插言道：“这么说，大人在见夫人和少君之前，要先去见所司代板仓大人了？”

“是。若得不到板仓大人的首肯，只怕事情不好办啊，这是大坂眼下的处境。”

三个女人面面相觑，沉默不语。

“我回城之后再详加说明，你们回去之后，也请先转达一下市正的意思。”

说完这些，片桐且元心情沉重地离去。他所想，乃是先去问一问板仓胜重的意思。事到如今，要想隐瞒家康移封的真心，实是不可能了。

且元离去之后，三个女人瞪大眼睛，不知从何说起。

“可把我惊出了一身冷汗。”最先开口的为大藏局，“大御所竟然要把夫人纳为侧室？”

“若真把这样的事禀告夫人，不知她会何等愤怒！”

“可是，却也不能不说。此非大御所大人所言，而是片桐市正欺我们无知，信口雌黄编派出来的。”

片桐且元说过要把淀夫人送到江户去做人质，但是并未说要让她做大御所的侧室。由于女人们对且元的成见，她们的话自是大变其味。

“市正真是可怕，居然要把少君送到江户！少君可是连城都未出过啊。”正荣尼偷偷拭掉眼角的泪珠……

一一　柱石折裂

片桐且元在土山与几个女人分手之后，舍了马，乘轿进了京都，时为庆长十九年八月十九。

且元离开时还是热闹非凡的京城街市，此时已然一片死寂，让人心生悲凉。到了三条大桥，处处是全副武装的士卒。此必是所司代理所当然的安排，士卒人数并未多到惊人的程度，路人的表情也和平素无异。只有且元像做了一场噩梦。

恍惚中，轿舆停在所司代官邸门前，此处不愧是所司代府，戒备森然。

一群当值的士卒奔过来，他们手持长枪，高声呵斥："此地不许停轿，快走快走！"

"我乃大坂片桐市正。"

"有何事？"

"我有事求见所司代大人。你们速去通报。"

"口气不小啊。好，等着。"士卒操着一口粗野的三河口音。不大工夫，那士卒返了回来，傲慢地吩咐："除去佩刀，进去吧。"

士卒分明知道片桐是何人，却如此慢待，看来情势已今非昔比。

且元只好依士卒所言，交出佩刀，进了一间似曾相识的客室。等了将近半个时辰，但板仓胜重迟迟不曾露面，只有下人送上茶来。

"所司代大人有客？"且元问。

“是。从昨日起就有各色人等来访，甚是忙乱，还请大人稍候。”

且元没加注意。昨天乃是十八日，所司代必为警戒诸事操碎了心。正在猜疑间，板仓胜重急急进来。

“片桐大人，你可真靠不住！”胜重并不寒暄，一见面就大加责难，“大人不在期间，拥入大坂城的浪人有多少，想必你还不知！”

“在下不在期间……”

“不止三两千！据我现在得到的消息，他们终以秀赖的名义向纪州九度山派出了使者。”

“真田左卫门佐？”

“不止如此。昨日还有约三百人进城。哼，据云为首者乃一大和武士，叫什么奥原信十郎丰政。大坂究竟要怎的？”板仓连续诘问。

见胜重情绪激切，且元一片茫然。

“正因我把你看作丰臣氏的柱石，才把那些本不该透露的内幕全告诉于你。未想到你竟背后使阴招！你我交情到此为止！”

“大人这话太让且元意外！”且元有些怀疑自己的耳朵。浪人进城或许会在他外出期间发生，但板仓胜重此话实在令人惊心。他遂道：“板仓大人，您究竟是何意？”

“难道你未背叛？”

“岂有此理！且元若是背叛之人，还能恬不知耻地到大人面前来？浪人进城之事，我必负责处理。”

“住口！”

“板仓大人说什么？”

“我不会罢休，市正大人！你到骏府做出一副诚心向大御所解释之态，实际上却来麻痹我，企图在外出期间让大量浪人进城。事情明摆着，你我岂能再言交情？板仓胜重风雨几十年，还从未遇到如此不快之事！”

“且等一下。”且元逐渐恢复了镇定。此时他方弄明白，胜重之暴怒完全出于误解。“片桐市正绝未行半点有负大人之事。待回到大坂，就证明给大人看。大人且先冷静一下，听在下解释。”

但板仓胜重却像已铁了心，使劲摇头，“浪人不只向九度山的真田派出了密使，向长曾我部的残党、丰前小仓的毛利胜永、安艺的福岛正则等处，也派出了密使。由于要囤积军粮，日下大坂米价飞涨。哼，还有，我已得到消息，福岛正则正往大坂城运送大量米粮。你敢说不知这些？”

“哈哈！”且元不禁笑了，胜重的担心真让人可笑。“板仓大人，即使派出密使一事属实，但就算战事发生，大坂从何处得来此天大的费度？”

“你还强词夺理？”

“且元非强词夺理。打仗耗费巨大，不肖的市正，正是掌管金库钥匙之人。”

“金库？”胜重这才约略平静下来，但仍怒气未消，“市正大人，你说的可是真话？你掌管金库钥匙的权力恐已不再，难道你竟还不知？”他怜悯地盯着且元。

“权力不再？”且元的脸刷地变得苍白，“究竟怎回事……且元一无所知啊。”

板仓胜重放低了声音，“看来令弟主膳正贞隆未联络你啊。市正大人，你好生想想，金库的门若还锁着，京坂米价会涨吗？大人以为金库的钥匙还平安躺在令弟口袋里？”

“这，这……主膳正他……”

“哼。你动身未久，钥匙易主，现已不知转交到谁人手中。你自当明白，就是那些钱造成了米价飞涨。浪人武装进城。你可去京中兵器铺看看，铠甲的价钱已经上涨了三五倍。那些钱差不多已花光了。你还敢说未施暗手？”

“……”

“板仓胜重正因为信任你，才甚为关注你的骏府之行，始终希望你能圆满解决问题。万万没想到，你竟故意把我的视线引向骏府，乘机于背后大肆购买军粮和兵器。”

“……”

“你这一手陈仓暗渡，玩得漂亮！可板仓胜重却因此受到了大御所的严厉斥责，从昨日到今日，胜重就一直不断在使者面前谢罪。哪怕我把军粮全部买下，囤积起来，也能防止这场大乱啊。唉，太平大潮已然退去，陆续进城的浪人正兴奋地望着堆积如山的米袋子，狂妄地叫嚣着‘时机已到’，这种狂热已席卷京坂之地。市正，你可真是令人敬重的丰臣忠臣啊。”

“板仓大人……”

“加藤肥后守和浅野父子，也都欲葬送孱弱的丰臣氏，你们真是葬送丰臣氏的名手啊。”

片桐且元再次陷入茫然：难道自己对弟弟主膳正贞隆太大意了？本该对他千叮万嘱，无论发生何事，也不能交出金库钥匙。金库一开，丰臣岂能不败？大坂城内主战之人异常狂热，他们拿到金库钥匙，再囤积粮米……事情正如板仓胜重所言，战端开启只是时日问题了。

且元正茫然，只听得板仓胜重凛然道：“我会把你平安送出京城。但下一次见面，我们就要像武士那般在战场上刀枪相向了。只愿你在此之前，好生活着。”

片桐且元正在京都受到板仓胜重严厉诘责时，大坂城内，听完两个老女人禀报，淀夫人满面怒容，陷入沉思。

“怎可能！”她忽地冒出一句，然后使劲摇头，再次沉默。两个老女人说得甚是清楚：片桐且元是关东内应。此若属实，丰臣氏和秀赖的命运将会如何？

“你们再把事情的经过原原本本讲一遍。我不听你们自己的意思，我只听事情的过程。”

两个老女人惶恐地垂下头。大藏局为难地让道：“就由正荣尼说吧。”

“是。请容奴婢禀报。”正荣尼约略思量，从容道，“那一日，正下着雨。尽管如此，人家还是出迎到门外，真是热情。”

“谁迎接你们？”

“险些忘了说，是茶阿局出来迎接。”

“忠辉的母亲？”

“把我们请进了客厅，热情款待。当时，我们二人都诧异得很呢。眼见为实，耳闻为虚，两厢相差实在太大了。在这边，总是听说大御所何等震怒，可去了一看，完全不是，茶阿夫人不仅热情欢迎，还即刻把我们引见给大御所。”

“大御所第一句说了什么？”

“一开始……对了，一开始是这般说的：远道而来，辛苦了，快，快进里面来。还要赐酒。”

“你们如何应对？”淀夫人闭着眼，语气犀利地反问。

“大藏推辞，说要完成使命再饮酒。”

“然后呢？”

“大御所甚是快意，连连称好，让我们快说。”

说到这里，大藏局接过话茬：“丝毫不差。于是，奴婢就说，夫人对此次供养延期之事甚是痛心。”

听到这里，始终闭着眼的淀夫人竟哇地放声痛哭起来。

近日，淀夫人异常敏感，即使不听到这些，她恐怕也会落泪。她究竟为何哭泣，两个老女人当然无从得知，却更加紧张。

“然后，奴婢说，钟铭的事……夫人和少君压根儿就无诅咒大御所的意思。大御所连连点头，最后竟笑了。是吧，正荣尼？”

“大藏说得丝毫不假。然后，大御所说，他已跟片桐市正说好了，暂时无事，请夫人不必担心，然后才赐酒。”

淀夫人闭上眼睛，咬住嘴唇。她似从二人的话中捕捉到了什么，神情紧张，颇为可惧。

“奴婢一边饮酒一边感慨，觉得不虚此行。我们把夫人和少君的生活详细讲给大御所听，大御所的心结似也解开了。”

“住口！”淀夫人闭着眼打断了大藏，“这是你的意思。然后就是正荣尼闹肚子？”

“是，奴婢惶恐。”

“于是，你们就于十二日赶回了鞠子。当时市正怎样了？”

“奴婢询问了寺僧，说是市正大人已离开，在德愿寺未见上面，后来见面，乃是在土山的驿站。”

“嗯。”淀夫人深深叹了口气，忽又睁开眼，“说说你们的意思。听着，现在才是你们的意思。在德愿寺与你们擦肩而过的市正，其所作所为，究竟为何？”

“由于十六周年忌的日子临近，必有甚多安排，我们对此亦深信不疑。对吧，大藏？”

“正荣尼说得千真万确……”

淀夫人抬起手来打断二人，又一次闭上眼，沉思起来。

两个老女人害怕打扰她，屏住呼吸，沉默不语。

“你们两个……”

“是。”

“你们两个抵达土山，可是片桐市正还等在那里。得知这个消息，你们吓了一跳？”

“正是。我们以为市正大人早就抵达京城，正在安排供养的事呢。”

“算了。我再问你们。在土山驿站，市正当时是怎生说的，原原本本给我讲一遍，休要胡诌，扰乱视听！”淀夫人语气如男子一样严肃。两个老女人暗中交换着不安的眼神。

“快说！市正进入你们的住处，引路者为谁？”淀夫人的质问中透露出一丝异常。

“引路的是二位局。”大藏局有些惧怕地回道，“我等本欲前去探望，不意市正却主动前来……”

“停！”淀夫人高声喝道，“下面才是关键。休要弄错了。”

“是奴婢先打招呼。”正荣尼也由于过度紧张，声音逐渐高了起来，“原来，市正大人并未患病。先前我们认为，市正大人住在土山驿站，恐是患了疾病。”

“那市正呢？”

“大人说是担心此次的事情，无法独自回大坂，然后说了一句让奴婢甚为意外的话——大家翘首以待的此次十六周年忌，恐无法举行。”

“你们如何应对？”

“我们禁不住追问，结果市正大人满不在乎地拿出难题。”

“为谨慎起见，你再把那道难题说一遍。听着，照着市正的口气再说一遍！”

“遵命。其一，把夫人送到大御所身边为质；其二，让少君交出大坂城，移至他处；另，少君须立刻亲赴江户，向将军请罪。”

淀夫人大哭起来。老女人们不明白夫人为何哭泣。但淀夫人只哭了一声就戛然而止，更是郑重的质问一字一顿从口中迸出：“若不答应上面三条，就难免一战，市正是这般说的？”

“正是。”

“既然如此，我再问你们。当时市正态度如何？”

“他料定我等未能见到大御所就被赶了出来，语气很是狂妄，若奴婢是个男儿，真恨不得当场把他痛打一顿。”

此时，女人都已失却常态，因激愤而几近癫狂。她们禀告的内容已与片桐所言大相径庭了。且元的原话乃是三条件择其一即可，可悲的是，两个老女人竟错说为三条都要履行。

两个老女人对家康无一丝恶感，当前她们恨的只是片桐且元。因此，她们对关东提出的三个条件并不甚在意，倒是对拿三个条件来刁难淀夫人和秀赖的且元忍无可忍。

在路上，她们二人就对此展开了种种想象：片桐且元撒如此残忍的弥天大谎，究竟对他自己有何好处？大藏局猜测：“他是不是想把少君移到他处，然后把夫人支开，自己独做大坂城代？”

“或许，是出于对修理和内藏助的忌恨。”渡边内藏助的母亲正荣尼认为。

“总之，他一定有着可怕的阴谋。如少君和夫人都被赶出去，最高兴的人是……”说到这里，大藏局连忙闭上了嘴。在她的想象中，为丰臣氏败亡而大快的人确实存在，不是别人，便是在太阁故去后立刻出城的高台院。但是，这样的话却不可轻易出口。

正荣尼却似察觉到大藏局的心思，在行至宇治一带时，她竟忽地说起高台院的事来：对于十六周年忌暂停的事，高台院究竟作何感想？两个老女人始终未怀疑家康。

但淀夫人可不像她们那般单纯。她对且元深信不疑，只虑道：家康对老女人们什么也未说，且元的话也绝非全是谎言。可是，让自己去家康身边，让秀赖去岳父秀忠身边，这究竟是何居心？看来，大御所还是以为我在诅咒。

“好了。你们暂且退下吧，把修理和内藏助叫来。”

两个老女人退了下去。

未久，廊下传来脚步声，治长和内藏助赶来了。此时，淀夫人正倚在扶几上，如雨中花蕾般哭个不休。她为消除不了家康的误解而迷惘。

“夫人召见我们？”那二人过来了。

许久，淀夫人才抬起头。最近，她给人甚是脆弱的感觉。但此时她猛然道：“真是可恶！真恨不得把清韩上人碎尸万段！”

听到淀夫人高亢的骂声，治长和内藏助不禁一惊，交换了一个眼色。治长道：“听说母亲回来了，是不是又带回来什么难题？”

内藏助也探出身子，“恕在下冒昧，夫人对清韩长老是否有误解？比起清韩，片桐市正岂非更古怪？他作为使者赶赴骏府申辩，却在归途中擅自去了京城所司代处，想与板仓胜重密谋。”

淀夫人并不答，而是道：“你们二人好生听着。关东方面下令，要让我到大御所身边为质，还要少君交出大坂城，亲赴江户，向将军谢罪，表明绝无二心。否则，两厢疑云断无法消除。那清韩究竟受谁之托，竟做出这等……立时把清韩传来。”

“恐不大方便吧。”内藏助向前膝行一步，“说清韩长老的撰文有差，分明是鸡蛋里挑骨头。就算把他叫来，又有何用？”

“住口！事情起自清韩，把秃驴叫来，当着我的面将他的脑袋砍下来。别人已靠不上了，我要提着他的首级亲赴骏府见大御所。”

“夫人，在下惶恐，清韩已不在京都了。”大野治长红着脸道，“敌人的准备真是周密啊。”

“什么，清韩跑了？”

“是。看来他们一开始就合计好了。我们欲让他解释的时候，清韩已假所司代之手被押往骏府了。当然，表面上说是要审问他，实际上却是庇护。如今看来，清韩与钟铭之事，生生便是圈套！”

“你说清韩是敌人？”

“就算不是敌人，也是细作，或许市正也参与了策谋，京城里甚至都有人这般传言了，他此次骏府之行可露出了不少破绽啊。如此……”大野治长从容地整了整衣服上的褶皱，膝行一步，“作为使者赶赴骏府的片桐且元，并不知长曾我部的人就跟在他身后，还故意在归途中绕到京城，与所司代板仓胜重密谈。不消说，所司代自是幕府设在近畿的鹰犬。恕在下斗胆，此前一再忍让的治长也认为，此事非同小可，在下也下了决心。”

“下了决心？我倒想问问，你究竟下了什么决心？快说！”淀夫人面带怒容诘问道，大野治长却歪着嘴微微笑了。

“你笑甚？你欺负我是个女人，竟说这种大话，连我和少君都不问一问就下了决断，你好生无礼！说，到底怎生决定？”

“在下已决定，要在近日和片桐决斗，拼个你死我活。”

“这么说，只要片桐留在大坂城里，你就要离我而去？”

“正是。”

“哼！不意你如此猜忌市正！你把市正绕道京都的事，看成了他从一开始就参与阴谋的证据？”

“夫人，治长也是堂堂武士，绝不会只因区区绕道之事就怪罪市正。此外，市正身上还有五处可疑。故他才在回大坂之前造访所司代。治长无法对此妄行坐视不理！”

“哦？”淀夫人脸色苍白道，“究竟哪五处可疑，说来听听。我虽是女人，亦是总见公的外甥女、浅井长政公之女。你的怀疑若有道理，我甘愿向你赔罪。”

“夫人以为在下不敢明言？”

二人语气，越来越像内闹之争，内藏助只能冷眼旁观。

“第一可疑之处，便是金库黄金的数量。一个月前，少君询问市正有无军饷时，他答曰：由于大佛殿的再建，丰臣金库已经见底。若有五万士众守城，顶多可以支三月。可此次从市正弟主膳正手里取了钥匙打开金库一看，即使十万士众死守三年，其钱也绰绰有余。他为何连军饷之事都要欺骗主君？此为其一。”

淀夫人吃惊地叹道：“这……这可是真的，修理？”

“我为何要故意撒谎？”

“那，第二……可疑之处呢？”

“第二，市正与德川诸人交情，远深于与丰臣重臣的交往。夫人也知，他故意与大御所的亲信亲近，把弟弟主膳正贞隆的女儿收为养女，然后嫁给本多上野介正纯的弟弟忠乡。他还把曾与大久保长安并称为‘天下二代官’的权臣伊奈忠正之女娶为儿媳。而且，他与所司代板仓胜重交往甚密，本多上野介、安藤直次亦均为他至交。我等曾尝试着将堀对马守之女介绍给他的嫡子出云守孝利为妻，却被其断然拒绝。一言以蔽之，他厌恨丰臣家臣，亲近德川权臣。此乃其二。”

一旦打开话闸，治长的雄辩便像江河一样奔泻而出。一时间淀夫人也被其辩才吸引，待回过神来，脸已绯红。

“那么，第三条呢？”淀夫人内心慌乱起来：如此说来，片桐且元的所作所为，实有太多令人不解之处。

“第三，已故太阁十六周年忌无法举行，他往来骏府的机会却多了……”治长越发滔滔不绝，“今岁以来，新年贺喜也就罢了，可后面的三回……也就是说，迄今为止，他已经往返骏府四次之多。他一方面竭力阻止大坂起兵，一方面给幕府留出战备时日，又在最后的时刻以钟铭为由，令供养被禁。他完全有充分的时日和机会通敌。若他是丰臣忠臣，如此频繁地往来于骏府，竟始终未察觉到对方的真意，难道他果真如此迟钝吗？到了这种地步，还不怀疑他，在下便是玩忽职守！在下现在后悔莫及！”

“休要说了！”淀夫人打断了治长，“如此说来，我也有一事未对你说。”

“哦？”

“老女人们未从家康那里得到一句真言，只有些客套。”

“啊？”渡边内藏助惊道，“刚才讲的种种难题，是谁告诉夫人的？”

“这正是我要说的。”淀夫人警觉地望了一下四周。她认为且元绝不会撒谎，可是在治长的迷惑下，她也想到了一个可疑之处，“事情我都跟市正说好了，你们完全不必担心——家康只对她们说了这么一句。可是她们在回来的途中，到了土山驿站，原本早应返回大坂的市正，却在静候她们，还说，家康提出了三个条件：把我送去为侧室，交出大坂城，还让秀赖赴江户向将军请罪。”

“哼！”内藏助突然以扇子使劲敲打榻榻米，“在下早就说过，市正那厮就是老狐狸的同党，果然不差！”

“嘿。”治长也瞪大眼冷笑一声，“这么说，大御所放母亲平安回来，也是为了避开主动挑战的不义名分？”

“不，何止如此！他定是做出一副还可讲和的样子，让我们放松警惕。可是……片桐市正那厮……厚着脸皮回来，究竟当如何处置？这个贼人，就是把他碎尸万段，也不解恨！修理大人，若不赶紧拿此贼血祭，只怕士气难起！”

渡边内藏助几近怒号。但此时淀夫人已无力责备他，亦无法申斥。片桐且元这样一个糊涂人，现在不在此处，故，她既不能反驳，也不便解释。

“夫人明白了？”在内藏助的煽动下，大野治长越发得意起来，继续道，“此次的供养，在仪式举行的前一日竟突然被禁，全因区区钟铭上的那几个字？小儿手段！请恕治长冒犯，经过此变，治长认为，原因完全在于大御所的贪欲。”

“你说什么？”淀夫人惊问。

“贪欲！除了天下，大御所还想要一样东西，非别的，正是夫人。现在，治长终于明白了。否则，他都那样一把年纪了，怎会说出要夫人到身边的话？”

“这……”

“夫人也知，大御所乃是不达目的不罢休的执著之人。治长今日方明白过来。最先发现大御所的阴谋和执著的，乃是石田治部少辅。夫人可还记得，太阁刚刚归天时，治部大人曾说过一句古怪的话，就是欲把夫人嫁与前田大纳言……那定是治部看透了大御所的邪念，才作出的决断。”

“……”

“因此，治部便成了大御所无法饶恕的眼中钉，只欲除之而后快，于是爆发了关原合战。夫人可知，那场战事之后……治长说的是大御所让我从大津火速赶回大坂的事。”

“我怎会忘？”

“实际上，那时的治长也被大御所骗了，以为他真的宽宏大量。关原合战的胜利，让他将觊觎已久的天下纳入囊中，但唯独夫人还未到他手中。在这种情况下，他怕您自杀，遂派了治长来卖个人情。那么多人，他偏偏选中治长。治长以为，此次的难题，根就在此处。恐怕，把千姬送进大坂城，也与他的贪欲不无关系。夫人的妹妹在关东，如此以来，夫人自会到大御所身边……”大野治长完全陷入狂念，几近信口开河。

淀夫人却不知不觉被治长迷惑，频频点起头来。家康依然忘不了她，依然在念着她……这给她带来了一种既可惧又奇妙的快感，她嘴上虽说厌恨，心底却甚是受用。

淀夫人忽地打断了治长的无休无止：“且等一下，修理，你不会因此就让我去骏府，亲自和家康谈判吧？”

“大人这是什么话！”治长凑近淀夫人，朗声道，“即使夫人亲自前去，恐也解决不了问题。夫人明白吗，大御所始终盼望您前去，才对母亲格外友善，让她们平安回来。这体现了那老狐狸的狡猾本性。他以为，若这般做，争强好胜的夫人定会亲自前去，如此即中下怀。他即可直接把夫人扣为人质，以此要挟少君。”

渡边内藏助的肩膀猛地抖了一下，重新审视起治长来。他从未想到，治长竟会以如此大胆的方式说服淀夫人。此前，他总是态度暧昧地周旋于主战与主和两派之间，难以琢磨，现在却一下扔掉假面，无比巧妙地说服淀夫人。看来，片桐且元的骗局被揭露，对家康的敌意亦被煽动起来。

淀夫人看着治长，浑身发抖，满脸不快，“就这样为骏府所绊，被一个老态龙钟之人搂在怀里，我恨这样的命运！治长，你说，究竟如何是好？”

“不用说，既然大御所的阴谋已明，除了据城一战，别无他途。决战需要巨额的军饷，城中黄金丰足。实际上，说黄金不足的言论，乃是大御所迷惑我们的伎俩，受命于大御所的片桐市正频频散布这等言论，却在他外出时无意败露。此乃已故太阁大人暗中保佑我们。既然军饷充足，我大野治长绝不退却。当前，我们应立时严密监视千姬夫人，把精力转移到备战上来。除此之外别无选择。只有一字：战！”

大坂城内的气氛，由于两个老女人比片桐且元提前回来一步，猝然一变。世事难道就由这种毫不可靠的“心血来潮”决定了？原本骏府授意且元要大坂答应“三条件之一”，两个老女人错听成“三个条件”，似也是原因所在。此前犹豫不定的大野治长便像着了魔似的，对家康大生敌意。他的恶感又进一步影响了淀夫人。一开始，他历数片桐且元罪过，不到半个时辰，矛头就转移到了家康身上，战意立决。众人见那些令人烦恼、头绪纷繁的争论终于有了结论，反倒松了一口气。

“原来大御所早就盯上我和少君了。”淀夫人恨道。

就在刚才，家康还是对两个老女人、对淀夫人甚是宽容的长者，眨眼之间，就变成了仇敌。人世间最可怕的祸乱之根，总会从微小的裂缝中迅速成长。

此时，片桐且元却正满怀伤感，走在回大坂城的路上。板仓胜重的绝情让他终意识到事态的严重，但他尚未意识到，杀身之祸已临头顶。

究竟当把淀夫人送到江户做人质，还是答应交出大坂城，移至大和？二者只要择一，难题就算解决了，但以七手组为首的主战众人定骚动起来，到时只怕生出更大的变故。那就让秀赖去江户，向岳丈将军秀忠认罪，且不说十六周年忌，怎说也应让大佛开光。待人心稍稍安定，再以丰臣氏主动要求移封的形式，解决根本问题。

因此，且元对自己告诉两个老女人三条件之事颇感宽慰，希望两个老女人能不动声色讲给淀夫人，以让夫人心中有所准备。就这样，一路忧心忡忡的且元，于第二日拂晓回到了大坂城。

片桐且元的府邸位于二道城俗称“东府”的地方。一旦战端开启，此处便将成为军事据点，能驻两千人。

一进大门，且元大吃一惊。府里处处都是整备鞋履、神情紧张的士卒，虽不像欲出兵，却也像有大事发生。

“到底怎回事？主膳正在何处？”且元立于前庭枝繁叶茂的楠木下大声喝问。主膳正贞隆闻讯，急急从内门奔了出来，“兄长，此处说话不方便，快到房里来。”

“哦，回到自家宅里，竟不方便了？究竟发生了何事？”

“这……”贞隆支吾起来，“说是兄长与关东内通，大逆不道，现在全城都炸了。”

“什么，我与关东私通？”

“是。金库的钥匙也被少君一道命令收去了。”

一瞬间，且元的脸上全无了血色，心中暗暗叫苦。

“究竟是怎回事，兄长？”贞隆一面追问，一面紧抓着且元的手向里走去。

但且元顾不上说话，三言两语说不清。他寄希望于军饷策略，却未找机会向秀赖禀明。一旦他被误为欺瞒主君，私吞金银，到时可是百口莫辩。

“你真把钥匙交出去了？”且元用额头抵住门口的柱子，勉强支撑着摇摇欲坠的身子。他只感绝望。

“兄长先在房里歇息片刻，愚弟有成堆的疑虑要问兄长。”

且元微微点点头，静静地走进自己房间。

“兄长，方才传达少君命令的使者来了，是个新来的人，名叫……对，名叫奥原信十郎。此人说，兄长回来之后，立刻去参见少君。但奇怪的是，说到后来，他却闪烁其词。”

“哦？”

“说到后来，他透露前去恐怕凶多吉少，一旦前去，怕会有意气用事之人害您性命。奥原受太阁之弟秀长恩惠，乃大和本乡的武士，兄长也颇熟悉。”

也不知且元究竟有未听见，他只是呆呆地仰脸发蒙。

“兄长为何在途中向大藏局和正荣尼透露了大事？大御所什么也未对她们说，就将其打发了回来。她们在途中听了兄长告诉的三条难题，并不以为是大御所的意见，而以为乃是私通关东的兄长，为了向将军和大御所表忠心，私自想出来的。总之，少君和夫人都已对兄长恨之入骨。弟是这般估量，奥原信十郎也这般说。”

“……”

“兄长乃是接受了那三个苛刻的条件后回来的？”

“……”

“若只是其中一条倒还好说，可把夫人纳为侧室，交出城池，还要让少君亲赴江户谢罪，这样的几条，愚弟听了都忍无可忍。真是得陇望蜀，欺人太甚！”

听到这里，且元才对弟弟的愤怒奇怪起来，“主膳正，你刚才说了些什么？真是可笑。”

“可笑？还有比这更难以接受的刁难？如是这样，就连我都觉得只有一战了。”

“你以为一战就能解决问题？”

“不能，怕关东也不觉得这三条能兑现。若让夫人为侧室，少君交出城池投降，这样尚可留得性命。但即使为了太平盛世，也不能如此践踏人的体面，就连家臣都忍不下去。说实话，若兄长真是接受了这三条回来的，在您参见少君之前，连弟都想劝您切腹。兄长，您究竟是怎想的？”说到这里，贞隆簌簌落下泪来。

且元刚欲启口，又沉默无语，汹涌的感情封住了他的喉咙：连对亲兄弟都已说不清，遑论对天下？

“兄长，您为何不言？我相信，兄长必是抱着决一死战之心回来的。若是这样，那倒罢了，否则，就算未被少君或夫人杀掉，也要被迫切腹。兄长究竟是怎么想的，请告诉贞隆！”

"……"

"兄长，您不回答，难道想就此切腹？"

"兄弟啊。"且元这才开了口，"这三个条件，正如夫人和少君所猜，并非大御所提出，而是且元的主意。"

"哦？"

"你且听我说。我本想请他们评议，这三条之中究竟取哪一条好，可如今，苦心全都白费了。"说着，且元住口闭目，静如磐石。

一二　谋定九度山

纪州高野山的秋日来得早。真田幸村九度山宅院内的柿子已早早着色。天晴的日子，山鸡甚至常常把雏鸡带到庭前来，啄食嬉闹。

“父亲，听说片桐市正大人携族人，从大坂城退回了茨木的居城？”

读书的儿子大助如此一问，正在擦拭爱刀的幸村漠然答道：“哦。”

“片桐大人恐是看透了大坂必败。”

“哦。”

“片桐大人撤出城，我们却偏偏要赶去，不知信浓的伯父如何想？”

听他这么一说，幸村才把视线移向儿子，“大助，你对为父有异议？”

“不，孩儿是在想，大坂究竟有无胜算。”

“此事你就不必思量了。”

“话虽如此，但孩儿总是放心不下。首先，松仓丰后守在五条一带严密警戒，如何才能突破封锁呢？”

“哈哈！”幸村笑着把擦拭好的刀置入刀鞘，道，“大助，没想到你如此谨慎啊。”

“事情并不像父亲想的那般简单。听说外面已贴出严厉的告示，就连对高野山的僧人都下了命令，说是无论发生何事，绝不许为九度山提供方便。”

“要说告示，不光是松仓和高野山。和歌山的浅野氏在桥本、到下、桥谷一带，都布满眼线。一旦我要离开九度山，他们就要毫不客气将我捉拿。战争就是这样。”

“父亲！”一句“谨慎”的评价，似大大刺伤了大助的自尊，“大坂众将的性情和力量，您都大致查过了？”

“已查。否则怎能指挥调遣？我儿怎的问起这些来了？”说着，幸村感慨起来。从前，自己与先父间的问答，只要事关战事，总是心心相通。可大助却不知战事为何物。他出生于息战之时，生长于太平年间。因此，身为乱世之人的劳苦和决心，他均是从别人口中听来。莫非大助意识到了什么，变得谨慎了？

“看看大坂的人，几乎全是关原合战后的浪人。那些人可是惯打败仗啊。”大助仍然一副不服气的样子，道。

“惯打败仗？你为何作此想？”幸村并不清楚大助究竟在想些什么，试探道。

“即使是善斗之犬，失败一次亦无用了，一到胜利的犬只前面，立刻就瘫软如泥。”

“这我可未听说过。大助，你把犬和武将看成一样？”

“人的习性也一样。因此，战败一次的武士，只有出家一途，孩儿乃是听一个和尚所言。据说此人亦在关原合战时战败。”

“哈哈哈！看来，你是从明王院的政佑坊那里听来的。不错，那人确是侍奉过石田三成的武士。”幸村忽然把视线转向天空，觉得此事还是有必要说一说，“不错，战事中只有胜者和负者。但是，关原合战之时，明知西军必败，仍有大队人马加入，却亦是事实。”

“父亲的意思是说，战争完全凭一个‘义’字。但是，为义而战，有时也甚是烦恼。那些战败的浪人多多加入，军队的破绽亦由此产生。因此，一个坐镇指挥的大将，不应只靠‘义’，而应靠力量。”

“这也是政佑坊的话？”

“是。但，无论是谁的话，该听的还是要听。”

“你究竟在担心什么？”

“父亲，片桐市正为何离开了大坂城？十数年来，他乃是大坂城的柱石啊。”

“片桐？”

“是。他去了，说明大坂城内派系之争愈烈。把市正赶走，总大将便是大野修理亮治长，他必不战自败。有人说，他连关原合战时的石田治部少辅还不如。”

“怎么说，石田也是佐和山十九万四千石的城主，修理却只是年俸区区三万石的小人物，无论是待人还是统军，他几一无是处。”

“父亲！”大助终焦急地探出身子，“屡次催促父亲入城的渡边内藏助，定是受了大野之命。那个修理大人与石田治部少辅有着天壤之别，父亲为何会信任他？”

问题终于来了！这个疑问，年轻的大助不能不提，但无论如何解释，大助也无法从心底明白。

“大助，你望望院子。”幸村道，“院里芙蓉花尚未凋谢。那花为何年年都开得那般鲜艳？”

大助将锐利的目光转向庭院，又立刻回望父亲，片刻，方轻声道：“花为何会开？那必是因为花有生命。但是，若要细问为何，那我只能回曰，乃是神佛造化。”

幸村严肃地点头，“一点不差。你应明白，战事有胜败，人亦有帮助弱者的天性。若问为何会有这种天性，那就如问花为何会年年开放一样，无法简单作答。总有一日，你会以自己的方式去想。”言罢，幸村微微一笑，“如不能理解，就不必跟为父同去了，暂且留在高野山上读书吧。”

“父亲！”

“怎的了，脸色如此仓皇？”

“正是因为大助想和父亲同去同归，才提出这等疑问，绝非因为怕死。”

“是啊，照你的性情……”

“大助在尝试着思量武士之死。从前，不杀人，便被人杀，人们因而在争斗与杀戮中死去。可现在天下太平，大家不必相互残杀，也能活命。尽管如此，流浪的武士仍争先恐后赶赴大坂城，是为更好地活着，还是为了出人头地？其中自有为‘义’而死者，但，若是为了‘义’，最应站在阵前的片桐市正却撤走了，难道市正认为不值一战？”

“或许，”幸村未刻意驳斥大助，“有花开，即有花落。世上既有芙蓉、菊花、桔梗，也有女郎花。人也一样，面目各异，脾性不同。故为父绝不劝你进城。”

幸村这么一说，大助焦急地拍膝道：“父亲还是不知孩儿的心！”

“哦？”

“大助想和父亲同进退，才想弄清这一切！孩儿不想死个不明不白。”

一听这话，幸村一把抓起刀，倏地站了起来，他无法回答。儿子只想和父亲同去赴死，但幸村却是为了领着浪人走向绝路，哪还有“此战必胜”之说？

“大助，此事容为父再思量思量。离开此处之前，为父还想和村民们饯别。到底该邀请谁，你且帮我参谋参谋。”丢下这一句话，幸村便走出了宅院。

对真田幸村，片桐且元的离去绝非小事。渡边内藏助说，一切皆因市正的私弊败露，“一旦开战，他定会引关东军进城，再私吞金库的黄金，逃之夭夭。”

尽管渡边愤然，幸村却深知，且元非那样的人，他必是受了大野修理亮的排挤，蒙受了不白之冤，终无法忍耐，才愤而出走。可对于渡边内藏助带来的“大坂盟友”名单，尽管幸村无大助那般想法，也不甚满意。除了城内的大野治长、大野治房，据说大野道犬也已决定入城，即使三兄弟凑到一起，实力亦是稀松。就算有七手组，历十四年的太平之后，究竟能保存多少实力？较为出众之人，只有现年五十岁、年俸一万石的南条中务少辅忠成；年六十有八、年俸三千石的织田有乐斋；有乐斋之子、年三十三、年俸一千石的左门入道长赖；刑部卿局之子、年三十三、年俸三千石的内藤新十郎玄忠；细川忠兴的族人、年四十一、年俸五千石的细川赞岐守赖范；原加贺大圣寺的城主山口玄蕃头之子、年三十七、年俸三千石的山口左马助弘定；年逾七旬、秀吉公当年的战场传令使、年俸三千石的郡主马亮良列；武事奉行、年过半百、年俸三千石的赤座内膳正直规。以上诸人尚可。另，年俸一万石的速水甲斐守守久也已年近七旬，年俸三千石的真野丰后守赖包亦早已过了驰骋疆场的年纪。年富力强的人，只有年过四十、年俸五千石的薄田隼人正兼相和渡边内藏助等人，剩下的不是老迈不堪，就是和秀赖差不多的年轻后生，如年仅二十、年俸八百石的木村长门守重成。

另，七手组之一伊东丹后守长次的侄子，年二十三、年俸一千石的伊东美作守长弘等人，尽管内藏助频频褒奖，可幸村还是认为，他们都是和儿子大助差不多的毛头小子。

正如大助所说，那些新入城的人果真几是关原败将。由于幸村当年和父亲一道，在上田城为阻止秀忠而战，故另当别论。但即使仙石丰前守入道宗也背叛了父亲仙石秀久，加入石田一方，战败之后却成了居于京都新町大街二条的浪人；曾为丰前小仓城主、年俸四万石的毛利胜永，亦于关原战后，成了一名退回土佐山内家的败将。仙石已年过半百，毛利几与之同龄。此际，人能驰骋战场的极限大致为四十二岁，超过这个年龄，就进入“老翁”行列，怎还能成为战场上的勇者。十五年的太平世道，早已令世间物是人非……

幸村拎着刀出了院子。逐渐衰败的芒草一直从后院铺进山林，林中处处点缀着朱红的叶子。

幸村已下了决心。现在入城，战事必将拖入冬季。刻意选在冬季开战，乃是想阻止关东军队总帅大御所德川家康出马。家康已是七十有三的老翁，若选在严冬季节而战，他怎能出马？总帅是家康还是秀忠，士气将迥然不同。尽管心里如此算计，实际上，幸村亦怀有一股悲悯，他不欲把家康当作对手，不想在战场上与天下人德川家康残酷厮杀。

幸村想，若家康畏寒不出，另一有趣的局面似就可展开了。他可尽情耍弄年轻的征夷大将军。

现在仍有偌多忘不了以武力夺取权势之人，但也出现了一大批令人作呕的浅薄之徒，如何才能保住太平，他们其实毫不关心，却一味装出维护太平之态。那些狂妄之徒若以将军秀忠为总帅，一旦被幸村愚弄，自会露出万端破绽，到时可趁乱将那些招厌的家伙全部拖入战场。神佛需要不时清除轻薄之徒，此乃天意！可是，若总帅为家康，关东恐不会轻易上幸村之当了。七十三岁的德川家康亲自上阵！一听到这风声，正如儿子所言，那些丧家之犬必心惊胆寒。

真正能作为我真田幸村左膀右臂出战的人，究竟是谁？后藤又兵卫、毛利胜永二人年事已高，看来，只能把薄田隼人和渡边内藏助等作为最得力的大将使用了。但问题是，家康究竟会否重拾战枪？

正想到这里，大助急急追至院外，道："父亲，有人从骏府回来了。"

幸村闻声，回过头，目光锐利地望着儿子。"从骏府回来？"他疾步返回廊前，翘首等待大助身后旅人打扮的僧人。

那僧人来到幸村面前，轻轻摘下斗笠，单腿跪地。他年纪尚轻，目光犀利，看上去是个机灵人。"久违了。"

"辛苦了，昌荣坊。旅途如何？"

"处处鲜花怒放。"

"哦？九度山上已是秋风萧瑟，世间竟还鲜花怒放？"

"无论走到哪里，都是传言的花朵，说大坂和关东终要开打了。"

"你是说，整个天下都欲赏花？"

"正是。"

"你有未听说何处的花最好？"

"胜负的关键，在于大御所之樱究竟能否开在战阵之中，此乃一些有识之士所言。"

"哦。那么，结果会如何呢？"

"很想开放。听说大御所近日已经下地，见人就大谈战事，真是好战之人。本多屡屡向大名们提及此事。"

"昌荣坊。"

"在。"

"只怕是巧布疑阵，虚张声势。你可打听过？"

"当然。实际上，在大御所侧室中，竟有人向出入的商家出借黄金，然后收取利息牟利。"

“身为女人，竟还有生财之心，有趣。”

“在下遂向那些商家打听。据云，大御所佯装精神，可一回到内庭就瘫软如泥，连话都不愿意说。油尽灯枯之人，恐怕已难久长。如此一来，可依赖的便只有黄金，故尽量多赚些，若有可靠的借家，还请介绍，有的侧室还如此求过商家呢。”

“哦，原来如此。”幸村低头想了一想，又仰望苍穹。大助则在一旁似懂非懂瞧着。幸村道：“昌荣坊，你能否再为我跑一趟，邀请四周村落的乡邻？”

“邀请村人？”

“是。我近日就要出门。一旦出去，恐怕一时半日回不来。因此，想跟平素交情不错的人喝杯饯行酒。你告诉他们，就说出发的日子定于初七，酒宴从初五开始。大助，你也听着，把此事仔细记在心上：初五酒宴，初七启程，记住了？”

幸村一面让大助考虑需要邀请的人，一面列名单。

“大助，你看这样如何？”写毕，幸村把纸片递给大助。大助默默看了一眼，既失望亦放心地交与昌荣坊，道：“父亲做事都经过深思熟虑，莫有遗漏。但，的确辛苦你了，刚刚回来又要……”

昌荣坊轻轻笑了，“无妨，刚回来，又匆忙去张罗酒宴，真是风云将起啊。”说着，他一边点头一边将邀请之人仔细看了一遍，拿起斗笠，道：“在下去了。”

“大助，无人听到吧？”

“是。众人都在田里呢。”

“实际上，你刚才的疑问……我方才答不上来，现在也答不上来，但仍想约略说说。”

“是。”

“父亲并不愿故意扰乱天下，父亲也愿天下太平啊。”

“父亲为此而入城？”

“不！以战止战。你明白吗，在父亲眼里，这个世道不会如此容易就能持续太平。故真正致力太平之人，会时时发起战事，因为他们想告诉世人：若不更加谨严、忠诚、努力，太平必守护不住。”说到这里，幸村苦笑。

大助瞪大眼睛，连嘴唇都扭曲了。他并未明白父亲的真意。大助不明战事。一个不明战事的孩子，怎会明白太平的珍贵？因此，神佛才时常把人拖入战场，逼迫人进行反省，这才是幸村和其父昌幸对战争的理解。

“哈哈！算了，大助。总之，为父进城之后，定会一心作战，忘掉胜败。当然，并非说胜败无妨。战争之后便是被谓为太平的间隙。其实再也没有比这更愚蠢之事。但人总是一面为了太平不断发动战事，屡历战祸，又一面哭着希求太平——总是摆脱不了这个劫数。因此，哪怕父亲战败而亡，也是为了即将来临的太平盛世。对阻挠者要宽容，也要尽量避免无益的杀生。大助啊，初五正午，客人汇集到此处之前，你要仔细思量，决定是走是留。”

大助立刻激昂起来，“父亲，大助已下了决心，誓与父亲共生死！”

“现在决断还为时尚早！”幸村低声但严厉地阻止道，“后日正午，明白了？决断之前如不深思熟虑，无异于盲目追随。”扔下这一句，他快步进入房中。

大助攥着拳头，瞪着父亲的背影，父亲为何要如此固执地去大坂？必是深受三年前故去的祖父影响。

既然对手乃祖父和父亲都憎恨不已的德川，作为儿子，大助也应该憎恨，但幸村的话语为何总是在关键时刻暧昧不明？大助想通过片桐且元弃大坂而去一事，探明父亲真意，可父亲却总含糊其词。

大助学会读书习字的地方就是高野山，在关白秀次切腹之地，亦即与丰臣氏有着深刻渊源的青严寺，至今仍特意为他留有一室。高野山的僧侣友人都挽留大助，原因甚是简单：此战既无大义名分，亦无丝毫胜算。更主要的，是不必说和歌山的浅野，监视幸村的密令已被传至高野山的每一个角落，如何能突破如此严密的监视？若在途中落入敌手，那才玷污了真田一门的英名。让大助留在山上，也可表明幸村并不赞成儿子也加入丰臣氏。

大助最为担心的，便是怎样“逃脱”——通往和歌山的路无须说，从桥本到五条，松仓丰后守重正的属下正在毫不懈怠地巡逻，信州的伯父似也派了人马。绝不能让父亲落到他们手中！高野山似在本多上野介的直接监控之下，所司代板仓伊贺守的人似也潜了进来。实际上，今日邀请参加酒宴的人中，也必混杂着三五个细作。住进高野山上已有十三年了，对真田父子怀有敌意的人看似没有，但一旦接到领主和代官的命令，怕谁也不敢抗命。可是，幸村却公开宣扬：初五举行酒宴，初七启程。莫非父亲已意识到无法脱逃，想故意倒在刺客刀下？

大助心中暗惊，悄悄望了一眼四周——父亲莫非真在等待着伯父派来的刺客？却又似不大可能。大助的母亲已经离世，家中儿女，加上庶出共有八人，大姐已经嫁与伊达氏片仓小十郎景长，二姐嫁与石谷重藏道定。

母亲逝后，父亲侧室以照顾幼者为由住进了九度山。她乃是武士堀田作兵卫之女，名由良。大助甚至猜测自己即是她亲生。由良夫人育有一男一女，几个儿女终日在家嬉闹，甚是热闹。

可就在大约一月前，自从一个云游的长者来访之后，家里就少了一子，接着又少了两子。半月之前，由良夫人带着最小的儿子大八和女儿可乃离去，现在只余大助一人。

那个修行者似是携有秀赖亲笔书函而来的明石扫部助守重。当时，父亲说了一句令大助甚为担心的话：“这样，即使死去，我也安心了。”

最初，大助只是简单地以为，那是武将出征前理所当然的心态，可越想越觉得不对劲，事情远没有这般简单。秀赖密令父亲出阵，但在幕府如此严密的监视下，要脱身难比登天。因此，父亲那句话就值得深思了。

进入大坂城后一战，便是死路？父亲向来严谨，轻易不会说这等话。他即使知自己将被刺杀，也必处理好家中诸事。想到这里，大助又悄悄环视了一眼四周。正在这时，家臣由利镰之助穿着一身不伦不类的衣裳回来了，既非下地干活的打扮，也非渔夫行头。

“镰之助，你不是在田里干活吗？”

“没有。”镰之助讪讪地拍打着垂在腰间的钱褡裢，“小人到各处去支付绳子的工钱了。”

“嗯，也是用作脱身的？”

“大家都叫这种绳子为‘真田绳’，他们已经用惯了。即使老爷不在这里，当地百姓也离不开这种绳子。”

大助并不接话，却转而问道：“镰之助，你认为父亲能平安离开此地吗？”

镰之助暧昧地笑了，“公子认为不能？当然，用寻常的计谋自是出不去。怎么说四面八方都有人在盯着。”言毕，疾步走进房中。

大助更是心惊，由利镰之助似已下了决心，无论遇到什么情况，也要突破阻挠全力冲出去。家臣当中，以镰之助为首，近藤无手之助、相木森之助、春田弥十郎、穴山小助、海野六郎、浅香乡右卫门、别府若狭、月形主马、明石又五郎、三好新左卫门、三好新左卫门之弟亲兵卫、宫部熊太郎、荒川熊藏、增田八郎右卫门等，全都是盼望天下大乱的亡命之徒。再加上自号“雾隐”、“猿飞”之类的昌荣坊等人，家臣已近百人，火枪也超过了三十支。

但浅野和松仓丰后守派了将近五百人堵住了出入口。若想硬冲，一旦交手，己方连战马都没有，怎能有胜算？父亲一定另有策谋。

后日汇集起来的近邻将近百人，父亲定是按照惯例，搭建帐幔让人尽欢。春天赏樱，秋日赏菊，为了同近邻亲近，家中一直这样做，已成惯例。正因如此，但有宴会，亦立会传入刺客和暗探耳内。在客人面前，父亲必毫不隐瞒，明言要进入大坂。在那种场合下，侍奉酒宴的人也全都是武艺超群的汉子，谋刺之人不会轻易出手。但若父亲想主动制造让人行刺的机会，情况就完全不同了。

大助到底还是孩子，一旦陷入妄想，就难以自拔。他不胜烦恼，穿过后便门，从后院转到前院。当他从硕大的瑞香花株旁走过厨下时，镰之助忽地冒了出来。此时，他肩上扛着幸村惯用的大渔网。

“镰之助，你要下河？”

镰之助笑着回过头，“和老爷同去。吉野川的鲤鱼都在等着呢。”

换了下地衣裳的幸村，脚穿草鞋从里面走了出来，“大助，一起去吧。”

“父亲……要去捕鱼吗？”

“是。”幸村点头，“多受四邻照顾，既然要办宴席，我怎能不好生尽尽心意？怎样，你也去看看我怎么捕鱼吧。父亲露两手绝技给你瞧瞧。”言罢，他悠然催促着镰之助往河滩去了。

大助不想跟在父亲屁股后面。父亲既未再回头，也未停下脚步，看来，也不是真心想带他去。大助又一次在心里算计，父亲决定的事情已无法更改。以进入大坂城为名大张旗鼓举办宴席，此中真意，只怕一时难明。

此时，浅香乡右卫门和明石又五郎各负一个大缸回来，他们定是把酒从地窖中搬了回来。

“公子在想什么？”明石又五郎问道。

“要进大坂城了，进城之后就要展开大战。我在想究竟该练一练火枪还是剑术。”

“还是骑马重要啊，就练马吧。公子终究是要成为指挥三军的大将。在战场上，大将最得力的武器就是战马。”

“话虽如此，可是家中……”

家中并无战马啊，大助正要这么说，明石又五郎和乡右卫门已在论别的事情：“说起马，荒川和别府还未回啊。”

“若不赶紧把拴马桩立好，恐就来不及了。”

“是啊。此次宴请的人颇多，听说将近一百二十呢。如此一来，拴马桩也当备个大数目啊。”

“反正老爷这般吩咐了，疏忽不得。我们赶紧把酒搬完。”

所有人似乎都坚信可以入城，个个深信不疑。

大助返回正屋的走廊，独自坐下思量。战事一起，便妻离子散，人却依然要抛却平静生活，跳入火炕，是何等可笑啊！用高野山僧侣的话说，父亲是不是太固执了？他就算待在此地，也比寻常百姓日子好过：生活富足，吃喝不愁，人羡人慕。可父亲似终希望有名扬天下的荣耀，但因此把一族老小都赌进去，不知值也不值。

大助不解。即使不去大坂，父亲也可在信浓做个十万石的大名，可他将这种机会一脚踢开，为了五十万石而入危城。十万石和五十万石，二者之差真有那么大？知足常乐，这是父亲常告诫自己的话。看来父亲终不能知足，想继承祖父的执著，可是，四野围如天网，他如何能插翅飞向大坂？

正在大助心念百转的时候，荒川熊藏和别府若狭汗流浃背，扛着拴马用的圆木进了院子……

一三　金蝉脱壳

设于大和五条外的松仓丰后守重正的大帐内，松仓早已令人备了围棋，每日和近臣手谈。

“纵然真田有孔明的奇略，料也无法飞过这五条。”尽管是闲聊，但重正还是不时叹息，“唉，此人真可惜了。”有时，他亦会评点：“恐怕左卫门佐终比我想得深远。”

“为何这般说？”

“人啊，终不能都如大御所那般一心向往太平。左卫门佐只恐……想来个釜底抽薪。”

这等话，并非谁都能明白，唯松仓丰后守近日经常念叨。他会这般想，是因他已看到，丰臣氏的人已完全被时势所弃，但他们必会在某时某地垂死挣扎一番。若能将他们集于一处彻底清扫，大坂之乱恐亦是苍生之福。于其他地方，绝不能把他们齐齐集结。

那些身居高官显位的武将，尽管不入大坂，但似还没忘“义理”二字。据说安艺的福岛正则声称“为丰臣氏尽忠”，向大坂城送去了三万石米；肥后的加藤之子以为大佛供养斋米为由，献钱献粮；筑前的黑田长政也以十六周年忌的名义，拿出若干粮米。

米可以献，兵却不能出，这亦是无奈的好意。可是，唯有最当明白此理的真田左卫门佐一人，却偏偏顽固地声称要入城，与幕府决一死战。决战却非让丰臣氏败亡，而是在将好战之人清扫得差不多的时候讲和。

能下出这样一手好棋的人，天下恐只有左卫门佐一人。如此一来，他一片苦心，则乃暗暗为大御所割瘤去毒，真所谓釜底抽薪。

每每想到这些，丰后守总是拼命把这种妄想驱走。幸村纵然真有此深谋远虑，但能否为他放行，却是问题。奉大御所之命守候于此的丰后守，已扬言绝不放幸村过去，而幸村亦宣称定要离去。如此一来，丰后守与幸村皆毫无退路。

从初五晨起，放出去的暗探就陆续向丰后守送来消息。

最先来的消息，为幸村接连两天都在吉野川捕鱼。

“花费两天的时日，看来他真的很是用心啊。”丰后守低头沉思起来，探马也以坚信不疑的口气答道：“初五宴请的人颇多，五七条鲤鱼绝对不够，才花了两天时日捕捞。”

“有多少人？”

“怕有两三百人。幸村想把四邻都请去。”

“有理，我们的人数，他很清楚啊。”

“是。设若招二百五十人，加上家中诸人，合起来当近三百五十人。他已有三十余支火枪，再加上从各地陆续赶来的亡命之徒，适当分配，即可成军。”

“不用担心此事。我们亦是久经战阵，他若敢胡来，必打他个落花流水。总之，你且回去，继续严密监视。”

被派到桥本一带的甲贺人消息比前讯详细多了：“从幸村搬的酒、在桥本买的干鱼和这两日捕到的鲤鱼数量来看，宴请之人估计有二百之多。酒宴许从未时前开始，直持续到夜里。若有豪饮者，怕要到深夜。”

“哦。”

“今晨，在下飞马出桥本时，左卫门佐特意穿上袴服，说都是常来常往的近邻，当用心招待才不失礼仪，还吩咐让斟酒的年轻侍者也要注意穿着。”

“这么说，他并未有把召集起来的人全带走的迹象？”

“是。他近来练剑都是和家臣一起，所请之人都是农夫，即使带出去，也只会束缚手脚。”

“初六收拾妥当，初七启程，是这个意思？”

“正是。此说他老早就公开了，小人总觉着有些可疑。”

“可疑？”

“今日已是初五，从正午起客人就陆续到了。尽管说是后日出发，他难道不会在此间听了客人计策，寻机出逃？他大可从桥本赶至五条，经木芽奔河内，抄近道而去，让我们措手不及……”

重正笑着打断了他：“雕虫小技！你回去好生监视。哈哈！障眼之法！”

松仓重正感到了身上点点苏醒过来的血性。他久违的战场热血，在真田左卫门佐幸村这个与众不同的对手面前，再次滚滚沸腾起来，内心无一丝恐惧，只觉一阵阵战栗的快意，不禁笑道：“哈哈哈，左卫门佐真是有趣。”

丰后守重正早就听说过，幸村虽然近来未曾剃发，但已削去了发髻，扮作修行人模样。“入大坂城，必大开杀戒。”他虽嘴上这般说，却又近起佛法来，还准备供养，甚至一本正经取了一个法号叫“传心月叟”。

重正一想起“传心月叟”更换衣服收拾鲤鱼的样子，就觉得好笑。“看来终究是个噬人之人。如让那厮言说，定会胡扯说那非噬人，顶多可算食鱼。可是，他的真心究竟如何？”幸村花费两日去捕鱼，大张旗鼓地办酒宴，还公开宣称初七出发，实在费人思量。

暗探禀报，幸村想声东击西，抄近道遁去，这种可能不是没有。但左右近道无人不知，他还能从地底遁去不成？他必另有良方，可究竟会如何遁去？若他偷偷抄近道溜走，重正的脸面何存？幸村不是莽夫，此中必另有内情！

重正自言自语着，却再也坐不住，慢慢在帐内转悠起来。时辰一刻一刻过去，九度山的酒宴已经开始了吧？丰后掐指算着，踱到院中，正欲在树荫下的折机上坐下时，一匹快马驰来。五条与九度山有约莫四十里路程，快马应在途中已换过一次，可依然大汗淋漓。

“报！”

“是不是酒宴开始了？”

“是。客人一百三十二人。左卫门佐换上礼服到了客人们面前，道：鄙人多年来居于此地，深受众位厚爱……”

“真是放肆！”

“是。本欲安居于此，直到终老，然因武运不佳，右大臣丰臣秀赖公送来书函，邀鄙人进大坂城。后日乃吉日，计于晨启程，尽管行程止八十余里，然众所周知，途多艰难……”

“众所周知，途多艰难？”

“是。他说：路上需要三日，量初十即可入城。今日便是此生别离之日……他一面说着，一面簌簌落泪……”

重正拍打着腿甲怒骂起来：“此泪与老子何干？”

暗探太啰唆，悉数重复幸村之言，但幸村并非一个会在这样的场合下落泪之人。

“你休要胡说！”

被重正一顿斥责，探子愤愤摇头，“小人为何要撒谎？此乃小人亲眼所见。左卫门佐的确泪落无数，令满座寂然。”

“你的意思是，你也混在客人当中了？”

“未。小人扮作马夫被雇了去，从前院到宅里都探了一遍。客人几都是骑马从附近赶来。故宅院内外搭建了不少马棚。”

“你扮作马夫？”

“否则无法靠近。”

“哦。左卫门佐果真在众人面前假装落泪了？”

“是……看去不似假装。他说，战事一起，胜负难料，若闻他战死，恳请大家祈祷。他这般一说，客人中确有不少人落下泪来。”

“嗯。然后你就立刻赶回了？”

“正是。”那探子仿佛忽然想起什么，又添上一句，“另，还有一事禀报，乃是关于其子大助。”

“大助怎的了？”

“客人来的时候，大助未曾露面。遂有一个自称右卫门的长者问起大助。”

“幸村如何回话？”

“他回道，大助已被送往金刚山大善院。他若战死，就令儿子出家祈祷冥福。另说大助本人亦很愿意，已于今晨到山上去了。那大善院便是大助经常去读书习字的地方。”

“嗯。”重正眉头紧皱，总有一种被戏弄的感觉。一个铁石心肠的用兵之人，居然簌簌落起泪来，还让儿子为他祈祷冥福，事情真有些蹊跷。他遂道：“左卫门佐这厮，真会做戏。”

“啊？”

“好了，知道了。退下吧。”刚说完，重正又叫住那人，“现在已是什么时辰？”

“快申时。”

听了此话，松仓重正一拍大腿，站起身来，“好，幸村既然有这个意思，我就给他来个打草惊蛇。夜袭！集合人马，夜袭九度山！一路杀将过去，怕他们正喝得痛快呢。”

乱世中人，打仗即是家常便饭，同时也是才智相博的竞技。真田幸村既敢不断玩弄迷惑世人的奇谋怪招，不给他些颜色瞧瞧，怎能甘心？

此前，松仓重正总有一丝为幸村惋惜的感觉。若有可能，他并不想主动发兵袭击，只要把出口严密封锁起来，幸村终得改变想法。怕不日之后，他就会来到松仓前，红了脸道：“贵军的友情，在下永世不忘。”这种期待和怜悯始终潜藏在重正心里。

但现在看来，此只是重正的一厢情愿。幸村对他的封锁完全不屑一顾，竟还接连放出哂言。至于暗探们在什么地方，会禀报哪些内容，幸村怕早就了如指掌，正大声嘲笑呢，既然如此，犯不着再客客气气，按兵不动。幸村的疏忽只在一处，便是以为松仓会看在友情的分上，不会主动发动袭击。正是这种自信方令他如此放肆。趁他今日大宴宾客、彻夜畅饮的时机，发动偷袭乃是最好不过。

松仓重正算计：立刻集起战马，让骑兵先把九度山包围起来，四处放枪，封锁敌人逃跑的道路；继而在步兵们抵达之后，一齐杀上去。即使作客的百姓想抵抗，亦是无益，能打仗的也就是那些真田家臣，但他们早已为今日的离别狂喝滥饮，怎有心思防备奇袭？

虽说加上驿站的马也不过二百来匹，但疾驰四十里，一个多时辰后，就可把九度山重重包围起来，再据情况灵活应变。

“在桥本点上火枪引线，直包围真田住处。注意，不要误杀不作反抗的百姓。出发！”

决定刚刚作出，重正并不担心行动泄露。从此地出发，抵达九度山约为酉时四刻至戌时之间。届时，酒宴正酣，有人甚至连站都站不起来了。重正一面策马，一面盘算，竟谴责起自己的良心来。家康曾吩咐过，若情况棘手，将幸村除去亦无妨，而重正实无半丝杀心。但，一旦幸村逃脱，重正便将颜面尽失。重正不由心叹：别怪我！你若是真能运筹帷幄，最好趁我赶到九度山之前，如云雾一般消失得无影无踪。

骑兵二百，步兵二百。而且，二百骑兵携一百支火枪居于阵前，此乃罕见的新式战法。

行军途中，天黑了下来。

前阵的骑兵与后面的步兵拉开了大段的距离。如果途中有人发现这一队人马而赶去报信，在赶到之前就有被发现之虞。松仓重正也意识到这些，遂一面留神注意，一面让骑兵队加速疾驰，数次抄近道前行。

对手非寻常之人，而是真田幸村。在他们到达桥本之前，幸村必会派出巡哨，只是重正自信不会让他们抢了先。从沿河山道一进入桥本，重正就令骑兵一边疾驰，一边点上引线，并让传令兵向后续部队发出命令：若有人欲从真田居所逃走，格杀勿论！

马已经疲惫至极，众人纷纷在一个可望见真田宅邸灯火的山丘下了战马，把火枪分成四组，封锁周围，余下的一百人则分为两组，呐喊叫阵。

先前，重正打算令火枪先朝宅院一阵猛射，然后让士兵呐喊助威。但如此盲目射击，流弹定会造成太大伤亡，他遂变了原计。

于酣醉中遭到围攻，幸村再强硬，也不敢贸然杀出。只是趁着酒劲，必会有些愣头青奔来，却也只能成为枪下鬼。

对面灯火辉煌，这一边却早已适应了黑暗，从黑暗中摸过去，甚是有利。

松仓重正再次痛心起来，还真有些于心不忍。向南渡河而过，袭敌于不备，此为兵法中上上之策，但这却是背叛友情、最为卑劣的行为。

黑暗中，下马的命令传下，火枪队分成了四组，余人也分作两队。

距离真田的宅院只有两三町远了，包围圈一步步缩小。此时，丰后才纳闷起来：奇怪啊，灯光怎如此清冷？

在无尽的黑暗中，那些照亮夜色的光亮大有孤寂之感。

“奇怪啊，没想到酒宴会结束得这般快？”终于，靠近了门前，门开着，重正敏捷地跃入门内，就在这一瞬，脚下黑暗中一个含糊不清的声音道：“把马还给我。我……我家里还有病人啊。我必须回去……”

松仓重正跳到一旁，定睛一看，一个袒胸露乳、衣服滑到肩膀的醉汉正向他手舞足蹈。

“什么马？”丰后低声一问，后背顿时冒出一股凉气：中计了！

“马，马……”醉汉道，“别人的马……我不管，我的马……我得在天亮前回……我和病人说好才出……”说着，那人身子倾倒，双手伏地相求。

丰后急急打量四周。探子说得清清楚楚，这里拴着至少一百多匹马。当然，都是些富有的农夫喂养的耕马。自从真田父子住到此地，骑马就成了乡人的习惯，与无门无派的剑术一起，形成了此地的风尚。

糟！重正慌忙在黑暗中向内闯。那么多拴马桩，却无一匹马。新鲜的马粪气味直冲鼻子，却连马毛也无一根！

“都给我上！”重正闯进尚留有灯火的屋内，立时绝望地闭上双目。在杯盘狼藉的地上，到处都躺着呼呼大睡的男子，仿佛被巨浪打上海岸的金枪鱼。这绝非寻常的大醉，必是被施了迷药。

手下人齐齐拥了进来。

“这……这是怎回事？”一个人大声喊道，“怎的一个清醒的家伙也没有！”

“真田左卫门佐幸村逃了，哼！有种的真刀真枪出来，比试比试！”

“哼！”

松仓重正脸色煞白，心中如煎，脊梁还在飕飕冒着凉气。他狠狠朝身边一人踢了一脚，“起来，蠢货！”

被踢之人只是嘴里嘟囔着，胡言几句，微微动一动手，继续鼾声如雷。他们烂醉如泥，在享受着大睡。

“还愣着怎的！休要让左卫门佐逃了！赶紧集队！他跑不远，掉头！返回五条，赶紧回去四处把守！否则……”重正再也说不出话来。看来，幸村早就料到会有偷袭，遂诈称初七启程，巧妙地来了一个金蝉脱壳。重正浑身瑟瑟发抖，气得破口大骂：“没长耳朵？撤！撤回五条！快！撤回五条！”

真是一次丢人现眼的夜袭。原本，幸村花两日时间捕鱼，就是此次金蝉脱壳最初的暗示。捕捞鲤鱼花两日，酒宴两日后才出发，本就有些古怪，但幸村做得太真了，实能迷惑众人。

真是可恶！如此说来，幸村让百姓养成骑马的习惯，亦是早已预谋：一旦到了紧急时刻，自可夺取他们的马匹。若是这样，此算计自起于上一代昌幸了，真是既令人叹服，又令人震怒。真田父子莫非就是谋略的化身？什么捕鱼，什么簌簌流泪，什么依依惜别，全是迷魂大阵！迷倒农夫，夺走他们的马匹然后逃之夭夭，才是唯一目的。他们是善是恶？

幸村就那般急切去大坂城？他是想得到那五十万石，出人头地，还是喜欢享受戏耍别人的乐趣？松仓重正只想尽快返回五条，于那里阻止幸村。若不能挽回颜面，他有何立足之地？

但正因他一步走错，如今深夜撤兵，远无那般简单。重正一边传达命令，一边与各处联络，待把五百人集中起来，过了不少时辰，再返回五条，天已大亮。

松仓重正遭遇了一生最大的一次失败。对手悄然而去，此时恐已远走高飞。当如何向家康公和上田的真田伊豆守交代？

松仓重正返回大帐未久，手下前来禀报：“二见神社树林里拴有一百多匹马，松枝上系着一封书函。”

当士卒奉上书函时，松仓丰后又是吃惊又是感叹。

“情非得已，逾过贵地，不胜惭愧。另，这些马匹均为百姓珍物，请分别物归原主。与君之谊，鄙人永世难忘。望君武运昌盛，松丰树茂。辱知传心、大助惶恐谨言……”

松仓重正先是大笑，笑着笑着，眼泪竟簌簌落了下来。是啊，此父子二人就是为执著献身的可悲之人、可敬之人！

想到这里，重正甚至产生了自己乃是故意放走真田父子的错觉。他连忙偷偷望一眼四周，暗骂：混账东西，你把老子坑苦了！

一四　古稀统兵

德川家康决定出兵大坂，是为庆长十九年九月下旬。在此之前，他始终盼望有别的办法能收拾残局。另外，他迟迟未能决断，最大的原因则仍出于自身康健。

但开战在即，家康却仍对将军秀忠不甚放心。他倒不担心失败，单是担心士气旺盛，会杀戮太过。战事的胜败总会让怨恨之根深扎大地，一旦杀戮太过，怨恨就会代代相传，他日必在意外之处招致不幸。

为了探讨太平之道，九月初十，家康听奈良东大寺的僧人们讲华严经，十五日又特意把南光坊天海召来，整整两日谈讲佛法。

天海表示，若要使太平持续，首先要化人心。若要此举有效，即需要更大的勇气。“老衲并非指责大御所怠惰。但，若您只想安度晚年，老衲并不赞成。人既无晚年也无后世，有的总是眼前危机，只有在危机之中，人生才弥显珍贵。”

天海的意思是来个彻底了断，催促家康痛下决心，亲自立于阵前。家康冷淡一笑，不以为然。

这些事情，家康自是明白。但他担心的是，若要亲自领兵出阵，一旦自己在阵前身有不测，只恐天下大乱。

看看武田信玄就不难知，当年他在阵中倒下，立时危机四伏：葬礼不能举行，议事也要作假。尽管信玄以超乎寻常的谨慎安排好了一切，但仍消除不了围在遗体周围的老臣们的不安，和他们对胜赖的不满。

现在，大坂之战一触即发。家康不想亲临阵前，而是欲坐镇骏府，指挥全局，可是，这样却不能让人安心。诸旗本大将及秀忠与其亲信，都对大坂大生厌恨。怨恨只会招致“孽缘”，家康深知这些。于是，他又倾听了可睡斋宗珊讲法，观看幸若舞，听平家琵琶，欲从各个方面重新体味人生。

在听平家琵琶之时，不知为何，家康竟忽地悲伤起来，险些掉泪，甚至想把年轻的侧室都支走。实际上，与其说是心生悲伤，不如说他是为大坂城里的太阁遗孤秀赖及淀夫人、千姬的命运揪心。当他听琵琶流泪、为是否亲临阵前而犹豫，时日眨眼即至二十三。五日之后，家康意外地迎来了秀赖的使者，通报片桐且元不忠不敬而招致处罚诸事。

战备充足，开战时的用兵和动员诸事早就想好，就连情急之时解救秀赖、千姬和淀夫人的事，都提前委托于柳生宗矩了。但家康真正决定亲临阵前，乃是得知片桐且元的变故之后。片桐且元在秀赖眼里，竟成了一个不可宽谅的不忠之臣，此实在让人无法接受。幼稚者不用眼睛看事，而是用情感判断，从喜欢者中寻找良处，对厌恨者吹毛求疵。然而世上百人中，总有九十五稚嫩，他们总是遇事哭成一团，争成一处，不辨东西南北。

十月初一，所司代板仓胜重送来了关于“大坂骚动”的详尽消息。他称，片桐且元畏避嫌疑，躲在茨木城自家府邸不出；石川贞政率先逃离大坂；信长公次子织田常真（信雄）眼看战端难免，为避难离开大坂城。急报说，始终在城内陪淀夫人的京极遗孀常高院，则暗中与板仓保持联络。

常高院苦心劝说无效，淀夫人日渐被主战之人打动，现在日日都诅咒关东。

“但这些都是受周围影响，决非出自淀夫人本心。故只请板仓大人相信我们姐妹情谊。本以为总有一日，家姊会明白我的心意，可眼下竟传起一些恶意的流言。由于担心板仓大人相信流言，只想提前说上一声。至于大御所那里，不久之后忠知或忠高自会前去解释，还请多多关照。”此为常高院的原话。

最后是胜重本人的意见。他以为，即使为牵制西国诸大名，家康亲自出马，对防止事态扩大，亦显得举足轻重。

家康不禁长泪欲落。在这乱世，自己竟得七十有三高寿，正当为此暗中庆幸时，竟有祸乱。

是啊，无超凡脱俗的勇气，怎能平息这次骚乱？但事到如今，不能吝啬这老骨头了。

一旦下了决心，家康就不再逡巡。他立刻传来本多上野介正纯："向江户派出人，就说同于前议，德川家康决意亲临阵前，讨伐大坂。"

正纯谨慎地点了点头。其实，这一刻，他已经等了许久。

让本多正纯向江户派出快马之后，家康分别向近江、伊势、美浓、尾张诸大名发出了出兵命令。他刻意装得老当益壮。

"看来大御所真是好战之人。自从决定开战以来，连眼神都变了。"

对于本多正纯的说法，十月初二从江户匆匆赶来的藤堂高虎不禁皱起了眉头，"上野大人还是年轻啊。看来，长者心思只有长者才能明白。"

"大人何意？"正纯道。

"想必令尊也提醒过，看来当准备一名影武士。"

"影武士？"

"大御所当然要出阵。但，大御所年事已高，怎能让他在大冬天里经受风雪之苦？故，必须要有一个替身。"

本多正纯内心一怔，"哦！此事当然早有准备了。"由于他的自负性子，遂决定先应承下来，再急寻找替身不迟。正纯已过惯了太平生活，一时竟连这些都忽略了。在挑遍了骏府之后，终于找到了三个可担当替身的老者，他们与家康颇为相似。

"究竟是何样的风度，我想先看一看。"藤堂高虎不放心，继续紧逼。

于是，正纯就令一人武装，一人便服，一人坐地，分别引见于高虎。三人之中，武装老者最像。此人乃是骏府一寻常百姓，名竹右卫门。

"好，把这竹右卫门交与我，我要好生调教一番，好让他看来更像是威风凛凛的大御所。"藤堂高虎道。

此时，家康则正把桑名城主本多忠政、龟山城主松平忠明传到自己面前下令："忠政立时统率伊势各部，固守近江濑田。"

尽管局势紧张，但家康并不如正纯一再宣说的那样战意大炽，行动也看不出有多么活泛。

"忠明必指挥美浓军队急行至伏见，严守于此。关原合战时，鸟居彦右卫门便是在此血染黄沙。"言罢，家康又恳切地补充道："守好，但不可急攻。"看来，家康还是虑及自己的老迈，暂时对大坂城围而不攻，许是先围起来，后再谈判。本多忠政不禁焦急万分。不只是忠政，旗本中那些眼见着做不了大名的人，亦忧急如焚。

十月首三日，家康把进攻大坂的计划对江户老臣和盘托出，称将亲临阵前，令秀忠驻江户待命。但这并非鼓舞士气，倒似一种期待，在拖延时间，希望大坂能够反省，主动求和。

"现在，必须照顾一下丰臣旧臣了。"言罢，家康令肥后加藤忠广谨守九州，又令福岛、黑田等丰臣旧臣集结江户。

骏府留守交与九男赖房，乃是为了告诉众人，即使年幼的儿子，也不能置身事外，要承担自己的责任。

初六，松平忠明和本多忠政已准备完毕。初七，如同所司代板仓胜重所报，受淀夫人之妹常高院所托，丹后宫津城主京极高知、若狭小滨城主京极忠高特意赶至骏府。家康把二人邀进房中，密谈约半个时辰。虽无从知常高院向家康提出了何种请求，但大致情况亦可以想象，必是关于其姐及其外甥秀赖命运。她必称自己还将继续说服家姐，进攻大坂之事万请暂缓。这般推断，乃是因大坂冬战前后，常高院热心于两厢阵营之间斡旋。

东军先锋乃藤堂高虎，高虎将与上野介正纯商议后选出的三个替身编入军中，于庆长十九年十月初八向大坂进发。

此次主力乃是东北诸藩。家康想通过此次出征，考查伊达、上杉、佐竹诸氏对幕府忠心。

初十，家康接见赶往骏府的诸大名，十一日，家康出发。

初十接见诸将，为和歌山城主浅野长晟、佐贺城主锅岛胜茂、高知城主山内忠义、德岛城主蜂须贺至镇、岸和田城主小出吉英、臼杵城主稻叶典通、佐伯城主毛利高政、美浓八幡城主远藤庆隆等。不难看出，曾与家康同甘共苦、并肩为战的人一个也没有了，取而代之的都是其子孙。

“唉，年逾七十还要统领众人子孙，征战沙场，普天之下唯我德川家康啊！”这无疑为由衷的感慨。

但出了骏府城，家康并不甚急，十二日行至悬川，十三日抵中泉，一路颇为悠闲。

随着家康西进，秀忠亦主动提出要出征。

早在家康出发之前，秀忠就特意派土井利胜至骏府，道：“此次征伐，希望能派孩儿去，请父亲坐镇江户。”

家康笑道：“将军孝心我且领了。但家康就是受苦的命，一到打仗时便把持不住。不亲眼看看大坂城，怎生放心得下？”然后，他嘱咐早已定下的江户留守人：“骏府留守，我任命赖房，由形原的松平家信、举母的三宅康贞、久野的久野宗成辅佐。江户诸事，将军必早有算计，切切好生思量。”

土井利胜知此言中藏着一个老父的挂虑。但骏府留守交与年仅十二的赖房，将军秀忠是否亦应把江户的留守交与松平忠辉？此际世间盛传，将军与忠辉仍是不和，许是家康希望能借此次出征平息流言。

于是，土井利胜依将军秀忠的打算，回道：江户留守交与松平忠辉，由奥平家昌、最上家亲、鸟居忠政辅佐。

今，秀忠再次派松平重信为使追来，通报江户安排，及与丰臣氏有着万千丝缕的福岛正则、黑田长政、加藤嘉明等人已答应留于江户的消息，同时，请求家康允他出征。

“为时尚早，不必着急。”家康同样淡然拒绝，并于十四日进入滨松城。

此时，家康令唐津的寺泽广高与长崎奉行长谷川藤广，严密监视九州各地洋教徒的动向。彦根城主井伊直胜因病，由其弟直孝率兵把守山城宇治的消息也已传来。

众将士一接家康命令，遂敏捷行动起来。

越前北庄秀康之子忠直已向淀桥本进军，动作神速，仿佛早已作好准备。

十月十五，家康的轿舆至吉田。十六，抵达故地冈崎。到达冈崎，家康才知七男德川义直已等不及他到来，提前率兵出了名古屋。

尽管嘴上不曾明言，但这亦意外地在家康心头留下阴影：秀赖恐亦和忠直、义直一样，觉得战阵有趣。

下一辈不知战争乃是何其惨烈。他们只是听惯了勇猛的武家故事，对真相实则一无所知。对于凄惨的叫唤、绝望、饥饿，以及血腥的味道，他们既嗅不到，也听不懂。

忠辉、义直、赖宣、赖房，以及大坂城之秀赖、秀康之子忠直，都对家康的真意一无所知。但七十有三的家康，竟不得不带领这些徒有勇武的年轻后生去探知天地悲喜。

家康时时觉得奇怪。人生真是无以言喻，真是可笑。一想到这些，他就想自嘲自笑。他怎能不笑？无论和多么凶猛的武士决斗，几无败绩，这样的一个德川家康，现在竟不得不与年少儿郎展开一场血战，此乃命也？

可是，若一不小心，令事态恶化，必会酿成一场无法收拾的天地之悲。即如狮子猎捕兔子，亦当付出全力。

十七日，家康抵名古屋。十八日，传来消息，说从越前北庄赶来的松平忠直和从金泽城奔来的前田利光（利常）展开了竞赌，前者已抵达近江坂本，后者则进抵海津。于是，家康命忠直布阵山城之西冈、东寺，命利光扎营于淀和鸟羽，严令二人多让士卒歇息。

家康自己则于十九日抵达岐阜，二十日抵近江柏原，此时，他再次接到一个视战阵如儿戏的消息：几个携秀赖密令的浪人，在京都被板仓胜重捉拿归案。秀赖等人预计家康不日后必进驻二条城，遂定了一个在二条城纵火、趁乱狙击家康的计划，将那些浪人派进了京都。

家康不禁苦笑。昨日，他还收到一封由美浓高须城主德永昌重转呈、由秀赖亲写的书函。函上说，秀赖对家康公和将军绝无异心。为此，家康还略微有些心动。但现在看来，这只是一个让家康放松警惕、诱他入二条城的把戏。

不止如此，家康二十一日经石田三成旧领地佐和山、二十二日抵永原时，分别接到了两个消息：一是将军秀忠已亲率大军从江户出发，另，意气风发从名古屋出发的义直，已抵京都。

“休要太急，否则士卒易疲惫！”家康立时向秀忠派去使者。

家康的进军不急不缓，但决非停滞不前。随着与大坂间距离的缩短，他一步步下出棋子，好令世人看出成人和小儿之间明显的差距。

将军秀忠尚不温不火，还算令家康安心。但在秀忠看来，这却是不负责任和孝心不足。在未得到家康允许出兵之前，秀忠对藤堂高虎道：“大御所的指令虽还没到，但我已决定出兵。”他欲先斩后奏。

家康乘坐轿舆进军和秀忠率领大军进发，一缓一急，给世人留下了截然不同的印象。前者令人感觉大坂尚有“反悔”余地，与此相反，后者则毫无顾忌。

已是丰后府内城主的竹中重利得知秀忠出兵，便亲自向安艺广岛城主福岛正则之子忠胜派出使者。正则人在江户，但忠胜若不立刻率兵加入进攻大坂之军，恐受到秀忠怀疑，故，重利此行乃是刻意进言。

竹中重利刚一行动，小出吉英就紧随其后。吉英乃秀赖的辅政秀政之后。“秀赖送来书函，在下把它送到此处。”此为秀赖的亲笔信函，不过要求小出无论如何也要支持大坂云云。本多正纯将书函交与家康。家康一看，皱起眉头：“连小出都抛弃秀赖而走了？”就连丰臣氏从小培养起来的小出和片桐都弃而走之，单靠把那些好事的浪人召集起来，就可决战？秀赖的想法之简单，实令家康叹息连连。

此时，一则令家康更为不快的消息送了来。担任先锋的藤堂高虎受家康之命，令片桐且元与其子孝利担任攻打大坂的前锋，片桐父子立刻交出人质，欣然从命。

藤堂高虎揣摩着家康的心思，让片桐且元担任先锋，这里面当然含有让他和城内主和众人联络的意思。不意片桐父子立刻就答应下来，可见秀赖何等可悲！本应成为大坂盟友的人陆续离去，意想不到的人皆把不利于大坂的消息带给家康，心向关东。

秀忠的进兵，更是令讲和变得不能。

家康已无法停下脚步。十月二十三，他径直进驻京都二条城。

进入二条城，家康再次向沿东海道西上的秀忠派出了使者：“不可着急。兵法云：长途袭远，败军之象。必体恤士卒的疾苦，威风凛凛进兵为宜。”

家康所施，为已故太阁常用的“威压”之略。家康目下乃是想借此促使秀赖反省。不只是秀赖，他还欲令唯恐天下不乱而聚到大坂城的浪人，看清天下大势，好让他们改变初衷，放弃对抗。

可情势已然发生变换。若是武田信玄、北条氏政、小早川隆景、上杉谦信诸人，一旦向他们显示出兵力差别，不论他们内心怎样，必不会再生战意。但目下这些小儿从不知战阵为何物，亦不明战事的可怕和实力的差距。

接连聚往二条城的天下大名，都坚信家康很是愤怒，决意要讨伐大坂，遂纷纷请求打头阵。

首先是片桐且元与其子孝利前来请命，接着为细川忠兴。每人都向家康透露了大坂内情。但实际上，家康对城内情形一清二楚，为此大为悲哀。

十月二十四，武家传奏、权大纳言广桥兼胜和三条西实条以敕使身份来到二条城。接到天子的慰问之时，家康眼泪都要下来了。他不想打仗，但无一人能明白他的心思，秀忠更是对父亲心思知之甚微。若是如此，后世之人究竟会如何评价家康？难道众人会评曰：江山易改，本性难移，这位好战的德川武士，即使到了七十有三高龄，还耐不住寂寞，拖着连马都骑不动的老骨头硬上战场？

敕使回去之后，就更热闹了。公卿都认定，此乃逢迎巴结的绝好机会，无不煞有介事地穿上礼服前来拜谒，络绎不绝。其中更有一些人，明目张胆地宣称欲废除“丰臣”与新五摄家平起平坐的资格——看不清时势的大坂城，已是四面楚歌。此时，浩浩荡荡、沿东海道西上的将军旗下，除了声势浩大的旗本之外，伊达、上杉、佐竹等东北雄藩诸军，也加入了征伐大坂的行列。

是日，家康分别借与为江户城的修复出钱、此次又出兵的浅野长晟，及锅岛胜茂、山内忠义等人银二百贯，命细川忠兴等人待毛利辉元与岛津家久的人马甫一出发，一起东进。

至此，这俨然是一场席卷天下的可悲大演兵。

一五　生门死门

藤堂高虎和片桐且元被任命为先锋，高虎的军队迅速进入河内，在国府至小山一带驻防。消息传到已入大坂城的真田幸村耳中之时，已为庆长十九年十月二十五傍晚时分。

正如公卿大名络绎不绝前往德川家康所在的二条城拜谒一样，来自全国各地的浪人亦源源不断拥入大坂城。此中，既有欲真正报答丰臣恩义者，也有不问是非、只为解决生计疾苦者。如此庞杂之人，伴随着数量的不断膨胀，竟也不可思议地鼓起斗志来。

“与其坐以待毙，不如血染沙场！”既有这般血性的年老武士，又有打尽了算盘的年轻人。“若与关东一伙，必为后世耻笑。即使把脑袋砍下，顶多得到百八十石。可一旦丰臣氏得了天下，至少会是三千石。若立得战功，不定还会成为大名呢。”真田幸村故意把亲信放到人群中去，散播此类流言。

“完全一群乌合之众！”当荒川熊藏不知听到什么，不屑一顾时，真田幸村先是严厉斥责，继而道：“点石成兵，乃兵法极致。但究竟是何样之言令你如此小视？”

“有人竟散布言论，说眼见着失败，不如对己方大将突施冷箭，死在这种地方大为不值。丰臣氏前途丧失殆尽，五十石、一百石何乐而不为？为了生计与性命，实不必为此等大将卖命。”继而，荒川熊藏又用他那熊掌一般的手拍着脑门，道，“哎呀，怎的让这些一无是处的年轻后生混了进来？”

年轻人真是直率！幸村不笑不惊，其实，这种率直亦为太平所生。生于太平，承平日久，世人自会口无遮拦将心声道出。但太平怎会如此容易持续下去？只怕不久之后，这种率直就会变成疏忽，变成一把刺向自己的利刃。荒川熊藏若非幸村亲信，而是大野兄弟的监视之人，恐怕当场就被斩首了。日下的年轻之人，怎知年老武士经历的战阵为何物。

十月初十，真田幸村依计进入大坂城，本想首先拜会大野治长，提出主动出城迎敌之议。可如今，他却放弃了这种想法，因他手中无一队人马受过野战历练，偌多人连战阵进退都一无所知，必须从律令教起。

战事乃是拿众人的性命和命运豪赌的残酷游戏。正因如此，充分磨炼人的韧性，乃是将帅练兵之首。故，幸村的算计，是首先令以七手组为核心的主力，驻守宇治到濑田一带，其间，偷袭伏见城与二条城，旋撤回阵地，固守城池。

幸村并非真要在濑田展开决战，亦非非让他们拿下伏见城不可，他只是想让队伍在城外演习一番，让他们充分意识到此战与各自的命运息息相关，再返回城内，进行固守。

但大野治长却极力反对。野战乃是关东军的拿手好戏。若前锋撤下，势必会留下“战败”印象，大大影响士气。故最好从一开始就依托易守难攻的大坂城蓄养士众的“不败信念”。治长如此主张有他的缘故，他并不信任浪人，不敢把他们放出城去，因一旦激战起来，谁能保证他们不卷走军饷一走了之？

看到心神不安、犹豫不决的大野治长，幸村觉得必须重新审视此人。治长许是想汇集大军，以此为筹码与关东谈判。一旦如此，问题就截然不同了。于是，幸村不再比量出城迎战与龟缩固守何为重要，而是在城濠附近构筑护垒，令出城的一千多人和预留在此处的五千士众均着红衣，在情况危急时，随时都可以杀出布阵。

此赤衣队乃是模仿关原合战时威震天下的“井伊赤备军”而设。从旗帜到装饰用的小旌、甲、胄，皆染赤色，马印为唐人笠的样子，威武醒目，让人不禁回想起秀吉的千成瓢箪马印。此多为示威之意。

就这样，幸村终放弃了自己的主张，构筑护垒。刚刚完成布防，家康大军已到。

此时，幸村又想起一个令人担忧的人。非别人，正是淀夫人的妹妹、京极孀妇常高院。

常高院不只出入于姐姐淀夫人处，还时常进出大野治长阵中，或多与织田有乐斋密谈。其实，就她的身份而言，此并无甚稀奇，但可疑的是，她却同时频频出入秀赖夫人千姬处，近来甚至频频拜谒负责守护内庭的奥原信十郎。这不禁令幸村大为生疑。

城内每日都进行着热烈的议事。人皆聚齐，长曾我部盛亲到来，仙石入道宗也、明石扫部助守重、毛利丰前守胜永等亦到。除此之外，连在大久保长安一案中被赶出领地的石川康长、康胜兄弟也到了。他们都把命运赌于此战。此中，明石扫部乃是狂热的洋教信徒，他甚至邀请与亦为信徒的石川兄弟同入大坂的保罗、托雷斯讲经，祈祷大坂获胜。

众人坚信，当他们据守城池之时，未曾谋面的菲利普皇上的大兵船必来救援。若大兵船赶来，德川部大半会分兵。不消说，此大半必乃伊达政宗和受其指使的松平忠辉。若此部临阵倒戈，上杉部还能想不起关原合战时的恩怨？然后，此战就变成一场神圣的信奉之争了。

在战意大炽之际，设若常高院说动了淀夫人，销蚀了总大将大野治长的斗志，再拉拢织田有乐斋与敌人私通……最担心的乃是在死守城池之时，敌人忽被自家人引进城内。若如此，一切都将化为乌有，固若金汤的大坂城顷刻间便会改姓德川。

必去见一见奥原信十郎。幸村早就听说，奥原信十郎劝说纪州熊野的乡居武士入城，与其说是为了报答秀吉公恩义，不如说是为了偿还秀长公的恩情。

奥原信十郎现奉命守护内庭，负责秀赖母子之间的联络。故常高院若怀有别样的心思，他必一清二楚。

二十六日，幸村拜见了秀赖，禀报了敌人军备及进展诸况之后，又造访了百间长廊外奥原信十郎的值事房。

“幸村有事求见奥原大人。”

“大人不在。”当值的士卒冷冷答道。

“他去何处了？”

“这……是少夫人……”话未说完，士卒支吾起来，“大人究竟去了何处，小的实在不知。”

“大人总不至去了城外吧？我就在此等上一等，借折杌一用。”

于是，幸村便坐在士卒为他拿来的折杌上，眯着眼睛瞧着晚秋的天空。天太蓝了！一切光彩仿佛都被吸进了那深蓝之中。幸村闭上眼睛，体味着美景。

两刻之后，奥原信十郎方迟迟回来，他手里还握着一束菊花。“哦？是真田大人！”他走上前来，向幸村举花施礼，“少夫人召见，顺便要了一束花回来。大人若是也喜欢，就分些去装饰营帐吧。”

“十分感谢。我就要一朵吧。”幸村把鼻子贴在要来的菊花上，若无其事问道，“少夫人还好？”

“好。少夫人不愧是将军之女，甚是镇定。”

“她召您前去，乃是……”

“听说大御所抵达二条城，少夫人想问问城内有无慌乱。”

“哦？”

“不止如此，少夫人还严厉吩咐从关东跟来的贴身侍女，若大御所真的到了，今后谁也不准外出，也严禁往江户发书函。”

“大御所一来，彼此就变成敌人了。嘿，少夫人倒分得清彼此！”

“不错，让人佩服啊。好一个大御所的孙女、浅井长政公的外孙女！”

“奥原大人，您时常见到常高院否？”

“是。常高院夫人有时也到敝处。”信十郎淡淡一笑，“目下，最为痛心的恐就是她了。这亦难怪，姊妹三人当中，两人互相敌对，无论何方取胜，结局都是不忍啊。”

幸村点头，迅速推进话题：“这般说，常高院定在为还有无和谈的余地而苦恼了？”

信十郎收敛起笑容，摇了摇头，“夫人似已死心了。”

“哦？她如此透露过？”

“是。实际上，鄙人也劝过。事已至此，除了一战，别无他法。织田有乐斋大人也如此劝说，她才死心了。”

幸村眼里放射出锐利的光芒。信十郎的回答虽颇为自然，但很明显，他对幸村的心思甚是清楚。

“奥原大人。”

“请讲。”

“听说大人乃是剑圣柳生石舟斋先生的高徒。大人认为此次战事要决出胜负，大约当在何时？”幸村想试探对方。

奥原信十郎竟意外地低头沉思起来，神情甚为认真，“这……至多在半年之后。”

回答虽未令幸村感到意外，但在目下，这般回答确需要勇气。周围别无旁人。脚下的小石子被太阳晒得暖烘烘的，让人很难想到已是下霜时节。幸村佯惊道：“哦？半年就可以决出胜负？众人可都说要拼两年呢。”

“两年？并非坚持不到，若愿坚持……”

“若愿？”

“若敌人攻来，我们不战不退，只提议和，和人周旋……”

“高见！不拔刀相向，而以口舌迎之。”幸村一面附和，一面暗叹：果非寻常人物！

二人之间毫无隔阂，若非心意相通，断不会如此。

“奥原大人，您曾与有乐斋说过此事？”

“谁也未说过。”丰政爽朗答道，“恐怕即使与他说了，他也不会明白。对牛弹琴与问道于盲了无二致。”

幸村淡然将话题岔开，内心却甚是狼狈：此人分明已看清此战结局，却故意入此危城，究竟是为何？“奥原大人……”

“真田大人。”

“对于此次战事的结局，鄙人的看法也与大人无二。若能坚持两年，援军必从意外之地赶来，但，此皆为洋教徒的天真希望，实情并非如此。人心顶多坚持半年，半年之后仍无胜意，人必陆续逃散。”

“是。”

“既如此，鄙人有一言欲问大人：若大坂落败，大人会如何？大人想必定有打算，如果方便，能否透露一二？”

奥原信十郎望着幸村，大吃一惊。此问让他措手不及，至少，以军师身份被迎进城内的幸村，可是全军的主心骨，不料今日竟会说出这等泄气之言。信十郎抱着花束，朝屋内一扬，“能否请大人进屋一叙，用杯粗茶？”

“打扰了。”幸村从折机上站起，心里震动：非常之地果有非常之人！

值事房由圆木支架外罩幔帐搭建而成，里边铺着榻榻米，上铺一张棕色熊皮。刀架旁边有一个伊贺的古水壶，里边插花，壶旁为一个正熏着香的香炉。小书案上躺一本抄书，似是兵书。

“请先往这边来。”信十郎先将幸村引往坐垫，自己则坐于茶釜旁，煮起茶来。他与其说是为尽心款待幸村，莫如说乃是在稳定自己的心情。

幸村打量室内一周，冷然凝视着信十郎的一举一动。此人不同寻常，他会说出何等话来？

“大人前面说到的那些……”信十郎把茶碗放到幸村面前，恢复了先前的平静，道，“恩师柳生石舟斋乃在下姑丈。”

“哦？”

“将军幕府的柳生宗矩，为鄙人表弟。”

幸村不禁轻轻拍了拍膝盖。柳生宗矩与德川有着无法分割的关系，柳生为深通兵法之族，亦为深受天下大名瞩目的大器之族。

“就是宗矩，今春到寒舍造访，令鄙人进城……”

幸村不禁哑然，此乃何其大胆、旁若无人的告白！

“这么说，大人乃是在柳生先生的吩咐下进城的？”

奥原丰政缓缓摇了摇头，“在下遵从的并非表弟命令，而是恩师的训诫。”

"哦？"

"恩师曾训诫门徒们道：人生不可自主者，唯生与死。"

"生与死？"

"是。唯有生死，乃是我等无论如何劳神都不能自己去主宰。"

"嗯。"

"既不能在想生的时候生，也无法在必死之时逆天命继续苟活。在生死上，人皆无自由，皆为上天的臣子。师父始终训诫我等，要牢记于心。"

"上天的臣子，有趣。"

"因此，人不可一身事二主。无论以谁人为主君，都是上天的家臣。若家臣忘记了本分，一身侍二主，便是对上天不忠。主君只要一个就够了，万不可侍奉二主，沦为奴隶。"

幸村不禁往前膝行了一步，剑圣的话刺痛了他的心，奥原丰政更让他吃惊。

"奥原大人，既然人之生死皆由天定，那么，在现世就不要主君了？"幸村性急地问道。

奥原丰政微微摇了摇头，"鄙人将此看作恩师的严厉自戒，不，应为柳生一族的族训，乃是整个柳生门皆应秉承的奥秘基石，故鄙人已立下誓言，谨遵师训。"

"这么说，大人并非领俸禄而侍奉丰臣氏了？"

"正是。天既不会塑出人上人，也不会生出人下人，万人皆兄弟，皆是通过生死与苍天联于一起的上天之子。只有明白此理，才得到了恩师的真传。"

真田幸村再次拍拍膝盖，啜了一口茶，"鄙人第一次聆听柳生的奥秘啊，实乃三生有幸。"他放下茶碗，道："这么说，大人本不欲侍奉丰臣氏，乃心有所期，才进城的？"

"正是。"丰政使劲点点头，微笑道，"此场战事在鄙人看来，并非丰臣与德川的战事。"

"哦？"

“此为洋教徒和对太平心存不满的浪人发起的战事，无论愿意与否，被无端推上风口浪尖的，却是可悲的太阁遗族。这些啊，鄙人表弟柳生宗矩看得十分清楚。”

真田幸村只觉胸口被狠狠刺了一刀。正如丰政所言，幸村自己怕亦是故意把太阁遗族卷入旋涡之人。

“但，我并非接受了表弟吩咐，才决定进城。表弟乃是将军幕宾，与德川亲近，丰政只想多些历练而已。”

“鄙人倒真想听一听。至多在半年之内，必会决出命运的大坂城，为何竟能引得大人前来？”

“一言以蔽之，”丰政微笑了，“乃是为了把与战事无关诸人救出。真田大人想必也知，右府不消说，淀夫人怎会喜好战事？还有那位高贵的千姬夫人、那些不谙世事的公子小姐，他们怎会盼望打仗？把毫无战意的人从中解救出去，此为一介为苍天做家臣的习兵法者当尽之责。先师的声音始终回响于耳畔，不才方才带人入得城来。”

真田幸村凝视着奥原丰政，哑然。

在这样一个尘世，真田幸村第一次看到一个如此慈悲的兵家，其境界之高，俗人焉能知之？

丰政似也看清了幸村的为人，字字句句都无一丝虚伪，都充满了一个自任为“天之臣子”之人的谦逊与诚恳。

说来，此战确非秀赖母子与家康之战。那么，究竟是谁与谁在争斗？奥原信十郎丰政一语道破：此为洋教徒的不安和浪人的不平，共同向太平发起的挑战。可果真只是这些吗？那战事岂非永无休止？因为，若想把一切不安和不平从人世驱除，无异于痴人说梦。但如此简洁的断言，依然让幸村羡慕不已。心中若怀有这样的断言，其人便有了清晰的行动基准。

“奥原大人想救出那三人？”

信十郎丰政再次笑了，不语。

“这么说，不才当在这座既无右府母子，亦无千姬夫人的无主之城……一战了。”幸村自嘲道，五分戏言，五分试探，“不过，在一座无主之城一战，实在有些离奇。若我将奥原大人赶出城去……大人将会如何？”

“届时……”丰政轻轻地敲打着自己的脖根，“天之臣子，就只好将性命交还于苍天了。”

“大人似充满信心啊。”

“嘿。”丰政轻笑，“再来一杯，虽然无甚味道，但千姬夫人送的菊花如此艳丽，大人权且就花饮茶吧。哎呀，一直生活在大和深山的护花使者，身边一旦没有了花，可真是寂寞啊。”

丰政这么一说，幸村才注意到壶中胡枝子花混着菊花，那白色和黄色显得无比沉静，与水壶的质地浑然一体。

幸村忽地生出一种奇怪的感觉：城外关东诸军的包围愈缩愈紧，不久之后，此地便要成为刀枪林立的战场，可面前却有一个不可思议的“护花使者”正悠然地饮茶闲话，坚信可把三个主子救出。

“是啊，既是护花使者，自是不可糟蹋鲜花了。幸村所学虽为杀人兵法，又怎敢向护花使者武刀相向？”真田幸村吐出一句迷惘的感慨……

一六　天意弄人

庆长十九年十月末，德川家康已把战阵推进至天王寺一带，眼看就要发起一场速战速决的攻城之战。大坂遂挖开河内出口村的河堤，破坏枚方附近的道路。尽管早已决定死守，但任由关东步步紧逼，大坂自是按捺不住，然而出手的方式却是掘堤毁路。不知为何，家康根本不予理会，任人而为。对方一撤，家康就向松平乘寿的美浓部和从广岛匆匆赶来的福岛正则之子忠胜下达命令："修复道路，修复河堤。"

但，家康仍不许先锋藤堂高虎出兵。

家康的举动使得丰臣秀赖疑惑不已：关东究竟何意？从大野兄弟及众主战之人口中听到的战争，怎是这种不温不火之势？

秀赖认为，自关原合战以来，家康始终威猛有加，似早有意灭掉丰臣氏，现在，终借钟铭风波发起战事。在家康抵二条城之前，四向攻城就当开始，当家康抵达，早已血流成河，将士也早已立下几多丰功伟绩。可意外的是，二条城的家康似在故意拖延。

秀赖正迷惘，姨母常高院到。

"听说大御所甚是疼爱少君，故向将军频频派出使者，劝他们莫要急于进军。可一旦将军的军队到来，恐怕就算大御所不愿，也得开战了，真是可悲啊！"

刚开始，秀赖还驳斥她："这会影响士气，莫要胡言。"

秀赖此言不虚。箭已在弦上，若令士众得知常高院袒护家康，充满血性的年轻武士岂能善罢甘休？

险恶的气氛甚至已经影响到淀夫人的亲信，众议纷纷："常高院乃是关东的走狗，最好拿她来祭刀！"

"既然战事已开始，就什么都休说了。绝不许有背叛出现。"

但之后得到的消息，令秀赖逐渐觉得常高院的话不无道理。秀赖派出的眼线田中六左卫门送回来密报。田中六左卫门原为京极家臣，在常高院的安排下，他暗中保护着秀赖庶出的儿子国松丸。

六左卫门与伏见的加贺木材商家太兵卫及刀铺掌柜弥左卫门联络，打探家康在京动静。

根据这些消息，秀赖发现，家康的行动全都令他无法理解。

家康令人把河堤修复之后，又像没事一样接受二条城内皇族和公卿拜谒，似是单为等待将军秀忠大军到来。如此理解虽无不妥，但他又数次向秀忠派出使者道："莫要急着行军，要缓进，以免将士疲惫。"他为何如此拖延，秀赖实不能明白。

如此想来，受家康密令的板仓胜重，其行为也无法让人释怀，他不断向邻近诸国发出"禁令"，数目之多让人生疑——他已经向山城、大和、河内、近江等地发去了三四十道禁令。

不明就里之人，还以为家康从一开始就没把大坂放在眼里。家康特意进京，恐是为了趁此机会改革内政、整饬吏风。

无论是本多忠政还是藤堂高虎，关东军所到之处，都严禁士兵胡作非为，对违令者给予严厉处罚。与关东军的整肃截然相反，大坂众军则格外惹眼。声称为保卫大坂而汇集起来的浪人以筹集军饷为名，四处横行霸道。

此时，悠然前进的将军秀忠也已抵达近江柏原，在那里，他又迎到了家康的使者。不知出于何种考虑，秀忠再次停下前进的脚步，歇了两日。只是秀赖此时还未得到消息。

秀赖终无法揣测出家康的心思，十一月初五，他悄悄把奥原信十郎召到了千姬的居处。

“见大人情绪甚佳，丰政欣慰之至。”此时奥原丰政已在城内拥有相当威望，无一人把他和德川联系起来，人人皆以为他乃一个超然于战事之外、负责守卫内庭的精通兵法的异人。

大殿前竞相绽放的菊花纷纷凋零，从檐前到铺满小石子的水池边，结满冰霜。

丰政背上却闪耀着阳光，让人感觉温热。城内武士都已全副武装，唯秀赖仍着便服。

“丰政，我有事问你。”最近，秀赖养成了一个习惯，千姬在身边时，就格外威风。其实，这也因他决意一战，刻意显示男儿体面。

“请大人尽管问。”

“听说你与大和柳生一族有关系？”

“是。将军幕宾柳生宗矩和鄙人是表兄弟。”丰政的表情有些僵硬。

秀赖身长六尺余，颇高大，与其父秀吉公颇为不像，近来又胖了不少，再加上开战前的紧张，竟使他显出威仪，连声音都凛然有仪。飨庭局不禁大发感慨：少君真是越来越像外祖父浅井长政公了！

“你说过，你是和柳生宗矩争吵过之后，才离开故里？”

“正是。宗矩劝鄙人加入关东，为德川出力，可敝家深受已故太阁大人之弟、大和守羽柴秀长大人厚恩。为了能在万一之时尽绵薄之力，才前来大坂。”

“丰政，你和柳生争执，不得不抛妻离子，却也不至于对柳生毫不关注吧？”

丰政一时难以猜透秀赖心思，低头沉思，不语。

“若还关注他，一定对他有些看法。听说，柳生此次也跟在将军身边，正向京都进发。将军刻意放缓了进京的步伐，世人对此都传言纷纷，说大御所一再派使者前去阻止，将军心急如焚，又不得不放慢脚步。对于这些，你有何看法？”

“实情正如大人所言。”

“何意？”

“将军尚年轻，不免性急，大御所遂责备于他。”

“丰政，大御所为何不急于决战？你素习兵法，只管直言，休要拘谨。”

“请恕在下冒犯，在下有一事想先禀告大人。”

“尽管说吧，用不着拐弯抹角！”秀赖知身边有千姬，言语故意如此犀利强劲。

奥原猛直起上半身，“为了取大人性命，山口重政正千方百计混进城来。这个消息，大人想必早已得知。在下想先问问。”

“山口重政想取我性命？”

“是。出此主意的人，不是重政就是将军亲信土井利胜，尽管一时难以确定，但土井利胜在大道的驿站，将此事报告给了将军，却是毫无疑问。”

“将军答应了？”

丰政轻轻摇了摇头，“擒贼擒王，此为解决这次战事最简便的方法，将军遂派土井利胜去见大御所，询问大御所的意思。”

“唔，大御所又是何意？”

“严厉斥责了土井利胜一顿，说断不许做出那等事。然后，大御所才担心起后进将士，多次派人，让他们行军不可太急。”

听到这话，秀赖不禁探出身子，发出一声怪叫：“奥原丰政，尔身在城内，竟如何知道这些秘密？说！”

在秀赖的逼视下，奥原丰政移开视线。不论在何样的场合下，他都不想伪装。可秀赖毕竟年轻，不宜向其倾诉真心。无论怎样，必须保全秀赖母子和千姬的性命，此才是他的使命。若非能够看透人心的高人，断无法明白此中深意。

“怎的了？你与敌私通？不然，你为何知道这些秘密？”

“若在下今日将此事内情禀报了大人，从今往后，恐再无法了解外面的消息了。还请大人容得一二。”

“哼！尔果然与关东勾结！”

“大人，信十郎非鬼神，若无人暗中相助，怎知这些？”

“说！”秀赖大怒，跺脚逼问，“今日你必须说！听着，大御所行事，秀赖一件也不明白。他似攻非攻，居心叵测到处发布禁令，究竟把我当成什么了？”

“此言差矣，难道大人还不明大御所的苦心？”

“管他什么心思！说！”

“既如此，在下就斗胆挑明了。大御所并不想和大人决战，此次才会让片桐兄弟打头阵。其实，这是……想通过片桐兄弟来讲和。”

“讲和？”

“正是。此次战事，对大御所无丝毫益处，他才到处发布告，立禁牌，斥责性急的山口重政和土井利胜，令堺港商家缴纳银子，还到赞岐和小豆岛一带，从盐、薪到水产，到处囤积物资。在下以为，这些都是奉劝大人放弃战事的无言忠告。”说到这里，丰政似是忽地想起了什么，道，“方才大人问这些秘密消息的渠道，在下就告诉大人：都是来自正随将军西进的柳生宗矩。”

“这么说，你们的争执是做样子？”

丰政微微摇了摇头，“争执不虚，争吵之后分道扬镳，宗矩才心中不平。大御所毫无战意，丰政却要急入大坂一图决战。宗矩乃是抱着嘲笑在下无知的心思通知一切。今后，若在下继续沉默下去，一定还会知道更多秘事。故在下请大人容让一二。”

秀赖心中一沉，对丰政之言乃五分明白，五分糊涂。“你认为大御所真的……毫无战意？”他的声音已失去了先前的威压和气势，却似含有莫名的欣喜。

“是。大御所并无战意。但并不能说此战就毫无可忧之处。请大人莫混淆了这二事。”

奥原信十郎并非丰臣的辅政，亦非秀赖的幕宾，他说话必须谨慎。秀赖似已得到了想要的回复，却未放松质问。“唔。这么说，常高院所言，并非全无道理？”秀赖瞥一眼旁边的千姬，嘟囔道，旋又再次盯住丰政，“你说得有理，就算大御所没有战意，但我们有，战事亦无可避免，此不言自明。不过，大御所真不许人暗杀我，还斥责了土井利胜？”

“柳生宗矩这般说。”

"柳生究竟是通过何种途径告诉你的，我还没问呢。究竟是谁，听着，若有隐瞒，便是谋叛！真若事出有因，我自会三缄其口。你不必遮遮掩掩，照实说。"

"希望大人为在下保密。"

"休要担心。说！"

"通过大人身边一个叫米村权右卫门的人联络。"

"权右卫门？"秀赖再次慌忙瞅千姬一眼。米村权右卫门可非寻常亲信，他乃是秀赖麾下的高手，同时亦是秘密线人。有时，他会装模作样到千姬面前露露面，也经常出入大野治长、淀夫人处，总之，他会把城内每一个角落都嗅到。

"那米村权右卫门经常奉大人命令去堺港买鲜鱼，看来，柳生宗矩对此颇为清楚，曾两三次托他带信。"

秀赖眼里透着不安，问道："权右卫门亦是柳生弟子？"

信十郎丰政轻轻摇了摇头。一旦让秀赖起疑，加深了误解，日后行事恐就不那般方便了。"只是商家托付给权右卫门，在下亦未曾托他给柳生带过信。关于这些，请大人再问问权右卫门便清楚了。"

"权右卫门竟蒙在鼓里？"尽管秀赖已年过二十，仍未完全失却少年的率真。"哦，好，我的疑惑解开了。丰政，"他压低声音，"我再问你，大御所根本不想与我们交战，但我们若不得不和他对阵，你认为会是何时？"

看着一脸稚嫩的秀赖，丰政答道："此事最好还请大人去问真田和大野修理大人。在下只是大人和少夫人身边的一介护卫。"

秀赖率直地笑了，"哈哈哈，这用不着你提醒。听着，丰政，左卫门佐是左卫门佐，你是你，我只想听听你的意思。我当面问你，你还有何好担忧的？说吧，怎想就怎说。"

听他这么一说，此前始终默然的千姬轻轻开口："莫要多虑，少君亦是要释心中之疑。"

"容在下禀告。听说将军已进入近江，因此，在将军抵达之后，不过两三日，自会杀声四起。"

“唔。这么说，顶多只剩下十日？”

“大人明鉴。”

“究竟谁会最先扑来？片桐、藤堂，还是本多？”

“在下以为，那三者都不会打头阵。”

“哦，那是为何？”

“那些急于立战功的，估计乃是从西面驰来的、蒙丰臣恩典的大名。”

“哦？你为何这般说？”

“第一，他们若不打先锋，事后定招致将军的不满和猜疑。其二，他们并不清楚大御所其实不想与大坂交战的心思。”

秀赖恍然大悟，轻轻拍膝道：“如此一来，大御所的心思也就察明了。嘿，战争将从西边打起？”

“但也请大人莫过早有成论，此事还要听听诸将的意思。”

“丰政，我信不过他们。”

“大人！身为总大将，不可这般言说啊。”

“无妨。刚才的话，你就权当笑谈。说实话，我也觉得大御所和将军并无太大敌意。小时候，我就在大御所膝上撒娇玩耍，将军又是泰山，一家人刀兵相向，岂不令世人笑话？”

“是。况且，一旦决出胜负，就会世世代代结下冤仇，战败一方便会被逼无奈，屈从人下。大人，柳生新阴流一直把不战之剑奉为极致啊。”

“哈哈！不战之剑？不，现在我就是要战！我要勇敢地战给你看！”这完全是把战事视同儿戏的口气。

丰政并未把秀赖看作愚昧之辈，有时，秀赖头脑亦很敏锐，能看出几分世事，但他到底历练少，终看不透世俗人情。

普天之下，恐再也找不到一个如他这般生活的人：他二十年生涯，几是足不出户。无论他多么天资聪颖，对人外之人终是知之甚少，对天外之天更是一无所知。他常习字作诗，箭术不错，刀也舞得很好，体格出众，臂力过人，唯不大喜欢骑马。

奥原丰政不禁为此深感惋惜。一个年轻男儿，若喜野游，自会到山野狩猎，以发泄胸中意气。田猎所学，绝非见识各种飞禽走兽，随行之人的良苦用心，所到之处的风俗民情，都是见识，视野自然就开阔了。

片桐且元和小出秀政不鼓励秀赖骑马，恐是担心他因此胡作非为，重蹈前关白秀次覆辙。丰政叹息，秀吉公养子秀次正因狩猎致祸。秀次在比睿山禁地狩猎，又在途中猎得女子……如此残暴的杀伐，自当遭天怒人怨。但秀赖从不出城半步，不明世间诸事，也令人对太阁后人甚是叹息。

一旦城池失陷，如何才能救出秀赖？骑马不行，就算是坐船，万一坠落，他恐也不会游水。而且，身边的人总是对他毕恭毕敬，点头哈腰。他从小就身居高位，又是太阁的独苗，像偶人一般被摆在常人无法企及的高处长大，才会长成有些缺陷的特异之人。

不过，秀赖与千姬倒是琴瑟相和，颇为恩爱。但是，这种和谐也总让人觉得与寻常夫妻有些不同，恐也是因他们从小就一起长大。秀赖总是莫名地忌惮千姬，与其说把她当作夫人，毋宁说乃是看作必须保护的妹妹，当作将军小姐。

丰政欲告辞离去时，秀赖说出一句奇怪的话：“丰政，今后我会时常找你。你也一样，有事定要暗中禀告我。我想见你，你就立时到。”

丰政很是担心：秀赖是否把我当成了关东的细作？

奥原丰政行事让秀赖大生疑虑，不明就里。丰政也便不能再问，为何要让千姬听到他们的谈话。若这般问，反倒会引他起疑，于事无益。

诚然，丰政实是在柳生宗矩的恳请下才入大坂。但他并非为支持关东或为关东卧底，而是看穿了此次战事的结果，进而作出决断。“这并非一场加深丰臣与德川仇恨的战事。柳生新阴流的弟子必须把那些沉溺于战事旋涡的人解救出来。”

若说里边有一点私心，那就是他与柳生宗矩进行的比拼：究竟是柳生宗矩信奉的新阴流高明，还是奥原丰政学的新阴派了得？但现在要让秀赖全部明白，实强人所难。因此，他才明白告诉真田幸村，实际上也暗示秀赖。

丰政向秀赖表明了言听计从、忠心不贰的意思之后，便辞别而去。

迈出庭园的栅栏门时，丰政还在苦想：这真是奇怪的情感羁绊。阅尽世事、身经百战的德川雄狮，对饲养于大坂城豪华笼中的雏鹰虽甚是喜爱，劫数却偏偏要带来大乱。隔着牢笼，雄狮和雏鹰相互眷念，却又须置对方于死地，这是何等悲惨的命运！以战止战，以不杀之刀让世间继续太平，便是柳生新阴流高徒的雄心。

柳生宗矩为了保护雄狮，挺身而出，奥原丰政却为了避免雏鹰成为战事的祭品，暗中出力。诸事对这一对表兄弟自是莫大的考验。柳生宗矩定会尽力勒紧将军秀忠的战马缰绳，但奥原丰政怎能输给他？

战事已无可避免，早当让秀赖学会骑马游水。

即使打起来，关东军也不会丧失道义，屠杀妇孺。对于这些，丰政还是很安心。于淀夫人和千姬的营救上，家康必暗使大力，可对秀赖呢？

丰政边走边想，回到值事房，竟早有一人正焦急地等在那里，不是别人，正是米村权右卫门！

米村权右卫门毫不在意地用稻草包了一尾加吉鱼过来，说是来送秀赖所赐，实际上必是又带来了什么消息。他似已理解了奥原丰政本心，或许，他亦已从所知消息中琢磨出家康本无战意、只想不战而和。

“奥原大人，开战迫在眉睫，似乎就在这一两日了。”权右卫门默默把稻草包放下，急道，“伊予松山二十万石的城主加藤嘉明之子式部少辅明成已经海路、过尼崎，沿神崎川而上，安营扎寨，大约六百人。”

“哦，就算那里已发生了小股冲突，也不会立刻对城内产生影响。”

权右卫门并不回答，继续道：“加吉鱼越来越难买了。另，今日我听到了一件怪事。”

“怪事？”

“是。板仓胜重向大和的大工头中井大和守派去了密使，似要建一座高大的箭楼，说要在上面设置大炮，对准大坂城的天守阁。”

“瞄准天守阁的大炮？”

“命令究竟出自大御所还是将军，目前尚不清楚。”说完，权右卫门拿出一个商家常用的烟盒，取出烟管，点上一袋烟，“如何判断，全由您。反正您负责守护主君，我只管把这些相告。还有一事，二条城的巡查城和泉守信茂已被任命为使者，正频繁往来于与加藤争功的播州姬路四十二万石的池田武藏守利隆，以及备前冈山三十八万石的池田左卫门督忠继的大营。命令大致是，绝不可贸然前进，在接到命令之前严禁抢功云云。因此，我才说战事已经逼近。”

“严禁抢功……”

“大御所的心思真令人费解。啊，我只是说费解，到底怎样，您自己判断。那么，小人且告辞了。”说完，米村权右卫门使劲在炉边磕了磕烟灰，起身径自去了。

奥原丰政本想留他，终究闭了嘴。

伊予松山的加藤嘉明自幼追随丰臣秀吉。此次他以留守名义留于江户，其子明成代父出征。在权右卫门看来，由于明成与池田兄弟抢功，攻击必然会先发生在神崎川一带。看来，烽火终要点着了……秀赖天真的笑容依然在眼前浮现，丰政微微摇了摇头，自言自语道：“可是，炮轰天守阁乃是为何？家康公究竟在想些什么？”

一七　疑忌满城

直到奥原丰政退去，千姬几乎未再开口。只是在秀赖问话时，她才回了一句，但既未表示自己的意见，也没提出任何问题。

千姬年方十八，正值女子最美好的年华。但正如秀赖显示出年轻男儿的锐气那般，千姬也完全变了，以前的天真烂漫消失无踪，取而代之的，乃是磨炼出来的静谧之美。她最近又增加了一股异常气质，这与平常的开朗并无关系，而是一种让人人都敬而远之的冷傲。她总是呆呆地凝神沉思。或许，正是这种让人难以接近的冰冷和安静，约略威吓了秀赖，一到只剩下他们二人时，秀赖总显出一副有意讨好的样子。

“你怎生看待那个丰政？我倒觉得，他是个可信之人。”

即使夫君主动搭讪，千姬也未把视线落到他身上。这绝非对秀赖的反感，自从大坂气氛变得险恶，她心中反倒紧了起来，害怕失去秀赖。

“为何不语？丰政说，大御所喜欢我，我也多有这种感觉。”

“……”

“你认为丰政如何？”

第三次问到，千姬才望着秀赖，轻轻摇首，“妾身真的不知。”

“不知？你是说他不可信？”

千姬又摇头。这完全是她的实话。她身边只有女人，男人究竟在想些什么，她愈是认真思索，就愈不明白。

但秀赖却不会这般想，“你似是怒了啊。唉，这也难怪，在大坂，现在一开口就是骂关东的话，你自是听不下去。谁人愿意听到自己娘家挨骂？”

千姬悲伤地垂下眼，叹了口气，眼眸中满是泪水。

“你怎的了？你哭了？”

千姬又轻轻摇了摇头，“妾身已不大记得大御所和将军了。”

“你……你在说什么？”

“江户已经变得像梦一样。可是，妾身好像也非大坂城里的人……”

这是千姬的真实感受。但是，听了这些，秀赖竟大是疑惑。他觉得，他们是夫妻，也是兄妹。“你又来了，这已经成了你的恶习。”

情意，的确有多种多样的表现，忌妒、焦虑是情意，憎恶、敌意、诅咒和杀心，也都是扭曲的情意。秀赖爱慕千姬，他才千方百计安慰她。但当心意无法打动对方时，秀赖就禁不住焦急起来。他其实也明白，这种焦虑亦是出于爱。

“既如此，今日我就让一步，但希望你莫误解我。我明白你的苦楚。你或许真的连祖父和生身父亲的模样都不记得了。你来大坂已十一年了，小时候在伏见、江户都只待了很短的时日。真可以说，你属于大坂。”

“大人说得是。”千姬移开目光，轻声道。她在认真思索。

在奥原丰政眼里，这种眼神有着“无法言喻的高贵”，但秀赖却不这么看。人会因自身意志和感情而生出偏见，秀赖对此却既无体悟，亦无反省。

秀赖不满道：“就算你所说为实，那也不能说，你不是此城的人。你现在不正在这城中，是丰臣秀赖的夫人吗？”

“是。”

“是什么是！为了让你摆脱寂寞，秀赖把心都操碎了。母亲也一样，她总是袒护你，甚至不准我在你面前提起关东的事。”

“是。”

“你到底明不明白？”

“明白……”

“既然明白，就休要哭哭啼啼，也休要再发牢骚！另，对秀赖的问题，你要老实回答！”

“是。”

秀赖皱着眉摇了摇头，“我一听见你说‘是’，就感觉仿佛在和一个偶人说话，真让人着急。唉！我这么说也不对。好了好了，安心回答我：你到底怎样看那个奥原丰政，他究竟可信还是不可信？”

“不知道。”千姬再次以同样的语气回答，摇了摇头，后又慌忙改口道，“以不知为知，万一误导了大人，可是罪过……”

话音未落，秀赖的右手就搧向了她的脸颊，“你！你根本不懂秀赖的心思。既然如此，秀赖只好用这种方式来证明对你的情意。”

接着，秀赖又是啪的一个耳光打在千姬脸上，然后，粗暴地把千姬拥过来……

日头还很高。开战迫在眉睫，城内外均杀气腾腾，到处都是身穿盔甲、步履匆忙之人。就在这样一个城池的内庭一角，焦虑的城主和夫人并未关上门就亲热起来，情形实在有些异常。秀赖和千姬怎就毫无顾忌呢？

看到眼前的一切，守候在外间的刑部卿局迷惑不已。

如今的刑部卿局并非内藤新十郎之母，她乃是千姬从江户带过来的一个侍女，原名阿小，新十郎的母亲生病退出内庭之后，阿小就顶替了她。她今年虽才十七岁，但对于这对夫妇的异常还是能看出来。她悲伤地从外关上门，又悄悄退坐在外间，闭上眼睛忠诚地守护。

到了这种时候，刑部卿局才深切地盼望为秀赖产下一女的荣局能够出现在这里。若是荣局在此，她自会劝阻秀赖这种有悖常理的粗鲁行为。可现在的内庭，已无一人敢因这样的事对秀赖或千姬开口。更何况，此为城主和夫人私事。

刚发生这种事时，刑部卿局心里还充满惊恐和羞耻，蜷缩一角不敢动弹。她甚至还担心秀赖会动粗。可事情似无她想象那般可怕。事后，千姬会跟平常一样整理好衣裳，没事人一样把步伐粗重的秀赖送出门。

下人们多已这般议论：尽管城主与夫人彼此爱着对方，却又不肯坦诚相告，每每争吵之后，又满怀激情亲热。十七岁的刑部卿局逐渐觉得：千姬怕是故意诱惑秀赖，她定是刻意先把秀赖惹恼，然后等他发泄，真是可悲的妇人手段啊！

秀赖实有不是。他自从把手伸向荣局之后，又染指了另外四个女人。因为忌惮千姬，那个生下男儿的伊势侍女被支走，其他三名女子都做了侍妾。但千姬却从未流露出嫉妒之意。所有的情绪都郁结于心，竟养成怪癖。

对千姬忠贞不贰的刑部卿局，还是觉得错在秀赖。

今日还是如同往常一样，阿小闭着眼睛静静坐于一隅，等待风暴平息。可正在这时，外面忽然传来一阵脚步声。

若只是一个人的脚步，刑部卿局自会无动于衷，闭着眼睛发话："现在少君谁也不见，快走快走。"可今日来了六七个人，她只好睁开了眼睛。

"阿小，不用怕，是我们，快向阿千通禀。"淀夫人笑声朗朗。

"是……是。奴婢现在……就去……"但刑部卿局却未马上起身，并不仅仅是被突然造访的淀夫人一行吓蒙了——她早已情怀大开，深知此际进去通报会触什么霉头。

"呵呵，阿小都等得不耐烦了，竟演起了狂言。看看，额头上还抹了那么多唾沫，那就等念完咒语再起来吧。阿千，阿千，是我。我就不客气进来了。"言罢，淀夫人吩咐跟在后面的正荣尼等人道，"你们在外面候着。"她大步从刑部卿局身边走过，猛打开门。

"啊！"随着一声大叫，门又啪地关上了，淀夫人回过头，对蜷于当地、脸色发红、大气也不敢出的刑部卿局吼道："这是怎回事，阿小？既然少君来了，你为何不早说！看来，一定是少君……"她又以尖锐的声音对着屋内喊了一声："阿千。"

仿佛自己裸着身子被人看见一般，刑部卿局羞惭不已，真希望里面的人能早些打开门。从脚步和声音来看，淀夫人今日心情不坏。虽说如此，人心善变，刑部卿局很是清楚这些。可屋内的二人似对她的不安毫无察觉，他们并非刻意拖延，他们连整理衣服都是下人动手，何况现在慌作一团。

"阿小，"淀夫人又道，"快向少君禀告，说我来了。另，别忘了把香熏好。"她的声音很平静，但在这微妙的时候，她进也不是，退也不是，若老是等在外面，任谁也不会有好心情。

"是……是。奴婢就去禀报。"刑部卿局慌慌张张起身，淀夫人额头上已经暴起青筋。

未久，门打开，千姬跪在入口伏地施礼。淀夫人的目光立刻如箭一样射向了上座的秀赖。

淀夫人与千姬之间，并不像侍女们担心的那般不合，她们有的只是十数年相濡以沫、难舍难分的情感羁绊。

淀夫人只有秀赖一个孩子，可是，自从迎来这个天真的外甥女，十数年转瞬即逝。现在，淀夫人连究竟哪一个是亲生的都难以分清了。千姬已非刚来时的阿江与之女，已被养成了完全不同的另一个千姬。

但今日的千姬和秀赖却给淀夫人当头浇了一盆冷水。千姬毕竟是儿媳，为何总是怏怏不乐？男女一旦裸着身子被人看见，任何外人都似变成了敌人，难道女人特有的忌妒，还存在于淀夫人心中某处？

"少君！"淀夫人无视伏于脚边的千姬，径直站到秀赖面前，"我还以为少君会惜时如命，此刻正在外面忙着指挥作战呢！"

秀赖却不以为然回道："母亲大人怎么到这里来了？"他就差没加上"可真是稀罕事"。

"少君认为，此时我不当来？"

"不敢，只是想知为何。"

"少君才应扪心自问呢！现在都什么时候了，还总到内庭？不几日，战事就要开打，就连走卒都在准备，身为一城之主，你却……"淀夫人的声音逐渐尖厉起来，她知道老女人们并排伏在外面，遂大声道："少君，一旦战事爆发，女人也须有准备，嗯？"

"当然……须作好准备。"

"既如此，作为总大将，大坂城的气息，想必你不会不知！"

"总大将？"

“这场战事的敌人究竟是谁，你可知？将军已进入伏见城，大御所也出了二条城，可你竟连战事都忘记了，还在内庭厮混！你怎不想想，千姬是谁的女儿？”

“母亲大人，您怎能这般说？”秀赖大声道。

“哼！是少君理解差了。阿千虽然是敌将的孙女，也是我的外甥女！”

“那……”

“你误解了！我担心阿千，才特意赶来。想必少君对城内的流言有耳闻。如果城内的消息从此处泄露出去，对我们必大大不利。现在全城人的眼睛都盯着这座大殿。如此下去，阿千万一发生一丝闪失，你如何交代？”

淀夫人说的似是真心话。她一面斥责，一面坐到秀赖面前，续道：“阿千固然惹人怜爱。既然喜欢，就应好生去关爱，可你怎就不懂得保护她？大白天来到内庭，我们的武士会怎样想？他们定会认为罪在阿千，一定会觉得乃是阿千故意把你勾引到身边，从你口中套出秘密，传给关东。否则，在此紧急时刻，大白天……”

淀夫人越说越怒。是啊，她此来，并非为了训骂。城内怀疑千姬的人越来越多。打仗总有胜负，万一有差池，于己方大不利，那时，若有人煽动说是千姬泄露了机密，千姬恐就有性命之忧了。因此，在开战之前，先把千姬转移到自己身边，好生保护，才是淀夫人的初衷。若还有人生疑，她自然会说：“我正在对她严加监视，并未发现可疑之处。”如此就有了庇护的理由。出于骨肉亲情，她才前来造访，但意外地发现秀赖正在此处，还被顶了几句，心中自是巨浪翻涌：这混账东西不明我的良苦用心！想到这些，淀夫人几欲泪下，更是激切。

“阿千，你也仔细听好。此次战事乃是我们对关东无礼之举的反击。他们目中无人，连已故太阁的法事都要阻止。说到战事，你什么也不知，但我，还有你母亲，却比谁都明白。战场上不讲是非曲直，唯有意气纠缠，猜疑的大浪可把双方吞入血海地狱。小谷城的时候是这样，越前北庄城池陷落时也是这样。正因太明白战争的残酷，我才特意前来接你。

如不在我身边，无人能预料你会发生何等不幸，所以，最好由我保护你。可是，你却故意在大白天缠住少君。你究竟在想些什么，难道想授人以柄？”

“母亲大人。”千姬甚是意外，不过，她语气平静道，“少君并非阿千叫来的。”

“嗯？那么，就是被你的色相迷住了。你敢说少君连战事都忘了，只知往你这里跑？”

“这……阿千并不清楚。”

“母亲大人！”秀赖忍无可忍阻住淀夫人，“母亲，您太过分了。当着众人，您说话注意些。”他终明白了母亲的来意，遂想堵住淀夫人的嘴，再乘机离开，“您说得这般难听，就是好心也会变成恶意。有话好好说。”

秀赖犯了一个错误。在这种场合下，儿子不应先责备母亲。男子总是先责备自己最亲近的人。淀夫人却早把这种习性忘得干干净净。她原本带着令她自己都感动得落泪的善念来接千姬，却被顶得七窍生烟，不但无人理解她的苦心，反遭到了宝贝儿子一通呵斥。

“你……”淀夫人眼里顿时涌出了泪水，“少君是说，我这个做母亲的有不是？”

“不敢，孩儿未说谁对谁错。”

“哼，你说了！你就是说了……正因我把阿千和你看作我最心爱的人，才特意巴巴去和家老们交涉，想把阿千留在身边。为此，我到处向人低头，心都操碎了，可到头来……”

“母亲！”

“少君丝毫也不明我这个母亲的苦心。既然如此，日后无论发生什么，我一概不管！”

“母亲！”秀赖比谁都清楚，淀夫人的气一时很难消，他一脚踢飞坐垫，站了起来，“孩儿怎会忘记战事？正因不敢忘记，烦闷不堪，有要事相问，才来此处。可您却还把我看作一介小儿，处处横加干涉。我受够了！”他只顾着发泄不满，完全强词夺理。看到一时无法安抚母亲，他遂放弃了耐心，大肆耍泼。

“菊丸，走！”秀赖叫过带来的唯一带刀侍童，脚步沉重地去了。

刑部卿局捏了一把汗，追出了好一段，但她一时竟不知如何叫住秀赖。待她畏畏缩缩回来，淀夫人正高声大哭。刑部卿局心里一惊。淀夫人的随从早已习惯了这种哭泣，尽管她们仍规规矩矩伏在地上，却不怎慌乱，单是不约而同注视着千姬。众目睽睽之下，千姬仍平静地凝神沉思，仿佛一枝高傲的洁白花朵。

为何善意偏偏造成误解？在刑部卿局眼里，千姬绝无责备秀赖的意思，也不曾憎恨淀夫人，她恐正在寻找说辞。但哭得死去活来的淀夫人实在令人生惧，哭完之后，定会爆发一场比先前更猛烈的风暴。更令人恐怖的，则是坐在外间狠狠盯着千姬的正荣尼、大藏局、右京太夫局、飨庭局、荻野、阿玉等女人的眼神。她们中间，究竟有谁会对千姬怀有好意？最近一段时日，每个人都受到了城内气氛的影响，都觉得“千姬乃是江户的内奸”，用恶意的眼神盯着千姬。在她们眼里，千姬一定把淀夫人撕心裂肺的哭声当成无谓的撒泼。

哭声忽然停了下来。顿时，众女一齐望向淀夫人，她们心里一定怀着恶意的期待：嘿，又要出事了！

哭泣停止之后，静寂良久，淀夫人抬起头来时，声音竟意外地温和：“阿千，你刚才说，少君并不是你叫来的，是吗？”

“是，阿千是这般说的。”

“并且，他并未忘记战争。他是有要事才来此，对吧？”

“是。”

“那么，是何事？你告诉我。”

“是为了在此处见一个叫奥原丰政的人。”

“哦？为何不把奥原叫到外面去？自己的手下，为何要特意藏起来，偷偷见面？”

“这……”

“马上就要开战了，少君却还在背地里偷偷见人，你应多加奉劝，提醒他不应这样行事才是！”

“但阿千并未觉得不妥。”

“无不妥？那么，我再问你：秀赖与奥原丰政都说了些什么？你把丰政说的话说给我听。”

“是。”千姬微微低下头，道，“他好像说，大御所实无意攻打大坂……”

“大御所无意？”

“是。少君说他也这般想，他很是想念江户的爷爷……”

千姬刚说到这里，淀夫人慌忙把指头按在嘴唇上，止住她，脸色异常苍白，“少君这么说，一定有他自己的考虑。他必是在试探奥原丰政，你说呢？”

“不。”

“嗯？不是？哼！把整个大坂的命运都赌上的总大将，心里绝不会有其他想法！”淀夫人声音尖厉，“这并非少君本意！”

千姬并不争辩，声音冰冷，“阿千也是这般想的。”

“你？你说什么？”

“阿千也这般想。少君乃是为了安慰阿千才说这话，阿千也觉得，少君不当这般说。”

淀夫人眼睛瞪圆，气都喘不上来。千姬似无意辩驳，但她究竟在想什么？

“阿千！我不大明白你的意思。你认为，秀赖只是为了安慰你，才特意把奥原丰政叫来？”

“是。”

“少君为何非来安慰你？”

“或许因为阿千是……大御所的孙女。”

“又来了！你总是说那些来吓唬人。大御所的孙女就是敌人，不当安慰！”

千姬再次轻轻摇首道：“可是，阿千已和关东了无关系。”

“因此，他觉得你可怜，才想安慰你……”

“不。”

“那究竟是为何？”

淀夫人的声音再次尖厉起来，千姬轻轻瞥一眼并排伏在远处的随从，道：“有一事，阿千想单独和母亲大人说说。你们都退到外面去吧。”

“嗯？”淀夫人睁大了眼。她万万没想到，千姬竟变成了一个可如此从容下令的成年女子。

“遵命！”老女人们也吃了一惊。但千姬也是大坂城的女主人，既然已下了命令，大家只好退出。

众人退下之后，千姬平静地转向淀夫人，“阿千认为，少君是在为母亲大人担心。”

“担心我？”

“是。把丰政叫来，就是为了这个。”

淀夫人有些怀疑自己的耳朵。千姬不只是命令老女人们退了下去，话语背后，甚至还有一股自信，连淀夫人都几被压倒。淀夫人拼命控制住兴奋之情，这话既让她心里有了底，也让她充满惊讶和怜爱。

“你是说，秀赖担心我，才把奥原叫到此处？”

“少君……”千姬移开视线，“少君越来越明白，此战将是一场不同寻常的苦战。”

“千姬……阿千……你是怎生知道的？”

“开始时，少君只是决意血战到底，但，战事总有胜负。”

“那还用说？最近秀赖畏惧了？”

“不，他变得越来越严谨了，连万一之事都想到了。而且，他最担心的，就是一旦战局不利，母亲如何是好。阿千甚是明白少君的忧心。”

“哦，原来如此。”淀夫人猛地松了口气，她庆幸方才未由着性子去揪千姬那头黑发。

“那……他是怎生想的？”

“少君尽管并不恨大御所，却须据城一战，因此，才特意把丰政叫到此地，万一形势不利，就把母亲托付与……”

“且等！且等！阿千……你方才不是说，少君来此是为了安慰你？现在怎的又这么一说，你岂非在撒谎？”

“没有。”千姬目光深沉地摇了摇头，“少君安慰阿千的心只有四分，忧虑母亲的孝心却占了六分。”

“哦……”

“因此，阿千就闹起别扭来，心中不平。当然，这并非单单是妒忌。少君特意让阿千听到他们的话，心底的意思分明就是：万一到了紧急的时候，母亲就托付与阿千。这种用意太明显不过。在这种安排的背后，流露出的是对阿千这个敌人血脉的隔膜。对这个早已不记得江户任何事情的阿千……”

此言实在意外，淀夫人竟说不出话来。她这才明白，这对小夫妻也有这种算计。

“母亲大人，阿千身体里虽流着德川的血，却也流着母亲的血。况且，阿千只知大坂，但少君为何对阿千怀有那等隔阂？阿千就是……想不通！”说到这里，千姬忽地弯身伏地，痛哭起来。

淀夫人不觉把千姬揽到怀里，为她拭泪，自己却也哭了。其实，她们二人流着相同的血。淀夫人忘不了父亲，也无法忘记在北庄死别的母亲阿市夫人。千姬和秀赖不也是那般不幸？多年过去，小夫妻一个成了大坂城主，一个成了城主夫人，眼下情势却如当年的小谷城……

秀赖担心母亲的心思，淀夫人甚是明白。在得知越前北庄即将陷落之时，当年的茶茶姬那小小的心灵是何等疼痛，她多想救出母亲！

目下秀赖要参加战事，心情正如当年的茶茶姬，他怎能不忧心？可是，如不动声色就把母亲托付给千姬和丰政，必会伤了千姬的感情。北庄城陷落之时，无论茶茶如何劝说，母亲市姬绝不出城，甘愿陪丈夫赴死。现在，外祖母的悲剧，又以同样的形式降临到外孙女千姬头上。

待千姬停止哭泣之后，淀夫人轻声对她耳语道：“阿千，你的意思，是把母亲委托给奥原就行了，你要和秀赖一起……到了万不得已的时候，你想这么做，是吗？”

“是。”千姬抬起头来，清楚回道，“离开从小一起长大的夫君，阿千怎能独活？若与少君分开，阿千就去死！”

“唉！我完全明白。母亲我也一样，万事都经历过。真到了那种时候，母亲也不会独活。秀赖和你都是我疼爱的儿女，我们三个一定要紧紧拉着手，同赴黄泉。”说完，淀夫人总算恢复了平静，道，“这算怎回事！仗还没有打起来，就掉不祥的眼泪？好了好了，大家就齐心合力，帮助少君获得胜利吧。胜了，不都好了？”

“是。”

“快，快擦干眼泪。这么个美人儿，流泪就不好看了。”

“是……”

千姬的话里绝无一句谎言。即便她不是秀赖的妻子，只是秀赖的妹妹，在战事中，也不会抛下兄长而独活，定会毫不犹豫地与秀赖同行。

因此，奥原信十郎丰政答应定要救他们性命，此承诺之难以实现，自是可想而知。

一八　战乱当头

大坂之战的引线，于庆长十九年冬月初七凌晨被点燃。次日，千姬移至淀夫人居处。

大坂战备诸事已毕，无须赘言。

总大将秀赖率领旗奉行郡主马亮、马印奉行津川左近、侍卫头领细川赞岐守赖范和森河内守元隆，共三千人马据守本城。显然，无人认为他们会直接参与战事。

马上就要进入寒冬，游水已是不能，在奥原丰政的劝说下，秀赖努力练习骑马。

本城的山里苑由近侍铃木源右卫门和平井吉右卫门、平井次右卫门兄弟负责守备，土桥则由三十“与力”官和五十“同心”武士警戒。二道城围住本城，其外为护城河。护城河外则是三道城，围绕在三道城外面的乃是一条又宽又深的护城河。二道城东侧，玉造口到青屋口一带，由浅井周防守长房和三浦飞驒守义世等率三千人把守，青屋口则由稻木右卫门尉教量等率两千人守卫。在这一带，士卒陡然紧张起来，因为敌人很有可能从此两处入侵。因此，此处的机动部队，亦即秀赖的亲卫队木村长门守率领的五千精锐。

二道城西侧，后门的瓮城由青木民部少辅一重率一千人把守，后门之北则有槙岛玄蕃允重利的一千五百人守卫；再往西，则有名岛民部少辅忠纯的一千人、毛利丰前守胜永的五千人、速水甲斐守守久的四千人结营把守。

南侧，仙石丰前入道宗也、长曾我部宫内少辅盛亲、明石扫部助守重、汤浅右近正寿、石川肥后守康胜等合共一万三千人居中，靠近玉造口一带，则部署织田长赖的一千三百人，事实上的总大将大野修理亮治长的五千人和后藤又兵卫基次的三千人则被部署为机动部队。

北侧，西北角上乃是大野主马亮治房的五千人，京桥口为藤野半弥的三千人。瓮城则由堀田图书助胜嘉等所率三千人守，水手口为伊东丹后守长实所率三千人……大坂城真可谓团团布防。

这些部署构成了秀赖“固若金汤”的主阵核心，另，三道城也作了详尽部署。三道城西南乃是一片开阔的空地，有若干个出入口，分别与街市相连。

若从东侧经森村口、大和桥口、黑门口、平野口、八町目口、谷町口、鳗谷桥、安堂寺桥、久宝寺桥、农人桥、本町桥、思案桥、平野桥、高丽桥、天神桥、天满桥、京桥，一直到东北角的箭楼都严密防守，才真正是“固若金汤”，但，区区三五万人实无法填充这片广阔的区域。

有一句谚语叫“蟹掘等身之穴”，若说谚语里蕴含着至理，那么，对于秀赖这一无所长的普通螃蟹来说，大坂城这个洞实在太大了。若是如秀吉公那等盖世英雄，或许还腾挪有方，但对一个器量平庸之人，仅封堵那些出入口，就已吃不消。况且，他们还须把“固若金汤”的门面装点起来，以煽动那些野心勃勃之人。

城内的人此时虽已达到了十万左右，但统领他们的大将却远远不够。部署于三道城的将领，半数以上不得不身兼二道城的防务。

大野兄弟不消说，青木一重、毛利胜永、明石扫部、汤浅右近、仙石宗也、长曾我部盛亲、郡主马、木村重成等人，也都不得不在三道城身兼数队的统领任务。

而且，要想守住三道城，须在城外要塞构筑一道防护篱。最让真田幸村苦恼的也就在此处。他在城南一紧要处构筑了“真田护城”，令儿子大助幸纲与伊木七郎右卫门远雄率领五千人在此镇守。

城东北的蒲生栅栏，由饭田左马助率三百人把守。今福栅栏由矢野和泉守正伦率三百人驻守。鸭野栅栏由井上郎左卫门赖次和大野治长的部下共两千人把守。只是，治长实不可能到这鸭野栅栏指挥，只是监督而已。

西南的城寨，则由明石丹后守金延的八百人守护。博劳渊的城寨由薄田隼人正兼相、米村六兵卫、平子主膳贞诠的七百人驻守。船场的要塞为大野治长属下四百人把守。

西北的船库要塞为大野道犬的八百人驻守。福岛要塞则由小仓作左卫门行春和宫岛备中守兼兴的二千五百人守护。天满城寨有织田有乐斋的一万人……一一部署下来，十万之众眨眼间就分配完毕。

而且，由于城外寨垒的指挥者必须同时负责二道城的安全，也就意味着，外面那些临时雇佣的人，只能照自己的意思随机作战了。

这一系列“固若金汤”的部署，在曾经驰骋于千军万马、连对已故太阁都不曾服输的德川家康眼里，究竟怎样呢？

家康将献计令山口重政入城暗杀秀赖的土井利胜训斥了一顿。他加以阻止，其用意已很明白：秀赖已是“困兽犹斗”，岂可干那暗刺的勾当？

冬月初五，家康把片桐且元传到二条城，命他进攻大坂，然后，立时将城和泉守信茂传来，令他向已进至大坂城西南的加藤、池田两部，传达一条完全相反的密令：不可急于进攻！

家康一面命令片桐且元进攻大坂，另一面却对匆匆进至神崎川一线的加藤式部少辅明成和池田武藏守利隆、池田左卫门督忠继兄弟传下密令：“此地距大坂城甚近，地势不佳，绝不可轻易渡河。继续打探敌人动静，原地待命。”

这种矛盾的命令，无意间还是流露出家康对这场战事的态度。看来，家康终是不想打……在秀忠赶到之前，他想让大坂主动提出“议和”。

两军已经完成部署，进入对峙。尽管事关士气，不便出口，但议和仍是家康的愿望。因此，他才让虽已离开大坂城，但不久前还是大坂柱石的片桐且元，进至城北最近位置，给其劝降大坂的机会。

可是，片桐兄弟竟未采取任何劝和行动，难道他们真的对秀赖怨恨至极？其实，片桐兄弟一度与常高院联络过，但就是不见回复。于是，家康才发出了最后通牒，命令他们准备进攻，还特意令其他部队不准出击。

可当家康把城和泉守派去下令时，加藤的阵营已在商议中之岛进攻战的渡河问题。

中之岛乃是大坂城北围于河中的一处小岛。加藤的兵马从四国强渡海路至尼崎，进而又将阵营从神崎川进至中之岛对岸。扎营之后，中之岛上的大坂军队情形已清晰可见。人计约一万，他们泛起三十多艘船，对河面严密警戒。此时加藤部的人数却还不到七百。看到这种情形，大坂一方把船靠过来故意挑衅："有种的就过来，管保杀你们个干干净净！"

由于加藤嘉明乃是秀吉公一手提拔的武将，故对方故意高声叫骂挑衅。双方的战意皆渐次高涨。

日暮时分，含有霜气的夜雾将河面浓浓包裹起来，警戒的船只才终消失在河的下游，河面静寂下来。

此时，前去打探的加贺山小左卫门返了回来，劝式部少辅明成渡河："敌人轻视我们人少，把战船都调到下游的池田那边去了，岸上的军队也朝那边赶去。若想渡河，现在乃是绝好机会！我们不如一举渡河，在对岸安营扎寨！"

结冰时节，最宜发动奇袭。小左卫门如此游说，年轻的明成也眼前一亮。父亲名义上留守江户，实际上是待在那里为质，这一点明成甚是清楚。并且，与他年龄相仿的池田兄弟也出来抢功，他遂作出了大胆的决定："好。既然敌人放松警惕，真是天助我也！立刻渡河！"

正在这时，一人匆匆赶来，竟是负责接待家康使者城和泉守信茂的家老佃治郎兵卫。郎兵卫急道："且等，方才大御所派来快马，严禁抢功。让我们打探敌人动静，原地待命。"

"大御所派了使者？不用担心，大御所乃是体恤我们，他知敌人兵力远胜于我，不让我们勉强开战，以免失败。只要打胜不就行了？我非打一场胜仗不可！大御所定会夸我们，在如此寒冷的季节取得以少胜多的大捷。敌人已经移走，机会千载难逢。你看，雾气越来越浓。趁着雾气渡过河去，天亮时分可杀敌人一个措手不及。”

但是，满鬓白发、身经百战的佃治郎兵卫却轻轻摇了摇头，怎么也不同意。“大人勇气可嘉，可这严寒天气，渡河也非那般简单。以老夫的经验，就算船只渡到对岸，没有停泊之处，那就如同落水老鼠一般，一旦被敌人冲杀便是大大不利，到时怕兵士手脚都已冻僵，连刀枪都不听使唤。”

“到时候把全部火枪集中起来护卫，不就得了？”

“差矣！故意放枪放炮，暴露位置，有这样奇袭的吗？况且，我们区区七百人，敌人却有一万多，就是有火枪也无用。依老夫看，还是照大御所所说，一面与池田部联手切断敌人，一面进攻才是上策。还请大人三思。”

“你是怕了？”

“若有不测，危险至极。”

听郎兵卫这么一说，明成也觉有理。天一亮，对岸插满了己方的旗帜，只是想象一下，这种情形自然令人颇为畅快，可一旦变成落水老鼠，在寒风中瑟瑟发抖，那就不是好不好看的问题了。

“难道眼睁睁让战机溜走吗？小左卫门，你说呢？”明成一脸遗憾。

力主奇袭的加贺山小左卫门转向佃治郎兵卫，“恕在下失礼，能否请您听一听晚辈的意见？”

“你还未死心？”

“正是。”小左卫门探出身子，毫不迟疑道，“我想先请教一下，对于这场争斗，前辈究竟是把它看作加藤的战事，还是天下的战事？”

这问法实在极其无礼。

佃治郎兵卫苦笑一声，道：“不用说，当然是天下的战事，是德川幕府的战事。怎么……”

“既然如此，今晚就必须渡河！”

“小左卫门，你怎的如此固执？你先说说，为何必须渡河？”

“那好。”小左卫门并不反感，扬头径直道，“正如前辈所言，此乃一场事关天下的战事。因此，以利隆、忠继为首，中国、四国各路军队都竞相摆开阵势，这一点前辈也知。”

“那又怎样？”

“万一其中一支队伍抢先渡河，将出现何等结果？中之岛之战就要开打了吧？”

“既然众人都为打仗而来，此甚是正常。”

“关键就在于此！正因我们人少，一旦抢先渡河，率先开战，其他各部自会争相渡河，与我部联手共同对敌。但我们一旦落后，将会怎样？”

“怎样？”

“仅池田兄弟的人马就有八千八百之多，一旦让他们抢先过河，我们还去打谁？到时候，我们就只能站在这岸上瞧热闹了。本是为了建功立业而来，结果竟躲在别人后边看热闹，这合适吗？”

听到这种论调，佃治郎兵卫不禁暗中叫苦。

“前辈，我还有一事要说。”

“哦？”

“加藤家曾受丰臣氏恩典，若我们只看热闹，战事就结束了，加藤一门必有大忧。”

“唔。”

“这场天下之战，就算中途出现波折，最终必是江户获胜。与其对一场必胜的仗畏首畏尾，冷眼旁观，莫如抢先一步渡河，再获取中国、四国各部的帮助。想让他们相助，最好的办法就是抢先过河。前辈以为如何？”

加贺山小左卫门说到此处，旁边一人接过话茬：“真让人佩服！年轻人有些见地。让别人来帮我们作战，好主意！”最先拍膝感叹的，乃是被誉为加藤双柱“一佃一河村”之一的家老河村权七郎。

一旦打起仗来，人的思虑总是会跳到常识之外。人们原本毫无理由相互杀戮，故出现“异常”，本也无可厚非。但在残暴的杀戮为世人接受前，人必须寻一个理由，即出战是为家门争取功名。加贺山小左卫门就明显在这般算计。一旦加藤一门受到幕府猜疑，大家就危险了。正因看清了这些，他们才在家主被留在江户之后，一齐出征。一旦他们被评为“隔岸观火”，招致无端的怀疑，还来出征做甚?

这的确是一场毫无失败之虞的战争，佃治郎兵卫也绝非算不懂这笔账。故，在河村权七郎称赞了小左卫门之后，他也伴带着更深的感慨赞道:“哦，真是英雄出少年！不简单，佩服！都怪老夫不懂你，真是汗颜。公子，那就请立刻下令渡河吧。”

至此，所有人都把家康的命令想成关怀和体恤，竟无一人提出怀疑。

“好！要在雾气最浓时渡河。多加注意，休要冻了手脚！”

就这样，加藤明成部违背了家康意志，坚决渡河。

加藤一方情形如此，池田又如何呢?

家康的传令者城和泉守信茂，先是到了冈山的池田忠继阵中。池田忠继和姬路池田利隆均为三左卫门辉政之子。利隆为兄，忠继是弟，这对兄弟早在把阵营移至此地之前，就因争打头阵吵过了。

“进攻大坂时，谁也不能抢先下手，我们兄弟要互相联络，合力作战。”尽管二人早已约好，可自从赶到尼崎，利隆竟抢到了忠继前面，提前渡过左卫门殿川，把阵营推至神崎川一带。忠继自是勃然大怒，也急渡过左卫门殿川，与兄长并排扎营。

“是兄长先爽约，也就别怪兄弟自行行动了。”扎营完毕，忠继立刻向兄长的阵营派去了使者，正巧家康的使者也到了。

城和泉守以严厉的口吻命令道:“大御所有令:不可轻率出击，士众驻留河岸，仔细打探敌情，原地待命。”

冈山的池田阵中，忠继和老臣荒尾但马守正同席谈事，商量如何在雾中抢功，家康的命令忽然传来。听到命令，忠继一脸苦相沉默下来，荒尾但马守则若无其事满口应承:“遵命。大御所明鉴，从此处进攻，地形不利，敌人众多，绝不可鲁莽进兵。就算想渡河，水也甚深，况尊使也看到了，对面的敌人早就摆下了枪林严阵以待，怎能渡得过去?”

对岸把守中之岛的，为织田有乐斋的一万军兵，荒尾但马守的说法也煞有介事，于是，使者城和泉守也就信以为真，满意离去。他还要赶往忠继的兄长利隆阵中。

待和泉守离去，忠继斥责荒尾但马守道：“你为何连我的意思都不问一问，就擅自答应下来？真是无礼！”

“话虽如此，在下也无法向大人您开口啊。大人定是不想答应。”

“那还用说？战事的关键在于战机。一旦丧失战机，头阵的功劳就让兄长抢去了。”

“哈哈！”

“有何好笑？闭嘴！”

“哈哈哈，大人可真是实诚。”

“嗯？”

“好不容易到这战场上，若对和泉守的话都信以为真，怎能抢得头功？对那命令，只做唯唯诺诺模样就是了。”

“哦？”

“不然，使者怎会满意而归？估计现在令兄阵中，早已吵了起来。机会便在于此，我们完全可乘机迅速作好渡河准备。”

忠继笑道：“啊哈，好。”

“若想欺骗敌人，必先蒙蔽同伴，打仗的事大人就交给在下，尽请放心。”

无论是加藤还是池田的老臣，早已习惯了战场上的这种做法——把战功放在第一位。就这样，荒尾但马守命令手下到附近民家收来门板，做成木筏，自己则率领着火枪队，率先向雾中的河面冲去。

已过了夜半丑时，他们亦未隐蔽行动。木筏前进到河中之时，一声令下，火枪齐齐向对岸射击。浓雾之中，双方顿时人喊马嘶。

当进至距对岸两丈左右时，荒尾但马守一马当先跳进河中，“水不及胸，快跳！让木筏返回，再渡三四次即可！”他高举双手示意众人，扬刀冲入敌群。

中之岛上，织田有乐斋的军队大吃一惊，他们完全没料到敌人敢在如此寒冷之夜发动偷袭，他们还抱着期望：此处两军对垒时，大坂城与二条城的家康之间定在交涉。可笑的是，对方却似为了得到家康褒奖而抢功。突如其来的雾中射击，顿时让有乐的人慌作一团，敌人的木筏接连抢渡，令他们措手不及。

“敌人众多，不可轻视。”

“顶住，打退他们！”

有乐军且战且退。忽然，背后又传来呐喊之声。原来，趁有乐部的注意力被池田的人马吸引，加藤部亦猛地从背后扑向中之岛。

黎明前的中之岛，眼看着变成了惨不忍睹的修罗场。

中国部与四国部在河对岸一字排开，却又欲进不能，阵营顿时沸腾起来。

“究竟怎回事？”

“有人抢功。”

“我们也不可落后，即刻准备渡河。”

池田武藏守利隆更是捶胸顿足，叫苦连连：“必是舍弟。看不见马印吗？究竟是谁的马印！”

由于看不见马印到底是何部，利隆急派人去查看，回报：忠继的阵营早就空了，四千二百士众已经全数渡到了对岸。

“唉，让城和泉耍了！”正如忠继的家老荒尾但马所料，池田利隆确亲自接待了家康的传令使城和泉守。

“事到如今才下禁令，完全不像是身历百战的大御所所为。若是如此，干脆下令屯兵不出。都已经进至此处了，敌人就在眼前，怎能控制住磨刀霍霍的属下？我自会见机行事，把一切交给在下好了。”

听他如此一说，城和泉守被激怒：“你把大御所的命令当成什么了？这是命令！鄙人乃是大御所大人亲自派来的传令使。哼，鄙人的话就是大御所大人的意思。怎的，你欲违抗上意？”

被和泉守气势汹汹一顿教训，利隆无言以对，他气呼呼喝了一杯酒，倒头便睡，不料，他头刚一落枕，外面便枪声大作。他跳起来一声询问，方知先前早就盯上的民家门板，竟都被忠继征用了。他自是后悔不迭，大喊：“起！快起！准备渡河！快！”

此时，河面上的雾气已经微微地泛出清晨的亮白。

打仗讲策略、战术，但比起这些来，更有影响的乃是士气，乃是对胜负的自信，乃是蓄势待发的韧劲。有时，看似偶然的“冲劲”，往往能主宰一切。此次争功便是如此。

设若雾气不浓，天气不寒，加藤明成部自不会考虑渡河。在此条件下，若城和泉守不来，他怕还不会立刻采信老臣佃治郎兵卫的建议，还要往后拖呢。然，由于他们把家康派人看成前来慰问，方立时采取渡河行动。

压抑已久的马群，只要有一匹率先冲出，其余的自会拼命跟上。况且，池田兄弟早就撒腿欲奔。城和泉守适时赶来，马遂脱缰而去。

忠继部与加藤部登上中之岛，在黎明之前让战火燃遍了全岛，此为初七清晨。

放眼望去，池田忠继的马印在下游迎风招展，加藤明成的马印则在河上飒飒飘扬，二部恶狠狠向织田有乐部猛扑过去。

如此一来，众人都按捺不住了。最先跳上船只的，乃是与池田利隆并行扎营的备中庭濑三万九千石的户川肥后守达安，接着，离加藤甚近的作州津山十八万六千石的森美浓守忠政开始渡河。

姬路的池田利隆部亦在天亮未久就发起了渡河战，丹波福知山八万石的有马玄蕃头丰氏的部队，发现中之岛已经被自己人抢先占领，更是进了一大步，径直渡河向天满山方向扑去。

加贺山小左卫门的预想完全变成了现实。若只是小股部队渡河，有乐军于人数上还占有巨大优势，可一旦诸路军队持续行动起来，必势不可挡。在从上游杀过来的加藤部和以荒尾但马为首的池田部的夹攻下，有乐部败相频露。除了加藤、池田二部，河面上黑压压杀来的，全是敌人。

当微弱的阳光再次被云雾遮住，冰霜的大地被雾气濡湿时，有乐部已往天满山方向溃逃。

织田有乐斋恨得咬牙切齿，居然如此轻易就被家康骗了！虽然他并未接到确信，但家康看来似真不愿一战。把片桐兄弟派到北侧前线，家康一定也想通过谈判解决问题。

其实，有乐的这种判断绝非胡思乱想。可是，在遭受意想不到的夜袭之后，他自然窝了一肚子说不出来的火气，“那老狐狸，都七十多了，还玩愣头小子的手段，真是个好战之人。”

愤愤不平的有乐也已是六十八岁高龄了，当他收拾残兵退至天满时，早已累得精疲力竭。然而就在此时，有马玄蕃的八百军兵驾船一窝蜂拥了上来，有乐赶紧让慌作一团的士众钻进护垒，以稳住阵脚。但就算这样，仍是不敢大意，回首望去，中之岛已被池田忠继和加藤明成的马印填满。

“来人，我部遭夜袭，赶紧进城把战况禀报上去。”

牵马的人在溃逃中不见踪影，有乐抓住身边一个面生的年轻侍卫，问明他名唤芳野三四郎后，令其进城，“原以为将军不出伏见城，仗便打不起来，现在看来，有乐大错。老狐狸还是和关原合战时一样，唆使中国、四国的大名投入了战事。告诉大野修理，我本以为那老东西会先围城，不急下手，却是走了眼，真是万分抱歉。告诉他，城外的战斗已无指望了。看到此处起火之后，立刻为我打开城门，然后，就只有据城固守了。”

人总会犯糊涂，有乐先前的想法自是不差，但在遭遇奇袭之后，他完全乱了章法。若他能保持足够的冷静，向对方派去密使，一定不会失去与家康最后的交涉机会。其实，他早就已看清，仗硬打下去，只会招致丰臣氏败亡，况且他也为如何消除浪人的野心而大伤脑筋。

能力尚值得怀疑的芳野三四郎去了未久，有乐斋脑门上冒着热气，向刚刚上岸的有马部迎了上去。他一开始就未抱胜望，自然无法战胜士气正高的进攻一方。

那个不知大野治长是何模样的芳野，在城内各阵中迷乱徘徊，有乐斋看到宫岛备中的士兵被如雪崩般的福岛和池田部袭击，只好急令士众放火烧了护垒，随后匆匆逃进城内。

战必胜之！对于从小就在战乱中长大，如今终平定了天下的德川家康，此乃不可更改的铁则。“胜之过犹不及。”这又是家康近来常挂在嘴边的一句话，但当他听说中国、四国的部队在眨眼间便进攻至天满川岸，在距离大坂城仅有一河之隔的地方扎营，不禁沉下脸来，怒道：“乱我大事！”

将士们仍意气昂扬，陆续前来报功、求战：“何时发动总攻？”

本多正纯只是微笑。家康的计划已被彻底打乱。如还在对峙，试图说服对方，尚可在双方怨仇未炽时，寻到化解之方，可事情既然已到了这一步，未来如何，恐非人力所能预料与控制了。正是为了避免此恶发生，家康才派城和泉守去四处传令，现在想来，怕是选错人了。可事已如此，就是把他砍了又有何用？

事实上，自古以来，军中就有一个不成文的旧例——允许争功。因此，加藤、池田各部率先出击，并不能算作违背军令。立头等战功的，就是一举占领中之岛的主力池田忠继。

“大人，是不是该褒奖他们？”

对于正纯的建议，家康许久不答。“正纯，你似不明我的心思啊。”

家康口中，“上野大人”和“正纯”意味大不一样。正纯心下一惊，“是不是在下犯了什么过失？”

“唉，非是过失……非是过失。”家康摇了摇头，“但，正如‘饭吃八分饱’于养生一般，胜亦只八分足矣。”

“八分？”

“你听着，胜之太过，便与多食无二，只能有害。你要好生记着。”尽管口上这样说，家康还是同意了正纯的建议，“褒奖忠继。”

但此时正纯并未意识到家康话中之深意。据说，直到家康公逝后，正纯被政敌驱至奥州一隅时，才真正明白此中意思。此为后话，不言。

冬月初八于二条城会见急急进京的天海上人之前，家康始终失魂落魄。但见过天海之后，他再次恢复了活力，埋首政务。

冬月初十，秀忠率大军抵达伏见城。

至此，江户与大坂两军正式对垒。

一九　缓战定军心

冬月初八，喜多院天海上人与家康究竟谈了些什么，无人可知。令人惊奇的是，家康从第二日起便有了精神，他必是又有了新的章法，且此章法足以驱走前几日乱战于中之岛留给他的忧虑。

十一日，家康与秀忠相见二条城，父子甚欢。家康道："既然将军已经抵达，战事就不能再拖了。从十三日起，进攻大坂。"

对家康的苦衷半知半解的秀忠，以一贯的严谨态度答道："拖延太久有损关东威信，孩儿也认为应尽早发起进攻。"

家康对自己想方设法要和解一事，只字不提，却道："先前，我之所以再三要将军莫太急，是想避免军兵过于疲劳。此战胜券在握，自当稳扎稳打，将军甫一抵达，即可开战。怎样，将士都还好？"

"是。由于父亲屡次提醒，一路上孩儿让军兵把头盔都摘下来，铠甲都脱了。"

"哦。是不可穿着厚重的盔甲长途跋涉。"说着，家康放声笑了起来。

"父亲笑什么？"

"我想起关原合战时的事。我还未与将军说过此事呢。当时，军中有一个叫金六的江户商家，他被没收了驿马和人夫。此人甚是稳重，士卒都听命轻装行军，唯金六却依然一身甲胄，坚决不肯脱。有人向我禀告，我才命他脱掉……现在想来，仍欲发笑……"

"这……"

“可是，待过了吉田，就要进入冈崎时，却有人把一副甚是气派的盔甲弃在路旁。哈哈哈，那人便是金六。就连性子倔强的江户人都吃不消了，每走一步，腿甲就碰在膝盖上，渐渐地，膝盖生疼，身体疲劳，肩膀酸痛，穿着那身盔甲，一步也走不动了。尽管不愿，还是丢弃了。战后，他哭丧着脸大为感叹。”

家康愈是好笑，老实的秀忠就愈糊涂。他不明家康究竟为何提起这毫无由头的话。心中转过几个念头，他仍是大为不解。

“十三日令全军出战，我十五日出二条城。我不想如金六那样，我只穿阵羽织。士卒也莫着盔甲，轻装上阵。我从木津经奈良，转到法隆寺，进入摄津，参拜完住吉的神社之后，再投入战场。将军也尽量轻装上阵吧。”

秀忠本欲速战速决，看来，家康已想好了一个完全不同的主意。

“遵命！”

尽管如此回答，但秀忠仍不明父亲的心思，不禁焦虑不已。

家康于冬月十五辰时从二条城出发。他身穿阵羽织，不骑马，乘坐轿舆。家康身子肥胖，轿舆尽量用轻竹席制成。正因如此，他给人的感觉不似出征，倒像是优哉游哉游山玩水。

“乘这样的轿子，一旦遭火枪袭击，可不得了。”在一旁服侍的大久保平助担心不已。

家康却不以为然，“休要担心，敌人主力在城内，离我们走的路天远地远。”

家康此次行动的确令人费解，中国和四国的盟军已经逼近城门，他却刻意要转到奈良，还要到住吉……

当日未时，家康抵达木津，在里正家中用了顿便饭，故到达奈良已是申时四刻。在奈良，家康入住奉行中坊左近秀政府邸，当夜以慰劳将士为名，令秀政请来能乐艺人。据云演出的剧目乃观世宗节的《胁谣》，舞者为延命四郎入道。

与家康同时出发的将军秀忠，当已抵达平野，可家康竟悠悠然绕到奈良欣赏能剧，怎不令天下疑惑？

能剧结束之后，家康叫来中坊秀政，“匠头中井大和守正清可住在这附近？能否把他找来？”

中坊秀忠有些纳闷，道：“莫非大人有新工程？”

“有，我想问问中井的意思。”

未几，中井大和到，家康快意地赐酒一杯，道：“你能造多高的塔？”

“塔有五重、七重不等……”

“是啊，大佛殿你都能造起来，塔之高矮对你来说，当然不在话下。”家康轻轻笑道。然后，他命左右退下。事实上，家康特地从木津绕到远离战场的奈良，就是为了在此见中井大和守正清。中井正清为自圣德太子以来天下四大工匠之一的后人，尽管不过一介木匠，却被朝廷赐予从四品大和守之位。由于受到丰臣氏重用，他对大坂的事情当然甚是清楚，但家康此次找他，却是为了另外的事。

“大和守，为了丰臣氏，你会不会犯下杀生恶行？”身无旁人时，家康突然问道。

“杀生？”中井大和不解。

“是。我要你建一座有违义理的塔。”

中井大和守紧盯住家康，沉默良久。他明白家康的意思，因之前二条城早已向他派了使者。

“为谨慎起见，小人想再问一遍。如小人建塔，就真能避免流血？大人可真想妥了？”

“你的意思是，我若不能肯定，你就不应？”家康语气平静，表情却极严厉，“此事啊，我对将军三缄其口。打仗最重要的是士气，我却不想一战……这样一来，一切计划都乱了。因此，即使你问我，我也不能……哈哈。”

中井大和又沉默片刻。其实，家康希望他在关东军队完成对大坂城包围之时，在能够炮轰天守阁的位置筑起一个高大的炮座。大炮的重量，家康还未具体向中井清正透露，但似是从红毛人手中买来，相当有分量。

如在炮座上置一座可射出几贯重炮弹的大炮，炮座极可能坍塌，况且，也非只放一炮，故中井大和甚是为难。

“若是供养塔，小的当然不会拒绝。可若是筑一座攻打于小人有恩的丰臣氏的炮座……”

“我明白。”家康小声打断了他，“说是杀生，其实只是造起来即可，也许一炮不发呢。”

“大人能有个准话吗？”

家康摇了摇头，“若说绝对一炮不放，造出炮座有甚用？不发炮，自不会死人；发炮，便会死人。但，我还是认为非建不可。”

中井大和叹了口气。

“大和守啊。”

“在。”

“事到如今，解救丰臣氏的办法只有一个。”

“……”

“那些大将都不足谈，就连右大臣也无可奈何。现在，能提出议和以安抚众人的，只有淀夫人。”

“这……小人也知。”

“一旦淀夫人被炮击中，他们还有何主心骨？只要让他们生起这种疑虑，议和就水到渠成。这样一个炮座，未必是为杀生……怎样，你答应吗？”说着，家康又平静地添了一句，“此事将军也不知。”

思虑良久，中井大和守默默伏在地上。

中井大和守真想一口拒绝，但家康平静的语气背后，却流露出让人难以违抗的威严。家康已明白告诉他，即使建起高大的炮座，也未必会发射，因为其目的只是想利用大炮，让淀夫人弃战求和。

仅仅架上大炮，就会令淀夫人放弃？若恰恰相反，大炮令城内群情激愤怎么办？几炮不就把秀吉公引以为傲的天守阁轰塌了？到时，遭到毁坏的将不仅是天守阁，储存于下面的火药恐也会爆炸，万千人恐会同时丧命。倘若秀赖和淀夫人同赴黄泉，又该如何是好？

中井大和守从心底里觉得家康可惧。曾听人把那种大炮称为“国崩”，但他并未目睹过它的威力。

“听说只要一发炮，无论多么坚固的要塞，也会在瞬间崩塌……”中井清正喃喃言罢，又不无担忧地加上一句，“真希望这场战事用不着大炮，就能结束。”

家康也松了口气，点头，“不必担心，并非非用这大炮不可。因为家康除了大炮，还有几手棋，亦会让淀夫人更易说服众人。”

“希望大人能够如愿以偿。”

“大和守，大坂城决非易守难攻、固若金汤，人建造的城池，亦会因人坍塌，他们若能这么想，就铺好了通往太平的坦途。家康比谁都希望战事能早一日结束。你信我一言，好生去准备吧。”

“遵命。”

中井大和守退下之后，家康再次把奈良奉行中坊秀政叫来，并与此次随军而来的金地院崇传、林道春、兴庵等人闲谈片刻，方就寝。

十六日，天下雨。

时已冬，雨水冰冷刺骨，身弱之人实在忍受不住。

“不用太急，等放晴了再走。”家康把意气风发的旗本大将们斥责了一通，决定待雨停了之后再出发。当夜，就住在法隆寺的阿弥陀院。

家康总想千方百计拖延决战，总想给大坂机会，这真是一次令人焦虑、迷惑的旅程啊！崇传、道春等人都在担心，家康是不是病了？

秀忠则把此次出征看成向天下展示幕府威仪的绝好机会。从伏见城出发之后，他当日就抵达平野，等候家康。父子俩的想法迥然不同。

十七日，雨完全停了，路也干了。

由于家康早就下令寅时四刻从法隆寺出发，众人都觉大战在即，故一起来就穿上了盔铠。

看到崇传、道春、兴庵等都身着武装，家康不禁放声大笑，“哈哈，我的旗本当中竟有三名法师啊。”他仍不穿盔甲，着一身绣满鹰羽的阵羽织，轻装从大和进入河内。

从黄昏时分起，原本晴朗的天空再度布满阴霾，到达摄津的时候，天下起了大雨。家康立刻命人把轿舆抬到了住吉神社的社司家中，住下，然后派人至平野通报将军。

未久，土井利胜飞马赶来问安。利胜看起来甚是焦急。不只是他，敌人近在眼前，有谁还能如家康这般不慌不忙？

“将军甚是忧心，怕大人在途中有恙。”

利胜来到家康面前时，家康正一边喝酒一边和神官闲聊，回头道：“嘿，让将军担心了。你看，我这不是很好吗。回去告诉将军，让他放心。”言毕，他又道：“大炊，可不能着急啊。有的仗要速战速决，把敌人杀个片甲不留，有的则不可。话虽如此，太散漫了，也会伤了士气。你告诉将军，让他明日一早赶到天王寺的茶磨山，先仔细察看军情。我亦会于明日卯时赶到那里。”

“大人终要出阵了？”

“是。明日集众将议事。一切安排都在那之后。”

“明白。在下马上赶回去，把大人的意思禀报将军。”

土井利胜去了之后，家康于亥时歇下。

家康未食言，于十八日拂晓从住吉出发，赶往茶磨山。

但这一日，家康依然不让身边的一百精兵穿盔戴甲。每个人都衣装华丽，连他自己也仍只披阵羽织。

大坂城必放出了不少探马，家康究竟会给他们留下一种何样的印象呢？

但一抵达茶磨山，看到将军及其亲信出迎，家康立刻换上一副严峻的表情，集众议事。

在杀气腾腾的营中，与秀忠共同出席的家康不禁感慨万分：没想到我一生金戈铁马，竟经历如此令人迷惑的战事。

家康从小就习以为常的战事，时时都是生死攸关，是“我不杀人，人必杀我”的殊死搏斗，是在险象环生的情形下，不得不奋起反抗，血战沙场。可这一次完全不同。此次已胜券在握，但家康却只想竭力避免一战。这是一场磨砺所有人的战事，以小儿为对手，这个对手连最浅显的道理都一问三不知，然而他和他的旗本大将，心中竟已战火熊熊！

“父亲，您也看到了，此处距离大坂城只二十七八町远。因此，只要把城围个水泄不通，必破无疑。”

秀忠一边说一边请家康坐下。家康简直哭笑不得。看来，这如此谨慎的策谋，必是出自藤堂高虎之口，因侍立于秀忠身侧的高虎，眼神甚是得意。

“谁在最前边？”家康就座。

“让三十骑火枪手守候，以防万一。”高虎代秀忠答道。

“火枪手？真是细致周到。”家康让秀忠也坐下，举首望着高高耸立于眼前的大坂城天守阁。它直冲云霄，已故太阁洪亮的声音似隐隐从中传出。

“从此处望去，大坂城也变成了一座无甚特别的小城。”秀忠昂然道，“区区一座小城，若不能轻易拿下，必会损害幕府威信。全军士气高涨，几欲吞下敌人。因此，孩儿以为，应从一处突破，然后立即转入总攻，一举荡平大坂！”

家康并不理秀忠，单是对其旁的利胜道：“看来，我们的位置比预想的突前。”

“是。已经好久未打仗了，大家自然精神百倍，兴奋不已。”

“这无甚不好。可是，敌人的守备似比我们预想的要牢靠。嘿，我和将军的意见截然相反。”

“父亲的意思……”秀忠惊道。

“将军的意见虽也大有道理，可大坂毕竟乃已故太阁倾其所有筑建。即使突破外城，其内沟宽水深，城高墙厚，本城更是牢不可破。看来，这次是要打持久之战了。”

“持久之战？”秀忠深感意外，立刻道，“这可不像父亲的话啊。如此严冬季节，一旦僵持下去，不仅会长敌人志气，还会打击我方好不容易鼓起来的士气。孩儿以为，应趁热打铁。”

“我所说的持久之战和将军想的持久之战，可有些不一样。”

“有何不同？”

“天寒地冻，人的身子自然僵硬。可若我们沉下气来，一点一点构筑工事，然后躲进护垒，这样一来，严寒就不成问题了。”

“这么说……就无所作为？”

“也不是。乃是作好打持久之战的准备，在城外构筑反击的工事。这样一来，我们就得忙起来了……”

秀忠使劲眨着眼，欲言又止。良久他方明白，父亲定早有考虑。

“将军啊，天下一旦太平，世人就很难知些战场滋味了。”

“父亲说得是。”

“因此，要趁着各地军队好不容易集中起来的机会，好生教教他们，让他们知，仗的打法多种多样。”

“是……”

“既有抢功的仗，也有力戒骄躁盲目、把伤亡减到最少的仗。”

“是。”

“如仅仅花费一点代价就可以结束战斗，却硬要盲目强攻，让多人白白丧命，那就有悖天意。不战而屈人之兵，善战者也。所以，我说这场战事中并无强攻的必要。”

“……”

“最好是在各要塞构筑工事，切断城内外交通，先把城池团团围住。你暂且退到伏见歇息，我也到河内或大和一带去打打猎。何乐而不为？”言罢，家康再一次把目光移向被无数壕沟和河流包围的大坂城，道：“就算他们坚持得住，也拖不过夏天。我们要把他们围起来，在这里过年。好，好主意！”他自言自语，满眼祥和。

秀忠瞪大眼，不语。虽然尚未弄清父亲究竟在想什么，但他心里极其不满。他并不认为敌人已顽强到了非构筑封锁工事就无法拿下的地步。相反，他认为，若现在一鼓作气发起总攻，不几日就可解决战斗。父亲究竟在想什么？难道父亲在等待着城内主动前来请降？

秀忠一脸不满，沉默。家康遂对本多正信道：“佐渡，将军似乎认为，只有一口气攻下大坂，才可展示幕府威仪，你说呢？”

“这……”

“我却不这般认为。不信就在此时激战一场看看。唉，必会生灵涂炭，无数难民挤满大街小巷。此城破坏容易，重建可就难了，不知要使多少银子啊。仗是胜了，但若让百姓尝尽苦头，却非身为上位者最好的德行。势均力敌的战事另当别论，现在乃是一场只要假以时日，就必然等来胜利的战争。你替我劝劝将军，让他明白此中真意。”

本多正信心里一惊。秀忠几乎从不忤逆家康，可这话若让不明就里的人听了，总觉得已是严厉的斥责。

果然，秀忠神情严肃地抬起头，“既然父亲是这个意思，秀忠还能有何异议？秀忠只想趁着将士热情高涨，将敌人一举荡平……”

“且等，将军。”

“是。”

“这是议事，事情定下来就好。佐渡。”

“在。”

“你都听见了，将军也同意我的意见了。”

“正是。”

“既然已经决定打持久之战，就赶紧展开地图，在那席上就行。最近，老夫的眼睛愈加不济事了。”

家康爬上了铺在铁盾旁的六叠大小的席子。如此一来，其他人也就无法再提异议。秀忠也缓了缓脸色，近前来。

“哦，这地图还挺大，看得很是清楚嘛。唔，这里是我方一线。”家康戴着老花镜，仔细察看一遍城周军队的部署，之后，从林道春手里接过他用惯了的朱笔。“真是一座不错的城啊！”家康一边自言自语，一边用朱笔在地图上圈圈点点。当然，他所圈出的就是要构筑要塞的地方。看到朱圈增加，秀忠再也忍耐不住，起身欲去。

为何要做这种无用之事？一个疑念涌上秀忠心头，难道父亲是对我心怀不满，故意为难？忠厚正直的秀忠从未想过此事，此念一生，一股令人胆寒的忧虑袭遍全身……

众人看来，在进攻大坂的问题上，家康的态度从一开始就有些异样。他虽并未像早年那样面斥秀忠，说话甚是客气，在众人面前，他一口一个“将军”，对秀忠颇给面子，但对于打仗，却几乎不容秀忠插嘴。

秀忠原想趁此机会，向天下大名展示将军威严，可家康的想法却相反。在行军途中，家康的使者一到，口信必是“莫着急”。秀忠一旦兴奋起来，家康必会大泼冷水。正如家康所言，此确是一场不会失败的仗。但话虽如此，一旦打起持久之战，谁也无法保证不会出现纰漏，万一敌人找到破绽，就麻烦了。而且，大名当中也有不少人想在年内就结束战事，好回领内过年，一旦拖下去，必有人觉得将军胆小懦弱。

若父亲对自己失去了信心，想把将军一职另给某个兄弟……不，不会有那等事！这么想是对父亲的亵渎——秀忠不由得产生了这种疑惑，尽管他拼命压抑，心里仍怀有巨大的不安。

家康甚是严厉，他绝不任人唯亲，此次的大坂之战不容秀忠有一丝失误。大御所虽时常插手政事，但他不再是征夷大将军，德川之主已是秀忠。真有失误，只能说明将军秀忠缺乏头脑和威仪，其责毫无旁贷。若因此另立了忠辉或义利，也非毫无道理。

“将军，你在看什么？”

秀忠心思如乱麻，猛听到家康之言，不禁一怔，回过神。家康摘下花镜，地图上已圈点完毕。

“将军既是赞成，我就把该建工事的地方都用朱笔圈了出来。请将军过目，看看有何可议之处。”说着，他的语气变得严厉起来，“只怕，现在就要你提出意见，似有些勉为其难。这落朱的地方乃是封锁的护垒，点线表示堆积土山，短线是要挖凿壕沟。如此对阵，这个年就可以安安稳稳过了。我还要赶回住吉歇息，将军若还有什么想法，一并决定之后再让我看吧。佐渡，你也要与将军仔细商议。”说完，家康径直去了。

秀忠拿眼一瞥，光封锁工事的朱印就超过十处，他心口针扎般疼了起来。

送走父亲，秀忠再次把目光落到地图上，藤堂高虎和本多正信也凑过来看家康圈点的朱印。

天王寺和茶磨山当然为主阵，今宫下、传法口、大和路、守口、天满等地也都仔细圈了出来。

“此乃步步为营啊。”高虎说道，“若是这样，就可以安心过年了。”

“是。”正信附和道，“只要切断城内外联络，他们自会出来请降，这就是大御所的想法。”

秀忠不语，默默听着二人对话。

“严密封锁，敌人果真会请降吗？”高虎用扇指点着朱印道。

“只是封锁……他们恐还不会请降。”

“这么说，佐渡大人认为……大御所还有别的主意？”

“是。听说，大御所在奈良召见了中井大和守正清。”

“中井正清？”

“是。我想，大御所怕是想令中井大和筑一座高大的箭楼。”

“箭楼？”

“是。在上面安置大炮，轰掉大坂城的天守阁，城内将会如何反应？”

“高见！”

“淀夫人乃一介女流，秀赖从不曾历战阵。他们必会吓得屁滚尿流，主动前来请和……”

听到这里，藤堂高虎拍膝道：“我明白了。”

“明白什么？”

“不只是中井大和，大御所还下了密令，让人从甲州调集掘金人夫来呢。”

“哦？这我倒是头一次听说。这么说，大御所要在空中架炮，地下挖洞？”

“且不管实效如何，如在挖掘的地洞中塞满火药，从地下把城炸上几炸，城内定会阵脚大乱。对，必是如此。”

秀忠警惕地望了望四周，心中骇然。

把这些话告诉城内的途径很多，可以让探哨去，也可透露给常高院。秀忠不禁为自己对父亲无端猜疑感到羞愧，他再次瞧了瞧各朱印圈点的地方和天守阁的距离，然后在天满和守口又添上两处朱印。

十九日，秀忠带上这份地图和土井利胜一起赴住吉去见家康。

家康身着便服，把秀忠迎进神官家的一个房间，笑道：“怎样，明白我的布阵了？”他笑着瞅了瞅利胜展开的地图，又呵呵笑了起来，“哦，又加了两处护垒。”

“将军……”土井代秀忠开口道，“将军告诉在下，说已完全领会了大人布阵的意思。可在最近的这一带安置大炮，直指天守阁，然后再召集掘金人夫，从壕沟下向城下挖掘地道。这样一来，我方不损一兵一卒，即可一举颠覆城池。当然，表面上自要装出一副悠悠然等待时机的样子。如此，到了明春，真是不战而屈人之兵了。”

家康飞快看了秀忠一眼，又笑了，“哦，好主意，真是好主意啊，上有大炮对准天守阁，下有地道通往城下。”

“是。若大人允准，在下立时按此计部署。”

“你觉得怎样，将军？这怕是将军的想法吧。”家康认真地瞧着秀忠。

秀忠脸红了，老父宽容而无私地支持儿子，不禁让他感到羞愧。“是。若父亲允许，孩儿立令中井正清等去准备。”

“好。只是，最好不用大炮就把事情解决。怎么说，大坂城也是太阁苦心经营的城池啊。”

“这一点孩儿也想到了。待我们准备好了，城内人在惊恐之下，自会改变主意。”

“是啊，说不定只放一炮……就行了。你定要记着，显示威仪即可，用不着多放炮。对此，想必大炊也无异议。”

“在下怎能有异议？如此，方为天下人的为政之道。”

“好，就这么定了。与佐渡商议一下，赶紧去准备吧。”言毕，家康若无其事让秀忠用烟。秀忠心口一热，忙把烟丝盘推到父亲面前。如此慈爱的父亲，自己竟无端猜疑起来！

家康之为，已超然于虚荣和功劳之外，恐怕，他已把自己的一言一行都当成了最后的言传身教。

“孩儿现在就回去安排人筑建工事。”

“连烟都不抽一口了？”

“既然父亲已经答应了，准备愈早愈好。”

“好。我也会马上行动起来，希望尽快有结果。”

“结果？”

“是啊。最好是让金匠后藤庄三郎跑一趟，他在城内颇得信任。你与佐渡联络，让庄三郎暗中来见我一回。”

“是。”秀忠几乎语噎，不仅是战备，家康连议和使者的人选都已胸有成竹……

二〇　巨炮动心魄

看到织田有乐斋撤回城内，真田幸村后悔不迭，气得浑身颤抖。

此前，众人已决心死守城池。战事才刚刚开始，浪人的士气也用不着担心。可是，自从有乐撤回城内，令人忧心之事就一件接一件发生。被派往城外去刺探敌情的探马，屡屡消失于片桐和藤堂阵中。若说他们乃是为了去打探敌人动静倒罢了，但反过来，也未尝不可解释为：与敌人暗中勾连之人竟可自由出入大坂城。幸村让从小就跟在身边的亲信前去打探，结果发现，有乐斋已在频频与金匠后藤庄三郎联络。后藤庄三郎与片桐且元关系尤为亲密，因此，至今仍可自由出入于且元阵中。如他跟城内保持联络，不用说，定有问题。

织田有乐从一开始就无甚战意。他有头脑，比片桐且元还要洞悉时势。他分明从一开始就知道双方实力悬殊，不足一搏，但看到城内的气氛难以抑制，便假装同意开战，实际上却仍在寻找议和的时机。“不妨一试。如果事情不妙，就痛痛快快投降，从头再来。”他怕正是怀着这样的心思，领兵在距离且元最近的地方扎营。

再一想，幸村蓦然发现，大坂城内的气息已和他当初入城时大不一样了。德川大军步步紧逼，越聚越多，眼看就要达二十万了。与此相反，蒙丰臣旧恩的大名却应者寥寥。尽管分别以秀赖、淀夫人、大野治长和织田有乐的名义，向天下大名发去了求援信函，但作出回应的却只有福岛正则、毛利辉元和加藤清正之子忠广。福岛正则在接到借粮的请求后，只答应与大坂以自由买卖的形式交易，他还对江户方面献策：“可把淀夫人扣为人质，然后讲和。”毛利辉元亦只令其家臣佐野道可扮作浪人入城，悄悄送上一万石米和五百锭黄金，但他又暗中把誓书献与了江户。加藤忠广回应说，将令老臣加藤美作守带领两艘大船前来援助，可船的影子至今未见。伊达、上杉等都是前来进攻之敌……

那些开始时精神振奋、口口声声要发动决战的人，也都沉默下来，现在，秀赖整日大发脾气，大坂城内气氛实在异常。

幸村看得很清楚。开始时秀赖几无战意，想战的只是淀夫人，煽动淀夫人的，则是大野治长和一帮蠢笨的老女人。

一旦秀赖少了战意，一切都无从谈起。于是，幸村已于冬月底特意把大助送到秀赖身边，通过大助让木村重成、细川赖范、森元隆等劝说秀赖。在众人轮番劝说下，秀赖逐渐改变心意，时已到腊月中旬。幸村刚松了一口气，淀夫人和老女人却又动摇了。她们之所以如此，自是受到大野治长的莫大影响。织田有乐已经有了与敌方通谋的嫌疑，若主将大野治长的态度再变，仗还怎么打？

幸村将胜败置之度外，为实践信念入城，现在看来，实是贻笑大方。他在城南的护城真田苑上，望着眼前敌人不断构筑护垒，顿时怒不可遏。家康和秀忠连影子都见不着，只是一味令人构筑工事，为打持久之战作准备。就算己方想忽然杀出去，令对方心惊，也是隔靴搔痒。

幸村忍无可忍，傍晚时分，把护城托付与伊木七郎右卫门守卫，自己则悄悄造访了城内玉造口附近的大野治长大营。

治长此时正在待客，让幸村候了好些工夫，才出来相见。让幸村大吃一惊的，是治长竟身着便服，脸色也甚是苍白，嘴唇在微微发抖。

幸村直感有些不对，来访的似是一位女客，在这最为紧张的时刻，来者自非为行男女之事而来，那么，她是淀夫人，还是常高院？

“啊呀，真田大人，让您久候了。刚才……”治长先让幸村坐在杌子上，小心望了一下四周，方道，“是位不速之客。”

“谁？”幸村不能不问。能让治长脸色大变，定非寻常之人。

“是……少君派来的。”

“右府大人？”

“大人已对守城生出厌烦之心，令今晚夜半向敌人发动总攻。”

“今夜？”

“是。大人说，他再也不能眼睁睁看着眼前敌人不断构筑工事。”

“那么，您答应了？”幸村大惊。尽管他可以理解秀赖的心情，但还是为此匹夫之勇惊住。

“当然拒……不，是劝他三思。只是，不知少君能否听……”

不等治长说完，幸村就截断他道：“右府派来的使者是何人？”

“木村重成。”

“哦，是长门守……这么说，他也同意出击了？”

治长面带难色，一边叹气一边添油加醋道：“真田大人，此次战事，事实上，早已内定于年内议和。”

对于这突如其来的变故，幸村并不如何惊讶。他早已料到会有这样的结局，只是一时竟也无话可说。

“今日已是腊月二十了，有人说，照这样下去，我们连年都过不了。”

幸村仍然不语。他已猜到是哪些人在说此言。

“但是，右府并不知这些。他宁为玉碎不为瓦全，凭着年轻的闯劲，欲立刻冲出城去，与敌人决一死战……”

“修理亮大人，请恕幸村多言：大人方才说过欲在年内议和，可对？”

“正是。”

“这就怪了！右府都已决意要决一死战，究竟谁要议和？”

治长一怔，立刻把视线转向篝火，“是淀夫人先提出来，有乐等众老臣及内庭女人也都赞成。”

幸村平静地反问道：“这么说，此次战事的总大将乃是淀夫人了？”

“真田大人，您就莫再说笑了。淀夫人也把少君放在第一位，绝不会不为他着想。而且，一旦议和，也须摸清敌方真意，不可能和众人一一商议啊。”

“哦？”

“不是人人都像大人这等忠义之士，毋庸说，汇集到此的浪人，多是为了生计与功名而来，一旦听到议和消息，还不知会如何猜疑我们呢。到时，必会生起大乱，因此，才迫不得已秘密行事。”

“……”

“想必大人也知，敌人在我们眼前建起高高的箭楼示威，还要在上面安置大炮。不止这些，据可靠消息，从甲斐、石见、佐渡到伊豆，所有掘金工匠都被征召了来。听说，他们或是用大炮轰塌城池，或是从地底下凿一条坑道，塞上火药来炸城。大人，看来这仗难打啊！”

幸村并不吃惊，他不笑，也无责备之意。此非战之罪，罪在天矣。想到这里，他全身无力，连话也不想说了。

“唉，我也极力反对议和。但后藤光次去煽动了常高院，常高院又去鼓动淀夫人，她们已坚定决心，以我一人之力终难改变啊。”看到幸村默默不语，大野治长拼命倾诉起自己的苦处来，“原本，我亦想为了丰臣氏而战，可是，一旦少君母子连同城池被一并炸飞……唉，我也就无话可说了。夫人还说，我们只顾自己的荣誉和体面，眼睁睁把他们母子往火坑里送。只要少君能够平安，她宁愿亲赴江户为质。”

幸村努力抑制住内心的情感，道：“织田大人的意思呢？”

“当然赞成议和。早知是这样，应一开始就议和才是。没想到会是这样。”

“与片桐有无联络？”

“有。一旦议和，他会尽量向大御所说几句好话。大御所还不至于如此无情。”

“为谨慎起见，幸村再问大人一句：一旦议和成功，那些浪人就无用了，大人打算如何处置他们？”

这才是问题的核心。六十余万石的俸禄，绝养不起十万余人。幸村话中自有揶揄之意。治长的脸拧住。如今的丰臣氏早已成了空壳，太阁的遗产早已花光，家臣也只剩那些关原合战以来的旧人。

“我想……”幸村讷讷道，“还是照原计去打，败便败了，不战请和，几万浪人在此，怕是请神容易送神难啊……”

“这也是最令我伤神的事啊。”

"哦？"

"并且，交涉时最先提出的必是此事。怎么说，他们都是甘为丰臣肝脑涂地之人，估计，关东方面也不想与他们为难，怕会说，退隐、留下皆便，一概不多干涉。"

"这么说，丰臣氏会比以前更强大了。"

"哪里！能够保住原有的领地就不错了。因此，只能把领地分给众人，除此之外，别无他法。"说着，治长仿佛忽然想起什么，又道，"我有一事想求大人，不知大人能否答应？"

幸村有些愕然，但还是恭敬地施了一礼，"若能办到，鄙人自会效劳。"他已明白，治长根本不足与谋。浪人都是为生计功名而来，治长竟天真地以为，不战而和，几个钱就可以打发掉他们！即使议和成功，也是和而无果，苟且偷生。

大御所或许会甚是宽大地让秀赖拥有旧领，或是在其他地方，给他一块同等大小的领地。可是，丰臣氏的病痛就解决了吗？若不找到切实可行之法解决浪人问题，一切皆无意义。可是，对于这个最大难题，似根本就无人深思。淀夫人及其周围的蠢人，出于对大炮和对地下挖洞之谣言的畏惧，只欲一味求和偷生。

"其实，我求大人的，也非别的：大人能否说服少君，让他也接受议和……"

"刚才您也说，反对议和的只右府大人一人。"

"虽是议和，这一切也都是为了右府大人。可是，在他身边，心高气盛的年轻之人太多了，他们无论如何也不明这种苦心。若说治长害怕敌人，倒也罢了，可若是说我因为胆怯而令夫人动摇，治长真不敢轻易开口了。"

"哦。"

"不止如此，关东方面若提出要主谋者切腹，治长也只能一死谢罪。"

幸村一怔，重新打量一下治长。治长的声音竟出奇地高亢起来，连眼角都通红了。看来，他尽了最大的努力，表现出了最大的诚意。

"修理大人。"

“真是让真田大人见笑……”

“大人一心为右府着想的苦心，鄙人甚是明白。”

“这么说，你答应了？如是大人开口，少君和长门守必放弃成见。”

“唉，唯独此事，我不能……”

“哎？您不愿？”

“请大人宽谅，鄙人生性不会撒谎，若右府问起战事结果，鄙人无论如何说不出议和二字。”

“大人反对议和？”

“修理大人，议和的时机已经错过了。战是亡，和也是亡，鄙人若这般禀告右府，他必定越发铁了心要出城一战。故，鄙人实不能胜任。”说着，幸村的眼角也热了。

幸村失算了，他万万没想到，城内的战意竟是出于稀里糊涂的一时冲动。关原合战之时，众人还能挺直脊梁，坚持到底。无论是石田三成，还是为他赴死的大谷吉继，都是在经过一番深思熟虑后才起事。“并非唯德川家康才手握至理。”尽管这亦是一己的执著，但其中闪烁着的，却是历经磨砺的不惜性命的血性。可现在的大坂城里，却根本看不到这等血性，有的只是模糊的反抗和煞有介事的小算盘，以及为此汇集的呶呶不休的浪人。若真是如此，真田父子的命运至此亦到头了。如真田幸村这等人物，把兄长信之的忠言弃于一旁，驱走叔父，将好友松仓丰后守大耍一番才来到这里……

“大人认为，议和实际也是大御所的安排？”

“修理大人，”幸村依然脸对着篝火，“大坂的命运已经到头了，但这并非大御所之过。”

“您是什么意思？在责难我？”

幸村轻轻摇了摇头，“当然非大人的过错。非要说是谁的错不可，只能说是这大坂城的劫难……幸村虽不会劝右府议和，但也不会苟且逃生。”

“这……”

“幸村将继承家父遗志，与右府大人共命运。此意亦请大人记住。”

一瞬间，修理呆住，垂头不语。显然，他并不明白幸村的意思。幸村昂起头来——你即使不明，也是无妨了。

“那么……那么，大人觉得，究竟谁适合劝说少君？”

“这一点用不着鄙人说，自是修理大人，或是淀夫人。除此之外，别无旁人。”

正在这时，听到一阵腿甲响动，一个人闯进幕帐，竟是治长之弟治房。

“兄长，出大事了！”

“大事？”

“道犬从船库里开出船只，赶奔堺港，到民家放起火来。”

“到民家放火？”

“听说他带着一帮人豪气冲天地走了，说是对兄长的决断甚是不满，为了支持少君，他要亲自为决战点燃火种。”

“什么，他……”治长的脸色再度变得苍白，狼狈不堪，浑身战栗，几欲委地。

幸村冷冷瞧着兄弟二人，真是人生如梦。人生为何如此可笑？乱起时煽风点火的治长，此时竟已全然没了战意。与此相反，一开始毫无战意、频频提出质疑的道犬，此时竟如抢功似的燃烧起熊熊战意。老臣的野心火焰，已在不知不觉间蔓延到了秀赖、重成、道犬等年轻人中间，烧到了无法控制的地步。

“混账东西！”治长一声怒号，大喝道，“现在都什么时候了，竟去堺港放火！他到底要干什么？一旦引起堺港人的反感，莫说死守城池了，就连粮道……都会被他们截断！到时，我们只能饿死！”

“可是，那边的火已经着起来了，在海风的吹拂下，正在蔓延……”

“真是混账！已经蔓延开了？那……治房，你赶紧去，我也……失陪了！”治长丢下一句话，径直飞奔出帐外。

幸村仍坐在机上不动。年轻之人心火已燃，势所必然。儿子大助也是一团火，只不知他正在怎样燃烧。

此时，忽听哗啦一片，外面人声嘈杂。看来众人都知此意外之事了。幸村缓缓站起身，把未烧尽的柴薪向火中拢了拢，走出幕帐。外边人慌作一团，不时有枪声在低空响起，一些性急之人怕已在朝敌阵射击了。

南面的天空骤然亮了许多。幸村静静伸出手测了一下风向，风是从东北来，还好，大火不会烧尽整个大坂城。他犹豫起来，不知该回到护城去，还是去看看秀赖的本阵。正犹豫，南面的黑暗中突然亮起一片红光。

轰——

一声惊天动地的巨响。本城的天守阁一带传来轰隆轰隆的倒塌声，脚下的大地也剧烈晃动起来。

幸村僵在原地。莫非，决战终要打了？

接着，右方的黑暗中又喷出一道冲天的火焰，紧接着，又是一声让天地都为之颤抖的巨响！定是德川把堺港大火看成了议和决裂之信号，不由分说，开始了炮击。

巨响一阵阵撞击着耳鼓，大炮轰隆轰隆命中了本城中央及仓库一带。不久，亢奋的进攻者定会从护城河对面发起进攻，城内的军兵也会毫不畏缩迎上前去。

幸村向外疾走五六步，又停下。震耳欲聋的巨响之后，本该汹涌而起的呐喊声并未响起，仅有一片让人发僵的静寂。莫非是巨大的轰鸣让人一瞬间呆住了，忘记了行动？

幸村也有些发蒙，若浪人被这从未听到过的巨响吓破了胆，仗还怎打？

幸村急急入本城，城内一片寂静。只城脚有篝火在噼噼啪啪响，四下了无人迹，天地都像被冻结了。

“叨扰一下！真田左卫门佐前来看望右府大人。”若是平常，士卒必然会举枪将其挡住，几次盘问后才放进，今夜他们竟连名字都没问。

脚下的霜碴不时破碎，砾石沙沙作响，四周弥漫着令人恐怖的静寂。

幸村预料中的第三炮终未发射。

“真田左卫门佐前来探望大人。”出了瓮城，四面陡然明亮起来。篝火的数量增多，并排在本城空地上的旗帜迎着夜风飒飒飘扬。前面的幕帐中更加明亮，幸村看往那里，口中一声呻吟，呆住不动。

这是一幕令任何人都不禁为之驻足的奇怪景象。秀赖站在正中，身边为镶嵌有绚烂夺目的螺钿贝壳的床几。身形高大的秀赖，挺立在鲜丽的绯色毛毡上，身穿一副由绯色皮条穿连起来的铠甲，全身瑟瑟发抖。不知是出于愤怒还是恐惧，他脸色苍白，蓬乱的头发被汗水紧贴在鬓角，左颊上则有一片浮动的光影。比他更奇怪的，则是挡在他前面、两只袖子被大藏局和正荣尼拽住的淀夫人。与其说她是人，不如说是华丽凄怆、傲慢无比的夜叉。

绣在衣上的鲤鱼金光灿灿，在篝火的映衬下，淀夫人双手如银蛇一般。淀夫人脚下，则是被按坐于地的千姬。千姬看去不知死活，如是从某处寺院窗楣上卸下来的一尊五彩雕像。

这些人前边，织田有乐斋正一脸痛苦望着幸村，只有有乐一人看去还有几分气息。

“真田左卫门佐参见大人。”

“哦，真田大人。”

搭话的并非秀赖，而是有乐。有乐道：“你也看到了，本阵有木村长门守指挥近侍把守，右府大人安然无恙，你放心就是。另，大炮只是虚张声势，损失不大。一些鲁莽之徒混到了城外，放起火来。因此敌人慌乱至极，遂用大炮来探问我们究竟有无议和的诚意，如此而已。你也要多多小心，以防浪人骚乱。”

幸村欲言，又止住。关于议和，他还未从秀赖口中听到过一句命令。唉，此时就算责问他们又有何用？自己不需插嘴，他们母子必已争吵过了。

“真是一派胡言！”有乐佯怒道，“女人们说，私通敌人，让他们发炮的是有乐。并且，听说还有些蠢货竟然相信，要杀掉我。那就杀好了。有乐早已活腻了，自己都觉活着难受。若是有人帮我结束了性命，我感激不尽。”

正在这时，一个人连滚带爬闯进篝火的光亮中，“报！”

秀赖依然瑟瑟发抖，僵立不动。

“藤野半弥，大人不许应战的命令，你都传给浪人了？”有乐再度插嘴时，秀赖忽然大吼起来：“是谁！谁说不许应战！我……我……绝不置道犬于不顾！我的命令是让人跟着道犬往前冲！说不许应战的，是……母亲大人。”

年纪尚轻的藤野半弥歪着嘴嘲笑起来，“大人，若是这道命令，就不必了。即使向那些浪人传达了命令，他们也动不了了。在听到大炮声后，他们全都吓瘫了。”

“哦？”

“唉！正如织田大人所料，浪人都是以生计为目的，要想出人头地，就必须多获战功，可现在哪里还有战意？一听说遭到炮轰的天守阁柱断檐倾，七八人受伤，他们已吓得直不起腰，哪里还有一人敢杀出去！大家都静待原地，假装什么也没看见，什么也没听见。”

看样子，藤野半弥也着实被浪人气坏了，不好出口的事都咬牙切齿说了出来。

“怎样了！”淀夫人开了口，却是怒吼，“常高院的话不会有假！听说大御所总想议和了事，独将军坚决反对。他连阿千都不顾了，用大炮轰城，还叫嚣着要从地底下炸城。好了，现在给他口实了！”

“住口！”秀赖晃动着六尺高的巨大身躯，直跺脚，“母亲是此城的总大将吗？战事要听丰臣秀赖的指挥——半弥！”

“在！”

“传令下去，传与七手组和众旗本。看，天空逐渐变红了。让他们在火光未消之前，大开城门一齐杀出！这是总大将丰臣秀赖的命令。”

“不！”淀夫人再次颤抖着，绝望地号叫起来，“敌人有三十万。他们在各个出口处静候多时了。两三万旗本杀出去，顶个甚用？眨眼间就会全军覆灭！”

“贪生怕死怎么打仗？”秀赖大步走向母亲，举起拳头，“我懂事以来，就把这座父亲筑建的城池当成自己的坟墓了。女人休要插嘴！从现在起，若是再插嘴……就是母亲大人，我也毫不留情！”

“哦，有趣！右府竟然把拳头都抡起来了。大家好生看看，大人怒了，要打生身母亲了！打啊，你打，打你的生身母亲！”

淀夫人那激愤的样子，已令人无法正视。她忽地以身子向秀赖撞去，哇的一声号啕大哭。

秀赖仍是举着拳头，茫然僵立。两个老女人从左右拉住倒地大哭的淀夫人，她们自己也呜咽不止。

此时，一人悄悄扯了扯幸村的腿甲，正是奥原信十郎丰政。丰政道：“真田大人，这里有我呢，您就赶紧回营吧。”

幸村这才回过神来，点头。千姬还在面无表情凝视着天空，有乐则皱着眉拔胡须。

“失礼了。”幸村向仍僵立的秀赖施了一礼，急急离去。

出了本城，幸村急向位于八町目口和黑门口之间的真田苑赶去。和去本城的秀赖本阵时不同，他的脚步异常敏捷。恐是一怒之下口不择言，但秀赖刚才那几句话依然在他的耳边回响：“我懂事以来，就把这座父亲筑建的城池当成自己的坟墓了！”不知为何，这话听起来让人泪下。大坂落到这种地步，幸村亦是难脱罪责。

这一月里，发生过各种各样的小股冲突。把这些冲突看作全天下的大名为向家康父子展示其旺盛的士气，分别展开的鏖战，实不为过。无论从哪里望出去，眼前都是从那乱世幸存下来的赫赫有名的大名们的马印。城内的浪人也表现英勇。由于早就定好据城一战，他们并未抱着必死之心，只是为了展示实力，才进行了一些巧妙的骚扰战。敌人虽号称三十万，但根据幸村的冷静估算，当不过二十万。待他们一步步向城墙围逼过来，大家便按原计退回城内，再作算计。

幸村看到从东方森村到中滨扎营的侄子真田河内守信吉、内记信政的马印，以及上杉中纳言景胜的阵营时，心口刺痛起来。再望望松屋口，伊达政宗及其子秀宗的马印迎风招展，西南方则是毛利长门守秀就和福岛正胜的军队齐头并进。虽然岛津的三万大军还未抵达，但关原合战时作为幸村同盟的天下雄藩，现在几成了敌人，唯将军秀忠之令是从。纵然是胆大无比的猛将，若是每日都看着这番情形，自然也丧气了。

守方死守城池，无法增加兵力，只能眼睁睁看着囤积米粮一日日减少；进攻一方却还可继续从全天下征集更多的军兵。

“看来我们计算有差。”就连幸村阵中都时时传来这样的嘀咕声，“原以为在这寒冬腊月，敌人会耐不住，结果却恰恰相反。如此一来，在明年之前，城内的柴薪就要烧尽了。”

两千五百名旧臣再加上新近入城而来的浪人，大坂的总军兵号称十二万，实际上却只有九万六千，可即便是这样，近十万人马，所需粮草也是无法计量。

秀赖仿佛是自己唯一可信的盟友，想到这里，幸村疾步走出本城，跨上战马飞驰而去。

回到真田苑，情形与本城大不一样。眼前的小桥村驻着前田利常的一万二千人，篝火通明，左侧的水野村便是近在咫尺的德川秀忠大营。实际上，前田部一旁的古田重治部与真田多有联络。两者之间已达成默契，万一真田杀出，他们会不动声色让开一条通路，让他们直冲家康本阵。但其右侧的井伊直孝、松平忠直、藤堂高虎、伊达政宗、伊达秀宗却一字排开，成了茶磨山家康本阵的前卫，要想随随便便冲过去，自是不大可能。

从真田苑的箭楼上，随时都能俯瞰对面的家康本阵，不难看出，今夜敌营里又增添了些篝火。他们定是看到堺港的大火之后，急急向四面派出了使者，又从八方收到了各种密报。只是那火光并未让人感受到多大的杀气。堺港火灾的烈焰已烧红天空，可怖得多。照这种烧法，堺港街市恐已成为灰烬。

为何要在那里放火呢？这火一烧，堺港百姓便会一下子变成敌人。家破财亡的商家，私怨之深，非鲁莽的武士所能想象。假如丰臣氏能够取胜，大坂与堺港的商家就会在利益一致的前提下，同舟共济，共同御敌，可是年轻和莽撞却断送了这种可能。他们这一帮蠢货，一旦丧失人心，仗还怎么打？

大炮只轰了两次就无声无息了，这究竟是何原因？难道真的如同织田有乐所言，德川只是想让大坂痛下决心议和，现在，他们觉得已达到这种目的了？

正当幸村忽然想起如同夜叉般的淀夫人时，背后忽然传来伊木七郎右卫门的声音。

“哦，何事？”幸村缓缓回过头，视线落到一个正单膝跪下的商家身上——此人是跟着伊木七郎右卫门一起来的，不消说，定是乔装成商家模样的密使。

“此人为堺港人，名幸兵卫，可信。”

“且信你。何事？”幸村小心地后退了一步，问道。因为那人身上透出一种气息，让人不由联想到伊贺、甲贺忍者那令人惊怖的斗志。

“快，快把你得到的消息原原本本向大人禀报。”伊木七郎右卫门低声催道。

那男子有些口吃，说话粗声大气：“议和已经决定了！但……但是，在他们疏忽之际，却放了一把火。”

七郎右卫门接过话茬：“听说堺港的商人都怕战火殃及，老早就仔细探究过战事趋势了，有此事吗？”

“有……丝毫不假。”

“大坂城内，是织田有乐斋率先发起的议和，是吗？”

“是。但右府大人并不相信，说这是大御所的想法，坚……坚决反对。于是，织田大人又说服了淀夫人……小的连这些都仔细打探过……”

他时不时口吃，伊木七郎右卫门不耐烦地打断他：“织田大人认为，此次战争再持续下去，莫说是丰臣氏，恐怕连这一带都要变成废墟。大御所只是碍于面子，才在众人面前显得那么精神。实际上，他早已疲惫不堪了，年纪也七十有四，一旦撤回骏府，就不可能再来。大御所一去，大名的心思自会随之一变。所以，捺着性子等到那时才是明智之举。是这样说的？”

“是……是。这个建议，右府没有听信，可淀夫人……”

“夫人悄悄让后藤庄三郎赶到大御所处，表明了心意，说若能保全母子性命，就可议和，是吗？”

“正是。”

“听到这些，大御所也心动了。于是，当即命本多正纯与二条城里的阿茶局一起赶赴京极忠高阵营，让忠高把母亲常高院从大坂城请了出去……”说到这里，七郎右卫门缓一口气，“就这样，常高院与阿茶局先进行了谈判，紧跟着大野治长也加入。谈判是在我们全然不知的情况下进行的，恐怕在一两日之内就有结果。但堺港百姓刚松了一口气，竟发生了此次纵火之事。因此，煽动右府和近侍们反对议和的主谋，就是真田大人，出于这样的想法，你才来到这里的？”

“正是。”那人瞪大眼睛。

幸村只觉得眼前一阵发黑。劝秀赖一战的并非幸村，但是，若幸村真的被请去参加商议，他定会反对议和。

伊木七郎右卫门再次平静道：“小人未得到大人的允许，便跟此人达成了一笔交易。希望大人能饶他一命。”

幸村沉默，抬头凝望着天空。许是有雾，火光的余焰在头顶形成一个光晕，越来越大，让人不禁联想起那美得炫目的黎明。

二一　女人主事

真田左卫门佐幸村完全被当成了大坂城内的异端。

幸村不知经过了多少深思熟虑才入得城来，他的苦恼无人能知。可是，唯独有一事，大家都感觉得到，幸村绝不同意议和。如果与他商量，他定会明确反对，说什么家康已进入耄耋之年，早晚会归天云云。在众人眼中，他实在可笑。即使是年轻的秀赖，也不知会在何时或中箭矢，或中流弹——战事前景与人之命运，实无法预料。

可是，在现在的情况下，幸村究竟还能做些什么？是从真田苑穿过前田部，直扑秀忠的大本营，还是默默服从议和？若选择前者，量在抵达秀忠大营之前，他就已全军覆没了；若是选择后者，他入城还有何意义？

幸村笑着放了幸兵卫，迷惘地坐到天亮。

黎明时分，堺港的火势已经减弱，天亮之后，就变成了几缕淡淡的烟柱。远远望去，从茶磨山到天王寺的敌阵旗帜，依然盛如昨日。

昨夜的大炮似是从前田的阵地上发射出来，越前的松平忠直的阵营和前田利常的阵营，也似最具活力。

天一亮，幸村就问，城内是否有发动总攻的迹象？

若大坂方发动总攻，就说明议和已经破裂；反之，就意味着在昨夜的争吵后，秀赖最终还是屈服在母亲脚下。但幸村已感到，议和会成功。正因如此，儿子大助一回来，他就返回帐中睡觉去了。

天亮之后再睡，已然成了幸村的习惯，对四周的噪声也用不着在意。等他足足睡了一个半时辰，睁开眼的时候，伊木七郎右卫门早就已候在一旁。

“估计不久之后，右府就会派使者来传唤，议和似已定了。”伊木七郎右卫门故意不看幸村，打开士卒送过来的饭菜。幸村默默坐在床几上，喝了一口麦茶，然后举筷。

“听说，今日议完事之后，就要把织田大人和大野大人的儿子送到茶磨山为质。”

“连这个都定了？”

“是。听说，昨夜常高院和阿茶局正在京极忠高的阵营交涉时，发生了那骚乱，因此，淀夫人非常震怒。”

“议和竟由常高院和阿茶局……”

“这世道真是变了。最近，女人都强硬起来。”

幸村放下筷子，望着远处，又立刻收回视线，看着饭菜，“是啊，女人都出来了。”他把此战看成为“男人的荣誉”而战，此心愿已成笑谈。

家康真是可惧，他一面激励着大军士气，一面在背后动摇男人，同时还不忘利用女人。

女人与战事无关，不知从什么时候起，世人产生了这样一种看法。现在看来，此说真是可笑。渡边内藏助有正荣尼，大野治长也有大藏局。这两个老女人动摇了淀夫人，然后，常高院、阿茶局等齐心合力，形成了一股非同寻常的力量。家康深谙女人之力，幸村却偏偏忽视了。

幸村的母亲乃是大纳言今出川晴季之女，她若还在世，定会帮助儿孙，不会袖手旁观。利用女人，让阿茶局出来应酬，家康此超人的眼光，究竟应称为奸猾，还是应称为明智？

阿茶局并非忠辉生母茶阿局，她乃是甲州武士饭田久左卫门之女，幼名为“须和”，原为在田乐洼战死的今川义元家臣神尾孙兵卫久宗之妻，后丈夫亡去。家康在进攻甲州的时候看中了这位才女，纳为侧室。后来，秀忠的女儿和子入宫时，她代和子的母亲进宫，获从一品夫人之位。家康的眼光真是不差。

“听说阿茶局陪伴着常高院悄悄进入城内，拜见了淀夫人。”伊木七郎右卫门一面若无其事用着饭，一面继续道，“当时，夫人打算到关东为质，已将这种想法当作右府的意见。可右府不答应。为了顾全大御所亲自出阵的面子，大坂主动提出拆除二道城和三道城。”

“拆毁城池？”

“是。作为补偿，关东方面不再要求夫人为质，而是以大野修理和织田有乐二人之子为质。”

“唔。”

“城中将士，一律免于处罚，希望大御所能答应这唯一的要求。嘿，大御所果答应了。估计一两日之内就要向天下公布，之后再交换誓书。如此决定之后，右府似也动心了。”说完，七郎右卫门忽然又添上一句：“拆毁二道城和三道城，吓，这护城和外护城河全都没了。”

幸村一愣，抬起头，直愣愣望着七郎右卫门，“你的意思，是如要再战，只有趁现在了？”

“不。小人的意思，是说议和之后，就不能再战了。”

“哦。右府答应了要拆毁二道城和三道城？”

幸村的心口吹过一阵冷风。他非常清楚秀赖和淀夫人命令拆毁城池的用意：只要能保障秀赖的性命，保持旧领不变，一概不予处罚家臣，从今往后，丰臣氏绝不再生事。己方一定是为显示诚意，才主动提出这样的条件。这是在极其不利的条件下，为解救秀赖，维系丰臣氏的存续而作出的决定，也无可厚非。可是，事情怕不会如此简单，这里面隐藏着巨大的危机。拆除城池，永远放弃抵抗，即使六十万石旧领保持不变，大坂也无法养活这十万之巨的军兵。这终究是妇人之见啊！

即使只剩下本城，此城的开销也不下四十万石。这样一来，把剩下的钱财分掉，也是不够过活。

“真是与虎谋皮。”幸村再次举筷。

“可是，议和已然决定了。”

“关东方面估计接受了条件。”

“小人以为，关东内部也有两派意见。”

“两派？”

“是。一派大喜过望。因为这样一来，大坂就等于自掘坟墓。”

“另一派呢？”

“先看看汇集起来的浪人，究竟有多少会自动散去，然后再次提出移封，起码要让丰臣氏存续下去。”

“唔。持这种想法的，恐怕只有大御所一人。”

七郎右卫门并不回答，而是道：“希望右府也在想清之后，莅临今日的会议，痛痛快快让大家散去，或者……”

“还有别的法子？”

“不不，是小的多嘴了。请大人见谅。”

幸村不再说什么，吃完饭，他径直走到营外。外面一片霜，灿烂的朝阳照亮了四周。

战未开，和已议！怅惘之情蓦然涌上心头，幸村把手放在额上，向猫间川对面的真田兄弟阵营望去。在那里，兄长的儿子与佐竹义宣并排扎营。

“太耀眼了，看不清啊。”幸村忽然嘟囔了一句，苦笑。兄弟俩刀兵相向，却是无论哪一方胜利，真田的子孙都会存留下去。幸村忽然想起了带着这种想法故去的父亲。

正在此时，大助红着脸跑了过来。看来，城内有人来了。

“父亲，城内来人了。”大助不知在想些什么，有些兴高采烈，明显比平常激切，“右府说，让孩儿也列末席。看来，关东方面已提出了议和的要求。”

“哦，那就一起去吧。”

“孩儿陪父亲同去。”大助响亮地回答，翻身跨上士卒牵过来的马，与父亲并辔而行。“大助终于明白父亲的意思了。在初四作战时，父亲夸奖越前大人之子、与我同年的直政出色，也无意杀他，孩儿终于明白缘由了。”

幸村只是呵呵一笑，继续催马前行。大助所言，是在一次反复进攻的战事中，十五岁的松平直政尽管陷入苦战，却仍一步不退，大声怒吼指挥，始终挺立在最前。看到他的样子，幸村赞道：“真不愧是大御所的孙子啊。勇武超群，让人敬佩。幸村就把这个赠与你了。”说着，他阻止了正欲持枪向前的手下，把绘着红日的军扇扔给了直政，随后撤兵。

“即使在陷入混战时，仍有敬重对手的从容，这才是真正的武士。”

幸村不回话。当时，他未对直政动杀心，是因脑中浮现出了大助和侄子们的身影，战争的残酷让他动了恻隐之心。

“父亲大人，这一次讲和，如条件合适，您会赞成吗？”

“大助，这些全由右府决定。右府决定之后，众人就不要多嘴。这也是武士之道。”

“是。右府比孩儿想象的要勇敢得多。他若决定了，孩儿必会服从。”

当幸村到达本城，诸将几都集于已揭去榻榻米的大厅内。幸村领着大助，穿过走廊，泥脚踏着粗糙的苇席，心里暗自祷告。他只求在今日的席上，以淀夫人为首的女人不要露面。

男人一诺千金，女人容易感情用事。更何况，女人们只在意生死。一旦聚集大坂的浪人要生事，还不知会出何样的乱子呢。

但幸村迈入大厅的一瞬间，心内不禁叹息连连——不见秀赖的影子，可是，上席左首坐着的，不正是领着千姬和老女人们、脸色苍白、像冻僵了一样的淀夫人？

被召集来的，除了本城、二道城、三道城的守将，还有在城外构筑栅栏的十一位大将。旗奉行、马印奉行、侍卫头领、近侍等依次在右侧落座，左侧则是后藤又兵卫基次手下的评定组十人，分别列座。

上席正面，坐着大野治长和织田有乐斋，旁边的位子则空着。

“真田大人，请往这边来。”治长道。有乐仍与往常一样不睬人，单是好奇地仰望着绘在方格屋顶的百花图。

幸村在远离大助的地方坐下，环视了一圈众人。仙石丰前入道宗也、明石扫部助守重、汤浅右近正寿、长曾我部盛亲、毛利丰前守胜永、速水甲斐守守久……每人的脸色都那么难看，定是昨夜睡得不好。不过，他们也并未现出格外愤怒之态，真是令人生哀。或许在入席之前，大家都已讨论过，打算放弃了。若是这样，也罢。

淀夫人已经煽动秀赖作出了决定。既然如此，大敌当前，争得面红耳赤，也不会对结果有任何改变。可先和解，让江户退兵之后再说。

幸村一面想着，一面把视线移到上席的淀夫人和千姬身上。此时听到有人落座。

淀夫人不禁一怔，正了正坐姿，千姬则无奈地搓着手。

秀赖带着木村长门守和近侍铃木正祥、平井保能、平井保延四人进来，五人均身着甲胄，盘腿坐下。

“诸位辛苦了。”落座之后，秀赖道。说完这话，他就闭了嘴，亦用力闭上眼睛，泪珠即从双眸涌了出来，在脸颊上划出几道闪光的泪痕。

一时间，满座鸦雀无声。大家都想听听秀赖要说些什么，听到的却是悲痛的呜咽。

“我代大人来说。”木村重成从秀赖身后向前膝行一步，“各位都甚勇猛，丰臣氏绝不会忘。可是，出于长久计，现在决定暂时议和。希望各位能够明白。”他似是想避开评议，以命令的形式强迫众人接受。

“唉！”秀赖忽然插话，“但……大御所已年迈。让他暂且退兵，再图后策。希望诸位莫见怪……”

幸村不禁感慨：此非猛将之言，但，它却以毫不掩饰的真实，感动了众人……

真相总具有强大的力量，诸将也多无异议。幸村正这般料想，事情却大出他意外。

“啊！”秀赖再也抑制不住感情，发出一声尖厉的呜咽。他猛地转向僵直地坐于此处的淀夫人。淀夫人不由一惊。

“母亲大人，您该满意了吧？这就是母亲希望的太平……母亲希望的讲和……这悔恨！这屈辱……”

“少君！”幸村发慌了。大野治长更是吃了一惊，禁不住举起两手相阻，可反倒刺激了秀赖。

“修理，没你的事！”秀赖推开治长，大声呵斥，“我……想和大家一起赴死！可是，我却做不了主！我懦弱，无法……无法说服母亲。请各位见谅！”他完全乱了心志，放声痛哭。

秀赖能动之以情，可能否晓之以理？幸村刚想到这里，忽然响起另外一个声音：“少君所言，只有这些吗？”

淀夫人开口了，这正是幸村最为担心的。

“大家都听清了？”淀夫人的声音带着一种奇异的威严，“正如右府所言，此次议和乃是我主事的。”她这当然是为失了心志的儿子辩护，但身为女人，这话却是有些越分。

“少君易感情用事，才会说要与大家赴死。但这番对大家的真情，反倒会害了各位。各位之所以入城一战，就是为了让少君作为太阁之子，堂堂正正活下去，嗯？”说着，淀夫人眼睛红了，声音也越来越高亢，“若……若忘记了这些，急于求死，完全是匹夫之举！因此，我这个做母亲的才想议和。听着，各位都好生记着，少君说，关东毫无怜悯之心，但我不这么认为。我若看走了眼，到时候，我这个做母亲的定第一个去死。所以，请支持此次议和。”

这比秀赖的动之以情，自要有力得多。

“听着，关东方面说，不改变领地，不把我扣为人质，家臣也一概既往不咎。大家也都看到了，千姬还在这座城里，大家难道还有异议？若是因为我，使议和给大坂带来了损失，你们就先把我杀了！我也是有尊严有体面的女人……”

幸村几不忍再听。淀夫人所言不差，为了拯救秀赖的性命，她失去了常态。但说到底，这只是她自己的算计，并非所有人的意愿。人们想的是，“秀赖一人”果真能“平安无事”吗？事情真有这么简单吗？秀赖分明已经直感事情不会这样简单，才说愿意去死。究竟谁对谁错？

“大御所的心思，我甚是清楚。可以说，只要我活着，幕府就必定不会亏待大坂。请各位相信我。各位都知，将军夫人乃是舍妹，千姬又有弟弟……”淀夫人更加激切。

幸村悄悄拽了拽有乐的衣袖。在这种时候，能够结束这混乱场面的，除了有乐，再无别人。大野治长也无能为力，现在淀夫人眼中，他根本不值一提。

有乐始终闭眼倾听，被幸村一拽，他心领神会，“夫人，好了。”

“哦？”

“命令向大家传达了，右府也答应了。大藏局，请夫人下去歇息。”有乐提高了声音，“我想，议和已定的事，大家都清楚了。因此，接下来双方签约之后，究竟该如何撤兵，如何不给关东留下可乘之机，才是大家须多加小心的事。因此，下面就商量一下，究竟该如何善后？请右府也退下歇息。”

有乐使了个眼色，木村重成等近侍起身扶起秀赖。此时的秀赖，已不再哭泣，风暴一过，剩下的只有颓丧和茫然。

大藏局也催促着淀夫人和千姬：“请夫人下去歇息吧。”

淀夫人以她那异常亢奋的眼神扫了众人一圈，才放心离去。

“哼！”忽然，有乐在幸村耳边哼了一声，“无聊的儿戏啊。”

但幸村却直摇头，这怎是儿戏？这才是人生的真实呢。一生之中，人究竟要去抓住什么，以何为目标，为甚不断奋进？

满座人忽然吵吵嚷嚷起来。剩下的都是大将，并不为何目的争吵，但压抑已久的情感却决堤而出。众人之所以不争，是因为眼下还无暇打自己的小算盘。两日之后，估计就会大吵大嚷。到时，究竟谁才能把大家安抚下去？

“我有话要对各位讲。”大野治长这才回过神来，转过身子面朝众人。

治长简单介绍了一下议和的过程，以及各种条件。其实，议和前夕，秀赖认为可以改变领地，若有可能，想要南海道二地。结果，家康答复道：南海道太远，欲给安房、上总两地。但治长和秀赖都不答应。安房和上总与江户近在咫尺，万一有事，德川伸手就是一巴掌。不愿在江户附近，无意中泄露了心思。但治长意识到这些了吗？总之，丰臣氏最后还是决定留在大坂城，虽然未写在誓书上，但为了保住年迈的家康亲自出征的面子，又在提出了填埋大坂城的护城河、缩小城防规模的条件之后，双方终达成了如下协议：

一、不为难此次守城的浪人。

二、秀赖的领地一如从前，不予变更。

三、淀夫人可不去江户。

四、若大坂开城，无论哪一国都可如愿奉给秀赖。

五、秀赖的家业，不会有名无实。

二十二日、二十三日就会签下议和书。听到这里，之前沉默无语的后藤又兵卫忍不住道："听修理大人的一席话，这次交涉的难度似非同一般啊。那么，乃是何人前去谈的？"

"这……"治长顿了一下，得意道，"京极遗孀常高院，可谓劳苦功高。"

"哦，这么说，这么多大男人，竟都置身事外？"

"是。幸好常高院在城内，就求她把阿茶局请来，当场达成了协议。"

"那女人身边就无一个男人跟着？"

"不。除了淀夫人和常高院，右府、治长，以及有乐斋都在。"

"那么，关东方面只有阿茶局一人？"

"不。也跟着一个人，乃本多上野介。"

听到这里，又兵卫一面苦笑，一面缓缓看一遍在座诸人，"这么说，乃是修理大人和有乐斋大人劝右府把本多上野介特意请进城来谈判的，当时众女人也在场。唉，既是如此，在下也没什么说的了，已是俎上之鱼，只能听天由命了。"

又兵卫这讽刺之中，明显流露出浪人们的不平。幸村大吃一惊，忽觉脊背一阵寒冷。

大野治长根本无力说服浪人。从一开始，这种期待就不合实际。他连秀赖都劝服不了，让其在众目睽睽之下那般顶撞母亲。想到这里，幸村的不安逐渐加剧：议和条件果真能谈妥吗？若暂时达成和议，让该去之人都散去，倒也罢了。可是，待浪人发现根本难以糊口，由此生乱，所有的心思也就白费了。

幸村从一开始就对与交涉有关的本多上野介怀有恨意。恐怕，议和未果，本多便已想到了浪人生乱。真是这样，对于丰臣氏的任何条件，他们只需点头即可。不久之后，浪人发现旧领无法糊口，必再生骚乱。江户可乘机一举踏平大坂……就算家康无此心思，怎能断定本多上野介无这般算计？

“明日，阿茶局和板仓重昌将会作为大御所的使者进城，阿部正次也会以将军使者的身份前来。到时，我们就要将誓书交给他们。由于右府另有深虑，先在此处把誓书向大家明示。”

随即，治长高声朗读。

一、日后，秀赖对大御所绝无谋叛之心。

二、战争善后之事，请示大御所意见，方可处置。

三、诸事皆依以上二条而行。

“只有这些？”幸村不禁着急起来。

“是……大御所原本就把右府看作自己儿子一般，故诸事只要商量，自可解决。大御所还说，要帮一把呢。依我看，这份誓书也只是为了保住众位的面子。”

幸村不想揭穿治长——如果家康那般亲和，你为何还要怂恿秀赖举兵？

众人茫然若失，正欲退出时，幸村又叫住：“诸位，我有一言要提醒大家。”

“哦？”

“虽然已经议和，但怎么说，敌人终是敌人。一旦有破绽，敌人未必不会乘虚而入。故今明两日，希望诸位能比平时更加仔细些。”

“明白。”

送众人到大门处，幸村站住了。他心里不安起来，总觉得忘了什么：如我真田幸村这等男儿，难道就这般无所作为？

至少，幸村并非为了俗人眼中的出人头地，方下九度山。若是为了荣华富贵，他只要听从兄长和松仓丰后守的劝诫，服侍家康即可。他拂逆兄长善言，不顾叔父的体面及诸亲友的好意，毅然入危地，究竟是为了什么？

当日回营之后，幸村下令要比先前更严加防范，然后，他便独自沉思起来。

大助对父亲在大厅的表现甚是不满，听到父亲严加防范的命令后，他一面故意大声训斥部下，说“战争还远未结束”，一面愤愤出了大帐。

幸村又从头至尾把此次战事和议和诸事，静静思量了一遍。议和绝非秀赖的意愿，他却被逼着缔结根本无法解决问题的和约。秀赖既然对家康举起了反旗，集合大军作战，家康无论如何宽大、如何喜爱秀赖，也不会再给他加封，让拥有如此多浪人的丰臣氏平安无事存续下去。即使家康有意庇护，德川众谱代大名也容不得。若是在烽烟四起的乱世，丰臣氏或许还能通过对近邻的掠夺苟延残喘。可是在秩序严明的现在，依靠武力侵占别人一寸领地都已不能，莫非丰臣氏要就此结束了？剩下的问题只有两个：究竟是抛弃一切荣誉和体面，继续谋求太阁血脉的存续；还是待到了走投无路的时候，宁为玉碎不为瓦全？

交换誓书的消息传来时，已是黄昏时分了。

坊间都在盛传，这一日，木村重成赶赴德川大营交取誓书，让家康在上边按血手印。实际上，木村重成出使的乃是秀忠本阵，到家康本阵去的，为有乐和治长的使者。

“请看，今日敌人阵地多么寂静。”前来告知誓书已交换完毕的伊木七郎右卫门，把幸村邀至瞭望塔上，感慨道，“尽管大家嘴上喊杀阵阵，实际都已厌倦了战争。今日的每一个阵营，都冒着安心的炊烟。”

幸村默默点着头，看着洒满夕阳的河川和街市，道：“河面上原本有偌多军船，也一下子减少了。”

“是。昨日议和一达成，不等交换誓书，大御所就下令，令刚刚到达、还未来得及下船的萨摩、丰前、筑前、肥后等地军兵不用登陆，早早撤回。”

听到这里，幸村双目忽然熠熠闪光，“真是可笑，我还如临大敌，不敢解除警戒，大御所却早已把远道而来的萨摩强兵都打发了回去。哈，一定有人不满。一旦登陆，军饷和褒奖就必不可少。家康公真是吝啬，连这些都要省。”

伊木七郎右卫门仍未察觉到幸村表情的变化。大约从此时起，幸村的目光变得越来越可怕。

“我们也解除警戒吧。军士从昨夜起就几乎未合眼。”七郎右卫门道。幸村不语，沉默良久，猛然道:“大助！大助可在？”他一面高声呼喊，一面奔到瞭望塔一端，“大助，你赶紧去本城一趟，请木村长门守来，说我有紧要事与他密谈。不去右府身边，到他营里去，你要郑重地告诉他。我立时赶赴长门阵中。”说完，他才回过头看了一眼七郎右卫门:“不许解除警戒。一旦解除警戒，疲劳就会袭来。让士众轮班，继续作好今夜的防范。今晚尤为重要。”

七郎右卫门一愣，“这么说，让军船撤去乃是有诈？”

幸村不言，傲然点了点头，径直下了瞭望塔。他急匆匆赶回营帐，把引以为豪的云龙阵羽织罩在盔甲外，奔出大帐，翻身上马。

伊木七郎右卫门一阵紧张，也跟着跑下瞭望塔，可终未能和幸村说上话。

“留守就交给你了！”幸村大声说完，催马直奔本城。

本城木村长门守重成营中，由于大助事先通禀，篝火旁边已经安好折杌，重成连赴秀忠阵营时穿的衣服都未换下，只等着幸村前来。

四面已经暗了下来，火焰的颜色也逐渐变红。

“听说大人有急事，我暗中离开右府，赶了过来。”

幸村则显出一副少有的激昂之态，连一贯的寒暄都省了，“长门守大人，有一事，幸村只能和你商议。”

“究竟何事，如此郑重？”

“幸村若让你赴死，你会答应否？”

一瞬间，木村长门守重成端正而略显宽阔的脸僵住，“既然是真田大人的意思……为了丰臣氏，为了右府，若有需要，重成义不容辞！”

“既然你这么说，幸村就放心了。长门守大人，就是今夜！今夜，乃是决定丰臣氏命运的关键！”

许是幸村太激切的缘故，在抛出谜一般的一语之后，他一时竟说不出话来，只是喘着粗气。年轻的重成僵在了那里，他从没见过幸村这副模样，他等待着下文。

“此前，”幸村声音沙哑，“我们输给了女人们的人情，忘记了男儿本来的活法。”

“哦？”

“男子的世道即如修罗场，长门守大人。”

“是，又残酷又苛刻。”

“女人乃是为生儿育女而活，男儿则是为了杀戮而死。此性从古至今从未改变。我们必须血战！可惜，许多人竟把此忘了。”

重成双眼圆瞪，“这么说，真田大人觉得今日出使所换的誓书，都是女人的意愿，不能承认，是吗？”

“正是！我们要想取胜，只在今夜！”幸村终于稍平静些，道，“想必长门守大人也注意到了。大御所早就看出今日的议和必圆满完成，故从昨夜起，就令萨摩、丰前、筑前、肥后等的军船都撤了。”

“是。听到这些，右府终于松了一口气，看来大御所真的毫无战意。”

“先不管右府。”幸村直直盯住重成，“敌人也在为议和而快慰，无论哪一座营，都起了平静的炊烟。”

“……”

“今夜他们定会痛饮，每一营都……”

“那么……那么，真田大人的意思……”

“先听幸村说。人的心思有限。这一两日，敌人也几乎未合眼。好久未饱食了，再加上饮酒，所以，一旦睡去，就形同死人。”

木村重成疑虑地移开视线，他已经猜出幸村的心思了——幸村定是想发动夜袭，但即使能拉拢为数不多的几个人，打胜今晚的仗，结果又能如何？

“我要一万人！”幸村语气之强硬，不容人反驳，“我要木村长门守重成、渡边内藏助、明石扫部助守重各部！”

“但，若只是一万人，连前田利常的一万两千人也……”

“奇袭！”幸村打断了重成，“兵分两路，穿越熟睡的关东诸军。袭击的地方也只有两处，一是茶磨山，一是冈山，将大御所和将军俘虏之后再撤。除此之外，焉有生路？除去他们都卸了武装、睡得如死猪一般的今晚，一百年亦无这等战机！”

真是惊人之想！重成有些发蒙。不过，此并非痴人说梦。敬服和惊骇汇成一股洪流，猛烈撞击着重成年轻的心。

“重成，你明白幸村的心思了？今日的议和究竟有何意义？那顶多是把丰臣氏的败亡向后推迟了两三个月而已。若是这样，不如从一开始就老老实实。”幸村仍在尽心说服重成，“可遗憾的是，我们的希望必全部落空。什么大御所年迈体衰，早晚一死，全是胡说八道！不信大御所归天之后，你再看看，将军身边那些旗本，定当即撕毁誓书，放马过来。此毋庸置疑。不止如此，在那之前，大坂恐就会发生内讧。大家同分禄米，共享太平，丰臣氏已经没有这等实力了，太平已成为丰臣氏无法实现的梦。幸村未发疯！为虚无的梦，大人不也在今日特地赶赴冈山，见了大御所的血手印吗？大人以为这样就万事大吉了？长门守大人！”

重成的身体开始哆嗦，“真田大人真的决意今晚偷袭，视死如归？”

“幸村只恨两三月后屈辱一死。”

“唔。”

“长门守，幸村起码有八分胜算。悄然穿过卸下武装、昏昏睡去的前田部和南部部之间，先袭冈山。如能生擒将军，就足以保证我们不会落败。再从后方的舍利寺绕过林寺村，从后面突袭茶磨山，生擒大御所！待各处熟睡的人快要睁开眼，再令人扑向八町目口的井伊部。”

“……”

“引开井伊部的注意之后，乘机穿过前田部左翼的古田重治阵地，撤回城内。古田重治必然会放我们。最后，用箭书通知对方，大御所父子已被生擒，哼！战事就此终结！”

重成颤抖得越来越厉害。这绝非匹夫之勇……如此一来，白天交换誓书之举都变成了可怕的谋略：己方连按血印都要特意去监督，让敌人产生大坂决心议和的错觉，从而解下武装呼呼大睡，自己却乘机一举偷袭。兵者，诡道也。一旦取胜，何事不能决？但除了这年轻的激情，重成还有一股清高之风。今天他曾告诉将军，作为大坂对议和的谢礼，明日家康与秀忠在茶磨山本阵会合时，他想把织田有乐斋、大野治长、淀夫人等人表达谢意的朝廷钦赐的应时礼服，以及七手组首领奉上的名刀之谱录献上。秀忠当然欣然应允。可如此一来，这一切不都将变成策谋了？

将军对木村重成的风范甚是欣赏。尽管他一向寡言少语，但还是心情极佳地对重成大为褒奖，称他身为败军使者，却不卑不亢，不辱主命，乃是堂堂武士。但，若这一切皆变成了夜袭的谋略，将会如何呢？

“长门守大人，莫非幸村计划有差？”幸村逼近，“打仗乃是生死相赌。当见到有七分胜算，就会断为赌胜，此乃兵家常道。请速下决断，悄然行事。但须得右府首肯。”

“右府？”

“当然。没有右府裁许，就成了擅自行事。斯时，即使生擒了大御所和将军二人，也无法进行正常交涉。望切切先向右府禀报。至于详细的行军布阵，幸村自会安排妥当。”

重成大大舒了口气。此前他一直以为，幸村想不经秀赖许可，就发起夜袭……至此，重成放下心来，他已把自己的性命都交给了秀赖。

“明白。”重成高声答道，“若有了右府的裁决，重成必欣然从命。”

“多谢！一旦让敌人得知，战机全失，故须亲口对右府言说。”

“明白！”

二人同出大帐，察看护城河对面的敌情。

四周一片黑暗，天空不时有流星划过。天满川对面的加藤、中川、池田等部似已吃完了晚饭，篝火旁只留了为数不多的守护，一派与昨夜截然不同的静谧气氛。

“是啊，几乎都解下了武装。”重成现在才为幸村的周密思虑而惊讶，“不过，真田大人真是可惧啊。”

“哪里哪里。人有时愚蠢，有时正直，有时又会变成可怕的鬼怪。”

“是啊，一切都是为了丰臣氏。我们不妨先约略察看谷町口、八町目口的敌情，再悄悄向大人禀报。右府必拍膝大喜。”

二人在黑暗中策马前行，围绕外护城河转了一圈，才奔本城而去。本城的书院和大殿里已经铺上了榻榻米，这是为了展示给前来接受誓书的阿茶局、板仓重昌、阿部正次等人看的。

二人把马拴在院中的栅门上，重成先走向秀赖的房间。他要先得秀赖同意后，再把幸村领进。

幸村独自留在院中，向值守的士卒燃起的火堆走去。正在这时，一阵久违的小鼓声从里间传来。

幸村解开草鞋带，等着重成，此时，他的眼神变得柔和起来。许久未听过的小鼓，那清纯的音色滋润着他干渴的心田。突然，他大惊失色，慌忙离开了火堆：莫非这次又败给了女人？

不安如疾风一般吹打着幸村的心。他严禁众将士解除武装，但对淀夫人及其身边的女人，他却无可奈何。

“唉！”幸村不禁脱口而出，悔恨地拍打着腿甲。小鼓的声音分明从秀赖房中传出。莫非他也解除了武装，又开始了一度有所节制的花天酒地？

幸村连自己是如何闯进走廊都记不清了。走到一半的时候，他还穿着草鞋。当穿过夜灯微弱的灯影时，他两次受到值夜人的盘问。“真田左卫门佐。”每次他都一面通报姓名一面往里闯，值夜人自然会吃惊地再问几句，可他早已听而不闻。他是一个沉着的用兵之人，一个大家信赖的人。见此情景，值夜人还惊慌地以为发生了大事。

幸村一口气奔过长廊，来到灯火通明的大书院，几欲瘫坐在地。

赫然映入眼帘的光景，比他想象的还华丽，还令他绝望。七两重的大蜡烛排成一排，其间散坐着男人女人，还有朱红的酒杯……司小鼓的为二位局，上席则为淀夫人、大藏局、正荣尼、飨庭局、常高院等并排而坐。让幸村彻底绝望的，则是在淀夫人身旁，秀赖已然喝得烂醉。他拥着两个侧室，身子摇晃，双目黯然失神，能坐着不倒已是不易。秀赖左侧，坐着脸上依然毫无表情的千姬。

在秀赖和千姬前面，两个女人正抱着两个尚未元服的少年痛哭不已。幸村一眼就认出，那两个女人，一个乃大野治长正室，另一为织田有乐的小妾。她们乃是在和明日就要被送往关东为质的有乐之子尚长和治长之子治德告别。木村重成则无奈地坐在这两对母子身后。

"休要再哭了！"忽然，秀赖甩开侧室们的手，敲打着扶几。他已经除了戎装，肥胖的身子差点要从那白绫的棉袄里挤出，丑态毕露。"又不是去了关东就一定会死。大家都不愿去死……都害怕战争，才缔结了和约，救了你们。哭什么哭！"

"是，请少君见谅。"

"让少君见笑了。"

"小鼓停下！"秀赖再次嚷道，"听着，跟你们这些女人说在前头。今后，秀赖对大御所绝不会有任何野心。你们，若不听秀赖，我就立刻禀报大御所。不管什么事，秀赖都会和江户爷爷商议。当然要商议。我说了，要商议……我都对着神明发誓，按血手印了！"

"大人！"淀夫人忍不住，插嘴进来，"正因为大家都希望大人平安无事，才希望议和。"

"多亏了你们，战事才结束了。哈哈哈，喝！可喜可贺。大家都喝，都喝……不醉不休！"

"是。快，你们二人笑笑，别哭了。有什么好担心的。尚长和治德，你们好生求求少君，让少君给你们带些进献的礼物，省得到那边吃亏。"

"多谢夫人。"

"母亲的心情我明白。快擦擦眼睛，让少君各赐你们一杯酒。与孩子分别的心情，只有做母亲的才能体会到。少君莫斥责她们。"淀夫人道。

"我怎会斥责她们呢？快，喝！"说着，秀赖便把酒杯推到已放下小鼓的二位局面前，二位局连忙把酒递到那两个女人手里。满座又不约而同一片啜泣声。

淀夫人、大藏局、正荣尼、右京太夫局诸人的孩子，都参加了这场战争，正因如此，其感慨也非比寻常。

“唉！说不哭，我自己竟先哭了起来……”还没说完，淀夫人声音就颤抖起来，她连忙遮住眼角，“再对峙下去，恐怕今晚那个叫什么‘国崩’的大炮，就会把我们所有人都炸成碎片了。幸而没事，大家都看到了，少君不是好好在这里吗？”

“真是庆幸啊，对吧，正荣尼？”

“是啊，真是恍如梦境啊。”

木村重成一面偷看着母亲，一面悄悄站了起来。就在这一瞬间，秀赖探出身子来，“长门守，你往哪儿逃！你也喝！你母亲也甚是高兴。对了，给我舞一个。我要看你跳舞。好，小鼓打起来。打！打！长门啊，你是今日的大功臣。听说连将军都羡慕不已，说右府有一个好家臣。”

此时，谁也未发现门外的幸村。幸村不忍再看下去，膝行着一步一步向隔扇的阴影里退去。

重成困惑至极，甚是苦恼。

“快，女人们，把这杯酒给长门。你们早就想与长门眉目传情了吧。哈哈哈，长门，为了庆祝议和，你舞一段给大家看看。奏乐！”

幸村悄悄起身。是如何走过走廊的，他浑然无觉。再次回到星空下的庭院，他茫然站在那里。

“休要把篝火熄灭了！”幸村向坐着打盹的值夜士卒吆喝一声，心冷如冰。“怎样，每座敌营都很安静吧？”

士卒并未认出他来，一面漫不经心添着柴火，一面道，“几乎看不见一点火光。当然，除了茶磨山和冈山的本阵。”

“哦，茶磨山和冈山还未歇啊。”在小杌子上坐下之后，幸村这才感到疲倦袭遍全身，接连打起呵欠来。

木村重成带着一脸愤慨出来，已是两刻钟之后了，“真田大人，我现在才明白服侍杀生关白的父亲最后在妙心寺切腹自尽时的悲哀。”

“你的意思，最痛苦的事情便是武士奉公了？”

重成异常愤慨，加重语气，“无右府的允许，今晚的计划就放弃了？”

“你的意思呢？”

“哪怕只有你我二人，也要吓敌人一跳……”

幸村慌忙摆了摆手，阻止了重成，“长门守大人！”

“怎样？”

“已经迟了。我们输了……”

“不，怎会输？死且不惧，何输之有？”

幸村忙再一次摇头，摆摆手，“幸村说的非是作战。我们不是输给了敌人，而是输给了女人。”

“女人？”

幸村缓缓点了点头。以前他自以为对战争万般精通，现在看来，实在差得太远。

“真田大人胆怯了？”

“非是胆怯，是不明白对手。或许，这世上的战争永远只是男人与女人的争斗。种植、生育、收成……女人只会为这些奔命，男人们则只知红着眼睛杀戮、抢夺、渔猎……唉！幸村竟连这些都一概不知。连这些都不知，何以为战……”说着说着，幸村大哭。

看到幸村的样子，重成亦叹息不已，围绕着火堆踱起步来……

二二　险出独眼

真田幸村的计划最终不了了之。庆长十九年腊月二十二、二十三，誓书交换，双方承认，议和圆满成功。

二十四日，为答谢，织田有乐斋和大野治长分别为德川家康献上了时服。同时，有乐斋之子尚长和治长之子治德也与使者同行，交为人质。

对太平的到来，淀夫人比任何人都快慰，另又赠送给家康一套蓬松软和的棉被褥。或许是考虑到家康年迈体衰，阵中又甚是寒冷，这礼充满女人温馨的关怀，不过，却也令老女人们起了不小的非议。

女子向男人赠送被褥之类，只有在大婚时才有，这亦暗含着想与男人同床共枕的意味。此时向家康赠送这样的礼物，究竟是什么意思，女人自然会有口舌。不过淀夫人并不知这些，她只是觉得，要向家康表达由衷的好意，赠送被褥最合适不过。

为和议而欢呼的当然不只是女人们。尽管向丰臣旧臣一一发去书函，但已用不着他们回函了。因此，七手组的老将比女人还要高兴。七位首领遂以进献名刀及其谱录的名义，纷纷赴家康本阵，表示祝贺。

“可喜可贺。”家康在接受了众人的祝贺之后，眯起眼道，“既然已化干戈为玉帛，以前的事就休要再提，也望各位永远为右府大人尽忠。”

听家康这么一说，速水甲斐守和真野丰后守红了眼圈，羞愧得抬不起头来。

同日下午，关东盟友亦陆续前来祝贺，片桐且元与其弟贞隆也夹杂其中。且元道："自今日起，希望能把我们兄弟也列入德川家臣之列。"

尽管且元这是第二次提出，但家康还是未允，"市正，这也太冷酷无情了。你对丰臣氏的忠心神佛皆知。一个丰臣老臣，却成了德川新臣，如此一来，右府大人会感到落寞。你就再忍一忍吧。"

当日，家康解除了井伊直孝伏见城守备之职，命其返回佐和山，又表彰了蜂须贺至镇诸人战功，最终解除了对大坂城的包围。诸将再次体会到了家康的实力，各自欣喜地准备拔营起寨。

只有伊达政宗瞪着他那只独眼，始终在盘算什么。事实上，一旦江户与大坂以这样的方式收场，他的处境就变得甚是危险了。

可以说，真田幸村的入城，是为了向世人展示他与其父所持的不同于家康的观点——为了义理而战。而伊达政宗却不如此单纯。他不仅逼着武士信洋教，还装出一副虔诚的模样，把支仓常长派为使者，前去谒见班国皇上和罗马教皇，他在进行着一场大赌博……他心中始终秘藏着一件凶器，一旦家康和秀忠乱了阵脚，他随时都可以摇身一变，挑起战乱。他早已算计好了。奉秀赖之命反抗德川的大名应还有不少，可是，由于家康的手腕和秀忠精心的布阵，政宗始终未寻到机会。不止如此，家康甚至还利用政宗始料未及的女人情感，轻而易举实现了议和。

"真是巧妙！"在这个总是用谋略的眼光看待世事的独眼伊达眼里，这又是家康的诡计。况且，家康定也深藏不露地注视着奥州，一想及此，政宗立刻就觉处境不妙。

政宗始终暗中期待此次战争能够拖长，期待着德川产生内乱和纷争。这样，他就有了让洋教徒起事的机会，不久之后，支仓常长和索德罗那边也会送来西洋是否派援军的消息。若将军秀忠失策，就把女婿松平忠辉……他早已将这颗棋子慎重地布好了，甚至连计划落空，一切都不遂愿的最坏境况，他都作好了算计。

二十五日下午，当政宗看到诸大名接连不断造访家康本阵，又纷纷像狗一样驯服地离去时，他不由感到阵阵恶心。

"陆奥守大人，你的脸色不佳啊。赶紧下去歇着吧。"

家康忽然喊了一声，政宗全身顿时被大汗浸湿——莫非被他看透了？不过，也就仅此而已，他还是未退下去，而且他明白，现在还不是该退下去的时候。

“啊呀，听着众人的种种问候，真是感慨万千啊！”政宗客气几句，离开家康时，已是掌灯时分。

家康的营帐尽管乃临时搭建，搭得却不寻常，甚至可以用作居所。出了家康的大帐，政宗并没回去，而是走进了本多上野介的值事处。“上野大人，有一事我想只与你谈一谈。非常重要！能否暂时令左右退下？”政宗绷着脸，不由分说，坐到正纯面前。对于这次议和，本多正纯有何等不满，将军秀忠怀有何种心思，政宗都了如指掌。

正纯把下人都支走后，政宗用他那只独眼紧紧盯住正纯，“上野介大人如何看待此次议和？”这分明是斥责的语气。

正纯有些慌乱地答道：“陆奥守对议和条件不满吗？”

“不错。此次议和，只是把更大的骚乱推迟而已。大人可禀告大御所和将军，就说政宗如此断言。”

“大人如此断言？”

政宗继续兀自道：“大御所声称用不着记下来，把淀夫人提出的从外城到二道城、三道城全都拆除的条件，当成了耳旁风。对于这些决定，想必上野大人也有自己的想法。所以，我想先听听你的看法，然后再谈谈陋见。大坂的第一道防线，便是围绕在城池周围的护城河，对此，上野大人如何看？”

见政宗正言厉色，正纯谨慎措辞道：“当然是悉数填埋……”

不待正纯说完，独眼龙便探出身子，用扇子指住墙上的地图，“既如此，为何不阻止诸大名拔营撤兵？你以为只是几个人夫和旗本，就能把如此大的护城河填平吗？我可不这么认为。”政宗耸了耸肩膀，“大御所身边有大人，有安藤直次，有成濑正成。我坚信你们三人乃是三大智囊，才未对大御所多言。此次的议和，等那些汇集起来的浪人从庆贺的醉酒中醒过来，就会立刻变成破碎的薄冰。若是把一切都寄托于薄冰，误了百年大计，只怕一切就都完了。让大名们拔营撤兵，真是失策，大人最好早早设法阻止他们。”

正纯冷笑了一声，不用政宗说，他也知道这个道理，但他却轻笑道：“那么，陆奥守的意思呢？”

“那还用说？趁大坂方面还未从庆功酒宴中清醒过来，赶紧让井伊、蜂须贺、前田、池田和两位松平大人调集人夫，即刻拆城。”

本多正纯哈哈笑了起来，“不愧是陆奥守啊，眼光犀利。只是这事，我早已……”

政宗的独眼中顿时浮出恐惧之色。事实上，他此前的话都只是“试探”，正纯果真是个滴水不漏之人。“既如此，何时发动下次总攻，大人想必已得到大御所准信了吧。此次的战事实在是劳民伤财，只怕浪人会狗急跳墙。”他委婉地进行胁迫。

政宗的想法，是消除家康、秀忠及其他们身边那些精明过人的亲信们对奥州的疑虑。但要消除此疑虑，伊达须强硬，须给众人留下“伊达毫不畏死”的印象。此时，他“何时发动下次总攻”的质问，还是令上野介大吃一惊。

“陆奥守认为此次和约，不出十日就会破裂？”

“这怎称得上是太平？总之，最重要的乃是抓住由护城河开始破坏城防的机会。嘿嘿，一旦拆除城池，浪人自先乱起来，届时，大名们都返去了，就不得不再回来。而且，填埋起来的河道会再次被疏浚，拆毁的箭楼也会重建。上野介大人，难听的话我就不说了。不知众大名究竟是否赞成我的意见，因此最好尽快召众人议事，将结果呈报给大御所。大家若都赞成，大御所想必也不好反对。”政宗又道。

上野介沉思起来。政宗说得不错，先让大名们停留于大坂附近，一旦在拆城的时候浪人骚乱起来，便可直接讨而灭之。

“究竟把哪些人召集来商议合适？”

“藤堂高虎、井伊直孝、松平忠直、前田利常，还有松平忠明、池田忠雄、本多忠政、石川忠昭、水野胜成、永井直清等。这些人都对议和深感不快。”

“好。陆奥守大人当然也要参加，到时也好助我们向大御所进言。”

“那还用说？我日夜都在为如何让幕府久长而操心不已，怎会吝惜几句话呢？”

就这样，众大名集结到了茶磨山的大营，经过商议，一起去见家康。

众人一个比一个激愤，认为议和丝毫未解决浪人之乱这一最根本的问题，太平不会持续下去。家康默默倾听着众人的意见。

“大御所再宽宏大量，他们终究还是谋叛者，断然不可再为他们加封。若不处置，无非把今日的骚动推迟到明日而已。”年轻的松平忠明一开口，伊达政宗立刻庄重地附和。

家康之前一直和颜悦色，此时却忽然翻了脸。“诸位糊涂！”他一声怒喝，“行不义者，必遭天谴！”

众人一惊，面面相觑。近来，家康已很少有如此激烈的言辞了。

一听家康这怒喝，政宗心中叫苦不迭，却又不得不反复表示歉意。但他并不后悔。为思虑不周而认错，起码还可向家康展示自己的忠诚，他遂道：“大御所如此申斥，在下实感意外，我等思虑若有不周之处，还望大御所明示。”

家康并不看政宗。他瞪了一眼正纯、忠直，又把锐利的目光投向忠雄、忠明、利常等年轻人，呼呼喘着粗气。

“诸将糊涂。行不义者必遭天谴，这是无法撼动的事实。希望各位，尤其是年轻人，务必将此言铭刻于心，休要误了日后大事。”尽管他语气已无刚才那般严厉，但仍十分激动，呼吸都乱了，“听着。驱逐了足利义昭的信长公不久即为光秀所杀。以暴戾为名、将父亲赶到今川氏幽禁起来的武田信玄，也惨遭横死。已故太阁的所作所为，大家也要想上一想。太阁与家康的唯一一战小牧之役，原因究竟在于何处？不就是因太阁要将信长公的子孙斩草除根？石田三成也是一样，为泄私愤，欺诈幼主，发起关原之乱，结果落得那等下场。这一切，都因为他们不义。佛法讲求善有善报，恶有恶报，此理永远不可违背。”说着，家康的眼圈逐渐红了。

年轻人全都僵在那里，听得入了神，伊达政宗虽也一副敬服的样子，想法却与别人不一样。他的确也感慨万千，却更是冷静：老东西实在高明！实是老奸巨猾！

“我……念及与已故太阁的旧情，才缔结了此次和约。这是向神佛展示我知情知义。灭掉丰臣氏易如反掌，但如此一来，我就陷入了不义。神佛不答应的私心，绝非德川家康该有。望各位能解得我的苦衷。只凭借武力取得胜利，绝非真正的胜利。大家若能理解我的心思，就休再提诸如此类的事了！”言罢，家康又添上一句，“听着，此次的议和是再一次、再一次……给秀赖反省的机会。秀赖若仍不识大体，忘了上天的体恤，行不义之事，必会自取灭亡……天道便是如此残酷！”

有人大呼“明白”，众人一看，乃是前田利常。

伊达政宗既焦躁不安，又感慨万千。他当然不明年逾七十、行将就木的老人在人生最后时光那返璞归真的心思，只叹眼前人为一旷世奸雄。政宗的野心和生命还在同现实的争斗中熊熊燃烧，不许他麻痹大意。他接口道：“大人句句在理。天下大事只靠武力终不能解决根本，只有施行德治，才能永世太平。大人宅心仁厚，但眼下有燃眉之急。据在下查访，二道城的护城河深达三四间，其宽大人也知，有五十到七十间。要想把这么大的护城河填为平地，光凭堤上的土绝对不够，而且尚需大量人夫。因此，要么命各藩都出人夫，要么……虽然我伊达父子从陆奥远道而来，但若用得着，只管吩咐……”

政宗刚说到这里，家康就举起手打断了他：“此事我早已决定，无论是谁，一律据俸禄高低出人。”说着，又把视线移到本多正纯身上，淡然道，“上野大人，此事只需暗中传达各大名即可。”

政宗心里又是一沉。他和儿子远江守秀宗共率一万人在松屋町口固守。因而，他自然想留下来看看大坂日后的情形。他伊达政宗在诸大名返回本领之后，完全可以率领一万兵马入城，一旦有胜算，他极有可能再赌一把，鼓动洋教徒起事。可是，家康对此似已有细心的算计和周密的安排。

在家康的命令下，本多正纯把早已备好的写有各大名所出人夫的纸取出，道：“大御所大人明日一早就将拔营返回二条城。此令原定二十七日在二条城发布，既然已经论及，那就在此处先行内示。”说着宣读起来。

“三万石以上，五万石以下，三十人；五万石以上，七万石以下，五十人；七万石以上，十万石以下，一百人；十万石以上，十五万石以下，二百人；十五万石以上，二十万石以下，四百人；二十万石以上，二十五万石以下，八百人；二十五万石以上，三十万石以下，一千五百人；三十万石以上，五十万石以下，两千人；五十万石以上，一百万石以下，三千人……”

听着听着，政宗的斗志逐渐消失。至此，他只能给众人留下一个他是何等忠诚地为幕府效力的印象，然后退下。家康的思虑天衣无缝，找不到丝毫纰漏。

腊月二十六，家康已撤回二条城，此时，负责填埋护城河的人也已决定，由松平忠明、本多忠政、本多康纪三人负责。由于小藩也为此次出征花费了不少钱，手头拮据。体谅到这些难处，三奉行决定把他们的徭役免了。可这三人却陆续接到了三万石以下的不出人夫的大名的请愿书。加之众大名大呼不公，只好又追加命令，令一万石以上三万石以下诸藩各出二十人。

尽管如此，世人还是对填埋护城河持有不同看法。

大名们刚刚还与大坂对峙，他们内心只有强烈的敌意，偌多人都想参与填埋工事。接下来就是德川谱代的算计了，他们认为，家康这次处置过分温和，甚是不公。大坂若能体谅家康的情义，便不会忘掉关原合战后的大恩，发动乱事。

关原合战时，德川与西军两厢一刀两断，以武力对决，注定弱者倒下，强者夺取天下。可是，家康却对丰臣遗孤百般怜悯，现出让其永远存续的慈悲。这让世人产生了一种错觉，德川似在向丰臣氏低头。德川究竟从丰臣氏得到过多少恩义？谱代们只记得受过丰臣氏诸多欺侮，并未记得得到过什么爱怜或庇护。

家康和秀吉长期积蓄的实力差别，造成了今日力量的悬殊。因而，现在仍对秀赖施以怜悯的家康，的确让人感叹，但，德川绝非惧怕大坂。“要彻底消灭他们，免得再让他们做谋叛的美梦。”德川谱代众口一辞。

但伊达政宗的考虑则更加复杂。他衷心希望大坂城能保存下去。他目下尚不知，远赴欧罗巴的使者会带回何等惊天动地的消息。但无论如何，也要等着看最后的好戏……他还有一个可怕的想法，即要当着不久于人世的家康的面，让将军秀忠在自己和班国的联军面前摘下头盔，认输投降。到时，新的将军便是女婿忠辉。至于“大御所”之位，不用说，已不姓德川了……

家康撤回二条城的同时，填埋护城河的工程也正热火朝天展开。由于年关将至，加之参加填埋的下级武士和人夫归乡心切，工程进展迅速。眼见着瓮城被掘开，土堤和箭楼从地面消失。淀川的取水口处，下身只裹布片的人夫们一面在寒风中喊出震天的号子，一面堆起堰堤。

许久未脱下戎装的伊达政宗换上阵羽织和伊贺袴，从斗笠下眺望着他负责的松屋町口的填埋工程。

原本汇集一处的大群水鸟，几不见了踪迹。它们当然无从知道人世间反复无常的较量，看到自己的家园被毁，只好仓皇逃去。填埋的结果，必然会将城内的浪人和武将逼入困境，可是他们此时尚未察觉出这些，仍在兴高采烈地不断举行宴会。水鸟的家虽然被毁了，可它们仍然可以获得阳光和饵食，可浪人和武将还能如此轻易地获得粮米吗？

政宗一想起当年把他叫到小田原的“一夜城”、向他大肆吹嘘的丰臣秀吉，就不禁想大骂一顿。可是现在的情形下，“浑蛋”似不止秀吉一人了，自己亦是浑蛋……设若此城被一举捣毁，浪人们究竟会作鸟兽散，还是慷慨赴死？

“此处从前有一座太阁筑造的巨城。”当政宗派出去的密使们带着满腹狐疑的索德罗、比斯卡伊诺等人，大摇大摆返回堺港海滨时，会怎样？在他们眼中，引发关原合战的石田三成，以及后来的大久保长安，现在的大野治长，岂非都成了跳梁小丑？

政宗后背冒出一股凉气：早当命令支仓六右卫门，一旦事情不成，就休再回日本！

若六右卫门得意扬扬地回来了，却只带来一艘兵船，到时，政宗就不得不亲自把它击沉，怒斩六右卫门。因为那时，他必须在全日本的海滨都安排警戒。

政宗伫立在不断被填埋的护城河边，怀着巨大的不安，呆呆凝视着水面。一只离群的野鸭扑腾着翅膀掠过他肩头，落在尚未填平的水面。

“陆奥守大人，哦不，当称仙台侯才是。”一个声音突然在他身后响起。

政宗吓了一跳，回过头一看，乃是头戴斗笠、面带微笑的柳生又右卫门宗矩。政宗真被吓住了。他早就看出，最近柳生宗矩已不只是将军的兵法老师。实际上，他与家康走得比秀忠还近，分明是个严密监视大名行踪的幕府探子。

“哦，是柳生大人。”

“是鄙人。仙台侯是否有什么痛心之事？脸色有些不对啊。”

“呵呵。”政宗笑了，“许是年纪大了的缘故，再过几日，我就四十九了。人近半百，体力就不支了，寒冷对身体的影响也愈加明显。”

柳生宗矩脸上依然湛满微笑，“可是，我怎觉得仙台侯的心思在更远的地方。”

“你觉得我亦在思念故乡？”

“不，大人的心神在更远的地方……”柳生宗矩往前近两步，语气凌厉，“那只去年九月驶出月浦的大船，现在应已抵达班国了吧？”

政宗险些跌倒，“那……你说那船？”

“是啊。那时帮您造船的向井将监，宗矩才在河口遇见了，还和他聊了几句。向井以为，此时，到达班国的使者恐已谒见了班国国君，怕正接受国君的盛情款待。索德罗和比斯卡伊诺的计划似是这样……”

忽然被刺中要害，政宗竟一时答不上话，“那……那……倒是有趣。”他好不容易挤出这么一句，然后干笑起来。如何才能抵挡这锋利的柳生门之名剑？他狼狈至极。

“柳生先生，人都爱做梦。”

“大人所言不虚。”

“我对这次战事甚是郁闷。现在的日本国，应是上下一心，向天下展示强大力量的时候，却为了这些事同室操戈，真是可惜。支仓现应正在拜谒班国皇上。”

“陆奥守大人。”

“柳生先生。”

“这么说，您笼络洋教徒，是为了一展宏图？”宗矩若无其事说道，微微笑了。

“当然。”政宗的胸口燃起熊熊烈火，拍着胸膛道，“我已把我的真心告诉了支仓，让索德罗和比斯卡伊诺不仅要说服班国皇上，还要说服罗马教皇。已故太阁在大坂城里只想着征服大明国，我却一面占了这天下第一城，一面做着连欧罗巴都要收入囊中的美梦呢。哈哈，虽然听来像是放荡不羁，可是用这样的一个梦来驱赶寒气，岂非趣事？”

“是啊。”柳生宗矩全然没有反驳他的意思。怎样不卑不亢、应付自如，他从一开始就想好了。“话虽如此，仙台侯也是罪孽深重之人啊。”

“哪里，恐怕不久以后，世人会嘲笑我和太阁一样，乃是个老实巴交的吹牛之人。”

“日本国……”宗矩从腰间拿出烟袋，在寒风中美美地点上一袋烟，“有一句谚语叫作‘一朝欺僧人，七世遭鬼祟’，仙台侯若连罗马教皇都要欺骗，那可要永世被恶鬼缠身了。”

“柳生先生。”

“请讲。”

“我有一事想求你。”

“若力所能及，一定效劳。”

“能否从贵家族推举一人，为在下做老师啊？”

“哦？”

“教授伊达家臣兵法为第一目的，但这并非全部。我想请一个人来监督我领内。”

柳生宗矩的眼睛亮了，不愧是伊达，懂得反守为攻了，既如此，那就没必要再讽刺挖苦了。想毕，他缓缓收起烟斗，道：“莫非贵领有让大人烦心的事？”

“正是。”政宗平静下来，“刚才谈到鬼作祟的事，其实，我乃是个事事为苍生着想、为幕府繁荣着想的伪信徒。尽管如此，家中也难免有些人会信以为真，成为真正的教徒啊。”

“哦，大人想借兵家的眼去辨别真伪？”

“信奉的真伪，寻常人分辨不出。但一旦成为师徒，情况就不同了。此事能否认真考虑？”说着，政宗正了正斗笠，施了一礼，“请务必成全……哟，我险些把明日分配人数的大事给忘了。”撂下这么一句，他径直把宗矩丢在身后，向阵营去了。

政宗一路仔细回味，愈觉宗矩虽若无其事，却已微微嗅出他把支仓常长派往班国的目的，如此一来，更要多加小心了。危急之中，尽管以挑选老师云云搪塞了过去，可这却是一个须认真考虑的问题：假如家康和秀忠早已清楚此事，却还默不作声，那是为何？

家康许并不拿我政宗当回事，可秀忠却不能有这等肚量，定在暗中监视我的一举一动……想到这些，政宗一脚踩碎脚下水汪里的薄冰，站住。

对！柳生宗矩正按照秀忠之意在监视我……就算不是这样，我既是忠辉的岳父，秀忠也会看我不顺眼。一旦被怀疑，日后可就危险了。

政宗悄悄用手扶住斗笠，回头一望，柳生宗矩还站在原地目送着他。政宗冷笑一声，径直返回护城河边上。柳生宗矩又靠了过来，脸上依然带着高深莫测的微笑，“是不是忘了什么？”

政宗并不回答，而是道：“我有一言，想请柳生大人代我转达将军。”

“请讲。”

“希望尽早平息此次骚乱，是为德川幕府百年大计。”

“尽早？”

“是。为此，政宗愿说服右府身边的亲信，要他们力劝右府早日提出移封之请。只请柳生大人把这些转达给将军。将军聪敏贤德，一说这些，自会心领神会。”说完，政宗转身离去。

宗矩愣住：政宗想急急处理丰臣氏的心愿，会给将军留下忠诚之印象，真可谓用心良苦。

二三 鸠占鹊巢

大坂城护城的拆除，以及内外护城河的填埋，让城内议论纷纷，已是庆长二十年新年过后之事。

负责填埋的乃是松平下总守忠明、本多忠胜之子忠政、本多家另一分支康纪三人，都是地道的谱代大名，他们带着何等的敌意和反感来做此事，可想而知。何况还有被称作德川家康怀剑的亲信本多正纯、成濑正成、安藤直次三人，总不阴不阳在背后看着。这三人对家康“以天为对手”的想法有着清醒的认识。“若都像大御所那样成为普渡众生的神佛，倒也罢了，可聚集到大坂的却都是些吃人的狼。”因此，必须趁着群狼沉醉于议和成功，把该填的全部填掉，这才是他们真正的心事。

在德川家谱代大名的眼里，议和成功前后，浪人内部已大为混乱。真田幸村、后藤基次等人始终积极催促秀赖一战，可是自从那震天的大炮轰击之后，城内大多数人眼看着失去了战意。他们怕都预感到了最终的结局，大多叫嚣一通，便偃旗息鼓了。

议和之后，接下来当然是解散浪人。可是，在解散之前，丰臣氏定会支付相当的佣金，众浪人就可满载而归。对浪人来说，是“消遣消遣守城的郁闷”，这种想法真切地表现出这群乌合之众的可悲：早知议和，就根本犯不着拼命作战，使性命犯险了，可早早拿了钱到城外逍遥去。他们本来就过惯了流浪生活，一旦惰性重生，立时士气大丧。

浪人被赐了酒宴，又领了些银子，便争先恐后出到城外。岁末的大坂顿时呈现出一派热闹景象。

德川人则完全看透：喝得烂醉的浪人在妓院酒楼玩够后回来，护城河和护城已不见了踪影。如此一来，他们也就对这城断了念头，这对大坂也大为有利。众人一面如此商议，一面加紧填埋。可浪人腰包里的那点钱立刻就见了底。一旦没了钱，他们的酒立时就醒了，又开始计算。当他们晃着脑袋冥思苦想时，大坂城已面目全非了……

“这究竟是怎回事？和约上不是说，只填埋外护城河吗？”最先发出质疑的，是仙石宗也的家臣井上某。

“是啊，他们违约了！一旦所有的护城河都被填埋，到了紧急关头，这城还怎么守？不能打仗，我等怎能尽职尽责？”井上某先是把这些话传到了仙石宗也耳内，宗也又于二十八日晨禀报大野治长。

“大野大人公务繁忙，恐怕还不知此事。关东声称填埋外护城河，但如今连内护城河也给填上了。大人可知此事？”

治长当然不可能不知。但他却装作刚刚知情，佯急派使者到松平忠明等处去诘问：“议和时的约定，是只拆除外城，怎的连内城都拆了？”

忠明便询问与他共事的伊势桑名十万石的本多忠政。忠政答道：“这是大御所的命令。大御所吩咐填埋总城濠。所谓的总城濠，不用说，自是指所有城濠，当然不分内外。”

此前，忠政、忠明与康纪恐已与本多正纯商量过此事，此刻方有这种回复。听到回复，大野治长沉默了两三日。

但在此期间，填埋仍在进行。这些事实足以证明，拆除外城、填埋护城河，乃是大坂一方在议和前根据淀夫人的想法主动提出来的，只是浪人对此根本不知。明石丹后、后藤又兵卫、毛利丰前、生驹正纯等人随后陆续诉起苦来。

未久，大野治长又派去了第二位使者，不过这次不是到三奉行处，而是直接去拜谒本多正纯。去时正值过年，本多正纯让使者吃了闭门羹。其实，关于拆除城郭一事，正纯一开始便甚是强硬。

治长把因不安而欲生乱的浪人叫到面前，“本多上野乃是如此这般说的，定是奉行们听错了，他会立刻让他们停止。”然后，他才把浪人的近况禀告淀夫人，让淀夫人出面阻止内护城河的填埋。

但热火朝天的填埋岂能就此中止？尽管沟河悉数填平，可江户与大坂之间横亘的另一道看不见的“壕沟”，却越来越深……

城内又频频传出两个令浪人激愤的流言。其一说，反正大坂已无力养活十万浪人，填埋城濠便算是关东的慈悲，这刺痛了浪人乱心。无法养活浪人，议和分明是在明知这种情况的前提下缔结的。通过填埋护城河，尽早把事实告诉浪人——已无力再战，亦是为了丰臣氏日后着想。大坂已不需浪人，浪人还赖在此地做甚？

另一个流言，则是变本加厉的恶意中伤，说议和的原因不为别的，只在于浪人已丧失了战意。天下浪人本以为丰臣氏财大气粗，才汇集而来。可是，由于重建大佛殿、重修诸寺社等，丰臣金库早已告罄。浪人们一得知这些，立时心灰意冷。腊月二十一，真田幸村、后藤基次打算强行发动夜袭时，几无一人愿意挺身而出。因此，秀赖母子才不得不缔结和约。

正因为这些流言亦真亦假，所以，企图把战争责任转嫁到浪人身上的传言，立刻就在后悔不迭的丰臣家臣和袒护丰臣氏的商家中广为传播。若稍微冷静地想一下，这两个流言的来源实在可疑。其实，流言正是来自伊达氏和藤堂氏的人夫口中，可悲的是，竟无一人对此作过仔细访查。

当主动提出拆除城池的淀夫人请求本多正纯停止填埋时，已是庆长二十年新年。

不明真相的浪人顿时窃窃私语：“右府母子惧怕家康。”“是。大御所和将军从一开始就是在骗人。我们岂能坐以待毙？”

渐渐地，不稳的迹象加剧。

一位名唤阿玉、据云曾与本多正纯有过一面之缘的美貌侍女，被派去拜谒正纯。此次派遣阿玉，究竟是真去传达淀夫人和大野治长的意思，还是只为了安抚浪人、堵住自己人的嘴巴而采取的糊涂计，无从知晓。世上都传言，阿玉名如其人，貌美如玉，乃是城中的第一美人。连淀夫人也承认其貌美，还说若真到江户为质，就连她一并带上，家康公有兴致，就让阿玉代为服侍。

听说阿玉前来交涉，本多正纯又惊又喜。

当时，除了三位填埋奉行，正纯、成濑正成、安藤直次也在场。三奉行低头不语。成濑正成却毫不客气地取笑正纯道：“上野介大人赴大坂城内时，似听过那位阿玉姑娘的甜言蜜语，不知上野介还记得否？”

成濑正成尽管只是陪臣，但除了下总栗原的三万四千石之外，还领有犬山城，且是家康将爱子尾张义直相托的倚重之人。正因如此，他向来便毫无顾忌与正纯说笑。正纯苦笑连连，摇头不迭。

“女人的心思可真让人烦恼啊。”

“大人内心可未必这般想吧？”

“你就莫再说笑了。我有要事不得不撤回二条城，剩下的事就交与几位了。”

看来正纯动了真格。按例，公认的美女多被视为“赠礼”。因此，淀夫人把阿玉派到年纪轻轻的正纯处，就别有深意。正因知道这些，正成才拿正纯说笑，可此事家康甚是重视，事事关照。正纯哪敢接碴？除此之外，家康也知道侧室阿梅正暗念正纯。

“听着，我死后，就把阿梅赠与你。你们要好生过日子。”这么说过之后，阿梅渐渐被家康疏远了。阿梅原是青木纪伊守之女，被称为莲华院，日后确实嫁给了本多正纯。既已有了阿梅，若再接受淀夫人的“赠礼”，必出大事。

“哈哈，看来上野介大人真是怕了女人。”正成仍说笑不止。

估摸着阿玉快要赶到了，正纯早早去了二条城。

“看来，只能由我们接待使者了。”安藤直次困惑道。

成濑正成则不屑地回道：“我来负责接待，你只管放心。本来这就不是淀夫人一人的主意，定是大野修理选定的人。身负重任之人，怎能如此处事！”

说话间，侍卫来报，说阿玉带着四个侍女，光彩照人地来了。

“好，由我来打发她。安藤大人，你就装作不知，去督促人夫干活吧。”正成一肚子火，他并非生淀夫人的气，而是无法忍受凡事都临时抱佛脚的大野治长。到了这种时候，还派美女前来，治长究竟想干什么？问题的关键，乃是如何说服浪人，让他们明白大坂的苦衷，自行退去。大坂既已无和关东争斗的实力，也无养活浪人的能力，因此，让丰臣氏存续下去才是关键，填埋城濠根本就是小事……治长这厮根本看不清时势，竟派佳人出使，如不赶紧让他清醒，大御所的苦心恐白费了！

“使者到。”传话的下人高声喊道。

“哦，何事？”正成一面走出门外向人夫分派任务，一面大声询问，“公事繁忙，这里缺人。谁？有何事？”

“淀夫人派来使者，欲造访本多上野介大人。”

“那可真是不巧，本多上野介大人有事回二条城了，不在此处。”说着，正成毫不客气走到阿玉面前，“哟，这不是城内的第一美女阿玉小姐吗？”说着，他从头到脚把阿玉仔细打量了一遍。阿玉看去二十一二岁，肤如冰雪，目若秋泓，面润颊腴，果真是绝世美人……

“阿玉小姐，成濑正成今日得睹芳颜，真是三生有幸啊。倘若本多大人在此，定会大悦，惊叹不已。”

阿玉羞得满面通红，那绝美的唇角也微微发颤，“是……是成濑隼人正大人吗？”

“不错。正是以鲁莽远近闻名的成濑正成。”

“既然上野介大人不在，告诉大人也是一样。夫人说……”

不等说完，正成就呵呵一笑，打断了她：“这可使不得。要是随手就能采得的鲜花倒罢了，小姐可是大坂城内名闻天下的牡丹，是被指名送与上野介大人的名花，正成可不敢造次。”随即，正成又大声喊道：“诸位诸位，今日机会难得，竟遇见了求之不得的佳人。大家赶紧一饱眼福吧。这位就是大坂城内第一美女阿玉。”

阿玉确是美丽绝伦，就连伊达政宗怕都会折服于其美貌。但她与家康的“怀剑”相比，无论是锋芒、智慧，还是经验，都断然不及。一时间，呆立原地的阿玉，已被粗野的人夫里三层外三层地围住。

“哦，这就是阿玉小姐啊。”

“这么娇艳啊。”

“若能和这样的女子……啊哈！”

毕竟是远离故土的男子，赞美之辞逐渐变为不堪入耳的粗话。

“行了行了，适可而止，干活去！”安藤直次实在看不下去，大声喝道，“快去干活，干完了回老家过年！”

“是啊，干活去！”正成接过话，“阿玉小姐，甚是感谢。方才已然说了，上野介大人去了京城，希望你能把这话转达给淀夫人。另，把这话也同样转告大野修理大人：我等都拜睹了小姐芳容，不枉此生。众人精神倍增，工程会更快，众人的妻小都在故乡等着呢。”

阿玉僵立当场，呆呆望着人夫和武士们逐渐散去。本多正纯不在，她能怎样？况且，成濑正成和安藤直次也迅速离去，周围只剩下被人夫践踏得一片狼藉的泥土和冰霜，屋内甚是严寒。

“我们回去吧。”

“这样合适吗？”

“上野介大人不在啊。”

阿玉几欲泪下，她的怒火喷涌而出，但她又能怎样？淀夫人真的会把她的遭遇解为莫大的耻辱吗？

阿玉返回后，大野治长顿时受到浪人更加严厉的诘责。对阿玉的出使，浪人尤为激愤。

“我说得没错吧？”

“关东从一开始就在骗人。成濑和安藤明明白白告诉了我们。”

“是啊。大野修理的骨头都化了。”

大野治长的处境时时刻刻都在发生着微妙的变化。开始时，他只想隐瞒事实，可如今，他已成为众矢之的。原本约定填埋外护城河，可现在变成总濠，结果，所有护城河都不断被填埋，已严重威胁了主家安危，可他完全无能为力。

在众人的诘责下，他知道成濑等人已根本不把他放在眼里，于是不得不向家康抗诉。

因此，治长带上阿玉，亲自去京城。这一次，他是想把目前的情形直接禀报将军家老本多正信，求他给出个主意。家康欲在二条城迎接新年，将军秀忠却声称在大名们彻底拔营之前，不能撤兵，仍待在原地不动。因此，只有年逾七十的本多正信提前返回伏见城。

于是，大野治长就带上阿玉转向伏见城。治长以为，阿玉既是淀夫人的使者，又有他这位丰臣重臣，本多正信定会甚是郑重地出来迎接。

可在本多正信眼里，大野治长算个什么东西！

正信从水野忠元那里听到二人赶来的消息后，淡然道："又没什么大事，用不着见面。"说着，看着为人们回乡过年而作的论功行赏文书，摇了摇头，"大野怕是在善后时遇到了麻烦。告诉他，说犬子正纯愚鲁，看来是把大御所的吩咐理解错了。因此，我会直接向大御所禀明。只是，老夫现正伤风卧床，待痊愈之后还要赶赴二条城，不能接见。"若无其事说完，正信把眼镜从额上摘下来架到鼻梁上。

由于正信说得过于冷淡，水野忠元还有些不放心，"不见怎知对方来意？"

正信又把眼镜推回额上，微微笑了，"他也算是掌管大坂的人，不至于到现在才真心想让我们停止填埋。伤风，一说伤风，他自会明白。"

忠元苦笑一声，不再多言，把正信的转话告了治长和阿玉。

治长脸上眼见着僵硬起来。伤风痊愈之后再向大御所禀明，这分明是不愿一见的托辞。看来，实无人拿他当回事。人心变化真是微妙，他从一开始就无阻止对方填埋的念头，但仍自负地以为，能从正信处借到些"智慧"。可遗憾的是，正信觉得他既是掌管大坂城的家老，自然胸有成竹，此次前来，恐怕还是做给那些浪人看——为了让关东停止填埋，他始终努力不休。否则，他怎会特意把形同偶人的阿玉带来？若是真想交涉，他定会和织田有乐斋同来。

治长大失体面，顿时怒从心起："大人果真伤风了？真是体面的闭门羹。这么说，工事是不能停止了？"

水野忠元平静地笑了，他并不以为治长真怒了。治长是在这女人面前演戏，好使她回去之后，可在浪人面前说：治长乃何等强硬地与本多正信进行交涉。

"莫动怒，我们绝无此意。正因本多大人年老体衰，身体有恙，才比将军先一步从冈山返回。请大人放心，待我家大人痊愈之后，定会早早赶往二条城。"

水野如此一说，治长也无言以对。不知不觉，他不满的情绪又为受骗的愤怒取代。"我一直以为，本多大人会对大坂的事情思量得比人更认真、更深刻。"

"我家大人怎能不思量？正因已仔细思量过，他才怪上野介大人愚鲁。唉，修理大人多费心了。"

此时，午膳端了上来，治长和阿玉连筷子都没动。他们根本无心用饭，尤其是第二次遭拒的阿玉，脸色苍白，浑身发颤。

在出伏见城的正门之前，二人几乎未再开口说一句话。窝火逐渐变为愤怒，愤怒又化为敌意。

"我们被耍了！"阿玉下了轿舆，站在码头上，血红着眼睛道，"一定要把委屈好生告诉淀夫人。"

治长虽未附和，却也一脸怒气，劝道："阿玉，我们这个样子无法回去。"

"大人说什么？难道我们要回去，与他们重新交涉？"

天空阴沉，似要下雪，三两只水鸟在船周低低盘旋。治长死死盯着那些水鸟。"掉头！"他大喝一声，"既然本多佐渡守有恙，我们就去找所司代，去与板仓胜重交涉。火速赶往所司代官邸！"

阿玉表情僵硬地点了点头。年轻的她从一开始就和那些浪人一样，对德川处事充满怨恨。

轿舆被再次安放在二人面前。到了胜重面前，就不必再客套了，直接告诉他，再这般放任不管，浪人就要生乱了。治长实在难称得上是真正的武将。他并未意识到，众多德川旗本正在摩拳擦掌，等待城内生乱呢。

轿舆迅速向二条堀河的所司代官邸而去。

所司代板仓胜重正和儿子周防守重宗谈论着护城河填埋的进展。重宗此次作为侍卫，跟随将军秀忠出征。

当下人报告，说大野治长携淀夫人使者阿玉一同前来时，胜重与重宗刚谈了阿玉被成濑正成赶走一事，二人不禁面面相觑。“他们还是来了，我逃不过。”胜重不禁皱起眉头，叹了口气，“淀夫人不是真心阻止填埋城濠。不过，事情好像有些棘手。”

“父亲，最好称病，不予接见。”

“唔。”

“先由孩儿代您见见，看看他们究竟为何事而来。”

胜重慎重地摇头，“不可。若只是阿玉，倒还好说，修理毕竟掌管大坂，就见一见吧，说不定城内发生了什么乱事。”言毕，胜重更了衣，往客室而去。

大野治长并未靠着暖炉，单是耸着肩坐在那里。室内竟无阿玉的身影。

“修理大人竟意外来访。不过，听下人说来者是两位。”

“是，本来是和淀夫人的侍女阿玉同来，又觉不妥，遂借用了贵府一室，让她先候着。”

“哦，这么说，是密谈？”

“不，阿玉小姐并非派往板仓大人府上，她乃淀夫人派往本多佐渡大人处的使者，治长就让她回避了。”

胜重纳闷起来，道：“大人想得很是周到。既非派到寒舍，确不便与她相谈。那么，大人特意造访是为何？”

“板仓大人，修理在本多佐渡大人那里着实吃了一顿闭门羹。”治长仍是无法释怀的语气，“本多大人称卧病在床，无法相见，竟打发一个下人出来见我。哼！其实，在此之前治长就从下人口中听说了。他哪里患了病，分明还在精力充沛地处理公务呢。”

“大人希望由我给佐渡递个话？好，我就转达他。大人请说。”

可治长却不忙着进入正题：“不错，本多大人乃是将军的心腹，可治长也是右府大人重臣，乃是大坂城的老臣啊。本多大人居然假称患病，把我轰了出来，真是……”

"唉！"板仓胜重举手打断治长，"真是有些过分，好了，我把这些转达与佐渡守就是了。"

其实，胜重早已看不起大野治长。身为大坂城主事，竟带着不合适的使者出现在所司代府邸，还不合时宜地大发牢骚。因此，胜重才打断了他，治长却是仍未领会。

"正是！"治长探出身子道，"他若能理解修理的艰难，怎么也得和我见见面，问问是怎回事。但他全不放在心上，还称待痊愈后，再向大御所禀明。事情哪有这么简单？我回去告诉浪人，定会碰一鼻子灰！说不定，他们马上就会生乱。"

"哦，这我倒是不能不管。"胜重忽然瞪起眼睛，板起面孔，"我立将此事禀报将军，若不立时收拾了那些浪人，怕要出大事。你是这个意思吗？"

"不……非也，非也。"

"那究竟要怎样？佐渡守的无礼，我已很是清楚。可是，浪人要生乱……若是乱事，便不是佐渡守一人的责任了，这应是大坂城城主的责任！"一阵严厉威吓之后，胜重又放缓了语气，"修理大人，是不是说，浪人不服你的管束，事情很是棘手。照此下去，极有可能发生乱事，你才想找本多大人商量一下，看看有无好主意？"

"对，是。"

"既然如此，诘责本多大人无礼之事，就要往后放放了。"

大野治长的脸刷地红了，胜重是在责备他，他甚是明白，可是，激愤却不能一下子消散。不满和羞耻逐渐变成波涛，在他胸口翻腾。

"在下想对板仓大人说的并非别事。尽管已经和谈，可此次填埋城濠是不是有些操之过急、欺人太甚了？现在城内到处皆为愤怒的浪人，能不能体谅我们的苦衷，手下留情？"

"哦！"胜重有些失望地叹了口气，"这么说，大野大人这次的来意，是想让填埋城濠的工程暂缓？"

"正是！否则，浪人就控制不住了，希望能够体察……"

"修理大人！"

“板仓大人……”

“延期到何时，城内的浪人才会散去？大人有未算过？”

“散去？”治长耸起肩膀，道，“治长不记得关东曾提出过什么浪人散去。在誓书的第一条中不是写得很清楚，对于守城的浪人，关东并不干涉。想必大人不会这么快就忘了吧？”

板仓胜重一肚子气，直想掴治长他几巴掌。开始时，他还因治长受到了本多正信的冷遇而些有同情，可听了这一番话，同情全消。

人间发生莫大的不幸时，总有一些奇怪的小丑身居高位。怎会把大坂城的命运托付于这样一个东西？至少，在家康公及其周围人心中，都欲坚决巩固太平，大坂城中却是这样一群乌合之众！

胜重本以为，治长早已有了主见，若能延期到某时，他便能说服浪人自行散去，今日才特意来访。一问方知，此人心中一团烂泥，竟还强词夺理！

“修理大人，那就按誓书上所写，我刚才所言全不算数。我刚才设身处地为你考虑了大坂的事，发现有两处让人担心：其一，大坂拿俸禄养活浪人，究竟该如何分配？听着，当初把他们集中之时，或许还有胜利……之念，因而，人人怕都想着高官厚禄。因此，若把六十余万石分给他们，他们恐不答应。一旦他们明白无利益分配时，凭何轻易离去？故，唯一的办法就是把剩余的金银悉数瓜分，然后向他们赔礼道歉。我此说乃是班门弄斧，修理大人早已成竹在胸，自不希望我再对誓书的事插嘴。胜重再次郑重收回前言。”胜重强压住不快，恭敬地施了一礼。

“其二，现在就谈谈填埋延期的事。”胜重以他一贯的认真周到，尽量对治长客气些，“若最后闹到要和大御所谈判的地步，那之前，我觉得修理大人最好先向大御所道谢。因为此次开战，是大御所硬帮你拖到了冬天。你明白吗？若照将军和众旗本所想，秋日就开战，禄米一粒都收不上来，嘿，右府可怜，平民百姓也会惨遭涂炭。大御所特意待你们收获完毕，这良苦用心……若不明白这苦心，简直……唉！我这又是多嘴。”

大野治长愣在当地。他咬着嘴唇，茫然盯着胜重。可是，胜重的诚意真能让他清醒吗？

二四　最后一炊

二条城内，德川家康脱下长久以来一直不离身的阵羽织，迎来了庆长二十年的新年。他的一个心愿得以实现，终可松一口气了，但心里却仍然阴晴不定。

去岁秋日，家康从骏府出发时，念想“一定要活到下一个新年”。若能活到下一个新年，他定要圆满解决大坂问题，转祸为福，把太平的珍贵和崭新的幕府向世人展示。他一直在这般自负地算计，并且，为了避免把大坂逼入绝境，他始终为其开着一扇交涉之门，让大坂通过此门观察时势，自我反省。

结果大致遂了家康的心愿，和议缔结，阵羽织也脱下来了。但是，天下大名，还有那些聚在秀赖身边的浪人，果真能明白太平的来之不易吗？事情绝未完全解决。一想到这些，他就放心不下。

对议和最为不满的似是将军秀忠。既然连秀忠的不满都可以看得出来，谱代亲信也定都以为，家康的处置太温和了。秀赖又如何呢？一想到这些，家康就再也轻松不起来。他以为这么做，可让秀赖充分悟出战事的无谓，遂不失时机缔结了和约，可是，事情似乎并不如他所想。秀赖认为自己乃是战败之人。

在一些世人眼中，家康已变成一个让人无可奈何的耐不住寂寞的老人。他指点江山，却为何要和一介小儿过不去？

其实，这次不战而和，是对秀赖等生于太平世道的年轻之人进行的恳切教导，为此花费之巨，实可惊天。秀赖若真从这次“战争游戏”中学到了该学的东西，他就应把已故太阁遗留下来的黄金悉数献出，向汇集起来的浪人赔礼致歉，承认自己一时糊涂，令其解散。如此一来，城濠被填埋、已完全失去战斗力的大坂城，就不再会让野心勃勃之人燃起非分之念，大坂便不再为是非之城，作为公卿的丰臣氏亦可永远存续下去。但秀赖糊涂到底，一再向正纯、直次、正成等人诉苦，越发引起了众谱代的反感。

莫非当世竟无人能领会我的心意？此际多有病恙的家康，心中生出难以言表的寂寞、焦虑与痛苦。

无论秀忠还是秀赖，都无法知我真心——尽管这种焦虑的重荷压得人不堪其沉，但家康仍未绝望。可是，正如伊达政宗和藤堂高虎所说，若费尽苦心缔结的太平，只是带来片刻的休战，就不能一笑置之了。家康思量，这恐是神佛对他今生最后的考验。

家康认为神佛有两个意思。其一，人的一生并不“十全十美”。可以说，“十全十美”就是最完美的“大善”。由于家康太想得到“大善”，神佛便在高处训诫道：过犹不及。神佛的另一个意思，则是要家康把大坂冬战看成自己的失败，从而进行更严格更深刻的自我反省。“天真想法断难成事，要好生磨炼。”如此一来，神佛就得让家康再活一二年，让他彻底思量清楚，使天下彻底太平。

“京都的冬天冷啊，太冷了。”回到二条城不久，家康就自言自语。此时，他已下了决断。连神佛都责备他太贪恋完美，督促他再重新想想，他便要远离这是非之地。他遂暗下决定，在迎来新年之前，先向朝廷拜贺，然后返回骏府。

对于秀忠，家康早就送上了一句话：“京都冬天太冷，过年后早早回去吧。”

秀忠当然不能反对。但现在，他正怀着与家康不同的想法，悉数拆除大坂城的二道城、三道城。若父亲不在身旁，秀忠与其手下做起事来自会顺手得多。正因为明白此点，家康就更感到痛楚与寂寞。或许，连秀赖都在感叹：你在这里，都无法畅所欲言。

家康之心，天下皆不知，既是他自身之痛，也是天下之痛。罢了罢了，莫如暂时离开这旋涡，静观事态变化。

个人的智慧总会有限，所谓真正的智者，必定善于倾听别人的意思，择其善为己所用。因此，真正智者的智慧，永远不会停滞。家康在思索中迎来了七十有四高寿。

一年之计在于春。家康比常人更尊重习俗和家风。不过，拘于虚礼的繁文缛节与奢靡浪费，却与他的性情不符。

尽管憎恶无谓的浪费，但一旦认定其来历，并将其定为家规，家康就绝不再允许变更。除夕之日，他亲自检视了进献给宫中的鹤，然后在诸寺一齐撞响的除去百八烦恼的钟声之中就寝。

在这钟声停止之前，对将离开这是非旋涡、向骏府出发的自己，家康又一次加以严格的反省。他当然又会思及人寿。庆长十九年，他有两次险遭大难，如今还能平安无事再活一年吗？向来把生死寄于佛陀的他，却不多想这个问题。他想的是，如何才能在死前的每一日，无愧于天地，真诚地活着。

寅时四刻，家康起来，一边洗漱，一边询问家中传统年货兔杂煮是否已准备妥当。“我家祖先舍弃了故土上州得川之地，父子流浪诸地时，获信州一人家救助，吃到了这样一顿大餐，才活下去。这便是它的来历。它教我们莫忘贫困，莫负恩义，亦是可强身健体的珍馐美味。定要让它传下去。”由于身边乃是跟随而来的十四岁的长福丸，家康遂刻意这般解说，然后准备祭拜神灵、向四方祈福诸事。

长福丸恐也注意到了父亲向宫内献鹤，而自家却只享用兔子之事，遂生了疑问。祭拜完毕来到佛殿，长福丸说道：“先祖父子流浪四方，定甚是辛苦。”

“是啊。就与现在的你我一样。在寒风刺骨的除夕日，父子在信浓的深山里徘徊。就在差点冻僵的时候，终于摸索到了一处人家，得到了一顿热气腾腾的兔杂煮。没有祖先，就没有我们。这可是阿弥陀佛的恩惠啊。”

长福丸不知在想些什么，大大“唔”了一声。当年是父子俩，现在也是父子俩，他必是对此产生了少年特有的感怀。

由于武家向宫中朝贺的日子，例为正月初三，故初一，家康只向宫中献了鹤，决定初三再次令大泽基宿进宫朝贺。

大年初一，从欣享惯例的膳食时起，各大名、僧侣就络绎不绝前来，挤满了大厅，贺者的名字被一一报了进来。

“右大臣丰臣秀赖大人的使者伊东丹后守长次，从大坂赶来贺岁。”

家康不禁放下手中的筷子，一瞬间，喜色跃然脸上，“右府大人的贺使？”

家康原以为，在这世上，再也不会迎来新年。但离开京都之前，他最为担心的秀赖竟然派来了使者，还在大年初一大清早就抵达了二条城。看来，秀赖定是从昨夜就惦念着此事，并早早打发使者前来。

“右府的贺使到了？好，大厅里必挤了偌多人。我现在就让人收拾膳台，你立时把使者请到这里来。”家康忙不迭地吩咐，又回头看一眼赖将（赖宣），“长福丸，你也同席吧。不过，你要给为父执刀。”

“遵命！”

父亲的喜悦之情比什么都令人高兴，赖将连忙拍手叫进近侍。他先一步放下筷子，揉揉自己撑得鼓圆的肚子，道：“孩儿现在就替父亲捧刀。”

吩咐下人撤下膳食之后，赖将立刻走到侍童面前，施了一礼，接过仪仗刀。刀身镀金，光彩夺目。赖将动作麻利，侍立于家康身后，煞是英武。

这时，衣冠华丽的伊东丹后守长次被请了进来。在秀赖的近侍当中，他和木村长门守重成同被誉为美男子，生得仪表堂堂。他进来时，在场的十余男女也分成左右两列，一齐跪拜下来，向右大臣秀赖的使者表示敬意。

“尊使远道而来，辛苦了，快往里边请。”家康道。

伊东长次却显出颇为拘束的样子，并未立时到家康面前，远远祝道：“伊东丹后守长次奉右大臣丰臣秀赖之命前来，恭祝大御所新春之喜。”

家康心头忽然涌上不安：莫非是借新年之贺，前来诉城濠填埋纠纷？

他心里蓦地一惊。

“辛苦了。你已看到了，家康安然无恙迎来了七十四岁的春日。禀报右大臣，请他放心。”接受完新春贺辞，家康忙探身道，“怎样，右府可好？在这吉祥如意的新年里，淀夫人身子还好吧？”家康话里有话：今日大节下，若是前来诉苦，定要注意分寸。

“是。右府和夫人都甚是康健，请大御所放心。”长次的姿势和脸色仍不自然，声音也越来越紧张。只听他继续道：“右府吩咐小人给大御所带来口信。”

“哦，还有口信？说吧，大声些。近来，我耳朵愈来愈不灵了。”家康有些失望，以手护住右耳，探出身子。

父亲转喜为忧，赖将却未察觉这些变化，似在与使者比拼威风一般，执刀瞪眼。

这时，长次忽然两手触地，“请恕小的直言口信。”

“你说吧，大声些。”

“是。我家少君说，若大御所就这样回了骏府，他会终生后悔……”

“终生后悔，他所指何事？”

“说自己此前太幼稚，未体察大御所的慈爱之心，多有冒犯。”

家康心头一热，“什么，右府是这般亲口说的？”

“是。右府红着眼睛道，还请大御所多多宽谅他的幼稚。听说大御所人人过完年就要回骏府，如在此之前不把这些话说出，他会经受不住内心的谴责和愧疚。另，他叮嘱小人无须在言辞上过多修饰，直接把原话说给大御所就是，只因想转达这一言，才急急把小的派来。”

家康呆在当地，心头潮起潮落。秀赖的口信让他忽地想起了信康，想起了信康从大滨赶到冈崎，为自身的糊涂谢罪时的身影。年轻人为何总是如此让人心碎？秀赖若在半年之前就明白这一言，不就什么事也没有了吗？

“哦，右府是这样说的啊……”

“另，今年新年，少君会与少夫人过一个安乐祥和的新春，请大人放心。”

“哦。”

“一切都来自大御所的慈恩，只要大御所乐意，莫说是安房、上总之地，就是到天涯海角，秀赖也会快意地移去。”

“哦，连移封的事都……”话刚说了一半，家康就慌忙住了口——身边的耳目太多。秀赖愿意坦诚地接受移封，为时还不晚。当信康意识到自己的年幼无知时，已彻底掉进罪门，无可救药。秀赖还没走到那一步。我绝非信长公，我是右府和阿千的爷爷……家康心口忽地大热，眼前顿时模糊了，老泪夺眶而出。

“哦。是这么说的啊。好，好，家康活到七十有四，到了今年新年，才第一次体验到人生的喜悦。真是……真是一个吉庆的新年。我会安心离开京都，返回骏府。你回去之后，转告右府，要他好好过活，希望在我的有生之年，能听到他诞下嗣子的消息。”说到这里，家康才意识到自己泪流满面，慌忙命人准备酒宴。

家康接受了秀赖的新年祝福之后，出到大厅，显得心绪大好，简直让众人瞠目。他笑对年轻人道：“明年的新年，我还在这里，还这样接受各位的新年祝福。嘿，许已不大可能了。日子流淌不息，去者去，来者来，希望大家珍视每一日，过好每一日。”家康平静地说完这几句令众人惊奇之言，照例赐酒。

对于这些话，有些年轻之人浑然不觉，也有人眼泪汪汪，后者恐已听出，这多是家康公的遗言了。

初一迎来了近百人祝贺的家康，到了初二，忽又意外地迎来了敕使，不只是敕使，连院使也来了。宫内定也听说家康将于初三离开二条城东返，竟在大泽基宿进宫朝贺之前，便来致贺了。

家康诚惶诚恐迎接了两位御使。这次议和，不仅让秀赖心怀感激，朝廷也有深刻的体会。家康之感动难以言表，也极为满足。

敕使乃是大纳言广桥兼胜和大纳言三条西实条二人，院使则是秋筱大弼。看来神佛已洞明一切。欢呼雀跃迎接太平的，不只是京都和大坂的百姓，就连宫廷都在欣享着喜悦。

敕使回去之后，家康还有些恍然，有些不安。

眼中无生亦无死，此乃达人的心境；而死去之后，再也不能与活人为伍，这却是凡愚的现实。在我消失之前，在我的身影还能显现在世人眼前的时候，还有无忘了做的重要之事？这是意外迎来敕使的家康，一心想报答恩赐的良心之问。

傍晚，家康把松平康安、水野分长和松平胜隆叫到跟前，“把你们叫来，不为别的。明日，我就让大泽基宿进宫朝贺，之后出发，歇宿的地方许在近江的膳所。”

话说到这里，松平康安还以为家康要让他负责一路上的护卫，朗朗道：“请大人放心，路上的事早就准备好了。”

家康却呵呵笑了，“谁说路上的事了？我要说的，是在我从京都出发之前，你们三人带上人马向大和郡山进发。”

“去大和郡山，莫非那里有乱？”

家康于喉咙深处发出低低的笑声，“你们三人虽然年轻，但所历甚丰，我才把你们派往那里。为何要把你们派往那里，明白吗？”言罢，他眯起眼睛啜了口茶。

松平康安耸起肩膀看看胜隆和分长，二人也都低头不语。从纪州到大和一带，百姓的骚乱也非没有，但现在皆已平息，他们耳内也未听到有骚乱的传闻。

“哈哈。”家康又愉快地继续道，“现在大坂那边正在填埋城濠，拆毁城郭，对吧？”

“是。”

“若单是毁坏，只能为害天下，须继之以更好的建造。明白这个道理吗？”

“明白。”

尽管康安嘴上说明白，但眼中依然迷惑。大御所欲在拆毁大坂城之后，再建造一座更好的大坂城，他心里许是如此解释。

“我终其一生在为建造更好的东西……为纠正旧弊，煞费苦心。如今，这种心思似终与右府相通了。因此，右府才特意派来了使者。既然如此，我也不得不思量一下了。”

“啊？”

“令人填埋城濠，乃是为了天下，既然他已明白，我也得为右府考虑啊。”

“这么说，大人要把右府移到大和郡山？”

“正是。右府既不再拒绝移封，我便欲把他移往彼处。康安，你去宣抚民风，使郡山成为一个适合身为公家的右府居住的城池。你的主要任务，乃是让民心融和。”

“是。”

“分长，你去宣示武力，严防不逞之徒生乱。”

“是。”

“胜隆，你去筑造旧城，看看多大规模的城才适合右府。要花费多少，仔细核算，然后报到骏府。当然，还要和奈良奉行商议，大和全境的总出产，公开的数字和实际收入之间的差别，也要好生调查。总之，须确保右府和现在大坂的俸禄相当。”

“遵命。”

三人面面相觑，终明白家康所念。

“既然他已明白人间悲苦，若不为他另建一座居城，实在对不住他。你们三人就是为这些去准备。民心要协合，武功要严酷，算盘要细致。”

然后，家康又把一些重要的事宜向三人详细讲解过，于第二日，按计划离开二条城，向骏府而去。

归途中，身边的人与出征时的面孔几乎相同。

家康把林道春叫到轿舆旁边，不时向其询问《论语》中一些章句的意思。

尽管道路两旁依然为寒风呼啸的冬景，但仍以莫大的力量感动着家康，让他百看不厌。这恐是辞路之旅了——这种感慨一直萦绕在家康心头。有时，他忽地想起茶道的“一期一会”，眼前忽然浮现出母亲的音容笑貌：看来，我也要去见母亲大人了。

初三晚，家康宿于膳所，初四则乘船渡琵琶湖抵矢桥。湖上冷得更加厉害，从遮挡寒风的幕帐的缝隙向对面的比睿山望去，不禁让人百感交集，几欲泪下。当年他与信长公前后呼应、首次进京时的情形，如在昨日。那时，周围一片冰冷，绝无一张笑脸。如今，船一到达矢桥，两侧就挤满了跪地迎候的百姓。

人们都喜欢太平。每一张脸都不再是从前那般恶相，都变得良善。人来人往，人少人老，唯山水不变。

当日从矢桥抵水口，歇了一夜，次日宿于伊势的龟山，初六抵桑名。七八两日住在因黄金虎鲸而闻名天下的名古屋。

在名古屋，家康接到留守伏见城的秀忠所派使者送来的关于大坂填埋进展的报告。使者说，填埋工程如期进行，浪人的骚乱也无大碍，将军打算过了二十日之后，派人留守伏见和二条城，然后凯旋东返。

家康很是满意，让义直陪他说话，于初九出发，未几抵达冈崎。

在冈崎，家康更是感慨万千。这里不只有父亲的影子，更有祖母、母亲、姑祖母的无限追忆，可是，家康蛰伏于此时围绕身边的亲人和重臣，如今一个也不在了。

时日如川，山河依旧。

人的鲁莽和谨慎、才智和阴谋，都随风逝去。不久的将来，家康也将入到那“过去”的行列。一想到这些，家康久久不愿离去。他到大树寺去祭拜祖先坟墓，再去比较从前和现在耕地的多少，与现任城主本多康纪的家人尽情畅谈往事，不知不觉，就过了十余日。

生我之土，却非埋我之地。看来，我将要长眠于与父辈不同的土地了。一念及此，家康更是依依不舍。待回过神来，他发现秀忠竟已快追了上来，遂才于十九日痛下决心离开冈崎。

此时，秀赖派的使者赶到了。

家康从接受秀赖的使者新年朝贺的元旦始，到远江中泉，二十多日，他都沉浸在满足与幸福之中。

从冈崎出发后不久，家康接见了追赶而来的秀赖使者，愉悦尤甚。使者还是伊东丹后守长次。由于长次飞马追了来，家康遂入了三河的吉良，决定歇一宿。

此次仍与上次一样，家康忽又担心，是否填埋城濠之事又生了纠纷。事情并非如此，使者仍来告慰家康。而且，长次送来的小箱子里装了三件棉袄。其中的一件乃是由秀赖亲自选定的落叶梧桐图案的布料，由千姬亲手缝制。

“好……太好了……”看到棉袄，家康眼泪簌簌就落了下来。他哽咽得语不成调，哭了良久，方道，“请回去告诉右府，就说江户的爷爷可以安心死去，身无遗憾了。顺便告诉阿千，爷爷……高兴得长泪直流……”

此时的家康，既非一员在千军万马中纵横驰骋的猛将，亦非开创太平的不世英杰，只是一个平凡善良的老人，在毫无掩饰地表达喜悦之情。

伊东长次也是大哭。他未想到，家康公这等人物，竟然也如孩子一般笑泪交替。

当夜，家康一再向长次敬酒，慰其奔波之苦。翌日，他忽地改变初衷，欲在三河等待秀忠。秀赖和千姬如此惹人怜爱，此事应先告诉秀忠……可是，到了二十三日，家康又从吉良出发，二十七日进入吉田城。他恐是觉得，吉良城小，不宜等待将军。

秀忠于二十四日从伏见城入二条城，接受了诸公家的问候之后，整顿军列，踏上归途。秀忠也有许多话想对父亲言说，遂令土井利胜先行一步，要他把自己的意思转达父亲。

事实上，填埋工程并未如秀忠预想的那般顺利。他把剩余的人马交与本多正纯和安藤重信二人，谆谆嘱咐了一番，方急急追赶父亲。

秀忠的看法与家康完全不同。大名多已回领内。看到守备变得薄弱，大坂城内的浪人再次蠢蠢欲动。

议和之后，秀赖的心境发生了很大变化，可秀忠对此全然不知。他听到的，只是秀赖及其身边的年轻人在强硬主战，反对议和。浪人拥戴真田幸村和后藤又兵卫基次。因此，议和之后的不稳必亦发自这二人。秀忠既然得出这种判断，对于家康先前的处置，自然觉得过于手软，无法忍受。

秀忠绝非认为父亲已经老糊涂了，但总觉得，父亲如此手软，无非出自对千姬的溺爱。世人皆言，隔代相亲，孙子比儿子更觉可爱，但断不可因私情而误了天下大事。这绝非秀忠一人的想法。家康自己开口便讲这个，秀忠不过是以此来严格自律罢了。绝不能因阿千而给父亲最后的人生留下憾事，此为忠厚诚实的孝子秀忠的真实想法。因此，他打发土井利胜追上家康，要求密谈。

家康入距滨松只十六里的中泉行苑，在此接见了土井利胜。中泉位于见付南面，古为远江的治所。

家康在此地建行苑，为天正六年。在滨松城的那些年月，家康时常到此处休养狩猎。此行苑后来渐渐成中泉寺，烟火不断。

家康心绪不错，入苑之后，立刻把土井利胜叫进去，主动令闲杂人退了下去。“大炊啊，我亦有一事想令你立时转告将军。”

听了这话，土井利胜急忙低下头，他已猜出家康要说什么。

“右府特意派使者来慰问，我和使者在吉良会了面。你猜他们当时送何礼物？”

“在下实不知。”

“是棉袄。不过，可非寻常的棉袄，乃是右府亲自让人染的布料，阿千亲手缝制，回头让你也看看。”

土井利胜困窘起来，“此事暂且放一放，在下想先告诉大人一件大事。”

“先放一放？”

“是。将军已劝右府夫人自尽。如此一来，这棉袄或许就变成……生死离别的礼物了。”利胜咬咬牙，慌忙垂下脑袋。

真是树欲静而风不止！家康猛从扶几上探出身子，急急正了正姿势。利胜的话太令人意外，他一时竟无话可说，“大炊……”

“大人必然很是吃惊，可此为事实。将军已通过阿小劝少夫人自尽了。虽未接到回音，但事情已……”

刚听到这里，家康用力地挥手道：“为何？你为何不加阻拦？”

“劝了，但将军不听。”

“蠢货！”

“在下惭愧。”

“阿千……在这世上刚体会到女人的幸福。”

“在下也这么认为。”

“大炊，你明白吗，年轻气盛时，人都会胡闹。但随着年纪的增长，血性都会逐渐收敛。若少了宽谅之心，必会血流成河。右府的血性正在收敛，我看得很是清楚。可是，在这种时候，将军竟然不与我商量，就令阿千自尽。将军疯了吗？”家康大声申斥着，旋又沉默无语。他忽地发现，秀忠作出如此决断，完全与平常不同。对秀忠来说，千姬也是一个可怜的、招人疼爱的女儿……那么惹人爱怜的女儿，为何非逼她自尽不可？如连问都不问一声，只是一味申斥秀忠，亦绝非处事之道。

“大炊。”

“大人。”

“将军说，定要攻打大坂？”

“是。毒瘤不除，身无宁日；浪人不去，天无宁日。若不把里面的脓全挤出来，太平盛世必是一场空！”

“所以，若可怜的阿千还在城里，将军便无法痛下决心攻城？”

“请恕在下直言，在下以为，将军的考虑似……不止这些。”

“还不止这些？”

“将军也疼爱阿千，若跟大人商量，大人必不答应，故唯有独断行事，才能尽到孝道。这是在下的一点感受。”

“不够！”

“啊？”

“只是这样，怎能治得了天下？你若是真正的忠臣，就当在这种时候进谏。呀，这算是什么事？小肚鸡肠！鼠目寸光！”骂着骂着，家康的眼前一片昏黑。

前一些时日，家康实在快慰，现在受到的打击方格外沉重。对于浪人，家康不似秀忠那般敏感。他认为，移封便是解决所有问题的关键。正因太阁曾居此号令天下的大坂城，浪人的野心才会膨胀。但，若丰臣氏移到大和郡山，情况就截然不同了。秀赖也定会把剩余的钱财分散殆尽。那些既有战功又有气节的浪人，则可在幕府的授意下，让大名收留，偌多人自可找到新的主子。剩下的亦会弃城而去。这样，丰臣氏的负担就轻了许多。若再让丰臣氏像土佐、萨摩那般屯田垦荒，自会丰衣足食。只要方法得当，武士依然可保持自己的铮铮铁骨。

但土井利胜对家康的这些心思并不知悉。

“将军命在下追来，实际上是命在下暗中把他的意思转达与大人。若照此下去，大坂之乱断难平息。最为关键的是，如今的大坂城里，不是所有人都能明白大人议和的真意，因此，骚乱只能越来越大。从城下到京都，浪人已在频频招募同道。”

家康无力地点头，叹息了一声，“将军是这般看的？”

“是。城濠填埋，城郭拆除，面对这种不利的形势，众人再怎么愤怒，也无法与关东作战。他们若能看清这些就好了。但可悲的是，浪人中的绝大多数都已昏了头，只知愤怒，气氛亦愈来愈紧张。他们完全可能把淀夫人、右府和千姬小姐都作为人质关于城内，再把阿千小姐作为谈判的筹码，百般为难我们。现在，甚至有人引用武田信玄的话，说人就是城，人就是濠，日后千姬就是城濠！就算大坂的城濠可以填埋，千姬这道城濠永远无法填埋！因此，将军亦是含着热泪与阿小联络的。”

家康木然凝望着天空。事情大出意外，他脑中一片空白，成了一个发呆的老者。

土井利胜也感到家康人是可怜，但这些话又不得不说。他继续认真道：“这不只是将军一人……的想法。无一人不把大坂城看成麻烦……成濑、安藤、本多父子，还有板仓胜重，也都是同样的意思。问题实在棘手。”

过了片刻，家康令土井利胜退了下去。他从未想到形势会变得如此紧迫，秀忠竟要千姬自尽，但若非如此，淀夫人、秀赖、千姬，都会被一起关在城里，成为浪人手中的筹码。

太阳还很高。远江的天气与京都大不一样，南向的纸门上洒满亮丽的阳光，打开门，就可欣赏梅花。但现在的家康哪有这闲情逸致？

不能让他们杀了千姬！

家康带着决绝的眼神，用假牙啃着指甲，恐连他自己亦未留心这保持了一生的习惯。“这究竟是怎的了？还有麻烦在等着我……”他独自嘟嘟囔囔，“右府好不容易读懂了我的心思，这一次将军又来为难我！”

但是，秀忠和利胜绝非鲁莽轻率之人。利胜已明确说过，成濑、安藤、板仓父子，均与秀忠持有同样看法。这里面不可能有一丝谎言和谋略，若是只有家康一人固执己见，那就太勉强了。实际上，家康真想把秀忠和利胜都斥责一顿，还有成濑、安藤和板仓！现在大坂城内全是一群糊涂之人，治长不过淀夫人的相好，算个什么东西？

必须再努力。即使再难，也须说服将军。在我老眼昏花的时候，还予我这等考验，此非神佛令我再遇一难，又是什么？

傍晚，家康终于打定主意，“我要在这里等待将军。”

柳生又右卫门宗矩定会跟随前来，可让又右卫门立刻返回大坂，先阻止千姬自尽，再商量安抚浪人的办法。

在途中超过将军秀忠的本多上野介正纯，也赶到了中泉。他自是与秀忠会过面，商量之后才飞马前来。

正纯把满身是汗的马扔下，径直奔向家康所在的客殿。若知土井利胜已然先到，他怕会先与利胜会面。

一到家康面前，正纯就急道：“事情果如大人所料。”

“正如我所料？”家康心中怦怦乱跳。

“是！”正纯使劲点头，擦了一把额上汗水，“大人曾告诫我等，若是大坂忘恩负义，必然自取灭亡，上天绝不佑护不义之人。”

“到底怎回事？”

“大坂忘记恩情，行不义之举。”

家康失望地皱起了眉头，“正纯，你亦是为说这些而来？”

“是。大人也知，我们曾许武田遗臣小幡景宪居于京都。但，就在四日之前，他接到了一份密函。”

“密函？何人发出？”

“大坂。”正纯定定回道，“看来，浪人已铁了心，欲招募更多的同党，只欲再次固守城池，举起叛旗。”

“……”

“不只是从街市上招募浪人，为了掘开被填埋的城濠，重筑被拆毁的箭楼，他们竟到京都，把建造大佛殿的剩余材料大摇大摆运回大坂。而且，下达命令的乃是已遭到浪人威逼的大野治长！在与板仓大人商议之后，决定先将这些禀报与大人，在下才急急追赶而来。”

这实无异于晴天霹雳！家康再次闭上了眼，沉默无语。

“目下，潜伏各地的浪人大有人在。我们安插于住吉熊野的新宫行朝、堺港的吉村权右卫门也都接到了邀请。另，由于木材之类已严禁沿河商家买卖，他们就特意运走大佛殿的余材。现在，被填埋的城濠怕已被重新挖开了。”

“正纯！这些事情右府可知？”

正纯直率地摇了摇头，“恐是不知。”

“此非右府命令？”

“请恕在下直言，右府已形同虚设。”

“住口！”

“是……”

“此次的谋叛……究竟是为了什么？是不忍看到丰臣氏没落，他们才集中起事？他们的意图究竟为何？”

“在下惶恐，正纯只是陈述事实，不……他们的本意，早已不知忘到何处去了，因此，在下才说他们乃是多行不义，自取灭亡。但，若置之不理，恐生大乱。恳请大人与随后即到的将军仔细商议。”

正纯双颊通红，甚是激切。

家康本希望这是漫长人生的辞路之旅，可是，随着恶讯传来，此良善愿望轰然崩塌。

“将军也说要到中泉？”

“是。事已至此，一刻也不能犹豫了。话虽如此，在路上向天下大名发布军令，似有损将军威严。将军欲先与大人商量，然后火速赶回江户，再重新召集军队。”

正纯的回答铿锵有力，听来很是确信浪人再次生乱一事。看来，秀忠及其身边人已经下了决心，不平息浪人的骚乱，誓难罢休。

“正纯，你和将军是在何处会面的？”

“吉田。明日过午时分，将军估计就会到达此处。依在下看来，将军与大人会面，禀报完详情之后，恐不会留于此处，而要匆匆赶回江户。总之，若不抓紧时间，淀夫人、右府大人都可能被浪人幽禁于城内。”

“我再问你，正信对此事究竟如何看？”

“家父道，他对大人的眼力实在佩服至极。灭掉大坂的乃是大坂自身，绝非幕府，亦非天下大名。大人忍人所不能忍，耐心等待的，似就是这个时刻。这个教训，后世亦当切记……”

“够了！”家康打断了正纯。正信虽为当世无双的谋臣，有时却无法窥探到家康的内心。“就连正信都这般说，高虎亦是一样了。众人都以为我早就预料到这一日了，唉！都以为我正指望这一日啊！”

家康这话真假参半。所以这般说，只因本多正信和藤堂高虎等人以为，早就看透了家康的心思，连伊达政宗也以为已看清。他们对家康先前的怀柔之法心有不满，总是以为家康想讨伐大坂。

“好了，你退下歇着。将军就算追到这里来，也要回江户……土井利胜正在别间歇息，你最好去见见他。”

刚说完这些，家康便觉全身瘫软，眼前一阵发黑。每当体衰力弱之时，他后背就一阵阵发冷，此为伤了风寒的兆头。

家康打着哆嗦坐起。他知，此时只要丹田没了气力，他立时就会变成卧床不起的病夫。

德川家康啊，你纵横一世，金戈铁马六十年，最后一个坎，岂有过不去之理？

家康一面给自己鼓劲，一面猛吸了一口气……

二五　千姬自裁

京都大佛殿的余材被陆续运往外城尽毁的大坂城，乃是德川秀忠刚出发不久，即庆长二十年正月末，二月初。

余材被公然堆积于百姓眼前的内护城河一带，不久之后，那里就传来了乒乒乓乓的声音，民间自然也就掀起各种传言。

“将军返回江户，并非因为战事结束。他是先把城濠填埋，再调集大军前来彻底收拾大坂。”

根本无人出来否定。这流言一旦传扬起来，转瞬间便席卷了京坂大街小巷。

“你听说了吗，江户那边要再次派大军来攻？”

“嘿，这次可就不会像上次那样便宜了。听说，京坂都将会化为灰烬啊，是真的吗？”

“无风不起浪。要找依据，只需看看那边正在重建的箭楼就明白了。”

其中有些人特意赶到码头，向木匠和人夫打听。不止如此，到了二月中旬，由于担心身家性命，京都百姓甚至纷纷到洛外亲友家避难。

“莫再犹豫了。听说，江户的先锋已聚到箱根对面了。”

但这些传言却没有传入城内的秀赖、淀夫人等人的耳内。

非是传不到，只因大野兄弟拼命隐瞒，使他们依然沉浸于议和的喜悦中。

在浪人的压力下，治长和治房令人把大佛殿的余材运回，以稍稍安抚众疑，但他们内心压根就无再战的想法。

“右府已决心接受移封。但这个消息一旦泄露出去，那才会发生性命攸关的大事呢。真让人头痛啊。”尽管嘴上连连叫苦，大野兄弟却无片桐兄弟那等决断。无论怎样，都要凭借着现有的六十余万石，让丰臣氏存续下去，此为片桐且元的意思，尽管只是意在守成，但终是有明确目的。

大野治长却只有与且元争宠之心，了无抱负。就是他，使忠心耿耿的且元黯然奔走去了德川。

目前，有一事完全清楚：淀夫人和秀赖已对家康倾心相待，愿意听从家康的处置。既明了这母子心思，治长怎会再与家康为敌？因而，大野兄弟最为头疼的乃是如何处置浪人。

“真让人头疼。若不赶紧采取措施，右府与夫人就极有可能与浪人生起冲突。”

在这紧要关头，一件从天而降的大事，顿时让大坂城内炸开了锅，大野兄弟二人更是做梦也未想到——千姬意欲自杀。

自从议和之后，千姬就离开淀夫人，回了自己在本城的居处。未久，她的皮肤变得颇有光泽，一度全然不见的笑容也爬上眉梢。

然而，二月十八过午时分，千姬竟躲在安置有木食上人亲手制作的大日如来佛像的房里，意欲自裁。

佛堂为淀夫人先前所用，在这里安置大日如来像的也是淀夫人。

是日，淀夫人拜祭完已故太阁，忽地想起令大藏局替她去祭拜如来佛。于是，大藏局带着供品来到了佛堂。她先是到了千姬的卧房，但千姬不在。她遂令侍女带着供品往佛堂而去，便发现了险些就要自尽的千姬。

侍女慌慌张张奔向值事房。

彼处，大野兄弟又围绕着是否当重新掘开被填埋的城濠，争论不休。

“大人，出事了。您快去内庭佛堂看看，大藏夫人……请您。”

治长见她哆哆嗦嗦，还以为是母亲有恙，遂边走边问：“病情如何？”

侍女惊慌失措，不能言语，使兄弟二人更是心下大急。

“母亲怎样了？”治长先一步闯进屋内，顿时僵立在那里。

大藏局好端端蹲着，抓着千姬的右手腕，紧张地瞧儿子，“小声些，莫要让淀夫人听到。”

千姬身裹一件纯白的棉袄。佛前的明灯、浓郁的香气，及她膝下紫色纺绸袋里露柄的怀剑……已足以让人明白发生了何事。

“治长，把这个收起来。”大藏局将九寸五分的怀剑扔到治长面前。

千姬右腕被大藏局握在手里，神情呆滞。在她另一旁，从小就跟在她身边的刑部卿局则伏在地上默默哭泣。

“这……这究竟是怎的了，母亲？”治长虽已洞然于心，除此之外却也无话可问。

大藏局并没回话，单是朝刑部卿局拍了拍榻榻米，“莫再哭了，你只知哭泣，我们怎知此中真相？少夫人不言语，可你总不会什么也不知吧？为何见死不救？”

可是，刑部卿局却仍只颤抖着肩膀哭泣。

“听着，阿小，你可非寻常人，你是经过千挑万选的贴身侍女，从少夫人出嫁的时候起，就与她生死与共了。少夫人自尽，你为何竟眼睁睁看着不管？说！”大藏局说完，又望了望治长和治房。

“此事只母亲一人盘问清楚就是，万万不要让右府和淀夫人知。莫让别人进来，母亲盘问的时候，你仔细把风。”治长向治房使了个眼色。

治房心领神会，让侍女去走廊望风，自己则站到门口。

“阿小，你休要瞒我们。即使不发生此事，世上也早已流言满天。是不是江户给你发来了密令？”

“……”

“你也知，右府和淀夫人现在已完全解开了心结，右府夫妇和睦如蜜，母子亦甚是亲密。究竟有何事，少夫人非要寻短见不可？”大藏局完全一副知心知肠的表情，语气愈发柔和，“阿小，你不把实情说出，我们母子便只好把此事禀报右府和夫人了。如此一来，事情可就复杂了。说，趁现在还无别人知。”

但刑部卿局仍是低声呜咽，怎么也不开口。这也难怪，她终日足不出户，年龄也比千姬小。

无奈，大藏局只好询问千姬："少夫人，您也见到了，阿小守口如瓶。可是，我们母子却不能就这样离开。这处地方得已故太阁大人的保佑，或许还得到了大日如来的庇护。少夫人不要有顾虑，告诉我，究竟是为何？"

千姬微微摇了摇头，低声道："我也不知为何，忽然间只想一死了之。"

治长不禁急躁起来，母亲的问法太温和，刑部卿局又太顽固。"既然你们不说，那就由我来说。江户那边必有过分的命令。你以为这点事情还能瞒得过我，刑部卿局？"

治长本想把刑部卿局斥责一顿，不料这话反而让千姬产生了巨大的震动。她的脸颊变得苍白，眼中忧戚愈甚。

治长自觉没了退路，阻止住欲言的母亲，道："我在问刑部卿局呢。"说着，他急不可耐地探出身子，向前膝行一两步，"阿小你想想，两厢表面虽已议和，彼此的心结仍未解开，世人以为，极有可能再燃战火。在这种情况下，一旦少夫人有个好歹，如何是好？关东必勃然大怒。他们必定认为，是有人加害少夫人。一旦遭此误解，我们此前的所有苦心都将付诸东流。你虽不更事，也不至于连这些都不明白吧？是有人威胁你不可开口？"

"不……不！"刑部卿局忽然喘息着抬起头，"是奴婢有罪，都是奴婢不好，想与少夫人一起赴死，都是奴婢不好。"

"嗯？你未阻止？"

"少夫人近来一直担忧，怕失去眼前的福气，就想趁还拥有时悄然死去。少夫人这么说倒罢了，奴婢竟也稀里糊涂，最终未能阻止。奴婢罪不可恕，请大人见谅。"

"住口！你以为这骗孩子的把戏，能瞒得了我？"

刑部卿局脸色大变。

"其中定有内情。说，休要再隐瞒！"

治长一个劲地盘问。他原以为，刑部卿局虽刚毅，但毕竟是个小女子，如严加责问，她必会开口。现今看来，这小东西势难松口。

“奴婢所言不虚。”刑部卿局颤抖着嘟囔一句，又伏在地上痛哭起来。

但是，她越是哭泣着拒绝回答，就越说明背后另有隐情。可治长却是束手无策。无论是大藏局还是治长，都无法责问身为主子的千姬，只好询问阿小。可实际上，她似比千姬还难开口。

眼见如此，大野母子只好把监视千姬的事，交与负责内庭警卫的奥原信十郎丰政，暂时退下。

治长焦躁而不快地返回了值事房。不久，淀夫人着人传他。治长以为，定是母亲把千姬的事泄露给了淀夫人。但淀夫人现在盘问，自己也无从回答，最好先把事情放一放，待把刑部卿局的嘴巴撬开再说。

治长赶到淀夫人房里，事情却并非如他预料。

“修理，近前来。”淀夫人的心情似乎不错，正命人收拾斋饭，“右府才来了，刚刚回去。”

“右府？”

“是。聊了几句。他说是现在城内粮米不够了，麻烦得很。”

治长不禁皱起了眉头，“是啊，吃饭的嘴太多了。”

“就是。我想派人去骏府求求大御所，怎样？”

治长抬头打量一眼淀夫人，她看来不像是说笑的样子。“那……那，只怕……”

“大御所曾恳切地对我和大人都说过，如有什么麻烦，只管和他商量。战后粮米不足亦是常有事，我想跟他说说实情，求他帮一把，你看怎样？”

治长哑然。他未意识到自己隐瞒实情的罪过，反倒生起气来。据他获知的消息，家康和秀忠填埋了城濠之后，还欲掉过头，再攻大坂。

“若是我去求，即使被拒，也无妨。我刚才还和大藏局、正荣尼谈过这些。春日来了，走一趟骏府应不是什么难事。”

“夫人。”治长心头涌上一股莫名的痛，“您认为大御所现在还会与您商量？”

“即使被拒绝，也……”

“岂止是被拒绝！一旦贸然遣使，恐怕就回不来了。”说完，治长自己也是一愣。这么说，夫人自是受不了，但现在大坂在别人手掌心里，别人还不是想怎的就怎的？

果然，一听此言，淀夫人眉毛直竖，“这就怪了。我派去的人怎的就无法平安回来了？你也相信那些谣言，觉得议和乃是欺骗我们母子的手段？”一旦意见相左，淀夫人的话就咄咄逼人。

治长的脸一下子红到了耳根。“这些事本不想对夫人说。”

话一出口，治长又后悔了。这些事不应该随便乱说，但是，他亦想到了淀夫人的性情。与治长的犹豫不决相反，淀夫人甚是执著果断。既早晚要说，不如乘机把一切都说明，以卸下心头的重担。治长心一横，道：“关东的想法可不像夫人说的那般。今日，少夫人还欲自尽呢。”

“嗯，阿千要自尽？”淀夫人愕然，声音顿时低沉下来，“这……这是真的？”

“修理为何要撒谎呢？当然是真的，还有证人呢。”一旦开口，治长再也无法控制自己的感情。

治长的话的确起了巨大的作用，淀夫人的表情眼看着僵硬起来，连嘴唇都没了血色。她以严厉的眼神扫了众人一圈，道：“大家先退下。我有话要问修理大人。”说话时，愤怒的青筋已清晰凸现在她额头上，“大藏和正荣尼，你们留下。其余……还不快退下！”众人慌忙起身。

“修理。”待众人离开后，淀夫人哆嗦着嘴唇，换了一副平静得可怕的语气，对治长道，“你总是说些令我难以接受的事。你……对我们与关东和好，似有不服啊。那么，你说，阿千究竟怎回事？”

“我已说清楚了，她想自裁。”治长仗着平常的娇宠，直言道。这种情形，在他们之间是家常便饭。

“为何？何时？何处……不说清这些，怎能算是清楚呢？”

“既如此，我可就说了。在大日如来像前，半个时辰前……发现并阻止她的，便是家慈。”

“还不够！”淀夫人的声音一下子尖厉起来，“阿千为何自尽？不说明白，我必会怀疑你的用意。你是不是始终不满我与关东和好？”

“哼！”治长红着脸，伸长脖子。这已非说事，而是世上常见的男女口角。这种争吵本就无甚正经道理，无非通过肤浅的指责，确认彼此的情意。

“夫人无端疑我！您既这般说，我更得说清了！夫人以为，若为寻常之事，少夫人会自尽吗？”

“住口！这……这正是我要问你的。你说，阿千为何要寻短见？”

“这必是关东……为了刺杀右府或夫人……不，为了刺杀你们二人的伎俩。”

“刺杀我们？”

“否则，少夫人为何如此？夫人听着，您想必也知，右府和少夫人最近的关系甚是和睦，实在让人羡慕。但关东方面并不知。少夫人始时乃是居心叵测之人送进大坂的密探，只要一声令下，既可让她投毒，也可令其行刺。关东坚信如此，于是下达了密令。”

淀夫人不知此乃治长的凭空臆断，只觉怒从心起。

“可少夫人的心已不在江户。右府成了她在这世上唯一深爱的夫君，夫人也成了贤良的婆婆，思来想去，只好选择了舍弃自身。想来，少夫人真是可悲啊。”

“等一下！”淀夫人喊叫着打断了治长，“若有这个密令，你又怎能知之？我不明白，大御所和将军……”

“夫人不明之事已然发生了，因此，治长才提醒夫人，眼下该好生合计合计了。”

“不，我不信！就算阿千接到那样的命令，那也不可能是将军和大御所的意思。定是像你这等居心叵测的家臣胡乱想出的臆断之言。”

“我居心叵测？”

“哼！最近，你总轻视我和右府，不停地在背地里施阴招。这种习性，关东方面也有。这定是土井大炊和本多佐渡的奸计。”

淀夫人意外的话有如钉子，直直钉入治长的心。

治长闭了嘴。他内心一阵颤抖，开始冰冷的反省：是啊，这既非千姬所言，也非刑部卿局透露，仅仅是我的猜测。但我这又是为了何人？

治长再也无力争辩，额头上渗出一层冷汗。他大为狼狈，但话已出口，覆水难收，若如夫人所言，他岂不成了一介搬弄是非的小人？

“夫人！”治长大声喊道，急于表白，“不错，这是治长的失误。把少夫人逼到死地的，许并非将军和大御所，而是他们的谋臣。”

“有句话叫可怜天下父母心！阿江与也常与我讲起，两边的家臣们都在暗中故意挑起事端呢。”

“夫人。”

“你明白了？可是，你竟还说阿千……”

“治长想明白了！”

“哼！”

“此事请夫人莫要对少夫人说起。治长现在思量，夫人诚可派人到骏府一试。”治长黔驴技穷，改口道。他慌忙擦拭着额头的汗，探出身子，继续道：“只说是借。由于去年的战事，领民穷困至极，眼下还请多施佛心。这么一说，至少可以弄清楚大御所的心思。夫人高见，夫人圣明。”治长终究是个宠臣，怎样哄淀夫人，他驾轻就熟。其实，他也想听听家康的回复。

“我看也是。”看到治长屈服，淀夫人的声音也柔和起来，“即使被拒绝，也不会给右府丢脸。”

“夫人英明。那么，把常高院也派去，夫人看如何？”

“最好让常高院也去，不如让她做正使更为妥当，加上大藏局和正荣尼。她们已与大御所见过一次了。听听大御所究竟如何回答。我认为，绝不会太让人失望。结果究竟如何，过几日就知道了。”

“夫人高见。”治长悬着的心终于放下。失口得以弥补，他甚至有了更多的收获：眼下先同意此计，以此为借口控制激愤的浪人。“夫人为了再次探问大御所心思，急派了使者，不妨先等等，看使者回来怎么说。”

这虽是权宜之计，但对向来无甚主见的治长，却如救命仙丹——为了活命，溺水者连一片叶子都会拼命去抓。

二六　使者构祸

人生不如意事常八九。有时，世上诸事常会使人大出意料。对淀夫人派出使者的想法，治长大感滑稽可笑，可是，随着争吵，他的想法完全改变。他亦觉得，此去再打探打探家康的心思，无疑有着重要的意义。不明千姬为何自裁，乃是促使他这么想的主要原因，但由此亦可见，他是何等没有主见。

就这样，大坂向骏府派去使者的事立刻定了下来，人选也确定了。

只是，仅派淀夫人的使者，还不足以让人放心，应派一个强硬的人作为秀赖的使者前去，若人家回复不妥，即可当场堂堂正正大加指摘，甚至撕毁去冬的和约。当然，这些只是后藤又兵卫基次、长曾我部盛亲的强硬言辞，真田幸村和木村重成倒未多言，二人心知，如今的秀赖已非从前的秀赖了。

千姬自杀未遂的事件被严密封锁，就连秀赖也不知晓。

在派遣使者的问题上，淀夫人的想法与治长有着巨大的差别。淀夫人认为，如果自己主动前去请求，家康必然不会拒绝。治长却不以为然，他认为此去，会给淀夫人带来祸患。

最后，青木一重被选作秀赖的使者。

“京坂一带频频传出关东大军涌来的谣言。请问大御所，究竟如何才能安抚民心。”治长再三叮嘱青木一重，要如此求问家康，看看家康如何回答，以知他的心思。

淀夫人的使者并未听到浪人的议论，因此，她们也和淀夫人一样，带着天真的期待，享受阳春之旅。前一次出使，老女人们受到家康的优待，此次又有淀夫人的亲妹妹、议和功臣常高院同行，故她们坚信，家康更会善待。

青木一重携金线织花锦缎十匹、镀金鹰架十副为礼，于三月初五坐船从大坂出发。三月初六，淀夫人的使者也乘轿舆从陆路出发。前面为常高院，接下来分别为二位局、大藏局、正荣尼，无不满面春风。看到这队列，大坂人都甚是纳闷："连女人们都如此悠闲远行，看来是不会打仗了。"

青木一重于三月十二，常高院一行则于十四抵达骏府。与老例同，他们先是入了鞠子的德愿寺，然后着人去禀告家康。家康不想分别接见他们，决定于三月十五将他们一并迎进骏府城。上一次，家康刻意把片桐且元和老女人们分开，可未起到丝毫作用。家康只把女人当成不担责任的访客，慰劳厚待；把且元则当作掌管城池的家老，可这种做法反而让大坂生起误解，酿成纠纷。

常高院等人到达的第二日，就得到接见，心情自是大好。但早几日抵达，又不得不等到十五日的青木一重，却坐立不安，甚至怀疑来访的目的已由所司代泄露给了骏府，骏府这边正在商议对策。

这种猜忌并非全无凭据。此际，京都、骏府、江户之间密使往返穿梭，颇为热闹。事实上，紧跟着青木一重，所司代板仓胜重也的确刚向家康送来密报。

不为别的，在大坂召集浪人之时，胜重与伏见城代松平定胜暗中派往浪人内部的武田旧臣小幡景宪送回消息："大坂城已经失控。"

作为甲州流的兵家，小幡景宪比近日战意丧失的真田幸村还受厚待，被隆重地请进了城内。

景宪的消息最终到了家康手中，几与青木一重到达德愿寺在同一时刻，消息中罗列了更多令家康生忧的东西，择要如下：

一、大坂把大量重建大佛殿的余材运回大坂城；

二、大坂正急着用这些木材，筑建外城的城墙和栅栏；

三、大坂到近畿一带收购、囤积粮食；

四、大坂召集浪人的规模超过了去年，暂时离城的浪人陆续返回城内……

根据这些得出“战事不可避免”之结论的，不是别人，正是大坂城内军师小幡景宪。如此一来，家康再也不敢掉以轻心。就算无这些，将军秀忠决意要舍弃千姬，已让家康痛苦不堪。因此，十五日接见大坂使者时，家康只想着一事：迅速移封秀赖。

家康一脸难以捉摸的表情，凝神端坐在那里，直到青木一重读完礼单。他表情深邃，又有些呆然若失，很难判断是忧心还是不快。但，在听完礼单后，家康竟低声要求看几眼送来的礼。

瞧完镀金鹰架，家康望着女人们，像对孩子说话一般道：“真想带着这鹰架，再到田中一带去狩猎。”

一听此言，青木一重顿觉心中一软：大御所真已彻底老了。他发现，家康公头发几已全无，眉毛稀疏得似有似无，看上去仿佛一个圆滚滚的肥胖孩童，裹着白绫子棉袄，软绵绵坐在那里。

“天气也快暖和起来了……”

青木一重刚一开口，家康就把手搭在耳后，前言不搭后语地问道：“路上的花开得很好吧？”

“正是。”

“右府和少夫人也都好吧？”

“是。心绪甚佳。”

家康使劲点点头，把目光转向老女人们，“夫人也还好吧？”

青木一重想，家康公这个样子，恐怕无法出征了。平时总是两眼放光的本多正纯，今日却没出现在家康身旁，只有迎接老女人们的茶阿局，以及一些谋士和使女。家康真的给人隐居之感。

其实，比起青木一重，常高院等人的这种感觉更为强烈。

“得睹尊颜，我等甚慰。”说完这句老掉牙的话之后，常高院似觉有些虚情假义，遂慌忙与大藏局对视一眼。

“哦，大家来得好，身子好比什么都好。夫人有无特别的口信啊？”

“有。夫人说，去冬格外寒冷，让我先问候，再说口信。”

“哦，她有何口信？”

此时的常高院本应紧张才是，可她竟莫名地感到一阵悻然，失望掠过心头：实权已经彻底转落江户，家康公还靠得上吗？

“实际上……大人也知，由于去岁的兵乱，摄津、河内农田荒芜，几乎毫无岁入。因此，城内连将士们都养不起了。所以，夫人吩咐我来求求大御所，看看能否施以援手……”

尽管此时家康仍把手搭在耳后，做出一副倾听的样子，可听完之后，脸上竟无任何变化。常高院一见，不得不抬高声音，重复一遍。

对家康来说，这请求实是令人不快的小聪明。在使者到来之前，板仓胜重早已送来了消息，其中就有一条，说大坂方面频频在近畿一带收购军粮。若真如此，来人求骏府施些粮食，只能说是太过浅露的权谋。

常高院抬高声音，一字一句重复道：“由于兵乱，摄津、河内田地荒芜……”

听到她重复，家康刷地把目光转移到青木一重身上。等常高院说完，他朝青木一重道：“这是右府的请求，还是夫人的意思？”

一重狼狈不堪。对于此事，他实毫无准备，“这……右府并未特地……”

“哦？哦？”家康面无表情，点了两下头，扫了一眼女人们，道，“我近日想去名古屋一趟。”

“大人说什么？”

“我近日要去名古屋一趟。”

“名古屋？”

“对。我想趁还能动弹，给义直娶媳妇。我要去参加他的大礼。”说着，家康又对侍奉在旁的茶阿局道，“那媳妇叫什么名字来着？我竟一时想不起来了。她是……”

“是浅野幸长之女，名唤春姬。”

“对对，是阿春！哈哈，春天来了。春天一来天气就变暖了，我本来是这么记的，最后竟弄不清是阿花还是阿梅了。新娘子有多大？”

“听说年方十三。”

“义直已十六了。对对，是差三岁……”说完，家康又谈起曾担任义直家老的平岩亲吉临终时的糊涂话。亲吉说，义直头脑不灵光，若是娶媳妇，要娶个老实的……

大藏局比常高院更是着急，她始终惦记淀夫人的命令。

“启禀大人。”

“何事？”

“常高院刚才向大人提出援助之请，不知大人意下如何？”

“哦，我还未答复吗？”

“是……还未听到大人答复呢。”

“我糊涂，还以为已经回话了。近日我将赶赴名古屋，正是好机会啊。你们也先行一步赶到名古屋去，帮着指点婚礼。关东女人不大熟悉礼仪，诸位要是在场，我心里就有底了。”

老女人们不禁面面相觑。家康的话亦令青木一重全身僵硬——大御所究竟在想些什么？

常高院却探出身子答道：“大人只管放心，我们高兴去帮忙。”她笑着接受了。

“名古屋顺道，媳妇又是浅野家的姑娘，说不定还很熟呢，你说呢，大藏？”

“是。”大藏局急道，“此事请大人放心，淀夫人的请求，也望大人想些办法。”

家康这时才露出笑脸，“事情就这么定了。我在婚礼后去一趟京都，察看摄津、河内的情况，我怎会让人受饿？好，好，就在名古屋见吧。”

老女人们再次面面相觑。家康似绝无拒绝的意思。不仅毫无敌意，显出亲近的样子，让她们去帮办婚礼，还答应不会让人挨饿云云。

“这样该好了吧？”家康道，“好，茶阿，和客人谈话就到这里。好生招待她们，莫忘了备些时令土产。”

“是。请多多关照。”四个老女人感激地一齐跪拜下去。

青木一重也忙学着她们拜倒在地。就在这时，家康忽然说了一句：“右府的使者请稍待。”

目送着老女人们离去，青木一重望向家康，一瞬，后背上顿生一股寒气。家康已不再有方才那孩童般的眼神，他已成了目光锐利、欲腾空而起的雄鹰。

“一重。”

“大人。”

“女人的事了结了。那么，说说男子的事吧。”

“是。”

“不论何事，总喜驱使女人去做，这是大坂的一个坏毛病。此前大坂用过同样的手段，我特意分别接见。本来，我是想，若是让人说我欺负女人，就不体面了，可是总如此，却不好。所以，今日我才教给你当如何对待女人。你是男儿，又是右府使者，在这关键时刻，绝非只是简单地来问候。右府究竟有什么密令，还是重臣又有了什么决定？关东的风可是很猛啊，你先想好再说话。”说完，家康趴在扶几上，嘴巴紧闭。

青木一重慌忙端正坐姿——大御所真是个难缠的老头子，方才还是一副怏怏欲睡的样子，眨眼间就变成了一只猛禽。

“多谢赐教。”一重的斗志被鼓了起来，有些不服气道，“在下此次来，并非右府所派。”

“这么说，你是重臣的使者了？”

“正是。现在，京坂一带频频风传，关东大军就要打过去。”

“那又怎样？”

“这……因此大野修理大人吩咐在下，要亲自面见大人，报告民心动摇诸况，然后询问：如何才能消除这种不安？”

“难道治长无安抚民心的办法？”

“是。无论大坂如何辛苦，关东不遵守约定，只是起劲地填埋城濠，不断行无礼之事。长此以往，百姓自然难以安抚。大野大人便是让在下来询问大人，对此纷乱，大御所有何良方？”青木一重昂然地诘责起来。

其实，治长的原话并非如此激昂，只是让青木低调打探家康的心思，青木明显背离了治长的初衷。

家康忽然压低声音：“一重，说得好！”

“哦？”

“我全明白了。那么，我就——答复你。听着，修理大人似乎误以为，填埋城濠的事并非德川家康的意思，其实，那正是我的意思。你先把这好生记在心里。”

“哦？”

“我始终希望，让丰臣氏存续下去，千秋万代。但要实现愿望，大坂城本身就成了最大的障碍，因世人都以为它固若金汤。”

“……”

“人以财死，鸟为食亡，执著于衣裳的女人，会为衣裳背弃纲常。但丰臣氏若想永远存续下去，绝不能执著于大坂城。”

“……”

“此外，你方才说民心动摇，无法安抚。民心不安，绝非源于埋填城濠。对此心怀不满，吵吵闹闹的，另有其人，关东看到乱将再起，怎能坐视不理？骚乱之源，非在江户，而在大坂。你明白吗？”言罢，家康紧盯一重。

青木一重无法平静，他一度苍白的脸颊，变得热辣辣的。世人皆言家康公城府若海，如今看来，果然不假。青木一旦生出这样的心绪，家康所言便乃强词夺理。青木甚至以为，在江户看来，丰臣氏已无再居固若金汤的大坂城的资格，他把家康的话当成了无法接受的侮辱，以为家康所云，女人为衣裳而背弃纲常之说，乃是对淀夫人的讥讽。大坂城乃是淀夫人衣裳之说，世间多有非议。自从去冬讲和以来，秀赖就变得畏缩保守，淀夫人却事事插手。

“这么说，大御所老早就欲填平所有城濠？人们一旦骚乱，就当刀兵以向？这便是大人的初衷？”

家康吃了一惊，同时深感愤怒与失望，“一重，你真是无畏之人啊！”

“是。在下从踏出大坂，就已把生死置之度外。”

“此非生死的问题。若想安抚民心，手段并非没有……”

“在下看，便是彻底荡平大坂城！”

家康怒起："荡平城池并非不是手段！唉！城濠没了，城墙没了，如此一来，战事也就没了，所以啊，百姓也就不必慌乱了。"说到这里，他苦笑了，亦只能苦笑，"但，若把丰臣氏和城池一起荡平，却非家康本意。我的意思，乃是宁可踏平城池，也不可令丰臣氏败亡。你想过这些吗？"

"未想过！"一重断然答道。他想，事到如今，无论如何也不能轻易妥协——我也有自尊，既然把性命都豁出去了，还有何可惧？

两厢之意，已是愈去愈远。

一重愤怒地瞪大眼睛，"大人的话，在下会原封不动转与修理大人。岂止总城濠，大人怕从一开始就想连城铲平！"

当一重平静下来时，发现家康已然恢复了那怅然若失的老人面容，也不再听他言语。片刻，家康忾然对一旁的侍女道："传永井直胜来，招待大坂使者，然后打发他回去。"

此时的一重，竟生起大获全胜的感觉，便昂首挺胸去了。

家康把青木一重打发出去，甚至连回赠一柄短刀都觉得可惜——如此大坂！如此不识时务！战事已难避免。沉重之感压在心头，他连话都懒得说了。

青木一重刚退下去不久，板仓胜重再次送来急报，说京都的流言已铺天盖地。真是雪上加霜！此前还只是说关东的大军可能卷土重来，此次却完全颠倒过来，说大坂军队马上就要攻入京都，大开杀戒。胜重极力辟谣，以定人心。可流言越传越凶，惊恐万状的百姓纷纷逃遁到了鞍马和爱宕诸山，为防万一，把财物寄存于御所或公卿府邸的人，更是络绎不绝。

家康觉得，胜重的消息必有几分夸张。但亦可看出，板仓胜重与将军秀忠想法一致，他们总想说动家康同意出兵。

可到了第二日，胜重之子板仓重昌竟神色慌张飞马赶来。

此时，大坂的老女人们已经心满意足向名古屋而去，青木一重也已离开了德愿寺。

"大人，一旦决断迟缓，后果将不堪设想。"板仓重昌一见到家康就急道，“进攻大坂的决断暂且不说，守卫京都一事，却是一刻也不能拖延，请速速安排。家父建议，寻常将领怕弹压不住，希望请本多忠政大人率领强兵，即刻进京护卫。”

家康厉声斥责道：“慌个甚！关于战争形势，我比谁都清楚。必要的话，本多、酒井、藤堂与井伊，我自会毫不犹豫派将出去。可事情总要有依据，幕府怎可兴无名之师？你说，为何必须派本多去？”

重昌脸红了，“请大人见谅。因有知情者报，说大坂不仅要袭击二条城和伏见城，烧毁京都市街，还欲包围皇宫，挟天子以令诸侯……”

“要把皇室卷入战事？”家康惊讶得几不能呼吸，他想起了刚才还在此处昂然声称把性命都豁出去的青木一重。难道真已到这种地步？

家康叹息连连，久久无语。

又过了一日，土井利胜也神色大变从江户赶来。

两三日后，家康决定再度兴兵。

二七　兵祸再起

世上再无比不知战事为何物之人，更让人动怒的了。就在德川家康下定决心再次兴兵时，京都又有人前来告急。一为伊达政宗，一为从大坂逃出的信长公之子织田常真。二人齐声道，始时只是在浪人间燃烧的火焰，现在已经席卷了丰臣旧臣。目下，知战之苦者正在逐渐减少，清醒的浪人也越来越少，更多的是那些铤而走险的年轻之人，狂妄地叫嚣道："不成功，便成仁！"

对此，织田常真评道："在丰臣氏，我也算个人物，若是为了丰臣氏的存续，看在与已故太阁的交情上，我粉身碎骨也在所不辞。可若是与那些叫嚣与城同归于尽的浪人同流合污，却没这个道理。"伊达政宗则说得更加冷酷无情："大御所与太阁的为人差别已甚是明显。太阁家臣贫困至极，大坂城绝非穷苦之人可堂皇而居之地。"

家康对二人大是不快。可现在说什么都已无用。织田常真缺乏远见，鼠目寸光，和大坂城内的浪人无甚两样。家康把已成为空宅的大久保长安的宅邸送给常真，让他临时居于骏府。看着面露喜色、连声道谢的常真，家康不禁想起早前的今川氏真。曾让他吃尽了苦头的今川义元，以及逼迫信康切腹自尽的信长公，其后人最终却都不得不寻上门来，求得庇护，真是有趣的因果。

这因果乃是神佛使然。太阁虽未怎积下善因，却也不能扔下秀赖不管。连氏真和常真都可施以援手，为何独独置太阁之子不管？

庆长二十年三月十八，在佛心和治世之间痛苦挣扎的家康，向从江户赶来的土井利胜明确表示，同意再次举兵，并立时命令在骏河的加护鼻铸造大炮。十七日，家康就已命本多忠政援卫京都。

四月初四，家康以参加义直婚礼为名，让末子赖房留守城池，自己则与赖将同从骏府出发。

此次兵祸再起，东西之战终未能避免。

淀夫人接到老女人一行送回的消息时，家康尚未从骏府出发。函上说，家康要在办完义直的婚礼之后进京，绝不会令丰臣家臣和领民挨饿云云。

淀夫人先把信函给千姬看了，又把治长叫来，炫耀似的展示给他，“我没看错。大御所根本没有打仗的心思。”

治长则沉下脸，摇头道：“她们又被骗了！”

“你说什么？你那里有另外的消息？”

“恕我直言，青木一重也紧跟在女人们身后，赶赴名古屋，他也住在那里。”

“青木一重？”

“是。一重的书函就在此处，夫人请先阅……只是，莫透露给他人。”

淀夫人脸上浮出苦笑，接过书函，“你吩咐一重到名古屋打探消息了？”

“是。不……一重说，是他自己觉得不放心，想主动到名古屋一趟。大御所参加婚礼是假，出征才是真。桑名、伊势的军队已经接到密令，悄悄行动起来了。”

淀夫人脸上的微笑仍未消失，她开始读一重的书函。读到大坂城出现内应一节，她的表情顿时变得僵硬。一重说得很是清楚，那内应不是别人，正是织田有乐斋父子和织田常真。一重在赶赴名古屋途中偶遇织田常真，而且，常真还把一些机密献给了大御所，得赐宅邸，留在了骏府。

若只有这些，一重倒还不怎惊讶，可到了名古屋一查，才发现义直家老竹腰正信和织田有乐斋之间消息频频。恐怕，一旦开战，织田有乐斋父子也会立刻出城，投往江户。书函结尾说：在下也想装着和有乐斋父子一条心，在得到确切的消息之前，和女人们停留在此，请示下。

读完信函，淀夫人不断冷笑，“对于这封书函，你认为怎样，修理？”

“我怎样认为？难道夫人不信？”

“哼，当然！这是一重在名古屋家老们的操纵下，为了打探你的心思而写，他才是真正的内应呢。”

大野治长皱起眉，“这么说，夫人只相信……织田有乐斋大人？”

“不只是有乐。”淀夫人应道，“人会变，今日为人，明日可能变成厉鬼，后日则变为毒蛇。你若怀疑有乐，有乐自也会猜忌你，我恨这种相互猜忌。”

“请恕治长斗胆……”大野治长强硬地反驳道，“这并非喜欢或厌恨就能解决的事。危难已步步紧逼。如今，我正为把女人派往骏府而后悔。”

“她们乃是我的使者，你欲怎的？”

“夫人，请耐下性子听我讲。正如这书函上所言，女人为大御所的花言巧语所骗，高高兴兴帮着操办婚礼去了。”

“难道这……有何不好？”

“并非好不好。名古屋的婚礼只是做给人看，婚礼一结束，大御所就会出征。说得明白些，婚礼原本就是为进攻大坂作准备。夫人未觉出吗？”

“为进攻大坂作准备？”

“是。江户若要再次兴兵，纪州浅野氏乃是关东重要的盟友，因此，他们才把浅野之女扣到名古屋为质，还不由分说给浅野长晟纳了小妾。”

淀夫人一怔，闭了嘴。一度被遗忘的“人质”一词，再次在她的记忆深处，令人恐惧地张牙舞爪。

“上次与夫人提起的少夫人自寻短见一事，也有多种解释。总之，那是少夫人夹在关东和大坂之间，忍受不了痛苦的无奈抉择。夫人以为呢？”

“这……”

“关东假装议和，拆毁城濠，之后反攻大坂，知道这些，少夫人自会痛苦得要自寻死路了。”说到这里，治长轻轻拍膝，“刚才说到有乐斋。关于此事，夫人看这么做如何？眼下城内的浪人手中，既无米也无钱财，穷困至极，因此，夫人格外开恩，分给他们少许金银聊度困厄……”

“他们有那般潦倒？”

“是啊。不……还有一个原因，我想看看分给他们金银之后，结果如何。”治长以平静但又颇含讽刺的语气道，“我觉得，把这些金银纳于囊中，第一个从城内溜走的必是织田有乐斋。不知夫人以为如何？”

淀夫人好大工夫没明白治长的意思。浪人穷困，才把剩余的金银分给他们，这一点她明白，可这样一来，有乐怎就会出城呢？

“夫人还不明白？有乐父子已经与关东私通，我早已看出来，才分发军饷。他必然会将此看作开战的信号，弃城而去。哼，有乐父子的弃城与大御所的议和，均为阴谋。”

淀夫人仰面思索片刻，“你的意思是，有乐要放弃大坂？”

“不，我的意思，是我们已中了大御所的奸计。”

“既如此，我问你，万一……两方打起来，有乐却还是岿然不动，你将作何解释？”

“那时……”治长用白扇指着腹部，微微笑了。多日以来，他夜不能寐，恨不能痛快地以切腹了断。

“你以性命为赌？”

“正是。”

“哦。咱们就不必再等大御所援手了，把金银都分了吧。不过，金银非我所有，而是右府的。我马上按你的意思告诉右府，也希望你莫忘了自己的话。”

“我会铭刻在心。”

这已非寻常的议事，此情此景下，很容易作出不智的决断。

治长退去后，淀夫人立刻去了秀赖处。不过，她把散发金银的事且放到一边，先当场质问千姬之事。

千姬竟异常沉着，让秀赖都为之一惊。“这个尘世便是男子的世间，女子所能做的，就是为心爱之人去死。这样思来想去，就行了糊涂事，请见谅。”

听到此言，淀夫人泪如雨下，“合情合理。是这个理啊……你也原谅我吧。你才是我真正的女儿啊。”

二人同为女人，悲惨的宿命感令淀夫人悲痛不已。

可是，更加不祥的事却接连发生。分得金银的浪人立时摩拳擦掌，坚信决战就要来临，而织田有乐斋父子正如治长所料，从大坂城消失了。

四月初八，佛诞日，下午。

此日，有乐斋父子称至京都总见寺做法事，出城而去。

治长之弟治房知了此事，却未吱声，只有几个老臣带着疑心送走他们。此前已经有了织田常真的出逃，故而难免有人对此心生疑虑。

将有乐家已是人去楼空之信通知淀夫人的，乃是阿玉。九日晨，阿玉绣好有乐托付的茶道用小绸巾，送去一看，竟是大门紧闭，里面一个人影也无，询问邻家下人，说府里下人早于七日傍晚全被遣散。

淀夫人之前还以为，有乐斋怎样云云不过治长要的一出鬼把戏。但听阿玉一说，她脸色都变了，“把修理叫来。修理不会不知此事！”

未等侍女前去通传，治长已经脸色苍白赶了来，额上全是亮闪闪的汗珠，“启禀夫人，刚才派到东海的人在田中见了大御所，带来了大御所的密令。”

“大御所的密令？谁见了大御所？”

“是我派去的米村权右卫门。我曾告诉他，若遇见骏府之人，就称是使者，若是不遇，就打探消息。”

“权右卫门见了大御所？”

“是。他说，因被大御所的随从发现，只好以使者身份在田中拜见。大御所甚是震怒，责问治长都干了些什么，并令右府移至郡山，否则只有一战！”

“一战？”

“夫人，战事已无可避免。近畿一带不用说，西国诸大名都已接到出征命令。青木一重和夫人们恐怕已被囚禁于名古屋。据说，五六两日，伊势、美浓、尾张、三河诸大名率军齐齐向鸟羽、伏见集结。米村权右卫门的消息绝不会有误。”

此时，淀夫人真正惊惶失措了，颤声道：“修理，大御所不至于会如此……”

“我怎么会听错？大御所始终就在戏弄大坂。”

淀夫人喃喃道：“有乐是早知这些，才弃城而去？”

“有乐？”治长约略一惊，冷笑一声道，“他终是投敌了？”

治长已经无法顾及措辞。他若是个冷静的指挥者，就不当一味指责片桐且元和织田有乐斋。且元和织田有乐斋绝无二心，他们只是看清了结局，才作出了明智的选择。治长、且元、有乐，谁才是丰臣氏真正的忠臣呢？治长究竟是全身而退，还是宁为玉碎？浪人之言，听起来有着冲天豪气，实际上不过目光短浅的小儿狂言。

淀夫人的双颊眼看着变得血红，分明已对有乐斋的“背叛”怒气冲天。

“看来，”治长不依不饶，“有乐斋父子逃到名古屋城之后，必然会把大坂机密泄露给敌人。我们必须先下手为强。”

“且等……修理。”

“事已至此，夫人还要阻拦？”

“今天为初九，大御所不久就会在名古屋见她们，还有常高院呢，再等一两日看看。”

在这种情况下，淀夫人能冷静下来，实在罕见。尽管有乐的行为乃是货真价实的叛逃，但她仍不愿相信家康、常高院与阿江与真会为难她。

但淀夫人的意见立时被治长当成了耳旁风。尽管他在淀夫人面前咬牙点了头，可退出去之后，他还是马上召众将议事。

夫人和右府都指望不上。从去岁冬役起，治长的想法就像风中的芦苇一样。其实，他并无什么野心，只是摇摆不定，从来没挺直过腰杆。

好胜心生起时，他才会渴望胜利，但这种渴求亦多是瞬间的想法。懦弱之时，他常想一死了之。

然而得到米村权右卫门的消息和织田有乐斋出逃的禀报后，治长竟忽地勃然大怒。若是稍冷静些，在决定开战后，他就应派人把有乐追回，将其斩首祭旗，这样，城内的情形自不会泄露出去。但目下，他连这种决断和脑子都没有了。

盛怒之下，治长作出大胆的决定：如淀夫人和秀赖都反对开战，或犹豫不决，他将把他们监禁于城内！

治长之所以产生这种癫狂的念头，当然有莫大的原因。尽管他内心摇摆不定，但从二月下旬起，为了应对再次开战，他就已准许其弟治房和道犬进行真正的备战。有乐若逃到骏府，当然会泄露这边的详情。到时，家康父子怎能放过他？所以，他这胆大妄为乃是因于恐惧。

治长从淀夫人面前退下，把诸将集中到治房的阵营，计有大野治房、大野道犬、木村重成、真田幸村、毛利胜永、后藤基次、长曾我部盛亲、明石守重等人。他欲先把织田有乐斋父子出逃和京坂局势告诉众人。此时，金银已以军饷名义分发到了诸部，因而，被召集起来的诸将都深感战机已到，甚至远比治长紧张。

“今日将通知诸位一件意外之事。”治长一脸凝重地道了开场白。

治房和道犬异口同声道：“织田有乐斋父子叛逃。”

但诸将并未格外吃惊，所有人都知道了此事。

“敢问两位大人，叛变……这个判断是否下得太早了？应说逃去或溜走更为合适。”真田幸村平静地看着木村重成道，“有投身之所者，自可独善其身，我们却是想逃也无处可去啊。你说呢，长门守大人？”

众人眼里射出愤怒的光芒，尤其是后藤又兵卫，他被剧烈刺痛了。“真田大人的话可真是奇怪，竟把我们这些对丰臣氏忠心耿耿、赴汤蹈火之人，嘲为走投无路的浪人？”

幸村微笑着摇了摇头，“鄙人绝非此意。鄙人是说，当今世上，除了大坂，无论何处都是德川的天下。故，留在大坂之人，都是与德川不共戴天的仁人志士……”

“好！这么说，出走的人都是有二心了？”

“但，我们确实走投无路。要认识到这一点。我们若不这样想，便无法团结一心，破釜沉舟。鄙人仔细算过了，关原合战之后，被灭门减封的有九十余家，之后绝户的又有三十余家，合起来接近一千万石，浪人的数量前后达到了三十万。”

治长不知幸村下文如何，睁大惊奇的眼睛，往前膝行了几步，只听得幸村朗声道：“三十万人当中，一部分归农，一部分被大名收留，两者加起来接近半数，故剩下约计十五万。目前，十五万人几已全部集中到了大坂城。他们便是去岁冬战向德川挑战的武士，目前已完全无处可去。”

幸村的眼神和声音尽管依然平静如水，话语却令在场诸人心如刀割。

大野兄弟相视点头，治长道：“不错，真田大人说得不错。”

幸村继续道：“留在城内的人数，幸村已经重新仔细核实了。”

“哦？”后藤又兵卫有些惊讶。

“骑兵有一万三千，步兵六万八千，另有小卒五万二千，女眷一万，合共……十四万三千。”

“哦。”

“这些人就是自去冬以来与我们同舟共济之人。要养活他们，即使每人每日一升的伙食和零用，一个人一年的费度也有三石六斗。养十五万人，一年需要五十二万石。丰臣氏总俸禄乃六十五万石，即使按照五公五民计算，只有三十二万石，因此，还有约二十万石的缺口。聚集大坂的人，不仅不能出人头地，恐连命都难保，这便是当前的严峻形势。”

满座面面相觑，鸦雀无声。

“因此，我们本应在去岁冬役取胜，方可解此危厄。既未获胜，各位当尽知结局。因此，织田有乐斋甚至也算是丰臣忠臣。”幸村大胆地说完，刷地把目光移到治长身上。

治长脸色苍白，“有乐……”

治长话音未落，幸村接口道：“鄙人非想毁了丰臣氏，只是希望大家能尽早明白，能减轻右府母子的哪怕一丝负担，亦是忠于丰臣氏。大家都散去，丰臣氏怕还能勉强存活。出于此念，鄙人才主张不应全盘否定有乐。”

“真田大人！”毛利胜永忍无可忍插嘴道，“大人的意思是，想走的人今后大可毫无顾虑地走，而且，这也绝非不忠，对吗？”

“对于那些有门路的人来说，是如此。”幸村侃侃应道，“那些可以在德川幕府的天下过活的人，若不请他们散去，我们怎能合力一致？只有无路可走之人，才会豁出性命决一死战。鄙人只是这样想。”

刚说到这里，木村重成忽地伏地大哭：“请真田大人见谅，重成误会您了。重成……一定会请求右府……请求右府与我等同归于尽。”

治长浑身一阵哆嗦。他不知秀赖和重成究竟说了些什么，此席上，为了让众人都接受监禁秀赖母子之事，他始终在寻找时机。

“只有如此，”幸村轻声道，“右府才不会扔下十五万走投无路之人不顾。”

最为激愤的大野道犬得知幸村真意，疯狂大吼道：“嗬，原有如此必死之心！”

幸村和道犬对世事的看法，竟有莫大差距。

幸村的意思，是只有认清形势，置之死地而后生，才可能获胜。年轻的道犬却只是将其理解为单纯的死战。当然，他年轻气盛，无可指摘。

“众位同意的话，鄙人倒是有个主意可逼迫右府作出决断。”言罢，道犬耸了耸肩，睨视众人一圈，“别无他法，唯有即刻组织勇士，突入大和郡山，一把火烧而毁之！右府近日来迟迟不下决断，原因似就在于郡山城。他还抱着幻想，只要答应移封，搬到郡山，一切便可了结。故，当前最要紧的，便是灭掉右府这种幻想。”

“好！”治房应道，“正如真田大人所言，即使到了郡山，我们仍无路。”

治房的话令满座感慨不已。

“真是茅塞顿开。”长曾我部盛亲感动地附和道。

“豁出去了！豁出去了！”后藤又兵卫也豪爽地笑道，“哈哈，真田大人可真不厚道，刚才说有乐是忠臣，惊得在下后背都出了一溜冷汗。”

“是啊，说我们都是走投无路之人，我亦一肚子气。”

众人还是很单纯，打动他们的不是利益，是意气让他们同仇敌忾。实际上，正如幸村所言，事到如今，他们不离开这里的缘故，乃是因为他们无处可去，只是他们不愿承认此事实。

“在烧掉郡山之后，首先杀入濑田一带，让关东军无法进入京都。”

“对。德川何惧之有？我等要在濑田、宇治一带阻止关东军，攻下二条城和伏见城，抽掉他们的踏板。”

“总之，要以修理大人为首，把七手组和寄合众（三千石以上的无职旗本）也招来，立刻合议，先发制人。”

“好。而且，要请右府尽早巡视战场。这样，士气就大旺了。”

幸村平静地坐在那里，看着脸上尚挂着泪痕的重成。他明白，置之死地的军兵才真正强大。

众人歇息时，木村重成站了起来。他想在七手组和寄合众到来之前，把事情报告给秀赖。秀赖还无与城“同归于尽”的决心。去岁冬役时，他曾比任何人都有血性。可现在，一切都已被淀夫人和常高院等人扼杀了。在缔结了和约之后，他从前的斗志消失得无影无踪。现在，能够打动秀赖的，只有木村长门。

幸村察知这一点，才故意把大坂的窘境完全揭露出来。他早已看透，如此一激，木村重成定按捺不住，摇摆的军心也会坚定下来。

本来，既已议和，大坂就当无条件地履行关东的吩咐与安排。若真是“一切都为了丰臣氏”，就不当对幕府表现出一丝一毫的不满。可是，议和却未经深思熟虑，它不过出于被迫之下的侥幸心理，幻想着拖延时间，静待家康归天。总之，这是一次漏洞百出的议和。“恶战终究会发生。”好战的恶灵不会相信议和，无时不在如此欢呼，不断煽动浪人的野心、私欲、恐惧和自尊。幸村既觉可悲，又觉可笑，他知战事不会如此容易就平息。但此时，他已无暇嘲讽。

片桐且元离去之后，剩下诸人中唯织田有乐斋稍有见地，可如今连有乐斋都弃城而去了。面对汹涌而来的关东大军，大坂除了任由对方蹂躏，还能指望选择了这条险道的大野治长？

“修理大人。”在治房和道犬前去召集七手组和寄合众时，幸村觉得自己还有一事要做，便是必须促使治长痛下决心，“不管是治房还是道犬，年轻之人总是充满了活力，真让人羡慕啊。”

“哦……是啊。”

“木村长门守恐去说服右府了，那么，夫人又该如何？”

“这……”治长眼前浮现出淀夫人的影子，“此事交给治长好了。”

幸村轻轻点点头，忽又使劲摇头，“不，不能失去夫人！无论怎样，都要保全夫人。”

治长当即驳道：“你怎说出这等话！谁忍置夫人于不顾？”

幸村再次摇头苦笑。治长不打自招，其心事已泄露无遗。

“谁也未说……鄙人只是说，胜败乃兵家常事，无论我方到了何等不利的地步，也不许夫人自尽，或是不利于她。”

“这……这……”

“此事用不着多说，但，不只是夫人，右府也一样，无论他何其英勇地立于阵头，也不可令他身有不测。诸位，”幸村环视着在座众人，“若让主君与我等同赴黄泉，武道就会有瑕疵。即便不累及主君，我等也会被视为困兽之斗啊。”

治长狼狈地躲开幸村的目光。幸村确认过后，不再言语。除去治长，在场每人都是勇震天下的猛将，因此，幸村无须再加任何诠释。

“说得好。我们都是凭着一个‘义’字来大坂。”

“我们必珍视丰臣血脉，忘记了此点，还有何义？”

这些只是空话，可是，若不让他们慷慨陈词，一旦陷入混乱，未必不会有人乘机砍下秀赖与淀夫人的首级，投了关东。

治长也昂首道：“各位的忠诚，治长绝不会忘怀。”

此时，七手组神色紧张地赶来。当木村长门守重成跟在真野赖包、伊东长次、青木信就、郡良列等人身后进来时，十六叠大小的客室都快挤不下了。

“我有话要对诸位说。”重成分开人群，径直坐到上座，“右府对此次织田有乐斋父子出逃一事甚是震怒，说他们必定是受了关东引诱。对此，绝不能坐视不管，应立刻集众议事。”

“右府他……”

重成抬手止住治长，继续道：“因此，请诸位即刻集到本城大厅去，右府会亲临，请诸位即刻前往。”

幸村恭敬地伏在了地上，向重成使了个眼色，微微点头。

事情就这样决定了。好战的恶灵充满这座天下第一城，张牙舞爪。但是，能够清楚地看到真相的，又有几人……

二八　执著于愚

德川家康做梦也没想到，今生还会再走东海道。可是不到两个月，他就不得不再次打此经过。在进入名古屋之前，他就不大快意。

四月初十，午。名古屋城头的黄金虎鲸璀璨夺目，年轻城主的婚典即将举行，出迎之人个个满面笑容。若非大坂有事，家康也定会喜笑颜开，与众人说笑。

“父亲远途劳顿，孩儿未曾远迎。”大门处，在竹腰正信的陪同下，义直问候着家康。家康只是轻轻点了点头，一丝笑容也无，即使见到跟在义直身后出迎的几个老女人，也只有一句简单的问候。家康的这种反应早在常高院的预料之中。“毕竟是上了年纪，劳累了。”听到常高院如此解释，正荣尼和大藏局相视颔首，唯有二位局略有不安。

“该不会发生什么不祥之事？”二位局有些忌惮地对青木一重道。一重沉默，其实，他早就担心他们能否平安返回大坂。

是月初五，藤堂的五千兵马已从上野出发，奉命到宇治川、桂川一带布防；井伊直孝初六出彦根，奉命去淀城警备。大垣城的石川忠总也奉命立刻进京，赶赴昌隆寺，与板仓胜重合力维护京都治安。

军兵调动，但一重无法与治长取得联络。事实上，目下，他只能装作与老女人们一样，完全信任家康，留在名古屋城。可是，有乐斋父子究竟怎样了？他们就算是逃出了大坂城，在途中会不会遭到伏击？

“早晚会有命令。在此之前，我们先安心等着吧。”目送着跟在家康身后进入白书院的义直和竹腰正信，常高院和一重催促老女人们进入后面的长屋。

不到小半个时辰，家康派侍童前来传唤。

“果然未忘记我们。快去快去。”老女人们催促着一重，兴冲冲来到家康面前。

家康房中，除了义直和竹腰正信，永井直胜也紧绷着脸守在一旁。

“哦，你们来了。”家康声音虽然无力，但还笑着，“事情有些不妙。听说大坂的有乐父子弃城而走……”他的声音低沉而嘶哑，听起来既像叹息，又似失望。

“织田大人……为何要逃走？”最先发话的是常高院。

家康并没立即回答。他端起茶碗，靠在肥胖的腹上，睨视片刻，方道，“有乐是你舅父吧？”

“是。舅父为何要离去？”

“据说厌恨打仗。估计现正在途中，十二三日就会抵达此处。我必须说说他。”

“大人！”常高院急道，“真想知得更清楚些。舅父说厌恨打仗……究竟是什么意思？”

家康觑一眼一重，道：“听说，在大坂那边，大家都想打仗……”

一重急道：“不，怎会这样？淀夫人和右府均非……”

“你且等等。这绝非只是你们的不幸。若要一战，德川家康亦不得不再次亲赴战场。若是三五天倒罢了，设若时间延长，连我恐也回不了东海道。就算不死于敌手，自当尽了天寿。”家康想笑，却没能笑出来，“想必你们也知，从去岁冬役的时候起，将军就想用武力踏平大坂，被我百般阻挠。大坂却不领我情，竟再次召集浪人，掘开被填埋的城濠？况且，右府大人和淀夫人已终再生战意！有乐心明如镜，否则，他断不会弃城而走。”

“这……”

“唉，德川家康也无隐瞒你们的必要了。实际上，将军早就料到会出现这种结果，已经作完战备。唯德川家康仍未放弃。”

青木一重的肩膀猛地抖了一下。家康公所言究竟意味着什么，他为何会如此心哀？

“一重，你最好也仔细听着。在大军包围大坂之前，只需一人足矣！只要一个真正为丰臣氏着想之人，劝得秀赖暂时离开大坂，迁到大和郡山，解开将军的心结就行了。只要有一人能如此奉劝秀赖即可。”

“……”

“他日，德川家康必会令秀赖重返大坂城。可问题是，究竟能否有人真正为丰臣氏着想？大坂的命运完全决定于此。”

“大人的意思，是让我等返回大坂，劝说右府接受移封？”常高院似终于明白。

“常高院，此事若能办成，获救的将不只是秀赖和淀夫人。德川家康……以及已故太阁大人，也都获救了，就不会被后世耻笑了。”家康眼里湛满了泪水。

青木一重凝然望着家康。这和骏府的家康还是同一人吗？在此之前，一重从未想到家康也会如此老泪长流，这若是家康的真心……仅仅是这么一想，他的心都要冻住了。若真是这样，他此前送给治长的消息就完全错了。讨伐大坂的乃是秀忠，家康公却站在秀赖一边，实在令人诧异……

这时，家康又说出一句令众人大感意外之言：“无论发生何事，德川家康也要救助右府和淀夫人。一定！”

这一次，老女人们比一重更为惊讶。

“你们可能不知。但只要想想我毕生的经历，想想家康一生的坎坷，就会明白。家康始终在征战！数十次？百次？当然，日后还会征战。但，我的敌人却绝非妇孺。袭击手无寸铁的女人小儿，这样的征战才是我最痛恨的征战。”

一重不禁睁大眼睛，伸长脖子，老女人们也屏住了呼吸。

“那些妄图以战事为己谋利之人，便是人间之大恶。德川家康的愿望，就是让他们明白这些，断绝战乱的念头。因此，我总是比其他人能够忍耐，总是以数倍于他人的忍耐在等待。况且，我这样做也必合神佛意愿。太阁亡去之后，天下交到了我手里。我虽不得不杀妻灭子，但无论是今川、织田，还是武田……这些曾与我有缘或是战场上交过手的人，他们的血脉与亲戚，我从不曾下手。我活到高寿，带着感恩的心欲赴极乐时，却不知做错了什么，竟要再次出战。唉！此竟为何？”家康眼神呆滞，双颊沾满泪水，“你们明白吗？让我动怒的绝非神佛，亦非他人。我为不得不迎来这晚年疏忽而怒。我不会取人性命！我怎会为难右府和淀夫人？若杀掉他们，我救助今川氏真、宽谅织田常真是为了什么？我一生的执著又算得了什么？德川家康……德川家康……绝不愿与妇孺为敌！”

“大人！”忽然，常高院哭着伏在地上，“大人吩咐吧！如果是我能做的……无论何事，请大人尽管吩咐。”

常高院的话还未完，青木一重就已大哭，其哀之烈，甚至令家康都为之一惊，闭口不语了。

一重的悲哭持续良久。为何会哭得如此伤悲？一重已想不明白，可愈想不明白，便愈觉莫名哀伤。他从未闻想，家康公这等人物，也有这种愚痴？

原来，大御所也始终与我们一样的心思，万物生灵都逃不脱这恶业之苦啊！这么想着，一重不禁哀绝。他非绝望，亦非愤怒，而是发自心底地悲哀。哭够之后，他拜倒在地，道：“在下有一事相求。在下也想跟几位夫人同返大坂。”

家康点了点头，“你是想把我的意思告诉秀赖？”

“是。在下想，常高院定会劝右府移往大和，在下愿在旁劝说。”

“哦，你真的想帮我？”家康探出身子道，“但，还要再等等。再过一两日，有乐父子就会赶来。你最好见见他们，听听他们都说些什么。如此，你心中应更有数。”

“有乐？”

“是。究竟是何原因使得有乐弃城而走，在我见他之前，你先去见见他，好生问问。你说呢，常高院？”

“是，这样最好。那么我也去准备准备，好在舅父到达之后，能够即刻动身。”

老女人们下去之后，家康又叮嘱一重：“你记着，你家主君离开大坂之后，我必令人重修大坂，不久就会派人迎接他回去。”

“是。”

“七手组中应有些可在右府身边担任护卫的年轻之人。一定要他们严加护卫，进入郡山城后好生反思。但，你记着，必须在将军包围大坂之前行动。剩下的交给我就是了。”

一重心领神会退出去，家康靠在扶几上，发呆良久，忽道：“我简直就是一介背叛之人，是吧，直胜？”

永井直胜不言，只是微微一笑。

治天下者必先杜绝私情，无论何时都要依法度行事。此前，家康开口闭口均如此告诫将军秀忠。可如今，他在默许将军率军不断集结于京坂的同时，又在背地里苦思救助秀赖的良策。在常人，此行必视为背叛，说得严重些，“谋叛”也不为过。

“直胜，休要泄露出去。”说话时，家康俨然一个害怕上天惩罚的老头。

第二日傍晚时分，织田有乐斋带着儿子尚长抵达名古屋，悄然进入竹腰正信宅邸，会见了青木一重。

有乐究竟会对一重说些什么？家康隐隐有些担心，但因第二日的婚礼，却无暇过问。到十三日接见有乐时，一重和老女人已从名古屋出发离去。

“在下和青木一重于十一日夜里见面。”有乐主动道，“尽管一重识文断字，却完全看不清时势，简直就是个睁眼的瞎子。”

此时，由于传令使小栗又一忠政、奥山次右卫门重成、城和泉守信茂等人都在场，有乐看出家康之征已甚是迫切，遂格外义愤填膺。

“一重看不清时势？”

“是。在下告诉他莫回上方，那样只会卷入无谓的战事。他却顶撞说，既是无谓的战争，为何不去阻止？他还以为能阻得了此次战事。”

家康轻轻点头，“这么说，你是看到战争已经无可避免……才出得城来？”

“正是。”有乐侧首笑道，“人只要不着急去死，都可活到天寿。战死疆场这种死法，已是不明事理。我告诉他，现在乃是太平之世，就应死在被窝里，唉，他竟一点不通。”

家康道：“一重的事暂且不提。右府怎样，他也急着要死？”

“人在年轻时，总是不懂得珍惜性命啊。”

“淀夫人又如何？她今年已四十有九，还算年轻。”

有乐撇起嘴，脸上现出一抹阴影，“她已疯癫。一个痴恋他人的疯子是不会幸福的，真是可悲。”

家康对有乐略有恨意，可心里仍有几分好感。信长公喜欢杀伐，有乐生就一副毒舌。二人尽管都敏锐细致，但信长公令人想起大薙刀，有乐却让人想到怀剑。

“有乐斋，你怎的就抛弃了那可悲女人？就算她已疯癫，她毕竟是个女人啊。身为舅父，她有此难，你不留反走，究是为何？”

“大人太会说笑了。”有乐歪头笑了，“老夫若待在那边，只有死路一条。织田有乐斋已对生死厌倦了。大人此乃明知故问。哈哈！”

“有乐斋。”

“大人请讲。”

“你刚才说，淀夫人乃是个痴恋他人的疯子？”

“是，是这般说过。”

“我想再听听。我还不甚明白。”家康认真问道。

有乐微微摇了摇头，“大人，您可越来越不厚道了。她对见过的每一个男子都迷恋不已，已是个无可救药的痴情女子。”

“她如此高傲，竟是痴情女子？”

“她先痴情于太阁，接下来痴情于大人，现在，竟痴情于一介不可救药的蠢货！”

家康讶然。

“歧黄可医身病，佛法可医心病。她根本就已疯癫，一心只望迷恋的男子有所回报。一旦不能如愿，她即病入膏肓，纵有回春妙手，亦是回天乏术，这亦是女人的宿命。”

“嗯。”

“况且，由于她有痴迷男子的怪病，人若有情，她必有意。她若能和那蠢货断绝来往，有乐也不会弃她而走。可能的话，有乐定会让她与那人一刀两断，劝她和右府离开大坂。唉，她已大病，有乐也只有主动离去了。尽管是在大人面前，可有乐还是要说，决定女人命运的，仍还是男人啊。”

家康扭过脸，装若未闻。有乐的话刺得他心痛。有乐有怨，淀夫人亦有怨，但……她似确然已疯。

她若性情和顺，家康恐也不会刻意回避。她乃太阁遗孀，一旦她跟太阁在世时一样，大耍威风，必会妨碍男人行事——家康不得不这样想，他对淀夫人的确有些忌惮。这“疯子”，这位太阁遗孀，却被大野治长戏耍！

“罪过啊罪过！”家康眼前忽地浮现出筑山夫人的面容，他慌忙正了正坐姿，“我知了。右府呢？你觉得右府连出城的决断都没有？”

有乐眼里显出一丝悲哀：“这一点大人应已清楚。那个迷恋男人、为情所困、争风吃醋的寡妇所生的儿子，生长在只知逢迎巴结的女人堆中……”说到这里，有乐摇头不已，“遗憾的是，并非有乐弃他而走，乃是他从来都未曾指望过有乐。丰臣氏的命运，从片桐兄弟离去的那一刻起，已铁定了。”

家康非常不快，可他仍未抓住斥责有乐的机会。这信长公的兄弟果然有些眼力。若是家康，在片桐兄弟出走之前，自会主动去管教淀夫人和秀赖，家康却无法强求有乐亦如此。在丰臣氏，有乐既非家老，也非重臣，他无非一介耍弄口舌的食客……

“这么说，你认为现在能够撼动大坂的，既非秀赖，也非淀夫人，而是大野修理？此战的对象是修理？”

有乐再次讽刺地撇起嘴唇，冷笑一声，“那还不至于……战事的对手是不知深浅的修理，以及走投无路的浪人。正因不知他们会做出何等事来，有乐才逃出城来。”

“有乐斋！”家康的声音忽然尖厉起来，“连你自己都觉得大坂危在旦夕，无法待下去，但你却把夫人和右府弃在大坂，你好薄情。你是不是早料到会背上这个污名？”

“不，”有乐淡淡道，“有乐是为了向大人禀报详情，向大人禀明浪人心思，希望大人及早制定平息骚乱的大计，故也可说，有乐乃是为了天下苍生而来。”

“战争已无可避免了？”

“大人已经为他们开启了避免战争的大门，可修理不但不把浪人送出来，还反咬一口。大人刚才说，此战对手是修理，真这么想，后果就严重了。大人有所不知，浪人已经变成了一群亡命之狼。”说到这里，有乐忽地睁大愤怒的眼睛。

家康一惊，那目光太像昔日的信长公了。

“若以现在这种心情出战，大人恐怕不会活着回来。为了让丰臣氏存续下去，而失去天下太平，罪莫大焉。为了向大人提这逆鳞之见，织田有乐才逞毕生之勇，赶奔至此。”

家康哑然望着有乐紧皱的眉头——本想斥责对方，却挨了人斥责。谋求丰臣氏存续，恐会失去天下太平，非大智之人不敢言此！

“唔。”家康呻吟一声，一种无法言喻的愤怒攫住了他，“有乐斋，你大胆！”

“哈哈！”有乐大笑，“有乐口不择言。大人若是震怒，尽可把我们父子的脑袋揪下来。”

“哼！”

“有乐也非寻常之人，此次特意从大坂城出来，在大人的眼里却只是抛弃了主君的薄情寡义之徒，与其受辱，莫如一死！活着还有何意义？”

家康脸刷地红了，“住嘴！谁说要杀你了？只是，此次战事，家康怎会任你摆布？我是斥责你大话说得太多。”

“哈哈！大人的斥责，有乐从一开始就料到了。可是，那些走投无路的亡命之狼，绝不会堂堂正正沙场对垒。世上既有‘麒麟一老不如驽马’之说，又有‘追二兔者不得一兔’之前例。像大人这等沙场老将，身历百战，通晓人情也。然大人若贪这样的溢美之辞，而被饿狼撕扯，那才是世人之悲。一旦不慎，天下也要出大事。”

“好一张利嘴！”

“哈哈。这有如有乐临终之言，当然会将心中所想一倾而出。有乐亦是人子，也知道疼爱不肖的外甥女，关爱外甥女生下的孩子。可一旦天下大乱，莫说我的兄长信长公，就连太阁一生的功业，也都会化为泡影。权衡事情的大小轻重，有取有舍，方弃城来到此地，却非只为自取其辱。”

有乐停顿下，家康脸色已由赤红变成了酱紫。

“有乐想说的都已说完。至于大人老迈而无决断云云，实是无礼至极，请大人任意发落吧。”

家康真想将其拖下去痛打一番，但他还是将怒气硬压回肚子里，“有乐……巧舌如簧啊。”

“哦？”

“你知就算这般说，家康也不会发怒。你都算计好了。无论是你，还是淀夫人，都是让人无可奈何的疯癫之人！”

有乐沉默，望着家康。他明白，家康亦正强忍着涌上心头的愤怒。他该说的都已说了，得尽些礼数了。

“冒犯了。”有乐轻轻垂首，“正如大人所言，有乐仗着大人抬爱，知道大人善于忍让，遂大放厥词。有乐早就算计好了，说到这种地步，您还不至于震怒。”

“你……你知我是这样？”

“正因知，才有话要说。大坂城里狼群虽狠，却是乌合之众。有乐认为，他们大致分成三派，日夜吵闹不休。”

“说说看。”

“真田左卫门佐及木村长门守，为最是难缠的明智一派，后藤又兵卫加入了他们。另一派为修理和七手组老臣。再就是大野修理之弟治房、道犬等，这群不善思量的莽夫，却最善鼓动走投无路的野狼。他们必定认为，大人欲把右府移封至大和郡山，于是必然先袭击大和郡山，切断东军与纪州的联络，然后拉拢各地武士与将军决战。”有乐收起他一贯的讽刺，认真道。

看来，愤怒真是人生大敌啊。家康一面在心中念叨，一面热切地点头回应。

“右府的旗本不会杀出城来。他们若不待在城内，就无法安抚出城作战之人。因此，若是有人出城作战，定是真田左卫门佐。但，若京都伏见被占，战事就要拖下去。”

看到有乐认真的样子，家康忽地想笑。这一切都在他的谋划之中。可是，有乐却为此冒灭门之险赶来，真是难为他了。

“淀夫人还未完全下决心。但这不过由于修理还未决定。一旦修理决定下来，女人就会完全为男子操纵。右府亦同，迟早会把大人看成不共戴天的仇敌，豁出性命也要一战。右府若不如此，群狼就会用弓箭和火枪从他背后下毒手……”

“好了。”家康抬手阻止了他，“先生所言，一一命中要害。好，必须要马上行动。来人，伺候织田大人歇息。”言罢，他重新摆出一副威严之势，既然战事已不可避免，就不能把老态显露于人前……

有乐斋退出之后，家康靠在扶几上，绷着脸沉思起来。尽管于战术无大益，但有乐所言的大坂派阀之争和人心向背，却让人深思——原来淀夫人并不能主宰全局！

淀夫人已是年近五旬的女人，这样一个女人，在乱世男儿面前无能为力，自无可厚非。若母亲如此软弱，秀赖迟早会如有乐所言，陷进深渊。但解救之途究竟在何处？

所有恶果，家康不是没有想过。为了防止最坏的结果出现，他早就命柳生又右卫门把奥原信十郎丰政安插到了大坂。但经过了去岁冬役的议和，信十郎还会如从前那般，保持着高度警惕和紧张吗？

“柳生又右卫门现在何处？”家康问仍留在身旁的传令使小栗忠政道。

忠政当即答道："在将军身边，正在为出兵准备。"

"他既担负着保护将军的重任，定无法来了。"

"若有要事……"

"又一，现在大坂城内的关键人物是修理。"

"他？"

"是他。"家康目光锐利，点头道，"要救淀夫人和右府，最好的办法便是说服修理。"

"大人要说服大野修理？"

"正是。修理优柔寡断，我要让他作好准备，一定要把右府和夫人救出来，无论发生何事，也要保全他们母子性命。"

小栗忠政眨眨眼睛，深感纳闷。大野治长既非关东的盟友，也非关东的家臣，他现在乃是敌人的总帅。家康竟要说服这样一个对手。他自吃惊不小。

"小人不解，大野修理应该是我们的敌人。"

"既非敌人也非盟友！"家康高声道，"我是德川家康。听着，德川家康下命令，岂能有顾虑？究竟谁去合适呢？"他认真地思量起来，忽然一拍膝盖，"好，就是阿小——又一，你赶紧去一趟京都，找个人，谁都行，把他弄进城内与阿小取得联络。让阿小告诉修理，这是德川家康的严令。"

小栗又一当日就从名古屋出发，赶奔京都。

家康从名古屋出发定于十五日。十三日与浅野幸长之女完婚的义直紧跟在父亲身后，率领军队出发。

战机已经成熟。稍有疏忽，二条城、伏见、淀城等就会落入敌手。

十四日，家康向土佐的山内忠义和因幡鹿野的龟井兹矩发出了早早出征的命令，自己则按原计于次日从名古屋出发。

当夜宿于桑名，第二日刚到龟山，所司代板仓胜重就飞马驰来。"修理终于下决心分掉了军饷。"胜重恨恨道，"若是在缔结和议的时候，把那些钱分掉，浪人或许早就离城而去了，岂有此理。"

家康转问："怎的，事到如今，还无人揣着钱走掉？"

“无。怕是担心有人逃散，修理还组建了督战队。”

“督战队？”

“因此，即便是青木一重和老女人们返回大坂，估计也进不了城。”

“哦？”

“每人都有与关东私通的嫌疑。目下这类传言满城皆是：织田常真和有乐斋已私通了关东，去岁战时所有参与议和之人都有嫌疑，他们都是关东同党……”

家康不为所动，“嘿，淀夫人也想决战了？”

“是。她似已发疯，大嚷被大人欺诳，咽不下这口气云云。”

家康忽然想起有乐之言，摇头不已。又一个筑山！很难相信世间会有鬼魂，但仿佛被鬼魂附体般肆意妄为之人，却绵绵不绝。他们欲爱不能，欲恨不行，爱憎纠缠，在癫狂中轮回……

“辛苦了。看来战事不能免。赶紧回去，告诉他们，在我到达之前不可开战。”

十七日抵达水口。十八日，家康进入了本以为今生不会再见到的二条城。

进城之后，家康先是询问出迎的小栗忠政与阿小是否联络上。得知已联络，他松了一口气，静静等待着将军秀忠……

二九　庶民阻战事

当本阿弥光悦带着茶屋的两名伙计来到大坂之时，大坂已陷入了无法收拾的混乱境地。

百姓已经预感到即将发生战乱，城下几乎空了，从天王寺口到八町目口，坚固的栅栏筑了好几重，想要进城，简直难比登天。

光悦并未立即放弃，他拜访了淀屋，又走访了尼崎屋，努力设法进城，以确认秀赖母子的意愿究竟如何。大坂富商只叹为时已晚，意见一致。“四月初五，右大臣巡视城外。若是在此之前，或许还有议和可能，既已到了这种地步，为了面子，他恐也不会接受议和了。”淀屋的孙子道，他约有两万石米和杂谷被征，自己正准备撤往堺港。

天下皆以为，丰臣氏断难有胜机。由于那些走投无路的浪人的叫嚣，大坂必会变为焦土，世人早就看透了。“实际上，我们正在暗中商量着战后事宜呢。”淀屋的主人说。如此一来，那些大坂宿老也无法再以“太阁大人商家”的身份行事了。城主当然会改换，大家经常聚到一起商量，战后究竟应让大坂复兴为何样。那些曾与秀吉公有过深厚渊源的人，此时就先请避让，把因经营朱印船而与家康公和所司代板仓胜重交情笃厚的尼崎屋又右卫门立为会长，再把为关东做事的瓦屋的寺岛藤右卫门、大工头山村兴助等推举为总管，欲将大坂复兴为从近畿到西国首屈一指的繁华之都。

“顺便想请老先生也助一臂之力。”他们说。

光悦无奈。无论遇到什么不测风云，他们还是想顽强求存，这就是商家的执著。虽然不能说他们的看法不对，但未免太精于算计了。

“时世就是如此。”他们说，“太阁大人平定天下，满足了商家之愿。现今竟有人喜欢战乱，战乱乃是商家大敌啊。”

此言不虚，但除却战事生意，世间总还有人情……于是，光悦告诉他们，现在还有可以拯救丰臣氏的办法。“大御所和将军已经西上。他们一旦在京都会合，丰臣必亡。可在此之前，你们难道就不想出最后一份力？”

听他这么说，众人不屑地摇了摇头，一笑置之。他们已然完全放弃，正埋首于下一个构想……

“老先生，您不知右大臣巡视城外时的样子？”淀屋和尼崎屋齐声道。

四月初五到城外巡视时，秀赖的眼神已不同寻常。其前卫由后藤又兵卫和木村重成所领，津川亲持马印，后面则跟着郡良列和毛利胜永。毛利胜永手捧秀赖的头盔，似在监视主人。左右乃是衣着华丽的明石守重、长冈兴秋、毛利元隆、木村重宗、藤挂定方、三浦义世、生驹正纯、真田大助、黑川贞胤、伊木远雄诸将，后面则跟着长曾我部盛亲和真田幸村，殿后的则为大野治长属下。七手组留下来固守四方城门，大野治长则留在本城。可以说，乃是倾巢而出，向百姓大展威严。华丽气派的军列出了正门，穿过阿倍野，来到住吉，回去时登上了家康公曾经扎下大营的茶磨山，马印在春日的和风中迎风招展；然后，又从天王寺到达平野，通过秀忠公曾扎阵的冈山，黄昏时分才回城。

“看来，终是下决断了。这让我想起了太阁大人在世诸事。”

可是，听说全军回城当夜就大摆豪宴。从第二日黎明时分起，大街上就挤满了逃难的百姓。他们知道，自己已经无法避免马蹄的蹂躏，无法躲过战火了。

“看样子，他们要血战到底了。”

“哎呀，这到底是在做甚？”

“连关原合战时都未变成战场的大坂城，终要被浪人毁掉了。”

大坂诸人表面的威风无法赢得庶民的拥戴。商家们一面匆忙为逃难作准备，一面紧张地为将来筹划。他们得知领主既无法避免战乱，又无力维持秩序，只能进行可悲的自卫。

无论在谁眼里，这都是一场毫无胜机的战事，因此众人自然无法对铁了心据城一战的领主心服，对已故太阁的崇拜亦在此时完全崩塌。民间遂开始议论，大御所欲将大坂烧成一片焦土。议论的结果，乃是待战事结束，天下太平，大坂将不仅是军事要塞，还是钱财聚集之地。

“大御所当然想在这里赚钱。”一旦得出了这样的结论，谁还管得了秀赖母子的死活！

秀赖若愿意主动移至郡山，保得大坂的繁荣，民众宁愿献上自己的血汗钱，为他造一座新城。可秀赖不明事理，不知天高地厚，示威未起到作用，反倒遭人厌恨——他的举动乃是对民心的挑衅……

但即便如此，光悦仍未放弃。他坚信，救助秀赖乃是家康的本愿。他亦知，造成这种不幸，并非秀赖所愿。他若袖手旁观，世间就不会阳光灿烂。

光悦决定到堺港造访现已成为茶屋夫人的阿蜜，与她商议欲一见秀赖。但阿蜜已与秀赖全无瓜葛，她现在正欲疏远大坂，努力忘掉留在千姬身边的孩子。她对光悦道：“去找修理的家老米村权右卫门，看看有无办法。”

米村权右卫门常到堺港打探消息，故与光悦相熟，而且看在阿蜜的面子上，若提出见秀赖，或许能够进城。光悦决定一试。

四月二十，家康已进入二条城两日，但四处奔走的光悦对此并不知情。他到了堺港的大和桥，发现河口已完全被关东的水军挤满。向井忠胜、九鬼守隆、小滨光隆等把驶向大坂的船只全部截住，对所载货物进行严格检查。没收的大米、大豆、兵器之类，已经堆积如山，天地间一片腾腾杀气。

由于光悦和小滨光隆有过一面之缘，总算得到允许，乘上了佃岛村的渔船。当他站在戒备森严的大坂正门前时，已是薄暮时分。

“在下乃是京都的刀剑师，欲拜见大野修理大人的家臣米村权右卫门……”

话未说完，已有人认出他来，“是本阿弥老先生，有何贵干？”

“麻烦通禀，就说茶屋夫人捎来口信。”

“茶屋？”那人顿时睁大眼睛，然后消失于栅门里。茶屋与德川的渊源，几已是天下尽知。那人很久都没出来。

等了许久，光悦才得到一个意外的回复：“米村大人外出了，修理大人要亲自接见本阿弥先生。”

看来通报人一听“茶屋”二字，直接把光悦来访一事禀报与治长了。对于光悦来说，这正求之不得。他一边回忆着进攻小田原时，到阵中访问利休居士时的情景，一边钻过戒备森严的栅门。好不容易到了治长府门前，他不觉舒了一口气。

门外，身穿便服的侍卫早就候在那里。“小人带您去见大人。”此前的腾腾杀气仿佛蒸发了一般，里面一片静谧，拐过几段走廊，方见到治长的身影。

“咦？”光悦站在入口处，纳闷起来。治长面前坐有一名年轻女子，情绪甚是激动。

“哦，是光悦，这边请。”治长热络道。

“大人方便吗？”

“这位女子乃是少夫人身边的刑部卿局。老先生大概也知道，就是少夫人嫁过来时，从关东精心挑选出来的贴身侍女阿小。”

“哦，就是当年的……”光悦不禁为时光流逝大发感慨，“是啊，连我都添了白发。”

可治长并不接话，而是道：“我正被刑部骂得手足无措呢。先生当助我一臂之力。”

“大人有事求她？”

“是啊。真是伤透脑筋。”治长悄悄看了看四周。敞亮的庭院里只开着三两株杜鹃花，附近别无旁人。光悦这才发现，治长脸色黯淡。

“您大概也听到些外面的议论了。一切都失去控制，元凶竟是我的两个兄弟——治房和道犬都变成了抽打我的鞭子……”

“到底是何事？”

“唉，就连我也毫无退路了。大御所对这些亦一清二楚，让刑部来传话。”

“大御所传话？”

“正是。大御所命令我，就算战争无可避免，城池陷落，也要保全了右府、淀夫人和少夫人性命。”

“这……便是通过这位传话？”

治长使劲点点头，再次悄悄环顾四周，“可是，现在已无法把我的回复禀报大御所，她才对我大加责备。”

光悦这才发现，年轻的刑部卿局手里紧紧攥着一把怀剑。饶是他头脑机敏，可真正明白大野治长的一番话，还是花了些时辰。

家康为何要让阿小传达这样的命令？阿小究竟是被治长的回答激怒而要行刺，还是要自尽？她的脸色和眼神都不寻常，充满杀气。更令人惊奇的是，治长却对这杀气毫不畏惧，这反倒更令人生疑。

思虑良久，光悦似终有所领悟，道，“那么，由我把你的回复带回二条城不就行了？”

“多谢多谢。”治长意外地露出了平静的微笑，舒了口气。接着，他转向刑部卿局，“刑部，你都听见了吧，回复的事就托给本阿弥先生了。你当无异议了吧。”

但刑部卿局仍似颇为紧张。治长不再睬她，转向光悦道：“大御所对我的行事，定恨之入骨。”

“修理大人的意思……”

“大御所深知治长无意惊扰天下，否则，关原合战后就不会早早把我放回大坂了。”

“诚然。”

“可是，治长如今却沦落到了不得不背叛大御所的地步，这都是器量不足的缘故。”

本阿弥光悦不由有些吃惊，他实未想到如此令人钦佩的感怀，居然会出自大野治长之口。

“先生，这下可苦了治长。既要顾及关东颜面，又要保全丰臣氏的安泰和面子。唉，刚才收到几个女人和青木一重的书函。”

“女人？您指常高院她们？”

“是。她们让我立刻陪伴右府移至大和的郡山。这样，大御所自会把一切责任都揽下来，重修大坂城，争取让右府在两三年内重返大坂。”

“那……修理大人信吗？”

“先生，我信。我自认为还是了解大御所的，可是已经迟了！”

“迟了？”

“郡山已经被大火变成战场。就是舍弟指使人干的！”说到这里，治长现出自嘲之态，“作为补偿，我答应大御所，绝不会为难右府。我已想好了，无论如何也会保全淀夫人母子和少夫人性命，我独自留在此处，以尽义理。我只希望把我的意思转达给大御所。”

本阿弥光悦呆住。正如治长所言，大和的郡山若真的变成了战场，只怕回天乏术了。就算秀赖母子答应退出大坂城，可他们能去何处？一旦脱离了根本，枯枝败叶顷刻间就会化为腐土。这些手握重柄之人似还无商家目光长远。治长还说要对大御所尽义理，尽什么义理？

“放心。”光悦目光灼灼盯着治长，“即使见不到大御所，鄙人也会向所司代禀报，说大人确已答应救三人。”

“那就拜托先生了。”

“不过，大人说，要对大御所尽义理？”

“是，我是这么说过。”

“大人是想与城同归于尽？”

治长的神情变得严峻，平静地摇了摇头，“人迟早有一死，治长仅想以死来尽义理。”

“大人的意思……”

“只是想把妨碍太平的东西全都带上路。”言罢，治长暗暗扫了四周一眼。

“哦，原来如此。”

“先生，城内既有义愤的洋教徒，又有莽撞的舍弟。比起这些，走投无路的浪人们才是太平的最大障碍，大野治长只想把这一切都背在一人肩上带走。”

光悦低吟一声，移开视线。治长未撒谎！他一脸土色，那是决死之相，是一种让人不忍正视的死气。若他在半年前生出这等决断，怎会有今日之悲？机不可失，时不再来，唉！光悦已无甚可问的了。就算战事出现波折，最终也会如治长所言，太平必会扎根。

“这么说，这也是在下最后一次见到这座熟识的城池了？”

“不必担心，大坂城会通过大御所或将军之手重建。”

“修理大人，光悦一直幸得抬爱，此次也好不容易来一趟，故鄙人想与夫人说两句，不知可得允准？”

“见夫人？”

“是。这一别……不，也称不上一别。可是，今后恐怕不易在此城拜见了。故，鄙人想在太阁大人筑建的城里见见夫人。”

光悦也颇为伤怀。家康说要保全他们，治长也说誓死救得主君，但不知为何，光悦总想在太阁亲自让人描绘的隔扇图前，亲眼见见淀夫人。

治长似乎也明白了他的意思，低头寻思片刻，抬眼看了看刑部卿局。刑部卿局松开了怀剑，瘫软在地。治长道：“还是罢了吧。”

“怎的了？”

治长又看看刑部卿局，叹了口气，“人会因意气露出鬼相，唉，这一切都是治长的罪孽，是治长把夫人变成了一个厉鬼。”

“厉鬼？”

“唉！先前治长愚鲁，说句不敬之言，先前治长眼中的大御所实是老奸巨猾之人。不只是大御所，就连把爱女嫁过来、让大坂安心的将军夫人也是居心叵测。治长的这种恶念已经深深影响到夫人。先生想见她，我明白，但我以为，还是不见……为好。”

光悦慌忙倒身施礼，“明白了。”

“唉。”

“这个世间，就连男人都会觉得迷惘，唉，就算夫人变成了那样，也当敬她三分。罢了，正如大人所言，不见也罢。”

“唉！您也辛苦，请把您亲眼所见禀告大御所就是了。”

“明白。”

“刑部卿局，少夫人还有什么吩咐的？”

刑部卿局抬起头来，“请让京都的几位夫人早日回来。”她的声音甚是热切，“夫人把先前那个特意从右府身边支开的伊势女人叫了回来，让她服侍右府，又说少夫人乃是心爱的外甥女，把她留在身边，半步也不让离开。这样下去，少夫人一定吃不消，故请几位出使的夫人早些回来。”

光悦吃惊地望着治长，治长却忙移开视线。所谓伊势的女人，必是指生下国松丸的那个女人。光悦听说，此女乃伊势武士成田和重之女，名唤阿米。把那个女人召回来，说明淀夫人已经铁了心，不再让千姬接近秀赖了。光悦明白，淀夫人把千姬留在自己身边，既是监视，又要折磨。想到这里，他浑身发冷。

一个多时辰后，光悦再次钻过戒备森严的栅门，到了城外。人虽出来，却无法立刻举步离开。半年前还灌满了水的护城河被挖得乱七八糟，形成一道斜坡。高耸的天守阁依然睥视四方，但已失去让万民信赖的庄重和威严。光悦不禁暗想，太阁业已走错，不能正本，焉能清源？

回望天守阁，光悦心冷如冰。不幸的淀夫人把可怜的外甥女硬拉到自己身边，整日折磨，实在可叹。淀夫人可悲，千姬更是无比悲苦。治长把在这迷惘世上挣扎之人称为厉鬼，还说，让淀夫人堕落成厉鬼的就是他自己，光悦已对他生出不忍之心。

回头仰视城池，将《法华经》奉为圭臬的光悦，又觉得一切都那般无谓。仇恨究竟为何物？若不将它连根拔起，必将招致更大的不幸，所谓冤冤相报何时了啊！治长所言不虚，然其言何益？

光悦向地上啐了口唾沫，开步走了。治长说为了对大御所尽义理，要把妨碍太平的障碍全都背上路，完全是弥天大谎！治长最终还是惧怕家康，虽是害怕，却仍割舍不下野心和反抗，终把他自己逼到了进退两难的困境。

当夜，光悦宿在了淀屋，第二日晨欲寻船返回京都，但哪里去找到船，街市上连个人影都没有。寻到傍晚，光悦终于找到一匹马，方得从陆路赶奔京都。

但陆路更加险恶，处处被拦下，遭盘问，仅到鸟羽，就花了两日。直到四月二十二，他才到京中，结果发现京都及其周边已挤满了军队。

四月二十一，秀忠已抵达伏见，二十二日进二条城，与家康作最后的商议。

除伊达政宗、黑田长政、加藤嘉明、前田利常、上杉景胜、池田利隆等各率兵马，京极高知、京极忠高、有马丰氏、堀忠政等人也陆续赶到。

在如潮的军士中，光悦急急赶路。他要面见家康，把所有事情告诉他，应还可阻止战争。他发疯似的狂奔着……

三〇　前夜决断

庆长二十年四月二十一，二条城迎来将军德川秀忠，上下忙作一团。秀忠携本多正信和土井利胜进城，提议与父亲会面之后立刻召集众人议事。

德川家康已无任何理由阻止战事。十八日进城之后，得到的都是令人震怒的消息，开战已不可避免。如此一来，家康也必须调整忧态，他须将自己还原为谋略天下第一的虎将，而非仁慈的菩萨。

“不等了。立刻召开军事会议。还应再添一人，加上上野介，合共五人。闲杂人等不得靠近。柳生又右卫门负责警戒。”家康吩咐道。

土井利胜心领神会，速请本多正纯到来，将闲杂人都驱赶开去。

恰在此时，本阿弥光悦赶到城里，见了所司代板仓胜重。此时胜重正忙着应酬已进京的诸大名和前来问安的公卿。家康正在议事，无法面见，光悦只得简单把大野治长并无战意的事转达与胜重。其实，就算他见到家康也已无用，箭在弦上，怎能不发？

闲杂人退下之后，家康顿时如换了一个人，满脸生气，对秀忠道：“于今形势紧迫，放在第一位的必是大义名分。将军想必很清楚了？”

秀忠回道：“不消说，此乃对龟缩于大坂城内的谋叛之人进行的征伐，是身为征夷大将军必须进行的平乱之战。”

“嗯。利胜，你说说。”

“正如将军所言，稍有怠慢，便是渎职。故在下也以为应尽早平定，早日拯救黎民百姓脱离苦海。”

“佐渡，你说呢？”家康询问眼角布满皱纹、似睡非睡的本多正信。

“这……”正信一惊，忙睁眼道，“老夫还是有些担心。”

“担心？”

“大战之中，万一宫中插手，该如何是好？”

“宫中……”

“斯时是接受裁断还是拒绝，并不容易。老夫以为，此次征讨的都是些走投无路之人，并非易事。万一他们向朝廷提出躬请圣断……似总有些公卿喜欢生事，我们必须充分思量。”

家康嘴角浮出微笑，“不错，考虑周到。将军，想必这些都安排好了？”

秀忠立刻答道：“此事，孩儿有一请求！”他少有地愤慨。

“哦？你有何请求？”家康脸上再次浮出微笑，直起上身，“说吧！”

“此次战争，秀忠并不想朝廷置喙。”

“唔？”

“如今所有政事都已委托我关东，即使我们陷入苦战，也不会乞求朝廷调解，那么做是逃避责任，是无法抹掉的耻辱。”

“哦。”

“此次是斩断乱世之根，亦是让天下万世太平的关键。若不斩断祸根就草草收兵，定会留下无穷后患。因而，秀忠想把此战作为终结之战。”

“身为将军，这是理所当然的气魄。我对此无异议，应是结束乱世的时候了。”

“因此，请父亲在这一两日之内召集众公卿，通告他们，即使大坂城有人向宫中提出仲裁，但由于以上原因，请他们一概回绝。拜托父亲。”

家康使劲点着头，一种寂寥之感忽然涌上心头。看来，正信和秀忠早已有过商量。秀忠的强硬意见听起来理所当然，就连最后的叮嘱也都甚是顺耳，家康觉得自己当真老了。

“是啊，就算丰臣氏不去乞求，公家也厌恨战事，我们这也是为朝廷尽忠。为防止宫中插手，我先嘱咐妥当。”家康郑重地道，“大义名分已经明了，接下来是如何开战，先听听将军的意见吧。”

秀忠先是恭敬地施了一礼，然后行云流水般回道：“本月二十六，人马均会悉数到达。各部抵达之后，立刻包围大坂，发起总攻，力求在本月解决战事。”

家康不再微笑，他微微摇了摇头。

本多正信斜了家康一眼，道：“请恕老夫多嘴。”

“说吧。”

“尽管将军为总大将，一旦开战，一切还得仰仗大御所。别的不说，独独这开战的时机，一定要依大御所的吩咐，不知大人以为如何？”

家康只能苦笑：这个老东西，还给我戴高帽呢！

“这一点我倒疏漏了，就依佐渡所言。”秀忠立刻附和道，“恕孩儿鲁莽，一切全听父亲示下。”

“佐渡，”家康面露苦涩，“你和将军可真是心有灵犀啊。”

“大人过奖了。”正信尴尬一笑。

“不。正因如此，我才能安心让将军指挥啊。不过，在月内就想把事情解决，我看还是有些操之过急。佐渡刚才也说，此次敌人乃是背水一战。兵法云：置之死地而后生。你鲁莽地冲上去，反倒会遭到迎头痛击。重要的是，要把一切准备妥当，让人马略作休整，沉着应对。”

秀忠不语，他更担心进京士众生出懈怠。这种担心绝非毫无道理。士众长途跋涉进京，一旦歇息下来，大将倒罢了，那些走卒民夫恐会被京都的繁华诱惑，招致意外的乱事，这种先例数不胜数。

“我有话要说。”开口的是土井利胜，“在围城之前，断不能让士众松懈，否则，反倒会觉疲惫。”

“说得好。”家康应道，“敌方的真田、后藤等人都是英勇善战之人，他们定会以为我们必先包围城池，所以，我们不妨来个反其道而行之。”

“……”

“当然，我说的这些不过是传闻。有人说，待关东全军抵达，家康和将军定会出二条、伏见。我们一旦出去，他们就立刻袭击京都，四处纵火，包围皇宫。哼，待我们返回京都，他们便前后夹击。一旦对峙，我们就会无奈地请朝廷出面说和。因此，我们应按兵不动，先挫挫对方锐气才是。”

“是。”

“如此一来，敌人忍耐不住，就可能出城。一旦打起野战，习惯了长途奔袭的军队和躲在城里疏于训练的士众，差别自然就显出来了。当然，这一切要等全军到达之后再决定。佐渡意下如何？”正说着，家康忽地想起尚等在二条城里的青木一重和几个老女人。若有可能，当再见他们一面。念刚及起，家康不禁又感到一丝愧意，这许是老人的愚痴吧。

本多正信低头沉思良久，令人意外地回道：“其实，老夫并不想阻止大人。”

“什么？”家康把手搭在耳后，“我刚才说得很是清楚，待大军全部到达之后，再作决断不迟。”

本多正信微微摇了摇头，“过了七十，老夫才终明白了大人的心事。大人担心的，是怕有负已故太阁大人。”

本多正信一语中的。家康睁大眼，默然。

正信略微向秀忠的方向转了转身子，继续道：“大御所大人定是想等右大臣母子回心转意。长年服侍大人，正信终于明白，大人的敌人从来就不是实实在在的对手，而是藏在内心的义与不义。眼下的事情，依着大人心思就是了。不过，由于这次战事出乎大人意料，所以，大人尽了最后的诚意之后，就把剩下的一切全交给老夫去处置吧。”

“把一切都交给你？”秀忠也被正信弄糊涂了。

“是。”正信高声道，“明知这非一场出乎大人本意的战争，但最终还是发展到不讨伐大坂，就无法平定天下的地步。恕老夫自作聪明，关于避免战乱的手段，实际上，正信心中颇为清楚。明知其恶却不出手，而是任其胡来。之所以这般做，是因为大人乃稀世之人，乃旷世奇人。凡人就该像凡人那般，在浅薄之处分清正邪。否则，就无法给后人留下教训……”

家康抬手打断了他，“好了，佐渡！”

“是。”

“我全明白了，原来你就是这样辅佐将军的。”

“辜负了大人的信任，抱歉得很。”

“好。既然你已想到了这一步，我也无法一意孤行了。不错，我确是有些割舍不下……已用不着再客套了，待大军一到，就杀过去。”

“恐有不妥。”正信以郑重的语气驳道，“如此一来，就会陷将军于不孝。应再次把大人的真心传达与大坂，之后再决定是否开战。否则，这场战事当真会沦为早有预谋。”

听到正信坚定的断言，家康闭目沉思起来。虽遭反驳，但他内心却有说不出的快意：正信老家伙，要替我做挡箭的靶子呢。后世定有人指责，说这是一场德川家康讨伐太阁遗孤的战争。我内心深处确很担心，唯正信完全看透，欲做替罪羊。我有一个好家臣……议事时最忌讳伤感，可家康还是禁不住热泪盈眶。

家康慨然道：“你的意思，是照我的想法行事……将军也无异议吗？”

“无异议。”

“好，好！上野介大人，现在讨论布阵，把地图拿来。”家康觉得欠正信和将军的人情，故未提到千姬。

此时，大野治房和道犬的人已窜到郡山，正四处纵火，家康还全然不知。

众人展开地图，讨论了一阵。既然要打野战，纪州口和奈良就可能成为战场，还要防止有人去堺港纵火。众人还甚是关心战后的大坂如何重建。讨论的结果，是把堺港作为大坂的出口，与海外联结。大坂城内居住数十万人，使其拱卫皇都。这种想法比秀吉公更进一步，终把大坂变成了巨大的商埠，和大坂商家的先见不谋而和。

但复兴大任由谁担负？家康主张让孙子松平忠明担任，秀忠则力推六弟忠辉。“忠辉不合适。”家康之所以这么说，是因为忠辉曾想得到大坂城，此时还仅是在选择承担复兴重任的城代，并未考虑永驻城主之事。然而，家康无意间的这句“忠辉不合适”，却在后来掀起了万丈波澜……

密谈持续了两个多时辰。

待秀忠返回伏见城，家康立刻命正纯把大坂的老女人们和青木一重叫到面前。在得到秀忠和正信的同意之后，家康想把最后的使者派往大坂，同时也让使者把老女人们送回去。使者选定两人，一是高木正次，为秀忠的使者，另一人乃是小栗忠政，为家康的使者。

不知将发生何事的老女人们再次被叫到家康面前，人人脸色苍白。常高院还好，大藏局和二位局已是作好赴死的准备。

一看见老女人们，家康就禁不住想落泪：生于此乱世，女人真是可怜啊！

“常高院，”家康看看显得还有些生气的京极遗孀，“你都看到了，战事已无可避免。饶是如此，我仍未放弃希望。幸好你们和一重还留在这里。我想把你们送回大坂，做一次家康的使者，劝说右府和夫人接受议和。不知你们意下如何？”

“甚好。”常高院立刻道，“一旦交战，就连犬子也必须参战……”

青木一重向前膝行一步，打断了她：“常高院，好了。青木一重已经回不去了。”

“何出此言？”

“在下想起了片桐市正大人。想发起战事的并非大御所，也非将军，而是大坂。他们怎能听得进去？无论我们如何费尽口舌，怕都没用了。”

“大人不妨就留在此处，我们女人再……”

见常高院情绪激昂，家康抬手阻止了她：“一重。”

“大人。”

“这么说，你不愿为家康传口信了？”

“唉！大坂已无意听取意见，否则有乐斋父子也不会出城。先前的片桐市正父子亦是如此……在下现在才豁然开朗。”

家康低吟一声，看来一重已经认定，回去必无善终，他已退缩了。“那一重就留下来吧。但家康仍不放弃，你们几位愿不愿回大坂？”

“愿意。”大藏局第一个答道，“奴婢想回到淀夫人身边。”

“那么，你们愿意把我的意思转与秀赖母子？”

“自不必说。”

“好。就请诸位把我的口信好生记在心里：由于城中将士再度召集浪人，违背誓约，我父子才不得不出兵征伐。若如以前所述，右府移至郡山，解散所有浪人，再过四五年……不，一旦天下安定，顶多七年……我定会负责把大坂城重新筑好，让右府返回……即使我死了，也会让将军履行诺言。听清了吗？可明白了？”家康像教导孩子一样叮嘱道。

大藏局苍白的脸恢复了血色。家康要让她回去，这为她燃起了一盏希望的灯。常高院则更加急切地探出身子，“是……城中的将士再度召集浪人，违背誓约？”

“是。”家康认真地点了点头，“我父子才不得不出兵。明白吗？征夷大将军的职责，便是无论何处发生乱事，都必须予以平定；纵然备有千军万马，也要誓死征伐。纵然是我的亲生儿子、孙子，我也会断然征伐。这次的敌人既非右府，亦非淀夫人。淀夫人和右府若是敌人，我就不会如此斟酌。就因为想到这责任，七十四岁的德川家康才抱着必死之心，重上战场！”

“是……迫不得已……解散浪人……移至郡山……”

“唉！不过七年……七年之内，太平就会扎根于天下。为了杜绝战争，我早已想好了对策。因此，只要他们在此期间能够反省，就算德川家康死去了，也会留下遗言，让将军迎秀赖重返大坂。将军乃诚实忠孝之人，只要我这个做父亲的吩咐，他绝不会违背……”说着说着，家康伤感起来，声音哽咽，泪水模糊了双眼，“听着，我从不愿让你们这样的弱女子在战争中失去夫君和儿子，我一直想缔造一个太平之世，我一生都在努力。你们明白吗？我祖母音容犹在，母亲笑貌依稀……还有妻儿的面容，终无法从眼前抹去。只要太平能扎根，为何非要拘泥于一城一池？我一定会重挖壮观的护城河，在里边贮满清水。你们一定要把这些道理说给他们。至于书函，我会让送你们回去的使者带去，希望你们仔细把家康的真心告诉他们母子……”

家康忘情地说着，当他忽然回过神时，才发现老女人们正纷纷以袖口擦拭眼角。看来，她们都明白我了——想到这里，家康也落下泪来。

同战事的悲苦相比，人的隐忍又算得了什么？但世人却常常忘记这个，变得固执。如不努力驱走愚执，人世就是修罗！

“完全明白。我们会把大人的真心原原本本转与右府和夫人。”大藏局呜咽着说道，二位局则放声痛哭。

二十四日晨，女人们从二条城出发。本多正纯来禀报此事时，家康正与前来请安的藤堂高虎说话。也不知高虎对此如何想，只听他道：“大人的深谋远虑，总让人佩服得五体投地。大坂的兵力再多，终无主政大名啊。因而，拖延愈久，就愈是有利。总之，关东胜券在握，万不可因急而招败。在下只知战阵杀伐，却从未想过让女人帮忙。啊呀，真是佩服之至。”

家康沉下脸，责备道：“在你眼里，这也算是谋略？”

“是。真是常人想不到的谋略。如此一来，大坂必会阵脚大乱。主战派必会越发激愤，说不定还会主动杀出来。他们一出，就上钩了，我们必胜无疑。”

旁边的正纯也点头不已。

家康则扭过头，叹了口气。其实，他并不认为女人们的劝说会奏效。他先前总是以为正信和高虎能够明白他的心意。实际上，正信真已看穿了家康的执著，现正做着“替罪羊”呢，可高虎……但仔细想想，正信和高虎不都一样？二人都是明白人，其智非凡夫可及。家康不禁疑惑起来，我是不是已老糊涂了，才只想尽量去安慰别人，才要努力尽人情？

“你把家康看成一个如此了不起的谋士？”

“是。如此深谋远虑，真是旷古未闻。”

“我啊，”家康叹道，“只是个老糊涂。只是因为仗打得多了，对战仗多少知些，一个老糊涂而已。”

“领教了。是言在下会铭记于心。”藤堂高虎愈发认真，愈发感动起来，“大人品格高入缥缈，策谋深似大海，均非常人所能想象。”

家康面带不快，沉默。此非谋略，而是真心，你们怎的就不明白？女人们滴落在二条城的榻榻米上的眼泪，乃是这世上最纯洁、最清美之物。难道我也老了，变得跟女人一样了？

得知女人们已向大坂回返，秀忠再次向二条城派出了使者。此次为土井利胜和本多重信二人。“军队部署，我们带来了将军的初案，请大人定夺。”利胜已经对老女人们不抱任何期待了，他的意思分明是：按照原计划，二十六日全军到达，家康父子二人至迟应于二十八日率全军出动。

事已至此，无论家康内心怎么想，也不便反对了，“好吧。将军是怎么安排的？”

“纪州口的先遣为浅野大人，大和口的先遣为伊达大人，主力则从京都官道沿高野官道进发。如何？”说完，土井利胜让本多重信把填满了人名的地图取出，在家康面前展开。家康缓缓戴上花镜，仔细察看。仗不可避免，老女人们或许会进入城内，使者恐会直接被赶回来。粗粗一算，老女人们回到大坂的时候，就是开战的时刻。秀忠似早就算好了，已作好了开战准备。

“这么说，从大和口绕到奈良，从郡山越过山岭的先遣队，乃是伊达？”

“是。伊达父子麾下有老练的片仓重纲，人马也有一万多，若令其为先锋，再让统御着村上义明和沟口宣胜的越后上总大人（松平忠辉）接应，自是万无一失……”

听了这些，家康轻轻摇了摇头，“恐是未必。”

“啊？”

“如此关键的地方，必须用谱代大将。大和口的先遣部队最好由水野胜成统领，让胜成指挥精挑细选的大和军突击……这样做反而更有力，伤亡也少。”说着，家康透过镜片，用可怕的目光打量了利胜一眼，“听着，一旦我军溃败，奈良必遭焚烧，那才会成为千古笑柄。若是把奈良的诸寺院都烧掉，就要坏事。”

利胜有些不服，年迈的家康公似把佛心带到战场上来了。“启禀大人，对此事，将军也不是未考虑过。”

"是要让胜成为先锋？"

"是。但却被胜成推辞了。他辞道，身份卑微，指挥不了令人头痛的大和军。万一有人不服从命令，招致失利，实在担当不起……"

"坚决推辞？"家康的脸色顿时变了，"把胜成给传来！如此没有出息，怎能指挥千军万马？立刻叫来！"语气之厉，让利胜都为之惶恐。

利胜大惊，立刻命人前去传叫水野胜成。趁这个空隙，家康拿起笔来，从名单上一一挑出些人来：堀直寄、桑山直晴、本多利长、桑山一直、松仓重正、丹羽氏信、奥田忠次、神保相茂、别所孙次郎、秋山右近、藤堂嘉以、山冈景以、多贺常长、村越三十郎。挑完，家康把名单塞给利胜，道："他们共有多少人？"

"大约五千五百。"

"差不多。若令他指挥这些人，应可胜任。"

此时，水野胜成一脸紧张走进来。

家康道："想必你不会忘了水野氏的血统吧？"

"是。"

"你乃我舅父之后。水野氏既有谋略，勇武亦决不逊于他人。"

"是。"

"这些人马再加上你自己的人，差不多有六千。你率领他们，去守大和口。"

"这……"由于胜成已经拒绝了秀忠的安排，此刻他拼命推辞，"担任先遣，乃是武士的莫大荣誉，可是这个担子太重，胜成恐承担不起。绝非在下懦弱。去岁，大和诸将连藤堂大人的命令都不服从。在下身份卑微，一旦指挥不动他们，怕误了大事。"

"胜成，你好生看看这名单。我把堀和丹羽都交给你，你还敢说担任不了先锋？"

"在下不敢……"

"既如此，就应承下来，只管放手去做。先锋由你指挥，第二队为本多忠政，第三队则由松平忠明率领。伊达的人马为第四队，其后为松平忠辉，这是家康的命令，不得违背！"大声斥责完，家康又放低了声音，“胜成。”

“在。”

“名单上的人归你指挥，若有人违背命令，家康准你先斩后奏，这是家康的严命。打仗就需要这等决断。记住了！”

一旁的利胜闻言，不禁颤抖起来。家康定是想斩断心中的迷惘，才说出这严厉之言，不过，这确是初上战场之人必须迈过的一道恶业的门槛。看来，家康终是未老。利胜舒了一口气。

家康继续说道：“休要骚扰百姓。另，不许毁了奈良的寺院。”

“属下明白。”水野胜成知道无法推辞。“若是有人不服，格杀勿论”，这口气很是激昂，断不像老人之言。想到这里，他亢奋起来，连眼神都锐利许多。

家康松了一口气，又叮嘱道：“第二队也是谱代，大将为本多忠政，你可莫要输给他啊。”尽管嘴上依然严厉，家康心情却很是复杂：让第一、第二队从奈良赴郡山，逆高野官道进入大坂，这么安排，其实还有另外一个目的，即万一秀赖母子出城赶赴大和，可在路上迎接。此时若是派外样大名，恐怕二话不说就会手起刀落，让母子二人曝尸荒野。家康内心仍然割舍不下，故必须使用谱代。第三队用松平忠明，其实也是这种心思。只是，利胜和正纯怎会明白此中苦心？

水野胜成退下之后，家康又布置了向河内口进发的各部。此时，家康的想法便与秀忠无异了。

右先锋乃藤堂高虎的五千人，左先锋为井伊直孝的二千二百人。右翼是小笠原秀政、仙石忠政、诹访忠澄、保科正光、藤田重信、丹羽长重等部，由神原康胜统领，合共六千三百人。左翼乃松平忠良、松平信吉、牧野忠成、松平成重等部，由酒井家次指挥，共三千二百人。第二队右翼由本多忠朝指挥，左翼由松平康长指挥。第三队右翼为越前松平忠直的一万三千四百人，左翼为前田利常的一万五千人。正如伊达政宗被列为大和口的第四队一样，外样大名前田利常也同样置于最后。

对于这种部署，有人认为乃是为了防止外样大名临阵倒戈，实际上却恰恰相反。因为不久之后，谱代诸将执掌幕府权柄的时期就会到来。

为了让他们适应将来的变化，必须让他们站在阵头，磨炼自信。担当大任者，必先劳其筋骨，苦其心志，可以说，这亦是家康锤炼人的方式。

主力由酒井忠世、土井利胜、本多正纯三大重臣调度，秀忠率两万，家康率一万五千旗本，直逼大坂。

负责殿后的，不消说乃是由成濑正成和竹腰正信辅佐的德川义直，以及安藤直次及水野重仲辅佐的德川赖宣。上至七十四岁的家康，下到十三岁的赖宣，德川举家出动，担起了战场重任。

三一　一触即发

开战的气氛，改变了大坂城内的形势。

在争取议和的时候，织田有乐斋和大野治长说话还有些分量，可是自从有乐斋离去之后，治长就顿时变得形单影只。从一开始就强硬主战的治长之弟治房，也强有力地从幕后跳到了台前。战争的阴云愈来愈浓，希求和平的人渐渐销声匿迹，“宁为玉碎”的意气占了上风，莫名其妙的“悲壮”让人陶醉于世。

“修理根本不顶事。”

“是啊。都到了这种时候了，还派什么使者？连青木一重也被那老狐狸拉拢了去，回不来了。”

“派女人们出去本就可疑。大藏局不是修理兄弟的母亲吗？却故意把她送出去为质，真是不可理喻！”

这样的传言漫天飞时，治房、道犬竟与兄长治长顶撞起来：“难道兄长还想指望那个老奸巨猾的大御所？都什么时候了，还要把母亲送到敌人手里？兄长为了谋求自己的安稳，难道连母亲和右府都想出卖？”此时，他们已单纯地认定，只有拥戴秀赖母子，与大坂同归于尽，才是最高的义理，是至善，还一口断定，所有的谈判和交涉，无非都是怕事者苟且挣扎……

治长沉下脸，斥责道：“你休要发癫，治房！战，战，战，一口一个决战，这既非忠，也非孝。为兄这么做，自有为兄的考虑。大御所绝非那种会把母亲扣为人质或施暗手之人，莫被那些无聊的传言迷惑了。”

事情似就这样了结了，可是其后，治长却在本城和二道城之间的走廊里遭了刺杀，顿时使事情变得复杂。

那是一个深夜，当治长从淀夫人的卧房离去时，昏暗的长明灯影里忽然窜出一个黑影，朝着治长的左肩就是一刀。听到治长悲鸣，那人便如飞鸟一样转身消失得无影无踪。当时正是大藏局在名古屋帮助义直打理婚礼的时候。所幸未伤到要害之处，并无大碍，但谣言立刻就传遍了城内。

“怎么看也像是治房干的。”

“治房倒是经常咬牙切齿地说，不除掉兄长，就无法决战啊。”

“不，不对。只是轻轻一刀，想必只是借此让修理痛下决心。”

在这风言风语中，又有一件事煽起了治房的战意：甲府的浪人小幡景宪不见了踪迹！

小幡景宪前来大坂应召时，大野治房对他甚怀疑：“此人绝不可信，定是敌人的卧底。”可是，经过对景宪的种种试探之后，治房又变成了对其最为信任之人。他或许是除了真田幸村之外，还想拥有一位军师，抑或根本就是为了牵制幸村。可是，治房下开战的决心之后未久，景宪竟找了个借口去了堺港，不久便从那里消失了。

在有些人看来，景宪定是在关东的授意下混进大坂，一面操纵治房，一面等待关东大军到达。此事一传十，十传百，越传越广，甚至有人称在伏见城曾见过景宪。

治房暴跳如雷，立刻拆毁正在为景宪筑造的宅院。此后的议席上，治房亦成了比兄长治长更急于开战的核心人物，“迟一日，就会多给那老狐狸一日施阴谋之机，缓不得！”他自未把战争胜负放在心上，认为若是战败，顶多跟秀赖一起赴死！当他游说身边人的时候，就直言道：“人终有一死，但轰轰烈烈一死，方是男儿！”于是，年轻诸人心中便燃起熊熊烈火，年长者则闭口不言。

大野治长遇刺之后，城内激切之情愈甚。未几，众旧臣几悉都被治房、道犬兄弟及秀赖的亲信木村重成控制。

木村重成看上去比治房更加激切。治房心中似乎还存有一丝胜的侥幸，而重成心如刀砍斧切，断无一丝回首之意。他已成婚，夫人乃同为丰臣重臣的真野丰后守赖包之女，不过，有传闻说，其婚便是为死作准备。

木村绝非轻浮之人。传言说，他和真田幸村都认定此次战争在所难免，遂决心裹尸于秀赖马前，为受秀吉公之命被迫切腹的父亲常陆介重兹洗刷污名。这种传闻在全大坂人的眼里都成了事实。秀赖的侍女，以及侍奉淀夫人的女人，全都尊他为“长州大人”。这位长州大人怎会因女色娶妻?

“真可怜啊，定是为了留下血脉。若能得到长州大人的血脉，乃是女子前世修来的福气，他的血脉每个女人都愿意接受。”

在侍女的窃窃私语声中，木村重成极力劝秀赖据城一战。

木村重成生出此心，还是因为父亲之死。

常陆介重兹曾侍奉关白秀次，因被认定蛊惑秀次谋反，被秀吉公赐令切腹。父亲绝非谋叛之人！从少年时代起，重成就有这种想法，在侍奉逐步走向没落的丰臣之主秀赖的过程中，这逐渐成长为一种铁石般的执著：看看重成，这样一个重成，其父怎会谋反？他决意为秀赖殉葬。这看似矛盾，实则合理。人是一种不可思议的生灵，尽管在知与情之间徘徊迷惘，但仍切不断与宿缘的联系……

重成早就明白片桐且元的心思，也认同石川贞政的见解。实际上，他应划入片桐、织田、石川一派才对。他之所以不知不觉间与大野治房站在同一阵地，除了对秀赖的同情之外，还有一个原因，那就是对看不见的宿命的执著。

真田幸村有自己的信念：无论家康如何费尽苦心，战事都不会从这个世上消失。木村重成与幸村往来日久，渐渐接受了这种看法。

丰臣氏大势已去，秀赖更非强主，但能为之慷慨赴死，亦是堂堂正正。然良禽择木而栖，且元、常真、有乐皆弃丰臣而投德川，倒也无可指摘。

“武士的荣誉在于从容赴死。与关东大军轰轰烈烈一战而终，丰臣之名就会流芳百世。”近日，年轻气盛的秀赖亦大发男儿气，他并不怀疑家康的真心，也不心生怨恨，他有自己的眼光。在了解重成和治长的决断之后，他逐渐悟出，一切都已天定。被常真和有乐父子抛弃，让他悲哀，但浪人的战意让他激切，浪人必会将他推向与家康一战的最前端。如此一来，他的命运已定：大坂城不是他的居城，而是囚禁他的牢狱！要想从这牢狱出去，除了一死，别无他途……

就在秀赖心潮彭湃、感慨万千之时，老女人们和关东使者竟同从二条城回来了。

木村重成十分从容地把老女人们带到秀赖面前，却不见关东的使者。重成禀道：“与夫人们同从二条城来的使者要求见大人，我们将其驱走了。”

“把他们杀了祭旗岂不更好？”一旁的大野治房一听，敲打着腿甲大声道。

“两国交兵，不斩来使。内心如何想皆无所谓，若杀掉来使，会玷污了右府大人的明德。”重成道。

短短数语，便将与幕府最后的联络切断。

常高院未回来，可即使回来，也无甚可谈。由于激切的浪人不让常高院进城，她只好请大藏局和正荣尼把家康的话恳切地转达秀赖母子，然后返回了京极忠高处。

“唉，总算是平安回来了。大御所还不打算从城内杀出吗？”

披挂整齐的只是治房一人，秀赖仍是身着便服。午后的城内闷热难耐，大藏局和正荣尼全身汗透，她们甚至连秀赖的意思都未弄明白。

二位局探身道：“据小卒们传言，敌人会于二十八日出城……”

“二十八日？”问话的是治房，可这反问究竟是惊其早还是惊其迟，老女人们一无所知。他复问道：“确信无误吗？”

“是。先前定为二十六日，后来听说拖延到了二十八日。对吧，大藏？”二位局问大藏局。

大藏局慌忙膝行一步，道：“正如二位局所言，延期到了二十八日。”

说着，她打量了一下四周，“请、请令闲杂人等退下。”

“退什么退！”治房怒吼道，“看来母亲也被那老狐狸骗了。都什么时候了，还要人退下？右府已痛下决心，誓与关东决一死战。全城上下士气正旺，您难道想离间我们吗？”

木村重成端坐如石，一言不发。秀赖满眼困惑道：“大藏，此处只有长门和令郎。为什么延期到了二十八日呢，你说说？”

“启禀大人，”正荣尼大声道，“改到二十八日，是希望大人乘机退往大和郡山，这是大御所的原话。”

满座悚然。

“哦，是这么说的？”良久，秀赖忍受着重成和治房锐利的目光，继续道，“大藏，真是如此？”

“是。”大藏局决然回道，“大御所道，由于城内将士违背誓约，招兵买马，出于征夷大将军的职责，他们父子才不得已出兵。只要大人退至郡山，他会驱走浪人们，于七年之内必会将城池修筑一新，迎大人重返大坂。目前，先请大人退至郡山……”

治房忽然捧腹大笑，“哈哈哈，你以为那个老狐狸还能再活七年？真是好笑！”

“且等！”大藏局沉下脸，斥责道，“大御所道，即使他死去，也会给将军留下遗言，要其务必遵从。”

“休要再说！”重成打断她，“不愧是大御所，努力至暮年。这种执著，着实令人佩服。不过，这毕竟是欺骗小儿的把戏，右府大人已心如磐石。夫人很是担心你们。你们还是先到夫人那里去报个平安吧。”

“对，对。”秀赖也应道，“定是发生了什么事，他们才把出阵日子推迟到了二十八，还利用你们，施最后的手段。秀赖已非小儿，此次我必据城一战！你们先向母亲报个平安吧。”

“大人……”大藏局还想说些什么，可治房已经冷眼站了起来，“我们正商量出兵大计。快退下！”

“可……”

“哎，您怎么这般不明理？若说那郡山，估量目下早让治房放火烧了。那老狐狸再瞧不起我们，母亲也不当要右府到那座废墟里去吧？不只是郡山，怕奈良也已烧了……您快退下！”

“郡山……”

“他想把右府赶往那废墟，不费吹灰之力骗取这大坂城。妄想！是可忍，孰不可忍！”言毕，治房抓起母亲的手，强行把她拉了下去。

女人们刚一出去，渡边内藏助和明石守重、木村宗喜三人就相继进来，三人都是全副武装。

“天气太热了。可这大热天却要去点火……”木村宗喜向秀赖施了一礼，一面苦笑，一面擦汗。

木村宗喜乃古田织部正家老。治房特意把他叫来，不消说，乃是为了告诉秀赖：放火命令正是出自秀赖之口。

“宗喜，尽管辛苦，但还是想请你立刻入京都一趟。”治房挺起胸，转向木村宗喜，“这并非我个人的意思，右府也答应了。情况已变得越来越紧迫。”

“明白。”木村宗喜又向秀赖施了一礼，方回治房道，“一切都准备好了，请大人放心。”

“那就拜托了。由于小幡景宪和有乐父子等人的叛逃，我们已失去了从宇治向势田进兵的机会，结果让关东大军随心所欲集结到了京都。如此一来，手段就只剩下一个：首先在大和郡山至奈良一带放火，把家康父子的注意力吸引过去，再瞅机会烧毁京都。”

“此事……”

“关东大军被拦腰截断，家康必慌忙撤回京都。趁其混乱之际，我们强力出兵，一举击破来自纪州的浅野部。可以说，京都的大火乃是进攻郡山、截断关东诸军、我方赢得胜利的关键。定要确保万无一失。”

“是，在下保准万无一失。”木村宗喜满怀自信地保证。

治房又转向秀赖，“他既保证了，大人也再叮嘱几句吧。”

秀赖红了脸，刚才他一直在认真倾听。他恐是第一次清楚地听到战争的安排。

“是啊。”秀赖激昂道，“此次战事，秀赖已决意要把父亲筑建的城池作为自己的坟墓。若有必要，把伏见城和二条城皆烧掉，奈良和堺港……也都烧了。这些都是父亲的城池和街市，若取胜，大可重建；若失败，就让它们一起消失得干干净净。你放心行动吧。”

“遵命。”宗喜夸张地伏地领命。治房立刻接嘴：“好了。老狐狸特意把出兵拖延了两日。我们必须用好这两日。快去吧，暗中进入京都。”

“明白。在下告辞。”宗喜朝众人施了一礼，嘴上不断念叨着天热，大把擦着汗退了出去。目送其离去，治房大笑着起身，大声复道：“我也要发兵。听着，在堺港点火，以此为号。”

淀夫人的大殿里也异常闷热。突如其来的炎热让人思绪不清，心中烦闷。

汗水不断淌下，淀夫人焦躁不已地盯着大野治长领口露出的包扎着肩部伤口的白布，道：“真是奇怪啊。要刺杀你的听说竟是治房？你不觉得内中可能有鬼？”

是日，淀夫人仍把千姬留在了身边，不让她离开半步。

“城内如此危险，我便把阿千留在了身边，万一有谋害阿千的莽者出来，那可就要出大事。”说着，淀夫人瞥了千姬一眼，又把身子转向治长，“一母同胞的兄弟竟要谋害兄长，并且，右府和我都痛恨不已的敌人大御所，竟也清楚你遇刺之事，还要特意派人来探望，这究竟是何居心？”

治长望向敞亮的庭院，面色苍白，不语。

“我的使者被扣在二条城，这也是不得已的事，可是就连你派出去的青木一重都回不来了，这又算怎回事？”

“……”

“既然探望你伤病的人能来这大坂，一重未必回不来。你说，治房究竟为何要谋害你？”

“……”

“怎的不回话？你甚至都不是我的家臣了？传言说，治房与你争夺阿玉，才是主要原因，外面的人都这般说。”

“……”

“在事关主家沉浮的关键时候，掌管这座城的人却……遭到了兄弟的谋害，真是体面啊！”

但治长仍是沉默。如今的淀夫人，已变成一个尤爱唠叨的女人，一有空就抓住治长和千姬大发牢骚。治长甚是清楚其原因：她天性要强，竟然被一个三河人逼得无路可走。行由心主，她自有此心思，便更加乖戾。从她得知家康借口参加名古屋的婚礼而向京都发兵时，人即陷入癫狂。

“我为何要出生到这世上来？”淀夫人不想做浅井长政之女。出生之后，父亲为舅父和太阁所杀，就连继父、生母也因太阁而命丧大火。“尽管如此，我却被不共戴天的仇敌太阁所宠，还为他生下儿子，才招致今日恶业。”定是父母和祖先的阴魂在作祟——这种妄念始终在残酷折磨着她。

怕是真有阴魂在作祟，治长有时甚至这样想。

此间，淀夫人亦经常去城内的真言堂祈祷。“母亲大人，宽谅女儿！宽谅女儿！”有时，仿佛被谁抓住头发，她体统尽失，满地打滚。不止如此，她甚至深更半夜把治长叫来，说是祖父的怨魂出来了，不敢入睡，要让治长陪在身边。“祖父的阴魂在咒骂我。说阿江与嫁入了与浅井无怨无仇的德川家，故会守护她的儿女。可我却生下了仇敌的儿子，要诅咒我，诅咒我……”

冰冷的黎明，在空荡荡的卧房里听到她的疯语妄言，就连治长都觉得房中充满魑魅魍魉，不禁毛骨悚然。之后，她必然又会来那一句：“我为何要生到这个世间……”然后便抢地痛哭。

治长自然无法回话，他也同样迷惘。若是明白了生的目的，就可决定如何存世了，可尽管知道这是一个黑暗的世间，却无破除黑暗的智慧，我和夫人都是永远处于黑暗之中的可悲生灵……正是这种共识，让治长忍受住了淀夫人的恶意谩骂和讽刺。

千姬吓得动弹不得。只有坐在她身后、两眼放光的阿小，看来像来自另外一个世间。她像一块坚固的磐石，不疑天，不疑地，更不疑对江户的信赖。

“看来修理无言以对啊。”看到治长死活不开口，淀夫人便把视线转移到仿佛冻僵了一般的千姬身上。

正在这时，右京局上气不接下气赶来，“禀告夫人，大藏局一行回来了。”

“大藏局？回来了？”

“是。刚向右府大人问安，马上就过来。”

“修理，这究竟是怎回事？”淀夫人问一声，又立刻转向右京局道，“常高院也在一起吗？”

“不，常高院未回。”

“未回……”话音未落，淀夫人就站起身来，“走，我要亲自去右府大人面前！右京，跟我来。”

淀夫人面无血色正欲出门，却已用不着她移步了，大藏局一行已到了廊下。

“大藏，正荣，你们都辛苦了，快到这边来。”淀夫人大为兴奋，旋折回，两手按胸，抑住急促的呼吸，坐下。

在淀夫人的催促下，老女人们快步走了进来。可是，治长的心却猛地一沉：母亲脸色太苍白了！尽管正荣尼看起来亦十分疲惫，但尚有生气，大藏局的脸色只让人想到死人。

大藏局已跪倒在淀夫人面前，嗓子沙哑，痛哭起来。她一哭，正荣尼和二位局也抬不起头。

“哭什么哭！若是平安归来，喜极而泣，过后再好生痛哭一场！常高院怎的了？大御所想把你们杀了？”

面对淀夫人一连声的问话，大藏局哭得更甚。

“休要哭了，大藏！”淀夫人敲打着扶几，吼道，“你们是我派出去的使者，还未告诉我出使结果呢。”

“请夫人宽谅！”大藏局忽地大大喊了一声，“已经无甚可说了。请宽谅……”

“你说什么，无甚可说了？”

“是……没有了。奴婢的不肖子……不肖子已经……放火烧了……已无任何转圜余地。请夫人宽谅。”

“喂，你胡说些什么！放火烧了什么？休要慌，大藏！”一阵厉声斥责之后，淀夫人指着正荣尼问道：“我问你，大藏她怎的了？是不是让人欺侮得疯了？”

“是……啊不，只是因为……”

“启禀夫人。”二位局忍耐不住插话进来，“奴婢想，大藏局指的大概是郡山城。”

“就算是筒井的城烧了，大藏又为何……”话还没说完，淀夫人忽地噤口。她明白，家康曾劝说过秀赖，有乐也曾多次提起移封郡山之事，便不由充满落寞，“唉，这火啊！”

“是。正是那大火。常高院说定要让大人先迁移到郡山，等待时机。因此，大御所强忍延时，可是如此重要的城池却让治房焚毁。因此，大藏夫人只有自尽以谢罪……”

大野治长把头扭到一边，唏嘘不已。他已明白内情。但只是如此说明，淀夫人恐还不会理解。

此时，淀夫人竟出人意料，平静地制止了二位局，“莫要再说了。我明白了……算了，大藏，抬起头来吧。”

“是。”

“不许自尽。”淀夫人仔细叮嘱了一句，道，“让人烧掉郡山城的，是我。”

治长不禁一惊，夫人就算是安慰人，也犯不着撒这么大的谎。听不进治长的劝阻、狂声叫嚣着烧了郡山城的，乃是治房。恐怕，秀赖也是到了事后才知。淀夫人究竟在想些什么？

“是我。发布命令的是我！”淀夫人重复了一遍，转道，“这么说，常高院直接从二条城返回了京极家？”

“正是。”

“那好。一切都好了。”

“一切都好了？”好不容易止住眼泪的大藏局惊诧不已。

治长忽然产生了一种被抛弃的感觉，他重新打量着几个女人。

“我至今仍清楚记得，小谷城陷落的时候，从北庄逃命的时候……”淀夫人忽地像变了一个人，声音平和，眼神凝重，先前的疯癫一扫而光。

究竟会发生何事？治长不安起来。因淀夫人一向喜怒无常，此时更是令人恐惧。

“阿千，你也好生听着。无论小谷城陷落还是从北庄逃命，姊妹三人中，我都是坚持要活下来那一个。可是，不知从何时起，我竟被妹妹们远远甩在了后面，倒反要让阿江与和常高院来照拂……”淀夫人仿佛在自语，轻轻用袖口拭了拭眼睛。

治长默然不语，这女人竟然也会这般有人情味，就在刚才，她还勃然大怒，如河东之狮。

“为何非要变成妹妹们的累赘呢？一想起这些，我就觉得无比愧疚。不只是常高院和阿江与，大藏局、正荣尼、飨庭局、二位局和右京局也一样，请你们多宽谅。”

“夫人说到哪里去了。您快别这样说，都是因为犬子不争气……”

“不是这样。”淀夫人轻轻阻住大藏局，如梦呓般道，“我为何会被妹妹们甩在了后面，现在忽地明白了：我倔犟任性，又固执己见，总是想得到那些虚无缥缈的东西，置他人于不顾。”

千姬吃了一惊，定定瞪着淀夫人。

治长亦一眨不眨盯住淀夫人，颇为紧张。真是让人震惊，他从未见淀夫人如此温和地安慰众人。正因如此，他更是惊讶和不安，不禁寻思：她不会疯了吧？

淀夫人又说了起来：“请你们宽谅。我从来只知勉强你们做勉强之事，我总幻想着让神佛、道理和情义都服从于我，事情稍不顺心，就大发雷霆、怨天尤人……当我反复无常的时候，常高院和阿江与则踏踏实实、一步一步走着……”

“夫人，”治长忍不住道，“该用膳了。”

“是，用膳了，好久未和大藏局、正荣尼、二位局和治长同席用膳了。”淀夫人温顺地微微一笑，“当我意识到这些的时候，妹妹们已走到前面，与在小谷和北庄的时候完全反了过来……可是现在，常高院终撇开了我离去了。请各位宽谅，这一切都是我的罪过。”

治长把脸扭到一边，向一旁的右京局施了个眼色，让她去命人准备膳食。

淀夫人的孤独和惆怅，首次让治长感慨。她也意识到了，战争已无可避免。不止如此，女人的敏锐，让她预见到了后果已非人力可控。

想到这里，治长慌忙站了起来，“治长还有一事忘记告诉护卫奥原信十郎。”说着，他急匆匆走到廊下，又停住脚步，不安地回头——都说人之将死，其言也善……

治长正使劲摇着头，从铃口旁步向大门时，大坂城正门一带竟传来了号角，声声震荡着黄昏时分的闷热。治房终要亲自率兵从堺港攻向岸和田了，他专等夜间行军，定是要去尚未完全烧尽的堺港放火。

“人有病，天知否？”治长长叹一声。此言不仅充满无法控制治房的遗憾，更有因无法裁定战争与太平而流露出的绝望。

治长走进院子，发现假山对面，古田织部正敬献的灯笼旁，奥原信十郎亦正在仔细倾听那号角声。

治长过去，却是无语。

四周逐渐黯淡下来，天空中的星一颗又一颗亮起来，给世间带来微微的清凉。号角带着沉闷的余韵，再次响起……

大坂冬战参考图

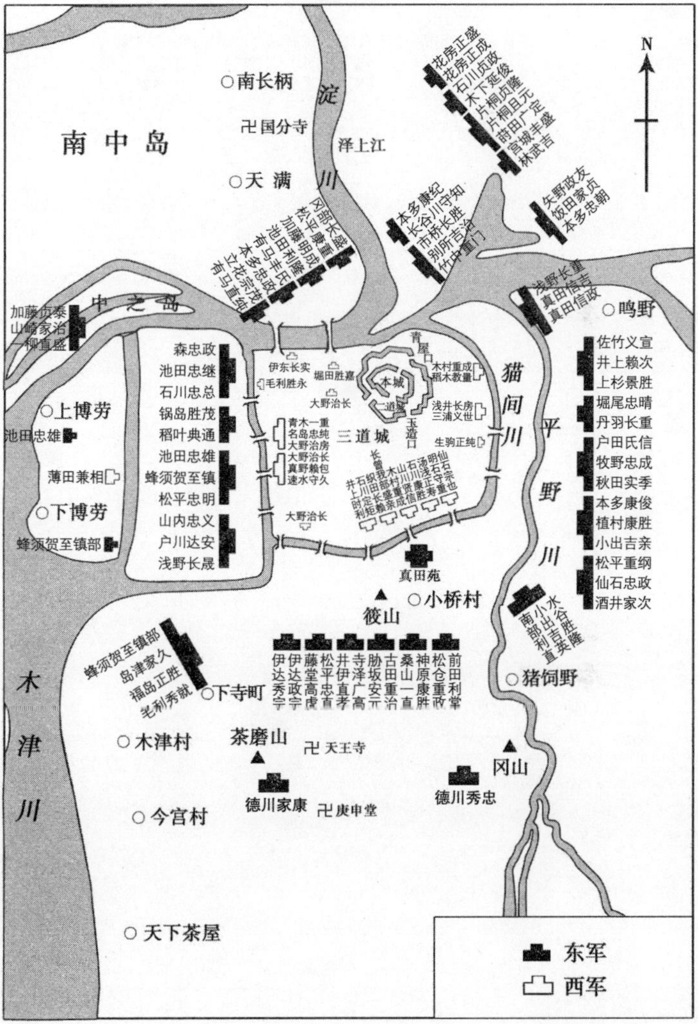
N
南长柄
卍国分寺
淀
川
泽上江
南中岛
天满
花房正盛
花房正成
石川贞政
木下延俊
片桐贞隆
片桐且元
莳田广定
宫城丰盛
林武吉
矢野政友
饭田家贞
本多忠朝
冈部长盛
松平康重
加藤明成
池田利隆
有马丰氏
本多忠政
立花宗茂
有马直纯
本多康纪
长谷川守知
市桥长胜
别所吉治
竹中重门
浅野长重
真田信吉
真田信政
鸣野
中之岛
加藤贞泰
山崎家治
一柳直盛
森忠政
池田忠继
石川忠总
锅岛胜茂
稻叶典通
池田忠雄
蜂须贺至镇
松平忠明
山内忠义
户川达安
浅野长晟
伊东长实
堀田胜嘉
毛利胜永
本城
大野治长
二道城
青屋口
木村重成
稻木数量
浅井长房
三浦义世
玉造口
生驹正纯
三道城
青木一重
名岛忠纯
大野治房
大野治长
真野赖包
速水守久
大野治长
猫间川
平野川
佐竹义宣
井上赖次
上杉景胜
堀尾忠晴
丹羽长重
户田氏信
牧野忠成
秋田实季
本多康俊
植村康胜
小出吉亲
松平重纲
仙石忠政
酒井家次
上博劳
池田忠雄
薄田兼相
下博劳
蜂须贺至镇部
真田苑
小桥村
筱山
水谷胜隆
小出吉英
南部利直
蜂须贺至镇部
岛津家久
福岛正胜
毛利秀就
下寺町
伊达秀宗
伊达政宗
藤堂高虎
松平忠直
井伊直孝
寺泽广高
胁坂安元
古田重治
桑山一直
神原康胜
松仓重政
前田利常
猪饲野
木
津
川
木津村
茶磨山
卍天王寺
冈山
德川家康
德川秀忠
卍庚申堂
今宫村
天下茶屋
东军
西军

德川家康

13

〔日〕山冈庄八 著
岳远坤 译

南海出版公司

新经典文化股份有限公司
www.readinglife.com
出　品

目录

一　夏役开战

庆长二十年四月二十六，大野主马亮治房率兵两千余，穿过背阴的山岭，放火烧了郡山，大坂夏役由此开始。

未几，郡山东北民房悉数焚烧殆尽，倘若置之不理，奈良一带很可能随即化为一片焦土，一时间危机重重。于是，五条城城主、幕府代官松仓丰后守重正为了迎战，与奥田忠次一起撤退至国分一带——大和顿时成为战场。

大野治房变得如此强硬，说是因为兄长大野治长态度暧昧，但直接的引线，乃是他发现视为心腹的甲州浪人小幡景宪，竟与所司代板仓胜重暗通消息，后竟一去不返。治房对景宪备极信任，在各项军务大事上，他亦常与景宪互通声气，与真田幸村对抗。他曾对景宪的为人和才具大为敬服，甚至特意在自己府邸内为其修建了一处宅院。而那小幡景宪，声称要去探听堺港动静，出城之后便再也未回，使得治房的处境变得非常尴尬。为防人非议，他不得不痛施重手，以明主战之心。

由于景宪之变，治房疑心大起，认为人皆不可信！别说寻常人，就连亲兄治长和母亲大藏局，他都不再相信；对秀赖，他亦疑虑重重。

治房并不是煽动并挟持秀赖发动战争，而是不得不战。当他隐隐知兄长和母亲想劝秀赖移到郡山，便先人一步，将郡山付之一炬，以绝了他们的念头。他派出军队在郡山和奈良一带烧杀抢掠，大生混乱，然后打算挥兵直指和歌山。

和歌山之主乃浅野长晟，为年纪轻轻便故去的浅野幸长之弟。这个与丰臣氏有着千丝万缕联系的浅野家主，对治长和秀赖的力邀完全不予理会，反把侄女嫁给了名古屋的义直，对家康摇尾献媚。这在大野治房看来，实在无法原谅。“等着瞧，我要让你知我的厉害！”他放弃说服之念，而是煽动其领内众乡绅以及吉野、熊野等地的土豪发起暴动，他们竟也真在各地频频生乱。治房与其弟道犬一起，又放火烧了堺港，然后朝岸和田进发，想一举灭了已投靠德川家康的小出家主吉英，巩固局势。

见乱事大起，四月二十八，板仓胜重遂向浅野下令，催促其迅速出兵。

此时，堺港已淹没在一片火海中。

四月二十八这日，大火肆虐的堺港，关东水军向井忠胜和九鬼守隆等人与大野治长、槙岛玄蕃等人激战。此时，在京都也发生了一件大事，以致京都百姓无不人心惶惶。“大坂派出了众多奸细，妄图烧毁京都。”这样的谣言散布在大街小巷。

“天下当勿虑，包括主谋在内的纵火贼人，已悉数为所司代掌握。”板仓胜重发放布告，安抚民心。

德川家康原定二十八日出征，亦延至五月初三。

未久，纵火之人在京都百姓的骂声中被押赴刑场。主谋是和大野治房相呼应、潜入京都的古田家家老木村宗喜，连同宗喜的属下，一共逮捕了三十余人。

郡山城守将筒井正次已弃城而逃，大坂军杀到奈良，却是无力再进，否则，被烧掉的便不仅仅是堺港，奈良和京城这两座古城无疑将化为一片焦土。

世人对此忧心忡忡，板仓胜重正是因为察觉了天下之人的忧心，才催促浅野迅速出兵。

以水野胜成为主将的大和口军先锋，正急速朝奈良方向进发，但在他们到达之前，奈良仍然有被毁之险。胜重认为，此且不够，只有把浅野军调出和歌山，给大野治房足够的压力，方能阻挡他们。

“必保京都和奈良！”这是家康下达的严令。若无严令相阻，大坂军定会被人看作不知丰臣氏和两大古都孰轻孰重的乱兵，留下千古骂名。

浅野长晟就是在此千钧一发之际，在留心领民暴乱的同时，率五千兵马出征。这却令大野治房暗喜：长晟中计！因治房的战术乃是诱出浅野军，寻机煽动暴民袭击和歌山城，进行两面夹击。

浅野的先头部队到达佐野，已是午时四刻。此时，长晟率领的主力也随后到达了樫井川对岸的信达。信达曾是大野治长的领地，故治长老臣北村喜太夫和大野弥五右卫门正等着大坂军到来，以起事呼应。但他们正要起事时，浅野得知消息，立即活捉了喜太夫，杀掉弥五右卫门，由此揭开了两军对垒的序幕。

浅野长晟面对的大坂军，有人说是四万，有人说是两万，即便号称四万有些夸张，但对于只有五千兵力的浅野来说，大坂军仍然数倍于他们。

这支大坂军的总大将自是大野治房，麾下聚集着道犬治胤、郡主马、冈部大学、塙团右卫门、淡轮六郎兵卫、御宿勘兵卫、米田监物等人，个个都是猛将。其中的御宿勘兵卫正友，关原合战时战败受斥，一怒之下弃甲而去，投了越前的忠直，因与主君不和，又愤然离开。现在他仍然扬言，战争胜利之后，要领封越前。大野道犬和郡主马原本就是丰臣家臣。余者不管冈部大学则纲还是米田监物，都是不好对付的角色。他们率领的两万大军，个个都是嗜血的浪人，到处烧杀抢掠，甚是不得民心。堺港的百姓对他们更是恨之入骨。指挥放火烧了堺港的乃治房之弟道犬，他后来被堺港百姓乱棍打死，此为后话。

这样一支极端残暴的队伍，在二十八从堺港行进至岸和田、贝冢附近。若对其正面迎击，浅野军根本不堪一击。

总大将大野治房原想命塙团右卫门和冈部大学为先锋，一举击溃岸和田的小出吉英，把队伍推进至纪州。但小出吉英和前来增援的金森可重并肩为战，严守军令，紧闭城门，按兵不动。治房只好将道犬留下盯住岸和田城，自己率军从贝冢朝佐野进发。

浅野军的先锋到达佐野以后，确认后续人马已陆续到达樫井、信达，则稍事休整，以与后续部队不差太远。

先头部队的大将为浅野左卫门佐、浅野右近和龟田大隅三人。正当三人聚在一处准备用午饭时，尾崎一个叫九右卫门的百姓奔来，禀报大野治房已朝此杀来之信：“报告大人，大野主马亮治房率两万大军杀来，先头许已至贝冢。”

在此之前，浅野军始终未摸清敌军动向。

“大事不好！速派人前去探听虚实。”

探事的不久便回报：“敌军确已至贝冢。”

“多少人马？”

“大野治房、塙直之、冈部则纲、御宿正友、米田监物等人合军一处，号称两万。”

“两万？”浅野左卫门佐立道，“两万也好，三万也罢，不过是些乌合之众，我们打他个落花流水。”

战争往往靠一鼓作气，已方先锋不足两千，但既已来到这里，撤退反而会伤了士气。浅野左卫门佐正是出于这种想法，才说要一鼓作气将敌军击溃，但龟田大隅却严肃地提出反对。

“敌军虽是乌合之众，但人数大占优势，士气又旺，只怕难以抵挡。大人也听到了，对方人数超过两万，从堺港到岸和田一路高歌猛进，烧杀而来。在这种情况下，万万不可掉以轻心。”

“我军好不容易鼓舞起士气，要下令撤退吗？”

“非怯阵，而是退至可一举击溃大军的地段，诱敌深入。”

“哼！此举仍是害怕敌军。”

“此言差矣。如可正面迎敌，我们也可正面出击。但佐野地形如此，不宜阻击。因此，必须迅速撤离到安松、长泷一带，待敌军气焰渐渐消退之后，再一举将其击溃，以进军大坂。这才是正确的用兵之道。”

双方各执己见，无法抉择。于是，浅野右近介入调停，派人把双方的意见原原本本禀报了浅野长晟。长晟却担心领内乱事，对此颇为慎重。

“不错，在佐野迎敌的确不占地利，让右近和大隅撤退到安松、长泷一带，左卫门佐撤退到樫井川，面向大河，在河沿布阵，等待敌军到来。”

长晟既作出了这样的决定，大家便只有服从。浅野先锋放弃佐野，于傍晚撤退。他们刚到佐野时万里无云，撤退时，天空却乌云漫卷，半夜则淅淅沥沥下起雨来。

“这算什么？早知如此，当初就没必要那么汗流浃背赶路了。”

“就是！半夜里冒雨撤军，真是败阵之迹。”

“这说不定能让大御所他老人家高兴。他不是说，只知进而不知退，乃灾祸之源吗？”

“你省省吧，是说只知胜而不知败。在战争中，若知道自己要失败，还打个屁仗！”

雨夜撤军和重新布阵，一直持续到早晨。幸好黎明时雨歇了，但又立刻大雾弥漫。浅野右近退至长泷，龟田大隅退至安松，而一开始便对撤退极不满的浅野左卫门佐，退到了更后的樫井川岸边，各军却也迅速布好了阵。

却说大坂军赶至贝冢已是傍晚时分。这支东拼西凑的队伍暴露出本性，乱乱哄哄喊道：“饿着肚子可没法打仗。开始征粮，征粮了！”

当地百姓最惧者莫过于大坂军“征粮”。浪人们似仍生活在梦中的乱世，他们在世间本已无立足之地，梦想着借此次战争谋求新的功名。战场上的“征粮”遂成为他们唯一的乐趣。家康下令，在不得不征收必要的粮饷时，必须付给百姓一定的报酬。大坂军当然也有这种军令，但未落到实处。

前日晚上，众人从大坂城出发，一路马不停蹄，已奔波了整整两日。这时候，人马都没了力气，其劳累和饥饿可想而知。

“喂！全体出动，去寻些吃的。”

“米不够，务必弄些掺了小麦的饭团子！”

听到此令，自有大量喜好热闹的无赖之徒自告奋勇，“挺身而出”。

“粮食的事就交给我等。”

此中也有一人主动出去，协助兵士征粮，他乃贝冢愿泉寺一个半路出家的和尚，号卜半斋。

卜半斋大摇大摆闯到老百姓家里，不问人家有无余粮，强行收取米和麦。也不知他有何种神通，不久之后，他竟弄得甚多酒水。

“真是个有心的和尚，连酒都给我们弄来了。”

“这秃驴真不厚道，必是私藏了许多，都去搬来！”

在这种情况下，酒会起到什么作用，已无须赘言。这些地痞流氓争先恐后地喝酒，有的在天亮之前始终杯不离手，有的甚至已酩酊大醉。

“真拿这些人没办法！天都亮了，还在喝！”先锋为塙团右卫门，次为冈部大学。冈部大学早晨起来之后，大部分士众都还醉卧不醒。大学只得率领业已醒来的属下，迅速出发。

冈部大学和塙团右卫门甚是不和。二人之所以如此，其实并无甚大不了的原因，只是因为在去岁冬役中争强好胜，争做先锋。

雨停了，塙团右卫门在晨雾中睁开睡眼惺忪的双眼时，冈部大学率领的小队人马已经离去。他愤怒地拍鞍道：“又要不声不响去抢头功？追！”

塙团右卫门让淡轮六郎兵卫重政在前领路，追赶冈部。在佐野往前的蚁通稍北，重政追上了冈部。就在前一晚，浅野军刚从此处撤走，冈部和他的属下亦正在此歇息。

“喂！冈部，抢功也得分时候！今日之战，先锋大将乃是我团右卫门。你竟跑到先锋前边，此法是从何处学来？要是误了战事，你溜圆的脑袋有几个也保不住。你这恶犬！”

稍后赶来的团右卫门对着大学破口大骂。

乱世之人互相谩骂也是常景，人们可借此扬威。

被塙团右卫门一番恶口谩骂，冈部大学也不示弱：“哼！你这浑蛋，在行军途中醉得一塌糊涂，甚至忘了出发时间，这便是先锋大将的用兵之术？要是因此导致败事，切腹自杀时，从肚子里流出的怕都是臭气熏天的浊酒！”

“住嘴，不知好歹的东西！我要让你看看我的厉害！”

“呵，我倒要瞧瞧，谁强谁弱，还得比了才见分晓！”

“说得好！千万别忘了你今日这些话。”

塙团右卫门吐完一肚子怒气，方才对纪州的领路人大声喊道：“山口兵内、兵吉兄弟听令！”

“在！”

“今日之内，我们要进至和歌山，敌军必在那一带，你们马上前去探听消息。”

“遵命！”

如此，团右卫门行在最前，冈部大学则紧随其后。就在他们快要到达蚁通时，前去探听消息的山口兄弟回来了。

“发现敌情了？”塙团右卫门两脚蹬着马镫，大声问道。

“未发现敌军，但听到前方有枪声。”

“笨蛋！就是敌军！好，让我们打他个落花流水！”说完，他就要往前飞奔。

此时，淡轮六郎兵卫重政忙转过马头阻道：“这一带还是由在下引路，莽撞行军太危险。”

“哼！难道要在这里停止不前吗？”

“非是止军不前。从此地至樫井约四里路程，处处险坡，多有堤坎，最适合埋伏。因此只有百骑的小股部队往前行进，甚是危险。在下认为，应在此处等待后边的军队。”

“住口！”团右卫门再次敲打着马鞍，怒吼，“要是害怕伏兵，要先锋还有何用？把他们打垮，前进！”

“万万不可！非要前进，也得先向贝冢派出使者，催促后续部队赶上。”

“你小心太过了，后边冈部那厮可要争着抢头功呢。”口上虽这么说，但塙团右卫门还是觉得淡轮重政的话不无道理，便派了一个贴身侍卫前往大野治房阵中报信。

“现在好了吧？今日要让他们见识我团右卫门的厉害！出发！”令毕，他快马加鞭，往前飞奔去了。旗帜高高飘扬，上面大书“塙团右卫门藤原直之”几字。

淡轮六郎兵卫感到事情重大，立刻纵马追去。

云渐渐散了，露出点点青空。

塙团右卫门的探马山口兵内和兵吉兄弟先前听到的枪声，乃是浅野部的先锋龟田大隅守所放。龟田大隅守奉长晟之命，在前日夜里撤退到了安松，连夜往蚁通方向前进，迎来了第二日黎明。此间，他带着军队沿原路折返，亲自带领小队人马探察，往返三次，对此处地势已了如指掌，因为所率人马数量与敌方差得太多，故，行动必须谨慎。

天亮未久，龟田大隅守看到了塙团右卫门派出的山口兄弟的身影。

“好，放几枪让他们听听，注意，莫伤了他们性命。”

不出龟田所料，山口兄弟听到枪声，立刻折身回去禀报。

“好，敌军已经逼近，成败在此一举。准备埋伏，大家听好，待走近了再打。”大隅自己先匍匐在地，命头阵和二阵埋伏于大路两边的堤坝和岩石后。枪队共计五十人，静候敌军入套。

未久，前面便隐隐约约出现了塙团右卫门的旗帜。人数并不甚多，只一百二三十人左右，径自朝这边而来。当敌军渐渐靠近时，龟田令蚁通入口处岩石上的枪队，作好准备。

“打！”

砰砰砰——枪一齐开火。

受到突然袭击，近三十人从马上跌落。团右卫门停下马，组织反击。

“好！枪队三阵各就各位！”大隅又令道。

伏击者与被伏击者，心中所念有明显差异。团右卫门认为，停下来等于挨打受死，于是催马往前急去，手下自是紧追其后。

第二阵的枪声大作，敌方又有十几人被打得人仰马翻。塙团右卫门的队列本齐整，但又伤了十几人，变得稀疏起来。

而在此期间，龟田的头阵已退至第二阵后方，此时正伏于距第二阵约两町的地方，重新填好弹药。

连遭两次火枪阵袭击，团右卫门的军队却越发勇猛，团右卫门亦大喊："再无伏兵，快往前冲！"此时，他看见冈部的人马正在沿着河沿往前行进。"决不能落在冈部后面！快！从河沿这边赶过他们！"

若从河沿一直往下去，冈部则将遭遇在长泷布阵的浅野右近。

右近却未开火。他见冈部人数太少，决定先把他们包围起来，莫要打草惊蛇。待敌人渐渐走近，一阵呐喊之后，冈部大学的人马已被包围在浅野右近的长矛林中。

砰砰砰！

亀田大隅的第三阵，已对准团右卫门的队伍，开始大肆射击。

浅野军巧妙地将敌军从安松引诱至樫井，但塙团右卫门还以为，自己是凭着勇猛突破了重阻。

"冲！"射击之后撤退，之后再射击，亀田大隅守采取这种依次后退、轮番攻击的战法，如退至樫井，他即可改为攻势。

长晟则从主力中派出上田主水正的一队人马，几队人马合兵一处，一举反攻回去。受到上田和亀田两厢夹击，塙团右卫门陷入绝境。

"呔！我乃塙团右卫门家臣坂田正二郎。有种的就来跟我一决高下！"到了混战的时候，武士仍然摆脱不了以前的毛病。上田主水正手持长矛刺向团右卫门，一个同样手持长矛的武士亦高声自报家门，喊将着朝上田主水正奔过去。

"竟是个小卒。哼，虽不配做我的对手，但我上田主水正很是佩服你的勇气，且给你脸，看枪！"

"上田主水正……爷爷可从来不曾听过这名号。爷爷来也！"

在这种时候仍恶语相向，便是乱世武士的旧习。

二人手持长矛拼在一处，主水正的长矛折成了两段。二人亦都觉得用刀太麻烦，遂跳下马来，赤手空拳地搏斗，在地上扭成一团。

二者心境看来颇为豁达，实则不然。二人在地上翻来滚去的时候，双方的侍从都靠了过来，唯恐自家主人遭遇不测。

樫井陷入混战之时，沿着河沿前进的冈部所部也已溃不成军，主将冈部大学身负重伤。他恐是过于关注与自己抢功的团右卫门，所以一开始并未注意浅野右近的埋伏。这出其不意的伏击一开打，敌我双方士气差距立现。冈部大学一心只想着不可输给团右卫门，却未注意到敌军伏兵，此已非“失误”可形容。这种时候，他既无暇自报家门，也无隙装腔作势。主将冈部大学已身负两处枪伤。见主将身负重伤，又被敌军伏军所苦，士兵遂大肆逃窜……

冈部沿来路亡命撤退之时，樫井的混战仍在继续，接连传来两次胜利的呼喊：“龟田大隅守拿下淡轮六郎兵卫重政的首级！”“坂田正二郎首级被横关新三郎割得！”横关新三郎乃是上田主水正手下。

云已经完全散去，太阳毒辣辣地照射着大地。雨后的路面已干，海边吹来的风卷起地上的尘埃，时而罩住正在格斗的人们。前面的大海与雨后的碧空相接，天海一色，但是谁也无心欣赏美景。

塙团右卫门在马上不时回头往樫井方向张望。此时此刻，已被龟田大隅守斩杀的淡轮重政的忠告掠过他的脑海。已经派人去报信了，治房大人应该快到了吧——他求救般地四处张望，看到的只是陷入重围的己方士众身影，增援的部队不见踪影。难道援军也中了埋伏？罢罢，要是如此，只有先行撤退了。

手下士众大部都已倒下，剩下的不到二十人。塙团右卫门咬咬牙，就要调转马头往回撤。此时，只听“嗖”的一声，一支箭破空而来。

“啊……”团右卫门大喊一声，拉紧缰绳，立起马身。根据多年的经验，此箭乃是瞄准自己侧腹的强弓所放。战马咆哮着竖起前蹄，只听“哧”的一声，羽箭呼啸有声，穿透铠甲，深深扎进他的左大腿。团右卫门翻身落马。

出手之人，乃是被称为神箭手的浅野武士多胡助左卫门。

“塙团右卫门，接招！”说时迟，那时快，就在团右卫门落马的一瞬间，一个武士手持长矛朝他刺了过来。团右卫门一个转身，抓住矛头。对方慌忙将长矛往回拉，团右卫门趁势站了起来。起身的同时，他执起武刀，一阵乱砍。他感到武刀似已砍中了对方，便于慌乱中急拾起缰绳。

大腿被强弓射伤，落马之后却又再次跃马，团右卫门可谓勇猛异常。他见海岸方向守卫薄弱，遂驱马朝海边奔去。

“塙团右卫门，吃你爷爷龟田大隅一刀！”

不好！塙团右卫门心中虽这样想，嘴上仍不示弱：“爷爷要先行撤退，改日再跟你较量！”若非久经沙场，是不会想到这种话的。龟田身边有三十余骑，自己手下只剩七八骑，这种情况下和对方硬拼，只能是自寻死路。

然而，往樫井撤退的时候，塙团右卫门碰上了另一个更难应付的对手，看来无路可走了。

“呔！这不是先锋大将塙团右卫门吗？爷爷上田主水正等你多时了。你我单枪匹马决一死战！”

此人是性情甚是粗鲁的上田主水正，方才赤膊杀掉了团右卫门手下。他在关原合战时乃是石田三成家臣，现效命于浅野长晟。他与塙团右卫门一样，乃是乱世中常见的“择主”之人。

要是别人，塙团右卫门也许会退避而去，但现在他面前乃是上田主水正，他实无法逃遁。就此逃去，对方必然会施以恶骂，百般嘲笑。塙团右卫门不得已，只好停下马。

“嘿，原来是在关原合战中被打了个半死的上田主水正。”

“正是。那之后一度落发为僧，改名宗吉入道。听说敌方有个团右卫门，我便还俗为先前的主水正了！休要逃！”

“住嘴，该死的恶贼！本不想取尔性命，且跟尔比试比试。武刀太麻烦，我们赤手空拳较量！”

“好！怕你不成！”

如今别说火枪，就是大炮在战场上也司空见惯，二人却喜赤手空拳相搏。

“谁也不准出手相助！”二人吩咐手下。他们催骑逼近，扭在一起，同时落下马来。落下之时，两转三转，塙团右卫门以左手抓住了主水正的脖颈。主水正方才与团右卫门的家臣坂田正二郎一番狠斗，似已耗去了不少力气。

“啊，主水正危险，快救主水正！”浅野部的四五个武士飞奔过来，持着长矛朝团右卫门刺去。

塙团右卫门用左手拧住主水正颈脖，站了起来，右手已拔出武刀。“小卒子也要一起来？”他死劲抓着主水正，一边挥舞着大刀，防止对方手下靠近，一边朝樫井而去。

“哪里走！”主水正的年轻随从横关新三郎朝他急奔而来。

但团右卫门并未停下脚步，他挪着受了重伤的左腿，左手揪着主水正的头发，边一跛一拐地往前走，边朝新三郎大骂：“别过来！敢走近一步，老子一把掐死这个孬种！要想主水正活命，就休要近前！”他大概是想，这样往樫井一步一步靠近，治房的援军许会赶到。

但刚刚走出七八步远，团右卫门的算盘就落空了。年轻的横关新三郎看到他受伤的左腿站立不稳，一个箭步冲上去，把他扳倒在地。

“可恶！”一阵惨叫响起，双方像疯狗一样撕扯作一处。未几，新三郎的拳头已像雨点一样砸向团右卫门的鼻梁。团右卫门的双目和嘴唇眼见肿了起来，往外大肆喷血。

此时，主水正站了起来，快刀一闪。只听“啊”的一声，团右卫门的头颅骨碌碌滚落在地，曝晒于烈日之下。然后，主水正哑着嗓子喊道：“塙团右卫门藤原直之被上田主水正斩杀！”

塙团右卫门独自奋战的时候，大野治房根本就未出发，他仍留于贝冢的愿泉寺。卜半斋再次搬出酒来犒劳军士，治房亦甚是快意地沉溺其中。不过，他并没有完全沉醉于美酒，而是心中另有打算。

“在下以为，先锋已到达樫井，我们也该出发了。”接到塙团右卫门的急报，近侍这样催促。但是治房依然举着酒杯，笑道：“休要担心！该怎么办，我心中有数。今日一战我们必胜无疑。且再等等。”

治房这样说，是因为他已派了北村喜太夫和大野弥五右卫门两位老臣率人潜到了和歌山城下。他让二人前去守候，待浅野长晟出得城来，看准时机，一举拿下空城。他正在此处等着二人的好消息。根据他的判断，先锋大将塙团右卫门在前线遭遇了敌军，也就意味着和歌山城已经成了空城，可以不费吹灰之力拿下。

“马上就会传来好消息。然后再作前进的打算不迟。你们就当这是提前庆祝胜利，尽情喝！”

此时，大部分人已经从昨夜的醉意中醒来，慢慢睁开了睡意朦胧的双眼。听得总大将劝酒，聚集于寺院周围的浪人哪里还有不喝的道理？

然而治房寄予厚望的北村喜太夫和大野弥五右卫门，别说杀进和歌山城，他们甚至还未靠近城门，就在信达被浅野军俘获了。但治房对此事全不知晓，甚至在冈部和塙直之全军被围，请求尽早发兵援手之时，他仍劲头十足道：“好戏就要开演了。且再等得片刻。”

“报！”

“噢，辛苦了。是北村和大野的消息吗？和歌山城已经拿下了？”

“不，先锋大将在樫井孤身奋战，大将及诸将士全部死于敌军刀下。”

“全部？那团右卫门和大学……”治房扔了酒杯，猛地站起身来，“将士们，冲！”

待他心急火燎赶到樫井，战事早已结束。

路边躺着一具具尸体，都是自己军中士卒……四野望去，根本不见浅野军身影。他们必是悉数撤离，回了和歌山城，以防生变。更让治房感到手足无措的，乃是在他身后，醉醺醺的士兵皆道：“看来追不上敌人了。”

治房愕然无语。他进退无路，因身后的一路已经被他们烧光抢光，若在此地按兵不动，就当忍饥挨饿。

寻思良久，治房一咬牙，率兵退回了大坂城。

二　出兵道明寺

先锋在樫井全军覆没，这让大野主马亮治房甚是难堪。若遭遇的是德川的旗本也就罢了，他万万未料到竟会输给浅野长晟。从暗地里煽动和歌山城的暴乱，到安排北村喜太夫和大野弥五右卫门秘密行军，他以为一切安排均无懈可击。他充满自信，以致不知塙团右卫门业已战死，还沉溺于酒席。然而，团右卫门和冈部大学都已全军覆没，浅野军却几乎毫发无伤撤回了和歌山城。吃了如此败仗，治房还有何勇气独断专行？

回到大坂城，治房立时请兄长大野治长召众将议事。

此时已传来关东大军主力陆续朝大和口进军的消息。水野胜成领第一队，本多忠政紧随其后，松平忠明第三，伊达政宗第四，松平忠辉殿后……

大坂城内已经确认了这个消息，但是庆长二十年四月三十正午时分，聚集于本城大殿里的诸将均冷静沉着。

今日的议事，按惯例秀赖应出席，但大野治长却未让他来。“我会将今日议事的结果禀报右府大人，请诸位敞开心扉，畅所欲言。”他之所以不让秀赖出席，许是不想让大家看到秀赖听到败仗之信后的忧郁，以免挫伤士气。秀赖因治房打了败仗而郁郁寡欢。治长的脸色也并不好看，在城中遭袭负伤以来，他脸上一直黯淡无光。

最先进入大殿的，为真田幸村和后藤又兵卫基次，接下来为毛利胜永和福岛正则之弟正守、渡边内藏助、大谷吉继之子吉久、薄田兼相。众人对着治长施了一礼，却无人理会与治长并排而坐的治房。这个于塙团右卫门和大学战死毫不知情、只知一味饮酒的治房，让他们既可怜又蔑视。

坐在后藤又兵卫旁边的明石守重为了缓和气氛，对治房道："塙团右卫门的死真是可惜。他应该为右府多效劳些日子。"

旁边的后藤又兵卫基次冷笑了一声，众人不明就里，亦不多言语。

治房质问道："后藤大人，有何可笑之处？"

"并无可笑之处。在下只是在想，塙团右卫门那颗长满大胡子的头颅，现在许已被带到了德川家康面前，无奈地冷笑呢。"

"后藤大人！"

"何事？"

"你莫非是说，塙团右卫门死了之后才见家康，我在活着时就当被带去见家康……你便是因为这个发笑？"

治长惊讶地打断了治房："你在说些什么？莫忘了此乃是议论军政大事之所！"

但是，治房已竖起双眉，转向基次。

"正是因为此乃议论大事之所，我才不得不说。后藤大人，你恐也知最近城中传闻。有人说，有个和本多正信关系颇为密切之人，作为密使到了阁下帐中，我想问问，此事是真是假？"

无论在谁看来，治房都已恼羞成怒，有些失态，但他所言却不容忽视。大家的视线顿时齐齐转向后藤又兵卫基次。

"原来是此事啊。"又兵卫基次又冷冷一笑，"是，确实有一个和本多正信关系颇为密切的、叫杨西堂的僧人，来过我处。"

大殿里的榻榻米已被收起堆在门口，隔扇大部也被取掉，在这样的情势下，全副武装的众将心里已填满了勇猛的杀气，如在战场。

"听说他是来劝降，要说服你在战场上倒戈，投靠关东，不知是否属实？"

"正是。"基次马上道，"他来传达正信的话，说基次这等人若不识时务，实在可惜，战事怕会因基次的去留而更变胜负。我若能倒戈易帜投了他们，正信定将我荐与大御所。”

在场之人顿时面面相觑，鸦雀无声。基次依然镇定自若道：“当时，我告诉使者，请他转告正信和大御所，我感谢他们好意。若说我的去留可以决定战事胜负，实在抬举基次了。但在现在这个时候，舍大坂而投关东，非基次的性子。”言毕，基次向众人施了一礼，然后转向真田幸村道：“请教大人，关于此次用兵……”

幸村微闭着双眼，沉默不语。基次见无人理会，继续道：“我想，若是继续据城死守，怕实在不是办法。此城已无护城河，敌军来去无阻。虽说如此，若在平原上迎敌，则正中德川家康下怀。故鄙人以为，在敌军主力朝大和路进发时，我军赶往山势险要之处，静等敌军到来，伏击其先锋，是为上策，不知各位意下如何？”

“说得极是。”毛利胜永立即接口道，“要想以少胜多，必须善用地形。伏击其先锋，封住敌军进路，则敌军必从奈良撤至郡山。他们要再次进发，恐需数日整顿。故在这几日里，我等可再议随机应变之策。”

“真田大人意下如何？”问话的是薄田兼相，他和一帮老臣仍只信任幸村。

治房见基次巧妙地避开了自己的追问，紧紧攥起的拳头在膝盖上颤抖。

此时，幸村睁开眼，默默看着在面前展开的地图。渡边内藏助催促道：“您意下如何？”

幸村拿起扇子，指向地图上的奈良，却并未说话。后藤又兵卫基次的意思，是欲从奈良进入河内，以迎击进入大和路的敌军。这样的话，战场便是河内志纪郡的道明寺附近。

道明寺位于大坂城东南约四十里处，东有国分，乃丰臣领地的东南边界。此地东接大和，无论从奈良前往堺港，还是从纪伊前往京都，都是必经之地。生驹山、葛城山和金刚山连绵起伏，将大和与河内隔开。因此，要从大和前往河内，必须翻过众山脉。翻越山岭的道路细数起来有十七条之多，但可让大军通过的只有三条——北部的暗岭道和南部的龟濑、关屋二道。龟濑与关屋二道在国分合二为一。因此，道明寺乃是三道汇合之处。此地地势紧要，在此处迎击敌军自是恰当。

幸村心中寻思，却不说出口。近日以来，他对战事已绝望。织田有乐斋父子、织田常真离开大坂城，大野治长、治房兄弟之间明争暗斗，让原本精神抖擞的浪人多已军心涣散。即便不如此，这支被世人嘲为乌合之众的大军，也已逐渐暴露出缺陷。就连治长和治房这对同胞兄弟都不能一心，丰臣秀赖的斗志自无法高扬，一股悲观风潮在大坂城内大肆蔓延。

塙团右卫门在樫井战死，有名的勇猛之士也在各自寻找葬身之处。此乃讲义气、重名誉的武人心思，但在幸村看来，这只不过是败相之迹：若有赢得此战的信心，谁也不会如此悲观。

幸村收起扇子，默默看向治房，“当然，战场并不仅仅限于此处，不知大人有何建议？大人的看法若与后藤不同，鄙人愿闻其详。”

听幸村突然发问，治房忙转向治长，“还、还是请兄长作最终决断吧。”

幸村微微点了点头，道：“修理大人，您的意思呢？”

治长却比治房更加不知所措。他呆呆坐在那里，似在想别的事，慌忙道：“这……若真田大人和后藤大人同意，我无异议。”

渡边内藏助使劲拍了拍膝盖，道：“真田大人还未说出自己的意思！”

正在此时，木村重成进来。若非如此，内藏助和治长之间必然会发生口角，令气氛更紧张。重成道：“对不住各位，我迟到了。刚才淀夫人去了右府大人处，右府命鄙人相陪。”

薄田兼相向前探了探身子，将议事经过一一向重成说明。重成十分认真地听罢，道：“我也同意出兵道明寺。”他亦是抱定必死之心。

幸村再次环视一眼在座众人，木村重成、渡边内藏助、大谷吉久、后藤基次、薄田兼相、长冈兴秋……从每一个人的脸容和眼神里，都可看出必死的决心。为义而生，为义而死，是什么将众人逼到了这一步？

幸村转向治房，轻声道：“幸村也同意在道明寺迎敌。”

“兄长，请您作出决断！”目下只有治房还对此战抱有希望。

“好，我无异议。我会尽快将此事禀报右府，请求裁断。在此之前，拜托各位认真备战。”

治长刚说完，治房便接口道：“若真田大人同意，我想请兄长担任第一阵指挥……”

“不可！”后藤基次立即打断了治房，“此事由我提出，第一阵理应由我后藤又兵卫指挥。”

从后藤基次的口气中似可听出，他断不会向人让步。但是治房不理，继续道：“尊驾是想作为第一阵先锋，击溃东军？”

“哼！”基次内心怒火终于迸发，“战事，七分力道，三分运气！若遭遇强敌，就当拼死一战。未见过你这般人，醉倒战场，伤亡部众，自己还恬不知耻活着回来！”

“休要争了！”幸村立即接口道，“后藤大人既欲指挥第一阵，幸村就担当第二阵的指挥吧。但不知后藤大人是否有了主将人选？”他明显要出来调停，治房只好压抑怒火，瞪着双眼，闭了嘴。

“在下想请薄田兼相和明石守重二位担当第一阵主将，其他人选请适当分配。”

基次似乎连和自己一起赴死的人都想好了。幸村感到一阵寒风掠过心头，他轻轻取出随身携带的笔墨。“敌军先锋想必都是精挑细选的勇士，我军也须慎重。”自言自语说着，他看看治长。

目下的大坂城，操权柄者不用说乃是大野治长，在排兵布阵上须充分尊重他的意思。然而，治长却回道：“我想听一下真田大人的方案。”

其实，治长只是不知所措才这样说。他绝非完全信任幸村，而是已彻底放弃了战意，以为无论怎样打，这一仗断难取胜。在绝望中，治长陷入了近似自我埋怨的反省：情势到底为何发展到今日这地步？去岁冬役，已是一场不当为而为之的战事……

德川家康对大坂城的不满，发端于钟铭事件，知各地的浪人入城之后，其不满达到顶点。那时，本应多多出面解释，片桐且元也看清了局势，甚至采取了行动，但治长却无所察觉……他愈想愈觉眼前一片黑暗。

我难道是被夫人的宠幸遮蔽了双目？冬战之后，治长看清了双方实力差距。但目下的大坂城已被两股势力主宰，他已无能为力。这两股势力不是别的，其一为无处可去的浪人，另一便是面对战事与死亡，情绪高涨的洋教徒。

保罗和托雷斯两位神父及其众多的信徒，都进入了大坂城，成为将士的主心骨。偌多人亦仍然坚信菲利普皇上的大舰队会来救援，这期盼把众浪人都留了下来。浪人对战争胜负极为敏感，因此，若无这援兵良讯，他们念及子孙后代，大半会弃城而去。

一言以蔽之，冬役之后，大坂城的主君就已不再是丰臣秀赖。

治长为此心恨不已——本是为了不让家康夺走城池，这城池却被浪人和神父们夺了去。

“大人看这样布阵如何？”治长回过神来，幸村已经放下笔，将一张纸递到他面前。治长忙接了过来，只见上面写着：第一阵，后藤基次、薄田兼相、井上时利、山川贤信、北川宣胜、山本公雄、槙岛重利、明石守重；第二阵，真田幸村、毛利胜永、福岛正守、渡边内藏助、小仓行春、大谷吉久、长冈兴秋、宫田时定。

“我无异议，继续议论下一步。”见治房正从旁觊觎，治长瞪他一眼，将纸递给后藤基次。

治长既已同意，众人便也不再提出异议。

“这样估计，第一阵的人数大概有六千五百。”

基次话音刚落，幸村便回道：“正是。第二阵为第一阵的一倍，约为一万两千人……这是考虑到，无论第一阵胜负如何，都能够充分根据形势，作出应对。”

基次拍胸大笑，“此足矣。若是背后有真田大人，后藤基次可安心赴死矣。”

“后藤大人！”

“何事，真田大人？”

“不可言说什么赴死云云！如后藤大人这等刚勇之士，原本不论生死，只计胜利。”

“哈哈哈！恕我失言，我们必胜，是吧，薄田大人？”

薄田兼相耸耸肩膀，微微一笑，把手中之纸递给毛利胜永。毛利胜永又将它递给福岛正守，正守则传与大谷吉久。

“这样一来，我竟与父亲和兄长为敌了。”细川忠兴之子长冈兴秋笑道。

此时，木村重成插嘴道：“关于此次布阵，在下立即前去禀报右府大人。”

“长门，且等一下。”幸村止住木村重成，“我想还是请修理大人前去请求右府裁决为好，你说呢？”

“是，鄙人失虑。就请大野大人前去面请右府裁决吧。”

这样，那张纸再次回到大野治长手中，由他转呈秀赖。

幸村请治长前去征求秀赖的意见，是想看看秀赖对此次出征有何反应。一旦出城应战，偌多人必是战死沙场，一去无回。因而，他希望秀赖能够立即来到大家面前，向众将赐酒，以鼓舞士气。只有这样，秀赖、治长、幸村和基次才能上下一心。

然而，不久之后，治长却是一个人回来，道：“右府未有异议，派出伊木远雄监军。右府着各位立即作出征准备，不可疏忽。”

后藤又兵卫长叹一声，暗暗朝幸村望去。幸村避开了他的目光，不由寻思：又兵卫乃是决心赴死了。武将的义气往往和荣誉、体面联系在一起。家康将基次捧为可以决定战争胜负的刚勇大将，而在其出征之前，秀赖甚至未赐上一杯酒为其送行。在开战之后，基次便会以死报答家康的识人之恩。

在基次的叹息声中，毛利胜永也站起身来，满怀凄凉。

善战之人与不善战之人的区别，就在于出征之时是否善鼓舞士气。乱世之中，这人情尤其重要。动辄便会丢掉性命，难免让人觉得人生无望，于是，武士们便各自在心中树起一面叫义理的旗帜，以谋求安慰。现在，支撑后藤又兵卫的，正是誓死坚持的义理。即便是真田幸村，很多时候也靠这种信念，方能坚持。

家康正是深刻地洞察了众人之心，明知会被拒绝，还说要赠与幸村信浓十万石，并将后藤基次奉为以其一身之向背，便可决定此战胜负的刚勇大将。想让良马驰骋，必当有伯乐之心，但要让不通世故人情的秀赖明白此中玄机，实在难比登天。

就此，大坂确定在大和口迎敌之战法，幸村和基次开始准备出兵。

此前，他们往各处派出大批探子，以摸清敌情，作出正确判断。他们得知，四月二十八后，东军大和口的诸将均驻扎于奈良及其附近，欲与伏见秀忠和二条城家康的进攻遥相呼应。于是，大坂决定于三十日之前完成备战。

后藤基次的第一阵，以薄田隼人正兼相和明石扫部助守重为两翼，五月初一出城，当夜在平野扎营，以逸待劳。

第二阵的真田幸村，任毛利丰前守胜永为副将，出城后驻扎于天王寺，又进至可看清敌人进攻路线的位置。

与此相对，东军水野日向守胜成指挥的大和口第一阵、本多美浓守忠政指挥的第二阵、松平下总守忠明指挥的第三阵，以及松平上总介忠辉的第五阵，于四月三十会师于奈良。伊达政宗率领第四阵，当天还在木津，到达奈良时已是五月初三。因为伊达军的迟到，东军进攻之日遂改成了五月初五。

东军以水野胜成为首，从奈良出发，取龟濑和关屋二道朝国分进军的消息，传到天王寺的幸村处，已是五月初五正午时分。他接到消息，马上叫来了毛利胜永，不焦不躁道："决战马上就要开始，我们和后藤最好碰碰头。"

幸村和毛利胜永同到平野军营，见到后藤又兵卫基次时，他正在帐中修剪胡须。

"他们马上要来了。"基次放下剪子，转向道明寺形势图，道，"我决定今夜从平野出发，取道藤井寺，前往道明寺迎敌。若有可能，直接进军国分。若得机会，便依傍山形，打敌军一个出其不意。"

基次话说得刀砍斧切，幸村和胜永对视了一眼，道："后藤大人，若有机会，还望大人与幸村取得联络。"

“哈哈哈！真田大人多虑了。打仗当随机应变。后方既有您压阵，基次自可放手一搏。”

“若敌军进至国分，请务必暂止进攻，及时通知我们。幸村从一开始就誓与大人协力。若敌军河内口的人马接近了若江、八尾，也请缓进。”

“哈哈！”基次大声笑道，“不用担心我。河内口的敌军先锋乃是藤堂高虎和井伊直孝，请真田大人对此二人多多留意。我军由谁来对付那支先锋？”

“欲派木村长门守镇守若江，长曾我部和增田盛次镇守八尾。”

“哦，重成镇守若江……”基次脸上笼上乌云。与其说他在担心，不如说是年长的他因体恤年轻的重成，而发出悲叹。

其实在这个时候，后藤基次便已决定，无论何种情势下，都不会向幸村求援。倘在若江决战，便会遭遇家康和秀忠的旗本部队，那些将士均是经过精挑细选。基次如向真田求援，势必导致木村重成孤军奋战。久经沙场的基次，心中理应有对年轻之人的体恤。

“不管怎么说，基次都是个幸运之人。”基次解下腰间的葫芦，给幸村斟了一杯酒，“身负丰国大明神之子的重托，同时又得江户大御所和将军的怜惜，基次能够如此战死沙场，也算是武士最大的荣耀。哈哈哈哈……”

毛利胜永正欲张口，却被幸村用眼神止住。幸村拿起酒杯，心中寻思：又兵卫一心赴死。他此来正是为确认此点，因又兵卫若有求生之念，幸村之后的战法也将随之改变。但又兵卫若已抱定必死之心，幸村于战阵之外，也当细细作一番准备了。

幸村将酒一饮而尽，“明日就请尽力而为。”

“噢，尽力而为！”基次爽快地应着，把酒杯递给了胜永，“毛利大人，有幸在世间走一遭，我很知足了。阁下也要尽力啊。”

胜永欲言又止，笑了一笑，接过酒杯，一饮而尽。

幸村和胜永并未与后藤基次商议更多用兵之策，便打道回府。他们本来想说：“在夜深之时，你我三人会合于道明寺，于黎明之前翻越国分诸山，二阵合兵一处，在道路最窄之处迎击东军。”但基次已决定独自冲入道明寺，甚至已抱必死之心。幸村和胜永若仍坚持让他于后阵等待，就有抢功之嫌。

“他若陷入苦战，我们就立时发兵救援，目前且按兵不动。”胜永与幸村约定后，从平野回到天王寺，已是亥时。

基次为二人敬了临别酒，将二人送走之后，和衣睡了一个时辰，在子时之前醒来了。他已很久未醒得如此干脆了，此时神清气爽，已无任何留恋。

“大家都起来！起来！朝道明寺进发！”基次感到浑身有使不完的力气，命人进兵，“要是大楠公用兵，必不令人知晓踪迹，但后藤又兵卫不会如此。”他令士众点上早已备好的火把，率领两千八百人，沿着大和道，堂堂正正、威风凛凛出发了。

要是敌军的探子看到这等模样，定会吓得落荒而逃。这正合基次心意，他已不想再活下去，反而轻松了许多。他不仅深得秀赖信任，也得家康公青睐，这双重的体面给了一介武将莫名的感动。基次突然透悟：人生不过是为自己寻得葬身之地。他不再关心自己死后会前往极乐，还是坠落地狱，现在只是一心赴死。

基次率军来到藤井寺，稍事休息，同时往道明寺派出了探马。不久，探马回报，前方并无敌军。他遂下令继续赶路，在大刚蒙蒙亮的时候，穿过誉田，到达了道明寺。

然而，基次正欲率军朝国分进发时，接到探马来报。

“禀报大人！敌军先锋已经到达国分，兵力约两三千。据小人观察，乃是水野胜成部。”

“好！”基次骑在马上，望着昏昧的晨霭，道，“看来敌军也是看到我们的火把才出来的。来得好！”他下令立即渡过石川，占领小松山，然后一马当先，向前飞奔而去。

时下正是酷暑季节，但在晨雾中静静流淌的石川之水却很是清凉。

“渡过了三途川，就可与敌军放手一搏！”基次吩咐。他无一丝畏惧，毫不犹豫往前冲，渡河之后，迅速占领了小松山。从此地沿山坡朝东直奔而下，可直杀进敌军布于东面的阵营。

天色渐明。从山顶可见，东军的旗帜正在前往国分的大道上移动——敌军已经开始行动。根据用兵常识，基次应该在此地等待后军，真田幸村和毛利胜永也曾专为此事到军营一访。但基次已无意在此停留，久经沙场的他十分清楚，情势已非幸村与胜永可掌控。

根据基次的判断，家康处决在二条城与京都纵火未遂的木村宗喜之后，断不会滞留京都。如此一来，战场就不只在大和口，谁都可能和沿着大和口而来的关东大军发生遭遇战。

但即便真田或毛利同基次并肩作战，结局也不会有任何改变。不论愿意与否，今日这场战争，己方各军只有在哪里遭遇敌人，便在哪里奋力厮杀，听天由命。

后藤又兵卫基次对目下的处境甚是明白。见敌军陆陆续续爬往山顶，他令众人放声呐喊。这乃是不顾后果的大胆之举。

听见小松山上的呐喊时，水野胜成属下的奥田三右卫门忠次正带着六七十人爬山，试图占领小松山，以获地势之利。

“啊，有人呐喊！”

“已有人占领了山头！”

“不是敌军，许是掘或丹羽的军队。前进！”队伍最前面的奥田三右卫门忠次高举长枪，对手下士众大喊。此时，山顶的人呐喊着冲了下来，有如猛虎下山。

“啊！敌人！是敌人！”三右卫门在惊讶中摔倒在地，从山顶冲下来的大军，以基次为首，排山倒海般从他身上碾过。

此乃夏役首次遭遇战。后藤的一千多人马从山顶奋力冲下，奥田军眨眼间溃去，只剩下七八具尸体，如石头般扑棱棱滚落下去。

到了山下的平地，奥田士众慌忙寻找主将的身影，但是奥田忠次已不在世上了。他躺在地上，身旁扎着沾满血污的长枪，早已断了气，小腹还留着被刺伤的痕迹，全身为人踩踏，惨不忍睹。

一举击溃了奥田军，基次率军回到了山顶。

天已大亮。基次在山顶悠悠吃着手里的饭团子，看着山下的战势。山脚的大道、农田与河岸上，到处都是杀气腾腾的人马。

水野胜成乃是家康亲点的指挥将领，也是勇猛之士。是日丑时，他见通往藤井寺的路上有火把移动，立即判断："必是后藤又兵卫！"然后，便令堀直寄和丹羽氏信派人前去打探。

"他们果然选择此地作为战场！将军大人和大御所正是如此预料，才出兵河内口。今夜，将军便会到达千冢，大御所抵星田。接下来的五六日，便能与敌军一决胜负。"

关东认为，敌人只有选择此处拦截他们。大和各部从郡山前来、占据奈良之前，大御所和将军都留在京城，考虑如何诱敌出城。从这个意义上来说，从道明寺到八尾、若江的战场，其实亦是东军所选择。

若是在平原上与敌人相搏，只有此处为宜。水野胜成下令，占领小松山，以监视敌人的行动，后令奥田三右卫门和松仓丰后守先行出兵。

确定战场之后，小松山的高地自然成了双方争夺的紧要处。

奥田三右卫门迅速朝小松山进发。但是，他却死在先他一步占了小松山的后藤又兵卫基次枪下。

初战不利，此时又听得山顶呐喊四起。

"糟！敌人已占领山顶！那是何人的旗帜？"

大和五条的领主松仓丰后守重正得知山顶上乃是后藤又兵卫，立时在北面布好了枪支，准备发起进攻。

此时，准备发动进攻的东军并不只是松仓一人。"我可不能落了后，让人笑话！"藤堂高久在前，天野可古在后，各率领小队人马转到山的西北侧，往上强攻。

未几，每次枪声响起，后藤部都会有人倒下。而且，枪声愈紧，倒下的人愈多。

"先把敌军的火枪队打散！我们的火枪数目不足。"后藤又兵卫基次手持长枪，驰骋往来，得心应手，已有近八十人倒于坡下。又兵卫不禁叹道，我竟有如此长进！在敌军面前，他从未如今日这般冷静沉着。可是他也知，今日这战场便是他的葬身之地，这已成为无法改变的宿命。

小松山上，基次遭受着水野、伊达及年轻气盛的松平忠明三方夹击，他已无法硬撑下去。

毛利胜永、明石守重和真田幸村等人从天王寺出发，正朝这边赶来，途中一定遭遇了沿河内口而来的其他敌军。基次认为，自己最好放弃这小松山，撤至道明寺，这样或多或少能为友军分散些东军的压力。

“好，弟兄们！我们要准备下山。下山之前，有话要跟大家说。”又兵卫一脸胡须并未掩住他的感慨，他骑在马上，笑道，“弟兄们干得很好！基次从心底感谢大家。但，人人都会有自己的打算。到目下为止，各位血战不止，已尽到你们在战场上应尽之责。现在，基次要下山奔西边而去。此间想活命的请离开队伍，勉强留下也不会给我增添冥福。”言罢，他调转马首，朝西下山而去，一直奔到石川河岸的平地。回头望去，近一千五百人的军队依然紧紧相随。正所谓强将手下无弱兵，跟着勇猛的将领，士众便也不同寻常。

“弟兄们要和基次一起赴死吗？”

士兵们应声回答，同时高高举起武刀。

又兵卫的脸因感动而扭曲，他大声道：“好，后藤基次也就不跟兄弟们客气了。兵分两路，直击敌人！”

“是！”

“好！杀啊！”后藤又兵卫一声呐喊，心中又是快慰，又是感慨：死亡的意味究竟为何？

基次生出万般感喟，奋力冲进了尾随追来的水野军中。敌军顿时闪开一条道，两三个小队眼见着乱了阵脚。

“弟兄们，杀啊！”

此时后藤又兵卫的英勇之举，后人《芥田文书》中记述如下：“……其武勇，自源平以来应无人可比，诚为前所未闻之举。”

既做出时人未见过的勇猛之举，基次定是心无杂念。

见基次令水野军阵脚大乱，丹羽部立时从侧面猛烈射击。东军各部之间的配合真可谓天衣无缝。

时已正午。

太阳火辣辣晒着每一个人，对阵双方无不浑身尘土，汗流满面，个个疲惫不堪。

遭到丹羽部袭击，后藤军立时乱了阵脚，皆匍匐于路旁麦田里。当他们从麦田里站起身来，人已少了大半，也有趁乱逃窜的，但大部为火枪打死，地上尸首累累。

见敌人不再射击，基次跳回马上。但此时，除他之外，所有人都已负伤，无法再上马，他成了名副其实的“单骑”。他旁边，山田外记和古泽满兴二将领已横尸于地。

“去川边！”基次道。他这是基于求生之念。与其在这里硬撑着遭受敌军的反复射击，还不如跳进水里，蹚到对岸。涉水过了道明寺川，自与友军接近几分。

此时薄田兼相、山川贤信、北川宣胜、井上时利、明石守重、槙岛重利、长冈兴秋、小仓行春和山本公雄等人，已各率人马，陆陆续续赶到了道明寺川边。但只叹后藤又兵卫气数将尽。他单枪匹马行在最前，正欲赶往河边，东军再次射击，把他逼进了麦田。

“啊，啊！”基次呻吟几声，庞大的身躯翻落马下，掉进田里。

“大人！请振作些！”侍卫金方平左卫门慌忙过来扶持，却见落马的基次瞪着一双无神的大眼，茫然望着天空。

“大人无事就好，请让小人背您走！”平左卫门拉起基次的手臂，放到自己肩上，试图站起身来。但基次身体沉重，他竟未能站起来。“快，请振作些，咱们往前走一点，好歹也能寻一个隐蔽些的地方。”

“哈哈哈……”基次口中已翻出白沫，一脸歉意地笑道，“莫要勉强了，平左，我的腰已断了。”说着，便挣开手，张开来，掌上赫然沾满了鲜血。“我已站不起来了，哈哈，替我介错！你要是不砍下我的首级，我就只能拖着这样的残身继续与敌人一战。”他举起长枪，勉强挥舞。

“小的明白！”金方平左卫门眼中含泪，拔出了大刀。

他砍下基次的首级，埋在附近的田中，然后悄悄渡河，逃了开去。

三　激战若江

后藤基次在小松山奋战的同时，小松山北十六里处的八尾和若江，也正进行一场激烈的遭遇战。

关东诸军在前一夜（初五），于暂驻星田的德川家康大营，召开了最后一次行军会议，对此后的作战进行了细致商讨。

河内口的先锋军由藤堂的五千人马和井伊的三千二百人组成。明日就要决战，他们都心知肚明，家康的吩咐更是明白直接。因而，在会议之后，藤堂高虎便回到千家的营帐，迅速准备，只待天明。

他们面对的大坂军将领，乃是长曾我部盛亲和木村重成二人。木村重成于五月初二得到秀赖许可，四处探听家康父子的进攻路线。但当时家康身在二条城中，并未出动，终是无从知晓他将从何处下手。当木村重成确认家康乃是从星田出发，途经砂、千家，取路高野官道前往道明寺时，已是初五以后。

秀赖把重成叫去，道："他们好像是要从今福进攻，你马上率兵前往今福。"

照重成的性子，自不会违背秀赖的命令，他急去了一趟今福，重新探查那里的地形。但那里并不适合大军通过，擅长野战的家康怎会选择那样一个行军不便之地？他们肯定还要沿高野官道，进往道明寺。重成能断定敌军的进攻方向，却无力改变敌军路线。

右府为何令我往今福？就在重成疑惑不解、不知如何是好之时，大野治房派来了密使。密使传言："右府现在惧怕非常，不敢亲上前线激励将士，此必有伤士气。望大人于百忙之中，务将右府请出城外。"

仅仅如此，重成许还不会独断专行。然而，使者之后说出的一番话，顿时让重成惊讶万分。"大野大人说，右府乃是害怕出城之后，会被自己军中的浪人刺杀，他甚至怀疑主马都已怀有二心。因此，若我等劝右府出城，反而会使局面更糟。故，还请长门守大人多多费心。"

一句话令重成感到无比恐慌，"倘若此言属实，说不定右府也在暗中怀疑我木村重成呢。"

重成悟到了已死的塙团右卫门直之、活着的真田幸村与后藤基次等人的真心。他们万念俱灰，一心赴死，虽然令人感怀，却也让人心焦——为何他们不使出浑身解数，奋力杀出生路呢？不管心中如何慷慨激昂，放弃努力，便意味着失败。

听到治房使者之言，重成如万箭穿心：难道真田和后藤都已看清右府的心思了？他们便是想通过殉身之法，来表现自己的节操？

重成告诉使者，自己已明白治房心意，此后却未去见秀赖，若好心前去相劝，却遭拒绝，他必心痛如绞。

之后，重成怅然回到城中自己的宅院，看望新婚的妻子。

他让妻子剪下一段头盔上的带子，将其放在枕上，点上了香。"在出征之前，应该这么做。"

重成之妻乃是真野丰后守之女，香枕是她侍奉淀夫人时所得的赏赐。她脸色苍白，怯生生道："我可能已怀有身孕。"

"好极！"重成击掌道。他早就作好了赴死的准备。因被秀吉公猜疑，父亲含恨自杀，正因如此，重成愿以死表明自己乃是忠心耿耿之臣。但他现已生出和父亲当年一样的动摇。他让妻子剪短头盔上的带子，焚香之后准备出征，并不仅仅是为了向妻子表明心志，亦想坚定自己已动摇的决心：我要壮烈赴死，决不能苟且偷生，那非武士之节！幸村、基次及已死的塙团右卫门，人人皆知气节。

"今日乃是端午，插上菖蒲。"说完，重成便离开家门，决意带兵顺着高野官道前往道明寺。但，他打探后方知，幸村和基次均已进发到了道明寺。跟在赴死之人后面，必显得胆小怕事，此实令重成不快。

“看来大御所和将军要沿高野官道朝道明寺而来，我们就在半道中杀个出其不意。木村重成于黄泉路上，一定要拉一人同行，要么是大御所，要么是将军。我定会砍下其中一人的首级，让各位见识见识！”重成对帐下的山口弘定和内藤长秋表明了决心，令他们于六日子时集于大和桥旁。

但至子时，士众并未聚齐，待他们出发时，已是丑时。他们的行军与后藤基次不同，不点一个火把，单是令最前的人提着一个昏暗的灯笼。

木村长门守重成一旦参透生死，便显示出异于常人的忍耐力。只是他天生性急，今夜也无二致。主君与家臣之间的信赖，原来终是有限，这一念头隐隐令他不快。不管是真田幸村先他一步决定出兵道明寺，还是后藤基次已然出兵，都令年轻的他焦躁不安：我怎能落后于人？

从大河桥出发后，大约过了一个时辰。

“且等一下！”重成突然发喊，停下马来，“有未听到前方的枪声？”

黑暗中有人回道：“确是枪声……什么地方已打起来了。”答话的乃是老臣平冢治兵卫。

“不论什么地方，这时响起枪声，后藤定然是遭遇了敌人。”

“这么说，敌军已经埋伏在那里了？”

“对。南方可以隐约见到火光，或许是火把。不论怎样，你先前去打探打探。”

“遵命！”治兵卫应一声，又回过头来叮嘱道：“天就要亮了。天亮之前在泥泞路上行军多有不易。在下去若江探明情况之前，大人请务必在此静候，不可贸然前进。”

“不必担心，我自有计较。你快去！”重成有些不耐烦。可是治兵卫的身影刚消失，他便令队伍道：“枪声让我揪心。迅速前进！”言毕，他便率军朝南匆匆去了。

重成若在原地等待治兵卫的报告，是日在战场上的运气怕会好一些。但性情急躁的他，天刚蒙蒙亮便进至八尾附近。

平冢治兵卫径直飞马去了若江。若江的百姓感到此处难免战火，早就藏匿得踪迹全无。难道家康和秀忠的先锋已来过这里？平冢治兵卫见此情形，立刻调转马头，回去禀报。百姓都已藏匿起来，关东诸军必已到达，怎能指望于中途突袭他们？一不小心，必会和数量多己数倍的敌军正面遭遇，敌强我弱，焉有胜望？因此，平冢治兵卫只想回来禀报重成，劝主人暂时撤回城中，从长计议，但当他回到原处，哪还见得重成的身影！

“糟了！”平冢治兵卫脸色大变，慌忙向南追去。他猜测重成必是往八尾方向去了，于是策马狂奔。此时天已大亮，前方的枪声也越来越紧。不仅如此，百姓房舍也冒起白烟，和晨雾混杂一起，必是有人故意放火，时而还可听见呐喊，气氛令人压抑。前方农田中，蜿蜒延伸的小路很是狭窄，田中刚插过秧，水比平常涨了不少，要是失足陷进去，可就是进退不由人。想及此，治兵卫愈发焦急起来。

重成带领的人马不少，直属四千七百，再加上山口弘定、内藤长秋以及木村宗明各人部下，合近六千人。六千人马若沿着这条小道下去，遇上伏兵，必无路可退，说不定会重蹈山崎合战时明智光秀之覆辙。

治兵卫正循着前方大队的马蹄声直追时，猛见前方走来一个背着蒿草的老农。他便勒住缰绳，喊道：“喂！老丈。”

老农连忙放下背上的蒿草，扑通跪在地上，大叫：“军爷饶命！”

“我不要你的性命，只想向你问路。”

但那老农吓得浑身发抖，竟已不敢张口说话。

“你放心便是。我哪有收拾你的心思。好了好了，你镇静些……这条路若直走下去，会到何处？”

“八、八……八尾。”

“确定无疑？”

“但骑马无法到达。此路中途断开了……对，对，要是一直走下去，会走进一片沼泽。”

“沼泽？”

老农颤抖着身子，点了点头。

“刚才你遇见打着大旗行军的大队人马了？”

“小老儿遇见了。”

“那么，大军正朝着沼泽地行进？”

老农胆怯地点了点头。治兵卫气得咬牙道：“你为何不告诉他们走错了路?!”

“可是……当时小老儿藏在草丛里，哪敢多言？”

听他这么一说，也有道理。治兵卫又道：“老丈！”

“是。”

“可抄近路赶上他们吗？”

“这……可是小老儿……”

“我非让你带路。你要知道，就告诉我。”

老农这才放了心，如此这般告之一条羊肠小道，穿过那小道到小川河，然后沿小川河堤一直往下，便到了八尾前方的沼泽地。

不待听完，治兵卫快马加鞭，飞奔而去。

寻常日子运气的好坏，关系人生幸与不幸；战场上运气的好坏，则直接关系人的生死。重成为何这般心急，要去一片难进难退的沼泽地？

平日的木村重成，有着寻常年轻之人没有的慎重与沉着。前几日，他都在亲自视察这一带的地形。

若江和八尾约有八里之遥。与若江相连者为西郡，西郡之南有一萱振村。若江北为岩田村，八尾北为穴太村。八尾西方，有一个久宝寺村隔河相望。久宝寺村有一条路穿过斜坡，直通大坂。

重成是想走一条与此相反的路线迎击敌军。他知后藤、真田以及毛利的人马都沿着那斜坡来到此处，若是跟在他们后面，必遭人耻笑，便特意选择了一条与众不同的路线。

由此可看出，重成还欠火候，亦可看出大坂诸将并无统一指挥，乃是各行其是。战场征伐，必须有一个明确的目标，上至总大将，下至小卒兵士，都当统一调度。

得知重成正朝着沼泽地进发，平冢治兵卫如疯了一般，在薄薄的晨雾中抄近道追赶。

直赶到已近八尾，他终于赶上了重成，远远喊道：“且等！”

队伍最前面的重成听到喊声，还以为遇上了敌人，急忙执起长枪，喝道：“来者何人？”

“在下平冢治兵卫。”

“哦，治兵卫。”

“大人不能继续往前。前面乃是长濑川沿岸的沼泽地。敌军并不会攻到这里，我军反会深陷其中。万万不可再往前走。”

“沼泽地？”重成也愕然，“大坏矣！道明寺到国分一带已成战场，本欲前去增援，快马加鞭方赶到此地，不意……”

“大人不可再犹豫，赶快撤至若江，在那里截住敌人去路，还能助道明寺那边的弟兄一臂之力。请大人快快离开此处。”

“唉！我竟奔往进退无门的沼泽地！”重成恨恨调转了马首，浑身都在颤抖，下令回到若江。

道路狭窄，一度散去的大雾再次弥漫开来，周围昏暗不已。沿着小路，重成催马向前，试图走到队伍前头。他拨开队伍走出两町左右，只听见右前方传来一阵呐喊。

重成勒住马凝神细听。莫非自己进军之时，敌军已经追了上来？此时，重成才感到毛骨悚然。

若真如此，追兵定是德川方布防于河内口的先锋藤堂高虎与井伊直孝的赤备军，此二人是善于统兵野战的高手。难道己方要在此地被敌军追赶，陷入沼泽？

“治兵卫！敌人的军旗？看一下敌人的军旗！”重成慌忙在人群中寻找治兵卫的身影，大声道。此时，右边久宝寺村附近的长濑川河岸上，也响起了呐喊。

“治兵卫，治兵卫在何处？”

“小的在！”

“听这呐喊声，难道我们被敌军包围了？”

“大人放心！先前呐喊的乃是藤堂军，次后左边呼应的乃是我军长曾我部。”

“长曾我部？”

“我们不如把藤堂交与长曾我部，撤到若江……”

“住嘴！你是要我在敌军面前逃逸？”

“非逃逸。敌军不只藤堂，有井伊赤备军在侧，酒井、神原的强势兵力在后。我们绝非向敌军示弱，只是为了尽快避开沼泽地！”言罢，平冢治兵卫调转马头，来到队伍后头，掩护着兵士，就要往前走。

其实，木村若在此处迎敌，无异于以卵击石。故，长曾我部的出现，对木村正可谓雪中送炭。只是，长曾我部的人马并非为了援助木村而来，他们亦是凭借着一身蛮劲冲到了八尾，直到玉串川堤坝附近，与藤堂部起了激烈冲突。

藤堂高虎是日一大早便欲进军。正待出发时，他听见道明寺方向传来枪声。“是何人？看来已经有敌军朝国分进发。”

若有人试图从国分堵住大和口的去路，自然也会有人从北面的大坂官道朝立石官道进发，或从十三官道来到高野官道，试图堵截关东主力。高虎恨不能立时将这紧急消息禀报驻于星田和砂的家康父子，却来不及了。

透过薄薄的晨雾，可以看见敌军的旗帜像海浪一样此起彼伏。木村、长曾我部、增田、内藤各部，均已在八尾、穴太、萱振和西郡各地开始行动。

藤堂右先锋大将藤堂良胜尚未想及木村军已转移，道：“木村部对我军视而不见，径自朝若江方向去了。他们定是想袭击我军在星田和砂的大营。请让在下前去两面包抄，一举将其攻破。”

高虎吃了一惊，却点头应允。要是家康与秀忠的大营遭到敌军袭击，自己身为先锋，颜面何存？他正欲从侧面袭击木村部，却碰上了长曾我部，于是两军对垒，开始厮杀。

木村长门守重成将藤堂的四千七百余人留给了长曾我部，率军撤退到若江村，已近卯时。天已大亮，迷蒙不清的晨雾也已散去。

长曾我部盛亲和藤堂高虎定在八尾村一带，各逞武将威风，进行生死搏斗。呐喊声、枪声不时涌进木村重成耳内。看到敌军正在从高野官道沿着十三官道赶来，他感到无比悔恨。他原本是想从侧面袭击家康与秀忠率领的主力，拿下二人首级，夸示天下，以此扬名后世，因此带着军队连夜奔波，但没想到转了一圈，又回到了若江。战阵之间稍有不慎，便是死伤，进退得法固然重要，可是进退不得法……重成恨道，定要挽回体面！

重成驻马，将士众分为三路，其中一路自是迎击藤堂右翼；另一路二百余人由木村宗明率领，前往北面的岩田；主力则留在若江之南，以逸待劳。

不久重成才知，前来之敌乃是被称为“德川赤备军”的英勇之师井伊直孝的三千二百人，但在他下达命令的时候，哪里知道这些？不管遭遇何样敌人，都必须有将其一举击溃的信心——重成慢慢找回了自信，令山口弘定和内藤长秋率军先顶住井伊的进攻。他亲自指挥人马，迎击已紧紧逼来的藤堂之军。

木村重成的判断无误。

藤堂良胜与良重见木村撤退，料定他是要从侧面袭击关东主力军。“要是主力遭侧袭，我藤堂岂不名声扫地！”于是，他们放弃长曾我部，紧追木村不舍。

首先杀向木村右翼的乃是藤堂良重。他甩开后面的部队，大声叫喊，单枪匹马冲进木村的队伍，挥舞着大刀一阵乱砍。

“来得正好！给我杀！”年轻气盛的重成遭遇了横冲直撞的良重，一场激战就此爆发。两军相战勇者胜，重成怒从心起，更是英勇无比。他大吼一声，持枪朝良重奔去，长枪在空中划过，马背上顿时已不见良重的身影。士众慌忙赶过来将落马的良重围住，扶他站起。

“灭了敌将。好兆头，弟兄们冲啊！”木村重成稍稍退后几步。一旦厮杀战斗，重成便心无杂念。他好不容易镇定下来，紧紧蹬住脚下的马镫，显示出冷静和沉着。

由于良重受伤，藤堂军顿时乱了阵脚。一旦失去主心骨，败相立现。重成属下则个个成了猛兽，对有些发懵的敌军穷追猛打，一时之间杀声四起，藤堂部众喊爹叫娘。

正在此时，西面枪声大作，藤堂良胜亦立时往西边遁去。木村重成见此情形，大喊道："杀啊！"他举起手中的长枪指向西面，策马追赶。士众呐喊一片，齐齐转向西面，冲进火枪掩护下的藤堂乱军中。

两军重新展开激烈的生死之搏。

"休要退缩！让他们瞧瞧藤堂大军的威风！"良胜大吼一声，阻止溃众。

胜了！重成默念一句，高兴地敲打着马鞍。此时，一个小将高举着长枪朝良胜刺去。良胜扔了长枪，拔出武刀相搏。不几回合，良胜手下已急急围了上去。

重村一抬头，猛见士众背后，良胜的战马一跛一拐逃窜而去，马上已不见良胜的身影。他轻笑一声：这厮是死了，还是受了伤？

两个大将都落了马，藤堂军登时大溃。重成手下的士兵齐声呐喊，试图乘胜追击。

"穷寇莫追！"听到重成的命令，号手立刻吹响收兵号角。

"我们胜了。休要再追。带着受伤的弟兄，进至若江与主力会合。"重成从容地命令，掉转马首，到队伍最前带领大家撤退。他知道，接下来的敌人将不是藤堂部，而是井伊直孝率领的精锐之师，有一场更惨烈的厮杀。

井伊直孝此时还是一个和重成年龄相差无几的年轻武士。由于兄长直胜体弱多病，他受命继承家业。为了不损父亲英名，他带着一身腾腾的霸气出征了。

要论刚勇，井伊与木村也算旗鼓相当。

重成击溃了藤堂右翼，暂时撤至若江南部、玉串川堤坝一带，稍稍歇军，填饱肚子。

木村重成命中注定要和井伊直孝展开一场激烈的决战。此二人形成了鲜明的对照。井伊直孝风骨凛然，却沉默寡言，眼神如刀，一脸胡须让人想起加藤清正。他一向不苟言笑，不善陈辞，即便有人搭话，也多不理不睬。重成则长相俊美，足以让每个见到他的女人倾心。但二者的斗志和谨慎却有着共通之处。

井伊直孝子时四刻便起身，下令："立刻吃饭，填饱肚子！"他令将士将午饭带在身上，等待黎明到来。

此时，老臣庵原朝昌过来劝道："在下以为，今日的主战场乃是道明寺，请思量朝道明寺……"

直孝瞪大眼，摇头道："不！今日之战役当在八尾和若江。要是避开，日后必然后悔。"他并不细说，口气稳重，毫不犹豫道，"你作为右先锋，带领火枪队前往若江的前堤，死守待天明。"

庵原朝昌依言沿十三官道朝西进发，抵达玉串川的堤坝，埋伏于此。

然后，直孝任命川手良利为左先锋，令其守于堤坝左侧，自己则率领主力进至从若江通往高野官道的十三官道，静候敌军到来。

井伊直孝早已看出，大坂武将试图偷袭关东主力侧面。十三官道乃是敌人必经之地，他遂作出这等安排。天亮之后，两厢隔着玉串川对峙，直孝的判断丝毫无误。岂能让你们得逞？他冷笑一声，头盔下双目闪闪发光。

"敌方乃是木村重成的精锐，请立即发动进攻。"川手良利催促。直孝却道："休要着急，太早进攻会伤了元气。"他此后不再多言，一直等到卯时四刻。

隔江相对的木村重成则一边确认敌情，一边整歇。

"让火枪营的三百六十人埋伏于堤坝后面。"重成命令山口弘定。

继续对峙下去，对连夜行军的自己一方显然不利。于是，重成想到了一个办法，就是先从西岸的堤坝朝敌军射击，诱使敌军渡河，然后将其引入那条通往沼泽地的小路。

火枪营领命出动。

刚布置完毕，弓箭营头领饭岛喜右卫门单膝跪于重成面前，禀道："敌军左翼已开始行动，领将乃是川手良利。时机已然成熟。"

重成点了点头，站起身来，搭眼望去。井伊军的左先锋——川手良利率领的人马已开始渡江。

他们已经心急了，重成暗道，小队人马一上岸，便向其射击。几排枪一过，敌军要么会被火枪吓得畏缩不前，要么会逞强向前冲。反正不管怎样，井伊直孝见此，必会率主力渡河。我则佯装败逃，沿着田间小路撤退。当井伊军到了通往沼泽地的小路上，我便回头猛击，再与先前伏下的人马两面夹攻，年轻的直孝必是插翅难逃。取下大将井伊直孝的首级，此战便结。

真正的大战应在此之后，重成继续寻思：可乘胜追击溃不成军的井伊部，沿着十三官道直至高野官道。那时在高野官道上行军的，到底是家康的铁军，还是将军秀忠的主力？不管是谁都无妨，反正把那里当成自己的葬身之地便是，要能拿下其中一人的首级，便是更好……

此时，井伊左先锋川手良利在队伍最前，到了玉串川左岸。

枪声大作。

“哦！”重成不由低吟一声。少许枪声确是他手下发出，但对岸右方也响起了枪声。那里怎会有人放枪？重成大吃一惊，搭眼张望，原来是井伊右先锋庵原朝昌。看来，朝昌预料到渡河时会有麻烦，预先伏兵于此。

枪声过后，木村部火枪营已有十数人横尸岸边。

木村部据命令沿着田间小道撤退，川手良利安然无恙上了岸，齐声呐喊。

一直到此时，事情的进展都如重成所料。他正暗自得意，又听到一片呐喊。重成瞪大眼，紧紧盯着新一批渡河的敌军。此非井伊直孝的主力，而是掩护川手渡河的庵原，他们也顺利过来了。

重成双唇不由剧烈颤抖——即便把庵原诱至沼泽地，也无任何意义，因自己的目标乃是井伊直孝的主力。

“休再撤退！回首踏平川手部。”重成厉声喊道，他的声音在麦田里回响。

部下听到重成的大喊，调转过头来，举起长枪，迎住了紧追不舍的川手所部。

现在的情势对于追击的川手部，还有诱敌的木村部，都是一个意外。

而这意外所致的细小变化，在战场上往往有着决定胜负的意义，此时的意外正导致了一场混乱。

“不可后退！此乃胜败的关键！”川手良利已身负重伤。他是在木村部折回时，被人刺中了大腿。

在属下转身反攻的那一瞬间，木村重成道：“敌人已开始急躁。”他的判断完全正确。这也无甚奇怪，从八尾到道明寺一带的战场，到处都可以听到枪声和呐喊。被任命为右先锋的井伊老将庵原朝昌几次援助良利，未果。若要进攻，左先锋和右先锋应同时出动。然而年轻的良利却并不这么想，他认为，一方发动进攻，敌军便会将注意力完全集中于此，另一方也就更从容了。于是，他积极开始进攻。他受到庵原掩护于先，得到他们背后的支援于后。若在此溃败，武将的体面何在？

“休要后退！后退者斩！往前冲！往前冲……”

然而，川手良利的怒号并未持续太久。在庵原部齐声呐喊着赶上来时，川手部前头已经没有了川手良利的身影。混战当中，他烈死于敌军的乱刀之下。

赶上来的庵原替代了川手。而此时木村却也后悔莫及，在和川手及庵原的激战中，木村部已经精疲力竭。就在这个时候，他眼睁睁见井伊直孝率领着主力，缓慢渡河。

要与直孝进行决战，就必须首先击溃庵原，但哪有那么容易？重成不再阻止逃窜的士兵，而是驱马冲进了敌丛。

重成如急流中的磐石，一路砍杀，穿过敌军的洪流，往上游驰去。他飞速跨过岸边矮堤，来到青草丛生的河边，浑身颤抖着从马上翻身下来。因他渴得要命，嗓子眼里直冒火，便欲和战马一起喝最后一次水，然后从正面杀进井伊直孝的主力中。

此处可以听见敌我双方的呐喊，喊杀声像海浪一样此起彼伏。重成趴在地上，捧起水，贪婪地灌进口中。在放开双手的那一瞬间，他看见倒映在水面上的身影，大吃一惊。水里的影子和平时的自己完全不同，那不再是一张端庄神气的脸，而是一张汗流满面、扭曲过度的面孔，充满血丝的双目中满是焦灼。

这是木村长门守重成吗？在这一刹那，重成仿佛看见脸上充满了恐惧的新婚妻子，她悲号着跑开了……不必怀疑，这是重成，锹形头盔、丝线连缀的盔甲、红锦礼服，全身的装束都可以证明。他身上沾满鲜血，已是多处负伤。然而，喝了几大口清水，他又猛地感到浑身有了力气。

“嚯！”重成大呼一声，猛地从水边站起身来。此时，一只蜻蜓落到了他的头盔上，倒映水中，如画一般。他未立刻拂拭头盔，脸上却不由得露出一丝微笑，“你也在碌碌而行……好，且让你在此歇息片刻。”

就在此时，身后传来了一个陌生的声音：“哎呀呀，这不是敌军大将吗？我乃赫赫有名的井伊先锋大将庵原助右卫门朝昌是也！”

匆忙赶上重成的老仆太兵卫此时正要将马从河中牵上来，见此情形，不由大喊：“大人危险！”几乎在太兵卫呼喊的同时，重成猛跳起来，拔出武刀，“你就是庵原朝昌？”

“来吧！”朝昌虽已年过七旬，但长枪刷地便直指重成咽喉。

重成浑身开始发热。不愧是久经沙场的老将，朝昌的出枪无懈可击，几无法躲开他的枪头。

此前重成一直执一支北国流的丈八长枪杀伐。若未丢掉那长枪，自可抵挡一阵……吓！重成只得抡起武刀，猛地扑了上去。

“呔！”朝昌闪开身子，刀刃掠过他的脸颊。他再次直起身子，以迅雷不及掩耳之势刺向了重成。

“啊！”长枪刺在了重成的大腿和左腹之间。

“南无阿弥陀佛。”朝昌迅速收回长枪，并未再次出手，单是低头看着倒在地上的重成，“还年轻啊。南无阿弥陀佛，南无阿弥陀佛。”

重成以刀拄地，摇摇晃晃试图站起身来。如木村重成这等大将，怎可受不住老人的一击！但他却吃一惊，老人将念珠挂在脖子上，口中念念有词。

他在可怜我！这令年轻的重成实难忍受。

“呔……再来！”重正明白自己已无法再站起，但他依然用刀尖指住对方。

朝昌停止念佛。“战场乃是个残酷的所在，你就休要再逞强了！”

他顿一下又道，“你叫什么名字？有无遗言需要老夫转达？”

“住嘴！尔为何不取下我的首级？”

“唉！”朝昌苦笑道，“我乃井伊大将，年过七十了。即便拿下你这等年轻后生的首级，也没什么值得炫耀的，也不稀罕这点战功。既然已站不起来了，不如跟我一起诵佛吧。”

“休要贫嘴！快快砍下我的首级！”

“罢了罢了，真是一个不通事理的年轻后生！你似还不知草丛中流淌着自己的鲜血。即便无人砍下你的首级，过不了多久，你也会前往西方净土。南无阿弥陀佛，南无……”

见老人就要离去，重成感到一阵眩晕，顿觉从未像现在这般耻辱。他骂道：“老东西，站、站……站住！”

正在这时，又听得另一个声音：“老伯！”

一人从青草丛后钻出，对庵原朝昌施了一礼。

“咦，安藤长三郎？”

“老伯……在今日之战中，晚辈还未取得一人首级。”

“井伊大人曾经说过，不要在意取下多少首级。”

“话虽如此，可若一颗首级也未拿到，定会被人耻笑，没了面子。从这盔甲来看，这人也是有些身份之人，老伯能否将这首级赐与晚辈。他现在还能拿起刀，也不算是捡的。”

老人回头看了一眼重成，道：“说不定他会领你的情，请便吧。”说完，他便匆忙去了。

安藤长三郎道了声谢，走到重成跟前。

此时的重成，手里虽然还拿着武刀，但视线已经模糊。正如朝昌所言，草丛下面湿漉漉的全是鲜血，浸透了他的裤腿。

“啊，也不知你是何人，你的头颅就归我了。对不住！”长三郎挥起了刀。

像木村重成这等人，在其短暂的一生中，许做梦也未想到自己会以这样的方式死去。

“好好，这下我可长脸了。”安藤长三郎砍下重成的首级，扯下系在尸身腰间的白熊旗，将其包了起来，若无其事挂在腰上，离去了。

刚才还在附近的仆人和战马都已不见了踪影，只有一具无头的尸体横于地上，引来了成群的苍蝇。

此战以木村部大败告终。不仅木村，一旁与敌军激战的长曾我部也已败势大现。

庆长二十年五月初六下午，太阳毒辣地照在战场上，这一带渐渐恢复了往日的平静……

四　父子入阵

真田幸村率三千人马从天王寺赶往道明寺，在他前面，乃是后藤又兵卫基次。作为后援的毛利胜永也率三千兵马，在天亮之前从天王寺出发。幸村阻止了急于行军的部下，他在担心赶往若江的木村重成，亦在为后藤基次忧心。后藤基次已下定了必死决心，这在情理之中，士为知己者死，他生就一副犟脾气，已将这话刻于心底。基次曾是黑田家臣，但在那里过得并不如意，于是义无反顾地离开黑田，投了秀赖。现在他虽感觉大御所和将军更欣赏他的实力，但想同时报答大坂和关东的知遇之恩，他别无选择，唯有一死。

幸村明白基次的心思，才特意不着急行军——要是急着前去和后藤会合，势必会被卷入其中，与后藤一起赴死。我现在还不能死！但真田左卫门佐幸村绝非贪生怕死，此亦他毫不认输的倔犟使然。战争不可能从世间消失，幸村对此深信不疑，正因如此，他才下定决心走进大坂城。既然家康公坚信可以打造一个太平盛世，要是毫无意义死在对方刀下，便是对对手的不敬！

“打造一个太平盛世”，幸村认为，这样的想法不过是狂妄之人的自负。即便可以打造出那么一个世间，武人之间的人情和义理，也会将其搅得无法安宁。我现在还不能死，还有一件东西要送给家康公和秀忠——幸村这种奇异的倔犟，在今日的战场上，怕无一人能够明白。就连他自己，在天明后从天王寺出发时，也将其忘得无影无踪，现在心中所想，唯有将战事进行到底。

幸村骑在马上，冷静地仰望着星田的天空，据云家康公即驻阵于彼。连绵起伏的生驹山脉，雾气飘荡，浓云徘徊。要是下雨，家康公念及自己年高，应不会出征。在没有家康公的战场上一死，实无意义。因此，只有在后藤基次与毛利胜永请求增援时，才可急行，但他们现在皆不吃紧。幸村遂率领人马，慢慢悠悠行进。当他到达藤井寺时，已是巳时四刻左右。

此时毛利胜永率领三千兵马，先幸村一步到了此处。幸村马上来到胜永阵中，询问道明寺后藤和薄田两部战况。

“胜败已成定局。”在一个农夫家中，毛利胜永请幸村坐下之后，感慨道。他已微微察觉到了幸村的心思，又道：“两队溃退的残兵正陆陆续续朝这边赶来，惨不忍睹。”

“哦。”幸村若无其事道，“我若能早到片刻，也可与你协力前去增援，可是……真是太对不住他们。”

此时的幸村，成了一个异常冷静的撒谎之人。他非常清楚，只要自己未到，毛利胜永就无法继续前进。他故意放慢行军的脚步，只是不想让后藤基次这场必败之战将毛利胜永也卷入其中。

这时，福岛正守、渡边内藏助、大谷吉久和伊木远雄等人，陆陆续续赶到。他们一个个都急速行军，气喘吁吁。

于是，藤井寺会师的大坂总兵力，已超过了一万两千。

“切切不可急躁！”在诸将面前，幸村用一副沉稳的口气道，“击溃后藤、乘胜而来的敌军不只是水野胜成，还有伊达的一万大军和松平忠辉的九千兵马。下午一战如何应敌，将直接关系到大坂的命运。在敌军以势不可挡之势冲过来时，我们要摆成枪林阵，匍匐于地……他们必会大肆射击。伏于地上，则大大减少伤亡，可于放枪之后，再起身猛刺……”这是幸村在九度山时便经常尝试的用兵之策。

“在遭受枪队的袭击时，不能与其硬拼，应暂时伏于地上，等待敌军射击后再站起来。因都使火枪，无法连续射击，敌军就束手无策了。当然，我军的火枪营应在敌军攻击之隙，进行射击，但不可太过乘势追击……”幸村讲完战术，双手合十道，“由于意外的迟到，导致后藤和薄田两位大将以及众多勇士丧身，这都是幸村的罪过。今日已错过了良机。因而，我方在若江和八尾的军队败退时，务必尽快收兵。决战定于明日，在天王寺和茶磨山展开。在此之前，务必爱惜每一兵勇，珍惜性命。”

这是幸村真假难辨的作战方略。他对自己眼睁睁看着基次和兼相丧命而表达的歉意，也许并非谎言。若非如此，大坂士众说不定都已萌发了临阵脱逃之念。

在人皆变得疯狂的战场上，要保持像清水一样的冷静，实在甚是难得。真田幸村便是想利用这种至难的冷静，给予关东大军痛快一击，然后离开战场。

此时，没有任何消息说明家康的主力已经出动。

到了正午，阳光透过云间的空隙，直直照射到大地上。星田定是下过了雨，家康也定是害怕泥泞，才不愿出征。在小心谨慎的家康面前，幸村只要佯装退却，家康便一定不想放过这得胜的机会，必在今夜率军前来。若从此地撤退，战场便只能选择天王寺到冈山一带。去岁冬役中，那里也曾发生过激战，家康也定然会在熟悉的茶磨山布阵。

幸村欲在茶磨山张开大网静候家康。在他眼中，已无战争的胜负，只有对“战事永远无法消灭”之事实的坚信。基次输给了家康的识人之恩，甘愿前去送命，但幸村却无那般单纯。他以为，真正的报答，是夺取家康性命，让世人明白，这个世间永不存在什么安逸的太平！

众人在藤井寺的民宅中商议完毕，时已正午。

幸村离开毛利，和渡边内藏助的人马会合，组成了军队右翼，朝着道明寺河沿右边的誉田进发。他们出发之后，才发现到处都藏匿着后藤部负伤的士众，才知基次已完全溃败，但谁也不知基次战死时的情形。

幸村进发时尽量避开道明寺正面。因伊达必然来此处，伊达军中应该有女婿片仓小十郎。翁婿战场相见，幸村心中有些为难，有些不忍。他感觉出伊达政宗和大坂城内的洋教神父有些联系。伊达在战场上到底会如何？若能及早知此，对明日的战事有重大意义。幸村寻思，要对付伊达，最好的办法就是莫把他当成敌人。

幸村来到河岸边时，一群乱兵慌慌张张朝这边跑来。“何人？你们是何人手下？”幸村在马上喝道。乱兵回话，说是北川宣胜部下。

既是自己人，就不能坐视不管，幸村咬牙掉转马首。

这里可不值得我真田幸村拼上性命！虽然心中如此算计，他却不能袖手旁观，因为今日之战将直接影响全军士气。

幸村打马急进，看出北川宣胜已经陷入苦战，遂立刻命令同行的儿子大助幸纲前去助战，自己则驱马来到北川宣胜跟前。此时，他还不知将北川宣胜逼至如此困境的敌人是何人。

“北川大人，你带兵后退二三町，这里就交给我了。”为了让已经溃败的军队再次振作，重新面对敌人，这是唯一的办法。幸村令北川部撤退到大助幸纲后方，大助则摆开枪林阵，迎击敌军的骑马火枪队。这样一来，撤至真田后方的北川便能稍作休整，重新迎敌。那时的北川部，将不再是夹着尾巴四处逃窜的败军，而会变成一支勇猛的军队，成为真田的后援。

幸村领兵打仗，总是能巧妙地将力量和人情组合分配。今日，他便是如此巧施腾挪之法。已溃散的北川部在幸村的指挥下往后撤退，幸村直接指挥大助幸纲和渡边内藏助拉开战阵。与此同时，已经作好准备的真田火枪营，对着敌军的先头人马一阵扫射。

疯狂的扫射震动四方，战场局势顿时发生逆转。北川士众已停止逃散，他们的溃逃和撤退变成了诱敌深入。真田的兵马挥舞着长枪猛攻，双方一番激战之后，敌军撤退，两军之间拉开了五六町距离。

“敌方撤兵实是故意，要小心行事。这是何人的兵马？”幸村停下马，打量着已经喘过气来的北川部，问道。

“敌将乃是伊达手下大名鼎鼎的片仓小十郎。”北川宣胜回道。

“片仓……”幸村立时僵住，“哦，竟是片仓……”

在乱世的战场上，经常会碰到意想不到的无情伏兵。幸村一直想避开女婿的人马，没想到女婿却一下子挡在他面前。况且，这一战乃是为鼓舞士气而主动出击，焉有退却之理？

此时，片仓小十郎也生出了同样的惊讶。

伊达怕也想避开与真田的决战。道明寺正北面乃是水野胜成和大和诸将，挨着本多忠政的伊势军以及松平忠明的美浓军，伊达来到最南的誉田。然而，该死的真田幸村却偏偏也避开了道明寺正面，来到了誉田！二虎将相争，自是一场龙争虎斗。

片仓小十郎和手下将领商量，避免独断专行："敌军就在眼前，我们先与哪一支人马捉对厮杀？"

北川宣胜已经和真田合兵一处，但与这支军队相隔三町处，还有几支队伍高扬军旗，右边乃山川贤信部，左是福岛正守、大谷吉久、伊木远雄等部。

片仓本来可以稍稍改变进攻的方向，选择旁边这几支军队中的一支作为突破口，但考虑到明天就要决战，不得不顾虑士气。若是不慎挫伤了士气，士众一个个变得如丧家犬，怎能继续为战?

众将的回话令片仓小十郎异常寒心。

"当然是赤备军！赤备军乃是我们最好的敌人，首先要击溃的便是那支兵马。"

所谓赤备军，毋庸置言，便是红旗红盔的真田部。

"好！就这么决定了。我也将骑兵分为两队，火枪营埋伏于左右，目标直指对方大将。虽说赤备军大名鼎鼎，但他们也有一个弱点：一旦没了领头的，他们便是乌合之众。记着，首要目标乃是取下大将性命。"

亲情与战术无法两全。身为武士，在战场上首先当学会的，便是不可囿于亲情。

赤备队已在片仓前面摆开阵势，真田幸村站在队伍中间，暗中观察对方动静。对方亦未想过要退。撤退就罢了，但敌人若发动进攻，无论如何要将其击溃。

片仓不过是伊达的一支，即便被击溃，对于率领大军的家康来说，也不过如被蚊子叮了一下。但真田军若在此地失败，大坂士气便会一蹶不振。

“父亲！敌人似要进攻了。”大助幸纲气喘吁吁赶到幸村马前。

幸村微微一笑，道：“休要慌，再等片刻。与其冒冒失失发动进攻，还不如耐心等待时机。大助，敌军大将的首级就交给你了。”

“遵命！”大助一脸自信，大声回答。

片仓的军队首先吹响了进军号角。未几，一队骑兵齐声呐喊着冲了过来。真田军挥舞着长枪准备迎击。

已经料到真田战法的骑兵队，如旋风般从旱田冲到岸边，由另一队人马替换上来。在两支人马替换的间隙，子弹朝真田父子呼啸而来，其精准令人毛骨悚然。

“危险！真田大人危险！”渡边内藏助的一支人马从旁斜冲出去，两军顿时陷入混战，无法分清敌我，也分不出谁是大将，谁是小卒。

“片仓小十郎何在？”真田大助穿着一身绯色缀线铠甲，身后插一面红旗，骑马冲进阵中，左冲右突。

但无人停下来向他报上名姓。谁都知，一旦停下来，必会死于枪下。大助奋力搏斗，未久，右腿便负了伤。当然，他的长枪也伤了三四人。他杀了一阵，这才看到，伊达几乎所有的士众都在流血。

大助睁大眼，努力寻找小十郎的身影。此时，越来越多的人开始溃退，若再战片刻，所有人都会精疲力竭。刚念及此，只见一个敌阵大将接连砍倒两人，大声喊着“撤退”，自己亦飞奔去了。那人便是大助寻找的片仓小十郎，但大助却未看清。

“追！快！敌人怕了。”大助看到敌人朝着誉田方向撤退，才知己方已然大胜，不由大喊：“父亲！父亲……”

“令尊在那边呢。”右边脸颊淌血的渡边内藏助骑马奔过来，指着身后的堤坝。

“内藏助，快，我们快追！”

“好！”

但此时幸村却下达了撤兵之令，撤退的号角大响。

“为何撤退?!”

幸村的判断毫发不差，片仓的撤退亦自有道理。

见到片仓危急，伊达派出奥山出羽精锐部队中的骑兵前来增援。幸村正是看到这一点，才下达了撤军命令。若大助乘胜追击，必被奥山的骑兵队截断退路，自寻败阵。

在奥山骑兵队到达之前，真田幸村已经整顿人马，朝誉田之西撤退了。这时，木村重成在若江被人砍下了首级……

是日之战中，片仓所部无不挂彩，由此可知厮杀是何等惨烈。在真田这边，大助幸纲、渡边内藏助、福岛正守、大谷吉久也都不同程度受伤。但若无幸村无比冷静的部署，西军怕已全军覆没了。

幸村把军队驻扎于誉田之西，派人打探各处友军战况。

从冬役到现在，幸村认为能坚持到最后，并对之寄予厚望的，其实只有毛利胜永和长曾我部盛亲。其他部要么有勇无谋，要么感情用事，要么自以为是。真正打起仗来乃是难上加难，或许正因如此，幸村才热衷于战事；亦正是因为知兵知战，他才能临危不乱。

近未时四刻，双方都已精疲力竭，此乃情理中事，因为几乎所有人马在深夜丑时就已开始行动。因此，怎样保持体力以应付明日的战事，才是问题关键。

“好了，战事才刚刚开始，好戏还在后头呢，让我们先歇息。”幸村下令全体将士稍事歇息，派人打探各处战报。未久，他得知长曾我部在八尾遭藤堂部重创，残余人马集于久宝寺。去了若江的木村重成依然没有任何消息。他并不知，木村主力业已覆没。

此时，大野治长派来使者，报说接到了木村宗明的战报：“木村长门守战死！若江和八尾既俱已失守，请速速退兵！此乃少君命令！”

幸村郑重送走了使者。命令下起来容易，但想平安撤退，必须有一出比进攻还要周密的策略。塙团右卫门、后藤又兵卫、薄田兼相、木村重成等人或战死沙场，或生死不明。目下要确定的，乃是剩下的人应如何应付明日的战事。

幸村随后召集诸将，商量撤退路线。

“在这战场上还有未曾露面的强敌，那便是松平忠辉率领的大军……初战至今，他还未尝战阵，若遭到他的正面攻击，我军必受重创。因此，我想在此待到傍晚，以观形势，不知各位意下如何？”

诸将还会有什么异议？撤退，自是越早越好。松平忠辉统领的军队，人数怕在一万以上，要是遭到新一轮的攻击，己方殊难抵挡。

“我们当于申时四刻撤退。在此之前，让士众好生歇息。”幸村的口气依然平稳如水。

幸村若在誉田的密林中遭到了关东新一轮猛攻，大坂军在这一日许已全军覆没了。

但关东并未发动进攻。关东不攻，并非因为无人，亦非无力。伊达政宗的女婿、越后高田城主松平上总介忠辉率领的军队毫发无伤，就人数来说，忠辉直接指挥的人马就有九千，加上村上义明的一千八百和沟口宣胜的一千，总数高达一万一千八百人，自上杉谦信以来，何人可比？这支越后的雄师盘踞于道明寺伊达部的后方，无任何动静。这是为何？

此处隐藏着一个巨大的秘密。去岁冬役时，家康六男松平上总介忠辉奉命留守江户，年轻气盛的他感到焦躁不安。而此次奉命统领一支人数近一万两千的大军，求胜心切的他时刻准备着大战一番。但，他毕竟经验浅薄，于是岳父伊达政宗被任命为他的辅佐之人。忠辉来到道明寺附近的国分，却又为何眼睁睁看着其他兵马一次又一次在眼前展开生死搏斗，自己按兵不动？

关于此事，战后有人这般记述：

> 东军第五路将领松平忠辉较晚从奈良出发，虽在中途已接到开战消息，加快了行军，但到达片山时已是下午，最终贻误了战机。忠辉同母异父姊婿花井主水建议，即刻对西军发动进攻，但玉虫对马和林平之丞却极力反对。忠辉派主水为使前往伊达政宗处，请求代政宗出战，但政宗不允。
>
> 传令官皆川广照拜谒忠辉，告之敌军经半日战斗，已然疲惫，若马上发动进攻，一举即可将敌击退，追其溃败之师，攻入大坂，自能拿到头功，请求忠辉任其为先锋。但忠辉不允……

忠辉按兵不动的原因至此明了。那么，政宗为何故意阻止忠辉，致使他白白丧失了一次建功立业的机会？前文已明言，政宗有入了洋教之说；大坂城内亦已混入了大量神父和信徒；忠辉亦曾缠着家康，要求把大坂城封给自己。数疑并起，忠辉大军自是不能动得了半分。

但忠辉毕竟年轻英勇，用大久保长安或者大久保忠邻的话来说，简直就与当年的信康一模一样，乃是一员猛将。他若追击敌人，定不会仅仅停留于天王寺，很可能一举即冲进他梦寐以求的大坂城。然后，他或可乘机提出要了大坂城。即便不如此，始终被秀忠亲信视为眼中钉的忠辉，在不知不觉中也已为自己大树敌人。老到的政宗岂能令女婿身入险境？

但事实是否果真如此？

因为停止行军，宿营于圆明村，从而贻误了追击西军的大好机会，此事后来葬送了忠辉的一生，远无如此简单。

花井主水奉命去面见伊达政宗时，政宗道："你告诉你家主君，所谓大将，并非必须首先出兵。上总介大人战场经验尚少，可能并不知，战场上的敌人并非只与自己正面相对，也可能从背后袭击。上总介大人与将军大人亲信有芥蒂。加上大久保忠邻和大久保长安事发之后，就有人散布谣言，说上总介大人心存野心，试图取代将军，掌管幕府。若有人信以为真，说是在这战场上，上总介趁乱……那将如何？"

花井主水听了这一番话，大觉有理，回去报告给了忠辉。他虽为家老，但先前却只是一个能剧艺人，作战经验同样不多。加上之前玉虫对马和林平之丞等人也曾经极力反对，忠辉便亦压制住急躁冒进之心，驳了皆川广照的追敌之请。

伊达政宗让片仓和奥山孤军奋战，自己按兵不动。见真田朝誉田的树林撤退，水野胜成请求道："现在乃是追敌的大好机会，希望大人能与在下一起发动进攻。"

伊达政宗却严厉拒绝："我部经过了激烈奋战，人马俱疲，无法继续为战。"

水野胜成怎说也是道明寺一路军的总大将，在战力上绝不输于四路的伊达。但政宗却严词拒绝，还要求第五路松平忠辉也莫要轻举妄动。他葫芦里究竟卖的什么药？

此日西军能够安全撤退，毋庸置疑，乃是因为伊达政宗。

真田幸村在誉田的树林中稍作停留，见松平忠辉依然按兵不动，遂令毛利胜永的火枪营断后，并放火烧了附近民宅，佯为进攻之相，实则乘机撤兵。

撤军之时既到，真田幸村对伊达的先头部队大声喊道："哎呀呀，还说什么百万雄师，堂堂关东大军竟无一个男儿！"幸村赚足了面子，开始撤退。这可说乃是为了鼓舞士气，亦可说是他看清了政宗心思，才敢如此嚣张。伊达绝无追击的意思，若非如此，如幸村这等冷静之人，断不会如此虚张声势。政宗许是为了在日后有个说法，才先派出片仓小十郎来虚晃一枪，拖延时日，以察大坂命运……

五月初六的战事就这样结束。

此日，秀忠的军队进至前夜藤堂部驻扎的千冢，家康则从星田行军至枚冈，安营于此。

藤堂高虎的使者分别来到千冢和枚冈的帐中，请道："今日一战，我军死伤惨重，恳请辞去明日的先锋一任，还望将军和大御所应允。"

对于此际武将来说，先锋乃是至高名誉，藤堂却提出辞去先锋，可想而知，他在此日的战事中受到的打击是如何之大。

于是，家康便改任藤堂高虎和井伊直孝为秀忠先头部队，任前田利常为冈山先锋。此际前田利常已至大坂官道的久宝寺，驻阵于此。

却说平安撤至茶磨山的真田幸村，虽已精疲力竭，却依然立刻召众将议事。时已是深夜，然而他们仍不清楚己方各路损失有多大。

紧跟在幸村之后撤退的大谷吉久、渡边内藏助、伊木远雄、福岛正守，陆续来到营中，见过了幸村，个个亦都精疲力竭，形容憔悴，与其让他们现在思量明日的用兵之策，莫如让他们稍事歇息。

"等众人都到齐了，我再叫醒你们，此前你们先睡片刻。"

众人围于一堆火苗微弱的篝火旁，未久便鼾声大作。毛利胜永与其子胜荣入帐在前，吉田好是、木村宗明、筱原忠照、石川贞矩、浅井长房、竹田永翁进帐在后。未几，营帐中鼾声四起。

山川贤信前去迎接大野治房。当治房在三十名根来僧兵的护送下来到大帐时，幸村这才叫醒诸将，商讨明日如何用兵。

虽说是议事，打了一天仗的将领们并未提出什么像样的见解。他们每人心里都清楚，这一战已无望。敌方还有偌多好手未曾出手，而己方大部都已上过战场。两厢相比，胜负立判。

幸村厉声叫醒还在熟睡的儿子。

"大助，过来！"幸村的声音异常严厉，不只是幸纲，在座诸将也都不由端正了姿势。

"孩儿睡过头了，请父亲恕罪！"尚留着额发的少年慌忙起身过来。

"坐下！"幸村再次厉声斥道。

全场鸦雀无声，帐内气氛紧张。

"听好！你要把为父说的话铭记在心！不可违背！"

"嗯。"大助揉了揉惺忪的睡眼，十分惊讶，然后慌忙两手触地，不敢直视父亲。

"天明之后，你马上前往大坂城。听好了，明日便是父亲战死沙场的日子。因此，你必须回到大坂城，侍奉右府……"

不等幸村说完，大助使劲摇着头，大声道："不！"

"你敢违抗父命？"

"别的事也就罢了，父亲既已决心赴死，大助决不能离开父亲半步！"

"胡说！"

"父亲！明日决战中我们将遭遇真田信吉兄弟。斯时他们见父亲血染沙场，旁无大助，他们会怎样？他们定会嘲笑大助，骂孩儿贪生怕死，抛弃父亲，独自逃回了大坂城。别的事，孩儿定会听从，唯此事万难从命，还请父亲另派别人。孩儿不孝，请父亲务必体谅儿子的苦心！"

言毕，大助"哇"的一声大哭起来。幸村冷冷看着伏在地上的大助，脸上却无任何感动，“只有如此说辞？”

“父亲！父亲！自从和父亲一起离开九度山，大助就已经准备和父亲一起战死沙场……”

“混账！”幸村骂道。这骂似乎不仅是对大助，也是为了振奋在座诸将。“我不是早就跟你说过，这场战事已经不在于胜败。它乃超越生死、维护男儿心志的战事！”

“这，可是……”

“大楠公赴凑川应战之时，其子正行同行了吗？当时小楠公比你还年幼，你怎还不如人懂事？我要你回到右府身边，非让你苟延残喘。父子应是一心，我在战场上，你在右府身边，各自尽力完成使命。我让你回去，乃是要你和父亲一起成就大义！万一右府身有不测，你就当坦坦荡荡殉死。这是为父的命令，不得违背！”

大助仍在呜咽，但在座将领眼里却大现生气。

幸村缓缓转向诸将领，“好了，现在就和诸位商量一下明日的战事。”幸村将军扇放在膝头说话时，众人的视线还在大助和他之间逡巡。见着垂头丧气的大助，人人都觉得自己也必须寻找归处了。明天战事就要结束了，不仅真田父子，在座众人都要为自己选择归处，这是宿命。

“我们将在天王寺与敌军决一雌雄，已无须赘言。冬役时我们曾经采取闭城不出的战法，但这回不能沿用老例，因护城河悉被填平。”幸村说到这里，脸上浮出一丝微笑。人人对死亡都已有了预感，这微笑再次提醒了众人：现在已无回头路，面前只有死亡。

“大人说得是，这回要把老底都掏出来了。”毛利胜永笑着回道，“既如此，不如令城中所有将士都出城参战。”

幸村点了点头，“让城中的各位将领率兵经由茶磨山，前往天王寺，将东军引诱至此，才能决战。对手不到，与谁决战？”

“哈哈……大人说得对。”

“然后，另留一支队伍在船场，在两军正面作战正酣之时，令其秘密绕过下寺町，绕道至茶磨山南。”

“好，此法妙极！”毛利胜永巧妙地附和着，他十分清楚幸村心中所思。

“绕道而去的人马，在敌人背后发动袭击。那一带应是家康的主阵。”

“是。那里乃是一决胜负之地。今日在撤军途中，多见这一带的沼泽、水池和沟渠等处均插着些竹竿，上贴纸条作为记号。看来，这是有人依照家康命令，秘密探查了地势。关东甚是谨慎，我们亦当心中有数。”

“哦，他们连路标都做好了？”

“不愧是家康公，果然是领兵打仗的好手。”胜永赞道。

幸村笑道：“哈哈，这倒令我好奇，却不知明日家康公会命丧谁手？”

这时大家才注意到，大助幸纲已停止哭泣，悄然站了起来，坐到后面。

“好了，下面讨论人员配置。”幸村把人名簿放到战阵图旁边。此时大助道：“父亲！大助愿意回大坂城。”

“哦，你终想明白自己的责任了？”

“是！大助决不急于赴死。”

“哦。”

“只要右府活着，大助就会侍奉左右，坚决完成使命。”

“这正是我要托付给你的啊！”幸村双目闪亮。但他声音如常，并未落下泪来，仅探了治长一眼，声音平静，“右府说不定会坚持亲自出城迎战。但是，你无论如何都要制止他。你知这是为何？”

大助道：“混战当中，会触到偌多尸首，此多有不吉……”

“正是。因此，你不可离开右府半步。他若非要出城亲自迎战不可，你就与负责警卫的奥原信十郎商议。”

“奥原信十郎？”

“他为人忠厚，且又年长，他的判断应该不会有大误。右府若听取了奥原信十郎的建议，你就要无条件遵从。无论是生是死，你都要和右府在一起。”

“孩儿明白。”

“已无甚可说的了。务必时刻谨记，你是真田幸村的儿子……好了，你去吧。”

有人啜泣，却无人站起来和大助说一句话，只眼睁睁看着他走出大帐。

大助去后，幸村释然一笑，道：“好了，终于说服那个不成器的小东西了。接下来，我们商议人员分配。”他从笔筒里拿起一支笔，在纸上写下“茶磨山”三字，然后看一眼大家，道：“我想在茶磨山布阵迎敌，不知诸位有无异议？”

“只有如此。”毛利胜永立即回答道，“既然真田大人镇守茶磨山，那么毛利胜永就当负责天王寺南门的防守。”

对于毛利胜永的提议，大家无异议。幸村刷刷写下了和他一起镇守茶磨山众将的名字：大谷吉久、渡边内藏助、伊木远雄、福岛正守、福岛正镇。写毕，幸村把纸笔递给胜永。

胜永让儿子胜荣看了一眼，便在纸上写下“天王寺南门毛利胜永”几字，加上了儿子胜荣和两位老臣浅井长房与竹田永翁之名，然后，他用眼神一一征求了各人同意之后，又加上了吉田好是、筱原忠照、石川贞矩、木村宗明等人。他表面装出一副若无其事的样子，心中却知，此乃最后一仗！这种感慨像巨石般压在他心头。

长冈兴秋、槙岛重利、江原高次等将领镇守天王寺和一心寺之间的石华表以南；大野治长的火枪营则埋伏在毛利军左前方，治长率领主力和后藤、薄田、井上、木村、山本等人的残部，驻扎于后方的毗沙门以南；大野治长之弟大野治房自是左方冈山口的总大将。

确认了自己所在，众人都发出了一声叹息。

五　夜半激将

在大坂诸将最后一次议事的时候，德川家康率兵从星田进至枚冈。在大营中，他迎来了一位意外的客人，与之进行了一次密谈。

家康的心绪并不好。只要一开战，他便十分激动，血在身历百战的体内沸腾，此时家康会变得很是敏锐，全身充满斗志。开战六天以来的几场仗，让他颇为焦急。他也自知这场战争拥有绝对的优势。然而，正是这种所谓“不会输”的自信，才让他焦急万分。

许是大家都认为这场战争无论如何不会输，才如此放心，并无多少人尽全力。大家都想着面子上过得去就是，并不使全力一战。但战事绝非面子上的事，一个小小的失误，便可能导致全局被动。

在六天战斗中，值得褒奖的只有水野胜成和井伊直孝。不管是藤堂高虎还是伊达政宗，表现都让家康不满。今日本来就可攻入大坂城，却非要拖到明日不可。虽说只有一日之差，却关乎数千士众的性命，众人为何就不明白？若今日攻进了大坂城，明日便可昭告天下：“战事结束！天下息兵！”

世人都知，在那个没了护城河的大坂城中，诸人不可能闭城不出，死守在内。然而，必胜之军却放弃乘胜追击的机会，让西军逃了回去。这样一来，敌军必在天王寺至冈山一线布兵，结阵应战。兵法云：置之死地而后生。己方军队漫不经心，敌军却多是为了留名后世。他们居于死地，自会拼命反击，因此，更会有万千士众丧生。

伊达政宗拒绝了进攻，藤堂高虎也以死伤惨重为由请辞先锋。这样还如何打仗？

甚至对始终带在身边的义直和赖宣，家康都无好脸色。但一个意想不到的僧人来访，却让他心绪大好，笑声不断。

来客乃是天王寺附近一心寺住持本誉存牟。存牟说因为这一带将会成为战场，故决定前往高野山避难。他着一身缁衣，打扮成行脚僧模样，并不引人注目。

“真是过意不去，险些连贵寺也烧了。”家康靠在扶几上，道。

存牟以念珠抵额，看看四周，小心翼翼道：“明日一战，贫僧有一事容禀。”

存牟大师和家康之间颇有缘分。去岁冬役，家康将大营扎于茶磨山，与坂松山的净土宗一心寺毗邻。因此，存牟时常来军中与家康饮茶，讲论佛法。在此之前，二人也有交往。庆长五年二月，家康曾将一夭折男儿葬于一心寺。彼儿名仙千代，死后法号为高岳院华窗林阳大童子，当时主持葬礼的便是存牟。

“贫僧知道那一带将会成为战场，故已令人在各处插上竹竿以为标记。请传令出征的各位将士，务必注意那些标记。”

“多谢大师！”

“在纸片上标有圆圈的乃是泥地，标有三角的则是小水塘，未做任何标记的，乃是此路不通。”

“真是多谢。直次，把这些记下来通告大家。”家康吩咐旁边的安藤直次，然后道，“今晚他们应在着手巩固那一带的防守吧？”

“关于此，贫僧还有一事相告。”

“何事？大师听说了什么要紧之事？”

“听说真田将出兵镇守茶磨山。”

“想必如此。”

“此乃真田的党徒所言。既在彼处布阵，势必欲谋大人或将军性命，以为黄泉路上相伴……净说些不吉之言，请恕罪！”

“哈哈！无妨无妨，战争就是要取对方首级，不是杀人，便是被杀，都是一样。”

“另有一事，明日将会有八位真田左卫门佐出现在战场上。”

“八位？”

“有人透露，他们准备了八件红色铠甲、八顶鹿角头盔，另有八匹着红马铠的白马……”

“哦。”

“那八位真田幸村将会神出鬼没，现于各支军队中督战，以此混淆视听，致使大人军乱。”

“多谢。我也想过他会使此招。这么说，真正的幸村乃在茶磨山？”

“是。所有人都已作好了战死之备，对守护佛堂的僧人也格外亲切。”

“哦？对僧人以礼相待的对手最是可怕。多谢大师告诉我这些。我亦有一事要拜托大师。”

“请大人吩咐。”

“明日一战，我军和敌军士兵的尸首将在寺院附近堆积成山。怨亲平等，俱会一处，我想拜托大师清理战场，超度亡魂。”

“此乃老僧分内之事，不必吩咐。”

“直次，取些金子来，作为超度亡灵之用。然后，派人护送大师到高野山口。”家康吩咐毕，心情已是大好。

一心寺的存牟得知寺院周围将会成为战场，便将寺中宝物转移到一些安全的地方，自己也前往高野山避难。避难不过是个借口，但如不这样说，在偌多关口都不会被放行。

“真田左卫门佐要化为八人驰骋战场啊。”存牟去后，家康嘀咕道，“敌军以一人之身化作八人来应战，我军很多将领甚至连应做之事都不想做。”言罢，家康转向安藤直次：“直次，你认为前田如何？”

直次不言。

“你怎想便怎说。”

“可是……”

“到底如何？”

“在下认为，大人不应将这些说出口。”

“为何？”

“在战场上会出现八个真田幸村，是说敌军想乱我军心……”

“那又怎样？”

“这样的话，有人会散布谣言，说关东军中有人谋反……”

“嗯。”

“他们这样散布谣言，首先动摇的会是谁？在下觉得，首为伊达，次乃前田与浅野等人。因此，大人不如反对前田利常深信不疑，所谓用人不疑，疑人不用是也。”

家康呵呵一笑，转变了话题：“直次啊，去把忠辉和忠直叫来！”但他又马上改口道：“忠辉就算了。用你的话说，忠辉现在有我们必须信任的伊达辅佐。把忠直叫来就是。”

“遵命！”

“要是有人以为我只让外样大名和旗本将士奋力杀敌，却不舍得让自己的骨肉上战场，这将会成为此次战争一大瑕疵。我得让孙子忠直担负起重任。”

直次领了家康命令，马上派小栗又一前往忠直阵营。

大概过了小半个时辰，秀康之子忠直来到家康阵中。刚一见面，家康便劈头盖脸斥道：“忠直，白天的战斗中，你睡觉了？”

“啊？”

“你父亲可不会在战场上睡觉。你这个混账东西！”

年轻的忠直因这突然的一喝愣住了，但马上就明白了祖父的意思，顿时满脸通红。“那……那……明日一战，请任命忠直为先锋。”

“不可！”

“不可……”

“要是先锋在战场上睡觉，本能得胜的仗也会失败。”

“那么，先锋为谁？”

“我已经任命了前田利常。把你叫过来，就是要责你今日怠慢。退下！”

“是。”被狠狠责骂了一顿，忠直一度通红的脸变得苍白，唇角哆嗦着，走了出去。

忠直不敢顶撞祖父。然而家康责备他，是因为心中十分清楚，松平忠直乃是一点就明的孙子。

“大人，您过严了。”

“嗯？”家康佯作不解。

“越前大人年轻气盛，定会让老臣前来劝慰大人，请求取代前田先锋一职。”

家康不答，转道：“直次，把大炊叫来。”

“遵命。可是，即便不去叫，想必他已来了。”

“哦？你掐指会算？”

“不敢。现在将军还未明确是前往冈山还是茶磨山，必会前来和大人商议。”

“呵，你近来倒是变得精明了。”

“不敢。”

“好了，吩咐下人准备一碗葛根汤。”

“葛根？”

“我不是只会训斥孙子。明日我自己也欲拼死一战，必须鼓舞士气。”

“哈哈！”直次笑道，“大人，您都这么一大把年纪了。”

“住嘴！”

“是。”

“我不是以前的德川家康了。我也不再是将军，将军另有其人，我就是战死沙场也无妨。正因我原来没有这样的准备，才无法激励将士。战事比铜镜更能照出大将的心思。”

安藤直次还未能明白家康的意思。一开始，他只是以为今日无人乘胜追击，家康因此心情不佳，但不久忠直的家老本多富正到来，在他和家康的谈话中，直次方逐渐明白家康之意。

本多富正面无血色。忠直脾气之暴绝不亚于其父，但如今竟被祖父责骂，不免将满腔怒气撒到老臣身上。

“实际上，是在下阻止了忠直公子进攻。听说大人因此责骂他在战场上睡觉？”

“是，我骂了他，有何不妥？”

“并无不妥，只是忠直公子感到颇为羞愧，希望大人能让他担任明日先锋，如此方能雪耻。他说，大御所要是不答应，他便退隐到高野山。”

“哦？好啊，那就让他退隐吧。我已决定让前田担任先锋。”

“那样的话，就……”

“住嘴！”家康厉声喝道，站起身，“你们一个个难道就不明德川家康心思？德川家康不是个只会责骂孙子的懒惰之人！你去告诉忠直，要是明天他听到祖父战死的消息，就让他留在高野山念佛，为他的祖父超度亡灵！”

此时，长枪奉行大久保彦左卫门陪着土井利胜进来，本多正富只得闭上嘴，却亦为家康方才之言吃惊不小。

“在下告退，在下会将大人的意思转达与公子。”言罢，富正偷偷朝安藤直次递了个眼色。直次会意，随他走出帐外。

天空漆黑一片，营帐内外都很闷热，四周蛙声一片。

“安藤大人，刚才大人如此严厉，把您吓坏了？”

“您也一样吧，大人今日的确太过了。”

“在下已下定决心。我们决定违令发动进攻。当然，我家主公不能独自上阵杀敌，我们都会同行，其中也有令弟，故还请大人在其中周旋。”

不愧是忠直的老臣，这样就对了，直次心道。他口中却道：“可是，即便是抢功，也要看你进攻何人呢。”

“这还用说，越前大人进攻的自是真田左卫门佐。”

“很好。”

“之后的事就拜托你周旋了。”

直次站在黑暗中，直到富正的马蹄声渐渐消失。真正的战争看来要开始了，他真切地感觉到夜空中的杀伐之气。

当直次回到帐中时，听到家康正厉声训斥土井利胜。家康气愤地拍着扶几，声色俱厉：“亏你还在将军身边，就这点见解，还能胜任吗？”

“别的事也就依了大人。”土井利胜并不示弱，道，“让年逾七旬的老父与真田对垒，自己却去冈山，大人若有个闪失，将军大人颜面何存？大人您已说过，从今往后，天下人伦第一，将军要做个圣人……”

“浑蛋！那是平时，现是在战场！”

“可是，不管怎样，战场也是人世！要是不知敌势也就罢了，我们明知驻守茶磨山的乃是真田，驻守冈山的为大野治房。要是将军把年迈的父亲推给强敌，必会威信扫地。故，利胜请求大人能改变主意，转攻冈山。”

“不！”

“在下恳求大人！”

“不！”家康毫不客气道，“唉，我还以为大炊是个明事理之人，不想也是如此糊涂。”他看向直次。

直次已经明白了二人争执的缘由。土井利胜欲劝说家康前往冈山，让将军秀忠攻打茶磨山，这怕也是将军的意思。冈山敌首乃是大野治房，而在天王寺和茶磨山一带布阵的，则是真田幸村和毛利胜永。

茶磨山和冈山均位于一个方圆二十町的高地，进攻的路线却大有不同，最右一条道沿平野川通往冈山，另一条则从奈良道通往天王寺。往左还有一条纪州道，沿此道而来的乃是伊达政宗、松平忠辉，以及沟口、村上等率领的越后诸军。非但如此，和歌山的浅野长晟亦会沿此路而来。因而，从茶磨山通往天王寺的奈良道，位居中间，乃是敌人正面。

“直次，你与大炊解释，我为何必须直面茶磨山。”家康吩咐之后，端起葛根汤喝了一口。

直次只好转向利胜，冲他摇了摇头。这是在告诉利胜，家康公一旦话出口，便绝不会听别人劝。随后他方道：“大炊，大人身体还好着呢，并不像将军大人担心的那样。”他分明话中有话。

“这个我明白。可我说的乃是孝道。”

“大炊头，难道这世间最重要的只是孝道，孝道才是至高无上的？”

“您这是说的什么话？百行孝为先，您敢说它不值一提？”

“非也。”直次摇了摇头，看了大久保彦左卫门一眼。“别笑了，彦左！”责一声，他又道：“孝固然重要，却非至高无上。孝为大道，为苍生谋福亦为大道。”

“大人说……什么？”

“大御所已经退隐，将军继承了大业，担负着治理国家的重任。请大人把眼光放远些，何为更重要？”

“住嘴！”

“嘿，您听我说完。大御所若是个寻常人，想必会因为将军之言喜极而泣。但大御所不但没有快意，反甚是生气，这说明老人家的心境高出寻常人许多。大御所觉得自己已经老了，将军对于天下万民却无可替代，才会有这样的安排。”

此时，旁边的彦左卫门扑哧笑了起来，插嘴道：“哎，真是可笑。哈哈，错了，错了，大炊。大御所啊，是不想在战场上输给将军，真是任性！要由着他的性子才是真正的孝呢。你要是不这么说，将军怎会满意？”

家康无奈地将头扭到一边。

听了彦左卫门忠教这一说，土井利胜这才闷声叹息。奇怪的是，就在这个时候，他也突然明白了安藤直次的意思，不禁心口一热：大御所是担心将军有什么闪失。

此时，彦左卫门继续道：“大御所甚是想与真田左卫门佐比试比试。忠教耳闻，左卫门佐明日准备了几个替身，欲使出三头六臂的本领。大人并不示弱，也想派出几个大御所与之奋战。这种乐趣如何能让将军夺了去？你告诉将军大人，请他务必让步。”

“哦。”

“若非如此，安藤又会像方才一样说出些冠冕堂皇的理由来。任何事情都莫要太啰唆，应干脆利落。”

“平助！”家康再也忍耐不住，道，“大炊已经明白了！休要再多嘴！”

“是。”

“好了，就这样定了。大炊，在到达平野之前，将军自是总大将，负责全军调度。然后，将军从平野率军前往冈山，我则直奔茶磨山。在行军时，要警惕的并非占据阵地的敌人，而是四处出击的游兵。”

土井利胜这时已不再多言，“在下明白，就听大人的意思。”

“这样就好。另，明日一切听从将军指挥，务必将此禀告将军。”

“一切听从将军指挥？”

“是，就当我家康不在此。如你所言，我已一大把年纪，不定什么时候便断了气。若让我这样的老家伙指挥调度，一旦出现差池，便会导致难以收拾的混乱。”

“哦……”

“你告诉各处的传令官，在当日……就是明日一战中，要教习义直和赖宣领兵作战之术，因此不可轻易开战。将战马放在身后一二町处，手持长枪朝敌人进攻就是。”

“将战马置于身后，徒步持枪进攻？”

“是。这样方能无懈可击。慌乱中骑马驰入敌阵，反而会损失更大。明白吗？”

“是。”

“我们面对的乃是企图拼死一搏的雄狮，在任何时候都不可掉以轻心。最后一事……”

“请大人吩咐。”

“必须处处小心谨慎。以将军名义正式往大坂城派出使者，当然，乃是前去招降。”

“到这个时候还……”

“自古用兵，师出有名，先礼后兵，乃是旧例……好了，就这些，退下吧。”

土井利胜去后，家康叫来本多正重，让他再次前去探听敌情，然后，便打发义直和赖宣睡下。义直虚岁十六，赖宣才十四。二人听说父亲明日要让人教他们如何统兵作战，都神情紧张地回到了营地。

未久，本多正重便回来，对家康报告：“我军有一支队伍没有休息，在连夜行军。”此时已近亥时四刻。

“是忠直？休要管他。”家康道，“忠直、义直、赖宣，都要让他们在明日一战中不遗余力，不管是谁战死，都无甚可惜。”

大久保彦左卫门脸上又露出一丝冷笑，却猛听得家康一声断喝：“平助！”

“大人。”

“你这狗东西最近古怪得很，不管我说什么，你都在一旁冷笑，你也滚去睡了！”

“这可不行。在下要是比大人先睡，会玷污明日的功劳。即便立了功，也不过是因为睡了觉，理所当然。”

“你还真是不省事！那你今晚就别睡了！”

“大人，想必还有一事您忘了吧。是吧，安藤大人？”彦左卫门再次用揶揄的口气道。自从同族大久保忠邻受到责罚之后，他总爱露出一脸讽刺的笑容。

“还有一事？”

“是，一件顶重要的事。”

“何事？”

“非别的，只是既然大人已经有了战死之心，在下就不得不问一声。”

“哦？”

彦左卫门嘿嘿一笑，道：“在下想问，大人战死后，您的遗骸当送往何处？”

家康怒眼圆睁，使劲瞪着彦左卫门，安藤直次大气也不敢出。

“不仅是大御所，还有大人从骏河带来的竹右卫门等酷似大人的替身们，或死或伤，又应送往何处，当如何处理？您连战场的清扫都安排妥当，唯独忘了此事。此会惹人笑话，大人。”

家康不言，他唇角颤抖，舌头打颤，良久方道：“是。任何一个家康战殁，抬到已经烧为一片废墟的堺港寺院之内便是。”说完，径回卧房歇息去了。

六　五月决战

庆长二十年五月初七，晨。

天还未亮，松平忠直连夜行军，穿过水野胜成和本多忠政等人的营地，一直来到堀直寄前方。此处位于天王寺和一心寺之间，可瞧见敌军阵营。

将军德川秀忠自不会在军营中坐等天亮。他率领大军于丑时从千冢出发，天刚蒙蒙亮便抵若江和八尾，并四处进行详细勘察，向各部传达命令，仔细部署。

此时，德川家康还在熟睡。接到秀忠的通报之后，他方率军从枚冈出发，穿过片山、道明寺一带的战场，抵达平野，已近巳时。

在平野的阵地上，为了防止自相残杀，每支部队负责一个地盘，暗号是："采邑还是青山？"

若回答"采邑"，便是自己人。

冈山先锋前田利常约有一万五千人马，其军以家老山崎闭斋、奥村河内、本多正重等人为先导，从久宝寺出发，来到冈山前，即刻安营扎寨，等待后续部队。前田军右边分布着本多康俊、本多康纪、远藤康隆等部，左边则是片桐且元、片桐贞隆与宫木丰盛部。

片桐且元此次来到前线，心头依然无限悲哀。万一丰臣秀赖亲自出征，且元定不会把他交到别人手里。

与右翼先锋并列、来到左翼最前方的，竟是真田信吉。不消说，这亦是出于情面和意气。真田信吉乃幸村之侄，其父为幸村兄长，其母则为本多忠胜之女。冬役时他年十五，和尾张义直同年。他带着与赖宣同岁的弟弟内记来到了前线，作好了亲手斩杀叔父的准备。

忠胜次子本多忠朝及浅野长重、秋田实季，依次排列于真田信吉之左，再往后和松平忠直并排的，从左往右依次为诹访忠澄、神原康胜、保科正光、小笠原秀政等。再往后则是本多忠政，约有两千兵马。水野胜成负责大和口，他手下的六百士兵在之前的战斗中遭受重创，此次与本多忠政会合，形式上成为本多军的前卫。

在左边的纪州官道，布下了伊达阵营。伊达以片仓小十郎为先锋，后面紧跟着主力。而伊达后方则是沟口宣胜、村上义明的越后军，最后为松平忠辉的九千大军。为何偏偏将松平忠辉的队伍安排于最后？自然也出于伊达政宗的苦心考虑。

就这样，关东军布阵完毕，已至巳时。家康和秀忠均已到了平野，一场激烈的战事马上就要开打。

此战中，家康最警惕的莫过于流言蜚语。兵力上，关东占绝对优势，但因为敌军全体都抱有必死之心，因而士气反是远胜关东。大坂方若一边打仗，一边散布“某某叛变”之类的谣言，必定导致关东军心动摇。因为世人都以为，直到现在，还有大名心向丰臣氏。

家康再次叫来义直和赖宣，教给他们领兵作战的心得。赖宣此时封远江中将，性子比兄长义直烈得多，说不好便会窜到队伍最前头，直接和敌军交手。

“中将不应太靠前。太往前，则可能被敌人的游击军从侧面进攻，以致乱了阵脚，应时刻走在队伍最中央。行军时亦当眼观六路，耳听八方。”

然后，家康对义直说了一番完全不同的话：“作为参议，在今日的战事中，应仔细观察部下，看清他们的禀性。”

家康教导完两个儿子，用过午饭，便率兵朝天王寺口的茶磨山进兵。是时，家康着一身黄褐色单衣，乘轿，让人牵着战马，未骑。

轿旁乃是传令官小栗又一忠政、战旗奉行保坂金右卫门、长枪奉行大久保彦左卫门忠教。永井直胜、板仓重昌、本多正信、植村家政等谋士骑马随行。

中午时分，前面响起了枪声。冲在最前边的忠直所部开始对茶磨山的真田幸村发动进攻。不用说，忠直乃是属于违背军令的抢功之行。

年轻的忠直一听家康责其在战场上睡觉，怒不可遏。“要是败了，我就去高野山落发为僧！”他干脆地表明了态度，然后令全军用完饭，道：“好了！现在已经吃饱，即便战死，也不会成饿鬼。好，就让我们放心前往阎王殿！”

这时，越前部和敌军大约相距十町，右前方的本多忠朝听到枪响，心头一惊，急催进兵：“要是被越前抢了头阵，可是我们先锋的耻辱。快！”

家康对忠直的训斥当然含着激励，但这一剂药过猛了。此时越前部进攻乃是何等激烈，从后世流传的民谣便可以想见。

> 勇战越前军，虏敌蹈长驱。
> 丧身锋刃下，不肯弃黑旗。

听到这民谣，年轻勇猛的忠直跃马横枪、立于阵前呐喊之态，仿佛就在眼前。

越前军和真田军之间，星星点点散布着一些水塘和洼地，此间则正埋伏着毛利胜永的四千火枪手。毛利胜永的伏兵最先遭遇的乃是本多忠朝的枪队。忠朝害怕落后于越前军而紧急出动，而越前军亦被卷入激烈的乱战之中。

“时辰还早！我们的目标不是越前军，而是后面德川家康率领的主力。”对于这意想不到的变化，真田幸村脸色大变，试图阻止。从这个意义上来说，忠直的年轻无谋，却从根本上改变了老谋深算的真田幸村的作战计划。冲突既起，冒失的忠直让幸村束手无策。

“冲啊！冲啊！”在忠直的怒号之下，本多忠朝应声往前。

未几，本多部已经和越前部融为一体，这支队伍冒着毛利胜永的枪林弹雨，跨过一具接着一具倒下的同伴尸身，拼命往前冲杀。

毛利的伏兵只有四千，越前和本多部加起来却超过两万。况且，真田信吉兄弟也在忠朝的指挥下开始行动，浅野长重、秋田实季、松平重纲和植村泰胜等人率领的军队，更是争先恐后加入攻击。

毛利胜永的火枪营之勇猛，冠绝一时，但关东在人数上占了绝对优势。

“冲啊！杀啊！”黑旗的队伍没有丝毫后退的迹象。不把他们全部歼灭，就无法挡住他们冲锋的步伐。如此一来，不管忠直如何不讨人喜欢，毛利胜永也不得不硬着头皮应战了。真田幸村亦终于下达迎击越前军的命令。对于真田幸村来说，这必是一件天大的憾事。他放开扶几站起身来，八个幸村同时冲向了四面八方。

毛利胜永的队伍冲进本多的队伍中，真田兄弟稍稍撤退。

就在此时，战场上突然流传起一个奇怪的谣言：“浅野长晟倒戈了！”毋庸置言，流言正是幸村的那些替身散布出来的。

激战当中，人数悬殊实在太大，要想惑乱关东军心，最有效的莫过于制造此类流言。德川谱代大名自不会反叛。但浅野和前田却与丰臣氏有着特殊的关系，家康及秀忠的旗本始终对两家怀有戒心。此时，放出浅野长晟倒戈的流言，自是恰当不过。

浅野长晟沿着关东最左翼的纪州官道向前挺进，比伊达政宗与松平忠辉还要落后许多。然而，前方已隐隐响起了枪声。浅野长晟当然会担心：万一赶不上决战……于是，他们横穿伊达和松平的队伍，试图直接从今宫前往生玉、松屋方向。

真田幸村看准了这一瞬间的变化，适时放出了流言。

“看啊，浅野倒戈了！他们朝大坂城去了。”

“是真的吗？确定无疑吗？”

“怎会有错？看啊，你们看那支叛军……”

流言带来的影响非同小可。大家都在全神贯注朝敌人进攻，万一浅野长晟从背后掩杀过来，必定导致阵脚大乱，满盘皆输。

首先，越前的队伍开始动摇。接着，小笠原、诹访、神原、秋田、浅野长重和水野等人的队伍也稍稍变得混乱。几乎与此同时，在船场布阵、欲从侧面杀向关东诸军的明石守重燃起了狼烟，带领队伍大肆进攻。这种战法，乃是真田幸村经过深思熟虑才想出的。这样一来，已略显溃相的关东诸军自无法辨明那是明石率领的游击军，还是叛乱的浅野军。

“浅野已经叛了！”

“赶快寻找退路！”

只有忠直仍然在声嘶力竭呐喊：“冲啊！不许后退！你们这些贪生怕死之辈！杀啊！”

久经沙场的大坂将领毛利胜永，哪会放过这趁乱进攻的机会！“胜机在此！一举冲进秀忠的大营！”他一马当先，率先冲过已陷入苦战的本多忠朝部，直接冲到将军秀忠的先锋前田利常部前。本多康纪和片桐且元位于前田军前卫位置，顿时遭到出其不意的冲击。

此时，冈山前方的大野治长和治房率领着七手组，对关东军扫射，猛烈进攻。先前还颇平静的战场，顿时硝烟弥漫，喊杀阵阵。

“不可后退！不可后退！马上就杀到将军和大御所跟前了！”

双方都被这种传闻迷惑，红色装束的真田军和白色装束的毛利军在战场上飞驰，即如凶悍的罗刹，甚是引人注目。

正午，家康还未抵达天王寺。家康率领的军队若行进速度过快，他的大营则很可能已成了混战中心。为了不让家康大营遭到袭击，本多忠朝与小笠原秀政都已作好了死守的准备。

在大野治长、治房兄弟开始行动的时候，本多忠朝身上已负伤二十余处。但他丝毫没有退却，依然挺立在毛利军的长枪阵前，英勇奋战。但他在路旁一个小水沟处打了个踉跄，毛利军中的一个士兵瞅准机会，一枪将他放倒在地，结果了他性命。

小笠原秀政父子也落得了同样结局。他们与保科正贞一起，攻破毛利手下竹田永翁率领的小队人马，却在天王寺右方朝前行进的时候，遭遇了大野的先锋队。在其奋力抵抗时，另一支毛利人马乘胜杀到此处。小笠原秀政身负重伤，儿子忠脩被杀。忠脩本来奉命代父负责守卫松本城，但他违令奔赴战场，结果丧命。秀政亦于当夜咽了气。

一言以蔽之，第一回合，以大坂方的大胜告终。

旗本各部不断往前冲，身边的守卫自是变得薄弱。家康虽然担心，但未停止前进的步伐。渐渐地，家康拉开了和义直、赖宣之间的距离，左右只有小栗又一和永井直胜。和他紧紧相连的队伍，乃是在孙子忠直的督战下、不断前进的越前军尾部。

家康未停止行军的步伐，许是因为还未接到秀忠的“命令”。“今日的战事悉由秀忠指挥。”他既然下达了这等命令，就必须严格遵守。但这个老将心中，此时此刻却充满了无限感慨。

子弹穿过轿子，一直跟在身边的战马此时已不见了踪影。在弥漫的狼烟中，真田军红色装束的战马时而在眼前一闪而过，有几次差点就与家康撞上。让他感到骄傲的金扇马印若还在身边，他会说些什么呢？“把马印藏起！”他必会如此吩咐。然而，那个令他引以为豪的大金扇，今日却让给了秀忠。战场上的他，说到底乃是个退隐之人。

战殁者的数量在不断增加。家康看见不远处有棵罗汉松，自己的食盒滚落在树下，似要被人踩到。家康一脸苦笑，吩咐小栗又一：“像个什么样子，快捡起来系在马鞍上！”

而这时，带着金扇马印赶往冈山的秀忠，又面临着怎样的苦战呢？

秀忠听到天王寺的枪声，发出开战命令时，时已至正午。在此之前，秀忠谨遵父亲“不可冒进”的嘱咐，欲继续观察情势。

若未见到一路杀来的毛利胜永出现在阵前，将军秀忠许还会延迟开战命令。他觉得，现在正值午饭时辰，两位还不熟悉战阵的幼弟，此时必定在父亲身后打开干粮袋……然而，毛利在战场上横冲直撞，成了大战的引线。

前田先锋本多正重一队急忙沿着东线进发，重臣猛将青山忠俊、阿部正次、高木正次先后迎战毛利，但因大野治房、道犬兄弟径直朝秀忠主力冲了过来，双方一时间陷入了混战，不分敌我。

阿部正次驱马纵横，发号施令：“莫要打了自己人！咱们长途跋涉而来，肌肤变得黝黑。黑的都是自己人！”此时，他往秀忠方向看了一眼。没想到原本驻扎于主阵左前方的藤堂高虎和井伊直孝，眼见天王寺那边呈现败相，遂匆忙去支援，他们一去，将军主阵岂非没了任何掩护？

“不许撤退！往前冲！这么几个敌人，怕甚！”阿部挥舞着长枪，拨开敌军。在刀枪丛中，他见敌军已经杀至秀忠旗下，顿时怒火中烧——土井和酒井忠世在干什么！

其实，此时酒井和土井都因进军过猛，反被敌军困住。土井的队伍尤其狼狈，已溃不成军。

此时西军与秀忠主阵相隔咫尺。由于大野治房、道犬兄弟的杀入，东军陷入一片混乱。此时，两员身披黑丝铠甲的大将骑马挡在了正在溃散的酒井、土井两军之前，他们正是黑田长政和加藤嘉明。

“此乃征夷大将军大人阵前！休要丢脸！杀！”

两员大将分明知道秀忠就在身后，却挥舞着长枪狂乱刺杀溃散的士卒。这非是因为他们无谋，乃是想阻住溃逃之势，除此之外别无他法。若进也遇枪，退也遇枪，士卒与其被自己人刺杀，还不如转向敌军。

见到这番情景，秀忠再也无法静观不前，“杀，上啊！”

看见秀忠突然扬鞭策马，安藤彦四郎慌忙飞奔过来，劝阻道：“不可！万万不可！”同时，秀忠身边的侍卫拔出武刀，冲进敌阵之中。

谁也未想到秀忠的前卫会出现如此大的破绽。最有实力的井伊直孝和藤堂高虎，眼见本多忠朝和小笠原的队伍业已溃散，急道：“大事不好，大御所危险。”遂马上转向左线。这样一来，能救秀忠于危难之中的，便只有秀忠跟前的武士了。故，若无经验老到的黑田长政和加藤嘉明，将军眼前的武士怕瞬间便席卷于混战之中。

安藤彦四郎飞奔到秀忠马前，于千钧一发之际抓住马缰。

“谁敢过来！”负责保护秀忠的侍卫身穿铠甲，未着里衣，可以看到铠甲里包裹着的结实躯体。他们勇猛地阻杀一步步朝秀忠逼近的敌军。

瞬息之间，秀忠马前只剩下一人。连安藤彦四郎也在秀忠驻马的一瞬间冲进了敌群。

“还有何人？”秀忠勒了一下缰绳，喊道。

“将军勿虑！柳生又右卫门在此！”

话音未落，便有一个敌军武士挥舞着长枪冲过来。又右卫门抡刀砍去，对方倒在马下。又有一人奋力冲来。又右卫门大喝一声，额上青筋毕露：“将军，马！”

秀忠应了一声。

第三个、第四个敌人从不同方向一起发动了进攻。但是，他们的长枪依然未能刺到秀忠的马腹。长枪举起之时，其中一人被砍中肩膀，而另一人则被砍断大腿。此乃柳生宗矩平生第一次挥舞杀人之刀，刀冷如冰，精准无比。

四人连连被杀，敌军顿时停止了进攻的步伐。

宗矩并不呐喊示威，单是岔开双腿，高举武刀。

秀忠终于松了一口气，似才想起寻找属下，“来人！前田的主力怎还无动静？前去命令他们赶快出战！”

“是！”

答话的乃是安藤彦四郎。他砍翻了几个敌人，此时正大口喘气。彦四郎乃是直次长子，此时二十九岁，结实的脊背上大汗淋漓，映在阳光下，闪闪发光，如罗汉一般威风凛凛。

“你快去！”又右卫门道，“这里交给我便是！”

话音未落，彦四郎便大喝一声，打马冲进了敌阵。

将军面前仍无他人。炎炎的烈日下，只有柳生宗矩挺立当地。在混战当中，突然有了一瞬的宁静。

“又右卫门，不可急躁行事啊。”秀忠说话时，敌军已经闪开一块空地。

“将军说得是。敌人已经开始撤退了。”

“哦？要撤退啊……万万不可错过机会。”

柳生宗矩在秀忠马前砍倒七人，但这不过是秀忠看到的人数。宗矩以杀人、伤人为耻，绝不会将“战果”道出。战场上，被敌军杀至将军旗下，本乃奇耻大辱，焉有战果可言？

安藤彦四郎重能飞马前往前田的阵前，这一去就再也未回来。他赶至前田的大营时，已经派出前锋的前田还不知战势紧急，正在用午饭。面对焦急万分的彦四郎，他竟以嘲弄的口吻道：“好不容易安心吃个饭，再等片刻。”完全不把彦四郎的催促当回事。

彦四郎一时冲动，便带着手下的几个侍卫，径自杀入了大野军中，结果战死沙场，尸身好不容易才被抢回来。“公子的尸身该如何处置？”下人问。安藤直次面无表情道：“扔了喂狗！”他看也没看尸体一眼，继续指挥赖宣的军队。

在秀忠这边，敌军开始撤退，手持马印的战旗奉行三村昌吉不知为何，竟策马朝前无去路的水塘边奔去。秀忠吃了一惊：“昌吉这东西，他要怎样？那边无人。”他不由得回头看了一眼宗矩，但宗矩不言。

三村昌吉将马印插到水池旁边，大声喊道：“呔！将军大人在此，赶快聚过来！”这是战场上的随机应变。因为前面有水塘阻挡，敌军无法靠近，因此，让大家在此地聚拢，溃散的士众便能稍稍放下心来。

“将军大人，咱们也过去吧。”柳生宗矩牵着秀忠的马，往水塘而去。

此时，土井利胜已经回来。他瞪着一双大眼，满脸铁青，“昌吉主意不错！”

未几，秀忠周围已经站满了浑身血汗的士众，围了个水泄不通。但，已经不见了很多人的身影，不只是安藤彦四郎，成濑正武、筱田为七等侍卫，均已半裸着身躯战死沙场，成了这意外之战的祭品。

五月初七一战，作为家康此生的最后一战，确算不得光彩。将军秀忠可谓九死一生，家康的旗下也再三陷入混乱，险象环生。

此次混乱的原因，仍可归因于东西两军士气不同。西军诸将都抱定了必死之心，以迎接今日之战，而东军诸将则均为太平盛世的大名，各自在心里打着自己的如意算盘。再加上西军毛利胜永骁勇善战，真田幸村奇谋不断，家康此败，自是难免。可即便如此，人也万未料到家康旗下会变得几无一人。

关于激战的场面，后世《细川家记》曾这般记述：“我军向前猛攻，接下来的一战，许久不分胜负。但因我军在数量上占绝对优势，才最终取得胜利……”的确，此乃一次人数上的胜利，而非战略的胜利。

是日，船场的明石部试图从侧面进攻家康主阵，如果他能成功，家康与秀忠怕已丢了性命。但明石虽然击破了越前军一部，却遭水野胜成的奋力阻挡，最终未达目的。

大坂军三番五次将家康逼入绝境，最终却未能取了家康性命，主要是因为年轻气盛的忠直。他率领的人马大声呐喊往前冲锋，人人都抱着战死沙场的决心。

第一次见到身边的人变得稀落，家康叫过内藤主马，吩咐道："让义直前往敌军的茶磨山，另，命远江中将紧随其后！"

见家康如此命令，一旁的本多正信惊讶地问道："二位公子还未曾经历战阵，就将他们推入混战之中……"

话还没说完，家康便瞪大了双眼，斥道："这是什么话！要是不早些让他们出发，战事就要结束了。天下罢兵，还怎生教他们领兵作战！"从他脸上的表情，已经看不出他乃是一位七十四岁高龄的老翁，而是一员充满自信的骁勇猛将。

未久，家康又叫过北见长五郎，令他前去催促尾张军进发。"怎的了？成濑隼人正正成这个窝囊废，磨磨蹭蹭干什么！你去斥问他，难道闪了腰不成！"他怒吼着，脸都变了形。

见这样的阵势，北见长五郎只得驱马前往尾张军大营，原原本本传达了家康的话。

成濑正成正侍候义直用午饭，一听此言，也大声吼道："说我是窝囊废？大人说隼人正是窝囊废？想当年，他遭遇甲斐武田信玄的时候，那才叫窝囊！"

义直惊讶地放下筷子，即刻下令发动进攻，成濑正成负责督军。午饭还未吃完便加入混战的义直，在自己的军队险些溃散时，还有心思说"左右田与平看去竟像有四只眼"，足以见出其性情的沉着冷静。

但弟弟赖宣却正好相反。他由安藤直次负责督阵。安藤直次见他不断冲进敌军之中，慌忙阻止道："不可急躁！大人年纪还小，日后有的是展示本领和建功立业的机会。"说完便拽住缰绳。

"混账！你以为我还会有两个十四岁吗？"赖宣大喝一声，便又转向了敌军。他的性子显然要比兄长烈得多。

就连本是来学习领兵作战的义直和赖宣二人，都被冲入了混战当中，可见当日的战事是何等激烈。

家康正在等待两个儿子到来，欲发动更大攻势。在方圆二十町的高台上，家康命人到处布阵，准备一举攻入大坂城。可是他这种想法多少有些勉强。人的秉性不同，斗志与功名心亦各不一样。他本来是想激励忠直，未想到他的怒骂竟致此大变。是日横冲直撞、一味进攻，反而导致阵脚大乱之人，包括越前忠直、小笠原父子、本多忠朝等人，他们在前一日的战事中均寸功未立。

家康主阵之乱，日后《萨藩旧记》曾有一封书函记载道：“五月初七一战，真田左卫门佐攻入大御所军阵之中，大军陷入混乱，溃逃二十余里，方得以保全性命。追击中，真田战死。真田实堪称天下第一，旷古烁今。兹记。”

书中还记着：值此溃乱之际，被卷进混战之中的大久保彦左卫门回身一看，却见家康身边只剩下小栗又一，遂慌忙举起家康大旗，以致七十四岁的家康再次被推到了死亡边缘。

那些家康带来的替身，多已消失在混战之中。他们的遗族在战后都得到了相当的抚恤。至于他们战死在何处、死在何人的手下，均不可考。因真田军在此次战事中几是全军覆没。某些真田幸村手下，到死还以为自己砍下了德川家康的首级。

从秀忠的左前方慌忙赶来的井伊和藤堂的两支人马，最终化解了这次危机。未时四刻，此战终迎来最后对决。

对于大坂一方的真田幸村来说，是日的开战并非出于他的本意。他原本是想待家康更靠近茶磨山时，再杀将下去。这样，以烽火为号、在船场等待的明石军，可从背后对家康的主阵进行夹击。如此，他便有七分胜算。他的计划若得成功，当日战况许会有重大转变。虽说东军指挥权悉交秀忠，但若拿下家康，对关东诸军的打击便如釜底抽薪。在幸村的计划当中，这才是此战的关键所在，乃是胜败与命运的岔路口。他始终认为战争和争执永远不会从这世间消失，从未改变过此心志。在他看来，家康战死的一瞬，关东诸军必会四分五裂，天下失其鹿，群雄共逐之。

首先离开关东之阵的便是伊达政宗，然后乃是前田利常与浅野长晟诸人，他们怎甘居于德川家康为了太平而创立的幕府政权之下，必会重新寻找自由，即如真田幸村。不管是曾经拯救了秀忠的黑田长政，还是加藤嘉明、片桐且元，都会变成脱缰的野马。分裂关东诸军，乃是幸村此战最大的目的。

然而，开战伊始，计划便出现了破绽。越前军莽撞进攻，本多忠朝也不甘示弱，发动攻击。接着，小笠原军也挥兵杀出，一时令毛利胜永不得已应战。

幸村马上派人前去阻止毛利胜永："为时尚早！马上停止射击！"他以为，这样一停，对方会暂缓进攻。在这期间，德川家康自会行进至他已布好的大网中。届时，可与明石以烽火为号，一举歼灭家康的主力。

为了鼓舞士气，他亦曾慷慨而言："今日我们要拼上性命，背水一战！"话虽如此，他并未忘记战事乃是为何。每一场战事中都会有无限转机，并未有绝对的胜负。

然而，毛利胜永却未这般深刻地体会到幸村的心思。这就是二人之间的不同。毛利胜永抱定宁为玉碎、不为瓦全的必死之心，认为终究都是一死，与他们拼了！二人之间想法的差异，使幸村最终未能阻止毛利的进攻，原计大打折扣。

初战胜利，并非真正的胜利！贸然应战，易陷入敌阵……此于幸村来说，乃是莫大打击，他眼前发黑，已无力阻止红了眼的毛利军，他们如脱缰野马一般在战场上驰骋。

既然这样，幸村只能根据事态变化，另想办法。

这时，松平忠直的队伍朝茶磨山袭来，忠直甚至比毛利更无头脑。

此时，越前军和茶磨山真田军之间只有二里距离。在这二里之间，从两军对垒到开战，幸村不得不放弃自己的目标。他万分惋惜，只好随机应变，执枪应敌。

幸村立即命人散布"浅野长晟倒戈"的流言。此时开战虽然违背了原来的计划，却也不能错过取胜的机会。

幸村下令全军用午饭，然后令七位替身奔赴各方。

大助的舅父大谷吉久、当年曾数次至九度山邀幸村出山的渡边内藏助，以及去岁冬役作为监军的伊木远雄，都是幸村谋士。在九度山就跟随他的人自不必说，现在在他指挥之下的每一个将士，都似是为了战事而生的豪杰之士。

放眼望去，狂嚎的越前忠直军后面，便是家康卫队。

“昌荣，昌荣！”幸村话音刚落，就有一个戴头盔、身着红色铠甲的武士驱马前来。他曾扮作僧人前去打探骏府消息，现在已成为一员大将。幸村长枪一指，道：“看，那就是德川家康！”

“在下已经看到。”

“前面负责防卫的乃是本多正纯。”

“右翼似是松平定纲。”

“正是。去将这两个绊脚石除掉！”

“遵命！”昌荣精神抖擞跨上战马，举起长枪，大喊了一声“走”，声音浑厚有力。然后十六七个人齐刷刷举起长枪，聚集于他周围。他们箭一般朝着本多正纯和松平定纲冲去。茶磨山第一次响起了掩护的枪声，真田军就此开始了进攻。

看见敌人攻来，本多部高声呐喊，松平部也作好了迎击准备。

真田尖兵似旁若无人地往前冲，他们采取的为正面突击。若除掉了本多正纯军和松平定纲两部，便相当于剥落了德川家康的两块护身鳞片，攻克家康本阵自是容易许多。因而，真田及手下都认为，本多、松平两部必皆为死士……然而，让人大为意外的是，他们毫不费力穿过了“鳞片”，却又掉转马首，奔向了越前军侧腹。

那么，幸村所言除掉两块绊脚石，又是何意？若是为了牵制越前军，当有更好的进攻之法……正当一些观战之人这般想时，尖兵下一步的行动更是出人意料。越前军正欲转身迎战，双方刚一接触，真田的人马便拍马沿着回路撤退，莫非是看到越前军不好对付，转而再去进攻本多正纯？

此时本多正纯和松平定纲两军已聚拢一处，堵住了他们的去路，想再次驱入其中，哪能如前次那般轻松？双方似要进行一场血战，战马嘶鸣，长枪乱舞，双方的士众就要同时被卷进混战的旋涡。然而，真田的尖兵却在这时再次拨转马首，沿着越前军守卫较为薄弱的一侧，风一样驰往纪州方向……

这怪异的变化倏忽之间便被杀伐淹没。本多正纯和松平定纲本当聚拢一处，准备迎击二十来骑尖兵，然而，他们却于敌人驰去未久，大肆自相残杀。他们有各自的守备区域，战场上形势虽错综复杂，可也并未混乱到敌我不分的程度。他们此刻却不分敌我，狂乱厮杀。到底是何原因引起这场惨剧？

据传闻，混乱起因于真田尖兵在本多与松平队伍中扔下的一个箱子，两厢为争夺箱子大开杀戒。然而，真田尖兵个个都骑马持抢，谁也不可能提个箱子。有人说，似是为了争夺真田兵投下的信匣，既是信匣，里面必是有些来头的书函，若非内应，便为暗递消息……

反正，关东的两支人马均以对方侵入了自己的守备区域为由，刀枪相向。

这时，茶磨山的幸村下达了新的命令。左翼已与越前军厮杀，幸村自己则率领人马，如疾风般从正在自相残杀的本多、松平两阵旁边奔过，径直朝家康大营冲去。

这一冲既为突袭，实出人意料，家康的队伍顿时乱作一团。有人见情势不妙，即刻逃窜，家康队伍顿呈溃散之状。

《萨藩旧记》叙说此阵，有此文字：“溃军逃出二十余里，方得以保全性命。”但实非众人全都逃散。倘若如此大乱溃散，真田幸村岂非轻易得了家康首级？此不多表。

却说家康虽一度生死攸关，连干粮都扔之不顾，身边只剩下小栗又一忠政，但幸村却未找到扑向家康的机会。因家康身边队伍虽乱，但大部仍是拼死抵抗。

危急关头，秀忠左翼井伊部与藤堂所部及时赶到。他们见秀忠前方有前田所部，还有本多康纪和片桐且元等人，大野治房也似无发动猛攻的迹象，一听“大御所有难”，哪还顾得了许多，便亡命朝真田扑来。他们若是来迟一刻，且不论此战结果如何，家康恐怕真会血染疆场。

“大坂一方战术非凡，此役最终获胜，全仰大御所福德高深……”此为《萨藩旧记》中的一段，此中“福德高深”一言可谓大是妥帖。与家康“福德高深”的好运相反，幸村却正是时运不济。

幸村的突袭正要大功告成之时，却被井伊和藤堂生生阻住。他拼杀一阵，只好悻悻然率兵撤回茶磨山。此时真田幸村听到越前军的呐喊，多少有些不安，却又大不甘心，恨不能再朝家康本营来一次狂攻。

幸村施擒贼擒王之计，却未算到井伊和藤堂两支人马会死命来援。如此一来，他本要发动一场黑虎掏心的奇袭，却反遭井伊和藤堂背后掩杀……要论奇袭，他先前对本多与松平两部的横冲直撞才大不寻常，正是因为他的奇谋，此战才变得波澜万丈。

“个个都有必死之心，真田一袭扬名天下。”就连以勇猛著称的萨摩人都认为真田“前无古人”，可见其果敢和勇猛。

井伊和藤堂援军赶到，真田幸村再也无隙接近家康。家康周围溃散的士众陆陆续续回到阵中，旗本将士也开始疯狂突击。让幸村大感佩服的是，家康重整队伍之后，阵形竟如一条长河一般庄重，以势不可挡之势缓缓推进。天地之间但凡有一种力量可以阻挡此河，幸村必能想出起死回生之策。然，此时的天上地下，已无任何力量能阻挡这条大河。而且，在大河旁边，越前军也以席卷之势奔涌而来。

大河依然不疾不徐缓缓推进，庄重稳健。隆隆大阵之前，不论蝼蚁之穴，还是山兽之窟，一旦被其见出破绽，此阵必立时变成凶猛的洪流。幸村被迫再次率兵后撤。

此时，秀忠曾经溃乱的队伍亦逐渐重整，东军的洪流覆盖了方圆二十町的高地，步步为营，稳稳向前。

茶磨山和家康大阵之间的距离越来越短，几无可让幸村左右腾挪的余地。他虽强撑发动了三次进攻，杀人敌阵三五次，可叹人马俱疲，多是有去无回。他本人也曾两次更换战马，浑身是血。此时，他正欲再次率人撤退，却发现越前军的旗帜已飘至自己阵前。

松平忠直率先杀上了茶磨山。

幸村仰天长叹一声，忠勇如是，谋略如是，战已如是，此天意乎？

幸村已了无再战之意，他和驰骋疆场六十载的德川家康的最后一战，就这样结束了。他不由再叹，普天之下，谁识我心？

他打马来到安居天神神社，在小院里下了马。此时他已浑身是伤，四肢无力，几站立不稳。

幸村走到一盏长明灯下，摇晃着正欲弯腰坐下，只听身后有人高喊："我乃越前武士西尾仁左卫门，尔乃何人？"

幸村试图站起来，报上名姓，身体却不听使唤。他挣扎着还未站起，便被一把铁刃刺入了腹部。他感到一阵剧痛，更说不出话。

这便是死亡吗？哦，这死，与生相比，确是简单而无趣。

西尾仁左卫门刺了一枪，又踢一脚，见倒地之人已无任何反应，便一刀砍下了幸村头颅。

七　败军无略

庆长二十年五月初七未时四刻，秀赖得知，大坂已一败涂地。

在此之前，虽有人从城池东北方向陆陆续续接近，但秀赖并不知那些人是敌是友。

石川忠总、京极忠高与高知，从枚方而来，经守口，驻于备前岛。秀赖甚至寻思，说不定他们乃是要保卫大坂呢。沿水路而来的池田利隆则于天满守卫中之岛，欲坐观初七决战，秀赖亦不将他视为敌人。他寻思，大御所难道真的要消灭丰臣氏？若大御所决心已下，为何派石川与京极这些同丰臣氏渊源深厚的人，来攻打防守甚弱的大坂城？

假如在冈山和天王寺一带决战之时，防守薄弱的大坂城遭了攻击，秀赖自会二话不说，带兵出击。然而，负责围城的却是姨母常高院的儿子，常高院始终在大坂与关东之间游说……秀赖觉得，家康并无杀他之意。

正午之后，毛利胜永派人前来请求秀赖亲征，秀赖推拒了。这难道真是决定命运的最后一战？他始终存在这样的疑惑，不断自问。木村重成死了，在每次议事中都甚是活跃的后藤又兵卫也死了，但是，这一切对于秀赖，皆如一梦。

关于秀赖拒绝亲征一事，《山本丰久记》中这般记述："真田左卫门佐赤备军驻于茶磨山上，从天王寺前到冈山以东，呈半月形布阵。秀赖公此时若在黎明之时，下令出征，鼓舞士气，诸军定能英勇作战。虽说胜负乃靠天时，但即便兵败，秀赖公在天王寺山门前，结束自己性命，那么即便羸弱残兵，也不会四处逃窜。如此，此战便可成为前所未闻之战。然秀赖公迟迟不出，单将马印交与当值之人，派往八町目，自己断断不出二道城，时刻推移，败亡不远矣……”

但是，这种叹息不过只是推断，与秀赖的真实心思相去甚远。此时，对于秀赖，性命已不再那般重要。若说出征的勇气，他还是有的。但，关东诸军无论如何也无法让他心生敌意，他逐渐失去了斗志。

茶磨山插上了越前军的旗帜，真田幸村战死之后，冈山的大坂军争先恐后撤退。申时，战况已定。

秀赖尚在本城的樱御门之内，有人来报：“池田利隆已过了河，逼近城门。”刚刚说完，身受重伤的大野治长被人抬进城内。

即便如此，秀赖仍然无战败之感，去岁冬役时亦是如此。他从未历战阵，不知胜，亦不知败。但他突然道：“我也上阵，拼死一战！”

他这般说，乃是看到身边的真田大助得知了父亲死讯，泪流满面。然而，秀赖最终未能出得城去。因为他正要上马之时，从天王寺撤回的速水甲斐守阻止了他。

“万万不可！”甲斐守摇晃着沾满血污的乱发，把战马驱到了一边，急道，“战场上已是一片混乱，尸横遍野，大人万万不可前往乱军之中。大人不如退居本城，于万不得已之时，自行了断。”

这时，乘胜追击的关东诸军已逼近三道城，甚至有人闯入。秀赖心中这才开始动摇。本城厨下的大火又令他勃然大怒。与大火一起弥漫的，还有一个传闻，便是厨监大隅与右卫门见关东步步紧逼，故意纵火通敌。

此人真的通了敌？未等秀赖得到确切答案，又传来了一个更大恶讯：闯进了三道城的越前军放火烧了大野治长府邸，火势愈来愈大。

“二道城危在旦夕，请大人速回本城！”刚刚冲出去的速水甲斐守又奔了回来，命人将秀赖的旗帜和马印放进太阁曾引以为豪的千叠殿。此时，两处大火烧得人心惶惶，不少人四处逃窜。

战局已定！秀赖只想认命。但，他仍不知战败将会带来何样的后果。

他满腹狐疑，来到千叠殿。一瞬间，他便呆住了。他见过人受伤，却还未见过死尸。大厅里的人，郡主马、津川左近、渡边内藏助、中堀图书、野野村伊予……一个接着一个，不断将刀刺向自己的小腹。

这些人似已忘记了秀赖，他们坐在垫高了的榻榻米上，急着结束自己的生命……

这就是战败的结果吗？每一人都目光呆滞，面目僵硬。当刀刺进小腹的时候，他们的脸更是痛苦地扭曲，就像被鬼魂附了身。

中岛式部奔了进来，对一脸平静的渡边内藏助说了些什么。就在这个时候，一个声音喊道："内藏助，好！"随即，一个人影飞奔至内藏助身旁，秀赖还没回过神，人影便掏出匕首刺向胸腹。

秀赖眼睛瞪得老大，如要爆裂一般，那人影乃是内藏助的母亲正荣尼，她的生命已渐渐逝去了。

这个老尼哪来的这么大勇气？秀赖甚至未来得及发问，便听到一个声音："这个世间太让人痛苦了！好了，现在让我们母子一起，六根清净，前往佛祖身边吧。"这已非人的声音，而是幽灵的声音。秀赖感到，那声音穿透了他的胸膛，让他毛骨悚然。

"大人！"此时，一人扑到了秀赖面前，道，"火势已经扩散了！此处很是危险。"

"奥原信十郎……"

"快前往山里苑避一避！修理大人和甲斐守大人都在那里等您。"

浓烟已经进入房间，死去之人和垂死之人眼看着被烟雾吞噬。秀赖家臣郡良列所竖起的旗帜，在烟雾中微微可见一丝金黄。秀赖心中却不甚伤感。奥原信十郎再次推了推他后背，他才摇摇晃晃向前走去。一人紧紧牵着他的手，是大助幸纲。秀赖眼泪夺眶而出，大助那张刚刚哭泣过的脸庞，唤醒了他心中的悲愁。

"夫人和少夫人都去了山里苑避难。请大人冷静。"

"嗯……"

"大家都为了您殉难。您与他们道声别，马上走吧。"

"嗯……"秀赖这样应着，却无人教过他在这种场合应说些什么。

他嗫嚅道："各位将士……对不住。"

"对，这就是了，走吧。"

之后去了哪里、是怎么走的，秀赖皆如梦里。当他回过神来，眼前已经换成了另一幅情景。这里有母亲，有妻子，有大野治长，还有速水甲斐守……母亲的身影最引人注目。她一见秀赖，即大声喊道："我儿！我们最后的时刻到了。"

秀赖仍被大助拉着，茫然若失坐在扶几前。此时，大野治长哆嗦着苍白的嘴唇道："万万不可！要是大人和夫人终要自行了断，我们受这些苦又是为何？万万不可！"

秀赖并不知他在说什么。

"住嘴！"淀夫人声音十分尖厉，"到了现在这等地步，还有何值得留恋的！"

"留恋？请夫人冷静地看看敌军的阵容。冈山口是片桐且元，北边是京极兄弟……这些正是大人的武运还未结束的证据。只要还有一丝办法，都要等到最后……此乃我等的职责。"

"真是有趣！大家都听到了？修理还没败呢。城池已经着了火，三道城和二道城也都已失守，还有什么地方可让我们再丢一次脸？"

"夫人！"

"你想说什么，我听着。你说吧，还有什么办法，我听着！"

"大御所绝不会为难夫人和大人……"

"他不会杀我们，是吗？哼，你是说他虽要灭了丰臣氏，但对我们母子却并无敌意？"

"请夫人平静些。我所说的办法，是指少夫人……"

"哼！阿千乃是我儿媳，我怎可弃之不顾？我要带着她同赴黄泉。"

"不！首先要把少夫人送往冈山的将军帐下，让少夫人为大人和夫人乞命。"

秀赖惊讶地看了一眼千姬。千姬此时坐在淀夫人和刑部卿局之间，显得格外瘦小，脸上亦无任何表情，两眼无神。在其身后盘腿而坐的奥原信十郎，其表情和这紧张的气氛大是不同，让人觉出一丝悠然。

秀赖突然明白了自己的悲哀：已经败了。而且，现在的丰臣氏、母亲、妻子和自己，都站在了生死关头，不得不作最后的打算……泪模糊了双眼，他开始颤抖。

“你还嘴硬！”淀夫人的声音像刀一样刺进秀赖的胸膛，“你要是这般坚持……好！那就让大人来决断吧。秀赖，你听到了吧，修理说要让阿千去为我们乞命。你是不顾脸面，去向大御所和秀忠请求怜悯，还是与这座天下公修建的大坂城共存亡？”

秀赖缓缓闭上了眼。是啊，必须作出决断了，这已不再是别人的事，是我丰臣秀赖……他正想到这里，猛听得治长又激烈驳道：“大人！大人您明白郡良列和渡边内藏助等人的心思吗？他们之所以未战死沙场，而选择回到城中，便是因为深信大人还活着。正因为主君还活着，便不能让旗帜和马印落入敌军之手，或被践踏于敌军马蹄之下。他们乃是抱着这种心思才回得城中，在千叠殿自行了断，以表明战败之歉意。”

“他们是为了我？”

“是，您还要无视他们一片忠心吗？”

秀赖还未来得及琢磨这个问题。

“报！”一个浑身血污的年轻人扑倒在秀赖面前，大声道，“敌军已经闯入二道城，堀田正高、真野赖包、成田兵藏因火势凶猛，无法退入本城，已在三道城与二道城之间的石壁前，切腹自杀了。”

“这么说，这么说……已经无法登上天守阁了？”速水甲斐守迫不及待道。

“是。唉，但愿大人武运长久……”

“什么武运长久！”淀夫人猛地站起身来，她还欲冒着弥漫的浓烟，前往天守阁自行了断。

“急报！”此时又有一个浑身灰土的年轻人扑倒在淀夫人脚下，“仙石宗也见败局已定，逃之夭夭了。”

“逃之夭夭？”

“不！”与秀赖的反诘同时，治长一字一顿道，“仙石乃是知大人必能活下来，先保住性命，以便日后继续效劳。”

“急报！”

众人已经没了思索的余暇。在熊熊烈火中，一个个令人绝望的急报接踵而至。

“大野治房大人与道犬大人潜逃了！”

“非是潜逃！”治长喊道，“要是大家都战死了，谁来侍奉右府？退下！”

“急报！”

此时速水甲斐守已抓起秀赖的手，拉着他就要离去，“要是大火烧到此处，便无法继续商议了。请去芦田苑的谷仓避一避吧。”接着，治长的母亲大藏局也拉起淀夫人的手朝外走去，淀夫人急急揪住千姬的袖子。

奥原信十郎冷冷看着这一切，站起身来。

“胜败乃兵家常事。”速水甲斐守一边催促着秀赖，一边重复道。他许不是说给秀赖，而是说给自己听，“死去易，活着难！此时还当记着修理之言啊。”

奥原信十郎走近治长，扶他起来，靠在自己身上。被刺之后，伤势未愈，治长在战中却是英勇刚烈，手上、脸上、脚上都沾满了血污，人早已气息奄奄了。良久，他方道：“信十郎啊，多谢！”

“不必客气……是芦田苑的谷仓？”

“是，拜托了！无人会发现那地方，火也不会烧到那里。唉，虽说如此，却不能将少夫人带往那里。”

奥原信十郎不答，转道：“本城已是一片火海。”

“信十郎，拜托了！”

“……”

“请将右府母子……不，请将少夫人送出城外，让她前去恳求大御所，饶了右府母子的性命……”治长说得很快，似乎怕别人听去，但他的腿已动不了。

奥原信十郎甚是轻松地将他扛在身上，跟在众人后面，心中暗叹：此人轻佻一生，终也与这城池一道迎来了临终时刻……

今日的晚霞本应甚是美丽。天空中弥漫着烟雾，天还未黑，但是已经看不见天守阁。下风口恐已被烧成了焦土。枪声和呐喊声，混杂着火苗燃烧发出的噼里啪啦声，不绝于耳。

未久，一股无名的怒火涌上奥原信十郎心头，他有一种冲动，想把背上的治长扔将出去——就是此人的优柔寡断，最终带来了这巨大的惨剧。但信十郎并不那么怨恨治长，因治长已忘记了自己的生死，只担忧秀赖及淀夫人。他最后的希望，竟然和奥原信十郎丰政拼尽一切要达到的目的，毫无二致。

眼前出现了一方平地，通往前面的芦田苑。此处乃是上风口，又有石墙挡着，在滚滚的浓烟之间可以看见点点青空。有人剧烈咳嗽，许是因为此地突然变得清新，反而想将吸入腹中的烟灰吐出来。

“安静些！”是速水甲斐的声音，“我们要藏在这里面。进去之后谁也不许出声，马上就会有船来接我们。”

信十郎十分清楚速水甲斐守的意思，他定是想让秀赖从此处乘船逃往萨摩……速水和明石等人都是虔诚的洋教徒，与治长的想法大大不同，他想等待菲利普皇上的援军。

芦田苑的避身之处，乃是一个四面涂抹了灰泥的稻谷仓，宽五间，纵深不足三间。夜幕逐渐降临，周围变得昏暗。

速水甲斐守拉着秀赖的手走了进去，也不管他愿不愿，便将他的头盔摘下来放到了稻谷上。秀赖已经没有了马印，也没有了旗帜，只有这一顶头盔，成了战败之人唯一的装饰。

突然，淀夫人放声大哭。

奥原信十郎丰政扛着治长，看一眼谷仓，仓里的情形让他很是惊讶。在这么一个狭小的仓里，挤满了男男女女，身子都动弹不得。没想到小谷仓竟能容得下这么多人，有六十人，或许更多。若有大炮打到了这里……奥原信十郎突然一阵战栗，心如寒冰。

“啊！”信十郎忽惊讶地喊出声来。千姬不见了！他深信，淀夫人绝不会放开千姬，愤怒已把她变成了一个疯狂的夜叉，已不会平心静气坐下来思量，到底是何阻断了她和家康公之间的交通。在自行了断的时候，她定会拉上千姬以为陪葬。

信十郎把治长交给其子治德，嘱道：“赶快疗伤要紧。”然后拨开人群，到了淀夫人身边。此时他才发现，还有一人也不见了，那便是刑部卿局，她始终紧紧拉着自己主人的衣衫，跟在她们后面，似在与淀夫人争夺千姬。

她们逃走了！

这对于信十郎来说，无疑是一个巨大的挑战。定要保住秀赖、千姬和淀夫人的性命！这是他在心里发下的誓言，他也想通过此事证明给柳生又右卫门看，自己所虑不差。

“夫人，少夫人逃走了？”事情已然明白，可信十郎还是要确认。

淀夫人伏在地上抽泣起来，“信十郎，不、不要追！”

“这……这是为何？”

“是我让她们去的！我有事拜托阿千。”

信十郎有些怀疑自己的耳朵，“夫人……夫人说什么？”

“是我拜托了阿千。现在能救右府性命的，只有阿千。请各位见谅……”

她的哭声近于悲鸣，信十郎默默无语。秀赖却探出身子，他面色通红，道：“母亲让阿千去为孩儿乞命？”

淀夫人无语。

“事到如今，您还瞎操心！”秀赖颤抖着责备母亲，“您不觉得羞愧？您以为阿千能平安走出城门？”

“你就原谅母亲吧，我不能看着你去死……”话说到一半，淀夫人已泣不成声。

奥原信十郎目不转睛盯着伏在地上的淀夫人。他有些感动，也看到了已无法改变的宿命。这才是一个真正的母亲，母亲爱孩子，这种爱，乃是天地间任何力量都无法抗拒和阻挡的。

“信十郎！”秀赖厉声叫道，“你在干什么？赶快去找，把少夫人带回来！要是阿千落到了叛乱的浪人之手，该如何是好？”

奥原信十郎一听，并不惊讶，秀赖显然还关爱着千姬。

“大人不必担心。”他本想这样说，可话到嘴边又咽了回去。他的内心渐渐恢复了平静。千姬不会有事，他有这个自信。曾有两人和他有过秘密约定，若有万一，他们自会出手相助，其中一人便是大野治长的家臣米村权右卫门，另一人则是堀内氏久。况且，还有从小与千姬一起长大的刑部卿局跟在身边，她应不会出现意外。权右卫门与氏久会把她们带到家康面前，刑部卿局会说出千姬的身份。到时，不管何等凶狠残忍之人，也不会伤害她。但是，如何才能救出离开了千姬的秀赖和淀夫人？

信十郎不由想起了表弟柳生又右卫门。又右卫门对他说过，可先让千姬前去乞命，然后救出母子二人。这样，双方都保住了面子，千姬也可守住妇道，此事甚至可传为千古美谈。但事情哪会那般容易？信十郎在心中嘲笑迂腐的柳生这个主意。他原本是想，哪位东军大将出现在这三个人面前时，让千姬出面说话："将我们三个带到大御所面前，我有话要对他老人家说。"然后，他只要负责守卫这三人的安全，事情便会得到解决。可淀夫人的母爱却在这个时候迸发了。

千姬不在，东军大将到底还会不会听从自己的请求呢？德川谱代对秀赖和淀夫人的怨恨超乎想象，别说帮助，他们只怕会一怒之下宰了二人。

"信十郎！"秀赖再次大声道，"我叫你去找阿千，你可听见了？"

"遵命！"信十郎只好出去。

天已黑了，火焰映照着天空，让人毛骨悚然。外边已经听不见枪声，也听不到刀剑相撞之声。关东似乎只留下一些人负责二道城和三道城的守备，便都撤了。

此时不管是在茶磨山家康的大营，还是在冈山秀忠的大营，怕都在举行庆功宴，载歌载舞。分明是胜负已定！信十郎回头看一眼谷仓，叹了口气。

大门紧闭的院落里，露出一道微弱的光亮，周围一片寂静。火焰照在院子里，不见一个人影，甚至连一只猫都没有。众人死的死，逃的逃。只有火焰的余光旁若无人，照着残垣断壁……

信十郎开步走了，他的事情才刚刚开始。家康和柳生又右卫门大概还深信他是潜入大坂城内的自己人，但，他并非那种听从他人指手画脚之人，为何要活在别人的命令下？信十郎一边走一边握紧了拳头：我要为了自己的心志而活！可是，他的计划被淀夫人打乱了。

今晚谁也不会来这里。知道此藏身之处的人，都藏进了那个谷仓内。可到了明天，将会怎样？

天亮之后，家康与秀忠的旗本将士自会拼命搜寻秀赖母子。即便今晚千姬见到了父亲与祖父，即使他们答应了千姬的请求……想到这里，信十郎嘿嘿一声冷笑。他知，人们想尽办法让两家和议，丰臣氏却不屑一顾，自己若是德川旗本，到了这个时候，也绝不会饶过他们。“不杀此二人，实难解心头之恨！”若他们被杀，自己便是失职，还不如像明石和速水守所想一样，偷偷从水门乘船，逃往萨摩……若柳生又右卫门知道了此事，定会大发雷霆。

此时，信十郎见自己的身影投在地上，便忙走到柳树下，坐在一块拴船的石头上，低声叹息。被大火映得通红的不仅是天空，涨潮的江面也似在燃烧。关东诸军的篝火在对岸燃烧。把什么都烧掉，世间反而干净。他擦了一把脖颈的汗水，突然发现水门口的土墙根处冒出来一个黑影。

“是奥原大人？”是一个年轻之人，声音压得很低。

奥原信十郎丰政并没朝那人走去，单是迅速扫一眼周围，“谁？出来！”

“是。在下宗三郎。少夫人已经平安出城，现正赶往茶磨山大营。”

这个宗三郎乃是他从奥原带来的本家。宗三郎似乎以为，放走千姬乃是信十郎的意思。

“是吗？平安出了城啊。”

“是。途中也几次遇险，但还算顺利。”

“哦。”

“毕竟因为火势烧得太快，刑部卿局将她从天守阁的石垣推进空壕时，大家手心里都捏了一把汗。”

“空壕？”

“是，此乃堀内大人和米村大人的主意。少夫人说她不能一个人出城，要和右府死在一处，还说自己不是大御所的孙女，也非将军的女儿，而是在大坂城中长大的右府之妻……她哭闹着不肯出城……”

“我明白。”信十郎打断了他，“推进空壕之后呢？”

“少夫人一下子失去了知觉，然后，我们三个人把她抬了起来，当然，都是小心行事。一直走到空壕对岸，可前方也已是一片火海，寻不到出口，正不知道怎么办，遭遇了敌军……”

年轻人双手比画，眼前似是熊熊火焰，“眼见已经陷入绝境，堀内大人只得大声喊道：此乃千姬小姐！此乃右大臣的夫人！因而公开了少夫人的身份。”说到这里，年轻人歇了口气。

奥原信十郎的视线已经不在年轻人身上，他正目不转睛盯着秀赖的藏身之处。

“知道是少夫人之后，对方竟十分吃惊……对，好像是一个姓坂崎的大人，是坂崎出羽守大人……这样，护送的人数又增加了，我们冲过大火，到了猫间川岸边，方感一阵清凉……然后找到了一乘轿子，便把她送往了茶磨山。”

“……”

“不久，便会到达大营了。我们又乘小舟顺水来到了此处。可是，大人……”

信十郎依然无语。

“正所谓人心难测。待我等回来，那些从奥原一起跟来的人，已经剩下不到一半。他们不是战死，您就当他们是为了躲避大火而走散了。从老家一起跟来的人，无一人背叛大人……是，一人也未背叛，应该如此。”

“你辛苦了！”信十郎站了起来，“要好生看管那小舟，莫要让人看见，悄悄藏在芦苇丛里。”

“是。”

“现在情势危急，莫被人发现了。”

年轻人消失在芦苇丛里。周围再次回归寂静，火焰发亮，让人感到似不在人间。在火光中，奥原信十郎再次迈开脚步，他的步伐此时变得甚是坚定。

千姬的出走，乃是拯救右府性命的关键一环。

米村权右卫门乃大野治长老臣，又与家康公相识，途中遇到的又是与柳生又右卫门交情甚笃的坂崎出羽守，现在已无必要担心千姬。世间都以为坂崎出羽守和宇喜多秀家有些亲缘关系，唯又右卫门知，他乃朝鲜人。文禄之役时，出羽曾经救过宇喜多秀家性命。因此，宇喜多秀家便声称出羽乃是自己的血亲，并让他姓了宇喜多，改名宇喜多右京亮直盛，把他带回了日本。关原合战之时，直盛投了家康。生于异国的他看清了家康将主天下，便决定一心跟随，为太平盛世的缔造效犬马之劳。

“虽是异邦人，但无论气节胆识，都是个气派武士。”连又右卫门都这般夸赞他。家康公亦颇为赏识，封给他石州滨田三万石。

宇喜多直盛在宇喜多家败亡之后，复改姓坂崎，名字也改成了成正。因此，现在皆称其为坂崎出羽守成正。既然有坂崎出羽守护送，自不必担心千姬。但，千姬的平安出走，现在却与奥原信十郎的心志产生了激烈冲突。

若只有千姬得救，而秀赖和淀夫人却自杀了断，事情将会怎样？世人定会评说，家康公乃是个冷酷无情之人，只管救得自己的孙女，眼睁睁看着太阁遗孤走向败亡。这样一来，信十郎也会变成一个未能明白柳生又右卫门心意的乡下武夫。

其实，到了这个时候，哪还顾得上世间的议论？

奥原信十郎到底是为了什么，才背井离乡走进大坂城？要是有人误以为他乃是欲趁着天下大乱，为了出人头地，才带着自己的一帮手下卖身与大坂城，身为品行高洁的柳生高徒，他颜面何存？这样，他既对不起始终信任他、跟随他的属下，也无脸再见表弟又右卫门。

“问题是……”信十郎在火焰的亮光下走来走去，再次自言自语道，“定要救出右府和淀夫人……就是这样！”但这只不过是一个信念，他并未寻到解决之方。

如何才能将他们救出？信十郎再次坐到柳树下，目不转睛盯着秀赖母子藏身之仓。

八　忠勇片桐

片桐且元前往茶磨山和冈山的军营致毕胜利贺辞，便回到了黑门附近自己的军帐。他令人把折杌搬到帐外，一动不动坐在那里，目不转睛盯着烧焦了的大坂本城。他脸形瘦削，头发蓬乱，狂乱若鬼。这绝非因为连日作战的疲劳，而是因他终日苦苦思索如何保住丰臣氏，心中焦虑。

片桐被大坂城视为叛徒，斥其与敌人勾结，人人欲杀之而后快。落到这个地步，他心中忧愤，真正羡慕有乐的豁达。

织田有乐斋从骏府回到京城，醉心于茶道，变成了旁观世事之人。然而，片桐且元却无法如此冷静。

行动越多，就越会被人误解。他对此甚是明白，却仍不离家康左右，手持刀枪进行一次次违心之战，无法撒手，这便是他的宿命！

在一些人看来，片桐乃是个献媚于家康的俗人，为了保全性命，苟且偷生。在这个意义上，有乐要比他聪明得多，自在得多。但，就连对有乐，家康亦百般保护。这让且元心中生起希望——家康许不会取秀赖性命。

在当今天下，将军作为武士栋梁掌管政务，因此，只要是武家，不管是何人血脉，理当服从幕府命令。当年太阁执政之时，家康虽然拥有二百五十五万七千石的领地和庞大的军队，但仍然作为大老为太阁效力。而现在作为一介大名的秀赖，却不能生活于岳父的统治之外……这虽是一个很容易明白的道理，但在感情上，却不容易接受。

从冬役到此战，秀赖业已两度举起叛旗。别说他是丰臣氏，即便是德川本亲，亦已无饶恕的道理。

头顶上的夜空依然通红。

“助作啊，阿拾就拜托给你了！”秀吉公的声音似在这天地之间隐隐回响。

这都是因为且元无能！若有足够的能耐说服丰臣诸人，让他们明白时局的变化，怎会发生如今这些惨剧？就连在关原合战时，大坂城都能幸免于难，现在却化成了一片焦土。此城乃是太阁筑建，亦寄托了且元当年的梦想，他们将自己的性命交给了此城的每一块基石。如今，城没了，秀赖却还活着！

且元收起对往事的回忆，抬头望着天空，眼泪如断了线的珠子，簌簌而下……

太阁的丰功伟业全都化成了灰烬。既是如此，片桐且元为何苟且偷生？且元觉得，自己已无任何活着的理由：我应殉死，在太阁故去之时，就应随之而去。我这一生啊，在羽柴筑前守的时代或许就已结束了。那时，且元每一日过得都那般干脆充实。但，在秀吉公归天之后，一切都变了。且元似出人头地了，可实际上，他双肩每日都因落下的重担而酸痛，最终，他不得不扔开担子……但，为了秀赖，他今日仍慌忙前往茶磨山拜访，在冈山奉承秀忠……

“父亲，您在看什么？”儿子出云守孝利不知何时来到了他身边。

此时已近亥时四刻。且元慌忙擦了把泪水，“你何时从冈山过来的？”

“父亲！”孝利尖叫了一声，然后环视了一下四周，压低了声音，“大人的事情好像有些不妙。”

“大人？你是说将军？”且元故意装糊涂——当然指秀赖，他心里很是清楚，但出于警惕，他仍然这么一问。

“不，乃是右府大人。”

“我倒罢了，你已无必要再称他为大人。”

孝利有些生气，“将军大人似不愿理会千姬小姐的请求。小姐的请求乃是通过本多佐渡守转呈将军的，但是被将军大骂了一顿。孩儿正好在旁边，亲眼见了这番情景。”

“哦，将军大人怎生说？”

“将军大人说，妻子应与丈夫一同赴死，问阿千为何不与秀赖一同赴死，竟然独自逃出城来，真是想不到！还对千姬小姐说，让她自行了断。”

“这不过是口头上说说而已，未必出于本心。”

“不，孩儿认为不见得。”

“负责传话的是本多正信？”

“是。”

“不用担心。本多深知大御所心思。大御所定会有感于千姬小姐的忠贞，饶恕秀赖和淀夫人性命。且等一等，看看事情的变化。”

“可是不能再等了！”孝利断然道，“将军大人已然下令，明日一大早前去搜寻每一处未烧掉的院落，不可放过任何一个角落，对那些还不降伏之人，格杀勿论！”

“杀？”且元变了脸色，“将军大人确是这般说的？”

“确实如此。”孝利斩钉截铁道，突然歪了歪脑袋，“对了对了，说到这里，孩儿想起来，在此之前，将军大人还问了我一个问题。”

“问题……什么问题？”

“将军大人问：大火还在燃烧，也不知最后会剩下些什么。你经常出入城内，应知那里有何样的建筑。千叠殿的尸身中无秀赖。你觉得秀赖会藏到哪里去？”

且元脸上有些抽搐，但声音却意外平静：“那么，你怎么回答？”

孝利摇了摇头，道：“孩儿说，若见到即将战败，他会从天守阁前往千叠殿切腹。除此之外，在下实在想不出有什么藏身之处。”

“哦。那将军大人又怎生说？”

“他说，河边也有人严密监视，故现在秀赖必定还潜伏在城内。他这么说完，便叫来了井伊直孝，命其前去仔细搜寻。”

“当时在座的都有何人？”

“有大番头阿部正次和安藤重信。”

“阿部和安藤？”

“父亲为何问这个？父亲莫非……”孝利压低了声音，“知道藏身之处？”

且元使劲摇了摇头，责道：“我怎会知道！你胡说些什么！”

“请父亲宽谅。父亲和孩儿一样，始终在城外作战。但，他们若找不到，不定会令父亲前去搜索。”

且元闭上眼睛，并不马上回答。每一个城池都会有些密室与秘道，以备紧急之用。知道大坂城密室与秘道的，只有片桐父子。就连最近大坂城内储藏的黄金数量，且元都一清二楚。

“本多正信也找来千姬小姐身边的侍女，问了许多，试图打探秀赖的藏身之处。但据说千姬小姐和刑部卿局从天守阁出来，离开本城之前，亦是与秀赖一起，后来却不知他们去了哪里。”

“……”

“若是父亲，您会把他带到何处？儿子只是想问上一问。”

“孝利，我要去见一见将军。将军应该还未歇息吧？”说完，且元站起身，他脸色焦黄，随后剧烈地咳嗽。

孝利见这咳嗽非同一般，急转到父亲背后为他捶背。咳了一阵，且元感觉似有什么东西，从胸腔一直堵到了鼻子里。

“父亲您振作些！”孝利急急为父亲捶着背。且元哇的一声吐出什么来，温热的液体从捂着嘴的手间，淌到孝利手上。

“是饮食有毒？快回营帐躺下！”孝利抬起沾满脏污的手，摸了摸父亲的额头，烫得吓人，是风寒，还是疟疾？

孝利扶着父亲走进营帐，在灯下一看，顿时呆住。父亲方才吐出的，乃是一摊黑血！因为孝利抚摸过父亲的额头、领口和肩膀，且元身上沾满血污，惨不忍睹。

“来人！快拿水来！”

且元积劳成疾，生命将要走到尽头。大量的血差点堵住了他的嗓子，使他无法呼吸。狭窄的营帐中，孝利抱着父亲的身体，为他擦拭着血污。且元闭上了眼睛，他已咯血无数。

“儿啊……”过了片刻，且元睁开眼睛，长叹一声。

“父亲，您好生歇片刻吧。”

“我今日恐是去不了冈山军营了。”

“要不然，让儿子代父亲去？”

且元缓缓摇了摇头，“明日一早吧，明日一早，我就去！”

“那父亲就好生歇息一下。”

“不，我还有些话要交代。”

“交代？”

“是啊。我将不久于人世了。我有自知，这无妨。”

“父亲您这是什么话！”

“大人啊……”

“大人？父亲是说右府大人？”

“我知道、我知道他藏在何处。”

“父亲……”

“血块堵住喉咙的时候，我总觉得已故太阁捏住我的嘴巴和鼻子，对我吼道：你这个没用的东西，去死！”

“父亲别说这样的傻话……”

“不，无妨……那时，我也会反抗。我会告诉他：您就看看吧，片桐且元不会眼睁睁看着少君赴死……就在刚才，我胜利了，我掰开了他的手……明日一早，我就去冈山，只望说服将军大人，务必饶过右府性命。”然后，且元停顿了一下，又小声咳嗽起来，“但，我若有万一，你当替我走一趟了。”

“不会有什么万一，您要有信心！”虽然这样说，但且元既已大吐黑血，孝利也知，父亲病已不轻。于是，他示意近侍退下，再次用凉水小心擦拭父亲的脸颊和额头。

“大人定是藏在芦田苑的谷仓之内。”且元任由儿子拭着自己的身体，道，“我以前也说过，万一敌军攻入城中，有两处地方可供藏身……”

“两处地方？”

“其中一处在填埋城濠时，从外面堵住了出口，现已无法使用。因此，剩下的只有芦田苑的那个谷仓了。”

“……”

“在那个谷仓内，我命人放进了两对金屏风，以便到时可以围住大人。武士做事自当谨慎，那对金屏风今夜必定派上了用场。”

“芦田苑……从那里如何脱身？”

“过河，坐船走。装上稻谷也好，杂粮野菜也罢，只要装上些什么，再随便盖上草席，谁也不会想到有人藏于船中。如此顺河而下，便有岛津的船接应……这是我设计的万不得已时的办法。”

“父亲是说，您可以断言，目下右府大人潜伏于谷仓内？”

“别无他法。况且，城内的那些洋教徒还梦想着班国军船前来救援。因此，他们首先会把大人送往萨摩，指望在那里等待援军。”

“难道、难道这真有可能？”

“唉！事已至此，一切都只不过一场梦！所以，我要交代你，万一我有什么好歹，你就去大御所那里告发。听好了，是去大御所处！”

孝利有些不解，“父亲，您刚才不是说要去拜访冈山的将军大人吗？”

“正是。若是为父，自是去将军处，你则必须去大御所处。你明白吗？将军大人不肯饶恕右府。因此，父亲欲前去求情。要是你去，绝不能说动将军。故，你就前往大御所处，告诉他右府的藏身之处，请他务必救救右府性命。你告诉他，这是父亲在咽气前的嘱咐，他不会责怪你，而且，可能真会饶右府一命。明白了吗，到时，你要去的乃是大御所的大营。”

孝利点了点头，且元这才昏昏沉沉睡下。他气息微弱，很难想象前两日他还披盔戴甲在战场驰骋。

八日晨。

片桐出云守孝利几乎一夜未睡，衣不解带守候在父亲身边。直到天亮，他才打了个盹。当他睁开眼睛，父亲竟已起来了。且元脸色虽依然苍白，但已看不出是个昨晚竟已交代遗言之人。他好像从谁口中听说了什么，手执香炉，点上香，甚是稳重地说：“看来大御所还是有饶恕右府的意思，我这就去一趟将军那里。大御所派出旗本将领加贺爪忠澄和丰岛刑部，带书函前往大坂城内，命他记下幸存者的姓名。”

“他？他是何人？众人应均与右府藏在一起吧？”

“是，收信人乃是治长。必定有人知他们藏在何处，他定是看准了这些才派出使者。”言罢，且元脸上露出一丝苦笑，“大御所的智慧与常人不同。听说，事情果然如他所料，二位局带着幸存者名簿出了城。”

“二位局？”

“是啊。治长也是想让二位局为右府母子求情。可是，他怎比得了大御所的智慧？二位局不过一介女流之辈，若拘于大御所军营，被人稍稍拷问，很快便会供出右府的藏身之处。这样一来，我的苦心也将化为泡影了。”

对于父亲之言，孝利似懂非懂。且元说完，双手合十，似乎在祈祷什么。然后，他站起身，道：“今日应不会发生战事，但要注意周围情况，休养兵马。”

城池虽还继续散发浓烟，但火焰多已熄灭。天守阁附近的烟雾有气无力地冒着，烧焦了的箭楼之木散于各处，即如孩子的玩物一般，显得格外渺小。

且元乘轿前往冈山之后，孝利才突然领会了父亲的意思。在二位局泄出秀赖母子的藏身之处前，他要亲口向秀忠告发，让人感觉他始终忠于德川，然后再请求秀忠饶了秀赖母子。

既然二位局迟早会说出藏身之地，不如且元前去告发。可仅此一点，若传扬出去，且元便会永远背上出卖主君的叛贼污名。但孝利并不欲前去阻止他，知父莫若子，他明白父亲的凄苦处境。

且元到达冈山军营，来到秀忠面前。秀忠和土井、井伊、安藤等人正围于一张地图前，用朱笔将烧掉的院落一个个勾去，听说已准备派出刺刀队，前往那些已化为焦土的废墟中搜寻。

“哦，市正啊，来来。”秀忠停下话头，一脸喜色地转向且元。他许已知且元此来的目的。“我正准备前往茶磨山，向大御所致以胜利的贺辞呢。”言罢，他又轻声问身边的侍童，“现在什么时辰？”

“卯时左右。”

“时辰还早，辰时之前去就可以了。听说大野修理派了二位局前去大御所营中。哦，对了，你辛苦了。”秀忠今日好似格外喜欢说话，“昨夜大御所还夸奖了秀忠，真是前所未有……此战中肯定也有不足之处，但大御所对我道，士气高扬，指挥得当，今后要好生治理天下，未来三年，不可令大名修复大坂城，定要体恤各位将士在此战中的辛劳云云。”

“大御所大人一向仁慈宽厚。”

“当时还提到你呢。说你受苦甚多，但今后不会再出骚乱了。在山城、大和、河内与和泉诸地，择一领与你，领四万石，让你放心。”

“这……多谢将军恩典。”听着听着，且元的泪水便哗哗流了下来。他非是为了自己而来，秀忠肯定也知此，才唠唠叨叨欲堵住他的嘴。

“在这四地之中，有三处城池，你不妨选择一处安居，静享晚年吧。”

“请恕在下冒昧……在下有一事相告。”

“哦？何事？”

“二位局说过右府的藏身之处否？”

“没有，还没听说。”

“那么，在下有些线索。”

“哦，太好了！”秀忠暗暗给井伊直孝递了个眼色，“是啊……市正久居城内，理应熟悉城中的每一个角落。”

“是。若在下猜想不差，他们应该藏身于芦田苑的谷仓内……”且元的额头到脖子上都渗出了豆粒大的汗珠，太阁大人，原谅且元，无能的且元现在要演一出戏……

秀忠的反应却异常平淡，冷冷道：“哦，谷仓……”

“是，不会有错。故，请让在下前去擒拿，请将军答应在下请求。”

秀忠再次暗暗将视线转向井伊直孝，缓缓摇了摇头，“多谢了，此事已经有人去办了。”

“有人了？将军的意思……”且元迫不及待问道。

井伊直孝冷冷道：“那一带已经全权委托给鄙人。鄙人的人想必已经出发。”

“已经出发了？”且元无比丧气，转向秀忠，急道，“将军大人，求求您了！请让在下负责此事……要不且元就……就成了不……不忠不义之人！”

“此事你不必担心。”土井利胜从旁插嘴道，语气里带着怜悯，“对于市正的忠诚，将军和大御所都甚是清楚。今日一大早你就特意跑来告诉我们秀赖母子藏身之处，就足以证明你的忠义非同一般。原本，大御所也是看到了你的忠义，才决定给你加封，以让你安享晚年……”

“大炊大人！”

“怎么？”

“你的嘲弄未免太无情了，你根本不知武士之谊……要是这样，片桐且元……”

利胜厉声道：“市正，你注意分寸！现在可是在将军面前。”

“是。”

“我不妨直说：你怕要失望了。”

“失望？”

“即便你不来告发，我们也已大致猜出藏身之处。你不可仗着大御所对你的偏宠，就忘了片桐一门的将来。”

“可是……”

“你还要辩驳？真是个毫无决断之人。你可知，市正，若在该决断的时候，你能断然决定，便不会有这两场战事。你却犹犹豫豫，最终导致大坂城到了今日这个地步。”

“所以且元才要提出这样的请求……”

“不！”利胜再一声喝道：“该出发了。”然后对秀忠施了一礼，催他动身前往茶磨山，回头又小声安慰且元说：“错事做一次就够了，市正。将军和大御所都在替片桐一门的将来着想，你不可再无决断，故意辜负这一切。你已经身心俱乏，该好生歇息了，明白吗？”

此言像一把尖刀，无情地扎进了且元的胸膛。

大家都站了起来。

“啊……”且元站起身来，突地向前一个踉跄。他急捂住嘴，剧烈地咳嗽，若在此处吐了血，他的一生怕就完了。

“等……等……等一下……”且元捂着嘴，心中重复着这样一句，然后俯在地上，无声地哭了起来。

九　孤城落月

夜，芦田苑里的谷仓格外闷热。梅雨季节的天空布满云朵，却不下雨。这极狭窄的地方又挤满了人，憋闷可想而知。

天亮以后，众人便不能都挤在一处，于是竖起金屏风，将谷仓分成三个部分。淀夫人及其他女人一处，中间为从战场上生还的大野治长、毛利胜永、速水守久以及其他武士，最里乃是丰臣秀赖和几个侍童。

女人发油的味道自不必说，男人身上的气味更是难闻。他们几乎都受了伤，一身血污，加上梅雨季节的潮湿和闷热，谷仓里充满了一股刺鼻的恶臭。每个人都面如死灰。

奥原信十郎不断在谷仓巡视，偶尔走到外边透透气，然后再次回到仓中。

夜里下了几次小雨。此间，信十郎作好了某种准备，以备在万一之际，仍然能达到目的。其实并无必要说得这般含蓄，他乃是想到藏在这里的人随时都可能小解。在半夜之前，大难临头，人似都忘了此事，直到一个女人脸色苍白央求信十郎，他才猛地拍拍膝盖，想到了一个法子。谷仓里肯定无法方便，他遂于河边柳树下的苇丛中挖了一个小坑，用草席围住，以备方便之需。“要去方便，就到这边来。”他对大家说过后，暗中令人在茅厕旁预备了一只小船。在情况紧急之时，可以让秀赖和淀夫人装作如厕，把他们带走，不管他们同不同意，救命要紧。

如此，信十郎的心才慢慢平静下来。千姬的乞求到底管不管用？若家康公和秀忠属下堂堂正正前来迎接，便将母子二人交与他们。若非如此，他断不会让任何人碰二人一根汗毛。

信十郎最忧心的，乃是有人受不了谷仓里的闷热，在绝望之中发狂。伤了自己也就罢了，万一有人将凶器指向淀夫人母子，那就糟了。出于这种担心，他丝毫不敢松懈。但淀夫人的表现却让他吃惊不小。

信十郎原本以为，最有可能咆哮大叫的便是淀夫人。可是午夜过后，她仍端然而坐，安静地数着念珠，小声念佛。

直到天亮后，治长派出二位局前往家康大营的时候，信十郎才明白了淀夫人：她其实也是一个普通母亲，她把希望完全寄托在了前去为儿子乞命的千姬身上。

派二位局前往家康大营，乃是因为加贺爪忠澄和丰岛刑部二人奉家康之命进城，命人写下幸存者的名录。那二人已经隐隐约约感觉到谷仓里有人。亲信得知二人来意，报告与信十郎，信十郎与毛利胜永之弟勘解由见了他们。

堪解由从战场上生还之后，依然想与敌人再大干一场，自不会让二使者接近芦田苑半步。对方大概以为他手下还有不少兵力，在二位局出来交名簿之前，便老老实实在门口等待。

二位局正要离去时，治长匍匐着爬到她跟前，在她耳边小声嘀咕道："你告诉他，这上面写下的人，每个人都会自杀谢罪，但请务必饶过右府和夫人。右府身边只需留下三两个侍童照顾起居，其余均会自行了断。夫人也一样，有一个侍女留在身边便已足够。务必饶过二人。其余众人早已下了必死决心，每个人都会安安静静去死，请务必转告大御所……"

此时，淀夫人停下捻念珠，喝道："你这样说话太丢脸了，修理！我不愿二位局前去为我乞命。"

"唉，这……"

"我若能够活命，也是因为阿千的一片孝心。你问问，阿千是不是平安到达了？"

听到这话，奥原信十郎似听到了姑母的声音。柳生石舟斋之妻春桃夫人常道，母亲所做的一切都是为了儿女，母亲活着就是为了让儿女尽孝道。目下，淀夫人的心境同样单纯，她放走千姬去为秀赖乞命。若亦能活命，她希望乃是因千姬尽了孝道，是千姬救了自己……

二位局去后，淀夫人马上闭了眼睛，默默念佛，她许是在默默忏悔先前因任性妄为犯下的各种过错。

但秀赖却无母亲那般安然和平静。他一夜未睡，不停拍蚊子。他已厌倦了各种牢骚。直到二位局欲去时，他方靠着稻草包睡去了。

真田大助始终在秀赖面前正襟危坐，他仍在体味父亲之死带给他的苦痛和最后之言的深意。与大助并排而坐的，乃是十五岁的高桥半三郎及其十三岁的弟弟十三郎，他们在一旁打盹儿。二子依然留着额发，貌如女子。

二位局出去后未久，井伊的人马便包围了院子。

院子被围，井伊却未马上破门。奥原信十郎松了一口气，二位局定然将此藏匿之地透露给了家康公，家康公派井伊前来，乃是保护秀赖母子，不久自会有人前来迎接。到时不管怎样，将母子二人交与那人，自己也算尽了职……

井伊后面，出现了安藤重信和阿部正次等人的旗帜。

“军中有本多上野介正纯的身影。”

“他来了，上野……”

奥原信十郎愈发放宽了心。安藤重信和阿部正次等人都是将军的亲信，本多正纯却是家康的心腹之人，许是这些人前来迎候……想到这里，信十郎回到了谷仓，弯下身，靠近匍匐在地的大野治长，耳语了一番。

治长已经半死不活，但听了信十郎之言，猛从地上坐起身来，对侍童们喊道：“快伺候右府更衣！”

十七岁的土肥庄五郎应了一声，从怀中掏出了一面小镜子，为秀赖梳发。庄五郎亦留着额发，貌若女郎。

梳完头，庄五郎将手中的镜子递与秀赖，道：“愿大人身体安康，万事如意！”这是早上一贯的问安，但此时此地听到这些，却不免令人脊背发凉。

“半三郎、十三郎，快来捶背！”

“是。”

若说土肥庄五郎如个正值妙龄的女子，高桥半三郎和十三郎兄弟则似还未长全的小女孩。高桥兄弟跪在秀赖左右，为他捶背。此时，秀赖才看了看镜子。在此之前，他还未完全从睡梦中醒来，眼皮和舌头都像醉酒一样不听使唤。他自无法定下心来，一脸茫然，看到镜中的自己，才慢慢恢复了生气。

“好了，”他拨开肩上二人的手，道，“辛苦了。”说完这句慰劳之词，秀赖抬首，眼睛刚好对着从高窗射进来的阳光，遂慌忙低下头。

大野治长已经无法动弹。他若能起身，定也想亲自去见见敌方大将。

奥原信十郎丰政走了出去。此景已经令他不忍再看，他心中生悲，只欲号啕大哭……

信十郎拭了拭眼角的泪水，抬头望着天空。天空暗云浮动，从密密的云层间洒下了少许阳光。看看太阳，约已到了巳时。外面不再那么闷热，顺着河道吹过来的风轻轻拂动着低垂的柳枝。

治长终于熬成名副其实的大坂城辅政，可是，此前多年，他究竟有何作为？自从片桐且元离去，又经历了去岁冬役，他立时成了让人刮目相看的大才，只可叹大坂城和他的命运都已到了尽头。“就是爬着，也要去见一见井伊……”在他这种赤胆忠心面前，石头也会动心，井伊直孝怎会无动于衷？他若能表现出如此气概，大御所怕真会饶他一命。

但信十郎走出门外之后，治长依然未能动身，只道：“虽有亲自前去交涉之心，但你看我这样子……速水，就拜托你去走一趟了。”

“遵命！”

“就说这一切都是大野治长的过错……右府完全不知情……”

速水嘴唇颤抖道：“好了，我去了。”他显出一副争强好胜的样子，来到信十郎面前。

“请让在下跟去，负责护卫。”信十郎道。

“不！”速水斩钉截铁拒绝，理了理后背上的小旗，朝着井伊的马印大步走去，显得越发有气魄了。

信十郎想象着速水甲斐守手持武刀的样子，不由苦笑。此人太好强了。剑可以柔软自如，刀却不能。现在他乃是使者，是前往对方军营乞命，如此好强，如何能完成使命？

奥原信十郎慌忙追出几步，转念一想，又停了下来。他的出入已经让敌军知道了秀赖母子的藏身之处，既然已知，就应该在此处竖上马印，可马印却已在郡良列和渡边内藏助等人自杀的时候毁去了。罢，罢，败军之将乞命，其实不必过于拘泥。信十郎这样一想，又回到了仓房。

速水甲斐正如信十郎忧心的那样，昂首挺胸，进了竖着井伊直孝马印的大帐。

“军使，辛苦了！”

不见本多上野介的身影，迎接甲斐守的是井伊直孝、安藤重信和阿部正次三人。

当一人将生死置之度外时，自会勇气备生。但其勇若事起仓促，只会令人惊而不惧。若平时少了磨炼，勇则勇矣，乃是莽撞；能加上平日修炼，才可谓智勇双全。速水甲斐守便属莽撞。死且不惧，我还怕甚！他为秀赖母子乞命而来，却绝未想过自己活命，正因如此，才显得骄横无礼。但照实言之，他的强硬不过出于内心胆怯，虽决心一死，他却是因惧而故作强势。乱世之人多历生死，故喜虚张声势，速水甲斐守亦然，他作为败军之将，甚至忘了自己首先应听对方吩咐。

在井伊、安藤和阿部三人的引领下，速水甲斐守走进军帐，马上道：“守久奉右大臣丰臣秀赖之命前来出使。快备座。”

备座？

要是家康听到，自会开怀大笑，拍膝褒扬：“毫不惧死，真乃勇士！”

但现在他对面诸人同样血气方刚。井伊直孝立时便面带愠色，语带嘲讽：“你的见识还真高明。城池烧了，右大臣还是右大臣吗？”

这几句交涉便注定了此日之悲，只是双方事后才知。

“右府的一切都是大野修理一手把持，想必大御所和将军均知。”

“是，不把城池烧掉尚不甘心，真是遗憾啊。”安藤重信语气里带着嘲讽，“休要说那么些废话。赶快进入正题！秀赖公打算何时投降？我想问问具体时辰，也好去请求将军大人吩咐。”他似更熟悉谈判。

“正午从樱御门出来。”

“正午……这么说还有一个时辰？”

“正是。我早就说过，右府母子若能活命，不管如何问罪我等，我等皆无异议。请务必对右府以礼相待……”

井伊直孝不由得笑出声来，“以礼相待？你是说让他腾云驾雾不成？秀赖乃是两度谋叛之大罪人，现在的身份乃是俘虏！”

“俘虏？”速水守久绷紧了脸，正色道，“你的意思，是不能以右大臣身份，以礼相待？”

“就是这个意思！你待怎的？”安藤重信道。他比兄长直次性急，口舌毒辣。

见他挖苦，甲斐守再次高声道：“这般待人，大御所和将军定不会满意！诸位忘了右府乃是丰臣太阁之后？”

“哼。”重信的语气变得越发冷漠，“那应怎样对待丰臣太阁之后，才合乎礼仪呢？”

“备轿。”

“轿子？井伊大人，在这战场之上，可有供贵人乘坐的轿子？”

“哼。”直孝语气里带着嘲笑，“就连七十四岁高龄的大御所也仅乘着竹轿出征，战场上岂有什么贵人乘的轿子？到京城里去寻一寻，兴许还能寻到，在这废墟里嘛……”

“嘿？”安藤重信再次转向速水甲斐守，“轿子不是没有，只是因为此处乃是战场，无处去寻。丰臣太阁爱子再次发动叛乱，如今沦为俘虏，哼，到时候不五花大绑他，就是宽和了！”

“五花大绑？真是……岂有此理！”

“那又怎样？”

“你们难道不知大御所的心思？”

“嘿嘿，这个嘛……我等未在大御所跟前侍奉，故大御所的心思，我等无从知晓。轿子？休想！”

“嗯？难道你们就这样当差？请问，你们欲如何将右府带至贵军军营？”

“走路你定不愿，我们预备了马匹。”

“难道让夫人也骑马？”

“实属无奈，我们何处给她寻辆香车？”

“不！”速水甲斐瞪大眼，一声断喝，“鄙人决不允许你们将丰臣太阁之子、敕封右大臣，带到各大名军营示众！”

“哦……”井伊直孝一副无奈之态，叹了口气，“你的意思，若无轿子，右大臣就会切腹自杀？”

这句话里包含的意思，已不仅仅是讽刺。速水甲斐守顿时语噎：罢了罢了，无论骑马坐轿，事情必须尽快了结。但无论怎样，也不可让他们带秀赖母子去诸大名军营，甚至到下人和脚夫中示众。本以为对方对此已充分思量过了，可是……速水甲斐守咬着牙，苦思善后之策。

因为甲斐守言语失当，气氛更是紧张。他这才察知，因出来之前未与秀赖母子及大野治长商议出降方式，此时又过于激切，已给了对方口实，处于劣势。

“如何了？”阿部正次似要打圆场，道，“你也见到了，这城内皆是断壁残垣，何处去寻轿子？顶多也就能寻些担架和竹轿。你自思量，是要体面，还是要性命？”

阿部正次的话合情合理。速水甲斐浑身颤抖，心痛如割，却又无可辩驳，思量良久，喃喃道：“你是说绝没有轿子？”

“你也看到了，此处已成一片废墟。”

“哦……请各位稍等片刻。”

“要等到午后吗？”

“不，只是在此之前，鄙人要去请示一下右府。”

“到现在才……”井伊直孝还没说完，阿部正次平静道：“速水守一人自无法作主。既然这样，我们且再等等，请尽快定下来。”

“明白。”速水甲斐马上站起身来，他已迫不及待要离开大帐。

待速水昂首挺胸转身离去，三人你看我，我看你，气得咬牙切齿。

“全无悔改之意！”正次开口道，“真想把他碾个粉碎！”

井伊直孝似也动了怒，平时一向沉默寡言的他竟道：“怎的？就这样等着？”

安藤重信笑了笑，话里有话：“大御所乃是百年甚至千年不遇的罕见之才。在他看来，秀赖谋反根本不足挂齿。但，大御所百年之后，要是仍然屡屡出现这等叛乱，何人可治得安稳？”

“你的意思……”

“我无甚意思，但，此事必须好生思量。”

三人再次互相看了看，都在揣摩彼此心思，然后，谁也不多言了。

速水甲斐回到谷仓时，女人都已与淀夫人一起念佛。众人的名字已被悉数写在名簿上，交与关东的来使。各人都将自行了断，即使秀赖和淀夫人能够得救，其余诸人也必须一死。绝望之下，她们唯有将希望寄托给佛祖。

“好了好了，休要再哭丧着脸念佛了！”洋教徒速水甲斐一进门，便带着一腔憎恶之情道。

奥原信十郎不在仓里。半死不活的治长听到甲斐的声音，睁开了眼睛，“速水啊，结果如何？”

“这……”速水一屁股坐到治长前面，道，“井伊直孝那个浑蛋，实太无礼！”

“你是说……事情谈崩了？”

“那些混账东西，他们定是想让右府母子骑马到各地大名军营示众。”

“什么，让大人……”

“示众！他们定是这般想的，连一乘轿子都未预备，如何是好？”

但治长也不知如何是好。大家停止了诵佛，仓里一片寂静，众人都在全神贯注地听着二人谈话。

“修理，”甲斐守咬牙道，“我们想得太天真了。今日的谈判便可看出，必是如此。”

“你是指……”

“大御所那老狐狸，从来就无放过右府之意。”

“从来就无？”

“正是。修理，你把人想得太善了。他要是想放过右府，不管是井伊还是安藤、阿部，都不会那等蛮横无礼。安藤竟说，要把右府五花大绑，或用担架抬走。”

甲斐守一气说完，只听见屏风里传来淀夫人尖厉的声音：“守久，到这边来。”

“见谅，在下在夫人面前说出无礼之言。”

“修理也过来。对于刚才那几句，我不能不问一下。右府也要听一听。过来，再跟我说说详情。”

速水甲斐守若非怒火中烧，必会甚是狼狈地掩饰方才之言，但，他此时却反而火上浇油：“是，那夫人就听在下说。在下作为使者前往，他们却一味愚弄……”

“你说了些什么？”

“在下说，右府会在正午时分从樱御门出城，可井伊却嘲笑说，右府要腾云驾雾云云。在下便说，须乘轿，请预备轿子。”

“他们怎说？”淀夫人看起来颇为冷静，抬起头小声道。

“他们断然道，没有轿子，还嘲笑，此乃战场……”甲斐守未注意到，自己的言辞已因过于愤怒，有些添油加醋了，“他们还说，若非要乘轿不可，就去寻些搬运死人的担架或者路边的竹轿，要将右府反绑到上面……”

“右府也在听着呢，你不要说了。”淀夫人身体发颤，阻止了他，“唉……井伊并非奉大御所之命，前来迎接我们母子。”

“恕在下斗胆，他们还说，决不会放过右府和夫人……”

“修理！阿千难道未……”

“不会，即便少夫人忘记，身边的刑部卿局也不会忘记提醒少夫人，为右府和夫人乞命。”

“那……井伊为何如此无礼？”

“恕在下斗胆，井伊直孝乃是奉将军之命前来。”

“你是说秀忠不欲放过我们母子？”

“啊……是，啊，不，将军心里怎生想，在下并不知，但必与大御所不同。”

“哦，原来如此……”淀夫人用念珠抵额，茫然若失，低叹一声。

“不！”速水甲斐道，“都是那心狠手辣的大御所的阴谋，每一步都是他亲自谋划……”

“甲斐守，你控制一下！”

“在下不能！在下还要去一趟，去转达右府的意思，是骑马还是坐轿？”速水甲斐转向屏风里的秀赖，大声道：“大人，在下想问您，您能忍受别人将您带走，到敌营示众否？”

“且等，甲斐守！”淀夫人再次打断了他，“事态严重。天下公之后，是不是应作为俘虏拉去示众，谁也不知。大人平静之前，你好生等着。”

甲斐守这才缓缓平静下来。

“甲斐守。”

“在！”

“谁的竹筒里还有水，现在就以水代酒，准备离别吧。”淀夫人颇冷静。

“离别……”

“是。只要右府能活下去就是了。我要留在这里。不论是去是留，这都是今生最后一杯酒了……”

女人们哭了起来。秀赖无言，他正在仔细思索即将到来的死亡。

速水甲斐守从侍童的竹筒里收集了一些残余的水，倒进腰间的葫芦，也渐渐恢复了平静。是骑马跟对方走，还是在此切腹自杀，这已不是面子问题，也非双方言语相争便可以解决的。是生是死，只能选取其一。

秀赖将会作出何样的回答，甲斐守已经猜到七分。秀赖若失去了母亲，眼睁睁看着大家去死，一个人活下去还有什么意思！

甲斐守往葫芦里装水的时候，暗暗看了秀赖一眼。秀赖将扇子竖在膝上，双眼紧闭，上身挺直坐在地上。他这种坐姿还真是少见。由于有些肥胖，他虽然称不上端庄，但至少不令人生恶。

“甲斐守，可准备好了？”淀夫人在背后道，“若准备好了，我先饮上一杯。”

“是。”

“把屏风拿开。右府也好生看看母亲……”

高桥半三郎站起身来，将屏风挪开。秀赖睁开眼睛，他眼圈通红，已知死亡正在步步逼近，心中定反复思量。

“大人，我不能再和大人继续待在一起了，我是个罪孽深重的女人。”

秀赖不言，只是目不转睛望着母亲，胸腹微微起伏。

“此乃我第三次见着城池被毁。第一次是在父亲切腹自杀的小谷城，第二次乃是母亲殉死的越前北庄城，此次……这次乃是我唯一的儿子居住的大坂城！我这一生，先是失去了父亲，母亲随后也被烧死于大火之中，这次，却要看着儿子赴死……我前生造了什么孽啊，只要有我在的地方，便会发生不幸。”淀夫人使劲摇了摇头，又道，“正因如此，大人必须离开我这个不祥的母亲。给儿子带来噩运的母亲不主动离去，必然再次给大人一生带来困厄。好了，十三郎，把水递给大人，我们母子的缘分就此了了。斟上水。”

速水甲斐守默默将葫芦交与十三郎。十三郎依言，从食盒里取出一个小小的红色酒杯，来到淀夫人跟前。淀夫人微微一笑，接过酒杯。

秀赖依然定定望着母亲，高桥十三郎将淀夫人饮尽的酒杯递到秀赖面前。

速水甲斐守看着这一幕，并无说话的机会。淀夫人的平静和从容，让他绷紧了心弦：淀夫人的话里，隐藏了只有母亲对儿女才有的无限慈爱。秀赖到底会不会决定活下去？

“好了，我们母子的缘分尽了。这是母亲给儿子的离别酒。”说到这里，淀夫人一脸严肃转向甲斐守，“待喝完离别酒，你就陪着大人出城吧。大人乃是武将，骑马并非耻辱。”

“是！”

“跟随大人的，只半三郎和十三郎等三四个侍童即可。”

秀赖默默从十三郎手中接过杯子，“母亲，孩儿饮了此杯。”

“好，多谢大人。”

秀赖仰头一饮而尽。看着这样的场面，不仅淀夫人，就连速水甲斐和大野治长都以为秀赖会听从母亲之言，他的动作是那般自然。

喝完，秀赖微微一笑，道：“荻野道喜，到这边来，我有事要托你。”他若无其事地将杯子递给了道喜，又道：“道喜，拜托你来为母亲和众夫人们介错，辛苦了。”

全场鸦雀无声。

“自尽之时很是痛苦，拜托为她们介错，减轻她们的苦楚。”

“遵命！”

“毛利胜永，”秀赖朝毛利胜永招了招手，“我的头颅就拜托你了！你甚是忠诚，我不会忘记你的劳苦！”

胜永一脸茫然，等着侍童递过杯子。他看看治长，又看看淀夫人。

淀夫人突然尖叫一声。

一瞬间，外面的屋檐下响起了噼里啪啦的燃烧之声，接着是一阵枪响。

井伊军的火枪队见速水甲斐守迟迟不回，便在约定的时辰开枪示警。

“不！”淀夫人的喊声与枪声几乎同时响起。

“啊——”甲斐守呆住了，“他们真要置我们于死地！”

大野治长张大嘴，却说不出话来。

有生且有死，生且生矣，死且死矣，何憾之有？人生处处入陷阱，落旋涡。

女人发出声声悲鸣，互相抱在一处。男人则脸色大变，纷纷站起……

一〇　丰臣末路

德川家康看起来格外快慰。这场战事的伤亡绝对不小，但原以为大坂本城着火之时已被烧死的丰臣秀赖夫妇，竟还活着。千姬甚至在坂崎出羽守的护送下，到了本多正信的军营。正如家康所料，她此次来乃是为秀赖母子乞命。

“我自无甚异议。好！可是我已隐退，将兵权悉数交与了将军。此事，就拜托你们好生在将军面前周旋。”他对本多正信和治长的家老米村权右卫门道。

正信与权右卫门领命，家康松了一口气。正欲歇息时，二位局带着大坂城幸存者名录来了，照旧例，此举便意味着投降。应让谁活命，让谁负起战争之罪责，只要确定了这些，一切便都结束了。家康特意将一切交给秀忠。

“佐渡，我们不可过多插手此事。但不管怎说，关东伤亡亦是不小，修理和速水甲斐守不能饶恕。另，还有毛利胜永……”说到这里，家康觉得有些惋惜，咬了咬牙，道，“真是一场无甚意思的仗。真田和毛利，都是难得的将才啊。”

本多正信毕恭毕敬，答应将这些话传达给将军，便退下了。

之后未久，秀忠带着土井利胜来到茶磨山，向家康致以胜利的贺辞。

此间，家康始终想见一见千姬。在接受了秀忠的祝贺之后，他又叫来了正信，命他去传与千姬同时逃出的刑部卿局。

刑部卿局到来，家康瞪大了眼，叹了一口气。“唉，你就是当年陪嫁的那个小姑娘啊？是啊，都出落成大姑娘了。我已上年纪了。这些年，你辛苦了！你就放心吧，我会如小姐所愿，尽量周旋，保全秀赖和淀夫人性命。”他眼睛有些湿润，亲手递给刑部卿局一柄怀剑，然后道，“阿千现在怎样？”

“是……不……”

“那到底是高兴还是害怕？她还未从惊吓中缓过来？”

“小姐说，若右府自杀……”

“她是因为秀赖而闷闷不乐啊。”

“是。”

“哈哈，不必担心，据说秀赖躲在芦田苑的米仓中，井伊直孝正在那里守卫。我让上野去看了一下，那里还有安藤重信和阿部正次等身强力壮的勇士，无甚可担心的。嘿，阿千在担心夫君啊。”家康再次陷入老人的感慨之中。

“好了，我前去迎接吧。”良久，他突然眼睛一亮。

刑部卿局从未见过如此孩子气的家康公。在她的记忆当中，家康公平常不苟言笑，总是给人威严之感。现在他却如风中的蒲公英，让人感到无比轻松。

“奴婢甚是明白大人的心思。但，将军大人却很是严厉地斥责了小姐。”

“哦，将军都说了些什么？”

“说妻子应为丈夫殉死，还质问小姐为何不留在丈夫身边，跟他一起自杀。小姐对奴婢说，若将军的话传到右府耳内，右府必不会苟活。她说她恨奴婢把她带出来……”

“阿千这样说啊，真是可怜！”家康的泪水顺着脸颊流了下来。他自己也觉有些尴尬，道：“阿小，我这泪啊，不是因为悲伤，是因为上了年纪，控制不住自己。哈哈哈！”他言罢，传来了本多正纯问道：“现在什么时辰？”

“巳时。”

“按照约定，秀赖果真午时从樱御门出来？”

“正是。”

“好，我们前去樱御门接一接吧。我骑马前去，另外预备一乘轿子。”

“遵命。”正纯不问预备轿子何用，事情明摆着，定是为淀夫人备的。

“阿小，你回去安慰阿千，说爷爷会替她去迎接秀赖母子。不久，我们便会手拉着手，共贺太平了。”

刑部卿局大着胆子问道：“大人，关于右府移封大和一事，就这样……”

“哦，这事啊。”家康脸上露出不快，“大和……不行。唉，都是秀赖过于任意妄为了。恐怕只能在江户附近的下总一带……但，你告诉阿千，让她莫要担忧。”

“是。”

“好了，我们走吧。”家康带着包括本多正纯在内的五十名旗本将士，朝着樱御门出发。

樱御门乃大坂城正门，可直接通往千叠殿。里面虽然已成了一片废墟，但正门依然庄严地挺立着。家康以为，秀赖必定会选择从此门出来。

家康在门前下了马，坐在折杌上，“现在什么时辰？”

正在这个时候，芦田苑方向出人意料地响起了一片枪声。

“怎回事？”家康微微歪了一下头，心中生起不祥之感。他拍着膝盖，竖起了眉毛，“是怎回事，正纯？”

“应是枪声。”

“我知是枪声！仓中的人手里会有枪支？”

“这……”正纯佯装糊涂，“这，怎会……”

“这么说，开枪的乃是井伊手下？”

“恐是因为右府不安分……”

“你过去看看！”家康再也按捺不住心头的怒火，咆哮道，“直孝这个急性子！我……我都到这里来迎接了……”

“在下速去……”

“且等！”

“是。”

“正纯！他们是否已接受了将军的密令，特意瞒着我……”

“在下完全无从知晓。这样的事，外人更是不知。”

“你就快去！狠狠地……”家康说到这里，那边又响起了一片枪声。

本多正纯扬起头，施了一礼，起身奔了出去。

家康站起身，紧盯着前方。此时，枪声第三次响起了。枪声为何会接连不断？是谷仓之内有性急之人杀了出来，还是井伊的手下对秀赖有什么过激之举？家康心内大忧。

到了约定的正午时分，头顶上的太阳火辣辣地照在众人身上，四周如蒸笼中一样闷热。家康几次撩衣擦拭脸颊，他陷入了沉思：秀忠若丝毫不顾忌他的意思，不愿搭救秀赖，并已安排下去，该如何是好？若秀赖从仓里出来时，直孝对其射击，众人开始骚乱，直孝便再次对人开枪……唉，在这大坂城内，并无他人能见到真相。“秀赖在最后时刻竟杀将出来。”若己方以此为借口，言称不得已才放枪，秀赖之命休矣。

家康咬着指甲。古稀之年的他，却有此最后一战！他眼冒怒火，心头有说不出的焦虑。“这些浑蛋！”家康像一头被关在笼中的野兽，在杌子前踱来踱去。

本多正纯赶到井伊直孝的大帐，却听见井伊军中到处都是笑声，不见一个敌人的影子。前面七八十步远的地方便是谷仓，谷仓前一片长草的平地。在夏日闷热之中，四周一片寂静。

要是秀赖母子真能得救，本多正纯必多怨愤——家康既亲自来到大门迎接这母子二人，日后不管秀忠的意思如何，谁还敢轻易插手此事？

正纯咬牙跑进军帐，大声道：“枪声是怎回事？”

井伊直孝、安藤重信和阿部正次三人都一脸轻松，他们一边笑，一边用凉水洗脸。

“大御所等不及，已来到了正门。请务必……”话说到这里，正纯咬了咬嘴唇。他真想说：在此之前，你们就应把事情料理了！

“大御所……”安藤重信甚是惊讶，随后笑问，“大御所来了？”

“他见过阿小之后，听说千姬小姐担心秀赖自杀，便坐不住了。刚才的枪声是什么意思？”

“因到了约定的时辰，开枪催一下。”井伊直孝粗声回道。

安藤重信笑道：“右大臣说，若无轿子，便不出来，还说无法想象自己的尊颜暴露于众人目光之下，必须备好两乘轿子，一乘给淀夫人……他还真以为自己是天下人呢！”

“轿子……他们不会说还要用牛车吧？”

“我等只预备了马匹。实在没有办法，就给淀夫人寻一乘竹轿。我们问了前来谈判的速水甲斐是否可以。”井伊直孝禀明了事情经过，阿部正次这才慎重道：“速水甲斐一去无回。现在已到了约定的午时，我等遂开枪催促。”

“哦。”正纯脸上带着暧昧的微笑，点了点头，“要是他们无视约定的时辰，岂能坐视不理？阿部的做法合乎战场上的规矩。好！他们现在还没有出来的意思，那正纯便提一个办法：井伊，再开枪催促！”

正纯的语气甚是干脆，脸上露出阴冷的笑意。四人已有共识：一旦过了约定的时辰，就可动手。

“不必再等。”正纯道，“连大御所都亲自来到正门迎接，我等岂能在此干等。井伊大人，开枪催促！”

“明白！”井伊直孝应一声，走出军帐，故意大声道，“真是些无礼之徒！竟把约定当儿戏！”

行事一向谨慎的阿部正次亦道：“事已至此，罢了！”言罢便叹一口气。旁边的安藤重信则不断点头，“真是没有办法……不管对方是何等人，行此无礼之事，岂有谅解之理？此乃战场，战场就当有战场的……”刚刚说到这里，外面又响起了枪声。三人吃了一惊，不约而同走出军帐。

谷仓依然没有任何反应。正在这时，仓房右前方的柳荫下奔过一个人影，消失在仓房里。

“那是何人？他竟进了仓房。”

“咦，要是说从里面逃出也罢，他进去……”阿部正次歪头不解，忽小声道，“坏了！”

几与此同时，本多正纯扬手对井伊直孝喊道：“井伊大人，从仓房到水门，说不定有秘密通道！大家休要再有顾虑，赶快动手！”

“明白！”

刚才的那人影乃是奥原信十郎丰政。关东诸将自是不知信十郎为何来到大坂城。

井伊再次扬起手。枪声响起，趴在地上的士众开始匍匐前进。他们人人都披盔戴甲，手持漆黑的火枪，看来虽无枪声那般可惧，但一旦行动起来，亦是杀气腾腾。

仓内依然不见丝毫反应。火枪队后面紧跟着长枪队，他们均已作好准备，单等一声令下。他们个个腰杆笔直，浑身红衣，但谁也不会如昨天那般冒失。秀赖母子就在仓房之内，众人并非有所顾虑，而是不敢胡抡乱砍。

在离仓房约三十步远的地方，长枪队替换了先头的火枪队，先是一阵呐喊，然后戴上头盔，冲进了根本没有任何反应的谷仓。

四将目不转睛盯着众人冲进仓内。井伊直孝自不必说，连本多正纯、阿部正次和安藤重信等人也都屏住了呼吸，一动不动。此战最后一击，便集中在了这小小的谷仓上。现在，里面到底发生了何事？他们自比冲锋的士众更加期待。不消说，四人谁也不望秀赖活命。多少年来，他们尽力隐忍，已对秀赖充满怨恨。

他们变得如此激切，乃是因为对将军秀忠的心思一清二楚。他们在不知不觉间，已获共识：自己并非生活在家康的时代，而是生活在秀忠的时代。若宽谅了秀赖，日后将如何治理天下？随便都可寻得一个借口，将其灭掉。

但谷仓里面，依然不见任何动静。

天空布满乌云，小雨落下，天幕显得比刚才更低了，但依然闷热无比。井伊直孝忍不住，急急朝谷仓奔去。

“哦，下雨了。”本多正纯也迈开了脚步。正纯以为，劫后余生的大野治长与速水甲斐守、毛利胜永兄弟等人，必又要进行谈判了。他怨道：“都到了这个时候了，还磨蹭……”

井伊直孝在距谷仓还有十几步的时候，意外地听见一阵喊声。此非从谷仓内发出，而是响自京桥口一带。正纯驻下脚步，转身细听。喊声似是发自关东士兵，但在那声音中混杂着各种各样的悲鸣，有男人，有女人，还有孩子的声音，皆为声嘶力竭的悲号。

京桥口聚集着一群从城内逃脱，却无去处的逃兵与老弱妇孺。本说在战争结束以后，就把他们放了，难道看到秀赖至今未出城，这些人便忍耐不住，要起骚乱？他们若起乱事，定然又招致惨不忍睹的大屠杀。

正纯再次看向谷仓，不由惊呼一声，屏住了呼吸。

一直寂静无声的谷仓，入口却冒出了滚滚白烟。正纯心叫不妙，猛地冲进浓烟当中。

正所谓智者千虑，必有一失。就连本多正纯这等精明之人，在冲进浓烟之前，都未想过谷仓内可能发生何事，真是糊涂！

在井伊直孝发动第一次射击时，仓内诸人已迎来了他们的最后时刻。在第二次响枪时，仓内之人怕已死了大半。四人对此事竟完全不知，还在一旁胡思乱想。

最先冲进浓烟中的本多正纯，呛得直咳嗽，无奈又飞快退了出来。这时，只听见井伊直孝慌慌张张的声音："赶快灭火！还不赶快把火灭掉！"但是，当他见火势越来越猛，谷仓已经变成一片火海之时，只好下令："无法扑灭！把尸体搬出来，休要烧毁了尸体！"这位赤备军将领，此时显得格外狼狈。

谷仓内外一片狼藉，里面已经燃尽，几十具尸体被胡乱摆在只剩下一个空壳的仓房前，任由雨水冲刷。

"这到底是怎回事？刚才还无人放火。"正纯一脸茫然地盯着地上的尸体，井伊直孝则大声咆哮。

"是！无人放火！可是……"

"是何人放的火？"直孝大吼。

"应该是自杀之人最后放的火。"属下战战兢兢道。

"死了多少人？"

"记得好像是三十五具尸体。现在数却变成了三十四具，怕是刚才数错……”

“笨蛋！大御所要来察看，赶快清理尸体！混账东西！”

听着井伊直孝大骂，正纯并不认为事情就这样结束了。他拿起荻野道喜手中的纸片，和二位局报上来的人数对照了一下，尸体和名单上的人名并无不同。

道喜的纸片上写着：“毛利胜永砍下右府首级，右府享年二十三。荻野道喜刺死夫人，夫人享年四十九……”

秀赖的尸身旁边有他的头颅，被包了起来。淀夫人乃被刀刺进胸膛而死，她依然微睁着眼，细雨落在她的尸身上。看着眼前身首分离的秀赖，及依然微睁双眼的淀夫人，根本想不到他们生前惹下了那么多事端，这些人也不知自己身后会发生何事。

“这便是淀夫人？”正纯小声道。

尸身不会开口说话。但这个躺在地上、微睁双眼、白白胖胖的女人，就是令关东的智囊们激愤了十数年，将家康和秀忠折腾得不浅的妖妇？正纯始终把淀夫人看作一个妖妇，这妖妇把秀吉、三成、治长，甚至家康公都迷得神魂颠倒。可是，现在这具尸体却这般丑陋。不管这妖妇罪孽何等深重，一旦死了，也就和一条死鱼无甚两样。温凉的细雨落在她的身上，让人生起难以名状的对人生无常的感慨。她的胸腹之上，石榴一般裂开的伤口已经闭合，嘴唇微微张开，可以看见染黑了的牙齿发着幽光。怕是死前吐过血的缘故，雨水落在她嘴里，血水顺着她的舌尖流到脖子上……

“那边有件罩衫，给她盖上。”正纯对士众道，然后踱到秀赖跟前。这人真是丰臣太阁的儿子？他作为一个男儿，绝不令人尊敬。六尺多的肥大身躯上长满赘肉，砍下的头颅亦如长满了脓疮，肥肥大大。正纯从未见过如此丑陋的头颅。

“这个不孝之子，令母亲都无法放心。”正纯叹道。秀赖脸上看不出一点秀吉公的样子，却如一个愁眉苦脸的乡下草莽。

旁边围着四具尸体，乃真田大助、加藤弥平太、高桥半三郎和十三郎兄弟。这几个少年的脸俊美得让人不忍正视。除却他们几个，大野治长及其子治德、毛利胜永兄弟、速水甲斐守守久及其子出来麿等人，个个都是响当当的武士，人人脸上都带着一缕让人感慨不已的悲壮。

“哦，这是木村重成的母亲。”正纯一边数着，一边确认他们的身份。当他来到最后八具尸体跟前时，不由得双手合十。治长的母亲大藏局排在最前，后依次为重成母右京太夫、大上臈宫内局、飨庭局、阿玉，除此之外，还有三具尸体，正纯并不认识。她们都是在别人的帮助下死去的，有双手合十于胸前、被刀一刺便死的，也有挨了两三刀才死去的……但每个人脸色都很平静，她们已决心要逃离这个痛苦的人间。

“报！”一个侍卫道，“大御所突然身体不适，不欲再回军营，要直接回二条城。”

正纯大惊，大声道：“谁将此事禀报了大御所？”

“在下。”和正纯一样静静察看尸体的阿部正次擦擦脸上的雨水，道，“在下有责任将事情经过禀报将军。若不先将此事告诉特意前来迎接的大御所，便是疏忽……”

“你难道无视我本多正纯？”

“且听在下说完。在下命人对大御所禀道，对方已经停止抵抗，均已自杀，关于详细情况，由上野介大人向大御所禀报。”

“多事！”正纯大怒，丝毫不似平时，“我在此处检查未了，此间若有疏忽，导致将军和大御所之间产生隔阂，当如何是好？”

“这……”阿部正次声音很小，但字字甚是清楚，“大御所已将战事悉委托与将军，即便将军要杀了他们，大御所也不会有异议。”

听到这刚正之言，正纯不得不缄口。

“大人！”侍卫又道，“大御所还让小人转告您，说上野介大人不必同回二条城，仔细做完善后诸事再回不迟。关于后事，由小栗忠政负责，由一心寺的大师主持。”

“且等！”正纯叫住正要离去的侍卫，道，“我当然会跟去……大御所已离开樱御门了？”

“是。突然身感不适……”

“是病了？”

“是……不。”

“到底怎样，你说清楚！”

侍卫期期艾艾道：“大御所大发雷霆，说大家骗了他。”

“听见了吗，阿部，他说众人都骗了他。”

“此非欺骗。”阿部正次依然面不改色，“上野大人也看到了，是秀赖自己故意拖延，自行了断的。”

“好了好了！现在谁在大御所身边？”

“板仓胜重父子负责护送，小的以为，在前往二条城途中应不会有危险。”

“哦，好！我会去追你们的，你转告板仓大人，让他务必小心。”

“遵命！”

侍卫离开之后，本多正纯在尸体前走来走去，良久方停下脚步。他茫然若失，望着阴云密布的天空。对他来说，这一切皆如梦中。

家康乘上来时预备的轿子，让人牵着马，朝着守口出发了，他一脸失落。突然说要回二条城，属下根本不及准备船只，遂只有走陆路先到守口。

茶磨山的军帐尚未撤去。他本来准备在接到秀赖和淀夫人之后，与他们一起回茶磨山，甚至已令士众作好了迎接的准备……千姬和刑部卿局目下许已到了一心寺未被烧毁的禅房之内，等候他们。

当时，家康看到谷仓突然起火，顿时大惊失色，大声吼道：“叫板仓胜重！”

胜重来到之后，家康劈头盖脸骂道：“你也和他们一样！我本是要救得秀赖母子性命，他们竟对着谷仓放枪……竟还辩解，说是对方放火自焚！他们以为德川家康什么都不知？”

胜重不知该如何回答，其实，他也认为秀赖之死乃理所当然。真想留秀赖母子一命的，普天之下只有大御所一人……秀忠心里怕也这么想。毕竟秀赖为女婿，秀忠不欲真要置他于死地。但秀忠乃是治理天下的将军，如此大事上，怎能徇私情？他同样痛苦，但他的亲信却并非如此。

自小牧之战以来，他们受了丰臣氏太多刁难和折磨，多年来在隐忍中生活。两家几十年的恩怨持续到今，是该了结了。

“你默不吱声，就知你与他们乃是一丘之貉！你们把德川家康骗得好苦！你们……”家康突然举起鞭子，却未抽到胜重身上。似是因狂怒，也似是突然改变了主意，他摇摇晃晃，垂下双手，浑身颤抖，“水……拿水……”

侍童战战兢兢捧上水，家康喝了一口，怅然端坐，一脸怃然。

“胜重，还在烧吗？”过了片刻，家康黯然问道。此时，他已压制住了心头怒火。

“回大人，烟已逐渐消失了。”

“唉，直接回二条城。”

“可是，这样一走，将军……”

“笨蛋！我要是现在看见将军，说不好会当众揪住他的头发，把他痛打一顿，罢了罢了！”言罢，家康又陷入了落寞。

在家康这铁血一生中，还从未体味过如此凄惨和彻骨的孤独。他到了这把年纪，方体味这等孤独。他一生驰骋，都有人陪伴身边：少年时代有诸多老臣；中年时性格渐稳、斗志日炽，自是有心中万千希望支撑，亦能掌握自己的命运；到了晚年，他倾心于教导子孙，亦多见成效。然此时，家康不免仰天长叹：普天之下，何人知我心思？

然而，这不过只是一种自负。家康亦常道：“就当我已死了！”可实际上，他仍热切地活着，事事都想操心，为身后作准备。可惜，他诸多操劳并未全得秀忠及其年轻亲信信服。在秀赖母子之事上，他做不了主。

人但凡生于天地之间，就不可完全不顾世故人情。平定战乱，开创太平，自须建立新的秩序，这些不必多说。而新秩序赖以存续的“法度”，亦须严格遵守。但法度毕竟由人定，有了人才有法，非先有法后有人。然，人也罢，法也罢，在此之上，还有督管天地自然的法则。

“我要救得秀赖母子性命，正是基于这天地自然的法则。秀赖和阿千都是我的孩子。况且，太阁不仅是令人敬重的前辈，还是教了我偌多道理的师尊，故，如果此时我为了维持自己制定的秩序而践踏私谊，就有悖常理。这种有悖常理的行为只会让人畏惧萎靡，又岂能长久？法度欲令人去遵守，便不可完全脱离人情。”一有机会，家康便如此教导秀忠，在看到秀忠似已完全领悟之后，他道：“就当我已死了！”便把一切权力交给了儿子。

然而，这是家康高看世人。于天地世道，他已洞若观火，但不管是秀忠还是其亲信，何人能知家康心思一二？只怕，他们会在心中暗自嘲笑：“大御所业已年老昏聩了！”

秀吉公在病中，反复发些奇怪的牢骚时，已陷入了完全的孤独。而现在，同样的命运难道已降临到了家康身上？

“胜重，该走了！”家康怅然说话之时，眼里早已噙满泪水。

但家康并未从樱御门直接返回二条城，他吩咐：“先入城，从京桥口前往二条城。”这一方面乃是出于自尊，不愿让人见他独自回去；另一方面亦是出于谨慎，他想视察一下城池，再回二条城——他不想让世人看出他和将军有隙。

板仓胜重心领神会，在城内转了一圈，过了京桥，然后从野田、坂口前往东野江。快到东关目之时，方见一些百姓陆陆续续返回家园。

家康依然一副茫然若失之态，沉默无语。

板仓胜重令下人牵着马，徒步跟在轿旁。“战争已经结束了，赶快回家好生做买卖吧。”他安抚过往的商家，回头又对家康道：“看，大家都安安心心往家里赶呢。”

家康仍是无语。

“大人，您还在难过？”

“……”

“可是仔细想想，此事必非将军本意，定是有误会。”

“混账！”家康咬牙，却无力道，“唉！秀赖终是不能起死回生了。”

“将军……”胜重给轿夫递了个眼色，示意他们放慢脚步，“将军不会违背大人的意思。况且将军身边还有本多正信，定是有误会。”

“住嘴！”

“……”

“这将成为德川家康一生的污点，你们谁能知我？”

胜重听到此言，离开轿子几步，扪心自问：自己能否明白家康公的心思？全无抵抗之力的太阁遗孤秀赖切腹、千姬亦出走，这些只怕会被人当作无情与自私的阴谋使然。多事之人自会大加编排，家康公也许会被看成灭了丰臣遗孤的冷酷无情之人。

“胜重，”家康突然道，“到了枚方，派人去将军处走一趟。”

“遵命！”

“就说我已累了，想让孩子们陪着。让远江中将和尾张参议速去二条城。”略顿一下，他加了一句，“让忠辉也一起来吧。他们都突然松懈下来，定会觉得无趣。”

胜重这才放了心，家康公的心思似已转向教导儿孙上了。“遵命！在下立时派人前去。”

还未到枚方，板仓胜重便派人去了冈山秀忠的军营，亦顺便去了茶磨山，令在那里等待家康归来的重昌尽快赶赴二条城。

此时与家康同行的人马，加上胜重的手下，计约三百余人。因未寻到大船，众人只能挤在一处，家康和胜重亦紧紧挨着。即便这样挤着，家康依然不正眼看胜重，单是失神地望着雨丝纷飞的天空，缄口不语。

胜重这才感到了彻骨的孤独。仗打胜了，可是，大御所心里留下了一道抚不平的伤痕。

“胜重。”当家康再次说话时，船已经在纤夫的拉拽下，逆流而上，在众人的喊声中，即将抵达京城管辖的河道。

“大人有何吩咐？”

“之后，我想将大坂的一切均交与将军处理，当不会有何意外吧？”

“是。无甚可担心了。”

“之前是我管得太多了？”

“这……可是，这是父子之情……大人要是有何吩咐，在下马上派人前去传达。”

“算了。仔细想想，都是我多嘴。说什么让阿部正次、青山忠俊和安藤重信负责看守城中的金银财宝，让松平忠明守卫城池……这些啊，都不过是老年人的唠叨。”

“不，这并非唠叨，而是老成之虑，将军亦会谨慎行事。”

“你认为将军如何？他有能力治理天下吗？”

胜重这才长出了一口气，道：“不管何事，将军都尽心尽力，毫未玷污大人的丰功伟绩。有这等孝心之人，可谓独一无二。”

“哦……我得再死一次了。”

“大人……”

“虽生犹死……虽生犹死。难哪，便当自己是个活死人。”

胜重使劲点头。即使如家康这等人物，到了这般年纪，对完全舍弃权力仍不甘心。

“大人此言意深，胜重将铭刻在心，努力锤炼。”

“胜重，我无意再责备将军。但到了二条城，不妨将藤堂高虎传来。”

“藤堂高虎？是。”

家康脸上这才露出了平时的沉着和冷静。

未几，板仓胜重的良苦用心，在家康一行到达二条城前便显出效果。将军秀忠得知家康回了二条城，马上派人快马加鞭送来了各种消息：秀赖母子自杀时诸情景；为了防备有人从海岸逃脱，已命九鬼守隆和小滨光隆二人负责海岸的警备；对于大坂城中的金银，悉遵家康的意见，由阿部、青山和安藤重信三人负责；城中废墟，已命西国、中国地区的兵众于百日之内清理完毕……

秀忠亦依关原之例，并未奏凯歌，单是祭拜军神，超度双方阵亡将士，然后，方带着两位幼弟及欲面见家康的藤堂高虎前往伏见城。

“这都是谁的主意，是本多佐渡守还是藤堂高虎？”回到城内的家康似对秀忠迅速处理完后事、紧撤至伏见诸事感到颇为满意。他在樱御门大发雷霆，突然决定直接返回二条城。不消说，这种异常举动使人大为生异。秀忠亦敏锐地觉察到了这一点，马上处理完后事，自己也跟回伏见城。这样一来，谁也不会发现父子有隙，还以为他们乃是事先约定。

胜重微微一笑，道：“做父亲的看来，总觉得儿女还小，还远未长大。”

“没有父母，儿女焉能长成？”

"神佛法力无边。"

"胜重，他一句也未提到阿千，这又怎么说？"

"恕在下直言。"胜重沉着答道，"在下以为，祖父疼爱孙女，无论怎样皆可。"

"作为父亲，便无法保护从战场生还的女儿？"

"大人圣明！"

"好，此事……我还要见一人，便是和你相交甚笃的本阿弥先生。"

"光悦？"

"是，想跟那老儿聊聊，问问他，当如何对待孙儿孙女。他性情率直，不说假话。我还想让他将事情经过转述高台院……唉，如此甚好。"

"在下立即去传请光悦。"

"胜重，有时我会落泪，但落泪之事休要说与别人。我本想令秀赖和阿千同坐于我面前，好生教导他们……那、那曾经是我的一个梦，唉！"

在板仓胜重看来，家康已经变成了一个时常落泪的老人，这并非因为老朽，他依然判断精准，决断如刀。胜重隐隐觉出，家康与先前相比，如今颇为性急，怕是因知自己将不久于人世。

"在下这就去叫光悦。"胜重说完，到了廊下，但顿了一下，他又改变了主意。正如家康所言，本阿弥光悦乃是刚直之人，要是叫他来商量千姬之事，说不定他会作出比秀忠更加严厉的裁断："淀夫人和右大臣都已亡故，千姬作为右大臣的夫人，也应自行了断。"他要是这般回话，家康公好不容易平静下来的心，怕又会乱了。

想毕，胜重走进旁间，给光悦写了一封书函。

因秀赖母子自杀，大御所甚是落寞，先生从中怕亦深感世事无常。鄙人认为，大御所应很快便会启程返关东。大御所年事已高，此次回去之后，只怕与先生再无缘相见。故，请先去慰问高台院，在大御所回关东之前，请她前来见上一面。详情改日再议。在此之前，请仔细思量如何应对。幸甚。

胜重派人送出书函，回到了家康房中。此时家康两手支于扶几上，深陷沉思，良久，方问道："他立时过来吗？"

"这……先生不在家，出门了。"

"远足？"

"不。一两日便回。在下已着人送去信函，请他回后即来拜见。"

"哦。"家康目不转睛盯着胜重，"胜重，阿千之事，不想再问那老儿了。"

"大人……"

"你故意说他不在家，既然如此，我也就不想再问了。"

"这……这……"

"无妨，人有时说谎，亦是善意。人太刚直，反而冷酷。好了好了，待本阿弥来了，我会好生褒奖他，不必忧心……"

板仓胜重颤抖着双肩，大哭。

一一　壮士悲愁

柳生宗矩始终待在将军秀忠身边，等候秀赖母子的消息。他一直留在冈山的军营，故并不知速水甲斐守和井伊直孝等人之间的争执，也未听到枪声。他对表兄充满信心。有奥原信十郎在大坂母子身边，还有何可担心的？信十郎有见识，有才干，能决断，定能不负重望。自己安安心心等到约定的时辰就是。

然而，正午，京桥口却开始动刀动枪，这可是双方意料之外的事。

先动手的一方，说是不得已。此时德川家康已经进了樱御门，也已过了约定的时辰。但在京桥口前面的四方空地上，仍聚集着大群人。这些人主要是从大火中逃出的老弱妇孺，还有走不了的伤残士兵，但动手的关东一方哪知他们的实力？

关东军队在暗暗担心，万一里面藏有偌多武士，一举攻进樱御门，堵住出入口，那还了得？当然，若是家康在正午之前接到了秀赖母子，自不会出现这等猜疑，告诉诸人“战争已经结束，放下刀枪回家”便是。但因谷仓内诸人的拖延，局势急转直下，关东自然生疑：莫非这些人有什么企图？怀疑变成了警戒，警戒又成了恐惧。于是，关东军队放弃了等待，用火药炸开了关闭的大门，冲进四方空地。

爆炸的声音震惊了大坂。

“发生何事？这声音……”秀忠变了脸色，站起身来，“又右卫门，去看看！”

“遵命！”

柳生宗矩飞马赶到了京桥口。他一到，已见偌多尸体横七竖八倒于地上，其状惨不忍睹……有被切开腹部而死的年轻女子，也有手无缚鸡之力的老人幼童，有僧人，也有市井百姓。

此时，赤裸着上身的武士依旧在疯狂地屠杀。

“住手！住手！你们这些畜生！”又右卫门怒吼着，猛地，他发现还有一个人也拔出了武刀，似欲阻止屠杀。

“啊，奥原信十郎？”柳生又右卫门不由得擦了擦眼睛。他原本以为，信十郎定会留在秀赖母子身边，亦须留在他们身边，但如今怎会在这里？

宗矩一边大声斥责着疯狂的武士，一边靠近那颇似信十郎的人，道：“可是奥原？”

“唔……”对方轻轻应了一声。

“发生了何事？已经将秀赖母子交与大御所了？”

那人不答，转身扑通跳进了石垣边的护城河。

又右卫门惊呼一声。烟雾笼罩的水面上，一叶小舟急速驶了出去。信十郎是坐船来的，这是为何……柳生宗矩为了制止眼前的屠杀，无暇仔细思量。他仍对信十郎十足信任，也对芦田苑的谷仓十分放心。

其实，那人正是奥原信十郎。

奥原信十郎也和宗矩一样。他听到一个下人禀报了京桥口的危急事态，心想不妙。但当时的谷仓内也躁动不安，他不敢有丝毫疏忽。只是，京桥口若发生骚乱，必堵住引水渠的出口，他预备的在最坏情形下逃生的办法也就没了用处。

“快点划，快！”他在拼命赶往京桥口的途中，听见了火药爆炸的声音。到达时，惨不忍睹的屠杀已经开始……这不是战争，这块方形空地上，一群张开了大口的狼，扑向了一群毫无退路、且已失斗志的羊，开始了暴行。人群发出一阵阵悲鸣，四溅的鲜血更助长了狼的残暴。

“住手！战争已经结束！我让你们住手！”奥原信十郎丰政抡刀冲了过去，他已忘记了自己的身份。虽只一瞬，但他真的忘记了自己因何而来。当他醒过神来时，发现自己已冲进了人群。若非柳生宗矩赶来，为了让狼群恢复冷静，他定会卷入无法脱身的疯狂杀戮之中。

听到宗矩的惊叫，他才猛地恢复了冷静。回过神来，他听到的已不再是京桥口的悲鸣，而是芦田苑的枪声……

坏了！奥原信十郎在小船上使劲咬着嘴唇。自己离开的这段时间到底发生了什么，他连想都不曾想过。他明白，昨日一战中吃了亏的井伊军，必会报复，他们皆对秀赖母子恨之入骨。

“快划！”他催促着下人，“水路无人把守，在万一之际按原计……”他大声说道，似是在告诉自己，“听着，静下心来，静下心来！快划！”

但，当信十郎将小船停到茅厕旁的柳荫下时，井伊军已包围了谷仓。谷仓内一片寂静，不见任何生气。他顿时感到脊背发凉。

“好，到了！”

信十郎听到下人颤抖的声音，却像冻住了一般，纹丝不动。都完了！似是有人乘了这个小小的空隙，使他的苦心全都化为了泡影。仓内众人是被残杀了，还是自杀？他悲苦欲泪，吸一口气，一跃冲进了谷仓——他要亲眼确认已无活口。

天！映入他眼帘的，是几十具被血染红的尸体，说不出的惨烈静穆。他忍痛将灯油倒到草席和谷堆上，灯芯一倾，大火腾起。此后，他以眼角的余光窥见井伊军杀气腾腾冲了进来。

信十郎已无隙逃走，他只好趴在秀赖和淀夫人中间，装成一具死尸。茫然若失的他一系列沉着的行动，绝非先时想好，只是一时情急使然。

在井伊直孝和本多正纯进来的时候，他已经混进了井伊的杂兵之中，不停往外搬运尸体，清洗血迹。火焰和烟雾能遮住他的身形，却遮不住他心头的悲凉。

“多多宽谅，多多宽谅……”信十郎暗念着，取下刺在淀夫人胸口的怀剑，牵过袖子遮住她裂开的伤口。此时他才回过神来，顿时陷入了深深的自责：是我害了丰臣氏……

无论怎样，都要保全秀赖夫妇和淀夫人的性命，这是他离开奥原来到大坂城时的誓语，甚至是他近日埋在心中的信念。然而，这个信念却因他瞬间的离开而被碾了个粉碎。

秀赖的尸身已经没了首级，淀夫人的脸庞则显得颇为安详，带着从烦恼中解脱之后的轻松和平静。得救的只千姬一人。奇怪的是，此事反而刺激着信十郎的良心。直到井伊直孝洗净秀赖的头颅，拿走，信十郎还无法平静。他不断劳作，因为他知，一旦不动弹，旁边的士卒便会生疑，会再次流血。他一边匆匆地走来走去，一边恨道：日后我当怎办？

几十具尸体被分成几堆，就地埋在了芦田苑内。监督之人不是井伊直孝，而是本多正纯和阿部正次二人。当土井利胜从冈山的军营赶过来时，谷仓四周已收拾干净。

众人站在蒙蒙细雨之中，脸上或是沉痛或是感慨。每当从仓房用粗草席搬出死尸时，他们便会双手合十，口中诵佛。

一座座土坟新堆起来，在蒙蒙细雨中显得格外静谧。信十郎周围的人影逐渐变得稀疏，井伊直孝、土井利胜、本多正纯、阿部正次、安藤重信和青山忠俊等人，都已经不见了踪影。战争胜利之后，他们要做的事堆积如山。

众人离去，并未因还留在原地的信十郎而生疑，这让他感到了一种难以名状的孤独。

良久，一个叫作新七的下人，悄悄回到芦田苑，他头戴斗笠，忧心忡忡望着信十郎，道：“大人，大家都在对岸等着。上船吧。”

不听则罢，一听此言，奥原信十郎号啕大哭。新七取斗笠遮在他头上，默默站于一旁，等他哭完。但信十郎的号啕哪会片刻就止？

雨越来越大了，啪啪击打在斗笠上。

奥原信十郎颤抖着身体，大哭了约莫一刻钟，终停下来。他回头看看新七，充血的双眼里，已可微微见出平时的模样。

新七这才松了一口气，“请上船吧。”

信十郎微微一笑，这笑里带着一抹令人魂断的哀伤。他缓缓走了开去。

“大人！”新七喊一声。但当他意识到信十郎将要往何处去时，亦便闭了嘴。

快倒塌的仓房旁边，生有几株十尺多高的海桐树，还有几棵菩提树的幼苗。信十郎径直走到海桐树旁，突然大把大把扯下花瓣。他甚至薅掉了菩提树的幼苗，有如屠杀生灵。

新七屏住了呼吸。平日信十郎认为每一个花蕾、每一片花瓣都有生命，甚是珍惜。“草木也有性命，它们不能如猫狗一样诉说自己的痛苦和饥饿，真是可怜……”经常将这些话挂在嘴边的信十郎，此时为何如此残忍地对待它们？

新七疑惑不解。信十郎已经返回，两手间皆是残花败叶。他直望前方，目光古怪。

信十郎径朝雨中的土坟走去。他手捧着海桐花和菩提树嫩叶，来到一座新坟前，停下，立在那里一动不动，目光钉在坟头。血的腥味早已渗入了泥土，消失在无边的茫然之中。

“落叶归根！”信十郎小声叨念一句，手往前伸，“入土为安……呔！”

花瓣和嫩叶纷纷洒落。

听见这一声大喝，几个留在仓房旁边的士卒吃了一惊，齐齐朝这边看来。奥原信十郎已转身退回暗处。

“好了，开船。”他声音甚是细微，有如啜泣。

此船本乃为淀夫人和秀赖备下的，以备他们万一时出逃之需。但是，关东士卒却无一人觉得此舟奇怪。

丰臣众人已无一个活口，这么一想，奥原信十郎丰政和在他令下伏在各处的家臣，都自然而然变成了关东的人。他原本就未对任何一方或憎或喜，或许正因如此，他心念的转变亦是自然至极。

还是大人的兵法高明！新七一边划船一边暗赞。此几日一过，所有人都可平安回到大和了。偌多人还有父母妻儿，即便没有家小，他们几百年来的祖坟还在奥原。见这些跟着信十郎的人归来，祖先九泉有知，也定会颇为快慰。竟能活着回去，真如一场噩梦……想到这里，新七眼睛发热。

划向河沿的时候，一只插着九鬼守隆旗帜的船划来，有人喝问：“采邑还是青山？”

“采邑！”新七大声道。

他们要去的地方乃是八轩家。在河岸，已有很多家人聚在一处，等待奥原信十郎。不必说，河岸上也开始了对大坂余众的追捕。四处均可看到有人交手，但几无人对这无所顾忌的小舟产生怀疑。

船上，奥原信十郎两手抱胸，陷入沉思。

现在还不可打扰大人……新七掩饰不住内心的喜悦，看着沿途景色，不敢惊扰了奥原信十郎。在他看来，奥原信十郎一心一意要拯救秀赖和淀夫人性命，却得这样一个结果，心里自然难过。

眼前出现了天满桥，桥上可见一些百姓的身影，正急急走过。人们均知战事已经结束，准备回家打理明日的生计。

“新七。”信十郎丰政突然道，“令堂可还康健？”

“两年前就已去世了。”

“哦，已作古了。”

“小人回去之后，首先要到墓前报平安。”

“即便在九泉之下，母亲还是要等着儿女平安归来啊。”

“大人也要去扫墓吧？”

“嗯。”

“看见我们回去，老家人定会很欣慰。但现在这个时候，芋头还太小了。”

“芋头？”

“是。虽然还小，却也要把它们挖出来吃，都是为了要活下去啊。”

信十郎却道：“我就要和你们分开了。”

“哎？您说什么？”新七慌忙道。

“我不能回去。”信十郎丰政小声道，看了一眼新七，“新七，你觉得墓中之人是活着呢，还是死了？”

新七瞪大眼，停止了划桨，“是啊……都说人死是往生，就是到另一个世间继续活着。”

“哦。”

“您不这样想吗？”

“我也这般想。到另一个世间继续过活……是啊，正因如此，才把在这个世间的死叫往生。”

“是。祖父跟小人说过：他不是去死，是到另一个没有烦恼和悲伤的世间继续过活。小的虽听不到他的声音，也看不见他的面容，但，只要小的行事端正，他都会暗中帮忙。”

“哦。”

“因此，回去之后，首先要去扫墓，向祖父道谢。大人也定会这般做吧。大人家的祖坟要比小人家的大许多啊。”

“哦。”

“因此，有比小人家多很多的佛，在等着大人回去呢。”

说话间，船已靠了岸。

“采邑还是青山？”

“采邑！”

问话的正是伊达兵卒。

主仆二人下了船，眼见着伊达军队走过后，便来到一家古樟下的废旧茶舍内，坐下。这里的店主怕是去避难了，大间里挂着苇帘，却不见开张的样子。奥原信十郎的家人约有四十，他们围成一圈，盘腿而坐，每人左肩都挂着一块写着“采邑”字样的小布，已完全是关东诸军的形貌。

雨渐渐小了，西面的天空亦逐渐明亮起来。

“哦，老爷到了。”

“正好，刚生上火。”

果然，从屋里飘来一阵饭香。

“你们辛苦了！”奥原信十郎入房，擦着脸上的雨水，小声道，“战事已经结束了。用完饭，大家分成两队，各自回家吧。”

这话让新七感到甚为不安，“那大人您呢？”

信十郎缓缓摇了摇头，“我不能回去。我无颜去扫墓，去见祖先……”

“这、这是……为何？”家人慌忙问道，“老爷不回去，我们怎能回去？老家人便不会同意，大家定会生怒，骂我们不忠不贞……”

“对！我们怎能抛开老爷独自回家！老爷不回去，我们也不回去！”

下人们在一旁附和。言罢，全场无声，均想听听信十郎的解释。然而信十郎并不多言，单是解下腰间的鹿皮袋，扔到众人面前，“绕奈良道回去。里面装着我们的军饷，是右府发的。”

“但……”

“很多店铺都已开张了，给家里买些礼物……另，家里人若问起，就说我已战死沙场，或已失去踪迹。”

“老爷是无论如何……”

“对，无论如何也不回去！”信十郎强装笑颜，抬头望着洒落细雨的天空，“你们不明白，我……我不能回去，原因已不必再说了。我输了……输给自己！我忘不了这次失败。”

“……”

“其实，还有一个原因，便是我乃丰臣家臣。我不想因此连累了乡亲。你们要记着，要是有人前去盘问，你们就说奥原信十郎丰政一去未回。他们便不会怪罪你们。不，也许你们日后还会得到赏赉……”

大家面面相觑，均不出声，对信十郎的话似懂非懂。

“你们记着，定要和村里人和睦相处，也要拜托各位好生守护我家坟墓，我一生之愿，只此一个。如此，祖先才会快慰，说信十郎有些骨气。”说完，信十郎站了起来。

“且等一下！”新七抓住信十郎铠甲，“这样……这样，在此之前大人先躲一躲。况且，行走天下，还需要些盘缠。这些您且拿去！”

“不用担心！”信十郎微微一笑，“近日内不会再打仗。街上大大小小的店铺都要开张了。我将身上这铠甲、这把武刀一卖，自能过活。记得每年代我去扫墓，拜托了！”

“啊……”

“大家莫要寻我……莫去寻找战败之人，此乃柳生门的规矩。无论是谁问，都说我已不知所终。”言罢，信十郎拿开了新七的手，消失在细雨濛濛的街上。

奥原信十郎丰政再也未踏上故土一步。多年之后，村子里的人还守护着他家那片墓地……

一二　独目窥鼎

“且等，我们有事要与伊达陆奥守说，请停一下。”

庆长二十年五月初八，伊达军从大坂城西南发起行动。正在这时，两个武士朝伊达政宗的主阵奔来，他们肩上都戴有“采邑”字样的布条，但头发凌乱，盔甲里的衣服沾满血污，已看不出是哪支队伍的人。

此时正是芦田苑将要起火、京桥口将要大开杀戒的时刻。

政宗周围的守卫紧张起来。“来者何人？不说清楚，杀无赦！”他们齐刷刷举起了长枪。

“住口！”两名武士愤怒地大喊，“我们乃是昨天奋战于纪州口的神保出羽守的家臣，不与你们这些人说废话，有要事直接禀与陆奥守！闪开！”

“你们乃是神保出羽守的家臣？”

“正是。虽说主公俸禄只有一万石，但对于昨日伊达的血腥之举，我们岂能就此罢休？我等乃是前来交涉的！”

听到他们乱喊，政宗马前的侍卫不由得面面相觑。前一日混战之际，三万伊达士众和松平忠辉的越后军一起，最后到达前线，从神保出羽守背后发动了进攻。此时，神保出羽守正一心一意要击溃大坂的明石军，毫无防备，几乎全军覆灭。

神保出羽守的俸禄只一万石，士众总数顶多不过四百人。他们若因抵挡不住明石军的进攻而溃退，也就罢了。但就在他们一心一意与敌作战之时，政宗竟在其背后下令：“把两支人马统统灭掉！”眨眼间，神保出羽守的队伍便消失了。无论有何怨仇，政宗的命令未免过于阴狠，就连马前的侍卫也大为不解。但此刻，众人本以为已全军覆没的神保军，竟留有活口，还找来算账了！

“好，武士之间要论武士之道，你们既是神保家臣，就帮你们通报一声。你们叫什么名字？”

一人道：“上村河内和高田六左卫门。”

“稍候！”伊达队伍停了下来，两个武士才长出了一口气。

“上村，他好像要见我们呢。”

“这是当然。当时战场上再怎么混乱，可那样自相残杀，休想蒙混过去。哼，他们是不是睡过了头，当时还未清醒呢！”

“先莫说这个了，且看他怎么说。”

说话间，负责通报的武士回来，却未说政宗要见他们。一个自称伊达阿波守的武士面带微笑走了过来，道：“我乃伊达副将阿波守，代主公前来见你们二位。”他带着一脸平和的微笑，招手示意他们来到一户废弃的民家，坐下。

“继续行进。”阿波守示意负责通报的武士，又回头道，“听说你们乃是神保出羽守家臣。”

“正是。我等来是想问，昨日一战中，伊达军与越后军为何一起对我们出手，先以火枪，后以长枪袭击我军？即便是在混战中一时分辨不清，此等手段也未免太阴损了。”上村河内瞪大眼诘问道。

“哦，有这等事？”伊达阿波脸上一副无辜之态，仿佛初闻此事，“伊达越前两支人马合起来多达三万，战场上可能会出现些许疏忽。那么，神保可还好？”

“战死了！”高田跺着脚，大声道。

“哦，战殁……他的儿子或兄弟呢？”

“都被屠杀殆尽！”

“哦？”

“哪还有什么家人！你们去战场上看看，那二百八十八具尸体都是后背中弹，即便未中火枪，也被长枪刺中！”

“哦……”伊达阿波侧首道，“万一是你们不敌，逃逸时被敌军掩杀呢？也不能都推到我军头上……”

“住口！我们人马虽少，岂会临阵退却！我等人人都手持长枪朝着明石进攻，你们却在背后……”

伊达阿波举起手打断了他：“你刚才说是二百八十八人，有几人生还？”说话间，十二三个随从将这三人围了起来，军队则继续行进。

“只有我们二人！我二人出使水野部，恰好不在阵中，方幸免于难，要不然，二百九十人悉数战死……这样回去，还不被天下人耻笑？”说到这里，叫高田六左卫门的武士放声大哭。

“哦，全部战死……”伊达阿波一副颇为同情的样子，皱起眉头，“真是惨烈！你们二人听着，你们能够生还，乃是因为当时不在场。故，尔等不能成为证人。不过，我亦会进行调查。但，若无实证，绝不可说我们杀了自家人。”

“明摆着……”

“因为同样可说，我方是见你方不敌，转身欲逃，为了不伤士气，才毙杀了你方军士。你们二人不如闭口不言此事，投了我们伊达，怎样？”

两个武士一听伊达阿波守这意想不到之言，大吃一惊，面面相觑。尸体的总数是二百八十八人，他们如实相告，这是对是错？若冷静思之，也可认为：伊达军误杀了神保军的几十人，为了避免日后发生冲突，索性将神保军全给灭了。但二人却无如此冷静，全军覆没，已令他们心志大乱。

“你们以为，水野大人或将军会信了你们的鬼话，彻查此事？”

“这……”

“你们稍有不慎，必会给业已亡故的主君蒙羞。伊达先锋乃是大名鼎鼎的片仓小十郎，若他说眼见神保军不敌强敌，临阵脱逃，喝令他们继续战斗未果，才不得已杀人以正军心……我未亲眼瞧见，自会信了小十郎。反正死无对证，你们岂有辩驳的余地？”

“……”

“罢了，得我阿波守举荐，乃是你们的福分。你们能活下来，便是与我有缘，不如就投了我们伊达。”

二人再次对视一眼。他们似已控制住激愤，渐渐恢复了平静。

“不！”高田摇头，阻止上村的动摇，“我们两人怎可苟且偷生！我等只欲将要说的说出，之后切腹便是。”

“这么说……”阿波守缓缓站起身来。这时，大部队已经离去，此地只剩下他们三人，及围在他们周围的伊达兵。阿波守又道：“你们不想效力于伊达？”

“不！”

“你们回去，好生想一想，想通了，就过来寻我阿波守。”说完，阿波守转身欲去。

“啊——”就在这一瞬，他背后发出两声悲鸣。二武士满脸茫然看着阿波守离去时，阿波守的随从猛地出手，砍掉了他们的头颅。

“愚蠢的东西！伊达氏军令如山，岂能见容扰乱军心之人！”一个随从吐了一口唾沫，收刀入鞘。

此时，又一人急匆匆到了队伍最前，以一件女人衣服包了头，看样子乃是从京桥口的屠杀中得以逃脱之人。“求求……求求各位，有事……”他声音甚是生硬。

“来者何人？”伊达部已插下马印，停了下来。

此时京桥口已然打开，男女老幼都从那里拥了出来。那人虽包着女人衣服，但声音绝非女人。几十个武士以长枪直指此人，大声喝问。那人扑通跪在泥泞的地上，“是伊达大人的军队吗？救救小人，小人被人追杀。”

“不必担心，此乃伊达大军，谁敢靠近半步？”

此时，那人才松了一口气，轻轻取下头上的衣服。看清他的面容，武士们后退一步，大声喝道：“你是何方怪物？”

“鄙人非怪物。”那人急将女人衣服置于膝上，指着胸前的十字架，大摇其头。有人终于认出，他乃大坂城内的神父保罗。他此时依然浑身颤抖，“鄙人乃是班国神父，乃天主的使徒，非是怪物。”他那一脸认真的表情，反而令他那剃光的脑袋看起来更是滑稽。

“你是洋教神父？”

“正是。鄙人乃伊达大人的朋友。烦请通禀一声，就说保罗来了。另，托雷斯神父亦在城中，请务必前去搭救。”

“你认识我家主公？”

“是，我们都是主的孩子。”

“好，且等一下，马上就去通报。”

保罗乃是一介小老儿，深陷的眼窝里一双清澈的蓝眼，他跪在地上，浑身颤抖。看见这副模样，众人不知不觉聚到他周围。

“这是怎回事？”

“嘘，听说是和主公相交甚好的洋教神父。”

“哦，那他之前都住在大坂城？”

“是啊，听说还有朋友留在城中，才奔来求主公前去搭救。”

“喂，神父。”一个年轻武士毫无顾忌道，“地上全都是泥，你这样跪着会脏了你的法衣。来，坐到这里来。”

但保罗并未立时站起身。

“来，这里有杌子。哦，你闪了腰不成？哈哈……你这神父，看来身体不甚好啊。来，我帮你一把，起来吧。”

在武士的搀扶下，保罗站了起来，不住地在胸前画十字。

“您真是善人……鄙人会对大人说，让他奖赏您。”

“哈哈，不用不用，我要建功立业，可不靠这个。可是啊，神父，你跟我家主公关系很是亲密吗？”

“当然。我们都在焦急地等待菲利普国王的军舰到来。定会来，军舰到达之前，还要忍耐一二。”说到这里，保罗那双清澈的大眼竟然落下泪来。

“闪开闪开！这位神父乃是主公的密友，不得无礼。闪开！”见保罗开始落泪，年轻武士挥手驱开围观人群，然后取过一把大伞为保罗遮雨。他态度和蔼，一边为神父拭擦身上的泥水，一边问道：“神父，刚才你说还有谁留在大坂城中？”

保罗此时也恢复了平静，环视一眼四周，语气已经变得颇为镇静：“是托雷斯，和我一样，也是神父，现在还留在城中。他通过后藤基次大人举荐进城，始终不辞辛劳在城中传教，真是勇敢之人。”

“你是说，他也参战了？”

“不，神父不能手执武器！我们只是盼望菲利普国王尽早……”说到这里，保罗再次环视一眼四周，神色大为不安。

“是什么，那菲利普皇上的……”

“好了好了，不说了。鄙人只祈祷正义胜利就是。”

“有正义便能胜利……这么说，我们确实胜了。而且，神父你也来到了我家主公身边，可以放心了。”

年轻武士以为，这个叫保罗的洋人乃是被诱拐到大坂，监禁了起来。但保罗的意思却正好相反，他相信政宗虽加入了关东，却心向大坂。他对此深信不疑，不用说，原因便是在庆长十八年，政宗曾派出支仓常长和索德罗等人从陆奥月浦出发，前往班国。他们一行带着写给菲利普的信，请求菲利普国王马上派兵舰前来。伊达政宗是否真相信援军会到来，无从可知，但从大坂城逃出来的保罗神父却对此深信不疑。

“这么慢。”年轻武士取出竹筒，倒些喝剩的水递给了神父，感到有些奇怪，“主公的营帐就在前面，藤太，你去看一下。”他吩咐一个和他生得颇为相像的武士，回头又对保罗道，“莫非主公忘记了你？”

“不！”保罗斩钉截铁摇头道，“要是忘了，您就说是经常和索德罗一起前往造船处的保罗。他在江户浅草也曾见过我。”

“啊，好。主公的记性甚好。你们老早便已认识？快两年了？”

不知不觉，围观众人已然散去。

“冒昧问一句……”保罗神父见年轻人颇为和蔼，遂放下心来，低声问道，“卡鲁萨是不是也上战场了？”

“卡鲁萨……卡鲁萨是何人？”

“将军之弟、大御所的儿子、伊达大人的女婿。”

“噢，你是说松平上总介大人啊。”

“是，就是那个卡鲁萨……我们在江户见过一次。”

“上总介大人现正和我家主公在一起呢。此战中两军合一，我家主公作为上总介大人的岳父，总督兵马。”

“哎呀呀，可真是位明事理之人，卡鲁萨竟和大人在一起。”

“是啊，现在二位大人应该居于同一营帐，说不定会同时见你呢。连上总介大人你都认识，你还真不赖。”

“旁边的那军队，就是卡鲁萨属下？”

“不，那是蜂须贺的队伍。怎的，你不会连蜂须贺也认识吧？”

“认识认识，就是哈奇斯卡。”

“咦，真认识？”

“是。开战之前，鄙人前去传教，曾见过他一次，就是哈奇斯卡啊……”

就在这个时候，只听有人喊道：“那位是……”

骑马过来的，正是伊达阿波守。

“他乃是主公密友，居于大坂城内的保罗神父，现正候着主公召见，已经派人去通报了。”

“保罗神父？”

“是。鄙人保罗，奉伊达大人之命，前往大坂城传达主的声音。”

“奉大人之命？”

“是。请问阁下是……”

但阿波守不答。一瞬间，他的眼神变得甚是锐利。他看了看四周，靠近保罗，“神父，你跟我们有何怨仇，竟说出这等莫须有的话来？竟说奉伊达大人密令前往大坂……”

“不，非什么莫须有。我们确是经过商量，才……”

“住嘴！”阿波守一声大喝，眼内杀气大炽。刚才杀掉神保出羽守家臣的近卫又围了上来，偷偷转到保罗背后。“神父，我看你是被吓疯了吧？你是从何处逃出的？”阿波守声音颇为平静，但让人感到毛骨悚然。

保罗神父感觉到了伊达阿波守的异常。此人先是一声断喝，接下来却温和异常，前后变化太大了。

“啊！”神父回头一看，不由一个踉跄，因武刀冷不防从后面砍来，划过他的肩头，未中。那侍卫往前跨一大步，挥刀横劈，却又劈空。他跨步太大，地且泥泞，脚下一滑，便摔倒在地。

保罗一声悲号，从阿波守身旁冲了开去。

“休让他逃了！”有人大喊。随从马上追了上去。神父急于求生，一路狂奔。

“混账！”随从猛地在雨中站住了。

先前与保罗搭话的年轻武士一脸茫然地看着这一切，不敢说话。

“算了，别管他了。”伊达阿波守愤愤地嘀咕一句，让随从们收起武刀，“旁边便是蜂须贺至镇，我们不杀他，他们也会动手。”

“但是……”一人话说到一半，不敢往下说。

“但是什么？”

“他说了些奇怪的话……不，让人担心的话。”

“哦。”阿波守撇着嘴笑道，“伊达大人是何等人物，怎会借助南蛮势力帮助大坂？哈哈，从月浦派船出航，乃是想将那些招厌的南蛮人集中一处，轰出日本，是为了保证德川幕府天下太平。此事将军与大御所共知。大家亦是仔细商量之后才行事，谁会相信那洋疯子的鬼话？”

此时，片仓小十郎急匆匆赶来，他已和政宗等人商量过了。“那个和主公颇熟的洋教神父怎的了？”他右脸放着油光，贴一块膏药，显得年轻而剽悍。

“已经轰走了。”

“轰走了？”

“对……此人不够格见主公。”

“哦。”小十郎微笑着抬高了声音，“主公本来说要好生保护他呢。如此，或许那菲利浦的大兵船真会万里迢迢赶来。他们一到，出其不意一击，天下还不轻轻松松握于手中……嘿，你放过了一个好诱饵啊。”

伊达阿波守和片仓小十郎相视一笑，消失于刚刚筑起的栅栏内。

实际上，在大坂城破之前的几日，城内一直流传着一个奇怪的传言。

托雷斯神父推说乃是保罗神父传出，保罗神父却说是托雷斯神父口授此秘密。传闻如是：一旦大坂城破，自可逃往伊达政宗处，伊达非与德川同心，他不管何时都与天主教徒在一起。不用说大坂城铜墙铁壁，固若金汤，若真陷入危难，伊达政宗大军自会倒戈，战争局面必为之一变。

传闻的来龙去脉还未弄明白，一切便结束了。但据说，城内所有信徒都曾对此深信不疑。

另云，伊达对神保出羽守的人马突施阴招后，关东诸军已多有议论，说伊达叛心日炽云云。否则，他何苦去杀人家区区三两百人马？

但政宗听到这些，一笑置之："伊达政宗的军法无敌我之分。即便是自己人，他们若溃不成军，我亦会毫不留情痛下杀手。若非如此，我军只能与其一起倒下，无法尽忠尽责。若将军怪罪，我自前去陈述……"

家康和秀忠亦未因此事对政宗多加责备。但在当日的战场上，政宗却阻住正要进军的女婿松平忠辉，对他说了一番完全相反的话："作为领军大将，绝非冲锋在前便是勇猛。若被自己人从背后攻击，该如何是好呢？有些话本不当说，但将军的旗本将士个个都妒你才干，稍有机会，便欲除你而后快。"这些话不久即传进了家康耳内，忠辉的命运亦因此发生了巨大的转变。反正不管怎么说，伊达政宗的真心如何，世人之论皆是一锅糨糊。

却说保罗神父好不容易得以脱身，逃到了旁边的蜂须贺至镇军中，但其他随保罗来到伊达军营乞求保护的洋教徒，却从世间消失了。这是为何？仔细想一想便可明白，只因伊达政宗乃是一只仍未放弃夺取天下之念的猛虎。

这猛虎紧跟着女婿，不日到了京都。

伊达政宗到二条城见到家康的时候，家康身体已甚是虚弱，看去有如一个尤为疲倦的老翁，须在下人搀扶下才能坐起。

家康叫来柳生又右卫门宗矩，嘟嘟囔囔不停责道："为何秀赖未能搭救？我没脸去见太阁。你那个时候到底何处去了？"他看来只是一个唠唠叨叨的平凡老人，绝非威慑天下的大御所。

岁月无情，此人看来真变了！是年四十九的政宗未有过多感慨，只是暗嘲家康的老态。德川家康也是平凡人啊！想及此，政宗不免大生厌倦。

此时，家康叫来了藤堂高虎，“将军和他亲信全都不明我苦心。我这七十多年，都是为了什么，他们难道一点都不明？”

藤堂高虎只好多加劝慰，好不容易躲过了责骂。

第三个进来的乃是所司代板仓胜重。家康亦不停责骂他：“为何还未把本阿弥光悦带来?!”

政宗不免想道：年龄不饶人啊，当年那个万事谨慎、叱咤风云的德川家康，竟沦落成这样一介只会发些牢骚的平凡老朽。只怕，这两次大坂战役，不仅消耗了他的生命，他的智慧也由此干涸了，变成了完全不同的另一个德川家康……

正想到这里，政宗只听见家康又道：“对，还得教训教训孩子们，把上总介叫来。”

政宗不由得心头一震。大御所要将忠辉叫到面前责骂，就相当于责备政宗本人。但忠辉已非小儿，越是责骂他，他越会逆情而动……这勾起了政宗的兴致——且让我看看你这老糊涂能怎么办?

未久，忠辉进来。

“上总介，到这边来。”

“是。”忠辉暗暗看一眼岳父，坐到家康面前。

“你今日都干什么了？”

“孩儿想让人去看看河川，遂赴郊外，查勘各处地理。”

家康突然大声骂道：“混账东西！”

“啊？”

“你为何不去伏见向将军问好！将军何时下令解散队伍了？真是个无可救药的蠢货！”

被这一骂，上总介忠辉瞬时呆若木鸡，不明所以。政宗亦正发愣，家康又骂：“此战之中，我最不满意的就是你！你可记得为父多大年纪了？”

“父亲已七十有四。”忠辉一脸无奈，看一眼政宗。

“哼！亏你还记得！那你知老朽至此的为父，为何还要亲上战场？”

“知……孩儿以为……”

“我问你，听说你在前往大坂途中，突发脾气，灭了你前面的队伍？”

忠辉皱了皱眉头，爽快地承认：“是。孩儿是怕延误战机，一时冲动……此中曲直，孩儿会去向兄长致歉。”

“上总介，你称还记得老子的年龄，那你听好了，连你七十四岁的老爹都要亲自上阵，你却杀掉了将军家臣！万一由此生出嫌隙，如何是好？你的心思都长到狗肚子里了？”

“皆是孩儿疏忽，请父亲恕罪！”

“不只如此！”

“啊？”

“在道明寺一战中，你到底为何姗姗来迟？你不知老爹和兄长在战场上受了多大的苦？”

“……”

“你和义直、赖宣不同，已长大成人。你看看越前的忠直，头日挨了责骂，第二日便冲到茶磨山前线。我并非要他那般蛮干。但同一处高地上，父亲和兄长陷入苦战，命悬一线！你可知那些乱兵怎生说？”

“这……孩儿实在不知。”

“畜生！他们说你乃是个无可救药的蠢货，还说，上总介从无协助将军的意思，只怕欲等着将军战死，取而代之！”

“怎会有这等事！”

“哼！可是，你出征途中屠杀友军，见父兄危急却按兵不动，这样的儿子，我还要你做甚？”

政宗心头大骇：家康公远未糊涂！

“哼！必会产生新的谣言，说上总介原本就和秀赖有秘密约定，欲除掉兄长，取而代之。将军也已发现此点，遂不管我的心意如何，坚决杀掉了秀赖……”

“请恕在下多嘴……”政宗终于忍不住。

忠辉毕竟是一路跟着岳父伊达政宗出战的。连忠辉家老，在排兵布阵上都要一一请示政宗。当着政宗的面，忠辉遭到这般严厉的责骂，政宗如何还能泰然处之？

“请恕在下斗胆，大御所应该责备在下！”

“住口！”

听到家康这声大吼，政宗不由大吃一惊，在场诸人亦都大气不敢出。

“我是在教训儿子！休得多嘴！”

“哦……”

“哦什么！你是跟我客气了，娇纵了他！且等着瞧吧，若任由谣言传开，还不知会带来何样祸害呢。”

“大人说得对。”

“这场战争，便是上总介和秀赖联合起来对将军发动的叛乱，而且，还不仅仅是一家之内的骚乱，加上南蛮人和红毛人……再有这等谣言传开，天下必大乱。儒家的圣人君子之道，难道不过是骗人的把戏？可笑至极。每个人都是为了野心而活，人本性如此……世人若都这般想，我这一生的努力还有何意义？我像畜生一样白白活了七十几年，只是不断灭敌，只不过是一个张牙舞爪的老禽兽！我怎会有这样一个不肖之子！我责骂他，你休要多嘴！”

伊达政宗瞪大了眼，后悔莫及：这个狡猾的老东西，刚才那些牢骚全是演戏啊。他刚想到这里，只听板仓胜重喊了一声“不可”，人已冲到忠辉跟前。

政宗这才见忠辉竖起双眉，拔出怀剑，就要往胸膛上扎。政宗顿时变了脸色，大声喝道：“休要莽撞！”

胜重一把夺去了怀剑，忠辉垂头丧气跪于当地。

“要死，也应由伊达政宗去死，而非上总介大人。你刚才未听懂大御所是怎说？”政宗终于找到了这个场合下自己的位置。

见此情形，柳生又右卫门刷地站起身来，一脸严肃朝门口而去，板仓胜重则膝行到家康一侧，负责守卫。只有藤堂高虎微微闭着双目，认真思量，试图探寻事情真相。

“哼！你是要切腹？”家康嘲道，“你要是切腹，倒了结了，但之后怎么办？世人会想，传言果然不假。你想死，就死吧！”

政宗插嘴道：“你再冷静想想大御所之言，这些话里含有对天下苍生的关切，也有对儿女的关怀啊。”他却有些忍俊不禁：家康并不直接责他，却指着忠辉指桑骂槐。难道就这样让他耍弄下去？我伊达政宗何时困窘胆怯了？

“刚才大人所说的每一事，都是政宗的疏忽。可政宗并非要阻止上总介冲锋陷阵。”这些话不是对着忠辉说，而是对家康陈述，“政宗并不知途中和将军家臣发生的那些纷乱。对方到底为何无礼，他们的做法是否越分，政宗均是不明。但，之所以按兵不动，乃是因刚听到谣言，为了维护将军体面，才决定谨慎行事。”

家康默默将脸扭向一边，故意把耳朵对着政宗，像是耳背。

“本来，那日的战场上，我们若打了头阵，定能马上结束战斗。先头水野胜成麾下合三千两百人，加上本多忠政所率第二队人马，总数不过八千。然而，伊达和松平军加起来却逾两万之众。但，我们若抢先出击，当日的功绩就全被我们占了。彼时，在下便这般劝慰上总介：打胜仗容易，但若与将军的旗本将士争功，恐会导致日后生隙，不如先让他们杀敌，在决定胜负之际再出兵，方为战场礼节。大御所亦知，战场自从转移到河岸之后，片仓作为先锋，一马当先，并不比任何人逊色。松平伊达齐心合力，同属将军麾下。亦因身份殊异，政宗才说更要顾全大局。”

家康似听未听，脸上只愈发疲惫，始终默不作声。

“另，攻破大坂的前一日，亦即五月初七，有三事令政宗担忧。其一为我们背后的浅野军。其二为真田在船场附近安排了伏兵，稍不谨慎，便会被他们从侧袭击。第三，便是城内洋教徒以为上总介会对他们生怜，可能拥至上总介军中，乞求保护。因此，那一日我军领头，上总介跟后，都是政宗的主意。故，受责骂的应是政宗。”

说到这里，政宗突然放声大笑，又道：“哈哈，上总介大人竟这般冲动，还要自杀。你若真的自杀了，谣言必会越传越凶。说不定会有人说，忠辉与秀赖一同谋反，背后其实皆由伊达政宗操纵。你要自杀了，只会令那些喜欢无事生非之人大悦，政宗却没了立足之地。请仔细体味大御所话中真意。”政宗一字一顿说完，然后转向家康，道：“刚才大人所责之事，都是在政宗的示意下所为，在此请求大人宽谅，改日在下亦会亲赴将军处细细解释。”

家康看起来已经很是疲劳，他并不理会，单把视线投向忠辉。忠辉依旧一副垂头丧气的模样，双拳放在膝上，一会儿伸开，一忽儿攥上，不知如何是好。

“好了……”家康似乎换了一个人，声音变得甚是柔和，“今日，我就把上总介托付给你了。希望你能好生教导。现在世间最有趣的谣言，便是杀掉了太阁遗孤的德川幕府，又起萧墙之乱。”

“遵命。这方面诸事，上总介并非不明白。”

“我是恨铁不成钢啊。”

政宗立时转身，对忠辉道：“上总介，我们退下吧。”

忠辉似乎还有些别扭，一言不发向家康施了一礼，方站起身。

家康甚至未抬头看他们一眼，他心中似还在担心别的事。

“大人这般责骂他……”藤堂高虎有些坐不住了，道，“上总介大人真是不易。此次战中进退，即如陆奥守所言，上总介大人其实并不能做主。”

政宗与忠辉的脚步声已经消失在走廊尽头。家康不语。他深深叹了一口气，摸索着拉过了扶几。

政宗与忠辉走到大门外，谁也未开口说话。直到城门外，二人都像在愠怒，看都不看人一眼。

上马之后，政宗方道：“岂有此理！你先去我帐中一趟。”政宗的营帐设于中立卖，与忠辉千本府的营帐相距甚远。

“你怎的不说话？要绕道而行？”政宗骑马靠近忠辉，随后“嘿嘿”一乐，“怎的了，因为这点屁事就要落泪？哈哈，真是没出息，还说要驰骋海上呢。”

忠辉这才猛然将马首转向政宗，亦猛地抬起头道："好，我去！我也有话跟您说。"他心中真有一个解不开的疙瘩。

伊达主力在政宗长子秀宗和前锋片仓小十郎的率领下，尚驻留大坂。根据将军秀忠的命令，诸军以百日为限，处理善后事宜。因此，京都的营帐仅仅是为少数人准备的歇息之所。政宗建了一座大帐，周围筑起瓦顶的泥墙，门前设有衣着华丽的卫士。

刚刚进了帐中，政宗的语气和态度马上大变，虽然无家康那般严厉，但作为岳父，这指责已大是过分："你到底干了些什么？真无骨气！我都看不下去了！"他把忠辉带进里间，咬牙道："你这样不知分辩，分明是直落别人网中。你为何不辩解？即使是在大御所面前，也不当一言不发。"

忠辉不答。

"既然有幸被叫去，上总介就应首先禀问大御所，我亦在旁等着你呢。你应说：此次合战之中，有些不明之处……先前正欲发动进攻，神保出羽守的部队不知为何，却在前面放下长矛，转身溃逃，不得已将其灭了。出羽守到底是和谁串通好了，才做出这等事来？主动与被动可不仅限于战场。你只需此一问，便掌握了主动。但你竟然当场就要自杀……人这一生啊，就是要不停地奋争。若丧失了奋争的勇气，即便是活着，也只是行尸走肉！定要时刻充满斗志，若非如此，你只会成为别人的食饵。"

忠辉听到"食饵"二字，一脸惊讶，目不转睛看着岳父，"忠辉有一事要问岳父大人。"

"问吧，身边无外人。"

"神保出羽守难道真对我们抱有敌意，在某人授意下把矛头指向我们？"

政宗嘿嘿一笑，道："若非如此呢？"

忠辉道，"那样的话，兄长便越发疑我们了……嗯，可能真是我们错了。"

“哼！”政宗再次动怒，“这就是你的弱点。我告诉你，假使神保出羽守接受将军密令，要在混战之中灭了你，你却对此毫无防范，恐怕早就不在这个世间了。你要离了世间，一切也都交代了。故，他对我们有无敌意，非问题的关键，关键乃是局势千变万化，时时刻刻都要小心谨慎，随机应变。”

“那么岳父大人对将军……”

“我还会对他说起此事。阴谋和敌意，彼时可能没有，但只要你让人见出一丝可乘之机，他们就会如苍蝇见血一般向你扑来。”

忠辉依旧一脸吃惊，目不转睛看着岳父。他并非不明白伊达政宗的意思——任何情况下，疏忽大意都有可能带来灭顶之灾，但以神保出羽守为例，却似有些不当。政宗似乎坚信，秀忠有意在混战之中除掉忠辉。将军秀忠到底有无此意？政宗认为定有，还想让忠辉先发制人，前去探问家康。

“哈哈，你好像还未想明白。”政宗用他那独眼仔细端详着女婿，“这世间之事，并非都如你想象的那般简单。你看看真田安房的用心就知。他让长子做了本多忠胜的女婿，跟随德川，次子幸村则娶了大谷刑部之女，靠了丰臣氏。还不仅仅是真田，细川忠兴也将儿子长冈兴秋送进了大坂城。福岛正则将子侄正守和正镇送了过去，将自家分成两支。这并非要分强为弱，任何事情都千变万化，这样做只是为了防止万一。我伊达政宗何尝不是？”此时，他的眼角才露出一丝微笑。在此之前，他虽然亦时时发笑，脸上泛起了皱纹，但那一只独眼似不为他所有，甚是阴森可怖。

“连岳父也一样？”

“哈哈，你自是不觉。我根本不欲令长子秀宗继承我在奥州的领地。秀宗已在战场上立下了战功。”

“岳父的意思，他能立下战功，才故意不将家业……”

“正是！秀宗能自寻功名，能自创天地之人实不需父辈家业。我欲让他另立家门，而将现今的家业传与次子忠宗。”

“……”

“这啊，这亦是谨慎。不管将来生起何等风浪，伊达子孙都不会灭绝。只有想得如此周全，才能永远立于世间。”

忠辉的脸渐渐红了起来，他终明白了政宗的意思。

“日下，不管大御所和将军怎样想，将来都会变化。在秀赖一事上就可见出，大御所本想救得秀赖性命，却也未能如愿，因为他并未认真做好可挽救秀赖的安排。你明白吗？若把人生想得太简单而疏忽大意，便会出现无法补救的破绽，便须引颈就戮。不管是真是假，秀忠都会认为你只是个碍事之人，随时都欲除掉你。你当时刻用心啊。”说到这里，政宗脸上再次浮现出一丝奇怪的笑容，目光如醉，“哈哈，看来我的女婿实在让我中意啊。”

忠辉低下头，满脸通红。

一三　再起风波

德川家康早早结束了召见诸将，然后用了大约一刻钟，对义直和赖宣讲评战事，之后便睡去了。

京都的夏日非常闷热，进了蚊帐，家康越发担心起白天发生诸事：我责备得有些过分了。为何在众人面前，唯独对忠辉如此严厉？是对儿女过分疼爱了？义直身边有成濑正成，赖宣身边则有安藤直次，忠辉身边却无一个能够让人放心的、有能力的家老。先前看中的大久保长安背离了正道，现在留在忠辉身边的皆川广照虽然刚直不阿，却管束不了忠辉。忠辉异父同母姊婿花井吉成虽然位居家老，但能耐有限。目下能够教导忠辉并管住他的，只有其岳父伊达政宗。

我把对政宗的怨气全都撒在了忠辉身上……想到这里，家康愈发觉得忠辉可怜。忠辉不管性情还是长相，都与信康颇像。如果培育得当，说不定真能成为如信长公般的一代名将。然而，他也似信康，身边无良辅。长此以往，他的资质反而会使他走向邪路。最近最让人担心的，正是其岳父政宗。

我看错了政宗？家康非常清楚政宗的野心和斗志，据他观察，对全盛时候的太阁亦从不生惧的，天下只有自己和伊达政宗。政宗此人天生才具出众，能够敏察时局转变，不会逆潮流而动。在岁月的洗刷下，如今他那超出寻常的野心和斗志更是成熟。因此，家康当年选择与他结为姻亲，自有深意。然而，如今局面却变得更是复杂，因随着岁月流逝，政宗的野心似也变得越来越大。

政宗现在总梦想着借助家康缔造的盛世之力，去世间海洋叱咤风云。因他生性谨慎，做事绝不草率。这样一来，他其实和秀吉公无甚两样，不知心有多高。政宗若始终怀揣梦想，对将军提出种种建议还好，但是不知从何时起，他已对女婿忠辉大加利用。家康认为，此大坂之战，政宗对忠辉过分庇护，不让他身赴险境，并非只是出于岳父对女婿的爱护，更是为了自身。

人各有志，但多数人仍念天下太平。为了实现此愿，就必须扼杀些许野心。秀吉公不知自控，他发动文禄之役，最终黯然离世。

秀吉公若在统一天下之后，能够下令："现在已是世人希望得到的太平时世，当天下息兵。"从此一心整顿内政，便早已建成一个天下太平的日本国。然，秀吉公却懈怠内政，这或许是因为他乃是于战乱频仍、烽火连天中成长起来，亦是因为他逢战必胜，自满遂生。总之，他晚年之为，将前半世之功一笔勾销了。

在秀吉决定出兵朝鲜之时，家康认为，那是出于不畏神佛的傲慢，亦经常这般告诫自己："只知胜而不知败，必害其身。"同样，他亦经常用此言告诫亲信。所谓战事，就无必胜之理，若强求之，不过出于粗人错觉。不仅战事，任何争斗，胜败皆各半。只是现世的战事，除了胜败，还有"和谈"之路。若不知疲倦地打下去，不论如何强大，腹内终空，胜者终将成为败者。

秀吉公用兵之才世间罕见。小牧之战时，家康虽曾有几分胜算，当时若非秀吉相让几分，最后鹿死谁手，实未可知。

只有秀吉公才是不知有败的古今第一英雄。然而，就是因为"不知有败"，才导致他晚年不堪。发动了对朝战争，还欲远征大明国，甚至要把天竺纳入自己掌中。他被野心和梦想冲昏了头脑，若非如此，他或许真能作为一个不败名将，成为开辟太平的雄杰之士，天下苍生都对其感激不尽，永世为之歌功颂德。但他并未因为平定天下而稍驻脚步，后在病痛和苦闷中怅然而去。

神佛的惩罚往往会在意想不到的时候降临。家康认为，若有人会再犯太阁旧错，此人必是伊达政宗。但现在，忠辉也有可能被卷入政宗的噩梦。忠辉之秉性出类拔萃，头脑更在将军之上，因此，他才会讨要大坂城。他真是一个毫无顾忌、不知胜败、不通人情世故之人！

家康躺在铺中思来想去，竟然不能成寐，此情形真是少见。许是因为秀赖和千姬之事未能如意，伤了他的心。他由秀赖想至千姬，由千姬想至信康，亦想起信康的切腹。信康便是因行为不端招致死难。

但忠辉毕竟是将军兄弟，他心中自有算计：连义直都成了名古屋城主，自己成为大坂城主有何稀奇？而且，他曾经宣称，一旦入主大坂，便会一手承揽外交事务，不分南蛮红毛，要将所有的欧罗巴人都聚到大坂，向世间宣扬日本国威，这种霸气真似当年的秀吉。细察之，这种霸气其实与伊达政宗密不可分。

“我的志向乃在天下，非在这大坂城下奔来跑去。”此战中，忠辉未至最前方迎战，怕是因为心里生着这等轻蔑。

但不妙的是，令忠辉垂涎的大坂城如今已成一座废城。饶是如此，家康还是担心他再次讨要，才那般严厉斥责。

窗外的天空开始泛白时，家康总算有了决断，方昏昏沉沉睡了过去。

家康决定再次把忠辉叫到身边，亲自教诲：现在还不到凭着霸气去海外叱咤风云的时候，海内刚刚肃清，天下并不稳定。此时，首先应协助将军，让天下大名争先恐后施行仁政。目前，海外并无一个强敌敢轻易出兵，侵入日本，故，要巩固国内基业，构筑太平盛世，要从足下一寸一地开始。先说这些，年轻之人许会反感，不如把他叫来，去进宫面圣……家康并不想长日待在京都，他认为，若长期待在京都，许会在世人面前和将军生起冲突。不管怎说，秀忠现在乃是德川家主，是征夷大将军。要是在众人面前把他臭骂一顿，于体面有损。因此，家康想尽快寻机会进宫面圣，向天子问过安之后，便起身回骏府。进宫面圣时，他会带上忠辉，也好跟此子说说当今天下的形势。

家康刚昏昏睡下，院中的小鸟已经唧唧喳喳叫了起来。

起身之后，家康便让板仓重昌去叫忠辉，让他装扮齐整，于辰时四刻之前过来。

仔细想想，此次进宫让人觉得有些悲哀。由于丰臣诸人在宫廷内外活动，皇室试图调停战事，被家康婉言谢绝。若皇宫的调停起了作用，将会对日后产生重大影响——每当有人发动叛乱，便会央求皇宫出面调停，如此一来，不仅朝廷不得安生，还会重演源平时代院政之悲。于是，家康以丰臣氏亦是幕府治下的大名为由，拒绝了皇宫的介入。另一方面，家康亦想让秀赖承认过错，以求得到世人谅解，让丰臣氏得以存续。如今，一切皆成云烟。若天子问起此事，就禀明详情，以期宫中明白。虽未达成所愿，但他亦不能一声不吭就返回骏府。

家康在永井直胜的帮助下穿上了朝服，让人在房里点上香，思索如何对天皇言说。忠辉的事情还压在他心头。昨天忠辉虽未说出口，但家康知，他终想得到大坂城。目下应如何与他解释，才能让他断了这个念头？“你也知道，秀赖母子已经自杀，若马上把城池给了你，世人会怎么评说？他们定会说，德川家康只知疼爱自己的儿孙，只想把城池封给儿子，才不顾一切攻破大坂城。要是被世人这般误解，乃是何等心痛之事！这会让为父和将军费尽心血构建的天下，蒙上假公济私的瑕疵。要是公私不分，天下会重新变回没了秩序的乱世……大坂城会安置一个负责守卫皇家和京城的城代，但不会分封予一个世世代代继承的领主，这是为父的主意。”

腹稿打到这里，家康看了看永井直胜，道：“忠辉还未来？已经快到辰时四刻了。”

“是……这……”

“怎的了？重昌不是去迎了吗，怎的还未回来？”

家康的声音传到了隔壁，然后传来了急匆匆的脚步声，重昌似已回来。

“在下去把板仓叫过来。刚才，已经……”直胜止住话，起身去隔壁。未几，两个人便来到家康面前，坐下。

“请大人再稍等片刻。”重昌道。

“等片刻？进宫面圣已定于巳时。迟至皇宫便是大不敬。”

“啊……可是……”

“可是什么！是不是上总介病了？”

“不是……”重昌咬咬牙，道，“上总介大人一大早便去川中捕鱼了，现在还未寻见他。”

“捕鱼？！”

家康刚对重昌怒吼，又后悔了——这并非重昌的错，重昌沉默至今，定有别的原因。他遂道：“重昌，你分明知真相，为何到现在才说？”

“啊……越后的家老和家父都说，肯定会请他过来，让在下再待片刻……”

“这么说，大家都去寻忠辉了？”

“是。”

“哈哈哈！”家康大笑，却只欲大哭。此场乱事之善后还未结束，秀忠在伏见城忙得不可开交，可忠辉……

“重昌，那个混账东西出门时是怎生说的？”

“他说，挨了大人一顿臭骂，要出去捕鱼，散散心。”

“去了何处？”

“说是去桂川。”

“桂川无人？”

“是。”

“浑蛋！”

“……”

“你为何不早说？我不是常与你说，不管何事，都不可瞒着我？万一错过了进宫面圣的时辰，你担得起？”

听到这话，重昌有些怨气，道：“这正是越后家老们忧心的。即便不是如此，上总介大人已被人视为了眼中钉，若是寻他不到，便会被责令切腹。若是这样，可非寻常之事，在下便去寻了父亲商量。”

“混账！刚才你说什么？上总介大人已被人视为了眼中钉……这话从何说起？”

“不不，此非在下所言，乃是越后家老们口出。他们认为，大御所大人处处看他不顺眼。”

听了这话，家康无语。

“重昌以为，昨天大人对他责骂得有些过分了，这也难怪。”

“哦。”

“可是，听说上总介大人昨日回去之后，却格外爽朗，说他甚明老爷子心思……”

“老爷子的心思？他叫我老爷子？”

“在下冒昧。实际上，我等在背地里都把父亲称为老爷子。”

“我非要问你这个。他是怎么明白我这老爷子的心思的？”

“他说，老爷子怕他提出讨要大坂城，才先发制人，把他大骂了一顿。老爷子可真精明……”

家康拍膝站起，道：“真是混账东西！既然他这般不更事，我这做老爷子的也就不再等他了。进宫！”

事情闹大了！板仓重昌和永井直胜送走家康之后，赶紧去了所司代府邸。重昌觉得，若父亲回来，或许能知道些内情，但到了一寻，父亲仍旧未归。厅堂里两个客人正在说话，待胜重回来。一人乃是本阿弥光悦，另一个则是先前做过尼崎郡代的建部寿德。

重昌进来时，正与二人撞个正着，他便不能离去了。

“建部大人，本阿弥先生，恕重昌冒昧，请问二位途中可曾见过上总介大人？”

“没有。”本阿弥光悦首先答道，“上总介大人出了何事？我刚才听说大御所甚是震怒。”

“您已听说了？”

“是啊。”建部寿德接话道，“我昨晚听藤堂家臣说了，关于伊达的传闻可真是麻烦啊。”

“伊达陆奥守的传闻？”重昌疑心大起，遂坐了下来。

寿德续道：“都是伊达的责任，不能对此人疏忽大意啊。听说逃到大坂城内的托雷斯和保罗两位神父跑到伊达军中寻求保护，他们以为伊达也信仰天主，必会二话不说搭救他们。但伊达却不仅不加护卫，还欲杀之。”

“杀神父？”

“是啊。刚才我正和本阿弥老先生说到此事呢，伊达是不是真信天主？”

“光悦以为，他非真信。他岂会借助神佛力量？伊达甚至以为，他的才智已超过神佛，只是姑且利用罢了。”

“先生所言极是。”建部寿德亦是天主教信徒，因此，他对伊达所为颇为愤怒，“本来，耶稣教派和弗兰西斯教派的信徒接近红毛人，就是接近恶魔。然而，你知道吗，伊达竟然毫无顾忌去接近他们。听说不管是在大坂还是京城，伊达总是允许英吉利商会诸人出入自己府邸，还介绍上总介大人与他们相识，甚至还说：这才是下一位将军……”

板仓重昌佯装糊涂，“那考克斯，就是在平户新建的英吉利商会奉行吧？”

“正是。对于正宗的天主教信徒，他就是一介恶魔。伊达和那恶魔联手，要杀掉神父。也不知伊达跟上总介大人说了些什么。”

“这……大人是说目下关于伊达的传闻，和上总介大人也有干系？”

“嘿，你还不知？这样的话我可不敢说。要是让人知道流言蜚语乃是从我口中传出，只怕招来祸患。你就当我什么也未说过吧。”建部寿德突然变得颇为胆小，缄口不言。但照本阿弥光悦的脾气，怎会将话憋在肚子里？他坦然开口道：“其实也非什么大事，恐是一些人故意中伤，传闻说，将军家中父子兄弟不睦……”

“竟有这等谣言！”

“所谓防民之口甚于防川。传言云云，令尊甚是清楚，不必担心过甚。”

因风雅与胜重相知、并深得敬重的本阿弥光悦，对于重昌来说，是一位人生之师。因此，见光悦如此坦然，重昌也就不再追问。但这等谣言已在街头巷尾散布开来，却实令人忧心。制造这个谣言的，怕就是投奔伊达军中，却险些被杀，然后至蜂须贺军中寻求保护，最后逃得无影无踪的保罗神父。

据说平户的考克斯听说了这个谣言之后，急给大坂属下去函，令他尽量将余货卖掉，换成金子返回平户。由此可见，谣言已大肆散开，说得有鼻子有眼。一言以蔽之，便是说政宗要举兵谋反。但这已是后话，不言。

板仓重昌惴惴不安地离开了所司代府邸，回了二条城。他虽未见到父亲，但须赶在家康从宫中退出之前回来。

但重昌回到二条城，眼前的景象让他大吃一惊：父亲胜重已经带着忠辉来到。不仅有忠辉，还有忠辉家老皆川山城守和花井远江守，二人亦脸色煞白，久候多时了。忠辉和胜重同坐在家康房间隔壁，忽而凄然地看看胜重，忽而仰头沉思，不安显而易见。

世间之事为何偏偏如此不巧？重昌亦感到悲凉：若能早一刻寻到忠辉，把他带来，便大可缓和父子之隙。然而，家康一脸愠怒，前脚出了二条城，忠辉就在胜重的陪伴下到来。

在家老们等候的房中角落，放着一个装有朝服的衣服箱子，另有一支黄金簪子。但这些都成了多余，房中隐隐已生杀气。

见重昌进来，胜重语气平和道：“你去何处了？”

“孩儿为了上总介大人的事，去了所司代府邸。”

胜重转向忠辉道：“不管怎么说，此事未及时通知您，是随从之误……故，首先要向大御所致歉。”

“……”

“无论您怎生责骂家臣，事情都已经不可挽回了，过后再好生教导他们……目下大御所心绪不佳。”

忠辉突然发出一声冷笑，“少把我当小儿！我要说我不致歉，你待怎的？”

“唉，这……即便是兄弟之间，也长幼有序，何况是大御所？您当然要致歉。这么大热天，大御所身着朝服巴巴等您……”

“哼！不管碰到何事，就要致歉致歉致歉，致歉就是孝顺？让我每一事都致歉，就能养出一个乖巧聪明的儿子？”忠辉瞪一眼重昌，接着道，“你也整日挨你家老爷子的骂，然后致歉，致完歉后再挨骂？哼！昨夜我在众人面前被老爷子那般羞辱，若要带我进宫，为何不在当时就说？为何偏偏故意刁难？非要待我去散心才突发奇想，这是故意刁难，故意寻我的毛病，骂人责人似成了他的乐趣……”

“大人，您这样说实为过分。大御所……”

“好了好了，反正你和我们家老爷子是沆瀣一气。但致歉与否是我做儿子的自在。我就一声不吭，听他怎么说，看他会怎的责备我，要是能让我心服口服，就致歉，不然，我就要说说自己的意思。他不是也常说：诤臣乃家中至宝吗？那就莫把喜欢谏言的儿子说成不肖之子！”

正在此时，家康回来了，大门处传来的通报声传进寂然无声的走廊下，众人听得清清楚楚。

一四　黜子去祸

德川家康从宫中归来。板仓胜重已无暇再与忠辉分辩，他待家康擦干身上汗水，换上单衣，便诚惶诚恐禀告忠辉到来。

胜重深知，行动比言语更能体现一个父亲的苦心。家康今日让忠辉随他进宫面圣，便是父亲对孩子表示的歉意。因此，胜重并未如重昌那般对此事大感忧心。忠辉虽然争强好胜，但天分不愚，况且家康也不会被一时的爱憎左右。

“哦。令他进来。”家康让侍童用大团扇为自己扇风，悠悠喝了一口凉葛汤。见他并不太动怒，重昌亦松了一口气：若大御所避开责骂，平心静气劝说忠辉，或许更有效果。

忠辉进来，紧紧盯着家康，“请父亲令他人回避。”

家康情绪甚好，可忠辉开口一言却太蛮横。

胜重心中正担心，家康却爽快道：“哦，看来上总介有话要说。不用扇了，都退下吧。”

“遵命。”

虽然不甚放心，胜重父子还是与其他人一起退到隔壁房中。

“父亲，您听说最近流传的一些毫无根据的谣言了？”

“谣言？这世上总会有谣言，要是在意，就没完没了。”

“但孩儿无法置若罔闻。谣言说，忠辉有意谋反，想推翻将军，取而代之，因此，在道明寺口一战之后，就再也未上前线。”

“哦。”家康发出一声奇怪的感喟，点头道，“若说兄弟不和，我也听得多了。”

“孩儿颇为意外！而且还不仅如此！”

忠辉还要说下去，但家康轻声打断了他：“且等。为了消除谣言，你做了什么？”

“做了什么？”

“正是。关键不是谣言，是你有未做些消除谣言的事。嘴长在世人身上，默默将谣言消除，才是你应尽之责。上总介，为了辟谣，你都做了什么？今日真是去捕鱼了？”

“孩儿是去捕鱼了。”争强好胜的忠辉探出身子，犟道，“捕鱼有何不是？这与放鹰一样，乃是去勘查地形，以防有变。忠辉今日诚是捕鱼了。”

“哦，捕鱼。”家康轻轻放下了手中汤碗，接着道，“捕鱼并无过错，年轻之人嘛。但，在此之前，你难道无必须要做之事？回到刚才的话，你说有些谣言让你颇为意外，因此，你就应该努力辟谣。你说呢？”

“反正总有一日会真相大白。”忠辉大声道，“如您刚才所言，嘴巴是封不住的。与其担心那些谣言，还不如抽出时日增进武艺，忠辉才去捕鱼……”

“住口！”家康突然抬高了声音，喝道，“到底是谁说有这谣言的？是你！我才问你做了什么，做了，还是没做？回话！”

“孩儿说了，人嘴既封不住，不如去捕鱼……”

“上总介，”家康的声音一下子变温和了，“这么说，你是输给了谣言？你因谣言闷闷不乐，才去捕鱼散心，是这样？”

“不！”

“到底是怎样？父亲想知你心中所想！若是不知，我怎给你忠告？”

“父亲您也信那谣言？”

“我不愿相信。但你这么一闹，我便寻思：无风不起浪。上总介，谣言必须消除，不能由它散布。若非如此，德川家康便会被世人笑为糊涂，骂我只知大事，却看不清自家乱起；能对天下大名大加干涉，却对自家骚动毫无察觉。”

“果然如此！”忠辉扭过头去，“父亲果然也在生疑，即便不是生疑，也心中不快。忠辉难道就那般不可信？”

“不可信？”

“父亲定是想，忠辉还会提出讨要大坂城，才满怀戒心。孩儿还欲问父亲的真实心思。”

家康瞪大眼，叹了口气：此子对大坂城果然还未死心。他的不明事理更让人心痛，他哪里知道，他现在的领地越后，对于幕府，乃是个何等重要的要塞。上杉谦信占据那地盘之时，就连武田信玄那等名将都束手无策。家康原本是想利用越后地利，阻止伊达政宗向北陆扩张，但这些苦心却丝毫不被人解。此子难道真已被政宗夺去了？

家康一时无语。

目下最想得到大坂城的，实际上乃是伊达政宗，但他是想通过忠辉把大坂城弄到手。若到了秀忠的时代，伊达政宗成了大坂之主，试想斯时会是怎样一番局面？那既无远见又无谋略的丰臣秀赖，怎能和伊达相提并论？手中捧着忠辉这元宝，伊达又怎肯轻易放手？

“上总介。”家康气得直欲大哭一场，“你知为父今日为何想带你进宫面圣？”

“不知！”忠辉大声道。他绝非一介天生不明事理的愚笨之人，但倔犟的性格不许他轻易低头，“因父亲不欲给孩儿大坂城，见孩儿去捕鱼的时机……不，父亲许根本就知孩儿去捕鱼了，才特意令人前去叫我。孩儿觉得以父亲的智慧，自能想到这一点。”

“忠辉？”

“听说忠直挨了父亲责骂，甚至想去一死。父亲一旦对谁生疑，哪怕是亲生骨肉，亦断不留情。”

“哦。”

“对秀赖也一样。您故意把阿千嫁给他，待他放松了警惕，便随手把他消灭了。世人都说您城府如海，凡人无法参透您究竟所思何为，所虑何为……”

家康目不转睛盯着亲生儿子，不断叹息：秀赖的死果真在作怪……这愈让家康生哀。儿子闹些别扭也就罢了，再将秀赖的死扯进来，只能令人神伤。忠辉背后，定有政宗在唆使，但这话却不能随便出口。

“上总介。”

“何事？”

“父亲已然老了，或许无法知道年轻之人心思，我才想问你。你知这些谣言的根源吗？”

“孩儿不知！这些完全出于孩儿意料之外，孩儿也不想知道。”

“听说你以伤了你的随身侍卫为由，把将军家臣、血枪九郎的兄弟杀了。这算谣言之根源吗？”

“孩儿早就把这些事忘了。”

“忘了？你可知长坂血枪九郎与我德川一门有着怎样的渊源？”

“不知。不管他是怎样的家臣，只要敢对孩儿无礼，忠辉就不会放过他！”

“哦。”家康再次叹了一口气，道，“真是好性情，为父比不上你。但，这都是谁教给你的？”

忠辉见父亲的语气格外平静，多少有些不知所措：父亲为何不劈头盖脸一顿大骂？忠辉若再老成些，许会发现这种冷静和忍耐才是山雨欲来，乃是惊涛骇浪掀起前的宁静。然而，他还以为父亲已承认了自己的能耐，已对自己宽和如昔。

“孩儿认为，孩儿的性子不管是好是坏，都和父亲很像。”忠辉以为家康会在感情上接受自己，遂趁此机会把话都说出来，“忠辉不肖，以前向父亲提出讨要大坂城，但那绝非出于私心。”

“哦。”

“那都是望父亲缔造的太平能万世不衰。父亲，您可知目下大街小巷藏匿有多少没有俸禄的浪人吗？”

“有人说是三十万，有人说是五十万，应在两数之间。”

“据孩儿的寻查，约在四十万上下。”

“哦……”

“四十万啊，与现在幕府治下武士总数相当。若放任不管，天下必会暴乱不断。因此，现在必须推行能令人心一振之政。孩儿正是出于这般算计，才讨要大坂城。”忠辉双目闪闪发光，接着道，“父亲却不答应，还说即便向将军提出来，他也不会答应……”

“且等。”家康打断了忠辉，但声音甚是平静，“一事未完，便扯到其他事，只会令事情越说越乱。先把将军的事放一边，我问你，我若把大坂城给了你，你将如何治理那四十万浪人？”

忠辉以为，父亲之所以有此一问，乃是因为对此并无主意，亦是承认了他的才具，遂朗声道：“父亲亦知，将军规规矩矩、刚正不阿，但他不会眼观海外。因此，忠辉虽然不肖，但作为将军兄弟，却能弥补将军之不足，欲做一个总管海外诸事的总奉行。父亲也知，来到日本的洋人，分为两股，其一为南蛮人，其一为红毛人。忠辉自信能够游刃有余周旋于两方。父亲且看，现在孩儿一边和索德罗等南蛮人来往，同时也接见了英吉利商会会长考克斯，深得两方信任。故，孩儿想通过这两种势力，将那四十万浪人派到海外，在世间各地筑建日本人居住的城池。这便是忠辉想到的贸易救国之策，欲通过这一良策来治理浪人。”

家康始时被忠辉的话吸引了。此子所思高远，若步步为营，说不定真能让城池遍布世间。然而，他很快冷静下来，道：“上总介，你是说，你要和索德罗等旧教徒，及英吉利、尼德兰的新教徒都友好往来，多方交易？”

“正是。父亲现在不就已开始了？孩儿乃是追随父亲。忠辉欲派遣那些流落在街头巷尾的浪人前往异国，筑建日本人居住的城池。况且，这些事若要一一麻烦将军，可能会出现偌多波折。因此，忠辉才想入主大坂城，在大坂帮助将军治理天下。这样，在两三年之内，便可以贸易所得解决浪人之厄，国威亦能大振……”

家康打断了忠辉：“刚才你说，你有与南蛮、红毛两方友好往来的自信？”

“是。”

“那么我问你，你凭什么和南蛮人交往？”

“信奉。”

“哦，那红毛人呢？你应知，前者视后者如海盗，后者视前者为恶魔，二者势如水火。他们只要碰面，便会兵刀相向，二者不共戴天啊。”

“孩儿有办法。”忠辉抬起头，颇为自信道，“我们以信奉与南蛮人结盟，以武力与红毛人联合。这便是孩儿的两把钥匙。”

“红毛人为新来势力，他们每到一个地方，便须以武力扬威。”

“一方是以信奉结盟，必无阻碍。但重要的却是和红毛人联手。在红毛人中，父亲只知有三浦按针，但孩儿却与英吉利商会会长及偌多属员交往，熟悉红毛人详情。”

“哦。”

“他们要在世间各地开辟新的据点，故水军强盛，陆军不足，应该与他们缔结武力合作的条约。”

“且等一下，上总介，你要在武力方面背叛以信奉结盟的南蛮人？”

“哈哈。”忠辉不由得放声大笑，“父亲对世间的情况还不熟悉。红毛人在开辟据点时，他们的敌人不仅仅是南蛮人，还有当地的土著。”

“我非在问这个。”家康脸上依然平静如水，“我是问，南蛮人的船若进了红毛人的地盘，你会助哪一方？”

忠辉嘿嘿一笑，道：“帮胜利一方便是。败则败矣，便由它去吧。只要将与红毛人联合之事秘而不宣，在南蛮人发动进攻前，便可从他们那里获得消息。此所谓稳占先机。”

忠辉甚是得意。家康亦觉得，作为一个二十出头的年轻人来说，这主意的确不赖。

“父亲。”忠辉扬扬得意道，“孩儿觉得您过于谨慎了。南蛮人也好，红毛人也罢，他们表面上是传教，是做生意，实际上个个都是披着羊皮的狼。对于这些伪善之狼，如何阴险毒辣都不为过。况且，让浪人去到海外，对维持国内的太平，大有好处。孩儿以为，这才是真正的一石二鸟……”

家康抬起手打断他：“我已知你这个主意了。你说将军无法胜任？”

“正是。父亲您也知，将军乃是不懂随机应变、老实巴交的淳厚之人，乃是个名副其实的正人君子。”

“哦。”家康的心如同被鞭子抽了一下，“不愧是上总介，你看得很准啊。将军的确是个正直之人，从来未跟为父顶过嘴，也从来未向为父讨要过什么。”

“他是从心底里畏惧父亲。”

“这么说，你不畏惧？”

“是。我尊重父亲，但生身父亲，有何可惧？”

“哦。既然不惧，我问你话，直说便是。”

“是。”

“霸道和王道，你知二者的区别否？”

“应知一些。”

“南蛮人和红毛人都是披着羊皮的狼，即便欺骗他们亦无妨，你觉得这是霸道还是王道？”

“这……这是霸道。”

“这么说，所谓的霸道，就是为了取胜而欺骗别人。那么王道又如何？”

“父亲经常对孩儿讲，王道便是以慈悲之肠和仁德之心治国。”

“好，你还都记着。我再问你，父亲为缔造太平盛世一生辛劳，是霸道还是王道？”

“当然是王道。”

“为父便是想推行王道。这么说，是因为我看到了丰臣太阁晚年的失策。若让太阁领兵打仗，他是个举世无双的盖世英雄。但，只因他原本就是霸道中人，至太平之后，便不知如何施展身上的霸气，最终生出出兵朝鲜之策。你的主意虽好，但也是霸道。父亲之志非在霸道，而在王道。将军深知为父的心思，才要做个谦谦君子。”

说着说着，家康深觉惋惜：此子若生于乱世，所领必是虎狼之师……

忠辉却顿时有些不快，这不快却是出于年轻儿子的纯真之心。因父亲称，那个刚直而死板的秀忠才是真正继承了大志，还是真正的君子，直令忠辉如刺在骨。更让他感到意外的是，父亲竟然把他的海外之策判为“霸道”。他对儒学的感悟还不甚深，还无法分清王道和霸道之别。解决掉国内浪人之困，消除引发战乱之源，难道不正是对苍生的慈悲？况且，此举大有助于维护父亲希望的太平，不是最大的孝心？他遂用沉默表达对父亲的不满。

此时，家康又说了一句让忠辉更为不快的话：“上总介啊，你不觉得你的想法和太阁的颇为相似吗？”

“不觉得！”忠辉怒道，“太阁所为，是因为他缺乏谋略。他让诤臣如居士千利休者切腹自杀，又毫不熟悉朝鲜和大明的情况，便妄生战事。知己知彼，百战不殆，他却误以为朝鲜国王会唯唯诺诺听他调遣，为他引路。战争还未开始，他就已失算。”

听忠辉这般一说，家康的脸绷了起来。忠辉的这番评论，几与伊达政宗的想法同出一辙。这样一来，不管再怎么疼爱儿子，家康亦不得不生出疑心了——此子已为政宗所夺。

“况且，太阁本就缺乏海事见地，要于海外发动战事，就当……”

“好了！”家康大声打断了忠辉，“太阁初时想法其实与你无二。他彼时想的便是，若无更多的土地，便无法养活手下武士；若放任武士不管，便会引发内乱……他和你现在的想法大致无差。”

“怎会无差！太阁的目标不过朝鲜和大明国，孩儿的目标却是整个世间……”

“世间也好，朝鲜也罢，只要有战事，就会有受苦的苍生。为父和你兄长现在一心想的，正是如何缔造没有战事的万世太平。”

“哈哈，父亲的眼界真是太窄了。即便我们不主动去海外，敌人来了，照样要发生战事。战事怎会从这个世间消失？”

“不会消失？”

“当然。不管是在何时何地，都会有战事。所谓人善被人欺，只做一个奉行王道的谦谦君子，必受人欺凌，因此应该施行霸道——父亲和兄长不也刚刚以霸道结束了战事？”说到这里，忠辉猛住了口。他见家康愤怒不已、下巴颤抖不休，以为又会挨一通臭骂。他于冲动之下，只图口舌之快，这般评说父亲，未免太过。但他非感情迟钝之人，发现自已过头之处，便立时致歉："父亲，孩儿说得太过了。孩儿只是把心中的想法说出，只是觉得战争不易消除。"

家康仍是目不转睛盯着儿子，他那张大脸依然有些扭曲。比起愤怒，此时他心中更多的是失望。"坚信战争不会消除的顽固之人，父亲只知两个。"半晌，家康方道，"一个乃真田幸村，另一个便是伊达政宗。然而，你亦持此说法，你算第三人。"

"不，孩儿并不那般确信……"

"忠辉，你可知，很久以前，我便认为佛祖和我有过同样的经历。"

"佛祖？父亲是说释祖？"

"悟道之前的释祖和悟道之后的佛祖，大不一样。不过，这些都无妨。我觉得我能明白佛祖抛妻弃子、赤裸裸去修行时的世间之苦。"

"啊？"

"那时，不仅战事连年，世间亦有病痛，黎民贫苦，满眼皆是不幸。即便能暂时温饱，也不过一瞬之梦。世间只有不幸……"

忠辉不明父亲的意思，侧首倾听。

"但，佛祖没有绝望。他认为，这定是因为人们不够努力。他发誓要激励世人……"

"啊……"

"我年轻时只知拼命打仗，指望有一日战事能从这世间消失。望着连天烽火，累累白骨，我拼命征战。"

"……"

"因此，只要人运用聪明才智，即便战事不会一时断绝，但总会减少。首先，自己要变得强大，要让人知，所临为强手，战必讨辱，如此战亦稍少矣。出于此心，我才与信长公联手。信长公在东，我在西，未几，二人齐心协力，天下无人能敌。我就这般步步为营，累积实力。后来与太阁联手，亦是出于同样原因。但仅仅如此，战事仍不会平空消失。人各有志，人各有欲，人各有念，诸心难齐。但现在，我已深信不疑：世人齐心努力，战乱一定能够消除。战乱若未消失，只能说明我们修为不够。"

忠辉以为，父亲在他面前发出这么些感慨，是因心中已释然。家康加重语气，紧紧盯着儿子，又道："净土无战事！"

如果忠辉再老成一些，对人生的理解更深刻一些，他许能够发现，其实从此时起，家康所思便已脱离了常轨，此时所言已并非针对忠辉。这些感慨，乃是他对自己人生的深刻反省。

"净土既无困苦，也无病痛；既无那么多怨恨的种子，也无导致战乱的欲望……是，若无了欲望，还有何不足？"

忠辉不语。他觉得，与其附和父亲，还不如默坐一旁，让父亲平静下来。

"所谓的困苦，可用劳作改变。至于病痛，若有药师如来张开慈悲之怀，亦能得到解脱。世人若能将在各种争端和战事中所耗，全部用于追求福泽，便定能在这凡俗世间缔造净土。而这一步……忠辉！你知缔造净土的第一步是什么？"

家康的语气变得很是严厉，忠辉不敢不答："是、是太平……还有财富。"

"混账！"

"啊……"

"你对我方才所言根本一无所知！"

"不，孩儿……"

"哼！"家康一声怒吼，又闭了嘴——莫要动怒，我当与他好生说说，让他明白。

家康的自制，与其说是为了忠辉，不如说是对自身的反省。

"若财富可让人幸福，太阁聚敛了那么多的金银财宝，为何求不得一日安宁？"

"因为他发动了一场糊涂战争。"忠辉说道。此时的忠辉已经变成了一介小儿，他只想让父亲高兴，讨父亲的欢心。

但家康哪有欢心？他脸庞因愤怒和自制而扭曲，似在拼命思量什么。良久，他方道："如是通过不当手段聚敛财富，这财富必定沾满了罪过。通过杀人，通过抢掠，通过折磨别人而聚敛的财富……怎能让人安心？

此种财富无法构筑净土。”

家康的语气虽然已变得缓和，但眼睛里依然隐藏着某种厉光。忠辉屏住了呼吸，不语。

家康眯住眼，似在寻找敌人。他不疾不徐道：“要在人间缔造一方净土，就须付出坚韧不拔的努力，超越自己的野心和欲望，一丝不苟。我缔造净土的第一步，便是要消除战乱。”

“嗯……”忠辉胡乱点了点头。消除战争，怎么可能？他依然无法同意父亲，却不敢说出。反正父亲已来日无多，他的附和并非向父亲献媚，只是一种体恤。

“我原本以为，在关原合战之后，战争便已消失。不，我估量错了，才有去岁今年这两仗。但这两仗之后，又有新的怨恨扎根了，战争的可怕之处就在于此。离开主家之人，被人杀掉父兄之人，失去了亲人之人……他们的可怕之处，不在于他们的野心和欲望，而在心中的仇恨。这仇恨一旦和野心纠缠，稍有不慎，便会天下大乱。”

忠辉现在已听不清父亲只字片语。他躬身直坐着，腿已发麻，身心俱疲。

“在关原合战结束之时，我以为神佛已被我的努力感化，以为所作的努力已经足够缔造一个没有战事的天下。对于那些能明白我心意的旗本，我并未给他们太多的报赏，但给那些外样大名的分封却甚至超过了太阁所封，这并非因为他们立了大功。在这世间，本来就无一样东西属于我。所有的领地和领民、财富和生命，都是神佛托付于人的身外之物。因此，对他们的分封，实际上是因为他们明白我的心思，适时帮了我一把，这是神佛对他们的回报。此中亦另有一层意思：既然你有此能力，今后的事就交给你了。领地和领民、上交的年赋和租税，都为上天赐予，必须珍惜，同时须努力消除领内可能生出的怨恨。带着这希望，我将神佛赐予的土地，根据各人能力的大小，一一托付于他们。在太阁故去七周年时，举行了盛大的丰国祭，不仅让南蛮人，甚至连大明人都瞠目结舌。考虑到秀赖，为了保住他的威严，让他能够顺利当上关白，我亦苦心寻了一个两全之策，让他既做公家，又做武士。实际上，我心中仍在自责。在神佛看来，我所作努力还是不够。你能明白吗？若仅仅是为打赢这场仗，还用你这七十有四的老父持枪上阵？谁都知道，此战在将军的指挥下自可轻易取胜。但，将军乃是天下苍生的将军，不可轻易生杀心，我才拖着老弱的身子重上战场。神佛有眼，我哪敢片刻偷闲？”说到这里，家康捂住脸，痛哭失声。

忠辉一惊，旋又厌烦地扭开了头——父亲真已老朽。他偶尔虽会表现出几丝朝气，但终是如此唠叨，一遍一遍，不断重复。也难怪，他都已到了这把年纪，自当如是了。

忠辉有些可怜父亲，但今日父亲的说教为何如此冗长？他麻痹的双腿变得异常疼痛，脚趾几已没了感觉。若此时家康令他退下，他怕连站也站不起来了。刚想到这里，他发现父亲锐利的双目在盯着自己。

“忠辉，你知我刚才为何落泪？”

“这……”

“唉！你怎会明白？神佛仍未对我说：此足矣。神佛仍在严厉责我，责我的努力不够。”

“父亲！哪有此事？浪人已经失败，大坂城也已攻破……”

“罢了罢了，”家康擦了擦泪水，松松肩膀，“这也难怪。我要让你明白，是因为……”

“……”

“这次战事便是对父亲的指责。你可知，我本是要救秀赖性命，他却切腹自杀了。”

“此事并不怪父亲……”

“是我的错！”家康厉声道，“本想救他性命，却眼睁睁看他自杀，这就说明，我的心愿被拒绝了。拒绝我的心愿的，并非秀赖，而是神佛。”

“哦……”

“不，若仅仅如此，秀赖怕还能得救。然，神佛又在指责……”

“哦？”

“秀赖之死乃是一错，但下一错可就不这般简单了。”

“何事？”

“你终不会明白。故，我才问你知不知霸道王道之别。你说将军乃是正人君子，是秉性正直之人，不错。但，神佛责我：将军也有实施霸道之危。”

忠辉再次感到了厌倦，不由皱了皱眉，旋又绷紧了面皮，他感到父亲又要泪下。但家康却未落泪，他紧紧盯着儿子，眼里渐渐失去了刚毅之色，似是说话稍不小心，便会号啕大哭。

忠辉咬着牙，默默忍着不语——我不抗颜，不再讨要大坂城，也不想再跟父亲辩了。父亲已然累了，不，已经老了，成了一个不得不由儿女悉心关照的老朽，他还能有多少日子？忠辉忽在内心反省：在父亲走向经常挂在嘴边的“净土”之前，自己定要压抑住不快，对父亲笑脸相迎。

“上总介。”家康变了称呼。当他叫“忠辉”或者“辰千代”时，定是要对忠辉厉声责备；当他呼儿子为“上总介”时，则是承认儿子已为堂堂男儿，此中亦包含了一个父亲对儿子的关爱。

父亲心情似好些了，忠辉想。

“为父目下正在进行这一生中最后一次苦思，苦思自己应如何应对神佛的指责。”

“这是父亲……”

“秀赖自杀，都因父亲的疏忽和怠慢。自己本以为所作努力已滴水不漏，神佛却连丝毫疏漏都不放过……”家康说到这里，勉强苦笑，以止住泪下，然后，又是连连叹息，“上总介啊，看起来你已决定，在我有生之年不再违逆我了。”

“孩儿正是此意。”

“唉！”

“在父亲面前，任何虚荣和谎言都是小把戏。”

“你想学习将军，做个孝子？”

“正是！”

“好了，你这般说，在我看来，你也是这般想。你可退下了。若……”

家康的声音越发温和，“你若还有话要对父亲说，父亲倒是可以听上一听。”

家康的话里似乎隐含着什么，忠辉不由得心头一惊，道，“不，没有了。父亲您累了，歇息一下吧。”

“你已无话说了？”

“是。孩儿就此告退。”忠辉站了起来，但因双腿已经发麻，起身的时候打了个踉跄。他皱着眉，讪讪笑了笑，便一瘸一拐去了。

家康并不看忠辉，他拍了拍手，板仓重昌进来。家康瞪了重昌一眼，道：“叫你父亲！你退下！”

胜重进来时，家康已伏在扶几上，痛哭不已，“胜重啊……我……又失去一子……”

胜重不语，只将额头低低抵在地上。

一五　王道苦门

将军德川秀忠到二条城的时候，德川家康的精神出奇地好。他隐藏了内心的愤怒，道："已是隐退之身，却仍把将军叫到这里，本是不合规矩，但望你念在我已经老朽的分上，多加体谅。"这是他与秀忠说的第一句，话里透露着无限威严。

父亲仍在意秀赖之死！秀忠有些不知所措，原本他也无违背父亲的意思，但若真放过秀赖，日后如何治理天下？他所虑已非一二日。于是，他便让诸将无须压抑对秀赖的怨恨，而将其逼到自杀绝境。但，千姬仍然活着，此事却成了他心中负担。千姬为秀赖和淀夫人求情之时，秀忠感到的不仅仅是困惑，更是狼狈。秀忠本已深信，大坂城破，千姬必随夫君赴死，他心中亦早有准备：兄长信康在信长公令下切腹自杀时，父亲悲痛不已，与之相比，自己失女之痛又算得了什么？他甚至写了一封书函给留在江户的阿江与，对她谆谆开导。然而，千姬得救，秀赖和淀夫人却已不在人世。淀夫人与阿江与乃是同胞姊妹，对阿江与来说，淀夫人母子之死绝非她所愿。

"不敢，孩儿也正想来看看父亲，今日能睹慈颜，欣慰之至。"秀忠愧道。

"将军啊，本来，在战争结束以后，我已想把善后之事都交与将军，自己先回骏府。可后来转念一想，还有不妥。"

"父亲的意思……"

“这样，对将军便是不够忠诚。早早撤退，不过是我太任性。我时常对大名们说，为了建成太平盛世，大家悉应努力效忠将军。但我只想赶快返回骏府，实属怠慢……”

“但是，父亲已这么大年纪了……”

“你不用安慰我。此战之中，偌多人不惜性命为幕府奋战，德川家康也不能例外。故，我想让将军将战后诸事交与大名，尽快回到江户料理政事。我暂留在这里，若万事进展顺利，自会禀告将军，然后再回骏府，还望将军应允。”

不仅仅是秀忠，在场的土井利胜和本多正信等人一听，莫不面面相觑。

“此事就这样定了。还有一事，此战中，必须处罚一人……”

“处罚？”

“是。松平上总介忠辉……”家康的声音有些颤抖。秀忠不明父亲的意思。忠辉在此战开打时迟到一事，确是事实，但他乃是跟在伊达政宗一旁，而伊达也在关键的时候奋勇杀出，与敌血战。忠辉仅是迟到片刻，为何非要处罚不可？若要处罚，忠直的急躁冒进更应责罚，父亲到底在想什么？秀忠大为不解。父亲突然决定让他先回江户，更让他感到不可思议。

秀忠感到必定发生了何事，遂慎重问道：“恕孩儿斗胆，上总介做了什么让父亲不快之事？”

“将军，你觉得为父是那种因一己悲喜而对人大施赏罚之人？”

“不，孩儿绝无此意。”

“是啊，若是让我感到不快，我忍忍便是。但事关国家大事，就绝不能忍耐了事。我现在正为开创太平盛世而煞费苦心。”

“是。”

“首先，必须分清公私，绝对不可将二者混为一谈。”

“那……忠辉犯了何错，以至于必须受到惩罚？”

“第一，他本是年轻力壮之人，却怠慢行军，未赶上道明寺之战。这难道不是过错？”

秀忠松了一口气。对于此事，他也不满，但若仅仅如此，他只要替忠辉说几句情，事情便可了了。

“这第二个错……”家康顿了一下，“他仗着与兄长的情谊，不顾自己不过一介领主，竟无礼屠杀将军家臣。”

“啊……”

“事情昭然。就连他生母也曾抱怨，此子性子太烈。对于他这种任性妄为之举，倘置若罔闻，法令势难得以施行。”

“哦……”

“第三个错，比前两个更是严重。”

“还有第三个吗？”

“将军，事情既已发生，岂能视而不见？昨日，我决定进宫向皇上辞行，本欲令忠辉随行，已提前得到了皇上恩准，谁知忠辉竟拂我之意，擅去捕鱼，置我于尴尬境地。此乃无法无天、大逆不道之举。”他厉声说道，环视一眼众人，“你们可知，太阁儿子犯了过错，我忍痛责罚了他。但，我的儿子若犯了过错，我却视而不见，有何脸面以对天下？”

秀忠突然脸色大变。

“常思己过，勿怪人非。”家康仍不疾不徐往下说，“即便不如此，人也总喜造谣生事。世人若以为我是拿人失败来自我安慰，以求掩饰过失，认为大御所和将军都徇了私情，天下自此便没了规矩。世人若皆有此念，法令必荒颓。故，必须不分公私，对天下子民一视同仁。”

本多正信默默落泪。他最先预感到，家康公失去秀赖的痛苦必将爆发，要拿忠辉上供了。他所列忠辉三错，只要将军和老臣稍稍求情，并非不可饶恕。但家康公有负太阁的托付，致秀赖切腹自杀，此良心上的病痛，普天之下，何人可医？

秀忠是否已如此深刻地明白了父亲的心思？他的额头上渗出了豆大的汗珠。

只有土井利胜显得颇为平静。这时他已明白今日为何不令本多正纯列席。大御所是欲令忠辉为秀赖殉死，以求对得起太阁，使心中稍得安慰……利胜甚至想到了下一次战事。如今看来，到了正月，不定就要征伐伊达政宗了。不管怎说，忠辉所以变成了一个不把兄长放在眼里的狂傲之人，大久保长安和伊达政宗难辞其咎。长安连累了于自己有大恩大德的大久保忠邻，他一死，也算一了百了。土井利胜觉得，断不能让伊达政宗独在一旁耀武扬威。

“请父亲听孩儿一说。”将军秀忠顾不上擦一擦汗，便道，“忠辉的过错，条条诚然如父亲所述。但仔细想来，这些亦都是孩儿的疏忽。”

“你有何过？”

“请父亲把责罚忠辉一事交与孩儿。”

“将军，你说话要谨慎些！”

“是。”

“你觉得谁是方今天下之主？况且，上总介并非我的家臣。你要揽去责罚一事，是何意思？”

“忠辉乃是孩儿兄弟。”

“是，他是将军兄弟，亦是我这隐居之人的儿子。因此我才要说，你要含泪责罚他。从我……从你们的父亲口中……”

秀忠见家康早已老泪纵横，吃了一惊。忠辉之过，似并不在这三条。这三条不过是由头，并非真正的过错。那真正的过错是什么？秀忠也知，秀赖之死对父亲打击甚巨。但他哪能把秀赖之死和对忠辉之责联在一处？

“父亲说得是。”秀忠缓缓点头，心中思量：难道忠辉又向父亲索要大坂城？不，绝无可能。高田城刚刚筑好，甚是壮观，其领地亦是要害。我背地里已多次与他说过，他亦似明白。那又是何故？难道父亲还是出于对伊达政宗的疑心？想到这里，只听家康道：“不可对他的这三条过错置之不理。他于战场上畏缩不前，又蔑视兄长、违背父亲，更于进宫面圣一事上大逆不道。像这等人，怎配拥有六十万石领地？对他的处罚，由将军定夺，但当与老臣们仔细商议，再作决断。”

秀忠并没有马上回话，单是望着父亲。家康依然挺着胸，精气十足，但从他深陷的眼窝里，仍可明显看出他早已心力交瘁，鬓角处也爆出了条条青筋。

“将军，看来你还有不明之处啊。”

“是。但父亲说的这三条，或许稍有误会。孩儿想把忠辉传到此处，且听他稍作陈述……”

“罢了。”家康干脆地摇了摇头，道，“他也是我的亲生儿子。我已听过他陈述了。这请求就是听过陈述才提出的。”

“那么……”秀忠慎重地揣摩着父亲的心思，“那么，这三条过错，孩儿会酌情对其进行处罚，不知父亲有何吩咐？”

“这样就对了。依将军之见，应该如何处罚？”

“首先，应该禁闭一些时日……孩儿觉得这样即可。”

“太轻！”

“难道要移封或者削封？”

“轻了。”家康轻声道，把头扭到一边。他那瞪得大大的眼里竟淌出两行老泪，顺着皱纹流了下来。

“唉。”此时，本多正信往前探了探身子，长叹了一口气，道，“关于此事，我等本不当插嘴。但，上总介大人刚届二十四岁，移封或削封之罚，未免过重了。”根据他的判断，家康恐是想杀了忠辉，以作为对秀赖之死的补偿。他怕家康下一言可能是“切腹”二字，便提前堵住此险。

“佐渡。”家康的声音有些颤抖，“你耳背了吗？我是说，移封或削封都太轻了。”

“那么，还要比这……”

“他所犯之错，并不仅仅因为他的任性和无能。”

“大人是说，他还有别的过错？”

“这三条就已够了！”家康斩钉截铁道，“在他周围，无一人能指责或阻止他的过错。长此以往，他必将成为将军治世的大患。”

从这一句话中，秀忠终于明白父亲的心思，他叹了口气——父亲是在后悔与伊达结亲。秀忠非常清楚伊达政宗是何样人物。不管秀吉还是家康，伊达从未放在眼里，其为人骄横，视他人如无物。

当年在伏见城学问所，秀吉公和家康、前田利家及政宗四人睡在一处。太阁向众人提议，举办茶会，召集各地大名。于是，这四人作为主人，在伏见城茶室分别招待大名，显示威仪。当时，太阁把那些互有芥蒂且不喜政宗的大名，生生分给了政宗，由他接待。那些人乃是佐竹义宣、浅野长政、加藤清正和上杉景胜等人。“你们看吧，就要有好戏上演了。”

但秀吉公有些傻眼，因什么事也未发生。政宗故意令人将茶汤煮得滚烫，再将滚烫的茶分与大家，众人因此烫伤了嘴，急着缓和唇舌之痛，哪有心思发生口角？这样一个精明的伊达政宗，又怎会把秀忠当回事？但忠辉却成了政宗的女婿。他本争强好胜，加上政宗的煽风点火，更会视秀忠如无物。若非如此，家康也不会说出“成为将军治世大患”之类的话。

秀忠领会至此，方觉得自己实不该再向父亲多问。一旦父亲亲口说出“切腹”二字，忠辉焉能活命？想毕，秀忠遂道：“孩儿甚是明白父亲的意思。责罚上总介一事，孩儿会与老臣们仔细商议，再作定夺。”

家康爽快地点了点头，转移了话题。

对家康来说，继续在此处谈论如何处罚忠辉，实有些不忍，他亦马上把话题转到了战后赏罚上，但心思仍然无法从忠辉身上移去：我并非出于对太阁的意气，要对秀赖如此处置。正相反，在家康内心深处，始终有一种莫名的情感：太阁啊，宽谅家康，家康并非仅仅处罚您的儿子，我的儿子为非作歹，亦当一并处置。不管何人阻碍了太平之路，都将受到责罚。德川家康必须有这种坦荡之气，神佛亦要求我有这种气概……

但，家康决心处罚忠辉的另一个理由，绝非出于这等感情。不管怎样，都要把忠辉和政宗分开，这乃是为了日后。让忠辉这匹悍马去接近伊达政宗这般人物，本身就是一个无法挽回的大错。不仅仅是忠辉，让索德罗跟随政宗就已是一错。政宗将索德罗带回领内，决定制造船只的时候，他的野心就已无限膨胀。政宗就是这等人，身上埋有永世不除的“大盗天下”之病根。

秀吉盗了天下，家康也盗了天下，政宗也想盗天下，这又有何过错？政宗不肯放弃他狂傲的野心，心中还燃烧着火焰。家康偏偏不意将忠辉这个“油瓶”送给了他，那还不立时燃起熊熊大火？

只因家康太过自负了。他本以为，随着年龄的增长，政宗会野心稍息；也想通过忠辉的亲事让其收敛狂傲，但此希望已然落空，此举只是将瞧不起正直兄长的儿子送到了政宗手上。政宗的霸气和野心，竟比家康想象的还大得多，家康终于明白：在我身后，若有人还能令天下大乱，此人必伊达政宗。政宗若让忠辉去攻讦兄长秀忠，令德川发生内讧，他在一旁便可得天下。要是忠辉是个明白人，这一切都不足为道，可忠辉虽然口头上说着霸道、王道，他哪能明白父亲的深谋远虑和眷眷苦心！

既然如此，为了保证太平，就只有对忠辉大加责罚。这其实乃是以处罚为名，让政宗和忠辉断绝关系。若非如此，不久之后便会发起另一场更为惨烈的战役。

家康并非只想严惩忠辉。他另向秀忠建议，给予现在守备大坂城的孙子松平忠明五万石，在整理完毕之后，将其移封至大和郡山。家康在内心仍然觉得有欠忠辉，但不知将军到底如何理解他的意思，是会立时命忠辉切腹，还是念及手足之情，饶他性命？若仅是移封削封，自无法令伊达之女离去。伊达之女不去，一切便都无用，政宗还会继续煽动女婿。可是，家康若刚刚收服大坂城，马上又去征伐奥州，定会被人说成不惧神佛的残暴之人，况且，他已七十有四矣。

“大坂城中的金银财宝，令安藤重信负责监管，后藤光次负责铸币……”家康一边就战后事宜一一向秀忠提出建议，另一方面又觉得不得不再次提及忠辉，“此次赏罚，将军想必已心中有数。却不知你的做法是否符合王道？”

家康忽从铸造钱币猛地跳到赏罚一事，秀忠一时未能明白，“当然，孩儿以为，符合王道。”

“是啊，将军非那种依仗霸道，强行推行主张之人。”

“是。”

“可是，不管怎么说，战事才刚刚结束，过分的慈悲只会留下祸根，必不利于履行征夷大将军职责。”

“秀忠也这般认为。”

“以上总介的事为例，你若觉得他是亲兄弟，便从轻发落，仅仅移封削封，他夫人想必不会离去……”

秀忠吃了一惊，看看本多正信。但正信于白色双眉下眯着双目，看不出有任何表情。秀忠只好道：“父亲说的，是伊达氏嫁过来的五郎八姬？”

家康轻轻点头，“听说他们夫妻感情甚好。因此，即便你把忠辉转封到偏僻之地，削减他的俸禄，她也会跟着忠辉。”

“作为妻子，此是理所当然。”

“不可。”

“啊……”

“将军先回江户，回到江户之后，令伊达领回上总介的媳妇。女人无罪，有罪的只是忠辉。”

秀忠连连点头，但仍未理解家康的意思。他突然想起了和五郎八姬年龄相仿的千姬，千姬也必须受到责罚。

“关于此事，孩儿已经明白。”

家康点头。秀忠让他感觉到肩上的担子突然变轻了。他相信秀忠的正直，即便此子未能明白父亲的真意，但只要令五郎八姬离开忠辉，政宗的野心之火便失去了引线，慢慢也就灭了。

然而，秀忠此时突然道：“孩儿另有一事，乃是关于阿千。”

“阿千……她怎么了？”

“她目下已回到了伏见城，想请父亲将处置阿千一事，也交与孩儿。”

家康不由得瞪大眼，“阿千的处置……”

“丰臣氏的大坂城已毁，她虽逃离了大坂城，但已算不得我的女儿。”

“那么，将军要把阿千当作丰臣遗孀看待？”

“正是。”

秀忠的回答十分干脆，这让家康有些不知所措。家康主张日后对一切事情都要严峻，可未想到打了自己的嘴。他寻思片刻，总算有了个主意：“是啊……这样办就好了。就依高台院之例，如何？高台院乃是丰臣太阁遗孀，因此，先据她的意愿，由她居于三本木。后来她一心向佛，又为她建了寺院。阿千的事情可依此例。”

秀忠端正了一下姿势，“孩儿认为，两事有所不同。”

“哦？”

“太阁归天之前将一切后事托付于了父亲，高台院作为太阁正室，如此相待，亦是理所当然。但阿千却是两次掀起叛乱、终是不降的大罪之人的妻子。”

“哦！”

“若将二者混淆，必会被世人说成公私不分，成为幕府的瑕疵。处置阿千一事，亦请交与秀忠。”

家康茫然，这就是秀忠的王道？律令和法度必须遵守，但是在此之上，还有更大的天地法则。在不能违背的法度之上，还有“人情”。人情并非出于道德和法度，而是出于人之本性，出于神佛的意愿。他遂道：“将军啊，我觉得你想差了。要是顾及私情，便无法给天下立规矩。你要是这般想，你的法便非为人立的法。离开了人情，焉有王道？”

秀忠侧首一思，道：“非是人情……这处置阿千和责罚上总介，二事并非殊途。”

“难道要一样处置不成？”

“正是。孩儿若对上总介加以重罚，逼着他与五郎八姬分开。斯时上总介若问我，将如何处置阿千，我何言以对？我对女儿放任自流，却对兄弟课以重罚，眨眼之间，流言蜚语自会大起。故，循处置上总介之例，处置阿千一事，也请父亲交与秀忠。秀忠定会着父亲所述人情，适当处置。”

家康险些咳出声，原来秀忠在意这个！“将军为人正直，作此想也难怪，可这想法却是大错特错！”

“这是为何？”

“你想想看，流言蜚语和世人心思暂且不论，忠辉和阿千的处境完全不同，相同的只是骨肉之情，忠辉乃是你兄弟，阿千为你女儿。你要是拘泥于感情，对这二人处以相同责罚，便是小肚鸡肠，绝非人情。”

“哦？”

“况且，那个不肖之子，坐拥六十万石，权重一时，却犯下三桩大罪。与此相比，阿千不过一个手无缚鸡之力的可怜女子。”

“是。”

“况且，阿千并非因不愿和秀赖同死才逃出，她乃是为了夫君和婆婆才涉险乞命，乃是个贞烈女子……将军啊。”

“在！”

“你休要把阿千当成自己的女儿，也休要把她当成我的孙女，仅仅把她看作一个薄命的女人，你不觉她可怜吗？”

秀忠挺直上身，闭上眼睛，不语。

“人非草木，孰能无情？将军啊，我要谈的人情，乃是人间之情，而非一家一户之私情。我说的人情，乃是指对那些贫弱不幸之人的体恤和怜悯。要是少了这等人情，这世间便如同浩瀚沙漠，何来温情……”家康暗暗拭一下眼角，继续道，“阿千并不逊于离开大坂城移居三本木、一心供奉太阁亡灵的高台院。就依高台院的前例便是。你认为她未随同秀赖赴死乃是有罪，未免狭隘。”

此时，秀忠睁开眼，摇了摇头，“孩儿还是不能明白此事……”

家康大出意外，他的声音开始颤抖：“将军，你还无法明白？”迄今为止，秀忠几从未违背过家康，若善待千姬，他作为父亲，理应感到安慰。家康也望如此，可秀忠却总是无法释怀。家康又道：“我且听你说说必须责罚千姬的道理！”

秀忠目不转睛盯着父亲，吸一口气道：“父亲乃是世所罕见的雄杰。”

“这与此何干？”

“父亲乃是百年不遇、千年无二的豪杰，秀忠及众亲信无不对父亲敬畏有加。”

“我问你，这与此何干？”

“但，如父亲者亦不可能长生不老。故，秀忠必须走一条和父亲完全不同的平凡之路。”

“说话休要拐弯抹角。我问你为什么必须责罚千姬？”家康使劲拍了拍扶几。可秀忠并不惧怕，反而越发沉着。“因此，即便是方才所言人情，父亲的人情与秀忠的人情也有着莫大的差异。目前，秀忠的人情，还只是伤己方知人之痛……若不伤自身，便会忘记他人之痛。秀忠乃是这种浅薄愚蠢之人。”

“等一等！”家康打断了他，“你是说，你要扎一下自己……你要责罚阿千，免得自己忘了痛苦，是吗？”他的语气甚是严厉。

“正是。”不料秀忠的回答颇为干脆，“若不令阿千赴死，断了丰臣的根，秀忠实无信心经略父亲缔造的太平。”

“断根？”

“是，阿千可能已有身孕。”

家康亦抽一口凉气，喃喃道：“将军可还记得，武田胜赖在天目山自杀之后，我们还寻过他的血脉。若让人断了血脉，神佛也不会宽谅。阿千已有身孕，就越发不能让她赴死了。待那个孩子长大，世道早已是今非昔比。彼时，乱世的怨仇早已烟消云散。”

“不！”秀忠冷静驳道，“若是如此，秀忠便会成为一个只会惩罚他人、不罚己身的暴戾之徒。就在这两日，秀赖的遗孤国松丸便将捉拿归案。秀忠已决心将其处死……”

家康有些不信自己的耳朵，“你说什么？秀赖遗孤？”

“是。”秀忠扬起眉毛，点头，“叫国松丸，乃是伊势侍女所生。”

“唉！他一出生就未住在城中，早就与丰臣氏断绝了关系，送至京极氏的商家……常高院应已将他送与了一个身份低微之人，唉，希望他能平平安安。你何苦再找他出来？寻出来反倒麻烦，莫如忘了他。”

“事情岂能就此罢休？”

“这么说，是有好事之人出来告发？”

“是。不便说出那人名姓，但，他将于两日内把人送到我处。”

“你说什么?!”家康脸容开始扭曲，咬牙道，“这可非寻常之事！将军要下令将其处死？”

“他乃叛贼之后，怎能法外开恩？放过了他，怎能处罚其余诸人？必须处置，以儆效尤！”

“这、这些事，”家康忙道，“将军无必要亲自处置，交给板仓好了。

胜重定会作出适当处置。”

秀忠似乎就在等着这句话，接口道：“决定处死国松丸的，正是板仓胜重。”

“胜重他……”

“胜重有更深的思量。世人已知国松丸此子，有人告发了他的藏身之处，若不对其处置，如何处置其他有罪之人？”

“其他人？”

“常高院一家，京极一门。”

家康闭上嘴。是啊，世人都已知，叛贼丰臣秀赖有一唤国松丸的儿子，这个儿子正是常高院藏匿。即便以国松已不知去向为由放过他，但京极一门何处逃去？京极自要承担窝藏国松丸的罪名，遭到惩罚。

在板仓胜重看来，是放过国松，还是保全为了太平不惜余力的常高院一门，必须慎重。思之良久，他方建议处死国松丸。

“我逼秀赖母子自杀，又下令处死国松丸。凡俗人情均已不顾，自也顾不得女儿千姬了。此事还望父亲恩准。”秀忠哀哀道。

家康已无处可退，将头扭向一边……

一六　大坂遗孤

要消除战争，就得付出百般努力。德川家康消除战乱的愿望深处，有着佛法的大慈大悲。但一些人为了根绝战争的隐患，却把这种愿望和寻常爱憎联系到了一起。如今在京坂，就有些嘴里喊着渴望太平的人，正大肆搜罗大坂的残兵败将。人皆以为，若不将敌人斩草除根，便难免被其遗族怀恨在心，将复仇之意代代相传。丰臣秀赖遗孤国松丸便成了众矢之的。

阿蜜生下的女儿，已处置完毕。照例，女子多不被问罪，遂将她给千姬做养女，千姬不日亦落发为尼。但若是男孩，便不可草草了事。秀忠的亲信当中，既有人提起此事，事情便无法再遮掩。

"国松丸之事无须担忧。"本多正信道，"他到底是否秀赖亲生儿子，尚且存疑。有人说，那不过是秀赖年少时笑闹之果。国松亲父怕另有其人。故，国松丸出生未久，便通过常高院送出了城，给了某商家，是死是活尚且不明。总之，那孩子来历不明，大家无必要为此挂心。"

"事情并非如此。"井伊直孝道，"听说后来秀赖还特意将孩子接到城中抚养。"

这个传闻不假。但，并非秀赖特意接其进城。事情的真相是：常高院将孩子送给了某商家，但在去岁战时，那商家害怕日后受到牵连，遂将孩子送回了大坂城。照世间的先例，关东和关西反目，关东终胜，有人胆敢藏匿太阁之后，必将招致杀身之祸。国松丸的出生已是可悲，若无人说他为秀赖骨肉，怕也不会有此祸。

其实，当初常高院乃是怕千姬在不久后将会产下嫡子，遂与淀夫人商量之后，将国松送给了若狭商家、在伏见农人町经营干菜的砥石屋弥左卫门。常高院托京极家臣田中六左卫门将国松送与别人为养子时吩咐：“此子的出身非同一般，当好生抚养。”常高院虽然只说了这些，但六左卫门却泄露了国松的来历。

收国松为养子的砥石屋弥左卫门，让年轻守寡的弟媳做了乳母。在国松七岁之前，他皆甚为快意地怀有此秘密，对国松亦细心抚养。国松乃是已故太阁之孙、大坂城城主之子，说不定哪日便会被召回大坂城，成为大名。这一夜富贵之途，令弥左卫门激切不已。秀赖碍于从德川嫁过来的夫人的脸面，送走了孩子，但父子之情终难斩断。弥左卫门揣着这美梦，为了让国松日后有出息，还暗中请来田中六左卫门，教他武家风范和技艺。

然而，事情却突然生了变化。德川和丰臣之间，战事阴云越来越浓。去岁秋日，弥左卫门再次通过田中六左卫门，道出不敢收养之苦：“这孩子出身高贵，在陋处难免会有闪失，请将孩子接回抚养。”

当时常高院已奉家康密令去了大坂城，试图和解，京极家老遂领回了国松，将其送到了秀赖身边。此时常高院一心希望能通过自己让双方和解，若非如此，她定已再度将国松送走。国松就此回到了大坂城，成了一片风中的树叶。

秀赖见到七岁的国松，颇为兴奋，请回国松的生母，下令众人称国松为“少主”。

千姬还未生育。关西关东不睦之时，国松有如秀赖开心解闷的玩物。国松生母当然更是大喜，她被召回秀赖身边，又一次得到宠爱。若千姬不能生育，说不定国松丸日后还能成为大坂城主呢。

但今岁大坂夏役爆发，她的美梦随即烟消云散。弥左卫门的弟媳一直在大坂城侍奉国松，秀赖遂将国松托付于她，国松亦再次藏入了弥左卫门家中。

这令弥左卫门甚是惊恐。送国松来他家的一行人，便是田中六左卫门夫妇和国松乳母，以及京极氏大津仓廪奉行宗语之子，一个十一、二岁的小孩，亦是国松的玩伴。虽不足一年，国松却已在大坂城习惯了“少主”的生活。乳母和玩伴都是他的仆人。弥左卫门怕出事，遂将国松托付给与他相交甚厚的加贺旅舍材木屋。

大坂城已成一片废墟，国松父母都已不在人世，关东诸军在京城和大坂也已开始对残兵败将昼夜不停地搜捕……材木屋经常留宿加贺武士，本并不引人注目，但谣言却流传开来。

“加贺材木屋家中有个奇怪的小孩。”

大坂城被关东攻破四五日之后，各地出现了这个传闻。

“奇怪的小孩？如何奇怪？”

“七八岁。听说，附近的小孩子问他叫何名，他称自己为少主。”

“少主？”

“是啊，身边总跟着一个十一、二岁的下人，那孩子称他为少主，却不知道是谁家的少主。”

此时已发下文告，令人揭发大坂残党，故每日都会有人告发。在这种时候，怎能对这种传闻置之不理？

此时负责伏见警戒的乃是井伊直孝。是何人向井伊告发此事，已经不详。前去盘查之人初时也认为孩子有些身份，但谁也未想到竟然是秀赖之子。

“听说这里住着一个自称少主的小孩，带过来让我们看看。”

材木屋主人听到此话，很是惊恐，速将此事告诉了乳母，乳母则从后门跑去田中六左卫门处。六左卫门脸色苍白，他本应早些将孩子转至若狭，因京极老臣不太愿意，故迟迟未动，延误了时机。

六左卫门换好衣服，来到材木屋，事已晚矣。他试图辩解，称孩子乃是京极忠高的私生子。“孩子称少主，因他乃我家主公血脉，本应将他带回领内，只因战后事务繁忙，遂一直拖延至今……”

六左卫门说得郑重其事，但兵卒却极不耐烦地打断了他：“你说的这些太离谱。你所说和这个女子的话完全是牛头不对马嘴！”

六左卫门过于慌张，竟未注意到被官兵按倒在地的乳母。

“你刚才称这孩子乃是京极血脉？”

“正是。”

“哼！那女人，把你刚才的话再说一遍！”

“是。我们侍奉的这位公子,乃是这个世上绝顶高贵人家的孩子……”

“你这么说，必非寻常人家，说，是哪一家？”

“恕难从命。”

见乳母如此，田中叫苦不已。兵卒既起了疑心，怎会轻易罢休？他遂道:“这其中还有更深的原委。在下想直接禀告所司代板仓大人，烦请各位通禀。”

这时，已有另一支队伍将宗语之子和国松带了出来。

那乳母乃是个倔犟女人，虽只出身于伏见商家，但因在大坂本城住了一段时日，心中自已刻了“忠义”二字。她错以为，只要说孩子是秀赖之子，这些下级小官便不敢拿他怎的。而且，她觉得身后有常高院撑腰，只要常高院出面，不管井伊还是板仓，都不敢怎样。于是，她打算打出最后一张牌，护住了被众士卒拉拉扯扯的国松，道:“休得无礼！以少主之尊，岂可让你们这等粗手粗脚之人相碰？”

“这个小孩到底是何人？”

田中六左卫门心中忐忑，试图阻止乳母，但已听她盛气凌人道:“说出来怕吓着你们，他乃丰臣太阁大人的孙子——国松丸公子！”

材木屋前面早已人山人海。六左卫门暗叹一声。

“啊，他就是右大臣大人的公子……”

顿时，人群中一片唏嘘。这位最能勾起京坂市井之人兴致的悲苦小儿，由此登场。

“国松公子被捉了！”

传言又直接关系到了京极氏的生死存亡。

“听说是京极家臣把他藏到此处的。”

这样一来，京极氏的行为便会被视为叛逆。

“这和京极氏无甚关系。这孩子出身高贵,小人才将他收为养子……”田中六左卫门虽极力辩解，仍被带到了井伊直孝处，又被押到了所司代府邸。乳母和宗语的儿子被押在一起。

井伊直孝正在帐中用午饭，见士卒押着国松过来，便给他扶几，又给他饭，然后问：“人称你少主？”

“是，少主……”

“呵，少主要喝酒？”

“嗯，好。”

“来人，斟酒。”

国松津津有味将朱杯里的酒一饮而尽，旋将杯子放下。直孝笑着拿起酒杯，自斟了一杯。

“气数已尽的少主之杯，我们不能再用。”他说着，便将酒杯扔了出去。

此时那乳母厉声道：“大胆！”

“你说什么？”

“此乃右大臣遗孤，尔等粗鄙之人，根本不配坐到少主面前，尔竟敢扔掉少主酒杯，真是无礼狂妄至极！”

听到女人的恶骂，直孝一声冷笑，“你可真是个忠义之人，想让京极一族与你一同赴死？”

未几，国松被转交到了板仓胜重手上。

板仓胜重让国松洗了澡，然后问乳母，他喜欢吃什么。乳母见板仓胜重上了年纪，又十分殷勤，遂如实道：“少主喜欢若狭的鲽鱼。”

“哦，蒸鲽鱼，我马上令人去做。”言罢，胜重在心底叹了一声，又道，“这个少主，确是秀赖的遗孤？”

“是，正是右府遗孤。乃是常高院将他托付于田中六左卫门，田中又将孩子送至弥左卫门家抚养。怎能有错？”

“你何时做了他的乳母？”

“从他生下来起。”

“你叫什么名字？”

“奴婢是砥石屋弥左卫门的弟媳，弥三郎遗孀，阿乐。”

“哦，他一生下你就在身边，你必甚是疼他了？”

“当然，宁愿赔上性命，也得保护少主。”

“唉！”胜重长叹了一口气，“若常高院说，通过田中之手，将孩子交给了砥石屋属实，但孩子并非秀赖所出，那将如何？知道真相的只有常高院。你怕只是听信了谣传，或是你随意编排。”

“不！怎会有这等事？奴婢被召进大坂城侍奉少主一事，便是明证。”

“我听常高院说，去岁冬役后，城内一直事务繁忙，哪有闲暇管这些事？”

“夫人会说这话？”乳母颇为惊讶，往前探了探身子，继续道，“请让奴婢见一见夫人。要是现在还说少主身份可疑，少主怎能有立足之地？在本城，少主经常在右府大人膝下玩耍……”

“等一下！”胜重无奈地打断了她，“这都是你一人胡思乱想，据我查证，事实并非如此。那田中，似就是个歹人。”

“六左卫门？”

“对，据说常高院托付给田中的孩子，早已经死于天花。”

“啊！怎有这等事？”

“待我说完。为了遵守约定，六左卫门便将自己的孩子送去做了养子。这样做，虽是不义，但之后仍可称孩子乃是秀赖所出，许还能成为大坂城主。他起了坏心，才将孩子送进大坂城。这个传闻，你可听过？”

板仓胜重知道家康心中悲苦，便想救国松一命。他把罪过全都推到了田中头上，如此不仅可救国松，还能令京极一族免去藏匿之罪。

板仓胜重故意将乳母单独叫到自己面前，极尽暗示。若她说这孩子乃是先前效力于京极的浪人之子，这浪人出于私利，故意说孩子乃是秀赖私生云云。这对父子便不能继续留在京城，将被逐放，事情就可不了了之。好事的市井之人也因此不会再多言，田中乃历事之人，自能明白胜重的心思，必颇乐意回到乡下，隐姓埋名。但首先得把这个乳母的嘴堵住。然而，这女人心中的盘算却与胜重所计完全相反。她以为，只要能言明孩子乃秀赖所生，便能救得他；孩子若被人判为假冒，定会斩首不饶。

“奴婢有事禀报所司代大人。”乳母耸起双眉，道，“说什么少主乃是六左卫门的孩子，定是井伊诸人造谣。井伊对少主太无礼，我实在看不下去，就大骂了他一顿。他定是怀恨在心，才……”

“不！”胜重实拿这女人没了办法。既然她无论怎样都不明自己的暗示，就只有清楚告诉她自己的心意了，“我是听田中六左卫门这般说的。”

“田中大人？”

“是，现在就可把他传来对质。你静下心来好生听我说。要是果真如六左卫门所言，也只有将他父子流放。你对此事完全不知情，亦不会对你深究，你回去便是，你可明白？”胜重言毕，拍了拍手，叫来下人，“把田中六左卫门夫妇带来。”

乳母一时呆住。据她所知，田中夫妇并无孩子，若有，怎会大老远从大津把宗语的儿子带来给国松做玩伴？乳母满腹疑问，她已把板仓胜重当成了一个老奸巨猾之徒。

田中夫妇被带进来。田中之妻比乳母更是惶恐，但田中却未失去武士的稳重。

“你就是田中六左卫门？”

“正是。”

“真是个歹毒之人！你为何将自家孩子藏匿于加贺旅舍的材木屋，还把他说成是罪人之后？你是不是以为，只要说他是国松，就能得到丰臣领地？你若这般想，真是白日做梦。秀赖乃是叛贼，其子国松理应受钉刑。你还敢说这个孩子是秀赖所出？”

“小人不敢。”六左卫门马上回道，“小人从未说过国松是右府遗孤。”

胜重松了口气，回头看了看乳母，道：“哼！看来不过是些好事的市井之人，说他是右府遗孤，造谣生事。你说不知此事，嗯？”

“正是。”六左卫门回道。他已明白胜重的意思，眼神中明显带着对胜重的万般感激。

“那我再问你，加贺旅舍材木屋的小孩是你的儿子，可对？”

“是，正是小人所出。”

“好，你退下吧，静候判决。”胜重又叮嘱了一遍，“将军的亲信怕还会传你询问。到时，你要沉着冷静，将实情如此禀报，可明白？”

“明白。”

“好了，把这二人带走。”

胜重认为，当再请来井伊直孝。只要封住直孝的口，事情就好办了。但因意外地有他人告发，本多正纯已单独对此事开始调查。告发人便是国松丸的玩伴之母——宗语之妻。宗语怕是害怕此事会连累到主家，才让妻子出来告发。

“国松丸正是右府大人血脉。因害怕受到连累，弥左卫门才将他送回大坂城。此事常高院并不知情，都是田中六左卫门和砥石屋二人相谋，将国松丸和犬子放进衣箱，扮作京极家的家具偷偷送进了大坂城。在城中负责接应的乃是国松丸的生母伊势夫人。大坂城破前夕，孩子又被送回了砥石屋。此事还请大人明察，将儿子返还奴婢，请大人慈悲为怀……”

宗泽之妻表面上请求饶恕儿子，实则在为京极开脱，言明京极与此事毫无干系。

正纯马上寻到井伊，确认了两个孩子被捉时的情形，然后速将此事禀告了秀忠，自己则来到所司代府邸。

正纯主意已定。若议论太多，常高院势必被人怀疑，亦会连累京极氏，事情便无法隐瞒。按战时旧例，国松当作为叛贼之子处以极刑，以向天下显示法令威严。在这种情况下，秀忠一般也不会强更旧例。

“在下有事要与所司代秘密商议，速速通报。”本多正纯骑着马赶到板仓胜重府邸时，国松丸正坐在六左卫门和乳母中间，对着若狭的蒸鲽鱼咂巴着嘴。

本多正纯和板仓胜重在四门紧闭的书院里密谈了一个半时辰。其间，二人的贴身侍童和下人均不得靠近，但仍时而听见他们激烈争吵。

胜重主张放过国松，正纯却坚持处以极刑。到了最后，又请来了井伊直孝，后又叫来安藤重信。这样一来，主张处刑的人越来越多，板仓胜重则变得势单力薄。

但是胜重毫不让步，未久，重信便去了伏见城询问将军秀忠的决定。

未几，重信回来，大声道："将军大人已经决断，要依法行事。国松丸应于六条河滩斩首。"

一瞬间，全场鸦雀无声，只有胜重的泪水哗哗往下淌。

"田中六左卫门呢？"

"当然也是斩首。他话语随便，险些连累了主家。身为武士，太不应该。"

"那么……乳母呢？"

"乳母乃是女人，无须问罪。"

"侍童……宗语的儿子呢？"

"那个孩子……"重信话说到一半，侧首想了一想，道，"将军说，一起斩首。若无人陪着，国松丸在黄泉路孤苦伶仃，太寂寞。"

这同情真是奇怪。照例，谋反当罪诛九族，因此，这般严厉亦是常有之事。将军之所以坚持处死国松，最大的目的是想震慑那些在逃的残兵败将——要是不给他们点颜色看看，还不知他们会惹出什么乱子。但只是以暴制暴，稍有不慎，便会陷入暴力的轮回。

板仓胜重小心翼翼站起身来，穿过长长的走廊，来到国松丸住处时，已经过了亥时。他尽力了，却无力回天。颇具挖苦意味的是，须执行这个决定的，正是他本人。

胜重眼前浮现出夏日的六条河滩，其热不堪，头顶上骄阳似火，天地如焚，唯一条闪闪发亮的清流静静流淌。国松丸可怜的小小身影，踏着灼热的碎石，一步步走向死地……这小儿究竟有何罪过？

胜重穿过走廊，看看屋子里的国松丸，他已和宗语的孩子一起睡着了。旁边的乳母看上去形容憔悴，正用团扇帮着赶蚊子。

"给他们送些蚊香过去。"板仓胜重小声吩咐过下人，怅然回房……

一七　朝阳落日

庆长二十年五月二十三，晨，片桐且元得知丰臣秀赖遗孤国松丸被捕，并将在六条河滩被处死。此时他居于京城三条衣棚的松田庄右卫门家中，已卧床不起，每日都会吐血。庄右卫门之妻怕他的病体受不了这打击，告诉他时战战兢兢。

众人都以为，且元离开大坂后，便直接去了新领地大和的额安寺养病。且元却以大和乏良医为由，拖着病体，跌跌撞撞来到京城，秘密住进了三条衣棚的松田庄右卫门家中。

先前，且元在京都也有一处府邸，但已借给德川家康之子远江中将赖宣。且元的名声在京城并不甚好，人称："世道愈让人糊涂啊。那个一向被人称为大坂忠臣和脊梁的片桐大人竟得以苟且偷生，还得到了幕府褒奖，一向名声不佳的大野治长却和右府大人自裁了。"且元不仅仅得以保全性命，俸禄还又增了一万八千石，领地散布在山城、大和、河内、和泉诸地，他一时间成为众矢之的。

世人皆以为，主家已败亡，且元即便出于无奈投了关东，也不应将自己的府邸媚献于赖宣，还领受幕府嘉奖，实在太无节操，绝非武士所为。就连松田庄右卫门也有些瞧他不起。松田的妻子也知道丈夫的意思，才故意将国松丸的消息告诉且元。

"这是何时的事？"且元继续煎药，面不改色问道。因为他过于平静，庄右卫门的妻子约略松了口气，又有些失望，"今日下午，消息已传遍京城。”

“今日下午？”

“行刑之地乃是六条河滩，正是二十年前关白丰臣秀次一家被处死的地方，至今还被称为畜生冢。人人都说是因果轮回呢。大人您要去为他送行么？”

“送行？”

“是啊，右府大人只有这么一个儿子，真是残忍啊。”

“是啊，去一趟倒是无妨。但，人必甚多，我这身子恐怕经不起折腾。况且，我还得去取药。”

庄右卫门的妻子脸上明显露出不满和鄙夷，冷冷道：“那我就独自前去为国松丸公子送行。不管是敌是友，孩子总归无辜。”

且元一副若无其事的样子，将药缓缓注入碗中，闻了闻，又吹了吹，缓缓喝下。

松田庄右卫门家正面三间半，纵深约十二间，宅子不大。且元住在院中一个小屋，足不出户，邻里并不知所住者何人。

右卫门内心虽瞧不起且元，却从未与人提起，他有自己的盘算：若让人知且元住于家中，大坂的残余势力定然前来。他原本想得到片桐的信赖，借此飞黄腾达，如今看来，一切都已化为泡影。后世有说且元在大和额安寺自杀，也有说乃是病故，由此可见，且元前往京城一事当时并不多为人知。此不多言。

且元长子孝利代父前往伏见城，侍奉将军秀忠。只有他知道父亲在何处，还派人暗中保护。

辰时前后，且元戴上斗笠，偷偷出了门，迅速雇了一乘轿子，到了新京极三条后方的誓愿寺门前。誓愿寺乃天正年间为京极高次的姐姐松丸夫人而建。当年松丸夫人无论才智还是美貌，都不逊于淀夫人，深得秀吉公宠爱。

且元到了寺院山门前，下了轿，直奔塔头所在的护正院。“烦请小师父通报一声。”他声音平静。他在努力控制情绪，他知，自己只要稍一激切，便会吐血，堵塞口鼻。他对门口的年轻和尚说完，取下了斗笠。僧人认得且元，应了一声便急急朝里去了。

且元弯下身，坐到门前的台阶上，等着。他小声自语道：“还是太着急了。忘了浇庄右卫门家的牵牛花。”

住持智信和尚出来，拉着且元的手，把他带至客室。且元约略调整了一下呼吸。

住持道：“大人的气色看起来好多了。”

“大师听说了？”且元提起了国松丸的事。

“所指何事？”

“今日国松公子就要被处决。”

“这……”住持倒吸一口气，击掌叫来一个小和尚，“所司代大人会放过国松公子一事，你是听谁说的？”

“弟子是听本阿弥光悦先生所言。”

住持转向且元，道：“大人可确定？”

且元缓缓道：“且元有一事要拜托大师，希望大师能安排。”

住持看了一眼伺候在旁的小和尚，道：“你再去打听。等等，叫个人到六条河滩去看看，便知真伪。”他有些慌乱，又转向且元，道：“老衲虽有所准备，但还是未料到国松公子这么快就要被处决。”

且元不动声色，单是问道：“当初大师为他取的戒名叫什么？”他声音很低，似乎在吝惜自己的每一次呼吸，“且元要去高台寺，好久未见到夫人了。我要去拜托她供奉国松公子之灵。还得麻烦大师帮且元确认公子戒名。”

“老衲马上前去确认。”

“牌位呢？”

“已备。”

“棺木？”

“亦已备好，外面看只是几块木头，里面却刷了厚厚的土漆，还画了家纹。”

“多谢。墓址选在何处？”

“暂时葬于为松丸夫人所建墓旁，待风声过后，再将他移葬到阿弥陀峰太阁大人墓所。若斯时老衲已不在人世，也会留下遗言，托付后人。”

是年，松丸夫人病逝于西洞院的京极府。且元见欲将国松丸暂时葬在松丸夫人墓旁，心中略安，道：“请大师将他戒名相告。”他催促着，一刻都不肯浪费。

“稍等。”住持忙起身，取过一张美浓纸，上有一张小小纸片。

且元接过来，毕恭毕敬捧住纸片作了一揖，方念道：“漏西院云山智西童子。”

“大人认为可合适？”住持问。

且元并不回话，转道：“为即将安眠于东山的孩子取一西字……”他再作一揖，轻轻拭泪，“世上并无佛国和净土，梦想着能够东山再起的，不仅仅只有清盛入道。且元寄托于牵牛花的希望，终是破灭了。”

“牵牛花？”

“且元现住在庄右卫门家中，在他家院子的一角，种了一株牵牛花。且元曾经想，待牵牛花开，丰臣氏的运气自会……唉！”说到这里，他摇了摇头，折起戒名，就要起身，又道，“后事已交代给了孝利和为元，死者的供养，就拜托给大师了。”

“大人自家也须保重。”住持忙伸手相扶。且元只是笑了笑，表示谢意。

“丰臣血脉并未完全断绝，还有一位小姐。大御所大人赐给且元的……”且元话说到一半，笑了笑，止住。他许是想说，正因此念，他才接受了幕府加封。

出门之前，且元又向住持要了一碗葛汤，以振作精神。

高台寺中蝉鸣凄切，这令且元感到阵阵悲凉。他想起秀吉公归天时所咏辞世诗，也想起了他将要拜访之人命途多舛的一生。

露落露消我太阁，
浪花之梦梦还多。

当且元听到这辞世诗时，也似明白了自己的人生。

然而，明白便可了结？那无尽的梦，分明就是充斥于整个天地的巨大诅咒。且元的人生乃如一场噩梦，石田三成和大野治长的一生也落满尘灰。不仅男儿如此，淀夫人、高台院、松丸夫人，以及三条夫人，当年在伏见享受的荣华富贵亦转眼成空。她们的记忆深处，怕还淡淡残留有当年的爱憎情仇，但那都变成了一场幻梦。

且元极力控制着自己的心绪，站在与丰公庙紧紧相连的高台寺山门前，并未立时叫门。这座被称作高台寺的小庙，可谓美轮美奂。约四间的小厅堂四壁皆是描金莳绘，栏间则挂着土佐光信所作的三十六歌仙图。在秀忠的授意下，小堀远州对庭院亦进行了修整，引来菊涧之水。一棵树、一块石，都安排得甚是合理，颇为精美。但这一切均非太阁留给爱妻的遗物，而是夸示着丰臣宿敌的力量。

“烦请通报。”且元报了一声，忍不住欲泪。

太阁的丰功伟业已如一场梦，化为乌有，德川家康却完全不同。阿江与夫人与淀夫人虽为同胞姐妹，却仅仅因嫁入德川，她的命运便与姐姐有了天壤之别。到底是何物导致了这等差别？

听到叫门，庆顺尼从寺内茶室唐伞亭出来，道：“是哪位施主？啊，片桐大人！出什么事了，看您脸色苍白。”

且元极力忍住咳嗽，道：“我有事见高台院，甚急。”

“过来吧。”唐伞亭下传来一个安详的声音，是高台院。且元双目不由得模糊了，黯然道：“夫人，不好……是个不好的消息。”

高台院在茶室摆弄插花，平整炉灰。

“发生了什么事？这么匆忙。”

高台院语气亲切，就像在对自己的弟弟或孩子说话。说完，她用眼神示意且元坐下。她于头巾下露出一张笑脸，显得比且元年轻许多。

“说来听听，是不是又有人死了？”

“国松公子被捕了。”

“国松？是……”

“是右府大人和伊势的侍女所生的孩子。”

“是秀赖的孩子啊……”

“是。他是在伏见的加贺商人住所被捕，将于今日未时在六条河滩被处决。”

“他几岁？”

“八岁，是在商人家中长大。”

“可能因为我没有见过他，想象不出他的模样。市正，你是来让我去救他吗？”

且元使劲摇了摇头，道：“要是还有办法救，我就不会这么慌慌张张来通知您。此事已经无法挽回，真是可怕。”

且元就像在对自己的亲人说话。大概是因为他自小追随秀吉，是在高台院的教导下长大的缘故。一直以来，高台院就像一位姐姐或母亲，倾心照顾着他。

“市正，你都这么一大把年纪了，怎么还如此慌张。我知道了，国松丸被捕，并于今日未时在六条河滩被斩首。那么老尼应做点什么呢？”说到这里，高台院转向庆顺尼，吩咐道：“上茶，先缓缓。”

“老尼早已见怪不怪了。秀赖和淀夫人死了，不就多了一个国松吗？以后不能如此大惊小怪。”高台院又对且元道。

“您这么说……这么说……太无情了。”

且元有些不知所措。高台院果然还在憎恨淀夫人。因为国松是淀夫人的孙子，所以她才不悲伤。想到这里，他越发生气，道：“夫人！国松丸公子或许与您没有血缘，但他毕竟是太阁大人唯一的孙子。他就要被斩首了，而您却认为事不关己，打算一笑了之吗？”

高台院使劲点点头道：“好，接着说。不要着急，静下心慢慢说。”

高台院依然如此要强。且元气得咬了咬牙，愈发不能自控，“多谢夫人关心。虽说那孩子非您的亲孙子，但他毕竟是太阁大人血脉，所以请您跟我一起前往六条河滩，为他念佛送行。”

“原来你是想说这个。”

“太阁肯定在九泉之下哭泣呢。您应该不会拒绝吧。看今日的天气，应不会下雪，早晨太阳这么大……”

“市正。”

“何事？”

“我与你一起去那里。”

“您要跟我一起去？”

“可是，去有何用？仍无法让死者安息。后事应该如何料理呢？”

且元道：“此事我已安排好了。”

“哦，那么安葬在何处呢？”

“安葬在誓愿寺内的护正院。”

“誓愿寺内？那是松丸的寺院吧？”

“是。松丸夫人以后也会葬在那里，偷偷造了一个墓穴。”

高台院并不回且元话，而是对庆顺尼道：“庆顺尼，马上到中午了。命人去备两顶轿子。不能去晚了。”然后她方转向且元：“市正，你说得很好。可是，我去并不是为了国松。”

“啊？”

“你说太阁可能在九泉之下哭泣，听了你的这句话，我才决定去。我是为了太阁而去。”

“惭愧。”

“我最不喜愚蠢之人，太阁去后，那些愚蠢之辈争来争去，荡尽了太阁家业。你看看，到如今剩下了什么呢？”

“都是在下无能。”

“我不是在责备你。剩下的，只有这间茶室和居所，都是我请求大御所，让他帮我建起来的。这些你要好好记着。”

“是。”

“对死者真正的供奉，是寂寞凄凉的。”

这时庆顺尼来禀，说轿子已经备好。

“庆顺尼，你扶扶市正，一个大男人，身子这么弱。”

高台院责备了一句，便走了出去。外面阳光刺眼，她不由得眯上了眼睛。这时浮现在她眼前的，并不是素未谋面的国松丸，而是当年在大坂城见过的可爱的秀赖。

“不仅仅是为了太阁，也是为了秀赖。”她小声嘀咕了一句，便穿过院子，来到山门前。

乘轿赶往六条河滩的高台院，此时的心情比且元还要复杂。她与太阁同筑大坂城时的辛劳，现今想来即如一场梦幻，一切都那般虚幻。人生莫非便是如此？她这样想着，心中陡然生起一个疑惑：秀赖到底是不是太阁的亲生儿子？

太阁当年在内闱，总会对她唠叨：“宁宁啊，定要怀上孩子。我想要个儿子！”

当时的宁宁也想满足夫君的愿望，每日都会向神佛祈祷。然而不知为何，宁宁始终没能为秀吉生下一丁半子。因为此事，她责备过秀吉，有时甚至会一直吵至天亮。“都因您老在外边拈花惹草。您就不能忍耐忍耐，养精蓄锐？”

最清楚这争吵的，当数加藤清正。不仅清正，在宁宁身边长大的侍童，个个也都一清二楚，亦煞费苦心。出征朝鲜时，他们便常在打仗间隙去猎虎，为秀吉搜寻壮阳秘方。

那时，宁宁自己已放弃怀胎生子的努力，将希望寄于松丸夫人和三条夫人身上，虽然内心总会有些疙瘩，却亦无可奈何。

秀吉定然也在她们房中重复着同样的话。宁宁想到这个，便会对太阁出言挖苦。然而，怀不上的并不仅仅是宁宁，比她年轻许多的加贺夫人和姬路夫人也都未怀上身孕，几个更年轻的侧室也终是腹内空空。松丸夫人和三条夫人也有和宁宁一样的疑惑。“大人怕有些问题。”她们开始小声嘀咕：问题怕不在女人，而在太阁。

然而正在这时，淀夫人却有了身孕。那时背地里多有传闻，首先被怀疑的便是石田三成，然后乃是名优名古屋山三。谣传绝非空穴来风，因为在所有侧室当中，只有淀夫人肆无忌惮地和别的男子接触，任性妄为。舍丸夭折未久，她又有了身孕，是为秀赖。秀赖的出身更是令人生疑，因淀夫人似在秀吉出征时怀了孕。

今日将要被处决的国松丸，果真是太阁血脉吗？

对秀赖来历的怀疑，使高台院如堕地狱。转眼二十年过去，一切都无关紧要了。但话虽如此，作为一个女人，她仍无法释怀。然而她又寻思，不论秀赖是谁人所出，反正是在丰臣家出生，权当是收了一个养子。她每念及此，便会陷入自责：这都是神佛的安排，不能不知足。太阁相信秀赖是自己的孩子，从中得到了满足，此已足够，何苦再将疑心挑破？这亦算高台院对先夫的体恤。

然而，当高台院眼见丰臣氏岌岌可危，心中竟突生残酷而怪异的期待。既然神佛将秀赖赐与了太阁，总有一日也会将他带走……她不知不觉变成了一个冷酷的旁观之人。

在她内心深处，许还有一种更加残忍、近似于报复的快感。若秀赖果真为太阁之子，神佛便绝不会看着他走向败亡。此为信，信即真，这真信便在她心中扎了根，让她颇为安心。

前往六条河滩途中，高台院一遍一遍自语：“我是为了太阁才去，绝非为了国松丸。”然而，当她到达六条河滩时，她的心再也无法平静。看到埋葬秀次一家三十八口的畜生冢，以及熙熙攘攘的围观人群，她心中大动。

一堵青竹栅栏挡住了围观之人。往前挪动的人群，像是事前约好了一般，纷纷数着佛珠，口中念念有词：“南无阿弥陀佛，南无阿弥陀佛。”有如在体味自家不幸。

可怜，我怎如此自私？高台院暗责。

“啊，看，那个是田中六左卫门，其后便是国松公子。”

“后面那个孩子呢？”

“那是和国松公子一起被捕的京极氏仓廪奉行之子。”

“真可怜！我们再走近些，为他们祈祷来世之福吧。”

高台院默诵佛经，她还在反省，亦欲控制内心的动摇。

此时，旁边几个生意人模样的百姓的谈话传进了高台院耳内：“真是报应啊。二十年前，太阁在这里将关白幼子一个个杀死。唉！这世间的事，都是因果轮回，都说善有善报，恶有恶报，果真应了此话……”

片桐且元也隐隐听到了这些，心头一惊，呆立当场。

万事有因果，
善恶各有报。

且元又听到一人说起了当年的惨剧，他遂扶住高台院，拨开前面的人群，“这边……这边能看清楚。往前再走一步吧。”

天气晴朗，万里无云，火辣辣的太阳照在人们的头顶。

“几个贱民走近了栅栏，莫非要由他们行刑？”

“怎么可能？竟然让贱民斩杀太阁大人的孙子？”

只要是有人之处，便免不了有这等议论。高台院和且元却不能堵住耳朵。

“你们看，那孩子很是有些气节。”

“是啊，大些的那个孩子大哭不止，小的那个却静如木石。唉！南无阿弥陀佛，南无阿弥陀佛……”

后据传教士巴塞的《日本基督教史》记载，当时国松怒斥德川家康背信弃义，从容就戮。但按常理，一个八岁小儿哪会说出这等话！许是知行刑之人乃是贱民，而非武士，国松可能会道：“我乃大坂少主，无礼之徒！”此为旁话，不多言。

不管后人如何思之，行刑之人确是贱民。

且元对此大为惊讶：“这是怎回事？”言罢，他又慌忙闭嘴，他已明白了此中缘故：此并非对太阁不敬，必出自所司代板仓胜重的苦心。他是想告诉世人，今日处决的小儿并非太阁之后，而是冒充的刁民。如此一来，即便家康责备，所司代也可推脱责任。

且元护着高台院继续往前挤，终挤到距离栅栏一间左右处。他小声道：“夫人身体可还吃得消？大汗淋漓的。在下想看看他们会怎生处置公子遗体，故才来此。”

高台院不言，继续往前挤了一两步，只想看国松丸几眼。

此处已能看清国松丸。他双手反剪，一张小脸清清楚楚映入二人眼帘。隔着铺在地上的草席，滚烫的石子灼烧着国松丸的小腿。他一脸苦相，不时皱起眉头，看看旁边的田中六左卫门。田中六左卫门紧闭双眼，汗水止不住地往下流，浑身不动，死人一般。

监斩官乃是个三十多岁的武士，且元和高台院都未见过。他坐在国松丸对面，一手支案，一手不断擦拭汗水。

高台院紧紧握住胸前的念珠，屏住呼吸，仔细端详。国松和他的祖父太阁有何相似之处？

但即便年幼的国松丸长相甚似太阁，又有何用？如今，孩子的头顶屠刀高悬，散发着刺眼的光芒……不，他不像太阁，怎会相像？秀赖根本就非太阁之子。

高台院之心似化为了两人。一人驱除心中杂念，为国松丸念佛祈祷；另一人却变成了不怀好意的鬼怪。

“不像……”高台院轻轻擦了擦流进眼角的汗水，小声道，“和太阁一点不像，倒是和淀夫人像。”秀赖乃是淀夫人亲生，毋庸置疑。此子乃秀赖亲生，与淀夫人相像是理所当然。

正在此时，另一个孩子突然弯下身，大哭起来。他怕是在围观的人群中见到了熟络之人。

监斩的武士说了句什么。一个贱民拔出刀，朝着大哭的小儿走去，随后大声责骂。但因围观之人太多，声音嘈杂，根本无法听清他骂了什么。

“似要行刑了。”且元道，“先是国松丸，然后便是那个孩子。”

“……”

“刚才他们对田中六左卫门道，恕他妻子和国松丸乳母无罪。”

高台院依然不语。

贱民把刀放进桶中，蘸了些水。另外两个贱民相继把手中的大刀放进水桶中，再拿出来抖水珠。三人互相笑了笑，笑容甚是狰狞。然后，他们走到受斩之人背后，举起了大刀。

且元这才发现，犯人面前都有一个小坑，怕是为防血溅四处。

监斩的武士一边说着什么，一边站起身来。就在这一瞬间，国松丸往后看了一眼，随即紧紧闭上了眼。

“啊——”一声惨叫。刀第一个砍向了国松丸稚嫩的脖颈。高台院听到咔嚓一声，与此同时，人头落地，在石子间滚动。无头的尸身往前倾倒，鲜血汩汩喷溅了出来。

“啊——”又一声惨叫。高台院突感一阵眩晕，踉跄几步，跌坐在滚烫的石子地上，口齿不清地呻吟。

“夫人怎的了？”且元蹲下身，伸手，欲把高台院扶起。

高台院慌忙拨开他的手。她欲言又止，喘息不定，喉中声音既非呻吟，亦非祈祷。这到底是为何？

高台院的肉身已经干枯，但就在她看到国松丸的身体里喷出鲜血时，似突然活了，重新生起女人的感觉。她仍旧喘息不定，想站起身。眼下，她从发梢到脚趾，都充斥着一种快感，这种快感遗忘已久。她遍体酥麻，无法站立起来，心中茫然不堪：为何会这样？

“夫人，我扶您起来。”且元再次伸出手，搭在她身上。

高台院身子猛地一震，如被火灼一般。

“田中六左卫门……去得很是从容。”且元无话找话道。周围众人已纷纷诵佛，有如初夏夜晚的蛙声。

良久，高台院醒过神来。国松丸的尸体已被搬走了。且元叨念，但愿是誓愿寺的僧人照吩咐领走了尸体。

“夫人好些了吗？”

“好了，我自己能走，放开我吧。”高台院一边回答，一边撑着灼热的石子地，站起身来。此时，她才发现自己全身已然汗湿，难道这就是女人的宿命，是人的劫数？她踉踉跄跄站起身，闭眼诵佛。

行刑结束，人们纷纷散去。唯有那被砍下头颅的、汩汩冒着鲜血的尸体，还清清楚楚浮现在高台院眼前。

且元再次拉起高台院的手，道：“夫人能为国松公子念佛祈祷，真是他的福分。对此，在下也要表示感谢。”

“南无阿弥陀佛……南无阿弥陀佛……”

“我们走吧，小心脚下。轿在河堤上……”

“南无阿弥陀佛……南无阿弥陀佛……”

清理刑场的人冲洗地上的血痕，六条河滩渐渐宁静下来……

片桐且元一回到松田庄右卫门家中，便躺下了。

庄右卫门之妻听见开门声，蹑手蹑脚过来往屋里一看，只见且元伏在枕边，旁边还点着燃了一半的香。“您……您怎的了？”她进去扶起且元。她尚不知且元已去过刑场，只道：“来，喝些药，振作些。”

“多谢。”且元老老实实地喝一口，然后道，“让我独自待上片刻。只是走路太多，歇息片刻就好。”

“还是得给茨木报个信吧。”

“不，还早。”

“您家人都称，若有异样，定要去送信。”

“哦，还早。”且元摇了摇头，笑道，“在你看来，我活不长了？”

“不，不，您多心了。”

“你还是担心，嗯？”

“嗯……是。”

“承蒙照顾，且元感激不尽。其实你猜得没错，我怕时日无多。因此，这房中的匣子、香炉和茶具之类，都送给你们了。我会写下遗书，你且帮我记着。”

“大人莫要说这气馁话。”

“到不能说话的时候，便晚了。你答应我。趁我还能说话，我有一事要拜托你。”

女人扶且元躺下，坐在一边，道：“只要奴婢能办到，请大人尽管吩咐。”

“你能办到，这也是为了你们家好。”

“请大人直言。”

“你去禀报所司代大人，称十几日前，有一个自称片桐市正的古怪之人潜入了你们家中，问他是否该问罪此人。”

“禀报所司代？”

“是。”片桐且元苦笑一下，“你就说我要见板仓大人。你装作不识得我，告诉他：此人虽自称片桐市正，却不知真假。你这样一说，板仓大人会亲自来见我。”

“……”

“你明白吗，我若能和板仓大人见最后一面，你们必不会有麻烦。现在风声甚紧，到处都在寻找大坂残党，外面已纷纷贴出了告示，禁止留宿陌生武士。”

“是。”

“好了，你若听明白了，就退下吧。我想歇息片刻，今日走了太多路，累了。”

是夜，关于是否应着且元所言，向所司代禀报，庄右卫门和妻子商量了小半个时辰。最后，庄右卫门还是决定走一趟，因为关东对大坂残部的追杀实让他们心生恐惧。

国松丸被斩之后，京坂对大坂残余的追查变本加厉。长曾我部盛亲已然被捉，大野治房、道犬兄弟却行踪不明。市井间依然流传着秀赖尚在人世的谣言，不知道谣言出自何方。据说，在大坂城破那日，自杀之人并非秀赖，而是顶替秀赖的一个近臣，秀赖本人则在前茨木城主茨木弹正之子平田半藏，及直森与一兵卫、米田喜八等七人的保护下，逃离了大坂城。他们到了大坂城附近的织田有乐斋军中，脱光衣服，裹上粗草席，如垃圾一般顺淀川漂走了。谣言被人说得有板有眼，就像真有这回事。还有人说，当时秀赖随身带了一把七寸五分长的刀，准备随时自尽。他一路漂流，到了川口，上了加藤肥后守的船。这时，七个近侍只剩下平田半藏、直森与一兵卫和米田喜八三人。加藤肥后守准备了一艘双层船板的船，主从几人便藏在船板下，下了海，后在海上换了福岛的船，朝着肥后、萨摩方向去了……

此谣言在京坂流传了许久，还说到达肥后的秀赖，改名为菊丸自斋，打扮成富商模样，隐居山里，后又将直森与一兵卫之妹暗中从京城接到肥后，为他生了一男一女，姊唤阿辰，弟名菊丸……这些传言多为附会，不多言。且元身在京城之时，谣言还未传开。但秀赖还在人间之说，使得追查愈紧。甚至还有人说，尚在人世的不仅有秀赖，在大坂城破头一日，秀赖、淀夫人与大藏局等人就已不在城中，早已遁去他乡……

然而，关东的追查愈急，也是因家康称要在京城待到秋后。世人认为，家康公之所以久待，便是为了荡平丰臣残余，扫尽天下乱事之源。

庄右卫门去了板仓府邸，禀报家中有自称片桐且元之人。板仓胜重一听，大为吃惊，急急赶到了三条衣棚。

片桐市正在板仓胜重心头，仍是一个谜。且元称不上奸猾之人，也难称忠贞之士，更非忘恩负义、仅仅为出人头地而汲汲营营的小人。胜重有时觉得且元工于算计，有时又觉得他甚为诚实。对于大坂，且元自是个令人咬牙切齿、心思不定之人。但这样一个片桐且元，却深得家康同情，投关东之后还得到加封。“在你自己领内，你喜欢怎样便怎样，好生养息身子吧。”

但且元为何不领受家康好意，反而暗中潜入京城？

怀着疑问，胜重只带了一个随从，便装行至庄右卫门家中。穿过院子，进到一处院落，他猛地怔住：一个幽灵一般的影子蹲在狭小的院中，在火辣辣的太阳底下掘泥，在墙根处埋东西。他是市正？为何会如此衰老？上次见市正的时候，他还是一身披挂的大将。

“是市正？”

“噢……”且元惊讶地抬起头，道，“大人果真来了。”他声音有些嘶哑，忙遮住身旁的碗。

“您在干什么呢？大热天，在这太阳底下。”

“被大人看到了……”

“碗里是什么？”

“是这家女主人煮的韭菜粥。”

“哦，看来不合您的口味啊。可是……”胜重苦笑，“您是觉得人家一番好意，剩下不好，才倒掉吗？”胜重以为，照且元的性子，他会这般做。

“大人看看这个。”且元指着墙根处已长出了藤蔓的牵牛花，“这花啊……且元希望它能开花。这花是太阁大人的……”

“太阁大人？”

“是。刚至长滨城之时，一向习惯早起的太阁大人对且元道：助作啊，养牵牛花之事就交给你了。”说着，且元掩盖了倒在墙角的韭菜粥，站起身，“此处是且元病卧之处，不免肮脏，还请大人莫要见怪。里面请，所司代大人。”他踉跄了一下，扶着墙根，挪到廊下。

胜重眼圈一热，几欲泪下。

“太阁大人栽种牵牛花的时候，正如日中天。”且元踉踉跄跄走到门前，把碗轻轻放下，进屋。屋内檀香味轻轻散溢，他定是知胜重要来，早燃上了。“大人一定觉得奇怪，且元既已领受了大御所加封，为何还要暗中来京？”

“正是。此是为何？莫非加封诸领，大人无一处满意？”

“不敢……且元昨日和高台院同去了刑场，为国松公子送行。”

“那非国松公子，应是冒国松之名的刁民。”

“是也罢，不是也罢，都不甚重要了。虽说高台院还健在，但丰臣氏已被斩草除根了。”

胜重不敢插话，他心中尚有疑问：且元把自己请到这里，到底是为何？

“且元并不会因此事而怨恨德川幕府。”

“哦。”

“一切不幸，都归咎于且元的无能。且元也知大御所和板仓大人都为了丰臣氏的存续，费尽苦心。但正是如此，我才更加苦楚，如火烤油煎。”且元指了指院中的牵牛花，干枯的手指即如冬日枯枝，“大人看看那个。且元一见那墙，就如同见了大坂城墙，一见那牵牛花，就如见到了太阁大人的英灵……”

“哦。”

“事到如今，何可逆料！且元自己怎样都无所谓，但总想保住右府一城之主的香火。”

“……”

“到如今，丰臣氏已家破人亡，片桐且元却得到了三处城池。大御所令我任选其一，安享晚年。所司代大人，事到如今，且元能安享晚年吗？”

胜重吃惊地盯着眼前之人，他这才明白且元为何暗暗进京。“市正大人是想为太阁殉身？”

“大人想，若……若且元死在某处居城，不仅无颜去见九泉之下的太阁，还会被后人斥为卖主求荣的奸贼……”说到这里，片桐且元抓住褶皱的衣裳，大哭不已。

板仓胜重扭开头，拭去眼角的泪水。

“且元有一事相求，大人。”且元大哭了一场，有气无力道，“希望大人能明白且元的心思：片桐且元不想死在大御所所赐城中。”

板仓胜重不点头，不摇头，单是紧紧盯住院中的牵牛花。花藤已经沿着墙边的竹子往上爬，茎上已有了小小的花骨朵。

“且元不能死在大御所所赐城中，绝非心怀怨恨。请大人多多体谅，且元将感激不尽。”且元双手触地，向胜重深施一礼。

胜重所见，已非一个武士的坚韧，而是一个寻常人的良心。

“且元对德川感激不尽，但却不敢死在所赐居城，请大人体谅且元的苦楚。且元死时，对大御所和德川无一丝怨恨。”

胜重扭过头来，看住且元，道，“市正已决定死在此处了？”

且元苦笑点头，“原本是想切腹，但这样一来，外人会以为且元是对关东心有怨恨。命贵命贱，都是一命，舍弃性命时必须慎重。故，且元欲不食而去。”

“哦?！”

“因此，且元才把粥埋下，刚才却被大人看见了。且元希望将粥食供奉太阁的英灵，不食而去，望大人能明白……”

“我明白！”胜重感慨如咽。寻常武士往往会一边喊着豪言壮语，一边走向死亡。在他们看来，且元这种死法真不体面。但胜重却知，且元之苦，常人不明，且元之境，常人不及。“胜重明白，大御所于您有恩，但您亦不敢忘了太阁的恩情与嘱托。”

“是。”

“胜重愚笨，却能理解您的苦楚。”

“多谢。”且元将手置于膝上，哈哈大笑道，“日后，且元仍会用这家女人给我的粥食为花施肥，看看是那花先开，还是且元先到太阁大人面前受他的训斥。多谢了，多谢了！”

胜重无语，起身离去。

此后四日，大坂城陷落二十日后，亦即庆长二十年五月二十八，板仓胜重接到片桐且元的死讯。孝利的家臣从茨木城赶了来，带走且元的遗体。片桐家对外宣称，且元公逝于大和额安寺内，享年六十岁。

一八　草民忧国

大坂城陷落已过一月。

在本阿弥光悦看来，世间已完全陷入无可救药的堕落和混乱之中，没了“王法”，也没了风雅。

京城商家以为，丰臣氏的败亡带来了世间太平，自甚是快意，但城破月余，善后之事比战事还麻烦，众人的日子一团糟，不知何之将往。

关东追查丰臣残余愈紧。太平刚刚到来，世间便渐多告密，先时还是禀报何处藏有武士，慢慢地，告密变为谁曾受到丰臣庇护，谁谩骂过关东……被捕人数日众。初时，告密实只是为了得些奖赏，后来竟变为发家之途和铲除异己的手段。

一些人家经常受到骚扰，门上被莫名其妙贴上诸如“丰臣右大臣御用”之类的字条，房屋被人涂上肮脏的泥巴，有的大门甚至写有“丰臣氏残余某某人住处”字样。就连本阿弥店铺，也曾被人歪歪扭扭刻上“丰臣氏御用刀剑师”字样。

光悦认为，大御所定是看到了此种混乱，才迟些回去。板仓胜重曾令光悦去与大御所道别，但他至今无回复。

世人为何如此愚蠢？战事结束，本应思量怎样过活，他们非但不安居乐业，反而冤冤相报。佛家所言极乐世界，最终不过是一张纸上画饼吗？

这日，光悦离开宅邸，欲去拜访住于西阵的画师俵屋。俵屋宗达原本为织造师，由于生来喜欢绘画，在为布帛画底样时，大量模仿了古时的大和绘，采众家所长，形成了一种笔势舒缓的独特画风。此画风既不同于以往的大和绘，也不同于狩野画派。他将原来的家业交与家人打理，专事绘画。如今由他设计的扇面，已成京都屈指可数的名物。

光悦欲让宗达在自己的鉴定纸上绘上秋草、春天的节节草以及紫萁之类的花草做底纹。光悦以此为借口前去拜访，实是因无法排遣心中困惑：宗达对现今这混乱局面怎样看？

宗达宅中并未传来织布之声。这无甚奇怪。宗达曾笑称，如今他已成画师，甚至有很多人想拜他为师，向他学习绘画。

“有人在家否？”光悦拍门道，但无人应声。他便径自往里走去，一边走一边朝里喊道：“我乃德有斋，光悦进来了。”光悦知宗达的画室在最里一间，他家人不在，往往无人应门。宗达自小耳朵不灵，在绘画的时候，更是一心无二。

光悦走近画室，却见宗达正背对门口，在铺于地上的纸上作画，画的似是屏风。

“哦，这是送给哪位贵人的礼？”光悦见宗达不理，遂脱了草鞋，走到宗达身后，看他作画。

真是一幅奇怪的画。这并非宗达擅长的幼犬或花草，纸上乃是拨浪鼓，不止一个，两三个拨浪鼓围成一圈，是为画的底纹。

宗达还未识得人来，他吟哦有声，陷入沉思。

宗达想画什么？正在光悦百思不得其解时，宗达从膝旁的废纸堆中拿出一纸，在画纸上展了开来。

“啊，雷神！”光悦瞪大了眼，宗达要画的似是在空中击打拨浪鼓的雷神。那雷神生着一张看似糊涂的娃娃脸，既无丝毫威严，也无一丝狰狞，和蔼可亲，分明是醉心于祭祀之乐的宗达自己。

不，此非宗达，这张面目在何处见过。光悦突然想起来，他哦了一声，心下默然：这是现正居于二条城的家康公面目，不怒而威，威而不戾。

光悦忍不住拍了拍宗达肩膀。但宗达却令光悦大出意料。他回过头来，脸上的表情立时僵住。他屏住呼吸，盯着光悦。不仅如此，他的眼圈亦开始发红，慢慢竟湿润了。

这究竟是为何？光悦吃一惊，一时竟不知该如何开口。

宗达站起身，静静将画纸卷起。看他脸上的表情，似要马上大哭不止。

光悦屏神静气，不语。人与人之间的交往，自需耐性。光悦与宗达交往虽深，亦总是颇为谨慎。他问："怎的了，为何不画了？"

宗达不语，将那新画纸卷起，盘腿而坐，如做了错事被人发现的孩子，眼里依然噙满泪水。

光悦拍了拍榻榻米，"为何不言语？你我之间还有何不能说？"

"呵呵！"宗达笑了笑，笑声平淡。

"我不明，你为何不让我看那画？"

"呵呵……"

这时，光悦才发现泪水已从宗达眼里流出。

宗达站起身，从架上取下另一幅画，在光悦面前展开。这是一月前光悦让宗达帮忙设计的香囊图案，上铺了一层金箔，金箔上则用银丝勾勒了四五枝蕨菜芽，颇为雅致。

"银会变黑，亦会与画纸结合愈紧……"宗达似不想再提雷神，试图尽快将话题岔开。但这样一来，光悦越发想知其中原因，遂再次拍了拍榻榻米。"先别说香囊。是，贵重的香，加上你的画和我的字，以及金银镶嵌，作为送给乡下大名的礼物，已足够贵重。但我要问的，是你刚才画的那个拨浪鼓！"

"对不住。"宗达有些坐立不安，两只手在膝上揉搓。

"你有何对不住我？我和那雷神有何关系？"

"对不住。"宗达再次道，"我怕先生骂我……"

"这么说，那雷神……是光悦了？"

"始是如此想，但画着画着，便改变了主意，我想到一个让人烦恼的雷神……"

"哈哈，我明白了，这么说，那画的是光悦，也是居于二条城的……"

“对不住。”宗达僵硬地答道。他有些不知所措，耸了耸肩膀，又道：“就是先生甚是敬重的大御所大人。”

光悦捧腹大笑，“哈哈哈哈，有趣，所以你才会如此狼狈，真像你啊，俵屋。”

“对不住，这并非出于怨恨，还请宽谅。”

“即便不是出于怨恨，你心里肯定也有怨气。在你眼里，本阿弥光悦乃是个雷神啊。”

“不，先时并非如此，但后来竟变成了二条城……”

看见宗达还要一本正经往下说，光悦制止了他：“且等，俵屋，你最好莫要将大人名讳道出，否则，会引起世人误解，给你带来麻烦。”

“正是。”

“我倒是有一事要问你：你是否不喜那位大人？”

“见谅。”

“我要是问你到底是为何，你又嫌我急躁。在你画中已然说了，觉得我惹人烦。可是，你觉得我何处让人烦？”

“我且举个例子。”宗达见光悦并不生气，遂放心道，“我只是想每日悠闲自得地作些画，也曾经以太阁大人赐与我的‘天下第一’封号为荣。然而这位大人做事却甚是啰唆，找出种种理由，推说怕自己的评价不公，还说要做优秀的画师，就要进寺院画所，而且须先做大法师。”

“哦。因此，你才决定画一幅雷神之画，准备进献？”

“不单如此。在先生面前，我才敢这般说，不知先生对处决国松丸一事怎样想？此岂非欺凌弱小？那些败逃的武士亦是一样，他们既已走投无路，何苦还要斩尽杀绝？这样说虽为不敬，但说心里话，我不喜他。”宗达很少如此直言快语，顿一下，又歉然道，“我这样评说你敬重之人，还请见谅！”

“哈哈！”

“有何可笑？”

“其实，我亦心中忧闷。我虽并不以为是他杀了淀夫人母子，但如你所言，他却杀掉了国松，企图斩草除根。如此一来，他和早前的乱世武将有何区别？”

宗达一脸惊讶看着光悦，道：“先生……先生说的是真的？先生该不会在取笑我吧？”

“我怎会取笑你？若他还与早前武将一般，必会冤冤相报，不久之后必会再起战乱。我心中忧苦，才来拜望你。”

宗达侧首回目，大为不解。在他看来，光悦有一处不是，便是心口不一，总喜抛砖引玉，以试探人家；而且，他一旦得理，便会不由分说将人训斥一顿，宛如一尊雷神。

“您此话当真？”宗达再次道，“德有斋先生无论做何事都谨慎有加，现在却亦说不喜，真让人难以相信。”

光悦一本正经盯着宗达，“俵屋。”

“果然有谎，先生分明还是……”

“唉！好了，先不说这个。我倒想问你，在世上你最恨什么？”

“这……”宗达犹犹豫豫道，“我最恨……蚰蜒和雷神。”

“哦？”

“所有雷神当中，我最喜德有斋先生。”

“哦？”光悦认真地点了点头，道，“我一向觉得，你的才具和人品都非同寻常，对你颇为敬重。原来，你竟这般想……”

“我所恨并非雷神。嘿，我想起了那春日在山间见到的长虫，对，我最不喜蛇。”

光悦笑不出。他亦经常对宗达设计的刀剑鉴书的纹样及扇面大加评判，甚至连香囊和纸签上的图画都会加以评说，有时甚至说出“画已害字”云云，这等话难免让人厌烦。看来我是太挑剔了……想到这里，光悦突然想到家康。家康有时会自作聪明，说些自己的意思，有时还会如孩子一般任性，总要人说话时直言不讳，不要怕得罪人。但到了关键时刻，这些全都派不上用场。

“俵屋。”

“先生？”

“我要去一趟二条城。”

“二条城？”

“是。我欲说出心中之愤，以求心安。”

“您太性急了。”

“他若因此把我杀了，也就罢了。他要不杀我，从此我便不再做什么雷神，而要远离尘世，隐居到丹波深山之中。”

“不好！”宗达一本正经道，“雷神有何不好？何苦去丹波深山老林做个野鬼。请先生三思！”

本阿弥光悦这等乖僻之人，见到俵屋宗达之后，也成了一介小儿。倒不如说他是被宗达的天真打动，取下了脸上的面具。他见宗达也认真起来，便摇了摇头，怒道：“不，做鬼更好！谁也休想阻拦我，我已下定决心了。”

“又来了。您这脾气，真非寻常的雷神。”

“罢了，我一旦下定决心，就不会改变，否则岂不愧对你送我的这个称号？”

“那好，多请保重。”

“我现在就去二条城，将憋在心中的话全都说出，然后便隐居深山。”

“这……这可是性命攸关啊。”

“命是何物？”光悦说着，竟流下泪来。“命是什么？我们不能违背日莲上人的圣言，不能无视这世上的污浊和歪曲，否则便是偷生之人。”他大声喊着，一种无法抑制的感怀涌上心头，“对，就是偷生之人！不仅是我，你也一样。在这个世上，最大的偷生之人便是那老糊涂鬼，他年过七旬，还要残杀妇孺。他自己枉活了不算，还要害他人性命！宗达，你休要再阻拦我，就算死，我也定要到那个老糊涂鬼面前，把心里怨愤悉数道出……”光悦于亢奋里带着几丝疯癫。他似是因一生的努力不得到结果，心中积郁已久。

“不可！”宗达脸色骤变，扑向光悦，他看出光悦就要离去，“来人，本阿弥老爷子要……”

“放开我，宗达！”

“不，我不放。我不当说您是雷神。您既非雷神，也非鬼。我从内心里仰慕您……”

“哼！宗达，你以为我会上你的当？”

“求您了！来人，来人！”

光悦这才清楚自己在做什么。他心中暗道，弄假成真，罢了，索性乘机最后一谏，然后便隐居山林，远离这尘世。就如日莲圣人一般，向北条氏强谏之后，便隐居身延山。匹夫之怒，血溅五步，匹夫到了真正发怒之时了！

宗达是一个难得的诤友，光悦一边想着，一边推开宗达，出门穿鞋。他并不理会宗达的惊愕，径自去了。宗达无意间的几句话，已让光悦下定了决心。

阳光火辣辣照着大地，光悦若稍有些犹豫，方才的亢奋便会马上烟消云散，决定亦会取消。

但坐上轿子，光悦却有些心虚了：不能这般逞强，不管怎说，对方乃天下之尊，总当换件见客的衣裳，在礼数上不当有闪失，亦当心平气和提出见解，不能先乱了阵脚。想到这里，光悦平静了许多。“我先回一趟家，你稍等我片刻，我换衣裳后就出来，然后前往所司代府邸。”

光悦回到家，首先拿了一个刚刚烧制的“柿茶碗”，作为送给家康的礼物。烧柿茶碗，乃是光悦向长次郎学来的手艺。他对这茶碗的色泽和形状都颇有自信。和长次郎的茶碗不同，他的茶碗浑圆，而非中间凹进。掌中托乾坤，光悦怀着这般心思，烧制了这土黄色的茶碗。

光悦拿了茶碗出得家门，乘上轿子，往所司代府邸而去。他欲先拜访板仓胜重，若胜重不在，才前往二条城，让胜重之子重昌为他通报。然而胜重正在邸中。

“所司代大人，恕光悦冒昧，光悦今日欲前往二条城向大御所告别。看在我们多年交情的分上，还请大人恕在下莽撞。请为在下引见。”光悦拿出了茶碗。

“道别？你是要离开京城？”

“是。在下已厌倦了京中生活。”

"你要去何处？"

"不知！"光悦使劲摇头，道，"在下决定隐居，已对这污浊的世间了无留恋，再也看不下去了！这样一去，只怕要和大御所及大人您永别了。"

"哦。哦。"胜重看了看眼前的茶碗，道，"好。大御所最近颇为繁忙，却不知他会怎样，我且去为你引见。"

答应一声，板仓胜重便出了门，直往二条城。

光悦在所司代府中总等不到胜重回来。他亦知，家康近日必忙，因大御所已来日无多，每日必有多位公卿大名、僧侣、学者和神官候着见他。

下人端上午饭，原本激愤不已的光悦，此时已有些心灰意懒：今天怕见不着家康了。

就在下人撤饭时，胜重擦着汗回来。"大御所说，本阿弥不同于别人，今日必要见上一见。"这般说完，他又小声道："说话时定要注意分寸，言辞不可过于激烈。"

光悦默然，一上午枯坐，他已完全失了斗志，哪还谈什么言辞激烈。这怕是和家康公最后一见了，他一边想着，一边跟着胜重到了二条城。

在二条城，他又等了将近一个时辰，直到夕阳西下，才被人带进家康房中。此时，外面已是暮蝉声声。

"久等了。"家康一见他，便道，"过来坐，我也正想见见先生呢。"

这时，外面噼里啪啦下起雨来，雨点洒在金色的夕阳中。

"这是白雨。"家康似有些吃惊，望着外面金色的雨，咬牙道，"近日一切都似乱了。此时稍有不慎，人便垮了。先生怎样，最近身子还好？"

光悦不知所措地摇头。他本想痛陈一番，但人家说话如此柔和，他如何张口？但亦不能因此挫了锋芒。他遂道："多谢关心。大人也看到了，小人身体并无异样。小人今日是来向大人道别的。"

"哦，我已听胜重说了，听说你已厌倦了尘世。"

"是。尘世愚蠢肮脏，光悦厌倦了京中生活。"

“你打算前往何处？”

“想到一个看不到愚蠢之人的地方隐居。”

“真令人羡慕！”

“哦？”

“你一怒之下自可隐居，真真令人景仰。可我呢，即便碰上气恼之事，也无法隐退。现在这种情况，更不允许我遁世了。”家康说罢，回头对侍奉在旁的板仓重昌道：“给先生取些茶点。”然后，他往前探了探身子，把住扶几，道：“我想问先生，最让你动怒的是何事？自不止一件，你不妨一件一件说来。”

这对于光悦来说，无疑乃是求之不得，他嗫嚅道：“可是……可是，在下说出……”

“但说无妨。”家康表情非常平静，他哪知光悦正在恼他，“我七月将回骏府，此次回去之后，可能再也不会进京了。我们今生怕会就此别过，你有话只管说。”

“那就恕小人无理了。”光悦生怕被对方气势压倒，挺起腰板，“小人原本以为，有大人在，丰臣氏离开大坂城，便能平安无事。”

“多谢你如此信任我。”

“然而，事情却变成这个样子。右府和淀夫人自杀身亡，丰臣氏血脉断绝，这对天下有何好处？在此次动乱中，右大臣母子只不过被人挟持的傀儡，既非大人真正的敌人，也非动乱的主谋，大人却将他们一一除去，还装作全不知情。大人这般做，只能给您一生带来瑕疵，为乱事埋下祸根。因此，小人才下定决心，在下一次动乱来临之前，找个无人的地方隐居。”他尽量不正视家康，单是一口气把积郁说了出来——净说本色之言，这才是我自己，我本阿弥光悦一向秉承日莲圣人的信念。

“说得好！”家康并未如光悦想象中那般大发雷霆。幸而本多正纯不在，板仓胜重父子和永井直胜听了，不由面面相觑。

这时，阿茶局带着侍女送上茶点，二人的谈话暂时中断。

“阿茶，你也来听听我和本阿弥先生的谈话。”阿茶局将点心放到光悦面前，正要离开时，家康对她道，“先生也说，因为右府母子被杀，他已对这尘世感到厌倦了。”

“哦，那妾身也来听听。”阿茶局让侍女们退下，自己小心在一旁跪下。

“光悦，我知道了，还有什么原因？”

“第二件，便是国松丸公子之事。杀掉一个无辜小儿，对大人的太平盛世又有何好处？这真是……”

“第三呢？”家康似已听不下去，急不可耐打断了光悦。

“第三，便是对右府夫人的处置。”

此时光悦已是满脸通红。不知何时，雨停了，夕阳把整个院子照得通红。红色的夕阳下，氤氲着云气。

“右府夫人怎的了？”家康的脸色渐渐变得苍白，但他还是想听听直率的光悦会怎样说。

“小人听说，将军大人听说右府夫人出了城，大发雷霆，要逼其自杀。杀掉手无缚鸡之力的妇孺，又能给太平带来何好处？”

“光悦，还有吗？除了这些事，还有什么竟让你如此动怒？”

“有！”光悦声调激昂，“大人您竟允许这等事发生，高台院竟也不加阻止。据高台院身边的尼子说，国松公子被杀之后，高台院便躲在屋里，一味念佛，任谁也不见。要是一味念佛便能扫清这世间污浊，带来太平，我们何必这般辛苦？她为何不来为右大臣求情？难道她还对淀夫人怀有嫉妒？唉，说不定她正在幸灾乐祸呢。这个世界实不堪入目……”

“德有斋！”胜重忍不住打断了光悦。

但光悦并不理会，继续道：“要想拯救这个世间，就须有圣人的学问，这话是大人您说的。但事实怎样？在此次乱事中，自始至终，并无一丝圣人之道，全是些无道之举……”

“好了。”

“不，小人还有一言要说。大人听了，要是着恼，把小人杀掉便是。在小人看来，将军大人对您的孝心，原本便是大错特错。将军大人不应对您这等行事视若无睹。小人若是将军，定要拼了老命，也保全右府母子性命……”

“光悦！”胜重愤怒地止住光悦，“你的话过了！”

听到胜重这一声断喝，原本欲言的家康一脸茫然，闭上了嘴。但光悦无丝毫退却之意。

“大人有些累了。你该说的也都说完了，想必未有遗憾了。就此与大人道别吧。”胜重舒缓语气。

光悦这才回过神来。“是啊，要说的都已说了。大人要怒……”他犹犹豫豫地看看众人，垂首施礼，心中的怨气已完全消散。对于光悦来说，这种情形极其少见。

为何我如此数落，大御所却毫不震怒？疑惑堵在光悦心头，让他比来时更加窘迫。但他既然已把心里话说了，也当就此收场了。

“请大人见谅。”他这么说了一句，便站起身。重昌起身，将光悦带了出去。

家康看着窗外，一脸茫然地陷入了沉思。他之所以不着恼，只因光悦所言正是他欲言，他还有何可恼？

天暗了下来。夕阳藏到云后，乌云布满天空，又要下雨了，远方传来轰隆隆的雷声。

“大人。”胜重揉搓着双手，道，“光悦一向追求美善至极，他实无法在这尘世生存，只能做一条清流中自由自在的游鱼。”

家康看看胜重，不置可否，再次把视线投向窗外，似乎在倾听什么。

“请大人莫要放在心上，原谅光悦。光悦在大人面前直言，正因他对大人敬重。”

“我明白。”家康微微点头，看向末座的阿茶局：“阿茶。”

“在。大人需要什么？”

“什么都不需。我想让你去一趟伏见城。”

“去见将军大人？”

“是。你告诉他，让他火速将右府夫人送往江户，这是我的命令，不得有丝毫违背。”

“将千姬小姐送往江户？这……”

“这样可好？”

“好！”

“光悦也说了，太平若需杀掉女人和孩子才能保全，要它何用？让安藤信正护卫，你跟着同行。另外选些随从，不可给右府夫人丢脸。好了，一切都交给你了。”

“遵命！”

“另，右府还应有一个女儿，她亦是右府夫人的养女，让她们结伴同行吧。将二人送往江户，也是为了丰臣冥福。你告诉他们，不许任何人对此提出异议！”说完，家康压低声音，续道，“送出右府夫人，将军再派人向高台寺请安。听说目下高台院闭门不出，一味诵经念佛。”

此时天已完全黑了下来，雷声却愈来愈急。

随着一声震耳欲聋的雷声在天空响起，雨哗哗下了起来，啪哒啪哒打在房檐上。雨若倾盆，道道闪电划破长空。

家康又叫住阿茶局：“雨停了再去，稍候就好。”

“是。”

“胜重啊。”

板仓胜重侧耳道：“大人说什么？”

“我想说说光悦。”

“请原谅光悦的无礼。”

“我并未动怒。我是羡慕他啊。”

“羡慕他？”

“他说他已厌倦尘世。”

“是，他一向有话就说。”

“虽说他已厌倦了尘世，但既然活着，就还得过下去。”

“他真是任性之人，大人莫把他的话当真。”

“不，我喜欢这老东西，不管他怎生骂我，都喜欢。”

“在下惶恐。”

“对了，洛北有一块空地，便是鹰峰，当年我们筑建伏见城，曾带兵驻在那里。”

“那一带最近有山贼出没，无人敢过……”

“哦。盗贼出没的地方，自不会有人去。但对已经厌倦尘世的光悦来说，却是个难得的好地方。让光悦在鹰峰选一块地方吧。”

“那里……”

“是，你告诉他，他想要多少地都可，他可带着喜欢的人一起去。”

“啊？”

“你不明白？这是我对那老东西的奖赏。他既然厌倦了尘世，就去那种荒地里吧。在那里，他可烧制喜欢的茶碗，作喜欢的和歌，涂涂抹抹，随心所欲。”家康说完，再次将视线转向了窗外，看着从天而降的大雨。雷还在轰隆隆作响，雨还在哗哗地下，如同瓢泼一般。

“哦，是。”胜重终于明白了家康的意思，不由得笑了。

光悦这老东西，把想说的都说了，还白得了这等好处。洛北鹰峰一带，山清水秀，鸟语花香，可称得上隐居胜地。带上自己喜欢的人，弄些心爱的东西，随心所欲……大御所对他可真是体贴入微啊。胜负分明了，还是大御所胜了。想到这里，胜重一阵欣喜，有如自家事。

胜重比谁都明白最近家康为何沉郁。自从五月上旬开战以来，一切都非家康所料。“这是上天对我的惩罚，因我误以为太平世道已经到来，疏忽大意。”家康这样说过。就连胜重也去寻了一个灵验的算命先生，为他卜了一卦。“流年不利，请务必注意身子。”胜重听了这话，脊背亦有些发凉。若是寻常人，定会大发雷霆，气致卧床不起，但家康却始终端端忍耐着。他未立即回骏府，而是留在京城，把一切归于自己的疏忽，独自承担世人的褒贬。正因如此，就连本阿弥光悦，也认为丰臣灭绝都是家康之过错。胜重以为家康会对光悦解释些什么，如此，他心中也许会轻松些。但家康却毫不辩解，非但不辩解，还赏人封地。

光悦自然也非寻常之人，日子一久，定能明白家康之苦心和好意。家康让光悦在洛北鹰峰选一块地，在那里随心所欲建一个村落，真是个好主意。光悦现在不仅自己制造炉灶，烧制陶器，还制造笔墨纸张。目下，他亦召集各类匠人，制作各种可流传后世的器物。这一切家康都知，他是想告诉光悦，去开辟一块和凡俗尘世完全不同的新天地。不管在何处，都要生存下去。两厢相比，自是家康更胜一筹。

家康原谅了光悦，也明白光悦。

“雨停了。”家康道，“待雷声过了比睿山后，便下令备轿，可以去了。”他瞧了瞧阿茶局，又看看永井直胜，道：“将军已经作好献金的准备了？”

向宫中献金一万两后，将军秀忠便要着手制定武家诸法度及约束皇室与公卿的法令了。胜重再次对家康肃然起敬。

一九　天命人命

德川家康决定暂留京城，亲自处理战后诸事务。此时的家康，在胜重看来，即如尊神。

每当家康见到胜重，都会说：“我的努力还不够。”每当要作决断时，他都会叫来五山长老或高野山僧侣，听取他们的见解。一旦作出决断，他便会毫不犹豫去执行，不再征求秀忠意见。

大坂城内的金银已于六月初二转移到了伏见城，计有黄金两万八千六十锭、白银两万四千锭。家康听到此数，意味深长对胜重道：“要是这些黄金早些消失，丰臣氏也不至于家破人亡。”

身边人听了这些，说了出去，竟以讹传讹，甚至有人以为，淀夫人和秀赖之所以那般浪费，都是家康所迫。其实，家康完全不是此意。

“人生在世，往往身不由己，人人头顶都有命运、宿命和天命三柄利剑。太阁为儿子留下了巨额金银，正是这些金银导致秀赖走向穷途末路。”

胜重听了，有些摸不着头脑，问道：“命运、宿命和天命之间，有何区别？”

“你一大把年纪了，还不明白？”

“在下愚昧，愿闻其详。”

“你听好。好比有一个圆盆，内有一碗。”

“圆盆？小碗？”

“是。碗便是人。只要他在盆里，不管往左还是往右，他自可抉择，在盆内抉择，便是命运。因此，命运可因人意愿改变。”

“原来如此……原来如此。”

“而那盆沿……人走到盆的边上，再也无法前往，便是人的宿命。”

“那大坂城的黄金……”

“那些黄金便是阻挡了秀赖的‘宿命’。但在宿命之外，还有天命。”

“哦？”

“所谓天命，便是造出了这盆以及碗的命令。人只有知道了自己有所能、有所不能，知道这世上还有事情乃是自己奈何不得，方能随机应变。我的天命是什么？上天应该赋予每个人使命。若未弄清这些，无论你怎么做都是徒劳。在宿命的‘盆沿’，无论你如何挣扎，都无用处。”

胜重才终明白家康的心思。家康已知了天命。天命不可违，却可以知天命，尽人事，为自己的使命作最后的努力。

庆长二十年六月十五，家康再次进宫面圣。他向天子禀报，已派人收拾好焚烧后的大坂城，以原来的大坂城为基进行筑建，以为幕府直辖城池，并全面整修附近道路，以图京畿繁荣。最后，他献上白银千两、锦缎二百匹及其他礼品。

此时，家康已在考虑朝廷的法令，并请崇传和天海等人商议。之所以这般做，是因家康看到后水尾天皇和上皇不睦，众公卿也因此摇摆不定，长此以往，朝廷肯定会出乱子。当然，他要制定的不仅是朝廷法令，同时也已下令尽早准备颁布《武家诸法度》，在全国实行一领一城制，拆除诸大名除居城以外的所有军用城池壁垒。此为预防武力叛乱之法。

闰六月十三，德川家康下令颁布了一领一城法令。七日后，他令秀忠进京面圣，将此法令奏明圣上。秀忠亦献黄金一万两，奏明圣上，希望值此太平盛世到来之际，改换年号。家康进宫只献白银千两，将军秀忠却是黄金一万两，在胜重见来，家康自是有所用心。

对大坂城的修缮以及对落败武士的追杀，都是在将军秀忠的指挥下进行。七月初七，将军秀忠将诸大名召至伏见城，向他们宣布了《武家诸法度》。七月十三，改年号为元和。七月十七，朝廷法令颁布。

将军秀忠于十九日离开伏见城，返回江户。

家康原本应返回骏府，但秀忠刚刚离开伏见，他便令胜重请来中院通村，听其讲授《源氏物语》，这让胜重顿感扫兴。家康原本喜好诗文，但《源氏物语》不过一个宫廷绮丽故事。在这种时候，为何……胜重虽心中不乐，却也不敢违背，只得领命去请通村。

中院通村也有些纳闷。这个已逾七十且公务缠身的大御所，缘何要听《源氏物语》这等猎色故事？

家康在二条城听讲的时候，又制定佛教诸本山、本寺的法度。他的目的，似并不在于听解《源氏物语》，而是向通村打听宫内诸情。

二十八日，鹰司信尚罢关白之职，前关白二条昭实再次出任。

二十八日夜，家康告诉胜重，他有事与胜重父子商议，令胜重传来重昌。

是夜，家康气色甚佳。他沐浴毕，着一件纯白的绫浴衣，周身散发着暖意。

夜风乍起，院子里的胡枝子花已经开始零落。房里依旧只有一盏灯。

“稍稍有些暗，不如破例加一盏灯。”等胜重来了之后，家康吩咐侍女加了两支蜡烛，回头道，“胜重，我们在京城要做的事，都快做完了。”

“大人辛苦！”

“你想想，可还有疏漏？”

“哪里会有疏漏？大人思虑周全，任何一事都是在下未想到的。”

“也并非如此。”家康微微一笑，道，“今日二条大人再次出任关白一职，如此，宫内也可恢复平静。未久我便要离开京城，返回骏府。这次离开京城，怕再也不会回来了，我才把你们父子叫来。”

“大人有何吩咐？”

“胜重，仔细想想，我活了七十多年了。”

“胜重以为，这是神佛保佑，是为了天下太平繁荣昌盛……”

“那事后来怎样了？我是说本阿弥光悦。”

“在下将大人的话转告，他先是有些茫然，过了片刻便号啕大哭起来。他说他生了一双狗眼，在完全不知大人心思情形下，说了那么多浑话……”

“哦，这么说，他愿意到鹰峰去了？”

“是。他如今踌躇满志，立志要承日莲大圣人之志，建一个最为太平的村子。大人要是愿意，不如在出发前再见一见他。”

“不了，不用了，他建村子，定是能明白我的心思。但他会建一个什么样的村子呢？”

胜重见家康心情颇佳，于是往前探了探身子，细说光悦的想法：“光悦认为，这世上所有的争端，都是源于对财富的争夺。”

“是啊，鸟为食亡，人为财死。”

“他还说，那些原本正直却性急的人，因此沦为盗贼草寇，稍有智谋之人则招兵买马，成为大将。但大将归根结底不过是大盗。因此，他欲在新建的村子里，不准人拥有私财。”

“这么说来，在那村子里，只要劳作，便能过活吗？”

“是。众人各尽所能，剪纸，作画，油漆，制笔……用这些技艺换来的金银，全部用于大家生活所需。不管是金钱物件，还是山川河流，均非某人私有，而为众人公有。这样的生活，才符合天地之法……”

家康见胜重滔滔不绝，扬手打断了他：“这么说，全村只有一个钱袋？”

“是。倘若人人都有自己的钱袋，便会贫富有异。一旦有了贫富，便会出现盗贼与武士，互相争夺。聚集在村中的匠人，无高低贵贱之分，众人平等。他还扬言，要让每个生活彼处之人都不必为钱财发愁。”

“我知道了，这个光悦。”家康不知想起了什么，又道，“仅如此还不行。这世上有劳作之人，也有不劳之人。那些辛勤劳作之人怎会听从四体不勤之人的支使？”

胜重被家康打断，有些心急，续道：“光悦说，人之才能有异，情况各别。比如有人虽有一身力气可搬运石头，但书写却比孩童还差。有人并无后嗣，而有人却有儿女八九。在下便问他，即便如此，村中诸人能视他人儿女如己出，无任何怨言？”

“你连这也问了？”

“是，因为在下也想不明白。在下对他说：人能力有异，但所得一般，却不公平。”

“他怎么说？”

“他出言反驳，说在下目光短浅。”

“目光短浅？”

“他说我们所见之人，与人数多少、能力大小均无干系。人人都为生命存续，上连远古祖先，下续子孙后代。要是能明白这个道理，便不会觉得不公。也就是说，不能因为邻居的孩子多，便在心中打小算盘。暂时可能会有损失，但日后也可能儿孙满堂，自是需要别家劳作。这世间并非一代两代的世间，只有把目光放长远些，想到百年千年之后，才非目光短浅。在下被他如此责骂了一通。”

家康突然大笑出声，“胜重啊，看来是你输了。我所说的并非这个。我是说，必须要有一个里正，来消除人之不平，并让众人明白这些。”

“里正？”

“不错。我是说，此里正要放眼今后百年千年，让不管出生在何时的人都行正道，幸福地过活。首任里正自当本阿弥光悦来做。他以日莲大圣人为榜样，是个有识之士。但，他若不能教导下一任里正，村中繁荣自将如昙花一现。世世代代的繁荣才是长久繁荣，里正的责任，正是要使这种繁荣源远流长。设若无人继承上一代的志向，一切都会变成一场梦……”说到这里，家康声音突然有些颤抖，竟扭头哭了起来。

胜重吃了一惊。家康所言似并非光悦那村子，所谓上一代下一代云云，定是指将军秀忠。胜重不由浑身僵住：家康对将军战后事宜的处置并不满意。

“那老东西真是不错。”半晌，家康方变回笑脸，继续道，“一村，一藩，抑或邦国，初时如日出，总是振奋人心。”

“是。光悦比上次大人见他时，要精神许多。”

“但一旦真开始做，只怕会觉诸事不堪。”

“……”

"我肯定还有颇多未想到的地方，但我已然老了，将不久于人世。"家康看了看旁边的蜡烛，道，"胜重，剪剪烛芯吧。今日我想与你在一个亮亮堂堂的地方好生谈谈。"

"遵命。都是在下疏忽。"

"啊，亮多了。我们刚才说到哪里了？"

"说到村子建成之后，应该教导下一任里正。"

"是啊，万物皆有源，如花果皆有种子。因此，你把我的话告诉他，告诉他最重要的是教导后来之人，而且，要好生掌握教导之法。稍有不慎，便易疏漏。此乃我活了七十四年的心得。"

"遵命！大人，在下却还有一事。"

"今晚有什么话就尽管问，莫有顾虑。我也想在回去之前，好生与你谈谈心。"

"在下想知，大人在京城的这些时日，最不满意的是何事？在下也好在日后引以自戒。"

"最不满意……"

"是。"

"有四件事我甚不满意。第一，便是在短时内，我打仗不太行了。关原合战已去十五载，此次战事让我受惊不小。"

"这都是承平日久，天下息兵的缘故……"

"打仗不力，人便会变得弱小，由此失去自信；一旦没了自信，就只会使人残酷。兵器虽精，人却会因胆小而心冷。此事啊，我要令柳生又右卫门反省……第二，便是世人颠倒了道德和法度。"

"道德和法度？"

"是。不管是将军还是众家老，都颠倒了道德和法度。法度之世的关键，在于是以道德为先还是以法度为先。胜重，你想想，若将二者颠倒，便总会强调威信。"说到这里，家康阴阴地盯着胜重。

胜重有些惶恐。他这才渐渐明白家康今日为何把他叫来。当家康问到道德与法度何为先时，他自责不已，胸膛如被一把利剑穿透。实际上，除了秀忠，胜重也时常将"威信"二字挂在口头。他们自然知道德很是重要，但亲信和谱代大名们都理所当然地认为：先应树立幕府威信。

“你应该明白，胜重。”家康依然冷冷看着胜重，继续道，“所谓法度，不过是一些人为了需要，才制定出来捆绑他人的绳索。”

“这……”

“你认为可恣意使用这绳索去捆绑他人吗？”

“当然不能。”

“嗯。家主在制定禁止奢靡的家规之前，若能以身作则，用度节俭，即便不必每日讲威信，家里人也会自觉遵守。”

“是。”

“但若把这二者颠倒了，会怎样？世人对太平的渴求，其实就是想让操权柄者停止杀戮，让百姓安乐过活。”

“是。”

“但本来渴望太平之人，却杀掉了原本可以不杀之人，这正是胆小，是缺乏自信。”

胜重不由得垂下了头。听到“胆小”二字，他感到无地自容。这原本可不杀却杀了之人，不用说，便是秀赖、淀夫人和国松丸。口口声声说不能放过他们的，不过是些胆小怯懦之人。正是重臣们让将军秀忠变得怯懦。在此事上，胜重也脱不了干系。

“你听好，为政者若不知法度为先还是道德为先，便变成只会用威信来掩饰其懦弱的残忍之人。所谓道德，乃是舍弃自家情感，始终能设身处地为他人着想，知别人疼痛。道德当始终为先，而法度其实乃是一种众人皆可明白、皆愿遵从的世间规矩。”

“……”

“这种原本众人皆当明白、皆愿遵从的法度，若变成了威吓手段，为政便成了恶政，恶政正是乱世之源。你可知，所谓善政，应首先得到百姓拥戴。对大名来说，最重要的则是使领民信服。要想令人信服，诸大名就要在日常积蓄道德。我此次公布武家法度，正是对神佛立誓，要以已身来证明德之力。”

胜重听家康意外谈起武家法度，愈发感到惶恐，因为他也是参与制定法度诸人之一。胜重先前以为，此法度乃是用来禁止武士轻举妄动，以维持秩序，从未想到里面还隐含如此深意。

家康还说，法令若不能让百姓明白，法即不法。此说颇为意味深长。“善政自有善民，恶政自有恶民。为政如舟，其民如水，舟水和谐，方可水涨船高。”

说得太好了！若非如此，上下怎能齐心协力？家康之言令辛勤奉公、力求善政的胜重茅塞顿开。

“第三处不满，乃是对自己不满。”此时，家康嘴边露出自嘲的微笑，板起脸道，“是我过于自负。原本以为，经我德川家康深思熟虑而决定的诸事，定是板上钉钉。正是这自负，导致了不可挽回的疏忽……”

胜重忍不住道：“大人，此事您不说，在下也……”

“你也明白吗？唉，我是如何痛苦地自责啊！”

“是……大人的第四处不满是什么？”

“第四……我正是为了此事才叫你来，我正要与你商议呢。”

“愿闻大人详述。”

“非别的，便是关于上总介忠辉。”家康叹了一口气。

“上总介大人一事，不是全权交与将军大人处置了吗？”

家康落寞地摇了摇头，道：“将军无法对此事进行裁决。我将此事交与将军去处置，原本就错了，我的儿子，还是应由我自己去责罚。”

胜重全身僵硬，大气也不敢出，他未想到还会提及这事。但这毕竟是父子之事，将军怕也想待家康心绪好些时，说几句好话。大御所现在再提，只怕凶多吉少。

“在下斗胆问一句，大人欲何处置上总介大人？”胜重努力控制着自己，但愈是这样，身子愈是僵硬，呼吸愈是急促。

实际上，在家康和秀忠的亲信当中，胜重最为清楚此事背后的隐情，只叹忠辉自己并不知情。

大久保长安死后，他府邸里寻出一个小匣子，里边装有联名状。胜重也曾看过。世间传言，那联名状乃是莫大阴谋，联名状上诸人希望信奉洋教的大名一同废掉将军秀忠，拥戴忠辉，再与班国联手，称霸海上。

大久保长安为了积攒海外交易本钱和军饷，秘藏了大量黄金，因此受到责罚。不仅长安一家，联名状上署了名的许多人，包括大久保忠邻、里见忠义和石川康长，都被削去了封地爵名。

因当时对洋教徒的追杀过于紧迫，板仓胜重曾暗中雇了几艘小船，把京中的传教士稍稍送了些去长崎。

世上传闻风起，很长时日都不平息。有人说，驻长崎的摩洛船长写给葡国皇上的密函落到了家康手中，胜重也看过那密函副本。书函的内容甚是露骨，如次："我们决定齐心合力，除去与英吉利、尼德兰关系密切的德川家康，推翻其长子秀忠，拥立忠辉。为遵守前约，请速派兵舰及水军前来……"

对这莫多传闻，胜重心存疑问：背后定是有人指使，欲将单纯的武将诱入陷阱。而幕后的指使人，到底是索德罗、大久保长安，还是伊达政宗？但不管谁是幕后之人，忠辉都在不知不觉间深陷其中。想到这里，胜重愈觉忠辉和家康都很是可怜。

"上总介还是不可饶恕。"家康见胜重变了脸色，扭开头续道，"此次出征，忠辉从自己的领地来到前线的道路不对。"

"路……"

"他从高田进攻大坂，若不想迟到，自有捷径可循，便是从高田前往越中，然后经加贺、越前、近江、大津。但忠辉却从越前至近江，又从美浓转伊势，再从伊势、伊贺前往大和，越过金刚山，方来到大坂。若非别有用心，怎会如此行军？"

"此是因伊达在他身边……"

"不管是何理由，这样迂回赶路以致贻误战机之人，怎配称作武士？"家康说完，再次落下泪来。

胜重叹一口气，不等家康吩咐，便赶紧剪了剪灯芯。他原本担心家康会提及洋教或者长安之事件，却是说行军道路，这多少让他放心了些：若大御所单单是指责忠辉在战中迟到，事情应还有周旋余地。

"胜重，"家康有气无力道，"除了此次贻误战机，他还有两条罪状：第一，在该进京面圣时擅自下河捕鱼；第二，斩杀将军家臣。有这三条还不够吗？”

“这……”胜重试探道，“可从轻发落吗？”

“哼，不可！”家康摇头道，“若他只是个两三万石的小藩之主，尚可从轻发落。他乃是年俸六十万石的大名，虽是我儿子，却无能耐见识。对这等人不施惩戒，其定会成为我身后瑕疵。”

“可是，这……”

“因为还有义直、赖宣和鹤千代，正好趁此机会，给他们一个警示。我已经决定了。”

“大人……”

“我已不再是征夷大将军。因此，对忠辉如何处置，当由将军裁决。但你也知，此次战事将军在很多地方都拂了我的意思，故对我多有顾虑。在阿千的事情上如此，上总介的事情上也是如此。我若放任不管，怎能安心而去？我决定一到骏府，便要宣明：永远不见忠辉。”

“永远不见？”

“我决定这辈子再也不与他见面。若不让将军知我已作好了这等准备，他自不敢责罚骨肉兄弟。”

胜重无言以对。这位知道自己将不久于人世的父亲，竟然决定永远不再见儿子，这种隐忍，究竟能为他带来什么？

“因此，我才和你商议。”家康看到胜重纳闷不解、手足无措之态，定定道，“我要与你商议的就是此事。我一回到骏府，便昭告天下。忠辉母亲也在骏府，我一回去，他定会向我问安。我想先派人去告诉一声，使者应将我的良苦用心传达与他，让他明白我为何如此。正纯、直胜和重昌都不行。胜重，你莫取笑我。我虽震怒，却不想让他蒙羞。我应该派何人去？你不妨说说。”说到这里，家康忍不住长泪直落。

胜重浑身发颤，体味着家康话里的意思。从家康的泪中便可看出，身为父亲，这是何等苦楚的决定。家康若下定决心付诸实施，秀忠自会收回忠辉的六十万石封地，甚至不得不令兄弟切腹。家康见秀忠很难作决断，便首先表明自己的意思。这样看来，难道这父亲恨自己的儿子？不，怎会这样！胜重感觉似被一块烙铁烫伤了胸膛，鼻腔内火辣辣的。

“请恕在下斗胆……”胜重额头已经渗出豆大的汗珠，强道，“此事，大人不能再考虑考虑？”

“不必了。”

“可是，此有违大人平常告诉我们的道理。第一，不合人情，第二，不合自然。大人不必如此，在下也会将大人的心思禀告将军。”

“胜重，我作出这个决定，已经过深思熟虑。你只回我，应派谁去合适？”

“大人……”

“我这个做父亲的行事自应谨慎，要以此为将军及义直等孩子们——不，还有天下苍生、神佛及天地作出示范。我未能保全秀赖性命，这便是上天对我的惩罚。”

胜重吃了一惊，不由得看了一眼周围。最近有侍女说，淀夫人的亡魂经常出现在家康房里。君子敬鬼神而远之，他绝非因传闻而害怕，但是，良心上的自责实比遇到亡魂还要可惧。

忠辉为何会如此不幸？他并非自己想让大久保长安做家老，也并非自己要娶伊达政宗之女。所有这些都是家康出于政略的考虑强加于他，然而，这些竟终导致他的不幸。

“请恕在下直言，”胜重道，“如此一来，大人能够向神佛证明您的清白，但大人又如何看待上总介大人的不幸？在下认为，大人这样做有失偏颇，难怪有人说大人对自己的儿女过于残酷……”

“休要再说，胜重！若说报应云云，我已经受到了惩罚。回我，谁去合适？”

但胜重并不明家康真正的用心。

虽然口口声声说关爱儿女，但人最终还是难以跨越自私的心墙。难道对儿女的关爱也会有偏颇？胜重有些迷茫。家康对待义直、赖宣、鹤千代和对待忠辉的态度完全不同。前三人因为年幼，老实规矩，忠辉性情中则带着霸气，经常会出言顶撞。但无论怎样，这几人均为亲生儿子，家康缘何单单对忠辉如此严苛？

家康幽幽道：“他但与伊达一途，将军就永无宁日。若政宗和忠辉联手，将军所有的亲信合力恐也无法与他们抗衡。这便是忠辉的天命，你这般想即可。”

“这……”

“胜重，虽是我让他与伊达联姻，但我未让他成为伊达傀儡。忠辉若是能够尊重、拥戴兄长，便不会到今日这地步。我已想好了，虽说忠辉可怜，但好不容易天下太平，不可再生动乱了。”

“大人的意思，对上总介大人不管不顾，他便会与伊达联手生事？”

“不怕一万，只怕万一。这万一一旦发生，天下便会遭殃，故要消除隐患。伊达领地已达百万石，加上高田的六十万石，你想想，长安那厮的阴谋将会成真。从此次战事来看，天下还有众多大名对将军并未心服口服。”

胜重听到这里，恍然大悟：忠辉啊忠辉，你竟是乱事之源！

“设若，我是说设若，菲利普皇上派兵舰攻打，伊达跟着起兵，那些尚未完全舍弃洋教信仰的大名遥相呼应，天下将会如何？必立时大乱！不管发生何事，作为征夷大将军，都当自己去镇服。若非如此，征夷大将军便名不副实。我已经想好了，胜重。”

胜重茫然地看着家康。

“我未能救得秀赖母子，我自己的儿子却会成为下一次动乱之源，倘若我明知此病，却讳疾忌医，到了九泉之下，怎有脸去见太阁？”

“在下明白。”胜重不由得掩面而泣，家康亦老泪纵横，徐徐道：“你若明白，就帮我寻个合适的人去。正纯不合适，照忠辉的性子，很可能对他刀剑相向。”哭了一阵，家康又小声道，“若是让利胜去，忠辉定会认为秀忠乃出于私怨行事；直胜又不善辞令。要动之以情，晓之以理。我也想过成濑或安藤，都是忠辉兄弟家老，他们前去，忠辉必又以为这乃是兄弟们的阴谋。京城一日少不了你，你又无法脱身。我应派谁去说服他，而不致把事情搞砸？”

胜重想来想去。这可非个好差使，使者不能全靠讲道理让对方明白，也不能意气用事。除了家康，还有何人会想出这等惩罚？家人犯错时，大楠公曾经以数日不见为罚。家人怕了寂寞，从此再未犯过错。但家康这般严厉处置，该怎样向忠辉言说？

“如何？你有合适的人选吗？此人必须能与我同回骏府。”

“不知松平重胜五男胜隆是否可担此重任？”

“哦，你说出云？”

“胜隆亦非外人，况且他一向不参与政事，年龄与上总介大人相近，为人宽厚，故，在下以为，此人甚为合适。”

“哦，那就让他去吧。”

松平重胜五男胜隆乃是鸟居忠吉的外孙，他和家康亲缘不远，且年龄与忠辉颇为相近。

“在下以为，首先应见见胜隆，把前因后果告诉他。”

“你能与他说？”

“是。若非如此，恐怕无人敢领这差使。”

“是啊。”家康垂下肩膀，叹一口气，“我还有一个难题，就是如何说服他的母亲茶阿。”

“是。”

“忠辉是个男儿，可他母亲……胜隆的事就交给你了。”

“但愿他不会辜负大人期待。”

“此事定要保密，万一泄露出去，于幕府不利。之后，我便一切皆不再插手，全权交与将军裁夺。”

板仓胜重渐渐恢复了平静，但他心里愈是平静，便愈不敢抬头看家康：如此为父，何其艰难！

走出家康房间，板仓胜重心情沉重地来到城门外，去拜访松平胜隆。虽已是深夜，但若不立即相访，胜重只怕难以入眠。

“今晚想请你去舍下住一夜，饮几杯薄酒。”

年轻的胜隆立刻应承下来，他怕是以为，这位前辈会给他讲些武家故事。“此所谓忙里偷闲吧。”

“是啊。”

二人同至所司代府前，弯身进去，胜重再次回头看看二条城，道：

“刚才我去了大御所处。有件让人为难之事。”

“大御所已告诉您他何时回骏府？”

“初定于八月三四。来，我们边饮边谈。”

到了房里，胜重便马上命人备了酒菜。酒菜上来，他便令诸人都回避了。

“多蒙款待，最近可真有些烦闷啊。”

“在这里不必拘礼。马上就要起秋风了。”

“一旦刮起秋风，便会想起故乡。仗一打完，甚觉无趣。”

“你最近出任出云守了吧？”

“是。在下微薄之功，便受此厚遇，实在惭愧。”

“谦虚了，听说你和上总介大人颇为亲密？”

“正是。我们同为松平一族，家康公先前与茶阿夫人同住浅草，在下与上总介大人幼时便是很好的玩伴。”

“最近你可见过他？”

“最近……约五六日前，他去河中捕鱼，然后送了我些。为表谢意，我去拜访了他。”

“他还是那般喜欢捕鱼？”

“听说上总介大人还因为此事误了进宫面圣，受到大御所责骂。”

胜重哈哈笑道：“如此豁达的一人，竟也令大御所为难。”他一边为胜隆斟酒，一边思量如何提出家康吩咐之事，“来，再来一杯。对了，你还记得庆长十八年大久保长安谋逆之事吗？”

“大久保长安……听家父提起过。”

“你是否知，那事至今还未完全解决。”

“啊？那事……”

“我今日叫你来，正是为了此事，有一大事要拜托你。”胜重若无其事说完，又将胜隆杯中斟满。

胜隆脸上顿时僵住。他母亲和忠辉颇为亲近，与其说二人是甥女与舅父的关系，莫如说她更像忠辉的姐姐。

“这……您说，大久保长安事件尚未结案？”

板仓胜重清楚胜隆因何不安，道：“我直说了吧。为了解决此事，还需出云守相助。这并非我个人的意思，实际上，乃是大御所的意思。希望你能担此重任，并为此保密。”

松平胜隆不语，正了正姿势。

大御所的密令，仅这一句话，便让胜隆紧张不已。胜重心道，看来他已有准备。

“但是……”胜重再次执起酒壶，道，“但此事绝非简单的密任。我们要商议好，思量切实了。”胜隆低低喘了口气，拿起酒杯，又使劲摇了摇头，努力挥去盘旋于心中的不祥之念，“大人请直说。在下还年轻，决断思虑有诸多不足，请大人赐教。”

此人果然慎重！板仓胜重看着胜隆的样子，突然想起了年轻时的家康，遂道：“我不知你对大久保和上总介大人之事知道多少。但，此事太过复杂，一时难以道尽。我先告诉你大御所的决断。你若有不明，尽管问。”

“是。”

“大御所很快便会离京东返。他欲一回骏府，便对这事作个了结。大御所要派人去告诉上总介大人，今生不再与他相见。”

“永远不再相见？”

“此生永远不再见面。这可解释为，上总介犯下了大错。”

“哦……”

“只有你才能胜任此行。故，大御所的意思，是让你去向上总介大人传达此意，并向他说明……”

“不！”

“嗯？你说什么？”

“在下无能，无法担此重任。上总介大人不会因在下的几句话便明白一切。这样的话，在下必须说服他。但在下既无这等手段，也无此能耐，故，只好拒绝这差使。”

“哈哈，你先别急。”板仓胜重笑着拿起酒壶，一边给胜隆斟酒，一边后悔自己刚才过于松弛了，在言语上自当计较，尤不能让胜隆觉得前方乃是陷阱。

“大御所他……”胜重的表情变得严肃，一本正经道，“他觉得，若不将此事了结，他会死不瞑目。便是说，他用一种特别的方式说了遗言。”

“不，不管大人怎说，此事……”

“胜隆！”胜重加重语气，以威势压人，“我也不愿插手此事，可你要是不去，明年只怕要发生战事。”

“战事？”

“此战将会席卷江户以东……不，说不定还会席卷整个日本。你也应隐隐约约有些预感。”

胜隆低声咕哝一句，拿起酒杯。

胜重抬头看他一眼，道：“大御所费尽苦心想避免战乱，好不容易才想到此法，便是永远不再与上总介大人见面。他想和儿子共同分担痛苦，来保证天下平安无事。此乃大慈大悲的菩萨心肠。你说呢？”

“……”

“你既明白，就不能推辞。实际上，让你担当使者，乃是我的建议。”

“……”

“你若还有不明之处，我会一一向你解释。你先别这般急着拒绝，回去好生想想，希望天亮前能作出决定。”

胜隆脸上 阵痉挛，依旧沉默。

“不急，来，再饮一杯。”

“那么，伊达……”

“什么？”

“您觉得，伊达有起兵之心？”

“有也好，没也罢，他终是野心勃勃。”

“哦……”

“此次大坂战事甚是奇怪。伊达未赶上道明寺一战。在茶磨山一仗中，我方一支人马又被自己人攻击，全军覆没。不仅如此，一个曾和他有过秘密约定的、叫保罗的神父跑到他阵中求助，他却企图杀人灭口。”

“……”

“根据那神父所言，大久保长安行为不轨，背后的主谋便是伊达。总之，长安事件还没完全平息。你明白了吗，胜隆？”

松平胜隆这才放下杯子，面色略缓。“在下有一事要请问板仓大人。”他到底是年轻人，直道，“大人刚才的那些话，即说伊达政宗有反叛之心，乃是大御所的判断，还是板仓大人的看法？在下想先问清楚。”

胜重表情严肃答道：“我们二人都这般认为。”

“那么，在下还有一问。为何只有惩罚了上总介大人，才能防止战乱发生？原本一个巴掌拍不响，战事乃是双方之事。是伊达先起兵造反，还是幕府率先举兵讨伐？战事引线会是什么？”

胜重不由得想笑，终是忍住了。他知道胜隆为何会这般问，但对方一本正经的样子，让他感到好笑。

“你提出了三个问题。但我先要提醒你，休要忘记最重要的，乃是大御所已决定永远不见六男上总介大人。”

“是。”

“上总介大人的脾气你也知，世人皆知，他比将军争强好胜，甚至还杀掉了将军家臣。他这种脾气，怕也是天命。”

“天命？”

“以他这等脾气，再加上伊达煽动，会是何等结果？大御所归天之后，必是兄弟内讧，这内讧的实质乃是伊达之乱。那个保罗神父，就是认为伊达乃是大坂的盟友，才跑去求救。”

“……”

“大御所现在后悔把上总介大人给了伊达为婿。若仍把上总介大人留在伊达身边，便是留下了一场天下大乱的祸根……”板仓胜重不能自禁，竟流下泪来，“胜隆，大御所觉得，为了不让伊达有机可乘，只有让自己的儿子来负此过。大御所说将永生不再和上总介大人见面，也就意味着，上总介大人将被收回领地，本人将被幽禁。如此一来，上总介大人的夫人便会离他而去，被送回奥州。这对上总介大人自大为残酷，但为天下苍生，也只有如此了。”

松平胜隆一脸严肃地瞪着胜重，他渐渐明白了大御所所谓“永生不再见面”的意义所在。但他心中还有几处不明。他也经常听到关于伊达有叛心的传闻。以前伊达便嘲笑秀吉公不会打仗，说家康公不过是运气好。这样一个人，自会煽动女婿和将军相斗。但大御所为何容得下这样一人居于卧榻之侧？他为何偏偏要牺牲自己的儿子，以化解此事？

“你既明白，就不得草率地拒绝。”胜重接着道，“大御所之所以如此，只是为了防止战乱。你此去，担子不轻啊！”

“大人，再来一杯。”松平胜隆端起已凉的酒，一饮而尽，“大御所为何如此惧怕伊达呢？为何不一举讨伐他？”

胜重见胜隆一脸焦虑，笑道：“你竟不明白？”

“不明白！为何大御所要忍痛惩罚自己的儿子，以保全伊达？”

“因为上总介大人乃是伊达女婿。”

“这么说……这么说，是要令上总介大人和夫人离散之后，再举兵征伐伊达？”

“不，不，若是征伐，又要发生战事了。你好生想想，一旦把上总介和伊达分开，伊达自会放弃二心。伊达有了上总介大人，便如蛟龙腾云，但若蛟龙没有了云，他便只能盘踞在池底，不敢兴风作浪。”

“在下还有一问，上总介大人受到惩罚之后会怎样？领地被没收，本人被幽禁，夫人会离去，那之后，他会不会重见天日？”

“这就不得而知了。”胜重忙摆手道，“在此之前，悉听大御所处分。但在此之后，如何处置，则全由将军做主。不知将军会命其切腹，还……”说到这里，胜重叹一口气，道，“既然大御所决定永远不和上总介大人见面，之后上总介大人重见天日之机，只怕微乎其微。将军乃是至孝之人，对于父亲的决断，他怎会轻易更变！”

听到这里，胜隆的脸有些扭曲，抱膝呜咽道：“这样的话，上总介大人只怕难逃一死。”

“正因如此，大御所亦是伤心欲绝。”

“唉！既然是大御所的吩咐，在下怎能拒绝。”

“你愿接受了？”

“即便在下说不接受，大御所也不会同意。抱着一死的决心……”松平胜隆似已有了几分醉意，突然挺直胸膛，咬牙道，“在下会说服他！但他毕竟为大名鼎鼎的上总介，即便能明白父亲之意，却也不会乖乖接受惩罚。斯时，胜隆会一言不发在上总介大人面前先行切腹。想必除此之外，别无他法。”

胜重激切道：“你既有这等决心，定能说服他。他亦为人子，怎会眼睁睁看着父亲的使者死在面前？他定会哭着接受父亲的决定。我和大御所都信你能说服他，才决定派你去。可是胜隆，你仔细想想便能明白，你这一行，重如万里江山。”

说罢，胜重不由全身抽搐，大哭不止。

二〇 晴天霹雳

战争结束之后，德川家康下令要在百日内处理好战后事宜，但诸事完结，比他预想的提前了十日。

元和元年（一六一五）八月初四，晨，家康从京城出发。

同日，于七月十九离开伏见的将军秀忠抵达江户。

松平上总介忠辉紧随父亲离开京城。松平胜隆之父松平大隅守重胜负责指挥越后军撤退。

大久保长安死后，皆川山城守也被撤职，之后大隅守重胜便作为忠辉家老，居于越后的三条城。

三条在高田以北，与高田城相距甚远，位于伊达与忠辉的领地之间，将二者隔离开来。大隅守重胜之所以选择此地，似正是想暗中监视，但忠辉对此并不介意。

忠辉在大津和大隅守重胜别过，带着不足百人手下，朝骏府而去。从前番事件后，忠辉便再也未见过家康。因为家康从没召见他，他也未想过去看看父亲。在忠辉眼中，父亲原本一代雄主，如今也由于年龄之故变得多牢骚。一旦自己言语稍有不慎，他便会大发雷霆，或是唠唠叨叨，或是泪流满面。忠辉因此认为，只要父亲不派人召见，便不去见父亲，这样也算孝行。现在他之所以将人马托付于大隅守重胜，轻装沿着东海道前往骏府，实是为了见见母亲。

茶阿局一直在照顾家康日常起居。忠辉亦常切切叮嘱："父亲已经老了。定要好生照顾，莫有闪失。”忠辉想，此行若能与父亲一见，请个安，也是好事。但他觉得，作为孝子，最重要的还是要将年迈的父亲好生托付给母亲。毕竟，父亲在世的日子已经不多了。

在京城时，伊达政宗多次提起此事：“大御所在世之日无多，万不要拂他心意。不仅是他，在大御所有生之年，你都不可出言顶撞将军。即便有不满，也要憋在心中，不可流露于外。要记得大御所之言：生气乃是人生大敌。”他的意思，是说忠辉现在不可与老人拌嘴，以防给将军留下口实，反正大御所也将不久于人世，且忍耐一些时日。

有些人听了此话，可能感到不快，以为伊达是在等待大御所归西，但忠辉却并无反感，他认为岳父还未放弃让他成为大坂城主之念。

忠辉并未往深处想，在到达名古屋之前，他始终跟在家康后边，与之相隔十里左右。待家康入名古屋城之后，他便走到前边。

八月初十，家康带着义直和赖宣进了名古屋。

要在此歇息两三日吧，这样也好，忠辉心道。但当他看到名古屋城头金光闪闪的黄金虎鲸时，心中为之一震：兄弟们竟然拥有如此气派的城池，我的城池却比这里差了老远。他有些艳羡，亦有些恨意。

事情未能如忠辉所愿，大坂城最终由松平忠明暂管。忠明乃是奥平美作守信昌四男，其母乃家康和筑山夫人所生长女龟姬。虽说大坂城终究会为幕府直辖，但家康却拒绝了儿子之求，将它交与外孙管理。里外一思，总让人有些想不通。

父亲许是觉得，松平忠明年三十三，正值壮年，我却还年轻，不堪大任？忠辉心下也承认，忠明也是出类拔萃之人。忠明把原来八十町的百姓移到城内的三道城，把三道城改成一条街市，还疏通了道顿堀、京町堀、江户堀和木津川等主要水路。而且，他还把散布于城外的大小寺院，都集中到天满及上町一带，并丈量土地，整顿街区。他的大张旗鼓和北国高田的开垦荒地有着天壤之别。

设若是我，定会招来海外大商船，在此处修建一处大港，堂堂正正和海外交易，可若这般撤回高田城，一生都恐与大坂城无缘了。名古屋城头的黄金虎鲸多少伤了忠辉的心。他思虑道：在父亲心绪好的时候，不知母亲能否替我圆了心愿？

忠辉掉转马头，马不停蹄从热田往鸣海赶去。

从此处到冈崎的每一寸土地，都能勾起家康的无限回忆，但对于忠辉，不过一个陌生之处，阅历的差异隔断了父子情感的沟通。

忠辉比家康早三日抵骏府。到了骏府，他接到一个意外的喜讯：居于高田城的侧室产下一个男婴。他自赶不及回去为孩子举办七日祝福宴会，但来报信的人希望他能给孩子起个名字。

喜讯顿时吹散了忠辉心中的烦闷。他兴致勃勃在信纸上写下自己第一个孩子的名字“德松”，然后举办了热闹的酒席。

第二日，母亲茶阿局来到了忠辉住处。忠辉原本也可到城内去拜访母亲，但依例，仍有诸多不便。松平上总介忠辉乃是大御所之子，作为侧室的茶阿局虽生下了忠辉，但其地位却仍是忠辉的仆役。故，茶阿局虽是来看望自己的儿子，却要说成是向主子问安。

“茶阿局前来向大人问安。”

侍童田村吉十郎通报之后，忠辉还未从昨夜的酒意中清醒过来，一边再次命人准备酒宴，一边把母亲请进来。

“母亲，我有儿子了。”不管礼节如何，见面之后，二人仍是亲密的母子。房门大敞，二人毫无顾忌地哈哈大笑。

“听说是个大胖小子，可喜可贺。”茶阿局道。

“母亲，我让使者带回信函，给孩子取名德松丸。”

“那使者是从江户派到高田城的？”

“是，那边要近一些。”

此时，茶阿局突然皱起眉头，她许是想到了江户的五郎八姬还未有身孕。

但满心欢喜的忠辉并未想到这些，单是道：“母亲，我们好久不见了。先喝一杯，您身子一向可好？”

茶阿局似有些忧虑，道：“你为何不从大津前往大坂，却故意绕远道，从伊势穿越伊贺的大和路？”

忠辉并不在意，道：“此事乃是父亲的命令。不管孩儿长到多大，父亲还是让人畏惧。”

但家康并没有下达这等命令，松平忠辉的人却都以为乃是家康的命令，听命行事。此中有一个奇怪的误会：伊达家的片仓小十郎，让忠辉信了那乃是依父命行军。

茶阿局之所以这么一问，定是忠辉贻误战机的消息也已传到了骏府。若是往常，她定会再次询问一番，但因今日乃是母子二人好久不见，她只是道：“既是父亲的命令，便无妨。”她掩饰不住内心的喜悦，不再往下细问，将话题转到了千姬身上。

七月初，千姬沿东海道返回江户，茶阿局至今还不能忘怀楚楚可怜的千姬。

“你于高田城内产下男丁，可喜可贺。但你不知阿千当日伤心的模样，这也难怪，我也是个女人，能够明白她的酸楚。”茶阿局眼中噙泪。

“是啊，定会不快。对于千姬，大坂城乃是她的家。她怕已记不清出嫁前在江户的那些日子了。”

“并非这个原因，而是女人根深蒂固的悲哀。”

“母亲是说她拒绝进食一事？”

“唉，她已心灰意冷了，要不是肚子里的孩子……她说，她宁愿一死，也要保住……”

“肚子里的孩子？”

“是。阿千已经有孕在身，你可能不知道。”

“是啊，我从何得知。”

“许是旅途劳顿，到达骏府的时候，她便突感腹痛。”

“哦。”

“我叫去了医士，日夜看护，但最终还是未能保住她腹中骨肉。”说到这里，千姬当时痛苦不堪的模样又浮现在茶阿局眼前，她擦了擦眼角的泪水，双手合十。

“原来如此，怪不得您会因我的孩子想到阿千呢。”

"是。高田平安产下男丁，阿千却……"

"之后怎样了？"

"她都不想活了，说这世上已无甚值得她留恋。"

"哦。"

"只有女人才能明白她当时的心情。在你出生之前，我也曾怀过一个孩子，当时掉了，我便想到过死。"

"哦，原来我当有一个哥哥……"

"哎呀，看我说了些什么。当时我从阿千手里夺过怀剑，劝她想开些。可她却说，她每日都会看到秀赖的亡灵愤愤道：绝不能让德川家的女人生下他的孩子。"

忠辉晃了晃身子，惊讶不已："母亲，这是真的？"

"是，她怕是太累。但她说，就算是和秀赖赌气，也要把孩子生下来抚养成人，但却掉了。她如今一心求死，要我莫再阻拦她，还希望在她死后，将她的头发送往伊势的尼寺庆光院，与秀赖的牌位放在一起。"

"真是可怜。这都是因为她念着秀赖。母亲，您帮她实现愿望了？"忠辉此时已有些醉了，突然泪下。

为了让千姬打消寻死念头，茶阿局劝解将近十日，一时自不能从这个话题转移开来，只是叨叨说着。

茶阿局在忠辉府邸待到傍晚才去。两日后，家康便会返回骏府，因此明日一早，她就得忙着准备迎接诸事。

"我们在城内再见吧。"茶阿局刚要起身离去，却又想起了什么，坐下，说起了她听家康所言幼时诸事，"听说这一带原叫少将宫，你父亲幼时在这里过活。当时，你父亲还是个无依无靠的人质，被人称为三河野种。但现在，他已为天下公。每当他在城中巡视，便会说些往事。人生真是难以预料啊。"

这也是茶阿局自己的感慨。先前，茶阿局乃远州铁匠之妻，因丈夫死于非命，她抱着三岁的幼女远赴滨松城，寻到家康，请他为自己伸冤。这就是缘分，家康将她收为侧室，她后生下忠辉，现在忠辉已成了拥有六十万石俸禄的亲藩大名。她是想起了自己的命运，才发出如此感慨。

“我想我不必再说，你也应明白，定要孝敬父亲，报答他的恩情。”

忠辉笑着打断了她：“母亲不必挂怀。您就是让我不孝顺，我还偏要做给您看呢。”

“那，我们城内再见吧。”

“孩儿倒是要拜托母亲好生照顾父亲。”

“好，好，我知道。”茶阿局起身离去。但她穿草鞋时，鞋带突然挣断了。这许是有何预兆，但她却未多想，重系了一遍。

忠辉带着几分酒意，目送着母亲，“母亲小心慢行。孩儿这样说或有些可笑，此处和骏府城近在咫尺，况且您是坐轿回去，哈哈！”他放声大笑。茶阿局未让忠辉看到自己断开的鞋带，慌忙进了轿子。

之后，忠辉继续喝酒。他几乎不来骏府府邸居住，因此，此处亦无女人。待母亲去后，他便从花街柳巷叫来了一些妓女。“父亲明日便会回来。待见过父亲我就要启程了。今夜不妨一醉方休吧。”

他知还会在城中见到母亲，只备到时婉转向母亲表达心思：“忠辉想再历练一两年，入主大坂，为幕府效力。”他想让母亲先给父亲透露此意，看看父亲作何反应。

就这样，忠辉在骏府心满意足度过了两夜。

“吉十郎，父亲平安抵达骏府了？”到了第三日，忠辉依旧带着几分酒意，问身边的侍童。此一整日，他睡得不多。

“是，已经平安到达，真是可喜可贺。”

“哦，好。明日我就进城向父亲问安。今夜我要好生睡一觉。你们自己可以尽情饮，莫要因些屁事吵了我就是。”他吩咐过后，便昏昏沉沉睡去了。

妓女还留在府中，但因忠辉已沉沉睡去，她们也就懒散下来。院子里一片寂静，听不到小鼓和笛子之音。不知过了几个时辰，周围依旧一片寂静。忠辉忽觉一股冷冷的夜风吹过，遂朦朦胧胧睁开眼睛。

“小的有事禀报，请大人醒醒。”说话的是吉十郎，他提着一盏昏暗的灯，压低了声音道。

“何事？不是叫你休要吵醒我吗。现在是什么时辰了？”

“才天黑未久，城内有使者求见。”

“城内？是母亲派来的？”

“不，乃是三条城城主之子松平出云守胜隆，奉大御所之命前来求见大人。”

“家老们呢，让他们代我去见见便是。”

“他说必须要面见大人您。他说他乃是大御所派来的使者，让小的定要叫醒您。”

“大御所派来的？”忠辉这才慌忙起身。由于喝了太多，他依然感到头昏脑涨。“好，把他请到厅里，我马上就过去。”忠辉起身之后，伸了个懒腰，速速换上见客的衣衫。

忠辉一边换衣一边寻思：松平胜隆在父亲身边，若让他见到自己一身酒气，回报父亲，怕大事不好。说不定母亲将自己生下男婴的消息告诉了父亲，父亲特意派人祝贺来了。“我儿子也做父亲了啊。”他莫不是要赐我什么东西？

忠辉昏昏沉沉想着还未谋面的儿子，来到了厅里。松平胜隆乃是忠辉家老之子，二人之间毋需客套。

“啊，胜隆，天色已晚，你来这一趟，真是辛苦了。父亲有何事？”他的口气显得很是随意，但仍旧坐在了下座，“你说吧，我听着。”

此时，婴儿和父亲的笑脸仍旧浮现在忠辉眼前，正因如此，松平胜隆在烛光下坐正了姿势，要传达家康的旨意之时，忠辉还是昏昏沉沉。

“大御所有令！”松平胜隆一脸严肃道，“第一，尔于大坂出征之际，在江州守山一带，不及报告将军，便擅自斩杀将军家臣——长坂血枪之弟六兵卫，可谓僭越之罪。第二，进宫面圣之际，提出各种异议，拒不同行，敢去捕鱼，实乃罪不容赦。第三，身为六十万石之大名，仍不知足，还敢要求加封，实在傲慢无礼。因此，我永不再与你见面。元和元年八月初十。”胜隆朗声读完，正要收起纸卷，忠辉却侧首，一脸迷茫道：“胜隆，这是何意？”

胜隆并不答话，单是默默卷起纸，放在忠辉面前。

“你说什么？第一，随意处置血枪的弟弟，有僭越之罪……”

“正是。”

“第二，只顾捕鱼……”

“正是。”

“第三是什么，领受着六十万石……”

“如此还嫌不够，真是不知好歹。大御所对此大为震怒。”

“哦，我还以为你是前来祝贺的使者，你竟是父亲派来责骂我的？”

“正是。”

“你等等，我不明白。刚才你所言三条，在二条城的时候，我已经向父亲致歉无数，事情已经了结。”忠辉边说边打开书函，“永不再与你见面……这‘永不见面’是何意？”

“也就是说，此生永不再相见。”

“此生……谁和谁？”

“上总介大人和令尊大御所大人。”

“浑蛋！”

“……”

“父亲永远不再见自己的儿子……父亲永远……不，是近在眼前的儿子永远见不到父亲……”忠辉大声吼着，脸色渐渐变得苍白，“胜隆！”

“大人先把这书函收起来。我是作为大御所使者而来。”

“哦，是吗，你是父亲的使者？好，我把这个收起来，放好了。好了，你说吧，这‘永不见面’到底是何意？”

“在下已回答过了。就是说，大人今生今世再也见不到父亲了。大御所的意思，是让您马上回到浅草，等候将军发落。”

“哦？这可真有趣！这世上哪有这种惩罚？这必是父亲年迈糊涂，一时兴起。”

胜隆一本正经拿起扇子，抵在小腹上。

“你是说，我若不从，你便要切腹？”忠辉道。

胜隆依旧十分沉着，冷静道：“正是。”

“这可愈发有趣了。我从没听说过‘永不见面’这种惩罚，这怎生可能？你竟巴巴跑来告诉我这事。事情原本已然了结，到底是谁再次煽风点火？将军早已回了江户，说不定是义直或者赖宣。两个幼弟与我毫无积怨，这样的话……”忠辉似突然想起了什么，拍膝道，“定是忠明在搞鬼。忠明定然是听说我想得到大坂城……”

胜隆拿起扇子拍了拍膝盖，打断了忠辉：“这都是大御所的意思。请大人莫要妄自揣测。”

“什么？”

“大人竟说出大御所业已糊涂云云，大人可能不知，大御所今日长泪不止啊。”

“浑蛋！”忠辉拿起茶碗，用力砸向彩绘隔扇，“以上这三条，我都已经向父亲解释清楚。贻误战机一事，我决定亲去江户向兄长赔罪。仙台的岳父大人也说，我自己去还不够，他会一起前去。第二条，那是因为父亲的使者来传话时，我已不在营中。那第三条，怕是因为我想得到大坂城。不错，我的确想入主大坂，但这绝非因嫌六十万石太少，而是想借大坂进行海外交易，是为了天下繁昌，因大坂正好占尽天时地利。但，若父亲不准，忠辉不会勉强。可父亲现在说什么‘永不见面’……好！现在我就去父亲那里，在他的面前把这书函撕个粉碎，向他讲明一切。”

“……”

“这样行吗，胜隆。你可别急着切腹，否则会弄脏我家的席子。休要太性急！”

“且等。”

“休要拦我，浑蛋！我听说若儿子犯错，会被逐出家门，但从未听说过‘永不见面’这等惩罚。我可是越后之守，此事要是让外人知晓，我还有何面目见人？”

“请您冷静，上总介大人！”

“嗯？”

“您以为大御所就是因为这三条罪状，才给您这等惩罚？您竟还未看出这都是些借口？”

“胜隆，你这狗东西说话真是古怪。”

“大御所既然老泪纵横，作此生不再与大人相见之决定，其中定有深意。”

“你快说，浑蛋！为何之前你不说？事情的真相到底如何？”

“在下不知。”

“不知？既是不知，你还假作聪明，狐假虎威？”忠辉说着，忍不住一巴掌扇在胜隆脸上。

胜隆似早有准备，捂着脸一个踉跄，依旧平静如水。

“快说！里边有何隐情？”

“在下不能说。”

“刚才你说不知，现在又道不能说，竟敢耍我？”

“不知。”

“此事可与你父亲也有干系？”

胜隆惊讶地抬起头，使劲摇头，“大人怎会如此说？此事父亲一无所知。”

“哼！你父亲身在三条城，整日两眼放光监视我，生怕我有谋反之举。哼，定是你老子对大御所说了什么。”

“上总介大人！”

“你休要那般瞧我！就连你也像野狗一般盯着我！”

“大人难道丝毫都不觉惭愧？”

“惭愧？”

“大人怀疑别人之前，请先好生想想您身边诸事。”

“这，这……”忠辉突然闭上了嘴。他虽然任性，却并不愚笨，冷静地想想自己身边诸事，立时心中骇然：父亲作出这种奇怪的处分，莫非因为以前自己身边之事？

听胜隆这么一说，忠辉首先想到了大久保长安。他只知长安在八王子府邸里私藏了大量黄金，至于事件详细经过，他并不知情。

“这么说，和大久保长安的谋逆有关？”

“不知。”

“又是不知！”

胜隆驳道：“身为武士，有时即便是知，也只能作不知。上总介大人，难道您还未发现，有些时候在下只能这般说？”

“你所说的不知，就是同意我所言？”

“不知。”

“好！父亲是说长安的谋逆乃出于我的指使？”

“无这般简单。”胜隆摇了摇头。

“什么？没这般简单。”

“不知上总介大人是否知道，大坂陷落之时，有一个洋教神父险些被伊达家臣杀了，亡命到蜂须贺军中，方逃得一命。”

“我怎知这些？”

“大人可知那神父说了什么？他说，伊达政宗怕他泄露秘密，才要杀人灭口。”

“泄露秘密？”

“是。他说天主教徒和伊达政宗、松平上总介大人之间有密约，要和大坂方结盟，讨伐大御所和将军。”

“你……你？”忠辉不由得探出身子，大声笑了起来，“哈哈哈哈哈，这可真是古怪！竟有这等传闻！我会和洋教徒及岳父联手，讨伐父亲和将军？”

“您不要笑，上总介大人。”胜隆似有些动怒，“此次大坂之战，您不是迟到了？而且，当神保相茂军与大坂的明石军激战时，伊达竟从背后偷袭，致神保相茂全军覆没。可疑的还不仅这些，据那神父说……”

“且等！”忠辉厉声打断胜隆，“父亲以为我迟到，就是为了成就所谓阴谋？”

“正是。”

“正是？你这厮真让人生恨。你也觉得父亲的怀疑并非空穴来风？”

“不知。”

“哦。好了，不管你是‘正是’还是‘不知’，都随你便！可忠辉该问的还是要问。对于伊达军误灭了神保之事，岳父大人想必已向父亲和将军解释过了，也已得到了谅解。”

“不知。”

“他们已然明白，现在却将气撒在忠辉身上！你不认为他这般做，不过是懦弱？”

“不知。”

“你又是不知！哼！即便长安和伊达有野心，松平忠辉怎能与他们沆瀣一气？”

“恕在下直言。”胜重摇头道，“上总介大人乃是伊达女婿。”

“女婿又怎样？翁婿和父子，何人更亲？”

“那个逃到蜂须贺军中的神父，说得颇为清楚。”

“又是那个神父……那神父说了什么？”

“他说，伊达大人让大久保长安私藏了巨额黄金，希望用这些黄金操纵信奉天主教的大名，以图在不日后推翻将军，让女婿掌管天下，他则取大御所之位而代之。”

“哈哈哈，这真是一派胡言！即便岳父有这等想法，忠辉也不会同意，况且他也非这种人。”

“话虽如此，神父却有依据。”

“依据？”

“是。乃是伊达写给索德罗的书函。”

忠辉咬牙道：“函里写了什么？”

“请他到达班国之后，定要设法让国王菲利普往日本派遣水军。只要班国的兵舰一到，伊达就与信徒同守大坂城，立即出兵讨伐江户。大御所已有察觉，才不断催促秀赖离开大坂城。”胜隆一言道破真相。忠辉沉默不语。

“这些话请莫要外传。”胜隆越发觉得不吐不快，“祸事根源还在于大久保长安。真如一场梦，但这梦却是有根。”

“哦。”

“大久保长安私藏巨额黄金属实，不仅如此，秀赖署名的联名状也确凿无疑。当然，上边并无伊达签名，但有结城大人，有上总介大人，还有大久保相模守忠邻大人。这样一来，将军的亲信怎能视而不见？而且，据云相模守欲在大御所从江户回骏府途中，将他劫持，监禁于小田原，强行要求他传嗣位于某人。”

“……”

“因此，大御所才不得已处分了相模守。不仅如此，加贺的高山和内藤二人旋被流放，只有伊达一人安然无恙。但伊达手中还有大人您。他拜托索德罗前往班国，请求班国皇上派出兵舰，他日日等着兵舰到来。今夏大坂一战，他只欲尽量拖延决战时日。大人可知他为何拖延？”

忠辉紧闭双眼，听着胜隆一一道来。他酒意全无，浑身打颤，只听胜隆续道：“大御所心中一清二楚，上总介大人您并无异心，因此，今天大御所将这封书函交给在下时，才大哭不已。上总介大人，胜隆所能说的就这些了。函中所书三条罪状，实际上……”

“哦。哦。”忠辉喃喃着，闭了眼，虑道：从大久保长安、大久保忠邻、高山右近，到内藤如安、神保相茂，甚至连伊达对友军相袭，都关联在一起，事情并不简单。如此说来，我只能不见父亲，直接回江户了？

“上总介大人，胜隆多嘴了。在下所言，您就当从未听说过。”

“不，你有话尽管说！”

“多谢！胜隆以为，大御所怕是想让上总介大人和伊达断绝关系，然后举兵讨伐之。”

“嗯？”

“因此，大人回到江户，当与夫人离散。”

“……”

“那之后将会怎样，在下就不得而知了。不知将军会命大人切腹，还是让大人担当征伐奥州的先锋。但不管怎样，都是大波大折。大人定要作好准备。”

但忠辉紧闭着双眼，沉默不语。

对于忠辉来说，这一切皆如天外之事，现在却如暴风骤雨滚滚而来。

是自己疏忽了？他原本以为大久保之事早已过去，世人也已忘了那厮，没想到直至今日，还会重提。忠辉此前确有些过于依靠别人，他一直深信，父亲、兄长、岳父以及身边诸人，都待他甚好，切切爱护。事实却非如此，兄长自有兄长的心思，父亲也有父亲的心思。伊达怎会舍弃一门之利而一心为女婿着想？在这世上，有何人是一心一意为了我松平忠辉？

但此责罚对于忠辉来说，还是过于残酷。正如胜隆所言，这个惩罚，并不仅仅是“永不见面”那般简单。

下一步，胜隆说忠辉要么会被命令切腹，要么会被任命为征伐奥州的先锋。但在这之前，还将会出现什么？父子将永不相见，但将军将会对他作出何样惩罚？伊达政宗是否真让索德罗去菲利普皇上那里搬救兵了？若果有此事，等菲利普皇上的兵舰登岸之时，日本国内又将掀起怎样的大乱？父亲难道已预感到将会有一场天下大乱，才决意举兵征伐奥州？

狗大意破头，人大意失首！忠辉闭眼，泪流不止。

听说侧室生下一个儿子，忠辉欣喜至极，甚至还想让母亲帮自己问问大坂城之事。想到这里，他忽觉自己实在愚蠢至极。此时他亦想起，当日在二条城和父亲争执时，父亲并未曾说过一句原谅之语，只是跟他讲了一番王道霸道之别。他却一厢情愿以为，自己既然把该说的都说了，事情也就到此为止，但哪能这般容易了结？

“胜隆，”忠辉忽道，“将军将会对我作出何样处分，你听说了？”

“不知……”

“你必定听说了。他会怎样处置我？”

“将军大人定会看在手足面子上，尽量从轻发落。大御所也定然是出于这方面的考虑，才先行给大人惩罚。胜隆以为，大御所对大人作出此等惩罚，乃出于父亲对儿子的关爱。”

“你的意思，是说严重些，我可能被令切腹。但看情况，事情还些有转机。”

“是。不管怎样，大人都是将军大人之弟，他怎会怀恨在心。只是不知将军身边那些亲信怎样想。前些日子，他们便无视大御所，逼着秀赖切腹自杀了。”

二人不再说话。忠辉许已完全明白事情的前因后果，他拍手叫来了一个侍童。

“大人有何吩咐？”

忠辉却转向胜隆，道：“你的事已经完了吧？”

“正是。”

“好了，休要说什么‘正是’了，你我之间，不必拘礼。我且认为你所言有理。我们二人同饮几杯吧，就当是离别酒，可好？”

“好。在下荣幸之至。”胜隆双手触地。

忠辉这才吩咐侍童道：“快准备些酒菜。”

“遵命。”

“胜隆，你的公事已毕，现在我们仍是好友。我有几事要问你，你想说便说，休要顾虑。”

“是。”

“若我对父亲这个决定不满，进城求见父亲，他会怎样？”

“他不会见您。”

“我要是强行一见呢？”

“大御所定会向世人宣称，说您疯了。”

“发疯……”忠辉凄然一笑道，“父亲定然以为，要是不这般说，我便会累及家母。”

“……”

“我若推说父亲所言之事，我并不知晓，即便伊达和大久保抑或其他某某有何野心，皆与忠辉了无关系……”

“嘘！”胜隆打断了他，侍童正端了酒菜进来。

“是啊，我说过只有我们二人。哈哈哈，你把酒菜端来就退下。我现在倾心于一个女子，此事我要与胜隆好生谈谈。”忠辉支开了侍童，自斟了一杯，一饮而尽，将酒壶递给胜隆。“若忠辉因为气愤而切腹自杀，又将怎样？”

“世人会说大人乃畏罪自杀，反而会累及大人家臣和茶阿夫人。”

“哦。你也是这般想。来，再来一杯，我也再喝一杯。”忠辉又给自己斟了一杯酒，一饮而尽，然后大声笑了起来，“胜隆啊，我现在真想当场把你杀了，然后切腹自杀，还把肠子拽出来扔在地上。罢了罢了，我怎会如此？我知你来之前已作好了准备，已有所防范。你，还有父亲……哈哈哈哈哈……”

“我明白大人的心思。”胜隆定定看着忠辉，端起杯子，缓缓递到唇边。

离别酒！忠辉这话让胜隆感到一阵心痛，却又不敢掉以轻心：忠辉并不愚笨，只是性子刚烈，他很可能拿刀杀人。忠辉要是自杀，我就先他一步。胜隆从一开始就下定了决心。

忠辉大笑过后，又拿起酒杯，一连喝了两杯，方道：“胜隆。”

“大人。”

“目前，我似连一个知心朋友都无啊。”

“哦？”

“但今日我寻到了。就是你，松平出云守胜隆。”

“在下惭愧。”

“因此，我有事想与你商议，你莫要拒绝。”

“在下怎会拒绝？大人之言令在下荣幸之至。”

“我就说了。我想暗中切腹自杀，你就说我乃是服毒身亡，因此……”忠辉微微一笑，接着道，“你能否莫跟着我自杀，活下去？”

胜隆依然紧紧盯着忠辉，摇了摇头。

“我若自杀，你也要切腹？”

“无此准备，在下不会接受这差使。”

“哈哈……下一事。”

“请讲。”

“你若是我，会怎样？”

“明日一早，便老老实实离开骏府，前往江户。”

“不强行进城吗？”

“正是。”

“是啊，把一切都交与父亲。到了江户，我又当如何？”

“回到江户自家府邸中，闭门不出。”

“静候兄长发落，甘做俎上之肉？”

“正是。”

“但，若兄长并无发落呢？”

“在下以为，将军首先会令大人和夫人分开。”

“我也要老老实实遵他命令吗？”

“正是。”

“但夫人非我，若她要寻短见，又当如何？”

“她不会寻短见。”

“你怎知道她不会？”

“夫人乃是虔诚的洋教徒，洋教的教义不许信徒自杀。”

“哦。天主信徒不能自杀，是，她不会自杀。”忠辉似已把思绪转到了江户的五郎八姬身上。

胜隆松了口气，危机似已过去，忠辉亦会不声不响回江户吧？若忠辉真能安分离开骏府，胜隆也就卸下了肩上一大重担。这之后诸事，将军和他的亲信自会好生考虑。唉，只可惜上总介大人了！

忠辉再次往酒杯里斟满了酒，陷入沉思，他已在冷静思量下一步该怎样了。

“此情此景下，”胜隆再次说道，“请大人务必保持冷静，切忌暴躁。”

“嗯。”

“此乃命运泥潭，大人愈是挣扎，愈是着恼，便会陷得愈深。”

“胜隆，我会一一照你说的去做。你说得有理。因此，我想托你一事。待我离开骏府，麻烦你去告诉我母亲。”

“在下明白，大人有事尽管吩咐。”

“你见到我母亲，告诉她，阿千不幸。”

“千姬小姐？”

“是。她不仅失去了夫君和城池，肚里的孩子也掉了。可是，幸福还会再次到她身边，忠辉深信不疑，请母亲莫要难过。”

胜隆扭开头，低声呜咽。忠辉乃是借千姬之事诉说自己的不幸，想到此，他亦感肝肠寸断。

“千姬也想过自杀，但是母亲阻止了她，这是天命。跟她比起来，忠辉已经颇为幸运了。在高田城，我有了儿子。我虽不明母亲的心思，但已明白父亲的苦心。你就这般替我传话便是。为了儿子，我也要好生活下去。”

“在下谨记在心。”胜隆点点头，颤抖着声音道，然后双手触地，“刚刚出生的孩子焉有罪过。非但无罪，他乃将军侄子、大御所之孙。是，他有何罪！”

“胜隆，我若有万一，孩子就托付于你了。”

“这是自然。家父也不会忘了大人之后。”

“哈哈，真是可笑！人生不可思议啊。我在骏府受到了父亲责罚。而一向性急的松平忠辉为了一个尚未谋面的婴儿，却学会了保重自己，真是妙不可言。好，我已决定了。来，再喝一杯，你就回去，明日一早我便出发。”

“多谢大人！”

“我们还能再次相会，你定要保重身体。”

不知何时，窗外已经下起了小雨……

二一　借耳说佛心

在隅田川的船桨声中，松平上总介忠辉江户的府邸迎来了新的朝阳。

客室在院中向阳的方向，打开门，可见阳光照在川面上，水上飘着一层雾气。岸边的垂柳在风中摇曳，婀娜多姿。

门口铺着猩红毯，伊达夫人在毯上洗漱完毕，开始做早课，向天主祷告："主保佑我夫君平安无事。"

自从忠辉出征以来，五郎八姬便日日这般祈祷，从未间断。但今晨，她心里却生了个疙瘩，昨夜几是无眠，皆因昨日傍晚，她接到侧室产下庶子的消息。

五郎八姬当然希望能为夫君生下长子，却被一个没见过几面的侍女抢了先。她记得那个女子是春日山附近的一个乡下武士之女，唤作阿菊，不多言多语，总是低眉垂首，一副楚楚可怜的样子。五郎八姬从没想过忠辉会看上她，她却怀了孕，还生了儿子！

听到这个消息，五郎八姬一时有些不知所措：莫非他喜欢那等女人？夫人和阿菊完全不同，她开朗活泼，令人愉快。况且，她自己也认为，作为妻子理应如此。在开朗的伊达夫人面前，阿菊不过如一捧淡雪，若责骂她，她便会立时消融。伊达夫人心道，原谅她吧，这都是神的旨意。

但是，夫人却不想让阿菊亲自抚养孩子。她未责备忠辉，能责他什么？但她于优渥境地中滋生出的利己之心，总能找到自卫的借口：既然此子是夫君之子，就当由自己抚养。她决定，不管孩子是男是女，都要由自己抚养，这亦是神的旨意。

孩子出生之后，要马上告诉我，她曾这样吩咐过。她原本以为听到孩子出生的消息时，不会再有什么不安。但昨晚，她突然想到了一件担心之事，开始了各式各样的猜测，合不拢眼，直到天亮。

问题在于，出生的乃是一个男孩。若是女孩，她把孩子接到自己身边抚养，也不必担心。但若是男孩，孩子接过来，便成了嫡子，将来可能会继承家业。要是这样，我日后生了儿子……这心思让她既犹豫又心痛：欺骗别人是为不善，欺骗自己同样是不善。

伊达夫人寻思，若收了阿菊的孩子为养子，我再生下儿子，对这两个孩子，我能倾注同等的关爱吗？若无法做到，不仅会使自己痛苦，还会伤害对方。

伊达夫人先前在娘家时备受宠爱，无人敢违背她的意思。她正因在娘家那般任性，才选择相信神灵，以求自戒和反省，这也是她每日向天主祈祷的原因。

莫非我只是想从阿菊手中夺走孩子？不，绝无此事！要是这样，我还有何脸面站在主的面前？独居空闺的伊达夫人，实不能驱散心中的迷茫，似看到两个长得颇像夫君的孩子坐在面前。一向开朗的她，竟心灰意懒伏在地上，甚至想象起了自己发怒时如夜叉的形貌。

天蒙蒙亮时，夫人才迷迷糊糊睡了片刻。

洗漱完毕，夫人让人点上自己喜欢的麝香，道："叫尾上过来。"

她令人叫来尾上嬷嬷。尾上嬷嬷今年三十岁，并非她从娘家带来，乃忠辉之母茶阿局所荐，如今总管内庭事务，比寻常男子还能干。

"夫人，您叫我？"

"是。尾上啊，过来坐。"

尾上并不答话，单是抽着大鼻子，道："这香太浓了。夫人您就喜欢这香。"言罢，方笑着坐在夫人面前。

"尾上，我有一事想问你。看在我母亲和婆婆的分上，你要想好了再回话。"

"哦？"

“我想把阿菊的孩子接过来抚养。你觉得我这么做，可妥当？”

尾上心头一惊，道：“孩子……孩子才刚刚出生啊……”

“把孩子留在阿菊身边，让我惶恐，我要把孩子接过来。你觉得我这般做，妥当否？”

尾上半张着嘴，茫然望着夫人。

“回我话！我有无资格把孩子接过来？若我无这资格，孩子将会不幸。”

尾上自以为了解夫人的品性。但今日的问题过于唐突，她茫然道：“夫人，请再说一遍。高田那边产下一个男孩，夫人您是想……”

“我想把他接过来亲自抚养。”

“要是这样，当赶快寻个乳母了。”

“我在想，是否不必如此？”

“这……”

“我刚才不是说过了嘛，我不知是否当把孩子接来抚养。有两事让我感到迷茫。”

“哦？”

“若把孩子接来，那孩子就成了我的孩子。”

“是。夫人要是想把他当成亲子……”

此时世人把养子称为“亲子”。若把孩子作为正妻的“亲子”来抚养，孩子便算作嫡出。

“若日后我又生了儿子，当由何人继承家业呢？”

“这……”

“我是个自私的女人。我想让亲生儿子继承家业。”

“夫人！”

“有话直说，不必顾虑。”

“夫人，这些都是您自己的想法，我们可从来……”

“所以我才想问你，难道我不是一个能将亲生骨肉和养子同等视之的女人？”

尾上一脸茫然，她渐渐明白夫人的意思，但对这种问题，却不能立时作出回答。

“你还不明？”夫人有些着急，道，“我若是不能对其同等相待，那怎能将孩子接来？”

“这……”

“我不知应当如何。我心底对阿菊母子怕有些怨恨，出于怨恨，才要让他们母子分离。要是这样，我真是恶魔。你说，我是不是这样的女人？”

“夫人，您莫为难自己。”

“为何要说‘为难’二字？你说，你有何想法？”

“唉！夫人还是再等等，待大人回来再说。”

“你是说，我应该与大人商量？”

“是。”

“哼！这样的话，我就输给他了。我定要在他回来之前作出决定，否则……”

正在这时，一个侍女来到门口，毕恭毕敬伏在地上，道：“伊达府上有使者求见。”

“伊达使者？”话题被人打断，伊达夫人心中有些不快，但很快恢复了笑脸，道，“许是来告诉我大人消息的。把他们带进来。”说完，她又叫住了侍女：“来者何人？”

“一个是远藤弥兵卫大人，另一个人，奴婢未见过。”

“哦，是弥兵卫，定是来告诉我大人何时回来，当让他们喝上一杯。尾上，你吩咐下去，备酒。”

等尾上和侍女离去，伊达夫人看了看周围，自言自语道：“晚了，已经来不及了。原本不想听大人吩咐……”

未久，侍女带着远藤弥兵卫过来，后面跟着一个陌生武士。远藤弥兵卫乃是政宗属下，负责伊达内庭外庭的联络。

“小人见过夫人……”弥兵卫双手触地。话音未落，夫人便打断了他：“父亲母亲身体可好？”

“好。”

“这人是……”

“此乃柳生又右卫门宗矩大人。”

“柳生？”

宗矩紧紧盯着夫人，道：“鄙人乃是将军身边的人。”

夫人脸上笑容越发灿烂，点了点头道：“你们必是来告诉我上总介大人何时回来。来，往这边一些。”

“夫人，”远藤弥兵卫伏下身子道，“小的今日前来，并非奉伊达大人之令。”

“哦？”

“小的乃是奉太夫人的密令。故，小的才带着熟知事情前因后果的柳生大人前来。这些事，伊达大人并不清楚。”

“母亲的密令？会是何等事情？真让人心急，你快些说！”

“恕小的斗胆，小的想请闲人回避。”

“好。大家都退下，告诉尾上，我不叫她，她不用过来。”然后，夫人探出身子，问道，“发生什么大事了？”

远藤弥兵卫谨慎地看了看周围，道：“夫人，您只怕很快就要和上总介大人分开了。”他一字一顿，尽量不吓着伊达夫人，“此事过于突然，夫人可能无法接受。故太夫人才让小的先来禀报一声。因此，小的找来了对此事比较清楚的柳生大人。”

伊达夫人一脸惊讶，便劲摇头，“要我离开上总介大人？哼！主为每个女人都选了一个丈夫，离开丈夫绝不可能！”

“夫人。”弥兵卫不慌不乱道，“若说离开夫君有违天主旨意，说成别居也可。不管怎样，夫人怕都不能继续留在松平府了。”

“这是为何？”

“容小的细禀。上总介大人在此次出征中犯了过错，受到了重罚。”

“大人他……”

“大人近日便会回到江户，但他不能和夫人见面，要蛰居一室，谨慎思过。到时，夫人您……”

“且等。莫非母亲是让你来告诉我，到时我不能强去见大人，而应……”

“是，夫人不能因无法与大人见面，生出怨恨。”

“这真是奇怪！”夫人使劲摇着头道，“太奇怪！弥兵卫，领内侧室刚刚为他生下一个儿子。”

“彼此并无干系。”

“不，这定是别人的阴谋，想让我和大人分开。”说到这里，夫人似意识到了什么，眼中带着几分恐惧，转向宗矩。但宗矩却如一块石头般，目中无神，口中无言。

“弥兵卫。”

“夫人。”

“大人到底犯了何错？”

“共有三条。”

“哪三条，说给我听听。”

“第一，出征途中，逞性杀掉了将军家臣。”

“杀了将军家的家臣？”

“是。第二，在大和口战中迟到，贻误战机。”

“真是奇怪！大人应是跟着父亲，父亲怎会……”

“夫人且先听小的把话说完。第三，便是领受着高额俸禄，还嫌不够，竟讨要大坂；并在大御所要他一起进宫面圣时，去河里捕鱼，不肯一同前往。身为大藩之主，实在是无礼怠慢至极。因此，在将军大人施以处罚之前，大御所便给了大人‘永不见面’的惩罚。”

“永不见面？”

“父子二人今生今世不再相见。如此，夫人离开大人，错并不在夫人，都是上总介大人自己的不是……”

“等等，弥兵卫！”夫人厉声道，却又陷入了沉默。此时她方明白事情非同寻常，紧绷起原本满是笑颜的脸庞，凝神沉思。

“至于详情，就请柳生大人来说吧。”弥兵卫谨慎地说了一句，便缄口不言。

柳生宗矩忽将视线转向夫人，却欲言又止。夫人关爱着忠辉，此情意非同一般，对于夫人，这完全是一场意外的灾祸。他明白这些，愈觉得此时不应随便插嘴。但他亦能明白家康的苦恼：为了世间太平，大御所只能牺牲儿子。方今天下，权柄操于家康手中，但他一心要国泰民安。宗矩想起父亲努力独创“无刀取”刀法的苦心，有大得，必有大失。由于家族禁止步入仕途，柳生一门目下仅是靠代代相传的三千石寺院领地过活。而深得父亲真传的奥原丰政，已不知所终。

家康苛求自己，挥泪黜亲子，亦是为对得起良心，对得住天地。可……宗矩感到窒息。这个女人太无辜，她只是一心爱着夫君，何恶之有，何过之有？神佛为何不施救？

“夫人明白了？”远藤弥兵卫忍不住道，“上总介大人早晚要受将军重罚，故，夫人要赶快离去，尽快回到奥州。因事情过于突然，夫人可能一时想不通，太夫人才让小的前来劝您。”

“……”

“太夫人不会违背教义，令您离开上总介大人……只是暂时离别。当下要讨论的，乃是您二人应怎样分开。”

“……”

“夫人是回到江户伊达府，还是回奥州？太夫人让小的问明夫人的意思。”

“我不知！”夫人突然转向宗矩，道，“大御所惩罚上总介大人，身为兄长的将军大人为何一声不语？大人和将军可有不和？”

宗矩一时找不到合适的话，只好不语。

“柳生大人，您乃将军幕宾，深得将军赏识，这些事您应知悉。不用顾虑，告诉我。”

“这……夫人说得对，二人些有不和。”宗矩想了想，断然道，却移开视线。

“果然不和？我竟都不知！多谢你们前来相告，我家大人和将军不和，既如此，我更当尽人妻之责了。弥兵卫，不可再提离开大人之言！”夫人严厉斥责了弥兵卫，转向宗矩，紧紧盯着他，只让他浑身发凉，心中七上八下。

“他们本是亲兄弟，定有办法化解矛盾。我若不努力，就此和大人分开，便有失为妻之道。您说呢，柳生大人？”

“夫人所言极是。”

“您若也同意我的话，我便想问您。我想让家父亲自去向将军大人陈述，可否？”

柳生宗矩感到心头被人刺了一刀。夫人不愧是伊达之女，看似柔弱，实则如钢。“鄙人以为不可。”

“不可？”

“是。要是有回旋余地，大御所也不会作出这等责罚。”

“这么说，我家大人之所以犯错，责任在家父？”

“夫人明鉴。”

“要是我亲去求将军夫人……”

“不妥。”宗矩摇首道，“将军夫人不会见您。夫人非要见她，事态反而恶化。”

“那么……”伊达夫人依旧不肯罢休，眼中灼灼放光，一本正经之态让人大觉不忍，“那我就去见天海上人，据云，他近日深得大御所信任。”

“是啊。”宗矩还从未想到那位高人。天海上人若能巧妙用佛理将家康心中的苦闷化解，必能柳暗花明。“不失为一法。”

伊达夫人长出了一口气，脸上开始舒缓下来，露出自信而坚强的微笑，“弥兵卫，你都听到了，我还不能急着离去。你回去告诉母亲大人，现在将军还未对上总介大人作出处罚。我要装作什么都不知的样子，迎接大人归来。”

“可这……”弥兵卫说到这里，缄口不言。对于此事，柳生宗矩许还未察觉，但政宗已觉出事势危如累卵。他甚至想到，一到江户便要改筑府邸，以便随时迎战。

“你明白了？回去告诉母亲，让她莫担忧，此事女儿自有主张。”

远藤弥兵卫一脸为难，看了宗矩一眼。他希望宗矩能帮他说句话，又害怕宗矩看透政宗的心思，不敢贸然开口。

事实上，伊达政宗乃是在经过骏府的时候，方听说忠辉受罚。一听此罚，又听说忠辉不声不响离开骏府前往江户，政宗歪着嘴嘲道："要什么小聪明！这定是和将军商量好的。"但他并未因此事而生惧，在他眼中，家康垂垂老矣，秀忠则有如白痴。

"大御所时日无多。"政宗经常毫无顾忌对近臣道，"他要是试图对我不轨，我怎会束手就擒？即便他想找我麻烦，我也会拖过他有生之年。大御所非轻率之人，对于有生之年无法解决的事，他不会妄动。"他相信，即便家康要动手，自己也会巧妙躲开。家康既明白于有生之年无法制服我，也必放手。至于将军秀忠，他算什么东西？

目下，政宗要对江户伊达府进行筑缮，就是为了应付幕府可能派出的捕吏。同时，他也为筑缮寻了一个借口，就是为了庆祝大坂一战的胜利，要在家中招待将军大人。

"将军会接受大人的邀请吗？"远藤弥兵卫不无担心道。

独眼龙笑道："他来也罢，不来也罢，这叫未雨绸缪。在对手努力寻找挑起争端的借口时，我们便改筑府邸。提出邀请，仅仅是打草惊蛇。我就是要打草惊蛇！"他还道："我要招待将军，大坂之战业已结束，我是真心为天下太平而欣慰。将军若无应对我伊达政宗的胆识和勇气，自会惧我三分。他要是壮着胆子前来，我也并非无应对之法。"

但近臣并不像政宗那般毫不在意。他们一到江户，便从土井利胜等人口中听说忠辉受罚，要伊达家领回五郎八姬等传闻。但政宗对这些并不在意，单是致力于筑缮府邸，邀请将军到府上一叙。

"远藤，不如就着夫人的意思，寻天海上人说说事情原委，如何？"宗矩道。远藤弥兵卫则抱臂陷入了沉思。

夫人见柳生宗矩点头同意，又变得大为兴奋，"不用思量了，弥兵卫。上人现在骏府还是江户，你赶快去打听。只要知道了他在何处，我就……"

弥兵卫觉得自己不得不阻止她，此事实不能有外人插手，便道："太夫人吩咐，此事定要保密。"

"跟天海上人也不能说？"

"不，小人须得到太夫人允准。"

“我写封书函给母亲，就说我去央求上人，并非你让我这般做，是我自己——上总介忠辉正室夫人，为了夫君前去周旋，与你了无干系。”

“这，可是……”

“可是什么？”

弥兵卫语塞，脸一下子变得通红——要是天海听说了此事，定会关注伊达政宗和德川父子之隙，或许，他还会进一步发现政宗的野心，反而会点醒将军。此事关乎伊达氏生死存亡，况且眼前还有柳生宗矩这个将军亲信。

“可是，太夫人已然说过，请夫人见谅，小的不敢答应。”

“哦？”伊达夫人有些意外，咬牙道，“有我的信函还不够？”

“是。小的既已经答应了太夫人，况夫人也知太夫人笃诚信教，而天海上人乃是佛教信徒。”

“呵呵！”夫人捂着嘴笑道，“原来你是担心这个。若是如此，就无必要了。在我出阁时，母亲曾告诉我，大人若要我改信佛教，也无妨。母亲并非如你想象的那种顽固之人。”

弥兵卫愈发不知所措。

此时，宗矩不知想到了什么，突然插嘴道：“时候不早了，远藤，在下想在此用饭，不知夫人能否应允？”

弥兵卫吃了一惊，笑着点头道：“这样最好。既然到了饭时，就请夫人为我们准备一下，我们二人在此……如此甚好。”他说着，便伏在地上，躲开了夫人令人窒息的逼问。

既然客人说肚子饿了，伊达夫人也只能暂时中断谈话。既是午饭，自然该在另室，二人亦当有些密事要谈。

伊达夫人吩咐下人把二人的饭菜送到一间房里。据说忠辉亦常在此处一边喝酒，一边把鱼钩从窗户投将出去钓鱼。窗台还放着一根赤青两色的鱼竿。

“听说上总介大人经常一边吃饭一边钓鱼，真是性急。”柳生宗矩环视了一眼房内，若无其事道。

“啊，大人可帮了在下大忙。”远藤弥兵卫一屁股坐下，刚说了一言，又忙闭嘴，直感到一阵毛骨悚然。若是被柳生觉察出什么……种种不安和窗外鸥鸣，齐齐掠过弥兵卫心头。

“远藤，我并非特意要帮你。”

“这……可是大人那句话却确确帮了在下。夫人还有一名唤胜姬，从小就争强好胜，一旦想做什么，便非要做成不可。”

“让下人先退下吧。”

“你先下去，这里有我。”远藤弥兵卫对侍女道。听到侍女的脚步声渐去渐远，他表情严肃地转向了宗矩，“柳生大人，您还要劝夫人去天海上人处，让上人替上总介大人求情？”

“正是。”

“大人觉得，上人可改变大御所和将军大人决定？”

宗矩拿起饭碗，道：“远藤，你认为应见死不救了？”

“见死不救？”

“是呀，这样下去，怕又会战事大起。你尚未闻到血腥之味？”

听到这话，弥兵卫面如白蜡，“在下……”

宗矩一边慢慢往碗中盛饭，一边道：“将军大人只是让我来看看伊达夫人。将军乃是因为刚刚从大坂回到江户的千姬小姐，才……”

“千姬小姐？”

“千姬小姐现今住进了江户城中新建的清水谷，但仍让人放心不下，她随时都可能自杀。”

“……”

“将军大人担心伊达夫人也会寻短见，才派我前来看看。妻子对夫君的情意不可小觑。将军大人让我来听听夫人怎么说，说不定夫人的话会给我们些启示。”宗矩淡淡说着，把饭碗递到弥兵卫跟前。弥兵卫却毫无胃口。

莫非柳生宗矩已看穿了我家主公的心思？想到这里，弥兵卫腿有些发颤。“柳生大人。”

“何事？”宗矩一边吃饭，一边轻松地扬起眉。

“刚才您说闻到了血腥之味？”

“正是。此事若得不到妥善解决，战乱将会再起。若是如此，大御所苦思冥想出来的解决之方和将军大人的心思，都将付诸东流。”

“这和夫人去见天海上人有何干系？”

“远藤，你也看到了，夫人乃是一位严守妇道之人，她与此事怎无干系？”

“但，要是让她见到上人……”

“让夫人去见上人，才能让她明白，耍小伎俩只会带来血光之灾。”

远藤弥兵卫脸色苍白，陷入了沉思，他既怕被宗矩套去话，又不得不发话相问：“柳生大人，恕在下冒昧，大人也知我家主公正在改筑江户府邸，欲邀将军至府中一叙，大人认为将军能接受邀请否？”

“这……要是此事一出，谁知会怎样？”

“这……”

“你也知，此次上总介大人受到处分，原因在于伊达。”

“哦。”弥兵卫低声支吾着。柳生宗矩似从一开始便知悉一切，最好坦诚相待于他，但越往下说，弥兵卫越觉只能伪装下去。“大人乃是深知此中曲直，才觉得夫人应该见天海上人？”

“正是。想让伊达大人改变初衷，只有求助于天海上人。”

“改变我家主公心思？”

“目下，天下之柄尽操于德川，已如铁石，固若金汤，岂能由一两个豪杰改变？百年乱世业已结束，太平已然到来。只有上人能让伊达政宗顿悟此中道理。夫人正是凭着执著和真心，寻到了最好的解决之方。”

“那……这么说，这次离开上总介……”

“这当然是因为伊达大人。不仅这个，还有上总介大人的处分、江户府邸筑建、邀请将军大人，都是政宗公所为。要是夫人知道了这些，她会怎样？还是应该着夫人的意思，方能保全伊达荣耀。”

弥兵卫听着听着，饭碗竟从手中滑落，哐当掉到地上：宗矩所言血腥之味，其实是讽刺……

弥兵卫拾起饭碗，黯然将撒在地上的饭粒弄到角落里。他狼狈不堪，恨不能寻个地缝钻进去。宗矩已知天晓地，自己还有何必要再三掩饰？

“大人是说，应让夫人知道事情真相？”

“上总介大人受罚，都出于大御所对天下太平的渴望。夫人若能将这些话传与政宗公，方能改变政宗公的心思。”

“柳生大人！”弥兵卫使劲往前探身，道，“大人的意思，是说此次要上总介大人和夫人分开，并非要征伐伊达家，而是……”

柳生宗矩缓缓点了点头，双手合十，“阿弥陀佛！今日又是太平一日。”

“哦，这么说……”弥兵卫把菜碟推到一边，道，“将军已知我家主公筑缮府邸的真正意图？”

“不仅江户府邸，就连你们在领内所作一切准备，将军早已洞然于心。”

“这么说，我家主公已离不开江户了？”

宗矩缓缓摇了摇头，道：“你不必担心。大御所为了防止战乱发生，已然决心永生不见上总介。”

“大人。我弥兵卫也是好汉一条，请您给在下说明白：大御所宁愿处罚儿子，也不愿和伊达大人大动干戈？”

“正是。”

“在下还是不明。他分明知道我家主公一向不知何为大慈大悲，目无神佛，随时都欲……为何还宁愿惩罚儿子，放过我家主公？这里面可还有内情？请大人明示。”

“无他，只因你不知大御所。大御所终在自责，总觉自己德行不足，才使得政宗公这等英豪目下还未收起叛心。”

“哦？”

“他以德川为姓，一生都在以德律己，正因如此，才一手缔造了当今太平。当年他和伊达联姻，亦是出于让两家永世太平相处的苦心。然而，此翁婿关系反而助长了伊达大人二心。大御所且忧且责，重责儿子，断绝姻亲，只望政宗公能改变心思。因此，即便将军大人要举兵讨伐，大御所必会断然喝止。普天之下，何人识得大御所苦心？”

家康公竟然觉得伊达政宗未放弃叛心，只在于自己德行不够，还大为自责。弥兵卫定定盯着柳生宗矩，简直无法相信，这个世上竟有这样如神佛之人。

宗矩似看穿了弥兵卫的心思，道："远藤，我给你讲讲兵法吧。设若有二人，并非势均力敌，一为高手，一为初学之人，各拿一把刀，砍向对方。"

"这样怎能比试？"

"此种情形比比皆是。高手一眼就能看出对方乃是初出茅庐，但新手却很难看出高手修为。"

"是。"

"因此，新手多以为，只要自己奋勇亡命，便能获胜。高手却是本无动手之心，只因人拼命挑衅，躲闪不过，只得杀将起来。你说，大坂两战不就是这等比试？"

"是。"

"唐人有诗：会当凌绝顶，一览众山小。我等凡俗之人，多是如此。大御所目下自责，正是因为灭了一个原本不当灭者。因此，大御所的心思，亦非我等凡夫俗子可见其万一。"

"大人的意思，是说大御所便是那高手，我家主公还似一介小儿？"

宗矩微微苦笑道："我只是打这么一个比方。仙台公乃雄杰之士。但从大御所的心境来说，他们一个站于山端，一个居于山谷。"

弥兵卫不由默然：是啊，目下伊达欲与幕府抗衡，无异蚍蜉撼树。必须说服主公，只求平安无事，何苦自寻灾祸？

正在这时，尾上嬷嬷过来招呼，说伊达夫人急等着见二人。

"告诉夫人，我们立时便去。"远藤弥兵卫还没下定决心。嬷嬷去后，他叹了口气，咬咬牙，打开朝河的拉窗。外边下着雨，雨点落在水面上，波纹荡漾。

柳生宗矩眯起了眼，看着顺流而下的小舟，舟上白帆如梦……

二二　鹰野之虎

远藤弥兵卫回到伊达府，伊达政宗正与亲近的观世左近兴致勃勃谈论着猿乐。政宗近日要邀将军秀忠到自己府邸共赏猿乐，此请观世左近来，便是与他商议，到时应上演什么节目。

“《实盛》如何？”政宗道。

“大人高见。”

“《实盛》的开头是什么？华发苍颜，却也曾金戈铁马当年，豪气依旧，英姿勃发……”伊达用扇子敲膝，扬声唱了起来。

左近侧首道：“大人，实盛太老，大人应演一个更年轻些、富有朝气的人。”

“哈哈，你说我们年龄不称？大坂一战啊，我真觉老了，知天命了啊。”

“不如换个曲目，《罗生门》如何？”

“我能演《罗生门》？”

“将军难得来府上一次。”

“哈哈，所以才觉演《实盛》好。既知天命，已不再想与年轻人争功夺名了，但，万一非要打仗不可，我还会染黑了白发，上得战场杀上一番。”说到这里，他似想起了什么，压低声音道，“很好，蒙大御所和将军不弃，封犬子秀宗伊予宇和岛十万石，还向朝廷举我为正四品参议。你拜见将军时，转告他，政宗对将军感恩涕零。我演《实盛》，正是为了表达对将军的谢意。”

“哦。”

“我虽已上了岁数，但一旦发生当年镰仓之事，也会效仿斋藤实盛，将白发染黑，于将军鞍前马后效命。”

“是，小人拜见将军时，定会转达大人苦心。”观世左近道。此时远藤弥兵卫进来，一言不发坐于一旁。

“弥兵卫，何事？”

“在下受夫人之命前往浅草，刚回来，有事向大人禀告。”

“哦。与观世刚刚谈完，且听你说。左近，改日我再派人请你，还请多多指教。”政宗把观世左近送走，若无其事问弥兵卫道：“柳生有无透露什么？”

弥兵卫愣一下，道：“这……在下前往上总介大人府邸……”

“是我吩咐夫人的。你不必担心，上总介不会来江户。我已作好了安排，让他沿信浓道去往越后。孩子刚刚出生，他正想去一趟高田。”政宗眯着那只独眼，微微笑道。

弥兵卫不知该如何是好。他原以为自己是受夫人之命前往浅草，但内中却是政宗一手安排。政宗关于柳生一问，更令他惊诧不已。五郎八姬日思夜盼的上总介忠辉竟然不来江户，而是潜到了高田城，这消息更令他惊心。主公方才还一本正经让观世左近拜见将军秀忠时，将自己的忠心转达，但此刻……不知他意欲何为?

“哈哈！”政宗见弥兵卫惊惶失措，放声大笑道，“我说了，你不必这般惊讶。平静一下，回话，小姐怎么说？”

“小姐自是日夜盼望上总介大人返回江户。”

“我已经让上总介去越后了。他要是就此回江户，于我不利。”

“不利？”

“我会被束缚了手脚。上总介会去见将军，斯时定为自己申辩。他会说乃是我指使，由此便会给我带来无穷的麻烦。”

“大人！”

“你这是怎的了？你想说我无情？”

“不！这些事已经……”弥兵卫往前膝行两三步，道，“大人的这些想法，只怕将军和大御所早已心知肚明。”

“哈哈哈！我知，我知，是柳生这般说的。”

弥兵卫闭口不言。

“不必担心，弥兵卫！”

“是。”

“我不蠢。正因如此，大御所才赏赐我庶子十万石，还举我为正四品参议。”

“可是，这……”

“你是想说，这不过是惑人之计？”政宗突然瞪大独眼，但笑依旧挂在脸上，“弥兵卫，你知大御所为何把秀宗封到伊予宇和岛，封赏十万石？你定是不知，此正是大御所和将军惧我的凭据。”

“……”

“哼，若秀宗和我率领数万大军同回了仙台，将军和大御所敢不惊心？故，他才将秀宗派到四国，把我们分成两支。”

“哦。”

“我感恩戴德地为儿子领了封。既然领了封，就当把家臣分成两部，我亦要有所准备。”政宗瞪着他那只锐利的独眼，却长叹了一口气，“大御所父子乃是从乱世一路走来的猎人。但伊达政宗并非寻常虎豹。他们先把小虎放到四国，再引箭对准老虎。我必须作好准备，怎能坐以待毙？这些都是未雨绸缪。只有如此，他才不敢小觑了我。我现在还是一只猛虎，还能让他们惧怕。”

远藤弥兵卫却浑身颤抖：政宗的想法和柳生宗矩之意有着莫大的差别。政宗观天下，以长气惧人；柳生论人心，以德行服人。柳生与大御所之自负的背后，乃是自信，因为德川幕府拥有绝对实力。大坂两战如戏，正是实力悬殊所致。

“怎的了，弥兵卫？”政宗带着戏谑的语气道，“在人费尽心思要除掉我这只从乱世走来的老虎时，老虎身旁若有一只涉世未深的小虎正步履蹒跚，老虎自会受人束缚。现在你知我为何让上总介去越后了？”

“……”

“哈哈，无他。我对上总介道：诸事我会亲自替他向将军赔罪。孩子刚刚出生，就去一趟高田城，静候佳音吧。”

“可是，这……”

“你是说这不可能？哈哈，不错。但这也是策略。要是小虎蹒跚来到江户，只会变成将军手上的人质。但若让他回到越后，即便是只小虎，对于将军，便是一头可惧的野兽。”

“……”

“战事伊始，当务之急乃要迷惑对方，以乱其阵脚。政宗一人就足以令将军畏惧，他亲弟弟在越后与我呼应，此所谓相得益彰。这样一来，对方便会担心，正好搅乱战局。”

“可是大人既有这样的想法，还邀请将军……”

“对。我要毕恭毕敬提出邀请，作为封赏宇和岛十万石和举我为参议的答谢。”

“但，柳生大人说，照这样下去，将军怕不会接受邀请。”

“他不来无妨。”政宗摆了摆手，道，“我原本就未想过他会来。”

“哦？”

“这就够了。我已经加固了屋顶和墙壁，他见我已有准备，自不敢来。他若不来，怎能仓促行事，行无名之师征讨我？”

远藤弥兵卫再次感到脊背发凉。政宗行事虽小心谨慎，心中却毫无畏惧。他那自负的神情令弥兵卫大感恐惧。

“柳生还说了别的什么？”过了片刻，政宗道。

远藤弥兵卫知，自己不可只这般沉默，亦不能胡言，稍有不慎，将会导致大乱。就如自己先前不明大御所和秀忠的想法一样，政宗对他们所想更是模糊。若双方因误会和自负生起纷争，乱事自是难免……想到这里，弥兵卫不免沉吟片刻。

“恕在下斗胆。”未久，弥兵卫有些顾虑，试探道，“在下以为，柳生所言中，有一事颇为重要。”

“哦？好，你说吧。”

“实际上，大御所和将军大人无意与主公相争，正好相反……”

“相反？”

“是。他们希望以德行化解两家嫌隙，希望两家能永远太平相处。”

“嗯？”政宗把手放到耳后，复放声大笑，“弥兵卫，真是可笑。哈哈哈。是啊，只要对手言听计从，谁也不愿发动战争。哈哈哈，好了好了，这些话，你就不必再说了。不过有一事你要记着，只要有机会，自家的狗也会咬主人。世道艰难，我们不得不作这方面的准备。”

“请恕在下斗胆。”

“嗯？”

“在下还未跟主公说上总介大人夫人，即我们家小姐的事呢。”

“你快说。”

“是。对上总介大人所受猜疑，小姐很是担心，想通过增上寺的上人，去见见深得大御所信任的天海大师。”

“哦！她见天海做什么？”

“向大御所致歉，希望天海上人能替上总介大人解释。小姐说，若不如此做，便是有违妇道。她已请柳生去联络天海上人。”

“嗯？”

“柳生也觉颇妥当，便答应下来。”

“你为何不早说！”

“在下原本想说，可主公……”

“五郎八姬这丫头啊，忠辉日后不能踏进江户半步，她还不知，竟要去见天海！唉！”政宗咬牙切齿，大为不快，陷入了沉默。五郎八姬乃是他的掌上明珠，他甚是溺爱，实未想到女儿会因恋着夫君，挡在自己面前。他喃喃道：“柳生同意了？”

“还有一事……”

“有屁快放！”

“柳生说，大御所责罚上总介大人，乃是因为不想和您打仗。他还说，大御所为了天下太平，宁愿儿子受苦……”

伊达政宗目光阴冷地盯着弥兵卫。他早就看出柳生宗矩身上有着一股非同寻常的力量。人生于此凡尘之世，不管嘴上何等冠冕堂皇，在领地和重赏面前怎能不心动？无论是太阁还是大御所，对此都一清二楚，才能统领天下大名。但，唯有柳生宗矩例外。在大坂战中，宗矩守于将军马前，救了将军性命，却拒绝加禄增封。

政宗也曾委婉建议给宗矩加封，秀忠却道："他不愿为任何人的家臣，并以此为荣。他说若因俸禄而被封住进谏之口，便无法真正为天下效力，对已有的一切心满意足。"

政宗遂一笑置之，但自那之后，便对宗矩大感兴趣：此人拒绝加禄增封，那想要什么？宗矩如今让五郎八姬去见天海，为忠辉乞命，还处处顺着大御所的心思，时时以天下苍生为念，为了避免德川伊达之战而大费苦心，到底是何居心？

政宗紧紧盯着弥兵卫，使劲叹了口气，"弥兵卫，你觉得柳生的话有理？"

"是。小姐的担心乃是遵从妇道，要是不让她见天海，只怕她不会罢休。"

"天海若介入此事，我的心思便会暴露，你未想过？"

"想过。"

"那你为何不阻止小姐？你被柳生骗了。"

"在下惶恐。主公也知小姐的脾气，在下说什么，她也……"

"好了！"政宗焦躁地打断了弥兵卫，"柳生清楚地跟你说过，大御所和将军并无动手的意思？"

"是。"远藤弥兵卫低下头，伏在地上。

"这么说，是我要发动战争了？哼，他在唬你。他说我若继续挑衅，便会发生战争，是这样吗？"

"大人英明。"弥兵卫抬起头，脸庞不由痉挛，"在下若不明言，便是不忠。柳生说大御所和主公，同为善用兵法之人，但眼界相去甚远。主公身在山谷，故所见不远……"

"哼！"政宗大喝一声，旋又发出一阵大笑，"哈哈哈，柳生那厮，自以为得道，我现在山谷，所见不远。哈哈哈！"

政宗的大笑令远藤弥兵卫不快：我豁出命进谏，您却放声大笑，这算什么！他遂道："恕在下斗胆，还有一事。"

"好了，你不说我也知了。"

"不，在下必须说。柳生还说，大御所宁愿惩罚儿子，也要避免和主公发生争端。为了能说服主公打消举兵之念，首先应令天海和小姐一见。"

"哦？"

"柳生说，若小姐知道大御所心思，自会转告主公，天海也会帮她策谋。他说，为了伊达氏的将来，当令二人见面。"

"住口！"

"大人！在下还有一言，乃是小姐原话。"

"小姐的……"

"小姐说，她欲先通过天海上人向大御所道歉，大御所若依旧不回心转意，她也算尽了力。但，她不能和上总介分开，否则便自杀。"

"愚蠢！教义禁止自杀！"

"在下也说过，但小姐不听，还说这亦有先例，嫁到细川家的克蕾西娜便是一例。她说，伊达之女不应该输给明智之女。在下以为，怕无人能改变小姐的心思。"

"住口！"

"在下不再说了。只是，小姐作了这等决断之后，日思夜盼的夫君却在主公的授意下去了高田，她若知之，会怎样？她会选择自杀，还是独自前往越后？仅此一念，在下便觉肝裂肠断。"弥兵卫一口气说完，端正了姿势，又道，"在下无礼，要打要罚任凭……"他以额抢地，颤抖着肩膀哭泣不止。

政宗这才恢复平静，道："蠢货，别哭了。"

"……"

"我并未责备你，只是让你莫担心。"

弥兵卫听了这话，愈发伤心——不管自己说什么，主公都只告诉他莫要担心。他怎能不担心？

“你休要再哭！我乃五郎八姬的父亲，心中自有数。”

“是。但……上总介大人的父亲乃是大御所。”

“哦。”政宗闭上眼，抱起了胳膊，“你和夫人都说让我帮帮五郎八姬，顺她的意。我明白，我明白。”

远藤弥兵卫不再说话，暗想：政宗嘴上说明白，却带着满脸疑惑陷入了沉思，这才似动了心。五郎八姬若在柳生宗矩的安排下见到天海，便会明白其中内情——大御所责罚忠辉，乃是对政宗的警告。但五郎八姬若知了这些，她会怎样？她若认为无法说服父亲，只怕会亲去找大御所或将军，必给伊达氏带来大乱。

政宗一脸茫然，低声叹了口气，“阿胜还是固执如昔啊。”

“是。小姐一向如此。”

“看来，我还是不应让忠辉去高田，是吧？”

“小姐以为上总介大人会在两三日内回来，想在他回来之前，把事情弄清楚。”

“我非说此事！”

“啊，主公是说……”

“我是说，我应在上总介去高田之前，和他同去狩猎。”

“狩猎？”

“是。人长时不动，便会肥笨。要想不让身子肥笨，只有狩猎。”

远藤弥兵卫呆住，不知如何是好。他原本以为，政宗还在想怎样说服五郎八姬，没想到却突然说起狩猎。既是如此，政宗心中仍是不愿服输。

突然，政宗瞪大独眼，道：“弥兵卫！要是连根性也变得蠢笨，可就麻烦了。所以啊，我要带着鹰去狩猎。”

“主公何时动身？去何处？”

“明日一早，就在今春特意分给我们的葛西猎场。你集一百多人，天亮之前赶到那里，作好准备，单等我到。”

弥兵卫不语，茫然看着政宗，他满腹狐疑，却不敢多问。

“听明白了？”

“明白！”

“猎物少了，便是无趣。若在葛西打不到猎物，就还得往前寻。你吩咐下去，行动时脚步要轻，休要惊走了猎物。”

“遵命！”

“另，你告诉众人，休要惹我生气。我心绪不佳。”

“遵命！”

“你莫要这般紧张，我非在责你。我在责备自己，以防自己变成一块钝物。”

弥兵卫一脸茫然，慌忙低下头，离去。

平日，政宗总是狂妄自大，但怒时，却像惊雷一样，来得快，去得也快。这种性子成为他吸引家臣的力量所在，也是他控制家臣的手段。无论何时何境，他都不会说出“为难”二字。其人不怒则胸若万川，发怒则力重千钧，弥兵卫从未见过拥有如此耐性之人。自从跟随政宗以来，弥兵卫也见过政宗生病，但从未见过他白日躺着。即便病重，他也只是凭着扶几靠上片刻，不到就寝时辰决不上铺。他对房事更是节制有度，他的姬妾，不仅有本国的，还有南蛮和朝鲜的，但他从未因贪恋女色而迟起。

今日见政宗带着怒气，又事出突然，远藤弥兵卫不得不立时照主公的吩咐去准备。他寻思，主公怕想借散心，思量上总介大人的事。

“主公今日心情欠佳，各位定要注意言行。”弥兵卫吩咐下去。虽已入秋，但大雁和鹤还要过些时日才能多些。他又道：“就算野鸭子也不多。各位定要努力追赶，休要让大人因猎不到东西而发怒。”

“大人为何突然要狩猎？”

弥兵卫不语。政宗平素就让人惧怕，众人不敢再问，紧张地开始准备。

第二日一早，一百多人乘船从芝口出发，提前到了猎场，等候政宗到来。远藤弥兵卫自然不在其中，他行伊达管家之职，主公不在，他要负责守卫府邸。

弥兵卫送走众人，又送出政宗带领的十二骑士，方才约略松一口气，回到房里开始吃饭。

此日乃是个晴天，山鸡皆出来觅食。即便无大雁野鸭，自可猎得些山鸡……弥兵卫正想着，夫人的一个侍女进来，道：“启禀远藤大人。”

“这么早，有何事？”

“夫人请您速速进城，向将军禀报大人返回领内的消息。”

“大人返回领内？”

远藤弥兵卫一路小跑到了三春夫人处，只见夫人倚着扶几，握着一封书函，陷入了沉思。

夫人乃是三春城主田村清显之女，名爱姬，才色俱佳，虽已四十多岁，依然端庄秀丽，脸上无一丝皱纹。她生下了五郎八姬和忠宗，和儿女坐于一处时，经常被人误以为乃是二人长姊。政宗亦甚是尊重夫人，无论遇到何事，他都会寻夫人商议，离家时所写的书函，多是给夫人。

“夫人，您说大人要回领内，是真的？”弥兵卫气喘吁吁跑进房内，劈头就问。夫人皱了皱眉，道：“大事不好。”

“啊？”

夫人无奈道：“他怕是想发起战事。”

“战事？”

“他在这上边写着要先发制人，回到领内，便立即与片仓景纲商议，作出决断。若有万一，上总介夫人和我可以自行决定去留。”

弥兵卫心中大忧，脸色苍白。大御所和将军皆无战意，此乃为何？伊达政宗从去岁到今年两度出征，只要向将军招呼一声，便可返回领内。他假装狩猎，是欲回领？莫非他真以为能打败幕府？

“弥兵卫。”

“夫人。”

“虽然大人并未明言……”

“夫人是说大人未明言要返回领内？”

“是啊，大人现去狩猎了。”

“正是。”

“但，由于无甚猎物，大人心绪低落，要回领内狩猎。”

“哦……”

“你就称：大人原本就要回领内，之前一直留在江户，是怕有公务，但如今看来并无大事，故在狩猎之时吩咐你去禀报将军，说他要回领内了。”夫人似经过了深思熟虑，顿了一下，又道，“今日傍晚你再去，要是太早，便会被看穿。”

言罢，夫人一脸平静，一动不动。远藤弥兵卫心中落寞，但事到如今，也只能如此了。

“在下会着夫人的吩咐去做。”弥兵卫说着，探出身子，压低声音道，“可是夫人，大人真欲发起战事？”

“这……谁知呢？”

“夫人，您觉得我们举兵，有几分胜算？”

夫人缓缓摇了摇头，“毫无胜算。对此，大人也应清楚。”

“那……主公为何还故意如此？”

夫人不答，转道：“你去见将军时，再加上一句。”

“是。”

“你就说大人回领内，想好生料理领内诸事。幕府若有公干，请莫要客气，派人去通传一声，大人自会即刻返回江户。要是加上这么一言，便无虞了。”

“是。”

“留我们在此，大人真是心宽啊。”

弥兵卫咬牙道：“在下以为，先向幕府禀报为宜，但只怕此事不会就此罢休。在下还有一事……”

“你是说小姐？”

“正是。这样下去，小姐怕是不依，不知夫人如何寻思。”

夫人微微闭上了眼，她也颇为担心。

“小姐这两日便会见到天海。天海已从川越来到增上寺。”

“弥兵卫。你去向幕府禀报时，顺便见见小姐。”

“劝她莫要见天海？”

“不。”夫人缓缓摇了摇头，道，“她和她父亲一样，一旦决定，别人之言，定是油盐不进。到时你可以对她这般说……”

“怎样？”

“就说大人对上总介大人受责罚一事甚是震怒，决定和幕府一战，自狩猎处直接回了领地。大人性烈如虎，一气便能行走千里。当然，大人当与上总介大人议过此事。”

“议过？”

“是，你心中也当这般想，就说上总介大人也和我们大人一般心思，在回江户途中改道回了高田。战事已不可避免，请小姐作好准备。”

远藤弥兵卫无语，紧盯着夫人那张端庄秀丽的脸庞，其面如水，其言如刀，若说主公乃是鹰野之虎，夫人又是什么？

“你听明白了吗？”夫人的声音依旧平静，“既然上总介大人已直接回了领内，而且战事已不可避免，小姐若听你这般说，肯定大为惊讶。但之后的事，你休多言，我自有主意。”

“这……可是，这些话若传到了幕府……”

“无妨。”夫人脸上露出微笑，道，“仔细想想便可知，大人实把我们都骗了。”

“此话怎讲？”

“他不仅骗了我，信上还写着，如有危难，让我自己化解。一旦将打仗的谣言传出，伊达氏必为千夫所指，但也是大人大展身手之时！”

弥兵卫大气不出，紧紧盯住夫人。她唇边露出微笑，似在冷笑：不管有何谣言，都与我无关！此令弥兵卫甚感忧心：夫人是否真正关爱夫君？

“弥兵卫，男人应有男人的智慧。”

“这……”

“大人要与幕府背水一战。伊达氏的将来便甚清楚了——或是一战而得天下，或是一战而家破人亡。”

“夫人……”

“呵呵，是啊，一个年届五十的老将竟然和二十来岁的年轻武士一般，一怒之下便直接回了领内。他若未想到这样能引发战事，就不只是瞎了一只眼，乃是全瞎了！”

“……”

“他回到领内，定会与隐退的片仓景纲商议。景纲比他还年长十岁，两个这等年纪的人商议之后，还决意发起战事，自是无可救药了。”

弥兵卫惊讶地望着夫人，一声不响。

“弥兵卫啊，这次我且看大人的笑话吧。”

“这……”

“大人似要举事。若非如此，他必不会让上总介大人回领内。你去向幕府禀报之后，我们就散布传言，说大人要发动战事，为难为难他。”

“哦？”

“之后大人将会怎样想，我们且作壁上观。伊达氏原本就是幕府的眼中钉，一两次波折在所难免。人常言，真正疼爱孩子，就让他远行。我们就捉弄捉弄这远行的老虎，看看他的笑话。”言罢，夫人撇起嘴笑了。

弥兵卫对她这番话大为不解。望着她那张美丽的脸庞，他只想到充满斗志的鹰。

二三　漏船火屋

元和元年九月初八，两个江户使者先后到了骏府。

其中一人为柳生宗矩，他并非将军派来，而是家康请来的。家康想通过他遍布天下的门生打探各地消息，就太平时代的武道问题征求意见。

另一人的到来，却是家康不曾想到的。此人乃是将军的侍童头目水野忠元，表面上，他此来是向家康禀报大坂一战中旗本将士立下的战功，以斟酌封赏诸事。忠元首先见到本多正纯，在正纯的带领下来到家康房中，然后请家康屏退了在场诸人。若非负将军秀忠机密要任，他不会要求他人回避，就连骏府重臣都要回避，事情的重要自然可想而知。家康清楚这些，皱起了眉头，道："又有什么麻烦了？"

忠元显得比往常紧张，"此乃八月二十八的事。"

"八月二十八，不就是十日以前吗？"

"大人明鉴，就在十日前，本在江户的伊达政宗突然不见了。"

"忠元，说话休要这么离奇。伊达政宗不见了？不是说他被人杀了吧？"

"他原本说要改建府邸，还邀请将军大人到他府中欣赏猿乐，却突然返回了领内。"

"那你怎不说他返回了领内，说什么不见了？"

"在下说不见了，是因头一夜他还跟手下说要去狩猎，却在去猎场途中改变了主意，直接返回了领内。"

“狩猎途中？”

“他说猎场无甚猎物，不如领内好，骂骂咧咧回去了。”

“这话是留在江户的人说的？”

“正是。”

“他走后第二日，将军方知此事？”

“不，当日傍晚。”

“嗯？既是如此，怕真是因未猎着东西而生了气。不必担心。”

“可是，上忠介大人回领内一事，据说便是伊达一手谋划。因此有了传闻，说上总介大人夫妇分开一事让伊达很是恼怒，他便与上总介大人商议，准备举兵谋反。”

家康苦笑一声，一脸认真地陷入了沉思。

“关于此事，将军大人属下有两种意见。”水野忠元说话颇为小心，生怕家康责他大惊小怪，“其中一种较为强硬，认为这是对幕府的蔑视，必须责罚。另一种则认为不必担心，只要照原计划，先对上总介大人进行责罚，事情自会化解。”

但家康依然皱着眉头，紧紧盯着扶几上的花镜。

“将军大人说，伊达乃是大人您长久交好的友人，不敢僭越而自作主张，才派在下来相禀，请大人吩咐。”

不知家康想起了什么，再次发出一声苦笑，“真让人为难啊。将军被政宗的气势压倒了，这样不行，这样可不行。”

“大人的意思，是说此时应该显出幕府的威严？”

“非也。我是说，指责对方，人且不顾，责有何用？伊达说要领回上总介的妻子了吗？”

“他并未对此多言，便急着回了领内。”

“定是将军语气不重，尚需锻炼啊。”

“是。”

“人间诸恶，世上纷争，多起于误会啊。”

“大人的意思……”

“我向朝廷举荐了他，还赐与他的庶子秀宗宇和岛十万石。此为我对他的补偿。这些补偿亦可以充分显示出我毫无敌意，才让他领回上总介之妻。”家康道，“不如这样，就说希望伊达领回上总介之妻，同时要把德川家的一个女儿嫁给伊达嫡子忠宗，以续两家姻亲之好。要是这样说，对方就不会恼了。”

“大人是说将军的千金？”

“养女也无妨，重要的是能保证天下太平。”家康脸色阴沉道，“好了好了，我会想想办法，你先回去歇着吧。”他把忠元打发走，马上叫进另一个等着要见的人，便是柳生宗矩。“又右卫门，你听说伊达的事了？”

“在江户，传闻已家喻户晓，甚至还有人说会发生战事。”

“你说呢？”

“在下以为，伊达虽一向为人轻狂，但这次却真有些过分了。”

“他轻狂？有话叫弄假成真。你觉得我们应如何应对？是就势对他劈头一剑呢，还是对眼相刺？”

“当然是对眼相刺。”

“哦。因为未将剑对准他的眼，他才如此轻狂，目中无人？”

“大人，轻狂和酒后发疯，是一事还是有别？”

“你这个问题好生古怪。你是说，伊达政宗只是轻狂，非借酒发疯？”

“是。他绝不会借酒发疯，他有条不紊，知道自己在干什么。”

家康咬着牙，发出一阵苦笑，“又右卫门，自从大坂一战以来，你长进甚多。你还无意接受将军的加封？”

“是。若非如此，我会被大坂城陷之日便消失的奥原丰政耻笑。”

“你非害怕奥原耻笑，你害怕的应是令尊的眼睛。”

“也是原因之一。”

“真令人羡慕，石舟斋有一个好儿子啊。”

“不敢。先父地下有知，听到大人是言，必感欣慰。”

“我叫你来，非为别的。我在世的日子不多，想明春再去一趟京都。”

“去京都？”

“是啊，可能是最后一次了。我抱着这想法进京，已是第三次了。”

“大人此去有何事？”

“此次进京，是想带着未来的将军竹千代进宫面圣。”家康脸上带着少有的自嘲，接着道，“真是让你见笑，原本以为，人到了一定的年龄，就不会事事都担心了。”

柳生宗矩吃了一惊，认真听家康往下说。

“然而，事情并非如我想象。”

“哦。”

“人年纪越大，便会越发忧心，分明已看到生命将尽，却还整日为世事迷茫苦恼，放心不下。又右卫门，我还没能‘悟’啊，我是个无可救药的愚钝之人。”

“在下惭愧，就连大人的这些话，在下也听不明白。”

“我想过，不能迷乱下去。我想明确地将竹千代立为德川第三代家督。我这想法，你说说看怎样？我现在的心思，就如同身在火屋，行于漏船。”

“火屋？漏船？”柳生宗矩还是第一次听到家康这般感慨。人人都希望安心，但世道时时刻刻都在变化，人怎能时时“安心”？人生于天地之间，原本就不能安心。已开始思索这些问题的宗矩，愈发为家康之言震撼不已。

家康又道：“我原本以为，已为儿孙们想得够周到了。将军、上总介、义直、赖宣……我以为此次把最小的儿子封到水户，儿女的事就不用我再操心了。可实际上，事情还没完，我又担心起竹千代来。”

“这亦是人之常情，兵法上也是一样。”

“所以我才有事要拜托你。你还年轻，能不能教给竹千代兵法，并于明春与我们一起进京。”

宗矩不言，默默望着家康。

“师父不能一代而终，你就答应了罢。人世多欲，迷茫不安已成了一个无底洞，我愈陷愈深。你就答应了吧。”

“这……”

“若将军有将军的师父，竹千代有竹千代的师父，父子二人必会产生隔阂，从而生成对立，更深的不和也将因此而生。我和将军很少争执，便是因为将军幼时有阿爱，阿爱把我的心志传达给了秀忠。而且成人之后，秀忠身边有本多正信，也正确无误向他传达了我的心志。但即便如此，将军有时还会拂我心思。”

“……”

“我将不久于人世。待我离去，便无人能交通将军和竹千代了。因此，我整日忐忑不安，就如居火屋、坐漏船。怎样，你可愿意？”

柳生宗矩不由心头一热，泪水模糊了双眼。他明白过来，这哪里是老年人杞人忧天，这才是真正的关爱、真正的谨慎。宗矩一时大为感动，激切道：“大人言重了，在下不才……”

“你答应了？”家康松了一口气，语气缓和下来，“那我还有一事问你，你认为将军会对上总介动刀吗？”他马上把话题转向了忠辉身上。

“我日日担惊受怕，夜夜忧心忡忡。将军治理天下，倘若家中起了内乱，还谈什么天下太平？”家康又轻声道，“是争斗还是和睦能带来天下的繁荣昌盛，就连三岁小儿都知。但即便如此，稍不留意，便会产生争执，这世间就是如此。我便要消除将军和上总介之间发生争执的可能。人老了，总会不自量力，但我想听听你的意思。你觉得我把处罚上总介的事交给将军，可合适？”

“这……”柳生宗矩支吾着，开始思索：家康公还有另一层意思，似是索性不管忠辉，一举制服政宗。这又回到了方才的问题上——是应劈头一刀，以武力制之，还是先将刀对准对方之眼，以机巧取胜？

宗矩沉吟片刻，心中略定，道：“在下冒昧一问，大人以为将军和伊达二人短兵相接时，伊达是一个怎样的对手？”

“短兵相接时？”

“恕在下冒昧。”

“应是个可怕的对手。”家康道，“你也说过，政宗并非那般轻狂，他看似要和我单枪匹马对决，实际上周围早已伏下援兵。他就是这样一人。”

“是。”

“因此，不得掉以轻心。”

“在下也这般认为，但在下想冒昧让大人想象一下，将军单枪匹马和伊达对决之情形。”

“哦？”

“伊达说不定真在四面八方皆埋下了伏兵，这样的话，将军当采取一些对策。”

“是啊，我当帮将军一把。”

宗矩见家康应得爽快，笑道：“大人，您一直都是这般做的。只是，大人现在所帮的不仅仅是将军一人，而是每一个渴望太平的大名和庶民。这便是大人的丰功伟业。”

“唉！我明白，我明白了啊，又右卫门。”家康眼中含泪，道，“你觉得我之所以着急，乃是因为想帮太多的人，是吗？”

“大人不如此便不会安心，您急天下之所急，正因为您一味顾念苍生，故在外人看来，安然如山啊。”

“动即是不动？”

宗矩施了一礼，道：“对上总介大人的责罚一事，请大人帮帮将军。”

家康突然觉得，柳生宗矩似是奉将军之命而来，但这也无妨，宗矩的话有理，只要按理行事就是。的确，政宗在太平时代还要以乱世之道行事，将军却秉承家康之志，一心想巩固太平。二人之间自有差异。但将军并非拿政宗毫无办法，只是他若轻易使用权力和实力，举兵征伐，便会战事再起。德川父子为了天下太平，开创幕府，世间若再起战乱，便是他们的大败。因此，即便是要帮秀忠一把，也不能再生战乱。

“我明白你的意思。”家康道，“但又不明，政宗是怎生想的，他为何要摆出一副气势汹汹的挑衅之态？”

“这……”宗矩笑道，“在兵法上，此曰投石问路。”

“他想试探将军？”

“是。他想要试探的不仅仅是将军，也包括将军的帮手大人您。伊达若看不清您父子二人合在一处的力量，他便很难改变心志。这同样也是一个迷局。”

“不错。”家康使劲点头，大为叹服：又右卫门，你已成熟，并不亚于乃父石舟斋。

“政宗是想试探一下，幕府是否有实力让他放弃战争，他才故意让上总介回领内，自己也一走了之。大人说呢？”

“哦。”

“恐怕他会失望。但他也是一世豪杰，若见人有所备，己方力有不逮，便心服口服，一气撤回领内。”

“这么说，政宗并无战意？”

“他并非愚钝之人，不会挑起一场毫无胜算的战事。况且，他身边还有片仓……”

“这么说，将军并非要兴兵，让伊达安心足矣。”

“不！”宗矩意外地加重语气道，“若不令伊达知自己无法与幕府抗衡，他便会变成一只张牙舞爪的老虎。”他瞪大了眼，说得斩钉截铁。

“嗯，老虎怎会不食肉？”家康见宗矩那样看着自己，笑道，“他虽无战意，也并无顺服之心。在这太平世间，这只老虎因寻不到猎物，才大发雷霆。”

“大人明鉴。”宗矩的目光缓和下来，笑道，“但，他到底是要在这太平世道变成一头驯服的老虎，还是依然要做一头行走在野外的吃人之虎，林中百兽都在拭目以待，且看将军如何扬起鞭子。”

“哈哈，宗矩啊，我再问你，若让那老虎继续留在林中，将军也已亡故……当然，那时我也早已不在人世，在世的便只有拜你为师的新任将军竹千代。”

“这……”

“你想想看，斯时你将教竹千代怎样的手段，以对付那老虎？”

“大人真会出难题。”宗矩一脸兴奋。他一本正经想了想，方道：“到时，把那老迈之虎和林中百兽同宣召到将军面前，让将军吩咐……”

“要说什么？”

“诸位，你们中多有人与我祖父和父亲同历乱世腥风血雨，一路走过。你们乃是我祖父和父亲的友人啊。”

“是啊。”

“因此，出于友情，祖父和父亲会对你们客气三分，但我不一样，你们莫忘了，我生来便是征夷大将军。”

“哦。”

“若有人胆敢不服，挑衅太平，我决不轻饶，请诸位谨记。”

家康不由一阵轻笑，道：“是啊，到了竹千代那一代，诸人天生便是将军家臣……”

“斯时，既无必要发起战事，亦无必要互相杀戮。若有争执，只要将军的一个命令便可解决。只有这样，才能令老虎意识到，爪子之利和牙齿之锋都已失去意义。”

“好！我问了一个无趣之问。此事不可泄露出去。”

“在下明白。”

“你下去歇息吧。我还得好生想想，应怎样帮将军一把。”

“请莫要拔刀，不可流血。”

“你是想说，若轻动刀兵，便是失败？”

“在下不敢。”

“好了，我知道了。明春进京一事以及竹千代，就拜托你了。”言毕，家康取下身上所佩短刀，放到宗矩面前，道，“拿着，此乃备前兼光所制。”

“多谢大人！”宗矩感激不尽……

二四　慈悲之本

柳生宗矩退去，德川家康并未立时召见专门从长崎赶来、求出海朱印状的长谷川藤广一行。

本多上野介进来，道："让他们进来否？"

家康摇头，"你去帮着办一下，完事之后跟我打个招呼即可。"

上野介正纯知家康在为何苦恼，遂领命而去。藤广一行有十一人，内中还有唐人和西洋人，皆来请求签署往吕宋、交趾、暹罗、高棉和高砂等地的朱印状。

大坂战事结束以后，商家们又开始活跃，纷纷欲往海外扩展。

家康在一张纸上写下：慈悲为草木根本，人和乃花朵果实。然后把纸交给正纯，要他说给前来索要朱印状的人，让他们以此为在海外行事的准则。在海外，只有人和才不会生乱；但，人和只有拥有了慈悲之本，才能开花结果。因此，要想得到人和的花果，必须努力培养慈悲之根。"慈悲无疆，人和无界，要培养慈悲之本，应始终以人和为念，并以此作为生意成功的根本。"

家康如此吩咐了正纯，等他退下之后，便开始回味自己刚才写下的那一句话。"慈悲为草木根本，人和乃花朵果实。"在伊达政宗一事上，自己是否不够慈悲？又右卫门言，应将那老虎赶进幕府之门。这太平之门，不正是缺乏慈悲之门？

人与人立场对等时，便无所谓慈悲，只有同情。因此，所谓慈悲乃是对苍生的关心，但我是否以这样一种心思看政宗呢？家康开始反省，他有些羞愧：正因他能充分识得政宗的能力，政宗才时常让他感到恐惧，这份恐惧亦带来一丝戒心，使得他在与政宗接触时，总是小心谨慎。但他从未认真思量过，自己乃是畏惧政宗。

家康独自思量了小半个时辰，不知不觉外边已经日影西斜。

“大人，要掌灯吗？”一个侍女走来，小声问道。

“还早。现在点灯太不节俭。”家康道，“叫出云守胜隆进来。”他终于想出了一法。

侍童头领松平出云守胜隆，此时已被擢升为骏府的大总管。由于他顺利地向松平上总介忠辉传达了“永不见面”之意，完成了使命，家康便破例提拔了他。

胜隆来时，已至薄暮时分，但家康还未让人掌灯。

“胜隆，稍微有些暗，你就忍耐些。”家康道，“老夫现在所能做的，就只有节俭了。现在天下还很贫乏，节俭乃是第一要紧事。”

胜隆早已经习惯了这些，道：“天尚未黑尽。有事大人尽管吩咐。”

“胜隆啊，你还未成家吧？”

“啊？是。”

“我给你一个女子，你可愿意？”

胜隆吃了一惊，马上坐正。

“我把阿梅给了正纯，就把阿牧给你吧。她年方十六。”

胜隆愈发紧张起来，一言不发。阿牧乃是家康侧室当中最年轻的一人，二人每日都会见面，胜隆自然知道她的年龄。正因如此，他才感到惧意遍生。

“阿牧常说，你是个名副其实的武士，对你很是倾心。我也该给自己身边的年轻女子寻找归宿了。让一个还不到二十岁的女子落发为尼，实为不道。”

“这……但是……”

“好了好了，想必你也不厌弃阿牧。就让阿牧嫁给你吧。”

此时，女人尚不因改嫁而为人闲话。此前旧例，贵者身去之后，身边年轻男子中须有人为之殉身，女人则落发为尼，日日为其祈求冥福。因此，家康归天之后，诸侧室亦当日日坐在长屋一隅，在诵经念佛中打发时日。但最近，家康却把侧室一个个都与了人。本多正纯就娶了阿梅夫人，将其立为正室。此种奇怪的馈赠方式，所受之人已当成一种荣誉，并无非议。

“你不会厌弃阿牧吧？”

“不。这……”

“嘿嘿！你们真是天造地设的一对，阿牧定会大喜。说正题吧，你去一趟高田。”

“高田？”

“待你从高田回来，我就为你们完婚。我会给阿牧办一些陪嫁。但，你要好生完成出使高田的任务。”

胜隆心中暗暗叫苦。他咬着嘴唇，一脸为难。这时他已明白家康的心思，忙道：“在下斗胆问一句，方才这事……”

家康却故意装糊涂，道：“方才这事？你是说阿牧还是出使高田？”

“是……是这两事。”

“两事？”

“恕在下斗胆，出使高田才是正事，可对？”

“你说呢？”

“大人是说，出使高田并不简单。按上总介大人的脾气，在下的话，他怕根本就不会听。故大人令在下莫要急躁，只要能顺利完成任务回来，便为在下举行婚礼，可是这样？”

“哈哈。”家康若无其事笑道，“既都明白，无需多言。明日就出发吧。”

“不！”话一出口，胜隆才意识到自己失礼，到底年轻气盛。

“你不愿？你要抗命不去？”

“不，在下是说，把这两事扯在一起，让人觉得不妥。”

“胜隆！”

“大人。”

“你以为你能和我一般看透人生？此次出使高田，须抱着必死之心，方能完成任务。我以婚礼为诱，乃让你珍惜性命。你怕别人说你想得到奖赏才出使，自作聪明！”

“这……”

“你以为我不知你的心思！”家康一声断喝，旋又压低声音，“是啊，对付上总介，寻常法子不行。他违背了你们二人的约定，擅自回了高田。但正因如此，才必须令你出使。”

“……”

“你要责问他为何背约，然后便可以明白事情原委。你把我的意思传达与他，便会令他感到内疚。”

“大人的意思，怎样处罚……”

“现在说这些为时尚早。你要作好准备——如此还无法完成任务，便是无用蠢材。”

“……”

“我令阿牧嫁给你，是觉得你定能完成任务，是信任你。你竟自作聪明，就凭这点见识，还能干成什么？”

胜隆翻着白眼，叹了口气。

“我此次选你出使，不像上次那样是出于父子感情，而是策略，是为了巩固天下太平，平息那些蠢蠢欲动之心。”家康继续道，“天下有公有私，凡俗之人常会将二者区分，若分开，便要忍受因‘公’废‘私’之苦。能否恰当协调‘公’与‘私’，便显出一人的能耐。”

“恕在下斗胆……”胜隆打断了家康，“在下以为，若顺利归来，大人便为在下完婚，是为公私不分。”

“一知半解！”

“啊？”

“我是说你尚稚嫩。若人常在心中为公私而苦，那么这一生只能是不断牺牲。愈是想遵守法度，维护秩序，人生便愈苦。原本美好的人生便会变成苦海。”

“应怎样想才是正道？”

“有公有私，各得其宜，方为人生上上之策。”家康看着年轻的胜隆，笑了——骏马有时也需鞭策。他又道：“胜隆，我已不为上总介而苦恼了。我若一味关注他的不幸，便可能忽略对第三代将军竹千代的调教，或令企图乱天下者有机可乘。因而，对我来说，我已无公私之分，只需各得其宜。也正因如此，我才想到了阿牧的归宿，才把她交给你。”

胜隆侧首沉吟，仍是无法平息心头焦躁。

“我跟你说这些，乃是因为，你身边还将出现一人，夹在公私之间，痛苦不堪。”

“在下身边？”

“是，就是令尊。重胜乃忠辉家老，我若派你去传达令忠辉切腹的命令，上总介若一气之下起兵，偕伊达政宗造反，令尊将如何是好？”

“啊！”胜隆一下子呆住。

“令尊的处境之艰难，你是否发现了？”

“啊……”

“你若发现了就好。只怕令尊听说是我派去的使者，也会与上总介坐在一处听我的吩咐。这样的话，你更要注意怎样说话了，稍有不慎，便可能使你父亲痛苦不堪，切腹自杀。”

“是。”

“你放开些，休要惹怒上总介，亦休要致你父亲自杀，你也要活着回来和阿牧完婚。这三件你都应该想到，只有把这三件都想好了，才说明你真明白了。在思量问题的时候，应把眼光再放长远些。”

胜隆脸上一阵红一阵白。和阿牧的婚事，他原本以为不过是赏赐，实则却是为了解决上总介这难题。

胜隆紧紧盯着家康，叹一口气：大御所是否真已放弃了上总介？当然不会，这世上哪有父亲不关爱儿女，哪有儿女不忧心父亲？

当家康说到重胜可能会自杀时，胜隆不由心中狂跳，“大人，在下还有一事要问。”

“尽管问。”

“大人，您已决定命令上总介大人切腹了？”

“我还未决定。”家康语气平静，但愈发加深了胜隆的疑心。家康又道：“那就得看你了，我并不恨上总介，只是不想让大坂之战那般毫无意义的仗再打。若重复这等战事，便说明我和将军都无治理天下的能力。”

“大人，您……”胜隆壮着胆子道，“您不明言，在下一介浅稚之人，如何作准备？”

“胜隆，这就不对了。不管于公于私，你认为这个世上有愿除掉儿子的父亲吗？”

“这，话虽如此……”

“那你就休要想差了！问题的根本在于防止伊达起兵作乱。能否让上总介继续活着，这毋需问，秀赖当初也是一样情形，我真希望当时片桐市正的心能放开些。”

“这么说，大人是想令在下这个冒失之人，去完成和片桐当年一样的使命？”

“是。你要是想好了，我现在就可爽快地答应你。但，你目下还是白纸一张。”

大御所真是巧舌，三言两语便把责任转嫁到了别人身上。胜隆突感气恼，这样的话，他只能任人摆布了。

“胜隆，我再说一遍，在这个世上有叫‘和’的果实，它并非一朝一夕便能长成。在泥土深处，必须有叫‘慈悲’的根本为它添肥。战乱便是怨恨之根生出来的仇恨之花。”

“这么说，大人，您不仅让在下去做这个使者，您还有慈悲的办法？”胜隆急道。

家康严肃地点了点头，道：“当然。我怎可能只把这重任交与你一人？大坂之战已让我大感惶恐。”

由于家康语气严厉，胜隆身子不由得往前一伏。他原本以为大御所只是把他推向了难境，但一听大坂之战亦令大人惶恐，他似感被人打了一巴掌，有些不知所措。

“大坂战前，我若能不辞辛劳亲自前往大坂一趟，万事皆谐。我若亲自见过秀赖母子，自能说服他们，焉有后来的结局？”

“大人的意思，是要亲自去见伊达？”

“我倒要看看，伊达会否老老实实回江户来。我要去江户，若不用尽一切手段，阻止战事，便会与大坂的情形一样，到了这把年纪还须再穿铠着甲。大坂之战便是上天给我的惩罚。”

“最近大人也要……”

“我会如你一样努力。我去江户，你去越后，但我想听你从越后传来消息，再动身。”

胜隆低头，脸色通红，家康公之言让他感到惭愧。

“对上总介的惩罚已然确定。但，希望你此次出使能将此事处分得宜，莫给更多人带去伤害，尽快回来与阿牧成婚。等到那个时候，你也就长大了，更是成熟了。每当见到你，我便会想到大坂冬役时去了茶磨山的木村长门守。他现在若还活着，亦是一个如你这样大有前途的年轻之人。战乱不仅会摧花折木，还会助长怨恨的根茎，只会给世间带来苦痛。你要记得我的话，撒播慈悲种子，培育慈悲根茎。你现在有主意了？”

“大人！”

“看来你终明白了。”

“在下有一个请求。”

“哦，你说吧，不必客气。”

“上总介大人将来怎样，且不说，目下……”

“你是说先把此事搁上一搁？”

“是。上总介大人还只是新开之花。人非圣贤，孰能无过？大人若能给他痛改前非的机会，他当能修成正果。”

“哦。”

“但，大人若命他切腹，就如同花朵刚及开放，便被人掐去了。”

“且等，胜隆，我何时说过令他切腹了？”

“因此，在下才请求大人莫下达此令。在下只要把大人的话记在心里，便能够顺利完成使命，回来成婚。”

家康突然别开脸，点头不已。胜隆这份情，亦是他顺利完成使命的根本。但若一开始便由着这份情谊办事，便可能导致其父切腹自杀，他自己为忠辉殉死。此令家康甚为忧心。但，若让忠辉活在世间，忠辉能否真与伊达断绝关系呢？

“大人！”胜隆一脸严正地伏下身子，“请大人千万莫下达切腹之令，请大人三思。”

“……”

“只要大人答应在下这个请求，即便大人令在下今晚出发，在下也义不容辞！”

家康依旧不明言。他嘴上虽说还未作出决定，但令忠辉切腹之念早已根植心底。世间之人，有时生实比死还要痛苦。一狠心令忠辉切腹倒也罢了，若令他蛰居一隅，小心翼翼苟活，可比生还要痛苦百倍。

“胜隆啊，你不觉得，上总介这种情形，切腹岂非让他解脱？”

“大人这话令在下感到意外。”胜隆使劲摇头，不由往前探了探身子，道，“大人亦常说，人来到这个世间乃是神佛的旨意，断送别人的性命即是违背神佛，乃是罪过。人死如灯灭，一旦切腹，焉可复生？上总介大人乃是聪慧之人，只要能活下来，日后定能明白大人苦心。”

“只怕上总介不会有这等悟性。”

“恕在下直言，在下觉得，这只不过是大人心中一个解不开的疙瘩。”

“解不开的疙瘩？”

“是。大人觉得是自己导致了秀赖公自杀身亡，故，您想牺牲儿子来抚平心中内疚。目下大人心里既有这样一个解不开的疙瘩，怎能平心静气处事？”

“哦？”

“若令上总介大人切腹，大人日后定后悔。事事后悔，必将陷入苦恼深渊。因此在下以为，大人不如饶得上总介大人性命，看他日后如何。如此才是神佛真意。”

“可是胜隆，我已七十有四了啊。”

“因此，之后诸事托付于将军大人便是。且看上总介大人是否真会成为太平天下的麻烦。大人啊，上总介大人毕竟是将军大人的亲兄弟！”

家康点头，闭目喃喃道：“好了好了，我再想想。今夜你就陪我一起用饭吧。天已经黑了。”他拍手叫来侍女，吩咐道：“掌灯，我已看不清胜隆的面目了。”然后，他似想起了什么，又道，“你去一趟长屋，让阿牧来伺候晚饭，就说我有礼物给她。”

吩咐罢，家康笑了，声音嘶哑道：“好了，胜隆，我要与你商议一下，我会真心听取你的意见。无论如何，都要于今夜作出决断，明日一早你就得出发。”

二五　越后悲雁

元和元年乃是闰年，有两个六月，故冬日原本来得早的越后，不到十月就下了霜。

松平上总介忠辉望着渐渐变黑的潮水，品味着冬季的霜气，思量自己目下的奇怪处境。他已不似当初回到高田时那般忐忑不安，但望着这单调的潮起潮落，忽觉世间一切皆如梦幻。

父亲真的想惩罚我？至今为止，他还未亲耳听家康说起此事。最初让他吃惊的，乃是松平胜隆的突然到访，其次则为岳父派来的密使。密使说，他一旦回到江户，便可能被将军不由分说幽禁起来，还不如先回领内，等待将军派来的正式使者。领内有人有马，因此，将军必有所顾忌，不会轻易动手。虫蚁尚且贪生，何况人乎？莫如先离险境，静观时变。

“江户的情况，伊达大人会派人相告。您且先回去。”忠辉听密使这么说，也就改变主意，回了高田。但回到高田，他却真正担心起来：将军若真派了使者，又当如何？因此，他日日都焦虑不已，难以忍受。

然而，将军的使者至今未到，忠辉倒是接到政宗也撤回领内的消息。他不由想道：已过去两月，夫人在江户做什么？

回到高田，见到德松丸之前，忠辉感到异常兴奋与激动，但见过婴儿之后，却觉极其平凡，也就是“自己的孩子”。一个刚刚出生的婴儿，不辨相貌，怎能指望与其心灵相通？早知如此，还不如当初直接去江户。

领内农田几已收割完毕，百姓都在兴高采烈庆祝今岁丰收。但目下忠辉已被剥夺与百姓同欢的权利。让他成为一个拥有六十万石俸禄大名的是父亲，现在要把这些统统收回的也是父亲；给了他性命的是父亲，现在将他大责一顿、许会取他性命的也是父亲。试问天地，我松平忠辉到底是什么东西？为何而生，为何而活，又是为何习武，为何受到百般责骂？

天气晴朗之时，忠辉的疑问常会消失得无影无踪，但一到阴沉之日，他的疑问便如北国阴郁的天空和海面，笼上心头。此刻，忠辉亦心陷阴郁之中。

“大人，三条城的家老求见。”前不久生下德松丸的阿菊在门口两手触地，小声禀道。

“让他不必拘礼，进来吧。之后你就不要来这里了。”忠辉道。他这些话并非出于让她待在孩子身边的体贴，而是因为思念伊达夫人而生的冷漠。

“是。”阿菊应一声，小心翼翼离去。这又令忠辉感到一种难忍的郁闷。

“大人，一向可好？”

背后传来父亲为他任命的家老——三条城城主松平重胜的声音。忠辉默默望着大海方向，不语。

“在下今日是来向大人报告一些骏府和江户的事。”

“江户那边已下处分命令了？”

重胜不答，转道：“江户流传着一个不太好听的传闻。”

“是说松平忠辉谋反？”

“不全是，稍微有些不同。”

“有何不同，你说说？”

“谣传说，明年正月会再次发生战事。大御所亦为了此事，将于近日离开骏府，前往江户。”

“说谁会发起战乱？”

“自是伊达。伊达为了起兵，甚至未禀报一声便回了领内。因此传言四起，说一战已不可避免。”

“哦，这么说，伊达的同谋便是我松平忠辉喽？这话我已听够了！”

但重胜并不年轻了，也非愚笨之人，他并未就此退却。他似是骑马来的，一边缓缓擦着脖颈间的汗水，一边道：“大人，您也要把心放宽些，好生思量一下了。”

“我把心放宽？”

“是。您只要睁大眼看一看便知，世间诸人莫不同等而生。不仅大人您经历着大风大浪，大家都各自经历着波折，面临着困难。江海不捐细流而成其大，泰山不让抔土而成其高。”

“哼，你又来说教。不过无妨，反正我闲极无聊，你且说吧。”忠辉生气地看重胜一眼，不由得笑出声来。他看到松平重胜弯着上身，额头大汗淋漓，那样子即如刚从温泉中爬出的癞蛤蟆，便笑道：“老头儿，你好似来得急啊。”

“是。在下害怕被后面的大雁赶上。”

“大雁？”

“犬子胜隆奉大御所之命出使高田。”

“胜隆要从骏府过来？”

“正是。怕是大御所见将军大人难以决断，便亲自派出了使者。看我身上这些汗。”重胜突然哼了一声，擦了擦汗水和泪水。

“哦，父亲亲自出马了？”忠辉听重胜说到了自己关心的事，心里的疙瘩逐渐解开，“老头子，休要哭，我已从阴沉的天空看到了丝丝阳光。”

重胜并不回答，转道：“不过还有一个传闻，说战事的传言不过是谣传。”他开始抽鼻子。

“传言乃是谣传？”

“是，这另一个传言说，不会再起战事。这传言并非来自市井，而是从将军亲信口中传出。”

“哦，还有不打仗的传言。”

“是。伊达领内的片仓景纲……今年已五十有九，据云已经病危，将不久于人世。”

“小十郎的长辈……”

“不管遇到何事，政宗总会去寻退隐的片仓商量。要是景纲病危，政宗自会放弃起兵之念，这便是传言的依据。”

“不无道理。”

“可是，大人打算怎样？”

忠辉听这么一问，瞪大了眼道：“什么打算？”

“犬子一两日内便会带着大御所的旨意来到高田。请大人在此之前作出决断。”

“哈哈哈！”忠辉不由大笑起来，“你休要再装糊涂，老头子。”

“是。”

“父亲派你来监视我，我不过是你的俘虏，我哪有什么决定的权力？你是狱卒，我不过是牢狱里的犯人。我这犯人哪敢违抗狱卒和父亲的意思？哈哈哈哈。”

“这么说，大人便是想老老实实听从大御所的命令？”

“我除了老老实实听从，还有什么办法？你休要说些不着边际之言，乱我心志。”

松平重胜耷拉着肩哭起来。

“别哭了！我不需你的同情。”

“大人……”

“何事？”

“大人，您可知老夫为何这般急匆匆赶来？”

“你不会是来劝我举兵吧？”

“不，当然不。可是，大人若真有此等决心，那也……”

“什么？”

“在下也想了许多。奉大御所之命跟随大人的那一日起，老夫的命运就已注定。”

“我听不懂！你这是在发牢骚，还是规劝我？”

“都是。当时大御所送给在下一柄短刀，他说，若发现大人您有谋逆之心，便令我用这柄短刀杀了您。”胜重一边说，一边拿出短刀，放到忠辉跟前，号啕大哭不止，“大御所将您托付给了在下。成濑正成跟随了义直公子，安藤直次跟随了赖宣公子。他们二人都和在下一样，从大御所那里得到了一柄短刀。”

“你是让我自杀？”忠辉脸上没有了笑容，额上暴出根根青筋。

“不。请大人先冷静。”

“浑蛋！松平忠辉到现在还有何不冷静？我目下只是一条鱼，一条别人案板上的鱼！”

“因此，老夫才决定把大御所赠的这柄短刀给大人。”

“刀？”

“是，老夫终于明白，大御所送这短刀，有两层意思。其一，万一您真有谋逆之心，就令我杀了您。但这个意思背后是信赖，亦才是最重要的。”松平重胜顾不得擦拭脸上的泪水，接着道，“大御所的意思，其实是他相信在下不会把大人调教成一个谋逆之人，因此，才把大人的生死托付于老夫。”

“哦。”

“重胜就有了两个责任，看似两个，实为一个。只要在下尽忠尽职侍奉大人，便不会出现那恶果。”

“……”

“然，现在却出现了乱了，这完全出人意料。但既然出现意外，自是老夫修为不够。大人，老夫已想明白了，方将这刀给您。”

忠辉依旧一脸怒气，看看短刀，又看看重胜，“我还不明，不懂！”

重胜道：“老夫把这刀给您，是因老夫无能，未能完成大御所的嘱托。在下已然对不住大御所，若再对大人不忠，怎还有做武士的资格？”

“你说什么？我还不明。你不是发疯了吧？”

“大人这话让在下心痛。若说大人是别人的俎上鱼肉，那么老夫也只能跟着大人去做那鱼肉。老夫已经决断，大人，也请您作出决断，当场杀掉从骏府赶来的犬子，举兵造反也好，赶往奥州和伊达大人会合也好，都要当机立断。今日老夫把这柄短刀给您，从今日起，松平重胜就是大人的家臣，听从大人的命令，照大人的指示行事。”

忠辉表情骤变，道：“你给了我短刀，以后就不再是父亲派来的家老了？”

“正是。老夫乃是上总介大人一人的家臣，大人把我煮着吃烤着食，悉听尊便。”

“杀了你儿子，也无妨？”

“无妨！”

“为慎重起见，我再问你，你要说心里话。即便我要杀了你儿子，率兵赶往仙台，你也无异议吗？”

“当然！随大人之意。”

忠辉突然缄口不语。松平重胜称自己虽辜负了大御所的期待，却要为忠辉尽忠。这些话深深刺痛了忠辉：老头子在怜我身陷困境，但即便如此，他实令人惊心，竟说可杀其子，也可与伊达结盟，还说要率领军队，听从调度，这便是对父亲与将军的背叛。义直和赖宣都在父亲和兄长的关怀下一步步成长，唯独我忠辉竟有今日。罢了罢了，这老家伙实在让人无法明白。

想到这里，忠辉却省得，嘴上所言未必出自真心。这个老头子这些话，怕不过是他的策略。他或是觉得，说要为我赴汤蹈火，不管背上何样的污名也在所不惜，我一听，说不定反而大为感动，老老实实接受处分。如此，他儿子平安无事，他也履行了职责，父亲和兄长也均如愿以偿。

忠辉眉宇间带着疑惑，道：“你改变主意了？”

“是！”

“嘿，那我就得重新想个办法了。”忠辉试探着道，“实际上，我本已下定了决心。原本以为有你在旁，我不过一个手脚都动弹不得的犯人。但，你既有这份心思，事情就不同了。人生只有一次，我须无怨无悔。”

“是，和老夫想的完全一样。性命只有一次，不能稀里糊涂。”

“你留在这里，我想好了。”忠辉站起身来。他感到自己无法再待在房里，遂走到廊下，朝婴儿房间走去。他觉得当面怀疑重胜，大为不忍。

婴儿在走廊一端的阿菊房中。忠辉大步走进房里，轻轻站住，瞧着乳母怀中的婴儿，他就像一块红色的肉团。

“啊，大人！”坐在乳母对面看着孩子睡觉的阿菊慌忙低头，两手触地。

“嗯。”忠辉冷冷地扭开了头。这婴儿的性命也只有一次吗？他顿一下，道，“阿菊，你爱这个孩子吗？”

阿菊惊讶地抬起头。她五官匀称，面上却没有血色，眼里充满惊慌。

“我问你，你爱这孩子吗？回我话。”

“啊……是。妾身爱他。”

“我若现在要把他杀了，你会怎样？”忠辉的话说得残忍阴冷。

当他走进这房间、看见酣睡的婴儿的那一瞬间，便忽地明白胜隆将带来何样的命令——定是切腹！重胜定得知了消息，才慌慌张张跑来。如此思来，那老头子所说一切，莫非有几分真实？

忠辉正想着心事，只听到阿菊忧郁的声音：“大人，妾身有事想问大人。”

“问我？我是在问你。我若亲手杀了这个孩子，你会怎样？”

“嗯……”

“你会一言不发把孩子交给我，还是……”他感到一阵焦急，顿了一下，接着道，“跟这个孩子一起赴死？”

阿菊的目光突然停在正在酣睡的婴儿脸上，那眼神并不迷离，却带有一种让人毛骨悚然的冰冷。

“妾身会求您，求您放了孩子。”

“我若不愿呢？”

“妾身就一直求您……”

“不！现在父亲生了我的气，要命我切腹。因此，这孩子怎可留在人间受苦？太可怜了，我要带他走。”

阿菊突然跑到了婴儿和忠辉之间。她紧紧盯着忠辉，眼里无任何感情。

“你这样看着我是什么意思，难道说，你不愿服从我的命令？”

“……”

“你的意思，是说你要陪他死？”

“……”

“好吧，你既然这般关爱孩子，你就跟他一起死吧。反正杀一个是杀，杀两个也是杀……”

“啊！”乳母发出一声悲鸣，猛往后退了一步。她以为忠辉真要拔出刀来。

“不要吵！”忠辉厉声喝道，又自言自语道，“在骏府，母亲肯定也在求父亲。但是父亲心中有无法动摇的理由，他已作出了决断。”

婴儿依旧酣睡，乳母战战兢兢蜷缩在一旁。阿菊抬着头，眼睛一眨不眨看着忠辉。她平静而冰冷的表情下，燃烧着一团紧张的火焰。

“但父亲的理由，连重胜这老头子也无法理解，那理由原本就与我了无关系。”忠辉继续自言自语，“正因如此，兄长无法处罚我，父亲才亲自出马。他的理由就是，只要我忠辉没了就好。于是，重胜这老头子……”

忠辉又使劲摇头。重胜忽说可以率兵前往仙台，这种变化还是让他无所适从：若重胜跟着自己举兵反叛，他的儿子胜隆怎办？自己若真的率兵赶往仙台，从骏府赶来的胜隆就不能留下。即便不杀胜隆，按照胜隆的性子，也会当场自杀身亡。老头子既然那么说，定已作好了准备。

“阿菊！”忠辉突然一喊。阿菊的肩膀颤抖了一下，只听忠辉柔声道：“我们的儿子……就交给你了。我若有万一，你就带着孩子回娘家。”

“是！”

“然后，你就说孩子死掉了，或给农家了，只要能保全他性命。”

阿菊不语，单是使劲点着头。这不善用语言表达感情的女人，心中怕有着比寻常人精明的打算。

忠辉沿着回廊，大步走到了秋风萧瑟的院子里。院子的一角，有一个破旧的船模，那是在大坂之役前，他命人做的。

“下雪的时候它会被埋掉。”忠辉小声道，“会被掩埋在一个白色的地狱里。冬日！是，我的冬日来了……”他闭上眼，闻到寒气中夹杂的霜味。

池水中已经没有了鲤鱼，为防止冻死，它们均被移到鱼笼中，等着被一条条拿上砧板，然后变为美味佳肴。世人亦无非如此……令我切腹的父亲、兄长、重胜老头子、胜隆，所有人无非都是苟活于世间这个鱼笼中，等待死期的鲤鱼罢了。

忠辉缩了缩头，返回廊下，然后直接回了房。他此时方知，乘着大船到大洋中航行，不过一个虚幻的梦。

“老头子，我已决断了。”

回到房中，忠辉见松平重胜忧郁地睁开眼，便道：“不管父亲下何命令，我都要切腹自杀。我被父亲怀疑、被父亲指责，不管事实如何，仅凭这些，我就应该切腹。”

重胜顿时睁大眼。他眼角布满皱纹，眼睛通红。

“你明白，你帮我想想。我不想活了，这不能成为切腹的缘由。对了，你就这么说，被父亲和兄长怀疑，忠辉乃是无德，因此感到羞愧，决定切腹自杀。”

“不管大御所下达了何样命令？”

“是，我已活够了。但我若就此去了，会给你和母亲带来麻烦。你为此要好生周旋。只要我死了……”忠辉说着坐了下来，“你和胜隆也不必因此难过。你们要记着，休要急着自杀，多活一日是一日……”

“大人！”

“不必担心。我并非说现在就要切腹。我要静静等着胜隆到来。你明白吗，我要老老实实听完父亲的旨意。对，老老实实听完父亲的意思之后，你、我、还有胜隆，我们三人好生喝上一次，以鲤鱼佐酒。和你们悠然自得用完最后一次酒宴，我便切腹自杀。若有必要，你们不妨把我的首级送往江户，另将我的遗体和院中那只船一起烧掉，烧得干干净净。我命令你这般行事。”

忠辉感觉心中的忧郁一扫而光，仔细想想，此前心中所有混乱都是那般可笑。不就是早死和晚死之别吗？世人往往为了这么一丁点事，让别人为难，也让自己为难，真是愚蠢！

“老头子，你莫哭。正如你所言，人的性命只有一次。我就按照自己的意愿，主动离去。”

“这……可是……”

“我这样做并非因为悲伤，而是乐意如此。好了好了，你下去歇息吧。无甚可担心的，什么都不要说了。”

重胜哑然，默默哭着去了。

忠辉独自在室内踱着步，放声大笑。他转念一想，这个世间并不值得为之迷茫、痛苦。离开此世间，不就像扔掉一张肮脏的纸吗？

第二日，忠辉迎来了骏府的使者。

高田并未如松平胜隆想象的那般紧张。为防万一，他带着六十余步卒、十六支火枪来到高田，却并未遇上任何骚乱。

“胜隆，有失远迎。上次见面之后，我原本是想回江户，但想看看刚刚出生的婴儿，就……”

忠辉话音未落，胜隆便带着一脸轻松，摆手打断了他：“此事我们稍后再详谈。”

“那你先跟我到这边来吧。令尊也来了。”忠辉亲自到大门口，把胜隆迎进了还散发着木香的新大厅里。

重胜在厅门口双手触地，迎接使者到来。胜隆虽是儿子，但现在乃是大御所的使者，不能乱了礼数。胜隆看见双眼通红的父亲，松了一口气。

来到厅里，忠辉依旧毫不拘泥道：“路途遥远，你辛苦了。在传达父亲的旨意之前，我们能不能先谈些私事？”

“当然。”胜隆爽快答道，“在下这个使者并非那拘礼之人。我们先喝些茶，慢慢谈。”

“哦。”忠辉惊讶地瞪大了眼，笑道，“可是昨晚在城中，为了迎接贵使到来，家老们可是聚在一处商量到深夜呢。”

胜隆脸上依旧带着微笑，道：“大御所身子依然很好，说待在下回去之后，他便起身前往江户。茶阿夫人也一同前往。”

“如此最好。今夜我准备了酒宴，我们三人一起，吃着雪国的鲤鱼，痛痛快快喝上一次。可好？”

“在下怎会有异议？在下也有很多话想跟大人说呢。”

“听你这么说，我心甚慰。我就把家老都叫到这里，听贵使传达大御所的旨意吧。”

“不必了，反正父亲在场，就足够了。”

“老头子和我就够了？”

“是。大御所的意思，大人也都已知道。难道大人还想让在下再把那三条说一遍？”

“哈哈！那三条啊。大坂出征之时杀掉将军家臣、进京面圣之时擅自出去捕鱼，还有第三条，骄奢傲慢……”忠辉一口气说完，大笑。

松平重胜看二人兴高采烈说着，在一边担心不已。他已知忠辉的决断，但还想先听听大御所是否让忠辉切腹。他觉得自己须和胜隆一起，努力保全忠辉性命。

“大人既然都已知……”胜隆整理衣襟，摆正了姿势，继续道，“就由在下先传达大御所对大人的处分，再好好品尝美味吧。”

“忠辉恭听上谕。”

胜隆看了重胜一眼，道：“父亲，您也听听。”

“是！”

“上总介忠辉听令：着你尽快离开高田，前往武州深谷城蛰居。”胜隆笑着说完，转向父亲道，“城池和家臣暂托付于松平重胜，请重胜务必用心打理。”

忠辉惊讶地张大了嘴巴，看一眼重胜。重胜也疑惑地看着忠辉。

“我不明。”良久，忠辉小声道，“庆长七年以前，我们一直待在武州的深谷城，那里现在已是一座废城。要我去那里？”

“是。那里虽是一座废城，但已经过简单的修缮，日常起居应无问题。”

“哦……”忠辉再次看向重胜，道，“这到底是怎回事？”他这句话既非对重胜，也非对胜隆说，而是自言自语。

“在下以为……”重胜在旁边毕恭毕敬施了一礼，道，“大御所的意思，是让大人回到武州深谷城蛰居，等候发落。因武州深谷乃是大人继承松平源七郎家业之后，最初入住的城……”

不等重胜把话说完，忠辉便打断了他：“你说得不错，我在那里时，领地为一万石，然后到了下总佐仓，领地为四万石……是，我到佐仓时是十二岁。让我到那深谷城中，等候发落？”

忠辉又想到了昨日下的决断。而现在父亲之所以这样决定，是害怕他反抗，才在收回城池之后，给他生机？父亲是想先把城池和兵马收回，再给处分？他还担心孩儿会一怒之下发动暴乱？父亲，父亲，孩儿早已想开了。我怎还会活下去，活在这样一个世上……忠辉脸上恢复了笑容。

“胜隆，好了好了，事情就这样罢。我知了。来，且放松一下吧。”

由于忠辉表现过于轻松，胜隆忧心乍起。他毕恭毕敬将家康的书函递给父亲。重胜拿给忠辉看了看，便离开去了一边。此时，胜隆一脸严肃转向忠辉，道：“上总介大人，您切不可性急。”

忠辉佯装糊涂，说道：“性急？胜隆，你指什么？”

“有两事。”

“哦？”

“一是切腹自杀，另一便是和大坂的秀赖一样。”

“哈哈哈，胜隆，你说话真有趣。你觉得松平忠辉是那种背叛父兄之人？”

胜隆不理会，单是道：“大御所说待在下回去，便亲自前往江户。”

“此事你刚才已经说过。母亲也一同前往，可对？”

“大坂一战已令大御所备感疲惫，到如今仍未缓过来。但大人知他为何要亲自前往江户？”

“难道要去与将军商议如何处分我？”

“是为了让伊达放弃起兵之心。”胜隆斩钉截铁道，“大御所已七十有四，这么一大把年纪，还日夜操心，担心再次发生战乱。难道大人晚上睡觉时，从未听到大御所的哭声？”

“哈哈哈！胜隆你说话好生有趣。父亲会因此每晚落泪？”

“正是！”胜隆说完，伏在地上，“在下有一个请求。”

“对我忠辉？”

“是。在下想请大人听了大御所的命令，回到深谷，不断给大御所和将军发函，向他们申诉。”

“我申诉？”

“是。表面上，大人是在就那三条向将军亲信辩解，顺便向他们申诉，实际上是大人对父亲的一片孝心。”

这话让忠辉感到意外，他不由得探出身子，道：“让我厚着脸皮……”

“是！唉，怎是厚着脸皮？”

“我不懂！胜隆，我不懂！我现在之所以这般愁苦，并非因为那三条罪过。”

“因此，您才应前往深谷，和伊达氏断绝了关系，回头再去处理罪状的事。”

“我还是不懂。这和孝道有何关系？”

“上总介大人，您以为这世上会有憎恶自己儿女的父亲？对于大御所此次的苦楚，胜隆看得清清楚楚。只要大人安然前往深谷，便能让大御所摆脱愁苦。”

“是因为我和伊达的关系？”

“是。只要大人和伊达氏断绝关系，之后那三条……主动跳进别人撒下的罗网中，并非孝行。大人要放下脸，向幕府申诉，不可糊涂！”

忠辉侧首沉思，一脸迷茫：胜隆到底在想什么？到底是厚着脸皮为自己辩解、向幕府申诉是孝道，还是索性一死、让父亲无忧是孝道？我已不怨恨父亲，胜隆是否以为我还在苦恼之中，才说出这种同情之语？

“上总介大人！”胜隆语气坚决道，“您想切腹自杀？”

“你说什么？”

“这意思已写在大人脸上了。大人是觉得只有一死，才能让大御所和将军放心，以为此乃上策？”

胜隆这小子，眼光还真犀利！忠辉有些不知所措。

“但在下以为，身为武将，此举实为懦弱。”

“懦弱？”

“是。即便不是懦弱，也是逃避，此实非武士所为。”

“哦。”

“大人不愿抗争，但亦不当逃避。”

“胜隆！”

“大人？”

“以你我之谊，我自不当和你计较。但，你说我懦弱，我就当与你理论了。”

“所以在下才建议大人去往深谷，再行辩解之事。”

“……”

“大御所马上就要七十五岁，还拖着老迈的身子前往江户，为了天下太平不辞辛劳。大人不觉得那才是真正的勤奋、真正的勇猛？”

“自作聪明！”

“可就连自作聪明的在下，都能看得出大御所的良苦用心。大御所但有一口气在，便不会退却，始终为天下苍生着想。正因有了这等勇气，他才成就了今日大业。”

“……”

“可是大人呢，大人还这般年轻，却因一次小挫折而心灰意冷，甚至想一死了之。大人不觉愧对大御所？在下以为，比常人勇猛贤明的上总介大人能够宽谅在下的自作聪明，才会这般劝您。大御所也在努力。上总介大人只有和父亲一样努力，才可谓真正的孝顺。在下正是坚信如此，才向大人提出了请求。”

这时，重胜毕恭毕敬端着上放一张纸的三方台进来。胜隆闭上了口。

“此为给大御所的回复。我会尽快安排大人出发，前往深谷，请务必在大御所跟前替大人多多美言。”重胜跪在儿子面前，把回复递给了儿子。

胜隆瞧瞧回复，又看看忠辉，并未马上伸手去接。忠辉的脸有点扭曲，“胜隆，你为何不接？”

“在下以为，上总介大人应知原因。”

重胜吃了一惊，惊惶失措的眼神在二人身上游走。忠辉的脸再次变得苍白，“胜隆！”

“大人？”

“把回函接去。我们如此郑重，你有何理由拒不相接？”

“大人同意在下刚才之言了？”

“这是两回事。”

“不，是一回事！”

“不！”忠辉大声吼道，“你乃父亲的使者，忠辉也接了旨。老头子刚才不是也说了，他会尽快安排我前往深谷？你的任务已了，自应老老实实接了回复。”

“不。”胜隆淡淡一笑，摇了摇头，“世事实难预料，倘若在下就这样回去，便会有意想不到之事发生。若说此事和在下无关，便会遭人耻笑，哪有脸再见大御所？在下再次请求大人，请务必答应。”他一步不让，把三方台推了回来。

重胜终似有些明白，顿时紧张不已，心惊胆战。房里顿时陷入沉默，但这并非令人窒息的杀气，而有一丝相互体谅的温情。忠辉与胜隆似就要哭出声来。

忠辉黯然道：“胜隆。”

“在。”

“你是否已下定决心，我若不改变主意，你便切腹自杀。”

“不知。”

“父亲去江户到底为何？伊达已远在仙台，他当不致发兵仙台吧？”

“不知！大御所一向深谋远虑，心思非我等愚钝之人所能猜测。但，大御所却说，上总介大人若能去往深谷城，谨慎思过，日后还能出来，为天下太平效劳。”

“哦？”

“大御所对在下说，大坂当时也一样。秀赖不能再待在大坂城，事情仅仅如此。但，就这么一点事，片桐市正却未向秀赖说明白。胜隆……”

忠辉厉声喝止：“好了！休要再说！”他声音颤抖，眼圈发红，“你的意思是说，你比市正明白，不惜豁出命也要说服我？”

“请恕在下无礼。”

“老头子。”

“在。”

“我输给令郎了。不，我非是输了，我是中了他的圈套，延期而已。”

“延期？大人的意思……”

“笨蛋！在此处争执又有何用？”

“是。”

“这是父亲此生最后一个心愿，我焉敢不让步？”忠辉言毕，将三方台推到胜隆面前，“胜隆啊，老头子原本说让我自己决断。他说我带兵去仙台亦可，当场切腹亦可。”

“在下也曾这样想过。”

“我原本想，人不过这世上的匆匆过客，从落地那一日起便是奔向死亡。虽说有前有后，但人谁无一死？”

“是。”

“想到这些，我便觉得，何苦再与父兄争执，不如提前一步离开这个世间。”

“大人这般说虽不无道理，但仔细想来，却是大错。”

“你别说了。忠辉非不知，人虽终有一死，但死亡之途，亦性命之途，有人会行得成功，而有人一味逃避，终得失意。”

“是。”

“因此，我才决定暂时接受你的建议。到深谷之后，我会不断为自己辩解，其烈可能超人想象。我要看父亲如何完成最后的心愿，也要见着将军和他的亲信如何继承父亲大业。”

“谢大人听从在下建议。”

“先莫急着谢。”

“是。”

“我若发现掌管天下之人做了糊涂之事，便会毫不留情一言道出。只怕他们到时会后悔养了一条蝮蛇。”

胜隆抖着肩膀大哭起来，“这……这正是大御所所望。大御所也这般对在下说起……”

“父亲？父亲还说过什么？”

“大御所说，不管是生是死，父子总有相见一日，到时候，还要和上总介大人比上一比，看谁可称俯仰无愧于天地。”

忠辉脸上一阵抽搐，伏在地上，亦大哭起来。

忠辉原本想大笑，但刚一张口，却堕入了悲伤的深渊，无限的悲哀源源涌上他心头。这便是人生，福祸同倚，悲喜同途。

他知自己亦会死亡，但在死的时候，若能自信地说自己的一生无怨无悔，此生便足亦。

忠辉有如一个孩子，大哭不止。已收起眼泪的胜隆父子一言不发看着他。胜隆心道，让他好生哭上一场吧，该接过回复了。

“上总介大人，这回复就收下了。大御所看到这个，便会启程前往江户。大御所到了江户，乱便无由。不日之后，说不定大御所会在深谷城与大人相见……”

“胜隆，多谢你能明白我现在的心思。我尚无你想的那般安分。我虽听父亲吩咐，但，若有可能，我会自己眼观天下。”

“是。大人无法明白的事，在下也不会劝您去做。大人若已经考虑清楚，在下便不再多嘴，只望大人早至深谷城中，好生想上一想，莫留下遗恨。”

“不要再说了。我心已平静如水。”

“是。”

“我除了去深谷，已无路可去。我明白了，也是这般想的。到了深谷，若还想死，我便不会麻烦任何人。老头子……”他看着担忧不已的重胜，“你也应放心了。令郎已将我说服。”

“在下惶恐。”

“好了，如此一来，我便得救了。吩咐下去，把鲤鱼端上来。对，趁着还未下雪，把院子里那个船模烧了。它总会令我想入非非。”

忠辉言罢，又低声哭了起来。

二六　江户之蛙

江户城将军府的内庭甚是简朴，仅是将军秀忠从外庭回来时歇息、用饭和睡觉的地方，还不如后面的长屋宽敞。

只有少数亲信可来到此，接受将军召见。土井利胜便是其中之一，另有水野忠元、柳生宗矩、居于西苑的竹千代乳母阿福夫人，以及从大坂回来的千姬侍女阿小。阿小已为总管，不再称刑部卿局，改称阿为。

秀忠一般不把当在大厅处理的政务带回内室，因此，正室阿江与夫人对政事几完全不知，更无法插嘴。

是日，秀忠阴沉着脸回到内庭。

阿江与夫人提起了至今仍郁郁寡欢的千姬，“不如寻个好人家，将她再嫁了吧。”

秀忠未搭话。阿江与夫人这般说，乃是因为德川家康的孙女、本多忠刻之母熊姬曾经与她暗中谈过，但秀忠目下实无心思去理此事。

秀忠用饭时还思虑。用完饭，他叫来一个侍童，吩咐道：“柳生当还留在前庭，把他请来。”

柳生宗矩刚从骏府回来。中午，秀忠接见了他，听他转述了家康的意思：明年便让竹千代进京，作为德川嗣子面圣，请圣上赐封官职。斯时家康也会一同前往，柳生宗矩则担当沿途护卫。秀忠及其重臣均已料到这事，但此外，家康肯定还有密令。前庭人众，秀忠未问宗矩。若事情重要，宗矩定会与秀忠单独见面。然而事毕，宗矩并未要求单独见面，却也不急着退下，似在等待什么。这样一来，秀忠便觉得应把他请到内庭。

最近一些日子，秀忠和宗矩之间越来越默契，甚至可说心有灵犀。

未几，宗矩进来。“将军召见，在下速速赶了来。”他首先郑重地对秀忠施了一礼，又转向阿江与夫人，道：“大御所希望夫人能偶尔给他写些书函。”

秀忠见宗矩若无其事谈起家常，会意地打发阿江与夫人下去。

房里只剩下二人时，秀忠默默看着宗矩，等他自己道出。但是宗矩依然两手触地，一本正经抬头望着秀忠，道：“请问将军召见在下，有何吩咐？”

秀忠咬了咬嘴唇，道：“父亲说最近会来江户？”

“是。他差遣大总管松平胜隆去了越后，责罚上总介大人。胜隆归后，大御所先是听了曹洞宗僧人讲法，又召见了喜多院的南光坊天海上人，问了些佛法，便去狩猎了。”

“佛法、狩猎与来江户有何干系？”

宗矩一本正经地道：“佛法讲慈悲，狩猎却是杀生，我们寻常人都会这般想。但大御所却认为，杀生也是慈悲。”

秀忠歪头想了想，道：“这么说，在你看来，父亲狩猎是为了强身健体，为来江户作准备？”

“正是。照常理，大御所这么大年纪，原本不该出门，他却决心来一次，为此自是要作些准备。大御所现在还如此严于律己，真让在下感佩不已。”

“哦。”

“此次拜见大御所，又听他说了一句令人钦佩之言，便是：心中无慈悲之正直，实乃冷酷。”

“无慈悲之正直？”

“正是。正直原本为美德，但若心中无慈悲，正直便只会给人带来伤害。在下认为，这是为人父者教导儿子的心得，在下已将此言铭刻在心。”

“哦。”秀忠再次侧首想了想，道，“你是说处罚上总介一事？”

“不，不只上总介大人，也包括伊达。在下以为，这是站在高处之人表现出来的关怀。大御所决定先在猎场练练筋骨，于月底来江户。”

“月底？”

“在此之前，不如派土井大人等去一趟骏府，问问出行的具体安排。”

秀忠道：“又右卫门，在你看来，父亲会在江户待到何时？”

“不知。”宗矩干脆地摇头道。

“不知？”

“在下以为，此非大御所自己所能确定。要看伊达，他什么时候放弃心中妄念，大御所便什么时候回去。”宗矩的回答理所当然。

秀忠脸上顿时泛起红晕：原来父亲竟是为了此事！他为自己的愚钝感到羞愧，道：“若伊达仍不识时务，父亲便要举兵灭了他？”

“非也！”宗矩脸上带着嘲笑，摇头。

“嗯？”

“大御所觉得对不起神佛，他认为在大坂之战前夕，应亲自前去说服秀赖母子。”

“大坂？”

“是。大御所说，此乃他一生犯下的大错，是他自己怠慢了。他说，他以老迈之身，依仗着地位，出力不足。大坂之战便是神佛对他的惩罚。要想消除战乱，就不能有丝毫怠慢。”

秀忠瞪大眼，屏住呼吸盯着宗矩，“父亲竟说出这等话来？”

“是。而且，他已经亲自制定好了日程，只要伊达一日不放弃野心，大御所便一日不回骏府。”

秀忠长叹了一口气，点头道：“哦。这样的话，是应派利胜去骏府走一趟。”

“大御所也说过，江户的青蛙若不明取舍，便会成为真正的井底之蛙。”

秀忠的脸更加红了，“哦？江户之蛙……当赶紧把西苑腾出来，收拾收拾了。”

"大人说什么？"

"竹千代还是孩子。父亲要是在这里住一些日子的话，就要把西苑腾出来，让父亲舒舒服服住下。"

"将军！"

"有何异议？"

"在下以为，您若这般做，大御所便会责骂您不懂他的心思。"

"哦……"

"大御所决定亲手解决伊达之难，然后带着少主进京面圣。他想把此事作为自己最后的努力。"

"父亲的关怀真是无微不至啊。"

"因此，他即便来江户，也不会住进西苑。因西苑乃是继承大御所和将军您大业的第三代将军的居所。"

"你是说父亲要住进本城？"

"非也。本城乃是征夷大将军的居所。将军要是想为大御所准备一个住处，就选择二道城吧。如此，大御所会甚是快意。"

"宗矩，你连父亲的日程和住处都已知……你真是会刁难人。我要不问，你便不说！真是如灯盏，拨一下亮一下！"秀忠面带怒色，责道。

宗矩毫不在乎施了一礼，道："正是。"

秀忠见宗矩如此应答，更是生怒。他虽一向严肃认真，但对如此揶揄实难容忍，"你虽然什么都知，却不欲主动道出？"

"正是。"宗矩再次毫不犹豫回道，"将军大人与大御所父子之间必心灵相通、步调一致，若我等介入其中，破坏了您父子之谐，便是不妥。因此，除了大御所让在下传达之言，其他事情，只要将军大人不问，在下决不敢多言。"

秀忠咬了咬牙，道："有理。"

"将军大人，您要是明白这些，在下也就有立足之地了。"

"又右卫门，待大御所来江户，就住在二道城。但，父亲已年迈，还未从大坂之战的疲惫中恢复。作为儿子，我应尽量把诸事理好，也好让父亲早日回骏府。"

“这才是孝心。”

“我还有一事要问。我若把伊达请到江户，让他当面发誓，事情便能解决吗？”

“这……”

“事情会暂时得到解决，但之后还会发生动乱，如此便无法去除病根。父亲有何主意？虽还未说，但父亲心中定已有所考虑。先生，你所虑如何？”

宗矩微惊，原本以为秀忠已怒，却不料到他竟如此耐心下问。“不敢当。”他刚一开口，又忙止住。下无诤臣便上无明主。他至今仍旧拒绝加封，拒绝晋爵，只因欲作为一介诤臣侍奉于将军左右。

“将军这么问，在下便不妨说说。”他故意摆了摆架子，道，“大御所问了在下一个很难回答的问题。”

“什么问题？”

“他说，出现了一只食人之虎，不愿踏进太平大门。”

“食人之虎？”

“是。若将军他日往极乐去，那虎却仍留在世上，不知他会如何对待少主。这个问题让在下意外，也很难回答。”

“嗯。”

“大御所还说，到那时，他也早就不在人世。吃人的老虎说不定会捣乱，当如何是好？”宗矩语气比家康还严厉，紧紧盯着秀忠。

一只不愿踏进太平门槛的食人之虎……秀忠闭上眼，眼前浮现出两张面孔，一为伊达政宗，一为忠辉。

“倘若置之不理，那食人之虎定会闯入市井，致使血流成河。”宗矩似在说别人之事，“但，若枪炮齐放，不仅可能被老虎反噬，还可能伤及无辜。此乱一起，必有人沿川逃跑时溺水而亡，有人乱中放火烧掉家园。况且，若让老虎逃了，百姓战战，天下兢兢，何能安心？”

秀忠轻轻点头，睁开眼，“先生是怎样回话的？”

“在下未找到合适的答辞，单是说令少主好生看住那老虎。”

“让竹千代好生看住？”

“是。少主定非它对手，只能在还未举枪放炮时，便想法令老虎乖乖入笼，然后看住它，但并不杀之。如此，天下无忧矣……”

秀忠低应了一声。他为人一向规规矩矩，在他看来，宗矩的这说法几如戏言，饶是如此，却说得条理清晰头头是道，自不便深驳。他遂道：“父亲同意你的说法？”

宗矩拿出随身所佩短刀，“大御所说甚好，还赏给在下这柄短刀。”

“哦。”

“将军有何疑虑，请尽管说。”

“竹千代若无这个能耐，当如何？他的眼神若不够威严，便无法对老虎产生震慑。”

“不。”宗矩挺起胸道，“将军差矣。即便是将军的眼神，就已足够威严。”

“我？”

“大御所请林道春为首的诸多学人，传授太平之际的圣人之道。圣学与已遍服天下大名的征夷大将军的武力合为一体，此力威慑之下，何人敢不惧？若人不惧，只能说将军还不明此理，不会以眼神慑人。”

“哦……”秀忠脸色再次微微泛红，似是出于羞愧，“你是说我太懦弱了？”

“只有懦弱心虚之人才会马上拔刀。执刀在手，就与盲目地用枪炮打老虎一样，只会让老虎疯狂，伤及百姓。因此，敝派新阴流主张，不当轻易拔剑，拔剑则必胜。”

秀忠默默盯着宗矩。他面上平静如水，但宗矩却能听到他剧烈的心跳——他在拼命体会宗矩之言。秀忠是个很难得的老实正直之人，因此，家康才选择他作为继承大业之人，对他信赖有加。

“父亲所言和你的剑道乃是一致？”

“殊途同归。”

“多亏了先生，我才明白父亲的心意。你去把大炊叫来，我们议一议前往骏府之事。”

柳生宗矩毕恭毕敬施了一礼，起身出去。

将军似已明白。宗矩这样想着，心里虽还有一些不安，但寻思片刻，自觉无大差。土井利胜将前往骏府，大御所必再次问到秀忠的想法，若觉有不足之处，定会指点迷津。

柳生宗矩沿着长廊去到前庭，不仅土井利胜还没离去，本多正信、酒井忠世、水野忠元等人都在，仍在议论家康来江户之事。

宗矩走到土井利胜身边，贴在他的耳边轻语数言。土井利胜便站起身来，匆忙往秀忠内庭赶去。

秀忠静静坐在房中，抱着胳膊，闭了眼，似睡着了一般。火炉里的炭已有了偌多灰烬，灯台上的烛芯亦变得很长。

“将军大人？”利胜坐下，剪了烛芯，小声道。

“大炊，父亲来江户诸事，你们商议妥了？”秀忠并未睁开眼，单是将手放在了膝上。

“还未。”利胜往前膝行一步，摇头道，“本多佐渡守建议待大御所一到江户，便占领江户的伊达府，擒拿伊达夫人和忠辉夫人为质，然后观伊达反应。但众人反对。”

“反对之人是说，在江户的仙台武士可能生乱？”

“且不论这个。”利胜道，“大御所将来江户，他想亲自坐镇。目下最重要的，是将军要有讨伐伊达的决心。”

秀忠听到这里，才睁开眼。“大炊，父亲并无这种心思。”他这么说着，嘴边不由得浮起一丝微笑。

“大御所有何……”

“无甚特别吩咐，知父莫若子，我大体能明白他的心思。因此，欲派你速去一趟骏府。”

“在下？”

“是。按照父亲的计划，他将于本月出发，我们必须先去和他商议行程安排。”

“这是理所当然，可是……在大御所到达江户之前，我们应先有主见。”

“不必。我心中已有了主意。”

“将军有了主意？”

“是。你到了骏府，就对父亲说，想问问他欲到何处狩猎。不，不能这般问，这么问会挨骂。”

“为何会挨骂？”

“父亲肯定会说：那要看情况……说不定还会去奥州呢。”

“这么说，将军是觉得大御所准备亲自上阵，讨伐伊达？”

“正好相反。哈哈！”

“相反？”

“父亲是要用眼神吓唬伊达那只老虎。”

“眼神？”就连一向机敏的利胜此时也瞪大了眼，一头雾水。

“是。要是害怕那老虎，便会发生战事。父亲铁血一生，怎会怕了那只老虎？”

“啊？”

“因此，他紧盯那虎几眼，那老虎便会乖乖走进太平之门。对了，你就这样说，在父亲之后，秀忠也会用眼神威慑老虎，请父亲告知威慑老虎之法……这样说，必万无一失了。”

土井利胜歪头想了想，突然拍膝道：“是！将军圣明！”

“大炊，父亲说我们是井底之蛙。”

“井底之蛙？”

“江户不是井。我们只会在这里胡乱叫唤，却忽略了问题的关键。仔细反省，我们确实有些好事，又有些胆小怯懦。”秀忠说到这里，拿起火钳从火炉中厚厚的灰烬底下掏出一块通红的炭。“还有一件，就是上总介。上总介将按照父亲的吩咐去深谷。你问问父亲，在他来江户之前，能不能再与忠辉见一面？”

土井利胜突然挺直上身望着秀忠。大御所并无打仗的意思，但也不能就此坐视不管，因此要亲自来江户，告诫政宗不可对幕府无礼。秀忠把此事理解成以威慑服人。这些利胜都能明白，但上总介之事，他却无法明白——秀忠是真心想让父亲再和忠辉见一面，还是表面为忠辉求情，实际上却催促父亲尽快处置？此言非常暧昧。利胜反对秀忠怜悯忠辉，主张行事彻底，如打蛇半死，只会招来祸患。

“在下冒昧一问，若大御所拒绝和上总介大人见面，应如何是好？”利胜这一问问得隐晦，他想从秀忠的回话来判断其真意，“在下以为，对上总介大人的惩罚，便是对伊达政宗的巨大震慑。”

“你是想说，不必提此事？”

“嗯。一不小心，便会搅乱大御所心绪。不如让上总介大人蛰居深谷城，如此才能让政宗有所忌惮……”

“嗯。”秀忠依然非常坦率而真诚。

土井利胜认为，秀忠若是出于真心，肯定会说：“你不懂兄弟之情，我是想让你为他求情。”但秀忠却不动声色，这样一来，利胜便心中有数了。

“在下以为，大御所为了天下太平，作出了这等牺牲去震慑伊达政宗。我们若是插嘴，坏了大事，就有些糊涂了。”

“你是说我考虑不周？好，那么上总介的问题还无定论时，我们便不要插嘴了。”

“如此甚好。”

“此事以后再说。要是父亲马上出发，我也应该到川崎一带迎接。你去好生和上野介商量，途中要经过哪些地方，路上如何护卫。父亲已经年迈，若有万一，唯你们是问！”

“请将军放心！”

“明日一早你就出发。我们要让父亲知，江户的青蛙也有青蛙的想法。若非如此，便是不孝。”

土井利胜松了口气，低头施礼。他实际上并不想打仗。但，说到应该怎样对付伊达，他实并无多少自信，切要借助家康公的智慧。

二七　末巡关东

德川家康命上总介忠辉蛰居深谷城，后与从江户赶来的土井利胜一番密谈，方于元和元年九月二十九从骏府出发，踏上了前往江户的旅程。寻常人到了七十四岁，早已躺在家中闭门不出，打发严寒的冬日。但，家康却决定离开骏府到江户狩猎。天下大名听说此事，纷纷揣测，一时众说纷纭。

不仅诸大名，就连寻常百姓也议论纷纷。“肯定要发生大事。”

此疑问又和传闻缠在了一起。

“伊达回到仙台，决定与幕府一战。听说大御所到江户，就是为了举兵征伐伊达。”

“对。听说伊达女婿松平上总介忠辉大人因此被幽禁在深谷城了。”

“这么说，上总介大人虽是大御所亲生儿子，却与岳父勾结，背叛父亲？”

“上总介大人正是因此才受到了圈禁。”

“过年的时候，便要征伐伊达了？”

“江户却并未这么说。伊达也非等闲之辈，说不定他先动手呢，到时江户便成了战场。听说已有很多浪人带着铠甲前往奥州了。”

“这么说来，大御所到江户狩猎，实际上是出征？”

“对，大御所这么说，是怕人心大乱，实际上就是出征。”

这些传言传到了江户的旗本将士中间，遂演变成了另外的流言。

“伊达军已经从仙台出发了。”

“越后军也想夺回主子，从高田出发了。”

谣言沸沸扬扬，让百姓大为吃惊，有人甚至取出已经收藏的长矛，检查弓箭，擦拭火枪。

据传闻，江户的伊达府紧闭三道大门，府中武士也全副武装，高度戒备。浅草河岸的忠辉府邸也已被米津堪兵卫田政接管，夫人五郎八姬则被井上主计头正就送回了伊达府。

就在各种传言沸沸扬扬之时，家康离开骏府，悠悠东下。他先是歇在沼津，后在三岛召集伊豆的代官，对他们进行一番训示，然后越箱根，在小田原进行了大狩猎。

谣言遂传得更快。

东去队伍中，家康乘着轿子，后面跟着三匹战马，跟随左右的侍卫亦全副武装，一路到了川崎。将军秀忠已经着一身威风凛凛的猎装，带着重臣与众旗本，张开印有家徽的军帐，候了多时。

家康下了轿，秀忠和往常一样，一本正经致欢迎之辞。

家康不加理会，进了军帐。不管在谁看来，这都是他从未有过的妄自尊大。但家康绝非轻视秀忠。在此之前，他在大名面前始终对秀忠颇为尊重，若非如此，秀忠便会被大名瞧不起。

“秀忠。”家康坐在扶几前，望着秀忠率领的重臣，道，“我和大炊头说过，但现在改变主意了。”

“父亲的意思……”

“我决定住进竹千代的西苑。这也是这次狩猎中的变数。”

重臣比秀忠还要吃惊。此次跟着秀忠来的有青山忠俊、安藤重信、水野忠元、内藤正次，以及井伊直孝和柳生宗矩。土井利胜和酒井忠世留在城中负责守卫。

“可孩儿认为，江户的大名会来向父亲问安。”

“到时就在本城见他们吧。虽然时间短暂，但我还是想和竹千代多住几天。我就到竹千代那里作客吧。”

秀忠听了这话，不敢多言，只是道：“一切听父亲吩咐。”

“就这样给我安排。狩猎的路线也有所改变。将军就当我这老头子任性，宽谅我吧。”家康说到这里，回头看了看身边的松平胜隆，淡淡道，“忠左，把地图拿给将军看。”

“遵命！”胜隆从怀中取出一张折了四折、绘着关东地图的美浓纸，郑重打开，放在秀忠面前，道，“按照原来与大炊头所议，原本决定先在葛西狩猎，但现在改成从武藏的户田开始，一路布防于川越、忍、岩规和越谷等地。”说到这里，胜隆抬头看看家康，改口道：“非是布防，是狩猎。就照这上边箭头的方向一步一步走。”

秀忠看看图，对家康施一礼，道：“孩儿明白。”言罢，又把视线落到地图上。

带箭头的红线，从越谷指向葛西，又从下野的千叶指向上总的东金、下总的船桥，然后伸到佐仓。表面上是家康狩猎的线路，实际上却是为江户筑起一条防线。但，这条防线并未经过现圈禁忠辉的深谷，此令秀忠甚是难过。

“孩儿已经谨记在心。”秀忠道。

“目下猎事如何？”家康一边接过神原大内记递过来的麦茶，一边若无其事问道。

“哦……秋日的鸟雀甚多，有时还能看见鹤。”

“哦？有鹤啊，老虎呢？”

秀忠吃了一惊，抬头看看家康。父亲要问的似并非猎物，而是伊达政宗。可是，这也未免太性急了。他原本想进了城，再好生与父亲商议，但父亲立时就着急一问，难道是故意令在此诸人都听听？于是，秀忠大着胆子回道：“倒是有个对老虎颇为不利的消息。”

“莫非老虎蛀牙了不成？”

“是。可说是老虎的牙齿，也可是说是老虎的爪子……片仓景纲故去了。”

“啊，你在说伊达啊。”家康佯装糊涂，“片仓景纲乃是政宗的左膀右臂。他去世了？”

“是。十月十四，片仓景纲故去，长眠九泉。伊达应大为落寞。”

“真是可惜啊，快派人前去吊唁。你派出使者了？”

“可是……伊达对丧事秘而未宣。”

“不管对方怎样，既知了，就当派人去。”家康发出了深深的感慨。伊达政宗的气焰恐稍受挫，但余事甚多，仍不得有丝毫放松。若仅仅担心伊达之叛，实无必要如此大张旗鼓。上总介忠辉已经交出兵权，被政宗派向班国求援的支仓常长至今了无音信。这个时候，片仓景纲又死了……

秀忠原本想视父亲的康健状况，劝他适可而止。此时一见，他才发现，父亲现在与以前大为不同，总在试图掩饰自己的衰老。

家康未继续谈议片仓景纲之死，用完午饭，便站起身来，拿年轻的井伊直孝取笑：“直孝，你是德川旗本将士头领。我问你，若南蛮军乘大船攻到川崎海边，我也越过箱根，攻陷小田原，再打过来，你在江户该如何阻挡南蛮和我前来？我们回江户城时边走边谈，你就跟我讲讲这攻防之法。听好，你要是有一丝疏忽，我可就要把你灭了。”

井伊直孝有些委屈地应了一声。他的办法，是在六乡堤埋伏旗本精锐，先趁天黑杀入停泊于海边的南蛮船。他因循当年元寇入侵，在博多湾迎战的旧例，待敌人降下船帆之时，看准时机，驾小舟袭击敌军大船，便能将敌人全部拿下。

“不让一个敌人过六乡渡口。”井伊直孝走在家康旁，回答着家康的问题。柳生宗矩微笑着，和他并排而行。

“但若这时又传来另一个急讯：我得知你为了保卫江户，带着精锐出了彦根城，便在背后包抄了皇宫，你如何用兵？”

“大人，您的大营驻在何处？”

“那还用说，当然是在骏府。”

“那样的话，您便过不了名古屋。因尾张参议已率领属下将士挡在了那里。”

“你是想借助别人的兵力？”家康揶揄地笑道，“我当然也知名古屋有参议和成濑等人把守。但我若借用南蛮大船，从海上至堺港，便可登陆包围京都。自从井伊谷以来，井伊门便以勤王闻名于世，因此，你在任关东旗本头领的同时，还担任拱卫宫廷的大任。”

这里是海边，天气晴朗，碧蓝的天空中传来苍鹰之鸣。井伊直孝的黑髯在初冬的风中飘逸，他额头上渗出了汗珠。

“哈哈！”家康见直孝不答，笑道，“好了。上马。”

“可是……”

“你不必马上回话，与我同去打猎吧。在到达武藏野的忍城之前，你要好生思量，要是想不出好法子，就会有三家走向败亡。”

“啊?!”

家康见直孝惊惧，笑道:“三家走向败亡，日本国自会因此走向灭亡。一是井伊家，一是德川家，然后，便是最重要的皇家。因此，你岂能有丝毫疏忽？”

柳生宗矩心头一热。从家康对直孝的揶揄，可看出他此次来江户的目的：一是阻止伊达谋变，但这非全部。他还想确定竹千代为下一代德川家督，更确切地说，他想向包括自家在内的诸大名明示嫡子相续的规矩。他还故意改变行程，以试探将军及属下临机应变之能。其三，就像刚才试井伊直孝，他要言传身教，训示部下。

这如遗言啊……宗矩感到一阵冷风吹过心头，就如冬日的大雁掠过天空。

家康此问，只是为了掩饰疲倦。他仅在铃铛森林歇了一歇，当日便到了江户西苑。

家康进入西苑，和将满十三岁的竹千代见面诸情，柳生宗矩就不得而知了。

当年围绕着秀忠、秀康继承家督之争，家康身边重臣分成了大久保和本多两派。现在的江户城内，也和当年一样，乳母阿福自是拥戴竹千代，正室阿江与夫人则独喜国松丸。据云阿福夫人有机会便拽住家康的衣袖，求他关照竹千代。但据柳生宗矩所知，家康公之所以立竹千代，并非受他人左右。二子虽为同胞兄弟，能力必有高低。在武力至上的乱世，以力道决定优劣，实为迫不得已，如今不同了。

“但，这和野兽的世界有何不同？”这就是家康的想法，“生于太平之世的人，必须依靠智慧而非武力维持秩序。”

关于家督之事，柳生宗矩曾多次听家康说起。家康将其称为“长幼有序”。不管有几个孩子，皆是世间的神佛赐予，乃天地之子，因此，既虔诚顶礼神佛，就不应掺杂私情，扰乱顺序。这便是家康“嫡子相续”的根据。宗矩认为，这是拥有诸多儿子的家康公最后得出的结论，也可说是智慧。

“人们要是以这种心态来调教后人，便能培养出有德之人。若不付诸努力，便对儿女分出好坏贤愚，必会受到神佛惩罚。”若人人都认为理当将家业传给最贤明的儿子，父母也会迷茫：谁为最贤？重臣自然也各有主张。自古以来，家事争斗皆是围绕着嗣子问题展开。若不为家督之立定下一个规矩，骚动便会萌芽，无限扩展，就难保天下太平。只要长子非天生愚钝，就当继立家业，方符合天意。

柳生宗矩认为，竹千代能继承大业，并非乳母阿福之功，而是家康公经过深思熟虑，为后代定下的规矩起了作用。柳生宗矩后来才知，在家康公住进江户城当晚，阿江与夫人偏爱的国松丸和竹千代同来向家康问安。当二人同时坐在上席向家康请安时，家康默默把国松丸从上座抱了下来，道：“此非阿国该坐的地方。国松丸乃是竹千代的家臣。”

家康此来江户，此前争论不休的嗣子问题轻而易举得到了解决。家康说要到三代将军竹千代处作客，阿江与夫人不必说，重臣也只有依从。

第一日夜，家康和竹千代一起住在西苑。第二日，他在本城正式见过秀忠，然后见了在江户的诸大名。

“恐是因为老年人不自量力，我竟还喜欢田猎。”他一边若无其事说着，一边给大名分了狩猎场。这既像是邀请，又像是命令，但目的只有一个，便是显示关东守卫坚不可摧，为巩固太平进行无言的示威。

十二日午前，宗矩被叫到西苑。此时，家康和竹千代在一起，告诉竹千代，柳生宗矩日后便是他的老师。三人便在一处用饭。

宗矩意外发现家康神色甚是疲惫，心中大不忍。他觉得，大御所必须静养两三日，否则，此去猎场很可能出意外。

家康似也感觉到了，道：“这样和竹千代在一处，还是首次，故，我决定把狩猎日子延后几日，听增上寺的上人讲些净土宗的佛法。”

宗矩也想听听上人讲佛法，可借机观察一下日后负责调教的竹千代。后来他才知，净土宗的佛法问答，乃是要教给竹千代对百姓的慈悲之心，这和兵法有所区别。将军为武士统领，勇武为表，慈悲在内。若把表面修养和内在修为混淆，必令少年感到迷惑。

宗矩要离开时，家康留住他，道：“不管多苦，竹千代这孩子都会努力。你能不能让一步，答应出仕？”

“出仕？”

“令尊曾自称但马守，但不知道是否有过正式任命。你愿真正继承但马守之职否？”

宗矩不语。他若让步，便意味着失去作为将军幕宾的自豪，变成德川家臣。

家康见宗矩默不作答，遂转移了话题：“好了好了，你不用急着回答。但是，作为竹千代的老师，少不了要和大名打交道，因此有个名号为宜。”

佛法问答后，十九日，家康会见了从足利书院来到江户的禅珠；二十一日，出发田猎。

乱世之人，贱生贱死。百姓若立战功，即可光耀门庭；武士战死沙场，是为荣耀；虽已战败，国灭家亡，能切腹自杀，亦为无上风光。故，当世男子能年过四旬，已是大不易。善感之人常称“人生五十年”，即为高寿。年已七十有四的德川家康公，简直有如圣人。

柳生宗矩奉了将军秀忠密令，负责保护家康，但他时时被家康吸引，甚至忘记自己的职责，直叹这个老人为何有这般惊人的智慧？

第一日，他们在户田和岩渊渡口狩猎。荒川流经此地，有好几个渡口，天生是个好猎场，也形成了天然的要塞，可防止北方兵马入侵。

人人提心吊胆看着老鹰从头上飞过。即便在这种时候，家康双目亦未紧紧盯着天空。他让人仔细将河道深浅和地形变化绘成图纸。

“要记住哪里有什么猎物，这样才有趣。”家康佯装糊涂，小声嘀咕，逢见寺院便去小坐片刻。他们去了位于河口、被人称为川口寺的善光寺，也去了蕨地以西八里的笹目乡的地方守护神社，以及美女木八幡神社。

另有多福院、开禅寺，以及妙显寺等，只要看见能成为阵地的寺院，家康便赐一些领地。

家康若非如此细心，只怕无法让战事从世间消失。他对太平真是太执著了！但在结束户田狩猎前往川越，在城南小仙波的喜多院落脚之时，发生的一事，让宗矩对作为用兵之人的家康公，佩服得五体投地。

喜多院被称为星野山无量寿寺，乃天台宗古刹。与家康关系甚密的南光坊天海便是此处的住持。家康一到，天海忙着出来相迎。

到了喜多院，家康吩咐从人在寺院用饭，然后和天海进了方丈室。若非天海叫宗矩一起过去，宗矩怕此生也想象不出他们二人说了何事。此为元和元年十月二十八，宗矩永生不会忘记。

宗矩作为家康的贴身护卫，坐在朝向院子的方丈室廊上，背对二人，自能听到他们谈话。

房中只有他们二人时，天海道："大人有一个确定的法子了？您一定累了，千万不要硬撑。"

家康道："还是不够周全。我知这样下去不行。"他的语气意味深长。

宗矩以为他们是在说对付伊达的法子。但下面的一段谈话，却令他大为意外，有些迷茫。

"为皇家和公卿制定法度，尚无先例，家康这是要在太岁头上动土了。"

"是啊。"天海应道，"大人作何打算？"

"记得大师先前对我说过，从前赖朝公曾请一品亲王东下野州二荒山？"

"正是。"

"我只是一个建议，绝非为了自家心思而对皇室指手画脚。我必须留下证据，以免后世误以为我乃一介窃国之贼。"

"大人说得很是有理。"

"因此，我有一事要拜托大师。请大师代我请求皇家，为了复兴二荒山的神社寺院，依循前例，请一位一品亲王东下，来此住持。"

天海未立即作答，他默然不语，以锐利的目光盯着家康。

“我已决定了……”家康道，“待我西去时，会命人将我葬于二荒山。如此，我便成为关东镇守。因此，要再建伽蓝，请亲王来此住持。因为，我多少有些担心皇家的事情。为了防止京坂有万一，我把井伊安排在了那里。为了防止逆臣策变，我在鸟羽口安排了石川丈山，在伏见口安排了小堀远州，于丹波口安排了本阿弥光悦，让他们随时收集消息。这些人也明白我的心思，定在用心监视。他们和诸大名、公卿交往密切，但他们都已不再年轻。万一事变仓促，江户还没来得及派兵援救，皇统便断绝了，才是家康的罪过，那时便是家康的粗疏导致了日本皇室之终。”

“那之后呢？”天海愈加平静。

家康的语调愈发高昂：“仅仅在彦根安排井伊，还是远远不够，我想把一个儿子安排到纪州。我非说自己儿子就可靠，我亦会为他安排有能力的家臣辅佐。”

“大人是说远江中将？那家臣便是安藤带刀直次吧。”

“是，看来大师已然猜到。但仅仅如此，仍是不能让人放心。于是，我想请一品亲王东下。但若无恰当理由，世人定会说：德川家康这只老狐狸，竟然向朝廷索要人质，真是个不识国体的俗物。”

“哦？”

“因此，我才想拜托大师，寻个合适的理由，无论如何，都不可让皇统断绝……”

“可是，圣上若答应了此事，真要把一位尊贵的亲王请到二荒山吗？大人是想让亲王前往野州的山中，将他保护起来……”

“非也。”家康断然道，“要是在二荒山，发生意外，则无法保证亲王安危。我欲在江户建一处寺院，请他常住江户。人在江户，不管发生何事，都能保证亲王安危。”

“哦。”天海冷冷道，“但要为一品亲王建住处，可要比建一座江户城还费工夫，那也无妨？在京城，皇亲贵族住持的寺院甚多。若是在江户，仅仅一座普通的七堂伽蓝怕不行。况且，若只是一座普通寺宇，众人更会说大御所乃是在扣留皇家人质。”

家康低声笑道：“不用担心。幕府已经颁布了一国一城令，可将原来用于建造城池的钱分些出来，用于打造太平。即如京城有镇护王城的比睿山一般，关东也要筑建一座相当规模、可被人称为关东比睿山的寺院，能守护天下，保得长治久安。若能因此消除战乱，把原本可能浪费在战事上的血汗和金钱省下，也不算昂贵。”

柳生宗矩听着听着，浑身发暖：大人真是太执著了。乱世武士为了争夺领地，只会瞪大眼相互杀戮。如此乱世，为何能出这么一位视野开阔的雄杰之士呢？在世人眼中，他已不再是肉身之人，似为神佛！

“大人这般说，老衲岂敢说半个不字。老衲就去试试，亦会尽早前往京城。”天海也被感动了，低声笑道。

原本在确定皇家和公卿的各项法度时，家康便寻天海商议过，以天海为首，对法案进行了反复推敲。此法度与幕府的施政息息相关。若幕府在施政上稍有欠缺，这试图约束皇家公卿的法度就会有僭越之疑。天海怕正是考虑到这些，才深深意识到家康和秀忠责任重大。

法令第一条为：“天子诸艺，学问第一。”这一条明确规定了天子之道。

“天子诸艺，学问第一。不学不明古道，因而至今未有能创长久太平之善政。《贞观政要》有明文。《宽平遗诫》虽未尽通经史，却亦有可取之处。《群书治要》亦应诵习。和歌自光格天皇以来传习至今，虽多绮语，却为吾国习俗，不可弃之。《禁秘抄》中所载，亦为学习专要。”

第一条作为对天子的规范，指出了天子研习学问的必要。《贞观政要》乃是大唐太宗时，将太宗与群臣论政及名臣行迹记录在册的书籍。《宽平遗诫》则是在宽平九年，宇多天皇让位于年幼的醍醐天皇时，送给他的一些训示，其中对公家仪式的意义、任官叙位之程序、分辨臣下贤愚诸法，及作为天皇应为之事和应知之艺，均有详述，因此备受历代天皇重视。《群书治要》乃是大唐太宗名臣魏征从众多书典当中，选出可为为政之鉴的君臣言行集为一册。《禁秘抄》则是顺德天皇为子孙留下的著作，内中记述了宫廷仪式及诸典章制度。

此法度合共十七条，详细规定宫廷内的位次及任用诸法。其中第四条曰：“即便为五摄家出身，若为无能之辈，亦不当位列三公（内大臣、右大臣、左大臣）及摄关（摄政、关白），其余比照此例。”

法度规定颇为严格，难怪世人认为，此恐乃臣下试图约束天子的无礼法令。

但，经历了漫长的乱世，宫廷早已礼崩乐坏，目下必须依照传统进行整顿，因此，此法度的制定也可看作一种责任。如此思之，家康正是要把宫廷作为天下百姓的行为之范，法度也就有了非凡意义。

在天海看来，家康要请一位亲王东下，正透露出他隐于法令背后的赤诚之心。

“那就多谢大师了。”

宗矩听见家康长出了一口气，接着便听到二人一阵低低的笑声。

“既然大人为皇统之事如此费心，老衲自无法拒绝。老衲也是生长于天子土地上的草木。”

“多谢。家康心头又可卸下一副担子了。”

“可是，大人说要建一座可堪称关东比睿山的寺院，是否有个好处所？”

“这个，”家康立即答道，“听说比睿山原本是为了镇守王城，方建在了皇宫的鬼门方向。因此，江户的关东比睿山，也应建于江户城的鬼门方向，便是上野台地一带，如何？”

“呵呵。”天海低声笑了，他也有此想，“是啊，是个好处所。归根结底，乃是关东的比睿山，可以叫东睿山……对对，还可加入年号，比如东睿山元和寺，因偃武而建。”天海说到这里，突然压低声音，“大人是否想让老衲暗中将此事告诉陆奥？”

宗矩心头一惊，不由得想转过头去。

家康不答。但是，若令伊达政宗知，家康对皇统之事都已作出了这般细心的安排，政宗怕会放弃妄念。

“伊达的事情……”过了片刻，家康道，“还是先不让他知这些为是。”

“老衲明白。何时需要，大人尽管吩咐。”天海爽快道，“还有上总介大人，他现就在武藏，大人何不顺道去看看？”

宗矩再次凝神细听。这怕是忠辉想通过天海向家康致歉。不仅是忠辉，现已被送回娘家的五郎八姬及忠辉的母亲，均欲求天海斡旋。

家康不答。

忠辉到底有无打算一见家康？这对于宗矩，仍是不得而知。

半晌，家康方道：“这是我自家之事。我想在解决当前紧急诸事之后，再作考虑。我亦还有些不得不做的事。”

天海也轻松地转开了话题，“也好。时辰不早了，我们用些饭吧……”

二八　圣人佛光

德川家康离开喜多院，回到川越城过了一夜，第二日出发时，柳生宗矩发现家康的脸色有了很大变化。

此时的川越城城主乃是酒井赞岐守忠胜，后被三代将军家光的重臣松平伊豆守信纲取代。从地形上看，此处乃是江户城外围防备的要冲。出发时，家康半开玩笑似的对忠胜道："唯有胜利，就像你的名字一样，应无可忧心者。"然后上轿离去。

家康公脸上的笑容，顿时照亮了宗矩的心。在此之前，家康心中似始终有个疙瘩，表情阴郁。但自从离开川越城，他突然变得明快了。家康的变化太大了，昨日还一脸阴沉，今日却阳光灿烂，难道仅仅因为天海答应去请一位亲王东下？

家康身体的疲惫并未消除，还在日日加剧。但现在他眼里却看不到丝毫忧郁，如稚儿眸子一样明亮。宗矩后来才知，此时的家康不仅仅因为拜托天海一事而松了口气，更重要的是，此时他已达到了狩猎的目的。苦难重重的家康心中照进了阳光，他已大彻大悟矣。

当日傍晚，一行抵达忍城。当家康从轿子里走出来时，宗矩似真的感觉到有一缕阳光照到身上。忍城曾是家康四男、秀忠同胞兄弟松平忠吉住过的城池。忠吉后来转封至尾张清洲，于庆长十二年病殁，年仅二十八岁。

"又右卫门，你看，忠吉这孩子在城门口迎接我呢。"

宗矩听家康这么一说，慌忙环视了一眼周围，死去之人怎会出迎？许久，宗矩才明白，家康公的眼睛清澈如水，许可看到冥界。

城池目下未有城主，由阿部丰后守担任城代。

家康微笑着叫出一起跟来的井伊直孝，道：“直孝，我在川崎问你的问题，你有答案了？”

井伊直孝一脸苦涩，跪伏于家康面前，大声道：“请大人宽谅！”

“宽谅？”家康缓缓问道，他的眼睛依旧如清泉般明澈。

“大人见谅！”井伊直孝重复着，泪水哗哗落了下来，“直孝无能。直孝一直在想，却无法寻出一个两全之策。”

“哦？”

“请恕在下愚钝，在下一时也不知该如何向大人致歉，愿引咎退隐……”

“慢着，直孝！”

“大人……”

“你已经成熟了，说得很好。”

“啊？”

“在乱世，武将忌讳说泄气之言，气势最是重要。但如今，只靠豪言壮语大是不可，最为重要的乃是防备。没有自信的豪言壮语，只是一句空话。你说得很好，好极！”家康言毕，从怀中取出一张早就备好的纸，笑道，“为了表彰你这种知己不足的勇气，我加封你五万石。收下吧。”

井伊直孝惊讶地抬起头，满是胡须的脸上泪痕犹在，“这……”

“不用担心。我决定把一个儿子安置在纪州附近，协助你拱卫京城。因此，你要记着：不管发生什么事，都要誓死拱卫京城。你就抱着这决心，好生想办法。这五万石便是慰劳你。”

直孝一脸茫然看着家康，过了片刻，他明白了家康的意思，顿时浑身颤抖。

柳生宗矩已不再感到惊讶，这正是父亲石舟斋所创的新阴流的要诀，家康公把这个要诀活用于治世。他似看到父亲正在某个地方，面带微笑，点头不已。

正在这时，将军一行也到了。父子二人在岩规、越谷和鸿巢同狩猎毕，秀忠从鸿巢回了江户，家康却似无退回之意。和将军分开之后，他再次赶往越谷，然后从葛西至下总的千叶，最后至东金本渐寺，晚上宿于此。

家康在狩猎之时，主要对荒地的开垦和水利兴修作了些吩咐。冬月十六，他再次把回到江户的秀忠叫到了下总船桥，二人一路狩猎，同到佐仓的土井利胜居城。

父子抵达佐仓城，和城主土井利胜密谈一番。此时亦是柳生宗矩护在三人一旁。

此时已到了冬月下旬，家康周围放着三个火炉，点着四盏烛台。

“我决定今后两三日，在船桥和葛西一带田猎，之后于二十七日回江户。”家康道。

“此前大人吩咐的事……”土井利胜话接得有些莫名其妙。他私下似接受过什么嘱咐，要于猎毕解决。宗矩一开始很是迷惑。

“又右卫门，你也坐到火炉旁边吧。”家康道，“江户的防卫已得充分保障，可放心回骏府过年了。”

秀忠依然一本正经坐于旁边。土井利胜回头看了看宗矩，小声叹了口气。

“大炊好像还在担心呢。这次江户的谣言真可谓沸沸扬扬。”

“江户的谣言？”

“是说伊达。但伊达已不敢妄动。支仓现在还无消息，片仓景纲又亡故了。他呀，我当伸手拉他一把。又右卫门，这样如何？”

宗矩侧首等着家康下文。家康的意思似是说，伊达政宗已经收起了叛心。但哪能轻易相信伊达？

家康好像未注意到宗矩的担心，继续道：“我给伊达写了一封书函。告诉他，这次狩猎应请他同往。”

“和伊达一同狩猎？”

“我在函中说：此行乃是为了巩固江户防备，想听听他的意思，以改正不足之处。他却因为片仓的病情不得不暂时回领内，真是遗憾啊。听闻片仓已亡故，还请节哀顺变……”

宗矩惊讶地看了看家康。政宗突然返回领内，家康则解释作他是紧急回去探望片仓景纲，为他寻了一个台阶。但政宗能否欣然接受这番好意？他没准会说：“这只老狐狸，又在耍心机。”

宗矩正这样寻思着，不想家康又说出一件让人难以置信之事来。

“我也为上总介夫人一事致了歉，说犬子忠辉愚钝，让小姐受了委屈，真是抱歉。但，为了两家世代友情，我决定把将军的一个女儿嫁与伊达忠宗。这都是为了天下的安定，请务必答应。”家康淡淡说完，看了一眼土井利胜，“大炊虽反对，但能因此换来太平，又算得了什么？”

宗矩暗暗抬眼看利胜一眼。土井利胜似反对这法子，但家康的开阔已足够压制他的褊狭。

伊达政宗原本为丰臣秀吉提防，秀吉公险些命他更换领地。是在家康的周旋之下，政宗方得以继续留在陆奥，亦才有了今日威势。目下家康又试图让政宗从世人对他的憎恶中解脱出来。

“又右卫门，”家康的表情依然平静如水，他将视线转向宗矩，“兵法与为人之道本是一途，可对？”

“是。”

“我回到江户之后，欲把大家召集起来，告诉众人：万一天下有事，藤堂和泉守担任先锋，井伊扫部头紧随其后，堀直寄居中直进。”

“藤堂任先锋？”

“然后，我告诉政宗，让他切不可离开将军左右。这主意如何，你说说？”

宗矩道：“在下不敢妄断。”

“政宗乃是难得的将才，只要他瞪着一只眼守护在将军身边，天下何人敢妄动？这样就好，不用担心。”

宗矩以为家康接下来会说起忠辉，心跳不由加快。但家康终未出口。

第二日，家康继续以少有的开朗心绪，尽享田猎之趣。

二十五日从东金到船桥，二十六日到武藏葛西。途中遇到百姓，家康便会轻松地与他们搭话，问及地里的收成，及确认先前颁布的四公六民的赋制有未得到施行。“年赋如何？是轻还是重？”新开垦土地免除七年年赋，其后的三年三公七民。若在七年内将荒地开垦成沃田，实行四公六民，天下民无食之忧矣。

“好生对待农夫。只有农人辛勤劳作，天下才不会忍饥受饿。”家康一有机会便对近侍说教，“天下何为苦？农夫最苦。他们并未得到什么，只是没有了战争，他们不会身死于战乱而已。因此，武士应该时刻想着百姓之苦，节俭第一，不可奢侈。”

家康于二十七日返回江户城，然后在西苑与竹千代同过了六日。这是三代将军家光最后见到祖父了，他总是痴痴地望着家康。在这个敏感少年眼中，此时的祖父乃是一棵在阳光下散发着万丈光辉的巨木。许正因为如此，日后他才命人为家康公画了十多张像，筑建了华丽至极的日光东照宫。此为后话，不表。

腊月初四，家康见伊达政宗已无力举兵，便离开了江户。

柳生宗矩奉将军秀忠之命，负责护送家康回骏府。秀忠许是已知宗矩奉了家康之命，担当竹千代的师父，才故意把他安排在家康身边。

返回骏府途中，家康依然颇为快意，有如一条在阳光下畅游的鱼，但他肉身上的疲劳已无法掩饰，此次来回，终令他劳累至极。

家康自己似也感觉到了。他一路在稻毛、中原、小田原停留歇息。至三岛时，他说要在此西南八里处的泉头城旧址造一处隐居之所。泉头城旧址在堂庭北的清水池旁，在此背对小田原北条氏的山陵建造一处别苑，必是一处名胜。

“又右卫门，你来看看，作为隐居之所，天下再无比此处更佳的了。”

在前往江户时，家康以狩猎为名考察沿途地形。返回途中，他却在思量选择何处为隐居之所。宗矩一边与家康闲话，一边徒步跟在轿边。

若是阳春三月倒罢了，现今乃是腊月中旬，寒风毫不留情呼号而来，清水池四周皆不过一片落寞的荒草地。

来到一处小山脚下，家康命人住轿，让人在一株萱草的背阴处铺上毯子，道：“又右卫门，来这里坐。”

“是。”

“此次与我一起狩猎，有何体会？你觉得百姓都安乐了？”

“是。与乱世比……”

“不会被人杀掉……仅仅如此，便是福泽？”

宗矩不答。人之幸福，并非仅仅与悲惨旧事相比便可感知。

“哦。你要是回答不了，不答也罢。”家康听着呼啸的寒风，眯起了眼睛，道，“若领主非良善，不守规矩……”

“哦？”

“我是说年赋。设若他们大肆抢掠百姓，实施恶政……”

“哦……”

“到时百姓应该向何人诉苦呢？若向领主家臣诉苦，不管你如何诉说，他们亦不理会。”

“是。”

“又右卫门！”

“在。”

“我要解决这些问题。若农夫发起暴动，领主自有足够的力量镇压。但是此时的武力，已非防卫之需，乃是欺凌百姓的恶贼所为。”

宗矩听到这里，心头为之一震，“是。此大违武士之道。”

“必须照拂百姓。领主施行恶政，百姓可以直接向将军提出诉讼。只有这样，大名才不敢任意胡为。”家康在寒风中蜷缩着身子，目光却如炬。

柳生宗矩对家康此言不甚明白。为政根本在于慈悲，慈悲乃是佛法胸怀，若脱离慈悲，便不配当政。而且，武士乃是佛祖之子，百姓也是佛祖之子，他们都应受到慈悲之光的照耀，不得有半点不公。宗矩时常会听家康说起这些，他明白家康的心思，但应怎样判定一个准则，以区别善政恶政？

“大人的意思，是说在领主欺凌领民时，领民可以直接到将军处告状，是吗？”

“若非如此，便无法防止领主作恶。”

“大人是说，将军也可能支持农夫？”

“正是。所谓暴动，有些毫无理由，有的则是因领主的恶政所致。”说到这里，家康似又想起了什么，问了一个让宗矩深感意外的问题。

“你知古人为何把一反分为三百六十坪？”

“在下不知。但，自从已故太阁丈量天下土地以来，一反便改成了三百坪，至今通用。”

“正是。太阁并不知一反之含义。他整日埋首于战事，无暇研习典故。一反必须是三百六十坪。”

“哦？”

“有一种说法，是一坪地的收成即是一人一日的食粮。一年三百六十日，因此，一反也便是三百六十坪。一反耕地的收成，乃是依靠农耕为生的佛祖之子一年的口粮。一切都因此而起，太阁却因三百好计量为由，将一反改成了三百坪。但，目下的农耕比先前长进甚多，若辛勤耕作，即能弥补内中差别，也就不追究太阁是非了。”

“是。”

“但，我们却不能忘了，我们生在世间，一日必须耕种一坪土地，方能生存。这便是佛祖赐予世间众生的平等慈悲。既能降生于世，便能生存下去。此乃神佛对众生的关怀。上天的慈悲之手会伸向每一人，让每一人生存下去。若忘记这一天意，便不配当政。”

寒风呼啸着掠过水面，吹起阵阵涟漪，天空飘起了羽毛一般的雪花。宗矩屏住了呼吸，望着被寒风吹红了脸庞的家康公，心中思虑：要在此处筑建一隐居之处、安享晚年的家康公，究竟想说什么？

“百姓辛辛苦苦耕种，才从一反地中得到些收成，因此，绝不能夺取其四分以上。六分收成乃是百姓耕种土地所得俸禄，若不把六分交与他们，神佛便会震怒。武士不事耕种，若有了四分还不足以防卫，武士只会成为无用凶器。”

柳生宗矩在这一瞬间，仿佛感觉到被一缕强烈的佛光照耀。他甚至产生一种错觉：寒风中瑟瑟发抖的枯树枝，均突然抽叶开花，眼前净是初夏情形……

“因此，领主必须恪守四公六民之规，否则，就必须受到责罚。”家康笑道，“若出意外，天有灾舛，甚至突发兵变，领主要说明情况，方可免受责罚。若非如此，百姓便可能揭竿而起。”

“百姓揭竿而起，必会酿成暴动。”

“虽说允许直接诉讼，但这毕竟是对领主的逆反。因此，大名会因为被起诉而除封，而诉讼之人也会受到惩罚。刑断诸事，不可儿戏。”

“是，从前就有比睿山僧徒和南都的暴僧怂恿百姓上告旧事。”

“我决定了，我决定了，又右卫门。”

“啊？！”

“我要制定一条直接诉讼的法度。被告大名将被除封，诉讼的领民也将被施以钉刑。”

“钉刑？”

“在根本上还是慈悲，如此方能有效控制恶政。我能从你的脸上看得出来，你并不反对。好了，我们回去吧。”

“那隐居住处的筑建……”

“以后再说无妨。我一直在为自己寻一个明春上洛归来后的安心之所。我寻到了！太冷了，我们回去吧。这一带的景色真不错。如一心只想着皇家而忘了万民，就如同这美景当中有山，却没了水一般。只有青山常在，绿水长流，才是真正的太平。你有机会，就把这些话说给竹千代。”

家康一行当晚住在了濑子的善德寺。

元和元年腊月十六日，家康回到骏府，新年之声依稀可闻。

此时，奉了伊达政宗密令前往欧罗巴的支仓常长一行，从罗马经由奇维塔韦基亚，到达佛罗伦萨，然后朝着里窝那港前进。

菲利普不会派出援军，消息也传不回日本了。在上总介忠辉被圈禁于深谷城、伊达重臣片仓景纲去世之后，伊达政宗在仙台城读着家康写来的书函，身上流淌的滚滚叛逆之血渐渐冷却……

家康和前来迎接自己的儿子远江中将赖宣同入了骏府城，与随后赶来的土井利胜见了一面。土井利胜禀报，伊达政宗郑重其事给将军回了一函。

家康只是“嗯”了一声，并不在意。

二九　终年新岁

德川家康相信自己已成功地令政宗收起了叛心。政宗并非石田三成那种不知进退之人。石田三成自非愚人，他对秀吉去后天下会变成何样，心知肚明，但他是那种只愿为情义殉身之人，无法控制自己，才会逆流而动，自取败亡。

但伊达政宗并非如此，他能冷静思量。三成既不知明哲保身，也不会韬光养晦，政宗却能随机应变。他在看到家康亲赴江户，仔细地检查江户周边军备时，便已知万事休矣。

政宗苦苦等待的欧罗巴的消息如石沉大海。从少年时便与他同甘共苦、为他股肱之臣的片仓景纲也病殁了。被当作挡箭牌、甚至可当成人质操纵的女婿松平忠辉，竟被家康三下五除二圈禁于深谷城。政宗可谓爪牙皆断。

政宗是个聪明人，已对天下局势一目了然。此时家康若要责罚他，他只会走向穷途末路。但若责罚他，便会违背家康所言“为政之要诀乃是慈悲”。于是，家康主动向他伸出了宽谅之手，不仅为他的忽回领内寻了个体面的理由——回去探望病重重臣，还为两家安排了一桩新的婚事，以弥补忠辉和五郎八姬的离散。这对于目下的家康来说乃是正道，绝非策略。政宗自应明白。

家康回到骏府，自信之心遍及全身。但对家康并不责罚政宗，还要把将军之女嫁与政宗之子一事，土井利胜认为过于示弱讨好，心存不满。

“没有年龄相当的女儿，可收养一个再嫁去也无妨。”家康淡淡说完，又谈起了新年诸事，“过年时，皇室依例会派来贺年敕使。但这次不用了。来年春日，我会带着竹千代同赴京城，给圣上拜年，此次不必再派来敕使了。”说完，他便开始认真思量进京一事。

土井利胜依然对“伊达已服”半信半疑。他觉得，家康的关东巡游反而可能煽起政宗的斗志，于是，他每日都在注意江户传来的消息，决定在骏府稍事停留，以观察事态。

关于伊达要举兵的传闻，又一次在江户市井被人大肆传扬，乃是新年之时。“怕是想利用过年的机会，出其不意。”在将军的亲信当中，多有人赞成此种说法。唯家康并不在意。

家康和赖宣、赖房同迎来了元和二年新年，一边给他们讲些已讲了几十遍的信浓旧事，一边吃着兔杂煮，从大年初一起便高高兴兴接受诸家臣贺年。

家康与其说是疲惫，不如说是真已老矣。和土井利胜留于骏府的柳生宗矩，在这个平静的新春亦深有同感。以家康公目下的身子骨，他能否亲自进京？初六，家康听完曹洞宗的佛法问答之后，柳生宗矩突然想及此事。

此次佛法问答乃是元和二年首次。家康听了两个时辰的佛法之后，从座位上站起身时，摇摇晃晃，险些摔倒，旁边的茶阿局急扶住了他。

家康自己却并不在意。到了初九，他便令土井利胜赶回江户：“你要是不在将军身边，将军定然有诸多不便。回去吧。”

家康又对竹千代的元服仪式作出了详细的指示。竹千代年已十三，将在京都举行元服仪式，因此，家康决定在梅花开放时节，再次前往江户商议此事，让江户重臣作好准备。

此时受命担任竹千代师父之人，又增酒井忠世、土井利胜和青山忠俊等。竹千代元服仪式之事，家康亦已知会了京都。土井利胜领命，决定返回江户。

出发前，利胜到家康房里辞行，发现家康正戴着老花镜，在书案前写着什么。土井利胜心里寻思，怕是写给将军的书函，便等在一边。信到手里，他才知是安慰失意的千姬的。信如次：

常收来书，欣慰之至。谨祝新春，身体安泰。祖父甚好，不必挂念。

另，向阿小致意。

家康一脸认真道："帮我把这信交给阿千。人人身上都背着一个担子，一个重担。你要告诉她，不能气馁。"

"是。"利胜忍不住声音颤抖，眼圈通红。

利胜去后，柳生宗矩依旧留于骏府。宗矩在此处并非仅仅陪家康闲聊，他要仔细观察日常生活中的家康，将他的体会传达给日后会成为三代将军的竹千代。宗矩眼见着家康的身子一日日衰老，愈发感到焦急。

家康却依旧怡然自得。正月十一，他再次见了明人华宇、明人三官和舟本弥四郎三人。

"今日乃是新岁开库的好日子，把仓库打开吧。"家康说着，把前往安南的渡海朱印状交给了他们，旋又吩咐金地院崇传和本多正纯，就竹千代进京一事给板仓胜重修书一封。

家康觉得必须改变一下"阳春之际和竹千代同进京城"这种说法——如果行事草率而受人轻视，此次进京便无法达到目的。函中说，此为第三代征夷大将军的元服仪式。因此，家康公先进京，在二条城进行各种准备，其中包括进献给皇宫的礼物，还要给各亲王和公卿加封，并预先通过武家传奏广桥兼胜和三条西实条二卿向圣上问安。

这实为一封公文，故本多上野介正纯和金地院崇传署名之后，家康也画了花押。

家康欲于四五月进京。竹千代在各种准备齐备之后，再正式从江户出发。

"竹千代的事就交给你了。"家康对宗矩道，"如果我这个做祖父的带着他同去，很可能公私混淆，竹千代可是要成为幕府大将军啊。"

从此时开始，进京之旅和竹千代元服仪式的准备便占了家康大半心思。他原本说要在伊豆的泉头为自己建一座别苑，但正月十二，他下令中止了别苑的筑建。十九，他请来崇传和他器重的林道春，下令刊行《群书治要》。在这之后，他突然提出要去志太郡的田中狩猎。

“今年为心中无大忧之年。我的志向并非只传与竹千代一人。想给有志之士留下希望，唯有通过书典。忘记读书研习，何以治国？你们尽快往京城派出使者，准备刊行《群书治要》。要多寻些有才之士。切木三人、刻字三人、嵌入三人、涂墨三人、校对三人，这些人都必须从京中请来。”

家康这性急的吩咐，多少让人感到有些异常。

“西苑还存放有刊行《大藏一览集》时所用的铜活字，共一万三千八百六十八字，以前的，总共该有八万九千八百十四字。”家康将铜活字的数目随口道来，令崇传和林道春目瞪口呆。家康公原本博闻强记，但他竟连这等数字都记得，着实出人意料。

“加起来合有十万三千六百八十二字，还不够的话，寻三个刻字的人足矣。对，让板仓胜重召集二十三个能人，即刻从京城出发。”

《群书治要》共五十卷，家康立志刊行此书，老早之前便曾命令镰仓五山寺院、骏河清见寺和临济寺等寺院僧侣抄写此书。

“在下会尽快派出使者前往京都。”林道春道。

“这样就好。让他们快些动手，尽量在我进京之前完成此事。”

家康这般吩咐之后，次日，他精神大振，从骏府出发去田中狩猎了，是为元和二年正月二十一。

以松平胜隆为首的近侍都对此大感不解。天气虽然已稍微转暖，但梅花花蕾还甚小。他们担心家康会伤风，却无人敢拦。家康的老躯流露出一种堂堂气魄，堵住了众人之嘴。当然，家康为何又要去狩猎，他们也都颇为清楚。

“身体要时常磨炼。”家康经常把此言挂在嘴边，不消说，这次乃是为进京举行竹千代元服仪式作准备。他是怕这样蜷在骏府，季节慢慢变暖时，身体必已倦怠，进京之旅便会变得困难，才决定去狩猎。

藤枝驿东的田中一带有一座小城，乃是当年武田信玄让人筑建，信玄公与马场美浓守在此有过短暂的驻留。武田氏败亡之后，家康曾将家臣高力清长分封至此，但未久之后德川转封关东，后来骏府亦成了中村一氏的领地。在关原合战后，中村氏也被转封，此处便成为骏府番城。

进了城门，家康令人将轿子停在大门口的石板上，故意穿上草鞋，站在院中，迎着从烧津海滨吹来的风，使劲跺地。

“又右卫门啊，人要是不时常跺跺地面，腰板就会变软。明日我要在这附近徒步狩猎，休要让竹千代笑话他爷爷老了。”家康兴奋地眯起了眼，却未说当日便去狩猎。

他还是累了。柳生宗矩心中想着，离开家康，走到驯鹰人的小屋前。

此时，城中负责守卫的武士一一前来问安，领民们也陆陆续续送来一些鲜鱼。尤为重要的是，一个稀客从骏府跟着赶了过来，请求谒见。这稀客便是暂留于长崎的茶屋四郎次郎。

如今的茶屋四郎次郎，乃是奉家康之命继承了茶屋家的茶屋清延次子又四郎清次。他现在身兼京都商事奉行、上方五所商家礼仪管事、总町总领等职。而且，他现在长崎奉行长谷川左兵卫的手下做事，负责丝绸交易，交易所得多归家康。大坂之役时，轰击大坂城的天守阁、让大坂心惊胆战的大炮等武器，便是茶屋清次从尼德兰购来。

茶屋四郎次郎此行从长崎至京都，又从京都至骏府，一听说家康来此狩猎了，遂马不停蹄跟了过来。

家康听说茶屋四郎次郎远路来此，如个孩子一般兴高采烈道：“嘿？又四郎。不，不能叫又四郎了，乃是茶屋之主，四郎次郎清次。快快请进。”

田中城的房舍，最大者也不过和富裕百姓之家差不多。朝南的廊上，摆放着领民不断送来的礼品。最惹眼的是那些活蹦乱跳的鲜鱼，其中尤引人注目的，乃是一条装于竹篓里的一尺五寸加吉鱼。

四郎次郎用温水洗过脚，进屋。家康坐在檐下的坐垫上，入迷地望着那加吉鱼。

“茶屋四郎次郎清次见过大人。”

“啊，茶屋。好好，近些来坐。”

“是。大人别来无恙？”

“四郎次郎啊，这里非二条城，也非骏府，不必拘礼。看见你身体好，我也很高兴，你的妻小都还好吧？”

“多谢大人关心，他们都很好。”

“令堂怎样？你母亲出身花山院的分支，我直想见她一面，在二条城的时候曾要见她，但当时她正因风寒卧床不起。”

“是。托大人的福，母亲之后很快便痊愈，现在又唠唠叨叨了。”

“嘿，老人乃是家中的至宝。你要好生待她。你去京城时见到板仓了？”

“听说大人将在阳春之际进京，为少主举行元服仪式，目下所司代大人正在紧张筹备。”

“你家家庙乃是堺港的妙法寺吧？”

“是。大人还记得？”

“我怎会忘记？令尊去世那年乃是庆长元年，五十二岁，即是我封内大臣那一年。二十年过去了。但，四郎次郎啊，当年我和你父亲谋划的朱印船，加上前日派出的前往安南的那艘，现已达一百九十八艘，很快就要到两百艘了。这都是你家的努力。”家康说着，指着眼前的加吉鱼道，“真是可喜可贺，大‘吉’大利啊。”

“见大人这么高兴，父亲九泉有知，也自欣慰无比。”

茶屋不再说话。如今交易如此繁盛，多因如他等商家的努力拼搏，为此赌上了青春年华。当他知心爱之人被秀赖玩弄，上方风云突变，京城、大坂可能会成为一片灰烬时，他远在长崎，手拿算盘，无语望着这个世间。他把京城、大坂和堺港的偌多事务交给了弟弟新四郎长吉。新四郎在得知大野治长试图烧毁京城，袭击二条城时，先发制人，向板仓胜重告发。所司代逮捕了那些企图纵火的歹徒，挽救了京城。兄弟俩都从心底里佩服家康，拥戴家康，以为家康办事为荣。

新四郎常对人说：“我和兄长，以及本阿弥光悦和小堀远州等人，都是大御所的信徒。”

当被人问及所司代板仓等人算何人时，新四郎坦率道：“家臣。所谓家臣，乃是倾心于主君、甘心为其献出性命之人。大名和大商家多少都有些这等家臣。但是，只有家臣还不够。当政者，除了拥有家臣，还必须拥有信徒。家臣忠贞于主君，身为主君活，身为主君死。信徒则完全不同，不管世事如何变幻，即便从者离散，出于信仰，信徒会永远信任所拥戴之人。兄长和我都是这种人。”

但茶屋却不这般想。世道朝着某个方向前进，非某人之力所能左右。家康公把这种潮流叫民心。民心者，乃是指大势所趋，世道长河便会朝着大势流动。信徒也好，家臣也罢，都是大势的子民。

“这样看来，多数人还是希望天下太平。”家康道，“但，我们也须思及日后大河之势。又四郎，太平已然到来，人们不再动辄有性命之忧。世人生存的愿望已得满足，下一个愿望会是什么呢？”茶屋二十岁时，家康经常如此谆谆相问，又自问自答，“当然是如何活，是财富，是富足。太平时世，人人都追求富足。因此，我命你去开拓财富。”

这些话至今还在茶屋心中回响。茶屋望着家康目力所指的加吉鱼，一脸快意地拍了拍手，道：“在下有一件礼物送给大人。”

茶屋让两个下人搬上礼来，道：“这是麝香，这个叫作‘肥皂’，这是上等的红酒。另，这是……”

他一边说着，一边把东西一件件取出。其中有一个径约七寸有余的陶壶，里边盛着水样的东西。他眯着眼晃了晃陶壶，放在家康面前。

“这是何物？”

“是油。有如我们用菜籽榨油一样，这是从一种叫橄榄的东西里榨取的油。大人您闻闻，很香。”

“哦，有加吉鱼和竹叶的香味啊。”

“还有橘子的芳香。”

“不错不错。果然不同于寻常的菜籽油，香气虽淡，却是味道久长。”

茶屋见家康高兴，遂接着道：“长崎人现今喜用这种油炸食物。乌鱼、蔬菜、豆腐和肉丸之类，用这油炸上一炸，很是美味。”

“哦，有这等好处？”

“若是炸鱼，先要将鱼切成片。”

“哦。”

“然后上芡，放入滚热的油锅当中，炸至焦黄。趁热滴上两三滴橙子醋，吹着吃。也可蘸酱油，蘸盐。有些讲究的人，还会撒些胡椒面。”

“听你这么说，的确美味。”家康听茶屋一说，竟舔起了嘴，似尝到了橄榄油的香味、橙子醋的味道，以及胡椒的辣味。“你食过？”

“是。”茶屋四郎次郎顿了顿，脸上洋溢着微笑，“岂止食过。在下还亲自炸过几次呢。”

“哦。”

“在下想，大人若想尝尝，在下现就给您炸一些。”

“哦？现在就能炸？”

“是。这里既有这么多鱼，就做鱼吧。”

“甚好。就用这加吉鱼怎样？我刚才还在发愁，应怎么吃这鱼呢。”

“加吉鱼啊，”茶屋一本正经地点了点头，道，“乃是不可多得之物。在下肯定能炸出大人喜欢的至味。”

“好！”家康高兴地拍了拍膝，“那就拜托你了。对，让茶阿、胜隆、又右卫门都来用些。多做些。”

茶屋一脸满足，对家康施了一礼。

上天给与每个人的“天寿”终是谜团，非凡间之人智力所能解开。

当晚，茶屋炸了一大盘加吉鱼，和陪着用饭的人一起，把大盘里的炸鱼分到小盘里。家康心绪颇好，同席者有茶阿局、松平胜隆和柳生宗矩。下厨的茶屋四郎次郎比家康先动筷子，此为试食，有尝毒之意。众人都咂巴着嘴，交口称赞：“好吃！”“真是近来少有的美味。”家康看到这一情景，带着一丝奇怪的表情，拿起了筷子。

鱼香四溢。家康吃了一口，眯着眼放下筷子，道：“多点几盏灯吧。目下新年虽已过了，但茶屋既然来贺年，就特别允许多点几盏灯，奢侈一回。在暗里品尝如此美味，太可惜了。”

一个年轻武士领命加了四盏灯。

家康道："六盏太浪费了。五盏就可。"说着，让年轻武士熄了其中一盏，令大家继续用饭："趁热好吃。我再来一块。"

中间的大盘里，还有偌多炸鱼片散发着香味，但众人都有些拘束，并不动箸。

"大家莫要拘束。看我！"家康再次拿起筷子，大笑，"都这般年轻，却这般没出息。我年轻时，吃好睡好乃是武士习惯，有时一顿能食一升米，之后两日都不再进食，坚持打仗。当时把这习性称为武士之道呢。"

之后，家康不断举箸，他比宗矩和胜隆多食了些，还喝了三碗清鱼汤，食下两大碗饭，又喝了一点点酒。他兴高采烈地述着明日如何打猎，或是向茶屋询问近日长崎流行的歌谣。将近亥时，他方在茶阿局的搀扶下回了卧房。

此时无人能知，家康的性命已至尽头。

家康回了卧房，众人也都各自散去。日后想来，此时家康天寿的火苗已将燃尽，只要门缝里有一丝风，便可以将其熄灭。怕是上天也已察到一生食惯粗茶淡饭的德川家康生命将尽，才赐与他最后的美味。

"不好！大御所在如厕时摔倒！病危！"

此时为丑时。

"饮食不当！呕吐！高烧不止！"

一瞬间，城中大乱。

三〇 发病

待柳生宗矩赶到，德川家康已经被人抬入卧房，无力睁眼，无力发话。

“大人！大人……”茶阿局拿湿巾敷在家康额头，不停唤着。

“柳生，速速前往江户，禀报将军大人。”松平胜隆急道。宗矩看一眼家康那苍白的脸，急急离去。

有人猜是食物有毒，但与家康一起用饭的人皆无事，故家康此次昏厥当是疲劳所致。

柳生宗矩带着一个识路的武士，骑马连夜赶往骏府。他心中暗悔，为何未带医士随行！为了今春进京，他过于兴奋，竟忘此责。若是远行，定要良医随行。为何单单于这种时候发病？难道是天命？

如此一念，令已跟随家康左右多时的柳生宗矩内中大哀。家康公已无半丝私心，心中所念只是后事。他成功压制住了伊达政宗叛心，闭口不提忠辉一言，一心为竹千代进京元服准备。为了这最后的愿望，他倾尽全力，为了顺利进京，才到此处磨炼筋骨，谁曾想……

宗矩在马上不断擦拭着泪水。他不时想起家康公那双清澈的眼睛，只觉心痛如割。大御所那孩童般清澈的双目，是否已看不到现世的肮脏了？

宗矩赶到骏府，叫起本多正纯，大声道：“大御所病重。”

正纯脸色骤变，急令侍童铁三郎道：“速去叫宗哲，医士片山宗哲。”

然后急急开始换衣服。

“什么症候？”他换完衣服出来，已异常平静。

“晚上吃了炸加吉鱼，故有人说是中毒，实可能是过度劳累所致。”

“炸加吉鱼？”

“是。茶屋四郎次郎去拜访，亲自下厨，我们皆已试过。”

“炸加吉？第一次听说这么奇怪的东西。后来怎样了？”

“丑时如厕摔倒，呕吐不止。”

“若是中毒倒也无妨，想必应该带着些药物。只怕是中风。但愿我们赶去，大御所还能醒着。”说罢，正纯马上往江户派出使者，然后带着以片山宗哲为首的三名医士连夜赶往田中。

当本多正纯带着医士赶到，家康已经微微睁开了眼。

谁都认为大难将至。众人皆知，生老病死乃是世间铁律，但直面死亡，却还是均觉事起仓促。

片山宗哲为家康把了约近半个时辰的脉，方道：“不是中风。”然后到旁边房中，望着一动不动的正纯、胜隆和宗矩等人，道：“只是感到腹中有异物，加上现在高烧不止，暂时当让大人在此歇上一歇……”

“不！”正纯厉声道，“倘若在这种地方发生万一，该如何是好？必须赶快回骏府。你们几人好生商量一下，怎样才能把大御所平安抬回骏府。”

此时，神原大内记、酒井工行和松平家信等人也闻讯赶来。众人都只暗暗往家康卧房看一眼，不敢说话。即便问候，家康也只是微微睁开眼，不知是否明白。

“不可。轻易搬动，只怕途中……”宗哲眨巴着眼，还没说完，正纯便再次打断他：“若在此静养，便能康复？”

“是。脉息还很正常，小人的想法，是让大人再静躺两三日，稍事观察。”

“你为何不早说？不用急着把大御所儿女请来吗？”

“这……”

“你到底是何意？平常就当熟知大御所的身子诸况。”

“话虽如此，大御所毕竟年迈……”

“应将大御所儿女皆请来一见吗？”

“这……”

正纯焦急地看了看胜隆，道：“该如何是好？不让大御所儿女们过来和他见一面，但有不测，便是我等疏忽。但，江户尚无吩咐之前，又不能因此引起轩然大波。”

胜隆思索片刻，道：“在下觉得，还是照医士所言做，先让大人静养两三日。两三日后江户自会传来明示，就当是大人偶染微恙，先莫将消息泄露出去。”

终于有了一个定论。众人不让侍女接近卧房，以家康公偶感风寒为由，先让他在此静养两三日，以观后效。若稍有好转，便马上返回骏府。如此，二十二日就在令人窒息的紧张气氛中度过。

秋日多云的天空，时而明朗，时而阴沉。家康却是时睡时醒。第二日，一直守护于身旁的正纯听到家康说了一句：“知会江户了吗？”过了片刻，又以对着茶阿局的口吻说了一句：“往后的事就拜托你了。”这种郑重其事的口吻让人感到毛骨悚然，然后仅可听到轻微的喘息。

“终于让我看到了生死啊。”这是二十三日正午，家康对正在为自己把脉的宗哲的感慨之言。当时他似甚为清醒。宗哲惊慌地应了一声，只听家康又道：“性命如生于地上诸物。”

“是。”

“朝着天空生长，如树如木，长高，长粗，几十人也合抱不住，直直地朝着天空生长。”

“是。”

“不会枯老……不会。地上的巨木大树，怎会干枯？但枯了，凡俗之眼不见。”

“是。小人看不见。”

“神佛对我这般说过：现在就让我看看生死之树。是，我在那大树的枝叶之间，见了很多人。”

“啊？”

“今川义元停在最下枝条，如鸱鸺一般竖了双耳。上为信长公，他有如苍鸽。对了对了，还有太阁，也在树上，直似瘦削的白鹤。他拉着我的手，哗哗落泪。他说对不住，对不住……”

宗哲为难地看了看正纯。正纯觉得家康在说胡话，皱了皱眉头，移开视线。但茶阿局和胜隆却贴在他身旁，不住点头。他们相信，此实为家康的感慨。

“又右卫门在吗？”

听见这话，在檐下守卫的柳生宗矩急急进来。

“哦，又右卫门啊。我在那树上，也见到令尊石舟斋了。”

“是。”

“你父亲所在的树枝比信玄公还要高啊。他对我恭敬道：大御所的树枝还要往上，实乃正直之人。”家康说到这里，闭上了眼，又道，“这生死之树伸向太阳，乃是连接大地和太阳的桥梁。人不会死，只是隐藏起来，回到这大树之上……”

宗哲听到这里，低声对正纯道：“小人以为，可以准备回骏府了。”

从家康这番关于生死之树的言语中，宗哲感到了时日紧迫。实际上，最近一段时日以来，家康常被痰瘀堵，致呼吸不畅。然而，到了二十四日晨，家康却突然退了烧，主动提出要食随身携带的万病丹和起缘丹。

家康的突然恢复让宗哲无法明白，他担心药物药效太强。但家康不听众人劝说，坚持服用自配药物，然后坚定地对正纯道：“明日，二十五，回骏府。”

他竟然还清楚记着日子，这让始终守护在旁的几个人难以置信。之后，家康又说了一句离奇之言：“我只是从那生死树上借了一点时日回来，不可疏忽。”

片山宗哲听到这话，脸色苍白，“大人之思，果然乃我等所不及。”

从骏府赶来的金地院崇传坐在家康旁边，不停往本子上写着。他是想给板仓胜重修一封急函，详述家康病情。

正月二十五，家康回到骏府，见了从江户急急赶来的青山忠俊，随后又叫来藤堂高虎。“江户应如原先所想，平静无事吧？”他已经大有起色，甚至能问起这些事来。

当日，高虎和崇传联名给江户的土井利胜、酒井忠世和酒井忠利三位家老写了书函：“大御所病情已逐渐好转，二十五日从田中返回骏府，气色愈好。”

但此时家康已预感到自己天寿将尽。众人皆能看出，他从心底里感激上天给他延命之机，在静静品味天寿余霞。

继青山忠俊之后，秀忠又派安藤重信和土井利胜前来探望。二月初一，秀忠从江户出发，赶往骏府。他现在才动身，仍是对伊达不放心。

秀忠辰时动身，快马急进，于初二戌时赶到骏府，立即前来探望父亲。从江户到骏府要越过箱根山，约五百六十余里，平时需要五日，但秀忠却只用了十数个时辰。

义直也从名古屋赶了过来。秀忠便带着义直、赖宣和赖房三个兄弟同至家康病榻前。负责照料家康的茶阿局红着眼迎接了兄弟四人。自己的儿子忠辉已被排除在外，想到这里，她心头涌起万般悲伤……

“躺着见将军，实在失礼。”家康看到秀忠到来，笑着点了点头，然后便问道，“江户还平静吧？”

“是。甚是平静，只愿父亲能早日康复。”

家康不语，单是将视线转向与秀忠并排而坐的三个儿子，小声道：“你们都要记着，休要违背将军命令。”

三人齐声答道：“是！”

“将军，长兄如父，日后代我好生照顾他们。”

“孩儿明白。”

“还有大炊。”家康看着跪在秀忠身后的土井利胜，道，“这三个孩子日后诸事，你已告诉将军了？”

“是。已详细禀报将军。”利胜和秀忠对视一眼，道。

他们三人便是后世的“御三家”。如果秀忠无可继承将军之位的子嗣，便要从义直、赖宣家中选取嗣子。赖房一支则代代作为将军之副任辅佐之职。家康曾将此事认真地对土井利胜说过。

家康九个儿子，存世只秀忠、忠辉、义直、赖宣和赖房五人。

家康到如今也未提起忠辉。茶阿局坐在末席，低头不语，强忍悲伤。但，谁人会顾得上她的悲伤？家康又昏昏沉沉睡了过去，发出低低的呻吟。秀忠遂催促着三个兄弟离去。

虽说家康有所恢复，但是谁也不敢期待他能完全康复。天寿将终，这只怕是暂时的好转。

“我会暂时留在骏府处理政务。你们注意和江户联络，不可疏忽。”秀忠这般吩咐过土井利胜和本多正纯之后，从二月初二起便住在骏府城。

家康的病情时好时坏，时而痰液瘀堵，时而脉搏紊乱，骏府城笼罩着紧张之气。

进入二月之后，京都也陆续派来探病的使者，有上皇的妃子近卫氏、女院、亲王、公卿，还有各神社寺院派来的人。

初九，皇宫为家康的康复祈愿，在内侍所演奏神乐，令土御门泰重劝信徒布施。不仅如此，十一日，圣上亲自下令，各神社寺院祈祷，并于二十一日特意将三宝院义演招到清凉殿，命他修“普贤延命法”。

家康病重之后，众人才发现，对于天下，他乃是不可或缺之柱石。

诸大名陆陆续续来到骏府。众人瞩目的伊达政宗也于初十从仙台起身，过江户而不停，一路来到骏府。当他到达骏府，已是二月二十三。

家康的病情在秀忠抵骏府第三日略有好转，甚至偶尔能从病榻上坐起。伊达政宗抵江户的前一天，即二十二晨，他却突然再次昏倒，卧床不起。

当接到政宗要来探病，并业已抵达骏府的消息，秀忠顿觉一股杀气。

“大御所病重，万万不可把他带至病室。”

“野心勃勃之徒，怎能对他笑脸相迎？”

青山忠俊对政宗的怨恨尤甚，其次为本多正纯。正因为众人清楚，家康欲压制政宗叛心，伊达之请才令人大为棘手。但伊达政宗十分固执，声称若不能见到家康公，亦当即刻见将军。

“惊闻大御所染病，在下日夜兼程从仙台赶来，只怕见不到大御所最后一面而后悔终生。伊达政宗之心，大御所必知，他定会盛情相迎。

在下只想去问候一声：大御所，政宗来了。”

土井利胜最终决定为伊达政宗通报。但此人毕竟为当代少有的枭雄，利胜让藤堂高虎和柳生宗矩守护在家康一旁，并打算令政宗摘下身上长短刀，才放其入房。但在入房之前，政宗已主动摘下佩刀，递给松平胜隆，方进去。

土井利胜通报时，家康似已明白，又似正糊涂。

将军亲信都欲将政宗带进，让他看一眼，施一礼就罢。这样，他便能知家康绝非装病，众人也绝无掩盖大御所归天消息之意。他若胆敢有半丝失礼，就把他带到将军面前，给他颜色瞧瞧。

然而政宗进来时，家康竟已坐起身来。纯白的褥子叠了起来，家康靠在上面，裹着一块紫巾，望着政宗，清晰道：“哦，有失远迎啊！”他眼中发红，但目光清澈平稳，“我原本想去迎你。你来了就好，就好……”

政宗往前踉跄了两步，扑倒在地。他两手触地，浑身颤抖，大哭不止。

柳生宗矩从来没见过男儿如此恸哭，那声音有如横吹残笛，其音哀哀不绝。

“你是……你是我在这世上最想念的人。政宗啊，我见到你了……见到你了。我们生在同一世间，你是我最想念的人……我终又见到你了。”家康表情平静，屡屡点头，“唉，我们生在同一世间，但是我得先去一步了。”

“大人！”政宗大声喊道，“您怎可先去！不，哪怕是再过些时日也好……政宗日后该如何行事，还要请大人指点啊……”

不知家康是否听到了这些，不等政宗说完，他却道：“拜托你了！陆奥守。”又感慨颇深道，“在我这一生中，遇到了四个可惧的、亦是世所罕见之人。其一便是信玄公。信玄公教会我如何打仗。再便是总见公织田信长……这是一个令天地震怖的名字。我从他身上学到睥睨天地的大器。”

此时政宗已经正襟危坐，他的心许也平静了下来，“总见公？”

家康道：“当然！所谓三人行必有我师。只要沉下心来，认真察看，便能发现，即便是一看之下甚是愚昧的下人，其身也闪耀佛祖的光辉，有着无限智慧。”

政宗泪流不止。

“我的另一师父便是太阁。太阁教给我如何应变，不，应当是以何种心思去应对世间变化。太阁以自身生死告诉我这些。我真有难得的福分啊。”

政宗大声呜咽，但在哭泣的同时，他的一只独眼亦紧紧盯着家康。

“下一个，便是伊达政宗……如果你早生二十年，绝不会输给信玄公、总见公、太阁大人，不，即便是如今，你亦是不二雄杰。你乃神佛之子，将军就拜托你了……我死之后……”说到这里，家康的头突然歪到被子上。

茶阿局忙把药汤送到家康唇边，但他已无张嘴的力气。

“我明白了！”政宗的声音大得惊人，把藤堂高虎和柳生宗矩吓得面面相觑，“伊达政宗若未遇到大御所，便是一辈子都在黑暗中徘徊的野兽，绝无法变成人。现在，政宗看到了光芒，看到了照耀整个大地的神佛之光，这光照进政宗心间，照进政宗灵台。”政宗言罢，以拳抵在膝上，独眼紧盯家康，颤着身子，复大哭不止。

家康唯眼神还活络。他紧紧盯着政宗，浑身上下似生成万丈佛光，笼罩了对方。

听到藤堂高虎长出了一口气，柳生宗矩也不由得放下心来：伊达政宗铁肠终被感化矣！二人默默对视一眼，沉浸在感慨之中。即如政宗所言，他许是真的受到普照世间的阳光一照，慈悲方使他还原成人。

“莫要哭，陆奥守。”家康喘一口气，嚅动着嘴唇道，“有心之人，并无亡故。”

“嗯？”政宗惊讶收泪道，“并无亡故？”

家康复道：“对于有心之人，并无亡故。”

“并无亡故……大人是说，生死如一？”

家康缓缓点了点头，道：“这世上有一生死大树，我们都是树上的枝桠。”

“……”

“即便其中的一根小小枝椏枯了，却也不能因此说大树枯了。大树还会年年生长，年年开花，万世不休。”

政宗屏住了呼吸。

“你记着，我们皆不会亡故。”

“是……”

“即便我的躯体不在了，还会继续活在生亡大树上。我会看着大树开出何样的花，能长到多高。我要做之事和先前并无不同。如何让此生死大树枝繁叶茂，便是我的责任。仅仅如此，既无生，亦无死。”

政宗目光锐利地看了看周围，然后拍拍膝盖。这个动作究竟是何意，有人明白，有人不解。柳生宗矩似已明白：这莫不是一人在找到生命归属之时，不可言说的欢悦吗？

“大人！”政宗再次用他那低沉浑厚的声音道，“政宗日后也会活在这大树底下，日夜守护……”

伊达政宗刚说到这里，片山宗哲忍不住拉了拉他的袖子，道：“时辰久了，对大御所身体不宜。请……”

政宗顿时面露愠色，却未发作，他此时发现家康已安然睡去了，遂喃喃叹道：“唉！一生劳苦啊！”

“是。如今能言已是不易。不能再……”

“对不住！只因好久不见尊颜，大喜过望，一时疏忽了。”政宗转向众人，郑重施了一礼，“就此别去……”

三一　生死之间

当夜，柳生宗矩回拜伊达政宗，二人促膝谈了大约一个时辰。他乃是奉了将军秀忠之命，但他自己却也想拜访政宗。

当世不二枭雄伊达政宗，是否真的服了家康，还是只是如当年装成洋教信徒时一般，大演一场戏呢？柳生宗矩心中自有万般疑问。然而，此次却大是不同。政宗回到住处，仍是无法抑制泪水。他有生第一次如醍醐灌顶，如今方知，让他这等感动的人，世上只有两人，一为师父虎哉禅师，一为德川家康。“然，二人都是在让我真正心生敬服之时，便要离开人世！”他已预感到家康之逝，长泪难禁。

宗矩见伊达如此，也不由泪流不止。两人真正相知之时，却是其中一方死别之际。这究竟是上天对人世的嘲弄，还是悲哀人间的业相？

当宗矩回到秀忠面前禀报时，他已为政宗辩护：“大御所胸如川海，终令独眼伊达心服口服矣。”

当作为京城敕使的武家传奏权大纳言广桥兼胜和三条西实条抵达骏府时，柳生宗矩直面了更为悲哀之事。

家康听说敕使到来，挣扎着从病榻上坐起。他张口第一言便是：“不好，令松平忠实速速严守伏见城！”

秀忠和正纯都吃了一惊，茶阿局则认为他烧糊涂了。更为惊讶的乃是片山宗哲，他忙扶住家康，道：“大人莫要起来，安心躺着歇息便是。”

“退下，在一边待着！”家康拨开宗哲的手，“敕使既都来了，看来我实已病重。”

“正是！大人已病重，请……”

“我让你在一边待着！”家康再次拨开宗哲的手，对正纯道，“我病重的消息传到了西边，要是出现不法之徒，如何是好？首先令松平忠实入驻伏见城。即便我病重，天下也会纹丝不动。这才是对皇室前来探病的答谢。正纯快去！”

家康并不糊涂，只是担心敕使来探病一事，可能会引起民心动摇，才下达命令。

“在下明白。在下明白了，大人好生歇着。”

正纯施了一礼，然后与宗哲耳语几句，他想让家康躺下。

“不！”家康以罕见的气力甩开宗哲。“退下！宗哲退下！正纯快去！”家康喝道，看一眼茶阿局，大声命令，“我要换衣服！把衣服拿来。”他苍白的脸扭曲了，无疑，他定是想换上正装，恭迎敕使到来。

“大人不可硬撑着……不可硬撑着。”宗哲哭道，“大人要是这般，先前的疗养都白费了……病人、病人必须听医士吩咐。”

“你说什么，宗哲？”

“病人应该把性命交与医士……听从医士……”

“住嘴！”家康颤抖着责道，“我的性命，你们怎生知道？我自己最是清楚。”

宗哲伤心地皱着眉头，向秀忠求救。家康亦对秀忠道：“将军，把宗哲带下。这家伙不过一个医士。”

柳生宗矩在一旁见着家康和宗哲的争执，心中亦是犯难：此情此景下，到底是宗哲对，还是大御所对？近日，比起宗哲所开药物，家康更喜自己制药，而且对于服用之量，他也不听宗哲之言。在宗哲看来，家康随身携带的万病丹和起缘丹药力甚猛，对几已不进食之躯乃是虎狼之药。家康虽也喝宗哲开的煎药，却不停止服用自己所配之药。

“大人请少服用一些。”

“不必担心。我最清楚自己的身体。”

每当这时，宗哲便一脸无奈。像家康这等人物，一旦有恙，完全与寻常之人了无两样。

“恕小人斗胆。小人和其他医士一样，要负责大御所安危。”

家康最不满的便是此言。他认为，虽有天命，但人力亦可改天换地。“宗哲，你说得不对，我并未把性命交与你，我只是把疾病交与了你。”他心情好时，会笑着说出这样的话来。但今日敕使到来之际，二人冲突已不可调协。

“宗哲，你的担心不无道理。但今日就算了，你先去候着吧。”将军秀忠语气平静地吩咐，宗哲只得退了下去，但额头上却还青筋直跳。

此后，家康命令秀忠、义直、赖宣、赖房都换上礼服，和他同迎敕使。

父子五人和敕使见面时，房内似飘荡着一股阴森森的鬼气。

将军秀忠后跟着义直、赖宣、赖房三人，端坐于本城大厅当中。未久，家康亦在下人的搀扶下到来，他脸上无一丝血色，额头渗出豆大的汗珠，十分狰狞。

敕使见到家康，大吃一惊，一时竟忘了问候。此时片山宗哲亦来到廊外入口处，却不能进去。

敕使道：“圣上甚是担忧，二十一日，圣上召三宝院至清凉殿，请修普贤延命之法。与此同时，令各神社寺院一起祈祷。务请大人安心疗养，早日康复。”

家康口齿清晰回道：“臣谢天子隆恩。臣已下令松平忠实与所司代协力巩固上方防备，请圣上放心。”

会见时辰不长，敕使很快便退到别室，家康也被人抬回房里。

但这段时辰对侍医片山宗哲来说却是度时如年。医药是为何？祈祷是为何？敕使是为何？探望又是为何？不都是为了病能痊愈吗？大御所为何不听医士之言？重病之人即便在榻上迎接探病之人，又有何妨？大御所把医士呕心沥血的努力都当成什么了？

正如宗哲所担心，家康刚被抬回，即又晕厥过去。宗哲愈发不忍，家康在病榻上，怕也能听到他满腹的抱怨和不平。

敕使急急回了京城。家康的病要比他们想象的严重许多。

二月二十九夜，家康病危，几近弥留。秀忠四兄弟和重臣围于家康四周。此时，却出现了奇迹。

“醒过来了。”凝神为家康把脉的片山宗哲几露绝望之色时，突然小声道，“脉息恢复了正常。真是平生罕见！”

第二日，家康喝了小半碗稀粥。他业已干枯的躯体，竟复苏了。

所司代板仓胜重派人前来禀告：回到京城的敕使向天皇禀报了大御所的病情，天皇不日将会再次派使来骏府。皇上希望在家康公还活着之时，任命他为太政大臣。

然而，家康得知这消息之后，却将日日夜夜守护于榻旁的片山宗哲，以不称职为由处以流放之刑。

众人都惊住。片山宗哲虽爱唠叨，但无论忠心还是医术均无懈可击，由于为人诚实，表里如一，自会发不平之言。但他的这种性情，家康应比别人更为清楚，但，他却要将宗哲流放。即便说此乃病中人任性之为，也令人诧异。

松平胜隆圆场道：“他可能口有失言，但其忠心天日可鉴……”

“哼！”

“可是，他绝无半点恶意……”

家康并不理会，自顾自道：“流放到信浓去。让他去信浓的高岛，我不想再见他。”

此事很快成为城中众人的话题。

将军秀忠脸上没有任何表情，几如一个偶人。他执行了父亲的命令。医士们原以为将军秀忠会替宗哲周旋，此一见，都吃了一惊。柳生宗矩亦开始忧心。当家康再次接见京城敕使，提出要亲自设宴招待时，宗矩忧心愈盛。

家康身体日益衰坏，在万人看来，皆已无望，归天只是时日早晚之别。若宗哲还在，家康提出设宴招待，会怎样呢？依宗哲性情，定会挺身而出，大加阻止。片山宗哲生性耿直，要么会豁出命与家康据理力争，要么会当场切腹自杀。家康知他性子，才先发制人，流而放之。

敕使带着册封太政大臣的圣旨来到骏府，家康欲亲自设宴招待。当他在心底作出此决定时，便已不能再把生性纯朴的宗哲留在身边了。正直单纯、坚信医术便是仁术的宗哲，怎能容忍家康于病中如此折腾自己？家康自是看重朝廷，要将对朝廷的重视宣示天下，他一边掰着指头盘算自己剩下多少日子，一边忍痛起身迎接敕使，设宴招待。家康认为，此为人臣之礼；宗哲却以为，性命为大，礼数为其次，这自是大不合家康之念。

片山宗哲瞪着通红的眼睛，默默朝着信浓的偏僻之地高岛去了。之后，由半井驴庵接替宗哲。

宗哲前脚刚去，京城敕使后脚再来。还和上次一样，来者乃武家传奏广桥兼胜与三条西实条二卿。是日为三月二十七，他们住在临济寺的新馆。

家康接了圣旨，便和将军秀忠同在本城设宴招待敕使。

土井利胜和本多正纯都建议家康在卧房领旨，然后把宴会交与将军以及义直、赖宣、赖房三个儿子便是。但家康却很是固执，拒不答应。

死亡已近在咫尺，任谁都无法阻挡。家康说，他目下所惧，并非生死，而是日本国丢失了尊崇皇家的“礼仪”，“你们也要好生看着，不能忘记。”家康在三个儿子面前坐起身来，吩咐茶阿局为自己梳理头发。

如果躺着接受宣旨，家康的性命怕能延长几日，但他的心愿便会落空。家康绝非清盛入道，亦非丰臣太阁，只要还有一口气在，便会依礼拜受圣旨，为此感激不尽。如果无法将此心意传达给敕使，无法传给后人，便是罪过。家康认为自己能在榻上寿终正寝，便已是万般幸运，若仗着幸运不知感激，自将与恩宠无缘。但他的心思，身边亲信究竟能明白多少？

当日接待敕使的宴会，有着一种无上的庄严和华丽，让人似觉不在人间。

日后，柳生宗矩详细地将此情此景说与三代将军家光，故在宽永十一年（一六四三）家光进京时，圣上曾下旨封家光为太政大臣，但家光却以不能胜任为由，婉言谢绝。彼时他年方三十一，如何能受祖父在七十五岁、人生的最后时刻才诚惶诚恐接受的官位？此为后言，不表。

宗矩常向人说起当日之事："奇怪的是，当日大御所面如佛颜。这绝非错觉。心灵贫瘠之人在濒死时都会鼻子塌落，眼窝深陷，皮包骨头。但大彻大悟之后得以永生的大御所，面容反恢弘无比。这恐是往生之人和不得往生之人的区别吧。"

敕使一行整顿好行装，从临济寺新馆出发，进入骏府城。

中原师易和秦行兼在前喝道，其后是宣命使舟桥少纳言秀相、乌丸大纳言光广、广桥中纳言总光、四辻中纳言广继、河野参议实显、柳原右大弁业光、乌丸右中弁光贤等人，颇有威仪。后乃冈部内膳正长盛，他骑着马跟在队伍后面。

将军秀忠来到城池大门迎接。秀忠把敕使一行请到本城大厅上首时，家康已经着好礼服，坐在了下首。

"元和二年三月十七，由藏人头右大弁藤原兼贤捧旨，由上卿、大纳言日野资胜口宣天子旨意：从一品源朝臣家康，宜任太政大臣。"

身为武将而被任命为太政大臣者，德川家康之前只有三人，即平清盛公、足利义满公和丰臣秀吉公；家康身后也只有两人。而三代将军认为自己不及祖父功业，生前不敢接受此封。后话不表。

家康从心底里既感快慰，又感惶恐。宴会之中，这种心思愈是明显。他当着众人，宣读了一首辞世和歌。

盛世大和花竞放，
千秋万代颂春风。

家康怕在病榻上便想好了此歌。只叹目下虽确为春日，但与鲜花相映的，却是近在眼前的亡故。

庆祝仪式上，能乐谣曲、歌舞雅乐可谓众彩纷呈，有《高砂》、《吴服》、《喜界》、三番拍子，还有《太平乐》、《营翁》、《春莺啭》和《安摩》。然后，众人以《多春花契》为题，吟咏和歌。

家康待敕使返回临济寺，再次传来诸大名，接受众人祝贺。

有生之年位极人臣，自是可喜可贺，但亦很是严肃。家康对诸大名朗朗道："我天寿将终，尚有将军统率天下，毋需忧心。然，天下非一人之天下，乃万民之天下。若将军施政有悖常理，陷百姓于苦难，则人人都可取而代之。但使四海咸定、万民得其恩泽即可，我九泉有知，绝不敢因此怨恨。"

此乃家康对神佛吐露的真心，亦是对诸大名的威吓，仿佛道："如何，德川天下可有破绽？"

家康接受诸人祝贺，当场下令来骏府探望的诸大名返回领内，"在此滞留太久，领民疏忽了稼穑，就不好了。皆各自回去，勤理政事。"

家康令诸大名回国，无疑乃此生离别。

招待敕使的宴会对于家康已是莫大摧折。让人拿出早就备好的赠礼送与诸大名之后，元和二年四月初一，家康病危。

金地院崇传写与板仓胜重的信函道："相国大人（家康）自患病以来，身子日渐衰弱，打嗝、瘀痰，时时忍发烧之痛，日日受病楚之苦。将军大人与重臣及诸大名均到城中，越发令相国大人呼吸困难，想必大人亦能想见之。宣旨众公卿返京之后，更加需人照看。老衲每日前去探望，含泪写成此书。"

家康却于此际，再次接见前来道别的伊达政宗，实在罕见。就连从不掩饰病情的秀吉公临终之时，对亲信也秘而不宣，唯家康却言要与政宗一见。

家康送给政宗一幅清拙的墨迹，以为临终赠品。

"天下之事就托付于你了。"家康信任地望着政宗，坦言道，"不知我还能活几个时辰。我要好生享受闲暇。"

此回政宗不再放声大哭。他膝行到家康跟前，轻轻握住家康的手，独眼一睁一闭，泪如泉涌。

政宗去后，家康召来堀直寄，说这是他们今生最后一次相见，故有事相托："我死之后，若发生战事，先锋为藤堂高虎，次为井伊直孝。你要在二人之间，随时准备突进。切记！"他说此言时语气严正，让周围诸人大吃一惊。平日他常说"不会再有战争了"，今日却完全相反。从他的话中可听出，日后必还有战事，万不可掉以轻心。

此后，家康又陆续叫来了金地院崇传、南光坊天海，以及将军秀忠和本多正纯诸人。他现在似不知早晚。正如他对政宗所言，他要在肉身完全衰竭之前，好生享受人生最后的闲暇。但，他已无法看清诸人的面目。

“你是……”

金地院见家康如此询问，遂把头靠过去，哭道：“贫僧崇传。”

“是崇传。”家康点头，旋抑扬顿挫道，“刻书都还顺利吧？那些书典乃是太平盛世之人不可缺少的大道。仓廪实当知礼仪，衣食足当知荣辱，天子与万民皆要研习学问，不可懈怠。切记！”

不管是怎样的雄杰之士，在面临死亡时，往往会心绪混乱，但家康目下却很是清醒。柳生宗矩坐于一旁，似已被人忘记。怕也正是因此，他方得以静观众相。他估量家康短日内还不会往生，同时，他亦明白为何流放忠诚的片山宗哲。

自从流放宗哲之后，家康几不再令医士到身边来。医士也怕惹他生气，虽总是候在外面，却不会再如宗哲那般耿介强硬。家康对此全然不顾，单是忙着最后的吩咐，尽享最后的“闲暇”。

崇传去后，接着进来的乃是天海。

“一品亲王东下之事如何了？”家康如在与儿女说话，“不论做何事都不可大意，此为立国之基啊。此事不可疏忽。”

“请大人放心，圣上听了也很是快意。”

“哦，那就好。下一个，正纯。”

“是。正纯在此。”

“正纯，你锋芒太露。”

“啊？”

“在我死后……你要谨慎……”

“是。”

“你要好生想想德川家康这一生最大的心愿是什么。记着，不可树敌太多！”

“是。在下谨记在心。”

此时，家康才把视线转到了秀忠身上。不知他是否能清楚地看到儿子，此前耳背的他，耳朵似变得灵敏起来。

“将军啊。”家康停顿了一下，微笑道，“你都看到了。”

“是。”

“你应已明白，这个世上无一件东西归于自己，包括你的肉身和权柄。”

“是。”

“这些都和江海、日月、天地一般，金银财宝自不必说，就连性命、子孙，均无一样属于自己。”此时，家康双目似突然有了神，“万物均非个人所有……人间有万物，万物皆属人间。”

“是。”

“所有的东西都是上天暂时放于我们之手，你明白吗？为父的性命亦是神佛所赐，我已珍惜了。”

“孩儿明白。”

“我且把遗产交与你，这已是第三次了。第一次乃是将将军之位让与你，第二次乃是从西苑搬到骏府，这第三次，便是我要离开人世。我要把遗产交给你，但它并不归你所有，只是大家交与你保存的东西，我把原来由我保存的东西交与你保存……你明白了？”

对于秀忠，家康这种“万物均为上天所赐”的说法已不再新奇。他一本正经施了一礼，答道：“请放心。孩儿绝不敢私用一分一厘。”

“是啊。将军确是这等人。”家康满足地点了点头，接着道，“当时时谨记，此为一生之理，非一时之理。”

“是。”

“你为德川家康的继承之人，我现在把遗产交与你，你准备好了？”

“多谢父亲。”

“只是……”家康喘了口气，环视了一眼周围诸人。他想告诉大家，让大家也好生听着。众人会意，个个都屏住了呼吸。“只是，我虽将它交与你，但是它并不归你所有。故，你不可将它为己所用。”

“是。孩儿谨记。”

“第一，用作万一之际的军备费用。”

“军备费用？”

“是。你乃征夷大将军，若无法内平国内之乱，外抗寇敌来袭，便是失职。故，第一便要用作军备费用。”

“孩儿明白。”

“第二，饥馑所用。”

“饥馑？”

“是。百姓自己吃着粗粮，却整日辛勤劳作。但，十年八年，总有一年颗粒无收。这是上天对世人的考验。”

“是。”

“也可能年年皆是丰收。年岁一好，米谷自贱，世人便不再把米谷当一回事。斯时，不能仅仅把这些事交与商家，而应该购下米谷，储备起来。”

“从商家手中购米？”

“是。在饥荒之年，赈饥而出。你要记着，天子把天下委托给了我们，即便是在饥荒之年，如果有一人饿死路旁，便是你失职！是为第二条。”

一旁的藤堂高虎心中一热，捂嘴哭了起来。

但家康却依然兴致勃勃道：“第三，用于天灾人祸之时。上苍经常会考验世人，看我们是否有疏忽。但有备便无患。江户和骏府、京城和大坂的居民都越来越多，只要一处起火，便是烧尽全城之大灾。为政者若不用心，即刻平息，便会致人心大乱……第四……”说到这里，家康似有些累了，“之后就不必再说了。一言以蔽之，我把遗产交与你，它不归于你，不可为己所用……”他突然停了下来，接着，传来鼾声。

敕使去后，四月初一到初五，众人日日守护于榻旁，生怕有急。整座骏府笼罩在紧张之中。

四月初六，家康又有了一些好转。

在此之前，他几已水米不进，但此日他竟喝了些稀粥，每次虽皆只一小杯，但喝过两三次，人逐渐清醒了。

亲信开始试着问他一些话。

初六晨，略展愁眉的秀忠带着江户增上寺的存应、了的、廓山三位长老和三河大树寺的鲁道长老，来到家康跟前。

把江户和三河的僧人带至病人面前，实需莫大的勇气。如果家康还清醒，必会对葬礼有些吩咐。

秀忠禀告完两寺的长老们前来探病，便把话题岔开了。他开始与父亲商量为水野忠清加封一万石俸禄，及令石川忠总继承家成家业诸事。他是想试探父亲是否还清醒，想试试父亲能否从石川家成想到石川数正的子孙，再想到大久保忠邻。

家康同意秀忠诸议。“为家成恢复家业，如此甚好。找个机会，给大久保也……就交与你了。”他竟主动提起了大久保忠邻。

正在这时，藤堂高虎得知家康尚清醒，忽从隔室进来，“大人，请大人收在下为弟子。”

家康睁眼一看，隐约见高虎已剃去花白头发，身披袈裟。

“大人才是在下在这个世上遇见的最高明之人，请大人收在下为弟子，让在下在黄泉路上陪伴大人！”

此为殉死之求。家康惊讶地盯着高虎。

“大人！增上寺和大树寺的长老便是证人。在下信奉的宗派与大人不同，但，从今日开始，在下决定皈依大人！不，应说在下早已皈依了大人。自从天正十四年在下第一次于聚乐第见到大人，就已皈依。大人乃是真正的神佛，请您务必答应高虎之求，收在下为弟子……”

家康唇边迸出一言，断然拒绝：“不！不，高虎……不可殉死！”

由于家康口齿过于清晰，此时已失去心智的藤堂高虎茫然地抬起头来。

“所谓殉死，便是要把性命据为己有……不可！”

“即便如在下这般剃掉了头发，大人也不愿收在下为弟子？”

“若是弟子的话……”家康环视了一眼枕边的寺院长老，吸了一口气，道，“既然连我的性命都不属于我，怎能随意要了弟子的性命？”

“大人！”

“你还有重责在身。若有战事，你要代替我充当先锋……”

“可是……”

“不仅如此。井伊直孝守卫皇宫，你要守卫伊势神宫。我说的这些，你要谨记。只要皇宫和伊势平安无事，无论天下发生何等乱事，都终能平息，因此，皇宫和伊势对于国家，便是主心骨。高虎，你要知道，狭隘之人即便明白动乱之害，也看不清恒定的中心。如看不到这个中心的人越来越多，万民便会陷入苦难的深渊。因此，我才经常对将军言，要把伊势交与你。你近年长进甚多，已非吴下阿蒙，莫要胡来。你若是真正为德川家康着想，便替我好生守卫伊势，它乃万民的性命之根……”

高虎欲言又止。他常听家康道：万物皆有主心。日本国的主心便是伊势。但直到此刻，高虎才真正明白：往上想去，史上确无一朝一代伊势荒废而万民安乐。伊势神宫乃是天下安定之主心，甚至就是安定本身。

“你既明白了，帮我叫来神龙院。趁着增上寺和大树寺的长老亦在，我便说说葬礼诸事。”家康觉得藤堂高虎已然大悟，便将视线转向将军秀忠，又道，“我乃天下少有的有福之人。”

“父亲说什么？”

“我原本应死于疆场上，现在却能将心愿一一托与众人，毫无遗憾离去了。”

家康的感慨掀起了一阵波澜。他把心愿一一托给大家，在这其中，独无上总介忠辉。这对于照料家康起居多年的忠辉生母茶阿局，却是撕心裂肺的痛，她“哇”一声哭了起来……

三二　立命往生

此时，德川家康是否明白茶阿局的苦闷和悲哀？

“莫要哭了。”家康劝道，但是后面一言，虽是安慰，却仍未提到忠辉，“世上没有不散的宴席，相会便是别离之始。”然后，他转向秀忠，一脸淡然地与之商量后事。他希望将军秀忠尽快将灵柩移至久能山埋葬，佛式葬礼在江户增上寺举行，牌位放在三河的大树寺。“将军不能长久离开江户。故，我还有一口气，便要把一切都备好。”

此时，秀忠派人传请的神龙院梵舜在天海和崇传的带领下进来。此处顿时变成了神佛两道议事之所。

“遗骨……”家康一脸满足，环视一眼在场诸人，道，“遗骸先葬于久能山，面朝西方。”

“面朝西方？”

发问的非将军秀忠，却是坐于秀忠身旁的本多正纯。

“是。我先前以为，人生只在此世，但事情并非如此。人去可称为立命，也可叫作往生，人无有生死。我于今方明白过来。明白过来，心境自然也就变了。”

天海不知想到了什么，突然拍膝道：“正如大人所言。”

家康不理，他张开颤抖的嘴唇，接着道：“既知人无生死，剩下的便是努力，所谓成事在人。”

“是。”众人道。

"我要紧紧盯着西边，这是因为，西边还让我忧心。西方不仅有皇宫，往西更有南蛮和红毛人。我们不去侵犯他们，但一旦我们被人侵犯，便是征夷大将军失职！因此，我要紧紧盯着西面，专心致志……"

天海再次轻轻拍了拍膝盖，道："大人是想守在那里，盯着西方？"

家康使劲点头，"对。既已领悟到自己乃是不死之人，这便是我的责任。然后……过了周年忌，便在下野二荒山建一处庙堂，把我迎到那里。我要守护关八州。只要关八州平安无事，日本国便会安泰。"

此时，家康已是精疲力竭。

人们松一口气，互相对视时，家康已昏昏睡去。

秀忠眼含泪水，吩咐神龙院梵舜日后以神道仪式，将家康之灵迁到久能山。

四月初六到初十，家康有过短暂好转，十一日再次昏迷不醒。

守护在家康榻边的人喜一阵忧一阵，但他们的心情阻挡不住家康日渐枯萎。

十二日，崇传再次给京都的板仓胜重修书一封。他在信中写道："相国大人气色略差（中略）每日喝粥少许，交代诸事。九日晚呕吐，一度昏迷，上下忧心（中略）自染病以来，一日弱于一日。"

当日，他再修书一封，道："相国大人自染病以来，日弱甚一日。自十一日以来，已无法进食，只饮水少许。往生就在今明两日。吾等心情沉痛……"

日日夜夜守护于家康身边的茶阿局再也坐不住了。在家康众多的侧室当中，目下只有她在家康榻前照顾，有时她觉，许只有自己才真正是家康之妻。家康有时会睁开眼，紧紧盯着她，道："你累了，去歇息片刻吧。"

每当此时，茶阿局便会想到忠辉，心痛如绞。她照料着濒死的家康，焦急地等待着，希望家康能够说起忠辉。他怎能忘记？

但十二日，家康再度病笃，随时都可能归天。

茶阿局生性争强好胜，不会主动提起忠辉。她认为，家康表面上毫不在意，但怎会忘记仍在圈禁的儿子？他定是以超出常人的忍耐，等待着提起忠辉之机。

实际上，自从家康在田中病倒以来，蛰居深谷的忠辉便频频来函询问父亲病情。每当此时，茶阿局都会回函告诫：汝乃有罪之身，不可轻举妄动，万一有变故，母亲自会相告。在此之前，万不可擅自离开深谷，否则反而惹恼父亲……

茶阿局知忠辉树敌甚多。以土井利胜为首的将军亲信，至今还认为忠辉有叛心，不服老实正直的将军管教，企图入主大坂城，号令天下。家康也定是知道这些，才一直耐心等待提起忠辉的机会。但家康什么都还未说，便已病笃。

从十二日至十三日晨，茶阿局经过反复思虑，终于决定派出信使，前往深谷。若不告诉儿子真相，作为母亲自是失格，作为妻室亦是不贤。

却说忠辉自从圈禁深谷，已性情大变。他已经没了先前的霸气，更不欲对兄长指手画脚。他的心胸已变得开阔，想法日渐深邃，已能冷静观察和反思人心。但正因如此，茶阿局越发心疼。

“忠辉已长大成人。儿子已知，原来是何等不肖！”忠辉每次来函，都会写上这一句。他总在信函中说：希望见父亲一面，向父亲道歉，哪怕只是一言。若还未见父亲一面，父亲便离开了人世，他必会死不瞑目！他希望母亲能在其中周旋，使他和父亲见上一面。

若家康始终不能宽宥忠辉，父子二人不能和解，便将天人永隔，忠辉定然悲怒不已。作为母亲，茶阿局不得不好生安排。她体察到儿子的苦心，修书一封，内容如次：父已病危，怕有万一，时日紧迫，请暗中来骏府等候父亲召见……

茶阿局想让忠辉与父亲见最后一面，绝非出于对儿子的偏爱。她知，家康心中深藏悲戚，父子生死一见，定然能抚慰苦心。

十三日一早，茶阿局刚刚派出了信使，便收到了忠辉的书函。

许是出于不祥预感，忠辉已等不及母亲知会，暗中离开深谷，现已到了离骏府五十余里的蒲原。茶阿局不知他到底是带着怎样的行装前来。

从蒲原到骏府途中，除了兴津的清见寺，再无一处可以秘密歇脚的地方，他怎就私跑出来了？

太阳已升得老高，天空万里无云。

茶阿局定定瞧着家康，他偶尔睁开眼睛，旋又会昏昏沉沉睡去。夜间，众人都到另外一个房间歇息去了。将军和三个弟弟亦在天蒙蒙亮时回了西苑，现在未归。要说话，只有现在。

茶阿局并无他意，只是想让一个濒死的父亲放心，但，即便她这般想，一想到儿子正满怀忧郁，充满期盼一步一步朝骏府而来，便心中如割。

“大人……”

每当家康睁开眼，她便想唤起家康，却又不敢伸手。她责备自己，如果忠辉想得不够周全，在自己还什么都未说时，便贸然来到骏府，该如何是好？

巳时，茶阿局端着茶汤唤醒家康：“妾身有事，请大人醒醒。”她摇了摇家康的肩膀。

家康小声嘀咕一句：“定可！定可！”他似仍在梦中。

茶阿局惊讶地执起家康的手，一手扶在家康肩上，问道：“大人说什么？您做梦了？”

“唔……”家康突然睁开眼，不断看周围，似在寻梦中与他说话那人。

“大人……大人做了什么梦？”

“是梦。”家康道，“我方才梦见了真田昌幸和太阁大人。”

“啊……幸村的父亲？”

“是。那家伙……太倔强。”家康长喘了一口气，脸有些扭曲，“他声称，战事必不绝于世。天有利诱，人心唯危，还会……”说到这里，他又轻轻摇头，“都是梦话……跟你说这些无用。让我喝些水。”

“是，您躺着莫动。”

“真甜……我的嗓子干得不行。”

“妾身有事求您。”

“有事？”家康看着茶阿局，“你在流泪？”

“嗯……是。妾身想跟您说……”

“上总介？”

“嗯……是。”

“这事啊，我方才在梦里已与太阁说过了，是我……我害死了秀赖。”

“妾身想请大人再见他一次，只一眼就是。上总介大人听说大人病重，在深谷城如坐针毡，未经您的允许，他已来到离此不远处……他说，如果不向父亲道歉，他死不瞑目。”

茶阿局一口气把话说了出来。原本不当这样，她欲一点一点说，小心翼翼，不让人惊怒，以察家康的反应，但这对于一个将心事埋藏许久的母亲，实是太难了。她说完，屏住呼吸，战战兢兢。

“求求大人！这是茶阿此生唯一的请求！如果实在不能相见，即便是隔着屏风也好。只要一句话……大人只要与他说一句话。若非如此，照他的性子，说不定真会把怨恨撒到将军身上。”

家康紧紧盯着茶阿局，那目光并非一个心志恍惚之人所有，但从他那干涸的眼中看来，他似并未能完全明白茶阿局之意。

“大人！妾身非在为儿子说话。他即便有错，但也是大人之子。请答应茶阿，见他一面，与他说一句话……”茶阿局突然闭了嘴。家康那业已干涸的眼里流出泪来。

大人明白了！茶阿局心道，他是孩了的父亲，怎能忘记？但自己却如此絮絮叨叨！她一边自责，一边急急把水递到家康唇边，道：“大人再喝一口。”

“茶阿，我没跟你说过？”

“说过什么？”

“就是那横笛，信长公送给我的名笛野风。”

“啊，大人倒是让妾身从架上取下来过。”

“哦。你再给我拿来。那是一支好笛。”

“这……大人是要吹笛？”

茶阿局慌忙站起来，迈着碎步走到架前，取下装在红锦袋中的横笛。

“取出来。”家康说道，“威猛的信长公亦有风雅一面，他常站在吹过原野的风中吹笛。”

“是啊，风雅之心人人都有。”茶阿局取出横笛，递给家康。家康刚要伸出手，又无力垂下，他已无力执起笛子，便柔声道：“茶阿。”

“大人？”

“这笛子于德川家康，乃是救命之物。”

“救命之物？”

“喜欢打仗的信长公也有喜欢笛声的风雅一面。战事难消，风雅不绝。人自可放下屠刀，享受笛趣。人并不愚蠢，并不喜欢杀戮……”

茶阿局不解地点头。她约略明白家康的意思，却不知他为何于此时说起笛子。

“茶阿，我是想说，在我死后，你把这笛子交给上总介。”

“给忠辉？”

“是。你把这个交与他，他便会明白，他并非愚钝之人。你告诉他，这笛子让父亲开始相信世人并不愚蠢，乃是举世无双的宝物。”

“大人一直就想送给忠辉？”

“是，是，我怎单单把此事忘了……你明白了？”

“是……可是，与其让妾身去送，不如您亲手交与他。”

家康缓缓摇头，“我不能见他。太阁在盯着我……他在看德川家康是单单对秀赖那般残酷，还是对自己的儿子也同样严格。”

“啊！”茶阿局吃了一惊，笛子几欲脱手，“要是……要是这样，妾身把笛子还给大人。”她浑身发抖。她明白了，家康只欲给忠辉一支笛子，不欲相见。

“我恨您！”茶阿局尖声道，再次摇晃着家康。但家康已闭上了眼，一滴泪从他深陷的眼窝静淌出来。

这泪让茶阿局心志大乱，“茶阿……茶阿始终严守规矩。您为何单单这般恨忠辉？我恨您……”

“……”

“忠辉娶了伊达家的女儿，但这怎能成为责罚他的理由？他实有些年轻气盛，有些任性，但同样是您的儿子，您为何单单……”

“……”

“求求大人！即便大人不能见他一面，隔着屏风与他说句话也好，只要一句。请大人与他说句话！”

“……”

“妾身非是让大人宽谅他。大人不必取消对他的责罚。大人就在……看在茶阿的面上，与他说句话……”

家康依然一动不动。

难道他已经听不见了？茶阿局心里突然一紧。“大人！大御所！您答应了？谢谢大人！妾身就照大人的吩咐，待他一到骏府，便带他到这里。多谢……”

“茶阿，你扶我起来。”

“这，您的身体……”

“无妨。扶我起来，我有话对你说。”

“不！您要起来，万一……您有话对茶阿说，就躺着说吧。”

“唉！”家康也明白不能起身，遂摸了摸茶阿局的手，“你就这么听着吧。”

“是。”

“在这个世上，哪有父亲厌恨儿女的？我也爱着忠辉……”家康说到这里，执起茶阿局的手，轻轻抚摸着自己的脸颊。他脸上渗出了汗，有些热。他又道：“但，在现今这个世上，还不能随心所欲爱己所爱。为了缔造一个太平盛世，必须有人受苦。你明白吗？这个道理……”

茶阿局不语。她还存有戒心，觉得为了儿子，不能贸然回话。

“在我失去信康之时，亦是出于这种心思才忍住了。太阁最后变得神志恍惚，忘了忍耐，见人就说：儿子就拜托你了……”家康似感觉睁眼太累，遂闭了眼，把头靠在茶阿局身上。

“太阁这些不合时宜之言，最终导致了他身后的两次战事。一为关原合战，一为大坂之战。最后，将军也不得不舍弃了阿千，伊达之女亦整日以泪洗面。若无如铁的忍耐，便会落进无间地狱。所谓无间地狱，皆由任性之人造成。”

“……”

“你是个少见的明理女子，你应能明白。我疼爱忠辉，但，我有我的苦心，才决定今生不再与他相见。要是违反了这个决定，便违背我一生的心志。唉，你这样想便是了。我此生不见上总介，乃是事出有因。我有负太阁之约，杀了秀赖，都是为了天下苍生，因此即便是我的儿子，只要他做出于天下不利之事，我亦会毫不留情。对上总介的处置就是……”

“我有话问大人。”茶阿局大声道，“这么说……大人是觉得，如果让忠辉继续为大名，他还会起兵谋反，与将军作对，致天下大乱？”

家康睁开眼睛，痛苦地看着茶阿局，微微点了点头，“人若器量太过，有时反而成祸。上总介……适合为一统帅……故，我才把野风送与他。”

“这……”

“你莫要意外，我也难过啊！但……你就把这当成是德川一门为太平盛世献上的供品吧。”家康泪落无数。

茶阿局手被家康拉着，一脸茫然。她知家康想说什么，也清楚，无论如何求他，他也不会再见忠辉。他坚持对太阁的义理，觉得杀了秀赖，有负前约，故他也必须舍弃一个儿子。

茶阿局在所有侧室当中，乃是最为争强好胜之人。她知求情亦是无用，遂哀哀拾起滑落被上的名笛野风，揣度家康到底想通过这支笛子，向儿子传达何样隐衷？

家康拉起茶阿局的手，抚摸着自己的脸颊，又道：“你刚才说，上总介擅自离开了深谷城？”他的神志已些有模糊，但仍努力定住心神。

“是……他已到了蒲原，现正朝着骏府赶来。”

“唉！你去告诉他，不可住在清见寺，住在临济寺吧。”

“大人！您让他到临济寺？”

“是。”家康小声道，“临济寺有一间房子，我幼时曾在彼处读书习字。你让他住在那里……把这笛子送给他。”

“您是说，妾身可去见他？”茶阿局迫不及待道。

“不！”家康止住她，“让胜隆去。让胜隆暗中带着笛子去。你去禀告将军，说上总介未经允许，擅自离开深谷，现已至临济寺，让将军大人派人严格监视。”

“跟将军这么说，可……”

“未经允许擅自离开圈禁之地，有违法度。你若不去禀报将军，怕会出事。人心不古，世事滔滔，稍有不慎，他怕有性命之忧。相信我，我比你更明这世间。”

“那么……大人是要令将军捉拿忠辉？”

“茶阿，我也疼爱忠辉，将军定会即刻派人监视临济寺，乃是保全他！”

茶阿这才明白过来，沉默不语。但是，让儿子住进临济寺，又去禀报将军，父子咫尺不得相见，其哀若是，其苦若是！

“你明白了？”家康再次小声说着，拉住茶阿局的手，摩挲于自己脸上，“相信我。我也疼爱儿子啊！”

茶阿局不答，只是“哇”的一声痛哭起来。可怜天下儿女！可怜天下父母！

“发生何事了？”听到哭声，松平胜隆和柳生宗矩紧走了进来。

“无事，无事，大人又睡着了。”茶阿局慌忙擦去脸上的泪水，坐正身子。

三三　东照神君

德川秀忠、本多正纯、土井利胜、崇传、梵舜与天海诸人，齐齐到了家康病榻之前。

义直、赖宣、赖房三子不曾到来，分别由成濑正成、安藤直次、中山信吉代替他们来此。此乃将军秀忠的吩咐。他不想让年幼的兄弟们看到父亲临终时的痛苦。

秀忠有不安，也有恐惧，有如高山巨石的父亲，万一在临终时失去心志，定会给兄弟们心中留下阴影。秀忠告诉他们，他会在父亲临终时派人传请，在此之前，且在西苑好生歇息。

家康曾两次睁开眼睛，要了水。

但第二日，他已经连水都不要了，偶尔会突然睁开眼，惊讶地看看四周，接着又睡去。

十五日一大早，通宵守候于榻前的秀忠用冷水洗了脸，道："事情太多，我几忘了。"言罢，他叫出自家康发病以来，始终等候于城下自家分号的茶屋四郎次郎，令其返回京城，给所司代板仓胜重送一封书函。"此乃天寿。你不用担心，回去吧，希望你们一家团结协力，为国家效劳。"之后又加了一句："你留在骏府日久，大御所吩咐你该回京城了。"他这是在说谎，但又觉得，父亲会这般说。

此后，秀忠的心竟变得轻松了许多。他对茶阿局道："这里有我，您去歇息一下。上总介……听说昨夜在临济寺，吹起了胜隆转交给他的笛子。"

茶阿局惊讶地瞪大了眼。因为昨夜通宵，她与秀忠同守于家康跟前，并未见人向秀忠禀报。这亦是秀忠的谎言，只是她不曾识到破绽。

“您告诉了我笛子的事，我才明白了父亲的心思。父亲是想让他放下武刀，走风雅之道，此乃一条新的人生之路。”

“将军……将军说什么？”

“我原本担心父亲会令忠辉切腹，如今有了笛子。多亏了笛子。”

秀忠紧紧盯着正睡着的父亲，道：“茶阿夫人，您看，父亲正凝神倾听上总介吹笛呢。是，我也该振作起来了……”他看了看板仓重昌，道：“重昌，把神龙院请来，当在父亲临终前确认。”

从十五日下午开始，秀忠有如变了一人，开始干脆利落下达指令。他令茶屋返回京城，对忠辉的处置也已心中有数，随后叫来神龙院梵舜，询问他关于“神道佛法两义”之事。

“我已明白父亲心思。”秀忠把三个兄弟叫到父亲榻前，道，“父亲现在还记挂着你们，不忍离去。你们只要不违背父亲训示，父亲也就能安心往生了。你们在父亲面前发誓吧。”

他决定，一旦父亲归天，便按照神道仪式将父亲的灵位迁到久能山供奉。

这对于老实正直的秀忠来说，实需要莫大勇气。作为儿子，父亲尚未咽气，便强忍悲伤，分心庙址和庙堂诸事，实在是战战兢兢，惶恐不安。但，见着父亲平静的睡颜，听着父亲匀匀的呼吸，他遂觉得这都是父亲的遗命。若是父亲觉得儿子如妇人一般犹豫不决，必心急若煎，不！我当学会自己做主了！有此一思，他心中大安。

结束了和神龙院梵舜的商议，秀忠又把神原清久叫了来。清久乃康政之侄，十八岁便追随家康左右，现年三十三，乃是家康近侍。

当着三个弟弟，秀忠决定让清久守护久能山庙堂。他道：“内记，从大御所吩咐，令你为久能山祭主，不得违令。我先捐赠祭田五千石，另外再给你一千石。你记着，在久能山安排四个社僧负责杂务，你与他们均要时时斋戒沐浴。”

眼睛红肿的清久自然不敢有异议。只是，不知他是否发现，这是秀忠从家康睡颜上读到的一种防止殉死之法。如不这样做，忠诚正直的清久定在家康归天之时殉死。

清久退下，秀忠又定下作为神体、献给久能山的“三池宝刀”，称此为父亲的命令。

此时的秀忠亦相信，这些都是父亲在断断续续的吐纳之间，传给他的吩咐，实是父亲的意愿，自己只不过是将父亲吩咐付诸实施。

十六日，秀忠与梵舜、崇传二人商议后，派本多正纯前往町奉行彦坂九兵卫光正处，再次检视大工头中井大和守正次在神殿的筑建中有无疏忽。

十七日丑时，秀忠令三个兄弟暂时回了西苑。

虽然秀忠吩咐众人去歇息，但仍有五个家臣坚持守候家康，是为本多正纯、板仓重昌、土井利胜、神原清久和酒井忠利。他们都已筋疲力尽。

唯独茶阿局似完全不知疲倦，日夜守候，她白日仅歇息了两个时辰，此时又欲通宵守候。秀忠望着正抚摸父亲肩膀的茶阿局，一种难以言说的悲哀油然而生：忠辉的处置已得到了她的理解，她亦松了口气，放心许多，只是还似有话要说。

秀忠觉父亲似还有什么牵挂，让他无法安心上路，因此，那一口气总是幽幽悬着。他希望听懂父亲无声之言，不仅要听懂，他亦要践行。

室内一片寂静，榻前众人都打起了瞌睡。这时，秀忠突然从茶阿局身上看到了生母阿爱的影子。

秀忠坐正，默默在心里盘算：已令茶屋回了京都，也已派人守住忠辉，并成功阻止了神原清久的殉死之心，久能山诸事已无疏漏，板仓胜重和松平忠实已加强京坂防务，江户则有酒井忠世打理幕府事务……

父亲还有什么牵挂？难道是记挂石川和大久保之事？此事，秀忠均已处理完毕。他令美浓大垣城主石川忠总继承了家成家业，又令跟随忠总的大久保忠为在大垣开垦新田，未久之后，大久保一门自会复兴。然而，父亲似还有什么牵挂……他看了家康一眼，马上坐正身子。

周围一片寂静，就连蜡烛燃烧之声皆是不闻，然而家康清晰的声音竟传到了秀忠耳内："我天寿将终，尚有将军统率天下，毋需忧心。然，天下非一人之天下，乃万民之天下。若将军施政违背常理，陷百姓于苦难，则人人可取而代之。但使四海咸定、万民得其恩泽即可。我九泉有知，绝不敢因此怨恨。"

秀忠大吃一惊，紧盯着父亲。此时，家康突然睁开眼，直视秀忠，"将军。"

"父亲。"秀忠顿时伏在地上。

"将军。"家康道，"我留给你的遗言，你要切记。"

"是。"

"这个世上，所有的东西都不归于某一人。天下乃天下人之天下，非一人之天下。"

"孩儿已铭刻在心。"

"天下人的天下……这便是关键。天下属于天下之人，并非说仅仅是属于现今世人，还有万千后人，均须谨慎对待。不能只计眼前，休行遗祸后人之事。"

"是。"

"人皆赤裸裸来，亦当赤裸裸去。"

"孩儿明白，自当时时为世人忧，日日为后人忧……"

"你明白就好，我就不多言。"

"不，请再多给孩儿说些话，什么都行……孩儿还想听父亲说说话……"

"我就再说说，亦是我常说的。我这一生，把节俭视为第一美德。这正是因为我知金银财宝均非自己的东西，而是世人托付于我保管。"

"是。"

"现在我要把保管的东西全都交与你了。"

"多谢父亲信任。"

"但这些东西非给你的，你不能私用一分一厘。"

"孩儿谨记在心。"

"第一，德川家主为征夷大将军，故，首先要用于军备，以防万一……"

“第二，便是用于饥馑之年。”秀忠接道。

“对。几年便会有一次荒年。但有荒年，不可让一个人饿死路旁。”

“是。”

“后面我就不说了。人人都是神佛之子，是天地之子。只要明白了这个道理，便能够明白战事于天无益，于人无益。人活着非为了互相厮杀，而是彼此鼓励，相互倚携。憎人之心不可有，律己之心不可无。如此，上天的恩宠定然临身……”

“大人的脉息……大人。”茶阿局使劲摇晃着秀忠的膝盖，秀忠这才醒过神来。他似打了个盹，不，不，此定是父亲最后的训示。

秀忠振作起来，传来医士，立即令板仓重昌前往西苑。

三个兄弟从西苑赶过来之前，房间已经坐满了人。

从长屋赶来的侧室们一边擦着眼泪，一边准备给家康含于口中的“末期之水”。

尾张参议率先奔了进来，接着乃是另外两个弟弟。他们在秀忠身后坐下时，天已大亮，鸟雀在屋檐下婉转啁叫，细雨纷纷落下。

秀忠的视线落在了为父亲把脉的医士手上，寻思，上次去巡视关东，太为难父亲了！为了祈愿今后不再有战事，天子年号改为“元和”。今春，为了防止伊达政宗坏太平之事，父亲特意巡视关东，威服政宗，令“元和”名副其实。父亲的一生，皆为太平着念。

此时已有侧室拿起念珠开始念佛，也有人号啕大哭。秀忠对众人道：“哭亦无用。大御所最厌懦夫行为。”

“准备与大御所道别吧。”医士话音刚落，松平胜隆便毕恭毕敬端着盛有“末期之水”的器皿来到秀忠跟前。

家康其颜如佛，祥和安宁。他被病痛折磨了这么久，鼻梁却似比平日更是挺拔。所谓往生，当是这般模样。

秀忠把托盘轻轻挪到茶阿局面前。眼睛通红的茶阿局惊看秀忠一眼。她原本以为下一个向家康辞行的应为尾张参议，所以，当秀忠把托盘递过来时，她才如此惊讶。秀忠微微摇头，把手里的棉棒递给她，若无别人在场，秀忠或许会小声跟她说："替忠辉向父亲辞别吧。"当茶阿局用棉棒往家康嘴里滴水时，她终明白了秀忠的用意，心哀不已。

"诸弟。"秀忠声音里增加了几分威严，"各自再在心中念一遍对父亲的誓言。"

诸子辞行之后，托盘从本多正纯手中传到土井利胜手上。此时，英吉利皇上送给家康的时钟在隔壁房中当当响了起来。

侍医道："巳时，大御所往生了。"

女人们"哇"地哭成一片。

秀忠并无丝毫慌乱，单平静道："下一人！"

秀忠忍住就要涌出的泪水，当父亲还活着，让在场诸人一个一个向父亲辞行。他心中虽早有准备，仍是悲恸无比。

父亲称人无生死，只是肉身去了，性命却依然息于生死之树。但，对于还未能大彻大悟的秀忠，这不过一个幻梦。父亲的身体逐渐变冷，嘴亦永远不会再张开，微闭的双眼，直令人觉得亡故便是万世之终。

想到这里，秀忠觉得自己很是不孝，但这种想法更令他悲伤不已。他再也忍不住，稍稍离去。当他哭过，净完面出来，雨已经停了，一缕微弱的阳光透过云层映透大地。

"紫藤花开了……"秀忠望着绽放的紫藤花，及逐渐变绿的院中树木草丛，喃喃道。这一切，都和以前并无两样。但父亲不再大笑，不再出声，他已去了。

秀忠不得不强忍悲怅，他要指挥众人为父亲送行。

道别毕，马上为遗骸净了身，放进备好的棺木中。人还有一丝温热。照佛教仪式，应先诵经超度。秀忠下令在佛阁举行佛事。女人们也追到了那里。大人还活着……她们自言自语说道，净身之时，那一丝温热给了她们无限安慰。

入敛毕，秀忠将众人叫到大厅，"元和二年四月十七，巳时，太政大臣从一品源朝臣往生。嘱众位即作好灵柩迁座之备。"

诸重臣早就知了如此安排，并不惊讶。唯女人们一听，无不大吃一惊。照例，灵柩至少应在城内停放两日两夜。家康公刚归天，尸骨未寒，将军便令将灵柩运到久能山，实令世人惊心。

“真是不知礼仪啊！”

“即便是寻常百姓，也不会如此。”

但，将军秀忠却道，若非如此，便是违背大御所生前的吩咐，他说得异常冷静。

傍晚，天又下起绵绵细雨。

秀忠把自己意思均说成是父亲的“遗命”，诸事遂顺。即便他不这般说，也不会有人违抗命令，提出异议。大家来不及歇息，迅速转移灵柩。

“尾张参议义直、远江中将赖宣、少将赖房不必亲自前往，各人派出家臣即可。”秀忠这般吩咐完毕，又暗中增派町奉行彦坂光正属下的二十骑士前往上总介忠辉暂居的临济寺，严加警戒，借机告知父亲已经归天。

秀忠不让三个兄弟随行，理由颇为简单，表面上说他们年幼，怕他们因过度悲痛而伤身，实际上他是想令诸弟智勇双全的家臣随行护卫，以防万一。义直派了成濑隼人正正成，赖宣派了安藤带刀直次，赖房则令中山备前守信吉前往，诸人均备受家康公的厚爱和信赖。

此次迁座自非正式葬仪，单是将灵柩送到久能山，等待葬礼之期。因此，祭主德川秀忠并不随行，单由土井大炊头利胜指挥。

灵柩于酉时出城。

天已黑，绵绵细雨中，可以看见星星点点的灯火。百姓已听说，纷纷跪伏路旁，恭送太政大臣。

最前面乃是本多上野介正纯，接着为松平右卫门大夫正纲、板仓内膳正重昌、秋元但马守泰朝，再往后便是家康灵柩，土井利胜和正成等三人则紧紧守卫于旁。金地院崇传、南光坊天海、神龙院梵舜亦随行。队伍到了久能山山脚下，闲杂人等便不能进山。

是夜，侍奉于家康公灵侧的，除了先前已回到山中的神原大内记清久，便只有前面所述的几个家康公宠臣。

十八日，筑建神殿的锤凿之声，在雨后的晨雾中迎来了黎明。天晴之后方知，此地实为一处视野开阔的风水宝地。

西南面的大海一片蔚蓝，和远天连成一片，右边骏河水拐过一个弯，与海水相互嬉戏。

秀丽的风景，不禁令人凝神细听万物低鸣。

“此处真乃超脱凡俗。”天海道，“一眼望去，便能明白地水火风之源。”佛说，地水火风共成身，随波因缘招异果。

此时，施工锤凿之音愈发清晰。

十九日亥时，家康公葬礼依神道仪式举行。

在町奉行彦坂九兵卫、黑柳寿学和大工头中井大和守正次协力下，十九日傍晚，一个三间的四方殿堂落成，就连鸟居、井垣和灯笼亦都制好。左右拉上帷幔，殿堂前面二十五间的路上都铺了新草席，迎接灵柩。

入山参加葬礼的除了松平一族，另有三河诸旧臣及其子孙。酒井、本多、植村、阿部，以及安藤、水野、青山、板仓……其中手持长矛的大久保新八郎（康正）最是引人注目。

家康公绝非不爱惜性命之人。他一生征战，家臣殒命甚多，但对其遗族血脉均予厚遗，非只为护其后人，他亦斥责之，教导之，厚道以待苍生，坦荡回护。

七十五年，家康公一生无时不崇尚太平，即便是逝后，他也要面朝西方，况在一年过后，还要移至二荒山，镇守太平。面对他坚如磐石之志，世咸臣服。是夜，山中庄严肃穆，风亦止住，似不敢有一丝不敬。

将军秀忠默默跟于辕车后，重臣皆随秀忠默默而行，无不感念家康公大志。

家康公之卓绝志向，后世将会怎样消长，已非家康公所能鞭及，后人自有后人的疆场与天地。公之功过是非，后世自有评说。

熄灭灯火，禁止喧哗，队伍默默朝灵堂行进。最前面的人施撒五谷，其后的人持镜。神原清久持驱邪幡，梵舜摇铃。然后便是灵柩。秀忠扶灵而行，其他戴乌帽子之人跟随。后边还有弓箭百副，火枪百支，弓矢台，长矛二百柄……灵柩就要进入灵堂时，人或执镜施谷，舞幡摇铃，以符驱邪。

灵柩停于殿内，燃长明灯。神供一份，菜六品，另精选三十六味，供奉灵前。梵舜至灵前，进行三加持和三大祓百二十座。祈祷之声缭缭回荡夜空。

山顶纹风不存，古今罕见。

众人垂首伏身，与天地同闻祈祷之词，送公归天……

与此同时，暂居于临济寺的忠辉静坐于房间一隅，手握父亲所遗笛子，悲从中起……

天地万籁俱静。房中孤灯一盏，灯焰摇晃，忠辉身影寂寂映于壁上。他已知父亲之逝，亦知此时葬仪将尽。

父亲归天，孩儿以一声清笛相送。忠辉心念一起，笛子横于唇边，却哀哀无声。他全身无力，今生何怨？往生何倚？如梦如电，将之何之？

临济寺夜空，群星灿烂。

（全书完）

大坂夏战参考图

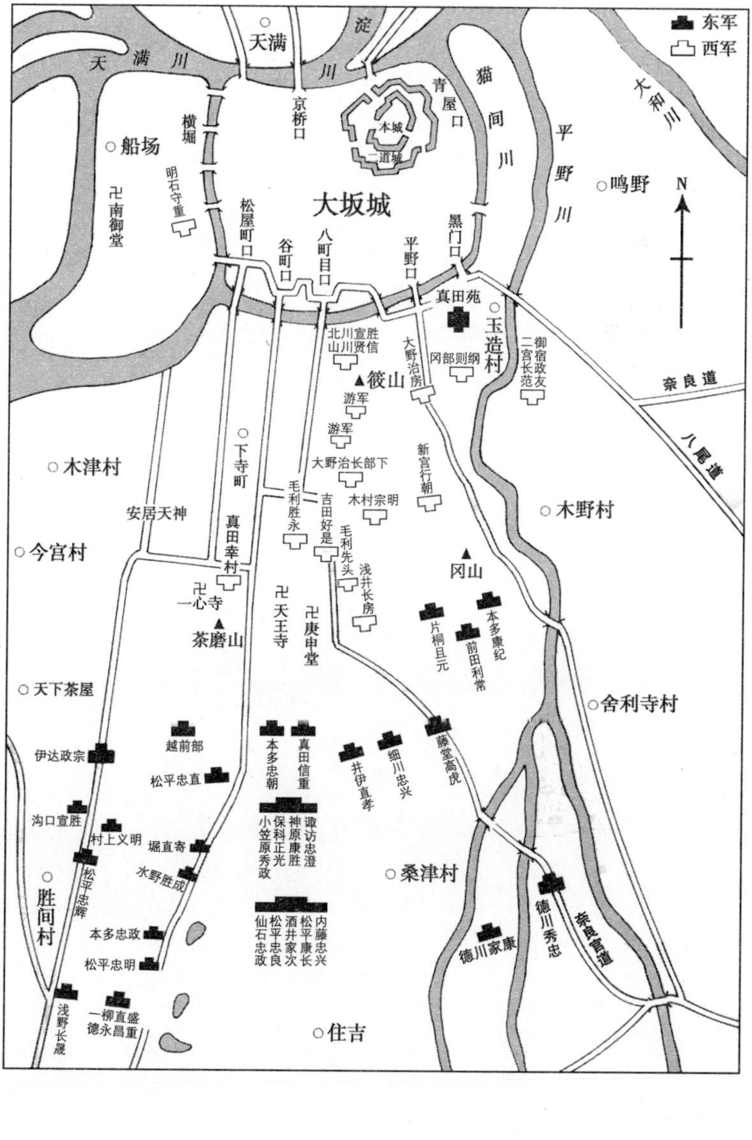

东军
西军
天满
天满川
淀川
大和川
猫间川
平野川
青屋口
京桥口
横堀
船场
本城
二道城
明石守重
南御堂
大坂城
鸣野
N
松屋町口
谷町口
八町目口
平野口
黑门口
真田苑
玉造村
北川宣胜
山川贤信
大野治房
冈部则纲
御宿政友
二宫长范
筱山
奈良道
八尾道
游军
游军
下寺町
大野治长部下
新宫行朝
木津村
木村宗明
毛利胜永
吉田好是
木野村
安居天神
真田幸村
今宫村
毛利先头
浅井长房
冈山
一心寺
天王寺
庚申堂
茶磨山
片桐且元
本多康纪
前田利常
天下茶屋
舍利寺村
越前部
本多忠朝
真田信重
伊达政宗
松平忠直
井伊直孝
细川忠兴
藤堂高虎
沟口宣胜
村上义明
小笠原秀政
保科正光
神原康胜
诹访忠澄
堀直寄
水野胜成
松平忠辉
桑津村
胜间村
本多忠政
仙石忠政
松平忠良
酒井家次
松平康长
内藤忠兴
德川家康
德川秀忠
奈良官道
松平忠明
浅野长晟
一柳直盛
德永昌重
住吉

德川氏谱系图

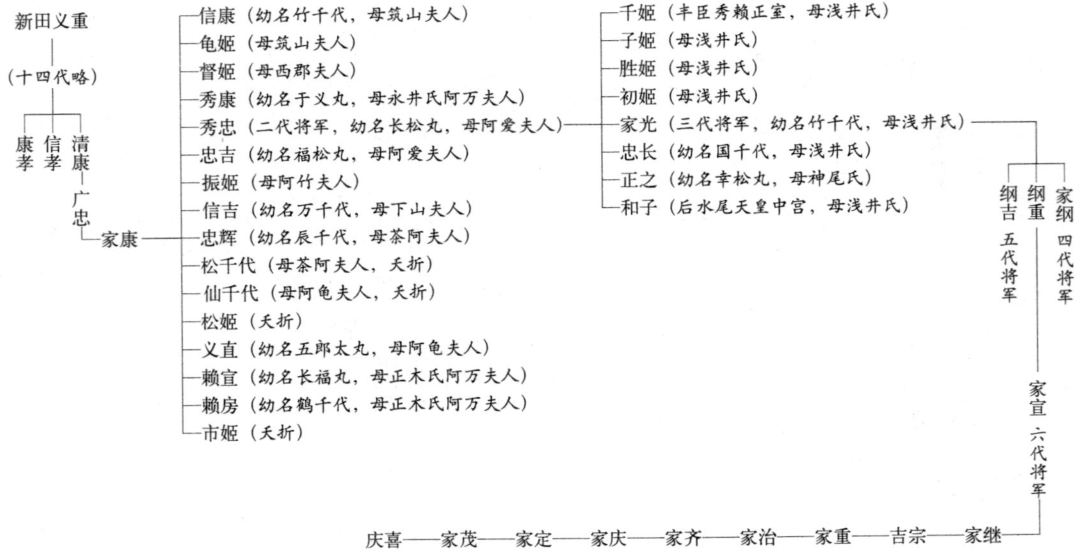

新田义重
（十四代略）
康孝
信孝
清康
广忠
家康
信康（幼名竹千代，母筑山夫人）
龟姬（母筑山夫人）
督姬（母西郡夫人）
秀康（幼名于义丸，母永井氏阿万夫人）
秀忠（二代将军，幼名长松丸，母阿爱夫人）
忠吉（幼名福松丸，母阿爱夫人）
振姬（母阿竹夫人）
信吉（幼名万千代，母下山夫人）
忠辉（幼名辰千代，母茶阿夫人）
松千代（母茶阿夫人，夭折）
仙千代（母阿龟夫人，夭折）
松姬（夭折）
义直（幼名五郎太丸，母阿龟夫人）
赖宣（幼名长福丸，母正木氏阿万夫人）
赖房（幼名鹤千代，母正木氏阿万夫人）
市姬（夭折）
千姬（丰臣秀赖正室，母浅井氏）
子姬（母浅井氏）
胜姬（母浅井氏）
初姬（母浅井氏）
家光（三代将军，幼名竹千代，母浅井氏）
忠长（幼名国千代，母浅井氏）
正之（幼名幸松丸，母神尾氏）
和子（后水尾天皇中宫，母浅井氏）
纲吉 五代将军
纲重
家纲 四代将军
家宣 六代将军
庆喜——家茂——家定——家庆——家齐——家治——家重——吉宗——家继

图书在版编目（CIP）数据

德川家康．第3辑．王道无敌／〔日〕山冈庄八著；
岳远坤，王维幸，李菁菁译．—海口：南海出版公司，
2015.6

ISBN 978-7-5442-7715-0

Ⅰ．①德…　Ⅱ．①山…②岳…③王…④李…　Ⅲ．
①历史小说－日本－现代　Ⅳ．①I313.45

中国版本图书馆CIP数据核字（2015）第057017号

著作权合同登记号　图字：30-2011-105

德川家康．第三辑．王道无敌
〔日〕山冈庄八 著
岳远坤　王维幸　李菁菁 译

出　　版　南海出版公司　（0898）66568511
　　　　　海口市海秀中路51号星华大厦五楼　邮编 570206
发　　行　新经典发行有限公司
　　　　　电话（010）68423599　邮箱 editor@readinglife.com
经　　销　新华书店

责任编辑　张　锐　翟明明
特邀编辑　崔　健
装帧设计　金　山　朱　琳
内文制作　王春雪

印　　刷　三河市宏图印务有限公司
开　　本　880毫米×1230毫米　1/32
印　　张　62
字　　数　1784千
版　　次　2015年6月第1版
印　　次　2017年11月第6次印刷
书　　号　ISBN 978-7-5442-7715-0
定　　价　195.00元